Maisons et secrets

Françoise Bourdin

Maisons et secrets

L'Inconnue de Peyrolles
Un mariage d'amour
La Maison des Aravis
Rendez-vous à Kerloc'h
La Camarguaise
Une nouvelle vie

Mes maisons et secrets,
par Françoise Bourdin

ÉDITIONS FRANCE LOISIRS

Édition du Club France Loisirs,
avec l'autorisation des Éditions Omnibus.

Éditions France Loisirs,
123, boulevard de Grenelle, Paris.
www.franceloisirs.com

ISBN : 978-2-298-06739-2

Sommaire

A mon petit-fils Augustin

Mes maisons et secrets

Née à Paris, j'y ai vécu durant trente-cinq ans, presque toujours dans des appartements. Trop brièvement, alors que j'étais enfant, mes parents avaient eu un petit hôtel particulier flanqué d'un jardinet, et le quitter nous avait fait perdre le plaisir d'un carré d'herbe ainsi que celui de « monter » se coucher. Les escaliers m'ont vite manqué, tout comme entrer ou sortir à sa guise sans avoir recours à un ascenseur et sans craindre le passage des voitures. J'ai donc dû m'accommoder des longs couloirs obscurs, des cheminées décoratives sans feu, des chambres sur cour, de la laisse pour le chien.

Citadine, je me rêvais campagnarde et je soupirais après une maison. Mais seuls les étés offraient l'occasion d'en habiter une, louée à la mer ou à la montagne pour la saison. Maisons de vacances, maisons d'amis, elles me faisaient toutes envie. J'en ai connu de modestes ou de superbes, rutilantes ou à l'abandon, habitées de fantômes ou pleines de rires et de musique.

Et puis j'ai voulu la mienne après l'avoir si souvent imaginée. Une maison fédératrice où réunir ma famille les jours de fête, où convier les gens que j'aime, où se pelotonner devant une flambée pour refaire le monde. Une maison entourée de grands arbres, avec des chiens courant librement dans les hautes herbes. Une maison pour écrire, bien sûr, avec une bibliothèque ouverte sur la colline et un bureau au fond duquel inventer des histoires…

Dans mes histoires, il y a presque toujours une maison, dont les murs cachent un secret. Car d'une génération à l'autre, d'un propriétaire au suivant, une maison n'est jamais entièrement vidée. Il peut rester, sur une poutre du grenier ou sous la voûte de la cave, une lettre, un objet, un journal, une photo. C'est parfois la clé d'un mystère, parfois le début d'une énigme.

J'aime à penser que les pierres ont une sorte de mémoire. Elles sont comme un pont entre passé et avenir, elles nous racontent quelque chose. Habiter une maison, l'avoir choisie et investie, n'est jamais anodin. C'est pourquoi, dans chacun de mes romans, le lieu influe sur les personnages, et inversement.

Pascale, l'héroïne de *L'Inconnue de Peyrolles,* saura écouter ce que lui murmure la maison de son enfance et ainsi découvrir tout ce qu'on lui avait soigneusement caché. Victor, dans *Un mariage d'amour,* trouvera les bribes d'un sinistre secret en reprenant possession des Roques. Bénédicte, héritant d'une maison en Haute-Savoie, rencontrera son destin dans *La Maison des Aravis.* Loïc, qui avait été banni du manoir paternel, aura durant son *Rendez-vous à Kerloc'h* l'occasion de tuer les démons du passé. Pour Jordane, *La Camarguaise,* la bastide du Biloba sera un combat décisif. Et, dans *Une nouvelle vie,* Alban reconstituera enfin l'histoire de sa famille, enfouie au fond de la villa Belle Epoque.

Chaque fois, avant de commencer à écrire, j'ai dessiné le plan de la maison pour mieux la « voir ». J'ai habité ces lieux imaginaires durant des mois, j'ai entendu les bois craquer, les huisseries gémir, le vent s'engouffrer sous les portes. J'ai vu le paysage par les fenêtres, j'ai humé l'air des jardins. Ces maisons sont toutes ici, dans les pages qui suivent, et j'espère qu'elles sauront vous parler, vous emmener en voyage, vous faire rêver...

Françoise Bourdin

L'INCONNUE DE PEYROLLES

1

Le moteur tournait à trois mille cent tours, rotor synchronisé. Avant de se mettre en vol stationnaire au-dessus de la piste, Samuel vérifia que toutes les aiguilles étaient dans le vert, et tous les voyants éteints. Il chercha d'abord la verticale avec le cyclique puis, en douceur, laissa s'élever l'hélicoptère. A un petit mètre du sol, il fit imperceptiblement basculer la machine sur l'avant, attendit l'accrochage et accéléra jusqu'à la bonne vitesse pour monter.

— C'est parti, ma belle..., dit-il dans son micro. Je te confie les commandes quand tu veux !

Pascale esquissa un sourire, sachant très bien qu'il ne la laisserait pas piloter dans l'état de fatigue où elle se trouvait.

— Où aimerais-tu aller ?

Transmise par les écouteurs du casque, la voix de Samuel était chaleureuse, rassurante. Comme chaque fois qu'elle volait avec lui, Pascale pensa qu'il pourrait bien l'emmener au bout du monde sans qu'elle proteste.

— Choisis pour moi, répondit-elle en calant sa nuque contre l'appui-tête.

Les hangars de l'aéroclub étaient maintenant réduits à la taille de jouets sous leurs pieds. Samuel appela la tour de contrôle et vira à gauche tandis que Pascale fermait les yeux. Se promener dans le ciel était exactement ce dont elle avait envie après ces journées atroces. Son père et son frère, aussi effondrés qu'elle, étaient repartis en voiture juste après l'enterrement, incapables de comprendre pourquoi elle tenait tant à rester.

Elle-même n'aurait su le dire. Depuis combien d'années n'était-elle pas revenue dans la région ? Vingt ans, au moins.

— Je vais t'emmener vers Gaillac, annonça Samuel. Tu verras des vignobles et les berges du Tarn...

Sa gentillesse était assez émouvante pour que Pascale sente une boule se former dans sa gorge. Elle déglutit plusieurs fois, rouvrit les yeux, essuya le plus discrètement possible une larme qui commençait à rouler sur sa joue.

— Ne pleure pas maintenant, ça va t'empêcher de regarder le paysage !

Il la consolait mieux que personne, l'entourait de tendresse, l'avait laissée sangloter une partie de la nuit sur son épaule, et pourtant ils avaient divorcé trois ans plus tôt.

— Tu es un fantastique ex-mari, dit-elle en reniflant.

Le rire de Samuel éclata dans le casque. Bien que la plaisanterie ne soit pas neuve, il semblait l'apprécier encore. Une seconde, il baissa les yeux sur la carte étalée en travers de ses genoux, puis les releva pour identifier ses points de repère au sol.

— Tu ne liquideras pas ton chagrin en deux jours, ajouta-t-il, gardes-en pour plus tard.

Elle le savait, résignée d'avance à la lenteur du deuil et soulagée d'avoir passé le cap de cet enterrement qui lui avait paru insurmontable. Perdre sa mère était la pire chose qui lui soit arrivée ; à trente-deux ans elle n'avait pas connu de vrai drame, sauf peut-être cette douloureuse séparation d'avec Samuel, qui les avait meurtris autant l'un que l'autre. Pour tout le reste, son caractère tenace s'était révélé un atout précieux et non un handicap, au contraire de ce qu'on lui prédisait lorsqu'elle était enfant. Gamine têtue, trop perfectionniste, trop exigeante, elle piquait des crises de rage si elle n'arrivait pas à atteindre les buts qu'elle se fixait. Or elle mettait souvent la barre trop haut, du moins ses parents l'affirmaient-ils en riant.

Ses parents… Un mot qu'elle ne prononcerait plus, sinon au passé. Sa mère avait-elle vraiment, dans la confusion mentale où elle se trouvait ces derniers temps, ingurgité tous ces médicaments par distraction ? Ou bien était-ce consciemment qu'elle avait renoncé à se battre contre la maladie qui la minait ? Condamnée, avait-elle hâté la fin ? Elle parlait peu d'elle-même, trop pudique pour se confier, opposant à chacun, depuis toujours, une expression affectueuse et énigmatique. Quelques semaines avant sa mort, elle avait fêté son soixantième anniversaire, mais personne n'aurait pu lui donner son âge, seuls ses cheveux blancs la trahissaient. Née d'une mère vietnamienne et d'un père français, elle arborait un type asiatique assez marqué, et Pascale avait hérité d'elle ses grands yeux noirs étirés vers les tempes, des pommettes hautes, une peau mate, un petit nez ravissant.

— Si ça te fait plaisir, on peut monter à Albi, proposa Samuel.

Il devait projeter de la conduire jusqu'à la maison de son enfance, dont elle lui avait rebattu les oreilles, mais elle n'y tenait pas, pas aujourd'hui.

— Non, garde le cap sur Gaillac, c'est très bien…

A quoi bon remuer ces lointains souvenirs, dont chacun était lié à sa mère et à ce temps béni où elle courait dans l'immense jardin de Peyrolles ? Il y avait des fleurs partout, un gros chien jaune qui gambadait, une pelouse en pente douce jusqu'au mur d'enceinte. Dès les beaux jours, sa mère portait une sorte de canotier posé de biais sur son chignon, un panier d'osier à son bras et un sécateur à la main. En se mettant de dos à la grille où, chaque soir, Pascale attendait son père, on pouvait voir la maison blanche s'embraser au soleil couchant. Partir avait été un déchirement pour la petite fille.

La main de Samuel vint effleurer son genou et, de nouveau, elle eut les larmes aux yeux.

— Excuse-moi, murmura-t-elle.

Si bas qu'elle ait parlé, le micro était assez sensible pour que Samuel l'entende. Il lui passa la carte tout en déclarant :

— Allez, vas-y, repère-toi là-dessus et montre-moi ce que tu sais faire !

Etonnée qu'il lui confie la machine, elle lui jeta un rapide coup d'œil.

— Au moins, tu penseras à autre chose…

Elle volait aussi souvent que possible, mais son emploi du temps à l'hôpital Necker ne lui laissait guère de loisirs et il y avait bien trois mois qu'elle n'avait pas piloté un hélicoptère.

— Tu m'aides, hein ? dit-elle entre ses dents.

Il se remit à rire avant de lâcher les commandes et de croiser les bras.

Henry Fontanel ouvrit la porte de l'appartement et s'arrêta net, dérouté par l'obscurité. Il lui fallut une ou deux secondes pour réaliser que, désormais, sa femme ne l'attendrait plus. Ces derniers temps, c'était plutôt la garde-malade qui l'accueillait, mais enfin il y avait du monde, un semblant de vie.

Avec un soupir résigné, il alluma le lustre de l'entrée, jeta son imperméable sur un fauteuil médaillon. Parquet blond, laque bordeaux au mur, mobilier d'époque : son cadre de vie était exactement tel qu'il l'aimait. Seulement il risquait de s'y sentir très seul désormais. Même si Camille, malade depuis deux ans, avait été de plus en plus silencieuse au fil des jours, au moins elle était là et il pouvait s'occuper d'elle. La regarder, aussi, et à force de la regarder voir en elle la jeune fille qu'elle était trente-cinq ans plus tôt, irrésistible petit tanagra oriental dont il était fou.

Il traversa le salon, la salle à manger, poussa la porte de son bureau. Le voyant du répondeur clignotait et il écouta le message de son fils, qui lui proposait de le retrouver au restaurant pour dîner. Une idée généreuse, bien dans la façon d'Adrien. Au moins, il restait à Henry ses deux grands enfants, devenus des adultes dont il était très fier. Adrien, aussi brillant qu'il l'avait souhaité, et Pascale, qui ne cessait de l'émerveiller, même s'il ne la comprenait pas toujours. Entre autres, pourquoi avait-elle décidé de s'attarder à Albi ? Pour rester quelques jours auprès de Samuel ? Jamais ils n'auraient dû se séparer, ces deux-là, ils formaient un couple extraordinaire et Sam avait été stupide de se braquer pour cette histoire d'enfants. Le devenir et l'épanouissement d'une femme passaient par la maternité, Henry en était persuadé ; aussi donnait-il raison à sa fille malgré toute son affection pour Samuel. Un garçon bourré de qualités, au demeurant, et Pascale n'était pas près de retrouver un mari comme lui. Ah, le jour où Sam était venu trouver Henry pour faire sa demande ! Ou ce qui en tenait lieu, parce que pour une fois Sam avait bafouillé, lui qui ne se laissait impressionner par personne. Sa manière d'annoncer qu'il était amoureux de Pascale et espérait l'épouser avait mis Henry en joie. Pour un peu, il aurait béni cette appendicite qui avait donné aux deux jeunes gens l'occasion de se rencontrer. Rien de plus banal qu'une appendicite sans complication, mais, en tant que fille du grand patron, Pascale avait eu droit à tous les égards, y compris une longue visite de l'anesthésiste-réanimateur, en l'occurrence Samuel Hoffmann, qui était tombé sous le charme dans l'instant. Un an plus tard, les tourtereaux convolaient, Henry leur offrant un somptueux mariage. Une photo prise à la sortie de l'église trônait toujours sur son bureau. Pascale y était sublime dans sa robe de soie blanche, Samuel irrésistiblement séduisant en jaquette ; derrière eux, Henry et Camille souriaient d'un air béat en se tenant par la main... Un temps heureux, aujourd'hui révolu.

Le seul bénéfice, plutôt inattendu, de ce ridicule divorce avait été le retour de Pascale chez ses parents. Une solution *provisoire* qui durait depuis trois ans, à la grande satisfaction de Henry. « Tu fais des économies de loyer et, comme ça, tu peux t'offrir toutes les heures de vol que tu veux ! » C'était ce qu'il lui avait dit en l'accueillant à bras ouverts. De toute façon, elle était à ramasser à la petite cuillère après avoir quitté Sam ; se réfugier au bercail ne pouvait que l'aider à franchir le cap. Ce qu'elle avait fini par faire, bien entendu, avec cette sacrée volonté dont elle était pourvue. Elle s'était investie à fond dans son travail ; Henry le déplorait car elle y gâchait sa jeunesse et semblait plus préoccupée de ses malades que de sa propre existence. Quand il la voyait partir le matin pour aller prendre son RER, en jean, tennis et pull à col roulé, il se disait qu'elle ferait mieux d'être coquette - ou même futile, pourquoi pas ? Vivre du matin au soir, sans compter les gardes de nuit, dans un service de pneumologie de l'Assistance publique n'était pas un but en soi pour une femme de trente ans. D'ailleurs, selon Henry, les femmes n'étaient pas faites pour le carriérisme, l'ambition professionnelle. Une vision rétrograde, peut-être, mais c'était la sienne et il regrettait que sa fille fasse passer son métier avant sa féminité. Pourtant, quand elle s'en donnait la peine, Pascale était vraiment belle. A deux ou trois reprises, il l'avait emmenée dans des cocktails réunissant la fine fleur de la médecine, et elle l'avait chaque fois époustouflé. En robe ou tailleur, avec un soupçon de maquillage, de hauts talons et un chignon sophistiqué, elle n'était plus la même. Silhouette idéale, profil parfait, mystère de son origine métisse à peine discernable : elle charmait tous les hommes et, dans ces occasions, Henry était assez content de pouvoir préciser, en la présentant, qu'elle possédait *aussi* le titre de pneumologue.

Au début, il n'avait pas cru qu'elle irait au bout de ses études de médecine, persuadé qu'elle voulait juste faire comme papa, comme Adrien, et que la route serait trop longue pour elle. En outre, ayant obtenu son bac à seize ans, elle était dérisoirement jeune pour cette première année de fac, bouclée non sans mal. Mais elle s'était accrochée, avec son âpreté coutumière, et, une fois son doctorat de médecine en poche, elle avait poursuivi par une spécialité de pneumo. Toujours un peu incrédule quant à ses motivations, mais plutôt flatté de sa réussite, Henry lui avait alors offert d'entrer dans sa clinique de Saint-Germain, ce qu'elle avait refusé. Elle préférait le secteur public, l'ambiance d'un grand hôpital, elle voulait se « confronter à la réalité », selon son expression. Et peut-être n'avait-elle pas eu tort, Henry ne disposant pas vraiment d'un poste de pneumologue à plein temps dans sa polyclinique.

Une affaire en or, cet établissement situé en plein cœur de Saint-Germain-en-Laye. Il avait eu le nez creux en investissant là vingt ans plus tôt. A l'époque, il voulait désespérément quitter Albi pour monter à Paris. L'état mental de Camille commençait à se dégrader, elle frôlait la dépression, il devait l'arracher à son obsession, et cet impératif familial correspondait tout à fait à ses ambitions professionnelles. Sans hésiter, il avait consacré l'essentiel de sa fortune à acquérir des parts de la clinique et s'était endetté pour s'offrir cet appartement de grand standing dont les fenêtres donnaient sur un somptueux parc. Camille avait apprécié l'endroit, leur nouvelle vie l'avait apaisée un temps.

La sonnerie du téléphone le fit sursauter, et il rajusta machinalement ses petites lunettes sur son nez avant de décrocher.

— Papa ? Tu as eu mon message ?

— Oui, Adrien... Je te retrouve à la brasserie du Théâtre dans une demi-heure, si ça te va.

— D'accord. J'y serai.

Henry raccrocha en souriant. Adrien était ponctuel, attentif, responsable. Sans doute avait-il d'autres chats à fouetter que s'occuper du chagrin de son père, mais bien sûr il s'en faisait un devoir. D'autant que, Pascale étant restée dans le Sud, il le savait seul. Et, indiscutablement, Henry n'avait aucune envie d'errer de pièce en pièce dans le silence de ce trop grand appartement.

Il quitta son bureau, éteignit toutes les lumières au passage et sortit. Le restaurant se trouvant en face du château, il pouvait s'y rendre à pied malgré la fraîcheur de la soirée. Il profita de la promenade pour méditer sur la manière dont il allait réorganiser sa vie. Bientôt, il serait à l'âge de la retraite même si, en tant que médecin, rien ne l'obligeait à la prendre. Avait-il envie de poursuivre sa carrière ? Pour qui et pour quoi, dorénavant, se battrait-il ? Adrien n'aurait aucun mal à diriger la clinique, il était rompu à cet exercice depuis un moment déjà. Mais si Henry faisait le choix de ne plus exercer, son existence risquait de sombrer dans le désœuvrement. Quelques parties de golf, le dimanche, ou quelques voyages occasionnels ne suffiraient pas à remplir les semaines, les mois, les années qui s'étendaient devant lui. Une maîtresse ? Pourquoi pas, après tout... Il avait déjà fait quelques tentatives, très discrètes bien entendu, mais sans conviction ni bonheur. Pendant toute leur union, il s'était senti amoureux de sa femme et n'avait pu s'intéresser à personne d'autre. Pourtant, à mots couverts, avec sa réserve et sa pudeur habituelles, Camille l'encourageait à se distraire puisqu'elle se refusait presque systématiquement à lui depuis près de dix ans. En vieillissant, elle s'était mise à lui en vouloir, ou peut-être lui avait-elle toujours caché sa rancœur, comment savoir ?

Il poussa la porte de la brasserie et vit tout de suite Adrien, déjà attablé devant un verre de chablis.

— Des nouvelles de Pascale ? demanda Adrien en prenant la bouteille dans le seau.

Après avoir servi son père, il alluma une cigarette, tira une profonde bouffée puis dispersa le nuage de fumée avec sa main.

— Tu devrais arrêter de fumer, Adrien...

— Rassure-toi, je ne fume quasiment plus, c'est interdit partout.

— Dieu merci ! Ta sœur rentre demain soir ou dimanche matin. Mais je suis tranquille, Sam s'occupe d'elle.

— Le contraire m'aurait beaucoup étonné. Pour une fois qu'elle a besoin de lui, il ne va pas lui lâcher la main.

Henry avait bien vu avec quelle tendresse Samuel s'était comporté, l'avant-veille, au cimetière. Son bras passé autour des épaules de Pascale, son regard sur elle, la douceur avec laquelle il l'avait entraînée loin de la tombe.

— Tu crois qu'il l'aime encore ?

— En tout cas, il n'a jamais digéré leur échec.

— Sacré gâchis, murmura Henry d'une voix éteinte.

Une bouffée de tristesse venait de le submerger et il dut faire un effort pour se reprendre. Levant les yeux sur son fils, il le considéra rêveusement. A quarante ans, Adrien était seul, menant une vie de joyeux célibataire à laquelle il ne semblait pas vouloir mettre un terme. Blond aux yeux bleus, il ne ressemblait à personne, ou alors à sa mère, dont Henry avait oublié les traits depuis longtemps. Adrien ne devait pas se souvenir d'elle non plus. Elevé depuis l'âge de deux ans par Camille, qu'il adorait et qui le lui rendait bien, il avait été un petit garçon sans problèmes, heureux, épanoui.

— Dans quelque temps, tu y penseras moins, papa, dit Adrien avec un sourire navré.

C'était sûrement vrai, si pénible que ce soit à admettre. Henry ne serait pas inconsolable, nul ne l'est, néanmoins il approchait de la vieillesse et la perte de Camille le laissait pour l'instant sans force. Allait-il commencer à avoir des remords maintenant qu'elle n'était plus là ? Non, il avait fait ce qu'il devait, pour le bien de tous les siens, Camille comprise, et il ne voulait toujours pas s'en souvenir, aujourd'hui moins que jamais.

— Tu as des projets pour le week-end ? s'enquit Adrien avec sollicitude.

— Je dois ranger l'appartement, trier les affaires de ta mère...

— Attends Pascale.

— Pas question de lui infliger ça. Je m'en occuperai demain, le plus tôt sera le mieux.

— Alors, je viendrai t'aider.

Henry le remercia d'un simple hochement de tête. Ils avaient toujours été proches l'un de l'autre, père et fils complices jusque dans leur travail à la clinique, mais il ne voulait pas le mêler à certaines choses.

— Le mieux serait de vendre Peyrolles, déclara-t-il soudain. Il n'y a pas de locataire pour l'instant, autant en profiter. Je sais par l'agence que la maison est en bon état, je vais leur demander une estimation.

— Aucun de nous n'y mettra jamais les pieds, c'est trop loin, approuva Adrien.

En réalité, par avion ou en TGV, et à condition de louer une voiture à Toulouse, Albi n'avait rien d'inaccessible. Néanmoins, Henry avait tiré un trait sur le passé, la propriété de Peyrolles où il était né, où ses enfants étaient nés, où trois générations de Fontanel l'avaient précédé, ne signifiait plus rien pour lui. En la quittant vingt ans plus tôt, il n'avait pas pu se résoudre à la vendre, mais à présent il le souhaitait. Des inconnus s'étaient succédé là, tandis qu'il engloutissait leurs loyers dans les réparations annuelles lui incombant, et au bout du compte il s'en était totalement désintéressé. Habiter la région parisienne lui semblait bien préférable à une vie de province, plus stimulant et plus gratifiant.

Un serveur déposa devant eux le plateau de fruits de mer commandé d'office par Adrien. Nul besoin d'avoir de l'appétit pour avaler quelques huîtres.

— Si je voulais prendre ma retraite, Adrien, te sentirais-tu prêt à me succéder ?

Son fils leva la tête et le regarda droit dans les yeux.

— Tu n'y penses pas vraiment, papa. C'est juste un moment difficile.

Henry s'autorisa un sourire, amusé par la perspicacité d'Adrien.

— Peut-être..., reconnut-il. Mais un jour viendra où tu devras le faire.

— Le plus tard possible, alors.

Soit il s'agissait de pure gentillesse, soit il ne tenait pas à crouler sous les responsabilités. Voulait-il à tout prix sauvegarder sa vie de jeune homme ? Y trouvait-il encore de telles satisfactions, à quarante ans ? Il avait fait une fête à tout casser lorsqu'il avait changé de décennie, invitant une foule de copains chez Cazaudehore, en pleine forêt de Saint-Germain, où ils avaient dansé jusqu'à l'aube comme des adolescents. On le voyait souvent en compagnie de jolies femmes, mais il s'était toujours abstenu de chasser parmi le personnel de la clinique et Henry ne connaissait ni ses amis ni ses maîtresses.

— Adrien, demanda-t-il abruptement, tu n'as jamais eu envie de te marier ?

Le regard bleu clair de son fils parut s'assombrir puis se déroba.

— Tu sais, le mariage... Quand je vois ce que ça a donné pour Pascale, merci bien !

Henry faillit répliquer que, pour sa part, Camille l'avait rendu follement heureux à certains moments, mais il s'en abstint. Prononcer le prénom de sa femme risquait de faire resurgir toute la tristesse qu'il refoulait laborieusement depuis quelques jours, aussi se contenta-t-il de soupirer.

A son réveil, Pascale eut beaucoup de mal à se souvenir de l'endroit où elle se trouvait. La chambre était spacieuse, moderne, anonyme, et par la fenêtre entrebâillée elle pouvait entendre les eaux tumultueuses du Tarn qui s'écoulaient à quelques mètres de l'hôtel.

L'employé avait déposé le plateau du petit déjeuner au pied de son lit et elle se redressa, remontant les couvertures sur ses épaules. La veille, Samuel était resté avec elle jusqu'à la fermeture du bar, puis il l'avait quittée au pied de l'escalier après lui avoir souhaité une bonne nuit. A mi-étage, elle s'était retournée pour lui sourire une dernière fois, mélancolique à l'idée de ne plus le revoir avant longtemps. Il semblait triste, lui aussi, cependant il avait une femme dans sa vie. A plusieurs reprises, il avait répondu sur son portable à des appels qui ne laissaient aucun doute. Une certaine Marianne, au sujet de laquelle il s'était montré très discret.

Pascale se versa une tasse de café puis fendit un petit pain au lait qu'elle couvrit de confiture. Les soucis ou les chagrins ne lui faisaient jamais perdre l'appétit, c'était sûrement l'une des raisons de son inépuisable énergie. Même lors de gardes éprouvantes, à l'hôpital, elle mangeait à longueur de nuit blanche tout ce qui lui tombait sous la main. Pourtant, elle restait très mince, hanches étroites et ventre plat, conservant sa silhouette longiligne d'adolescente. A l'époque où elle désirait tant avoir un bébé, Samuel lui avait recommandé de faire une radiopelvimétrie, certain que sa morphologie ne lui permettrait pas un accouchement normal.

Ils en avaient tellement parlé, de cet enfant qu'ils essayaient de mettre en route ! Mais chaque mois la déception était là, de plus en plus amère pour Pascale tandis que Samuel semblait indifférent. Avec ou sans bébé, il était fou de sa femme et jugeait que rien ne pressait. N'avaient-ils pas la vie devant eux ? Pascale s'insurgeait, se mettait en colère, ne pensait plus qu'à ça. Elle voulait être une jeune mère et se désespérait, sourde aux arguments de Samuel, exaspérée de l'entendre répéter avec insouciance que tout s'arrangerait. Le gynécologue était d'accord avec lui, à l'évidence Pascale avait tort d'en faire une obsession. D'ailleurs, elle terminait ses études, rédigeait sa thèse tout en préparant d'arrache-pied le concours de l'internat, une période peu propice pour concevoir sereinement. Mais Pascale ne les avait écoutés ni l'un ni l'autre, elle avait commencé une série d'examens, s'imaginant déjà stérile, et elle avait voulu que Samuel s'y soumette de son côté. Il s'y était refusé tout net. De là venait le malentendu qui, s'envenimant peu à peu, les avait conduits au divorce.

Beaucoup plus tard, Pascale avait regretté sa propre intransigeance, mais sur le coup elle s'était sincèrement vue comme une victime. Dans le bureau du juge, lors de l'ultime conciliation, Samuel avait pourtant bien failli la faire craquer avec son air malheureux et son regard suppliant, mais à ce moment-là elle lui en voulait encore, elle s'était détournée pour ne plus le voir. Quelques jours plus tard, il quittait Paris pour Toulouse, où il avait obtenu un poste d'anesthésiste à l'hôpital Purpan. Sans doute désirait-il mettre un maximum de distance entre lui et Pascale, cependant il avait conservé l'habitude de lui téléphoner souvent. Il se prétendait son ami, son meilleur ami, sans lui poser aucune question sur sa vie privée, se cantonnant à des sujets moins personnels, et dans sa voix perçait toujours cette infinie tendresse. Lorsqu'elle lui avait annoncé la mort de sa mère, il s'était aussitôt libéré de toutes ses obligations, prêt à s'occuper d'elle et à la consoler comme lui seul savait le faire.

Samuel... Qui était donc cette Marianne qui le poursuivait au téléphone ? Une copine, une maîtresse, sa future femme ? Il finirait par refaire sa vie un jour ou l'autre, c'était déjà incroyable que, depuis trois ans, aucune femme ne lui ait passé la corde au cou. Haussant les épaules, Pascale termina sa dernière brioche et constata qu'elle avait vidé toute la corbeille de viennoiseries. Repue, elle prit une douche avant d'enfiler un jean et un pull noirs. Son train ne partant qu'en fin d'après-midi, elle disposait de la journée pour se balader dans les rues d'Albi à la poursuite de ses souvenirs d'enfance. Revoir la cour de son école, la porte cochère du cabinet dentaire où elle se rendait tous les mercredis, se promener devant la cathédrale Sainte-Cécile et jeter un coup d'œil au marché sur la place, acheter à la pâtisserie Galy des gimblettes au cédrat, des briques albigeoises au pralin ou encore des jeannots, délicieux biscuits à l'anis.

Elle quitta l'hôtel vers onze heures, laissant son sac de voyage à la réception, puis elle entreprit ce qui ressemblait davantage à un pèlerinage qu'à une flânerie. A chaque pas dans la vieille ville, elle se rappelait une anecdote, un détail, un moment particulier, étonnée d'avoir si bonne mémoire et d'éprouver un tel plaisir. Jamais, à Saint-Germain-en-Laye puis à Paris, elle ne s'était sentie chez elle. Etudiant et travaillant sans états d'âme, elle avait occulté les images du passé, s'était crue détachée de ses racines. Mais là, sur les berges du Tarn, elle éprouvait peu à peu un étrange bien-être, proche de l'apaisement, qui lui donnait l'impression d'avoir retrouvé quelque chose d'important.

Lorsqu'elle fut fatiguée de marcher et de songer à sa mère, elle s'installa au Robinson, une ancienne guinguette des années 1920 transformée en restaurant. Il lui restait du temps et, à condition de trouver un taxi, elle pourrait achever son périple en allant jeter un coup d'œil à Peyrolles. La veille, quand Sam le lui avait proposé, elle n'en avait pas eu le courage, mais à présent elle était prête.

Peyrolles... Reconnaîtrait-elle le décor de son enfance ? Peut-être l'avait-elle magnifié dans ses souvenirs de petite fille, peut-être allait-elle au-devant d'une déception, néanmoins elle ne partirait pas sans l'avoir vu. Elle termina sa salade de radis au foie de porc salé, spécialité introuvable ailleurs que dans la région albigeoise, puis demanda au patron du restaurant de lui commander un taxi. En s'installant sur la banquette arrière, elle précisa au chauffeur qu'elle le garderait tout l'après-midi avant de lui expliquer son projet de gagner Peyrolles. Alors qu'ils sortaient de la ville, le nez collé à la fenêtre elle songea à la phrase de Chateaubriand à propos d'Albi : « Ce matin, je me suis cru en Italie... » Et, effectivement, la couleur ocre rouge des maisons, les cyprès ou les pins parasols dans les jardins, la luminosité particulière évoquaient bien l'indolence et la douceur de la Toscane. Samuel l'y avait emmenée en voyage de noces, et elle avait adoré Sienne, Florence et Pise parce qu'elle s'était sentie dans une atmosphère familière.

— Après Castelnau, je continue sur la D1, ça vous convient ? s'enquit le chauffeur.

— Oui, très bien. On trouvera la 18 sur la gauche, un peu plus loin...

Cette route, elle l'avait si souvent parcourue qu'elle aurait pu la suivre les yeux fermés. Retour de l'école chaque jour à cinq heures, et elle se revoyait babillant gaiement, accrochée au dossier du siège de sa mère. Celle-ci n'aimait pas conduire, elle roulait très doucement, n'écoutait sa fille que d'une oreille distraite et restait concentrée sur ses virages. Mais de toute façon elle n'était pas bavarde. Ses phrases, comme ses rires, étaient toujours mesurées, brèves, retenues.

De nouveau, Pascale appuya son front à la vitre. Le Tarn n'était pas loin, dans une de ses parties les plus sauvages, avec des rives escarpées et des déferlements d'eau se brisant sur des lames de schiste.

— Arrêtez-vous là ! s'écria-t-elle soudain.

Le mur d'enceinte de Peyrolles venait d'apparaître au bord de la route, un amoncellement de pierres plates qu'elle aurait reconnu entre mille. Le cœur battant, elle prit une profonde inspiration avant de demander au chauffeur d'avancer jusqu'à la grille, cent mètres plus loin.

— Si vous voulez m'attendre ici, je n'en ai pas pour longtemps.

Elle le laissa se garer à l'ombre des châtaigniers qui bordaient la propriété et descendit. La première chose qu'elle vit fut le panneau « A louer » accroché aux barreaux. Le précédent locataire était parti deux mois plus tôt, elle se rappelait vaguement avoir entendu son père le mentionner. Depuis vingt ans, ceux qui s'étaient succédé là étaient généralement des gens ayant une bonne situation et une famille nombreuse, des cadres supérieurs pour la plupart, mais qui s'en allaient au gré de leurs mutations.

Déçue de ne pouvoir entrer, elle réalisa trop tard qu'elle aurait dû passer à l'agence pour demander les clefs. De la route, la maison était invisible et la haute grille, impossible à franchir. Sans même y réfléchir, Pascale se mit à longer le mur, s'éloignant du taxi. Au bout, elle tourna à angle droit dans un chemin de terre où la végétation proliférait de manière anarchique. Après s'être griffée aux ronciers, elle trouva la petite porte qu'elle cherchait et qu'elle avait si souvent escaladée, par jeu, quand elle avait dix ans. S'aidant du lierre qui recouvrait le fer forgé rouillé, elle se hissa tant bien que mal et passa par-dessus, puis se laissa tomber de l'autre côté. A sa grande surprise, le parc ne lui parut pas trop mal entretenu. L'herbe de la pelouse était haute, toutefois les arbres avaient été récemment élagués, ainsi qu'en attestaient des tas de bois bien rangés, et certains massifs regorgeaient de fleurs malgré les liserons.

Remontant l'allée de gravier, elle se souvint du jardinier qui, à l'époque, aidait sa mère. Il s'appelait Lucien Lestrade et il lui avait appris comment égrener les groseilles, dénicher les fraises sauvages ou encore calmer les piqûres d'orties. Il lui paraissait vieux, comme tous les adultes, pourtant il devait avoir trente ans à peine. Travaillait-il toujours ici ?

Au bout de l'allée, elle ralentit, ferma les yeux une seconde, juste le temps de franchir les deux derniers mètres afin de dépasser le tilleul bicentenaire qui masquait la vue. Puis, avec un frisson d'excitation, elle rouvrit les yeux : devant elle, à une trentaine de mètres, la maison blanche lui apparut enfin.

Pascale s'attendait à la trouver moins imposante que dans son souvenir, mais non, elle était identique, exactement semblable à l'image précise qu'en avait conservée sa mémoire. Large, solide, élégante, presque orgueilleuse avec ses colonnes accouplées autour des fenêtres, son perron surélevé et sa terrasse fermée par une balustrade en poire. De style néoclassique, elle était couronnée d'un toit de tuiles roses presque plat.

— Peyrolles..., soupira Pascale.

Elle eut envie de courir jusqu'à la façade, mais elle n'avait pas la clef et personne ne lui ouvrirait. Contrairement à ce qu'elle avait pu craindre, elle éprouvait un plaisir proche de l'extase à contempler cette maison. Sa maison. Un endroit où elle avait été si insouciante et si heureuse qu'il était pour toujours associé à l'idée du bonheur.

Un coup de Klaxon lointain la ramena brutalement à la réalité : son chauffeur devait se demander où elle était passée. Elle jeta un dernier regard circulaire, notant çà et là quelques signes d'abandon. Les carreaux de la serre où on rangeait les outils de jardin étaient presque tous cassés, de la mousse verdissait les rambardes de pierre, et les volets avaient besoin d'un coup de peinture. Néanmoins, dans l'ensemble, la propriété présentait bien et trouverait sûrement un locataire d'ici peu. Cette perspective avait quelque chose de si désagréable que Pascale ébaucha une grimace. Celui ou ceux qui viendraient s'installer ici avaient une chance folle, elle les enviait d'avance.

A pas lents, elle repartit par la même allée, soudain oppressée par un sentiment de regret. Rentrer à Saint-Germain-en-Laye, reprendre son travail à l'hôpital Necker, affronter le RER et la grisaille, oublier Peyrolles... Elle se hissa maladroitement au-dessus de la petite porte rouillée et retourna au taxi. Le chauffeur avait mis sa radio, mais il la coupa en la voyant arriver.

— Où aviez-vous disparu comme ça, ma petite dame ?

— Je faisais le tour de cette propriété.

— Le numéro de l'agence immobilière est sur la grille, fit-il remarquer d'un ton soupçonneux.

— Je ne veux pas la louer, expliqua Pascale, j'avais juste envie de la revoir, j'ai vécu là quand j'étais enfant.

— Ah, comme ça, d'accord, je comprends mieux ! J'aurais pu vous faire la courte échelle, vous savez...

Amusée, Pascale croisa son regard dans le rétroviseur et lui sourit.

— L'endroit appartient à un certain Fontanel, mais il y a des lustres qu'il loue, précisa le chauffeur avec un air de conspirateur. Une vieille famille du coin, des toubibs de père en fils, je crois bien. Pas très aimés par ici.

Ces derniers mots firent à Pascale l'effet d'une gifle. Pas aimés ? Pourquoi donc ? Son grand-père - qu'elle n'avait pas connu - tout comme son arrière-grand-père étaient effectivement médecins à Albi. Une petite rue portait même leur nom, et la jeune femme avait toujours été persuadée que les gens les appréciaient beaucoup.

— Vraiment ? fit-elle avec une désinvolture très étudiée.

— Je suis de Marssac, répliqua le chauffeur, je connais tout le monde ! Des histoires, on en entend des vertes et des pas mûres, faut trier... Mais comme on dit, il n'y a pas de fumée sans feu, n'est-ce pas ? Et les Fontanel n'ont pas laissé un bon souvenir, ça, c'est sûr.

Médusée, Pascale détourna la tête tandis que le taxi démarrait. Ce type devait confondre avec un autre nom, une autre famille. A l'époque où ils habitaient encore Peyrolles, son père travaillait avec succès dans une clinique d'Albi dont il possédait des parts, et Adrien était un excellent élève au lycée. Ses parents recevaient assez peu, toutefois ils organisaient quelques grands dîners, ainsi qu'une traditionnelle garden-party début juin, qui réunissait tous les notables de la région. Pourquoi n'auraient-ils pas été aimés ?

Le retour à Albi s'effectua dans le silence, le chauffeur respectant ce qu'il prenait sans doute pour de la nostalgie. Pascale lui demanda de s'arrêter cinq minutes au cimetière, où elle alla dire une ultime prière sur la tombe de sa mère, puis elle récupéra son sac de voyage à l'hôtel et se fit conduire à la gare. Elle avait une bonne demi-heure d'avance, qu'elle passa à faire les cent pas le long du quai, perdue dans ses pensées. Sa visite à Peyrolles lui laissait une impression étrange et pleine de regrets. Elle aurait aimé voir l'intérieur de la maison, sa chambre d'enfant, le jardin d'hiver où elle regardait la télévision avec Adrien. De huit ans son aîné, il faisait semblant d'oublier sa présence quand l'heure du coucher arrivait pour elle, et elle se faisait toute petite dans son fauteuil de rotin, jusqu'à la fin du film. Ensuite, Adrien la portait dans son lit, lui lisait une histoire, attendait qu'elle s'endorme.

Cinq minutes avant l'arrivée du train, elle sortit son portable de son sac et appela son père. Comme prévu, il proposa d'aller la chercher à la gare mais elle lui assura qu'elle se débrouillerait, soucieuse de lui épargner les encombrements du samedi soir à Paris.

— Je suis allée faire un tour à Peyrolles, ajouta-t-elle.

— Ah, bon ? Drôle d'idée ! Dans quel état est la maison ?

— Je n'ai pas pu entrer, je n'ai vu que l'extérieur. Le parc est correctement entretenu.

— Encore heureux ! Tu sais, je paye toujours Lestrade, le jardinier, parce que, avec les locataires, ce serait vite devenu la forêt vierge...

Dans les haut-parleurs du quai, une voix désincarnée annonça l'entrée du train en gare et empêcha Pascale d'entendre la suite de la phrase.

— Tu disais quoi, papa ?

— Je disais que je vais mettre Peyrolles en vente, répéta-t-il. Allez, ma puce, bon voyage et à tout à l'heure.

Contrariée, elle coupa la communication tandis que les wagons défilaient devant elle. Une fois installée à sa place, voiture 13, elle faillit rappeler son père mais y renonça. Elle aurait tout le temps, ce soir ou demain, de lui demander pour quelle raison il avait pris cette décision. Vendre Peyrolles était une très mauvaise idée, elle en était certaine, même si elle ne savait pas pourquoi. Bien sûr, la propriété ne devait rien rapporter, les loyers étant sans doute engloutis dans les frais d'entretien et les impôts, pourtant il n'avait jamais été question de s'en séparer. Comme toutes les maisons de famille, elle représentait une somme de précieux souvenirs, et Pascale avait toujours cru que ses parents finiraient par y retourner au moment de leur retraite. Peut-être son père ne s'y voyait-il pas tout seul ? Il avait désormais ses habitudes et ses amis à Saint-Germain ou à Paris, d'ailleurs il adorait son appartement et n'avait pas une seule fois regretté d'avoir quitté la région d'Albi.

Comme le wagon était presque vide, elle s'installa confortablement, prête à somnoler jusqu'à la gare d'Austerlitz. Sans la présence de Samuel à ses côtés, ces quelques jours auraient été encore plus sinistres. A présent, elle et son frère allaient devoir soutenir leur père, l'entourer d'affection. Au cimetière, lors de la descente du cercueil, il avait été sur le point de craquer, les yeux pleins de larmes, l'air tellement perdu que Pascale avait pleuré sur lui presque autant que sur sa mère.

Mais elle ne voulait plus penser à ces images d'enterrement, ni au bras de Sam autour de ses épaules. En sortant de l'église, écrasée de chagrin, elle s'était appuyée contre lui, et soudain une question lui avait traversé la tête : pourquoi l'avait-elle quitté ? Aucun des hommes qu'elle avait connus depuis son divorce n'arrivait à la cheville de Sam, et aucun ne l'avait retenue au-delà de quelques semaines.

Elle s'enfonça davantage dans son siège, essayant désespérément de s'endormir. Songer à Sam ne la mènerait nulle part, elle était fragilisée par le deuil de sa mère, voilà tout. Et souffler sur les braises d'un amour passé ne servait à rien, elle le savait très bien. Sam avait sa vie, elle la sienne, leurs chemins s'étaient définitivement séparés.

La vision de Peyrolles s'imposa de nouveau à elle. La pierre blanche, les volets clos, l'herbe trop haute... Une fois la maison vendue, il serait impossible d'y retourner, ne resteraient que quelques photos dans les albums de famille.

Incapable de trouver le sommeil, Pascale finit par se redresser et appuya son front contre la vitre. Le ciel s'était couvert, le jour baissait, la remontée vers Paris s'annonçait morne. Pour éviter le changement à Toulouse, elle avait choisi un train corail, qui mettait un temps fou et arriverait très tard à la gare d'Austerlitz. D'ici là, elle pouvait essayer de trouver des arguments pour convaincre son père de conserver la propriété. Continuer à la louer ou, beaucoup plus intéressant, en faire une maison de vacances. Le jour où elle aurait enfin des enfants, ce serait l'endroit idéal où les emmener pour l'été...

De manière paradoxale, son besoin d'enfants lui semblait moins impérieux que quelques années plus tôt. Sans doute parce qu'elle était seule. A l'époque de son mariage avec Samuel, elle voyait en lui le père idéal et, à ce moment-là, elle croyait pouvoir conjuguer ses études avec la maternité. Qu'en serait-il, aujourd'hui, avec un métier aussi prenant que le sien ? Elle avait perdu ses illusions de jeune fille, tout comme elle avait perdu Sam, et à présent sa mère. N'était-il pas temps pour elle de prendre son existence à bras-le-corps et de lui donner un sens ? Trop préservée, trop intransigeante, elle s'était contentée de foncer sans jamais se demander si ce qu'elle faisait était réellement ce qu'elle *désirait* faire. En choisissant la médecine, elle avait voulu se prouver qu'elle était digne de son père et de son frère, peu disposée à devenir une femme au foyer, mais elle aurait pu opter pour mille autres carrières auxquelles elle n'avait même pas songé.

Bercée par le bruit des roues sur les rails, elle réussit à s'endormir et sombra dans un sommeil agité, entrecoupé de réveils en sursaut. Plus elle s'éloignait d'Albi, plus l'image de Peyrolles revenait la hanter, la poursuivant jusque dans ses rêves. Elle se revoyait petite fille, vêtue d'une de ces robes de soie aux motifs chinois que sa mère lui achetait et qu'elle déchirait en grimpant aux arbres. Chaque fois qu'elle invitait d'autres enfants de sa classe pour un goûter ou un pique-nique, leur réaction était toujours la même, Peyrolles les fascinait. Elle était fière d'habiter là, fière de ses parents et surtout d'Adrien, ce formidable grand frère que lui enviaient toutes ses amies.

A la fin du voyage, qui lui parut interminable, elle n'avait plus qu'une hâte: se retrouver dans son lit. Malgré l'heure tardive, elle persuada un chauffeur de taxi de la conduire à Saint-Germain, où elle arriva à une heure du matin, épuisée.

L'appartement était silencieux, mais son père avait laissé de la lumière dans l'entrée. Depuis que Pascale était revenue habiter chez ses parents, il veillait à ce genre de détails : une lampe allumée, un petit mot affectueux posé sur le comptoir de la cuisine, ou encore un article découpé à son intention dans l'une des nombreuses publications scientifiques auxquelles il était abonné.

Elle alla chercher une bouteille d'eau et trouva la cuisine impeccablement rangée, à croire que Henry n'avait pas pris un seul repas ici. Sans doute fuyait-il la solitude et s'était-il réfugié au restaurant, avec Adrien ou des amis. Alors qu'elle allait sortir, sa bouteille sous le bras, son regard tomba sur le bloc-notes près du téléphone. Elle prit le stylo, hésita une seconde puis écrivit quelques mots avant d'arracher la page. Ensuite, elle parcourut le couloir sur la pointe des pieds, s'arrêta devant la chambre de son père dont elle ouvrit la porte sans bruit. Approchant du lit à pas de loup, elle constata qu'il dormait profondément. Elle tendit la main, lui effleura la tempe. Du plus loin qu'elle se souvienne, il avait été pour elle un père attentif, affectueux, et elle espéra de toutes ses forces qu'il parviendrait à surmonter son chagrin. A côté de la lampe de chevet, elle vit une plaquette de somnifères à laquelle il manquait deux cachets. Raisonnable, il avait préféré leur aide plutôt qu'une nuit blanche, ce qui prouvait qu'il n'était pas décidé à se laisser aller.

Délicatement, elle déposa la feuille du bloc-notes contre le réveil, de manière qu'il la voie en se réveillant. De son écriture nerveuse, elle n'avait inscrit que deux petites phrases : *Je suis là, papa. S'il te plaît, ne vends pas Peyrolles, je crois que j'aimerais m'y installer.*

2

— C'est l'idée la plus idiote de l'année ! renchérit Adrien en adressant un sourire narquois à sa sœur.

Appelé en renfort par leur père, il était venu partager le dîner du dimanche soir à l'appartement.

— Si tu travailles à Toulouse, poursuivit Henry, tu auras soixante-dix kilomètres à faire chaque matin et chaque soir ! Le meilleur moyen de finir par se tuer en voiture, non ?

— Papa, protesta Pascale, il y a un hôpital à Albi, je n'ai aucune intention de postuler à Purpan ou à Rangueil !

— Ah bon ? Ce n'est même pas pour te rapprocher de Samuel que tu envisageais de...

— Que *j'envisage*, corrigea-t-elle. Quant à Sam, je te rappelle que nous avons divorcé. Nous sommes de bons amis, rien d'autre.

— Et qui te dit qu'ils ont besoin d'un pneumologue à Albi ? lança Adrien.

Il traversa la cuisine et vint jeter un coup d'œil par-dessus l'épaule de Pascale, qui préparait des spaghettis carbonara.

— Même si tu trouves un poste là-bas, tu mourras d'ennui dans un petit hôpital de province, probablement sans moyens et sans plateau technique. Ensuite, tu mourras de peur le soir en rentrant à Peyrolles. Tu t'imagines seule dans cette baraque ? C'est une caserne !

— J'aime cette maison, j'ai envie d'y vivre, répéta-t-elle, agacée d'être mise sur la sellette depuis le début de la journée.

Sitôt levé, son père avait déboulé dans la cuisine en robe de chambre, agitant d'un air horrifié le petit mot laissé par Pascale.

— De toute façon, ajouta Adrien, tu choisirais mal ton moment pour partir...

Une manière de lui rappeler qu'ils étaient censés, elle comme lui, veiller sur leur père et l'entourer.

— Je n'ai pas dit que j'allais le faire cette semaine ! Ce genre de bouleversement nécessitera un certain temps, je ne suis pas pressée.

Elle lui prit des mains le sachet de parmesan pour l'ajouter aux jaunes d'œufs, aux lardons grillés et à la crème fraîche. Derrière eux, leur père se racla la gorge.

— Bien entendu, ma chérie, je ne te demande pas de rester ici. Tu n'es pas ma dame de compagnie, je comprends très bien que tu veuilles te faire une vie à toi, mais pourquoi à l'autre bout de la France ?

— Parce que j'en viens. Je veux dire, je suis née là-bas et...

Elle lâcha la cuillère de bois et se retourna vers eux, les englobant tous deux dans le même regard aigu.

— J'ai eu un véritable éblouissement devant Peyrolles. Je croyais avoir oublié la maison, le parc, et au contraire tout ça m'était tellement familier, jusqu'au moindre détail ! Habiter là, ce serait comme rentrer chez moi. J'y ai pensé pendant tout le voyage, hier...

A voir leurs visages fermés, ils n'étaient pas décidés à approuver son choix, mais elle s'entêta.

— Je ne me plais pas à Paris. Je veux voir autre chose, rencontrer d'autres gens, avoir de l'espace et du soleil. Déjà, avec Sam, je détestais notre appartement de la rue de Vaugirard. On projetait toujours de s'acheter une maison quelque part, de partir. Et je vous en avais parlé, à l'époque, vous savez très bien que ce n'est pas une idée neuve ni un coup de tête.

Son frère haussa les épaules sans répondre, occupé à chercher d'autres arguments, tandis que son père continuait à la considérer d'un air sombre.

— Je sais, chérie... Mais je connais Peyrolles mieux que toi, l'entretien est très lourd, même avec une belle situation. Et personne ne te fera un pont d'or à Albi, en admettant qu'on t'offre un poste. Une jeune femme seule, dans cette grande baraque...

— Je ne serai pas toujours seule, papa.

— Bien sûr. Seulement, en attendant, il te faudra assumer tous les frais, et je ne vois pas comment. Si nous vendons la propriété, je peux répartir le produit de la vente entre ton frère et toi, ensuite vous en ferez ce que bon vous semble. Ce serait plus équitable, non ?

Elle réalisa immédiatement toutes les implications de ces paroles. Pourquoi s'était-elle imaginé qu'il la laisserait habiter Peyrolles sans contrepartie ? Parce qu'il ne parlait jamais d'argent ? Elle ignorait tout de sa situation matérielle, le supposant très à l'aise à en croire la rentabilité de sa clinique, mais peut-être avait-il des problèmes qu'il préférait ne pas évoquer devant ses enfants. A moins que, tout simplement, il ne veuille mettre de l'ordre dans ses affaires.

— Je ne pensais pas me l'approprier, murmura-t-elle. C'est juste que... Après tout, puisque tu loues, je pourrais être ta locataire, non ?

— Je ne loue plus, je vends ! trancha Henry. Je ne l'ai pas fait jusqu'ici parce que ta mère n'aurait pas compris. Elle avait beaucoup aimé cette maison, elle préférait que nous la gardions.

— Moi aussi ! s'insurgea Pascale. Mais tu as raison, vis-à-vis d'Adrien ce serait très égoïste. Mieux vaut que je me porte acquéreur, comme ça les choses seront claires.

— Tu es folle, ma parole ! explosa Henry.

Sa réaction, excessive, étonna Pascale. Pourquoi était-il si contrarié à l'idée de la voir s'installer à Peyrolles ? En général, il cherchait à la comprendre, à l'aider, et c'était un homme très posé, qui adorait argumenter calmement.

— J'ai trente-deux ans, poursuivit-elle sans se laisser démonter, un bon métier, j'obtiendrai un crédit sans problème. Tu m'as toujours dit qu'un investissement immobilier est la meilleure façon d'épargner, je suis décidée à me lancer.

Elle le prenait à son propre piège, il ne pouvait tout de même pas prétendre qu'il allait vendre à n'importe qui sauf à elle. Dans le silence qui suivit, l'eau se mit à déborder du faitout et Adrien se précipita pour le retirer du feu. Il égoutta les spaghettis, ajouta la sauce puis déposa le plat sur la table. Pascale en profita pour s'approcher de son père, qu'elle prit affectueusement par l'épaule.

— On est en train de se disputer, là ?

— Non, ma chérie... Mais nous ne sommes pas d'accord, c'est certain.

Il avait soudain l'air fatigué, presque vieux.

— Je comprends tes désirs, tes rêves, hélas ! Peyrolles n'est pas un endroit qui porte bonheur, ajouta-t-il à contrecœur.

Jamais il ne faisait allusion à l'accident qui avait coûté la vie à la mère d'Adrien alors que celui-ci n'avait pas deux ans. Le feu avait pris dans la dépendance où la jeune femme s'était installé un atelier d'aquarelle, et elle avait brûlé vive dans l'incendie. Ce drame épouvantable avait laissé Henry veuf, seul pour élever son petit garçon qui commençait à peine à marcher. Heureusement, il avait rencontré Camille quelques mois plus tard. Rencontrer n'était pas le mot juste puisqu'ils se connaissaient de longue date, mais ils s'étaient perdus de vue pendant toute la période où Camille avait quitté la région pour faire ses études à Paris. Douce, sensible, Camille avait consolé Henry et, déjà très maternelle, avait pris Adrien sous son aile, l'aimant comme son propre fils, au point qu'il avait vite oublié sa mère, dont il ne conservait quasiment aucun souvenir.

Que son père rappelle délibérément cet épisode tragique était le signe d'un profond désarroi. Après l'incendie, il avait fait raser les ruines de la dépendance, planter des lilas et des hibiscus à cet emplacement, mais il était resté à Peyrolles, n'éprouvant pas le besoin de quitter l'endroit. Avec Camille, il avait fondé une nouvelle famille, concrétisée par la naissance de Pascale. A l'époque, il n'estimait donc pas que Peyrolles pouvait lui porter malheur. D'ailleurs, ils avaient tous été très heureux là-bas durant bien des années.

— Si je me souviens bien, reprit Adrien, tu voulais faire une carrière hospitalière, non ? Ce n'est pas en t'enterrant à Albi que tu y arriveras !

Lui aussi revenait à la charge, apparemment décidé à poursuivre la discussion jusqu'à ce que Pascale cède.

— Carrière est un bien grand mot, répondit-elle d'un ton mesuré. J'aime ce que je fais, Ad, je ne cours pas après les promotions, soigner des malades me suffit.

A l'hôpital, elle avait découvert des choses que ses études ne lui avaient pas apprises. Soulager la souffrance, redonner de l'espoir, accompagner jusqu'au bout quand c'était nécessaire, et parfois, plus rarement, guérir. Au-delà du diagnostic ou du traitement, elle avait un véritable contact avec ses patients et était capable de se battre à leurs côtés. Certains de ses confrères la jugeaient trop sensible, trop concernée, ce qui la mettait hors d'elle mais ne modifiait en rien son comportement.

— Mange, ça refroidit, murmura son père.

Elle baissa les yeux sur la colline de spaghettis qu'Adrien venait de lui servir. L'appétit coupé, elle songea aux minuscules nouilles sautées que sa mère préparait le dimanche, avec des boulettes de viande à la vapeur, enrobées de feuilles de menthe. Où avait-elle appris l'art de la cuisine vietnamienne ? Arrivée en France à l'âge de trois mois, elle n'était jamais retournée dans son pays d'origine.

— De toute façon, rien ne presse, on en reparlera, dit-elle en se forçant à sourire.

Henry ne répondit pas, mais Adrien leva les yeux au ciel d'un air excédé. Pourquoi son frère semblait-il si farouchement opposé à son projet ? En quoi le fait qu'elle veuille vivre à Peyrolles pouvait-il le contrarier puisqu'il ne serait pas lésé sur le plan financier ?

Sans conviction, elle enroula quelques spaghettis sur sa fourchette. Elle allait devoir s'accrocher à son idée pour l'imposer, mais plus elle y pensait, plus elle se sentait sûre de son choix. Sauf qu'elle ne savait ni à quel moment ni pourquoi elle avait pris cette décision insensée.

Marianne lui tournait le dos, appliquée à terminer le repassage d'une chemise blanche, qu'elle enfila sur un cintre.

— Mon Dieu, c'est un bain de vapeur, ici ! Pourquoi fais-tu ça ? s'exclama Samuel, la faisant sursauter.

Jamais il ne lui avait demandé de s'occuper de son linge. Il supportait d'ailleurs mal cet excès d'attentions dont elle l'entourait. Il alla ouvrir la fenêtre en grand et se pencha pour jeter un coup d'œil au jardin. Une petite pelouse carrée bien entretenue - il faisait ça avec une tondeuse électrique - et des rosiers grimpants le long de la barrière blanche offraient une impression propre, nette, presque désespérante. Mais Samuel n'avait pas le temps de s'occuper des fleurs, il travaillait énormément à l'hôpital et consacrait l'essentiel de ses loisirs aux hélicoptères.

Il entendit Marianne bouger derrière lui. Une seconde plus tard, elle lui passait les bras autour du cou, l'embrassait dans la nuque.

— Samuel, chuchota-t-elle d'une voix tendre.

Comme chaque dimanche, il avait volé toute la matinée avec ses élèves. Le meilleur moyen pour lui de se livrer à sa passion avait été de passer sa qualification d'instructeur sur hélico, puis de trouver un poste dans un club. Rapidement, il s'était découvert des dons pédagogiques et un réel plaisir à former de futurs pilotes.

— Tu ne veux pas faire une petite sieste ? ajouta Marianne, encore plus bas.

Elle se plaqua davantage contre lui et il eut envie d'elle. Seulement, s'il cédait à son désir, il n'aurait pas le cœur de la renvoyer chez elle après, or il mourait d'envie de rejoindre le bar de l'aéroclub pour une soirée entre copains. Marianne était une fille adorable, et de surcroît très jolie avec ses grands yeux bleu porcelaine, ses boucles blondes, son corps tout en rondeurs, mais il n'était pas amoureux d'elle et bien décidé à ne pas le devenir. Il ne voulait plus s'attacher à aucune femme, il en avait trop bavé lors de sa séparation d'avec Pascale, jamais il ne pourrait supporter de revivre ce genre d'épreuve. Heureusement, Marianne ne représentait qu'un risque très limité.

— J'ai une montagne de courrier en retard, plaida-t-il, des coups de fil à passer et...

Il s'interrompit lorsqu'elle glissa ses mains sous son tee-shirt. En général, elle ne prenait pas l'initiative de leurs étreintes, trop réservée pour les provoquer, et il trouva son geste attendrissant. Avait-elle donc tellement envie de faire l'amour ? Ou plutôt envie de rester là jusqu'à demain, de lui préparer un dîner aux chandelles et de s'endormir blottie sur son épaule ? Désespérément romantique, elle s'imaginait vivre un grand amour, refusant d'admettre qu'elle s'était trompée en jetant son dévolu sur lui. Il se retourna, l'obligea à reculer un peu.

— Je ne suis pas libre ce soir, je dîne avec des amis, annonça-t-il le plus gentiment possible.

Devant son air déçu, il se sentit à la fois coupable et soulagé. Parfois, lorsqu'elle s'incrustait chez lui le dimanche, il n'osait rien dire et terminait la journée exaspéré, surtout si elle se mettait à ranger ou à cuisiner. Depuis son divorce, il essayait de préserver son indépendance, mais Marianne semblait croire qu'elle pourrait changer les choses.

— A quelle heure dois-tu partir ? demanda-t-elle d'un ton triste.

— Vers six heures.

— Alors, tu n'es pas pressé ?

Mal à l'aise, il la prit dans ses bras, la souleva du sol. Ignorer son insistance aurait été blessant pour elle, et de toute façon il la désirait. Il la porta jusqu'à sa chambre, la déposa sur le lit et s'allongea près d'elle. Avec des gestes lents, il lui enleva son chemisier, son soutien-gorge, l'embrassa entre les seins.

— Tu es très belle, Marianne...

Sa peau était douce mais trop pâle, une vraie peau fragile de blonde. Il laissa courir ses doigts sur les hanches rondes, le petit ventre bombé. Rien en elle ne pouvait évoquer Pascale, c'était sûrement pour ça qu'il restait avec elle.

— Tu perds ton temps avec moi, tu mérites autre chose, soupira-t-il.

Il ne lui avait fait aucune déclaration, aucune promesse, dès le début il avait joué cartes sur table avec elle, pourtant elle s'entêtait.

— Ne dis pas de bêtises, souffla-t-elle, c'est toi que je veux.

Elle n'écoutait jamais ce qu'elle n'avait pas envie d'entendre, peut-être était-ce sa force.

— Caresse-moi...

Il ne demandait pas mieux, d'ailleurs le moment était mal choisi pour une mise en garde supplémentaire. Le premier soir, il avait expliqué qu'il sortait d'un divorce douloureux, dont il n'était pas remis, et serait tout à fait incapable de s'investir dans une relation durable. Elle lui avait posé quelques questions sur son ex-femme, auxquelles il avait répondu à contrecœur, jusqu'à ce qu'elle déclare avec une incroyable naïveté : « Oh, je la déteste, je te la ferai oublier ! »

Oublier Pascale ? Il n'y tenait pas. Leurs années de mariage avaient été les plus fantastiques de sa vie, et rien que le souvenir de leur rencontre le faisait encore frémir. Un vrai coup de foudre, une lame de fond, une sensation inouïe qu'il n'avait jamais éprouvée avant, ni depuis. Elle portait un pyjama couleur pêche et semblait effrayée à l'idée de se retrouver au bloc opératoire. Ses grands yeux noirs s'étaient rivés à ceux de Samuel comme si elle attendait de lui toutes les explications que le chirurgien ne lui avait pas données. Assis au bord du lit, intimidé par la violence de ce qu'il ressentait en la regardant, Samuel s'était efforcé de la rassurer, lui avait promis qu'il lui tiendrait la main en l'endormant et qu'il serait là à son réveil. Quelques mois plus tard, il l'épousait, éperdu de bonheur. La fascination qu'elle exerçait sur lui ne s'était jamais émoussée, chaque matin il avait remercié le ciel, jusqu'à leurs premières disputes à propos de cet enfant qu'elle voulait par-dessus tout mais n'arrivait pas à concevoir. La querelle était devenue quotidienne, s'était envenimée, pourtant il n'avait pas mesuré le danger, pas imaginé que cette histoire de bébé les conduirait à se dire des horreurs et, finalement, à se séparer. Le soir où elle était partie pour de bon - il la connaissait assez pour comprendre qu'elle ne reviendrait plus -, il avait eu envie de se tirer une balle dans la tête.

— Samuel, lâcha Marianne dans un souffle.

Pris en flagrant délit d'inattention, il faillit s'excuser mais s'aperçut à temps que la jeune femme ne s'était rendu compte de rien et gémissait de plaisir sous ses mains.

Pendant deux semaines, Pascale s'était efforcée de ne pas penser à Peyrolles, néanmoins elle en rêvait chaque nuit. Pourquoi cet endroit l'obsédait-elle tant ? Enfant, elle l'avait beaucoup regretté, cependant chaque été elle visitait un pays différent avec ses parents et ces voyages lui avaient fait oublier Peyrolles peu à peu. Ensuite, il y avait eu les séjours linguistiques en Angleterre ou en Espagne, puis les virées avec les copains de fac, et le souvenir de la maison familiale s'était tout à fait estompé. Il lui arrivait parfois d'en parler comme d'un paradis perdu - en particulier à Samuel -, mais sans idée de retour.

Et voilà que face à Peyrolles, quinze jours plus tôt, elle avait éprouvé un véritable choc dont la conséquence, sans qu'elle sache comment ni pourquoi, était le besoin impérieux de revenir vivre là. La maison l'appelait, l'attirait, elle aurait presque pu se croire l'héroïne d'un de ces films fantastiques où les murs semblent avoir quelque chose à transmettre. Mais elle était beaucoup trop pragmatique pour ce genre de superstition et interprétait plus sobrement son coup de cœur. En réalité, le décès de sa mère était venu mettre le point final à une période difficile pour elle. Le bébé qu'elle n'avait pas pu avoir, la rupture d'avec Sam, le retour chez papa-maman où elle s'était sentie ramenée en enfance : tout avait concouru à la déstabiliser depuis trois ans. Si elle voulait s'en sortir, elle devait prendre des décisions personnelles et s'y tenir. Peyrolles en était une, tant pis si elle n'obtenait pas l'adhésion des siens.

Elle envoya un dossier de candidature à l'hôpital d'Albi, ainsi qu'aux principaux établissements de Toulouse, à tout hasard. Trouver un poste était la condition nécessaire aux démarches suivantes mais, pour gagner du temps, elle demanda une estimation de la propriété à l'agence immobilière qui s'était occupée de la louer.

Chaque soir, en rentrant à l'appartement de son père, elle ouvrait son courrier avec une impatience fébrile ; et chaque jour, dès qu'elle avait une pause à l'hôpital, elle échafaudait des projets d'avenir. Lors de son divorce d'avec Sam, elle avait expédié tout ce qui lui appartenait - mobilier, livres ou vaisselle - au garde-meuble et ne s'en était plus souciée. Au début, comme il s'agissait d'un retour *provisoire* chez ses parents, elle s'était laissé dorloter sans trop se poser de questions, avec le vague projet de louer un deux-pièces moderne à proximité de Necker. Mais sa mère était tombée malade et elle était restée. Une étrange maladie, délicate à diagnostiquer, quasiment impossible à traiter. Alzheimer précoce ? Dépression chronique ayant tourné à l'instabilité mentale ? Camille allait de plus en plus mal, parlait de moins en moins, serrait convulsivement des mouchoirs humides dans ses mains et s'alimentait à peine. En quelques mois, son état s'était dégradé au point de devenir alarmant, mais ni les confrères appelés à la rescousse ni les innombrables examens n'avaient apporté de solution. A cette époque-là, il était arrivé à Pascale de se dire que sa mère se laissait mourir.

Jusqu'au dernier moment, Pascale, Adrien et Henry avaient lutté, se relayant en vain, impuissants malgré leur formation de médecins et tout leur amour. Vers la fin, Camille semblait ne plus les voir, sauf peut-être Pascale, à qui elle adressait parfois un sourire triste, terriblement lucide.

Quitter l'appartement familial de Saint-Germain et abandonner son poste à Necker permettrait à la jeune femme de faire table rase. Sam avait bien réussi à refaire sa vie ailleurs, pourquoi n'y parviendrait-elle pas, elle aussi ? D'autres gens, un climat plus clément, peut-être de nouveaux amis, et surtout habiter Peyrolles, même en s'endettant pour les dix ou quinze années à venir, voilà tout ce qu'elle souhaitait.

Son père et son frère, malheureusement, ne désarmaient pas, toujours opposés à ce qu'ils appelaient sa « folie ». A bout de patience, Adrien l'avait même traitée d'écervelée et d'égoïste, et elle s'était fâchée, rappelant vertement que, à trente-deux ans, elle ne recevrait de leçon de personne. D'autant moins qu'elle ne dépendait pas de leur père, ne travaillait pas dans sa clinique et pouvait aller où bon lui semblait. Furieux de cette mise au point qui le visait directement, Adrien ne lui avait plus adressé la parole pendant huit jours.

Henry était plus modéré. Certes, il n'approuvait pas le choix de Pascale, mais il ne voulait pas se disputer avec elle. Fatigué, abattu, il écoutait les éclats de voix entre frère et sœur en donnant raison à Adrien, pourtant il finissait toujours par prendre sa fille dans ses bras. Il l'aimait, il était fier d'elle et il refusait d'être celui qui la retiendrait contre son gré, même s'il restait persuadé qu'elle allait commettre une énorme bêtise.

Lorsqu'elle reçut enfin l'estimation de l'agence, Pascale éprouva un choc à la lecture du chiffre. Peyrolles valait beaucoup d'argent. A cause du développement touristique de la région, de l'architecture séduisante de la maison et de son environnement préservé, la propriété pouvait se négocier cinq cent mille euros, voire davantage si le vendeur n'était pas pressé. La somme, très supérieure aux prévisions de Pascale, avait de quoi lui donner des angoisses. Outre le crédit, dont les mensualités risquaient de peser lourd dans son budget, elle allait devoir trouver un apport personnel. A qui le demander ? Les amis de Pascale s'étaient presque tous installés professionnellement en contractant des emprunts eux aussi, personne ne pourrait l'aider dans l'immédiat.

Sauf... sauf Samuel, peut-être. Mais comment trouver le courage de lui poser la question ? S'adresser à lui pour des histoires d'argent était trop délicat. Elle refusait d'exploiter cette tendresse qu'il lui vouait toujours, de mettre en péril le rapport fragile qu'ils avaient réussi à sauver malgré tout. Au moment de leur divorce, réglé par consentement mutuel, ils ne s'étaient rien demandé l'un à l'autre et n'allaient pas commencer maintenant. Pascale savait que Samuel avait perdu tôt ses parents, dont il était le fils unique et le seul héritier. Les Hoffmann possédaient une entreprise de textile prospère, que Sam avait bien vendue. Sans doute était-il à l'abri du besoin, ainsi qu'il le lui avait répété en l'épousant, mais Pascale ne s'était jamais mêlée de ses affaires.

Après avoir longtemps tergiversé, elle prit rendez-vous à sa banque pour étudier la possibilité d'un financement. Durant plus de deux heures, elle examina diverses propositions et en arriva à la conclusion qu'elle aurait besoin d'aide avant d'y voir clair dans cette jungle de chiffres vertigineux. Au moins, elle pouvait avoir recours à Samuel pour un conseil impartial. Qu'elle veuille acheter Peyrolles ne risquait pas de le faire sauter au plafond, peut-être même trouverait-elle enfin en lui quelqu'un qui l'approuve.

Mais sa conversation téléphonique avec Sam ne se déroula pas tout à fait comme prévu. D'abord, son ex-mari parut atterré à l'idée de la voir s'installer dans la région où il avait choisi de se réfugier. Après plusieurs secondes de silence, il admit néanmoins que l'attachement de Pascale pour Peyrolles remontait à l'enfance et justifiait son choix. Il se montra assez pessimiste sur les possibilités de travail à Albi. Toutefois, en attendant, les hôpitaux de Toulouse offriraient sans doute une chance à Pascale, la pneumo n'étant pas une spécialité très encombrée. Enfin, concernant le plus important, à savoir ce projet d'achat immobilier, il fut catégorique : il allait l'aider.

— Tu ne peux pas te lancer dans un investissement pareil sans un sou, sinon tu seras étranglée par les remboursements.

— Je ne veux pas de ton argent, Sam.

— Je sais, mais je ne te le donne pas, je te le prête.

— Non.

— On fera tous les papiers nécessaires chez un notaire, d'accord ?

— C'est hors de question. Je ne t'ai pas appelé pour ça. Disons que je me sens complètement novice dans ces histoires de crédit et je cherche seulement un conseil d'ami. Mon banquier ne me propose que ce qui l'arrange, j'en ai bien conscience.

— Je discuterai le taux d'intérêt pour toi si tu veux, tout se négocie de nos jours !

— Sam…

Découragée, elle avait prononcé doucement le diminutif pour le faire taire. Elle laissa passer un silence et reprit :

— Donne-moi ton avis, je ne te demande rien d'autre.

— Mon avis sur quoi ? Ton installation à Peyrolles ? Ce sera une bonne chose dans la mesure où tu n'as jamais vécu seule, Pascale. Tes parents, ta colocataire du temps de tes études, ensuite moi, et à nouveau tes parents… Il est grand temps pour toi d'assumer ta propre existence. Dans le fond, tu es une femme plutôt indépendante, accorde-toi les moyens de l'être pour de bon !

La leçon était un peu dure à avaler et Pascale faillit répliquer, mais elle se retint. Samuel la connaissait bien, il n'avait pas tort.

— Tu as toujours adoré cet endroit, Pascale. Tu m'en as tellement parlé ! Alors vas-y, offre-le-toi. C'est beaucoup plus intéressant que si ton père t'en faisait cadeau.

— En tout cas, c'est plus équitable vis-à-vis d'Adrien.

— Aussi. Sauf que ton père aurait pu lui faire une donation équivalente, il n'en est pas à ça près.

Surprise par cette affirmation catégorique, Pascale se demanda pourquoi Samuel était mieux informé qu'elle de la situation financière de son père.

— Revenons-en à ton plan de financement, enchaîna-t-il. Le montant de ton apport personnel déterminera le niveau de risque pour le prêteur, et plus cet apport sera important, meilleur sera le taux d'intérêt accordé.

— Si je comprends bien, l'argent va à l'argent, ironisa-t-elle.

— Malheureusement, oui. Et quoi qu'il en soit, tu n'obtiendrais pas cent pour cent de crédit sur une opération immobilière de cette envergure. D'autant plus que tu dois encore ajouter au prix d'achat les droits de mutation, ce qu'on appelle à tort les frais de notaire. Dans le cas de Peyrolles, ça représente environ trente mille euros de plus.

— Tu es décourageant, soupira-t-elle.

— Au contraire, je te dis de foncer !

— Tout en m'expliquant que c'est impossible.

Elle l'entendit rire et se détendit un peu.

— Accepte mon aide, Pascale. En souvenir du bon vieux temps…

— Pas si vieux, murmura-t-elle.

Etait-ce vraiment le « bon temps », ces soirées passées à se disputer ? Il prétendait qu'elle gâchait tout alors qu'elle voulait seulement un bébé. Certaines nuits, quand ils se tournaient le dos et boudaient chacun de leur côté, Sam finissait par prendre sa main et la serrait doucement, dans l'obscurité, tandis qu'elle faisait semblant de dormir. Elle lui en voulait de son indifférence à ce qu'elle considérait comme un problème majeur, de son peu d'empressement à devenir père, elle le soupçonnait même d'être satisfait de son statut d'éternel jeune marié. Sans doute n'avait-il pas envie de voir sa femme se transformer en mère, ni d'être délaissé au profit d'un nouveau-né, et cet égoïsme scandalisait Pascale.

— Tu es toujours là, ma chérie ? J'aimerais te poser une dernière question, par pure curiosité.

— Vas-y.

— Pourquoi Henry te laisse-t-il te débrouiller seule dans cette histoire d'achat ?

— Parce qu'il n'est pas d'accord pour que je m'en aille à l'autre bout de la France. En venant s'installer dans la région parisienne, il a eu l'impression de s'élever, et il trouve que je régresse.

— C'est un raisonnement très provincial, peu digne de lui. J'aime bien ton père...

— Je sais.

Un nouveau silence s'installa sur la ligne. Pascale réfléchissait à l'offre de Sam en se demandant si elle avait raison ou tort de refuser. A qui d'autre pourrait-elle s'adresser ? En qui avait-elle suffisamment confiance, et qui l'aimait assez pour l'aider ?

— Faxe-moi les offres de ta banque et laisse-moi prendre ça en main, reprit Samuel. S'il te plaît.

Avec un petit soupir résigné, elle promit au moins de le tenir au courant, puis elle raccrocha. Tout ce qu'il venait de lui dire n'entamait pas sa décision d'acheter Peyrolles, mais ce serait plus difficile que prévu. Après y avoir réfléchi encore quelques minutes, elle arriva à la conclusion que le jeu en valait la chandelle, et que plus ce serait dur mieux elle savourerait sa nouvelle vie.

Henry signa tous les documents que le comptable avait rangés à son intention dans une chemise en carton. Le taux de remplissage de la polyclinique était excellent, la crise épargnait pour l'instant son établissement. Il avait fait ce qu'il fallait pour ça, ne transigeant jamais sur les qualités professionnelles des gens qu'il employait, ni sur les prestations destinées à séduire une certaine catégorie de patients. Miser sur le luxe se révélait le bon choix, à condition de rester sérieux.

Sur le grand bureau d'acier et de verre, la photo de Camille trônait toujours à la même place depuis près de vingt ans. Dieu qu'elle était jolie, là-dessus ! Les cheveux tirés en arrière, un visage parfait, d'immenses yeux noirs, et ce petit sourire énigmatique qui la caractérisait. Henry avait été littéralement fou d'elle. Au point d'oublier tout ce qui avait précédé l'arrivée de Camille dans sa vie et de ne plus guère s'intéresser à ce qui allait suivre, maintenant qu'elle n'était plus là. Certes, les dernières années avaient été un peu difficiles. Car malgré toute sa réserve, sa pudeur naturelle, Camille montrait des signes de détresse dont Henry ne devinait que trop bien la cause. Mais à quoi bon revenir sur le passé, ainsi qu'il le lui avait expliqué mille fois ? Il ne comprenait pas ces remords tardifs, parfaitement inutiles, qui rongeaient sa femme jusqu'à la démence.

Camille était son premier prénom, ainsi qu'en avait décidé son père lorsqu'il l'avait déclarée et reconnue, mais il était suivi d'autres, tout à fait imprononçables. Née à Hanoi en 1945, elle avait été ramenée en France âgée de quelques semaines à peine. Son histoire était triste, presque banale hélas ! pour cette période de la guerre d'Indochine. Sa mère, une très jeune Vietnamienne de modeste condition, avait succombé au charme d'un officier français dont elle était devenue la maîtresse. Lorsqu'elle avait accouché du bébé de son amant, celui-ci était sur le point de rentrer en France, enfin rappelé par l'armée. Elle avait préféré lui confier l'enfant plutôt que l'élever dans la honte et la misère. Le capitaine Abel Montague possédait le sens de l'honneur et connaissait bien les mœurs du pays : s'il refusait, l'enfant connaîtrait un destin misérable. Alors il avait accepté de s'en charger, bien que déjà marié et déjà père.

Camille ignorait de quelle façon s'était déroulé le retour peu triomphal du capitaine Montague chez lui. Elle était trop petite pour se souvenir de l'accueil réservé au mari infidèle et à sa bâtarde. Bien sûr, Abel possédait des excuses, il était resté en Indochine durant plus de six ans - dont dix-huit mois prisonnier des Japonais -, à s'user dans une guerre de colonie devenue incompréhensible pour tout le monde, y compris pour les militaires. Il en ramenait un caractère ombrageux, une santé minée par le paludisme et un profond dégoût de l'armée. Sa femme avait retrouvé un homme méconnaissable, qui lui faisait presque peur, et elle n'avait pas osé refuser la petite fille métisse qu'il lui imposait. Camille avait donc été élevée avec les trois enfants légitimes des Montague, beaucoup plus âgés qu'elle. Abel était mort quelques années plus tard, et Camille, qui décidément n'avait pas sa place dans la famille, expédiée en pension. Une école de filles plutôt rigide, située près d'Albi, où les Montague l'avaient plus ou moins oubliée.

C'est à cette époque-là que Henry l'avait vue pour la première fois, lors d'une sortie de la classe de seconde en visite à la cathédrale. Elle tranchait au milieu des autres élèves avec sa peau cuivrée, ses grands yeux noirs, sa silhouette fragile. Elle avait seize ans, Henry juste vingt et un, et ils s'étaient regardés... Une ou deux fois, ils avaient réussi à se revoir, à la sauvette, puis Henry était parti effectuer son service militaire et, lui aussi, il l'avait oubliée. Libéré de ses obligations, il s'était marié avec Alexandra, avait eu Adrien.

Alexandra. Comme il se souvenait peu d'elle ! Une blonde froide et hautaine, richement dotée, très éprise de lui. Une bonne épouse, au fond, près de laquelle il aurait pu mener une vie agréable sans cet horrible incendie. Mais le destin en avait décidé autrement et avait remis Camille sur son chemin.

Il tendit la main vers le cadre et l'approcha de ses yeux. Sur cette photo elle était vraiment belle mais, à l'époque où il l'avait revue, elle se trouvait dans un triste état. Malmenée par la vie, aux abois, au bord du gouffre. Il considérait qu'il l'avait sauvée.

Sauvée ? Poussant un long soupir, il reposa le cadre. Sauve-t-on les gens malgré eux ? Camille avait fini par accepter ses conditions, les seules possibles. Il ne regrettait rien, même si parfois...

— Papa ?

Il releva la tête brusquement. Pascale se tenait sur le seuil du bureau, hésitant à entrer.

— Je te dérange ? Tu avais l'air si absorbé...

— Non, pas du tout. Viens t'asseoir.

Elle passait rarement à la clinique et il fut touché qu'elle se soit déplacée jusque-là.

— On dîne ensemble, ajouta-t-elle. Tu t'en souvenais ?

— Naturellement. J'ai fini, d'ailleurs. J'étais sans doute en train de rêver, je ne t'ai pas entendue arriver.

— J'ai frappé.

Amusé, il lui adressa un large sourire. Bien sûr qu'elle avait frappé, elle était parfaitement bien élevée, grâce à Camille et grâce à lui.

— J'ai eu une grande conversation avec Sam, enchaîna-t-elle. Il va m'aider à monter mon dossier, pour Peyrolles.

— Ton dossier ? répéta Henry.

Comme prévu, elle n'abandonnait pas son idée. Quoi d'étonnant ? Il la savait têtue, acharnée, elle ne capitulerait pas. Surtout si Sam s'en mêlait.

— Je pense qu'il sera de bon conseil, dit-il prudemment.

En plus de ses qualités d'anesthésiste, Samuel gérait ses finances avec intelligence, en homme avisé, et il risquait de trouver le projet immobilier de Pascale aussi enthousiasmant sur un plan matériel que réjouissant sur un plan plus personnel.

— Je redescends là-bas la semaine prochaine.

— Tu as raison. Promène-toi donc un moment dans la maison, à la tombée de la nuit, et essaie d'imaginer ce que tu y éprouveras, seule. Regarde le parc, aussi, tu comprendras vite qu'il faut y consacrer un temps fou ou beaucoup d'argent.

— J'apprendrai à jardiner, répondit-elle d'un ton léger. Quant à la maison... je m'achèterai un gros chien de garde ! Tu es rassuré ?

— Pas vraiment.

Et il ne le serait sans doute jamais plus à partir du jour où Pascale s'installerait à Peyrolles, mais qu'y faire ?

— Papa ? Est-ce qu'il y a quelque chose de... je ne sais pas, quelque chose dont tu ne m'as pas parlé et que tu voudrais me dire ? Cet... incendie a dû te laisser un souvenir épouvantable, et peut-être que tu ne...

— Effectivement, coupa-t-il, je préfère ne pas parler du passé. C'est sans importance aujourd'hui. Mais tu ne m'empêcheras pas de penser qu'il y a des endroits plus bénéfiques que d'autres !

Pascale contourna le bureau et vint s'arrêter derrière son fauteuil. Elle lui passa les bras autour du cou, déposa un baiser sur sa tempe.

— Mon petit papa, chuchota-t-elle.

Tout ce qu'il tentait pour la dissuader pouvait passer pour de l'égoïsme, il en eut douloureusement conscience. Certes, il aurait préféré la garder près de lui, néanmoins il savait que c'était impossible et il ne voulait pas qu'elle le prenne pour un père despotique, étroit d'esprit, avant tout préoccupé de lui-même. Au contraire, il désirait la voir s'épanouir, seulement Peyrolles était le dernier endroit du monde où trouver le bonheur.

Elle s'appuyait de tout son poids contre ses épaules et il devina qu'elle regardait la photo de Camille.

— Allons dîner, dit-il en se dégageant.

Céder à l'émotion ne ferait que compliquer les choses. Il se leva, se tourna vers sa fille. Elle avait les yeux pleins de larmes, et ce magnifique regard sombre, voilé de tristesse, était exactement celui de sa mère. Il la prit par la main, trop bouleversé pour parler, et l'entraîna hors du bureau.

— Ce sont d'excellentes références, fit remarquer Laurent Villeneuve.

Samuel lui adressa un sourire reconnaissant. Il s'entendait très bien avec Villeneuve, directeur de l'hôpital Purpan depuis deux ans et passionné comme lui d'aéronautique. Lorsqu'il lui avait transmis le dossier de Pascale, il s'était dit qu'elle obtiendrait le poste vacant sans problème, mais le chef du service pneumo - une femme - semblait réticent.

— Nous avons d'autres candidatures à examiner, fit-elle remarquer du bout des lèvres.

Nadine Clément, ses cheveux gris tirés en arrière et ses imposantes lunettes d'écaille sur le bout du nez, n'avait rien d'avenant. La soixantaine largement dépassée et sans éclat, des traits anguleux et la voix cassante : elle était la terreur de son étage.

— J'aurais préféré engager quelqu'un avec qui j'ai déjà eu l'occasion de travailler, par exemple le Dr Médéric, ajouta-t-elle en plantant son regard dans celui du directeur.

Sans se laisser impressionner, Laurent hocha la tête, dubitatif.

— Il est trop près de la retraite, une jeune recrue serait plus indiquée.

Vexée, Nadine rajusta ses lunettes d'un geste rageur. Elle-même était en fin de carrière et n'appréciait pas qu'on le lui rappelle. Avec un agacement très ostentatoire, elle se tourna vers Samuel.

— Vous nous recommandez si chaudement votre ex-épouse qu'on peut se demander pourquoi vous avez divorcé...

— On se le demande peut-être, trancha le directeur, mais on ne le demande pas à M. Hoffmann, c'est trop personnel, bien entendu ! Et tout à fait hors de propos puisque seules les compétences professionnelles du Dr Pascale Fontanel entrent en ligne de compte dans notre choix, n'est-ce pas ?

Nadine dévisagea Laurent Villeneuve avant de laisser tomber, d'un ton cynique :

— De toute façon, la décision vous appartient, et cette jeune femme est sûrement plus intéressante à vos yeux que le Dr Médéric.

Une façon de lui rappeler qu'elle n'était pas dupe. A trente-huit ans, Laurent restait célibataire et sans doute le prenait-elle pour un séducteur chevronné. Samuel savait que cette idée toute faite circulait parmi le personnel de l'hôpital, mais la réalité était bien différente. Malgré son charme évident de beau ténébreux, Laurent n'avait rien d'un coureur de jupons. Successivement déçu par deux histoires difficiles, il cherchait toujours la femme avec qui fonder une famille ; il s'interdisait cependant la moindre aventure au sein des établissements qu'il dirigeait. En conséquence, la remarque de Nadine Clément était inutilement acerbe.

— Tenez-moi au courant, dit-elle en se levant.

Laurent la laissa partir avant de sourire.

— Elle est vraiment antipathique. J'espère que ton ex ne se laissera pas tyranniser !

Comme promis, il allait donc offrir le poste à Pascale, et Samuel se sentit heureux de pouvoir lui annoncer la nouvelle.

— Ne t'inquiète pas, elle saura se défendre, répondit-il d'un ton réjoui.

— Préviens-la quand même de se méfier, au moins au début, parce que Nadine est une peau de vache.

Elle en avait la réputation et les plaintes des infirmières ou des internes du service de pneumologie s'entassaient sur le bureau de Laurent.

— Je te verrai au club demain, dit Samuel, je dois remonter au bloc.

Ils échangèrent une vigoureuse poignée de main, ravis l'un de l'autre. Laurent avait pu affirmer son autorité de directeur en contrant l'insupportable Nadine Clément, tandis que Sam obtenait un poste intéressant pour Pascale.

Il se hâta de quitter le bâtiment administratif, perdu dans ses pensées. Pourquoi se donnait-il tant de mal ? Prêter de l'argent à son ex-femme et lui trouver un travail pouvait à la rigueur se justifier, de là à penser à elle dix fois par jour...

— Cent fois ! marmonna-t-il en traversant l'une des cours.

Le CHU était gigantesque, étendu sur plusieurs hectares, mais Samuel s'y sentait chez lui. Lorsqu'il avait pris la décision de fuir la région parisienne, s'éloignant le plus possible de Pascale et de tous les souvenirs douloureux liés à leur divorce, la ville de Toulouse lui était apparue comme une terre d'accueil, d'oubli. Immédiatement séduit par l'architecture, le climat, l'atmosphère de la cité, il avait compris qu'il ne s'agissait pas d'une simple halte : il était arrivé au port.

Il s'engouffra dans le bâtiment abritant la chirurgie générale et, dédaignant les ascenseurs du personnel, grimpa quatre à quatre jusqu'à l'étage du bloc. Le planning de la journée était très chargé, comme toujours, et il aurait bon nombre de patients à endormir, à surveiller durant l'intervention, puis à contrôler en salle de réveil avant de pouvoir penser à autre chose.

Depuis l'aéroport de Blagnac, Pascale avait pris une navette jusqu'à la place Jeanne-d'Arc, en plein centre-ville, puis un taxi pour la conduire à l'hôtel des Beaux-Arts, où elle avait réservé une chambre. Elle eut le plaisir de découvrir que, selon son désir, ses fenêtres donnaient sur la Garonne. « Sur Garonne », disaient les Toulousains, le fleuve autour duquel s'organisait la ville étant ainsi magnifié.

Elle changea ses mocassins pour des tennis confortables et descendit à la réception, où on lui remit les clefs de sa voiture de location. Ensuite, il lui fallut plus d'une demi-heure pour s'extraire de la circulation, très dense, et gagner la rocade. Parvenue sur l'autoroute A68, en direction d'Albi, elle se détendit enfin. Cette fois, l'aventure prenait forme, se concrétisait. L'agence immobilière lui avait aimablement envoyé un jeu de clefs qui lui ouvrirait les portes de Peyrolles : elle allait pouvoir en prendre possession.

Tout en conduisant, elle observait le paysage avec une sorte d'avidité, à l'affût d'images familières. Elle quitta l'autoroute à Marssac, franchit le Tarn et se dirigea vers Castelnau. A chaque kilomètre qui la rapprochait de la maison - de *sa* maison -, elle sentait son excitation augmenter. De quelle manière les locataires successifs avaient-ils transformé les pièces ? Vingt ans plus tôt, elle s'en souvenait parfaitement, la plupart des murs étaient blancs ou de couleur pastel. Sa mère avait les papiers peints et les motifs en horreur, elle n'aimait que la clarté, le dépouillement, affichant une prédilection pour les dessus-de-lit et les rideaux en piqué uni. Ici ou là, elle mettait parfois une touche de rouge ou de noir dans la décoration avec un vase ou un meuble laqué, et il y avait toujours d'énormes bouquets de fleurs dans des jarres posées à même le sol.

Les hauts murs de Peyrolles apparurent enfin et Pascale se gara juste à l'endroit où le taxi l'avait attendue un mois plus tôt. Trop pressée pour rentrer la voiture, elle se contenta d'entrouvrir la grille et se glissa dans le parc. Refrénant son envie de courir, elle remonta l'allée à grandes enjambées. Si le gravier était toujours aussi fin, presque blanc, en revanche la pelouse se desséchait et les chardons y proliféraient. Les arbres lui parurent immenses, plus grands que dans son souvenir, mais bien sûr vingt années s'étaient écoulées.

Elle s'élança vers le perron, le cœur battant, et s'énerva sur le trousseau avant de trouver la bonne clef. Enfant, elle se contentait de claquer la porte ! Elle parvint enfin à l'ouvrir, remarqua distraitement qu'elle grinçait sur ses gonds, puis elle pénétra dans le vaste hall d'entrée.

Sous ses pieds, le dallage blanc à cabochons noirs luisait dans la pénombre, patiné par le temps, creusé par les innombrables passages. Elle se rappela avoir essayé là des patins à roulettes reçus un soir de

Noël, provoquant ainsi une série de traînées caoutchouteuses que sa mère avait eu un mal fou à effacer.

Une seconde, elle ferma les yeux et visualisa la maison. A droite du hall se trouvaient le salon, immense, et au-delà un couloir desservant la bibliothèque où son père s'isolait volontiers, ainsi qu'un tout petit boudoir où sa mère aimait coudre. A gauche, la salle à manger et l'office, la cuisine, le vestiaire, tous pourvus d'immenses placards. Face à elle, au fond du hall, deux doubles portes vitrées donnaient sur le jardin d'hiver, prolongé d'une véranda. Elle rouvrit les yeux, poussa un profond soupir. Elle adorait l'idée de tout cet espace autour d'elle, mais comment allait-elle l'occuper, seule ? Peyrolles était une maison de famille faite pour abriter des cris d'enfants, des galopades et des rires, de grandes tablées...

D'un pas décidé, elle entreprit le tour du rez-de-chaussée, ouvrant les volets un à un. Les peintures étaient un peu défraîchies et les parquets des pièces de réception abîmés à certains endroits, mais, dans l'ensemble, les derniers occupants avaient été assez soigneux et Pascale pourrait s'installer sans faire de travaux dans l'immédiat.

Au premier étage, elle trouva l'ancienne chambre de ses parents en bon état, malgré l'usure de la moquette. A l'époque, le sol était fait de tomettes et devait être récupérable, à condition que personne n'ait eu la mauvaise idée d'utiliser de la colle ! Plantée au milieu de la pièce, elle se demanda avec quoi elle allait meubler tout ça. Depuis son divorce, le peu qu'elle possédait était stocké dans un garde-meuble de la région parisienne, mais ce serait dérisoire ici.

— Qui êtes-vous ? lança une voix essoufflée derrière elle.

Réprimant un cri d'effroi, Pascale fit volte-face et découvrit un homme d'un certain âge, vêtu d'une combinaison de travail, qui la contemplait avec une expression sévère.

— Vous m'avez fait peur ! protesta-t-elle. De quel droit êtes-vous entré ? Je suis chez moi.

— Vous ? Sûrement pas, la maison n'est plus à louer, elle est à vendre, or je ne vois pas la dame de l'agence...

Suspicieux, il toisa Pascale des pieds à la tête.

— Cette propriété appartient à mon père, Henry Fontanel, répliqua-t-elle.

Elle vit les yeux de l'homme s'agrandir sous le coup de la stupeur. Sans la lâcher du regard, il bredouilla :

— Vous seriez... euh... la petite Pascale ?

— *Docteur* Pascale Fontanel, oui. Et vous ?

— Lucien Lestrade. Vous ne vous souvenez pas de moi ?

Brusquement rassurée, elle se détendit d'un coup, prenant conscience de la frayeur qui l'avait tenaillée durant cet échange.

— Si, bien sûr. Le jardinier. Et vous vous occupez toujours du parc, n'est-ce pas ?

— Je fais ce que je peux. Deux après-midi par mois, ce n'est pas assez. Votre père m'a appelé la semaine dernière pour me demander de mettre tout en ordre. J'ai pensé que c'était pour mieux vendre.

— A vrai dire, je suis en train de lui racheter Peyrolles, je vais m'y installer.

Il recula de deux pas, comme si elle venait de le frapper.

— Ici ? Vous êtes folle !

La réaction de Lestrade était exactement semblable à celle de son père et de son frère. Qu'y avait-il donc de si terrible dans le fait qu'elle veuille habiter Peyrolles ?

— Vous êtes mariée ? Vous avez des enfants ?

— Non, répondit-elle d'un ton sec, mais ça viendra sûrement. Maintenant, si vous n'y voyez pas d'inconvénient, je vais continuer ma visite.

Elle passa devant lui et se dirigea vers la porte, vaguement mal à l'aise. Pourquoi ne ressentait-elle aucune sympathie pour cet homme qu'elle connaissait depuis son enfance ? Combien de fois avait-elle glissé sa petite main dans la grande main calleuse du jardinier tandis qu'il lui nommait une à une les fleurs que plantait sa mère ?

Il lui emboîta le pas pour sortir de la chambre et elle l'entendit se racler la gorge.

— Pascale ? Ecoutez-moi... Vous devriez repartir d'où vous venez. C'est plein de mauvais souvenirs pour vous, ici. Pourquoi tenter le diable ?

— Le diable ! répéta-t-elle en haussant les épaules, exaspérée. Et vous, monsieur Lestrade, pourquoi n'avez-vous pas rendu votre tablier de jardinier ?

Comme il ne répondait rien, se contentant de la fixer en silence, elle enchaîna :

— De toute façon, je n'aurai sans doute pas les moyens de vous garder. Je suis désolée.

— Ne le soyez pas, je comprends. D'ailleurs, votre père ne voulait pas me garder non plus, et puis... La nature prolifère à une vitesse folle, ici ! L'avantage, c'est que tout pousse, tout prend racine, mais l'inconvénient, c'est que le parc est difficile à maîtriser. Alors, ne vous inquiétez pas, je vous donnerai un coup de main pour rien, au moins au début, le temps de vous y faire. Peyrolles n'est pas une sinécure, vous verrez !

Il soupira, sortit un mouchoir de la poche de sa salopette et s'épongea le front. Ses rides étaient profondément creusées, sa peau tannée par le soleil. Maintenant qu'elle le regardait sans inquiétude, elle constata qu'elle aurait dû le reconnaître tout de suite.

— Au fait, laissez tomber le « monsieur » et appelez-moi Lucien, nous sommes de vieilles connaissances, vous et moi. Est-ce que vous aimez les fleurs ? Votre mère les adorait, la pauvre...

— Je ne sais pas si vous êtes au courant, dit-elle en hésitant, mais maman est décédée il y a peu.

— J'étais à l'enterrement. Pas de doute, elle est vraiment mieux là où elle est !

Cette dernière remarque était si incongrue que Pascale, abasourdie, ne trouva rien à répondre. Lucien Lestrade n'avait évidemment pas été tenu au courant de l'état de santé de son ancienne patronne, que trouvait-il de réjouissant à sa mort ?

— Bon, j'y vais, décida-t-il, j'ai du travail dans les massifs.

Il saisit fermement la rampe de fer forgé et entreprit de descendre l'escalier, laissant Pascale bouche bée. Au bout de quelques instants, elle se pencha pour s'assurer qu'il était bien parti. Curieux bonhomme...

Traversant le palier, elle jeta un coup d'œil par la fenêtre. Jusque-là, elle n'avait pas éprouvé grand intérêt pour les fleurs ou les plantes. Se prendrait-elle au jeu, comme sa mère ? En bas, sur la pelouse jaunie, Lestrade avait récupéré sa brouette où s'entassaient des gants, un arrosoir, des cisailles. Peut-être s'imaginait-il être le gardien de Peyrolles ? Les locataires avaient défilé mais lui était toujours là, et il semblait décidé à rester, quitte à travailler gratis.

Elle se détourna de la fenêtre et parcourut la galerie en hâte, ouvrant les portes l'une après l'autre. Six chambres et trois salles de bains, rien n'avait changé à l'étage non plus, mais toutes ces pièces désespérément vides paraissaient à l'abandon. La dernière porte, plus étroite et verrouillée, donnait sur l'escalier du grenier. Pascale reprit le trousseau de clefs dans la poche de son blouson en jean et batailla un moment avec la serrure. Lorsqu'elle parvint à ouvrir, le battant céda avec un bruit de caoutchouc déchiré. Tout le tour du chambranle avait été calfeutré, probablement pour éviter les déperditions de chaleur car la charpente n'était pas isolée au deuxième étage. De la poussière et des toiles d'araignée s'étaient accumulées sur les marches de bois brut, preuve que personne ne montait jamais là-haut.

En prenant pied sur le plancher du grenier, Pascale eut la surprise de découvrir une véritable caverne d'Ali Baba. Au premier coup d'œil, elle reconnut des meubles familiers, identifia des objets. Un impressionnant bric-à-brac avait été relégué là depuis plus de vingt ans, sans doute pour pouvoir louer la maison en vitesse.

— Eh bien, voilà ! s'exclama-t-elle.

Sa voix résonna sous les poutres de chêne et les tuiles roses du toit. Il régnait une chaleur sèche irritant la gorge, mais elle s'attarda un peu afin de répertorier ce qui pourrait lui servir. Des fauteuils de rotin laqués blancs à remettre dans le jardin d'hiver, une commode ventrue qui serait parfaite dans sa chambre, la grande table Régence qui retrouverait sa place dans la salle à manger, et un paravent de laque rouge que sa mère avait décoré elle-même à l'encre de Chine.

Recréer en partie le décor de son enfance n'était peut-être pas une bonne idée, mais elle en mourait d'envie et, de toute façon, elle n'aurait pas les moyens d'acheter du mobilier avant longtemps. Sur le point de quitter les lieux, ravie de sa découverte, elle aperçut son reflet dans un grand miroir vénitien posé contre un mur. Elle s'approcha, considéra un moment son image rendue floue par la couche de poussière. Que faisait-elle donc, seule, dans le grenier de Peyrolles ? Pourquoi Samuel ne l'avait-il pas aidée à avoir les enfants qu'elle désirait tant, à fonder une famille ? Il s'était dérobé au lieu de lutter avec elle, conduisant ainsi leur couple à la faillite, et à présent elle devait absolument rattraper le temps perdu parce qu'elle avait déjà trente-deux ans !

— Je ne te le pardonnerai jamais, Sam, dit-elle entre ses dents.

Après leur séparation, elle était beaucoup sortie, pour s'étourdir, mais n'avait rencontré personne d'intéressant malgré tous les hommes que ses amies s'empressaient de lui présenter. Au bout du compte, elle avait préféré prendre des nuits de garde plutôt qu'aller à ces soirées où elle s'ennuyait à mourir.

— Tout ça, c'est terminé, je vais changer de vie ! lança-t-elle au miroir.

Elle était jolie - on le lui avait suffisamment répété pour qu'elle finisse par le croire -, elle exerçait un métier qui la passionnait et elle allait habiter Peyrolles : l'avenir ne tarderait pas à lui sourire. Elle esquissa un geste d'encouragement à l'adresse de son reflet avant de se détourner.

Nerveuse, Marianne jouait avec son collier. Un bijou que Sam lui avait offert huit jours plus tôt pour son anniversaire, mais il avait fallu qu'elle le traîne devant la vitrine du bijoutier. « Si tu veux me faire un cadeau, autant te dire que je rêve de ça ! » Le doigt pointé sur un présentoir, elle avait désigné n'importe quoi. Ce qu'elle voulait, en réalité, c'était voir sa réaction. D'abord surpris, il avait hoché la tête puis était entré dans la boutique en l'abandonnant sur le trottoir. Elle espérait autre chose - des mots tendres, une déclaration d'amour -, toutefois elle avait dû se contenter de sa bonne volonté. Deux minutes plus tard, il lui remettait l'écrin avec un gentil sourire. Quelle idiote ! Pourquoi lui avait-elle forcé la main de façon si maladroite ? Parce qu'elle avait eu peur qu'il oublie la date, comme il oubliait tout ce qui la concernait ? Si seulement elle avait été plus patiente, plus sereine, peut-être aurait-elle eu droit à une surprise romantique ? Non, c'était peu probable, Sam ne serait jamais le prince charmant qu'elle désirait.

Assis à côté d'elle, il venait de jeter un coup d'œil discret à sa montre, comme s'il était agacé par le retard de son ex-femme. Agacé ou impatient ? Il parlait d'elle avec trop de tendresse pour que Marianne ne se sente pas à la fois jalouse et dévorée de curiosité. Elle avait beaucoup insisté pour l'accompagner, ce soir, prétextant qu'elle désirait faire la connaissance de Pascale et, éventuellement, devenir son amie. Il s'était incliné d'assez mauvaise grâce, ne trouvant pas une seule raison valable de refuser.

Elle fut la première à repérer la jeune femme qui venait d'entrer dans la salle. Silhouette élancée mise en valeur par un jean moulant et un blouson très court, porté sur un simple chemisier blanc dont le col était relevé. De longs cheveux noirs, lisses et brillants, retenus par une pince fantaisie, et de grands yeux sombres, en amande, tranchant sur un teint mat. Avec un pincement au cœur, Marianne comprit que Pascale Fontanel était exactement son contraire. La brune et la blonde, la mince et la ronde...

Déjà debout, Samuel souriait avec une exaspérante béatitude.

— Comment vas-tu ?

La question n'était pas de pure forme, il semblait réellement intéressé par la réponse. Passant un bras protecteur autour des épaules de Pascale, il se souvint enfin de la présence de Marianne.

— Je te présente Marianne, une amie, et voici Pascale...

Une amie ? Vexée, Marianne parvint néanmoins à sourire en marmonnant une phrase de bienvenue tandis que la jeune femme prenait place en face d'eux.

— Tu sais que je venais déjà ici avec papa et Adrien quand j'avais dix ans ? déclara-t-elle d'un air ravi.

— Aux Abattoirs ?

— Oui, on déjeunait là les samedis où maman voulait faire ses courses à Toulouse. Rien n'a changé, même pas les banquettes ! J'espère que la viande est toujours aussi bonne...

Sa voix était grave, un peu rauque, au contraire de celle de Marianne, plutôt haut perchée.

— Je vais prendre une bavette saignante, décida-t-elle après un regard rapide sur la carte.

Lorsqu'elle releva la tête, son regard se posa sur Marianne.

— Merci de me consacrer votre soirée, je vais essayer de ne pas vous assommer avec cette histoire d'achat de maison...

— Il n'y a plus grand-chose à faire, trancha Samuel. Ton dossier est accepté, la banque débloquera les fonds le jour de la signature chez le notaire. Tu leur feras parvenir ton nouveau contrat de travail quand tu l'auras signé, mais c'est juste une formalité.

— Pourquoi ? Ils s'imaginent qu'un pneumologue au chômage, ça n'existe pas ?

— Quelque chose de ce genre. De toute façon, le crédit comporte une assurance, et n'oublie pas qu'ils auront Peyrolles en hypothèque.

— Je ne risque pas d'oublier ! fit-elle en riant.

Est-ce qu'elle trouvait drôle de s'endetter pour dix ans ? Sam avait passé un temps fou à s'occuper des affaires de son ex-femme, et Marianne estimait qu'il lui accordait beaucoup trop d'importance.

— Nous avons rendez-vous demain matin à neuf heures avec Laurent Villeneuve, rappela-t-il à Pascale. Tu verras, il est très sympa pour un directeur d'hôpital !

Cette fois, Marianne se sentit gagnée par la mauvaise humeur. Elle aussi travaillait au CHU mais, simple secrétaire administrative, elle n'appartenait pas à l'élite composée de la direction, des chefs de service, des médecins, à la rigueur des infirmières. Un groupe que Pascale Fontanel allait rejoindre dès son arrivée.

— Laurent est un excellent pilote, ajouta Sam, et nous sommes membres du même club. Il va falloir que tu t'inscrives !

Dubitative, Pascale secoua la tête, ce qui libéra sa masse de cheveux noirs. Elle ramassa la pince tombée sur la table et se mit à jouer avec.

— Pour l'instant, j'ai d'autres priorités financières. Et si j'ai trop envie de voler, tu m'emmèneras faire un tour ! Est-ce que vous aimez ça, Marianne ?

— Je ne sais pas, Samuel ne m'a pas encore initiée.

Elle avait répondu un peu sèchement, mais il s'agissait d'un sujet délicat. Pour Sam, l'aéroclub était un territoire très personnel et il n'avait jamais proposé à Marianne de l'accompagner. Elle se consolait en supposant qu'il préférait rester entre hommes, avec ses copains, pourtant il venait d'inclure Pascale avec enthousiasme.

— Si vous y allez un de ces jours, je viendrai volontiers, lança-t-elle d'un ton qu'elle espérait désinvolte.

— Tu peux monter sans crainte avec elle dans un hélico, affirma Sam.

Il devait s'agir d'un compliment, un de plus au milieu de toutes les gentillesses qu'il réservait à son ex-femme.

— En tout cas, les premiers temps, reprit Pascale, je ne crois pas que j'aurai envie de refaire la route de Toulouse pendant mes congés. Je suis très heureuse que tu m'aies obtenu ce poste à Purpan, mais si un jour il y a une possibilité à l'hôpital d'Albi, j'avoue que je serai soulagée.

— Pascale ! protesta Sam. Après Necker, l'hôpital d'Albi te ferait l'effet d'une infirmerie de brousse.

La plaisanterie la fit éclater de rire et Marianne se renfrogna davantage. S'ils devaient entrer dans l'une de ces discussions chères aux toubibs, elle allait mourir d'ennui.

— C'est un bon hôpital, il me conviendrait parfaitement. Et il y a aussi la clinique Claude-Bernard, avec ses deux cents lits et ses dix salles d'op. Je me suis renseignée, Sam...

— Les trajets en voiture, c'est la plaie, intervint Marianne. Je comprends que Pascale ne veuille pas y consacrer tout son temps libre. Surtout avec la circulation démente de Toulouse, certains soirs il faut compter une heure pour sortir de la ville !

Autant ne pas lui brosser un tableau idyllique de la situation. Habiter à quatre-vingts kilomètres de son lieu de travail n'aurait rien d'une partie de plaisir, et plus tôt Pascale se replierait sur Albi, mieux ce serait pour tout le monde. Marianne vida son verre pour se donner du courage puis, d'un geste délibérément sensuel, elle posa sa main sur celle de Samuel.

— Je reprendrais bien un peu de vin, mon amour...

Il se dégagea pour saisir la bouteille et la servit sans un mot. Même s'il était contrarié, elle ne regrettait pas d'avoir mis les choses au point. Non, elle n'était pas *une amie*, elle était sa maîtresse, la femme avec qui il allait rentrer chez lui, celle à qui il ferait l'amour ce soir.

Face à eux, Pascale les observait d'un air amusé, indulgent. Apparemment, elle ne s'offusquait pas de voir son ex câliné par une autre, ce qui procura une bouffée de soulagement à Marianne.

— Où es-tu descendue ? demanda Sam.

— A l'hôtel des Beaux-Arts.

— Je passerai te prendre à huit heures et demie demain matin, proposa-t-il tout en faisant signe à un serveur.

Il régla l'addition et ils sortirent tous les trois dans l'air doux de la nuit.

— Je vais rentrer à pied, ce n'est pas loin, décida Pascale. Merci pour le dîner, Sam.

Elle le prit par le cou pour l'embrasser légèrement sur la joue, puis se tourna vers Marianne.

— Je suis très contente de vous connaître. A bientôt, j'espère.

De son pas décidé, elle s'éloigna sans se retourner le long de l'allée Charles-de-Fitte, en direction de la place Saint-Cyprien. Par la rue de la République, elle n'aurait plus qu'à franchir la Garonne pour gagner son hôtel.

Comme il n'était pas très tard, les passants étaient encore nombreux et Pascale ralentit un peu l'allure afin de profiter de sa promenade. Sam lui avait paru crispé tout au long de la soirée, mais peut-être avait-il été embarrassé par la présence de Marianne ? Dans ce cas, elle s'en expliquerait avec lui, il avait le droit de refaire sa vie et cette fille-là semblait aussi bien qu'une autre. Et très amoureuse... Du moins avait-elle cru nécessaire de l'afficher. Bien entendu, Sam méritait amplement d'être aimé. Personne ne pouvait être plus gentil que lui, plus charmeur quand il le voulait, et c'était aussi un homme solide, altruiste, généreux. S'il n'était plus son mari, il restait son ami, son meilleur ami, le seul à l'avoir soutenue ces derniers temps, et elle trouverait bien un moyen de lui prouver sa reconnaissance. Avait-il besoin de son absolution pour être heureux avec Marianne ?

Sur le Pont-Neuf, elle s'arrêta un instant en haut du dos-d'âne. Un musicien, assis par terre, jouait mélancoliquement du saxo, et quelques pièces de monnaie luisaient autour de lui. Pascale se pencha pour déposer deux euros à ses pieds, puis elle poursuivit son chemin. Elle ne savait pas encore si elle allait aimer Toulouse, ni l'hôpital Purpan, mais elle était certaine d'avoir pris la bonne décision en changeant radicalement sa vie. Habiter Peyrolles allait être une aventure merveilleuse, pour laquelle elle se sentait prête à se battre s'il le fallait.

— Je n'en reviens pas ! répéta Aurore pour la troisième fois.

Pascale avait immédiatement reconnu la jeune femme, une jolie rousse couverte de taches de rousseur. Malgré les années écoulées, elles ne s'étaient dévisagées que deux secondes avant de tomber dans les bras l'une de l'autre.

— Et tu vas travailler ici ? C'est merveilleux !

Elles étaient allées ensemble à l'école primaire, puis au collège d'Albi et, lorsque Pascale avait quitté la région, elles avaient juré de s'écrire. Au fil du temps, les courriers s'étaient espacés, se résumant à des cartes de vœux à Noël ou pour leurs anniversaires respectifs. Pascale savait qu'Aurore était devenue infirmière, mais jamais elle n'aurait imaginé la retrouver à Purpan, dans le service de pneumologie qu'elle venait de visiter en compagnie du directeur de l'hôpital.

Bras dessus bras dessous, elles quittèrent l'étage pour descendre jusqu'à la cafétéria du rez-de-chaussée. En quelques mots, Pascale expliqua pourquoi elle avait choisi de revenir et de quelle façon elle allait se retrouver propriétaire de Peyrolles. Aurore s'enthousiasma, apparemment ravie à l'idée de revoir la maison où elle avait si souvent joué et dont elle conservait un souvenir ébloui.

— C'est toujours aussi magnifique ?

— Un peu abîmé par le temps et les locataires successifs, mais dans l'ensemble ça tient debout !

Elles évoquèrent d'anciennes amies qui avaient participé à ces goûters d'enfants, puis se racontèrent brièvement leurs vies. Aurore connaissait Samuel de vue et trouvait drôle qu'il ait pu être le mari de Pascale. Pour sa part, elle n'avait pas encore rencontré l'âme sœur mais ne voulait pas entendre parler d'un homme appartenant au milieu hospitalier.

— Tous ces médecins sont d'une arrogance folle devant les infirmières, alors qu'ils ne pensent qu'à les fourrer dans leurs lits, très peu pour moi ! De toute façon, dans le service, les play-boys sont plutôt rares, tu verras...

— Et l'ambiance ?

— Boulot-boulot. Le patron est une femme odieuse qui...

— Oh, oui, ça m'en a tout l'air ! Je sors de son bureau et je ne m'attendais pas à ce genre d'accueil. Froide, méprisante, hostile, elle m'a accordé le poste du bout des lèvres, à croire que seule la pénurie de candidats l'a décidée.

— Nadine Clément est une vraie harpie, précisa Aurore en baissant la voix, et en plus elle n'apprécie pas les nouvelles têtes ! En revanche, elle est compétente, impossible de lui enlever ça.

— C'est le principal, je m'arrangerai du reste, affirma Pascale.

Néanmoins, la perspective d'avoir une amie dans le service la soulageait. Même en étant habituée à la hiérarchie hospitalière, à ses intrigues, ses coups bas et ses commérages, elle n'avait aucune envie d'entrer en guerre dès le premier jour.

— Je suis désolée pour ta mère, reprit Aurore. Je me la rappelle comme une très belle femme, mystérieuse, exotique... Le genre de mère que toutes les filles auraient voulu avoir ! Je crois que la classe entière t'enviait ton grand frère, ta maison, tes parents.

— Vraiment ? Eh bien, tu vois, on ne se rend compte de rien quand on est enfant !

— En ce qui me concerne, je me consolais en me disant que chez moi, au moins, on riait de bon cœur. Ma mère était incroyablement gaie, elle l'est encore, d'ailleurs, alors que la tienne semblait toujours si triste... Elle avait des soucis ?

— A l'époque ? Non... Pas que je me souvienne.

Le cœur de Pascale se serra à cette évocation. Vingt ans plus tôt, sa mère n'était pas malade, mais effectivement elle se montrait plutôt mélancolique, et ses sourires avaient quelque chose de contraint.

— Mon père rêvait de monter à Paris, il était persuadé que maman s'ennuyait à Peyrolles. Je ne sais pas s'il a bien fait.

Aurore jeta un coup d'œil vers la pendule murale et se leva d'un bond.

— Ma pause est finie, je dois remonter, je ne tiens pas à me faire traîner dans la boue ! Quand commences-tu à travailler avec nous ?

— Dans huit jours.

— Alors appelle-moi d'ici là, on ira dîner ensemble et je te mettrai au courant de tout ce que tu dois savoir sur le fonctionnement du service !

Elle sortit un papier et un stylo de la poche de sa blouse, griffonna son numéro de portable et le tendit à Pascale.

— Je suis très contente, répéta-t-elle avant de se sauver.

Pascale la suivit des yeux tandis qu'elle se dépêchait de traverser le hall en direction des ascenseurs du personnel. Le Pr Nadine Clément semblait décidément une vraie terreur, mais peu importait, Pascale se sentait irréprochable sur un plan professionnel et elle comptait travailler d'arrache-pied pour se faire une place à Purpan.

En quittant l'hôpital, elle essaya de se remémorer tous les renseignements donnés par Laurent Villeneuve. Il l'avait accueillie et escortée avec beaucoup de courtoisie, une faveur qu'elle devait à Sam, une fois de plus. Que serait-elle devenue sans lui ? Peut-être n'aurait-elle pas eu le courage de sauter le pas s'il n'avait pas aplani les difficultés l'une après l'autre, des tractations avec la banque à ce poste en pneumologie, sans oublier la somme qu'il lui avait prêtée à titre personnel. Elle se jura que, à partir de maintenant, elle allait se débrouiller toute seule. Et, pour commencer, organiser en vitesse son emménagement à

Peyrolles. Elle n'avait plus qu'une semaine devant elle pour tout planifier, et la liste des corvées qui l'attendaient n'en finissait pas de s'allonger. Faire venir ses quelques meubles de Paris, en descendre d'autres du grenier, quitte à payer Lucien Lestrade pendant un ou deux jours s'il était disponible, remplir les placards d'épicerie, s'occuper des démarches administratives, organiser un aller-retour à Saint-Germain pour y boucler ses valises... et acheter l'indispensable voiture qui lui permettrait de naviguer entre Albi et Toulouse.

Une bouffée d'excitation lui fit presser le pas. Elle avait pris sa vie en main, elle n'avait plus peur.

3

Nadine Clément claqua la porte de son bureau. En un mois, son aversion pour la petite Fontanel n'avait fait que croître. De quel droit lui avait-on flanqué cette femme dans les pattes ? Et comment allait-elle s'en débarrasser ? Bien sûr, d'un point de vue professionnel, elle n'avait rien à lui reprocher. Excellents diagnostics, relations très humaines - trop ? - avec les malades, comptes rendus clairs et concis, sérieux des prescriptions : Pascale Fontanel semblait quasiment inattaquable. A la rigueur, les nombreux examens qu'elle demandait étaient parfois superflus. Or, dans un hôpital de cette importance, chaque patron devait contrôler les dépenses de son service. Nadine allait en profiter pour convoquer Pascale et lui faire la leçon, histoire de voir sa réaction. Si cette pimbêche se révélait incapable d'accepter les remontrances, ce serait une bonne occasion pour la remettre à sa place, ou même pour provoquer un esclandre.

Penchée au-dessus de son interphone, Nadine demanda à sa secrétaire de lui apporter tous les dossiers suivis par le Dr Fontanel. Rien que ce nom lui était odieux. Les Fontanel ! Depuis leur départ de la région, vingt ans plus tôt, Nadine les avait occultés, oubliés, bon vent ! Et voilà que la propre fille de Camille revenait, affichant d'un air innocent une foutue ressemblance avec sa mère. Le prétendu charme asiatique, absolument insupportable. D'ailleurs, du Viêtnam et de la guerre d'Indochine, Nadine n'en pouvait plus, elle en avait trop entendu parler dans sa jeunesse.

La secrétaire entra, chargée d'une pile de grandes enveloppes kraft. Chaque patient ayant consulté en pneumologie avait la sienne, avec une étiquette portant le nom du médecin traitant. En quatre malheureuses semaines, la petite Fontanel avait vu tout ce monde ?

Sans bruit, la porte se referma et Nadine fut de nouveau seule. Elle terrorisait ses collaborateurs, elle en avait bien conscience, mais elle était persuadée que son service ne s'en portait que mieux. L'ordre et la rigueur étaient ses chevaux de bataille. Parce qu'elle avait été élevée par un militaire ? Haussant les épaules, elle s'attaqua aux dossiers, bien décidée à trouver la faille.

— Quand je pense que tu as une bouille d'ange là-dessus ! soupira Laurent Villeneuve.

Il désignait la rangée de photos où figuraient les six instructeurs de l'aéroclub. Sur la sienne, Samuel souriait d'un air engageant, avec l'expression de quelqu'un à qui on peut accorder d'emblée sa confiance.

— Il t'en a fait voir de toutes les couleurs ? lança le trésorier, qui officiait ce jour-là derrière le comptoir, chacun tenant le rôle de barman à son tour.

— Vortex, dit sobrement Samuel.

Avec un ricanement résigné, Laurent leva les yeux au ciel.

— Le truc qui consiste à prendre de l'altitude puis à laisser tomber la machine comme une pierre pendant que ton estomac te remonte entre les dents !

— Cette situation d'urgence fait partie des choses que tu auras peut-être à affronter un jour, lui rappela Sam.

— Je crois que je vais changer de prof, lâcha Laurent, qui n'en pensait évidemment pas un mot. Et pour arroser ça, je paye une tournée...

En réalité, il était ravi d'avoir Samuel pour instructeur car ils s'entendaient comme larrons en foire, partageant la même passion. Laurent possédait depuis longtemps son brevet de pilote d'avion, mais il avait eu la curiosité, quelques mois plus tôt, de vouloir s'initier à l'hélicoptère. Le premier vol l'avait tellement enthousiasmé qu'il s'était inscrit au cours le jour même. En tant que pilote, si la navigation ne lui posait aucun problème, il n'en allait pas de même avec les commandes. La conduite d'un hélico se révélait bien plus délicate que celle d'un avion et demandait davantage de maîtrise. Habitué à tirer sur le manche d'un bimoteur sans se poser de questions, Laurent éprouvait quelques difficultés à changer de technique et attrapait des sueurs froides au décollage, à l'atterrissage ou, pire encore, en vol stationnaire.

Ils burent quelques gorgées de bière en échangeant les plaisanteries d'usage puis allèrent s'installer à une table. Traîner à l'aéroclub parmi des hommes qui ne parlaient que de plans de vol ou d'acrobaties aériennes était vraiment l'un des plaisirs du samedi.

— Est-ce que ton ex se plaît chez nous ? s'enquit Laurent.

— Pour ce que j'en sais, oui. Cela dit, je ne la croise pas souvent dans l'hôpital, et elle est très occupée par sa maison.

— Près d'Albi, c'est ça ?

— Au-dessus de Gaillac, entre Labastide et Castelnau-de-Lévis. Une belle propriété de famille qu'elle a rachetée à son père sur un coup de tête. Elle voulait revenir par ici, je crois qu'elle n'aime pas la région parisienne.

— A l'époque où vous étiez mariés non plus ?

— Non plus.

Sur le point d'ajouter quelque chose, Sam choisit de se taire. Les questions de Laurent ne le gênaient pas mais il s'aperçut qu'il n'avait pas vraiment envie de parler de Pascale avec un autre homme. Surtout un homme célibataire et charmant. Laurent venait d'avoir trente-huit ans, il avait un beau regard bleu acier, un sourire d'une irrésistible gentillesse et, pour un haut fonctionnaire, il était bourré d'humour. Bref, il plaisait beaucoup aux femmes.

— Tu l'aimes encore ? interrogea Laurent.

Il était en train de dévisager Sam, probablement surpris par son brusque silence.

— L'expression est très exagérée, disons que je me sens toujours un peu... concerné. Bien entendu, c'est idiot, elle a tourné la page depuis longtemps.

— Pas toi ? Je croyais qu'avec Marianne...

— Si, si, affirma Sam sans aucune conviction. Marianne est une fille adorable.

Ne trouvant rien à ajouter pour la définir, il se réfugia dans un nouveau silence qui finit par arracher un sourire à Laurent.

— Je vois !

Son ironie agaça Samuel, comme chaque fois qu'il était question de Pascale ces temps-ci. La savoir si proche le rendait nerveux, et Marianne ne se privait pas de le lui faire remarquer. Qu'il l'aime encore ne faisait, au fond, pas le moindre doute, et peut-être l'aimerait-il toujours, tel un paradis perdu ? En tout cas, il l'admettait à peine et ne voulait pas qu'on l'oblige à le reconnaître. D'ailleurs, il perdait son temps, et tant qu'il penserait à Pascale il ne parviendrait pas à s'attacher à une autre femme, ce qui était ridicule, nocif, malsain.

— Sam ?

Laurent continuait de le scruter avec curiosité et Samuel fit l'effort de sourire.

— Ne prends pas cet air apitoyé, tu veux ? Sinon, pour ta prochaine leçon, je te sors le grand jeu jusqu'à ce que tu ne saches même plus comment tu t'appelles !

— Oh, c'est pourtant facile de s'en souvenir, ça s'écrit comme ça se prononce : « monsieur le directeur ».

Sam se mit à rire et, après avoir haussé ostensiblement les épaules, il alla chercher deux autres bières.

Pascale se laissa tomber sur un gros pouf de cuir marocain, ce qui souleva un nuage de poussière. Debout devant elle, les mains sur les hanches, Aurore protesta.

— Ne me dis pas que tu es fatiguée !

— Morte... Tu veux vraiment garder cette horreur ?

— J'aime bien l'exotisme et, de ce point de vue, ton grenier est une véritable caverne d'Ali Baba. Avec un coup de cirage, ce pouf sera magnifique !

Elles avaient passé toute la journée à charrier des meubles auxquels elles essayaient de trouver la meilleure place.

— C'est tellement gentil à toi de m'avoir accueillie ici, répéta Aurore pour la dixième fois au moins.

L'idée leur était venue ensemble, un soir où elles dînaient dans une pizzeria en se faisant des confidences. Aurore n'arrivait pas à joindre les deux bouts et passait son temps à essayer de combler son découvert bancaire. Dépensière, fantaisiste, elle gérait si mal son budget que payer son loyer était devenu un vrai problème. Le deux-pièces qu'elle occupait dans la banlieue de Toulouse étant à la fois hors de prix et dénué de charme, elle avait donné son préavis avec soulagement. Pour l'héberger à Peyrolles, Pascale ne lui demandait qu'une participation forfaitaire aux frais de chauffage et d'électricité, mais Aurore avait décrété qu'elle mettrait aussi la main à la pâte pour tous les travaux de bricolage. Quand leurs horaires de travail concordaient, elles pouvaient également faire le trajet dans la même voiture au lieu de prendre chacune la sienne. Un arrangement simple, qui avait le mérite de rompre leur solitude de célibataires.

A Peyrolles, Aurore se sentait euphorique et débordait d'énergie. La maison la fascinait autant que le parc et elle s'y dépensait sans compter. Sa frivolité avait au moins un bon côté, elle trouvait toujours mille bonnes idées de décoration. Sans elle, Pascale se serait vite découragée car, à l'évidence, elle avait mésestimé l'ampleur de la tâche. Pour elle-même, elle avait choisi la chambre de ses parents, pour Aurore celle d'Adrien, et son ancienne chambre d'enfant, vaste et claire, était destinée à d'éventuels amis. Au rez-de-chaussée, hormis la cuisine, seul le jardin d'hiver avait été aménagé. Cette grande pièce rectangulaire, prolongée d'une large véranda, était l'endroit le plus agréable de la maison. Pascale et Aurore y discutaient parfois jusqu'à une heure avancée de la nuit en sirotant des infusions de plantes provenant du jardin : verveine, menthe ou tilleul. Elles projetaient de faire des confitures avec les pêches et les cerises, mais bien entendu elles n'en avaient jamais le temps.

— Ce soir, décréta Aurore, je te fais une gigantesque omelette avec tous les restes, façon tortilla.

— Alors, je vais acheter du pain.

Elles se levèrent à regret, aussi épuisées l'une que l'autre après tous les efforts qu'elles avaient fournis depuis le matin.

— Un samedi bien rempli, constata Pascale en jetant un regard circulaire.

La chambre d'Aurore était devenue vraiment gaie avec ses rideaux roses récupérés dans une malle, un paravent à claire-voie transformé en porte-photos géant, une commode de bois cérusé ornée de motifs peints au pochoir, et à présent le gros pouf marocain qui trônait entre les deux fenêtres. Amusée, Pascale hocha la tête en signe d'approbation. Pourquoi n'était-elle pas capable de la même fantaisie ? Ses goûts, plutôt classiques, la poussaient à un certain dépouillement, mais avait-elle jamais eu le temps de s'occuper d'une maison ? Pendant son mariage, Sam et elle étaient trop absorbés par leur travail pour se soucier de la décoration de leur appartement. De toute façon, ils rêvaient de déménager, ce qu'ils auraient fait si Pascale était tombée enceinte...

Elle dévala l'escalier, attrapa son sac qui traînait sur une des consoles du hall et sortit. Au village voisin, il n'existait que trois commerces : une boulangerie, un bar-tabac vendant quelques journaux et une boucherie. Pascale s'y était déjà rendue plusieurs fois, sans parvenir à lier conversation. Soit les gens la prenaient pour une touriste en vacances, soit ils n'aimaient pas l'accent parisien, en tout cas personne ne l'avait accueillie avec gentillesse. Elle décida qu'elle devait faire un effort supplémentaire, peut-être expliquer qui elle était ou au moins préciser qu'elle habitait là et serait une cliente régulière.

Lorsqu'elle entra dans la boulangerie, sourire aux lèvres, elle surprit le regard hostile de la femme entre deux âges qui se tenait derrière la caisse.

— Bonsoir, madame, je voudrais une baguette et un pain de campagne, annonça-t-elle le plus aimablement possible.

— Tranché, le pain ?

Le ton n'était pas agréable, l'expression du visage non plus.

— Oui, s'il vous plaît. Je le trouve formidable au petit déjeuner !

Sans répondre au compliment, la femme introduisit le pain dans la machine, les yeux rivés sur les lames.

— Je viens de m'installer à deux kilomètres de chez vous, enchaîna Pascale. Ou plutôt de me réinstaller parce que j'ai passé toute mon enfance ici !

— Vous êtes une Fontanel, c'est ça ? lâcha enfin la boulangère, de mauvaise grâce.

— Oui ! Et je reprends la maison de famille.

— Drôle d'idée.

Déçue par sa réaction, Pascale lui tendit un billet de cinq euros.

— Vos parents ne faisaient pas leurs courses au village, bougonna la femme en lui rendant sa monnaie. Mais j'ai bien dû vous apercevoir une fois ou deux, quand vous étiez petite...

— Eh bien, dorénavant, vous allez me voir beaucoup plus souvent !

Après un nouveau sourire, encore plus appuyé que le premier, Pascale se détourna et sortit. Etrange accueil pour une commerçante qui ne semblait pas débordée par la clientèle. Il aurait été plus logique qu'elle se montre affable, ou au moins intriguée.

Pascale traversa la rue et poussa la porte du bar-tabac, où elle comptait acheter quelques magazines féminins. Aurore adorait les feuilleter, le dimanche matin, toujours à l'affût des dernières tendances de la mode, d'idées nouvelles pour la décoration, de recettes de cuisine qu'elle réalisait - plus ou moins bien - le jour même.

— On lit ça quand on est médecin ? railla le buraliste en la toisant derrière son comptoir.

— Le week-end est fait pour se détendre ! répliqua Pascale avec bonne humeur.

Enfin quelqu'un qui n'avait pas l'air de la prendre pour une parfaite étrangère.

— J'habite à côté du village, précisa-t-elle pour entretenir ce début de conversation.

— Je sais, je sais... Tout se sait tellement vite ! Votre jardinier a répandu la nouvelle depuis un mois.

— Lucien Lestrade n'est pas mon jardinier. Il s'est mis en tête de me donner un coup de main mais il le fait gracieusement, je n'emploie personne pour le moment.

— Vous ne lui ferez pas quitter Peyrolles de sitôt ! ricana le bonhomme.

Il était à peine plus âgé que Pascale et n'avait sûrement pas connu sa famille, à l'époque, ce qui semblait le rendre plus loquace que la boulangère.

— Lucien en parle toujours beaucoup. De votre jardin, je veux dire. D'après lui, c'est extraordinaire, Peyrolles par-ci, Peyrolles par-là... Il a du travail ailleurs, pourtant c'est chez vous qu'il aime traîner.

— La propriété n'est plus ce qu'elle était, répondit prudemment Pascale, qui commençait à le trouver trop familier. J'essaierai de bien m'en occuper, seulement je travaille à Toulouse alors je n'ai pas le temps de...

— Pourquoi si loin ? Votre père exerçait à Albi, non ?

— Vous êtes décidément au courant de tout ! s'exclama-t-elle en se forçant à rire.

— Les gens bavardent devant leurs verres, répondit-il avec un geste en direction des bouteilles alignées au-dessus du bar, la tête en bas. J'ai repris ce bistrot il y a dix ans et, depuis, j'ai entendu toutes sortes de choses.

Pascale rangea son porte-monnaie et récupéra ses journaux, puis se dirigea vers la porte. Au moment où elle l'ouvrait, le type lança :

— Le nom de Fontanel est diversement apprécié par ici !

Avec une lenteur calculée, elle se retourna pour lui faire face.

— Je ne comprends pas, articula-t-elle.

— A mon avis, votre père n'a pas laissé un très bon souvenir dans le coin...

Stupéfaite, elle hésitait à partir. Cet homme pouvait raconter n'importe quoi pour la faire marcher mais, d'instinct, elle fut certaine qu'il disait la vérité. Effectivement, il devait surprendre beaucoup de commérages derrière son comptoir, et grâce à Lucien Lestrade le retour de Pascale à Peyrolles n'était pas passé inaperçu.

— Mon père est un excellent médecin, déclara-t-elle d'un ton ferme.

— Oh, ça n'a rien à voir ! C'est plutôt des histoires de femmes. Celle qui est morte brûlée vive, et puis la Chinoise qui...

Il s'interrompit net et se frappa le front.

— Que je suis con ! Pardon. Je répète à tort et à travers, je suis pire que le dernier des bavards ! Tiens, est-ce que vous fumez ?

Penaud, il lui tendait une grosse boîte d'allumettes décorée, comme s'il espérait racheter sa maladresse avec ce présent dérisoire.

— Non, je ne fume pas, merci.

— Vous vous en servirez pour allumer la cuisinière ou le feu de cheminée.

Contournant le comptoir, il vint lui déposer la boîte dans la main.

— Il ne faut pas m'en vouloir… C'est vrai que vous avez quelque chose d'asiatique, j'aurais dû m'en apercevoir.

Ne sachant que faire, elle prit la boîte d'allumettes et sortit sans ajouter un mot. « La Chinoise »… Les gens du village avaient-ils appelé sa mère ainsi ? Par dépit, parce qu'elle faisait ses courses à Albi ? Parce qu'elle était métisse ?

Contrariée, Pascale rentra à Peyrolles en ruminant les paroles du buraliste. D'abord, comment l'avait-il reconnue ? Etait-elle devenue l'unique sujet de conversation de ce trou perdu ? Dans ce cas, elle n'y mettrait plus les pieds, elle aussi ferait ses courses à Albi, exactement comme sa mère. Quant à ces vieilles « histoires de femmes », son père n'était pas Barbe-Bleue ! Néanmoins, c'était la deuxième fois qu'on lui affirmait que les Fontanel n'avaient pas laissé un bon souvenir. Le chauffeur de taxi qui l'avait conduite à Peyrolles le lendemain de l'enterrement de sa mère, et maintenant le type du bar-tabac…

Elle trouva Aurore qui l'attendait, plantée au milieu de la cuisine, une bouteille de gaillac à la main.

— J'ai eu le temps de préparer une crème caramel dont tu me diras des nouvelles ! Mais d'abord on va trinquer, ouvre ça, c'est un cadeau d'un patient…

Sa bonne humeur était assez réconfortante pour que Pascale oublie les idioties entendues au village. Sur la table, deux hauts chandeliers de cuivre avaient été garnis de bougies blanches.

— Ce sont ceux du grenier ? s'étonna Pascale.

— J'ai réussi à les ravoir avec du vinaigre et du sel. Pas mal, non ? Ils seront superbes dans le jardin d'hiver, dès qu'on aura descendu la console et qu'on l'aura repeinte ! On fera des motifs au pochoir…

— Demain, protesta Pascale, c'est dimanche, je dors toute la matinée !

— Ne t'inquiète pas, l'après-midi devrait suffire.

Tâtant la baguette entre le pouce et l'index, Aurore prit l'air gourmand.

— J'adore ce pain, on a du bol d'avoir une bonne boulangerie à proximité !

— Bonne, peut-être, mais la patronne est aimable comme une porte de prison. Entre elle et le type du tabac, je n'ai pas eu l'impression d'être bien accueillie. C'est étrange, le nom de Fontanel semble associé à quelque chose de désagréable, or je croyais au contraire que le souvenir laissé par mon père et mon grand-père serait une sorte de sésame.

— Pourquoi ?

— Parce qu'ils sont originaires d'ici. Implantés depuis plusieurs générations, médecins de père en fils... Peyrolles est dans la famille depuis presque deux cents ans, tu te rends compte ?

— Et alors ? Vous faites partie des nantis, rarement regardés d'un œil attendri !

— A les entendre, poursuivit Pascale, mon père aurait eu des tas de femmes, mais c'était juste un jeune veuf qui voulait se remarier, ce qu'il a fait, ni plus ni moins.

— Sauf que vous êtes partis un beau jour, sans aucune explication, et c'est le genre de départ précipité qui alimente les conversations.

— Peut-être...

Peu convaincue, Pascale sortit la grosse boîte d'allumettes de son sac et entreprit d'allumer les bougies. Les soirées étaient plus courtes, plus fraîches, l'arrière-saison s'achevait, ainsi qu'en attestaient les feuilles mortes qui commençaient à joncher les allées du parc.

— Tout de même, appeler ma mère « la Chinoise » !

— Elle était vietnamienne, non ?

— A moitié. Son père était français. Il l'avait ramenée de Hanoi âgée de quelques mois à peine. Elle a été élevée à Toulouse, elle avait même l'accent ! Bon, elle était un peu sauvage, peut-être... Ni bavarde ni démonstrative comme les gens d'ici. Mais d'après papa, elle n'avait pas été très heureuse dans sa famille, ce qui expliquait sa nature réservée.

— Elle ne t'en parlait pas ?

— De sa famille ? Non, jamais. Elle avait coupé les ponts, elle n'y faisait même pas allusion. On aurait dit que ses souvenirs commençaient à sa rencontre avec papa...

Pourtant, dans les dernières années de sa vie, sa mère avait changé d'attitude. Elle ne regardait plus son mari avec la même tendresse reconnaissante, elle s'était mise à se méfier de tout le monde.

— Au bout du compte, constata Pascale, je ne sais pas grand-chose d'elle, de son enfance ou de sa vie de jeune fille.

— Oh, ne te plains pas, moi je connais le moindre détail de la jeunesse de ma mère ! Elle m'en a copieusement rebattu les oreilles, à croire qu'elle était une sainte...

Aurore paraissait s'amuser et Pascale finit par sourire. A quoi bon revenir sur le passé ? Le chagrin d'avoir perdu sa mère commençait tout juste à s'estomper et elle ne voulait pas y penser pour l'instant. Elle observa Aurore qui, d'une main ferme, battait des œufs dans un saladier. La nuit tombait déjà mais la lumière des bougies apportait une note de gaieté à l'atmosphère de la cuisine.

— Ta maison est un endroit idyllique, conclut Aurore. C'est peut-être pour ça que les gens en sont jaloux ? N'écoute pas les ragots, tu as mieux à faire.

Décidément, sa compagnie avait du bon. Impossible de rester triste longtemps à côté d'elle, sa joie de vivre était communicative. Néanmoins, Pascale se promit de poser quelques questions à son père la prochaine fois qu'elle lui téléphonerait.

Nadine chancela sous le choc et lâcha un juron retentissant. Confus, Laurent Villeneuve tendit la main vers elle comme s'il redoutait de la voir s'écrouler.

— Je suis navré, nous allions trop vite, l'un et l'autre...

Ils s'étaient percutés au détour d'un couloir, trop pressés de vaquer à leurs activités.

— Je file voir un de mes malades en chirurgie, précisa-t-elle.

Craignait-elle qu'il se demande pourquoi elle quittait précipitamment son étage ? L'idée faillit le faire sourire, toutefois il s'en abstint, connaissant son caractère. D'ailleurs, Nadine Clément pouvait bien se rendre où elle voulait, il s'en moquait éperdument. Elle était l'un des meilleurs patrons de l'hôpital et la seule chose qui pouvait l'inquiéter, la concernant, était son âge. A soixante-quatre ans, elle semblait souvent épuisée, avec plutôt moins de souffle que la plupart de ses patients.

Il s'effaça pour la laisser continuer sa route et la suivit des yeux tandis qu'elle s'éloignait en hâte. Une femme brillante, mais qui prenait peu soin d'elle-même. Trop grosse parce qu'elle se nourrissait n'importe comment, jamais bien coiffée car elle se coupait les cheveux elle-même sans prendre la peine de les teindre, et vêtue avec ce qui devait lui tomber sous la main. Rien d'étonnant à ce qu'elle soit si agressive avec les jolies femmes de son service ! En particulier avec Pascale Fontanel, contre laquelle elle se déchaînait au moins une fois par semaine, à coups de notes rageuses qui s'empilaient sur le bureau de Laurent ou d'engueulades dont il finissait toujours par avoir les échos.

Arrêté au milieu du couloir, il se demanda ce qu'il était venu faire en pneumo. Apaiser les esprits ? Ce n'était pas son rôle, il pouvait se contenter de diriger le CHU de Purpan du fond de son bureau, il s'agissait avant tout d'un travail administratif et, pour les relations humaines, il disposait de collaborateurs. Non, la vraie raison de sa petite promenade dans ce service était l'envie pure et simple d'échanger quelques mots avec Pascale Fontanel, qu'il apercevait trop rarement à son goût. Il l'avait croisée une fois dans l'un des halls, remarquant de nouveau à quel point elle était jolie, puis la semaine suivante il l'avait vue passer devant ses fenêtres, décidément séduit par sa silhouette, et enfin il l'avait rencontrée sur le parking des médecins. Elle était en train de se battre avec la commande à distance de sa portière, l'alarme de sa Clio s'était déclenchée, alors il lui avait montré comment la neutraliser. En la regardant de près, deux choses l'avaient frappé : la finesse de son grain de peau et l'éclat de son sourire. Les jours suivants, il s'était surpris à y repenser.

Deux infirmières le croisèrent avec un petit signe de tête, et il prit conscience qu'il devait avoir l'air bizarre, planté là. De toute façon, il ne mélangeait jamais le travail et le plaisir, pas question de draguer qui que ce soit dans cet hôpital. Sans compter que son copain Samuel Hoffmann ne verrait pas forcément d'un bon œil une tentative de séduction envers son ex-femme. Dont il n'était pas détaché, à l'évidence. Pauvre Sam...

— Bonjour, monsieur Villeneuve !

Cloué sur place, Laurent rendit machinalement son salut à Pascale. Elle sortait d'une salle d'examen, son stéthoscope autour du cou, sa blouse blanche ouverte sur un pull bleu ciel.

— Quand viendrez-vous nous rejoindre à l'aéroclub, Dr Fontanel ?

— Quand mon emploi du temps et mes moyens me le permettront, ce qui risque de prendre un bon moment !

Son sourire était décidément éblouissant, il ne résista pas à l'envie de continuer à lui parler.

— Vous vous êtes habituée au service ?

— Sans problème... Le Pr Clément n'est pas toujours commode, mais elle fait un travail extraordinaire.

Il n'y avait pas trace d'amertume ni d'ironie dans son propos, ce qu'il apprécia.

— A propos de Nadine Clément, elle vous juge un peu prodigue dans vos demandes d'examens. Par exemple un certain nombre de scanners inutiles, d'après la note qu'elle m'a adressée.

— Inutiles ? Je les prescris si j'ai un doute, c'est normal. Elle m'en a déjà parlé et je croyais m'être justifiée.

— L'Assistance publique cherche à faire des économies, vous savez bien, plaida-t-il.

— Pas sur le dos des patients !

Son sourire avait disparu, elle le toisait, sourcils froncés, prête à défendre son point de vue. Il cherchait une réponse appropriée lorsqu'il aperçut Nadine Clément qui revenait.

— Eh bien, justement..., marmonna-t-il pour avertir Pascale.

— J'espère que vous nous ramenez le Dr Fontanel à la raison ! lança Nadine en s'arrêtant à côté d'eux. Avec elle, les dossiers des malades épaississent comme des annuaires.

Piquée au vif, Pascale se redressa et fit front.

— Je n'ai rien demandé de superflu, je pense savoir poser un diagnostic quand c'est possible. Si vous faites référence au consultant de ce matin, l'auscultation n'était pas significative et les radios ne révélaient pas grand-chose. Mais c'est un homme de soixante-cinq ans, gros fumeur depuis son adolescence, qui se plaint d'essoufflement et...

— Tiens donc ! ponctua Nadine en levant les yeux au ciel.

Sans relever l'interruption, Pascale poursuivit :

— J'ai ordonné une batterie complète d'examens, c'est vrai, pour voir à quel point l'emphysème a déjà atteint les poumons et de quelle façon nous pourrions le soulager.

— Pourquoi ne pas lui conseiller d'arrêter son tabagisme ? railla Nadine.

— Parce qu'il n'y est pas décidé, tout simplement. Je veux savoir s'il existe une lésion, si...

— Bon sang, vous vous comportez comme une débutante ! Il y a une consultation spéciale pour les fumeurs, et ceux qui tiennent à creuser leur tombe eux-mêmes avec leurs clopes sont la plaie de mon service ! En attendant, vous n'êtes pas une externe, prenez vos responsabilités sans vous réfugier systématiquement derrière des résultats avant de risquer la moindre initiative !

Elles avaient haussé le ton l'une comme l'autre et Laurent intervint.

— Je sais que la cigarette est votre bête noire, Nadine, pourtant...

— Vous verriez les horreurs que je traite ici à longueur d'année, vous seriez de mon avis. Quoi qu'il en soit, notre conversation ne porte pas sur les méfaits du tabac mais sur les prescriptions exorbitantes du Dr Fontanel. Quand vous n'êtes pas sûre de vous, ma petite, envoyez-moi le patient. J'ai beau avoir du travail par-dessus la tête, je trouverai bien cinq minutes pour réparer vos sottises !

Elle ponctua sa dernière phrase d'un petit ricanement amer avant de les planter là. Pascale avait pâli de rage, toutefois elle ne s'autorisa aucun commentaire. Se bornant à un signe de tête un peu raide à l'intention de Laurent, elle s'éloigna vers le bureau des infirmières. Se faire remettre en place de cette manière devait être d'autant plus désagréable qu'elle n'avait rien à se reprocher. La nouvelle génération de médecins utilisait volontiers les scanners et autres moyens d'investigation, alors que les vieux patrons se fiaient à leur expérience. Eternelle confrontation des Anciens et des Modernes.

Il se décida à bouger, soudain pressé de regagner son bureau. Diriger un centre hospitalier comme Purpan n'était pas une sinécure. Lui aussi croulait sous le travail, Nadine Clément n'était pas la seule à se sentir débordée.

Dans l'ascenseur qui le ramenait au rez-de-chaussée, il se prit à espérer que le conflit entre les deux femmes ne s'envenimerait pas. L'hostilité manifeste de Nadine semblait excessive, même en tenant compte de son fichu caractère. Dès qu'il avait été question d'engager Pascale, elle l'avait prise en horreur. Pourquoi ? Parce qu'elle était jeune, jolie, et venait d'un grand hôpital parisien ? Non, il devait y avoir une autre raison. Rien qu'à la façon dont Nadine articulait « Dr Fontanel », avec fureur et mépris, on devinait une sorte de haine. Si c'était le cas, la situation ne pourrait que se dégrader. Agacé par cette perspective, Laurent traversa le hall au pas de charge. Il n'entrait pas dans ses attributions de protéger Pascale, il fallait absolument qu'il cesse d'y songer.

— Eh bien, non, je ne suis pas d'accord ! explosa Marianne. Je ne veux pas passer mes vacances toute seule, j'ai attendu jusqu'en octobre pour pouvoir partir avec toi et maintenant tu m'annonces que tu ne viens pas ?

— Le planning du bloc est dément, soupira Samuel, impossible de dégager deux semaines de suite.

— Il faut bien que tu te reposes, non ?

— Je me contenterai de récupérer une journée de temps en temps en attendant le mois de février, et là je t'emmènerai skier, promis.

— Sam, j'ai encore dix-huit jours à prendre cette année... On avait arrêté les dates, c'était prévu...

Elle le regardait avec rancune et il se sentit coupable. En insistant un peu, il aurait pu s'arranger avec ses confrères, mais au fond il n'avait pas très envie d'accompagner Marianne en Tunisie. L'idée de ce voyage venait d'elle ; en ce qui le concernait il préférait, et de loin, consacrer son temps libre à voler.

— Je suis très déçue ! lâcha-t-elle d'une voix vibrante de colère.

— Vas-y sans moi, Marianne. Tu seras bronzée et en pleine forme à ton retour.

A sa manière de pincer les lèvres, il comprit qu'elle se retenait de lui dire des choses désagréables.

— Je suis désolé, soupira-t-il en baissant la tête.

Pourquoi n'était-il pas capable de la rendre heureuse ? La tendresse et le désir qu'elle lui inspirait ne suffisaient pas à masquer la vérité : il n'était pas amoureux d'elle. Et se retrouver pendant quinze jours en tête à tête avec elle dans une chambre d'hôtel ou sur unc plage l'ennuyait d'avance.

— Sam ? Rassure-toi, je vais partir. Tu ne tiens pas à ce que je reste, n'est-ce pas ?

— Tu as besoin d'un break et...

— Et toi d'être un peu seul, c'est ça ?

Il releva les yeux, surpris par la froideur de sa voix.

— Je prendrai mon avion dimanche, pas de problème, mais si tu n'y vois pas d'inconvénient, je t'accompagnerai à la petite fête prévue par ton ex samedi soir.

L'invitation de Pascale à sa pendaison de crémaillère s'adressait à eux deux, et apparemment Marianne n'avait pas l'intention de s'exclure. Elle ne se cachait pas de considérer Pascale comme une rivale malgré toutes les protestations de Sam.

— La semaine prochaine, tu seras bien tranquille, tu pourras t'abrutir dans ton hélico, traîner au club jusqu'à pas d'heure, me chercher une remplaçante, pleurnicher sur ton divorce, tout ce que tu voudras !

Stupéfait, il la dévisagea un moment en silence. La plupart du temps elle était douce, presque mièvre, et voilà qu'elle se transformait en femme de caractère ?

— J'en ai assez, Samuel, dit-elle en s'approchant de lui. Je m'use en pure perte à t'aimer et je n'obtiens rien de toi en retour. Pas de mots tendres, pas de vrais regards, pas de projets. Ce voyage avait beaucoup d'importance pour moi, seulement tu t'en fous...

C'était l'occasion ou jamais de lui répondre avec franchise. Comme la plupart des hommes, il redoutait les scènes et détestait les ruptures. D'ailleurs, il ne souhaitait pas vraiment la quitter.

— Je ne me moque pas de toi, murmura-t-il. Je ne t'ai pas raconté d'histoires, je n'ai pas cherché à enjoliver les choses. Les mots que tu souhaiterais entendre seraient des mensonges.

— Alors pourquoi m'appelles-tu ? Pourquoi m'invites-tu à dîner, à dormir dans ton lit ?

Il s'abstint de faire remarquer que, en général, c'était elle qui lui téléphonait, elle qui proposait une soirée ou, carrément, débarquait chez lui à l'improviste.

— Je suis content quand je te vois, mais je n'ai pas envie de vivre avec toi. Tu n'es pas en cause, Marianne, je tiens à mon indépendance et je me sens incapable de partager mon existence pour l'instant, c'est tout. Si cette situation t'est insupportable, mieux vaut nous séparer.

Que pouvait-il dire d'autre ? Il ne lui donnerait jamais ce qu'elle espérait, il en avait désormais la certitude. Depuis un an qu'il la connaissait, qu'il la tenait dans ses bras, il n'envisageait rien d'autre que cette liaison épisodique, agréable, presque *confortable*... Dès que le mot se forma dans son esprit, il s'obligea à réagir.

— Je ne suis pas remis de mon divorce, tu as sûrement raison. Je ne veux pas m'attacher, pas m'engager, et tu le savais. A ton âge, jolie comme tu l'es, tu as droit à une véritable histoire d'amour qui...

— Mais je t'aime ! hurla-t-elle. Toi, pas un autre ! Tout ce que tu me racontes, je m'en fous. J'aurai la patience de t'attendre parce que forcément un jour tu te réveilleras guéri de cette femme !

— Guéri ? répéta-t-il, interloqué.

— Tu penses encore à elle, ne prétends pas le contraire.

— Il m'arrive d'y penser, oui. C'est un échec que je ne me pardonne pas, pourtant ça ne m'empêche pas de dormir. Tu mélanges tout, Marianne.

A force de jalouser Pascale, elle la lui rappelait sans cesse, inconsciente de sa maladresse. Il cessa de la regarder et battit en retraite à l'autre bout de la chambre. Le spectacle du lit défait, des draps froissés, lui remit en mémoire le début de la scène. Etendue près de lui, Marianne fumait une cigarette en énumérant toutes les joies qui les attendaient en Tunisie, et plus elle parlait, plus l'idée de ce voyage accablait Samuel. Alors il avait eu le courage - ou la lâcheté ? - d'annoncer qu'il ne partirait pas.

— Quitte-moi, dit-il doucement.

— Non, pas ça !

Elle le rejoignit en trois enjambées, s'appuya contre son dos, lui passa les bras autour de la taille.

— Je ferai n'importe quoi pour te garder, Sam. Des choses que tu n'imagines même pas. Tu me prends pour une écervelée, tu as tort. Ecoute, ne nous disputons pas aujourd'hui. Je vais partir seule, une petite pause nous fera du bien à tous les deux...

Les mots se bousculaient tandis qu'elle s'accrochait à lui.

— En quinze jours, peut-être t'apercevras-tu que je te manque ? Tu as besoin de tendresse, besoin d'être consolé, mis en confiance, tu es comme tout le monde, mon amour, tu joues au bel indifférent mais tu adores que je m'occupe de toi.

Et si elle avait raison ? Après tout, oui, il aimait bien l'entendre rire ou bavarder, la voir bouger, et aussi lui faire l'amour. Il se croyait sans attaches, pourtant il lui arrivait de songer à elle avec un certain plaisir. N'était-ce que de l'égoïsme ?

— Je ne peux rien te promettre, soupira-t-il.

— Au moins, laisse-moi une chance.

A l'époque, il avait demandé la même chose à Pascale et, devant son refus, s'était senti tellement mal ! Pouvait-il infliger ce genre de souffrance à son tour ? Il se retourna, la prit dans ses bras.

Jamais à court d'idées, Aurore s'était débrouillée pour donner un air de fête à la maison, concentrant ses efforts sur le jardin d'hiver. Une multitude de bougies rouges, les derniers glaïeuls du jardin dans les grands vases de Camille retrouvés au grenier, des pommes de pin et des fougères en guise de décoration sur la console transformée en buffet. Tout l'après-midi, elle avait préparé des salades, des assiettes de viande froide ou de poisson fumé, des plateaux de fromage. De son côté, Pascale s'était chargée de confectionner des tartes aux fruits et, pendant qu'elles cuisaient, d'aller acheter du vin à Albi.

Sur la route du retour, elle s'aperçut qu'elle avait oublié de prendre du pain frais. Contrariée parce qu'elle était en retard, elle renonça à faire demi-tour. Même si elle n'avait aucune envie de remettre les pieds à la boulangerie du village, elle ferait une exception.

La femme entre deux âges l'accueillit aussi mal que la première fois, la contemplant avec une évidente hostilité.

— Trois baguettes et deux pains de campagne tranchés, s'il vous plaît ! lança Pascale sans se laisser impressionner.

Tout le temps que la boulangère mit à la servir, elle regarda ailleurs, un sourire poli figé sur les lèvres.

— Bonne soirée ! ricana la femme derrière elle tandis qu'elle sortait.

Sur le trottoir, elle faillit heurter Lucien Lestrade.

— Je suis content de vous rencontrer, parce qu'il faut que je vous parle des plantations. C'est déjà tard dans la saison mais j'ai acheté tous les bulbes, alors je vais venir lundi. Je passerai la journée chez vous, ça devrait suffire.

— Monsieur Lestrade…

Elle se souvint qu'il lui avait demandé de l'appeler par son prénom et se reprit.

— Lucien. Je vous ai déjà expliqué que je ne peux pas vous embaucher.

— Je le fais pour rien ! répliqua-t-il. Mais il faut s'y mettre, sinon il n'y aura pas de fleurs au printemps.

— Peu importe.

La réponse parut le scandaliser, il ouvrit de grands yeux et recula d'un pas.

— Comment ça, peu importe ? Vous vous rendez compte de ce que vous dites ? J'ai promis, moi ! Et je n'ai qu'une parole, je m'occuperai de ça jusqu'au bout. De nos jours, tout le monde se fout de tout, c'est à ne pas croire…

— Promis quoi ? A qui ?

Il l'enveloppa d'un regard indéchiffrable avant de hausser les épaules.

— Je serai là vers neuf heures, maugréa-t-il.

— Eh bien, pas moi, je travaille !

— Ne vous inquiétez pas, j'ai la clef de la petite porte.

Avec un geste vague vers sa casquette en manière de salut, il la contourna et pénétra dans la boulangerie. Durant deux ou trois secondes, elle resta immobile, hésitant à le suivre dans la boutique pour lui demander d'autres explications. Finalement elle y renonça. Elle essaierait de rentrer tôt, lundi, afin d'avoir une conversation sensée avec lui. Elle ne voulait pas qu'il conserve une clef du parc, ni qu'il traîne chez elle en son absence. Les fleurs étaient le dernier de ses soucis, de quel droit cet homme lui en imposerait-il ? Jamais elle n'aurait la patience de sa mère pour désherber, arroser, traiter… Et qui allait payer ces bulbes ?

Elle reprit la route de Peyrolles, remâchant sa contrariété. Elle avait établi toute une liste de travaux urgents, où le jardin n'avait aucune place. A côté de la serre, sous l'abri, elle avait vu une tondeuse, un petit tracteur, une débroussailleuse et une tronçonneuse. Ce matériel appartenait à la propriété, son père avait dû le renouveler au fil du temps pour permettre l'entretien du parc. Lestrade et les locataires s'en étaient servis, elle pouvait apprendre à le faire.

En arrivant devant les grilles grandes ouvertes, elle découvrit les torches installées par Aurore au coin de la pelouse. Leurs flammes trouaient le crépuscule, donnant un mystérieux air de fête à Peyrolles. Près du perron, une voiture inconnue était déjà garée, mais la maison semblait déserte. Pascale se dépêcha d'aller déposer le pain à la cuisine, espérant avoir le temps de se changer avant l'arrivée des autres invités.

Alors qu'elle grimpait l'escalier quatre à quatre, une exclamation lui fit lever la tête.

— Ma petite fille !

Elle se jeta dans les bras de son père, heureuse comme une gamine de le trouver là, sur le palier, si semblable à l'image d'enfance qu'elle gardait de lui, lorsque toute la famille était heureuse à Peyrolles.

— Tu as pu venir, c'est merveilleux ! Et Adrien ?

— Il est avec ton amie Aurore, dans son ancienne chambre. Où nous as-tu logés ?

— Dans la mienne. Enfin, la mienne à l'époque, que je réserve aux amis, mais si tu préfères je te rends la tienne, je...

Henry se mit à rire, apparemment égayé par la situation.

— Ce sera parfait, ma chérie. Tu es chez toi, maintenant, c'est toi qui nous reçois.

— Vous restez un peu ?

— Jusqu'à demain soir. Nous avons loué une voiture à l'aéroport, c'était le moyen le plus rapide parce que j'ai peu de temps, mais j'avais tellement envie de te voir !

Il la considérait avec une tendresse qui la fit fondre et elle se laissa aller, la tête contre son épaule.

— Tu m'as manqué, papa. Tu vas bien ?

Sans doute avait-il fait un effort pour franchir la porte de cette maison si pleine de souvenirs, et elle lui en était reconnaissante.

— Ni bien ni mal. Ta mère a laissé un vide que je n'arriverai jamais à combler, alors je n'essaie même pas. La clinique m'absorbe entièrement.

Elle ne voulait pas imaginer ce qu'était sa vie, à Saint-Germain, dans l'appartement vide.

— Qui as-tu invité pour ta pendaison de crémaillère ?

— Sam et sa fiancée, des collègues de Purpan...

— Samuel est fiancé ? s'étonna-t-il.

— Pas encore, mais j'espère qu'il va se décider !

De l'index, il lui releva le menton pour la regarder dans les yeux.

— Tu l'espères vraiment ?

Un peu embarrassée, elle chercha la réponse la plus honnête.

— Il finira par refaire sa vie et cette fille-là me paraît bien. Je veux pouvoir rester son amie sans équivoque, tu comprends ?

Un sourire indulgent illumina le visage de Henry.

— Ce qu'on peut se raconter comme histoires... en toute bonne foi ! Allez, va vite te changer, tu ne comptes pas recevoir en jean, je suppose ?

Soulagée d'échapper à ses questions, elle fila vers la salle de bains. En deux minutes, elle réussit à ramener ses cheveux en chignon, à se maquiller légèrement et à se parfumer. Puis elle gagna le dressing où elle enfila une robe de soie noire, fendue sur le côté, et des escarpins à hauts talons. Un coup d'œil dans la glace la laissa dubitative. Elle se trouvait trop habillée mais n'avait plus le temps de dénicher une autre tenue.

Lorsqu'elle gagna le rez-de-chaussée, elle constata qu'Aurore avait déjà accueilli deux médecins qui travaillaient dans le service de pneumo et une de ses amies, infirmière, qu'elle était en train de présenter à Adrien. Pascale embrassa son frère puis entraîna tout le monde dans le jardin d'hiver. Elle servit de la sangria à ceux qui en voulaient et déboucha une bouteille de chablis à l'intention de son père. Ainsi qu'il le lui avait fait remarquer, elle était chez elle à présent, néanmoins le rôle de maîtresse de maison lui semblait un peu incongru.

— Ils sont loin, tes goûters de petite fille ! lança Adrien en levant son verre. Plus d'orangeade, plus de roulés à la confiture...

Il but sa sangria d'un trait, fit claquer sa langue.

— Pas mauvaise du tout. Je me ressers, si tu permets. Alors, où en es-tu ? J'ai vu que tu avais retrouvé des tas de vieilleries dont tu aurais mieux fait de te débarrasser. Pourquoi ne t'arranges-tu pas une nouvelle déco ?

— Faute de moyens. Et puis, ça ne me gêne pas, je n'ai descendu du grenier que des choses que j'aime.

— Tu ne devrais pas t'accrocher au passé, ma puce. Déjà habiter ici, ce doit être lourd...

— Lourd ? Non. C'est plutôt formidable. Je ne renie rien.

Du coin de l'œil, elle vit arriver Laurent Villeneuve. Il se dirigea droit vers elle et lui tendit la main, un peu embarrassé par les deux bouteilles de champagne qu'il portait.

— Vous êtes magnifique ! s'exclama-t-il. Et la maison paraît à la hauteur.

En lançant ses invitations, elle avait précisé qu'elle pendait la crémaillère et que ce serait une soirée décontractée. Laurent portait un jean, une chemise blanche sans cravate et un blouson de cuir. Pourquoi avait-elle mis une robe aussi habillée ?

— Monsieur Villeneuve ? Quel plaisir de vous retrouver, nous nous sommes rencontrés lors d'un congrès à Madrid, il y a deux ans.

Laurent se tourna vers Henry, qui venait de les rejoindre.

— Dr Fontanel, bien sûr... Ravi de vous revoir.

Profitant de la présence de son père, Pascale traversa le jardin d'hiver pour aller accueillir Samuel et Marianne.

— Tu es irrésistible, lui glissa Sam en l'embrassant.

Un peu crispée, Marianne regardait autour d'elle.

— Vous avez une belle maison, fit-elle platement.

Elle avait apporté en cadeau un coffret d'encens, probablement une idée de Sam, qui avait souvent vu Pascale allumer des bâtonnets de santal pour parfumer leur appartement.

Aurore s'arrêta à côté d'eux, chargée d'un plateau d'allumettes au fromage.

— Qui veut tester ? C'est de ma fabrication !

Derrière elle, Adrien faisait passer un bol de petites saucisses fumantes. Pascale lui présenta Marianne puis les abandonna afin de saluer de nouveaux arrivants. Grâce à Aurore, la soirée commençait à s'animer, le ton des conversations montait, des rires fusaient déjà. Les grandes portes vitrées qui séparaient le jardin d'hiver de la véranda étaient ouvertes, offrant ainsi un vaste espace de réception. Pascale alla s'assurer que les radiateurs électriques étaient branchés car elle venait de frissonner dans sa robe légère.

— Besoin d'aide ? s'enquit Laurent.

— Je crois que tout ira bien, merci. Mais si vous avez du feu sur vous, il faudrait allumer les bougies...

Il fouilla ses poches, en sortit un briquet.

— Je comprends que vous ayez craqué pour cet endroit, c'est magnifique.

— Mon père n'était pas d'accord, mon frère non plus. Heureusement, je suis têtue ! A vrai dire, j'aurais été désespérée de savoir Peyrolles vendu à d'autres.

— Vous avez racheté vos souvenirs d'enfance, c'est ça ?

— En quelque sorte. Mais je fais aussi un pari sur l'avenir !

A travers les carreaux de la véranda, elle vit que les torches brûlaient toujours à l'autre bout du parc, et elle se rappela les feux d'artifice qu'Adrien tirait les soirs de 14 juillet. Il les préparait en grand secret avec leur père et, une fois la nuit tombée, il courait d'un endroit à l'autre pour allumer les mèches tandis qu'elle poussait des cris de joie en battant des mains, debout sur le perron. Elle se promit d'y repenser, l'été prochain, et d'en organiser à son tour.

Lorsqu'elle se retourna, elle constata que Laurent l'observait d'un air amusé. Son sourire s'accentua et, soudain, elle le trouva très séduisant.

— Vous n'avez pas invité le Pr Clément ? plaisanta-t-il.

— Si je l'avais fait, personne n'aurait voulu venir ! Elle est franchement odieuse. Tenez, le cas dont je parlais devant vous, l'autre jour, à propos de ce vieux monsieur tabagique, eh bien, le scanner a montré une lésion que rien n'avait décelé jusque-là. Je ne prescris pas par ignorance, ces sous-entendus sont...

— Inutile de vous justifier, dit-il doucement. Vous devriez oublier un peu l'hôpital.

Il ne souriait plus, pourtant son regard restait chaleureux. Durant deux ou trois secondes, Pascale le contempla en silence, puis elle prit brusquement conscience de ce que son attitude pouvait avoir d'équivoque.

— Allons boire quelque chose, bredouilla-t-elle.

Bon, elle était célibataire, elle avait le droit de montrer à un homme qu'il lui plaisait, mais, en tant que directeur du CHU, Laurent Villeneuve se retrouvait hors jeu. Le draguer serait la dernière des bêtises à faire.

— Pascale ?

Elle sentit qu'il posait la main sur son épaule, l'arrêtant dans son élan. Jusqu'ici, il n'avait pas utilisé son prénom. La manière dont il venait de le prononcer était absolument délicieuse.

— Si je vous ai contrariée, excusez-moi.

Le contact des doigts sur sa peau nue la fit tressaillir et il la lâcha tout de suite, aussi gêné qu'elle. Seigneur, avait-elle vraiment *envie* de lui ? Elle l'avait vu trois fois !

— Pas du tout, mais je dois retrouver mes invités, je...

— Qu'est-ce que vous fabriquez tous les deux ? lança Samuel d'un ton goguenard. Il faut vous ravitailler sur place ?

Il apportait deux verres de sangria, qu'il leur mit d'office dans la main.

— Aurore t'attend à la cuisine. Elle m'a chargé de mettre un peu de musique, seulement tes disques sont affligeants. Toi, Laurent, tu n'aurais pas deux ou trois bons trucs dans ta voiture ? Un peu de pop anglaise ou...

— Bien sûr. Je vais les chercher.

Samuel attendit qu'il ait quitté la véranda pour se mettre à rire.

— Il te fait de l'effet, on dirait !

— Garde tes commentaires pour toi, Sam.

L'impression d'être prise en faute l'exaspérait au moins autant que le désir qu'elle venait effectivement de ressentir.

— Je plaisantais, ma chérie. D'ailleurs, tu m'as toujours répété que tu n'aimais pas les yeux bleus... C'était juste pour me faire plaisir ?

Il la prit par la taille d'un geste de propriétaire et l'entraîna vers le jardin d'hiver.

— Lâche-moi, Marianne risque de ne pas apprécier.

— Je ne suis pas marié avec elle ! protesta-t-il en retirant son bras.

— Avec moi non plus.

Elle le vit se raidir, comme si elle l'avait injurié, et entendit à peine la phrase qu'il lâcha à voix basse :

— Crois bien que je le regrette.

S'écartant d'elle, il fit deux pas vers la table qui tenait lieu de buffet.

— Sam ! Tu as perdu ton humour ?

Pourquoi réagissait-il si mal ? Parce qu'il l'avait trouvée en tête à tête avec Laurent ? Elle le rejoignit et se planta devant lui.

— Tu veux visiter la maison ? Je t'en ai tellement rebattu les oreilles ! Et puis, c'est grâce à toi si nous sommes tous là ce soir, je ne te remercierai jamais assez.

— Ne sois pas stupide, tu y serais très bien arrivée toute seule.

— Oh, oui ! claironna Henry. Elle aurait fini par le faire parce qu'elle est têtue comme une mule, mais tout de même, tu ne m'as pas aidé dans cette histoire, Samuel. Maintenant, ma fille habite seule une trop grande baraque, à sept cents kilomètres de son vieux père...

Il avait l'air de plaisanter, néanmoins Pascale ne fut pas dupe, il s'agissait bien de reproches et il était content de pouvoir les servir à son ex-gendre.

— Emmenez-moi faire le tour du propriétaire, Henry, que je me fasse une idée.

Ces deux-là trouvaient toujours moyen de s'entendre, même quand ils n'étaient pas d'accord. Samuel adressa un clin d'œil complice à Pascale et suivit Henry mais, en passant près d'elle, il s'arrêta une seconde pour lui chuchoter à l'oreille :

— Quand un homme a vraiment aimé une femme, pour lui l'histoire n'est jamais finie.

Interloquée, elle prit le premier verre qui lui tomba sous la main et le vida d'un trait. *Jamais finie ?* Etait-ce une sorte de déclaration d'amour qu'il venait de lui faire, alors que Marianne se trouvait dans la même pièce ? Elle chercha la jeune femme du regard et la découvrit en grande conversation avec Georges Matéi, un charmant garçon qui pratiquait la kiné respiratoire comme personne. Apparemment, elle n'avait rien remarqué, elle semblait s'amuser, tant mieux.

Pascale fila à la cuisine où Aurore s'affairait, toujours secondée par Adrien.

— Cette soirée est une réussite ! déclara gravement son frère.

Elle l'examina d'un œil critique, se demandant s'il avait trop bu ou si c'était la présence d'Aurore qui le rendait grandiloquent. Du plus loin qu'elle se souvienne, Adrien avait toujours cédé au charme des jolies filles.

— Porte ça là-bas, dit-elle en lui tendant deux grands saladiers.

Aurore sortait les tartes du four et Pascale les mit à refroidir sur le bord d'une fenêtre.

— Ton frère a l'air d'un sacré cavaleur...

— C'est un euphémisme !

Après avoir échangé un coup d'œil, elles éclatèrent de rire ensemble.

— Avoue que j'ai eu une bonne idée de te pousser à lancer des invitations. Ta maison est l'endroit idéal pour recevoir et s'amuser.

Le brouhaha des conversations leur parvenait sur fond musical.

— Notre bon directeur s'est transformé en disc-jockey ? ironisa Aurore. Je l'ai vu passer il y a trente secondes avec une pile de CD...

— Comment le trouves-tu ?

La question avait échappé à Pascale, qui se mordit les lèvres tandis qu'Aurore la dévisageait.

— Villeneuve ? Craquant, évidemment ! Mais intouchable, je te préviens. Il y a bon nombre de filles, à Purpan, qui s'y sont cassé les dents. Remarque, il a raison de rester hors de portée, sinon tu imagines la pagaille...

Elles quittèrent la cuisine chargées de plats qu'elles allèrent déposer sur le buffet.

— Vous vous servez et vous vous installez où vous voulez ! lança Pascale d'une voix forte.

Pendant près d'un quart d'heure, elle remplit des assiettes, déboucha des bouteilles, bavarda avec chacun sans bouger de sa place, jusqu'à ce que son père et Samuel viennent la rejoindre.

— J'ai tout visité et je peux te dire une chose, ma chérie : tu as fait un très bon investissement !

Sam lui souriait gentiment, sans aucune ambiguïté.

— Je persiste à croire le contraire, soupira Henry. J'ai habité ici assez longtemps pour le savoir mieux que personne. Rien que l'entretien de ce bazar...

— A propos d'entretien, coupa Pascale, ton jardinier veut absolument continuer à travailler ici. Je lui ai dit que je ne pouvais pas le payer mais il n'en démord pas.

— Lestrade ? Débarrasse-toi de lui ! De quel droit vient-il t'envahir ?

Furieux, son père avait parlé trop fort. Il se maîtrisa et poursuivit, plus bas quoique tout aussi sèchement :

— C'est un simple d'esprit, n'écoute pas ce qu'il raconte, ne le laisse même pas entrer !

— Tu lui as confié une clef, rappela-t-elle. Et c'est toi qui l'emploies, depuis plus de vingt ans.

— Parce que ces fichus locataires auraient tout laissé en friche ! Ou déraciné n'importe quoi...

— Je n'y connais rien non plus.

— Eh bien, apprends ! Mais bon sang, pas avec Lestrade !

Pourquoi se mettait-il dans un état pareil ? Adrien s'approcha de lui, le prit fermement par le bras.

— Viens t'asseoir, papa, on va manger quelque chose.

Henry le suivit de mauvaise grâce, laissant Pascale désemparée. Elle aussi, ce jardinier la mettait mal à l'aise avec son insistance et ses propos incompréhensibles, cependant elle ne comprenait pas ce qui chagrinait autant son père.

— Quelle véhémence..., souffla Sam derrière elle. Votre M. Lestrade est un satyre ?

— Non, juste un brave type un peu bizarre.

Samuel lui passa une main dans la nuque, remontant une mèche qui s'était échappée de son chignon.

— Ton père a un problème avec Peyrolles. Il est venu pour te faire plaisir et parce qu'il s'ennuyait de toi, mais il déteste être là.

Depuis la véranda, Marianne adressait de grands gestes à Samuel afin qu'il la rejoigne.

— On en reparlera, dit-il en s'éloignant.

Le buffet était dévasté, il ne restait presque plus rien dans les plats, que Pascale se mit à empiler. La journée du lendemain risquait d'être consacrée au rangement mais peu importait, pour l'instant elle se sentait merveilleusement bien. A l'aise, heureuse, chez elle. Car, pour sa part, elle n'avait *aucun* problème avec Peyrolles.

Elle porta la vaisselle sale à la cuisine, prit deux plateaux de fromage qu'elle revint déposer sur le buffet. Enfin elle gagna la véranda, où tout le monde semblait beaucoup s'amuser.

— Et si vous vous arrêtiez cinq minutes ? suggéra Laurent lorsqu'elle passa à côté de lui.

Il était installé à une table entre Georges, le kiné, et Aurore. En face d'eux, un chirurgien racontait sa récente expérience de vacances au Club Méditerranée avec un humour grinçant. S'asseyant sur le bras du fauteuil d'Aurore, Pascale écouta distraitement la fin de l'histoire, consciente que les yeux de Laurent ne la lâchaient pas. Lorsqu'elle se décida à tourner la tête vers lui, il esquissa un sourire contrit. De nouveau troublée, comme deux heures plus tôt, elle fut cette fois incapable de soutenir son regard. Décidément, cet homme l'attirait. Peut-être était-elle seule depuis trop longtemps. Après son divorce d'avec Sam, il lui était arrivé de croire que personne ne lui plairait jamais autant, qu'aucune rencontre n'aurait la même intensité. Sam avait été son premier véritable amour, et par la suite ses aventures - rares - l'avaient laissée un peu désabusée. Sa réaction de ce soir face à Laurent Villeneuve signifiait-elle qu'elle était enfin guérie de Sam et de l'échec de leur couple ?

Elle prit une profonde inspiration pour trouver le courage de lui parler, mais elle ne réussit qu'à marmonner qu'elle allait chercher une bouteille de vin.

— Non, ne bougez pas, j'y vais.

En se levant, il lui posa la main sur le poignet juste une seconde, d'un geste aussi doux qu'une caresse.

4

Nerveux, Henry regarda l'hôtesse qui effectuait les démonstrations habituelles dans l'allée centrale : gilet de sauvetage, masque à oxygène, évacuation d'urgence. Il détestait prendre l'avion et se demandait avec stupeur comment sa fille pouvait aimer piloter. Sauf que pour l'instant, Dieu merci, elle ne volait pas, trop accaparée par son travail à Purpan et par Peyrolles.

A côté de lui, Adrien s'était plongé dans la lecture de son journal, indifférent au décollage. Henry ferma les yeux tout en mastiquant le chewing-gum censé empêcher ses oreilles de craquer. Bon, le week-end était terminé, il avait fait son devoir, la prochaine fois ce serait à Pascale de venir. Et ensuite il trouverait des prétextes afin de ne plus remettre les pieds là-bas. Toute la nuit il avait pensé à Camille, et lorsqu'il s'était enfin endormi, à l'aube, il avait rêvé d'elle.

Camille couchée nue à côté de lui, douce et fragile, abandonnée, avec parfois une larme qui perlait entre ses cils. Même dans son sommeil, il lui arrivait de pleurer. Quand il lui faisait l'amour, elle s'accrochait à lui comme une noyée. Oubliait-elle son chagrin dans le plaisir ?

L'appareil devait avoir atteint sa vitesse de croisière, il semblait stabilisé. Henry risqua un coup d'œil par le hublot : il n'y avait strictement rien à voir. A Peyrolles non plus, hier soir, il n'avait rien vu tandis qu'il restait debout devant la fenêtre à contempler le parc obscur en se demandant pourquoi Lucien Lestrade harcelait sa fille. Avait-il quelque chose de précis à lui dire ? Que savait-il du drame qui avait rongé les Fontanel, à l'époque ? Il ne pouvait concevoir que des doutes, échafauder des hypothèses, car jamais Camille ne se serait confiée à quelqu'un comme lui.

Quoi qu'il en soit, Henry était décidé à lui téléphoner, dès le lendemain. Plus question qu'il pointe son nez à Peyrolles, la page était tournée, il devrait le comprendre. Henry allait lui offrir de l'argent, une somme destinée autant à récompenser trente ans de services qu'à acheter son silence. Juste au cas où.

Calant sa nuque contre l'appui-tête, il se demanda pour la millième fois de sa vie s'il avait eu tort ou raison. Une question dont il ne connaîtrait sans doute jamais la réponse mais qui continuait de le hanter.

Le chariot de boissons apparut dans l'allée centrale, poussé par l'hôtesse. Le vol de Toulouse à Paris était court : à peine avait-on le temps de finir son verre qu'on était déjà en train d'amorcer la descente. Tant mieux. Plus vite Henry reprendrait son travail à la clinique, moins il se perdrait dans ses souvenirs. A Saint-Germain, l'ombre de Camille planait encore dans l'appartement, mais de façon moins aiguë qu'à Peyrolles. Heureusement pour elle, Pascale ignorait tout, et Henry ne laisserait pas Lucien Lestrade lui mettre la puce à l'oreille. Qu'elle profite de cette maison puisqu'elle l'aimait tant ! Et puisqu'il n'avait pas été capable de la dissuader...

— A quoi penses-tu, papa ?

Adrien l'observait d'un air inquiet, aussi Henry répondit-il la première chose qui lui passa par la tête.

— Au prochain conseil d'administration.

— Ne t'inquiète donc pas, il n'y a aucun problème, affirma son fils en lui tapotant la main.

Bien sûr que non. Les problèmes, il les avait laissés derrière lui en quittant la piste de l'aéroport toulousain. Henry choisit un jus d'orange et consulta sa montre, pressé d'arriver, pressé d'oublier.

Aurore déposa avec précaution le dernier vase qu'elle venait de remonter.

— Et voilà ! Cette fois, tout est rangé, puisque tu ne voulais pas les garder en bas...

Du fond du grenier, Pascale se mit à rire.

— A quoi servent des vases sans fleurs ?

Elle furetait parmi de vieilles valises couvertes de poussière et entassées dans un coin obscur. Certaines portaient des étiquettes rédigées de la main de sa mère. « Rideaux de la bibliothèque », « Dessus-de-lit chambre du bout ». Camille avait-elle cru que ces tissus pourraient resservir un jour ? Envisageait-elle de revenir habiter Peyrolles lorsque son mari prendrait sa retraite ?

Pascale souleva un couvercle et sentit une vague odeur de naphtaline. Des feuilles de papier journal couvraient des étoffes bien pliées que les mites semblaient avoir épargnées. Elle jeta un coup d'œil vers Aurore et décida de ne rien dire de ses trouvailles afin de ne pas les voir accrochées partout à travers la maison.

— J'adore explorer ton grenier, c'est aussi excitant que d'être chez un brocanteur avec un bon d'achat illimité ! lança Aurore. Regarde cet amour de coiffeuse... En réparant le pied cassé et en changeant le miroir, elle ferait très bien dans une chambre, non ?

Abandonnant les valises, Pascale la rejoignit.

— On a assez travaillé pour aujourd'hui, décida-t-elle. En tout cas, la soirée d'hier était fantastique, tu as eu mille fois raison.

Elle le pensait sincèrement, bien qu'elles aient dû passer une partie de l'après-midi à faire la vaisselle, comme prévu.

— Tu as besoin de te détendre, Pascale. Dans le service, tu bosses douze heures par jour et tu es continuellement sous pression, à cause de Nadine Clément. Au point de ne même pas te rendre compte des ravages que tu suscites ! Georges, le kiné, te regarde avec des yeux de merlan frit... Ce qui ne fait pas mon affaire parce qu'il me plaît beaucoup. D'abord, il n'est pas médecin ; ceux-là je les mets tous dans le même sac avec une pierre au fond et hop, dans le Tarn ! Ensuite, j'adore son humour, il... Tiens, c'est quoi, ça ?

Ayant ouvert le tiroir de la coiffeuse, elle avait machinalement passé sa main au fond et en rapportait une pochette de plastique gris tout écornée, qu'elle examina une seconde avant de la passer à Pascale.

— A mon avis, il y a des bons du Trésor là-dedans, ou alors des lettres d'amour !

— Pour Georges, dit Pascale, tu as le champ libre, il n'est pas du tout mon genre.

Le plastique avait un peu fondu avec le temps et la chaleur du grenier, mais elle réussit à en extirper une sorte de carnet qui se révéla être un vieux livret de famille.

— Je te rappelle, ironisa Aurore, que si ton genre c'est Laurent Villeneuve, il ne faut pas que tu...

— Oui, oui, je sais.

Sourcils froncés, Pascale relut trois fois les quelques lignes qu'elle avait sous les yeux.

— Qu'est-ce que ça veut dire ? marmonna-t-elle.

Aurore vint jeter un regard par-dessus son épaule.

— Extrait de l'acte de mariage en date du 16 avril 1966. Epoux, Coste Raoul ; épouse, Montague Camille Huong Lan...

Atterrée, Pascale revint à la première page.

— Ville de Paris, mairie du XIIe ! C'est ridicule, maman et papa se sont mariés en 1970, à Albi.

Elle ferma le livret une seconde, le considérant d'un œil critique ; malheureusement il semblait tout à fait authentique. De nouveau elle l'ouvrit, lut encore, tourna un feuillet. Les actes de décès des époux étaient vierges, mais dans la case « Premier enfant » était inscrit un nom, avec la signature d'un officier d'état civil.

— Le 3 août 1966, à neuf heures quinze, est née Julia Nhàn Coste.

Là non plus, il n'y avait rien dans la case décès.

— J'ai des photos du mariage de mes parents, articula-t-elle d'une voix blanche. A l'église. Et à l'église, à moins d'être veuf comme papa l'était, on ne peut se marier qu'une fois !

— Sauf si tu t'es contentée de la mairie pour la première...

Avec la tombée de la nuit, les ombres envahissaient le grenier malgré l'ampoule électrique.

— Raoul Coste. Julia Coste. Bon sang, qui sont ces gens ?

Le plus simple était d'appeler son père, elle allait le faire tout de suite. Il existait forcément une explication simple à laquelle Pascale, trop choquée par sa découverte, ne pensait pas. Henry allait la lui donner. Enfin, peut-être... Peut-être seulement, car de quelle façon justifierait-il ce mystère ? Pourquoi ni lui ni Camille n'y avaient-ils jamais fait allusion ?

Une incontrôlable envie de pleurer serrait la gorge de Pascale et elle sentit qu'Aurore la prenait par le coude.

— Viens, descendons.

Les doigts crispés sur le livret de famille, Pascale se laissa entraîner jusqu'au rez-de-chaussée. Une fois assise à la table de la cuisine, les coudes repliés et le menton dans les mains, elle essaya de faire le point tandis qu'Aurore, silencieuse, mettait la bouilloire à chauffer. Ainsi, sa mère aurait été mariée, à vingt et un ans tout juste et déjà enceinte puisque le bébé était arrivé trois mois plus tard. Une petite fille prénommée Julia - avec à la suite un prénom vietnamien, comme Camille elle-même -, qui devait avoir trente-neuf ans aujourd'hui. La fille aînée de sa mère, dont Pascale n'avait *jamais* entendu parler. Pas un mot, pas même une vague allusion. Cette Julia Coste n'existait pas dans la famille Fontanel. Evidemment, elle avait pu mourir en bas âge, mais pourquoi le cacher ?

— Téléphone à ton père, tu en auras le cœur net, suggéra Aurore en posant deux tasses de thé fumant sur la table.

Avec la joie de vivre, la gentillesse était l'une des principales qualités d'Aurore. Sans elle, que serait devenue Pascale ? Oui, Peyrolles était trop grand pour une femme seule, ainsi qu'on le lui avait rabâché, et la présence d'une amie changeait tout. A elles deux, elles avaient arrangé la maison en un rien de temps, piqué des fous rires, parlé des nuits entières en astiquant les objets récupérés dans les profondeurs du grenier. Elles s'étaient amusées, confiées l'une à l'autre. L'arrivée de l'hiver les trouverait, le dimanche, pelotonnées sous une couverture devant la télé, et au printemps prochain elles jardineraient ensemble pour redonner un peu d'allure au parc. Irremplaçable Aurore, sans qui Pascale n'aurait peut-être jamais ouvert le tiroir de la coiffeuse.

— Si tu n'étais pas là, murmura-t-elle, je serais sûrement en train de pleurer... Je m'aperçois que je ne peux pas poser la question à papa parce qu'il ne me répondra pas. Ou pas la vérité. A l'évidence, il s'agit d'un secret bien gardé, pourquoi veux-tu qu'il parle aujourd'hui ?

— Tu as le droit de savoir ! C'est de ta mère qu'il s'agit, de ta sœur ! Enfin... ta demi-sœur...

Le mot était lâché. Quelque part dans le monde, il existait une femme qui était sa demi-sœur. Le même lien de parenté, ni plus ni moins, qu'avec Adrien.

— Si elle vit encore, murmura Pascale, je vais la retrouver.

Elle n'avait pas d'autre solution, comprenant d'avance qu'elle ne serait pas en paix avant d'avoir découvert la vérité.

— Tu crois que ton frère est au courant ?

— Je ne crois pas. Ou alors, c'est à douter de tout le monde ! Malgré notre différence d'âge, nous étions très proches et très complices, Adrien et moi, jusqu'à ce que j'épouse Samuel. Je ne l'imagine pas me cachant une énormité pareille.

Mais elle n'en était pas sûre. Une heure plus tôt, elle aurait juré la même chose de son père, et pourtant...

— Je vais écrire à la mairie du XIIe arrondissement, à Paris. Si Julia Coste est décédée, ce sera inscrit sur leurs registres. On ne peut enterrer personne sans contacter la mairie de naissance, c'est la procédure habituelle. A partir de là, je verrai ce que je dois faire.

Aurore la dévisagea en silence, puis elle se leva pour allumer les lumières. Aussitôt, l'atmosphère de la cuisine devint plus chaleureuse et Pascale refoula de nouveau cette stupide envie de pleurer. Sa mère avait été une femme tendre, douce, qui s'était entièrement consacrée à l'éducation d'Adrien et de Pascale. Elle adorait les enfants, elle avait forcément aimé cette Julia. Quand et comment l'avait-elle perdue ? Le père, Raoul, l'avait-il emmenée, enlevée ? Et lui, qu'était-il devenu ? Mais surtout – et cette question-là était la plus douloureuse –, pourquoi avoir fait de ce morceau de vie un tel mystère ? Certes, Camille parlait peu, et presque jamais d'elle-même. Avare de confidences, elle n'évoquait ni sa jeunesse ni sa famille, avec laquelle elle était brouillée. « De méchantes gens », disait-elle seulement, exception faite de son père, celui qui l'avait ramenée de Hanoi. Du Viêtnam, elle ne conservait évidemment aucun souvenir, hormis l'identité de sa mère, qui s'appelait Lê Anh Dào. Tout ça n'avait rien à voir avec un Raoul Coste sorti de nulle part.

— Comment peut-on en savoir aussi peu sur les siens ? soupira Pascale.

Paradoxalement, elle connaissait bien l'histoire paternelle, avec la dynastie de médecins albigeois dont Henry était issu. Adrien et Pascale, comme tous les Fontanel, avaient prononcé le serment d'Hippocrate, perpétuant la tradition ; il existait même une rue portant le nom d'Edouard Fontanel, chirurgien au XIXe siècle. Mais des Montague, rien. Juste cet officier qui avait rapporté d'Indochine la médaille militaire avec palmes... et un enfant adultérin. Camille n'en disait pas davantage, sauf qu'elle n'avait aimé que deux hommes dans sa vie, le capitaine Abel Montague et Henry. Nulle mention d'un quelconque Raoul ! Une erreur de jeunesse qu'elle aurait voulu effacer ? Pas en abandonnant un bébé, c'était impensable. Elle disait toujours, avec un amour infini : « Mes deux enfants. J'ai deux enfants. » Adrien, qu'elle avait fait sien, et Pascale. Mais parfois l'expression était : « J'ai *eu* deux enfants. » Personne n'y prêtait attention, évidemment.

— Je vais nous préparer quelque chose pour le dîner, décréta Aurore. Et ne me réponds pas que tu n'as pas faim !

Rien au monde ne faisait perdre son appétit à Pascale, c'était légendaire, aussi n'eut-elle pas le courage d'avouer à Aurore que, pour une fois, l'idée de manger lui soulevait le cœur.

Samuel quitta la salle de réveil en sifflotant. Son dernier patient venait d'émerger de l'anesthésie sans problème, avec des rythmes cardiaque et respiratoire satisfaisants.

Il avait pris une douche en compagnie des chirurgiens à la sortie du bloc, et plus rien ne le retenait à l'hôpital. Heureusement, car il détestait travailler le samedi matin, corvée à laquelle il était de plus en plus souvent contraint en raison de la pénurie d'anesthésistes-réanimateurs. Une carence logique avec cette mode – venue d'Amérique – d'intenter des actions judiciaires contre les médecins ou les établissements hospitaliers. Dès que quelque chose tournait mal dans une opération, l'anesthésiste était mis en cause, le plus souvent à tort. La situation désolait Samuel, qui adorait son métier mais se retrouvait complètement débordé.

Un coup d'œil à sa montre lui apprit qu'il avait juste le temps de se rendre à l'aéroclub, où il avait donné rendez-vous à Pascale. Depuis la soirée à Peyrolles, ils ne s'étaient pas croisés une seule fois de toute la semaine dans les couloirs de Purpan, et finalement il avait dû l'appeler pour l'inviter à déjeuner. Il ne voulait pas avoir l'air de profiter de l'absence de Marianne, néanmoins il mourait d'envie de voir Pascale en tête à tête. Il l'avait trouvée tellement belle dans cette robe de soie noire ! Elégante, sensuelle, exotique... A côté d'elle, Marianne devenait presque insignifiante. Pauvre Marianne, qui appelait chaque soir pour raconter en détail ses journées de vacances et qui terminait ses communications par une litanie de serments d'amour. En l'écoutant, il se sentait mal à l'aise, accablé par la tiédeur de ses propres sentiments, coupable de ne pas savoir rompre, et malgré tout ému. La tête sur le billot, il n'aurait pas su dire ce qu'il éprouvait pour elle. Mais en ce qui concernait son ex-femme, il n'avait pas, hélas ! le moindre doute : il était toujours fou d'elle et le resterait probablement jusqu'à la fin de ses jours. Devait-il tenter l'impossible pour qu'elle lui accorde une seconde chance ou, au contraire, s'obliger à ne plus la voir, à ne plus penser à elle ? Empêtré dans ses contradictions, il se reprochait d'avoir tout fait pour qu'elle vienne s'installer ici. Son empressement à l'aider ne cachait qu'un désir égoïste, il n'était pas dupe de lui-même.

Assise sur l'un des hauts tabourets du bar, Pascale riait de bon cœur. Arrivée très en avance à son rendez-vous avec Sam, elle était tombée sur Laurent Villeneuve, qui descendait tout juste d'un petit avion de tourisme, un Robin DR 400. Il s'était aussitôt proposé pour lui faire visiter l'aéroclub de fond en comble, des pistes à la tour de contrôle en passant par les hangars, avant de la ramener boire un verre. Apparemment aussi ravi qu'elle du hasard qui les mettait en présence l'un de l'autre hors du cadre de l'hôpital, il plaisantait gaiement et faisait en sorte de la mettre à l'aise.

Mal remise de la découverte du livret de famille, elle se sentait fatiguée. Depuis une semaine, le sommeil la fuyait, et quand elle s'endormait enfin elle cauchemardait. Hormis le courrier à la mairie parisienne, elle n'avait rien tenté, rien décidé. Et, surtout, elle n'avait pas appelé son père, à qui elle n'aurait su que dire.

— Où êtes-vous partie ? s'enquit Laurent avec un sourire désarmant. C'est la nostalgie du pilote sans machine ? Je vous emmène faire un tour quand vous voulez, mais je sais que vous préférez l'hélico.

— Quand on y a goûté, ça devient vite une passion, vous verrez.

— Je suis déjà mordu ! Samuel est un merveilleux prof, j'espère pouvoir passer le brevet d'ici deux ou trois mois.

— Il a été mon instructeur aussi, avec lui tout paraît facile.

A l'époque où Sam lui donnait des leçons, à Issy-les-Moulineaux, ils étaient jeunes mariés et très amoureux. Y penser la rendit soudain mélancolique. Sam allait-il épouser Marianne ? Lui faire des enfants, tout naturellement, sans se poser de questions ?

— Si vous avez envie de voler, Pascale, faites-le. Ne mettez pas tout votre argent dans Peyrolles, prenez le temps de vous amuser...

Il se méprenait sur l'expression de tristesse qu'elle avait dû afficher sans le vouloir, néanmoins sa sollicitude était très réconfortante.

— Je voudrais vous poser une question, lâcha-t-elle de façon abrupte. Comment s'y prend-on pour retrouver quelqu'un dont on ne connaît que l'identité, la date et le lieu de naissance ?

S'adresser à lui ne l'engageait à rien alors qu'elle était déterminée à se taire devant Sam. Il s'entendait beaucoup trop bien avec son père, il serait capable de l'appeler si elle lui racontait sa trouvaille.

— Vous vous lancez dans une enquête personnelle ou vous écrivez un roman policier ?

Laurent souriait de nouveau, attentif, décidément charmant et, voyant qu'elle ne répondait pas, il enchaîna :

— Vous pourriez essayer une recherche sur Internet. Mais commencez par demander une fiche d'état civil de la personne concernée. D'ailleurs, vous avez au moins les sept premiers chiffres de son numéro de Sécurité sociale, s'il s'agit d'un Français.

— Oui.

— Il y a aussi la famille, les proches...

A l'entendre, c'était simple, mais en tant que haut fonctionnaire il ne devait pas être rebuté par les difficultés administratives. Soulagée, elle lui adressa un regard reconnaissant et eut la surprise de le voir rougir. Elle n'avait pas imaginé qu'il puisse être timide, ni qu'elle ait quoi que ce soit d'impressionnant pour un homme comme lui.

— Il y avait une circulation folle ! s'écria Samuel en surgissant derrière eux. Je suis désolé d'être en retard mais au moins tu ne t'ennuyais pas, te voilà en bonne compagnie...

Il l'embrassa dans le cou avant de proposer, d'un ton malicieux :

— Tu te joins à nous pour déjeuner, Laurent ?

— Non, je ne veux pas vous déranger, je vous laisse.

Déçue par son refus, Pascale lui serra la main en le remerciant pour la visite, puis elle suivit Sam vers le restaurant du club. La décoration était entièrement dédiée à l'aviation avec, accrochées aux murs lambrissés, de splendides photos de Mirage, de Rafale, ou encore d'un Super-Etendard appontant sur le *Charles-de-Gaulle*.

— J'aurais aimé être pilote de chasse, j'ai raté ma vocation ! plaisanta Samuel.

Il paraissait en pleine forme et Pascale lui envia son insouciance.

— Tu as de bonnes nouvelles de Marianne ?

— Excellentes, elle profite à fond de ses vacances... et je suis assez content de me retrouver un peu seul.

— Ce n'est pas très gentil pour elle.

— Alors, disons que je ne suis plus du tout fait pour la vie à deux.

Un peu étonnée, elle se rappela à quel point il était facile à vivre, presque toujours de bonne humeur et ne s'isolant jamais dans son coin.

— Avec toi j'ai adoré, mais depuis, c'est fini, ajouta-t-il doucement.

— Ne crois pas ça. Je t'ai répété sur tous les tons que tu ferais un excellent père et j'en suis toujours persuadée. Dépêche-toi de fonder une famille, Sam !

Il esquissa un sourire indéchiffrable, secoua la tête.

— Figure-toi que Henry me regrette amèrement, d'après lui j'étais le gendre idéal.

— Bien sûr, un médecin, un du sérail, tu penses ! Si je lui ramène un architecte ou un plombier, il fera une drôle de tête.

— Tu y penses ?

— A quoi ?

— A profiter des bons conseils que tu me dispenses, c'est-à-dire à te remarier.

— J'y songerai le jour où je serai amoureuse.

— Je n'ai pas très envie de te voir amoureuse d'un autre.

— Sam ! Tu plaisantes, j'espère ? Nous avons divorcé, tu t'en souviens ? Et même échangé deux ou trois injures dans le bureau du juge ! Je voulais désespérément des enfants de toi, j'ai dû être odieuse... Mais la page est tournée, contrairement à ce que tu me disais à Peyrolles, samedi soir.

Sa franchise parut atteindre Samuel. Il baissa les yeux et s'absorba dans la contemplation de son assiette. On venait de leur servir un confit de canard qui embaumait, pourtant il fit la grimace. Au bout d'une bonne minute de silence, il soupira.

— Désolé... Je ne t'ai pas invitée pour ça. On va déjeuner, ensuite je t'emmène faire un tour et je te laisse piloter. Ma première leçon n'est qu'à quatre heures, nous avons tout le temps.

La perspective de voler enthousiasma immédiatement Pascale.

— Tu as le droit de prendre l'hélico ou bien ça va nous coûter la peau des fesses ?

— J'ai des heures gratuites en tant qu'instructeur.

— Fantastique !

Pour la première fois depuis huit jours, elle se sentit vraiment gaie, capable d'oublier pour un moment le mystère familial. Après avoir englouti une part de *fénétra,* riche en pâte d'amandes meringuée et en citrons confits, elle renonça au café pour pouvoir sortir de table. Samuel paraissait avoir oublié sa tentative de reconquête manquée et il souriait de la voir impatiente comme une gamine. Ils allèrent ensemble chercher le Jet Ranger dans l'un des hangars, et le poussèrent jusqu'à sa plate-forme.

— Nous avons aussi un Hugues 300 et un 500, expliqua Sam en s'installant.

Il la regarda tandis qu'elle bouclait son harnais de sécurité et mettait son casque.

— Tu m'entends bien ? Bon, où veux-tu aller ?

— A Peyrolles !

— D'accord.

La carte étalée sur ses genoux, il étudia le plan de vol et prit quelques notes, puis il lança le moteur et les pales se mirent à tourner. Ravie, Pascale s'enfonça dans son siège. Comme tous les hélicos, le Jet Ranger était équipé de doubles commandes et bientôt elle allait le sentir vibrer sous ses doigts. Elle observa avec bonheur le décollage impeccable de Sam, l'entendit annoncer ses intentions à l'aiguilleur de la tour. Au-dessous d'eux, un Robin roulait sur une piste et elle se demanda si c'était Laurent qui repartait se promener.

Le lundi matin, en arrivant dans son service, Nadine Clément commença par tancer vertement sa secrétaire avant de s'en prendre à une aide-soignante, puis elle reporta sa colère sur l'équipe des kinés, choisissant Georges Matéi comme bouc émissaire. A dix heures et demie, lorsque Pascale apporta un gobelet de café à Aurore dans le local des infirmières, une atmosphère de plomb régnait sur la pneumo.

— Ne te mets pas sur son chemin, chuchota Aurore, elle est d'une humeur de chien enragé !

— Comme tous les jours, non ?

Avec un soupir de lassitude, Pascale se jucha sur le bord d'un évier.

— Le petit garçon de la chambre 7 n'ose pas se servir de sa pompe à morphine, il faut absolument l'aider.

L'enfant en question avait subi une grave intervention quelques jours plus tôt et souffrait beaucoup.

— Je passerai le voir toutes les heures, promit Aurore.

Georges Matéi entra en coup de vent et s'arrêta net en découvrant Pascale.

— Oh, excusez-moi ! Je vous dérange ?

— Non, on fait la pause, répondit précipitamment Aurore, tu peux la faire avec nous.

— Alors, je vais me chercher du café aussi. Vous en voulez un autre ?

Elles acquiescèrent ensemble et attendirent qu'il se soit éclipsé pour étouffer un rire.

— C'est toi qu'il cherchait, dit Aurore avec une moue dépitée.

— Moi, je crois qu'il ne sait pas laquelle choisir, et si tu l'encourageais un peu...

— Il est très timide.

— Tous les hommes le sont, affirma Pascale en se rappelant la manière dont elle avait fait rougir Laurent Villeneuve avec un seul regard.

Dehors, la pluie tombait sans discontinuer depuis le matin, et une rafale de vent fit trembler les fenêtres.

— Quel temps affreux ! soupira Aurore.

— On fera une flambée ce soir.

— Tu as du bois ?

— Il y a un gros tas de bûches contre le mur d'enceinte, au-delà de la serre. A propos de la serre, plein de carreaux sont cassés sur le toit, on ne s'en rend pas compte à cause de la végétation mais je l'ai très bien vu en survolant Peyrolles avec Sam, avant-hier.

— C'est comment, d'en haut ?

— Tout petit. Une maison de poupée... entourée d'une vraie jungle ! Il faut absolument qu'on se fasse un dimanche râteau-brouette, ça ne ressemble plus à rien.

Georges revint, chargé de trois gobelets en équilibre précaire dans un haricot d'émail.

— Bon, je me dépêche de boire celui-là et j'y retourne, décida Pascale en abandonnant son perchoir.

A cet instant la porte se rouvrit à toute volée et Nadine Clément se campa sur le seuil, les bras croisés. Son regard se posa une seconde sur le haricot, où le café avait débordé, puis s'arrêta sur Pascale.

— Vous n'avez rien d'autre à faire, je suppose ?

Sans lui laisser le temps de répondre, elle interpella Georges.

— Je vous croyais débordé de travail ! C'est bien l'explication fantaisiste que vous m'avez fournie tout à l'heure ? Quoi qu'il en soit, votre place n'est sûrement pas dans le local des infirmières, débarrassez-moi le plancher !

Elle s'écarta pour le laisser passer avant de s'adresser de nouveau à Pascale, ignorant Aurore telle une quantité négligeable.

— Inutile de vous réfugier ici, je sais que c'est votre cachette favorite pour tirer au flanc. Dans mon service, les médecins sont à leur poste. Si vous vous en sentez incapable, allez chercher un emploi ailleurs.

Très calme, Pascale fit front, bien décidée à ne pas se laisser tyranniser.

— J'ai vu tous mes patients, madame. Je prenais juste un café en attendant l'heure de la visite.

La visite du Pr Clément avait lieu chaque matin à onze heures précises, et à ce moment-là Nadine voulait toute son équipe derrière elle, comme n'importe quel patron, mais il restait encore dix minutes.

— J'espère que vos dossiers sont à jour et que ma secrétaire a tous vos comptes rendus !

— Absolument.

Le regard étincelant de rage, Nadine toisait Pascale sans parvenir à lui faire baisser les yeux. Elle allait probablement la mettre sur la sellette devant chacun de ses malades en faisant le tour des lits de l'étage, mais Pascale se sentait sûre d'elle. A plusieurs reprises, Nadine avait voulu la coincer avec des questions pointues auxquelles Pascale avait toujours donné la bonne réponse. Consciencieuse, perfectionniste, forte de la solide expérience acquise à l'hôpital Necker, elle traitait chaque cas de son mieux et n'avait aucune raison d'être inquiète.

— Je ne vous apprécie pas, Dr Fontanel, lâcha brusquement Nadine avec un petit ricanement très méprisant. Autant que vous le sachiez !

— J'en prends note, répliqua Pascale d'un ton neutre.

Interloquée par la désinvolture de la réponse, Nadine hésita puis choisit de claquer la porte violemment. Elle remonta le couloir au pas de charge, faisant fuir les internes qu'elle croisait. Une fois à l'abri dans son bureau, elle attrapa un presse-papiers offert par un laboratoire et le jeta de toutes ses forces contre un mur. Pourquoi s'était-elle laissée aller à une réflexion aussi personnelle ? Et devant une infirmière, en plus ! L'altercation ferait le tour du service avant midi, et de tout l'hôpital avant ce soir. « J'en prends note. » Quelle suffisance, quelle morgue ! Elle devait casser cette petite conne si elle ne voulait pas perdre la face. Elle trouverait bien une faute professionnelle, au besoin elle l'inventerait. De toute façon, elle ne pouvait plus la supporter, rien que la regarder la rendait malade, elle avait l'impression de revoir Camille.

Se forçant à s'asseoir et à respirer lentement, elle ferma les yeux. En réalité, ses souvenirs concernant Camille s'étaient beaucoup estompés avec le temps. Quand cette idiote avait suivi son Raoul à Paris, Nadine avait quoi ? Vingt-cinq ans ? Et déjà elle ne la voyait plus depuis des années, indifférente à son sort. Les Montague avaient rayé de leur vie cette pièce rapportée, cette verrue honteuse arrivée dans leur famille. Peu leur importait ce que deviendrait la bâtarde, ainsi qu'ils l'appelaient, et ils s'étaient dépêchés d'oublier son existence. Bien plus tard, ils avaient été stupéfaits d'apprendre qu'elle était revenue dans la région et avait épousé Henry Fontanel. Rien que ça ! Nadine, elle, s'était mariée avec Louis Clément. Ce mariage ne l'avait pas empêchée de poursuivre sa carrière médicale, d'autant moins qu'elle s'était retrouvée veuve à quarante ans et avait pu se consacrer entièrement à son métier, jusqu'à ce titre suprême de chef de service.

Elle rouvrit les yeux et consulta sa pendulette de bureau. Dix heures cinquante-sept. Il ne lui restait plus que trois minutes pour achever de se calmer. Manifestement, Pascale Fontanel ne savait pas à qui elle avait affaire, ce qui conférait un avantage certain à Nadine. Au début, constatant que Villeneuve voulait vraiment lui donner le poste - et tout ça pour faire plaisir à son copain Samuel Hoffmann ! -, Nadine s'était imaginé qu'une inévitable confrontation aurait lieu entre elles deux. Mais ce nom de Clément ne disait évidemment rien à Pascale. Les choses auraient pu en rester là si cette fille n'avait pas porté sur elle les traces de son métissage. Sans ses grands yeux sombres, ses cheveux trop lisses, son teint d'Asiatique, Nadine serait peut-être arrivée à l'ignorer. Hélas ! sa ressemblance avec Camille était trop irritante, et sa manière de répondre avec arrogance, tout à fait insupportable !

Nadine eut soudain la vision de son père en uniforme. Bel homme, bel officier, qui avait reçu des récompenses pour sa campagne d'Indochine, dont il ne parlait guère. Devant elle, une fois seulement il avait évoqué la prise du fort de Lang Son, âprement défendu contre les Japonais par une poignée de Français. Il avait fait partie de ces soldats auxquels l'ennemi avait présenté les armes... avant de les faire prisonniers. Il ne racontait pas volontiers, il se contentait de poser un regard triste et tendre sur la petite Camille, alors Nadine se sentait dévorée de jalousie. Elle tapait du pied, exigeait de monter sur les genoux de son père. Il la laissait faire et se taisait. Qu'aurait-il pu dire ? Elle était sa fille aînée, sa vraie fille, elle avait tous les droits.

Repoussant ces souvenirs indésirables, Nadine se leva. Elle n'était plus une petite fille et Abel Montague n'était pas un héros. N'avait-il pas trahi sa femme et ses enfants légitimes ? D'ailleurs, il était mort dans son lit, comme M. Tout-le-monde.

Elle se débarrassa de sa blouse blanche, enfila sa veste de tailleur. Elle effectuait toujours sa visite en tenue de ville, pour se démarquer de son équipe, parce que c'était elle le patron. Le grand patron.

Penaud, navré, Samuel s'excusa tandis que Marianne riait, aux anges. Qu'il ait pu craquer de cette manière était pour elle plus flatteur que frustrant. Il la serra contre lui, un peu essoufflé, puis embrassa son épaule, ses seins, son ventre. Même s'il avait pris son plaisir trop tôt, trop vite, pour une fois incapable de se contrôler, il allait s'occuper d'elle, elle le savait. C'était un merveilleux amant et il la rendait folle au lit, mais elle n'aurait jamais cru lui faire le même effet. Elle avait un peu maigri durant ses vacances, l'appétit coupé par l'absence de Sam, et quinze jours de soleil lui avaient donné un joli bronzage doré, éclaircissant encore ses cheveux blonds. Dans les yeux des autres hommes, elle s'était sentie belle, et Samuel le lui avait confirmé quand elle s'était jetée dans ses bras à l'aéroport de Blagnac.

Les mains de Sam étaient d'une extraordinaire douceur, sa bouche aussi. Elle étouffa un gémissement, s'offrit davantage à ses caresses. Devenait-il enfin amoureux d'elle ? Cette idée était si excitante qu'elle s'abandonna au plaisir qui montait, criant malgré elle.

Il lui fallut une ou deux minutes pour reprendre ses esprits. Appuyé sur un coude, Sam la regardait gentiment. Pas avec une authentique tendresse, juste gentiment.

— Tu es ravissante... Tu t'es bien reposée, là-bas ?

Ni passion ni déclaration, une sollicitude amicale décourageante. A quel moment allait-il se lever, s'éloigner d'elle en annonçant qu'il partait voler ? Oh, sans doute ne l'avait-il pas trompée, à en croire son désir pressant ! Non, il était probablement fidèle, sauf en pensée, car il songeait toujours à son ex-femme et ne s'en cachait même pas.

— Tu as vu Pascale, ces temps-ci ?

La question le prit au dépourvu, cependant il acquiesça d'un signe de tête. Puis, comme elle attendait la suite, il expliqua de mauvaise grâce :

— J'ai déjeuné avec elle au club samedi dernier et je l'ai emmenée faire un tour. Elle avait envie de piloter.

Et bien sûr, les envies de Pascale étaient sacrées.

— Tant mieux pour elle. J'aimerais bien que ça m'arrive.

Jamais elle n'avait osé le lui demander, mais puisque Pascale avait droit de cité à l'aéroclub, elle refusait d'être en reste.

— Tu veux apprendre ? demanda-t-il avec un sourire. C'est hors de prix...

— Vraiment ? Trop cher pour une simple secrétaire, et trop compliqué pour moi !

Furieuse, elle se redressa d'un bond, courut jusqu'à la salle de bains où elle s'enferma. Pourquoi était-elle assez stupide pour gâcher leurs retrouvailles ? Tout avait si bien commencé !

— Marianne...

Elle poussa la targette, mit ses mains sur ses oreilles. Si elle l'écoutait, il finirait par la convaincre de sortir de là et de se réfugier dans ses bras. Il savait consoler mais il ne savait pas aimer. En tout cas, pas elle. D'ailleurs, il ne s'était jamais risqué à le lui dire, il n'était pas menteur.

Assise sur le rebord de la baignoire, elle demeura un long moment prostrée. Quand elle se décida enfin à bouger pour aller jeter un coup d'œil par la fenêtre, elle constata que la voiture de Sam n'était plus là.

— Bien fait pour toi, pauvre idiote, articula-t-elle à mi-voix.

La conquête d'un homme comme Samuel ne passait pas par les larmes, les scènes, les drames. Il le lui avait avoué dès le début, il conservait un souvenir cauchemardesque de son divorce et n'en était pas guéri. A quoi bon exiger ce qu'il n'était pas en mesure de donner ?

Elle s'approcha de la glace en pied, refoulant son envie de pleurer. De face, de profil, elle s'observa sans indulgence. Ravissante, en effet, elle l'était. Alors, plutôt que s'avouer vaincue, elle devait continuer à se battre. Elle voulait Sam, elle l'aurait.

Pascale agita la main tandis que les feux arrière de la voiture d'Aurore s'éloignaient dans l'allée. La nuit tombait tôt désormais, accompagnée d'un froid pénétrant qui donnait un avant-goût de l'hiver. Malgré son pull irlandais à col roulé, Pascale frissonna et se dépêcha de rentrer tout en se demandant où Georges Matéi allait emmener dîner Aurore. Pour ce premier tête-à-tête, ils s'étaient donné rendez-vous au Père Louis, un bar à vin de la rue des Tourneurs, dans le centre de Toulouse. Dommage de refaire la route, mais Aurore avait tenu à revenir pour se changer et se laver les cheveux.

Nullement angoissée par la perspective de rester seule, Pascale avait décidé d'en profiter pour ranger la bibliothèque. Comme son père, à l'époque, elle y avait installé son bureau, mais les papiers s'accumulaient en désordre, et certains cartons de livres venant du garde-meuble parisien n'étaient toujours pas déballés.

Elle commença par donner un bon coup de plumeau sur les rayonnages de bois blond - sans doute du merisier - en réfléchissant à un ordre de rangement. La littérature générale sur le grand mur du fond et les ouvrages scientifiques près d'elle, à portée de main, afin de rafraîchir ses connaissances pour rester incollable face aux perfides devinettes de Nadine Clément ! Celle-ci avait ravalé sa colère, la veille, se désintéressant de Pascale lors de la visite, mais la question demeurait : pourquoi une telle hargne ?

Penchée au-dessus d'un carton ouvert, elle lut les titres avec un pincement au cœur. Ceux-là, Sam les lui avait offerts après son opération de l'appendicite, un bon prétexte pour revenir la voir et s'asseoir dix minutes au bord de son lit. Elle se souvenait très bien de la manière dont il l'avait regardée ce jour-là, éperdu et incrédule.

Un craquement sec au-dehors la fit sursauter. Elle se redressa, aux aguets, le cœur battant, et crut entendre une sorte de grincement. Les vitres des deux portes-fenêtres étaient noires, elle ne pouvait rien distinguer de ce qui se passait dans le parc. Machinalement, elle chercha un objet quelconque pour se défendre, au besoin, et saisit le coupe-papier posé sur son bureau. Un geste dérisoire, qui lui permit néanmoins de recouvrer son sang-froid. Sans lâcher son arme de fortune, elle traversa la pièce d'un pas résolu, tourna la crémone de la première des portes-fenêtres et ouvrit brusquement.

— N'ayez pas peur, ce n'est que moi ! lança une voix rauque.

— Monsieur Lestrade ?

— Lucien, je vous ai déjà dit...

Il apparut dans la flaque de lumière émanant de la bibliothèque, traînant les pieds. Son pantalon de velours était taché de terre à la hauteur des genoux. Toujours sur la défensive, Pascale le toisa avec méfiance.

— Qu'est-ce que vous faites là ?

— Ben... je travaillais, tiens !

— Dans l'obscurité ?

— Non, maintenant je range mes outils. La nuit tombe trop tôt.

— Mais enfin, s'indigna-t-elle, de quel droit entrez-vous chez moi ? Nous nous sommes déjà expliqués, Lucien, je ne veux pas que vous...

— Oui, seulement vous ne faites rien ! Rien du tout ! Il y a des mauvaises herbes partout, des feuilles mortes, des fleurs fanées en pagaille !

— Et alors ?

— Alors ? Bon sang, vous ne comprenez donc pas ?

Très agité, il fit deux pas dans sa direction et, d'instinct, elle recula, serrant plus fort le coupe-papier entre ses doigts.

— Pardon, dit-il en s'arrêtant net. Je ne voulais pas vous effrayer. Pas vous, surtout pas vous... Je m'en vais tout de suite, je reviendrai demain.

— Non ! S'il vous plaît, Lucien, ne revenez pas.

— Je ne ferai pas de bruit, je n'ai besoin que d'un sarcloir. Ne vous inquiétez pas, je ne vous demande pas d'argent, je ne m'approcherai même pas de la maison, si vous préférez.

Son obstination avait quelque chose de bizarre, d'affolant. Pascale n'osa pas le contredire, pourtant elle ne voulait plus le voir traîner à Peyrolles. Il disparut dans l'ombre et dut récupérer sa brouette car elle entendit de nouveau le grincement.

— Je vais la graisser ! cria-t-il.

Elle attendit quelques instants, dépitée de n'avoir pas su se montrer plus ferme, puis elle rentra. Elle reposa le coupe-papier inutile sur son bureau, prêta l'oreille, en vain. Etait-il enfin parti ?

Angoissée, elle traversa toute la maison jusqu'à la cuisine, allumant les lumières sur son passage. Le culot de Lestrade l'exaspérait d'autant plus que, effectivement, le parc semblait à l'abandon. Toutefois, lorsqu'il venait y passer un moment, il se livrait à un travail de fourmi dont le résultat n'était guère visible. Que faisait-il exactement ? Elle se promit de consacrer tout son prochain week-end à ratisser, car si elle voulait se débarrasser de Lestrade il fallait qu'elle commence par mettre de l'ordre et lui prouver ainsi qu'elle n'avait pas besoin de lui.

— Mais pourquoi suis-je obligée de faire ça ? De quoi se mêle-t-il ?

Que lui avait-il dit, deux semaines plus tôt ? « J'ai promis. » Un pari, un serment ? A qui ? Elle n'avait aucun moyen de le savoir, Lestrade ne répondant pas aux questions directes. Ni aux injonctions de se tenir à distance !

Une impression de malaise submergea Pascale. Une fois de plus, elle eut envie d'appeler son père, de crier au secours, d'exiger l'explication de tous ces mystères. Malheureusement, il était le premier à en faire. Dès qu'il avait été question de Peyrolles, il s'était montré hostile sans pouvoir opposer une seule raison valable au désir de sa fille.

D'un geste impulsif, elle prit le téléphone, commença à composer le numéro de son père mais se ravisa et fit celui d'Adrien. Il décrocha au bout de six sonneries, la voix pâteuse.

— Je te dérange ? s'excusa-t-elle.

— Non, non... Toujours heureux de t'entendre, petite sœur.

Quand il l'appelait ainsi, c'est qu'il n'était pas seul.

— Je ne vais pas t'embêter longtemps, je voudrais juste que tu répondes à deux ou trois questions.

— C'est pour un jeu télévisé ?

Elle perçut distinctement le bruit de son briquet. Puisqu'il allumait une cigarette, il n'était pas trop pressé.

— Je suis sérieuse, Adrien. D'abord, te souviens-tu de la raison exacte qui a poussé papa à quitter Peyrolles ? Tu avais vingt ans, tu dois savoir des choses que j'ignore.

— Eh bien... il rêvait de la région parisienne, il finissait par étouffer en province. Et puis maman dépérissait, elle parlait de moins en moins et ne s'intéressait qu'à ses fleurs, ça finissait par inquiéter papa.

Les fleurs représentaient sans doute pour leur mère un moyen de s'évader. Pascale songea à ce panier plat dans lequel étaient couchées les roses à longue tige ou les lis. Entre l'obsession de Camille pour ses plates-bandes et les idées fixes de Lucien Lestrade, existait-il un quelconque rapport ?

— A ton avis, Ad, pourquoi y a-t-il autant de mobilier stocké au grenier ? La maison était destinée à être louée, les parents auraient pu vendre sur place ce qu'ils n'emportaient pas à Saint-Germain, non ?

— Maman était assez sentimentale avec les objets, tu t'en souviens sûrement ! Elle a décrété que les locataires n'auraient pas besoin du grenier et qu'il serait condamné, comme ça elle a pu y entreposer ce dont elle ne voulait pas se séparer. J'ai grimpé cet escalier un nombre de fois incalculable ! Elle me disait de monter ceci, cela... Quand je pense que tu t'amuses à tout redescendre avec ta copine Aurore ! A propos, comment va-t-elle ?

— Bien, elle est partie dîner à Toulouse en compagnie d'un charmant garçon.

— Dommage…

— Pour qui ? Pour toi ? Tu es à sept cents kilomètres, Adrien, ne t'occupe donc pas d'Aurore. Explique-moi plutôt la raison de vos réticences, à papa et à toi, quand j'ai voulu acheter Peyrolles. Maintenant que c'est fait, le sujet n'est plus tabou, j'imagine ?

— Il ne l'a jamais été, protesta Adrien.

Elle l'entendit souffler bruyamment la fumée de sa cigarette, comme pour souligner sa désapprobation, puis il laissa passer un petit silence avant de reprendre :

— D'une part, ce n'était pas très chic de t'en aller juste après le décès de maman. D'autre part, cette maison ne porte pas vraiment bonheur.

— Papa le prétend aussi, pourtant nous y avons été très heureux, si ma mémoire est bonne.

— Toi, peut-être, mais lui, non. L'incendie où ma… ma mère, enfin la première, a brûlé vive est un souvenir odieux pour lui. Il a eu beau faire raser les décombres de l'atelier, il n'a pas oublié.

Tout l'automne, les hibiscus mauves avaient fleuri à cet emplacement, Pascale y pensa avec un frisson désagréable.

— Il aurait pu vendre à ce moment-là si c'était insupportable pour lui.

— A qui ? Les gens auraient eu vite fait de baptiser Peyrolles maison du drame, maison maudite, et il n'y aurait pas eu preneur ! J'étais tout petit, il n'allait pas partir à l'aventure avec un gamin en bas âge…

— Bon, admettons, mais ensuite ? Il n'y a pas eu d'autre drame, que je sache.

Nouveau silence, nouveau soupir, puis Adrien reprit :

— Ecoute, ma puce, je crois que papa a eu de gros soucis avec maman. Il le cachait de son mieux, seulement, quand il a décidé de quitter Peyrolles, il en avait soupé. Une ou deux fois, avant le départ, il m'a parlé. Il mettait en avant mes études, prétextant que rien ne valait la fac de médecine de Paris, des trucs comme ça… En réalité, il se faisait un sang d'encre pour maman.

— Pourquoi ? Elle n'était pas encore malade à l'époque.

— Pas malade, mais tellement triste ! Mutique, anorexique. D'après lui, vivre à Peyrolles la desséchait.

L'envie de révéler à Adrien l'existence du vieux livret de famille fut soudain tellement forte que Pascale dut se mordre la langue. Son père et son frère avaient toujours été proches, complices, et Adrien devait connaître des événements qu'on avait tus à la petite fille qu'elle était alors.

— Je regrette de ne pas avoir interrogé maman davantage, je me suis aperçue que je ne savais quasiment rien d'elle. Et toi ?

— Savoir quoi ? s'étonna Adrien.
— Sa jeunesse, sa famille...
— Elle avait tiré un trait.
— Pourquoi ?
— Enfin, qu'est-ce qui te prend ?

La voix d'Adrien s'était brusquement durcie, il devait en avoir assez de cette conversation. Pascale se souvint qu'il n'était probablement pas seul.

— Si tu veux, proposa-t-elle, je te rappellerai demain.
— Nous avons épuisé le sujet, non ?

A présent, il s'énervait, pressé d'en finir.

— Téléphone plutôt à papa, moi, tout ça ne me passionne pas. Allez, il est tard, je t'embrasse, petite sœur.

Déçue, elle prit congé à son tour et raccrocha. Adrien ne s'était pas montré très compréhensif, mais il ne devait rien comprendre à ce flot de questions. Si elle avait mentionné le livret de famille, comment aurait-il réagi ? Et pourquoi se taisait-elle ? Pourquoi ne faisait-elle pas confiance à son frère ? Depuis qu'elle avait découvert le premier mariage de sa mère et la naissance de cette Julia Nhàn, elle voulait trouver seule la vérité. Seule, c'est-à-dire sans qu'on la ménage ni qu'on lui mente.

Debout devant le téléphone, elle réfléchit encore quelques instants, puis elle se fit un café instantané qu'elle emporta dans la bibliothèque, où les lumières étaient restées allumées. Négligeant les cartons de livres à moitié déballés, elle brancha son ordinateur portable et se connecta à Internet. Il existait au moins une chose toute simple à laquelle elle pouvait obtenir une réponse immédiate. Elle parcourut plusieurs sites avant de tomber sur ce qu'elle cherchait.

« Les prénoms féminins désignent en général la beauté... Les prénoms simples consistent toujours en un seul mot, monosyllabique... La préférence des Asiatiques pour les prénoms composés leur permet de donner une signification plus riche... Le prénom d'un enfant exprime le plus souvent le rêve des parents. »

Elle fit défiler sur l'écran la longue liste de prénoms jusqu'à la lettre N et découvrit que Nhàn signifiait « Sans soucis ». Julia Sans soucis...

Ouvrant le tiroir de son bureau, Pascale prit le livret de famille et le feuilleta. Sa mère, Camille, s'appelait aussi Huong Lan, c'est-à-dire « Parfum d'orchidée », et la mère de Camille se prénommait Anh Dào, à savoir « Fleur de cerisier ». Des fleurs, toujours des fleurs, sauf cette petite Julia Sans soucis. Etait-ce le profond désir de Camille, que son bébé ne connût pas le moindre souci ? En déclarant sa première fille, elle avait jugé bon de lui adjoindre un prénom vietnamien, alors qu'elle s'en était abstenue pour Pascale. Pourquoi, au moment de la naissance de Julia, avait-elle repensé à ses origines, à sa propre mère, Anh Dào, à ce lointain pays d'où elle venait ?

Avec un soupir découragé, Pascale ferma l'ordinateur. Pendant un moment, elle se contenta de prêter attention au silence qui l'entourait, puis elle tendit la main vers l'enveloppe arrivée le matin même, en provenance de la mairie du XIIe arrondissement de Paris. Ainsi qu'elle l'espérait - qu'elle le *savait* tout au fond d'elle-même –, Julia Nhàn Coste n'était pas décédée.

Elle glissa l'enveloppe dans le livret de famille et remit le tout au fond du tiroir. Une recherche effectuée sur l'un des Minitel de l'hôpital lui avait appris qu'il existait un très grand nombre de Coste dans le département, mais peu importait, elle retrouverait la trace de Raoul. Par ailleurs, elle pouvait contacter la famille de sa mère, ces Montague que Camille avait rejetés en bloc.

Fatiguée, elle se leva, s'étira. Elle ne comptait pas attendre Aurore, d'ailleurs elle espérait que son amie rentrerait tard, signe d'une bonne soirée en compagnie de Georges Matéi ! Elle regagna la cuisine, où elle se prépara des œufs brouillés avec des toasts. Pourquoi Laurent Villeneuve ne l'avait-il pas encore invitée à déjeuner ? Parce que sa position de directeur du CHU le lui interdisait ou par égard pour son ami Samuel ? Leur arrivait-il de parler d'elle lorsqu'ils étaient ensemble ? L'idée que Sam puisse se sentir des droits sur elle avait quelque chose d'agaçant... et d'attendrissant.

Alors qu'elle finissait de laver la poêle, une porte claqua dans les profondeurs de la maison, la faisant sursauter. Avait-elle laissé une fenêtre ouverte quelque part ? Elle coupa l'eau, posa la poêle sur la paillasse et écouta. Dehors, le vent s'était levé et soufflait fort, en rafales. La sensation de malaise éprouvée deux heures plus tôt l'étreignit de nouveau. Jusque-là, elle s'était sentie bien à Peyrolles, pas du tout impressionnée par les dimensions de la maison, qu'elle connaissait par cœur, ni par son isolement. Alors pourquoi avait-elle peur, soudain, d'un simple courant d'air ?

Elle se força à respirer lentement, pour se calmer, puis elle entreprit un tour du rez-de-chaussée. Tout était clos, aucun carreau cassé, rien d'anormal. Elle monta au premier et, du palier, vit que la porte de la chambre d'Aurore était close, ce qui n'arrivait jamais. Après une seconde d'hésitation, elle l'ouvrit. Il faisait froid dans la pièce, quelques feuilles mortes jonchaient déjà le parquet et le battant d'une des fenêtres claquait. L'explication était là, sous ses yeux, toute bête, pourtant Pascale frissonna et dut surmonter son angoisse avant de pouvoir aller la fermer. Le bruit du vent s'estompa aussitôt, cependant il semblait toujours cerner insidieusement la maison.

Réfugiée dans sa propre chambre, Pascale resta un long moment assise au pied de son lit, l'oreille tendue. Elle n'était pas très impressionnable, elle avait vécu des nuits de garde éprouvantes dans des cliniques désertes, ou encore des crises de panique mémorables lors de ses premiers vols en solo aux commandes d'un avion. A trente-deux ans, elle savait gérer ses émotions et conserver son sang-froid, néanmoins elle ne parvenait pas, ce soir, à chasser son anxiété.

Une fois sous sa couette, les deux lampes de chevet allumées, elle essaya en vain de se détendre. La pluie frappait maintenant ses carreaux, poussée par les bourrasques du vent déchaîné, et le tablier de fer de la cheminée d'angle vibrait à intervalles réguliers.

— Je ne veux pas me sentir mal à Peyrolles... Je suis chez moi, je suis à l'abri.

Elle répéta plusieurs fois la phrase, à voix basse puis plus haut. Mais ce fut seulement en entendant la voiture d'Aurore rouler sur les graviers de l'allée, deux heures plus tard, qu'elle poussa enfin un long soupir de soulagement.

5

Benjamin Montague venait de fêter ses soixante-douze ans. Affable, élégant, il se tenait assis bien droit sur sa chaise, répondant aux questions de Pascale avec beaucoup de bonne volonté.

Lorsqu'elle était entrée au Nabuchodonosor, le bar à vin où il l'attendait, il l'avait identifiée tout de suite, se levant pour venir à sa rencontre. Après s'être enquis de ce qu'elle désirait boire, il l'avait conduite vers une table à l'écart, apparemment amusé par cette situation imprévue qui lui permettait de rencontrer sa nièce.

— Après tout, mon père était votre grand-père ! avait-il rappelé avec un petit rire.

Elle avait trouvé ses coordonnées dans l'annuaire et n'en revenait pas qu'il ait accepté si facilement un rendez-vous. Cependant, dès les premiers mots, elle comprit qu'il ne pourrait pas vraiment l'aider.

— Les histoires de famille sont toujours effarantes, n'est-ce pas ? Bien entendu, je me souviens très bien de Camille, car à mon âge les souvenirs anciens sont les plus nets. Si vous voulez que je vous parle de sa petite enfance, je pourrai le faire sans mal. J'avais douze ans quand mon père est rentré de Hanoi avec ce bébé dans ses bagages. Il y a eu une atmosphère de drame à la maison pendant longtemps, vous imaginez bien… Ensuite, mon père est mort et Camille a été mise en pension.

— Votre mère ne l'aimait pas ?

— Comment l'aurait-elle pu ? Songez un peu, elle avait attendu mon père six ans, s'était rongé les sangs pour lui, et voilà qu'il lui ramenait une petite bâtarde conçue avec une Tonkinoise ! Et croyez-moi, il y a soixante ans, le qu'en-dira-t-on avait son importance. Bref, à partir du moment où Camille s'est retrouvée chez les bonnes sœurs, je ne l'ai quasiment plus vue. Je suis moi-même parti faire mes études à Londres.

— Vous deviez bien vous apercevoir pendant les vacances ?

Benjamin Montague haussa les épaules avec un petit rire désabusé.

— Je n'étais pas pressé de revenir. Ma mère était très… austère. J'avais un frère plus âgé, qui avait quitté la maison, et une sœur hystérique. J'ai énormément voyagé.

Déçue, Pascale avala quelques gorgées de vin. Le pouilly était tellement sublime que malgré tout elle esquissa un sourire.

— Ce bar est sans doute le plus apprécié des vrais buveurs, chuchota Benjamin en se penchant vers elle.

Il se redressa, la dévisagea quelques instants puis soupira.

— Je n'ai eu aucun mal à vous reconnaître, vous ressemblez à Camille. Enfin, à l'image que j'en garde. Cela dit, elle était moins épanouie que vous, c'est certain ! Elle ne se sentait pas bien chez nous et, dès sa scolarité terminée, elle a demandé à s'en aller. Ma mère a consenti tout de suite, vous pensez ! Elle l'a expédiée à Paris en lui recommandant de se débrouiller toute seule et sans se soucier de savoir ce qu'elle allait devenir. Très sincèrement, même si c'est cruel à dire aujourd'hui, particulièrement à vous, on ne s'intéressait pas à elle. D'ailleurs, elle n'a pas donné de nouvelles pendant longtemps. Ma mère, qui était sa tutrice légale, l'avait émancipée pour s'en débarrasser.

Il racontait d'un ton mesuré, presque triste. S'apercevait-il, avec cinquante ans de retard, qu'il aurait dû tenter quelque chose pour cette petite sœur si mal aimée ? La gorge serrée, Pascale demanda :

— Et vous n'avez plus jamais entendu parler d'elle ? C'est impossible !

— Si, ce serait très possible… Mais, en effet, elle a fini par se manifester. Je crois qu'elle était en difficulté à ce moment-là. Ma mère ne m'a pas donné de détails, j'étais alors en Autriche et j'appelais rarement la maison. J'ai cru comprendre que Camille s'était mariée, avait eu un enfant, puis avait été abandonnée par le monsieur. Ma mère triomphait, considérant qu'il n'y avait rien d'autre à attendre d'une fille comme elle.

Pascale se redressa, toisa Benjamin qui s'empressa d'enchaîner :

— Ma mère était injuste, bornée, collet monté, tout ce que vous voudrez, je suis d'accord ! Mais à l'époque, et à Toulouse, Camille représentait une tache indélébile sur la famille Montague. De toute façon, elle ne demandait rien, elle s'est querellée avec ma mère et, cette fois, elle a claqué la porte définitivement. Sous ses apparences dociles, elle avait son caractère, vous devez le savoir... Beaucoup plus tard, j'ai appris qu'elle avait épousé un médecin d'Albi, et je vous jure que ça m'a fait plaisir pour elle.

— Pour elle ou parce que ça soulageait votre conscience ?

L'indignation de Pascale, légitime, rendit le vieux monsieur encore plus triste. Il ébaucha un geste d'impuissance, baissa les yeux.

— Je n'ai jamais rien entendu d'aussi cynique que ce que vous venez de me raconter. Camille était votre demi-sœur et, d'après ce que je comprends, aucun d'entre vous n'a pris sa défense, jamais. Votre père devait se retourner dans sa tombe en vous voyant faire ! Ou plutôt ne rien faire pour elle...

Bien que Pascale ait monté le ton, Benjamin eut la décence de ne pas regarder autour de lui pour voir si on les observait. Quel genre de jeune homme égoïste et indifférent avait-il donc été ?

— Je savais que vous seriez blessée par toute cette histoire, murmura-t-il. Mais comprenez-moi bien, je ne suis pas fier de ce passé, ni de ma famille. Nous avons mal agi et mon père est mort trop tôt. Lui n'aurait pas permis certaines choses, pourtant je ne suis pas sûr qu'il ait été très attaché à Camille non plus. Il avait seulement fait ce qu'il considérait comme son devoir, malgré tous les ennuis qu'il allait en tirer... Ma mère n'était pas une femme généreuse, elle ne lui a pas pardonné son infidélité, sa trahison, sa bâtarde, et toute cette rancœur accumulée s'est tournée vers Camille. Pourtant, jamais elle n'a levé la main sur elle.

— Encore heureux !

Pour ne pas laisser la colère l'emporter, Pascale vida son verre d'un trait. Benjamin avait fini de siroter le sien et il fit signe au serveur de renouveler leurs consommations. Après un assez long silence, Pascale regarda de nouveau l'homme qui lui faisait face et qui était son oncle.

— Ma mère a rayé toute votre famille de sa mémoire, reprit-elle d'une voix tendue. Je ne sais rien des Montague, vous êtes le premier que je rencontre.

— Ne vous fatiguez pas avec les autres, mon frère et ma sœur n'accepteraient sans doute pas de vous parler. Ils ont vécu Camille comme une injustice honteuse, ils soutenaient ma mère à fond, je me demande même s'ils n'étaient pas pires qu'elle.

— Mais pas vous ? ironisa amèrement Pascale.

— J'étais loin et, ainsi que je vous l'ai expliqué, je me limitais à l'indifférence, ce qui n'est pas glorieux non plus.

— Et cet enfant qu'elle avait eu à Paris, qu'est-il devenu ?

— L'enfant ?

Effaré, il la scruta deux ou trois secondes sans paraître comprendre le sens de sa question.

— Eh bien, il est mort en bas âge, non ? En tout cas, c'est ce que j'ai entendu dire... Vous le savez forcément mieux que moi !

— Non, je l'ignore. Voilà pourquoi j'ai un problème, monsieur Montague. La jeunesse de ma mère était un sujet tabou, elle n'a jamais mentionné devant moi son premier mariage ni son premier enfant. Il a fallu tout un concours de circonstances pour que je l'apprenne, il y a peu.

— Votre père doit être au courant, je présume...

Invariablement, Pascale était ramenée à cette évidence : elle devait interroger son père. Pourquoi éprouvait-elle une telle réticence à l'idée de lui poser des questions ? Avait-elle peur de ses réponses ou peur de l'entendre mentir ?

— Puis-je encore vous être utile, Pascale ?

Penché vers elle, Benjamin affichait un petit sourire navré.

— Je ne crois pas... Merci de m'avoir consacré de votre temps. Je ne suis pas beaucoup plus avancée mais...

Elle avait énormément espéré de leur entretien et était d'autant plus désappointée que le vieux monsieur semblait sincère. Il lui avait dit tout ce qu'il savait, et c'était lui le plus concerné dans la famille Montague ! Elle n'avait aucune envie de rencontrer les autres, qui ne lui apprendraient rien de plus tout en risquant de la blesser davantage.

— La vie est mal faite, ajouta-t-il. En d'autres circonstances, nous aurions été heureux de faire connaissance, n'est-ce pas ? Hélas ! nous avons trop mal traité votre mère pour que vous ayez jamais envie de vous sentir des nôtres. Voyez-vous, j'avais moi-même un peu oublié cette histoire, ce qui est impardonnable.

« Oublié. » Un mot odieux, qui renvoyait Camille au néant. Les siens l'avaient oubliée, elle-même avait oublié à son tour sa petite Julia Nhàn quelque part. Seul Henry Fontanel l'avait sortie du cercle infernal de l'indifférence.

Pascale vit Benjamin poser discrètement un billet sur la table. Avant de se lever, elle le regarda une dernière fois pour être sûre de se souvenir de lui.

Nadine quitta l'amphithéâtre dans un silence complet. C'était devenu une tradition, aucun étudiant ne faisait jamais le moindre mouvement tant qu'elle n'avait pas disparu par la petite porte, au bout de l'estrade. Ses cours magistraux, donnés d'une voix assez forte pour se passer de micro, rencontraient toujours le même succès. D'autres professeurs provoquaient davantage d'enthousiasme, suscitaient des rires ou des questions, établissaient un rapport de sympathie avec leur auditoire, mais Nadine ne s'en souciait pas. Elle ne cherchait ni à être populaire, ni à transmettre un savoir : elle exposait avec rigueur une réalité scientifique.

Ce jour-là, comme les autres, elle avait parlé durant deux heures sans le secours d'aucune note, et elle avait été religieusement écoutée. Mais en sortant de la fac de médecine, toute sa fureur lui revint. Que son imbécile de frère ait accepté de rencontrer Pascale Fontanel la mettait hors d'elle. Qu'avait-il pu lui raconter ? Benjamin était quasiment le dissident de la famille, toujours absent, toujours au loin, c'était lui qui avait le moins bien connu Camille. Que ferait-il d'une pseudo-nièce aujourd'hui ? De toute façon, la petite Fontanel n'était pas assez folle - et surtout pas assez stupide - pour aller chercher de l'affection auprès des Montague. Non, elle voulait probablement des renseignements, peut-être à propos de l'héritage. Sauf qu'il n'y avait rien à lui apprendre ! Au moment du décès de sa mère, Nadine avait redouté le partage obligatoire qui allait s'ensuivre, Camille étant héritière au même titre que Nadine et ses deux frères. Or les choses s'étaient déroulées très simplement : le notaire avait fait savoir que Camille renonçait à tout et ne se présenterait même pas à l'étude car elle ne souhaitait revoir aucun des Montague. Elle venait de se marier avec Henry Fontanel et devait se considérer à l'abri du besoin, la rencontre n'avait donc pas eu lieu.

Nadine s'arrêta, essoufflée. Elle marchait trop vite, elle était trop grosse, pourquoi mangeait-elle autant alors qu'elle recommandait à tous ses patients de ne pas prendre de poids ? Entre la nourriture servie au restaurant des médecins, à l'hôpital, et les plats tout prêts qu'elle ingurgitait voracement le soir en rentrant chez elle, le nez dans une revue médicale, elle négligeait toute hygiène alimentaire.

« Je vais m'acheter des fruits et des légumes frais... »

Un vœu pieu, jamais elle n'aurait le temps de traîner au marché. Sa vie entière était consacrée au service de pneumo de Purpan, et c'était très bien ainsi. Si Abel Montague avait vécu assez longtemps pour assister à la réussite de Nadine, il aurait été très fier de sa fille. Elle aurait tant voulu avoir l'occasion de lui montrer de quoi elle était capable ! Lui prouver qu'elle était la meilleure, et de loin, parce que Camille, elle, n'avait rien fait de sa vie, sinon se faire engrosser par le premier venu. Un second mariage l'avait sauvée *in extremis* de la vie médiocre à laquelle elle était destinée, voilà tout. Comme quoi la beauté avait ses limites, Dieu merci ! Enfant, Nadine ne pouvait pas supporter le regard attendri de leur père sur Camille, et lorsqu'il disait qu'il la trouvait jolie, elle se sentait rejetée. Jolie, avec son teint jaune, ses cheveux raides comme des baguettes et ses grands yeux noirs qui lui mangeaient toute la figure ? Plusieurs fois, Nadine était allée poser la question à sa mère, qui l'avait rassurée : non, bien sûr que non, la *niakoué*, la bâtarde, n'était pas belle, elle ressemblait juste à une face de citron. Quant à Nadine elle-même, son physique ingrat était qualifié d'intéressant... Quel euphémisme ! Elle s'était aperçue très tôt que la nature ne l'avait pas vraiment gâtée et qu'il lui faudrait trouver autre chose pour être admirée.

De nouveau à bout de souffle, elle parvint enfin à sa voiture. Depuis de nombreuses années, elle n'avait pas repensé à son enfance avec une telle acuité, mais la présence de Pascale Fontanel dans son service la ramenait en permanence à ses souvenirs.

« J'appellerai Benjamin tout à l'heure, je veux savoir ce qu'il lui a dit. »

Au moins, son frère avait eu la courtoisie de la prévenir, et elle avait exigé qu'il ne parle pas d'elle, qu'il ne mentionne surtout pas son nom. Tant que Pascale ne ferait pas le rapprochement entre le Pr Nadine Clément et la famille Montague, elle ne risquait pas de s'écrier : « En quelque sorte, vous êtes ma tante ! »

Bon sang, il fallait vraiment qu'elle se débarrasse de cette femme avant qu'une semblable catastrophe se produise.

Vers le milieu de la semaine, le temps changea. Le soleil revint, accompagné d'un froid sec et d'un petit vent pénétrant. Dans la lutte inégale que Pascale menait contre Lucien Lestrade, ce dernier avait fini par avoir gain de cause, retournant la terre des massifs à sa guise et plantant ses bulbes où il le désirait. Un samedi de la mi-novembre, il déclara son travail terminé, sans toutefois rendre la clef de la petite porte, qu'il prétendit avoir égarée. Pas dupe, Pascale se résigna d'avance à le voir réapparaître au printemps mais, d'ici là, elle aurait enfin la paix à Peyrolles.

Or cette paix, elle en avait un besoin crucial, fatiguée par ses incessantes prises de bec avec Nadine Clément, à Purpan, et très inquiète à l'idée des fêtes de Noël qui approchaient. Elle avait invité son père et son frère, sans obtenir encore de réponse définitive, comme s'ils répugnaient l'un et l'autre à passer deux jours à Peyrolles. Pourtant, ils avaient envie de se réunir, comme chaque année, et Pascale refusait tout net d'aller à Saint-Germain. Réveillonner dans une vraie maison, avec un grand feu de cheminée et de la neige sur la pelouse lui semblait beaucoup plus agréable que se cloîtrer dans un appartement. De plus, elle voulait absolument profiter de la présence de son père pour avoir avec lui la conversation qu'elle repoussait depuis trop longtemps et qui se révélait impossible par téléphone. Certains soirs, avant de s'endormir, elle se répétait une liste de questions précises, à formuler avec tact mais qui toutes signifieraient : « Pourquoi m'as-tu menti ? »

Avec l'arrivée imminente de l'hiver et les jours trop courts, la route pour Toulouse s'effectuait de nuit, matin et soir. Pascale et Aurore tentaient de faire coïncider leurs emplois du temps, sans grand succès, et se retrouvaient souvent seules au volant. Comme prévu, la lassitude des trajets se faisait sentir, contraignant Pascale à s'interroger sur son avenir. Etait-il raisonnable d'accumuler autant de kilomètres à longueur d'année, surtout pour travailler sous les ordres d'un patron tel que Nadine ?

Dans ses rares moments de liberté, Pascale avait cherché en vain la trace de Raoul Coste. Soit elle n'était pas douée pour mener une enquête policière, soit elle n'avait pas eu de chance, mais parmi tous les Coste contactés, aucun ne connaissait de Raoul. Découragée, elle ne perdait pourtant pas de vue son objectif et, d'une manière ou d'une autre, elle apprendrait un jour la vérité sur Julia Sans soucis.

Le premier vendredi de décembre, à peine arrivée dans le service, une secrétaire lui remit une note émanant du directeur de l'hôpital. Signée de sa main et rédigée avec beaucoup de courtoisie, il s'agissait néanmoins d'une convocation.

— Villeneuve veut me voir dans son bureau à onze heures, glissa-t-elle à Aurore au moment de la pause. Tu crois que c'est mauvais signe ?

— La peau de vache a encore dû trouver une bonne raison de se plaindre !

Pascale avait conservé l'habitude de venir boire son café dans le local des infirmières, dont Aurore ferma soigneusement la porte.

— Je dîne avec Georges, ce soir, annonça-t-elle, les yeux brillants.

— Encore ? C'est magnifique !

— Nous ne sommes pas encore arrivés aux choses sérieuses, mais j'adore sa compagnie. Il est d'une gentillesse rare.

— Rare ? Il y a plein de gens gentils, heureusement.

— Jusque-là, je n'en ai pas rencontré tant que ça. Je voudrais rester discrète, tu connais les mauvaises langues du service...

Mieux valait garder sa vie privée secrète si on ne voulait pas alimenter les conversations de l'étage.

— J'espère que ton rendez-vous va bien se passer, ajouta Aurore en détaillant Pascale de la tête aux pieds.

Dans leurs bavardages, elles avaient évoqué une ou deux fois Laurent Villeneuve, et Pascale ne s'était pas cachée de l'attirance qu'elle éprouvait pour lui.

— Je préfère le voir à l'aéroclub, dans son bureau il me glace ! dit-elle en riant.

— Je crois que tu lui fais l'effet inverse, répliqua Aurore, mais n'oublie tout de même pas à qui tu as affaire.

— Aucun risque !

Pascale lui adressa un sourire entendu avant de sortir. Elle gagna le vestiaire des médecins, où elle enleva son stéthoscope, sa blouse, puis enfila sa parka sur son pull à col roulé noir. Elle devait traverser une partie de l'hôpital pour gagner le bâtiment administratif et il faisait très froid dehors.

Dans le couloir, elle rencontra l'un de ses patients qui effectuait un test consistant à marcher pendant dix minutes pour évaluer sa capacité respiratoire et son temps de récupération. Georges Matéi le suivait docilement, portant l'appareil qui enregistrait les données.

— Bonne promenade ! lança Pascale en leur adressant un signe d'encouragement.

Elle n'était pas la seule, tant s'en fallait, à réclamer des examens en tout genre. Pourquoi se priver des services d'un matériel de pointe ? Si Nadine Clément préférait la médecine à l'ancienne et ne se fiait qu'à son diagnostic, c'est qu'elle appartenait à une autre génération.

S'interrogeant toujours sur les raisons de sa convocation, Pascale se présenta à la secrétaire de Laurent Villeneuve, qui lui désigna une double porte.

— M. le directeur vous attend.

Un peu tendue, Pascale pénétra dans une grande pièce claire, chaleureuse, meublée de bibliothèques de bois blond et de sièges de cuir havane. Laurent était à son bureau, mais il se leva pour l'accueillir.

— Désolé de vous avoir adressé une note aussi impérative, c'était le seul moyen pour que Nadine Clément vous laisse quitter son service !

Son regard bleu acier pétillant de malice, il esquissa un sourire.

— Asseyez-vous, Pascale. Il y a deux choses dont je voudrais vous entretenir, rien de grave...

Elle remarqua la coupe parfaite de son costume bleu nuit, le nœud de cravate impeccablement fait. Dans son rôle de directeur, il était un peu plus distant mais tout aussi séduisant. Il reprit sa place, chercha une enveloppe dans son tiroir et en sortit une feuille.

— Vous avez adressé, il y a un certain temps, une demande de renseignements à la caisse régionale d'assurance maladie. C'est à moi qu'ils ont envoyé la réponse.

Clouée sur son fauteuil, Pascale resta deux secondes silencieuse. Pourquoi ces satanés fonctionnaires ne lui avaient-ils pas répondu directement ?

— Il ne s'agit pas d'un de vos patients, n'est-ce pas ? ajouta Laurent d'une voix amicale.

Elle secoua la tête, cherchant en hâte une explication plausible.

— Toujours votre roman policier en chantier ?

— Eh bien..., vous savez que j'essaie de retrouver la trace d'une personne qui... A vrai dire, c'est un peu compliqué, c'est...

— Il s'agit d'une certaine Julia Coste, née le 3 août 1966 à Paris.

Il lui tendit le courrier par-dessus son bureau.

— Vous constaterez que cette femme est affiliée à la caisse primaire du Tarn.

— Mon Dieu..., murmura Pascale.

Bouleversée, elle regardait la feuille sans la voir.

« Julia est vivante. J'ai une sœur, quelque part, et pas loin d'ici ! »

— Pascale ? Quelque chose ne va pas ?

Elle releva les yeux sur lui, saisie par l'irrésistible envie de lui raconter son histoire.

— C'est une personne de ma famille, et nul n'avait jugé bon de me le dire jusqu'ici. Je n'aurais pas dû utiliser mon statut de médecin du CHU pour obtenir ce renseignement, mais...

— Je suppose que c'était très important pour vous.

— Oh, oui ! Oui...

Laurent se leva, contourna son bureau et vint s'asseoir à côté d'elle. D'un geste protecteur, il lui effleura le poignet.

— Avez-vous envie d'en parler ?

Sa sollicitude n'avait rien d'artificiel ni de contraint. S'il existait quelqu'un à qui Pascale pouvait se confier, c'était sûrement cet homme. En quelques phrases, elle lui résuma la situation, attentive à ne pas céder à l'émotion.

— Je n'ai pas encore osé aborder la question avec mon père, conclut-elle.

— Pourquoi ?

— Parce qu'il existe forcément une raison à son silence, une raison que je n'ai pas très envie de connaître. Ma mère, telle que je m'en souviens, n'aurait jamais pu abandonner un enfant.

Sourcils froncés, Laurent l'observa un moment en silence puis, lentement, il retira sa main, croisa les bras.

— Allez-vous prendre contact avec cette femme ? demanda-t-il enfin.

— Bien sûr ! Du moins...

Une nouvelle fois, elle relut la réponse de la caisse primaire, qui ne comportait aucune indication personnelle sur Julia Coste, hormis la confirmation de son existence en tant qu'assurée sociale.

— Je peux vous obtenir ses coordonnées, déclara Laurent d'un ton mesuré.

— C'est vrai ? Ce serait fantastique !

Il lui suffirait sans doute de passer un simple coup de téléphone ; toutefois, qu'il l'ait proposé spontanément était une preuve supplémentaire de sa gentillesse.

— Si vous êtes tout à fait certaine de vouloir la rencontrer. A mon avis, vous devriez d'abord avoir une conversation avec votre père.

— Peut-être.

Tout la ramenait au point de départ, elle n'allait plus pouvoir retarder l'échéance. Laurent hocha la tête avant d'aller reprendre place derrière son bureau, comme s'il voulait soudain mettre un peu de distance entre eux. L'avait-il convoquée pour tout autre chose ? Leurs regards se croisèrent et restèrent quelques instants accrochés l'un à l'autre.

— Le deuxième point que je désirais aborder avec vous est beaucoup plus... anodin.

— Nadine Clément ?

— Oui. Elle vous a vraiment prise en grippe mais je sais que ses plaintes sont sans fondement, elle ne parvient pas elle-même à les justifier.

— Je n'ai commis aucune faute professionnelle, se défendit Pascale, et je trouve difficile de travailler dans ces conditions. S'il y avait eu une place à Albi, je l'aurais prise volontiers, croyez-moi ! Je n'ai pas été habituée à être surveillée ni contrée systématiquement, même pendant mon internat. Dans l'attitude du Pr Clément, il y a quelque chose de très personnel, qui n'a rien à voir avec mes compétences.

Il leva la main en signe d'apaisement, pour endiguer le flot de paroles qu'elle venait de débiter d'une voix tendue, mais elle ne s'interrompit pas pour autant.

— Exercer dans un hôpital comme celui-ci est une chance et je devrais être en train de vous remercier, or je n'ai qu'une envie : partir. Vous n'imaginez pas l'effet que ça me fait de voir toutes mes ordonnances contrôlées, le moindre de mes gestes critiqué, et il y a pire : Mme Clément n'hésite pas à me faire passer pour une incapable aux yeux de mes patients !

Elle se tut enfin, un peu confuse de s'être laissée aller, tandis que Laurent souriait.

— Albi vous aurait tentée ? Vraiment ?

— C'était ma première idée, oui, mais Sam m'a dit qu'il y avait une place ici...

Le sourire de Laurent s'accentua. La jugeait-il stupide ou sans ambition pour préférer un petit hôpital à un centre hospitalier universitaire de la taille de Purpan ? Son interphone se mit à bourdonner et il y jeta un coup d'œil agacé sans répondre.

— Bien, soupira-t-il, je vais vous libérer.

Elle n'en avait aucune envie et quitta son fauteuil à regret. Comme elle tenait toujours le courrier, il ajouta :

— Ne vous inquiétez pas, je m'occupe de votre affaire.

Il se leva pour la raccompagner jusqu'à la porte. La main sur la poignée, il parut hésiter.

— Il y a une dernière chose... Je ne sais pas très bien de quelle manière la formuler mais j'aimerais vous... vous inviter à dîner, un de ces jours. Vous n'êtes pas obligée d'accepter, c'est sûrement très incongru et...

— Ce sera avec plaisir ! Quand ?

Elle se mordit les lèvres, embarrassée d'avoir répondu si vite.

— Samedi ?

— Parfait, murmura-t-elle.

A présent, ils étaient aussi gênés l'un que l'autre, n'osant même plus se regarder et, dès qu'il ouvrit, elle s'esquiva sans même penser à lui serrer la main.

— Bon sang, j'ai cru qu'il nous lâchait...

Samuel ôta son masque et ses gants tout en suivant des yeux le chariot qui emportait le patient vers la salle de réveil.

— Tu as été épatant ! affirma l'un des chirurgiens en lui tapant sur l'épaule au passage.

— Vous ne pourriez pas opérer des gens en meilleure santé ? plaisanta Sam.

Le malade lui avait donné beaucoup de fil à retordre durant les trois heures qu'avait duré l'intervention. Brutales chutes de tension, troubles du rythme, instabilité : Sam s'était débattu avec tous les incidents imaginables tandis que les chirurgiens procédaient à l'ablation d'une tumeur sur un poumon.

— Un vrai cas d'école, soupira-t-il. Je vais le surveiller de près jusqu'à ce qu'il regagne son lit en pneumo.

Nadine Clément, qui avait tenu à être présente au bloc, marmonna un bref compliment avant de saluer l'équipe, et elle adressa à Samuel ce qui pouvait - à la rigueur - passer pour un sourire.

— Toujours aussi aimable, celle-là ! chuchota l'une des instrumentistes.

Sam emprunta le chemin qu'avait pris le chariot, perdu dans ses pensées. Le malade était suivi par le Dr Fontanel, ainsi qu'en attestait le dossier où Sam avait trouvé tous les renseignements nécessaires pour préparer son anesthésie. Pascale était toujours aussi précise et claire dans ses comptes rendus, c'était un plaisir de travailler avec elle.

Parvenu en salle de réveil, il s'installa au chevet du patient, qui émergeait lentement.

— Monsieur Valier, vous m'entendez ? Monsieur Valier ?

Un grognement lui répondit mais il insista, d'une voix forte, jusqu'à obtenir une réponse intelligible.

— Tout s'est très bien passé, affirma-t-il avec une parfaite mauvaise foi. Vous allez bientôt être redescendu dans votre chambre...

Après quelques essais infructueux, Antoine Valier prononça une phrase dont le seul mot compréhensible était « Fontanel ». La conscience lui revenait et il réclamait son médecin, c'était bon signe. Avec un sourire attendri, Samuel se souvint que Pascale entretenait toujours d'excellents rapports avec ses patients. Elle leur parlait franchement, ne les infantilisait pas, leur insufflait l'énergie dont ils avaient besoin pour lutter contre la maladie.

Il vérifia les écrans de contrôle, reprit la tension d'Antoine Valier puis appela une infirmière.

— On va attendre encore un peu avant de le transférer. Je repasse dans une demi-heure, bipez-moi s'il y a quoi que ce soit.

Pour l'instant, tout ce qu'il désirait était un café noir accompagné d'une barre de céréales. Il se rendit à la cafétéria puis sortit du bâtiment, avide de respirer un peu d'air frais. Très frais, en l'occurrence, mais au moins le ciel était bleu. Tout en marchant à grands pas afin d'éliminer le stress de cette longue opération, il essaya de réfléchir à une idée de cadeau. S'il s'y prenait trop tard, il achèterait n'importe quoi, or Marianne s'attendait sûrement à quelque chose de spécial pour Noël. Mais quoi ? Peut-être une montre... A quoi ressemblait la sienne ? Bonté divine, il n'était même pas capable de se souvenir de ce qu'elle portait au poignet ! Pourtant, petit à petit, ses sentiments évoluaient, il se sentait mieux avec elle et cherchait moins souvent des prétextes pour rester seul. Même quand elle l'envahissait, elle finissait par l'émouvoir. Etait-il en train de s'apercevoir des avantages d'une femme douce et fragile ? Contrairement à Pascale, qui possédait un caractère bien trempé et une volonté farouche, Marianne était vulnérable, facilement démunie, on avait forcément envie de la protéger. Et si Samuel avait pu aider Pascale, il n'aurait jamais eu l'idée saugrenue de vouloir la *protéger*.

Il jeta un coup d'œil à sa montre et fit demi-tour. L'infirmière ne l'avait pas bipé mais il devait revoir Antoine Valier avant d'autoriser son transfert en pneumo. Un instant, il songea à accompagner son patient, ce qui lui donnerait l'occasion de voir Pascale. A cette heure-ci, elle était dans le service et ils trouveraient toujours moyen de bavarder un peu. Ces derniers temps, elle ne lui téléphonait plus, et chaque fois qu'il l'avait croisée, il lui avait trouvé l'air soucieux. La cohabitation avec Nadine Clément posait d'évidents problèmes, toutefois Pascale semblait en mesure de les surmonter. Connaissait-elle d'autres soucis, dont elle préférait ne pas lui parler ? L'idée qu'elle ne lui fasse plus confiance le désolait. Mais qu'est-ce qui ne le désolait pas quand il pensait à elle ? Entre autres et par exemple cette sorte d'autorisation que Laurent lui avait implicitement demandée, la veille, en annonçant qu'il comptait l'inviter à dîner, si Sam n'y voyait pas d'objection, bien entendu. Or quoi de plus consternant qu'imaginer Pascale en tête à tête avec un homme comme Laurent ? Il la ferait rire aux éclats, saurait l'intéresser, il possédait toutes les qualités qu'elle aimait. Ils allaient se plaire, d'ailleurs, ils se plaisaient déjà. Sans compter qu'elle devait en avoir assez d'être seule, même si elle prétendait le contraire.

Un dîner avec Laurent... Chandelles et musique douce, où allait-il l'emmener ? Céderait-elle dès le premier soir ? Non, elle n'avait rien d'une femme facile, Laurent devrait faire ses preuves d'abord. Sans doute ne demanderait-il pas mieux, lui aussi était seul depuis trop longtemps, échaudé par ses deux dernières liaisons, plutôt catastrophiques. A vrai dire, il était mal tombé, le pauvre, ce qui était très injuste parce qu'il aurait dû être comblé en amour. Sam le plaignait et souhaitait sincèrement le voir trouver la femme idéale mais... Pascale ?

Après le divorce, Sam avait endossé le rôle d'ami parce qu'il ne lui restait rien d'autre et qu'il refusait farouchement l'idée de perdre Pascale de vue. Ils avaient même pris l'habitude hebdomadaire de déjeuner ensemble ou au moins de boire un verre. Hélas ! Samuel s'était aperçu bien vite qu'il devait s'éloigner physiquement de son ex-femme, sinon jamais il n'arriverait à se guérir d'elle. Alors il était parti pour Toulouse, se bornant à des contacts téléphoniques réguliers. Il prenait de ses nouvelles, elle lui racontait sa vie, son travail à Necker, ses rares aventures. Il l'écoutait tout en redoutant le jour où elle lui annoncerait qu'elle était amoureuse d'un autre, mais ce n'était pas arrivé. Aujourd'hui, serait-il capable de le supporter ? Parviendrait-il à imaginer Pascale dans les bras de Laurent sans les haïr tous les deux ?

Revenu à l'étage des blocs opératoires, il autorisa le transfert d'Antoine Valier, qui était tout à fait réveillé et commençait à se plaindre, cependant il renonça à l'accompagner.

— Vous allez retrouver le Dr Fontanel, elle va vous prendre en charge et vous administrer des calmants...

Lui-même aurait eu bien besoin d'un philtre d'oubli. A force de penser à Pascale, il n'avait toujours aucune idée pour le cadeau de Marianne.

— Tu es sûre que j'ai bien fait, pour la couleur ? s'inquiéta Pascale en négociant un virage.

— Certaine, répliqua Aurore d'un ton péremptoire. Ce rouge est fabuleux sur toi ! Et arrête de t'inquiéter, de toute façon, la partie est gagnée d'avance, non ?

Elles rentraient à Peyrolles après avoir écumé toutes les boutiques chic du vieil Albi. Sur les conseils enthousiastes d'Aurore, Pascale avait fini par craquer pour un ensemble jupe et spencer qu'elle comptait porter le soir même.

— Laurent Villeneuve... Carrément ! Je te jure que j'ai du mal à y croire. Si jamais quelqu'un de l'hôpital vous aperçoit ensemble, le potin se répandra comme une traînée de poudre.

— On dîne chez lui.

— Chez lui ? se récria Aurore. Il sait cuisiner, en plus ?

— Aucune idée. Mais, pour les commérages, il a dû penser comme toi.

Alors qu'elles étaient à environ un kilomètre de Peyrolles, Pascale aperçut une vieille dame, juste au bord de la route, occupée à enlever les feuilles mortes devant son portail. Sa brouette était au beau milieu de la chaussée, le manche d'un râteau dépassant dangereusement. Pascale ralentit, hésita, puis se rangea sur le bas-côté.

— Les gens âgés, je te jure..., soupira Aurore.

Pourtant, tout comme Pascale, elle pouvait faire preuve d'une patience d'ange avec les malades à longueur de journée. Elles descendirent ensemble, aussi souriantes l'une que l'autre.

— Vous allez vous faire accrocher par une voiture, dit gentiment Pascale en saluant la vieille dame. Besoin d'un coup de main ?

Tandis qu'Aurore poussait la brouette vers le portail, Pascale se présenta.

— Nous sommes quasiment voisines, j'habite...

— Je sais où vous habitez, Dr Fontanel. C'est drôle de vous appeler comme ça, pour tout le monde par ici, c'était votre père, le Dr Fontanel. Mais la médecine doit être un truc de famille chez vous, pensez donc, votre grand-père soignait déjà ma grand-mère !

Dans son visage ravagé par les rides, le regard encore très bleu de la vieille dame semblait rire.

— Je m'appelle Léonie Bertin et je suis ravie de vous serrer la main. Ravie aussi qu'il y ait du monde à Peyrolles parce que le coin est plutôt isolé. Est-ce que vous vous y plaisez ?

— Beaucoup. C'est la maison de mon enfance.

— Oui, mais...

Léonie s'interrompit pour dévisager Pascale attentivement puis, avec un geste fataliste, elle enchaîna :

— Je ne pensais pas que vous y reviendriez jamais. Je m'attendais que ce soit vendu.

— Pourquoi ?

— Oh, vous êtes trop jeune...

Du coin de l'œil, elle surveillait Aurore, qui s'était mise à entasser les feuilles dans la brouette.

— C'est bien gentil de m'aider ! lui lança-t-elle.

— Trop jeune pour quoi ? insista Pascale.

— Pour avoir de mauvais souvenirs. Moi, j'ai connu la première Mme Fontanel, une belle femme un peu hautaine qui ne méritait pas une mort aussi horrible. Cet incendie, quelle tragédie... Tout de suite après, il y a eu votre maman, et de vous à moi, vous lui ressemblez drôlement, sauf qu'elle avait toujours l'air si triste ! Je sais bien qu'on ne se remet jamais du deuil d'un enfant, surtout un petit...

Léonie secoua la tête tout en appuyant ses mains au creux de ses reins, qui devaient la faire souffrir. Pascale se taisait, médusée. Quel deuil ? S'il s'agissait de Julia - et qui d'autre ? -, elle était bien vivante. Par ailleurs, Léonie Bertin avait eu un mot malheureux : « Tout de suite après ». Comme si son père s'était dépêché de se remarier, à peine sa première femme enterrée.

— Et votre frère ? Je m'en souviens comme d'un très beau jeune homme !

— Il va bien... Il est médecin aussi.

— Voilà, je vous ai rentré la brouette et j'ai rangé le râteau sous l'auvent, déclara Aurore. Il fait très froid, vous allez attraper un rhume si vous restez dehors.

La nuit tombait déjà et la température baissait encore. Léonie resserra autour d'elle son gros châle aux tons fanés.

— Merci, jeunes femmes. Vous êtes bien aimables, toutes les deux. Passez donc me voir, à l'occasion, je prépare toujours des gâteaux à la violette et des galettes de millas au moment de Noël.

— Nous viendrons, c'est promis, affirma Pascale en s'efforçant de sourire.

Cette vieille dame avait sûrement des tas de choses à lui apprendre et elle comptait bien la faire parler.

Elles remontèrent en voiture et parcoururent les dernières centaines de mètres jusqu'à la grille de Peyrolles. La maison de Léonie Bertin était la dernière, un peu isolée après la sortie du village, et se trouvait donc la plus proche de Peyrolles.

— Elle est gentille, cette mamie. Elle t'a raconté des choses intéressantes ?

— Si on veut... Chaque fois qu'il est question de ma famille, je tombe des nues !

Ce constat la ramena à son obsession : Julia. Tout ce mystère dont elle voulait trouver la clef avant d'avoir enfin l'inévitable explication avec son père. D'abord rencontrer Julia et apprendre d'elle la vérité.

A peine rentrée, elle monta dans sa salle de bains, où elle brancha le radiateur électrique avant d'ouvrir les robinets de la baignoire. La perspective du dîner chez Laurent lui donnait soudain envie d'être belle et elle prit le temps de se faire un shampooing puis un brushing. Une fois ses cheveux brillants comme de la soie, elle se maquilla légèrement, mit deux gouttes d'extrait de parfum sur sa nuque et s'habilla. La jupe et le spencer rouges soulignaient parfaitement sa silhouette longiligne. Elle opta pour des escarpins noirs, assortis au manteau de cachemire à col officier que son père lui avait offert l'année précédente.

Lorsqu'elle descendit l'escalier, Aurore la héla depuis le hall.

— Tu es sublime ! Notre bon directeur va en rester baba...

— Tu ne devais pas sortir aussi ? s'étonna Pascale.

Aurore était toujours en jean et en col roulé, des tennis aux pieds.

— Georges a la crève, il n'est pas certain de vouloir quitter sa couette. Je crois que je vais me faire un plateau-télé et me coucher tôt. Je te souhaite la plus fantastique soirée de la décennie.

— Au moins !

— Et sois prudente sur la route.

Les trajets quotidiens agaçaient Pascale, mais ce soir elle se sentait légère, gaie, prête à passer un moment agréable en compagnie d'un homme qui lui plaisait beaucoup. Elle prit l'autoroute jusqu'à Toulouse puis gagna le centre-ville et laissa sa voiture au parking de la place Saint-Etienne. Le quartier était fait de rues étroites et paisibles, semées d'hôtels particuliers. Rue Ninau, elle s'arrêta devant une porte cochère si imposante qu'elle vérifia l'adresse avant de sonner.

Deux minutes plus tard, Laurent vint lui ouvrir une petite porte latérale et la fit entrer dans une cour pavée au fond de laquelle se dressait une belle maison de brique et de pierre. Sans doute l'une de ces demeures construites par les Capitouls à la Renaissance.

— Le ministère de la Santé vous loge bien ! plaisanta-t-elle en pénétrant dans un vaste hall orné d'un dallage à cabochons.

— A vrai dire, c'est une maison de famille, mes grands-parents étaient toulousains.

Il la précéda jusqu'à un petit salon, où une flambée brûlait dans une cheminée de bois sombre. Deux gros canapés de velours bleu se faisaient face et il l'invita à y prendre place après l'avoir aidée à ôter son manteau.

— Le problème, dans mon métier, ce sont ces nominations qui vous expédient d'un bout de la France à l'autre. Lorsqu'on m'a offert d'administrer le CHU de Purpan, j'ai été ravi de ce retour aux sources, mais je ne sais pas combien de temps il durera.

— Etes-vous obligé d'accepter ce qu'on vous propose ?

— Il s'agit toujours d'une promotion et, en principe, ça ne se refuse pas. Enfin, tout dépend de la manière dont on envisage sa carrière !

Souriant, détendu, il portait un pantalon noir et une chemise blanche à col ouvert. Sur la table basse, il avait disposé une bouteille de champagne dans un seau plein de glace pilée, des coupelles d'olives au piment, des dés de saumon mariné à l'aneth, deux verres en cristal de Bohême.

— Je suis très heureux de vous recevoir, et pas uniquement pour vous rendre votre invitation à Peyrolles, dit-il en débouchant le champagne.

Une manière directe de lui signifier ses intentions. Elle prit le temps de l'observer quelques instants, le trouvant toujours aussi séduisant, puis elle leva son verre.

— A cette soirée, alors...

La chaleur du feu de bois rendait l'atmosphère du petit salon particulièrement agréable. Pascale se laissa aller contre le dossier moelleux du canapé et sirota deux gorgées. Elle avait beau avoir confiance en elle, le tête-à-tête avec Laurent l'intimidait un peu. Quand un homme et une femme se plaisent et le savent, les premiers mots sont les plus délicats à trouver.

— Je vous ai fait une poularde à la toulousaine, annonça-t-il.

— Vous-même ?

— Bien sûr ! Sinon, où serait le plaisir ? Je ne me mets pas souvent aux fourneaux, mais je tiens cette recette de ma grand-mère et c'est une merveille. Du moins, je l'espère.

— Racontez-moi ça.

— Eh bien, il faut juste du foie gras, des truffes, des champignons et des ris de veau pour préparer la garniture...

Pascale éclata de rire, amusée par la tournure que prenait leur conversation. En guise de romantisme, Laurent choisissait la gastronomie, une approche moins conventionnelle que prévu.

— Puis-je vous poser une question indiscrète ? demanda-t-elle.

— Allez-y.

— Qu'est-ce qu'un homme comme vous fait tout seul dans la vie ?

— Un « homme comme moi », c'est quoi ? La situation ? L'hôtel particulier ?

— Plutôt la gentillesse, le charme, corrigea-t-elle en le regardant droit dans les yeux.

Le compliment parut le mettre mal à l'aise, néanmoins il s'efforça de sourire.

— Merci pour le charme. En tout cas, la gentillesse ne m'a pas précisément aidé avec les femmes jusqu'ici. J'ai dû mal tomber et ça me rend assez... méfiant.

— Des chagrins d'amour ?

— Disons deux grosses désillusions.

Il se leva pour aller remettre une bûche dans la cheminée et resta un moment de dos, occupé à tisonner les braises. Quand il se retourna, son regard bleu acier transperça Pascale.

— Et vous ?

— Samuel vous a raconté notre divorce, je suppose ?

— Oui, en gros. Mais il est toujours très tendu lorsqu'il parle de vous. Je ne crois pas qu'il se soit consolé. En conséquence, je ne lui ai pas caché cette invitation à dîner, j'espère que vous ne m'en voudrez pas.

— Vous aviez peur qu'il le prenne mal ? s'étonna Pascale.

— Il l'a mal pris.

L'idée que Sam soit encore amoureux d'elle l'attendrissait tout en l'exaspérant, et elle refusa d'y penser. Aujourd'hui, il avait Marianne, leurs chemins s'étaient séparés.

— Venez avec moi, dit doucement Laurent.

A regret, elle quitta le canapé pour le suivre dans les profondeurs de la maison. Ils traversèrent un autre salon, moins intime, puis longèrent un couloir sombre avant de déboucher dans une vaste cuisine séparée de la salle à manger par un grand comptoir de drapier.

— Pour l'instant, c'est la seule pièce que j'ai eu les moyens d'arranger à mon goût. Est-ce qu'elle vous plaît ?

Le mobilier, en pin ciré, était chaleureux et se mariait bien avec la peinture jaune pâle des murs, mais l'ensemble avait quelque chose de trop dépouillé, trop neuf.

— Elle me plaît beaucoup, sauf qu'elle manque un peu de désordre ! Quand je pense à la cuisine de Peyrolles...

Et à la joyeuse pagaille qui y régnait en permanence. Avec Aurore, elles se tenaient là durant toutes leurs soirées de filles, ayant déserté le jardin d'hiver, plus difficile à chauffer, depuis la mi-novembre. Pendant que l'une essayait une nouvelle recette, l'autre vérifiait ses comptes bancaires sur la vieille table. Les nombreux placards métalliques, démodés mais indestructibles, étaient bourrés d'une vaisselle dépareillée descendue peu à peu du grenier, et toutes sortes de robots ménagers s'étalaient sur les grands plans de travail de chêne marqués de mille et un coups de couteau. Sur les appuis des fenêtres traînaient en permanence des magazines, des livres de poche, des trousseaux de clefs.

— Vous avez la maison dont tout le monde rêve, elle est magique, déclara très sérieusement Laurent.

— Je la trouve parfois un peu inquiétante. J'ai toujours cru que nous y avions été très heureux, mais il semble que ma mère ne l'ait pas été. Tous les gens qui l'ont connue à cette époque me parlent de son air triste... Et je suis sûre que les lieux sont empreints de souvenirs, ils renvoient de bonnes ou de mauvaises ondes. S'il y a eu un drame quelque part, on peut presque toujours le sentir.

— La mémoire des murs ?

— Peut-être. La première femme de mon père a brûlé vive dans une des dépendances, qu'il a fait raser par la suite.

Laurent se tourna vers elle, le couvercle d'une marmite à la main, et la scruta deux ou trois secondes.

— Si vous vous mettez des idées pareilles en tête, vous finirez par ne plus vous plaire à Peyrolles, et ce serait dommage. Tenez, ici, il a dû se passer des tas de choses depuis la Renaissance ! Des morts violentes, de grands chagrins, des duels, que sais-je ? Eh bien, les pierres ne me parlent pas, elles me laissent dormir en paix.

Une délicieuse odeur était en train de se répandre dans la cuisine. Pascale s'approcha des fourneaux pour jeter un coup d'œil à la poularde qui mijotait doucement. Sur une desserte, un saladier était rempli de roquette parsemée de cerneaux de noix et de brins de ciboulette. Laurent semblait s'être donné beaucoup de mal pour tout préparer lui-même. Avait-il le désir de lui plaire ou voulait-il seulement échapper aux commérages en restant chez lui ? Cherchant un ustensile dans un tiroir, il recula d'un pas et heurta Pascale.

— Oh, je suis désolé !

Il l'avait machinalement saisie par le bras, comme pour la retenir, mais au lieu de la lâcher il l'attira à lui.

— Pascale...

Les bras de Laurent se refermèrent autour d'elle, puis elle sentit qu'il caressait ses cheveux, la faisant tressaillir. L'étreinte ne dura que deux ou trois secondes avant qu'il s'écarte d'elle.

— Vous êtes tellement jolie, dit-il avec un sourire d'excuse.

Un peu déçue - et agacée de l'être -, elle se dirigea vers la table où le couvert était dressé. Là aussi il avait tout prévu : un bouquet de fleurs champêtres épanouies dans un vase, plusieurs sortes de pains présentés dans une corbeille en argent, des sets et des serviettes en lin couleur cassis.

Il la rejoignit, déposa le plat fumant près de leurs assiettes.

— Que voulez-vous boire ? Un vin de Loire un peu frais ? Sinon, j'ai un excellent bourgogne, ou alors nous pouvons dîner au champagne.

— Oui, je préférerais ne pas mélanger.

Elle aurait près de quatre-vingts kilomètres à faire pour rentrer à Peyrolles et ne tenait pas à conduire en état d'ivresse.

— Si c'est le retour qui vous inquiète, je peux vous héberger, ou vous ramener chez vous.

— C'est gentil à vous mais...

— Je ne suis pas spécialement gentil, Pascale, je suis en train d'essayer de vous séduire, vous le savez très bien.

Sa franchise avait de quoi déconcerter Pascale, aussi s'empressa-t-il d'ajouter :

— Cette première soirée est importante pour moi, j'aimerais que tout soit parfait.

— Eh bien, ça l'est ! répondit-elle en souriant.

— Pourtant il reste deux problèmes, et de taille ! Le premier est que j'ai pour règle absolue de ne pas mélanger mon travail et ma vie privée, or vous êtes un médecin de Purpan, et à ce titre je n'aurais pas dû vous inviter. Le second est que je suis incapable de draguer, je ne connais même pas le mode d'emploi. C'est vous dire si notre dîner me cause du souci...

Cette fois, elle éclata de rire. Elle trouvait Laurent amusant, attendrissant, et toujours aussi séduisant. Deux minutes plus tôt, dans ses bras, elle avait eu envie de rester contre lui, envie qu'il l'embrasse et la touche.

— Parlez-moi un peu de vous, suggéra-t-elle en lui tendant son assiette.

Il choisit avec soin un morceau de poularde dans la marmite, puis le nappa de sauce.

— Parcours très classique. HEC et Sciences-Po, j'ai accumulé les diplômes avant de me lancer dans la fonction administrative. J'aime organiser, gérer, avoir des responsabilités, mais je ne voulais pas commencer au bas de l'échelle. Mes grands-parents étaient des bourgeois, et mes parents se croyaient révolutionnaires parce qu'ils avaient « fait » 1968. En ce qui concerne ma vie privée, j'ai eu une histoire merveilleuse avec une jeune fille rencontrée lors de ma première année d'études, qui m'a quitté sans la moindre explication au bout de cinq ans pour suivre un Australien. Ensuite, j'ai attendu d'avoir la trentaine pour croire de nouveau à l'amour, malheureusement je suis tombé sur une garce, le genre louve déguisée en agnelle, qui m'a coûté très cher et m'a trompé avec presque tous mes copains. J'ai rompu il y a dix-huit mois.

Il s'assit en face d'elle, lui servit un peu de champagne et lui souhaita bon appétit.

— Votre manière de résumer les choses semble un peu... détachée, fit-elle remarquer.

— Pourquoi voudriez-vous que je m'apitoie sur ma propre bêtise ? Je suis bien trop orgueilleux pour ça !

Pascale goûta une bouchée, immédiatement séduite par la finesse des arômes.

— C'est un délice... Vous me donnerez la recette ?

— Non, je ne crois pas.

— Secret de famille ?

— Pas du tout, mais il y a plus intéressant à se dire que la manière d'accommoder la poularde ! Je vous ai raconté ma vie, c'est votre tour.

— Non, je ne crois pas, répliqua-t-elle en reprenant délibérément sa phrase. A mon avis, vous devez tout savoir par Sam. Je me trompe ?

Beau joueur, il acquiesça d'un signe de tête, un peu gêné qu'elle ait deviné ; pourtant il avait avoué lui-même que Sam parlait beaucoup d'elle. Durant quelques minutes, ils se contentèrent de manger, et Pascale accepta volontiers d'être resservie parce qu'elle se régalait.

— C'est un plaisir de vous avoir comme convive, remarqua-t-il. D'habitude, les femmes chipotent, ce qui n'a pas l'air d'être votre genre. Mais vous n'appartenez à aucun genre précis, vous êtes... hors norme.

Cette constatation parut le réjouir car il lui adressa un sourire éblouissant.

— La dernière fois que nous nous sommes vus, dans mon bureau, vous m'avez dit que vous préféreriez travailler à Albi. C'est vrai ?

— Oui. Si surprenant que ce soit, j'aurais aimé trouver un poste à l'hôpital ou à la clinique Claude-Bernard.

— A cause des trajets ?

— D'abord, oui, parce que la route multiplie les risques et me fait perdre un temps fou, mais pas uniquement. Albi, c'est la ville de mon enfance, celle où je suis allée à l'école, celle où mon père et mon grand-père ont exercé la médecine avant moi. Si j'y travaillais, j'aurais l'impression d'être rentrée chez moi, d'être à ma place. Et sans doute serais-je plus à l'aise dans une structure moins lourde et moins rigide. De toute façon, Albi est le second pôle hospitalier de la région, donc doté de moyens techniques importants.

— Vous êtes très convaincante. Pourquoi ne posez-vous pas votre candidature là-bas ?

— Je l'ai fait, il n'y avait aucun poste vacant.

— Oh, vous voulez dire que le CHU de Purpan n'est pour vous qu'un pis-aller ? ironisa-t-il.

— Jamais je n'irais dire ça à mon directeur ! riposta-t-elle sur le même ton.

— Pourtant, vous devriez, car s'il y a bien quelqu'un qui peut vous obtenir ce que vous désirez...

Il était redevenu sérieux et Pascale l'observa attentivement.

— Vous feriez ça ?

— D'autant plus volontiers que, dans ce cas, l'un de mes problèmes disparaîtrait.

— A savoir ?

— Si vous ne faites plus partie du personnel du CHU que je dirige, j'aurai le droit de vous faire ouvertement la cour.

Après un instant de stupeur, Pascale se mit à rire. L'idée que Laurent pouvait intervenir pour elle ne l'avait pas effleurée jusque-là, de toute façon elle ne le lui aurait pas demandé.

— J'aimerais vraiment, dit-elle en pesant ses mots.

Sa réponse sous-entendait qu'elle n'était pas non plus indifférente aux avances de Laurent et elle se tortilla sur sa chaise, soudain embarrassée. Il en profita pour se lever, changea les assiettes et déposa devant elle un gâteau au chocolat.

Durant l'heure qui suivit, ils parlèrent de tout et de rien, comme s'ils avaient besoin de reprendre un peu de distance. Laurent restait un hôte attentif, il prépara du café, qu'il servit avec des violettes en sucre. Un peu avant minuit, quand Pascale décida qu'elle devait rentrer à Peyrolles, il enfila un blouson pour la raccompagner jusqu'à sa voiture.

Surpris par le froid polaire qui régnait dehors, ils se dépêchèrent de gagner le parking de la place Saint-Etienne, où Laurent insista pour descendre avec elle. Il attendit qu'elle soit installée au volant et ait baissé sa vitre pour se pencher vers elle.

— Est-ce qu'on se reverra ? demanda-t-il seulement.

Son visage était tout près de celui de Pascale. Avec une lenteur calculée, il s'approcha encore, l'embrassa au coin des lèvres. D'un geste impulsif, Pascale le prit par le cou pour le retenir et ils échangèrent un vrai baiser. Puis, sans ajouter un mot, elle mit le contact et démarra.

6

Fatigué, Henry raccompagna son dernier patient jusqu'à la porte du cabinet. Il ne consultait plus que deux jours par semaine, ayant peu à peu confié sa clientèle à Adrien. Entre son fils et lui, la passation de pouvoir s'effectuait en douceur depuis quelques années. Le moment venu, la clinique n'aurait pas à souffrir de l'absence de Henry, qui pourrait enfin se reposer. Mais en avait-il envie ? Ainsi qu'il l'avait redouté, ses parties de golf du dimanche ne l'intéressaient que médiocrement et, hormis pour quelques vieux amis fidèles, il n'aimait plus ni sortir ni recevoir.

Il retourna s'asseoir à son bureau, rangea le dossier dans l'un des nombreux tiroirs métalliques, à présent presque vides. L'exercice de la médecine, qui l'avait comblé si longtemps, ne parvenait plus à le mobiliser. Rien, en fait, ne le distrayait de l'absence de Camille. Tant qu'il avait pu s'occuper d'elle, même malade, même mutique, sa vie avait eu un sens précis. A présent, il subissait une espèce de vacance intellectuelle et affective qui le consternait. Sa maîtresse du moment, une femme de quarante-cinq ans encore très belle, se donnait pourtant beaucoup de mal pour lui plaire. Galant, il lui envoyait souvent des fleurs, l'emmenait dîner dans un grand restaurant une ou deux fois par mois, mais ensuite, lorsqu'il se retrouvait dans son lit, il éprouvait toutes les peines du monde à lui faire l'amour.

Baissant les yeux sur l'agenda ouvert devant lui, il lut : « Départ Peyrolles » à la date du 23 décembre. Dans quatre jours. Tout était prévu, y compris qu'Adrien vienne le chercher en taxi au pied de l'immeuble. Les places de TGV étaient réservées, et une voiture de location les attendrait à Toulouse. Quant aux cadeaux de Noël, Henry avait fait un saut à Paris et s'était promené faubourg Saint-Honoré jusqu'à ce qu'il se décide à entrer chez Hermès. Il y avait acheté un sac pour Pascale et une montre pour Adrien. De la folie, peut-être, mais il n'avait plus que ses deux grands enfants à gâter désormais. Avant de quitter le luxueux magasin, il s'était souvenu que l'amie de Pascale, Aurore, passerait le réveillon avec eux, aussi lui avait-il choisi un foulard.

Durant bien des années, Noël avait été une fête magnifique chez les Fontanel. Camille voulait toujours un sapin immense, passait des heures à le charger de guirlandes lumineuses, puis entassait à son pied une multitude de paquets. Elle accrochait des boules dorées dans toute la maison, décorait les fenêtres, peaufinait son menu, achetait de nouveaux bougeoirs. Henry la laissait faire, attendri, tandis qu'Adrien et Pascale battaient des mains, surexcités par ces préparatifs... Pascale allait-elle maintenir les traditions de sa mère ? La connaissant, c'était probable, elle voudrait fatalement rendre à Peyrolles l'atmosphère de son enfance.

Descendre à Peyrolles était un cauchemar pour lui. Pourquoi ne l'avait-il pas vendu sans rien dire à personne ? Sa fille ne serait pas partie s'exiler là-bas et il n'aurait pas été contraint d'y retourner ! Il essaya encore une fois de chercher un prétexte valable pour échapper à ce voyage, en vain. Pascale ne comprendrait pas, Adrien non plus. C'était pourtant si simple ! Peyrolles contenait trop de souvenirs, certains atroces et d'autres merveilleux ; Peyrolles était trop chargé de l'histoire des Fontanel en général et de son histoire à lui, Henry, en particulier ; Peyrolles le ramenait sans pitié vers son passé, l'obligeant à se rappeler ce qu'il avait commis.

Une faute ? Un crime ? Quel nom donner à cette décision qu'il n'en finissait pas d'expier ? Camille avait fini par le regarder avec horreur, alors qu'elle avait librement consenti.

Librement ? Un petit rire amer lui échappa. A l'époque, Camille était perdue, elle n'avait plus aucun repère, sa seule certitude tenait à son amour pour Henry, il aurait pu lui faire accepter n'importe quoi. Autour d'eux, les gens avaient cru qu'ils joignaient leurs deux solitudes. Lui était veuf et cherchait une mère pour son petit garçon, quant à elle, l'éternelle abandonnée, elle trouvait refuge auprès d'un homme solide qui lui ouvrait les bras. Mais la vérité était bien différente de cette image d'Epinal ! D'abord, ils se connaissaient depuis longtemps, ils s'étaient déjà aimés d'un amour impossible. Et n'était-ce pas le destin de Camille que de se heurter à des choses impossibles ? Les Montague l'avaient rejetée, Raoul Coste l'avait rejetée...

D'un revers de main furieux, Henry balaya son agenda, qui atterrit à l'autre bout du bureau. Il était entièrement responsable, il n'avait aucune excuse. Aucune ! En voulant préserver Camille, il s'était surtout préservé lui-même, en bon égoïste, et au bout du compte il avait condamné la seule femme qu'il eût jamais aimée.

Comment allait-il faire, à Peyrolles, pour ne pas se laisser asphyxier par les souvenirs, les regrets, la culpabilité ? Pourquoi Pascale lui imposait-elle ce calvaire ?

Devant lui, la pendulette indiquait sept heures. Il devait encore faire son petit tour habituel à travers la clinique avant de pouvoir rentrer chez lui. De plus en plus souvent, il s'attardait à chaque étage, bavardant avec les médecins de garde, échangeant des plaisanteries avec les infirmières. Il n'avait pas envie de retrouver son appartement désert, d'ailleurs il n'avait plus envie de rien.

Avec un sursaut, il réalisa qu'il avait encore un rendez-vous, pour dîner celui-là, et qu'il avait failli l'oublier. Il se leva, récupéra son agenda étalé sur la moquette. Oui, c'était bien aujourd'hui qu'il emmenait sa maîtresse au restaurant, or il n'avait réservé nulle part et devait d'abord se changer. Fatigué d'avance à l'idée de la soirée qui l'attendait, il haussa les épaules deux fois de suite, mais ce geste de mauvaise humeur ne lui apporta pas le moindre soulagement.

— Je tombe de sommeil ! déclara Aurore tout en se resservant un verre de sancerre.

— Avec ce que tu as bu, c'est normal, ironisa Pascale.

Installées dans la cuisine, comme de coutume, elles avaient traîné longtemps à table, occupées à échafauder les projets de Noël. Pour le réveillon, Aurore comptait sur la présence de Georges, mais n'allait-il pas se sentir piégé par cette réunion de famille trop intime ? Pascale avait trouvé la parade en conviant Sam et Marianne, et à présent elle s'interrogeait sur l'opportunité d'inviter Laurent, si toutefois il n'avait pas déjà d'autres engagements.

— A mon avis, il viendra ici ventre à terre, prédit Aurore. Tu sais bien que tu le fais complètement craquer !

Elle désigna les roses blanches reçues la veille, qui trônaient dans un vase chinois. La carte d'accompagnement était encore posée sur la table et Aurore la saisit pour la relire.

— « Merci d'être venue, et merci d'être vous. » *Etre vous...* C'est pas mignon, ça ? Je trouve ce type formidable, même s'il t'obtient une place à Albi et que je me retrouve condamnée à faire la route seule ! Georges ne m'a jamais envoyé de fleurs, je lui ai fait tout un plat avec les tiennes ce matin, sans préciser l'identité de l'admirateur, rassure-toi. J'espère qu'il a saisi l'allusion et qu'il trouvera le chemin d'Interflora...

Son verre étant de nouveau vide, elle le contempla d'un air surpris.

— Bien, j'arrête pour ce soir, sinon j'aurai la migraine demain matin. En tout cas, on n'a pas réglé le problème, je maintiens que la dinde est un plat trop conventionnel, en plus affreusement sec, farce ou pas.

Elle se leva, s'étira, tituba légèrement sous le regard indulgent de Pascale.

— Je vais me coucher, chérie, il est grand temps. Oh, ce sancerre, quelle merveille !

Penchée au-dessus de la table, elle récupéra son sac à main abandonné sur le banc.

— Tiens, j'ai ramassé le courrier dans la boîte en rentrant, j'avais oublié de te le donner mais ce n'est rien d'important, s'excusa-t-elle en tendant deux enveloppes à Pascale.

Elle l'embrassa en s'appuyant lourdement sur elle, puis gagna la porte d'un pas hésitant. Pascale l'entendit traverser l'office, se cogner dans un placard, et elle faillit éclater de rire. Comme Aurore ne buvait que rarement, elle tenait assez mal l'alcool, dont elle se méfiait en général. Ce soir, elle s'était laissée aller ; une bonne nuit de sommeil effacerait tout.

En dix minutes, Pascale débarrassa la table, rangea la cuisine. Contrairement à Aurore, elle se sentait en forme et décida de gagner la bibliothèque, un endroit où elle aimait se tenir pour faire ses comptes, régler ses factures ou lire des revues de médecine. Elle alluma la lampe bouillotte, qui laissait la majeure partie de la pièce dans l'ombre, et s'installa à son bureau. Autour d'elle, le silence de la maison endormie semblait si absolu qu'un soudain cri de chouette, dehors, la fit tressaillir. Le froid était trop vif pour entrouvrir une fenêtre et laisser entrer les bruits de la nuit. Durant quelques instants, Pascale tendit l'oreille sans rien percevoir d'autre que de sourds craquements émis par les boiseries ou les parquets. L'isolement de Peyrolles était parfois pesant, presque inquiétant certains soirs, et pourtant Pascale aimait de plus en plus cette trop grande maison.

Elle prit les deux enveloppes, dont l'une portait le cachet de l'hôpital, et l'autre, le logo d'un commerçant d'Albi. Négligeant la publicité, elle ouvrit le courrier de Purpan, persuadée qu'il s'agissait d'une quelconque note administrative. En fait, l'enveloppe en contenait une autre, plus petite, entourée d'un feuillet manuscrit. Intriguée, Pascale déplia le papier et reconnut aussitôt l'écriture de Laurent.

Ma chère Pascale, ci-joint la réponse qui m'a été envoyée et que je vous fais suivre aussitôt. Il m'est pénible de vous apprendre qu'il s'agit d'une mauvaise nouvelle. D'avance, je devine et comprends l'importance que vous allez lui accorder mais, avant toute démarche, prenez le temps de réfléchir. Si vous éprouvez le besoin d'en parler, je suis à votre entière disposition, n'hésitez pas à m'appeler, quel que soit le moment je serai heureux de vous entendre. Je vous embrasse.

Avec une angoisse indicible, Pascale observa l'enveloppe en provenance de la caisse primaire et adressée à M. Laurent Villeneuve, directeur de l'hôpital Purpan. Une mauvaise nouvelle ? De quelle sorte ? Lentement, elle souleva le rabat qui avait déjà été décacheté, extirpa la feuille dactylographiée. Tout d'abord, les phrases ne signifièrent rien pour elle et elle fut obligée de les relire.

Dans le silence de la bibliothèque, elle entendit sa propre respiration qui s'accélérait, devenait bruyante, puis elle éclata en sanglots.

Un long moment, elle resta prostrée, les coudes sur le bureau et la tête dans les mains. Les implications de ce qu'elle venait de découvrir étaient inenvisageables, absurdes. Julia Nhàn Coste, née avec une anomalie congénitale, était soignée depuis toujours dans différents centres pour handicapés.

Soignée ? Julia Nhàn, sa demi-sœur, Julia Sans soucis, atteinte de trisomie 21, n'avait jamais connu une vie normale. Essayant de refouler ses larmes, Pascale eut l'impression d'étouffer et elle se leva brusquement. Handicapée... Dans quelle mesure ? Et comment sa mère avait-elle pu abandonner une enfant malade et sans défense ? C'était tout bonnement inconcevable !

Marchant de long en large, Pascale essayait de réfléchir sans y parvenir, les pensées les plus chaotiques se bousculant dans sa tête. La tristesse de Camille, dont tout le monde parlait, ses dernières années de mutisme complet qui l'avaient conduite au bord de la démence... S'était-elle rongée de remords jusqu'à se laisser mourir, quarante ans après ? Non, pas elle, surtout pas elle, qui avait tant souffert de ne pas connaître sa propre mère, Anh Dào, comment aurait-elle pu infliger le même sort à sa fille ? De toute façon, Julia avait aussi un père, alors qu'était devenu ce Raoul Coste ?

Trop agitée pour tenir en place, Pascale se précipita hors de la bibliothèque et grimpa au premier quatre à quatre. Si elle ne parlait pas à quelqu'un, elle allait devenir folle ! Elle frappa et entra chez Aurore, qui dormait à poings fermés, sa lampe de chevet allumée. Pascale la regarda quelques instants puis renonça à la réveiller. Avec tout ce qu'elle avait bu ce soir, Aurore avait besoin de dormir et serait d'ailleurs incapable de soutenir une discussion.

Après avoir éteint, Pascale quitta la chambre en silence et redescendit. Il était trop tard pour appeler Laurent. Elle pouvait téléphoner à Adrien, mais ne valait-il pas mieux attendre qu'il soit là, avec leur père, pour déballer toute cette histoire ?

Elle fit un détour par la cuisine, fouilla dans le placard où elle rangeait une bouteille d'armagnac destiné aux sauces et s'en versa deux doigts, qu'elle avala cul sec. Ensuite, elle regagna la bibliothèque, où elle reprit ses allées et venues entre les fenêtres obscures et la cheminée. Depuis la découverte de ce satané livret de famille, combien d'heures avait-elle passées à penser à Julia, à s'imaginer ce que serait leur première rencontre ? Elle s'était interrogée sur les traits de Julia Nhàn, curieuse de découvrir en elle ce type asiatique que Camille lui avait probablement transmis, comme à elle-même. Parmi toutes les hypothèses et supputations, elle s'était promis de réparer une éventuelle injustice si jamais Julia manquait de quoi que ce soit... Quelle dérision !

De nouveau, les larmes coulaient sur ses joues, elle se sentit soulevée de dégoût à l'idée de cet abandon. La vue brouillée, elle prit le téléphone et composa le numéro de Samuel. Malgré l'heure tardive, il décrocha presque tout de suite.

— Sam, c'est moi... Je suis désolée de t'appeler comme ça, j'espère que je ne te réveille pas ?

— Non, répondit-il à voix basse, je ne dormais pas. Qu'est-ce qui t'arrive ?

— Ecoute... Ne t'inquiète pas mais je... je viens d'apprendre quelque chose d'abominable et je... je ne sais pas à qui en parler...

Elle renifla, avala sa salive, essaya en vain de poursuivre.

— Pascale ? Bon sang, tu pleures ? Tu veux que je vienne ?

— J'ai besoin de le dire à quelqu'un ! Oh, Sam...

— Tu es à Peyrolles ?

— Oui.

— Alors, j'arrive. Le temps de faire la route et tu me raconteras tout. En attendant, calme-toi, d'accord ? Et pense à m'ouvrir la grille !

Elle commença à protester mais il avait déjà raccroché.

Bien entendu, Marianne l'avait très mal pris. Tandis que Samuel s'habillait en hâte, elle s'était réveillée, et en apprenant qu'il filait à Peyrolles au milieu de la nuit pour voler au secours de son ex sans même savoir quel était le problème, elle avait piqué une crise de rage. De rage ou de jalousie, peu importait, il n'était pas disposé à l'écouter.

Tout en fonçant sur l'autoroute, il revit Marianne assise sur son oreiller, furieuse, échevelée, bêtement persuadée qu'elle pourrait l'empêcher de sortir. *In extremis,* elle avait ravalé l'ultimatum qu'elle était prête à lancer, néanmoins le mal était fait : Samuel venait de constater qu'il n'était plus vraiment libre.

Son blouson à peine enfilé, il avait franchi la porte sans un mot. Et à présent, au volant de son Audi, il se sentait presque détaché de Marianne, comme si elle appartenait déjà à son passé.

Mais enfin, qu'avait-il dit ou fait pour que Marianne s'imagine avoir des droits sur lui ? Pas de serments d'amour, pas d'engagements - il s'en était bien gardé. Certes, depuis quelque temps, ils étaient plus proches l'un de l'autre, se voyaient plus souvent. De façon insidieuse, Marianne établissait entre eux une sorte de vie de couple, et Samuel laissait faire. Par lâcheté, parce qu'il ne voulait pas la voir pleurer, par égoïsme aussi, parce qu'il était indéniablement content d'avoir une belle femme aimante dans son lit plutôt qu'y ruminer seul en songeant à Pascale. Et cette obsession-là, Marianne parvenait à l'atténuer.

Il prit la sortie de Marssac, franchit le Tarn et s'engagea sur la départementale 18. Pascale accomplissait ce trajet matin et soir, c'était de la folie. Pourtant, lorsque Laurent avait vaguement évoqué la possibilité de lui obtenir un poste à Albi, Sam s'était senti dépossédé.

Non, le mot n'était pas trop fort : qu'un autre homme puisse aider Pascale le rendait amer. Aurait-il voulu être son unique sauveur, son seul ami ? Il n'était plus rien d'autre qu'un soutien pour elle, voire un confident, et il s'accrochait à ce rôle, le dernier qu'il avait à jouer à son côté.

En tout cas, c'était vers lui qu'elle se tournait ce soir, pas vers Laurent. Qu'avait-il donc pu arriver qui justifie son appel au secours ? Pascale était une femme sensée, solide, elle ne le faisait pas venir en pleine nuit pour chasser une chauve-souris !

Il longea le mur d'enceinte, aperçut la grille ouverte et tourna dans l'allée. Peyrolles le fascinait, il comprenait très bien pourquoi Pascale avait absolument voulu y vivre. En principe, les grandes propriétés ne l'intéressaient pas, il préférait de loin les joies du ciel aux commandes d'un hélico. Mais Peyrolles possédait un attrait particulier qui tenait sans doute à son architecture, à son isolement, au charme mélancolique de son parc si bien planté.

Dans la lumière des phares, il découvrit Pascale en haut du perron, emmitouflée dans une parka fourrée. Elle descendit les marches tandis qu'il sortait de sa voiture, et elle vint se jeter dans ses bras.

— Tu es gentil d'être venu...

Ses cheveux le frôlèrent, il reconnut immédiatement son parfum : *Addict.* Il le lui avait offert dès son lancement, quelques années plus tôt, et elle y était restée fidèle.

— Je n'aurais pas dû te déranger, j'espère que ça n'embête pas Marianne ? Viens, allons nous mettre au chaud, je faisais les cent pas sur la terrasse en t'attendant parce que j'étouffais dans la maison, mais maintenant j'ai froid.

Elle parlait vite, d'une voix un peu hachée, et à la lumière des lanternes de la façade, Sam vit ses traits tirés, ses yeux cernés. Il la suivit à l'intérieur, jusqu'à la bibliothèque dont elle referma soigneusement la porte. Lorsqu'elle ôta sa parka, il ne put s'empêcher de détailler sa silhouette élancée. Elle portait un pull irlandais écru à grosses torsades, un jean gris ajusté et des boots noirs.

— Ce que je vais te raconter ne doit pas sortir de cette pièce, Sam...

Devant les rayonnages de merisier, deux fauteuils Voltaire au velours fatigué se faisaient face. Pascale alla s'asseoir et lui fit signe de la rejoindre.

— En venant m'installer à Peyrolles, commença-t-elle, je voulais un peu retrouver mon enfance, comme tu le sais, mais c'est à une sorte de voyage dans le temps que j'ai eu droit ! Le grenier est plein de vieux meubles et nous avons fouillé gaiement dans ce bric-à-brac avec Aurore...

Elle s'interrompit une seconde, releva la tête. Ses grands yeux noirs, étirés vers les tempes, semblaient d'une tristesse insondable. Il eut envie de se lever et de la prendre dans ses bras, pourtant il se força à rester assis, attendant la suite.

— J'ai trouvé un livret de famille au fond d'un tiroir. C'était celui de maman, son premier, délivré par la mairie du XIIe arrondissement de Paris lors de son mariage avec un certain Raoul Coste, en avril 1966.

Eberlué, Sam réfléchit quelques instants puis haussa les épaules.

— Bon, très bien, ta mère avait eu un premier mari, ce que tu ignorais. Et ensuite ?

— J'y ai également appris la naissance de leur enfant, en août de la même année. Une fille prénommée Julia Nhàn.

— Julia quoi ?

— Nhàn, cela signifie « Sans soucis ». C'est la seule chose que maman avait conservée de son origine vietnamienne. Elle-même s'appelait Camille Huong Lan, sa propre mère Lê Anh Dào, et manifestement elle a voulu perpétuer la tradition avec son premier enfant.

Cette fois, Sam resta muet. Il avait bien connu Camille et, si bizarre qu'elle ait pu être, l'avait beaucoup appréciée. Mais ni elle ni Henry, avec qui Sam entretenait d'excellents rapports, n'avaient jamais évoqué l'existence de cette Julia.

— J'ai voulu en savoir plus, soupira Pascale. D'abord, j'ai découvert que Julia est toujours en vie, et à partir de là j'ai échafaudé des tas de projets imbéciles... Je me voyais faisant la connaissance de ma demi-sœur... et trouvant l'explication de ce mystère absolu. Parce que personne n'en a soufflé mot devant moi, en trente-deux ans d'existence !

— Que t'a dit ton père ?

— Rien ! Je ne lui ai pas parlé. Pas encore... Mais je compte le faire, il sera ici à Noël, il doit arriver après-demain. Seulement, il y a autre chose.

Pascale prit un élastique dans la poche de son jean et, machinalement, rattacha ses cheveux. Sam avait toujours adoré la regarder faire ce genre de geste.

— A force de chercher, je viens d'obtenir une information qui change tout. Tout ! Tu comprends, Sam, je croyais qu'il y avait forcément une bonne raison, une justification quelconque... Maman était si jeune, à l'époque ! Son... mari, ce Raoul Coste, aurait pu garder l'enfant, ou...

— C'est sans doute ce qui est arrivé, fit remarquer Sam d'un ton calme.

Il devinait l'exaspération de Pascale, sa colère, son amertume, et il essaya d'endiguer le flot de paroles qu'il sentait venir.

— Ma chérie, dans ce temps-là, les erreurs de jeunesse se payaient cher. Ta mère a dû...

— Elle l'a abandonnée, Sam ! Elle a abandonné officiellement son bébé à la DDASS, or Julia n'est pas... elle est atteinte du syndrome de Down.

Trop stupéfait pour répondre, Sam vit que Pascale était au bord des larmes. Elle avait pourtant l'habitude de se maîtriser, en pneumologie elle côtoyait des drames et du désespoir à longueur de journée.

— Tu m'as consolée quand j'ai enterré ma mère, mais en réalité, quel genre de monstre était-elle ?

— Pascale... attends, pas de jugement à l'emporte-pièce, tu ne connais pas les tenants et les aboutissants de cette histoire. Et ce n'est pas *ton* histoire. Ta mère a existé avant toi, et avant de rencontrer ton père.

— Ils m'ont menti !

— Ils t'ont sans doute préservée.

— Pas Julia, en tout cas ! Elle, ils l'ont sacrifiée sans états d'âme !

— Tu n'en sais rien.

— Je sais qu'il y a des choses qu'on ne peut pas faire, Sam. C'est d'ailleurs ma mère qui m'a inculqué ces valeurs absolues. Tu te rends compte ? Elle !

Pascale jaillit de son fauteuil comme si elle ne supportait pas d'y rester une seconde de plus et se mit à arpenter la bibliothèque plongée dans la pénombre. Seule la lampe bouillotte, sur le bureau, formait une tache de lumière. Samuel observa la jeune femme un moment, séduit malgré lui par sa démarche souple, ses longues jambes, ses hanches de gamine. Mais il n'était pas là pour l'admirer, il devait trouver quelque chose à dire pour l'apaiser un peu.

— Camille n'avait pas connu sa mère, rappela-t-il. Peut-être a-t-elle répété inconsciemment un schéma qui...

— Pourquoi la défends-tu ?

— Pourquoi la condamnes-tu d'office ?

Elle s'arrêta, s'appuya aux rayonnages et parut réfléchir à la question. Au bout de quelques instants, il demanda doucement :

— Que veut dire Huong Lan ?

— Parfum d'orchidée. C'est curieux qu'elle ne m'ait pas donné l'un de ces prénoms vietnamiens, à moi aussi...

— Sans doute a-t-elle jugé qu'en définitive ils ne portaient pas bonheur. Ni à sa mère, ni à elle-même, encore moins à cette petite Julia.

Gardant la tête baissée, Pascale ne fit pas de commentaires. Elle devait se sentir blessée, trahie par ses parents, dont elle n'avait jamais douté jusque-là. Henry avait été un père exemplaire, et Camille une mère très présente, douce, féminine, aimante. Leur image cadrait mal avec cet abandon sordide, que Samuel ne s'expliquait pas.

— Si je n'avais pas acheté Peyrolles, grâce à toi, si les meubles avaient été vendus quand nous avons quitté la région, si Aurore n'avait pas ouvert ce tiroir, je n'aurais rien su. Tu vois tout le concours de circonstances qu'il aura fallu ? Je ne peux pas croire que papa ait cautionné cette horreur, c'est inimaginable.

— Il va s'expliquer, affirma Sam, qui n'en était pas sûr du tout.

— Oui, c'est bien ça qui m'effraie. Ce qu'il dira...

— Adrien est au courant ?

— Non. J'ai essayé de le sonder, je lui ai posé quelques questions, mais le passé de la famille ne l'intéresse pas. Enfin, c'est ce qu'il prétend... Sauf que sa réaction a été excessive quand j'ai décidé de m'installer ici. J'ai même eu l'impression que papa et lui me cachaient des choses.

— Probablement pas. Ton père et ton frère t'adorent. D'ailleurs, ils auraient très bien pu faire disparaître ce livret de famille.

— A condition de connaître son existence, oui. Maman l'avait conservé dans une vieille pochette de plastique gris qui n'attirait pas spécialement l'attention. Mais ce n'est pas un oubli, ni un acte manqué, elle l'a bel et bien gardé. Peut-être désirait-elle sauver une preuve afin que Julia ne tombe pas dans l'oubli ?

— Tu affabules...

— Oui, admit Pascale avec une grimace. Et j'ai même imaginé pire que ça ! A force d'essayer de comprendre, je pense à n'importe quoi, tout me paraît suspect. Y compris cet incendie où la mère d'Adrien a brûlé vive.

Sa dernière phrase, prononcée à contrecœur, traduisait l'étendue de son malaise.

— Ce n'est pas une accusation, Sam. Juste une question supplémentaire.

— C'est à Henry que tu dois les poser. Enfin, pas celle-ci, bien sûr.

Pour la première fois de la soirée, Pascale lui adressa l'ébauche d'un sourire.

— Bien sûr...

Elle essayait de faire front, de chasser les doutes qui l'accablaient, et elle lui parut soudain très vulnérable, loin de l'image de la femme forte qu'elle donnait la plupart du temps. Comment réagirait-elle si jamais le pire se vérifiait ? Etait-il possible que Henry soit un salaud ? Et Camille ? Difficile à concevoir, mais au fond pas impossible, et dans ce cas Pascale allait subir une déception à laquelle il préférait ne pas penser.

— Tu me ferais un café, ma belle ?

— Oui, évidemment. Tu dois me trouver très égoïste de t'avoir fait venir pour te déballer tout ça !

— Tant que tu auras besoin de moi, je serai là pour toi.

Alors qu'elle était déjà à la porte, la main sur la poignée, elle se retourna.

— Oh, Sam...

Voulait-elle le remercier ? Lui répéter qu'il était son meilleur ami ? Il franchit la distance qui les séparait, la prit dans ses bras. Son étreinte était celle d'un homme amoureux, sans équivoque, et Pascale aurait très bien pu le repousser ; au contraire, elle se serra contre lui. Depuis combien de temps ne l'avait-il pas tenue ainsi ?

— Ne me laisse pas faire, chuchota-t-il, jette-moi dehors.

Sans la lâcher, il la prit par le menton, l'obligea à lever la tête.

— Pascale ? J'ai tellement envie de toi...

Un désir intense, douloureux, qui rendait sa voix rauque. Il glissa une main sous le pull irlandais, sentit la peau satinée sous ses doigts.

— Sam, souffla-t-elle, c'est mal...

Avec une bouffée d'orgueil, il comprit qu'elle était prête à céder et l'embrassa passionnément. Collée à lui, elle reprit sa respiration avec difficulté. L'entente physique avait été immédiate entre eux, dès la première fois, et ne s'était jamais démentie malgré leurs querelles. La veille du jour où leur divorce avait été prononcé, ils faisaient encore l'amour avec désespoir, accrochés l'un à l'autre comme deux naufragés.

— Je ne veux pas, Sam. On va trop le regretter.

Il dut faire un effort considérable pour s'écarter d'elle. L'attirance qu'elle venait d'éprouver pour lui - indéniable, il la connaissait trop pour s'y tromper - n'était peut-être due qu'à sa solitude ? Elle n'avait sûrement pas couché avec Laurent, elle prendrait son temps avant de se lancer dans une relation sérieuse, ce qui ne l'empêchait pas d'avoir des envies de plaisir. Cette idée-là suffit à lui rendre un peu de sang-froid.

— Tu as raison... Et mon café ?

Le merveilleux sourire qu'elle lui adressa alors acheva de le démoraliser. Ne lui restait-il aucune chance de la reconquérir ? Etait-il définitivement passé à côté du bonheur en acceptant que cette femme le quitte, trois ans plus tôt ? Oh, il voulait bien être le père de ses enfants, douze si elle le souhaitait ! Il l'avait toujours voulu...

— Viens, Sam.

D'autorité, elle lui prit la main et l'entraîna hors de la bibliothèque.

Une fois de plus, Marianne avait beaucoup pleuré. A quatre heures du matin, elle était rentrée chez elle, bien décidée à ce que Samuel ne la trouve pas en larmes. Une longue douche chaude, puis tiède, l'avait un peu apaisée, ensuite elle s'était préparé un petit déjeuner pantagruélique. Tant pis pour sa ligne, tant pis pour tout !

Son studio, où elle ne vivait plus qu'à moitié puisqu'elle passait une nuit sur deux chez Sam, était affreusement en désordre. Une bonne heure de ménage accompli avec furie l'avait ramenée sous la douche, puis elle s'était habillée, maquillée. Si malheureuse qu'elle soit, elle devait aller travailler. Au moins, elle n'avait pas de grosses responsabilités, et même si la fatigue lui faisait commettre des erreurs ce ne serait pas très grave, tandis que Samuel, lui, allait jouer avec la vie de ses patients après sa nuit blanche ! Car il n'avait probablement pas dormi. Y penser la rendait folle. Il suffisait que son ex-femme siffle et il accourait, trop heureux d'être corvéable à merci. Non content d'avoir trouvé un emploi à Pascale, de lui avoir prêté de l'argent, il la promenait en hélico dès qu'elle s'ennuyait et lui tenait la main au moindre signe d'angoisse. Et tout ça pourquoi ? Par altruisme ? Bien sûr que non. Marianne ne croyait pas une seconde à cette prétendue amitié entre eux, à ce qu'il appelait de la tendresse pour mieux dissimuler ses sentiments.

Au contraire, elle en avait l'absolue conviction : Samuel était toujours éperdument amoureux de cette garce aux allures de sainte-nitouche. « Mal remis » de son divorce - selon l'expression qu'il utilisait - voulait dire vraiment malade ! Comment avait-elle pu s'imaginer le guérir ?

Dans l'autobus qui la conduisait à Purpan, elle essaya de prendre une décision. Aurait-elle la force de le quitter sans le rappeler dans trois jours ? Probablement pas. Chaque fois qu'elle était partie de chez lui en claquant la porte, elle était revenue d'elle-même. Une vraie loque !

A huit heures moins le quart, elle descendit devant l'hôpital. Il faisait très froid et elle se hâta vers le bâtiment administratif. Une longue journée l'attendait, insipide et morne, avec des courriers à taper, les conversations futiles de ses collègues, un déjeuner infâme à la cantine. Et ce soir, elle rentrerait seule chez elle, probablement déjà prête à marcher sur son orgueil, surtout lorsqu'elle constaterait l'absence de message sur son répondeur...

En tout cas, réconciliée ou pas avec Samuel, elle ne passerait pas le réveillon de Noël à Peyrolles ! Au moins, cette corvée lui serait épargnée, il pourrait bien la supplier, pas question d'y aller. Elle préférait encore rester seule ou accepter l'invitation de ses parents, qui seraient ravis de l'accueillir, même à la dernière minute.

— Bonjour, Marianne ! Je vois que vous êtes toujours ponctuelle, c'est une qualité qui se perd.

Elle s'arrêta pour rendre son salut à Laurent Villeneuve. D'après les bavardages du personnel - et un homme comme lui en suscitait énormément ! -, il arrivait presque toujours avant tout le monde à son bureau. Qu'il se soit arrêté pour lui dire bonjour était vaguement flatteur, après tout il était le directeur de cet immense CHU et elle, une simple secrétaire administrative parmi tant d'autres. Mais elle n'avait aucune illusion, cette faveur ne tenait qu'à son amitié pour Samuel.

— Vous avez une petite mine, dit-il gentiment. Allez vite vous mettre au chaud.

Sa sollicitude attrista Marianne au lieu de la réconforter, et elle se contenta de hocher la tête, la gorge serrée.

— Et faites une bise à Sam de ma part. Je crois qu'on se voit tous le 24 chez Pascale Fontanel ?

Il affichait un sourire réjoui qui fut insupportable à Marianne. Sans réfléchir, elle répliqua d'une traite :

— Ce sera sans moi ! Pascale passe son temps à appeler Sam au secours, elle n'hésite pas à le tirer du lit en pleine nuit, c'est l'ex la plus encombrante de la Création ! Moi, j'en ai soupé, ils n'ont qu'à se remarier, ce serait plus simple, mais je ne passerai pas Noël avec eux. Désolée...

Laurent la regardait, médusé, et elle regretta son éclat. Bredouillant une excuse, elle s'éloigna à grandes enjambées maladroites.

Pascale s'était endormie à l'aube et n'avait pas entendu Aurore partir. Elle ouvrit un œil vers neuf heures, étonnée de constater qu'il faisait grand jour. Par bonheur, elle ne prenait son service qu'à midi, pour une garde de vingt-quatre heures qui risquait d'être épuisante.

Elle enfila une robe de chambre et descendit à la cuisine en bâillant. Aurore avait posé un petit mot à côté de la cafetière isotherme. *Tu as reçu du monde cette nuit ? Cachottière... Bonne journée quand même. Je rapporterai de l'aspirine, j'ai tout avalé.*

Amusée, Pascale se souvint qu'elle avait laissé les tasses sur la table. Après avoir longtemps discuté avec elle, Sam était parti vers cinq heures. Sur le pas de la porte, il avait refusé qu'elle sorte, promettant de bien refermer la grille derrière lui, et il l'avait de nouveau serrée dans ses bras, sans ambiguïté cette fois.

Elle se versa un grand bol de café fumant, ajouta deux sucres. Le temps qu'il refroidisse, elle s'approcha de la porte-fenêtre et jeta un coup d'œil au-dehors. Le ciel était plombé, comme annonciateur de neige. Elle n'avait pas souvenir d'en avoir souvent vu à Peyrolles, même lors d'hivers rigoureux, mais elle se mit à espérer un Noël tout blanc.

— Et la route, alors ? bougonna-t-elle.

D'où elle était, elle apercevait la serre et les grands hibiscus dénudés, plantés par son père à l'emplacement de l'atelier incendié. Comment avait-elle pu émettre, devant Sam, une idée aussi monstrueuse qu'une quelconque responsabilité de son père dans ce drame ? Allait-elle se mettre à le suspecter des pires crimes uniquement parce qu'il lui avait caché l'existence de Julia ? Avec de semblables hypothèses, elle finirait par se méfier de tout le monde et par voir des fantômes partout. Non, décidément, les sages conseils de Samuel représentaient la voie de la raison, avant tout une explication s'imposait, et cette conversation trop longtemps différée avec son père aurait lieu d'ici peu. En attendant, elle devait cesser de se torturer avec cette histoire.

Elle retourna s'asseoir, but quelques gorgées de café. Tout à l'heure, à l'hôpital, Aurore ne manquerait sûrement pas de l'interroger à propos du mystérieux visiteur nocturne. Un visiteur bien innocent... enfin presque !

Bon, se retrouver dans les bras de Samuel lui avait procuré un plaisir indéniable. Du désir aussi, inutile de s'aveugler. Et si, depuis quelques jours, elle s'endormait en pensant à Laurent, elle avait bel et bien eu envie de faire l'amour avec Sam hier soir.

Etrange de découvrir que ces deux hommes pouvaient la séduire tour à tour. Etait-ce dû à une trop longue période d'abstinence ou à l'état de fragilité dans lequel la plongeait le mystère de Julia ? Se réfugier contre Sam était si naturel, si évident, si rassurant... et vraiment très sensuel. Le considérer comme un ami revenait peut-être à se mentir à elle-même. Pourquoi avait-elle fait la sourde oreille le soir où il lui avait affirmé : « Quand un homme a vraiment aimé une femme, pour lui l'histoire n'est jamais finie » ?

Songeuse, elle se resservit un peu de café. Il était délicieux, Aurore le préparait très corsé et dosait avec soin son propre mélange d'arabicas. Pascale prit le temps de le savourer avant de monter se glisser sous la douche. Ensuite, elle mit un tee-shirt blanc en prévision de sa garde - il régnait une chaleur suffocante dans le service de pneumo -, enfila par-dessus un pull à col roulé beige et choisit un jean en velours prune. Retrouver ses patients et l'atmosphère de l'hôpital allait lui permettre de ne plus penser à ses problèmes. Julia, son père, Sam, Laurent, et Noël qui arrivait trop vite, avec la maison à décorer et tous les achats à prévoir. D'ailleurs, puisqu'elle était en avance, elle n'aurait qu'à s'arrêter dans Toulouse pour faire quelques courses.

Dehors, le froid piquant la fit s'engouffrer dans sa voiture. Elle laissa le moteur chauffer et mit la ventilation en route tout en regardant le parc à travers le pare-brise. La végétation luxuriante de l'été avait laissé la place à des arbres nus, et quelques feuilles mortes ayant échappé au râteau constellaient la pelouse de taches brunes. La vigne vierge avait disparu de la serre, aucune fleur ne poussait plus.

Fouillant sa mémoire, elle essaya de se souvenir du prénom de la mère d'Adrien. Alexandra ? Une belle femme blonde, un peu fade, dont elle avait vu une ou deux photos. Son père n'en parlait pas, comme si elle n'avait jamais existé, et lorsque Pascale était née, Adrien appelait Camille « maman » depuis longtemps. A quel moment avait-elle appris qu'Adrien était son demi-frère ? Cette vérité-là, si naturelle, faisait partie de l'histoire des Fontanel, on ne la lui avait jamais cachée, contrairement à Julia. Pourquoi ?

Avec un soupir excédé, Pascale s'engagea sur la route. Trop de questions et aucune réponse, mais peu importait, elle finirait par tout savoir parce qu'elle l'avait décidé. Têtue comme elle l'était, elle y arriverait fatalement. Ensuite, à elle de juger si elle pourrait pardonner.

7

Une fine couche de neige recouvrait tous les toits de l'hôpital Purpan, mais les cours et les abords, sablés dès l'aube, n'offraient plus qu'un triste aspect de gadoue.

A l'étage de la pneumo, surchauffé, une paix relative s'était établie dans le service après la visite du patron, menée tambour battant comme à l'accoutumée. Nadine Clément avait bien posé quelques questions perfides aux externes, s'était opposée à Pascale à propos d'un cas difficile de bronchite, mais sans insister, comme si elle aussi était pressée d'aller faire ses derniers achats de Noël.

Installées par l'équipe des kinés, des guirlandes égayaient un peu les couloirs, et Aurore avait décoré un minuscule sapin qui trônait dans la salle de repos des infirmières.

Au chevet d'une de ses patientes, une femme âgée dont le cancer du larynx en était au stade terminal, Pascale venait de prescrire de la morphine à volonté, distribuée par une pompe dont le malade usait selon ses besoins.

— Ma fille a laissé ça pour vous, docteur...

De sa main libre, toute parcheminée, la vieille dame désigna une boîte de chocolats posée sur la table roulante.

— Que c'est gentil !

— Je sais que vous êtes gourmande...

La voix était éraillée, à peine audible ; Pascale hocha la tête avec conviction.

— Très gourmande, oui. Votre fille revient vous voir, aujourd'hui ?

— Elle passe tous les jours. Elle ou mon gendre. Je suis bien entourée...

Elle le disait avec reconnaissance, pourtant son regard était affreusement triste. Ce serait son dernier Noël, peut-être ne le verrait-elle même pas. Avec un serrement de cœur, Pascale s'obligea à sourire. La souffrance physique ou morale des malades l'atteignait toujours trop malgré les années, sans doute ne parviendrait-elle jamais à y être insensible.

— Reposez-vous un peu, dit-elle en effleurant l'épaule de la vieille dame.

A travers la chemise de nuit, elle sentit les os qui saillaient.

— Avez-vous besoin d'autre chose ? En tout cas, n'hésitez pas à appuyer sur cette poire, vous ne devez pas avoir mal.

La douleur ne servait à rien, sinon à affaiblir davantage et à paniquer, mais l'ensemble du corps médical avait mis longtemps à en tenir compte.

Alors qu'elle quittait la chambre, des éclats de voix s'élevèrent dans le couloir, du côté de la salle de repos des infirmières.

— Où vous croyez-vous donc ? criait Nadine Clément, apparemment hors d'elle.

Pascale faillit s'éloigner en vitesse, puis elle aperçut Aurore et s'arrêta net.

— Allez faire ça ailleurs, c'est scandaleux !

Derrière Aurore, Georges Matéi, les mains dans les poches de sa blouse, laissait passer l'orage en gardant la tête basse.

— Du balai, ouste, quittez mon service, je ne veux plus vous y voir ni l'un ni l'autre ! Et si on doit se servir de cette salle de repos comme d'un bordel, je la ferai fermer !

Deux externes, pétrifiés, ne savaient plus où aller et restaient collés le dos au mur tandis que Nadine vociférait. Pascale s'approcha, ignorant encore ce qu'elle pourrait faire pour la défense d'Aurore, mais bien décidée à intervenir. Nadine se tourna vers elle et la toisa.

— J'espère que vous ne participez pas à ces bacchanales, Dr Fontanel ?

Pascale ignora la provocation, qui ne pouvait qu'envenimer l'incident.

— La malade de la chambre 8 ne passera sans doute pas la nuit, déclara-t-elle posément. Je lui ai laissé de la morphine à volonté.

— A volonté ? répéta Nadine, suffoquée. A son âge et dans son état, cette patiente ne sait pas ce qu'elle fait ! Vous voulez qu'elle succombe d'une overdose ?

— Je ne crois pas que ce soit très important. De toute façon, c'est la fin.

— Vous n'avez aucun droit d'en décider. Demandez plutôt à une infirmière de faire des injections ponctuelles.

Elle jeta un dernier regard courroucé en direction d'Aurore avant d'ajouter, d'une voix différente :

— Je passerai moi-même voir Mme Lambert tout à l'heure.

Pascale nota le ton plus humain, presque las. Nadine Clément avait tous les défauts du monde, elle pouvait se montrer tyrannique, agressive, injuste, mais c'était aussi un médecin exceptionnel, qui détestait la maladie et l'échec, qui connaissait par cœur le dossier de chaque cas et qui appelait les malades par leur nom.

Dès qu'elle eut disparu au bout du couloir, Aurore laissa échapper un long soupir de soulagement, suivi d'un petit rire nerveux.

— Bon sang, tu es arrivée comme la cavalerie, juste à temps !

— Je suis désolé, murmura Georges en posant sa main sur l'épaule d'Aurore.

Son air piteux amusa Pascale, qui le suivit des yeux tandis qu'il s'éloignait.

— Il n'est pas seul responsable, on a eu un moment de… d'égarement. On flirtait, et puis on est allés un peu loin… Tu sais ce que c'est.

— Moi oui, mais Nadine Clément, ça m'étonnerait !

— Pourquoi ? Elle a été mariée, elle n'est pas de glace.

— Va savoir. En tout cas, dans son service, mieux vaut se tenir à carreau, c'est toi-même qui me l'as conseillé quand j'ai débarqué ici.

— Tu as raison... Ce n'était pas l'heure ni le lieu, d'accord.

En tant que médecin titulaire, Pascale était investie d'une certaine autorité sur le personnel soignant, toutefois elle n'avait pas l'intention de donner une leçon de morale à Aurore. Elle lui adressa un clin d'œil tout en remarquant, à l'autre bout du couloir, un homme d'un certain âge dont la silhouette élégante lui était vaguement familière. Il s'arrêta quelques instants devant le bureau de la surveillante de l'étage, puis se dirigea vers la salle d'attente qui faisait face au bureau de Nadine. Avec un peu d'étonnement, Pascale reconnut Benjamin Montague. Etait-il malade ? Ce n'était pas l'heure des consultations. Intriguée, elle décida d'aller le saluer avant de se rendre à la radiologie, où elle comptait demander des résultats urgents.

Une sonnerie stridente se mit soudain à retentir, et Pascale fit volte-face. Elle repéra la lumière rouge clignotant au-dessus d'une des portes et se précipita, suivie d'Aurore, qui lança aux deux externes toujours immobiles :

— Dépêchez-vous donc !

Penchée sur le planning des gardes de la dernière semaine de décembre, Nadine inscrivit Pascale pour la nuit du 31.

— Bonne année..., railla-t-elle à voix haute.

En principe, elle ne s'occupait pas de l'emploi du temps des médecins, se bornant à le superviser, comme tout ce qui touchait de près ou de loin à son service. Elle signa le document avant d'appeler sa secrétaire par l'interphone. La période des fêtes de fin d'année l'irritait au plus haut point, avec ses jours fériés et les têtes de déterrés de tous ceux qui abusaient du champagne en ces occasions.

Dix minutes plus tôt, elle avait parfaitement entendu la sonnerie d'alarme déclenchée par un appareil de surveillance d'un des malades, et toute l'agitation qui s'était ensuivie, mais là encore il ne lui incombait pas de s'en mêler, il y avait suffisamment de médecins dans son service pour le faire, avec des équipes parfaitement rodées à traiter les urgences.

Devant elle, un bloc-notes ouvert attendait qu'elle poursuive la rédaction d'un article destiné à une très sérieuse revue médicale. Comme tous les patrons, elle devait publier et enseigner afin de justifier ce titre de professeur qu'elle avait si ardemment désiré.

Un coup discret frappé à sa porte précéda l'entrée de sa secrétaire, qui déposa un gobelet de café fumant sur le coin du bureau. Nadine lui remit des documents et la congédia d'un geste.

— M. Benjamin Montague est dans la salle d'attente, madame.

Saisie, Nadine resta muette une seconde, puis elle se leva d'un bond et sortit dans le couloir. Elle vérifia d'abord qu'il n'y avait personne en vue, ensuite elle alla chercher son frère qu'elle ramena en vitesse jusqu'à son bureau.

— Qu'est-ce qui te prend de venir ici ?

— Rien de spécial, se défendit-il, sans doute surpris par son accueil. Je voulais juste te dire au revoir, je pars en voyage.

— Encore ? Tu es *toujours* en voyage !

— Oui, mon horizon ne s'arrête pas aux murs de Toulouse, ricana-t-il.

— Où vas-tu, cette fois ?

— En Tanzanie. Passer Noël avec des amis...

A l'entendre, Benjamin possédait d'innombrables relations dans le monde entier. Après tout pourquoi pas ? De toute façon, le goût de l'exotisme n'entrait pas dans l'univers de Nadine.

— Joyeux Noël, alors, fit-elle d'un ton rogue.

Elle souhaitait qu'il s'en aille le plus discrètement possible, de préférence sans rencontrer Pascale Fontanel.

— Tiens, mon cadeau pour toi, dit-il en posant un petit paquet sur le bloc-notes.

Déconcertée, elle contempla le papier argenté et le ruban doré.

— Pour moi ? Je te remercie, mais...

Mais elle n'avait évidemment rien prévu pour lui. De temps à autre, elle allait dîner chez son autre frère, Emmanuel, ingénieur en aéronautique retraité avec qui elle entretenait de vagues relations familiales. A son intention, et puisqu'elle devait réveillonner chez lui, elle avait acheté quelques babioles.

— Ouvre-le, suggéra Benjamin.

Surmontant sa gêne, Nadine défit le paquet, qui contenait un écrin de velours. En découvrant le bracelet de perles, elle resta muette de stupeur. Le nom du joaillier ne permettait pas le doute, il s'agissait de vraies perles, pas de toc.

— Tu es devenu fou ?

Ces dix dernières années, elle avait dû voir Benjamin trois ou quatre fois, toujours en coup de vent et sans réelle affection.

— Il n'y a aucune raison, décréta-t-elle.

D'un geste sec, elle referma l'écrin, le poussa vers son frère.

— Garde-le pour l'une de tes conquêtes, essaya-t-elle de plaisanter.

— A mon âge, tu sais… Non, Nadine, prends-le, je te jure que ça me fait plaisir.

— Pourquoi, grands dieux ?

Il la dévisagea longuement avant de hausser les épaules.

— Franchement, je l'ignore. Une impulsion. Je n'ai guère de contacts avec Emmanuel, qui m'emmerde, et au fond pas davantage avec toi. Notre famille est non seulement restreinte mais carrément… usée. Sur sa fin. Avec quatre enfants, les parents pouvaient espérer une autre pérennité, pourtant c'est le cul-de-sac.

Avec un haut-le-corps, Nadine recula sa chaise.

— Quatre ?

— Eh bien oui ! Camille a existé, qu'on le veuille ou pas.

Pourquoi fallait-il qu'il en parle ? Elle sentit que le moment d'attendrissement qui aurait pu avoir lieu était de nouveau impossible.

— C'est bien ça le malheur, siffla-t-elle. Tout aurait été si différent sans elle !

Benjamin se leva, reboutonna son pardessus.

— Je ne veux pas rater mon avion, déclara-t-il posément. Passe tout de même le bonjour à Emmanuel de ma part.

Il rouvrit l'écrin, prit délicatement le bracelet et, d'autorité, le mit autour du poignet de Nadine.

— Juste un petit souvenir, sois gentille, je ne saurais pas quoi en faire, dit-il en bouclant le fermoir.

Figée, elle n'eut aucune réaction lorsqu'il franchit la porte du bureau. Cinq minutes plus tard, sa secrétaire revint, chargée d'une liasse de documents administratifs. Nadine la vit jeter un regard intrigué à l'écrin, au papier froissé. Une bouffée de fureur la submergea dès qu'elle comprit que l'histoire allait faire le tour du service.

Un grand feu brûlait dans la cheminée de la salle à manger, où Pascale et Aurore concentraient leurs efforts de décoration. Après en avoir longuement discuté, elles étaient tombées d'accord pour ne pas utiliser le grand salon, trop difficile à chauffer. Le sapin avait été installé dans le jardin d'hiver, qui bénéficiait de radiateurs électriques et ferait office de pièce de réception pour l'apéritif et la traditionnelle remise des cadeaux. Quant au dîner, il aurait lieu dans la salle à manger, dont elles expérimentaient la cheminée.

— Excellent tirage, constata Aurore, très fière de sa flambée.

— Surtout avec du bois mouillé !

Sous une pluie glaciale, elles étaient allées chercher des bûches et avaient pris les premières, sur le haut du tas, sans se poser de questions.

— Pas demain la veille que nous serons de vraies campagnardes, soupira Pascale.

— On en apprend un peu plus chaque jour, non ?

Presque tous les soirs, Aurore consultait une encyclopédie du jardinage, dénichée dans la bibliothèque, et en lisait un passage à Pascale. Généralement, cette lecture dégénérait en fou rire.

— Il y a une grande bâche dans la serre, on pourrait couvrir le tas de bois pour le protéger, suggéra Pascale.

— Ah, oui ? Et avec quoi l'empêchera-t-on de s'envoler comme une voile au vent ?

— Avec des bûches, tiens !

Il était à peine sept heures mais il faisait nuit noire et elles se sentaient bien à l'abri dans la grande salle à manger illuminée, tandis que la pluie continuait à s'abattre sur les vitres.

— On n'avait pas connu depuis longtemps un hiver aussi rigoureux dans la région, fit remarquer Aurore.

— Tu me fais penser à la cuve de fioul, il faut qu'on la jauge pour savoir ce qui nous reste.

Une véritable épreuve de force, qui consistait à soulever une dalle de fonte, dévisser le sommet de la cuve et y faire descendre une longue tige de métal gradué.

— Rien n'est jamais prévu pour les femmes, si on ne dispose pas d'un Hercule à la maison...

— Tu as raison, je demanderai ça à mon frère quand il sera là.

Lucien Lestrade avait proposé de le faire, la dernière fois qu'il était venu, mais Pascale avait été très ferme avec lui : elle ne souhaitait plus le voir à Peyrolles.

— Comment trouves-tu mes guirlandes ? s'enquit Aurore.

Perchée au sommet de l'échelle, elle manquait de recul, et Pascale traversa la salle à manger pour juger de l'effet.

— Magnifiques... Vraiment !

Au lieu de se cantonner à une décoration conventionnelle, Aurore avait tressé de larges rubans rouge cerise avec des branches de sapin, installant une sorte de frise qui égayait toute la pièce.

— Ce que je voudrais, maintenant, c'est qu'on aille couper du houx, je vais en faire une couronne pour la cheminée.

— Maintenant ? Avec ce temps ?

— Allez, on met des blousons, des bonnets et des gants, en cinq minutes ce sera fait et ça nous ouvrira l'appétit !

Pascale éclata de rire, gagnée par l'enthousiasme inépuisable d'Aurore.

— Tu as raté ta carrière, tu aurais été une formidable décoratrice.

— J'aurais adoré... J'ai parfois l'impression de m'être trompée, même si j'aime beaucoup mon métier. Et toi ?

— Moi ? Oh, à part médecin, je me serais bien vue pilote de chasse !

— Sérieux ?

— Oui. Mais je l'ai découvert trop tard, quand j'ai commencé à voler. C'est une sensation unique.

Pour la première fois, Pascale exprimait clairement des regrets, dont elle n'avait pas eu tout à fait conscience jusque-là. Secouant la tête, elle refoula cette inutile nostalgie. Par chance, elle avait la possibilité de piloter de temps en temps, et pour le reste elle se sentait à sa place dans un hôpital. Soigner et lutter contre la maladie demeurait sa véritable vocation, elle n'en souhaitait pas d'autre.

— La pluie a cessé, remarqua-t-elle, profitons-en pour aller chercher ton fichu houx !

Elles passèrent par l'office pour se munir de gros gants de jardinier, d'un sécateur et d'une lampe torche, puis enfilèrent leurs parkas avant de se risquer dehors. La terre mouillée commençait déjà à geler en surface et Aurore faillit tomber.

— Saloperie de temps ! grogna-t-elle en se raccrochant à Pascale.

Bras dessus bras dessous, elles se dirigèrent vers le fond du parc, où se trouvaient les arbustes repérés par Aurore. Malgré les lanternes de la façade, dès qu'elles s'éloignèrent de la maison elles éprouvèrent l'impression désagréable d'être englouties par l'obscurité. Un petit animal - sans doute un rongeur - s'enfuit à leur approche en faisant rouler des graviers.

— C'est franchement sinistre, non ? souffla Aurore.

— Oui, mais on ne va pas faire demi-tour comme deux gourdes !

Parvenues au tournant de l'allée, elles coupèrent à travers la pelouse, toujours serrées l'une contre l'autre. Dans le noir, le parc semblait plus grand, moins familier.

— Alors, où est-il, ce houx ?

— Près du mur, du côté de la vasque en pierre.

Le cri soudain d'une chouette les fit sursauter. Presque tout de suite, Pascale se força à rire.

— Nous avons droit à la version intégrale du film d'horreur, on ferait bien de se dépêcher !

Elle plaisantait sans conviction, sensible à l'atmosphère un peu inquiétante de cette nuit trop sombre. A la lumière de la torche, elles virent enfin les arbustes aux feuilles luisantes, comme vernies, semées de fruits rouges.

— Voilà tes décorations, je te laisse te servir...

Avec le sécateur, Aurore commença à couper des branches tandis que Pascale l'éclairait. Quand elle en eut tout un bouquet, tenu à bout de bras pour ne pas se piquer, elle se déclara satisfaite.

— Dépêchons-nous de rentrer, on gèle !

Elles retournèrent vers la maison, dont les lanternes étaient toujours allumées, mais d'un coup tout s'éteignit.

S'arrêtant net, Pascale jura entre ses dents.

— Encore une de ces maudites coupures de courant ! En principe, ça ne dure que quelques instants...

Elles patientèrent une minute, toujours immobiles, les yeux braqués dans la direction de la maison qu'elles ne voyaient plus.

— Allez, viens, chuchota Aurore.

— Tu peux parler à haute voix, tu ne dérangeras personne, railla Pascale, qui se sentait pourtant vaguement inquiète.

Seule la lueur de la torche trouait l'obscurité devant elles, pourtant elles se retrouvèrent sans encombre sur l'allée de gravier. A la hauteur de la rangée d'hibiscus, Pascale pressa le pas sans même s'en rendre compte.

— Attends-moi ! protesta Aurore.

Pascale s'obligea à ralentir, néanmoins elle était gagnée par une nervosité incompréhensible. L'espace d'un instant, elle songea à l'incendie de l'atelier, à la mort tragique de la mère d'Adrien dans les flammes, mais elle repoussa aussitôt cette pensée avec horreur. Ce n'était vraiment pas le moment d'avoir des idées pareilles ! Peyrolles était sa maison, un endroit merveilleux qu'elle connaissait par cœur et qu'elle adorait. Butant sur la première marche du perron, elle poussa un soupir de soulagement.

— Sauvées ! lança-t-elle d'un ton léger. On va allumer des tas de bougies...

— Pas celles de Noël, en tout cas. Il doit y en avoir d'autres à la cuisine.

Au moment où Pascale ouvrait la porte, la lumière revint. Clignant des yeux, elles échangèrent un regard perplexe avant d'éclater de rire.

— Nous ne sommes pas vraiment prêtes pour entrer dans les commandos ! fit remarquer Aurore.

Pascale poussa le verrou, éteignit sa torche. La brassée de houx était magnifique, mais pourquoi n'avaient-elles pas attendu le lendemain matin pour aller la cueillir ? Pour jouer à se faire peur ?

— Si tu nous réchauffes un bol de soupe, je me mets tout de suite à ma couronne, décréta Aurore en se dirigeant vers la cuisine.

— Réchauffer une de tes soupes en boîte ? Pas question, je vais en cuisiner une moi-même, avec des pommes de terre et des pois cassés. Potage Saint-Germain, ma jolie, agrémenté de quelques petits lardons, tu m'en diras des nouvelles !

— C'est très judicieux de dîner léger une veille de réveillon...

Elles se remirent à rire, heureuses d'être à l'abri, d'être en congé, et d'être ensemble pour préparer Noël.

Jamais Samuel n'avait pris le temps de vraiment regarder sa maison. Achetée en vitesse lorsqu'il était venu s'installer dans la région, il l'avait choisie pour son emplacement - à deux pas de l'aéroclub - et la considérait comme fonctionnelle. Or elle était froide, anonyme, dénuée d'intérêt. Connaître Peyrolles le rendait-il plus exigeant, plus sensible à l'architecture ou au charme d'un lieu ? Bien sûr, il vivait peu chez lui, ne rentrait que pour dormir et passait tous ses loisirs à voler, pas à rester enfermé entre quatre murs. Des murs blancs, lisses, percés de baies vitrées. Une grande pièce à vivre, agencée à l'américaine, occupait tout le rez-de-chaussée. Au premier étage, deux chambres, une vaste salle de bains et une lingerie pleine de placards offraient tout le confort possible. L'ensemble, moderne et clair, ne nécessitait que peu d'entretien.

Naturellement, Marianne adorait cette maison, séduite par son aspect bien ordonné, par la pelouse carrée et la rangée de sages rosiers. Rien ici de gigantesque ni d'exubérant, rien qui soit à l'abandon, tout à fait le contraire de ces grandes propriétés en perpétuelle rénovation.

« Pascale a bien du courage, elle va en voir de toutes les couleurs à Peyrolles, ce doit être un gouffre ! » Ce commentaire narquois, Marianne l'avait répété à deux ou trois reprises sans que Samuel réagisse. A quoi bon ? Tout ce qui concernait Pascale faisait rager Marianne, et au bout du compte elle avait eu raison. Oui, Pascale était sa rivale, oui, Samuel pensait toujours à elle, et même de plus en plus depuis la nuit où elle l'avait appelé au secours.

Il s'étira avant de se décider à sortir de son lit. Aucune intervention n'était prévue sur son planning ce 24 décembre, néanmoins il était d'astreinte et pouvait être bipé à tout moment. Ce qui ne l'empêcherait pas de se rendre à Peyrolles dans la soirée, en espérant qu'aucune urgence ne l'obligerait à regagner Purpan sur les chapeaux de roues.

Aller réveillonner sans Marianne était plutôt un soulagement. Elle ne lui avait pas donné de nouvelles et il s'était abstenu de l'appeler, n'ayant rien à lui dire. Qu'elle ait mal vécu l'incident l'attristait, cependant il se refusait à lui mentir pour la consoler. A sa place, sans doute aurait-il agi de la même manière, avec le même sentiment de jalousie.

Où réveillonnerait-elle ? Avec ses parents ? Il ne voulait pas l'imaginer seule dans son studio en train de pleurer, l'idée lui était insupportable. Marianne méritait d'être heureuse avec un homme qui l'aime vraiment, et il en était incapable, ou du moins le serait tant que Pascale continuerait à le hanter. Pourquoi ne se résignait-il pas à l'avoir perdue ? La reconquérir semblait aussi impossible que l'oublier, il se trouvait dans une impasse.

En haut de l'escalier, il considéra son living d'un œil critique. Etait-il vraiment agréable de mélanger le salon et la cuisine ? Serrant la ceinture de son peignoir en éponge, il frissonna. Ces baies vitrées étaient glaciales, au sens propre comme au sens figuré. Dehors, le ciel de plomb semblait chargé de neige et il n'y avait pas un souffle de vent. Le calme avant la tempête ?

Il descendit, mit la bouilloire en route et prépara une petite flambée. La cheminée était à l'image du reste de la maison, trop moderne avec son foyer fermé d'une vitre et encastré dans l'un des murs, à mi-hauteur. Regarder le feu dans ces conditions revenait à regarder la télévision. Amusé par cette comparaison, il prit la télécommande de sa chaîne hi-fi et chercha une station de musique classique. A l'instant où les accords d'une symphonie éclataient dans la pièce, le carillon de la porte retentit.

— Et merde...

En allant ouvrir, il s'attendait à n'importe qui sauf à Marianne. Engoncée dans un gros blouson matelassé dont elle avait rabattu la capuche, elle paraissait transie.

— Je peux entrer ?

La voix et le sourire manquaient tellement d'assurance qu'il en fut ému.

— Bien sûr. Viens te réchauffer, je suis en train de faire du thé.

Elle le suivit, se débarrassa du blouson et passa sa main dans ses boucles blondes pour les discipliner.

— J'ai pris une journée de congé, annonça-t-elle comme si cette explication justifiait sa présence chez lui.

Il posa deux tasses sur le comptoir et mit du pain à griller en attendant que le thé infuse.

— Je pensais que tu me téléphonerais, lâcha-t-elle d'un ton de défi.

Sans répondre, il poussa devant elle le beurrier, un pot de confiture et le sucrier.

— Il faut qu'on parle, Sam.

— Je t'écoute.

Il patienta quelques instants tandis qu'elle cherchait ses mots.

— Peut-être me trouves-tu odieuse, ou mesquine...

— Non, pas du tout. Je crois seulement que nous ne sommes pas faits pour nous entendre parce que nous ne voulons pas la même chose.

— Mais toi, tu ne veux rien ! s'exclama-t-elle. En tout cas, tu ne veux pas de moi. Tu me rejettes, tu me considères comme quantité négligeable, c'est difficile à accepter.

Durant deux ou trois secondes il soutint son regard, et ce fut elle qui baissa les yeux la première.

— Tu ne m'as rien promis, je sais, dit-elle d'une voix étranglée.

Elle était pâle, les traits marqués par l'effort qu'elle accomplissait. Venir le relancer, exiger d'inutiles explications, devait lui coûter mais, la connaissant, il savait très bien qu'elle continuait d'espérer malgré tout. Depuis qu'ils s'étaient rencontrés, elle passait son temps à recoller les morceaux, à se raconter des histoires.

— Marianne... Je suis vraiment dans la peau du méchant, avec toi. Je ne peux pas te donner ce que tu souhaites et j'en suis désolé, crois-moi. Ce serait tellement plus simple si nous étions sur la même longueur d'onde ! Mais ça ne se commande pas, je ne t'apprends rien.

Il avait parlé avec beaucoup de douceur, pour ne pas la blesser davantage. Dans le silence qui suivit, il versa le thé, alla chercher du lait. La seule solution consistait à être ferme, à ne pas se laisser attendrir, à ne pas retomber dans le piège d'une vaine réconciliation.

— Qu'est-ce que je représente pour toi, Samuel ?

A cette question directe, il s'autorisa à répondre sincèrement.

— Tu es une très jolie femme, très désirable. Et aussi très vulnérable parce que tu es gentille, tendre, pleine d'illusions. Chaque fois que je te vois, j'ai l'impression pénible de profiter de toi et je veux que ça s'arrête, voilà. Je ne suis pas un salaud, Marianne.

— Je ne te l'ai jamais reproché !

Frémissante d'indignation, elle le saisit par le poignet.

— Attends, Samuel. Ce n'est pas une scène, je ne suis pas venue pour t'accabler ni te demander des comptes. Alors ne me chasse pas de ta vie. S'il te plaît.

Elle le lâcha, s'assit résolument sur l'un des hauts tabourets du comptoir et parvint à esquisser un sourire presque crédible. Consterné, il la dévisagea en silence. Offrait-il la même vision navrante à Pascale lorsqu'il s'accrochait à elle ?

— Je ne te chasse pas de ma vie, dit-il en pesant ses mots. Je tiens à conserver mon indépendance, c'est tout. Tu n'as pas envie de ce genre de relation, Marianne. Sortir ensemble de temps en temps ne présente aucun intérêt pour toi. Pour personne, d'ailleurs, mais quand il ne s'agit pas d'amour, à quoi bon faire semblant ?

Contrairement à ce qu'il craignait, elle ne se mit pas à pleurer. La tête penchée, elle tournait sa cuillère dans sa tasse d'un mouvement mécanique. Au bout d'un moment, elle murmura :

— On peut rester amis, tout de même ?

La similitude devenait frappante. N'était-ce pas très exactement ce qu'il avait obtenu de Pascale, cette prétendue amitié qui permettait de ne pas tout à fait perdre l'autre ?

— Si tu veux, accepta-t-il à voix basse.

Son thé était froid, il le vida dans l'évier et se resservit.

— Ne fais pas cette tête-là, Sam. Je ne t'ennuierai plus, je te le jure. Et pour te le prouver, je vais t'accompagner à Peyrolles ce soir. Je m'étais promis de ne pas y mettre les pieds, mais c'est ridicule. Au retour, si tu veux tu me déposeras chez moi. Un réveillon en copains, ça te va ?

Pris de court, il ne trouva strictement rien à répondre.

Henry et Adrien franchirent les grilles de Peyrolles à trois heures. Le coffre de la voiture louée à l'aéroport était plein de sacs contenant les cadeaux de Noël, qu'Adrien alla directement déposer au pied du sapin, dans le jardin d'hiver. Il en profita pour se récrier devant la décoration de la maison et embrasser Aurore avec un peu trop d'insistance.

Nerveuse, Pascale les laissa s'installer, leur servit ensuite du café accompagné d'un cake qu'elle venait de sortir du four, puis elle entraîna son père vers la bibliothèque, incapable d'attendre cinq minutes de plus. L'explication qu'elle différait depuis si longtemps lui devenait soudain urgente. Elle ne s'imaginait pas passant toute une soirée à rire et à s'amuser alors que tant de questions graves demeuraient sans réponse. Son père était là, il pouvait lui répondre, lui livrer enfin la vérité.

— Tu as très bien arrangé cette pièce aussi, apprécia-t-il en regardant autour de lui.

— Je n'ai pas touché à grand-chose... J'en ai fait mon bureau, comme toi à l'époque.

— Le mien était devant la fenêtre, et il était moins original que celui-ci !

— Je l'avais déjà à Paris, Sam me l'a offert pour mes vingt-cinq ans, tu ne t'en souviens pas ?

— Non. Il doit être mieux là que dans votre appartement. Et puis tu as changé l'éclairage, aussi. C'est plus chaleureux... Oh, par exemple, voilà ma bergère !

Il alla directement s'asseoir dedans et ses mains se mirent à caresser le velours fané des accoudoirs.

— Je ne m'attendais pas à la revoir un jour. Au fond, ta mère a été bien inspirée de sauver ces vieilleries puisque tu en profites.

Son sourire triste faillit décourager Pascale, mais elle s'accrocha à sa résolution.

— C'est justement de maman que je veux te parler, annonça-t-elle d'un ton ferme.

Sourcils froncés, il la regardait sans comprendre et elle sentit son cœur se serrer. Comment allait-il réagir, confronté à ses propres mensonges ? Pour s'épargner un préambule maladroit, elle alla ouvrir le tiroir du bureau, en sortit le livret de famille et vint le lui remettre. Il ne devait pas savoir de quoi il s'agissait car il prit le temps d'ajuster ses lunettes sans paraître troublé.

— Qu'est-ce que c'est que... ?

Sa voix mourut tandis qu'il lisait. Pendant une longue minute, il resta silencieux, puis il ferma le livret et le laissa tomber sur ses genoux.

— Bien, souffla-t-il.

— Bien ?

Incrédule, elle recula et s'assit à son tour, mettant ainsi le bureau entre eux.

— Une erreur de jeunesse que tu aurais beaucoup de mal à comprendre, avec la meilleure volonté du monde.

— Pas si tu me l'expliques, papa.

— De quel droit ? Ce n'est pas ma vie, c'était celle de ta mère. Son premier mariage ne lui avait apporté que du malheur, elle ne voulait pas s'en souvenir, encore moins en parler.

— Mais je me moque de ce mariage, c'est l'enfant qui m'intéresse ! La petite fille...

— Elle est décédée.

— Non !

— Si, je t'assure, elle...

— Ne me mens pas ! hurla Pascale. Tu l'as fait par omission jusqu'ici, alors maintenant n'invente pas n'importe quoi, ce serait pire.

Suffoqué par sa virulence, Henry amorça un mouvement pour se lever mais y renonça. Le silence tomba entre eux sans que l'un ou l'autre parvienne à le rompre. Finalement, Henry ôta ses lunettes et se massa les tempes du bout des doigts.

— Pourquoi es-tu en colère ? murmura-t-il. Nous n'avons fait que te protéger, ta mère et moi. A quoi t'aurait servi de connaître l'existence de Julia ? Certains fardeaux ne se partagent pas.

Il prononçait le prénom de Julia facilement, comme s'il en avait l'habitude. Pascale supposa qu'il devait y penser souvent.

— Pourquoi l'a-t-elle abandonnée, papa ?

— Elle ne pouvait pas faire face. Elle était seule, sans ressources.

— Et le père de Julia ?

— Parti au loin dès qu'il a vu le bébé.

Atterrée, Pascale continuait à scruter son père. Les événements dont il lui livrait des bribes avaient eu lieu quarante ans plus tôt, bien avant qu'elle ne vienne au monde. C'était l'histoire de sa mère et elle voulait la comprendre, mais elle se sentait indiscrète, importune.

— Ne juge surtout pas ta mère, Pascale. Souviens-toi qu'elle avait été en quelque sorte abandonnée par sa propre mère, puis par la famille Montague dès la mort d'Abel, enfin par son mari. A vingt ans, elle n'avait vécu que ça, le rejet, la trahison, l'abandon. Elle n'a pas su faire autrement avec Julia. Elle n'arrivait déjà pas à s'occuper d'elle-même, comment aurait-elle pu prendre en charge une enfant aussi lourdement handicapée ? Julia avait besoin de soins et de structures que ta mère n'était pas en mesure de lui offrir. La seule solution pour elle a été de confier Julia à la DDASS, afin qu'elle devienne pupille de l'Etat et soit placée dans un établissement spécialisé.

— Comment se fait-il que Julia ait conservé son nom ?

— Au nom du droit à l'origine, l'état civil de l'enfant ne change pas, sauf s'il est adopté. Dans le cas de Julia, l'adoption était hors de question.

— Mais maman a continué à recevoir de ses nouvelles, à aller la voir, à...

— Bien sûr que non. Un abandon officiel fait perdre tous ses droits à la mère. De toute façon, Camille devait se débarrasser de son passé pour avoir une chance de refaire sa vie.

— Alors, elle a tourné la page comme ça ? Une fois Julia casée, elle l'a oubliée ?

— Ne dis donc pas de sottises ! jeta Henry d'un ton mordant. Oubliée ! Elle y a pensé chaque jour de sa vie, évidemment.

— C'était trop tard, quand elle t'a rencontré ? Elle ne pouvait plus rien faire pour reprendre contact avec sa fille ?

— Je viens de t'expliquer que c'est impossible.

Il semblait se durcir, se fermer à la discussion, pourtant il fit un effort visible pour continuer à parler.

— Ta mère s'est tout de suite attachée à Adrien. C'était un beau petit garçon en pleine santé, elle s'est mise à l'adorer... Ensuite, elle t'a attendue, et ta naissance a représenté une véritable rédemption pour elle. Un temps, elle a été mieux.

De nouveau, Pascale le vit presser ses doigts sur ses tempes et elle eut l'impression de l'avoir mis à la torture. Il y eut un autre silence, qui s'éternisa.

— J'aurais voulu ne pas découvrir les choses par hasard, murmura-t-elle enfin.

— Si tu n'avais pas acheté Peyrolles...

Il en revenait toujours là, obstinément. Que lui cachait-il encore ? Elle désirait l'interroger sur sa rencontre avec Camille, savoir pourquoi il n'avait pas été rebuté par une femme capable d'abandonner un enfant sans défense, mais, effectivement, elle n'avait peut-être pas le droit de fouiller le passé de ses parents.

— Est-ce qu'Adrien est au courant ? se borna-t-elle à demander.

— En partie. On lui avait dit, comme à tout le monde, que cette enfant était décédée. Plus tard... Bon, mais pour lui elle n'est rien, ils n'ont pas de sang commun.

— En fait, elle n'est rien pour personne, n'est-ce pas ? Maman n'est plus là, Raoul Coste a disparu comme s'il n'avait jamais existé, les Montague s'en sont lavé les mains, tu n'as pas voulu t'en mêler et Adrien n'est pas concerné... En somme, il ne reste que moi ?

— Quoi, toi ?

— Je vais essayer de... de la voir. Il doit y avoir un moyen.

— Si c'est ce que tu veux ! Tu espères te découvrir une sœur qui va te tomber dans les bras ? Bon Dieu, Pascale, tu es médecin, tu sais ce que tu vas trouver ! C'est déjà inimaginable qu'elle ait vécu jusque-là, je ne t'apprends rien. Julia a le cerveau d'une enfant de deux ans, alors que tu ailles lui tenir la main, toi qui es une parfaite inconnue pour elle, ne lui apportera pas le moindre réconfort. Redescends sur terre, ma petite fille !

Martelant ses mots, soudain furieux, il ne supportait apparemment pas l'idée qu'elles se rencontrent.

— C'est ce que ta mère voulait t'éviter à tout prix et cela explique son silence.

— Pas le tien, papa. Après la disparition de maman, tu aurais dû me parler.

— Ah, tu es trop têtue, à la fin ! J'ai l'impression de m'adresser à un mur… Tu vois Julia comme une victime et ta mère comme un bourreau, le beau résultat ! Maintenant, écoute-moi bien, Pascale : si c'était à refaire, je ne te dirais rien de plus mais je prendrais soin de détruire ce foutu livret de famille. Depuis combien de temps rumines-tu à t'en rendre malade ? Est-ce que quelqu'un en tire un bénéfice quelconque ? Tu n'as aucune idée du drame qu'a vécu ta mère, et quand tu oses dire qu'elle l'a oublié, moi je te réponds qu'elle en est morte au bout de quarante années de remords. Aujourd'hui, où qu'elle soit, elle est délivrée. Et moi aussi, figure-toi ! Alors, ne viens pas jouer au censeur, s'il te plaît.

Abandonnant la bergère, il marcha jusqu'au bureau, sur lequel Pascale avait reposé le livret. Il l'ouvrit rageusement et désigna une page d'un doigt tremblant.

— Julia Nhàn. Tu sais ce que ça signifie ?

— Sans soucis, chuchota Pascale.

Etonné qu'elle le sache, il laissa retomber sa main.

— Mon Dieu…, soupira-t-il.

Il plongea son regard dans celui de sa fille, attendit un peu puis se détourna.

— Je suis fatigué, je vais me reposer jusqu'au dîner.

D'un pas lourd, il quitta la bibliothèque et monta directement à sa chambre. Malgré le froid, il ouvrit la fenêtre, s'appuya à la rambarde. L'occasion d'être sincère, d'être *absolument* sincère, lui avait été donnée, mais il ne l'avait pas saisie.

« C'était trop tard quand elle t'a rencontré ? Elle ne pouvait plus rien faire pour reprendre contact avec sa fille ? » Bien entendu, il s'était abstenu de répondre à cette question. Pascale n'avait pas besoin d'en apprendre davantage, elle en savait déjà beaucoup trop. Maudit livret de famille. Pourquoi Camille l'avait-elle conservé et, surtout, si mal caché ?

La nuit tombait et le parc commençait à être envahi par les ombres. Henry se pencha pour apercevoir les grands arbres. Des boules de gui envahissaient les plus hautes branches, évoquant par leur forme des nids d'oiseaux. Pascale devrait faire appel à un élagueur avant que cette saleté de plante parasite n'attaque toute la rangée d'érables. Lestrade le lui avait-il signalé, au moins ? La dernière fois que Henry l'avait appelé, ils s'étaient expliqués vertement. Ficher la paix à Pascale et ne pas l'envahir, tels étaient les ordres de Henry, moyennant quoi il continuerait à lui envoyer un chèque annuel pour les plantations d'automne. Celles-là étaient sacrées, Lestrade le savait.

Il se pencha un peu plus, cherchant du regard la rangée d'hibiscus. En été, l'alternance des fleurs blanches et mauves avait beaucoup d'allure. Il se souvenait encore du jour où il s'était décidé pour ces arbustes tropicaux destinés à faire oublier l'emplacement de l'atelier incendié. Une photo, sur le catalogue d'un pépiniériste, l'avait séduit. A ce moment-là, il s'intéressait au parc, à la maison, et dépensait sans compter. La disparition d'Alexandra n'y avait pas changé grand-chose, sauf que ce choix de rester à Peyrolles après la tragédie qui faisait de lui un jeune veuf en avait surpris plus d'un. Mais pourquoi serait-il parti ?

Avec l'hiver, les hibiscus ne ressemblaient plus qu'à des buissons de bois mort. Un peu plus loin, la serre était à peine visible dans la nuit. Enfant, il y avait joué à l'apprenti jardinier, et plus tard Adrien et Pascale s'y étaient amusés à leur tour. Combien de matinées Camille avait-elle passées là, penchée sur des godets pleins de terreau où elle semait des graines soigneusement sélectionnées ? Il ne se rappelait pas exactement à quel moment la passion des fleurs s'était emparée d'elle. Très tôt, sans doute, car dans bon nombre de ses souvenirs elle avait toujours un sécateur à la main ou un panier au bras. Dieu qu'elle était belle avec son canotier posé de travers sur ses cheveux de jais ! Belle au point de faire disparaître Alexandra de sa mémoire : en épousant Camille, il avait eu l'impression de se marier pour la première fois.

Un mariage différé - il l'aurait volontiers épousée sur-le-champ ! - parce qu'il avait bien fallu la faire divorcer d'abord. L'ignoble Coste ayant abandonné femme, enfant et domicile conjugal, la procédure pour faute avait finalement rendu Camille libre de convoler. Mais, avant cela, elle s'était installée à Peyrolles.

A l'époque, l'extrême fragilité de Camille bouleversait Henry. Ses larmes, ses cernes, la manière dont elle pressait ses mains l'une contre l'autre, ses grands yeux noirs qui appelaient à l'aide... Comment aurait-il pu résister ? La protéger faisait de lui un homme, il se sentait grandi, viril, indispensable. Déterminé à être le rempart dont elle avait un besoin vital, il l'entourait d'amour et la guidait pas à pas. Quand elle se blottissait contre lui, la nuit, il se jurait d'en faire une femme heureuse. Hélas ! les années passant, il avait dû se rendre à l'évidence de son échec.

Le froid le fit frissonner et il ferma la fenêtre. Dans la chambre obscure, il hésita un moment puis alla s'allonger sans allumer. La colère de Pascale le hérissait. Il estimait ne pas avoir de comptes à rendre à sa fille, qui d'ailleurs ne disposait pas des éléments nécessaires pour porter un jugement. Certes, il aurait pu les lui fournir, *tout* lui raconter.

Tout ? C'était si complexe, si irrationnel... Pascale avait beau être intelligente, ouverte, elle risquait de rejeter ses arguments en bloc. Et malgré ou à cause de tout l'amour qu'il lui vouait, il refusait d'avance d'être traité comme un monstre.

L'était-il ? Oh, Dieu, non ! Il avait fait ce qu'il prenait pour le bien, même s'il s'en était mordu les doigts par la suite. A trente ans, il ne savait rien de la vie. Fils de notable, il avait mis ses pas dans ceux de son père, de son grand-père, sans se poser de questions. Marié dès la fin de ses études, établi à Peyrolles dans la demeure familiale, son avenir semblait tracé. Exerçant la médecine avec rigueur, papa d'un beau petit garçon, il était le respectable Dr Henry Fontanel...

Seulement, il y avait Camille. Le grain de sable de son existence. Cette jeune fille, dont il était tombé amoureux à l'adolescence, allait de nouveau croiser sa route. Ce jour-là, il avait sombré dans le tumulte d'une véritable passion. Enfer et paradis, il ne regrettait rien.

A tâtons, il chercha l'interrupteur de la lampe de chevet. La chambre où il se trouvait avait été celle de Pascale enfant et ne lui évoquait pas grand-chose. Tant mieux. Il n'aurait pas voulu se retrouver dans celle qu'il avait occupée durant tant d'années avec Camille.

Où allait-il puiser la force de descendre réveillonner avec ses enfants ? Pourquoi sa fille, qu'il aimait par-dessus tout, le soumettait-elle à semblable torture ? Etre ici, à Peyrolles, contraint à se souvenir du passé jusqu'à revoir le visage de la pauvre Julia...

Il ferma les yeux tandis qu'une angoisse aiguë lui serrait la gorge. Il n'était pas innocent, il ne pouvait pas y prétendre, mais il vieillissait et la lassitude le gagnait. Camille avait purgé sa peine, pas lui.

8

Samuel et Marianne arrivèrent les derniers, vers neuf heures. Le champagne, servi en apéritif dans le jardin d'hiver, était accompagné de toasts au foie gras et de petits boudins grillés. Très élégant dans un costume bleu nuit, Adrien passait les plateaux de l'un à l'autre, veillant à ce que les coupes restent pleines.

Pascale avait fait l'effort de surmonter le malaise provoqué par sa discussion avec son père. Décidée à sourire malgré tout afin de ne pas assombrir cette soirée de réveillon, elle s'était préparée avec soin : maquillage lumineux, chevelure relevée en chignon, courte robe fluide de satin ivoire.

— Tu es tellement plus belle en femme qu'en jean ! s'était écrié Henry en la voyant.

Plus réservé mais tout aussi admiratif, Laurent semblait avoir du mal à détacher d'elle son regard.

— Tu as réussi à décorer cette maison comme quand nous étions gamins, constata Adrien en s'arrêtant devant elle. J'adorais les Noëls ici…

Désignant le sapin et les dessins au blanc d'Espagne sur les vitres, il eut un sourire attendri.

— Je t'offre un abonnement pour les années à venir, répondit Pascale. Je compte rester à Peyrolles un bon moment !

— Au moins le temps de rembourser ta banque et ton mécène, ironisa son frère.

Samuel, qui se trouvait à côté d'eux, leva les yeux au ciel.

— Je ne serai pas un créancier trop exigeant, promis, à condition d'avoir un abonnement aussi. Plus je viens dans cette maison, plus je l'aime.

— Ah, ça ne m'étonne pas ! lança Aurore. Habiter Peyrolles est un vrai bonheur, on s'y amuse comme des folles.

— Vous n'êtes pas mortes de peur, seules toutes les deux, les soirs d'hiver ? interrogea Marianne avec curiosité.

— Si, bien sûr ! D'ailleurs, nous avons joué au train fantôme dans le parc, l'autre nuit, pour aller cueillir du houx. Frissons garantis !

— Où se trouvent les plus proches voisins ?

— Largement hors de portée de voix.

Aurore éclata de rire en tapotant l'épaule de Marianne.

— Mais nous ne sommes pas des petites natures, ni Pascale ni moi…

Pascale savait qu'Aurore n'appréciait pas Marianne. « Elle a une façon de te regarder, quand elle pense que tu ne la vois pas… Elle est jalouse de toi et, si elle le pouvait, elle te fâcherait avec ton ex. » Moins sévère, Pascale comprenait les réticences de Marianne depuis qu'elle s'était retrouvée dans les bras de Sam.

— Le problème des maisons anciennes, trancha Henry, c'est qu'on est toujours en train de faire ou de prévoir des travaux.

— Tu exagères, protesta Pascale.

— Non, ma chérie, tu t'en rendras vite compte. En vingt ans de location, des tas de choses ont dû se dégrader. L'électricité est vétuste, la chaudière, n'en parlons pas…

— C'est ça, n'en parlons pas, sois gentil, pas ce soir.

Avec un soupir volontairement exagéré, Henry tendit son verre à Adrien.

— Toi, n'en profite pas pour m'oublier.

Une douce chaleur régnait dans le jardin d'hiver, grâce aux radiateurs électriques et à la multitude de bougies rouges et vertes disposées un peu partout.

— Où est Georges ? demanda Pascale à Aurore.

— Il ranime le feu dans la cheminée de la salle à manger, sinon on va mourir de froid pendant le dîner.

— A propos, qu'est-ce qu'on mange, les filles ? s'enquit Adrien.

— Une gasconnade, annonça fièrement Aurore.

— C'est quoi ?

La question de Marianne arracha un sourire apitoyé à Aurore.

— Pascale va vous expliquer, moi il faut justement que j'aille brancher le four !

— Il s'agit d'un gigot aux anchois et à l'ail. On va vous le servir avec des truffes cuites sous la cendre.

— Oh, quelle bonne idée d'y avoir pensé ! s'exclama Laurent. Vous les faites avec une petite barde de lard et...

— Dans du papier d'argent, oui, c'est la recette.

— Vous n'avez pas eu trop de mal à en trouver ?

— Si. Mais nous avons une gentille voisine, à un kilomètre d'ici, qui a pu nous en dénicher chez un paysan.

— De qui parles-tu ? s'étonna Henry. Pas de cette vieille emmerdeuse de Léonie Bertin ?

— Pourquoi la traites-tu d'emmerdeuse ? Elle est très aimable.

— Et très bavarde, surtout !

— Elle nous a donné des gâteaux à la violette que vous aurez en dessert.

Henry haussa les épaules, apparemment contrarié, mais Pascale l'ignora.

— Pas de fromage ? railla Adrien.

— Bien sûr que si. J'ai pensé à toi, j'ai choisi un gâtis.

— C'est vrai ? Ah, je t'adore !

De nouveau, Marianne semblait perdue à l'énoncé de toutes ces spécialités régionales. Elle lança un regard interrogateur à Samuel, qui expliqua avec une pointe d'agacement :

— Une fondue de cantal et de roquefort dans une pâte à brioche.

— Maman avait l'art de composer des dîners de ce genre, se rappela Adrien. Je ne crois pas que nous ayons jamais mangé de dinde ou de bûche un soir de Noël ! Je me souviens d'une année où elle nous avait fait une tranche de foie gras frais, à peine poêlée, avec du raisin blanc...

Une ombre de mélancolie passa sur son visage mais il se reprit tout de suite, sans doute par égard pour son père.

— Votre menu est somptueux, les filles !

Henry regardait ailleurs, l'air perdu dans de sombres pensées. Laurent profita du silence pour demander l'autorisation de prendre quelques photos avec son appareil numérique.

— Si vous ne les aimez pas, je ne les conserverai pas, donc elles seront toutes formidables... Et d'abord le sapin, j'en ai rarement vu d'aussi original !

— Aurore aurait dû être décoratrice, affirma Pascale.

— Purpan y aurait perdu une excellente infirmière, rétorqua Laurent avec un de ces sourires chaleureux dont il avait le secret.

Il fit signe à Pascale de venir poser devant l'arbre et elle se prêta au jeu de bonne grâce.

— Vous êtes sublime dans cette robe, murmura Laurent en baissant son objectif.

A l'évidence, c'était elle qu'il voulait photographier plutôt que le sapin.

— Je vous ai apporté un cadeau de Noël virtuel, Pascale. Du genre qu'on ne peut pas envelopper.

— A savoir ?

— L'hôpital d'Albi a besoin d'un pneumologue, qui sera engagé début février. Si vous êtes toujours intéressée, je peux vous obtenir ce poste.

Saisie, elle resta d'abord sans réaction, puis elle se précipita impulsivement vers lui et le prit par le cou pour l'embrasser. Un baiser chaste, qui fit toutefois ricaner Samuel.

— Tu appelles ça un cadeau ? En tout cas pas une promotion, j'imagine !

Aussi troublé par le contact de Pascale que par l'ironie de Sam, Laurent bredouilla :

— Je ne fais que lui faciliter les choses, c'est son choix.

— Tu dois être cinglée, ma parole ! lâcha Sam avec une certaine agressivité. Lui encore, ça se comprend, si tu ne fais plus partie du personnel de Purpan il a les mains libres pour te...

— Samuel, s'il te plaît !

L'intervention de Marianne, à la fois timide et déterminée, permit à Sam de faire marche arrière.

— Oh, bon, je plaisantais.

Laurent lui jeta un regard indéchiffrable sans lâcher Pascale, qu'il avait prise par la taille.

— L'idée n'est pas mauvaise, ma petite fille. D'abord, tu pourras t'épargner tous ces risques inutiles sur la route, ensuite tu seras très bien à Albi. Les Fontanel y sont connus, tu verras, et l'hôpital est devenu important.

Content de lui, Henry considéra successivement Laurent puis Samuel. Avait-il envie de les dresser l'un contre l'autre ? A moins que ça ne l'amuse de voir ces deux hommes, qu'il estimait, prêts à s'affronter pour conquérir sa fille.

— Les truffes seront cuites dans dix minutes, annonça Georges.

— L'agneau aussi, nous sommes synchronisés !

Aurore lui adressa un sourire plein de tendresse et, l'espace d'une seconde, Pascale les envia. Ils allaient bien ensemble, leur relation semblait les épanouir et ils réussissaient le prodige de conserver malgré tout une certaine indépendance. Etait-ce la recette du bonheur ? Elle s'aperçut que Laurent la tenait toujours, ce qui lui procurait une sensation agréable, mais elle s'écarta de lui en avisant la tête renfrognée de Sam.

— Je vous propose de passer à table, déclara-t-elle d'un ton léger.

La place des convives avait été un véritable casse-tête, néanmoins elle pensait avoir fait pour le mieux. Adrien se retrouvait entre Marianne et Aurore, dont l'autre voisin était Georges, tandis que Pascale avait pris son père à sa droite, Laurent à sa gauche, avec Samuel presque en face d'elle. Des pommes de pin et des étoiles argentées décoraient la nappe, ainsi que des bougies en forme de père Noël. Profitant du chahut accompagnant l'arrivée du gigot, Pascale se pencha vers Laurent.

— Merci pour ce cadeau, c'est le plus beau qu'on pouvait me faire.

— La perspective de ne plus voir Nadine Clément, je suppose ?

Elle secoua la tête en riant, ce qui eut pour effet de dénouer son chignon. Alors qu'elle récupérait à tâtons deux ou trois épingles pour rattacher ses cheveux, Laurent effleura sa nuque, comme s'il voulait l'aider.

— Le Pr Clément ne risque pas de me manquer, admit Pascale.

— Tant mieux. En tout cas, Sam n'a pas tort, à partir de février je pourrai vous inviter où je veux sans déchaîner les commérages.

A l'autre bout de la table, Adrien multipliait les efforts pour mêler Marianne à la conversation, et la jeune femme semblait se dérider. Pascale espéra qu'elle arriverait à passer une bonne soirée malgré l'indifférence dont Sam faisait preuve à son égard. Quelques jours plus tôt, il avait annoncé qu'il viendrait seul, puis s'était ravisé aujourd'hui en téléphonant pour demander si Marianne pouvait l'accompagner. Lors de cet appel, il ne devait pas être seul car il n'avait donné aucune explication à ce changement de programme.

Pascale s'aperçut que Sam était justement en train de la regarder et elle lui sourit.

— Tu veux bien servir le vin ?

A peine prononcée, elle regretta sa phrase, pourtant anodine. A l'époque où ils étaient mariés, c'était toujours Sam qui s'occupait du vin. Ils aimaient recevoir leurs copains avec des crus de qualité, et Sam achetait régulièrement du vin pour constituer leur cave. Conciliant, il lui avait même proposé d'en garder une partie lorsqu'ils avaient divorcé mais, à ce moment-là, les bouteilles de bordeaux ou de bourgogne millésimés étaient le cadet des soucis de Pascale.

Elle le vit se lever pour emplir les verres avec précaution. En connaisseur, il évitait de verser trop vite. Lorsqu'il arriva derrière elle et se pencha au-dessus de son épaule, elle éprouva une impression étrange, qui ressemblait presque à un regret. Ils avaient été très amoureux, très heureux, et si Pascale était tombée enceinte ils ne se seraient jamais quittés. Jamais !

Comment pouvait-elle penser à ça alors que Sam était en passe de refaire sa vie et qu'elle-même se laissait séduire avec délice par Laurent ? Reportant son attention sur ce dernier, elle constata qu'il l'observait d'un air interrogateur.

— Pascale, ma chérie, c'est tout simplement divin ! décréta son père, qui venait de goûter une bouchée de truffe.

— Félicite Aurore, c'est elle le chef cuistot.

— Heureusement pour nous, ironisa Sam, parce que tu n'es pas tout à fait un cordon-bleu, si mes souvenirs sont bons.

— Essaie de t'empêcher d'être désagréable, au moins le temps du dîner, répliqua-t-elle en lui adressant une grimace.

— Il n'y peut rien, c'est sa nature ! lança Marianne avec un petit rire censé atténuer son propos.

Dans le bref silence qui suivit, Pascale surprit l'expression exaspérée de Samuel. Elle se leva et prit la corbeille de pain pour aller la remplir à la cuisine.

— Je vais découper le reste du gigot, je pense que tout le monde voudra se resservir, proposa Georges.

— Je m'en charge, tu as assez travaillé pour ce soir !

Déjà debout, Sam saisit le plat et suivit Pascale.

— Tu me trouves vraiment désagréable ? demanda-t-il dès qu'ils furent seuls.

— Un peu tendu.

— Désolé. Marianne me tape sur les nerfs. Elle a trop bu et elle ne supporte pas l'alcool.

— Laurent aussi paraît te taper sur les nerfs !

— C'est différent. Je l'aime beaucoup, mais voir sa tête de merlan frit dès qu'il pose les yeux sur toi...

— Et alors ?

Tournée vers lui, elle le toisa des pieds à la tête.

— Alors... rien. Tu as raison, excuse-moi.

Quand il était dans son tort, Sam savait le reconnaître et faire amende honorable.

— Je ne dois pas avoir l'air plus intelligent que lui, admit-il. D'autant que tu es éblouissante, ce soir. Enfin, tu l'es toujours...

Il reposa le couteau à trancher et leva les yeux sur elle. Pendant deux ou trois secondes, leurs regards restèrent rivés l'un à l'autre.

— Allons-y avant que ce soit froid, murmura Pascale, mal à l'aise.

Chaque fois, il parvenait à provoquer en elle toutes sortes d'émotions. N'était-elle pas détachée de lui ? Dans ce cas, elle se livrait à un jeu dangereux en continuant à le voir. Et pour Marianne, la situation était intenable, inadmissible.

De retour dans la salle à manger, où la conversation était animée, Pascale retrouva le sourire et décida de se consacrer à Laurent. Elle bavarda un moment avec lui, évoquant ce poste à Albi qui la tentait tellement.

— Je me sens très bridée par Nadine Clément, presque ramenée à mes années d'internat. Comme elle ne m'aime pas, elle contrôle tout ce que je fais, diagnostics, prescriptions, sans compter son obsession des examens superflus ! Et pas question de passer trop de temps au chevet d'un malade, elle est capable de venir vous tirer par la manche pour vous expédier ailleurs. Souci de rentabilité et d'efficacité, peut-être, mais d'une part ça entretient une assez mauvaise ambiance, d'autre part on se sent déresponsabilisé. En revanche, ses qualités professionnelles sont indiscutables, ce serait un plaisir de travailler avec elle si elle était moins... acariâtre.

Laurent souriait en l'écoutant, apparemment ravi de pouvoir l'aider à obtenir un meilleur statut.

— Albi est une plus petite structure que le CHU de Purpan, à mon avis vous y aurez toutes les responsabilités que vous souhaitez, et peut-être même trop à votre goût.

— Rassurez-vous, je ne viendrai jamais vous le reprocher ! affirma-t-elle en riant.

Après le gâtis, plus personne n'avait faim, aussi Aurore proposa-t-elle de servir les gâteaux à la violette en même temps que le café, dans le jardin d'hiver.

— On en profitera pour ouvrir les cadeaux ! s'écria Marianne d'une voix haut perchée.

Elle semblait effectivement avoir beaucoup bu, et Pascale lança un regard interrogateur à Sam. Résigné, celui-ci alla prendre Marianne par le bras, lui chuchota quelques mots à l'oreille puis l'aida à quitter la salle à manger.

— Tu n'as pas passé ton temps à lui remplir son verre, au moins ? demanda Pascale à Adrien.

Son frère prit un air innocent, mais il était parfaitement capable de ce genre de mauvaise blague.

— On rangera plus tard, dit Aurore en passant à côté d'elle. Viens, allons nous amuser avec les autres.

Pascale la suivit, ignorant la table dévastée.

Sa montre, qu'il avait pris soin d'enlever, était accrochée à la poignée de la fenêtre, au-dessus de l'évier. Il pencha la tête de côté pour voir l'heure. Six heures moins le quart et il ne se sentait toujours pas fatigué. D'un coup d'œil, il s'assura qu'il n'y avait plus rien à laver, ensuite il saisit un torchon pour essuyer les derniers plats.

Une soirée abominable... Réussie, en fait, mais qui lui laissait une impression de gâchis, d'amertume, de regrets. Henry avait été adorable avec lui, comme si Samuel était toujours son gendre, mais il avait également fait tout un numéro destiné à épater Laurent, qu'il voyait peut-être comme son *prochain* gendre. Le géniteur possible de ses futurs petits-enfants.

— Laurent est mon ami, Marianne a été ma maîtresse, et je suis en train de les détester tous les deux : bravo !

Etait-ce pour se punir qu'il avait préféré s'attaquer à cette montagne de vaisselle plutôt qu'essayer de dormir ? A moins que l'idée de s'allonger près de Marianne ne l'ait fait fuir, tout simplement. Pascale leur avait octroyé une chambre d'amis agréable, sommairement meublée, sans doute persuadée qu'ils étaient toujours amants. Sam était resté au chevet de Marianne, après l'avoir déshabillée et obligée à avaler un bol de café, jusqu'à ce qu'elle sombre dans un profond sommeil. Une fois certain qu'elle ne se réveillerait pas de sitôt, il était redescendu mais tout le monde était parti se coucher, hormis Pascale et Laurent. Seuls dans le jardin d'hiver, assis devant le sapin allumé, ils parlaient à mi-voix et Samuel n'avait pas voulu les interrompre. Il s'était réfugié dans la bibliothèque, où il avait feuilleté distraitement bon nombre d'ouvrages de médecine. Certains d'entre eux, annotés de la main de Pascale, dataient de l'époque où elle préparait son internat. Obnubilé par une foule de souvenirs dont chacun l'accablait davantage, il n'avait pas vu le temps passer. Lorsqu'il était sorti de la bibliothèque, toute la maison était plongée dans le noir. Bien entendu, il n'avait pas pu s'empêcher de vérifier que la voiture de Laurent était partie. Ensuite, écœuré de sa propre mesquinerie, il s'était mis à ranger.

Passer le réveillon de Noël attablé en face de Pascale, chez Pascale, et n'être plus rien pour elle le désespérait. Jamais il n'aurait envie de fonder une famille avec une autre femme, or il arrivait à un âge où la question allait devenir cruciale. Bien sûr qu'il voulait des enfants ! Des fillettes aux grands yeux noirs, comme elle.

Pendant le dîner, quand son chignon s'était défait, il avait éprouvé une irrésistible envie de toucher ses cheveux. Brillants, soyeux, parfumés, les caresser était un geste sensuel, hélas ! c'était Laurent qui avait posé sa main sur la nuque de Pascale. A cet instant-là, Samuel s'était senti non seulement dépossédé mais aussi submergé d'une jalousie viscérale. Cette femme avait été *sa* femme, comment avait-il pu être assez fou pour la laisser s'en aller ?

Il ouvrit les placards de la cuisine au hasard, essayant de trouver où se rangeaient les assiettes, les verres. Dans cette maison, même les placards étaient pleins de charme, avec leurs portes anciennes, leur incroyable profondeur, leurs crochets de cuivre chargés d'ustensiles.

— Tiens, je devrais m'acheter une vraie maison...

Pour y vivre seul ? Non, autant rester chez lui, en espérant que Marianne veuille bien ne plus débarquer à l'improviste.

Pauvre Marianne ! Il savait très bien pourquoi elle avait tant bu, et il s'en voulait de la rendre malheureuse, mais là encore, que faire ? Se montrer plus ferme et la tenir à distance ? C'était facile de prendre ce genre de décision quand on ne souffrait pas.

— Une vraie fée du logis ! s'exclama Adrien. Je n'en crois pas mes yeux...

Il entra dans la cuisine en bâillant, vêtu d'un invraisemblable pyjama de flanelle parsemé d'éléphants roses.

— Tu es trop mignon, je t'assure, ironisa Samuel. Veux-tu que Cendrillon te fasse du café ?

— Ce serait merveilleux.

Adrien s'affala sur une chaise, se passa la main dans les cheveux, s'étira.

— J'ai eu la même idée que toi, je voulais ranger ce foutoir avant que les filles ne s'en chargent. Merci de m'avoir devancé, tu es un frère.

Encore une expression surgie du passé, de l'époque où Sam était le beau-frère d'Adrien.

— C'est amusant de prendre le petit déjeuner ici, j'ai l'impression d'avoir rajeuni de vingt ans !

— Si je comprends bien, tu n'es plus vraiment contrarié que ta sœur ait racheté Peyrolles ?

Sourcils froncés, Adrien parut réfléchir sérieusement à la question.

— Je ne sais plus trop... La maison est pleine de bons et de mauvais souvenirs.

— Et c'est pour cette seule raison que Henry et toi étiez si violemment opposés au projet de Pascale ?

— Oh, dès qu'il s'agit d'elle, tu deviens chiant ! Tu imagines qu'elle a besoin de quelqu'un pour se défendre ? Elle n'en fait qu'à sa tête, tu es bien placé pour le savoir.

— Ne m'agresse pas ou je te fais du jus de chaussette.

Adrien se mit à rire et leva les mains en signe de reddition.

— Comment va ton amie ?

— Elle dort.

— A mon avis, elle n'est pas près de se réveiller ! Pense à lui monter de l'aspirine avec son café. Je la trouve très gentille, tu sais, et aussi très séduisante. Tu devrais mieux t'en occuper, sinon elle finira par te quitter.

— C'est fait, nous avons rompu.

Ouvrant de grands yeux, Adrien le dévisagea.

— Je croyais que vous étiez amoureux et que tu pensais à te remarier...

— Non, pas du tout.

— Tu vas rester vieux garçon, Sam ?

— Et toi ? Si tu veux, on peut fonder un club !

Sa mauvaise humeur revenait mais Adrien, impitoyable, se remit à rire.

— Je parie que tu soupires encore après Pascale.

— Soupirer n'est peut-être pas le bon mot, mais...

Adrien hocha la tête d'un air apitoyé, toutefois il ne fit pas de commentaire. Après avoir mis deux sucres et un peu de lait dans son café, il le but en silence.

— D'accord, dit-il enfin, ma sœur est une sacrée bonne femme, pourtant personne n'est irremplaçable. Crois-moi sur parole !

— Pourquoi ? Tu as de l'expérience en matière de chagrins d'amour ?

— Plus que tu ne le penses.

Perplexe, Samuel le contempla quelques instants. Personne n'était plus discret qu'Adrien sur sa vie privée. Même Pascale ne savait rien de lui alors qu'ils étaient très proches, et elle s'en était souvent étonnée.

— Ne me regarde pas comme ça et garde tes conclusions pour toi, lâcha Adrien d'une voix soudain tranchante.

Quelles conclusions ? Adrien avait-il un problème dont il ne voulait pas parler ? Samuel retourna chercher la cafetière et la posa entre eux sur la table.

— Tu es au courant de toutes les interrogations de Pascale au sujet de sa mère ?

— Vaguement. Papa m'en a dit deux mots avant d'aller se coucher, hier soir. Ce qui me surprend c'est que *toi*, tu sois au courant.

— Elle était bouleversée, elle m'a appelé au secours.

— Bien sûr... A qui veux-tu qu'elle se confie, à part toi ? Dans quelque temps, ce sera sans doute sur l'épaule de Laurent Villeneuve qu'elle s'épanchera, mais pour l'instant elle compte sur toi. Normal, tu es *toujours* là.

Son ton narquois fut insupportable à Sam, qui réagit aussitôt.

— Tant mieux pour elle ! Parce que ton père et toi, vous n'avez pas été très présents quand elle a voulu changer de vie. On aurait cru qu'acheter Peyrolles était un crime de lèse-majesté, et c'est pareil quand elle demande des précisions sur l'histoire de sa famille. Vous avez donc tant de choses à vous reprocher ?

— Ne parle pas de ce que tu ignores ! hurla Adrien en tapant du poing sur la table.

Dressés l'un contre l'autre, ils se dévisagèrent avec fureur jusqu'à ce que la voix de Pascale les fasse sursauter.

— Vous êtes malades ou quoi ? Pourquoi vous disputez-vous comme ça ?

Samuel se tourna vers elle et, instantanément, sa colère disparut. Enveloppée d'un peignoir en velours bleu ciel, ses cheveux défaits tombant sur ses épaules, bien qu'à peine réveillée elle resplendissait. Où puisait-elle son énergie, sa sérénité ?

— Oh... Vous avez tout rangé ! s'exclama-t-elle gaiement.

— Lui tout seul, bougonna Adrien.

Elle s'approcha de son frère, le prit par le cou et l'embrassa.

— Tu m'as l'air ronchon, ce matin.

— Maintenant que je sais où tout se trouve, tu veux une tasse ou un bol ? demanda Samuel.

Connaissant ses préférences, il lui avait déjà sorti une tasse et elle le remercia d'un sourire radieux.

— Tu m'as évité une sacrée corvée avec cette vaisselle. Je voulais faire la surprise à Aurore, je me suis levée exprès. Evidemment, je ne pensais pas tomber sur un meeting dans la cuisine...

Aucun des deux ne jugea utile de répondre et Pascale but son café avant d'enchaîner :

— Il a neigé cette nuit. Vous avez vu ?

Samuel s'approcha de la porte-fenêtre et colla son front contre la vitre. Le jour n'était pas encore levé mais tout semblait recouvert d'une couche blanche.

— Incroyable...

Dans la bibliothèque, dont les volets étaient fermés, il ne s'était rendu compte de rien.

— Ils auront salé l'autoroute, mais peut-être pas la départementale de Labastide à Marssac, et encore moins la vicinale qui part d'ici. Surtout un 25 décembre !

— De toute façon, on voit si rarement de la neige dans la région qu'ils seront débordés, affirma Samuel.

Etre obligé de rester un peu à Peyrolles ne l'aurait pas dérangé s'il avait été seul, mais Marianne finirait par se réveiller et il n'imaginait pas passer une journée ici avec elle.

— Je peux conduire là-dessus, dit-il, à regret.

— Non, pas question ! protesta Pascale. Vous n'avez qu'à déjeuner avec nous, on mangera les restes, et tout aura fondu cet après-midi. Je sais que tu es un merveilleux pilote, Sam, néanmoins je ne veux pas que tu prennes de risques. Rien ne te presse ?

La fatigue de la nuit ne se faisait pas encore sentir et il n'avait pas vraiment envie de partir, surtout lorsqu'il entendit Adrien déclarer :

— Bon, je file m'habiller, ça sent le concours de boules de neige !

Sam attendit qu'il soit sorti puis il resservit du café.

— C'était quoi, le sujet de votre querelle ? s'enquit Pascale.

— Les cadavres cachés de la famille Fontanel. Tu avais raison, ton frère devient très chatouilleux dès qu'on parle du passé.

— Papa aussi. Susceptible et triste. Hier, il a voulu me faire croire que Julia était décédée, c'est la version qu'il a racontée à tout le monde, à l'époque.

— Sans doute avait-il peur qu'on juge sa femme. On éprouve forcément de la compassion pour une mère qui a perdu son enfant, mais on regarde d'un mauvais œil celle qui l'a abandonné. Aujourd'hui encore, il n'admettrait pas que tu condamnes ta mère, comprends-le...

— Pourquoi le défends-tu toujours ? s'étonna-t-elle.

— Parce que c'est un type bien. Du moins je le crois, même si je continue à me demander pourquoi il t'a vendu Peyrolles au lieu de te le donner.

Pascale hocha la tête, songeuse. Sam la connaissait suffisamment pour savoir qu'elle allait tout faire pour rencontrer sa demi-sœur, que Henry soit d'accord ou pas. Dans quel état ressortirait-elle d'un face-à-face avec cette femme de quarante ans, handicapée depuis sa naissance ? Et de quelle manière imaginait-elle réparer l'injustice subie par la malheureuse ?

— Je vais m'habiller aussi, j'ai froid, décida-t-elle.

Le jour se levait enfin, un ciel gris fer éclairait peu à peu l'épaisse couche de neige.

— Tu n'as pas dormi de la nuit, Sam ? Tu devrais prendre une bonne douche, tu as l'air crevé.

— Attends ! s'écria-t-il alors qu'elle se dirigeait vers la porte. Est-ce que tes affaires... avancent, avec Laurent ?

Elle fit volte-face et s'appuya d'une main au chambranle pour le dévisager.

— Mes affaires ?

— Disons, votre flirt.

— En quoi es-tu concerné ?

— Simple curiosité, répliqua-t-il avec une parfaite mauvaise foi.

— Eh bien, pour la satisfaire, je t'avouerai que Laurent est plutôt mal à l'aise vis-à-vis de toi ! Il a l'impression d'être en train de chasser sur ton territoire et j'ai dû lui rappeler que je ne suis plus ta femme, seulement ton amie. Pourquoi lui fais-tu croire le contraire ?

— Mais non, pas du tout, je...

— Oh, arrête, Sam ! Tu ne veux pas que je refasse ma vie, c'est ça ? Ou alors, tu trouves que Laurent n'est pas un homme pour moi ?

Pris en faute, empêtré dans ses contradictions, Samuel secoua la tête en cherchant ses mots.

— Si... Laurent t'irait très bien... Je l'estime beaucoup.

Il essaya de trouver quelque chose de plus convaincant mais y renonça. Pascale parut hésiter une seconde entre la colère et le rire ; finalement elle s'approcha de lui, le prit par les épaules et déclara, en le regardant droit dans les yeux :

— Garde-moi ta tendresse intacte, Sam.

Incapable d'interpréter cette phrase sibylline, il se contenta de lui sourire.

Juste après le déjeuner tardif, servi à la cuisine dans une joyeuse ambiance, Pascale réquisitionna Adrien pour aller rendre une visite de politesse à Léonie Bertin.

Non seulement la neige n'avait pas fondu, mais un brusque refroidissement la transformait en glace. Pestant derrière sa sœur, Adrien dérapait sur le chemin.

— Et tu appelles ça une petite promenade digestive ! Mes chaussures seront foutues...

— Marche au milieu de la route au lieu de t'enfoncer dans les congères, aucune voiture ne roule aujourd'hui.

— Les gens ne sont pas fous, ils restent chez eux ! C'est encore loin ?

— Là-bas. Tu vois le toit de la maison ?

Chaudement vêtue, Pascale était heureuse de prendre l'air après tous ces abus de bonne chère.

— Pourquoi dois-je porter ce paquet ? s'indigna Adrien, qui venait de trébucher. Je ne sais même pas ce qu'il y a dedans !

— Un châle en laine des Pyrénées, ce n'est pas lourd, arrête de te plaindre.

— Un châle... Méfie-toi, tu pourrais bien finir dame patronnesse. A moins que tes adorateurs ne t'en empêchent.

— Tu parles de qui, là ?

— Eh bien, de tout le monde ! Ton ex-mari, ton directeur, même le petit copain d'Aurore lorgne tes jambes au passage.

— Georges ? Tu dis n'importe quoi, il est amoureux d'Aurore et ça se voit.

— L'un n'empêche pas l'autre, ma puce, on dirait que tu ne connais pas les hommes !

Pascale s'arrêta et se retourna pour observer son frère.

— Tu es bien cynique, Ad. Qu'est-ce que tu as ?

Elle était certaine qu'il allait répondre d'une boutade mais il se crispa.

— Rien. Sauf que j'en ai marre de tout. Je n'aime pas les fêtes et je n'ai plus envie d'être seul.

— Toi ?

— Qui d'autre ? Nous sommes combien, sur cette route ?

Son instant de sincérité était passé, il retrouvait déjà son ton sardonique, pourtant Pascale insista.

— Adrien ? Si quelque chose ne va pas, je ne demande qu'à t'aider...

— Tu n'y peux rien, ma pauvre ! explosa-t-il.

Interloquée, elle n'osa pas lui poser d'autres questions et se remit en marche. Il ne l'avait pas habituée à exposer ses problèmes, toujours de bonne humeur malgré son ironie mordante. Quelle mouche venait donc de le piquer ? Sa discussion de l'aube avec Samuel l'avait-elle mis de mauvaise humeur ?

Elle entendit crisser ses semelles dans la neige tandis qu'il la rattrapait.

— Ne m'en veux pas, dit-il doucement, j'ai des soucis.

— Papa ?

— Non, je m'occupe beaucoup de lui et je crois qu'il va bien. A la clinique aussi, tout est sur des rails, les lits sont occupés et les comptes équilibrés, ce qui devient un prodige par les temps qui courent !

— Alors quoi, Ad ? Chagrin d'amour ?

— Je suppose que ça s'appelle comme ça, admit-il du bout des lèvres, mais je n'ai aucune envie de te raconter mes malheurs. Je suis ton grand frère, c'est moi qui suis censé veiller sur toi, te conseiller et te consoler, pas le contraire. On me l'a assez répété !

De plus en plus étonnée, elle s'abstint de tout commentaire jusqu'à ce que, de lui-même, il enchaîne :

— C'est vrai, on peut au moins parler de ça puisque tu veux tellement tout savoir du passé. Maman - que j'adorais, soyons clairs - te voyait comme la huitième merveille du monde. Pas parce que tu étais son enfant et moi pas, non : parce que tu étais une fille. Une fabuleuse petite fille devant laquelle elle était en admiration et qu'il fallait protéger comme le saint sacrement. Pour me rassurer, papa m'a expliqué très tôt que maman avait perdu une petite fille. Je dis bien « perdu ». Je n'ai eu que cette version durant des années. Ensuite, quand maman a été vraiment malade, papa m'a avoué que cette enfant n'était pas morte, que maman avait choisi de la confier à l'Assistance publique, incapable de gérer son handicap.

— Il te l'a dit à toi, mais pas à moi !

— Non, bien sûr que non. Te connaissant, tu n'aurais pas pu t'empêcher d'en parler à maman, or le sujet était enterré depuis longtemps, il n'y avait aucune raison de la torturer avec ça.

— Tu t'entends, Adrien ? Avec « ça » ? C'est d'un être humain qu'il est question !

La colère de Pascale revenait, attisée par le fait de ne plus rien comprendre à son père, à son frère. Leur cynisme la révoltait, elle se sentait soudain différente de tous les membres de sa famille, étrangère à eux, seule à défendre une évidence qu'ils refusaient de voir.

Parvenue à la grille de Léonie Bertin, elle s'arrêta, un peu essoufflée.

— Bon, c'est une très gentille vieille dame et elle se souvient de nous, enfants. Inutile de hurler, elle n'est pas sourde.

Adrien éclata d'un rire spontané, inattendu.

— Ah, ma puce, tu es impayable avec tes leçons de morale, je te jure...

Pascale le dévisagea une nouvelle fois, un peu éberluée, cependant elle se mit à rire aussi, gagnée par sa gaieté.

La neige tenait toujours, mais un paysan du voisinage avait sorti son tracteur et répandu du sable sur les petites routes. Vers cinq heures, juste avant la nuit, Samuel décida qu'il était grand temps de partir. Jusque-là, il n'avait pas réussi à en convaincre Marianne, qui voulait absolument dire au revoir à Pascale et à Adrien.

Lorsqu'ils revinrent de leur visite à Léonie Bertin, les joues rougies par le froid et l'air tout joyeux, Samuel les attendait avec impatience pour prendre congé, mais Marianne le devança.

— C'était un Noël magnifique, Pascale ! Merci de nous avoir accueillis si gentiment, et pardon d'avoir un peu abusé de vos excellents vins. J'ai dormi comme un bébé, et quand je me suis réveillée il y avait de la neige partout, un vrai conte de fées !

Elle souriait sans se forcer, naturelle, enthousiaste, chaleureuse avec Pascale comme si elle remerciait une amie du fond du cœur. Or elle avait passé une très mauvaise soirée, Sam en était conscient, et plusieurs comprimés d'aspirine n'avaient toujours pas calmé sa migraine.

— J'ai été ravie de vous recevoir, affirma Pascale.

— Vous comptez énormément pour Sam, il était fou de joie de venir réveillonner ici, et il avait bien raison ! Encore merci.

Partagé entre la surprise et l'agacement, Samuel la prit par le bras pour interrompre ces effusions.

— Repose-toi, tu le mérites, dit-il en se penchant vers Pascale.

— Tu étais vraiment « fou de joie » ? chuchota-t-elle tandis qu'il l'embrassait dans le cou.

Ils échangèrent un coup d'œil amusé, complices malgré eux.

— Sois prudent sur la route, ajouta Pascale à voix haute.

Elle les raccompagna jusqu'au perron et agita la main pour répondre aux signes d'adieu de Marianne.

— Bon, tu peux arrêter ton numéro de charme, grommela Sam en franchissant les grilles de Peyrolles.

— Au bout du compte, je la trouve très sympa, ton ex...

— Tant mieux.

— En revanche, sa maison n'est pas très bien chauffée, j'ai eu froid toute la nuit.

— Tu dormais trop profondément pour avoir la moindre idée de la température, fit-il remarquer.

— Ne sois pas désagréable, je me suis excusée. J'ai trop bu, et alors ? C'était Noël, non ? Et je ne crois pas avoir fait de scandale. De toute façon, nous ne sommes plus que des copains, toi et moi, et entre copains on a le droit de se soûler !

Constater qu'elle se souvenait de leur accord lui procura un vague soulagement. Il allait pouvoir la déposer chez elle et rentrer seul.

— Ne t'en fais pas, fit-il d'une voix apaisante, ce n'est pas grave.

Rien ne l'était plus entre eux, d'ailleurs, puisque leurs chemins allaient se séparer. Sam négocia un virage et sentit la voiture déraper sur une plaque de glace. Le paysan n'avait pas dû sabler partout, la route restait dangereuse. En ce qui le concernait, la conduite ne lui posait aucun problème, mais il espéra ne pas croiser trop de chauffeurs débutants sur cette patinoire.

— Tu sais ce qui est grave, Sam ?

Les yeux rivés à la route, il secoua la tête en signe d'ignorance.

— Tout ce temps que tu perds à pleurer après elle. Tu n'acceptes pas de l'avoir perdue, alors tu t'accroches à n'importe quoi pour faire partie de son entourage malgré tout. Mais elle a un père, un frère, et aussi un soupirant qui semble très bien lui convenir. Hier soir, vu de l'autre bout de la table puisqu'on nous avait séparés toi et moi, tu me faisais de la peine à te chercher encore un rôle, à mendier ses regards... D'accord, elle est très belle, peut-être même très gentille, très brillante ou tout ce que tu veux, mais le problème c'est qu'elle ne te voit plus, il faudra bien que tu t'y résignes un jour et que tu arrêtes de gâcher tes autres chances d'être heureux.

Assommé par le discours qu'elle venait de lui servir d'un ton docte, il ouvrit la bouche puis la referma sans rien dire. Comment la convaincre que, quoi qu'elle dise ou fasse, elle ne serait jamais la femme sa vie ? Espérait-elle l'en persuader de force ? Ses arguments, imparables en ce qui concernait l'étrange rapport de Sam avec Pascale, devenaient stupides si elle croyait encore être celle qui le guérirait.

— Merci de tes conseils... d'amie, railla-t-il.

Pourquoi était-il si faible, pourquoi l'avait-il emmenée avec lui ? Parce qu'il ne voulait pas lui faire de peine ? Ridicule ! Il lui en avait fait bien davantage en cédant à son désir de passer Noël ensemble. La fin de leur liaison devenait grinçante et il en était seul responsable.

Elle ajouta quelque chose mais il n'y prêta pas attention, brusquement alerté par un camion qui descendait trop vite la côte, face à lui. Pleins phares, le semi-remorque était en train de se déporter. En une fraction de seconde, Sam comprit que le chauffeur perdait le contrôle, entraîné sur la pente verglacée.

— Samuel ! Il nous fonce dessus ! hurla Marianne.

Son cri se perdit dans les coups de Klaxon désespérés du camionneur. Sam avait déjà rétrogradé, il ne pouvait pas freiner brutalement sans prendre le risque de se mettre en travers lui aussi. A droite comme à gauche, la route était bordée d'arbres, et en donnant un léger coup de volant, Sam pria pour n'en percuter aucun.

Ponctuelle, Nadine Clément arriva à huit heures précises dans son service, le matin du 26 décembre. Elle s'arrêta au bureau de la surveillante de l'étage et lui confia une énorme boîte de chocolats destinée à tout le personnel. Le regard stupéfait de l'infirmière en chef ne pouvait pas lui avoir échappé, pourtant elle l'ignora. Tout comme elle ignorait certains coups d'œil intrigués vers le bracelet de perles offert par Benjamin, qu'elle avait décidé de garder au poignet.

Chaque Noël lui apportait une petite dose de mélancolie, qui s'estompait vite dans le travail, mais cette année le réveillon avait été particulièrement morose. Emmanuel, son frère, ne parlait que d'aéronautique, il était assommant et ses amis aussi. Plus grave, il devenait neurasthénique avec l'âge, la retraite ne lui valait rien. Durant la soirée, interminable, Nadine avait retourné dans sa tête la terrible phrase de Benjamin : « Notre famille est non seulement restreinte mais carrément usée. C'est le cul-de-sac. »

Effectivement, les Montague n'avaient pas engendré une grande lignée. Elle, au début de son mariage avec Louis Clément, avait remis à plus tard les enfants, jusqu'au jour où elle s'était retrouvée veuve. Une ou deux fois, elle avait caressé l'idée de se remarier, mais l'hôpital était trop prenant, et la course au titre de professeur l'avait engloutie. Elle ne le regrettait pas et n'aurait changé sa place pour rien au monde, néanmoins elle se serait réjouie d'avoir des neveux ou des nièces.

En faisant quelques courses, l'avant-veille, elle s'était arrêtée rue Lafayette chez Olivier, le meilleur chocolatier de la ville, et avait fait composer pour elle-même un ballotin comprenant des capitouls, des Clémence Isaure – délicieux raisins à l'armagnac enrobés de chocolat noir – et des péchés du diable aux écorces d'orange et de gingembre. Au moment de payer elle s'était ravisée, demandant le même assortiment en beaucoup plus grand, destiné à son équipe de Purpan. La note, vertigineuse, l'avait laissée de marbre. A quand remontait sa dernière attention pour ses collaborateurs ? L'idée de leur surprise l'amusa sans l'attendrir. Dans son service, personne ne l'aimait, elle était sans illusions.

Le constat de ce manque d'amour autour d'elle avait contribué à lui gâcher Noël. Et en se couchant, dans la nuit du réveillon, elle s'était surprise à regarder le bracelet de Benjamin avec une certaine émotion. Pis encore, juste avant de s'endormir elle avait eu une pensée incongrue pour Camille.

Camille ! Elle se détestait d'y avoir songé. Les moments d'abandon, très rares chez elle, la mettaient toujours en rage. Une nature *colérique*... Plusieurs fois, son père avait utilisé cette expression méprisante pour la désigner, à son grand désespoir. Laide peut-être, soupe au lait sûrement, mais au moins très intelligente et menant sa carrière de main de maître ! Parce que Camille, elle...

Mon Dieu, paix à son âme. Avec toutes ces sottises du charabia abscons des psys à propos des enfants mal aimés, on pouvait sans doute imaginer que la bâtarde d'Abel Montague avait des excuses ? Nadine ne supportait pas les excuses, les justifications *a posteriori* qui absolvaient tous les incapables.

Décidément, les fêtes de fin d'année ne lui réussissaient pas. Pour que la Saint-Sylvestre ne ressemble pas à ce Noël sinistre, elle décida qu'elle resterait chez elle et en profiterait pour rédiger un article destiné à une publication médicale américaine. Le genre de chose qu'elle n'avait jamais le temps de faire, pourtant elle le devait.

— Bonjour, madame ! lança joyeusement Pascale en la croisant.

Une seconde, Nadine se figea. La responsable de son vague à l'âme était cette femme en blouse blanche, avec sa trace de métissage dans ses grands yeux étirés vers les tempes et les mêmes cheveux noirs que sa mère. Pourquoi ne s'en débarrassait-elle pas ?

— Je voulais vous avertir que je compte demander ma mutation à Albi en début d'année, annonça Pascale. Pour des raisons de convenance personnelle, puisque j'habite loin de Toulouse.

— Parfait, répliqua Nadine d'un ton sec.

Elle le pensait. La meilleure nouvelle de l'année. Mais à qui ou à quoi la devait-elle ? Pascale Fontanel allait vraiment disparaître de son service ? Un vrai cadeau tombé du ciel !

Samuel écoutait attentivement les explications du chirurgien orthopédiste qui se tenait de l'autre côté du lit.

— Je suis satisfait de l'intervention. La fracture du fémur se présentait avec un déplacement important, mais la broche a été posée sans problème.

Il baissa les yeux vers Marianne, à qui il s'adressa en souriant.

— Pour l'instant, pas question de bouger. Je vous laisse en de bonnes mains. Salut, Sam.

Pâle et défaite, elle se contenta de hocher la tête et attendit qu'il soit sorti. Ensuite, elle prit la main de Samuel.

— Combien de temps sans bouger ?

— Quelques jours. Ils te lèveront dès que possible.

— Tu ne veux pas t'asseoir cinq minutes ?

— Si, mais il faut que j'aille bosser. On doit déjà m'attendre au bloc.

L'accident, dont il était sorti indemne, lui laissait un souvenir très amer. Longtemps encore il entendrait les cris de terreur puis de souffrance de Marianne. Il avait diagnostiqué lui-même la fracture, appelé de son portable le SAMU d'Albi et couvert Marianne de son propre blouson. Tout s'était passé si vite qu'il avait eu du mal à comprendre. A l'instant où, quittant des yeux le flanc du camion qui arrivait sur lui tel un mur, il avait visé entre deux arbres, la voiture avait bien réagi et suivi la trajectoire qu'il lui imposait. Malheureusement, quinze mètres plus loin, elle était allée s'encastrer dans un muret de pierre qui ressemblait à un tas de neige. Le choc, très violent, avait défoncé la portière de Marianne.

— La rééducation sera longue ?

— Tout dépendra de la manière dont l'os se consolidera.

Surmontant son impatience, il s'assit sur l'unique chaise de la chambre et s'efforça de prendre un air désinvolte.

— As-tu besoin d'autre chose ? Je peux repasser à ton appartement ce soir et t'apporter des affaires demain.

Il avait fait le nécessaire pour qu'elle ait une chambre seule, était allé chez elle chercher des chemises de nuit et une trousse de toilette, avait même pensé à s'arrêter dans une épicerie de luxe pour lui acheter une corbeille de fruits exotiques.

— J'aimerais des magazines. Des trucs de femmes, surtout pas de politique.

— Je te trouverai ça à la boutique du hall.

Il décrocha le téléphone posé sur la table de chevet, vérifia qu'il y avait bien une tonalité, puis il prit la télécommande de la télévision et essaya plusieurs chaînes.

— Bon, tout fonctionne... Je vais te laisser te reposer !

Malgré son immense compassion pour elle, augmentée d'un pénible sentiment de culpabilité, il ne savait plus quoi lui dire et n'avait qu'une envie : sortir.

— A plus tard, murmura-t-il en se levant.

Après une légère hésitation, il se pencha et l'embrassa tendrement sur la joue.

— Ne te fais aucun souci, je me suis occupé des papiers d'admission et de ton arrêt de travail. J'ai remis le dossier à ton père.

Il avait rencontré ses parents pour la première fois la veille, dans la salle d'attente des urgences. Des gens simples et chaleureux, qui ne semblaient pas lui tenir rigueur de quoi que ce soit. Il s'était senti embarrassé devant eux, persuadé que Marianne leur avait brossé un portrait de lui trop flatteur. Le voyaient-ils comme une sorte de fiancé de leur fille unique ? Cette idée le faisait frémir.

Il quitta le service d'orthopédie avec soulagement. Jusque-là, il n'avait pas estimé utile d'avertir Pascale, néanmoins il voulait lui parler avant qu'elle n'apprenne l'accident par d'autres. Comme il était moins pressé qu'il ne l'avait fait croire à Marianne, il bipa Pascale et attendit qu'elle le rappelle sur son portable.

Dix minutes plus tard, il la retrouva à la cafétéria. Ainsi qu'il le craignait, elle fut consternée de savoir Marianne hospitalisée et promit de passer un moment avec elle dans la journée.

— Mais tu n'as rien fait pour éviter ce tas de neige ?

— Non. La voiture avait encore beaucoup d'élan et je pensais que ça nous freinerait. Impossible de deviner qu'il y avait un muret de pierres dessous. De toute façon, tout va si vite dans ces cas-là...

— Tu ne t'es pas enroulé autour d'un arbre, c'est déjà un miracle. Mon Dieu, Sam, je ne supporterais jamais qu'il t'arrive quelque chose !

Un cri du cœur qui le bouleversa, mais presque aussitôt elle ajouta :

— Tu as dû avoir tellement peur pour Marianne ! Pourquoi n'as-tu pas appelé à Peyrolles ? On serait venus vous aider.

— On avait besoin d'une ambulance.

— Tu n'as pas été très raisonnable de partir alors que le jour baissait. Vous pouviez bien rester encore une nuit !

— Avec des « si »... Si ce camion n'avait pas roulé alors qu'ils sont interdits de circulation les jours fériés, s'il n'avait pas neigé la veille, si nous étions toujours mariés, toi et moi...

Interloquée, elle le contempla quelques instants en silence.

— Tu sais, dit-elle enfin, j'ai trouvé Marianne plus marrante, plus détendue. Où en êtes-vous, tous les deux ?

— Nulle part. En principe, nous avions rompu le matin du réveillon, mais elle a voulu m'accompagner quand même. Mauvaise idée !

— Pourquoi as-tu accepté ?

— Parce que les hommes sont lâches, et surtout parce qu'elle était triste.

— Qu'est-ce que tu vas faire, maintenant ?

— Tu veux dire, maintenant que j'ai une dette envers elle ? Rien. M'occuper d'elle le mieux possible jusqu'à ce qu'elle puisse rentrer chez elle. Pour la suite, elle a ses parents, ses amis.

Pascale hocha la tête d'un air peu convaincu. Le jugeait-elle égoïste ou indifférent ? En réalité, il était prêt à faire n'importe quoi pour adoucir le séjour forcé de Marianne à l'hôpital, cependant ses sentiments n'allaient pas au-delà. Consultant sa montre, il s'aperçut qu'il allait bientôt être en retard.

— Je file. Veux-tu déjeuner avec moi cette semaine ? Si tu n'as rien de prévu samedi midi, viens au club, je t'emmènerai faire un tour d'hélico.

Bizarrement, elle parut un peu embarrassée par sa proposition et finit par avouer, du bout des lèvres :

— Samedi, j'ai déjà promis à Laurent de déjeuner avec lui au club.

— Ah ! Très bien... Alors, je te verrai là-bas.

Il n'était pas certain d'avoir réussi à conserver une voix normale. L'aéroclub était son territoire ; s'il devait y rencontrer Pascale et Laurent ensemble, il allait avoir beaucoup de mal à le supporter. Se forçant à afficher un sourire amical, il quitta la cafétéria et se dirigea vers les ascenseurs. Ce qu'il éprouvait était violent, aigu, désespérant. Une bouffée de jalousie à laquelle il ne pouvait même pas prétendre mais qui lui donnait une furieuse envie de déclarer la guerre à Laurent. Un homme qui était son ami, son directeur, accessoirement son élève... et désormais son adversaire.

Anéanti, il se demanda s'il n'avait pas commis la pire bêtise de sa vie en encourageant Pascale à venir s'installer à Peyrolles. Sans lui, elle n'y serait jamais arrivée, il avait provoqué tout seul son propre malheur, bien fait pour lui !

A l'étage de la chirurgie générale, il fonça vers le vestiaire des chirurgiens. Il en avait marre de pratiquer des anesthésies, marre de l'hiver qui l'empêchait de voler à sa guise, marre de poursuivre en vain un amour perdu. Tout en se brossant avec soin les mains et les bras, il se remémora le dossier du patient qu'il allait endormir d'ici quelques minutes. En général, c'était le meilleur moyen pour oublier tout le reste, mais là ce fut insuffisant.

9

Pascale claqua la portière de sa voiture, tenant le sac de croissants à bout de bras car le papier était déjà couvert de taches de beurre. Ses rapports avec la boulangère se limitaient à deux mots, mais la viennoiserie était vraiment délicieuse.

Avant de gravir les marches du perron, Pascale se retourna. Elle avait pris l'habitude de regarder avec attention le parc et la maison, notant chaque détail. Refaire le joint de ciment entre deux pierres, sarcler quelques mauvaises herbes, ramasser avec une pelle un mulot mort de froid, ratisser les graviers que les roues des voitures projetaient sur la pelouse, et surtout repérer les signes avant-coureurs du printemps. En cette fin février, le temps était d'une exceptionnelle douceur et bon nombre de jacinthes et de crocus avaient fleuri. Palissé le long d'un mur, un jasmin d'hiver s'épanouissait avec exubérance.

— Je sais, c'est splendide ! lança Aurore en ouvrant la porte. Lucien Lestrade était peut-être envahissant mais, à mon avis, il nous a préparé un feu d'artifice, il y a de petites pousses qui sortent un peu partout. Allez, ne reste pas plantée en contemplation, je sens les croissants d'ici !

Pour une fois qu'elles n'étaient pressées ni l'une ni l'autre, elles avaient décidé de faire un petit déjeuner d'exception. Dans la cuisine, Aurore désigna la table d'un geste triomphal.

— Qu'en dis-tu ?

Sur des sets en lin vermillon, des assiettes et des bols très colorés, en faïence de Martres-Tolosane, voisinaient avec une coupe de fruits, des pots de confitures, une motte de beurre, des bâtonnets de sucre candi, un plateau de fromages, un pichet de jus d'orange et une cafetière fumante.

— Encore une trouvaille de là-haut ? interrogea Pascale.

Elle prit l'un des bols pour l'examiner, étonnée de le trouver si lourd.

— Le carton pesait un âne mort, j'ai voulu savoir ce qu'il contenait, avoua Aurore en riant.

Il lui arrivait encore d'aller fouiller au grenier mais Pascale ne l'accompagnait plus, redoutant peut-être d'y mettre les pieds depuis la découverte du livret de famille.

— Tu as rudement bien fait. Ce service me rappelle des tas de souvenirs, maman l'aimait beaucoup et on s'en servait souvent. Elle a dû penser qu'il serait inadapté à Saint-Germain, comme beaucoup d'autres choses...

— Passer d'une aussi grande maison à un appartement n'a sûrement pas été facile pour elle.

— Si, elle se réjouissait de changer de vie. C'est drôle, elle a fait le chemin dans un sens et moi dans l'autre.

Pascale reposa le bol et leva les yeux sur Aurore.

— Ta réflexion maison-appartement aurait-elle un rapport avec Georges ? demanda-t-elle doucement.

— Eh bien… Plus ou moins. Il commence à parler de vie commune et je ne me sens pas prête. Pas encore. Je suis tellement bien, ici ! J'ai envie d'y voir le printemps, et aussi l'été… Pas de me retrouver confinée dans trois pièces à me taper le ménage, les courses, le foot à la télé. Georges est adorable mais c'est un vrai macho, imagine-toi qu'il va porter ses chemises à sa mère pour qu'elle les lui repasse ! Je ne veux pas de ce rôle-là.

— C'est du rôle que tu ne veux pas ou de Georges ?

— Je l'aime, mais l'un n'ira pas sans l'autre.

D'un geste nerveux, Aurore renversa le sac de croissants au-dessus d'une corbeille. Elle se plaisait énormément à Peyrolles, où elle avait découvert les joies de la campagne, de l'espace et de la liberté. Laissant libre cours à son goût pour la décoration, la fête, elle s'en donnait à cœur joie, et sa cohabitation avec Pascale, plus raisonnable qu'elle, lui assurait l'équilibre dont elle avait besoin.

— Tant que tu me supporteras chez toi, j'y resterai, conclut-elle en s'asseyant sur l'un des bancs.

— Aussi longtemps que tu le désireras. Sincèrement, je ne sais pas comment j'aurais passé ce premier hiver sans toi.

Grâce à la présence d'Aurore, tout avait été plus facile, et surtout beaucoup plus gai.

— Oh, tu n'as pas vraiment besoin de moi, Pascale ! Tu es entourée d'hommes formidables qui ne demanderaient qu'à te tenir compagnie en se pliant à toutes tes conditions. Laurent est en extase, ton ex-mari est toujours fou de toi…

— Non, Sam éprouve juste de la tendresse, et peut-être un peu de nostalgie.

— Pas toi ?

— Je ne crois pas. Sauf que, effectivement, c'est un homme formidable. Quand je vivais avec lui, je n'ai jamais eu l'impression d'être avec un macho, au contraire, on se partageait équitablement les corvées, et à l'époque où j'ai préparé mon internat, il m'a déchargée de tout.

Attendrie par ces souvenirs, elle laissa échapper un soupir. Elle avait été heureuse avec Samuel, très heureuse.

— Tiens ! s'exclama Aurore en regardant par la fenêtre. Est-ce qu'on ne parlait pas du loup il y a cinq minutes ?

La silhouette de Lucien Lestrade, cisailles en main, apparut fugitivement du côté de la serre.

— Ne me dis pas qu'il revient travailler ! Il ne comprend donc rien ?

Décidée à en finir une fois pour toutes avec lui, Pascale se leva et attrapa son blouson avant de se précipiter dehors.

— Bonjour, Lucien ! cria-t-elle en dévalant les marches du perron.

Il se retourna, se fendit d'un large sourire.

— Quel bon vent vous amène ? poursuivit-elle aimablement. Vous avez oublié des outils ici ?

Sourcils froncés, il baissa la tête vers les cisailles, qu'il contempla une seconde.

— Non, ce sont les vôtres, enfin ceux de Peyrolles. Je viens tailler les rosiers. Comme on dit, rien ne vaut la taille de mars, seulement la nature est précoce cette année, c'est le moment.

— Lucien, je vous ai déjà expliqué à plusieurs reprises que je ne peux pas vous employer, mon budget ne me le permet pas.

— Je sais bien, mais votre père a payé d'avance, alors...

Sous son air bonhomme, elle crut déceler un peu d'ironie et elle se raidit.

— Mon père vous a payé ? répéta-t-elle d'un ton délibérément sceptique.

— C'est ce qu'il fait deux fois par an, jamais de retard. Bon, j'y vais, y a du boulot !

Il s'éloigna en ignorant le regard ulcéré de Pascale. Soit il mentait - mais dans quel but ? -, soit l'attitude de Henry était incohérente. Après avoir tellement répété à Pascale de se débarrasser de Lestrade, pourquoi lui enverrait-il des chèques ? Elle fouilla la poche de son blouson, prit son portable et composa le numéro de la clinique, à Saint-Germain. Au bout de cinq minutes de pourparlers, elle obtint qu'on lui passe enfin son père, à qui elle posa la question sans ménagement.

— Oh, Lestrade ? Ne t'inquiète pas de ça, ma chérie, je sais que tu as des dépenses plus urgentes que le jardin et autre chose à faire de ton temps. Considère qu'il s'agit d'un petit cadeau de ton vieux père ! Ma modeste contribution à ton gouffre de Peyrolles... Mais ne laisse pas Lestrade en prendre à son aise, il est censé venir à l'automne pour les plantations et à la fin de l'hiver pour les tailles, un point c'est tout. Histoire de conserver le dessin du parc. Ta mère s'était donné tellement de mal que ce serait dommage de tout laisser en friche, non ?

Désinvolte et pressé, son père raccrocha après quelques paroles affectueuses, la laissant tout à fait désemparée. Certes, il continuait à considérer Peyrolles comme un « gouffre » financier qu'elle n'aurait jamais dû prendre en charge, mais qu'il puisse s'intéresser aux fleurs était ridicule. En outre, il rugissait de fureur chaque fois qu'elle lui parlait de Lucien Lestrade et de ses incursions, et c'était lui qui les subventionnait. Pourquoi ?

A pas lents, elle regagna la cuisine où Aurore l'attendait en feuilletant un magazine. Elle lui résuma la situation, sans insister sur la bizarrerie du comportement de son père, puis alla jeter son café froid dans l'évier avant de remplir de nouveau son bol.

— Où en étions-nous ?

— On parlait des hommes, répondit Aurore avec une grimace. A ce propos, je dîne avec Georges ce soir, il vient d'appeler. Et toi ?

— J'ai invité Laurent ici, mais je comptais sur toi pour nous inventer une de tes délicieuses recettes.

— Il sera tellement ravi de se retrouver en tête à tête que tu peux bien lui faire du carton bouilli en ragoût !

Pascale se mit à rire, égayée par la perspective de cette soirée, comme chaque fois qu'elle avait rendez-vous avec Laurent. Depuis Noël, ils s'étaient vus régulièrement, le week-end à l'aéroclub, d'où Laurent l'emmenait faire un tour en avion, et certains soirs dans les restaurants qu'il affectionnait à Toulouse ou dans les environs. Mais quinze jours plus tôt, Pascale avait pris ses fonctions à l'hôpital d'Albi et elle avait été trop occupée pour penser à s'amuser. Elle voulait s'intégrer le plus vite possible à l'équipe de pneumo, qui l'avait très gentiment accueillie. L'ambiance du service était radicalement différente de celle qui régnait à Purpan sous la férule de Nadine Clément. Les médecins semblaient plus détendus, plus disponibles, moins respectueux d'une stricte hiérarchie, et malgré un travail considérable ils avaient tous pris le temps de mettre Pascale à l'aise. A la fin de la première semaine, elle s'était rendu compte qu'ils avaient dû travailler jusque-là en sous-effectif et qu'elle était forcément la bienvenue. De plus, son expérience des grands hôpitaux lui conférait une sorte de prestige sans provoquer de jalousie.

— Je commence à midi, déclara Aurore, il faut que j'y aille. Tu as bien de la chance d'être de repos !

— C'est la première fois que je prends une journée, j'ai bossé comme une folle ces temps-ci.

— D'accord, mais sans une Nadine Clément sur le dos. Je crois qu'elle est pire chaque année, et celle-ci ne fera pas exception à la règle. Tout le monde envie ta mutation à Albi, tu as trop de chance ! Et ça se voit, tu t'épanouis de plus en plus, on dirait la très jolie Chinoise de la série *Urgences*...

— J'ai l'air d'une Chinoise ?

— A peine. Juste ce qu'il faut. La petite touche d'exotisme, des yeux de velours et une peau de rêve.

Pascale éclata de rire, persuadée qu'Aurore plaisantait, mais celle-ci secoua la tête en restant sérieuse.

— Et tu n'en es même pas consciente, c'est bien ce qui te rend sympathique !

Elle voulut débarrasser la table, Pascale l'en empêcha.

— Vas-y, je m'en occupe.

Tandis qu'Aurore s'éclipsait, elle se mit à ranger les assiettes et les bols dans le lave-vaisselle. La journée de congé qui s'étendait devant elle était une véritable récompense dont elle comptait savourer chaque instant. Elle s'approcha de la porte-fenêtre et aperçut Lucien Lestrade en train de tailler les hibiscus. Il allait lui gâcher le plaisir d'une promenade dans le parc, sauf si elle décidait de faire contre mauvaise fortune bon cœur et d'aller le regarder travailler de plus près. Elle avait forcément des choses à apprendre de lui, et pas seulement sur le plan du jardinage.

Remettant son blouson, elle partit le rejoindre. Dans la brouette s'entassait déjà un gros tas de branches coupées, pourtant Lestrade continuait à manier ses cisailles en sifflotant.

— Vous en enlevez beaucoup !

— C'est pour réveiller les bourgeons inférieurs en dormance, expliqua-t-il. Sur ce genre d'arbuste, il ne faut pas hésiter à pratiquer une taille courte.

— Et pour les rosiers ?

— Ah, ça... D'un côté c'est facile, parce que les rosiers ne sont jamais que des ronces, et ça repart toujours même quand on fait des bêtises. Mais si on veut une belle floraison, faut s'y connaître un peu !

Il s'interrompit et se tourna vers elle. Peut-être était-il surpris de ses questions alors qu'elle s'était montrée très distante jusque-là.

— Votre mère s'en occupait très bien, dit-il de façon abrupte. Vous, vous êtes médecin, vous avez du travail ailleurs, tandis qu'elle, elle était toujours là...

— C'est vous qui lui avez appris, Lucien ?

— Elle savait certaines choses, d'instinct. Sinon, elle demandait. Moi, elle m'amusait avec ses idées très arrêtées sur les variétés, les couleurs. On a fait pousser de drôles de trucs ensemble ! Je ne voyais que le détail, mais c'est sur l'ensemble qu'elle s'acharnait, je n'ai pas réalisé tout de suite. Des fois, elle me disait le nom des fleurs dans la langue de son pays.

— Vous vous en souvenez ?

— Pas tout ! Voyons… L'orchidée, c'est Lan, le saule pleureur Duong Liêu, et la fleur du cerisier…

Il hésita un instant, sourcils froncés, fouillant sa mémoire, et Pascale acheva pour lui :

— Anh Dào.

— Oui, c'est ça !

Avec application, il répéta trois fois le mot afin de s'en rappeler. Anh Dào était le prénom de la grand-mère de Pascale, cette femme qui n'avait pas hésité à confier son bébé au capitaine Montague. Brusquement attristée, Pascale s'éloigna de quelques pas sous le regard intrigué de Lestrade. Quand obtiendrait-elle enfin le droit de rencontrer Julia ? Elle avait adressé un courrier officiel aux autorités concernées, faisant valoir son lien de parenté, et une sorte de conseil - en principe favorable au rapprochement familial - devait statuer sur sa demande. Majeure mais handicapée mentale, Julia n'était pas en mesure d'exprimer sa volonté à ce sujet, d'autres prendraient donc la décision à sa place.

Laurent avait aidé Pascale dans sa démarche, tout en se montrant réservé. S'il comprenait le désir de Pascale, il doutait qu'elle puisse sortir indemne de cette entrevue. A quoi ressemblait Julia ? Dans quelle mesure pouvait-elle communiquer ? Et quel genre d'aide Pascale espérait-elle lui apporter ?

— Je verrai bien, marmonna-t-elle entre ses dents, j'ai besoin de savoir…

Un besoin plus impérieux chaque jour.

— Vous avez dit quelque chose ? lança Lestrade derrière elle.

Il ne devait décidément rien comprendre à son attitude et elle s'obligea à lui sourire.

— Ah, ça fait plaisir de vous voir un peu gaie ! Sinon, je finirai par croire que Peyrolles rend toutes les femmes tristes.

La tristesse éprouvée par sa mère durant des années était à présent tout à fait évidente pour Pascale. Même avec Adrien, adorable petit garçon sur qui elle avait pu reporter son trop-plein d'amour, puis plus tard avec Pascale, son bébé bien à elle, sa fillette parfaitement normale, comment aurait-elle pu oublier Julia, dont le souvenir devait la ronger, la hanter, la détruire ?

Elle regarda autour d'elle et vit soudain le parc de Peyrolles avec les yeux de Camille. Prison et paradis. Parcourue d'un frisson, elle se dirigea en hâte vers sa voiture garée dans l'allée. Aller faire des courses à Albi, penser à son dîner avec Laurent, chasser ce cauchemar. Un jour, bientôt, elle verrait Julia, elle pourrait enfin mettre un visage sur le passé de sa mère, sur sa douleur.

Rien ne pressait Henry, il avait menti pour se débarrasser des questions de Pascale. En réalité, il travaillait de moins en moins, ne conservant que quelques patients de longue date avec lesquels il entretenait des liens privilégiés, ou à la rigueur de rares cas atypiques qui parvenaient encore à réveiller sa curiosité de médecin. Mais pour l'essentiel, il se reposait de plus en plus sur Adrien. Après lui, la clinique continuerait à prospérer, c'était le principal car il n'aurait rien d'autre à léguer à ses enfants.

Pour se déculpabiliser, Henry avait dépensé des sommes folles en dons. Cette générosité l'avait parfois apaisé, à d'autres moments elle n'avait servi qu'à lui rappeler sa faute. Et aujourd'hui, il se demandait s'il n'avait pas spolié ses propres enfants.

Trop pudique et bien trop gentille pour l'interroger sur ses finances, Pascale avait *acheté* Peyrolles sans protester, sans le taxer de radinerie ni d'injustice. Avare, il ne l'était pas, tant s'en fallait, il avait accédé à toutes les supplications de Camille, distribuant son argent, travaillant toujours plus. Mais c'était s'engloutir soi-même dans un puits sans fond tandis que les remords perduraient, intacts.

A la mort de Camille, il avait tout arrêté. Continuer à payer ne l'aurait soulagé en rien, il devait préserver Adrien et Pascale.

Ainsi qu'il le faisait dix fois par jour, son regard caressa la photo du mariage de sa fille, qui occupait le coin de son bureau. Sur les marches de l'église, Pascale et Samuel rayonnaient de bonheur. Derrière eux, Henry tenait la main de Camille. Une étreinte dont la tendresse inouïe, si évidente, lui serrait le cœur.

Dieu qu'il avait aimé cette femme ! Il aurait pu faire n'importe quoi pour elle, vraiment n'importe quoi... Sauf l'essentiel, mais ça, il l'avait découvert alors qu'il n'était déjà plus temps.

Ses yeux glissèrent de Camille à Pascale. Il ne voulait pas que sa fille sache, qu'elle le juge, et forcément le condamne. Il ne le supporterait pas. Mieux valait mentir, encore et toujours, se taire. Même Julia Nhàn ne savait pas – qu'aurait-elle pu savoir, la malheureuse ? – et, en admettant que les deux demi-sœurs finissent par se rencontrer, ce ne serait pas si grave. D'ailleurs, peut-être Julia avait-elle eu une meilleure vie dans un environnement médicalisé ?

Bien sûr que non... Il était médecin, il connaissait ce genre d'endroit et préférait ne jamais y penser. En abandonnant Julia à la DDASS, Camille avait perdu tous ses droits, impossible d'apprendre dans quels établissements l'enfant, devenue adolescente puis adulte, avait séjourné. Alors, ils s'étaient résignés à faire des dons aveugles aux associations chargées d'orphelins, d'enfants, de handicapés, tout ce qui évoquait le sort de Julia de près ou de loin.

Inlassablement, Camille psalmodiait, presque incrédule : « J'ai laissé mon bébé. » Elle ne comprenait pas comment elle avait pu répéter ainsi son propre drame. Faire à Julia ce que Lê Anh Dào lui avait fait à elle-même. Dans ces moments-là, pour exorciser sa douleur, Henry lui rappelait qu'Abel Montague s'était comporté comme un père digne et responsable en se chargeant d'elle, ce qui n'était pas le cas de Raoul Coste ! Très vite, la colère prenait le pas sur la souffrance, et Camille crachait toute la haine que lui inspirait le souvenir de cet homme abject. Henry l'écoutait en dissimulant une amère satisfaction. Longtemps, il avait ressenti de la jalousie pour Coste parce que celui-ci avait été le premier à déshabiller Camille, à la toucher, à profiter de son corps de jeune fille. Un type qui, d'après elle, n'était ni intelligent ni bon, même pas séduisant, mais qui lui avait permis d'échapper aux Montague. Pauvre histoire, pauvre vie, pauvre fille ! Henry l'avait récupérée en aussi mauvais état qu'un chat écorché vif. Et il avait soigné ses blessures tout en ouvrant la pire...

La tête dans les mains, Henry se mit à pleurer.

— Remarquable, non ?

Contente d'elle, Marianne fit demi-tour et revint vers Samuel en ne s'aidant quasiment pas de sa canne. Depuis des semaines qu'elle s'échinait sur sa rééducation, elle avait accompli d'énormes progrès.

— Si le chirurgien trouve ma jambe assez consolidée, il me donnera son accord pour retravailler, non ?

— A lui d'en juger, répondit prudemment Samuel. Mais si tu veux mon opinion, tu as encore besoin d'un mois de convalescence.

Avec une grimace de déception, elle appuya sa canne contre le mur et s'assit à côté de Sam sur le canapé, tout en prenant garde de ne pas trop s'approcher de lui. Durant ces deux mois d'inaction forcée, elle avait eu tout le temps de réfléchir. Au début, il l'avait beaucoup entourée, s'était occupé d'elle très gentiment malgré leur rupture, mais elle savait bien qu'il se sentait responsable et se croyait obligé de faire des efforts. Habile, elle l'avait rassuré sans rien exiger de lui, s'arrangeant pour que chacune de ses visites dans sa chambre d'hôpital soit un plaisir au lieu d'un pensum.

Samuel était trop droit pour la laisser tomber dans ce genre de circonstance, elle ne se faisait pas d'illusions, néanmoins elle pouvait tirer parti de la situation, et elle l'avait fait. De retour chez elle, il avait continué à venir la voir alors qu'il aurait pu s'en abstenir. Deux ou trois fois par semaine, il passait à l'improviste, toujours porteur de fleurs ou d'un petit cadeau. Il lui donnait les dernières nouvelles de Purpan, la faisait rire avec des anecdotes, l'étreignait tendrement avant de s'en aller, et même s'il n'y avait rien d'ambigu dans son attitude, elle se plaisait à croire que, malgré lui, il était en train de s'attacher à elle.

— Si tu veux, je t'emmène dîner, proposa-t-il. Il est tard, je meurs de faim et je n'ai rien à manger chez moi.

Il se justifiait comme s'il ne voulait pas qu'elle prenne son invitation pour une proposition amoureuse, ce qui la fit sourire.

— Bonne idée ! Je suis restée enfermée toute la journée, sortir me fera vraiment du bien.

Jamais elle ne se plaignait, jouant la fille courageuse et gaie alors qu'il lui arrivait de fondre en larmes sitôt qu'il avait passé la porte. La partie était dure à jouer, pourtant elle s'accrochait de toutes ses forces. Elle récupéra sa canne et jeta un rapide regard sur la grande glace en pied censée agrandir son studio par effet d'optique. Avec cinq kilos de moins, elle avait perdu des rondeurs mais ne possédait toujours pas la silhouette dont elle rêvait, à savoir celle de Pascale.

— Tu devrais te remplumer un peu, dit-il en l'aidant à enfiler son manteau. Tu as les joues creuses, ce n'est pas joli.

Vexée, elle se mordit les lèvres sans répondre. Maigrir lui avait demandé des efforts considérables, et tout ça pour s'entendre assener une critique ? Tant pis, elle dévorerait devant lui puisqu'il aimait les femmes qui ne boudaient pas leur plaisir, quitte à faire un régime strict tout le reste du temps. Elle livrait la bataille la plus importante de son existence et ne se laisserait pas décourager.

— Où veux-tu aller ? s'enquit-il avec un sourire désarmant.

— Chez Fazoul, manger un cassoulet !

Le cadre était élégant, la cuisine généreuse, mais surtout l'éclairage intime, aux bougies, rendait l'ambiance très romantique. Or Sam l'était, elle en avait la certitude. N'avait-il pas aimé son ex-femme à la folie, au point de s'imaginer inconsolable ? Comme la plupart des hommes, Samuel cachait une grande sensibilité sous son apparence résolue et énergique. Il était moins sûr de lui qu'il ne voulait le faire croire, elle finirait bien par trouver le défaut de la cuirasse.

Une fois attablée sous les superbes poutres du restaurant de la place Mage, avec un foie gras cuit à l'ancienne dans son assiette, Marianne décida que la soirée était propice à une tentative de reconquête.

Un grand feu ronflait dans la cheminée de la bibliothèque. Assis sur les deux vieux fauteuils Voltaire, Pascale et Laurent se faisaient face, bavardant à bâtons rompus.

— Vous obtiendrez votre autorisation, j'en suis certain, mais préparez-vous bien à cette rencontre, ce sera un moment très dur pour vous.

Il la considérait avec une sollicitude presque tendre qui l'encourageait à se confier, à formuler enfin son angoisse à l'idée d'affronter Julia.

— Mon père m'a déjà mise en garde et il aurait préféré me dissuader, alors il doit se faire du souci pour moi.

— Tout dépend de ce que vous attendez, de ce que vous espérez malgré vous.

— Oh, non, je ne...

— Bien sûr que si. Forcément.

Pascale renonça à se défendre : Laurent avait raison. Elle ne pouvait pas s'empêcher d'imaginer Julia, et chaque fois elle était obligée d'en repousser la vision. A quarante ans passés, sa demi-sœur se trouvait probablement proche du terme de son existence, et Pascale ne pourrait communiquer avec elle que de manière rudimentaire.

— J'essaie de ne pas me faire d'illusions, dit-elle seulement.

— Mais vous êtes impatiente, n'est-ce pas ?

— Très ! Même en sachant que je ne changerai plus le cours du destin, que je ne serai d'aucune utilité à cette femme, j'ai hâte de la voir.

— Vous allez être déçue, Pascale. Et frustrée. Car vous serez impuissante, vous venez de le dire...

Les bûches s'effondrèrent dans une gerbe d'étincelles et Laurent se leva pour arranger la flambée. Tandis qu'il tisonnait puis ajoutait du bois, Pascale versa du thé dans leurs tasses. Parler avec Laurent était facile, comme s'ils se connaissaient depuis longtemps tous les deux alors qu'ils ne savaient pas grand-chose l'un de l'autre.

— Impuissante, admit-elle, mais aussi vaguement coupable.

— De quoi ?

— D'avoir été aimée, choyée, préservée. Pourquoi moi et pas elle ?

— D'après ce que j'ai compris, votre mère n'était pas en état de s'en occuper à ce moment-là. Un enfant handicapé représente une immense responsabilité. Avoir confié son bébé à la DDASS lui a permis de refaire sa vie, grâce à quoi vous êtes là... Ce n'est pas moi qui vais m'en plaindre !

Il lui souriait si tendrement qu'elle s'arrêta de respirer une seconde. Jusque-là, elle n'avait pas cédé à l'attirance qu'elle éprouvait pour lui ; peut-être était-il temps de mettre fin au jeu de la séduction ? Soutenant son regard, elle resta silencieuse et, comme toujours, il se troubla le premier.

— Votre mère semble avoir eu une enfance difficile, reprit-il pour se donner une contenance.

— Elle était déracinée. Je ne sais pas le genre d'existence qu'elle aurait eue au Viêtnam si elle y était restée mais...

— La honte et la misère, rien d'autre. Qu'il s'agisse des Vietnamiens ou des Japonais qui les avaient envahis, la bâtarde d'un officier français n'avait aucune chance parmi eux à l'époque. Ni elle, ni sa mère. Son père a été bien inspiré de la ramener.

— Sauf qu'elle est mal tombée chez les Montague !

— Montague ? répéta-t-il d'un air intrigué.

— Le capitaine Abel Montague, mon grand-père. Il avait reconnu officiellement ma mère.

— Ce nom me dit quelque chose.

Il prit le temps de réfléchir puis finit par hausser les épaules.

— Je ne vois pas. Pourtant, j'ai une assez bonne mémoire... En tout cas, ce capitaine Montague avait le sens du devoir. A quel corps appartenait-il ?

— Artillerie légère, je crois. Ma mère ne parlait pas volontiers de sa famille, pourtant elle faisait une exception pour lui. Elle le décrivait comme un de ces militaires coloniaux qui, à force de passer tellement de temps loin de chez eux, finissaient par prendre des maîtresses sur place. Elle ne le jugeait pas, sans doute parce qu'il avait été le seul être au monde à lui montrer un peu d'affection. D'un certain point de vue, c'était un homme estimable, il avait obtenu toutes les décorations possibles pour ses campagnes. Malheureusement, il avait aussi rapporté de là-bas des séquelles de dysenterie, paludisme et autres saloperies qui l'ont tué trop tôt. Ma mère s'est retrouvée seule chez les loups... Quand elle a quitté les Montague, devenus odieux avec elle, elle n'a emporté à titre de souvenir qu'une minuscule boîte en carton où se trouvait la Légion d'honneur de son père.

Pascale s'interrompit, étonnée d'en savoir autant. Les confidences de sa mère avaient été si rares qu'elles avaient dû la marquer à son insu.

— Vous paraissez très concernée par cette histoire, constata Laurent avec un nouveau sourire. C'est normal, on voudrait toujours en savoir plus sur ses origines. Pourtant, on néglige d'interroger les membres de sa famille tant qu'il en est encore temps.

— C'est vrai. Par exemple, j'ignore tout de ma grand-mère, Anh Dào. Et je n'ai rencontré l'un de mes oncles Montague qu'il y a quelques mois. Peut-être n'aurais-je pas dû le faire, peut-être vaut-il mieux ne pas déterrer les secrets de famille ? Je ne m'y étais pas beaucoup intéressée avant de revenir à Peyrolles. Les choses me paraissaient simples grâce au côté Fontanel, la dynastie des médecins sans mystère ! Or, paradoxalement, c'est l'empreinte de ma mère que j'ai trouvée ici.

— Parce que c'est celle-là que vous cherchez depuis que vous êtes tombée sur le livret de famille.

Il revint s'asseoir en face d'elle, tout au bord de son fauteuil, leurs genoux se frôlant.

— Vous croyez à l'inconscient familial ? demanda-t-elle lentement.

— C'est-à-dire ?

— Cette espèce d'héritage moral de nos ancêtres, avec leurs émotions, leur vécu, et aussi les deuils qu'ils n'ont pas pu achever et qu'on reprend à son compte.

— Non ! s'exclama-t-il en riant. Le transgénérationnel, la psychogénéalogie, tout ce fatras ? Pas du tout... Le vocable des psys ne parvient pas à me convaincre, j'ai l'impression qu'il s'agit d'une mode. Il y a parfois des charges héréditaires, d'accord, mais toute interprétation ou extrapolation me rend sceptique.

D'un geste doux, il posa sa main sur celle de Pascale.

— En revanche, je suis amoureux de vous, là-dessus je n'ai pas le moindre doute.

L'atmosphère douillette de la bibliothèque et l'heure tardive l'avaient probablement aidé à trouver le courage de l'avouer, bien qu'il ait parlé trop vite, butant un peu sur les mots par timidité. A présent, son regard bleu intense scrutait Pascale avec inquiétude.

— Vous êtes un homme très séduisant, Laurent, dit-elle à voix basse.

De sa main libre, il la prit délicatement par la nuque et l'attira à lui. Hormis le léger bruissement des braises, le silence de la maison les isolait du reste du monde. Ils s'embrassèrent longtemps, sans la moindre gêne, curieux de découvrir le goût de l'autre, puis Pascale appuya son front sur l'épaule de Laurent en reprenant son souffle. Il en profita pour la serrer davantage contre lui et, du bout des doigts, ouvrir la pince qui retenait ses cheveux.

— Je mourais d'envie de les toucher, chuchota-t-il.

Il laissa glisser sa main le long d'une mèche, frôla un sein à travers le pull, s'attarda. Electrisée par ce contact, Pascale se leva brusquement, lui échappant.

— Venez, décida-t-elle.

Lovée sous la couette, Pascale jeta un coup d'œil au réveil, qui indiquait cinq heures et demie et n'avait pas encore sonné, puis elle reporta son attention sur Laurent. Il était en train d'enfiler son col roulé, dont il émergea tout ébouriffé.

— Est-ce que je peux t'appeler, aujourd'hui ? demanda-t-il. Je suis désolé d'être obligé de partir maintenant, mais...

— Ne t'excuse pas, c'est normal, je travaille aussi à huit heures.

— Je ne m'excuse pas, je suis désolé pour de bon, très égoïstement.

Il vint s'agenouiller à côté du lit, prit le visage de Pascale entre ses mains.

— Je ne désirais pas seulement faire l'amour avec toi, j'aurais voulu qu'on s'endorme ensemble.

Son sourire était empreint de la même douceur que la veille.

— Fais un petit somme d'une heure, ce sera mieux que rien...

Il l'embrassa au coin des lèvres, se releva et quitta la chambre. Songeuse, Pascale écouta son pas décroître dans l'escalier, le bruit de la porte d'entrée, puis celui du moteur qui démarrait. Aurore n'était pas rentrée - préférant sans doute passer la nuit chez Georges pour éviter un aller-retour - et ne risquait donc pas de venir s'asseoir au pied du lit pour bombarder Pascale de questions. Dommage, son humour aurait été bienvenu.

Repoussant la couette, elle se leva et fila prendre une douche. Pas question de dormir, elle n'avait pas sommeil, d'ailleurs elle voulait ranger la cuisine avant de partir. Habituée aux gardes de vingt-quatre heures, elle pouvait enchaîner une nuit blanche et une journée de travail sans problème.

Vêtue d'un pull rouge cerise, d'un jean en velours et de mocassins souples, elle descendit jusqu'à la bibliothèque, où le plateau du thé était resté près des fauteuils. Dans la cheminée, quelques braises rougeoyaient encore sous les cendres. Une seconde, Pascale resta immobile, son plateau à la main, regardant le décor de cette pièce qu'elle adorait. Avait-elle eu raison de céder au désir que lui inspirait Laurent ?

Elle gagna la cuisine, débarrassa la vaisselle et prépara du café. Ces dernières heures la laissaient perplexe, à la fois épanouie et déçue.

Laurent était un amant délicat, extrêmement adroit, très sentimental, et elle avait pris un plaisir fou en faisant l'amour avec lui. Cependant elle le trouvait trop concerné, trop impliqué, il semblait parti pour une grande histoire sérieuse alors qu'elle en était encore au stade d'une simple attirance physique.

Avait-elle envie d'un homme dans sa vie ? De cet homme-là ? Etait-elle prête à entamer une relation d'avenir, à bâtir avec lui ? Pour l'instant, il manquait à Pascale l'étincelle de la passion, comme celle qu'elle avait ressentie dès le début avec Samuel.

La première nuit dans les bras de Sam avait été une révélation immédiate, un éblouissement, elle avait su tout de suite qu'elle l'aimait d'amour, qu'elle ne voulait plus le quitter. Or ce matin, elle n'avait rien ressenti de tel.

Un moment intense, électrique, voilà ce qu'elle venait de partager avec Laurent, mais où étaient les fous rires, l'exaltation, l'impression d'être légère comme une plume ? Elle aurait dû être en train de fredonner dans sa baignoire pleine de mousse, songeant à leur prochain rendez-vous, au lieu de faire consciencieusement la vaisselle. Elle aurait dû être triste de le voir partir si tôt, malheureuse de ne pas prendre son petit déjeuner avec lui, les yeux dans les yeux. Et pourquoi venait-elle de penser à Sam, pourquoi lui comparait-elle toujours tous les autres hommes ? D'ailleurs, que devenait-il et depuis combien de temps n'avait-il pas téléphoné ?

Avec un soupir exaspéré, elle se versa un nouveau bol de café. Laurent était quelqu'un de bien, qui savait écouter, et il l'avait considérablement aidée jusqu'ici. Charmeur et charmant, intelligent, brillant, disponible, capable de la faire grimper au septième ciel, que demander de plus ? Enfin, pour elle qui avait tellement désiré des enfants, Laurent ne ferait-il pas un père idéal ? Elle laissa dériver ses pensées, essayant d'imaginer Laurent installé à Peyrolles, ou elle-même dans l'hôtel particulier de Toulouse.

— Non, je veux rester chez moi, marmonna-t-elle. Et lui, en tant que haut fonctionnaire, peut être muté n'importe où !

En réalité, elle n'en savait rien, mais cette perspective constituait une première explication à ses réticences.

— Ne te mens pas, ça ne sert à rien...

Peut-être n'était-elle pas en état de tomber amoureuse, trop obnubilée par Julia, trop perturbée par le passé familial ? Fermant les yeux, elle revit Laurent quelques heures plus tôt, à l'instant où il était sorti de la salle de bains, une serviette autour des hanches, très beau dans la lumière tamisée de la chambre. Infiniment désirable avec sa peau lisse, son regard clair, son sourire hésitant. Pas un atome de graisse superflue - Sam était plus massif -, des joues de bébé - Sam devait se raser deux fois par jour - et des cheveux coupés très court, au contraire de Sam, qui oubliait systématiquement de passer chez le coiffeur.

— Eh bien, comme ça, il ne te rappelle personne !

Elle fit claquer le torchon avec lequel elle venait d'essuyer la table. Autant partir tout de suite, elle serait un peu en avance à l'hôpital et en profiterait pour reprendre un café avec l'interne de pneumo. Elle se plaisait beaucoup dans son nouveau service, où le travail ne manquait pas ; une fois là-bas, elle n'aurait sans doute plus l'occasion de penser à Laurent jusqu'à ce qu'il l'appelle. En entendant sa voix, elle verrait bien ce qu'elle ressentait et si son cœur battait plus vite.

Laurent annonça à la tour qu'il était prêt à décoller et le contrôleur lui indiqua sur quelle piste se rendre. Il fit rouler le Robin dans cette direction, impatient de rejoindre le ciel bleu azur. A cette heure matinale, il était l'un des premiers pilotes de l'aéroclub à voler et il y avait très peu d'activité autour des hangars ou sur les *taxiways*.

Après avoir effectué une dernière *check-list* à l'entrée de piste, il fit un essai moteur et reprit contact avec la tour.

— Alfa Fox au point d'attente O4, alignement et décollage.

— Alfa Fox autorisé à décoller, dernier vent zéro soixante, dix à douze nœuds, entendit-il dans son casque.

Il commença à accélérer, encaissant les vibrations de l'avion qui prenait de la vitesse. Quatre cents mètres plus loin, il quitta le sol en douceur.

Normalement, il aurait dû se trouver dans son bureau, à Purpan. C'était bien la première fois qu'il faisait l'école buissonnière et il ne s'était même pas donné la peine de chercher un prétexte valable lorsqu'il avait prévenu sa secrétaire.

En revenant de Peyrolles, il était pourtant rentré sagement chez lui afin de se changer, incapable d'aller travailler en pull. Sous sa douche, il n'avait pas cessé de siffloter, et en nouant son nœud de cravate il s'était carrément entendu chanter à tue-tête. Un quart d'heure plus tard, il avait capitulé, ôté sans remords costume et chemise blanche pour enfiler un jean, un sweat-shirt, son gros blouson d'aviateur. L'envie de caracoler aux commandes du Robin avait été la plus forte : tant mieux ! De toute façon, il n'aurait pas pu travailler, il avait trop la tête dans les nuages, il fallait d'abord qu'il se calme.

La tour lui communiqua les dernières instructions et lui souhaita un bon vol. Bon ? Oh, il le serait forcément ! Après un virage sur l'aile, un peu trop serré, il grimpa jusqu'à son altitude de croisière.

Il avait tenu Pascale dans ses bras, il lui avait fait l'amour, décidément, il n'en revenait pas. Depuis le jour déjà lointain où elle avait franchi la porte de son bureau, fraîchement débarquée de Paris et présentée par Samuel, il était amoureux d'elle. Dix fois, cent fois il avait cherché à la croiser dans les couloirs ou les cours de l'hôpital, se comportant comme un collégien immature. Plus tard, à chacune de leurs rencontres, il avait lutté pour ne pas brûler les étapes, et il s'était arrangé pour ne pas rater la moindre occasion de lui être agréable, de lui rendre service. Aux plaintes du Pr Clément, il s'était contenté de répondre que Pascale Fontanel était un excellent médecin.

Oui, un excellent médecin, une femme de caractère, une beauté exotique d'une rare séduction et... et quoi, encore ? En résumé, le genre de brune sublime qui le subjuguait tout en l'intimidant. Sauf que, plus il connaissait Pascale, plus il découvrait en elle une fragilité qu'il n'avait pas soupçonnée au début, ce qui la rendait plus accessible, plus attachante encore. Comment Samuel avait-il pu être assez fou pour la laisser partir ? D'accord, il s'en mordait les doigts, c'était l'évidence même, néanmoins il avait accepté de divorcer.

Laurent chassa Samuel de son esprit, conscient toutefois qu'il lui faudrait y repenser à un moment ou à un autre. Ce matin, il nageait dans le bonheur et il y était trop bien pour se laisser distraire.

Il s'obligea tout de même à regarder les cadrans, à vérifier ses instruments. Voler en avion était nettement moins exaltant qu'en hélicoptère, mais au moins il était seul à bord et pouvait hurler de joie ou exécuter un looping s'il en avait envie. Ce serait délicat de faire la même chose lorsqu'il serait assis à côté de Sam dans le Jet Ranger ! Mais allait-il pouvoir rester son élève si Sam prenait mal les choses ? Quant à leur amitié, qu'en subsisterait-il ? Dès qu'il avouerait être l'amant de Pascale, la guerre deviendrait inévitable.

L'amant de Pascale ! Il avait caressé sa peau, d'une douceur extrême, pris à pleines mains ses cheveux de soie, senti contre lui ses hanches étroites et ses jambes interminables... Cette femme était sensuelle comme un bel animal, nerveuse et souple, impatiente et habile... Seigneur ! Il ne se souvenait pas d'avoir jamais été aussi comblé.

A un détail près, cependant. Un détail qu'il n'était pas assez aveugle pour l'ignorer : Pascale n'était pas amoureuse de lui. Tout au plus avait-il réussi à provoquer chez elle de l'intérêt, puis du désir. Il lui plaisait – de ça, au moins, il ne doutait plus –, il avait su répondre à tous ses souhaits et même au-delà, mais il ne lui inspirait pas de sentiment d'amour. Pas encore.

Il inclina l'avion pour regarder en dessous de lui. Seul au monde dans ce ciel limpide, il s'offrit quelques instants en piqué avant de relever le nez du Robin. Que fallait-il faire pour être aimé d'une femme comme elle ? Il était prêt à tout, à n'importe quoi ! Après s'être assuré une nouvelle fois qu'aucun autre appareil ne se trouvait dans les parages, il se lança dans un tonneau très réussi qui lui arracha une exclamation de joie. Les yeux rivés sur l'horizon, il laissa échapper un long soupir de satisfaction puis se détendit et vérifia machinalement ses cadrans. Tout au long de sa vie, jusqu'à présent, il avait su se battre pour obtenir ce qu'il voulait, et il voulait Pascale par-dessus tout. Il se jura d'y arriver, quel que soit le prix à payer.

Enfin calmé, il exécuta un demi-tour impeccable et mit le cap sur l'aéroclub.

10

Samuel quitta la banque avec le sentiment pénible de n'avoir rien résolu. L'argent ne pouvait ni consoler ni réparer, cependant il ne voyait pas d'autre moyen pour aider Marianne. Elle ne touchait pas un salaire mirobolant et l'accident n'avait pas dû arranger ses finances. Chaque fois qu'il franchissait la porte de son minuscule studio, il se sentait écrasé de culpabilité. Elle était restée coincée là durant des semaines, avec ses cannes anglaises qui l'empêchaient de sortir, et l'une de ses rares distractions avait été le lecteur DVD qu'il lui avait offert. Bien sûr, sa mère passait la voir, peut-être des amis, mais c'était tout de même à cause de lui qu'elle se morfondait depuis Noël, et elle n'avait pas les moyens de s'amuser ni de partir en convalescence dans un endroit agréable. Comme elle avait maigri, elle devrait sûrement regarnir sa garde-robe, et sans doute aspirait-elle à quelques fantaisies qu'elle ne parviendrait jamais à s'offrir. A défaut de l'aimer, puisqu'il en était incapable, il pouvait au moins la soulager de ses soucis matériels. Mais comment lui présenter les choses ? Comment ne pas la blesser ou l'humilier ? Un chèque n'était certainement pas ce qu'elle espérait de lui !

En passant voir son banquier, ce matin, il s'était creusé la tête sans trouver de solution acceptable. Néanmoins, il avait viré une somme importante sur son compte courant afin d'être prêt à la lui donner. Peut-être serait-il plus élégant d'en parler d'abord aux parents de Marianne ? Non, elle risquerait de se sentir infantilisée ou manipulée, c'était avec elle qu'il devait avoir une conversation.

Samuel n'avait aucun problème d'argent, cependant il comprenait ceux des autres. L'important héritage laissé par la famille Hoffmann l'avait mis très tôt à l'abri du besoin, trop tôt car il venait juste d'atteindre sa majorité, ce qui l'avait poussé à se montrer prudent. Diversifiant ses avoirs, investissant judicieusement, il avait fait prospérer son capital, et parfois il se disait qu'il aurait aimé les affaires s'il n'avait pas été médecin. Par bonheur, son métier d'anesthésiste le passionnait davantage que les cours de la Bourse. D'ailleurs, il ne se sentait pas le droit de dilapider un argent gagné par d'autres, d'autant moins qu'il vivait très bien avec son salaire.

Arrivé devant sa voiture, il hésita. Aller maintenant chez Marianne ne le réjouissait guère, pourtant il souhaitait régler cette histoire le plus vite possible. Il y pensait depuis plusieurs jours et, la veille, lorsqu'il avait aperçu chez elle une petite pile de factures en attente, il avait pris sa décision. Même si elle l'envoyait au diable, il devait aborder le sujet.

Il se faufila dans la circulation dense du centre et prit la direction du studio. Le temps consacré à Marianne l'avait empêché de se rendre à l'aéroclub aussi souvent qu'il l'aurait voulu, il avait même dû confier certains de ses élèves à un autre instructeur. Arrêté à un feu rouge, il se pencha en avant pour scruter le ciel à travers son pare-brise. L'horizon était bleu azur, sans le moindre nuage. La météo prévoyait une semaine magnifique, apparemment le printemps était bien là. Une irrésistible envie de voler lui arracha un soupir. Il aurait donné n'importe quoi pour être aux commandes d'un hélico, avec les cimes des arbres défilant sous ses pieds et peut-être Pascale assise à côté de lui, gigotant sur son siège pour lui désigner tel ou tel détail du paysage, riant dans son micro et ne parvenant pas à dissimuler son envie de piloter elle-même...

Mais Pascale ne téléphonait pas, ne donnait pas de nouvelles, et il n'avait plus l'occasion de la croiser à Purpan. Son nouveau poste devait l'absorber ; perfectionniste comme elle l'était, elle n'aurait de cesse de s'intégrer à l'équipe albigeoise. Là-bas, d'après ce que Laurent avait expliqué, Pascale ne se trouvait pas confrontée à une Nadine Clément, ce qui lui changeait sûrement la vie.

Parvenu en bas de l'immeuble de Marianne, il fut obligé de faire trois fois le tour du pâté de maisons avant de dénicher une place. Habiter une grande ville n'était pas une sinécure mais, comparé à Paris,

Toulouse le charmait toujours ; pas une seule fois il n'avait regretté son choix.

Alors qu'il sortait de sa voiture, il aperçut une silhouette claudiquant sur le trottoir, à cinquante mètres de là. Sa canne dans une main, un sac de supermarché dans l'autre, Marianne revenait de ses courses. Une bouffée de compassion et de tendresse serra la gorge de Sam. Le soleil jouait dans les boucles blondes de la jeune femme tandis qu'elle progressait d'une démarche mal assurée, la tête penchée pour regarder où elle mettait les pieds. Elle ne découvrit Samuel que lorsqu'elle fut à quelques pas de lui, et son expression morose se transforma d'un coup en un sourire radieux.

Adrien jouait avec les pièces de l'échiquier offert par Pascale à Noël. Il poussa le cavalier vers la tour, qui s'effondra. Durant quelques instants, il contempla les pions noirs et blancs délicatement ciselés, puis il haussa les épaules. Excellent joueur d'échecs, il ne trouvait plus d'adversaire à sa taille et n'avait pas perdu une seule partie depuis des années. Il releva la tour, remit le cavalier à côté du fou, puis il alluma une cigarette dont il tira une profonde bouffée. Son père n'avait pas réussi à le dissuader de fumer, il en avait besoin pour calmer ses angoisses.

Sorti tard de la clinique, il s'était cassé le nez devant le rideau de fer de son épicerie habituelle, qui fermait à sept heures, et il n'avait pas grand-chose dans son réfrigérateur. Trop de travail, pas assez de temps, des habitudes navrantes de célibataire : quand adopterait-il enfin une vie réglée ? Pascale y était bien arrivée, elle, malgré son divorce, malgré son idée saugrenue d'aller s'établir à Peyrolles, cette grande baraque isolée dont les fantômes ne l'empêchaient même pas de dormir !

Il eut un sourire triste à l'idée de fantômes hantant les couloirs de Peyrolles pour faire hurler Pascale et son amie Aurore. Non, bien entendu, pas de spectres en draps blancs secouant leurs chaînes, mais une foule de souvenirs pénibles et confus, qu'il valait mieux tenir à distance.

Adrien se souvenait précisément de l'époque où la famille avait quitté Peyrolles. Pour sa part, le déménagement l'enchantait, il était ravi d'intégrer une faculté parisienne et partait sans regrets. Durant plusieurs jours, Camille lui avait fait monter toutes sortes de choses au grenier, des meubles et des objets qu'elle ne voulait ni vendre ni emporter à Saint-Germain, puis elle avait condamné la porte et fait préciser sur le bail de location que le dernier étage de la maison serait inaccessible. A ce moment-là, imaginait-elle que son vieux livret de famille, soigneusement conservé dans le tiroir d'une coiffeuse, serait découvert par sa fille vingt ans plus tard ? Sans doute pas. Mais dans ce cas, pourquoi l'avait-elle mis là ? Parce qu'elle n'avait pas pu se résigner à le détruire ? Parce qu'il était le dernier - le seul - vestige attestant de l'existence de Julia ?

A lui, Henry n'avait presque rien caché, il connaissait cet épisode de la vie de Camille, ses tristes débuts dans la vie et son enfant handicapée. Il n'en avait que plus d'affection pour celle qu'il appelait « maman ». De son autre mère, la vraie, cette belle femme du nom d'Alexandra, ne subsistaient que quelques photos que son père lui avait solennellement remises le jour de ses dix ans.

Camille avait été merveilleuse avec lui. Douce, tendre, maternelle, elle l'avait entouré - saturé ? - d'amour. Il était le plus beau petit garçon du monde, le plus intelligent, tout ce qu'il faisait méritait des applaudissements. Par chance, alors qu'il commençait à se sentir étouffé, Pascale était née et Camille l'avait enfin laissé respirer sans pour autant se désintéresser de lui. En somme, tout avait été pour le mieux.

Malheureusement, en souvenir de son enfance, Adrien recherchait l'amour absolu. Témoin de l'amour fou de son père pour Camille, bénéficiaire de l'amour immense de Camille pour lui, il n'arrivait pas à se sentir heureux dans sa vie d'adulte. Et toutes ses joyeuses virées d'étudiant, puis de célibataire endurci, n'y avaient rien changé. A quarante ans, il savait que sa quête n'aurait pas de fin.

Chaque début d'histoire se déroulait de la même manière : il voulait être regardé comme le plus beau, le plus intelligent, avec les applaudissements en prime. Il exigeait trop et trop vite des femmes qui auraient pu l'aimer, et se détachait aussitôt d'elles en constatant qu'il n'était pas l'objet de leur adoration. En secret, il avait entamé une analyse, qu'il abandonna après les premiers rendez-vous.

Mal dans sa peau, il donnait pourtant le change, tenant le rôle du boute-en-train partout où il se trouvait. A son père comme à sa sœur, il offrait un visage serein, celui du dragueur heureux de ses bonnes fortunes, alors qu'il était désespérément frustré.

Debout devant son frigo vide, il soupira. Tant pis, il se ferait cuire des pâtes, il en avait toujours plusieurs paquets en réserve avec des pots de sauce bolognaise. Il pouvait aussi appeler son père pour lui proposer de dîner dans une brasserie, mais il n'avait pas très envie de ressortir. Ni de voir son père ce soir, car il se sentait la tête pleine de questions. Le genre de questions qu'il valait mieux ne pas poser sans y avoir réfléchi d'abord.

A cause de Pascale, de ce passé familial qu'elle remuait sans cesse, des choses qu'il croyait avoir oubliées lui revenaient. Par exemple, comment et pourquoi Camille avait-elle été là tout de suite, juste après le décès de sa mère dans l'incendie ? Installée à Peyrolles avant d'être mariée, au risque de choquer tout le voisinage... Parce qu'elle n'était pas encore divorcée de Coste ? Sans doute, mais quand et où son père, à peine veuf, l'avait-il rencontrée ? Elle venait d'abandonner son enfant, Henry Fontanel lui en offrait un autre, tout fait, tout prêt, et la voilà qui prenait sans attendre la place de la morte. Des gens avaient fait des réflexions insidieuses, qu'Adrien avait dû enregistrer malgré son jeune âge.

Et puis, plus troublant encore, pourquoi Henry avait-il répandu le bruit que la petite Julia était décédée ? Pour épargner à Camille les questions ? Enfin, la totale rupture avec la famille Montague semblait un peu étrange, ainsi que la manière dont Camille avait renoncé à sa part d'héritage rien que pour ne pas rencontrer ceux parmi lesquels elle avait grandi.

Pascale pointait du doigt tous ces mensonges, ces non-dits, n'hésitant pas à mettre leur père en accusation, et aujourd'hui Adrien ne lui donnait pas tort. S'il existait réellement un abcès, il fallait le crever. Après, tout le monde se sentirait peut-être mieux. Lui le premier !

Il goûta une pâte, se brûla et jura. De toute façon, il n'avait plus faim.

— Je ne sais même plus comment on faisait avant vous ! lança le Dr Lebel de sa voix de stentor.

Petit, rondouillard, chauve et jovial, il avait assuré à lui seul l'essentiel des consultations de pneumologie jusqu'à l'arrivée de Pascale.

— Vous êtes un cadeau de la providence, ma petite Pascale ! Et comme en plus vous êtes douée, je vais pouvoir me remettre au golf...

Son sourire démentait ses paroles, c'était un bourreau de travail et il n'avait jamais foulé un green de sa vie. Pascale lui adressa un regard complice et lui tendit un dossier.

— Un patient me pose problème, j'aimerais votre avis à son sujet.

Sans cesser de marcher, il s'absorba dans les résultats d'examens et le compte rendu clinique qu'elle lui soumettait. Au bout d'un moment, il marmonna quelque chose d'incompréhensible en hochant la tête.

— Je vous donne mon avis à une condition : on se tutoie. Qu'en pensez-vous ?

Amusée, elle accepta d'emblée tandis qu'il lui rendait le dossier.

— Je suis d'accord avec ton diagnostic. Tu devrais l'hospitaliser. Un café ?

Tout en parlant, ils étaient arrivés devant le distributeur et Lebel fouilla ses poches.

— Tu ne regrettes toujours pas Purpan ?

— Oh, non ! s'exclama-t-elle avec un rire insouciant. Et surtout pas le Pr Clément, qui me regardait avec autant de bienveillance que si j'avais été un scorpion égaré dans son service. Cela dit, elle est très compétente, on ne peut pas lui enlever ça.

— J'ai été interne sous ses ordres quand elle n'était pas encore grand patron. Mais elle avait déjà l'intention de devenir calife à la place du calife et on savait qu'elle y arriverait. Son ambition est à la mesure de son talent, en la nommant ils ont fait le bon choix. Sauf pour ses collaborateurs, bien entendu... Tu as demandé ta mutation à cause de son foutu caractère ?

— Non, pas vraiment. C'était plutôt une question de convenance personnelle, j'habite près d'Albi...

— Le foutu caractère de qui ? demanda l'homme qui venait de s'arrêter près d'eux.

— Un café, Jacques ? proposa Lebel. On parlait de Nadine Clément.

Jacques Médéric, le chef du service, esquissa un petit salut à l'adresse de Pascale.

— Je suis sûr que vous êtes beaucoup mieux parmi nous, Dr Fontanel... Et je vois notre ami Lebel tellement soulagé ! Nous manquions furieusement d'un praticien d'expérience, c'est vrai...

Nonchalant, comme à son habitude, Jacques Médéric s'exprimait lentement, laissant toutes ses fins de phrase en suspens. C'était un homme réfléchi, très humain, qui n'avait jamais cherché à faire carrière et consacrait tout son temps à ses malades. Il arrivait tôt, partait tard, prenait la peine d'écouter chacun à longueur de journée, qu'il s'agisse de ses collaborateurs ou de ses patients. Sa seule angoisse semblait être son départ à la retraite, qu'il différait chaque année.

— Ah ! Nadine..., soupira-t-il en prenant le gobelet de café que lui tendait Lebel. Figurez-vous que nous avons été étudiants ensemble. Cela ne date pas d'hier... Elle n'était ni jolie ni souriante, le genre de fille qui passe totalement inaperçue, sauf les jours où on publiait les résultats des examens ! Une vraie bête à concours, avec une capacité de travail qu'elle a conservée depuis... Je lis volontiers ce qu'elle publie, c'est toujours remarquable. Vraiment, on peut dire qu'elle a fait un sacré bout de chemin, la petite Montague...

Après un instant de stupeur, Pascale répéta lentement, persuadée d'avoir mal compris :

— Montague ?

— Oui, Nadine Montague, devenue Mme Clément. J'étais d'ailleurs à son mariage. Mon Dieu, c'est loin tout ça ! Allez, je vous laisse, nous avons tous du travail... Et merci pour le café.

Il s'éloigna de sa démarche mesurée, qui lui donnait toujours l'air d'être plongé dans une profonde réflexion. Pascale le suivit des yeux, sous le choc.

— Quelque chose ne va pas ? s'enquit Lebel avec sollicitude.

— Ce n'est rien, bredouilla Pascale. Une coïncidence... Montague, c'est le nom de jeune fille de ma mère.

Lebel éclata de rire et se mit à tapoter gentiment l'épaule de Pascale.

— Ne t'inquiète pas, tu ne peux pas appartenir à la même famille que Nadine Clément, c'est tout bonnement impossible !

L'idée semblait beaucoup l'amuser, mais Pascale ne parvint même pas à sourire.

Assis côte à côte sur les hauts tabourets du bar, Laurent et Samuel ne savaient plus quoi se dire. Entre eux, l'amitié complice avait cédé la place à une animosité mal dissimulée, dont Samuel se savait responsable. Chaque fois qu'il se trouvait avec Laurent à l'aéroclub, il se montrait agressif malgré lui et ne pouvait s'empêcher de poser des questions indiscrètes. Laurent y répondait avec réticence, tout en affichant un air d'homme comblé qui exaspérait Sam.

Le barman posa les cafés devant eux sur le comptoir de cuivre, puis battit en retraite au lieu de se livrer à ses plaisanteries habituelles. Sam en déduisit qu'ils devaient avoir triste mine tous les deux, pourtant ils étaient en général les gais lurons du club.

— Le plus raisonnable serait de ne plus en parler, suggéra Laurent.

— Pourquoi ?

— Parce que tu ne le supportes pas, Sam. Tu me demandes où j'en suis avec elle, comment elle va, et puis ça dégénère... Je ne suis que ton successeur, mon vieux, pas ton rival. Ou alors, il fallait me prévenir !

Le regard bleu acier de Laurent ne cillait pas, planté dans celui de Samuel, qui bougonna :

— Il y a des milliers d'autres femmes et tu peux toutes les avoir si tu veux. Tu n'étais pas obligé de choisir celle-là.

— Tu préférerais qu'elle reste seule ?

Sam haussa les épaules, comme s'il venait d'entendre une énormité, néanmoins la réflexion de Laurent était juste. L'épanouissement de Pascale passerait forcément par un autre chemin que la solitude. Elle allait avoir trente-trois ans, et son désir d'enfants avait dû s'aiguiser. De là à pouvoir imaginer Pascale dans le lit de Laurent, se remariant avec Laurent, s'installant avec lui... Mais non, elle ne quitterait pas Peyrolles après s'être donné tant de mal pour l'obtenir ! Sauf si elle était vraiment très amoureuse ?

— En tout cas, rassure-toi, Pascale n'est pas qu'une aventure pour moi, j'y tiens énormément.

— Et elle ? demanda Sam d'un ton abrupt.

Laurent prit le temps de déplier un sucre, de remuer son café.

— Je ne sais pas, avoua-t-il enfin. Je ne suis pas dans sa tête mais je crois qu'elle a envie de construire, de fonder une famille.

— Avec toi ?

— Je ne serais pas le pire des candidats, fit Laurent avec un faible sourire.

Sans doute était-il embarrassé par cette discussion, pourtant Sam crut déceler une autre faille. Si Laurent avait l'attitude d'un amant heureux, en revanche il ne possédait manifestement aucune certitude quant à l'avenir. Aujourd'hui, Pascale devait être plus prudente qu'elle ne l'avait été dix ans auparavant. Dès le début, entre elle et Sam, la perspective du mariage s'était imposée d'elle-même, avec la notion d'amour-toujours et des serments d'éternité auxquels ils avaient cru tous les deux.

— Sam ? Tourne la page, laisse-la vivre et oublie-la.

— Rien que ça ! Et si je te conseillais d'en faire autant ?

— De quel droit ?

En effet, il n'en avait plus aucun, ce qui rendait inepte son envie de frapper Laurent. Il prit une grande inspiration, essayant désespérément de rester calme.

— Vous avez divorcé, Samuel, votre histoire est terminée. Tu es mon ami et tu prétends être aussi le sien... Tu n'as pas envie de la voir heureuse ?

— Pas sous mon nez, pas avec toi ! C'est égoïste et infantile, je sais, mais c'est comme ça.

Le ton violent de Samuel avait fait se redresser Laurent. Ils se dévisagèrent un moment en silence. Pour la première fois depuis qu'il le connaissait, Sam vit que Laurent pouvait se transformer en ennemi et ferait un adversaire redoutable.

— Bon, prends un autre instructeur pour ta leçon d'hélico, je ne suis pas en état de te donner un cours cet après-midi, déclara-t-il en jetant de la monnaie sur le comptoir.

— Sam…

— Je ne tiens pas à ce qu'on finisse accrochés par une ligne à haute tension, et c'est ce qui nous arrivera si on s'engueule en pilotant !

Sa première élève, un quart d'heure plus tard, était heureusement une gentille jeune femme qui ne lui posait aucun problème relationnel. Il traversa le bar sans se retourner et décida d'aller se promener dans les hangars, la vue des avions et des hélicos le mettant toujours de bonne humeur. Là où Laurent n'avait pas tort, c'est qu'il devait vraiment prendre de la distance vis-à-vis de Pascale. La laisser vivre à sa guise, se réjouir pour elle, se comporter en ami.

« Je n'y arriverai jamais, je suis le dernier des cons, et en plus je me couvre de ridicule, c'est complet ! »

Se fâcher avec Laurent n'était pas dramatique, mais continuer à se miner de la sorte finirait par le rendre aigri, infréquentable.

Figé devant le Hugues 300 avec lequel il comptait voler, il enfouit ses mains dans les poches de son blouson. Bon sang, qu'est-ce qui lui arrivait à la fin ? Durant plusieurs minutes il resta planté là, occupé à s'apitoyer sur le sort du pauvre Samuel Hoffmann qui avait tout dans la vie, vraiment tout, sauf la femme qu'il aimait.

Après avoir donné son cours à son élève, il s'aperçut qu'il avait une heure à tuer et il regagna le bar pour y prendre un autre café. Il espérait vaguement trouver Laurent, lui demander de l'excuser, mais celui-ci avait quitté le club sans se donner la peine de chercher un autre instructeur. Déçu, il commanda un express et grimpa sur un tabouret tandis que le barman lui lançait, d'un air goguenard :

— Ne t'assieds pas ici, il y a une dame qui t'attend à une table, là-bas…

En se retournant, Sam découvrit avec stupeur Marianne, installée près d'une baie vitrée. Elle était de dos, absorbée par le spectacle des pistes, une drôle de casquette posée de travers sur ses boucles blondes. Un peu anxieux, il prit sa tasse et la rejoignit.

— Salut, Marianne ! Tu viens nous rendre une petite visite ?

Il s'installa en face d'elle, s'obligeant à sourire.

— C'est toi que je voulais voir, commença-t-elle d'un ton grave. Pour ma première sortie en voiture, ton club fait un bon but de balade.

— En voiture ?

— J'ai acheté une petite japonaise automatique.

— Ah…

— Avec ton argent. Pour ma jambe, une automatique, c'est plus facile.

— Tu as bien fait. Et il ne s'agit pas de mon argent, Marianne.

— Si, si. Sans toi, je n'aurais pas pu me permettre ce luxe. J'ai aussi loué un emplacement de parking dans mon immeuble. Et puis j'ai réglé mes factures en retard, je me suis payé des fringues, et malgré ça mon compte est toujours créditeur ! Je tenais à te remercier, Samuel.

Manifestement, elle se forçait à prononcer chaque phrase comme une leçon bien apprise.

— Tu ne me dois rien, surtout pas des remerciements, assura-t-il fermement. T'aider était le moins que je pouvais faire, je te l'ai expliqué.

Il avait eu un mal fou à lui faire accepter son chèque, qu'elle avait fini par prendre à contrecœur, les lèvres pincées, les larmes aux yeux, et ils ne s'étaient pas revus depuis.

— Marrante, ta casquette, dit-il pour parler d'autre chose.

Fuyant son regard, Marianne fit semblant d'observer le décollage d'un ULM.

— J'aurais peur, là-dedans, murmura-t-elle.

Jamais il ne l'avait emmenée avec lui, même pas pour un baptême de l'air, et il regretta de s'être montré aussi indifférent. Désireux de conserver l'aéroclub comme son territoire, il l'en avait exclue sans s'apercevoir qu'elle souffrait de cette mise à l'écart.

— On peut aller les voir de plus près ?

— Bien sûr ! Si ça t'amuse, je vais demander quel appareil serait libre pour faire un petit tour en fin d'après-midi, ça devrait te plaire.

— Non, Sam, tu es gentil, je n'y tiens pas. J'ai beau avoir confiance en toi, ces trucs vont beaucoup trop vite pour moi ! Tu sais, je ne suis pas très casse-cou, je ne monte même pas sur les manèges...

La connaissait-il si peu ? Au cours de leur liaison, il ne s'était pas beaucoup intéressé à elle, toujours occupé à chercher le moyen de rompre sans trop la blesser car il ne parvenait pas à l'aimer pour de bon.

Il la précéda vers une porte qui donnait directement sur les pistes. Une fois dehors, il la prit par le bras et commença à lui expliquer l'organisation des taxiways, la manière dont les pilotes se positionnaient aux points d'attente, l'importance du vent, de la température et de la pression atmosphérique au décollage.

— Tiens, regarde, un avion est en approche, il va se poser...

Les mains en visière, ils contemplèrent la descente puis l'atterrissage impeccable d'un Cesna.

— Tu en parles bien, ça te passionne vraiment, remarqua-t-elle d'un air émerveillé.

Elle semblait découvrir quelque chose et devait regretter qu'il ne se soit jamais adressé à elle avec autant de ferveur. Mal à l'aise, Sam estima que le moment était venu d'être tout à fait franc.

— Marianne, écoute... J'ai été lamentable avec toi. J'en suis conscient et j'en ai honte.

— Non, Sam, tu as essayé mille fois de me dire que tu ne m'aimais pas, seulement je ne voulais pas t'entendre. Je m'accrochais, tu cédais, et on remettait ça. Pourquoi n'as-tu pas rompu plus tôt ?

— Par lâcheté et par égoïsme, ce qui n'est pas très glorieux. Tu es jolie, Marianne, j'en ai profité et je m'en veux énormément. Tu mérites autre chose.

Elle ne répondit rien mais se remit en marche, vers le parking cette fois. Il la laissa prendre un peu d'avance, constatant qu'elle ne boitait plus, puis il la rattrapa.

— Tu t'en vas ?

— Oui, je ne suis venue que pour te promettre de te laisser tranquille maintenant.

D'un geste fier, elle désigna une petite Nissan verte aux chromes étincelants.

— Voilà la merveille !

Ses clefs de voiture à la main, elle fit face à Samuel, qu'elle enveloppa d'un long regard triste.

— Cet argent que tu m'as donné... C'est la pire chose que tu pouvais me faire, Sam.

— Pourquoi ? Je voulais seulement te débarrasser de tes soucis matériels. Je t'ai envoyée à l'hôpital, Marianne !

— Il s'agit d'un accident, nous le savons tous les deux. D'ailleurs tu as limité les dégâts, on aurait pu mourir sous ce camion.

— Tu étais ma passagère, c'est moi qui tenais le volant.

— Heureusement pour nous deux !

Elle essayait de plaisanter, pourtant le cœur n'y était pas.

— Marianne, l'argent n'est pas une injure. Mon intention n'avait rien de méprisant.

— Eh bien, moi, j'ai pris ton chèque pour solde de tout compte. En me l'offrant, tu m'as fait comprendre que c'était fini. Je l'aurais volontiers déchiré, mais qu'est-ce que ça aurait changé ? Tu as acheté ta tranquillité, c'était plus explicite qu'un long discours de rupture.

— Tu as tort, protesta-t-il d'une voix sourde.

Cependant, il n'en était pas certain. Il avait voulu l'aider, mais aussi se déculpabiliser.

— Tu dis que l'argent n'a rien d'injurieux, pourtant quand Pascale en a eu besoin, tu le lui as prêté, tu te serais bien gardé de lui en faire cadeau parce qu'elle te l'aurait jeté à la tête. Elle, tu l'estimes, tu la respectes. Parce que tu l'aimes... Et à mon avis tu l'aimeras toute ta vie, il n'y a aucune place dans ton cœur pour quelqu'un d'autre. Tu devrais la redemander en mariage, Sam, je ne plaisante pas.

Elle n'en avait pas l'air, au contraire, elle paraissait bouleversée, épuisée. Au prix d'un effort visible, elle se détourna et monta dans sa voiture. Avant de démarrer, elle baissa sa vitre.

— J'abandonne la partie, Samuel, ça devrait te soulager. Bonne chance à toi.

Tandis que la Nissan s'éloignait, il se sentit absolument misérable. En dessous de tout mais, oui, soulagé. Toutes les dernières tentatives de séduction de Marianne l'avaient embarrassé et contrarié, au moins il n'aurait plus à faire celui qui ne voulait pas comprendre. L'unique sentiment qu'il éprouvait pour elle était un mélange de compassion et d'affection propre à la révolter, il l'avait dissimulé tant bien que mal, ne sachant plus quel comportement adopter. A présent, Marianne était sortie de sa vie, elle l'avait enfin libéré.

Il regagna l'aéroclub à pas lents, méditant les dernières phrases échangées.

— C'était dans son dossier, dit Laurent d'un ton navré.

La colère secouait Pascale, lui donnait envie de hurler, cependant elle resta muette, les yeux rivés à la fiche qu'il venait de lui remettre, preuve indiscutable que Nadine Clément était bien la fille d'Abel Montague, militaire de carrière.

— Ma mère et Nadine Clément avaient le même père, articula-t-elle enfin d'une voix sifflante. Elles étaient demi-sœurs, Nadine est donc ma tante. C'est... insensé ! Nous sommes du même sang, elle et moi ? De la même origine ?

Benjamin Montague, lorsqu'elle l'avait rencontré, s'était bien gardée de le lui apprendre, elle s'en souvint avec amertume.

— Quelle famille abjecte ! Ma mère avait raison, ce sont des monstres...

Elle se mit à marcher de long en large, agitant la fiche qu'elle tenait toujours. Au bout d'un moment, Laurent murmura :

— Tu es très belle en colère, on dirait une panthère noire.

Interrompant ses allées et venues, Pascale le regarda sans le voir.

— Tu te rends compte ? Elle a travaillé avec moi, m'a parlé tous les jours pendant des mois en sachant très bien qui j'étais !

— En es-tu certaine ?

— Evidemment ! Même si Fontanel est un nom répandu, j'ai tout de même une grande ressemblance physique avec ma mère. Et ça devait la rendre folle de rage, ce qui explique son antipathie envers moi. Quelle vipère ! Mon Dieu, Laurent, je ne te remercierai jamais assez pour cette mutation à Albi ! Travailler avec Jacques Médéric est une bénédiction.

Pourtant, c'était son patron qui avait semé le doute lorsqu'il avait appelé Nadine « la petite Montague ». L'état civil de cette dernière, en tant qu'employée de l'hôpital Purpan, était forcément dans les dossiers, et Laurent n'avait eu aucun mal à l'obtenir.

— Je te jure, reprit Pascale, j'ai l'impression que je n'en finirai jamais de découvrir des choses, toutes plus horribles les unes que les autres. En m'installant à Peyrolles, je ne savais pas dans quel cauchemar j'allais entrer, sinon...

— Tu serais restée à Paris ?

Avant de répondre, Pascale prit le temps de réfléchir à la question.

— Non, je serais venue malgré tout. Je suis née ici, j'ai le droit d'y vivre. Mais ce ne sont pas mes racines que je retrouve, en fait je déterre tout un écheveau diabolique ! Moi qui me croyais en terrain familier, je suis servie. On imagine connaître les siens, on se voit raconter un jour à ses enfants l'histoire de la famille, et tout ce qu'on sait n'est qu'un tissu de secrets, de non-dits, de mensonges !

Un peu calmée, elle revint s'asseoir près de Laurent, qui continuait à lui sourire gentiment. Avec l'arrivée du printemps, le jardin d'hiver était redevenu sa pièce favorite, d'autant plus qu'Aurore, quelques jours plus tôt, avait déniché dans une braderie de gros coussins rouge et jaune qui rendaient bien plus confortables les fauteuils de rotin. Au-delà des vitres qui les entouraient, les tulipes et les narcisses commençaient à éclore dans les plates-bandes, semant des taches de couleurs vives.

— Je dois t'ennuyer avec toutes mes obsessions, soupira-t-elle.

— Pas du tout. C'est un vrai feuilleton, ça m'intéresse énormément. Et puis, du moment que ça te touche...

Il prit sa main, la caressa du bout des doigts, remonta sur le poignet, l'avant-bras, jusqu'à ce qu'elle tressaille.

— Avec cette véranda, dit-il à voix basse, on a l'impression d'être au milieu du parc, et moi je te ferais volontiers l'amour dans la nature.

Elle se laissa embrasser mais, lorsqu'il souleva son pull, elle l'arrêta.

— Non, Laurent, pas maintenant.

Sans manifester de contrariété, il s'écarta un peu d'elle.

— Désolée... Je n'arrive pas à penser à autre chose qu'à Nadine, à ma mère, à Julia.

— Tu la rencontres samedi ?

— Oui, et franchement, ça me rend malade d'avance.

L'avis favorable de l'équipe médicale et du conseil administratif qui s'occupaient de Julia était enfin arrivé, prenant Pascale de court. Autant elle avait désiré faire la connaissance de sa demi-sœur, autant l'imminence de l'échéance la paniquait. Ce rendez-vous, fixé dans l'établissement où résidait Julia, lui semblait soudain presque au-dessus de ses forces.

— Veux-tu que je t'accompagne ?

Pascale secoua la tête en signe de refus. Elle n'avait aucune idée de l'état dans lequel elle serait en sortant et ne tenait pas à faire une crise de larmes sur l'épaule de Laurent. Il était pourtant gentil, très gentil, *trop* gentil. Trop présent, aussi, trop concerné par tout ce qu'elle faisait. Parfois elle se croyait amoureuse de lui - surtout quand ils étaient au lit, car leur entente physique avait quelque chose d'exceptionnel -, et à d'autres moments elle pensait le contraire, ce qui la mettait très mal à l'aise. Bien sûr, elle se réjouissait dès qu'ils devaient passer une soirée ensemble, appréciait beaucoup sa manière attentive d'écouter, mais il manquait quelque chose à cet homme et elle ne savait pas quoi.

— Je t'appellerai pour te raconter, promis.

— En attendant, proposa-t-il, on va sortir dîner. J'ai réservé à *L'Esprit du vin*, il semblerait que ce soit l'une des meilleures adresses d'Albi.

Elle acquiesça en souriant alors que l'idée ne la réjouissait qu'à moitié. Ses préoccupations l'empêchaient-elles de profiter des bons moments ? Laurent était amateur de grands restaurants, et depuis que Pascale avait quitté Purpan il n'hésitait pas à se montrer partout avec elle, heureux de lui faire découvrir ses tables favorites.

— C'est juste en contrebas de la cathédrale, dans une ancienne dépendance du palais de la Berbie, avec une salle à manger voûtée... Tu as faim ?

— Pas vraiment, avoua-t-elle.

— D'accord, mais l'appétit vient en mangeant et ça te fera oublier tes soucis.

Sans doute voulait-il la distraire, et elle n'avait aucune raison de gâcher leur soirée, néanmoins l'insistance de Laurent l'agaça.

— Je vais me changer, décida-t-elle, je reviens tout de suite. Sers-toi quelque chose à boire si tu veux !

Elle avait envie d'être seule cinq minutes pour mettre de l'ordre dans ses idées. Que lui arrivait-il donc ? Etait-ce uniquement la perspective de sa rencontre avec Julia qui la perturbait ? Ou bien devinait-elle que Laurent n'allait plus tarder à lui parler d'avenir ? Lorsqu'il restait à Peyrolles pour la nuit, au moment de s'endormir il prononçait souvent des serments d'amour définitifs. Le genre de déclarations qu'elle ne voulait pas entendre, pas encore en tout cas, ou peut-être pas de lui, et qui la faisaient fuir à l'autre bout du lit au lieu de rester dans ses bras.

Nerveuse, elle grimpa jusqu'à sa salle de bains, où elle s'enferma. Devant la glace, elle se détailla sans indulgence. Trente-trois ans bientôt, déjà des rides au coin des yeux. Machinalement, elle se remaquilla en posant un nuage de poudre, un peu de blush sur les pommettes, une touche de mascara sur les cils.

— Tu fais tout pour lui plaire, ma vieille...

Lui plaire, oui, le séduire, voir s'allumer un désir qu'elle partageait, mais pas se l'attacher pour la vie !

— Pourtant, ce serait le moment, n'attends pas la quarantaine.

De là à s'imaginer mariée avec Laurent, il existait cependant un gouffre.

— Il va te le demander, j'en suis sûre. Bien beau s'il ne te fait pas le coup de la bague surprise, il en serait capable. Et tu lui diras quoi ? Que tu as besoin de temps pour y réfléchir ? Ah, c'est flatteur...

Elle déposa une goutte de parfum derrière chaque oreille tout en se taxant d'incohérence. Désirait-elle maintenir Laurent dans le rôle de l'amant épisodique avec qui prendre du bon temps et rien de plus ?

— C'est l'homme idéal, pourquoi refuserais-tu de t'engager ?

Sur le point de sortir, la main sur la poignée de la porte, elle se figea, frappée par une évidence qui venait de s'abattre sur elle avec la violence d'une gifle. Quelle étrange découverte... La raison de ses réticences et de ses doutes s'appelait Samuel. Car épouser Laurent reviendrait à perdre Sam pour toujours, sa tendresse comme sa complicité, et ça, elle n'y était pas prête.

Elle se retourna vers la glace, contempla son reflet. Samuel, vraiment ? Non, impossible, c'était une fausse impression, probablement due au désarroi. Elle était très vulnérable ces jours-ci et le resterait tant qu'elle n'aurait pas vu Julia. Sam était son rempart, il l'avait toujours été, mais elle devait s'en affranchir ou bien elle allait tout gâcher.

D'un geste résolu, elle ouvrit la porte, soudain pressée de rejoindre Laurent.

11

Ce samedi-là, le temps était radieux, avec juste une pointe de vent d'autan pour réchauffer la température. Samuel filait sur la nationale 112 en direction de Castres, respectant le silence farouche de Pascale, qui ne desserrait pas les dents. De temps à autre, il se contentait de lui jeter un coup d'œil, inquiet de la voir si tendue.

— Nous allons bientôt arriver, annonça-t-il.

Il prit une feuille posée sur le tableau de bord pour vérifier l'itinéraire. La veille, juste après l'appel de Pascale, il avait établi un plan d'accès destiné à leur éviter de se tromper dix fois de route, l'établissement étant situé en dehors de la ville, dans un endroit retiré sur une des berges de l'Agout.

— Tout ira bien, répéta-t-il d'une voix apaisante.

C'était peu probable, mais à quoi bon l'angoisser davantage ? Au téléphone, elle lui avait semblé si anxieuse, si perdue, qu'il avait pris la décision de l'accompagner alors qu'elle ne le lui demandait pas. Impossible de la laisser aller seule là-bas, il était manifeste qu'elle en ressortirait le cœur en mille morceaux. Sur le coup, il ne s'était pas demandé pourquoi Laurent ne lui servait pas d'ange gardien, et en y réfléchissant il avait conclu qu'elle serait mieux avec lui, de toute façon. Une déduction qui l'arrangeait, certes, seulement même si Laurent était adorable avec elle - ce qu'il devait être -, même si elle était folle de lui - ce qu'à Dieu ne plaise ! -, ils ne se connaissaient pas depuis assez longtemps pour qu'elle lui fasse une confiance aveugle.

L'institut médicalisé où avait été placée Julia n'était pas référencé comme asilaire, mais il ne s'agissait pas non plus d'un atelier professionnel, ni médico-professionnel, ce qui signifiait que Julia n'était pas en état d'avoir une quelconque activité.

Sur la petite départementale qu'ils suivaient apparut soudain un panneau discret signalant l'entrée de l'établissement. Samuel s'engagea dans l'allée tandis qu'à ses côtés Pascale se raidissait davantage. Au bout d'un parc assez bien entretenu, ils trouvèrent le parking des visiteurs, qui ne comportait qu'une douzaine de places, toutes libres.

— Je t'attendrai ici, déclara Samuel. Prends ton temps...

Pascale hocha la tête, esquissant un sourire pitoyable. Elle portait un tee-shirt noir et un blouson en jean, avait attaché ses longs cheveux en queue-de-cheval. Sam la trouvait superbe mais il s'abstint de le lui dire, ce n'était ni le moment ni l'endroit.

— Courage, chérie.

Il la prit dans ses bras et la serra très fort puis, se penchant au-dessus d'elle, il ouvrit sa portière.

— A tout à l'heure, dit-elle d'une voix sans timbre.

Elle descendit de voiture, les yeux fixés sur la façade d'une grande bâtisse ocre aux volets blancs construite en U autour d'une cour fleurie. Levant la tête, elle compta une quinzaine de fenêtres, sans doute les chambres des pensionnaires.

Alors qu'elle se dirigeait vers l'entrée, la porte vitrée coulissa et une femme sortit, venant à sa rencontre. Petite, rondelette et souriante, elle s'avançait la main tendue.

— Vous êtes le Dr Fontanel ? Je suis Violaine Carroix, la responsable de l'institut. Nous nous sommes parlé au téléphone...

— Oui, absolument. Enchantée de vous rencontrer.

— Si vous voulez bien, nous allons d'abord passer par mon bureau.

Elle précéda Pascale dans un hall ensoleillé et moderne, puis le long d'un couloir qui ressemblait à ceux des hôpitaux, couvert de linoléum et assez large pour laisser circuler des brancards ou des fauteuils roulants.

— Notre établissement a été construit après guerre, mais il a été modernisé à plusieurs reprises et, dans l'ensemble, nos installations sont satisfaisantes. Entrez, je vous en prie.

Elles prirent place de part et d'autre d'un grand bureau en bois clair sur lequel était posé un bouquet de fleurs.

— Dr Fontanel, j'ai ici votre dossier, qui a suscité un certain émoi parmi le personnel, vous vous en doutez.

Violaine Carroix lui souriait chaleureusement, pourtant Pascale se sentait figée, glacée, et elle ne répondit rien.

— Votre demande a été une vraie surprise pour nous tous, reprit Violaine. Une bonne surprise ! Julia est ici depuis bientôt dix ans et jamais je n'aurais pu imaginer qu'un membre de sa famille la rechercherait un jour...

— Je n'ai appris son existence que l'hiver dernier.

— Oui, c'est ce que j'ai compris. Votre démarche est très louable... En tant que médecin, vous savez à quel point les gens atteints du syndrome de Down sont doux et affectueux. Les visites, les attentions, les petits cadeaux leur causent toujours beaucoup de plaisir.

Pascale remarqua avec soulagement que Violaine n'avait pas utilisé les termes « trisomique » ni « mongolien », aux connotations trop négatives.

— Nous essayons d'entourer chacun de nos pensionnaires, mais Julia est particulièrement appréciée du personnel, même si sa faculté de communication est très... réduite. Elle est comme une enfant en bas âge, avec des difficultés de coordination qui vont s'aggravant.

Violaine laissa passer un petit silence, que Pascale finit par interrompre.

— Quel est son QI ?

— Trente.

La moyenne des malades atteints de trisomie 21 se situait autour de cinquante, la normale se trouvant entre quatre-vingt-cinq et cent vingt. Pascale hocha la tête sans pouvoir parler. Son émotion devait être visible car Violaine lui laissa le temps de se reprendre en baissant les yeux vers le dossier ouvert devant elle.

— Julia a toujours été dans des établissements très spécialisés car elle a besoin d'assistance pour un certain nombre de gestes quotidiens. Son espérance de vie était en principe d'une vingtaine d'années, mais la nature en a décidé autrement. Pour l'instant, son état de santé est stable, et bien entendu vous aurez accès à l'intégralité de son dossier médical. Avez-vous des questions à me poser ?

Un nouveau silence les sépara. Pascale avait envie de fuir, elle dut serrer très fort ses mains autour des accoudoirs du fauteuil pour ne pas bouger.

— Non, pas maintenant, dit-elle dans un souffle. Je crois que j'aimerais voir Julia d'abord.

— Vous ne souhaitez pas, au préalable, vous entretenir avec le pédopsychiatre qui la suit ?

— Non...

Retarder encore l'échéance devenait une torture, et Violaine Carroix parut le comprendre.

— Venez, fit-elle en se levant.

De nouveau, elles empruntèrent le couloir, cette fois dans la direction opposée à la sortie. Pascale avait l'impression d'avoir des semelles de plomb. Désespérément, elle essayait de se préparer au pire tout en regrettant amèrement de s'être crue assez forte. Jamais Samuel ne lui avait autant manqué qu'à cette minute. Pas son père ni son frère, non, juste Sam, qui heureusement l'attendait dehors.

Violaine s'arrêta à l'entrée d'une salle de jeux dont la porte était grande ouverte. Vaste et bien éclairée par de larges baies vitrées, la pièce comportait une télévision, d'épais tapis de caoutchouc sur lesquels s'entassaient des jouets, des fauteuils en mousse aux couleurs vives, des tables et des chaises en plastique. Il n'y avait que deux personnes, assises près de la télévision et qui leur tournaient le dos. Comme l'une d'elles portait une blouse blanche, le regard de Pascale se posa sur l'autre.

— A cette heure-ci, expliqua Violaine, tout le monde est en train de goûter au réfectoire, mais nous avons fait manger Julia avant. Allez-y...

Clouée sur place, Pascale prit une profonde inspiration. Elle se jura une dernière fois de ne chercher aucune ressemblance, de ne surtout pas penser à sa mère, et elle avança. L'aide-soignante se leva à son approche, sourire aux lèvres, tout en éteignant la télévision.

— Voilà la dame que nous attendions, Julia !

De la même manière qu'elle se serait jetée à l'eau, Pascale franchit la distance qui la séparait encore de sa demi-sœur, contourna le fauteuil et s'assit face à elle.

— Bonjour, Julia, dit-elle doucement.

Elle vit exactement ce qu'elle s'attendait à voir, enregistrant le moindre détail de façon clinique. L'aspect aplati et pseudo-asiatique du visage, caractéristique de l'anomalie chromosomique, était accentué par les origines vietnamiennes de Julia. Un nez placé haut, aucune ride, des lèvres épaisses et un abdomen volumineux, comme prévu. Et puis des cheveux noirs, coupés trop court pour des raisons pratiques.

— Je m'appelle Pascale.

Les yeux sombres étaient doux comme du velours. Pascale s'accrocha à ce regard en ignorant le reste.

— Je suis contente de te voir, Julia.

Un son inarticulé lui répondit d'abord, mais quelques instants plus tard, un mot se forma, compréhensible.

— Pa... cal.

— Pascale, c'est ça. Toi, tu es Julia.

— Chulia Nannn.

Tout ce que Pascale avait réussi à refouler jusque-là la prit brutalement à la gorge quand celle qui lui faisait face, avachie dans son fauteuil à cause de l'hypotonie musculaire, esquissa un sourire hésitant.

— Julia Nhàn, oui, tu as raison. Julia Sans soucis. Ma sœur. On va bien s'aimer, toutes les deux. Tu veux ?

Elle ne s'aperçut pas tout de suite qu'elle pleurait, tandis que le sourire de Julia s'épanouissait béatement.

Sam avait fini par descendre de voiture. Il devinait que Pascale ne serait pas très longue à revenir. D'abord parce qu'elle n'avait pas grand-chose à apprendre de l'équipe médicale, s'étant énormément documentée depuis des semaines sur le syndrome de Down, ensuite parce que, au bout de quelques minutes d'entretien, Julia Coste se désintéresserait probablement d'elle. Cette rencontre ne pouvait pas se dérouler comme des retrouvailles entre sœurs, ni même comme une découverte au sens propre du terme. Pas de souvenirs à échanger, pas d'histoires à raconter ni d'émotions à partager. La seule question, cruciale, concernait l'avenir. Pascale allait-elle décider de venir régulièrement ? Voudrait-elle gagner l'affection de Julia et lui en prodiguer ? La connaissant, Sam en était convaincu. L'une des qualités de Pascale était sa ténacité, parfois poussée jusqu'à l'obstination ; elle s'entêterait sûrement à compenser le manque d'amour dont Julia avait été victime.

Samuel se souvenait très bien de Camille. Une belle-mère charmante, pas bavarde et très douce, devenue peu à peu neurasthénique. En la voyant si maternelle, personne n'aurait pu supposer qu'elle avait été capable d'abandonner une de ses enfants, handicapée de surcroît. Henry s'acharnait à protéger sa femme, qu'il savait fragile d'un point de vue émotionnel, et il avait parfaitement gardé le secret de son passé. Un secret qui avait dû peser très lourd sur la pauvre Camille.

Les Fontanel comptaient encore beaucoup pour Sam, malgré son divorce il ne s'était pas détaché d'eux, peut-être parce qu'il avait besoin d'une famille, n'ayant plus aucun parent, ou bien parce que Henry et Adrien le reliaient à Pascale. Comme l'avait constaté Marianne avec aigreur : il n'avait toujours pas tourné la page.

Après avoir fait deux fois le tour du parc, il revint s'asseoir sur le capot de sa voiture et observa discrètement certains des pensionnaires qui venaient de sortir pour une promenade. Encadrés par les éducateurs, ceux qui étaient valides essayaient de se passer un ballon, les autres suivaient dans des fauteuils roulants, une couverture sur les genoux. Un spectacle attendrissant et pathétique. Dans quel état Pascale allait-elle sortir de là ?

Il la vit enfin émerger du bâtiment, seule. Elle marchait la tête basse, les mains enfoncées dans les poches de son blouson. Ses cheveux étaient détachés et tombaient à présent sur ses épaules. Elle vint droit sur lui, sans regarder personne.

— On peut y aller, lâcha-t-elle d'une voix atone.

Sam tendit la main et elle s'abattit contre lui, éclatant en sanglots convulsifs.

— Je suis là, ma Pascale, calme-toi...

Tout en la tenant bien serrée, il l'entraîna vers une allée déserte, l'obligeant à marcher jusqu'à ce qu'ils soient hors de vue.

— Tu as des Kleenex dans ton sac ?

Elle sortit une pochette, en prit un pour se moucher, puis un autre pour essuyer ses joues.

— Donne-moi ça, ton mascara a coulé.

Pendant qu'il tentait de réparer les dégâts, elle refit sa queue-de-cheval.

— Elle... Julia voulait toucher mes cheveux, expliqua-t-elle.

La tête levée vers lui, elle semblait si effroyablement triste qu'il en fut bouleversé.

— Comment est-elle ?

— Comme tu l'imagines.

— Vous avez pu... parler ?

— Oui. Quelques mots. Elle ne communique pas vraiment mais elle comprend très bien. Je pense que je pourrai devenir une sorte d'amie pour elle, à condition que mes visites ne la perturbent pas. Les gens qui s'occupent d'elle ont l'air d'être gentils, compétents. Il n'y a rien de tragique, ici...

Des cris leur parvenaient, semblables au chahut d'une cour d'école. Sam reprit Pascale dans ses bras, la serra de nouveau contre lui.

— Tu feras ce que tu voudras, mais attends d'y voir clair, pour l'instant tu es sous le choc.

Il sentit qu'elle se détendait un peu, qu'elle reprenait son souffle. La tête dans son cou, elle murmura :

— Bon sang, c'était difficile ! J'ai failli caler, m'arrêter au bureau de la directrice et ne pas aller plus loin. J'aurais aimé que tu sois là pour me pousser dans le dos.

— Tu y es arrivée toute seule.

Elle étouffa un petit rire sans joie, toujours collée à lui. Pour rien au monde il n'aurait desserré son étreinte et il se mit à lui caresser les cheveux, d'un geste apaisant. Durant combien de nuits avait-il rêvé de pouvoir la tenir de cette façon ? Il respirait son parfum, percevait même ses battements de cœur. Beaucoup plus troublé qu'il ne l'aurait voulu, il glissa une main sur sa nuque, toucha sa peau.

— Sam ?

Elle renversa la tête en arrière pour pouvoir le regarder, sans chercher à se dégager. Durant quelques instants elle le considéra, sourcils froncés, puis son visage s'éclaira, ses yeux s'étirèrent vers les tempes.

— Sam, comment peux-tu... ?

Cette fois elle eut un vrai rire, très gai, qui le fit se sentir ridicule.

— Excuse-moi, dit-il en la lâchant. C'est très malvenu, j'ai honte, mais tu m'as toujours fait cet effet-là !

Contre toute attente, elle se mit sur la pointe des pieds et lui déposa un baiser léger sur les lèvres.

— Tu me ramènes ?

Le prenant par la main, elle l'entraîna vers le parking.

Aurore venait de terminer son service et était en train de se changer dans le vestiaire des infirmières. Un peu inquiète, elle se demandait si Pascale allait mettre sa menace à exécution. Avec son caractère inflexible, c'était probable, d'autant plus que sa rencontre avec Julia l'avait vraiment secouée. Tout le dimanche, elles étaient restées entre filles, déclinant les invitations respectives de Georges et de Laurent. Pascale avait besoin de s'épancher et Aurore l'avait laissée parler. Longtemps, elles s'étaient promenées dans le parc de Peyrolles, désherbant distraitement les plates-bandes au passage, profitant du soleil printanier et ressassant l'histoire de Julia.

La pendule du vestiaire indiquait dix-neuf heures. C'était en principe le moment où Nadine Clément quittait l'hôpital. Si elle avait pu deviner ce qui l'attendait, peut-être aurait-elle été moins désagréable avec tout le monde ! Aurore enfila son manteau et sortit. Son amitié pour Pascale ne l'avait évidemment pas rendue sympathique à Nadine, qui ne lui facilitait pas la vie dans le service, et à compter de ce soir, ce serait sans doute pire. Au cas où l'atmosphère deviendrait irrespirable, Aurore pourrait demander sa mutation elle aussi. Retrouver Pascale à Albi était une idée séduisante, qui la rapprocherait de Peyrolles... mais l'éloignerait de Georges. Or celui-ci posait de plus en plus souvent la question de cette distance qui les séparait, évoquant une éventuelle vie commune.

Que faire ? Aurore était amoureuse de lui, néanmoins elle n'envisageait toujours pas de changer d'existence. Pourquoi faudrait-il qu'elle quitte cette envoûtante propriété de Peyrolles où elle se sentait si bien ? Abandonner ses fous rires complices et ses conversations débridées avec Pascale, renoncer aux feux de cheminée de l'hiver ou au farniente sur la pelouse l'été, ne plus être réveillée par le chant des oiseaux ? Non, elle voulait rester indépendante, libre de décider chaque matin de ce que serait sa journée, sa soirée, et pouvoir continuer à avoir rendez-vous avec l'homme de son cœur plutôt que sombrer dans le quotidien. Seulement voilà, combien de temps Georges allait-il supporter ses dérobades ?

Préoccupée, elle se dirigea vers les ascenseurs et vit trop tard Nadine Clément qui attendait devant les portes métalliques, appuyant nerveusement sur le bouton d'appel.

— Il est en panne ou quoi ? lança-t-elle rageusement à Aurore.

Au même instant, la cabine arriva enfin et Nadine s'y engouffra.

— Vous venez, ma petite ?

Une appellation détestable, infligée à toutes les infirmières. Aurore la rejoignit à contrecœur, peu décidée à être le témoin de ce qui allait suivre. Au rez-de-chaussée, dès que les portes s'ouvrirent, elle chercha Pascale du regard et l'aperçut qui faisait nerveusement les cent pas.

— J'ai oublié quelque chose là-haut, bredouilla-t-elle en reculant.

Nadine leva les yeux au ciel et sortit de l'ascenseur sans lui adresser un regard. Il y avait beaucoup de monde dans le hall, à cette heure-ci les équipes de nuit prenaient la relève tandis que les médecins de jour et les visiteurs quittaient l'hôpital. Nadine aussi avait hâte de rentrer chez elle pour souffler un peu. L'âge venant, elle supportait moins bien l'infernale cadence de travail qu'elle s'imposait - et qu'elle exigeait des autres. Elle aurait déjà dû être à la retraite mais elle ne voulait même pas y penser.

— Madame Clément !

Plantée devant elle, Pascale Fontanel lui barrait la route.

— Il faut que je vous parle...

Nadine toisa Pascale des pieds à la tête, surprise et contrariée. Qu'est-ce que cette peste fabriquait à Purpan ? Elle venait chercher son amie Aurore ? Ah non, bien sûr, elle était là pour Villeneuve ! Le bruit avait fait le tour de l'hôpital, de la ville tout entière : la petite Fontanel était la maîtresse de Laurent Villeneuve.

— A quel sujet ? Je suis pressée !

— C'est important, mais nous ne devrions pas rester ici.

— Et où voulez-vous donc aller, Dr Fontanel ? railla Nadine.

— Sortons, on trouvera bien un coin tranquille.

Le ton était glacial, avec une pointe d'agressivité qui intrigua Nadine sans vraiment l'inquiéter. Dans *son* hôpital, personne ne lui montait jamais sur les pieds.

— Allons-y, à condition de faire vite ! concéda-t-elle en se dirigeant à grands pas vers la sortie.

De manière incongrue, une ancienne réflexion de son père lui traversa soudain l'esprit : « Ne marche pas comme un hussard. » Elle réprima un sourire en songeant que, petite fille, elle fonçait déjà dans la vie. Et ça lui avait réussi !

— Ici, ce sera très bien, dit Pascale derrière elle. C'est pour vous que je cherche la discrétion, pas pour moi.

Nadine s'arrêta et fit volte-face. La moutarde commençait à lui monter au nez, toutefois quelque chose dans l'attitude de Pascale l'empêcha de s'insurger. Elles s'étaient un peu éloignées et se trouvaient devant l'un des bâtiments administratifs, à l'écart du passage.

— J'ai une histoire à vous raconter, Nadine, une histoire dont vous ne connaissez pas la fin. Je vous appelle par votre prénom puisque nous sommes de proches parentes...

Nadine resta muette, interloquée. Qui avait mis cette pimbêche au courant ? Comment avait-elle fait le rapprochement ? Des idées se bousculaient dans sa tête tandis qu'elle fixait Pascale en silence.

— J'ai rencontré votre frère Benjamin il y a quelques mois, vous devez le savoir... Il y a tant de choses que vous saviez, contrairement à moi !

— Je ne tiens pas à entrer dans ces considérations, réussit à dire Nadine avec fermeté.

— Considérations ? Voyons, Nadine, je suis votre nièce, votre père était mon grand-père, ça me donne le droit d'évoquer la famille.

— Vous n'avez aucun droit ! Et j'en ai assez entendu...

Nadine esquissa un pas de côté, mais la main de Pascale se referma sur son bras.

— Vous allez m'écouter, ne faisons pas de scandale.

La détermination et le calme de la jeune femme commençaient à alarmer Nadine. Relevant le menton, elle hésita puis lui fit signe de poursuivre.

— C'était un véritable puzzle pour moi, reprit Pascale, que j'ai été obligée de reconstituer toute seule car chez moi on ne parlait pas volontiers des Montague. Vous avez passé une grande partie de votre enfance avec ma mère, jusqu'à ce qu'elle soit envoyée en pension. A en juger par ce qui est arrivé ensuite, vous deviez la détester. Benjamin se contentait de ne pas la voir, je suppose que votre autre frère aussi, mais vous et votre mère l'avez sûrement haïe pour la traiter aussi mal.

— Des mauvais traitements ? Allons donc ! Ne dites pas de sottises, Camille n'a jamais été...

— Brutalisée ? Encore heureux ! Elle a juste été délaissée, ignorée, mise à l'écart.

— Bon, trancha Nadine nerveusement, c'était il y a cinquante ans, je ne m'en souviens plus.

— Je vais vous rafraîchir la mémoire. Ma mère a été émancipée parce que les Montague voulaient se débarrasser d'elle. Livrée à elle-même, seule à Paris et sans un sou, elle a rencontré un homme du nom de Raoul Coste. Enceinte de lui, elle l'a épousé et a accouché d'une petite fille atteinte du syndrome de Down. Coste en a profité pour la quitter. Elle n'avait aucune ressource, même pas de métier, votre mère ne lui ayant pas permis de faire des études. Alors elle est revenue, sûrement la mort dans l'âme, mais elle n'avait que vous. Elle a dû croire que vous ne seriez pas assez monstrueux pour la rejeter une fois de plus, pourtant vous l'avez fait. Vous, vos frères, votre mère... Aucun de vous quatre ne lui a tendu la main. Elle n'avait même pas de quoi nourrir son bébé, elle était aux abois.

Nadine haussa les épaules, retenant de justesse une réflexion cynique sur cette histoire de Cendrillon, malheureusement Pascale n'inventait rien. Décidée à la moucher et à la faire taire, elle riposta :

— A qui la faute ? Camille s'était fait faire un enfant par le premier venu, vous le dites vous-même, nous n'étions pas responsables de ses frasques !

— Oh, si ! C'était à cause de vous, de votre égoïsme et de votre méchanceté qu'elle se trouvait déracinée et sans recours. A ce moment-là, elle avait vingt et un ans et vous n'étiez pas loin de la trentaine, Nadine... Déjà médecin ? Vous aviez prononcé le serment d'Hippocrate mais vous n'avez pas eu une once de compassion pour votre sœur en perdition, ni pour son enfant qui avait besoin de soins.

Nadine se serait volontiers bouché les oreilles, elle aurait donné n'importe quoi pour arrêter ce flot de paroles. Elle ne voulait pas se souvenir de cette époque, ni de cette horrible Camille qui avait tout gâché.

— Le petit trisomique est mort en bas âge, protesta-t-elle, et que je sache, ce n'est pas nous qui l'avons tué !

— Morte ? Oh, non ! La petite fille a survécu et vit encore. Ma mère a été obligée de l'abandonner à la DDASS, elle n'avait pas d'autre solution. A cause de vous, toujours !

Ebranlée, Nadine recula d'un pas et s'appuya au mur derrière elle. L'enfant de Camille, vivante ? Elle l'avait aperçue une seule fois, le jour où Camille était venue sonner chez les Montague. Un curieux bébé, sur le sort duquel on n'avait pas envie de s'apitoyer. Camille demandait de l'aide, oui, mais tout le monde considérait qu'elle avait eu ce qu'elle méritait. Le mari en fuite, un gosse handicapé sur les bras, et elle espérait que les Montague allaient payer les pots cassés ? La mère de Nadine avait flanqué Camille et son enfant dehors.

— Si vous voulez aller la voir, Nadine, ce n'est pas loin d'ici, l'établissement se trouve à la sortie de Castres.

— Pourquoi irais-je ? s'écria-t-elle d'une voix trop aiguë.

Le regard sombre de Pascale la vrillait. Exactement les yeux de Camille, même forme, même couleur.

— Ce n'est pas à moi qu'elle s'est adressée, je n'ai rien à me reprocher, affirma-t-elle plus bas.

— Pourtant, vous deviez vous sentir assez coupable pour ne pas oser me révéler qui vous êtes. Vous vous en êtes bien gardée.

— Pour ne pas faire d'histoires. Ne pas provoquer ce déballage inutile que vous m'imposez ce soir.

— Si c'est du linge sale, on peut le laver ensemble, je vous rappelle que nous sommes de la même famille, que ça vous plaise ou non !

Nadine essayait de résister encore, mais elle commençait à éprouver un véritable malaise. Tout ce récit sordide la ramenait trop loin en arrière, elle ne voulait pas se souvenir.

— Il n'y a qu'un point sur lequel nous sommes sûrement d'accord, poursuivit impitoyablement Pascale. Mon grand-père, le fameux Abel Montague, l'officier pénétré d'un si grand sens du devoir, n'aurait jamais dû ramener ma mère en France ! Même la plus misérable des existences au Viêtnam aurait été moins dure pour elle que ce que vous lui avez fait subir. S'appeler Montague, vous avoir pour famille était bien le pire qui pouvait lui arriver. Au bout du compte, vous l'avez détruite, elle est morte neurasthénique. Voilà ce que je tenais à vous dire, réjouissez-vous si vous voulez... Bonsoir, Nadine.

Pascale se détourna brusquement et s'éloigna de sa démarche décidée. Quelle violence sous-jacente chez cette femme ! Et ses propos vindicatifs, chargés de haine... Nadine laissa échapper un long soupir. Avait-elle retenu son souffle ? Elle éprouvait un peu de difficulté à respirer. Lentement, elle desserra ses doigts moites cramponnés à la bandoulière de son sac. Elle ne devait pas rester là, plantée toute seule devant ce mur, n'importe qui pouvait la voir et se poser des questions.

Telle une somnambule, elle marcha jusqu'à l'emplacement où était garée sa voiture. Une fois affalée sur le siège conducteur, elle ne mit pas tout de suite le contact, profondément perturbée par la scène qu'elle venait de subir. Durant de nombreuses années, elle avait réussi à occulter tout ce qui concernait Camille, en particulier l'épisode de son retour à Toulouse, et cette punaise de Pascale l'obligeait soudain à s'en souvenir les moindres détails. C'était arrivé un jour gris de novembre et il n'y avait eu que quelques minutes d'entretien, sur le pas de la porte, entre la mère de Nadine et Camille. Une fin de non-recevoir prononcée sans états d'âme, ratifiée par Nadine elle-même, qui, oui, était tout jeune médecin à l'époque. Pourquoi aurait-elle dû secourir Camille, qu'elle détestait ? Camille qui lui avait volé l'affection de son père, qui avait fait de sa mère une femme aigrie, Camille l'usurpatrice, la *face de citron*...

Un hoquet secoua Nadine. Malgré sa dureté de caractère, le contact permanent avec des malades l'avait humanisée au fil du temps, elle n'était plus la même qu'à trente ans. Aujourd'hui, si Camille sonnait de nouveau, un bébé handicapé dans les bras, sans doute piquerait-elle une de ses colères légendaires, mais elle ne lui fermerait pas la porte au nez. Malheureusement, elle ne pouvait pas revenir en arrière pour récrire l'histoire. Elle avait cru, en toute bonne foi, l'enfant décédée peu après. Ensuite, elle avait appris le second mariage de Camille avec Henry Fontanel, un médecin d'Albi, ce qui réglait la situation et effaçait d'éventuels remords. Remords dont la dernière trace avait disparu avec le camouflet infligé par Camille lors de la succession. L'imbécile renonçait à sa part d'héritage uniquement pour ne pas rencontrer Nadine et ses frères !

La nausée s'intensifiait et Nadine fouilla dans son sac en quête d'un comprimé de Primpéran. Bon sang, elle n'allait tout de même pas être malade dans la cour de l'hôpital ? Et pourquoi se torturait-elle de la sorte ? Elle ne devait plus penser à tout ça. Jamais. Pascale avait craché son venin, elle ne reviendrait pas, on n'en parlerait plus.

Au moment où elle se décidait enfin à tendre la main vers la clef de contact, elle suspendit son geste. *A la sortie de Castres...* Qu'existait-il comme établissements spécialisés du côté de Castres ? Ce serait facile à savoir, et peut-être le meilleur moyen de se débarrasser de toute cette vilaine histoire était-il d'aller voir sur place.

« Tu es folle, ma parole ! Voir quoi ? »

Personne n'y pouvait rien, la petite était née trisomique, il n'y avait pas d'autre responsable que le destin. Sauf que les enfants atteints du syndrome de Down avaient besoin de beaucoup d'affection, et ce n'était pas en devenant pupille de la nation... Comment Camille avait-elle pu s'y résoudre ? Elle était démunie à ce point-là ? Elle, oui, mais pas les Montague, Abel ayant laissé une coquette fortune derrière lui. A l'évidence, ils auraient pu faire quelque chose.

« C'est terrible... »

Nadine ne savait plus exactement où se situait le pire entre la visite de Pascale, les souvenirs indésirables et sa propre culpabilité qui la prenait soudain à la gorge. Elle démarra sur les chapeaux de roues, comme si elle avait le diable à ses trousses.

La semaine avait été interminable, le planning du bloc devenait dément et Samuel n'en pouvait plus. Si la pénurie d'anesthésistes devait durer, ceux qui exerçaient allaient finir par travailler vingt heures par jour. Pourquoi cette spécialité ne tentait-elle plus personne ? A cause de la menace des procès qui commençaient à être intentés ici ou là, suivant le mauvais exemple des Etats-Unis ? Quoi qu'il en soit, l'avenir s'annonçait difficile et Samuel était vraiment fatigué. D'autant plus que les chirurgiens l'appréciaient particulièrement et se le disputaient. Il aurait pu se sentir flatté de leur préférence, mais il était trop préoccupé par sa vie privée pour y songer.

Le temps était venu de faire table rase. Soit il renonçait à Pascale, soit il deviendrait fou. Depuis le samedi précédent, il n'avait pensé qu'à elle. Au désir lancinant qu'elle lui inspirait, au besoin impérieux de la protéger et de la consoler, à l'insupportable douleur éprouvée en la laissant devant les grilles de Peyrolles. En revenant de Castres, il l'avait déposée là ainsi qu'elle l'avait souhaité, et il était rentré chez lui. Chez lui où il n'y avait rien à faire, personne à aimer.

Presque chaque soir, il était sorti. Les copains devant qui il faisait bonne figure, les bars enfumés où des tas de jolies filles lui souriaient : rien ne parvenait à le distraire. Et tout ça pour quoi ? Parce qu'il avait tenu Pascale dans ses bras et senti battre son cœur. Un instant qui l'avait déchiré, lui remettant en mémoire leurs années de bonheur.

Elle lui avait téléphoné le mardi pour lui raconter d'une voix encore vibrante de rage son entrevue avec Nadine Clément, mais lorsqu'il avait voulu la joindre deux jours plus tard pour prendre de ses nouvelles il était tombé sur sa messagerie et elle n'avait pas rappelé depuis, sans doute trop accaparée par Laurent.

Heureusement, le week-end était enfin là, Sam allait pouvoir voler, peut-être même prendrait-il un avion pour faire un peu de voltige si ses élèves lui en laissaient le temps. Comme la plupart des pilotes, une fois dans le ciel, il oubliait tout.

Alors qu'il pénétrait dans l'un des gigantesques hangars abritant les appareils, il tomba nez à nez avec Laurent, qui s'exclama, d'un air faussement désinvolte :

— Ah, c'est toi que je cherchais ! Ecoute Sam, je ne m'entends pas du tout avec Daniel, je le trouve nul comme instructeur, je voudrais finir ma formation avec toi.

— Daniel n'est pas nul.

— Avec *toi*, Sam. S'il te plaît. Nous sommes fâchés ?

— Non...

— Alors, qu'est-ce qui s'y oppose ? De toute façon, je n'ai plus que trois heures à faire avant de me présenter au test, je suis quasiment prêt.

— Même pour les autorotations ?

— C'est ma bête noire, mais c'est avec toi que je compte la dompter.

Samuel aimait bien Laurent, ils avaient sympathisé d'emblée lorsqu'ils s'étaient rencontrés à l'aéroclub, trois ans plus tôt, et ils étaient devenus de véritables amis. Leur brouille ne rimait à rien, ils avaient passé l'âge de s'affronter tels deux coqs de village.

— Très bien, céda-t-il, vois le planning et inscris-toi. Mais je te préviens que...

— Je ne t'en parlerai pas, promis, sauf si tu m'interroges.

Ils se comprenaient à demi-mot et n'avaient pas eu besoin de nommer Pascale.

— Au fait, ajouta Laurent dont le regard bleu pétillait, j'ai déjà regardé le planning, tu as une défection à dix heures et je prends la place, d'accord ?

Sam hésita une seconde, toisant Laurent, puis il décida de faire abstraction de sa jalousie.

— Tu vas souffrir, prédit-il en désignant le Hugues 300.

Pascale freina brutalement en apercevant Léonie Bertin au beau milieu de la route. Elle baissa sa vitre et s'arrêta à sa hauteur.

— Vous allez vous faire écraser...

— Mon chaton est dans cet arbre, là, regardez ! Il n'arrive plus à descendre, il est coincé et il a peur, je ne peux tout de même pas le laisser dehors !

Levant les yeux, Pascale vit une petite boule de poils roux en équilibre instable au bout d'une branche, à environ trois mètres du sol.

— Je file chercher mon échelle, décréta la vieille dame.

— Madame Bertin ! Vous n'y pensez pas ? Attendez une seconde, je me gare.

Pascale se rangea sur le bas-côté et descendit de voiture tout en se demandant pourquoi ni elle ni Aurore n'avaient jamais pensé à adopter un chat ou un chien.

— Dépêchons-nous, ce couillon va tomber ! enjoignit Léonie.

Elle précéda Pascale jusqu'à la remise où se trouvait l'échelle puis elles revinrent sur la route.

— Restez devant votre portail, je m'en occupe. Comment s'appelle-t-il, le petit fugueur ?

— Caramel.

Pascale déplia l'échelle, qu'elle cala avec soin contre une branche maîtresse avant de gravir lentement les barreaux, murmurant une litanie de mots doux destinés à apaiser l'animal.

— Ne bouge pas, joli Caramel, ou bien tu vas dégringoler et moi avec...

Arrivée à la bonne hauteur, elle n'eut qu'à tendre la main pour que le chaton en perdition s'y accroche, plantant ses griffes minuscules dans sa paume.

— Bravo, mon mignon ! Mais rentre tes petites aiguilles, je suis ton sauveur, pas la fourrière... Allez, on regagne la terre ferme.

— Oh, merci, merci ! s'écria Léonie, qui était de nouveau plantée au milieu de la route.

Débarrassant Pascale du chaton, elle le fit glisser dans l'une des profondes poches de sa blouse.

— J'aime beaucoup les chats, dit-elle comme si cette affirmation justifiait tout.

— Ce n'est pas une raison pour ne pas prendre garde aux voitures et aux camions. Les gens roulent comme des fous.

Avec un rire éraillé, Léonie haussa les épaules.

— Il ne passe pas grand monde, vous savez bien !

Pascale rapporta l'échelle dans la remise et accepta le café que Léonie lui proposait de bon cœur.

— D'accord, je vous rejoins, je récupère mon sac d'abord.

Avant de verrouiller sa voiture, elle eut l'idée de prendre le bouquet de fleurs qu'elle rapportait du marché d'Albi. Ces jacinthes feraient davantage plaisir à Léonie qu'à elle-même, d'ailleurs le parc de Peyrolles regorgeait de fleurs de toutes les couleurs, en acheter était vraiment une ridicule idée de Parisienne.

— Je ne reste pas longtemps, mon coffre est plein de provisions à mettre au frais, annonça-t-elle en entrant dans la cuisine. J'ai dévalisé le marché de la place Sainte-Cécile, comme tous les samedis !

Elle tendit les jacinthes à Léonie, qui la dévisagea d'un air étonné.

— Pour moi ? C'est très gentil... Et puis c'est drôle, votre maman s'arrêtait parfois ici pour m'offrir un bouquet, elle aussi ! Elle en rapportait d'Albi par pleines brassées, vous vous rendez compte ?

La dernière phrase, prononcée très lentement, contenait une sorte d'avertissement qui éveilla la curiosité de Pascale. Léonie continuait de la scruter, attendant une réaction, aussi répondit-elle à tout hasard :

— Ma mère adorait les fleurs.

— Oh, que oui ! Le petit Lestrade m'en parlait quand il venait tailler mes haies. Il me racontait toutes les merveilles du jardin de Peyrolles...

Et pourtant, tous les samedis, comme vous, elle allait au marché et elle achetait des fleurs coupées. Des tas de fleurs coupées...

Effectivement, Pascale se le rappelait bien, il y avait en permanence de gros bouquets à la maison, mais elle avait toujours cru qu'ils provenaient du parc. Sinon, à quoi bon se donner autant de mal pour les plantations ? Fronçant les sourcils, elle se souvint du panier d'osier sempiternellement accroché au bras de sa mère. Ne contenait-il que des roses fanées ?

— Essayez-vous de me faire comprendre quelque chose, madame Bertin ? demanda-t-elle doucement.

Léonie hésita et, sans la lâcher du regard, parut la jauger.

— Non... rien d'autre que ce que j'ai dit. Pourtant ça m'intriguait, alors un jour je lui ai posé la question, à votre maman... Sa réponse a été bizarre, tout embrouillée, comme quoi elle ne voulait pas toucher aux siennes, de fleurs, à cause du message.

— Du message ?

— Oui. Allez, buvez votre café, Dr Fontanel ! A mon âge, la mémoire n'est plus si bonne, peut-être que je mélange, hein ?

Mais elle avait toute sa tête, Pascale en était persuadée. Après avoir vidé sa tasse, elle remercia Léonie et caressa les oreilles du chaton qui dépassaient de la poche.

— Ne le laissez plus sortir, recommanda-t-elle en partant.

Que pouvait bien signifier cette histoire de message ? Sur quoi la vieille dame avait-elle voulu attirer son attention ? Perplexe, elle remonta dans sa voiture et gagna Peyrolles, dont les grilles étaient ouvertes. Elle remonta l'allée puis vint se ranger le plus près possible de la porte de la cuisine.

— Tu en as mis, un temps ! s'exclama Aurore, qui avait dû la guetter.

— Je me suis arrêtée chez Mme Bertin.

— Je m'occupe de vider le coffre. Toi, va voir Lestrade, il est là depuis une heure, à mon avis il fait une tournée d'inspection. J'ai même eu droit à des félicitations, il paraît que nous avons bien désherbé !

Aurore se mit à rire, empoignant deux gros sacs.

— Débarrasse-toi vite de lui, j'ai préparé un cake aux olives pour le déjeuner et j'ai mis du gaillac au frais. Je me demandais même si on ne pourrait pas s'installer dehors, il fait si beau...

Toujours songeuse, Pascale acquiesça distraitement avant de partir à la recherche de Lestrade. Elle traversa la pelouse, s'arrêta, se retourna. Partout, des fleurs s'épanouissaient dans les massifs et les plates-bandes, formant une explosion de couleurs vives. Des renoncules, crocus, tulipes, campanules ou freesias, des iris et des anémones, des narcisses, sans compter une profusion de roses...

— C'est beau, non ? lança Lucien Lestrade en émergeant d'un bosquet.

Il portait un gros pulvérisateur, qu'il posa à ses pieds.

— Saloperies de parasites ! Il faut y veiller, sinon...

— Est-ce qu'elles tiennent longtemps, ces fleurs ? s'enquit Pascale de façon abrupte.

— Quand celles-ci faneront, il y aura des lis et des glaïeuls, des tubéreuses et des reines-marguerites, et puis des œillets, des asters...

— Vous plantez toujours la même chose chaque année ?

— Oui, et dans le même ordre.

— Pourquoi ?

— Parce que j'ai promis.

— A qui ?

— A votre avis ?

Pascale ouvrit la bouche, la referma sans avoir proféré un son. Lucien Lestrade la regardait avec une satisfaction manifeste, comme s'il était fier de son élève. Elle observa de nouveau le parc autour d'elle et soudain ce fut si simple, si évident !

— Refermez les grilles en partant, voulez-vous ?

Sans plus s'occuper de lui, elle se mit à courir vers la maison. Puisqu'elle possédait le moyen de vérifier son intuition, elle n'attendrait pas une minute de plus pour le faire. A bout de souffle, elle s'engouffra dans la cuisine, où Aurore était en train de ranger les dernières provisions.

— Viens avec moi, on file à Toulouse !

D'abord médusée, Aurore voulut protester, mais Pascale avait déjà ramassé son sac et ses clefs de voiture.

Il avait fallu toute la diplomatie de Samuel pour convaincre Pascale. Louer un hélico coûtait très cher, même le petit Hugues 300, alors que Sam, en tant qu'instructeur, pouvait se servir de n'importe quelle machine disponible. Par ailleurs, il avait refusé tout net de la laisser partir seule.

— Tu n'as pas piloté en solo depuis presque un an, pas question de t'en aller avec Aurore comme passager dans l'état d'énervement où tu te trouves ! Je serai libre à trois heures et demie, allez manger quelque chose au bar en m'attendant...

Pascale s'était finalement résignée, surmontant son impatience. Bien qu'ayant fait revalider sa licence pour l'année en cours, elle manquait de pratique, Sam avait raison, et autant elle pouvait prendre les commandes lorsqu'elle volait avec lui, autant Aurore ne lui serait d'aucun secours en cas de problème.

Tandis qu'elles avalaient un club-sandwich arrosé d'un thé, Aurore en profita pour bombarder Pascale de questions, sans obtenir d'autre réponse que :

— C'est peut-être une idée idiote, je préfère ne pas en parler avant d'avoir vu. De toute façon, je te promets une belle balade, il n'y a pas un seul nuage à l'horizon !

Quand Samuel vint enfin les chercher, Pascale ne tenait plus en place. Elles le suivirent jusqu'au Jet Ranger où Sam fit monter Aurore à l'arrière, lui attacha sa ceinture, la munit d'un casque et verrouilla sa portière. Ensuite, il s'installa à l'avant avec Pascale.

— Tu as ta carte de la région, ma belle ? J'assure le décollage et, à condition que tu te calmes, je te laisserai piloter jusqu'à Gaillac.

Pascale hocha docilement la tête et vérifia son micro pendant qu'il entamait la check-list. Il vérifia les équipements et contrôla les paramètres avant d'embrayer le rotor.

— Bon, vous êtes prêtes, les filles ? On va y aller...

Après un ultime coup d'œil à ses cadrans, il mit la puissance tout en recherchant le point d'équilibre des commandes. La machine s'éleva lentement, sans à-coups, et il la maintint immobile jusqu'à ce qu'elle soit parfaitement stable. Puis il la fit imperceptiblement basculer vers l'avant tout en la soutenant, attendit l'accrochage et accéléra pour monter.

— J'adore ! s'exclama Aurore, dont la voix résonna dans les casques.

— On t'entend, ne crie pas, lui dit Pascale en riant.

Les toits des installations de l'aéroclub s'éloignaient sous leurs pieds, ils mirent le cap au nord-est. Dix minutes plus tard, lorsqu'ils arrivèrent en vue des rives du Tarn, Sam proposa à Pascale de piloter.

— Tu peux te caler sur le fleuve et me montrer ce que tu sais faire !

Ravie, elle posa ses pieds sur les pédales et sa main droite sur le manche.

— A toi les commandes, dit Sam.

— J'ai les commandes, répondit-elle d'une voix ferme, selon la procédure.

— C'est toi qui conduis ? s'inquiéta Aurore.

— Je la surveille, ne t'en fais pas, affirma Sam avec un large sourire. Elle a été mon élève, elle devrait s'en sortir...

Ils survolaient la vallée du Tarn, remontant vers Albi, et Pascale gardait un œil sur la carte posée en travers de ses genoux. Piloter lui aurait procuré une immense joie si elle n'avait pas été si préoccupée par ce qu'elle pensait avoir découvert.

— Surveille ton altitude, chérie...

Elle se remit à mille pieds et essaya de se concentrer, sachant que Sam ne supportait pas la moindre distraction. Il la laissa passer Gaillac et suivre les boucles du fleuve puis, lorsque Peyrolles ne fut plus qu'à une ou deux minutes de vol, elle lui rendit d'elle-même les commandes sans qu'il ait besoin de les demander.

— Une fois arrivé au-dessus de chez toi, ma belle, que dois-je faire exactement ?

— Rien de spécial. Juste plusieurs passages pour repérer les axes d'approche.

— Tu veux que je me pose ?

— Non, pas question, tu abîmerais toutes les fleurs !

Il lui jeta un coup d'œil intrigué mais ne fit aucun commentaire. Progressivement, il descendit à six cents pieds, puis à cinq cents dès qu'ils furent en vue de la propriété.

— Ne va pas trop vite, demanda-t-elle.

Mais c'était une recommandation inutile, à cent cinquante mètres au-dessus du sol ils étaient en train de découvrir le spectacle inouï qu'offrait le parc de Peyrolles. Ainsi que Pascale l'avait supposé, les massifs et les plates-bandes formaient un dessin géant, celui du message composé par Camille et destiné à être vu uniquement du ciel.

— Incroyable..., souffla Samuel dans son micro.

Il vira, perdit encore un peu d'altitude et revint face aux grilles pour un nouveau passage à vitesse réduite. Aurore en restait sans voix ; quant à Pascale, elle ne put que murmurer :

— Mon Dieu, comment a-t-elle fait ça ?

Chacune des lettres du prénom de Julia, disposées en arc de cercle, se distinguait très nettement. Comme pour les arabesques d'un jardin à la française ou le tracé d'un labyrinthe, Camille aurait pu former un mot avec des arbustes à feuillage persistant, mais elle avait préféré les fleurs. Une composition compliquée, qui avait dû lui demander beaucoup d'imagination et qui était absolument indiscernable à hauteur du sol. Lucien Lestrade savait-il ce qu'il accomplissait ou se contentait-il de reproduire l'ordonnancement établi par Camille à l'époque ?

Samuel remonta un peu afin que le courant d'air provoqué par le rotor ne souffle pas les pétales, puis il se maintint en vol stationnaire.

— Elles doivent faner assez vite, non ? fit-il remarquer.

— Elles sont remplacées par d'autres. Du printemps à l'automne, le prénom refleurit sous différentes couleurs.

D'où l'importance de se débarrasser des fleurs fanées pour laisser éclore les suivantes. Un travail immense pour ce résultat superbe mais dérisoire, ce signe pathétique adressé à Dieu et aux nuages.

— Ta mère ne voulait pas oublier, dit lentement Aurore.

— Elle ne *pouvait* pas. C'était sûrement une obsession, une plaie ouverte...

Combien d'années consécutives avait-elle cultivé ce mystérieux schéma qu'elle n'avait même pas le moyen de contempler ? Pourtant, elle devait être sûre du résultat pour s'être donné autant de mal. C'était son œuvre éphémère, peut-être sa punition.

— Va-t'en d'ici, Sam, chuchota Pascale.

Si bas qu'elle ait parlé dans son micro, il avait dû l'entendre car il remit de la puissance et s'éleva. Pascale ferma les yeux tandis qu'il faisait demi-tour. Elle se demanda si elle n'allait pas arracher les bulbes, retourner la terre, semer de l'herbe et planter des arbres pour tout effacer. Elle en avait le droit, elle avait retrouvé Julia.

La main de Sam vint effleurer doucement sa joue, essuyant une larme.

— Ne pleure pas, ma chérie...

Ne lui avait-il pas dit la même chose, juste après l'enterrement de sa mère ? Elle éprouvait une aussi grande douleur que ce jour-là, comme si Camille venait de mourir une seconde fois.

12

La tête dans les mains, Henry se tenait assis au bord de son lit. Il se sentait amer, usé, vieux. Que sa fille ait fini par découvrir la clé de tout ne l'étonnait pas vraiment. Pour les fleurs, il s'était douté de l'importance cruciale que Camille y attachait, seulement il n'avait pas cherché à comprendre, n'avait pas deviné qu'elle écrivait quelque chose, et il s'était contenté de payer Lestrade afin que le parc demeure en l'état. A présent, peu importait.

— Rase donc tout ça, avait-il suggéré à Pascale avant de raccrocher.

Elle voulait absolument qu'il descende à Peyrolles, mais à quoi bon ? De toute façon, elle se trompait encore sur quelques détails.

« Détails » n'était pas le mot exact. Pouvait-il décemment appeler son rôle dans cette histoire un détail ? Ah, quelle formidable indulgence pour lui-même ! Cependant, il en avait assez de se fustiger, il s'était culpabilisé jusqu'à l'écœurement, il n'en pouvait plus.

Relevant la tête, il considéra le décor de sa chambre. Pourquoi vivait-il encore dans le souvenir de Camille ? Il aurait dû depuis longtemps essayer d'aménager autrement sa fin de vie. Il n'était pas malade, il risquait de durer, il allait faire un beau vieillard vert traînant ses fantômes avec lui...

Dans les profondeurs de l'appartement, il entendit le bruit de la porte d'entrée. Adrien allait et venait à sa guise, Henry lui ayant confié un trousseau, mais pourquoi débarquait-il à cette heure tardive ?

— Papa ? C'est moi !

Evidemment. Personne d'autre n'entrait ici comme dans un moulin.

— Tu as dîné ?

Sur le seuil de la chambre, son fils le considérait d'un air inquiet.

— Non, soupira Henry.

— Moi non plus. Tu veux sortir ?

— Inutile, mon frigo est plein.

— Alors, je me mets aux fourneaux !

Bon sang, c'était à la fois réconfortant et injurieux d'être pris en charge de cette manière ! Adrien le croyait-il gâteux, incapable de se nourrir ? Résigné, Henry se leva pour le suivre jusqu'à la cuisine.

— Ta sœur t'a appelé ? s'enquit-il d'un ton désabusé.

— Bien entendu. L'histoire des fleurs m'a fait froid dans le dos.

— Pourquoi ?

Une poêle à la main, son fils se retourna pour le dévisager, stupéfait.

— Comment ça, pourquoi ? Mais parce que... imaginer maman en train de... Quand je la voyais s'échiner sur les massifs, je croyais que ça lui plaisait ! Tiens, j'en étais même venu à penser que toutes les femmes sont passionnées de jardinage. Alors que pour maman, c'était juste une manière de... de faire son deuil, je suppose. Bien qu'on ne puisse pas faire son deuil d'une personne toujours en vie, n'est-ce pas ?

Henry se dispensa de répondre et prit deux assiettes dans un placard tandis qu'Adrien battait des œufs.

— Franchement, papa, je trouve Pascale un peu folle d'avoir remué tout ça, mais c'est elle qui vit à Peyrolles, elle avait sans doute besoin de savoir.

A cause de ce foutu livret de famille, oui, Pascale s'était mise en quête de la vérité, et une fois la boîte de Pandore ouverte, plus moyen de la refermer.

— Tu ne dis rien ? remarqua Adrien.

— Je suis fatigué de toujours penser au passé.

Adrien hocha la tête, perplexe, en esquissant un sourire à tout hasard. C'était vraiment un gentil garçon, un fils attentionné, et même un bon médecin, pourtant il devait avoir plein de problèmes, lui aussi, Henry en avait la certitude sans jamais avoir osé lui poser la question.

— Ta sœur m'a demandé si je voulais rencontrer Julia Coste, annonça-t-il. C'est évidemment hors de question. Même pour la mémoire de Camille, je n'arriverai pas à m'y résoudre.

Comment parvenait-il à dire ça aussi posément ? Certes, Julia n'était rien pour lui, néanmoins l'idée de voir ce qu'elle était devenue le glaçait, l'horrifiait.

— Ce serait de la... curiosité malsaine ! s'indigna Adrien. Pascale a toujours des idées aberrantes, elle ne...

— C'est sa demi-sœur, Ad.

Dans tout ce chaos, Pascale avait raison. Comment aurait-elle pu agir autrement ? Au téléphone, Henry avait entendu la voix de sa fille trembler puis se briser tandis qu'elle décrivait Julia. Unique consolation, la malheureuse se trouvait dans un établissement correct, elle avait été bien traitée depuis quarante ans, les institutions avaient parfois du bon.

Adrien versa les œufs battus et le jambon coupé en lamelles dans l'huile chaude, puis il alluma une cigarette.

— Tu fumes trop, dit machinalement Henry.

Du coin de l'œil, il observait son fils avec intérêt. Ressemblait-il à Alexandra ? Dans les vagues souvenirs que Henry conservait de sa première femme, elle était assez belle, et Adrien était beau aussi. Alors pourquoi était-il toujours seul ? Pourquoi était-il en train de préparer le dîner de son vieux père au lieu de sortir avec l'une de ses nombreuses petites amies ? Trop nombreuses, en réalité, c'était bien le signe que quelque chose n'allait pas dans la vie de son fils.

L'odeur de l'omelette réveilla l'appétit de Henry. Il se leva pour prendre une bouteille de chablis dans le réfrigérateur, la déboucha et emplit deux verres. Puis il coupa des tranches de pain qu'il jeta dans une corbeille. La femme de ménage lui faisait des courses presque chaque matin, il n'avait aucun souci d'intendance, mais pour rien au monde il n'aurait mangé seul dans cette cuisine. Peut-être devrait-il songer à vendre l'appartement, devenu trop grand, et à s'installer ailleurs ? L'empreinte de Camille n'était pas vraiment ici, où elle ne s'était pas beaucoup investie, mais à Peyrolles. Une empreinte dont Pascale avait entièrement retracé les contours. Pascale si opiniâtre, si perspicace... Sa merveilleuse fille !

— Tout à l'heure, si tu veux, on fera une partie d'échecs, proposa Adrien en tassant l'omelette sur un grand plat.

— J'ai perdu d'avance mais je suis d'accord, répondit Henry.

Le choc du coup de téléphone de Pascale commençait à s'atténuer. Avec un peu de chance - et de volonté -, il réussirait une fois encore à tout reléguer au fond de sa mémoire. Il y était bien arrivé jusque-là, il n'avait qu'à continuer. Mettre un pied devant l'autre, voir un matin se lever après l'autre, c'était ce qu'il parvenait à faire depuis la mort de Camille. Il prenait même, parfois, un certain plaisir à se sentir exister, comme à cet instant où Adrien lui souriait si gentiment. Mais qu'en serait-il du sourire de son fils - et, bien pire, de sa fille - si Henry se décidait à leur livrer les derniers « détails » de l'histoire des Fontanel ?

Il reposa sa fourchette, l'appétit coupé.

L'idée venait d'Aurore mais avait séduit Pascale, et le dîner à quatre, improvisé dans le jardin d'hiver de Peyrolles, était d'une folle gaieté.

Alors qu'elle se croyait incapable de s'amuser, encore traumatisée par la vue aérienne du parc, Pascale avait fini par céder à l'humour de Georges et au rire communicatif de Sam.

Les innombrables bougies, installées par Aurore dans tous les chandeliers disponibles, créaient une atmosphère de fête, tout comme le champagne apporté par Georges. Et même s'ils ne savaient pas exactement pourquoi ils s'étaient réunis, ils étaient heureux de se retrouver ensemble tous les quatre autour du confit de canard accompagné de pommes de terre à l'ail.

Après avoir épuisé leurs plaisanteries habituelles de carabins et les dernières anecdotes du service de Nadine Clément, ils en revinrent tout naturellement au parc de Peyrolles.

— Au moins, maintenant, nous sommes fixées, déclara joyeusement Aurore. Lestrade n'est pas un dangereux psychopathe, on a enfin compris pourquoi il s'incrustait comme ça !

— Il vous faisait vraiment peur ? s'inquiéta Georges.

— C'était un peu effrayant de le voir surgir n'importe quand. Il n'a jamais voulu rendre la clef de la petite porte et il pouvait surgir à tout moment de derrière un massif.

— Un outil tranchant à la main, renchérit Pascale en riant. Un soir, il m'a flanqué une trouille bleue !

— Deux femmes seules dans une grande maison isolée..., fit remarquer Georges d'un ton ironique.

— Rassure-toi, répliqua Aurore, nous ne sommes pas impressionnables et nous n'avons pas besoin de gardes du corps !

Elle lui adressa un sourire éblouissant avant de proposer du café.

— Je m'en occupe, décida Pascale, qui était déjà debout.

Samuel la suivit jusqu'à la cuisine, portant une pile d'assiettes sales.

— Tu as l'air d'aller mieux, constata-t-il. Tu as ri de bon cœur, ce soir, et j'en suis ravi.

Il remarquait toujours ses changements d'humeur, peut-être parce qu'il la connaissait mieux que personne. Attendrie, elle le considéra quelques instants en silence.

— J'ai l'impression d'être soulagée, admit-elle enfin, sans trop savoir de quoi.

— D'avoir percé le mystère qui entourait Julia.

— Oui... Et maintenant je me demande ce que je vais faire avec le jardin. Papa me conseille de tout chambouler, mais je ne suis pas sûre de vouloir détruire cet immense travail. Ce serait presque... sacrilège.

— Pourquoi ? Ces fleurs sont un vestige, Pascale. Elles ne servent à rien ni à personne.

— Et nous serons les seuls à avoir vu ce qu'elles disent ?

— Pas tout à fait.

Elle le vit marquer une légère hésitation puis il enchaîna :

— Je suis revenu au-dessus de Peyrolles aujourd'hui avec un élève et j'ai pris des photos.

Ebahie, elle resta une ou deux secondes sans réaction. Comment pouvait-il si bien la deviner ? Même si elle se décidait à transformer le parc, elle voudrait conserver une trace de ce qui avait perduré si longtemps en secret, un souvenir de l'œuvre éphémère et invisible qui exprimait toute la souffrance muette de sa mère.

— Je t'ai apporté le négatif et les tirages, ils sont dans ma voiture.

— Merci, Sam...

Elle le regardait toujours, avec une certaine mélancolie à présent. « Son » Samuel, familier, indispensable. A quel moment s'étaient-ils perdus définitivement, tous les deux ?

— Que devient Marianne ? se força-t-elle à demander.

— Aucune idée. Je crois qu'elle a repris son travail, mais on ne se voit plus.

Hochant la tête, Pascale avala sa salive avant de pouvoir murmurer :

— Tu trouveras une autre femme, Sam. J'aimerais tellement que tu sois heureux !

— Oui, ça viendra sûrement, tout arrive... Et toi ? Tu files le parfait amour avec Laurent ?

Il n'avait pas vraiment envie de le savoir, c'était l'évidence même.

— Vous le buvez sans nous, ce café ? s'exclama Georges.

Dispensée de répondre à la question de Sam, Pascale mit des tasses et le sucrier sur un plateau, que Georges lui prit des mains. Ils regagnèrent ensemble le jardin d'hiver, dont Aurore venait d'ouvrir l'une des fenêtres.

— Le temps est d'une douceur exceptionnelle, on aurait presque pu dîner dehors...

La jeune femme se tourna vers Pascale et ajouta, enthousiaste :

— J'ai repéré des torches formidables chez le quincaillier, le genre de trucs qu'on plante où on veut dans la pelouse et qui brûlent toute la nuit. La prochaine fois qu'on fait une soirée dehors, j'en achèterai, parce que les lampions c'est bien joli mais ça n'éclaire pas grand-chose !

Du coin de l'œil, Pascale vit Georges se rembrunir. S'il espérait encore convaincre Aurore de venir vivre dans son appartement, la partie allait être rude pour lui.

— Le problème de Peyrolles, murmura Sam à son oreille, c'est qu'une fois qu'on y a goûté...

Il était juste derrière elle et elle en profita pour s'appuyer une seconde contre lui, les yeux fermés.

— Je vais rentrer, ma belle, il est tard et je dois être au bloc à huit heures demain matin. Ton paradis est un peu loin de la civilisation ! Je te ramène, Georges ?

— Euh... non, je...

— Je le garde pour cette nuit ! précisa Aurore en riant.

— Alors, bonsoir.

Il récupéra son blouson sur le dossier d'une chaise.

— Viens avec moi jusqu'à la voiture, que je te donne tes photos.

Un peu mal à l'aise, Pascale l'accompagna dehors. Il retournait seul à Toulouse, c'était logique, chacun chez soi comme des amis de longue date se quittant après une bonne soirée, ravis les uns des autres, et à la prochaine.

— Tiens...

Il lui tendait une pochette qu'elle prit machinalement.

— Dors bien, ma belle, fit-il en se penchant vers elle.

Au lieu de l'embrasser, il se contenta d'effleurer sa joue, de serrer son épaule, puis il monta dans sa voiture. Immobile, elle regarda s'éloigner les feux arrière qui disparurent au tournant de l'allée. La nuit était effectivement très douce, et Pascale leva la tête pour contempler les étoiles. Sans raison, un vers de *Cyrano* lui revint en mémoire : « Tant de choses qui sont mortes, qui sont nées... » La sœur qu'elle s'était découverte, la douleur muette de sa mère, cette grande maison derrière elle, et Samuel qu'elle avait perdu. Pourquoi l'existence lui semblait-elle soudain si compliquée ?

Le vendredi, en fin de journée, Laurent quitta Purpan un peu plus tôt que de coutume. Rentré chez lui, il prit une douche, enfila une chemise bleu pâle et un costume léger puis hésita un moment avant de renoncer à la cravate. Depuis la veille, il avait réservé une table aux *Jardins de l'Opéra*, où il avait donné rendez-vous à Pascale. Il adorait la regarder dévorer d'un air gourmand, c'était exactement le genre de femme capable d'apprécier la cuisine d'un grand chef.

De toute façon, il ne lui trouvait que des qualités, il était éperdument amoureux d'elle et très content de l'être. Il décida de gagner la place du Capitole à pied, afin de ne pas se retrouver avec deux voitures en sortant du restaurant. Remontant d'abord vers le musée des Augustins, il coupa par la rue de la Pomme et celle du Poids-de-l'Huile. Parvenu sur la place, il s'arrêta un instant, séduit comme chaque fois par l'architecture du lieu avec toutes les façades de brique du XIXe s'élevant au-dessus des arcades de la Galerue, au beau milieu l'impressionnante croix du Languedoc aux rubans de bronze, et puis les colonnes et pilastres ioniques de l'hôtel de ville, plus ancien, abritant le célèbre théâtre dans son aile droite.

Il baissa les yeux vers sa montre, qui indiquait vingt heures trente. Pascale n'était jamais en retard, aussi se dépêcha-t-il de gagner le porche des *Jardins de l'Opéra*. Une fois sous la grande verrière de la salle, il se laissa guider par un maître d'hôtel jusqu'à sa table où Pascale était déjà installée.

— Je t'ai fait attendre ? s'inquiéta-t-il, navré.

— Non, je viens d'arriver. Quel endroit magnifique ! On m'a donné la carte pour me distraire, mais je me sens perdue, tu vas devoir m'aider.

Elle souriait, la tête levée vers lui, et il la trouva tellement belle qu'il en fut tout ému. Ses longs cheveux étaient relevés en chignon, elle portait un petit spencer blanc à col officier, ouvert sur un bustier noir, avec pour unique bijou un pendentif en or représentant un croissant de lune. Depuis quelques semaines, il était très attentif à ce genre de détail et avait remarqué qu'elle préférait l'or jaune. La bague qui se trouvait dans un écrin, au fond de sa poche, avait été choisie en conséquence. Il faillit la lui donner sur-le-champ mais n'en eut pas le courage. Mieux valait patienter et guetter le bon moment, d'autant qu'il n'avait aucune idée des mots qu'il lui dirait en la lui offrant. Qu'il voulait l'épouser ? Elle risquait de se mettre à rire ou de le juger maladroit, trop pressé, ridiculement conventionnel.

— Tu me recommanderais le ravioli de foie gras au jus de truffes ? demanda-t-elle, les yeux rivés sur la carte.

— Ici, tout est absolument délicieux. En particulier la trilogie de lapereau et le suprême de pigeonneau au parfum d'épices. Veux-tu un peu de champagne, le temps de te décider ?

— On fête quelque chose de spécial ?

De nouveau, il fut tenté de sortir l'écrin, mais l'arrivée du maître d'hôtel l'en empêcha. Peut-être devrait-il attendre la fin de la soirée, lorsqu'ils auraient regagné l'hôtel particulier ; chez lui il se sentirait sûrement plus à l'aise pour une déclaration. Soulagé par ce délai qu'il s'accordait, il se détendit enfin.

— Tu es superbe, dit-il à mi-voix, tous les hommes doivent m'envier.

— A condition d'aimer les brunes ! répliqua-t-elle en éclatant de rire.

Sa gaieté était l'une des choses qu'il appréciait. Malgré ses soucis ou ses angoisses, elle était capable de s'amuser telle une gamine sans jamais se prendre au sérieux. Même dans leurs conversations les plus graves, elle trouvait moyen de glisser une pointe d'humour comme si, en tant que médecin, elle préférait toujours dédramatiser. Comparée à ses précédentes liaisons, Pascale lui semblait tellement idéale qu'elle en devenait presque une gageure, et il se mettait à douter de lui. N'était-elle pas la seule femme qui ait réussi à le faire rougir ? La seule aussi, ironie du sort, dont il ne pouvait parler à son meilleur ami.

Comme prévu, elle fit honneur au dîner, allant même jusqu'à goûter dans son assiette à lui les plats qu'elle n'avait pas choisis, et n'hésitant pas à prendre des figues pochées au banyuls pour finir. Pendant tout ce temps-là, il continua à tripoter l'écrin au fond de sa poche, quasiment sans la quitter des yeux.

Lorsqu'ils quittèrent les *Jardins de l'Opéra*, il était presque minuit. Ils récupérèrent la voiture de Pascale au parking de la place et trouvèrent à se garer juste à l'entrée de la rue Ninau.

— Je vais nous faire du café ou du thé, comme tu préfères, proposa-t-il en la laissant entrer la première dans l'hôtel particulier.

Elle l'accompagna jusqu'à la cuisine et s'installa devant le comptoir de drapier tandis qu'il mettait de l'eau à chauffer.

— C'était une merveilleuse soirée, Laurent, nous avons divinement mangé.

Un peu nerveux, il faillit renverser la théière, conscient que le moment de parler était venu.

— J'ai quelque chose à te dire, réussit-il à articuler.

— Tu as l'air terriblement sérieux...

— Je le suis.

— Non, s'il te plaît.

Elle quitta son tabouret, contourna le comptoir et vint lui passer les bras autour du cou.

— Rien de sérieux, murmura-t-elle.

Sur la pointe des pieds, elle l'embrassa pour le faire taire.

— Pascale, écoute-moi, dit-il en se dégageant.

Soudain, il eut peur d'être en train de commettre une erreur, mais il ne pouvait plus reculer.

— Je vais te faire une déclaration d'amour et une demande en mariage. C'est si terrible ?

Elle s'écarta d'un pas, laissa retomber ses bras.

— Laurent, souffla-t-elle.

Immédiatement, il sut qu'elle ne voulait pas, qu'il s'était trompé. Et parce que aucun mot ne pouvait exprimer ce qu'il ressentait, il la prit par les épaules et l'attira contre lui afin qu'elle cesse de le regarder. Ils restèrent enlacés un moment, silencieux l'un et l'autre.

— J'ai été trop vite ? chuchota-t-il. Je suis désolé...

Elle ne bougeait pas, crispée, agrippée à lui. En lui parlant, il l'avait mise dans l'obligation de répondre, seulement il n'avait plus aucune envie d'entendre ce qu'elle allait lui annoncer, inéluctablement.

— Je ne peux pas, Laurent..., commença-t-elle d'une voix mal assurée. Je ne peux pas te laisser croire que...

— D'accord, n'ajoute rien. Tu ne m'aimes pas, c'est ça ?

Il n'espérait plus grand-chose, surtout pas des mots de compassion, pourtant il quémanda malgré lui.

— Reste au moins avec moi cette nuit.

— Laurent, répéta-t-elle seulement.

A l'idée de la perdre, la souffrance le submergea. A deux reprises par le passé il avait voulu construire avec une femme, et à chaque échec il s'était juré que ce serait la dernière fois, qu'il n'y croirait plus jamais. Mais pour Pascale, c'était différent, elle représentait un idéal auquel il n'avait même pas aspiré, dont il n'aurait pas osé rêver, et qui était arrivé dans sa vie comme un cadeau à point nommé.

— Tu n'es pas prête à refaire ta vie ou c'est de moi que tu ne veux pas ?

Pourquoi insistait-il malgré lui ? Sa seule certitude était de lui avoir inspiré du désir, ce qui ne lui donnait aucun droit, peut-être même aucun espoir. Il sentit qu'elle cherchait à lui échapper et, stupidement, il la serra plus fort.

— S'il te plaît, reste, laisse-moi te faire l'amour.

Il le voulait, irrépressiblement, pour conjurer la condamnation qu'elle risquait de prononcer. Leur entente physique était parfaite, en quelques instants ils pouvaient se retrouver éperdus l'un et l'autre, submergés par l'envie de se rejoindre dans le plaisir.

— Lâche-moi, Laurent, il faut que je te parle.

Sa voix calme, déterminée, sa voix de « médecin » lui fit l'effet d'une douche froide. Il se mordit les lèvres en la laissant reculer, furieux contre lui-même. Lorsqu'elle leva la main, il s'attendait presque à un geste agressif mais elle fit glisser ses doigts sur sa tempe, sa pommette, sa joue, avec une sorte de douceur triste.

— Tu as été parfait, ne regrette rien. C'est moi qui ne suis pas en mesure de... J'ai cru que j'allais t'aimer, je me suis trompée, pardon. Etre bien avec toi ne peut pas te suffire, je sais, alors je voulais te le dire ce soir, seulement... nous avons passé une si bonne soirée... Et c'est toujours comme ça quand nous sommes ensemble ! Depuis que je te connais, tu fais tout pour m'aider, pour me faciliter la vie, en plus tu es un homme tellement séduisant et un si merveilleux amant que... Je suis très malheureuse de ce qui arrive, Laurent.

Il ne pouvait pas douter de sa sincérité parce qu'elle avait soudain les larmes aux yeux, néanmoins il eut l'impression qu'elle venait de l'exécuter à bout portant.

— C'est à cause de Samuel ? demanda-t-il d'une voix rauque.

Elle le considéra d'abord avec étonnement, puis elle se troubla peu à peu, perdant contenance.

— Sam ? Non... Quel rapport ?

D'un seul coup, il lâcha prise, pressé qu'elle s'en aille.

— Bien. On s'est tout dit, je crois.

La bague était toujours dans sa poche, Dieu merci, il avait évité l'humiliation suprême ce soir. Il la vit prendre son manteau et, par réflexe, il l'aida à l'enfiler. Est-ce qu'elle allait vraiment partir pour toujours, disparaître de sa vie ? A nouveau, il eut envie de transiger, de se raccrocher à n'importe quel espoir, mais il lui restait assez d'orgueil pour se taire. Il la raccompagna jusque dans la rue, la suivit des yeux tandis qu'elle gagnait sa voiture. Existait-il une seule autre femme possédant sa démarche ? Il entendit la portière claquer, le moteur démarrer, et il tâta, à travers sa veste, l'écrin dérisoire.

Henry n'aurait cédé à aucun autre argument, toutefois la photo envoyée par Pascale l'avait totalement bouleversé. Durant de longues minutes, il était resté figé devant le cliché, un grand format en couleurs qui ne laissait ignorer aucun détail.

JULIA. Chacune des lettres semblait en relief grâce à la hauteur des tiges et à une bordure de tons plus sombres, y compris le point sur le i. Des roses blanches entourées de roses rouges, des tulipes jaunes cernées de tulipes noires : un résultat hallucinant. A l'aide d'une loupe, Henry avait étudié la composition florale, saluant mentalement le travail de Lestrade.

L'immense JULIA en arc de cercle faisait même paraître la maison, à l'arrière-plan, toute petite. Seigneur ! Pascale ne pouvait pas vivre dans cette évocation permanente de la douleur, elle n'avait pas à reprendre à son compte les péchés de ses parents ni leurs remords, ce serait très malsain. En conséquence, il fallait que Henry descende à Peyrolles, il n'avait plus le choix, il n'était pas malhonnête à ce point-là.

Après s'être torturé avec la question de savoir si Adrien devait l'accompagner ou non, il avait décidé de s'y rendre seul. Pascale était finalement la seule concernée, c'était elle qui habitait là-bas, elle qui avait retrouvé Julia.

Pour la photo, il hésita beaucoup, mais finalement il la déchira d'une main qui ne trembla pas. Pascale possédait les négatifs, elle pourrait les ranger avec le vieux livret de famille, bientôt la boucle serait bouclée. A condition que lui, Henry Fontanel, ait le courage d'accomplir avec sa fille les derniers pas, et ceux-là allaient beaucoup lui coûter.

Il prit un avion le samedi matin, après avoir appelé Samuel pour lui demander de venir le rejoindre à l'aéroport de Blagnac, le temps d'un petit déjeuner. Il aimait bien Sam et regrettait qu'il ne fasse plus partie de la famille, même s'il n'avait pas apprécié son intervention lorsque Pascale s'était mis en tête d'acheter Peyrolles. A vrai dire, sans l'argent de Samuel, Peyrolles aurait été vendu à un parfait étranger et tout le monde aurait pu continuer à dormir tranquille !

Après avoir récupéré les clefs et les papiers de la voiture de location, Henry retrouva Sam au bar.

— J'espère que je ne te gâche pas la matinée ? J'avais envie de te voir cinq minutes, pour une fois que je suis dans la région...

Son explication ne parut pas convaincre Sam, qui le gratifia d'un sourire ironique.

— Besoin d'un petit sas de décompression, Henry ?

— Oui, je suppose qu'on peut appeler ça comme ça... Je n'aime pas être ici, je le fais uniquement pour Pascale.

— Pourtant, vous devez avoir de bons souvenirs à Albi et à Peyrolles ?

— A mon âge, les souvenirs ont quelque chose d'encombrant, tu le constateras quand tu seras vieux.

Henry vit que Sam se troublait, détournait le regard. Avait-il, lui aussi, des souvenirs indésirables ?

— Parle-moi de ma fille, enchaîna-t-il. Elle va bien ?

— Je crois. Mais vous devez l'avoir plus souvent que moi au téléphone !

— Vous êtes restés bons amis tous les deux, non ? Et puis tu la connais mieux que personne ! En fait, j'aimerais savoir si elle n'a pas été trop... traumatisée par sa visite à... Julia.

Depuis l'époque lointaine où Samuel était anesthésiste dans sa clinique de Saint-Germain, Henry avait toujours pu discuter très librement avec lui. Un homme posé, intelligent et intuitif, capable de comprendre les choses à demi-mot, voilà exactement l'interlocuteur dont Henry avait besoin avant d'affronter sa fille.

— Sincèrement, ça l'a secouée. Pourtant, elle y retournera, elle a obtenu le feu vert de l'équipe médicale.

— C'est morbide ! protesta Henry.

— Pourquoi ? Personne n'est mort.

Sam avait raison, Julia existait toujours, si incroyable que ce soit. Un remords vivant.

— Vois-tu, reprit Henry d'un ton las, après le décès de sa mère, Pascale est devenue ma principale préoccupation. Je n'étais pas d'accord pour qu'elle s'en aille à l'autre bout de la France, toute seule, car j'étais sûr qu'à Peyrolles elle...

S'interrompant, il secoua la tête et Sam acheva pour lui :

— ... découvrirait des choses que vous lui aviez cachées ? Les secrets de famille sont de véritables poisons, Henry.

Brusquement, Samuel se pencha au-dessus de la table et planta son regard dans celui de Henry.

— Dites-moi pourquoi vous lui avez vendu cette maison au lieu de la lui donner ?

— Je ne pouvais pas, je suis un peu coincé financièrement, et surtout... Disons que je ne *voulais* pas qu'elle habite là. C'est une longue histoire, Sam, et je vais devoir la lui raconter en entier.

En affirmant cela, il s'engageait à le faire, s'ôtait toute possibilité de reculer.

— J'ai l'impression qu'il va vous falloir du courage, dit Sam avec une sorte de compassion.

— Oui. C'est pour ça que je tenais à te voir avant. Si elle réagit mal, je compte sur toi pour recoller les morceaux après mon départ.

— Elle n'a plus besoin de moi, elle a un homme dans sa vie, il sera là pour la consoler.

— Tu parles de Laurent Villeneuve ? s'étonna Henry. Le choix n'est pas mauvais, pourtant j'aurais juré que...

A voir l'expression de Samuel, il préféra ne pas achever sa phrase. De quoi se mêlait-il ? En face de lui, Sam semblait soudain hostile, nerveux, peut-être tout simplement malheureux ?

— Bien, je vais y aller. Merci de m'avoir accordé un peu de ton temps.

Il voulut sortir son portefeuille, mais son ex-gendre ne lui en laissa pas le temps, déposant un billet sur la table.

— Je vous aime beaucoup, Henry. Tenez-moi au courant.

Une formule toute faite, qui dissimulait mal l'intérêt de Samuel pour Pascale. Quoi qu'il en dise, et même quoi qu'il en pense, ce garçon serait toujours là pour elle, ça crevait les yeux.

Henry récupéra sa voiture de location sur le parking et prit la route d'Albi.

Assise dans l'herbe, Pascale avait passé un long moment à méditer. Aurore était partie rejoindre Georges à Toulouse, préférant ne pas être là au moment où Henry arriverait. « Je vais voir un match de rugby ! avait-elle précisé avec son rire communicatif. Pas que j'en raffole, mais c'est mieux si tu restes seule avec ton père, et puis Georges sera tellement content que je l'accompagne, pour une fois ! »

Aurore, sa gaieté, sa présence chaleureuse, ses idées parfois loufoques... Quel bon génie l'avait remise sur la route de Pascale ? Grâce à elle - mais aussi *à cause* d'elle et de sa manie de fureter dans ce fichu grenier -, Pascale avait parcouru un si étrange chemin ! Au lieu de sa propre enfance, c'était le passé de sa mère qu'elle avait retrouvé à Peyrolles et, désormais, elle devait en assumer les conséquences. Un héritage inattendu, empoisonné.

D'où elle était, elle voyait une partie du parc, la maison dans le fond, la serre, et elle se souvenait du jour où un taxi l'avait déposée devant les grilles fermées sur lesquelles était accroché le panneau « A louer ». Poussée par une force qui la dépassait, elle s'était endettée pour acquérir la propriété, persuadée qu'elle accomplissait l'un des actes les plus importants de son existence. Aujourd'hui, avait-elle envie de continuer à vivre ici ?

Le bruit d'un moteur la fit se lever. Gamine, elle se précipitait toujours à la rencontre de son père lorsqu'il rentrait d'Albi en fin de journée. Elle faillit courir vers lui, heureuse qu'il soit venu, mais quelque chose l'en empêcha. Il était en train de sortir de la voiture et sa silhouette un peu voûtée n'était plus celle d'un homme jeune. Il changeait, il vieillissait, ce genre de déplacement devait le fatiguer. Ne parlait-il pas de prendre sa retraite et de laisser Adrien diriger la clinique à sa place ?

Alors qu'elle traversait la pelouse à sa rencontre, il l'aperçut, leva la main et la laissa retomber, puis attendit qu'elle arrive jusqu'à lui.

— Ma petite fille..., dit-il en la prenant dans ses bras.

Pendant une minute, ils restèrent enlacés sans parler.

— Tu es de plus en plus belle, murmura-t-il enfin.

Mais il ne la regardait pas, il contemplait les fleurs autour d'eux.

— C'est drôle, d'ici on ne devine vraiment rien... Mon Dieu, c'est si loin l'époque où ta mère arpentait les allées d'un massif à l'autre !

— N'y pense plus, papa. Je crois que je vais suivre ton conseil et tout changer, ce sanctuaire ne sert à rien.

Voyant à quel point il était triste, elle regretta d'avoir insisté pour qu'il descende à Peyrolles. Déjà, elle n'aurait pas dû lui envoyer cette photo, qui ne pouvait que le replonger dans son deuil et ses regrets.

— Tu n'es pas responsable, affirma-t-elle. J'ai appris beaucoup de choses ces temps-ci, entre autres le rôle des Montague, qui ont été ignobles avec maman. Et je ne me suis pas privée d'assener ses quatre vérités à Nadine Clément !

Ouvrant de grands yeux stupéfaits, il la dévisagea avec inquiétude.

— Que lui as-tu dit ?

— Que c'était sa faute !

— A elle ? Mais non, ma chérie, non...

A présent, il secouait la tête et semblait chercher sa respiration. Une fois encore, son regard courut le long des plates-bandes.

— Bon sang, Pascale, tu finiras par me rendre fou à force de frapper au hasard. J'aurais dû te parler plus tôt, je sais bien, seulement... En famille, il y a des sujets tabous, des choses auxquelles on ne fait jamais allusion, et au bout d'un certain temps il devient tout à fait impossible de les évoquer, encore moins de les expliquer.

Un peu désemparée par ses phrases sibyllines et par son agitation, elle lui prit gentiment la main pour l'entraîner vers la maison, mais il refusa de bouger.

— Papa ? Est-ce que ça va ?

— Comment voudrais-tu que ça aille ! explosa-t-il. Ecoute, allons marcher un peu, je dois tout te raconter depuis le début...

Le temps était couvert, toutefois il faisait doux et une promenade dans le parc permettrait sans doute à son père de se calmer, aussi le suivit-elle sans protester le long d'une allée. Lorsqu'ils passèrent devant la rangée d'hibiscus, il les désigna d'un geste fataliste.

— C'est ma seule initiative botanique ! Comme tu le sais, je les ai fait planter pour oublier cet horrible incendie, mais ce que tu ne sais pas, c'est que la mort d'Alexandra, si atroce fût-elle, ne m'a pas causé un immense chagrin.

— Papa...

— S'il te plaît, ne m'interromps pas, sinon je n'y arriverai jamais !

Il se perdit quelques instants dans la contemplation des arbustes, indifférent à l'angoisse qui gagnait Pascale.

— A mon époque, tu ne peux pas imaginer comme on se mariait aisément sans passion ! Il suffisait de trouver une jeune fille de son milieu pour fonder une famille. Moi, en plus, j'éprouvais du dépit, parce que j'étais tombé amoureux de ta mère à l'âge du lycée, un vrai coup de foudre, malheureusement elle avait disparu de la région et la rumeur disait qu'elle s'était mariée à Paris. Je me suis choisi une épouse très différente de cet amour d'adolescence, j'ai pris une blonde bien charpentée alors que Camille était un vrai tanagra.

Tombant des nues, Pascale faillit poser une question, s'en abstint. Son père avançait lentement, perdu dans ses souvenirs, et mieux valait ne pas couper son récit.

— Tout le monde a manifesté de la compassion pour moi quand je me suis retrouvé veuf, pourtant je peux te dire aujourd'hui que ça... Oh, c'est abominable à dire, mais ça tombait bien, voilà ! Parce que Camille venait de refaire surface, et je ne pouvais penser à rien d'autre.

Horrifiée, elle s'arrêta net. Son père prit un peu d'avance puis, constatant qu'elle ne le suivait plus, il s'arrêta, se retourna.

— Sans ce drame, j'aurais divorcé, évidemment. Tu découvriras un jour, du moins je l'espère pour toi, qu'on ne peut aimer - vraiment aimer - qu'une seule fois. Moi, c'était ta mère... Tu viens, oui ou non ?

Pascale le rejoignit, le cœur battant, les idées en désordre. Elle ne devait surtout pas se méprendre, pour l'instant il ne faisait pas d'aveux, il se contentait de raconter. Non, il n'avait pas mis le feu à l'atelier où Alexandra exerçait ses talents de peintre amateur, il n'était pas un assassin et n'avait aucun crime à confesser, elle se traita mentalement de folle pour avoir pu y penser ne serait-ce qu'une seconde.

— Camille était la femme de ma vie, elle réapparaissait et j'étais libre, tout semblait idéal. Un peu précipité mais magnifique, un vrai cadeau du destin ! Je ne voyais qu'elle, le bonheur était enfin à ma portée... Sauf qu'elle n'était pas seule, elle avait Julia. Sa famille lui ayant refusé l'hospitalité, elle habitait une chambre de bonne dans la banlieue de Toulouse, où elle faisait des ménages. Tu imagines ? Ma pauvre Camille...

— Tu vois bien que les Montague ont été ignobles ! souligna Pascale, dont le malaise grandissait.

— Pas que les Montague, ma chérie, pas qu'eux, hélas... Pour tout te dire, je n'ai pas été plus charitable.

La voix de son père avait tremblé sur les derniers mots, à peine audibles. Il s'arrêta, reprit son souffle en gardant les yeux rivés au sol, puis se remit en marche. Avec un temps de décalage, Pascale le suivit.

— Je l'avais retrouvée, j'étais fou d'elle, mais pas fou tout court. Je voyais bien qu'elle pouvait faire une mère parfaite pour Adrien, seulement elle était obnubilée par Julia. Elle n'arrivait même pas à en parler sans pleurer, c'était son boulet, sa croix... Que payait-elle, la pauvre ? Sa vie avait été une succession de catastrophes, personne ne l'avait jamais aimée, elle se raccrochait à cette enfant handicapée pour laquelle elle ne pouvait rien. Bien sûr, elle m'a vu comme son sauveur, tu penses, en plus j'étais devenu médecin, elle me faisait confiance ! Et moi... moi, j'ai... Oh, mon Dieu, comment ai-je pu ?

Il bifurqua vers un platane tout proche, donna un violent coup de poing dans le tronc avant d'y appuyer son front. Derrière lui, Pascale resta figée, incrédule, commençant à comprendre et refusant de l'admettre.

— Je voulais Camille toute à moi, avoua-t-il, très bas.

Dans le silence qui suivit, Pascale perçut des chants d'oiseaux, le chuintement léger du vent dans les feuilles, le cliquetis des graviers que son père faisait obstinément rouler sous une de ses chaussures. Contre cet arbre, il était comme un gosse qui aurait fait un caprice ou pleuré un gros chagrin.

— Me charger d'une enfant aussi lourdement handicapée était au-dessus de mes forces. Je ne sais plus comment j'ai réussi à convaincre ta mère. Tout y est passé. J'utilisais du jargon médical destiné à l'effrayer, je lui ai brossé une peinture apocalyptique de notre avenir avec Julia entre nous... La pauvre gosse était si peu avenante, si pitoyable ! Comment aurait-elle pu devenir la sœur d'Adrien ? Et il aurait fallu les élever ensemble ? Je ne pouvais même pas l'envisager ; d'ailleurs, l'espérance de vie de Julia n'était pas considérable.

Il se retourna d'un bloc, faisant sursauter Pascale qui recula de deux pas.

— Camille a passé des nuits entières à pleurer, et moi à la persuader. Je me disais qu'après, nous en aurions fini avec les larmes. Si seulement j'avais su ! Je n'étais pas de mauvaise foi, Pascale, je finissais par croire à ce que je lui racontais. Une vie meilleure pour elle, pour moi, pour Adrien... Bien sûr, je sacrifiais Julia, mais de toute façon ta mère n'était pas en état de s'en occuper.

— Pas toute seule, non, souffla Pascale.

— En effet, il lui aurait fallu mon aide, or c'était la seule chose que je ne voulais pas lui donner. J'aurais fait n'importe quoi pour ta mère, je te jure, je lui aurais même décroché la lune au besoin, mais Julia, non, je ne me sentais pas de taille. Je n'éprouvais rien pour elle, tu comprends ? Ni compassion, ni émotion, rien. A cause de son handicap, cette enfant n'était qu'un obstacle entre Camille et moi. Je ne voulais pas la prendre en charge, je ne voulais pas qu'elle soit toujours là, pour toute notre vie.

Il eut une sorte de sanglot sans larmes, un hoquet pathétique.

— Un dimanche, j'ai amené ta mère ici. Je lui ai présenté Adrien, je lui ai fait visiter Peyrolles. Et crois-moi, je savais parfaitement ce que je faisais en lui montrant le paradis, avec ce petit garçon au visage d'ange qui ne demandait qu'à retrouver une maman, cette belle maison où se mettre à l'abri du monde... J'avais déjà pris en main son divorce d'avec Coste, pour accélérer la procédure afin qu'elle soit vite libre de m'épouser, et je lui offrais une nouvelle vie sur un plateau d'argent. Je voulais d'autres enfants, elle aussi, nous nous aimions et nous étions d'accord sur tout, hormis Julia.

— C'était un chantage ignoble !

Soudain révoltée, Pascale considérait son père avec horreur. Sa répulsion dut lui être pénible car il ferma les yeux, s'adossa au tronc derrière lui et se laissa glisser jusqu'au sol, où il s'assit lourdement.

— Ignoble, oui, c'est bien ce que j'ai été...

Un très long silence les sépara, jusqu'à ce que Henry trouve le courage de demander :

— Pourquoi as-tu voulu déterrer tout ça ?

— Parce que c'est ma mère, ma sœur, mon histoire !

— Non, cette histoire est la mienne. J'en ai honte et je ne peux pas la récrire, mais elle n'appartient qu'à moi, tu n'aurais pas dû t'en mêler.

Pascale se détourna pour ne plus le voir. Elle l'avait toujours adoré, admiré, faisant de lui sa référence absolue, et elle avait l'impression que tout son système de valeurs venait de s'effondrer. A qui pourrait-elle se fier, dorénavant ? Parcourue d'un frisson, elle leva les yeux, découvrit les nuages noirs qui s'étaient amoncelés au-dessus de Peyrolles sans qu'elle en ait conscience. Un orage se préparait et le vent était en train de se lever, agitant les fleurs.

— Continue, articula-t-elle d'une voix sourde.

— Je n'ai plus grand-chose à ajouter. Au bout de quelques mois, ta mère a fini par céder à mes arguments. Julia avait besoin d'être constamment entourée, la DDASS était la seule solution.

— Oh, que non ! Même à l'époque, tu ne me feras pas croire que vous n'auriez pas pu vous en charger, ou trouver une formule qui ne soit pas un abandon définitif !

— Je le voulais, Pascale. C'est ce que je suis en train de t'expliquer : je le voulais, je *l'exigeais.*

Elle s'approcha de lui, s'agenouilla pour être à sa hauteur.

— Tu n'as pas pu faire une chose pareille... Tu inventes ça pour défendre maman ? Tu t'imagines que je la juge, que je la méprise ?

— Tu en serais capable, or ça me ferait beaucoup de mal que tu t'en prennes à la mémoire de ta mère car elle est innocente. Sa seule faute est d'avoir eu confiance en moi, de m'avoir écouté. Elle était si jeune, si perdue, elle avait tant besoin d'espoir ! Comme pour son divorce, j'ai pris les choses en main, j'ai fait les démarches nécessaires. C'est moi qui lui ai tendu le stylo pour qu'elle signe les papiers de renoncement à ses droits, et j'étais là le jour où elle a dit adieu à Julia, parce que je voulais être certain qu'elle ne flancherait pas. C'était un véritable adieu, pas un au revoir, elle ne l'a jamais revue.

— Pas toi, papa, je t'en prie..., lâcha Pascale dans un murmure.

Mais son refus d'y croire ne servait à rien, il se brisait sur l'évidence de cette vérité hideuse que son père lui livrait sans aucune concession.

— Si, moi. Je l'ai fait, j'ai été cet homme-là...

Un constat révoltant, dont il ne pouvait plus supporter le souvenir, à en croire son expression hagarde.

— Après, j'ai répandu le bruit que la petite fille était décédée. C'était un bon moyen pour empêcher les gens de poser des questions. Au moins, personne n'a plus parlé de cette enfant à ta mère.

Il dut s'y reprendre à trois fois avant de parvenir à se relever. Son manteau, qu'il avait gardé, était froissé, un peu sali. Quand il se pencha au-dessus de Pascale, elle baissa la tête, recroquevillée sur elle-même, et il s'abstint de la toucher.

— La pluie arrive, viens, dit-il tout bas.

— Je m'en fous ! explosa-t-elle. Je vais rester là pour entendre la suite, parce qu'il y a bien une suite, non ? Vous étiez obligés de vivre avec ça sur la conscience, l'un comme l'autre, et je ne peux pas croire que vous dormiez tranquilles. Surtout toi ! Et si ce que tu as fait faire à maman s'appelle aimer, alors j'espère ne jamais aimer personne parce que c'est à vomir !

Livide, il recula de quelques pas en trébuchant tandis que Pascale cherchait son souffle. Dans sa colère, elle venait de l'insulter, de le blesser, elle était même prête à le renier, pourtant quelque chose céda en elle, lui mettant soudain une boule dans la gorge et les larmes aux yeux. Elle ne put que chuchoter :

— Explique-moi ce qui s'est passé, après...

— Après ? Eh bien, j'ai vite compris que j'avais commis la plus grave erreur de ma vie. Certes, Camille s'est attachée à Adrien presque immédiatement, comme je l'espérais, mais la plaie de Julia ne s'est pas refermée. Elle n'y faisait jamais allusion, pourtant elle y pensait jour et nuit, je la voyais s'étioler. Nous nous sommes mariés dès que ç'a été possible et nous avons essayé de vivre normalement. Pour lui faire plaisir, j'ai commencé à envoyer des dons aux associations vouées à l'enfance. Ta mère devait y trouver un peu de soulagement car elle aurait voulu que tout notre argent y passe... Quand elle a été enceinte de toi, les choses se sont un peu arrangées, cependant je savais que ce ne serait que momentané, le désespoir était toujours là, aigu, incurable. Camille, *ma* Camille bien-aimée, au lieu de la sauver je l'avais cassée pour de bon, son cœur était en miettes, et de ça on ne guérit pas.

Incapable de prononcer un seul mot, Pascale appuya le bout de ses doigts sur ses yeux brûlants, puis elle se mit lentement debout, toujours muette. Henry enchaîna, la voix rauque :

— Voilà, ma petite fille, maintenant tu sais tout et tu comprends sans doute mieux pourquoi je refuse de voir Julia. La rédemption m'est interdite, il n'y a pas de pardon possible. Vis-à-vis d'elle, j'ai été un monstre d'égoïsme, de lâcheté, un être abject. Je me suis servi de mon statut de médecin et de l'amour que ta mère me portait pour condamner la malheureuse. Je n'étais ni altruiste ni même honnête, je ne pensais qu'à moi, j'ai sacrifié la petite sans états d'âme, sans imaginer que ce crime allait me poursuivre durant toute mon existence ! Car chaque jour de ma vie, j'ai payé, crois-moi, et aujourd'hui mon passé m'a rattrapé, je me fais horreur. Quant aux fleurs plantées par ta mère, c'est vraiment le dernier coup de poignard, sincèrement, je n'en peux plus.

D'un geste las, il désigna les parterres et les massifs, laissant errer son regard sur tout le parc.

— Comment n'ai-je pas compris qu'elle poursuivait une idée fixe ? Cet amour maternel que j'avais assassiné, il fallait bien qu'elle l'exprime ! Mais je ne voulais pas voir, pas comprendre.

Sa détresse effraya Pascale, la sortant de l'hébétude où l'avaient plongée ses confidences.

— Pourtant, tu as payé Lestrade pour qu'il continue, bredouilla-t-elle.

— Oui, j'avais une vague intuition, noyée dans tous mes remords. Ta mère disait que les locataires massacreraient *son* jardin, et comme cette idée la rendait folle, on a gardé Lestrade. Après, quand tu es venue t'installer ici, j'aurais dû me débarrasser de lui, d'ailleurs je voulais le faire, mais je me suis aperçu que c'était devenu une sorte de superstition pour moi et je n'ai pas pu m'y résoudre. Ou alors peut-être que je savais, inconsciemment, que j'avais toujours su ? Ah, mon Dieu, ta mère, courbée en deux au-dessus de la terre ! Comment ai-je pu me persuader qu'elle *s'amusait* ? Comment peut-on se mentir à ce point ? Elle traçait avec obstination les lettres de ce cri de douleur dans sa tête, de ce prénom qu'elle ne prononçait pas devant moi... Je n'arrivais plus à l'atteindre, elle se croyait seule coupable, je voyais qu'elle sombrait peu à peu dans la démence, et je ne pouvais pas la sauver puisque j'avais été son bourreau ! En toute franchise, je hais Peyrolles, ce paradis que j'ai délibérément interdit à Julia et qui a finalement été notre enfer. J'aurais donné n'importe quoi pour que tu n'y ailles pas... Mais je n'ai plus rien à donner parce que je ne m'aime pas, et c'est très dur de se considérer soi-même avec dégoût, de vivre au quotidien en se souvenant qu'on a été capable du pire.

— Papa...

— Si, le pire ! Te rends-tu compte que Julia ne peut même pas m'en vouloir ni me maudire ? Elle ne sait pas qui je suis, c'est l'impunité totale !

Sans doute aurait-il préféré n'importe quel châtiment à cet acide qui le rongeait depuis quarante ans. Il était responsable de tout, mais personne ne l'ayant jamais accusé de rien, il ne pouvait pas expier, il ne faisait que souffrir. Pascale entrevit ce qu'avait dû être son calvaire. Il avait aimé Camille à la folie et il l'avait perdue, à présent en livrant la vérité à Pascale il prenait le risque de la perdre à son tour. Et ce n'étaient pas de tardifs remords qu'il exprimait, c'était la douleur lancinante avec laquelle il avait vécu. Chaque soir, en rentrant chez lui, il avait vu sa femme un peu plus mal, un peu plus inaccessible, et le grand bonheur dont il avait rêvé ne lui avait jamais été accordé. N'était-ce pas une punition suffisante ?

— Papa, écoute-moi...

— Oh, si tu pouvais ne rien dire, j'aimerais autant ! Avec ton fichu caractère, tes mots risquent de dépasser ta pensée, et je me suis fait plus de reproches que tu ne m'en feras jamais. Ne nous disputons pas, restons-en là, je m'en vais.

Après un dernier regard furtif vers les massifs de roses, il contourna Pascale et s'éloigna. Où allait-il ? Reprendre sa voiture pour quitter définitivement Peyrolles ? S'imaginait-il avoir rompu les ponts avec sa fille ?

— Attends-moi ! cria-t-elle, de nouveau furieuse.

Comme il ne se donnait même pas la peine de s'arrêter, elle le rattrapa en courant, se planta devant lui.

— Ton histoire me fait l'effet d'une bassine d'eau froide reçue en pleine figure ! Pourquoi ne m'as-tu pas révélé la vérité au fur et à mesure, quand j'ai commencé à te parler du livret de famille ?

— Pour m'épargner le genre de regard que tu me lances là.

— Mais non, protesta-t-elle d'une voix radoucie.

Ce qu'elle éprouvait pour lui à cet instant ressemblait à de la compassion. A l'évidence, son père n'avait plus rien à voir avec le jeune Henry Fontanel, celui qui avait eu le cœur assez sec pour écarter Julia de sa route.

— La chute est dure, souffla-t-elle. Vous m'aviez fait croire aux contes de fées, maman et toi, j'étais persuadée que vous étiez des parents parfaits, des gens hors du commun.

— Et tu viens de t'apercevoir que je suis un monstre.

Elle prit le temps d'y réfléchir pour de bon avant de murmurer :

— Non... Un humain, pas une icône.

De tous les patients qu'elle avait soignés, veillés, parfois accompagnés jusqu'à la fin, elle avait entendu des confidences incroyables. L'existence la plus simple en apparence cachait souvent un passé compliqué ou douloureux, et découvrir qu'il en allait de même pour sa propre famille, contrairement à tout ce qu'elle avait pu croire, ne suffirait pas à la dresser contre les siens.

— Tu as raconté tout ça à Adrien ?

— Pas tout, non. Je ne veux pas qu'il pense être à l'origine de mon rejet de Julia, même si c'était un peu pour le préserver. Un peu seulement, car de toute façon je n'aurais pas voulu d'elle.

Il ne cherchait décidément pas à se disculper, il n'avait pas la lâcheté de se donner des excuses, il assumait ses actes.

— Tu sais, papa, je compte retourner la voir...

— C'est bien. Mais je n'irai pas avec toi, Pascale.

Avoir avoué la vérité ne le soulageait en rien, le poids de sa faute ne s'était pas allégé pour autant, il avait toujours l'air vieux et accablé. Par quel effort de volonté avait-il réussi à donner le change jusque-là ? Un élan de tendresse incontrôlable poussa Pascale vers lui. Elle comprit qu'elle ne serait pas son juge, elle n'en éprouvait pas le besoin et ne s'en arrogeait pas le droit. La pire des colères ne pouvait pas détruire d'un coup trente-deux années d'amour. Tous ces câlins, ces mots doux, ces chagrins consolés, ces enthousiasmes partagés, tout ce qu'il lui avait donné sans compter. Elle se revit enfant, dans ce même parc, courant à sa rencontre. Grâce à lui, elle avait été une petite fille heureuse, et elle avait pu devenir la femme qu'elle était aujourd'hui.

— Il faut que tu te reposes, décida-t-elle. Quelle chambre veux-tu ?

Exactement de la même manière qu'une heure plus tôt, elle le prit par la main pour l'entraîner vers la maison, et cette fois il se laissa faire.

Comme chaque soir, il y avait beaucoup d'animation dans les rues d'Albi. Assise dans le salon de thé *La Berbie,* Pascale s'offrait une pause après sa journée d'hôpital, observant les badauds de la place Sainte-Cécile.

Son père était parti deux jours plus tôt, mais elle savait qu'il reviendrait à Peyrolles pour la voir puisqu'il ne subsistait plus aucune ombre entre eux. Durant presque tout le week-end, ils avaient parlé, arpenté le parc, médité ensemble. Le dimanche, Henry avait appelé lui-même Lestrade, qui était passé en fin de matinée. Non sans mal, ils étaient parvenus tous trois à un accord qui prévoyait la suppression des plates-bandes, remplacées par du gazon, et la plantation d'arbustes variés à la place des massifs. Seuls les somptueux rosiers seraient épargnés en raison de leur facilité d'entretien. D'abord éberlué, le jardinier avait finalement paru soulagé. Si toutefois il avait su ce qu'il faisait exactement avec les fleurs, il s'était abstenu de le dire, se bornant à des questions techniques. Henry lui avait alors signé un chèque conséquent, précisant que ce serait son dernier travail à Peyrolles. Bien entendu, Lestrade n'avait pas pu s'empêcher de déclarer qu'il viendrait donner *gracieusement* un coup de main pour la taille des rosiers !

A présent, Pascale se sentait mieux. En l'espace d'une année, elle avait l'impression d'avoir effectué un véritable parcours initiatique dont elle sortait un peu différente, en tout cas mûrie, et surtout apaisée. Elle avait fait ce qu'elle croyait devoir faire, ce qu'elle estimait juste, elle était d'accord avec elle-même.

Devant la cathédrale, des touristes prenaient des photos, consultaient des guides, renversaient la tête en arrière pour admirer le baldaquin, au-dessus du porche. Avec un petit effort de mémoire, Pascale pouvait se revoir enfant sur cette même place, ou bien le long des ruelles de la vieille ville en train de suivre sa mère d'un magasin à l'autre. Elle aimait Albi, était heureuse d'y travailler, d'y projeter son avenir, et Laurent lui avait offert un immense cadeau en facilitant sa mutation.

Laurent... Quand elle pensait à lui, elle éprouvait une tristesse diffuse, un sentiment pénible de regret, mais elle ne pouvait rien changer, ni effacer leur rencontre, ni oublier tout ce qu'il avait fait pour elle.

Sa tasse était vide, la théière aussi, dans l'assiette de fine porcelaine ne subsistait que quelques miettes de la succulente pâtisserie qu'elle venait de dévorer. Accaparée par ses malades, elle n'avait pas pris le temps de déjeuner et elle hésita à commander autre chose.

« Arrête de te donner un délai, prends ton courage à deux mains et vas-y. »

La décision n'avait pas été facile, pourtant ce matin, en se réveillant, son choix lui avait semblé non seulement évident mais urgent. Elle posa un billet sur la table, quitta *La Berbie* et alla récupérer sa voiture. De son portable, elle appela Aurore pour la prévenir qu'elle rentrerait sans doute très tard, peut-être pas du tout, puis elle prit la route de Toulouse. Annoncer sa visite lui paraissait trop compliqué, elle préférait s'expliquer de vive voix, à condition de ne pas trouver porte close. Si c'était le cas, elle attendrait. Mais elle pouvait aussi très mal tomber, une éventualité à laquelle elle n'avait pas encore songé, et qui faillit lui faire faire demi-tour.

« Pourquoi crois-tu qu'il sera ravi ? Que tu seras forcément la bienvenue ? Il pourrait très bien t'en vouloir, ou avoir tourné la page, ou n'importe quoi d'autre ! »

La nuit vint tandis qu'elle filait sur l'autoroute, et il était presque neuf heures lorsqu'elle atteignit les faubourgs de Toulouse. De plus en plus impatiente, elle mit encore un certain temps à se rendre à destination, puis perdit un bon quart d'heure à chercher une place. Enfin garée, elle voulut réfléchir une dernière fois, constata finalement qu'elle n'était pas en état de le faire et sortit de sa voiture.

Une minute plus tard, elle se retrouvait devant une maison inconnue. C'était la bonne adresse, il y avait de la lumière aux fenêtres, elle appuya d'un geste résolu sur le bouton de la sonnette.

« Ne te comporte pas comme une enfant, parle-lui calmement, essaie de t'expliquer en reprenant les choses du début, et surtout ne... »

— Pascale ! s'exclama Samuel en ouvrant la porte. Qu'est-ce qui t'arrive ?

Il la considérait avec stupeur mais ne semblait pas contrarié de la découvrir sur le seuil.

— Entre et ne fais pas attention au désordre. Tu n'es jamais venue chez moi, je crois ? Tu vas voir, c'est sans prétention…

Avec une curiosité qui l'étonna elle-même, Pascale détailla la grande pièce à vivre qui occupait tout le rez-de-chaussée de la maison. Dans la cheminée moderne au foyer fermé par une vitre, un feu était allumé, inutile à cette saison donc sans doute destiné à mettre un peu de gaieté, car tout était d'une déconcertante froideur : murs blancs, baies vitrées, carrelage gris clair, comptoir de cuivre pour séparer la cuisine du séjour.

— Tu te plais, ici ?

Elle se mordit les lèvres, navrée d'avoir posé une question qui pouvait passer pour très ironique.

— Non, mais j'y suis si peu ! Entre l'hôpital et l'aéroclub, je ne reste jamais chez moi. Et puis tout le monde ne peut pas avoir un Peyrolles ! Ou même l'hôtel particulier de Laurent… Tu es en visite chez un simple mortel, ma chérie.

— Je trouve ça bien, protesta-t-elle. Très fonctionnel, sûrement. Mais je ne me souvenais pas que tu…

— Il ne s'agit pas de mes goûts. Quand je suis arrivé à Toulouse, il fallait que je me loge vite et j'ai acheté cette maison parce qu'elle ne risquait pas de me rappeler notre appartement de la rue de Vaugirard.

— On ne l'aimait pas, ni l'un ni l'autre !

— Nous y avions été heureux, moi en tout cas, et je ne voulais même pas m'en souvenir. Bon, si tu me disais ce qui t'amène ?

Désemparée, elle chercha par où commencer tandis qu'il l'observait en silence.

— C'est la visite de ton père ? s'enquit-il enfin. Tu as envie d'en parler ? Je l'ai vu à Blagnac l'autre jour, on a pris un café ensemble et il m'a laissé entendre qu'il avait des confidences à te faire, pas forcément agréables…

Comme toujours, il essayait de l'aider, de lui faciliter la tâche, même si, pour une fois, il se trompait. Néanmoins, elle se sentit obligée de lui répondre.

— Papa t'adore, mais il n'aurait pas dû te demander de veiller sur moi. Il avait des choses à m'avouer, oui, et il l'a fait sans ménagement. Pour te résumer l'histoire, c'est lui qui a contraint maman à abandonner Julia.

— Henry ? Non !

— Il ne voulait pas se charger d'une enfant handicapée.

Elle lui faisait cette confidence uniquement parce qu'elle était certaine de l'affection qui liait Sam et son père.

— J'ai du mal à le croire, insista-t-il.

— Je te raconterai tout en détail et je pense que tu comprendras. En ce qui me concerne, je lui pardonne.

— Toi ? L'intransigeante Pascale ?

— C'est mon père, Sam, je l'aime.

Il la dévisagea, esquissa un sourire.

— De toute façon, quoi qu'il ait pu faire, Henry est un type bien.

Attendrie par cette solidarité masculine, elle lui rendit son sourire au lieu de protester. Puis elle prit une grande inspiration et lâcha :

— Mais je ne suis pas venue pour ça, Sam. Il y a autre chose.

— Quand tu fais cette tête-là, je m'inquiète ! plaisanta-t-il. Allons nous asseoir, on va boire un verre.

Sans la laisser parler, il la précéda au comptoir, lui désigna un haut tabouret.

— Tu veux du champagne ? Ce sera ça ou de la bière.

— Champagne, alors.

Lui tournant le dos, il ouvrit son réfrigérateur.

— Tu as quelque chose à fêter, ma chérie ?

Il l'avait demandé d'une drôle de voix qui sonnait faux. Etait-il embarrassé par sa présence ? Devinait-il ce qu'elle mourait d'envie de lui dire et refusait-il de l'entendre ? Ne sachant quelle attitude adopter, elle le regarda déboucher la bouteille de Roederer, emplir deux verres. Elle aimait ses mains puissantes, sa carrure massive, sa stature rassurante. Dans ses bras, elle s'était toujours sentie à sa place.

— Samuel..., souffla-t-elle.

— Oh, là là ! Mon prénom en entier ? Ecoute, j'ignore ce que tu vas m'annoncer, mais attends cinq minutes, laisse-moi porter un toast d'abord.

Il se pencha par-dessus le comptoir pour trinquer avec elle, puis se recula aussitôt.

— A ton bonheur, dit-il gentiment.

— Eh bien, je...

— Tais-toi et bois.

En silence, ils sirotèrent quelques gorgées.

— Tiens, suis-moi, je te fais visiter le reste de la maison !

Avec un enthousiasme un peu artificiel, il la précéda dans l'escalier de bois clair. Au premier, le palier carré desservait deux chambres, une salle de bains et une petite pièce pleine de placards où trônait une table à repasser.

— Marianne avait la manie de se jeter sur mes chemises dès qu'elle mettait les pieds ici, ça m'exaspérait, fit-il en riant.

— C'était plutôt gentil.

— Non, elle voulait se rendre indispensable, or je sais très bien me servir d'un fer !

Il en parlait au passé, comme d'une affaire réglée, et Pascale en fut soulagée. Elle s'arrêta sur le seuil de la chambre de Sam pour y jeter un coup d'œil. Le lit était fait, avec une couette à motifs japonais ; quelques vêtements traînaient sur un fauteuil, des piles de livres et de magazines encombraient les tables de chevet. Un décor de célibataire, sans trace de présence féminine hormis une photo d'elle, en noir et blanc, qui datait de leur mariage et qu'il avait toujours adorée.

— Tu laisses ça dans ta chambre ? railla-t-elle. Pas très sympa pour tes conquêtes...

— Quand je ramène une femme chez moi, je te range dans un tiroir !

Traversant la pièce, il prit le cadre sur la commode et le retourna.

— Je suis très sentimental, comme tu sais. Bon, tu as tout vu, on descend, le champagne va tiédir.

— Attends, Sam, il faut que je te parle.

Son cœur se mit à battre plus vite et elle lança, d'une traite :

— Tu auras peut-être du mal à comprendre, mais j'ai beaucoup réfléchi et ma vie ne me satisfait pas telle qu'elle est. Je me suis aperçue qu'il me manque l'essentiel, c'est-à-dire...

— Tu vas te marier avec Laurent ? trancha-t-il. C'est ce que tu n'oses pas m'annoncer ?

Coupée dans son élan, elle resta une seconde sans réaction.

— Je ne peux pas te donner tort, chérie ! Même ton père doit approuver ce choix, non ? Laurent n'a pratiquement que des qualités et vous irez très bien ensemble. En fait, je ne sais pas ce qui m'est passé par la tête le jour où je te l'ai présenté, c'était plutôt suicidaire parce que je n'avais pas du tout envie de te voir tomber amoureuse d'un autre homme ! Bien entendu, il t'a plu, il a vraiment ce qu'il faut pour séduire, c'était couru d'avance. Et ne me demande pas ce qu'il en pense, lui, tu es assez grande pour te rendre compte qu'il est fou de toi, épouse-le les yeux fermés !

En parlant il s'était adossé au mur, à l'autre bout de la chambre, et regardait Pascale avec une expression indéchiffrable.

— Je ne veux pas épouser Laurent, Sam. La dernière fois que j'ai dîné avec lui, je suis rentrée à Peyrolles juste après et je ne l'ai pas revu depuis.

Fronçant les sourcils, il pencha la tête de côté, perplexe.

— Pourquoi ?

— A cause de toi.

— De moi ?

— Je... Je n'avais pas envie de rester, et il a dit : « C'est à cause de Samuel ? » Sur le coup j'ai trouvé ça idiot, mais après, en y repensant, j'ai su que c'était vrai, que... Tu me manques, Sam.

Ses joues étaient chaudes, elle avait dû rougir, cependant elle s'obligea à soutenir le regard de Samuel qui la vrillait.

— Je te manque ? répéta-t-il d'une voix incrédule.

Il ne souriait pas, n'approchait pas. Elle s'était imaginé qu'il suffirait d'avouer et il lui ouvrirait les bras, mais il restait figé contre son mur. De leur prétendue amitié ne subsistait apparemment rien tandis qu'ils continuaient à s'observer en silence, de part et d'autre du lit. Elle se souvint de leur première dispute, des années auparavant, de cette même attitude hostile mutuelle qui les avait conduits jusqu'au divorce.

— Je n'aurais jamais dû te quitter, Sam. J'ai mis longtemps à admettre que je m'étais trompée et que personne ne pourra te remplacer. C'est peut-être trop tard pour te le dire aujourd'hui, mais c'est toi que j'aime.

Cette fois, il bougea, la rejoignit en deux enjambées et la prit par les épaules un peu rudement.

— Tu m'aimes encore ? Tu prétendais le contraire, tu...

Pour le faire taire, elle l'embrassa, ce qui provoqua immédiatement une flambée de désir entre eux.

— Tu ne le regretteras pas, tu en es sûre ? chuchota-t-il en lui ôtant son pull.

Tandis qu'il dégrafait son soutien-gorge, elle en profita pour ouvrir les boutons de sa chemise et ils se retrouvèrent peau contre peau.

— J'ai envie de toi, Sam !

Une envie joyeuse, guerrière, qu'elle pouvait enfin exprimer sans retenue.

Grâce à l'arrosage régulier pratiqué tout au long du printemps, un gazon vert tendre avait poussé sur l'emplacement des anciennes plates-bandes. Avec les fusains, pêchers et lauriers-cerises fraîchement plantés, le parc de Peyrolles semblait revenu à un état plus sauvage et presque plus attrayant.

Allongées sur l'herbe, à l'ombre d'un cèdre bleu, Pascale et Aurore sirotaient du thé glacé contenu dans une Thermos.

— Adrien a promis de nous faire un feu d'artifice, rappela Pascale, je crois que ça l'amuse beaucoup.

Son frère et son père devaient arriver aux environs du 10 juillet et s'installer pour une semaine.

— On mettra des lampions partout, décida Aurore, il y a un modèle très facile à bricoler avec du papier crépon et du fil de fer.

Affichant un sourire réjoui, Pascale versa du thé dans leurs gobelets. L'été s'annonçait bien, avec cette fête du 14 juillet qui marquerait le début de leurs vacances.

— Je ne prends que quinze jours, il y a vraiment un travail fou à l'hôpital et Jacques Médéric va s'absenter tout un mois. Ça lui fend le cœur de s'éloigner aussi longtemps de son service, mais ses enfants et ses petits-enfants le réclament. De toute façon, il est fatigué en ce moment.

— Et il se repose de plus en plus sur toi !

— On s'entend bien, admit Pascale, on a la même conception de la pneumo.

— Peut-être finiras-tu patron un jour ? Tiens, comme Nadine Clément !

Elles se mirent à rire, égayées par la comparaison.

— Elle est un peu moins tyrannique, fit remarquer Aurore, je crois qu'elle vieillit.

Un mois plus tôt, Pascale avait eu la surprise de recevoir un coup de téléphone de Nadine. Sans préambule, celle-ci était entrée dans le vif du sujet en demandant si, *à tout hasard*, elle pouvait faire quelque chose pour Julia. Pascale avait décliné l'offre poliment mais fermement. Pour elle, il n'y avait pas de hasard, les Montague avaient fait leur choix quarante ans auparavant et elle ne laisserait aucun d'eux approcher sa demi-sœur. Elle-même se rendait à Castres un samedi sur deux, essayant patiemment de tisser un lien affectif entre elle et Julia. Lors de sa dernière visite, elle avait eu droit à des sourires bouleversants.

— S'il ne se passe toujours rien aujourd'hui, j'achèterai un test demain matin, lâcha-t-elle soudain.

Aurore se souleva sur un coude et la dévisagea.

— Tu as réussi à attendre jusque-là ? A ta place, je n'aurais jamais eu la patience, j'aurais fait ce test la semaine dernière !

— Tu sais, à l'époque où je voulais désespérément un enfant, j'ai eu tant de désillusions que je préfère être prudente.

— Et Sam ? Tu ne lui as toujours pas annoncé que tu avais du retard ?

— Oh, non ! Quand ce sera sûr, pas avant.

— Je croise les doigts pour toi, murmura Aurore d'un air extasié. Si tu as un marmot, je me mets au tricot !

Un nouveau rire secoua Pascale, qui faillit s'étrangler avec une gorgée de thé. Aurore était la seule à connaître cet espoir d'enfant, elle ne voulait ni en faire état ni même y penser trop souvent, mais depuis quelques jours elle se sentait devenir fébrile.

— Quand on parle du loup... Regarde qui arrive !

L'Audi de Samuel venait de se ranger devant le perron et il en descendit, un petit paquet à la main. Aurore se mit debout pour le héler, puis elle se pencha vers Pascale.

— Je vous laisse en tête à tête, je vais faire ma tarte aux framboises.

Tandis que Sam traversait la pelouse, Pascale se redressa et s'assit en tailleur, heureuse de le regarder venir vers elle. Arrivé à deux pas d'elle, il s'arrêta et la considéra avec une gravité inattendue, tenant toujours délicatement son paquet blanc par la ficelle.

— Ma chérie, je me suis dit qu'un bouquet de fleurs, à Peyrolles, serait une très mauvaise idée. Alors j'en ai eu une autre, à mon avis pire, car ces chocolats doivent avoir fondu avec cette chaleur... N'ouvre pas la boîte, on la mettra au frigo pour voir si on peut sauver ces *péchés du diable.* Tiens, rien que ce nom, c'est bien mal choisi pour la circonstance !

— Je ne comprends rien à ce que tu racontes, dit-elle en lui adressant un sourire charmeur. Tu es resté trop longtemps au soleil ?

— Ecoute, la moindre des corrections exige qu'on n'arrive pas les mains vides pour faire une demande en mariage...

Il s'agenouilla dans l'herbe et déposa le paquet aux pieds de Pascale.

— Je suis sérieux. Veux-tu m'épouser ? Je sais, ce sera le deuxième essai et on n'aura même pas droit à l'église parce qu'ils ne peuvent pas nous bénir tous les cinq ans, mais il y a sûrement moyen d'organiser une petite fête malgré tout ?

Le ton se voulait léger, néanmoins sa voix altérée l'avait trahi. Pascale ne s'attendait pas du tout à cette déclaration, même si elle y avait déjà songé. Depuis qu'elle s'était retrouvée dans les bras de Sam, à faire passionnément l'amour puis à s'endormir béatement blottie contre lui, ses doutes et ses peurs avaient été balayés. Cependant, fallait-il en revenir à un contrat de mariage, à une union légale ? Ce ne serait justifié qu'au cas où un enfant...

— Réponds-moi quelque chose, murmura-t-il, tu me mets à la torture.

— Tu ne veux pas me laisser quelques jours de réflexion ?

Le temps d'obtenir une certitude et d'avoir ainsi une vraie raison de lier son destin à celui de Samuel pour la seconde fois. Désemparé, il la scruta d'abord avec inquiétude, puis hocha la tête en signe de résignation.

— D'accord, soupira-t-il, il n'y a pas d'urgence.

Peut-être que si, toutefois elle s'accrocha à son idée de délai. N'était-ce pas la leçon inculquée par ses parents pour contrer son caractère impulsif et obstiné ? « Prends toujours le temps de réfléchir avant de foncer tête baissée », lui rabâchait Henry dans son enfance. Un répit, un sursis, c'est ce qu'elle s'était donné avant d'acheter Peyrolles, avant d'interroger son père au sujet du livret de famille et de Julia, avant de reconnaître que Samuel était l'homme de sa vie.

Elle s'appuya sur son épaule pour le faire basculer dans l'herbe à côté d'elle. S'il était déçu, il le cachait bien, car son expression était à présent d'une infinie tendresse.

— J'aime ta maison, j'aime cet endroit, murmura-t-il en regardant le ciel.

La première fois qu'ils avaient survolé Peyrolles, c'était en plein hiver et ils n'avaient rien remarqué. Aujourd'hui, ils ne verraient qu'un parc comme un autre, avec de grands arbres et une pelouse vallonnée. Le message de Camille était effacé, mais Julia n'était plus cette ombre disparue dans un impossible oubli, elle avait désormais un visage, qui n'était pas seulement celui du malheur.

— Viens l'habiter avec moi si tu l'aimes.

Elle sentit la main de Samuel se refermer sur la sienne et un sentiment de paix l'envahit. Peyrolles avait livré ses secrets, la contraignant à remonter le cours du temps pour y apprendre la leçon du passé, mais à présent elle était libre. La prochaine fois qu'elle irait au marché d'Albi, elle achèterait des fleurs et les porterait sur la tombe de sa mère.

UN MARIAGE D'AMOUR

A René Roussel, et pas uniquement parce qu'il m'a fait découvrir mon premier cheval, mais plutôt en gage de presque cinquante ans d'une solide amitié.

1

Incapable de soutenir le regard de son frère, Nils gardait la tête baissée et se tenait un peu voûté, les mains enfoncées dans les poches de son jean.

— Elle aurait pu venir elle-même ! lui lança Victor d'une voix dure.

— Elle n'a pas osé...

— Et toi, tu oses ?

Ils durent s'écarter un peu pour laisser sortir le déménageur qui emportait les derniers cartons. A chacun de ses passages, l'homme leur jetait un coup d'œil intrigué, devinant l'âpreté de leur querelle.

— Je ne sais pas quoi te dire, avoua Nils.

— Alors ne dis rien ! Va la retrouver, je suppose qu'elle t'attend ?

Une bouffée de rage impuissante submergea Victor et faillit lui faire perdre son sang-froid, puis il parvint à se dominer. Son frère leva enfin les yeux vers lui, l'air pitoyable.

— C'est difficile pour moi, Vic...

— Pas pour moi ? explosa-t-il.

— Je ne voulais pas ça...

— Mais tu la voulais, elle, alors tu as fait comme d'habitude, tu t'es servi sans te soucier des conséquences. Toi d'abord !

— Tu aurais préféré que je te mente ?

— Oh, tu n'en es pas à un mensonge près, Nils !

Le ton montait. Victor fit un nouvel effort pour se maîtriser, effrayé par la violence de ce qu'il ressentait. Perdre sa femme le déchirait, l'anéantissait, le rendait fou.

— Pourtant tu savais à quel point... je tiens à elle. L'imaginer avec toi, faisant l'amour avec toi...

L'énoncer à voix haute était une vraie torture. Voyant Nils blêmir puis reculer d'un pas, il comprit que son frère avait peur de lui mais n'en retira aucune satisfaction.

— Rassure-toi, je ne vais pas te casser la gueule. J'en ai eu envie, d'accord, j'ai même failli le faire le soir où Laura m'a parlé, mais elle m'en a empêché, elle a dû te le dire, et pour ça au moins, elle a eu raison.

Le déménageur revenait, son récépissé à la main. Il s'arrêta devant eux, hésitant.

— S'il n'y a plus rien, je ferme le camion... Lequel de vous deux signe ?

D'autorité, Victor tendit la main, habitué à ce qu'aucun papier ne lui échappe. Il le lut machinalement, se refusant à penser que cette simple feuille symbolisait la faillite de son existence. Laura partait, était déjà partie. Dans les cartons se trouvaient ses livres, ses vêtements, ses objets personnels auxquels Victor avait ajouté, au dernier moment, un petit coffret contenant tous ses bijoux. Un geste plus rageur qu'altruiste, il ne se faisait pas d'illusions. Parce qu'elle raffolait des bagues, des montres, il lui en avait offert un certain nombre, y compris un somptueux saphir quand leur fils Thomas était né. Il ne voulait plus jamais les voir.

S'appuyant à la façade, derrière lui, il signa le bordereau puis sortit de sa veste quelques billets qu'il fourra dans la main du déménageur. Il espéra qu'il n'avait rien oublié et qu'aucun bibelot, aucun vêtement ne traînait encore chez eux. Chez lui seul, désormais.

— Tu vas rester là ? murmura Nils, qui semblait danser d'un pied sur l'autre, toujours aussi embarrassé.

— Dans cette maison ? Sûrement pas !

Le camion démarra avec un bruit sourd puis s'éloigna vers le portail. Victor le suivit des yeux un instant avant de reporter son attention sur son frère. Il le saisit soudain par son pull qu'il tira brutalement vers lui.

— Comment as-tu pu me faire ça ? gronda-t-il à mi-voix. S'il s'agissait de n'importe qui d'autre... Mais toi !

Etre en rivalité avec Nils et se retrouver perdant n'avait pas de sens. Laura était sa femme, la mère de son fils, pas une conquête d'un soir. Nils lui volait ce qu'il avait de plus précieux sans mesurer la portée de son acte. Il le dévisagea comme s'il cherchait à comprendre. C'était son petit frère, il avait passé tant d'années à le protéger qu'il n'arrivait même pas à le haïr. Après tout, le « pauvre » Nils avait des excuses, sa mère était morte dans des circonstances tragiques alors qu'il n'avait même pas trois ans, et depuis, quoi qu'il fasse, chacun dans la famille lui donnait toujours l'absolution.

— Va-t'en, soupira Victor, résigné.

— Attends ! Je ne veux pas que tu...

— Je m'en fous. Casse-toi d'ici !

Il fit volte-face puis rentra dans la maison dont il claqua la porte avec une violence inutile. Il devait se rendre à l'étude où un rendez-vous incontournable l'attendait, pris de longue date avec six héritiers pour une succession délicate. Une belle scène en perspective, qui aurait pu le réjouir, mais là, il n'était même plus certain d'aimer son métier. Qu'allait-il aimer, d'ailleurs, dans les jours et les mois à venir ? En tout cas, le bonheur de rentrer ici en fin de journée, pressé de retrouver sa femme et son fils, avec ce plaisir intact qui lui faisait ouvrir la porte en souriant, n'existait plus. Désormais il était un mari trompé, trahi, quitté.

— Laura ! hurla-t-il en donnant un coup de poing sur une des consoles de l'entrée.

Se défouler sur les objets ne lui ressemblait pas, mais mieux valait s'en prendre à un meuble qu'à Nils. Au-dessus de la console, il se découvrit dans le miroir encadré d'acier. Les yeux cernés, l'air hagard... impossible de se présenter comme ça devant ses clients. D'un geste nerveux, il passa sa main dans ses cheveux bruns, voulut rajuster son nœud de cravate qu'il mit carrément de travers.

Exaspéré, il sortit de sa poche son portable, appuya sur la touche de rappel de l'étude et demanda à sa secrétaire de lui passer le bureau de Maxime.

— Me Cazals est en rendez-vous, maître. Je vous passe un des clercs ?

— Non, c'est à lui que je veux parler.

Il patienta deux secondes avant d'entendre la voix posée de son frère aîné.

— Un problème, Vic ?

— La succession Lanzac, dans une demi-heure. Prends-les à ma place.

— Impossible. Ils sont déjà là et c'est toi qu'ils attendent, je ne connais pas le dossier.

— Je ne peux pas, Max...

— Si, bien sûr ! Au besoin, je t'assiste. Allez, dépêche-toi de revenir, je vais décaler mon planning.

Son frère coupa la communication avant qu'il ait eu le temps de protester. Une façon de lui faire comprendre qu'il n'avait pas le droit de se dérober à ses obligations professionnelles. De nouveau il chercha son reflet dans le miroir. D'habitude il y voyait un beau brun au regard bleu, plutôt souriant, mais là, il avait exactement l'air de ce qu'il était : un pauvre type malheureux comme les pierres.

Il se précipita vers l'escalier, grimpa les marches quatre à quatre jusqu'au dressing où il changea de veste et de cravate en moins d'une minute. Quelques instants plus tard, au volant de sa voiture, il fonçait vers Sarlat.

En matière de droit de la famille et de la propriété, Victor Cazals était absolument incollable. Qu'une succession soit testamentaire ou ab intestat ne changeait rien à sa parfaite maîtrise des transmissions de biens. Réunir des héritiers et les obliger à s'entendre, quels que soient leurs différends, ne lui posait aucun problème, il savait faire preuve de tact, d'autorité ou d'humour exactement quand il le fallait.

Pourtant aujourd'hui, assis à son bureau face à la famille Lanzac, il n'arrivait même pas à trouver ses mots. Debout derrière lui, Maxime achevait à sa place certaines phrases restées en suspens.

— Papa n'a pas pu faire ça ! s'écria la femme en deuil qui n'arrêtait pas de l'interrompre.

— Pourquoi pas ? riposta sèchement Victor. Il s'agit de la quotité disponible, dont il pouvait disposer à sa guise. (Il sentit la main de son frère effleurer son épaule et il se reprit aussitôt :) Madame Lanzac, les personnes âgées sont parfois imprévisibles...

Pas pour lui, en tout cas, qui avait vu et entendu les choses les plus insensées dans ce même bureau. Quelques testaments authentiques, pris sous la dictée du client et devant témoins, l'avaient fait hurler de rire intérieurement tant les volontés exprimées étaient farfelues. Mais du moment que le testateur restait dans le cadre de la loi, il continuait à écrire, imperturbable.

Avec une lassitude sans doute flagrante, il reprit les feuilles posées devant lui tandis que des réflexions aigres-douces s'échangeaient à voix basse entre les membres de la famille. Le legs du défunt à son unique petite-fille, aussi considérable qu'inattendu, enlevait aux héritiers directs quelques espérances et les rendait amers. D'autant plus que la somme resterait bloquée à l'étude jusqu'à la majorité de la gamine.

— On peut contester, quand même ? insista Annie Lanzac.

— Non, sûrement pas ! Votre père était sain d'esprit, et les documents sont en règle !

Cette fois il devenait agressif, pris d'une irrésistible envie de flanquer tout le monde dehors. Maxime lui broya l'épaule et enchaîna avec diplomatie. Au lieu de l'écouter, Victor se mit à faire rouler son stylo le long du sous-main de cuir noir. Laura n'était pas venue souvent ici, jugeant d'emblée qu'une étude notariale était un endroit sinistre. Il lui avait prouvé le contraire, un dimanche où il était revenu chercher un dossier, en lui faisant l'amour sur son bureau. Il était fou d'elle, de son corps, de son rire, de ses yeux, et désormais ce serait Nils qui allait la tenir dans ses bras.

— ... nous nous chargerons de toutes les formalités bancaires et administratives, acheva son frère derrière lui.

Les Lanzac se levaient et Victor les imita. Machinalement, il les escorta jusqu'à la sortie, qui donnait de plain-pied sur une cour pavée, à l'arrière, permettant ainsi à ceux qui partaient de ne pas rencontrer les clients qui arrivaient. Avec une poignée de main ferme, l'aîné des Lanzac le remercia chaleureusement, persuadé que la présence des deux notaires à la fois était une grande marque de considération.

— Ne me fais plus jamais ça ! grogna Maxime entre ses dents à peine la porte refermée. Tu as été nul.

Puis, comme pour s'excuser, il ébouriffa les cheveux de son frère d'un geste tendre.

— Tu devrais prendre des vacances, ajouta-t-il en le dévisageant. Pars quelques jours, drague, oublie-la !

Facile à dire pour Max, marié avec une femme parfaite qui l'adorait.

— C'est ce que tu ferais si Cathie prenait un amant et demandait le divorce ?

D'un haussement d'épaules insouciant, Maxime rejeta cette question stupide.

— Tu l'as vue, aujourd'hui ? demanda-t-il seulement.

— Laura ? Non, elle a envoyé Nils...

— Quoi ? Il est venu chez toi ? Il est là ?

— Reparti pour Paris.

— Dommage, j'avais beaucoup de choses à lui dire !

Depuis qu'il avait appris la liaison de Nils et de Laura, Maxime ne décolérait pas. Pourtant, lui aussi, depuis toujours, prenait systématiquement la défense du cadet contre le reste du monde.

— Vous avez réglé vos comptes ? s'enquit-il d'un ton inquiet.

— Il est insolvable, tu sais bien...

Une phrase à double sens, que Victor lâcha avec un sourire amer. Dépensier, fantaisiste, leur petit frère n'avait jamais un sou devant lui malgré le luxe faussement bohème dans lequel il vivait. De toute façon, depuis l'école primaire il n'avait rien mené à bien.

— Tu as une mine épouvantable, Victor.

Le bourdonnement de l'interphone les interrompit et la voix de la secrétaire annonça que les clercs allaient partir.

— Il est tard, constata Max. On dîne chez les parents, tu t'en souviens ?

Victor leva les yeux au ciel mais renonça à discuter, sachant très bien que leur père n'admettrait pas une dérobade de sa part.

Foulant à grands pas la moquette du salon, Martial Cazals allait et venait d'une fenêtre à l'autre, exaspéré. Il finit par s'arrêter pour jeter un coup d'œil au-dehors. La rue du Présidial était calme, admirablement mise en valeur depuis qu'un éclairagiste de génie avait installé à travers la vieille ville d'étonnants candélabres flanqués de spots en verre. Un moyen supplémentaire de séduire les nombreux touristes, quoique Sarlat n'en eût aucun besoin : c'était une ville magnifique, magique. Martial n'avait jamais regretté d'y être revenu après l'épisode tragique qui avait scindé sa vie en deux. Quand Blanche s'était obstinée à vouloir quitter la propriété des Roques, il s'était incliné à contrecœur, avant de se découvrir heureux de rompre avec le passé.

Il se détourna et reprit sa marche de lion en cage. Certes, la maison était agréable, néanmoins elle datait de la Renaissance, n'offrant que des pièces étroites. Pour obtenir ce grand salon, il avait fallu abattre deux murs et installer des poutrelles métalliques afin de soutenir les plafonds. Aux Roques, les proportions étaient beaucoup plus vastes, presque grandioses, mais malheureusement personne n'en profitait.

— Oui, eh bien, ça va changer ! marmonna-t-il à mi-voix.

Victor n'allait pas rester dans cette villa ultramoderne que sa femme lui avait fait acheter par caprice. Son fils n'était pas masochiste, il ne se complairait pas dans le souvenir de celle qui l'avait quitté.

« Et pourquoi pas ? Qu'est-ce que je fais d'autre, moi, à longueur de temps ? »

Il se désespérait en pensant à un fantôme. Dieu préserve son fils de subir le même calvaire. Près d'une fenêtre, il marqua une nouvelle pause mais la rue était toujours déserte et la maison silencieuse. Blanche s'affairait sans doute devant ses fourneaux, concoctant une des recettes préférées de leurs fils. Il lui devait beaucoup, il le savait, se sentait coupable de l'avoir si mal et si peu aimée, alors qu'elle lui était entièrement dévouée. Un dévouement qui, hélas ! n'inspirait aucun désir à Martial. Même trente ou quarante ans plus tôt, il avait toujours pensé à d'autres femmes quand il la tenait dans ses bras. A des filles plus belles, plus jeunes, plus délurées. Des filles comme Laura, par exemple, qu'on n'épouse pas quand on a deux sous de jugeote. Il fallait être aussi amoureux que Victor pour ne pas l'avoir compris tout de suite.

« Mais qu'est-ce qu'ils foutent, bon sang ? »

Martial n'avait jamais transigé sur l'éducation de ses deux aînés, et la ponctualité faisait partie des choses qu'il leur avait inculquées. Nils, lui, avait bénéficié d'une indulgence que Martial se reprochait enfin aujourd'hui. Il aurait dû ouvrir les yeux plus tôt, mais il n'en avait eu aucune envie jusque-là. Moralité : son cadet était devenu un raté. Pire, Nils manquait de dignité au point de trahir son frère de la manière la plus ignoble qui soit, comme un vulgaire amant de vaudeville. Sa liaison secrète avec sa belle-sœur aboutirait à un divorce retentissant.

« Pourquoi *retentissant* ? Je vais me charger d'étouffer ce scandale qui serait très mauvais pour l'étude ! »

Depuis qu'il avait passé la main à Maxime et à Victor, Martial n'était jamais retourné dans cette étude de la rue Montaigne dont il avait fait lui-même la réputation à force de travail acharné. Ses fils suivaient ses traces, aussi brillants l'un que l'autre, réduisant leurs confrères à la portion congrue. Bien au-delà de Sarlat, toute une partie du Périgord ne traitait ses affaires que chez les Cazals, notaires associés.

A vingt et un ans, Martial n'était encore qu'un jeunot lorsque ses parents avaient disparu à quelques mois d'intervalle. Son père emporté par un cancer foudroyant, et sa mère par la grippe. Orphelin alors qu'il venait juste d'atteindre sa majorité, il s'était retrouvé à la tête d'un héritage qui faisait de lui un parti très convoité. Raisonnable, il avait terminé ses études et pris le temps de choisir parmi les jeunes filles qu'on lui présentait. Il n'était tombé amoureux d'aucune mais, pressé de fonder une famille, il ne pouvait pas rester seul. Blanche avait une dot, elle était manifestement folle de lui, il s'était décidé pour elle. Avec la fortune laissée par ses parents, il avait ensuite acheté puis aménagé un ancien hôtel du XVIIe situé en plein cœur de la ville. Les travaux de rénovation réalisés à l'époque s'étaient révélés ruineux. Il avait fallu engager un architecte pour restaurer l'escalier en bois à balustres qui descendait jusqu'à la cour pavée, ainsi que toutes les fenêtres en encorbellement et les grands arcs d'ogives de la façade. Mais le résultat en valait la peine et, grâce à Blanche, l'argent ne leur avait jamais manqué, pas même au début. Très vite, Martial avait réussi. Il n'était pas seulement sérieux, habile, têtu, il était surtout un enfant du pays, né à quelques kilomètres de là. Jeune, peut-être, mais à son aise dans cette étude cossue, si persuasif et si chaleureux qu'en moins de deux ans il s'était déjà constitué une belle clientèle qui ne jurait que par lui. Heureusement, car il avait failli ruiner sa carrière quand il avait rencontré Aneke.

Aneke... Il lui suffisait de chuchoter son prénom pour se sentir ému. Sans effort, il la revoyait avec une précision inouïe. Le grain de beauté de son épaule, ses jambes interminables qui lui donnaient une démarche de félin, sa nuque délicate et ses petites dents étincelantes : il avait tout adoré. Au premier regard, il était tombé fou amoureux de cette ravissante Suédoise. Mannequin, elle n'était que de passage en France, bloquée à Paris par les événements de mai 68. Pour lui, elle était restée ; pour elle, il avait tout quitté : Blanche, ainsi que leurs deux fils qui n'avaient alors que quatre et six ans. Et même son étude qu'il avait confiée à un tiers. Il était parti sans se retourner. Un vrai coup de folie.

Aneke rêvait de campagne et de soleil, alors ils s'étaient installés dans la région de Cahors, à moins d'une centaine de kilomètres de Sarlat. Il aurait pu faire la navette et récupérer son affaire, mais il avait tiré un trait sur son passé et préféré s'associer avec un notaire cadurcien chez lequel il s'était mis à travailler d'arrache-pied. Nils était né là-bas un matin de mars, et Martial avait eu l'impression d'être père pour la première fois de sa vie. Grâce à Aneke, il redécouvrait tout, apprenait tout. A ses côtés, il avait goûté un bonheur absolu pendant trois ans. Ensuite, le drame était arrivé. Un accident stupide, inconcevable, dont le cauchemar, certaines nuits, le poursuivait encore. Prévenu par les gendarmes, il n'avait revu Aneke qu'à la morgue de l'hôpital où on venait de la transférer. Anéanti, il s'était retrouvé seul avec un petit garçon de deux ans et demi qui ressemblait déjà beaucoup à sa mère, tellement blond que ses cheveux avaient l'air blancs, avec ce même regard bleu délavé de ciel après la pluie.

Il avait tenu le coup trois mois, seul à Cahors, anéanti. Après, il s'était avoué vaincu, il était rentré à Sarlat la tête basse. Dans la propriété des Roques, où elle élevait seule leurs deux fils, Blanche l'avait accueilli à bras ouverts, sans lui faire payer le prix fort. Au lieu de l'accabler, de se venger, elle avait même accepté de prendre en charge ce troisième enfant qui aurait dû lui faire horreur. Sa seule exigence avait été de quitter Les Roques. Le retour de Martial signifiait pour elle une renaissance, elle voulait changer de décor. Comme il n'était pas en position de discuter, il avait cédé tout de suite et acquis la maison de la rue du Présidial avec indifférence. A ce moment-là, il était occupé à récupérer son étude, à la remonter, à retrouver tous ses clients, et il se moquait du reste.

D'emblée, Blanche avait été parfaite. Envers Nils, elle se montrait affectueuse, douce, et prenait même sa défense contre les deux aînés qu'elle grondait davantage. Martial lui-même se montrait trop faible avec le cadet à qui il passait tout. Quant à Maxime et Victor, ils avaient accepté ce petit frère inattendu sans la moindre rancune. Au contraire, ils le faisaient jouer à tour de rôle, intervenaient pour lui dans les bagarres à l'école, se laissaient même punir à sa place. A cette époque, Martial aurait dû reconnaître la générosité des deux grands, leur droiture, mais seul Nils l'intéressait... il ressemblait de plus en plus à Aneke dont la disparition le laissait toujours inconsolable.

Bien des années plus tard, quand Maxime puis Victor s'étaient lancés dans des études de droit pour devenir notaires à leur tour, Martial avait commencé à les regarder différemment, conscient de s'être montré injuste. Il s'était juré de les prendre comme associés, puis de leur passer la main sans trop attendre, ce qu'il avait fait par la suite. Pendant ce temps-là, Nils végétait, toujours choyé et absous par Blanche. Velléitaire, voire capricieux, il ne se décidait pas à grandir. Après une laborieuse licence de lettres, commencée à Bordeaux et achevée à Toulouse, il était parti à Paris pour s'inscrire dans une obscure école de cinéma.

« Seigneur ! Comment ai-je pu laisser passer ça ? »

Si elle le voyait, d'où elle était, Aneke devait le maudire.

— Les voilà ! lança joyeusement Blanche, juste derrière lui.

Perdu dans ses pensées, il n'avait pas entendu la voiture de Max, ni senti la présence de sa femme contre son épaule. Il s'écarta d'elle et gagna le rez-de-chaussée où Victor enlevait déjà son imperméable.

— Content de vous voir, les garçons...

Martial serra la main de ses fils et les poussa vers l'escalier. De retour dans le salon, il servit l'apéritif sans attendre, mettant d'autorité une double dose de whisky dans le verre de Victor. Lorsqu'il le lui tendit, il le regarda avec attention. De ses trois fils, c'était celui qui lui ressemblait le plus. Mêmes yeux bleu azur, même sourire énigmatique, même capacité à séduire ses interlocuteurs. D'ailleurs, c'était le premier mot qui venait à l'esprit quand on voyait Victor : séduction. Avant son mariage avec Laura, il avait fait des ravages, toutes les filles jugeant ce beau brun absolument irrésistible. En réalité, il n'était pas vraiment beau, et une cicatrice d'enfance - souvenir d'une chute aux sports d'hiver - barrait le côté gauche de son visage, de la tempe jusqu'au coin de la bouche. Mais cette fine ligne pâle ne faisait qu'ajouter à un charme dont il n'avait guère conscience. Maxime, lui, tenait de Blanche des traits plus réguliers, des boucles châtain clair et un regard brun d'une grande douceur. Plus posé que Victor, il était tout aussi gentil, et finalement ces deux-là se complétaient à merveille. Quant à Nils, il avait toujours l'air d'un étranger arrivé la veille d'un autre pays. Trop grand, ce qui le faisait se tenir un peu voûté, nerveux, fragile, il promenait sur le monde son regard délavé qui semblait appeler à l'aide.

— Bon, tu vas bien ? lança Martial à Victor, de façon plutôt abrupte.

— Pas vraiment, mais j'aimerais autant qu'on parle d'autre chose.

— Comment veux-tu ? De toute façon, on ne va penser qu'à ça, inutile de faire semblant !

— C'est ma vie privée, papa.

— Pas quand l'amant de ta femme est aussi mon fils, parce que ça met la pagaille dans toute la famille ! explosa Martial.

En temps normal, Blanche aurait tenté d'intervenir pour détourner la colère de son mari, mais elle se contenta de garder les yeux baissés sur le plateau d'allumettes au fromage qu'elle venait d'apporter. Plus calmement, Martial enchaîna :

— Excuse-moi, je voudrais qu'on épuise le sujet avant que Cathie et les enfants arrivent. Tu comptes demander la garde de Thomas ?

Cette question, Victor la retournait en tous sens depuis des semaines, et si la réponse le désespérait, elle s'imposait pourtant d'elle-même.

— Il est trop petit, papa, il sera mieux avec sa mère.

En le disant, Victor se sentit de nouveau submergé de colère. L'idée que Nils élève son fils à sa place lui faisait grincer des dents.

— Donc, tu vas leur faire une pension ?

Son père avait l'art de retourner le couteau dans la plaie. Mais le non-dit n'était pas son fort, il préférait la franchise brutale au silence et ne laissait jamais une situation se dégrader sans en avoir débattu. Malheureux, Victor acquiesça d'un signe de tête.

— Si mes souvenirs sont bons, insista Martial, impitoyable, tu ne voulais pas signer de contrat de mariage ? Eh bien, si je ne t'avais pas convaincu, tu vois où tu en serais aujourd'hui ! Je suppose que tu vas vendre cette abominable baraque ? Si tu veux, je te cède Les Roques, ça te changera les idées.

Stupéfait, Victor leva la tête. Il observa son père une seconde, avant de se tourner vers Maxime. La proposition semblait tellement insensée que les deux frères échangèrent un long regard circonspect. Depuis toujours, il était bien convenu que Les Roques étaient un endroit intouchable, dont Martial ne se séparerait jamais. Il se fâchait chaque fois qu'un membre de la famille évoquait l'inutilité de cette grande propriété vide qu'il n'acceptait ni de vendre ni de louer.

— Les céder ? répéta Victor.

— Oh, comme tu veux ! Je te les vends, je te les donne, on s'arrange entre nous.

Les souvenirs d'enfance que Victor conservait des Roques étaient assez mitigés. Ils y avaient beaucoup joué, avec Maxime, et aussi beaucoup vu pleurer leur mère après le soudain départ de leur père. Il essaya de s'imaginer seul là-bas et il secoua la tête.

— Ecoute, papa, je ne...

— Je ne te les offrirai pas deux fois, Vic ! Tu te décides maintenant.

Son père désirait seulement l'aider, mais il se révolta quand même.

— Laisse-moi le temps d'y penser ! Je ne sais plus où j'en suis, je crois que j'ai besoin de changer d'air, de réfléchir, de...

— Pour quoi faire ? Ressasser tes malheurs ? T'apitoyer sur toi-même ?

C'en était trop pour une seule journée, Victor se leva et traversa le salon sans dire un mot. Au moment où il sortait, il entendit la voix furieuse de Maxime qui s'écriait :

— Tu ne pouvais pas le laisser tranquille, non ?

Oubliant son imperméable sur la bergère où il l'avait jeté, Victor se retrouva dans la rue du Présidial. Il prit une longue inspiration avant de se mettre en marche, sans trop savoir ce qu'il allait faire. Comme sa voiture était restée garée dans la cour de l'étude, il se dirigea vers la cathédrale. Vendre cette villa qui lui rappellerait chaque jour Laura, oui, il l'avait décidé dès qu'elle lui avait annoncé son départ, toutefois il avait passé l'âge qu'on lui dicte sa conduite. La compassion de son père - qui n'en avait pas été très prodigue jusque-là - lui paraissait déplacée, presque humiliante.

Pour ce soir, il n'avait pas d'autre choix que rentrer chez lui où il passerait sans doute une nouvelle nuit blanche. La veille, il ne s'était endormi qu'à l'aube, sur le canapé du salon, au milieu des cartons emballés pour Laura, se répétant les phrases qu'il comptait lui dire. Bien sûr, elle avait choisi de ne pas venir.

— Victor, attends-moi !

La voix de stentor de Martial se répercuta sur les murs de calcaire blond et les toits de lauzes des maisons, tout au long de la rue.

— Oh, je suis désolé, d'accord ! Mais quand même, ce n'est pas la fin du monde...

Son père l'avait rejoint, un peu essoufflé, et il sentit une main ferme sur son épaule.

— J'ai connu ça, Vic, en bien pire, crois-moi. Laura n'est pas morte, que je sache ! Tu ne peux pas supporter l'idée qu'elle soit heureuse sans toi ?

Victor s'arrêta, la tête basse, sans rien répondre. Que son père en vienne à évoquer ses propres malheurs prouvait à quel point il était bouleversé.

— Pour Nils, c'est ma faute. Je l'ai mal élevé, je sais. Mais il me rappelait tellement Aneke ! Je ne devrais pas t'en parler, au moins vis-à-vis de ta mère... Je sais que tu es amoureux, je l'ai été à la folie, je peux comprendre. Sauf que ta femme n'en vaut pas la peine.

Choqué par le cynisme de cette dernière remarque, Victor se remit en marche.

— On reçoit de sacrées claques dans la vie, hein ? Pourtant, on finit toujours par surmonter, tu verras. Je ne me mêle pas de tes affaires, je veux juste t'aider à franchir le cap. Prends Les Roques, Vic, tu auras tellement de choses à remettre en état là-bas que tu n'auras pas le temps de penser à Laura. Et pour Thomas, quand tu le garderas le week-end, ce sera un vrai paradis !

Parvenus rue Montaigne, ils approchaient de l'étude. Victor leva les yeux vers la cathédrale Saint-Sacerdos, dont la tour de façade aux arcades aveugles était brillamment illuminée.

— Si Maxime est d'accord, murmura-t-il.

— Il l'est. Tiens...

Son père lui mit de force un trousseau de clefs dans la main.

— Vas-y quand tu veux, au moins pour essayer.

Avec un haussement d'épaules résigné, Victor capitula et empocha les clefs.

— Excuse-moi auprès de maman, ajouta-t-il en s'efforçant de sourire.

Après un instant d'hésitation, son père se contenta de hocher la tête puis il fit demi-tour. Victor le suivit des yeux et s'aperçut qu'il ne l'avait même pas remercié. Dans l'état où il se trouvait, n'importe quel dérivatif lui serait forcément salutaire, et s'installer aux Roques contribuerait peut-être à le détourner du désespoir où il s'enfonçait. Pas la fin du monde, d'accord, mais une souffrance aiguë quand même.

Nils regardait les cartons éventrés qui encombraient le salon, les chambres, et même la salle de bains. Laura s'affairait, absolument ravissante dans son petit peignoir de soie, beaucoup trop court. Ses cheveux blonds étaient relevés par une grosse pince à cheveux, sur la nuque, ce qui lui donnait l'air d'une jeune fille.

— Dès demain, je me mets à chercher un boulot ! déclara-t-elle d'un ton péremptoire.

Elle se tourna vers lui, une paire de chaussures dans chaque main.

— Je les range où ?

— Où tu veux, tu es chez toi.

Ce qui n'était pas tout à fait exact, car il n'avait pas payé le loyer de cet appartement depuis quatre mois et le propriétaire lui avait envoyé les huissiers. Jusque-là, il n'avait pas su se résigner à tout expliquer à Laura, mais il allait bien falloir qu'il se décide. Sa situation financière était catastrophique, comme toujours, d'autant plus qu'à partir de maintenant il ne pourrait plus demander d'aide à sa famille. Il fallait qu'il appelle son agent pour trouver un contrat au plus vite, sinon sa banque finirait par lui retirer son chéquier et ses cartes de crédit. Aurait-il pu imaginer pire au moment où une femme et un enfant débarquaient dans sa vie ?

Se laissant tomber sur le canapé, il alluma une cigarette pour se donner du courage. Comme il allait parler, elle le devança.

— Que t'a dit Victor ?

Naturellement, elle voulait le savoir, elle devait se sentir aussi coupable et mal à l'aise que Nils lui-même.

— A peu près rien.

— Il avait l'air comment ?

— Anéanti, furieux, pressé.

— Je l'appellerai, dit-elle sans conviction.

Elle ne le ferait pas, c'était évident. Quel genre de sentiments l'attachaient encore à son mari ? Bientôt son ex-mari, tant l'avocat précipitait le mouvement.

— Tu l'aimes toujours ?

Sa question à peine posée, il la regretta amèrement. Tenait-il vraiment à savoir ce qu'elle éprouvait pour Victor ? S'ils ne voulaient pas se laisser écraser par la culpabilité, le mieux était d'éviter le sujet.

— Je ne sais pas, répondit-elle après un temps de réflexion. Oh, c'est difficile de ne pas l'aimer, tu le connais !

Nils le connaissait malheureusement trop bien. Adolescent, il avait admiré et envié les succès de ses deux grands frères auprès des filles. En particulier Victor, qui multipliait les conquêtes sans vraiment s'attacher à aucune, mais qui s'arrangeait toujours pour rompre avec élégance. Personne ne lui en voulait, tout le monde l'adorait, c'était un jeune homme absolument charmant. Nils rêvait alors de lui ressembler.

— Il oubliera, chuchota Laura.

Elle venait de le rejoindre et s'était assise tout contre lui. Il la prit dans ses bras, sans réelle envie. Comment avait-il pu en arriver là ? A ce qu'elle vienne s'installer chez lui ? Oh non, Victor n'oublierait pas, ne pardonnerait pas ! Et Nils, à trente-trois ans, avait tellement l'habitude du soutien inconditionnel de sa famille qu'il se demanda comment il allait se débrouiller pour faire face, seul dans son camp désormais.

Le peignoir de soie s'était ouvert, découvrant les seins de Laura. Il adorait son corps mince, ses longues jambes, sa peau claire de vraie blonde. Il eut immédiatement envie d'elle, ce qui ne signifiait pas grand-chose, il le savait très bien.

— Il y a des héritiers réservataires, madame Monier, vous ne pouvez pas disposer de tous vos biens.

— Mais pourquoi, puisque c'est à moi ?

Patient, Victor recommença ses explications sur les règles de succession, sans pour autant convaincre sa cliente. Il la connaissait de longue date, l'ayant eue comme professeur d'histoire au collège, et il avait le sentiment qu'elle le prenait toujours pour un gamin. Un quart d'heure de discussion fut encore nécessaire avant qu'il puisse se débarrasser d'elle, vaguement amusé par l'entêtement qu'elle mettait à vouloir tout léguer au jardinier. Ses enfants ne venaient jamais la voir, et d'une certaine manière ils méritaient la mauvaise surprise qui les attendait.

Après avoir jeté un œil distrait sur son agenda, il gagna le hall d'entrée où la secrétaire disparaissait derrière son comptoir chargé de piles de dossiers.

— C'est quoi, cette pagaille ?

— Votre frère fait ranger les archives par le stagiaire, répondit-elle avec un sourire entendu.

Maniaque de l'ordre, Maxime avait dû réfléchir à un nouveau système de classement. Les caves voûtées de l'étude étaient remplies de rayonnages métalliques sur lesquels se trouvaient répertoriées des milliers d'affaires. Une multitude de vies bien rangées dans leurs boîtes rigides, qui composaient l'histoire de toute la région. Trois générations de secrets de famille y dormaient : donations récusées et propriétés contestées, filiations douteuses et bâtards légitimés, contrats de mariage, règlements de comptes posthumes.

— Vous avez les chiffres de la Bourse d'aujourd'hui ?

Tandis que la secrétaire pianotait sur le clavier pour se connecter à Internet, Victor fouilla en vain sa poche ; il avait cessé de fumer depuis la naissance de Thomas et n'avait pas de cigarettes sur lui. Il tendit la main vers un paquet de blondes à moitié dissimulé par la batterie de téléphones.

— Je peux ?

— Vous ne devriez pas, mais servez-vous.

La première bouffée lui parut horrible, puis la deuxième absolument délicieuse. Prenant la feuille qui sortait de l'imprimante, il l'emporta dans son bureau, la cigarette entre les lèvres. Il devait réfléchir à une demande de placement de capitaux émise par un de ses plus gros clients, et en général les chiffres l'amusaient. Pourtant, à peine s'était-il assis que les indices de cotation lui parurent dérisoires, voire d'un mortel ennui. Son regard s'égara vers le téléphone, mais il résista à la tentation d'appeler Laura. La dernière fois qu'il l'avait fait, il était tombé sur Nils et avait raccroché sans dire un mot. Il fallait qu'il lui envoie de l'argent, il savait pertinemment qu'elle n'avait pas grand-chose sur son compte. Qu'en ferait-elle ? En profiterait-elle pour s'acheter le genre de lingerie dont Nils raffolait ? Les fantasmes de son petit frère lui étaient familiers, ils avaient eu bon nombre de discussions « entre garçons » à ce sujet lorsqu'ils étaient plus jeunes.

Rageusement, il écrasa son mégot dans une coupelle d'argent qui n'était pas destinée à cet usage. S'il continuait comme ça, il allait devenir fou. Laura l'avait quitté parce qu'elle ne l'aimait plus, ne devait-il pas accepter cette réalité au lieu de se consumer de jalousie imbécile en l'imaginant dans les bras de son frère ?

— Si tu as fini, on peut y aller, dit la voix de Max dans l'interphone.

Soulagé par cette diversion, il abandonna sans regret les colonnes de chiffres et gagna la cour. Max faisait tout ce qui était en son pouvoir pour l'aider, avec son tact habituel, y compris sacrifier l'heure du déjeuner à cette visite aux Roques.

— On prend ma voiture, décida Victor. Je te paierai un hamburger au retour, promis !

Ils sortirent de Sarlat par une petite départementale. A partir de La Croix-d'Alon, la route devenait sinueuse, étroite, s'élevant entre des collines couvertes de châtaigniers.

— Tu t'en souviens bien ? s'enquit Max qui ne quittait pas le paysage des yeux.

— Oui, quand même !

Après avoir déménagé des Roques, ils y étaient parfois revenus pour des vacances. Malheureusement leur mère semblait avoir la propriété en horreur et n'acceptait jamais d'y séjourner longtemps. Jeunes gens, ils y avaient aussi donné quelques fêtes, avec la bénédiction de leur père. Mais quand leur installation professionnelle à l'étude, puis leurs vies d'hommes mariés et de pères de famille les avaient accaparés, ils s'en étaient désintéressés.

— Je n'y ai pas mis les pieds depuis... Je ne sais plus. Trois ans ?

— C'est quand même dément, soupira Max. Avoir ça dans la famille et le laisser à l'abandon ! Enfin, pas tout à fait, papa continue à payer l'entreprise de nettoyage.

Chaque printemps, la maison était ouverte, aérée, balayée, les pelouses ratissées et tondues, les arbres élagués. Néanmoins, la végétation reprenait vite ses droits, et plus le temps passait, plus Les Roques semblaient abandonnées.

Dix minutes plus tard, ils arrivèrent en vue du chemin d'accès qu'ils guettaient, difficile à discerner au milieu des massifs broussailleux. Ils parcoururent encore six cents mètres dans des ornières poussiéreuses avant de parvenir au grand portail rouillé. De part et d'autre des piliers, le mur d'enceinte s'était gonflé d'humidité et commençait à s'effriter.

— Tu as la clef du cadenas ?

Victor tendit le trousseau à son frère et patienta au volant, observant les alentours avec intérêt. A dix ans, il grimpait presque chaque jour sur ce mur et courait autour de la propriété, en équilibre sur le faîte, poursuivi par Max. Ils jouaient beaucoup dehors, quel que soit le temps, peu pressés de retrouver leur mère qui se desséchait de chagrin en l'absence de leur père.

— Allons-y ! lança Max en claquant la portière.

L'allée s'inclinait en courbe un peu plus loin, pour le moment, les arbres leur cachaient encore la maison. Victor roula au pas jusqu'à ce qu'ils découvrent enfin Les Roques, cent mètres devant eux, la façade ocre flamboyant au soleil d'hiver. Un moment, ils restèrent silencieux devant le spectacle, étonnés d'avoir pu l'oublier. La bâtisse était haute, longue, flanquée de deux ailes terminées par des pigeonniers en forme de tours carrées. Vieille de quatre siècles, elle avait subi de nombreux remaniements qui n'avaient pas réussi à lui ôter son élégance. Les toits de lauzes très pentus s'ouvraient sur des lucarnes ouvragées surmontées de frontons galbés, et des fenêtres à meneaux ornaient le rez-de-chaussée et le premier étage. Entre les deux, une frise sculptée courait le long du corps principal, telle une ceinture délicatement posée sur l'appareillage de pierre blonde.

— Sacrée baraque, murmura Victor. Si mes souvenirs sont bons, on tremblait de peur ?

Max éclata de rire et lui envoya une grande bourrade dans le dos.

— Tu venais dormir avec moi une nuit sur deux !

S'arrachant à la contemplation de la maison, Victor regarda autour de lui. Les mauvaises herbes et les broussailles avaient tout envahi, comme prévu. Il se souvint brusquement des jeudis passés à ratisser, de l'odeur des feuilles mortes qui brûlaient en tas.

— On entre ?

Son frère cherchait déjà la bonne clef sur le trousseau, et déverrouilla la lourde porte de bois. A l'intérieur, la grande salle rectangulaire qui tenait lieu d'entrée était plongée dans la pénombre. Victor se dirigea vers la fenêtre la plus proche ; lorsqu'il replia les volets intérieurs un rayon de soleil vint se poser sur les dalles rouges du sol.

— Eh bien, ça ne sent pas trop le moisi, c'est déjà ça ! constata Max.

Ensemble, ils se mirent à parcourir les pièces du rez-de-chaussée, ouvrant tous les volets sur leur passage. Un peu partout, des draps recouvraient les meubles, et une fine couche de poussière ternissait les tableaux, les lustres, les linteaux des cheminées. Dans la cuisine, les cuivres pendus avaient pris une vilaine couleur vert-de-gris.

— C'est plutôt décourageant, soupira Victor.

Il se laissa tomber sur l'un des longs bancs encadrant la table de ferme. A cette même place, combien de pots de confiture avait-il pu engloutir durant son enfance ? Leur mère les faisait elle-même, ainsi qu'une multitude de gâteaux délicieux. Même après le départ de leur père, elle avait continué à se donner du mal au milieu des fourneaux, rien que pour ses deux fils. Ils étaient restés seuls avec elle durant presque quatre ans, dans une atmosphère lourde qu'elle n'essayait pas d'égayer. A l'époque, un homme à tout faire s'occupait du jardin et logeait dans un des pigeonniers. Lui descendait les deux garçons à l'école, le matin, et elle allait les attendre le soir, après avoir fait ses courses. Elle conduisait mal, de manière distraite et brutale, elle qui avait des gestes si doux pour câliner ses enfants. Douce et triste, oui, c'est ainsi que Victor se souvenait d'elle dans cette maison. Quand leur père était revenu, elle avait recommencé à rayonner de joie. Elle s'était chargée elle-même d'expliquer ce retour improbable, et aussi d'imposer la présence du petit Nils. L'ambiance de la maison avait alors complètement changé. Tout aurait pu redevenir merveilleux sans sa brusque décision d'emménager à Sarlat, de quitter Les Roques qu'elle disait ne plus supporter.

— Pourquoi a-t-il accepté d'abandonner la maison ? demanda-t-il à Maxime d'un ton rêveur.

— Il n'avait pas le choix. Maman aurait bien pu lui demander n'importe quoi, je suppose qu'il l'aurait fait. Après tout, c'est peut-être le seul moyen qu'elle a trouvé pour le punir ?

Pour leur père, l'unique défense possible consistait à ne pas vendre. Les Roques appartenaient à la famille Cazals depuis plus de cent ans, l'idée de s'en séparer lui était sûrement odieuse.

— Allons voir les chambres, décida Max en se levant.

Au premier étage, une galerie desservait huit pièces en enfilade. Là aussi, ils ouvrirent tous les volets. Dans sa chambre de gamin, Victor redécouvrit une maquette de voilier sur laquelle il s'était acharné durant tout un été. Les tiroirs du bureau d'écolier contenaient encore de vieux cahiers, des crayons mal taillés, une équerre cassée. Surpris par une bouffée de nostalgie inattendue, il s'approcha de la fenêtre et appuya son front au carreau. En arrivant aux Roques, on pouvait se croire sur un plateau, mais en réalité la maison était construite au sommet d'une sorte de promontoire qui offrait une vue somptueuse sur toute la vallée en à-pic. C'était un paysage familier, avec ses chênes touffus et sombres à flanc de colline et la petite rivière qui serpentait tout en bas.

— On pêchait des écrevisses, tu te souviens ? murmura Max qui l'avait rejoint.

Victor se tourna vers lui, songeur.

— Comment se fait-il qu'on n'y pense jamais ?

— A quoi ? A cette maison ? Je n'en sais rien... On s'est habitués à celle du Présidial. C'était d'ailleurs beaucoup plus agréable d'être en ville pour les sorties ! Et puis le collège, et les filles...

Le sourire réjoui de Maxime rappela à Victor toutes les frasques qu'ils avaient pu faire à Sarlat dans leur adolescence. A la fin, lassé, leur père les avait expédiés en pension à Périgueux. Nils y avait échappé, bien entendu. Victor n'avait pas apprécié la stricte discipline de l'établissement religieux où ils s'étaient retrouvés bouclés, mais la nette progression de ses résultats scolaires avait conforté Martial dans sa décision.

— Alors, Vic, ton impression ?

— Mitigée. Si je viens habiter ici, je vais me sentir seul. D'un autre côté...

Malgré l'atmosphère un peu sinistre, la maison l'attirait. La remettre en état - ou plutôt à son goût - tenait de la gageure ; pourtant, il avait envie d'essayer. Peut-être parce que, depuis une heure, il n'avait pas pensé une seule fois à Laura.

— Tu viendras me voir, Max ?

— Ah, non ! Je t'ai déjà sur le dos à l'étude !

En le disant, son frère s'était mis à rire et ajouta :

— D'accord, avec Cathie et les enfants, on débarquera tous les week-ends jusqu'à ce que tu cries grâce.

— Dans ce cas, mettons-nous en copropriété.

Redevenu sérieux, Max le dévisagea une seconde avant de secouer la tête.

— Victor, ce serait une erreur, tu le sais aussi bien que moi. Tu vas sûrement refaire ta vie et...

Des belles-sœurs ennemies, des cousins jaloux, des indivisions impossibles : ils voyaient ça à longueur de journée. Même les familles

les plus unies arrivaient à s'étriper lors d'une cohabitation forcée. Victor soupira puis jeta un dernier coup d'œil au paysage. *Refaire sa vie* était une expression abominable, mais indiscutablement il faudrait qu'il y pense un jour. En attendant, Les Roques allaient l'occuper.

— Bon, ça s'arrose, décida-t-il.

Blanche se donna un dernier coup de brosse, tout en surveillant Martial dans le miroir. Il lisait, ou bien il faisait semblant, en tout cas il ne la regardait pas. Depuis des années, il ne la regardait jamais à ce moment-là, quand elle était sur le point de le rejoindre au lit. Ils auraient aussi bien pu faire chambre à part, mais il n'avait sans doute pas osé le lui demander. La tête penchée, il semblait absorbé par son journal. La lumière douce de la lampe de chevet soulignait son profil. Du jour où elle lui avait été présentée, jeune fille, elle ne se souvenait pas d'avoir ressenti autre chose à son égard qu'un amour intense, brûlant, absolu.

Dormir près de lui, à défaut d'autre chose, la consolait un peu de la frustration qu'elle éprouvait. La soixantaine n'y avait rien changé, elle continuait à l'aimer et à le désirer par-dessus tout. Souvent, elle attendait qu'il soit endormi pour se serrer contre lui, respirer son odeur, se donner l'illusion qu'elle était dans ses bras. Il l'y avait tenue, au début de leur mariage, elle s'en souvenait comme si c'était hier.

Elle se leva, quitta sa robe de chambre de soie ivoire. Elle choisissait toujours ses vêtements avec soin, sachant que Martial appréciait beaucoup l'élégance. Chaque fois qu'il suivait une femme du regard, dans la rue ou au restaurant, Blanche en prenait bonne note et modifiait sa coupe de cheveux ou s'achetait un nouveau tailleur.

— Victor m'a appelé, il est d'accord pour Les Roques, déclara-t-il soudain en levant les yeux vers elle.

La nouvelle ne la surprit pas outre mesure, néanmoins, elle se sentit contrariée. Comment Vic pouvait-il avoir envie d'habiter un endroit aussi sinistre ? L'insupportable chagrin éprouvé là-bas lui avait fait haïr cette maison, alors qu'au début elle l'adorait. Abandonnée par Martial, elle avait découvert que la bâtisse était trop grande, trop isolée, trop difficile à entretenir, et qu'on pouvait même y mourir de peur certains soirs d'hiver. Seule dans son immense chambre, combien avait-elle passé de nuits à écouter le bruit du vent dans les cheminées, à guetter les craquements des meubles et des parquets, à sursauter lorsqu'une chouette se mettait à hululer dans l'un des pigeonniers ? A chaque seconde, elle pensait à Martial, se torturant à l'imaginer en compagnie de sa Suédoise. L'emmenait-il au restaurant, en voyage ? Lui souriait-il avec cette expression de tendresse bouleversante que Blanche ne lui avait connue qu'au début de leur mariage et qu'elle se rappelait trop bien ? Avec quelle assiduité lui faisait-il l'amour ? Lorsqu'elle avait appris la naissance de l'enfant, elle était devenue folle de jalousie. Vraiment folle, mais elle ne voulait pas s'en souvenir. Pourquoi Victor décidait-il stupidement de prendre la relève ? De s'enfermer aux Roques pour penser à Laura dans les bras de Nils ? Il devait souffrir comme un damné, Blanche le savait.

— Peut-être n'aurais-tu pas dû le lui proposer ?

Jamais elle n'adressait de reproche direct à Martial ; sa question exprimait pourtant son désaccord.

— Au contraire, c'est exactement ce dont il a besoin en ce moment. Il finira par oublier cette sacrée garce, crois-moi !

Une garce sur laquelle il avait lui-même parfois posé un regard admiratif de connaisseur, Blanche ne l'oubliait pas. Jamais Martial n'ignorait une belle femme passant à sa portée, et le pire était qu'elles minaudaient toutes avec lui, même par jeu. Malgré son âge et ses rides, il restait un homme capable de séduire - ce dont il ne se privait pas.

— J'ai fini par avoir Nils, au téléphone, et je lui ai dit ma façon de penser ! lança-t-il d'un ton amer.

— Vraiment ?

Elle ne pouvait s'empêcher d'en douter car Martial manquait singulièrement de fermeté avec son fils cadet. Elle aussi, d'ailleurs, mais pas pour les mêmes raisons.

— Oui, vraiment..., soupira-t-il. Ce qu'il a fait à Victor est infâme, il n'a aucune excuse.

Il appuya sur l'interrupteur de sa lampe de chevet et lui tourna le dos. Elle aurait aimé l'aider, poser une main apaisante sur son épaule ; malheureusement, chaque fois qu'elle avait essayé, il s'était dérobé à ce simple contact.

— Vic est un type formidable, chuchota-t-il encore, dans l'obscurité.

S'en apercevait-il seulement aujourd'hui ? Victor, comme Maxime, avait toujours été merveilleux. Deux garçons adorables, brillants, dont elle était très fière. Quant à Nils...

— Je serai absent, demain, je vais au golf.

Elle se mordit les lèvres pour ne pas protester. Le golf pouvait être une réalité ou un prétexte, comme d'habitude. Martial n'était pas joignable à certains moments et il donnait rarement des précisions sur son emploi du temps. Depuis qu'il avait cédé l'étude à ses fils, il disait chasser davantage, jouer au golf, participer à toutes sortes de réunions exclusivement masculines. Blanche acceptait ces demi-mensonges sans broncher, résignée à ce qu'il ait des maîtresses ou des aventures tant qu'il rentrait tous les soirs. Mais lorsqu'il arrivait avec des fleurs pour elle, et un certain air guilleret qu'elle détestait, elle ressentait toujours un pincement au cœur fort désagréable.

Un long moment, elle écouta sa respiration régulière, résistant à l'envie d'aller se blottir contre lui. Au moins, il était là. Lié à elle par l'affection et la reconnaissance. Paisible. Loin d'imaginer de quoi une femme peut être capable par amour.

2

Laura adressa un dernier signe d'encouragement au petit garçon qui franchissait la porte de l'école primaire en traînant les pieds. Sur son dos, le cartable était gonflé par l'ours en peluche dont il ne voulait pas se séparer.

— Thomas..., murmura-t-elle, consternée.

Le changement de vie qu'elle imposait à son fils le perturbait au point qu'il en perdait le sommeil et devenait boudeur, capricieux. Pour qu'il accepte de prendre son petit déjeuner, une heure plus tôt, elle avait dû lui permettre de téléphoner à son père. A la fin de la conversation, Victor avait voulu lui parler à elle, très inquiet. Et ils s'étaient disputés, bien entendu. Elle ne supportait plus ce ton docte, presque autoritaire, qu'il prenait pour lui rappeler ses devoirs de mère. D'accord, il était malheureux, blessé, alors il se protégeait en installant une distance entre eux, mais elle aurait encore préféré l'entendre pleurer. Leur séparation avait été épouvantable, elle en gardait un souvenir très pénible, fait de culpabilité, de honte, et aussi d'exaspération.

Traversant la rue à grandes enjambées, elle se dirigea vers la station de métro. Retrouver Paris, les trottoirs sales et encombrés, le bruit de la circulation, les bistrots et les vitrines lui procurait un plaisir intense. Quelle démence passagère lui avait donc fait croire qu'elle pourrait supporter de s'enterrer à Sarlat avec un notaire ? C'était d'ailleurs la question que Nils lui avait posée, la première fois qu'ils s'étaient rencontrés. « Vous allez devenir ma belle-sœur ? Oh, mais vous n'êtes pas faite pour ça du tout ! » Un regard échangé, un sourire, puis il s'était excusé de sa plaisanterie de mauvais goût avant d'affirmer que Victor saurait la rendre heureuse. Elle ne l'avait revu qu'un an plus tard, lors d'une réunion de famille où il s'ennuyait ferme. Ensuite, ils étaient devenus des amis. A chaque fête, elle espérait sa présence, et dès qu'ils se retrouvaient ils s'isolaient des autres pour bavarder dans un coin. Elle devinait qu'elle lui plaisait mais il ne tentait rien, sans doute par égard pour son frère, et elle avait dû prendre elle-même l'initiative pour qu'il comprenne. Ils avaient fini par faire l'amour dans les collines, deux ans plus tard, comme des collégiens. Une véritable révélation pour lui, apparemment. Et pour elle, malgré une culpabilité latente, une grande bouffée de liberté.

Elle faillit rater la station Louvre et sauta hors du wagon à la dernière seconde. De toutes ses anciennes relations à Paris, seul Andy avait accepté de la recevoir tout de suite pour un entretien d'embauche. La petite maison d'édition qu'il dirigeait végétait, mais c'était l'unique moyen qu'elle avait de reprendre pied dans le monde du travail. Avant son mariage, avant ce coup de folie pour Victor Cazals, elle avait été employée comme attachée de presse par un certain nombre de sociétés prestigieuses, allant de la joaillerie à la restauration. Hélas ! les gens avaient la mémoire courte, et à Paris, plus qu'ailleurs, on oubliait vite.

Tout en longeant les arcades de la rue de Rivoli, elle se remémora ce qu'elle allait dire à Andy pour le convaincre. Elle n'avait que trente-trois ans, elle pouvait se remettre en selle. De toute façon, Victor allait vite trouver inadmissible de les entretenir, Thomas et elle, sans savoir si ce n'était pas Nils qui profitait de son argent. Il avait beau être gentil, il finirait par se fâcher.

Cette idée l'inquiéta, tandis qu'elle s'engouffrait sous le porche d'un immeuble. Victor serait-il capable de se mettre en colère contre elle ? Il lui vouait une véritable adoration, qu'elle avait trouvée flatteuse quelques années plus tôt, avant de connaître Nils. A l'époque, elle jugeait Victor séduisant, intelligent et chaleureux. Hélas ! dès la première année de leur mariage, elle avait compris qu'il ne quitterait jamais Sarlat. Sa vie semblait tracée d'avance, Paris ne l'attirait pas, aucun endroit du monde, d'ailleurs, en dehors de son Périgord noir. Pire, en épousant Victor, elle avait épousé toute la famille Cazals. Beau-père et beau-frère omniprésents, déjeuners dominicaux avec enfants courant autour de la table, interminables conversations à propos de gens qu'elle ne connaissait pas, quand ce n'étaient pas des textes de loi commentés à l'infini. L'ennui s'était abattu sur elle, et ni l'aménagement de la villa qu'elle avait choisie elle-même ni la naissance de Thomas ne l'en avaient sauvée. Nils, au contraire, à chacune de ses visites, lui ouvrait une porte sur un autre monde, lui offrait la fantaisie qui lui manquait. Il était drôle, plus léger et moins sûr de lui que Victor. Quand on voyait Nils à côté de ses deux frères, il semblait fragile et vulnérable, avec une dégaine de lévrier de course en mal d'affection. Ses cheveux trop blonds, son regard trop pâle, et ce petit sourire triste qui lui creusait des fossettes le rendaient irrésistiblement émouvant.

Sur l'unique porte palière du troisième étage, le nom d'Andy Morrison n'était signalé que par une carte de visite jaunie, punaisée de travers. Avant de sonner, Laura prit une profonde inspiration et se redressa.

Au milieu de ses valises à moitié défaites, Victor se demanda s'il avait choisi la bonne chambre. Renonçant à occuper celle de ses parents, il s'était installé dans la plus belle des chambres d'amis, située tout au bout de la galerie et disposant d'une grande salle de bains contiguë. En contrepartie, il se retrouvait loin de l'escalier principal, environné d'une écœurante odeur de moisi qui provenait d'un tapis aux couleurs passées. Bien sûr, son lit d'enfant était trop petit, son bureau d'écolier aussi, et il n'avait aucune raison de retourner dans son ancienne chambre. Toute la maison était à lui, désormais, peut-être devrait-il essayer les pièces les unes après les autres pour voir où il dormirait le mieux ? Celle-ci possédait de vastes placards, ainsi que trois fenêtres, dont deux orientées au sud et une à l'est.

Un peu découragé par l'ampleur de la tâche qui l'attendait, il s'assit sur le lit, déclenchant un horrible grincement de ressorts rouillés. Bon, la première chose à faire était de changer toute la literie, il n'aurait qu'à s'acheter un sommier et un matelas dès le lendemain. Il jeta un regard circulaire, remarqua quelques taches d'humidité sur le papier peint à rayures blanches et bleues. En revanche, le parquet était en parfait état, ainsi que la haute cheminée de marbre rouge. Il se leva, roula le tapis moisi qu'il alla déposer dans le couloir, puis il débarrassa deux bergères des draps qui les protégeaient, découvrant un beau velours grenat. Le reste du mobilier se composait d'une commode ventrue aux proportions généreuses et d'un secrétaire à rideau qu'il ne parvint pas à ouvrir. Il se souvenait d'avoir vu une grosse boîte pleine de clefs en bas, dans la cuisine, et il se promit de la remonter ici afin de les essayer. Quel était donc le dernier « ami » à avoir dormi dans cette chambre ? Après le départ de leur père, leur mère n'avait jamais invité personne.

Poursuivant sa prise de possession des lieux, il gagna la salle de bains carrelée de blanc. Les sanitaires étaient tellement anciens qu'ils en devenaient amusants. Une large baignoire en fonte trônait, sur ses pattes de lion, flanquée d'un antique bidet et de deux lavabos. Pourquoi deux, s'étaient-ils souvent demandé, Maxime et lui, lorsqu'ils étaient enfants. Le mur de gauche était entièrement recouvert d'une glace piquée qui allait du sol au plafond, et sur celui de droite une large table de toilette occupait le dessous de la fenêtre.

— Je ne peux pas me laver là...

Le son de sa voix résonna trop fort et il se mit à rire. Rien de plus facile que jouer à se faire peur dans cette immense bâtisse déserte.

— Tu aurais pu penser à un bidon d'eau de Javel, poursuivit-il entre ses dents, à des éponges, au minimum vital !

Il ne voulait ni se faire couler un bain ni se coucher sale. Or il avait l'impression de l'être, à force d'errer au milieu de toute cette poussière. Résigné, il se déshabilla, déposant ses vêtements sur un vieux tabouret de métal. Il retourna chercher un savon et une serviette dans une des valises, puis ouvrit les robinets et sursauta au bruit des coups de bélier dans la tuyauterie. L'eau finit par arriver, d'abord rougeâtre et sableuse, ensuite claire. Un peu crispé, il monta dans la baignoire et actionna la douche, dont le tuyau, contre toute attente, ne fuyait pas.

Cinq minutes plus tard, il enfilait en claquant des dents un jean, un col roulé et des mocassins. Il devait être dix heures du soir, mais il se sentait assez en forme pour s'attaquer à quelques-unes des multiples corvées qui l'attendaient. Puisqu'il avait pris la décision d'habiter Les Roques, il n'allait pas se laisser déborder dès le premier soir. Il descendit au rez-de-chaussée et commença par remonter le thermostat de la chaudière. Au moins, la cuve était pleine de fuel, il avait pensé à la faire remplir l'avant-veille. Dans la cuisine, il ouvrit le carton qu'il avait déposé sur la table, en sortit une petite radio qu'il alluma aussitôt, puis commença à ranger les provisions. Par quelle aberration n'avait-il pas songé à commander un nettoyage de fond en comble avant de venir s'installer ? L'entreprise convoquée n'interviendrait que le surlendemain, il aurait très bien pu rester chez lui en attendant.

« Chez toi, c'est ici, maintenant ! Souviens-toi, tu es là pour gagner du temps... »

Dresser la liste des meubles qu'il comptait garder, de ceux qu'il enverrait au garde-meubles, et aussi de tout ce qui allait lui manquer. Un commissaire-priseur était venu faire l'inventaire de l'ensemble de la villa, qu'il vendait comme pour tirer un trait définitif sur son passé avec Laura. De toute façon, le genre de mobilier moderne qu'elle avait acheté aurait été parfaitement ridicule dans un cadre comme Les Roques, alors autant s'en débarrasser. Autre vie, autre décor, c'était exactement de cette manière que leur mère avait raisonné au retour de leur père.

Sur la table, son portable se mit à vibrer et le numéro de Max s'afficha sur l'écran.

— Je ne te réveille pas, j'espère ? Je me fais du souci pour toi...

La voix affectueuse de son frère le bouleversa instantanément.

— Moi aussi, rassure-toi ! Explique-moi pourquoi je vous ai écoutés, papa et toi ? C'est une vraie caserne, ici, tout est moisi et tu peux t'amuser à venir me faire peur quand tu veux, tu gagneras à tous les coups...

— Sans rire, Vic, est-ce que ça va ?

— Oui, très bien.

— Tu as dîné ?

— Pas encore, mais j'ai du thon en boîte et des biscottes ! Tiens, je crois que je vais me saouler...

Même le silence attentif de Max était réconfortant.

— Tu es gentil de m'avoir appelé. Je te vois demain matin.

Il coupa la communication en souriant. Même sans Laura entre eux, Nils ne lui aurait jamais téléphoné dans ce genre de circonstances. En principe, quand le cadet cherchait à joindre l'un ou l'autre de ses frères, c'était pour leur demander quelque chose, pas pour s'intéresser à eux.

Après avoir ouvert la bouteille de margaux qu'il avait apportée, il se servit un verre. Pas question de prendre une cuite tout seul, ce serait trop triste, néanmoins il avait bien le droit de fêter son arrivée. Tout en savourant le bordeaux, il commença à rédiger la liste de ce qu'il devait acheter d'urgence. Au bout d'un moment, agacé par les innombrables spots publicitaires, il éteignit la radio. Mais presque aussitôt, il prit conscience du profond silence de la maison. Un silence épais, ouaté, tellement parfait qu'il en devenait gênant. Les vieilles maisons ne craquaient donc pas du haut en bas ?

Quand il s'aperçut qu'il tendait l'oreille en retenant sa respiration, il se mit à rire.

— Bon sang, quel âge as-tu ?

Il se rappela qu'il avait fait le tour du rez-de-chaussée et du premier, à peine arrivé, mais qu'il n'avait pas mis les pieds à l'étage des combles. Des squatters pouvaient s'être installés là-haut pour l'hiver. Ou des souris, des rats ? Dans chacune des petites chambres, autrefois réservées aux domestiques, il y avait des malles pleines de Dieu seul savait quel bazar, une véritable aubaine pour les rongeurs. Combien de fois avaient-ils joué aux fantômes ou aux vampires, avec

Max, avant de dévaler l'escalier en hurlant ? Avec ses lucarnes poussiéreuses, son enfilade de mansardes et le grenier obscur qui s'étendait au-delà, le second était un royaume abandonné qui les fascinait. Ils y avaient inventé toutes sortes d'histoires magiques qu'ils se chuchotaient, à la lueur d'une bougie. Un soir d'hiver, leur père était monté et les avait surpris autour de deux chandelles vacillantes posées à même le plancher du grenier. Ils avaient reçu une paire de gifles chacun et subi un sermon sur les risques d'incendie, mais dès le mois suivant ils reprenaient leurs excursions nocturnes, armés de lampes électriques.

Les biscottes étaient trop sucrées et il mangea le thon à même la boîte, puis se resservit du margaux. Curieux dîner solitaire. Avant de rencontrer Laura, quand il menait une vie de joyeux célibataire, il habitait un ravissant duplex dans une des plus anciennes maison de la vieille ville, à Sarlat. La plupart du temps, il dînait au restaurant avec sa petite amie du moment, ou bien il était invité chez des copains. A cette époque-là, il n'avait jamais eu l'impression de vivre seul, mais aujourd'hui, pressentait-il, il allait découvrir ce que c'était.

Dans le fond du carton, il trouva la cartouche de cigarettes et la grosse boîte d'allumettes qu'il avait achetées *à tout hasard*. Se remettre à fumer le culpabilisait, toutefois il en alluma une avec volupté. Renonçant à se préparer du café, il prit la boîte qui contenait les clefs de la maison et remonta jusqu'à sa chambre. Assis devant le secrétaire à rideau, il les essaya toutes sans succès. Agacé, il resta un moment à contempler la serrure. Qui avait bien pu avoir l'idée de verrouiller ce meuble, et pourquoi ? Pour y cacher quelque chose de précieux, de secret ? Trente ans plus tôt, il aurait été persuadé qu'il s'agissait au moins d'un trésor. Mais il avait grandi, et comme il ne pouvait pas forcer le rideau de bois sans l'abîmer, il finit par abandonner malgré sa curiosité.

Avant de se déshabiller, il poussa le verrou de la porte d'un geste machinal. Puis il se glissa avec une certaine répulsion entre les draps glacés où il mit longtemps à se réchauffer. Le vent avait dû se lever car il entendait un sifflement lugubre dans la cheminée. Quand quelque chose heurta le carreau d'une des fenêtres - sans doute une branche ou un oiseau -, il resta un moment aux aguets. Sa dernière pensée consciente fut qu'il n'avait aucune envie d'éteindre la lampe de chevet.

— Comment ça, vous ne le trouvez pas ? s'indigna Maxime en toisant son clerc.

— Non, maître, j'ai vérifié plusieurs fois.

— Il a pu être mal rangé, par erreur ou par incompétence. Vous allez retourner toutes les archives s'il le faut, mais je veux ce testament !

Furieux, il repartit à grandes enjambées vers le bureau de Victor.

— Tu te rends compte de ce qui nous attend ?

Avertis la veille du décès d'un de leurs clients, Robert Villeneuve, ils avaient trouvé trace sur les registres de l'existence d'un testament confié à l'étude Cazals, sans pour autant parvenir à mettre la main sur le document en question.

— Il a pu être annulé, suggéra Victor, sans conviction.

— Tu connais papa ! Ce serait notifié en bonne et due forme. Si tu consultes le dossier, il ne comporte aucune modification des dispositions.

— Tu l'as appelé ?

— Papa ? Evidemment ! Il est formel, il s'agissait d'un testament *mystique*, présenté clos et scellé à l'étude, devant témoins. La procédure est assez rare pour qu'il s'en souvienne encore.

— Bon, mais ça remonte à trente ans. Il a pu se passer n'importe quoi depuis.

— Quel genre de « n'importe quoi », Vic ?

— Nous avons plusieurs familles Villeneuve, dis aux clercs de chercher chez les autres.

Contrarié de ne pas y avoir songé tout seul, Maxime ressortit en hâte tandis que la voix de la secrétaire s'élevait dans l'interphone.

— Votre rendez-vous de onze heures est arrivé, maître.

— Donnez-moi cinq minutes, Aline !

— Le temps de tirer quelques bouffées ?

Sans répondre, Victor sortit dans la cour pavée où, effectivement, il alluma une cigarette. Maxime, aussi tatillon que leur père, allait faire une maladie de cette histoire de testament, mais en ce qui le concernait il avait du mal à s'y intéresser. Comme à la plupart des affaires qu'il traitait en ce moment. Il espéra que ses clients ne s'en apercevaient pas trop.

Après avoir expédié une jeune femme venue afin de mettre au point un solide contrat de mariage, puis un couple d'agriculteurs qui n'en finissaient pas de repousser les limites de leur propriété au mépris du cadastre, il quitta l'étude pour aller déjeuner chez ses parents.

— Alors, Les Roques ? lui lança son père en guise de bonjour.

— Eh bien, je trouve ça très... très grand.

Martial le poussa vers un canapé et lui mit d'autorité un verre dans la main.

— Ne te plains donc pas, on n'a jamais assez de place !

— Il y en a toujours trop quand on doit nettoyer, déclara Blanche avec un petit sourire d'excuse.

— Que je sache, ce n'est pas toi qui le fais, riposta froidement Martial.

A l'évidence, Les Roques étaient toujours un sujet de discorde entre eux.

— Je suis très heureux que tu sois là-bas, savoir cette maison à l'abandon était un vrai crève-cœur. Tu as pris notre chambre ?

— Non, je vous la laisse pour les week-ends que vous voudrez passer à la campagne.

Sa mère le regarda d'un drôle d'air mais demeura silencieuse, et il décida de changer de conversation.

— Max t'a appelé à propos de Robert Villeneuve ?

— Oui, mais ça me dépasse ! Comment vous débrouillez-vous pour égarer des papiers ? De mon temps...

Il s'interrompit net, se souvenant sans doute qu'il avait quand même confié l'étude à un confrère pendant près de quatre ans, pour vivre sa passion avec Aneke.

— J'ai vu Robert il y a deux ou trois mois, à un dîner de mon club de chasse, reprit-il. Il nous louait une cinquantaine d'hectares vers le cap Blanc, pour limiter la prolifération des sangliers sur ses terres. C'était un malin, tu sais, toujours bon pied bon œil malgré son âge. En tout cas, il ne m'a parlé de rien, sinon de son neveu qui était décidément sa bête noire.

— Il n'a pas d'autre famille ?

— C'est bien pour ça qu'il avait fait ce testament ! Il voulait écarter l'autre de sa succession, alors il s'était renseigné. Comme il n'avait déjà plus ses parents et pas d'enfant, il pouvait disposer de tous ses biens. D'autant plus qu'il laisse une jolie fortune... Mais je suppose que tu le sais, vous n'avez quand même pas perdu *tout* le dossier ?

Victor ignora l'ironie et posa son verre sur la table basse, devant lui. Alors qu'il relevait les yeux, il remarqua que sa mère était devenue livide. Les lèvres pincées, les mains serrées l'une contre l'autre, elle les regardait tour à tour avec une expression hagarde. Il se leva d'un bond, se précipita vers elle.

— Maman ! Qu'est-ce que tu as ? Tu te sens mal ?

D'un geste spontané, il la prit dans ses bras, la porta jusqu'au canapé où il l'allongea, mais elle se redressa aussitôt en le repoussant.

— Je vais très bien ! C'est juste... juste un petit malaise de rien du tout. Une bouffée de chaleur. Tu comprends ?

Elle s'adressait à lui sur un ton de colère qui le surprit. Peut-être n'avait-elle pas envie d'évoquer ses problèmes de santé, peut-être faisait-elle allusion à la ménopause, quoi qu'il en soit elle ne voulait à l'évidence pas qu'il s'en mêle. Il murmura une phrase d'excuse en s'écartant d'elle.

— Reste un peu allongée, suggéra Martial. Tu veux un cognac ?

Victor jugea que le ton de son père manquait de chaleur, pourtant il posait sur sa femme un regard inquiet. Après lui avoir fait boire une gorgée d'alcool, il se retourna vers son fils et reprit la conversation où il l'avait laissée.

— Quelle idée, aussi, de bouleverser les archives tout le temps ! Tu vois le résultat ? Avec la manie du rangement de Max, c'est gagné, vous avez paumé un testament. Rien que ça ! Qu'est-ce que vous comptez faire ? Par définition, il n'existe pas de copie.

La réputation de l'étude Cazals le concernait toujours autant, retraite ou pas, Victor le savait. Retiré des affaires à regret, leur père se faisait un devoir de ne plus s'en occuper, même de loin, mais il ne pourrait jamais s'empêcher de donner son avis.

— Ne t'en mêle donc pas ! jeta soudain Blanche d'une petite voix sèche.

La plupart du temps, elle s'adressait à son mari avec une immuable douceur, il fallait qu'elle soit très perturbée pour l'apostropher de cette manière. Victor supposa qu'elle cherchait à les défendre, Max et lui, ce qui était tout aussi inhabituel. La plupart du temps, elle les laissait se débrouiller avec leur père et n'intervenait qu'en faveur de Nils.

— Tiens, j'ai une idée, riposta Martial, je vais plutôt emmener Victor manger un morceau en ville, comme ça tu n'auras qu'à rester là à te reposer au lieu de te donner du mal pour nous.

Sans lui laisser le temps de protester, il lui tapota gentiment l'épaule et fit signe à son fils de le suivre. Ils n'eurent que quelques pas à faire pour gagner la rue Fénelon et *Le Rossignol*, l'un des restaurants favoris de Martial. Là, il demanda une table tranquille, à l'écart, afin d'être à l'abri des oreilles indiscrètes. Dès qu'ils eurent passé commande, il lâcha, en guise de préambule :

— Désolé, Vic, tu dois me trouver désagréable, mais parfois ta mère m'exaspère à un point...

Son visage accusait une lassitude qui creusait ses traits. Victor estima qu'il se contraignait depuis trop longtemps et qu'un jour ou l'autre il finirait par craquer. Même s'ils n'avaient jamais abordé clairement le sujet, il devinait combien son père s'ennuyait depuis qu'il n'était plus noyé dans le travail. Tout comme il savait pertinemment - dans une petite ville comme Sarlat, tout finissait par se savoir - qu'il avait encore des maîtresses à son âge, et qu'il en avait toujours eu.

— Bon, je me moque de cette affaire Villeneuve, ça vous regarde, Max et toi, c'est vous qui rendrez des comptes ! Dis-moi plutôt où tu en es, sur un plan personnel.

— Habiter Les Roques m'occupe beaucoup l'esprit, tu avais raison, mais je ne suis pas sûr de m'y plaire.

— Tu t'y feras. Quand reçois-tu ton fils ?

— Je le prendrai aux vacances de Pâques. Il me manque, mais je ne vois pas comment le faire voyager tout seul.

— Dis à Laura de le mettre dans un avion pour Périgueux avec une pancarte autour du cou !

— Papa...

— Oui, oui ! C'est ton problème, d'accord... Ta mère peut aussi aller le chercher si tu veux, elle m'a demandé de te le proposer.

— Merci.

Chipotant sur sa salade de gésiers, Victor essayait de ne pas penser à Thomas, ni à Laura. Il avait convoqué un peintre pour refaire entièrement la chambre voisine de la sienne, qu'il destinait à son fils. En attendant, celui-ci vivait dans un cadre que Victor ne connaissait pas, et c'était Nils qui allait l'attendre à la sortie de l'école depuis que Laura s'était remise à travailler. « Oncle » Nils, ainsi qu'il avait commencé à l'appeler quelques mois plus tôt. Désormais oncle Nils dormait avec sa maman, comment lui expliquait-on ça ?

Relevant la tête, il s'aperçut que son père échangeait des regards avec quelqu'un, dans le fond de la salle, à qui il souriait d'un air conquérant.

— Qui essaies-tu donc de charmer, papa ?

— Si on te le demande..., plaisanta Martial. Au moins, moi, j'observe. Tandis que toi, tu ne t'aperçois de rien. Si tu savais le nombre de femmes qui seraient prêtes à te consoler !

— C'est moi qui ne suis pas prêt.

L'appétit coupé, Victor repoussa son assiette tandis que son père poursuivait, imperturbable :

— Dès que tu seras divorcé, tu vas devenir le célibataire le plus recherché de cette ville. Essaie d'avoir la main heureuse, la prochaine fois.

Au lieu de se vexer bêtement, Victor se demanda pourquoi il n'avait pas deviné plus tôt l'antipathie de son père envers Laura. Parce qu'elle était parisienne ? Bien sûr, elle n'avait pas essayé de donner le change, de se fondre dans le moule des notables de province, de recevoir des gens qui ne l'intéressaient pas. Pendant les réunions de famille, elle s'ennuyait et le laissait voir. Seul Nils parvenait à la faire rire. Et pour cause !

— Mange quelque chose, Vic.

Devant lui, il découvrit un cou de canard farci dont la vue lui souleva le cœur. Il avait vraiment commandé ça ? Son père procéda à l'échange de leurs plats en souriant.

— Au diable le régime, je prends ton canard !

Le steak grillé entouré de petits légumes ne le tentait pas davantage mais il en coupa un morceau qu'il se mit à mastiquer. Se laisser mourir de faim n'arrangerait rien. Depuis le soir où Laura lui avait assené la vérité, il avait perdu dix kilos et il était devenu carrément maigre.

— J'ai engagé un architecte qui a établi un bilan de la maison, annonça-t-il. Il n'y a pas de gros œuvre à prévoir dans l'immédiat mais il faut revoir les toitures.

— Tu comptes me demander une réduction pour ça ? ironisa Martial.

— Non, j'ai obtenu un prêt bancaire.

— Obtenu ? C'est la moindre des choses, tu es le genre de client que les banquiers adorent, non ? Tu as bien négocié, j'espère ? Maintenant, si tu préfères m'emprunter de l'argent, je ne serai pas un créancier trop exigeant...

— Je ne peux pas te reprendre d'une main ce que je te donne de l'autre.

— D'accord, débrouille-toi.

Ils échangèrent un regard amusé, heureux de si bien s'entendre. Jusque-là, Martial s'était surtout intéressé aux déboires successifs de Nils, et Victor n'avait pas souvenir d'avoir bénéficié d'une telle sollicitude.

— Il faut que je retourne à l'étude, papa.

— Vas-y, vas-y ! Je m'occupe de l'addition... Et de la dame, là-bas.

En se levant, Victor risqua un coup d'œil discret vers le fond de la salle. La femme blonde, d'une quarantaine d'années, qui était attablée seule, se détourna aussitôt pour éviter de croiser son regard.

— Papa, chuchota-t-il, tu sais qui c'est ?

— A mon avis, je le sais beaucoup mieux que toi.

Abasourdi, Victor dévisagea son père une seconde puis hocha la tête en silence. Dehors, une petite pluie froide s'était mise à tomber et il releva le col de son imperméable. Que son père entretienne une liaison ne le surprenait pas, mais qu'il s'agisse d'une femme mariée, installée comme médecin de campagne à quelques kilomètres de Sarlat... L'aventure comportait fatalement de gros risques pour tout le monde.

Dès qu'il poussa la porte de l'étude, la secrétaire se précipita vers lui.

— Me Cazals est retenu chez Me Roussy, pouvez-vous assurer le compromis de la vente Dieudonné-Clauzel ? Ils sont déjà dans le bureau de votre frère...

Elle avait dû commettre l'erreur de les introduire avant le retour de Maxime et elle se tordait les mains.

— Envoyez-moi le clerc chargé de l'affaire, soupira-t-il.

Il rejoignit les clients qui attendaient, se présenta et excusa son frère en quelques phrases polies. Ensuite, il prit place derrière le bureau, notant que les vendeurs étaient à gauche et l'acheteuse à droite, ce dont il devrait tenir compte pendant la lecture de l'acte afin de s'adresser à chacun au bon moment.

Dès que le clerc entra et lui donna le dossier, il détailla les états civils puis se lança dans la désignation des biens.

— « ... une propriété sise commune de Sainte-Nathalène, comprenant... »

Il esquissa un sourire sans s'interrompre, parce que l'endroit se trouvait à moins de deux kilomètres des Roques.

— « ... figurant au cadastre de la manière suivante : section AJ pour deux ares et soixante-dix centiares... »

Tout en poursuivant son énumération fastidieuse, il regarda un instant la femme assise toute seule à droite du bureau. Son expression n'était pas gaie pour quelqu'un qui achetait une maison. Dommage, elle semblait plutôt jolie, mais sa moue triste ne l'arrangeait pas. Elle portait un jean, des boots, une veste de daim usée, et elle n'avait pas jugé utile de se maquiller.

— « ... le prix sera payable comptant, en totalité, au jour de la régularisation des présentes. »

Cette fois il s'interrompit et sourit carrément à la femme mais elle ne le regardait pas, fixant obstinément le sol.

— Madame Clauzel, comment financez-vous votre acquisition ?

Elle leva brusquement la tête vers lui, l'air angoissé.

— J'ai l'argent, dit-elle à mi-voix.

Pour ne pas la gêner davantage, il se tourna vers le clerc en marmonnant :

— « ... au moyen de ses deniers personnels. »

Un peu intrigué, il poursuivit sa lecture tout en s'arrangeant pour l'observer. Elle avait de grands yeux sombres, dessinés en amande, un adorable petit nez, une bouche très sensuelle. Ses cheveux auburn, coupés court, encadraient son visage de petites mèches rebelles, et bien qu'assise, elle paraissait grande et mince. Quel âge pouvait-elle avoir ? Trente-cinq ans ? Davantage ?

— « Fait à Sarlat en un seul exemplaire original qui restera en la garde de Me Cazals », acheva-t-il. Voilà... Je vais vous demander de bien vouloir signer.

Il leur fit accomplir les dernières formalités, prit congé du couple de vendeurs mais retint la jeune femme sur le pas de la porte.

— Vous avez un instant ?

Méfiante, elle acquiesça d'un petit signe de tête alors qu'elle avait déjà ses clefs de voiture à la main.

— En principe, un chèque de banque sera préférable, le jour de la vente. C'est la tradition, n'y voyez aucune méfiance...

Elle fronça un peu les sourcils, comme si elle avait du mal à comprendre ce qu'il venait de dire.

— D'accord, murmura-t-elle enfin.

Son regard exprimait de nouveau une sourde angoisse et il se sentit mal à l'aise.

— Est-ce que tout va bien ? Si quelque chose vous inquiète, n'hésitez pas à...

Soudain au bord des larmes, elle secoua la tête énergiquement.

— Tout m'inquiète ! explosa-t-elle. C'est une bicoque affreuse et je ne connais personne dans ce coin perdu ! Mais ce n'est pas de votre compétence, n'est-ce pas ?

Elle lui tourna le dos d'un mouvement brusque, traversa la cour pavée à grands pas et trébucha deux fois avant de disparaître, le laissant médusé.

Blanche avait quitté son canapé depuis longtemps. Après avoir rageusement emballé les plats du déjeuner, elle les avait rangés au réfrigérateur sans rien manger elle-même. La désinvolture de Martial la peinait, comme toujours, mais elle n'y pensait guère. En revanche, le décès de Robert Villeneuve la ramenait brutalement à une période de sa vie qu'elle désirait oublier à tout prix. Néanmoins, Sarlat était une trop petite ville pour qu'elle puisse espérer ne pas croiser Jean, le neveu de Robert, qui viendrait fatalement pour la succession.

Assise sur une chaise de la cuisine, la tête dans les mains, Blanche faillit se mettre à pleurer. Jean l'avait laissée tranquille. Durant toutes ces années, elle n'avait jamais entendu parler de lui, comme convenu. Donnant-donnant, ils s'étaient mutuellement protégés par leur silence. Maintenant, il allait hériter de la fortune Villeneuve, c'était sa part du pacte, et en principe il ne devrait pas l'inquiéter, pourtant l'idée de se retrouver en face de lui la révulsait.

En entendant le bruit de la clef dans la serrure, en bas, elle sursauta. Combien de temps était-elle restée ainsi prostrée ? Les pas de Martial résonnaient déjà dans l'escalier et, pour se donner une contenance, elle se précipita vers la bouilloire qu'elle emplit d'eau. Quand elle tourna la tête vers son mari, il se tenait sur le seuil, un énorme bouquet de tulipes à la main.

— Tu vas mieux ? demanda-t-il avec cet air mi-coupable, mi-réjoui qu'elle haïssait.

Elle s'efforça de sourire, avant de regarder la pendule. Quatre heures vingt. Qu'avait-il donc fait après avoir quitté Victor ? Les fleurs signifiaient toujours la même chose, elle ne se faisait guère d'illusions. Elle connaissait tellement bien son mari, à force de l'observer sans relâche, qu'elle eut l'absolue certitude qu'il venait de la tromper. Une fois de plus et sans scrupule, mais qu'y pouvait-elle ? Au moins était-il là, ainsi qu'elle l'avait voulu par-dessus tout, et ce serait avec elle qu'il s'endormirait ce soir. Résignée, elle disposa deux tasses sur la table, puis lui prit le bouquet des mains.

— Merci, mon chéri.

Tandis qu'elle arrangeait les tulipes dans un vase de cristal, le téléphone sonna et Martial alla répondre. Elle l'entendit parler d'un ton sec puis raccrocher brutalement.

— C'était Nils ! lâcha-t-il en revenant, l'air excédé. Je suppose qu'il aurait préféré tomber sur toi...

— Qu'est-ce qu'il voulait ?

— Des nouvelles de Victor ! Tu te rends compte ? Il est inconscient ou quoi ?

Au lieu de répondre, elle se contenta de servir le thé.

— Rappelle-le, si tu veux, ajouta-t-il plus doucement.

Bien entendu, il s'imaginait qu'elle voulait consoler le cadet, puisqu'elle l'avait toujours fait. Il devait avoir beaucoup de mal à s'obstiner dans son rôle de père indigné et comptait probablement sur sa faiblesse à elle pour que Nils ne soit pas tout à fait rejeté.

— On verra plus tard, déclara-t-elle.

Il la regarda d'un drôle d'air, mais sans insister.

Trois fois de suite, Nils avait commencé à composer le numéro de Maxime, sans jamais arriver au bout. A présent, il ne se sentait plus aucun courage.

Du salon, où il avait installé Thomas devant la télévision, lui parvenait vaguement la bande sonore d'un dessin animé. Laura autorisait un Walt Disney, au moment du goûter, et il avait laissé le petit garçon choisir lui-même avant d'aller se réfugier dans sa chambre. Là, il avait d'abord essayé de joindre Blanche, avec pour seul résultat de tomber sur son père, qui s'était montré glacial.

Il alla jusqu'à la salle de bains et se passa la tête sous l'eau, puis il avala deux cachets d'aspirine. A qui pouvait-il emprunter de l'argent ? L'huissier reviendrait s'il ne payait pas ce foutu loyer ! Et sa migraine lui ôtait l'envie d'aller tenter sa chance au club de jeu où il avait ses habitudes. D'ailleurs, *toutes* ses habitudes étaient bouleversées depuis que Laura et Thomas vivaient avec lui.

Heureusement, dans trois jours, il partait en tournage à Lausanne. Un spot publicitaire pour un shampooing, le genre de travail qui lui permettait de survivre et de continuer à tenir une caméra. Jusqu'ici, il n'avait pas réussi à trouver les fonds nécessaires pour réaliser le long métrage dont il rêvait. Peut-être n'y parviendrait-il jamais, auquel cas il devrait se contenter de tous ces petits boulots frustrants qui le désespéraient. Pourtant, il avait du talent, il en était certain, et beaucoup de choses à exprimer à travers les images, mais comment convaincre les producteurs de lui faire confiance ? Si personne ne lui donnait sa chance, il allait rater sa carrière. Déjà, à trente-trois ans, il ne comptait plus parmi les « jeunes » réalisateurs et il commençait sérieusement à s'angoisser.

L'idée de retourner chez son psy l'effleura. Il la rejeta aussitôt avec horreur. Combien ce type lui avait-il coûté durant les deux années où il était allé le voir régulièrement ? Le premier à avoir émis l'idée qu'il avait besoin d'un soutien psychologique était son père. A dix ans, il se souvenait d'avoir été conduit plusieurs fois à Périgueux, chez un médecin qui le faisait parler et dessiner tout en hochant la tête sans jamais rien dire. Blanche avait mis un terme à l'expérience, furieuse que Nils soit traité comme un enfant anormal. Elle était capable de réactions de colère - elle toujours si extraordinairement douce - quand quelque chose menaçait le bien-être de son « petit garçon ». Elle l'avait longtemps appelé comme ça, affichant à son égard un favoritisme paradoxal. Dévouée, affectueuse, elle l'avait surprotégé et lui avait donné une place à part où il ne se sentait pas forcément à l'aise. Reconnaissant, il essayait de répondre à son excès de tendresse mais, tout au fond de lui-même, une envie de rejet persistait. Elle lui avait pourtant épargné la pension, ainsi que la plupart des corvées auxquelles ses frères étaient soumis : camps scouts ou cours de rattrapage, séjours linguistiques et devoirs de vacances. Son père disait en riant qu'elle était trop gentille, mais lui non plus ne sévissait pas. Il arrivait à Nils de les provoquer rien que pour voir jusqu'où irait leur indulgence. Quand il avait expliqué tout ça au psy, l'ambiguïté de ses sentiments lui était apparue si clairement qu'il avait renoncé à poursuivre.

Il baissa les yeux sur sa montre. Le dessin animé n'allait pas tarder à s'achever. Après, il faudrait qu'il occupe Thomas en attendant le retour de Laura.

Laura... Elle ne faisait qu'ajouter à sa culpabilité, à cette impression lancinante d'être toujours en faute. Qu'ils en soient arrivés à vivre ensemble le stupéfiait. Pourquoi s'était-il laissé séduire par la femme de son frère ? Parce que, dix ans plus tôt, Victor lui avait soufflé sous le nez un certain nombre de jolies filles ? D'une beauté moins immédiate que Nils, Victor semblait tellement plus à l'aise - mieux dans sa peau, tout simplement - qu'il n'avait aucun mal à plaire et à conquérir. Même la cicatrice qui barrait sa joue lui conférait du charme. Sans en avoir vraiment conscience, Nils avait-il été jaloux de Victor au point d'éprouver un véritable besoin de revanche ?

— Non, non..., marmonna-t-il en secouant la tête, ce qui réveilla sa migraine.

Pour Laura, il n'aurait pas voulu que les choses en arrivent là. Quand elle avait décidé de quitter Victor, Nils s'était senti pris de panique. Quelle lâcheté était la pire : rejeter Laura ou poignarder son frère ? De toute façon, ne l'avait-il pas déjà trahi ? N'était-il pas coupable depuis le jour où il avait déshabillé Laura dans les collines ? Avec elle, il avait découvert l'amour facile, exaltant, et il oubliait toutes ses inhibitions quand il la tenait dans ses bras. Pourtant, de là à précipiter Victor en enfer, il existait un abîme qu'il n'aurait jamais franchi seul.

— Nils ?

Il se retourna d'un bloc vers le petit garçon qui hésitait sur le seuil. Ni oncle, ni tonton, juste Nils, Dieu merci.

— Je veux appeler papa...

Une bouffée de compassion le prit à la gorge, rendit sa voix sourde lorsqu'il répondit :

— Ton père travaille à cette heure-ci, Tom.

Victor, comme Maxime, était effectivement un bourreau de travail, il se trouvait forcément à l'étude en ce moment.

— Ta maman va bientôt rentrer. Vous appellerez papa ensemble à l'heure du dîner, d'accord ? Viens me voir, chéri.

Il s'assit au pied du lit et installa le gamin sur ses genoux.

— Tu iras en vacances à Sarlat le mois prochain, et tu verras ton père, ton grand-père, tes cousins...

— Et grand-mère ?

Nils avait oublié Blanche dans l'énumération, aussi recommença-t-il en donnant le prénom de chacun jusqu'à ce qu'il arrive à « l'oncle » Maxime, qu'il appela Max tout court.

— J'ai une nouvelle maison ? demanda Thomas en fronçant les sourcils.

— Oui, très grande, très belle.

— Tu la connais ?

— Bien sûr.

Il adressa un sourire rassurant au petit garçon tout en se demandant ce que Victor pouvait bien faire, seul dans cette baraque. Superbe, peut-être, mais tellement isolée, et tellement effrayante ! Thomas allait mourir de peur là-bas et finirait par aller se réfugier dans le lit de son père. Lui-même, enfant, n'avait jamais pu s'endormir aux Roques sans laisser la lumière allumée ou sans appeler Blanche pour qu'elle vienne lui lire une histoire. Si ses frères s'aventuraient en cachette dans le grenier, lui n'avait jamais osé les suivre.

Il sentit la tête du gamin se nicher dans le creux de son cou comme s'il cherchait un refuge, et il se sentit horriblement mal à l'aise. De quel droit avait-il bouleversé sa vie ? Pourquoi les enfants étaient-ils donc toujours les victimes des adultes ? Il s'étonna d'avoir pensé une chose pareille, mais pour lui c'était une évidence.

En sueur sous son pull à col roulé, le jean maculé de terre, Victor s'interrompit un instant pour reprendre son souffle. Replacer les pierres tombées du mur, des deux côtés du portail, représentait un plus gros effort que ce qu'il avait supposé. De plus, depuis le début de la journée, il allait de mauvaise surprise en catastrophe. Dans sa chambre, il avait voulu décrocher les rideaux pour les donner à nettoyer et l'une des tringles de cuivre s'était descellée, lui tombant sur la tête en l'assommant à moitié. Tout ça pour découvrir que les rideaux étaient hors d'usage et qu'il valait mieux les jeter. Ensuite, exaspéré par le secrétaire récalcitrant qui refusait toujours de s'ouvrir, il avait procédé à un échange en allant chercher dans une autre pièce un ravissant bureau Empire. Effacer avec de la cire à la térébenthine les traces laissées sur le parquet par les pieds des meubles déplacés lui avait pris une bonne heure. Puis ç'avait été au tour de l'antique four électrique de rendre l'âme alors que le poulet n'était qu'à moitié cuit et, en jurant copieusement, Victor avait fini par se confectionner un sandwich avant de sortir. S'il passait tous ses dimanches de manière aussi peu efficace, il n'arriverait jamais à s'installer correctement. Les devis reçus par les différents artisans s'étant révélés vertigineux, il voulait faire certaines réparations lui-même. Malheureusement, son père n'ayant pas considéré que les travaux manuels faisaient partie d'une éducation réussie, ni Max ni lui n'étaient vraiment bricoleurs. Quant à Nils, il savait à peine changer une ampoule !

Comme chaque fois qu'il y songeait, Victor écarta aussitôt son frère cadet de son esprit. Penser à Nils revenait à penser à Laura, or, si elle hantait toujours ses nuits, il souhaitait au moins l'oublier durant la journée. Il hissa un dernier bloc de pierre sur le faîte du mur et le consolida du mieux qu'il put. Il ferait vérifier le tout par un maçon. En attendant, il décida d'entreprendre le tour de la propriété afin de repérer les endroits abîmés. « Clos de murs » n'était pas un vain mot en ce qui concernait Les Roques.

Parvenu au chemin vicinal qui bordait le terrain, à l'est, fatigué de se prendre les pieds dans les ronces, il se mit à marcher sur la route. Il était en train d'allumer sa première cigarette de l'après-midi lorsqu'il entendit le moteur d'une voiture. Les promeneurs étaient plutôt rares, aussi regarda-t-il passer la petite Opel Corsa avec une curiosité qui se mua en étonnement quand il la vit s'arrêter, cent mètres plus loin, puis revenir en marche arrière jusqu'à sa hauteur. Vitre baissée, Virginie Clauzel le toisa des pieds à la tête avant de descendre.

— C'est vous ? fit-elle, surprise, en lui tendant la main. Vous tombez bien, je suis encore perdue ! Je rate toujours le même carrefour et je me retrouve immanquablement devant ce foutu mur au lieu d'être à Sainte-Nathalène.

— Vous auriez dû prendre la direction de Saint-Vincent.

— Tout se ressemble tellement ! Je crois que je déteste cet endroit... Pas vous ?

— Non, je vis là. Derrière le foutu mur.

— Ah bon ?

Sans paraître le moins du monde démontée par son impair, elle tourna la tête une seconde mais la propriété, dissimulée par les grands arbres, n'était pas visible.

— Alors nous serons voisins ? Eh bien, je connaîtrai au moins une personne ici !

Son pantalon de velours vert était râpé aux genoux, et ses petits mocassins avachis, pourtant elle conservait une sorte d'élégance naturelle. Elle suivit la direction de son regard puis se mit à rire.

— Je vais prendre des mesures, Mme Dieudonné m'a gentiment confié les clefs.

Victor attendit qu'elle soit remontée dans sa voiture pour lui lancer :

— Arrêtez-vous au retour, je vous ferai un café !

En guise de réponse, elle démarra sur les chapeaux de roues, fit demi-tour et lui passa au ras des pieds dans un nuage de poussière.

Sur la place du marché aux Trois-Oies, Blanche se demandait ce qu'elle pourrait bien acheter pour le déjeuner. Elle connaissait les meilleurs commerçants et les spécialités de chacun, pourtant, elle ne se sentait aucune inspiration ce matin. Indécise, arrêtée sur le trottoir, elle regardait distraitement le magnifique décor de tourelles, de clochers et d'escaliers d'encoignure qui l'entourait. Sarlat était une ville superbe qu'elle prenait le temps d'admirer chaque fois qu'elle sortait, mais en cet instant, elle n'éprouvait qu'une angoisse diffuse, une sorte de pressentiment impossible à formuler.

A pas lents, elle gagna la rue de la République, que tout le monde appelait la Traverse parce qu'elle coupait la ville en deux. Finalement, elle se décida à entrer chez son pâtissier favori, et tandis qu'elle attendait son tour en détaillant l'étalage de gâteaux, elle eut l'impression d'être observée. Relevant la tête, elle croisa le regard d'un homme qui la fixait d'un drôle d'air. L'espace de deux ou trois secondes, ils se dévisagèrent mutuellement, puis elle sentit son cœur s'affoler. C'était bien Jean Villeneuve, même s'il avait beaucoup changé ; lui aussi l'avait reconnue. Leur dernière rencontre, qui remontait à plus de trente ans, avait néanmoins été assez décisive pour qu'ils ne puissent l'oublier ni l'un ni l'autre. Elle fut la première à baisser les yeux. Elle se sentit rougir ; une sourde terreur accéléra son pouls. Allait-il lui adresser la parole ? Certes, il n'y aurait rien d'étrange à ce qu'ils se saluent, après tout ils étaient sarladais tous deux et s'étaient forcément déjà rencontrés, mais elle ne voulait pas lui parler. Elle tourna la tête pour échapper à son regard insistant, et quand la vendeuse lui demanda ce qu'elle désirait elle répondit n'importe quoi tant elle était pressée de sortir. Une fois dehors, sur le trottoir, elle dut s'obliger à marcher au lieu de se mettre à courir. Bien sûr, Jean était revenu à Sarlat pour l'enterrement de son oncle, et maintenant il attendait son héritage. Avait-il déjà pris contact avec l'étude ? Qui s'occupait de cette succession ? Victor ou Maxime ? Et ensuite, combien de temps resterait-il dans la région ? La perspective de le rencontrer à chaque coin de rue la rendait malade d'angoisse. Elle heurta un passant sans même songer à s'excuser et continua de s'éloigner à grands pas. Parvenue au coin de la rue, elle jeta un regard par-dessus son épaule. Non, il ne l'avait pas suivie. Pas comme ce jour-là, hélas ! De toute façon, ils n'avaient plus rien à se dire, ni l'un ni l'autre. Le secret qui les liait ne constituait-il pas leur meilleure garantie réciproque ?

Essoufflée, elle arriva rue du Présidial au moment où Martial sortait de leur maison. En hâte, elle essaya de se composer une expression affable pour aller à sa rencontre.

Il était presque quatre heures du matin quand Victor se décida à rallumer, excédé. La nuit menaçait d'être blanche s'il ne parvenait pas rapidement à vaincre son insomnie, or il avait déjà tout essayé. Chaque fois que le sommeil semblait le gagner, l'image de Laura s'imposait à lui de manière obsessionnelle. Et quand il réussissait enfin à l'écarter, un bruit quelconque le réveillait pour de bon. Maintenant qu'elle était bien chauffée, toute la maison jouait du haut en bas. Les bois, jusque-là gonflés d'humidité, se rétractaient en craquant, parfois même en se fendillant. Certaines fenêtres s'ouvraient ainsi toutes seules, provoquant des appels d'air avec les cheminées et faisant claquer les portes. Sans compter, à l'extérieur, les nombreuses branches qui heurtaient les carreaux dès que le vent se levait, ou encore la pluie, qui n'avait pas cessé depuis la veille.

Confiant en ce vieil adage paysan qui affirme que « la ruine vient du ciel », Victor avait d'abord fait vérifier la totalité des toitures par un couvreur qui s'était chargé de replacer les quelques lauzes manquantes. L'étape suivante dans la réfection des Roques consisterait à revoir toutes les huisseries, ce qui supposait des semaines de travail pour le menuisier. Fort heureusement, les volets intérieurs n'avaient pas souffert durant toutes ces années d'abandon.

En moins d'un mois, Victor s'était réhabitué aux vastes dimensions de la maison, et pour ne pas se cantonner à sa chambre et à la cuisine, il furetait partout en échafaudant des projets. La chambre de Thomas était prête, avec un nouveau papier peint aux motifs marins ainsi que l'ancien pupitre d'écolier de Victor, qu'il avait traîné tout le long de la galerie.

Il enfila un pull puis son peignoir en éponge bleu nuit. Pour les craquements, il ne pouvait rien faire, mais pour les branches, il appellerait un élagueur dès le lendemain. S'agissant de Laura, seul le temps finirait par l'apaiser, par éloigner ce désir aigu qu'il avait toujours d'elle. S'il continuait à se torturer en l'imaginant dans les bras de Nils, il deviendrait complètement fou. Autant aller se faire du café et grignoter quelque chose, maintenant qu'il était debout.

Avant de descendre, il fit une halte dans la chambre dans laquelle il avait remisé le secrétaire à rideau. Ce meuble fermé continuait à l'intriguer et il s'escrima de nouveau sur la serrure, en vain. A la fin, cédant à son exaspération, il partit chercher un tournevis pour faire levier. Son père lui avait vendu Les Roques avec les meubles, tant pis s'il abîmait celui-là ! Un prix assez dérisoire, d'ailleurs, pas vraiment aligné sur le marché immobilier de la région, mais que l'ampleur des travaux justifiait en partie. Maxime avait décrété que tout était parfait comme ça et s'était dépêché de préparer l'acte de vente.

Avec un claquement sec, le rideau de bois se souleva d'un coup. La lame du tournevis avait profondément entaillé la marqueterie. Victor se sentit coupable. Depuis qu'il habitait Les Roques, il se comportait vraiment comme un gamin. Furieux contre lui-même, il inventoria rapidement le contenu des tiroirs. Quelques rubans et épingles à cheveux, une loupe, des enveloppes vierges. Il avait bousillé un secrétaire d'époque pour ça ?

— Complètement cinglé..., marmonna-t-il.

Au moment où il rabaissait le rideau, il aperçut un morceau de papier coincé sous l'un des petits tiroirs. Il le saisit et le retourna, constatant qu'il s'agissait d'une photo en couleur. Une superbe femme blonde souriait à l'objectif, posant dans un bikini qui ne cachait quasiment rien de son anatomie sculpturale. Ce cliché avait dû déplaire à quelqu'un car il était percé de petits trous irréguliers, comme lardé rageusement par la pointe d'un compas.

Victor s'approcha de la lampe pour mieux voir. En étudiant ce qui restait du visage malgré les trous, il eut la certitude qu'il s'agissait d'Aneke. Il ne l'avait jamais vue, ni lorsqu'il était enfant ni même en photo. La maîtresse mythique de leur père, évoquée avec Maxime en chuchotant, n'avait jamais eu pour eux de réelle identité.

Perplexe, il retourna au secrétaire qu'il examina de nouveau, ôtant un à un les tiroirs de leurs logements. Trois autres photos avaient été repoussées au fond et il dut les défroisser du plat de la main. Un gros plan le conforta dans son idée car la ressemblance entre cette femme et Nils était évidente. Même regard très clair, même chevelure si blonde qu'elle paraissait blanche, même petit nez droit. Sur la dernière photo, Aneke posait seins nus, mais la tête avait été coupée par un coup de ciseaux maladroit. Etait-ce leur père, fou de chagrin après sa mort, qui s'était déchaîné sur ces images ? Leur mère était beaucoup trop douce pour s'en prendre à du papier avec une telle fureur. A moins que Nils lui-même, à l'occasion de vacances passées aux Roques, n'eût découvert par hasard les photos ? A côté de Blanche,

Aneke était une mère sublime que n'importe quel garçon aurait voulu avoir. Sa mort prématurée avait bouleversé le destin de Nils ; peut-être lui en voulait-il de manière injuste et inconsciente ?

Une fois les tiroirs remis en place, Victor hésita longuement. Il avait l'impression d'être entré sans autorisation dans l'intimité de son père, dans un passé douloureux qui ne le concernait pas. Pourtant, il décida de garder les photos, peut-être pour les montrer à Maxime, et il les glissa dans une des enveloppes qu'il enfouit dans la poche de son peignoir. Imaginer son père amoureux lui avait toujours semblé étrange, mais il suffisait de voir Aneke pour le comprendre et l'absoudre. Avait-il gardé d'autres souvenirs d'elle ? Si tel était le cas, les destinait-il à Nils ou les conservait-il précieusement ? De ses quatre années passées à Cahors, il devait forcément rester des objets, des traces qu'il n'avait peut-être pas eu le courage de détruire. D'après son souvenir, lorsque son père était revenu aux Roques, après le décès d'Aneke, il semblait si triste que Maxime et lui osaient à peine lui parler. Ne sachant comment l'aider, les deux garçons l'avaient au moins soulagé de cette surveillance constante qu'il exerçait sur Nils comme s'il craignait de le voir disparaître à son tour.

Tout en descendant à la cuisine, il se demanda ce que son père avait pu ressentir lorsqu'il s'était retrouvé devant sa première épouse. Comparée à la Suédoise, Blanche était sans mystère, sans éclat, peut-être même sans charme... Il s'en voulut aussitôt de porter un tel jugement sur sa propre mère. Jusqu'à ce soir, il ne s'était pas posé ce genre de question parce qu'il n'avait pas supposé Aneke si belle, mais, après tout, il n'avait aucune raison de s'interroger sur le passé de ses parents. Le drame paternel était enterré depuis longtemps, inutile de l'exhumer à cause de quatre vieilles photos.

Avec un soupir résigné, il commença à se préparer du café. Allait-il, lui aussi, se complaire dans le souvenir de Laura et rêver de son ex-femme chaque nuit ? Réduire en lambeaux les quelques lettres d'elle qu'il avait conservées ? Fabriquer une poupée à son effigie et y planter des épingles ?

Alors qu'il souriait à cette idée stupide, un coup sec frappé au carreau le fit sursauter. Il leva les yeux vers la porte-fenêtre et discerna une ombre, avec la tache claire d'un visage, tandis qu'une voix de femme criait quelque chose. Reprenant sa respiration, il se dépêcha d'aller ouvrir.

— Je crois que je vous ai fait peur, désolée ! lui lança Virginie Clauzel en entrant.

Son ciré ruisselait de pluie, elle était tête nue, les cheveux trempés. Son mascara avait coulé, dessinant des cernes sous ses yeux sombres, et il trouva qu'elle avait une bouleversante allure de chien perdu.

— Qu'est-ce que vous faites dehors par un temps pareil et en pleine nuit ?

— Je bricole dans mon futur royaume, je nettoie, je répare. Pourtant, je crois que je me suis endormie en plein travail, hier soir !

D'un geste las, elle se débarrassa du ciré, le disposa sur le dossier d'une chaise.

— Je peux ?

— Je vous en prie. Asseyez-vous, je vais vous faire des toasts si vous voulez. Mais vous devriez m'expliquer pourquoi vous êtes venue jusqu'ici.

— Votre maison est visible depuis la route du moulin, alors quand je l'ai aperçue au-dessus de moi, illuminée du haut en bas, ça m'a donné envie... de ce café que vous m'aviez proposé l'autre jour. En fait, je ne savais pas trop où aller. C'est le désert, ici, aucune chance de trouver un bistrot, et même s'il en existait un, il serait fermé à cinq heures du matin, n'est-ce pas ?

Il eut la certitude qu'elle lui racontait n'importe quoi, mais il voyait aussi qu'elle était au bord des larmes et cela le dissuada d'insister. Sous la lumière douce de la suspension, il la trouva plus séduisante que lors de leurs deux précédentes rencontres, et il s'étonna de pouvoir être sensible à l'apparence d'une femme autre que Laura. Il lui servit un bol de café qu'elle commença à boire en silence. Dehors, la pluie tombait toujours aussi dru. Tandis qu'il se penchait pour chercher du beurre dans le réfrigérateur, son peignoir s'entrouvrit et il prit conscience de sa tenue.

— Je reviens dans une seconde, déclara-t-il en posant les tranches de pain grillé devant elle.

Quatre à quatre, il grimpa jusqu'à sa chambre où il enfila un jean et des chaussures. Il devait avoir la tête de quelqu'un qui n'a pas dormi, avec une barbe naissante et les cheveux en bataille, mais tant pis. Lorsqu'il la rejoignit, il la trouva en train de manger, à même le pot, de la confiture de cerises.

— Délicieuse, marmonna-t-elle d'un air penaud. Faite maison ?

— Oui. Enfin, pas par moi.

Elle lui jeta un regard interrogateur puis soudain changea d'expression.

— Je suis désolée d'avoir débarqué sans prévenir. Je vous dérange sûrement. Peut-être que... Votre femme dort ?

— Oh, je suppose ! Mais avec quelqu'un d'autre.

Stupéfait de l'avoir dit, il haussa les épaules avant d'aller remettre du pain à griller.

— Et maintenant, déclara-t-il sans la regarder, si vous me racontiez votre histoire ?

3

— Je t'en supplie, Laura, descends de là, ça me fait peur…

La tête levée vers elle, Nils lui tendait la main comme si elle était en danger.

— Tu as le vertige, mon chéri ? s'enquit-elle avec un sourire provoquant. Eh bien, pas moi !

Par jeu, elle fit balancer un peu l'échelle en haut de laquelle elle était perchée. Toutes ses affaires étaient enfin rangées, mais elle avait mis près d'un mois à réorganiser les placards. La fantaisie de Nils, si séduisante à certains moments, avait tout de même quelque chose d'exaspérant dans la vie quotidienne. Indifférent au désordre, il ne remettait jamais rien en place, et perdait un temps fou à chercher ses affaires.

Quand elle reprit pied sur la moquette à côté de lui, elle passa un bras autour de son cou.

— Tu es mignon d'avoir peur pour moi…

Elle le trouvait attendrissant, fragile, tout le contraire de Victor. De sa main libre, elle le prit par la taille et l'attira contre elle.

— Thomas dort, chuchota-t-elle. Tu veux faire l'amour ?

Au lieu de répondre, il se pencha pour l'embrasser. C'était toujours elle qui prenait l'initiative, ravie de ce rôle que Victor ne lui avait jamais laissé. Avec Nils, elle pouvait à volonté jouer la femme fatale, l'ingénue, la garce ou la mère, il était toujours d'accord.

« Arrête de penser à Victor », songea-t-elle, étonnée de ne pas réussir à l'oublier alors qu'elle avait choisi de le quitter. Mais était-ce vraiment lui qu'elle avait quitté, ou plutôt un mode de vie qu'elle ne supportait plus ?

Elle entraîna Nils jusqu'à la chambre, le déshabilla et se débarrassa de ses propres vêtements. Avant de vivre ensemble, ils avaient toujours été obligés de se cacher, et à présent qu'ils étaient libres, ils devaient encore faire attention à Thomas car, chaque fois qu'un cauchemar le réveillait, le petit garçon débarquait en larmes dans leur chambre, les regardant d'un drôle d'air. Heureusement, les vacances de Pâques approchaient et Victor réclamait son fils, Laura allait enfin connaître quinze jours de paix.

Tout en caressant Nils, qui frissonnait sous ses doigts, elle se demanda si elle avait envie d'un autre enfant. Au moment de la naissance de Thomas, elle s'était promis qu'il ne serait pas fils unique, mais elle ne s'imaginait pas enceinte pour l'instant. Impossible d'arrêter de travailler alors qu'elle venait juste de recommencer. De plus, elle n'était pas sûre que l'idée plaise à Nils. S'il faisait un oncle - ou à la rigueur un beau-père - sympathique, il serait sans doute un père désastreux. Trop indépendant pour se charger d'un bébé, trop lunatique... Et son métier n'offrait aucune stabilité, ni matérielle ni géographique. La preuve, il arrivait à peine à payer le loyer de cet appartement, trop petit pour abriter une vraie famille. Elle prit conscience avec un certain malaise que jusque-là, tout au bonheur de l'instant présent, ils n'avaient pas évoqué l'avenir. Comptait-il la demander en mariage, une fois le divorce prononcé ? Il semblait parfois tellement tendu, perdu dans une culpabilité trop lourde pour lui, qu'elle en venait à douter. Avait-elle fait le bon choix en bouleversant sa vie ?

Le regard pâle de Nils était rivé au sien, troublé par l'approche du plaisir, et elle chassa toute autre idée de son esprit.

Médusé, Victor observait alternativement son frère, qui poursuivait sa diatribe d'un ton sec, et l'ensemble des clercs convoqués dans la salle de réunion, affichant tous le même air piteux. La disparition du testament Villeneuve mettait Maxime hors de lui, ce qui lui arrivait très rarement. Contacté par Jean, le neveu, qui avait chargé l'étude Cazals de régler la succession, il était désormais contraint de se livrer à une fastidieuse recherche d'héritiers, tout en sachant qu'il irait ainsi à l'encontre des volontés du défunt.

Après avoir tancé ses collaborateurs, il finit par les congédier et resta assis face à son frère, le visage fermé.

— Veux-tu que je me charge de Jean Villeneuve ? lui proposa Victor au bout d'un moment. Je préfère gérer le dossier que te voir fou de rage.

— Qu'est-ce que ça change ? Toi ou moi, nous nous ridiculiserons.

— Tu prends l'affaire trop à cœur. Imagine que Robert Villeneuve ait tout légué à son club de chasse ? à une secte ? Puisqu'on ne saura jamais ce qu'il y avait dans ce fichu testament, mieux vaut encore que ce soit le neveu qui en profite, non ?

— Victor !

— Bon, bon, d'accord, débrouille-toi tout seul... En fait, je voulais te rendre service parce que j'ai une faveur à te demander.

— Vas-y.

— Laisse-moi assurer la vente Clauzel-Dieudonné.

— Bien sûr, pourquoi ?

— Eh bien, comme j'ai déjà fait le compromis...

Brusquement gêné, il s'interrompit et baissa les yeux afin d'éviter le regard inquisiteur de Maxime.

— Tu comprends, marmonna-t-il, je trouve que...

— ... que Virginie Clauzel possède un certain charme, c'est ça ? Oh, mon vieux, si tu t'intéresses à une femme, rien ne peut me faire plus plaisir, je te laisse volontiers ma place !

— Non, écoute...

— Non ? Mais si, elle est très mystérieuse, très séduisante, ne me dis pas le contraire.

— Ce sera bientôt ma voisine, tenta d'expliquer Victor avec une désinvolture un peu forcée. Elle est passée me voir la semaine dernière et nous avons bu un café.

— Merveilleux ! D'autant plus que tu fais très bien le café, je suis certain qu'elle a apprécié. Elle t'a raconté sa vie ?

— Elle est architecte.

— Je sais, j'ai lu le dossier. Et alors ?

De nouveau, son frère le dévisageait avec une insistance amusée, et Victor se troubla. Il avait repensé à cette femme une bonne dizaine de fois, depuis son intrusion matinale dans la cuisine des Roques. Néanmoins, c'était quand même de Laura qu'il rêvait chaque nuit, Laura dans les bras de Nils, une insupportable vision qui ne le lâchait toujours pas. Etait-il vraiment capable de s'intéresser à une autre femme ? Evidemment, il avait remarqué les grands yeux sombres de Virginie, doux comme un velours brun et dont la forme allongée remontait vers les tempes. Et aussi son adorable petit nez, ses taches de rousseur, ses cheveux couleur acajou. En plus, il ne s'était pas contenté de la regarder, il l'avait écoutée avec curiosité. Sans se faire prier, elle lui avait résumé sa situation. Une rupture malheureuse la laissait amère, frustrée, pleine de colère, et elle utilisait des mots durs pour parler de l'homme dont elle avait partagé la vie durant sept ans avant de se résoudre à le quitter. Sept ans d'amour et de travail acharné au sein d'un gros cabinet d'architectes, à Toulouse.

— Le type était le patron, il n'a pas supporté d'être plaqué. Non content de la flanquer dehors, il lui a taillé une telle réputation qu'elle n'a jamais pu retrouver un emploi. Ça dure depuis six mois et il continue à la poursuivre de sa hargne. Chaque fois qu'elle est sur le point de signer un projet, il passe derrière elle, il la casse et il récupère l'affaire. Du coup, elle a préféré quitter Toulouse.

— Pour venir s'enterrer à Sarlat ? s'étonna Maxime.

— D'après elle, nous sommes dans un trou perdu, son ex ne la retrouvera pas ici. Et les architectes ne sont pas nombreux entre Cahors et Périgueux, la concurrence n'est pas trop rude. Elle a enfin trouvé un contrat chez un particulier, une superbe maison à refaire, du côté de Beynac. Alors, pour ne pas flamber ses dernières économies, elle a décidé d'acheter une maison dans le coin.

— Pour celle qu'elle a choisi, mieux vaut être architecte, en effet, cette bicoque ne va pas tarder à s'écrouler ! railla Maxime avec un grand sourire.

— Rien d'autre n'était dans ses moyens.

Victor avait été ému par le récit de la jeune femme, mais pas seulement à cause de sa beauté. Au creux de la vague, Virginie Clauzel semblait posséder l'énergie nécessaire pour se battre et refaire surface, même si elle était seule, sans argent, sans personne à qui se confier.

— Je vois que tu es très bien renseigné, que tu as retenu le moindre détail...

— Oh, Max !

— Occupe-toi de cette vente, et invite-la donc à dîner.

Victor haussa les épaules, agacé par l'insistance de son frère. Toutefois, il y avait trop longtemps qu'il ne s'était pas retrouvé en tête à tête avec une femme. Très exactement depuis le soir où, trois mois plus tôt, Laura lui avait appris qu'elle était la maîtresse de Nils et annoncé son intention de le quitter. Pas une simple intention, d'ailleurs, une décision irrévocable, à effet immédiat. Le plafond lui était tombé sur la tête, sans compter la vague de colère qui l'avait secoué des pieds à la tête. De tout ce qu'elle avait dit ce soir-là il n'avait retenu qu'une phrase : « Je l'aime. » Elle était amoureuse de Nils, de sa silhouette dégingandée, de son air perdu, de son humour décalé. Amoureuse à tel point que la souffrance de Victor la concernait à peine. L'aveu de cette liaison l'avait poignardé, désormais il se sentait incapable de faire confiance à une femme.

— J'accepte ton offre ! lui lança Maxime en le tirant de ses réflexions. Je t'abandonne Virginie Clauzel et tu te charges de Jean Villeneuve.

Au-dessus de la table qui les séparait, Victor tendit sa main, paume ouverte.

— Marché conclu, dit-il d'un air réjoui.

Blanche ne put rien faire pour éviter Jean Villeneuve lorsqu'elle se retrouva nez à nez avec lui au coin de la rue des Consuls. Elle avait failli le heurter et, détournant la tête, avait fait mine de passer son chemin quand il l'avait prise par le bras d'un geste ferme.

— Et alors, on ne se connaît plus ? Dis-moi au moins bonjour ! Je ne suis pas là pour te créer des ennuis...

Avec ses cheveux poivre et sel, son embonpoint, son allure de Monsieur Tout-le-monde, il n'avait rien d'effrayant vu de près, pourtant elle frissonna de dégoût.

— C'est chacun son tour et le mien a été long à venir, rappela-t-il avec une ironie glacée. Toi, tu en as profité tout de suite.

D'insupportables images, venues d'un passé lointain, assaillirent aussitôt Blanche qui faillit partir en courant. Il dut le deviner car il serra davantage son bras.

— J'espère que tes fils seront à la hauteur et qu'il n'y aura aucun problème, ajouta-t-il plus près de son oreille.

Sentir son souffle sur elle la fit se cabrer. Etait-il en train de la menacer ? Elle rassembla tout son courage pour articuler :

— Lâche-moi, Jean.

Trente ans plus tôt, elle lui avait dit la même chose, du même ton suppliant, mais il ne l'avait pas lâchée à ce moment-là non plus.

Deux promeneurs arrivaient à leur hauteur, sur le trottoir étroit, et elle s'empressa d'enchaîner, à voix haute :

— J'ai vraiment été désolée, pour ton oncle...

Matois, il attendit que le couple s'éloigne puis se mit à rire doucement.

— Pas moi !

Il la libéra et s'écarta d'un pas.

— Tout ça ne nous rajeunit pas, hein ? Allez, sauve-toi.

Bien sûr, il ne voulait rien d'elle, plus rien aujourd'hui que son silence. Sans demander son reste, elle s'enfuit en hâte, profondément bouleversée.

Le jour déclinait. Son dictaphone à la main, Victor continuait l'inspection commencée une heure plus tôt. A une dizaine de mètres d'un pigeonnier, il scruta longuement le toit couvert de lierre.

— Nettoyage des gouttières du...

Un petit claquement sec lui apprit qu'il était arrivé au bout de la bande et il retourna la microcassette. La facture du couvreur allait s'allonger, sans compter celle de l'entreprise de jardinage. Malheureusement, la végétation avait proliféré de façon anarchique, envahissant toitures et façades. Même les dalles de pierre de l'allée, les pas de portes ou les soubassements disparaissaient sous la mousse. Déjà, Victor avait établi un planning d'environ deux années, sachant très bien que dans l'immédiat il devrait se contenter de parer au plus pressé. Les gouttières faisaient partie de l'urgence, aussi enregistra-t-il la fin de sa phrase avant de ranger le dictaphone dans sa poche. Les Roques allaient devenir un gouffre financier qui commençait à lui donner le vertige. La veille, il avait passé commande d'une tondeuse autoportée pour raser les pelouses, d'une débroussailleuse, d'un taille-haie et d'une grande échelle en aluminium, ainsi que de quelques outils de base, fourches ou râteaux, car la plupart de ceux découverts au fond de la grange étaient soit rouillés, soit hors d'usage. La fosse septique venait d'être curée, mais le plombier lui avait annoncé qu'un nouveau puisard devrait être creusé pour permettre l'évacuation des machines telles que lave-linge ou lave-vaisselle. Le programme des travaux prenait vraiment des proportions effrayantes.

Avec un petit soupir accablé, il regagna la maison. La nuit tombait, il ne pourrait rien faire de plus ce soir. Lorsqu'il habitait sa villa moderne, c'était Laura qui s'amusait à tondre le gazon et à tailler les rosiers de leur petit jardin, mais ici, sur près de trois hectares, il doutait de pouvoir y suffire lui-même lorsque le parc serait à peu près redessiné. Son père avait négligé Les Roques, probablement découragé à l'idée de ne jamais pouvoir en profiter, et ce qu'il appelait l'entretien annuel se révélait bien dérisoire.

Au milieu de la vaste entrée rectangulaire, Victor s'arrêta une seconde pour regarder autour de lui. Certes, la maison valait largement le mal qu'il se donnait, toutefois, s'il devait y vivre seul, fallait-il vraiment qu'il y consacre une telle énergie et un tel budget ? Pour l'instant, il passait l'essentiel de son temps dans la cuisine ou dans sa chambre, ne mettait jamais les pieds dans les salons, encore moins dans le bureau du rez-de-chaussée, où il avait cru pouvoir travailler sur les dossiers qu'il rapportait le soir. En fait, dès qu'il rentrait il ne faisait que nettoyer, ranger, étudier des devis. Maxime avait fini par lui offrir une encyclopédie du bricolage, avec des croquis détaillés à chaque page, qu'il avait à peine ouverte.

De temps à autre, quand il s'énervait à raccorder deux fils électriques ou à huiler les gonds des portes, il pensait à Virginie Clauzel qui connaissait probablement le même genre de mésaventures et qui n'avait pas les moyens de se faire aider. Devait-il lui proposer un coup de main ? Ce serait une bonne occasion de la revoir, un dérivatif à sa solitude.

« Tu n'as aucun besoin de distraction, tu refuses toutes les invitations, tu t'enterres ici par plaisir... »

Du moins, sans aucun déplaisir. Jamais il n'aurait cru pouvoir se consacrer à une maison, or celle-ci monopolisait son attention. Etait-ce l'absence de Thomas et de Laura qui le précipitait dans cette folle activité ? En tout cas, son père avait eu raison sur un point précis : impossible de ressasser son chagrin avec autant de choses à faire ! D'ici quelques jours, Thomas arriverait enfin pour les vacances de Pâques et Victor voulait absolument que son petit garçon tombe sous le charme des Roques. S'il s'y plaisait, il viendrait volontiers y passer un week-end sur deux et une bonne partie de l'été. S'habituait-il à vivre dans l'appartement de Nils, lui qui avait toujours eu un jardin pour jouer ? Au téléphone, il disait qu'il n'aimait pas sa nouvelle école, qu'il avait peur de s'endormir le soir parce qu'il faisait des cauchemars, qu'il s'embêtait le mercredi. Pleurnichait-il pour attirer l'attention de son père, ainsi que Laura le prétendait, ou bien était-il réellement malheureux ?

Perturbé par cette idée, Victor gagna la cuisine. Le crépuscule le rendait toujours un peu mélancolique, et savoir que Nils était celui qui câlinait Thomas le soir ou qui lui lisait une histoire avait de quoi l'accabler. Dans l'office, il ouvrit les placards et contempla d'un œil morne les provisions qu'il y avait accumulées depuis quelques semaines. Essentiellement des boîtes de conserve, des plats tout prêts auxquels il suffisait d'ajouter de l'eau bouillante, et deux cartons de bouteilles de champagne qu'il hésitait à transporter à la cave tant celle-ci avait besoin d'être nettoyée d'abord. Sur la dernière étagère, tout en haut, une pile de livres de recettes attira son attention. Il ne les avait pas encore remarqués, et il approcha un tabouret pour pouvoir les examiner de plus près. Sa mère était une excellente cuisinière, il se souvenait de l'avoir souvent vue avec un recueil ouvert ou bien une fiche posée à côté d'elle quand elle se lançait dans des préparations compliquées. Parmi les différents volumes, il trouva un classeur dans lequel elle avait répertorié des plats exotiques, ainsi qu'un cahier d'écolier qu'il feuilleta machinalement. Intrigué par ce qu'il lisait, il descendit du tabouret, le cahier à la main, et alla s'installer près d'une lampe. Le même mot se répétait invariablement au fil des cent pages, recto verso : *Non, non, non, non...* L'écriture ne lui était pas familière, tellement appuyée qu'elle tremblait et avait déchiré le papier à certains endroits. Qui avait bien pu se livrer à un exercice aussi stupide et pourquoi avait-on jugé bon de conserver ce cahier ?

Mal à l'aise, Victor retourna inspecter le placard sans rien découvrir d'autre. Ces milliers de négations acharnées avaient quelque chose de troublant. Les Roques appartenaient aux Cazals depuis assez longtemps pour que l'auteur de ce long délire obsessionnel soit forcément un membre de la famille. Ses grands-parents paternels, qu'il n'avait pas connus, étaient morts de maladie à quelques mois d'intervalle ; il n'était guère concevable qu'il se soit agi de l'un d'eux. Cela aurait été d'autant plus étrange qu'il ne subsistait quasiment aucun souvenir d'eux dans la maison, sinon un portrait conventionnel dans le petit salon. En s'installant aux Roques, jeune mariée, Blanche avait tout rangé, avec sa minutie coutumière, elle s'en était vantée à plusieurs reprises devant ses enfants. Elle racontait volontiers que cette période était la plus belle de sa vie. A vingt-deux ans, elle s'était senti l'âme d'une châtelaine en prenant possession des lieux, puis la naissance de ses deux fils l'avait comblée. Jusqu'à ce que Martial la quitte, elle prétendait avoir été la plus heureuse des femmes. Ensuite, elle avait dû être la plus malheureuse, mais elle n'en parlait jamais : du jour où son mari était revenu, elle semblait avoir tout oublié.

Un craquement résonna brusquement dans le silence, faisant sursauter Victor. Il n'était pas encore habitué à tous les bruits de la maison, en particulier ces craquements sinistres qui provenaient des poutres ou des planchers. Il sortit de l'office et jeta un coup d'œil circulaire dans la cuisine. Il pensait rarement à fermer les portes à clef, ce qui l'obligeait à se relever la nuit pour descendre vérifier. Peut-être devrait-il songer à se munir d'une arme ? Les fenêtres des Roques n'étaient défendues que par des volets intérieurs, qui protégeaient davantage du soleil que d'éventuels cambrioleurs ; quant aux portes, elles étaient équipées de verrous dérisoires. Du temps où ses parents habitaient là, la région était sûrement assez paisible pour justifier une telle désinvolture, mais l'époque n'était plus la même. Si son assureur se déplaçait jusqu'ici, il exigerait sûrement d'autres fermetures. En attendant, Victor était sans défense, à la merci de n'importe quel rôdeur.

Il éprouva le besoin d'allumer le plafonnier et ce faisant se sentit ridicule. De toute façon, illuminer toute la maison était impossible, il resterait toujours des coins sombres.

— C'est ce cahier qui m'a foutu la trouille, marmonna-t-il à mi-voix.

« Non » à qui, à quoi ? De nouveau, il scruta l'écriture rageuse. Combien de temps fallait-il pour noircir autant de pages ? Apparemment, la colère de celui ou celle qui tenait le stylo n'avait jamais faibli.

Vaguement inquiet, il décida de monter le cahier pour le conserver dans sa chambre, avec les photos découvertes au fond du secrétaire à rideau. Allait-il encore faire beaucoup de trouvailles de ce genre ? Il était loin d'avoir exploré la maison ! Parce qu'il avait vécu là dans son enfance, il croyait tout savoir des Roques, mais, à ce train-là, ne risquait-il pas d'avoir des surprises ? Le plus simple consistait à procéder par ordre, une pièce après l'autre, en examinant le contenu de chaque meuble, chaque placard. Et pour finir, il irait faire un tour au grenier.

Pas ce soir, en tout cas... Pour l'instant, il devait penser à dîner. Quand il eut installé une assiette et un verre sur la table, il resta perplexe un moment, navré par le spectacle de ce couvert unique qui semblait perdu. S'il devait manger seul chaque soir, il finirait neurasthénique. L'idée de se préparer un plateau pour grignoter devant la télé ne l'emballait pas non plus, mais ce serait quand même moins triste. Ou alors il pouvait prendre sa voiture et retourner à Sarlat, Maxime l'accueillerait à bras ouverts et la cuisine de Cathie valait toujours le déplacement. Baissant les yeux vers sa montre, il constata qu'il était à peine huit heures. La soirée ne faisait que commencer.

Nils vit la jeune femme blonde se lever et jeter de la monnaie sur sa table d'un geste nerveux. Elle quitta le bistrot sans se retourner, alors qu'elle n'avait pas bu sa bière, probablement effrayée par l'insistance avec laquelle il l'observait depuis cinq minutes. Le serveur vint ramasser l'argent, et en débarrassant le verre jeta un coup d'œil réprobateur à Nils qui lui adressa un sourire d'excuse en retour. Comment aurait-il pu expliquer qu'un certain type de femmes le fascinait tout en le plongeant dans une infinie mélancolie ? A travers chaque blonde élancée, il cherchait encore l'image de sa mère, son psy le lui avait expliqué cent fois. Etait-ce la raison de son attirance pour Laura ?

Malgré lui, il suivit la jeune femme des yeux, tandis qu'elle se hâtait sur le trottoir, de l'autre côté de la vitre. Soudain, elle trébucha et disparut brutalement de son champ de vision. Il repoussa sa chaise et se précipita dehors le cœur battant, mais un passant aidait déjà la jolie blonde à se relever. En la voyant indemne, Nils éprouva une bouffée de soulagement tout à fait disproportionnée.

— Qu'est-ce que vous avez avec cette femme ? grommela le serveur qui l'avait suivi. Vous la connaissez ?

— Non...

— Alors foutez-lui donc la paix ! En plus, vous êtes parti sans payer.

Nils lui tendit un billet de dix euros, lui abandonna la monnaie et s'éloigna dans la direction opposée. La chute banale de cette inconnue l'avait secoué de manière incompréhensible, provoquant en lui un début de panique. Il fallait qu'il se calme d'abord, et ensuite qu'il songe à se faire soigner pour de bon car cet incident n'était pas le premier. Deux ou trois ans plus tôt, sur un plateau de tournage, il avait vu une assistante dégringoler d'un échafaudage et il en avait fait toute une histoire. Etait-elle blonde aussi ? Il ne conservait que le souvenir de sa propre terreur lorsqu'elle était tombée. Pouvait-on appeler ça un trouble du comportement, une obsession, une phobie ? Evidemment, sa mère était morte de cette manière, en basculant de l'échelle en haut de laquelle elle nettoyait ses carreaux. La chute sur les pavés de la cour, trois étages plus bas, ne lui avait laissé aucune chance. Y penser lui faisait horreur ; toutefois, il ne possédait aucune image consciente de la scène, bien qu'il ait été présent dans la pièce, sans doute occupé à jouer. Deux gendarmes étaient venus le chercher là, quelques minutes après l'accident. Ensuite, il avait dû attendre son père dans le studio d'une voisine, au rez-de-chaussée, dont l'unique fenêtre donnait sur la cour où s'affairaient des ambulanciers - pourtant il ne se le rappelait pas non plus. Plus tard, Martial lui avait raconté le drame avec des mots simples, mais il ne l'avait fait qu'une fois. Malgré toutes les questions de Nils, il s'était refusé à aborder le sujet, comme si la mémoire d'Aneke n'appartenait qu'à lui. « Tu as peu connu ta mère, se bornait-il à dire, il vaut mieux que tu l'oublies. Souviens-toi seulement que c'était la plus belle et la plus merveilleuse femme qui soit. » Lui n'oubliait pas, non, il suffisait de parler de la Suède devant lui pour que son visage se ferme.

Nils ne possédait qu'une seule photo d'Aneke, assez impersonnelle et prise lors d'un défilé de mode à Paris. Deux ans plus tôt, il s'était décidé à en faire tirer un agrandissement qui se trouvait accroché dans son salon. Aucun de ses copains n'avait omis de lui demander qui était cette somptueuse Nordique moulée dans un fourreau noir Chanel. Il répondait avec fierté qu'il s'agissait de sa mère et, la première surprise passée, les autres découvraient l'évidente ressemblance. C'était à elle que Nils devait sa blondeur, son allure élancée, ses gestes gracieux. Presque trop pour un homme, on lui en faisait parfois le reproche, excepté Laura, bien sûr, qui prétendait au contraire avoir été séduite par sa fragilité. Si c'était vraiment ce qui l'émouvait, comment avait-elle pu tomber amoureuse de Victor ?

Viril, sûr de lui, protecteur, il n'avait rien d'un homme qu'on pouvait espérer materner !

Penser à son frère était la dernière chose dont Nils avait besoin, ce soir. Pour la millième fois, il essaya de se persuader que Victor reconstruirait sa vie sans problème dès qu'il aurait surmonté cette difficile période du divorce.

« Comment ai-je pu lui faire ça ? »

S'arrêtant en plein milieu du trottoir, il se sentit soudain écrasé de culpabilité, de tristesse, de regrets. Ses deux frères auraient dû lui être sacrés, ils s'étaient toujours montrés d'une formidable gentillesse à son égard, l'entourant d'une tendresse dont il avait un besoin crucial. Jamais ils ne protestaient, adolescents, lorsque Nils prétendait les suivre partout et ne faisait que les encombrer. Il leur en avait gâché, des sorties ou des soirées dans lesquelles un gamin n'avait pas sa place, désespérément accroché à leurs basques !

Indifférent aux passants qui le contournaient, il se laissa submerger par tous les souvenirs d'enfance qui lui revenaient en désordre. Un jour, alors qu'il avait sept ans, il avait cru drôle de donner un chewing-gum au chat siamois de Blanche qui avait failli s'étouffer. Maxime s'était fait sauvagement griffer en essayant de le lui retirer de la gueule, et c'était lui qui avait eu droit au sermon de leurs parents. Parmi toutes les bêtises que Nils inventait, enfant, la pire avait été de vouloir s'amuser avec la voiture de leur père, garée dans la cour de l'étude. Il n'avait que treize ans mais se croyait assez grand pour commencer à conduire, ou au moins tenter quelques manœuvres. Bien entendu, il avait fini par cabosser une aile. Même s'il n'avait pas grand-chose à craindre de son père, qui lui passait tout, l'énormité de la catastrophe l'avait paniqué et, en larmes, il était allé chercher du secours auprès de Victor. Comme celui-ci venait juste de s'inscrire dans une auto-école, il pouvait prétexter qu'il avait voulu s'entraîner à conduire, cela serait plus acceptable que de la part du cadet. Compréhensif, Victor était allé se dénoncer à la place de Nils, et pour le punir Martial l'avait privé de sorties. Or, le soir même, il devait se rendre à une fête de fin d'année organisée par tous ses camarades de terminale. Consigné dans sa chambre, Victor s'était résigné difficilement, cependant il n'avait pas trahi son petit frère.

Depuis ce jour-là, Nils se sentait débiteur. D'un geste brusque, il sortit son portable de la poche de sa veste. Il ne voulait pas attendre une seconde de plus, il fallait qu'il parle à Victor, maintenant. Il fit défiler son répertoire jusqu'au numéro des Roques et appuya sur la touche. Au bout de quatre sonneries, son frère répondit.

— C'est Nils, Vic, s'il te plaît ne raccroche pas, ne...

— Il est arrivé quelque chose à Thomas ?

— Non ! Non, tout le monde va bien, désolé de t'avoir fait peur... Je voulais juste te dire que...

Il dut avaler sa salive tant il avait la gorge serrée. S'être fait un ennemi de Victor lui devenait insupportable, il fallait qu'il trouve un moyen pour se réconcilier avec lui.

— Max refuse de m'écouter, papa m'engueule chaque fois que je l'appelle, et aucun des deux ne veut me donner de tes nouvelles. Je vis tout ça très mal. Quand je pense à toi, je...

— Tu veux quoi, au juste, Nils ? Ma bénédiction ? Allez, baise Laura en paix, je finirai par m'en foutre !

Le ton rageur prouvait que son frère souffrait toujours et que sa rancune restait intacte.

— Sincèrement, Vic, je ne sais pas quoi faire. J'aimerais qu'on puisse se voir, s'expliquer, et...

— Tu crois que tu vas réussir à m'expliquer pourquoi tu m'as pris ma femme ? Tu plaisantes ? De toute façon, tu es la dernière personne que j'aie envie de voir.

— Mais on ne peut pas se brouiller pour l'éternité ! plaida Nils d'une voix désespérée.

— Pourquoi pas ? Qu'est-ce qui nous en empêche ?

— Tu m'enfonces, là...

Il y eut un court silence puis Victor, au lieu de se radoucir, dut couper la communication car la tonalité résonna soudain en continu. Hébété, Nils reprit conscience du mouvement de la foule autour de lui. Les gens se pressaient sur le trottoir, c'était sans doute l'heure où les spectacles allaient commencer. Le début de la séance de vingt heures pour les salles de cinéma, où Nils ne verrait probablement jamais son nom en grosses lettres.

Malheureux, il ne voulait pas rentrer chez lui pour retrouver Laura, et il chercha un bistrot du regard. Il allait se saouler, essayer d'oublier dans quel pétrin il s'était mis. Avait-il vraiment espéré que son frère pourrait l'absoudre ? Il l'imaginait sans peine, seul dans l'immense maison des Roques, exaspéré par ce coup de téléphone maladroit qui raviverait sa jalousie comme sa douleur. Qui haïssait-il davantage, désormais, Laura ou Nils ?

« Il m'en voudra toute sa vie et il aura raison ! »

Ne plus pouvoir compter sur l'aide de Victor, ni sur son affection, l'angoissait de manière aiguë. Etait-il interdit de séjour à Sarlat, aux Roques, et même rue du Présidial ? En acceptant la folie dans laquelle

Laura l'avait entraîné, il avait coupé les ponts avec toute sa famille, personne ne voudrait plus le voir. Jusqu'ici, il avait confusément espéré que la tempête se calmerait peu à peu, que le temps effacerait ce qui n'était, après tout, qu'une banale histoire d'adultère. Et s'il s'était trompé, si ses parents et ses frères lui tournaient le dos définitivement ? Il n'avait pas l'intention d'épouser Laura, de devenir le beau-père de Thomas, d'avoir des enfants et de se recréer ainsi un nouvel univers. Il ne désirait pas que les choses changent, il détestait les bouleversements !

Il s'installa au comptoir dans le premier bar venu et commanda un double whisky. A force d'être lâche, il se retrouvait dans un piège infernal dont il ne savait plus comment sortir. Et avouer à Laura qu'ils avaient commis une énorme bêtise n'arrangerait pas la situation, ce serait aussi cruel qu'inutile.

Il vida son verre d'un trait, grimaça sous la brûlure de l'alcool puis en réclama aussitôt un autre. C'était le seul remède qu'il connaissait, lorsqu'il était trop mal dans sa peau : boire jusqu'à l'oubli.

Virginie réfléchissait, son porte-mine coincé entre les dents. Les plans qu'elle venait d'achever ne risquaient-ils pas de paraître trop ambitieux, voire fantaisistes, à son client ? Certes, celui-ci avait affirmé à plusieurs reprises qu'il voulait quelque chose d'exceptionnel, « qui en flanque plein la vue à tout le monde », d'après son expression peu élégante, mais elle craignait d'être allée un peu loin dans la démesure. Aucun des murs d'origine ne subsisterait car en redessinant la maison, elle l'avait considérée comme une coquille vide à l'intérieur de laquelle son imagination s'était déchaînée. Niveaux décalés, volumes impressionnants et lumière ruisselante. *Plein la vue*, oui, surtout quand elle aurait fini de chiffrer le coût de la réalisation.

Pour s'écarter de la table à dessin, elle donna une poussée à son haut tabouret sur roulettes. Mme Dieudonné s'était montrée très compréhensive en lui permettant de s'installer avant la vente officielle, au moins avait-elle un toit au-dessus de la tête, un endroit où travailler. Et, avec un peu de chance, Pierre ne viendrait pas la chercher ici. Quand se lasserait-il de la poursuivre et de lui gâcher l'existence ? Quelques jours plus tôt, une de ses amies l'avait avertie par téléphone qu'il continuait à dire pis que pendre à son sujet dans les milieux professionnels. Entre autres vacheries, il n'hésitait pas à la traiter d'arriviste et d'incapable. Pourtant, il était mieux placé que quiconque pour savoir qu'elle avait du talent. Il le savait si bien que du temps où elle travaillait dans son cabinet, il n'hésitait pas à s'approprier certains des plans qu'elle dessinait, ou à lui demander un coup de main sur ses propres projets. Au début, lorsqu'il l'avait embauchée, il l'avait bluffée. Beau parleur, il n'avait pas son pareil pour décrocher un contrat, remporter un marché, convaincre les clients de dépasser leur budget. Mais il manquait de créativité, peut-être même d'envergure. Malheureusement, elle était tombée amoureuse de lui. Avec le recul, elle considérait ça plus comme une catastrophe que comme une aubaine. Autour d'eux, tout le monde pensait que la petite Virginie se servait du patron alors qu'il s'agissait du contraire. Sachant qu'elle travaillait vite et bien, Pierre ne lui laissait aucun répit, l'exploitant sans états d'âme sous prétexte de la « former ». Et bien sûr, quand la jeune femme avait commencé à lui parler de son désir d'enfant, il avait levé les yeux au ciel. Pour la faire patienter, il s'était retranché derrière de grands mots creux, refusant de « rentrer dans le rang » ou de « faire une fin ». En ce qui la concernait, elle imaginait un bébé comme un début, pas comme une fin. Au bout du compte, se décider à quitter Pierre avait été moins difficile que prévu : sans le savoir, elle ne l'aimait déjà plus.

Au-dehors il faisait nuit et la fenêtre du séjour était noire, accentuant la sensation de froid qui régnait dans la maison. Appuyée au mur, une tringle en cuivre attendait d'être posée mais Virginie ne possédait pas les outils nécessaires. Peut-être son voisin des Roques lui en prêterait-il ? Elle le trouvait plutôt sympathique, loin de l'idée qu'elle avait pu se faire des notaires jusqu'ici, mais, si elle lui demandait de l'aide, n'irait-il pas s'imaginer n'importe quoi ? La dernière chose qu'elle souhaitait, en ce moment, était qu'un homme la harcèle.

Elle se leva, engourdie d'être restée assise trop longtemps, et fut parcourue d'un frisson. Le petit radiateur électrique, réglé sur la position « maximum », ne suffisait pas à chauffer la pièce, d'autant plus que ce mois de mars était plutôt froid. Alors qu'elle enfilait un gilet par-dessus son gros col roulé, le bruit d'une voiture attira son attention. Elle entendit un petit coup de klaxon, puis le moteur s'éteignit et une portière claqua. Juste après, la sonnette retentit. L'espace d'une seconde, elle se demanda, affolée, s'il pouvait s'agir de Pierre. Etait-il capable de l'avoir retrouvée dans ce trou perdu ? D'un geste néanmoins décidé, elle ouvrit en grand et découvrit Victor Cazals sur le seuil, une bouteille de champagne dans une main et un bocal de foie gras dans l'autre.

— Je vous dérange ?

— Non...

Regardant par-dessus son épaule, il avait dû remarquer la table à dessin, les plans étalés et la lampe d'architecte allumée au-dessus.

— Vous étiez en train de travailler, je suis navré.

— Entrez, je vous en prie, j'avais fini. C'est drôle, j'ai pensé à vous il y a cinq minutes ! Je voulais vous demander de me prêter des outils, j'ai plein de trucs à accrocher.

— Je peux retourner les chercher.

— Ce n'est pas urgent, vraiment.

Ils se dévisagèrent avant d'échanger un sourire.

— Si vous avez du pain, déclara Victor, j'ai apporté le reste du dîner.

— J'en ai. Et aussi une laitue.

Elle le précéda vers la petite cuisine dans laquelle elle avait réussi à caser un guéridon de bistrot en marbre flanqué de deux tabourets.

— Bien sûr, c'est moins spacieux que chez vous ! ironisa-t-elle. Je prépare une vinaigrette, si pendant ce temps-là, vous pouviez faire du feu... D'après Mme Dieudonné, la cheminée tire très bien.

Sans répondre, il regagna le séjour et elle l'entendit sortir. Il avait certainement vu le tas de bûches qui se trouvait à l'entrée du jardin. Elle prit un grand plateau et commença à s'affairer. Pourquoi Victor Cazals débarquait-il chez elle à neuf heures du soir ? Par désœuvrement, par sympathie, ou bien avec une idée derrière la tête ? Les hommes étaient tellement prévisibles ! Elle allait devoir mettre les choses au point avant qu'il ne cherche à flirter - si toutefois il était venu dans ce but.

Un quart d'heure plus tard, ils étaient assis par terre, sur le vieux tapis de coco, le plateau entre eux. La flambée dispensait une telle chaleur que Virginie avait abandonné son gilet et mis le champagne à rafraîchir dans un seau isotherme.

— Je ne sais pas si je finirai par me plaire ici, déclara-t-elle entre deux bouchées. L'impression d'isolement est très forte, surtout la nuit.

— En d'autres termes, vous avez peur ? Je comprends ça très bien, il m'arrive de me sentir mal à l'aise aux Roques aussi. Vous devriez vous acheter un chien ou un fusil.

— C'est ce que vous allez faire ?

— Peut-être bien !

Elle vida sa coupe et la lui tendit pour qu'il la remplisse.

— J'apprécie beaucoup votre champagne... et aussi votre visite. Maintenant, je vais être franche, en ce moment je ne souhaite rien d'autre qu'un peu de compagnie ou d'amitié. Si ce n'est pas ce que vous espériez, vous vous êtes trompé de porte et vous avez perdu votre temps.

Interloqué, il la regarda d'abord en fronçant les sourcils, puis il finit par se mettre à rire.

— Me voilà averti, mais je n'étais pas venu pour ça. Est-ce que j'ai tellement l'air d'un...

— ... dragueur et d'un macho ? Oui.

Elle lui trouvait même la tête d'un vrai séducteur, avec son regard bleu azur et l'attendrissante cicatrice qui barrait sa joue. A une autre époque de sa vie, il aurait pu lui plaire, mais désormais elle fuyait ce type d'hommes.

— Dragueur ? répéta-t-il. Je l'étais avant de me marier, ensuite j'ai été fidèle à ma femme, mais pas elle. Et pour le « macho », je vous trouve injuste, vous me connaissez à peine. Franchement, je ne me sens supérieur à personne, ni homme ni femme.

— Pourtant, vous semblez très sûr de vous, très protecteur.

— Ah bon ? J'aurais dû faire la vinaigrette et vous laisser porter les bûches ?

— Vous voyez très bien ce que je veux dire.

— Non ! Je suis arrivé ici un peu gêné, pas persuadé du tout que vous seriez ravie de me recevoir... Pour ne rien vous cacher, j'ai eu un début de soirée difficile.

En l'avouant, il eut soudain l'air fatigué et elle regretta son agressivité.

— Eh bien, dit-elle en souriant, c'est chacun son tour ! La dernière fois, c'est moi qui suis allée me réfugier chez vous. Je peux faire quelque chose pour vous ?

— Pas vraiment. J'ai reçu un coup de téléphone désagréable qui m'a mis de mauvaise humeur...

Elle pensa qu'il allait ajouter quelque chose, il se contenta de hausser les épaules. S'il avait eu envie de se confier, elle n'avait rien fait jusqu'ici pour le mettre à l'aise.

— Votre femme ? hasarda-t-elle.

— Mon frère. Mais c'est tout comme puisqu'ils vivent ensemble.

Cet aveu, fait du bout des lèvres, devait lui coûter. Pour ne pas l'embarrasser davantage, elle tourna la tête et s'absorba dans la contemplation des flammes. Quand elle lui avait raconté sa propre histoire, il s'était montré attentif, patient, et à présent elle comprenait pourquoi.

— Un sale coup, finit-elle par murmurer.

— Dans ces cas-là, les responsabilités sont toujours partagées, non ? Ce n'est pas arrivé par hasard, ça ne s'est pas fait en une fois, et pourtant je n'ai rien vu, il a fallu qu'elle me le dise. Le mari est toujours le dernier informé, c'est bien connu. Je devais être obnubilé par mon boulot...

— Vous n'allez pas vous culpabiliser, quand même ! protesta-t-elle, indignée. Non, je ne suis pas d'accord ! On ne mérite pas forcément les vacheries que les autres vous infligent.

Elle le vit sourire et éprouva un élan de sympathie envers lui. Ils sortaient tous deux d'une histoire qui s'était mal terminée, au moins pouvaient-ils se réconforter mutuellement l'espace d'une soirée.

— En ce qui me concerne, reprit-il, je savais que Laura rêvait de retourner à Paris, qu'elle étouffait d'ennui ici. Elle s'est vite aperçue qu'elle avait épousé un petit notaire de province et...

— Pourquoi « petit » ? Après tout, elle vous avait choisi !

— Sur un coup de tête, un été où elle passait des vacances dans la région. Je ne l'ai pas laissée réfléchir, j'étais vraiment fou amoureux.

Sa voix venait de trembler sur les deux derniers mots, mais il domina son émotion en se levant brusquement.

— Il est tard, je vous ai assez ennuyée ! Je vous aide à ranger ?

— Non, inutile, je le ferai avant d'aller me coucher. Je veux d'abord finir mes plans.

Comme le feu brûlait toujours, il ajouta une bûche avant de lui tendre la main.

— Merci de m'avoir accueilli.

Soudain, il se sentait pressé de partir, gêné d'avoir fait des confidences à une femme qu'il connaissait à peine. Se plaindre n'était sûrement pas la meilleure tactique pour séduire.

« De toute façon, je ne lui plais pas ! » songea-t-il avec lassitude.

La nuit était sombre, sans lune ni étoiles, et une fois rentré aux Roques il quitta la chaleur de sa voiture à regret. Comme toujours, il avait oublié de fermer à clef, il le constata en bataillant inutilement avec la serrure. Comparée à celle qu'il venait de quitter, sa maison lui parut froide, gigantesque, désespérément silencieuse.

Avant de monter dans sa chambre, il récupéra le cahier sur la table de la cuisine puis partit faire le tour du rez-de-chaussée en vérifiant tous les verrous. Son père pourrait lui prêter un fusil, il en possédait une impressionnante collection pour la chasse. D'ailleurs, il avait enseigné le tir à ses fils dès l'âge de treize ans, jusqu'à ce qu'ils deviennent imbattables au ball-trap. Victor n'avait jamais eu envie de viser autre chose que des assiettes d'argile, mais Maxime aimait bien chasser le canard ou le lièvre à l'occasion. Quant à Nils, bien entendu, l'idée de tuer un animal le révulsait.

« Tu m'enfonces, là... », avait-il dit d'un ton plaintif. Croyait-il encore que Victor serait toujours là pour lui tendre la main ?

Il posa le cahier sur le secrétaire à rideau puis, alors qu'il allait s'éloigner, il se ravisa et le rangea dans le tiroir qui contenait déjà les photos d'Aneke. Nils avait-il jeté son dévolu sur Laura uniquement parce qu'elle était blonde, grande et élégante ? Depuis sa première conquête, toutes ses maîtresses étaient blondes ! Connaître ainsi les goûts et fantasmes de son frère avait été une torture supplémentaire pour Victor durant toutes ces nuits où il l'avait imaginé tenant Laura dans ses bras.

La salle de bains était glaciale, pourtant il renonça à aller remonter la chaudière et se força à prendre une douche rapide. Virginie Clauzel avait beaucoup de charme, il pourrait toujours s'endormir en songeant à elle. Dix ans plus tôt, il se serait endormi *avec* elle.

Il se glissa sous sa couette, éteignit la lumière, mais resta longtemps éveillé à écouter les bruits de la maison. Pourquoi ne parvenait-il pas à se sentir bien aux Roques, pourquoi y était-il assailli par toutes les peurs de son enfance ?

4

— D'après nos recherches, vous êtes l'unique parent de Robert Villeneuve et, en l'absence de testament, son seul héritier légitime, conclut Victor.

Face à lui, le neveu, Jean, l'écoutait avec une certaine nervosité, croisant et décroisant sans cesse ses jambes.

— Bien, très bien, marmonna-t-il. Quelles sont les formalités ?

— L'étude s'en charge.

— Parfait ! Dites-moi, a-t-on une idée de... euh... l'actif ?

Devenir riche d'un coup, à cinquante-cinq ans, avait de quoi lui monter à la tête, d'autant plus que sa situation financière n'était pas florissante, ainsi qu'il l'avouait complaisamment.

— Des biens mobiliers, énonça Victor, un portefeuille d'actions, des placements dans l'assurance, le tout pour une valeur d'environ trois millions d'euros. Nous vous fournirons un inventaire détaillé d'ici quelques jours. Dans le cas présent, vous le savez sans doute, les droits de succession seront élevés.

Comme s'il n'avait pas entendu la dernière phrase, Jean Villeneuve souriait d'un air réjoui. Ayant rompu tout rapport avec son oncle depuis de nombreuses années, il ne pouvait pas savoir si celui-ci avait été économe ou dépensier, et le chiffre cité par Victor venait manifestement de le rassurer.

— Il existe aussi quelques liquidités sur les différents comptes bancaires, ainsi qu'un coffre dont nous procéderons à l'ouverture ensemble. Si vous le souhaitez, je vais vous remettre les clefs de la maison, dont vous pouvez prendre possession.

— Aujourd'hui ?

Sa jubilation, qu'il ne cherchait plus à dissimuler, avait quelque chose de provoquant qui exaspéra Victor.

— Absolument ! répondit celui-ci d'un ton sec.

Comme convenu, Maxime lui avait abandonné le dossier Villeneuve et il commençait à le regretter. Au moment où il relevait la tête, il s'aperçut que Jean Villeneuve l'observait avec beaucoup de curiosité.

— Je me dois tout de même de vous signaler un incident assez regrettable, poursuivit-il posément. Il semblerait qu'il ait existé un testament, déposé chez nous il y a trente-sept ans, puisqu'il figure sur nos registres, mais que nous n'avons pas retrouvé dans nos archives.

— Oh ! s'écria Villeneuve, trente-sept ans, ça fait un bail !

— Pas pour la loi.

— De toute façon, mon oncle Robert m'avait sans aucun doute désigné comme son légataire, j'étais sa seule famille.

— Vous vous entendiez bien ?

— A l'époque ? Très bien ! Ensuite, on s'est perdus de vue, c'est vrai.

Il mentait sans vergogne, Victor le savait. En réalité, son oncle l'avait flanqué à la porte le jour de sa majorité et, même si le neveu ne s'en était jamais vanté, il existait encore des gens pour s'en souvenir.

— Il faudra me donner quelques conseils, ajouta-t-il gaiement, je ne peux pas gérer seul toute cette fortune !

Son impatience gênée du début de l'entretien avait à présent complètement disparu.

— Les notaires s'occupent-ils aussi de ce genre de choses ? insista-t-il.

— Oui, admit Victor avec réticence.

L'homme lui était de plus en plus antipathique, néanmoins il parvint à conserver une attitude neutre, ses états d'âme ne pouvant entrer en ligne de compte quand il s'agissait de traiter des affaires. Si Jean Villeneuve souhaitait charger l'étude de ses placements, Victor n'avait aucune raison valable de s'y opposer. Il prit le trousseau de clefs qui se trouvait à côté du dossier et le poussa vers son client.

— Ma secrétaire va vous fixer un nouveau rendez-vous, mais les démarches administratives prendront un certain temps, alors soyez patient.

— Et si j'ai besoin d'argent d'ici là ?

— Je pourrai vous faire débloquer une partie des fonds.

— Magnifique !

Victor se leva pour raccompagner Jean Villeneuve jusqu'à l'accueil, bavarda encore trois minutes avec lui par politesse, puis regagna son bureau. A peine la porte refermée, il appela son frère par l'interphone.

— Tu es seul, Max ?

— Oui, vas-y.

— Villeneuve n'a pas paru très contrarié par l'histoire du testament...

— Tu penses ! Il sait où est son intérêt.

— Il le sait même tellement bien que, juste avant de partir, il m'a glissé une allusion perfide sur le fait que l'étude Cazals avait changé plusieurs fois de mains à l'époque de ce maudit testament, ce qui expliquerait qu'il ait été égaré.

— Les locaux n'ont jamais changé, les archives n'ont pas bougé !

— Je le lui ai dit et il s'en fout, bien entendu. Tant mieux pour nous, non ?

— Ah, je déteste ce genre de types !

— Il est un peu paumé et pas très agréable, d'accord, mais il va nous charger de gérer sa fortune.

— C'est vrai ?

La stupeur exprimée par la voix de son frère fit sourire Victor.

— Tu croyais quoi, Max, qu'il allait nous faire un procès ?

— Papa nous aurait arraché les yeux...

— Ou pire !

Amusé, Victor relâcha le bouton de l'interphone puis jeta un coup d'œil à son agenda. Ses rendez-vous de l'après-midi se succédaient sans interruption, et il soupira. Travailler lui pesait davantage que quelques mois plus tôt, lorsqu'il était encore un homme marié et heureux. Avait-il vraiment, sans même s'en rendre compte, sacrifié sa vie privée à son métier ? Seule avec Thomas du matin au soir, Laura avait dû mourir d'ennui. Mais jamais elle n'avait manifesté le désir de le rejoindre à Sarlat pour déjeuner avec lui, prétextant que leur petit garçon était insupportable au restaurant. S'il suggérait de le confier à ses parents, elle s'arrangeait toujours pour refuser. Pourquoi n'avait-il pas senti le danger qui planait sur leur couple ? Quelle dose d'aveuglement fallait-il pour se croire à l'abri de l'usure du quotidien ?

Comme il était presque midi, Victor décida qu'il avait le temps de passer voir son père. Depuis quelques semaines, accaparé par Les Roques, il l'avait un peu négligé et n'échapperait sans doute pas à un sermon. Lorsqu'il arriva rue du Présidial, dix minutes plus tard, il trouva sa mère seule dans la cuisine.

— Tu viens déjeuner avec nous, mon chéri ? lui lança-t-elle d'un ton un peu contraint. Ton père ne va sûrement plus tarder...

— Je ne veux pas te déranger, dit-il en se penchant pour l'embrasser.

— Bien sûr que non !

Sourcils froncés, elle le détailla des pieds à la tête avant de maugréer :

— Tu as maigri, n'est-ce pas ?

Elle voyait forcément qu'il flottait dans son blazer et que ses joues s'étaient creusées.

— J'ai une belle grillade et je vais te faire sauter des pommes de terre, décida-t-elle.

— Ah, lui, il y a droit ! tonna Martial depuis la porte.

Victor se retourna au moment où son père lui tapait joyeusement dans le dos.

— Si tu n'étais pas venu, je n'aurais eu que deux feuilles de salade. Comment vas-tu ? Tu as toujours aussi mauvaise mine, il faut vraiment que tu te reprennes en main. Viens donc boire un verre...

Il semblait si gai que Victor se sentit vaguement gêné. A quoi sa mère attribuait-elle une humeur si radieuse ? Fermait-elle les yeux sur les infidélités de son mari ou était-elle assez naïve pour les ignorer ?

— Parle-moi des Roques, Maxime me flanque le vertige quand il m'explique tes travaux.

— Passe me voir, tu constateras toi-même.

— Tu cherches à me dire que je t'ai fait un cadeau empoisonné ? s'esclaffa Martial.

— Non... Au fond, je m'y plais beaucoup.

— Au fond ?

— Oh, c'est juste que...

— ... que c'est sinistre ! l'interrompit Blanche. Cette maison rendrait fou n'importe qui. Surtout l'hiver, je m'en souviens très bien !

Elle déposa une assiette de charcuterie devant eux et repartit aussitôt vers sa cuisine tandis que Martial haussait les épaules avec agacement.

— Tu m'invites à dîner ce soir ? demanda-t-il à mi-voix. Ta mère va à une réunion au comité des fêtes, je suis seul.

— Bien sûr, papa, mais je ne rentrerai pas avant huit heures.

D'un geste spontané, Victor prit ses clefs dans sa poche et les mit dans la main de son père.

— N'y va pas trop tard si tu veux tout voir.

— D'accord. Je t'apporte une pizza ?

Apparemment, il sautait sur l'occasion pour manger ce qui lui était interdit.

— Est-ce que tu t'en sors avec ces nouvelles lois à propos du conjoint survivant ? enchaîna-t-il en voyant Blanche revenir.

— Elles modifient pas mal de modalités sur les donations et les successions, admit Victor. Tu connais Max, il a tout appris par cœur pour pouvoir le seriner à nos clients.

— Pas toi ?

— Ecoute, je n'ai pas la tête à...

— Remets-la vite sur tes épaules, alors.

Son père ne plaisantait plus, soudain, comme chaque fois qu'il était question de l'étude. Au lieu de se sentir agacé par la remontrance, proférée d'un ton plutôt sec, Victor éprouva un élan de reconnaissance. Sans l'éducation stricte qu'il avait reçue, sans le goût du travail et le sens des responsabilités inculqués par Martial, le départ de Laura aurait pu le détruire. Saurait-il, à son tour, être un aussi bon père pour Thomas ? Et quel poids allait-il conserver face au libéralisme brouillon de Nils, qui aurait fatalement une influence considérable sur son fils ?

Il chassa cette idée désagréable en acceptant le whisky que Martial lui tendait.

Le printemps se manifestait enfin, à quelques jours de Pâques, dans une après-midi radieuse. Assise sur l'herbe, Virginie profitait du soleil tandis que son client continuait à réfléchir, à quelques mètres de là, les plans toujours étalés sur le capot de sa voiture. Elle les lui avait expliqués en détail, et maintenant elle attendait sereinement son verdict. C'était du bon travail, aussi original que séduisant, elle le savait. Peut-être tenait-elle enfin sa chance ? Si tout se passait comme elle l'espérait, Pierre ne serait bientôt plus qu'un accident de parcours dans sa vie, une erreur de jugement chèrement payée.

Face à elle, la grande maison blanche, pour laquelle elle s'était creusé la tête durant tant de soirées, semblait abandonnée dans la lumière trop crue, et Virginie savourait d'avance le plaisir de la réhabiliter, de lui donner une autre apparence. Combien de projets avait-elle ainsi réalisés, avec le même enthousiasme à l'égard de chacun ? Elle aimait tellement son métier que, au début, elle ne pensait pas à prendre ombrage de l'attitude de Pierre. Pourtant, il s'arrangeait systématiquement pour laisser entendre qu'il avait donné les bonnes idées, insinuait qu'il avait supervisé l'ensemble, même quand il n'avait pas mis les pieds sur le chantier. De cette façon, il récoltait toujours les compliments. D'abord, elle avait cru à une question de préséance, parce qu'il était le patron, puis à un orgueil mal placé d'homme amoureux, sans s'apercevoir qu'il ne supportait tout simplement pas d'être en rivalité avec elle.

Les yeux mi-clos, elle observa son client tandis qu'il revenait vers elle, tête basse, l'air hésitant.

— Désolé, mais je ne peux pas me décider aujourd'hui, déclara-t-il avec un embarras évident.

— Quelque chose ne vous plaît pas ?

— Non, ce n'est pas ça... En fait, je... Oh, comment vous dire ça ? Je n'ai pas eu d'échos très favorables à votre sujet, voilà.

Abasourdie, elle le dévisagea avant de se relever. Elle fit tomber quelques brins d'herbe de sa jupe d'un geste machinal, essayant de maîtriser la colère froide qui la secouait.

— Je vois. Vous avez eu Pierre Batailler au téléphone, je suppose ? Que vous a-t-il raconté ?

— Qu'il est votre ancien patron et qu'il vous juge incompétente. Il m'a conseillé de ne pas me fier à vos plans, il paraît que vous avez l'art d'exploser les devis, sans parler des délais... Bref, pour ne rien vous cacher, il m'a averti que j'allais me faire avoir comme dans un bois.

— Est-ce qu'il vous a aussi expliqué pourquoi il se donne autant de mal pour me démolir ? lui lança-t-elle d'un ton furieux.

Tout en sachant qu'elle avait tort de perdre son sang-froid, elle tourna les talons et partit à grandes enjambées. Discuter ne servirait pas à grand-chose, Pierre était tellement convaincant quand il le voulait ! Elle ne croyait pas une seconde qu'il ait pu retrouver sa trace ici ; sans aucun doute était-ce cet abruti de client qui avait voulu se renseigner... Les années passées dans le cabinet Batailler figuraient sur le CV qu'elle avait eu la sottise de lui remettre, et à présent, grâce à lui, Pierre savait où elle était ! Allait-elle être obligée de changer de métier ou de pays pour lui échapper ? Pourquoi la poursuivait-il d'une telle haine, grands dieux !

Ivre de rage, elle arriva à sa voiture tout essoufflée. Elle pouvait encore attendre le client là, s'excuser pour son éclat, essayer d'argumenter... Alors qu'elle prenait une profonde inspiration, elle l'entendit claquer sa portière puis démarrer dans la direction opposée.

Quand le silence fut revenu, elle se tourna vers la façade blanche, au bord des larmes. Pourquoi avait-elle cédé sans se battre, jugeant la partie perdue d'avance ? Elle avait désespérément besoin d'argent et aucun autre projet en vue. Le temps de démarcher d'hypothétiques clients, elle serait aux abois. Acheter cette petite maison avait été stupide, elle s'en apercevait trop tard. Au lieu de se mettre à l'abri, comme elle l'avait cru, elle allait se noyer dans les difficultés financières. Pourtant, en arrivant dans la région, elle s'était persuadée qu'il lui fallait un toit bien à elle, que le modeste capital dont elle disposait devait être investi et non pas dilapidé peu à peu. Elle avait été certaine de trouver du travail, s'était même prise à rêver d'éventuelles transformations, imaginant faire un jour de cette bicoque sans intérêt un petit joyau qu'elle revendrait avec un bénéfice appréciable.

— Quelle bêtise, ma pauvre vieille... Perrette et le pot au lait !

Le soleil disparaissait derrière les arbres et elle frissonna. Maintenant qu'il savait où elle vivait, Pierre aurait-il le culot de venir la harceler ? Cent fois, il lui avait réclamé un dernier dîner en tête à tête, une ultime explication, mais elle le connaissait trop bien pour lui céder. A cause de lui elle avait déjà perdu une grande partie de sa jeunesse, s'était même fâchée avec ses parents. Incapables de comprendre l'amour de leur fille pour un homme comme Pierre - qu'ils estimaient trop âgé pour elle et qui la faisait travailler au lieu de l'épouser -, ils avaient fini par prendre leurs distances. Virginie ne leur téléphonait que rarement, et eux n'appelaient jamais. Deux ans plus tôt, arrivés à l'âge de la retraite, ils étaient partis s'installer à Perpignan où ils ne l'avaient jamais invitée. Devait-elle leur apprendre qu'elle avait enfin quitté Pierre ? Cette nouvelle leur permettrait-elle de renouer des liens ?

— Non, pas maintenant, marmonna-t-elle en montant dans sa voiture.

Leur froideur restait sans excuse, elle ne pouvait pas s'empêcher de leur en vouloir. Ce n'était pas à eux qu'elle irait demander de l'aide : avant de les affronter, elle devait d'abord se sentir en paix avec elle-même.

— Et pour ça il me faut du boulot...

Une fois encore, elle allait tout recommencer de zéro. Chercher des clients, passer des annonces dans les revues professionnelles, démarcher les rares cabinets d'architectes de la région. Pierre finirait bien par se lasser, ou par trouver une autre femme pour l'occuper. Après tout, il était encore très séduisant avec son allure de beau brun aux yeux bleus un peu trop sûr de lui. Exactement le même genre d'homme que Victor Cazals ! Et cette vague ressemblance suffisait à la braquer, à lui enlever toute envie de sympathiser davantage avec son voisin. Pour les clients, elle était prête à accepter n'importe qui, mais dans sa vie privée, elle ne voulait plus personne.

— L'appartement que j'avais loué à Cahors ne me semblait ni petit ni moche, à côté d'ici, parce que je ne le voyais tout simplement pas... A l'époque, je ne voyais rien d'autre qu'Aneke. Ne me demande pas où j'ai travaillé ni comment, je n'en ai quasiment aucun souvenir ! Je ne sais pas à quel point tu as aimé Laura, mais en ce qui me concerne j'étais fou amoureux. Vraiment cinglé et content de l'être. Quand je venais vous voir ici, ton frère et toi, j'avais bien conscience de vous avoir abandonnés, sans parler de la tête que me faisait ta mère, mais je n'arrivais même pas à me sentir coupable, j'étais beaucoup trop heureux pour ça !

En veine de confidences, à la grande surprise de Victor, Martial soupira puis jeta un regard circulaire. Ils avaient dîné dans la salle à manger, que Victor n'utilisait jamais, et dont le décor était inchangé depuis trente ans : papier peint à grandes fleurs de lys sur fond bleu roi, rideaux de velours crème, meubles d'acajou.

— Blanche était un reproche vivant, reprit-il. Amaigrie, sinistre... Que pouvais-je y faire ? Je vous aurais volontiers emmenés avec moi à Cahors. Là-bas, on riait tout le temps, Aneke et moi.

— Tu venais souvent ? s'enquit Victor avec curiosité. Je ne m'en souviens pas.

— Non. Pour être franc, pas souvent. Et à partir de la naissance de Nils, presque plus.

L'aveu devait être difficile car son père haussa les épaules avec agacement.

— Je réglais les factures que ta mère me présentait d'un air pincé, je signais vos carnets de notes et j'étais pressé de repartir. Sur la route, je me disais qu'elle allait vous rendre tristes, Max et toi, que ce n'était pas une vie pour des gamins de rester cloîtrés là... A côté de ça, tout était ma faute, alors je me rassurais en pensant qu'elle vous élevait bien, que vous n'étiez pas malheureux ici avec toute cette place pour jouer et pour recevoir vos copains... Tu sais, j'ai toujours adoré Les Roques, je supposais donc que vous aussi.

— On était morts de peur, papa ! plaisanta Victor.

Il voulait faire sourire son père, le distraire de souvenirs qui semblaient toujours le désespérer malgré les années, mais il n'obtint qu'un nouveau soupir.

— Tu veux du café ? proposa-t-il.

— Oui, mais allons le prendre à la cuisine, finalement, cette pièce n'est pas si confortable que ça... Tu fais des économies de chauffage ?

Victor éclata de rire avant de désigner un gros radiateur de fonte.

— Tu connais l'âge de la chaudière ?

— Non...

— Le plombier non plus, et il veut absolument l'expédier à la casse.

— Bon, bon, d'accord, grommela Martial, tout n'est pas neuf, mais...

— Tout est hors d'âge, tu veux dire !

— Eh bien, tu prendras le temps qu'il faudra pour refaire les choses.

Dans l'entrée, Victor s'arrêta une seconde.

— Tu as vu la chambre de Thomas ?

— Non, je suis resté dehors en t'attendant, à admirer le parc. Tu as déjà fait du bon boulot.

Ils montèrent à l'étage et Martial s'extasia sur la chambre prévue pour son petit-fils, puis il marqua un temps d'arrêt devant celle qui avait été la sienne.

— C'est resté tel quel, déclara Victor, tu me diras si tu veux récupérer des meubles ou...

— Rien du tout ! répondit son père d'un ton un peu sec.

Ils repartirent côte à côte, le long de la galerie, mais Victor s'arrêta soudain.

— Je voudrais te montrer quelque chose, papa.

Il l'entraîna jusqu'à la chambre, où se trouvait le secrétaire et en sortit d'abord les photos.

— Je suppose qu'elles t'appartiennent ?

Dès que ses yeux se posèrent sur les clichés, Martial devint livide.

— Où as-tu trouvé ça ?

— Ici...

Incapable de détacher son regard du visage d'Aneke, il eut besoin de plusieurs minutes avant de pouvoir relever la tête.

— Dans cet état-là ?

— Oui... Elles étaient coincées sous un des tiroirs, j'ai pensé que toi ou Nils...

— Nils ? Non, sûrement pas. Je les garde, tu permets ?

Sa voix était devenue si tranchante que Victor se sentit brusquement ramené à l'époque du collège, quand il rapportait de mauvais résultats scolaires, et il se contenta de hocher la tête.

— Il y a autre chose, finit-il par ajouter, mais ça je l'ai déniché dans l'office.

Son père prit le cahier que Victor lui tendait, le feuilleta d'un air intrigué avant de le lui rendre.

— C'est quoi, ce délire ?

— Je pensais que tu pourrais me le dire.

— Non, l'écriture ne m'évoque rien. Il faut être complètement malade pour écrire le même mot aussi souvent ! C'était dans l'office ? Je ne sais pas... Peut-être une employée ? Au début de notre mariage, ta mère n'avait pas la main heureuse avec le personnel, un certain nombre de domestiques se sont succédé, ça n'allait jamais.

Avec beaucoup de soin, il rangea les photos dans la poche intérieure de sa veste.

— Alors, ce café ?

Ils descendirent en silence à la cuisine où Martial réclama un digestif qu'il but d'un trait.

— Est-ce que tu sors un peu, Vic ?

— Pas vraiment, non.

— Tu devrais. Des tas de gens me demandent où tu es passé. Va dîner avec des amis, arrange-toi pour rencontrer des femmes, il y en aura forcément une qui te plaira.

— Tu parles d'expérience ? risqua Victor avec un petit sourire amusé.

— Oui... Tu verras, une vie c'est très court, il n'y a pas de temps à perdre. Même à mon âge, je m'amuse encore, je ne comprends pas que tu te morfondes.

Sur le point de protester, Victor hésita et choisit de se taire. Son père voyait-il toujours cette femme médecin, ou avait-il déjà changé de maîtresse ? De toute façon, il n'avait sûrement pas envie d'en parler, il avait fait assez d'aveux pour la soirée.

— Je vais rentrer, soupira Martial, il est tard.

Alors qu'ils se levaient, un grincement sinistre, en provenance de l'office, les fit s'immobiliser. Un peu crispé, Victor partit en reconnaissance et referma le grand placard qui s'était ouvert tout seul.

— La maison a toujours craqué, lui fit remarquer son père lorsqu'il revint dans la cuisine.

— Je sais...

Dehors il faisait froid, avec un vent d'est qui soufflait en rafales.

— Tu crois aux fantômes, papa ?

— Quelle question idiote ! Tu plaisantes, j'espère ?

Martial ouvrit sa portière et, à la lumière du plafonnier, dévisagea son fils d'un air curieux.

— Non, je n'y crois pas, dit-il lentement. Et toi non plus.

Il se pencha, ouvrit la boîte à gants d'où il sortit un revolver.

— Pose une demande officielle de permis, et en attendant prends ça. La seule chose à redouter, aux Roques, ce sont les cambrioleurs.

Tiens, voilà un chargeur… Et ne fais pas n'importe quoi, c'est un gros calibre !

La spontanéité avec laquelle il venait de lui donner cette arme inquiéta vaguement Victor qui ne fit aucun commentaire. Il recula un peu pour laisser démarrer son père, le revolver à la main.

— Bonne nuit, mon grand !

Longtemps après que les feux arrière de la voiture eurent disparu, Victor resta debout dans l'allée, à se demander depuis combien de temps son père ne l'avait pas appelé « mon grand ».

Nils raccrocha, aux anges. La nouvelle que venait de lui donner son agent était la meilleure qu'il ait entendue depuis des années. Même s'il s'était promis de ne jamais faire de télévision, le contrat proposé pour la réalisation de ce téléfilm était alléchant. De toute façon, il y avait trop longtemps qu'il ne travaillait pas, les plateaux, l'ambiance des tournages, le contact avec les comédiens lui manquaient et, surtout, son compte en banque était une fois encore largement à découvert.

Il rejoignit Laura qui s'affairait dans la chambre de Thomas. Volubile, il lui expliqua qu'il s'agissait d'une proposition inespérée, mais quand il voulut la prendre dans ses bras, il la sentit se raidir.

— Tu seras absent combien de temps ? lui demanda-t-elle froidement.

— Un mois, à peine ! Je récupère le film au pied levé, ils n'ont personne sous la main qui soit libre immédiatement. Je dois partir demain matin, ma place est réservée dans l'avion.

Laura se dégagea d'un mouvement un peu sec et Nils comprit qu'il l'avait blessée.

— Tu pourras venir me rejoindre les week-ends, s'empressa-t-il de suggérer, il fait très beau à Nice en ce moment…

Sans répondre, elle lui tourna le dos et s'acharna sur les fermetures de la valise qu'elle venait de remplir. Il avait oublié le départ de Thomas, qui prenait un train l'après-midi même pour Sarlat. Brusquement il comprit le dépit de Laura, qui avait dû se réjouir par avance de leur tête-à-tête d'amoureux et allait se retrouver seule à Paris.

— Tu ne peux pas t'absenter quelques jours du bureau ? proposa-t-il sans conviction.

— Sûrement pas ! J'ai un travail fou et Andy ne m'a pas engagée depuis assez longtemps pour m'accorder des vacances !

L'amertume de sa voix contraria Nils, pourtant il n'envisagea pas un instant de renoncer à son film.

— Je suis désolé, Laura, dit-il le plus gentiment possible, mais j'ai besoin d'argent, tu comprends ?

« Et aussi de liberté », s'avoua-t-il avec un certain malaise.

— Après avoir mis Thomas dans le train, nous irons dîner tous les deux où tu veux...

— Tu t'imagines qu'il voyage tout seul, à son âge ? Je te rappelle que Victor vient le chercher !

Quelques jours plus tôt, Laura lui avait précisé qu'elle avait rendez-vous à la gare et qu'elle redoutait cette rencontre malheureusement inévitable.

— Alors, retrouvons-nous directement dans un restaurant, proposa-t-il, déstabilisé comme chaque fois qu'il entendait Laura prononcer le nom de Victor.

La présence de son frère à Paris lui faisait beaucoup plus peur qu'à Laura. Il aurait dû avoir le courage de s'expliquer en face plutôt que par téléphone, car il désirait réellement se réconcilier avec lui, mais pas en présence de Laura ni du petit garçon.

Quand elle passa devant lui, droite et raide, il lui prit la valise des mains et proposa d'appeler un taxi.

A l'idée de revoir son père, Thomas ne tenait plus en place. Il n'avait mangé que la moitié de sa glace et, à présent, le nez écrasé contre la vitre du bar, il scrutait la foule qui se pressait dans la gare, sans cesser de babiller.

Laura l'écoutait distraitement, plongée dans ses pensées. La désinvolture avec laquelle Nils l'abandonnait pour tout un mois la plongeait dans une angoisse nouvelle pour elle. Ils ne vivaient pas ensemble depuis assez longtemps pour être déjà lassés l'un de l'autre, et elle commençait à se demander si elle ne s'était pas trompée sur son compte. Sur le leur, en fait. Sur ce qu'elle avait pris, à tort, pour une grande histoire d'amour. N'avait-elle pas été forcée de constater que, certains soirs, Nils rentrait tard et à moitié ivre ? Il lui faisait moins souvent l'amour, semblait toujours surpris de découvrir Thomas sur son canapé...

Angoissée, elle baissa les yeux sur sa montre. Victor était toujours ponctuel, il n'allait donc pas tarder à arriver. Devant lui, elle ne voulait pas avoir l'air d'une femme inquiète ou malheureuse, pas question de lui donner cette satisfaction. En hâte, elle sortit son poudrier pour se remettre du rouge à lèvres et, en relevant les yeux, elle l'aperçut. Bien que très amaigri, il était toujours le même, et pourtant elle le trouva différent. Peut-être parce qu'il avait les cheveux coupés plus court que d'habitude et l'air un peu moins sûr de lui. Elle répétait si souvent à Andy, sur un ton de plaisanterie : « Pourquoi diable ai-je épousé un petit notaire de province ? » qu'elle avait fini par croire à cette image. Or, son ex-mari était sûrement l'un des hommes les plus séduisants de toute la gare, constata-t-elle avec agacement.

A dix mètres, Victor repéra le petit visage de Thomas, toujours collé à la vitre. Quand il se mit à sourire, une fossette se creusa sous sa cicatrice. Il portait une chemise blanche, un jean et un imperméable noirs, pas de cravate.

— Papa ! trépigna Thomas.

Laura n'eut pas le temps de le retenir, déjà il traversait la salle du bar en courant pour se jeter contre les jambes de son père. Victor le souleva de terre, l'embrassa plusieurs fois, puis il chercha Laura du regard et la rejoignit. Debout à côté de la table, son fils dans les bras, il hésita une seconde avant de la saluer d'un simple signe de tête.

— C'était vraiment parce que ça l'amuse, mais le train n'est pas la meilleure solution, dit-il d'une voix tendue. Il y a des avions pour Brive ou Périgueux, on fera ça la prochaine fois, si tu veux bien.

Elle remarqua qu'il avait pâli en lui parlant. Il l'aimait toujours, elle en eut la certitude, mais au lieu d'être émue elle se sentit seulement contrariée.

— Tu... reprends quelque chose ? demanda-t-il en s'asseyant.

Thomas se cramponnait à son cou et Victor lui caressait doucement les cheveux. Il avait eu le même geste avec elle pendant des années. A quel moment s'était-elle détachée de lui ? Au bout d'un an de mariage ? deux ? Tout en chuchotant des mots tendres au petit garçon, il ne la quittait pas des yeux. Combien de femmes se seraient damnées pour être regardées ainsi ou, mieux encore, pour épouser un homme comme lui ?

— Tu vas bien ? dit-elle pour rompre le silence.

— Je... Oui.

Il commanda deux cafés et un chocolat tandis qu'elle faisait glisser la valise vers lui.

— Je t'ai mis du sirop, il tousse un peu la nuit. Ne le laisse pas aller dehors sans son blouson et ne lui donne pas n'importe quoi à manger.

Elle le vit se raidir, comme s'il avait du mal à accepter ses conseils, mais il ne fit aucun commentaire. Dès que le serveur eut déposé les tasses devant eux, elle avala une gorgée brûlante et se leva.

— Je dois partir, j'ai rendez-vous.

— Avec Nils, au restaurant ! clama Thomas.

Gênée, elle esquissa un sourire d'excuse, espérant que leur fils n'allait pas parler de Nils à son père pendant toutes les vacances. Elle se pencha pour embrasser le petit garçon et frôla Victor malgré elle. Quand elle se redressa, elle croisa son regard bleu azur qui semblait bouleversé.

— Au revoir, Vic. Appelle-moi s'il y a quoi que ce soit.

Avec l'impression désagréable de fuir, elle quitta le bar sans se retourner.

Max n'avait eu aucun mal à convaincre sa femme de passer le week-end de Pâques aux Roques avec leurs enfants. Il avait prétexté l'arrivée de Thomas, et le fait qu'il risquait de se sentir seul, mais Cathie savait très bien qu'il mourait d'envie de se retrouver dans la maison de son enfance. Depuis que son frère était installé là-bas, il inventait un jour sur deux une raison de passer le voir.

Le samedi soir, Martial et Blanche étaient venus les rejoindre pour dîner, et le dimanche matin, Cathie avait laissé tout le monde dormir tandis qu'elle rangeait la cuisine dévastée. Thomas était descendu le premier, suivi cinq minutes plus tard de son père.

— Oh, mon Dieu ! s'écria Victor. Tu aurais dû me réveiller, ce n'est pas à toi de faire ça !

Il lui retira un plat sale des mains, la faisant éclater de rire.

— Tu es devenu un homme d'intérieur, Vic ? Mais c'est merveilleux, donne donc l'exemple à ton frère !

Quand elle s'amusait, tout son visage s'illuminait. C'était une femme gaie, sereine et sans complexes. Plutôt petite, un peu potelée, pas vraiment jolie mais terriblement attirante.

— C'est pas les garçons qui font la vaisselle, leur déclara Thomas très sérieusement. Nils, il aime pas ça. Maman dit qu'il est désordre.

En guise de réponse, Victor n'émit qu'un vague murmure. La veille, dans le train, son fils avait souvent fait référence à Nils avec une sorte d'affection admirative exaspérante.

— Tu vas finir ton petit déjeuner, suggéra Cathie, et aller sortir tes cousins du lit. Quand vous serez tous habillés, vous irez voir si les cloches sont passées, d'accord ?

La veille, une fois les enfants endormis, Maxime et Victor avaient caché des œufs un peu partout dans le parc, à la lueur d'une torche, en riant comme des gamins.

— Nils, il a jamais d'argent, mais quand même, il m'a acheté du chocolat !

Victor se tourna vers l'évier pour dissimuler à son fils un mouvement d'humeur. Quand il l'entendit quitter la cuisine en courant, son bol de corn-flakes à peine englouti, il poussa un long soupir.

— Nils est paresseux, bordélique et fauché, on le savait déjà, murmura Cathie d'un ton apaisant. Ne fais pas cette tête-là, Vic, Thomas est trop petit pour comprendre.

— Je sais... Ça me rend malade, je n'y peux rien !

Une bonne partie de la nuit, il avait pensé à Laura de manière obsessionnelle, furieux de se sentir encore si vulnérable et si désespéré.

— Tout ça ne serait pas arrivé si...

— Si quoi ? Si j'avais été moins con ? Moins aveugle ? explosa-t-il.

— Non. Si vos parents n'avaient pas fait de Nils un enfant gâté, un irresponsable.

Il la dévisagea sans répondre, brusquement calmé.

— Ecoute, Vic, je les aime beaucoup, mais je n'ai jamais compris leur attitude. Même quand vous étiez petits, il y avait vraiment deux poids, deux mesures. Ils lui ont tout passé, c'était la septième merveille du monde. Pour ton père, encore, ça s'explique, mais Blanche ?

Cathie était une amie d'enfance dont Maxime avait déjà été amoureux à douze ans, et elle connaissait les Cazals depuis l'école primaire.

— Ta mère l'a chouchouté que c'en était dément... Maintenant, elle déchante. Elle en est même arrivé à me dire des horreurs sur lui, l'autre jour. Comme quoi on brûle toujours ce qu'on a adoré !

L'idée que Nils soit rejeté par toute la famille à la fois mit paradoxalement Victor mal à l'aise. Nils avait beau l'avoir trahi, il restait toujours son petit frère.

— Arrête, Cathie, je suis fatigué d'entendre parler de lui !

Fatigué aussi de se reprocher inlassablement de lui avoir raccroché au nez. Il aurait pu l'engueuler et l'écouter ensuite. Nils avait un tel besoin d'être écouté ! « Tu m'enfonces, là... », avait-il protesté d'une voix pitoyable, presque attendrissante.

Dès qu'il eut fini d'aider sa belle-sœur à tout mettre en ordre, il monta prendre une douche, enfila un jean et un col roulé puis partit à la recherche de son frère. Tant que les enfants s'amuseraient dans le jardin à chercher leurs œufs, il voulait en profiter pour explorer le grenier avec Maxime, une corvée qu'il n'aurait jamais le courage d'accomplir seul.

Ensemble, ils montèrent au second où Victor n'avait mis les pieds qu'en compagnie du couvreur lorsqu'ils avaient vérifié la charpente, quelques semaines auparavant.

— Qu'est-ce que tu cherches, ici ? grogna Maxime en écartant une toile d'araignée.

— Rien de particulier, j'aimerais juste faire une sorte de... d'inventaire. Il doit y avoir des montagnes de choses à jeter et je veux profiter des travaux pour envoyer les vieilleries à la décharge.

Maxime leva les yeux au ciel puis s'arrêta à l'entrée du long couloir qui desservait les mansardes autrefois réservées aux domestiques.

— On commence par quoi ? Les chambres ou le grenier ?

Sans attendre la réponse, il ouvrit la première porte et contempla la petite pièce à l'abandon. Un matelas roulé sur un sommier, une antique coiffeuse surmontée d'un pot à eau fêlé constituaient tout le mobilier.

— Rien à voir ici, tu peux balancer ces horreurs, marmonna-t-il en passant à la suivante.

Seule la dernière des chambres portait des signes plus récents d'occupation. Assez large, elle possédait deux chiens-assis par lesquels on apercevait les grands arbres du parc.

— Pour le majordome, je suppose ? railla Max.

Le couvre-lit de coton écru avait été grignoté à plusieurs endroits par les souris, mais l'armoire, la table et la chaise composaient un assez bel ensemble Louis XV.

— Je ferai venir un brocanteur, décida Victor.

Il tendit machinalement la main vers un foulard abandonné sur le dossier de la chaise. En le soulevant, il resta médusé.

— Tu as vu ça ?

Toute la soie avait été découpée en fines lanières qui s'éparpillaient dans sa main. Ce n'était pas l'œuvre des souris, la marque de ciseaux crantés se distinguait très nettement. Après quelques instants de silence, Victor murmura :

— Tu sais, Max, je fais de drôles de découvertes, un peu partout dans la maison !

Il regardait fixement le tissu lacéré.

— Je finis par me demander si un fou furieux n'a pas habité ici en notre absence. Aucune porte ne ferme vraiment, n'importe qui aurait pu passer un hiver à l'abri...

Alors qu'il s'apprêtait à sortir, Maxime le prit par le bras pour l'arrêter.

— Qu'est-ce qui t'arrive ?

— A moi ? Rien ! Juste une impression désagréable.

Il sourit à son frère puis se dirigea d'un pas décidé vers le bout du couloir. Le temps de leurs expéditions nocturnes était loin, mais Thomas et ses cousins auraient peut-être un jour la même idée.

Dans le grenier, sur le sol de tomettes anciennes, décolorées et cassées par endroits, une bonne dizaine de malles s'alignaient le long des murs.

— La journée n'y suffira pas, soupira Max. Tu veux vraiment tout ouvrir ?

Mais la curiosité lui avait déjà fait soulever le premier couvercle. Une odeur de naphtaline les prit à la gorge tandis qu'ils se penchaient ensemble sur un tas de vêtements hors d'âge, soigneusement pliés.

Durant l'heure qui suivit, ils découvrirent tour à tour un uniforme de la guerre de 14, ayant sans doute appartenu à leur grand-père, deux robes de bal du début du siècle, en parfait état, toute une collection de photos sépia représentant des gens qu'ils ne connaissaient pas, et plusieurs manteaux de fourrure démodés. Des objets hétéroclites tapissaient le fond de toutes les malles : bibelots cassés, chapelets en ivoire jauni, éventails de dentelle. Dans la dernière, une énorme panière d'osier, ils trouvèrent la robe de mariée de leur mère, avec de nombreux télégrammes de félicitations. En dessous, Blanche avait rangé la correspondance échangée avec Martial au moment de leurs fiançailles et son livre de messe.

— Toujours maniaque de l'ordre, maman ! plaisanta Maxime.

Il s'était redressé, mais Victor retint le couvercle d'une main en apercevant, pris dans le tulle du voile, un petit objet brillant. C'était un anneau d'or tout simple, coupé à un endroit comme si on avait voulu l'agrandir.

— On le lui rapporte ? proposa-t-il en examinant le bijou de plus près.

A l'intérieur, la gravure *Blanche - Martial* était encore lisible. Le métal avait été sectionné maladroitement, sans doute à l'aide d'une pince coupante.

— Elle a dû grossir à une époque de sa vie, peut-être quand elle était enceinte ? hasarda-t-il.

Glissant l'anneau dans la poche de son jean, il se releva. Leur mère portait une alliance en diamants, il ne se souvenait pas d'avoir jamais vu autre chose à son doigt.

— Quelle heure est-il ? demanda-t-il à son frère.

Il avait l'impression d'être resté trop longtemps dans ce grenier où aucun bruit extérieur ne leur parvenait.

— Tard, mais il faut encore s'occuper de ça !

Maxime désignait, au fond de la pièce, un fatras d'objets hors d'usage, relégués sous les tabatières aux vitres crasseuses. La vue d'un rocking-chair bancal et d'une psyché fendue au milieu découragea complètement Victor.

— Là, j'en ai marre. Une autre fois...

Une vague sensation de malaise, désormais familière, l'assaillait de nouveau.

— Allons voir ce que font les enfants, décida-t-il en passant devant son frère.

Consterné, Nils s'aperçut qu'il était plus de minuit et qu'il avait totalement oublié d'appeler Laura. L'ambiance du tournage lui procurait un plaisir inouï malgré toutes sortes de difficultés qui allaient fatalement provoquer un dépassement de budget. Il n'avait pas l'habitude des impératifs de l'audiovisuel, coutumier qu'il était de la démesure du cinéma, et il rendait fou le producteur délégué.

Le soir, il ne rentrait que très tard à son hôtel où il était heureux de se retrouver seul pour penser aux scènes du lendemain, à ses effets de caméra, à la façon dont il dirigerait les acteurs. Et, sans qu'il s'en aperçoive, Laura était passée au second plan. Non seulement elle, d'ailleurs, mais la plupart de ses problèmes. Il buvait s'il en avait envie, dépensait sans compter un argent qui n'était pas le sien, vivait dans un univers de fiction qui le sauvait de la réalité. Ce film représentait pour lui, comme chaque fois, un moment où il pouvait mettre son existence entre parenthèses. Soutenu par les assistants, les techniciens, tous ces gens occupés à le satisfaire, il ne se sentait plus seul au monde. Ni coupable de rien, sinon au pire d'une séquence ratée qu'il pouvait toujours recommencer. Avec Laura, en revanche, aucun retour en arrière n'était possible, elle l'avait piégé dans une réalité qu'il affrontait de plus en plus difficilement. Comment avait-il pu être assez stupide pour confondre plaisir et grand amour ? Il désirait Laura, éprouvait beaucoup de tendresse pour elle, mais se sentait bien loin de la passion. Il n'arrivait pas à imaginer leur avenir sans frémir, et il avait sauté sur la première occasion de s'éloigner d'elle. Dormait-elle ou pensait-elle à lui, en ce moment ? Que faisait-elle de ses soirées, sans même la présence de Thomas pour la distraire ? Regrettait-elle parfois Victor ?

Renonçant à l'appeler, il se fit couler un bain et, une fois allongé dans l'eau chaude, essaya de se concentrer sur les scènes du lendemain. Cinq minutes plus tard, il avait tout à fait oublié Laura.

Blanche releva brusquement la tête et planta son regard dans celui de Victor.

— Où as-tu trouvé ça ?

Un peu surpris par la dureté de sa voix, il lui sourit gentiment.

— Au grenier, maman. Avec ta robe de mariée.

Il la vit se troubler, puis baisser les yeux vers l'anneau qu'il venait de lui remettre.

— Tu es allé fouiller là-haut... Quelle idée stupide ! Tu n'as vraiment rien d'autre à faire ?

Il l'avait si rarement entendue s'exprimer avec une telle hargne qu'il resta désemparé tandis qu'elle lui tournait le dos et s'éloignait vers l'escalier.

— C'était quoi ? s'enquit Martial.

Aussi étonné que son fils, il le regardait d'un air interrogateur.

— Une alliance. Je suis désolé.

— De quoi ? Ce n'est qu'un mouvement d'humeur, Vic !

Les états d'âme de sa femme le laissaient apparemment indifférent, même si cet éclat inattendu avait de quoi surprendre.

— Tu veux boire quelque chose ?

— Non, je ne m'attarde pas, j'ai rendez-vous. J'étais juste passé pour... Je croyais lui faire plaisir, je suis navré.

— Oh, bon sang, explosa Martial, arrête de t'excuser tout le temps ! Tu te sens coupable ? Tu cherches la rédemption ? Oublie ta mère, elle n'est pas dans son assiette ces temps-ci. Pour ne rien te cacher, elle a reçu une lettre de Nils qui l'a complètement déboussolée. J'ignore ce qu'elle contenait, parce qu'elle l'a jetée au feu, très en colère, mais si tu veux mon avis, elle n'est pas près de lui pardonner ce qu'il t'a fait.

Victor voulut protester. Son père leva la main en poursuivant, un ton plus haut :

— Et je suis d'accord avec elle ! Moi, la seule chose que je veux, c'est qu'on n'en parle plus. Ni de lui, ni de ta garce de bonne femme...

En ce qui concernait Laura, Victor n'avait aucune envie de discuter, mais que sa mère s'obstine à rejeter Nils le stupéfiait. Après autant d'années d'un favoritisme affiché, son revirement prouvait sans doute l'étendue de sa déception.

Préoccupé, il regagna l'étude où il travailla d'arrache-pied tout le reste de l'après-midi pour se débarrasser des dossiers en retard. Vers dix-neuf heures, la secrétaire annonça qu'elle partait, puis ce fut au tour de Maxime. Dix minutes après, quand le téléphone sonna, il décrocha lui-même.

— Office notarial Cazals, bonsoir, marmonna-t-il par habitude.

— Victor Cazals ?

— Oui.

— Virginie Clauzel. Je vous dérange ?

— Pas du tout.

Au contraire, entendre sa voix lui procurait une étrange satisfaction.

— C'est vous qui m'avez recommandée à Mme Massabot ? Ecoutez, c'est très gentil à vous, mais franchement, vous n'avez aucune idée de mes compétences !

Stupéfait, Victor sentit la moutarde lui monter au nez.

— J'ai dit à ma cliente que je *connaissais* un architecte, c'est tout. On se connaît, non ? Vous n'êtes pas obligée de la rencontrer si vous avez trop de travail.

— Trop ? Non, pas vraiment... En fait, mon client de Beynac m'a lâchée.

— Alors, où est le problème ?

— Il n'y en a pas...

Après un court silence elle reprit, d'un ton embarrassé :

— Vous devez me trouver bien ingrate. Vous comprenez, je n'aime pas qu'on parle de moi dans mon dos, j'ai été suffisamment échaudée...

— Je n'y suis pour rien ! répondit-il sèchement.

Il ajouta une vague formule de politesse avant de raccrocher, furieux. Tout le monde semblait s'être donné le mot pour le rembarrer ou lui faire la morale. « Arrête de t'excuser ! » lui avait ordonné son père. Parfait, désormais il allait se montrer plus agressif, il en avait assez d'être gentil ! En parlant de Virginie à Cécile Massabot, il avait cru bien faire, mais à l'évidence sa voisine n'aimait pas qu'on l'aide et il saurait s'en souvenir.

Virginie regarda le téléphone, consternée, en mordillant le capuchon de son stylo. Pourquoi s'en était-elle prise à Victor Cazals ? Parce qu'il ressemblait à Pierre ? C'était ridicule, injuste, stupide. Néanmoins, après avoir subi durant des années une certaine forme de fausse bienveillance, elle n'en voulait plus. Combien de fois Pierre l'avait-il présentée comme une « fille formidable et bourrée de talent » ? Tout ça pour s'approprier ses réussites, avant de chercher à la détruire professionnellement.

Mécontente d'elle-même, elle décida d'aller faire un tour jusqu'à Malevergne, où se trouvait la propriété de Cécile Massabot. Elle voulait voir la maison de nuit, pour achever de s'en faire une idée. Elle imaginait déjà comment elle allait tirer parti des grands corps de bâtiment qui entouraient la vieille ferme, pour donner à l'ensemble une tout autre allure. La proposition, inespérée, tombait tout de même à pic, elle aurait dû se sentir reconnaissante vis-à-vis de son gentil notaire. Allait-elle faire payer les autres hommes à la place de Pierre ? Pourquoi n'avait-elle pas eu le courage de l'appeler et de lui dire ce qu'elle avait sur le cœur ? Mais si elle le faisait, il en profiterait à coup sûr pour la harceler davantage. Il n'avait toujours pas encaissé leur séparation et sa blessure d'orgueil le faisait encore souffrir au point de le rendre méchant.

— Si tu as peur de lui, il le sentira forcément et il ne te lâchera jamais…

Comment n'aurait-elle pas eu peur en lisant son relevé bancaire, en rentrant le soir dans cette affreuse petite baraque isolée, en constatant qu'elle n'avait strictement personne vers qui se tourner, ni famille ni amis ? A son insu, Pierre avait fait le vide autour d'elle bien avant qu'elle décide de le quitter.

Le moteur de la Corsa peinait dans une montée. Accablée, elle pensa que si sa voiture la lâchait, elle n'aurait même pas les moyens de la faire réparer.

Pour une fois que Martial se montrait attentionné, Blanche aurait dû être aux anges, mais tout au contraire elle se sentait glacée, au bord de la panique.

— Si tu y tiens, ajouta-t-il, un bijoutier la réparera sans problème. Et l'agrandira, au besoin !

Il faisait distraitement sauter l'alliance dans sa paume, tout en considérant Blanche d'un air attendri.

— Non, mon chéri, je ne veux pas la porter, je ne me séparerai pour rien au monde de la mienne.

Elle baissa les yeux sur l'anneau serti de diamants qui ne la quittait jamais. Un cadeau qu'il lui avait offert peu de temps après son retour aux Roques, trente ans plus tôt. A la fois pour sceller leurs retrouvailles et la remercier d'accepter ce petit garçon blond qu'il ramenait avec lui.

— Je vais la ranger dans mon coffret, dit-elle en tendant la main.

Elle se souvenait parfaitement du soir où, désespérée, malade de rage, elle avait sectionné cette alliance d'un coup de pince maladroit.

Elle croyait Martial parti pour toujours et ne voulait plus de ce symbole à son doigt.

— A l'époque, tu m'avais dit que tu l'avais perdue, rappela-t-il avec un gentil sourire.

A en croire son attitude soudain presque tendre, il s'imaginait sans doute qu'elle avait voulu l'agrandir elle-même, n'osant pas avouer qu'elle avait grossi, et ce geste puéril devait l'émouvoir. Il ne pouvait évidemment pas savoir avec quelle violence elle s'était acharnée sur les branches de la pince coupante, ni comment elle avait ensuite piétiné l'alliance avant d'aller la jeter dans la malle contenant sa robe de mariée. Pas dans la poubelle, elle en aurait été incapable, elle avait toujours scrupuleusement conservé tout ce qui se rapportait à Martial.

Il prit la main qu'elle tendait toujours vers lui et embrassa le bout de ses doigts, la faisant tressaillir. Elle dut se retenir pour ne pas se jeter à son cou, le serrer dans ses bras et se blottir contre lui. Si seulement il avait pu deviner à quel point elle avait besoin de lui ! Depuis qu'elle avait rencontré Jean Villeneuve, une insupportable angoisse la tenaillait nuit et jour, mais Martial était bien le dernier à qui elle aurait pu se confier. Lui mentir était devenu une habitude avec le temps, elle devait continuer.

— Il y a trop longtemps que je ne t'ai pas offert de bijou, je te ferai une surprise pour ton anniversaire, ajouta-t-il en lui adressant un nouveau sourire.

Pour son anniversaire, dans quatre mois ? D'ici là, combien de bracelets ou de bagues achèterait-il à ses maîtresses ? « Votre mari vous gâte ! » lui avait murmuré avec déférence le joaillier de la place de la Liberté, la dernière fois qu'elle était allée changer la pile de sa montre. Martial ne se donnait même pas la peine de se cacher ! Il aurait pu se rendre à Brive ou à Périgueux pour ses libéralités ; après tout, il n'était pas en peine de prétextes quand il voulait s'absenter toute une journée. Et que choisirait-il pour elle - si toutefois il se souvenait de sa promesse -, quelque chose de discret convenant à une dame d'âge mûr ?

Amère, elle le regarda quitter la chambre, déjà plongé dans d'autres pensées où elle n'avait sans doute aucune place. Pourquoi continuait-elle donc à l'aimer avec une telle force, une telle violence ?

— Qu'y avait-il dans la lettre de Nils ?

Il était revenu sur ses pas et se tenait appuyé au chambranle, l'air soucieux.

— Rien que tu aies envie de savoir, répondit-elle prudemment.

— C'est-à-dire ?

— Il s'apitoie sur son sort, tu le connais...

Un nouveau mensonge, qui lui était venu spontanément. En réalité, si Martial avait lu ce qu'écrivait son fils, il se serait peut-être déjà réconcilié avec lui. Le courrier était adressé à Blanche, pourtant le mot qui revenait le plus souvent dans ces trois pages était « papa ». Nils adorait son père, ses deux demi-frères, mais qu'éprouvait-il au juste vis-à-vis de sa seconde mère ? Elle doutait de ses sentiments, alors qu'elle s'était donné un mal fou pour se faire aimer. L'avait-elle assez cajolé, bercé, bordé ! Forçant l'admiration et la reconnaissance de Martial, elle s'était comportée comme une sainte avec ce garçon.

— Je finis par me demander s'il ne s'est pas laissé manipuler par Laura, hasarda-t-il.

Sous peu, il allait s'attendrir. Il avait résisté plus longtemps que prévu à la tentation de pardonner, mais son indulgence pour Nils serait la plus forte, au bout du compte.

— Ne lui cherche pas d'excuses, dit-elle d'une voix très douce, pense plutôt à Victor.

En ce qui la concernait, et contrairement à ce que tout le monde croyait, elle avait toujours pensé à ses deux fils d'abord. L'autre n'était qu'un intrus, elle l'avait toujours haï.

5

Victor ne voulait plus revoir Laura et pour rien au monde revivre la scène de la gare où son indifférence l'avait glacé. En conséquence, à la fin des vacances de Pâques, il prit un billet d'avion pour Thomas et le confia à l'une des hôtesses.

Quitter son fils après s'être occupé de lui quotidiennement durant deux semaines lui sembla très dur. Si chaque séparation était aussi douloureuse, il n'avait pas fini de souffrir. Seule consolation, il n'entendrait plus parler de Nils à tout bout de champ.

Afin de se consacrer à Thomas, il n'avait travaillé à l'étude qu'à mi-temps depuis quinze jours, et les dossiers s'accumulaient sur son bureau. Lorsqu'il prit connaissance de son planning, le mardi matin, il découvrit qu'il était censé recevoir Jean Villeneuve à onze heures et conclure la vente Dieudonné-Clauzel en début d'après-midi. Sa secrétaire lui apprit que Virginie avait cherché à le joindre deux fois mais n'avait pas souhaité parler à un clerc. Il la rappela aussitôt, persuadé qu'il s'agissait d'un problème d'argent. Elle était chez elle et parut soulagée de l'entendre. Contre toute attente, elle commença par s'excuser.

— Navrée pour l'autre jour, j'aurais dû vous remercier, c'est évident.

— Peu importe, dit-il un peu trop sèchement.

— Si, c'est important, parce que je viens de tomber d'accord avec Cécile Massabot, je dois lui remettre des plans à la fin du mois.

— Je suis ravi d'avoir pu vous être utile. Vraiment... Vous désiriez autre chose ?

Cette fois, il s'était exprimé avec davantage de gentillesse et il l'entendit soupirer.

— Oui. Au sujet de vos, euh... des frais de notaire.

— L'étude vous a adressé un relevé détaillé, je suppose ?

— J'ai seulement regardé le montant. Dois-je régler le tout aujourd'hui ?

Sa voix trahissait un tel désarroi que Victor se sentit ému.

— Le montant des frais se verse au moment de la signature de l'acte, c'est la loi. Je n'ai pas le droit de vous faire crédit, même pas pour les honoraires de l'étude. Plus exactement, ce sont des émoluments et ils sont fixés par décret. Mais l'essentiel de ce que vous devez payer est un droit de mutation qui revient au fisc.

Il s'interrompit, patienta quelques instants tandis que Virginie restait obstinément muette.

— Vous avez un problème ?

— Eh bien, je... Non, ça devrait aller. Vous encaisserez le chèque tout de suite ?

— Celui de la vente, oui, pour le donner à Mme Dieudonné. Quant à l'autre, je suppose que l'administration, avec les lenteurs qu'on lui connaît, pourra patienter deux ou trois semaines si je l'oublie dans un tiroir de mon bureau.

— C'est illégal ?

— Non, mais ce n'est pas rentable pour l'étude.

Il se mit à rire, afin de ne pas l'embarrasser davantage. Jamais il n'avait fait une proposition de ce genre à un client, et il se demanda ce que Maxime allait penser de sa façon de traiter les affaires.

— Vous me rendez service pour la deuxième fois, je ne sais pas si je pourrai m'acquitter..., dit-elle d'une toute petite voix.

— Je vous le rappellerai, comptez sur moi, plaisanta-t-il.

L'inviter à dîner risquait de passer pour du chantage et il s'en abstint malgré son envie. En raccrochant, il se sentit soudain beaucoup mieux qu'une heure plus tôt. C'était évidemment très puéril, mais avoir pu aider Virginie Clauzel le rendait content de lui. « Ton insupportable côté protecteur ! » n'aurait pas manqué de dire Laura. Néanmoins, Virginie lui plaisait, il avait envie d'être gentil avec elle, même s'il s'était juré le contraire deux semaines auparavant.

Concentré sur son travail, il avait complètement oublié Jean Villeneuve lorsque sa secrétaire lui annonça son arrivée. Il le reçut quelques minutes plus tard, courtois mais distant, curieux de connaître le but de cette visite. La succession était loin d'être achevée mais il n'avait rien de nouveau à lui apprendre.

— Je sais, je sais, soupira Villeneuve en s'asseyant, tout ça prend du temps... Pourtant, il va me falloir de l'argent, et vous m'aviez fait comprendre que vous pourriez en débloquer...

— Absolument, admit Victor, mais là encore, il vous faudra un peu de patience.

— Pourquoi ? Est-ce qu'il y a un problème ?

— Non, aucun. A quel genre de problème faites-vous allusion ?

Nerveux, Villeneuve s'agita un peu dans son fauteuil. Dès leur première entrevue, il avait senti les réticences de Victor et il se méfiait de lui. Peut-être aurait-il eu davantage de chance avec le frère aîné, Maxime, qui paraissait plus débonnaire, mais il n'avait pas pu choisir entre les deux. De toute façon, l'étude Cazals était forcément perturbée par cette histoire de testament perdu et il devait rester prudent.

Il soutint le regard inquisiteur de Victor tout en se demandant à quoi pouvait bien ressembler le troisième fils, celui qui n'était pas de Blanche.

— De quelle somme désireriez-vous disposer ?

Le conditionnel était délibéré, le ton plutôt cassant, et il répondit du tac au tac :

— Le maximum de ce que vous pouvez m'obtenir tout de suite. Je ne tiens pas à ce que les fonds transitent chez vous trop longtemps, même si c'est la tradition !

S'il lui était impossible de forcer la sympathie de Victor, il pouvait au moins lui faire comprendre qu'il ne se laisserait pas impressionner. Que ce notaire n'aille pas s'imaginer qu'il pourrait gagner quoi que ce soit en faisant traîner les choses ! Toutefois, il fallait également l'appâter, et Villeneuve y réfléchissait depuis des semaines. Installé dans la grande maison de son oncle, située à une dizaine de kilomètres de Sarlat, sur une rive de la Dordogne, il se sentait comme un coq en pâte, cependant il restait encore à la merci du moindre incident susceptible de bloquer la succession. A force de se creuser la tête, il avait eu une illumination, un vrai trait de génie. Pour endormir la vigilance des Cazals, il avait déjà laissé entendre qu'il leur confierait la gestion de sa fortune, mais c'était insuffisant. En revanche, s'il prétendait vouloir investir une partie de son capital dans l'industrie du cinéma, il leur offrait une opportunité qui ne pouvait pas les laisser indifférents. De tout ce qu'il avait pu glaner comme renseignements sur la famille, depuis qu'il était de retour dans la région, il ressortait que le cadet, Nils, parti faire carrière à Paris, y végétait sans succès en attendant de pouvoir réaliser le film de sa vie.

Souriant à Victor - alors qu'il n'en avait nulle envie -, Villeneuve se lança dans un discours mûrement préparé. Avec juste ce qu'il fallait d'hésitations, il déclara être un cinéphile convaincu, amoureux du septième art et fasciné par certaines réussites fracassantes, dont les producteurs engrangeaient des bénéfices vertigineux. Tout aussi hasardeux que la Bourse, mais infiniment plus exaltant, un placement de cet ordre le tentait, et aujourd'hui qu'il était riche - ou allait l'être incessamment - il était prêt à participer au financement d'un long métrage. Bien entendu, il ne savait pas comment s'y prendre et comptait sur son notaire pour tout arranger.

Son exposé n'eut pas le succès qu'il attendait. Au lieu de saisir la perche tendue, Victor Cazals restait de marbre, se contentant de le dévisager avec une curiosité accrue.

— D'une part, c'est tout à fait hors du cadre des compétences de l'étude, finit-il par laisser tomber d'une voix froide. D'autre part, votre demande est prématurée.

— Pourquoi ? Toutes ces formalités ne vont pas durer cent ans, j'espère ! Et quand l'argent arrivera, il ne sera plus temps de discuter, il faudra savoir où le mettre. J'ai entendu dire que quelqu'un de votre famille est dans le cinéma, vous devez bien avoir des tuyaux ?

A voir le visage de Victor se fermer d'un coup, il se demanda s'il ne venait pas de commettre une irréparable gaffe.

Jamais elle n'aurait dû le faire, mais Laura n'avait pas pu s'empêcher d'ouvrir le courrier de la banque adressé à Nils. Parmi la pile d'enveloppes qui attendaient son retour, celle-ci était barrée d'un tampon rouge « Urgent », qui justifiait en partie son indiscrétion. Le compte courant de Nils était débiteur d'une somme importante, apparemment depuis longtemps au vu des agios, et une note comminatoire accompagnait le relevé, avec injonction de payer dans les plus brefs délais, sous peine de ne plus pouvoir disposer de ses chéquiers ni de ses cartes de crédit.

Nils lui avait bien laissé entendre qu'il avait des problèmes d'argent, sans toutefois évoquer aucun chiffre. Elle-même n'avait quasiment plus rien sur son compte personnel. Comment s'y prenait-elle pour se retrouver à sec le quinze du mois ? Feuilletant ses talons de chèques, elle constata qu'elle avait réglé les honoraires de son avocat pour le divorce, presque toutes les notes de l'épicier qui les livrait, le salaire de la baby-sitter qui s'occupait de Thomas en attendant qu'elle rentre du travail, et même la facture d'électricité.

Atterrée, elle regarda autour d'elle comme si elle découvrait l'appartement où elle vivait pourtant depuis plusieurs mois. Finiraient-ils par se retrouver à la rue ? C'était tellement inconcevable que l'idée lui arracha un sourire amer. Non, Nils allait toucher un bon cachet pour son téléfilm, ils auraient un sursis.

En posant le relevé avec le reste du courrier, elle observa ses mains. La bague qu'elle portait valait très cher, combien pourrait-elle en tirer si elle décidait de la vendre ? D'occasion, les bijoux perdaient au moins la moitié de leur valeur. Heureusement, Victor lui en avait offert un certain nombre, elle pouvait en sacrifier quelques-uns.

Penser à Victor la mit mal à l'aise. Leur fils était rentré de Sarlat en pleine forme, ébloui par Les Roques qu'il décrivait inlassablement dans les moindres détails. Laura connaissait la propriété et la trouvait horriblement triste, démesurée, impossible à vivre. Pourquoi Victor avait-il eu l'idée farfelue d'habiter là ? Venant de lui, elle jugeait cette fantaisie plutôt surprenante, mais le connaissait-elle vraiment ? Tout le temps qu'avait duré leur mariage, il avait fait passer les goûts de Laura avant les siens sans exprimer ses préférences. Macho, peut-être, mais très attentif aux désirs de sa femme. Nils, lui, n'avait jamais l'air de savoir ce qu'elle souhaitait. Quelqu'un l'intéressait-il, en dehors de lui-même ? Lui et sa fichue famille Cazals, qui semblait tant lui manquer.

— Pas à moi ! lança-t-elle à haute voix.

Qui cherchait-elle à convaincre ? Bien sûr, elle s'était terriblement ennuyée en compagnie de ses beaux-parents, de Maxime et sa sainte-nitouche d'épouse, toutefois elle ne pouvait pas prétendre s'être « ennuyée » dans les bras de Victor.

« Continue comme ça et tu vas le regretter, ma parole ! »

C'est de Nils qu'elle était amoureuse, Nils qui lui avait permis de retrouver Paris, qui l'émouvait avec sa fragilité d'éternel adolescent, qui la faisait rêver.

« A quoi ? A l'avenir ? »

Elle ne pouvait pas faire comme lui en ne s'occupant que d'elle-même, elle avait la responsabilité de Thomas.

— Mon Dieu, dans quelle galère t'es-tu embarquée...

Le formuler clairement pour la première fois lui fit prendre conscience de l'angoisse sourde qu'elle refoulait depuis des mois. Nils avait peut-être été une erreur... Ou alors seulement un moyen. Si c'était le cas, tout était à recommencer.

Dehors, il semblait faire beau, mais l'appartement, mal exposé, n'était pas très clair et elle ne voyait pas le soleil. Thomas dormait encore, profitant de sa grasse matinée du mercredi. Lorsqu'il se réveillerait, il voudrait probablement aller déjeuner au McDo ou au Quick, ensuite, elle ne saurait plus quoi faire de lui. Andy n'appréciait pas qu'elle prenne ses mercredis, or c'était le troisième qu'elle lui demandait depuis le départ de Nils sur son tournage.

Gagnant la baie vitrée du séjour, elle s'aventura sur le balcon minuscule et leva la tête pour regarder le ciel au-dessus de l'immeuble d'en face. Le temps était effectivement radieux. Qu'aurait-elle fait un jour comme celui-ci, un an plus tôt, à Sarlat ?

Elle n'avait aucune envie de s'appesantir sur cette question et décida d'appeler Nils sur son portable rien que pour entendre le son de sa voix.

— Si vous me le demandiez, affirma Virginie, je vous bâtirais un projet en quelques jours. Les architectes sont rarement en peine d'imagination, et ici c'est difficile de ne pas se sentir inspiré ! Par exemple, je vous suggérerais d'abattre certains murs, peut-être même des planchers - bref, vous ne reconnaîtriez plus votre maison. Mais d'une certaine manière, ce serait dommage, car ses proportions sont aussi parfaites à l'intérieur qu'à l'extérieur... Et c'est plus rare qu'on ne le croit !

Volubile, elle avait suivi Victor de la cave au grenier, exigeant de tout visiter.

— Evidemment, la taille des pièces correspond toujours à une fonction, et les besoins ne sont plus les mêmes aujourd'hui qu'au siècle dernier. Vos chambres de bonnes, au second, vous pourriez très bien les transformer en une seule salle de jeux, ou bien en deux petits appartements indépendants, et en bas vous pourriez aussi réunir la cuisine avec la lingerie pour faire un grand truc à l'américaine, mais franchement, ce sont des modifications minimes et...

— A l'américaine ? répéta-t-il avec ironie. Ici ? Nous sommes en Périgord, vous savez...

Elle éclata de rire et il lui fut reconnaissant de son accès de gaieté. Au moins, avec elle, il pouvait afficher son amour pour sa région sans se faire taxer de « provincial », qualificatif dont Laura l'avait souvent gratifié.

— Vous avez raison, admit-elle en reprenant son sérieux. La Dordogne est un endroit magique.

— Mieux que Toulouse ?

— Plus sauvage, plus varié. Tenez, expliquez-moi pourquoi on dit Périgord noir, blanc, vert ?

— Le blanc pour le blé, les sols calcaires, ou même les fameux veaux blancs du côté de Ribérac. Le vert pour les cultures et le parc régional. Le noir pour les chênes au feuillage sombre, les noyers, les truffes.

— J'essaierai de m'en souvenir. Après tout, je suis des vôtres, maintenant ! Je compte sur vous pour m'indiquer tous les sites importants, et aussi me raconter les légendes.

— Vous ne préféreriez pas une liste de bons restaurants ?

Ils étaient revenus au rez-de-chaussée, dans ce trop vaste hall d'entrée qui ne servait à rien mais dont la place perdue constituait l'un des charmes de la maison. Elle désigna les volets intérieurs puis le dallage rouge sombre.

— Une merveille..., soupira-t-elle d'un air d'envie. Vous devez beaucoup vous plaire, ici ?

— Je ne sais pas. Les Roques sont dans la famille depuis longtemps, je ne me pose pas la question.

Sa réponse pouvait paraître ambiguë mais il ne voulait pas lui avouer qu'il se sentait parfois assez mal dans la maison de son enfance.

— On va dîner ? proposa-t-il.

Quelques jours après la vente, il n'avait pas pu résister à la tentation de l'inviter, espérant qu'elle ne s'en ferait pas une obligation.

— Je suppose qu'il s'agit d'un repas froid ? s'enquit-elle d'un ton moqueur. Je n'ai pas vu grand-chose en préparation dans la cuisine !

— Non, je vous emmène au château de Puy-Robert, à Montignac, ça vaut mieux pour nous deux, je n'ai rien d'un grand chef.

A son expression contrariée, il devina sa déception, pourtant il avait pris soin de choisir l'une des meilleures tables de la région. Craignait-elle que la soirée soit trop longue dans un établissement de ce genre, ou bien ne souhaitait-elle pas qu'il se fasse des illusions sur la suite de leur relation ? Pour la séduire, il fallait sûrement autre chose qu'un bon dîner.

— Si vous préférez rester ici, je dois avoir un paquet de spaghettis et quelques boîtes de sardines...

— Bien sûr que non. Mais prenons votre voiture, la mienne est un peu fatiguée ces temps-ci !

En arrivant aux Roques, sa petite Opel avait calé deux fois de suite dans l'allée, et elle n'était même pas certaine de pouvoir la faire redémarrer lorsqu'elle voudrait rentrer chez elle. Heureusement, Cécile Massabot venait de lui donner un premier chèque d'acompte, l'Opel aurait droit à une révision dès le lendemain.

Elle s'installa dans la Rover de Victor en souriant, décidée à profiter de l'instant présent. Son mouvement d'humeur était passé, elle n'allait pas continuer à se gâcher la vie à cause de Pierre. Lui aussi affectionnait les grands restaurants ; n'ayant rien d'un gourmet, c'était par pur snobisme ou pour le plaisir de se montrer dans les endroits à la mode. Mais elle devait absolument arrêter de comparer tous les hommes à Pierre.

Elle jeta un rapide coup d'œil à Victor qui conduisait en silence. S'était-il vexé de son peu d'enthousiasme ? Elle n'était pas naïve au point de croire qu'il l'avait invitée sans raison, juste à titre amical. A l'évidence, il se remettait mal de son divorce et cherchait sans doute des consolations. Qu'elle n'était pas du tout disposée à lui offrir, elle le lui avait déjà fait comprendre.

Néanmoins, une fois attablée devant un croustillant de pommes de terre et foie gras, elle sentit sa bonne humeur ressusciter. Elle avait trouvé du travail - grâce à lui -, elle était devenue propriétaire de sa maison - avec son aide -, et dîner dans un ravissant petit château XIXe n'avait vraiment rien d'une corvée.

— Cul de lapin à la moutarde de Brive, annonça pompeusement le maître d'hôtel.

Deux serveurs disposèrent devant eux des assiettes surmontées de cloches d'argent, qu'ils ôtèrent simultanément, tandis que le maître d'hôtel se penchait vers Victor pour lui murmurer quelques mots à l'oreille. Virginie le vit se tourner une seconde vers le fond de la salle, l'air surpris.

— Un problème ? lui demanda-t-elle à mi-voix.

— Non, heureusement... Regardez la table à gauche de la fenêtre.

— Le couple ?

— Lui, c'est mon père...

— Vous n'allez pas saluer vos parents ?

— ... mais elle, ce n'est pas ma mère.

— Ah... Il sait que vous êtes là ?

— Le maître d'hôtel a fait son travail dans les deux sens, il connaît bien la plupart des gens de la région.

— Si vous voulez qu'on s'en aille...

— Pas du tout ! Je suis au courant depuis longtemps. Je croyais juste qu'il serait un peu plus discret, nous ne sommes jamais qu'à vingt-cinq kilomètres de Sarlat.

— Parce que, pour vous, c'est une question de distance ? Tromper, c'est toujours tromper, ici ou là.

Elle l'avait dit de manière trop catégorique, comme si elle voulait lui donner une leçon de morale et, pour se racheter, elle ajouta aussitôt, beaucoup plus gentiment :

— Sincèrement, Victor, vous aimeriez que votre femme vous...

Consternée, elle s'arrêta net, incapable de rattraper sa gaffe.

— Je suis désolée, murmura-t-elle.

— Ne le soyez pas. Après tout, vous avez raison, je devrais être le premier à condamner l'infidélité conjugale. Mais c'est mon père et je l'adore, et...

Sans achever, il esquissa un geste d'impuissance. Elle le trouva soudain très émouvant, fort différent de ce qu'elle croyait savoir de lui.

— Vous lui ressemblez, vous avez le même regard, déclara-t-elle en souriant.

— Merci de l'avoir remarqué, je prends ça comme un compliment.

Il réagissait vite et elle eut envie de rire, persuadée qu'il allait en profiter pour entamer un numéro de charme, mais il se contenta de lui demander si elle voulait un dessert.

Deux heures plus tard, ils étaient de retour aux Roques. Victor évita stoïquement de lui proposer le fatidique « dernier verre », et il réussit à démarrer la Corsa sans trop de difficultés. Il avait très bien compris qu'il ne finirait pas la soirée avec Virginie, sans être pour autant déçu. Il prendrait tout le temps nécessaire pour arriver à lui plaire, et peut-être n'y parviendrait-il jamais, mais cette femme valait décidément mieux que l'aventure d'une seule nuit. Ses rares tentatives de conquête, depuis le départ de Laura, s'étaient soldées par des victoires trop faciles qui ne lui avaient apporté qu'un plaisir un peu amer et sans lendemain. A présent, il avait envie d'aimer de nouveau, pas seulement de désirer.

Quand il pénétra dans la maison, il eut immédiatement la sensation que quelque chose n'allait pas. Il fit lentement du regard le tour du vaste hall, sans rien découvrir d'anormal. Cependant il resta un moment aux aguets. Un détail l'avait alerté inconsciemment, mais lequel ? Reculant d'un pas, il posa sa main sur l'interrupteur et éteignit. Au lieu de se retrouver plongé dans l'obscurité, ainsi qu'il s'y attendait, une vague lueur persistait, dont il ne parvint pas à localiser la provenance. Très inquiet, il se dirigea vers l'escalier et, au pied des marches, resta un moment immobile, la tête levée.

Au premier étage, la galerie n'était pas allumée, d'ailleurs *rien* n'aurait dû l'être. Lorsqu'il avait fait visiter la maison à Virginie, quelques heures plus tôt, il faisait grand jour, ils n'avaient eu besoin d'électricité nulle part, il en était certain. Le revolver prêté par son père se trouvait dans sa table de chevet, avec le chargeur, et il se résigna à monter lentement, en évitant de faire le moindre bruit. De toute façon, si un cambrioleur, un rôdeur ou n'importe qui d'autre était là, il avait déjà largement signalé sa présence.

A l'entrée de la galerie, il s'arrêta une nouvelle fois, le cœur battant, scrutant la pénombre. La lumière venait de l'escalier du deuxième étage. Fermé par une lourde porte, qui était restée entrouverte, cet escalier n'était pas exactement dans le prolongement du premier. Il hésita une seconde puis choisit d'avancer vers sa chambre pour récupérer d'abord l'arme.

Dès qu'il sentit le contact du métal dans sa paume, il éprouva un soulagement intense, remercia mentalement son père de lui avoir donné ce revolver et, surtout, de lui avoir appris à s'en servir. De retour dans la galerie, il s'approcha de la porte entrouverte qu'il poussa de sa main libre avant de s'engager dans l'escalier du second.

En arrivant dans le couloir qui desservait les petites mansardes, il prit une profonde inspiration et commença à les ouvrir l'une après l'autre. Dans chacune, il allumait le plafonnier, jetait un rapide coup d'œil sans y entrer. Parvenu à la dernière, la plus grande, il crut sentir une odeur inhabituelle, bien que vaguement familière, mais l'effluve était à peine perceptible et il se demanda s'il ne se faisait pas des idées. C'était là, lors de son inspection avec Maxime, qu'il avait trouvé le foulard en lambeaux. Une de ces découvertes qui avaient fini par le rendre nerveux, et les événements de ce soir n'allaient sans doute pas arranger son malaise...

Perplexe, il s'attarda un moment, essayant de se souvenir exactement des gestes qu'il avait faits en compagnie de Virginie. « Vous pourriez les transformer en une salle de jeux ou en deux appartements indépendants. » Ils descendaient à ce moment-là et il se revit très nettement refermer la porte de l'escalier. Donc, depuis, quelqu'un l'avait ouverte et avait allumé.

Pas à pas, il avança vers le grenier. A l'entrée, il abaissa le vieil interrupteur de porcelaine, mais les deux ampoules de faible voltage qui s'allumèrent ne suffirent pas à le rassurer. Apparemment, le grenier était désert et il laissa échapper un soupir. Il se força à entrer carrément, regrettant de n'avoir pas songé à prendre une torche pour éclairer les coins sombres.

Alors qu'il arrivait au bout de la rangée de malles, il s'arrêta net. Incrédule, il considéra la grande panière d'osier dont le couvercle était levé. A l'intérieur, la robe de mariée de sa mère était toute chiffonnée, et le reste des objets sens dessus dessous. Il se retourna d'un bloc et refit des yeux le tour de la pièce. Il n'était pas fou, Maxime et lui n'avaient pas pu laisser les choses dans cet état-là !

La crosse du revolver glissait dans sa main crispée et il s'aperçut qu'il était en sueur. Au prix d'un gros effort de volonté, il se domina pour achever d'inspecter méticuleusement le reste du grenier. S'il ne le faisait pas, il serait incapable de dormir cette nuit. Il regarda même derrière le rocking-chair et la psyché, souleva tous les couvercles des autres malles, passa derrière les grosses poutres maîtresses qui soutenaient la charpente.

— Bon, arrête de paniquer, tu es tout seul...

Le son de sa voix lui parut plat et sans timbre, ce qui lui arracha un sourire. Décidément, il arrivait à se faire peur tout aussi bien que lorsqu'il avait huit ans. Sauf que, à l'évidence, un visiteur s'était introduit aux Roques pendant qu'il dînait à Montignac. Sans doute parti depuis longtemps, mais il devait en avoir le cœur net...

Il redescendit au premier, éteignit l'escalier, ferma la porte et donna un tour de clef. Ensuite il parcourut toutes les pièces en ouvrant chaque placard et chaque armoire, puis gagna le rez-de-chaussée qu'il fouilla avec le même soin. Très bien, il n'y avait personne d'autre que lui dans la maison, il pouvait poser ce revolver. Allait-il être obligé de se livrer au même cirque chaque fois qu'il rentrerait ? Son mystérieux visiteur l'avait forcément entendu arriver et s'était dépêché de décamper. Par acquit de conscience, il alla vérifier la porte de la cuisine qui donnait sur l'extérieur. Elle était ouverte, bien qu'il fût certain de l'avoir fermée à clef.

Excédé, il se servit un whisky bien tassé et se laissa tomber sur un tabouret. En tout cas, il n'avait pas été cambriolé au sens propre du terme car rien ne semblait manquer. Un rôdeur aurait emporté les objets de valeur, au moins son ordinateur portable ou le magnétoscope dernier cri qu'il avait acheté le mois précédent pour Thomas. Celui qui s'était introduit aux Roques y cherchait quelque chose de précis. Quelque chose qui avait une chance de se trouver au grenier ?

La sonnerie du téléphone le fit sursauter au point qu'il faillit renverser son verre en se jetant sur l'appareil.

— Victor ? Je ne vous dérange pas, je suppose ? J'ai vu que vous faisiez un vrai son et lumière...

La voix moqueuse de Virginie le débarrassa d'un seul coup de son angoisse.

— Je voulais vous remercier, enchaîna-t-elle, c'était une bonne soirée.

— Vous m'en accorderez bien une autre, alors ? Mais dites-moi, on ne peut pas voir Les Roques de chez vous, comment diable...

— Ma voiture a rendu l'âme à mi-chemin, j'ai fait tout le reste à pied.

— Vous auriez dû m'appeler !

— Non, j'aime bien marcher, même la nuit. Et votre spectacle était très réussi, ça m'a tenu compagnie, vous avez le chic pour les illuminations !

Il l'entendit rire, puis elle raccrocha sans lui laisser le temps de s'expliquer. Qu'aurait-il pu lui dire, d'ailleurs ? Qu'il traquait des voleurs fantômes ? En deux gorgées, il vida son verre et alla le déposer dans l'évier. Etait-il en train de tomber amoureux ? S'il pensait à la souffrance aiguë ressentie devant Laura, à la gare, il avait du mal à le croire. A moins de pouvoir aimer deux femmes à la fois. La fin et le début, pourquoi pas ?

Récupérant le revolver abandonné sur la table, il en ôta le chargeur. Demain, à la lumière du jour, il essaierait de comprendre ce qui s'était produit, à présent il était trop fatigué pour songer à quoi que ce soit d'autre qu'aller se coucher.

La tête entre les mains, Nils continuait à pleurer comme un gosse. L'alcool y était pour beaucoup, il avait carrément forcé la dose, ce qui lui arrivait de plus en plus souvent.

Selon la coutume, le tournage s'était terminé par un grand pot d'adieu organisé par la production, car, dès le lendemain matin, toute l'équipe reprenait l'avion pour Paris. Cette nuit serait donc la dernière que Nils passerait seul, ensuite il allait se retrouver face à Laura, et il n'aurait plus d'échappatoire.

Le film n'était, à son avis, ni bon ni mauvais, mais comme il avait su respecter les délais, peut-être ferait-on encore appel à lui ? En être réduit à espérer une nouvelle proposition pour la télévision signifiait vraiment la fin de ses grands rêves de cinéma. Néanmoins, à trente-trois ans, il fallait bien qu'il mûrisse un peu ! Sa vie n'avait pas du tout pris le chemin prévu, qu'il avait longtemps cru encore accessible. Mais depuis dix ans - depuis toujours, en réalité - il n'avait rien mené à bien, même pas sa thérapie ! Et le pire qu'il ait fait, de loin, concernait Laura, Thomas et Victor. Rien que pour se débarrasser de sa culpabilité, il était prêt à retourner chez son psy. En finir une bonne fois avec ses vieux malaises, affronter toutes ces choses refoulées au plus profond de lui-même, ne plus se sentir rongé en permanence...

Il ne restait plus qu'un fond de vodka dans la bouteille, qu'il but au goulot. Les premières rasades l'avaient anesthésié, ensuite il avait eu son accès de lucidité, maintenant il espérait s'assommer suffisamment pour dormir. Que faire d'autre, à trois heures du matin, avec une tête d'alcoolique pleurnichard ? Errer dans les couloirs de l'hôtel ? De toute façon, le bar était fermé.

Ni son père ni Blanche n'avaient jugé bon de répondre à la longue lettre qu'il leur avait adressée trois semaines plus tôt, où il reconnaissait tous ses torts. Que Blanche le boude - après toutes ces années de tendresse excessive - ne le chagrinait pas vraiment, mais le silence de son père le consternait. Lui qui avait été si longtemps le fils préféré, il était aujourd'hui devenu le paria. Evidemment, c'était sa faute, bien fait pour lui !

Pris de nausée, il se leva en titubant et se précipita vers la salle de bains. Penché au-dessus de la cuvette des toilettes, secoué de spasmes, il pleura.

Martial marchait de long en large, comme toujours lorsqu'il était contrarié. De quelque façon qu'il aborde le problème, il n'y trouvait aucune solution. D'abord, il avait soixante-quatre ans, et ce chiffre suffisait pour le confronter à une réalité désagréable : il n'avait plus l'âge. Quoi que sa maîtresse puisse dire ou faire, il était trop vieux pour tomber amoureux, trop vieux pour les bêtises, sans compter qu'il avait donné à Blanche sa promesse solennelle de ne plus jamais partir. Même si ce serment remontait à trente ans, rien ne pourrait jamais l'en délier. Les premières années, il n'en avait pas eu envie. D'une part il n'arrivait pas à faire son deuil d'Aneke, d'autre part il était terriblement soulagé de voir Blanche se comporter comme une véritable mère avec Nils. Elle avait rempli son rôle au-delà de toute espérance, il n'abandonnerait pas le sien.

Bien sûr, la tentation existait. Comme il ne s'était pas engagé à être fidèle, mais seulement à rester avec elle, il l'avait toujours trompée sans remords ni états d'âme. D'abord pour oublier Aneke, ensuite par simple plaisir, enfin par habitude, conservant le goût de séduire et refusant de vieillir. Néanmoins, l'âge était là, avec des analyses qui n'étaient plus celles d'un jeune homme, et un régime strict qu'il refusait de suivre.

Il avait rencontré Julie par hasard, parce que le tour de garde des médecins était tombé sur elle ce dimanche-là et qu'il avait quarante de fièvre, cloué au lit par une mauvaise grippe. Deux semaines plus tard, il changeait de médecin, abandonnant le généraliste qui le suivait depuis plus de vingt ans pour aller se faire soigner à dix kilomètres de Sarlat, à Carsac, où elle était installée. Si elle lui avait plu au premier coup d'œil, faire sa conquête tenait pourtant de la gageure...

Et voilà qu'elle se prétendait amoureuse, parlait de quitter son mari. Quelle folie ! Même quinze ans plus tôt, il ne s'y serait pas risqué, et de surcroît, il y avait Blanche. Ce lien, pesant comme une chaîne, qu'il avait rompu une première fois puis renoué en s'humiliant, il n'était plus possible de le défaire.

Mais comment résister à ce que lui offrait Julie ? Il savait d'expérience que bon nombre des femmes qu'il avait séduites ne lui avaient cédé que parce qu'elles étaient seules, ou désœuvrées, ou encore en mal d'affection. Ce n'était pas le cas de Julie qui adorait son métier, avait deux grands enfants, une vie trépidante et un époux charmant.

« Qu'est-ce qu'elle me trouve ? Je la fais rire ? Je la rassure ? Elle devrait plutôt s'inquiéter, d'ici peu je serai un vieillard ! »

Il ne le pensait pas vraiment, néanmoins il lui fallait trouver une raison à son refus de saisir cette dernière chance. Il n'en aurait plus d'autre, Julie était déjà un miracle. Un miracle qui le rendait imprudent, lui qui s'était toujours appliqué à sauver les apparences. Apercevoir Victor au château de Puy-Robert, dînant à quelques tables de lui, l'avait brutalement ramené à la raison. Si Victor était en âge de refaire sa vie, pas lui ! Quel genre d'exemple donnait-il à ses fils et quel jugement portaient-ils sur lui ? Nils provoquant un adultère devenait un monstre, et pas lui ? Comment les garçons réagiraient-ils s'il abandonnait leur mère une deuxième fois ? Jusqu'ici, ils avaient eu une attitude plutôt complice, celle de la solidarité masculine qui absout toujours le plaisir, mais il s'était montré discret. Julie, au contraire, n'avait plus envie de se cacher, elle le mettait au pied du mur, bientôt elle le contraindrait à faire un choix.

— Mon Dieu..., murmura-t-il, soudain accablé.

Où allait-il trouver le courage de se condamner lui-même ? Dans la morne satisfaction de tenir sa parole ? Vivre aux côtés de Blanche le crucifiait d'ennui, surtout depuis qu'il avait laissé l'étude à ses fils aînés. La manière dont elle le regardait dans le miroir de sa coiffeuse, chaque soir, croyant l'observer sans être vue, lui faisait grincer des dents.

La mort dans l'âme, il décida qu'il allait rompre.

Assis face à Victor, les deux jeunes gens écoutaient avec une attention touchante la lecture de l'acte de séparation de biens qu'ils s'apprêtaient à signer. A la fin, le garçon fronça les sourcils, perplexe, et demanda ce qu'il adviendrait pour chacun au moment du décès de l'autre.

— Vous vous mariez la semaine prochaine et vous pensez déjà à la mort ? plaisanta gentiment Victor.

D'un geste furtif, la jeune fille prit aussitôt la main de son fiancé, comme pour conjurer le mauvais sort, et Victor réprima un sourire.

— Vous pourrez prendre toutes les dispositions nécessaires pour vous protéger mutuellement, ne vous inquiétez pas. Une loi récente accorde au conjoint survivant des droits plus importants. Si vous le désirez, revenez me voir avec votre certificat de mariage et je vous expliquerai tout en détail.

Il leur fit signer chaque page de l'acte puis les accompagna jusqu'à la porte en formulant des vœux de bonheur. Après leur départ, au lieu d'appeler la secrétaire pour qu'elle introduise le client suivant, il resta un moment songeur, les yeux dans le vague. A tous ceux qui lui posaient la question, il recommandait systématiquement les avantages de la séparation de biens, or il avait bien failli ne pas y souscrire avec Laura. Sans l'irritante insistance de son père, il n'aurait jamais eu le courage de lui en parler. C'était Martial lui-même qui avait froidement abordé le sujet, un soir à table, et sur le moment Victor lui en avait beaucoup voulu. A quelques semaines d'épouser Laura, il planait littéralement, fou amoureux et tout à fait inconséquent. Présentée par son futur beau-père, la requête semblait logique. Laura n'avait trouvé aucune raison valable de s'y opposer. L'aimait-elle pour de bon, à ce moment-là ? Jamais il n'aurait la réponse à cette question, jamais il ne saurait à quel moment elle avait cessé de le regarder pour s'intéresser à Nils. Ni si elle aurait été capable, en l'absence de contrat, de lui réclamer la moitié de ses biens. Dans ce cas-là il n'aurait pas pu acheter Les Roques, même au prix ridiculement bas fixé par Martial. Au-delà d'une certaine limite, la vente aurait été taxée de fictive par le fisc.

En signant - il s'en souvenait parfaitement -, Laura lui avait demandé d'un ton un peu acide pourquoi les histoires d'amour devaient être codifiées d'avance par des actes officiels, où chacun semblait déjà se méfier de l'autre. Il avait été incapable de lui répondre, alors qu'il connaissait par cœur d'excellents arguments.

Aujourd'hui, Laura n'avait rien d'autre que son salaire pour vivre. Devait-il pour autant se sentir responsable d'elle ? Nils était sans doute incapable de l'aider, lui qui traînait des dettes depuis des années, et elle devait avoir des difficultés financières. Thomas ne finirait-il pas par en pâtir ?

Il existait peut-être une réponse à toutes ces questions... Malgré l'antipathie de Victor envers Jean Villeneuve, sa proposition d'investir des capitaux dans le cinéma constituait une sorte d'opportunité. Que Victor avait rejetée un peu vite. Même si Nils l'avait trahi, pouvait-il froidement lui refuser cette chance ?

La pendulette de son bureau indiquait dix-sept heures, il commençait à avoir du retard, ce dont il avait horreur. Cependant, de la décision qu'il était en train de prendre dépendait l'avenir de son petit frère et, par conséquent, de Laura.

— Sors d'ici, je suis chez moi ! s'écria Virginie d'une voix tremblante de rage.

La présence de Pierre dans sa maison la révoltait, et en même temps l'effrayait. Elle avait entendu la voiture s'arrêter devant chez elle, le coup frappé à la porte qui n'était pas fermée à clef, puis il était entré tandis qu'elle restait muette de stupeur.

— Tu as bien cinq minutes ? Que je n'aie pas fait tout ce chemin pour rien...

Elle eut l'impression qu'il la narguait, jouant de sa peur, et elle fit un effort pour se dominer.

— Cinq minutes utilisées comment ? Tu viens t'excuser ?

— De quoi ? interrogea-t-il avec un cynisme insupportable.

— Oh, laisse tomber le masque ! Tu vas t'acharner longtemps ? Je ne sais même pas pourquoi tu veux tellement me démolir, m'empêcher de travailler ! Tu n'as rien d'autre à faire que me poursuivre ?

— Je t'aime toujours, Virginie.

En prononçant ces mots, il avait brusquement changé d'expression, et elle devina que sa déclaration était à la fois le prétexte et la vraie raison de ses agissements.

— Tu me manques...

— Où ça ? A l'agence, pour faire ton travail à ta place ?

Elle ne voulait ni transiger ni s'attendrir. Pierre l'avait exploitée pendant des années et de bien des manières ; dorénavant, elle n'aurait plus la naïveté de se laisser convaincre.

— Tu as tort de le prendre sur ce ton-là ! répliqua-t-il sèchement. Que tu le veuilles ou non, c'est moi qui t'ai faite. Tu ne savais pas grand-chose quand je t'ai engagée. Mais je ne suis pas venu parler boulot...

Avançant de deux pas, il regarda autour de lui avec curiosité.

— Qu'est-ce que tu fabriques dans ce trou ? Je me suis perdu dix fois sur la route... Tu as vraiment acheté cette bicoque ? Et tu y vis seule ? Quel gâchis !

Il tendit la main vers elle, la prit par l'épaule avant qu'elle ait le temps de reculer.

— N'aie pas peur, je veux juste te tenir dans mes bras une seconde.

D'un geste brusque, elle lui fit lâcher prise.

— Si tu ne t'en vas pas, Pierre, c'est moi qui pars.

Levant les yeux au ciel, il s'écarta un peu puis désigna la table à dessin.

— Tu as réussi à trouver du boulot ?

Au lieu de répondre, elle marcha vers la porte d'un pas décidé, l'ouvrit en grand. Sur les plans qu'elle peaufinait depuis plusieurs jours, le nom de Cécile Massabot n'apparaissait nulle part, Pierre pouvait toujours y jeter un coup d'œil, il n'apprendrait rien. Elle le vit hésiter mais il se résigna finalement à la rejoindre et ils sortirent ensemble. A la lumière du soleil couchant, il avait très bonne mine pour un homme désespéré.

— Allons dîner quelque part et ensuite je te laisserai tranquille, je te le jure.

Combien de fois avait-elle failli le quitter, durant les deux dernières années de leur liaison, sans pouvoir s'y résoudre ? Elle l'avait énormément aimé - à présent, c'était fini, elle n'éprouvait plus rien en le regardant.

— Non, Pierre, c'est inutile. Je t'ai déjà tout dit, je n'ai pas changé d'avis.

— Bon sang, Virginie ! explosa-t-il soudain. Tu veux vraiment me faire croire que tu es bien ici ? Bien dans ta peau, bien sans moi ?

Son arrogance avait quelque chose d'insupportable et elle le toisa sans aucune indulgence.

— Oui, je me sens très bien, dit-elle lentement. Désolée, tu n'es pas irremplaçable, personne ne l'est.

Le blesser dans son orgueil une nouvelle fois était assez maladroit, mais quel autre moyen avait-elle de s'en débarrasser ? Et pourquoi le ménager alors qu'il faisait tout pour lui gâcher l'existence ?

— Espèce de garce..., commença-t-il.

L'arrivée d'une voiture l'interrompit net. En reconnaissant la Rover noire de Victor, Virginie eut la certitude qu'un incident était inévitable.

— C'est un voisin, annonça-t-elle pour devancer la question de Pierre.

Tandis que Victor venait vers eux, souriant, elle comprit pourquoi elle n'avait pas cessé de le comparer à Pierre. Ils étaient grands tous les deux, bruns aux yeux bleus, sûrs d'eux. Néanmoins, la ressemblance s'arrêtait là et le charme de Victor, qu'elle avait ignoré jusqu'ici, lui parut soudain évident.

— Bonsoir, dit-il en lui tendant la main. Je vous ai apporté la perceuse, mais je ne veux pas vous déranger, je m'en vais tout de suite.

— Non, je vous en prie, Pierre partait. Euh... Pierre Batailler, Victor Cazals.

Les deux hommes se dévisagèrent une seconde puis Pierre s'adressa à Virginie :

— Je ne m'en vais pas du tout, je t'ai invitée à dîner.

Sa tactique préférée, elle s'en souvenait, consistait à mettre les gens dans l'embarras pour obtenir leur accord malgré eux. S'imaginait-il vraiment que, pour ne pas provoquer d'esclandre devant un tiers, elle allait le suivre ?

— C'est définitivement non, Pierre, articula-t-elle d'une voix claire.

— Pourquoi ? A cause de lui ? C'est mon successeur ?

La provocation faisait également partie des stratégies qu'il appréciait. Victor se taisait, observant Pierre avec curiosité.

— Tu t'es recasée bien vite, ma chérie ! Il est du métier ? Tu vas l'exploiter aussi ?

Virginie se sentit pâlir de rage, incapable de trouver une repartie assez cinglante pour le faire taire.

— Vous devriez partir, intervint Victor d'une voix posée.

— Vous ne savez pas à qui vous avez affaire, mon pauvre vieux ! Vous allez voir que...

— Bien, ça suffit.

Calmement, Victor s'approcha de Pierre, s'interposant entre lui et Virginie.

— Je vous raccompagne ?

Il lui laissait le choix implicite de regagner sa voiture ou bien de provoquer une bagarre. Après une courte hésitation, Pierre renonça et s'éloigna à grandes enjambées. Il démarra dans un nuage de poussière, heurta volontairement l'avant de la Rover en manœuvrant, puis s'élança sur la route dans un hurlement de moteur malmené.

— Il est très désagréable, laissa tomber Victor.
— Quel con ! Vous avez vu votre pare-chocs ?
— Oui... C'est sans importance.
— Mais si ! En plus, il ne va jamais vous pardonner ce que vous venez de faire... Il est violent, il s'est déjà battu plusieurs fois et il est mauvais perdant.
Insouciant, Victor haussa les épaules et agita la perceuse qu'il tenait toujours dans la main.
— Il a dû avoir peur que je l'assomme avec ça ! Prenez-la, elle pourra toujours vous servir à vous défendre s'il revient.
— Oh, il reviendra, soupira-t-elle. Maintenant qu'il connaît le chemin...
Elle le débarrassa de l'outil et désigna la maison.
— Voulez-vous boire quelque chose ?
— Non merci. Je suis persuadé que vous avez envie d'être seule.
Son sourire était d'une telle gentillesse qu'elle faillit le retenir, cependant il avait raison, la visite de Pierre l'avait secouée et elle voulait pouvoir y réfléchir en paix.
— Je serais contente de vous avoir à dîner demain ou après-demain, dit-elle spontanément.
— Après-demain, avec plaisir. J'apporterai à boire.
Tandis qu'il s'éloignait vers sa Rover cabossée, elle le suivit des yeux, toujours immobile, à la même place.

— Et toi, tu trouves ça normal ? s'écria Maxime, furieux.
— Connaissant Victor, cela ne me paraît pas incroyable, en tout cas.
Négligemment assis sur le coin du bureau de son fils - qui avait été le sien durant de longues années -, Martial laissait passer l'orage avec une sourde satisfaction.
— Enfin, papa, arrête de t'aveugler ! Nils s'est comporté comme une ordure, point final. Quant à l'attitude de Jean Villeneuve, elle ne te surprend pas non plus ? Ce type est trop bien renseigné, il ne nous a pas proposé de faire un placement dans le cinéma par hasard. Et Victor lui donne carrément les coordonnées de Nils ! On nage en plein délire, non ?
— Calme-toi, Max. Je ne comprends pas qu'un homme aussi raisonnable que toi se mette dans un état pareil. Victor a des défauts, mais il n'est pas rancunier, voilà tout.
— Et ça t'arrange ! Parce que si Victor passe l'éponge, tu ne seras plus obligé de bouder Nils.

— Tu l'as rayé de ton existence, toi ?

— Je l'ai mis au placard pour un bon moment, crois-moi !

Après un petit silence, Martial abandonna le bureau et alla s'asseoir dans un fauteuil pour pouvoir regarder son fils bien en face.

— Tu vas me répondre franchement, Max. Est-ce que tu m'en veux ?

— De quoi ?

— D'avoir préféré Nils. Ce ne sont pas des choses faciles à dire, mais je pense qu'il s'agit d'une évidence pour tout le monde.

— Non, pas du tout, je ne t'en ai jamais voulu... je l'ai adoré aussi, c'était un gamin craquant. C'est lui qui m'a fait aimer les enfants, qui m'a donné envie d'en avoir... Ne me fais pas ce procès-là, papa. Victor et moi, on ne s'est pas forcés, on avait vraiment envie de le chouchouter, et même si c'est ridicule, nous étions un peu ses dieux, ses deux héros.

— Je sais, soupira Martial.

Il espéra que Maxime allait s'en tenir là. Déjà, il subissait chez lui les attaques de Blanche, qui semblait elle aussi incapable de pardonner à Nils, alors il ne voulait pas entendre la suite mais son fils enchaîna :

— Depuis qu'il est installé à Paris, chaque fois qu'il est venu ici, il nous a emprunté du fric, à l'un ou à l'autre, et je suppose qu'il ne t'a pas épargné non plus ? Mais ce n'était pas grave, on continuait à tout lui passer par habitude, on se persuadait qu'il finirait par faire quelque chose de sa vie. Eh bien, ce qu'il a fait de plus spectaculaire, c'est bousiller l'existence de Victor ! Et tu vois, je suis vraiment naïf, parce que je ne l'aurais jamais cru capable d'un truc aussi ignoble...

— Victor finira par oublier.

— Tu crois ? Quand Thomas lui parle de Nils à longueur de journée, ça me paraît difficile. Tu imagines qu'il ressent quoi, Victor, tout seul dans son lit, aux Roques ?

— Je suis moins pessimiste que toi, je pense même qu'il est en train de tomber amoureux.

— Ah bon ?

Brusquement calmé, Maxime esquissa un sourire.

— Je le lui souhaite... Virginie Clauzel ?

— Je ne sais pas qui c'est, je peux juste te dire qu'elle a de grands yeux sombres, des cheveux auburn et beaucoup d'allure.

— Oui, c'est elle. Tant mieux, alors... Et d'après toi, ça justifie la stupidité de Victor ?

— Victor pardonnera un jour ou l'autre, c'est dans son caractère, et qui sait, ce jour est peut-être arrivé ? Tu ne peux pas être plus rancunier que lui, Max ! De l'eau a coulé sous les ponts, ça fait quatre mois qu'elle est partie...

Martial s'obstinait, se raccrochait à l'idée que tout finirait par rentrer dans l'ordre entre ses trois fils. Si Victor avait spontanément parlé de Nils à cet abruti de Jean Villeneuve - qui ne devait pas savoir comment dépenser l'argent de son héritage ! -, c'était bien la preuve que les choses n'allaient plus tarder à s'arranger.

— Bon, d'accord, grogna Maxime, je m'en fous... Au moins, je ne suis pas obligé de m'occuper de la succession Villeneuve, Vic n'a qu'à se débrouiller. Je lui dirai quand même ma façon de penser, et après je m'en lave les mains.

Le connaissant, Martial devina qu'il ferait néanmoins son possible pour convaincre son frère de ne pas s'aventurer dans cette histoire de placement hasardeux, de ne pas tendre ainsi la main à Nils. De toute la famille, Maxime risquait d'être le dernier à pardonner, c'était exaspérant.

— Si tu ne passais pas ton temps à tout chambouler dans les archives, si tu ne rendais pas tes clercs fous avec ta manie du classement, vous n'en seriez pas là, Jean Villeneuve n'aurait pas un sou à investir dans quoi que ce soit. Robert avait déshérité son neveu, j'en donnerais ma main à couper... Je n'ai évidemment pas lu ses volontés, puisqu'il s'agissait d'un testament mystique. Entre parenthèses, heureusement pour vous, parce que sinon il y aurait eu un enregistrement au greffe et là, vous étiez coincés ! Ce genre d'incident n'est jamais arrivé à l'étude de mon temps, jamais... Alors, ne t'en prends qu'à toi.

Ulcéré, Maxime faillit répliquer vertement, mais quelque chose dans l'attitude de son père l'en dissuada. Il lui trouvait soudain l'air sombre, fatigué, et il remarqua que, contrairement à son habitude, il se tenait un peu voûté, accusant son âge. Peut-être était-ce difficile pour lui d'être assis en visiteur dans ce bureau où il avait tellement travaillé ? Et carrément insupportable d'entendre son fils aîné lui expliquer qu'il ferait tout pour que le deuxième ne se réconcilie pas avec le cadet. Nils avait longtemps été sa principale raison de vivre, Maxime le savait très bien.

— De toute façon, c'est Victor que ça regarde, il peut décider ce qu'il veut, dit-il d'un ton conciliant.

Son père se redressa pour lui adresser un sourire radieux.

En sortant du pressing où il venait de déposer ses chemises, Victor aperçut sa mère qui remontait la rue Victor-Hugo, lourdement chargée. Il la rattrapa en trois enjambées et lui prit son panier des mains, la faisant sursauter.

— Oh, c'est toi ! Tu m'as fait peur...

Un peu pâle, elle reprenait difficilement son souffle.

— Peur de quoi ? s'étonna-t-il.

— De nos jours, on se fait attaquer n'importe où, arracher son sac...

— Viens, je te raccompagne, c'est trop lourd pour toi.

Elle glissa son bras sous celui de Victor, heureuse de pouvoir s'appuyer sur lui. Sa frayeur était ridicule mais, depuis sa dernière rencontre avec Jean Villeneuve, elle vivait dans la crainte de tomber encore une fois sur lui. Du coin de l'œil, elle observa son fils qui lui parut moins maigre, moins triste que quelques semaines plus tôt.

— Ton père m'a raconté, pour Nils, dit-elle d'une voix tendue. Je te trouve bien gentil... Vois-tu, c'est toujours pareil, quand on est gentil, tout le monde vous exploite sans scrupules !

Comme il ne répondait rien, elle ajouta, plus doucement :

— A ta place, je ne sais pas si j'arriverais à être aussi altruiste. Mais c'est bien, tu as raison... D'ailleurs, plutôt que d'en vouloir à ton frère, tu pourrais t'en prendre à moi ! Je l'ai trop gâté, j'ai été trop bonne avec lui, et le résultat est là, c'est devenu quelqu'un de terriblement... égoïste.

— Il est surtout très mal dans sa peau, marmonna Victor.

— Et voilà, tu lui trouves des excuses ! s'écria-t-elle, J'ai fait ça pendant vingt ans, ton père aussi, ton frère, toi... Du coup, il t'a piétiné sans même y penser, avec un cynisme qui me fait froid dans le dos.

— Maman...

— Il faut bien se décider à regarder la vérité en face ! Il t'a pris ta femme, ton fils, et toi tu es prêt à dire : « Pauvre Nils » !

Elle remuait le couteau dans la plaie, mais c'était plus fort qu'elle. Est-ce qu'ils allaient tous tomber d'accord pour remettre le fils de la Suédoise sur son piédestal, comme si rien ne s'était passé ? En trahissant Victor, Nils lui avait enfin offert une raison valable de le rejeter ouvertement, elle comptait s'y accrocher.

— Maman, soupira-t-il, ne te crois pas obligée d'en faire des tonnes. Je sais que tu m'aimes et que tu as eu beaucoup de peine, mais je sais aussi que tu rêves d'une réconciliation, comme papa.

Il ne savait rien du tout, le pauvre ! Sauf que oui, bien sûr, elle l'aimait, sans doute davantage que ce qu'il imaginait.

— Je te le monte ou ça ira ?

— C'est parfait, mon chéri, je te remercie de m'avoir aidée. Va-t'en vite, tu dois avoir du travail...

Arrêtés devant la porte de la maison, ils restèrent face à face une seconde, puis il se pencha pour l'embrasser. Il avait exactement le même regard bleu que Martial et elle éprouva un élan de tendresse presque désespéré en le serrant contre elle.

6

— Pour une fois, plaida Laura, il aurait ses parents réunis, comme les autres enfants. Je crois que ça lui ferait vraiment plaisir, et puis c'est important à son âge, cette première fête de l'école...

Victor tourna les pages de son agenda jusqu'à la date du 6 juin et constata qu'il pouvait remettre la plupart de ses rendez-vous.

— Si tu penses que c'est mieux, je me libérerai, dit-il prudemment.

Le ton aimable de Laura le déroutait tout en lui procurant un réel plaisir.

— Je serai contente de te voir, ajouta-t-elle plus bas.

Il serrait un peu plus fort le téléphone dans sa main, trop sensible à la voix qu'elle venait de prendre.

— Moi aussi, répondit-il malgré lui.

Même si c'était la vérité, il n'avait aucun intérêt à la dire. Leur divorce n'allait pas tarder à être prononcé, Laura ne faisait plus partie de son existence.

— Je dois t'avouer quelque chose, reprit-elle. Ce qui est fait est fait, mais parfois... tu me manques.

Il eut l'impression de recevoir un coup de poing dans l'estomac, sans parvenir à déterminer s'il était furieux ou ravi.

— Je t'embrasse, chuchota-t-elle avant de raccrocher.

C'était bien la première fois, depuis des mois, qu'une de leurs conversations téléphoniques se terminait sur ces mots. La première fois, aussi, qu'elle réclamait sa présence. Il sortit un stylo de la poche de sa veste et raya la page du 6 juin sur son agenda. Allait-il se mettre à attendre ce jour-là avec impatience ? Lui qui commençait à se croire guéri d'elle ! Pourquoi n'allait-elle pas à cette fête de l'école avec Nils ? Thomas l'aimait beaucoup, il l'avait assez proclamé.

« Tu te laisses manipuler... Qu'est-ce qu'elle te veut ? »

Si c'était de l'argent, elle n'avait pas besoin de le faire venir à Paris pour ça. Avait-elle réellement envie de le voir, lui ? La manière dont elle venait de prononcer ce *tu me manques* évoquait des souvenirs qu'il valait mieux laisser enfouis. D'autant plus qu'il attendait Virginie pour dîner. Il remit l'agenda et le stylo dans sa poche puis regarda autour de lui avec inquiétude. Le filet mignon aux morilles était dans le four, attendant d'être réchauffé à feu doux selon les conseils du traiteur. Restait à mettre le couvert, mais il n'avait toujours pas choisi entre la salle à manger et la cuisine. Cinq minutes plus tôt, la perspective de cette soirée le réjouissait encore, mais l'appel de Laura venait de modifier radicalement son état d'esprit. Souhaitait-il vraiment qu'une autre femme entre dans sa vie ?

Le coup de sonnette le prit au dépourvu, alors qu'il ne s'était même pas changé. Pourtant, il avait prévu de mettre un jean et un pull, à la place de son costume strict. Il n'eut que le temps de retirer sa cravate en traversant l'entrée. Virginie, elle, portait un pantalon de toile, des tennis et un tee-shirt blanc.

— C'était tenue de soirée exigée ? demanda-t-elle avec un grand sourire.

— Désolé, je... Des coups de téléphone m'ont retenu.

— Vous faites très sérieux comme ça.

— Je suis sérieux, soupira-t-il.

Trop sérieux, pas drôle, dénué de fantaisie : des jugements dont Laura l'avait accablé sans qu'il veuille les entendre.

— Tenez...

Elle lui tendait un petit panier d'osier fermé, et il essaya de plaisanter :

— Vous avez apporté le pique-nique ?

— Non, ça ne se mange pas. Pas en Europe, en tout cas.

Il souleva le couvercle, regarda à l'intérieur et resta interloqué par ce qu'il découvrit.

— Vous en aviez parlé, je me suis dit que ce serait une façon de vous remercier pour tout, parce que vous me rendez trop souvent service, y compris pour Pierre l'autre jour...

Prenant le chiot dans ses mains, il laissa tomber le panier.

— C'est un beauceron, précisa-t-elle. Un mâle, et il s'appelle Léo.

— Est-ce qu'il va... beaucoup grandir ?

— Jusqu'à quarante-cinq kilos au moins si vous le nourrissez convenablement. Ces chiens-là adorent les enfants, ça devrait bien se passer avec votre fils.

Trop embarrassé pour trouver quelque chose à dire, il se baissa et déposa délicatement Léo sur le dallage rouge.

— Je suis vraiment très... touché.

Comme banalité, il ne pouvait pas trouver pire. Pourquoi pas « qu'il est mignon ! » tant qu'il y était ? Lorsqu'il se redressa, il constata qu'elle le regardait d'un drôle d'air alors, ne sachant que faire, il la prit par la taille, l'attira contre lui et l'embrassa sur la joue.

— Merci, lui dit-il à l'oreille.

La tenir dans ses bras aurait dû dissiper son malaise, ou au moins réveiller le désir qu'il éprouvait pour elle depuis quelque temps, mais il se sentait glacé et il la lâcha, très gêné.

— Quelque chose ne va pas, Victor ?

Elle lui posait la question avec une réelle sollicitude, ce qui acheva de le consterner.

— Rien, excusez-moi. Allons boire un verre de champagne. Tu viens, Léo ?

Il se retourna pour vérifier que le chiot les suivait, et il eut au moins la certitude rassurante qu'il allait aimer cette boule de poils noirs.

— Si, si, répéta Nils, c'est une bonne idée, Thomas sera content.

Laura avait vaguement espéré qu'il aurait une réaction d'inquiétude ou de jalousie, mais il n'en était rien. Qu'elle fasse venir Victor à Paris ne l'intriguait même pas.

— Je suis fatigué, dit-il en se laissant aller contre le dossier du canapé.

Le montage du film semblait l'exaspérer, il répétait sur tous les tons qu'il ne pourrait jamais se faire aux impératifs de la télévision : quatre-vingt-dix minutes et pas une de plus, avec une coupure à quarante-cinq pour la pub. Pouvait-on encore parler d'une œuvre artistique ?

— Moi aussi ! lâcha-t-elle d'un ton sec.

Comment avaient-ils pu en arriver là ? Pourquoi n'étaient-ils pas, main dans la main et yeux dans les yeux, en train de se dire des mots d'amour ? Un mois de séparation n'avait pas ravivé leur passion, bien au contraire, une distance s'était installée entre eux. Cette constatation quotidienne la déprimait, l'angoissait à un point tel que pour la première fois elle se demandait si elle n'avait pas lâché la proie pour l'ombre. Même le fait de vivre à Paris n'avait rien d'exaltant, fauchée comme elle l'était. A quoi bon toutes ces boutiques, ces tentations à chaque coin de rue si elle ne pouvait pas en profiter ? Comble de la dérision, à l'époque où elle vivait à Sarlat, elle avait eu tout l'argent qu'elle voulait et aucun magasin où le dépenser ! Victor l'aimait sans se poser de questions, la désirait, la protégeait, et elle étouffait d'ennui en rêvant à l'émouvante fragilité de Nils. A présent, elle découvrait la difficulté d'avoir pris en charge quelqu'un d'aussi vulnérable, torturé et monstrueusement égoïste. Car c'était bien elle qui s'occupait de lui, pas le contraire. Quant à la fantaisie qu'elle lui avait prêtée, elle se manifestait surtout dans son irresponsabilité d'enfant gâté.

— Il paraît qu'un drôle de type veut absolument me rencontrer, c'est quelqu'un de chez nous qui cherche à investir dans le cinéma...

Chez nous. Sarlat, le Périgord, l'endroit sacro-saint que Victor n'avait pas voulu quitter, Nils l'appelait « chez nous » ?

— J'ai du mal à y croire, ça me paraît un peu farfelu, mais mon agent me donnera plus de détails demain.

Pourquoi ne parlait-il que de lui, sans s'intéresser à elle ? *Son* film, *son* agent, *son* psy et *ses* problèmes... Même quand il était question de Victor, c'était *son* frère !

Elle contourna la table basse, s'arrêta devant le canapé où il avait fini par s'allonger carrément. Alors qu'elle était sur le point de lui dire des choses désagréables, il tendit le bras vers elle.

— Viens, ma chérie. C'est vrai que tu as mauvaise mine...

Ce n'était pas précisément un compliment, mais au moins il s'était décidé à la regarder pour de bon.

— Viens, répéta-t-il, plus bas.

Quand il avait cet air d'enfant égaré, elle se sentait fondre. Sa chemise était largement déboutonnée et elle eut immédiatement envie de toucher sa peau lisse. Malgré tous ses doutes, il lui restait une certitude : elle avait toujours la même envie de faire l'amour avec lui.

Cessant net sa marche de lion en cage, Victor resta un instant immobile devant l'une des fenêtres. Au-dehors, le parc était plongé dans l'obscurité épaisse d'une nuit sans lune et il n'y avait strictement rien à voir. Il se retourna pour observer Léo, qui dormait comme un bienheureux au pied du lit, la truffe sur la queue. Trop petit pour garder quoi que ce soit, trop craquant pour se retrouver confiné dans la cuisine.

Il était presque deux heures du matin ; Victor aurait dû se coucher depuis longtemps mais il en était incapable. Virginie était partie peu avant minuit. Elle avait été adorable avec lui, et lui s'était montré au-dessous de tout ! Au point de se sentir humilié comme il l'avait rarement été avec une femme. Sauf la sienne, bien sûr. C'était encore à Laura qu'il devait son comportement aberrant de ce soir. Sans son coup de téléphone inopportun, il aurait pu profiter en toute quiétude du changement d'attitude de Virginie. Car si elle s'était montrée plutôt froide jusque-là, situant leur relation sur le terrain d'une simple amitié, elle semblait soudain le regarder différemment et attendre autre chose de lui. Qu'il n'avait pas été en mesure de lui offrir. La deuxième fois où il l'avait prise dans ses bras, pour lui dire au revoir, elle s'y était volontairement attardée, et il n'avait rien tenté, rien du tout, pour la bonne raison qu'il ne ressentait rien. Allait-il devenir impuissant à cause de Laura ? Seigneur ! Avait-il vraiment laissé échapper cette chance parce que le souvenir de son ex-femme le perturbait ?

« Depuis quand embrasses-tu les jolies femmes sur la joue ? »

Il s'approcha du chiot, se pencha pour le caresser. Virginie avait dû le câliner, il sentait son parfum.

Ce petit chien avait quelque chose de tellement attendrissant ! D'ici quelques mois, il serait même rassurant. Car bien qu'il se soit enfin décidé à faire venir un serrurier et que toutes les clefs des Roques aient été changées, il ne s'endormait jamais tout à fait tranquille depuis l'incident du grenier. Quelqu'un s'était introduit ici, il ne l'oubliait pas mais n'en avait toujours pas découvert la raison. Les photos d'Aneke, le cahier d'écolier, le foulard en lambeaux et la malle retrouvée grande ouverte formaient un rébus indéchiffrable pour lui. Plusieurs fois il était remonté au second, avait erré dans les chambres mansardées sans savoir quoi chercher. Néanmoins, sa certitude grandissait : quelque chose clochait dans la maison. Maxime, à qui il en avait parlé, restait dubitatif. Il ne riait pas, ne le traitait pas de fou, admettait sans mal que l'atmosphère des Roques semblait chargée de mystère ou de malaise. La mémoire des murs ? Aucun drame effrayant ne s'était déroulé ici depuis des lustres ! Et leurs parents, à l'époque où ils y avaient vécu, jeunes mariés, n'avaient apparemment rien remarqué.

« Tu te fais des idées, ce sont des peurs d'enfance qui te reviennent. »

Ces lointaines angoisses de gamin justifiaient-elles que, à trente-huit ans, il ne puisse s'endormir que la lumière allumée ? Un grondement sourd, à l'extérieur, annonçait l'approche d'un orage. Avec un petit jappement de crainte, Léo leva la tête, les oreilles aux aguets.

— Ce n'est rien, dit Victor à mi-voix.

Le chiot semblait perdu sur le trop grand tapis et il alla lui chercher une couverture qu'il plia en huit.

— Installe-toi là-dessus, je te la donne.

Thomas allait pousser des cris de joie en découvrant Léo cet été. Il était convenu qu'il passerait un mois de vacances avec Victor qui avait envisagé un voyage, mais la présence du chien remettait ce projet en cause. De toute façon, il y avait tellement de choses à faire aux Roques, le plus simple serait de rester là.

Le roulement du tonnerre s'amplifiait, accompagné d'éclairs, puis la foudre tomba quelque part, tout près.

Est-ce que tout était fermé ?

Lorsqu'ils vivaient aux Roques avec leur mère, dès qu'un orage s'annonçait, elle les envoyait vérifier en vitesse portes et fenêtres. Un bon prétexte pour parcourir toute la maison au galop en poussant des cris de guerre.

Il se souvint qu'il avait entrouvert l'une des fenêtres du salon, après le départ de Virginie, parce qu'il avait beaucoup fumé ce soir.

— Je reviens, dit-il à Léo.

« Tu es trop bête, je me demande à quoi ça te sert d'avoir changé les serrures... »

Alors qu'il arrivait au rez-de-chaussée, les lumières s'éteignirent d'un coup et il dut attendre l'éclair suivant pour s'orienter. Habitué aux coupures de courant - les Roques se trouvant en bout de ligne -, il laissait toujours une torche accrochée dans l'entrée. Il la récupéra à tâtons puis gagna le salon où il referma la fenêtre juste au moment où l'averse se déclenchait. Derrière les vitres, éclairés par intermittence, les grands arbres du parc étaient secoués par des rafales de vent, et Victor resta un moment immobile, admirant le spectacle. Gamins, Maxime et lui adoraient ces orages d'été qui rendaient folle leur mère. « Je hais cette maison ! » répétait-elle en se bouchant les oreilles pour ne pas entendre le tonnerre.

Troublé par ce souvenir, il se demanda comment elle avait pu tenir le coup, seule avec deux enfants, durant les quatre années qu'avait duré l'absence de leur père. Elle était souvent irascible, et parfois débordait de tendresse pour eux. Il conservait de cette période une impression désagréable, qu'il avait oubliée durant des années mais qui revenait en force depuis qu'il habitait de nouveau Les Roques. Pourtant, ils n'avaient jamais été malheureux, Maxime et lui, il en était certain. Inquiets, oui, mais pas malheureux. Inquiets de quoi ? De ne pas réussir à tirer leur mère de son désespoir évident ? De rêver secrètement à l'existence beaucoup plus amusante que menait leur père loin d'eux ?

Alors qu'il retraversait le salon, dont il éclairait machinalement les coins avec sa torche, un bruit insolite, tout proche, le cloua sur place. Il mit plusieurs secondes à réaliser qu'il s'agissait des gémissements craintifs de Léo qui venait de le rejoindre.

— Tu n'es pas là pour me faire peur, tu es là pour me garder, dit-il en ramassant le chiot qu'il mit sous son bras. Et garder toute cette grande maison... Un beau terrain de jeu, non ? Allez, on va se coucher, on a l'air de deux andouilles, toi et moi...

Qu'allait-il faire du chiot lors de la journée du 6 juin, date à laquelle il continuait de penser malgré lui ? Et que répondrait-il à Laura si elle lui redisait, de la même voix sensuelle : « Tu me manques » ?

Un éclair plus long que les autres illumina la cage d'escalier et la foudre s'abattit une nouvelle fois avec un bruit de déflagration qui secoua toute la maison. Victor sentit que le chiot tremblait contre lui, puis quelque chose de chaud mouilla sa chemise.

— Léo, non, ça c'est dehors !

Mais le dressage à la propreté allait attendre le lendemain car, pour l'instant, l'averse se transformait en déluge. Une fois dans sa chambre, il décida de prendre une douche, lumière ou pas. Il accrocha la torche à la porte de la salle de bains puis se lava le plus vite possible, dans une lueur fantomatique et avec de l'eau tiède. Au moins, cette nuit, si Virginie traînait encore dehors pour Dieu sait quelle raison, elle ne verrait pas les lumières des Roques ! En se glissant sous sa couette, il constata avec surprise que c'était tout de même à Virginie qu'il avait envie de penser, et non pas à Laura dormant dans les bras de Nils.

Martial rechargea une dernière fois et tira ses deux cartouches, fusil à la hanche, sans épauler, pulvérisant l'assiette d'argile. Excellent tireur, il jouissait encore d'une bonne vue et n'avait aucun besoin de s'entraîner, mais il fallait bien qu'il se passe les nerfs sur quelque chose, et la chasse était fermée.

Ignorant les compliments du patron du club, il alla régler sa matinée de tir à la caisse sans avoir adressé la parole à personne. Une fois dans la voiture, il appela Blanche pour la prévenir qu'il ne déjeunerait pas avec elle et coupa la communication avant qu'elle ait pu lui demander ce qu'il faisait.

Deux jours. Il n'y avait jamais que deux jours qu'il était arrivé à rompre, et Julie lui manquait déjà de manière lancinante. Etait-il si profondément attaché à elle ? En tout cas, la scène d'adieu avait bien failli être au-dessus de ses forces. Plutôt que de lui donner des explications embrouillées - qui de surcroît n'auraient rien expliqué du tout -, il s'était borné à lui annoncer sa décision. Elle avait fondu en larmes.

En larmes, cette femme qui pouvait espérer tellement mieux qu'un homme comme lui ! Vieux, égoïste et menteur... Il maniait même si bien le mensonge qu'il était arrivé à se comporter à peu près normalement chez lui. Comme si de rien n'était. Rien, vraiment ? Cette liaison-là était pourtant différente. Forcément différente, si c'était la dernière !

— Julie, Julie..., répéta-t-il plusieurs fois à voix basse.

Devait-il être grotesque, à parler tout seul dans sa voiture ! Et puis, dans sa longue existence, il avait connu des choses bien pires qu'il avait toujours fini par surmonter. Il n'avait qu'à s'offrir un bon gueuleton, par exemple à Domme qui n'était qu'à dix kilomètres et où il pourrait déguster un foie gras en pot-au-feu, spécialité de *L'Esplanade*, un restaurant où il n'avait jamais emmené Julie. Ensuite, il aurait le courage de supporter le regard de Blanche. Ce regard inquisiteur, compatissant, énamouré qui l'excédait. Mais, décidément, il ne la laisserait pas tomber, il ne pouvait pas être ignoble au point d'oublier tout ce qu'elle avait fait pour lui et pour Nils. Non, non, il avait choisi, il se tiendrait à ce qu'il avait décidé, il était un homme de parole.

Jusque-là, Victor avait bien rempli son rôle de père et d'ex-mari : courtois avec Laura quoiqu'un peu distant, très attentionné envers Thomas. Après le petit spectacle donné par les enfants, il était allé se présenter à l'institutrice et avait même accepté stoïquement une part d'un gâteau dégoulinant de crème au beurre, ainsi qu'un verre de sirop de menthe.

— Tu as fait ton devoir, viens, chuchota Laura en le prenant par le bras.

Elle l'entraîna jusqu'à l'un des bancs du préau, à l'abri du soleil, où ils s'assirent côte à côte. Malgré la chaleur, la plupart des gamins continuaient à courir dans tous les sens, surexcités.

— La directrice est tombée sous ton charme, elle m'a parlé de toi avec des superlatifs plein la bouche ! J'avais oublié à quel point tu plais aux femmes...

Laura s'était mise à rire, la tête renversée en arrière, et il détourna les yeux, laissant errer son regard sur la cour.

— Tom a très bien récité sa fable, dit-il d'un ton neutre.

Mais ce n'était pas uniquement pour le plaisir de voir son petit garçon qu'il se trouvait là, il en avait bien conscience. Comme par hasard, Laura portait une robe bleu ciel, la couleur qu'il préférait sur elle. Et aussi le dernier bracelet qu'il lui avait offert peu de temps avant d'apprendre qu'il était cocu et qu'elle le quittait.

— Tu as meilleure mine qu'à Pâques, ça me fait plaisir, constata-t-elle gaiement. Est-ce que tu vas aussi bien que tu en as l'air ?

Au lieu de répondre, il se résigna à la regarder. Ravissante... Elle était vraiment ravissante, il n'existait pas de mot plus exact pour la décrire.

S'il l'avait croisée par hasard dans une rue de Paris, sans la connaître, il serait tombé fou amoureux sur-le-champ.

— Oui, ça va, soupira-t-il. Et toi ?

— Oh, moi...

Comme si elle n'avait attendu que cette question, elle changea radicalement d'expression, prenant cet air malheureux auquel il ne savait pas rester insensible. Chaque fois qu'elle lui avait présenté ce visage-là, elle avait obtenu de lui tout ce qu'elle voulait. Il dut faire un effort considérable pour se détourner encore une fois d'elle et pour s'obliger à être désagréable.

— Nils ne te rend pas heureuse ?

— Moins que je ne l'imaginais, répliqua-t-elle sans se démonter.

— Tu n'as tout de même pas changé de vie pour ce « moins » ?

Il espérait surtout qu'il n'avait pas autant souffert pour un tel échec. Heureusement, le pire était passé, il avait survécu au naufrage de leur couple. Au bout du compte, il aurait préféré la savoir épanouie car il ne lui voulait aucun mal, ne souhaitait même pas qu'elle paye sa trahison. D'un coup d'œil discret, il consulta sa montre, soulagé de constater que l'heure de son avion allait bientôt lui permettre de s'enfuir.

— Tu as encore le temps, dit-elle.

Puis elle posa une main sur son genou, le faisant tressaillir.

— C'est vrai que tu me manques, Vic... Tu peux triompher et m'envoyer sur les roses, je comprendrais...

Elle appuya la tête contre son épaule tandis que, du bout des doigts, elle frôlait sa cuisse. Il réussit à ne pas bouger, affolé d'être encore si vulnérable à ce contact. En tête à tête, il n'aurait pas eu la moindre chance de lui résister.

— Pourquoi qu'il est pas venu, Nils ?

Freinant devant eux, Thomas s'arrêta un instant, hors d'haleine, permettant ainsi à son père de reprendre le contrôle de lui-même.

— Tu aurais préféré, mon chéri ? réussit-il à demander avec un sourire crispé.

— Ben oui... Vous trois, quoi !

Content de lui, le petit garçon repartit au galop, à cheval sur un coursier invisible qu'il encourageait à grands clappements de langue.

— Laura, dit Victor entre ses dents, il va vraiment falloir que tu lui expliques certaines choses.

— Nous en avons déjà parlé, lui et moi. Ma parole, il le fait exprès !

Sa colère, qu'elle dissimulait mal, était assez explicite pour qu'il trouve enfin le courage de réagir.

— Nous trois..., répéta-t-il. Tom a l'air de croire que nous formons un trio d'adultes tout à fait traditionnel, je trouve cela inadmissible. Ou alors il fait de la provocation, ce qui signifie que tout n'est pas réglé dans sa tête. Je n'ai pas voulu intervenir quand il était en vacances aux Roques, parce que c'est à toi de lui présenter les choses comme tu le souhaites.

— Mais je n'en sais rien ! explosa-t-elle.

— Qu'est-ce que tu ne sais pas ? Si tu vas rester avec Nils ?

— Oui ! Voilà, tu es content ?

— Pas du tout, non...

Il se mit debout, l'obligeant à lever la tête vers lui. Depuis combien d'années ne l'avait-elle pas regardé de cette manière, avec une telle intensité, une telle sensualité ? Sur le point de craquer, il se demanda comment elle regardait Nils.

— Je me suis trompée, Victor, chuchota-t-elle sans le quitter des yeux.

— Non, Laura, tu m'as trompé, moi. Avec mon frère.

L'élan de désir qu'il venait de ressentir pour elle céda soudain la place à une immense lassitude.

— Il faut que j'y aille, décida-t-il.

De toute façon, il n'y avait rien à sauver. Ecœuré de tout, y compris de lui-même, il traversa la cour à la recherche de Thomas.

— Et finalement, je crois que je n'aime personne, c'est abominable...

La voix de Nils se réduisait à un souffle mais son thérapeute l'entendait très bien et se borna à souligner le dernier mot.

— Pourquoi est-ce abominable ?

— Parce que je suis toujours tout seul ! Je *veux* aimer mais je n'y arrive pas.

— Qu'est-ce qui vous en empêche ?

— La trouille.

Un mot intéressant qui, bien que lâché à contrecœur, revenait très souvent dans le discours de Nils Cazals.

— La trouille de quoi ?

— Je ne sais pas. De tout foirer. Ce que je fais tourne le plus souvent à la catastrophe... Peur du gâchis, peur des femmes, peur du vide.

— Du vide ?

Ce terme-là, en revanche, était une nouveauté. Discrètement, le docteur Leclerc consulta ses fiches. Nils possédait un dossier plutôt épais et ne progressait pas d'un iota. Son malaise semblait enraciné très loin dans la petite enfance, une période qu'il n'acceptait d'évoquer qu'avec une extrême réticence.

— Vous avez le vertige ?

— Pas que je sache. Enfin, si, un peu. Pour les autres.

— Les autres ?

— Arrêtez de répéter tout ce que je dis ! Je vous jure que ça ne m'aide pas !

Nils se redressa brusquement et s'arracha du profond fauteuil où il venait de passer une demi-heure. Même s'il n'avait pas été son patient, rien qu'à le voir le docteur Leclerc aurait su qu'il allait mal. Son regard exprimait un réel désarroi, sa silhouette haute et maigre semblait vouloir se recroqueviller. Nerveux, il se mit à arpenter le bureau, tournant autour du fauteuil et gardant les yeux rivés à la moquette.

— Je n'ai jamais aucune prise sur les gens, les événements… Je suis juste emporté par le courant. J'adore mon métier, et je n'arrive pas à l'exercer parce que personne ne me fait confiance. Je bois pour oublier que je dois rentrer chez moi parce que, chez moi, il y a une femme dont je me demande ce qu'elle fait là… Je me suis fâché avec toute ma famille pour une histoire qui me concerne à peine ! Comment voulez-vous que j'assume tout ça ? Et pendant ce temps-là, je vieillis, regardez-moi, je prends les tics de mon père, voilà que je marche de long en large !

Il s'interrompit une seconde et aussitôt le docteur Leclerc murmura :

— Votre père ?

— Un type fantastique. Lui n'a pas peur. Mes frères non plus. Et soyez gentil de ne pas marmonner : « Vos frères ? » Vous croyez que je devrais vous en parler ?

— Si vous en avez envie.

— Oh, envie ! Maxime est un modèle, proche de la perfection. Quant à Victor, c'est *mon* modèle d'homme. Il l'a toujours été. Solide et bien dans sa peau. Enfin, jusqu'à ce que je m'en prenne à lui. Vous allez sûrement me dire que je voulais détruire l'icône ? Eh bien, non, je n'ai rien voulu du tout, j'ai subi, comme d'habitude. Un tourbillon de plus dans le torrent, et là, je bois la tasse… D'accord, d'accord, je désirais sa femme justement parce que c'était la sienne, admettons. Et puis une si belle blonde ! Vous connaissez mon obsession pour les blondes ? Tant mieux, on va pouvoir éviter le couplet sur maman…

— Quand vous dites *maman*, vous pensez…

— Pas à l'autre, non ! Au fond, je n'ai jamais réussi à aimer Blanche pour de vrai. Je me force… Vous voyez bien que je n'aime personne !

Ce serait pourtant la moindre des choses. Comment font-ils, tous ? Les bons fils, les bons maris, les bons pères... Et le pauvre Nils, au milieu de tout ça, vilain canard gâté... Pas dans le moule, mais c'est normal, je viens d'ailleurs. Je suis issu de la petite révolution de 68 qui a permis une petite fantaisie à un petit notaire venu dans la grande ville ! Rien de très glorieux... Non, c'est faux, je minimise leur histoire parce que je peux pas supporter l'idée qu'elle se soit arrêtée comme ça. C'était mon histoire aussi...

Un peu effaré par ce déluge, le docteur Leclerc prenait des notes au jugé, sans quitter Nils des yeux.

— Je viens ici, je parle, pourtant ça ne m'avance à rien. Je sors toujours de chez vous plus déprimé qu'en arrivant.

— Vous ne suivez pas cette thérapie assez sérieusement.

— Ah, oui ? Je ne vous fais pas une rente régulière, c'est ça ? Combien d'années faudra-t-il encore que je vous paye avant que nous ne remontions au stade pipi-caca ?

— Nils, personne ne vous y oblige...

— Non, excusez-moi.

Les épaules voûtées, Nils lâcha un profond soupir.

— Vous ne faites pas un métier marrant, dit-il en esquissant un sourire triste.

Silencieux, le docteur Leclerc le regarda sortir puis consulta de nouveau ses fiches. Son patient avait un réel problème, mais il était peut-être plus près de l'appréhender qu'il ne le croyait.

— Et ceux qui détestent les chiens ? Qui en ont peur ? Tu es devenu cinglé ou quoi ?

— Il est sous mon bureau, il ne gêne personne, s'obstina Victor.

Maxime leva les yeux au ciel et se tourna vers la secrétaire pour chercher de l'aide.

— Dites-lui qu'il a tort.

— Je n'en sais rien, murmura Aline qui regardait le chiot d'un air attendri.

— Une fois adulte, il le soulèvera, ce bureau ! maugréa-t-il.

Pour l'instant, Léo les observait tour à tour, battant de la queue, absolument irrésistible.

— Mes enfants vont m'en réclamer un et ce sera ta faute !

— Max, souviens-toi à quel point on en rêvait quand on avait leur âge...

— Bon, tu fais ce que tu veux, nous sommes associés, pas mariés !

— Dieu merci...

— Comme tu dis !

Max claqua la porte en sortant, mais pas très fort.

— Et voilà, c'est réglé, conclut Victor avec un clin d'œil à Aline.

Celle-ci lui tendit la pile de courrier qu'elle avait gardée sous son bras pendant la discussion. Les clercs procédaient à un premier tri et archivaient les documents dans les dossiers adéquats, mais il se trouvait toujours des clientes pour ajouter la mention « personnel » sur les enveloppes destinées à Victor.

— Les cours de la Bourse, ajouta-t-elle, et vos journaux. Si le chiot s'embête, ou s'il *vous* embête, je peux toujours le prendre derrière mon comptoir...

— Dis merci à Aline, Léo.

Après avoir esquissé un de ces sourires radieux qu'elle réservait à Victor, elle sortit et ferma la porte sans bruit. Elle prenait presque toujours son parti lorsqu'un différend l'opposait à Maxime, et il savait très bien qu'elle avait un faible pour lui. Prudent, il n'en avait jamais profité, pas plus que des avances plus ou moins ouvertes que lui faisaient certaines femmes au beau milieu d'un rendez-vous. « J'avais oublié à quel point tu plais aux femmes », lui avait dit Laura. Tout le temps qu'avait duré leur mariage, il n'en avait pourtant regardé aucune autre, ne lui donnant pas la moindre raison d'être jalouse ou de douter de lui.

Navré de se surprendre à penser à Laura une fois de plus, il se força à étudier un moment les colonnes d'actions, de valeurs et d'obligations, puis parcourut distraitement le *Journal officiel*. Il était plongé dans la lecture d'un nouveau décret quand Aline l'appela sur l'interphone pour lui signaler que Jean Villeneuve désirait un nouveau rendez-vous.

— Encore ? Dites-lui que c'est parfaitement inutile, et que de toute façon je ne peux pas le recevoir avant la fin du mois.

— Il insiste...

— Je m'en fous ! Venir me relancer n'accélérera pas la procédure, faites-le-lui comprendre, mais ne me le passez surtout pas.

Agacé, il pianota quelques instants sur son sous-main. Villeneuve lui était décidément très antipathique, sans qu'il puisse déterminer pourquoi. En principe, il évitait les états d'âme à propos de ses clients. Bien sûr, le testament perdu et la certitude - celle de leur père, en tout cas - que Robert Villeneuve n'avait pas souhaité que son neveu hérite rendaient cette succession désagréable. Il appela le clerc chargé de l'affaire, vérifia qu'il n'y avait effectivement rien de nouveau du côté de l'administration, et dicta un courrier un peu sec à l'intention de Villeneuve pour l'exhorter à la patience.

— Et sur le pignon aveugle, une verrière ?

— Pour que la lumière entre à flots. Vous n'avez aucun vis-à-vis de ce côté ; en montant l'escalier, vous aurez l'impression d'escalader la colline !

Cécile Massabot hocha vigoureusement la tête, tout à fait conquise par le projet de Virginie.

— C'est stupéfiant... Magnifique ! Quand peut-on commencer le chantier ? Vous allez vous en charger, n'est-ce pas ?

— Bien entendu. Je vais faire un appel d'offres aux différents artisans, sauf si vous avez des préférences.

— Aucune ! Vous êtes l'architecte, à vous de décider. Je suis réellement emballée, je n'aurais pas cru que la maison puisse avoir cette allure-là un jour.

Elle désignait l'un des croquis d'ensemble et ajouta, admirative :

— Vous dessinez rudement bien !

— C'est le b.a.-ba du métier, répondit Virginie. Il faut que vous ayez une vision précise du résultat final avant le premier coup de pioche, sinon ce n'est pas sérieux.

— Vraiment, dit Cécile en sortant son chéquier, je ne remercierai jamais assez Victor de m'avoir parlé de vous. Mais il a toujours la bonne idée au bon moment...

Virginie espéra qu'il aurait aussi une liste d'entrepreneurs locaux à lui suggérer, car elle ne connaissait pratiquement personne dans la région et ne voulait surtout pas choisir au hasard. De cette première réalisation dépendait sans doute son avenir professionnel, elle n'avait aucun droit à l'erreur. Si Cécile Massabot, bavarde comme elle l'était, clamait partout que Virginie avait du talent, le problème des clients serait résolu.

— Et, à propos, comment le trouvez-vous ?

— Qui ?

— Victor ! Tout le monde se pose des questions à son sujet depuis que Laura est partie. Je ne crois pas qu'il y ait une seule femme célibataire qui ne louche pas sur lui. Si seulement il n'avait pas eu l'idée aberrante d'aller s'enfermer aux Roques ! Il prend ça comme prétexte pour refuser la plupart des invitations...

Avec un petit sourire malin, elle guettait la réaction de Virginie qui eut la sagesse de rester évasive.

— Oui, c'est dommage, se borna-t-elle à constater.

En réalité, elle supposait au contraire que la propriété des Roques offrait à Victor le dérivatif dont il avait eu un besoin crucial quelques mois plus tôt. De toute façon, elle le connaissait trop mal pour émettre un jugement.

Après avoir rassemblé ses plans, elle rangea le chèque dans son sac et serra la main de Cécile Massabot. Une fois dehors, elle dut résister à l'envie de courir vers sa voiture en criant de joie. Cette fois c'était bien fini, elle avait vaincu Pierre ! Le souvenir de la scène qu'il lui avait infligée chez elle la faisait encore bouillir de rage. Sa manière de toiser Victor et les termes utilisés - « C'est mon successeur ? Tu vas l'exploiter aussi ? » - la révoltaient. Si quelqu'un avait la mentalité d'un exploiteur, c'était bien lui ! Et il était assez habile pour reprocher aux autres ses propres défauts. Comment avait-elle pu vivre aussi longtemps avec un type pareil ? En tout cas, Victor avait été parfait dans cette situation difficile, et, depuis ce jour-là, elle le considérait d'un autre œil. Faisait-elle désormais partie des femmes qui, ainsi que le disait peu élégamment Cécile, *louchaient* sur lui ? Cette idée la fit sourire tandis qu'elle s'installait au volant. Inutile de se mentir : autant elle avait mis des distances entre eux, au début, autant elle n'aurait pas détesté qu'il l'embrasse pour de bon, le soir où elle lui avait offert Léo. Mais il s'était comporté avec une froideur inattendue, comme s'il avait définitivement renoncé à toute tentative de séduction.

— Dommage..., marmonna-t-elle en manœuvrant.

Le cœur battant à se rompre, Blanche restait saisie. Elle avait cru ouvrir à l'épicier, qui effectuait toujours sa livraison le mardi matin, mais c'était Jean Villeneuve qui se tenait sur le seuil de sa maison.

— On parle sur le trottoir ou bien tu te décides à me laisser entrer ? l'apostropha-t-il d'un ton menaçant.

— Chez moi ? Tu es fou !

Machinalement, elle tourna la tête à gauche puis à droite afin de s'assurer que la rue du Présidial était déserte, et il en profita pour entrer de force en la bousculant au passage.

— J'ai vu sortir ton mari il y a cinq minutes. Il a pris sa voiture, je suppose donc qu'on a le temps de discuter un peu tous les deux.

— De quoi ? s'écria-t-elle. Nous n'avons rien à nous dire, rien du tout !

— Hé, inutile de paniquer, calme-toi. Je te fais peur à ce point-là ?

Peur et horreur, oui. Même son sourire avait quelque chose de terrifiant, mais elle parvint à se dominer.

— Je n'en ai pas pour longtemps, Blanche, à condition que tu m'écoutes bien. Ton fils, celui que je vois à l'étude, Victor... Mieux vaudrait qu'il arrête de traîner les pieds ! Il me fait lanterner et j'espère pour toi que ce n'est pas délibéré. Je veux toucher mon héritage, je veux qu'on en finisse. Arrange-toi pour faire passer le message.

— Comment ? protesta-t-elle. Je ne me mêle jamais de leurs affaires, je ne suis au courant de rien, je...

— Il va bien falloir ! Lui ne m'écoute pas, et je n'aime pas sa façon de me regarder. Pourtant, je fais tout pour lui plaire, j'ai même proposé de sponsoriser son petit frère...

La bouche ouverte, cherchant de l'air, elle recula d'un pas et s'appuya au mur, derrière elle.

— Jean, réussit-elle à dire d'une voix altérée, tu n'as pas le droit...

— Au contraire ! D'une certaine manière je me sentais une dette vis-à-vis de ce gosse... Enfin, il est grand maintenant ! Mais tu comprends ça, n'est-ce pas ?

Une sueur glacée commençait à coller le chemisier de Blanche dans son dos. Le cynisme de Villeneuve était exactement le même que trente ans plus tôt. Tant que cette histoire ne serait pas réglée à sa convenance, il pouvait encore détruire Blanche, et tous les Cazals avec elle.

— Va-t'en, articula-t-elle avec peine. Je parlerai à Victor...

Il la transperça de son regard clair un instant encore puis disparut en laissant la porte grande ouverte. Pendant un long moment elle resta immobile, les yeux rivés sur le petit bout de rue qu'elle apercevait. Elle devait convaincre Victor. Mais comment s'y prendre ? Elle n'avait jamais su agir dans la précipitation, elle avait besoin de mûrir ses plans, de réfléchir.

Un bruit de pas la fit sursauter, sans pour autant la tirer de son hébétude. Etait-ce Jean qui revenait ?

— Qu'est-ce que tu fais là ? s'étonna Martial. Tu prends l'air ?

Incapable de se maîtriser une seconde de plus, elle se précipita vers lui et s'abattit contre son épaule, secouée de sanglots convulsifs.

— Blanche, voyons...

Embarrassé, il lui tapota le dos comme si elle était prise d'une simple quinte de toux.

— Ce n'est rien...

Il en était persuadé. Les soucis de sa femme n'étaient jamais très importants. Toutefois, une coupe de cheveux ratée ou un plat brûlé dans le four ne justifiaient pas un tel désespoir... Avait-elle fini par apprendre sa liaison avec Julie ? Il avait pris trop de risques et Sarlat était une petite ville, quelqu'un de bien intentionné avait dû parler à Blanche. Ce qui était particulièrement malvenu maintenant qu'il avait rompu. A cause d'elle, à cause de cette femme - *sa* femme - qui pleurait dans son cou. Pour ne pas lui faire de peine. Pour être en paix avec sa conscience, à défaut d'être heureux. Mais s'il lui fallait, en plus, la consoler...

— Là, là..., répéta-t-il deux ou trois fois, espérant qu'elle allait enfin s'écarter de lui.

Parce qu'il n'avait pas envie d'entendre la réponse, il avait soigneusement omis de lui demander ce qui n'allait pas, aussi fut-il stupéfait de l'entendre s'écrier :

— J'ai trouvé la porte ouverte et j'ai cru qu'il y avait quelqu'un dans la maison, j'ai eu tellement peur, si tu savais ! Je suis idiote, pardon...

A présent, c'était elle qui s'excusait, et Martial se sentit envahi par un odieux sentiment de culpabilité.

Malgré la fenêtre grande ouverte, il faisait encore chaud dans la chambre après cette journée torride. Victor s'était endormi nu sur les draps mais il se réveilla en nage, assoiffé, les tempes martelées par le mal de tête. Il avait un peu trop bu la veille au soir, chez son frère, au cours d'un de ces dîners que Cathie s'ingéniait à organiser pour lui. A croire qu'elle s'était mis en tête de le recaser dans les plus brefs délais... Une initiative personnelle ou une suggestion de Maxime ? En tout cas, sa belle-sœur invitait des femmes charmantes et réussissait toujours ses réceptions. Sauf qu'il n'aurait pas dû abuser du cahors.

Il se leva et gagna la salle de bains où il avala deux cachets d'aspirine avant de se mettre la tête sous l'eau froide. Léo dormait, roulé en boule sur sa couverture, et la maison était parfaitement silencieuse. Même au-dehors, il n'y avait aucun bruit, ni d'oiseaux ni d'insectes, car l'aube était encore loin. Certain qu'il ne pourrait pas se rendormir, il décida de descendre préparer du café.

Malgré toutes ses appréhensions, il éprouvait un plaisir croissant à vivre aux Roques. Certes, la maison était dix fois trop grande pour un homme seul, elle lui coûtait une véritable fortune en rénovations et il ne s'y endormait jamais tout à fait tranquille, néanmoins il se sentait définitivement chez lui. Lorsqu'il arrivait de Sarlat, le soir, il n'avait aucune envie de repartir, et les dîners de sa belle-sœur comptaient parmi les rares qu'il acceptait. Les Roques étaient sans doute le plus bel endroit du monde où profiter des longues soirées de ce début d'été. Il ne dînait parfois qu'à dix ou onze heures, toujours occupé à quelque bricolage urgent, toujours disposé à jouer sur la pelouse avec Léo.

Dans la cuisine, il ouvrit la porte en grand pour faire entrer un peu d'air, puis se prépara un vrai petit déjeuner, unique moyen selon lui de faire passer cette migraine lancinante qui ne le lâchait pas. En ouvrant le placard de l'office pour prendre l'un des pots de confiture dont sa mère lui avait donné toute une collection, il repensa pour la énième fois au cahier d'écolier. Il avait fouillé ce placard jusque derrière les tuyaux du chauffage, tout au fond, sans rien y découvrir d'autre. Il avait d'ailleurs passé au peigne fin à peu près tous les placards de la maison, même dans la chambre de ses parents où il était allé fureter avec mauvaise conscience. Cette chambre, comme toutes celles qui restaient inoccupées, paraissait abandonnée et il s'était promis de faire quelque chose, sans toutefois oser. Lorsqu'il avait proposé à son père de passer quelques jours ici pendant l'été, c'était sa mère qui avait refusé tout net. Car même si elle ne contrariait que rarement son mari, Les Roques restaient sa bête noire.

Une fois installé devant un bol de café bien sucré et une pile de toasts, il se mit à réfléchir, un coude sur la table et le menton appuyé sur sa main. Les photos d'Aneke s'étaient peut-être abîmées dans le secrétaire à cause des frottements du tiroir, et le cahier avait probablement été écrit par l'une de ces employées que sa mère ne savait pas garder. Mais le foulard délibérément réduit à l'état de charpie ? Le mystérieux visiteur du grenier qui laissait les malles ouvertes ?

Engloutissant une dernière bouchée, il décida d'aller chercher le foulard pour l'examiner de plus près. Après sa découverte il l'avait laissé sur place et s'étonna soudain de son manque de curiosité. Il grimpa jusqu'au second, gagna directement la plus grande des chambres de service, et en ouvrant la porte, il n'en crut pas ses yeux. Sur le dossier de la chaise, il n'y avait strictement rien. Et pas davantage sur la table ni sur le couvre-lit grignoté par les souris. Il regarda par terre, alla même jeter un coup d'œil sous l'armoire, puis resta perplexe un moment, debout au milieu de la pièce. Avait-il machinalement gardé le foulard à la main lorsqu'il avait précédé Maxime vers le grenier ? L'avait-il mis dans l'une des malles sans y penser ? Impossible, il n'était pas distrait à ce point, il l'avait reposé sur le dossier, il en était quasiment certain. D'après le souvenir qu'il en gardait, il s'agissait d'un foulard Hermès, qui avait figuré un carrousel avant d'être mis en lambeaux. Pas le genre d'accessoire qu'une employée de maison aurait volontiers déchiqueté puis abandonné là.

Alors qu'il se creusait la tête pour trouver une explication à ce nouveau mystère, un bruit très distinct de pas, au premier étage, le cloua sur place. Retenant sa respiration, il entendit nettement marcher sur le parquet de la galerie qui, à certains endroits, craquait de façon reconnaissable. Il fut submergé par une vague de panique, lutta pour recouvrer son sang-froid. Cette fois, il n'avait affaire ni à une vague impression, ni à un malaise latent. Quelqu'un de bien réel était entré dans la maison. Quelqu'un qui se trouvait à présent entre lui et son revolver. A toute vitesse, il essaya de se remémorer les objets facilement accessibles au grenier. Qu'est-ce qui pouvait lui servir d'arme de fortune dans ce fatras ? Juste à l'entrée, sur la gauche, il y avait un vieux serviteur de cheminée rouillé, avec une paire de pincettes et un tisonnier tordu, ce serait mieux que rien. En essayant de se déplacer silencieusement sur le sol de tomettes, il quitta la chambre et gagna le grenier, tout proche, conscient d'avoir très peu de temps pour trouver un moyen de défense. Au même instant, il entendit une porte s'ouvrir à l'étage au-dessous. Celui qu'il allait affronter n'avait pas froid aux yeux pour se déplacer avec une telle assurance dans une maison habitée ! Un fou ?

Couvert de sueur - autant à cause de la peur que de la touffeur qui régnait sous les toits -, Victor assura sa prise sur le tisonnier et fit demi-tour. Il longea sans bruit le couloir des chambres mansardées puis s'arrêta une seconde en haut de l'escalier. Il n'entendait plus rien, mais, comme il ne pouvait pas rester là à attendre, il commença à descendre. Quand il se retrouva à l'entrée de la galerie, au premier, il prit une profonde inspiration, puis se força à avancer dans la pénombre. Il n'était pas lâche, ne l'avait jamais été et n'allait pas commencer cette nuit.

La porte de la chambre de ses parents était grande ouverte. A pas de loup, il progressa jusque-là. Immobile devant la fenêtre, une haute silhouette se découpait à contre-jour sur la nuit claire. Sans réfléchir, il se précipita et heurta l'homme de l'épaule, l'envoyant à terre. Il n'eut même pas conscience d'avoir lâché le tisonnier, trop encombrant, ni de se baisser pour frapper brutalement, les poings fermés.

— Victor ! Arrête ! C'est moi...

Ahuri, Victor connut une seconde de flottement mais parvint à lâcher son adversaire à qui il était déjà en train de tordre le bras.

— Nils ? Mais tu es dingue ! Qu'est-ce que tu fous là ?

Il se releva d'un bond, tremblant de colère et d'énervement, puis se précipita sur l'interrupteur.

— Je rêve ! J'aurais pu te tuer, pauvre con !

— Avec ça ?

Les yeux baissés, Nils regardait le tisonnier tordu tout en se frottant la tempe.

— Avec le flingue que je garde dans ma table de nuit !

La rage de Victor augmenta d'un cran à l'idée de l'accident qui aurait très bien pu se produire.

— J'ai trouvé les restes de ton petit déjeuner, en entrant, alors j'ai cru que tu étais sous ta douche ou en train de t'habiller, je...

— Comment es-tu entré ?

Nils le dévisagea, déconcerté par la question.

— Ben... Par la porte, évidemment !

Celle de la cuisine, restée grande ouverte, Victor s'en souvint avec agacement.

— De quel droit te pointes-tu ici sans prévenir ? Tu crois que j'ai envie de te voir ?

Au lieu de répondre, Nils laissa retomber sa main et posa sur son frère un regard de chien battu. Au-dessus de sa pommette, une marque bleutée s'élargissait.

— Tu m'as fait mal, soupira-t-il.

— S'il y a bien un truc que je risque de ne pas regretter, c'est de t'avoir enfin mis mon poing dans la gueule !

Hors de lui, Victor se détourna et sortit de la chambre. La présence inattendue de Nils l'exaspérait, le mettait mal à l'aise, le consternait. A grandes enjambées, il gagna sa propre chambre, se débarrassa de son jean et alla prendre une douche tiède. La peur, au moins autant que la colère, l'avait vidé de toute énergie. Comment allait-il pouvoir affronter la journée de travail qui l'attendait, sans compter l'explication, inévitable, que Nils allait lui infliger d'ici là ?

Il choisit une chemise blanche, son costume le plus léger, et renonça à mettre une cravate. Le ciel pâlissait avec l'aube, la chaleur ne tarderait plus à revenir.

— Tu ne veux pas me parler du tout ?

Victor fit volte-face et découvrit Nils, appuyé au chambranle, qui devait l'observer depuis un moment en silence.

— Pour te dire quoi ?

— N'importe quoi, je m'en fous... Ce que tu as sur le cœur...

Levant les yeux au ciel, Victor l'écarta sans ménagement de son chemin et sortit.

— Non, attends ! Tu ne vas pas à l'étude à cette heure-ci, je suppose ?

Nils s'était précipité derrière lui, dans la galerie, et Victor s'arrêta net.

— Qu'est-ce que tu faisais dans la chambre des parents ? demanda-t-il d'un ton brusque.

— Je ne sais pas. Je me rappelais des souvenirs d'enfance, je regardais le parc... Et je retardais le moment où je serais en face de toi. J'ai roulé une partie de la nuit, je connais cette route par cœur mais je l'ai trouvée trop courte...

— Tu as prévenu Laura que tu venais ici ?

— Non.

— Tu t'es tiré comme ça, en douce ? Quel genre de mec es-tu donc ? Tu ferais mieux de l'appeler. Et de t'en aller !

Victor s'éloigna vers l'escalier tandis que, derrière lui, Nils élevait la voix, soudain furieux.

— Je n'ai pas fait tout ce chemin pour que tu me tournes le dos !

— Oh, ça, c'est déjà fait, répliqua Victor en commençant à descendre.

Au rez-de-chaussée, il alla droit à la cuisine où il jeta le contenu de la cafetière et remit de l'eau à chauffer. Nils le rejoignit au moment où il se versait une tasse.

— Eh bien, tu vois, Victor, ce n'est pas si difficile de commencer, maintenant dis-moi la suite...

A la lumière du jour, il paraissait fatigué et vieilli, plus maigre que de coutume, encore plus fragile.

— Pourquoi as-tu donné le nom de mon agent à ce type, Villeneuve ? Tu as peur pour Laura ?

— Exactement ! Te connaissant, il y a de quoi ! Mais je n'aurais pas dû si tu crois en faire le prétexte d'une réconciliation. Je ne veux plus savoir que tu existes.

— Non, tu mens. Tu n'es pas comme ça.

— Comme quoi ?

Nils secoua la tête puis se laissa tomber sur une chaise.

— Je t'en prie, Victor, murmura-t-il.

Combien de fois avait-il demandé de l'aide à ses frères, à chaque moment de sa vie ? Victor avait toujours cédé, trouvant normal de le secourir, de continuer à le protéger même lorsqu'il était devenu adulte. Et en guise de remerciements, Nils avait bien failli le détruire. Allait-il être assez bête pour lui tendre encore une fois la main ?

— Tu m'as l'air d'avoir un gros problème, Nils, cette fois, ce n'est pas moi qui peux le résoudre.

— Si. Il n'y a que toi qui puisses. Je ne supporte plus d'être fâché avec toi, c'est trop douloureux.

— Mais je rêve ! Comment oses-tu me... Tu veux du café ?

Il alla chercher un bol, y jeta rageusement deux sucres. Partagé entre la colère et cette habitude, trop bien ancrée en lui, de tout pardonner à son cadet, il se sentait vraiment déchiré.

— Tu débarques chez moi, tu me joues la scène du...

— C'est drôle de penser que c'est chez toi, ici, l'interrompit Nils.

— A cause de toi !

— Mais cette maison te va beaucoup mieux que la précédente.

Nils avait toujours eu le chic pour faire des réflexions inattendues. Désemparé, Victor haussa les épaules.

— Je travaille tôt, et toi tu dois rentrer à Paris. Je ne sais pas ce que tu espérais...

— Que tu m'offrirais un café. Tu ne m'as pas jeté dehors, je suis assis dans ta cuisine et tu me parles, c'est déjà beaucoup.

Le regard pâle de Nils semblait plein d'espoir. Enfant, il avait exactement le même et personne n'y résistait. Victor faillit se laisser attendrir mais parvint à se ressaisir avant de lancer, d'un ton cinglant :

— Tu comptes te dédouaner comme ça ?

— Arrête de t'énerver. Si tu me laissais parler...

— Eh bien, parle ! Vas-y, soulage ta conscience ! Tu vas me raconter que ce n'est pas ta faute ? Rien n'est *jamais* ta faute ! Tu t'arranges toujours pour te faire plaindre, tu nous as fait le coup pendant tant d'années ! Seulement là, tu m'en demandes trop. Laura n'était pas une petite amie de passage, il s'agissait de ma femme, de la mère de mon fils, je me croyais marié avec elle pour l'éternité et ça me rendait très heureux !

— Elle t'aurait quitté de toute façon, Vic. Un jour ou l'autre...

Profondément choqué, Victor resta silencieux quelques instants avant de grommeler entre ses dents :

— A tout prendre, j'aurais préféré que ce ne soit pas pour toi. Tu comprends ça ? Maintenant, tire-toi.

Nils venait de rouvrir une blessure qui avait tant de mal à se fermer. Qu'il s'agisse de grands sentiments ou simplement d'orgueil n'y changeait rien. Peut-être Laura ne l'avait-elle jamais aimé, mais il ne voulait surtout pas le savoir.

7

Avec l'été, les touristes avaient envahi Sarlat. Ils se pressaient devant la maison de La Boétie, couraient de la chapelle des Pénitents-Bleus au jardin des Enfeux, piétinaient devant la tour énigmatique de la Lanterne des Morts, plongeaient leurs mains dans la fontaine Sainte-

Marie, envahissaient la place du marché aux Trois-Oies, et prenaient d'assaut l'office du tourisme situé dans l'hôtel de Vienne. Appareils photo en bandoulière, ils levaient la tête vers les fenêtres gothiques et les galeries Renaissance, époustouflés par l'architecture de la ville. De jour comme de nuit, des visites guidées avaient lieu, commentées par des conférenciers, et la circulation automobile était interdite dans le vieux Sarlat pour toute la saison.

Résigné, Victor déjeunait fréquemment chez ses parents, rue du Présidial, ou bien chez son frère, afin d'éviter les restaurants bondés et bruyants. Parfois, il ne déjeunait pas du tout, regroupait ses rendez-vous et parvenait à rentrer aux Roques assez tôt dans l'après-midi. A deux reprises il avait voulu faire une visite-surprise à Virginie, qui semblait n'être jamais chez elle, sans doute monopolisée par le chantier de Cécile Massabot, et il était reparti bredouille. Il mourait d'envie de la voir mais ne voulait rien précipiter.

Un vendredi après-midi, alors qu'il remontait la Traverse pour se rendre rue des Armes, où il devait procéder à une hypothèque, il tomba sur Virginie par hasard. Elle était attablée à une terrasse, en pleine conversation avec un homme blond d'une trentaine d'années. Quand elle aperçut Victor, elle abandonna son compagnon pour courir vers lui.

— Qu'est-ce que vous devenez ? Je veux vous inviter à dîner depuis au moins deux semaines, malheureusement je rentre à des heures innommables !

— Votre chantier se passe bien ?

— Avec les petits soucis habituels, oui. Je suis en train d'essayer de convaincre le maçon de retarder ses vacances.

D'un geste discret, elle désigna le blond qui patientait, sirotant son Perrier.

— Comment va Léo ? ajouta-t-elle.

— Comme un coq en pâte.

— Tant mieux ! Bon, je vous laisse, j'espère qu'un de ces jours nous...

— Venez chez moi demain soir, je dîne très tard en ce moment.

Il avait lancé cette invitation sans réfléchir, sur une impulsion qu'il regretta aussitôt. Pour un homme qui voulait prendre son temps, il se montrait soudain bien pressé. A cause du blond ?

Tout en s'éloignant, il jeta un petit coup d'œil par-dessus son épaule. Virginie était retournée s'asseoir et discutait de nouveau, souriante. Allait-il se sentir jaloux d'une femme qu'il n'avait même pas su embrasser ? Bien sûr, il avait déjà éprouvé le même agacement devant Pierre Batailler, mais il s'agissait d'un homme particulièrement désagréable et, face à lui, Victor n'avait cédé qu'au désir de protéger Virginie. Le maçon, lui, n'avait rien de menaçant.

« Si tu attends qu'un autre la séduise, tu vas le regretter... »

Virginie lui plaisait beaucoup, pourtant il avait retardé le moment de la revoir. Sans cette rencontre sur la Traverse, l'aurait-il appelée ? Etait-ce encore Laura qui l'incitait à douter de lui-même ? En tout cas, la visite de Nils l'avait perturbé, lui laissant un goût tellement amer qu'il n'en avait parlé à personne, même pas à son père. « Elle t'aurait quitté de toute façon, Vic. Un jour ou l'autre... » Pourquoi ? Parce qu'elle le trouvait nul ou parce qu'elle était inconstante ? Comment Nils, en quelques mois, pouvait-il prétendre mieux la connaître que Victor ? A moins qu'elle ne lui ait fait des confidences... Elle devait avoir une piètre opinion de lui, alors qu'il s'était cru un mari modèle ! Qu'avait-il bien pu dire ou faire pour mériter d'être quitté *de toute façon* ? Depuis la fête de l'école, elle ne l'avait rappelé qu'une fois, sans réelle conviction, comme si elle renonçait à le reconquérir, estimant la partie perdue. Nils lui avait-il raconté son passage éclair aux Roques, ou bien ne s'en était-il pas vanté ?

Navré, il constata une fois de plus que, lorsqu'il pensait à Virginie, Laura lui revenait immanquablement à l'esprit. Combien de temps son souvenir allait-il le poursuivre ?

— Maître Cazals, quelle bonne surprise !

Arrêté devant Victor, Jean Villeneuve barrait tout le trottoir.

— Alors, enchaîna-t-il, du nouveau pour moi ?

Une bouffée de colère submergea Victor.

— S'il y en avait, l'étude vous aurait contacté, dit-il d'un ton sec.

Le geste qu'il fit pour écarter Villeneuve de son chemin était carrément agressif et il surprit le regard effaré d'un passant.

— Excusez-moi, je suis pressé, se força-t-il à ajouter avant de s'éloigner.

Ce type avait le don de l'exaspérer, il ne savait vraiment pas pourquoi, mais il jugeait la question sans importance et, vingt mètres plus loin, n'y pensait déjà plus.

Epaté par le bilan que venait de lui annoncer Maxime, Martial resta quelques instants silencieux.

— Bravo, finit-il par laisser tomber, vous vous débrouillez vraiment bien tous les deux, je suis très impressionné...

A l'admiration pour ses fils aînés se mêlait une pointe d'envie. D'une année sur l'autre, l'étude ne cessait d'augmenter son chiffre d'affaires et dépassait de loin ce que Martial, pourtant fort compétent, avait réalisé en son temps.

— Tu me sidères, lui dit Maxime avec un large sourire, tu es bien le seul à ne pas demander combien ça fait en francs ! Nous n'avons pas un seul client qui convertisse en euros aussi vite que toi.

— Ah, il faut les comprendre, dépenser un million pour une maison, c'était plus parlant, plus glorieux ! Et encore, tu n'as pas connu ceux qui parlaient en anciens francs. Cent briques au lieu de cent cinquante-deux mille euros, il y avait de quoi se sentir riche !

Blanche déposa sur la table un cou de canard farci entouré d'une purée de pommes fraîches.

— Tu as un blanc de poulet, annonça-t-elle à Martial.

Elle l'avait parfumé à l'estragon et agrémenté de petits légumes, mais il repoussa l'assiette qu'elle lui présentait.

— Non merci, très peu pour moi.

Elle resta la main tendue, ne sachant que faire, et Maxime vint à son secours :

— Sois raisonnable, papa...

— Il n'en est pas question, je préfère me passer de déjeuner. Et tu serais gentil de ne pas me parler comme à tes enfants, je n'ai pas encore l'âge de me laisser infantiliser !

La réflexion s'adressait davantage à Blanche qu'à Maxime, ils le savaient tous les trois. Vexée, elle repartit vers sa cuisine en remportant le poulet. Imperturbable, Martial commença à découper le cou farci.

— Franchement, Max, je suis fier de vous. Je vous avais laissé l'étude en bon état, je crois, mais là vous dépassez toutes mes espérances.

— On se complète bien, Victor et moi, et on ne se marche jamais sur les pieds, c'est sûrement le secret ! Lui n'aime pas l'immobilier, et moi je n'aime pas la finance...

Blanche était revenue s'asseoir et elle l'interrompit pour demander :

— Qui s'occupe des successions, toi ou ton frère ?

— Plutôt lui, mais on s'arrange. Pourquoi ?

— Par curiosité... Vous parliez de Robert Villeneuve, l'autre jour, et figure-toi que j'ai rencontré son neveu chez un commerçant.

— Jean ? C'est la bête noire de Vic, je le lui ai lâchement mis dans les pattes, avec le résultat qu'on sait. Si ce type finance le film de Nils, on touchera le fond de l'absurde !

Elle lança à son fils un regard si étrange que Martial s'arrêta de manger pour la dévisager avec curiosité. Il la vit prendre une grande inspiration avant d'enchaîner :

— Pourquoi sa bête noire ? A l'époque, c'était plutôt un brave garçon, non ?

— Tu as une bien mauvaise mémoire, riposta Martial d'un ton cassant. Robert le tenait pour un raté, paresseux et incapable ! Souviens-toi, il ne pouvait pas garder un boulot huit jours de suite. A vingt-cinq ans, il ne savait toujours rien faire de ses dix doigts. On lui avait même proposé quelques travaux de jardinage, aux Roques, un été, mais c'était encore trop dur pour lui.

— Personne ne trouve jamais grâce à tes yeux, murmura Blanche.

— Moi ?

Stupéfait d'être critiqué et ne comprenant rien à l'insistance de sa femme, Martial se tourna vers Maxime.

— Qu'a-t-il fait de sa vie, d'ailleurs, depuis trente ans ? Tu en as une idée, toi ?

— Rien d'intéressant. Enfin, d'après ce qu'il nous a raconté, il n'a eu aucun emploi fixe. Il a vécu à Périgueux, à Cahors...

— Ce n'est pas une raison pour vous en prendre à lui ! explosa Blanche. Donnez-lui son héritage et laissez-le tranquille...

Sa voix avait tremblé sur les derniers mots.

— J'ai toujours l'impression que vous jugez les gens, que vous vous mêlez de leur vie, reprit-elle plus posément.

— C'est notre métier, maman, répondit Maxime. Mais nous ne devrions pas en parler devant toi, tu as raison.

Martial regarda Blanche, de plus en plus intrigué. Quelle mouche la piquait ? Si elle devait s'aigrir en vieillissant, leur avenir commun risquait d'être encore plus pénible que tout ce qu'il avait pu redouter jusque-là. Douce, elle l'agaçait vaguement, mais acariâtre il ne la supporterait pas.

Avec sa diplomatie coutumière, Maxime avait déjà lancé un autre sujet de conversation, où il était question de vacances, et Martial se demanda comment Julie avait organisé son été. Un voyage avec son mari ? Des séjours chez ses enfants ? Il ne souhaitait pas qu'elle le regrette ou qu'elle pense à lui mais l'espérait malgré tout.

Les papillons de nuit et les moustiques venaient se brûler en grésillant sur les photophores que Victor avait disposés aux quatre coins de la table. Bien qu'il soit près de minuit, l'air était encore tiède, chargé d'une odeur d'herbe sèche.

— Les lieux ont une influence sur ceux qui les habitent, affirma Virginie. Vivre dans une maison comme la vôtre n'est pas anodin.

Les Roques semblaient tellement lui plaire qu'elle en parlait avec lyrisme.

— Dommage que vous ne sachiez pas d'où vient exactement son nom. Bien sûr, ce ne sont pas les rochers qui manquent, par ici... A moins qu'il ne s'agisse de ce promontoire ? Quand on découvre la vue en à-pic sur la vallée, depuis l'autre façade, c'est absolument stupéfiant ! On aurait dû dîner de ce côté-là.

— Vous voulez que Léo dévale toute la pente jusqu'à la rivière ? plaisanta Victor. Si vous y tenez, la prochaine fois je mettrai le couvert au bord du vide. A condition qu'il y ait une prochaine fois, naturellement.

— Pourquoi pas ?

Elle souriait d'un air malicieux et il pensa que le moment était venu de se montrer un peu moins stupide que lors de leurs précédentes rencontres. Depuis qu'elle était là, il faisait un effort méritoire pour ne pas trop regarder son décolleté, mais le chemisier blanc sans manches qu'elle portait était largement ouvert sur sa peau bronzée et il mourait d'envie de la toucher. Comme ils s'étaient installés face à face, il tendit le bras par-dessus la table et lui prit la main.

— Si je vous dis que vous me plaisez beaucoup, vous n'allez pas vous lever pour rentrer chez vous ?

— Eh bien, ça dépend ! Vous le dites ou pas ?

— Oui, bien sûr...

Du bout des doigts, il lui effleura le poignet.

— Vous sortez d'une histoire pénible, et moi aussi, ajouta-t-il à mi-voix, mais en ce qui me concerne, je ne cherche pas une... consolation.

— Que cherchez-vous, alors ? Une aventure ?

— Non plus. Enfin, pas avec vous.

A la lumière des bougies, les yeux bruns de Virginie paraissaient immenses tandis qu'elle scrutait Victor. Il lâcha sa main, se leva et fit le tour de la table. Debout derrière elle, il se pencha pour l'embrasser dans la nuque, la faisant frissonner.

— Je suis en train de tomber amoureux de vous, chuchota-t-il.

Il n'avait pas pensé à Laura de toute la soirée, mais cet aveu la lui rappela brutalement. Il n'avait désiré et aimé qu'elle durant des années, s'était cru de taille à la rendre heureuse, n'avait jamais imaginé qu'il serait un jour obligé de rebâtir une autre vie sans elle. Et pourtant, ce qu'il venait de dire était vrai. Il se sentait de nouveau capable d'aimer, prêt à entamer une véritable histoire, peut-être même à construire quelque chose. En préparant le dîner, il s'était surpris à chantonner, une chose qu'il ne faisait jamais, et il avait passé un bon quart d'heure à chercher les coupes en verre de couleur dans lesquelles il tenait à servir son gaspacho.

— Virginie... Voulez-vous rester avec moi, cette nuit ?

Sans répondre, elle se leva à son tour pour pouvoir lui faire face.

— Amoureux ? répéta-t-elle. Je n'en demande pas tant !

Ce fut elle qui lui passa un bras autour du cou et, se haussant sur la pointe des pieds, effleura ses lèvres.

— Vous êtes sûr que nous n'allons pas gâcher une amitié ? chuchota-t-elle.

— Je m'en moque. Je ne crois pas à ce genre d'amitié et j'ai très envie de vous.

Les doutes qui l'avaient assailli, le soir où elle lui avait offert Léo, étaient dissipés. En la serrant contre lui, il respira son parfum avec volupté.

— *Shalimar* ?

— Gagné. Vous êtes connaisseur ?

— Très amateur, en tout cas.

— Je reste, décida-t-elle.

Il la lâcha le temps de souffler les bougies des photophores puis lui prit la main pour rentrer dans la maison.

Après la projection destinée aux critiques des journaux de télé, le producteur avait offert un pot durant lequel Laura s'était franchement ennuyée. Personne ne s'intéressait à elle, ni en tant qu'attachée de presse d'une maison d'édition plutôt confidentielle ni en tant que compagne de Nils - il n'avait pas songé à la présenter comme telle.

Un peu avant minuit, ils finirent tout de même par aller dîner en tête à tête dans une brasserie du boulevard Saint-Michel où il se décida à lui demander ce qu'elle avait pensé du film.

— Tu as fait du bon travail, admit-elle. Le scénario est mince, en revanche tes images sont belles...

Elle aurait voulu manifester sa mauvaise humeur, le punir de l'avoir ignorée, mais, deux heures plus tôt, dans l'obscurité de la salle, elle s'était rendu compte qu'il avait réellement du talent. Jusque-là, elle ne s'était pas posé la question, n'avait jamais eu l'idée de visionner les cassettes de ses précédentes réalisations. Par indifférence ou par peur d'être déçue ? Dans la famille Cazals, avant que le scandale de l'adultère éclate, Nils passait pour un original dont les fantaisies n'avaient rien de sérieux.

— J'espère que tu arriveras à mettre ton long métrage sur pied, ajouta-t-elle sincèrement.

Depuis quelques semaines, il ne parlait plus que de son projet rendu enfin possible grâce à ce commanditaire tombé du ciel - ou plus exactement de Sarlat. D'après l'agent de Nils, il suffisait toujours d'un premier bailleur de fonds pour attirer tous les autres, le cinéma fonctionnait ainsi.

— Tu es fatiguée, Laura ?

Il la regardait d'un air attendri et elle se dit qu'elle devait avoir mauvaise mine, comme souvent ces temps-ci, parce qu'elle dormait mal, travaillait sans plaisir et s'angoissait de plus en plus pour son avenir.

— Je vais demander l'addition, décida-t-il.

Il allait la demander, bien sûr, mais qui la paierait ? Le cachet du téléfilm avait à peine suffi à éponger ses dettes, et il était de nouveau à sec.

— Je t'invite, proposa-t-elle d'un ton résigné.

Combien de temps s'acharnerait-elle encore à sauver ce qui ne pouvait plus l'être ? Nils n'était pas l'homme de sa vie, un jour ou l'autre, elle devrait accepter cette évidence. Si elle avait parfois trouvé l'existence assommante aux côtés de Victor, elle ne s'amusait pas beaucoup plus avec Nils, au bout du compte.

— La baby-sitter doit tomber de sommeil, dit-il en regardant sa montre. Viens, c'est moi qui règle mais allons au comptoir leur demander un taxi...

Dans le mouvement qu'il fit pour se lever, elle le trouva très beau, aussi charmant que la première fois qu'elle l'avait rencontré, le jour de son mariage avec Victor. Il tenait déjà sa carte bancaire dans une main et, de l'autre, il la prit par la taille. Peut-être était-elle toujours amoureuse de lui... Pourquoi alors avait-elle essayé de reconquérir son ex-mari ? Car c'était bien ce qu'elle avait fait, le jour de la fête de l'école. En appuyant sa tête contre l'épaule de Victor, sur ce banc du préau, que cherchait-elle donc ? A se rassurer ? Vérifier son pouvoir sur lui ? Et pourquoi pensait-elle aussi souvent à lui ? Plus fréquemment, en tout cas, que lors de son arrivée à Paris.

Derrière la vitre du taxi qui les ramenait chez eux, elle se mit à observer les quais et les monuments illuminés. Elle s'était tellement languie de cette ville ! Pourtant, elle n'en regardait jamais rien, n'en profitait pas, ne s'y sentait même pas heureuse. Tôt ou tard, elle finirait par admettre qu'elle avait fait le mauvais choix. Ce qui l'avait séduite chez Nils était éphémère, et ce qui l'avait rebutée chez Victor aurait pu la rendre heureuse à long terme. Maintenant, elle n'avait plus de porte de sortie, les dés étaient jetés.

Profitant d'un samedi, où l'étude fermait à seize heures, Victor avait convoqué un brocanteur afin de se débarrasser des vieux meubles dont il voulait se séparer. Avec un soupçon de nostalgie, il fit descendre la psyché du grenier mais décida au dernier moment de conserver le rocking-chair et de le réparer pour l'installer dans la chambre de Thomas. En revanche, il vit partir sans regret tous les vieux lits des mansardes, ainsi que des chaises paillées bancales et des tapis élimés.

— Ce mobilier-là, vous ne voulez vraiment pas le vendre ? demanda le brocanteur.

Planté devant la porte de la plus grande des chambres du second, il regardait l'armoire Louis XV d'un air intéressé.

— Avec la table et la chaise, insista-t-il. Je pourrais vous offrir un prix intéressant pour l'ensemble.

— C'est-à-dire ? marmonna Victor, indécis.

Certes, il ne manquait pas de chambres d'amis, au premier étage, et n'aurait sans doute jamais l'occasion de se servir de cette pièce, toutefois, l'idée de la vider entièrement lui déplaisait.

— Le bois a joué, il s'est fendu, constata le brocanteur en s'approchant de l'armoire. La maison n'a pas dû être chauffée pendant plusieurs années, n'est-ce pas ?

— Non, juste une mise hors gel.

— Trois degrés l'hiver, et trente sous les toits en été ! Malheureusement, les différences de température n'arrangent pas les meubles anciens, c'est dommage...

Il passa une main de connaisseur sur les charnières avant d'ouvrir les deux battants pour examiner l'intérieur.

— Le Louis XV campagnard a ses amateurs. A condition de la restaurer d'abord, elle aurait assez bonne allure !

Sur la pointe des pieds, il se mit à examiner l'étagère, au-dessus de la penderie.

— Ah ! s'exclama-t-il d'un ton triomphant, on en oublie toujours, ces meubles sont tellement profonds !

Allongeant le bras, il ramena un gros carnet noir, fermé par un élastique, et le tendit à Victor.

— C'est à vous, ça. Alors, qu'est-ce que vous décidez ?

Victor ne répondit pas, les yeux rivés au carnet. Avant même de l'ouvrir, sans savoir ce qu'il contenait, il eut la certitude qu'une mauvaise surprise l'attendait. Nerveusement, il enleva l'élastique, souleva la couverture de toile et découvrit une date sur la première page : 1970. Toutes les autres étaient couvertes d'une écriture serrée, dont il déchiffra quelques lignes.

— Si on profite du camion aujourd'hui, enchaîna le brocanteur, je ne serai pas obligé de vous déduire le transport, et dans ce cas j'irai bien jusqu'à... Allez, mille huit cents euros pour le tout !

Dans le silence qui suivit, Victor continua à feuilleter le carnet, lisant des phrases au hasard tout en retenant sa respiration.

— Croyez-moi, c'est très honnête si on tient compte du travail de restauration.

Victor ne l'écoutait pas. Un peu de sueur perlait sur ses tempes et son cœur battait à grands coups affolés.

— Vous avez un problème ? finit par s'inquiéter le brocanteur.

— Non, non... Rien de... Ce sont des souvenirs de famille.

Il avait dû pâlir car l'autre l'observait avec une curiosité flagrante.

— On trouve de ces trucs, parfois... Tenez, même de l'argent, souvent démonétisé depuis longtemps ! Les gens âgés adorent cacher des choses. Dans une maison comme celle-ci, vous devriez pouvoir jouer à la chasse au trésor !

Cette fois, Victor releva la tête et le dévisagea.

— Pour ces meubles, dit-il d'une voix tranchante, je ne peux pas me décider aujourd'hui, je dois en parler à mes frères. S'ils sont d'accord, je vous contacterai.

Il se détourna, la main crispée sur le carnet qu'il venait de refermer d'un geste sec. Il dut faire un effort considérable pour attendre le départ du brocanteur sans manifester trop d'impatience, et à peine le camion fut-il au bout de l'allée qu'il se précipita dans la cuisine. C'était peut-être l'endroit où il se sentait le mieux, le plus en sécurité, et il savait qu'il allait en avoir besoin, glacé d'avance par l'épreuve qui l'attendait.

Il jeta le carnet sur la table, refusant d'affronter immédiatement une vérité qu'il n'avait fait qu'entrevoir. Après quelques secondes d'hésitation, il prit le téléphone et composa le numéro de Maxime mais, au bout de trois sonneries, le répondeur lui apprit que la famille Cazals n'était pas là. Il aurait pu joindre son frère sur son portable, mais il se refusait à lui gâcher la soirée. S'il dînait au restaurant avec Cathie et les enfants, comme souvent le samedi, autant le laisser tranquille. Après tout, il n'existait aucune urgence, la catastrophe sur le point de s'abattre sur eux avait déjà trente ans de retard, un jour de plus n'y changerait rien.

La tête entre les mains, il resta un moment affalé sur son tabouret, puis se leva et se servit un verre de cahors. Avait-il encore le choix d'aller remettre ce carnet où le brocanteur l'avait trouvé ? Fermer l'armoire à double tour, jeter la clef dans la rivière, et ne plus jamais y penser. Pourquoi pas ?

« Parce que maintenant, tu sais. »

Son expérience des documents, y compris les plus denses ou les plus obscurs, lui permettait généralement de se faire une opinion, même s'il n'avait pas le temps de tout lire. Et les mots glanés au hasard tout à l'heure ne lui avaient pas laissé le moindre doute.

Il but quelques gorgées de vin avant de se rasseoir puis, attirant à lui le carnet, il se força à l'ouvrir au hasard.

— *Martial va forcément revenir, ce n'est plus qu'une question de temps, et on verra bien qui a gagné la partie,* lut-il d'une voix atone.

Les premières lueurs du jour pâlissaient le ciel et commençaient à découper en ombres chinoises les grands arbres du parc. Après la pluie nocturne, une odeur d'humidité montait de la terre. Debout sur le perron de la cuisine, Victor s'étira pour soulager les muscles de son cou et de ses épaules. Il se sentait vidé, anéanti. A la bouteille de cahors avait succédé le contenu d'une pleine cafetière, tandis que les mégots s'entassaient dans le cendrier.

Il descendit les trois marches et fit quelques pas sur les graviers. Comment allait-il annoncer ça ? Et à qui ? Maxime d'abord, évidemment, mais Nils était beaucoup plus concerné qu'eux.

Assailli par un cuisant sentiment de culpabilité, il se souvint de la manière dont il avait traité Nils lorsque, un mois plus tôt, celui-ci avait débarqué aux Roques par surprise. A présent, il était prêt à lui pardonner n'importe quoi.

Faisant volte-face, il contempla la maison. Combien de souffrance avait-il fallu à sa mère pour en arriver là ? Une bonne partie de la nuit, il s'était efforcé de rassembler ses souvenirs. Tout ce qui se trouvait consigné dans le carnet noir correspondait à une période précise, trente ans plus tôt. Or, en 1970, il avait six ans, et Maxime, huit, alors évidemment ils n'avaient pas compris grand-chose au chagrin obsessionnel de leur mère. Ce carnet avait sans doute été son seul exutoire et elle y avait consigné sa douleur aiguë, rédigeant au fil des pages une insupportable confession où se mêlaient la colère, le désespoir, la haine. L'absence de Martial la consumait, la détruisait inexorablement. Bien qu'il l'eût quittée pour une autre, elle continuait à lui vouer une adoration démesurée, qui oblitérait le reste de sa vie et la tuait à petit feu. Même l'amour qu'elle portait à ses fils demeurait impuissant à la distraire de son malheur. Savoir Martial heureux loin d'elle était un supplice de chaque instant, qui vrillait sa tête et sa chair sans lui laisser aucun repos. A l'aide d'une pince coupante, elle avait sectionné son alliance avant de la jeter dans la malle qui contenait sa robe de mariée, sans que ce geste dérisoire lui procure le moindre soulagement. Elle avait d'ailleurs failli brûler la robe dans la grande cheminée du salon, et seule la crainte de mettre le feu à la maison, avec ses enfants dormant au premier étage, l'en avait empêchée.

Jamais elle n'avait vu Aneke mais elle s'en faisait une idée assez exacte, la supposant très belle, très blonde, très exotique - le genre de créature sulfureuse qu'elle exécrait. Remâchant sa rancœur, elle s'en nourrissait, ou plutôt s'en empoisonnait. Chaque soir, une fois ses fils couchés, elle écrivait rageusement. D'abord ce cahier d'écolier sur lequel elle n'avait pas su exprimer autre chose qu'un refus affolé. *Non*, elle n'acceptait pas l'abandon de Martial, *non*, elle ne pouvait pas supporter qu'il lui en ait préféré une autre, *non*, elle ne se résignerait jamais. Le cahier, qui ne portait pas de date, trahissait l'horreur des premiers moments, quand elle s'était retrouvée seule, refusant d'accepter son sort et répétant ce « non » à l'infini.

En revanche, le carnet noir, postérieur, prouvait quant à lui que Blanche avait eu le temps de réfléchir. En 1970, Nils était né depuis quelques mois et le bonheur radieux de Martial éclatait lors de chacune de ses visites aux Roques. Sa joie d'homme comblé - qu'il ne cherchait même pas à dissimuler - était insupportable à Blanche, aussi, lorsqu'il avait annoncé à Maxime et à Victor que bientôt ils feraient la connaissance de leur « petit frère », elle avait vu rouge. L'idée que ses fils rencontrent la Suédoise et son bâtard la rendait folle. Même si elle était parfaitement consciente de la chape de plomb qui pesait sur Les Roques, elle ne voulait pas que ses garçons aillent rire ailleurs. Après tout, elle n'avait plus qu'eux, et aussi cette horrible maison dont elle se sentait prisonnière.

La suite était logique, inéluctable. Blanche ne voyait aucune autre issue, elle devait détruire la Suédoise, *l'effacer*, selon ses termes. Ensuite, elle en avait l'absolue certitude, tout redeviendrait comme avant. Une fois seul, Martial serait très vulnérable, il aurait besoin d'être consolé, besoin qu'on l'aide à élever cet enfant d'à peine dix-huit mois.

Tous les soirs, elle écrivait fiévreusement dans le carnet noir, inventoriant les moyens dont elle disposait pour arriver à ses fins. Si elle répugnait à se servir d'un couteau, elle possédait encore l'un des revolvers de Martial, qu'il lui avait abandonné en partant, et elle se demandait si elle saurait s'en servir.

Tenir ce journal avait dû la galvaniser, lui procurer une sorte de plaisir pervers. Pour ne pas être surprise par Maxime ou Victor, elle attendait qu'ils soient endormis et montait au second où elle s'installait dans la grande chambre mansardée. Là, elle se livrait tout entière à son fantasme de meurtre. A force d'imaginer la scène, et surtout les retrouvailles qui suivraient, elle semblait ne plus en voir l'amoralité. Récupérer Martial était un but qui suffisait à tout justifier. D'avance, elle se donnait l'absolution. En bordant ses fils, le soir, elle se promettait que leur père serait bientôt de retour. Puis elle descendait à la cuisine faire un gâteau pour le lendemain, différant le moment de monter à pas de loup au second, de rouvrir le gros carnet de toile noire et d'y poursuivre sa litanie. Les heures passées à écrire, penchée sur la petite table Louis XV, étaient devenues sa raison de vivre, et peu lui importait le froid ou la chaleur de la mansarde.

Une première fois elle était allée à Cahors, avait garé sa voiture à quelques mètres de l'immeuble où Martial vivait sa passion imbécile. Les yeux rivés sur la façade, elle n'avait rien fait d'autre que regarder et réfléchir. Ce jour-là, elle n'avait pas osé franchir le pas, et à force d'attendre, elle avait aperçu Martial qui se hâtait sur le trottoir, pressé de rentrer chez lui. A voir son air épanoui, son sourire béat d'homme amoureux, une nouvelle vague de haine l'avait secouée. Ce jour-là, elle était repartie bredouille mais plus déterminée que jamais.

La deuxième expédition à Cahors avait été *la bonne*. Elle le formulait sans remords ni regrets, d'une écriture ferme. La *chance* l'avait d'abord servie. A dix heures du matin, Aneke était seule chez elle, comme prévu, avec son gamin qui marchait à peine et ne parlait pas, jouant sagement dans son parc au beau milieu du salon.

Blanche n'avait pas confié au carnet tous les détails, sauf que cette *garce* était en train de faire ses carreaux. Refusant sans doute de se quereller avec la femme de Martial et n'ayant rien à lui dire, la Suédoise avait voulu couper court. Pour signifier son indifférence, elle était remontée sur son échelle, avait repris son chiffon. Du coup, le revolver était resté au fond du sac, inutile. Une simple poussée avait suffi, et Aneke avait basculé, disparu, laissant le foulard qu'elle portait négligemment noué sur les épaules dans la main de sa meurtrière.

Avait-elle accordé un seul regard à l'enfant avant de quitter la pièce ? Elle n'avait noté qu'une contrariété : au moment de quitter l'immeuble, elle était tombée malencontreusement sur *ce type*.

La dernière page exprimait à la fois son triomphe et son inquiétude. Martial reviendrait forcément, avec *l'affreux moutard*. Trop petit pour se souvenir de quelque chose, il n'était pas un témoin gênant, mais elle devrait faire semblant de l'accueillir avec affection. Et ensuite, toute sa vie, elle serait condamnée à le supporter. A persuader tout le monde, Martial le premier, qu'elle l'aimait. Comme si c'était concevable ! Non, il ne serait jamais son troisième fils, mais tant pis, elle se sentait capable de tenir ce rôle-là, c'était le prix à payer pour que son mari revienne enfin et reste auprès d'elle. Jouer les mères adoptives avait beau la révulser, elle y parviendrait, elle en était sûre, quitte à haïr le mioche en silence.

Le carnet noir s'arrêtait là.

Ce qui n'était pas écrit, Victor l'avait deviné entre les lignes. Trois fois de suite, il s'était obligé à recommencer la lecture de bout en bout. Horrifié, indigné, écœuré. A certains endroits, aveuglé par les larmes, il avait dû suivre les lignes avec son doigt.

La tête renversée en arrière, il essaya d'apercevoir le chien-assis de la chambre du second, mais le toit était trop haut. Découpée sur le ciel devenu laiteux, l'élégante façade des Roques semblait le narguer. Derrière ces murs, sa mère était devenue folle, concevant puis exécutant un crime impossible à pardonner. Avec le recul du temps, cette démence dont ils avaient été les spectateurs aveugles, Maxime et lui, lui soulevait le cœur de dégoût. Enfants, ils avaient vu Blanche triste, meurtrie, accablée de chagrin mais toujours aussi douce, un vrai modèle de tendresse maternelle qui forçait l'admiration. Il se souvenait parfaitement comment elle leur avait annoncé le drame qui frappait leur père. Elle avait joué à merveille la comédie de la compassion et leur avait demandé, avec une émotion retenue, d'accueillir gentiment ce *pauvre petit bout de chou*. L'arrivée de Nils, accroché au cou de leur père, avait presque été vécue comme un événement heureux.

A l'époque, tout le monde s'était incliné devant l'attitude de Blanche Cazals, une femme admirable. Digne, attentionnée, elle avait traité Martial en convalescent, et pris l'enfant sous son aile protectrice. Au bout du compte, son apparente magnanimité n'avait été qu'une arme utilisée pour enchaîner définitivement son mari. Car, en ce qui le concernait, ce retour au bercail sonnait le glas de la liberté. Anéanti par la mort d'Aneke, il avait reporté son affection sur Nils, que Blanche essayait de s'approprier peu à peu. Au nom de la compassion, elle gardait le petit garçon dans ses jupes, faisant de lui une poule mouillée.

Ce que Victor ne savait pas - et ne voulait surtout pas savoir -, c'était si, avec les années, elle avait fini par s'attacher à Nils malgré tout, ou si elle avait continué à le haïr. Il était la preuve vivante qu'Aneke avait bien existé, que cette parenthèse dans la vie de Martial ne pouvait pas être oubliée. Il était aussi celui qui avait tout vu. Trop petit pour s'en souvenir ? Pas sûr...

Epuisé, Victor frissonna. Avec l'aube, il avait gagné le droit d'appeler son frère au secours, après avoir porté seul ce fardeau pendant toute la nuit. Il retourna à la maison, referma la porte de la cuisine et alla décrocher le téléphone. Même le dimanche matin, Maxime se levait de bonne heure, mais comme il était à peine six heures, il répondit d'une voix ensommeillée.

— C'est moi, Max...

Le simple fait de parler, après toutes ces heures d'un silence pétrifié, ramena des larmes dans les yeux de Victor.

— Il faut que tu viennes...

— Maintenant ? Qu'est-ce qui se passe ?

— Je te le dirai quand tu seras là.

Après un court silence, son frère demanda, d'un ton alarmé :

— Tu as un problème, Vic ?

— Nous en avons un tous les deux. Et pas uniquement nous. Viens, s'il te plaît...

Une boule, dans sa gorge, étranglait sa voix, et il raccrocha avant d'éclater en sanglots.

Pour une fois, Virginie avait décidé de paresser au fond de son lit. Comme elle ne fermait jamais les rideaux de sa petite chambre, exposée à l'est, les rayons du soleil levant jouaient sur sa couverture. Couchée à plat ventre, la tête sur ses bras repliés, elle réfléchissait. Lorsqu'elle s'était réveillée auprès de Victor, trois matins plus tôt, elle avait éprouvé une drôle de sensation. Quelque chose qui ressemblait à l'envie de rester blottie dans ses bras. Même endormi, Victor était très rassurant.

Elle s'étira, esquissa un sourire. Rassurant ? Pourtant, elle s'était bien juré qu'aucun homme ne la protégerait plus ! Elle n'avait pas besoin qu'on veille sur elle, Pierre lui avait montré les limites de ce genre de rapports. Mais Victor était très différent de Pierre, et elle se demandait encore comment elle avait pu les comparer. Même leur manière de faire l'amour était radicalement opposée. Attentif, patient, tendre, Victor savait se maîtriser jusqu'au bout. Sa sensualité était celle d'un homme expérimenté, qui avait dû collectionner les conquêtes. Au contraire de Pierre, il n'imposait pas ses préférences et semblait uniquement préoccupé du plaisir de sa partenaire. Avant de s'endormir, il était descendu lui chercher une bouteille d'eau à la cuisine, l'avait regardée boire en souriant puis avait demandé sur quelle heure régler le réveil. Elle adorait son sourire, qui creusait une fossette sous sa cicatrice. Elle avait aussi aimé ses mains, sa peau, la douceur de sa voix grave, son authentique gentillesse. Quand elle était partie, après le petit déjeuner, il était resté debout dans l'allée, à regarder s'éloigner la voiture.

Que faisait-il aujourd'hui ? Occupait-il tous ses dimanches à poursuivre son installation aux Roques ? Cette maison lui allait bien, elle n'arrivait pas à l'imaginer dans un autre cadre et l'enviait d'y vivre. D'autant plus qu'il s'agissait d'une propriété de famille, où il avait été en partie élevé, où il pouvait retrouver ses souvenirs d'enfance et ses racines. Quel genre de petit garçon avait-il été ?

« Toi, ma vieille, tu craques complètement... »

Son sourire s'accentua tandis qu'elle s'emparait du téléphone. Il lui avait demandé d'appeler la première, quand elle en aurait envie, si elle en avait envie, et elle l'avait fait attendre assez longtemps comme ça. Il décrocha à la première sonnerie, bredouillant un « allô ? » plutôt revêche.

— Victor ? Bonjour ! J'espère que je ne te réveille pas ?

— Non... Non, pas du tout...

Sa voix était rauque, dénuée d'enthousiasme, et il n'ajouta rien.

— Je te dérange ?

— Non.

Après un nouveau silence, elle commença à s'inquiéter.

— Je me demandais si tu serais libre pour déjeuner ?

— Non, je ne vais pas pouvoir, je suis désolé.

Il semblait très nerveux, distant, mal à l'aise. Peut-être n'était-il pas seul ?

— Ecoute, Virginie, ce serait trop long à expliquer mais... Est-ce que je peux te rappeler plus tard ? En fin de journée, ou demain...

Sa froideur était horriblement vexante et elle répliqua, d'un ton sec :

— Quand tu veux ! A bientôt.

En coupant la communication, elle se mordit les lèvres, furieuse. Quelle âme de midinette avait-elle donc pour s'emballer aussi vite ? Ils avaient juste passé une nuit ensemble - une excellente nuit, d'accord -, voilà tout. A leur âge, se plaire et faire l'amour n'engageait à rien d'autre. Déjà, avec Pierre, elle avait commis la même erreur.

— Je me fous de Pierre ! lâcha-t-elle à haute voix.

Incorrigible, elle voulait toujours y mettre du sentiment, se persuader qu'il s'agissait d'amour, et elle avait tort, elle le savait. Victor, lui, ne semblait pas se compliquer inutilement la vie ! Comme tous les hommes, son « je suis en train de tomber amoureux de vous » était à traduire plus prosaïquement par « j'ai envie de vous ». Et ensuite, au revoir et merci.

Paresser au lit ne présentait soudain plus aucun intérêt. D'un geste rageur, elle repoussa le drap. Dimanche ou pas, elle allait se rendre sur le chantier de Cécile Massabot au lieu de rêvasser bêtement à des choses impossibles.

Assis face à face, Victor et Maxime osaient à peine se regarder. Il était presque midi mais le temps n'avait plus aucune importance pour eux. La seule question essentielle, à laquelle ils ne trouvaient pas de réponse, était de savoir ce qu'ils allaient dire et à qui.

— Nils n'est pas en état d'entendre ça ! maintint Victor.

Il ne voyait plus son frère cadet en rival, mais en homme fragile, instable, qui avait les meilleures raisons du monde d'être mal dans sa peau et qu'il ne fallait pas accabler davantage.

— Il a le droit de savoir, murmura Maxime.

— Je suis d'accord, mais qui va se charger de lui assener la vérité ? Toi ?

— Papa.

— Non ! On ne peut pas lui demander d'exécuter Nils à bout portant !

C'était tout le problème. Leur mère avait tué la mère de Nils sous ses yeux. Qu'il s'en souvienne ou pas, ces images étaient gravées à jamais dans son subconscient. Il ne parlait pas encore, n'avait peut-être même pas compris la scène qui s'était déroulée devant lui ; cependant, qu'avait-il ressenti lorsqu'on l'avait mis dans les bras de Blanche ?

— A mon avis, il faut qu'on réfléchisse encore, Vic...

Entre eux deux, sur la table de la cuisine, le carnet noir était resté ouvert. Maxime tendit la main, le referma et l'attira à lui.

— Je passerai le déposer au coffre de l'étude, décida-t-il.

— Mets-le d'abord dans une enveloppe scellée !

Indécis, Maxime hésita puis repoussa le carnet vers son frère.

— Non, finalement, garde-le ici. Si quelqu'un lisait ça... Un clerc, n'importe qui...

— Ici ? C'est le palais des courants d'air ! Je te rappelle que j'ai eu des visiteurs, Max.

Le foulard disparu et la malle chamboulée demeuraient un mystère. Etait-il concevable que Blanche soit le rôdeur nocturne des Roques ? En lui rendant son alliance, Victor lui avait-il brutalement rappelé qu'il subsistait des traces de sa démence ? Il ne comprenait pas pourquoi elle ne les avait pas détruites, ni comment elle avait pu oublier ce carnet noir. Un acte manqué ? La volonté morbide de laisser une preuve derrière elle ?

— Emporte-le chez toi, suggéra Victor.

— Tu plaisantes ? Il est hors de question que Cathie lise jamais ça !

— Tu ne lui diras rien ?

— Je ne sais pas... En tout cas, pas maintenant. Et pas avec tous ces détails ignobles...

Comme lui, Maxime avait eu besoin de lire plusieurs fois la confession de leur mère avant de pouvoir relever la tête. Pendant ce temps-là, Victor s'était douché, rhabillé, il avait aussi répondu au coup de téléphone de Virginie, incapable de lui adresser une seule phrase cohérente.

— Vic, on doit dîner chez les parents ce soir, rappela soudain Maxime.

Consternés, ils échangèrent un très long regard.

— Non, impossible, souffla Victor.

Se retrouver devant sa mère était pour le moment au-dessus de ses forces.

— Qu'est-ce que tu veux qu'on invente ? Surtout tous les deux à la fois ! Et je te préviens, je n'irai pas tout seul...

— On tourne en rond, Max. De quelque façon qu'on aborde le problème, on doit parler d'abord à papa.

— Aujourd'hui ?

— Eh bien...

— On va lui bousiller la fin de sa vie ! Voilà ce qui va arriver si on se précipite.

Il assena un violent coup de poing sur le carnet noir, faisant sursauter Victor.

— Ce truc est pire qu'une grenade dégoupillée, si on le lance n'importe comment et n'importe où, on détruira tout ! Quand papa saura la vérité, que crois-tu qu'il va faire ? Tuer maman ? Se mettre une balle dans la tête ? Comment veux-tu qu'il continue à respirer !

— A moins que ce soit sa première bouffée d'oxygène depuis trente ans !

Victor s'en voulut aussitôt de l'avoir dit, et même de l'avoir pensé. Le silence retomba entre eux tandis qu'ils s'observaient, l'un cherchant à deviner ce que pensait l'autre.

— C'est une trop lourde responsabilité, admit Victor au bout d'un moment. Tu as raison, Nils a le droit de savoir, et ensuite on prendra une décision tous les trois ensemble.

Jusque-là, chacun avait soigneusement évité de porter un jugement sur leur mère.

— Comment a-t-elle pu..., commença Max.

— Par amour, ça me semble évident ! Crime passionnel, elle n'est pas la première.

— Crime parfait, aussi.

Ils échangèrent un nouveau regard, anéantis par l'énormité de ce qui était en train d'arriver. Dans quel chaos leurs existences allaient-elles basculer s'ils commettaient le moindre faux pas ? L'habitude de gérer des situations familiales complexes, d'arbitrer des conflits ou de mettre au jour des secrets enfouis depuis longtemps allait-elle leur être d'une quelconque utilité ? Comment cette expérience professionnelle, qui leur avait appris à rester calmes et de bon conseil en toutes circonstances, pourrait-elle peser face à ce drame personnel ?

— Au moins, d'un point de vue légal...

Sans finir sa phrase, Maxime haussa les épaules d'un air résigné mais Victor acheva pour lui :

— Il y a prescription, je sais ! Un cas de conscience de moins pour nous, hein ? Mais si ce n'était pas le cas, tu l'aurais dénoncée ?

— Non ! Non, je ne crois pas...

Il n'en avait pas l'air tout à fait certain. Victor s'aperçut que son frère était en colère alors que lui-même se sentait anéanti, éteint.

— Je ne l'aurais pas crue aussi passionnée, aussi exaltée, ajouta Max. Jusqu'ici, je la prenais pour la plus douce des femmes, j'en aurais mis ma main au feu !

Leur mère s'était toujours montrée tendre avec eux, et avec Nils elle avait carrément été beaucoup trop gentille. A la lumière des phrases du carnet noir, cet excès prenait soudain une allure d'odieuse perversité. Avait-elle voulu, à force de laxisme, détruire l'enfant de sa rivale ? En faire cet adolescent vulnérable qu'il avait fallu conduire chez un psychologue ? La préférence évidente de Martial pour Nils avait dû la rendre folle de rage. Ou folle tout court. Mais ne l'avait-elle pas déjà été avant ?

— Je vais appeler Nils, décida Victor. Il devrait pouvoir être là dans la soirée, on aura un peu de temps devant nous.

— Qu'est-ce que tu comptes lui raconter ? Je ne tiens pas à ce qu'il ait un accident sur la route !

— Je trouverai un prétexte.

— Veux-tu que je me charge de décommander les parents ?

— Oui, merci.

Même avant de travailler ensemble, ils avaient toujours su se répartir les tâches, et quand ils avaient succédé à leur père, cette habitude les avait aidés à définir spontanément leurs territoires respectifs. Entre eux, un mot ou un simple regard suffisait la plupart du temps.

— Je vais rentrer chez moi, je reviendrai ici ce soir. Tu devrais en profiter pour dormir, tu as une tête à faire peur.

La nuit blanche se faisait sentir, pourtant Victor n'avait aucune intention d'aller se coucher. Il raccompagna Maxime jusqu'à sa voiture et resta penché quelques instants à la portière tandis que son frère démarrait.

— Max ?

Il aurait voulu le retenir pour ne pas rester seul, mais se contenta de lui serrer l'épaule d'un geste furtif. Le soleil avait disparu, masqué par de gros nuages noirs qui annonçaient l'orage. En regagnant la maison à pas lents, Victor s'arrêta une nouvelle fois pour contempler la façade. Maintenant, il connaissait les raisons du malaise ressenti ici depuis le premier jour, la première nuit. Aux Roques, sa mère avait enduré un calvaire quotidien qui l'avait conduite au pire, et quelque chose dans son attitude avait dû marquer Victor lorsqu'il était enfant. Aurait-il mieux valu rester dans l'ignorance ?

Après avoir quitté l'A20 à Souillac, Nils n'avait plus qu'une trentaine de kilomètres à parcourir, dont la moitié le long de la Dordogne. La route lui était si familière qu'il ne prêtait aucune attention au paysage, conduisant trop vite, comme toujours. Il se décida à finalement ralentir lorsqu'il abandonna les rives du fleuve pour bifurquer sur une petite départementale en direction de Carlux.

S'il avait la chance de parvenir à faire son film, il savait déjà dans quel décor il tournerait. Bon nombre de réalisateurs choisissaient le Périgord pour planter leur caméra, et le cinéma avait déjà largement utilisé les rues médiévales de Sarlat ou les châteaux alentour - dont celui de Beynac pour la suite des *Visiteurs*. Mais Nils avait grandi là, il connaissait la région mieux que quiconque, y compris quelques merveilles très bien cachées et non répertoriées par les Monuments historiques. Lors des repérages, il n'aurait que l'embarras du choix.

Maintenant que son projet commençait à prendre corps, tout son enthousiasme lui revenait. Après avoir poursuivi si longtemps une chimère, son rêve se concrétisait, il tenait enfin sa chance. Le montage financier avançait, le scénario venait d'être confié à un excellent dialoguiste, et déjà il songeait aux acteurs.

Perdu dans ses pensées, il faillit rater l'embranchement vers Prats et prit le virage au dernier moment. Allait-on vraiment lui laisser la possibilité de prouver qu'il possédait du talent ? Qu'il n'était pas qu'un médiocre, un farfelu, un raté ? Vis-à-vis de ses frères et de son père, il éprouvait un impérieux besoin d'exister autrement que comme le « pauvre » Nils, ainsi qu'il avait été si longtemps désigné, ou encore « ce salaud de Nils » depuis qu'il vivait avec Laura. Dans un autre métier, il aurait eu l'occasion de réussir plus vite, mais le cinéma était une sorte de loterie où les heureux gagnants se comptaient sur les doigts d'une main. Evidemment, dès qu'on parlait en millions d'euros, il n'y avait plus grand monde pour investir sur le nom d'un inconnu. Cependant, il avait suffi d'une première bonne volonté et, grâce à ce M. Villeneuve – que Nils n'avait pas encore rencontré –, les partenaires se décidaient l'un après l'autre. Etait-ce un clin d'œil du destin que ce coup de pouce venu de Sarlat ? Même à son propre père, Nils n'aurait jamais osé demander des capitaux destinés à une entreprise aussi hasardeuse qu'un film.

Parvenu devant l'imposant portail des Roques, qui était ouvert, il arrêta sa voiture. La fois précédente, en pleine nuit, il n'avait pas vu grand-chose, et à la lumière du soleil couchant l'endroit lui parut encore plus magnifique que dans son souvenir. Il avait dû pleuvoir car quelques gouttes d'eau s'accrochaient encore aux feuillages des grands arbres du parc. Ici aussi, il aurait adoré tourner des scènes romantiques, mais c'était impossible, jamais Victor ne lui en donnerait l'autorisation. Dommage…

Il s'engagea dans l'allée, roulant au pas. Victor était resté évasif au téléphone, quelques heures plus tôt, mais l'urgence de son appel ne faisait aucun doute, aussi Nils s'était-il décidé à partir sur-le-champ. A quoi devait-il s'attendre ? La curiosité et l'inquiétude finissaient par le rendre nerveux. Il connaissait assez bien son frère pour avoir perçu toute l'émotion de sa voix. Voire quelque chose qui ressemblait à du désarroi. Que Victor puisse avoir besoin de lui dépassait son entendement.

A l'endroit où l'allée s'incurvait vers l'ouest, il s'arrêta de nouveau. Cent mètres plus loin, la façade des Roques venait d'apparaître, flamboyante dans son appareillage de pierres ocre blond. Une maison sublime, que Nils avait toujours préférée à celle du Présidial et qu'il aurait volontiers rachetée à son père – sauf qu'il n'avait pas trois sous d'économies, que personne ne la lui avait proposée, et que de toute façon il vivait à Paris. Avant le scandale de Laura, peut-être aurait-il suffi qu'il dise à quel point il aimait Les Roques pour que son père les garde ? Bien sûr, Victor en avait fait l'acquisition en bonne et due forme. D'ailleurs, hormis Nils, tous les Cazals respectaient toujours les règles, ce qui était la moindre des choses pour des notaires !

Surpris de se sentir aussi amer, il redémarra doucement. Il n'avait rien à reprocher à Victor, pas même d'avoir été flanqué dehors car il en aurait fait autant à sa place. « Tire-toi », s'était borné à lui demander son frère, expression plutôt sobre pour un mari trompé. Néanmoins, Nils n'arrivait pas à accepter d'être à la fois rejeté par Victor, ignoré par Maxime et mal jugé par son père. Ce dernier ne lui avait donné aucun signe de vie, pas la moindre nouvelle depuis cinq mois, attendant sans doute que Victor pardonne le premier.

Il gara sa voiture au pied d'un des deux pigeonniers, et constata en descendant qu'il était complètement ankylosé. Nils avait fait la route d'une traite, pressé d'arriver, mais à présent il hésitait, assailli par toutes les questions qu'il avait évité de se poser sur l'autoroute. Que lui voulait exactement Victor ? Etait-il arrivé quelque chose à l'un des membres de la famille ?

— Tu as roulé comme un fou, non ? lança la voix de son frère derrière lui.

Il devait revenir d'une longue promenade car le bas de son jean et ses mocassins étaient mouillés. A ses côtés, un chien noir gambadait, la langue pendante.

— Tu m'avais demandé de faire vite...

Les yeux cernés, l'air fatigué, Victor s'approcha de lui avec un sourire hésitant.

— Maxime va nous rejoindre, annonça-t-il. En attendant, si tu as soif...

— Max ? Pourquoi ? C'est un conseil de famille ?

Sur la défensive, Nils le dévisagea et lui trouva une expression étrange, indéchiffrable.

— Viens, rentrons, soupira Victor.

Nils sentit la main de son frère se refermer sur son épaule. Ce geste familier le bouleversa au point de le faire bafouiller tandis qu'ils avançaient vers la maison.

— Mais qu'est-ce que... Si tu me... Dis-moi ce qui se passe ?

— Non, je ne te dirai rien sans Max. On va boire un coup d'abord, tu en auras besoin.

Victor ne lui lâcha l'épaule qu'une fois dans la cuisine, puis il alla chercher une bouteille de whisky. Après avoir servi deux verres, il posa un bol plein de glaçons sur la table.

— En préambule, Nils, il y a tout de même une chose qui ne regarde que toi et moi.

— Je t'écoute.

— Pour Laura, j'ai décidé de tirer un trait sur le passé. Aujourd'hui, je suis guéri d'elle, et toi... Toi, tu es toujours mon petit frère, je crois qu'on n'y peut rien.

Cette fois, Nils resta une longue minute silencieux avant de murmurer :

— C'est si grave que ça ?

— Quoi ?

— Le reste. Ce que tu ne veux pas me dire sans Max.

— Oui.

— Grave au point que tu m'offres la réconciliation ?

— Eh bien... C'est en tout cas un bon prétexte pour le faire.

— Mais tu m'en veux quand même ?

— Non...

Abasourdi, Nils scruta le visage de son frère afin d'essayer de comprendre. Cette clémence soudaine cadrait mal avec le caractère entier de Victor. Alors qu'il s'apprêtait à poser une autre question, la porte s'ouvrit et Maxime entra, avec sa tête des mauvais jours, mais ce n'était pas à lui qu'il en voulait car il lança aimablement :

— Salut, toi ! Bonne route ?

Passant derrière Nils, il lui ébouriffa les cheveux avant de se laisser tomber sur un tabouret. Victor alla lui chercher un verre, le servit sans même lui demander son avis et s'installa à côté de lui. Nils considéra l'un après l'autre leurs visages tendus et éprouva une soudaine bouffée d'anxiété.

— Mais qu'est-ce qui se passe ? explosa-t-il.

La gentillesse de ses frères, tout comme leur gravité, lui était inexplicable. La dernière fois qu'il avait eu Maxime au téléphone, il s'était fait traîner dans la boue.

— Nous avons de gros ennuis, tous les trois, répondit Victor d'un ton calme. Qui nécessitent ce que tu appelles un conseil de famille. J'ai appris avant-hier, tout à fait par hasard, quelque chose de... d'épouvantable.

— Quoi ?

— Je vais te le dire... Parce que ça te concerne encore plus que nous, ou plus exactement, ça concerne ta mère. Et la nôtre...

— Ma mère ? répéta Nils, ahuri.

— Son décès, pour être plus précis.

Essayant de dominer son malaise, Victor se tourna vers Maxime et guetta son approbation.

— Les circonstances de sa mort ne sont pas celles que nous pensions connaître jusqu'ici, ajouta-t-il.

Il marqua une pause afin de laisser réfléchir Nils qui ne le quittait pas des yeux. De la manière dont il allait lui présenter le drame dépendrait la violence de sa réaction.

— Je ne sais pas ce dont tu te souviens, Nils...

Perplexe, Nils attendait des explications, pas des questions, et il maugréa :

— Je ne me souviens de rien !

Comment aurait-il pu se douter que ses frères l'avaient convoqué pour lui parler de sa mère ? Ils ne l'avaient même pas connue ! Quant à lui, et bien qu'elle l'obsédât encore, il ne se la rappelait quasiment pas.

— Elle n'est pas tombée d'une échelle ? lança-t-il.

— Si. Mais pas toute seule.

— Comment ça, pas toute seule ? Bon Dieu, Victor, accouche ! Je ne comprends pas un mot de ce que tu racontes.

— Maman était terriblement jalouse d'elle. Vraiment malade de jalousie. Et toujours folle amoureuse de papa. Prête à n'importe quoi. Ici, avec nous, elle tournait en rond, elle devenait obsédée, elle ne pensait plus à rien d'autre, c'est devenu une vraie démence... Alors, un jour, elle est passée à l'acte.

Un nouveau silence permit à Nils, qui avait retenu sa respiration, de reprendre son souffle. Il secoua la tête, comme s'il voulait éloigner un insecte.

— Victor..., murmura-t-il d'une voix paniquée.

A côté de lui, Maxime s'agita sur son tabouret, mais sans dire un mot.

— Elle est allée chez vous, à Cahors. Elle voulait parler à ta mère, ou... Enfin, c'est elle qui...

Sur le point d'édulcorer la vérité, Victor se reprit et eut le courage d'achever honnêtement :

— Elle l'a poussée dans le vide.

Le dernier mot sembla faire à Nils l'effet d'une décharge électrique.

— Non ! cria-t-il en se dressant d'un bond.

Livide, hagard, il regarda Victor et Maxime tour à tour.

— Qui vous l'a dit ? Qui ? Papa ?

— Non, il ne sait rien pour l'instant.

— Mais toi ? hurla-t-il en saisissant Victor par le col de sa chemise et en se mettant à le secouer furieusement. Tu le sais comment, toi ? C'est quoi, ces conneries ? Tu veux me faire croire qu'elle l'a tuée ? Tu te fous de moi !

Maxime le ceintura juste au moment où il écrasait son poing sur la joue de Victor.

— Je t'interdis de parler de ma mère ! vociféra-t-il en se débattant. Tu inventes ça pour te venger ? Tu es un salaud, une ordure !

— Arrête, arrête, répéta plusieurs fois Maxime.

Il parvint à l'entraîner jusqu'au milieu de la cuisine pour l'éloigner de Victor.

— Je n'y peux rien, Nils...

Victor s'était levé et il esquissa un geste d'apaisement.

— Il fallait qu'on te parle à toi d'abord, murmura-t-il.

Sa chemise s'était déchirée jusqu'à la ceinture mais il ne s'en souciait pas. Dans les bras de Maxime, Nils cessa brusquement de lutter.

— C'est vrai ? Blanche l'a... assassinée ?

Le mot, enfin prononcé, semblait tellement abominable que Victor baissa les yeux tandis qu'un silence de plomb s'abattait sur eux. Sans doute Nils ne dirait-il plus jamais « maman » pour désigner celle qui l'avait élevé.

— Comment ? Dis-moi comment !

Victor releva la tête pour regarder Maxime. D'un commun accord, ils avaient décidé de ne pas mettre le carnet noir entre les mains de Nils. Certaines phrases ne pouvaient être qu'un poison supplémentaire pour lui, notamment lorsque Blanche évoquait *l'affreux moutard* qui ne serait jamais son troisième fils, ou encore *le mioche* qu'elle comptait *haïr en silence...* Mieux valait raconter, si dur que ce soit, plutôt que lui faire lire ces horreurs.

— Elle l'a poussée, délibérément. Ta mère est tombée dans la cour. Vous habitiez au troisième. Après, elle s'est enfuie. Elle a gardé dans la main le foulard que...

Nils poussa un cri rauque puis s'écroula aux pieds de Maxime, la tête entre les mains. Victor se précipita vers lui, s'agenouilla et lui entoura les épaules de son bras.

— Calme-toi. C'est arrivé il y a très longtemps, c'est...

— Sur ce foulard, il y avait des chevaux, chuchota Nils. Je les revois très bien.

Victor eut un brusque mouvement de recul. Il espéra de tout son cœur que son frère ne voyait rien d'autre, ni Aneke disparaissant dans le vide, ni Blanche s'enfuyant après son crime. Hébété, toujours affreusement pâle, Nils paraissait au bord du malaise.

— Viens, dit Victor en l'aidant à se lever. Viens t'asseoir dans le salon...

Autant l'installer sur quelque chose de confortable s'il devait s'évanouir. Cette perspective n'étonnait même pas Victor car Nils était toujours son petit frère fragile, il n'y avait finalement rien de changé. A l'époque où Nils revenait de l'école avec un coquard ou les genoux entaillés, il fallait se dépêcher de lui passer du mercurochrome avant qu'il ne tombe dans les pommes. Victor le poussa vers l'un des vieux fauteuils club de cuir fauve, achetés par leur père quarante ans plus tôt, et dont il n'avait pas voulu se séparer.

— Blanche..., répéta Nils à plusieurs reprises.

Il paraissait aussi sonné qu'un boxeur. D'un geste maladroit, il se cramponna au poignet de Victor qui était resté à côté de lui.

— Tu vas dire la vérité à papa ?

— Je ne sais pas...

— Si, bien sûr ! Pour que cette garce, cette immonde salope...

Une seconde, il tourna la tête vers Maxime qui les avait suivis et se tenait en retrait.

— C'est votre mère, d'accord... Mais quand même, papa ne l'a jamais aimée. Vous le savez, non ?

— Au début, murmura Maxime, il a bien dû...

— Comment veux-tu ? Elle est chiante, cul-bénit, mielleuse !

— Arrête, fit Victor entre ses dents.

— Il me l'a avoué, à moi, qu'il n'avait pas fait un mariage d'amour ! L'amour, c'est avec ma mère qu'il l'a trouvé, vous le savez très bien !

Dans le silence qui suivit, Maxime et Victor n'échangèrent qu'un très bref regard, qui leur permit néanmoins de se comprendre. Blanche était-elle *aimable* ? Depuis le temps qu'ils connaissaient les infidélités de leur père, jamais ils n'avaient eu l'idée de les lui reprocher, comme si leur mère ne pouvait susciter aucune passion, ni sentimentale ni charnelle. En revanche, elle, elle en avait éprouvé une, et des plus violentes, ainsi que l'attestait cet abominable carnet noir.

— Elle t'a élevé, rappela Maxime d'un ton dur.

Parce qu'il était blessé, il n'avait sans doute pas mesuré la portée de sa phrase, qui fit bondir Nils.

— C'était la moindre des choses, non ? Elle ne pouvait pas tuer tout le monde !

Un nouveau silence les sépara. A bout de nerfs, Victor eut soudain nette la sensation qu'il était sur le point de comprendre des choses effroyables. Blanche portait l'entière responsabilité de ce que Nils était devenu. Sa vengeance n'avait pas pris fin avec la mort d'Aneke, non, elle s'était aussi acharnée à détruire Nils, jour après jour, à force de fausse complaisance, de dispenses et de laxisme, d'excuses et d'apitoiement. Que pensait-elle lorsque ses propres fils se dénonçaient à la place du cadet dont ils couvraient les fautes ? Qu'elle touchait au but ? Qu'elle avait définitivement transformé le joli petit enfant blond de la Suédoise en raté de la vie ? Oh, oui, elle l'avait élevé ! Le résultat était là, sous leurs yeux, pire qu'un second crime, parce que celui-là avait nécessité trente années de sang-froid.

— Vous deux, reprit Nils d'une voix rauque, elle ne vous passait rien, mais pour moi, elle fermait toujours les yeux. Je pouvais bien inventer n'importe quoi, elle conservait son sourire de madone ! Au moindre éternuement, elle me gardait au lit, me dispensait de sport... J'ai séché des cours, raté des examens, imité sa signature sans qu'elle réagisse... A chaque nouvelle bêtise, elle me disait qu'il valait mieux ne pas en parler à papa... Bien sûr ! On en a accumulé, des petits secrets, elle et moi ! Même le psy, elle m'en a fait grâce, et pour cause...

La haine vibrait dans chacun de ses mots. Depuis toujours, il avait dû refouler sa rancune sans en comprendre la cause.

— Tu vas parler à papa, Vic, tu vas lui parler ou je le ferai moi-même !

— Tu ne feras rien du tout, répliqua Victor sèchement.

Depuis l'arrivée de Nils, ils avaient oublié Laura, mais le ton autoritaire de Victor venait soudain de leur rappeler qu'il existait entre eux une querelle qui n'avait rien à voir avec Blanche.

— Je ne suis même pas certain que ce soit la meilleure solution, ajouta-t-il plus doucement.

— Tu en vois une autre ? explosa Nils. La loi du silence ? La tête dans le sable ? Et toi, Max, tu es d'accord avec lui ? De quoi avez-vous peur ? Du scandale ? Des flics chez vous ?

— Il y a prescription, fit remarquer Maxime.

— Pour la loi, peut-être, mais pas pour papa ! Et d'abord, comment l'avez-vous appris ? Qui vous l'a dit ?

— C'est une longue histoire, répondit Maxime sans se départir de son calme.

— A savoir ?

— Une sorte de... confidence, qu'elle avait soigneusement cachée mais qu'on a trouvée.

— Eh bien, je crois que ça s'appelle une preuve, non ?

Victor regarda Maxime une nouvelle fois avant de répliquer :

— On a tout brûlé.

— Quoi ? Mais vous êtes des monstres !

De nouveau très pâle, Nils eut soudain les larmes aux yeux.

— De quel droit avez-vous fait ça ? Du droit du plus fort, du plus juste ? Vous ne vous rendez pas compte que le moindre détail est capital, pour moi ? Il y a trente ans que je cours après mes souvenirs ! Et vous avez détruit ça tranquillement, sans vous soucier de moi, pour préserver votre tranquillité ? Vos affaires ? Vous me dégoûtez, tous les deux, vous êtes ignobles...

Il leur tourna le dos et alla se planter devant une fenêtre. D'où il était, Victor voyait ses épaules trembler. Un élan de compassion faillit le faire parler, mais Maxime avança un peu dans la pièce, lui barrant le chemin.

— Je crois qu'on n'a plus rien à se dire, qu'on ne pourra jamais se comprendre, lâcha Nils sans se retourner. Je vous laisse régler ça entre vous, de toute façon vous avez tout décidé d'avance, comme toujours.

— Eh bien, non ! s'emporta Maxime. Pour une fois, tu ne vas pas te défiler, tu vas rester là et tu vas assumer ! Je sais que tu te fous éperdument de la famille, mais pas nous !

Faisant volte-face, Nils planta son regard pâle dans celui de Maxime.

— Je m'en fous, moi ? Alors qu'il y a des mois que je crève de cette brouille, que je n'en dors plus la nuit, que je suis même venu supplier Victor...

— Oui, parce que tu veux qu'on t'aime les yeux fermés. Ce ne sont pas des remords, c'est de l'égoïsme. Tu nous insultes, mais nous n'avons rien à nous reprocher à ton égard, ni Victor ni moi. Et j'en profite pour te dire que si au lieu de Laura tu t'en étais pris à Cathie, je t'aurais flanqué la correction qui te manque depuis longtemps.

Estomaqué, Nils resta silencieux un moment avant de murmurer :

— Vous m'avez fait venir pour m'engueuler ?

Au lieu de répondre, Maxime se contenta de lever les yeux au ciel.

— Bon, soupira Victor, si on mangeait quelque chose ?

Le soleil était couché depuis longtemps et la pénombre commençait à envahir le salon.

— Nous n'avons rien réglé du tout, rappela-t-il, et il faut qu'on prenne une décision. Vous venez ? Je n'ai pas l'intention de vous servir ici...

Ses frères le suivirent en silence tandis qu'il sortait du salon.

A dix heures du soir, Virginie avait cessé d'espérer un appel de Victor. Prenant sa voiture, elle était allée faire un tour sur la route du moulin, d'où elle pouvait apercevoir Les Roques, et elle avait constaté que presque toutes les fenêtres du rez-de-chaussée étaient illuminées. Victor avait l'air de s'amuser chez lui, le dimanche, grand bien lui fasse ! En tout cas, il n'avait pas eu le temps - pas l'envie ? - de téléphoner. Sans doute recevait-il des amis, ou *une* amie, mais pour un homme solitaire, il était décidément très occupé !

Pas elle. Hormis le chantier Massabot, sa vie n'avait rien d'exaltant. Si, en s'installant ici, elle avait trouvé une sorte de sérénité dans la solitude et de consolation dans l'indépendance, le fait d'avoir passé une nuit avec Victor Cazals bouleversait tout. Une malheureuse nuit ! Qu'avait-il d'extraordinaire ? Au début, elle ne l'avait même pas trouvé attirant. Et pourtant, depuis ce matin, elle avait sans arrêt pensé à lui, persuadée qu'il allait rappeler, s'expliquer, peut-être même s'excuser. Mais pas du tout.

Dans ces conditions, rien ne l'empêchait d'accepter l'invitation de Cécile, qui lui avait proposé pour le lendemain une virée en gabarre sur la Dordogne. Ensuite, elles pourraient visiter le château de Beynac et la forteresse de Castelnaud avant d'assister à un spectacle historique dans la soirée. Il était temps pour Virginie de s'imprégner des merveilles architecturales de la région et, apparemment, ce ne serait pas Victor son guide, autant se faire une raison.

En éteignant sa lampe, un peu après minuit, elle prit la décision de ne pas le revoir. Avec Pierre, elle avait usé de toute la patience dont elle était capable, elle ne supporterait pas un mufle de plus.

8

Victor se leva machinalement pour accueillir le client qu'Aline faisait entrer dans son bureau mais il resta interdit, sans achever son mouvement. D'un rapide coup d'œil, il vérifia le nom sur son agenda et se maudit de sa distraction.

— Monsieur Bataille ? lança-t-il d'un ton incisif.

— Merci de me recevoir, répliqua Pierre tandis que la secrétaire s'éclipsait.

— Je suppose que vous êtes ici pour une raison personnelle ? Sinon, je ne tiens pas à vous compter parmi mes clients.

— Evidemment ! Je peux m'asseoir ?

D'un signe de tête, Victor acquiesça. La présence de l'architecte l'agaçait sans vraiment le surprendre. D'après la description que Virginie lui en avait faite, ce type était capable de tout, y compris des pires provocations.

— Je suis venu vous parler de Virginie, je crois que certaines choses méritent d'être éclaircies.

— Par exemple ?

Toujours debout, Victor conservait délibérément une attitude hostile. S'il avait été plus vigilant quant à ses rendez-vous de la journée, il aurait pu se dispenser de cette rencontre d'où il ne pouvait rien sortir de bon. Malheureusement, après ce week-end infernal, il était incapable de travailler sérieusement. Il se demanda si Maxime éprouvait les mêmes difficultés que lui à se concentrer. D'autant plus qu'ils n'étaient parvenus à aucune décision concrète et que Nils était reparti pour Paris dans un état de nerfs plutôt inquiétant.

— Vous la connaissez mal, et moi très bien, reprit Pierre Batailler.

— Alors ne me privez pas du plaisir de la découverte ! ricana Victor.

Il n'avait aucune nouvelle de Virginie, mais de toute façon il n'était pas en état d'y penser pour l'instant.

— Je veux seulement vous mettre en garde. Virginie n'est pas la gentille petite femme courageuse pour laquelle elle voudrait se faire passer. Elle est calculatrice, prête à tout pour arriver, et elle vous a repéré de loin. Quand elle s'est installée ici, on s'appelait tous les soirs, elle et moi, alors je sais exactement ce qu'elle pense de vous. Le pigeon idéal... Libre à vous de vous laisser plumer... je vous aurai prévenu.

— Trop aimable. Si vous avez terminé, vous pouvez sortir.

Batailler ne devait pas avoir l'habitude qu'on lui parle sur ce ton et il répliqua vertement.

— Pas tout à fait ! Je dois aussi vous avertir que, au bout du compte et malgré tous ses défauts, je la récupérerai.

— Ben voyons ! Elle vous aime toujours sans le savoir, c'est ça ?

L'ironie de Victor ne fut pas du goût de l'autre qui se leva d'un bond.

— Vous n'avez rien à gagner dans cette affaire, et tout à perdre si vous vous mettez en travers de mon chemin.

— Serait-ce une menace ?

La colère gagnait Victor et il sentit qu'il n'allait plus tarder à perdre son sang-froid. S'il insistait une minute de plus, Batailler ferait un excellent bouc émissaire.

— Vous n'êtes pas son mari, vous n'êtes plus son amant, laissez-la tranquille. Et sortez d'ici !

Face à face, ils étaient aussi grands l'un que l'autre, aussi déterminés, et leur antipathie mutuelle ne faisait aucun doute.

— Qu'est-ce que vous espérez ? Elle n'est venue s'enterrer dans ce trou que pour m'emmerder, et elle ne risque pas de tomber amoureuse d'un petit notaire comme vous !

Cette injure-là, Victor l'avait déjà entendue dans la bouche de Laura, lors de leurs disputes, et il ne l'accepterait plus de personne. D'autant moins de cet homme qui affichait un comportement de propriétaire parfaitement exaspérant. Comment Virginie avait-elle pu le supporter pendant des années ? Et pas seulement le supporter, puisqu'elle avouait l'avoir aimé avec passion, au moins au début.

— Je ne vous retiens pas, dit Victor en le prenant par l'épaule pour le pousser vers la porte.

Il savait très bien qu'il n'aurait pas dû le toucher, que son geste déclencherait un affrontement physique, mais soudain il éprouvait une incontrôlable envie de se défouler sur quelqu'un.

— Lâchez-moi, gronda Pierre entre ses dents.

— Vous êtes venu pour ça, et je suis d'accord. On va dehors ?

Sa main tenait toujours la veste de toile légère que portait Pierre. Il ouvrit en grand la porte qui donnait sur la cour, à l'arrière, par où ses clients pouvaient s'éclipser. Trébuchant sur les pavés, Pierre se dégagea brutalement de son emprise et réussit à mettre un peu de distance entre eux.

— Vous êtes fou ou quoi ? Vous voulez vraiment mon poing dans la gueule ?

— On va voir si vous avez autant de courage avec moi qu'avec le pare-chocs de ma voiture !

Cependant, ce n'était pas à sa Rover cabossée que Victor pensait, c'était à la façon dont Virginie lui avait souri en se réveillant à côté de lui. Il n'avait d'ailleurs pensé qu'à ça pendant deux jours, jusqu'à la découverte du carnet noir qui avait tout bouleversé. Depuis, Virginie était vraiment passée au second plan. Il se reprocha de ne pas l'avoir rappelée, de ne se souvenir de son existence que parce que Pierre Batailler venait de le défier.

Le premier coup, un magistral direct au menton, le prit pourtant par surprise.

Chargé par Blanche d'acheter un jambon cru, Martial était arrêté près de l'étal du Gaulois. Le nombre de touristes agglutinés devant l'assortiment de charcuteries finit par le décourager et il fit demi-tour.

Sa femme trouverait bien une autre idée de recette, tant pis pour le jambon.

Alors qu'il quittait la place André-Malraux, se frayant un chemin à travers la foule, une femme pressée le bouscula d'un coup d'épaule.

— Vous pourriez faire attention ! marmonna-t-il sans lever les yeux.

— Je suis désolée, Martial...

La voix de Julie lui fit l'effet d'une douche froide et il s'arrêta net.

— Tous ces gens me rendent folle, alors je fonce comme un taureau, s'excusa-t-elle. J'ai tellement de retard dans mes visites !

Pourtant, elle restait arrêtée à côté de lui. Il remarqua ses traits tirés, son tailleur de lin élégant mais un peu froissé, et la lourde sacoche qu'elle tenait à la main.

— Tu as beaucoup de patients à Sarlat ? demanda-t-il platement.

— Les malades adorent changer de médecin, c'est bien connu, dit-elle avec un sourire sans joie.

Elle le scrutait d'un air si triste qu'il faillit la prendre dans ses bras. Son sens du devoir l'avait conduit à un sacrifice aberrant qu'il regrettait chaque jour.

— Je me sauve, ajouta-t-elle tout bas.

Tandis qu'elle s'éloignait à grands pas, il la suivit des yeux le plus longtemps possible. Pas question de rentrer chez lui, il serait incapable de supporter un tête-à-tête avec Blanche, surtout pour parler de jambon ! Cette perspective était assez déprimante pour qu'il prenne aussitôt la direction de l'étude. A l'époque où il y travaillait encore, il n'avait été ni heureux ni malheureux, seulement très occupé. Délibérément noyé dans le travail. Avec, déjà, une réticence constante à regagner la rue du Présidial. A présent, il était oisif, et toute sa liberté ne lui servait qu'à se morfondre davantage. De temps à autre, il proposait d'aller chercher ses petits-enfants à l'école, mais Cathie n'y consentait que rarement, le sachant peu patient avec les gamins. Il ne s'en était jamais caché, même à l'égard de ses propres fils il avait souvent manqué de tolérance. Sauf vis-à-vis de Nils, bien entendu. Nils qu'il n'avait toujours pas revu et dont Blanche elle-même semblait lassée.

Il longea l'ancien évêché, transformé en théâtre, puis la cathédrale Saint-Sacerdos. Une fois parvenu rue Montaigne, il hésita. Peut-être Victor aurait-il le temps de déjeuner avec lui et de lui raconter quelques-unes des affaires en cours ? S'il ne l'écoutait que d'une oreille distraite, au moins il ne penserait pas à Julie pendant ce temps-là, ni à tout ce qu'il avait perdu en la quittant.

Une estafette bleue était garée devant l'étude, et en passant le porche il tomba sur deux gendarmes qu'il connaissait de vue et qui le saluèrent en silence. Il poussa la porte du hall d'accueil, mais Aline n'était pas derrière son comptoir. Intrigué de trouver les lieux déserts, il patienta jusqu'à ce que l'un des clercs apparaisse au bout du couloir qui menait aux bureaux.

— Maître Cazals, quelle bonne surprise..., bredouilla le clerc en s'approchant.

Employé depuis plus de quinze ans, il avait travaillé pour Martial en son temps et semblait consterné de le découvrir là.

— Je crois que tout le monde est très occupé ! ajouta-t-il en hâte.

Alors qu'il essayait d'entraîner son ancien patron vers la salle d'attente, la voix aiguë d'Aline les arrêta.

— Allez au moins vous faire recoudre, je vous assure que ça nécessite un point de suture !

— Oh, calmez-vous, ce n'est pas la fin du monde !

Flanqué de la secrétaire et de Maxime, Victor remontait le couloir à son tour mais il s'arrêta net en apercevant son père. Il pressait contre sa pommette un mouchoir imbibé de sang et tenait sa cravate de l'autre main.

— Qu'est-ce qui se passe ici ? lança Martial d'un ton inquiet.

Maxime fut le premier à répondre, d'un air faussement désinvolte :

— Tiens, papa ! Ne t'inquiète pas, c'est juste une petite bagarre entre mecs, rien de grave...

— Vous vous êtes battus ?

— Pas moi, lui.

— Avec qui ? Pas un client, quand même ?

Eberlué, Martial regardait tour à tour ses deux fils, attendant une réponse.

— Bien sûr que non, soupira Victor.

— Une histoire de bonne femme, tu le connais...

— Tu ne peux pas faire ça ailleurs ? s'insurgea Martial.

— Ce type est venu me chercher dans mon bureau !

— Il avait rendez-vous, rappela Aline. Vous n'avez qu'à lire votre agenda. Asseyez-vous une seconde, que je puisse au moins désinfecter.

Elle poussa Victor derrière le comptoir où elle le fit asseoir de force, puis elle ouvrit un placard d'où elle sortit une petite bouteille d'alcool et des pansements.

— Je voulais déjeuner avec toi, maugréa Martial, mais dans ces conditions...

— Si, c'est une bonne idée, murmura Victor sans enthousiasme.

Le regard anxieux qu'il lança à son frère n'échappa guère à Martial qui proposa :

— Dans cet état-là, tu préfères peut-être venir à la maison ?

— Non !

C'était un tel cri du cœur que, cette fois, Martial fronça les sourcils en dévisageant Victor.

— Non, papa, je n'ai pas le temps, je... Allons au bistrot du coin, on trouvera bien une petite place pour grignoter vite fait.

Aline avait retiré le mouchoir et considérait d'un air navré l'entaille, assez profonde.

— Il vous a drôlement arrangé...

— Tu as appelé les gendarmes ?

— C'est moi qui l'ai fait, intervint Maxime. Vic n'y est pas allé de main morte et le type voulait porter plainte. Finalement, il y a renoncé.

— Encore heureux ! Ce genre de scandale a un effet désastreux sur la clientèle, je n'ai pas besoin de vous le dire. L'époque change, d'accord, mais pas l'idée que les gens se font d'un notaire. Et je te jure que, pour l'instant, ton allure est tout sauf respectable. En plus, mon pauvre Victor, tu as largement passé l'âge de ces conneries-là !

— Je n'y suis pour rien, je...

— J'espère qu'elle en vaut la peine, au moins ?

Un peu radouci, il se dit que son fils avait le droit de se battre pour une femme, s'il était de nouveau amoureux. Allait-il enfin se décider à remplacer cette garce de Laura ?

— Et toi, Max, tu déjeunes avec nous ou tu rentres chez toi ?

— Il vient, répondit fermement Victor à la place de son frère.

— Vous devriez vraiment voir un médecin, grogna Aline, ou vous finirez balafré de partout !

La réflexion avait dû lui échapper car elle rougit aussitôt jusqu'à la racine des cheveux.

— Un charme de plus, plaisanta Martial.

Mais il s'approcha pour jeter un coup d'œil. Le menton de Victor bleuissait déjà, et la plaie de sa pommette avait une vilaine apparence.

— Aline a raison, je vais t'accompagner chez un toubib.

Il avait conservé suffisamment d'autorité sur ses fils pour que Victor cède, malgré son évidente exaspération.

Cécile Massabot avait trouvé très amusant de réunir des amis pour donner une petite fête en plein air, au beau milieu du chantier de sa maison. Une grande table à tréteaux était dressée dans le jardin, non loin d'une bétonneuse et d'une excavatrice.

Pour Virginie, ce dîner s'était d'abord présenté comme une corvée incontournable, Cécile lui ayant affirmé qu'elle l'organisait en partie pour elle, afin de lui faire rencontrer des gens qui pouvaient tous se révéler des clients potentiels. Au fil de la soirée, elle avait pourtant fini par se détendre, rassurée par l'ambiance amicale, décontractée, beaucoup moins superficielle que ce qu'elle avait pu craindre. La plupart des convives se connaissaient et plaisantaient entre eux, mais ils l'avaient intégrée à la conversation en lui posant mille questions sur son travail d'architecte.

A présent, la nuit était tombée, seules des torches éclairaient le décor fantomatique du chantier autour d'eux, leur donnant l'impression de se trouver dans un endroit hors du monde. Virginie, placée face à la maison qu'on distinguait à peine, sirotait la fin de son verre de bergerac. Alors qu'elle n'écoutait que distraitement les bavardages autour d'elle, un nom attira soudain son attention.

— La femme de Victor était une vraie beauté, il aurait dû la surveiller comme le lait sur le feu ! répliqua son voisin de gauche.

Il était lancé dans une discussion avec Cécile qui répliqua aussitôt :

— Belle, oui, pour qui aime les blondes hiératiques... Elle avait toujours l'air de s'ennuyer prodigieusement !

— Elle ne supportait pas la vie de province, elle l'a assez répété.

— Moi, affirma Cécile, avec un Victor Cazals, je supporterais volontiers une île déserte !

Deux femmes éclatèrent de rire, comme pour lui donner raison, et Virginie éprouva un pincement de jalousie.

— C'est vrai qu'il est craquant, déclara une jolie rousse d'un air gourmand. Il l'a toujours été ! Et pour être honnête, avec Laura ils formaient un couple magnifique.

— Il était absolument fou d'elle, rappela Cécile. Le mari amoureux dont on rêve toutes... Il avait une manière de la regarder qui me rendait neurasthénique !

De nouveaux rires saluèrent sa plaisanterie et Virginie en profita pour demander à la rousse :

— Pourquoi l'a-t-elle quitté ?

— Pour un autre, mais impossible de savoir qui ! Elle est retournée à Paris et les Cazals ne se sont pas épanchés sur le sujet. Victor avait l'air d'un zombie après son départ, c'est tout ce qu'on peut dire.

A voir sa moue, elle l'aurait sûrement consolé s'il le lui avait demandé. Agacée, Virginie vida son verre, que son voisin remplit aussitôt. Imaginer Victor fou amoureux d'une autre lui était désagréable. Elle ne l'avait vu que gentil, tendre, mais certainement pas amoureux. Se méfiait-il des femmes, depuis que la sienne l'avait trahi ? Il avait prétendu ne pas chercher l'aventure, mais en réalité, il ne devait rien souhaiter d'autre, son attitude le prouvait. Au fond, c'était logique. Après une rupture douloureuse, impossible de se jeter tête baissée dans une histoire d'amour, elle-même avait été la première à le proclamer.

De nouveau perdue dans ses pensées, elle se désintéressa de la conversation. Peut-être n'aurait-elle pas dû céder à Victor et passer la nuit aux Roques. Contrairement à lui, elle croyait possible l'amitié entre un homme et une femme. D'ailleurs, il s'était confié à elle avant d'être son amant puisqu'elle semblait la seule, à cette table, à connaître l'identité de l'homme avec qui Laura était partie.

Laura... Une « vraie beauté » blonde, de l'avis général. A côté de laquelle, sans doute, elle-même faisait pâle figure. Même Pierre ne lui avait jamais dit qu'elle était belle. Mignonne, ravissante ou désirable, voilà plutôt les adjectifs qu'il employait lorsqu'il voulait lui faire un compliment. A quoi pouvait bien ressembler cette Laura ? Avait-elle les yeux bleus ? verts ? Les cheveux longs ? Aux Roques, elle n'avait remarqué aucune photo hormis celle d'un petit garçon qui devait être Thomas. Qu'avait ressenti Victor le jour où il avait su qu'il allait être père ? Etait-il tombé aux pieds de sa femme ?

Elle s'obligea à reposer son verre. Boire ne l'empêcherait pas de penser à Victor et finirait au contraire par la rendre vraiment triste. Etre jalouse du passé de cet homme ne servait à rien, c'était irrationnel et immature. De toute façon, il n'avait pas donné suite et elle n'allait pas se ridiculiser à le harceler.

Peu après minuit, quand les invités commencèrent à se lever, elle eut enfin la possibilité de prendre congé. Cécile la raccompagna jusqu'à sa voiture et la serra dans ses bras, aussi démonstrative que d'habitude, exigeant de la retrouver le lendemain à huit heures, dès l'arrivée des ouvriers sur le chantier.

Le temps de rentrer chez elle et de prendre une douche rapide, il était une heure du matin lorsqu'elle songea à récupérer son portable au fond de son sac, avant de se coucher. Un message l'attendait sur sa boîte vocale, qu'elle réécouta plusieurs fois, le cœur battant. D'un ton assez froid, Victor lui apprenait qu'il avait reçu la visite de Pierre et que leur rencontre avait dégénéré. Il terminait en lui demandant d'appeler à l'occasion, mais précisait qu'il était très occupé pour le moment.

A l'occasion ? Où allait-il chercher des expressions aussi distantes ? *Très occupé...* Mais elle aussi ! Et que s'était-il passé avec Pierre ? Cet abruti était-il revenu dans la région uniquement pour s'en prendre à

Victor ? De quel droit ? Bien sûr, il connaissait assez bien Virginie pour avoir compris, avant qu'elle le sache elle-même, qu'elle finirait par tomber sous le charme de Victor. Il lui avait suffi de l'apercevoir une fois, il l'avait tout de suite identifié comme son successeur. Donc, son rival, puisque rien n'était terminé dans son esprit. Combien de temps allait-il la poursuivre et lui gâcher l'existence ? Après l'avoir démolie professionnellement, il s'attaquait maintenant à sa vie privée, avec la même volonté de la détruire. Que faire ? Rappeler Victor pour s'excuser ? Non, il devait en avoir par-dessus la tête, sa froideur en était la preuve criante. Pour une nuit passée avec elle, il avait eu sa dose d'ennuis, avant et après.

Humiliée, consternée, elle se demanda si elle ne ferait pas mieux, une fois encore, de changer de région et d'aller tenter sa chance ailleurs.

— Mais qu'est-ce que tu lui as fait, bon sang ? répéta Laura d'une voix cinglante.

Depuis cinq minutes, elle vociférait, et Victor éloigna le téléphone de son oreille.

— Rien, répéta-t-il. Rien du tout.

— Tu te fous de moi ?

— Non, Laura. Il s'agit tout au plus d'un problème de famille, qui ne te concerne pas.

— A d'autres !

— Eh bien non, je suis désolé, pour une fois tu n'es pas au centre du débat !

— Alors, dis-moi de quoi il est question.

— Je pense que ça ne te regarde pas. Vois ça avec Nils.

— Comment veux-tu ? Il boit comme un trou et passe sa vie chez son psy ! Tout ça à cause de toi ! Je t'assure que je ne suis pas heureuse en ce moment...

— Chacun son tour.

— Tu deviens odieux, Victor ! Tu te venges, c'est ça ?

Il s'abstint de répondre et eut la surprise de l'entendre changer radicalement d'intonation.

— Ne sois pas méchant avec moi. Pas toi...

Elle raccrocha, le laissant sans voix. Qu'attendait-elle encore de lui ? Qu'il soit assez gentil pour régler à distance ses problèmes sentimentaux avec Nils ?

— Je rêve...

Il n'avait pas eu le temps de lui parler de Thomas et d'arrêter les dates des vacances. Il voulait faire coïncider le séjour de son fils avec celui de ses neveux, puisque Maxime et Cathie s'étaient engagés à passer au moins deux semaines aux Roques avec leurs enfants. D'ici là, il faudrait qu'il commande un toboggan et un portique, mais il se demanda où il allait trouver le temps de s'intéresser à de tels détails. Du matin au soir, écoutant à peine ses clients, il ne pensait qu'à sa mère. A sa mère et à son père, à ce dilemme que Max et lui ne parvenaient pas à régler.

Glissant son portable dans la poche de sa chemise, il reprit les cisailles et se mit à arracher le lierre qui envahissait de nouveau la façade. Son frère n'allait plus tarder. Presque chaque soir, depuis une semaine, Max venait passer un moment aux Roques, avant ou après le dîner. Pour l'instant, le carnet noir était caché dans l'un des pigeonniers, là où personne n'irait le chercher.

Quand il entendit la voiture remonter l'allée, il se dépêcha de jeter les dernières branches dans la brouette.

— Au lieu de jardiner, lui lança Max en le rejoignant, tu ferais mieux de liquider tes dossiers en retard ! Celui-là est urgentissime, d'après Aline...

Victor jeta un coup d'œil à l'enveloppe que lui tendait Max puis il haussa les épaules.

— C'est l'adjudication de cette baraque, rue Saint-Cyprien, soupira-t-il.

— Et tu t'en fous, je sais. Moi aussi. Il faut vraiment qu'on en sorte, Vic... Allez, trouve-nous deux verres, je t'ai porté du champagne.

— On fête quelque chose ? s'étonna Victor d'un ton morne.

— Non, mais c'est le seul truc que j'ai trouvé dans le frigo de l'étude et j'ai pensé qu'on le méritait !

Son frère lui souriait si gentiment que Victor se sentit soudain bouleversé. Max devait avoir pitié de sa solitude aux Roques. Quant à lui, Cathie et ses enfants se chargeaient de le distraire, et même s'il était tout aussi concerné que Victor, le problème de leurs parents l'obsédait sans doute moins.

Dans la cuisine, Victor mit deux coupes et un bol de noix sur un plateau. Avant de ressortir, il consulta la boîte vocale de son téléphone portable mais elle était vide. Virginie ne l'avait donc pas rappelé. Etait-ce la bouteille de champagne qui lui faisait penser à elle ? Il savait qu'il avait été maladroit en lui laissant un message beaucoup trop laconique, deux jours plus tôt, mais il était si mal dans sa peau qu'il n'avait pas su quoi lui dire. En fait, il aurait été mieux inspiré de passer sous silence son altercation avec Pierre Batailler. Celui-ci s'était-il précipité chez Virginie pour se faire plaindre ? soigner ? Victor l'avait carrément démoli, étonné de sa propre agressivité. Même si, pour sa part, il avait eu droit à trois points de suture, Batailler devait avoir une tête à faire peur. Tant pis pour lui !

« Sauf s'il en a profité pour l'attendrir, pour rester un peu chez elle... »

Grâce à Laura, il n'ignorait rien de l'attrait que peut continuer à exercer quelqu'un qu'on a quitté. Si Virginie, depuis qu'elle avait rompu, pensait aussi souvent à Pierre que lui-même songeait à Laura...

Il eut soudain une irrésistible envie d'entendre la voix de Virginie. Au pire, si elle ne répondait pas, il pourrait au moins lui laisser un message plus chaleureux, plus personnel. Alors qu'il ressortait son portable de sa poche, Max fit irruption dans la cuisine, la bouteille à la main.

— Tu attends qu'il soit chaud ? Remarque, on est aussi bien ici, il y a beaucoup d'insectes dehors... Tu as eu des nouvelles de Nils ?

— Pas directement, mais d'après Laura il va mal.

— Elle t'a appelé pour te parler de lui ? Quel culot !

Devant la moue réprobatrice de son frère, Victor murmura :

— A qui veux-tu qu'elle en parle ?

Sans répondre, Maxime déboucha le champagne et emplit les coupes.

— Je crois que ça ne peut pas durer, Vic. Il faut qu'on se décide parce que ce week-end, c'est l'anniversaire de maman.

Il avait un peu buté sur les derniers mots. En général, les trois frères se groupaient pour acheter un cadeau, et un incontournable repas de famille avait lieu rue du Présidial.

— Mon Dieu, c'est vrai..., murmura Victor. Eh bien, de deux choses l'une, ou on parle à papa avant, ou on ne dit rien du tout, à savoir *jamais* rien.

— Tu choisis quoi ?

Prenant une profonde inspiration, Victor débita d'une traite :

— Sincèrement, je ne me sens pas une âme de justicier. A force de réfléchir, je pense qu'il vaut mieux se taire. Si la vérité éclate, personne n'y gagnera rien. Papa s'en ira et finira tout seul, il n'a plus l'âge de refaire sa vie. Maman non plus.

— Alors, tu l'absous ?

— Maman ? Ce n'est pas à moi de la juger. On ne peut rien changer et rien réparer, Max. Même si elle a obtenu ce qu'elle voulait, à l'époque, elle a dû le payer tellement cher, depuis...

— Pourquoi ? Tu crois qu'elle a eu des remords ?

— Je ne sais pas. Peut-être pas...

En réalité, il n'en avait aucune idée. Leur mère n'était évidemment pas la femme qu'ils avaient cru si bien connaître jusque-là...

— Pour ma part, ajouta-t-il, je n'ai rien à lui reprocher, elle ne m'a rien fait. A toi non plus.

— Et Nils ? Tu crois qu'il acceptera de se taire ?

Victor ne connaissait pas non plus la réponse à cette question et il esquissa un geste d'impuissance.

— Je me fais l'avocat du diable, soupira Maxime, mais au fond je pense comme toi. L'idée de la jeter en pâture à papa me terrifie.

La réaction de leur père était tout à fait imprévisible. Comment accepterait-il d'avoir perdu trente ans de sa vie auprès d'une femme qu'il avait prise pour une sainte et qui se révélait un monstre ?

— C'est vraiment au-dessus de mes forces, murmura Victor. Brûlons ce carnet, Max.

Depuis qu'il se torturait en essayant de trouver une solution, il en était au moins arrivé à une conclusion : il fallait essayer de sauver ce qui pouvait l'être, sinon la famille allait voler en éclats.

— Le brûler ? Oui... Mais explique-moi d'abord pourquoi elle ne l'a pas fait elle-même. Elle n'a pas pu l'oublier, impossible ! Le foulard, les photos, passe encore, en revanche le carnet n'a rien d'anonyme, c'est une confession.

— Le brocanteur était grand et il a eu du mal à l'attraper. Qui te dit qu'elle ne l'a pas cherché partout ? Je ne l'avais pas trouvé non plus, et pourtant je croyais avoir tout fouillé.

— Non, Vic. Si elle l'a caché dans cette armoire elle s'en souvenait forcément. Je crois au contraire qu'elle ne voulait pas le détruire. Comme un trophée.

— Le foulard ne suffisait pas ?

— Il ne signifie pas grand-chose. La preuve, quand on l'a découvert, on n'a rien compris. Tandis que ce carnet... Même si c'est monstrueux, avoir tué cette femme était l'acte le plus important de sa vie. Peut-être n'a-t-elle pas pu se résigner à n'en laisser aucune trace, consciemment ou non.

Aussi accablés l'un que l'autre, ils échangèrent un long regard puis Maxime remplit de nouveau les coupes.

— Quoi qu'on fasse, on aura toujours l'impression d'avoir commis une erreur. Alors, quitte à se tromper, autant le brûler.

Victor acquiesça d'un signe de tête puis but quelques gorgées en silence avant de se lever. Suivi de son frère, il gagna le salon et s'agenouilla devant la cheminée où il se mit à entasser du petit bois sur les chenets.

— Vis-à-vis de Nils, on était censé l'avoir déjà fait, rappela Maxime.

— Et si jamais il parlait quand même à papa ?

— Ce qu'il pourrait dire sera toujours moins grave que la réalité. Certaines phrases sont tellement ignobles...

Victor sentit la main de son frère se poser sur son épaule, juste un instant, puis il l'entendit quitter la pièce. Max savait où récupérer le carnet puisqu'ils l'avaient caché ensemble, il ne mettrait pas longtemps à revenir. Victor réprima un frisson. D'un geste résigné, il froissa un bout de journal qu'il glissa sous le bois. Aurait-il eu le courage de se décider sans l'approbation de Maxime ? Fouillant dans la poche de son jean, il en sortit un briquet.

— J'espère qu'on ne fait pas une connerie, maugréa-t-il entre ses dents.

Dès qu'il enflamma le papier, les brindilles commencèrent à crépiter. Il se redressa pour contempler les flammes et sursauta quand Maxime lui glissa le carnet dans la main.

— Fais-le feuille par feuille, c'est plus prudent.

Tandis que son frère se saisissait des pincettes, Victor se mit à arracher les pages, les laissant tomber une à une. Malgré lui, ses yeux se rivaient aux lignes et il déchiffra un mot par-ci, par-là. Non, décidément, ni leur père ni leur frère ne pouvaient lire des aveux d'un tel cynisme. Et lui-même ne regarderait plus jamais sa mère sans un sentiment de profond malaise. Parviendrait-il même à la regarder en face ? A la fin il jeta la couverture noire dans les flammes et la vit se racornir avant de s'embraser.

Malgré sa longue expérience et tout ce qu'il avait pu entendre dans son cabinet, le docteur Leclerc se sentait troublé, presque ému, or l'émotion était un sentiment tout à fait indésirable dans la relation avec ses patients.

La dernière fois qu'il avait vu Nils, il l'avait jugé très mal dans sa peau mais assez lucide - et assez intelligent - pour rechercher pas à pas les causes de son malheur. Apparemment, l'explication lui avait été donnée d'un seul coup, lui éclatant comme un pétard sous le nez.

— Je me croyais mauvais, ingrat, indigne ! cracha Nils avec hargne. Et pendant ce temps-là, une partie de mon cerveau, à laquelle je n'ai malheureusement pas accès, devait rigoler en douce !

— L'inconscient est...

— vraiment bien verrouillé, je vous jure ! J'ai tout vu, donc je savais. Vous vous rendez compte ? Toutes ces années où elle m'a lu des contes, donné du sirop pour la toux, pris la température, je savais qu'elle avait tué ma mère ! En fait, j'aurais même dû être le seul à savoir ce qu'elle cachait sous les sourires doucereux, la prétendue tendresse, et pourtant j'ai tout gobé.

Son histoire était particulièrement sordide, mais le docteur Leclerc en connaissait de bien pires, hélas !

— Avez-vous des images de cette scène ?

— Non... Ce foulard avec des chevaux m'était sans doute familier... Je ne crois pas distinguer autre chose. L'escabeau ? Il me semble qu'il était bleu. Il faudrait que j'aille revoir la cour de l'immeuble, à Cahors, ou bien...

Sa voix mourut tandis que ses yeux se perdaient dans le vague. L'expression de son visage était tellement douloureuse que le docteur détourna son regard.

— Que comptez-vous faire maintenant, Nils ? demanda-t-il d'une voix neutre.

— Je ne sais pas. Je suppose qu'il me faudra régler mes comptes pour avoir la paix. Faire table rase. En attendant...

Il sortit des billets de sa poche et les déposa sur le bureau. A la fin de chaque consultation, il payait toujours en espèces avant de convenir du rendez-vous suivant. Il était venu trois fois en une semaine, reçu en urgence, et à présent mieux valait revenir à un rythme hebdomadaire.

— Jeudi prochain, comme d'habitude ?

— Non, je ne suis pas sûr de le vouloir, répondit Nils. Je vous appellerai.

Ignorant l'air surpris du docteur Leclerc, il lui adressa un signe de tête avant de sortir. Dehors, une pluie tiède l'accueillit et il se hâta le long du trottoir mouillé. Parler avec son psy l'avait un peu soulagé, au moins au début, mais à présent il devait agir. Tant qu'il ne le ferait pas, il resterait prisonnier d'un souvenir, accablé par cette sempiternelle culpabilité qui avait bien failli le détruire. Pour s'en débarrasser, il devait d'abord venger sa mère, or il n'existait qu'un seul moyen de le faire. Venger sa mère, oui, mais aussi le tout petit enfant sans défense qu'il avait été, celui qui était toujours en lui, bâillonné depuis trente ans, et qui allait enfin pouvoir hurler son désespoir.

Une fois à l'abri de la pluie sur le quai du métro, il sortit son agenda de la poche de sa veste. Il l'ouvrit et le feuilleta pour vérifier qu'aucune obligation ne le retenait dans les jours à venir. Au pire il les décommanderait, mais il ne différerait plus ce qu'il projetait. A la date du dimanche suivant il remarqua qu'il avait noté quelque chose, longtemps auparavant. *Anniversaire maman.* La vue de ces deux mots provoqua une telle bouffée de haine qu'il faillit jeter l'agenda loin de lui. Une rame arrivait et il se recula un peu, refermant l'agenda d'une main qui s'était mise à trembler.

Comme chaque soir, dès que Victor ouvrit le premier battant du portail Léo sauta hors de la Rover et fonça dans l'allée, fou de joie. Il allait passer une bonne heure à courir partout en reniflant, ou à ronger tout ce qui lui tomberait entre les pattes : morceaux de branches, pierres, outils de jardin.

Victor le suivit des yeux un moment, hésitant à rentrer chez lui. Depuis une semaine, il différait d'un jour à l'autre la visite qu'il voulait rendre à Virginie, partagé entre une folle envie de la voir et une incompréhensible timidité.

Il se tourna vers sa voiture, dont le moteur tournait au ralenti, et referma finalement le portail. Attendre encore ne ferait qu'aggraver le stupide malentendu qui s'était glissé entre eux. Depuis que Virginie avait passé la nuit aux Roques, ils ne s'étaient ni revus ni même parlé normalement au téléphone. Si jamais elle avait décidé de renouer avec Pierre Batailler, il préférait le savoir maintenant.

Léo avait disparu, très affairé, et ne s'apercevrait sans doute pas de son absence. En peu de temps Victor s'était terriblement attaché à ce chien, qui avait d'ailleurs séduit sans peine tout le reste de la famille. Même Maxime ne faisait plus aucune réflexion sur la présence insolite d'un beauceron dans le bureau de son frère.

Il mit à peine cinq minutes pour arriver devant la maison de Virginie et constata qu'elle n'était pas là. Déçu, il alla néanmoins sonner, par acquit de conscience, et patienta en vain. Dînait-elle autre part ou rentrait-elle toujours aussi tard de son chantier ? Il retourna chercher un bloc-notes et un stylo dans la boîte à gants de sa voiture, puis revint s'asseoir sur le muret qui délimitait le petit jardin. S'il prenait le temps d'écrire un mot gentil, ce serait toujours mieux que rien.

Les yeux baissés vers le bloc, il resta d'abord indécis. Chère Virginie ? Ma chère Virginie ? Non, c'était conventionnel, ridicule. Mais Virginie tout court était pire. Après de longues hésitations, il inscrivit seulement en travers de la feuille : « Tu me manques. » Alors qu'il signait, il l'entendit arriver et se leva d'un bond. La possibilité qu'elle ne soit pas seule l'effleura, malheureusement il était trop tard pour s'en aller. Il froissa le papier qu'il glissa dans sa poche au moment où elle descendait de voiture et claquait la portière.

— Tu m'attendais ?

Le ton n'était pas très aimable, le regard non plus.

— J'étais venu à tout hasard, dit-il doucement, j'allais partir.

— Tu es pressé, je suppose ?

— Non, je...

— Mais si ! Les hommes sont toujours pressés, c'est bien connu.

Eblouie par le soleil couchant, elle mit une main en visière et eut aussitôt un mouvement de recul.

— Seigneur ! C'est Pierre qui t'a... Oh, je suis vraiment désolée !

Comme il était à contre-jour, il comprit qu'elle venait juste de découvrir les points de suture, les ecchymoses, le bleu sur son menton.

— Tu ne l'as pas vu ? demanda-t-il malgré lui.

— Pierre ? Non.

Immobile devant lui, elle ne faisait pas un geste pour entrer dans la maison. Après un silence embarrassé, il murmura :

— Bon, je vais y aller...

Au lieu de répondre, elle continua à l'observer en silence, jusqu'à ce qu'il se sente vraiment mal à l'aise.

— J'aurais dû t'appeler plus tôt. Mais j'ai été très occupé, et ensuite ton copain est venu me faire un scandale à l'étude...

— Ce n'est plus mon copain, lâcha-t-elle d'un ton sec.

— En tout cas, il est toujours dingue de toi.

— Je n'y peux rien.

Une seconde, Victor se demanda si Batailler serait assez fou, lui, pour tuer quelqu'un par jalousie, par amour, et il décida que non. Passer à l'acte n'était pas si simple - encore heureux ! -, pourtant sa mère n'avait pas hésité. Pourrait-il jamais penser à autre chose ?

— J'ai beaucoup de soucis en ce moment, Virginie. Dès que ça ira mieux, je...

— Ne te fatigue pas, j'ai compris.

— Quoi ?

— Tu ne me dois rien, moi non plus. Tu n'aurais pas dû te donner la peine de venir jusqu'ici pour me dire ça, c'était une évidence !

Le malentendu tournait au désastre. Il la vit chercher sa clef dans son sac et, sans réfléchir, la saisit par le poignet.

— Attends ! S'il te plaît...

— Fous-moi la paix, Victor ! hurla-t-elle en se dégageant.

Elle s'acharna quelques instants sur la serrure puis s'engouffra chez elle. Adossée à la porte refermée, le cœur battant, elle reprit son souffle.

Elle éprouvait une furieuse envie de pleurer, qu'elle domina à force d'inspirer profondément. Si elle ouvrait les vannes maintenant, elle ne pourrait plus s'arrêter.

Le bruit de la voiture qui démarrait lui fit tourner la tête mais elle attendit sans bouger. Victor ne fit pas hurler son moteur ni ses pneus sur la route. Après tout, il n'avait aucune raison de le faire, il n'était sans doute que vaguement ennuyé et devait déjà songer à autre chose. Pourquoi s'était-elle entichée de lui à ce point-là ? En quelques dîners et une seule nuit, elle avait perdu toute prudence. A quoi bon les résolutions, les proclamations ? Pourtant, avec Pierre, elle croyait avoir compris.

— Et le premier chien coiffé qui passe… Non, je suis vraiment trop nulle !

A cause de Victor elle se sentait stupide, ridicule, complètement dévalorisée. Elle ne voulait pas faire partie de celles à qui les hommes disent : « Désolée, chérie, j'ai plein de boulot. » Celles qu'on voit quand on a le temps, en passant, pour satisfaire un simple désir. Alors, bien qu'elle ne soit pas une « vraie beauté », une de ces poupées blondes qui les rendaient tous dingues, elle ne comptait pas se satisfaire d'un amant courant d'air. Et jamais elle ne supporterait le genre de geste que Victor avait eu cinq minutes plus tôt en lui broyant le poignet. Du genre « tu ne m'échapperas pas, je suis venu pour ça ». Combien de fois Pierre avait-il eu cette attitude de propriétaire, durant ces mois où elle avait essayé de rompre ? Y penser la rendait malade et elle balaya ce souvenir d'un haussement d'épaules. Au moins, Pierre semblait calmé, il ne lui avait pas téléphoné pour se vanter d'avoir cassé la figure à son rival, ce qui signifiait qu'il devait être très amoché lui-même. Peut-être avait-il eu le dessous ? Pour un bagarreur comme lui, l'humiliation suffirait à le faire tenir tranquille.

Elle revit le visage de Victor, les fils des points de suture sur sa pommette, juste au-dessus de son adorable cicatrice, et cet air fatigué qu'elle ne lui connaissait pas.

— Des Victor Cazals, on en trouve à la douzaine !

Mais non. Bien sûr que non. Elle pouvait bien le crier toute la soirée, elle n'arriverait pas à s'en convaincre. Victor possédait un charme fou qui la faisait complètement craquer. Et dire qu'elle l'avait jugé très antipathique au début !

Découragée, elle s'approcha de sa planche à dessin. L'un des amis de Cécile, qui avait été son voisin de table lors du dîner en plein air, désirait qu'elle étudie un plan de rénovation pour sa maison. Les premiers croquis ne lui donnaient pas satisfaction et elle les considéra d'un œil critique. Déception amoureuse ou pas, elle devait travailler. Un deuxième chantier lui rapporterait suffisamment pour qu'elle envisage de commencer ses propres travaux. Elle avait renoncé à l'idée de quitter la région, elle ne fuirait pas toute sa vie. Maintenant qu'elle avait des contrats, elle n'allait pas abandonner.

— Au lieu de te lamenter sur les bonshommes...

Elle s'installa sur le haut tabouret, alluma la lampe et prit une feuille de papier millimétré.

Encore une fois, Victor lança le bâton le plus loin possible, et Léo démarra comme une flèche. La nuit tombait, noyant le parc dans la pénombre, bientôt ce serait l'heure où les chauves-souris se mettraient à tournoyer sans bruit.

— Viens, le chien, on va se coucher !

Il escalada le perron, Léo sur ses talons. Après avoir donné un tour de clef, il partit faire le tour du rez-de-chaussée. Dans le grand salon, il jeta un coup d'œil machinal vers la cheminée, dont il avait vidé les cendres. Aucune trace de cette sinistre flambée ne subsistait, et désormais Victor évitait de se demander s'ils avaient eu raison, Max et lui. Brûler les mots empoisonnés écrits par leur mère n'effaçait pas le meurtre d'Aneke mais le renvoyait à un passé révolu.

Autour de lui, l'atmosphère des Roques semblait moins lourde. Une impression inepte, purement subjective, néanmoins il dormait mieux depuis qu'il connaissait la vérité. Les bruits de la charpente qui craquait, des courants d'air s'engouffrant dans les conduits, ou encore des feuillages balayant les vitres ne le tenaient plus en éveil. A moins que toute la fatigue accumulée ne suffise à le plonger dans un sommeil sans rêves ? Tant qu'il n'avait pas su qu'en faire, ce maudit carnet lui avait fait passer plusieurs nuits blanches, mais à présent c'était terminé.

— J'aime cette maison, déclara-t-il à haute voix.

Les oreilles dressées, Léo pencha la tête de côté.

— Et je t'aime aussi, ajouta-t-il en se penchant vers le chien.

Sa main se perdit dans le pelage épais et doux. A cet instant, dans leur chambre à Sarlat, ses parents devaient dormir côte à côte. Paisibles à défaut d'être heureux. Et rien ne viendrait troubler les années qui leur restaient, ils allaient continuer leur chemin ensemble, réunis par un mensonge vieux de trente ans qui valait infiniment mieux qu'un nouveau drame.

Il termina son inspection par la cuisine, dont il verrouilla la porte. Ce ne fut qu'une fois douché, et sur le point de se mettre au lit, qu'il pensa avec réticence à Virginie. Un vrai fiasco. S'il avait voulu se fâcher avec elle, il ne s'y serait pas pris autrement ! Pourquoi n'avait-il pas été plus simple, plus sincère ? Pourquoi le rendait-elle si empoté ? Il s'en voulait d'avoir multiplié les maladresses au point de la rendre carrément hostile. Bien entendu, il n'envisageait pas de lui raconter ses problèmes, mais il aurait pu invoquer un souci familial grave au lieu de se réfugier derrière un emploi du temps surchargé. Se prétendre amoureux puis ne plus donner signe de vie était un comportement absurde qu'elle n'avait évidemment pas apprécié.

Appuyé sur un coude, il contempla l'oreiller vide à côté du sien. Il avait aimé la voir se réveiller là mais n'avait pas su le lui dire. Quel crétin ! Et il avait adoré sa peau mate, ses seins ronds, sa manière d'enrouler ses longues jambes autour de lui, ses grands yeux sombres troublés par le plaisir...

Il failli se relever pour aller lui téléphoner, mais il redoutait de s'entendre dire une deuxième fois sur le même ton vindicatif : « Fous-moi la paix, Victor ! »

— Crétin, et lâche, ronchonna-t-il en éteignant sa lampe de chevet.

9

— Je te le dis parce que je ne veux pas vous prendre en traître, articula Nils d'une voix tendue.

— Où es-tu ? répéta Victor pour la troisième fois.

Il avait déjà rejeté la couette, prêt à se lever, mais la réponse de Nils fut pire que ce qu'il craignait :

— A Sarlat, en bas de la maison.

— Ne fais pas ça, Nils !

A sept heures du matin, leurs parents devaient être en train de préparer le petit déjeuner, dans la cuisine.

— Je n'ai pas le choix, Victor.

— Alors au moins, attends-moi, je t'en supplie !

Ces derniers mois, il n'aurait pas pu s'imaginer suppliant Nils pour quoi que ce soit. Pourtant, s'il ne trouvait pas tout de suite d'excellents arguments, le pire allait se produire.

— Tu vas le casser en mille morceaux ! S'il claque devant toi d'un infarctus, tu t'en voudras toute ta vie. Je sais que tu l'aimes...

— C'est pour ça, Victor. C'est justement pour ça.

Nils semblait tellement résolu que Victor eut la certitude de ne pas arriver à le fléchir, quoi qu'il dise.

— Je te demande un quart d'heure, le temps d'arriver. Je ne me mettrai pas en travers de ton chemin, mais laisse-moi être là ! Ils vont devenir fous tous les deux.

D'une main, il avait commencé à enfiler sa chemise de la veille.

— Te venger ne te conduira nulle part. Nous avions décidé de nous taire...

— Pas moi. Max et toi. Nous ne sommes plus dans le même camp et vous ne déciderez rien pour moi.

Il était en train de boucler son jean quand Nils coupa la communication.

— Et merde ! hurla-t-il.

Raflant son portable sur la table de chevet, il se précipita hors de sa chambre, courut le long de la galerie et dévala l'escalier. Le temps d'aller jusqu'à la Rover, il avait déjà appelé Maxime.

— Nils est chez les parents, il va leur cracher le morceau ! Fonce là-bas et essaie de limiter les dégâts, je suis sur la route.

Comment avaient-ils pu être assez naïfs pour croire que Nils ne crierait pas vengeance ? Non seulement il allait assener la vérité à leur père, mais en plus il risquait de le faire de la façon la plus brutale. Victor eut la vision fugitive de sa mère prise à parti entre Martial et Nils. Il négocia l'embranchement de la départementale 47 dans un hurlement de pneus et faillit perdre le contrôle de sa voiture. En sens inverse, un conducteur furieux le klaxonna longuement. Le temps que Maxime s'habille, trouve une explication pour Cathie et arrive rue du Présidial, Nils avait le champ libre. Allait-il réellement tout détruire sans penser à rien d'autre qu'à sa propre douleur ?

Contraint d'abandonner la Rover hors de la zone piétonne, Victor remonta en courant les rues de la vieille ville. Indifférent aux regards surpris des promeneurs matinaux, il espéra néanmoins ne pas croiser de clients dans l'état où il se trouvait.

La porte de la maison n'était heureusement pas fermée à clef mais, dès qu'il entra, il perçut de violents éclats de voix au premier étage et il grimpa quatre à quatre jusqu'au salon. A peine en eut-il franchi le seuil qu'il se trouva nez à nez avec son père. Planté à l'autre bout de la pièce, Maxime semblait interdire l'accès à la cuisine. Il était tout aussi débraillé et hagard que Victor, le visage fermé, les mains enfoncées dans les poches de son jean. Nils se tenait debout devant une fenêtre, l'air essoufflé, livide.

— Qu'est-ce que c'est que cette histoire ? gronda Martial.

Sa main s'abattit sur Victor qu'il saisit par le col de la chemise.

— C'est vrai, ce qu'il dit ? C'est vrai ? Tu vas tout me raconter depuis le début !

La colère lui donnait une force incroyable et Victor suffoqua, à moitié étranglé.

— Je t'écoute ! tonna Martial en le repoussant.

Victor heurta brutalement le mur, derrière lui.

— Papa, murmura-t-il, calme-toi...

— Je te demande si c'est vrai. Rien d'autre !

— Je ne l'ai pas inventé ! s'écria Nils.

Sa voix montait dans les aigus, frôlant l'hystérie. Martial le regarda puis se tourna de nouveau vers Victor et marcha sur lui.

— Tu as trouvé des documents, aux Roques, concernant ta mère ?

— Oui...

— Et tu n'as pas jugé bon de me les donner ?

Son père s'en prenait à lui parce que c'était lui qui avait racheté Les Roques et qui y avait découvert le carnet. Sans lui, sans le départ de Laura, sans son divorce et la vente de la villa, rien ne serait arrivé, le carnet aurait continué à dormir sur l'étagère de l'armoire. Sans Nils, donc, qui en séduisant Laura avait tout déclenché.

— Je te parle ! hurla Martial.

Il empoigna Victor par les épaules et le secoua violemment.

— Qu'est-ce que tu as lu ? Elle a tué Aneke ?

Dans la bouche de leur père, ce prénom étranger prenait une inflexion particulière. Nils se mit à crier, les traits déformés par la douleur.

— Elle l'a poussée comme ça ! Devant moi !

Il détendit ses bras d'un coup sec, refermant ses doigts sur le vide.

— Je la vois ! Le foulard est resté dans sa main !

Et cette fois-ci, Victor comprit à son regard halluciné qu'il revivait la scène.

— En s'enfuyant, elle a heurté le bord du parc, balbutia-t-il. Mon clown est tombé de l'autre côté, sur le tapis... Entre les barreaux, je ne pouvais pas arriver à l'attraper. J'ai essayé, je... J'ai vraiment essayé...

Ses yeux débordaient de larmes, et Victor baissa la tête, incapable de supporter le spectacle. Un bruit de verre brisé, en provenance de la cuisine, lui fit relever les yeux. Décomposé, son père cherchait son souffle. Maxime ne bougeait pas, barrant toujours la porte.

— Et toi, tu m'as confié à ce monstre !

Nils trépignait, au bord de la crise de nerfs.

— A cette salope !

Le mot fit sursauter Martial qui murmura :

— Elle ne t'a...

Mais il ne parvint pas à achever sa phrase. Avait-il failli dire : « Rien fait » ?

— Tu as cru qu'elle m'aimait ? l'apostropha Nils. Elle a menti à tout le monde, tout le temps, à toi le premier ! Et maintenant elle ne risque plus rien, elle ne paiera jamais !

Victor vit son père esquisser un pas vers la cuisine puis s'arrêter. Ensuite il se tourna vers Nils qui tremblait de rage. Il le considéra avec une tristesse infinie.

— Arrête, dit-il tout bas.

Il le rejoignit, passa un bras autour de ses épaules et l'attira contre lui. Peut-être voulait-il lui demander pardon mais il répéta seulement, d'une voix sans timbre :

— Arrête.

Dans le silence qui suivit, Victor eut l'impression d'être au milieu d'un champ de ruines, après la bataille. Il s'appuya au mur et ferma les yeux une seconde, cependant Martial n'en avait pas fini avec eux.

— Victor, gronda-t-il, tu as vraiment détruit ces papiers ?

— Nous l'avons fait tous les deux, intervint Maxime d'un ton qui se voulait apaisant.

— Pourquoi ?

— Pour te... préserver. Elle aussi.

— Vous êtes deux pauvres cons irresponsables ! cracha Martial. De quel droit me volez-vous la vérité ?

— Tu la connais, maintenant.

— Pas grâce à vous !

Lâchant Nils, qui semblait figé, il s'adressa à Maxime.

— Vous auriez pu venir ici, l'air de rien, vous mettre les pieds sous la table et me regarder en face ? Sourire à cette vipère ?

— Papa...

— Et Nils n'avait qu'à la boucler, c'est ça ? Condamné au silence pour la deuxième fois, et sans appel, par ses frères bien intentionnés !

Il fit volte-face et toisa Victor.

— Toi, à la seconde où tu as découvert cette ignominie, tu aurais dû me l'apprendre ! Pour que je ne continue pas à gaspiller le peu de temps qui me reste à vivre, tu comprends ça ? Mais tu m'as sûrement trouvé trop vieux pour savoir, comme ces petits médecins prétentieux qui ne disent jamais la vérité à leurs malades ! Tu avais peur de me voir en colère ? Eh bien, tu es aux premières loges, je vais te montrer...

En trois enjambées, il traversa la pièce et voulut écarter Maxime de son chemin.

— Pousse-toi !

— Non, je ne peux pas. S'il te plaît...

Victor sortit de son hébétude pour aller au secours de Maxime. Dans la cuisine, leur mère avait forcément tout entendu et elle devait être glacée de terreur à l'idée d'affronter son mari. Un élan de pitié le submergea, de façon douloureuse, en songeant à ce qu'elle endurait.

— Papa, dit-il seulement.

Il avait doucement posé sa main sur le bras de Martial qui se retourna d'un bloc.

— Ne t'en mêle pas ! Ne te mêle plus de rien, compris ?

D'un mouvement décidé, Victor le contourna et se plaça à côté de son frère. En venir aux mains était impensable, mais le laisser passer serait pire encore. Nils les avait tous mis dans une situation inextricable, pourtant Victor ne lui en voulait même pas, il essayait juste de parer au plus urgent.

— Qu'est-ce que je vous ai fait, moi ?

La voix de leur père venait soudain de trembler, et il s'éloigna d'eux. Planté devant l'une des fenêtres, de dos, il resta silencieux, les épaules voûtées. A l'autre bout du salon, Nils regarda tour à tour son père et ses frères. Quand ses yeux pâles se posèrent sur Victor, il faillit dire quelque chose mais se ravisa. Finalement, il sortit sans bruit, et Martial, toujours immobile, ne l'entendit sans doute pas. Au bout d'un très long moment, il marmonna :

— Je ne sais pas où aller.

— Viens aux Roques, papa, proposa Victor. Je t'emmène.

D'un petit signe de tête discret, Maxime approuva. Pour l'instant, c'était la seule solution possible.

— Je m'occupe d'elle, Vic, chuchota-t-il. Allez-y...

Victor lui fut reconnaissant d'avoir ce courage-là. Rassurer leur mère, à défaut de pouvoir la consoler, était sûrement le plus difficile de tout ce qui leur restait à faire.

Martial se réveilla le lendemain matin avec une migraine épouvantable. Il avait dormi d'un sommeil si profond qu'il eut d'abord du mal à reconnaître le décor qui l'entourait, puis la mémoire lui revint et il se redressa d'un coup dans son lit.

Depuis combien d'années n'avait-il pas dormi aux Roques ? Devant la fenêtre de sa chambre, le même bouleau balançait doucement son feuillage, juste un peu plus grand et un peu plus fourni qu'autrefois. Trente-cinq ans plus tôt, quand Martial avait décidé de quitter Blanche, il n'était encore qu'un jeune homme, et il avait cru pouvoir changer de vie. Mais non... Décidément, son destin semblait lié à ces murs où il revenait échouer une fois encore.

— La dernière..., murmura-t-il. Je ne veux plus voir cette baraque... Ni Blanche. Jamais !

Il repoussa les draps et enfila le peignoir que Victor avait déposé au pied de son lit. Ouvrant la porte qui donnait sur la galerie, il appela d'une voix forte :

— Victor ? Tu es là ?

Quelle idée saugrenue d'avoir poussé son fils à habiter seul ici ! La maison lui semblait immense, beaucoup plus grande que dans son souvenir. N'obtenant aucune réponse, il gagna la salle de bains où il trouva un sac de supermarché avec une brosse à dents, du dentifrice, un rasoir et une bombe de mousse. Victor avait dû sortir lui acheter tout ça dès l'ouverture des magasins. Il avait également pensé à déposer sur un tabouret une de ses chemises, des sous-vêtements et une serviette de bain. Emu, Martial déplia la chemise en se demandant qui l'avait repassée. D'ailleurs, qui s'occupait de Victor depuis qu'il était installé aux Roques ? Une femme de ménage ? Une petite amie ?

« Et toi ? Qui va s'occuper de toi, maintenant ? » se demanda-t-il en considérant sans indulgence son reflet dans le grand miroir rococo pendu au-dessus du lavabo.

Etait-il de taille à se débrouiller seul, à soixante-quatre ans ? Pire, à *supporter* d'être seul ?

Une fois prêt, il descendit à la cuisine où il entreprit de se faire du café. Ici, tout au début de son mariage, il avait parfois regardé Blanche laver des légumes ou pétrir une pâte. Elle lui demandait toujours son avis, ses préférences, ne sachant que faire pour lui être agréable. Chaque fois qu'elle arborait une nouvelle robe, elle guettait son approbation avec angoisse, hélas ! la pauvre ne possédait ni charme ni séduction. L'avait-il jamais aimée ? Après la naissance de Victor, leurs étreintes étaient devenues rares. Il espérait alors que les deux petits garçons suffiraient à la combler et, déjà, il commençait à regarder les autres femmes. Jusqu'à ce qu'il rencontre Aneke, il s'était cru incapable de fidélité, mais c'était parce qu'il ignorait tout du véritable amour. Au point d'avoir été aveugle sur la passion exclusive et ravageuse que lui vouait Blanche. Un sentiment assez fort pour faire d'elle une meurtrière.

— Mon Dieu, je ne valais pas ça...

Aneke était morte à cause de lui, il le découvrait avec horreur. Et ensuite Blanche l'avait récupéré, comme prévu, puisqu'il avait eu la lâcheté de revenir près d'elle. Entre ce crime et les trois décennies de mensonge qui avaient suivi, son adultère avait été bien sévèrement puni... Néanmoins, s'il ne l'avait pas abandonnée...

— Comment te sens-tu, papa ?

Un sécateur à la main, Victor hésitait sur le seuil de la cuisine, comme s'il était soudain intimidé.

— Pas très bien, mais ça passera. Tu veux du café ? Je viens de le faire... Tu ne travailles pas aujourd'hui ? Ah, non, c'est lundi... Merci pour ta chemise et le reste. Tu es un gentil garçon, Victor, je n'aurais pas dû être aussi agressif avec toi hier.

— Ne t'inquiète pas.

— Si je ne m'inquiétais pas, je serais vraiment inconséquent !

Il se pencha pour caresser Léo qui venait de se glisser sous la table. Le contact du pelage lui parut très agréable. Blanche n'avait jamais voulu de chien ni de chat, rien qui puisse troubler l'organisation de sa maison.

— Il faut que tu me rendes service, Vic. Tu vas aller me faire une valise ou deux. Je ne sais pas combien de temps je t'encombrerai, mais ça risque de durer quelques semaines.

— Tu es chez toi.

— Inutile de te dire que je ne veux pas revoir ta mère.

— Tu sais, le temps peut...

— Je ne la reverrai jamais, trancha sèchement Martial. Sous aucun prétexte. C'est clair ?

Au moins avait-il pris cette décision-là... pour lui Blanche n'existait plus.

— Je compte mettre en vente la maison de la rue du Présidial, dis-le-lui. Qu'elle aille vivre où elle veut, je m'en fous.

— Papa !

— Quoi ?

— Tu ne peux pas mettre maman à la rue ni la laisser sans rien !

— Pas sans rien, non. J'aviserai. Quand j'ai eu la sottise de l'épouser, elle avait une dot confortable. J'envisage de lui rendre l'équivalent. Pour le reste, je l'ai fait vivre pendant quarante ans et elle m'a donné deux fils, en a élevé trois : d'un strict point de vue financier, nous sommes à peu près quittes.

Victor paraissait atterré, assommé, pourtant Martial s'était appliqué à utiliser un ton modéré qui ne reflétait nullement son état d'esprit.

— C'est ta mère et tu lui dois le respect quoi qu'elle ait pu faire, ajouta-t-il, aussi je ne te demande pas de prendre parti, même pas de me donner ton avis. Raconte-lui ce que tu veux, peu m'importe. Mais qu'elle ne croise plus jamais ma route, ça vaudra mieux pour tout le monde.

— Tu ne comptes pas... divorcer ?

— Bien sûr que si ! L'idée qu'elle puisse avoir quelque chose de moi après ma mort me révolte.

Il tendit la main pour attraper la cafetière et une couture de la chemise qu'il portait se déchira, lui arrachant son premier sourire.

— Tu es trop mince pour moi, Vic !

Le regard bleu azur de son fils était l'exacte réplique du sien. Il se reconnaissait aisément dans l'homme qui lui faisait face, aussi séduisant qu'il avait pu l'être lui-même au même âge. Mais Victor avait quelque chose de tendre, de très authentiquement gentil, que Martial ne possédait plus depuis la mort d'Aneke.

— Ne fais pas cette tête-là, ce n'est pas la fin du monde. Je trouverai une maison, ou un appartement. Ton frère me dénichera peut-être quelque chose dans toutes ses affaires immobilières ?

— Sûrement, marmonna Victor.

Voir ses parents se séparer de cette manière semblait lui poser un réel problème.

— Tu croyais que j'allais passer l'éponge ? s'énerva Martial.

— Non. Je savais que tu réagirais mal.

— Et encore, je me contiens ! Pour ne pas te heurter. Je te connais, tu sais...

Une fois encore, il plongea son regard dans celui de son fils. Au bout de quelques instants, Victor baissa la tête et soupira.

— Je vais à Sarlat, je te rapporterai tes affaires. Tu veux quelque chose en particulier ?

— Mes chéquiers, mon agenda et toute la collection d'armes. N'en laisse aucune là-bas.

Victor but son café, qui était froid, et quitta la cuisine en abandonnant le sécateur sur la table. Hormis les jours qui avaient suivi le départ de Laura, il ne se souvenait pas d'avoir jamais été aussi mal dans sa peau. Un an plus tôt, mari heureux et père comblé, il habitait une villa ultramoderne, possédait une famille unie. Et aujourd'hui, après avoir été trompé, quitté, privé de son fils, il se retrouvait seul dans une immense maison qui se révélait non seulement un gouffre financier mais aussi une boîte de Pandore d'où un secret abominable était sorti, détruisant tout sur son passage. Les choses redeviendraient-elles jamais normales ?

Alors qu'il roulait doucement en direction de Sarlat, il reconnut la voiture de Virginie, en sens inverse, et il lui adressa plusieurs appels de phares avant de s'arrêter sur le bas-côté. Virginie se rangea aussi, cent mètres plus loin, tandis que Victor courait déjà vers elle. Essoufflé, il s'appuya à la portière, dont elle avait baissé la vitre. Au premier coup d'œil, il constata qu'elle était crispée, sur la défensive, et que cette rencontre ne lui procurait aucun plaisir.

— Je suis content de te voir...

— Ah, oui ? ricana-t-elle. Hier on a bien failli se voir de trop près, tu conduis vraiment comme un chauffard !

— C'était toi ? J'ai entendu quelqu'un klaxonner mais je n'ai pas fait attention, j'étais très pressé.

— Comme toujours. Et là, tu veux quelque chose de précis ?

Elle le toisait sans indulgence, distante, peut-être même agacée, et il se sentit gêné.

— J'aimerais beaucoup que nous dînions ensemble, dit-il avec un sourire forcé.

— Tu es en manque ? Un petit câlin vite fait et on se reverra à la rentrée ? Désolée, ça ne m'intéresse pas.

Il aurait pu protester, se disculper, mais il n'en trouvait pas le courage, blessé par le ton dur qu'elle venait d'employer. Quand elle démarra, il s'écarta sans un mot. A quoi bon la retenir ? Elle avait l'air de le prendre pour un homme infréquentable, ce qu'il était sûrement ces temps-ci. Et la perspective d'annoncer à sa mère le sort qui l'attendait le désespérait assez pour qu'il renonce à s'occuper d'autre chose aujourd'hui.

En peu de temps, Nils avait changé. Radicalement changé. Au lieu de se confier à Laura, il s'était d'abord muré dans un silence farouche. De son premier voyage à Sarlat il était revenu épuisé, hagard, puis après quelques jours il avait brusquement décidé de redescendre là-bas, sans même la prévenir. Rentré la veille, il semblait être devenu un autre homme. Moins nerveux, moins anxieux, et comme réconcilié avec lui-même.

— Je crois que nous avons fait une grosse bêtise, mon amour, venait-il de déclarer quelques instants plus tôt.

Assis sur l'accoudoir du canapé, il la regardait avec tendresse et elle se demanda ce qu'il avait de différent.

— Et nous le savons tous les deux, n'est-ce pas ?

— Oui, admit-elle à regret.

D'où lui venait cet accès de lucidité ? Dès le premier jour de leur vie commune, s'ils en avaient eu le courage, ils auraient pu établir ce constat navrant. Ils s'étaient trompés en pensant vivre une grande histoire d'amour. En réalité, Laura avait manipulé Nils pour échapper à sa vie avec Victor, et par la conquête scandaleuse de sa belle-sœur Nils avait voulu se prouver quelque chose. Quoi ? Qu'il était tout aussi digne d'amour que ses deux frères ? Plus affranchi qu'eux ? Qu'il savait prendre ses responsabilités, lui qu'on taxait toujours d'inconséquence ?

— Nous avons fait beaucoup de mal à Victor, et ce n'était sûrement pas nécessaire. Ni justifié.

Pour une fois, au lieu de se lamenter il regardait son problème en face, acceptait ses torts. Une attitude nouvelle, qui estompait sa fragilité et déstabilisait Laura.

— Mais tu voulais partir, ajouta-t-il, et je t'ai servi de prétexte, n'est-ce pas ?

— Peut-être, oui...

Elle devait absolument réagir avant qu'il dise des choses définitives. Etait-il en train de prendre l'initiative de leur rupture ? Lui ?

— Pourtant, protesta-t-elle d'une voix rauque, je crois que nous avons eu un vrai coup de cœur l'un pour l'autre, non ?

— Bien sûr ! Tu es tellement belle, Laura, et c'est tellement bon de faire l'amour avec toi...

Abandonnant son accoudoir, il vint s'asseoir près d'elle, la prit dans ses bras.

— Je ne suis pas en train de te dire qu'on ne s'aime pas. Reste avec moi si tu veux, aussi longtemps que tu veux.

Glacée par ce qu'elle venait d'entendre, elle se dégagea pour pouvoir le dévisager.

— Que t'est-il arrivé à Sarlat ? Ils t'ont fait la leçon, la morale ?

— Oh, mon Dieu, non..., murmura-t-il d'un ton étrange. Pas du tout, ça n'a rien à voir avec toi.

A l'évidence, il ne souhaitait toujours pas se confier à elle. Contrairement à ce qu'elle avait cru, il existait très bien sans elle, et cette découverte la choquait, l'angoissait. Où était passé son côté adolescent attardé, toujours prêt à se faire materner ? Il s'éloignait d'elle à toute vitesse, transformé par quelque chose qu'elle ignorait. Mais quoi ? Avait-il rencontré une autre femme ? Bientôt ce serait lui qui la consolerait ! Et apparemment, elle allait en avoir besoin. « Reste aussi longtemps que tu veux. » A savoir, jusqu'à quand ? Refaire ses valises et s'installer ailleurs, seule avec Thomas, signifierait vraiment la fin de tous ses rêves, elle ne voulait même pas y songer.

— J'ai beaucoup de travail aujourd'hui, on a une réunion de budget pour le film. Ne m'attends pas, je rentrerai tard.

Il s'accrochait bec et ongles à son projet, auquel il consacrait l'essentiel de son temps. S'il parvenait à tourner son film, il deviendrait un homme comblé, mais à l'évidence il n'y avait pas de place pour elle dans son avenir. Comment avait-elle pu se tromper à ce point ? Elle le pressentait depuis un moment, et c'était bien la raison de sa tentative pour récupérer Victor, mais de ce côté-là aussi il était trop tard. Avait-elle tout gâché pour rien ? Entraîné Thomas dans cette galère en pure perte ?

Elle cligna des yeux, essayant de refouler les larmes qui montaient. Il dut s'en apercevoir parce que, aussitôt, il resserra son bras autour d'elle.

— Non, chuchota-t-il, ne pleure pas, je t'en supplie... Tout finira par s'arranger, tu verras...

Etait-il devenu suffisamment mûr pour ne plus penser qu'à lui-même ? En tout cas, elle ne voulait pas de sa compassion. Brusquement envahie par un sentiment de colère, elle le repoussa. Peut-être avait-il raison, sans doute n'étaient-ils pas faits pour vivre ensemble, mais malgré tout elle se sentait affreusement dépossédée.

Martial retint Virginie par le bras.

— Je ne voulais pas vous faire peur, je suis le père de Victor !

Encore sous le choc de la frayeur qu'elle venait d'éprouver, Virginie hocha la tête sans dire un mot. Elle mit quelques instants à le reconnaître, mais c'était bien le même homme que celui aperçu au château de Puy-Robert, le soir où il dînait là avec une de ses maîtresses. Elle se souvint même d'avoir remarqué son regard bleu intense, qui était exactement celui de Victor.

— Excusez-moi de vous déranger, bredouilla-t-elle.

Après les quelques mots désagréables échangés avec Victor sur la route, elle avait été prise de remords. Pourquoi ne parvenait-elle pas à rester sereine, ou au moins naturelle, lorsqu'elle s'adressait à lui ? A défaut de pouvoir s'excuser, elle avait décidé de lui laisser un petit mot sous sa porte. La grille n'étant pas fermée à clef, elle avait marché jusqu'à la maison et, au moment où elle se baissait pour glisser la feuille, Martial avait ouvert brusquement.

— Vic est descendu à Sarlat et je pense qu'il en a pour un moment. Mais donnez, je lui remettrai.

Son papier au bout des doigts, elle se sentit d'autant plus stupide qu'il tendait déjà la main vers elle, d'un geste autoritaire. Elle céda presque malgré elle et vit disparaître son petit mot dans la poche de la chemise.

— Voulez-vous un café ? Il me semble qu'il est encore assez chaud... Ou un verre d'eau, peut-être ? Entrez, je vous en prie.

— Non, je...

— Mais si !

Sans doute heureux d'avoir un peu de compagnie, il l'attira à l'intérieur.

— Vous connaissez la maison ?

— Oui. Elle est magnifique, je l'adore.

— Eh bien, je suis né ici ! Et mon père aussi. Je vous assure que quand je vois mes petits-enfants jouer sur cette pelouse, ça me fait un drôle d'effet... A propos, je m'appelle Martial.

— Virginie Clauzel, enchantée.

— Vous êtes une amie de Victor ? Il me semblait bien vous avoir aperçue un jour avec lui.

— Je suis aussi sa voisine. J'habite tout près d'ici.

— Alors, vous êtes de la région ?

— Non. Je viens de Toulouse, je suis architecte.

En voyant qu'il lui servait d'autorité un grand bol de café, elle prit place sur un tabouret.

— Victor a l'air d'avoir beaucoup de soucis en ce moment, fit-elle d'un ton désinvolte.

— Euphémisme... Disons qu'il a un gros problème familial, dont il vaut mieux ne pas lui parler. Mais ça se tassera, ne vous inquiétez pas.

Intriguée par cette explication qui n'en était pas une et par le ton infiniment triste de Martial, elle but quelques gorgées pour se donner une contenance. Il lui était sympathique, non seulement à cause de sa ressemblance avec son fils, mais aussi parce qu'il avait quelque chose de chaleureux, d'ouvert, d'immédiatement amical.

La sonnerie du téléphone les empêcha de poursuivre. Après une brève hésitation, Martial se leva pour aller répondre.

— Non, son père... Laura ? Quelle surprise...

Virginie remarqua son expression contrariée et l'entendit changer de ton.

— Non, n'essayez pas son portable, il l'a oublié ici. Rappelez-le plutôt demain... Ou ce soir si vous y tenez, oui... Je n'en sais rien du tout ! Est-ce que Thomas va bien ? Parfait. Embrassez-le pour moi.

Sans aucune formule de politesse, il raccrocha.

— Celle-là, je vous jure !

Il revint s'asseoir face à Virginie, manifestement agacé.

— L'ex-femme de Victor, expliqua-t-il d'un ton méprisant. Une vraie garce.

Laura était-elle la cause des soucis de Victor ? Virginie ressentit un pincement de jalousie très désagréable. Victor avait été fou de sa femme, il l'avouait sans honte, et peut-être l'était-il toujours. Ce qui expliquerait qu'il soit incapable de s'attacher à une autre.

— Je vais vous laisser, monsieur Cazals. Merci pour le café.

— C'était un plaisir. Et comptez sur moi, je donnerai votre papier à Victor dès qu'il rentrera.

Elle n'avait aucune envie que Victor le lise mais ne voyait pas comment récupérer son mot sans se couvrir de ridicule. Elle quitta la cuisine, devinant que Martial allait la suivre du regard tout le temps qu'elle mettrait à remonter l'allée.

Resté seul, il l'observa effectivement un instant puis se détourna.

— Il en a de la chance, Victor..., marmonna-t-il. Alors voyons... Querelle d'amoureux ?

Sans scrupule, il déplia la feuille qu'il avait gardée dans sa poche de chemise. S'il ne s'agissait pas d'un message gentil, autant épargner à Victor une contrariété supplémentaire.

« Je ne pensais pas ce que je t'ai dit. C'est juste que je suis trop sentimentale. On dîne ensemble quand tu veux. » Quel veinard !

Victor méritait d'être heureux et il espéra que cette jolie femme allait l'y aider. Puisque, hélas ! le bonheur passait par les femmes. Par une seule, sans doute, qu'on n'avait d'ailleurs pas toujours la chance de trouver. Un destin clément avait mis Aneke sur sa route, mais...

Non !

Il ne voulait plus y penser. S'il commençait à pleurer sur son passé et sur toutes les années perdues, il ne ferait que se détruire. Or il avait encore un peu de temps devant lui, il n'était pas un vieillard, il ne devait pas se laisser aller au désespoir, ni même à l'aigreur. En s'endormant, la veille, écœuré et à bout de fatigue, l'image de Julie s'était imposée à lui. Il n'allait certainement pas la relancer. Je te veux, je ne te veux plus... Non, il ne serait pas indigne à ce point-là. Il lui avait infligé une rupture – dernière satisfaction d'orgueil de sa longue carrière de séducteur –, à présent c'était trop tard. A moins... que le hasard ne les remette face à face... Ou qu'elle apprenne sa séparation d'avec Blanche, et elle l'apprendrait forcément, les secrets ne faisant pas long feu dans une si petite ville. Qu'allaient donc penser les gens de ce divorce tardif ? Maître Cazals, notable retraité, et son épouse dévouée... Eh bien, tant pis, cette fois il s'en moquait éperdument !

Il débarrassa les bols, nettoya la table. Penché au-dessus du large évier de grès, il constata que la cuisine n'avait pas beaucoup changé depuis sa propre enfance, hormis les couches de peinture successives. Ainsi qu'il l'avait fièrement déclaré à Virginie Clauzel, il était né ici, y avait grandi. Il se revoyait gamin, ou jeune marié, ou encore à son retour de Cahors, quand il était revenu demander asile à Blanche, anéanti. Aujourd'hui, il avait soixante-quatre ans. Une vie entière passait donc aussi vite que ça ? De la naissance à la mort, pas le temps de souffler, de regarder autour de soi. Et même à l'heure des bilans, faire encore des projets.

Il leva les yeux pour observer le parc à travers la fenêtre aux carreaux plombés. Les Roques... Maison bénéfique ou maudite ? Avait-il été clairvoyant en la cédant à Victor, ou seulement égoïste ? Une seconde, il eut la vision de Blanche, debout à la place où il se tenait, occupée à contempler les grands arbres comme il était en train de le faire, en échafaudant sa vengeance.

Cramponné des deux mains au bord de l'évier, il éprouva, lui aussi, une fugitive envie de meurtre.

10

Lorsque Victor pénétra dans la maison de ses parents, rue du Présidial, tout lui parut effroyablement normal. Comme si rien ne s'y était passé et que rien ne puisse changer dans l'avenir.

Après l'avoir appelée en vain, il finit par trouver sa mère réfugiée dans sa chambre. Contrairement à ce qu'il avait pu craindre en venant, elle ne semblait pas avoir cédé au désespoir, elle était habillée et discrètement maquillée avec le même soin que de coutume. Assise devant sa coiffeuse, les mains sur les genoux, elle ne faisait rien de précis lorsqu'il entra.

De façon absurde, il s'était préparé à la trouver changée, mais bien sûr elle n'avait rien de différent, hormis peut-être une certaine fixité du regard, comme si elle se bardait de défenses en prévision de la visite de Martial.

— Ah, c'est toi..., dit-elle sans se retourner, l'observant dans le miroir.

Il comprit qu'elle était déçue et que, même si elle le redoutait, elle aurait préféré affronter son mari. Il s'approcha d'elle, se pencha et l'embrassa sur la joue.

— Ton père ne viendra pas ?

Posée à voix basse, la question contenait autant d'espoir que d'angoisse, et Victor se demanda comment elle pouvait encore espérer quoi que ce soit.

— Non, maman. Il est aux Roques.

Embarrassé, il chercha des yeux un siège et finit par aller s'asseoir au pied du lit. Après un long moment de silence, elle se tourna vers lui.

— Qu'est-ce qu'il compte faire ?

— Oh, tu sais, pour l'instant... Il veut des vêtements.

Il se reprocha sa lâcheté, mais pouvait-il lui annoncer de but en blanc qu'elle allait devoir divorcer et quitter la maison ? Au moins, il s'obligea à soutenir son regard, parvint même à esquisser un sourire qui se voulait rassurant.

— C'est donc toi qui as trouvé ce vieux carnet..., murmura-t-elle.

Jugeait-elle qu'il avait une quelconque part de responsabilité dans ce qui arrivait ? Il faillit lui demander pourquoi elle ne l'avait pas détruit elle-même, trente ans plus tôt, mais la question ne franchit pas ses lèvres. S'il commençait à l'interroger, il aurait l'air d'un censeur.

— Tu l'as entièrement lu, bien sûr ?

Il ne s'attendait pas à cette question, pour lui c'était une évidence. Il l'avait non seulement lu mais relu, et ce faisant il avait d'une certaine manière violé l'intimité de sa mère.

— Oui, maman.

— Alors, tu sais ce que j'ai enduré quand ton père est parti avec cette traînée ! lança-t-elle hargneusement.

Sidéré, il resta muet, découvrant dans son regard une expression qu'il ne lui connaissait pas. Tuer sa rivale ne l'avait donc pas apaisée ? Malgré tout le temps écoulé, elle éprouvait encore de la haine ?

— Le mot te choque, Victor ? Quand elle a séduit ton père, c'était un homme marié, un père de famille !

— C'est du passé, bredouilla-t-il.

— Pour toi, évidemment, ça ne signifie plus rien. Mais dis-toi que j'ai été malheureuse comme je ne souhaite à personne de l'être. Mon mari était tout pour moi ! Tout... Il comptait plus que n'importe qui d'autre, plus que ton frère et toi, je suis désolée de te l'apprendre. Je ne sais pas si tu as la moindre idée de ce que peut être une vraie passion ? Du jour où Martial a demandé ma main, je suis devenue une autre femme. Et je lui ai consacré ma vie. Tu comprends ?

— Maman…

— Maman, maman, je n'ai entendu que ça ! Moi, j'aurais voulu des « ma chérie », « mon amour », mais ton père ne m'appelait que par mon prénom, d'une voix si froide…

Son amertume atteignit Victor de manière aiguë. Depuis qu'elle s'était mise à parler, il découvrait une autre femme, tout à fait inconnue, qui n'avait rien à voir avec sa mère et qui parvenait à l'émouvoir tout en le mettant très mal à l'aise. Il aurait voulu qu'elle se taise mais elle poursuivit, impitoyablement :

— Lorsqu'il venait aux Roques, pour signer des chèques ou vos carnets de notes, il était tellement pressé de repartir ! Je l'ai vu boire son café brûlant pour pouvoir déguerpir plus vite. A vous il parlait de son bâtard, et ni Max ni toi n'aviez l'air d'être jaloux. Moi, ça me rendait folle… Tu te rends compte qu'il vivait dans un petit appartement de rien du tout ? Quand je suis allée là-bas, je n'en ai pas cru mes yeux. Lui… Là-dedans ! Sa place était avec moi, avec vous !

Elle ne se justifiait pas, n'expliquait rien. Ses certitudes n'avaient pas varié, à l'évidence elle se sentait dans son bon droit. En se débarrassant d'Aneke, elle avait rendu justice.

— Au bout du compte, grâce à moi nous avons retrouvé une vie normale.

— Normale ? se récria Victor malgré lui. Mais, maman, il était sûrement désespéré !

Le regard dont elle le foudroya lui donna envie de rentrer sous terre. Sur son visage exalté, toute trace de douceur ou d'humilité avait disparu. Avec un machiavélisme stupéfiant, elle avait fait de Martial son prisonnier et n'envisageait pas qu'il ait pu en souffrir.

— Il a eu tout ce qu'il voulait. Il a récupéré l'étude, qu'il avait laissée tomber après y avoir consacré tant d'efforts ! A Cahors il n'était rien, ici il est redevenu quelqu'un d'important. Je me suis occupée de lui, j'ai élevé Nils à sa place et j'ai fermé les yeux sur toutes ses aventures ! Il est comme ça, il n'y peut rien, c'est un coureur…

Sa voix flancha un peu sur le dernier mot et elle dut avaler sa salive pour poursuivre :

— Mais je savais qu'il ne repartirait plus ! Et tant qu'il est resté là…

Cette fois elle s'arrêta plus longuement, soudain troublée. Réalisait-elle enfin que Martial ne serait plus jamais à ses côtés ? D'un mouvement nerveux, elle se leva et fit deux pas en direction du dressing.

— Je vais préparer une valise. Il veut des vêtements pour… Pour combien de temps ?

Mais elle était sans illusions, il le comprit en voyant son menton qui tremblait.

— Vas-y, Victor, dis-le-moi, demanda-t-elle d'un ton suppliant.

Mentir ne servait à rien, elle connaissait d'avance la réponse, toutefois il eut mal pour elle en murmurant :

— Il ne reviendra pas.

Elle ne cilla pas mais d'un coup ses épaules se voûtèrent, elle parut s'affaisser.

— Ah… Et à ton avis, c'est… définitif ?

Dans sa difficile mission de messager, Victor se sentait au supplice. Pourquoi fallait-il que ce soit lui qui la poignarde ? Parce que, avec Maxime, ils avaient empêché leur père de le faire lui-même ?

— Je crois, oui, dit-il dans un souffle. Il a aussi parlé de divorcer et de mettre en vente la maison.

Cette fois, elle devint tellement pâle qu'il se leva, mais elle l'arrêta d'un geste.

— Non, reste où tu es, ça va.

La pitié le submergea, néanmoins la compassion ne remplaçait pas le chagrin qu'il aurait dû éprouver. Certes, il la plaignait, cependant il ne s'était pas précipité vers elle pour la prendre dans ses bras. N'avait-elle réussi à se faire aimer de personne ?

— Tu as oublié beaucoup de choses, aux Roques, dit-il d'une voix étranglée. Des choses qui…

Incapable de préciser, il s'interrompit. A quoi bon lui énumérer les preuves oubliées derrière elle ? S'il n'avait pas été si curieux, ou encore s'il n'en avait parlé à personne, rien ne serait arrivé. Devait-il pour autant se sentir coupable ? L'espace d'un instant, il se maudit d'avoir déterré le passé.

En silence, elle gagna le dressing. Il l'entendit ouvrir des portes, remuer des cintres. Quand elle revint, elle jeta une valise derrière lui, sur le lit. Pendant quelques minutes encore, elle fit des allées et venues, rangeant une pile de chemises, pliant des pantalons, ajoutant une brassée de cravates. Très vite, la valise fut pleine et elle en apporta une deuxième.

— Je vais t'aider, décida Victor qui ne pouvait plus supporter de rester assis à la regarder faire.

Des sous-vêtements, des chaussures, des pulls, des pyjamas : elle semblait penser à tout.

— Où suis-je censée aller si Martial vend ? dit-elle soudain.

— Tu as le temps. Il ne va pas te laisser sans rien, et puis nous sommes là, Max et moi.

Il était obligé de le lui proposer, pourtant il aurait été incapable de la prendre en charge à longueur d'année.

— Vous devez bien mal me juger, tous les deux...

— Je ne te juge pas, maman !

— Toi, encore, tu as vraiment aimé ta Laura, tu en as bavé, tu parviens peut-être à me comprendre.

— Je ne sais pas, répondit-il honnêtement. C'est difficile.

Elle le dévisagea avec une attention soudaine, comme si elle pesait le pour et le contre de ce qu'elle s'apprêtait à dire.

— Je suis soulagée qu'il le sache enfin, avoua-t-elle d'une traite. Qu'il découvre ce que j'ai pu faire par amour pour lui. D'autres femmes auraient abandonné ; pas moi, je l'aimais trop. Aujourd'hui encore, je ne sais pas si je vais pouvoir vivre sans lui. Pour moi, ce n'est pas... concevable.

De grosses larmes roulaient sur ses joues à présent, délayant la poudre et le fond de teint. Quand elle voulut s'essuyer, elle ne parvint qu'à se barbouiller. Consterné, il alla chercher un mouchoir en papier, sur la coiffeuse, et le lui glissa dans la main.

— Est-ce qu'il est triste ?

— Eh bien, il est... bouleversé, oui. Mais tu le connais, avec sa force de caractère...

— Ton père ? Oh, non ! Tu l'aurais vu revenir la tête basse, avec ce sale gosse dans les bras ! s'écria-t-elle avec une fureur soudaine qui parut balayer son chagrin. Je n'aurais jamais pris le risque de faire tout ça pour rien, je savais qu'il flancherait ! Le prix à payer, c'était Nils. Un bail de vingt ans au bas mot !

Elle s'interrompit, le regard brillant de colère, tandis qu'il la dévisageait, incrédule.

— Tu détestes Nils à ce point-là ? murmura-t-il.

— Bien sûr, comment veux-tu ? C'est le portrait de sa mère, tu as vu les photos. Tu as bien dû les trouver aussi, puisque tu as fouillé partout ! Nils n'est pas intéressant, c'est un faible, un névrosé. A se demander s'il est vraiment le fils de Martial, mais va savoir ! Et aussi amoral que sa mère, ce doit être héréditaire ; quand je pense à ce qu'il t'a fait, à toi !

Le silence retomba entre eux. Victor attendit quelque peu puis se pencha pour fermer les deux valises. Quand il les souleva, il constata qu'elles étaient lourdes.

— Si tu as un sac de voyage à me prêter, je vais aussi prendre ses fusils...

Laissant les valises dans le couloir, il gagna le bureau de son père. Dans un tiroir, il trouva un carnet de chèques entamé ainsi que le petit agenda vert qu'il avait toujours connu. Ensuite, il se dirigea vers la vitrine où était rangée la collection d'armes. La clef était dans la serrure et il décrocha le premier fusil, qu'il se mit à démonter. Toujours sous le choc des paroles de sa mère, il accomplissait ces gestes de manière mécanique.

— Victor...

Il se retourna et la découvrit sur le seuil, un gros sac de sport à la main.

— Toi qui sais presque tout, maintenant il faut tout de même que tu entendes la fin de l'histoire.

— La fin ?

— Oui. Quelque chose qui m'est arrivé après.

D'emblée, il sut à quoi elle faisait référence. Cette petite phrase inexplicable, relevée dans le carnet noir, qu'il avait mise de côté faute de lui trouver une explication. En quittant l'immeuble, à Cahors, elle avait écrit qu'elle était *malencontreusement tombée sur ce type*. Il s'aperçut qu'il connaissait vraiment par cœur toute la confession et qu'il n'en oublierait sans doute jamais un seul mot.

— Il existait peut-être une seule chance sur un million pour que je rencontre quelqu'un là-bas, mais vois-tu, c'est arrivé. Ce jour-là, en sortant de chez eux, je me suis retrouvée nez à nez avec Jean Villeneuve. J'ignore ce qu'il faisait à Cahors, toujours est-il qu'il m'a arrêtée pour me saluer et me serrer la main. On l'avait parfois employé aux Roques comme journalier... Sur le coup j'ai été contrariée, sans plus. Mais lui, dès le lendemain, quand il a lu les journaux, il a fait le rapprochement. Il est malin, retors, alors il a laissé passer du temps, il a réfléchi. Il est venu me voir environ un mois après le retour de ton père.

Abasourdi, Victor faillit laisser tomber le canon du fusil, qu'il venait de désolidariser de la crosse. Villeneuve ? Comment Jean Villeneuve pouvait-il être mêlé de près ou de loin à ce drame ?

— Je te jure qu'il m'a fait une peur bleue ! Il m'a dit qu'il avait tout compris, comment et pourquoi cette femme était morte, et il m'a menacée d'aller raconter à Martial qu'il m'avait vue sortir de l'immeuble précisément à la même heure. Quelle raison aurais-je pu invoquer pour justifier ma présence à Cahors ce jour-là, hein ? Oh, bien sûr, ç'aurait été ma parole contre la sienne, mais après tout il pouvait y avoir eu d'autres témoins... J'étais terrorisée à l'idée qu'il raconte ça à Martial, alors j'ai fait ce qu'il a voulu. Exactement ce qu'il a voulu...

— Quoi ? s'exclama-t-il. Tu lui as donné de l'argent ?

Il se sentait soudain ivre de rage, sans savoir s'il devait tourner sa colère contre elle ou contre ce Villeneuve. Quelle horreur allait encore s'ajouter à ce qui s'était produit trente ans plus tôt ?

— De l'argent ? répéta-t-elle, étonnée. Non, je n'en avais pas, il devait bien s'en douter. Je ne pouvais disposer de rien sans que ton père s'en aperçoive.

— Alors quoi ? Tu as...

Le mot était trop difficile à formuler, il y renonça. A l'époque, sa mère avait trente-trois ans et Villeneuve, vingt-six. L'idée qu'il ait pu la forcer à devenir sa maîtresse augmenta sa colère d'un cran, mais elle le détrompa aussitôt.

— Couché avec lui ? Bien sûr que non ! Je n'aurais pas pu, je n'ai jamais trompé ton père de ma vie entière ! Et puis tu sais, je n'étais pas assez jolie pour ça.

Il se décida à aller vers elle et lui prit le sac des mains. Il aurait voulu lui dire quelque chose, n'importe quoi qui atténue la tristesse de sa dernière phrase. A en croire les photos des albums de la famille, sa mère n'avait jamais été ni belle ni laide. Insignifiante et effacée, sans rien de l'éclatante beauté d'Aneke, et à l'évidence elle le savait très bien.

— Non, ce qu'il exigeait était à la fois plus simple et plus terrible : il voulait que je subtilise le testament de son oncle. C'était la seule chose qui l'intéressait, et j'étais la seule à pouvoir m'introduire à l'étude.

Pris de vertige, Victor commençait à comprendre.

— Le testament..., articula-t-il. Le testament *mystique* de Robert Villeneuve ? C'est toi qui l'as pris ? Toi ?

Il n'en revenait pas, n'arrivait pas à croire ce qu'il entendait.

— Tu comprends, Vic, il savait bien que son oncle l'avait déshérité, ils étaient fâchés à mort tous les deux. Or, Jean était la seule famille de Robert, donc son seul légataire, et...

— Héritier, rectifia-t-il machinalement. Seul héritier. Il n'était justement pas légataire, Robert pouvait choisir qui il voulait.

— Eh bien, il le lui avait annoncé. Pour le punir et lui enlever toutes ses illusions, il lui avait même précisé que le testament était déposé à l'étude Cazals, hors de portée et irréfutable. Jean, ça le rendait fou. Robert avait beaucoup d'argent, non ?

— Pas mal. Mais cette histoire ne tient pas debout ! Robert aurait pu mourir plus tôt, et papa se serait forcément rappelé le testament, déposé devant témoins ! Imagine, trente ans après, il s'en souvenait encore !

— Et alors ? Plus de testament, plus de moyen d'écarter Jean de la succession, c'est ce qu'il m'a expliqué en long et en large. Il suffisait que je prenne cette enveloppe, le tour était joué.

Victor hocha la tête, impuissant à la contredire. Le plan conçu par Jean Villeneuve avait été d'une efficacité redoutable. Par définition, il n'existait aucune copie du testament, seul l'auteur en connaissait le contenu, et la disparition de l'original annulait tout. Son oncle pouvait continuer à dormir sur ses deux oreilles, persuadé que ses volontés seraient respectées après sa mort. Et même en cas de problème, personne ne pourrait jamais soupçonner Jean puisqu'il n'avait pas accès aux archives de l'étude.

— Comment as-tu fait ? se borna-t-il à demander d'une voix atone.

Imaginer sa mère s'introduisant dans l'étude et errant parmi des milliers de dossiers lui semblait surréaliste.

— C'était difficile, mais je n'avais pas le choix. Le double des clefs, je l'ai fait faire un samedi, en fin d'après-midi, alors que ton père venait de rentrer du travail. Le trousseau était dans la poche de sa veste. Ensuite, quinze jours plus tard, quand il est parti à la chasse le dimanche, je suis allée à l'étude. J'étais morte de peur, j'ai mis des heures à trouver, mais heureusement tout était marqué sur l'enveloppe scellée avec le nom de Robert Villeneuve, je ne pouvais pas me tromper. Les clefs, je les ai jetées dans la Dordogne quelque temps après. Et le testament, je l'ai remis à Jean.

— L'immonde salaud...

Aujourd'hui encore, le plan restait sans faille, Villeneuve allait toucher légalement la fortune que son oncle n'avait pas voulu lui laisser, et nul ne pouvait s'y opposer. Victor se demanda ce qu'il allait faire lorsqu'il l'aurait en face de lui dans son bureau. Cet homme était un voleur, soit, mais il savait pertinemment que la mère de Victor Cazals était une meurtrière.

A présent la vitrine était vide. Les trois fusils, la carabine et les deux revolvers gonflaient le sac, qui serait lourd à transporter.

— Tu t'en vas tout de suite ? chuchota-t-elle.

Le visage défait de sa mère aurait dû lui inspirer de la pitié, pourtant il n'éprouvait plus qu'une immense lassitude.

— Tu peux me faire un café ? Je vais appeler Max pour qu'il m'aide à emporter tout ça, la voiture est loin, j'ai dû la laisser hors de la zone piétonne.

Il la suivit jusqu'à la cuisine, se demandant pourquoi il prolongeait délibérément l'épreuve. Pour ne pas la laisser seule ? Elle le serait, désormais, malgré tout ce qu'ils pourraient faire, Max et lui.

Et qu'avaient-ils envie de tenter pour ne pas l'abandonner à elle-même ?

En attendant l'arrivée de son frère, il se força à s'attabler. Elle lui servit une tasse d'arabica odorant, comme elle seule savait le préparer.

— Toi, Victor, tu reviendras me voir ?

— Oui, maman, bien sûr.

Il n'avait pas eu besoin de réfléchir ni de se forcer. Quoi qu'elle ait pu faire, elle demeurait sa mère. Avoir trop aimé ne faisait pas d'elle un monstre, ou du moins n'arrivait-il pas à la voir ainsi. Désespérément, il chercha quelque chose à lui dire, mais tout lui sembla dérisoire, incongru. De quoi pouvait-il bien lui parler, après ce qu'elle venait d'avouer ? Le meurtre d'Aneke ne lui avait jamais causé le moindre remords, juste le désagrément de devoir voler ce fichu testament. Quant à Nils, sa ressemblance criante avec la Suédoise le lui avait rendu odieux pour toujours. A part ça, elle était une bonne mère, même si elle reconnaissait préférer son mari à ses enfants.

Empli d'une amertume qui lui donnait vaguement mal au cœur, il but son café en silence. Qu'allait-il faire de ce qu'il avait appris aujourd'hui ? Mettre ses frères au courant et les consulter s'était révélé catastrophique. Maxime, qui n'avait pas pu supporter d'avoir Villeneuve pour client tant il le trouvait antipathique, risquait de provoquer un scandale inutile en découvrant le chantage auquel cet homme s'était froidement livré. Et pourquoi accabler Nils en lui révélant qu'il existait un témoin ? Que celui-ci aurait pu, trente ans plus tôt, faire éclater la vérité et venger sa mère ? Si Villeneuve avait parlé à l'époque, s'il n'avait pas eu un intérêt très personnel à se taire, Nils n'aurait pas été élevé par Blanche. Par qui, alors ?

Victor essaya d'imaginer l'histoire telle qu'elle aurait très bien pu se dérouler. Villeneuve alertant la gendarmerie, Blanche arrêtée et emprisonnée, leur père se retrouvant absolument seul avec ses trois garçons, et sans doute fini professionnellement. Un désastre. C'était bien le chantage de Villeneuve qui les en avait tous sauvés. Quel affreux paradoxe !

— Maman, dit-il doucement, je viendrai déjeuner cette semaine.

Ce n'était pas une promesse en l'air, elle dut le comprendre car elle esquissa un petit sourire et il en profita pour se lever. Il récupéra les valises qu'il descendit au rez-de-chaussée, juste au moment où Maxime arrivait enfin. Ensemble, ils remontèrent chercher le sac contenant les armes et embrassèrent leur mère en essayant de se comporter naturellement, comme si de rien n'était, comme s'il s'agissait d'un jour comme les autres.

Lorsqu'ils s'éloignèrent dans la rue du Présidial, lourdement chargés, Blanche les suivit des yeux, plantée devant une des fenêtres du salon, au premier étage. Qu'il était loin, le temps où elle les regardait partir au collège ! Pourquoi toutes ces années de sursis étaient-elles passées aussi vite ? Trois décennies volées à Martial, dont elle avait savouré chaque minute. Maintenant que tout était consommé, que pouvait-elle encore attendre de la vie ? Une vie où il ne serait plus là...

Réprimant un frisson, elle s'écarta de la fenêtre. Tout Sarlat allait se demander ce qui avait bien pu arriver au vieux couple Cazals. Muselé, Martial ne dirait rien. Personne, d'ailleurs, ne dirait jamais rien. Maxime et Victor étaient trop gentils pour l'interroger, trop pudiques et sans doute trop choqués. Tout à l'heure, Victor se serait bien passé de sa confidence à propos de Villeneuve, mais tant pis, elle n'avait plus rien à perdre, et Jean méritait tout le mépris dont Victor allait forcément l'accabler.

Au bout du compte, elle n'en voulait pas à Victor d'avoir fouillé Les Roques et reconstitué son histoire. Il l'avait seulement fait un peu trop tôt. Logiquement, la propriété n'aurait dû revenir à ses fils qu'après sa mort - ou celle de Martial -, et c'était bien dans cette perspective qu'elle n'avait pas tout détruit. L'idée qu'ils apprennent un jour à quel point elle avait aimé leur père ne lui déplaisait pas. Ce crime représentait sa seule heure de bravoure, prouvait de quoi elle était capable, faisait la démonstration qu'elle n'était pas qu'une femme insignifiante, effacée, mièvre, bref, l'idiote qu'ils croyaient tous connaître depuis toujours.

Pauvre Victor... Comme il devait s'en vouloir de sa curiosité ! Le jour où Martial avait fait allusion à ce petit cahier d'écolier déniché dans le placard de l'office - et qu'ils attribuaient à une employée de maison simple d'esprit -, elle s'était vraiment inquiétée. Alors, un soir, profitant d'une absence de Martial, elle s'était rendue aux Roques. Tout le long du chemin, elle avait imaginé divers prétextes pour justifier cette visite vis-à-vis de son fils, mais en arrivant là-bas elle avait constaté avec soulagement l'absence de Victor, parti dîner ailleurs lui aussi. Alors elle s'était dépêchée de repartir, d'aller garer sa voiture sur la route, bien au-delà de la grille d'entrée, à l'abri d'un boqueteau. Elle connaissait le parc et la maison par cœur. Ce qu'elle cherchait se trouvait au deuxième étage, où elle s'était précipitée. Le foulard lacéré était là, abandonné dans cette chambre mansardée dont elle se souvenait si bien pour y avoir passé tant de soirées à écrire. Mais impossible de mettre la main sur le carnet noir ! Devant l'armoire vide, elle avait connu un début de panique. L'inspection minutieuse des malles, au grenier, n'avait rien donné, et elle s'était ruée dans les autres chambres, les fouillant en hâte, jusqu'à ce que le bruit d'une voiture trouble soudain le silence de la nuit. Prêtant l'oreille, elle avait perçu un murmure. Victor n'était pas seul, il parlait avec quelqu'un, dehors. Le plus discrètement possible elle avait battu en retraite, peu désireuse d'expliquer sa présence, mais tandis qu'elle s'éloignait à travers le parc, elle s'était rendu compte qu'elle avait oublié d'éteindre la cage d'escalier. Tant pis, elle ne pouvait pas revenir sur ses pas.

De cette expédition nocturne elle ne rapportait donc que le foulard Hermès. Celui qui lui était resté dans la main trente ans plus tôt, tandis que la Suédoise basculait tête la première de son échelle. La chute, le cri, le bruit du corps s'écrasant trois étages plus bas. Combien de fois y avait-elle repensé, avec le même frisson d'horreur intacte ? Un haut-le-cœur lui avait fait porter sa main à sa bouche, stupéfaite de découvrir ce foulard entre ses doigts...

Arrêtée au milieu du salon, elle regarda autour d'elle. Martial ne s'assiérait plus jamais dans ce canapé. Elle ne pourrait plus lui parler, lui servir à boire, lui préparer à manger. Son absence allait redevenir une douloureuse obsession. Et, cette fois, elle n'avait aucun moyen de le ramener à elle. Quarante et un ans de mariage, moins trois ans de séparation, et aujourd'hui, plus rien. Le temps allait s'arrêter pour elle, exactement comme si elle était veuve. Sauf qu'elle n'aurait pas le droit de pleurer son mari, ni même de parler de lui. Quel sort lui réservait-il ? L'estimerait-il assez punie ? Quand Nils avait débarqué, l'air halluciné, qu'il s'était mis à l'accuser et à tout raconter, elle avait connu une terreur sans nom. Réfugiée dans la cuisine, elle s'était persuadée qu'elle voulait bien mourir de la main de Martial s'il lui tombait dessus, mais non, elle ne souhaitait pas mourir du tout, et l'arrivée de Maxime l'avait fait pleurer de soulagement. Sans Max, sans Victor venu en renfort, de quoi Martial et Nils auraient-ils été capables ?

Elle laissa échapper un long soupir, tout à fait découragée. Devrait-elle fuir Sarlat ou y rester ? Martial allait-il lui donner de l'argent ? Elle regagna sa chambre, se réinstalla devant la coiffeuse. Longuement, elle s'observa dans le miroir. Aurait-elle le courage de continuer à se teindre les cheveux dorénavant ? Pour l'instant elle ressemblait à une dame d'âge mûr et d'allure soignée. Si Martial démarrait une procédure de divorce, il y aurait forcément des conciliations chez le juge, où il serait bien obligé de la revoir, alors, d'ici-là, pas question de se laisser aller. Peut-être la haïrait-il moins dans quelques mois ? Il vieillissait, lui aussi, et il allait se sentir très seul. Se raccrochant à cette dérisoire illusion, elle tendit la main vers un tube de rouge à lèvres. Tant qu'ils seraient vivants tous les deux, jamais elle ne pourrait se résoudre à abandonner tout espoir.

Pour prouver à Victor qu'elle commençait à bien connaître la région, Virginie avait choisi de dîner à Beynac, découvert grâce à Cécile Massabot. Le village, classé comme l'un des plus beaux de France, était en partie blotti au pied d'une falaise dominant la Dordogne et en partie accroché au rocher.

Attablée face à Victor, sur la terrasse de la *Taverne des Remparts*, Virginie achevait son soufflé glacé aux noix. Elle se sentait bien, d'abord grâce à l'attitude de Victor qui faisait tout pour la mettre à l'aise, mais aussi au montravel, un vin blanc sec et nerveux de la région de Bergerac dont ils venaient de vider une bouteille. Elle portait un jean délavé et un débardeur blanc à fines bretelles, choisi pour mettre en valeur sa peau bronzée par toutes les journées passées en plein air sur ses chantiers.

— Je suis sûre qu'il a dû séduire les femmes toute sa vie, c'est un charmeur-né ! dit-elle en riant. Tel père, tel fils, vous vous ressemblez beaucoup.

Intriguée par la présence de Martial aux Roques, elle avait essayé d'interroger Victor mais il restait évasif, apparemment peu désireux de parler de sa famille ou de ses problèmes.

— Si je ne t'avais pas laissé ce mot, m'aurais-tu rappelée ? lui demanda-t-elle soudain en se penchant un peu en avant pour mieux le scruter.

— Bien sûr que oui.

— Quand ?

— Eh bien... Le temps de digérer toutes tes amabilités, je suppose. Soit tu me demandes de te foutre la paix, je te cite, soit tu me trouves en manque : rien de très flatteur pour moi ! Ni de très juste.

— J'ai pu avoir cette impression, se défendit-elle.

— Je sais. Mais j'ai eu plein de soucis.

Sans s'expliquer davantage, il lui prit la main, sur la nappe.

— J'ai beaucoup pensé à toi, Virginie, même si je n'ai pas fait ce que tu attendais de moi.

Du bout des doigts, il caressait l'intérieur de son poignet et elle tressaillit. Sa sincérité ne faisait aucun doute, pourquoi l'avait-elle si mal jugé ? Par crainte de s'attacher trop vite ? Martial Cazals l'avait avertie : Victor affrontait un gros problème familial dont il valait mieux ne pas lui parler. Etait-ce suffisant pour expliquer un silence qu'elle avait pris pour de l'indifférence ? Cet homme lui plaisait beaucoup trop pour qu'elle puisse se contenter de le voir de temps en temps.

— Tu m'offres un café chez toi ? demanda-t-il à mi-voix.

De sa main libre, il fit signe à un serveur et réclama l'addition.

— Comme tu l'as constaté, mon père habite aux Roques pour l'instant. D'ici quelques jours, j'aurai aussi mon fils, qui vient passer trois semaines, sans compter mes neveux, mon frère et ma belle-sœur...

— ... et donc tu seras très occupé, acheva-t-elle à sa place. C'est ça ?

— Non. Au contraire, je vais être en vacances. En vacances et en famille. De ton côté, as-tu des... projets de voyage, ou...

— J'ai deux chantiers sur les bras, un à finir et un à démarrer, je ne bougerai pas de l'été.

— Tant mieux ! Tu seras la bienvenue à la maison aussi souvent que tu voudras.

Il le proposait avec une gentillesse désarmante, tout en l'observant d'un air interrogateur, comme s'il voulait dissiper les dernières traces de malentendu entre eux.

— D'accord pour le café chez moi, décida-t-elle.

Le regard qu'elle posa sur lui fit éprouver à Victor un violent désir. Après ce qu'il avait vécu ces derniers jours, l'idée de la prendre dans ses bras le rendait enfin à lui-même. Virginie n'appartenait pas au passé, elle lui ouvrait une porte sur quelque chose qui ne concernait que lui. Etrangère aux drames de sa famille, terriblement excitante, elle le tentait soudain jusqu'au vertige.

Beynac n'était qu'à une dizaine de kilomètres de Sarlat, qu'il évita en prenant la route de Madrazes. Il était en train de se garer devant la maison de Virginie lorsque son portable se mit à sonner. Agacé, il jeta un coup d'œil sur l'écran et vit s'afficher le nom de Nils.

— Excuse-moi, dit-il à Virginie, c'est mon frère, je lui parle juste une minute...

Acquiesçant d'un signe de tête, elle descendit de voiture par discrétion tandis qu'il prenait la communication.

— Nils ?

— C'est moi, Vic, coupa Laura. Je te dérange ?

— Oui, un peu. On peut se rappeler demain ?

— Demain ? Si tu veux, mais je n'en ai pas pour longtemps, je voulais juste te demander... Verrais-tu un inconvénient quelconque à ce que j'accompagne Thomas ? J'ai besoin de quelques jours de repos, je ne vais pas bien du tout, alors j'ai pensé que tu pourrais m'offrir l'hospitalité dans ta grande maison...

— Je ne crois pas que ce soit une bonne idée, répondit-il prudemment. Comment veux-tu que Thomas s'y retrouve ? D'ailleurs, même pour nous ce serait intenable.

— Pourquoi ? Tu ne veux pas m'aider, c'est ça ? s'indigna-t-elle d'un ton aigre. Ecoute, Vic, je n'ai aucun endroit où aller et pas les moyens de me payer l'hôtel !

— Arrête, Laura ! explosa-t-il.

Relevant les yeux, il vit que Virginie, occupée à ouvrir la porte de la maison, venait de se retourner vers lui et le fixait d'un drôle d'air.

— On en reparle demain, maugréa-t-il. Embrasse Tom.

Il ne lui fallut que deux secondes pour jeter son portable sur le siège passager, descendre de voiture et rejoindre Virginie.

— Finalement ce n'était pas mon frère, mais comme ils habitent ensemble, c'est son numéro, expliqua-t-il d'une traite.

Le visage fermé, elle le scruta un moment avant de hausser les épaules.

— Elle te poursuit, en tout cas ! Si tes soucis viennent d'elle, je préférerais que tu...

Il sentit qu'elle reprenait ses distances, qu'elle n'avait plus vraiment envie qu'il reste.

— Virginie, tu vas devoir me croire sur parole, mais je suis guéri de Laura. Elle n'est pour rien dans ce qui me préoccupe. Ne t'imagine pas encore Dieu seul sait quoi !

Sans lui répondre, elle entra dans la maison et il la suivit. Avant qu'elle ait le temps d'allumer, il l'attira à lui d'un geste brusque.

— Je te raconterai tout ça un jour, murmura-t-il.

Toutefois, il n'en ferait probablement rien. Il avait décidé de se taire, désormais, et n'avait même pas expliqué à Maxime le rôle de Jean Villeneuve dans leur histoire. Glissant une main sous le débardeur, il effleura la peau douce de Virginie. Pour l'instant, rien n'était plus important que tenir cette femme contre lui. Il baissa la tête et chercha ses lèvres, tout en resserrant ses bras autour d'elle. La manière dont elle répondit à son étreinte aurait dû le rassurer, néanmoins il avait besoin d'une certitude.

— Tu m'acceptes pour la nuit ? J'aimerais tellement me réveiller à côté de toi demain matin... Tu veux bien ?

Elle ne portait pas de soutien-gorge et il caressa doucement ses seins jusqu'à ce qu'il l'entende respirer plus vite. Alors seulement il s'écarta un peu pour lui enlever son débardeur. Ensuite il déboutonna le jean et s'agenouilla devant elle, achevant de la déshabiller.

— Tu es superbe, dit-il à voix basse. Tu m'as plu tout de suite, la première fois que je t'ai vue, dans mon bureau. Et l'autre soir, chez moi, j'ai adoré faire l'amour avec toi.

— J'ai cru que tu m'avais oubliée, depuis...

Il posa ses lèvres sur elle, juste au-dessous du nombril.

— Impossible, chuchota-t-il.

L'odeur de sa peau était en train de le rendre fou. Comment avait-il pu la reléguer au second plan, négliger de la rappeler, prendre le risque de la perdre ? Depuis Laura, aucune femme ne l'avait autant attiré, il était amoureux pour de bon.

Huit jours plus tard, Victor reçut lui-même Jean Villeneuve à l'étude. Il avait bien failli se débarrasser de lui en l'abandonnant au clerc chargé du dossier mais finalement il s'était ravisé. Refuser la confrontation était vraiment trop lâche ; au dernier moment il demanda à Aline d'introduire le client dans son propre bureau.

Une fois Villeneuve assis en face de lui, il commença par le regarder longuement, en silence, réfléchissant à l'absurdité de leur situation. Insignifiant, plutôt vulgaire, cet homme avait exercé une influence considérable sur le destin de la famille Cazals simplement parce qu'il s'était trouvé au bon endroit au bon moment. Trente ans plus tôt, à Cahors, il aurait pu prendre une autre rue ou y passer cinq minutes plus tôt, mais le hasard l'avait mis en présence de Blanche et il en avait tiré tout le parti possible. Une rencontre de quelques instants qui, aujourd'hui, lui rapportait une véritable fortune.

— Lors de notre premier entretien, attaqua Victor d'un ton froid, je vous avais parlé d'un testament déposé à notre étude par votre oncle.

Sourcils froncés, Villeneuve eut aussitôt un geste d'impatience et voulut répondre, cependant Victor le devança :

— Ce testament, vous le savez mieux que quiconque, a disparu. Je suppose que vous l'avez détruit depuis longtemps ?

D'abord interloqué, Villeneuve devint soudain très rouge. Au lieu de se défendre, il se contenta de s'enfoncer dans son fauteuil en croisant les bras. Il devait être en train de se demander comment Victor avait appris la vérité et si cette nouvelle donne le mettait en danger.

— Bien entendu, ironisa Victor, c'est tout à fait illégal.

— Qu'est-ce qui est illégal ? S'introduire par effraction dans une étude et y dérober des documents ? Eh bien, ce n'est pas moi qui l'ai fait !

— Je sais.

— Si Blanche veut en répondre devant la loi, ajouta-t-il d'un ton menaçant, elle pourra en profiter pour avouer autre chose, de beaucoup plus grave.

— Je sais aussi. Et je vous rappelle qu'il y a prescription.

— Pas pour le scandale, maître Cazals. Jamais pour le scandale ! Vous êtes preneur ?

— Non, admit Victor qui se sentait proche de la nausée. Je n'ai rien à y gagner, et vous encore moins.

L'attitude de défi affichée par Villeneuve avait beau le rendre malade, il était pieds et poings liés. La confrontation, inutile, tournerait forcément à son désavantage, cependant, l'idée que cet homme puisse se sortir indemne - et riche - de toute cette sordide affaire le révoltait.

— Je vais transmettre votre dossier à un confrère, à Périgueux. Je ne veux plus jamais avoir affaire à vous.

— J'espère que ça ne va pas retarder les choses ! s'exclama Villeneuve, apparemment très contrarié.

Victor le toisa puis haussa les épaules.

— Bien sûr que si.

— Alors, je vous préviens...

— De quoi ? explosa Victor. Vous ne comptez pas me faire du chantage, à moi ? Vous attendrez, voilà tout. Croyez-moi, ce n'est pour moi qu'une maigre consolation.

Et il risquait de n'en avoir aucune autre ; il se trouvait dans une impasse.

— Vous connaissez les deux conditions d'aptitude à l'héritage ? ajouta-t-il d'un ton incisif. D'abord l'existence, c'est logique, et ensuite l'absence d'indignité ! Avec ce que je sais de vous, je refuse d'être celui qui vous fera le chèque !

— Pourquoi m'agressez-vous comme ça ? protesta Villeneuve. Si vous preniez la peine d'y réfléchir, vous me remercieriez ! C'est grâce à moi que votre mère n'est pas allée en prison, non ? Vous aviez quoi, à l'époque ? Dix ans ?

Victor renonça à répondre, conscient qu'il ne pouvait pas se battre sur ce terrain-là. Si abominable que ce soit, Villeneuve n'avait pas tout à fait tort, d'ailleurs, il en était conscient car il insista, profitant du silence de Victor.

— Quand j'ai lu dans les journaux que cette femme était morte, je n'ai pas été long à comprendre, la coïncidence était trop grosse. Moi, je ne lui devais rien, à Blanche, je ne la connaissais que pour avoir balayé les feuilles et réparé les clôtures chez elle... Chez vous.

Toujours muet, Victor agrippait machinalement le bord de son bureau. Le culot de ce type et son amoralité le mettaient hors de lui.

— J'aurais dû témoigner mais j'ai préféré me taire. Pas par bonté d'âme évidemment, il fallait bien que j'y trouve un intérêt ! Or, cet abruti de Robert s'était vanté de son testament à la con, rien que pour m'emmerder... L'occasion était trop belle, je l'ai saisie, ça contentait tout le monde. Vous pouvez penser ce que vous voulez, vous en auriez peut-être fait autant à ma place ! Et puis je vous rappelle que moi, au moins, je n'ai tué personne...

D'instinct, Villeneuve venait de baisser la voix sur les derniers mots, bien inutilement car les portes capitonnées ne laissaient rien filtrer à l'extérieur. Dans cette pièce douillette et cossue, Victor avait arbitré de nombreuses querelles au cours desquelles les gens se jetaient des horreurs à la tête ; mais jamais, comme aujourd'hui, il n'en avait été l'un des protagonistes. Passer dans ce camp lui parut odieux. A quoi bon batailler avec ce type ? La seule chose dont il avait envie était de se lever et d'aller lui écraser son poing sur le nez.

— Comment avez-vous appris ? demanda brusquement Villeneuve. Ne me dites pas qu'elle s'en est vantée ! Il y a peu de temps encore, elle était morte de peur rien qu'en me croisant dans les rues de Sarlat...

— Tout finit par se savoir. Maintenant, vous n'aurez plus l'occasion de la terroriser, et je vous conseille de ne pas traîner dans les rues de Sarlat. Hors de cette étude, mieux vaut que nous ne nous rencontrions pas, vous et moi.

D'un geste d'autant plus rageur qu'il se sentait impuissant, Victor nota les coordonnées de son confrère de Bergerac, déchira la feuille du bloc et l'expédia à travers son bureau en direction de Villeneuve.

— Je ne vous retiens pas !

Les yeux rivés sur le papier, l'autre marmonna :

— En retardant le règlement de cette succession, c'est votre petit frère que vous mettez dans les ennuis. N'oubliez pas que j'investis dans son film.

— Dehors ! hurla Victor.

Perdant son calme, il jaillit de son fauteuil et marcha sur Villeneuve.

— Vous croyez que mon frère voudra encore de votre argent si je lui raconte le rôle que vous avez joué au moment de la mort de sa mère ? Faux témoin, maître chanteur, voleur...

Il prit Villeneuve par le bras et le mit debout sans ménagement.

— Foutez la paix à Nils ! Des commanditaires, je lui en trouverai d'autres, de plus reluisants, ce n'est pas ça qui manque !

— Alors pourquoi ne pas l'avoir fait plus tôt ?

D'une secousse, Villeneuve dégagea son bras, apparemment prêt à se défendre, mais Victor, choqué par la dernière question, ne réagit pas. Pourquoi, en effet, n'avait-il jamais rien tenté pour aider Nils ? A longueur d'année des gens lui demandaient comment placer leur argent, et pas une fois il ne lui était venu à l'esprit de leur parler de cinéma. Parce qu'il jugeait le domaine trop fantaisiste, trop risqué ? Avant que Laura le quitte, avant d'apprendre qu'elle était devenue la maîtresse de Nils, il aurait pu se démener, mais voilà, il ne l'avait pas fait, n'y avait même pas pensé. Et Maxime non plus.

Contournant Villeneuve, il alla ouvrir la porte qui donnait sur la cour pavée.

— Sortez d'ici tout de suite. L'argent de votre oncle n'était pas pour vous, il ne vous portera pas bonheur. Laissez mon frère tranquille, et ne vous approchez plus de qui que ce soit de ma famille.

A voir l'expression de Villeneuve, il devina qu'il commençait à lui faire peur.

— Je suis sérieux, ajouta-t-il pour faire bonne mesure. Si je vous retrouve un jour sur mon chemin, je vous envoie à l'hôpital.

Sans demander son reste, Villeneuve ramassa en hâte la feuille sur le bureau, et il fit très attention à ne pas frôler Victor quand il passa devant lui.

Thomas sauta hors de la voiture et galopa vers la maison, appelant son père à tue-tête. Tandis qu'il regardait le petit garçon ouvrir la porte à la volée et s'engouffrer à l'intérieur comme s'il avait toujours vécu là, Nils, indécis, resta un moment à contempler l'imposante façade, sans savoir s'il avait envie de rejoindre les autres. A côté de la Rover de Victor, garée devant une grange, il remarqua la voiture de son père, celle de Maxime, et une Opel Corsa qu'il ne connaissait pas.

Pour se donner un peu de temps, il ouvrit son coffre et sortit les deux gros sacs de Thomas puis le sien, beaucoup plus petit.

— Tu as besoin d'aide, fils ?

Alors qu'il se retournait, la main de son père se posa lourdement sur son épaule. Une seconde ils se dévisagèrent, puis Martial l'attira à lui dans une embrassade un peu maladroite.

— Tu as bien fait de venir, affirma-t-il. Le petit est avec toi ? Il m'a semblé l'entendre... Je taillais des rosiers, derrière le pigeonnier. Ah, ton frère est un piètre jardinier !

Aussi embarrassés l'un que l'autre, ils continuaient pourtant à se regarder.

— Ces rosiers sont à l'abandon depuis très longtemps, papa.

Après tous ces mois où son père l'avait traité en paria et cette horrible scène rue du Présidial, il ne savait plus comment se comporter.

— Tu as l'air en forme, constata Martial.

Hochant la tête, Nils s'abstint de répondre. Que ce soit lui qui ait conduit Thomas jusqu'ici agaçait sans aucun doute son père, mais il s'agissait d'une bien petite contrariété en regard de tout le reste. Aujourd'hui, parce que Nils avait voulu parler, toute l'existence de Martial se trouvait chamboulée, ravagée.

— Victor est amoureux, annonça soudain celui-ci. Tu vas voir sa petite amie, elle est charmante.

Cherchait-il à le mettre en garde ? A le prévenir que si jamais il posait les yeux sur cette femme-là il n'y aurait plus de pardon possible ? Avait-il seulement pardonné en ce qui concernait Laura ?

— Tant mieux pour lui. C'est bien la seule chose qui pourra me déculpabiliser un peu.

— Ah... Tu t'es quand même senti coupable, alors ? dit froidement son père.

— Je te l'ai écrit en long et en large !

Martial lui jeta un drôle de regard mais se détourna aussitôt.

— J'espérais que tu me répondrais, insista Nils.

— J'aurais pu si... Oh, laisse tomber ! Dis-moi plutôt pourquoi tu as fait ça ? Laura ! Qu'a-t-elle de si extraordinaire ?

— Elle est blonde, soupira Nils en haussant les épaules.

Son explication parut sidérer Martial.

— C'est tout ce que tu trouves à répondre ? Si c'est ce que tu avais mis dans ta lettre, tu peux...

— Tu ne l'as pas lue ? le coupa Nils d'une voix incrédule. Elle ne te l'a même pas montrée ? Mon Dieu... C'était à ce point-là ?

Toute sa colère lui revenait et il dut faire un gros effort pour se maîtriser. Evoquer Blanche ne les mènerait nulle part. De nouveau il jeta un coup d'œil à la façade des Roques. Que faisait-il ici ? Avait-il encore une place dans sa propre famille ? Et en admettant qu'il souhaite la reprendre, voudrait-on de lui ?

La porte d'entrée s'ouvrit en grand et Victor apparut sur le perron. Sourire aux lèvres, il descendit posément les marches pour venir à leur rencontre.

— Merci d'avoir accompagné Thomas ! lança-t-il de loin.

Arrivé près d'eux, il ne marqua aucune hésitation et embrassa Nils comme si de rien n'était, tandis que leur père en profitait pour s'éloigner discrètement.

— Tu restes ? demanda Victor en désignant les sacs de voyage posés sur les graviers de l'allée.

— Eh bien...

— Si, tu restes. Au moins quelques jours. Tu n'en as pas marre de faire demi-tour à peine arrivé ici ?

— Jusqu'à mardi, alors. J'ai du travail, je...

— Il faut que je te parle de ça aussi. Que tu m'expliques un peu comment fonctionne l'industrie du cinéma, le système de coproduction et le financement. Je crois que je t'ai trouvé au moins deux personnes carrément intéressées par ce genre de placement.

Ahuri, Nils secoua la tête et eut un rire sans joie.

— Parmi tes clients ? Tu m'étonnes !

— Je sais ce que tu penses des provinciaux, inutile d'y revenir, mais je t'assure que nous avons ici le cinéma parlant et en couleur...

Sans se concerter, ils s'étaient mis à marcher dans la direction opposée à la maison, poussés par le besoin de s'isoler tous les deux.

— Figure-toi que j'ai déjà un type de Sarlat qui veut mettre de l'argent dans mon film, déclara Nils.

— Oui, je sais de qui il s'agit, mais ne compte pas trop sur lui, c'est un voyou. Non, là, ce sont des gens sérieux.

Côte à côte, ils se dirigeaient vers le fond du parc, où le feuillage des grands arbres formait une voûte sombre. Quand ils pénétrèrent dans l'ombre fraîche, les bourdonnements d'insectes invisibles s'intensifièrent. Enfant, Nils n'avait pas vraiment eu le temps de profiter des Roques. Après un long silence, il murmura :

— Tu ne t'ennuies pas trop, seul ici ?

— Oh, non ! D'une certaine manière, cet endroit est un paradis. Et puis j'ai rencontré quelqu'un... Je te la présenterai tout à l'heure.

Ils en arrivaient à leur problème personnel, qu'il était grand temps de liquider s'ils voulaient retrouver des rapports normaux.

— Tu es certain que tu ne préférerais pas que je m'en aille ?

— Pourquoi ? riposta Victor d'un ton âpre. Tu crois que tu plais à tout le monde ?

Baissant la tête, Nils s'arrêta. Il s'adossa à un érable et prit une profonde inspiration.

— Veux-tu qu'on en parle, Vic ?

— De Laura ? Non.

— Pourtant tu as deux très bonnes raisons de m'en vouloir. La première, c'est ta femme, la seconde, c'est ta mère.

— Effectivement... Tu es pire qu'Attila, chacun de tes passages ici se solde par le chaos ! Je devrais te détester, mais franchement je n'y arrive pas.

— Je ne veux plus que ce soit comme ça, articula Nils à voix basse.

— Quoi ?

— Etre celui à qui on passe tout.

Victor aurait aimé croiser le regard de son frère, mais il ne voyait que ses cheveux, trop blonds, trop longs, et sa nuque fragile, ses épaules voûtées.

— D'accord, Nils... On ne te fera plus grâce de rien. Moi, en tout cas. Tu veux que je t'explique ce qui est arrivé à papa après ton départ, la dernière fois ? Il a décidé de divorcer, de vendre la maison, il fait table rase. En attendant, il est réfugié ici, c'est moi qui en hérite. A mon avis, il est plus assommé que malheureux. Peut-être même finira-t-il par se sentir... libéré.

Nils releva brusquement la tête. Durant quelques instants, il considéra son frère avec une expression énigmatique.

— Quant à maman, poursuivit Victor en martelant ses mots, tu voulais qu'elle soit punie : elle l'est. Pour elle, c'est vraiment la fin de tout. Mais nous ne la laisserons pas tomber, ni Max ni moi.

— Je comprends.

— Tu crois ? Sincèrement, je ne sais pas si tu le peux, et personne ne te le demande.

Des cris d'enfants leur parvenaient, très assourdis, et, plus près d'eux, des passereaux s'en donnaient à cœur joie.

— Je t'aime beaucoup, lâcha Nils dans un souffle. Et je me suis très mal conduit avec toi. Pour ça, je suis sans excuse. En revanche, pour tout ce qui concerne ta mère...

— Je sais !

Refusant de montrer son émotion, Victor s'assit sur une souche et cueillit un long brin d'herbe qu'il se mit à mordiller.

— Tout ce que je veux, dit-il au bout d'un moment, c'est que tu fasses attention à Thomas. Puisque c'est toi qui vas l'élever, tu ne...

— Non, Victor. Pas moi. Sûrement pas moi.

La tête levée vers Nils, Victor prit le temps de réfléchir avant de demander :

— Laura te quitte ?

— Nous allons sans doute nous séparer, oui.

— Ah, bon...

Il retint de justesse une phrase désagréable. Et fausse, de surcroît. Il ne pouvait pas parler de gâchis alors qu'il avait fini par comprendre que Laura ne l'avait jamais vraiment aimé.

— Tiens, tu as une nouvelle cicatrice ?

Penché au-dessus de lui, Nils l'examinait avec une soudaine curiosité et Victor lui sourit.

— Tu vas avoir du mal à le croire, mais je me suis battu avec l'ex-petit copain de la femme que je vais te présenter.

— Victor ! s'écria Nils en éclatant de rire.

— Je crois que je deviens bagarreur, avec l'âge.

— Tu es vraiment amoureux ?

— Oui...

— Merci mon Dieu !

Dans un craquement de branches brisées, Léo émergea d'un buisson, juste à côté d'eux, et fila droit sur la piste qu'il suivait. Victor le regarda disparaître derrière un taillis puis il reporta son attention sur son frère.

— On va essayer d'oublier tout ça, déclara-t-il gentiment.

— On ne peut pas ! protesta Nils.

— Je n'ai pas dit qu'on allait y arriver.

Il se releva, épousseta machinalement son jean.

— Si on rentrait, maintenant ?

Ensemble, ils reprirent la direction de la maison qui leur apparut, entre deux arbres.

— Que c'est beau..., soupira Nils en s'arrêtant de nouveau. Un décor idéal. Tu t'en rends compte ou tu y es tellement habitué que tu trouves ça banal ?

— Quoi ?

— Tout ! La pente des toits, la couleur des lauzes, la frise, les meneaux, les frontons ! C'est austère, grandiose, hors du temps... Et derrière, l'à-pic sur la rivière, la falaise rocheuse... Même la couleur du ciel, regarde !

Victor regardait Nils, pas Les Roques. Son frère allait mieux, il en eut la brusque certitude. Peut-être ces horreurs surgies du passé l'avaient-elles guéri de ses démons ? Peut-être que lui, au moins, sortait vainqueur du drame, maintenant qu'il l'avait identifié ? Fugitivement, il se revit en train de fracturer le secrétaire à rideau, de découvrir les photos percées, découpées. N'était-ce que le poids de la haine présente partout dans la maison qui l'avait mis si mal à l'aise ?

— Tu ne me laisseras jamais tourner ici, j'imagine ?

— Bien sûr que non. Sauf si tu me le demandes très gentiment et s'il s'agit d'un très grand film.

— Qu'appelles-tu un grand film ?

— Un où on pleure.

— Tu n'as pas eu ta dose ces temps-ci ?

Ils atteignirent l'allée de gravier, se retrouvant en plein soleil.

— Victor... J'aimerais vous prouver, à toi et aux autres, que j'ai du talent.

— Vas-y, fais-le !

Nils parut sur le point de répliquer, mais au même instant leur père tourna le coin de la grange, tenant Thomas par la main. Il devait lui raconter quelque chose de passionnant car le petit garçon ne le quittait pas des yeux, la tête levée vers lui.

— Il n'avait pas cette patience pour nous, voulut plaisanter Nils.

— Pour toi, si.

Depuis le début, ils n'étaient pas dans le même camp. La silhouette de Martial et du gamin qui s'accrochait à lui ramena Victor trente ans en arrière. Max et lui observaient alors avec curiosité un bout de chou tout blond qui venait de perdre sa mère, et personne n'avait eu à leur recommander d'être gentils, ils l'étaient de toute façon.

— Allez, viens, dit-il à Nils.

Si le secret livré par Les Roques ne les avait pas détruits, rien ne les empêcherait de s'aimer, quoi qu'il puisse arriver d'autre.

Sur le perron, Cathie leur adressait de grands signes en criant que le déjeuner était prêt. Derrière elle, Virginie, une main en visière, les regardait approcher.

— C'est elle, chuchota seulement Victor.

Nils se contenta de hocher la tête, l'air embarrassé.

— Ne t'inquiète pas, l'histoire ne se répète jamais, Dieu merci !

Tendant la main vers son frère, il le força à avancer.

LA MAISON DES ARAVIS

A ma fille Fabienne, ombrageux écureuil, cette histoire de loups et de conquête, dans laquelle j'ai glissé le nom du chevalier capitaine d'Assas... Avec tout mon amour.

1

Bénédicte noua le dernier point de suture, coupa le fil d'une main experte, puis porta elle-même le caniche en salle de réveil. C'était un nom plutôt pompeux pour désigner une pièce carrelée qui comportait quatre boxes et une grande armoire métallique. Mais les clients appréciaient beaucoup que l'on traite leurs animaux comme de véritables malades, aussi les trois vétérinaires du cabinet n'hésitaient jamais à utiliser un jargon hospitalier.

Agenouillée près du chien, Bénédicte prit quand même le temps de vérifier son rythme cardiaque. Tout était normal et elle ne s'attarda pas plus longtemps, sachant qu'il restait encore une demi-douzaine de personnes dans la salle d'attente. Elle gagna le hall d'accueil où se trouvait le bureau de la secrétaire, qui lui tendit une fiche sans interrompre sa conversation téléphonique. Les affaires marchaient bien, presque trop bien d'ailleurs car Bénédicte rentrait chez elle de plus en plus tard. Elle essaya de se souvenir du contenu de son congélateur. Restait-il de quoi dîner ? Au pire, ils iraient manger tous les quatre chez le Chinois où ils avaient leurs habitudes.

Après avoir vacciné deux chats, diagnostiqué la teigne d'un setter et détartré les dents d'un épagneul, elle se trouva confrontée à un cas de typhus dont l'évolution ne présageait rien de bon. Quand elle put enfin faire le tour des bureaux pour tout éteindre, il était plus de vingt heures et la secrétaire était déjà partie. Ses deux associés s'en allaient toujours avant elle mais lui laissaient la possibilité de commencer plus tard qu'eux le matin. Lorsqu'elle les avait rejoints, trois ans auparavant, elle avait payé cher son droit d'entrée dans la clinique vétérinaire. Les locaux étaient vastes et bien placés dans le XVIIe arrondissement, mais surtout la clientèle augmentait sans cesse. Plusieurs confrères s'étaient intéressés à l'affaire, ce qui avait provoqué une surenchère, pourtant Bénédicte avait été choisie parce qu'elle était une femme. Aux yeux de ses associés, c'était un atout supplémentaire pour le cabinet.

En fermant le dernier verrou, Bénédicte soupira. Il y avait bien longtemps que l'enthousiasme de ses débuts l'avait quittée. A longueur de semaine, elle gérait la routine d'un travail répétitif dont l'aspect mercantile n'avait rien d'exaltant. Vaccins antirabiques avec formulaires en trois exemplaires, traitements antiparasitaires pour des chiens qui ne fréquentaient que le bitume, conseils psychologiques destinés à des perroquets aussi déprimés que leurs maîtres, stérilisation de beaux chats qui deviendraient d'affreux gros matous : tout cela lui procurait des revenus substantiels dont une bonne partie servait à rembourser son investissement.

La circulation était dense sur l'avenue de Villiers et elle en profita pour écouter les informations. Elle n'avait jamais le temps de se tenir au courant. Son existence était depuis longtemps une course contre la montre. Pourtant elle avait cru, les enfants grandissant, qu'elle retrouverait un peu de liberté ou de loisirs. Ce n'était pas le cas, bien au contraire. Louise sortait à peine de l'adolescence et n'avait toujours pas décidé de son avenir ; quant à Laurent, il vivait avec le parfait égoïsme de ses vingt ans, persuadé que ses bons résultats universitaires le dispensaient du moindre effort à la maison.

Sourire aux lèvres, Bénédicte baissa sa vitre. Même si l'atmosphère était particulièrement polluée depuis le début du mois de septembre, elle avait envie de sentir la tiédeur de l'air. Depuis combien de semaines n'avait-il pas plu ? Comme la plupart des Parisiens, elle n'avait qu'une vague conscience des intempéries et des saisons, passant de sa voiture à son cabinet, ou de son appartement à une galerie commerçante sans jamais lever la tête.

La place Pereire franchie, elle remonta vers Levallois. Dans quelques instants elle serait chez elle et Clément devait s'impatienter. A moins qu'il n'ait été retenu par un rendez-vous tardif, un de ces entretiens qui l'aigrissaient de plus en plus. Elle avait la chance de n'avoir qu'un quart d'heure de trajet en moyenne, alors que son mari avait dû traverser Paris matin et soir durant toutes les années où il avait dirigé l'agence de Port-Royal. A présent, il regrettait sans doute ces encombrements qui lui avaient pourtant si souvent mis les nerfs à vif. Le chômage était bien pire que n'importe quelle contrainte professionnelle.

Devant la barrière du parking, elle s'énerva à présenter dix fois de suite sa carte magnétique. Ce truc ne fonctionnait qu'un jour sur deux malgré les plaintes des copropriétaires. Elle descendit la rampe jusqu'au troisième sous-sol et se gara sur son emplacement en pestant contre le voisin qui débordait encore de ses lignes. C'était la même chose chaque soir, elle devait se contorsionner pour quitter sa voiture sans érafler sa portière, et les mots virulents qu'elle glissait sous l'essuie-glace du sans-gêne n'y changeaient rien.

Dans l'ascenseur, elle évita de croiser son reflet dans le grand miroir, sachant pertinemment que le néon creusait les traits sans pitié.

« Il n'y a pas que la lumière, ma vieille, il y a aussi les années. »

Qu'en avait-elle fait, d'ailleurs, de toutes ces années écoulées depuis la naissance de Laurent ? Quelques remplacements, une première installation à son compte puis cette association à la clinique, l'éducation des enfants, et voilà qu'un bon morceau de son existence - peut-être le meilleur - s'était envolé.

— Maman ! cria une voix furieuse dès qu'elle ouvrit la porte.

Louise avait dû guetter le bruit de la clef dans la serrure, et elle se précipita vers sa mère.

— Je l'ai dit sur tous les tons, je ne veux pas qu'il entre dans ma chambre ! Fais quelque chose, à la fin !

— Bonsoir, chérie, répondit Bénédicte en embrassant sa fille par surprise.

La cuisine était éteinte, preuve que personne n'avait songé au dîner.

— Il allait à une soirée avec Carole, alors ils ne se sont pas gênés pour se servir dans mes CD ! poursuivit l'adolescente d'une voix aiguë.

— Ton père est arrivé ?

— Non... Mais je te parle de Laurent, maman !

— Chérie ! dit seulement Bénédicte en souriant.

— Tu es fatiguée ? La journée a été dure ? s'exclama aussitôt Louise d'un air contrit.

Pourtant elle n'écouterait pas la réponse, toute à sa rage contre son frère. Résignée, Bénédicte posa son sac sur la desserte et fila vers sa chambre où sa fille la suivit en demandant :

— Qu'est-ce qu'on mange ?

Une question répétée à longueur de vie et dont elle était censée posséder seule la réponse.

— Chinois, j'en ai peur.

Tandis qu'elle troquait son tee-shirt pour un chemisier, Louise la détaillait sans pitié depuis le lit où elle s'était écroulée.

— Comment fais-tu pour rester mince, maman ?

— Je me prive ! Tout le temps...

Elle l'avait dit en riant mais elle était effectivement très gourmande et ne devait qu'à sa volonté d'avoir gardé une silhouette svelte. Régulièrement, elle prenait de bonnes résolutions pour aller courir ou nager, mais des contretemps de toutes natures l'en empêchaient une fois sur deux. Durant son enfance, puis sa jeunesse, elle avait été une sportive acharnée et elle en conservait une solide musculature, de belles épaules carrées, un dos droit et un ventre plat. Cependant la quarantaine - et un travail de forçat depuis le début de ses études à Maisons-Alfort - ne l'avait pas épargnée. Quelques cheveux blancs se devinaient dans ses courtes boucles brunes, tout un réseau de fines rides s'était accumulé au coin de ses yeux bleus, et elle avait une mine de papier mâché à force de ne jamais voir le soleil.

— Tu es si jolie, dit Louise qui le pensait vraiment.

Elle avait toujours été fière de sa mère et n'était encore passée par aucune phase de rébellion.

— Alors les filles, on se prélasse ? lança Clément en entrant.

Il affichait systématiquement une fausse jovialité lorsqu'il revenait bredouille. Une foule de gens acceptaient de le recevoir, anciennes relations d'affaires ou vrais copains, mais personne ne lui avait proposé de travail. Devant ses enfants, il ne se plaignait pas, pourtant Bénédicte savait ce qu'il endurait. A quarante-sept ans, il avait peu de chances de retrouver une situation.

— On dîne chez *Wang*, si j'ai bien compris ?

Bénédicte se contenta de hocher la tête avec un sourire encourageant. Elle aurait pu lui faire remarquer qu'il disposait de temps, qu'il n'y avait rien de déshonorant à faire les courses ou la cuisine, mais elle ne voulait pas avoir ce genre de discussion en présence de Louise.

Quelques minutes plus tard, ils se retrouvèrent attablés tous les trois dans la pénombre du minuscule restaurant chinois. Clément avait plaisanté avec le patron, comme d'habitude, en réclamant l'apéritif maison. A présent il étudiait la carte, qu'il connaissait pourtant par cœur, et Bénédicte en profita pour l'observer un instant. Hormis un petit pli amer au coin des lèvres, on aurait pu croire qu'il était un homme heureux.

— Est-ce que tu t'es enfin décidée ? demanda-t-il brusquement à sa fille en levant la tête.

Preuve qu'il ne lisait pas le menu mais restait bien plongé dans ses soucis.

— En fait, j'hésite encore..., avoua piteusement Louise.

Depuis l'obtention - inespérée - de son bac, deux mois plus tôt, elle n'avait toujours pas choisi sa voie. Inscrite à tout hasard en fac de droit, elle ne se sentait pas le moindre goût pour un quelconque cycle universitaire. L'exemple de son frère ne la motivait en rien. Elle rêvait d'une vie active, sans trop savoir de quelle façon l'aborder.

— Tu ne comptes pas te croiser les bras jusqu'à la fin de l'année, quand même ? lui jeta son père d'un ton agressif. Tu attends que le prince charmant sonne à la porte, ou quoi ? Regarde Laurent, il se donne du mal, il a compris que tout n'est pas rose ! Qu'est-ce que tu imagines ? Qu'on va t'entretenir à ne rien faire ?

Un silence pénible suivit sa tirade. Puis Louise se leva, ramassa son sac sur la banquette et quitta le restaurant sans que son père cherche à la retenir. Bénédicte alluma une cigarette dont elle inhala profondément la première bouffée.

— Il serait temps qu'elle mûrisse un peu, marmonna Clément.

Même s'il était désolé de la réaction de Louise, il se sentait dans son bon droit.

— Nous ne devons pas faire peser nos problèmes sur eux, rappela Bénédicte d'un ton calme. Elle n'a même pas dix-huit ans, comment voudrais-tu qu'elle sache à quoi consacrer sa vie ? Elle t'a expliqué cent fois qu'elle préférerait travailler plutôt que retourner s'asseoir sur les bancs d'une école...

— Mais enfin, on ne l'attend nulle part ! répliqua-t-il, outré.

Il n'avait pas apprécié que sa femme parle de « leurs » problèmes. C'était son problème à lui et elle ne risquait pas de connaître le même. Elle aurait toujours une situation quoi qu'il arrive. Bien entendu, ce n'était pas seulement une question de chance, elle avait accompli un parcours sans faute durant ses longues études, et il se souvenait qu'elle avait parfois veillé des nuits entières pour préparer ses concours. Il avait beaucoup admiré sa volonté, à l'époque, son inépuisable énergie, la manière dont elle avait su tout concilier. A ce moment-là, c'était lui qui faisait bouillir la marmite. Aujourd'hui, c'était son tour à elle et il le supportait mal.

— De nos jours, il faut des diplômes, s'obstina-t-il.

— Ce n'est pas certain. Rien ne remplace l'expérience.

Elle essayait de le réconforter, mais elle lui en voulait d'avoir fait fuir Louise.

— Mon expérience, comme tu dis, personne n'en veut. Mes idées non plus. J'ai toujours cru qu'on appréciait mon boulot à la direction générale, pourtant quand ils ont fermé la boîte, ils ne m'ont rien proposé, rien ! Oh ! je suis bien placé pour savoir que l'immobilier se porte mal à Paris, mais quand même !

Sa litanie s'usait à force d'être ressassée. Ulcéré d'être mis sur la touche, il avait cru qu'il retrouverait facilement un poste. Au bout d'un trimestre de recherche, il ne visait déjà plus la direction d'une agence et un simple emploi de négociateur l'aurait satisfait. Là encore, il avait dû déchanter. Ses indemnités de licenciement étaient en train de fondre et aucun espoir ne se profilait. Et, pire que l'échec, l'inaction commençait à le rendre irascible.

— Veux-tu que je l'appelle ? proposa-t-il en sortant son portable de sa veste.

Bénédicte secoua la tête. Louise devait s'être installée devant la télé avec un assortiment de fromages et de crackers, sa nourriture favorite. Après tout, Clément avait bien le droit de la secouer un peu de temps à autre.

— Mange, ça refroidit, murmura-t-elle en désignant le canard grillé.

Le petit téléphone resta posé près du cendrier et elle pensa qu'à une certaine époque cet objet bruyant l'avait exaspérée. Quand Clément dirigeait l'agence, ses collaborateurs le harcelaient à n'importe quelle heure. Aujourd'hui, l'appareil sonnait si rarement qu'il était devenu inutile. Elle baissa les yeux vers son assiette pour y déposer des boulettes cuites à la vapeur. Son mari l'attendrissait mais elle avait faim, comme toujours.

La baie vitrée était grande ouverte et une relative fraîcheur avait envahi la chambre. Bénédicte remonta doucement le drap sur elle pour ne pas réveiller Clément. En principe il avait le sommeil lourd mais il lui arrivait de faire des cauchemars depuis quelques semaines. Leur tête-à-tête chez *Wang* s'était vite terminé, pourtant à leur retour Louise était déjà couchée. Laurent avait ses clefs et ne rentrerait sans doute qu'à l'aube. Il semblait de plus en plus amoureux, parlant de Carole avec des accents lyriques. Ce qui ne l'empêchait pas de rester sérieux, les résultats de ses examens le prouvaient. Jamais Louise ne pourrait montrer une pareille assiduité, surtout pour quelque chose qui ne l'intéressait pas. Son année de terminale avait été un calvaire pour toute la famille. Ses parents et son frère s'étaient relayés pour la stimuler, l'aider, la faire réviser. Hélas ! elle détestait les études, les matières imposées, tout le système scolaire. Elle voulait exister, et Bénédicte comprenait parfaitement ce que ça signifiait.

Lentement, elle glissa au bord du matelas et quitta le lit. Elle longea le couloir obscur et n'alluma qu'à la cuisine. Devant le réfrigérateur, elle hésita puis choisit une bière blonde qu'elle but à longs traits, sans se donner la peine de prendre un verre. Ensuite elle s'installa sur l'un des hauts tabourets, devant le comptoir. L'appartement était bien conçu, vaste, un peu impersonnel. Clément et Bénédicte n'avaient guère eu le temps de s'occuper de la décoration, encore moins de chiner chez les brocanteurs. D'ailleurs ils avaient beaucoup investi en achetant ce cinq pièces, séduits par le balcon et la vue. Pour Clément, d'un point de vue professionnel, c'était une bonne affaire. L'immeuble était neuf et offrait des prestations de qualité. Une expression qui amusait beaucoup Bénédicte car elle se moquait bien du marbre reconstitué des parties communes, du vidéophone ou de la taille de la cave. Ils avaient encore sept ans de crédit à rembourser avant d'être vraiment chez eux.

— Toi aussi, c'est l'insomnie ? Je me demande si la cuisine de *Wan* est très digeste, finalement...

Ebouriffé, Clément se tenait sur le seuil, l'air pitoyable. Il se traîna jusqu'à l'évier, ouvrit le robinet et mit sa tête sous l'eau.

— Bon sang que j'en ai marre, si tu savais, murmura-t-il en se redressant.

Impuissante, elle le regardait sans répondre. Que dire qui ne le blesse pas davantage ? Elle détourna son regard, attendant qu'il retrouve son sang-froid ou qu'il parle.

— J'ai fait le tour de tous ceux que je connais, de près ou de loin. Je ne comprends pas. Et je commence à avoir la trouille.

— Nous ne sommes pas en danger, rappela-t-elle en étouffant un soupir.

— Financièrement ? Non. Pas encore. Mais il n'y a pas que ça.

Il vint s'asseoir près d'elle, sur un autre tabouret, posa deux canettes de bière devant eux.

— Je me sens nul, inutile, rejeté. Trop vieux et trop con. Voilà, je l'ai dit.

Et il y avait aussi tout ce qu'il ne disait pas. En vingt ans, il avait brassé beaucoup d'affaires, gagné beaucoup d'argent, en avait conclu qu'il possédait un certain talent pour vendre n'importe quoi à n'importe qui grâce à son bagout. Or, il ne parvenait même pas à se vendre lui-même aujourd'hui. Quand il avait rencontré Bénédicte, il était déjà bavard, brillant, très à l'aise dans un métier qu'il n'avait pourtant pas choisi. A la fin de ses études d'ingénieur informaticien, il avait accepté un contrat de trois mois dans une société immobilière pour rendre service à un ami. Il s'était montré si doué - et le marché était alors si florissant - qu'il y était resté cinq ans. Puis il avait reçu une proposition alléchante, émanant d'un groupe puissant, et il s'était retrouvé directeur d'agence. Il n'avait jamais utilisé son diplôme et l'informatique avait été ravalée au rang de loisir dans son existence. Il n'était plus temps de le regretter.

Bénédicte aperçut quelques enveloppes coincées sous la coupe de fruits, à l'autre bout du comptoir. Elle n'avait pas pensé à regarder son courrier en rentrant.

— Je ne dois pas être marrant tous les jours, non ?

Il avait tourné la tête vers elle, quémandant une consolation quelconque. Elle le prit par le cou et l'embrassa sur la joue. Ce n'était sans doute pas ce qu'il attendait mais elle ne savait pas quoi faire d'autre. Peut-être aurait-elle dû se montrer plus sensuelle, lui donner envie de faire l'amour pour penser à autre chose qu'à lui-même, mais elle était aussi fatiguée que lui. Leurs étreintes étaient devenues rares, faites d'habitudes et de tendresse, mais sans rien qui rappelait la passion des débuts.

Le bruit de la porte précéda l'arrivée de Laurent qui s'arrêta net en découvrant ses parents.

— Qu'est-ce qui se passe ?

— Rien. On ne dormait pas. La chaleur, peut-être...

Ils le dévisageaient avec plaisir, aussi fiers l'un que l'autre de leur fils.

— Tu n'es pas resté chez Carole ? s'enquit prudemment Bénédicte.

L'air buté, il secoua la tête. Il n'aimait pas les questions directes de sa mère et n'avait aucune envie d'expliquer que Carole refusait de parler de lui à sa famille, le contraignant à s'introduire comme un voleur dans sa chambre de jeune fille.

— Ta sœur était furieuse.

— Pour ses disques ? Je les ai rapportés. C'est une emmerdeuse.

— Laurent ! protesta son père.

— Mais si, tu sais bien. Elle ferait mieux de se bouger au lieu de ronchonner.

— Bon, ça suffit ! coupa sèchement Bénédicte. Quand on aura besoin de ton avis... De toute façon, tu n'as pas à fouiller dans sa chambre. Chacun chez soi.

Agacée, elle avait tendu la main vers la pile de courrier qui se composait de deux cartes postales, une facture EDF, diverses publicités et une enveloppe anonyme. Elle ouvrit cette dernière avec curiosité, après avoir remarqué l'estampillage en provenance de Haute-Savoie. La seule personne qu'elle connaissait encore là-bas était sa vieille tante Mathilde, perdue de vue depuis longtemps et avec qui elle n'échangeait plus que des vœux à Noël.

Elle parcourut la lettre sans comprendre, puis la relut plus lentement.

— Ecoutez ça..., murmura-t-elle, incrédule.

Un notaire lui annonçait, en termes choisis, le décès de la pauvre Mathilde, dans sa quatre-vingt-deuxième année.

— Qui est-ce ? demanda Laurent.

— Une drôle de vieille dame. Ma tante.

— Celle des Aravis ?

— Oui...
— Et alors ?
— L'enterrement a lieu après-demain.
Père et fils échangèrent un regard.
— Euh... Tu l'aimais bien ? risqua Laurent.
Bénédicte secoua la tête sans répondre. Elle avait peu de souvenirs de Mathilde, rien qui valût la peine d'être raconté.
— La dernière fois que je l'ai vue, j'avais douze ans. C'était une parente par alliance. La deuxième femme du frère de mon père... Elle nous avait envoyé ça pour notre mariage, ajouta-t-elle en désignant la coupe de fruits sous laquelle se trouvait le courrier quelques minutes plus tôt.
C'était un lourd objet de cristal travaillé, assez insolite pour être remarquable et assez massif pour avoir résisté au temps.
— J'espère qu'on l'avait remerciée, dit Clément pour plaisanter.
Bénédicte sourit en reposant la lettre.
— Si je m'en souviens bien, c'était une maîtresse femme. Dans tous les sens du terme, puisqu'elle était l'institutrice de son village.
— Où ça ?
— Un bled. Pas très loin du lac d'Annecy.
— Et ton oncle ?
— Elle était veuve depuis des décennies. Le notaire précise que je suis sa légataire.
— Formidable ! s'écria Laurent avec enthousiasme.
— Ne rêve pas, elle n'était pas riche. Mais je suppose que ça m'oblige à faire le voyage.
Chaque absence soulevait un problème à la clinique vétérinaire et elle allait devoir négocier âprement les deux journées nécessaires.
— Faites de beaux rêves, les héritiers, moi je vais me pieuter, déclara Laurent en bâillant.
— Tu veux vraiment descendre là-bas ? demanda Clément.
— Non, je ne *veux* pas, c'est seulement plus... correct.
Il se pencha vers la lettre, déchiffra l'en-tête.
— Et si on en profitait pour s'offrir un petit séjour en amoureux ?
Ils avaient renoncé tacitement à prendre des vacances durant l'été et les enfants étaient partis sans eux, chacun de leur côté.
— Pas un séjour, chéri, mes associés ne seront jamais d'accord. Quarante-huit heures au mieux.
— Il faudra se taper l'enterrement ?
— Oui mais après, à nous la fondue, le vin blanc et la viande des Grisons !

Cette fois, elle riait franchement, et Clément lui déposa un baiser léger sur l'oreille.

— Le vertige des sommets ? murmura-t-il en la prenant par la taille. Tu vas m'expliquer où ça se trouve exactement, ton patelin perdu...

Pour l'instant il s'en moquait, saisi d'un désir inattendu, joyeux et conquérant. Elle n'eut pas le courage de lui avouer qu'elle tombait de sommeil.

Le soleil éclatait sur toutes les nuances vertes ou bleues des forêts et des eaux. Séduit, Clément ne tarissait pas d'éloges depuis qu'ils étaient arrivés. Après avoir loué une voiture à l'aéroport d'Annecy, ils étaient passés déposer leurs sacs à l'hôtel puis s'étaient offert un mémorable petit déjeuner au bord du lac. Ensuite ils avaient pris la route, d'abord la départementale qui longeait la rive droite puis, quittant les berges, ils s'étaient lancés à l'assaut des pentes boisées, en direction du col de la Forclaz.

Bénédicte ne reconnaissait rien de ce somptueux paysage qu'elle n'avait vu qu'en hiver, trente ans plus tôt. La montagne ne la fascinait pas, et depuis toujours elle lui préférait la mer. Laurent et Louise avaient connu les classes de neige, puis les sports d'hiver entre copains, mais leurs parents n'avaient jamais eu le temps - ou l'envie - de les accompagner.

— Regarde la carte, je ne sais pas où je vais, demanda Clément.

Il roulait doucement, décidé à profiter de leur escapade pour oublier ses soucis. Depuis qu'il cherchait du travail, il n'avait pas eu le loisir d'un seul week-end de vacances, et ce voyage imposé lui apparaissait soudain comme une récréation.

— Prends la première à gauche, décida Bénédicte en relevant la tête.

Elle ne partageait pas la gaieté de son mari. Le décès de Mathilde, dont elle se souvenait mal, avait peu d'importance, mais le surcroît de travail qui l'attendrait à son retour l'exaspérait d'avance. Elle cala sa nuque contre l'appui-tête puis ferma les yeux. Le chômage de Clément menaçait de durer et ce n'était pas le moment de lever le pied. Surtout lorsqu'elle pensait aux études de leurs enfants. Laurent ne serait pas autonome avant trois ans encore. Quant à Louise...

— Je crois qu'on y est !

Elle se redressa pour regarder autour d'elle. La place du village lui sembla vaguement familière avec ses chalets à grands toits largement débordants qui s'étageaient jusqu'à l'église.

— C'est ravissant, dit Clément, enthousiaste.

Avec un haussement d'épaules agacé, elle ouvrit sa portière.

— On est en retard, ça commençait à onze heures.

Devant le porche, il n'y avait que trois voitures en plus du fourgon des pompes funèbres. Au moment où ils s'approchaient, les portes s'ouvrirent en grand pour laisser passer le cercueil.

— Merde, murmura Bénédicte, ils ont fini...

Clément adopta une mine de circonstance tout en observant le maigre cortège.

— Le cimetière est par là, on va les suivre, lui chuchota sa femme.

Elle était contrariée d'avoir manqué le service religieux. Quitte à faire tout ce chemin, elle aurait préféré avoir le temps de se recueillir un instant, par décence. Il ne restait personne d'autre qu'elle dans la famille, hormis de très lointains cousins.

— Excusez-moi, madame, mais seriez-vous Bénédicte Ferrière ?

L'homme qui venait de lui poser cette question la dévisageait en souriant. Il tendit sa main sans attendre la réponse.

— Pierre Battandier, dit-il. Vous vous rappelez ? Je vous ai connue toute petite, sur une luge !

Bénédicte lui rendit son sourire sans se forcer. Quelques images du passé venaient brutalement de remonter à la surface. Battandier devait avoir une quinzaine d'années de plus qu'elle. Il n'avait pas seulement prêté la luge, il l'avait aussi juchée sur une vache pour la promener, elle se souvenait bien de lui, même s'il avait beaucoup vieilli depuis.

— Je suis navrée d'arriver si tard, je vous présente mon mari, Clément. Comment Mathilde est-elle... enfin, de quelle...

— De vieillesse, coupa Battandier en saluant Clément d'un signe de tête. Ma femme était auprès d'elle.

Il les entraînait à sa suite vers la grille du cimetière tout proche, en continuant à bavarder à mi-voix.

— Je suis devenu maire du village, alors c'était à moi de vous prévenir. Mais dans les affaires de Mathilde nous n'avons pas trouvé votre numéro de téléphone. Finalement, le notaire avait votre adresse. J'ai organisé la cérémonie au mieux... Elle était née ici et il y a un caveau de famille.

Effectivement, dans l'allée centrale, les quelques personnes qui avaient suivi le cercueil s'étaient immobilisées près d'un monument funéraire d'un goût douteux. Pierre Battandier poussa gentiment Bénédicte devant lui. Il ne l'avait pas vraiment reconnue, quelques minutes plus tôt, mais il était sûr de ne pas se tromper. Sans aucune arrière-pensée, il la trouvait superbe, racée comme un bel animal, mais très différente de l'idée qu'il avait pu se faire de cette nièce vétérinaire que Mathilde évoquait parfois avec fierté.

Le prêtre était en train d'achever son discours au-dessus de la fosse et Bénédicte eut une pensée émue pour la vieille dame qu'elle avait négligée. Près de la dalle ouverte, elle vit une gerbe de fleurs et une unique couronne barrée d'un ruban. Il n'y avait qu'un prénom sur la soie mauve : « Ivan. » Avec un petit soupir, elle s'aperçut qu'elle n'avait pas pensé aux fleurs non plus. Elle devrait réparer son oubli avant de quitter le village. S'approchant d'un pas, elle saisit machinalement la rose que le curé lui tendait. Après l'avoir jetée sur le cercueil qui reposait au fond du trou, elle s'écarta et releva la tête. Son regard croisa celui d'un homme qui se tenait un peu en retrait, l'air triste. Bénédicte se détourna mais elle avait eu le temps de remarquer les yeux bleu-vert et le visage de l'inconnu.

Pierre Battandier leur présenta son épouse, Danièle, puis leur offrit de se désaltérer. Il faisait chaud et l'air était si léger qu'ils s'attablèrent à la terrasse d'un bistrot, un peu plus bas dans la rue. Pierre n'avait rien prévu, il était désolé, mais le notaire n'avait pas su lui dire si les Ferrière viendraient de Paris ou pas, sa lettre étant restée sans réponse. Clément s'excusa, expliqua qu'ils étaient partis en catastrophe. Bénédicte le laissait faire les frais de la conversation, ravie qu'on ne les oblige pas à déjeuner là. Elle rêvait d'un restaurant au bord d'un torrent, d'une sieste à l'hôtel, d'une promenade dans le vieil Annecy avant leur rendez-vous à l'étude en fin de journée. Du coin de l'œil, elle vit l'inconnu du cimetière qui ouvrait la portière d'un Range Rover gris métallisé. Elle nota le jean et la chemise à col ouvert. Il n'avait pas fait beaucoup d'efforts vestimentaires pour l'enterrement, mais il avait une silhouette naturellement élégante.

Le Range démarra et se mit à descendre doucement la rue dans leur direction. Pierre Battandier fit un signe de la main au chauffeur et, pour la seconde fois, Bénédicte croisa le regard clair.

— Qui est-ce ? demanda-t-elle en s'étonnant de sa propre curiosité.

— Ivan. Ivan Charlet, un voisin. Il aimait bien Mathilde, il a été son élève, comme presque tous les gens d'ici... Mais nous ne sommes plus très nombreux à présent.

Clément se mit à poser une foule de questions sur le village et la région, tandis que Bénédicte s'impatientait. Il lui fallut encore attendre dix minutes avant de pouvoir prendre congé, remerciant chaleureusement les Battandier pour leur gentillesse. A peine assis dans la voiture, Clément lui fit remarquer qu'elle avait frisé l'impolitesse en partant aussi vite. Pour sa part, il serait volontiers resté déjeuner au village où ils auraient d'ailleurs pu inviter ces braves gens. A condition qu'il existe un restaurant quelque part.

— Mais oui, il y en a sûrement, ce n'est pas la brousse ! répliqua-t-elle. On va en trouver plein dans la vallée, j'en suis persuadée... et s'en choisir un pour nous seuls !

Maintenant que la corvée du cimetière et des souvenirs de circonstance était passée, elle se sentait pleine d'entrain. Ils s'arrêtèrent à Talloires, dans une auberge au bord du lac où ils purent déguster des perches à la sauce gribiche et des râbles de lapin rôtis, arrosés d'un vin blanc de Savoie au goût piquant. Clément parlait beaucoup, et avec humour, décidément ravi de se trouver là. Ce ne fut qu'au moment où Bénédicte sortit sa carte bancaire pour régler l'addition qu'il se rembrunit. Auparavant, ni l'un ni l'autre n'avaient jamais prêté attention à ce genre de choses. Chacun payait les dépenses à tour de rôle et gérait ses comptes sans souci. A présent, il devait se montrer économe s'il ne voulait pas être obligé de demander à sa femme un virement. Pour lui épargner cette humiliation, elle avait proposé d'ouvrir un compte commun, mais il avait refusé, très vexé.

Une longue promenade dans les vieux quartiers piétonniers d'Annecy le remit pourtant de bonne humeur. Décidément, il appréciait l'endroit, et il s'extasia devant les maisons sur arcades, les puits à l'italienne, mille détails dont Bénédicte ne semblait guère se soucier. Elle n'avait d'ailleurs jamais été un touriste attentif et elle fuyait les musées, ce qui consternait Clément.

A dix-huit heures précises, fatigués d'avoir tant marché, ils se présentèrent à l'étude de maître Taquet qui les reçut avec beaucoup de courtoisie. Les phrases de condoléances furent brèves, le vieux notaire sachant parfaitement que Bénédicte n'avait pas revu sa tante depuis une trentaine d'années.

— Son testament est très simple, je vais vous en donner lecture, mais en substance vous héritez donc de la maison et de son contenu, ainsi que de l'actif bancaire qui n'est pas très important, environ deux cent mille francs. A peine trente mille euro si vous préférez.

Bénédicte fronça les sourcils, intriguée.

— Sa maison ?

— Oui. Vous vous en souvenez sans doute assez mal ? Elle est située à la sortie du village, c'est une sorte de...

— Je me la rappelle très bien.

Et curieusement, c'était vrai. Elle n'avait pas éprouvé l'envie d'aller revoir la bâtisse, le matin même, mais elle en avait quelques images précises.

— Une maison forte, ça s'appelle comme ça, précisait le notaire. Mathilde l'avait baptisée « Les Aravis » parce qu'on peut voir les sommets de ces montagnes depuis les fenêtres. Très beau panorama, c'est vrai. Quant à l'architecture, c'est un peu... gothique, mais ça ne manque pas d'allure !

— Gothique ? répéta Clément, éberlué.

— Au XIIIe, la petite noblesse a fait édifier un certain nombre de ces constructions massives, symboliquement défensives parce que souvent implantées en hauteur, et tout ça pour imiter les comtes de Savoie, enfin, à une échelle plus modeste... Château fort, maison forte, à chacun ses moyens ! Bref, quelques-unes sont encore en assez bon état, comme celle de Mathilde, malgré des remaniements plus ou moins heureux au fil du temps ! Oh ! je ne dis pas que ça intéresserait les Beaux-Arts mais c'est à la fois insolite et typique, or il y a des amateurs pour ça.

— Eh bien tant mieux, répliqua Bénédicte, car nous allons sans doute vous charger de la vendre.

Clément tourna la tête vers elle pour lui lancer un coup d'œil furieux. Tout ce qui touchait l'immobilier relevait de sa compétence, et ce n'était pas un notaire de province qui allait lui griller la politesse.

— J'imaginais bien que vous ne souhaiteriez pas garder...

— Avant toute discussion, j'y jetterais volontiers un coup d'œil ! coupa Clément. C'est mon métier.

Le ton était à peine aimable et Bénédicte enchaîna :

— Mon mari est... de la partie.

Elle avait hésité, ne sachant trop comment finir sa phrase, ce qui provoqua un petit silence contraint. Le notaire prit un trousseau de clefs dans un tiroir de son bureau et le tendit à Bénédicte.

— Il y en a un deuxième, dit-il, c'est Pierre Battandier, le maire, qui l'a gardé. Nous pourrons reparler de cette succession ultérieurement, il faut toujours prendre le temps de réfléchir.

Il ne manifestait aucune mauvaise humeur, comme si l'intervention de Clément le laissait indifférent. Avait-il déjà un client en vue ? Pensait-il que ces Parisiens repartiraient aussi vite qu'ils étaient venus en lui abandonnant le soin de tout régler ? C'est en tout cas ce que Bénédicte aurait souhaité.

— Resterez-vous quelque temps dans la région ? s'enquit le notaire.

Il ne s'adressait qu'à elle, puisqu'elle était la légataire de Mathilde, et Clément se leva.

— Nous repartons demain.

— Très bien, je vous tiendrai au courant. Il faut compter plusieurs semaines pour régulariser la situation. La paperasserie...

Bénédicte prit une carte de visite dans son sac et la posa sur le bureau. Avec une légère hésitation, elle saisit le trousseau de clefs puis se crut obligée de prononcer quelques mots aimables avant de sortir, pour compenser la froideur de Clément.

— Mais qu'est-ce qui te prend ? s'écria-t-elle dès qu'ils furent dehors. Tu veux retourner là-bas ?

— Oui, par curiosité ! Et surtout pour que ce petit notable ne nous escroque pas. Ah ! on voit que tu ne les connais pas, les notaires !

Il tournait sa colère contre maître Taquet pour ne pas être désagréable avec Bénédicte, mais elle ne fut pas dupe.

— De toute façon, chérie, laisse-moi seul juge en matière d'achat et de vente. Tu aurais dû me montrer la baraque ce matin.

— Je ne savais pas que j'en héritais. Je ne me suis jamais posé la question de savoir si cette maison lui appartenait ou pas.

Clément eut un petit rire sarcastique qui déplut beaucoup à Bénédicte.

— Tu es incroyable, tu sais ! Il n'y a pas que les chiens et les chats, dans la vie...

Elle retint de justesse une réflexion cinglante et s'arrêta pour allumer une cigarette. Avant que Clément ne se retrouve au chômage, elle s'était toujours exprimée librement. A présent, elle devait le ménager, éviter tout ce qui pouvait le vexer ou le décourager, et elle se sentait parfois à bout de patience, comme si elle vivait avec un grand malade. Quand retrouveraient-ils donc des rapports normaux ? Fallait-il qu'elle s'excuse de réussir, de gagner de l'argent, d'être bien dans sa peau ? D'ici peu, il la traiterait d'égoïste, alors qu'elle travaillait dix heures par jour à longueur d'année.

La vitrine d'un confiseur lui permit de se détourner, le temps de reprendre son sang-froid. Elle détailla une pyramide de roseaux du lac, en chocolat noir fourré au café, sans pouvoir se défaire d'un sentiment de malaise. Elle était la femme de Clément depuis vingt ans mais qu'éprouvait-elle pour lui ? En dehors de toute la tendresse, des liens qui s'étaient tissés, des habitudes, des petites attentions, d'un passé et d'un avenir commun, restait-il aussi de l'amour ?

Elle fit volte-face et se retrouva contre lui.

— Qu'est-ce que tu regardes ?

C'est lui qu'elle dévisageait, en constatant que s'il avait été un inconnu, là sur ce trottoir, elle ne l'aurait sans doute pas remarqué. Il avait désormais beaucoup de cheveux gris sur les tempes et son regard brun n'avait rien d'extraordinaire. Il était moins gai qu'autrefois, plus enclin à critiquer ou à se plaindre.

— Tu veux acheter des chocolats pour les enfants ?

— Non, si j'entre dans cette boutique, je vais craquer. Allons plutôt chercher un endroit où dîner.

Prenant affectueusement son mari par la taille, elle l'entraîna vers la rue Sainte-Claire.

Le temps était toujours radieux, le lendemain matin, lorsqu'ils revinrent au village. Bénédicte se trompa d'abord de direction mais finit par retrouver le chemin de la maison de Mathilde. Située un peu à l'écart et surplombant la vallée, la bâtisse possédait une certaine allure, vue de loin. En approchant, on discernait ses fenêtres à meneaux, bizarrement alignées, sa grande porte de bois sombre surmontée d'un arc en accolade, les pierres un peu abîmées de la façade. Rien ne rappelait les traditionnels chalets dans cette construction massive faite pour défier les siècles. Aucun portail, aucune clôture ne délimitait la propriété. Au-delà de la maison, en contrebas, une grange et une étable s'étageaient de part et d'autre d'une cour pavée.

— Et elle habitait là toute seule ? s'exclama Clément.

— Elle avait épousé mon oncle au début de la guerre mais il a été tué presque tout de suite, expliqua Bénédicte. Elle n'avait pas d'enfant et elle ne s'est jamais remariée. Elle est revenue vivre ici où elle a enseigné jusqu'à la retraite. Quand je l'ai connue, elle était directrice de l'école, et je peux te dire que ce n'était pas le genre à avoir peur de quoi que ce soit. Mon père l'aimait bien, pourtant nous ne sommes descendus que deux ou trois fois pour de courts séjours. C'est loin de tout, ici... Après, tout le monde s'est un peu perdu de vue. La dernière fois que je l'ai rencontrée, c'était pour l'enterrement de papa, elle avait fait le voyage. Tu ne te souviens pas d'elle ?

— Non, pas du tout.

Le décès du père de Bénédicte remontait à plus de quinze ans et Clément n'avait prêté aucune attention aux lointains parents venus présenter leurs condoléances. Il avança vers la maison, intrigué et séduit, cherchant déjà la clef de la grande porte sur le trousseau. Sa longue pratique d'agent immobilier lui faisait flairer la bonne affaire. C'était le genre d'endroit insolite et plein de charme qu'il aurait aimé faire visiter. Mais là, c'était différent, il en était momentanément propriétaire.

Dès qu'ils furent dans le vestibule, l'impression se confirma. Les lieux respiraient la sérénité d'une autre époque, avec quelques meubles patinés, un admirable sol de pierres blanches et lisses, dans un renfoncement une causeuse aux tons défraîchis, puis l'escalier large mais obscur qui devait être le cœur de la maison. Clément trouva sans peine le compteur. L'électricité semblait vétuste mais fonctionnait. A droite de l'entrée s'ouvrait une immense pièce où Mathilde avait dû passer le plus clair de son temps. Clément alla ouvrir les volets intérieurs et le soleil éclaira brutalement une cheminée monumentale cernée de gros fauteuils avachis. Il régnait un certain fouillis mais aussi une évidente propreté. Clément apprécia l'épaisseur des murs de pierres apparentes avant de lever la tête vers le plafond qui lui arracha un sifflement d'admiration.

— Regarde-moi ces merveilles de petits caissons ! Il faudrait que je trouve une échelle pour examiner ça de plus près... Grands dieux, quel âge a donc cette maison ?

Mais déjà il avait quitté la salle pour partir à la découverte du reste. Bénédicte resta quelques instants immobile puis elle s'approcha de la cheminée.

— Jean qui rit et Jean qui pleure..., murmura-t-elle en reconnaissant les chenets sculptés.

Rien ne lui était ni vraiment familier ni tout à fait inconnu dans cette pièce, et c'était une sensation étrange.

— Viens voir ! cria Clément.

Sa voix était perdue dans les profondeurs du rez-de-chaussée et Bénédicte en déduisit qu'il avait trouvé la cuisine. Elle le rejoignit devant les vieux fourneaux de fonte qu'il examinait d'un œil critique.

— Tout ça est tellement authentique... J'adore ! On se sent tout de suite chez soi. Il ne faut pas brader cette baraque au premier venu, crois-moi.

Elle aurait voulu lui dire qu'elle s'en moquait, qu'elle était pressée de reprendre l'avion pour Paris et qu'il était inutile de s'attarder ici, mais elle réalisa brusquement la tâche qui les attendait.

— Qu'est-ce qu'on va faire de tout ce fatras ? demanda-t-elle. On ne peut pas vendre sans déblayer d'abord. Au moins trier les papiers personnels avant de convoquer un commissaire-priseur.

— La totalité de ce bazar t'appartient, ma chérie, alors ne le solde pas n'importe comment ! Il y a des choses de valeur qui doivent être estimées. Pour le reste, on fera venir un brocanteur. Mais c'est vrai qu'il va falloir y consacrer un peu de temps.

L'idée le réjouissait, manifestement, et Bénédicte se défendit aussitôt.

— J'ai un travail fou, tu le sais très bien ! Je ne peux pas rester ici à trier des photos ou des factures, à jeter de vieux médicaments ou à faire des cartons d'épicerie pour les pauvres de la commune ! Je ne suis pas en vacances, Clément...

Il la regardait, interloqué par la violence de sa réaction. Elle respira à fond, la gorge serrée, au bord des larmes, et ajouta à mi-voix :

— Excuse-moi. Je suis un peu... émue.

Elle se demandait encore pourquoi Mathilde l'avait choisie, elle. La vieille dame avait sans doute des gens plus proches d'elle que cette nièce qui n'écrivait qu'une fois par an et ne se donnait jamais la peine de téléphoner. Des voisins, des amis, des nécessiteux auraient été ravis de l'aubaine, ou même n'importe quelle association caritative.

— Tu as vu ça ? s'exclama Clément en s'emparant d'un petit cadre doré, coincé entre deux assiettes de collection, sur une des étagères à balustre du vaisselier.

C'était une photo de Bénédicte posant avec ses enfants, prise dix ans plus tôt, et qui avait été glissée dans la traditionnelle carte de vœux. Mathilde l'avait conservée, bien en vue, preuve qu'elle n'était pas indifférente à ce qui restait de sa belle-famille.

— Va te mettre dehors au soleil, je fais juste un petit tour au premier étage et je te rejoins, proposa-t-il gentiment.

Il supposait que les quelques souvenirs d'enfance qu'elle avait soudain retrouvés la bouleversaient. Or, Bénédicte n'éprouvait qu'un sentiment de gêne, un attendrissement diffus. Il n'y avait pas lieu de s'apitoyer sur le sort de Mathilde, elle en était certaine, le joyeux désordre de la maison témoignant d'une vie bien remplie. Une existence dont elle ignorait à peu près tout et qu'elle n'avait pas envie de découvrir.

Elle quitta la cuisine sans regret, alluma une cigarette en sortant. L'air était délicieusement tiède et léger, le ciel d'un bleu intense, et elle alla s'asseoir sur un long banc de pierre adossé à la façade. Un petit groupe de conifères aux aiguilles argentées cachait une partie de la route. Du côté de la grange, des gentianes tardives étaient encore en fleur. Bénédicte se demanda si Laurent et Louise auraient aimé cet endroit. Mais il n'était pas question de conserver la maison pour d'éventuelles vacances, leurs moyens ne le leur permettaient pas, surtout pas maintenant.

« Ni maintenant ni jamais. Qu'est-ce que va devenir Clément ? »

En général, elle essayait de ne pas y penser. Ils étaient probablement moins malheureux ou inquiets que les millions de gens qui affrontaient eux aussi le problème du chômage. Cependant l'argent n'était pas tout, si vital qu'il fût. Clément se sentait inutile, à sa famille comme à lui-même, et il finirait par s'aigrir ou par sombrer dans la dépression. Des détails significatifs avaient déjà alarmé Bénédicte. La façon dont il s'adressait aux enfants, par exemple.

Un bruit lointain de moteur lui fit lever la tête. Les environs du village étaient si tranquilles qu'elle avait eu l'impression d'être seule au monde depuis cinq minutes. Sur la route en lacets qui montait vers la maison, elle aperçut une voiture grise dont le pare-brise luisait au soleil. Quelques instants plus tard, le véhicule freina puis s'arrêta à la hauteur des sapins. Après un petit silence, il y eut un claquement de portière et le conducteur traversa en direction de Bénédicte.

« C'est le type des fleurs, au cimetière... Comment s'appelle-t-il, déjà ? Le maire nous l'a dit... »

Souriant, il avançait vers elle, vêtu comme la veille d'un jean et d'une chemise blanche à col ouvert.

— Bonjour, je suis Ivan Charlet, déclara-t-il en lui tendant la main. Et vous êtes la nièce de Mathilde, Bénédicte, c'est ça ?

Dans son visage bronzé, les yeux bleu-vert avaient un éclat remarquable. Elle voulut se lever mais ce fut lui qui s'assit à l'autre bout du banc de pierre, comme s'il avait l'habitude de s'installer là.

— Mathilde était quelqu'un de formidable, dit-il doucement.

— Je l'ai peu connue. Je n'avais pas mis les pieds ici depuis très, très longtemps.

Même devant un inconnu, elle ne voulait pas jouer le rôle factice de la bonne nièce.

— Oui, je sais, répondit-il en la dévisageant.

Sans doute la comparait-il à la jeune maman de la photo qui trônait dans la cuisine.

— Il paraît que vous avez été son élève ? demanda-t-elle par politesse.

— C'était il y a longtemps aussi. Là, nous étions presque devenus... des amis.

Elle ne trouvait rien à ajouter, gênée de ce regard énigmatique qui pesait sur elle, et l'arrivée de Clément la soulagea. Ivan se leva pour se présenter puis posa la question qui avait dû motiver sa halte.

— Je suppose que vous allez garder la maison ?

— Malheureusement non, c'est impossible, répondit-elle trop vite.

— Avez-vous chargé quelqu'un de la vente ? Parce que...

— Pas encore, coupa Clément. D'ailleurs c'est mon métier et je m'en occuperai probablement moi-même.

— Très bien... Puis-je vous laisser mon numéro de téléphone afin d'être averti ? Je me mettrai sur les rangs des acheteurs potentiels.

Sa voix, un peu grave, était très chaleureuse.

— Elle vous tente ? demanda Clément soudain très professionnel.

— Non. C'est... sentimental.

Clément sortit un stylo et un carnet de sa poche pour noter le numéro. Il raccompagna Ivan jusqu'au Range Rover, le prenant familièrement par le bras. Bénédicte, qui n'avait pas bougé, les vit discuter quelques instants. Elle s'étira paresseusement, gagnée par la somnolence. Demain, elle serait à nouveau enfermée dans son cabinet, cernée de ses soucis quotidiens.

— Ce type est charmant, déclara Clément qui revenait enfin. D'après ce que j'ai compris, il est le patron d'une cristallerie, quelque part dans la montagne...

Sourcils froncés, il observait la façade de la maison.

— On devrait pouvoir en tirer un bon prix, murmura-t-il d'un ton rêveur.

— Assez pour rembourser l'emprunt de l'appartement ? Ce serait merveilleux !

— Je ne sais pas. Il faut que je me renseigne auprès de mes confrères de la région.

Il conservait une expression perplexe et il s'éloigna vers les dépendances sans rien ajouter. Bénédicte haussa les épaules puis s'allongea carrément sur la pierre chaude du banc. Avant de sombrer dans le sommeil, elle perçut un martèlement étrange qu'elle reconnut pourtant aussitôt. Un pivert tapait sur un tronc, quelque part à sa droite. Ce bruit-là, elle était certaine de l'avoir entendu ici même.

« En hiver ? Impossible... »

Non, c'était lors de sa première visite, aux vacances de Pâques. Elle avait neuf ans, dix. Son père lui avait expliqué comment l'oiseau faisait sortir les vers ou les insectes. Roulement de tambour, silence. Elle avait appris, depuis, l'anatomie particulière du pivert qui lui permettait de frapper à cette cadence sans se décrocher la tête.

Se rasseyant, elle se frotta les tempes du bout des doigts. Les souvenirs d'enfance avaient la vie dure, finalement. Clément avait disparu dans l'étable où il devait poursuivre son inspection. Conserver la propriété de Mathilde comme résidence secondaire était impossible, et c'était bien dommage, mais à présent il était temps de partir ou ils finiraient par manquer l'avion.

2

Clément s'était fait au moins une alliée avec Louise. Depuis son retour d'Annecy, il n'avait pratiquement pas quitté l'appartement. Soit il s'enfermait pour téléphoner dans sa chambre, soit il marchait de long en large, plongé dans ses réflexions. Et il avait trouvé judicieux de se confier à sa fille parce qu'elle était la plus fantaisiste de la famille.

L'idée avait germé là-bas, peut-être à cause du soleil, ou alors du dépaysement, mais il s'était vraiment imaginé en conquérant d'un possible Eldorado. La bouffée d'oxygène de la Haute-Savoie l'avait galvanisé, ouvrant soudain pour lui un nouvel horizon. Bien sûr, il avait déjà caressé ce genre de projet, de façon abstraite et chimérique, comme exutoire au découragement qui le saisissait parfois. Le rêve de recommencer une autre vie, de prendre un nouveau départ sous d'autres cieux lui permettant d'échapper quelques instants à la sinistrose créée par son chômage prolongé. Toutefois, aucune opportunité ne lui avait permis jusqu'ici de considérer la chose comme possible. Réaliste. Peut-être même réalisable.

La maison de Mathilde l'avait séduit à maints égards. Outre la grande pièce à vivre du rez-de-chaussée, elle offrait quatre chambres spacieuses ainsi qu'une salle de bains vétuste au premier étage. Au second, il avait découvert un immense grenier dont les murs, de pierres apparentes, étaient percés d'une série d'ouvertures étroites affleurant sous le toit. Il n'y était resté qu'une minute mais avait vu - littéralement *vu* - son futur bureau. Une longue table à tréteaux et un ordinateur suffiraient à son organisation. De là, il pourrait gérer ce qu'il voudrait, un œil sur les sommets montagneux, solitaire mais relié au monde entier par son modem... Après tout, il avait passé des années à pester contre le manque de coordination des réseaux immobiliers, à affirmer que s'il en avait le temps il mettrait au point un programme informatique prodigieusement simple et efficace. Eh bien, à présent, il avait du temps ! Et toutes les compétences voulues. Son projet de « télétravail » n'avait rien d'impossible, il en était certain. Un acheteur potentiel, à Paris, d'une résidence secondaire à la campagne ou d'un appartement à la montagne, pourrait faire son choix en toute quiétude et s'épargner des voyages inutiles ou des recherches décevantes.

Il avait pris le temps de sonder, autour de lui, ses anciens collègues. Son plan suscitait un intérêt évident, et il était peut-être le seul à pouvoir le mener à bien. Trouver puis convaincre des partenaires le stimulait d'avance, et depuis qu'il envisageait ce changement radical d'existence, il se sentait revivre. Les arguments ne lui manquaient pas, bien au contraire, il cherchait plutôt à les mettre en ordre avant de les présenter à Bénédicte. En parlant à leur fille, il avait déjà marqué un point. Que Louise s'emballe sans réserve pour quelque chose d'aussi inattendu était le signe qu'il ne se trompait pas.

Maintenant, il était prêt à affronter sa femme. Il avait choisi le samedi soir parce que Bénédicte rentrait toujours épuisée ce jour-là, après avoir vu défiler une bonne cinquantaine de chiens et de chats. Louise et Laurent avaient promis d'être là vers vingt heures, ce qui lui laissait le champ libre pour ses préparatifs. Au début de leur mariage, il lui était parfois arrivé de faire la cuisine, mais depuis longtemps il avait abandonné les casseroles à sa femme et à sa fille. Il traversa Paris pour aller acheter un foie gras mi-cuit et des confits de canard dans un magasin de luxe. Dès son retour, il éplucha consciencieusement les pommes de terre, les coupa en très fines tranches, préleva un peu de la graisse des confits pour les mettre à cuire avec de l'ail et du persil. Comme l'appartement ne comportait pas de salle à manger, il dressa le couvert sur le comptoir de la cuisine avec un soin particulier. Le pouilly était au frais et une odeur délicieuse régnait quand Bénédicte arriva enfin, stupéfaite de trouver son mari derrière les fourneaux, et comme prévu, exaspérée par son interminable journée. Il la conduisit vers le séjour, la fit asseoir et lui mit un verre dans la main sans lui laisser le temps de poser la moindre question. D'un geste machinal, elle ôta ses mocassins pour se lover dans le canapé.

— Qu'est-ce qu'on fête ? J'ai oublié un anniversaire ?

Avec un sourire énigmatique, il lui servit un peu de vin blanc.

— On attend les enfants et je t'explique.

— En tout cas, ça sent bon... Je meurs de faim !

— Gourmande...

Le regard brun de Clément était posé sur elle avec tant de gentillesse qu'elle flaira le piège. S'il avait eu une bonne nouvelle à lui annoncer, il l'aurait déjà fait. Jamais il n'aurait résisté au plaisir de lui apprendre qu'il avait retrouvé un travail, donc il ne s'agissait pas de ça.

— C'est nous ! cria Louise en entrant.

L'air surexcité, elle poussait son frère devant elle, et Bénédicte surprit le clin d'œil qu'elle adressa à Clément.

— Qui veut du pouilly ? C'est une merveille, il a un arrière-goût de noisette. Ensuite nous aurons la clef du mystère, je suppose ?

Bénédicte avait servi ses enfants d'office, décidée à ne pas gâcher la surprise que son mari leur réservait. Ils trinquèrent en s'observant les uns les autres puis Clément prit une grande inspiration.

— J'ai quelque chose à vous proposer, commença-t-il. Une chose qui nous concerne tous les quatre.

Il se mit à déambuler devant eux, le long de la baie vitrée, comme un professeur arpentant son estrade.

— Vous, les enfants, vous allez bientôt voler de vos propres ailes et nous ne tarderons pas, votre mère et moi, à nous retrouver seuls dans cet appartement. Qui deviendra trop grand tout en étant ridiculement petit, mais c'est le lot de tous les citadins. Nous avons beaucoup travaillé pour acquérir ces mètres carrés coulés dans le béton et je ne suis plus très sûr aujourd'hui que ça puisse constituer le but suprême d'une existence.

Bouche bée, Bénédicte le regardait sans deviner où il voulait en venir.

— Comme tout le monde, poursuivit-il, j'ai souvent rêvé de la maison de famille, celle où les enfants reviennent avec leurs propres enfants, le port d'attache où chacun trouve son bonheur. Mais, vous le savez, les mois et les années passent vite, on n'a jamais le temps de réfléchir. Le chômage que je subis en ce moment m'a appris un certain nombre de choses…

Il reprit sa respiration et Bénédicte en profita pour murmurer :

— Va au but, ce sera plus simple.

Sa réflexion coupa net l'élan de Clément. Dans son enthousiasme, il avait oublié à quel point sa femme appréciait les raccourcis, les phrases directes. La franchise de Bénédicte était l'une de ses principales qualités, même si cette attitude froissait souvent ses interlocuteurs.

— Très bien, décida-t-il en se jetant à l'eau, je serais assez tenté par un départ définitif de Paris. Ailleurs, on découvrirait une autre qualité de vie, et surtout je pourrais retrouver du travail. Nous avons une opportunité inespérée avec la maison dont tu viens d'hériter.

Le silence s'abattit entre eux de façon brutale. Si Clément avait redouté les protestations intempestives, ce mutisme ne le rassura guère. Bénédicte continuait de le dévisager, sourcils froncés, comme si elle attendait ses explications. Louise vola au secours de son père.

— C'est une idée géniale ! lança-t-elle avec conviction. En ce qui me concerne, je suis prête pour l'aventure !

Laurent et Bénédicte s'étaient instinctivement tournés l'un vers l'autre. Laurent ne se contentait pas d'adorer sa mère, il l'admirait beaucoup. Il enviait son sang-froid, sa capacité à gérer les situations les plus complexes en gardant le sourire, son goût du perfectionnisme et aussi son humour. Il supposa qu'elle allait réagir devant l'énormité de la proposition, mais elle se taisait toujours, les yeux rivés sur Clément, et ce fut lui qui parla le premier.

— Pour ma part, il n'en est pas question. Vous ferez ce que vous voulez, moi j'ai mes études à boucler, bougonna-t-il. Et je ne vois pas maman tuant la poule aux œufs d'or !

C'était assez maladroit de souligner ainsi que leur mère avait une situation professionnelle stable et lucrative, contrairement à leur père qui se sentit très vexé.

— Maman peut exercer n'importe où, rappela Louise.

Cette fois, ce fut Bénédicte qui protesta :

— Soyez gentils, ne parlez pas à ma place. Je peux travailler où je veux, même à Trifouillis-les-Oies, c'est un fait, mais j'ai acheté, très cher, des parts de clinique vétérinaire il y a à peine trois ans.

— C'est vendable..., dit doucement Clément.

— Bien sûr. En fait, la question n'est pas là.

— Non, c'est un choix de vie.

— Justement ! Quitte à choisir...

Elle n'acheva pas, consciente qu'elle allait se montrer désagréable. Comment argumenter avec un mari qui cherchait désespérément un emploi et risquait de finir neurasthénique s'il ne trouvait pas une issue ?

— Vous êtes nés à Paris, rappela-t-elle à ses enfants. Moi aussi.

— Et alors ? Nous ne sommes pas des arbres, on peut se déraciner ! lança Louise. Paris, qu'est-ce que tu en fais, maman ? Vous allez tout le temps dans le même resto, en bas de l'immeuble, et jamais à aucun spectacle. Tu détestes les musées et les expos. Quand tu as cinq minutes, tu les passes à lire ! Tu pourrais aussi bien le faire ailleurs...

— C'est quoi, cette maison ? s'enquit Laurent, prosaïque.

— Rien d'extraordinaire, soupira Bénédicte.

— Tu es très injuste ! s'emporta aussitôt Clément. D'abord, elle est belle, grande, authentique, chaleureuse... Ensuite, elle est placée sur un promontoire, à la sortie d'un adorable village, à quelques minutes d'Annecy. Je pense que nous devrions y faire un saut, tous les quatre ensemble.

— Enfin, Clément, je rêve ! explosa Bénédicte. Tu voudrais t'installer là-bas *définitivement* ? Et de quoi vivrions-nous ? C'est un trou perdu !

— Il y a beaucoup de bétail, et sûrement la place pour un vétérinaire.

— Du bétail ? Mais tu deviens fou ? Je ne connais rien aux vaches, imagine-toi, rien ! Oh ! cette discussion est ridicule...

Elle retenait à grand-peine des commentaires plus désagréables. De quel droit son mari envisageait-il de la faire changer de ville, de la contraindre à abandonner son investissement professionnel, à se refaire une clientèle, bref de tout chambouler sur un coup de tête ? Lorsqu'il dirigeait l'agence de Port-Royal, quelle aurait été sa réaction si elle avait eu le culot de lui proposer la même chose ?

— Maman, est-ce qu'on ne pourrait pas juste aller voir ? murmura Louise.

Cette question-là était plus difficile à rejeter. Leurs enfants avaient passé l'âge d'être traités en bébés, autant ne pas leur faire subir ce que Bénédicte endurait à l'instant même : une décision arbitraire.

— D'accord. Un week-end, c'est toujours possible, dit-elle d'une voix plus calme.

Ils se retrouvèrent à la cuisine, assis sur les hauts tabourets du comptoir, un peu gênés. L'héritage inattendu de Mathilde les ayant séparés en deux camps distincts, les affrontements s'annonçaient inévitables. Clément sortit le pain de campagne puis se mit à couper délicatement le foie gras. Il s'était donné beaucoup de mal pour cette soirée parce qu'il voulait obtenir quelque chose, et Bénédicte le trouva attendrissant. Infantile, oui, mais aussi à plaindre. Son orgueil avait été mis à rude épreuve, ces derniers temps, ce qui le rendait plus autoritaire que d'habitude, comme s'il voulait compenser ses faiblesses.

— Eh bien, quand seriez-vous libres, les enfants ? demanda-t-il négligemment.

S'il avait tout son temps, hélas, les autres débordaient d'activités et de contraintes. Bénédicte avec son cabinet, Laurent avec ses examens, Louise avec ses multiples inscriptions et sa bande de copains. Deux ans plus tôt, la famille se serait pliée à son emploi du temps à lui. Il les écouta discuter, attendit qu'ils tombent d'accord sur une date, et il fut très heureux d'apprendre qu'il n'aurait que quinze jours à patienter. Ce répit de deux semaines allait d'ailleurs lui permettre de peaufiner sa stratégie, de fourbir ses armes. Avec son sens de la persuasion, il ne doutait pas un instant de parvenir à les convaincre, et il ne se posait même plus la question de son choix. Là-bas, il pourrait redevenir quelqu'un, redémarrer, il ne serait plus un anonyme chômeur de « longue durée ». A son âge, cette perspective lui apparaissait comme une ultime planche de salut qu'il n'était pas concevable de laisser filer.

« Et tant pis pour les autres... », songea amèrement Bénédicte.

Il y avait trop d'ail dans les pommes de terre et les confits étaient un peu secs, mais personne ne le fit remarquer et le reste du dîner se déroula assez gaiement. Plus tard dans la soirée, quand Bénédicte et

Clément se retrouvèrent couchés, lumières éteintes, ils restèrent silencieux un long moment, tout en sachant que l'autre ne dormait pas. Ils étaient conscients de vivre les prémices de leur première véritable crise de couple, de famille. Etaient-ils assez unis, s'aimaient-ils encore suffisamment pour supporter une tempête de cette envergure ? Aucun des deux ne voulut prendre le risque d'en parler et ils finirent par s'endormir chacun à un bout du lit, sans avoir tenté un seul geste de paix.

Ivan reposa la tasse vide et considéra ses chiens qui attendaient patiemment, couchés au soleil. Dans cinq ou dix minutes, il les emmènerait en promenade, mais d'abord il avait envie d'un autre café. Les yeux mi-clos, Diva surveillait comme d'habitude ses moindres gestes. Il se pencha un peu, avança la main vers elle et se mit à la caresser derrière les oreilles, lustrant son pelage épais. Roméo souleva la tête pour les observer d'un air de reproche.

— Ne t'inquiète donc pas, je ne cherche pas à la séduire, lui murmura Ivan.

Il se resservit, ajouta deux sucres. Lorsque le temps le permettait, il prenait son petit déjeuner sur le balcon. Le chalet, planté à flanc de montagne, offrait des différences de niveau selon les façades, et le rez-de-chaussée, à l'ouest, se retrouvait au premier étage côté sud. C'était une belle construction traditionnelle, qu'Ivan entretenait avec un soin méticuleux. Les troncs de mélèzes équarris qui formaient les murs, au-dessus du soubassement de pierre, avaient été traités l'année précédente, retrouvant leur chaude couleur miel. Le toit, composé de petites tuiles de bois appelées tavaillons, était vérifié chaque printemps, ainsi que toutes les huisseries. Les conduits de cheminée étaient ramonés, le système électrique et les extincteurs contrôlés. En montagnard averti, Ivan savait que ce type de maison ne redoutait qu'une chose : le feu. Durant son enfance, son père le lui avait répété sur tous les tons car c'était lui qui avait fait bâtir le chalet, surveillant les moindres détails du chantier, fier de s'offrir enfin le symbole d'une certaine réussite. A l'intérieur, les lambris de pin étaient partout d'excellente qualité, sans nœuds, et quelques pièces de mobilier savoyard, taillées sur mesure, s'intégraient parfaitement à l'ensemble. Ivan s'était contenté de moderniser la cuisine quand il était revenu s'installer là, douze ans plus tôt. Sa mère avait des rhumatismes et prétendait ne plus supporter les rigueurs de l'hiver en altitude. Elle avait solennellement remis les clefs à son fils en formulant des vœux de bonheur.

Des vœux pieux, tout à fait absurdes. Quant à son père, il était resté silencieux, mécontent parce que son fils ne reprenait pas sa petite entreprise d'ébénisterie mais incapable de lui adresser des reproches.

Une ou deux fois par an, Ivan rendait visite à ses parents, installés au soleil d'Avignon. Il leur donnait des nouvelles du village, de la cristallerie qu'il avait montée dans les anciens locaux paternels, et bien sûr du chalet. Mais sans jamais parler de lui, encore moins de bonheur.

Il se leva, emportant sa tasse et la cafetière. Les deux chiens s'étaient redressés pour s'asseoir dès qu'il avait bougé. Ils n'essayèrent pas de le suivre à l'intérieur, au contraire ils descendirent l'un derrière l'autre l'escalier de bois et allèrent se poster près du Range Rover. Quand il y avait de la neige, c'était à la porte de la remise qu'ils patientaient tandis qu'Ivan chaussait ses skis.

— Allez hop, en voiture les athlètes...

Sans le moindre effort, les deux chiens sautèrent d'un bond souple à l'arrière du véhicule. Ils avaient mis un certain temps à supporter ce moyen de locomotion, mais ils l'associaient désormais à la forêt et acceptaient sans broncher de se retrouver enfermés entre la vitre arrière et la grille de séparation.

Ivan monta jusqu'au col puis s'engagea sur des chemins peu carrossables qu'il était pratiquement le seul à emprunter. Lorsqu'il jugea avoir parcouru assez de kilomètres sous les sapins, il s'arrêta dans une petite clairière et libéra les chiens qui s'ébrouèrent avant de s'élancer, au petit trot, sur un sentier escarpé.

Trois ans plus tôt, il avait dû consacrer des journées entières à les poursuivre, les appeler, les obliger à obéir. Le dressage avait été long, éprouvant, ponctué d'affrontements parfois violents. C'était Roméo qui avait posé le plus gros problème avec son caractère méfiant et indépendant. La femelle, imprévisible, décidait tour à tour de faire confiance à son maître ou à Roméo, sans parvenir à choisir entre ses deux idoles. Ivan avait tenu bon, n'avait jamais perdu sa patience ni reculé d'un pas. Désormais, il considérait ses animaux comme fiables et il leur laissait une certaine liberté, cependant il ne s'approchait pas des alpages tant que le bétail y séjournait.

D'un geste machinal, il rejeta sur le côté une mèche de cheveux qui s'obstinait à retomber devant ses yeux. Il s'occupait assez peu de son apparence et mettait rarement les pieds chez un coiffeur ou dans une boutique de mode. Lorsqu'il s'y résignait, il expédiait la corvée le plus vite possible, achetant les chemises et les sous-vêtements par douzaines. A la rigueur, il lui était arrivé de s'attarder dans un magasin de sport où il choisissait de grands pulls chauds, bleu marine ou écrus, et des parkas de haute montagne. En revanche, il pouvait perdre des heures à hésiter entre deux paires de skis, ou payer une fortune pour des raquettes ultralégères, munies d'un système anti-bruit qui lui permettait d'approcher la faune.

La paix de la forêt n'était troublée que par les pépiements des mésanges noires et les bourdonnements d'insectes. Les hêtres commençaient à prendre leurs flamboyantes couleurs d'automne au milieu des sapins toujours verts, annonçant un prochain changement de climat. Les chiens avaient suffisamment d'avance, à présent, pour se sentir libres, et Ivan se mit en marche sans se hâter. Il appréciait les grandes balades silencieuses dans ces sous-bois où aucun promeneur ne s'aventurait. La solitude ne l'avait jamais effrayé, même lorsqu'il était enfant, et en revenant s'installer dans la vallée, il avait retrouvé une sérénité oubliée. C'était le seul endroit du monde où il avait eu envie de se réfugier après le drame. Il aurait pu faire le tour de la terre, aller chercher l'oubli sur un autre continent, sa douleur l'aurait poursuivi n'importe où, il en était certain. Ici, au moins, il avait de bons souvenirs et il pouvait s'y raccrocher quand c'était trop dur. Personne ne lui posait de question puisque tout le monde connaissait son histoire, ce qui était finalement plus supportable. Seule Mathilde l'avait parfois obligé à en parler, et au fond il lui en était reconnaissant car elle l'avait aidé à sa façon.

Au bout d'un long moment, il s'arrêta pour émettre un sifflement modulé qui se répercuta à travers la hêtraie sapinière. Où qu'ils soient, les chiens l'entendraient et reviendraient sur leurs pas. Adossé à un tronc, il fouilla ses poches à la recherche d'une cigarette. Il savait fumer dans une forêt sèche, récupérant les cendres dans sa main jusqu'à ce qu'elles soient froides, écrasant longuement le mégot qu'il ramassait ensuite autant par sécurité que par respect de la nature. Il aurait adoré pouvoir apprendre des petites choses comme celle-là à son fils. Avec un soupir, il appuya sa nuque contre l'écorce, ferma les yeux une seconde. La montagne l'apaisait, oui, mais ne le consolait pas. Si seulement Elisabeth cessait de le harceler, il lui resterait une chance de s'en sortir. Peut-être ne viendrait-elle pas cet automne ? Mathilde lui avait souvent conseillé de ne plus la recevoir, de ne même plus lui adresser la parole, seulement il en était incapable. Le sentiment de culpabilité était tellement écrasant qu'il cédait à chaque fois. Il lui signait un chèque, s'obligeait à écouter ses confidences, acceptait des phrases aigres ou même des injures sans broncher. Et ça durait depuis des années...

L'un derrière l'autre, Roméo et Diva apparurent en trottinant sur le sentier. Ivan attendit qu'ils soient couchés à ses pieds pour se pencher vers eux et les caresser.

— C'est bien... très bien... Vous en avez assez pour aujourd'hui ? On rentre ? Allez...

Il prit la direction de la clairière, allongeant le pas pour s'obliger à un effort physique. Le sport lui manquait et il eut soudain hâte d'être en hiver. Là, il pourrait vraiment fatiguer les chiens, s'épuiser lui-même, dormir enfin sans rêve. Janvier était son mois préféré, à cause de la neige épaisse sur laquelle il s'élançait chaque matin, créant ses propres pistes, et aussi du feu d'enfer qui ronflait dans la cheminée du chalet dès que la nuit tombait. Le froid isolait davantage les habitants du village, chacun restant chez soi, et il en profitait pour inventer des recettes qu'il testait ensuite sur ses rares amis. De plus, entre Noël et Pâques, il était bien rare qu'Elisabeth surgisse à l'improviste.

— Oui, mais d'ici là..., marmonna-t-il en ouvrant le hayon pour les chiens.

Tant que les routes restaient praticables, elle pouvait débarquer à tout moment, pour peu qu'elle soit à court d'argent. Et s'il voulait se porter acquéreur de la maison de Mathilde, il allait falloir lui tenir tête, pour une fois. Acheter cette baraque serait une folie mais il redoutait de la voir aux mains d'étrangers. Rien de plus sinistre que ces résidences secondaires dont les volets restaient fermés onze mois de l'année, et la mémoire de la vieille dame méritait autre chose.

La gentillesse de Clément était tellement factice que Bénédicte s'était sentie de mauvaise humeur toute la semaine. Elle n'avait évidemment pas parlé du projet de son mari à ses associés, ni même demandé vingt-quatre heures de congé supplémentaire. Clément et les enfants étaient partis en voiture, à l'aube, et elle avait promis de les rejoindre par le premier train du lendemain. Qu'ils campent donc sans elle dans la maison forte, puisque l'idée les séduisait tant, mais elle ne pouvait pas se permettre de lâcher ses clients un samedi. Ni un samedi ni un autre jour, d'ailleurs, et encore moins de les quitter tout court ! Elle refusait de s'imaginer guettant le chaland alors qu'elle avait pris l'habitude d'une salle d'attente pleine, d'un planning de forçat, et du chiffre d'affaires qui allait avec. Dans quelques années, ses parts de la clinique seraient remboursées, l'appartement de Levallois aussi, et elle se serait ainsi constitué un petit patrimoine à la force du poignet. De quoi se sentir à l'abri, même si Clément était toujours au chômage, même si les enfants traînaient dans leurs études. Le but d'une vie. Pas forcément glorieux ni fantaisiste, mais respectable.

Tout l'après-midi, elle soigna des chiens et des chats, coupa des griffes, prescrivit des vermifuges. Ce n'était peut-être pas exaltant, toutefois c'était son métier et elle le faisait bien. Vers cinq heures, l'un de ses confrères, Serge, vint lui proposer une pause-café. C'était un rituel quotidien durant lequel ils échangeaient quelques commentaires désabusés sur le cabinet ou sur les clients. Les cas difficiles, qui auraient mérité une véritable discussion, étaient plutôt rares.

— On devrait envisager un système de garde de nuit, je te jure que ce serait rentable, déclara-t-il en lui tendant une boîte de chocolats.

— Très peu pour moi ! maugréa-t-elle en mordant dans un rocher praliné. Sois gentil, ne me laisse pas ça sous le nez.

— Ils sont divins, non ? C'est un cadeau des Barnier, la chienne a accouché d'une portée de huit.

— Formidable... Comment vont-ils les caser ? s'enquit-elle d'une voix lasse.

— Oh, toi ma vieille, tu n'as pas le moral. Tu as des soucis avec tes enfants, avec ton mec, ou avec le fisc ?

Elle se contenta de hausser les épaules, songeuse.

— Ou bien tu as un amant ? Si c'est ça, considère que je suis jaloux.

— Que tu es bête, mon pauvre Serge...

L'idée lui paraissait absurde, pourtant elle avait encore l'âge de plaire.

« Et à qui ? Quand ? »

— Je n'ai jamais trompé Clément, déclara-t-elle tranquillement.

C'était vrai, même si parfois elle en avait éprouvé l'envie.

— Mon Dieu, ça existe encore ?

Il riait sans se forcer et il ajouta :

— Tu ne sais pas ce que tu rates. C'est très excitant, la clandestinité.

Célibataire endurci, Serge collectionnait les aventures avec des femmes mariées et ne s'en cachait pas.

— Si un jour ça te tente, pense à moi, ajouta-t-il en jetant son gobelet dans la poubelle.

Venant d'un dragueur comme lui, Bénédicte n'était pas certaine qu'il s'agisse d'un compliment. Mais c'était mieux qu'être ignorée, malgré tout.

— Allons-y, décida-t-elle, on prend du retard.

Les histoires de Serge - qui avait souvent un mari furieux à ses trousses - étaient la grande distraction du cabinet, pourtant elle ne les écoutait que distraitement. Mensonges et quiproquos, portes qui claquent et crises de larmes lui semblaient méprisables.

— Quand même, tu devrais prendre le temps de vivre un peu, conclut-il. A quoi te sert tout l'argent que tu gagnes ici, hein ?

Il éclata d'un rire insouciant et se hâta vers la salle d'attente. Désemparée, Bénédicte hésita une minute avant de sortir. Vivre ? Mais qu'est-ce qu'elle faisait d'autre avec un travail aussi envahissant, des enfants aussi remuants ? Ménager Clément, stimuler Louise, écouter Laurent, boucler sa comptabilité, trouver le temps de faire un saut chez le coiffeur et penser à la révision de la voiture, se tenir au courant de la recherche vétérinaire en pleine évolution, régler les factures et dévaliser les supermarchés, préparer les anniversaires et planifier les vacances, tout ça n'était pas vivre ?

— Madame Ferrière, murmura la secrétaire qui se tenait sur le seuil, il y a une urgence.

Bénédicte sursauta et prit conscience des jappements suraigus en provenance de l'entrée. Encore un chien qui avait échappé à son maître pour aller se jeter sous une voiture. Mais il leur restait si peu de place où s'ébattre, avec des trottoirs de plus en plus étroits aux arbres grillagés, et des jardins publics dont l'accès leur était interdit !

Elle boutonna sa blouse en apercevant le braque qui saignait abondamment sur le carrelage du vestibule et elle adressa un sourire rassurant au jeune homme livide qui était agenouillé près de lui.

Louise se récria une nouvelle fois en ouvrant le vaisselier. Tout lui plaisait, du sous-sol au grenier, dans le moindre détail.

— Ne fais pas l'inventaire, sors des bols ! lui lança son frère.

Il semblait de mauvaise humeur. Pourtant Carole avait accepté de les accompagner et elle avait beaucoup ri, la veille au soir, durant leur drôle de repas improvisé à la lueur des bougies. Ensuite, chacun avait choisi une chambre au hasard et s'y était endormi dans un sac de couchage.

— Je ne comprends pas comment papa peut sérieusement envisager de venir s'enterrer ici ! maugréa-t-il entre ses dents.

Leur père devait faire la grasse matinée, comme Carole qui détestait se lever tôt où qu'elle soit.

— C'est bien la maison d'une veuve, ajouta-t-il méchamment en considérant les tasses de faïence dépareillées.

— Arrête ça, lui jeta sa sœur. Personne ne t'oblige à rien. Laisse-les se débrouiller entre eux...

— Parce que, toi, ça te tente ? ricana-t-il. Six mois d'hiver avec un mètre de neige, et l'été les vaches couvertes de mouches, sans parler des touristes toute l'année ! Tu veux te lancer dans le reblochon ? Fromagère, ça t'irait trop bien...

Elle le dévisagea avec insistance, jusqu'à ce qu'il baisse les yeux.

— Qu'est-ce que tu as ? demanda-t-elle à mi-voix. Ça ne va pas avec Carole ?

Agacé d'être si aisément percé à jour, il renonça à son café et sortit en claquant la porte. Mais, comme il n'avait pas mémorisé la disposition des lieux, il se retrouva dehors. Avisant le banc de pierre qu'il n'avait pas remarqué la veille, il alla s'y asseoir et ouvrit son paquet de cigarettes. Sa mère lui répétait de ne pas fumer à jeun, ce dont il s'abstenait la plupart du temps, pourtant il en prit une, l'alluma, inspira profondément la première bouffée qui déclencha aussitôt une quinte de toux. Il avait mal dormi, seul dans son sac de couchage, avec Carole qui boudait sur l'autre lit. Toute la nuit, il avait lutté contre l'envie d'aller la retrouver, de la prendre dans ses bras et de la caresser. Il s'était tourné et retourné, guettant la respiration désespérément régulière de la jeune fille. Au bout d'un très long moment, comprenant enfin qu'elle s'était endormie, il s'était senti frustré. Dès qu'il parlait de vie commune, elle se dérobait. Les sorties, les week-ends, parfois même une semaine de vacances ensemble lui suffisaient. Le reste du temps, elle voulait conserver son indépendance, sa famille et ses amies. Il avait tort de revenir sans cesse sur ce sujet qui déclenchait systématiquement une querelle. Elle allait finir par le rendre fou mais elle n'y était pour rien, en fait, c'était lui qui faisait seul son malheur. Il l'aimait trop passionnément, il l'étouffait. Or, elle avait une formidable envie de vivre, de profiter de sa jeunesse, de rire avec ses copains et de bouger sans cesse, quand lui ne rêvait que de tête-à-tête aux chandelles. S'il l'avait pu, il l'aurait gardée sous une cloche de verre où elle aurait dépéri, il le savait très bien. Elle était aussi frivole qu'il était sérieux, et surtout elle refusait avec horreur les projets à long terme, les idées d'avenir.

A deux reprises, en quête de conseils, Laurent avait évoqué ce problème avec son père. Mais le discours de Clément avait été plus surprenant que rassurant. La liberté était pour lui une excellente chose, à préserver le plus longtemps possible - comme s'il regrettait de s'être marié jeune - et l'acharnement de Carole à épuiser tous les plaisirs de son âge était plutôt une preuve de sagesse ! Déçu, le jeune homme s'était tourné vers sa mère qui avait été tout aussi catégorique : qu'il s'amuse donc tant qu'il le pouvait, les engagements et les responsabilités l'assailliraient bien assez tôt.

Il entendit la porte de la cuisine et, deux secondes plus tard, Louise lui mit un bol de café fumant sous le nez.

— Bois ça, tête de mule, et respire à pleins poumons ! Tu as vu le ciel, au moins, ou tu ne regardes que tes pieds ?

Elle s'installa à côté de son frère, épaule contre épaule, pour contempler le paysage qui s'étendait devant eux. La montagne la fascinait depuis toujours, et elle attendait chaque année les sports d'hiver avec beaucoup d'impatience. Non seulement Laurent n'était jamais parvenu à la distancer sur les pistes, mais lors d'un séjour où il leur avait été impossible de skier, faute de neige, elle s'était avérée une excellente marcheuse, organisant avec entrain d'épuisantes randonnées quotidiennes.

— Pourquoi maman ne nous a-t-elle pas envoyés ici quand nous étions petits ? demanda-t-elle d'une voix rêveuse.

— C'est un village, pas une station ! Il n'y a aucune installation, ni hôtel ni remonte-pente, qu'est-ce qu'on aurait fait, du matin au soir ? Et puis, la grand-tante Mathilde, merci bien...

— Pourquoi dis-tu ça ? On ne l'a pas connue, on ne sait même pas à quoi elle ressemblait.

— A sa baraque, tiens ! Tout est vieux, triste, ringard, mastoc.

— Je te trouve injuste. C'est ancien, alpin, typique.

— Et d'un romantique ! s'exclama Carole qu'ils n'avaient pas entendue arriver.

Pieds nus, vêtue d'un tee-shirt bleu ciel et d'un short noir, elle était si ravissante que Laurent lui sourit béatement, oubliant sa rage de la veille. Il se promit même d'être patient et de ne plus la brusquer désormais.

— J'adore cet endroit, déclara-t-elle en s'asseyant dans l'herbe.

Elle étendit ses longues jambes, offrit son visage au soleil. Louise la détailla un instant, se demandant si elle pourrait jamais lui ressembler. L'assurance de Carole, sa désinvolture étudiée et ses gestes gracieux lui paraissaient le summum de la séduction. Elle enviait même sa façon de s'habiller, provocante mais sans excès, qui mêlait habilement les teintes neutres et les tissus moulants, les décolletés vertigineux et les manches sages.

— J'ai dormi comme un bébé... Qu'est-ce qu'on fait aujourd'hui ?

— En attendant que papa émerge, on pourrait s'offrir le tour du village, proposa Louise.

— Et acheter des croissants. Il doit tout de même y avoir une boulangerie dans ce trou ! décida Laurent qui s'était levé, soudain affamé.

Il tendit la main à Carole pour l'aider mais elle secoua la tête.

— Allez-y sans moi, j'ai la flemme de mettre des chaussures.

Penché au-dessus d'elle, il passa un bras autour de ses épaules, l'autre sous ses genoux, et il la porta jusqu'au banc de pierre malgré ses protestations.

— Je vais les chercher, dit-il en lui déposant un baiser léger au coin des lèvres.

Louise poussa un soupir tandis que son frère disparaissait dans la maison.

— Tu l'as rendu docile comme un caniche, fit-elle remarquer d'un ton ironique.

Voir Laurent se comporter en amoureux transi était un peu agaçant. Il avait toujours été la coqueluche des filles, et durant ses années de lycée le téléphone n'arrêtait pas de sonner pour lui. Louise était flattée de constater que toutes ses copines se pâmaient devant lui. A cette époque-là, il changeait de petite amie tous les mois et se comportait en bourreau des cœurs. Mais, du jour où il avait rencontré Carole, le loup s'était transformé en agneau, le don Juan était redevenu un petit garçon.

— Tu m'en veux ? demanda Carole en fronçant les sourcils.

Elle était naturelle, sûre d'elle, si inconsciente des ravages qu'elle pouvait provoquer que Louise finit par lui sourire. Laurent rapporta les sandales de toile blanche et ils gagnèrent la route qui descendait vers les premiers chalets, en contrebas. Bras dessus, bras dessous, les deux jeunes filles bavardaient à mi-voix, laissant parfois échapper un éclat de rire. Derrière elles, Laurent gardait les yeux rivés sur la silhouette mince de Carole. Il n'était venu jusqu'ici que pour profiter du week-end avec elle, et il se moquait éperdument du paysage. La rue escarpée dans laquelle ils venaient de s'engager était bordée de maisons typiques dont les toits s'étageaient jusqu'à une place ensoleillée. Il ne vit rien des volets de bois, des fenêtres à petits carreaux ou des fleurs sur les balcons, trop occupé à chercher les enseignes des commerces, et dès qu'il avisa le tabac qui faisait également dépôt de presse, il s'y engouffra. Lorsqu'il ressortit, avec ses journaux, il rejoignit Louise et Carole attablées à la terrasse d'un café.

— Je suis subjuguée par ce village, pas toi ? lui dit sa sœur. Tout est tellement préservé... Tu as remarqué les pavés ?

Haussant les épaules, il laissa tomber ses revues sur une chaise.

— Ils n'ont pas grand-chose à lire dans ce bled...

Il n'avait pas trouvé ce qu'il voulait, or il dévorait sa ration quotidienne de publications diverses avec application, affirmant que c'était indispensable à ses études de droit. Carole, qui ne montrait pas la même assiduité, se contentait de suivre les cours et de préparer les examens en se limitant au programme imposé.

— Le site est classé, je suppose, poursuivit Louise qui détaillait la façade de l'église, une main en visière.

Le patron du bistrot déposa devant eux les cafés au lait et les tartines beurrées qu'ils avaient commandés puis, en s'éloignant de leur table, il heurta des clients qui sortaient de la salle. Il y eut un échange de plaisanteries et de poignées de main. Carole se pencha vers Louise pour chuchoter :

— Le type aux yeux clairs… un vrai canon… si c'est la race locale, tu fais bien de t'installer ici…

Absorbé par l'éditorial d'un magazine économique, Laurent ne s'aperçut pas tout de suite de l'intérêt suscité par l'inconnu qui bavardait toujours à quelques pas d'eux. Quand il releva enfin la tête, il découvrit l'expression de Carole et il fronça les sourcils.

— Ne te gêne pas pour moi, maugréa-t-il.

Elle allait répondre vertement lorsqu'elle aperçut Clément qui remontait la rue dans leur direction, en leur adressant de grands signes.

— Vous auriez dû me réveiller ! Je ne sais pas si c'est l'altitude mais il y a longtemps que je n'avais pas dormi comme ça !

Au moment de s'asseoir, il avisa les trois hommes qui discutaient et il bifurqua aussitôt vers eux.

— Bonjour, dit-il en saluant Ivan. Nous sommes déjà de retour, et de moins en moins vendeurs…

Il serra la main de Pierre Battandier puis il présenta ses enfants et Carole.

— Vous allez garder *Les Aravis* ? s'enquit Ivan en souriant.

Sa voix était agréable, plutôt grave, avec un léger accent indéterminé.

— *Les Aravis ?* Ah oui, c'est vrai… Eh bien, nous sommes assez tentés, mais tout dépendra de ma femme.

D'un geste spontané, Clément approcha des chaises de la table occupée par les jeunes gens, élargissant le cercle.

— Asseyez-vous avec nous… Qu'est-ce que vous buvez ?

Le patron prit la commande et disparut à l'intérieur tandis que Pierre lançait une plaisanterie sur ses futurs « administrés ».

— Oh ! c'est très sérieux, affirma Clément, vous risquez de nous voir débarquer avec notre camion de déménagement !

— C'est plutôt une chance qu'un risque, répliqua le maire, je fais tout pour que ce village vive et vous seriez les bienvenus.

Clément croisa le regard furieux de son fils et il ajouta, à regret :

— La décision appartient à mon épouse. Elle doit nous rejoindre aujourd'hui... Pensez-vous qu'il y aurait du travail pour un vétérinaire ?

— Sans aucun doute. Il y en a deux à Faverges, qui sont toujours débordés, et celui de Thônes est sur le point de prendre sa retraite.

— Et vous croyez vraiment que les gens d'ici feraient confiance à une femme, à une Parisienne ? demanda Laurent d'un ton ironique.

Pierre Battandier prit le temps de dévisager le jeune homme avec intérêt avant de répondre.

— Tout a évolué très vite, ces dernières années... La mentalité des Savoyards aussi.

Il y eut un petit silence gêné avant que Carole ne s'adresse directement à Ivan qu'elle n'avait pas cessé d'observer.

— Qu'en pensez-vous, monsieur Charlet ?

Surpris qu'elle ait retenu son nom et qu'elle l'utilise avec une telle assurance, Ivan secoua la tête.

— Rien. Je ne suis pas éleveur et je ne possède aucun bétail. Tout ce que je peux vous dire, à titre d'exemple, c'est que le médecin qui travaille le plus dans cette vallée est une femme. Preuve que nous ne pratiquons aucune discrimination.

Son sourire était cordial, sans ambiguïté, mais Carole semblait croire qu'il s'adressait à elle seule et elle le couvait d'un regard aguicheur.

— En ce qui concerne les vétérinaires, enchaîna Pierre, il faut peut-être un peu de force physique avec les vaches, lors de certaines naissances difficiles par exemple, mais il y a toujours du monde pour aider. Quelle est la spécialité de madame Ferrière ?

— Les chats persans, les caniches toys et parfois les canaris ! jeta Laurent rageusement. Je ne crois pas qu'elle veuille quitter Paris, ni qu'elle souhaite s'occuper de bovins. Elle vous en parlera elle-même, ce sera plus simple. Excusez-moi...

Ramassant sa pile de revues, il se leva et quitta la table sans regarder personne. Ni son père, avec lequel il se sentait en désaccord, ni Carole dont l'air béat l'exaspérait. Tandis qu'il descendait la rue à grandes enjambées, Ivan le suivit des yeux, perplexe.

— N'y faites pas attention, vous savez comment sont les jeunes..., soupira Clément.

— Ne nous mets pas tous dans le même sac ! protesta Louise. Mon frère est un... citadin convaincu. Mais moi, je ferais bien le grand saut.

Pierre éclata d'un rire tonitruant, autant pour détendre l'atmosphère que parce que la jeune fille avait parlé avec un naturel désarmant.

— Il faut que je file à Annecy, annonça Clément en consultant sa montre. Le TGV arrive dans une heure.

Il sortit un billet de sa poche et le coinça sous l'une des soucoupes.

— J'aurais bien aimé qu'on puisse bavarder davantage, j'ai une foule de questions à poser et... croyez-vous qu'il serait possible de se retrouver ici en fin de journée, autour d'un apéritif ? C'est un peu cavalier, comme invitation, mais...

— Avec plaisir, trancha Pierre. Vers sept heures, si vous voulez.

— C'est très gentil à vous, monsieur le maire ! répliqua Clément d'un ton ravi.

Vingt ans d'immobilier lui avaient donné une grande aisance dans ses rapports avec les gens et il ne se forçait pas pour être sympathique ou chaleureux.

— Je compte sur vous aussi, ajouta-t-il à l'intention d'Ivan. A moins que vous n'ayez d'autres projets... Mais je vais avoir besoin d'aide pour convaincre ma femme, sans parler de mon fils !

— Je serai des vôtres, répondit simplement Ivan.

Autant le regard insistant de Carole l'avait laissé indifférent, autant il était curieux de revoir Bénédicte, intrigué d'avance par ce qu'elle allait faire et décider.

Dès que les deux hommes furent partis, Clément adressa un clin d'œil complice à Louise.

— En tout cas, ce ne sera pas difficile de se faire des amis, chuchota-t-il. Bon, je me dépêche, achète donc de quoi déjeuner pendant que je récupère ta mère à la gare.

Il s'éloigna à son tour, et Louise se tourna vers Carole.

— Tu as maté ce type comme un chien regarde un os ! Et je n'ai sûrement pas été la seule à le remarquer...

— La jalousie est le sel de l'amour, persifla l'autre.

— Laurent doit se morfondre.

— C'est malheureusement un état d'esprit chronique chez ton frère. Il prend tout au tragique. S'il se retournait sur un top-model, je n'en ferais pas une jaunisse. Sérieusement, Louise, est-ce que tu as vu ce mec ? Vraiment *vu* ? Le bronzage du siècle, une couleur d'yeux à croire qu'il a mis des lentilles, une allure de lévrier, la...

— Il doit avoir l'âge d'être ton père.

— Possible, mais il est tellement craquant ! Ne tire pas cette tête, ça ne signifie pas que je veuille consommer !

— Peut-être que lui non plus, d'ailleurs.

— La question n'est pas là. Allons faire les courses, j'ai repéré des commerces dans cette rue.

Carole était déjà debout et Louise la suivit. Jamais elle ne parviendrait à une semblable désinvolture, elle en était certaine. Quelques années plus tôt, à l'époque du collège, elle avait été un vrai cœur d'artichaut, se pâmant en secret devant presque tous les garçons de sa classe. Mais ensuite, elle n'avait été amoureuse pour de bon qu'une seule fois, le temps de constater que la jalousie n'était pas un sel mais plutôt un poison. D'un caractère entier, passionné, elle rêvait de rencontrer l'homme idéal au lieu de séduire n'importe qui. Pourtant elle l'aurait pu, car elle était jolie. Menue, un peu petite, avec des traits finement dessinés et de grands yeux bruns en amande sous sa frange de cheveux acajou, elle attirait irrésistiblement la sympathie. Elle n'était passée par aucune crise d'adolescence, n'avait pas éprouvé le besoin de se heurter à sa mère avec laquelle elle s'entendait bien et qui avait su l'aider à surmonter sa timidité naturelle. Bourrée d'humour et de tendresse, elle avait désormais toute une bande de copains qui l'appelaient à longueur de soirées pour le plaisir de discuter avec elle ou de partager un fou rire. Son unique problème était que, en attendant le coup de foudre que provoquerait le prince charmant, elle ne se sentait motivée par aucune étude, aucun diplôme, aucune des professions dont son père lui brandissait l'éventail.

— Ici, dit-elle en s'arrêtant net sur le trottoir, je me sens pousser des ailes.

— Des ailes ? répéta Carole, interloquée.

— Oui. Tout me plaît, c'est très stimulant. A Paris je suis en veilleuse, parce que tout m'emmerde.

— Je vois... Au fond, pourquoi pas ? Si ça te branche... marmonna Carole.

— Le hic, ce sera maman.

— Si vous décidez de rester, on viendra passer tous nos week-ends pour vous tenir compagnie, je te le promets.

— Je ne crois pas que Laurent apprécierait beaucoup. Surtout si tu t'évanouis chaque fois que tu croises un beau blond.

— Oh, ton frère ! soupira Carole en levant les yeux au ciel.

— Ben oui, il a quand même son mot à dire, riposta Louise.

Elles étaient arrêtées devant une minuscule épicerie qu'elles n'avaient pas remarquée en venant.

— On va acheter des spécialités régionales, décida Carole d'un ton péremptoire.

Haussant les épaules, résignée, Louise la suivit à l'intérieur de la boutique qui sentait le fromage frais.

Danièle Battandier présidait la longue table en souriant, attentive au bien-être de chaque convive. Quand son mari lui avait raconté sa rencontre matinale avec la famille Ferrière, elle n'avait pas hésité un instant à inviter tout le monde pour dîner. Dans l'après-midi, elle avait préparé des ravioles d'écrevisses puis une matelote de poissons du lac en se procurant des truites, un sandre et un brochet qu'elle avait fait cuire sans ménager la crème, la ciboulette et le crépy. Pierre l'avait aidée, comme chaque fois qu'ils recevaient, en mettant le couvert et en choisissant les vins. Leur hospitalité était si chaleureuse que, dès le début du repas, la conversation s'était animée. Tandis que Pierre tentait de satisfaire l'insatiable curiosité de Clément, Danièle s'était beaucoup occupée de Bénédicte qu'elle devinait sur la défensive.

L'atmosphère de la grande salle qui tenait lieu de cuisine et de salle à manger était délicieusement tiède et parfumée, alors qu'au-dehors la nuit avait apporté une fraîcheur surprenante qui couvrait de buée les carreaux. Au milieu du brouhaha et des exclamations, seul Ivan restait silencieux, se contentant d'écouter les Parisiens avec un sourire indulgent. Placé en face de Bénédicte, il avait eu le loisir de l'observer et, à plusieurs reprises, elle avait été gênée par l'insistance de son regard. Profitant d'un moment où Danièle s'était levée de table pour aller chercher le gratin de poires, elle s'adressa à lui d'un ton moqueur.

— Vous n'êtes pas très bavard et vous nous détaillez comme des singes au zoo, monsieur Charlet. Nous ne sommes pourtant pas les premiers touristes que vous rencontrez, j'imagine...

— Je m'appelle Ivan. Vous n'êtes pas des touristes puisque vous aviez de la famille ici.

— Je me suis même promenée sur le dos d'une des vaches de Pierre !

— C'est ce qui a déclenché votre vocation ?

Comme il s'était mis à sourire, des tas de petites rides apparurent au coin de ses yeux clairs. Il se moquait d'elle gentiment et elle se détendit un peu. Depuis son arrivée à Annecy, elle avait eu l'impression d'un véritable traquenard. Le déjeuner improvisé dans le jardin de Mathilde, où les jeunes gens avaient sorti une table et des bancs, la sieste au soleil d'automne, la balade en forêt au bras d'un Clément dithyrambique et rajeuni de dix ans qui lui avait cueilli des cyclamens sauvages en lui apprenant que cette fleur était l'emblème de la Savoie, enfin cette invitation à dîner dans la ferme des Battandier. Tout avait été mis en œuvre pour qu'elle succombe au charme de la vallée et elle ne savait plus comment réagir pour ne pas décevoir sa famille.

— Je n'avais pas la vocation, répondit-elle. J'étais très bonne en math et en physique, alors j'ai tenté une prépa véto parce que c'était un beau challenge.

— Et aujourd'hui ?

— J'aime ce métier.

La réponse était si spontanée que le sourire d'Ivan s'accentua.

— Vous avez un chien ? demanda-t-il.

— Non. A Paris, c'est de la folie, on ne peut...

Elle s'interrompit net, consciente d'avoir été piégée, et elle finit par rire.

— Que faites-vous dans la vie... Ivan ?

— Je m'occupe d'une cristallerie.

Elle avoua son ignorance totale du sujet mais il éluda d'un geste, se penchant soudain en avant pour chuchoter :

— Ne vous installez pas ici si vous n'en avez pas envie.

Le retour de Danièle empêcha Bénédicte de trouver une réponse appropriée. Décontenancée, elle se tourna vers son mari qui était lancé dans une discussion animée avec Pierre.

— Servez-vous, je vous en prie, ça se mange très chaud, lui dit Danièle en posant le plat devant elle.

L'odeur de cannelle mêlée au vin d'Ayze était irrésistible et elle obtempéra, étonnée d'avoir encore faim après un tel festin.

— Vous me donnerez la recette ? demanda-t-elle dès la première bouchée.

— C'est tout simple, il suffit d'acheter de bonnes poires. Mais vous ne devez pas avoir beaucoup de temps pour faire la cuisine ?

— Non. C'est ça qui est terrible, nous n'avons jamais le temps de rien.

Elle regretta sa phrase aussitôt prononcée. Elle avait l'air de donner raison à Clément, de reprendre à son compte les arguments qu'il martelait depuis quinze jours.

« Je préfère mourir à la tâche que crever d'ennui ! » songea-t-elle, exaspérée.

Bien entendu, Clément l'avait emmenée au grenier, dans la maison forte, pour lui expliquer comment il imaginait son bureau. Ensuite il l'avait conduite jusqu'à un petit bâtiment de pierre, situé au-delà de la grange et de l'étable, où d'après lui on pouvait aménager sans grands frais un cabinet vétérinaire.

« Pour soigner quoi ? Ici, c'est le vétérinaire qui doit se déplacer, pas les bovins ! »

Même Louise, sa petite Lou, s'y était mise en énumérant toutes les *merveilleuses* possibilités qu'offraient les dépendances, tout le *fric* qu'il y avait à faire, et la vie *fabuleuse* qu'ils auraient. Si Bénédicte acceptait. Si elle les écoutait. Si elle partageait l'aventure avec eux. Si elle n'était ni trouble-fête ni rabat-joie.

Elle vida son verre d'un trait, pour surmonter sa nervosité. Laurent, peu concerné par cette folie, s'était exclu du débat familial. Pour le moment, il jouait avec les doigts de Carole, sur la nappe, et affichait un air morose. Danièle et Pierre parlaient de leur fils, qui s'appelait Max et qui était à la fois guide de haute montagne et moniteur de ski.

« Mon dieu, le pauvre, mais qu'est-ce qu'on peut faire d'autre dans cette région ? Et nous, que faisons-nous chez ces gens-là ? »

D'un geste discret, elle consulta sa montre. Elle n'avait pas vraiment envie de partir, pourtant il était tard et elle se sentait gagnée par la fatigue. Lorsqu'elle releva la tête, elle croisa le regard d'Ivan toujours posé sur elle. Ni bleu ni vert, mais évidemment triste.

— Oui, je sais, le zoo... Excusez-moi, dit-il en ébauchant un sourire.

— Je n'y pensais plus.

— Je m'en doute. Vous hésitez encore ou vous avez pris une décision ? Franchement, la vie n'est pas très facile en montagne.

— Pourquoi dites-vous ça ? Vous voulez me décourager ? Me stimuler ?

Ils avaient parlé bas, très vite, sans se concerter. Pour la première fois de la soirée, Bénédicte eut envie de rire. L'attitude d'Ivan était insolite mais pourtant amicale, comme s'il était le seul dans la pièce à pouvoir la comprendre.

— Maman, je crois qu'il est temps de rentrer.

Debout à côté d'elle, Laurent toisait Ivan avec une antipathie qu'il ne cherchait pas à dissimuler. Au lieu de répondre à son fils, Bénédicte s'adressa à Danièle.

— Voulez-vous un coup de main pour tout ranger ?

— Sûrement pas ! En cinq minutes, ce sera dans le lave-vaisselle, ne vous faites aucun souci et allez tranquillement vous coucher.

— Elle m'a bien dressé, c'est moi qui l'aide ! ajouta gaiement Pierre.

Il vint prendre sa femme par la taille pour raccompagner les invités jusqu'à la porte. Bénédicte pensa qu'ils étaient vraiment gentils, très différents de ce qu'elle avait sottement supposé, et en aucun cas arriérés.

Dans la cour, éclairée par deux lanternes de fer forgé, ils échangèrent des adieux et des remerciements. Louise désigna les étoiles qui se détachaient sur le ciel sombre, et Pierre lui nomma certaines constellations. Bénédicte fut la seule à remarquer que, lorsque Ivan tendit la main à

Laurent, celui-ci se détourna en l'ignorant délibérément. Contrariée, elle rejoignit son fils qui était déjà installé au volant de leur voiture.

— Qu'est-ce qui te prend ? Je t'ai mal élevé à ce point-là ? murmura-t-elle.

— Je ne supporte pas ce type ! Ni les regards que Carole lui lance, ni la façon dont il t'a draguée à table, voilà.

— Draguée ? Moi ?

L'idée était si stupide qu'elle se sentit tout attendrie.

— Laurent...

— Excuse-moi, dit-il d'un air contrit.

— Tu es trop exclusif, mon chéri. Avec moi, ce n'est pas grave, mais ça te jouera des tours avec Carole ou avec les autres.

— Quelles autres ? C'est celle-là que j'aime, maman.

Clément et les deux jeunes filles ouvrirent les portières et se tassèrent sur la banquette arrière. Laurent démarra tandis que son père lui lançait :

— C'est toi qui conduis, mon grand ? Alors, chauffeur, à la maison !

Il avait sans doute un peu trop bu mais sa bonne humeur n'était pas feinte. La soirée avait été meilleure que tout ce qu'il avait pu espérer comme entrée en matière.

— Adorables, non, ces Battandier ? Comme quoi on vit sur des idées reçues. Si tous les fermiers sont comme eux, vive la France profonde !

Bénédicte étouffa un soupir. La fin de la nuit s'annonçait rude. Clément allait pousser ses pions inlassablement jusqu'à ce qu'elle cède. Ou jusqu'à la querelle.

« Je veux rentrer chez moi. Chez moi... », songea-t-elle en fermant les yeux.

Mais ce serait très difficile à présent, elle venait de le comprendre.

3

Clément dut mettre la main à la pâte pour ne pas dépasser le budget qu'il s'était fixé, ce qu'il fit avec une certaine jubilation. D'ailleurs la maison de Mathilde était presque habitable en l'état. Au premier étage, dans la grande salle d'eau hors d'âge située au-dessus de la cuisine, il commença par expliquer au plombier et au maçon qu'il voulait créer deux petites salles de bains distinctes dont l'une donnerait sur le palier et l'autre sur le couloir. Ensuite il dessina lui-même le plan d'aménagement intérieur du bâtiment destiné au cabinet vétérinaire.

Il arrivait à Annecy le mardi ou le mercredi soir et repartait dans la journée du samedi, épuisé mais heureux. Obligeamment, Pierre lui avait prêté pour tout le mois d'octobre une vieille camionnette qu'il laissait à la gare et qui lui servait à transporter son matériel de bricoleur. Il s'astreignit à repeindre lui-même la cuisine et les chambres, à grands coups de rouleaux hâtifs, et le résultat s'avéra assez gai à défaut d'être impeccable. Le tri des meubles lui posa davantage de problèmes et il finit par dresser des listes qu'il soumettait à Bénédicte et aux enfants durant les week-ends. En revanche, dans la semaine, pour occuper ses soirées solitaires, il jetait tous les vieux papiers et vêtements de Mathilde sans rien demander à personne.

Sa femme n'avait lutté que huit jours, dans un silence obstiné qu'il n'avait pas cherché à vaincre, sachant bien qu'il ne servait à rien de la harceler. Un beau matin, au petit déjeuner, elle avait annoncé qu'elle acceptait sans donner aucune explication. Il la connaissait suffisamment pour comprendre qu'elle s'inclinait à contrecœur mais qu'elle ne reviendrait pas sur sa décision. C'était l'une de ses grandes qualités, elle n'avait qu'une parole et elle ne l'utilisait jamais à la légère. Il espéra qu'elle avait réalisé l'importance de ce nouveau départ, pour lui, pour leur fille, et aussi pour elle-même. Se remettre en question à quarante ans, en pleine réussite sociale et professionnelle, était après tout une preuve de sa force de caractère. Le jour même, il avait appelé quelques-uns de ses anciens collègues pour leur confier la vente de l'appartement de Levallois.

Retrouvant un entrain qu'il n'avait pas éprouvé depuis bien longtemps, il s'était arrangé pour tout planifier. S'il voulait être opérationnel au début de l'année, il avait moins d'un trimestre devant lui. Il commença par aller revoir le notaire d'Annecy pour régler la succession. Comme prévu, le petit pécule de Mathilde couvrait à peu près les droits d'héritage, la maison ayant été heureusement sous-évaluée. Ensuite il se concentra sur son projet de télétravail et établit tout un planning de rendez-vous avec les principales fédérations d'agents immobiliers. Son plan de fichier central était bon et rencontrait un excellent accueil mais serait long à mettre en place. Aussi, en attendant, il comptait exploiter une autre idée qui lui trottait dans la tête et qui concernait le délicat passage à l'an 2000 des ordinateurs. Il avait déjà beaucoup travaillé la question, depuis des mois, d'abord pour occuper ses journées, puis parce qu'il s'était pris au jeu. Même en sachant qu'une foule d'ingénieurs informaticiens planchaient activement sur ce casse-tête, il espérait être parmi les premiers à pouvoir proposer une solution aux entreprises de la région. Chaque PME allait devoir restructurer son système informatique et Clément comptait bien en profiter.

Selon ses prévisions, la vente de l'appartement devait assurer, une fois l'emprunt bancaire remboursé, une certaine tranquillité. Le temps, pour Bénédicte, de se faire une nouvelle clientèle, et pour lui de réussir.

Ce jeudi de novembre était assez sinistre, avec un ciel plombé et une température en chute libre. En équilibre sur un échafaudage, il nettoyait les caissons du plafond de la grande salle. Hormis le grenier, c'était vraiment la pièce qu'il préférait et il tenait à la rendre aussi agréable que possible pour toute sa famille. Il sursauta et faillit tomber lorsque la porte s'ouvrit.

— Je t'ai fait peur ? Qu'est-ce que tu trafiques là-haut ? demanda Pierre en entrant.

Il avait pris l'habitude de passer à l'improviste, apportant parfois un plat chaud préparé par Danièle.

— C'était plein de toiles d'araignées... C'est dommage, les motifs sont superbes. Je vais lessiver tout ça demain. Tu veux boire quelque chose ?

— J'ai ce qu'il faut, répondit Pierre en brandissant une bouteille de roussette. Descends, c'est l'heure de la pause.

Clément s'aperçut qu'il était fatigué, les muscles douloureux et la nuque raide.

— Je ne suis décidément pas un manuel..., maugréa-t-il en rejoignant Pierre. Mais j'aimerais tellement que Bénédicte et Louise se plaisent ici ! Le cabinet prend bonne tournure, tu l'as vu ?

— J'ai jeté un coup d'œil en arrivant. Ça avance.

Ils traversèrent l'entrée pour gagner la cuisine où Clément sortit deux verres.

— Il y a encore plein de trucs à faire, je me sens débordé.

— C'est pour quand, l'emménagement ?

— Le mois prochain.

— Arrange-toi pour que ce soit avant les chutes de neige. Sinon ton camion aura du mal à monter jusqu'ici.

— Ah oui, la neige..., murmura Clément d'une voix rêveuse.

Ce serait merveilleux de passer ce premier hiver au coin de l'immense cheminée, de se réveiller dans un paysage de coton blanc, de se mijoter des recettes savoyardes dans les grands faitouts de cuivre découverts au fond des placards, d'aller couper soi-même en forêt le sapin de Noël. Clément se sentait formidablement rajeuni à l'idée de cet avenir neuf qu'il était en train d'organiser. Bénédicte finirait par adorer la maison et la région, il en était certain.

— Viens dîner à la maison ce soir, proposa Pierre. Tu as l'air crevé.

— Non, c'est moi qui vous invite. Allons au restaurant, ça distraira ta femme. Je téléphonerai à Ivan pour savoir s'il veut se joindre à nous. Il a été formidable, il est venu avec deux de ses employés pour m'aider à débarrasser toutes les saloperies qu'on a descendues chez le brocanteur dans un camion de la cristallerie. Je n'y serais jamais arrivé seul.

La solidarité qu'il rencontrait chez ses nouveaux amis stupéfiait Clément.

— C'est drôle, ajouta-t-il, à Paris les gens se foutent éperdument de leur voisin de palier. Tu peux crever dans l'indifférence générale, ça ne gêne personne.

— Tu exagères.

— Non, crois-moi.

— Nous ne sommes pas plus gentils ici qu'ailleurs. Tu idéalises.

Pierre souriait, amusé par l'enthousiasme excessif de Clément. En tant que maire du village, il était heureux de l'arrivée d'une famille, d'autant plus qu'il les trouvait très sympathiques, et surtout il se réjouissait de l'installation d'un vétérinaire dans sa commune. Néanmoins il avait noté la réticence de Bénédicte, tout comme l'agressivité de Laurent, et il se demandait si les Ferrière sauraient s'intégrer.

— Je finis par regretter de n'avoir pas connu Mathilde, dit Clément en servant le vin blanc qu'il avait débouché. Elle avait accumulé un sacré bazar, comme toutes les personnes âgées, mais il y a une atmosphère que j'aime dans cette maison. Ivan m'a parlé d'elle avec beaucoup d'émotion. Il a même voulu garder deux ou trois souvenirs.

— Il l'adorait.

— C'est un drôle de type, Ivan... Pas bavard, mais intéressant. Il est plutôt solitaire, non ?

— Par la force des choses. Ses parents ont quitté la région.

— Pas marié, pas d'enfants ?

— Divorcé, depuis longtemps.

— Et son affaire tourne ?

— Oh, très bien ! Il ne peut pas satisfaire toutes les demandes mais il ne veut pas s'agrandir davantage.

Clément savoura deux gorgées en promenant son regard autour de lui. La cuisine était devenue très gaie depuis qu'il l'avait repeinte en jaune paille. Il avait ciré la table, les bancs et le vaisselier, passé de l'huile de lin sur le carrelage, décapé les fourneaux de fonte.

— Je te parie tout ce que tu veux que nous serons très heureux ici, déclara-t-il d'un ton réjoui.

Pierre hocha la tête sans sourire.

— Je vous le souhaite, dit-il à mi-voix.

Bénédicte regarda le sac de voyage ouvert sur son lit et elle poussa un profond soupir. Tous ces allers et retours en train l'épuisaient. Sans compter le reste. Mais, pour une fois, Louise se montrait efficace, disponible dès qu'on avait besoin d'elle, que ce soit pour faire visiter l'appartement ou pour seconder son père dans ses démarches administratives.

— Le type est vraiment intéressé, répéta-t-elle avec conviction. Il est revenu avec sa femme et ses gamins, papa dit que c'est un signe infaillible. D'autant plus que madame s'est entichée du balcon et monsieur du parking. Je crois qu'ils vont craquer.

Même si personne dans la famille n'était attaché à cet appartement trop anonyme, Bénédicte fut un peu choquée par la manière dont sa fille se réjouissait sans scrupule.

— Quand nous l'avons acheté, on avait l'impression que c'était très beau, très grand, rappela-t-elle.

— Je m'en souviens, oui. Mais c'est parce que nous arrivions d'encore plus petit ! Vous allez réaliser une chouette plus-value, papa et toi.

— C'est déjà ça...

— Maman, arrête, on dirait Laurent.

— Désolée. Je ne voulais pas te contrarier. En réalité, je ne suis pas mécontente de partir. Maintenant que la décision est prise...

Elle faisait front, comme toujours, mais Louise ne fut pas dupe.

— Tu le fais pour papa, non ?

— Oui. C'est normal. Je suppose qu'il en aurait fait autant pour moi.

Ce qui était faux, elle s'en rendit compte en l'énonçant et ajouta aussitôt :

— Il ne peut plus se supporter ici. On finit toujours par associer les lieux aux événements.

— Tu crois qu'il réussira, là-bas ?

— Je n'en sais rien.

— Et toi ?

— Oh, je me débrouillerai.

— C'est tout ?

Le regard de Louise ne la lâchait pas et Bénédicte se sentit attendrie.

— Ton père se donne du mal pour rendre la maison confortable à moindres frais, or il a toujours détesté le bricolage. C'est te dire s'il est motivé ! Je n'ai pas voulu le décevoir, ni lui donner des raisons supplémentaires de s'apitoyer sur lui-même. Il était mûr pour l'aventure, je la partage volontiers avec lui.

Soulagée, Louise laissa échapper un petit soupir. La franchise de sa mère balayait toujours toutes les ombres.

— Est-ce qu'il vous restera un peu d'argent à... m'avancer ? Pour mes projets ? Je vous le rendrai dès que ça marchera.

— De quoi parles-tu ?

— Eh bien, je ne vais pas me croiser les bras en vous regardant vous échiner, tu sais !

Bénédicte s'assit au bord du lit, dévisageant sa fille avec curiosité.

— Tu as fait des plans sur la comète, toi aussi ?

Mais sans attendre la réponse, elle se releva aussitôt.

— Nous sommes en retard ! Tu me raconteras ça dans le train.

Elle jeta un jean et un pull dans le sac qu'elle ferma d'un coup sec, puis elle poussa sa fille hors de la chambre. Une demi-heure plus tard, elles attrapèrent au vol le TGV, gare de Lyon, après avoir couru comme des folles dans les couloirs du métro.

— Quelle vie ! soupira Bénédicte en s'écroulant sur son siège.

Le wagon de première était presque vide et elles allaient pouvoir prendre leurs aises. Au-dehors, les lumières des banlieues défilaient de plus en plus vite.

— J'aime voyager la nuit, dit Louise d'un air réjoui.

Dans quelques heures, devant la gare d'Annecy, Clément les attendrait au volant de la camionnette prêtée par Pierre. D'ici là, elles allaient pouvoir bavarder tout leur saoul.

— Va nous chercher des sandwiches et quelque chose à boire, je suis morte de faim, demanda Bénédicte.

Elle donna son portefeuille à Louise et la regarda s'éloigner dans l'allée centrale. C'était décidément une très jolie jeune fille, gracieuse, spontanée, agréable à vivre. Alors pourquoi rêvait-elle de s'isoler dans un village perdu de Haute-Savoie ? Et comment réagirait-elle sans ses copains, ses interminables conversations au téléphone, ses sorties ? Laurent ne s'y était pas trompé, lui, et avait déjà trouvé un studio dans le quartier du Panthéon, à deux pas de la fac d'Assas.

« Il va pouvoir jouer à la dînette avec Carole, c'est très bien. Et il ne perdra plus des heures en bus. »

De toute façon, il était temps pour son fils de s'émanciper, de vivre seul. Elle allait devoir calculer le montant de la somme dont il aurait besoin désormais chaque mois, lui assurer un virement bancaire et le laisser se débrouiller. C'était ce qui pouvait lui arriver de mieux. Il apprendrait à gérer son budget, sa vie quotidienne, y compris le ménage, les courses ou le repassage, et s'il avait envie de s'offrir des suppléments, il lui faudrait trouver des petits boulots. En ce qui concernait Louise, la situation était beaucoup moins simple. Elle avait été la première à soutenir son père dans son désir de partir, comme si elle éprouvait la même envie de changement. Elle avait dû y réfléchir sérieusement puisqu'elle avait concocté des projets personnels. Donc elle ne se contentait pas de les suivre en se laissant porter, elle s'impliquait.

« Et Clément ne la harcèle plus avec les études parce que soudain ça l'arrange. Mais est-ce que je ne devrais pas m'en mêler, insister pour qu'elle obtienne un diplôme, n'importe lequel ? Est-ce qu'elle ne m'en voudra pas, plus tard, si elle n'arrive à rien ? »

Louise s'insurgeait depuis longtemps contre l'obligation d'entamer un cycle universitaire. Sa mère vétérinaire, son père ingénieur, et son frère futur avocat ne l'impressionnaient pas. Le chômage non plus. Elle n'avait pas peur de la vie et ne comptait pas rester sur le bord de la route sous prétexte qu'elle n'était pas bac plus quelque chose. Bac tout seul, et ce n'avait pas été facile.

— Je t'ai pris du bordeaux, ça te va ?

Bénédicte regarda la petite bouteille de vin, le Coca et les sandwiches sous plastique que sa fille disposait sur la tablette devant elles.

— Raconte-moi ce que tu veux faire chez Mathilde, demanda-t-elle en souriant.

— Ce n'est plus « chez Mathilde », maman. La maison des Aravis, c'est chez nous.

Sérieuse, Louise s'était assise en face de sa mère. Derrière les vitres, la nuit était complètement noire et ne permettait pas de mesurer la vitesse du train qui fonçait vers Dijon.

— D'accord, admit Bénédicte. Chez nous.

L'idée ne lui était pas désagréable, au fond. Elle eut la vision fugitive de la petite fille qu'elle avait été, celle qui écoutait les piverts dans le jardin de la maison forte, pendant les vacances de Pâques, et son sourire s'accentua tandis qu'elle se calait contre le dossier de son siège.

Ivan avait encore les cheveux mouillés lorsqu'il sortit du chalet pour rejoindre Clément dans la camionnette.

— Désolé d'être en retard, s'excusa-t-il, j'étais sous la douche quand vous avez klaxonné.

Il enfila un pull bleu sur sa sempiternelle chemise blanche tandis que Clément démarrait.

— Nous allons à Sévrier, à l'auberge de Letraz. C'est un peu loin mais je veux goûter les poissons du lac. Surtout l'omble chevalier. J'ai bien choisi ?

— Vous auriez pu trouver pire, répondit Ivan en souriant.

— On devrait se tutoyer, non ?

Après une très légère hésitation, Ivan acquiesça. Clément lui jeta un bref regard puis ajouta :

— Les Battandier nous attendent là-bas. Ils pourront te ramener après le dîner, comme ça j'irai directement à Annecy chercher ma femme et ma fille.

— Ton fils ne vient pas ?

— Pour le moment, il boude un peu. De toute façon, il a du travail.

— Où en est-il dans ses études ?

— Quatrième année de droit. Il est brillant.

— Tu as de la chance, murmura Ivan d'un ton étrange.

Laurent avait à peu près l'âge qu'aurait eu son propre fils. Il réprima un frisson mais Clément dut le remarquer car il tendit la main vers la manette du chauffage en marmonnant :

— Tu connais le dicton : grands enfants, grands soucis !

Il éprouvait une réelle sympathie pour Ivan et, égoïstement, il pensait qu'il ferait un ami très agréable. Après tout, il ne devait pas y avoir beaucoup d'hommes de leur génération et de leur milieu dans le village. En plus, celui-là était célibataire, donc disponible, et assez réservé pour ne pas être envahissant.

— Est-ce que ça se vend bien, le cristal, de nos jours ?

— Très mal. Enfin, ça dépend. Mais je n'ai pas de problème.

— Et qui sont tes clients ?

— C'est assez compliqué. Nous travaillons au coup par coup. Comme on ne peut pas lutter contre l'industrie, il faut valoriser le côté artisanal, travailler pour un exemplaire unique ou des séries limitées. Un atelier coûte très cher et il y a peu de souffleurs de verre.

— Alors pourquoi as-tu choisi un truc aussi casse-gueule ?

Cette fois Ivan éclata d'un rire franc, très communicatif.

— Je t'expliquerai les détails un jour où nous aurons le temps. Viens me voir là-haut, ce sera plus facile à comprendre.

Comme d'habitude, il esquivait les questions, mais Clément avait envie de forcer ses réticences.

— Et ta formation, c'est quoi ?

— Atypique. Une boîte de gestion, à Lyon, dont je garde un mauvais souvenir parce que j'y étais pensionnaire, puis une école supérieure de commerce. Ensuite deux ans aux beaux-arts. J'étais doué pour le dessin mais mon père était assez... conventionnel. Il m'a offert quelques stages en Europe pour que je revienne bilingue. C'était plus important à ses yeux que le graphisme.

— Et puis ?

— Rien. J'avais un don pour les langues, je lui ai donné satisfaction de ce côté-là. Pour tout le reste, je crois que je l'ai déçu.

Ils étaient arrivés devant l'auberge et, malgré l'obscurité, ils devinèrent les miroitements du lac sur leur droite.

— Dis-moi, Ivan..., commença Clément. Ça ne te pèse pas de vivre seul ?

— Non.

Surpris par la dureté du ton, il comprit qu'il valait mieux ne pas insister pour l'instant. Ils auraient le temps de mieux faire connaissance durant l'hiver. Sans s'attarder au-dehors à cause du froid, ils pénétrèrent dans la salle du restaurant où Pierre et Danièle les attendaient.

— Je suis content d'avoir l'occasion de vous remercier un peu de votre gentillesse à tous les trois ! lança Clément en s'attablant. Et puis, le mois prochain, on se fera une pendaison de crémaillère à la maison...

— Est-ce que les travaux seront finis à temps ? demanda Danièle qui s'inquiétait pour Bénédicte.

— Les ouvriers terminent le cabinet la semaine prochaine. Le carrelage et les sanitaires sont déjà posés. De toute façon, il n'y aura pas foule le premier jour !

— J'ai fait passer le mot à travers la vallée et les gens sont plutôt contents de cette installation, dit Pierre. S'ils ont besoin d'un vétérinaire, ils viendront.

— Ils viendront de toute façon, par curiosité, affirma Danièle en souriant.

Ensuite, il faudrait que Bénédicte fasse ses preuves, bien sûr. Clément espéra qu'elle saurait s'en sortir avec le bétail. Jusqu'ici, il ne s'était pas senti inquiet pour elle, mais il ne s'était guère posé de questions.

— Ma femme est très volontaire, déclara-t-il, et très consciencieuse.

Ivan et Pierre échangèrent un regard, un peu surpris par la façon dont Clément vantait les mérites professionnels de son épouse.

— Et dans la maison, vous avez pu faire le nécessaire ?

— Danièle, j'aimerais qu'on se tutoie, répliqua Clément en souriant. Oui, j'en vois le bout, heureusement ! Je me suis contenté de donner un coup de propre mais le résultat me plaît. La semaine prochaine, je m'occuperai du grenier.

— Tu vas y faire ton bureau, mettre tes ordinateurs ?

— Un seul suffit !

Assez satisfait de lui, Clément gardait un ton enjoué. Dans quelques mois, il serait enfin en mesure d'épater les autres. A ce moment-là, il leur expliquerait en quoi consistait son travail, et comment un homme de son âge pouvait retomber sur ses pieds à condition d'avoir des idées.

— Ta cristallerie est informatisée, je suppose ? demanda-t-il en se tournant vers Ivan.

— Oui. Depuis quelques années.

— Décidément, tu es très évolué !

— Est-ce que par hasard tu nous imaginais tous comme un groupe de petits ramoneurs ? Tu sais, les hérissons avec l'échelle sur le dos ? Cliché traditionnel du Savoyard...

Ivan souriait mais Clément comprit qu'il s'était montré maladroit. Il devait se surveiller, se défaire de son stupide parisianisme.

— Excuse-moi, dit-il gentiment, je plaisantais.

Le regard clair d'Ivan l'effleura sans indulgence, une seconde, et Clément s'aperçut qu'il avait vraiment envie d'être l'ami de ce type-là. Une sensation qu'il n'avait pas éprouvée depuis l'université. Dans le monde de l'immobilier, les confrères étaient plutôt des rivaux.

— Etudions le menu, proposa-t-il. J'ai une faim de loup.

Il lui restait trois heures avant l'arrivée du train, de quoi passer une très agréable soirée. Lorsqu'il eut arrêté son choix, de l'entrée au dessert, il releva la tête pour regarder le décor autour de lui. Du feu brûlait dans la grande cheminée, et il se promit d'en allumer un pour Bénédicte au retour de la gare. Une fois Louise couchée, ils pourraient savourer un moment de paix tous les deux, se raconter leur semaine respective, peut-être même finir dans les bras l'un de l'autre devant les flammes... Pourquoi pas ? La dernière fois qu'ils s'étaient comportés comme de vrais amoureux remontait bien trop loin. Autant profiter du changement de vie et modifier leurs habitudes. Tout ragaillardi par cette idée, il fit un signe pour attirer l'attention du maître d'hôtel.

Ivan prononça le nom des chiens à mi-voix avant d'ouvrir la porte de la cuisine. Il signalait toujours son arrivée de la même manière afin de ne pas les surprendre. Ce n'était pas précisément de bons gardiens, mais ils pouvaient avoir des réactions dangereuses s'ils se sentaient en danger. Roméo se dressa devant lui dès qu'il franchit le seuil et renifla sa main, alors que Diva restait un peu en retrait.

Le signal lumineux du répondeur téléphonique clignotait, ce qui était plutôt mauvais signe. Hormis ses parents, personne ne l'appelait ici tard le soir. Il rembobina la bande pour écouter le message pendant que les chiens redescendaient au sous-sol où ils passaient la nuit l'un contre l'autre sur une vieille couverture.

« C'est moi » annonça la voix plaintive d'Elisabeth dans le haut-parleur. « J'avais besoin de te parler, où es-tu passé ? Ça ne répond pas chez Danièle non plus... Dis-leur que je serai là après-demain. Salut. »

Il resta immobile quelques instants puis se décida à aller allumer. Elisabeth... Elle allait donc séjourner quelque temps chez les Battandier. Une semaine, davantage ? Et chaque jour, sous un prétexte ou un autre, elle viendrait au chalet. Il faudrait qu'il enferme les chiens puisqu'elle était assez folle pour entrer avec la clef qu'elle n'avait jamais voulu lui rendre. Même s'il décidait de dormir à la cristallerie, elle monterait jusque-là pour le harceler. Inutile de mêler les ouvriers à leur histoire. Il finirait par lui donner de l'argent, mais ce n'était qu'un des motifs de sa présence. Il devrait aussi l'écouter, ça faisait partie du jeu. Tout comme Mathilde, son père lui avait lancé un jour : « Débarrasse-toi de cette femme. » Plus facile à dire qu'à faire. Pourtant il ne restait rien de l'amour fou qu'il avait éprouvé pour elle vingt ans plus tôt. Dieu sait qu'il avait payé cher cette passion de jeunesse. Elle aussi, sans doute.

Danièle ne pouvait pas faire autrement que recevoir Elisabeth. C'était sa cousine germaine et l'esprit de famille passait avant tout, mais même elle, dont la patience était inépuisable, finissait par s'exaspérer. Et si Pierre ne disait rien quand Elisabeth était chez eux, il se trouvait toutefois d'excellentes raisons pour traîner tard à la mairie ou dans l'étable.

D'un geste nerveux, Ivan repoussa une mèche qui tombait devant ses yeux. Inutile de rester planté au milieu de la cuisine, autant aller se coucher. Il éteignit, traversa la salle dans l'obscurité et ouvrit la porte de sa chambre. Lorsqu'il était adolescent, c'était une pièce où il entrait rarement, devant laquelle il passait sur la pointe des pieds pour monter au premier. Il avait beaucoup d'affection pour ses parents mais ils n'avaient jamais été très proches de lui. Quand il avait commencé à sortir le soir, il s'était aperçu que sa mère lisait tard car ses fenêtres étaient toujours éclairées. Au moment du déménagement, elle avait emporté plusieurs caisses de livres, mais il restait encore une centaine de volumes dans la petite bibliothèque de la mezzanine. Ivan n'y avait pas touché, laissant ses propres livres dans son ancienne chambre, à l'étage. Il avait pensé qu'une femme, un jour, serait peut-être heureuse de fouiller parmi les romans et les albums. Une illusion ridicule. Il était incapable d'entretenir une relation suivie avec une femme, quelle qu'elle fût. Elisabeth l'avait rendu trop méfiant pour ça.

Il commença de se déshabiller, laissant tomber ses vêtements sur le fauteuil club. Il était mince, athlétique, vraiment séduisant, et toutes les filles avec lesquelles il lui arrivait de passer une nuit s'accrochaient à lui ensuite. C'était une des choses qui agaçaient Elisabeth. Consciente du charme qu'il exerçait toujours sur les gens, elle l'aurait voulu grossi, enlaidi, vieilli, détruit. Pourtant, de son côté, elle prenait soin d'elle. Moins belle qu'à vingt ans, oui, mais belle quand même. Le drame qu'ils avaient vécu ne les avait marqués, physiquement, ni l'un ni l'autre, et elle considérait que c'était une injustice.

Un coup d'œil au thermomètre lui arracha une grimace. La température devait plonger, dehors, et il faisait froid dans la chambre. Il sortit un édredon du placard, le jeta sur le lit, puis il enfila un tee-shirt. La soirée avait été agréable. Clément Ferrière faisait des efforts inouïs pour être sympathique. C'était sans doute sa façon d'être. Un vrai commercial ! Mais il faisait le nécessaire pour que la maison de Mathilde revive, il avait eu l'intelligence de conserver les plus beaux meubles, et la restauration du petit bâtiment qui devait servir de cabinet vétérinaire était de bon goût. Que demander de plus à ce Parisien ? Sa femme était plus intéressante que lui, peut-être parce que Ivan la connaissait déjà à travers les confidences de Mathilde. C'était la nièce vétérinaire, parée de toutes les qualités, mais « mariée à un abruti d'agent immobilier ». La vieille dame ne mâchait pas ses mots. D'après elle, c'était à cause de lui que Bénédicte ne venait jamais en Haute-Savoie. Quant à leurs enfants, ils étaient exactement tels qu'on pouvait souhaiter des jeunes gens de cet âge. Beaux et bien élevés, brillants, à l'aise... De quoi aviver tous les regrets. Sauf qu'Elisabeth n'aurait jamais été une mère idéale, ce que semblait être le docteur Bénédicte Ferrière. Une femme sûrement très attachante. Et plutôt jolie.

Sourire aux lèvres, Ivan se glissa dans les draps. Au moment où il tendait la main vers l'interrupteur, un hurlement s'éleva. D'abord sourd, modulé, puis montant dans les aigus pour devenir peu à peu une plainte déchirante. Il n'y avait pas d'explication à ces cris et aucune fréquence particulière, pas plus souvent en automne qu'au printemps, ou à la pleine lune qu'au premier quartier. C'était Roméo qui avait commencé - Ivan différenciait très bien leurs deux voix - mais Diva ne tarderait pas à s'y mettre. Avaient-ils entendu ou senti quelque chose ? Quoi qu'il en soit, il n'y avait rien à faire, ils hurleraient tant qu'ils en auraient envie. Les premières fois, il leur avait ouvert la porte vers l'extérieur, décidé à les suivre et à comprendre. Mais ils s'étaient assis à quelques mètres du chalet pour recommencer leurs vocalises. L'endroit avait beau être isolé, on devait les entendre dans toute la vallée. Pour couper court aux commérages, Ivan s'était plaint lui-même, chez les commerçants du village, de la vilaine habitude qu'avaient pris ses chiens de hurler à la mort. Nostalgie de leur Sibérie natale, avait-il avancé en guise d'excuse.

Durant quelques minutes, il écouta le chant sinistre avec attention. Des huskies, vraiment ? Quel vétérinaire pourrait s'y tromper ? Si Bénédicte Ferrière entendait ça, qu'en déduirait-elle ? Il espéra que les murs de la maison forte l'isoleraient suffisamment. Mais pour peu qu'elle dorme la fenêtre ouverte, elle saurait faire la différence. A moins que, ainsi que le prétendait son fils, elle n'ait jamais approché autre chose que des chiens de poche et des chats d'appartement. Ce qui était peu probable.

Sur le point de s'endormir, malgré les cris lugubres qui montaient toujours du sous-sol, il se demanda si Bénédicte avait l'habitude de porter un pyjama, la nuit, une chemisette ou rien du tout. Cette idée absurde le tint encore un moment éveillé. Pourquoi se posait-il ce genre de question ?

Prenant une attitude très étudiée, Carole ajusta son jean sur ses hanches et remonta la fermeture Eclair. Laurent avait fait chauffer de l'eau dans la bouilloire, bougonnant parce qu'il n'était que six heures du matin, mais elle voulait absolument repasser chez elle pour se changer et récupérer ses notes de cours. S'il avait espéré qu'elle viendrait habiter le studio avec lui, il allait devoir déchanter.

— Je passerai Noël avec toi, mes parents sont d'accord, annonça-t-elle d'un ton enjoué. J'espère qu'il y aura de la neige et qu'on pourra skier...

Elle enfila sa veste de velours, se recoiffa du bout des doigts. Laurent ne pouvait pas s'empêcher de la regarder, fasciné par chacun de ses gestes. Il la trouvait extraordinairement sensuelle mais il n'était pas le seul. A la fac, elle provoquait des ravages et il vivait dans un état d'inquiétude permanent.

— Qu'est-ce qui te ferait plaisir pour dîner, ce soir ? demanda-t-il en déposant sa tasse dans l'évier.

— J'ai un repas d'anniversaire, je ne peux pas y échapper, je te l'ai dit la semaine dernière.

Il se souvint en effet qu'elle lui en avait parlé. Elle jalonnait ainsi son emploi du temps d'obligations familiales contre lesquelles il ne pouvait pas protester mais qui constituaient un rempart pour se préserver et lui échapper.

— Il faut que je file ! s'exclama-t-elle. Je te verrai dans l'amphi...

La porte claqua, un peu trop fort au goût de Laurent. Découragé, il inspecta le petit placard où il rangeait ses provisions. Il n'y avait qu'un paquet de biscuits bretons et un pot de confiture. Les petits déjeuners gourmands de sa mère n'étaient plus qu'un souvenir. Désormais, il faudrait qu'il pense chaque jour à acheter du pain. Entre autres. Pourtant il avait été heureux comme un gosse d'emménager dans ce studio clair, au dernier étage d'un immeuble ancien. Même s'il n'y avait pas d'ascenseur, même sans baignoire. C'était son père qui l'avait déniché, bien entendu, grâce à d'anciennes relations. Le locataire précédent avait soigné la décoration et n'était resté que six mois. Une véritable aubaine. Quand Laurent avait pris possession des lieux, dix jours plus tôt, il s'était imaginé que Carole finirait par rester. Or elle n'en prenait pas le chemin, au contraire. Elle dînait et dormait quelques heures avec lui, mais elle n'avait pas laissé un seul vêtement, pas le moindre produit de maquillage, rien qui évoque sa présence.

La main sur le téléphone, Laurent hésita puis finit par composer le numéro de ses parents. Bénédicte répondit à la deuxième sonnerie.

— Je te réveille ?

— Non, mon chéri. J'en suis à ma troisième tasse. Quelque chose ne va pas ?

— Juste envie de te dire bonjour.

— Tu es un amour, je suis ravie de t'entendre. Louise dort encore et ton père n'est pas là, j'ai tout mon temps pour un long bonjour...

Il réalisa que sa mère lui manquait et s'en voulut aussitôt.

— C'est sinistre, ces petits matins de novembre, déclara-t-il d'une voix mal assurée.

Elle ne répondit rien, attendant qu'il dise ce qu'il avait sur le cœur.

— Maman... Tu es sûre de vouloir quitter Paris ?

— On ne peut plus faire marche arrière, répondit-elle calmement.

— Tu t'es laissé embarquer sans lutter, ça ne te ressemble pas.

— Je n'ai pas à lutter contre mon mari. Je suis censée l'aider.

— Ne sois pas si conventionnelle ! Pas avec moi...

— Ton père a traversé une sale période, Laurent, même s'il a fait bonne figure devant vous. Essaie de ne pas être égoïste. Il n'a que quarante-sept ans, il a droit à un nouveau départ. Ce n'est pas seulement une question d'argent.

Il y eut un silence puis Laurent soupira.

— Je n'ai pas envie de te savoir si loin, dit-il dans un souffle.

— Ce n'est pas loin. Et tu n'as pas besoin de moi, sauf en cas de blues, et pour ça il y a le téléphone. Comment va Carole ?

— Comme un papillon. Elle entre et elle sort d'ici au gré du vent.

— Tant mieux pour toi, ce sont les meilleurs moments !

Ce cri du cœur l'étonna un peu mais le fit sourire.

— Pendant ce temps-là, je me consume, ironisa-t-il.

— Profites-en bien, continue à mourir d'amour, attends-la avec angoisse, tu verras, ça ne dure jamais, hélas...

— Maman !

— Je plaisante, mon chéri. Enfin... A moitié.

— Et papa, quelles nouvelles ? Tu l'attends avec angoisse aussi ? Il fait toujours le pitre sur ses échelles ?

— Il nous prépare un nid douillet pour l'hiver, répliqua-t-elle en riant. Tu seras bien content à Noël. Tu viens, j'espère ?

— Oui. Et Carole aussi.

— Magnifique !

Un autre silence se prolongea.

— Je peux venir dîner, ce soir ? finit-il par demander.

— Tu es chez toi. Tu seras toujours chez toi, chez moi. Je demanderai à Louise de nous préparer son gâteau.

— Qu'elle ne fasse pas d'économies sur le chocolat ! A ce soir.

Il raccrocha avant qu'elle ait eu le temps de lui dire au revoir. Il devait être honteux de sa faiblesse, d'avoir appelé maman comme un gamin perdu. Les yeux encore fixés sur le téléphone, Bénédicte restait immobile. Son petit garçon était devenu grand, ce serait bientôt un étranger malgré toutes ces années passées à le surveiller, le conseiller, le pousser ou le freiner, à le soigner, à lui lire des histoires... Une vie de famille qui semble établie pour toujours et qui se déchire immanquablement. Cette habitude d'aller dire bonsoir, de vérifier la couverture et la fenêtre, puis plus tard les premiers cahiers de textes, et bien après encore les mégots mal éteints des cigarettes fumées en cachette. Des rituels rythmant presque deux décennies, brutalement arrêtés par l'absence.

« Tu as toujours su qu'il partirait un jour, se reprocha Bénédicte. Et Louise aussi. »

Mais, à cause de Clément, tout se bouclait en catastrophe.

« C'est moins douloureux comme ça. »

Au lieu d'errer dans un appartement devenu silencieux, Bénédicte allait devoir assumer elle aussi une nouvelle existence. Ailleurs et autrement, elle tentait l'aventure et n'aurait pas le loisir de pleurer sur son sort.

« Avec Louise dans les bagages, pour quelque temps encore, Dieu merci... »

Ensuite, ce serait le face-à-face inévitable avec Clément, la solitude à deux.

« J'espère que tu en as encore envie ? »

Elle ne connaissait pas la réponse à cette question. Ils vivaient à quatre depuis trop longtemps pour savoir si, à deux, ils retrouveraient les bonheurs de leur jeunesse. Leur mode d'existence avait fini par les rendre farouchement indépendants et assez peu bavards, en somme. Trop occupés à construire leur avenir, ils n'avaient pas vraiment profité du présent. L'heure de vérité allait sonner pour leur couple durant les longs hivers alpins, sans restau, sans ciné. Rien qu'eux-mêmes et ce qui restait de leur capacité à s'aimer, à s'intéresser l'un à l'autre.

Mal à l'aise, elle s'écarta du comptoir sur lequel elle était restée accoudée. Une longue journée l'attendait, et ses deux associés faisaient grise mine depuis qu'elle avait annoncé son départ. Ils avaient récusé deux candidats avant d'accepter, de guerre lasse, une jeune femme fraîchement sortie de Maisons-Alfort et que ses parents voulaient installer. Bénédicte avait promis de la mettre au courant durant les trois dernières semaines de son exercice.

« Et c'est ce matin qu'elle arrive, ne lui fais pas l'affront d'être en retard le premier jour, elle va se sentir complètement perdue. »

Sa jeune consœur, avec son diplôme tout neuf et ses illusions multiples, lui rappelait un peu ses propres débuts. Mais, à l'époque, personne de sa famille n'avait pu l'aider financièrement et elle s'était débrouillée seule. Ce qu'elle avait réussi, dans son métier, elle ne le devait qu'à un travail acharné, une volonté quotidienne. Elle se promit d'être vigilante avec la somme qu'elle allait recevoir pour ses parts du cabinet vétérinaire.

Tout en se savonnant vigoureusement sous la douche, elle fit un rapide calcul mental pour évaluer leur patrimoine tel qu'il était recomposé. Lors de leurs premières années de crédit sur l'appartement, ils avaient remboursé davantage d'intérêts que de capital. Néanmoins, une fois la vente réalisée et l'emprunt bancaire soldé, il allait leur rester de l'argent. Que Clément se chargerait de gérer au mieux après avoir prélevé leurs frais d'emménagement et d'installation. La succession de Mathilde ne coûtait rien et les laissait propriétaires des *Aravis*, leur unique bien immobilier désormais.

« Il va falloir que j'achète un peu de matériel pour mon cabinet... »

Son cabinet. Jusqu'ici, elle avait pensé en termes d'association, de pluralité, mais désormais, elle serait seule à prendre des décisions. Elle devait d'ailleurs contacter au plus vite les laboratoires de produits vétérinaires pour obtenir son stock de pharmacopée. Cette idée lui procura un plaisir inattendu, une sensation de liberté.

Elle enfila un jean noir, des mocassins, un pull à col roulé bleu pâle, puis rédigea un mot à l'attention de Louise lorsqu'elle se réveillerait. Cinq minutes plus tard, en émergeant de la rampe du parking, elle constata qu'il pleuvait. Les matins d'hiver, elle ne prenait conscience du temps qu'une fois à l'extérieur de l'immeuble.

« Eh bien, ce ne sera plus le cas d'ici peu ! »

Avec un peu d'appréhension, elle se demanda si elle saurait conduire sur la neige ou la glace. Il faudrait sans doute qu'elle équipe sa voiture de pneus à clous. Ou plutôt qu'elle change de voiture. Elle pensa au Range Rover d'Ivan Charlet et se mit à sourire. Au besoin, elle pourrait lui demander conseil, elle en était certaine. Le mieux serait de dresser toute une liste de questions précises à lui poser la prochaine fois qu'elle le verrait. Lui ou Pierre Battandier. Mais Pierre était accaparé par sa ferme, sa mairie, sa famille. En tout cas pas Clément, qui n'avait rien d'un montagnard, mais qui se croirait obligé de lui répondre de façon péremptoire. Non, décidément Ivan, qu'elle avait trouvé vraiment chaleureux, serait sans doute l'interlocuteur idéal.

Le hall d'entrée et la salle d'attente étaient déjà allumés lorsqu'elle arriva à la clinique. Serge, debout près de la machine à café, lui adressait un large sourire.

— Voilà la future exilée ! Tu n'as pas encore mis tes bottes fourrées de paille ?

Il riait mais elle haussa les épaules, agacée.

— Ne fais pas la tête, on ne peut plus plaisanter ? Viens donc boire une tasse, il est tout frais... La jeune fille de bonne famille n'est pas encore arrivée. L'idée de travailler avec cette mijaurée ne m'enchante pas. Je suis sûr qu'elle se mettra à hurler si je passe la main sous sa jupe.

— Et pourquoi ferais-tu une chose pareille ?

— Parce qu'elle est mignonne, tiens !

— Peut-être qu'elle est également compétente ?

— Un peu jeune pour ça. Mais on l'aidera.

Il versa le café puis ajouta, d'une voix différente :

— Je suis navré que tu partes. Vraiment.

— Est-ce que tu viendras me voir ?

— Mais bien sûr ! Au moins une fois. Et puis... tu sais ce que c'est. Tu n'as pas choisi la porte à côté.

— Je n'ai rien choisi du tout, je crois bien.

— Oh ! c'est vrai, c'est ton mec qui a tout manigancé. Seulement tu ne me feras jamais avaler que tu n'étais pas d'accord au fond de ta petite tête, parce que tu es têtue comme une mule ! Je me trompe ?

— Non.

— Tu en as envie mais tu as la trouille. Finalement, c'est plutôt une bonne chose qu'il t'ait forcé la main.

— Peut-être.

Serge hésita, tripotant sa cuillère, puis il déclara :

— Je ne sais pas si les Savoyards t'apprécieront à ta juste mesure, en tout cas au début. Alors j'ai pensé à un truc... Tu devrais écrire à la direction du parc naturel des Bauges. C'est dans ton coin, à quelques kilomètres. Et ça représente quatre-vingt mille hectares, dont cinq mille de réserve.

— Dans la haute vallée du Chéran, oui. Comment sais-tu ça ?

— Et toi ? Tu t'es renseignée aussi ?

Désarmée, elle lui adressa un sourire franc qui le fit fondre.

— Serge, murmura-t-elle, sous tes airs de tombeur, tu es un vrai chic type. Raconte-moi ce que tu as appris.

— Des chamois, des mouflons, des chevreuils, quantité d'oiseaux rares, un tas de petits mammifères... et des gestionnaires qui veulent des professionnels pour étudier cette faune sauvage. Pose donc ta candidature, si tu obtenais un temps partiel ça te ferait un centre d'intérêt et un petit revenu complémentaire.

— J'y avais déjà pensé... Mais qui contacter ?

— Je peux te trouver les adresses. J'ai sûrement plus de temps libre que toi en ce moment. C'est un syndicat mixte qui gère le parc, avec les départements, la Région et l'Etat.

Sincèrement attendrie par la gentillesse inattendue dont il faisait preuve, elle le dévisagea quelques instants avec curiosité. Ni lui, ni l'autre associé de la clinique n'avaient jamais été particulièrement attentionnés à son égard. Ils s'étaient limités tous les trois à des rapports courtois et un peu impersonnels.

— Pourquoi fais-tu ça ? demanda-t-elle.

— J'aimais bien travailler avec toi. C'est vrai ! Tu n'en as pas conscience mais tu es assez calée.

Elle réalisa qu'il prenait souvent son avis, ce qu'elle avait considéré jusque-là comme une simple habitude.

— J'espère que tu réussiras, dans ton trou, parce que tu le mérites. Seulement ça risque de te prendre du temps, et tout dépendra de l'état d'esprit des éleveurs du coin. Ne rate pas tes premiers patients !

— Compte sur moi.

— Il y a comme un parfum de défi dans ce que tu entreprends, ça me ferait presque envie.

— Bien sûr ! Et quand je serai le vétérinaire le plus célèbre des Alpes, qu'on m'amènera du bétail d'Italie et de Suisse, tu viendras t'associer avec moi ?

Le bruit de la sonnette empêcha Serge de répondre par une quelconque plaisanterie et il leva les yeux au ciel.

— Voilà la débutante… Ne bouge pas, j'y vais. Il faut quand même qu'on fasse un peu connaissance, elle et moi…

Bénédicte resta près de la machine à café tandis qu'il se précipitait dans le hall. Leur discussion la laissait très songeuse. Etait-il tellement évident qu'elle allait au-devant d'un échec pour que Serge, qui ne s'était jamais prétendu son ami, lui suggère déjà des solutions de rechange ? Elle avait songé d'elle-même au parc régional du massif des Bauges, mais on ne l'attendait pas là-bas non plus et les candidatures devaient s'accumuler par douzaines. Un vétérinaire parisien, sans aucune connaissance du terrain, avait peu de chance d'être pris en considération. Elle n'était même pas certaine de pouvoir reconnaître un aigle royal si par bonheur elle en apercevait un.

— On verra bien, marmonna-t-elle en se décidant à bouger.

Dans trois semaines, elle guetterait peut-être désespérément son premier client, mais d'ici là elle devait s'occuper de la jeune femme qui allait prendre sa suite et qui ne manquerait pas de travail, elle.

Danièle Battandier s'efforça de sourire en embrassant Elisabeth. Elle lui prit des mains son sac de voyage et la conduisit jusqu'à la chambre qu'elle avait préparée à son intention.

— Comment va ton fils ?

Rituellement, c'était la première question d'Elisabeth à chacune de ses visites. Non qu'elle s'intéressât beaucoup à lui mais parce que l'existence même de Max était une preuve supplémentaire de son propre malheur. Le fils de Pierre et Danièle était bien vivant, lui, éclatant de santé même, et d'après elle les Battandier auraient dû remercier le ciel tous les jours.

— En pleine forme, tu le verras demain. A Chamonix, la saison est finie et il vient se reposer ici quelques jours en attendant que la station ouvre.

En réalité, Max avait avancé son retour lorsqu'il avait appris l'arrivée d'Elisabeth. Pas question pour lui de laisser sa mère en tête à tête avec la redoutable cousine.

— Quel temps affreux, soupira Elisabeth en s'asseyant au bord du lit.

Elle rejeta en arrière ses longs cheveux blonds avant d'adresser un petit sourire résigné à Danièle. Cette expression triste et détachée mettait en valeur ses yeux bleus, ses pommettes saillantes et ses joues creuses, elle le savait trop bien. Lorsqu'elle était jeune, elle affectionnait déjà les airs mélancoliques et Danièle s'en voulut d'y penser.

— Qu'est-ce que tu deviens ? demanda-t-elle le plus gentiment possible.

— Eh bien... Je ne vois plus Philippe.

— Philippe ?

— Je t'en avais parlé la dernière fois. Enfin, bref, ce n'était pas un homme pour moi. Mais je suis devenue tellement méfiante, tu me connais... Je t'assure, à cause d'Ivan, je ne peux plus faire confiance à personne, c'est plus fort que moi.

La mise en accusation de son ex-mari était son refrain préféré. D'après elle, Ivan était responsable de tout ce qui lui était arrivé depuis l'accident de leur fils. Jamais elle ne le laisserait oublier. L'idée qu'il puisse vivre en paix lui était odieuse, il devait payer son erreur jusqu'au bout. Elle regrettait même d'avoir fait enterrer Guillaume à Chambéry. Si sa tombe avait été au cimetière du village, elle y aurait traîné Ivan sans remords.

— J'irai le voir demain, déclara-t-elle, nous avons des choses à régler... Mais, pour le moment, parle-moi de toi et de la famille.

A contrecœur, Danièle donna quelques nouvelles de leur entourage, constatant que l'autre n'écoutait guère, comme d'habitude. Elle était devenue très égoïste mais quand on lui en faisait le reproche, elle prétendait que le chagrin l'avait rendue indifférente au reste du monde. Et tout le monde s'inclinait devant sa douleur de mère. Alors qu'Ivan, lui, n'avait droit à aucune considération.

Au bout de dix minutes, Danièle abandonna Elisabeth sous prétexte du dîner à préparer. Elle bouillait d'une rage intérieure qu'elle se reprochait. Les mains appuyées sur l'évier, elle scruta par la fenêtre le ciel sombre de la fin d'après-midi. Si la neige se mettait à tomber, l'indésirable repartirait à Chambéry.

« Mais arrête, arrête ! Elle est à plaindre, voyons... Quelle pauvre vie... »

Depuis toujours, Danièle éprouvait des sentiments contradictoires pour sa cousine. Elle avait d'abord été une ravissante petite fille, très capricieuse, puis une superbe adolescente boudeuse. Tous les garçons lui tournaient autour, séduits par cette jolie blonde aux allures alanguies, et ils se battaient pour s'asseoir à côté d'elle dans le car qui les conduisait au lycée. Mais elle ne les regardait pas, c'était Ivan Charlet qu'elle voulait. Elle avait jeté son dévolu sur lui, malgré leurs cinq ans d'écart, parce qu'à ce moment-là il faisait ses études supérieures à Lyon et voyageait en Europe pendant les vacances, ce qui en faisait le parti le plus intéressant du village. Quelqu'un qui serait capable de l'emmener un jour loin de cette vallée qu'elle jugeait trop petite pour elle. Danièle était déjà mariée à Pierre, à l'époque, et elle avait observé avec indulgence toutes les manœuvres de la jeune fille pour se faire remarquer d'Ivan. Qui avait fini par la voir, bien sûr, qui en était même devenu éperdument amoureux. Il l'avait épousée, puis avait accepté de quitter le village parce qu'elle l'exigeait. Le père d'Ivan s'était montré discret, ravalant sa déception, certain que son fils reviendrait un jour. Malheureusement, le retour avait été plutôt tragique.

Les mains de Pierre s'abattirent sur ses épaules, la faisant crier de surprise.

— Oh, je ne voulais pas t'effrayer ! s'exclama-t-il, navré. Tu ne m'as pas entendu ? Dans quelle rêverie étais-tu partie ?

Il la serra contre lui et elle laissa échapper un petit soupir.

— L'emmerdeuse est arrivée, j'ai vu sa voiture, ajouta-t-il.

— Elle est dans sa chambre, elle se repose.

— De quoi ? Ne me dis pas qu'elle s'est décidée à travailler ! C'est tellement plus facile de laisser banquer son ex...

Ne pouvant pas lui donner tort, elle ne répondit rien. Il la fit pivoter et la regarda droit dans les yeux.

— Ne te mets pas en quatre pour elle, hein ? D'ailleurs Max sera là demain, il te prêtera main-forte. Je vais donner le fourrage, à tout à l'heure.

Elle le suivit des yeux tandis qu'il retraversait la salle, émue par sa démarche volontaire et sa silhouette massive. Jamais il ne l'avait déçue, depuis trente ans, jamais sa tendresse bourrue ne s'était démentie. Elle avait beaucoup de chance, ce qui n'était pas le cas d'Elisabeth. Max escaladait les sommets et dévalait les pistes alors que le petit Guillaume était mort dans sa baignoire, électrocuté, le lendemain de ses six ans. C'était une raison suffisante pour respecter Elisabeth à défaut de l'aimer.

« C'est une malheureuse... »

Le mot s'appliquait mal à sa cousine, pourtant. Malheureuse mais perverse, Mathilde avait été la première à le clamer haut et fort. Brave Mathilde. Sans elle, Ivan se serait probablement flanqué une balle dans la tête. Mais elle avait su le raisonner et il avait pris l'habitude de passer la voir chaque jour en redescendant de la cristallerie. Lorsqu'il arrivait à Danièle de porter un morceau de gâteau à la vieille dame, elle les trouvait souvent assis côte à côte, l'hiver devant la cheminée et l'été sur le banc de pierre.

« Les Ferrière vont emménager dans la maison forte la semaine prochaine, c'est une excellente chose. »

Elle se réjouissait de leur arrivée, de cette bouffée d'oxygène qu'ils apporteraient au village, sans savoir à quel point sa vie allait en être effectivement transformée.

4

Bénédicte referma l'armoire vitrée et recula de deux pas pour vérifier l'alignement des boîtes de médicaments sur les étagères. Ces produits-là seraient destinés à ses consultations, mais le gros du stock était rangé dans la pièce mitoyenne qu'elle avait baptisée laboratoire. Derrière son bureau, des tiroirs métalliques s'empilaient, remplis de fiches vierges et de tous les formulaires nécessaires à l'administration sanitaire. A l'autre bout du cabinet trônait la table d'examen qu'elle venait de déballer.

Avec un soupir de satisfaction, elle s'assit sur le tabouret à roulettes qu'elle propulsa d'un coup de talon jusqu'à la fenêtre. Elle n'apercevait que le toit de la maison forte, au-dessus du petit groupe de sapins argentés. Clément et Louise devaient s'agiter, là-bas, pressés de trouver une place pour chaque chose. Depuis le début de la semaine, ils avaient abattu à eux deux un travail considérable. Louise s'était chargée de ranger la vaisselle, les vêtements et le linge, tandis que

Clément accrochait les glaces et les tableaux, déplaçait les meubles, branchait les appareils électroménagers. Le père et la fille avaient, d'un commun accord, poussé Bénédicte à ne s'occuper que de son cabinet. Elle avait donc sorti des cartons son matériel flambant neuf, disposé les chaises dans la salle d'attente, fixé elle-même l'enseigne et la plaque sur la façade du petit bâtiment.

Abandonnant son poste d'observation, elle traversa le bureau et passa dans le laboratoire. Un grand évier à double bac, un plan de travail en faïence, un stérilisateur et deux chariots couverts de boîtes à instruments occupaient l'un des murs. En face, des appareils sophistiqués étaient encore dans leurs plastiques de protection. Derrière eux, du sol au plafond, le mur était équipé d'étagères supportant des centaines de produits pouvant traiter toutes les affections courantes. Elle avait prévu large, sur les conseils de ses confrères, chaque éleveur venant se ravitailler chez le vétérinaire comme chez un pharmacien. Coincé dans un angle, un grand réfrigérateur était déjà rempli de vaccins. Entre les deux fenêtres, une console disparaissait sous de grandes bouteilles de désinfectant, une poubelle à seringues et une pile de sachets de gants stériles. Le milieu de la pièce était occupé par une imposante table d'aluminium réglable en hauteur, surmontée d'un Scialytique. Elle pourrait pratiquer ici des opérations sous anesthésie, des prélèvements et des radios. De quoi faire face à toutes les situations, en théorie.

Elle entendit une porte s'ouvrir et supposa que Clément venait encore lui demander quelque chose. Mais ce fut la silhouette d'Ivan qu'elle aperçut dans l'entrée.

— Je suis là ! lui cria-t-elle en lui adressant un signe amical.

Il traversa le cabinet et s'arrêta pour regarder autour de lui tandis qu'elle ajoutait, avec une certaine fierté :

— Il y a du changement, non ?

— C'est le moins qu'on puisse dire, admit-il avec un sourire.

Rien ne rappelait plus la maison de gardien laissée à l'abandon par Mathilde.

— Vous allez avoir besoin de tout ça ?

— J'espère bien ! Ou alors je n'aurai plus qu'à plier bagage.

— Ce serait dommage...

Il termina son inspection avant de lui adresser un nouveau sourire, tout à fait désarmant.

— A votre avis, lui demanda-t-elle, quels ont été les derniers habitants de cet endroit ?

— Je ne les ai pas connus. C'étaient des fermiers qui travaillaient pour le propriétaire des lieux, je suppose. Pierre doit le savoir...

— Des fermiers ?

— Ce serait logique, venez voir… D'ici, on peut surveiller l'étable et la grange.

Il s'était approché d'une fenêtre donnant au nord et il désigna les grands bâtiments et la cour aux pavés irréguliers.

— En revanche, à cause des sapins, on est complètement isolé de la maison. Une disposition idéale pour vous, si vous tenez à préserver votre vie privée.

— Oh, je ne m'attends pas à une foule de clients !

— Peut-être pas au début, non. Mais enfin, c'est très réussi, le maçon a bien travaillé.

La dernière fois qu'il était entré là, l'année précédente, c'était pour ranger la tondeuse de Mathilde. Il détailla encore une fois les murs, fraîchement recrépis, le carrelage gris clair qui avait remplacé le sol de ciment, puis il parut se souvenir de quelque chose et il tendit à Bénédicte une petite boîte qu'il avait gardée à la main depuis qu'il était entré.

— Un cadeau de bienvenue, précisa-t-il. J'espère qu'il vous portera chance.

Intriguée, elle arracha le scotch qui retenait le couvercle. Posé sur un feutre noir, elle découvrit un presse-papiers de cristal, admirablement ciselé en forme de fer à cheval.

— Superbe… Il est superbe…

Elle alla droit à son bureau pour poser l'objet sous la lampe. La réfraction de la lumière sur les facettes et les angles projeta aussitôt des reflets de couleur.

— C'est très beau, vraiment !

Sa sincérité ne faisait aucun doute et Ivan parut touché.

— Si les esprits existent, celui de Mathilde va veiller sur vous, j'en suis sûr.

Elle se jucha sur la table d'examen, lui désignant l'unique fauteuil.

— Asseyez-vous deux minutes, proposa-t-elle. Et expliquez-moi pourquoi vous aimiez tellement Mathilde.

— Parce que c'était une forte personnalité. En plus, elle était seule.

— C'est si admirable, la solitude ?

— Non, mais ça la rendait disponible. Elle avait vu passer beaucoup de générations sur les bancs de son école, ce qui lui donnait une philosophie de la vie que je n'ai rencontrée chez personne d'autre. Elle s'intéressait à beaucoup de choses, se tenait au courant de trucs insensés…

— Par exemple ?

Il pencha un peu la tête de côté pour réfléchir mais répondit presque tout de suite :

— Quelques mois avant son décès, elle est montée jusqu'à la cristallerie pour que je lui explique en détail le fonctionnement d'Internet. A quatre-vingt-un ans, c'est merveilleux, non ?

— Et si nous avions mis sa maison en vente, vous l'auriez réellement achetée ?

— Sans doute.

— Pour l'habiter ?

— Peut-être pas...

— Tant mieux, sinon vous nous verriez comme des usurpateurs !

Elle avait fini par descendre de son perchoir pour s'asseoir en tailleur, sur le carrelage, et elle esquissa une grimace.

— J'ai le dos en capilotade à force de soulever des poids. C'est épuisant, un déménagement.

— Si vous avez besoin d'aide, n'hésitez pas. J'ai proposé la même chose à votre mari mais, pour l'instant, il branche son ordinateur et préfère sûrement s'en occuper tout seul.

Ivan avait sorti un paquet de cigarettes de sa poche et cherchait des yeux un cendrier.

— Dans le premier tiroir, lui dit Bénédicte. Vous m'en offrez une ?

— D'accord, mais venez donc vous asseoir ici, vous serez mieux.

Sans se perdre en vaines politesses, elle alla s'installer dans le fauteuil confortable qui serait le sien désormais. Penché au-dessus d'elle, il lui offrit du feu, puis il s'éloigna vers la fenêtre pour récupérer le tabouret à roulettes.

— La nuit tombe tôt, maintenant. On sera bientôt en hiver, vous n'avez pas choisi la période la plus facile pour démarrer.

Il observa quelques instants la masse sombre des sapins argentés qui se distinguait à peine au-dehors.

— Justement, enchaîna-t-elle, je voulais vous demander quelques conseils. Avec quoi équiper ma voiture quand il se mettra à neiger, et...

— Le plus simple serait de vous en débarrasser, ou vous finirez dans un ravin. Achetez donc un 4 × 4, avec des pneus de tracteur et un treuil, ça sert toujours. Il y a d'excellentes occasions au garage qui se trouve juste à l'entrée de Doussard.

Quand il se retourna, elle vit son expression amusée, comme s'il se moquait de sa naïveté, et elle se leva.

— Je suis trop fatiguée pour continuer à travailler ici, allons boire un verre à la maison.

— C'est très gentil mais il faut que je rentre, mes chiens doivent tourner en rond.

— Qu'est-ce que c'est, comme race ?

La question était inévitable, il l'avait prévue et répondit sans hésiter :

— Des sibériens. Des chiens de traîneaux, si vous préférez.

— J'espère que vous leur faites faire beaucoup d'exercice ?

— Au moins vingt kilomètres par jour.

— Alors les vôtres ont de la chance ! Vous savez, les citadins se sont toqués des huskies, à cause de leurs yeux bleus, et cela a provoqué le malheur de bon nombre d'animaux cloîtrés dans un deux pièces surchauffé...

— Ce n'est pas le cas des miens ! Ils ont toute la forêt et la montagne pour s'ébattre.

Elle baissa le thermostat, éteignit les lumières et sortit devant lui, surprise par l'obscurité quasi totale. Le dernier réverbère du village se trouvait deux cents mètres plus bas, sur la route, dissimulé par les tournants. La main d'Ivan se posa sur son bras puis glissa jusqu'à son poignet pour la guider à travers les arbres. Quelques instants plus tard, ils se retrouvèrent devant la maison dont une fenêtre était éclairée.

— Installez des lanternes sur le sentier, conseilla-t-il.

Malgré la pénombre, elle distingua l'éclat de ses yeux clairs.

— Merci pour le cadeau, Ivan.

— Je vous en prie. Au revoir...

Il s'éloigna aussitôt tandis qu'elle restait immobile devant la porte de la cuisine. Elle leva la tête mais ne vit aucune étoile dans le ciel, rien qu'un voile d'encre qui pesait sur toute la vallée. Réprimant un frisson désagréable, elle entra chez elle sans plus attendre et faillit heurter Clément qui traversait le hall, des outils plein les mains.

— Ah, te voilà ma chérie ! Il y a des courants d'air partout et la chaudière tourne à plein régime... Je colmate l'essentiel mais dès demain il faudra que j'achète des rouleaux de mousse. Tu t'en sors, dans ton cabinet ? Je t'ai envoyé Ivan, tout à l'heure, tu l'as vu ?

— Oui, il est venu me porter un petit cadeau.

— C'est un type adorable, tu aurais dû le garder à dîner car nous avons droit à un repas de gala ! Imagine-toi que ta fille nous prépare une tartiflette !

Avec un sourire attendri, Bénédicte gagna la cuisine où elle trouva Louise occupée à ôter la croûte d'un reblochon.

— Est-ce que ça t'ennuie si je mets un peu d'ail ? demanda-t-elle à sa mère sans lever la tête du plan de travail. C'est le fils des Battandier qui m'a donné la recette...

Quelque chose dans sa voix alerta Bénédicte.

— Le *fils* ? Il n'a pas de prénom ?

— Max.

— Et à quoi ressemble ce Max ?

— A un géant. Et à un nounours...

— Un grizzli, alors ?

Louise se mit à rire, soudain très gaie.

— Il est hyper sympa ! Mais il s'en va dans quelques jours. Pendant la saison, il est moniteur à La Clusaz, et si je vais le voir là-bas, il m'a promis des cours particuliers.

— Ce n'est jamais qu'à une trentaine de kilomètres d'Annecy, déclara Bénédicte qui avait passé toute la soirée de la veille à étudier des cartes de la région.

Elle alla prendre une bière dans le réfrigérateur puis vint s'asseoir sur l'une des chaises de paille qui entouraient la grande table. Il faisait bon dans la cuisine, elle enleva le blouson qu'elle avait conservé jusque-là. Louise allait et venait, repoussant un tiroir, vérifiant la température du four, comme si elle avait toujours vécu dans cette maison. Bénédicte lui envia un instant cette jeunesse qui lui permettait de s'adapter avec tant de facilité, alors qu'elle-même devait lutter pour changer ses habitudes. En bonne Parisienne, elle avait toujours trouvé normal d'être au chaud dans son appartement et de s'y promener en chemisier quelle que soit la saison, de faire ses courses au dernier moment ou de décider d'aller dîner ailleurs. La voiture au parking, les ascenseurs, le vide-ordures de l'immeuble, la secrétaire au cabinet, un coiffeur à chaque coin de rue, des tabacs ouverts jusqu'à minuit : toute une façon de vivre en hâte et sans contrainte. Ici, ce serait bien différent.

— Je n'en peux plus ! s'exclama Clément en entrant.

Il jeta son marteau sur la table et regarda attentivement ses mains.

— Incroyable... J'ai des ampoules à chaque doigt...

Se tournant vers sa femme, il lui adressa un sourire triomphant.

— La glace de la salle de bains est fixée mais elle a failli m'échapper et on a évité de justesse les fameux sept ans de malheur ! Oh, j'ai aussi remis la commode en place et j'ai branché la lampe, tu avais raison, c'est très joli comme ça.

Ainsi, lorsqu'il le voulait, il pouvait se donner du mal. Jamais il n'avait touché un outil à Levallois, ni manifesté le moindre intérêt pour le décor qui les entourait. Il attendait sa réaction et Louise avait levé la tête pour observer sa mère. Bénédicte se sentit jugée, ce qu'elle détesta d'emblée, mais elle fit front.

— Il y a une atmosphère formidable dans cette maison, dit-elle tranquillement. Vous avez bien travaillé tous les deux... Dès demain, je vais vous aider à finir, mais je voulais m'occuper du cabinet d'abord.

— Bien sûr ! s'écrièrent-ils ensemble.

Leur soulagement était visible, presque émouvant.

— Laurent aurait pu nous donner un coup de main, quand même, ajouta Louise d'un ton plein de rancune. Quand il se décidera à venir, il n'aura plus qu'à se prélasser au coin du feu ! En tout cas, qu'il ne compte pas sur moi pour arranger sa piaule !

— On ferait mieux de parler de toi, ma chérie, murmura Bénédicte.

Les projets de Louise l'inquiétaient. Rien que le mot « chambre d'hôte » avait failli la faire éclater de rire quand sa fille l'avait prononcé pour la première fois dans le TGV. Mais les explications avaient suivi, assez convaincantes. En fait, Louise voulait d'abord aménager la grande étable pour la transformer en gîte. Si elle menait ses travaux à bien, elle envisagerait alors des chambres dans la grange. Les deux bâtiments, face à face et indépendants de la maison ou du cabinet, pourraient devenir une étape pour les vacanciers en mal de nature. Au saut du lit, ils auraient la possibilité de s'élancer vers les alpages et les sommets, à pied, en VTT ou à skis selon la saison. Louise aimait recevoir, faire la cuisine, animer des soirées, organiser des randonnées : elle avait trouvé sa vocation. Elle était prête à parier sur cette forme de tourisme, de plus en plus répandue, qui mélangeait l'authentique et la convivialité pour partir à la découverte d'une région. Et la chaîne des Aravis, toute proche, était un important pôle d'attraction. Naturellement, Clément lui donnait raison.

— On a tout le temps, maman ! D'abord notre *sweet home*, Noël arrive...

Elle devait peaufiner ses plans en secret, suivant l'exemple de son père qui avait quand même fini par gagner la famille à sa cause.

— Je chiffrerai tout ça cet hiver, je ferai un vrai dossier et puis on aura une discussion sérieuse, vous et moi.

Bénédicte échangea un coup d'œil avec Clément. Leur fille était en train de changer, elle aussi.

— Une demi-heure de cuisson ! annonça Louise en déposant la tartiflette dans le four.

Quand elle se retourna vers eux, ses parents l'observaient avec intérêt, toujours assis de part et d'autre de la grande table.

— A nous trois, vous allez voir, on va faire fortune ici ! leur prédit-elle en souriant.

C'était une certitude pour elle, pas un mot d'humour, et Bénédicte en ressentit une véritable bouffée d'angoisse. Non seulement ils ne pouvaient plus reculer, mais à présent ils n'avaient pas le droit d'échouer.

— A toi, ma grande, murmura-t-elle en levant sa bière.

Dès son retour, Ivan avait préparé la pâtée de Roméo et Diva qu'il nourrissait une fois par jour, le soir. Pendant qu'ils mangeaient, loin l'un de l'autre selon l'habitude, il avait rempli leur seau d'eau fraîche, secoué leur vieille couverture au-dehors. Puis il les avait laissés s'ébattre, mais quelques minutes seulement, avant de les obliger à rentrer. Il avait pris le temps de leur parler et de les caresser, ensuite il était remonté et avait fermé à clef la porte de communication avec le sous-sol. Elisabeth avait annoncé qu'elle passerait dans la soirée, ce qui signifiait qu'elle pouvait surgir n'importe quand. Depuis son arrivée chez les Battandier, il s'était débrouillé pour la fuir, prétextant des obligations, mais il ne pouvait pas se dérober plus longtemps, il le savait pertinemment. Chaque fois qu'il avait essayé, elle l'avait poursuivi jusqu'à la cristallerie. Une fois, elle avait même débarqué en pleine nuit au chalet et Roméo, terrorisé, était devenu incontrôlable.

Dans le salon, il hésita mais finit par allumer du feu dans la cheminée. Elle ne resterait ni plus ni moins longtemps à cause d'une bonne flambée et il en avait envie. Chaque matin, il prenait soin de vider et recharger le foyer, aussi il n'eut qu'à enflammer le journal qu'il avait roulé sous un fagot. Au moment précis où les flammes s'élevaient, il entendit le bruit du moteur.

Elle entra sans frapper, en terrain conquis, comme si elle revenait chez elle après une journée de travail. Sauf qu'elle n'avait jamais eu d'emploi bien défini.

— Salut ! lança-t-elle d'une voix froide.

La porte claqua, derrière elle, tandis qu'elle venait se planter au milieu de la pièce. Elle utilisait sciemment un ton méprisant avec lui, presque hostile, ou au contraire des accents qui se voulaient plaintifs et qu'il trouvait geignards.

— Bonsoir, Elisabeth, dit-il prudemment.

Elle interprétait toujours mal ses propos et il était devenu laconique.

— Tu as l'air en forme, constata-t-elle avec une nuance de reproche, tant mieux pour toi !

Durant les premières minutes, elle évitait ostensiblement tout contact physique avec lui, aussi elle ne chercha pas à l'approcher. Elle jeta son sac sur le canapé, puis son manteau. Sa silhouette, impeccable, était moulée dans un pantalon et un pull noirs.

— Je viens de passer des mois affreux. Je sais que tu t'en fous, mais...

Après avoir attendu en vain une quelconque protestation, elle enchaîna :

— Karen a fermé la boutique, elle ne s'en sortait pas, et je me retrouve sur le carreau. C'est bien ma veine...

Il s'agissait d'une boutique de cadeaux, à Chambéry, tenue par une de ses amies qu'elle aidait à l'occasion.

— Et Philippe ? s'enquit-il avec bonne volonté.

— Oh, ne me parle pas de ce type ! Quel con... Enfin, je suis injuste, c'est peut-être moi qui suis incapable de m'attacher à quelqu'un maintenant. Dieu sait que j'ai essayé, mais vous, les hommes, vous êtes tellement... Bref, on ne peut pas compter sur vous et ça me fait peur, voilà.

Elle avait dit la même chose de tous les autres, il connaissait son refrain et s'obligea à rester silencieux. Il la soupçonnait d'aimer les rencontres, le changement.

— Ivan... si tout ça n'était pas arrivé, je n'en serais pas là, soupira-t-elle comme si elle avait deviné ses pensées.

Hélas, c'était exact. En l'épousant, en lui donnant un fils, elle avait rêvé d'une autre vie et il s'y était engagé solennellement.

— Je n'ai plus un sou vaillant, il va falloir que tu me dépannes, poursuivit-elle.

Une fois pour toutes, elle lui avait assené qu'il était responsable d'elle, de ce qu'elle était devenue, et qu'il lui devrait assistance jusqu'à la fin de ses jours. Après tout, elle ne l'avait pas trahi, n'avait pas failli à son devoir, *elle*.

— Veux-tu boire quelque chose ? proposa-t-il.

C'était lui qui avait besoin d'alcool mais il ne voulait pas se montrer désagréable en ne lui offrant rien.

— Oh, pourquoi pas ? Est-ce que tu as du champagne dans ta cave ? Il y a si longtemps que je n'en ai pas bu !

Il quitta le salon sans lui avoir répondu, déverrouilla la porte du sous-sol et trébucha sur Roméo qui était assis en haut de l'escalier.

— Tu montes la garde ? chuchota-t-il en caressant la tête de l'animal.

Le contact du pelage épais, un peu rugueux, lui fit du bien.

— Viens te coucher, viens mon beau, l'encouragea-t-il.

Diva les observait, allongée sur la vieille couverture. Ivan s'arrêta près d'elle une seconde, s'agenouillant pour lui flatter les flancs du plat de la main. Elle ferma les yeux et bâilla, les babines relevées sur des crocs impressionnants. Rien de comparable avec la mâchoire d'un chien.

Il se redressa et alla ouvrir l'un des casiers réfrigérés où il conservait ses bonnes bouteilles. Il choisit un Laurent Perrier qu'il se dépêcha de remonter.

— J'ai cru que tu ne reviendrais jamais ! lui lança Elisabeth.

Elle avait sorti deux verres, avait dû fouiller tous les placards pour dénicher des allumettes au fromage qu'elle grignotait du bout des dents. A présent elle était installée dans un fauteuil, devant la cheminée, et le regardait servir.

— Tes affaires marchent, à la cristallerie ?

La question n'était pas fortuite. La réussite d'Ivan justifiait toutes ses exigences et, surtout, les autorisait.

— Oui...

— Tu as au moins ça, toi. Tandis que moi, je n'ai rien. Rien du tout.

Mais elle avait trop souvent abusé de la situation pour qu'il puisse encore s'apitoyer. Devinant son indifférence, elle changea aussitôt de tactique.

— J'ai décidé de m'en sortir, tu sais. Pour de bon ! Et j'ai peut-être une opportunité. Karen veut remonter une affaire, dès qu'elle aura liquidé la boutique. Elle serait d'accord pour m'accepter comme associée. C'est normal, nous avons l'habitude de travailler ensemble toutes les deux et on s'entend bien.

C'était donc ça le motif essentiel de sa visite. Obtenir de quoi subventionner une nouvelle chimère. Toutes les tentatives précédentes s'étaient soldées par des échecs, cependant elle avait toujours des excuses.

— Et ce sera quoi, cette fois ?

— Des vêtements pour enfants. C'est un bon créneau, il n'y a plus grand-chose à Chambéry. Evidemment, ce sera difficile pour moi de subir le défilé des gamins et des mères à longueur de journée, mais je n'ai pas le choix.

Son menton s'était mis à trembler. Elle pleurait sur commande, il le savait, pourtant il eut quand même la vision fugitive de la jeune maman resplendissante qu'elle avait été, et qu'il avait aimée comme un fou.

— Il n'y a que toi qui puisses m'aider, Ivan. Parce que je n'ai que toi, malgré tout. Tu comprends ?

— Danièle t'aime beaucoup, dit-il d'une voix lasse.

— Bien sûr, Danièle ! Et tu ne te demandes pas quel effet ça me fait de voir Max ? Ou Danièle et Pierre en extase devant Max ? Eh bien, si tu veux le savoir, à eux trois ils me crucifient ! C'est tout ce que je n'aurai jamais, jamais !

D'un bond, elle jaillit du fauteuil, vint le prendre par les épaules pour le secouer.

— Tu as peut-être réussi à oublier mais pas moi !

Sa violence le glaçait et il ne bougea pas, attendant qu'elle se calme. Elle le haïssait, il en était douloureusement conscient. Depuis longtemps, il n'éprouvait plus rien pour elle, mais il supportait mal d'être détesté à ce point. Il sentit les ongles, à travers le tissu de sa chemise, qui le griffaient et s'accrochaient à lui.

— J'avais une famille, moi aussi, j'avais un avenir et tu m'as tout volé parce que tu as été incapable de surveiller Guillaume cinq minutes ! Qu'est-ce que c'est, cinq minutes d'une vie ? Hein ?

Elle allait rarement aussi loin, il fallait vraiment qu'elle soit aux abois. Il la prit par les poignets, l'éloigna de lui, la ramena vers la cheminée et la força à se rasseoir.

— S'il te plaît..., dit-il seulement.

Hormis les Battandier, elle n'avait effectivement plus de famille. Mais, après le drame, elle s'était acharnée à détruire ce qui restait de leur couple. Elle s'était mise à regarder Ivan avec horreur, comme s'il était un criminel pervers et non pas un père effondré. Ils avaient traversé côte à côte des semaines de cauchemar. A la douleur insupportable du deuil de leur enfant, elle avait ajouté la rancune, le culpabilisant jusqu'à l'écœurement. Il l'avait suppliée sans honte, avait tout accepté d'elle pour tenter de se racheter. En vain. Finalement, elle avait choisi le divorce pour l'achever.

— Tu t'en es si bien sorti que je n'en reviens pas... Mais pour une mère, c'est impossible. Tu ne peux pas comprendre... Tu vas dire que je rabâche si...

— Dis-moi seulement combien tu veux, coupa-t-il.

Stupéfaite par son cynisme, elle le dévisagea. Et elle n'eut pas besoin de se forcer pour éclater en sanglots convulsifs.

— Et toi ? réussit-elle à articuler. Qu'est-ce que tu veux que je fasse ? Que je disparaisse ? Tu serais débarrassé ?

Avec un soupir, il s'assit sur l'accoudoir du fauteuil et tendit la main vers les cheveux blonds qu'il frôla. C'était un geste de compassion mais elle se recula aussitôt, le regard brûlant de rage.

— Ne me touche pas, Ivan. S'il faut que je te donne quelque chose en échange, ce ne sera pas ça.

Il pensa qu'elle devenait folle. Non seulement méchante, mais détraquée.

— Je ne te demande rien, précisa-t-il, sauf le montant du chèque.

C'était devenu un système. Elle parvenait à l'émouvoir, à le blesser en remuant un passé qu'il avait enterré, et dès qu'il relâchait sa vigilance elle trouvait un endroit où frapper. Mathilde, qui l'avait eue comme élève, affirmait que c'était déjà une petite fille cruelle et dénuée de tout sens moral. La vieille dame reprochait à Ivan son aveuglement, l'accusait de s'être laissé séduire sans se poser de question. Le jour du mariage, elle lui avait même prédit : « Elle va te rendre chèvre ! » Pourtant la lune de miel s'était prolongée plusieurs mois, à Chambéry. Il y avait trouvé un poste - inespéré - de directeur du marketing dans une entreprise de porcelaine. Elisabeth l'attendait avec impatience, le soir, avide d'étreintes, mais elle s'était rarement préoccupée du dîner. Elle aimait sortir, exhiber ses robes neuves et son mari, danser jusqu'à l'aube. C'était une femme-enfant, et la naissance de Guillaume n'y avait rien changé. Il se souvenait encore de ces baby-sitters qu'elle recrutait au dernier moment et qui leur permettaient de se rendre chez les gens assommants qui composaient sa bande d'amis. Il était arrivé à Ivan de prétexter la fatigue pour rester seul avec son fils. C'était à ce moment-là qu'ils avaient commencé à ne plus se comprendre. Elle adorait son petit garçon mais elle était trop gamine pour pouvoir être maternelle. Elle disait qu'elle s'était mariée trop jeune - alors que c'était bien elle qui s'était jetée à la tête d'Ivan - et qu'elle avait besoin de vivre. Il la laissait faire, toujours sous le charme, lui trouvait des excuses, palliait ses déficiences. Lorsqu'il rendait visite à ses parents, elle refusait de l'accompagner parce qu'elle avait juré de ne plus remettre les pieds au village. Alors il emmenait leur fils avec lui, racontait que tout allait pour le mieux. Peut-être y croyait-il encore, d'ailleurs, en attendant d'autres enfants qu'elle ne voulait pas lui donner, trop occupée à s'amuser. Ensuite, il y avait eu l'accident. Et, bien plus tard, lorsqu'il était revenu définitivement, seule la patience de Mathilde avait réussi à lui ouvrir les yeux sur Elisabeth. A la vieille dame, il avait tout raconté sans rien enjoliver. Et c'est sur son épaule qu'il avait enfin pu pleurer. Elle n'avait pas cherché à le consoler de la mort de Guillaume, ni à minimiser la réelle responsabilité qu'il avait dans ce décès, mais elle l'avait aidé à regarder la vérité en face, jour après jour. La perte de son fils était irréparable, en revanche la séparation d'avec Elisabeth était une bénédiction, pas une punition supplémentaire. « Elle a voulu divorcer, remercie le ciel au lieu de te lamenter, elle t'aurait torturé jusqu'à ta mort, pauvre imbécile ! Qu'elle soit perverse, c'est évident, mais tu n'es pas masochiste, que je sache. » Avec des jugements comme celui-là, il avait fini par trouver le courage de remonter la pente.

Debout, dos à la cheminée, il croisa le regard d'Elisabeth. Qu'est-ce qui le liait encore à cette femme ?

— Il paraît que des gens se sont installés ici, dans la maison de la vieille chouette ?

— Chez Mathilde, corrigea-t-il sans s'énerver. Des Parisiens, oui.

— Les pauvres !

Il connaissait sa hargne pour le village comme pour ses habitants et, une nouvelle fois, il s'abstint de répondre. Elle vida son verre, agacée par l'attitude détachée qu'il lui opposait. Désignant l'assiette vide, elle demanda :

— Tu n'as rien d'autre à grignoter ? Mais je te dérange, peut-être... Tu avais quelque chose de prévu, ce soir ?

La curiosité était un autre de ses défauts. Elle ne croyait pas à la solitude d'Ivan et rageait de ne pas savoir ce qu'il faisait de son existence. Elle l'observa sans aucune indulgence durant quelques instants. Les rides qui marquaient les coins de sa bouche et de ses yeux ne le rendaient pas moins séduisant, au contraire. Ses pommettes saillantes au-dessus de ses joues creuses et son regard très clair sur lequel retombaient des mèches de cheveux blonds devaient forcément attirer des femmes. Elle aurait voulu les connaître pour les mettre en garde.

— Rien de prévu, non, mais je suis crevé, dit-il d'une voix ferme.

Au lieu d'aller vers la cuisine, il ramassa son blouson sur le dos d'un fauteuil et il sortit son carnet de chèques d'une des poches.

— Pas maintenant ! protesta-t-elle. Je dois d'abord téléphoner à Karen, pour chiffrer le montant exact de l'investissement. Et puis, je n'ai pas pu payer mon loyer ce mois-ci, sans parler des impôts locaux dont je n'ai même pas ouvert l'enveloppe... Je passerai te voir demain ou après-demain.

Exaspéré, il faillit se mettre en colère mais parvint de justesse à se dominer. Puisqu'elle avait décidé de revenir, rien ne l'en empêcherait. Il se demanda si elle n'éprouvait pas une sorte de satisfaction à le pousser à bout, à se venger sur lui. Mathilde, clairvoyante, avait eu raison.

— Bon, je te laisse, tu n'es pas très accueillant, tu sais...

D'un mouvement d'épaules, elle enfila son manteau qu'elle prit le temps de boutonner jusqu'au col. Puis elle le toisa une dernière fois avant de se détourner pour traverser la pièce à grands pas. La porte claqua de nouveau et il attendit que le bruit du moteur se soit évanoui pour laisser échapper un long soupir. Face à la cheminée, il appuya ses mains sur le linteau et s'absorba un moment dans la vision des flammes. Quand il se sentit un peu mieux, il alla ouvrir la porte du sous-sol, siffla doucement pour prévenir puis dévala l'escalier. Couchés l'un contre l'autre, Roméo et Diva s'étaient contentés de lever la tête.

— Est-ce qu'une petite balade vous tenterait ?

Un impérieux besoin de marcher le tenaillait à présent. Parmi les vêtements suspendus aux patères, il choisit une parka de haute montagne et une paire de gants fourrés. Une minute plus tard, il était dehors, les animaux sur ses talons. Au bout de cent mètres, Roméo le dépassa sur le sentier puis ralentit l'allure pour ne pas le distancer. Il préférait trotter en tête, Ivan le savait, pour conserver une attitude de chef de meute. Car malgré l'adoration qu'il portait à son maître, il restait quand même le dominant de leur étrange trio. Des nuages passaient à intervalles réguliers sur la lune mais l'obscurité n'était pas totale et Ivan pouvait distinguer la tache claire de son pelage qui lui servait de repère. Derrière lui, Diva ne faisait aucun bruit. Il leur faudrait moins d'une heure pour émerger de la forêt au pied des grands pâturages escarpés. C'était un de leurs parcours favoris, l'hiver, une fois que les chèvres et les vaches avaient regagné leurs étables. Roméo et Diva, très bien nourris, n'avaient aucune raison de s'attaquer au bétail, pourtant c'était un risque qu'Ivan n'avait jamais voulu courir. Depuis qu'il les avait trouvés, à peine âgés de quelques jours, il s'était procuré toute la littérature possible sur les loups. Mais il en avait déjà vus de près et en savait assez long sur eux pour comprendre tout de suite à qui il avait affaire lorsqu'il les avait découverts, petites boules de poils serrées l'une contre l'autre. Le cadavre efflanqué de leur mère gisait à quelques pas, sans doute morte de faim ou d'épuisement. Il avait cherché alentour mais les deux louveteaux semblaient seuls au monde. Il s'agissait probablement d'une première portée où la femelle ne met bas que deux ou trois petits. Où était passé le mâle ? Tué ailleurs par des chasseurs ou des bergers furieux ? Il était dans une partie de la forêt qu'il connaissait mal, très loin du village, à près de deux mille mètres d'altitude, là où les aulnes et les pins à crochets commençaient à s'espacer. Les deux nouveau-nés aux yeux à peine ouverts n'avaient aucune chance de s'en sortir et ils étaient à la merci de n'importe quel prédateur. Il n'avait hésité que quelques secondes avant de prendre sa décision puis il avait fourré les deux petites choses tièdes sous son pull. Même s'ils avaient encore un père quelque part, celui-ci serait incapable de les allaiter et ils étaient condamnés. De retour chez lui, il les avait installés dans une caisse bourrée de chiffons, au sous-sol, puis il avait essayé de leur donner un peu de lait. Dès le lendemain, il était allé à Annecy pour se procurer discrètement un biberon. Pas question de mettre le village au courant de sa découverte. Les loups faisaient peur à tout le monde depuis qu'ils avaient commencé à franchir la frontière italienne et qu'on les avait déclarés espèce protégée. Protégée par qui ? Aucun fermier de la vallée n'aurait hésité à tirer sur eux. Durant quelques semaines, Ivan était resté indécis. L'un après l'autre, les louveteaux étaient tombés malades et il les avait soignés avec les moyens du bord, refusant de mettre un vétérinaire dans la confidence. Au bout de deux mois, il s'était rendu compte qu'il ne pourrait jamais s'en séparer. Il avait reporté sur eux un immense besoin d'affection et, en les sauvant, il s'était enchaîné lui-même. Le mensonge avait suivi aisément, à la faveur d'un voyage à Chambéry d'où il avait prétendu ramener les deux « chiots ». Roméo était gris et beige, tandis que Diva avait un pelage noir - qui provenait d'un excès de mélanine dans le sang, il l'apprit plus tard -, mais ils possédaient les mêmes yeux jaunes, étirés vers le haut, et les mêmes redoutables mâchoires. Personne n'aurait dû s'y tromper et cependant les choses s'étaient réglées très simplement, chacun acceptant comme une évidence les chiens sibériens d'Ivan. Les hurlements nocturnes n'y avaient rien changé.

Essoufflé, il marqua une pause pour récupérer, ce qui fit revenir Roméo sur ses pas.

— Tu vas trop vite pour moi, mon beau...

Malgré le froid vif de la nuit, il avait chaud et il entrouvrit le col de sa parka. Elisabeth ne parviendrait jamais à le détruire tant qu'il pourrait parcourir la montagne en compagnie de ses deux loups. Il sentit Diva contre sa hanche, puis elle se dressa dans une attitude qu'il redoutait depuis qu'ils avaient atteint leur taille adulte.

— Non, je ne veux pas jouer !

Mais elle le bousculait déjà, le poussant de sa tête solide, puis elle passa entre ses jambes avant de s'aplatir devant lui.

— Je n'y vois rien, protesta-t-il. Toi, évidemment, ça ne te gêne pas...

Roméo s'était assis pour les regarder, mais dans deux minutes il allait se mettre de la partie car il était aussi chahuteur qu'elle. Ils l'attaqueraient sans bruit, l'un après l'autre, comme d'habitude. Le rire d'Ivan se répercuta à travers la forêt silencieuse lorsque Diva lui posa les pattes sur les épaules et le fit tomber.

L'air buté, Pierre secoua la tête.

— Ce n'est pas une faveur, non, ça tombait bien, c'est tout.

Bénédicte ôta ses gants de caoutchouc et les jeta dans le seau qui servait de poubelle.

— Et avant moi, lança-t-elle, comment faisiez-vous ?

L'odeur de l'étable était assez agréable, ce qui l'avait beaucoup étonnée lorsqu'elle y était entrée une heure plus tôt. Avec une appréhension qu'elle avait dissimulée de son mieux, elle avait dû se glisser entre deux croupes larges pour pratiquer le premier test tuberculinique, tandis que Pierre l'observait de l'allée centrale, un pied de chaque côté de la rigole. Il n'avait pas cherché à l'aider ou à la mettre à l'aise, la laissant faire son travail sans la troubler. A la troisième vache, elle s'était sentie un peu mieux, presque en confiance.

— Le vétérinaire venait de loin, répondit-il tranquillement, et jamais à l'heure prévue. En tant que maire de cette commune, je suis censé donner l'exemple. Je ne tiens pas à ce que vous fermiez boutique dans trois mois, c'est bien trop pratique de vous avoir sous la main. Et puis c'était la date, pour les tests...

Ensuite elle devrait revenir pour les vaccins et remplir tous les formulaires destinés à l'administration. Une paperasserie inévitable à laquelle le moindre élevage était soumis. En lui confiant ainsi son cheptel, Pierre venait de changer délibérément de praticien. Bien sûr, il avait noté sa tension du début, ses maladresses avec le gros bétail, mais comme il avait également remarqué la précision de ses gestes, il en profita pour lui demander d'ausculter la plus âgée de ses tarines[1].

Elle promena un moment son stéthoscope sur les flancs alezans bien lustrés, ne décelant rien d'autre qu'un cœur fatigué. Quand elle voulut examiner les yeux et la bouche, elle hésita devant les cornes effilées et cette fois il vint l'aider.

— Elles sont moins commodes que les abondances, dit-il en désignant l'autre travée. Vous devrez vous y faire parce que ces deux races-là sont la base de tous les élevages de la vallée.

Venant d'un autre, la réflexion l'aurait vexée, mais Pierre était si gentil qu'au contraire elle lui demanda :

— A quoi les reconnaît-on ?

Sans pouvoir retenir un sourire, il la prit familièrement par le coude pour la pousser vers l'allée.

— Regardez vous-même, il n'y a pas besoin d'explication !

Presque aussitôt, elle se mit à rire.

1. La race tarine, originaire de Tarentaise, ainsi que la race d'Abondance sont connues pour leur robustesse dans les climats rudes. Elles produisent un lait de grande qualité.

— D'accord, c'est tout simple, admit-elle. Les robes, les cornes, les taches, on ne peut vraiment pas confondre ! Je me coucherai moins bête, ce soir.

Indulgent, il la détailla quelques instants. Elle avait au moins choisi la bonne tenue. Un jean, des boots à talons plats, un blouson fourré. Elle n'avait pas l'air fragile et il eut la certitude qu'elle s'adapterait vite.

— Ecoutez..., commença-t-il d'un ton embarrassé, je vous proposerais bien quelque chose, seulement il ne faut pas vous vexer.

Elle était en train de refermer sa sacoche et elle tourna la tête vers lui, intriguée.

— Venez donc passer un moment avec Danièle, un jour où vous aurez du temps, dit-il très vite. Rien que pour voir fonctionner une trayeuse, et aussi pour essayer de le faire vous-même, à la main, au moins une fois. Ma femme vous montrera comment éviter le coup de sabot ou, pire, le coup de queue. Elle vous donnera des tuyaux pour les apprivoiser. Quand on est à l'aise avec les animaux, ça se voit tout de suite.

De sa démarche énergique, elle franchit les trois mètres qui les séparaient pour venir se planter devant lui, bras croisés dans un geste de défi.

— J'ai vraiment été ridicule, en arrivant ?

— Non, répondit-il fermement.

Elle était presque aussi grande que lui et elle le regardait droit dans les yeux.

— J'accepte votre offre avec plaisir. Avec soulagement, même ! Si Danièle est d'accord, je peux rester ici tout l'après-midi. Le plus tôt sera le mieux, n'est-ce pas ?

Sa franchise était si désarmante qu'il se sentit stupide.

— Je n'ai peut-être pas présenté les choses avec beaucoup de tact, marmonna-t-il. Je ne voudrais pas que vous...

— Pierre, coupa-t-elle en lui posant la main sur le bras, vous me rendez service, nous le savons tous les deux. Les éleveurs représentent une clientèle dont je ne peux pas me passer, et l'idée qu'ils se moquent de la Parisienne effarouchée, dès que j'aurai le dos tourné, m'est très désagréable. Alors on va régler ça comme vous l'avez proposé, vous verrez, j'apprends très vite.

Peu de femmes impressionnaient Pierre, qui d'ailleurs ne regardait que la sienne, mais il éprouva un élan d'admiration pour celle-là. Ne s'embarrassant d'aucune coquetterie, n'affichant ni morgue ni honte, son attitude restait parfaitement naturelle. Il se souvint que la première fois où il l'avait revue, au cimetière, il l'avait trouvée belle, et décidément elle l'était, mais il le constatait sans attirance particulière, juste comme quelque chose d'agréable, une sorte de prime.

— On va boire un café d'abord, décida-t-il. Danièle en a toujours de prêt. Seulement, il faut que je vous prévienne, nous avons une emmerdeuse de première à la maison !

Ils avaient quitté l'étable, marchant côte à côte vers la ferme, et Pierre se sentit obligé d'expliquer :

— C'est une parente qui nous tombe dessus de temps à autre. Mais elle ne vient pas pour nous et elle se sauvera aux premiers flocons. De toute façon, elle ne vous encombrera pas aujourd'hui, elle ne s'approche pas des vaches à moins de cinq mètres.

Amusée par le ton outré de sa voix, Bénédicte lui jeta un regard en coin, sans poser de question. Lorsqu'ils pénétrèrent dans la cuisine, l'odeur d'un gâteau qui cuisait se mêlait aux effluves d'un parfum capiteux. Danièle épluchait des pommes de terre tandis que, assise en face d'elle, une jeune femme sirotait un café en silence.

— Le docteur Ferrière, Elisabeth Charlet, annonça Pierre sans enthousiasme.

Un peu surprise, Bénédicte serra la main languissante qu'Elisabeth lui tendait. Elles échangèrent un regard de curiosité. Bénédicte se souvenait vaguement d'avoir entendu dire qu'Ivan était divorcé. S'il s'agissait bien de son ex-femme, celle-ci était plutôt belle malgré son air renfrogné.

— Mais bien sûr ! s'exclama Danièle à qui Pierre venait de chuchoter quelques mots.

Déjà, elle était debout, heureuse d'échapper à la compagnie de sa cousine, et elle poussait Bénédicte vers la porte. Juste avant de sortir, elle décrocha un anorak qu'elle enfila en hâte. Dans la cour, elle désigna un abreuvoir sur lequel une pellicule de glace se formait.

— Il va geler cette nuit, annonça-t-elle.

Elle marchait d'un pas vif et, une fois qu'elles furent à l'abri dans l'étable, elle laissa échapper un petit rire très gai.

— Je suis ravie de pouvoir vous être utile !

— Mais je vous dérange, vous n'étiez pas seule.

— Oh, ne vous inquiétez pas d'Elisabeth, Pierre lui tiendra compagnie. Même si ça ne l'amuse pas !

— Elle est donc si terrible ?

— Mon Dieu, la pauvre, ce n'est pas sa faute. Quand on a vécu un drame pareil... Elle a perdu son fils unique et elle ne s'en est jamais remise.

— Quelle horreur..., murmura Bénédicte.

— Oui, c'est le pire qui puisse arriver à une mère. Je la plains de tout mon cœur mais... comment vous dire ? Eh bien, c'était quand même il y a plus de dix ans maintenant.

Bénédicte la regardait sans comprendre et Danièle ajouta, d'une voix douce :

— Bien sûr, il n'est pas possible d'oublier, seulement il faut bien vivre, n'est-ce pas ? Et c'est ce qu'elle fait à Chambéry, elle a mille fois raison, sauf que quand elle vient ici elle se croit obligée d'avoir l'air en deuil. Vis-à-vis de la famille, elle joue un peu un rôle. Vous me trouvez méchante, peut-être ?

Secouant la tête, Bénédicte répliqua :

— Vous êtes incapable de méchanceté, j'en mettrais ma main à couper.

Elles se sourirent en même temps puis Danièle désigna la rangée de croupes rondes et fauves des tarines.

— Allez, on va faire connaissance, vous verrez, c'est tout bête.

Durant plus d'une heure, elles passèrent d'une bête à l'autre, Bénédicte imitant les gestes de Danièle avec précision pour prévenir, approcher, au besoin déplacer la vache, et surtout la mettre en confiance. Ensuite il fut question d'alimentation, de maladies, de vêlage. Puis, tout naturellement, Danièle évoqua les problèmes de production laitière et les nouveaux débouchés offerts par la récente explosion commerciale du reblochon et de la tomme.

Lorsqu'il fit presque nuit dans l'étable et qu'elles commencèrent d'avoir froid, Bénédicte prit conscience de l'heure tardive. Elle se dépêcha de ramasser sa sacoche avant d'embrasser Danièle d'un mouvement spontané. Tout le long de la route jusqu'à la maison forte, elle se répéta avec satisfaction l'essentiel de ce qu'elle avait appris. Soigner du bétail serait peut-être moins difficile que ce qu'elle avait pu craindre. Les bovins n'étaient pas si effrayants, vus de près, et elle n'aurait sans doute pas de gros problèmes avec les moutons. Comme il n'était pas concevable de compter uniquement sur la clientèle des animaux de compagnie, traités ici avec beaucoup moins d'attention que dans les villes, elle n'avait pas le choix, elle devait y arriver. Et sans faux pas, en tout cas durant les premiers mois. Les rendez-vous qu'elle avait pris avec ses confrères de la région s'étaient avérés plutôt décevants jusque-là car ils l'avaient traitée en rivale sans chercher à l'aider. Si son installation avait été moins bousculée, elle aurait pu faire un stage, ou un remplacement en milieu rural, n'importe quoi qui rafraîchisse ses connaissances et lui donne de l'assurance sur le terrain. Mais Clément avait voulu aller vite, sans doute beaucoup trop vite. A tel point qu'elle avait même envisagé, quelques jours avant le déménagement, de changer ses plans et d'ouvrir plutôt un cabinet à Annecy. Les frais supplémentaires et le trajet quotidien, l'hiver, l'en avaient finalement dissuadée. Non, c'était bien dans cette vallée des Aravis qu'elle devait réussir, à elle de se débrouiller. Après tout, elle avait déjà connu cette sensation d'incompétence, durant ses études, lorsqu'elle avait été obligée de pratiquer des césariennes devant ses professeurs. Et elle s'en était toujours bien sortie. Même s'il s'agissait de souvenirs déjà anciens, elle était certaine de pouvoir refaire ces gestes en cas d'urgence.

En se garant devant la maison, elle eut pour la première fois l'impression de rentrer chez elle. Les lumières du rez-de-chaussée lui parurent la chose la plus réconfortante qu'elle ait vue depuis bien longtemps. Elle s'élança vers la porte de la cuisine, glissa sur la marche de pierre qui était gelée et n'eut que le temps de se raccrocher à la poignée. Son entrée mouvementée fit sursauter Louise ainsi qu'un grand jeune homme qui trinquait avec elle.

— Vous êtes Max, c'est ça ? s'exclama gaiement Bénédicte.

— Oui, dit-il en se levant précipitamment. Euh... Maxime Battandier, bonsoir madame.

Le regard de Louise pétillait de malice et, derrière le dos du garçon, elle adressa un clin d'œil à sa mère qui enchaîna :

— J'arrive de chez vos parents. Ils sont d'une gentillesse extraordinaire.

Il esquissa un sourire timide, hésitant à se rasseoir, puis lui demanda si elle voulait goûter le vin pétillant qu'il avait apporté. Pendant qu'il remplissait son verre, elle l'observa discrètement. La ressemblance avec Danièle était frappante. Même regard brun très doux, même sourire chaleureux. Il devait mesurer plus d'un mètre quatre-vingt-dix, ce qui faisait paraître Louise minuscule à côté de lui.

— Papa est enfermé dans son bureau depuis des heures, dit la jeune fille. Je crois qu'il est très content.

Si Clément réussissait, Louise en ferait sans doute une victoire personnelle puisqu'elle avait été la première à le soutenir.

— La saison commence bientôt, à La Clusaz ? demanda Bénédicte à Maxime pour essayer de le mettre à l'aise.

— Oui, je vais partir demain ou après-demain. Il y a déjà pas mal de neige sur les pistes les plus élevées.

Hormis sa carrure athlétique, il n'avait rien de l'image convenue d'un moniteur de ski, ni le côté play-boy, ni le bronzage. Encore une autre idée reçue à réviser.

— Je monte voir ton père, décida Bénédicte après quelques minutes de conversation.

Sa fille avait sûrement envie de rester seule avec le garçon et, pour sa part, elle avait hâte de raconter à Clément sa visite chez les Battandier. Elle le trouva devant l'écran de son ordinateur qu'il contemplait d'un air morose. Il avait enfilé un gros gilet sur son pull à col roulé, pourtant ses premiers mots furent pour se plaindre du froid.

— Ce grenier est impossible à chauffer ! Trop grand, et sans doute très mal isolé. A rester sans bouger, je suis gelé.

C'est lui qui avait voulu s'installer là, mais elle n'en fit pas la remarque.

— Pourquoi ne vas-tu pas dans le petit bureau, près de la cuisine ?

— Petit, comme tu dis ! ricana-t-il.

C'était une pièce de trois mètres sur quatre, située à l'angle de la maison, qui avait dû servir autrefois d'office ou de buanderie. Mathilde en avait changé l'usage en habillant la fenêtre d'une tringle en cuivre et de lourds rideaux de velours destinés à la protéger des courants d'air. Elle avait mis là un drôle de bureau en pin huilé, assombri par les années, sur lequel elle avait dû corriger des milliers de cahiers d'écoliers. A l'âge de la retraite, elle avait sans doute un peu délaissé l'endroit pour se cantonner à la grande salle, mais toute sa comptabilité et ses factures avaient été retrouvées dans les tiroirs. Après avoir jeté les papiers inutiles, ainsi que le vieux tapis, Clément n'y avait plus remis les pieds.

— Non, je préfère rester ici. En bas, j'entendrai tous les bruits de la maison, je serai dérangé tout le temps !

Sa mauvaise humeur ne tenait pas à la température du grenier, c'était évident. Bénédicte supposa qu'il rencontrait quelques difficultés dans la mise en route de son travail, toutefois elle s'était promis de ne pas le questionner à ce sujet.

— J'ai plein de rendez-vous à Annecy, demain, et à Chambéry la semaine prochaine, annonça-t-il. Il faut que je fasse le tour des agences immobilières, au moins les grosses.

Enfin il tourna son visage vers elle, la regarda pour de bon. La fatigue des dernières semaines avait marqué ses traits, ce qui le vieillissait un peu. Elle remarqua davantage de cheveux blancs, des joues mal rasées, un sourire forcé.

— Est-ce que tu vas bien, mon chéri ? murmura-t-elle en avançant vers lui.

D'un geste presque maternel, elle passa un bras autour de ses épaules. Ils restèrent silencieux quelques instants avant qu'il se décide à répondre.

— Oui. Mais c'est une sacrée aventure, hein ? On a intérêt à croiser les doigts !

Il appuyait lourdement sa tête contre elle, à présent, sans s'apercevoir qu'elle s'était raidie.

— Ne t'en fais pas, dit-elle au bout d'un moment.

A force de se le répéter mutuellement sur tous les tons, ils allaient devenir idiots. Les choses pouvaient mal tourner, bien sûr. Elle songea avec amertume qu'elle ne voulait plus s'apitoyer sur lui, que la compassion allait finir par tout détruire entre eux. Il avait donné le change à Louise, aujourd'hui, mais en réalité il recommençait à douter. L'ordinateur se mit en veille et des formes géométriques mouvantes envahirent l'écran. Fascinée, Bénédicte suivait des yeux leur ballet de couleurs lorsqu'elle sentit les mains de Clément, toutes froides, qui se glissaient sous son pull, remontaient dans son dos. Il trouva l'agrafe du soutien-gorge qu'il défit.

— J'ai une idée pour nous réchauffer, chuchota-t-il en l'attirant contre lui.

Depuis vingt ans qu'ils se connaissaient, ils avaient acquis une habitude de l'autre qui banalisait leurs rapports, et le geste imprévu de Clément les reporta soudain quelques années en arrière. Elle s'assit sur ses genoux, faisant craquer le fauteuil sous leur poids.

— Ce ne sera pas très confortable..., dit-elle à mi-voix.

Pourtant elle l'embrassa, étonnée de s'apercevoir qu'ils ne flirtaient plus depuis longtemps.

— Où est Louise ? demanda-t-il enfin, un peu essoufflé.

— Occupée... Très occupée.

Les caresses de Clément étaient douces, inattendues, mais lorsqu'il lui enleva son pull, elle fut secouée d'un long frisson. Il supposa qu'elle avait froid, ce qui le fit rire sans le détourner de son but. Sa femme était belle, bien faite, il avait envie d'elle, et aussi de prouver que l'âge ou les soucis ne changeaient rien à sa virilité. Il avait parfois besoin de ces petites victoires-là, dans lesquelles la place de l'amour restait indéterminée, mais il ne voulait pas y penser. Ni aux rares infidélités qu'il lui était arrivé de commettre. Une occasion par-ci par-là lorsqu'il dirigeait l'agence de Port-Royal. Des tentations auxquelles il n'avait pas su résister, rien d'important, pas de coup de cœur. Une parenthèse dans une vie bien réglée à l'époque, avec sa famille d'un côté et ses responsabilités professionnelles de l'autre, où la fantaisie ne faisait que renforcer l'impression de sécurité. Quand on est le patron, avait-il pris l'habitude d'affirmer en riant, il y a toujours des jeunes filles pour vous faire les yeux doux. Or il n'était pas plus héroïque qu'un autre. Par la suite, il s'était demandé si le fait d'être chômeur ne lui avait pas ôté toute séduction. Parce que, chômeur, ça signifiait battu, perdant, sans la moindre miette de pouvoir à monter en épingle. Il s'était persuadé que les femmes ne le regardaient plus de la même manière. Y compris Bénédicte. La reconquérir pouvait constituer un premier pas, mais trop facile parce qu'elle était d'accord pour tout ce qui pouvait lui rendre sa dignité. A cet instant précis, il aurait préféré tenir entre ses bras une étrangère, quelqu'un qui l'aurait choisi lui, pas la femme avec qui il avait partagé deux décennies de vie et à qui il avait fait deux enfants. Car celle-là était suspecte de complaisance.

Par défi, il la fit lever, acheva de la déshabiller, la contempla avec plaisir. Son désir était intact, c'était déjà ça. Il la prit par la main pour la conduire jusqu'au canapé de cuir, rescapé de l'appartement de Levallois qui n'avait trouvé sa place nulle part sauf dans ce grenier. Comme lui.

— Est-ce que tu m'aimes ? demanda-t-il d'un ton brusque.

La question était truquée, il en fut conscient sur-le-champ. Ce qu'il voulait savoir était juste le contraire.

— Et toi ? dit-elle, comme si elle avait deviné.

Est-ce qu'il pouvait répondre sans mentir ? Eprouvait-il le même affolement que devant l'adorable étudiante de vingt ans qu'il avait épousée ? A qui il avait juré fidélité et protection ? Alors qu'il l'avait trompée sans scrupule, sans passion, et que c'était elle désormais qui le préservait.

— Viens, souffla-t-elle, arrête de te torturer...

Oui, il fallait qu'il cesse de penser à ses échecs, à son âge, à l'incertitude des mois à venir ou à l'usure de leur couple. Le sourire de Bénédicte était rassurant, complice. Vaincu par la tendresse de sa femme, il s'allongea sur elle, referma ses mains sur les épaules rondes. Il aimait sa peau satinée, son odeur familière, ses courts cheveux bouclés si doux à caresser. Mais il lui en voulait quand même et il ne savait pas de quoi.

5

Alors que les sommets des Aravis étaient déjà blancs, la neige n'arriva dans la vallée que le dix-huit décembre. Le sol gelé fit tenir les premiers flocons, puis les chutes successives habillèrent tout le paysage de la même blancheur monotone, des sapins aux toits des chalets. A tour de rôle, les agriculteurs du village sablaient ou salaient la rue principale chaque matin, au volant de leur tracteur. Un peu plus bas dans la vallée, là où on rejoignait la route, les chasse-neige prenaient le relais.

Dans la soirée du vingt-trois, Bénédicte reçut l'appel d'un fermier pour une génisse qui semblait au plus mal. Elle trouva difficilement l'adresse mais diagnostiqua sans problème une douve qui lui donna du fil à retordre.

Il était presque neuf heures quand elle reprit le chemin du village. A l'embranchement de la départementale, elle faillit faire un tête-à-queue et se maudit de n'avoir pas encore changé de voiture. La neige tombait en tourbillons dans la lumière de ses phares, s'écrasait doucement sur son pare-brise, lui procurant une étrange sensation d'allégresse. Elle s'en était très bien sortie, elle l'avait lu dans les yeux du fermier lorsqu'il l'avait payée. En voilà un qui la rappellerait, elle en était certaine. Il faudrait qu'elle raconte cette visite à Pierre, pour le plaisir de lui donner raison. Les Battandier avaient invité toute la famille à un repas de fête, le vingt-cinq, dont elle se faisait une joie. Tout comme elle se réjouissait de l'arrivée de Laurent et de Carole, que Clément devait attendre à la gare d'Annecy en ce moment même. D'autant plus qu'elle imaginait leur excitation de gamins en découvrant ce paysage de conte de fées. Louise ne tenait plus en place depuis quelques jours, survoltée par la neige dont elle raffolait.

— Et par le retour de Maxime pour le réveillon..., marmonna Bénédicte.

En négociant très lentement un virage difficile, elle se mit à fredonner un chant de Noël. Celui que son père sifflait à tue-tête en décorant le sapin, chaque année. Ce souvenir un peu mélancolique suffit à la distraire un instant, et quand son pare-chocs entra mollement dans une congère, elle ne comprit pas tout de suite ce qui arrivait. Le moteur cala dans un hoquet. Un véritable mur de neige obstruait toute visibilité.

— Merde ! jura-t-elle en tapant du poing sur le volant.

La suite n'était pas difficile à prévoir mais elle essaya quand même. Elle remit le contact, passa la marche arrière, sentit les roues patiner en vain. Sans s'énerver, elle finit par couper les lumières et retirer la clef. Elle prit le portable, dans son sac, composa son numéro. Louise était seule, n'attendant pas son père avant une bonne heure.

— Où es-tu exactement, maman ?

— Oh, à deux kilomètres environ, rien d'insurmontable si je dois rentrer à pied, seulement ça m'embête de laisser la voiture là, c'est dangereux, et puis si jamais j'ai un autre appel urgent... En plus, il y a ma sacoche, qui est plutôt lourde.

— Tu es sur la petite route du torrent ? Alors tu es tout près de chez Ivan, lui apprit sa fille.

Comme elle partait sur ses skis de fond, chaque après-midi, pour d'interminables promenades, elle devait connaître par cœur les environs. Bénédicte ouvrit sa portière et jeta un coup d'œil mais il faisait nuit.

— Si tu veux, je l'appelle et il viendra te chercher ? proposa Louise.

— Non, attends, je crois que je viens de repérer son chalet.

Une lumière se distinguait assez nettement au milieu d'une masse sombre, sans doute proche.

— Tu ne peux pas le rater, il n'y a rien d'autre autour, affirma sa fille.

— En principe, je suis sauvée ! admit Bénédicte. Je te donne de mes nouvelles dans cinq minutes.

Elle coupa la communication, ferma son blouson puis fouilla dans la boîte à gants pour prendre une lampe électrique. Si elle avait eu la sagesse d'écouter les conseils et de changer sa voiture, elle aurait pu s'épargner le ridicule de la situation. Bon praticien, peut-être, mais aussi tête de linotte, c'est comme ça que les gens du village allaient finir par la cataloguer. La torche d'une main et sa sacoche de l'autre, elle se risqua prudemment sur la route verglacée.

— Casse-toi une jambe, ce sera complet, maugréa-t-elle.

Progressant à pas comptés, elle se dirigea vers la lumière qu'elle n'apercevait que par intermittence, à cause des arbres, mais qui était bien celle d'une fenêtre à petits carreaux. Trois minutes plus tard, elle se retrouva au pied d'un escalier de bois. Avec un soupir de soulagement, elle empoigna la rampe et, au moment précis où elle posait le pied sur la première marche, un hurlement épouvantable la cloua sur place. Le cri s'élevait, sanglotait dans les aigus, tenait interminablement la dernière note. Immobile, toujours en équilibre sur un pied, Bénédicte eut besoin de plusieurs secondes pour surmonter la terreur qui s'était emparée d'elle. Elle avait rarement eu l'occasion d'entendre un chien hurler à la mort, pourtant elle comprit que c'était ce qu'elle écoutait. Pourquoi « à la mort », d'ailleurs ? Peut-être justement pour la résonance sinistre et l'infinie tristesse de l'appel ? En tout cas, c'était un cri très désagréable.

Le souffle court, elle grimpa les dernières marches sans lâcher la rampe. La fenêtre qui l'avait guidée était celle d'une cuisine. Juste à côté, il y avait une porte pleine sur laquelle elle se mit à tambouriner, un peu trop fort. Le chien se tut immédiatement puis Ivan ouvrit quelques instants plus tard, stupéfait de la découvrir sur le seuil. Elle était pâle et serrait toujours sa torche allumée.

— Désolée de vous déranger à cette heure, bredouilla-t-elle, je suis rentrée dans un mur de neige, pas loin d'ici...

— Ne restez pas dehors, dit-il en la prenant par le bras pour l'attirer à l'intérieur.

Il la débarrassa de sa sacoche, la poussa vers une chaise.

— Vous avez eu froid ou vous avez eu peur ? demanda-t-il très gentiment.

— Les deux, je crois bien...

Agenouillé devant elle, il lui ôta des mains la torche qu'il éteignit avant de la poser sur la table.

— Je descendais de chez les Ravet, expliqua-t-elle. J'ai voulu joindre Clément pour qu'il vienne à mon secours mais il est à Annecy.

Le sourire d'Ivan était aussi apaisant que la chaleur de la pièce. Elle jeta un coup d'œil autour d'elle et discerna la silhouette d'un chien qui se tenait dans l'ombre, contre le mur du fond.

— C'est lui qui m'a effrayée, je suis stupide. Comment s'appelle-t-il ? Viens, mon beau !

Au moment où elle tendait la main dans la direction de l'animal, Ivan se redressa, s'interposant entre eux.

— Roméo, répondit-il. Il est un peu sauvage. Restez assise et il finira par s'approcher.

Il avait dit ça d'un ton presque résigné. Etonnée, elle leva la tête vers lui, croisa son regard clair.

— Est-ce qu'un petit alcool vous ferait plaisir ? J'ai une formidable vieille poire.

Sans attendre la réponse, il se dirigea vers un meuble d'angle d'où il sortit une bouteille. Elle entendit le bruit des verres qui s'entrechoquaient mais elle avait reporté son attention sur le chien. Celui-ci venait de quitter son coin obscur pour avancer prudemment de deux pas. Bénédicte l'observait, fascinée par la lenteur de sa progression, et surtout par ce que la lumière révélait peu à peu. Les yeux obliques, jaune d'or, restaient rivés à elle, particulièrement fascinants. Elle détailla le pelage gris et fauve, plus clair sur le ventre, la queue tombante et les oreilles caractéristiques. Il ne se laissa pas distraire lorsqu'une seconde silhouette, semblable à la sienne, s'encadra dans une porte entrouverte qui devait mener au sous-sol.

Ivan jeta un rapide coup d'œil au nouvel arrivant mais ne chercha pas à intervenir. L'attitude de Bénédicte indiquait plus de curiosité que de frayeur et Roméo était maintenant à quelques centimètres de ses genoux.

— Bonjour, dit-elle à voix basse. Tu es mignon comme tout, mon gros...

Elle présenta ses doigts sans hâte, très en dessous de la gueule, pour qu'il puisse les renifler. L'examen dut le satisfaire parce que ensuite il se laissa caresser. Diva surveillait la scène avec intérêt, allant et venant nerveusement le long du mur, à l'autre bout de la pièce.

— Vous vous souvenez du *Miracle des loups*, ce vieux film de Hunnebelle, avec Jean Marais ? demanda-t-elle au bout d'un moment.

— Et Jean-Louis Barrault...

— Oui. Et aussi des bergers allemands pas trop bien maquillés.

Profitant du silence qui suivit, Diva finit par approcher à son tour, mais elle s'assit à distance. Dans son pelage noir, les yeux jaunes étaient plus impressionnants encore que ceux du mâle.

— Vous l'avez vu tout de suite ? finit par murmurer Ivan.

Il semblait navré, comme un gamin pris en faute.

— Que ce sont des loups ? Evidemment ! En fin de compte, Roméo est assez sociable.

Un peu interloqué, Ivan posa un verre devant elle.

— La femelle s'appelle Diva, précisa-t-il. Elle est aussi gentille que lui, même si elle est plus trouillarde. Comment avez-vous fait la différence ? Personne ne m'a jamais posé de question sur eux. Je ne les exhibe pas mais je ne les cache pas non plus.

— C'est mon métier, Ivan. Les oreilles, par exemple... Elles sont arrondies et courtes. La tête est massive. La musculature faciale est beaucoup plus puissante que chez le chien, mais le crâne est plus étroit. La queue est plus longue, plus basse, le poil bien plus épais. Et puis les yeux, vraiment...

Roméo avait appuyé sa tête sur la cuisse de Bénédicte, très occupé à renifler les odeurs d'étable qu'elle traînait avec elle.

— Vous lui plaisez, dit Ivan.

— Non, c'est la génisse que j'ai soignée tout à l'heure qui doit l'intéresser.

Pour ne pas rendre Diva jalouse, il était resté près d'elle et la caressait distraitement. Il prit une profonde inspiration avant de débiter, d'une traite :

— J'ai prétendu que c'étaient des chiens pour ne pas mettre Pierre dans une situation impossible. C'est un ami, mais il est aussi maire de la commune et il s'occupe du groupement d'éleveurs... Ceux qui ont des moutons haïssent vraiment les loups. Au premier incident, on aurait accusé les miens... Je les surveille d'assez près pour qu'ils ne fassent pas de bêtises.

Si Ivan, jusque-là, lui avait semblé un homme assez sûr de lui, elle le découvrait soudain mal à l'aise, intimidé, prêt à se justifier. Il devait beaucoup tenir à ses animaux, sa manière d'en parler et de les toucher le prouvait.

— Rien ne vous interdit d'avoir des loups chez vous, affirma-t-elle. Tant que vous n'en faites pas l'élevage et qu'ils ne vagabondent pas, vous ne tombez pas sous le coup de la loi. Mais vous connaissez aussi bien que moi les risques que vous prenez en gardant des animaux sauvages. Il n'y a pas beaucoup d'exemples de domestication du loup réussie. Je crois qu'ils ne sont pas faits pour ça.

— Et pour quoi, d'après vous ? Ces deux-là seraient morts, de toute façon ! Ils n'ont pas connu la vie en meute, la faim, ce n'est pas une louve qui les a élevés, c'est moi. Je sais ce que vous devez penser à propos de l'instinct, de l'atavisme, mais leur cas est vraiment particulier. Ne me dites pas que vous croyez à toutes ces balivernes, au sujet des loups ? Il n'y a pas de cruauté chez eux, ils ne sont pas sanguinaires. Ils ont une peur affreuse de l'homme et le bétail les laisse indifférents tant qu'ils ont le ventre plein !

Il avait élevé la voix, avec une certaine brutalité, comme s'il se sentait menacé.

— J'ai lu tout ce qu'a publié Ménatory, répliqua-t-elle, impassible. Il ne mésestime pas le danger, justement parce qu'il veut les réhabiliter. Mais je suppose qu'il tient à décourager les acquéreurs potentiels. Vous n'êtes pas un inconscient, j'en suis persuadée. Sinon je serais tombée dans les pommes, tout à l'heure ! Ne vous mettez donc pas en colère...

Ivan contourna la table pour venir s'asseoir en face d'elle.

— Excusez-moi, dit-il simplement.

Il leva son verre et ils burent en silence. Comme il gardait la tête basse, des mèches de cheveux blonds cachaient son regard. Elle trouva plutôt surprenant cet air angélique et pitoyable qu'il affichait soudain. Le contraire de ce qu'elle imaginait de lui, si toutefois elle avait imaginé quelque chose. Mathilde l'avait eu comme élève, elle s'en souvint, et elle supposa qu'il avait été ce genre de petit garçon à qui on donnerait le bon Dieu sans confession.

— Pour moi, jusqu'à nouvel ordre, vous avez deux *chiens*. Quitte à mentir, je parlerai plutôt d'alaskan malamutes, ils sont plus grands que les sibériens mais avec des oreilles plus petites, et ils peuvent être de n'importe quelle couleur. Quoi qu'il en soit, je dirai que j'ai à peine entrevu les vôtres, dans votre cuisine...

— C'est vrai que je vous reçois mal, s'exclama-t-il, j'aurais pu vous faire asseoir ailleurs ! Mais pour le moment, on devrait plutôt s'occuper de votre voiture.

En une seconde, il avait retrouvé un sourire charmant. Et charmeur, elle en prit conscience en réalisant leur isolement dans cette pièce douillette. Louise devait commencer à s'inquiéter. Elle se leva en même temps que lui, provoquant un bond en arrière de Roméo.

— Si vous voulez, je vous dépose chez vous d'abord, proposa-t-il.

— Non, je ne vais pas vous laisser faire le travail tout seul. Il n'y a pas de raison. D'ailleurs j'ai besoin de ma voiture.

Elle s'en voulait de s'être sentie troublée, se trouvait ridicule. Tandis qu'il enfilait un gros blouson, elle but debout la dernière gorgée de poire. Dehors, le froid était devenu mordant avec un vent vif qui s'était mis à souffler au ras du sol. Il l'obligea à rester dans le Range Rover pendant qu'il attachait un câble puis mettait le treuil en route. Deux minutes plus tard, sa petite voiture se trouva dégagée de la neige et elle le rejoignit sur la route.

— Je vous escorte jusqu'à chez vous, on ne sait jamais, c'est de plus en plus verglacé, décida-t-il. Passez devant...

Avant de lui tendre la main, elle voulut ôter son gant mais il l'en empêcha.

— Montez vite, dit-il en lui ouvrant la portière.

Elle n'eut pas le temps de le remercier, il était déjà reparti vers le 4 × 4. Dès qu'elle mit le contact, le moteur démarra et elle passa la première. Dans son rétroviseur, elle vit l'appel de phares qu'il lui adressait comme un clin d'œil complice.

Le lendemain matin, Laurent et Carole s'éveillèrent l'un contre l'autre, bien serrés sous l'édredon de plumes. Leur chambre, dont personne n'avait eu le temps de s'occuper, n'était meublée que d'un grand lit haut sur pieds, de deux chaises rondes aux dossiers percés d'un cœur, et d'un coffre décoré de nœuds de Savoie. Les vitres étaient couvertes de buée, ce fut la première chose que vit Carole. Elle se dégagea des bras de Laurent, s'enroula dans les draps en grognant. Plus courageux qu'elle, il se leva pour aller jeter un coup d'œil au-dehors.

— C'est superbe, tu devrais venir voir...

Fasciné, il examina un moment les abords de la maison où tout était uniformément blanc. La neige de la veille s'était transformée en glace jusque sur les aiguilles des sapins. Le long de la route, les talus paraissaient gonflés et irisés.

— Tu veux que je t'apporte le petit déjeuner ici ? proposa-t-il.

N'obtenant aucune réponse, il décida de s'habiller sans plus attendre. Avant de quitter la pièce, il remonta l'édredon sur elle, d'un geste tendre qu'elle ne vit pas parce qu'elle s'était rendormie.

Sur le palier, il croisa sa sœur qui sortait de la salle de bains et qui se jeta à son cou. Main dans la main, comme lorsqu'ils étaient petits, ils descendirent à la cuisine où régnait déjà une ambiance de fête. Clément avait sorti la dinde du congélateur pour l'envelopper dans un torchon.

— Salut les jeunes ! leur lança-t-il avec entrain. Si vous voulez du café, il va falloir en refaire parce que nous avons tout bu, votre mère et moi !

La veille, Laurent avait eu le temps de remarquer un certain nombre de changements à l'intérieur de la maison qui était devenue très accueillante. Carole n'avait pas cessé de s'extasier, aussi sincère qu'enthousiaste, et sa bonne humeur s'était prolongée au lit.

— Il y a pas mal de corvées qui vous attendent, mes chéris... D'abord j'ai besoin d'aide pour aller couper un sapin, qu'il faudra ramener, installer et décorer. A condition de retrouver les décorations, bien entendu.

— Le carton du haut, dans le placard sous l'escalier, riposta Louise.

— Où est maman ? demanda Laurent en bâillant.

— Partie à Doussard en quête d'une voiture plus fiable que la sienne.

— Toute seule ?

— Tu la connais ! Elle s'est sentie bête, hier soir, à patiner dans sa congère.

— Et qu'est-ce qu'elle va acheter ?

— Un engin tout-terrain, je suppose. Comme ça, elle aura la panoplie complète du vétérinaire de montagne...

La phrase était ironique mais les jeunes gens ne firent aucun commentaire. Clément resta encore quelques instants à bavarder avec eux puis il déclara qu'il avait toute une liste de courses à faire et il s'éclipsa.

— Et comment se débrouille-t-il, lui ? chuchota Laurent dès que la porte fut refermée. Sa voiture n'a pas quatre roues motrices, que je sache.

— Il met des chaînes et il roule au pas, c'est pas sorcier. Maman ne peut pas se traîner, surtout en cas d'urgence, et c'est quand même elle qui va se taper le gros kilométrage.

— De toute façon, c'est elle qui se tape toujours tout !

Interloquée, Louise toisa son frère.
— Si papa t'entendait, il serait flatté...
— Mais c'est vrai, tu le sais très bien. Il n'a jamais levé le petit doigt pour l'aider à la maison, chômage ou pas. Aujourd'hui, il se sent un peu obligé parce qu'il vous a embarquées dans sa galère, et ça lui reste en travers de la gorge. Moi, quand je prépare à dîner pour Carole, ou quand je refais le lit derrière elle, je ne me sens pas brimé.
— Question de génération.
La préférence marquée de Laurent pour sa mère avait toujours semblé naturelle à Louise. Elle lui tendit un plateau.
— Pour ta dulcinée. Car je suppose que tu vas lui monter son petit déjeuner ?
— Oui, mais je redescends tout de suite. Tu as des skis pour moi ?
Les yeux brillants, elle hocha la tête.
— Je me suis débrouillée...
Compréhensive, Danièle Battandier lui avait volontiers prêté l'une des paires de Max quand elle lui avait annoncé l'arrivée de Laurent.
— A ski de fond, je t'ai toujours larguée ! fanfaronna-t-il, ravi.
— Tu seras peut-être surpris.
— Tu t'entraînes tous les jours, c'est ça ?
Il éclata de rire, décidément de très bonne humeur, et empoigna le plateau qu'elle avait garni.

Les doigts serrés autour du manche de la hache, Clément regarda le tronc, leva les bras et abattit la lame qui se ficha très en dessous de l'entaille faite par Ivan.
— Raté, dit-il en s'arc-boutant pour ressortir l'outil.
— Ne tire pas vers toi. Un coup en haut, un coup en bas, tu vas la dégager...
Clément changea de position pour recommencer son essai malheureux. Cette fois, la hache ne fit qu'effleurer le sapin.
— Laisse-moi faire, suggéra Ivan.
C'était lui qui avait choisi l'arbre, un bel épicéa de presque trois mètres, aux branches très fournies. Quand Clément lui avait téléphoné, une heure plus tôt, pour le remercier d'avoir dépanné Bénédicte la veille, il en avait profité pour lui demander conseil, ne sachant pas où se trouvaient les bois communaux ni ce qu'il avait le droit de couper. Finalement, Ivan s'était déplacé lui-même, apportant sa propre hache parce qu'il connaissait l'état de celle de Mathilde.
— Oui, vas-y, je ne fais que le massacrer, admit Clément.

Des coups bien rythmés se mirent à retentir dans la forêt silencieuse.

— Tu m'apprendras ? cria Clément.

— D'ici l'année prochaine, tu auras oublié !

Ivan s'interrompit, jugea son travail d'un coup d'œil rapide, puis fit signe à Clément de le rejoindre.

— A toi l'honneur. Appuie tes mains là et pousse doucement, tu vas le finir.

Il y eut un craquement sec, suivi d'un grincement déchirant, puis le sapin s'abattit en sifflant. Clément eut une moue admirative lorsqu'il constata que l'arbre n'avait rien touché dans sa chute et s'était couché exactement où Ivan l'avait prévu.

— Magnifique... Un grand moment ! Si le cristal traverse une crise, tu pourras toujours te reconvertir en bûcheron.

Très content de ce qu'il venait de vivre, il envoya une bourrade amicale dans l'épaule d'Ivan qu'il déséquilibra. Il voulut le retenir et ils s'affalèrent tous les deux dans la neige poudreuse du sous-bois. Clément mit un certain temps à se relever, tant il riait, et Ivan dut lui tendre la main pour l'aider.

— Qu'est-ce que vous trafiquez ? cria la voix claire de Louise. On vous entend de l'autre bout de la forêt !

Les jeunes gens étaient arrivés silencieusement, sur leurs skis de fond, d'abord guidés par le bruit de la hache, puis par les éclats de voix. Louise vint s'arrêter près d'Ivan à qui elle serra la main, tandis que son frère s'immobilisait devant le sapin coupé.

— Comment va-t-on ramener ça jusqu'à la maison ? demanda-t-il à son père.

— Dommage que vous ayez raté la chute, c'était grandiose, dit Clément en fronçant les sourcils.

D'un geste discret, il désignait Ivan que son fils n'avait pas encore salué.

— Bonjour monsieur Charlet, lança Laurent d'un ton à peine aimable. Décidément, la famille vous met à contribution... Hier, maman, ce matin, papa, il ne manque que ma sœur !

Et Carole, il ne l'ajouta pas mais c'était bien à elle qu'il pensait. Ivan lui adressa un signe de tête sans répondre, l'air plus amusé que vexé.

— Bon, on ne va pas camper là, ça pince, reprit Laurent, bougon. Vous avez besoin de nous pour le transport ? Il faut qu'on déchausse ?

Clément ne s'était pas posé la question et il se tourna vers Ivan. Celui-ci désigna une trouée entre les arbres, qui descendait en pente douce jusqu'à la route.

— On va le remorquer lentement, ça évitera d'abîmer les branches.

Soulagé, Clément hocha la tête, comme s'il y avait pensé lui-même, puis il tapa dans ses mains pour se réchauffer.

— Passez devant, les enfants, je vous retrouve à la maison.

Les jeunes gens s'éloignèrent, poussant sur leurs bâtons, tandis qu'Ivan dévidait un câble autour du tronc. Clément s'approcha pour observer ses gestes.

— C'est vrai, j'abuse de ton temps, mon fils me l'a fait remarquer...

Il n'était pas vraiment gêné, il voulait juste être rassuré, surpris d'éprouver une telle soif d'amitié. Durant une bonne partie de sa vie, il n'avait eu que des collègues, des clients, à la rigueur des copains, jamais de véritables amis. Pierre Battandier lui était très sympathique, mais avec Ivan il se sentait bien. Le personnage l'intriguait, l'épatait un peu, lui semblait le bon modèle à suivre pour s'imposer dans le village et dans la région. Ils avaient en commun des études supérieures, l'habitude de diriger une boîte, et aussi à peu près le même âge, ce qui les mettait sur un pied d'égalité.

— Ne t'en fais pas, je ne suis pas pressé ce matin, l'atelier est fermé pour trois jours.

— Tu accordes un congé à tes ouvriers pour les fêtes ?

— Non, pas exactement. Les fermetures sont planifiées longtemps à l'avance parce qu'on doit éteindre les fours qui normalement tournent jour et nuit...

— Il faut absolument que je monte voir ça, un de ces quatre.

— Quand tu voudras.

— Et j'en profiterai pour jeter un coup d'œil à ton système informatique, d'accord ?

Dans ce domaine-là, il pouvait briller, ce dont il n'allait pas se priver.

— Dis-moi, Ivan... Tu as des projets, pour le réveillon de ce soir ?

Il l'avait demandé sur une impulsion, sachant que l'autre était seul, mais c'était peut-être un peu tard pour s'en préoccuper.

— Oui, répondit Ivan de manière évasive.

Le sapin était solidement attaché, à présent, et ils retournèrent à la voiture.

— J'espère que ma femme en trouvera une aussi bien que la tienne ! dit Clément en tapant sur le capot du Range Rover.

— C'est souhaitable, répliqua Ivan en souriant. Parce que, hier soir, juste derrière la congère salvatrice, c'était quand même le ravin !

— Tu plaisantes ?

— Non. Mais je ne le lui ai pas dit, pour ne pas l'inquiéter davantage.

Décidément, c'était un type surprenant, serviable et attachant, et c'était vraiment incompréhensible qu'il reste célibataire.

« Avec la gueule qu'il a, il pourrait s'offrir un harem... », songea Clément. A moins que son divorce n'ait été particulièrement traumatisant. Il faudrait qu'il essaie de le faire parler, un jour. Et durant l'interminable hiver qui s'annonçait, les occasions ne manqueraient sans doute pas.

Une fois installé sur le siège passager, Clément se tourna vers l'arrière.

— Je surveille le sapin, démarre tranquille, dit-il.

Devant tant d'assurance, Ivan réprima un sourire indulgent et passa docilement la première.

Louise fut la seule à descendre tôt, le matin du vingt-cinq. Dans la maison endormie, elle mit d'abord de l'ordre durant plus d'une heure avant de se faire enfin un café. Le réveillon avait été réussi, intime et chaleureux, chacun s'étant donné beaucoup de mal, mais c'était aujourd'hui le vrai jour de fête pour elle. De la poche de son peignoir écossais, elle extirpa la lettre de Maxime. Elle l'avait lue cinquante fois au moins depuis l'avant-veille et jamais elle n'aurait pu imaginer que quelques phrases simples la bouleverseraient à ce point. Pourtant Maxime n'avait rien écrit de grandiloquent ou de particulièrement romantique. Sa déclaration était directe, presque timide. Elle parcourut la feuille qu'elle connaissait par cœur, étonnée de ressentir la même émotion, encore intacte. Il était amoureux d'elle, désolé d'être loin, incapable d'attendre pour le lui faire savoir.

Le front appuyé aux carreaux de la cuisine, Louise se demanda si le bonheur pouvait être aussi simple que ça. Aussi nu. Rien ne l'avait préparée à un choc pareil. Toutes les histoires compliquées de ses copains, vécues par procuration, avaient fini par lui faire croire que l'amour n'était jamais sans détours. Mais là, au contraire, c'était bête à pleurer, elle était tombée sous le charme de Maxime dès qu'elle l'avait rencontré, et réciproquement. Pourquoi lui, pourquoi cet ours maladroit qui avait dix ans de plus qu'elle ?

— Et trente centimètres, au moins..., dit-elle à mi-voix.

Elle mit le lave-vaisselle en route, débarrassa la table de ses miettes et s'assit enfin devant un bol de café au lait. La grande question était de savoir comment elle allait s'habiller pour le déjeuner chez les Battandier. Impossible d'emprunter quelque chose à Carole ou de lui demander conseil. Fine mouche, la jeune fille finirait par lui faire avouer la raison de cette soudaine coquetterie. Or Louise n'avait aucune envie de se confier à qui que ce fût. C'était son secret, quelque chose qui n'appartenait qu'à elle.

— Déjà debout, chérie ? s'exclama Bénédicte sur le seuil de la cuisine. Oh, tu as tout rangé toute seule, c'est trop gentil...

Souriant à sa fille, elle se servit une tasse qu'elle but debout, près de l'évier.

— Il faut que je file, je viens de recevoir un appel urgent.

— Encore une vache ?

— Non, un chien de berger.

— Je croyais que les gens d'ici ne s'intéressaient pas à leurs cabots.

— Les bergers, oui. C'est leur assurance tous risques. Si je ne suis pas revenue vers midi, allez chez les Battandier, je vous y rejoindrai.

— Oh ! à propos, maman... Tu crois que c'est habillé, ce déjeuner ? demanda négligemment Louise.

— Je ne pense pas. Quoique... A vrai dire, je n'en sais rien. Mais si c'est le cas, tant pis pour moi. Fais-toi belle pour deux !

La porte s'ouvrit et se referma sur une grande bouffée d'air glacial. Par la fenêtre, Louise regarda sa mère monter dans le véhicule tout-terrain qu'elle avait triomphalement ramené la veille du garage. Une occasion, d'après le vendeur, un 4 × 4 Nissan, joliment appelé Patrol Baroud. Tout un programme.

Un peu culpabilisée de n'avoir pensé qu'à elle-même depuis son réveil, Louise se demanda si sa mère était satisfaite de se retrouver transformée en vétérinaire rural. Si s'équiper de bottes et de gants fourrés six mois de l'année, pour aller soigner du bétail dans les fermes isolées de la montagne, lui convenait vraiment. Bénédicte avait beau être grande et sportive, elle n'avait rien d'un baroudeur, contrairement à l'appellation ronflante de sa voiture. Mais elle était capable de s'adapter et elle semblait aussi heureuse que Clément d'être installée là. Peut-être même davantage.

La jeune fille quitta la cuisine pour gagner la grande salle dont elle ouvrit les volets intérieurs. Le somptueux sapin trônait près de la cheminée éteinte. Ils avaient ri comme des fous en le décorant, la veille, Carole juchée sur les épaules de Laurent pour accrocher les plus hautes boules. Et lorsqu'ils avaient branché les guirlandes lumineuses, le courant avait disjoncté, bien entendu. Un peu plus tard, au moment des cadeaux, Louise avait remarqué la bague que Laurent offrait à Carole et que celle-ci découvrait avec une expression mitigée. Tout l'argent de poche de son frère avait dû y passer, malheureusement c'était le symbole que, à l'évidence, Carole n'appréciait pas. Car le bijou ressemblait indubitablement à un anneau ! Laurent avait tort de s'obstiner dans cette voie, mais il était plus têtu qu'une mule. Elle se promit de ne jamais agir de la sorte avec Max, si toutefois ils avaient un petit bout d'avenir en commun.

Surveillée de près par l'homme qui avait refusé de quitter son chien, Bénédicte ruisselait de sueur sous la lumière du Scialytique.

— Passez-moi la grande pince, dit-elle d'une voix étouffée par son masque. Non, celle d'à côté... merci...

La perforation de l'estomac n'avait pas été longue à diagnostiquer, mais l'opération était vraiment périlleuse. Sans l'insistance du berger, elle ne l'aurait pas tentée. « Foutu pour foutu, faites-le ! » avait-il exigé. Et parce qu'il avait sorti en hâte une liasse de billets froissés de son portefeuille, elle avait cédé. C'était un geste d'amour et de désespoir qui n'avait rien à voir avec l'argent, elle l'avait compris. Il avait porté lui-même le briard jusqu'au 4 × 4 et l'avait gardé sur ses genoux pendant toute la route jusqu'au cabinet. Après avoir couché l'animal sur la table d'aluminium, il n'avait pas voulu s'éloigner malgré tout ce qu'elle avait pu dire. Au bout du compte, vaincue, elle lui avait demandé d'enfiler une paire de gants stériles.

Depuis plus d'une heure qu'elle était debout, ses bottes fourrées commençaient de la gêner.

— Le gros bocal, devant vous... des compresses...

Pourquoi s'était-elle embarquée dans cette galère ? Toute seule en plus, alors qu'à Paris ils auraient travaillé à deux, se relayant au besoin, et surtout sans témoin. L'incision saignait abondamment, mais ce n'était pas ce qui l'angoissait pour le moment. Elle inspira à fond, deux ou trois fois de suite, pour se détendre. L'animal réagissait assez bien, son rythme cardiaque restant régulier malgré l'hémorragie interne. Le morceau de fil de fer barbelé avait causé pas mal de dégâts tout le long de l'appareil digestif.

— Est-ce qu'il va s'en sortir ? dit la voix rauque du berger.

— Je n'en sais rien, je fais ce que je peux. Il y a des boîtes, sur le chariot, prenez celle du dessus, ouvrez-la et posez-la ici.

Autant qu'il se rende utile puisqu'il avait exigé de rester. Elle n'aurait jamais dû accepter. La suture était très délicate et elle se concentra, essayant d'oublier la présence de l'homme qui se tenait derrière elle, si près qu'elle pouvait sentir son odeur. La sonnerie du téléphone ne parvint pas à la troubler, pendant qu'elle changeait de porte-aiguille, et elle se mit à enchaîner mécaniquement des gestes d'une infinie précision.

Danièle avait bien fait les choses, comme toujours. Une salade d'écrevisses au chèvre des Bauges avait été suivie de cuisses de grenouilles rôties à l'ail puis de pigeonneaux fermiers farcis de champignons et servis sur un gratin de marrons. Malgré les exhortations de Clément, elle avait attendu longtemps Bénédicte avant de se résoudre à faire asseoir ses convives autour de la grande table. Carole fut placée entre Laurent et Ivan, tandis que Louise et Max se retrouvaient côte à côte. Pierre et Danièle présidaient, chacun à un bout, pour la commodité du service.

Entre deux plats, Clément avait vainement tenté de joindre sa femme dont la place vide consternait les Battandier.

— Ne la plaignez pas trop, dit-il en riant, elle n'est jamais aussi heureuse que lorsqu'elle travaille.

— Mais c'est Noël, protesta Danièle.

— Les animaux n'en savent rien !

Les conversations allaient bon train, Louise occupée à parler de ski avec Max tandis que Carole était prise d'une soudaine curiosité pour tout ce qui se rapportait au cristal et au verre. Patient mais réservé, Ivan répondait le plus brièvement possible à ses questions, comme s'il devinait l'exaspération croissante de Laurent.

Lorsque la porte s'ouvrit enfin, ils discutaient tous avec une telle animation qu'ils ne l'entendirent pas. Bénédicte eut le temps de traverser la pièce avant que Danièle la remarque enfin et se précipite vers elle.

— Vous devez mourir de faim ! Venez là, je vais m'occuper de vous, j'ai tout gardé au chaud...

Hormis Clément, les hommes s'étaient levés, dans un réflexe de politesse. Bénédicte avait les traits tirés, elle ne s'était ni changée ni maquillée, mais ses yeux brillaient d'un éclat particulier.

— Alors ? lui demanda Ivan quand elle passa à côté de lui.

— Est-ce que vous connaissez Marcel Carpentier ? répondit-elle avec un sourire las.

— Oui. Un problème avec ses moutons ?

— Avec le briard. Je viens de l'opérer, et le pronostic n'est pas trop mauvais.

Parce qu'il avait été le seul à la questionner, c'était à lui qu'elle répondait. Elle faillit ajouter qu'elle était contente d'elle mais se reprit à temps.

— Ce chien est incroyable, déclara Pierre. Un gardien de troupeaux comme on n'en voit plus.

Gêné, il n'osait pas l'interroger davantage, se demandant si le secret médical existait aussi pour les vétérinaires.

— Où en étions-nous ? dit Carole à Ivan qui venait de se rasseoir.

Excédé, Laurent lui tourna le dos pour s'adresser à sa mère :

— Pas trop fatiguée ?

— Evidemment si, la pauvre ! Il faut la laisser souffler ! s'exclama Danièle en posant une assiette devant Bénédicte.

Vaguement agacé de l'intérêt suscité par sa femme, Clément se mêla à la discussion que Carole voulait absolument poursuivre au sujet des souffleurs de verre.

— Mais oui, raconte, insista-t-il, c'est passionnant. Personne n'a la moindre idée de la façon dont on fabrique un verre à pied. Tiens, celui-là par exemple ?

Il poussa l'objet dans la direction d'Ivan qui se résigna à expliquer :

— Un verre à boire est façonné par trois ouvriers verriers.

— Trois ? Pourquoi donc ?

— Le premier souffle le « buvant », le second cueille la jambe. Puis le premier la colle et la façonne, le second va cueillir le pied et l'apporte à un troisième qui le collera et façonnera à son tour. Sans compter le gamin qui porte le verre terminé à l'arche de recuisson.

Captivé, Clément laissa échapper un petit sifflement admiratif.

— Il faut absolument que j'aille voir ça de près...

— Moi aussi ! s'écria Carole.

— Ce service date de notre mariage, précisa Pierre. C'est du cristal de Bohême.

— Oui, admit Ivan avec un sourire. Pourtant il s'agit de verre quand même, mais avec une proportion de potasse qui fait qu'il se taille facilement, qu'il sonne bien, qu'il est particulièrement transparent. Son seul inconvénient est de se rayer.

Clément hochait la tête, attentif, et Carole avait posé sa main sur le poignet d'Ivan, d'un geste spontané. Penchée vers lui, elle s'arrangea pour le frôler et fut déçue qu'il se recule aussitôt. Clément fit semblant de ne s'apercevoir de rien, amusé qu'une jeune fille de cet âge, belle comme elle l'était, veuille séduire un homme de sa génération. Mais, de l'autre côté de la table, Louise foudroya Carole du regard, persuadée qu'elle allait finir par gâcher le déjeuner à force de provocation. Ivan paraissait embarrassé et Laurent n'allait pas tarder à faire un éclat. Quant à Max, il devait penser que si tous les Parisiens se conduisaient comme ça, Louise elle-même était à fuir.

— C'est divin, dit Bénédicte en engloutissant la dernière bouchée de pigeonneau.

— Réchauffé, c'est un peu sec, rétorqua Danièle, navrée.

Pierre s'était levé pour changer les assiettes et Ivan alla chercher le gâteau aux noisettes qu'il vint poser devant Bénédicte.

— Est-ce qu'il vous reste assez de courage pour le découper, lui ? demanda-t-il gentiment.

Comme lors du tout premier repas qu'ils avaient tous partagé chez les Battandier, elle eut l'impression étrange qu'il était le seul dans cette pièce à vraiment la comprendre. A deviner qu'elle était fatiguée mais fière d'elle, qu'elle n'avait pas envie d'évoquer son opération de la matinée mais qu'elle y pensait encore. C'était une sensation paradoxale, alors qu'elle était entourée de sa propre famille, et elle lui prit des mains le couteau sans le regarder. Lorsqu'elle releva les yeux, après avoir fait des parts impeccables, ce fut pour découvrir le geste furtif de Louise qui venait d'appuyer un instant sa tête contre l'épaule de Max. Mère et fille échangèrent discrètement un sourire complice.

— Alors, c'est décidé, on ira vous voir demain et vous nous expliquerez tout en détail, déclara Carole de sa voix acidulée.

Ivan n'eut pas le temps de répondre que déjà Clément s'enthousiasmait bruyamment. Il avait dû beaucoup boire, depuis l'apéritif, et il parlait trop fort. Laurent en profita pour chuchoter à l'oreille de sa mère :

— Mais qu'est-ce que vous avez, tous, à vous enticher de ce mec ?

— Tais-toi, s'il te plaît, répondit-elle sur le même ton.

Son fils était pâle, parfaitement sobre, lui, et furieux. Son antipathie pour Ivan s'était transformée en aversion, ce qui la désola.

— Il n'y est pour rien si Carole a décidé de lui faire son numéro de charme, plaida-t-elle.

— Tu le défends ? Je rêve !

Elle le toisa, soudain aussi en colère que lui. Elle n'avait aucune envie de défendre ou d'accuser qui que ce soit. Cette discussion stupide ne la concernait pas.

— Danièle s'est donné beaucoup de mal pour ce déjeuner, et moi j'ai bataillé pendant des heures pour un brave chien. Voilà ce qui s'est passé d'important aujourd'hui. Tu as fait quoi, toi, à part ta crise de rage ?

Stupéfait, il la dévisagea avant de baisser les yeux. Les conversations s'étaient arrêtées une seconde mais Ivan posa tout de suite une question à Pierre qui enchaîna sur les prévisions météo annonçant le redoux. Le joyeux brouhaha se réinstalla et Danièle, soulagée, décida qu'elle allait ouvrir le champagne.

Dehors, la nuit tombait déjà. Bénédicte se laissa aller contre le dossier de sa chaise puis alluma une cigarette. Son mouvement d'humeur était passé, pourtant elle ne regrettait pas d'avoir remis Laurent en place. Il n'avait pas le droit de gâcher un moment comme celui-ci par jalousie. Du coin de l'œil, elle vit Max qui se levait discrètement, suivi de Louise. Le jeune homme adressa un signe de connivence à son père avant de sortir. Sans doute allait-il s'occuper des bêtes pour éviter cette peine à ses parents. Alors que la porte se refermait sur eux, elle aperçut le bras de Max qui se posait sur les épaules de sa fille. Une émotion très douce la submergea en pensant à sa petite Louise – encore gamine il y avait si peu de temps – que ce grand garçon aux yeux tendres prétendait protéger. Max lui était très sympathique avec sa timidité, sa silhouette d'athlète, son sourire franc. Il ne reprendrait pas la ferme familiale mais ni Pierre ni Danièle ne semblaient lui en tenir rigueur. Il gagnait sa vie autrement et avait réussi à concilier sa passion de la montagne avec un métier, c'était déjà très estimable.

A travers la fumée de sa cigarette, elle observa Clément quelques instants. Il remplissait les coupes sans cesser de parler, ravi d'avoir un auditoire. S'il y avait bien un homme qui n'était pas fait pour la solitude, c'était lui. Elle ne parvenait pas à l'imaginer heureux dans son grenier, sans autre interlocuteur que son écran. Comment allait-il se débrouiller pour ne pas s'avouer vaincu tout en échappant à un isolement qu'il avait lui-même programmé ? Et, si jamais il échouait, voudrait-il rentrer à Paris ?

« Pour y faire quoi ? De toute façon, je ne reviendrai pas en arrière... »

Un peu étonnée, elle découvrit qu'elle avait déjà commencé à s'enraciner dans le village. Même si les appels n'étaient pas fréquents pour le moment, elle avait l'impression d'exercer vraiment son métier. Bien davantage que durant toutes ces dernières années. Et même si elle n'avait guère participé à l'aménagement de la maison forte, elle s'y sentait chez elle désormais, plus que partout ailleurs.

La certitude d'être épiée la tira de sa rêverie. A l'autre bout de la table, Ivan la fixait mais il se détourna dès qu'il croisa son regard. Elle pensa aux deux loups qui devaient attendre leur maître. Maître ? Est-ce qu'il pouvait en être sûr ? Elle se promit de retourner les voir, sous n'importe quel prétexte. L'observation de ces animaux sauvages, ni domestiqués ni captifs, l'intéressait prodigieusement.

« Et le parc des Bauges ? Ils me répondent, oui ou non ? »

Grâce à son ancien associé, Serge, elle avait écrit, envoyé un dossier complet de candidature pour un poste à mi-temps. Elle n'avait effectué cette démarche qu'au cas où son cabinet mettrait des mois à démarrer, mais à présent elle avait vraiment envie d'aller sur le terrain pour y étudier la faune. Ce besoin d'espace, de silence, et peut-être de solitude, était nouveau pour elle.

« Comme beaucoup de choses ces temps-ci... »

Elle songea soudain au berger qu'elle avait raccompagné chez lui et qui n'avait pas dit un seul mot durant le trajet, rongé d'avoir abandonné son briard endormi car elle avait jugé plus prudent que le chien reste en observation au cabinet. Le brave homme ne lui avait pas dit au revoir, n'avait rien demandé en quittant sa voiture, mais il était resté debout à la regarder tandis qu'elle manœuvrait pour faire demi-tour. Ce qu'elle avait lu dans ses yeux était plus pathétique que n'importe quelle prière.

A regret, elle consulta sa montre puis adressa un signe discret à Clément. Ils avaient suffisamment abusé de l'hospitalité chaleureuse des Battandier, et elle était pressée d'aller voir si son malade était réveillé, s'il n'avait pas tout saccagé dans le laboratoire.

6

Le mois de janvier connut d'abord le redoux annoncé, avec des journées pluvieuses, puis le ciel se plomba pour apporter une véritable tempête de neige. Le thermomètre descendit brusquement jusqu'à moins dix et, en une nuit, un vent persistant gela tout le paysage.

Dans la maison forte, dont toutes les huisseries étaient désormais calfeutrées, les Ferrière vivaient leur premier hiver de montagne. Bénédicte en profita pour s'intéresser de plus près à ce qui l'entourait. Ce qui avait appartenu à Mathilde possédait un charme particulier, elle s'en aperçut vite. La vieille dame devait apprécier la qualité et l'authenticité des meubles, comme des objets, sans négliger pour autant leur aspect fonctionnel. Impossible d'imaginer autre chose que l'imposant vaisselier de la cuisine, par exemple, ou les bibliothèques d'angle de la grande salle, ou encore la causeuse de l'entrée. Dans la petite pièce du rez-de-chaussée, dédaignée par Clément mais si facile à chauffer, Bénédicte et Louise avaient descendu deux fauteuils cabriolets qui encombraient une chambre du premier étage. Les rideaux de velours avaient été nettoyés, le sol de tommettes passé à l'huile de lin, et elles s'installaient là des heures pour bavarder. Sur le vieux bureau de

Mathilde, Louise dessinait ses plans d'aménagement de la grange tandis que sa mère décidait de telle ou telle modification dans la décoration de la maison. Cependant il ne s'agissait que d'améliorations, sans réels changements. Pas question de toucher aux vitres de couleur, cernées de plomb, qui ornaient la fenêtre de la cage d'escalier. Ni aux admirables volets intérieurs, même si certaines charnières méritaient d'être remplacées. Et pas davantage aux fourneaux de fonte sur lesquels Louise inventait chaque soir de nouvelles recettes.

Dès neuf heures du matin, Clément montait s'enfermer au grenier d'où il n'émergeait qu'au moment des repas. Il était parvenu à mettre au point son programme d'intercommunication immobilière, que deux grosses fédérations d'agents utilisaient déjà, mais ce qui le réjouissait bien davantage était d'avoir obtenu rendez-vous avec une société d'équipements de ski, à Annecy, qui souhaitait transformer son système informatique. Le fameux passage à l'an 2000 nécessitait les connaissances propres aux ingénieurs de la génération de Clément, ceux qui connaissaient encore les anciens langages comme le cobol. Chaque entreprise de la région représentait donc un contrat potentiel pour lui, et accessoirement un moyen de s'évader de la maison forte. Ainsi, quand il n'était pas rivé à son écran, il était pendu au téléphone, démarchant d'éventuels clients comme un vrai colporteur. Et Bénédicte savait très bien qu'il cherchait le contact, l'interlocuteur. N'importe quoi qui le sorte du silence.

Pour sa part, elle ne voyait pas passer les journées. En principe, le cabinet était ouvert sans rendez-vous l'après-midi mais, les patients n'étant pas encore très nombreux, Clément avait installé un Interphone qui permettait à Bénédicte de rester dans la maison. Elle en profitait pour bavarder avec Louise, astiquer quelque objet découvert au fond d'une armoire, rédiger du courrier ou lire des revues professionnelles. La matinée était consacrée aux visites, la plupart du temps chez des éleveurs où elle soignait parfois moins qu'elle n'apprenait. Avant de rentrer déjeuner, elle s'arrêtait volontiers chez Danièle ou chez Ivan. Ce dernier l'accueillait toujours avec une gentillesse déconcertante, flanqué de ses deux loups. Au début, c'était par curiosité pour eux qu'elle était retournée au chalet, mais petit à petit elle y avait pris ses habitudes. Selon l'heure, Ivan lui offrait un verre de vin blanc ou un café, et il riait de bon cœur devant ses efforts patients pour gagner la confiance de Roméo. S'il n'était pas là, elle repartait déçue mais ne montait pas à la cristallerie pour autant. Clément, lui, ne s'en privait pas. Quand il avait pianoté sur son clavier jusqu'à l'écœurement, il n'hésitait jamais à s'offrir un moment de détente en allant regarder le travail des souffleurs de verre. Il aimait l'atmosphère de l'atelier et voulait comprendre comment Ivan avait réussi dans une activité aussi marginale, mais avant tout il se donnait l'illusion d'une amitié dont il avait besoin. Ivan lui expliquait sa manière d'obtenir des commandes, la nécessité de savoir s'adapter, l'imagination indispensable pour résister face aux industriels. Son succès confortait Clément, lui donnait la preuve qu'un homme décidé et inventif pouvait toujours s'en sortir. Même si leurs professions n'étaient comparables en rien, même si leurs personnalités étaient diamétralement opposées, Clément établissait volontiers un parallèle entre eux. Ivan lui plaisait parce qu'il écoutait davantage qu'il ne parlait, parce qu'il connaissait la région mieux que quiconque, parce qu'il représentait l'idéal de la quarantaine auquel Clément voulait s'identifier. Un parfait compromis entre homme d'affaires et montagnard, tradition et modernité, séduction et mystère.

Le parc naturel régional des Bauges avait fini par contacter Bénédicte. Sa participation à une étude de la faune sauvage serait envisageable, à compter du mois de mars, et le syndicat qui gérait la réserve était enfin disposé à la rencontrer, tout en insistant sur le fait que les biologistes ou les techniciens étaient plus importants pour eux que les vétérinaires. Renseignements pris, Serge était effectivement intervenu en sa faveur grâce à son inépuisable réseau de copains. Touchée par la générosité de son ancien associé, elle avait bavardé un long moment avec lui, par téléphone, jusqu'à lui extorquer la promesse d'une visite pour un week-end de février. Mais, lorsqu'elle avait voulu le remercier, il s'était mis à rire en affirmant qu'elle n'avait décidément aucune conscience de sa valeur.

Le briard opéré le jour de Noël s'était si bien remis qu'elle avait eu la surprise, un après-midi, de le voir franchir la porte du cabinet, suivi de son maître. Celui-ci n'avait pas fait tout ce chemin, à pied, pour une simple consultation. C'était un cadeau qu'il apportait et qu'il sortit de sa veste avec précaution. Bénédicte découvrit un foulard, plié dans un papier de soie, surchargé de chamois s'ébattant sur fond d'edelweiss et d'écussons savoyards. Marcel Carpentier n'attendit pas sa réaction pour s'en aller, son briard sur ses talons. Il avait dû effectuer cet achat exceptionnel dans la seule boutique du village qui vendait des souvenirs, choisissant ce qui lui avait semblé le plus beau pour elle. Depuis, elle n'oubliait pas de nouer le foulard sur son col roulé lorsqu'elle partait faire ses visites. Parce qu'elle savait qu'un jour ou l'autre elle rencontrerait le berger, et que c'était la seule façon de lui faire plaisir.

Comme prévu, une partie de ses revenus était assurée par la vente de médicaments. La plupart des gens qui entraient dans sa salle d'attente ne tenaient pas un chien en laisse ou un chat dans un panier d'osier, ils venaient simplement acheter les indispensables vermifuges, compléments minéraux ou antiparasitaires qu'ils ne pouvaient se procurer que chez elle. Transformée malgré elle en pharmacienne, elle se consolait en les faisant parler, stupéfaite de les découvrir si compétents. Parmi les moins de cinquante ans, rares étaient ceux qui ne possédaient pas un diplôme de technicien agricole, et il y avait belle lurette qu'ils avaient compris comment améliorer la gestion de leurs exploitations. Ils faisaient eux-mêmes les piqûres de calcium à leurs vaches, au début de l'hiver, et savaient reconnaître ou soigner la plupart des affections bénignes. Le vétérinaire n'était appelé que pour les cas graves et on profitait de son passage pour répertorier les bobos de tout le reste du cheptel.

Si dans certaines fermes l'accueil était chaleureux, dans d'autres on lui témoignait encore une évidente méfiance. Elle pouvait mesurer l'influence de Pierre Battandier à la manière dont on la regardait descendre de voiture. Certes, il parlait d'elle en termes élogieux, comptant sur le bouche à oreille, mais pour la plupart de ces montagnards endurcis, une femme était quand même supposée trop sensible pour se livrer à certains actes comme l'abattage du bétail. Pourtant seul le vétérinaire était habilité à le faire et elle s'en chargeait sans états d'âme. Elle comprit rapidement qu'elle devait raisonner - et parler - en termes de rentabilité. Une césarienne pratiquée sur une brebis coûtait le prix de l'animal et n'en valait donc pas la peine, surtout si l'on tenait compte des risques postopératoires, les conditions d'hygiène étant parfois trop rudimentaires. Elle informa donc les éleveurs qu'elle disposait d'un local, à son cabinet, où elle pouvait pratiquer ce type d'intervention sur les ovins sans avoir à facturer de déplacement et en limitant les conséquences ; une proposition bien accueillie par tous ceux qui possédaient des véhicules susceptibles de transporter leurs animaux.

Chaque soir, avant de dîner, elle se plongeait dans un bain brûlant et plein de mousse, mais c'était davantage pour se réchauffer ou se détendre que pour oublier les odeurs d'étable qu'elle finissait par aimer. De ses rares visites à Annecy, elle avait ramené une collection de vêtements confortables choisis avec soin. Frileuse, elle voulait pouvoir travailler à l'aise tout en conservant une certaine élégance. Ivan lui avait donné l'adresse d'un magasin de ski où elle avait découvert, soulagée, qu'il n'était plus nécessaire de ressembler à un gros bonhomme de neige affublé de couleurs criardes pour se préserver des intempéries en montagne.

Au début du mois de février, alors que moins d'un trimestre s'était écoulé depuis son installation, Bénédicte réalisa que le bouleversement de son existence - imposé par Clément - lui avait offert un épanouissement insoupçonnable. Elle se sentait bien, chez elle ou dans les fermes, sur les routes ou à son cabinet, parfaitement à sa place et heureuse de s'y trouver. La sensation de travailler pour rien, qu'elle avait parfois éprouvée à Paris, avait disparu. Le temps s'était comme ralenti, et elle profitait de chaque moment, de chaque rencontre. Elle redécouvrait l'envie d'apprendre qui l'avait tenaillée au début de sa carrière, une curiosité qu'elle croyait éteinte, et aussi la liberté d'improviser selon son instinct devant des situations délicates.

L'image de bonheur tranquille que lui renvoyait Louise compensait ses inquiétudes au sujet de Clément et contribuait largement à sa nouvelle sérénité. L'avenir de sa fille lui semblait sur le point de se résoudre, sans annoncer une nouvelle séparation. Quant à Laurent, l'obligation de vivre seul désormais allait lui permettre de mûrir, de s'émanciper. Et il arrivait à Bénédicte de croire que cette maison, dont elle avait failli se séparer, leur porterait chance à tous.

Satisfait de sa démonstration, Clément se retourna vers Ivan qui avait suivi toutes les étapes du programme.

— Voilà, c'est mieux comme ça ! Ton site Internet est beaucoup plus convivial, non ?

— Oui, admit Ivan avec un sourire amusé.

La virtuosité de Clément ne faisait aucun doute mais sa vanité non plus. Derrière la vitre du bureau, les ouvriers de l'atelier allaient et venaient au milieu des fours.

— C'est un spectacle dont je ne me lasse pas, dit Clément qui s'était levé pour s'étirer.

— Moi non plus, répondit Ivan. Si ce métier n'était pas si difficile, je les envierais presque.

Assis à son banc, la canne dans la bouche, l'un d'entre eux attaquait l'étape difficile de la bulle d'air qui allait déterminer tout le processus.

— Est-ce que tu sais le faire ?

— J'ai su. Mais pas aussi bien qu'eux. Tu veux regarder de plus près ?

Ivan ouvrit la porte de communication et laissa passer Clément. L'atelier était vaste, avec un plafond cathédrale à plus de six mètres, et des fenêtres en hauteur, commandées à distance, pour assurer une parfaite ventilation.

Ivan avait expliqué à Clément les inconvénients des vapeurs de plomb et autres émanations toxiques qu'il fallait éliminer sans refroidir brutalement l'atmosphère. L'un des murs, en briques apparentes, était occupé par d'impressionnants fours et arches à recuire maintenus à une température infernale. Des bancs de verriers, des marbres, des établis et des râteliers s'alignaient selon un ordre rigoureux qui permettait aux ouvriers de ne pas perdre une seule seconde entre les diverses manipulations.

Les deux hommes restèrent quelques minutes près du souffleur et de son aide, fascinés par les rougeoiements du cylindre de verre qui, au bout de la canne, prenait lentement forme. Puis ils se dirigèrent vers une porte métallique, tout au bout de la pièce. Elle conduisait à un second local, un peu plus petit, où étaient emmagasinées les matières premières et où se travaillait le verre à froid. Un ouvrier, occupé à polir une pièce de cristal sur une meule en grès, ne leur accorda aucune attention car il avait l'habitude, comme les quatre autres employés, de la présence silencieuse d'Ivan.

— J'aimerais bien assister à une gravure, déclara Clément.

— Oh ! on devrait pouvoir t'offrir ça la semaine prochaine, il y a une commande en cours, répondit Ivan de manière évasive.

L'intérêt que Clément manifestait pour son entreprise aurait pu lui plaire, mais un vague sentiment de malaise l'en empêchait. Pourquoi n'avait-il pas envie que cet homme devienne son ami ? Un peu en retrait, il le détailla pensivement. La suffisance de Clément ou son parisianisme affecté ne le gênaient pas vraiment. Ni sa familiarité parfois excessive. Non, c'était beaucoup plus simple que ça, et l'idée s'imposa soudain d'elle-même avec une brutalité inattendue : il n'appréciait pas Clément parce qu'il était le mari de Bénédicte.

Bouleversé par cette révélation, Ivan s'éloigna de quelques pas. Il était trop tard pour continuer de s'aveugler ou d'ignorer qu'il attendait les visites de cette femme avec impatience ; que la croiser sur une route le rendait gai pour la journée et qu'il lui était déjà arrivé de s'endormir en pensant à elle.

La main de Clément qui s'abattait sur son épaule le fit sursauter.

— Tu as encore du boulot, des coups de fil à passer ? Je te dérange...

— Non, non ! protesta Ivan avec une véhémence inattendue.

Indécis, il faillit ajouter quelque chose d'absurde, proche de la vérité, mais finalement il préféra esquisser un sourire contraint.

— Ne me raconte pas d'histoires, tu es transparent, affirma Clément. Va travailler mais je reste là, ça m'intéresse énormément... On redescendra ensemble tout à l'heure.

— Ensemble ? répéta Ivan, éberlué.

— Tu dînes à la maison. Tu n'as pas oublié, quand même ?

Le piège se précisait mais Ivan ne voyait pas comment l'éviter désormais. Résigné, il secoua la tête.

— Je n'en ai pas pour longtemps, dit-il doucement.

Il regagna son bureau sans rien voir de ce qui se passait dans l'atelier que les ouvriers commençaient à ranger, nettoyant scrupuleusement la poussière, vérifiant la température des fours qui restaient allumés continuellement. Son agenda était ouvert, cependant il n'y jeta qu'un coup d'œil machinal avant de s'asseoir, loin du téléphone. Il n'avait aucune envie de s'occuper de ses affaires pour l'instant. D'ailleurs il n'était pas en état d'appeler ses clients ou de décrocher une commande. La vente des pièces uniques qu'il fabriquait ici nécessitait beaucoup de dynamisme et de force de persuasion. Et chaque nouveau débouché, sur un marché restreint qu'occupaient presque exclusivement les industriels, était une victoire de son imagination.

Exaspéré par ce dont il venait de prendre conscience, il alluma nerveusement une cigarette. Avec un peu de vigilance, il aurait pu comprendre plus tôt et se tenir à distance des Ferrière. A présent, c'était trop tard. Mathilde lui avait tellement parlé de Bénédicte qu'il avait dû commencer à l'aimer avant même de la rencontrer. La nièce mythique, le petit prodige de Maisons-Alfort, la femme idéale mais mal mariée... Et par la suite, bien en évidence dans la cuisine de la maison forte, cette photo d'une jeune mère radieuse portant ses enfants... « C'est bête, disait Mathilde, vos thèmes astraux sont en parfaite harmonie. » L'astrologie avait été l'une des dernières marottes de la vieille dame, avec humour et dérision car elle ajoutait, maligne : « Sait-on jamais ? » Ivan n'y croyait pas, pourtant il avait récupéré ces horoscopes dans les papiers négligés par Clément, ce qui n'était pas un geste anodin. Après Elisabeth, aucune femme n'avait compté, il y avait pris garde. Il s'était consacré à ses affaires avec acharnement, fuyant tout ce qui pouvait ressembler à un début d'histoire sentimentale. Le cauchemar de son divorce, ce naufrage qui avait failli l'anéantir, avait constitué jusque-là un garde-fou suffisant. Sauf pour Bénédicte Ferrière... Une étrangère, oui, mais terriblement familière, qu'il avait cru regarder avec une simple curiosité alors qu'il était en train d'en tomber amoureux.

Très mal à l'aise, il pensa qu'il avait vécu des situations bien pires que celle-là. Même s'il n'éprouvait pas de réelle sympathie pour Clément, il ne voulait pas se retrouver dans la peau d'un salaud. Et de toute façon, il n'était pas en état de supporter la moindre culpabilité supplémentaire depuis le décès de son fils. Donc il n'avait pas le choix.

Mathilde lui avait appris que la fuite n'arrangeait rien, qu'il ne fallait compter que sur la seule volonté. Il s'était réinstallé dans la vallée où il était né, avec une affaire rendue prospère à la force du poignet, et il n'avait aucun autre endroit au monde où partir. Pour ce qu'il en savait, Bénédicte allait rester là elle aussi et, sans un prétexte valable, il serait obligé de la côtoyer. Pire encore, de la recevoir puisqu'elle appréciait sa compagnie, puisqu'elle s'était prise d'affection pour les loups !

« Bon, eh bien tu fais comme elle, comme son mari, rien d'équivoque et pas d'ambiguïté. »

Garder des rapports amicaux, essayer de les espacer un peu, considérer cette femme comme une mère de famille dont le fils avait exactement l'âge qu'aurait eu Guillaume s'il avait vécu. L'épouse de Clément. Qu'elle aimait sans aucun doute... L'idée était désagréable mais il s'obligea à l'évoquer crûment. « Mal mariée », ce n'était que le jugement abrupt de Mathilde, pas forcément la réalité.

— Très bien, allons-y, bonne soirée mon petit Ivan, marmonna-t-il entre ses dents.

Il récupéra Clément dans le deuxième atelier, l'arracha à sa contemplation d'une gravure à l'acide qui se terminait, et lui proposa de lui ouvrir la route jusqu'aux *Aravis*.

Max avait fait le chemin depuis La Clusaz pour venir dîner chez les Ferrière. La saison de sports d'hiver l'accaparait, cependant il se débrouillait pour rentrer au village un ou deux soirs par semaine, incapable de rester longtemps loin de Louise. Jusque-là, Clément avait prêté peu d'attention au fils Battandier, persuadé qu'il s'agissait encore d'un des coups de cœur sans lendemain de sa fille. Néanmoins, il s'étonna de la présence de Max, alors que ses parents n'étaient pas invités, et il remarqua pour la première fois, avec un certain déplaisir, la manière dont les deux jeunes gens se tenaient la main ou se regardaient.

Laurent et Carole étaient arrivés dans l'après-midi, par surprise, décidés à prendre trois jours de repos après des examens partiels particulièrement éprouvants. Bien entendu, Laurent avait fait la grimace en voyant arriver son père en compagnie d'Ivan. La présence de ce dernier lui était d'autant plus désagréable que, chaque fois qu'il avait voulu aborder le sujet avec Carole, elle s'était contentée de se moquer de lui, de sa jalousie excessive, de son comportement de petit garçon.

Concocté par Louise qui s'était donné beaucoup de mal, le repas avait été délicieux et s'était déroulé dans une ambiance très gaie. Max avait raconté des anecdotes irrésistibles sur les skieurs infatigables qui, à peine descendus de voiture après une nuit de voyage, se précipitaient sur les pistes et se retrouvaient sur une civière.

Après dîner, ils quittèrent la cuisine pour aller profiter du feu que Clément venait d'allumer dans la grande salle. Là, afin d'éviter tout incident avec Laurent, Bénédicte devança Carole et s'assit d'autorité près d'Ivan sur un canapé. Elle portait un jean de velours gris clair et un pull bleu pâle, un peu trop grand pour elle, qui devait appartenir à Clément.

— J'ai acheté de l'alcool de poire mais, honnêtement, il ne vaut pas le vôtre, lui dit-elle en souriant. Voulez-vous le goûter quand même ?

Sans attendre la réponse, elle le servit avant d'ôter ses mocassins d'un geste machinal. Elle s'installa plus confortablement au milieu des coussins, ses jambes repliées sous elle.

— Alors ?

— Il est correct, peut-être un peu jeune, apprécia-t-il en reposant son verre.

Il n'avait pas l'intention de boire ni de s'écarter de ses bonnes résolutions, surtout qu'elle était assez proche de lui pour qu'il sente son parfum.

— Comment va Roméo ? demanda-t-elle.

— C'est votre chouchou ?

— La femelle m'effraie davantage. La couleur, peut-être...

— Ils sont doux comme deux agneaux, rappela-t-il avec ironie.

Afin de ne pas la regarder, elle, il observait Clément qui s'était agenouillé devant la cheminée pour arranger les bûches et qui étouffait le feu au lieu de le ranimer.

— Est-ce que vous connaissez bien le parc naturel des Bauges ? interrogea-t-elle en lui posant la main sur le bras, comme si elle voulait récupérer son attention. Je vais sans doute travailler pour eux au printemps. Enfin, un peu...

— Tu fais bien d'en parler ! s'exclama Clément en se redressant. Serge a téléphoné ce matin, j'avais complètement oublié de te le dire, il sera là le week-end prochain.

— C'est vrai ? Oh, je suis ravie, c'est un amour ! Il arrive quand ?

— Vendredi soir. Il te rappellera d'ici là.

— C'est l'un de mes anciens associés, expliqua Bénédicte à Ivan. Un type adorable qui s'est mis en quatre pour m'aider.

— Vous aider à quoi ? demanda Ivan d'une voix neutre.

La réponse ne l'intéressait pas et il se contenta d'écouter poliment tandis qu'elle lui racontait les efforts de Serge pour la faire entrer au parc. Un homme qu'elle qualifiait d'adorable et d'amour en moins de quinze secondes lui devenait forcément suspect, mais Clément n'avait pas l'air d'en prendre ombrage, au contraire. Il les rejoignit sur le canapé, poussant Bénédicte qui se retrouva coincée entre eux.

— Cette cheminée est une merveille, déclara Clément. Elle ne refoule jamais, même avec du bois humide ! Evidemment, comparée à tes fours, c'est une flambée d'opérette.

Il rit tout seul de sa plaisanterie et resservit de la poire à Ivan.

— D'où te vient cette passion du verre ? Ton père était déjà dans le métier ?

— Non. Je ne vois d'ailleurs pas comment il aurait pu en vivre. Et nous ne sommes pas dans une région de tradition. En fait, il possédait une petite fabrique de meubles qu'il a fermée en prenant sa retraite. C'est là que j'ai fait l'atelier, avec quelques aménagements.

Sa réponse ne s'adressait à personne en particulier mais Bénédicte voulut en savoir plus.

— Comment vous en est venue l'idée ?

— Un hasard. Une rencontre avec un artisan en Italie.

Malgré lui, il leva les yeux sur elle et surprit son regard attentif, amical, presque tendre.

— Quand je suis revenu ici, poursuivit-il, j'avais une formation plutôt hétéroclite mais une bonne expérience commerciale. C'était une gageure de monter une affaire de ce genre et ça m'a... stimulé.

Bénédicte l'observait en songeant à la femme entrevue dans la ferme de Pierre Battandier, au drame de cet enfant perdu, à l'amitié étrange qu'il avait nouée avec Mathilde. Comme il fixait toujours les flammes, elle ne voyait que des mèches blondes, indisciplinées, qui projetaient des ombres sur son visage mince.

— C'est un curieux prénom, Ivan, pour l'époque et pour la région, dit-elle d'un ton léger. Est-ce que vos parents étaient d'origine slave ?

— Pas du tout, répliqua-t-il en souriant, ma mère lisait énormément et je suppose que ma naissance est sa période russe !

Cette fois, il s'était tourné carrément vers elle pour lui répondre, sans arrière-pensée. A l'autre bout de la salle, Louise était en train d'installer une table de bridge sur laquelle elle disposait des cartes et des jetons.

— On improvise un poker, vous êtes de la partie ? demanda Laurent qui s'était approché du canapé, suivi de Carole.

Il s'adressait à ses parents et Clément accepta de se joindre aux jeunes gens tandis que Bénédicte refusait de bouger.

— Laisse ta mère profiter en paix de mon feu, tu sais bien qu'elle déteste les jeux d'argent !

— Et vous, Ivan ? interrogea Carole en s'asseyant un instant à côté de lui, sur l'accoudoir, dans l'une de ces poses provocantes dont elle avait le secret.

— Non, merci, répondit-il, je ne vais pas tarder à rentrer.

Déçue, la jeune fille cherchait un prétexte pour le retenir mais Laurent la prit par le coude, un peu brutalement, et l'entraîna. Dès qu'ils se furent éloignés, Bénédicte murmura :

— Ne vous sentez pas obligé de rester pour me tenir compagnie. J'en connais deux qui doivent s'ennuyer ferme en vous attendant.

— Je ne crois pas qu'ils trouvent le temps long. Ils sont très joueurs et ils chahutent ensemble pendant des heures. En fait, ils s'amusent beaucoup plus que des chiens ne sauraient le faire.

— Sans se battre ?

— Oh non, elle finit toujours par s'incliner ! Leur société est très bien organisée...

Il l'avait dit avec une mimique d'excuse et Bénédicte se mit à rire. Il constata qu'il aimait sa gaieté, comme il aimait déjà tout d'elle, et il se sentit de nouveau mal à l'aise.

— Quand je pense que nous aurions pu vendre cette maison ! dit-elle soudain. Et passer à côté de tout ça...

— Vous n'étiez pas très enthousiaste, pourtant, rappela-t-il.

— Non, c'est vrai. Je n'imaginais pas que je m'attacherais si vite à des murs, ni à un village dont je n'avais quasiment pas de souvenir. Maintenant, c'est comme si j'étais née là.

Elle laissa errer son regard dans la pièce, avec plaisir, jusqu'au moment où elle s'aperçut que son fils la considérait d'un drôle d'air, depuis la table de bridge. Elle lui adressa un petit signe de complicité auquel il ne répondit pas.

— Quand les enfants deviennent des adultes, on a le sentiment de ne plus les comprendre, murmura-t-elle d'une voix songeuse.

A son tour, Ivan jeta un coup d'œil vers les joueurs.

— Vous avez beaucoup de chance, dit-il doucement. Laurent est exactement le fils que tous les parents espèrent.

L'intonation avait quelque chose de si sensible qu'elle se sentit émue. Indifférent à l'antipathie manifeste de Laurent à son égard, Ivan ne pouvait pas s'empêcher d'admirer en lui un jeune homme accompli. Tel qu'il avait dû rêver de voir son fils un jour.

— J'ai cru comprendre que votre..., commença-t-elle en cherchant ses mots. Enfin, que vous aviez subi un deuil. Mais je suis peut-être indiscrète ? Si vous ne souhaitez pas en parler...

Au lieu de lui répondre, il se leva mais elle l'imita aussitôt, lui barrant la route.

— Désolée, je suis très maladroite, s'excusa-t-elle. Je vous aime bien, Ivan, je ne voulais pas vous choquer.

Cette protestation d'amitié était la dernière chose qu'il avait envie d'entendre, pourtant il se força à sourire.

— Vous êtes directe, c'est plutôt une qualité. C'est vrai que je ne tiens pas à évoquer tout ça...

A la lumière des flammes, les yeux clairs d'Ivan avaient un éclat particulièrement fascinant et Bénédicte le dévisagea deux ou trois secondes avant de bouger.

— Je vous raccompagne, décida-t-elle.

— Non, restez devant la cheminée, je connais le chemin.

Il lui tendait une main qu'elle ignora, occupée à enfiler ses mocassins, puis elle le précéda jusqu'à la table de bridge.

— Je gagne ! leur annonça Carole d'une voix triomphante. Vous auriez dû vous joindre à nous, je vous aurais dévalisés !

Une masse de jetons s'entassaient devant la jeune fille qui avait ri trop fort toute la soirée. Clément soupira et fit signe qu'il ne voulait pas de cartes.

— Je ne reprends pas de cave, ce n'est pas mon jour de chance. Continuez sans moi.

Il se leva pour suivre Bénédicte et Ivan dans le hall.

— Les jeunes n'ont jamais sommeil, ils sont capables de jouer toute la nuit ! Attends deux secondes, Ivan, je voudrais te demander quelque chose...

Prenant soin de refermer la porte de la grande salle, il baissa la voix :

— Qu'est-ce que tu penses de Maxime ? Franchement ?

Un peu dérouté, l'autre eut du mal à comprendre le sens de la question.

— Max ? C'est un garçon formidable.

— D'accord mais, bon, ce n'est plus un gamin, et les choses ont l'air de devenir sérieuses avec Louise...

— Et alors ? s'exclama Bénédicte, interloquée.

— Alors tu imagines ta fille avec un moniteur de ski, toi ? répliqua-t-il de façon très méprisante.

Avant qu'elle puisse répondre, Ivan revint vers Clément, lui posa une main sur l'épaule comme s'il voulait l'apaiser.

— Max a vingt-sept ans et il ne gagne pas trop mal sa vie. Je le connais depuis toujours, c'est quelqu'un de très droit, il a été parfaitement élevé par ses parents, même si ce ne sont que des fermiers. Tu veux des détails ? Il a eu son bac à seize ans, ensuite il a été formé par l'école nationale de ski et d'alpinisme. Il n'est pas seulement moniteur, il est guide de haute montagne, pisteur-secouriste, et il assume très bien sa passion. Sauf qu'il a renoncé à l'escalade pour Danièle, qui avait trop peur de l'accident. Je ne sais pas ce qu'il compte faire de son avenir, mais *a priori*, je lui fais confiance. Qu'est-ce qui t'inquiète dans tout ça ?

Se sentant un peu ridicule, Clément secoua la tête.

— Rien... Sauf qu'elle n'a que dix-huit ans, et aucune expérience des bonshommes !

— Qu'en sais-tu, au juste ? intervint Bénédicte qui s'était rapprochée d'eux.

— Ah bon, admit-il, vexé. Si personne ne me tient au courant...

— N'importe quel homme, embrassant ta fille devant toi, te sera forcément antipathique, lui dit Ivan avec un sourire étrange.

— Si vous vous liguez contre moi, je ne dis plus rien ! plaisanta Clément.

Sa phrase provoqua un certain désarroi chez Ivan. Décidément, il ne voulait pas de ce rôle-là. Il engloba Bénédicte et son mari dans un même regard qu'il souhaitait amical, puis il gagna la porte et sortit.

La patience ne faisait pas partie des qualités de Carole, Laurent aurait dû s'en souvenir. Lorsqu'ils se couchèrent, vers deux heures du matin, et qu'il commença à lui reprocher son indifférence, sa façon de l'ignorer délibérément durant toute une soirée, et surtout cette brusque fatigue qu'elle prétextait pour ne pas faire l'amour avec lui, elle réagit violemment. Elle avait vingt et un ans, elle était libre comme l'air, et Laurent n'avait pas à lui imposer son désir comme une obligation de vieux couple. Tant qu'elle y était, elle ajouta qu'elle le trouvait aigri, aussi ennuyeux qu'un dimanche à Paris. Puis elle prit l'une des couvertures de leur lit et annonça qu'elle préférait passer la nuit seule sur le canapé de la grande salle. Avant de s'endormir, elle rajouta deux bûches dans la cheminée et ranima les braises soigneusement tassées par Clément. Aucun remords ne la troublait, bien au contraire. Elle s'était contentée de saisir l'occasion offerte par Laurent pour mettre les choses au point, mais elle n'avait pas provoqué la querelle. Elle l'aimait bien, parfois même elle l'aimait beaucoup, mais elle n'en était plus amoureuse. A plusieurs reprises, elle avait tenté en vain de mettre un peu de distance entre eux. Laurent ne comprenait pas, il se mettait à bouder ou l'accablait de déclarations. Deux ans plus tôt, lorsqu'ils avaient commencé à sortir ensemble, elle avait fait pâlir d'envie toutes les filles parce qu'à ce moment-là il était la coqueluche de la fac de droit. Le bel indifférent au regard sombre, l'étudiant surdoué qui se mêlait rarement aux autres l'avait séduite par son mystère. Hélas ! au bout du compte elle n'avait découvert qu'un petit-bourgeois. Séduisant mais déjà casanier, brillant mais beaucoup trop jaloux, planifiant l'avenir avec une inquiétante minutie. De quoi la faire fuir, elle qui voulait voyager au bout du monde et multiplier les expériences.

Elle se réveilla avant le lever du jour et se demanda d'abord comment échapper aux questions que Bénédicte ou Louise, irréductibles lève-tôt, ne manqueraient pas de lui poser en la trouvant là. Après avoir replié la couverture, elle s'aventura dans le hall où elle décida de s'équiper pour sortir. Elle descendit jusqu'au village par la route, ravie d'entendre crisser la neige sous ses snow-boots, savourant l'impression de solitude que procurait le silence de la vallée. Sur la place, le bistrot était éclairé et elle s'y réfugia aussitôt. Devant un bol de café et des tartines, elle eut enfin une pensée indulgente pour Laurent. A son réveil, il allait la chercher dans toute la maison. S'il se montrait malin, il suivrait sans peine ses traces dans la neige. Mais peut-être resterait-il au coin du feu, drapé dans sa dignité, ou proposerait-il à sa sœur une balade à ski ?

Attablée près de la vitre, elle vit le Range Rover gris métallisé d'Ivan se garer devant le bar. Retenant son souffle, elle l'observa tandis qu'il descendait, claquait sa portière, puis se dirigeait vers elle sans la voir. C'était mille fois mieux que tout ce qu'elle avait pu espérer comme aventure matinale. Et comme revanche sur les bouderies ou les reproches de Laurent.

Ivan secoua ses bottes avant d'entrer. La neige avait dû se remettre à tomber car quelques flocons étaient accrochés dans ses cheveux et sur le col de sa parka. Il salua gaiement le patron avant de remarquer Carole, l'unique cliente de la salle. Elle lui fit signe d'approcher, recula même une chaise d'un geste autoritaire pour qu'il prenne place à côté d'elle.

— Vous vous levez tôt ! fit-elle remarquer, les yeux brillants.

— Je ne suis pas en vacances, répondit-il d'un ton neutre.

Il n'avait aucune envie de s'asseoir à sa table mais il ne voulait pas se montrer désagréable. Le patron du café trancha pour lui en apportant sa tasse et il fut obligé de céder.

— Puisque nous sommes seuls, lui dit Carole, je vais vous faire un aveu, vous me plaisez beaucoup.

C'était une déclaration tellement incongrue qu'il leva les yeux au ciel.

— Vous ne parlez pas sérieusement. Dans cinq minutes, vous regretterez d'avoir proféré une bêtise pareille.

Le sourire qu'elle lui adressa aurait charmé n'importe quel homme. Elle était vraiment ravissante, mais elle le savait et en abusait sans scrupule.

— Pourquoi une bêtise ? demanda-t-elle à mi-voix. Et pourquoi n'irions-nous pas prendre un autre café chez vous ?

Cette fois, elle passait les bornes, il le lui fit comprendre en posant de la monnaie sur la table. Il tourna un peu la tête pour regarder au-dehors où le ciel plombé commençait de s'éclairer. La neige tombait plus dru, à présent, et s'écrasait sur la vitre devant eux. Elle continuait de l'observer, un peu surprise du désir aigu qu'il lui inspirait. Jusqu'ici, les hommes de quarante ans ne l'avaient pas particulièrement attirée, cependant celui-là était différent. La première fois qu'elle l'avait vu, à la terrasse de ce même bistrot, l'été précédent, il lui avait semblé environné de tout le mystère qui manquait à Laurent. Elle avait été troublée par la couleur étrange de ses yeux, le son de sa voix, et elle s'était promis de le séduire. Par la suite, l'indifférence qu'il avait manifestée à son égard n'avait fait qu'attiser son envie, au lieu de la décourager. Et elle était assez sûre d'elle pour ne pas laisser passer l'occasion unique de ce tête-à-tête imprévu.

— Je pars travailler, dit-il en se levant. Si vous voulez, je vous dépose chez les Ferrière.

— Pas tout de suite ! protesta-t-elle. Vous n'êtes pas à une seconde près, quand même ?

Elle le provoquait du regard avec une insolence qui amusa Ivan. Il aurait dû se sentir flatté ou même, pourquoi pas, profiter de l'aubaine. Il avait suffisamment d'expérience pour comprendre qu'elle ne jouait pas la comédie. S'il la ramenait chez lui, elle ne lui laisserait pas le loisir de reprendre son souffle. Elisabeth s'était comportée de la même façon avec lui, autrefois. Lorsqu'il avait vingt ans de moins. Et peut-être continuait-elle encore aujourd'hui à subjuguer d'autres hommes de cette façon.

— Venez, insista-t-il, ou vous devrez remonter à pied. Je suis pressé.

Déçue, elle le suivit à contrecœur. Elle n'avait pas l'habitude de l'échec et elle se sentait vexée. Dehors, la neige tombait toujours et ils se hâtèrent de monter en voiture. Elle ne lui adressa pas la parole jusqu'à la maison mais, au moment où il arrêtait la voiture, elle lui posa la main sur le bras.

— Est-ce que vous me trouvez moche ? demanda-t-elle d'une petite voix d'enfant gâtée.

— Vous êtes superbe, répondit-il en souriant, mais beaucoup trop jeune pour moi, c'est tout.

Sa réponse lui plut et elle se pencha pour l'embrasser sur la joue, exactement au moment où la portière s'ouvrait avec violence. La tête hirsute et furieuse de Laurent apparut tandis que la neige s'engouffrait dans l'habitacle.

— Ne vous gênez pas, faites ça devant la porte ! hurla-t-il.

D'un geste calme, Ivan le repoussa pour pouvoir descendre.

— J'ai rencontré Carole au bistrot de la place et je vous l'ai ramenée, rien de plus, dit-il en faisant face, serein.

— Vous espérez que je vais croire ça ? lui lança rageusement Laurent.

Carole en avait profité pour faire le tour de la voiture et elle apostropha le jeune homme.

— Ne sois pas ridicule ! Rentre...

— Tu te comportes comme une vraie garce !

— Je ne suis pas ta femme, pas ta chose ! J'ai le droit de boire un café avec qui je veux.

— Bien sûr ! Avec ce mec, comme par hasard ! Ne me prends pas pour un con, en plus !

Poussé à bout par la nuit passée à ressasser sa colère, frustré de ne pas l'avoir trouvée au petit matin pour la réconciliation qu'il était prêt à lui offrir, ensuite inquiet, puis jaloux, et de nouveau malade de rage lorsqu'il avait aperçu par la fenêtre de la cuisine le 4 × 4 d'Ivan, il eut beaucoup de mal à ne pas lever la main sur elle. D'autant plus qu'elle affichait un petit sourire narquois, décidée à ne pas perdre la face.

— Tu vas attraper la crève, laissa-t-elle tomber.

Elle s'était appuyée au capot, comme si elle avait tout son temps pour cette scène dont elle était l'enjeu. Impuissant devant sa désinvolture, Laurent reporta sa colère sur Ivan.

— Foutez le camp ! Laissez-nous tranquilles !

— Calmez-vous un peu, lui dit gentiment Ivan, c'est vraiment un malentendu.

— Et pour ma mère aussi, c'est un malentendu ? Il faut être aveugle comme papa pour ne pas vous casser la gueule !

Il avait crié si fort que Clément, qui venait de sortir à son tour, entendit parfaitement la phrase.

— Laurent !

Etonnée par le tour que prenait la querelle, Carole s'écarta pour laisser passer Clément qui paraissait aussi furieux que son fils. Il le saisit par le bras, s'interposant entre Ivan et lui.

— Qu'est-ce qui te prend ? C'est quoi, ce scandale ?

— J'en ai marre de tes prétendus amis ! lui jeta Laurent. Je trouve Carole en train d'embrasser ce type, et tu voudrais que ça me plaise ? Je n'ai pas ta complaisance, moi ! Ne me dis pas que tu ne vois pas ce qui se passe, il y a des mois qu'il tourne autour de maman !

Tandis que Clément dévisageait son fils sans comprendre, la voix grave d'Ivan s'éleva derrière lui :

— Vous allez un peu loin, jeune homme, et vous mélangez tout. Je ne crois pas avoir jamais eu une attitude déplacée avec votre mère.

Son calme permit à Clément de se ressaisir. Il poussa Laurent vers la maison.

— Rentre, dit-il d'un ton sans réplique. Vous aussi, Carole. Allez vous expliquer plus loin tous les deux.

Il attendit de les voir disparaître dans la maison avant de se tourner vers Ivan qui murmura :

— Je suis désolé. Il ne s'est évidemment rien passé avec la petite. Je l'ai trouvée chez Paul et je lui ai proposé de la remonter jusqu'ici. J'ai supposé qu'ils avaient dû se disputer mais je ne lui ai rien demandé.

— Oh ! tu lui as tapé dans l'œil depuis le début, ce n'est un secret pour personne... Je te trouve même héroïque d'avoir résisté à ses avances ! Evidemment, ça rend fou Laurent.

Clément parlait sans rancune, pourtant Ivan jugea nécessaire de poursuivre.

— Quant à Bénédicte, je ne...

— Laisse tomber, je ne suis pas inquiet ! Il fallait bien qu'il te reproche quelque chose et il sait très bien que tu n'as jamais regardé Carole. C'est à elle qu'il devrait s'en prendre. Je pense même qu'il devrait la quitter, mais ce ne sont pas mes oignons, il est majeur et vacciné. Elle le fait tourner en bourrique, elle le provoque, c'est peut-être un jeu ?

— Amusant pour personne. Je ne pense pas que ton fils y trouve le moindre plaisir. Elle est authentiquement provocante.

— J'imagine..., admit Clément qui restait perplexe.

Cette histoire le dépassait un peu, sans vraiment le surprendre. L'éclat de Laurent était prévisible depuis un moment, mais pourquoi y avait-il mêlé sa mère ?

— Il faut que j'aille travailler, s'excusa Ivan.

Sans réfléchir, Clément lui tapa amicalement sur l'épaule. Il sentait qu'Ivan était en train de prendre ses distances et cette perspective lui déplaisait.

— Tout ça n'est pas grave, s'exclama-t-il avec un sourire contraint.

— Non, seulement désagréable. Pour toi aussi, je suppose.

— Pour moi ?

— Clément..., soupira Ivan, je ne drague pas ta femme.

Il attendit un instant, puis monta dans sa voiture et démarra aussitôt. Les flocons tourbillonnaient, à présent, noyant les contours de la maison forte. Les feux arrière du Range disparurent et Clément s'aperçut qu'il avait très froid.

Bénédicte était partie tôt, appelée par un fermier inquiet au sujet d'une vache. Sur place, on la conduisit dans une étable mal tenue où un bétail maigre allait et venait à sa guise. La vache en question était en train de mourir, couchée sur le flanc. L'un de ses antérieurs présentait une fracture ouverte, avec une vilaine plaie infectée, conséquence probable d'une chute. Il était beaucoup trop tard pour tenter quoi que ce soit et Bénédicte annonça qu'il fallait l'abattre, ce qui déclencha les lamentations, puis la colère du fermier. L'affaire prit un certain temps et ne s'acheva qu'avec l'arrivée de l'équarrisseur.

Lorsqu'elle rentra, un peu avant le déjeuner, la maison lui parut bien silencieuse. Elle monta jusqu'au grenier où elle trouva Clément assis devant l'écran de son ordinateur.

— Où sont passés les enfants ? demanda-t-elle. Partis en promenade ?

Elle traversa la grande pièce et vint se laisser tomber sur un tabouret près de lui.

— Toutes les fermes ne ressemblent pas à celle des Battandier, tant s'en faut ! déclara-t-elle en extirpant un paquet de cigarettes de la poche de son gilet. Je sors d'un vrai bouge. Le type était confit dans l'alcool, irresponsable, et ses locaux sont insalubres.

— Ah bon ? En tout cas, tu as une mine resplendissante, dit Clément qui la regardait d'un drôle d'air. Tu es très belle, en ce moment...

Il lui ôta le briquet des mains pour lui offrir du feu lui-même.

— Et il paraît que tu fais tourner les têtes, dont celle d'Ivan, le pauvre... Enfin, ça, c'est la version de ton fils qui nous a fait une crise tout à l'heure. Il ne s'est rien passé d'extraordinaire, mais il a pris la mouche.

Silencieuse, un peu sur la défensive, elle l'écouta raconter en détail l'algarade de la matinée.

— Ensuite ils se sont engueulés pendant plus d'une heure, Carole et lui, puis ils ont demandé à Louise de les conduire à Annecy pour y prendre le premier TGV. J'ai quand même réussi à coincer Laurent cinq minutes avant son départ et il s'est platement excusé. Il a bien été obligé d'admettre qu'Ivan n'a jamais jeté le moindre regard à Carole, qui se conduit comme une allumeuse.

Il s'interrompit pour reprendre son souffle et Bénédicte en profita pour demander, d'un ton mesuré, quel rôle elle était censée tenir dans cette histoire. Clément se mit à rire, puis il se leva et vint embrasser sa femme sur la bouche.

— D'après Laurent, je devrais casser la figure d'Ivan.

— Et pourquoi ça ?

— Parce qu'il ne te quitte pas des yeux et qu'il ne parle qu'à toi.

Au lieu de protester, ou d'en rire, elle se contenta d'écraser son mégot avec soin, sans faire le moindre commentaire. Elle n'était pas indifférente à ce que Clément venait de dire. Au contraire, elle éprouvait une sourde satisfaction qui n'avait rien à voir avec de la vanité. Comme c'était la seconde fois que Laurent accusait Ivan, il avait forcément remarqué quelque chose qui avait échappé à Clément, et à Bénédicte elle-même. Et si c'était vrai, c'était plutôt agréable.

— Qu'est-ce que tu penses de tout ça ? interrogea-t-elle enfin.

— Rien. Laurent a toujours été d'une jalousie maladive. Y compris avec toi ! Les types du genre d'Ivan le mettent mal à l'aise.

— Quel genre ?

— Sûr de lui, arrivé, ce que notre fils n'est pas encore. En plus, il faut bien reconnaître qu'Ivan a ce qu'on appelle une belle gueule, non ?

Bénédicte se dispensa de répondre tout en songeant qu'il avait aussi de belles mains, une belle voix et une belle silhouette, sans parler de son regard.

— Bref, l'incident est clos, j'espère que Carole ne mettra plus les pieds ici. J'aime beaucoup Ivan et je ne suis pas sûr qu'il ait bien pris la chose. Passe le voir, à l'occasion, pour qu'il n'y ait pas de malentendu.

Cette fois, elle dévisagea Clément pour s'assurer qu'il ne plaisantait pas. Mais non, il ne pouvait pas deviner ce qui n'existait pas, ou si peu.

— Avant que Louise ne revienne, je veux te parler d'un truc beaucoup plus sérieux, enchaîna-t-il. Figure-toi que j'ai reçu une drôle de proposition, ce matin...

— De qui ?

— D'une agence d'Annecy. Ou plus exactement du propriétaire de deux grosses agences immobilières.

Son air à la fois triomphant et un peu gêné n'annonçait rien de bon.

— Et, je te le donne en mille, il me propose la direction d'une des deux !

— Comme ça ?

— Non, je l'ai déjà rencontré plusieurs fois puisque j'ai travaillé sur son système informatique. On a bavardé, je lui ai expliqué tout ce que j'avais fait à Paris... Il veut un homme d'expérience pour diriger son équipe de négociateurs, alors il m'a appelé en me demandant ça comme un service. Quand je pense à ce que j'ai galéré sans rien trouver, pendant des mois, et là, je suis tranquillement dans mon coin...

— Mais tu aimerais bien en sortir ?

Soulagé d'être si bien compris, il lui adressa un sourire ravi.

— Disons que ce serait une situation intéressante. J'ai déjà été échaudé, et je saurai quoi faire si je me retrouve au chômage. Mais l'idée de pouvoir bouger, voir du monde et pratiquer la vente sur le terrain... C'est vraiment tentant !

Quand il s'animait ainsi, Clément retrouvait tout son charme de bateleur.

— Tu sais que j'adore Annecy, la perspective d'aller travailler tous les matins dans la vieille ville me réjouit beaucoup.

Les canaux, les passerelles et les pontons ne justifiaient sûrement pas son exaltation. C'était plutôt la perspective de renouer avec son ancien métier qui le galvanisait. Il avait trop le goût du commerce pour rester seul dans son grenier, elle l'avait toujours su. Tout comme elle comprit qu'il avait déjà pris sa décision, et peut-être même donné sa réponse. Et c'était bien parce qu'il était entièrement préoccupé de cette nouvelle étape professionnelle qu'il n'accordait aucune attention aux mises en garde de son fils. Vingt ans auparavant, il se serait montré plus méfiant, plus jaloux.

— Tu ne pourras pas faire la route matin et soir avec toute cette neige, fit-elle remarquer d'une voix lasse.

— Oui, admit-il, ça peut poser des problèmes quelques semaines par an. Mais j'ai toujours la possibilité de passer une nuit à l'hôtel, ou même de louer un petit pied-à-terre en ville. Je serai bien placé pour dénicher quelque chose de pas cher !

Il avait donc arrangé les détails, aplani les difficultés par avance.

— Tu as raison, dit-elle lentement.

Autant le laisser aller puisqu'il y était résolu. Elle aurait dû s'insurger, refuser la solitude des nuits d'hiver, lui rappeler que c'était lui qui avait imposé cette maison comme foyer, mais elle préféra se taire. Etre la femme de Clément ne lui donnait pas le droit de l'emprisonner. Quittant son tabouret, elle lui adressa un sourire désinvolte.

— Allons nous occuper du déjeuner, j'ai plein de rendez-vous cet après-midi ! lança-t-elle gaiement.

Les mains enfouies dans le pelage de Roméo, Ivan avait retrouvé son calme. Bénédicte devait maintenant connaître les détails de l'esclandre provoqué par son fils. Peut-être en riait-elle. Ou bien elle était choquée, furieuse. De toute façon, il ne pourrait jamais plus la croiser sans se sentir ridicule.

Allongé sur le dos, en travers de son lit, il continuait de caresser le loup qui avait posé sa tête sur le bord du matelas et le fixait de ses yeux jaunes.

— On va partir en voyage, tous les trois, murmura Ivan.

Le plus simple était de fuir. Deux ou trois fois par an, il montait à Paris pour y rencontrer des acheteurs, et son atelier de verrerie ne tenait que grâce à son acharnement pour découvrir de nouveaux débouchés. Il avait plusieurs clients à voir et à convaincre, il lui suffisait d'organiser rapidement ses rendez-vous. Il s'installait toujours au même endroit, un hôtel à Saint-Germain-en-Laye, où il avait ses habitudes et où la proximité de la forêt lui permettait de faire courir Roméo et Diva. Le reste du temps, ils attendaient sagement dans le Range Rover, comme deux bons gros chiens de garde.

Ivan roula sur le ventre et le loup commença à lui mordiller l'oreille.

— Arrête, grogna Ivan, je ne suis pas ta mère...

D'un coup de patte autoritaire, Roméo lui laboura l'épaule et réussit à le faire tomber sur le tapis. Il émit un bruit rauque, très particulier, qui tenait du jappement et du grognement, signe infaillible qu'il voulait jouer.

— Non ! protesta Ivan en se débattant.

A tâtons, il chercha la nuque de l'animal puis l'empoigna par la peau du cou. Instantanément, Roméo se coucha à côté de lui, penaud. En signe de paix, Ivan l'embrassa sur les babines.

— Il faut que je m'en aille, lui chuchota-t-il, je suis amoureux comme un gamin de quinze ans...

Au lieu de se relever, il appuya sa tête contre le flanc tiède du loup. Il allait lui falloir beaucoup de courage pour se sortir de cette histoire. Et surtout pour abandonner délibérément une sensation aussi intense. Quelque chose qu'il n'avait pas éprouvé depuis sa jeunesse.

— Je vais tout régler aujourd'hui, on partira demain, décida-t-il.

Mais il n'avait aucune envie de bouger, de monter à l'atelier, de téléphoner durant des heures.

— Amoureux, répéta-t-il en fermant les yeux, étonné de se complaire dans un tel désastre.

7

La réunion durait depuis plus de deux heures et piétinait, mais Bénédicte continuait d'écouter avec attention le récit des gardes forestiers. La présence de loups dans le parc naturel des Bauges n'avait pu être établie, faute de témoin visuel, cependant l'inquiétude s'installait peu à peu dans la région.

— Hormis celles de Haute-Maurienne ou du Mercantour, aucune meute n'a été identifiée, poursuivit l'ennuyeux scientifique qui avait pris la parole. Les loups remontent l'axe alpin, c'est sûr, et ils finiront bien par arriver en Haute-Savoie, mais pour le moment, ils n'ont pas été signalés. Il faut rester vigilant, c'est tout ce que nous pouvons faire.

— Pas question de connaître les difficultés du parc des Ecrins ! s'emporta l'un des responsables. Là-bas, des dizaines de brebis ont été égorgées. Même chose sur le plateau du Vercors. Les groupements d'éleveurs ne nous pardonneront pas la moindre négligence, je vous préviens !

— Le loup aussi doit être protégé, soupira l'éthologue[1]. La fédération France-nature-environnement refuse qu'il serve de bouc émissaire.

Il poussa une feuille de papier sur la table autour de laquelle ils avaient tous pris place au début de la matinée.

— Vous avez lu la circulaire du ministère ? C'est écrit en toutes lettres, il faut assurer la cohabitation entre le pastoralisme et le loup, espèce sauvage faisant partie de notre patrimoine naturel !

Excédé, l'administrateur de la commission se leva.

— C'est ridicule, ça ne marchera jamais, c'est antinomique.

— Pas forcément, murmura Bénédicte.

Toutes les têtes se tournèrent vers elle avec un bel ensemble.

1. Chercheur spécialisé dans l'étude des comportements animaux.

— Comme chacun sait, poursuivit-elle d'une voix plus ferme, le loup attaque pour manger, pas pour blesser. C'est un prédateur utile à l'équilibre de la faune. Et même si nous devons faire face à des incidents, dans notre parc, il faudra éviter les amalgames. Il n'y a pas que les loups qui s'en prennent au bétail, il faudrait aussi recenser les lynx, les chiens errants...

— C'est le rôle des observateurs, sur le terrain ! railla l'administrateur. Vous en faites désormais partie, madame Ferrière, mais je ne vous souhaite pas pour autant de vous retrouver nez à nez avec des loups affamés !

— Aucune chance, ils n'approchent pas les humains, répondit-elle sans s'énerver.

Convoquée d'urgence, alors qu'elle ne devait prendre ses fonctions que trois semaines plus tard, Bénédicte avait fait la connaissance des responsables du parc le matin même. L'ordre du jour portait sur les derniers événements survenus dans les Alpes. Partisans et opposants, qui s'affrontaient sans s'écouter, avaient tout de même pris la précaution de s'entourer de spécialistes afin d'impressionner le préfet.

— La France a signé les accords de Berne en 92, rappela un agent de l'Office national de la chasse. Nous avons ratifié une convention qui réglemente la protection de l'espèce, il n'est pas question de se comporter comme des sauvages.

L'un des scientifiques se leva pour répondre et Bénédicte étouffa un soupir agacé. Comme toujours, il y avait un monde entre la théorie et la pratique. La réimplantation de l'ours dans les Pyrénées était une question tout aussi épineuse, et tous les technocrates enfermés dans les bureaux des ministères n'avaient aucune idée de la réalité.

— Nous avons voulu faire comme les Américains à Yellowstone, mais eux disposent d'espaces infinis. C'est loin d'être le cas chez nous ! Nos ours ne sont jamais loin des populations, c'est... préoccupant. Le problème se posera de la même manière pour les loups.

— La preuve, dans l'Isère certains bergers ont déjà renoncé à la transhumance, annonça un garde. Il y a un vent de panique sur le massif de Belledonne où un troupeau a été décimé. Mais là non plus personne n'a vu le ou les coupables de ce massacre, et il est très possible qu'il s'agisse de chiens errants. Ce ne serait pas la première fois ! Le docteur Ferrière a raison, c'est trop facile de crier au loup.

Bénédicte le remercia d'un signe de tête. Depuis longtemps, bien avant qu'elle ait eu l'occasion d'approcher ceux d'Ivan, les loups la fascinaient. Mais maintenant qu'elle connaissait Roméo et Diva, elle risquait d'être encore plus partiale. Elle songea un moment aux yeux jaunes de Roméo et, par association d'idées, au regard de son maître.

Autour d'elle, les gens commençaient à rassembler leurs notes pour les ranger dans les inévitables mallettes de cuir. Les dossiers mettraient des mois à remonter la hiérarchie et, pendant ce temps-là, les bergers allaient sûrement dévaliser les armuriers. Elle se leva avec les autres, serra les mains qu'on lui tendait et promit de commencer ses observations dans le parc dès le lundi suivant. Son contrat stipulait quarante heures par mois, à répartir sur deux matinées chaque semaine et assorties d'un rapport trimestriel détaillé. En échange, les gardes mettraient à sa disposition un engin tous terrains, des cartes d'état-major et des jumelles. Pour le moment, elle n'avait pas d'autre directive que le recensement.

Sur le parking, elle récupéra sa voiture et se dépêcha de reprendre la route. Elle n'aurait probablement pas le temps de déjeuner avant de commencer sa consultation de l'après-midi, mais c'était sans importance, elle préférait sauter les repas lorsque Clément n'était pas là. Un sandwich accompagné d'un verre de roussette, en compagnie de Louise, lui semblait de loin préférable.

Depuis qu'il avait pris la direction de l'agence d'Annecy, Clément avait retrouvé tout son entrain. Il faisait le trajet matin et soir sans se plaindre et n'avait dormi que deux fois à l'hôtel. Ces nuits-là, Bénédicte s'était étalée avec plaisir en travers de leur grand lit, bénissant la tempête de neige. L'absence de son mari, loin de l'attrister, lui offrait quelques heures de solitude et de réflexion somme toute appréciables. Chaque dimanche, Clément improvisait des sorties qui les ramenaient vers la ville, comme s'il ne pouvait plus s'en passer. Il lui avait fait découvrir les rues sinueuses du vieil Annecy, le marché sous les arcades, les quais du canal de Thiou et les restaurants de poisson. Il vantait les charmes du lac et, conséquence directe, les tarifs prohibitifs de l'immobilier. Un samedi après-midi, alors qu'elle était venue le rejoindre à l'agence, Bénédicte avait fait la connaissance de la secrétaire et de deux des négociateurs. Elle avait noté que, si Clément usait avec eux d'un ton paternel, il les surveillait de très près, bien décidé à accroître le chiffre d'affaires.

Dans les rares moments qu'ils passaient ensemble à la maison, Clément parlait beaucoup de lui. Il cherchait à faire rire Louise en lui racontant de quelle manière il avait emporté ou forcé une vente difficile, mais il oubliait de l'interroger sur ses propres aspirations. Avec Bénédicte, il multipliait les attentions et les petits cadeaux, toujours dénichés dans une « merveilleuse » boutique et souvent farfelus, mais il ne posait aucune question sur la bonne marche du cabinet. Indulgente, elle supposait qu'il rattrapait le temps perdu de ses années de chômage, qu'il éprouvait un besoin vital de se valoriser et que sa crise de nombrilisme ne serait que passagère. En attendant, il négligeait complètement la maison et c'était Max qui s'occupait des petites réparations dès qu'il pouvait s'échapper de La Clusaz. Bénédicte avait pris l'habitude de le voir débarquer, plusieurs fois par semaine, toujours de bonne humeur et prêt à rendre service. Louise attendait ses visites avec impatience, de plus en plus amoureuse, et durant les vacances de février où il ne pouvait quitter la station de sports d'hiver, elle n'avait pas hésité à aller le rejoindre.

Parvenue au col de L'Epine, Bénédicte s'arrêta pour profiter un instant du paysage. Au-dessus de la chaîne des Aravis, le ciel était d'un bleu profond et elle eut soudain très envie d'être au lundi suivant pour partir à la découverte du massif des Bauges. Elle aurait enfin la possibilité de marcher des heures entières, seule, et d'observer toute une faune inconnue s'ébattant dans un environnement naturel. C'était un aspect de son métier qu'elle n'avait jamais abordé mais qui allait la passionner, elle en était certaine. Tout comme elle était sûre d'être arrivée à un moment de sa vie où elle avait besoin, elle aussi, de liberté et de silence.

Nerveuse, Carole jeta un nouveau coup d'œil à sa montre. Il était déjà six heures vingt et Laurent n'était toujours pas en vue. Les étudiants se faisaient plus rares sur le trottoir de la rue Soufflot, mais en revanche le bistrot s'était rempli. En principe Laurent passait là et, connaissant ses habitudes, elle avait choisi une table près de la vitre, pour être sûre de ne pas le manquer.

Depuis qu'elle avait rompu avec lui, elle l'avait aperçu à plusieurs reprises dans les couloirs ou les amphis d'Assas, mais il n'avait jamais cherché à l'approcher. Au début, elle en avait été soulagée. Leur histoire était finie et elle n'avait pas envie d'être harcelée. Pourtant elle avait continué à l'observer, de loin, un peu agacée par toutes ces filles qui se bousculaient pour le consoler. Dès la minute où il s'était retrouvé seul, il était redevenu la coqueluche de la fac. D'autant plus que son air malheureux, voire inconsolable, lui donnait une allure irrésistiblement romantique.

La rupture n'avait pas apporté à Carole le soulagement qu'elle en attendait. Tous les garçons avec lesquels elle était sortie durant ces dernières semaines lui avaient paru dénués d'intérêt. Malgré son caractère ombrageux, Laurent était brillant, intelligent et caustique. En plus il l'avait aimée avec une authentique passion qu'elle ne retrouvait décidément pas chez les autres.

Elle commanda un second café et se remit à scruter la rue. L'approche du printemps lui procurait une sorte de fébrilité sans objet qui la rendait capricieuse, et son travail s'en ressentait. Incapable de se concentrer, elle pensait souvent à Laurent et finissait par regretter de l'avoir plaqué. Bien sûr, il s'était montré odieux, mais enfin elle l'avait poussé à bout. Dans le train qui les ramenait d'Annecy, elle avait eu des mots très durs, jouant de sa jalousie comme d'une arme pour le blesser, et elle y était parvenue au-delà de ses espérances.

Une haute silhouette mince attira soudain son attention. C'était bien Laurent qui arrivait, tout seul comme elle le souhaitait, vêtu d'un long manteau noir et d'une écharpe blanche. Elle le détailla avec intérêt, tandis qu'il approchait, notant les cernes sous son regard sombre. Il deviendrait un jour un grand avocat, c'était évident. Il en avait toutes les capacités intellectuelles et déjà l'allure. Elle attendit qu'il soit parvenu à sa hauteur pour taper sur la vitre, du bout de son stylo. Il croisa son regard, s'arrêta un instant avant de se décider à faire demi-tour. Sans la quitter des yeux, il se fraya un chemin à travers les tables tout en répondant à quelques interpellations de ses copains. Enfin il s'immobilisa devant elle, surpris du sourire éblouissant qu'elle lui adressait.

— Je te guettais, déclara-t-elle en lui faisant signe de s'asseoir.

— Tu as quelque chose à me dire ? demanda-t-il sans bouger.

La tête levée vers lui, elle était ravissante.

— On peut tout de même boire un verre ensemble, ça n'engage à rien, affirma-t-elle d'un ton léger.

— Et ça ne sert à rien, répliqua-t-il. Toi, tu t'en fous, mais moi j'en bave.

C'était un aveu sincère, prononcé sans aucune emphase.

— Tu es très jolie, comme d'habitude, dit-il encore avant de tourner les talons.

Elle ne fit rien pour le retenir. Elle savait ce qu'elle voulait savoir et maintenant elle avait tout son temps.

Ivan étala soigneusement le beurre salé sur les deux moitiés de la baguette qu'il venait de griller. Le bilan de ces dernières semaines était résolument positif et les employés de l'atelier étaient restés stupéfaits devant la liste de commandes. Les voyages successifs effectués à Paris puis à Lyon avaient donné des résultats inespérés.

Tout en dévorant son petit déjeuner, il jeta un coup d'œil critique aux dessins étalés sur la table. Pour éviter de penser en vain à Bénédicte, il s'était acharné sur ses esquisses des nuits entières. L'accord passé avec le conseil régional pour un objet commémoratif lui avait donné du fil à retordre mais il en était venu à bout. Il s'agissait d'un trophée de cristal, exécuté en nombre limité, qui devait représenter les symboles stylisés des deux Savoie. Son projet avait remporté une adhésion immédiate et le contrat était arrivé par retour du courrier. Ses clients parisiens avaient été tout aussi rapides à se décider pour la réalisation d'une cinquantaine d'encriers gravés et numérotés, destinés à marquer le jubilé d'une célèbre maison de stylos. S'inspirant des formes de la Belle Epoque, Ivan avait proposé une ébauche qui avait séduit sur-le-champ.

Il savoura quelques gorgées de café avant de se tourner vers la fenêtre grande ouverte. Malgré le froid, il tenait à profiter de ce premier soleil printanier. L'hiver ne serait bientôt plus qu'un souvenir, même si quelques plaques de neige s'accrochaient encore au flanc de la montagne. Depuis plus d'un mois, il avait réussi à éviter la famille Ferrière en déclinant l'une après l'autre les invitations de Clément, et surtout en refusant de s'arrêter lorsqu'il croisait la voiture de Bénédicte sur les routes. A chaque retour de voyage, il avait consacré tout son temps à son atelier, heureux de pouvoir se noyer dans le travail et attentif à ne redescendre au chalet que tard le soir. Ses rares sorties avaient été réservées aux Battandier ou à ses longues promenades en compagnie de Roméo et de Diva. Ces derniers s'étaient très bien comportés durant les déplacements, jouant à merveille leur rôle de chiens.

Un bruit de portière claquée tira brusquement Ivan de sa rêverie. Persuadé qu'il ne pouvait s'agir que de Pierre, il alla ouvrir la porte pour l'accueillir et se retrouva nez à nez avec Bénédicte qui s'apprêtait à frapper. Ils se dévisagèrent une seconde en silence tandis que Roméo se glissait entre eux. Avec une acuité surprenante, Ivan remarqua tous les défauts du visage de Bénédicte, des yeux un peu écartés aux pommettes trop saillantes, du réseau de fines rides qui commençaient à marquer les coins de sa bouche aux quelques cheveux blancs près des tempes. Elle était presque aussi grande que lui, désespérément solide et bien charpentée, exactement telle qu'il s'en souvenait. Il constata qu'il aimait tout, en bloc et en détail, qu'il aurait pu la dessiner sans erreur et surtout sans rien modifier d'elle.

Déconcertée par son silence, autant que par son regard scrutateur, elle passa devant lui pour entrer dans le chalet.

— Vous n'étiez jamais là, dit-elle en s'arrêtant au milieu de la cuisine.

La remarque était banale mais Ivan l'interpréta comme un reproche et il en fut gêné.

— Des voyages d'affaires, murmura-t-il en guise d'explication.

— Vraiment ?

Elle s'était tournée vers lui, hésitant à s'asseoir, et il se dirigea vers la fenêtre qu'il ferma. La présence de Bénédicte chez lui le mettait si mal à l'aise qu'il enfouit ses mains dans les poches de son jean puis s'appuya au mur, loin d'elle. Il portait un pull noir, un peu grand, qui le faisait paraître maigre mais rendait ses yeux plus clairs encore.

— Vous nous fuyez, dit-elle abruptement.

— Non ! Enfin si... Un peu.

Il n'avait pas envie de mentir mais l'appréhension le paralysait.

— Pourquoi ? C'est à cause de Laurent ?

De plus en plus embarrassé, il secoua la tête. Il pensa à la colère du jeune homme, songea une fois de plus que Guillaume aurait pu lui ressembler.

— Laurent n'a pas tort, murmura-t-il.

Elle avait commencé d'esquisser un geste vers son sac mais elle s'arrêta net.

— Comment ça, pas tort ? demanda-t-elle d'une voix atone.

Il pouvait encore se dérober mais il ne le voulait pas.

— Il a envie de protéger sa mère, je suppose que c'est normal. Et comme il vous aime énormément, il sait reconnaître ce sentiment-là chez les autres.

Achevant son mouvement, Bénédicte avait sorti deux petites boîtes blanches de son sac. Elle se mit à jouer avec, très embarrassée par ce qu'elle venait d'entendre. Ivan ne bougeait pas, toujours appuyé au mur près de la fenêtre, son visage à contre-jour. Au bout de quelques instants, le silence devint intolérable. Elle fit deux pas vers lui puis, se ravisant, elle alla déposer les boîtes sur la table, au milieu des dessins éparpillés.

— J'étais venue pour vacciner Roméo et Diva, dit-elle très vite sans le regarder. Il y a quelques cas de rage et j'imagine que vous ne les avez jamais conduits chez un vétérinaire ? En plus, je voulais vous prévenir de la psychose qui est en train de s'installer au sujet des loups. Ne les perdez pas de vue et ne les laissez pas approcher du bétail, il paraît que les bergers deviennent nerveux ces temps-ci. Vous devriez leur mettre des colliers qu'on remarque de loin, rouges ou bleus, avec une grosse médaille qui porterait votre numéro de téléphone. Pour qu'ils aient l'air de braves chiens bien domestiques. Et, si vous voulez, je peux aussi les tatouer dans l'oreille.

Elle reprit sa respiration avant de se retourner. Ivan l'observait, toujours muet et immobile.

— Je n'aimerais pas qu'il leur arrive quoi que ce soit, ajouta-t-elle en tendant la main vers Roméo.

Assis à côté d'elle, l'animal se laissa caresser et la poussa un peu, de la truffe.

— Merci, articula enfin Ivan. C'est sûrement contraire à la déontologie...

— Oui. Voulez-vous les piquer vous-même ? Je ne tiens pas à les effrayer, surtout Diva, elle reste méfiante avec moi.

Résigné, il avança jusqu'à la table, s'agenouilla à côté du loup mais garda la tête baissée pour éviter de croiser le regard de Bénédicte. Elle lui tendit le vaccin, lui indiqua l'endroit où enfoncer l'aiguille. Puis il appela Diva et répéta l'opération sur elle.

— Pour les tatouages, on fera ça au cabinet et vous me les tiendrez, d'accord ?

Au-dessus de lui, elle contemplait ses mèches blondes, sa nuque, étonnée par la tentation qu'elle éprouvait soudain de poser ses mains sur ses épaules. Lorsqu'il se redressa enfin, elle s'écarta, troublée. Elle n'avait aucune envie de partir et elle était trop franche pour laisser durer le malentendu.

— Ivan, dit-elle doucement, qu'est-ce que je dois comprendre ?

Il pâlit un peu mais répondit tout de suite.

— Je suis désolé, je vous mets dans une situation très désagréable. J'aurais dû réagir avant mais maintenant je suis complètement... dépassé. C'est pour cette raison que je préfère ne plus vous voir. Prenez-le comme un hommage et n'y pensez plus.

Le sourire qu'il tenta d'esquisser ne parvint qu'à la bouleverser davantage. Elle toussota, gênée, avant d'avouer :

— Ce n'est pas vraiment désagréable, vous savez...

Cette fois il osa la regarder droit dans les yeux.

— Vous ne me facilitez pas les choses, Bénédicte.

Il avait prononcé son prénom avec une telle douceur qu'elle franchit le pas qui les séparait. Très lentement, il leva la main, effleura à peine sa joue.

— Je ne ferai jamais ça, souffla-t-il.

Déconcertée, elle attendit qu'il s'explique, mais il précisa seulement :

— Pas vous.

L'attitude presque encourageante qu'elle adoptait était pour lui la pire. Il ne souhaitait pas qu'elle cède à une impulsion pour le rejeter ensuite. Il ne voulait pas se retrouver minable, menteur, amant occasionnel et accessoire. Renoncer à elle était beaucoup moins dur qu'endosser à nouveau le rôle du coupable.

— Vous êtes la nièce de Mathilde, dit-il de façon ambiguë. J'étais sous le charme avant de vous rencontrer. C'est ma faute, j'aurais mieux fait de garder mes distances.

Conscient qu'il lui suffisait d'étendre les bras pour la serrer contre lui et qu'à l'évidence elle ne le repousserait pas, il fut envahi d'une sorte de vertige. Un triomphe dont il ne pouvait pas profiter, quoi qu'il lui en coûte. Elle eut un mouvement d'épaules, comme pour se débarrasser d'un poids, et elle soupira. Cherchant à se donner une contenance, elle caressa de nouveau Roméo qui était resté près d'elle.

— Vous viendrez quand même, pour les tatouages ?

Elle l'avait demandé d'une voix mal assurée, déçue à l'idée de ne plus le revoir.

— Bien sûr, répliqua-t-il, et je vous remercie beaucoup de vous en être souciée. J'achèterai les colliers mais soyez sans crainte, tout le monde les connaît par ici, il n'y aura pas de confusion.

Avec un petit hochement de tête, elle se dirigea vers la porte, incapable d'ajouter quelque chose à leur drôle de conversation. Dehors, le soleil était éblouissant et elle respira profondément avant de descendre les marches de bois. Une fois assise dans sa voiture, elle prit le temps d'observer la façade du chalet, partagée entre l'envie de rire et celle de s'enfuir. A quand remontait la dernière déclaration d'amour qu'on lui ait adressée ? Et depuis combien de temps n'avait-elle pas été aussi émue ? Pourquoi cet homme la touchait-il à ce point ?

— Parce que ça te rajeunit, ça te flatte, ça te fait plaisir, énuméra-t-elle entre ses dents.

Mais non, il y avait autre chose, de plus insidieux et plus grave. Lorsqu'elle avait aperçu Ivan au cimetière, quelques mois auparavant, le jour de l'enterrement de Mathilde, elle l'avait évidemment remarqué. Et comme toujours lorsqu'elle rencontrait un homme séduisant, elle s'était obligée à ne pas y penser. Toute sa vie, elle avait agi de la même façon. Elle était mariée, mère de famille, liée par ses engagements et donc indisponible. Après vingt ans consacrés à ses études, à son mari, à ses enfants, à son métier, elle n'envisageait plus rien de personnel. Sa route était tracée et elle continuait d'avancer sans se poser de questions, comme un bon petit soldat, persuadée qu'elle n'avait ni besoin ni envie d'autre chose. A quarante ans, elle ne se croyait plus en mesure de plaire, sinon pour de brèves parenthèses qui ne la tentaient pas. Quant à déclencher une soudaine passion de la part d'un homme comme Ivan, qui n'avait qu'à poser les yeux sur n'importe quelle femme de n'importe quel âge pour la faire rougir, c'était absurde. Tellement inconcevable que même Clément n'y croyait pas. Tout juste s'il n'avait pas exigé qu'elle aille le consoler des accusations de Laurent !

Une bouffée d'angoisse la submergea brutalement. Au bord du malaise, elle se pencha en avant, appuya son front contre le volant. La déclaration d'Ivan aurait dû l'amuser, pas ouvrir cet abîme sous ses pieds. Après tout, elle avait bien failli céder à un réel désir, tout à l'heure, et se retrouver dans ses bras ou dans son lit.

« Je ne vis pas, je gagne de l'argent. Je ne fais pas l'amour, je fais semblant. Je ne prends aucune décision, je laisse Clément penser pour moi... Comment ai-je pu en arriver là sans m'en rendre compte ? »

Son cœur battait très vite et elle avait chaud. En dégrafant le col de son blouson, elle sentit une larme sur sa joue, ce qui acheva de la démoraliser. Il fallait absolument qu'elle se reprenne, elle n'allait pas piquer une crise sous les fenêtres d'Ivan. Mais le barrage s'était rompu et elle ne parvenait pas à endiguer tout un flot de sentiments contradictoires qui la clouaient sur son siège. Des souvenirs surgissaient en désordre, absurdes et pathétiques. Le décès de ses parents, les nuits de veille à préparer des concours, deux maternités vécues à la hâte, des réflexions idiotes de son mari sur un dîner raté ou une tenue excentrique.

La portière s'ouvrit sans qu'elle trouve le courage de bouger ni d'ouvrir les yeux.

— Je suis vraiment désolé, dit la voix grave d'Ivan. Est-ce que ça va ?

Au bout d'un instant, elle fit l'effort de se redresser et s'appuya au dossier. D'un geste rageur, elle essuya sa joue sans regarder Ivan qui s'était accroupi sur ses talons pour être à sa hauteur, ne sachant que faire.

— Vous devez être fatiguée. L'hiver est long en montagne et vous avez joué une partie difficile en vous installant ici...

Il parlait d'un ton rassurant, cherchant un peu ses mots.

— Vous voulez marcher ? Ou boire quelque chose ?

Avant qu'elle ait pu répondre, il s'était relevé et avait disparu. Elle en profita pour descendre mais il revint presque tout de suite avec une bouteille d'eau. Elle but au goulot, à longs traits, étonnée d'avoir aussi soif. Ensuite ils échangèrent un coup d'œil prudent.

— Je me sens mieux, commença-t-elle.

— On fait quelques pas quand même.

D'autorité, il la prit par le bras et l'entraîna vers un sentier en pente douce.

— Je me demandais si vous aviez un problème pour démarrer, et puis je vous ai vue à travers le pare-brise... Oh ! regardez, c'est la première gentiane de la saison !

Il l'avait lâchée pour se pencher vers la fleur bleue mais il hésitait à la cueillir.

— Laissez-la, elle ne vous a rien fait, dit Bénédicte.

Sa gaieté était revenue d'un coup et elle huma avec plaisir l'air parfumé d'odeurs délicates. Etonné par le ton enjoué de sa voix, il se retourna pour lui sourire.

— Ici, le printemps est souvent superbe, vous allez adorer... Mathilde a planté beaucoup de choses, l'année dernière. Le jardin vous réserve plein de bonnes surprises.

— De quel genre, les surprises ?

— Elle semait avec un certain humour. Vous devriez bientôt découvrir un tapis de céraistes et de linaires, du côté de l'étable, simplement parce qu'on les appelle des corbeilles-d'argent et des ruines-de-Rome. Ce mélange de mots la faisait beaucoup rire mais, rassurez-vous, le résultat sera ravissant. Près du banc, vous aurez des doronics et des asters, et devant le cabinet des tas de pieds-de-chat. Je ne me souviens pas du reste, mais elle m'a fait biner et arracher des mauvaises herbes pendant des heures !

Evoquer Mathilde le rendait loquace, comme si elle était la seule personne dont il ait de bons souvenirs.

— Je n'y connais rien en horticulture, avoua Bénédicte. D'ailleurs je n'ai pas ce qu'on appelle la main verte.

— Et Clément ?

Il avait choisi d'en parler le premier, de la façon la plus naturelle qui soit, même si ce rôle d'ami du couple Ferrière lui faisait horreur.

— Encore moins.

Un vent très léger soufflait au ras du sol, provoquant des vagues dans l'herbe tendre.

— Vous avez beaucoup de chance d'habiter cette maison, affirma-t-il, c'est un endroit vraiment... serein.

La vieille dame devait lui manquer. Bénédicte se demanda si elle n'aurait pas mieux fait de lui vendre la maison, comme elle en avait eu l'intention au début, et de ne jamais s'y installer.

— Il faut que je parte, maintenant, décida-t-elle avec un petit soupir de regret.

Il la raccompagna jusqu'à sa voiture, la regarda faire demi-tour puis s'éloigner sur la route. Elle était venue pour vacciner les loups et en guise de remerciement il l'avait précipitée dans une crise de larmes. A laquelle il ne comprenait rien mais qui avait bien failli avoir raison de ses bonnes résolutions. Il avait dû faire un gros effort pour se contenter de lui proposer un peu d'eau ! « Mal mariée » prétendait Mathilde. Est-ce que c'était cet abruti de Clément qui la rendait malheureuse ? Ou bien les éleveurs qui la traitaient encore en paria ? Elle en avait peut-être assez de la Haute-Savoie, des bergers et des vaches. Et elle n'appréciait sans doute pas que les copains de son mari tombent à ses pieds sans crier gare. Pourquoi avait-il eu l'idée grotesque de lui faire comprendre qu'il était amoureux d'elle ? Par orgueil, pour tester sa réaction ? Eh bien, il avait vu. Au pire, elle lui aurait volontiers donné ce dont il ne voulait pas, une heure à la sauvette. Et elle avait dû se sentir humiliée qu'il n'en profite pas, voilà le beau résultat auquel il était parvenu. A quarante-deux ans, il s'était conduit comme un adolescent. En égoïste irresponsable, Elisabeth le lui avait assez répété. En tout cas, il ne prendrait jamais le risque de déchirer une famille. Puisqu'il ne pouvait pas avoir cette femme, autant la laisser tranquille, grands sentiments ou pas.

— Ou alors va-t'en d'ici, vends tout, fous-leur la paix ! maugréa-t-il en donnant un coup de pied rageur dans les cailloux.

Des nuages couleur de fer arrivaient par l'ouest et l'un d'eux cachait déjà le soleil. Il frissonna, l'hiver n'était pas tout à fait fini.

Louise changea son téléphone de main, fatiguée de pencher la tête du même côté.

— Viens te reposer ici quelques jours après tes partiels, suggéra-t-elle d'un ton patient.

En l'absence de sa mère, qu'il appelait presque quotidiennement, Laurent s'était épanché dans l'oreille compatissante de sa sœur. Il avait besoin de parler, de rompre la solitude de son studio, de savoir que quelque part on l'aimait.

Lovée dans le canapé, Louise essayait de détendre ses muscles courbatus. Du matin au soir, elle travaillait dans l'étable, en équilibre sur un échafaudage de fortune, bien décidée à accomplir son programme de travaux. Max l'observait, assis sur la marche de pierre de la cheminée où il avait allumé un grand feu. Il s'était également chargé de ramener un stock de bûches qu'il avait entassées dans un ordre impeccable.

— Arrête d'y penser... Il y a d'autres filles qu'elle ! Mais si, je l'aime bien, non je ne la critique pas... Oh ! Laurent, tu vaux mieux que ça !

Max s'était mis à sourire, ravi de la voir s'animer. Il ne se lassait pas de l'examiner des pieds à la tête, quoi qu'elle fasse. Là, enfouie dans les coussins, elle lui paraissait particulièrement adorable. Il était venu tout droit à la maison forte, sans même s'arrêter chez ses parents tant il était pressé de la voir.

— D'accord, je dirai à maman de te rappeler. Même si elle rentre tard, oui. Elle a beaucoup de boulot, elle est très contente... Salut, petit frère.

Elle coupa la communication puis adressa à Max un sourire navré.

— Il n'est vraiment pas guéri, tu sais... Heureusement qu'il se console dans le travail ! C'est une vraie bête à concours. Quand même, il pourrait s'en trouver une autre au lieu de se complaire dans le désespoir.

— Quand on est vraiment amoureux, on ne peut pas se détacher du jour au lendemain, dit-il doucement.

Il refusait d'imaginer ce que serait son enfer si Louise décidait de le quitter, et il plaignait beaucoup Laurent.

— Tu te souviens de la façon dont elle s'est comportée ici, quand même ? rappela Louise. Qu'est-ce que tu aurais fait, toi ?

— Eh bien... Comme ton frère, je suppose... Enfin, je n'en sais rien.

— Tu n'es pas jaloux ? s'étonna-t-elle, les yeux brillants.

— Bien sûr que si. Mais tu ne ressembles pas à Carole, Dieu merci ! Tu ne ressembles à personne, d'ailleurs.

Après avoir ajouté une nouvelle bûche sur sa flambée, il se releva. Du haut de son mètre quatre-vingt-dix, il considéra Louise d'un air songeur. Puis il s'approcha pour s'agenouiller devant elle.

— Fais voir tes mains.

Elle les lui tendit aussitôt et il examina les paumes crevassées, les ampoules, les écorchures.

— Dès que la station sera fermée, je pourrai t'aider. Je n'irai pas à Chamonix cette année.

— Mais tu as ta saison de guide à faire !

— Non. A partir du mois de mai, je travaille avec toi. Tu n'y arriveras jamais seule. Il y a des choses beaucoup trop dures pour toi, Louise. Tu ne comptes pas installer les planchers ou la plomberie, je suppose ?

— Les parents m'ont promis une aide financière. Je vais engager le maçon début mai.

Max gardait les deux mains de Louise emprisonnées dans les siennes. Elle se sentit brusquement vulnérable, toute petite et sans force. Elle avait peut-être un peu présumé d'elle-même en se lançant à corps perdu dans cette aventure. Les vieux bâtiments étaient depuis si longtemps à l'abandon qu'il lui avait fallu commencer par la réfection du gros œuvre. Et, d'après ses calculs, elle en aurait pour deux ans de travaux avant de pouvoir ouvrir son gîte.

— Je suis là, dit Max d'une voix rassurante. Je t'aime, et je veux la même chose que toi.

Se mordant les lèvres, il s'interrompit. Il s'était juré de ne pas lui parler d'avenir trop tôt. Elle n'avait pas encore dix-neuf ans et il ne la connaissait que depuis quelques semaines, elle était capable de lui rire au nez et c'était un risque qu'il ne voulait pas prendre.

La porte s'ouvrit sur Bénédicte qui les salua gaiement avant de les rejoindre près de la cheminée.

— Bonne journée, maman ? s'enquit Louise avec entrain.

Bénédicte nota que sa fille avait toujours l'air épanouie quand Max se trouvait près d'elle.

— Très bonne ! Une césarienne sans histoire chez les Calmet, c'est le premier veau de l'année. Pour fêter ça, ils m'ont offert un alcool de plante qui était un vrai tord-boyaux ! Soyez gentil, Max, servez-moi quelque chose de comestible... Est-ce que vous restez dîner avec nous ?

— Volontiers, mais il faudra que je passe saluer mes parents d'abord. Ils ne comprendraient pas que...

Un peu gêné, il s'interrompit, mais Bénédicte enchaîna.

— C'est naturel. Faites-leur mes amitiés.

Elle le considérait avec bienveillance, ce qui acheva de le mettre mal à l'aise. Même si elle se montrait toujours cordiale à son égard, il se demandait ce qu'elle pensait lorsqu'il s'attardait dans la chambre de sa fille jusqu'au milieu de la nuit. Elle l'entendait forcément quitter la maison, à cause des craquements de l'escalier, et il détestait partir comme un voleur. Il prit une profonde inspiration pour demander, sans regarder Louise :

— Madame Ferrière, est-ce que je peux dormir ici ce soir ?

Ebahie par sa franchise, Bénédicte le dévisagea quelques instants.

— Bien entendu, dit-elle enfin. C'est Louise qui décide. Elle est majeure, elle fait ce qu'elle veut. Si c'est ce qui vous inquiète, vous serez le bienvenu au petit déjeuner, Max. Et, à propos, appelez-moi donc par mon prénom, ce sera moins conventionnel quand nous serons tous en pyjama.

Très lentement, un sourire se dessina sur le visage de Max. Il n'avait rien d'un jeune homme, il était déjà un homme mûr, responsable. Avec un petit hochement de tête, il se détourna.

— Je reviendrai vers huit heures, murmura-t-il seulement.

Son pas résonna à travers la grande salle tandis que Louise le suivait des yeux. Bénédicte attendit le grincement familier de la porte d'entrée avant de s'exclamer :

— Il est vraiment adorable !

— Il est mieux que ça, affirma Louise.

— Mais il a oublié de me servir un verre...

— J'y vais, s'empressa la jeune fille en se levant. Au fait, Laurent aimerait que tu le rappelles. Et puis papa a téléphoné pour prévenir qu'il rentrerait très tard. Il dîne en ville avec Ivan.

D'un geste vif, Bénédicte retint sa fille par le poignet.

— Avec Ivan ? Pourquoi ?

Elle avait parlé trop vite et Louise eut l'air intrigué.

— Je ne sais pas, moi ! Parce qu'il l'aime bien et qu'il ne l'a pas vu depuis longtemps, je suppose ? Depuis la salade avec Laurent, il ne passe plus jamais ici...

Bénédicte acquiesça et se recula dans le canapé. Elle s'était acharnée à ne pas penser à Ivan de la journée. Ni au moment d'abattement incompréhensible qu'elle avait connu devant son chalet le matin même. Qui avait invité l'autre ? Ivan, décidé à jouer la sincérité jusqu'au bout ? Clément, avec son obsessionnel besoin d'amitié ? De toute façon, elle n'y pouvait rien. Pour sa part, elle allait passer la soirée en compagnie de sa fille et de cette espèce d'ours sympathique qui était manifestement fou d'elle. Quand Clément rentrerait, dans quelques heures, il serait toujours temps d'aviser.

D'un geste familier, elle se débarrassa de ses mocassins et ramena ses jambes sous elle. La césarienne de l'après-midi ne lui avait pas posé de problème. Sur le drap fraîchement repassé qui tenait lieu de champ opératoire, elle s'était comportée comme dans sa jeunesse, à Maisons-Alfort, avec rigueur et efficacité. De quoi être fière d'elle et du travail bien fait.

— Tiens, maman...

Louise lui tendait un verre ballon, aux parois embuées. Bénédicte leva sur elle un regard franc, qui ne comportait aucune ombre.

Clément s'était montré si insistant, au téléphone, qu'Ivan n'avait pas pu refuser. Il descendit à Annecy de mauvaise humeur, persuadé qu'il aurait été malhonnête de se dérober. Peut-être Bénédicte avait-elle rapporté leur conversation à son mari, auquel cas il était bien obligé de faire face.

Après s'être garé près de l'hôtel de ville, il entra d'un pas résolu au *Grand Alexandre* où Clément, déjà installé, l'accueillit avec enthousiasme.

— Tu es gentil d'être venu ! Il fallait vraiment qu'on ait une petite discussion, tous les deux. Assieds-toi...

Et comme Ivan hésitait, indécis, avant de prendre place, il ajouta :

— Une coupe de champagne pour commencer ? Je viens de conclure une affaire difficile, tu vas fêter ça avec moi. Mais jette un coup d'œil sur le menu d'abord. Pour ma part, ce sera une galette de langoustines aux courgettes et une crépinette de caille.

— Je prendrai la même chose, dit Ivan en sortant ses cigarettes.

Il n'avait aucune envie de consulter la carte, et d'ailleurs il n'avait pas faim. Le regard que Clément posait sur lui était particulièrement amical.

— Tu ne peux pas savoir à quel point je me plais ici, déclara-t-il avec une expression ravie. Mais dis-moi d'abord comment tu vas. Tu as une sale mine. Tes voyages se sont bien passés ?

— Oui.

— Tes affaires marchent ?

Sa jovialité avait quelque chose de tellement insupportable qu'Ivan haussa les épaules.

— Bon, tu n'as pas envie d'en parler, ça ne fait rien. Tu n'es pas ce qu'on appelle un bavard ! A ta santé...

On venait de déposer deux coupes sur leur table et Clément leva la sienne. Il but une gorgée avant de se pencher vers Ivan pour ajouter, d'un ton de confidence :

— Il y a une femme, juste derrière toi, qui te dévore des yeux ! Mais tu dois avoir l'habitude...

Son clin d'œil amusé acheva d'exaspérer Ivan. Il s'attendait à tout, mais pas à cette complicité écœurante.

— Tu as de la chance d'être célibataire, tu peux faire ce que tu veux. Moi, j'ai charge d'âmes, et je n'ai pas les coudées franches.

Stupéfait par ce qu'il venait d'entendre, Ivan prit le temps d'allumer sa cigarette.

— Charge d'âmes ? répéta-t-il calmement. Ta femme n'est pas vraiment à ta charge ?

— Non, bien sûr... Mais je suis lié. Tu comprends ce que je veux dire ? Chaque fois que je dois prendre une décision, il faut d'abord que j'en discute en famille, que je me démène pour convaincre tout le monde. C'est épuisant ! Quitter Paris n'a pas été une mince affaire, et

Bénédicte considère que notre nouvelle vie est coulée dans le bronze. Or pour moi, ce n'était qu'un premier pas vers autre chose.

De plus en plus dérouté, Ivan l'écoutait en silence. Leur conversation prenait un tour absurde.

— C'est quoi, le second pas ? risqua-t-il au bout de quelques instants.

— J'ai beaucoup de projets, reprit Clément d'un air important. Surtout depuis que j'ai mis le nez dans le marché immobilier de la région. Ton village est sur la rive chic, même s'il est un peu loin du lac, et le paysage est admirablement préservé, ça lui donne une bonne cote. Pour peu qu'on apprécie la solitude... Moi, sincèrement, je n'y arrive pas. Alors qu'Annecy, c'est formidable ! Je me suis complètement toqué de cette ville. Soixante mille habitants, c'est la taille idéale. En plus, ce n'est pas la province, c'est cosmopolite, ça bouge, ça défile. Et figure-toi que, depuis hier, j'ai rentré en portefeuille une baraque fabuleuse. Tu en serais fou ! Le propriétaire est un vieux gâteux, garde ça pour toi, à qui j'ai fait une sous-estimation vertigineuse et qui m'a donné son plein accord pour négocier. Tu me suis ?

Content de lui, Clément parlait vite, pianotant du bout des doigts sur la nappe.

— Je la veux, Ivan. Je veux cette maison-là. Pourtant il en faut beaucoup pour me taper dans l'œil, crois-moi ! En matière de construction, j'ai tout vu et je ne m'emballe pas. Mais là ! Directement sur le canal, patio, cour intérieure ombragée, arcades... il y a même des fresques sur les murs ! Un vrai petit palais vénitien. A deux pas de l'agence. Ce serait le rêve. On pourrait sortir ou recevoir tous les soirs. Tu connais le marché Sainte-Claire, bien sûr ? Et les brocanteurs, les antiquaires, ça grouille de vie partout autour ! Parce que, le silence des montagnes, en ce qui me concerne, je me suis trompé, je le reconnais.

La présence d'un serveur l'obligea à s'interrompre. Il jeta un regard ravi aux assiettes qu'on déposait devant eux.

— Ivan, reprit-il, tu es un ami. Et Bénédicte a beaucoup d'estime pour toi. Il faut que tu m'aides à la convaincre.

Voilà, il l'avait enfin dit mais Ivan avait déjà compris où il voulait en venir.

— La convaincre de quoi ? D'abandonner son cabinet qui commence juste à démarrer ? La maison de Mathilde où elle a trouvé ses repères ? Les projets de Louise ? Et pourquoi veux-tu que je prenne parti dans votre histoire ?

Clément balaya l'argument d'un revers de main négligent.

— Elle n'est pas faite pour soigner les vaches et patauger dans le purin, affirma-t-il.

— Tu l'as persuadée du contraire quand ça t'arrangeait !

Ivan sentit qu'il était en train de perdre son calme et il alluma une nouvelle cigarette. Il n'avait pas touché aux langoustines.

— Clément, commença-t-il d'une voix ferme, tu vas arrêter de pérorer deux minutes et m'écouter. Je ne parlerai pas à ta femme pour la simple raison que je refuse de me retrouver en tête à tête avec elle. Moins je la verrai et mieux je me porterai.

— Qu'est-ce qu'elle t'a fait ? demanda Clément en ouvrant de grands yeux.

— Rien, bien entendu. Et moi non plus. Tu ne veux vraiment pas comprendre ?

Bouche bée, Clément hésita quelques secondes avant de hocher la tête. Il reposa ses couverts puis, au bout d'un moment, se mit à jouer avec. Quand il releva la tête vers Ivan, celui-ci soutint son regard sans ciller.

— Alors c'était vrai, mon fils n'avait pas rêvé ?

— Non.

— Mais tu n'as pas... Enfin, je suppose que tu sais te tenir, même quand une femme te plaît ? Tu m'as dit que tu ne la draguais pas, tu t'en souviens ?

— Je peux te le redire.

Mal à l'aise, Clément scruta Ivan avec attention avant de déclarer :

— Et je te crois volontiers. Donc tout ça n'est pas un drame... mais ça me donne une raison de plus pour quitter *Les Aravis*.

— En tout cas ça me fait un excellent motif pour ne plus vous voir ni l'un ni l'autre.

— Pourquoi moi ? Je n'y suis pour rien ! Et même elle, ne sois pas stupide, tu ne vas pas te cacher derrière les arbres ! Trouves-en une plus jeune et plus mignonne, et tu n'y penseras plus. Tu n'as que l'embarras du choix ! Allez, c'est ridicule, mon vieux. J'ai confiance en toi, je te connais, tu es un type droit.

Ecœuré, Ivan se leva, posa sa serviette.

— Arrête, Clément, dit-il entre ses dents.

En quelques enjambées, il traversa la salle du restaurant pour gagner la porte sous l'œil effaré d'un maître d'hôtel. Une fois dehors, il eut besoin de s'arrêter pour respirer à fond. Clément et ses projets ridicules l'avaient tellement mis hors de lui qu'il avait préféré la sincérité à n'importe quelle compromission. Bénédicte était mariée à un pauvre type - Mathilde avait été clairvoyante -, mais elle était sûrement de taille à se défendre. Avec le mal qu'elle se donnait pour trouver sa place dans la vallée, il y avait peu de chance qu'elle écoute les divagations de son mari. Du moins il l'espérait pour elle, même si, au fond, son départ aurait constitué un soulagement.

— Quel abruti, marmonna-t-il en se dirigeant vers l'hôtel de ville.

La suffisance, l'égoïsme et l'aveuglement dont Clément faisait preuve le révoltaient. Et c'était cet homme-là qui allait se retrouver dans le lit de Bénédicte, tout à l'heure. Dans son bon droit. Très à l'aise pour plaider sa cause, sur l'oreiller comme ailleurs. Avec ses manières de marchand de tapis, c'était lui qui allait la déshabiller et lui faire l'amour.

Ivan s'énerva sur la serrure de sa voiture, submergé par un accès de jalousie contre lequel il ne pouvait rien. Mâchoires crispées, il fit craquer la boîte de vitesses en passant la marche arrière. Il s'était mis tout seul dans les ennuis et il n'était pas près d'en sortir s'il continuait comme ça. Que les Ferrière aillent au diable, il finirait par devenir fou s'il continuait à y penser. Suivre le conseil de Clément serait un moindre mal, il n'avait qu'à se trouver une gentille petite femme, célibataire de préférence, et repartir du bon pied. Quarante-deux ans n'était pas un âge pour vivre seul. Il s'était laissé culpabiliser par Elisabeth, puis influencer par Mathilde, à présent il était grand temps de mettre de l'ordre dans son existence. Il avait certainement négligé des occasions formidables, comme cette ravissante Claudine - ou Catherine, il ne savait plus très bien - avec qui il avait passé une soirée et une nuit mémorables l'année dernière à Chambéry. Pourquoi avait-il refusé de la revoir alors qu'elle s'était donné la peine de le rappeler cinq fois de suite ? Et Virginie, dont il n'avait pas oublié le prénom, avec sa peau lisse, son rire de gamine et ses yeux de chat ? Ou encore Morgane, rencontrée à Paris lors d'une exposition sur les maîtres verriers, revue à Grenoble où elle lui avait littéralement sauté dessus pour le conduire jusqu'à sa chambre d'hôtel. Ils y étaient restés enfermés quarante-huit heures sans dormir. Un très bon moment. Mais ensuite, il n'avait jamais répondu à ses lettres enflammées. Il mettait un terme à l'aventure avant même qu'elle commence, la peur étant chaque fois beaucoup plus forte que la sympathie ou l'attirance. Il ne voulait pas tomber amoureux, encore moins s'attacher, et il s'obstinait à conserver ses distances afin de se préserver. Il s'était promis qu'aucune femme ne lui ferait plus subir ce qu'Elisabeth lui avait imposé. A l'époque, il ne voulait pas l'admettre et il refusait l'évidence, mais elle ne l'avait jamais rendu heureux, même avant l'accident de Guillaume. Peut-être ne l'avait-il pas comblée non plus. Elle voulait un homme gai et insouciant à ses côtés, l'accusait d'être sinistre. Tandis qu'il rêvait d'une grande famille, elle ne pensait qu'à sortir et s'amuser. Il aimait les tête-à-tête, elle ne jurait que par ses copains. Et quand il essayait de lui parler, elle mettait la musique à fond. A se demander comment ils avaient pu s'engager dans un tel marché de dupes. Si c'était ça l'amour, il s'en passait très bien.

La route était étroite au bord du lac, sur plusieurs kilomètres, et il se contraignit à ralentir. Pour tromper sa nervosité, il alluma encore une cigarette, surveillant son compteur du coin de l'œil. Une fois dans la montagne, il pourrait rouler plus vite mais à quoi bon ? Toutes ses pensées convergeaient vers Bénédicte. Qu'il soit à son volant ou allongé dans son lit n'y changerait rien. Même s'il s'offrait une marche nocturne, flanqué de ses loups, c'est encore à elle qu'il songerait, inutile de se leurrer. Il n'avait lu que deux fois les divagations astrologiques de Mathilde mais il les connaissait par cœur. Bénédicte était un lion et lui un bélier, deux signes de feu faits pour s'accorder. Les planètes de leurs thèmes de naissance respectifs étaient placées en parfaite harmonie, rendant leur rencontre inévitable...

Il se surprit à sourire, tout seul dans l'obscurité de sa voiture, et il se détendit un peu. Il ne pouvait plus plaisanter avec la vieille dame, se moquer de ses marottes ou de ses idées fixes, ni se réfugier près d'elle quand il allait mal. Elle n'était plus là, c'était bien dommage, elle aurait bien ri de le voir dans cet état-là. Le piège qu'elle lui avait préparé, consciemment ou non, s'était bien refermé sur lui.

Au ralenti, il négocia le dernier virage avant le village pour ne pas troubler la paix des rues endormies. Il y avait longtemps qu'il n'avait pas vu ses parents et il décida de se rendre chez eux dès la fin de la semaine. Son père se contenterait sans doute de le toiser des pieds à la tête, sans faire le moindre commentaire comme d'habitude, mais il avait soudain très envie de serrer sa mère dans ses bras.

8

Ruisselant de sueur, Clément se laissa rouler sur le côté puis s'appuya sur un coude. La lampe de chevet était restée allumée du côté de Bénédicte qu'il voyait à contre-jour. Elle respirait vite, aussi essoufflée que lui.

— Le printemps nous réussit, on dirait...

Content de lui, il s'effondra sur son oreiller, incapable de faire un geste de plus, et resta sans bouger tandis qu'elle se levait. Il l'entendit ouvrir la porte et il en profita pour essayer de se détendre. Tous ses muscles lui semblaient douloureux, ce qui finit par lui arracher un sourire de satisfaction. C'était la deuxième fois de la semaine qu'il faisait l'amour à sa femme avec autant d'énergie. Il supposa qu'elle était satisfaite mais elle n'avait pas prononcé un seul mot durant leurs ébats. Autrefois, elle était plus démonstrative. Plus tendre, aussi.

Lorsqu'elle revint de la salle de bains, il la regarda traverser la chambre jusqu'au lit. Elle était vraiment belle, bien faite, en pleine maturité. Alors pourquoi l'avait-il négligée, depuis un certain temps, et pourquoi avait-il fallu la confidence d'Ivan pour le galvaniser ? Est-ce qu'elle était plus appétissante parce qu'elle plaisait à d'autres ? Il n'avait pas encore abordé le sujet avec elle, trouvant inutile de revenir sur cette histoire. Ivan se croyait amoureux d'elle et en faisait une vraie crise de conscience, c'était plutôt amusant, mais tôt ou tard les choses se tasseraient. Pour le moment, Clément était bien obligé de constater que cette révélation avait ranimé son intérêt pour Bénédicte. Elle était encore capable de séduire, de susciter le désir, et par contrecoup il se sentait rajeuni.

Il continua de l'observer tandis qu'elle allumait une cigarette. Elle souffla doucement la fumée vers le plafond en se rallongeant. Lorsqu'il posa sa main sur elle, d'un geste possessif, elle s'écarta un peu.

— Tu n'es pas trop fatiguée ? Il doit être affreusement tard... Et ton travail est crevant, non ?

Elle secoua la tête en silence, perdue dans ses pensées, et il fut obligé d'insister.

— Parfois je regrette de t'avoir entraînée ici.

Cette fois elle lui jeta un coup d'œil surpris puis se tourna carrément vers lui.

— Pourquoi ?

— Eh bien... Tu es là, toute seule au milieu de la neige et des péquenots, dans cette grande baraque impossible à chauffer... Je me sens un peu responsable...

Du bout des doigts, il suivit la courbe de son épaule, d'un sein, du ventre plat.

— J'y pense souvent et je m'inquiète pour toi, ajouta-t-il.

Il la connaissait suffisamment pour voir qu'elle n'appréciait pas la caresse et il finit par retirer sa main.

— Tous les jours, je déjeune dans des petits bistrots sympa, et je vois plein de gens, je bouge, je m'amuse. Mais toi, pendant ce temps-là...

— Moi, quoi ? Qu'est-ce que tu as, Clément ? Tout va bien pour moi. J'aime beaucoup ce que je fais et j'adore cette maison.

Une note d'exaspération perçait dans sa voix, comme si elle avait deviné où il voulait en venir.

— Oui, dit-il d'un ton apaisant, pour le moment. Tout nouveau, tout beau.

D'un mouvement brusque, elle s'assit et remonta le drap sur elle.

— Non, tu te trompes, la nouveauté me fait peur, le changement me dérange ! Il y a six mois, j'avais la trouille mais je t'ai écouté. Maintenant, je suis retombée sur mes pieds, je ne bouge plus.

La discussion allait tourner à la querelle, ce qui était très inhabituel. Bénédicte avait son franc-parler mais elle était rarement agressive avec lui. Il réalisa qu'elle n'avait plus aucune raison de le ménager. Il avait retrouvé du travail, il n'était plus ce chômeur de longue durée qu'elle évitait de contrarier.

— Ecoute-moi deux minutes, implora-t-il.

— Sûrement pas !

D'un bond, elle quitta le lit, se pencha pour ramasser son peignoir dans lequel elle s'enveloppa. Eberlué, il la regarda serrer la ceinture, remonter le col comme si elle cherchait à se protéger.

— Mais attends, protesta-t-il, ne sois pas idiote ! Tu ne sais même pas ce que je veux te proposer. On peut discuter, quand même !

Elle recula d'un pas pour mieux le toiser.

— Idiote ? répéta-t-elle. C'est à moi que tu parles ? Tu me prends pour ta secrétaire ?

Il ne comprenait pas sa rage, se demandait pourquoi la femme à qui il venait de faire longuement l'amour se dressait ainsi contre lui.

— Tu ne décideras plus de rien à ma place, Clément. C'est comme ça.

Sans lui laisser le temps de répondre, elle s'élança hors de la chambre puis dévala l'escalier jusqu'au rez-de-chaussée. Une fois dans la cuisine, elle alluma la lumière, ferma la porte et s'y adossa. Au bout d'un moment, quand elle eut retrouvé son sang-froid, elle décida de se préparer du thé. Après avoir mis l'eau à chauffer dans la bouilloire, elle jeta un regard autour d'elle. La cuisine était une pièce chaleureuse, douillette. Mais elle se sentait bien partout dans la maison, du petit bureau à la grande salle, de sa chambre à son cabinet. Il n'était pas question de quitter cette maison. Or c'était probablement ce que Clément avait en tête.

— Jamais, marmonna-t-elle entre ses dents.

Elle sortit une tasse du vaisselier puis, après réflexion, prit également une boîte de biscuits secs. Non, elle n'accepterait plus qu'on lui dicte sa conduite, qu'on la pousse à droite ou à gauche au gré des désirs de chacun. Elle avait sa clientèle, ses responsabilités, et depuis peu son poste au parc des Bauges, qu'elle n'était pas prête à sacrifier. Ni à Clément ni à personne. Et Louise, il avait pensé à elle ? Toutes les deux, elles avaient accompli un travail énorme. Elles avaient quitté Paris sans regarder en arrière et s'étaient mises à reconstruire, à peine arrivées, comme de bonnes petites fourmis. Alors, si Clément voulait s'en aller, c'était son problème, plus le leur.

En attendant que le thé refroidisse, elle croqua trois biscuits à la suite. Un peu apaisée, elle songea à ce qu'elle avait ressenti lorsque Clément avait manifesté son désir. Une envie de se recroqueviller, d'éviter ses mains, de remettre à plus tard. La même sensation pénible que l'avant-veille. Pourtant elle ne l'avait pas repoussé, peut-être pour qu'il ne pose pas de question, peut-être par habitude. Elle avait fait semblant, en silence, et c'était quelque chose qu'elle détestait. Mimer l'amour pour en finir plus vite était lamentable mais, deux fois de suite, elle n'avait rien éprouvé. Rien d'autre qu'un détachement froid qui la rendait spectatrice et passive. Les yeux fermés, elle avait vainement essayé de se laisser aller. Clément était plein de bonne volonté ; pourtant, au bout d'un moment, c'est à Ivan qu'elle avait pensé.

— Et merde, merde..., soupira-t-elle en saisissant la tasse pleine.

Le thé était à son goût, un peu fort, très sucré. Elle se demanda si elle avait cessé d'aimer son mari sans même s'en apercevoir. S'il était possible de se retrouver un beau soir complètement indifférente. Non seulement elle n'appréciait plus les élans de Clément, mais elle préférait même les nuits où il ne rentrait pas. Il n'y avait pas que le plaisir qui faisait défaut, la tendresse avait disparu aussi. Ivan n'était pas la cause de cette désaffection, il n'en était que la conséquence. Quelques années plus tôt, n'importe quel homme aurait bien pu jouer de la mandoline sous ses fenêtres, elle ne l'aurait même pas remarqué. C'est parce qu'elle s'était détachée peu à peu de Clément qu'elle pouvait être sensible à d'autres que lui. Parce qu'il l'avait déçue sans qu'elle prenne jamais le temps de se l'avouer. Elle n'avait pas voulu voir son égoïsme et ses petites vanités, elle avait pris sa défense quand les enfants le jugeaient injuste ou morose. Tout le temps qu'il était resté au chômage, elle s'était efforcée de ne pas mettre en évidence leurs problèmes de couple. Elle avait différé ces questions-là pour ne pas l'accabler davantage mais aujourd'hui elle était au pied du mur. Il fallait avoir l'honnêteté d'en parler avec lui. Au lieu de fuir la discussion, tout à l'heure, elle aurait mieux fait de jouer cartes sur table. Il devait attendre qu'elle remonte, assis bien droit dans leur lit, avec cet air réprobateur qu'elle connaissait trop bien. Chaque fois qu'ils entraient en conflit, il se mettait en position de victime. Ou alors il prenait un ton paternaliste pour lui démontrer qu'elle avait tort.

Décidée à crever l'abcès, Bénédicte remonta l'escalier d'un pas vif. Dès qu'elle eut poussé la porte de leur chambre, elle entendit les ronflements légers de Clément. Il s'était endormi sur le dos, laissant la lumière allumée. Après un instant d'hésitation elle s'approcha, et pendant un moment, elle le regarda s'agiter dans son sommeil. Quel était donc ce nouveau projet qu'il avait élaboré tout seul et qu'il prétendrait bientôt lui imposer ? Elle n'avait pas vraiment envie de le savoir, aussi elle finit par s'allonger à son tour. La comédie au lit serait forcément suivie, sous peu, de la comédie de la vie. Un couple usé, où chacun n'était plus vraiment concerné par l'autre. Des recommandations machinales, des gestes distraits. Peut-être même de discrètes infidélités. Mais en continuant à partager la solitude et les factures pour ne pas vieillir seul. Plus tard, des chambres séparées où ils s'endormiraient secrètement soulagés.

La pénombre de la chambre se brouilla quand les larmes lui montèrent aux yeux. C'était la deuxième fois qu'elle craquait en quelques jours, elle qui n'avait pas pleuré depuis des années, sauf au cinéma. Et elle ne savait lequel, de Clément ou d'elle-même, lui causait le plus de peine.

Jeanne Charlet ne parvenait pas tout à fait à dissimuler la satisfaction qu'elle éprouvait. Par égard pour son mari, elle essayait de ne pas dévorer Ivan du regard et de ne pas ponctuer toutes ses phrases d'un petit rire ravi. Mais elle était fière de lui, elle n'y pouvait rien. D'abord elle le trouvait très beau, d'une finesse que ni elle ni Henri ne possédaient. Ensuite il s'était montré particulièrement tendre avec elle, comme lorsqu'il était petit. Or depuis le décès de Guillaume, il ne parvenait plus à extérioriser ses sentiments. Elle en déduisit qu'il allait mieux, que quelque chose s'était produit qui allait peut-être lui permettre de redevenir lui-même.

Des fenêtres de l'appartement, on apercevait le clocher d'une église. En bas, sur le boulevard, il y avait beaucoup de bruit et d'animation. En prenant leur retraite, les Charlet avaient complètement changé d'existence. Après avoir vécu dans un village de montagne, ils semblaient désormais apprécier la douceur du climat avignonnais et les attraits d'une grande ville. Henri passait son temps dans les musées ou au bord du Rhône, tandis que sa femme parcourait inlassablement les rues commerçantes.

S'arrachant à la contemplation de son fils, Jeanne décida de s'occuper du déjeuner et se résigna à le laisser en compagnie de Henri, le temps de courir acheter des rougets chez le poissonnier. Une fois seuls, le père et le fils se sentirent un peu embarrassés.

— Si tu veux fumer, ne te gêne pas, déclara Henri en se levant pour ouvrir davantage l'une des baies vitrées.

Ivan le mettait toujours un peu mal à l'aise et il chercha ce qu'il pourrait lui dire d'aimable.

— Comment vont tes affaires ? finit-il par demander.

Ce n'était pas la meilleure question à poser, il s'en aperçut trop tard. Le verre ou le cristal ne l'intéressaient pas, il l'avait fait savoir haut et fort à l'époque. En réalité, il avait été déçu que son fils veuille fermer l'entreprise d'ébénisterie. Bien sûr, il l'avait poussé à faire des études, il s'était même réjoui de pouvoir lui offrir une formation aussi variée. Mais il avait toujours cru que, le moment venu, Ivan reprendrait l'affaire familiale, et même si le mariage avec Elisabeth lui avait ôté une partie de ses illusions, il avait pourtant continué d'espérer. Hélas, il y avait eu le décès de Guillaume, le divorce. Une période très dure pour tout le monde. Jeanne n'arrêtait pas de pleurer et Henri avait proposé de lui-même une retraite anticipée mais méritée. Leur départ offrait à Ivan la possibilité de revenir au pays. Le chalet l'attendait, l'entreprise aussi, qu'il en fasse donc ce qu'il voulait. Et il avait tout liquidé, ne gardant que les murs pour y installer sa fichue cristallerie ! Henri n'avait fait aucun commentaire mais il avait pris cette décision comme un affront. Depuis lors, ils évitaient le sujet.

— Et à la maison, quoi de nouveau ? enchaîna-t-il.

— Je vais refaire le balcon cet été. Les traverses n'en peuvent plus.

— Qui prendras-tu pour ça ? Pas Lucien j'espère, il te saboterait le travail !

Soudain loquace, Henri en profita pour demander des nouvelles de tous les gens qu'il connaissait. Il s'enquit même de la santé des superbes chiens de son fils. Pour finir, il risqua une réflexion personnelle.

— Tu as l'air en forme. Moins... enfin, bien quoi.

Henri avait accompagné ces quelques mots d'un sourire paternel qui surprit Ivan. Les démonstrations affectives ne faisaient pas partie de leurs rapports.

— Est-ce que tu penserais enfin à te remarier ?

Pris au dépourvu, Ivan tendit la main vers le cendrier pour écraser son mégot. Il lui était impossible de répondre. Comment avouer à son père qu'il était tombé sous le charme d'une femme mariée et mère de famille ? En catholique convaincu, Henri était très intolérant sur ce chapitre, comme sur bien d'autres.

— Le mieux qui puisse t'arriver, ce serait de refaire ta vie. Ta mère s'inquiète de te savoir toujours seul. Et quand je te regarde, je ne peux pas croire que les occasions te manquent...

Il continuait de dévisager son fils avec insistance, lui trouvant quelque chose de changé. Il s'était souvent demandé comment Jeanne et lui avaient pu engendrer un garçon pareil. Ivan avait été un enfant adorable, un adolescent superbe, puis un jeune homme très séduisant. Gentil, travailleur, brillant. Henri lui avait donné une éducation stricte, presque rigide, laissant à Jeanne le soin d'être tendre, mais il s'émerveillait secrètement devant son fils. A l'époque où, certains dimanches, Ivan conduisait chez eux le petit Guillaume, il les observait tous deux avec une légitime fierté de père et de grand-père. Cependant, il n'avait jamais senti Ivan vraiment épanoui. Par la suite, la question ne s'était plus posée. Ravagé par la mort du gamin, Ivan s'était muré dans un silence poli que Henri n'avait pas essayé de forcer. Mais aujourd'hui, son regard et son sourire semblaient différents. Une transformation subtile, infime, qui en faisait quelqu'un d'autre.

— Tu es amoureux, non ? conclut-il posément.

L'embarras de son fils le renseigna mieux qu'une réponse.

— Tu nous en parleras quand tu voudras. Je suis content pour toi.

C'était beaucoup plus que tout ce que Henri avait pu lui dire depuis dix ans, et Ivan se sentit bouleversé.

— Content de quoi ? demanda Jeanne qui venait de rentrer.

Elle posa son panier, s'approcha d'Ivan et, debout derrière lui, mit ses mains sur ses épaules.

— Sers-nous un apéritif, dit-elle à son mari.

Tandis qu'il quittait la pièce, elle resserra son étreinte en souriant.

— Tu as fait des confidences à ton père ? Et moi, alors ? Il faut que je devine toute seule ?

Il appuya sa tête contre elle, une seconde, puis se retourna d'un bloc pour pouvoir la regarder en face.

— Est-ce que ça se voit tant que ça ?

D'un geste tendre, elle passa ses doigts dans les boucles blondes, remit quelques mèches rebelles en place.

— Tu me parais un peu survolté, Ivan. Anxieux et combatif. Mais aussi très... vivant.

Elle n'avait pas trouvé d'autre mot. En lui ouvrant la porte, le matin même, elle avait remarqué le changement. A sa façon de l'embrasser en la soulevant presque, au sourire d'où l'amertume avait disparu. Elle s'était tout de suite demandé quelle femme avait bien pu le faire sortir de sa réserve. Qui que ce soit, elle lui en était reconnaissante.

— La prochaine fois que tu viendras, emmène tes chiens. Ton père les adore. Et comme ça, tu pourras rester tout un week-end. D'ailleurs, emmène qui tu veux, tu seras toujours le bienvenu.

La proposition était claire et Ivan aurait aimé pouvoir l'accepter.

— Ce n'est pas ce que tu crois, maman, murmura-t-il. En fait, elle n'est pas... libre.

Même en sachant que sa mère allait être déçue, ou choquée, il avait cédé à l'irrésistible envie de parler de Bénédicte et il s'en voulut aussitôt.

— Ah..., souffla Jeanne. Eh bien... ça arrive.

Pourquoi fallait-il que le sort s'acharne autant sur son fils ? Est-ce qu'il n'avait pas droit au bonheur après toutes ces années d'enfer ? Il ne pouvait même plus se confier à la vieille Mathilde, et pas davantage en discuter avec son père, alors elle choisit d'être au moins celle qui ne le jugerait pas.

— A quarante-deux ans, dit-elle d'une voix tranquille, je suppose que tu sais ce que tu fais.

C'était beaucoup pour elle, qui avait toujours vécu dans l'ombre de son mari sans afficher d'opinion personnelle. Stupéfait, Ivan l'entendit ajouter :

— Tu as bien divorcé, toi.

Henri revenait, portant un plateau lourdement chargé. Jeanne s'écarta de son fils pour servir les boissons mais, lorsqu'elle lui tendit son verre, elle conservait toujours le même sourire tendre et complice.

— Oh non, c'est pas possible ! Pas elle ! La neige à peine fondue, la voilà déjà ?

Pierre donna un coup de pied rageur dans un ballot de paille.

— Qu'est-ce qui l'attire ici, tu peux me le dire ? demanda-t-il d'un ton rageur. Les joies de la famille ? A d'autres ! Plutôt le plaisir d'un séjour à se tourner les pouces, pendant que tu l'écoutes et que tu lui sers de bons petits plats.

— Ne sois pas injuste, riposta Danièle. Pour une fois, son travail a l'air de marcher et elle ne restera que dimanche et lundi. On ne peut pas la laisser tomber.

— Je t'assure que ça ne me gênerait pas, que ça ne me poserait aucun problème de conscience, grogna-t-il en se saisissant d'une fourche.

Il arrangea une ou deux litières, tandis que Danièle flattait les naseaux d'une vache au ventre énorme.

— Elle n'est pas loin du terme, dit-elle d'une voix inquiète, j'espère que tout ira bien. J'ai presque envie de demander à Bénédicte d'y jeter un coup d'œil. Elle doit passer prendre un café tout à l'heure.

Pierre s'approcha et sourit à sa femme qui caressait les flancs distendus avec une douceur presque maternelle.

— Tu l'aimes bien, celle-là, hein ?

— C'est son premier veau...

— Oui, mais tu as quand même un faible pour elle. Je te connais ! Tu la bichonnes depuis sa naissance...

De temps à autre, Danièle se prenait d'affection pour un animal et Pierre la laissait faire, attendri. Il savait qu'elle aurait adoré avoir une ribambelle d'enfants, mais la naissance de Max s'était très mal passée et Danièle avait dû renoncer à un second bébé.

— Puisque tu as un vétérinaire sous la main, profites-en, tu seras rassurée, dit-il gentiment.

En six mois, il avait eu le loisir d'apprécier chacune des interventions de Bénédicte sur son bétail. Jamais il n'avait vu une étrangère à la vallée s'y intégrer aussi vite, et il se félicitait de l'avoir aidée dès le début. Elle avait réussi à gagner sans difficulté l'estime des éleveurs et la sympathie de leurs femmes, ce qui tenait de l'exploit.

— C'est drôle de penser que la nièce de Mathilde deviendra peut-être un jour la belle-mère de Max, murmura-t-il, songeur.

— Ne dis pas ça ! S'il t'entendait..., protesta Danièle en souriant.

— Il est mordu de la petite, je ne crois pas qu'il en fasse un mystère.

— Ton fils est un grand timide et un grand sentimental. Laisse-le se déclarer tout seul, ne t'en mêle pas.

Pierre se mit à rire et il donna une joyeuse claque sur la croupe de la vache.

— Quand même, tu voudrais bien que j'aie raison, parce que comme ça il ne partirait pas loin !

Il prit sa femme par la taille puis l'embrassa sur la joue.

— Tu sens bon, constata-t-il en s'attardant une seconde, le nez dans son cou. Mais ça ne m'empêche pas d'être furieux, à propos de ta cousine Elisabeth.

— Je ne vois pas de quel droit. Tu vas en profiter pour te barricader à la mairie, comme d'habitude, alors elle ne te gênera pas beaucoup !

— Moi, non, c'est plutôt Ivan qui est à plaindre. Elle va lui faire le coup des jérémiades et il finira par lui signer un chèque. Je trouve ça pitoyable.

Danièle hocha la tête, pensive. Ivan se faisait rare depuis quelque temps. Il faudrait absolument qu'elle l'invite à dîner avant l'arrivée d'Elisabeth. Avec les Ferrière, ce qui ferait sûrement plaisir à Max.

Le lundi suivant, comme prévu, Bénédicte partit pour le parc des Bauges au lever du jour. Son premier terrain d'observation se situait dans la réserve de chasse et de faune sauvage, dans le triangle des sommets du Sambuy, du Pécloz et d'Arcalod. Elle savait que le cœur du massif abritait quelque deux mille chamois, mais elle éprouva une émotion intense lorsqu'elle en découvrit un dans ses jumelles.

Toute la matinée, elle se contenta de marcher, sans prendre aucun repère ni aucune note, juste occupée à se familiariser avec le paysage. Elle avait choisi son équipement avec soin, prenant la précaution d'enfiler deux paires de chaussettes dans ses chaussures de montagne, et une parka en duvet sur son col roulé. Le printemps était là mais il ne faisait pas plus de six degrés quand elle se mit en route, jumelles en bandoulière et téléphone portable en poche.

Les gardes étaient censés lui signaler les animaux blessés ou malades et, le cas échéant, l'aider à les approcher. Mais l'une des règles du parc reposait sur le respect de la vie sauvage, ce qui supposait le minimum d'intervention humaine. Son seul travail bien défini consisterait à endormir certains mâles à distance pour pouvoir leur apposer une marque distinctive qui permettrait de les suivre pour contrôler leurs habitudes, leurs territoires. Une sorte d'infirmerie de campagne était théoriquement à sa disposition, à elle de vérifier les stocks de médicaments, de dresser la liste des aménagements souhaitables. Le reste du temps, ses observations ne feraient que recouper celles des éthologues, et ses éventuelles suggestions seraient soumises aux différents techniciens et administrateurs.

Un peu avant dix heures, elle fit une pause pour manger deux barres de céréales. L'œil toujours rivé aux jumelles, elle eut droit au spectacle d'un renard poursuivant une marmotte puis, un peu plus tard, elle surprit le vol d'un aigle royal. Quand elle s'aperçut qu'elle était très loin de son point de départ, à environ quinze cents mètres d'altitude, elle rebroussa chemin à regret, étonnée d'avoir éprouvé un tel plaisir à marcher en silence. Pas un instant elle n'avait songé à Clément, ou d'ailleurs à qui que ce soit. Rien ne l'avait distraite de cette longue balade solitaire ; toutefois, en reprenant sa voiture, elle retrouva instantanément ses soucis. Depuis l'incident de l'autre nuit, Clément boudait ostensiblement, drapé dans sa dignité. Il rentrait tard d'Annecy et dînait seul devant la télé, puis montait se coucher pour s'endormir presque aussitôt. Une discussion s'imposait sans doute mais elle n'avait pas le courage de la provoquer. A plusieurs reprises, elle avait rêvé d'Ivan. Quand elle se réveillait, à l'aube, elle y repensait avec autant de gêne que de plaisir. Et comme un fait exprès, ces jours-là, elle le croisait toujours sur la route. Sans ralentir, il lui adressait juste un petit appel de phares et elle rageait de se sentir frustrée. Elle s'était arrêtée devant le chalet, l'avant-veille, mais n'avait pas osé quitter sa voiture pour aller frapper à sa porte. De toute façon, qu'aurait-elle pu lui dire ? L'attirance qu'elle éprouvait pour lui n'était peut-être qu'un caprice. En lui avouant ses sentiments, il l'avait flattée, stimulée, rajeunie. C'était somme toute assez banal, elle réagissait comme n'importe quelle femme de quarante ans. Mieux valait ne pas donner d'importance à cet épisode bizarre de son existence. Du moins elle tentait de s'en persuader.

Quand elle arriva chez elle, c'était presque l'heure de sa consultation et elle n'eut que le temps d'avaler un sandwich, debout dans la cuisine. Sur la table, Louise avait laissé un mot annonçant qu'elle partait passer la journée à Annecy, avec Max. Un peu plus loin, la tasse de Clément traînait, avec un fond de sucre coagulé, à côté d'un dossier oublié. Elle y jeta un coup d'œil distrait tandis que le café chauffait. Il s'agissait du descriptif détaillé d'une maison, avec plans d'intérieur et d'extérieur. Le prix était souligné en rouge et une note manuscrite en marge signalait : « Affaire très rare. Possibilité de négocier encore. Situation exceptionnelle, plein centre. » Avec un soupir agacé, Bénédicte reposa les feuillets. Il ne s'agissait pas d'un oubli, c'était plus probablement le fameux projet de Clément et, puisqu'il n'avait pas pu en parler, il le lui mettait sous le nez. Une maison au cœur d'Annecy, voilà quelle était sa trouvaille. Autre endroit, nouveau départ. Quelque chose qu'il défendrait sans doute avec autant de véhémence que lorsqu'il avait voulu quitter Paris.

Haussant les épaules, elle coupa la cafetière et sortit en claquant la porte. Dans la salle d'attente, deux personnes étaient déjà assises. Elle leur adressa un regard interrogateur et une vieille femme tenant un panier d'osier se leva pour la suivre. Bénédicte referma la porte de son bureau tandis que la cliente déposait avec précaution un gros chat noir sur la table d'examen.

— On m'a dit que vous pourriez le soigner, déclara-t-elle d'une voix revêche. Je me suis fait déposer ici, mais c'est loin, c'est pas commode...

Bénédicte enfila sa blouse en réprimant un sourire. Il y avait des mois qu'elle n'avait pas vu de chat et c'était très bon signe. Si les gens commençaient à lui amener leurs animaux domestiques, c'est que sa réputation était en train de s'étendre. Les éleveurs de bétail ne pouvaient pas faire autrement que la consulter, mais les particuliers étaient une clientèle plus difficile à motiver et à déplacer. Elle prit une fiche vierge, mit son stéthoscope autour du cou puis s'approcha du matou en le jaugeant d'un coup d'œil très professionnel.

La main de Louise disparaissait dans celle de Max. Ils marchaient côte à côte le long du canal, heureux de profiter d'un répit. Toute la matinée avait été occupée à faire des achats de ciment, plâtre, peintures et autres enduits qu'un camion livrerait directement. Epuisés, ils avaient déjeuné tard dans une taverne, avant de repartir dévaliser une quincaillerie, et là c'était Max qui avait dû porter les sacs jusqu'au coffre de la voiture. En guise de récompense, pour finir la journée, ils avaient décidé de s'octroyer une balade dans la vieille ville.

Max ne s'intéressait ni aux fleurs pendues sur les balustrades, au-dessus de l'eau, ni aux vitrines des magasins. Seul le profil de Louise le captivait et il lui jetait de fréquents regards, sans pouvoir s'en rassasier. Elle bavardait gaiement, s'arrêtait à toutes les devantures, s'amusait d'un rien. Son énergie était sans limite, il avait pu le constater en la voyant travailler. Aucune tâche ne la rebutait ou ne lui semblait hors de portée. Elle acceptait son aide avec reconnaissance mais n'en profitait même pas pour se reposer. Lorsqu'ils s'échinaient tous les deux sur les murs et sur les planchers, elle continuait à parler, jamais lassée d'échafauder des plans. Une fois terminé, son gîte serait sûrement le plus remarquable de la région car elle débordait d'idées.

Alors qu'ils passaient devant une agence immobilière, elle s'attarda sur les photos des maisons de pays, désignant telle ou telle couleur de volet, tel détail particulier.

— En bleu canard, ça jette ! s'exclama-t-elle soudain. C'est superbe sur ce genre de vieux bâtiment... J'ai demandé à papa de me ramener toutes les photos d'étables ou de granges aménagées qu'il possède. Mais je crois que je vais peindre toutes les boiseries en bleu, c'est vraiment ce que je préfère... Tu imagines la gueule que ça aura avec de la neige sur le toit ?

Il l'entendit rire mais resta sans réaction. Il fixait une annonce, en haut de la vitrine, muet de saisissement. Au bout de quelques instants, elle remarqua son manque d'enthousiasme et leva les yeux à son tour. Ce qu'elle découvrit lui sembla tellement inconcevable qu'elle mit un moment à réagir.

— Max..., murmura-t-elle. Je rêve ou quoi ?

Toujours incrédule, elle lut à mi-voix le texte de l'annonce.

— Maison de caractère du XVe siècle, plafonds à caissons d'origine, dépendances en cours de rénovation...

La photo était assez médiocre mais, indiscutablement, c'était bien la maison forte. Immobiles devant la vitre, ils finirent par se tourner l'un vers l'autre. La main de Louise se crispa dans celle de Max avant de se dégager.

— Qu'est-ce que ça signifie ? dit-elle dans un souffle.

Elle recula un peu pour voir l'enseigne de l'agence. Ce n'était pas celle où travaillait son père, mais c'était le même logo. Max la vit pâlir et, instinctivement, il l'attira contre lui.

— Ce doit être une erreur, il y aura eu confusion...

La tête enfouie dans le blouson de Max, elle ne répondit rien.

— Tes parents t'en auraient parlé, voyons... Ta mère s'y plaît énormément, ça se sent... Et puis ils ne t'auraient jamais fait un coup pareil, réfléchis... Peut-être que la photo était dans les archives ? Au moment du décès de Mathilde, le notaire avait dû commencer à prospecter et...

D'un mouvement brusque, elle releva la tête.

— Tu veux rire ? C'est quoi, ça, d'après toi ?

Elle désignait la photo d'un doigt vengeur. On distinguait très bien l'avant d'une voiture garée près de la maison. Et, indiscutablement, il s'agissait du 4 × 4 de Bénédicte.

— On va rentrer, et tu auras le fin mot de l'histoire, proposa-t-il d'un ton apaisant.

Après une brève hésitation, elle se résigna à le suivre. Elle aurait pu pousser la porte de l'agence, demander des explications, mais elle n'en avait pas le courage. Si la vérité était telle qu'elle l'imaginait, autant attendre d'être chez elle pour donner libre cours à sa colère.

La réaction de Bénédicte fut très violente. A tel point que Max voulut s'éclipser pour laisser les deux femmes en tête à tête, mais Bénédicte le rattrapa dans le vestibule et lui demanda d'emmener Louise dîner chez ses parents. L'explication qu'elle aurait avec Clément se passerait sûrement mieux sans témoin.

Une fois seule, elle arpenta tout le rez-de-chaussée pendant une bonne demi-heure, ivre de rage. Puis, n'y tenant plus, elle décida d'appeler Clément. Il devait être en route car elle n'obtint que le répondeur de l'agence. Elle avait beau se raisonner, elle ne parvenait pas à retrouver son sang-froid. La maison était à elle, c'était elle l'héritière de Mathilde, et personne ne pouvait la forcer à vendre, pas même son mari.

En passant d'une pièce à l'autre, elle allumait les lumières et regardait autour d'elle comme si elle découvrait les lieux pour la première fois. Elle constata qu'elle aimait tout, jusqu'au dernier détail, dans cet endroit qui était devenu son foyer. Si Clément voulait la guerre, il allait l'avoir. S'il ne faisait plus la différence entre proposer et imposer, elle se chargerait de lui ouvrir les yeux.

Vers neuf heures, elle s'installa dans le petit bureau, là où sa fille élaborait ses projets depuis des mois. Pauvre Louise ! Comment son père osait-il piétiner ses rêves avec autant de désinvolture ? Est-ce que son égoïsme l'empêchait de voir le profond changement qui s'était opéré chez elle ? Ce n'était plus la gamine désœuvrée qui les inquiétait encore un an plus tôt. Elle avait trouvé sa voie, elle était en train de se réaliser et le seul service à lui rendre était de l'épauler. Comme le faisait Max, en homme intelligent.

Elle baissa les yeux sur le meuble éraflé où Mathilde avait corrigé tant de cahiers d'écoliers. Ce serait probablement là que Bénédicte ferait le bilan de sa première année d'exploitation. Et des suivantes. Jamais elle ne bougerait d'ici.

Le téléphone la fit sursauter et la voix de Clément ranima toute sa fureur. Il s'était attardé chez des clients, d'où il appelait, et il pensait rentrer vers onze heures ou minuit car il était convié à dîner. Elle entendait des conversations, à l'arrière-plan, et elle se contenta de lui poser une seule question, d'un ton glacial.

— Il paraît que tu as mis notre maison en vente ?

Il y eut un silence puis il toussota, gêné, rappela qu'il n'était pas seul et qu'ils en parleraient à son retour. Elle raccrocha avec une telle force que l'appareil tomba sur le carrelage. Sans réfléchir, elle prit un blouson sur la patère et sortit dans la nuit fraîche. Malgré sa longue marche de la matinée, elle ne tenait pas en place. Elle ne se voyait pas passer toute la soirée à attendre en ruminant. Devant sa voiture, elle hésita. Elle pouvait aller chez les Battandier, ils se feraient un plaisir de l'accueillir, elle en était certaine. Mais, tant qu'elle n'aurait pas éclairci la situation avec Clément, elle n'avait envie de parler à personne.

Elle finit par s'asseoir au volant et se mit à pianoter sur le tableau de bord. A personne, soit, mais s'il y avait bien quelqu'un capable de la comprendre ou, en tout cas, de l'écouter...

Avec une lenteur exagérée, elle démarra puis fit demi-tour pour se laisser le temps de réfléchir. Est-ce qu'elle ne se servait pas de sa colère pour trouver le prétexte d'aller chez Ivan ? Même avant cette histoire, elle en mourait d'envie, autant se l'avouer.

Le chemin n'était pas très long, de la maison au chalet, et si doucement qu'elle ait roulé elle se retrouva devant chez lui en cinq minutes. Elle éteignit ses phares, coupa le contact et retira sa clef. Qu'allait-elle bien pouvoir lui dire ? Qu'elle avait envie de boire un verre ? Est-ce qu'elle avait vraiment le droit de le déranger à cette heure-là pour énumérer tous ses griefs contre Clément ? Vue sous cet angle, c'était une situation ridicule pour elle et très désagréable pour lui.

Au pied de l'escalier en bois, elle hésita encore. Son cœur battait très vite et elle avait soudain trop chaud dans son blouson. Elle décida qu'elle partirait s'il ne répondait pas tout de suite. Pourtant, après avoir frappé, elle attendit patiemment. Il mit deux minutes à lui ouvrir et parut stupéfait de la découvrir sur le seuil. Vêtu d'un tee-shirt bleu nuit et d'un jean, il avait des traces noires sur les mains et les bras. Il s'écarta un peu en souriant.

— Bonsoir, Bénédicte. Entrez...

Sa voix était chaleureuse mais son regard restait un peu inquiet.

— J'espère que je ne vous dérange pas, dit-elle en pénétrant dans la cuisine.

— Bien sûr que non. Venez, je suis en train de me battre avec ma cheminée.

Elle le suivit dans le salon où des journaux étaient étalés par terre, devant le foyer. Un grand seau de cuivre contenait des cendres et de la suie.

— J'ai fini, déclara-t-il. Le temps de ranger et je vous sers quelque chose.

Il roula les journaux en boule, emporta le seau. Elle entendit l'eau couler dans l'évier de la cuisine. Puis un bruit de porte suivi du cliquetement des griffes sur les tommettes. Roméo entra le premier et vint droit à elle tandis que Diva s'approchait plus lentement. Les deux animaux portaient de larges colliers de nylon rouge vif, ce qui arracha un petit rire à Bénédicte.

— Ah ! vous êtes trop mignons comme ça... Faites voir les médailles... De vrais chiens de poche, hein ?

Diva s'ébroua et se mit à bâiller, découvrant ses crocs impressionnants.

— Installez-vous, je vous en prie. Est-ce que vous avez le temps de boire une coupe de champagne ? Ou une tasse de café ?

Il se tenait devant elle, toujours décoiffé mais les mains propres.

— J'ai tout mon temps, annonça-t-elle.

Un peu déconcerté par cette réponse, il se contenta de hocher la tête.

— Très bien. Champagne, alors.

Il repartit chercher des verres et une bouteille qu'il déposa sur une table en demi-lune. Assise à un bout du canapé, elle se tenait très droite, dans une attitude compassée, ne sachant absolument plus quoi dire. Lorsqu'il lui tendit son verre, elle n'osa même pas le regarder. Il patienta quelques instants, debout devant elle, puis retourna vers la cheminée où il commença à entasser du petit bois puis des bûches. Ensuite il fouilla la poche de son jean pour en extirper un briquet et il alluma la flambée. Il dut se servir du soufflet pour activer les premières flammes.

— Si vous avez des soucis et si je peux faire quoi que ce soit..., dit-il sans se retourner.

Après quelques minutes, il se redressa et lui fit face. Elle était en train de caresser Roméo, couché par terre à ses pieds. Il constata d'un coup d'œil qu'elle avait vidé son verre et il vint le remplir.

— A quoi voulez-vous boire ? demanda-t-il d'un ton léger.

— A Mathilde !

La réponse avait fusé, un peu agressive.

— A Mathilde, très bonne idée, répondit-il tranquillement.

Il prit le temps de savourer quelques gorgées puis il s'assit sur le tapis, à côté de Roméo. D'un geste très doux, il prit l'un des mocassins de Bénédicte pour la déchausser.

— Je vous ai vue faire chez vous, il n'y a que comme ça que vous pouvez vous installer dans un canapé.

Le contact de la main d'Ivan sur sa cheville la fit frissonner. Il ôta l'autre chaussure et elle replia ses jambes en étouffant un petit soupir. La pièce n'était éclairée que par une seule lampe en plus de la flambée.

— J'adore le champagne, réussit-elle à dire.

— Tant mieux, j'en ai plein la cave. Mais vous n'êtes pas venue pour ça ?

Elle accepta enfin de croiser le regard clair qui la scrutait.

— Non. Je... Eh bien, j'étais très en colère et je voulais vous parler.

— Allez-y.

— Oh, c'est un peu compliqué. Je me sens stupide, là.

— Qui vous a mise en colère ?

Cette fois elle secoua la tête, se déroba, finit par baisser les yeux sur Roméo. Ivan était si près d'elle qu'elle l'entendait respirer. Quand il bougea un peu, prêt à s'écarter, elle eut un geste instinctif pour le retenir. Du bout des doigts, elle appuya sur son épaule, l'empêchant de se relever.

— Ne faites pas ça, murmura-t-il.

A regret, elle ôta sa main sans qu'il bouge. Au bout d'un long moment, il parvint à lui sourire, pourtant sa tristesse était tellement évidente que Bénédicte se sentit complètement désemparée. Elle ne se souvenait pas avoir jamais eu autant envie de toucher quelqu'un. Elle recula, s'appuya au dossier du canapé et ferma les yeux. Roméo se secoua, fit tinter sa médaille puis entreprit de se lécher une patte. Il y eut d'autres bruits, dont celui de la bouteille heurtant le bord d'un verre. Quelques secondes plus tard, elle devina la présence d'Ivan derrière elle. Un souffle sur ses cheveux, le contact très bref d'un baiser dans la nuque avant qu'il s'éloigne à nouveau. S'ils continuaient ce jeu dangereux, ils allaient finir par se jeter l'un sur l'autre et elle en serait seule responsable. D'abord qu'est-ce qu'elle faisait chez lui, en chaussettes ? Elle s'était précipitée ici pour lui parler et elle n'avait pas ouvert la bouche, c'était un comportement incohérent...

Soudain Roméo se dressa d'un bond, les oreilles rejetées en arrière. Elle perçut un sourd grondement, très impressionnant, qui lui fit rouvrir les yeux juste avant que la porte ne claque.

— Couché ! ordonna Ivan à l'instant où Elisabeth entrait.

Diva avait filé vers la cuisine tandis que Roméo s'aplatissait sur le tapis, babines retroussées.

— Je t'ai déjà demandé de me prévenir, un jour tu vas te faire attaquer, reprocha-t-il d'un ton froid.

— Mais non ! Ils me connaissent, et puis tu les as bien dressés...

Elisabeth remarqua alors la présence de Bénédicte et parut très contrariée de la découvrir là.

— Désolée de vous déranger ! lança-t-elle avec aigreur.

Son regard se posa d'abord sur les mocassins, ensuite sur la bouteille vide.

— Tu fêtes quelque chose ? Je trinquerais volontiers...

Elle avança jusqu'au canapé, tendit sa main à Bénédicte.

— Le docteur Ferrière, c'est ça ? Nous nous sommes déjà rencontrées, je suis la femme d'Ivan. Enfin, j'étais, Dieu merci !

Il ne releva pas l'expression et prit Roméo par son collier.

— Viens, lui dit-il doucement.

— Si tu les enfermes, profites-en pour remonter du champagne, tu es à sec il me semble !

Evitant ostensiblement les chaussures, elle s'installa à côté de Bénédicte.

— C'est avec votre fille que j'ai dîné ce soir chez Danièle, je crois. Elle était plutôt... boudeuse. Mais les jeunes sont tellement lunatiques ! En tout cas, elle est ravissante, Max ne s'y est pas trompé, on dirait...

Comme elle n'obtenait aucune réponse, elle baissa un peu la voix.

— Vous passiez la soirée en tête à tête avec Ivan ? Drôle d'idée. Et si j'ai un bon conseil à vous donner, laissez tomber, il est infréquentable.

Bénédicte la dévisagea sans indulgence avant de hausser les épaules. L'intrusion d'Elisabeth l'exaspérait plus que de raison et elle s'en voulait de sa réaction.

— Vous pouvez me faire confiance, poursuivait l'autre, je le connais mieux que personne, c'est un monstre d'égoïsme, doublé d'un irresponsable !

Abasourdie, Bénédicte la regarda encore une seconde puis tourna la tête vers Ivan qui était revenu dans la pièce, une bouteille à la main.

— Si c'est pour entendre ce genre de choses, je préférerais que tu t'en ailles, déclara-t-il.

— Ne te fâche pas...

Ivan paraissait calme, mais Bénédicte remarqua qu'il avait pâli.

— Je ne sais pas si vous êtes au courant, enchaîna Elisabeth en s'adressant à Bénédicte, mais nous avons vécu un drame épouvantable, Ivan et moi. En général il n'en parle pas parce que... Enfin, disons que s'il avait été conscient de ses devoirs de père, ce ne serait pas arrivé.

Un silence pénible s'abattit sur eux trois et se prolongea plusieurs secondes. Atterrée par la cruauté de ce qu'Elisabeth venait de dire, Bénédicte se demanda ce qu'Ivan ressentait.

— Je suis désolée, finit-elle par articuler machinalement.

— Oh, c'est du passé... Je ne veux pas vous attrister avec ça.

Elisabeth se leva, prit la bouteille des mains d'Ivan qui restait figé. Elle entreprit de servir tout le monde.

— Mon travail va très bien, merci de me l'avoir demandé, persifla-t-elle. Je crois même qu'on va finir par s'agrandir, Karen et moi. A condition de trouver les capitaux nécessaires...

Très à l'aise, elle évoluait dans la pièce comme si elle était chez elle. Ivan, lui, se taisait toujours. Elisabeth s'approcha de lui, le prit par le cou et l'embrassa sur la joue.

— Ne fais pas cette tête-là, je serai bientôt tirée d'affaire !

Comme elle détestait le moindre contact physique avec lui, il comprit que son numéro visait uniquement Bénédicte. Il pouvait refuser de lui prêter de l'argent et la flanquer dehors, ainsi qu'il en mourait d'envie, mais c'était le meilleur moyen de passer pour l'égoïste inconséquent qu'elle venait de dépeindre. Haïssable, elle se servait de la présence d'une autre femme pour le coincer. Au besoin, elle pourrait se mettre à pleurer ou proférer des horreurs. Résigné, il jeta un coup d'œil vers Bénédicte qui semblait très gênée. Il ne saurait sans doute jamais pourquoi elle était venue ce soir.

— Alors comme ça, te voilà lancé dans une histoire d'amour ? ironisa Elisabeth.

Elle enleva l'imperméable qu'elle n'avait pas encore eu le temps de quitter et regagna le canapé.

— Rassurez-vous, je serai discrète, dit-elle à Bénédicte avec un clin d'œil appuyé. Mais faites attention quand même, ici c'est un trou, tout le monde surveille tout le monde. Vous n'allez pas tarder à regretter Paris !

— Elisabeth, déclara Ivan d'une voix sourde, j'aurais préféré que tu m'annonces ta visite. Là, tu tombes mal, je ne pense pas que tu puisses rester.

Comme il le redoutait, ce fut Bénédicte qui se leva aussitôt en annonçant qu'elle partait. Pendant ce temps-là, Elisabeth avait réussi à déclencher quelques larmes de commande.

— Non ! protesta-t-elle en s'essuyant la joue. C'est moi qui vais vous laisser, de toute façon je suis toujours en trop, partout...

Elle saisit le poignet de Bénédicte et la força à se rasseoir. Penchée vers elle, elle débita d'une voix plaintive :

— Vous avez vu comment il me traite ? Il n'aime que ses chiens et son compte en banque ! Je vous souhaite bien du courage...

D'un geste digne, elle ramassa son imperméable et se précipita vers la porte. Après son départ, Bénédicte eut besoin d'une longue minute avant de pouvoir lever les yeux sur Ivan. Il n'avait pas changé de place, toujours debout près de la cheminée, les mains enfoncées dans les poches de son jean, les traits décomposés. Il ne chercha pas à éviter son regard et ils se contemplèrent un moment en silence.

— Vous n'étiez pas obligé de supporter ça, dit-elle enfin.

Elle en était malade pour lui. Danièle lui avait parlé d'Elisabeth une ou deux fois, de la façon odieuse, voire perverse, dont elle se comportait avec son ex-mari, de sa personnalité étrange, et surtout de l'incapacité d'Ivan à s'en libérer. A le voir, il ne semblait pas hors de lui comme il aurait dû l'être, mais plutôt paralysé par l'humiliation qu'il venait de subir.

Bénédicte se leva, remit ses mocassins en prenant son temps. Rigoureusement immobile, il continuait de l'observer. Elle traversa la pièce et vint s'arrêter juste devant lui. Très lentement, elle approcha son visage du sien, lui effleura les lèvres. Puis elle appuya son front contre son épaule, lui laissant la possibilité de se dérober. Mais presque aussitôt, elle sentit qu'il passait un bras autour de sa taille, l'autre autour de ses épaules, et elle se retrouva plaquée contre lui. Ils ne firent aucun autre geste pendant un certain temps. Tout le long de son corps, elle percevait nettement sa chaleur, ses muscles tendus, le désir qu'il avait d'elle. Pourtant ce fut quand même lui qui finit par la repousser.

— Merci, chuchota-t-il.

Il la tint une seconde encore puis laissa retomber ses mains et, dès qu'il la lâcha, elle se sentit désemparée. Elle se demanda si Clément était enfin rentré. Louise ne pouvait pas affronter seule son père.

— Je vais partir, décida-t-elle.

Sachant qu'il n'essaierait pas de la retenir, elle alla chercher sans hâte son blouson et son sac. Sur le pas de la porte, elle faillit se retourner mais y renonça.

9

Laurent n'aurait pas pu choisir de pire moment pour rendre visite à ses parents. Sans avoir prévenu personne, afin de ménager la surprise, il avait pris un TGV au vol et il débarqua à l'agence de son père en fin d'après-midi. Heureux de voir son fils, dont il espéra aussitôt se faire un allié, Clément lui raconta les derniers événements en essayant de se garder le beau rôle. C'était d'autant plus facile qu'il venait d'obtenir, le matin même, une offre d'achat inespérée pour la maison forte.

— Mais tu connais ta mère, elle peut se montrer très têtue, même à ce prix-là elle prétendra que ça ne l'intéresse pas ! On s'est engueulés jusqu'à trois heures du matin, l'autre nuit, et depuis elle ne m'adresse plus la parole ! Alors, si tu veux bien m'aider à la raisonner...

Laissant à sa secrétaire le soin de fermer, Clément entraîna Laurent dans une petite promenade à travers la vieille ville. Il en profita pour entrer dans les détails et désigna, au loin, la maison qu'il guignait au bord du canal.

— Tu imagines comme on serait bien ici ? Quand je pense que je pourrais acheter celle-là avec le prix qu'on me propose pour l'autre ! C'est fou, non ? Mais ta mère et ta sœur s'accrochent à leur trou perdu en me traitant de girouette !

Il étouffa un soupir, attendit en vain une réponse puis finit par tapoter le bras de son fils.

— Tu n'es plus tellement concerné, n'est-ce pas ? Ah, tu as été bien inspiré de ne pas nous suivre, tu sais ! Avec le recul, je me dis que c'est toi qui avais raison… Enfin, ça m'a tout de même permis de retrouver du travail, mais autant ajuster le tir maintenant qu'on est sur place et qu'on a compris comment la région fonctionne. Ta mère pourrait très bien ouvrir un cabinet en ville, la clientèle ne manque pas. Elle retrouverait une existence plus agréable, y compris sur un plan professionnel. L'expérience montagnarde n'aurait été qu'une parenthèse, ce serait si simple… A croire qu'il faut toujours que quelque chose cloche. Quand ce n'est pas le boulot, c'est la famille !

Sa sincérité, comme sa déception, ne faisait aucun doute. Laurent proposa de prendre un verre et ils allèrent s'installer à une terrasse. Clément songea quand même à lui poser quelques questions sur ses examens, mais sans montrer de réel intérêt, trop préoccupé par ses propres soucis. Le refus catégorique de Bénédicte le frustrait énormément. Il se sentait sur le point d'accéder au mode de vie idéal et elle l'en privait sans raison valable. Il ne comprenait rien aux arguments qu'elle lui opposait. Quant à Louise, il avait déclaré tout net que, si elle se sentait une vocation d'aubergiste, elle ferait mieux d'intégrer l'école hôtelière pour y apprendre le métier au lieu d'improviser n'importe quoi dans une étable ! A ce point de la discussion, Bénédicte l'avait regardé d'une drôle de manière puis était allée s'enfermer dans la salle de bains.

Durant tout le trajet d'Annecy au village, Clément essaya de gagner Laurent à sa cause. Son arrivée allait provoquer une diversion bienvenue, et peut-être Bénédicte retrouverait-elle le sourire. Quand il ouvrit la porte de la cuisine, il prit soin de laisser passer son fils en premier, ce qui déclencha des exclamations de joie. Mais dans le brouhaha qui suivit, lorsqu'il adressa un clin d'œil tendre à sa femme, celle-ci l'ignora.

Pierre connaissait tous les ouvriers d'Ivan, aussi il les salua tour à tour par leur prénom et il s'arrêta quelques instants pour observer l'un des souffleurs, assis à son banc, qui gonflait lentement la bulle de verre suspendue au bout de sa canne. Ce spectacle l'avait toujours fasciné, tout comme celui du bouillonnement des matières vitrifiables en fusion. La chaleur qui régnait dans l'atelier était difficilement supportable, et il se dépêcha d'enlever sa veste qu'il jeta sur son épaule avant de se diriger vers le bureau. A travers la vitre, il aperçut Ivan qui lui faisait signe d'entrer.

— Je suis à toi dans une seconde, lui dit ce dernier en mettant la main sur le téléphone.

Tandis qu'il achevait ce qui semblait une conversation d'affaires, il désigna un fauteuil à Pierre.

— C'est un délai un peu court mais je pense pouvoir le tenir... Je vous rappellerai mardi. Entendu.

Il raccrocha d'un air satisfait puis salua son visiteur.

— Monsieur le maire... Qu'est-ce qui me vaut le plaisir de ta visite ? Tu veux augmenter ma taxe professionnelle ?

Etant l'un des plus gros contribuables de la commune, il avait l'habitude de plaisanter sur ce sujet.

— Ou alors tu cherches un cadeau pour Danièle ? Tu as frappé à la bonne porte, je peux te réaliser l'objet de tes rêves !

Son sourire était si gai que Pierre le dévisagea pensivement.

— Est-ce que tu peux me dire ce qui te réjouit comme ça ? demanda-t-il. En principe, quand Elisabeth traîne dans les parages, ça te rend sinistre.

— Je me fous d'Elisabeth, répondit Ivan d'un ton insouciant.

— C'est ce que j'appelle une bonne nouvelle ! Seulement, tu devrais te méfier...

L'avertissement était assez net pour qu'Ivan redevienne sérieux. Il se contenta de lancer un regard interrogateur à Pierre qui soupira.

— Comme tu l'imagines, elle n'est pas discrète. L'autre soir, on en a entendu quatre !

Il y eut un petit silence puis Ivan murmura :

— Je vois.

D'un mouvement brusque, il se leva pour aller chercher ses cigarettes qui étaient restées dans la poche de son blouson. Il connaissait suffisamment Pierre pour ne pas ressentir le besoin de se justifier.

— D'ailleurs, c'était une drôle de soirée, ajouta Pierre. La petite Louise était là, toute bouleversée, et quand Elisabeth est partie chez toi, elle nous a raconté ses malheurs. Je n'aurais pas cru ça de Clément, c'est une histoire de fous.

— Quoi ? Quelle histoire ?

Un peu surpris, Pierre le toisa.

— Tu n'es pas au courant ? Bénédicte ne t'a rien dit ?

— L'arrivée d'Elisabeth ne nous a pas permis la moindre conversation.

Ivan revint s'asseoir au moment où le téléphone se mettait à sonner. Il jeta un coup d'œil vers l'appareil mais laissa le répondeur se déclencher. Toute sa gaieté avait disparu.

— Max et Louise sont passés par hasard devant une agence immobilière, à Annecy, où la maison forte est en vente. La gamine n'a pas apprécié ! Les oreilles de Clément ont dû siffler…

Conscient de s'aventurer sur un terrain dangereux, il s'arrêta net. Il observa Ivan avec attention, ne rencontrant qu'un regard clair, sans aucune ombre. Clément était peut-être un père égoïste, mais sans doute pas encore un mari cocu.

— Bref, on a bavardé. Max était scandalisé. Il est complètement fou de cette fille, et je le comprends, elle est adorable. Je crois qu'il pense au mariage. Dans ce cas-là, je les aiderais bien à financer les travaux du gîte, c'est le genre de projet que j'aime. Mais il faut d'abord que je sache ce que les Ferrière ont décidé à propos de la maison.

Comme toujours, Pierre s'exprimait de façon directe, sans équivoque, et Ivan réalisait enfin pourquoi Bénédicte avait débarqué chez lui dans un état pareil. Elle n'avait pas eu le temps de se confier et c'était sans doute mieux ainsi. Même s'il le méprisait, Ivan n'aurait pas pu se résoudre à critiquer ouvertement Clément.

— Va voir Bénédicte et tu seras fixé, dit-il prudemment.

— Elle doit passer à la mairie demain matin, je lui ai téléphoné.

L'idée qu'elle puisse quitter le village, après avoir liquidé la maison de Mathilde, était insupportable. Ivan avait parfois souhaité le départ de la famille Ferrière, mais il s'apercevait soudain qu'il ne le voulait plus du tout. Il avait tenu Bénédicte dans ses bras, et ces quelques instants d'abandon n'avaient pas de prix. Depuis le temps qu'il rêvait de serrer cette femme contre lui, la réalité du contact physique l'avait bouleversé, ébloui. Peut-être n'y aurait-il jamais rien d'autre désormais, peut-être allait-elle disparaître pour de bon, et c'était difficile à accepter.

— Tu m'écoutes, Ivan ?

— Oui… Je ne vois pas ce que je peux faire.

— Rien, j'imagine, répondit Pierre avec humour.

Un peu agacé par l'ironie du ton, Ivan haussa les épaules en marmonnant :

— Ce n'est pas ce que tu crois.

— Je ne crois rien du tout. Elisabeth adore foutre la pagaille. J'espère qu'on en sera bientôt débarrassés mais à mon avis elle va s'attarder, exprès. D'abord pour son fric, ensuite parce que... C'est curieux, tu sais, à l'écouter elle a encore des droits sur toi.

— Nous sommes divorcés depuis très longtemps. Le seul droit qui lui reste est celui de me haïr, elle ne s'en prive pas.

C'était bien la première fois qu'il parvenait à s'exprimer avec cette froide lucidité à son sujet. Il y eut un nouvel appel téléphonique et le répondeur remplit son office.

— Je ne veux pas te déranger davantage, dit Pierre en se levant.

Au-dessus du bureau, ils échangèrent une poignée de main.

— Tiens-moi au courant, demanda Ivan.

— Pourquoi, ça t'intéresse ?

La question était directe et Pierre attendait une réponse.

— Enormément, admit Ivan sans baisser les yeux.

Ce qui aurait pu être une agréable soirée familiale dégénéra très vite en règlement de comptes. Dès que Laurent voulut prendre la défense de son père, Bénédicte lui fit comprendre qu'il n'était pas concerné par le problème.

— Quand tu as refusé de nous suivre en Haute-Savoie, personne n'a cherché à t'influencer ! lui rappela-t-elle. Ta vie est à Paris, j'en suis heureuse pour toi, et la mienne est ici, que ce soit clair pour tout le monde.

— Attends, maman, ne t'emballe pas. Papa m'a montré un endroit formidable tout à l'heure. Tu pourrais au moins y jeter un coup d'œil ?

— Laurent ! Vous m'aviez expliqué la même chose l'année dernière ! Tu ne t'en souviens pas ? Un endroit formidable ! Qu'est-ce que ça veut dire ? Il pourrait bien y avoir des centaines de maisons extraordinaires, à Annecy ou à Grenoble, je m'en fous !

Choqué par sa virulence, Laurent se tut. Il s'était assis à côté de son père, sur le canapé, tandis que Louise et Bénédicte restaient debout de part et d'autre de la cheminée.

— Et si je me tue sur la route, un soir d'hiver ? dit Clément sans regarder personne.

Bénédicte se contenta de le toiser, puis elle haussa les épaules ostensiblement. Blessé par son attitude, il eut le tort d'insister.

— J'ai recommencé à bien gagner ma vie, et tu pourrais ouvrir un cabinet beaucoup plus rentable en ville. Nous n'aurions plus aucun problème !

— Le problème, c'est toi, répliqua-t-elle avec froideur. Tu t'es permis de mettre notre maison en vente sans même m'avertir. Tu brises, tu tranches, et la caravane doit suivre ! Eh bien, c'est fini, ce temps-là !

Perplexe, il la regarda en se demandant s'il n'y avait pas d'autres choses qui étaient en train de se terminer. Ils s'étaient juré de ne jamais se disputer devant leurs enfants, et voilà qu'ils les prenaient en otages dans leurs différends.

— Si c'est pour toi que ta mère se fait du souci, on peut en discuter, dit-il gentiment à Louise. Ton histoire de gîte n'était pas très réaliste, sois honnête, mais en revanche je suis prêt à t'offrir la meilleure des formations hôtelières. Ensuite je t'aiderai à démarrer une véritable affaire, tu peux compter sur moi.

Le petit sourire bienveillant qui ponctua sa tirade porta l'exaspération de Louise à son comble.

— Tu ne comprends rien à rien ! cria-t-elle. Tu ne penses qu'à toi, comme d'habitude !

Souffle coupé, il mit quelques instants à réagir puis il quitta le canapé pour s'approcher de sa fille.

— Je ne te permets pas de me parler sur ce ton. Si tu ne peux pas garder ton calme dans une discussion, c'est bien la preuve que tu manques de maturité. Et je te prie de croire que ça ne m'amuse pas de te voir jouer au petit plâtrier depuis des mois ! Tout ça pour échapper aux études, tu es trop bête...

Louise fit un pas en avant pour hurler :

— Et toi, tu es trop con !

Il voulut lever la main sur elle, dans un réflexe, mais elle avait déjà filé et ils entendirent la porte claquer. Dans le silence qui suivit, Clément laissa échapper un long soupir.

— Voilà où nous en sommes, finit-il par murmurer.

Se tournant vers Bénédicte, il attendit en vain une réaction. Laurent n'avait pas bougé, abasourdi par la scène.

— Très bien, décida Clément, je vais me coucher, j'ai des rendez-vous tôt demain matin. Bonsoir.

Dès qu'il fut sorti, mère et fils échangèrent un long regard. Puis Laurent rejoignit sa mère qui était restée près de la cheminée, et il lui entoura les épaules de son bras.

— Ne t'en fais pas, dit-il tendrement, ça va bien finir par s'arranger...

C'étaient juste des paroles d'apaisement et il fut très surpris de l'entendre répondre :

— Je ne crois pas, non. Parce que, vois-tu, je ne céderai pas. Je suis désolée pour ton père...

Elle s'assit sur la marche de la cheminée, le dos aux braises, et leva la tête vers lui.

— Parle-moi de toi. Où en es-tu avec Carole ? Tu l'as revue ?

— Elle m'a invité à dîner hier soir. Chez un Chinois. Ça m'a rappelé celui de Levallois.

Ils se sourirent, complices, avant qu'elle enchaîne :

— Et après le dîner ?

— Je l'ai ramenée en bas de chez elle. Ensuite j'ai repris le métro.

— Ah ? Tu n'avais pas envie de...

— Oh si ! Mais ce n'est pas le moment. Depuis que je la tiens à distance, c'est elle qui s'accroche. Curieux, non ?

Bénédicte se mit à rire et il se sentit vexé.

— Mon chéri, tu as encore beaucoup de choses à apprendre sur les filles ! dit-elle joyeusement. Je serais toi, je continuerais comme ça. Tu devrais même faire semblant de t'intéresser à d'autres. Ou plutôt à *une* autre. Carole est quelqu'un à qui il faut tenir la dragée haute.

D'un petit hochement de tête, il approuva son jugement.

— Je lui ai téléphoné ce matin pour lui annoncer que je partais quelques jours, mais je n'ai pas précisé où. Elle m'a cuisiné pendant dix minutes et elle m'a fait jurer de l'appeler dès mon retour. Elle ne s'était jamais montrée aussi gentille ! Mais, tu comprends, ce que je veux ce n'est pas la faire marcher ou lui jouer la comédie... c'est pouvoir lui dire que je l'aime sans qu'elle se mette à bâiller...

Emue, Bénédicte avait senti une fêlure dans la voix de son fils. Il était sans doute venu pour se faire consoler, conseiller, et il se retrouvait au milieu d'un drame qui ne le concernait pas.

— Est-ce que tu en es toujours autant amoureux ? demanda-t-elle.

— Oui... Quand on s'est quittés, ça m'a rendu malade... J'ai cru devenir fou, je te jure... Maintenant, j'ai la trouille...

Il redevenait soudain un petit garçon désemparé et elle eut envie de le prendre dans ses bras pour le bercer. Bien entendu, elle ne fit pas un geste, s'obligeant à rester assise en continuant à lui sourire.

— Qu'est-ce que tu m'as dit tout à l'heure, Laurent ? Que ça finirait bien par s'arranger, c'est ça ?

Spontanément, il s'agenouilla devant elle, lui prit les mains.

— Tu crois ?

— Evidemment ! C'est elle qui t'a relancé d'après ce que tu m'as raconté ? Alors, c'est bon signe. Fais-toi un peu confiance, mon chéri.

— A moi ? s'étonna-t-il.

— A toi seul, oui. Il n'y a que sur soi qu'on puisse compter, confirma-t-elle avec une nuance d'amertume.

Sourcils froncés, il la considéra un moment en silence avant de déclarer :

— Si tu as envie de rester ici, maman, fais-le.

Il l'avait toujours admirée, elle le savait, et elle ne voulait pas le décevoir.

— Je l'ai déjà décidé, Laurent. Seulement ce choix pourrait entraîner, à plus ou moins longue échéance, une séparation avec ton père.

— Mais pourquoi ? s'écria-t-il, choqué.

— Parce que nous ne sommes plus d'accord sur rien.

C'était la vérité, elle ne trichait pas, mais c'était surtout plus simple à dire qu'avouer son désir pour un autre homme, qui était précisément Ivan, et qu'elle ne pourrait jamais obtenir sans quitter Clément.

Ivan avait dessiné une partie de la nuit. Il s'était aperçu, après son dîner solitaire au chalet et la longue balade qu'il avait ensuite accordée à ses loups, qu'il n'avait aucune envie de dormir. Il avait donc repris sa voiture pour monter travailler à l'atelier. D'abord il avait passé deux heures à étudier les combinaisons chimiques des matières premières qu'il voulait utiliser pour réaliser une commande très spéciale. Puis il s'était obstiné sur des douzaines d'esquisses avant d'être satisfait.

Vers quatre heures du matin, il commença à sentir la fatigue et il mit un peu d'ordre dans le fouillis de son bureau. Le trophée commandé en dix exemplaires par la ville de Lyon pourrait sans doute être fabriqué à temps. A condition de repousser tous les travaux en cours, ce qui nécessiterait une bonne dose de diplomatie vis-à-vis des autres clients. Il choisit les meilleurs croquis, qu'il décida d'emporter chez lui, et il déchira les autres.

En traversant l'atelier désert, dans lequel régnait une chaleur familière, il eut une pensée émue pour son père. Les émanations toxiques de plomb et de cadmium avaient remplacé la bonne odeur des copeaux de bois. Ici même, Henri avait fabriqué des meubles avec amour... mais sans génie. Un artisanat destiné à végéter et qu'Ivan avait condamné sans regret pour lui substituer cette improbable cristallerie. Il y avait gagné la réussite professionnelle tout en perdant l'estime de son père. Mais peut-être, au moment où il s'était lancé dans l'aventure, aurait-il pu monter n'importe quoi avec succès. Il s'était littéralement noyé dans le travail pour oublier la mort de Guillaume et les reproches d'Elisabeth.

La nuit était fraîche, avec un ciel profond où brillaient les étoiles. Avant de monter dans sa voiture, Ivan prit le temps d'allumer une cigarette pour savourer le silence de la montagne autour de lui. La sensation d'aimer, même en vain, le transformait au point qu'il se surprit à siffloter. Bénédicte ne lui était pas accessible, mais au moins il mourait d'envie de quelque chose, il s'endormait en pensant à quelqu'un.

Lorsqu'il se gara près du chalet, il fut très étonné de découvrir la silhouette de Roméo en bas de l'escalier. Certain d'avoir refermé soigneusement la porte du sous-sol, il se demanda par où le loup avait bien pu sortir. Descendant du 4 × 4, ses dessins sous le bras, il aperçut Diva qui s'éloignait vers le garage. Intrigué par leur attitude étrange, il s'approcha de Roméo qui recula aussitôt. A un mètre de l'animal, alors qu'il tendait déjà la main, Ivan s'arrêta net. Ses yeux s'accoutumaient à l'obscurité et il retint sa respiration. La bête qui se tenait devant lui n'était pas Roméo, il en eut soudain la certitude. Le pelage était plus clair, la stature un peu moins massive. Pas une seconde il ne pensa qu'il s'agissait d'un chien. Il avait trop l'habitude de vivre avec des loups pour confondre. Sans bouger la tête, il jeta un regard vers l'autre silhouette qui était toujours près du garage, immobile, mais qui lui barrait ainsi l'accès à sa voiture. Il sentit sa chemise qui collait à son dos et il dut faire un effort pour inspirer. Jamais il n'aurait le temps de grimper l'escalier, de mettre la clef dans la serrure, d'ouvrir la porte. Le moindre geste pouvait être fatal. Il se souvint qu'il avait également verrouillé sa portière. Enfermés dans le sous-sol, Roméo et Diva ne lui seraient d'aucun secours. Et c'était probablement à cause d'eux, ou plutôt à cause d'elle, que ces animaux sauvages étaient venus rôder autour du chalet. Sauvages et affamés jusqu'à quel point ? Ivan supposa que, tant qu'il était debout, une certaine crainte les retiendrait. Peut-être. Son expérience des loups ne lui donnait aucun avantage. Les deux qu'il avait élevés au biberon réagissaient dans la plupart des cas comme des animaux domestiques. Une chose était sûre, il n'y aurait pas de grognement, rien qui prévienne l'attaque s'ils se décidaient.

Le loup qui lui faisait face esquissa un pas en avant mais se ravisa et reprit sa place initiale sans quitter Ivan des yeux. L'autre en profita pour avancer un peu. Cette façon silencieuse de gagner du terrain de part et d'autre de la proie était une tactique de chasse. Devinant qu'il n'aurait plus le choix très longtemps, Ivan se résigna à bouger. Très doucement, il recula vers la voiture. Il voulait contourner le second loup mais celui-ci s'écarta brusquement pour se camper un peu plus loin, babines retroussées. De nouveau immobile, Ivan hésita. Son bras gauche était resté crispé sur les dessins et, avec une lenteur calculée, il baissa sa main droite jusqu'à la poche de son jean. Avec précaution, il en sortit son briquet puis roula les feuilles de papier d'un geste à peine perceptible. La mollette émit un petit bruit sec, une minuscule flamme vint lécher le coin des dessins qui mirent deux ou trois interminables secondes à prendre feu. Brandissant devant lui cette torche improvisée, il franchit la distance qui le séparait du 4 × 4. Le papier brûlait vite. Adossé à la carrosserie, il fut obligé de lâcher les cendres incandescentes qui achevaient de se consumer. Presque aussitôt, les deux loups se rapprochèrent un peu de lui. Il était couvert de sueur des pieds à la tête, mais il lui fallait encore récupérer sa clef. Et ne pas la laisser tomber, sans quoi il serait obligé de se baisser pour la ramasser et ce serait la curée. Il regretta amèrement, une seconde, que sa voiture ne soit pas équipée d'une ouverture automatique à distance. Une option qu'il avait méprisée comme un gadget inutile.

La nuit était suffisamment claire pour qu'il puisse distinguer les deux animaux qu'il ne quittait pas des yeux. Le silence total, autour d'eux, avait quelque chose d'épouvantable, de terrifiant. Crispant ses doigts sur la clef, il réussit à l'introduire dans la serrure qu'il déverrouilla. Le plus dur était fait, heureusement pour lui car il enregistra soudain, à la limite de son champ de vision, une nouvelle silhouette qui se glissait le long du chalet. Le loup le plus proche avança prudemment, toujours sans le moindre bruit, et stoppa à trois mètres, un saut dérisoire pour lui. Ivan s'arrêta de respirer, ouvrit d'un coup la portière et bondit sur le siège. Une fois à l'abri, il eut du mal à reprendre son souffle. Enfin la peur se mit à refluer en vagues successives, et fit place à une immense fatigue. Il jeta un coup d'œil au-dehors, constata que les loups ne s'étaient pas éloignés. L'odeur de Diva devait être plus puissante pour eux que leur méfiance naturelle. Jusqu'ici, elle n'avait jamais été en chaleur, certaines femelles étant très tardives, mais peut-être était-ce enfin arrivé ? A moins que sa seule présence ait suffi à attirer les trois mâles.

Il mit le moteur en marche, alluma les phares. Les loups détalèrent aussitôt en direction de la forêt. Espérant leur ôter toute envie de revenir dans l'immédiat, il démarra derrière eux et les poursuivit sur deux cents mètres, la main sur le Klaxon. Parvenu devant le rideau d'arbres qui s'élevaient le long de la colline, il fit demi-tour puis revint se garer juste au pied de l'escalier du chalet. Il ne mit que quelques secondes pour entrer chez lui, et dès la porte refermée il se précipita au sous-sol. Roméo eut un curieux petit jappement d'angoisse en se jetant dans ses jambes. Déséquilibré, Ivan trébucha, se raccrocha au loup qu'il entoura de ses bras, et finit à genoux, la tête enfouie dans le pelage clair.

— Je ne veux pas que tu te battes avec ces monstres, chuchota-t-il.

Le son de sa voix lui parut manquer d'assurance et il constata qu'il n'avait plus de salive. Du bout des dents, Roméo lui mordillait l'oreille tandis que Diva, l'air serein, les observait assise sur sa couverture.

— Oh ! tu mérites vraiment ton nom, ma belle, dit-il en se relevant.

Il vint près d'elle, la caressa, la fit rouler sur le dos pour l'examiner attentivement.

— Ah oui... Bravo, tu es une grande fille maintenant ! Pas très précoce mais tout arrive, hein ? Et tu sais quoi ? Même si tu échappes aux trois fauves qui t'attendent, dehors, c'est ton gentil frère qui va te grimper dessus d'ici peu... Bon, reste là, dors tranquille, pense à tes amoureux !

En se redressant, il constata qu'il était vraiment épuisé. Il retourna vers Roméo qu'il prit par son collier.

— Toi, tu viens me tenir compagnie.

Dans la cuisine, il se fit du café et des toasts. Le jour n'allait plus tarder mais il était encore beaucoup trop tôt pour faire quoi que ce soit. De toute façon, il avait besoin de réfléchir. Ses muscles douloureux lui rappelaient désagréablement les quelques minutes de tension extrême qu'il venait de vivre. Ironie du sort, la seule personne à qui il pouvait - et devait - parler librement de cet incident était Bénédicte. Pourtant il ne s'imaginait pas téléphonant chez elle à cette heure-là, rebuté par la perspective de réveiller Clément. Néanmoins il y avait en ce moment même trois animaux sauvages, susceptibles de créer des dégâts dans les fermes alentour, qui se promenaient en liberté. Ils risquaient de semer la panique ou de récolter un coup de fusil.

Il se traîna jusqu'à la salle de bains, Roméo toujours sur ses talons, se déshabilla entièrement et jeta ses vêtements dans le panier à linge sale. Il prit une longue douche, d'abord très chaude puis glacée. Ensuite il remit un jean et une chemise propres avant d'aller s'installer sur son lit. Dans la table de nuit, il prit un bloc sur lequel il se mit à crayonner rageusement, essayant de retrouver les formes, à présent réduites en cendres, qu'il avait dessinées quelques heures plus tôt.

A sept heures, il se décida à composer le numéro de Bénédicte et fut très soulagé de l'entendre répondre elle-même à la première sonnerie. Un peu gêné, il lui exposa le plus brièvement possible son problème mais il fut quand même interrompu par un éclat de rire.

— Vous l'avez vraiment confondu avec le vôtre ?

— Il faisait nuit, il était quatre heures !

— Que faites-vous dehors à des heures pareilles ?

— Eh bien, je revenais de l'atelier et...

— Excusez-moi, je suis indiscrète.

— Non, pas du tout...

— J'aurais tellement voulu voir votre tête quand vous avez compris que ce n'était pas Roméo ! Ils étaient combien, d'après vous ?

— J'en ai vu trois.

— Et vous avez eu peur ?

— Bien sûr que oui.

— Est-ce qu'ils étaient maigres, affamés, ou seulement en rut ?

— Je ne sais pas.

— Comment ça, vous ne savez pas ? Vous n'avez rien vu du tout ? Vous aviez fermé les yeux, ma parole !

De nouveau, elle riait, et il eut très envie d'être près d'elle, de pouvoir la regarder.

— Bon, je vais vous donner mon avis, reprit-elle. S'ils reviennent, il faudra demander du renfort aux gardes de la réserve de chasse. Mais, de toute façon, nous sommes obligés de signaler leur présence.

— Et qu'est-ce qui va leur arriver si on les retrouve ? Ils seront abattus ?

— Non, juste endormis à distance, puis transportés ailleurs en camion. Là où la préfecture nous dira de les mettre. C'est une espèce protégée, vous savez bien ! Et tout le monde voudra la plus grande discrétion parce que les loups font trop parler d'eux en ce moment et les bergers sont à bout de patience. En revanche, si vous vous êtes trompé et s'il s'agit de chiens errants, je serai obligée de les abattre, c'est la loi. Dans tous les cas, vous êtes tenu de me prévenir.

— Et s'ils ne reviennent jamais ?

— Vous y croyez ? Ils auraient dû partir en entendant arriver la voiture. Ce sont des durs à cuire. De toute façon, il va falloir que j'opère Diva. Sauf si vous voulez vous lancer dans l'élevage ! Des tas de petits louveteaux, ça vous tente ?

— Pas vraiment.

— D'ailleurs vous ne pourrez pas la séparer de Roméo à chaque fois. Ils deviendront fous, et vous avec. Bien sûr, on pourrait le castrer, lui, seulement ça n'empêcherait pas les animaux errants en quête de femelle. En plus, ça risquerait de modifier son caractère.

Il y eut un petit silence et Ivan se contenta de déclarer :

— C'est vous le vétérinaire.

— Alors on prend date, pour Diva ?

— Si vous voulez...

L'idée de se rendre au cabinet ne l'enchantait pas, pourtant il accepta.

— Est-ce que vous avez un fusil ? demanda-t-elle encore.

— J'en ai deux, mais il n'est pas question que je m'en serve.

— Vous ne savez pas tirer ?

— J'ai gagné des concours à l'université, répliqua-t-il d'un ton indigné.

De nouveau, le rire de Bénédicte s'éleva.

— Faites attention à vous, dit-elle avant de raccrocher.

Perplexe, elle considéra un moment le téléphone. S'il s'agissait bien de loups, c'était peut-être l'avant-garde d'une meute. Venant des Abruzzes à travers le Mercantour, les animaux étaient supposés remonter vers le nord des Alpes, et c'était probablement ce qu'ils étaient en train de faire. Impossible de ne pas signaler leur présence aux instances concernées. D'autant plus qu'elle avait reçu la veille un courrier officiel l'informant de la création d'un comité de suivi sur le retour des loups, qui devait se réunir à Grenoble dans les jours à venir. La position du ministère de l'Environnement restait favorable à la protection du loup tandis que le ministère de l'Agriculture continuait de défendre les bergers. Et les conseillers techniques, dont elle faisait partie, étaient censés donner leur avis. Dans ce contexte, de plus en plus houleux, Roméo et Diva devaient absolument conserver leur statut de chiens. Il faudrait donc qu'elle triche un peu sur le compte rendu de l'incident. Ivan pourrait témoigner d'avoir vu ce qu'il *supposait* être des loups, mais en pleine forêt, pas autour de son chalet !

Elle sortit de la cuisine par la porte donnant sur l'extérieur. Le temps était clair et sec, avec un beau lever de soleil, aussi elle s'attarda quelques instants près du banc de pierre. La première fois qu'elle s'était assise là, huit mois auparavant, Clément était en train de visiter les lieux avec un enthousiasme débordant. Elle n'avait rien pressenti, rien deviné. Même quand Ivan s'était arrêté, sur la route, puis était venu lui dire quelques mots de politesse, elle ne lui avait accordé qu'une attention distraite. A ce moment-là, elle était pressée de rentrer à Paris, d'en finir avec cette succession imprévue. Pourtant elle se souvenait très bien de la chemise blanche qu'il portait, du timbre de sa voix quand il avait dit : « Je suppose que vous allez garder la maison ? » Et aussi qu'elle avait remarqué la couleur étrange de ses yeux.

Tout en longeant le sentier qui conduisait à son cabinet, elle continua de penser à lui. Comment aurait-elle réagi à sa place ? L'idée du feu était un bon réflexe ; toutefois, même s'il s'en était bien sorti, il avait dû passer un sale quart d'heure.

Elle traversa la salle d'attente, vide à cette heure, pour gagner son bureau où elle s'enferma. Clément était parti très tôt, ainsi qu'il l'avait annoncé la veille. Ils avaient dormi en se tournant le dos, exaspérés l'un par l'autre. Baissant les yeux vers son agenda, elle détailla la liste de ses rendez-vous de la matinée. Elle avait largement le temps de passer voir Pierre Battandier à la mairie. Dans d'autres circonstances, elle se serait plutôt rendue à la ferme, mais la présence d'Elisabeth la rebutait. La manière dont cette femme s'était comportée avec Ivan lui avait laissé un souvenir pénible. D'autant plus qu'Elisabeth était encore très belle et qu'Ivan semblait complètement démuni devant elle.

« Tu es jalouse, ma parole... D'un homme qui te fuit... Qui ne t'a téléphoné tout à l'heure que contraint et forcé... »

Agacée par cette constatation, elle passa dans le laboratoire pour remplir sa sacoche des produits indispensables à ses visites. D'un coup d'œil, elle vérifia son stock de médicaments. Il faudrait qu'elle passe vite une commande pour se réapprovisionner. Et aussi qu'elle mette à jour sa comptabilité. Elle revint dans son bureau pour basculer la ligne sur le secrétariat téléphonique qu'elle avait souscrit depuis peu. Au fur et à mesure que sa clientèle augmentait, elle était obligée de s'organiser. Bientôt, une femme de ménage deviendrait indispensable car elle était trop fatiguée le soir pour tout nettoyer dans le cabinet. Pierre pourrait sûrement lui indiquer quelqu'un de confiance.

Dix minutes plus tard, elle était installée devant lui, à la mairie, dans la minuscule salle du conseil. Ils échangèrent d'abord quelques banalités puis il lui offrit un café, très fier de la machine acquise par la municipalité.

— Je passe le plus de temps possible ici quand Elisabeth est à la maison, dit-il en souriant. Mais de toute façon j'aime bien gérer la commune, faire des projets pour le village... Ce sont des responsabilités qui me plaisent.

Il la regardait gentiment, avec sa franchise habituelle.

— Vous vouliez me voir, rappela-t-elle. Je suppose que Louise vous a parlé de ses soucis ?

— J'aime beaucoup votre fille, vous savez.

Ce n'était pas vraiment une réponse et il y eut un silence. Pierre but son café, reposa sa tasse, releva les yeux vers Bénédicte.

— Ne croyez pas que je veuille me mêler de vos affaires. Seulement j'avais quelques idées en tête, et j'ai peur qu'aujourd'hui ça tombe comme un cheveu sur la soupe.

Ponctuant sa phrase d'un petit soupir, il attendit qu'elle l'encourage à poursuivre. Comme elle se taisait, il finit par enchaîner :

— Max se sent très concerné par tout ce qui touche Louise. Il a vingt-sept ans et il pense à l'avenir. Nous avons eu une conversation, tous les deux, il m'a fait des confidences. Votre fille est très jeune, il n'ose pas lui parler mariage pour l'instant, mais c'est ce qu'il espère.

Malgré elle, Bénédicte se crispa un peu. L'idée de sa petite Louise en femme mariée lui sembla absurde et elle resta muette.

— Comme c'est prématuré, je ne voulais pas aborder la question avec vous. Seulement, en bavardant avec Max, je lui ai fait savoir que, si un jour son rêve devait se réaliser, je serais d'accord pour investir dans ce projet de gîte rural qui deviendrait à ce moment-là un projet commun. Je ne suis pas sûr d'être très clair...

— Si, si.

— Au cas où... enfin, si Max épousait votre fille, ce serait normal pour moi de les aider à démarrer. C'est ce que je lui ai dit, à lui. Et puis, là-dessus, Louise déclare que Clément est décidé à vendre et à quitter le village. C'est vrai ?

— Oui. C'est ce qu'il envisage. Bien entendu, je ne suis pas d'accord.

Sans la quitter des yeux, Pierre hocha la tête.

— Je me plais beaucoup ici, ajouta-t-elle. Je me sens chez moi. Les gens sont très gentils. Grâce à vous, d'ailleurs...

D'un geste impatient de la main, il lui fit signe qu'il ne voulait pas entendre parler de reconnaissance.

— J'aime parcourir les routes de montagne, chercher mon chemin, m'arrêter pour regarder le paysage. Vous m'auriez prédit ça l'année dernière, je vous aurais ri au nez. J'aime mon métier et je fais ici des choses passionnantes que je ne soupçonnais même pas. J'aime ma maison et j'aime énormément l'idée que ma fille restera près de moi. Je ne partirai pas, Pierre.

C'était si facile de s'adresser à lui qu'elle en fut soulagée. Elle venait d'exprimer exactement ce qu'elle ressentait, mais qu'elle était incapable d'expliquer à Clément en gardant son calme.

— Eh bien, me voilà rassuré, déclara Pierre que cette prise de position semblait beaucoup réjouir. Pour mon fils, d'abord, et aussi pour ma commune. Je suis très fier d'avoir un vétérinaire établi ici. Tout ce qui redonne de la vie au village me comble.

Il était trop discret pour l'interroger au sujet de Clément, et d'ailleurs elle aurait été incapable de lui répondre. Sa décision était prise mais elle n'en discernait pas encore toutes les conséquences. Elle se leva, jeta un coup d'œil à la pendule murale, l'un des rares ornements de la petite salle avec l'inévitable buste de Marianne.

— Les éleveurs auraient été déçus si vous les aviez lâchés, maintenant qu'ils se sont habitués à vous, dit-il en contournant la table de réunion pour venir lui serrer la main. Danièle et moi les premiers.

D'un geste impulsif, au lieu de prendre la main tendue, elle l'embrassa sur la joue, le faisant rougir malgré lui.

Stupéfait, Laurent fit lentement le tour de l'ancienne étable. Il ne se souvenait que d'un bâtiment sombre, dans lequel il s'était aventuré une seule fois. A présent il découvrait une immense pièce aux murs de crépi blanc, aux poutres vernies, éclairée par six fenêtres à petits carreaux. Les mangeoires de ciment, passées à la chaux, seraient un jour garnies de coussins pour faire office de banquettes, d'après les explications de Louise. Décapés et repeints en noir, deux râteliers avaient été conservés en décoration, ainsi que les anciens anneaux.

— Et je voudrais installer ici, en plein milieu, une cheminée centrale ! Max dit que c'est faisable. J'organiserai le poste de cuisine tout autour, ce sera très convivial. Bien sûr, ça représente encore un sacré boulot...

— Vous ne faites pas ça à vous deux, j'imagine ? demanda Laurent qui restait incrédule devant les transformations.

— Pas tout, non, mais le plus possible ! Je ne sais pas si tu t'en souviens, j'avais établi un budget auquel j'ai essayé de me tenir. Les parents m'avaient accordé un crédit et je me suis donnée à fond pour ne pas le dépasser ! Seulement, maintenant...

D'un air découragé, elle secoua la tête. Laurent la dévisagea puis vint la prendre gentiment pour lui taper sur l'épaule.

— Ne t'inquiète pas, je crois que tu vas rester ici et que tu finiras par ouvrir ton gîte. Maman est bien décidée à ne pas bouger.

— Je sais. Elle me l'a dit aussi. Mais si je dois m'engueuler avec papa tous les jours ! Il m'expliquera bientôt qu'il ne veut plus investir dans mon truc « pas très réaliste » ! Tu l'as entendu ? Il rêve de s'installer à Annecy, ça crève les yeux. Il aura besoin de son argent, je le comprends. Quand on voulait tous les trois la même chose, il y a six mois, c'était plus simple. Je n'ai pas l'intention de passer pour l'égoïste de la famille. Il faut aussi qu'ils assument la fin de tes études, et je...

— Attends deux secondes ! Comment ça, il aura besoin de son argent ? Tu penses qu'ils en sont là, tous les deux ? Qu'ils envisagent de... de vivre séparément ?

— Ils y vont tout droit, non ?

Le ton tranquille de Louise acheva de désorienter son frère.

— L'hiver prochain, poursuivit-elle, papa annoncera qu'il ne veut plus faire la route. Il louera un truc à défaut d'acheter, et ensuite il aura plein de bons prétextes pour rester là-bas, neige ou pas.

Laurent pensa à la phrase que sa mère avait prononcée si doucement, l'autre soir, en affirmant que Clément et elle n'étaient plus d'accord sur rien.

— Vous vous êtes foutus dans une sacrée pagaille, soupira-t-il.

— Tu veux rire ? Maman est mille fois mieux qu'à Paris, tu n'as pas remarqué ? Et papa a retrouvé un boulot qui lui plaît. En ce qui me concerne, je n'ai jamais été aussi heureuse de ma vie qu'en m'escrimant sur ces murs ! Et j'ai rencontré Max...

Son air extasié rendait tout commentaire inutile. Laurent lui ébouriffa les cheveux.

— Sacrée petite sœur... Un moniteur de ski, je rêve ! Non, sans blague, il est sympa, ton ours géant. Tu l'aimes ?

— Oui.

Il attendait autre chose qu'une réponse si brève, mais elle se contentait de sourire, radieuse.

— Vous avez de la chance, dit-il à mi-voix.

Le bonheur de Louise rendait encore plus cruel son propre échec avec Carole. Il se dirigea vers l'une des fenêtres pour regarder à l'extérieur. Juste en face de l'étable s'élevait la grange dans laquelle sa sœur ferait un jour des chambres destinées à ses hôtes. Sur la droite, il aperçut l'arrière du petit bâtiment où se trouvait le cabinet vétérinaire, facile à isoler du reste en cas de besoin. Louise avait bien dessiné ses plans car aucune ouverture ne permettait de voir la maison qui resterait complètement indépendante. Une organisation idéale pour tout le monde, en somme, hormis son père. Pourtant, c'était lui qui avait conduit là sa famille. Il tourna la tête à gauche, vers la colline couverte de sapins. Très loin, on distinguait l'un des sommets des Aravis, encore enneigé.

— C'est vrai, c'est superbe, constata-t-il presque malgré lui.

Les Ferrière n'auraient jamais dû venir dans cet endroit mais, maintenant qu'ils y étaient, Laurent pouvait comprendre ce que ressentaient sa mère et sa sœur. Il avait suffisamment aimé les sports d'hiver et les paysages de montagne pour apprécier ce qui l'entourait. Peut-être même y aurait-il passé volontiers toutes ses vacances si Carole ne lui en avait pas gâché le plaisir. Hélas ! Carole, ici ou ailleurs, chercherait toujours à plaire à des hommes comme cet insupportable Ivan Charlet.

— Au fait, vous le voyez toujours, ce type dont papa prétend qu'il est son meilleur ami ?

— Qui ça ? Ivan ? Non, quasiment jamais, répondit Louise.

Elle faillit ajouter quelque chose mais se ravisa de justesse. Sa mère ne lui avait pas fait de confidence à ce sujet et ses impressions étaient peut-être sans fondement. Laurent était bien le dernier à qui elle pouvait rapporter les ragots entendus chez les Battandier. Tant qu'elle n'aurait pas la preuve de ce qu'elle pressentait, elle refuserait d'imaginer quoi que ce soit.

— Viens, dit-elle en lui tendant la main, je vais préparer le déjeuner.

10

Le porte-aiguille se retrouva dans la main de Bénédicte exactement à la seconde où elle le souhaitait. Au-dessus de son masque, ses yeux sourirent à Serge. Ils avaient si souvent opéré ensemble, à Paris, qu'il ne leur avait fallu que quelques minutes pour retrouver un parfait accord de gestes. Venu pour passer le week-end de détente qu'il se promettait depuis longtemps, Serge n'avait pas résisté au plaisir de se joindre à Bénédicte. Au lieu de faire la grasse matinée, il avait décidé de la regarder travailler et l'avait suivie dans son cabinet dès huit heures moins le quart. Il avait commencé par s'extasier sur son installation, furetant partout, inventoriant l'impressionnant stock de médicaments, et elle l'avait laissé s'amuser sans le prévenir de ce qui l'attendait. L'arrivée de Diva lui avait causé un choc. Avec une évidente appréhension, il avait vu Bénédicte caresser l'animal comme un vulgaire caniche. Avant l'anesthésie, il s'était débrouillé pour l'entraîner un instant dans le laboratoire et lui chuchoter qu'il s'agissait d'une louve, pas d'une chienne !

— Mais je ne suis pas aveugle, avait rétorqué Bénédicte. Je voulais juste te réserver la surprise. Je m'entraîne sur les loups, et après je soignerai des ours ou des aigles. Je peux toujours compter sur toi pour un coup de main ?

Serge s'était montré à la hauteur mais, à plusieurs reprises, il avait posé un regard admiratif sur Bénédicte. Si elle avait voulu l'étonner, elle avait réussi son coup et il s'inclinait, beau joueur. Il profita même du sommeil artificiel qui rendait Diva inerte pour examiner sa mâchoire, ses griffes, toute sa morphologie.

Patient et silencieux, Ivan avait assisté à l'intervention de bout en bout. C'était lui qui avait installé sa louve sur la table, qui l'avait tenue pendant la première piqûre, avant de s'écarter pour laisser faire les deux vétérinaires. Dès que Bénédicte lui avait présenté Serge, il s'était souvenu des qualificatifs « un type adorable, un amour » qu'elle avait utilisés la seule fois où elle avait parlé de lui.

— Tu veux faire la suture ? demanda-t-elle à mi-voix.

— Non, répliqua Serge, je veux avoir le plaisir de te regarder.

Il se tenait tout près d'elle, son épaule contre la sienne, et ils semblaient tous deux avoir oublié la présence d'Ivan.

— Elle est en train de se réveiller, prévint Serge. J'en remets un peu ?

— Oui, c'est trop tôt, donne-moi cinq minutes.

Ivan suivit Serge des yeux. Il ne voyait pas son visage, en partie dissimulé par le masque, mais il décida qu'il le trouvait antipathique à cause de son attitude trop familière et complice avec Bénédicte. Le geste docte qu'il eut pour poser son stéthoscope sur les flancs de Diva suffit à l'agacer.

— C'est une très belle bête, dit Serge en se tournant vers lui.

Ivan gardait un air distant et l'autre n'insista pas.

— J'ai fini, tu t'occupes du pansement ? demanda Bénédicte.

Tandis qu'ils échangeaient leurs places, elle en profita pour jeter un coup d'œil à Ivan.

— Elle aura un peu mal pendant deux jours mais je vais vous donner des antalgiques. Je préférerais qu'elle reste ici encore un moment, c'est possible ?

— Non, j'aime autant la ramener maintenant. Elle est très craintive, elle sera mieux dans son environnement.

— Ne la laissez pas chahuter avec Roméo, alors, conseilla Bénédicte.

Un peu déçue à l'idée de le voir partir tout de suite, elle était surtout déconcertée par la froideur de sa voix. Elle sentit la main de Serge qui se posait familièrement sur son cou.

— Mission accomplie, ma jolie, j'ai fait un bandage d'anthologie ! Tu as vu ça ?

Indifférent en apparence, Ivan en profita pour sortir un chéquier et un stylo de la poche de sa chemise.

— Combien vous dois-je, docteur ?

Il avait posé la question de la façon la plus neutre qui soit, poli mais désinvolte, comme s'il ne la connaissait pas. Sous le coup de la colère, Bénédicte riposta :

— Pour Diva, c'est gratuit !

Se détournant de lui, elle enleva ses gants et son masque qu'elle jeta dans une poubelle.

— Serge va vous aider à la transporter jusqu'à votre voiture, déclara-t-elle sans le regarder.

Elle sortit la première pour ouvrir les portes. Quand Diva fut allongée à l'arrière du Range Rover, elle tendit une boîte blanche à Ivan.

— Pas plus de six par vingt-quatre heures, précisa-t-elle sèchement.

En prenant les médicaments, il effleura délibérément ses doigts et elle tressaillit.

— Je ne voulais pas vous vexer, s'excusa-t-il, mais il n'y a aucune raison pour que je ne règle pas les frais de cette opération. Je ne sais pas comment vous remercier.

Elle croisa enfin son regard et s'aperçut qu'il était mal à l'aise, nerveux, désolé.

— Vous trouverez, murmura-t-elle avec un sourire énigmatique.

Elle recula pour le laisser démarrer tandis que Serge la rejoignait. Ils attendirent que la voiture ait disparu au premier virage de la route pour se tourner l'un vers l'autre.

— Eh bien, crois-moi, je ne regrette pas d'être venu ! s'exclama-t-il avant de se mettre à rire.

— Pourquoi ça ?

— Pour cette louve magnifique, d'abord, avec ses grands yeux jaunes... Et pour le regard du mec, qui vaut le détour aussi ! Je ne parle même pas de la couleur, non, c'est son expression quand il se fixe sur toi. Limpide ! Tu t'es enfin décidée à faire des ravages, on dirait ? En tout cas sois prudente, n'invite jamais ton mari au spectacle, il ne lui faudrait pas longtemps pour comprendre.

— Comprendre quoi ? s'insurgea-t-elle sans conviction.

— Que ce type n'en peut plus ! Tu ne me feras pas croire que tu ne le sais pas. Il est amoureux de toi et il est jaloux. J'en ai un peu rajouté, exprès, et quand je t'ai mis la main dans le cou, ça lui a fait le même effet que si je te l'avais mise aux fesses ! Oh, j'adore les histoires d'amour... Je peux te donner toutes les recettes de l'adultère si tu veux ?

— Arrête un peu. Je n'ai pas l'intention de...

Soudain gênée, elle n'acheva pas sa phrase et il se remit à rire.

— Non ? Tu en es tout à fait sûre ? Il est pourtant séduisant, ton beau ténébreux, tu ne pouvais pas trouver mieux pour ton premier coup de canif au contrat de mariage.

— Ce n'est pas si simple, dit-elle en s'asseyant carrément dans l'herbe au bord du chemin.

Les yeux fermés, elle leva son visage vers le soleil tiède. Le samedi matin, elle avait peu de rendez-vous car la plupart des éleveurs préféraient consacrer le week-end à leur famille ou à leurs courses en ville plutôt qu'à leur bétail. C'était pour cette raison qu'elle avait programmé l'opération de Diva ce jour-là, afin qu'Ivan rencontre le moins de gens possible. Non seulement ce n'était pas le moment d'exhiber sa louve, mais les bavardages inconsidérés d'Elisabeth avaient dû faire le tour du village, et moins on verrait sa voiture devant chez elle, mieux ce serait.

Serge s'était assis à son tour et il attendait qu'elle s'explique.

— Tu as peur de sauter le pas ? finit-il par demander.

— Moi, non. Je vais même t'avouer quelque chose...

Assise en tailleur, sa blouse ouverte sur son tee-shirt noir, elle jouait distraitement avec une fleur qu'elle venait de cueillir.

— Je n'ai jamais eu autant envie de quelqu'un, voilà. D'ailleurs je n'ai pas souvent été tentée... Mais lui, dès qu'il s'approche, j'ai une irrésistible envie de le toucher. Il a fallu que j'arrive à quarante ans pour découvrir ce genre de désir obsessionnel, c'est... affolant, je t'assure. Je ne me croyais pas comme ça, je suis la première étonnée. En plus, c'est très frustrant parce que, amoureux ou pas, il m'évite.

— Ah bon ? ironisa Serge. La passion platonique, quelle guigne !

— En arrivant ici, Clément a jeté son dévolu sur lui pour en faire son meilleur copain.

— Et alors ? Il a des principes, ton dresseur de loups ?

La bonne humeur inaltérable de Serge était une qualité que Bénédicte appréciait particulièrement. Elle lui résuma les événements des derniers mois, jusqu'à la mise en vente de la maison par Clément, jusqu'à la furtive et unique étreinte d'Ivan. Avec une pointe de méchanceté, Serge rappela que s'il avait eu l'opportunité de la serrer dans ses bras, il ne l'aurait sûrement pas laissée partir, lui.

— Oui mais, deux heures plus tard, tu m'aurais demandé la plus grande discrétion. Au revoir et merci ! répliqua-t-elle vertement.

Comme elle regardait la montagne, droit devant elle, il prit le temps de détailler son profil avant de conclure :

— Le désir *et* les sentiments ? Est-ce que tu te rends compte que tu es en train de tomber amoureuse aussi ? Dans ce cas-là, pourquoi ne pas refaire ta vie avec lui ?

— Tu es fou ? Et Clément ? Et les enfants ? Ils ne me le pardonneraient jamais, surtout Laurent ! D'ailleurs je ne vois pas si loin, je le connais à peine.

— Prends donc les problèmes un par un. Tes enfants sont grands et tu n'as pas de compte à leur rendre. Ta fille est avec ce... Maxime, c'est ça, et ton fils est à Paris. Si tu n'aimes plus Clément, ne te crois pas obligée de vieillir avec lui, ce serait mortel ! Et si tu veux le quitter, c'est le moment ou jamais. Ensuite il sera trop tard, nous ne rajeunissons pas. Une fois libre, tu auras peut-être envie de le rester, qui sait ? En tout cas, tu y verras plus clair.

Elle se tourna vers lui pour le dévisager.

— Ce que tu dis me flanque le vertige.

— Pourquoi ? Tu as déjà dû y penser toute seule, non ? Tu as changé, Bénédicte. Je ne sais pas si tu en es consciente mais tu es différente de la femme avec qui je travaillais l'année dernière ! Ne boude pas, c'est un compliment. Je te conseillais de profiter un peu de la vie, tu t'en souviens ? Eh bien, je crois que tu as commencé. Tu es vraiment épanouie.

— Peut-être, mais j'ai peur.

— De quoi ? De qui ?

Incapable de trouver une réponse, elle secoua la tête. Au bout d'un moment, il se mit debout et lui tendit la main.

— Allez, viens... Tu dois avoir des tas de choses à me montrer, je n'ai rien vu hier soir. Ta maison m'a paru superbe. Si tu as besoin d'argent pour racheter sa part à Clément, je t'en prête volontiers.

Stupéfaite par cette proposition, elle retint sa main dans la sienne.

— Tu es sérieux ? Pourquoi ferais-tu ça ?

— Parce que je t'aime bien. Tu es une des seules qui m'ait résisté ! Et surtout un des rares confrères que j'admire au boulot. Je n'ai pas d'inquiétude pour ta réussite professionnelle, alors je te ferai le même taux d'intérêt qu'un banquier, les formalités en moins ! Et quand ton ami Ivan apprendra que c'est moi ton financier, il s'étranglera de fureur. En attendant, tu ne lui devras rien. A ton mari non plus. Et tu sais, l'indépendance, une fois qu'on y a goûté... Ah, tout ça m'amuse énormément !

Cette fois elle éclata de rire, gagnée par son insouciance.

— A propos d'Ivan, tu n'as jamais vu de loup ici, soyons bien d'accord. Tu as opéré avec moi une chienne de race alaskan malamute.

— Pas mal trouvé... Bien sûr, s'il y avait une enquête, on passerait pour deux crétins.

— Pour des Parisiens.

— C'est pareil. Et, tiens, est-ce qu'il n'y aurait pas une seule naissance difficile de prévue dans tout ton cheptel, ce week-end ?

— Pourquoi ?

— Je n'ai pas vu une vache de près depuis Maisons-Alfort, soupira-t-il. Je fais dans le minuscule en ce moment. Plus les gens sont snobs, plus leurs chiens sont riquiqui.

— Je peux te présenter des vaches en bonne santé, si ça te fait tant plaisir !

Il la prit par la taille, d'un geste qui n'avait rien d'équivoque.

— D'accord. Ensuite j'aimerais que tu me montres le parc des Bauges, et Annecy, et les sommets des Aravis. Demain, j'invite tout le monde à déjeuner au bord du lac. Ça te va ?

— Je t'adore, lui dit-elle très sérieusement. J'espère que tu reviendras souvent.

Le mardi matin, avant de se rendre à l'agence, Clément déposa Serge et Laurent devant la gare. La présence de l'ancien confrère de sa femme avait rendu le week-end moins désagréable que prévu. Y compris la dégustation de suprêmes de féras, accompagnés de cannellonis printaniers, sur la terrasse du *Père Bise*, à Talloires. Même si Bénédicte ne lui parlait guère, elle avait ri aux plaisanteries de Serge et n'avait pas abordé devant lui la question de la maison. Laurent avait réussi à dérider sa sœur en l'emmenant faire une promenade en pédalo, mais tout cela n'était évidemment qu'une trêve passagère. Dès ce soir, la querelle allait reprendre.

Très en avance, à cause de l'heure de départ du TGV, Clément ouvrit le magasin bien avant l'arrivée de sa secrétaire et des négociateurs. L'agence était vaste, confortable, discrètement luxueuse, et il se sentait très à l'aise dans son bureau où il avait déjà signé de nombreuses ventes. Tous les gens qui franchissaient la porte étaient pour lui des acheteurs potentiels. Des rencontres, aussi. Quand une femme se présentait seule, pour peu qu'elle soit jolie, il avait tout son temps. Il lui était même arrivé, la semaine précédente, d'aller faire visiter à une charmante cliente un infâme deux pièces, lui qui ne traitait que les affaires importantes ou délicates. Mais c'était juste pour le plaisir de draguer un peu, de tester ses capacités de séduction. Depuis qu'ils avaient quitté Paris, il n'avait pas trompé Bénédicte. Il n'en avait pas eu l'occasion, ni l'envie. Pas encore. Et d'ailleurs, ces petites parenthèses ne l'entraînaient jamais très loin. Il éprouvait toujours de l'affection pour sa femme, une certaine forme de respect, et parfois du désir. C'était beaucoup pour un couple aussi ancien que le leur.

Le dossier de la maison convoitée, au bord du canal, était toujours posé sur son bureau. Il le repoussa d'un geste agacé. Mieux valait abandonner tout espoir de l'acquérir. Il ne l'avait pas encore officiellement rentrée en portefeuille, tout comme il n'avait pas répondu à l'offre concernant la maison forte. Il ferait une ultime tentative pour convaincre Bénédicte, et s'il échouait, il avait en vue un merveilleux duplex, à deux pas de l'agence. Là, elle serait obligée de s'incliner, elle ne pouvait pas l'obliger à faire la route à longueur d'année. Bien sûr, cela ressemblait à un début de séparation. Après tout, pourquoi pas ? Un peu de liberté ne leur ferait pas de mal, ils avaient trop vécu l'un sur l'autre ces dernières années. Bénédicte était devenue irritable, presque agressive. Rien de comparable avec la jeune fille docile qu'elle avait été autrefois, au début de leur mariage. Peut-être était-elle perturbée par le tournant de la quarantaine ? C'était une explication rassurante, à laquelle il voulait se raccrocher pour ne pas envisager autre chose. Mais malgré lui, de temps à autre, il repensait à ce qu'avait dit leur fils. A ce qu'Ivan lui-même avait confirmé. Bénédicte avait sûrement fini par remarquer quelque chose. Est-ce qu'elle était sensible à ce genre d'hommage ? Plaire, être aimé, il savait très bien l'effet que ça finissait par produire. Cinq ans plus tôt, il avait eu une brève aventure avec une fille trop jeune mais ravissante, pour qui il avait bien failli avoir un coup de cœur uniquement parce qu'elle le regardait avec les yeux de l'amour. Il avait compris, à l'époque, que cette gamine de vingt ans n'était qu'à la recherche de l'image du père, pourtant il avait été incapable de lui résister. Par chance, elle s'était lassée la première. Dans le cas contraire, que serait-il arrivé ?

Un peu désemparé par ce souvenir, il se mit à marcher de long en large dans son bureau. Bénédicte n'était pas comme ça. Aucune femme ne réagissait comme un homme. Elle ne s'était jamais intéressée à personne en dehors de lui, il en était certain. D'ailleurs elle était trop franche pour dissimuler quoi que ce soit. Trop simple, en quelque sorte. D'un pas résolu, il se dirigea vers un classeur métallique et chercha la fiche du duplex qu'il se mit à étudier.

Pierre s'était éloigné vers la porte de l'étable, laissant Elisabeth et Ivan seuls au milieu de la cour.

— Si je faisais le total de tous les prêts à fonds perdus que tu m'as demandés, tu serais très surprise…, déclara Ivan en allumant une cigarette.

Elisabeth haussa les sourcils avec dédain, comme s'il venait de proférer une énormité.

— Quelle mesquinerie ! lâcha-t-elle d'un ton aigre. Tu n'es pas dans la misère, que je sache ?

— Non, mais ça ne te regarde pas.

Il s'était adossé à une remorque de paille et il la regardait bien en face, résolu à ne pas se laisser faire. Elle perçut son changement d'attitude avec agacement car, en général, il accédait à ses exigences sans s'autoriser de commentaire.

— Qu'est-ce que tu as, Ivan ? Tu as décidé que nous étions quittes ?

La menace perçait dans la question mais il l'ignora et répondit posément :

— Tu ne peux pas courir ici dès que tu as besoin de trois sous. A t'entendre, c'est toujours la dernière fois. Nous sommes divorcés depuis longtemps, je ne te dois rien.

— Rien ? s'écria-t-elle. Tu en es sûr ? Oh, je sais tout ce que tu dis dans mon dos, tu trouves que je me débrouille mal, que je manque de courage, mais moi la perte de Guillaume m'a cassée en mille morceaux, je n'y peux rien ! Je n'ai pas ton appétit de vivre, ni ton goût des affaires, mais c'est bien ta faute, non ? Alors je ne trouve pas immoral de te demander ton soutien !

— Je connais tes arguments par cœur, dit-il d'une voix éteinte.

— Et ça ne te touche plus, c'est ça ? En fait, il n'y a pas grand-chose qui te touche... La vie des autres ne te concerne pas et tu n'es jamais coupable. Même pour ton fils c'était un homicide involontaire ! Acte manqué ou simple négligence que tu t'es empressé d'oublier. On aurait dû t'envoyer en prison !

Dressée devant lui, elle gesticulait en criant. Au prix d'un gros effort, il parvint à garder son calme, à soutenir son regard furieux sans ciller. Il entendit claquer la porte de l'étable et aperçut Pierre qui se dirigeait à grandes enjambées vers un abreuvoir.

— J'aimais Guillaume autant que toi, déclara-t-il. Je n'ai rien oublié du tout mais j'en ai marre de ce chantage infect. Il va falloir que tu changes de numéro.

Ebahie, elle recula d'un pas. Jusque-là, il avait toujours suffi qu'elle l'accuse d'indifférence pour le faire réagir. Dès qu'elle prononçait le prénom de leur fils disparu, il était sans défense. C'était si facile de le torturer avec sa culpabilité qu'elle ne comprenait rien au détachement qu'il lui opposait soudain.

— Tu es un monstre, Ivan, souffla-t-elle.

Il patienta un peu puis, considérant que la discussion était close, il se dirigea vers sa voiture qu'il avait laissée à l'entrée de la cour. Il n'était venu que parce qu'elle l'avait exigé, pour épargner à Pierre et Danièle ses récriminations, et il était plutôt soulagé d'avoir réussi à lui dire ce qu'il pensait depuis si longtemps. En trois enjambées elle le rattrapa, le saisit instinctivement par le bras mais le lâcha aussitôt avec dégoût.

— Attends un peu ! Tu crois que tu vas t'en aller comme ça ?

— Qui m'en empêche ?

— Espèce de salaud..., gronda-t-elle. Je sais pourquoi tu m'en veux, je te connais par cœur ! J'ai troublé ton petit rendez-vous adultère de l'autre soir et cette bonne femme t'a monté la tête ? Ah, tu es pitoyable mon pauvre... Tu t'es entiché de ta Bénédicte et plus rien d'autre ne compte, hein ? Tu n'as plus de passé, plus aucun devoir envers quiconque, tu vas pouvoir te comporter comme une ordure avec la conscience tranquille !

N'y tenant plus, Pierre avait fini par s'approcher et il entendit parfaitement toute la tirade d'Elisabeth. Elle se tourna vers lui, hystérique, pour l'apostropher.

— Et toi, tu vas prendre son parti, je suppose ?

— Elisabeth, répliqua Pierre sans s'énerver, tu es une sacrée emmerdeuse. Fous-lui la paix.

Poussant Ivan devant lui, il l'accompagna jusqu'au Range Rover.

— Pour une fois elle a raison, je suis de ton côté ! Tu as bien fait de lui tenir tête mais pars maintenant, ou vous allez en venir aux mains.

Ivan ouvrit sa portière, s'installa au volant, puis baissa les yeux vers Pierre.

— Tu sais, ce qu'elle a dit à propos de...

— Je ne m'en souviens déjà plus, bougonna Pierre en donnant une petite tape amicale sur le toit de la voiture.

Bénédicte regarda alternativement le bouquet puis Clément.

— Tu aimes toujours les roses jaunes ? demanda-t-il en souriant.

Comme elle ne réagissait pas, il alla lui-même prendre un vase dans le vaisselier. D'un coup d'œil, il vérifia que la table n'était mise que pour deux. Compréhensive, leur fille était donc allée dîner ailleurs, ainsi qu'ils en étaient convenus par téléphone. Il arrangea un peu les fleurs puis s'approcha de sa femme pour la prendre par la taille.

— Je suis content de ce tête-à-tête, il faut que nous parlions.

Quand il voulut l'embrasser dans le cou, elle le repoussa.

— Louise m'a dit que tu préférais que nous soyons seuls, mais je trouve dommage que tu l'aies écartée, elle est concernée aussi.

La complicité entre mère et fille avait éventé sa ruse et il eut un petit rire gêné.

— C'est à nous de prendre les décisions, chérie. Louise est à peine majeure, elle n'a aucune idée des réalités de la vie.

— A peine majeure mais peut-être bientôt mariée !

— Avec Max ? Mon Dieu, j'espère qu'elle prendra le temps d'y réfléchir à deux fois !

— L'idée n'a pas l'air de te réjouir...

— Tu as envie de la voir épouser un fils de fermier ? Ah, le moins qu'on puisse dire est que vous avez changé, elle et toi ! Que sont devenues mes délicates petites Parisiennes ?

Leur discussion commençait si mal que Bénédicte préféra ne pas répondre. Elle se dirigea vers le four, d'où elle sortit une pizza.

— Je n'ai pas eu le temps de faire la cuisine, j'ai eu une journée chargée, déclara-t-elle.

Il réprima une grimace parce qu'il détestait les surgelés et qu'elle aurait dû s'en souvenir. Tandis qu'elle assaisonnait la salade, il s'assit pour l'observer. Grande et mince dans son jean et sa chemise de soie bleu marine, elle s'affairait sans le regarder. Comme elle n'aimait pas les bijoux, elle ne portait que la montre qu'il lui avait offerte pour leurs vingt ans de mariage. Ses boucles brunes, coupées court, brillaient sous la suspension. Elle avait toujours le même petit nez fin, des lèvres bien dessinées, une peau mate qu'elle ne maquillait presque jamais. Ce soir, une touche de mascara allongeait ses cils et mettait ses yeux en valeur.

— Tu es très belle en ce moment, dit-il gentiment. Tu parais en pleine santé, épanouie...

— La vie commence à quarante ans, tu sais bien, ironisa-t-elle.

Elle posa devant lui une bouteille de vin pour qu'il la débouche.

— Je suis décidée à rester, Clément.

— Oui, je m'en doutais.

— Si tu préfères habiter Annecy, fais-le.

Sa franchise, déconcertante, le prit de court.

— Je constate qu'une séparation ne t'effraie pas, répondit-il un peu sèchement.

— Je crois même que ce serait salutaire.

— Pour qui ?

— Pour toi *et* pour moi.

Une brusque angoisse s'abattit sur Clément. Sa femme était-elle en train d'évoquer une possible rupture ? C'était une voie dangereuse dans laquelle il n'avait aucune envie de s'aventurer.

— Nous sommes un vieux couple, dit-il en essayant de sourire. Tu es lassée de moi ?

S'asseyant face à lui, elle posa ses coudes sur la table et son menton dans ses mains. Ils se dévisagèrent quelques instants avant qu'elle se décide à répondre.

— Lassée ? Je ne sais pas. Contrariée, en tout cas. Tu as vendu notre appartement de Levallois, tu m'as fait vendre mes parts de clinique à Paris, et je t'ai suivi sans protester. Pour ça, nous étions d'accord. Mais que tu mettes cette maison-ci en vente, sans même m'en aviser, je ne peux pas le digérer. D'abord, c'est mon héritage, c'est à moi que Mathilde l'a léguée, pas à toi. Ensuite, c'est mon outil de travail. Enfin, c'est le moyen pour Louise de réaliser son rêve. Toi, tu fais une petite photo en douce, et hop dans la vitrine, affaire à saisir ! C'est une vraie révélation, Clément. Les sentiments que tu me portes ne valent pas cher.

— Oh, je t'en prie, pas de lyrisme ! s'énerva-t-il. Je ne t'en ai pas parlé pour avoir d'abord une idée de son prix. J'ai mis la barre très haut et j'ai eu une offre tout de suite. Si tu étais moins butée, nous pourrions réaliser une plus-value fabuleuse !

— Ah ! tu voulais me faire une bonne surprise, c'est ça ? Est-ce que tu ne peux pas te contenter de vendre les maisons des autres et épargner la nôtre ? La mienne, en l'occurrence...

Exaspéré, il retint de justesse une réflexion cinglante. Le fromage durcissait en refroidissant sur la pizza et il repoussa son assiette d'un geste rageur.

— Je crois que tu n'aimes que toi et que le reste de ta famille passe vraiment à l'arrière-plan, dit-elle encore.

— Ne sois pas stupide ! C'est au contraire à vous que je pense. Toi pataugeant dans le purin, Louise fermière ou aubergiste ! J'ai de quoi me faire du souci, non ?

— Et toi quoi ? Margoulin de province ?

L'injure le rendit furieux, lui donna envie de balayer tout ce qui se trouvait devant lui, mais il se contint.

— Qui t'a aidée à finir tes études ? Tu as la mémoire courte ! Qu'est-ce que tu serais devenue si je n'avais pas fait bouillir la marmite quand tu en avais besoin ?

— Tu ne voulais pas attendre pour te marier, rappela-t-elle avec une évidente lassitude. Laurent était en route et tu souhaitais qu'on le garde.

— Ne me dis pas que tu regrettes ! lui lança-t-il d'un ton hargneux.

— Bien sûr que non. Mais je peux t'avouer aujourd'hui que j'ai eu beaucoup de mal à tout mener de front. La grossesse et les révisions, l'accouchement et les examens, la cuisine et le ménage ! Tu gagnais de l'argent, c'est vrai, tu rentrais crevé et tu prétendais que j'avais de la chance… Et rien n'a changé, Clément ! Reconnais que tu ne comprends pas pourquoi je ne t'ai pas mitonné un bon petit plat ce soir. C'est symptomatique.

Elle se mit à manger sa pizza froide avec un appétit indécent.

— On n'est pas obligé de s'engueuler, dit-il au bout d'un moment. Les enfants sont grands, on a besoin de respirer un peu tous les deux.

— Mais je respire ! Je me sens très bien. En tout cas de taille à me défendre.

— Je ne t'attaque pas. Au contraire… Si tu as encore quelque chose sur le cœur, dis-le-moi. Et au lieu de me resservir des histoires vieilles de vingt ans, explique-moi plutôt comment tu vois l'avenir. Si je loue quelque chose à Annecy, c'est de l'argent flanqué par la fenêtre. Mais pour acheter, si tu ne veux pas bouger de cette bicoque, il faudra se serrer la ceinture.

— Pas forcément. On peut redistribuer notre patrimoine. Je considère que cette maison est à moi et j'aimerais qu'elle soit à mon nom. Je peux te dédommager, ce qui te donnerait l'apport nécessaire pour un achat, de ton côté.

— Et où trouveras-tu l'argent ?

— C'est mon problème.

Il resta interloqué. Bénédicte n'avait plus de famille et aucune fortune personnelle. Qui avait bien pu lui donner des idées pareilles ?

— Tu vivras près de ton travail et moi près du mien, poursuivait-elle. Si on veut se voir, on s'invitera, ce sera très drôle.

Elle avait dit ça d'un ton sinistre, comme si elle voulait le provoquer, et il réagit aussitôt.

— Si je te comprends bien, tu veux qu'on se sépare ?

Le regard de sa femme était déjà une réponse et il se leva précipitamment pour faire le tour de la table.

— Non, pas question, on ne va pas se quitter à cause d'une petite querelle de rien du tout !

D'un geste vif, il la prit par le menton et se pencha sur elle, si près qu'elle crut qu'il allait l'embrasser.

— Tu es folle, chérie… Qu'est-ce qui te prend ?

Avec un calme exaspérant, elle se dégagea et quitta sa chaise.

— Il n'y a plus grand-chose entre nous, Clément, tu le sais très bien. Plus de passion, plus d'amour, même plus de tendresse. Il ne restait que les habitudes, seulement on les a bouleversées…

Elle alla ouvrir la porte du réfrigérateur, sortit une crème caramel préparée par Louise. Qu'elle puisse penser à manger, après ce qu'elle venait de dire, lui parut scandaleux.

— Est-ce qu'il n'y aurait pas... quelqu'un d'autre ? interrogea-t-il d'un ton tranchant.

Après tout, elle rencontrait beaucoup de monde. Sa clientèle ne se limitait plus aux éleveurs de bétail. Il y avait aussi son ancien associé, Serge, qui n'était peut-être pas venu ce week-end uniquement par amitié. Sans compter Ivan, bien sûr. Ce fut ce nom-là qu'il choisit de jeter dans leur dispute, comme pour s'en débarrasser d'abord, car c'était le plus probable et surtout le plus inquiétant.

— C'est Ivan ?

Bénédicte était de dos, mais il la vit se raidir. D'un coup, il se sentit ridicule. Tout le monde l'avait prévenu ! Laurent, Ivan lui-même, et pourtant il n'y avait pas attaché d'importance. Par quelle aberrante vanité ?

— J'avais confiance en toi, reprocha-t-il. Et lui, je ne le croyais pas capable de ça !

— Quoi, ça ? Je ne t'ai pas trompé, Clément...

— Mais tu en as envie, non ?

— Oui, dit-elle en se tournant pour lui faire face.

— Ma pauvre Bénédicte ! Tu perds les pédales devant le premier mec qui te regarde ? Combien crois-tu qu'il en collectionne, des femmes comme toi, ou mieux que toi, ou plus jeunes que toi ! Tu veux ta place sur la liste ? Au point de sacrifier ta famille ? Ah, tu vieillis mal, tu sais !

La colère le faisait parler vite, d'une voix essoufflée. Jamais il n'aurait cru être touché à ce point. Sa femme, qu'il était prêt une heure plus tôt à abandonner sans regret quelques mois par an, lui devenait soudain indispensable. Et l'aveu tranquille de son désir pour un autre homme le rendait fou de rage.

— Vas-y, passe-toi ta petite envie, tu vois bien qu'il est d'accord ! Mais après, ne compte pas sur moi pour te consoler, hein !

Il s'était mis à tourner en rond dans la cuisine, incapable de réfléchir ni de trouver ses mots. Il ne savait même plus s'il voulait vider leur querelle ou faire la paix avec elle.

— Mais qu'est-ce que tu cherches, à la fin ? Tu veux qu'on divorce ?

C'était une idée si effrayante qu'il ne l'avait lancée que pour faire craquer Bénédicte. Au lieu de s'affoler, ainsi qu'il l'espérait, elle murmura :

— Peut-être que...

Elle hésitait, ne voulant pas le blesser davantage, et pour la première fois de sa vie il regretta qu'elle soit si sincère.

— Je te préviens, Bénédicte, ça ne se passera pas comme ça ! s'écria-t-il. Je ne vais pas me laisser tondre la laine sur le dos, ce serait trop facile !

— C'est d'argent qu'il est question, là ? demanda-t-elle d'un air surpris.

— Eh oui, il faudra bien qu'on y vienne ! Tu veux ta liberté pour aller te faire baiser ailleurs, soit, seulement tu ne peux pas tout avoir !

Figée, elle le dévisageait avec un mépris qui lui fut insupportable.

— Ne te fais pas plus conne que tu n'es ! explosa-t-il. Le cul et le fric, c'est ça qui mène le monde, nous comme les autres. Tu te croyais au-dessus du lot ?

Il se dirigea droit sur elle et s'arrêta à quelques centimètres. Pas un instant il n'avait songé à ses propres incartades. Pas vu, pas pris, tant qu'elle ne savait rien, il ne lui faisait pas de mal, alors qu'elle le narguait en lui jetant ses envies à la figure.

— Tu me déçois, tu me dégoûtes ! dit-il encore.

Coincée contre le réfrigérateur, elle voulut se dégager mais il la repoussa du plat de la main, d'un geste qu'elle détesta.

— Tu restes là, tu m'écoutes, je n'ai pas fini !

— Laisse-moi passer, Clément.

— Pour aller où ?

Elle l'écarta fermement, sans aucune crainte, mais il la retint par le bras.

— Lâche-moi ! dit-elle entre ses dents.

Avant qu'elle ait pu gagner la porte qui donnait sur le hall, il la rejoignit et la saisit brutalement par les épaules pour la faire pivoter vers lui. Déséquilibrée, elle tomba sans qu'il cherche à la retenir, et sa tête heurta durement un tabouret. Quand elle se releva, son front saignait. Clément retrouva aussitôt son sang-froid, navré de l'incident.

— Je suis désolé, Bénédicte...

Il se précipita vers l'évier pour mouiller un torchon qu'elle vint lui arracher des mains.

— Excuse-moi...

— Je vais avoir une bosse, déclara-t-elle d'un ton distrait.

Son regard effleura Clément puis elle traversa de nouveau la cuisine. Dans le hall, elle prit son sac qui était resté posé sur la console et elle sortit dans la nuit fraîche. Moins de cinq minutes plus tard, elle arrêtait sa voiture devant le chalet d'Ivan. Aucune lumière ne brillait, le Range Rover n'était pas en vue. Déçue, elle considéra un moment la façade obscure. Elle était venue jusque-là sans réfléchir, encore sous le choc de la scène qu'elle venait de vivre. C'était sa faute si la discussion avait mal tourné, elle en était consciente, mais à quoi bon mentir plus longtemps ? Pourquoi aurait-elle dû dire le contraire de ce qu'elle pensait ? Pour ménager Clément ? Avait-il jamais rien fait pour l'épargner, elle ? Le bouquet de roses, en début de soirée, lui avait rappelé d'autres souvenirs. Chaque fois qu'il voulait quelque chose, il rapportait un petit cadeau. Il oubliait les fêtes ou les anniversaires mais, se croyant fin diplomate, il multipliait les gentillesses dès qu'il avait une idée derrière la tête. Il ne l'avait pas bousculée exprès, tout à l'heure, ce n'était qu'un geste de rage, d'impuissance, comme il en avait eu parfois avec les enfants lorsqu'ils étaient petits. Cependant il n'avait rien fait pour l'aider à se relever, satisfait qu'elle soit à terre un instant. Blessé dans son orgueil, inquiet pour son avenir, il avait dû éprouver une certaine satisfaction dans cette revanche dérisoire.

— Pauvre Clément..., murmura-t-elle en pianotant sur son volant.

Peut-être aurait-elle éprouvé de la compassion pour lui s'il s'était montré moins mesquin. Hélas, dans chacune de ses phrases, il n'y avait eu que de la médiocrité. Et même une certaine vulgarité. Des propos de marchand de biens, un peu sordides, et pas trace de sentiment.

Elle redémarra pour s'engager sur la route, tourna à droite vers la montagne. Ivan travaillait parfois très tard, elle avait une chance de le trouver à l'atelier. Elle n'y était jamais monté, préférant s'arrêter au chalet pour voir Roméo et Diva, et elle n'était pas très sûre du chemin pour y accéder. Trois kilomètres plus loin, à la sortie d'un virage, ses phares éclairèrent un petit panneau blanc qui signalait la cristallerie Charlet. Un bâtiment se devinait, au-delà d'un rideau de sapins qu'elle contourna. Le 4 × 4 d'Ivan était garé près de l'entrée et elle se rangea juste derrière. Lorsqu'elle coupa le contact, elle se retrouva dans l'obscurité et, durant quelques instants, elle hésita encore. Sur le coup, elle avait eu envie de se réfugier près de lui, mais à présent elle se sentait moins sûre d'elle. Si elle lui racontait sa dispute avec Clément, qu'allait-il en déduire ? Qu'elle avait quitté son mari pour lui ? Ce n'était pas tout à fait exact.

Elle finit tout de même par descendre de voiture, longea le mur du bâtiment et gagna la porte qui n'était pas fermée. En entrant dans l'atelier sombre et surchauffé, elle aperçut au fond, comme un poste de timonerie, le bureau vitré où brillait une petite lampe d'architecte. Elle se dirigea vers la clarté, heurtant au passage un banc de verrier. Le claquement d'un interrupteur précéda un flot de lumière blanche qui lui fit cligner des yeux.

— C'est vous ? constata Ivan d'une voix incrédule.

Dès qu'il avait entendu le bruit du moteur, il s'était glissé dans l'atelier pour surprendre son visiteur nocturne. A présent, il la dévisageait avec inquiétude.

— Qu'est-ce qui vous est arrivé ?

Il s'approcha d'elle, remit le banc en place d'un geste machinal, lui adressa un sourire rassurant.

— Venez, dit-il gentiment.

Sa main se posa sur le bras de Bénédicte pour la guider vers le bureau. Il la fit asseoir dans un fauteuil club au cuir fatigué puis la lâcha à regret en murmurant :

— Je suis content de vous voir.

— Même à cette heure-ci ?

— A n'importe quelle heure, évidemment.

Son regard clair était posé sur elle, attentif.

— Vous n'étiez jamais venue, constata-t-il. Je vous ferai visiter, si ça vous amuse.

Il s'éloigna d'elle, repartit vers l'atelier où elle entendit son pas résonner. Il revint très vite avec une serviette éponge dont il avait mouillé un coin. Se penchant sur elle, il lui nettoya le front avec précaution. Ensuite il lui proposa une cigarette, lui offrit du feu puis alla chercher une bouteille sur une étagère.

— De la liqueur de génépi, précisa-t-il en servant.

D'autorité, il lui mit un verre dans la main avant de retourner s'asseoir à son bureau. Dans le silence qui suivit, Bénédicte se détendit un peu.

— Je suis d'abord passée au chalet, déclara-t-elle, je voulais vous demander l'hospitalité pour la nuit. Nous avons eu une discussion un peu... âpre, Clément et moi. Je ne veux pas rentrer chez moi maintenant.

Elle avait levé les yeux vers lui pour guetter sa réaction. Il bougea un peu, fouilla la poche de son jean et en sortit une clef qu'il posa sur le bureau.

— Roméo est en liberté mais il vous connaît. Appelez-le par son nom en entrant, ça suffira à le rassurer. Si vous voulez mettre votre voiture dans le garage, il est ouvert. Le lit n'est pas fait dans la chambre d'amis, au premier, vous pouvez prendre la mienne en bas, ou alors vous trouverez des draps dans le placard du palier.

Déconcertée, elle regarda la clef, puis Ivan.

— Et vous ?

— Je peux très bien dormir ici. C'est déjà arrivé.

Il faisait un effort méritoire pour ne pas l'interroger et elle se mit à rire, soudain très soulagée. Elle reprit le verre qu'elle avait posé par terre, but deux gorgées avec plaisir.

— Je crois que nous allons nous séparer, dit-elle. Nous ne sommes pas les seuls à qui ça arrive, mais c'est un sale moment à passer.

Il acquiesça sans répondre et elle lui demanda, de façon abrupte :

— Votre divorce a été difficile ?

— Oh, c'était très différent... Elisabeth m'en voulait beaucoup. Elle m'en veut toujours, d'ailleurs.

— Oui, j'ai l'impression ! C'est à cause de votre fils ?

— Je l'ai laissé seul deux minutes, répondit-il sans hésiter. Il a voulu s'amuser avec le sèche-cheveux de sa mère qui était posé sur un tabouret. C'est entièrement de ma faute.

Jamais il n'avait abordé le sujet avec elle et elle se sentit troublée par sa subite sincérité.

— Elisabeth n'était pas là quand c'est arrivé, poursuivait-il. Elle avait l'habitude de laisser ce truc branché en permanence. J'aurais dû l'éloigner de la baignoire, enlever la prise ou ne pas quitter la salle de bains. Je ne me le suis jamais pardonné. Guillaume n'a eu qu'à appuyer sur le bouton, mais le bruit l'a sans doute effrayé, alors il l'a lâché. Il était debout dans l'eau.

Il se tut un instant, reprit sa respiration, puis réussit à enchaîner :

— Sa mère s'est mise à me haïr. Il aurait mieux valu que je parte mais ce n'était pas à moi de prendre cette décision. Elle ne me supportait plus, pourtant elle ne voulait pas rester seule. Nous avons vécu une période infernale.

— Vous l'aimiez ?

— Je ne me posais plus ce genre de question à ce moment-là. Quand je l'ai épousée, oui, j'en étais très amoureux.

Bénédicte esquissa un sourire contraint. Elle imaginait trop bien Ivan jeune homme, adorant une ravissante Elisabeth.

— Maintenant, dites-moi ce qui s'est passé avec Clément, dit-il en se levant.

Il prit la bouteille, remit un peu de génépi dans leurs deux verres.

— C'est très simple. Je ne veux pas quitter ma maison pour le suivre à Annecy. Et je me suis aperçue que je n'avais plus très envie de continuer la route avec lui... Je crois que je préférerais être un peu... seule. Il y a beaucoup de contraintes dans la vie à deux et je ne sais plus pourquoi je les subis. Aujourd'hui, je vois tous les défauts de Clément à travers une loupe. Je sais toujours ce qu'il va dire ou faire. Nous n'aimons ni les mêmes choses, ni les mêmes gens, ni les mêmes lieux. Bien sûr, ce n'est pas nouveau, mais c'est devenu pesant.

— Pourquoi ce soir plutôt qu'un autre ? C'est le séjour de votre confrère qui vous a donné du courage ? s'enquit-il d'un ton presque ironique.

Eberluée, elle mit un moment à comprendre ce qu'il insinuait.

— Serge ? Non, il n'y est pour rien. C'est...

— Un type merveilleux, vous l'avez déjà dit !

— Vous êtes jaloux de lui ? demanda-t-elle sans pouvoir réprimer un sourire.

— Je ne vois pas de quel droit, répliqua-t-il avant d'ajouter, un peu plus bas, mais en fait... oui. Bien sûr que oui.

Bénédicte s'enfonça dans son fauteuil et croisa ses jambes sur l'accoudoir. Elle prit le temps de savourer un peu de liqueur tout en observant Ivan.

— Vous acceptez toujours de m'héberger ?

— Naturellement.

— Même si je vous apprends que Clément vous tient pour responsable de tout ça ?

Cette fois, il accusa le coup. La tête baissée, il parut réfléchir.

— J'aimerais savoir ce que vous en pensez, vous, murmura-t-il en relevant les yeux vers elle.

Son regard clair était indéchiffrable et elle se sentit soudain moins sûre d'elle. Le bureau les séparait comme un obstacle, avec la clef du chalet qui luisait toujours sous la lampe.

— Je ne suis pas là par hasard, dit-elle. C'est vous que j'avais envie de voir.

Le silence d'Ivan se prolongea jusqu'à ce qu'elle reprenne la parole.

— On se connaît mal, vous et moi.

— Oh, j'ai un peu d'avance ! J'ai appris beaucoup de choses sur votre enfance, votre famille, grâce à Mathilde. Ou à cause d'elle.

Il alluma une autre cigarette, aspira une longue bouffée, puis finit par demander :

— Voulez-vous qu'on fasse davantage connaissance ?

Même si c'était une question plutôt directe, il y avait plusieurs réponses possibles. Elle choisit ses mots avec soin.

— C'est ce que je souhaite, oui.

Ivan se pencha vers le cendrier, et, quand son profil se retrouva un instant dans la lumière, elle vit qu'il souriait. Mais presque tout de suite il redevint grave pour déclarer :

— Clément doit vous chercher.

— Non, je suppose qu'il sait où me trouver. Chez vous... c'est là qu'il ira d'abord.

— Alors je ferais mieux d'aller lui parler.

— Ce serait maladroit. Je viens de lui avouer que vous me plaisez.

Elle détourna les yeux, gênée d'avoir été si franche, puis se força à le regarder de nouveau. Il semblait figé, l'air malheureux.

— Et c'est vrai ?

Comme elle ne répondait pas, il se leva, contourna son bureau et s'arrêta devant elle.

— Je vous plais, c'est tout ? Vous n'allez pas chambouler votre existence pour si peu !

Sa voix amère trahissait sa frustration. Depuis le début, elle savait ce qu'il voulait. Comme elle n'était pas encore prête à le suivre dans cette direction, elle fit la seule chose possible pour elle à ce moment-là, elle tendit ses deux bras vers lui. Incapable de résister, il se pencha, l'embrassa doucement, puis soudain la serra contre lui avec une violence inattendue. Il avait mis une main sur sa nuque, l'autre dans son dos, et elle se sentit soulevée, se retrouva debout, collée à lui. Il l'embrassa encore, d'une manière beaucoup plus passionnée, prolongeant l'étreinte jusqu'à ce qu'elle suffoque, avant d'accepter de la lâcher. Désemparée, elle le regarda se tourner vers le bureau, récupérer la clef qu'il lui tendit. Elle hésita, un peu déçue, mais referma ses doigts sur l'objet. Il la prit par l'épaule, exactement comme Max le faisait avec Louise, pour l'entraîner vers l'atelier qu'ils traversèrent en silence. Lorsqu'il ouvrit la porte, de sa main libre, la fraîcheur de la nuit les surprit. Dans l'obscurité, il la guida jusqu'à sa voiture et attendit qu'elle soit installée au volant.

— Personne ne vous ennuiera chez moi. Roméo est très dissuasif, dit-il gentiment.

Elle mit le contact, claqua sa portière et démarra tout de suite. Négociant trop vite le virage qui la ramenait sur la route, elle faillit déraper. Avec un soupir exaspéré, elle passa sa langue sur ses lèvres pour y chercher le goût d'Ivan. Pourquoi donc avait-il voulu qu'elle parte ? A cause de Clément ? Parce qu'elle avait utilisé le verbe *plaire* ? Ce type était fou, imprévisible, exaspérant.

Le chalet apparut dans la lumière de ses phares et elle dut freiner, stupéfaite d'être déjà arrivée. Ivan lui avait proposé de mettre sa voiture dans le garage, peut-être pour éviter les ragots, peut-être pour lui épargner de se retrouver seule à l'extérieur. L'épisode des loups errants l'incita à emprunter la rampe d'accès pour s'arrêter à l'abri du bâtiment. Elle descendit, alla repousser le battant qui se ferma avec un bruit sec. Une porte donnait sur le sous-sol où Diva devait s'inquiéter, l'autre communiquait directement avec le chalet. Elle mit la clef dans la serrure en espérant que c'était la même pour toutes les ouvertures. Dès qu'elle entendit tourner le verrou, elle pensa qu'elle devait parler à voix haute.

— Roméo ! Salut mon Roméo...

Sa main tâtonna le long du mur, trouva l'interrupteur. Deux lampes éclairèrent une petite salle dans laquelle Ivan rangeait ses skis et tout son matériel de montagne. Au bout de la pièce, quelques marches de pierre conduisaient au salon.

— Viens me dire bonjour, Roméo, viens !

Elle entendit un frôlement derrière elle et fit volte-face.

— Tu veux me faire mourir de peur ou quoi ?

S'agenouillant face à lui sans appréhension, elle se mit à le caresser.

— Tu es silencieux comme une panthère, tu sais...

Son pelage bien brossé était assez doux. Et il sentait le chien propre, pas le fauve. De la tête, il la poussa à petits coups, puis entreprit de mordiller la manche de son pull. Il devait s'ennuyer de Diva dont il était séparé depuis l'opération.

— Si j'étais sûre que vous soyez sages, tous les deux, murmura-t-elle en lui grattant l'oreille.

Elle pouvait libérer la louve mais elle n'était pas certaine de savoir les séparer s'ils se montraient trop exubérants. Pourtant l'idée de Diva seule sur sa couverture la contrariait. Elle pensa appeler Ivan pour lui demander son avis mais y renonça aussitôt. Elle l'avait assez mis à contribution comme ça. Et la manière dont il s'était débarrassé d'elle la rendait perplexe. Impossible qu'il n'ait pas vu à quel point elle désirait rester avec lui.

— Pas facile à comprendre, ton père, dit-elle en se redressant.

Bon, il ne voulait rien faire à la sauvette, entre deux portes, et sûrement pas le soir où elle débarquait chez lui sur un coup de tête, après une dispute, et peut-être avec Clément sur ses talons. Il n'était sans doute ni lâche ni menteur, il ne se comporterait pas comme Serge dont les adultères étaient de véritables acrobaties. Il lui offrait l'hospitalité et la laissait réfléchir, c'était le mieux qu'il puisse faire pour le moment.

— Mais c'est quand même très rageant... Allez, montre-moi ton domaine.

Elle escalada les marches de pierre et se retrouva dans le salon, docilement suivie par Roméo. Un autre escalier, de bois sombre celui-là, conduisait à l'étage où elle se rendit d'abord. Le palier se prolongeait par une mezzanine entourée de bibliothèques basses. Elle déchiffra quelques titres au hasard, s'assit une seconde sur une étroite méridienne recouverte de tissu écossais. Aucun cendrier n'étant visible,

Ivan ne devait pas souvent s'installer là. Elle alla ensuite visiter la chambre d'amis, probablement celle d'Ivan dans sa jeunesse. Au-dessus d'un petit bureau en pin, des manuels de droit commercial et des livres d'anglais étaient bien alignés sur une étagère. Quelques photos punaisées sur une plaque de liège la firent sourire. A vingt ans, Ivan avait les mêmes mèches blondes, le même regard clair, et beaucoup de filles autour de lui. A dix ans, c'était le plus angélique des petits garçons. Elle étudia le visage de l'institutrice, sur une photo de classe, et finit par reconnaître Mathilde. Sur un autre cliché, elle identifia les parents d'Ivan dans le couple qui posait. Monsieur semblait sévère et madame très rêveuse.

Un peu émue, Bénédicte quitta la pièce douillette, ouvrit la porte d'une salle de douche, puis celle d'un vaste dressing où trônait une table à repasser et un fer ultramoderne. Est-ce qu'il faisait ça tout seul ? Avec toutes les chemises blanches qu'il portait ? Du sol au plafond, de grands placards semblaient avoir été construits sur mesure. Elle en ouvrit un ou deux au hasard, apercevant des vêtements bien rangés.

Roméo toujours dans ses jambes, elle redescendit jusqu'à la cuisine. La part de pizza était loin et elle avait faim. Dans le réfrigérateur, elle trouva un plateau de fromage qu'elle déposa sur la table avec du beurre.

— Nous ne devons pas nous comporter en égoïstes ! dit-elle à Roméo qui suivait tous ses gestes.

La porte donnant sur le sous-sol n'était pas fermée à clef.

— Diva, appela-t-elle doucement en ouvrant.

Elle se sentait bien, étrangement gaie, et à la réflexion tout à fait capable de se faire obéir des deux loups. Après quelques recherches, elle trouva du pain enveloppé dans un torchon, et elle se mit à confectionner un sandwich. Alors qu'elle se servait un peu de vin blanc, elle vit apparaître le museau de Diva, puis sa tête. Méfiante, à son habitude, la femelle prit son temps pour entrer dans la cuisine. Queue très basse, elle vint renifler les mocassins de Bénédicte avant de se frotter contre Roméo qui était assis sagement.

— Tu me laisseras regarder ta cicatrice, tout à l'heure ?

Elle coupa deux morceaux de reblochon qu'elle leur tendit en écartant bien les mains pour qu'il n'y ait pas de confusion. Puis elle leva son verre.

— A la vôtre, mes chéris !

Ce repas improvisé acheva de la mettre à l'aise. L'atmosphère du chalet l'avait séduite dès sa première visite. Tout en mangeant, elle détailla la cuisine autour d'elle, des petits carreaux de faïence au grand comptoir de bois où Ivan devait élaborer ses recettes. Danièle Battandier affirmait qu'il était un cuisinier très inventif. L'homme idéal, en somme. Et puisqu'il proposait de faire plus ample connaissance, elle était à pied d'œuvre chez lui pour se faire une idée de sa personnalité.

Elle remit le fromage au frais, son assiette dans le lave-vaisselle et le pain dans le torchon. Est-ce qu'il n'était pas un peu maniaque ? Sa chambre étant sûrement l'endroit le plus révélateur, elle décida de s'y rendre sans plus attendre. De toute façon, c'était là qu'elle avait décidé de dormir.

Dès qu'elle ouvrit la porte, elle reconnut l'odeur d'Ivan, celle de son eau de toilette qu'elle n'avait sentie sur personne d'autre. Le lit était en désordre, ce qui la fit sourire. Le rangement n'était donc pas son obsession, tant mieux. Elle ramassa l'édredon de plumes qui avait glissé sur le tapis, puis elle alla tirer les rideaux de velours vert. Pas superstitieux non plus. Après avoir allumé les lampes de chevet, elle éteignit l'halogène. La pièce était grande, confortable, avec dans un coin un gros fauteuil club au cuir patiné, le même que celui de son bureau. Sur un petit secrétaire dos d'âne, elle vit le fouillis habituel de monnaie, factures de carte bancaire, pochettes d'allumettes. Et même une liste de courses. Elle essaya d'imaginer Ivan poussant un Caddie dans un supermarché et elle eut un petit rire qui fit dresser les oreilles de Roméo. Diva, couchée sur le tapis, continuait d'observer tous ses gestes.

La tentation d'ouvrir les tiroirs était tellement forte qu'elle s'éloigna du secrétaire. Ivan était d'accord pour prêter sa chambre, pas pour une perquisition en règle. Sur l'un des murs, un tableau aux plans très contrastés représentait une rive du lac d'Annecy. Elle ne parvint pas à déchiffrer la signature, et d'ailleurs elle n'y connaissait rien en peinture, mais elle pensa qu'on pouvait sans doute regarder cette toile pendant des heures. Au-dessus du lit, quelques esquisses avaient été rassemblées dans un seul cadre. En s'approchant, elle détailla ces curieux dessins d'architecte qui figuraient toutes les faces d'un même objet. Peut-être l'une des créations d'Ivan pour son atelier.

Roméo bâilla, découvrant ses crocs effrayants, et se laissa tomber près de Diva. Une dernière fois, Bénédicte parcourut la chambre du regard. Il n'y avait pas une seule photo, alors qu'elle s'attendait à trouver celle du petit Guillaume. Trop intriguée pour résister davantage, elle revint vers le secrétaire et ouvrit les tiroirs un à un. Elle ne trouva rien d'autre que des papiers, auxquels elle se garda bien de toucher. Peut-être Ivan conservait-il la photo de son fils sur lui, dans son portefeuille. A moins qu'il n'ait tout détruit pour pouvoir oublier.

Elle était sur le point de s'éloigner quand son regard accrocha un feuillet posé sur l'abattant. L'écriture lui était vaguement familière et, tout en haut, elle vit son nom, la date et l'heure de sa naissance. Il s'agissait manifestement d'un thème astral. Etabli par qui ? La calligraphie, très nette, lui rappela brusquement les cartes de vœux de Mathilde. Le goût des horoscopes avait dû la prendre sur le tard. Mais où Ivan avait-il trouvé celui-ci ? Dans un scrupule tardif, elle s'abstint de lire ces prévisions arbitraires qui pourtant la concernaient.

Soudain fatiguée, elle soupira et quitta la chambre pour gagner la salle de bains. Eclairée de spots encastrés au plafond, la pièce était recouverte de lambris vernis. Sur une tablette, elle découvrit le flacon de ce parfum qui l'intriguait. Elle ouvrit en grand les robinets de la baignoire puis inspecta son reflet dans un des miroirs. L'estafilade, sur son front, s'était agrémentée d'une petite bosse. Rien de méchant. Elle se déshabilla, s'allongea dans l'eau trop chaude et commença à se savonner. Qu'est-ce que pouvait bien faire Clément en ce moment ? Des comptes ? A moins qu'il ne soit tranquillement endormi. En tout cas, il n'avait pas jugé bon de se lancer à la poursuite de sa femme.

Elle se sécha énergiquement puis tendit la main vers un peignoir d'éponge bleu nuit qu'elle enfila. Ivan ne viendrait pas la rejoindre, elle le savait. Tant pis pour lui. De retour dans la chambre, elle constata que les deux loups n'avaient pas bougé du tapis, vautrés l'un sur l'autre, ce qui prouvait leur sérénité. Elle les enjamba pour arranger les draps et les couvertures. Le catalogue d'un magasin de sports, abandonné sur l'une des tables de chevet, ne la tentait pas. Elle se glissa à la place d'Ivan, respira avec plaisir son oreiller. Un jour ou l'autre, ils allaient se retrouver ensemble dans ce lit. Une perspective infiniment excitante qui la fit frissonner. *Plaire* était un euphémisme. Elle n'avait jamais rien éprouvé de semblable, d'accord, mais était-ce de l'amour ?

Remontant l'édredon, elle tendit la main vers la lampe. La dernière chose qu'elle vit, avant d'éteindre, fut le museau de Roméo posé sur le flanc de Diva, et ses grands yeux jaunes qui la fixaient.

11

Depuis quelques minutes, Laurent n'écoutait plus le cours magistral, pourtant le maître de conférence était brillant, concis, facile à suivre. Mais Carole, assise trois rangées plus bas, sur sa droite, s'était tournée vers lui et ne le quittait pas des yeux. Il lui avait d'abord adressé un vague sourire puis avait feint de l'ignorer, espérant qu'elle se découragerait.

Les conseils de sa mère lui revinrent en mémoire et il se pencha soudain vers sa voisine à qui il emprunta un stylo avec un de ces sourires désarmants dont il avait le secret. Il jeta un rapide coup d'œil vers Carole dont l'expression s'était durcie. Content de lui, il fit alors semblant de s'intéresser à l'orateur, tout en laissant son esprit vagabonder. La plupart du temps, dès qu'il s'asseyait dans un amphi, sa capacité de concentration était sans défaut. Comme sa mémoire, son sens de la logique ou de l'analyse, qui lui avaient permis jusqu'ici un parcours universitaire exemplaire. De son côté, Carole s'essoufflait dans ses études. Privée de l'aide de Laurent, elle ne parvenait plus à rattraper ses points de retard aux examens. Elle avait beau aimer le droit, elle avait commencé à connaître des difficultés au moment de la maîtrise. Trop occupée à plaire, sans doute, et à soigner son image. Laurent, lui, savait qu'il serait un des rares à poursuivre jusqu'au doctorat. Le premier jour de sa première année, dans l'amphi de Vaugirard où le doyen avait reçu les bacheliers, il s'était juré d'aller le plus loin possible. C'était ce matin-là qu'il avait aperçu Carole et qu'il était tombé sous son charme. Mais il avait mis un certain temps à la conquérir.

Un mouvement se fit devant lui et l'un des étudiants se retourna pour lui tendre discrètement un papier plié en quatre. Il dut se pencher afin de le saisir, s'assurant que le professeur, sur son estrade, ne faisait pas attention à lui.

« *Depuis quand te passionnes-tu pour les rousses ?* »

Il relut deux fois la phrase et, sur une impulsion, il rendit le stylo à sa voisine tout en lui effleurant la main. La jeune fille rougit, se tortilla sur son siège, mais la brusque agitation de l'amphi, autour d'eux, annonçait la fin de l'exposé.

— J'ai été plutôt distrait aujourd'hui, déclara-t-il gentiment à la rousse en se levant. A cause de toi ! Est-ce que tu pourrais me prêter tes notes ? Je te les rends cet après-midi, promis...

Stupéfaite, elle lui offrit ses feuilles sans un mot. Il ne se passait pas un seul jour sans qu'il soit question de Laurent dans le groupe des filles, et une véritable lutte s'était engagée entre toutes celles qui espéraient sortir avec lui.

— Merci, dit-il en souriant. Je te retrouve à deux heures sur les marches du hall ? Je t'offrirai un café !

Avant qu'elle ait pu réagir, il avait ramassé ses affaires et s'éloignait dans la travée. Comme il s'y attendait, Carole le guettait en bas des gradins, et dès qu'il passa à sa hauteur, elle le saisit par le bras.

— On déjeune ensemble ? demanda-t-elle d'une voix douce.

— Impossible, j'ai des trucs à recopier.

— S'il te plaît... Fais-moi plaisir !

Câline, elle insistait sans le lâcher.

— Bon, mais juste un sandwich en vitesse, alors.

Il se demanda où il allait trouver le courage de continuer à jouer la comédie du détachement, car le simple fait de respirer le parfum de Carole et de la sentir contre lui le faisait frémir.

Ils sortirent ensemble place du Panthéon, clignant des yeux sous le soleil printanier.

— Tu me manques, tu sais, déclara-t-elle d'un ton boudeur. Il y a une soirée chez Noémie samedi, tu ne voudrais pas m'y accompagner ?

— En copain, alors ?

— Tu te fous de moi ! explosa-t-elle.

Arrêtée au milieu du trottoir, elle s'était tournée vers lui, furieuse mais provocante.

— En copain ! Ce n'est pas ça que je veux, pas du tout...

Brusquement radoucie, elle fit un pas en avant et l'embrassa au coin des lèvres.

— Si tu ne m'aimes plus, murmura-t-elle en s'appuyant sur lui, dis-le-moi maintenant...

D'un geste naturel, il la prit par la taille pour l'obliger à avancer.

— Nous avions parlé d'un sandwich, lui rappela-t-il sans s'émouvoir.

Sa tactique fonctionnait à merveille et il en était tout réjoui. La suite paraissait évidente, elle allait lui faire de grandes déclarations, des promesses qu'elle serait incapable de tenir, mais pour la première fois depuis qu'ils se connaissaient, c'était elle qui demandait quelque chose.

— Laurent..., soupira-t-elle.

Ils entrèrent dans leur bistrot favori et trouvèrent une table libre au fond de la salle enfumée. Carole sortit aussitôt un petit miroir de son sac. Tandis qu'elle s'examinait d'un œil critique, il prit son portable dans la poche de sa veste.

— Tu ne vas pas téléphoner, j'espère ? protesta-t-elle. Puisque tu es pressé, j'aimerais bien profiter un peu de toi !

Elle était tellement ravissante qu'il mourait d'envie de l'embrasser, mais il baissa les yeux vers l'écran du téléphone sur lequel s'affichait un message. Il composa les chiffres lui permettant d'obtenir sa boîte vocale puis il écouta pendant quelques instants, sourcils froncés.

— Comment ça, disparue ? marmonna-t-il d'un air stupéfait.

Carole en profita pour se pencher vers lui, posant une main possessive sur son épaule.

— Mauvaise nouvelle ?

— Je ne sais pas... Il faut que je rappelle mon père.

Il prit le temps de réécouter la voix affolée de Louise avant de faire le numéro de la maison. Clément décrocha à la première sonnerie.

D'un coup d'œil, Max vérifia pour la troisième fois l'équipement étalé dans le coffre du Range Rover. Des cordes, de l'eau, des lampes torches, des jumelles, des couvertures, une trousse de pharmacie, et leurs deux téléphones portables.

— On prend tes chiens ? demanda-t-il à Ivan qui sortait du chalet.

Ils s'étaient habillés tous les deux avec des vêtements chauds et des chaussures de marche.

— Mes chiens ?

Perplexe, Ivan secoua la tête.

— Ils ne sont pas dressés pour ça. En réalité, ils ne savent pas faire grand-chose.

— Peut-être, mais ils peuvent quand même trouver une piste, sentir un truc à côté duquel on passerait sans s'arrêter. En tout cas, ça vaut le coup d'essayer, va les chercher.

Après une hésitation, Ivan fit demi-tour et repartit vers le garage. Roméo et Diva ne leur seraient d'aucune utilité, il en était certain, mais comment l'expliquer à Max ? Il n'avait pas envie de perdre du temps à discuter et il les fit sortir du sous-sol où il les avait enfermés cinq minutes plus tôt.

— Changement de programme, vous venez avec nous..., leur dit-il en décrochant les laisses de nylon rouge.

Max en avait profité pour tasser le matériel dans un coin du coffre et les deux loups sautèrent docilement à leur place. Ivan rabattit le hayon, impatient de se mettre en route.

— Arrête-toi chez Clément au passage, il veut venir avec nous, déclara Max sans le regarder.

— Il va nous retarder, répliqua Ivan d'une voix neutre.

Pourtant il prit le chemin de la maison forte tandis que Max dépliait une carte d'état-major. Les événements s'étaient enchaînés si vite ces dernières heures qu'ils avaient bien failli ne rien comprendre. Quand Louise s'était inquiétée de l'absence de sa mère, la veille, il était déjà tard. A contrecœur, Clément était revenu d'Annecy mais, persuadé que sa femme était toujours chez Ivan, il avait longtemps tergiversé. Et puis ce matin, ils s'étaient rencontrés tous les deux par hasard au village, devant la porte du marchand de journaux, aussi contrariés l'un que l'autre. Les questions agressives de Clément avaient exaspéré Ivan.

Non, Bénédicte n'était pas chez lui, n'était *plus* chez lui. Elle lui avait bien demandé l'hospitalité l'avant-veille mais, depuis, il ne l'avait pas revue. Très alarmé par cette réponse inattendue, Clément avait oublié une seconde ses griefs pour tenter de reconstituer l'emploi du temps de sa femme. Après leur dispute, elle s'était donc rendue à l'atelier comme il l'avait supposé, puis était redescendue dormir au chalet. Le lendemain matin, en partant, elle avait laissé la clef sur la table de la cuisine où Ivan l'avait trouvée. Ensuite elle avait dû se rendre directement au parc des Bauges pour sa matinée de travail. Mais elle n'était pas revenue dans l'après-midi, et ses clients avaient fini par quitter la salle d'attente en bougonnant. Le secrétariat téléphonique avait pris tous les appels depuis vingt-quatre heures. Bénédicte ne s'était montrée ni dans la soirée ni dans la nuit. Furieux, Clément avait supposé qu'elle était toujours dans les bras d'Ivan et il s'était senti trop humilié pour donner l'alerte, malgré les conseils de Louise. Un incroyable malentendu, en somme, mais qui n'expliquait pas où pouvait bien être Bénédicte.

Freinant devant la maison, Ivan aperçut Clément qui les attendait, assis sur le banc de pierre. Son visage fatigué trahissait son angoisse. Il s'approcha du Range Rover, côté conducteur, et Ivan baissa sa vitre.

— Je vais vous suivre avec ma voiture, déclara-t-il d'une voix atone. Les gardes du parc viennent de nous prévenir, ils ont trouvé le 4 × 4 de Bénédicte garé normalement à sa place. Il doit être là depuis hier matin. A part ça, aucune trace d'elle mais ils ont entrepris des recherches, évidemment... Tu crois que tes chiens vont pouvoir nous aider ?

Il regardait les deux loups, à l'arrière, avec un évident espoir.

— Je n'en sais rien, avoua Ivan. Tu es sûr de vouloir venir ? On va beaucoup marcher et tu n'es pas entraîné.

— Peu importe ! coupa sèchement Clément. Je vous rejoins dans deux secondes...

En courant, il repartit vers la maison. Max en profita pour murmurer :

— On ne peut pas l'empêcher d'y aller.

Ivan ne répondit rien et Max n'insista pas davantage. Louise lui avait raconté la fureur de Clément, son obstination à ne prévenir personne parce qu'il imaginait sa femme dans le lit d'un autre.

— Le voilà...

Clément revenait, chaussé de solides bottes, agitant un foulard.

— Montez avec nous, lui proposa Max. Inutile de prendre deux voitures.

De mauvaise grâce, Clément ouvrit la portière arrière et se glissa sur la banquette. Ivan redémarra aussitôt.

— Louise ne bouge pas de la maison, elle attend près du téléphone. Elle a les numéros de vos portables et elle nous préviendra si...

Sa phrase resta en suspens quelques instants. Anxieux, il se retourna pour jeter un autre coup d'œil à Roméo et Diva dont il était séparé par une grille. Il roula le foulard en boule et le tendit à Max, ignorant Ivan.

— Bénédicte a souvent porté ce truc, déclara-t-il, il doit être imprégné de son parfum. Peut-être que l'odeur guidera les chiens ?

Comme il avait aperçu les rouleaux de corde et la trousse de pharmacie, sa voix manquait d'assurance. Il ferma les yeux, la tête appuyée contre la vitre, se répétant que Max n'était pas seulement moniteur de ski mais aussi guide de haute montagne, et qu'il savait exactement quoi faire dans ce genre de situation. Pour le moment, le jeune homme était plongé dans ses cartes et suivait du doigt des itinéraires.

— Quand on sera sur place, on fera le point avec les gardes, dit-il en relevant la tête. Inutile de recouper nos pistes.

Clément retint de justesse le déluge de questions qu'il s'apprêtait à poser. Personne ne pouvait lui fournir de réponse, autant ne pas se comporter comme un touriste. Il ne voyait que les cheveux blonds d'Ivan, au-dessus de l'appui-tête. S'il ne l'avait pas rencontré par hasard, ce matin, combien de temps aurait-il encore attendu avant de se rendre au chalet ? Quand Bénédicte était partie après leur querelle, deux jours plus tôt, il avait vécu une nuit abominable. D'abord il avait regretté de s'être mis en colère, puis il s'était reproché de l'avoir laissée sortir. Il l'avait imaginée se réfugiant auprès d'Ivan, dans ses bras puis dans son lit. Dix fois, il avait failli aller la chercher. Mais au bout du compte, il s'était couché, et alors qu'il pensait ne jamais trouver le sommeil, il s'était endormi comme une masse. Le lendemain matin, il l'avait attendue jusqu'à dix heures avant de réaliser qu'elle avait dû se rendre directement au parc des Bauges. Il était parti travailler, drapé dans sa dignité de mari trompé, bien décidé à se venger. Sans les appels affolés de Louise, il ne serait pas revenu. Il voulait lui donner une leçon et projetait de passer la nuit à l'hôtel.

L'odeur de la cigarette qu'Ivan venait d'allumer l'écœura. Il regarda les volutes de fumée qui se répandaient dans l'habitacle puis il baissa un peu sa vitre. La jalousie était un drôle de sentiment. Pas une seconde il n'avait mis en doute les paroles d'Ivan. Bénédicte avait dormi seule chez lui, pas *avec* lui. Evidemment.

— On est arrivés, annonça Max en ouvrant sa portière.

Clément n'avait prêté aucune attention à la route et il constata qu'ils étaient devant la Maison du Parc, au Châtelard.

— Je vais aux nouvelles, vous m'attendez ? lança Max qui s'éloignait déjà.

Les deux hommes descendirent ensemble du Range Rover, un peu embarrassés de se retrouver en tête à tête. Un petit vent frais s'était levé. Clément essaya de se souvenir de quelle manière Bénédicte était habillée l'avant-veille. Peut-être en bleu mais il n'en était pas certain. Depuis combien de temps ne la regardait-il plus ? Ivan, lui, devait avoir noté le moindre détail. Il était amoureux d'elle, il ne s'en était pas caché mais n'avait provoqué personne. Même en ce moment, il ne laissait rien paraître de ses sentiments. C'était au mari d'être inquiet, il ne lui volerait pas son rôle.

— Tu as peur pour elle ? demanda-t-il brutalement à Ivan.

C'était sa propre angoisse qui le contraignait à parler, à être agressif.

— Donne-moi une cigarette, ajouta-t-il d'un ton moins dur.

Sans un mot, Ivan lui tendit son paquet et son briquet. Leurs regards se croisèrent un instant mais ce fut Clément qui détourna la tête le premier. Ils fumèrent en silence, appuyés à la carrosserie de la voiture, tout près l'un de l'autre.

— Qu'est-ce qui a pu lui arriver ? reprit Clément au bout d'un moment.

— Elle a dû se perdre. Ou faire une chute.

Ivan avait répondu à voix basse, assez calmement. Clément sortit le foulard de sa poche.

— C'est ce type, ce berger qui tenait tellement à son chien... Le lendemain de Noël, tu t'en souviens ? Il était venu lui offrir ça en remerciement. Elle l'a porté juste pour lui faire plaisir. Elle est comme ça. Et elle a du mérite, parce que ce truc est d'un goût...

Il fixait les chamois et les écussons parsemant l'étoffe, mais soudain tout se brouilla devant ses yeux embués.

— Clément ? Ça va ?

D'un geste machinal, Ivan lui prit le foulard des mains et l'enfouit dans son propre blouson en murmurant :

— On la retrouvera.

Clément avala sa salive pour faire disparaître la boule qu'il sentait dans sa gorge. Impossible de craquer devant l'autre. N'importe qui mais pas lui. Pourtant il se sentait incapable de le haïr. Peut-être n'aimait-il plus assez passionnément Bénédicte pour ça.

— On la retrouvera ? répéta-t-il d'un ton incrédule. Quand ? Dans quel état ? Pourquoi n'a-t-elle pas donné signe de vie ? Elle a toujours un téléphone dans son sac ! Qu'est-ce qu'elle a fait la nuit dernière, à ton avis ? Elle a continué à se promener tranquillement au clair de lune ? Elle est coincée quelque part, morte de trouille, de faim ! Et ça, c'est dans le meilleur des cas ! Elle a pu tomber sur un cinglé, un ours, des loups...

— Bon, arrête maintenant, dit Ivan en lui posant la main sur le bras.

Une nouvelle fois, leurs regards se croisèrent. Max revenait et Clément fit un effort pour retrouver son sang-froid.

— Ils vont prévenir la gendarmerie, mieux vaut ne pas perdre de temps, annonça le jeune homme. En attendant, les gardes commenceront leurs recherches à partir d'ici, en cercles concentriques. Ils n'ont aucune idée de son programme d'hier mais, *a priori*, elle était censée rester dans la réserve de chasse. Je chercherai plutôt le long de la combe d'Ire. Elle n'avait pas le temps de s'attaquer aux sommets en une matinée. Ce n'est pas une grande sportive ni une écervelée, elle est donc restée sur les sentiers. En tout cas, un moment... Mettons deux heures au maximum, parce que après il lui fallait penser au retour.

— Elle a pu suivre un mouflon, ou un aigle royal, ou n'importe quoi d'assez remarquable pour la distraire et la perdre, suggéra Ivan.

Max désigna le Range Rover.

— Sors tes chiens, on va essayer de partir de sa voiture à elle.

Résigné, Ivan fit descendre Roméo et Diva. Jugeant inutile de les attacher, il mit les laisses dans sa poche puis aida Max à répartir le matériel indispensable dans deux sacs. Comme Clément voulait absolument porter quelque chose, ils finirent par lui donner les rouleaux de corde. Ensuite ils gagnèrent le petit parking réservé aux employés du parc. Le 4 × 4 Baroud de Bénédicte était garé à une extrémité et Ivan y conduisit les loups qui, ainsi qu'il s'y attendait, ne prêtèrent pas la moindre attention au véhicule. Ils se contentaient de rester à côté d'Ivan, un peu désorientés par cette promenade, lui jetant de temps en temps un regard inquiet. Ivan espéra qu'ils se comporteraient comme de braves chiens. Il les avait dressés à revenir au premier sifflement et il avait l'habitude de marcher avec eux en montagne, mais sans aucune présence étrangère. Max et Clément pouvaient les effrayer, les gardes aussi. De toute façon, ils ne comprendraient rien à ce qu'on attendait d'eux. Les seules pistes qu'Ivan les ait jamais vus suivre étaient celles de renards ou de lièvres. Et encore, par curiosité, pas pour chasser. Ils avaient toujours le ventre plein et leur instinct de prédateur n'avait pas eu l'occasion de se révéler. S'ils avaient été élevés par une louve, elle leur aurait appris à traquer du gibier en meute, à tuer des proies pour survivre, au lieu de quoi Ivan s'était appliqué à les rendre sociables et inoffensifs.

Il s'agenouilla entre eux deux et ils tendirent aussitôt leurs museaux vers lui, persuadés qu'il s'agissait d'un jeu.

— Ecoutez, les rentiers, vous allez essayer de vous montrer à la hauteur, d'accord ? chuchota Ivan en sortant le foulard de son blouson. Sentez ça...

Diva renifla l'étoffe un instant puis s'en désintéressa. Ivan mit alors le foulard sous la truffe de Roméo.

— Tu te souviens d'elle, quand même ? Tu vas la chercher... et tu la rapportes...

Ces deux expressions, *va chercher* et *rapporte*, il les avait souvent utilisées au sujet d'une balle ou d'un bâton quand il faisait jouer les deux infatigables louveteaux du matin au soir. Roméo huma longtemps le tissu, émit un son indéfinissable, regarda Ivan, puis s'assit en attendant qu'il lance l'objet. Avec un soupir découragé, Ivan rangea le foulard dans sa poche et répéta plusieurs fois sa phrase à Roméo. Au moment où il allait abandonner, ce fut Diva qui s'éloigna d'un petit trot décidé vers un des deux sentiers.

— Ta chienne a choisi ! lança Max qui était resté à l'écart avec Clément.

Roméo avait déjà rattrapé et devancé la femelle, mais Ivan haussa les épaules.

— Ne compte pas sur eux, Max, ils n'ont pas d'expérience, je t'ai prévenu. Ils se baladent au gré du vent.

— Ils sont partis en direction de la combe et c'est là que je veux aller, ça tombe bien, répliqua Max.

Les trois hommes se mirent en route, Clément fermant la marche.

Bénédicte s'était assise au soleil, pourtant elle avait toujours très froid. La température était descendue aux environs de zéro degré la nuit précédente. Pas tout à fait, sans doute, puisque la flaque boueuse, au fond de la crevasse, n'avait même pas gelé en surface. Dans une heure au maximum, l'endroit où elle se tenait se retrouverait à l'ombre.

Baissant les yeux sur le bandage improvisé autour de son avant-bras et de son poignet, elle bougea ses doigts l'un après l'autre. Pas d'ankylose ni de douleur, elle avait donc bien réduit la fracture. Trois petites branches servaient d'attelles, fixées par les lambeaux de sa chemise en soie bleu marine. Ça n'avait pas été facile, avec une seule main. Trouver les branches, les casser à la bonne dimension, déchirer la soie en lanières. Puis, en serrant les dents et en retenant sa respiration, elle avait essayé de remettre l'os en place. Trois tentatives avaient été nécessaires et, chaque fois, elle avait hurlé. La dernière avait été la bonne, heureusement, car elle était au bord de l'évanouissement, en larmes et couverte d'une sueur glacée. Avec le reste de la chemise, elle avait ensuite fabriqué une sorte d'écharpe autour de son cou pour y laisser reposer son bras cassé. Depuis, elle ne souffrait plus. Elle était même arrivée à somnoler durant l'interminable nuit qu'elle avait passée là.

Relevant la tête, elle considéra pour la millième fois les parois de la faille. Comme la veille, elle se répéta qu'avec ses deux mains et ses deux pieds, elle aurait pu en sortir. Enfin, peut-être. Une dizaine de mètres la séparaient du haut de cette sorte d'entonnoir au fond duquel elle était coincée. Pour un bon grimpeur, ce qu'elle n'était pas, c'était faisable. Pour un chamois ou un mouflon aussi, sûrement ! Il y avait bien quelques racines affleurant sous la terre, des pierres en surplomb ici ou là, mais tout ça ne l'avançait à rien. Elle avait essayé, inlassablement, et avait fini par renoncer à trois mètres du sol. Elle ne pouvait monter qu'à plat ventre, ne sachant que faire de son bras qu'elle écrasait sous elle ou qui, si elle le libérait de l'écharpe de fortune, pendait douloureusement. D'ailleurs, une deuxième chute déplacerait la fracture et tout serait à refaire. Cette seule idée lui soulevait le cœur.

— Tu es douillette, marmonna-t-elle. Douillette et stupide.

Ses lèvres fendues lui faisaient un peu mal mais elle évita de passer sa langue dessus ainsi qu'elle en mourait d'envie. Par terre, à côté d'elle, s'alignaient son téléphone portable dont les batteries étaient déchargées, deux emballages vides de barres chocolatées, la clef de sa voiture, ses jumelles, son briquet, les deux cigarettes qui lui restaient, les débris de sa montre. Maigre trésor. Elle avait gardé dans la poche de son jean le ridicule petit couteau pliant qu'elle avait supposé utile dans ce genre de promenade. Il avait au moins servi à découper la chemise. Ensuite elle avait remis, à même la peau, le pull d'Ivan. Un bon gros pull irlandais qu'elle avait trouvé accroché derrière la porte de la salle de bains, au chalet, et qu'elle avait eu irrésistiblement envie d'emprunter. Comme elle s'était réveillée tard, stupéfaite d'avoir tant dormi, elle avait décidé de filer directement au parc sans repasser chez elle. Et elle n'avait jamais songé à recharger les batteries du portable. Si elle l'avait fait, elle serait chez elle, au lieu de claquer des dents dans ce trou depuis près de vingt-quatre heures. Dans son malheur, elle avait tout de même pensé à prendre sa parka. Vu le soleil magnifique de la veille, elle aurait aussi bien pu décider de la laisser dans la voiture ! Mais on lui avait souvent rabâché que le temps pouvait vite changer en montagne, que la température baissait en altitude, qu'il ne fallait jamais partir sous-équipée. Scrupuleuse, elle l'avait enfilée avant de s'élancer sur le sentier. Un réflexe qui lui avait peut-être sauvé la vie.

Pour changer de position, elle déplia ses jambes, s'étira, s'allongea à moitié. Elle devait profiter du soleil tant qu'il était là. Et essayer de trouver une solution. Rester sans rien faire était suicidaire. D'ici peu, elle aurait trop soif et trop faim pour réfléchir avec le calme nécessaire. Déjà, un peu plus tôt dans la matinée, un renard l'avait effrayée beaucoup plus que de raison en passant à quelques pas d'elle. Dès qu'elle avait bougé, il s'était sauvé et il n'avait eu aucun problème pour remonter, lui, le corps arqué dans la pente raide. Que faisait-il et que cherchait-il, pourquoi s'était-il approché d'elle ? Sa présence furtive avait rappelé à Bénédicte les loups errants auxquels Ivan avait dû faire face. Elle serait sûrement une proie idéale pour des loups ou des lynx. Et le petit couteau de poche n'y pourrait rien !

Avec un soupir, elle se força à se rasseoir. La chute avait été très dure, elle avait mal partout, et sa nuit de somnolence et de terreur n'avait rien arrangé. La petite bosse due à Clément était désormais dérisoire à côté des multiples plaies et hématomes dont elle souffrait. Trop tard pour jurer qu'elle ne marcherait jamais plus les yeux rivés aux jumelles au lieu de regarder où elle mettait les pieds. Mais les chamois de la veille étaient si fascinants qu'elle les aurait bien suivis au bout du monde.

Elle jeta un coup d'œil aux taches de sang et de boue qui maculaient sa parka. Le soleil l'avait suffisamment réchauffée à présent, elle devait en profiter.

« Bien, il faut que je recommence. Très lentement. Le côté le moins abrupt est aussi le plus lisse, pas question de monter par là… »

De nouveau, elle plia les doigts de sa main gauche sans ressentir d'élancement. Elle se leva avec précaution, fit quelques pas. Le sol était glissant, couvert d'une végétation humide qui avait beaucoup amorti le choc final. Parvenue au pied de la seule paroi qui semblait accessible, elle essaya de repérer les anfractuosités dans le mélange de roche lisse et de terre meuble.

« Il suffit de trouver une bonne prise tous les cinquante centimètres… »

Un bruit léger, derrière elle, la fit sursauter. Elle se retourna d'un bloc, aperçut une marmotte qui s'enfuyait et qui disparaissait dans un trou, à l'autre bout de la crevasse. Secouée d'un frisson, elle voulut rire mais le cœur n'y était pas.

« Ne reste pas là, vas-y, lance-toi... »

Elle se sentait peureuse, inexpérimentée, complètement démunie, pourtant elle ne voulait pas céder au découragement. Son absence finirait bien par se remarquer. Clément boudait sans doute à Annecy, mais Louise avait dû donner l'alerte. A moins que... Leur fille savait que ses parents traversaient une crise, qu'ils se disputaient depuis la mise en vente de la maison. Elle avait peut-être entendu ou remarqué quelque chose à propos d'Ivan. Et si elle supposait sa mère réfugiée au chalet, elle se garderait de toute intervention. Quant à Ivan, il attendrait sûrement qu'elle lui donne signe de vie sans bouger. Le malentendu pouvait se prolonger un certain temps. Beaucoup trop longtemps.

Serrant les dents, elle posa son pied gauche sur une pierre et saisit une racine de la main droite. Elle se hissa doucement, chercha un appui pour le pied droit. Une fois stabilisée, elle respira à fond. Tous ses muscles étaient raides, douloureux. Appuyée sur son épaule droite, elle leva la tête pour repérer la prise suivante. Tandis que ses doigts tâtonnaient en cherchant où s'accrocher, un peu de terre glissa jusqu'à sa bouche. Elle la recracha en toussant. Les deux premiers mètres ne seraient pas trop durs, mais après, il faudrait qu'elle improvise.

Clément, à bout de souffle, finit par s'arrêter. Comme prévu, il était incapable de suivre le rythme de Max et d'Ivan qui marchaient loin devant, sans effort. Les chiens, eux, batifolaient en tête, revenaient sur leurs pas, faisaient dix fois plus de chemin que les hommes et ne cherchaient rien du tout. Leur petit trot élastique semblait une vitesse de croisière qu'ils pourraient maintenir à l'infini.

Il entendit Max parler, Ivan siffler. Il avait besoin d'une pause, orgueil ou pas, et il vit avec soulagement les deux autres qui faisaient demi-tour pour le rejoindre. Max lui offrit de l'eau sur laquelle il se jeta goulûment. Du coin de l'œil, il remarqua qu'Ivan en profitait pour allumer une cigarette, appuyé à un arbre.

— Désolé de vous retarder, articula-t-il péniblement.

— On va s'arrêter là deux minutes, répondit Max.

Depuis deux heures que cette marche forcée durait, ils avaient plusieurs fois hésité sur la direction à prendre. Max laissait parler son instinct et observait les chiens avant de se décider, tandis qu'Ivan restait obstinément silencieux. Ils avaient aperçu des chevreuils, des martres et des blaireaux, mais de très loin. Le chien avait eu quelques velléités de chasse qu'Ivan avait stoppées net. A un endroit où le sentier se divisait en fourche, la femelle avait quand même paru flairer quelque chose et elle avait hésité une ou deux minutes. Dès qu'elle s'était décidée, Max lui avait donné raison en lui emboîtant le pas.

— On repart ? demanda Max gentiment.

Clément hocha la tête. Il se sentait vidé, mort de fatigue, et il se demanda s'il pourrait faire un seul pas de plus. Pourtant, comme il ne voulait ni rester à la traîne ni ralentir les deux autres, il se remit en marche derrière Ivan. Le sentier n'était pas très praticable et grimpait en pente forte, coupant le souffle. Ivan siffla de nouveau pour faire revenir les chiens qui avaient pris de l'avance. Il avançait moins vite, afin d'épargner Clément, et cette fois Max fermait la marche, une solidarité que Clément aurait pu apprécier en d'autres circonstances. Il se mit à fixer le dos d'Ivan, essayant de progresser à la même cadence, de ne pas penser à ses pieds, à sa gorge qui le brûlait, au point de côté qui n'allait pas tarder à revenir.

— Est-ce que ça va ? dit Ivan sans se retourner. Quand tu voudras souffler, on refera une pause.

Il n'y avait pas trace d'ironie dans sa voix calme et grave. Un mec bien, Clément l'avait longtemps pensé. Un homme dont il avait voulu devenir l'ami, il ne savait plus pourquoi. Ou plutôt si, parce que c'était quelqu'un de gentil et de flatteur. Serviable, sachant écouter, avec une petite dose de mystère et beaucoup de classe. Voilà pourquoi au début il s'était plu en sa compagnie. Est-ce que ces raisons-là étaient celles de Bénédicte ? Et à qui pensait-elle, à cette seconde précise ? A son mari, à ses enfants, ou à ce type ? A condition qu'elle soit en mesure de penser quelque chose, bien sûr. Et lui, devant, l'infatigable marcheur, qu'est-ce qu'il avait dans la tête ? L'agacement de devoir traîner Clément ? La honte ? La vanité ? Ou juste la trouille, comme lui ?

Ivan s'immobilisa et Clément buta contre lui, trébucha, étouffa un juron. La tête levée, Ivan considérait ses chiens qui avaient quitté le sentier ensemble et qui coupaient vers le sommet d'une sorte de butte. Ils disparurent à travers des buissons de genévriers. La respiration sifflante, Clément se laissa tomber sur une souche.

— On les attend là, décida Max. S'ils se promènent, on en profite pour se reposer... Et s'ils ont une idée en tête, on les suivra !

— Ils n'ont aucune idée précise, rappela Ivan, ils ne comprennent pas ce que tu veux et je ne suis pas un maître-chien.

Sans tenir compte de sa remarque, Max sortit la carte de son blouson, la déplia pour l'étudier une nouvelle fois. Ivan prit dans son sac une bouteille d'eau qu'il tendit d'abord à Clément.

— Ne reste pas assis, tu te refroidis, ce sera encore plus dur après.

— Fous-moi la paix, répliqua Clément en se levant.

La phrase lui avait échappé, désagréable et gratuite. Ce n'était pas le moment idéal pour régler leurs comptes.

— Vas-y, rappelle-les pour voir, demanda Max à Ivan.

Le sifflement se répercuta dans le silence de la montagne. Une minute plus tard, Ivan recommença, sans résultat.

— Intéressant, murmura Max. Où sont-ils passés ?

— Aux trousses d'un levraut, la promenade les a mis en appétit !

Agacé, Ivan siffla encore une fois. Clément s'approcha de lui pour lui rendre sa bouteille.

— Tiens... Désolé.

Il s'en voulut aussitôt de cette demi-excuse. Mais après tout Ivan n'était pas l'amant de sa femme, pas encore, il en était certain. Il le regarda boire, mal à l'aise. Pourquoi ne parvenait-il pas à le détester ? Ivan tourna la tête vers lui, le dévisagea une seconde, finit par baisser les yeux.

— Visez-moi ça ! cria soudain Max. Je crois qu'il veut nous faire comprendre quelque chose...

Au sommet de la pente, la silhouette de Roméo se découpait sur le ciel. Ivan s'étonna que le loup ne soit pas revenu au sifflet, et surtout qu'il se tienne dans cette position, immobile comme s'il allait se mettre à hurler à la mort.

La seconde chute avait assommé Bénédicte. Elle avait repris connaissance au bout de plusieurs minutes, taraudée par la douleur de son bras, et la crise de larmes n'avait servi qu'à l'épuiser davantage. Ensuite elle s'était escrimée sur les nœuds de son bandage pour tout défaire et tout recommencer, luttant contre la nausée. A la fin, elle s'était rallongée, en état de choc, puis roulée en boule pour essayer de se réchauffer un peu.

Gagnée par la peur, elle finit par fermer les yeux mais les rouvrit aussitôt, prise de vertige. Son engourdissement ressemblait davantage à un malaise qu'à de la somnolence, seulement elle n'avait plus le courage de bouger. Pas tout de suite. Le temps était bien la seule chose qui ne lui manquait pas. Autant attendre un peu avant de se remettre à agir. Quelle heure pouvait-il bien être ? Elle envisageait avec terreur la perspective d'une seconde nuit de froid et de solitude.

« Les secours ne vont plus tarder, c'est obligé... Dors un peu, tu seras réveillée par un bruit d'hélicoptère, ou par des appels, ou des aboiements... N'importe quoi mais plus ce silence, merde ! »

Il n'y avait même pas de chants d'oiseaux au fond de la crevasse. Pour surmonter la panique qui menaçait de l'envahir, elle se répéta qu'elle n'avait qu'un malheureux bras cassé, une blessure handicapante mais insignifiante, qu'elle aurait pu se tuer à deux reprises et qu'elle avait eu de la chance, qu'elle était en bonne santé, que donc elle résisterait plusieurs jours et qu'on l'aurait retrouvée avant. A la minute où il saurait qu'elle était en danger, Ivan se mettrait à sa recherche. Et s'il était bien celui qu'elle croyait, il était de taille à la dénicher dans n'importe quel trou de la montagne. Il ne devait sûrement plus être très loin. Quand elle se remit à pleurer, elle ne s'en rendit même pas compte.

Roméo trottait en tête, Diva un peu en retrait, et les trois hommes peinaient derrière eux.

— Ils coupent au plus court, les vaches..., constata Max d'une voix essoufflée.

Clément avait évidemment pris du retard mais il s'acharnait à suivre, Max s'en assurait de temps à autre par un coup d'œil pardessus son épaule. Les chiens ne remontaient aucune piste mais les conduisaient quelque part, il en était certain. La femelle était restée absente près de dix minutes pendant que le mâle demeurait aux aguets sur son promontoire. Ensuite il avait disparu à son tour puis ils étaient revenus ensemble. Entre-temps, Max avait repéré deux possibilités sur sa carte. Un gouffre, à l'est, assez improbable parce que très visible même pour un promeneur inexpérimenté, et une faille, au nord. Quand les chiens étaient partis dans cette direction-là, il n'avait plus hésité.

Avec une facilité qui surprenait Max, Ivan progressait très vite, indifférent à la densité de la végétation autour d'eux. Il passait où passaient ses chiens, ouvrant la route pour les deux autres sans les attendre.

— Ivan ! cria-t-il. Arrête, laisse-moi aller devant !

Arrivé à sa hauteur, il ajouta :

— Il y a une crevasse quelque part, elle est à peine signalée sur ma carte, ça doit être assez traître.

Comme ils venaient de gagner un faux plat, ils eurent le temps de voir Roméo disparaître littéralement sous leurs yeux, tandis que Diva s'immobilisait. Ils franchirent très vite la distance qui les séparaient encore de la chienne, ralentissant dans les derniers mètres, puis se couchèrent ensemble à plat ventre au bord de la faille.

— Fais attention, recule un peu, dit Max. Tu vois quelque chose ?

Au fond du trou, ils discernaient mal la silhouette recroquevillée, immobile, que Roméo était en train de flairer.

— Bénédicte ! hurla Ivan.

La terreur dans sa voix était si perceptible que Diva s'aplatit, les oreilles basses. Max appela lui aussi plusieurs fois, sans résultat. En bas, la forme ne bougeait pas. Ivan se releva d'un bond, repartit en courant vers Clément qui arrivait enfin, toujours chargé des rouleaux de corde.

— Elle est là ! lui lança Ivan.

Ses traits ravagés d'angoisse étaient éloquents. Hors d'haleine, Clément se débarrassa de son chargement sans quitter Ivan des yeux.

— Elle est tombée dans une crevasse, elle paraît... inconsciente, parvint à murmurer Ivan.

Ils rejoignirent Max qui avait commencé à repérer le terrain, le long du bord de la faille. Quand Clément voulut s'approcher, Ivan le tira brutalement en arrière.

— Pas debout ! Couche-toi si tu veux regarder.

L'espace d'un instant, ils furent face à face, tout près l'un de l'autre, puis Clément s'agenouilla, s'allongea, se mit à appeler sa femme. Max et Ivan déroulaient la corde, enfilaient des anneaux et des mousquetons en silence. Diva allait et venait, nerveuse, cherchant le meilleur endroit pour descendre vers Roméo. Elle fit plusieurs tentatives avant de trouver un angle d'attaque sur la paroi où elle s'engagea prudemment. Ils entendirent ses griffes sur la roche, puis elle glissa un peu trop vite, essaya de se rattraper et finit par un bond prodigieux qui la propulsa au fond du trou où elle s'étala. Elle s'ébroua, sonnée, avant de se rapprocher de Roméo en boitillant. D'en haut, Clément ne voyait plus Bénédicte désormais masquée par les deux chiens. Il avait envie de vomir, il était couvert de sueur et claquait des dents, exténué. Il s'éloigna du bord en rampant, parvint à s'asseoir.

— Tu veux descendre en premier ?

La voix d'Ivan avait perdu son calme, elle résonnait de façon métallique. Clément leva la tête pour le dévisager. Les mâchoires crispées, le regard assombri, Ivan était livide. Un peu plus loin, Max s'affairait sans les regarder, attachant l'extrémité d'une corde autour des deux mélèzes les plus proches, un peu rachitiques. Clément s'imagina ballotté au bout de cette corde, grotesque et impuissant. Il se demanda ce qu'il ferait si Bénédicte était morte, s'il pourrait le supporter. Les yeux interrogateurs d'Ivan restaient fixés sur lui.

— Vas-y, toi, dit-il tout bas.

C'était un cadeau empoisonné qu'il lui faisait, il en avait conscience. Mais un cadeau quand même et il ne fut pas surpris par la réaction d'Ivan qui murmura seulement :

— Merci, Clément.

En quelques secondes, il s'équipa du baudrier fabriqué par Max. Tournant le dos à la faille, il s'approcha du bord. La corde se tendit entre les deux hommes.

— Laisse ton corps droit, mets un pied après l'autre, tu peux peser tant que tu veux, je t'assure deux fois.

Ivan commença à descendre et Clément essaya de se relever. Il fallait au moins qu'il aide Max. Faire quelque chose en attendant, même si chaque geste lui coûtait. Il alla se placer derrière le jeune homme mais resta bras ballants, aux aguets. Il entendait la respiration de Max, voyait la corde de nylon glisser entre ses mains.

A mi-chemin de la paroi abrupte, Ivan jeta un coup d'œil vers ses loups qui cachaient toujours Bénédicte. Malgré son impatience, il marqua une pause, avala sa salive, s'obligea à respirer. Il fallait qu'il sache avant de la toucher. Il allait poser le pied par terre à une dizaine de mètres d'elle, une distance qu'il ne pourrait pas franchir s'il n'avait aucune certitude. Max devait s'inquiéter de cet arrêt. Il regarda de nouveau et vit quelque chose de bizarre sur le pelage clair de Roméo.

En bas, Bénédicte venait de reprendre conscience, et la première image qu'elle avait discernée était cette énorme tête juste au-dessus d'elle, avec des yeux jaunes et une gueule ouverte. Paralysée par une terreur folle, elle eut un réflexe de recul et tendit sa main droite dans un geste de protection dérisoire. Ravi, Roméo lui lécha la joue tandis que le bras de Bénédicte s'accrochait à son cou. Secouée de hoquets convulsifs, elle voulut le repousser et l'attirer en même temps.

— Roméo, gémit-elle en enfouissant sa tête dans l'épaisse fourrure.

— Elle est vivante ! hurla une voix toute proche.

Serrée de toutes ses forces contre le loup qu'elle ne voulait plus lâcher, elle sentit une main qui se posait sur ses cheveux.

— Bénédicte, dit doucement Ivan, vous êtes blessée ?

Il s'était agenouillé à côté d'elle et regardait le bandage du bras, la parka couverte de boue et de sang. Sans bouger, il attendit qu'elle se calme, qu'elle accepte de rompre le contact avec l'animal. Lorsqu'elle se laissa enfin aller en arrière, il la retint par la taille et par l'épaule, se gardant bien de toucher à son côté gauche. Appuyée sur lui, elle releva la tête. Elle était méconnaissable, sale et barbouillée, hagarde. Ses lèvres fendues esquissèrent une grimace qui devait être un sourire. Il n'osait rien tenter, surtout pas la prendre dans ses bras sinon il n'allait pas pouvoir s'empêcher de la broyer. Dans l'échancrure du blouson, il reconnut son pull irlandais et en fut bouleversé.

— Comme je t'aime…, constata-t-il d'un air catastrophé.

Diva s'était approchée et avait entrepris de nettoyer la main valide de Bénédicte qu'elle léchait avec application.

— Je savais que tu viendrais me chercher, mais je trouve que tu as mis le temps, déclara-t-elle tout bas.

L'expression d'Ivan changea, son regard parut se troubler.

— Ton mari est là-haut. Avec Max.

Il se leva, l'aida à se mettre debout, puis renversa la tête en arrière pour regarder vers le sommet. Les deux silhouettes leur adressaient de grands signes, criaient à tue-tête des phrases incompréhensibles.

— A part ton bras, rien de cassé ?

— Non. Seulement, je te préviens, ne me demande pas le moindre effort.

— Tout ira très bien.

— J'ai soif.

— Dans cinq minutes. Tu remontes d'abord.

— Comment ont-ils fait pour descendre ? interrogea-t-elle en désignant Roméo et Diva.

— Ce sont des loups, chuchota-t-il en souriant.

— Elle, tu aurais dû l'en empêcher. Et si sa cicatrice s'était rouverte ?

— Tu travailles trop bien pour ça.

Il ne la quittait pas des yeux, frustré de ne pas pouvoir se permettre le moindre geste. Il s'éloigna pour ramasser la corde, revint tout de suite près d'elle.

— Tu te sens capable d'essayer ? Ce sera aussi facile que sur une chaise, tu ne risques rien, ils vont te tirer doucement, toi tu prends juste appui avec les pieds pour t'éloigner de la paroi… Si tu es trop fatiguée, dis-le-moi, on trouvera une autre solution.

Délicatement, il bouclait les mousquetons autour de sa taille, de ses cuisses. Il avait très bien compris qu'elle n'avait qu'une hâte, sortir de là. Il prit une paire de gants dans son sac à dos, lui enfila le droit qu'il boucla serré autour de son poignet.

— Tiens ça et laisse-toi faire, ne cherche pas à les aider, Max a l'habitude.

— Je l'ai déjà dévalée deux fois, protesta Bénédicte d'une voix mal assurée.

Se plaçant derrière elle, il l'obligea à s'approcher de la pente rocheuse.

— Pose ton pied là...

La corde se tendit lentement au-dessus de la tête de Bénédicte. Elle sentit les mains d'Ivan sur ses hanches.

— Vas-y, grimpe, lui dit-il.

Il espéra que Clément avait réussi à se rendre utile pour soulager un peu Max. La main en visière, il surveillait la progression maladroite lorsque Roméo se dressa contre lui.

— Non, non, je ne joue pas, marmonna-t-il. Tu es le loup le plus intelligent des Alpes, d'accord, mais attends un peu...

Il jeta quand même un rapide regard au splendide animal qui retombait souplement sur ses pattes, déçu. Là-haut, le moment délicat serait l'arrivée, il faudrait que Max trouve le moyen d'attraper Bénédicte sans lui faire mal. Dans quelques minutes, Clément allait pouvoir embrasser sa femme. Il faudrait probablement attendre un peu avant que Max lui renvoie la corde. Il se demanda si les loups seraient aussi habiles pour s'extraire de là que pour y dégringoler. C'était quand même très raide. Au pire, il serait obligé de les aider.

Quand Bénédicte disparut enfin de son champ de vision, il poussa un long soupir. Il alla ramasser le téléphone portable, les jumelles et la clef de voiture. La montre était vraiment fichue mais il la prit quand même avec le reste. La fatigue commençait à se faire sentir maintenant que l'angoisse avait disparu. Il n'avait éprouvé semblable panique qu'une seule fois dans sa vie, devant son fils, et cela restait son plus effroyable souvenir.

La voix de Max retentit, suivie du sifflement de la corde qui retombait. Il s'attacha en hâte puis leva le bras pour faire signe qu'il était prêt. A trois mètres du sol, il appela Roméo d'un ton impérieux.

— Allez viens, mon grand ! Viens !

Il le vit trotter, inquiet, au fond de la crevasse, suivi de Diva. Puis le loup prit son élan pour s'attaquer à l'autre paroi, moins abrupte et plus meuble. Il dérapa à deux reprises, réussit à se rétablir par miracle, faillit manquer le bord dans son dernier bond. La louve l'avait observé, d'en bas, et elle se lança sur ses traces sans hésiter. Plus légère que lui, elle emprunta le même chemin sans encombre mais ne parvint pas à finir. Arc-boutée, elle griffait en vain la pente de ses pattes avant. Ivan se mit à crier pour l'encourager et il entendit la voix de Clément qui faisait chorus, au-dessus de sa tête. La louve glissa encore un peu, faillit se renverser mais trouva enfin un point d'appui et réussit à sortir. Ivan se hissa tout seul sur les poignets pour finir assis sur la terre ferme.

— Tes chiens sont fabuleux ! lui lança Max. Tu te rends compte qu'ils l'ont retrouvée ? Je viens de prévenir les gardes, ils arrivent avec un brancard...

— Comme les carabiniers, non ? riposta Ivan.

Il prit la main que Max lui tendait et, en se levant, aperçut Bénédicte allongée près des mélèzes, la tête sur un des sacs à dos. A genoux près d'elle, Clément l'aidait à boire. Ivan se détourna, croisa le regard de Max, finit par baisser la tête. C'était une situation détestable, à laquelle il ne pouvait rien changer pour l'instant, mais qu'il ne se sentit pas le courage de supporter une seconde de plus.

— Je pars devant, décida-t-il.

Stupéfait, Max l'entendit siffler ses chiens.

— Ivan ! Tu es fou ou quoi ? Tu es complètement crevé. On l'est tous !

— J'ai besoin de marcher.

C'était un prétexte évidemment absurde, pourtant Max ne fit rien pour le retenir. Derrière Roméo qui batifolait, Ivan s'engagea dans les traces qu'ils avaient laissées en venant. De toute façon, il ne tenait pas à ce que les gardes du parc voient ses loups de trop près.

12

— Mais oui, comme vous monsieur Carpentier, des rhumatismes !

Bénédicte donna une petite claque amicale sur le dos du briard puis alla chercher des médicaments qu'elle tendit au berger.

— Revenez quand vous n'en aurez plus, lui dit-elle gentiment.

Le vieil homme rangea avec soin les boîtes dans sa veste puis sortit son portefeuille.

— Ah non, pas vous ! protesta-t-elle.

Sur le point de se vexer, il lui lança un regard aigu mais elle désigna son bras gauche, immobilisé dans un plâtre couvert de signatures.

— Sans votre foulard, les chiens d'Ivan Charlet ne m'auraient jamais retrouvée, n'oubliez pas !

Après une seconde d'hésitation, il hocha la tête.

— Des sacrés bestiaux, hein ? murmura-t-il. Vus de loin, ils font peur... Mais, y a pas, vous leur devez une fière chandelle.

L'histoire ayant fait le tour du village, Roméo et Diva étaient devenus des héros. Les gardes du parc, en installant Bénédicte sur son brancard, avaient demandé des détails à Max et à Clément qui n'avaient pas tari d'éloges sur le sauvetage. Depuis, tout le monde chantait les louanges des « chiens sibériens du verrier » comme s'il s'agissait de deux braves saint-bernard. Au prochain promeneur égaré, ils seraient certainement réquisitionnés, mais au moins personne ne se poserait de question à leur sujet dans l'avenir.

Marcel Carpentier continuait de la fixer avec, au fond des yeux, une lueur malicieuse. Combien de loups avait-il vus, dans sa longue vie de berger ? Est-ce qu'il pouvait se tromper sur la silhouette redoutable des prédateurs de troupeaux ?

— Je les ai déjà aperçus deux ou trois fois en balade avec leur maître, ajouta-t-il d'un ton négligent. Belles bêtes, vraiment.

Il chiffonna les oreilles de son briard avant de tendre la main à Bénédicte.

— Docteur...

Elle le raccompagna jusqu'à la porte de la salle d'attente. Appuyée au chambranle, elle le regarda s'éloigner de son pas cadencé sur le chemin. Son chien vieillissait ; elle se promit de tout faire pour le maintenir en forme le plus longtemps possible. Carpentier était un brave homme, aussi elle décida de se mettre en quête d'un chiot à lui proposer, la prochaine fois qu'elle le verrait. Le briard se chargerait de le dresser au métier de chien de berger tant qu'il était encore valide. Un job qui consistait justement à écarter les loups et autres nuisibles.

Des bruits de marteau et de perceuse lui parvenaient très assourdis, depuis la grange où Louise et Max devaient travailler d'arrache-pied. La femme de ménage n'allait pas tarder à arriver, comme tous les soirs, pour nettoyer le cabinet. A pas lents, Bénédicte s'engagea sur le sentier qui menait à la maison. Sa maison. Le notaire préparait le dossier nécessaire au transfert de propriété, et le virement bancaire de Serge était arrivé depuis deux jours. Clément n'avait fait aucune difficulté. Dans l'ensemble, il s'était montré plutôt arrangeant. Tout à l'heure il appellerait, comme il le faisait chaque jour, ensuite ce serait au tour de Laurent.

Arrivée dans la cuisine, elle fit chauffer de l'eau pour le thé. En quinze jours, elle était devenue très habile avec une seule main. Il lui fallait encore attendre le surlendemain pour être débarrassée du plâtre, mais l'interne de garde, à l'hôpital, l'avait félicitée pour la réduction impeccable. Son séjour forcé dans la crevasse n'était plus qu'un mauvais souvenir et ne lui donnait pas de cauchemar la nuit. Elle s'était débrouillée sans difficulté pour reprendre le travail. La veille, elle avait quand même dû demander de l'aide à un fermier et à son fils pour un vêlage difficile. Elle avait mis en place les courroies, le bras droit enfoncé dans l'utérus de la vache, puis avait demandé aux hommes de tirer doucement. Le veau était sorti vivant.

Elle but son thé trop chaud à petites gorgées. Ivan lui avait promis un coq au vin pour le dîner et il devait déjà être devant ses fourneaux. Ils n'avaient passé que trois soirées ensemble, trois moments extravagants, un peu irréels. Comme elle n'était pas censée conduire, il passait la chercher et la ramenait ensuite. Pour les visites, le matin, c'était Louise qui servait de chauffeur.

Après avoir mis sa tasse dans le lave-vaisselle, elle monta se changer. Elle avait tout son temps. Une douche et un shampooing, sans mouiller le plâtre, ensuite une touche de maquillage, choisir une tenue. Ivan remarquait toujours les moindres détails. Il avait une façon de la regarder qui finissait immanquablement par la troubler mais il ne semblait pas s'en apercevoir. Il dînait face à elle, s'asseyait loin d'elle dans son salon, bavardait à bâtons rompus. Chaque fois qu'elle lui posait une question, il répondait sans hésiter, se livrant entièrement à sa curiosité. Elle l'avait interrogé sur sa façon de vivre, sur les femmes, sur son goût de la solitude et sur son enfance. Puis elle l'avait fait parler de son métier et, durant près d'une heure, il avait tenté de l'initier à la chimie des silicates, lui expliquant la différence entre les verres sodocalciques ou potassiocalciques comme le mal nommé cristal de Bohême. Elle n'y comprenait rien mais adorait sa voix. En la quittant, le premier soir, il ne l'avait même pas embrassée. Un peu vexée, elle n'avait pas tenté le moindre geste non plus, toutefois en y réfléchissant elle avait fini par admettre qu'il ne pouvait pas se donner en spectacle sous les fenêtres de Clément et de Louise. Lors du second dîner, elle lui avait appris que Clément restait désormais à Annecy où il avait loué un duplex. Il avait écouté la nouvelle en silence, puis il s'était contenté de demander si leur séparation était officielle, ce qu'elle avait confirmé. Séparation ne signifiait pas obligatoirement divorce, mais ce soir-là, ils avaient quand même flirté. A force de s'observer, de se frôler, de se respirer, ils s'étaient retrouvés dans les bras l'un de l'autre. Ivan l'avait caressée avec une sensualité redoutable, jusqu'à ce qu'elle s'abandonne entièrement, toutefois il avait gardé assez de contrôle de lui-même pour s'arrêter à temps. Exaspérée, elle lui avait demandé s'il souhaitait une autorisation écrite de Clément et s'il considérait toujours qu'elle était la *propriété* d'un autre. Il s'était mis à rire, avait désigné le bras plâtré et seulement dit : « Pas maintenant. » La troisième fois, c'est-à-dire quatre jours plus tôt, c'était elle qui l'avait tenu à distance. Il avait raison, ils avaient assez attendu pour ne rien précipiter, elle voulait pouvoir faire l'amour en pleine possession de ses moyens, avec deux mains pour lui répondre. Elle le lui avait déclaré crûment, afin de le provoquer, mais il n'était pas entré dans son jeu.

Sans complaisance, elle s'examina dans la glace de la salle de bains. Qu'est-ce qu'elle pouvait avoir de si remarquable pour plaire à un homme comme lui ? Clément avait insinué qu'elle ne serait qu'un numéro sur la liste, qu'Ivan pouvait s'offrir toutes les femmes qu'il voulait, plus jeunes et plus jolies. Des mots dont elle se souvenait trop bien.

— Maman ?

Louise venait d'entrer et considérait sa mère d'un air de reproche.

— Tu aurais dû m'appeler ! s'écria-t-elle en prenant une serviette éponge.

Elle l'aida à sécher ses cheveux puis à enfiler un peignoir.

— Tu ne dînes pas avec nous ? demanda-t-elle, faussement désinvolte.

— Non, pas ce soir, répondit Bénédicte en posant sa main sur l'épaule de sa fille. Ça t'ennuie ?

Le regard de Louise ne cilla pas. Elle savait très bien ce qui était en train d'arriver, elle en avait longuement discuté avec Max, mais elle refusait de porter un jugement.

— Pas du tout. Tu fais ce que tu veux, je suis ravie que tu sortes.

C'était une vérité difficile et elle s'était obligée à la dire. Bénédicte l'attira contre elle, l'embrassa.

— Tu es gentille.

Louise eut un rire bref, sans joie. La rupture de ses parents était quelque chose de douloureux, même si elle se sentait solidaire de sa mère.

— Je vais t'aider à t'habiller. Tu as choisi ce que tu vas mettre ?

La jeune fille n'avait jamais prononcé le nom d'Ivan, pourtant il faudrait bien qu'elles arrivent à en parler un jour ou l'autre. Une complicité tellement délicate à établir qu'elle n'osait pas encore s'y risquer. Elle releva la tête, croisa le regard de Bénédicte qui était resté posé sur elle.

— Tu vas bien, maman ? murmura-t-elle.

— Très bien, répondit Bénédicte. Très, très bien. Je ne t'apprends rien si je te dis que je suis... amoureuse ? Je comprendrais que ça te choque, ma chérie, et que tu ne veuilles pas aborder la question.

Elle attendit un peu mais Louise ne réagit pas et elle enchaîna :

— Pour toi, j'ai sûrement passé l'âge. Pourtant ça arrive, même aux vieux comme nous ! Seulement je voudrais que tu saches deux choses. La première est qu'Ivan n'a pas cherché à me séduire, qu'il n'est pas la cause de ce qui arrive entre ton père et moi, seulement la conséquence. La seconde est que je ne prévois pas de bouleversement dans mon existence, il n'y aura jamais pour toi aucun beau-père en vue.

Un peu éberluée, Louise dévisagea d'abord sa mère avec curiosité puis, au bout d'un moment, se décida à sourire.

— Je comprends, murmura-t-elle.

Même si ce n'était pas exact, c'était une façon de dire qu'elle acceptait la situation. Laurent serait moins facile à convaincre mais, heureusement, il était loin.

— Si on prenait un verre ? proposa Bénédicte dont les yeux exprimaient une gaieté communicative. Max est en bas ?

— Il est allé embrasser ses parents.

— Alors je m'habillerai plus tard, allons-y !

Elle sortit la première et commença à descendre l'escalier. Dans son dos, elle entendit la timide question de Louise.

— Est-ce qu'il est aussi gentil qu'il en a l'air, Ivan ?

— Oh non ! répondit-elle en riant. Bien davantage...

Adossé à l'un des piliers soutenant les arcades, Ivan regardait de l'autre côté de la rue. Depuis près d'une heure qu'il était là, il avait fumé plusieurs cigarettes sans bouger de son poste d'observation, décidé à attendre. Le coq au vin était prêt et n'aurait qu'à être réchauffé, le couvert était mis, le champagne était au frais. Comme il n'avait aucune idée de l'heure à laquelle Clément fermait l'agence, il avait préféré venir assez tôt pour être certain de ne pas le rater.

Jouant distraitement avec son briquet, il songeait à Bénédicte. D'ici peu, on allait lui enlever son plâtre et il n'aurait plus aucun moyen de lui résister. D'ailleurs il en mourait d'envie, y pensait à longueur de journée et de nuit. Mais il s'était promis de parler à Clément d'abord, si pénible que ce soit.

Au moment où, résigné, il sortait de nouveau son paquet de cigarettes, il vit la porte de l'agence s'ouvrir. Clément raccompagnait un couple de clients, leur serrait la main puis, dans le mouvement qu'il fit pour se détourner, il découvrit Ivan et resta saisi. Il n'hésita qu'une seconde avant de traverser la rue.

— Qu'est-ce que tu fais là ? attaqua-t-il sèchement. C'est moi que tu veux voir ?

— Oui. J'aimerais te parler.

Clément le toisa, agacé d'avance.

— Vas-y, je t'écoute.

Les mains dans les poches de son jean, Ivan le regardait franchement.

— C'est une situation détestable, commença-t-il.

— Pour toi ou pour moi ? ricana Clément.

— Je préférerais que les choses soient claires.

— Oh, mais c'est limpide ! Tu te tapes ma femme, c'est ça que tu cherches à me dire ?

— Non.

— Ah bon ? Et qu'est-ce que tu attends ? Tu as des scrupules ?

Le regard clair d'Ivan vacilla une seconde. Finalement il secoua la tête, mal à l'aise.

— Je ne sais pas ce qu'on fait dans ces cas-là, avoua-t-il. Je suis sûrement responsable de votre séparation, et je n'ai pas voulu ça. Si j'étais à ta place, je...

— Tu n'y es pas ! Parle pour toi et épargne-moi le reste.

Malgré lui, Clément s'énervait. Pourtant il n'était pas vraiment en colère. Pas comme il l'aurait dû, en tout cas.

— Je ne veux pas avoir à te fuir, déclara Ivan, quand tu viendras voir Bénédicte ou Louise. C'est un petit village, on finira par se rencontrer.

La manière dont il venait de prononcer le prénom de sa femme réussit cette fois à exaspérer Clément.

— Mais tu es vraiment amoureux, ma parole, ironisa-t-il avec cynisme. De quoi as-tu peur ? Que je débarque au chalet pour vous surprendre ? Sois tranquille, nous allons divorcer. D'ici là, effectivement, j'aimerais autant ne pas te trouver chez moi. Enfin, ce sera bientôt chez elle, tu pourras bien faire ce que tu veux dans mon lit, ça ne me concernera plus.

Ivan maîtrisa un geste de rage qui arracha un sourire à Clément.

— Ne te trompe pas de rôle, c'est moi l'offensé, ce serait plutôt à moi de te taper dessus.

— Fais-le si tu veux, riposta Ivan, je suis venu pour ça.

— Pour que je te démolisse en pleine rue ? railla Clément.

Ils s'observèrent une seconde, aussi tendus l'un que l'autre, conscients d'avoir un contentieux à régler, mais sans savoir comment s'y prendre.

— Je suis le mari, tu es l'amant, hélas on ne connaît pas nos textes, dit amèrement Clément.

— Tu anticipes. Enfin... ça revient au même, réglons le problème maintenant.

Clément se demanda pourquoi il croyait Ivan sur parole, une fois encore, pourtant il savait que c'était la vérité. Avec un long soupir, il se détendit un peu puis finit par marmonner :

— Bon, c'est la vie. Il faut croire que tout n'était pas parfait entre Bénédicte et moi. Pour ne rien te cacher, je ne suis pas... désespéré.

Il fut le premier surpris par cet aveu. Les deux semaines de célibat qu'il venait de vivre ne lui avaient pas pesé, au contraire, et l'aménagement du duplex lui ouvrait des horizons, mais pourquoi faisait-il cette confidence à Ivan, au lieu de le culpabiliser ? Il aurait été si simple de lui mettre son poing dans la figure, ou de l'accuser, de le traîner dans la boue, de l'obliger à admettre que c'était lui le salaud de l'histoire. Connaissant le passé d'Ivan, c'était facile de deviner qu'il ne se défendrait pas, qu'il était là pour subir, qu'il était allé au-devant de la fureur légitime de Clément.

— Si c'est ma bénédiction que tu veux, lâcha-t-il d'un ton désabusé, tu m'en demandes beaucoup !

— Ta bénédiction ? répéta Ivan, incrédule. Tu te fous de moi ? Je ne te demande rien, et je ne suis pas non plus en train de te présenter des excuses ! Mais je ne suis pas hypocrite au point de t'éviter, de me cacher. Ni assez ignoble pour mettre les pieds à la maison forte où tes enfants sont chez eux. Seulement voilà, si amoral que ce soit, j'aime Bénédicte. Je n'y peux plus rien.

— Tant mieux pour elle ! répliqua Clément en haussant les épaules. Mais ne te crois pas obligé de me tenir au courant de votre programme heure par heure !

Délibérément, il se montrait assez méprisant pour pousser l'autre à bout. Après un petit silence, il ajouta, par provocation :

— Tu as encore d'autres conneries à m'infliger ?

— Non, répondit Ivan d'une voix qui s'était durcie.

Il se décida à quitter le pilier où il était resté appuyé tout le temps de leur discussion. Au moment où il se détournait pour partir, Clément le saisit brutalement par le bras.

— Une seconde ! J'ai quand même un conseil à te donner...

Sur ses gardes, Ivan attendit l'inévitable injure qui allait suivre.

— Tu l'as voulue, alors rends-la heureuse. Que tout ce gâchis, au moins, ce ne soit pas pour rien ! Mais je crois que tu l'aimes, oui. En ce moment, tu l'aimes sûrement plus que moi.

Désemparé, Ivan ne trouva rien à répondre. Il hésita un instant avant de s'éloigner, le long des arcades, tandis que Clément le suivait des yeux, songeur. Ils avaient essayé en vain de se quereller et n'étaient même pas parvenus à s'insulter vraiment. Clément aurait pu regretter ce jour déjà lointain où il avait rencontré Ivan et où il avait refusé de lui vendre la maison de Mathilde, or il n'en était rien. Le parcours de ces derniers mois se soldait par des conséquences dramatiques, pourtant il ne se sentait pas désespéré. Pas du tout. Presque impatient, au contraire, d'achever le bouleversement de sa vie. Et lorsqu'il téléphonait à sa femme, le soir, il n'éprouvait pas de haine, juste une tendresse mélancolique. Même la jalousie qu'Ivan pouvait lui inspirer n'était qu'un sentiment diffus, à peine douloureux.

Sans hâte, il retraversa la rue, poussa la porte de l'agence. Pour son dernier rendez-vous de la journée, il devait recevoir une jolie jeune femme très indécise à qui il avait préparé une sélection de maisons à vendre. Peut-être accepterait-elle de dîner avec lui ? En tout cas, il pouvait tenter sa chance. Et, en attendant, il devait appeler Bénédicte pour prendre de ses nouvelles, peut-être aussi pour lui raconter la visite d'Ivan. Il était certain qu'elle aurait assez d'humour pour en rire avec lui.

— Il est tard, allez-y, je fermerai, dit-il aimablement à sa secrétaire avant de gagner son bureau.

Pelotonnée sur le canapé, Bénédicte se sentait si bien qu'elle se serait volontiers assoupie. Elle entendait Ivan aller et venir dans la cuisine, ranger la vaisselle du dîner. Un repas exquis, un peu lourd, arrosé d'un bourgogne exceptionnel qui les avait rendus aussi bavards l'un que l'autre. Ils avaient longtemps traîné à table, les yeux dans les yeux, Roméo et Diva près d'eux comme deux sentinelles.

— Veux-tu un café, une infusion ? proposa-t-il en entrant.

Elle refusa d'un signe de tête et le vit s'agenouiller devant la cheminée, rajouter une bûche à la flambée. Il n'avait pas parlé de Clément qui, lui, s'était montré moins discret au téléphone.

— Un alcool ?

— Non, plus rien, j'ai trop mangé, soupira-t-elle.

Gourmande, elle avait même repris du dessert. Il s'approcha d'elle, glissa un coussin sous le bras en écharpe, hésita puis en profita pour se pencher davantage et lui effleurer les lèvres.

— Est-ce que tu veux dormir avec moi ? chuchota-t-il.

— Ce soir ? dit-elle en se redressant.

Devant son air affolé, il faillit se mettre à rire.

— Tous les soirs si tu veux, mais ce soir en particulier, oui...

— Je croyais que tu préférais attendre ?

— J'ai dû présumer de mes forces.

— Mais on me retire ce plâtre après-demain ! rappela-t-elle.

Il la regardait en souriant, son visage tout près du sien.

— Je ne te *plais* plus ? dit-il en insistant avec dérision sur le verbe.

Sans lui laisser le temps de répondre, il la souleva du canapé et la porta jusqu'à sa chambre où il la déposa délicatement sur le lit. Comme Roméo les avait suivis, il le fit sortir, referma. Se sentant soudain très mal à l'aise, intimidée et inquiète, Bénédicte s'accouda sur les oreillers. Ivan revint vers elle mais s'arrêta net en voyant son expression. Finalement il alla tirer les rideaux, alluma les lampes de chevet puis éteignit l'halogène. Exactement ce qu'elle avait fait lorsqu'elle avait dormi là toute seule.

— Tu préfères que je te ramène chez toi ? demanda-t-il au bout d'un moment.

Elle secoua la tête, envahie d'une stupide appréhension. Hormis Clément, elle n'avait aucune expérience des hommes. Elle aurait voulu se retrouver dans l'obscurité, avec Ivan déjà contre elle, au lieu de quoi il l'observait, debout au pied du lit, sans faire un geste. Elle ferma les yeux pour ne plus le voir et, dans le silence qui suivit, elle l'entendit soupirer.

— Regarde-moi, Bénédicte...

Il attendit qu'elle relève la tête puis il ôta tranquillement sa chemise, ses chaussures, avant de venir s'asseoir à côté d'elle. Crispée, elle remarqua qu'il était plus musclé qu'elle ne l'avait imaginé. Il lui inspirait toujours une attirance aussi effrayante et elle frissonna quand il se mit à défaire un à un les boutons du gilet qu'elle portait. Ensuite il glissa ses mains dans son dos pour libérer l'agrafe du soutien-gorge. En prenant garde au plâtre, il la débarrassa de ses vêtements, lui caressa les épaules jusqu'à ce qu'elle se détende un peu. Quand il se pencha pour l'embrasser, ce fut elle qui vint à sa rencontre, impatiente de découvrir sa peau contre la sienne. Pourtant, presque aussitôt, il s'écarta pour lui enlever son pantalon de velours et ses mocassins. Lorsqu'elle fut entièrement déshabillée, il la détailla quelques instants avant de la prendre dans ses bras. Dès qu'il la serra contre lui, elle entendit que son souffle s'était sensiblement accéléré, que son cœur battait très vite. Du bout des doigts, elle tâtonna sur la ceinture de son jean.

— Non, pas encore, murmura-t-il d'une voix rauque.

Il voulait prendre son temps et garder le contrôle jusqu'au bout, ne surtout rien gâcher de cette première nuit, mais il n'était plus très sûr d'y parvenir si elle le touchait maintenant. Comme elle s'obstinait, il étouffa un gémissement, changea de position. Elle sentit ses cheveux soyeux frôler son ventre, une main qui se posait avec douceur sur sa cuisse, et elle ne chercha pas à se dérober.

Laurent contemplait sa sœur d'un air stupéfait.

— Mais tu aurais pu m'en parler au téléphone ! explosa-t-il. Même papa ne m'a rien dit !

Indigné, il se mit à marcher de long en large. La séparation de ses parents l'avait beaucoup attristé et, ajoutée à la peur ressentie lors de la disparition de sa mère, l'avait décidé à descendre en Haute-Savoie pour le week-end. Carole l'avait supplié de l'emmener jusqu'à ce qu'il fasse semblant de céder à contrecœur alors qu'il en mourait d'envie. Dans le train elle lui avait juré en riant qu'elle n'accorderait pas un regard à Ivan si par hasard ils le croisaient dans les rues du village. Mais jamais Laurent n'aurait pu imaginer qu'il entendrait encore parler de ce type, à peine arrivé, surtout pour apprendre que sa mère passait ses soirées chez lui.

— Je ne peux pas croire ça d'elle ! Elle est devenue folle ?

— Ne crie pas, protesta Louise entre ses dents.

Leur mère, Max et Carole prenaient l'apéritif dans la grande salle et elle n'avait aucune envie que son frère provoque un nouvel esclandre.

— Elle fait ce qu'elle veut, reprit-elle à voix basse.

— Mais pas avec ce mec-là !

— Et pourquoi pas ? Est-ce que ça te regarde ?

— Je serais papa, je lui collerais une balle entre les deux yeux !

— A Ivan ? Tu dis n'importe quoi. En plus tu m'engueules, moi qui n'y suis pour rien, et devant maman tu seras tout sucre tout miel, comme un bon petit garçon !

Ne sachant que répondre, il haussa les épaules. Sa mère était resplendissante, il ne pouvait pas le nier. Quand elle l'avait accueilli, une heure plus tôt, sa transformation l'avait frappé. Pour une femme sur le point de divorcer, elle était en pleine forme !

— Enfin, soupira-t-il, il en pense quoi, papa ?

— Je ne suis pas dans sa tête mais, si tu veux mon avis... il s'en fout.

Stupéfait, Laurent rejoignit sa sœur en deux enjambées, la prit par les épaules et la secoua sans ménagement, prétendant qu'elle ne connaissait rien aux hommes, à la jalousie, à l'amour. Ils se mirent à crier aussi fort l'un que l'autre jusqu'à ce que la porte s'ouvre sur Bénédicte.

— Vous avez passé l'âge de vous disputer comme des chiffonniers, non ? leur dit-elle en souriant. Max et Carole sont inquiets de vous entendre hurler comme ça.

Son fils la dévisageait d'une manière si étrange qu'elle devina instantanément le sujet de leur querelle. Discrète, Louise quitta la cuisine pour les laisser seuls.

— Tu as un souci, mon chéri ? s'enquit alors Bénédicte en regardant son fils bien en face.

Ne sachant absolument pas quelle attitude adopter, il s'approcha d'elle et la prit dans ses bras. Comme il était plus grand qu'elle, son geste semblait très protecteur et rappelait la façon d'être de son père.

— Maman, souffla-t-il, j'ai beaucoup de mal à accepter que tu...

— Accepter ? s'écria-t-elle en se dégageant. Quel drôle de mot !

Il se troubla, incapable de poursuivre la leçon de morale dans laquelle il avait failli s'engager. Au bout de quelques instants, elle lui adressa un sourire amusé.

— Je viens d'avoir ton père au téléphone, il est ravi que tu sois venu, il se propose de déjeuner ici demain. Mais, si tu préfères aller à Annecy, avec Carole, il en profitera pour vous montrer son duplex, c'est un endroit charmant.

De plus en plus désorienté, Laurent hocha la tête sans répondre. Il avait toujours admiré sa mère sans réserve, aussi il était arrivé plein de bonnes intentions, prêt à la soutenir au besoin, et il ne comprenait rien à son comportement. Elle n'était pas seulement sereine, elle était carrément joyeuse.

— A propos de Carole, tout va bien avec elle, maintenant ?

— Oui, bredouilla-t-il, on a réglé nos problèmes. J'ai suivi tes conseils et, pour le moment, ça marche.

— J'en suis très heureuse, dit-elle en détachant ses mots. Il faut savoir se réjouir pour les gens qu'on aime, n'est-ce pas ?

Elle le vit rougir, lui ébouriffa les cheveux avec tendresse.

— Va porter le seau à glace là-bas, je vous rejoins, dit-elle en sortant.

Dans le hall, elle bifurqua vers la petite pièce qu'elle continuait d'appeler le « bureau de Mathilde ». Elle ferma la porte puis composa le numéro de l'atelier sur son téléphone portable. Ivan répondit à la première sonnerie, il devait donc être en train de travailler sous sa lampe d'architecte.

— On dîne toujours ensemble après-demain ? lui demanda-t-il dès qu'il reconnut sa voix.

Elle adorait cette intonation à la fois inquiète et chaleureuse qu'il avait pour lui parler. Ses premières questions étaient toujours pour s'assurer de leurs prochains rendez-vous, comme s'il ne supportait pas de rester dans l'incertitude.

— Ton fils va bien ? ajouta-t-il.

— Très bien... Sauf qu'il a envie de te tuer.

— Tu lui as dit ?

— Pas moi, Louise.

Laurent poserait un problème dans l'avenir parce qu'il n'accepterait sans doute jamais Ivan, trop hérissé par le souvenir du numéro de charme de Carole. Tant pis. Elle était quand même soulagée que son fils sache la vérité. Désormais elle comptait séparer sans remords ses désirs de femme et ses devoirs de mère. Ses enfants étaient assez grands pour l'admettre.

— Qu'est-ce que tu fais, là, tu dessines ? demanda-t-elle d'un ton léger.

— Oui. Seulement, au lieu de m'occuper des commandes, c'est toi que je dessine. Dans toutes les positions...

Elle ressentit aussitôt un creux à l'estomac, une insupportable envie d'être près de lui, contre lui, accrochée à lui. Il se taisait et elle avala sa salive pour poursuivre.

— Je commence mes visites très tôt demain matin, je m'arrêterai au chalet si tu m'offres un café.

— Tu es chez toi.

Ce n'était pas un vain mot, il lui avait fait faire une clef pour qu'elle puisse le rejoindre quand elle le souhaitait. Ils étaient condamnés à vivre de cette manière un certain temps, et elle s'en réjouissait alors qu'il en souffrait déjà. Avec son habituelle franchise, elle lui avait dit tout de suite qu'elle ne souhaiterait probablement jamais autre chose que ces moments partagés. Sans se laisser impressionner, il avait riposté qu'il se sentait de taille à la faire changer d'avis. Mais, ainsi que Serge l'avait prédit, la liberté retrouvée était une chose précieuse qu'elle ne voulait plus perdre.

— Je t'aime, murmura Ivan avec une intonation angoissée.

Il laissa passer quelques secondes, lui souhaita une bonne soirée et raccrocha. Elle pouvait le rendre malheureux d'une parole ou d'un silence, c'était un genre de pouvoir très nouveau pour elle. D'ailleurs tout ce qu'il lui faisait découvrir était nouveau ! Les longues promenades nocturnes derrière les loups, les dangers de la forêt, le désir et l'attente, le plaisir débarrassé de toute pudeur. Bien décidée à préserver l'intensité de leur relation, elle ne laisserait pas s'installer l'habitude. Un homme tel qu'Ivan ne méritait pas l'usure du quotidien. Ni toutes ces petites contraintes de la vie commune qui avaient fini par détruire les sentiments qu'elle portait à Clément vingt ans plus tôt.

Le téléphone toujours en main, elle se demanda si elle allait le rappeler. Il devait marcher de long en large dans son bureau, des mèches de cheveux blonds retombant sur ses yeux clairs, frustré parce qu'elle n'avait pas prononcé les mots d'amour qu'il espérait. Après tant d'années de solitude délibérée, il avouait sans honte qu'elle changeait tout pour lui et qu'il était avide de sa présence, mais elle ne lui donnerait pas l'occasion de s'en lasser. Parce qu'elle adorait le chalet et la façon dont il la recevait en multipliant les attentions, elle n'avait aucune envie de s'y installer. Elle n'irait qu'en visite. C'était son territoire à lui, tout comme elle était chez elle ici ou dans son cabinet. Le plus longtemps possible, il faudrait qu'Ivan reste cet amant séduisant et mystérieux à qui elle pouvait penser jusqu'au vertige en s'endormant seule certains soirs. Et qu'il continue à lui faire l'amour avec la même sensualité voluptueuse. Qu'il ne soit jamais question entre eux d'impôts, de sirops pour la toux ou de poubelles à sortir. Qu'ils ne décident de rien l'un pour l'autre sinon de s'éblouir mutuellement. Que la passion demeure.

Elle se dirigea vers la fenêtre, écarta un peu les rideaux. La nuit tombait sur les sommets d'où toute neige avait disparu. En lui léguant sa maison des Aravis, Mathilde lui avait fait un cadeau qui allait bien au-delà des murs.

Un éclat de rire la tira de sa rêverie. Dans la grande salle, les jeunes devaient commencer à avoir faim. Un petit verre de vin blanc de Savoie serait le bienvenu pour débuter la soirée. Demain, avant de monter jusqu'à cette ferme où elle devait procéder à une série de vaccinations, elle ferait halte chez Ivan, se réfugierait quelques instants contre son pull irlandais, se laisserait emprisonner dans son odeur et son infinie tendresse. Ensuite elle prendrait la route de la montagne avec la certitude de n'avoir jamais été si près du bonheur.

J'adresse ici mes remerciements les plus affectueux à Thierry Rosset pour la gentillesse avec laquelle il m'a livré quelques explications sur sa passion de souffleur de verre.

RENDEZ-VOUS À KERLOC'H

A Sylvie, pour qui
la Bretagne n'est pas une terre étrangère,
avec toute mon affection.

1

A travers le pare-brise de la cabine, Artus observait la route, en contrebas, où s'était arrêtée la voiture rouge. Même s'il n'avait pas été prévenu, il aurait reconnu sans mal le conducteur qui venait de descendre et se tenait à présent immobile, la tête levée dans sa direction, une main en visière.

Artus l'ignora. Parvenu à l'extrémité du champ, il fit faire un demi-tour impeccable à la moissonneuse-batteuse pour repartir à l'assaut de sa récolte. Un peu en retrait, son fils aîné le suivait habilement, maintenant à sa hauteur la remorque où les grains se déversaient en trombe, dans un nuage de poussière de blé. L'ordinateur de bord indiquait une température extérieure idéale, à savoir une chaleur sèche dont Artus n'avait pas conscience, protégé par la climatisation de la machine. En aucun cas il ne voulait interrompre son travail. De toute façon, Loïc n'en était certainement pas à une heure près, lui qui n'avait pas mis les pieds ici depuis... Deux ans ? Trois ? Peut-être davantage ! Avec un petit rictus amer, Artus hocha la tête, comme pour se donner raison de faire attendre son visiteur. La moisson d'abord. Un coup d'œil dans son rétroviseur lui confirma que l'automobile n'avait pas bougé. Pour une fois, Loïc serait patient, il n'avait pas le choix, au contraire de toutes ces occasions où il avait manifesté son désir d'indépendance. Aujourd'hui, il rentrait au bercail, contraint et forcé, après avoir fait son malheur tout seul, tant pis pour lui !

« Bon sang, ne sois pas injuste, ou au moins ne lui montre rien... »

Distraitement, Artus contrôla les chiffres sur les cadrans, devant lui. La moisson se déroulait sans heurt, cette monstrueuse machine tenait vraiment ses promesses et avalait des tonnes d'épis à une allure folle. Artus n'avait pas encore décidé de l'utilisation ultérieure de la paille. Peut-être la broierait-il en déchaumant pour qu'elle serve d'engrais à la terre, comme presque chaque année, ou bien il en ferait d'énormes roues dorées destinées aux éleveurs de la région qui se plaignaient, avec la sécheresse, de manquer de fourrage.

Il effectua un nouveau demi-tour et vérifia que la voiture rouge était toujours à la même place. Il s'agissait d'un bolide aux lignes racées, probablement une Porsche d'un modèle assez ancien.

« Si c'est tout ce qui lui reste, il n'a pas de quoi pavoiser ! »

Agacé, Artus s'aperçut qu'il était incapable de se concentrer. Qu'il le veuille ou non, la présence de Loïc le perturbait. D'un geste rageur, il stoppa la moissonneuse, releva la barre de coupe. Les grondements puissants du moteur s'atténuèrent avec le changement de régime tandis qu'il ouvrait la porte de la cabine. Il adressa un signe impérieux à son fils aîné, qui s'éloigna aussitôt, sa remorque pleine. Là-bas, sur la route, la silhouette de Loïc restait immobile, alors Artus fit quelques pas pour s'écarter de la moissonneuse puis il s'arrêta, les bras croisés. La chaleur, ajoutée à la poussière en suspension, prenait à la gorge. C'était sûrement le plus bel été de la décennie, un été beaucoup trop sec pour les cultures, hélas !

Artus attrapa ses lunettes de soleil dans la poche de sa chemise blanche et les ajusta sur son nez en prenant tout son temps. Il n'avait pas la dégaine d'un paysan et ne l'aurait jamais, cependant travailler soi-même la terre était une tradition chez les Le Marrec depuis plusieurs générations, et Artus en était très fier. D'ailleurs, de ses quatre enfants, seul Loïc avait boudé l'exploitation, la continuité était donc assurée.

— Ah, tout de même..., maugréa-t-il.

Loïc se décidait enfin à entrer dans le champ pour le rejoindre, peinant à travers les sillons.

« Ne l'agresse pas dès les premiers mots, ne le fais pas fuir... »

Non, il allait rester courtois, il se l'était juré. N'avait-il pas réussi à éviter la querelle jusqu'ici ? Il pouvait continuer à lutter, il en aurait la volonté, ne serait-ce que pour honorer la mémoire de sa femme. Elle n'avait jamais supporté qu'il s'en prenne à Loïc, qu'il le traite différemment, alors il s'était arrangé pour ravaler ses doutes, sa rancœur, sa peine.

Il se concentra sur celui qui approchait. Lorsqu'il distingua nettement ses traits, il éprouva le choc attendu. Loïc était toujours le portrait vivant de sa mère, avec le même regard d'eau claire, les mêmes cheveux châtain cendré striés de mèches blondes. Artus le jugea un peu vieilli par quelques rides, et aussi par une expression désabusée qui, là encore, évoquait irrésistiblement Armelle vers la fin de sa maladie.

A un mètre, Loïc esquissa un sourire qu'Artus ne lui rendit pas, toujours occupé à le détailler.

— Tu as des ennuis, paraît-il ?

Son entrée en matière parut heurter son fils, qui fronça les sourcils, sur la défensive.

— Bonjour, papa, lâcha-t-il d'une voix tendue.

— Bien sûr ! Bonjour… Je suis en pleine moisson, tu sais ce que c'est. Va à la maison, je te verrai ce soir, nous aurons tout le temps de discuter.

Il ne parvenait pas à être chaleureux, même pas familier ou seulement accueillant, et il s'en voulut.

— Yann est occupé avec moi pour l'instant, mais appelle Tristan, il sera très heureux de te savoir arrivé. Ta sœur aussi.

Bon sang, était-il possible de ressembler autant à sa mère ? Ce nez fin et droit, cette ligne nette de la mâchoire, ce regard transparent… Artus aurait dû se sentir ému mais il n'éprouvait qu'une gêne persistante. Il vit Loïc acquiescer d'un signe de tête peu convaincu, avant de se détourner. Comprenait-il qu'il n'était pas le bienvenu ? Avait-il espéré autre chose ? D'un pas pressé, il redescendait déjà vers la route et Artus le suivit des yeux. Grand, mince, athlétique, c'était vraiment un bel homme de trente-sept ans qui, en principe, n'aurait dû avoir besoin de personne.

« S'il est en perdition, il faudra bien que je l'aide. Je vais essayer de le faire pour toi, Armelle… »

Réprimant un soupir, il ôta ses lunettes de soleil et regagna la cabine de la moissonneuse, dont il claqua la porte.

Loïc n'était ni surpris ni déçu. L'hostilité de son père ne pouvait être pire que tout ce qu'il avait supporté depuis près d'un an. Il prit la direction de la ferme avec le désir de se retrouver au frais entre ses murs épais.

De loin, il aperçut les hautes façades de granit et les toits d'ardoise pentus de Kerloc'h, qui tranchaient sur le ciel. Un manoir-ferme plutôt imposant, comme il en existait tant à travers les landes bretonnes, flanqué d'une tour carrée et prolongé de nombreux bâtiments. L'ensemble possédait une élégance austère, presque sévère, propre à cette région située aux confins de la Cornouaille et du Morbihan.

Debout au milieu de la cour pavée, les mains sur les hanches, Tristan était déjà là, sans doute prévenu par Yann, qui, lui, n'avait pas osé interrompre ses allées et venues entre le champ et les silos. Loïc franchit les lourdes grilles de fer forgé en roulant au pas, puis vira à gauche vers l'une des granges ouvertes où l'on rangeait les voitures. A peine descendu, il se retrouva dans les bras de Tristan, qui l'étreignit avec une affection non dissimulée.

— Salut, toi… Je désespérais de te voir enfin ! Tu vas bien ? Tu dois mourir de soif, non ?

— Oh, oui ! Je me suis arrêté pour saluer papa et...

— Et il t'a fait poireauter ?

— La chaleur est accablante en plein champ, se borna à répondre Loïc.

— Tu as des bagages ?

— Laisse... Pour l'instant, je ne sais pas exactement où les mettre.

— Comment ça ? Tu es chez toi, mon vieux ! Mais si tu préfères, tu peux venir chez moi, la porte est grande ouverte.

Sa gentillesse restait intacte, les années de séparation n'avaient eu aucune prise sur lui et Loïc éprouva un élan de tendresse fraternelle.

— Alors, ce verre ? réclama-t-il en souriant.

Sans lui lâcher l'épaule, Tristan l'entraîna à travers la cour. Les pavés, vieux de quatre siècles, étaient impeccablement balayés, comme toujours. Leur père ne tolérait pas le moindre désordre aux abords de la maison, et jamais on ne se serait cru dans une exploitation agricole en pleine activité.

A l'intérieur, il faisait dix degrés de moins que dehors. Les deux frères traversèrent le hall puis l'office, leurs pas résonnant sur les dalles de schiste. Dans la cuisine, installée à l'emplacement d'une ancienne chapelle, la fraîcheur était encore plus remarquable. Loïc se glissa sur l'un des longs bancs d'église qui encadraient l'énorme table en bois d'épave, luisante d'encaustique, tandis que Tristan préparait deux gin-tonics légers auxquels il ajouta de la glace.

— Vas-y, raconte, c'est la déroute ? interrogea-t-il carrément en s'asseyant face à Loïc.

— Pire que ça !

Tristan fronça les sourcils, attentif et déjà compatissant. C'était le plus gentil garçon qui fût, il était impossible de ne pas s'entendre avec lui. Benjamin de la famille, il ressemblait physiquement à Yann et à Artus. Puissant, massif, avec un visage rond et des cheveux blonds coupés très court, il dégageait une impression de force paisible et, malgré son extrême timidité, son regard noisette transperçait ses interlocuteurs.

— Je me suis vraiment retrouvé en chemise après mon divorce, avoua Loïc, je ne comprends toujours pas comment les choses ont pu se terminer de cette façon. J'ai dû être très négligent, inconséquent, tout ce que tu veux, mais je n'ai rien vu venir. Rien ! J'étais plongé dans mes recherches jusqu'au cou, accaparé par le travail du matin au soir, et je laissais Anne s'occuper de tout. Un pur désastre. Son avocat n'a fait qu'une bouchée du mien... A la fin, j'en avais tellement assez que j'ai signé les yeux fermés, pour que ça s'arrête.

— Et ton fils ?

— La dernière fois que je l'ai vu, il m'a dit des horreurs. Je n'ai pas très envie d'en parler...

Loïc prit son verre et en vida la moitié d'un trait. Tristan était assez diplomate pour ne pas insister, mais qu'en serait-il de leur père, tout à l'heure ? L'idée de répondre à ses questions exaspérait d'avance Loïc. Pourtant, il s'était effectivement montré stupide, il ne pouvait pas le nier, assez stupide pour qu'Anne le plume sans difficulté, bien décidée à le détruire. Méritait-il vraiment une telle haine ? Elle avait sauté avec férocité sur la première - la seule - occasion de dispute qu'il lui ait jamais offerte et l'avait exploitée sans scrupule. Mari infidèle, père absent, mauvais gestionnaire : la liste des griefs de sa femme, réels ou imaginaires, était assez longue pour justifier ce divorce mené tambour battant, dont il sortait assommé.

— Tu l'aimes encore ? risqua Tristan.

— Anne ? Je ne crois pas, non... Et ça ne date pas d'hier.

Ce qui expliquait sans doute l'acharnement dont elle avait fait preuve. Il s'était cru amoureux d'elle au moment de leur mariage, dix-sept ans plus tôt, mais leurs sentiments s'étaient insidieusement dilués dans l'habitude, le quotidien, avant de s'engluer dans une incompréhension mutuelle. Trop orgueilleuse pour lui reprocher son indifférence, Anne avait dû guetter son premier faux pas et ne l'avait pas raté. Mais la perdre, elle, et tout son compte en banque avec, n'avait pas grande importance comparé au déchirement de se découvrir en aussi mauvais termes avec son fils. Leur ultime affrontement avait dégénéré en insultes, jusqu'à ce que Loïc, hors de lui, lève la main sur Pierre. Anne avait aussitôt ajouté le mot « violences » à un dossier déjà lourd. Aurait-il été mieux inspiré de se laisser traîner dans la boue par un adolescent qui semblait le haïr ?

Il termina son verre et Tristan voulut le resservir.

— Du tonic seulement, je ne tiens pas à passer pour un ivrogne, en plus du reste !

— Ici, dit gentiment son frère, personne ne te jugera.

— Tu crois que papa va s'en priver ?

Par téléphone, lorsque Loïc lui avait réclamé une sorte de droit d'asile, Artus était resté de marbre, acceptant sans commentaire, mais à un moment ou à un autre il allait donner son avis et poser ses conditions. Il serait sans pitié, Loïc le savait très bien.

— Il est là, le savant ? vociféra Gaëlle depuis le seuil. Et il boit du gin ? Je rêve ! Tu dois goûter ça, rien d'autre !

La jeune femme brandissait une bouteille de cidre, qu'elle posa brutalement sur la table, devant son frère. Puis elle se pencha sur lui, l'entoura de ses bras et enfouit sa tête dans son cou. Elle l'appelait « le savant » ou « l'intello » avec une affectueuse ironie depuis l'époque où il s'était mis à collectionner les diplômes. Ingénieur, biologiste, il avait fait de très brillantes études, qui, au lieu de le réconcilier avec Artus, l'en avaient éloigné davantage. Leur père continuait de le regarder comme une bête curieuse, pas du tout impressionné par ses titres universitaires.

— Vas-y, bois, insista Gaëlle.

Il avala deux gorgées de cidre, fit la grimace.

— Un peu raide, non ?

— Je me tue à le lui dire, approuva Tristan.

— Vous êtes des mauviettes. J'ai mes inconditionnels et, Dieu merci, il y en a davantage que de bouteilles à vendre !

Gaëlle réussissait de mieux en mieux son cidre fermier, soutenue depuis le début par leur père, qui lui avait cédé les quatre hectares de verger dès sa majorité. Précurseur, Artus s'était toujours évertué à diversifier son exploitation, à l'agrandir, à privilégier une agriculture quantifiée et qualitative. Il était assez libéral pour ne faire aucune différence entre Yann, Tristan ou Gaëlle, peu lui importait qu'il s'agisse de fille ou de garçons ; seul Loïc semblait lui avoir posé un réel problème. Aux trois autres, prêts à travailler la terre comme lui, il avait confié très tôt des responsabilités selon leurs goûts ou leurs compétences. Tristan s'occupait des bois, Gaëlle des pommes, et Yann secondait Artus pour toute l'activité céréalière. Même s'il l'avait désiré, Loïc aurait-il pu s'intégrer dans cet ensemble défini et désormais si bien rodé ?

Les origines de la famille Le Marrec se perdaient dans la nuit des temps, impossible de savoir quel ancêtre avait acquis ou fait bâtir le manoir de Kerloc'h. Et comme le nom de Le Marrec, signifiant *chevalier* ou *cavalier*, était trop répandu pour qu'une recherche généalogique se révèle fiable, Artus se contentait de répéter que le grand-père de son grand-père était déjà là. La bâtisse datait probablement de la fin du XVIe siècle. Elle était marquée par la symétrie du style Renaissance, découvert par les Bretons avec cinquante ans de retard. Semblable à la plupart des manoirs construits à cette époque par de petits nobles, Kerloc'h possédait sa tour d'escalier, une immense salle commune au rez-de-chaussée, impossible à chauffer, et de nombreuses fenêtres à meneaux, signe de l'opulence du premier seigneur des lieux.

Artus avait l'orgueil de ses ancêtres, de sa maison, de sa terre natale. Son appartenance à la Bretagne se manifestait quotidiennement et à tout propos, que ce fût dans la langue, qu'il continuait d'utiliser de temps à autre et avait apprise à ses enfants, ou dans son respect des traditions, qui le poussait aussi bien à suivre les processions religieuses qu'à écouter la harpe celtique d'un Alan Stivell. Cela ne l'empêchait nullement d'être moderne à sa manière puisqu'il avait été l'un des premiers exploitants à opter pour une agriculture biologique, dont il avait immédiatement pressenti tout l'intérêt. Vingt ans plus tôt, il s'était donc retrouvé sur le nouveau cheval de bataille breton, participant avec un enthousiasme de pionnier à la guerre contre la « malbouffe ». Elevés dans cet état d'esprit, ses enfants fournissaient aujourd'hui un excellent travail sur la propriété.

Face à son frère et à sa sœur qui le regardaient terminer son verre de cidre, Loïc éprouva une curieuse impression de solitude. Il avait beau les aimer, il se sentait désespérément différent.

Lorsque Loïc vint frapper à sa porte, Artus finissait de s'habiller. Comme chaque soir, avant le dîner, il avait pris une douche pour se débarrasser de la poussière et de la sueur, puis avait enfilé une chemise propre. Loïc remarqua ses mocassins élégants, sa coupe de cheveux très nette, ses lunettes à fine monture. Son père était toujours impeccable, quelle que soit la dureté des tâches qu'il accomplissait dans la journée. Même après la mort de sa femme, il n'avait pas changé ses habitudes strictes, refusant de se laisser aller au désespoir dans lequel ses enfants s'attendaient à le voir sombrer.

— Je peux te parler maintenant ? s'enquit Loïc en avançant d'un pas dans la pièce.

Mal à l'aise, il se demandait pourquoi il était revenu, ce qu'il faisait là. Il n'avait aucune envie que son père le questionne, ni que leur conversation dégénère en dispute.

— Depuis combien de temps es-tu divorcé ? attaqua immédiatement Artus.

— Le jugement a été prononcé en janvier.

— A tes torts ?

— Oui, exclusifs. Anne a gardé la maison, en plus de la pension alimentaire que je lui verse.

— Conséquente ?

— Très !

Artus parut réfléchir une seconde avant de lâcher, d'un ton cynique :

— Et tu as trouvé le moment bien choisi pour donner ta démission ?

— Je ne pouvais plus rester à Brest. J'ai eu un mal fou à digérer tout ça ; à présent il faut que je change de vie.

— Un peu tard, non ?

— Crois-tu ?

Le seul moyen de désamorcer l'agressivité de son père était encore de lui retourner ses questions. Artus répondait *toujours* aux questions, si désagréables que puissent être ses réponses.

— Je crois que tu arrives bientôt à la quarantaine et que ce n'est pas un âge pour changer de métier ! De toute façon, je ne comprends pas grand-chose à ce que tu fais, je ne suis donc pas en mesure de te donner des conseils. Mais, si mes souvenirs sont bons, avant d'entrer dans ta boîte, tu avais pris un certain nombre de brevets ?

— C'est Anne qui les exploite.

— Pourquoi n'as-tu pas été fichu de les déposer à ton nom ? s'indigna Artus.

— Elle prétendait que c'était plus malin, à l'égard du fisc.

— Très malin, en effet !

Artus haussa les épaules avec dédain puis désigna un fauteuil à Loïc, qui préféra ignorer l'invite. Il s'estimait suffisamment en état d'infériorité et n'était pas très sûr de vouloir prolonger la conversation au-delà du strict nécessaire.

— Cette maison est la tienne, bien entendu, reprit son père d'un ton plus conciliant.

— Merci.

— Tu peux rester ici tant que tu veux, ou aller chez Tristan si tu préfères, je ne t'impose rien. As-tu besoin d'argent ?

— Oui.

— Combien ?

— De quoi vivre quelques mois. Le temps de...

— Veux-tu que je t'emploie sur l'exploitation ?

L'idée n'était pas réjouissante, mais comment refuser ?

— Je ne sais rien faire qui te soit utile, rappela Loïc du bout des lèvres.

— Ne t'inquiète pas, je trouverai ! A cette saison, le travail ne manque pas.

Artus était parfaitement capable de l'envoyer balayer les granges ou nettoyer les machines agricoles. Bienvenue à la maison !

— Ecoute, Loïc, tu ne t'attendais pas à ce que je te déroule le tapis rouge, n'est-ce pas ?

— Non.

— Parfait. Alors voilà, tu es...

Il s'interrompit abruptement et Loïc devina qu'il n'arrivait pas à dire : « Tu es mon fils. »

— Tu es un Le Marrec, enchaîna son père, donc tu es chez toi, mais il faut bien que tu t'occupes. Es-tu inscrit au chômage ?

— Oui.

— Depuis quand ?

— Début mars.

— Avant d'être en fin de droits, demande-moi de te faire un contrat en bonne et due forme. Tu as besoin d'une couverture sociale.

Cette fois, Loïc resta muet et un silence pesant s'installa entre eux. Au bout de plusieurs minutes, interminables, Artus poussa un soupir excédé.

— Allez, assieds-toi, tu me donnes le tournis.

Il se laissa lui-même tomber lourdement dans l'un des deux fauteuils qui flanquaient la cheminée. La porte de la chambre était demeurée ouverte, cependant aucun bruit ne leur parvenait. Toute la famille devait être réunie dans la cuisine, à l'autre bout du rez-de-chaussée. Résigné, Loïc alla s'asseoir, croisa les jambes et planta son regard dans celui de son père.

— Pour être honnête, je ne rentre pas de gaieté de cœur, mais je ne savais plus du tout quoi faire. J'ai trompé Anne une fois, une seule, et elle a bâti tout un roman là-dessus. Je suppose qu'elle avait envie de partir depuis longtemps, nous n'étions plus vraiment très proches l'un de l'autre... Malheureusement, elle en a profité pour monter la tête de Pierre, qui ne veut plus me voir. C'est dur à accepter.

Il s'interrompit une seconde, gêné du rapprochement qui pouvait être établi entre Pierre et lui, Artus et lui. Etre rejeté depuis toujours par son père, et depuis peu par son fils, ne plaidait pas en sa faveur. Découragé, il s'obligea néanmoins à poursuivre :

— Dans toute cette histoire, j'ai été tellement déboussolé, culpabilisé, anéanti, que... Bref, j'étais incapable de continuer à travailler normalement. La recherche demande beaucoup de concentration et je n'en avais plus aucune, alors j'ai préféré partir avant d'être licencié, ce qui aurait fini par arriver. Je chercherai du travail dans un laboratoire de biologie, probablement à Paris, quand je serai en état d'assumer à nouveau ce genre de poste. D'ici là, je veux juste souffler.

Il fallait bien qu'il s'explique mais, en le faisant, il avait l'impression de déposer les armes, de se mettre à la merci de son père, et c'était la dernière chose qu'il souhaitait.

— Souffler ? répéta Artus. Ah, tu as bien de la chance, pour ma part je n'en ai jamais eu la possibilité ! Mais les temps ont changé, c'est ce que tu vas me dire ? Les gens se ménagent, s'économisent, ils ont raison...

Le ton était assez sarcastique pour que Loïc se sente blêmir de rage. Leur rencontre était pire que prévu, plus cruelle et plus éprouvante. Il était sur le point de se lever, décidé à partir en claquant la porte, quand Artus ajouta, de manière incongrue :

— Bah, tu sais comment je suis... Toujours un peu ours mal léché ! Toi, tu es un scientifique, et moi un paysan. Nous n'avons guère de chances de nous comprendre.

— Tu ne m'en as jamais laissé une seule ! explosa Loïc.

— Mais si... Aujourd'hui, par exemple. Je t'écoute et tu me parles de convalescence comme si tu relevais de maladie. Tu t'apitoies sur ton sort au lieu d'avouer tout simplement que tu t'es conduit comme un idiot ! L'infidélité est une faute grave, Anne ne t'a pas loupé, je ne vais pas la blâmer. De plus, tu n'as même pas été assez malin pour surveiller tes affaires, ni assez sérieux pour te faire respecter de ton propre fils ! Or, tout ce que tu trouves à me raconter, c'est que tu es fatigué. Fatigué d'être con, je veux bien le croire ! Car tout bardé de diplômes que tu sois, au bout du compte, tu ne vaux rien du tout, la preuve est faite !

Abasourdi par la virulence du discours, Loïc resta d'abord figé. Depuis bien longtemps, il évitait de s'interroger sur les sentiments de son père à son égard. En partant de lui-même, à dix-huit ans, il avait occulté la question une fois pour toutes. Par la suite, lors de leurs brèves rencontres, ils s'étaient mutuellement témoigné une certaine courtoisie, à défaut d'affection réelle, mais ce fragile compromis venait de voler en éclats. Sans un mot, Loïc se leva et traversa la chambre. A la porte, il fut brutalement saisi par le bras.

— Attends !

Artus le força à se retourner et, de nouveau, leurs regards se croisèrent.

— Excuse-moi, mon garçon, j'y suis allé un peu fort.

Dominant sa colère, Loïc prit une profonde inspiration avant de pouvoir demander :

— Est-ce qu'il y a quelque chose que j'ignore ? Quelque chose que je t'aurais fait sans le savoir ?

— Non...

— Tu préfères que je m'en aille, je suppose ?

— Non plus.

Les doigts de son père le serraient comme un étau, juste au-dessus du coude, pourtant il ne chercha pas à se dégager. Il ne parvenait pas à se souvenir de la dernière fois où ils s'étaient touchés.

— Reste, murmura Artus.

Il semblait regretter de s'être laissé aller de la sorte, néanmoins ses yeux sombres n'exprimaient que de l'embarras, pas de la tendresse. Loïc le dévisagea avec insistance jusqu'à ce qu'il lâche enfin son bras.

— Allons dîner, veux-tu ?

Son père lui fit signe de passer le premier, s'efforçant de sourire.

Vers minuit, Loïc poussa la porte de sa chambre et alla jeter son sac de voyage sur le lit. Tristan, Gaëlle, Yann et sa femme, Marion, s'étaient attardés à table longtemps après que leur père fut monté se coucher. Heureux d'être pour une fois réunis - et l'alcool aidant, car ils avaient beaucoup trinqué -, la complicité de leur adolescence était tout naturellement revenue tandis que, selon une habitude immuable, chacun mettait la main à la pâte. La cuisine était toujours cet endroit joyeux dont leur mère, en son temps, avait su faire le cœur de la maison. Femme de caractère, elle répétait volontiers que ni Gaëlle ni elle-même n'étaient à la disposition de ces messieurs, et qu'il ne serait jamais question pour eux de se caler les pieds sous la table en attendant qu'on les serve. Artus approuvait cette décision, comme tout ce que décrétait sa femme, et les garçons préparaient les repas ou lavaient la vaisselle à tour de rôle. Enfants, ils avaient tous fait leurs devoirs sur la longue table, dans l'odeur des crêpes qui sautaient au-dessus de la poêle, préférant la chaleur de la cuisine à l'atmosphère glaciale de leurs chambres. Armelle était pour eux une mère idéale, non seulement très belle mais surtout gaie et tendre, pleine de fantaisie à côté d'un Artus si sérieux, et elle aimait ses quatre enfants sans la moindre préférence. Une période bénie, révolue depuis longtemps.

Loïc regarda autour de lui avec curiosité. Le décor n'avait pas changé, il connaissait par cœur chaque mètre carré de cette pièce aux murs de pierres apparentes, avec son sol de tomettes anciennes, ses meubles bretons sculptés, massifs et sombres, ses lourds rideaux de piqué blanc. Tout était à la même place, jusqu'aux trophées gagnés dans des compétitions de tir, de kayak en mer, de plongée sous-marine, et aussi ses diplômes, que sa mère avait absolument tenu à encadrer, du doctorat de biologie marine à l'agrégation de maths. Son mariage trop précoce avec Anne, à vingt ans, ne l'avait pas empêché de poursuivre des études hors normes. S'il jugeait évident d'épouser une femme qui attendait un enfant de lui, il n'en avait pas moins continué d'accumuler les succès, menant plusieurs programmes de front et déconcertant tous ses professeurs. Mais, d'examen en examen, il ne s'était guère occupé du bébé, s'en remettant entièrement à sa femme pour élever ce petit garçon qu'il n'avait pas eu le temps de souhaiter. Peut-être son manque de disponibilité avait-il découragé Anne ? En tout cas, elle n'avait pas émis le désir d'avoir un second enfant et Pierre était resté fils unique. Lorsqu'il avait commencé à travailler, Loïc avait essayé de rattraper le temps perdu, abandonnant son salaire aux mains d'Anne et consacrant ses rares loisirs à jouer avec Pierre, tenant un peu tardivement mais de son mieux ses rôles de mari et de père. Sans doute y serait-il parvenu si, très vite, son métier ne s'était pas révélé encore plus prenant que ses études. Comme ses titres universitaires lui ouvraient toutes les portes, il avait reçu de nombreuses propositions alléchantes et s'était finalement fixé sur un poste à haute responsabilité offert par l'IFREMER. Après deux ans à la station de Lorient, il avait été envoyé au centre de Brest, où il avait pu conduire des recherches fondamentales sur les programmes de pointe du génie océanique.

Satisfaite par l'augmentation substantielle de leurs revenus, Anne en avait profité pour s'arrêter de travailler. Ils avaient acheté une jolie maison ancienne, à deux pas de Brest, du côté de la pointe Saint-Mathieu. Ensuite, les mois et les années avaient défilé à toute allure, Loïc se souvenait à peine de toute cette époque. Néanmoins, presque chaque semaine, il venait à Kerloc'h voir sa mère, même en coup de vent. Jamais elle ne faisait référence au conflit larvé qui opposait Loïc à son père ; elle se réjouissait ouvertement de sa réussite professionnelle, de la manière dont il avait su construire son existence loin d'eux. Puis elle était tombée malade. A cinquante-six ans, le cancer ne lui avait laissé aucune chance, l'emportant en deux saisons. Sa mort avait bouleversé et désorganisé toute la famille. Yann était marié depuis peu ; en accord avec sa femme il avait décidé de rester à la ferme pour y succéder un jour à leur père. Tristan, déjà installé au milieu de ses forêts, s'était engagé à être le plus présent possible. Quant à Gaëlle, qui habitait l'un des corps de bâtiment, à l'autre bout de la cour, elle avait repris le chemin de la maison pour y partager la plupart des repas. Solidaires, ils avaient fait front, se soudant autour d'Artus afin de reformer le clan. A l'exception de Loïc, bien sûr, qui demeurait étranger aux problèmes posés par l'exploitation et ne souhaitait aucun rapprochement avec son père.

Durant l'année qui avait suivi ce deuil, Gaëlle s'était mise en quête d'une employée pour tenir la maison, mais aucune des candidates n'avait trouvé grâce aux yeux d'Artus. Il ne pouvait pas supporter de voir une femme inconnue à la place d'Armelle et, au bout du compte, il avait lui-même embauché un lointain cousin qui cherchait désespérément du travail. Homme à tout faire, Elias tondait la pelouse, passait la serpillière, repassait le linge ou lavait les carreaux en sifflotant, toujours de bonne humeur. Engagé pour quelques mois, il était là depuis huit ans, parfaitement intégré à la famille Le Marrec, dont après tout il faisait partie.

A dater de la mort de sa mère, Loïc n'avait plus franchi le seuil de la maison qu'avec réticence, hormis deux ou trois week-ends concédés à ses frères et à sa sœur. Sans eux, il aurait volontiers coupé les ponts car chaque rencontre avec leur père se soldait par la même déception. L'incompréhension avait cédé la place à une hostilité affichée qui semblait désormais irréversible.

Toujours debout au milieu de la chambre, Loïc se demanda une fois encore pourquoi il était revenu. Quel genre d'apaisement espérait-il trouver ici ? Etait-ce une façon de se punir lui-même de l'échec de son existence ? Contrairement à ce qu'avait cru sa mère, il n'avait rien réussi du tout. A trente-sept ans, il était seul, écœuré par ce divorce catastrophique qui le laissait complètement démuni, et incapable d'exercer un métier auquel il avait consacré dix ans d'études puis dix ans d'efforts.

Il s'approcha de la fenêtre, l'ouvrit pour respirer l'air frais de la nuit. Là ou ailleurs, il fallait qu'il se reconstruise, et plus ce serait difficile, plus ce serait salutaire.

« Tu ne vaux rien du tout. » Le jugement de son père lui restait en travers de la gorge, mais peut-être le méritait-il ? Après avoir voulu lui prouver par tous les moyens qu'il était quelqu'un d'exceptionnel, il s'entendait dire : « Tu es fatigué d'être con ! » Merveilleux résultat...

La pleine lune et le ciel semé d'étoiles rendaient la nuit claire, découpant les silhouettes des grands corps de bâtiment. Tout au bout, dans celui qu'occupait Gaëlle, une lumière brillait encore. Sa sœur lui avait proposé l'hospitalité, mais Loïc décida qu'il irait plutôt habiter chez Tristan. Sa sœur devait avoir sa vie, du moins l'espérait-il, même si elle se montrait d'une absolue discrétion à ce sujet. En tout cas, il ne pouvait pas s'installer ici, la cohabitation avec son père deviendrait trop vite insupportable. Certes, il avait besoin de lui, besoin de sa famille pour une fois, mais il n'était pas obligé d'accepter n'importe quoi, surtout pas le mépris affiché d'Artus. Avec Tristan, les choses seraient simples, justes. Sa maison des bois était un endroit bohème et chaleureux, isolé en lisière de forêt, à moins de cinq kilomètres de Kerloc'h. Loïc décida qu'il s'y rendrait dès l'aube, son frère étant un irréductible lève-tôt. D'ici là, il devait essayer de dormir un peu, même s'il répugnait à se coucher dans son lit de jeune homme.

Il poussa le sac de voyage, s'allongea sans se déshabiller. Avait-il souvenir d'avoir jamais été si mal dans sa peau ? Il ne savait plus où il en était, ni ce qu'il désirait. Le tournant de la quarantaine se profilait comme une vague menace, et peut-être un travail physique, ingrat et harassant serait-il salvateur ? Quoi qu'il en soit, l'image du scientifique accompli, marié et père de famille, bien sous tous rapports, semblait complètement obsolète. Désintégrée. Il ne s'imaginait plus arrivant chaque matin au laboratoire, en costume et cravate, salué avec respect par ses collaborateurs, prenant des décisions à longueur de temps, appelant sa femme en fin de journée pour prévenir qu'il serait en retard et demander s'il devait rapporter un gâteau. Quant à partir au bout du monde pour recommencer une autre vie... Le bout du monde était ici, inutile d'aller plus loin.

Au-dessus de lui, le plafond était peint en bleu canard entre les poutres anciennes. Lorsqu'il s'endormait là, vingt ans plus tôt, il se jurait chaque soir qu'il aurait un destin d'exception. Il voulait devenir un savant titré et respectable, combler sa mère, éblouir son père... Beau parcours, en effet, qui le ramenait finalement à la case départ ! Aujourd'hui, sa mère avait disparu et son père continuait tranquillement à le mépriser. Sans oublier la haine de Pierre.

— Demain, on verra demain, murmura-t-il en éteignant la lampe de chevet.

Au moins, sa volonté était intacte, il en avait la certitude, et dès qu'il saurait quoi faire de sa vie, il se mettrait à la rebâtir.

— Ralentis, prévint Tristan, c'est la première à droite.

Il était un peu plus de huit heures et il faisait encore frais dans la forêt. La Porsche s'engagea sur la route étroite qui serpentait entre les chênes rouvres. Deux cents mètres plus loin, un panneau discret signalait l'entrée du club de tir.

— C'est le meilleur stand de la région, mais réservé aux initiés. Tu verras, nous serons tranquilles...

Loïc approuva d'un hochement de tête. Se défouler sur des cibles était une excellente idée, que son frère lui avait proposée à l'aube tout en lui servant un solide petit déjeuner. Comme prévu, Tristan s'était déclaré ravi de lui offrir l'hospitalité dans sa maison des bois, où il avait déjà préparé la chambre d'amis, certain que la cohabitation entre son père et son frère se révélerait impossible. Loïc s'y était installé tout de suite, très soulagé.

— Tu t'entraînes souvent ?

— Une ou deux fois par semaine, pour le plaisir. Mais je ne fais pas de compétition, tu m'en as dégoûté à jamais ! affirma Tristan avec une grimace expressive.

Durant leur jeunesse, Loïc était résolument imbattable, à vingt-cinq comme à cinquante mètres, mais il n'avait pas tenu une arme depuis si longtemps qu'il n'était sans doute plus capable de rivaliser avec son frère cadet.

Ils passèrent par le bungalow qui servait de bureau au club, où Loïc s'inscrivit et se fit prêter un pistolet de calibre 22 avec lequel il espérait pouvoir retrouver quelques-uns de ses anciens réflexes. Dans le stand où ils allèrent prendre place, il n'y avait qu'une seule autre personne, une femme qui se retourna pour les saluer d'un signe de tête. Elle enleva son casque de protection, ôta le barillet de son revolver et le posa devant elle.

— Je vous laisse installer vos cibles, déclara-t-elle en s'écartant du pas de tir.

Elle respectait ainsi les règles strictes de sécurité et Loïc lui sourit, par politesse, avant de suivre son frère.

— Les femmes s'y mettent aussi ? chuchota-t-il.

— Ne sois pas bêtement macho, répondit Tristan sur le même ton. Celle-ci vise beaucoup mieux que moi, et sans doute que toi ! Elle est flic.

— Ah, d'accord... Si je comprends bien, je suis condamné à me ridiculiser, ce matin ?

— Fort possible !

Tristan fixa rapidement leurs cartons au centre des cibles, puis ils se hâtèrent de regagner le stand. La jeune femme les observait d'un air distrait, sans manifester aucune impatience. A côté d'elle, une lunette de précision était montée sur un trépied.

— Quand vous voudrez, lui dit Loïc en ajustant son casque.

Elle ne lui accorda aucune attention, apparemment perdue dans ses pensées. Petite, mince, bronzée, ses cheveux bruns étaient coupés au carré. Loïc estima qu'elle devait avoir entre trente et trente-cinq ans, et pas du tout l'allure d'un policier avec son jean délavé trop moulant et son tee-shirt blanc sans manches.

— Je te laisse cinquante cartouches pour t'habituer à ton arme, proposa Tristan, ensuite je te prends aux points sur trois cartons.

Ils engagèrent les munitions dans les chargeurs de leurs pistolets et Loïc essaya de faire le vide dans sa tête pour mieux se concentrer. Il fallait inspirer en cherchant sa position, la main gauche à la ceinture, fermer les yeux une seconde, les rouvrir, lever le bras, puis expirer en prenant sa visée, ensuite retenir sa respiration afin d'obtenir une immobilité complète. A travers son casque, les premières détonations lui parvinrent, très assourdies, différentes selon l'arme de Tristan ou celle de la femme flic. Il ne voulait pas tirer tout de suite, et pendant un moment il se contenta de répéter les mêmes gestes, jusqu'à ce qu'il se sente sûr de lui. Quand il appuya enfin sur la détente, il oublia tout ce qui n'était pas sa cible.

Dix minutes plus tard, en reposant son arme, il constata que Tristan et la jeune femme étaient en train de l'observer, chacun de son côté.

— Pas mal pour une reprise, apprécia son frère. On va voir ça de près ?

Ils quittèrent tous les trois le stand après en avoir verrouillé l'entrée afin que nul n'ait accès à leurs armes en leur absence. Comme les deux frères s'effaçaient courtoisement pour laisser passer la jeune femme, elle se décida à tendre la main à Loïc.

— Sabine Coatmeur, annonça-t-elle avec un petit signe de tête. Vous avez tiré un peu haut.

Elle ne s'était pas donné la peine de lui sourire, ni même de le regarder vraiment. Piqué au vif, il retint sa main dans la sienne tout en se présentant :

— Loïc Le Marrec, le frère de Tristan. Vous travaillez vraiment dans la police ?

— Oui. Je suis commissaire divisionnaire. Mais, pour l'instant, je prends de longues vacances...

D'une démarche énergique, elle les précéda jusqu'aux cibles. Le carton de Tristan était honorable, celui de Loïc, légèrement décentré vers le haut. Sabine, pour sa part, avait effectué un tir groupé au centre, quasi parfait. Loïc émit un sifflement admiratif.

— Je n'aimerais pas me trouver dans votre ligne de mire, plaisanta-t-il.

Sabine se retourna vers lui d'un bloc, le foudroyant du regard. Il eut l'impression qu'elle allait l'injurier mais elle se domina de justesse, les lèvres pincées, l'air furieux. Il la vit arracher son carton, le déchirer en quatre, puis elle regagna le stand à grandes enjambées.

— J'ai gaffé ? marmonna-t-il entre ses dents.

— Aucune idée, chuchota son frère, sauf que tu ne t'es pas fait une amie, on dirait...

Le temps qu'ils la rejoignent, elle avait démonté sa lunette, son revolver, rangé le tout dans une mallette en cuir. Elle quitta le stand sans leur adresser la parole. A travers la baie vitrée, ils la virent grimper dans sa Golf noire et démarrer sur les chapeaux de roue.

— Charmante bonne femme ! ricana Loïc.

— Elle n'était pas désagréable jusque-là, tu as dû lui faire un effet...

— Répulsif.

Ils échangèrent un sourire, puis Loïc donna une grande claque sur l'épaule de son frère.

— Bon, allez, elle a au moins raison sur un point, il faut que je vise plus bas ou que je règle ce pistolet... mais finalement je crois pouvoir te battre ce matin.

— D'accord. Je te donne une heure, après j'ai du boulot. Toi aussi, même si tu ne le sais pas encore, car à mon avis papa doit t'avoir concocté un programme de travaux forcés dont tu vas te souvenir !

Indifférent à la menace, Loïc haussa les épaules. Il n'était pas en vacances, il en avait tout à fait conscience.

A peine sur la route, Sabine s'était reproché son éclat. Non pas vis-à-vis des frères Le Marrec, dont elle n'avait que faire, mais parce qu'elle désespérait de jamais parvenir à régler son problème. Combien de temps allait-il lui falloir avant de pouvoir saisir une arme sans un profond dégoût, une angoisse presque insurmontable ? Conserver sa maîtrise du tir lui demandait un effort quotidien qu'elle ne fournissait qu'à contrecœur, pour se punir.

Se punir... Quelle réaction ridicule ! Elle n'était pas coupable et personne ne lui reprochait rien. Le psychologue de la police, qu'elle avait été obligée de rencontrer à plusieurs reprises, la trouvait « émotionnellement stable ». Mais, devant lui, elle s'était appliquée à juguler la vague de remords qui la secouait parfois jusqu'à la nausée. Ensuite, elle avait demandé et obtenu un long congé, ce qui représentait une procédure de routine après ce genre d'incident. Incident, pas bavure, elle n'avait fait que son devoir d'officier de police en protégeant l'un de ses hommes au cours d'une opération à hauts risques.

Elle s'aperçut qu'elle roulait trop vite et s'obligea à ralentir. Les collègues du coin seraient trop heureux d'arrêter un commissaire parisien pour excès de vitesse, autant ne pas leur donner ce plaisir ! Contournant Quimperlé, elle s'engagea sur la départementale 49, qui traversait la forêt de Carnoët. D'ici peu elle serait chez elle, dans cette petite maison de pêcheur où elle avait grandi, sur le port de Doëlan. A la mort de son grand-père, quatre ans plus tôt, elle n'avait pas pu se résoudre à vendre et, depuis, elle passait là toutes ses vacances, parfois même un week-end lorsqu'elle réussissait à en négocier un.

Pour réussir dans la police, elle avait dû faire ses preuves et ne s'était pas ménagée. Certes, le métier acceptait les femmes - ou plutôt les tolérait - mais à un certain degré de la hiérarchie les conditions se durcissaient - considérablement. En conséquence, Sabine ne négligeait jamais son entraînement sportif, capable de piquer un sprint puis de grimper quatre étages sans reprendre son souffle, de conduire une voiture à tombeau ouvert au milieu de la circulation, ou encore de faire mouche sur à peu près n'importe quelle cible, à n'importe quelle distance.

Faire mouche… A savoir, placer son projectile au centre de l'objectif. *Projectile* pour balle, et *objectif* pour cette silhouette humaine dégommée comme à la foire. Le type était mort sur le coup, dans un bain de sang. Une horreur sans nom. Pourtant, des cadavres, Sabine en avait vu de toutes sortes au cours de sa carrière, mais aucun dont elle fût responsable. Celui-là, elle l'avait tué net. Elle avait tué volontairement un être humain, donc elle avait commis un meurtre. A la lumière des projecteurs, sur le toit de cet immeuble du XIe arrondissement, le gamin de vingt ans était affalé sur le dos, les jambes écartées, les yeux ouverts, l'air étonné… Sauf qu'il était bel et bien mort, son revolver à la main, un poignard attaché à la cheville, et un trou abject au milieu du thorax. Anéantie, Sabine l'avait regardé jusqu'à ce que la civière transportant le flic blessé s'arrête à côté d'elle. Son subordonné l'avait remerciée, d'une voix blanche, avant d'être emmené par les brancardiers. Remerciée d'avoir tiré vite et juste, sans réfléchir, envoyant à Dieu ou au diable un tout jeune homme à peine sorti de l'adolescence.

Cette nuit-là, Sabine n'avait pas dormi, et les suivantes elle avait cauchemardé. Au réveil, elle pensait toujours à ce garçon, qui devait avoir une famille, une mère qui pleurait quelque part, peut-être une fiancée… Bien sûr, l'inspecteur qu'elle avait sauvé était père de deux gosses en bas âge, et si la première balle n'avait fait que lui transpercer le bras, la seconde l'aurait probablement tué car le gamin avait pris son temps pour viser, à deux mains. L'inspecteur était au bord du toit, sa silhouette se découpant de façon très nette dans la nuit claire. Il n'était là qu'en faction, occupé à surveiller les abords et chargé de couper une éventuelle retraite au voyou que quinze autres flics s'apprêtaient à arrêter, six étages plus bas. Un voyou au casier judiciaire lourdement chargé malgré sa jeunesse, recherché pour meurtre et classé comme très dangereux. Dans sa fuite éperdue, du rez-de-chaussée au toit, il avait vidé un chargeur au jugé, blessant un de ses poursuivants. Sabine s'était retrouvée en première ligne, aplatie contre le mur de la cage d'escalier, le cœur battant à tout rompre. Elle avait imposé le silence au reste de ses hommes, avant de gravir les dernières marches à pas de loup. En émergeant sur le toit, sans faire le moindre bruit, elle avait été accueillie par une détonation, un cri. A partir de là, ses réflexes bien rodés avaient joué tout seuls. En une fraction de seconde, elle avait vu l'inspecteur chanceler au bord du vide en se tenant le bras, et le garçon qui le visait. Alors, elle avait tiré la première.

Aurait-elle pu l'épargner ? Le blesser aux jambes, à l'épaule, plutôt que lui envoyer une balle en plein cœur ? Il était presque face à elle, il avait dû commencer à se tourner en entendant ou devinant sa présence. Elle ne se souvenait même pas d'avoir ajusté son tir, elle avait trop l'habitude de ces milliers de silhouettes en carton marquées d'un point blanc à l'emplacement vital, celui qu'il fallait toucher à coup sûr.

Par la suite, le préfet en personne l'avait félicitée. Trahissait-elle une impardonnable faiblesse de femme en n'acceptant pas les risques d'un métier qu'elle avait choisi ? Etre tuée ou tuer en faisaient partie, elle devait tourner la page.

Elle gara sa Golf dans une petite rue tranquille, que les estivants n'avaient pas encore prise d'assaut. Sa mallette à la main, elle rentra directement chez elle. Doëlan n'était qu'un minuscule port de pêche, auquel les touristes préféraient Le Pouldu ou, plus loin, la plage de Port-Louis et les charmes de Lorient. L'été, quand les curieux devenaient malgré tout trop nombreux, Sabine se réfugiait volontiers vers l'intérieur des terres, à la recherche des sentiers de grande randonnée, où elle pouvait marcher des jours entiers. Ainsi avait-elle découvert la Roche du Diable, à trente-cinq kilomètres de la côte, puis, à l'est, la forêt de Pont Calleck, et à l'ouest celle de Coat Loc'h. Dans ses pérégrinations, elle était tombée par hasard sur ce club de tir anonyme, où elle avait décidé de s'inscrire pour exorciser son angoisse.

— Quel con ! maugréa-t-elle en claquant la porte de sa maison.

La réflexion de Loïc Le Marrec l'avait braquée, lui remettant en mémoire tout ce qu'elle voulait oublier. Le frère était plus discret et n'avait jamais cherché à engager la conversation depuis plusieurs semaines qu'ils tiraient ensemble. Elle décida qu'elle changerait d'heure ou de jour pour se rendre au stand, désormais, afin d'avoir la paix.

Elle alla droit à la cuisine, dont la fenêtre donnait sur la mer, au loin. Dans le réfrigérateur, elle trouva le poisson acheté la veille à la criée, un bar qu'elle comptait faire griller avec du fenouil. Pour l'instant, elle n'envisageait pas de rentrer à Paris ni de reprendre son poste.

Elle seule savait que le simple contact d'une crosse de revolver rendait sa paume moite et lui donnait la nausée, or tant qu'elle serait dans cet état, mieux vaudrait prolonger un congé que personne ne lui contestait.

Avec un soupir résigné, elle mit de l'eau à chauffer. Elle utilisait toujours la vieille théière culottée de son grand-père et, comme chaque fois qu'elle touchait la porcelaine ébréchée, elle eut une pensée émue pour ses grands-parents. Ils l'avaient élevée avec amour, sagesse, confiance. De son enfance, elle ne conservait que de bons souvenirs, y compris lorsqu'elle avait été pensionnaire à Lorient, puis étudiante à Rennes. Elle était déjà installée à Paris quand sa grand-mère était morte et, bien entendu, son grand-père n'avait pas voulu quitter sa petite maison de pêcheur, où il avait survécu seul quelques années encore, guettant les visites de Sabine comme ses derniers bons moments. Il avait juste eu le temps de la féliciter pour sa promotion au grade de commissaire avant d'aller rejoindre sa femme au cimetière.

Machinalement, Sabine tourna la tête vers la photo d'eux qu'elle préférait, où ils posaient côte à côte dans le jardin, devant un somptueux massif d'hortensias qui faisait leur fierté.

— Il faut que j'aille les arroser, dit-elle à voix haute tout en ébouillantant la théière.

Elle pouvait emporter sa tasse dehors, donner de l'eau aux fleurs et ensuite paresser un moment dans le hamac qu'elle avait installé en arrivant, début juin. De combien de temps encore aurait-elle besoin pour maîtriser son angoisse ? Quel jour se réveillerait-elle enfin apaisée ? Et si ce dégoût d'elle-même refusait de la quitter, que deviendrait-elle ?

L'attitude résolument hostile de Pierre exaspérait Loïc, cependant il était déterminé à se dominer quoi qu'il advienne. Pour être à l'heure, il avait roulé jusqu'à Brest à tombeau ouvert, sachant que son fils ne se donnerait pas la peine de l'attendre s'il avait un petit quart d'heure de retard, et finalement il était arrivé le premier.

Pierre refusant de s'éloigner de chez lui, ils s'étaient retrouvés à l'*Hostellerie de la pointe Saint-Mathieu,* à deux pas du phare et à cinq minutes de la maison qu'Anne avait conservée. Installés dans la salle à manger voûtée, devant un plat de palourdes farcies, ils ne trouvaient rien à se dire et la conversation languissait.

— Pourquoi ne viendrais-tu pas passer quelques jours à Kerloc'h avant de rentrer au lycée ? proposa Loïc avec un sourire forcé.

— C'est hors de question ! Les week-ends à la ferme, très peu pour moi. Et puis, franchement, ton père, tes frères...

L'adolescent leva les yeux au ciel sans achever sa phrase.

— Il s'agit de ton grand-père et de tes oncles, n'en parle pas sur ce ton-là, répliqua Loïc.

L'air boudeur de Pierre s'accentua, puis il repoussa son assiette d'un geste méprisant. Loïc retint de justesse une réflexion cinglante sur le comportement de son fils à table. Comment donc Anne l'élevait-elle ? Pour se donner le temps de réfléchir, il but quelques gorgées de muscadet. Face à lui, le jeune homme se tortillait sur sa chaise, apparemment mal à l'aise. Il avait seize ans, un âge difficile avec ses épuisantes poussées de croissance, et il n'était pas avantagé par un début de barbe clairsemée qui dissimulait mal des problèmes d'acné. Sortait-il avec des filles, avait-il déjà une petite amie attitrée ? Tenu à distance, Loïc ne savait plus grand-chose de lui et il le regrettait, mais il était dans l'incapacité de regagner sa confiance tant qu'Anne continuerait à lui monter la tête.

— Et ton séjour en Angleterre ? se borna-t-il à demander.

— Sans le moindre intérêt. J'étais dans une famille d'abrutis qui se couchaient avec les poules. Je n'ai presque rien vu de Londres, à part d'insipides monuments.

Ce voyage linguistique était l'une des dernières initiatives de Loïc, acceptée par Anne à contrecœur, comme tout ce qui venait de lui. D'ailleurs, depuis le divorce, elle ne le consultait plus, décidant seule de ce qui était bon pour leur fils.

— J'espère que tu as progressé en anglais, murmura-t-il.

Il ne souhaitait pas faire la morale à son fils, le moment aurait été trop mal choisi, toutefois il ne pouvait pas non plus se comporter en copain.

— Pour tes études, ce sera...

— Il n'y a pas que les études, merde ! s'insurgea Pierre. Toi, tu étais une bête à concours, on le sait, mais moi je ne le serai jamais, mets-toi bien ça dans la tête. Si tu dois me harceler chaque fois qu'on se voit...

— Je ne te harcèle pas, je te pose des questions parce que c'est mon devoir de père, répondit patiemment Loïc.

L'adolescent fit une moue dédaigneuse, volontairement provocatrice.

— Ton devoir ? D'après maman, le sens du devoir ne t'étouffe pas.

— Ce qui signifie ?

— Oh, je t'en prie, ne jouons pas la comédie !

— Je ne joue pas, Pierre.

— Pourtant, tu as menti à maman, tu l'as trahie et rendue très malheureuse. Elle te considère comme le dernier des salauds, alors ne me demande pas de te respecter !

Le maître d'hôtel, qui venait de s'arrêter à leur table, se hâta de faire demi-tour et de s'éloigner, par discrétion, mais Loïc le rappela aussitôt.

— Vous pouvez débarrasser, nous avons terminé. Vous m'apporterez l'addition, merci.

Il attendit d'être de nouveau seul avec son fils pour le dévisager, sans aucune indulgence cette fois.

— Nous allons poursuivre cette conversation dehors, annonça-t-il d'une voix froide.

— Je n'y tiens pas !

— Moi, oui.

Ils quittèrent le restaurant en silence, d'aussi mauvaise humeur l'un que l'autre. Dehors, la chaleur était si accablante que Loïc entraîna Pierre vers les ruines de l'abbatiale voisine, où il y avait un peu d'ombre.

— Ce qui s'est passé entre ta mère et moi ne te concerne pas, Pierre. Tu n'as pas à t'en mêler, ni à prendre parti pour l'un ou pour l'autre.

— J'ai le droit d'avoir une opinion ! protesta l'adolescent.

— Pas en n'écoutant qu'un seul son de cloche.

— Tu l'as trompée, oui ou non ?

— Oui..., soupira Loïc.

Jusqu'à quand allait-il payer cette malheureuse aventure d'une nuit ? Et pourquoi Anne avait-elle tout raconté à leur fils sans lui épargner le moindre détail ?

— Ecoute, le mieux serait qu'on ne se voie pas pendant un moment.

Prononcée d'un ton agressif, la phrase atteignit brutalement Loïc. Il s'arrêta de marcher et fit face à son fils, qu'il observa avec attention.

— C'est ce que tu souhaites ? Explique-moi pourquoi.

— Parce que je n'ai pas envie de t'écouter, encore moins de te parler, et que je n'ai aucune confiance en toi. En fait, je ne t'aime pas, voilà.

Interloqué, Loïc retint sa respiration une seconde. Un profond sentiment d'injustice faillit lui faire monter les larmes aux yeux et il regarda ailleurs, vers la mer. Où était donc passé l'adorable petit garçon qui, quelques années plus tôt, l'accueillait avec des cris de joie lorsqu'il rentrait, le soir ? Même s'il ne l'avait pas beaucoup vu grandir, il se souvenait de moments de tendresse partagée autour d'un cerf-volant, d'un pique-nique, d'un feu de camp. A l'époque, Pierre était très fier lorsque, par extraordinaire, son père allait le chercher à l'école.

Le jour de ses quatorze ans, ils s'étaient offert tous deux un mémorable fou rire dans la salle de bains, à propos du mode d'emploi du préservatif. Loïc avait vraiment essayé d'être un bon père, malgré ses horaires déments, son travail accablant. Un travail qui assurait à sa femme et à son fils un train de vie plutôt agréable.

— Eh bien, lâcha-t-il dans un souffle, je suppose que ça fait partie de la crise d'adolescence. Tu as sans doute besoin de t'opposer, de contester... Mais tu n'es pas obligé de le faire aussi durement.

Pierre ne répondit rien, esquissant un haussement d'épaules significatif. En principe, Loïc avait obtenu le droit de garde un week-end sur deux jusqu'à la majorité de son fils, mais il ne pouvait pas lui faire accepter cet arrangement de force. Devait-il pour autant renoncer à tout contact ? C'était sans doute ce qu'espérait Anne, et il devrait lutter pied à pied pour sauver ce qui pouvait encore l'être.

— Viens, marchons un peu.

De mauvaise grâce, Pierre le suivit. Il avait beaucoup grandi ces derniers mois, ses épaules s'étaient élargies, sa silhouette devenait athlétique. Après avoir été un peu chétif, vers douze ans, il semblait désormais bien parti pour ressembler à son père.

— Je ne veux pas te contraindre. Avec le temps, tu feras le tri toi-même. En tout cas, dis-toi que je serai toujours là si tu le désires. Tu vas faire ta rentrée scolaire tranquillement, mais tu m'appelleras une fois par semaine, d'accord ? Et dans un mois, nous déjeunerons ensemble pour faire le point. Je pense que ce n'est pas trop te demander ?

— A quoi ça t'avancera ?

— J'en suis seul juge. Tu es mon fils, Pierre, je ne vais pas me désintéresser de toi parce que tu boudes.

— Maman s'occupe très bien de moi, tu peux prendre un peu de champ, il ne m'arrivera rien.

— Prendre du champ ? répéta Loïc. Mais à qui crois-tu parler ?

Il réprima un mouvement de colère, se souvenant qu'il devait garder son calme coûte que coûte. Anne espérait-elle une nouvelle altercation entre Pierre et lui, afin de porter plainte et de lui faire retirer tout droit de visite ? Elle n'hésitait pas à utiliser leur fils comme moyen de vengeance, sans s'apercevoir qu'elle prenait le risque de déstabiliser durablement l'adolescent.

— Je vais rester quelque temps à Kerloc'h, reprit Loïc d'un ton mesuré. J'habite chez Tristan, tu as son numéro, mais tu peux aussi me joindre sur mon portable.

— Tu comptes te reconvertir en bûcheron ? ironisa Pierre.

Ignorant la question, Loïc prit le jeune homme par le bras.

— Viens, je te ramène à la maison...

— Ce n'est plus ta maison ! s'écria Pierre en se dégageant. Je t'interdis d'y mettre les pieds, ne t'approche pas de maman, fous-lui la paix !

— Bon, maintenant, ça suffit !

D'un geste brusque, Loïc saisit son fils par les épaules et l'obligea à lui faire face.

— Tu n'es pas le garde du corps de ta mère. Tes parents ont divorcé, tu n'y peux rien, ça arrive à des milliers de gens et la Terre ne s'arrête pas de tourner pour autant. Je considère que tu n'es pas malheureux au point d'excuser ton insolence et je ne te laisserai jamais m'interdire quoi que ce soit. C'est clair ?

— Lâche-moi, murmura Pierre.

Il avait blêmi, de peur ou de rage, et son menton tremblait, mais Loïc le serra davantage.

— Non, tu vas m'écouter jusqu'au bout. Je ne sais pas ce que ta mère te raconte mais je ne suis pas le dernier des salauds, comme tu le prétends. Vous êtes à l'abri du besoin, tous les deux, et tu n'as aucun souci à te faire pour ton avenir, tu...

— Parce que c'est la loi ! Tu as été condamné à payer, ce n'est pas un cadeau que tu nous fais, pauvre con !

Loïc lâcha Pierre instantanément, pour ne pas le frapper. Le garçon en profita pour s'enfuir ventre à terre, trébuchant dans sa course.

— Et merde...

Consterné, Loïc le suivit des yeux. Où filait-il aussi vite ? A l'abri des jupes de sa mère ? A seize ans ? Jamais Loïc ne s'était réfugié dans le giron de sa propre mère, même après les pires affrontements avec Artus.

A pas lents, il rejoignit sa voiture, garée sur le parking de l'*Hostellerie*. Comme tentative de réconciliation, c'était vraiment raté. Avait-il eu tort de faire acte d'autorité ?

« Si j'avais répondu sur ce ton à mon père, il m'aurait tué sur place. »

Mais l'adolescence de Loïc n'avait rien de comparable à celle de Pierre. Fils unique trop gâté, élevé en ville où il pouvait traîner à loisir avec des copains aussi désœuvrés que lui, il n'était habitué ni à l'effort ni aux contrariétés. Depuis toujours, Anne cédait à tous ses caprices sans écouter les mises en garde de Loïc. Pourquoi s'en était-il entièrement remis à elle, à une époque où il aurait pu intervenir ?

Arrêté devant sa Porsche, il la contempla d'un œil morne. Cette voiture avait été son unique fantaisie, la seule chose qu'il ait achetée sans consulter sa femme. Non, décidément, il n'arrivait pas à se voir comme le « dernier des salauds ». Il avait aimé Anne, et même lorsqu'il s'était détaché d'elle, il avait continué à l'entourer de tendresse. Son travail l'accaparait trop pour qu'il regarde les jolies filles de son service, à l'IFREMER, et il avait fallu tout un concours de circonstances pour qu'il se retrouve un soir au lit avec l'une d'elles. Mais n'était-ce qu'un hasard, un faux pas ? Ne désirait-il pas, à travers cette trop belle blonde d'une nuit, que quelque chose change dans sa vie ? Le résultat, au-delà de toute espérance, avait été l'arrivée imprévue d'Anne, se déchaînant dans une scène homérique.

Aux yeux des gens, il devait passer pour un abominable séducteur sans scrupule. Amener sa maîtresse sous le toit conjugal, lors des vacances de son épouse, pouvait paraître d'un cynisme révoltant, or il n'était ni amoral ni calculateur, et en aucun cas dragueur. Ce soir-là, pourtant, il avait cédé à un désir soudain, inattendu et joyeux. La superbe jeune femme, qui était l'une de ses collègues, l'avait invité à dîner en le regardant droit dans les yeux, sans cacher ses intentions, et il avait accepté. Attablé devant elle à la terrasse d'un restaurant, il s'était senti bien. Rajeuni, léger, presque un autre homme impatient de profiter de la vie - ce qui ne lui arrivait jamais. Il avait regardé avec envie la jeune femme tandis qu'elle bavardait gaiement, pressée de raconter tout ce qu'on disait de lui dans le service, à savoir qu'il semblait tellement hors d'atteinte qu'il finissait par être l'enjeu d'un pari entre les filles. Comme il ne comprenait pas pourquoi, elle s'était mise à rire aux éclats, estimant merveilleux qu'il soit à ce point inconscient de son charme ravageur. Ces deux derniers mots l'avaient fait rire à son tour, il ne se voyait pas du tout de cette manière. Après un dernier verre dans un bar enfumé où ils avaient flirté, elle s'était mis en tête d'aller chez lui car, à son appartement, une baby-sitter gardait sa fillette de trois ans. A ce moment-là, il aurait évidemment dû mettre un terme à cette soirée, mais hélas ! il ne l'avait pas fait.

« L'infidélité est une faute grave », lui avait assené son père en guise de leçon de morale. Qu'en savait-il ? Artus avait follement aimé sa femme ; jusqu'au dernier jour de sa maladie, il ne l'avait sans doute jamais trompée. De toute façon, ce qui concernait Loïc lui était indifférent depuis si longtemps que son jugement abrupt apparaissait plutôt comme un règlement de comptes.

Tout en s'installant au volant, il se demanda ce qu'était devenue la jeune femme. Quelques jours après le scandale, elle lui avait laissé un mot sous son essuie-glace, où elle exprimait des regrets sincères. Avant de quitter l'IFREMER, il avait eu l'occasion de la croiser dans les couloirs et, chaque fois, il s'était arrêté pour bavarder avec elle quelques instants. A quoi bon lui en vouloir ? Il portait seul la responsabilité de ses actes et n'éprouvait aucun ressentiment.

Il prit l'autoroute en direction de Quimper, perdu dans ses pensées. Pierre n'allait sûrement pas l'appeler de lui-même, ni dans une semaine ni plus tard, mais peut-être Anne se forcerait-elle à donner des nouvelles, même de mauvaise grâce ? Sinon, il allait devoir contacter son avocat pour savoir que faire, mais sa marge de manœuvre était étroite. D'une part il ne voulait pas braquer définitivement son fils, d'autre part il n'avait absolument pas les moyens de se lancer dans une procédure judiciaire.

Sabine referma la boîte aux lettres, désespérément vide. Elle n'avait pas demandé la réexpédition de son courrier, depuis Paris, et personne ne lui écrivait ici, c'était logique. Néanmoins, elle aurait aimé trouver une carte d'anniversaire, ou un petit mot d'un ami, n'importe quoi attestant que quelqu'un se souciait d'elle.

Haussant les épaules, elle retraversa le minuscule jardin. Lorsqu'elle se déciderait à regagner la capitale, elle découvrirait probablement toute une pile de courrier à l'appartement. Elle n'était pas seule au monde, même si elle en avait la désagréable impression aujourd'hui. D'ailleurs, un an de plus ou de moins ne signifiait pas grand-chose, sinon que le temps passait fichtrement vite et que, à trente-six ans, elle devrait songer à fonder une famille. Jusque-là, elle avait connu bon nombre d'aventures et quelques coups de cœur, mais rien qui compte. Rien qui soit plus important que son métier, auquel elle s'était donnée avec passion. A présent, elle remettait en cause cette carrière de femme flic qui ne lui avait pas laissé le temps d'aimer et, bien plus grave, l'avait aussi conduite à tuer un homme.

Elle frissonna, comme chaque fois qu'elle y pensait. De gré ou de force, elle devait parvenir à bannir cette obsession. Pourquoi ne pas rouler jusqu'à Lorient et s'offrir un plateau de fruits de mer au *Café Leffe* ? Dans la salle du haut, on bénéficiait d'une vue de rêve sur les bêtes de course du port de plaisance, elle pourrait même y savourer ensuite un digestif en faisant une partie de billard pour se détendre. Si elle prenait la route de la côte, elle arriverait juste à l'heure du dîner.

L'idée avait beau être séduisante, elle y renonça. Autant elle se moquait généralement d'être seule au restaurant, autant ce soir elle aurait aimé avoir de la compagnie. D'abord, c'était son anniversaire, mais surtout elle n'en pouvait plus de ruminer en vain son problème.

Peut-être ferait-elle mieux d'appeler Jérôme et de bavarder avec lui la moitié de la nuit ? Il était toujours disponible pour parler, pour écouter. Sans compter le bonheur qu'il aurait à se sentir utile, au moins une fois ! Même s'il s'était résigné à ce que leur relation soit dénuée de tout sentiment et assimilable à une camaraderie de joyeux hussards, il lui arrivait encore de rechigner. Le rôle d'amant-copain lui pesait, et être le subordonné de Sabine dans la hiérarchie de la police n'arrangeait pas les choses. Lorsqu'elle lui avait annoncé qu'elle partait pour un long congé, sans lui fournir aucune date de retour, il s'était vexé. Attendait-il son coup de téléphone ? Et que pourrait-elle lui dire ? Comprendrait-il sa crise de remords ? Probablement pas. Elle était pour lui quelqu'un d'infaillible, ainsi qu'il se plaisait à le répéter, avec une pointe d'aigreur.

Renonçant au téléphone, elle décida de lui acheter une carte postale. S'il faisait bon sur le port, et à condition que les touristes soient discrets, elle pourrait toujours manger des crêpes arrosées d'une bouteille de cidre. Ensuite, elle rentrerait se coucher et programmerait son réveil à l'aube pour aller se colleter avec ce foutu revolver qui lui faisait tellement horreur.

Sans un mot, Elias tendit une bouteille d'eau à Loïc, qui le remercia d'un signe de tête avant de se mettre à boire à longs traits. Il était assoiffé, épuisé, en sueur. Toute la chaleur accumulée dans la journée transformait le hangar en fournaise, et l'odeur d'huile de vidange lui soulevait le cœur. Comme prévu, Artus avait demandé à Loïc de s'occuper des machines agricoles. Les nettoyer parce qu'elles étaient couvertes de poussière après les moissons, les graisser, les réparer. « Tu as quelques notions de mécanique, j'imagine ? » avait-il lancé d'un ton moqueur. Et, bien entendu, Loïc n'avait pas essayé de se soustraire à la corvée. Si son père voulait le mettre à l'épreuve, il ne demandait pas mieux, prêt à n'importe quoi pour oublier son lamentable déjeuner avec Pierre, qui l'obsédait depuis une semaine.

— Tu n'es pas payé à l'heure, lui dit gentiment Elias, tu finiras demain. Ou si tu veux, je le fais...

— Non, j'ai presque terminé, ça va aller.

Loïc ne souhaitait pas d'aide, il pouvait s'acquitter seul de la tâche, surtout maintenant qu'il était dans un tel état de saleté qu'aucune lessive au monde ne sauverait plus son jean. Le regard éloquent d'Elias, mi-navré, mi-amusé, lui donna une brusque envie de tout envoyer promener, mais il se remit au travail. Nul besoin d'être un mécanicien chevronné pour laver un tracteur au jet, vérifier le niveau du carter et l'état de la batterie ou du démarreur. D'ailleurs, il l'avait souvent fait, à quinze ans, et le matériel n'avait pas beaucoup évolué. De toute façon, il adorait la mécanique et aurait pu démonter seul le moteur de sa Porsche.

— Seigneur Dieu, il l'a vraiment fait, il nous a collé le savant aux basses besognes ! s'écria Gaëlle en éclatant de rire.

Elle pénétra dans le hangar, un panier de pommes au bout du bras.

— Tiens, dit-elle à Elias, fais-nous donc une tarte pour le dîner. Tristan doit être en train de préparer son civet de lapin, qu'il n'en profite pas pour monopoliser la cuisine.

A grandes enjambées, elle rejoignit son frère mais s'arrêta à un mètre de lui.

— Tu ne pourras jamais passer à table dans cet état-là ! Tu t'es vu ?

— J'imagine...

Il essuya ses mains pleines de cambouis sur son jean, qu'il considéra d'un air résigné.

— Je crois bien que papa est tombé sur la tête, soupira-t-elle. Il veut te dégoûter, t'humilier ?

La réponse à cette question était tellement évidente qu'elle s'empressa d'ajouter :

— Prends donc une douche chez moi, je vais te trouver un truc à mettre.

— Quel genre de truc ? Je ne pense pas rentrer dans tes vêtements, et à moins qu'un petit copain ne t'ait laissé ses fringues...

Elle esquissa un sourire crispé, et Loïc supposa qu'il avait gaffé. Il fouilla ses poches, en extirpa des clefs.

— Je file me changer chez Tristan, ce sera plus simple. On dîne à quelle heure ?

— Vingt heures précises, tu sais bien...

— Pour être honnête, j'ai un peu oublié votre façon de vivre. Mais c'est à moi de m'adapter puisque je suis revenu.

Gaëlle lui emboîta le pas tandis qu'il quittait le hangar et filait vers la grange où était garée sa voiture.

— Pourquoi te laisses-tu traiter comme ça ? demanda-t-elle d'un ton brusque. D'ici à un mois, il t'aura rendu fou.

— Papa ? Non, ne t'inquiète pas, je le connais. Je ne m'attendais pas à ce qu'il me laisse me tourner les pouces.

— Si tu as besoin d'argent, je peux t'en prêter. Tristan aussi, et même Yann !

Sa gentillesse avait quelque chose de bouleversant. Loïc faillit la prendre par le cou pour l'embrasser mais il s'en abstint, afin de ne pas la salir.

— Je n'ai pas seulement besoin d'argent, Gaëlle. J'ai besoin de me dépenser physiquement et de ne penser à rien. C'est une vraie cure de repos, ici !

— Tu le prends bien, tant mieux, mais je trouve qu'il aurait dû t'accueillir à bras ouverts sans rien te demander. Ou alors, quelque chose dans tes cordes. Tu pourrais remplacer son comptable, lui débrouiller ses problèmes fiscaux... Quand tu auras nettoyé tous les tracteurs, est-ce qu'il va t'expédier sur le toit pour changer les ardoises ?

— Et alors ? Tout ça n'est pas grave, Gaëlle.

Elle secoua la tête, peut-être agacée de se retrouver soudain ramenée des années en arrière, à une époque où l'attitude de leur père vis-à-vis de Loïc l'avait beaucoup choquée. Elle manifestait depuis toujours une admiration inconditionnelle pour lui, justement parce qu'il était différent de ses frères. Comme leur mère, elle s'était enthousiasmée devant les succès universitaires de Loïc et sa brassée de diplômes, alors qu'Artus y était insensible, au moins en apparence. A plusieurs reprises, elle avait délibérément provoqué leur père, n'hésitant pas à l'affronter et à lui dire sa façon de penser, comme si, depuis la mort de leur mère, elle se sentait investie de la mission de défendre Loïc. Pourquoi était-elle encore célibataire, à son âge ? Pourquoi n'avait-elle pas quitté Kerloc'h ? Même si elle se réalisait pleinement dans son affaire de cidre, elle aurait dû vivre ailleurs. Ici, entre Artus, Yann, Tristan, et même Elias, quoi qu'elle fasse elle semblait condamnée à rester une gamine protégée par les hommes de la famille.

Loïc essuya encore une fois ses mains sur son jean puis s'installa au volant de la Porsche.

— Reviens vite ! lui cria Gaëlle tandis qu'il démarrait.

Le chemin jusqu'à la maison des bois n'était pas long. Loïc prit une douche dans la salle de bains de Tristan, où régnait un joyeux désordre ; ensuite il enfila des vêtements propres et jeta les autres dans le lave-linge, qu'il programma. Il avait pris l'habitude de vivre en célibataire durant les six mois qu'avait duré son divorce, même s'il avait très mal supporté la solitude du studio loué à Brest. Dès les premiers jours, il s'était rendu compte qu'il y étouffait, tournant comme un lion en cage et incapable de dormir plus de deux heures d'affilée. Au cours de ces nuits blanches, il s'était vraiment remis en question, et un beau matin il avait décidé de changer de vie parce que c'était la seule solution. Pour l'instant, il ne savait pas s'il devait le regretter ou non.

Lorsqu'il regagna Kerloc'h, toute la famille était déjà réunie dans la cuisine.

— Bonne journée ? lui lança son père dès qu'il l'aperçut.

— Fatigante mais assez bonne, oui.

Ils échangèrent un regard circonspect et Artus se détourna le premier.

— Je te sers quelque chose ? proposa Marion.

Elle tournait autour de la table, une bouteille de muscadet à la main. Pas vraiment jolie mais toujours souriante, elle était enceinte de six mois. Comme elle n'en tenait aucun compte, aussi active que de coutume, Yann passait son temps à lui dire de se ménager. Leur bonheur ne faisait pas de doute, ils avaient mis des années avant de réussir à concevoir cet enfant qu'ils attendaient avec impatience, et Artus lui-même considérait sa belle-fille avec une bienveillance exagérée.

Loïc tendit son verre à Marion tandis que Tristan déposait délicatement une marmite au centre de la table.

— Mon fameux civet ! annonça-t-il d'un ton moqueur.

Obligé de participer à la préparation des repas, Tristan avait mis au point trois recettes en tout et pour tout, mais il les réussissait très bien. Lorsqu'il souleva le couvercle, une odeur alléchante de cerfeuil et d'oignons frits se répandit dans la cuisine.

— Pas de hors-d'œuvre, ce soir ? grommela Artus.

Loïc nota que la question, qui pouvait passer pour un reproche, avait été posée de façon affectueuse. Leur père savait être gentil lorsqu'il le désirait.

— J'en ai fait des tonnes, plaida Tristan, on ne le finira jamais. Sans compter la montagne de pommes de terre et de carottes que j'ai passé une heure à éplucher ! Je sers tout le monde ?

Dans quelle autre famille les hommes se mettaient-ils aux fourneaux avec une telle bonne volonté ? Loïc réprima un sourire, un peu étonné de se sentir si à l'aise au milieu des siens.

— Tu as une idée de ce que tu vas nous préparer quand ton tour viendra ? s'enquit Artus en le regardant.

Impossible de répondre, une fois encore, qu'il ne savait pas faire grand-chose susceptible de lui convenir.

— Du canard au cidre, déclara-t-il sans se démonter.

A condition que Gaëlle ou Marion lui donnent des cours de cuisine d'ici là ! En dix-sept ans de mariage, Anne ne l'avait pas laissé approcher une casserole, et jamais il n'aurait songé à s'en plaindre.

— Je suis impatient d'y goûter ! ricana son père.

— Tu pourrais bien être surpris, répliqua-t-il.

La phrase n'était pas anodine, c'était exactement ce qu'il avait toujours espéré. Combien de temps avait-il entretenu l'illusion de forcer un jour l'admiration d'Artus et de s'en faire aimer, au bout du compte ?

— Qui s'occupe de la livraison de paille, demain ? intervint Yann. Il y a une vingtaine de tonnes à charger et à conduire chez les Porhel, on leur a promis...

— Je peux y aller, proposa Elias qui n'avait pas ouvert la bouche jusque-là.

Assis au bout de la table, il se contentait généralement d'écouter les conversations sans y participer.

— Loïc fera ça très bien, trancha Artus.

Le regard incrédule de Yann s'attarda une seconde sur leur père avant de se poser sur Loïc. Conduire un tracteur n'était pas compliqué, ou même le camion puisqu'ils avaient tous passé leur permis poids lourd à dix-huit ans, mais manipuler un chargement de cette importance nécessitait une certaine habitude. Les Porhel allaient sûrement se demander qui était ce citadin maladroit qu'on leur envoyait.

— Leur ferme est au-delà de la Roche du Diable, vers Carros-Combout, précisa Yann. Je t'indiquerai la route.

— C'est ce qui s'appelle bien utiliser les compétences ! railla Gaëlle en se tournant vers leur père.

— Désolé, ma petite fille, mais il ne se passe rien à Kerloc'h qui puisse intéresser un biologiste de son niveau, alors je fais ce que je peux pour le distraire...

L'ironie mordante d'Artus glaça Loïc. Sa sœur n'avait jamais été très diplomate, mais là elle faisait tout pour provoquer une inutile querelle.

— Je conduirai cette foutue paille chez les Porhel, dit-il posément.

— *Foutue* paille ? s'indigna aussitôt son père. Est-ce que tu as la moindre idée valable à ce sujet ? Les éleveurs d'ici sont en difficulté parce qu'il n'y a plus rien à manger dans les herbages brûlés, et plus aucun fourrage en réserve ! Tu as donc tout oublié, le nez sur tes éprouvettes ?

— Quelles éprouvettes ? Tu me prends pour une souris de laboratoire ?

Le ton montait entre eux et Loïc comprit trop tard que son père allait se jeter sur l'occasion offerte.

— Je ne te prends pour rien de spécial. Ce que je sais c'est que tu es assis là et que tu as besoin de gagner ta vie. Alors bosse, et estime-toi heureux.

— Demande-moi n'importe quoi, mais pas ça ! explosa Loïc. Je peux désherber entre les pavés de la cour si tu veux, réparer la plomberie ou même cirer tes chaussures, mais pas m'estimer heureux d'avoir affaire à toi !

Un silence absolu suivit cette violente altercation. Gaëlle, Marion et Elias restèrent figés tandis que Tristan cherchait le regard de Yann, apparemment prêt à intervenir. Pour éviter à ses frères d'avoir à prendre parti, Loïc se leva. Il quitta la cuisine sans savoir ce qu'il allait faire et, une fois dehors, chercha sa respiration. Sans doute n'était-il pas en état de supporter un affrontement supplémentaire, après tous ces mois de guerre contre sa femme et son fils, néanmoins il aurait dû se contenir. Personne ne l'avait obligé à revenir, c'était son choix, il devait l'assumer.

— Loïc ! Où diable as-tu appris à fuir comme ça ?

Il fit volte-face et découvrit la silhouette de son père qui avançait vers lui à grands pas malgré la quasi-obscurité de la cour.

— Tu vas te coucher ou tu t'en vas pour de bon ?

— Qu'est-ce qui t'arrange ? riposta Loïc.

Après une brève hésitation, Artus haussa les épaules et soupira.

— La question n'est pas là. Tiens, si tu m'emmenais faire un tour en voiture ?

Désorienté par cette proposition inattendue, Loïc accepta d'un signe de tête. Il s'installa au volant de la Porsche et attendit que son père ait bouclé sa ceinture avant de démarrer. Le dîner était loin d'être terminé, tout le monde allait se demander où ils partaient ainsi tous les deux, mais tant pis, autant en finir. Il quitta Kerloc'h en prenant la direction de Rosporden.

— Tu as raison, approuva Artus, les petites départementales seront désertes de ce côté... Je suppose que tu conduis comme un fou ?

L'intonation était plutôt conciliante, pourtant Loïc ne répondit rien et ils roulèrent un moment sans parler. Son père était-il déjà monté en voiture avec lui ? Ils avaient fait si peu de choses ensemble ! Et toujours avec la même gêne entre eux, la même distance.

— Bel engin, déclara enfin Artus, apparemment décidé à faire la paix. Tu as toujours aimé les bolides !

Qu'il s'en souvienne était déjà un prodige. Rien de ce que Loïc avait pu tenter, adolescent ou jeune homme, n'avait paru l'intéresser.

— Tu jouais à l'intellectuel, mais au fond tu es un sportif dans l'âme. C'est pour te défouler de ta vie sédentaire que tu t'es acheté une Porsche ?

— Veux-tu l'essayer ?

— Non, ce n'est plus de mon âge.

— Je trouve que tu parles souvent d'âge.

— C'est parce que je me sens vieux.

— A soixante-cinq ans ?

— D'une vie épuisante, oui. Sans compter les chagrins, qui usent aussi.

Loïc négocia un virage serré puis accéléra tandis que son père enchaînait :

— Ecoute, je n'ai pas vraiment eu le temps d'y réfléchir, mais je crois que tu pourrais travailler avec Tristan. Il va avoir besoin d'aide pour ses coupes de bois, et en général Elias lui prête la main presque tout l'automne. Tu n'auras qu'à prendre sa place, comme ça on ne se bouffera plus le nez, toi et moi. Pendant ce temps-là, j'utiliserai Elias dans les champs...

Tronçonner des arbres et arpenter la forêt en compagnie de son frère allaient ressembler au paradis après ces quelques jours de travaux forcés.

— Je serai content d'être avec Tristan, admit-il, on s'entend très bien.

— Oui, je sais. De toute façon, que je te paye pour ça ou autre chose, c'est la même exploitation, je n'ai pas différencié les sociétés.

— Sur ce plan-là, tu as tort, mais c'est ton problème.

De nouveau ils se turent, comme pour ne pas raviver leur querelle latente. La route défilait à toute allure, quelques rares maisons endormies surgissaient dans le faisceau des phares et disparaissaient aussitôt, happées par l'obscurité.

— Loïc, je ne t'ai jamais demandé de cirer mes chaussures. Il n'y a rien d'humiliant à accomplir certaines tâches, je ne cherche pas à te rabaisser. Certes, nous ne sommes pas en très bons termes, nous ne...

— Explique-moi pourquoi ! Si tu ne me dis pas ce que tu as sur le cœur, je ne le devinerai pas tout seul ! Je ne t'ai rien fait, papa, ou alors je n'en ai pas le souvenir.

Au lieu de répondre, Artus s'écarta un peu, s'appuyant contre sa portière. Un autre silence les sépara, interminable cette fois. Loïc conduisait vite mais en souplesse, et le moteur de la Porsche ronronnait ou grondait docilement entre ses mains. Il descendit jusqu'à la mer, à la pointe de Trévignon, puis remonta par les petites routes en évitant Pont-Aven et Bannalec. Lorsque, une heure plus tard, il franchit les grilles de Kerloc'h, son père se décida à articuler, de mauvaise grâce :

— Merci pour la promenade.

Quoi qu'il ait pu espérer de ce tête-à-tête, il semblait déçu, pourtant c'était lui qui avait refusé de s'engager dans une véritable discussion.

Il descendit de voiture, se pencha pour regarder Loïc à la lumière du plafonnier.

— Tu verras avec Tristan comment vous organiser ?

— D'accord.

— Bien... Tu sais, Loïc, il ne faut pas m'en vouloir, je fais ce que je peux. A demain.

Il se pencha davantage, tendit la main et tapota l'épaule de Loïc d'un geste si maladroit qu'il en était presque émouvant.

2

Sabine marchait très vite, au ras de l'écume des vagues, et Jérôme commençait à manquer de souffle. Depuis une heure qu'ils longeaient la côte, ils avaient dû escalader des rochers, contourner des clôtures, mettre les pieds dans l'eau.

— Tu m'as promis un petit déjeuner ! rappela-t-il d'une voix haletante.

— On sera à la maison dans dix minutes, si tu arrêtes de traîner.

— Et tu me feras des crêpes ?

Elle jeta un coup d'œil par-dessus son épaule et, découvrant que Jérôme avait les traits creusés par l'effort, elle ralentit l'allure.

— Tu n'es pas en grande forme... C'est la vie parisienne ? La cigarette ?

— Tout ça et la nuit blanche, oui !

Parti de chez lui un peu après minuit, il avait roulé jusqu'à l'aube pour surprendre Sabine endormie. En le découvrant sur le seuil, mal réveillée, elle s'était mise à rire puis l'avait entraîné dans sa chambre. Faire l'amour avec lui n'engageait à rien d'autre qu'à partager un bon moment, aussi en avait-elle profité sans états d'âme.

Jérôme revint à sa hauteur et lui posa la main sur l'épaule. Beaucoup plus grand qu'elle, il adoptait souvent une attitude protectrice dont il n'avait pas conscience mais qui exaspérait la jeune femme. Elle s'écarta de lui, l'obligeant à lâcher prise.

— Allez, sois beau joueur, dit-elle d'un ton léger, c'est moi qui te remorque, pas le contraire !

Ostensiblement, il mit les mains dans les poches de son jean mais resta à côté d'elle.

— Quand vas-tu te décider à rentrer, Sabine ? Tout le monde se demande pourquoi tu as pris un si long congé, moi le premier...

— Un coup de ras-le-bol.

— Après l'affaire de la rue de Lappe ?

Il n'était pas stupide, il avait fait le rapprochement tout seul, néanmoins il hésitait à l'interroger de manière trop directe.

— Disons que c'est la goutte d'eau qui a fait déborder le vase, se borna-t-elle à répondre.

La nuit où elle avait abattu un homme, sur ce maudit toit, Jérôme faisait partie de son équipe. Il était arrivé quelques secondes après qu'elle eut tiré, fou d'inquiétude pour elle et incapable de le dissimuler. Personne, heureusement, ne l'avait remarqué au milieu de l'agitation qui régnait alors. Dès le lendemain, elle l'avait convoqué dans son bureau pour lui rappeler vertement que, lors des missions, elle était son officier supérieur, rien d'autre. « Si tu ne peux pas faire la différence entre boulot et vie privée, fais-toi muter ! » Il avait difficilement encaissé la réprimande. Depuis, Sabine y avait réfléchi et s'en voulait d'avoir passé ses nerfs sur lui. Pourquoi lui reprocher d'être amoureux ? Car il l'était, même s'il ne l'avouait pas, assez malin pour deviner qu'elle prendrait très mal une déclaration intempestive.

Ils regagnèrent la maison où Sabine, comme promis, se mit à préparer un petit déjeuner substantiel composé de galettes de blé noir et d'œufs au plat.

— Café ou cidre ? proposa-t-elle.

— Les deux, mais je vais le regretter. Si je tombe comme une masse, tu ne pourras jamais me réveiller !

— Tu reprends quand ?

— Après-demain. Si tu veux bien m'héberger encore vingt-quatre heures...

Perplexe, elle le considéra en silence. Coucher ensemble de temps en temps ne signifiait pas grand-chose, mais passer tout un week-end en tête à tête risquait de l'engager plus qu'elle ne le souhaitait.

— Oh, désolé ! ironisa-t-il en la voyant hésiter. Tu ne m'as pas invité, c'est vrai, je me suis imposé tout seul.

Il attendit quelques instants une protestation qui ne vint pas et acheva, rageusement :

— Je m'en irai tout à l'heure, ça te va ?

— Parfait.

Elle le vit se décomposer, puis il baissa la tête vers sa tasse de café. Sans doute trouvait-il très amer de se faire rembarrer de cette manière, toutefois il n'ajouta rien. Elle remit la poêle sur le feu, laissa grésiller un morceau de beurre salé puis fit glisser une louche de pâte. Derrière elle, Jérôme restait immobile et silencieux. Elle regretta de l'avoir blessé, mais à présent elle souhaitait vraiment qu'il parte. Alors qu'elle retournait la crêpe, elle l'entendit se lever, s'approcher. Il se contenta de lui effleurer les cheveux avant de traverser la cuisine et de sortir. Elle changea de place pour pouvoir l'observer tandis qu'il montait dans sa voiture, garée devant la maison. Qu'avait-elle à lui reprocher ? Strictement rien, sinon de la laisser indifférente, comme presque tous ceux qui l'avaient précédé. A quarante ans, Jérôme était pourtant attirant, avec un côté beau ténébreux qui faisait craquer les femmes. Un peu macho, très franc, consciencieux dans son travail, plutôt doué au lit : l'idéal de l'ami-amant !

Avec un soupir, elle coupa le gaz, considéra d'un air dégoûté la crêpe dorée. Elle était venue à Doëlan pour se réconcilier avec elle-même et n'en prenait pas le chemin. Posée sur le réfrigérateur, la mallette contenant son arme semblait la narguer. Malgré ses bonnes résolutions, elle l'avait abandonnée là quelques jours plus tôt, fuyant le club de tir. Or, à moins de vouloir se transformer en simple bureaucrate – ce qui reviendrait à dégringoler la hiérarchie et à renier tout ce pour quoi elle s'était battue jusque-là –, elle devait d'abord triompher de cet objet devenu si angoissant. Madame le commissaire divisionnaire Coatmeur ne pouvait pas transpirer de peur chaque fois qu'elle poserait la main sur la crosse d'un revolver !

Résignée, elle empoigna la mallette et sortit à son tour en claquant la porte.

En moins d'une semaine, Loïc était arrivé à se rendre vraiment utile. Il ne connaissait pas grand-chose aux arbres et suivait à la lettre les instructions de Tristan, tout en essayant d'apprendre à reconnaître les essences et à leur donner un âge. Au début, manier la tronçonneuse lui avait provoqué d'insupportables courbatures ; à présent, il se sentait en pleine forme et capable d'abattre n'importe quoi.

Infatigable, Tristan arpentait la forêt avec un enthousiasme communicatif. Il marquait des troncs au passage, décryptait le moindre signe de maladie, mémorisait chaque détail et reportait la plus infime observation sur un petit carnet qui ne le quittait jamais. Sa passion des arbres s'était manifestée dès l'enfance, à la grande satisfaction d'Artus, qui, au lieu de vendre ses hectares de bois ainsi qu'il en avait l'intention à l'époque, s'était au contraire acharné à racheter des parcelles plantées de chênes rouvres et de hêtres, jusqu'à obtenir un massif forestier d'une superficie suffisante pour être rentable. Car même si la Bretagne n'était plus vraiment productrice de bois, il existait encore des possibilités dont on pouvait tirer parti.

Pour Loïc, évoluer en forêt avec son frère était une véritable renaissance. Le soir, il succombait à un épuisement béat, heureux d'avoir trouvé ce qu'il était venu chercher à Kerloc'h. Tristan le traitait de la façon la plus naturelle qui soit, comme s'il était normal que son grand frère habite chez lui et s'intéresse de près aux chênes et aux hêtres. Deux fois par semaine, ils se rendaient ensemble au club de tir, et de temps en temps faisaient la route jusqu'à la mer, de préférence à l'aube, pour aller nager. Le reste de leurs journées était consacré aux coupes de bois, et ils ne retrouvaient la famille qu'au moment du dîner.

Loïc parlait rarement d'Anne, encore moins de Pierre, cependant il y pensait. Son fils ne lui avait pas téléphoné, bien entendu, aussi s'était-il résigné à lui écrire une longue lettre. Il ne cherchait pas à plaider sa cause mais plutôt à garder contact. Quelle image de lui offrait-il à Pierre en ce moment ? Réfugié à Kerloc'h où il débitait des troncs d'arbres, apparaissait-il comme un homme incohérent, lâche, coupable ? Il ne se sentait rien de tout cela. Au contraire, grâce à Tristan, il reprenait pied dans la réalité, se rattachait à ses racines. Il avait trop longtemps vécu dans un monde virtuel de savant, rivé à ses équations et à ses rapports, il avait désormais besoin de choses aussi concrètes que cuber des grumes, ranger des stères, manier la hache, dépister des parasites ou encore assister à une vente aux enchères descendantes - coutume propre aux forestiers.

Avec Artus, les échanges se résumaient à quelques phrases anodines, prononcées du bout des lèvres lors des repas, Loïc ayant renoncé à obtenir une explication que son père ne lui donnerait probablement jamais. Mais était-ce encore nécessaire ? Trente-sept années de mésentente ne se justifieraient pas en quelques phrases, et quelle que soit la raison de l'hostilité évidente d'Artus, elle était inacceptable pour Loïc. Or c'était précisément cette situation sans issue qu'il voulait à tout prix éviter avec son propre fils, et dans laquelle il était pourtant en train de s'enferrer.

Le jour où il se décida à appeler Anne, il fut aussi mal reçu qu'il s'y attendait, néanmoins elle lui apprit que Pierre avait fait sa rentrée au lycée et semblait s'y plaire. Le plus calmement possible, Loïc lui répéta qu'il attendait un coup de téléphone de leur fils et que, comme convenu, il le verrait à la fin du mois de septembre.

Chez Tristan, où il occupait une chambre lambrissée dont les deux fenêtres donnaient directement sur la forêt, il n'avait pas branché son ordinateur. Tout ce qui pouvait lui évoquer sa vie passée ne l'intéressait plus, il répugnait même à ouvrir le courrier que la poste lui réexpédiait et avait ainsi laissé deux offres professionnelles sans réponse.

S'installer un jour à Paris n'était qu'un lointain projet qu'il ne souhaitait pas réaliser pour le moment. Son frère le laissait tranquille et ne lui posait aucune question concernant l'avenir, comme s'il devinait son incapacité à fournir une réponse sensée.

Presque chaque soir, en rentrant de Kerloc'h après dîner, ils s'installaient tous deux sur le large perron de bois que Tristan avait construit lui-même. Ils y buvaient un dernier verre et bavardaient en regardant les étoiles. Tristan parlait de ses échecs avec les femmes, pour cause de timidité excessive, persuadé que Loïc pouvait lui donner des conseils en matière de séduction. Mais avoir divorcé après un adultère avéré ne faisait pas de Loïc un homme à femmes, il s'apercevait au contraire que, là encore, il avait oublié de vivre. Marié trop tôt, il ne se souvenait même pas de la manière dont il avait séduit Anne. N'était-ce pas plutôt le contraire ? A l'époque, Anne était ravissante, sûre d'elle, déjà bien organisée... En jetant son dévolu sur lui, puis en le mettant au pied du mur avec cet enfant qu'elle attendait, elle lui avait offert la possibilité d'échapper à Kerloc'h, à Artus, à tout ce qu'il rejetait à ce moment-là. Pas vraiment un marché de dupes, juste un piège dans lequel il s'était enfermé lui-même durant plus de quinze ans.

Plus il en parlait à Tristan, plus Loïc s'apercevait qu'il était passé à côté de beaucoup de choses et qu'il devait vraiment rattraper le temps perdu. Mais comment ? En se remariant ? Il faudrait qu'il commence par tomber amoureux ! L'avait-il jamais été ?

Lors d'une des dernières belles soirées de la fin septembre, Tristan confia à Loïc qu'il s'était inscrit, *via* Internet, à plusieurs clubs de rencontre.

— Quand j'en ai assez de faire des simulations de coupes ou des prévisions de rentabilité sur mon ordinateur, je m'offre une pause consacrée à rechercher la femme idéale, avoua-t-il avec une grimace d'excuse.

— Sur ton écran ? Tu espères la trouver comme ça ?

— Pourquoi pas ? Tu sais, je ne croise pas grand monde en forêt, et je suis archinul pour draguer dans les discothèques...

Loïc s'esclaffa mais, devant l'air mitigé de son frère, il reprit son sérieux.

— Allez, raconte-moi tout. Bon alors, tu regardes la photo de la dame, puis tu lui envoies un message ?

— A peu près, oui. Tu fais d'abord une sélection, parce qu'il y a des milliers d'inscrits, et tu obtiens un certain nombre de fiches qui correspondent à tes critères.

— Et ensuite ?

— Tu contactes qui tu veux. Comme la plupart des gens prennent un pseudonyme, tu ne sais pas vraiment avec qui tu dialogues, et tu peux avoir une bonne ou une mauvaise surprise. Je donne mon numéro de téléphone très vite parce que les femmes sont méfiantes, elles confient rarement le leur. Si l'une d'elles appelle, tu commences à te faire une idée. Une voix, c'est déjà révélateur, et après cinq minutes de conversation tu es généralement fixé. Quand c'est prometteur, tu prends rendez-vous.

— Là, tu dois tomber de haut ?

— Pas toujours. J'ai fait deux rencontres agréables.

— Mais sans lendemain ?

— Eh bien... C'est un peu difficile de se plaire sur commande, quand on est là pour ça et rien d'autre. Je n'ai pas la désinvolture nécessaire. Tu y arriverais sûrement mieux que moi.

— Enlève-toi cette idée de la tête, je ne suis pas un cavaleur.

— Je me demande bien pourquoi tu t'en prives !

Sur le point de répliquer, Loïc s'aperçut qu'il n'avait rien à dire. Pourquoi, en effet, ne profitait-il pas de son statut de célibataire pour prendre enfin du bon temps ?

— Très bien, concéda-t-il. Si tu veux, allons draguer tous les deux !

— Où ça ? A Lorient ? Nous sommes un peu vieux pour les discothèques, toi et moi, mais on peut traîner dans les pubs celtiques, à se taper des bières entre hommes...

Sa voix trahissait un tel découragement que Loïc le considéra avec curiosité.

— Enfin, Tristan, ça te pose un réel problème ?

— Les femmes ? Franchement, oui.

A trente-quatre ans, Tristan n'avait jamais présenté aucune fille à sa famille, et il restait très discret sur sa vie privée.

— Tu n'as pas l'occasion de revoir d'anciennes copines de fac ou...

— Elles sont toutes mariées, avec des enfants. Les amies de Gaëlle aussi.

— Et toi, tu n'as pas d'amis ?

— C'est un trou perdu, ici ! Pour venir me voir, il faut vraiment en avoir envie.

— Inscris-toi dans un club sportif.

— Je fais assez d'exercice comme ça, tu ne crois pas ?

Songeur, Loïc hocha la tête. Jusque-là, il n'avait pas supposé que son frère pût souffrir de la solitude. Sa maison des bois était un havre de paix mais aussi, peut-être, une prison.

— Tu ne te rends pas compte, tu as vécu à Brest, soupira Tristan.

— Je ne voyais pas grand monde non plus, en dehors du boulot.

Sauf qu'il avait trouvé le moyen de tromper sa femme avec une de ses collègues, preuve qu'il se passait davantage de choses en ville qu'au fond d'une forêt.

— Tu as tout pour plaire, Tristan, ajouta-t-il doucement. Que ce soit par Internet, par petites annonces dans le canard local ou bien en allant boire un verre, tu trouveras forcément.

Son frère lui adressa un sourire dubitatif et Loïc se promit de l'aider, d'une manière ou d'une autre, à sortir de cet isolement qui semblait tant lui peser. Peut-être devrait-il commencer par en parler à Gaëlle ? Mais elle-même n'était pas très bavarde quant à sa vie privée, dont elle ne laissait rien deviner. Hormis Yann, toujours très amoureux de sa femme, les enfants Le Marrec connaissaient tous des problèmes sentimentaux. Les devaient-ils à Artus, à son intransigeance et à ses certitudes ? Loïc ne serait donc pas le seul à avoir souffert de l'autoritarisme paternel ?

Souffert... Jusque-là, il ne s'était pas posé la question en termes de douleur et il chassa cette idée en rendant son sourire à Tristan.

Artus quitta la réunion un peu agacé. Bien qu'avares de leur temps, les agriculteurs peinaient toujours à se mettre d'accord, et obtenir l'unanimité prenait une après-midi entière. Néanmoins, il ne ratait pas un seul rendez-vous du syndicat, conscient d'être l'un des rares à savoir argumenter, innover, convaincre. De nombreux fermiers de la région lui faisaient confiance, pas question de les laisser tomber, ni de cesser de se battre. Mais à quel moment Yann se déciderait-il enfin à assurer la relève ? A s'investir pour de bon ? Gaëlle et Tristan assumaient leurs responsabilités depuis quelques années déjà, pourquoi l'aîné restait-il délibérément dans l'ombre ?

« Parce que je suis là... Il ne peut pas me marcher sur la tête, il faudrait que je prenne ma retraite et que je lui passe la main. »

Un vœu pieux, il savait très bien qu'il n'en ferait rien. Ce ne serait qu'après sa mort que Yann aurait enfin la possibilité de s'affirmer en se mettant aux commandes de Kerloc'h. Se morfondait-il d'être cantonné au second rôle ? Peut-être pas car, dans l'immédiat, Yann était surtout préoccupé par la grossesse de Marion, par l'idée de devenir père à son tour.

« Pas trop tôt ! Je n'ai qu'un seul petit-fils, et encore... »

Et encore ? Quel cynisme de penser une chose pareille ! Pierre était sûrement un très gentil garçon, même s'il ne venait presque jamais à

Kerloc'h puisque Loïc avait fui la ferme depuis la mort de sa mère - non, avant ça, très exactement depuis sa majorité. Ainsi Artus n'avait-il guère eu l'occasion de connaître ou d'apprécier son unique petit-fils. L'aurait-il fait s'il en avait eu la possibilité ?

« Probablement pas, c'est vrai. Qu'est-ce que Pierre a en commun avec moi ? »

Toujours ce doute empoisonné, aussi obsessionnel et brûlant qu'une crise de jalousie, dont Artus n'avait jamais pu se défaire malgré tous ses efforts. Du vivant d'Armelle, il y pensait jour et nuit mais n'y faisait plus allusion parce qu'elle l'avait exigé, menaçant même de le quitter. A présent, il regrettait de s'être gâché la vie de la sorte. Que Loïc soit son fils ou pas avait somme toute moins d'importance qu'imaginer Armelle dans le lit d'un autre, trente-sept ans plus tôt.

Dieu qu'elle était belle, à ce moment-là ! Belle au point qu'Artus n'en revenait pas d'avoir été choisi entre tous, d'être son mari, de la tenir dans ses bras chaque soir. La naissance de Yann les avait comblés l'un comme l'autre, puis Gaëlle était arrivée, et de cette période Artus conservait le souvenir d'un bonheur ébloui. Pour sa femme, pour ses enfants, il avait travaillé d'arrache-pied, infatigable, rivé à la terre, pas vraiment disponible mais le cœur en joie. Un été, Armelle s'était mis en tête d'emmener les petits dans le Midi, histoire de leur montrer d'autres horizons. Artus les avait laissés partir, heureux de leur offrir ces inhabituelles vacances qu'il ne pouvait partager avec eux, bloqué par les moissons. A son retour, trois semaines plus tard, Armelle n'était plus tout à fait la même. Un changement subtil, mais qu'il avait remarqué dès la première minute de leurs retrouvailles. Habillée et coiffée différemment, elle riait pour un oui ou un non, racontait des anecdotes avec les yeux brillants, parlait des gens rencontrés à l'hôtel ou sur la plage. Pis encore, en faisant l'amour elle semblait désormais chercher quelque chose de nouveau, et elle chuchotait d'une voix très tendre des mots crus qu'elle n'avait jamais prononcés jusque-là.

Artus avait compris - ou cru comprendre. Une jalousie démentielle s'était emparée de lui, le rendant odieux durant plusieurs semaines. Il avait harcelé sa femme de questions insidieuses, lancinantes, mais sans rien obtenir d'autre que de grands éclats de rire. Braqué sur son obsession, il avait adopté un comportement tyrannique qui lui faisait surveiller le courrier, le téléphone, les conversations, et jusqu'aux attitudes les plus anodines de sa femme. Pour un peu, il l'aurait suivie à la messe. Elle s'était fâchée en vain, avait même menacé de faire chambre à part, puis un beau matin elle avait annoncé qu'elle attendait un enfant. Sa manière d'assener la nouvelle tenait de la provocation, comme un défi qu'elle lui aurait lancé. « Si tu as le moindre doute, Artus, séparons-nous maintenant ! » Que pouvait-il répondre ? L'idée de perdre Armelle était inconcevable pour lui. N'importe quel enfer valait mieux que son départ, alors il avait déposé les armes. En avril, Loïc était né. Penché au-dessus de son berceau, à la clinique de Lorient, Artus avait été sur le point de faiblir, de tout rejeter en bloc, femme et bébé. De son lit, Armelle l'observait avec angoisse, mais à l'évidence elle était résolue à ne pas céder. La moindre parole maladroite aurait pu sceller leur destin à tous ce jour-là, aussi Artus n'avait-il rien dit. Strictement rien. Mais au fond de lui-même, il avait haï le nouveau-né dès la première seconde.

En grandissant, Loïc avait révélé une ressemblance frappante avec sa mère. Regard clair, transparent comme de l'eau, peau mate, pommettes hautes, cheveux cendrés : il était le portrait craché d'Armelle, ce qui faisait de lui un adorable petit garçon mais ne permettait pas à Artus de lever le doute. Dans les veines de Loïc, quel sang coulait donc ? Celui des ancêtres Le Marrec ou bien celui d'un homme inconnu, impossible à identifier, amant réel ou imaginaire qui hantait toujours les cauchemars d'Artus ?

Armelle n'avait plus jamais demandé à partir seule en vacances. Elle élevait ses trois enfants avec amour, surveillait son mari du coin de l'œil, apparemment navrée pour lui. Ils avaient connu à ce moment de leur vie mille disputes et autant de réconciliations, jusqu'à la naissance de Tristan, qui les avait enfin rapprochés. Un dernier fils, en cadeau, et celui-là Artus ne pouvait pas le renier.

Il avait essayé honnêtement de ne faire aucune différence entre ses quatre enfants. Sous le regard parfois courroucé d'Armelle, il avait lutté pour dissimuler l'aversion que lui inspirait Loïc. A deux ou trois reprises, elle s'était mise en colère, mais sans jamais évoquer la raison du problème. « Ne sois pas injuste ! » intimait-elle seulement.

Existait-il quelque part un homme, aujourd'hui vieux, qui avait couché avec une belle petite Bretonne un soir de l'été 1966, dans une pension de famille du Midi ? Artus n'en saurait jamais rien, l'incertitude qui avait empoisonné son existence demeurerait jusqu'à la fin. Même sur son lit de mort, durant les ultimes moments de son agonie, Armelle n'avait pas parlé de Loïc, pas évoqué le passé. Pensait-elle que, de toute façon, Artus ne la croirait pas ? Il la vénérait, il était resté à son chevet jusqu'au bout, atterré de la voir s'en aller la première, lui qui n'imaginait pas la vie sans elle. Et il avait trouvé le courage de lui chuchoter, à l'oreille : « Ils sont grands tous les quatre, mais je veillerai sur eux, tu peux être tranquille. » Cette promesse, qui englobait Loïc,

Artus la devait à sa femme, et c'était plus généreux que de réclamer un tardif pardon pour l'avoir tant tourmentée.

— Ce qui est promis..., marmonna-t-il en montant dans sa voiture.

La réunion du syndicat l'avait mis en retard, le temps qu'il regagne Kerloc'h et le dîner serait servi, or il n'aimait pas faire attendre. Il avait refusé d'aller boire un verre avec les autres au *Surcouf,* sur le quai, parce qu'il n'était nulle part mieux que chez lui, au milieu de sa famille et de ses terres. Le manoir était encore rempli de la présence d'Armelle, chaque pièce débordait de son souvenir, en particulier cette cuisine-chapelle où ils se tenaient tous si volontiers, et c'était pour Artus une sorte d'apaisement.

A la sortie de Quimperlé, il prit la route du Faouët puis, quelques kilomètres plus loin, obliqua vers Judicarre. Il conduisait lentement, comme toujours, pour profiter d'un paysage dont il ne se lassait pas. L'amour qui l'enracinait si profondément à sa terre l'avait sauvé de tout jusque-là et continuait à le soutenir. A présent, l'automne arrivait, avec ses ciels changeants, sa lumière oblique sur les rives de l'Ellé descendant des montagnes Noires. Le bouleversement des grandes marées allait secouer la nature et apporter enfin la pluie aux champs assoiffés. A Kerloc'h, Tristan ne tarderait plus à entretenir de grands feux, le soir, dans la cheminée de la cuisine, avec des troncs entiers bien secs. Jusqu'à quand Loïc comptait-il rester ? Débarder des grumes en forêt lorsqu'il se mettrait à geler, n'était pas un travail pour lui.

« Qu'il retrouve vite un boulot dans un laboratoire, un centre de recherche, n'importe quoi mais qu'il s'en aille... »

Artus le souhaitait ardemment, malgré toute la culpabilité que ce désir suscitait. Mais pourquoi, grands dieux, Loïc avait-il voulu revenir ? Pour punir qui ? Pour prouver quoi ? Il était un savant reconnu, quel plaisir éprouvait-il à s'escrimer sur une hache ?

« Si c'est pour m'emmerder, moi, il n'y a que lui que ça fatiguera ! »

Comme toujours, et ainsi qu'il l'avait décidé dès sa naissance, Artus ne voyait en Loïc qu'un étranger, un intrus. Intelligent, brillant, bien élevé par Armelle, sa présence était définitivement déplacée à Kerloc'h, même s'il y avait grandi.

« Il faut que j'arrive à le supporter, j'ai promis. Et puis il ne fait rien de mal, aucun tort aux autres, qui l'adorent... A leurs yeux, c'est leur frère, ils l'ont toujours vu comme ça, ils sont même fichus de penser qu'il est le meilleur d'entre eux. Seigneur ! »

Artus jeta un coup d'œil machinal sur ses propres champs, qu'il était en train de longer. Enfant, Loïc n'y mettait les pieds que pour donner un coup de main, indifférent à l'exploitation. Armelle prétendait que c'était son droit, forte de tous les succès scolaires du gamin. Loïc avait même sauté une classe et rejoint sa sœur, qui traînait en quatrième. On ne parlait pas encore d'enfants surdoués mais il l'était, indiscutablement. A qui devait-il ce don pour les études ? Artus, en son temps, avait eu son bac sans mal mais n'était pas allé plus loin, et Armelle ne possédait que son brevet. Quant aux autres, Yann avait peiné dans une école d'économie agricole, Gaëlle avait obtenu une inutile licence de droit à vingt-quatre ans et après d'innombrables redoublements. Seul Tristan s'était distingué en décrochant de justesse un diplôme d'ingénieur des eaux et forêts. Artus avait dû les pousser, les engueuler tour à tour, manier la carotte et le bâton tandis que Loïc caracolait avec une horripilante facilité dans plusieurs disciplines à la fois. Ce qui ne l'empêchait même pas d'être un sportif accompli ! Et un oiseau rare parmi les siens.

Les grilles de Kerloc'h luisaient dans la lumière du couchant et Artus s'arrêta quelques instants avant de les franchir. Depuis quarante ans qu'il se battait pour cette propriété, il l'avait considérablement améliorée. Sans excès d'orgueil, il avait une assez haute idée de la somme de travail effectué à longueur de vie par plusieurs générations, et il était fier de son nom, fier de son statut de fermier, de la manière dont il avait su exploiter son patrimoine. En somme, assez fier de lui-même, s'il n'y avait pas Loïc pour le rappeler à une réalité plus sordide... Il n'était pas sans reproche, loin de là, il avait douté de sa femme, s'était consumé de jalousie et permis de haïr un enfant forcément innocent. Aujourd'hui, si la présence de Loïc l'exaspérait à ce point, n'était-ce pas parce qu'il voyait en lui ce père supposé, cet amant d'un soir, ce fantôme sans nom ? A la première de ses questions brutales, Armelle avait répondu : « Tu veux rire, Artus ? » Aux suivantes, elle avait opposé un silence amusé, avant de se fâcher.

— Armelle, mon amour, dit-il tout bas.

Prononcer son prénom était encore douloureux, huit ans après sa mort. Ils auraient pu être éperdument heureux, et peut-être l'avaient-ils été malgré tout, parce que au moins Artus, mis au pied du mur, avait su se taire. Des années de silence à faire semblant alors que la haine était toujours là, endormie mais vivante.

Il bifurqua vers la grange, notant au passage que les lumières brillaient dans la cuisine et dans le hall. Ce soir, comme tous ceux qui avaient précédé, il allait occuper sa place de père de famille sans rien dire. Quoi qu'il arrive, jamais il ne s'abaisserait à accuser un Le Marrec d'être un bâtard. Son aversion pour Loïc n'allait pas jusque-là, et de toute façon son orgueil ne résisterait pas à une telle confidence.

Il était presque deux heures du matin lorsque, avec d'infinies précautions, Elias se leva. Pour ne pas réveiller la jeune femme dont il venait de quitter la chaleur à regret, il commença à se rhabiller sans allumer, indifférent à l'obscurité de la chambre, connaissant par cœur la place de chaque meuble.

Dans son sommeil, Gaëlle se retourna et marmonna une phrase incompréhensible. Elias attendit qu'elle se soit apaisée pour enfiler ses chaussures, puis il s'approcha du lit et remonta doucement la couette. Durant quelques instants, il se tint immobile, hésitant. Elle détestait qu'il parte en catimini, toutefois il répugnait à la sortir de ses rêves. A quoi bon une discussion supplémentaire ? Gaëlle était indépendante, affranchie, elle acceptait mal la clandestinité de leur liaison, mais il semblait évident que si Artus l'apprenait, le drame serait inévitable. Dès le début de leur relation, Elias s'était senti coupable de trahison, un sentiment dont il n'avait jamais pu se défaire depuis.

Il se glissa hors de la chambre, traversa la grande salle mitoyenne qui servait de pièce à vivre et sortit de la maison. Dehors, l'air était vif, un léger vent du nord faisait bruire les arbres de la cour. Elias logeait dans le corps de bâtiment voisin, plus étroit et plus bas, aménagé avec patience au fil des ans. Il rentra chez lui et ferma les rideaux avant d'allumer. Même si les fenêtres d'Artus donnaient de l'autre côté du manoir, inutile de courir le moindre risque. L'idée d'être surpris une nuit où il sortirait de chez Gaëlle le rendait malade. Pourquoi ne pouvait-il pas résister à la tentation ?

Il alla prendre une douche pour se débarrasser du parfum caractéristique de la jeune femme. Un effluve envoûtant dont il raffolait, mais que personne ne devait sentir sur lui. Il restait à peine quatre heures avant que le réveil sonne, et il n'avait pas sommeil, comme chaque fois qu'il passait un moment dans les bras de Gaëlle. Jamais il ne comprendrait pourquoi un soir elle s'était jetée à son cou, ni pourquoi leur aventure secrète se prolongeait. Il n'avait rien à lui offrir, il n'était pas beau alors qu'elle était radieuse, pas jeune puisqu'il avait cinq ans de plus qu'elle, et il se jugeait sans le moindre intérêt pour une femme comme elle. Quant à sa situation d'employé agricole chez son père...

Elias aimait beaucoup Artus malgré son mauvais caractère, et il s'était passionnément attaché à Kerloc'h, où il se sentait chez lui. Comparé à la ferme de son enfance, sale et délabrée, le manoir était un univers quasi magique. Engagé huit ans plus tôt sur l'exploitation, il avait cru qu'il s'agissait d'un travail provisoire destiné à la fois à soulager Artus, qui était perdu depuis la mort de sa femme, et à le secourir lui-même en tant que lointain parent dans le besoin. Son statut, mal défini, était celui d'homme à tout faire aussi bien dans la maison que dans les champs, mais ces multiples tâches ne le rebutaient pas. Rien ne pourrait jamais être pire que ce qu'il avait connu gamin, entre un père alcoolique et une mère dépressive. Ses parents étaient alors la honte de la famille Le Marrec, une branche lointaine laissée pour compte, qui végétait dans la misère sans aucune volonté d'en sortir. D'ailleurs, Elias n'avait jamais franchi les grilles de Kerloc'h avant d'y être convoqué par Artus. A ce moment-là, il était aux abois, aussi avait-il sauté sur l'occasion. Très vite, il s'était rendu indispensable, gagnant l'estime d'Artus, la sympathie de Yann et de Tristan. Heureux d'être là, il trouvait normal de travailler du matin au soir et occupait ses rares loisirs à arranger la petite grange où Artus l'avait logé. Cinq ans s'étaient écoulés avant qu'il prenne conscience du regard d'abord rêveur puis très explicite que Gaëlle posait de plus en plus souvent sur lui. Il n'y avait pas cru, évidemment, jusqu'à ce qu'elle vienne frapper à sa porte. Un instant magique, inoubliable, qui s'était répété...

Assis au bord de son lit, Elias se sentit soudain profondément triste. Il avait beau lutter, se raisonner, rien n'y faisait, il était amoureux d'elle, un peu plus chaque jour. Où allait-elle le conduire, sinon à sa perte ? Rien n'était possible entre eux, hormis ces étreintes passionnées et furtives, dont il sortait tout à fait désemparé. Il l'aimait, mais ne pourrait jamais le dire ni le montrer. Il l'aimait, pourtant elle finirait par en épouser un autre, et ce jour-là sa vie deviendrait forcément un enfer. Etait-ce le prix à payer pour avoir trahi la confiance d'Artus ?

D'un geste distrait, il suivit la ligne d'une cicatrice ancienne qui balafrait son genou. Souvenir d'une beuverie de son père, suivie d'une impardonnable négligence de sa mère. Mais il ne voulait pas se rappeler son enfance et couvrit la ligne blanche de sa main ouverte, pour ne plus la voir.

Plantée devant la vitrine fermée à clef, Sabine regardait les fusils et les couteaux de chasse, attendant que le vendeur lui apporte ses trois boîtes de cartouches. Elle s'était aperçue le matin même que son stock de munitions était déjà épuisé. Avait-elle donc tellement tiré ces derniers temps ? Elle se rendait presque chaque jour au club, où elle passait une demi-heure à faire des trous dans des cibles, incapable d'y trouver le moindre plaisir. Par un effort de volonté et de concentration, elle visait juste, mais tenir une arme lui procurait toujours la même répulsion.

— Vous comptez vous mettre au ball-trap ?

Elle se retourna d'un bloc pour se retrouver nez à nez avec Loïc, qu'elle reconnut tout de suite.

— Je ne crois pas, non ! répliqua-t-elle en s'éloignant de la vitrine des fusils.

Sans se donner la peine de lui adresser un sourire de politesse, elle gagna le comptoir, où elle s'accouda. Bien qu'elle ne l'ait vu qu'une fois, elle trouvait ce type exaspérant. Machinalement, elle se mit à jouer avec un des porte-clefs en argent suspendus à un présentoir. Que faisait le vendeur ? Il les fabriquait lui-même, ces maudites cartouches ?

— Je vous l'offre, déclara Loïc en lui prenant le porte-clefs des doigts.

Furieuse, elle le toisa des pieds à la tête.

— Monsieur... Le Marrec, c'est ça ? Vous seriez gentil de me foutre la paix, d'accord ?

Elle avait utilisé un ton assez sec qui aurait découragé n'importe qui et vit Loïc reculer de deux pas, l'air surpris. Il ne devait pas avoir l'habitude de se faire remettre à sa place de cette manière.

— Excusez-moi, murmura-t-il.

— Vos cartouches, madame, annonça le vendeur.

Tandis qu'elle réglait son achat, Sabine jeta un coup d'œil par-dessus son épaule. Loïc avait rejoint son frère, Tristan, et ils étaient en train de discuter avec l'armurier. Pourquoi s'était-elle montrée si désagréable ? Ces deux hommes n'avaient rien d'antipathique, elle aurait pu s'en faire des amis au lieu de changer ses horaires au club, afin de ne pas les rencontrer. Vivre en recluse n'était pas le meilleur moyen de surmonter ses problèmes, elle n'avait pas progressé du tout depuis son arrivée en Bretagne. Enervée contre elle-même, elle traversa le magasin et, en passant près de Loïc, elle lui posa une seconde la main sur l'épaule.

— Désolée, chuchota-t-elle sans s'arrêter.

Elle avait déjà dit la même chose à Jérôme au téléphone, et aussi à son patron, qui l'avait appelée pour savoir quand elle comptait reprendre ses fonctions. Etre en permanence « désolée » ne lui ressemblait vraiment pas. Ferait-elle mieux de rentrer à Paris et de se plonger dans le travail de gré ou de force ?

« Il faut que je voie du monde, que je bouge, que je m'amuse », articula-t-elle à voix basse, détachant les syllabes comme pour mieux se persuader.

La plupart de ses journées et de ses soirées se déroulaient de la même façon : d'abord deux heures de course à pied, ensuite une séance à se colleter avec son revolver, puis un petit tour sur le port pour acheter du poisson frais, enfin une pile de bouquins et de magazines qu'elle dévorait jusqu'au milieu de la nuit. En guise de distraction, elle avait repeint la cuisine en jaune pâle puis s'était décidée à transformer la chambre de ses grands-parents en bureau. Elle ne savait pas combien de temps elle resterait là mais c'était la première fois qu'elle y habitait, seule, aussi longtemps. Elle voulait l'arranger à son goût, certaine que jamais elle ne se résignerait à la vendre, et même si à l'avenir elle n'y passait que ses vacances, autant ne pas la laisser à l'état de musée. Avec un peu de nostalgie, elle avait donné à une association caritative certains vieux meubles bretons, et maintenant il fallait qu'elle songe à les remplacer. A Paris, l'appartement qu'elle louait était seulement fonctionnel, elle n'attachait aucune importance à ce lieu où elle ne rentrait que pour dormir, mais ici elle éprouvait le besoin de se créer un vrai cadre de vie. Etait-ce bon signe ? Allait-elle vers la guérison, l'oubli ? Elle continuait pourtant à cauchemarder, se réveillant en larmes et en sueur, avec l'image de ce garçon qu'elle avait abattu comme un chien.

Alors qu'elle démarrait, soudain pressée de regagner Doëlan, elle remarqua la Porsche rouge garée un peu plus bas dans la rue. Elle avait déjà aperçu cette voiture, très reconnaissable, au club de tir. Comment un bûcheron breton pouvait-il avoir eu l'idée de s'acheter un engin pareil ? Décidément, des deux frères Le Marrec, elle préférait Tristan.

Yann regardait alternativement sa femme et le nouveau-né, âgé de deux heures à peine, avec une émotion aiguë. Arrivée plus tôt que prévu, Elvire était néanmoins un bébé magnifique. Le choix de son prénom, qui avait occupé en partie les soirées du printemps, revenait à Marion. Elle s'était opposée à Artus, refusant toutes ses propositions à consonances trop typiquement bretonnes, mais de manière assez diplomatique pour qu'il s'incline de bonne grâce. D'ailleurs, il appréciait beaucoup la jeune femme, et la perspective d'être grand-père le rendait plus conciliant que de coutume.

— Elle dort ? s'inquiéta Yann.

Marion lui répondit par un sourire rassurant mais il sut que, dès cette minute, il allait être inquiet pour le restant de ses jours. Le bébé lui semblait si fragile et si vulnérable qu'il n'avait pas encore osé le prendre dans ses bras, alors qu'il en mourait d'envie.

— C'est le plus beau cadeau du monde, murmura-t-il en se penchant vers sa femme.

Elle avait accouché sous péridurale, dans un moment de joie sereine auquel il avait pu assister.

— Maintenant, rentre à Kerloc'h, mon chéri. Je crois que je vais faire comme notre fille, je vais dormir un peu...

« Notre fille » était une expression nouvelle, qu'il savoura. Après avoir embrassé Marion, il déposa délicatement au pied du berceau le petit ours de velours éponge rose qu'il avait apporté.

Alors qu'il traversait le hall de la maternité, il croisa Loïc, un bouquet de lys à la main, et il l'intercepta.

— C'est très gentil à toi, vieux, seulement tu retardes, les fleurs sont désormais interdites dans les hôpitaux !

— Comment vont le bébé et la maman ?

— En pleine forme mais endormies, ce n'est pas la peine de monter.

Loïc lui mit de force le bouquet dans les mains.

— Je t'offre un verre pour arroser ta fille ?

— Oh, oui ! Je pense que je vais passer le reste de la journée à trinquer.

— Papa a mis du champagne au frais, il est fou de joie.

La réflexion ne semblait contenir ni amertume ni sous-entendu, mais Yann se souvenait très bien du peu d'empressement de leur père lors de la naissance de Pierre, seize ans plus tôt. Seule leur mère s'était précipitée à la clinique de Brest, ravie ; Artus n'avait fait aucun commentaire.

— J'ai mis un sacré temps à te rattraper, dit-il gentiment à Loïc. Quand je pense que je viens d'avoir quarante ans...

Ils prirent chacun leur voiture pour se retrouver au *Saint-Patrick*, où ils commandèrent des Guinness bien crémeuses. Le premier toast fut naturellement porté à Elvire, puis Loïc commanda d'autorité une deuxième tournée. En levant son bock, Yann osa lui demander :

— Et ton fils ? On le verra, un de ces jours ?

— Je n'en sais rien. Nos rapports sont très tendus et je crois qu'il n'a pas envie de venir à Kerloc'h. Anne ne l'y encourage pas vraiment.

Au moins, Loïc avait répondu, alors que depuis son retour il ne se confiait qu'à Tristan. Yann n'était pas jaloux de leur entente, de l'admiration et de l'affection que Tristan avait toujours affichées pour Loïc, mais il décida que le moment était bien choisi pour tenter à son tour un rapprochement.

— Tu devrais appliquer à la lettre ton droit de visite, que ton fils soit d'accord ou pas. Il a forcément besoin de toi.

— Pour l'instant, il me déteste.

— Eh bien, ça lui passera ! Si tu ne gardes pas un contact avec lui, tu vas le perdre pour de bon et...

Sans achever sa phrase, Yann haussa les épaules. Inutile d'expliquer à Loïc ce qu'il était si bien placé pour savoir.

— Je ne veux pas avoir l'air de te donner des conseils, mon expérience de la paternité ne date que d'aujourd'hui ! Mais franchement, Loïc, ne laisse pas tomber Pierre sous prétexte de refuser l'affrontement. Une bonne engueulade, ça vaut mieux qu'un mauvais compromis, regarde où vous en êtes arrivés, papa et toi...

Loïc le considéra avec stupeur, comme s'il découvrait pour la première fois que son grand frère pouvait prendre son parti. En principe, Yann se trouvait automatiquement rangé dans le camp d'Artus, dont il était censé partager toutes les opinions. Depuis toujours, ses frères et sa sœur le voyaient ainsi parce que, en tant qu'aîné, il était celui qui mettait ses pas dans ceux de leur père, celui qui reprendrait Kerloc'h un jour.

— Je ne tiens pas à répéter le schéma, rassure-toi, soupira Loïc. Allez, si on doit continuer à boire, on ferait mieux de le faire à la maison.

Il fouilla sa poche, déposa un billet sur le comptoir. Yann remarqua que la serveuse le dévorait du regard en lui rendant sa monnaie et il faillit se mettre à rire. Un de ces jours, Loïc finirait bien par s'apercevoir qu'il plaisait beaucoup aux femmes, et il pourrait enfin refaire sa vie. Ou la faire, tout simplement. Les années passées sur les bancs de la fac puis entre les murs d'un laboratoire l'avaient trop éloigné de la réalité, Yann en était persuadé.

— Appelle Pierre pour lui annoncer qu'il a une cousine, suggéra-t-il.

Loïc acquiesça, apparemment peu convaincu, néanmoins Yann savait qu'il le ferait, comme il ferait sans doute tout ce qui était possible pour se réconcilier avec son fils, à défaut d'être en paix avec lui-même.

Anne sortit de son entretien avec le professeur principal assez perturbée. Pierre semblait avoir deux attitudes distinctes : fils modèle à la maison et voyou au lycée. Elle n'en revenait pas de ce qu'elle venait d'apprendre : les insolences, les bagarres et les absences semblaient appartenir à un autre garçon que le sien. L'enseignant proposait un soutien psychologique dont elle ne voulait pas entendre parler. Si cette suggestion arrivait aux oreilles de Loïc, qu'en déduirait-il ? Qu'il manquait à son fils une autorité paternelle ? Qu'Anne ne savait pas se débrouiller avec un adolescent ? Il rejetterait la culpabilité sur elle et se sentirait soulagé, non, il n'en était pas question !

Les mois passant, la rancune d'Anne pour son ex-mari ne s'apaisait nullement. Au contraire, elle finissait par regretter cette séparation brutale, qu'elle avait pourtant imposée mais qui la privait de vengeance. Loïc s'était incliné sans discuter, comme s'il avait espéré la réaction violente de sa femme, à croire qu'il n'attendait qu'un prétexte pour partir. Elle refusait de le voir vivre avec une autre, se remarier, rebâtir de son côté, alors elle s'était débrouillée pour lui en ôter les moyens matériels. Là non plus, il n'avait pas protesté. Réfugié à Kerloc'h - pourquoi là, grands dieux, lui qui détestait son père ! -, il menait une vie absurde, à l'opposé de ses désirs.

Anne pensait bien connaître Loïc, peut-être mieux que personne, en fait, et elle ne comprenait pas ce qui lui arrivait. Aurait-il décidé de ne pas retrouver une situation uniquement pour éviter de payer la pension alimentaire ? Ce genre de dérobade ne lui ressemblait pas. Elle ne croyait pas une seconde qu'il fût mal dans sa peau au point de remettre en question son métier, son ambition. Pourquoi avait-il démissionné, d'ailleurs ? Pour ne plus vivre à Brest et ne pas avoir à la croiser au détour d'une rue ? C'était ridicule, il ne l'avait jamais assez aimée pour ça ! Lucide, elle se souvenait parfaitement de la manière dont elle lui avait forcé la main, à vingt ans, le contraignant au mariage. Il avait suffi qu'elle fasse appel à son sens du devoir, de l'honneur, aux grands principes inculqués par Artus Le Marrec, insupportable *pater familias*. Loïc s'était révélé un bon mari, trop absorbé dans son travail mais rapidement capable de très bien gagner sa vie. Elle gérait leur compte commun, leurs investissements, les brevets pris par Loïc dès sa sortie de fac et qu'elle avait bien négociés. Loïc rapportait des fleurs pour elle, des jouets pour Pierre, il n'exigeait rien de particulier et lui faisait très bien l'amour. Une vie agréable mais sans passion, or il était quelqu'un de passionné, elle le devinait sans jamais parvenir à déclencher en lui l'étincelle qu'elle espérait. Etait-il incapable d'exprimer ses sentiments ou ne ressentait-il rien d'extraordinaire à son égard ? Elle était pourtant une très belle femme et s'était acharnée à le rester, courant les coiffeurs, les instituts de beauté, les boutiques de mode. Lui n'attachait que peu d'importance à son apparence, élégant sans effort, séduisant sans le savoir. Dans leur maison, qu'elle avait choisie elle-même, elle s'occupait de tout, y compris de sélectionner leurs amis ou relations. Concernant l'éducation de Pierre, elle avait éloigné Loïc délibérément, préférant le voir se consacrer à ses responsabilités, de plus en plus importantes, qui faisaient de lui un jeune savant très remarqué. Avait-elle commis une erreur en rendant Pierre trop dépendant d'elle ? Enfant, il adorait son père, avec qui il ne jouait pourtant que cinq minutes par jour, et encore, pas tous les jours ! Mais l'image paternelle était là, rassurante, facile à admirer. Loïc faisait ce qu'Anne attendait de lui, ni docile ni amoureux, mais assez indifférent pour se conformer à cette vie modèle qu'elle lui imposait. Aurait-elle dû se méfier lorsque, sur un coup de tête, il avait acheté sa Porsche ? Un évident besoin de fantaisie, peut-être même d'évasion, s'était emparé de lui, et la voiture n'était qu'un début, ensuite il avait pris une maîtresse.

Jamais elle ne pourrait lui pardonner l'humiliation de ce retour chez elle, à l'improviste, avec le spectacle lamentable de son mari en plein adultère. Le ciel lui était tombé sur la tête. Loïc infidèle ? Dragueur ? Paresseux et méprisant au point de ne pas trouver une chambre d'hôtel pour ses galipettes ? L'orgueil à vif, le cœur en lambeaux, elle s'était juré de lui faire payer le prix fort. Elle ne regrettait pas d'avoir engagé un avocat aux dents longues qui avait fait de leur divorce une bataille sans merci, dont Loïc était sorti perdant sur toute la ligne. Il n'avait sauvé que la Porsche, ultime dérision. Et durant toute la procédure – expulsion du domicile conjugal, comptes bancaires bloqués, mesures conservatoires –, elle avait pris Pierre à témoin. « Ton père est une ordure. » Elle n'avait pas hésité à marteler cet axiome, à répéter qu'il était menteur, lâche, sournois, tout ce que la colère lui dictait, même en sachant qu'aucun de ces qualificatifs ne pouvait réellement s'appliquer à Loïc. Ses crises de larmes avaient bouleversé Pierre, qui ne savait comment la consoler. Lui qui s'était alors montré le plus gentil garçon du monde, pourquoi s'était-il transformé en un adolescent querelleur dont les professeurs ne venaient plus à bout ?

Inquiète, elle rentra chez elle et se rendit tout droit dans la chambre de son fils. Sur le bureau, devant la fenêtre, des classeurs et des polycopiés attestaient du travail scolaire de Pierre. Les piles de CD écroulées, les disquettes en vrac près de l'ordinateur ou les vêtements abandonnés n'avaient rien d'angoissant. Pas trace d'odeur suspecte, aucun cendrier en vue, nulle brûlure significative sur la moquette bleue : apparemment, il ne fumait pas de pétards, en tout cas pas à la maison. Sur la commode, elle vit une photo d'elle. Que son fils ait pensé à la glisser dans un petit cadre la fit sourire. Avant de sortir, elle jeta un dernier regard circulaire. Intriguée par des morceaux de papier déchiré qui s'entassaient sous la lampe de chevet, elle s'en approcha. Elle reconnut tout de suite l'écriture de Loïc. Il avait envoyé deux lettres à Pierre, où il devait chercher à se disculper, mais à l'évidence ces courriers n'avaient fait que provoquer la rage de l'adolescent. Elle resta pensive quelques instants puis se détourna sans avoir touché à rien. Pierre continuait à rejeter son père, et peut-être ses problèmes scolaires venaient-ils de là ? Devait-elle le pousser à accepter les tentatives de réconciliation que multipliait Loïc ? Elle n'avait pas envie de les imaginer complices, heureux de se voir sans d'elle... C'était très égoïste, soit, mais elle ne supporterait pas que son fils s'éloigne d'elle maintenant. Elle se sentait encore trop fragilisée par l'absence de Loïc, démunie face à ce vide dans son lit, chaque nuit, et incapable de pardonner à un homme qu'elle haïssait tout en l'aimant encore désespérément.

Pour faire plaisir à son frère, qui le lui réclamait depuis plusieurs jours, Tristan avait accepté d'abattre un des chênes selon l'ancienne tradition, c'est-à-dire avec une simple hache. Délaissant leurs tronçonneuses, les deux hommes s'étaient d'abord attaqués ensemble à la première entaille, faite en V du côté où l'arbre devait tomber, puis ils étaient passés du côté opposé.

— Là, décréta Tristan, tu fais comme si tu traçais un trait, il faut que ton incision soit horizontale, d'accord ?

Essoufflé, Loïc hocha la tête. Pourquoi diable avait-il voulu revenir à cette vieille méthode harassante ? Juste pour le plaisir d'entendre le bruit des lames contre le bois, comme dans son enfance ? Manifestement, Tristan comptait le laisser se débrouiller, et son sourire ironique ne présageait rien de bon. Combien de temps allait-il devoir s'escrimer seul sur ce tronc ?

— Tiens, prends la mienne, lui enjoignit son frère.

La hache de Tristan était un peu moins lourde, et parfaitement affûtée.

— A cette hauteur-là, Loïc, ajouta-t-il.

D'un coup de craie, il marqua l'emplacement exact puis attendit. Loïc sentait déjà une douleur sourde dans ses épaules, ses bras, sa nuque, néanmoins il prit position et commença à cogner. Au bout de quelques minutes, ruisselant de sueur, il trouva le bon rythme, celui qui permettait aux bûcherons chevronnés de ne pas s'interrompre avant d'en avoir fini.

— Tu y es presque ! avertit Tristan.

Hors d'haleine, Loïc porta son dernier coup avec une telle force qu'il faillit ne pas ressortir la hache.

— Pas mal pour un novice...

Son frère lui souriait et Loïc s'essuya le visage d'un revers de manche. Puis il lâcha l'outil et se plia en deux, les mains sur les cuisses, essayant de reprendre son souffle.

— La... dernière fois que j'ai fait ça... j'avais... à peine seize ans...

— Je m'en souviens encore, c'était un hêtre et tu l'avais massacré, ce pauvre *faou* ! J'aurais donné n'importe quoi pour prendre ta place, mais papa ne me laissait pas encore toucher aux haches.

Loïc tourna la tête et considéra le chêne.

— Il est prêt ?

— Il va suffire qu'on appuie dessus.

— J'adore ce bruit.

— Alors, écoute bien.

A l'instant où Tristan rejoignait Loïc, une voix de stentor s'éleva derrière eux.

— Vous n'avez vraiment rien d'autre à faire que les abattre à la main ?

Artus arrivait à grandes enjambées, se tenant du bon côté de l'arbre.

— C'est un désir d'intellectuel ? D'écologiste ?

Goguenard, il toisa Loïc des pieds à la tête avant de se tourner vers Tristan.

— On vous entend de loin. Je voulais savoir si tu avais besoin du tracteur ce matin, pour débarder. Mais, à la cadence à laquelle vous allez, ma question n'a plus de sens !

Loïc se demanda si leur père était là depuis longtemps. Avait-il observé la manière de travailler de ses fils, ou plutôt de Loïc seul, forcément agacé par cette perte de temps ? Pour tout ce qui touchait à la terre, il était d'une rigueur absolue et ne tolérait pas qu'on s'amuse.

— Enfin, tu fais ce que tu veux, lâcha-t-il en s'adressant toujours à Tristan.

Celui-ci se contenta de hocher la tête sans répondre. Dans le silence qui suivit, des chants d'oiseaux reprirent au-dessus d'eux. Au bout d'un moment, Tristan effleura le bras de Loïc.

— On y va ?

Ils posèrent les paumes de leurs mains sur la surface rugueuse du tronc et appuyèrent ensemble. Il y eut un premier craquement, puis le bois se mit à grincer et céda enfin dans un long sifflement de branches et de feuilles. Le choc parut faire trembler la terre, déclenchant la panique parmi les oiseaux. Durant quelques instants, les trois hommes restèrent immobiles, contemplant le chêne couché.

— Bon, si vous devez continuer vos fantaisies, je vous laisse, dit Artus d'un ton brusque.

Loïc attendit qu'il se soit suffisamment éloigné pour lâcher, d'un ton exaspéré :

— Comment peux-tu le supporter à longueur d'année ?

— Il ne vient jamais regarder ce que je fais. Aujourd'hui, il était là par curiosité, à cause de toi. On fait moins de bruit avec une hache qu'avec une tronçonneuse, son prétexte ne tient pas. Quant au tracteur, il n'en a aucun besoin aujourd'hui, Elias coordonne toujours le planning des machines.

— Donc, c'est moi qu'il surveille ? Seigneur ! Il...

S'interrompant abruptement, Loïc haussa les épaules. Son père le payait au SMIC, sans lui faire de cadeau, et il n'avait pas l'impression de voler son salaire. Néanmoins, personne ne lui avait demandé de travailler ici, il s'était imposé tout seul pour des raisons personnelles qu'Artus, à l'évidence, ne pouvait ni ne souhaitait comprendre.

— J'espère que je te sers à quelque chose, dit-il entre ses dents.

— Oui, répondit posément Tristan. Nous avons fait du bon boulot depuis deux semaines, et on va continuer.

Ils avaient abattu presque tous les arbres de la coupe, les avaient ébranchés et écimés puis transportés en lisière de forêt. Tristan faisait confiance à Loïc, que ce soit pour cuber les troncs ou pour les charger, et les réflexions aigres de leur père n'y changeraient rien.

— On viendra le chercher avec le treuil demain matin, décida Tristan.

Le jour baissait dans le sous-bois très dense, où les rayons du soleil couchant pénétraient à peine. Ils regagnèrent le 4 × 4, garé sur un chemin à une centaine de mètres de là, et déposèrent les haches à l'arrière, avec le reste des outils.

— Tu n'oublies pas qu'on sort, ce soir ? rappela Loïc avec un sourire ironique.

Son frère acquiesça, un peu embarrassé, et Loïc éclata de rire.

— Ah, non ! Tu ne vas pas jouer au mec timide et empoté ? Nous étions bien d'accord...

— Pas de problème, affirma Tristan en démarrant.

Sabine pesait le pour et le contre, ses clefs de voiture à la main. D'un côté, l'idée de rompre sa solitude la tentait, de l'autre, elle la rebutait. Mais qu'y avait-il à faire dans ce minuscule port de Doëlan, avec l'automne qui arrivait ? A Paris, elle aurait appelé des copains et serait allée boire un verre avec eux, ou bien elle aurait demandé à Jérôme de lui dénicher un de ces petits bistrots dont il avait le secret. Mais, à Paris, elle terminait ses journées si épuisée que, la plupart du temps, elle s'effondrait sur son lit sans avoir envie de ressortir. Ici, malgré tout l'exercice qu'elle prenait, elle n'avait jamais sommeil le soir. En fait, elle était en pleine forme, du moins physiquement, alors si elle voulait que le mental suive, elle devait fournir l'effort nécessaire. D'autant plus que, à bien y réfléchir, elle se sentait *un peu* mieux que quelques semaines plus tôt. Etait-ce enfin le bout du tunnel ?

Elle éteignit les lumières de la cuisine, sortit et verrouilla la porte. L'air était vif, chargé de l'odeur de la mer grâce au vent d'ouest qui balayait le littoral. Elle constata que les hortensias commençaient à faner, ce qui ajoutait à l'impression de fin d'été. D'ailleurs, il n'y avait presque plus de touristes le matin, ni aux ventes à la criée des pêcheurs ni aux terrasses des cafés.

Afin de profiter du paysage embrasé par les dernières lueurs du jour, elle prit la route de la côte, celle qui passait par Le Fort-Bloqué, Kerham et Le Courégant. Une fois arrivée à Lorient, elle alla se garer place Jules-Ferry, où, dédaignant la *Villa Vany*, trop jeune et trop branchée, elle choisit de pousser la porte de l'*Admiral Benbow*. Elle s'installa au bar, commanda une coupe de champagne et réclama des cigarettes. En principe, elle fumait rarement, mais ce soir elle avait envie de sentir l'odeur du tabac, d'effectuer ce geste désinvolte et précis qui consistait à viser l'énorme cendrier sur le comptoir, ainsi qu'elle avait vu Jérôme le faire à longueur de soirées.

Autour d'elle, les gens parlaient, riaient, buvaient. L'ambiance était bon enfant, exactement celle qui convenait pour engager la conversation avec n'importe qui. Sabine regarda d'abord les consommateurs alignés au bar, puis elle jeta un coup d'œil vers la salle. Des groupes bruyants et quelques couples d'amoureux formaient l'essentiel de la clientèle, avec une nette majorité d'hommes. Elle salua d'un sourire deux ou trois personnes qu'elle connaissait de vue, puis remarqua une jeune femme seule, à une table du fond, qui semblait guetter quelqu'un. L'habitude d'enregistrer le moindre détail d'un lieu, ainsi que la place de chacun, faisait partie de son métier et elle nota sans y penser que la femme aurait pu être jolie si elle avait su s'arranger.

Elle vida sa coupe, en commanda une autre. Pas question de trop boire avant de reprendre le volant, néanmoins elle avait envie de se sentir gaie. Assis à sa droite, un grand brun barbu sirotait un whisky irlandais tout en la détaillant d'un air si langoureux qu'elle lui tourna le dos pour observer les allées et venues. De nouveaux consommateurs pénétraient dans le bar déjà bondé, et parmi eux elle identifia les frères Le Marrec, qui décidément étaient partout. Ils hésitèrent quelques instants, balayant la salle du regard puis, après s'être concertés, Tristan se dirigea vers la jeune femme seule à sa table tandis que Loïc gagnait le comptoir. Sabine regretta qu'ils n'aient pas fait le contraire, elle aurait volontiers bavardé cinq minutes avec Tristan.

— Bonsoir, marmonna Loïc en passant à sa hauteur.

Il eut le bon goût de ne pas s'installer sur le tabouret libre, juste à sa gauche, et s'éloigna de quelques places. Le plus discrètement possible, il risqua un coup d'œil dans la direction de Tristan, qui s'était assis face à la jeune femme, tout au bord d'une chaise, et semblait à l'agonie. Drôle de rendez-vous.

Sabine but une gorgée de son champagne, se demandant soudain ce qu'elle faisait là. Une rencontre de hasard ne la tentait plus du tout, mais les conversations et les rires, autour d'elle, avaient quelque chose d'apaisant. Le silence de sa petite maison de pêcheurs commençait à lui peser, qu'elle le veuille ou non. Et peut-être aussi le mutisme de Jérôme, qui ne s'était pas manifesté depuis qu'elle l'avait plus ou moins flanqué dehors.

Au bout du comptoir, Loïc continuait à surveiller son frère sans en avoir l'air, avec un petit sourire attendri qui le rendait plus sympathique. Lorsqu'il se tourna pour attirer l'attention du barman, son regard croisa celui de Sabine et, sur une impulsion, elle lui fit signe de venir s'asseoir près d'elle.

— Alors, monsieur Le Marrec, comment vont les affaires ? s'enquit-elle courtoisement.

— Les affaires ? Lesquelles ?

— Eh bien, les... Vous êtes forestier, non ?

— Pas du tout. Biologiste.

Elle devait avoir l'air tellement étonnée qu'il précisa aussitôt :

— C'est mon frère Tristan qui exploite la forêt, pas moi. En ce moment, je lui donne juste un coup de main.

— Biologiste ? répéta-t-elle, incrédule.

— Enfin, chercheur si vous préférez, ou...

— Savant, quoi ?

Il ne répondit rien, se bornant à désigner la coupe de Sabine.

— Une autre ?

— Non, merci. Je vais finir celle-là et ça ira. Vous n'avez pas vraiment l'allure d'un scientifique. Ni d'un bûcheron, d'ailleurs.

— Vous n'avez pas non plus l'allure d'un flic. Vous arrivez à leur faire peur ?

— A qui ?

— Aux gangsters, aux voyous...

— Le but du jeu est de les mettre hors d'état de nuire, pas spécialement de les effrayer.

Elle le vit tourner la tête une fois de plus vers le fond de la salle et suivit la direction de son regard. Tristan et la jeune femme n'avaient pas bougé, aussi raides l'un que l'autre.

— Un rendez-vous amoureux ? interrogea Sabine.

— Une première entrevue. Tristan est assez réservé, je ne suis pas sûr que ça marche pour lui.

— Cette femme pourrait être très jolie... Comment l'a-t-il connue ?

— Par Internet, sur un site de rencontres.

— Ah, je comprends mieux ! Dans ces conditions, ce doit être difficile de trouver quelque chose à se raconter.

— Pas forcément. Tenez, j'essaye ! Bonjour, je m'appelle Loïc, je suis né dans la région, je n'aime ni la danse ni la politique, j'adore la mer, je viens de divorcer et j'ai un fils de seize ans.

— Cette fiche d'identité est censée séduire ? s'esclaffa Sabine. C'est ridicule ! Vous savez bien que ce qui vous charme chez quelqu'un, et pas forcément la première fois, c'est souvent un détail, une manière de sourire, de se passer la main dans les cheveux... C'est tout ce qu'on apprend sur l'autre sans qu'il le dise. Et puis la couleur d'un pull, une expression...

Elle s'interrompit en constatant qu'il la contemplait soudain avec un intérêt trop évident. Il avait des yeux magnifiques, mais il ne l'attirait vraiment pas. Avec un peu d'agacement, elle se mit à fouiller dans son sac pour prendre son portefeuille.

— Non, je m'en occupe, dit-il doucement. S'il vous plaît.

En se forçant à sourire, elle accepta de le laisser régler.

— On se verra peut-être un de ces jours au stand de tir ? lança-t-elle d'un ton désinvolte.

Avant de quitter l'*Admiral Benbow,* elle jeta un dernier coup d'œil vers Tristan. A la place de cette jeune femme, elle aurait su quoi faire, elle en était persuadée. Pour commencer, elle aurait essayé de rire de la situation. La timidité chez un homme n'était pas forcément un défaut.

Lorsqu'elle franchit la porte, Loïc se décida à boire une gorgée de son irish coffee, qui lui parut amer et tiède. A moins de faire comme les autruches en se mettant la tête dans le sable pour ne rien voir, il était bien obligé de se rendre à l'évidence : Sabine Coatmeur lui plaisait. Il n'avait pas souvenir qu'une femme lui ait jamais fait un effet pareil - même pas la sienne -, et surtout pas si vite. Mais, ironie du sort, elle ne le voyait tout simplement pas, Tristan semblait l'intéresser davantage. Pourquoi pas, d'ailleurs ? Son frère possédait beaucoup de charme, et comme il ne draguait pas du tout, il ne risquait pas le genre de maladresse que venait de commettre Loïc. Il savait qu'il avait probablement regardé Sabine avec la tête d'un chien devant un os. Lorsqu'elle avait parlé d'une manière de se passer la main dans les cheveux ou de la couleur d'un pull, il s'était senti fondre tout en se disant qu'il adorait son col roulé rouge, ses cheveux bruns, et qu'il mourait d'envie de les toucher. Que lui arrivait-il donc ? Qu'est-ce que ce petit bout de femme avait de si extraordinaire ? Petit bout, oui, *tamic* en breton, un surnom qui lui irait très bien.

— Je l'ai invitée à déjeuner dimanche ! lança triomphalement Tristan en lui frappant l'épaule.

— Ah... Elle est partie ?

— Oui.

— Et alors ? Elle te plaît ?

— Je ne sais pas.

Loïc dévisagea son frère avant de se mettre à rire. Leur virée à Lorient se révélait plutôt déconcertante, mais il était prêt à parier qu'ils ne la regretteraient ni l'un ni l'autre.

— Non, Loïc n'est pas là, désolé.

Courtois mais distant, ainsi qu'il l'était toujours avec des étrangers, Artus proposa à son visiteur d'entrer.

— Je ne voudrais pas vous déranger...

— Je vous en prie. Si c'est important, je peux vous donner un numéro de téléphone où le joindre tard le soir ou tôt le matin. Mais il a également un mobile.

— Je sais, je lui ai laissé deux messages.

Artus, qui avait déjà saisi un bloc et un stylo sur une commode de l'entrée, suspendit son geste.

— Auxquels il n'a pas répondu ?

— Pas davantage qu'au courrier que je lui ai adressé.

L'homme jeta un regard plein de curiosité autour de lui puis reporta son attention sur Artus.

— Le docteur Le Marrec n'est pas un homme facile à joindre, soupira-t-il.

Ce mot de *docteur* associé à Loïc parut assez incongru à Artus mais, quel que soit son sentiment à ce sujet, il n'était pas disposé à laisser un parfait inconnu poursuivre un membre de sa famille.

— Je n'ai pas retenu votre nom, dit-il d'un ton froid.

— Yvon Larcher. Je suis directeur d'une société spécialisée dans les travaux sous-marins à grande profondeur.

Tout en parlant, il avait sorti une carte de la poche de son imperméable. Artus la prit sans la regarder, attendant la suite.

— C'est son ex-femme qui m'a aimablement donné votre adresse, or il se trouve que j'avais à faire à Concarneau, donc je n'étais pas très loin d'ici... et je tiens vraiment à rencontrer le docteur Le Marrec.

Indécis, Artus hésitait. Il n'avait pas l'intention d'envoyer cet homme chez Tristan, ni de le faire patienter dans son salon. Toutefois, il était probable qu'il s'agissait d'une question professionnelle, peut-être même une proposition de travail, et son désir de voir Loïc quitter Kerloc'h devenait impérieux.

— Vous êtes son père ?

D'un simple hochement de tête, Artus acquiesça.

— C'est quelqu'un d'exceptionnel, félicitations.

Le compliment laissa Artus indifférent. Que Loïc soit une exception, il n'en doutait vraiment pas, de là à partager l'admiration de cet Yvon Larcher, il y avait un monde.

— Les travaux personnels qu'il a publiés, la manière dont il a ensuite dirigé son service à l'IFREMER, sans parler de son stupéfiant cursus universitaire... Je suis prêt à lui faire une offre très sérieuse. Je sais qu'il a démissionné, pour raisons privées m'a-t-on appris, alors s'il est fatigué du service public et de ses contraintes, ma société peut lui fournir les moyens de...

— Ce n'est pas à moi qu'il faut le dire, intervint Artus. Je ne connais pas les intentions de Loïc, je ne vous suis d'aucune utilité. Maintenant, si vous tenez à l'attendre, je pense qu'il sera ici vers vingt heures.

Comme chaque soir, il n'allait plus tarder à arriver, bras dessus, bras dessous avec Tristan, apparemment heureux d'avoir passé sa journée à traîner dans la boue de la forêt. Oui, il était grand temps qu'il fasse autre chose. Artus traversa l'entrée, ouvrit la porte du salon et alluma.

— Installez-vous là. Je vous laisse, excusez-moi.

Il abandonna le visiteur, repartit vers la cuisine, où il trouva Elias en train de s'agiter devant les fourneaux. Marion marchait de long en large, le nouveau-né contre son épaule, et elle adressa un sourire radieux à Artus.

— Elle est en train de s'endormir, je vais monter la coucher. Vous savez qu'il y a une somptueuse Mercedes garée dans la cour ? Aurions-nous des invités, ce soir ?

— Non, cette voiture appartient à un type qui veut absolument rencontrer Loïc.

Artus n'était pas encore changé et il tenait à prendre sa douche avant le dîner. Il se tourna vers Elias.

— Si Loïc arrive, dis-lui qu'un certain Yvon Larcher l'attend.

— Je lui propose quelque chose à boire ? suggéra Elias.

— Inutile. Je ne le connais pas et, apparemment, Loïc non plus.

Contrarié sans trop savoir pourquoi, Artus quitta la cuisine à grandes enjambées.

— L'exploitation des sources d'eau douce situées sous la mer n'est pas nouvelle, rappela Yvon Larcher.

— Je sais. Les Phéniciens utilisaient déjà le système avec des tuyaux de cuir... Et je connais très bien le programme de la source de Mortola, entre Menton et Vintimille.

Assis face à son visiteur, Loïc était fatigué après toute une journée passée à charger des troncs à la grue sur un semi-remorque. Un peu perdu dans un col roulé de laine écru emprunté à Tristan, un jean déchiré et des bottes de caoutchouc, il devait avoir une dégaine déconcertante, très éloignée de l'image du scientifique qu'il était.

— Le problème de ces captages reste une éventuelle perturbation de la géologie sous-marine, enchaîna-t-il. Sans parler de l'impact sur le milieu naturel.

— Justement, c'est là que vous interviendriez. Il nous faudrait une évaluation précise de la faune et de ses modifications.

— Qui vous la réclame ? Les autorités des pays concernés ? N'importe quelle étude sérieuse demande au moins une année d'observation, voire deux. Accepteriez-vous d'attendre avant exploitation ?

Yvon Larcher fronça les sourcils puis se força à rire.

— Docteur Le Marrec, il y a de gros intérêts en jeu ! Et aussi, souvenez-vous-en, de l'eau moins chère pour les pays secs. Des sources ont été mises au jour en Namibie, en Syrie...

— Et vous avez besoin d'une caution. Pas d'un chercheur.

Même réfugié à Kerloc'h pour cause de débâcle personnelle, Loïc avait une idée exacte de sa valeur en tant que biologiste. Il n'en ressentait ni orgueil pour ce qu'il représentait, ni regrets d'avoir momentanément abandonné sa place, mais l'idée qu'on veuille se servir de lui le hérissait.

— Pour peu que mes conclusions n'aillent pas dans le sens que vous souhaitez, quel serait mon avenir au sein de votre société, monsieur Larcher ?

— Si vous désirez des garanties...

— De quoi ? D'indemnités faramineuses en cas de licenciement ? Le simple fait de m'engager pour conduire un programme de recherche chez vous donnerait un gage de sérieux à votre entreprise, vous permettant de devancer ou même de brûler certaines étapes. Vous le savez et je le sais.

Yvon Larcher dévisagea Loïc puis soupira ostensiblement.

— Vous avez trop longtemps travaillé à l'IFREMER, docteur. Vous perdez de vue tout l'attrait de la recherche privée. Une implication industrielle est la seule...

— Je crois que vous ne me convaincrez pas, et vous avez sûrement mieux à faire.

Déjà debout, Loïc eut un sourire contraint, s'efforçant de rester poli. Larcher se leva à son tour et remit son imperméable de mauvaise grâce.

— Voulez-vous que nous en reparlions un peu plus tard ? suggéra-t-il sans grande conviction.

— Non, c'est inutile. Je vous raccompagne.

Dans l'entrée, il ouvrit la porte en grand, alluma les projecteurs de la cour, mais il négligea de tendre la main à Larcher.

— Bonsoir.

Une fois seul, il attendit d'entendre la Mercedes démarrer. Pourquoi était-il si contrarié ? A cause de ce rappel inopportun de son métier ? Parce que la visite de Larcher l'obligeait à se reposer toutes les questions soigneusement occultées depuis son arrivée à Kerloc'h ?

Perturbé, plongé dans ses pensées, il faillit ne pas voir la silhouette de son père, immobile sur la dernière marche de l'escalier.

— Tu n'es pas très chaleureux, laissa tomber Artus. Il t'a proposé quelque chose ?

— Oui, mais j'ai refusé.

— Ah, bon ?

— Ce n'est pas ce genre de travail que je cherche.

— Parce que tu cherches ?

— Pas vraiment.

— Tu n'en as pas besoin, puisqu'on vient te relancer jusqu'ici !

L'intonation d'Artus n'avait rien de conciliant et Loïc, conservant un réflexe d'enfance, tenta de se justifier.

— Je ne sais pas comment ce type m'a trouvé.

— Anne lui a donné l'adresse.

— Trop aimable !

— Elle doit commencer à se demander de quelle façon tu comptes gagner ta vie. Tu as un fils à élever.

— Pas à élever, non ! explosa Loïc. Juste à entretenir, et surtout rien d'autre ! Je n'arrive pas à le voir et elle ne fait rien pour que ça s'arrange. Or je ne tiens pas à lui envoyer les gendarmes !

Il frémissait de rage, ulcéré par la mauvaise foi de son père, par cet odieux mélange de froideur et d'agressivité qui pointait dans chacune de ses réflexions.

— Ne te mets pas en colère, intima Artus à mi-voix. D'abord parce que je ne le supporterai pas, ensuite parce qu'il n'y a aucune raison que tu t'en prennes à moi. C'est ton problème, je n'en suis pas responsable.

— Un problème de taille, non ? Tu es bien placé pour savoir à quel point c'est dramatique de ne pas s'entendre avec son fils !

Artus descendit la dernière marche, sur laquelle il était resté sans bouger, et il traversa le hall en trois enjambées rapides. Loïc eut l'impression qu'ils allaient en venir aux mains et que ce serait irrémédiable, mais son père s'arrêta à un pas de lui.

— Si tu veux, je servirai d'intermédiaire. Je peux appeler Anne et lui expliquer que Pierre doit passer un week-end ici. Elle m'écoutera, j'en suis certain.

Sa proposition était tellement inattendue que Loïc ne trouva rien à lui répondre.

— Bon, allons dîner ou ce sera brûlé, bougonna Artus en se détournant.

Sur le gigantesque tableau noir accroché au mur de pierre dans la grange qui abritait les machines agricoles, Elias avait scrupuleusement noté le planning de la semaine à venir, que Tristan venait de chambouler.

— J'ai un treuil cassé, plaida-t-il, j'ai besoin d'équiper ce tracteur-là.

— Ton père ne va pas apprécier, répliqua Elias. Il a décidé de commencer à ensemencer dès ce matin, et tu le connais...

Tristan leva les yeux au ciel et prit son frère à témoin.

— Franchement, Yann, vous n'êtes pas à un jour près ? Quand c'est Gaëlle qui a besoin de quelque chose, tout le monde est d'accord !

Avec une mimique impuissante, Yann secoua la tête.

— Je ne peux pas trancher.

— Mais papa t'écoute !

— Moi ? Absolument pas. On ferait mieux de réparer ton treuil.

— J'ai commandé la pièce et je ne l'aurai qu'à la fin de la semaine.

— Si tu me l'avais dit avant, fit remarquer Elias, je m'en serais occupé. Mais chacun de vous n'en fait qu'à sa tête.

La discussion se déroulait dans le plus grand calme, habitués qu'ils étaient à travailler ensemble et à affronter ce genre de soucis à longueur d'année. Au-dehors, le jour se levait à peine, sous un ciel plombé qui annonçait la pluie.

— Alors, résumons-nous, qui se sert de quoi ? s'enquit Elias, sa craie à la main.

— Yann, insista Tristan, mon client vient demain matin avec un semi-remorque. Si tout n'est pas débardé en bord de route, il n'ira pas chercher les grumes au fond des bois !

— Très bien, prends-le, trancha Elias en voyant que Yann refusait de se prononcer. Tu te débrouilleras tout seul pour charger ?

— Loïc va m'aider.

— D'accord...

Elias rectifia le tableau tandis que Tristan tendait déjà la main vers l'une des nombreuses clefs pendues à des clous.

— Il est content de bosser avec toi, Loïc ? demanda Yann.

— Oui, je crois que ça lui convient tout à fait en ce moment. Il s'en donne à cœur joie dans la forêt, et il apprend vite !

— Qu'est-ce qu'il apprend ? lança Gaëlle, qui venait d'entrer.

Frileusement emmitouflée dans un blouson fourré dont elle avait relevé le col, elle réprima un bâillement.

— Bon sang, les garçons, ce que vous êtes matinaux... Alors, c'est vrai, ça l'amuse, Loïc ? Eh bien, tant mieux ! Parce que avec papa, il n'a pas souvent l'occasion de rire.

Elle retira l'un de ses gants pour prendre ses cigarettes et son briquet dans sa poche. Sa réflexion semblait avoir fait mouche, car les trois hommes restèrent silencieux. Impossible, en effet, de ne pas remarquer l'animosité qui régnait toujours entre leur père et Loïc, rendant tous les dîners explosifs.

— S'il voulait le faire déguerpir le plus vite possible, il ne s'y prendrait pas autrement, ajouta-t-elle. En ce qui me concerne, je suis ravie que Loïc soit à Kerloc'h avec nous.

— Moi aussi, affirma Tristan.

Yann approuva d'un grognement tandis qu'Elias restait silencieux.

— Heureusement que tu es là, conclut Gaëlle en s'adressant à Tristan.

— Je lui dois bien ça ! Je vous rappelle que c'est uniquement grâce à lui si j'ai obtenu mon diplôme des eaux et forêts, et je ne l'ai pas oublié. A l'époque, s'il ne m'avait pas fait travailler, en m'expliquant tout, je ne l'aurais jamais eu. Pour lui, c'était facile, il pouvait intégrer n'importe quel programme rien qu'en lisant les cours, et à vrai dire il en sait toujours très long sur la question.

Tristan l'avouait d'autant plus volontiers que jamais Loïc ne faisait référence à ce rôle de professeur qu'il avait tenu auprès de son petit frère, alors qu'il était déjà en poste à l'IFREMER, où il croulait sous les responsabilités.

— J'ai passé un certain nombre de dimanches à Brest, chez lui, à plancher comme un fou. Sans son aide, j'aurais abandonné, l'examen était très au-dessus de mes possibilités. Maman m'avait prédit que ça marcherait si Loïc me donnait un vrai coup de main, mais ni elle ni moi n'en avons parlé à papa.

Gaëlle écrasa soigneusement sa cigarette sous le talon de sa botte, s'abstenant de tout commentaire, alors que Yann, sourcils froncés, semblait tomber des nues.

— Vous m'aviez vraiment pris pour un type doué ? ricana Tristan en regardant son frère droit dans les yeux.

— Non... Pas forcément doué, mais sérieux. Tout le monde croyait que tu bossais avec tes copains, et après tout ça revient au même puisque tu bossais pour de bon. Loïc ne s'est pas présenté à ta place le jour de l'examen, que je sache ? Ne te dévalorise pas tout le temps.

Toujours muet, Elias les observait à tour de rôle sans intervenir, mais ce fut à lui que Tristan demanda :

— Pourquoi est-il aussi désagréable ?

— Artus ? Je l'ignore... Il n'a pas d'ennuis, l'exploitation tourne aussi bien que possible.

— Il a toujours été comme ça ! protesta Gaëlle. Vous avez perdu la mémoire ou quoi ? Il n'a jamais su s'adresser à Loïc qu'avec méfiance ou mépris. Et il continue aujourd'hui, rien de plus, rien de moins. Moi, je refuse de supporter sa mauvaise humeur tout l'hiver, ce sera invivable. Il devrait carrément accrocher une pancarte dans la cuisine, avec l'inscription : « Quand pars-tu ? » Tout de même, ce n'est pas si terrible d'accueillir Loïc pour quelques mois ! Bien sûr qu'il finira par s'en aller, mais en attendant il se rend utile, alors je ne vois pas où est le problème.

— Quel problème ? interrogea Artus d'un ton tranchant.

Comme personne ne l'avait entendu arriver, il y eut d'abord un silence contraint. Puis Gaëlle, comprenant que ses frères ne diraient rien, choisit de faire front.

— La présence de Loïc.

Sa franchise parut plaire à Artus, qui esquissa un petit sourire.

— Aucun problème en ce qui me concerne. C'est pour lui que je m'inquiète parce que sa place n'est pas à Kerloc'h, et parce qu'il a des responsabilités familiales auxquelles il ne pourra pas échapper indéfiniment. Qu'il refuse les offres mirobolantes qu'on vient lui faire jusqu'ici et préfère toucher un salaire de misère en jouant au forestier avec Tristan me consterne.

— Il ne joue pas ! protesta Tristan, indigné.

— Ah, non ? Tu insinues qu'il a fait une dizaine d'années d'études supérieures pour finir par débiter des rondins sous tes ordres ?

Tristan soutint une seconde le regard de son père puis il haussa les épaules, refusant de discuter. Artus se tourna alors vers les autres, l'air ironique.

— Et maintenant, on pourrait peut-être se mettre au travail ?

Ce n'était pas une question, aucun d'entre eux ne s'y trompa.

3

En pénétrant dans le *Bistro de la Tour,* son fils derrière lui, Loïc se sentait nerveux. Pierre n'avait fait que céder, de mauvaise grâce, à l'insistance de sa mère, qui elle-même s'était inclinée devant les arguments d'Artus. Un enchaînement dans lequel Loïc n'avait aucune part et qui menaçait de rendre le week-end très laborieux.

Pour ne pas précipiter immédiatement son fils dans l'atmosphère familiale de Kerloc'h, parfois lourde à supporter, Loïc avait choisi de s'arrêter à Quimperlé afin de se ménager d'abord un déjeuner en tête à tête. Mais à peine la porte franchie, la première personne qu'il vit fut Sabine Coatmeur, attablée face à un homme qui la faisait rire aux éclats. Cette découverte le contraria à tel point qu'il faillit repartir sur-le-champ.

— Ouais, c'est cool ici..., marmonna Pierre dans son dos.

Comme c'était la première phrase qu'il prononçait depuis une heure, Loïc s'efforça de sourire et se laissa conduire à une table par la patronne. Le décor du restaurant, très chaleureux, évoquait plutôt une élégante brocante, et le chef avait la réputation d'être toujours inspiré derrière ses fourneaux.

— J'étais certain que ça te plairait, dit-il distraitement. Je te laisse profiter de la vue.

Il s'installa dos à la salle, sans avoir cherché à croiser le regard de Sabine. Il l'entendit rire de nouveau et se demanda ce que cet homme pouvait lui raconter de si drôle.

— Je te préviens, je n'ai pas très faim, annonça Pierre.

— Il y a des tas de trucs légers et originaux, je suis sûr que tu vas trouver ton bonheur. Le fondant frais de langoustines est une merveille.

Son fils avait toujours adoré les crustacés et les poissons, il s'en souvenait très bien, d'ailleurs il se souvenait du moindre détail le concernant.

— Qu'est-ce qu'on va faire, une fois arrivés à Kerloc'h ? demanda Pierre.

— Ce que tu veux. Te balader si tu en as envie, ou...

— Tu as vu le temps ?

— Oui, mais ça s'arrangera. Tu peux aussi te faire une flambée et travailler devant.

— Ah, oui ! Bien sûr. Travailler...

Ignorant le ton ironique, Loïc enchaîna :

— Tout le monde sera très content de te revoir, et puis tu sais la maison est grande, je ne crois pas que tu auras le loisir de t'ennuyer. De toute façon, je veux surtout parler avec toi.

— De quoi ?

— Ta vie, la mienne. Ce que tu attends de moi.

— Rien ! Vraiment rien.

— Admettons. En ce qui me concerne, j'espère beaucoup de choses de toi.

Manifestement désemparé par cette affirmation, Pierre secoua la tête en silence. Au bout d'un moment, il murmura seulement, d'un ton pitoyable :

— Tu as tort, papa.

Loïc dut réprimer l'élan d'affection qui, soudain, lui donnait une terrible envie de prendre son fils dans ses bras pour le remercier de ce simple mot. Au lieu de quoi il se tourna vers la patronne, à qui il fit signe, ce qui lui permit de découvrir que Sabine avait remarqué sa présence. Leurs regards se croisèrent et elle lui adressa l'ébauche d'un sourire poli avant de se replonger dans sa conversation animée.

— ... et pour vous, monsieur ? s'enquit la patronne, son carnet à la main.

Il commanda la première chose qu'il lut sur la carte. Pourquoi n'était-il pas capable de se concentrer sur son fils et rien d'autre ? L'enjeu était trop important pour qu'il se laisse distraire, surtout par une femme qu'il connaissait à peine. Il releva la tête, considéra longuement le jeune homme qui lui faisait face.

— Ta mère m'a dit que tu avais quelques soucis, au lycée ?

— Non, je...

— Il n'y aurait rien d'étonnant à ce que tu fasses une mauvaise année, notre divorce t'a forcément perturbé, je peux comprendre... Mais pas au point de faire de toi un voyou, je suppose ?

— C'est ce qu'elle t'a raconté ? s'indigna l'adolescent.

— J'ai reçu une note du proviseur.

— Toi ? Pourquoi ?

— Parce que ta mère et moi exerçons conjointement l'autorité parentale, rappela patiemment Loïc. Alors, j'ai demandé une copie de chaque courrier relatif à ta scolarité.

— Tu as fait ça ?

Ouvrant de grands yeux, Pierre semblait scandalisé.

— Quoi d'étonnant ? Si j'étais encore à la maison, j'en prendrais connaissance, non ?

— Mais tu n'y es plus !

— Je sais. S'il te plaît, n'envenimons pas les choses. Je ne t'ai pas fait de reproche, j'aimerais avoir ta version.

— A quel sujet ? Le proviseur est un vieux con, il ne m'aime pas, il...

— Il t'a choisi parmi deux mille élèves pour être sa tête de Turc ?

Sa plaisanterie acheva de braquer Pierre, dont le visage se ferma. Sans doute prenait-il tous les adultes pour des imbéciles. Anne essayait-elle de discuter avec lui ou avait-elle soudain choisi de laisser ce rôle à Loïc ?

— Bon, si tu me racontais pourquoi ce proviseur ne t'aime pas ?

— Je m'en fous pas mal !

Se mettre en colère ne pouvait pas arranger la situation, et Loïc préféra ignorer la réponse de son fils.

— Il y a forcément une raison, Pierre. Que tu flanques la pagaille dans son établissement en est une.

— Moi ? Mais qu'est-ce que tu imagines ? C'est le bordel intégral au lycée ! Il m'arrive de fumer un joint, d'accord, seulement nous sommes des centaines à le faire et personne ne se cache. Entre ton époque et la mienne, il y a un monde. Atterris, mon vieux !

Les derniers mots, lâchés avec un évident mépris, avaient résonné dans toute la salle. Loïc eut de nouveau conscience de la présence de Sabine, quelque part derrière lui.

— Change de ton, Pierre, dit-il seulement.

— Et voilà ! Retour à la case départ. Tu es mon père, je te dois le respect, blabla, en avant pour le sermon...

— Sermon ?

Loïc sentit qu'il perdait le contrôle de la situation, une fois de plus, et il s'obligea à baisser la voix.

— Qu'aimerais-tu que je fasse, là, tout de suite ? Que j'applaudisse des deux mains ? Que je te traite en copain ? Mais peut-être s'agit-il d'un test ? Tu veux que je te démolisse en public ? Je peux me lever et te traîner dehors, tu n'es pas encore de taille à me résister. Je peux aussi crier plus fort que toi. Tu me détesteras et puis ça te passera !

Atterré, l'adolescent resta d'abord sans réaction. Ensuite, il se mit à rougir et baissa la tête pour échapper au regard insistant de son père.

— Désolé, finit-il par marmonner.

— Moi aussi.

Loïc retint un soupir de soulagement. Il avait à peu près réussi à conserver son sang-froid tout en imposant son autorité, c'était un réel progrès dans la relation fragile qu'il essayait de rétablir avec Pierre. Il but une gorgée de vin, reposa son verre, esquissa un sourire.

— Toi qui aimes le cidre, Gaëlle en fait un vraiment formidable...

— Gaëlle, c'est celle qui s'occupe des pommes ?

La question, innocente, rappela à Loïc le peu d'intérêt de Pierre pour sa famille paternelle. Mais à qui la faute ? Anne n'aimait pas aller à Kerloc'h, et durant des années Loïc s'y était rendu tout seul pour voir sa mère. Après le décès de celle-ci, il n'y avait quasiment plus mis les pieds, et jamais Artus n'avait réclamé son petit-fils. Une remarquable indifférence pour quelqu'un aujourd'hui gâteux devant sa petite-fille. Elvire était parée de toutes les qualités, et son moindre sourire mettait Artus aux anges. De quelle manière allait-il accueillir Pierre ?

Alors qu'il ne pensait plus du tout à elle, Loïc vit Sabine passer à côté de sa table, se dirigeant vers la sortie. L'homme qui l'accompagnait, grand et mince, la tenait par la taille, d'un geste qui en disait long sur leur intimité. Ainsi, et contrairement à ce qu'il avait pu croire jusque-là, Sabine Coatmeur n'était donc pas seule dans la vie. Dommage...

— Qu'est-ce que tu regardes ? lui demanda Pierre d'une voix intriguée.

— Rien de spécial, affirma-t-il avec une parfaite mauvaise foi.

La dernière personne à qui il pouvait confier ses sentiments était son fils. Et beaucoup de temps s'écoulerait avant que Pierre accepte de voir son père amoureux d'une autre.

— Qu'est-ce que tu fabriques à Kerloc'h ? interrogea brusquement l'adolescent.

— Disons que je n'avais aucun autre endroit où aller, le temps de réfléchir.

— A quoi ?

— A la manière dont je vais gérer mon existence.

— Maman pense que tu ferais mieux de travailler.

— Ne t'inquiète pas, je ne reste pas les bras croisés, ton grand-père ne le supporterait pas. Kerloc'h est une exploitation agricole, pas une maison de vacances.

— Mais, papa, tu n'as rien d'un agriculteur, regarde-toi ! C'est dément de t'imaginer en train de...

— De quoi ?

— Balayer la cour chez Artus.

— Tu appelles ton grand-père par son prénom ?

— Et alors ? Tu préférerais que je l'appelle pépé ?

Un sentiment trop familier de colère submergea de nouveau Loïc mais il décida que, quoi qu'il arrive, il garderait son calme.

— Tu verras ça avec lui, répondit-il en souriant. Quant à moi, je suis à ma place à Kerloc'h. D'une part parce que je m'entends très bien avec ma sœur et mes frères, en particulier Tristan, qui est un type formidable, et d'autre part parce que c'est là que j'ai grandi. Je connais cet univers par cœur, rien ne m'y est étranger, j'arrive même à m'y rendre utile ! Tu sais, la famille est ce qu'on fait de mieux lorsque tout va mal.

Au lieu de lever les yeux au ciel ainsi que Loïc s'y attendait, Pierre le dévisagea avec une sorte d'inquiétude.

— Tu vas mal ? demanda-t-il d'une voix hésitante.

— Non, plus maintenant. Mais changer de vie n'est pas facile.

Constatant l'air anxieux de son fils, Loïc reprit espoir. Pierre avait beau dresser entre eux un mur d'indifférence, voire d'hostilité, il restait malgré lui attaché à son père, donc tout n'était pas perdu.

Le déjeuner s'acheva sans incident, puis ils reprirent la route pour gagner Kerloc'h. La pluie qui s'obstinait à tomber depuis la veille s'était enfin arrêtée, chassée par un puissant vent marin qui balayait les terres. Tout en conduisant, Loïc surveillait Pierre du coin de l'œil, sans trop savoir quoi lui dire. Il aurait aimé pouvoir renouer avec le dialogue léger et affectueux qui avait été le leur jusqu'à l'année précédente, mais c'était désormais impossible, il allait devoir réfléchir à chaque phrase qu'il prononcerait.

Devant les hautes grilles de Kerloc'h, l'adolescent parut se tasser sur son siège.

— Je m'en souvenais à peine, murmura-t-il en scrutant la façade, mais c'est terrible...

— Quoi ? La maison ?

— Tu trouves que ça ressemble à une maison ? Cette baraque est complètement glauque ! Je suppose qu'il y a des fantômes ?

— Non, aucun. Nos ancêtres sont morts en paix, ils ne reviennent pas hanter les couloirs. Tu vas prendre mon ancienne chambre, tu seras très bien.

— M'étonnerait...

De nouveau, Pierre affichait un air buté, et Loïc espéra que la confrontation avec Artus ne serait pas pire que prévu. D'autant plus que ni Gaëlle ni Tristan, occupés chacun de leur côté, ne devaient être là. Quant à Yann, inutile de compter sur lui pour faire diversion : s'il n'était pas en train de travailler quelque part dans la propriété, il se précipiterait dans la chambre du bébé et n'en sortirait qu'au moment du dîner.

Dans le vestibule, Loïc fut immédiatement fixé. Les portes du salon étaient grandes ouvertes, un feu avait été allumé, et Artus les attendait de pied ferme devant la haute cheminée. Vêtu d'un pantalon et d'un pull noirs sur une chemise blanche, affichant un air sévère, il ne pouvait qu'impressionner Pierre, qui s'approcha de lui à contrecœur.

— Bonjour...

— Eh bien, tu as changé ! Bonjour, Pierre. Je suis heureux de t'accueillir à Kerloc'h, où tu es le bienvenu. Tu aurais dû penser à nous rendre visite plus tôt.

Le ton était donné et l'adolescent préféra garder le silence. Consterné, Loïc croisa le regard de son père. Il n'y lut ni affection ni compassion, juste une hostilité glaciale. Alors pourquoi Artus avait-il arrangé lui-même ce week-end et convaincu Anne ?

— Elias t'a préparé la chambre de ton père. Fais ce que tu veux, tu es ici chez toi.

Artus prit place sur l'une des bergères de velours et fit signe à Pierre de s'asseoir, ignorant Loïc.

— Alors, raconte-moi. Que deviens-tu ?

— Rien de spécial... Je suis en seconde, et...

— Bon élève ?

— Non, ricana Pierre avec une gêne évidente. Pour l'instant, je ne suis pas vraiment les traces de mon père !

— Ce n'est pas grave. Il était tellement plongé dans ses études qu'il ne voyait pas le reste du monde. Je suppose que tu as d'autres centres d'intérêt ?

— Eh bien...

Désemparé, Pierre risqua un coup d'œil vers Loïc, comme s'il cherchait de l'aide.

— Le sport ne me passionne pas, à part la plongée sous-marine. Mais je ne me débrouille pas trop mal en informatique, c'est cool.

— Cool ? répéta Artus avec un sourire mitigé. Tant mieux.

Ne sachant comment interrompre cet interrogatoire, Loïc remit une bûche dans la cheminée puis se tourna vers Artus.

— Je vais préparer du café. Tu en prendras ?

— Non, merci. Je t'enlève Pierre une heure ou deux, je l'emmène faire le tour de la propriété.

Sans même songer à lui proposer de venir avec eux, il se leva.

— Allons-y, dit-il à l'adolescent, il y a beaucoup de choses à voir !

Docile, Pierre le suivit, mais avant de franchir la porte il se retourna vers son père, à qui il adressa une mimique effarée. Loïc lui sourit, à la fois pour l'encourager et pour lui faire comprendre qu'il compatissait. Artus avait-il décidé de prendre en main l'éducation de son petit-fils ? Si c'était le cas, il achèverait de braquer Pierre. Quant à sa manière de tenir Loïc pour quantité négligeable... Mais n'en avait-il pas toujours été ainsi ?

Il s'approcha d'une des portes-fenêtres et attendit, jusqu'à ce qu'il aperçoive le 4 × 4 utilitaire de la ferme s'éloigner vers la colline. Au moins, la promenade était motorisée, Pierre n'aurait pas à patauger dans la boue.

Sabine déposa un cendrier sur les draps froissés.

— Puisque tu ne peux pas t'en empêcher...

Avec un sourire d'excuse, Jérôme écrasa sa cigarette, puis il prit Sabine par les épaules, l'attira à lui.

— C'était un moment merveilleux. Tu vas beaucoup mieux, on dirait ?

Elle n'avait pas vraiment envie de se blottir sur son épaule, néanmoins elle se laissa faire, consciente qu'il espérait un peu de tendresse. Au bout d'une minute, elle se redressa, n'y tenant plus. Après l'amour, elle se sentait toujours hyperactive, et avoir partagé une étreinte agréable ne la rendait pas sentimentale pour autant. Jérôme ne lui avait jamais rien inspiré d'autre que du désir, de l'affection, il n'était pas l'homme qui pouvait occuper une vraie place dans son existence.

— Je vais aller courir un peu, annonça-t-elle, et ensuite j'irai au stand de tir.

— J'ai le droit de t'accompagner ou bien tu me mets dehors, comme la dernière fois ?

Le ton de persiflage dissimulait mal une certaine anxiété, dont elle refusa de tenir compte.

— Ni l'un ni l'autre. Tu peux rester ici à paresser, et ensuite nous préparer le dîner. Je rentrerai vers six heures.

Elle enfila un sweat-shirt, un jean en Stretch, des tennis. Ses cheveux étaient encore mouillés de la douche qu'elle venait de prendre mais elle voulait sortir tout de suite, échapper au regard insistant de Jérôme et être seule.

— Il paraît qu'on te revoit bientôt à Paris ? lança-t-il alors qu'elle franchissait le seuil de la chambre.

— Les nouvelles vont vite !

Son retour, programmé par le grand patron qui ne voulait plus entendre parler de congé, avait dû alimenter les conversations dans les couloirs de la PJ.

— Les hommes sont très contents, Sabine, ajouta-t-il avec une inflexion tendre.

Lui le premier, à l'évidence. Sans comprendre que plus il se comporterait comme son « mec », plus elle chercherait à l'écarter. Devant son équipe, elle ne pouvait se permettre d'afficher une liaison, sinon, après Jérôme, ils risqueraient de tous tenter leur chance et de lui rendre la vie impossible.

— Quand je vais revenir, Jérôme, j'aimerais que tu sois très discret.

— Sur les raisons de ta fuite ? Je ne les connais pas ! rappela-t-il.

— Non, sur toi et moi.

Elle avait posé cette condition dès le premier soir, et il s'était empressé d'accepter, mais depuis lors...

— Je parle sérieusement, ajouta-t-elle avant de sortir.

Jérôme finirait par prendre très mal sa façon désinvolte ou autoritaire de le traiter. Valait-il mieux tout arrêter maintenant ? Elle se sentait vaguement coupable d'avoir laissé s'installer une situation ambiguë où Jérôme ne pouvait pas trouver sa place, mais quoi qu'il fasse elle ne serait jamais amoureuse de lui. Espérait-il changer le cours des choses par sa seule volonté ?

Comme la nuit tombait plus vite, à présent que l'automne était bien installé, elle décida de commencer par le club de tir afin de profiter de la lumière. Un jour prochain, elle allait se retrouver au stand de la police, avec tous ses confrères, et reprendre une vie normale. L'image du gamin mort sur le toit de la rue de Lappe la hantait moins souvent, le temps viendrait où il ne serait plus qu'un souvenir désagréable, un incident de parcours semblable à ceux qui jalonnent forcément la carrière d'un officier de police. La mort se réduisait-elle donc à si peu de chose ?

Mal à l'aise, elle conduisit lentement jusqu'au club, essayant de se rassasier du paysage. La Bretagne allait lui manquer dans les mois à venir, elle en avait la certitude. L'air salé de l'océan, les mouettes au ras des flots, la criée sur le port de Doëlan, les hortensias fanés du jardin, et même cette solitude forcée qu'elle avait fini par apprivoiser.

Avec un soupir, elle empoigna sa mallette puis descendit de voiture au moment précis où une Porsche rouge venait se ranger à côté d'elle sur le parking.

— Décidément, commissaire, nous sommes destinés à nous rencontrer partout ! lui lança gaiement Loïc.

— Dans la police, on ne croit pas aux coïncidences, répliqua-t-elle en se forçant à sourire.

— Je vous offre un café ? proposa-t-il avec un geste en direction du bungalow qui abritait le club-house.

— Il est infect, mais pourquoi pas ?

Trop souvent elle s'était montrée plutôt agressive avec lui, inutile de le froisser une fois encore. Elle le suivit jusqu'au distributeur et le vit faire la grimace tandis qu'il fouillait désespérément ses poches.

— Je vais vous paraître tout à fait ridicule, seulement...

— Tenez, vous êtes mon invité ! s'esclaffa-t-elle en lui tendant des pièces de monnaie.

— Désolé...

— Ne le soyez pas, ça m'arrive souvent.

Ils ressortirent avec leurs gobelets brûlants et gagnèrent le stand des vingt-cinq mètres.

— Où avez-vous appris à tirer, commissaire ?

— Chez les flics. Avant, je n'avais jamais touché une arme de ma vie. Ni fusil ni carabine à plomb. L'idée de viser un oiseau ou un lapin m'aurait rendue malade.

— Et depuis ?

Elle était en train de déverrouiller le cadenas de son revolver, mais elle s'interrompit et resta un instant les yeux fixés sur le canon. De l'acier noir, lisse et mat. Un bon calibre, parfaitement capable de tuer pour qui savait s'en servir. Elle le savait, elle l'avait prouvé. Et sur bien autre chose qu'un petit oiseau.

Lorsqu'elle releva la tête, elle constata que Loïc l'observait avec curiosité.

— On y va ? dit-il très vite, comme s'il avait deviné la maladresse de sa question.

Ils ajustèrent leurs casques ensemble puis se désintéressèrent l'un de l'autre. Concentrée sur sa cible, Sabine vida un premier barillet sans baisser le bras. Le contact de la crosse, au creux de sa main, lui parut de nouveau odieux. Sa paume était moite, glissante. Avec un soupir résigné, elle reposa le revolver. L'insistance de Loïc avait ravivé ce malaise, qui risquait de la poursuivre longtemps encore, mais désormais elle pouvait vivre avec. Elle prit ses jumelles pour mieux voir les cibles. Un tir bien groupé au centre sur la sienne, et toujours la même erreur pour Loïc, qui visait un peu haut.

— Réglez votre arme, suggéra-t-elle.

Elle l'entendit éclater de rire.

— Commissaire ! Si on m'avait dit qu'un jour une...

— ... femme vous donnerait des conseils ?

Enlevant son casque, il la considéra d'un air amusé.

— Non. Vous avez raison.

Il prit un petit tournevis dans sa mallette et modifia la hauteur de visée.

— J'ai sûrement des tas de défauts, mais je ne suis pas macho, précisa-t-il. Dans mon métier, il y a énormément de femmes.

— Chez les flics aussi, mais elles ne sont pas toujours très bien considérées.

— Et vous ?

— J'ai fait mes preuves. A compétences égales, j'ai dû les faire davantage qu'un homme. Dans certaines opérations d'envergure, sur le terrain, il m'est arrivé de me retrouver en face d'une compagnie de CRS dont je devais prendre le commandement et, croyez-moi, à ce moment-là les types vous regardent d'un drôle d'air. Au fond, je les comprends, ça bouleverse tout ce qu'ils ont appris... Vous savez, les idées traditionnelles comme protéger les filles, sauver les femmes et les enfants d'abord... Même les officiers qui sont directement sous mes ordres ne peuvent s'empêcher d'être parfois protecteurs avec moi, voire paternalistes !

Jérôme aurait eu horreur d'entendre ça, pourtant il ne supportait pas de la savoir en danger.

— Evidemment, persifla Loïc, dans une bagarre au corps à corps avec une grosse brute, je ne vous donnerais pas gagnante.

— C'est bien pour ça que je porte une arme. Dont j'essaie d'ailleurs de ne pas me servir... J'ai un peu pratiqué les arts martiaux mais c'est vrai que, avec mes quarante-sept kilos, je ne fais pas le poids contre un type décidé. Un petit coup de poing pourrait suffire à m'assommer, alors je ne m'approche jamais trop près d'un adversaire. Mais bientôt je n'aurai plus l'occasion d'aller sur le terrain, le travail d'un commissaire va devenir presque exclusivement administratif, et je serai en sécurité au fond d'un bureau !

Elle jeta un coup d'œil à sa montre, constata qu'il était déjà cinq heures. Pourquoi lui racontait-elle tout ça ?

— Tristan ne tire pas, aujourd'hui ? demanda-t-elle pour changer de sujet.

— Il vous manque ? ironisa Loïc.

— Pas précisément, mais vous êtes quasi... indissociables !

— Sauf ce week-end. Comme mon fils est là, pour une fois, je suis dispensé du travail en forêt.

— Alors que faites-vous ici ?

— J'attends qu'il revienne d'une expédition avec son grand-père. Le genre de balade qu'on pourrait appeler une promenade initiatique.

— Et ce n'est pas vous qui l'initiez ?

— Oh, moi..., soupira Loïc avec une grimace désabusée. Je suis le plus mal placé de la famille pour dispenser ce genre d'enseignement.

Renonçant à poursuivre la séance de tir, Sabine démonta son arme et la rangea soigneusement. Loïc avait réussi à l'intriguer, elle ne comprenait rien à sa manière de vivre et commençait à se demander qui il était vraiment. Un biologiste au chômage ? En congé sans solde ? Un de ces hommes qui, ne supportant pas le tournant de la quarantaine, remettent soudain toute leur existence en question ?

— Quel âge a votre fils ?

— Seize ans.

— C'est un adolescent difficile ?

— Avec moi seulement. Il ne me pardonne pas d'avoir... divorcé.

Elle devina qu'il avait failli dire autre chose, cependant elle s'abstint de lui poser une nouvelle question. Au cours de sa carrière, elle avait interrogé assez de gens, témoins ou suspects, pour savoir à quel moment il devenait inutile d'insister. Apparemment, Loïc avait un problème avec son fils, et il n'en parlerait pas volontiers.

— A bientôt, dit-elle en lui tendant la main.

— Oui, j'espère ! répondit-il trop vite. Vous venez tirer vers ces heures-là, le samedi ?

— Je n'ai pas d'horaires précis et, de toute façon, je ne vais pas tarder à quitter la Bretagne.

Elle faillit se mettre à rire devant son expression consternée.

— J'étais juste en congé, vous savez...

— Mais vous possédez bien une maison dans la région ?

— A Doëlan, où j'ai grandi. Mes grands-parents m'ont laissé leur petite maison de pêcheurs, avec vue sur le port. C'est un endroit que j'adore, malheureusement je dois rentrer à Paris, mes vacances ont assez duré.

— Je serai très triste de ne plus vous voir, commissaire. Vous me donnez votre numéro de portable ?

Médusée, elle le contempla quelques instants en silence. Etait-il en train de la draguer ?

— Vous pouvez m'appeler Sabine et, euh... Non, navrée, je ne tiens pas à ce que vous me téléphoniez.

Elle passa devant lui d'un pas décidé, l'obligeant à s'écarter pour la laisser ouvrir la porte du stand. Tout le temps qu'elle mit à gagner sa voiture, sur le parking, elle sentit le regard de Loïc posé dans son dos. Il devait l'observer à travers la vitre, déçu ou vexé, mais elle n'avait pas l'intention de se retourner. Quoi qu'il ait pu s'imaginer, il s'était trompé.

Gaëlle enfouit sa tête dans le creux de l'épaule d'Elias, qui se crispa aussitôt.

— S'il te plaît, chuchota-t-il, pas ici...

Elle s'accrocha à lui, refusant de le lâcher. Autour d'eux la grange était silencieuse, plongée dans la pénombre de la fin d'après-midi, et si quelqu'un arrivait ils l'entendraient forcément. Sous la joue de Gaëlle, le vieux blouson de cuir était doux et familier.

— J'ai envie de toi, murmura-t-elle, la bouche contre son cou.

Une envie joyeuse, absolue. Son père pouvait revenir d'un instant à l'autre mais elle s'en moquait, elle aurait presque souhaité que le scandale éclate pour ne plus avoir à se cacher.

— Cette nuit, dit-il d'une voix tendue.

Un lointain bruit de moteur contraignit Gaëlle à s'éloigner un peu. Elle en profita pour dévisager Elias, cherchant à lire ses sentiments sur son visage. Il ne semblait pas effrayé mais plutôt triste, presque résigné. L'espace d'un instant, elle le détesta d'accepter si facilement la situation.

— Un de ces jours, déclara-t-elle froidement, je parlerai à papa.

— Non ! Ne fais jamais ça.

Ses yeux sombres rivés sur elle, il répéta, plus bas :

— Jamais, s'il te plaît.

Elle n'avait aucun espoir de le voir fléchir, ils en avaient discuté cent fois déjà.

— Pour ton père, je suis quelque chose comme... un valet de ferme, bredouilla-t-il. Ou au mieux... un parent pauvre. Et il y a pire, je crois qu'il m'aime bien.

— Moi, je t'aime tout court !

La Porsche de Loïc était en train de franchir le seuil de la grange et Gaëlle fit l'effort de se reprendre. Tournant le dos à Elias, elle mit ses mains dans les poches de son blouson. Il la rendait folle avec ses scrupules, son obstination. Les expressions qu'il venait d'utiliser trahissaient la piètre opinion qu'il avait de lui-même et, en conséquence, son incapacité à affronter Artus. Mais était-ce vraiment la seule raison ? Elle jeta un coup d'œil par-dessus son épaule et le vit figé, la tête basse.

— Ils ne sont pas encore rentrés ? lança Loïc en descendant de voiture.

— Non. Papa doit sortir le grand jeu, pour une fois qu'il a son petit-fils sous la main !

— Et vous deux, qu'est-ce que vous trafiquez avec ces têtes de conspirateurs ?

Gaëlle faillit éclater de rire, sur le point de tout avouer à son frère, mais lorsqu'elle regarda de nouveau dans la direction d'Elias, elle constata qu'il était livide. Avait-il peur de Loïc aussi ? De Tristan, de Yann, de son ombre !

— Je plaisantais, ma puce, murmura Loïc.

Il lui souriait, un peu embarrassé, et elle sut qu'il venait de deviner quelque chose. Tant mieux. Au moins quelqu'un à qui elle pourrait se confier, désormais.

— J'ai du travail, maugréa Elias en les plantant là.

Il s'éloigna à grandes enjambées, le dos un peu voûté, et instantanément toute la colère de Gaëlle disparut. Même si elle refusait de l'admettre, Elias se trouvait dans une situation impossible.

— Bon sang, soupira-t-elle, il y a des moments, je te jure, où j'aimerais habiter ailleurs.

— Rien ne t'en empêche.

Loïc s'approcha d'elle, passa un bras autour de ses épaules.

— Tu as des soucis ?

— Pas plus que d'habitude. Mais parfois Kerloc'h est irrespirable !

— A cause de papa ?

— Evidemment ! Tu le connais... Remarque, je ne peux pas le rendre responsable de tout, nous sommes restés avec lui de notre plein gré, par lâcheté ou par confort, et même toi tu as fini par revenir...

— Je ne suis que de passage, Gaëlle. D'ailleurs, la famille a du bon.

— Et du mauvais !

Elle se sentait égoïste, sachant que Loïc avait davantage de problèmes qu'elle. Entre son fils qui lui échappait, son divorce qui le ruinait, le dégoût de son métier et le mépris affiché de leur père, il aurait pu se plaindre, ce qu'il ne faisait pas. Au contraire, depuis qu'il était là, il travaillait sans rechigner pour un salaire dérisoire.

— En principe, rappela-t-elle, ce soir c'est à toi de faire la cuisine. Mais si tu veux, je prends ton tour, tu profiteras de Pierre...

— Non, il va m'aider, il prétend très bien réussir la mousse au chocolat ! Je lui ai expliqué l'organisation de la maison et ça l'amuse beaucoup. Inutile de te dire qu'Anne ne lui a strictement rien appris dans ce domaine.

— Tu trouves qu'elle l'élève mal ?

— Elle le couve, elle lui épargne toutes les contraintes. Je suppose qu'elle a peur de le voir se rebiffer, peur qu'il s'éloigne d'elle. Pourtant, ça arrivera un jour ou l'autre, quoi qu'elle fasse.

Il ne parlait d'Anne qu'avec réticence, comme s'il ne s'autorisait pas à la critiquer.

— Je n'ai jamais aimé ta femme, laissa tomber Gaëlle. C'est une égoïste, et ça se voit.

D'abord étonné, il finit par ébaucher un sourire hésitant.

— Eh bien, tu es la première à le dire... D'après papa, c'est une sainte ! De m'avoir supporté tant d'années, je suppose...

Elle se dégagea de son étreinte pour lui faire face et le dévisagea quelques instants en silence. Comment pouvait-il être encore si touché par l'injustice de leur père ? Tout ce temps passé à vivre loin de Kerloc'h ne l'avait donc pas guéri ?

— Gaëlle ?

Il lui souriait carrément à présent, et il demanda, avec une tendresse inattendue :

— Il y a quelque chose entre Elias et toi ?

La question la prit tellement de court qu'elle se sentit rougir.

— Oui, admit-elle à voix basse.

Presque aussitôt, elle s'en voulut de sa lâcheté. Elle n'avait rien à craindre de Loïc, elle en était certaine.

— Quelque chose d'important pour moi, et qui dure depuis trois ans. Inutile de te préciser qu'on se cache, personne n'est au courant, ça ferait un drame.

— Oui.

— Ce qui ne me gênerait pas ! Mais Elias se rend malade à l'idée que papa...

— Il a raison, et tu le sais.

— Pourquoi ? Après tout, Elias est un Le Marrec ! Et puis je m'en fous, je l'aime, je...

Le bruit du moteur du 4 × 4, dans la cour, l'obligea à s'interrompre.

— Tu l'aimes ? murmura Loïc.

Il semblait stupéfait. Avait-il cru qu'elle s'offrait juste du bon temps en cachette ?

— C'est quelqu'un de bien, Loïc, vraiment bien.

— J'en suis persuadé.

A l'instant où Artus pénétrait dans la grange, ils s'écartèrent machinalement l'un de l'autre pour ne pas avoir l'air en plein conciliabule. Pierre fut le premier à descendre et Loïc remarqua que ses mocassins étaient couverts de boue. Son grand-père ne lui avait sans doute fait grâce de rien, ils avaient dû descendre dix fois de voiture, pourtant l'adolescent paraissait détendu, presque gai.

— On meurt de faim ! déclara Artus. Personne n'aurait la bonne idée de faire des crêpes ?

A voir son air réjoui, il avait dû passer une excellente après-midi. Loïc ne se rappelait pas être jamais allé se promener avec lui, lorsqu'il avait l'âge de Pierre. A l'époque, Yann et Tristan étaient toujours dans le sillage de leur père alors que Loïc se sentait déjà indésirable. Plus tard, il avait réussi à être indifférent.

Il regarda Artus, essayant de deviner quels sentiments il éprouvait pour son petit-fils. Un nouveau rejet, dissimulé au mieux, ou au contraire un moyen de se racheter ?

Gaëlle sortit la première, affirmant que Marion avait préparé de la pâte après le déjeuner et qu'une pile de crêpes dorées les attendait sûrement. Loïc en profita pour s'approcher de Pierre.

— Comment as-tu trouvé Kerloc'h ?

— Mieux que dans mon souvenir, répondit spontanément l'adolescent. Plus grand, plus... intéressant. Je comprends que tu t'y plaises.

Sa dernière phrase stupéfia Loïc. Etait-il censé *se plaire* ici ? Y être en villégiature ? Il aurait dû expliquer à son fils les raisons exactes de sa présence à Kerloc'h, mais au fond il n'était pas certain de les connaître lui-même.

Dans la cuisine, Yann et Tristan étaient déjà en train de dévorer les crêpes que Marion cuisait sur une grande plaque ronde. L'odeur de beurre fondu et de sucre chaud qui flottait dans l'air aurait donné faim à n'importe qui. Artus servit d'autorité des bolées de cidre, prenant soin de montrer l'étiquette à son petit-fils.

— C'est celui de Gaëlle, expliqua-t-il avec une évidente fierté. Et le blé qui a servi pour ces crêpes a poussé à Kerloc'h.

L'espace d'un instant, son regard quitta Pierre et se posa sur Loïc, comme s'il cherchait à lui faire comprendre quelque chose. Quoi ? Que la terre nourrissait les Le Marrec depuis bien longtemps et que la famille n'avait que faire d'un scientifique ? Artus s'était détourné mais Loïc continuait à le fixer, en proie à une brusque impression de solitude.

— Tu enterres quelqu'un ? chuchota Tristan en se penchant au-dessus de lui pour prendre une crêpe dans le plat.

Loïc fit l'effort de sourire et parvint à se détendre un peu. Il s'était juré que le week-end se déroulerait sans la moindre querelle, ni avec son père, quoi qu'il arrive, ni avec son fils, dont il voulait profiter au maximum.

— Demain matin, si ça t'amuse, on t'emmène abattre un arbre, proposa Tristan à Pierre.

— Je pourrais me servir d'une tronçonneuse ?

— Oui, ton père te montrera.

Aussi gentil qu'à son habitude, Tristan venait de régler le problème en deux phrases, empêchant Artus de continuer à monopoliser son petit-fils.

— Je libère les fourneaux, annonça Marion. Ceux qui sont de corvée n'ont plus qu'à se mettre en cuisine... Est-ce que quelqu'un a vu Elias ?

Gaëlle leva la tête mais resta silencieuse. Etait-elle réellement prête à déclencher un scandale, ainsi qu'elle l'avait affirmé ? Si elle le faisait, que deviendrait-elle ? Certes, elle détenait des parts de la société agricole, et Artus lui avait donné plusieurs hectares en bien propre, mais d'une certaine manière elle dépendait encore de lui. Comptait-elle vendre ses terres à n'importe qui pour fuir ? Rester là malgré tout et imposer sa liaison ouvertement ? Elias ne pourrait pas croiser Artus sans mourir de honte, il possédait un caractère trop droit et trop entier pour assumer une situation pareille. Déjà, il devait se sentir horriblement mal dans sa peau, Loïc l'aurait parié.

« Pourquoi ma sœur n'est-elle pas partie d'ici depuis longtemps ? »

Il avait été le seul à se dégager de l'emprise de leur père, à peine sa majorité atteinte, le seul à choisir autre chose que la voie tracée par toutes ces générations de Le Marrec à Kerloc'h. Gaëlle aurait pu se réaliser ailleurs, il en était persuadé. Yann ou Tristan, eux, étaient profondément attachés à la terre, à l'exploitation, et leur bonheur était-il ici, mais elle ? Qui lui avait donc mis en tête que récolter des pommes pour en faire du cidre serait un bel avenir ? Quinze ans plus tôt, lorsqu'elle s'était aménagé un corps de bâtiment à son goût, elle avait proclamé son émancipation sans s'apercevoir qu'elle jouait seulement à la dînette. Après la mort de leur mère, elle s'était sentie obligée de rester encore un peu, et puis les années avaient passé, toutes pareilles, sans qu'elle trouve le courage de rompre ce cordon ombilical qui l'enchaînait à Kerloc'h. Alors, forcément, Elias avait pris de l'importance.

Elias... Qui était-il, au juste ? Jamais un mot plus haut que l'autre, et jamais plus de dix mots à la suite. Essayer d'imaginer sa sœur dans les bras de cet homme avait quelque chose d'absurde.

— J'ai vu Sabine Coatmeur au club, tout à l'heure, dit-il brusquement à Tristan.

Son frère se tourna vers lui et le considéra avec une certaine ironie.

— Ça fait au moins dix fois que tu m'en parles, Loïc. Que tu t'arranges pour prononcer son nom...

Tristan chuchotait, mais Loïc lui fit signe de se taire.

— Tu es un homme libre, non ? rappela Tristan d'un ton de reproche.

Avec un regard significatif en direction de son fils, Loïc soupira, cependant une seconde plus tard, presque malgré lui, il se mit à sourire. Etait-il amoureux de cette femme ? Il ne pouvait pas en avoir la certitude, n'ayant finalement aucun critère de comparaison, néanmoins penser à elle ou parler d'elle le mettait dans un état d'allégresse très significatif, même pour un scientifique.

A presque deux heures du matin, Sabine n'avait toujours pas réussi à s'endormir. Jérôme était parti après le dîner, attristé parce qu'elle n'insistait pas pour qu'il reste, mais réjoui à l'idée qu'elle allait rentrer à Paris, reprendre son poste, être là chaque matin.

Une fois de plus, elle se retourna, chercha une meilleure position. Chaque matin, oui... La réunion avec les hommes, les directives sur les enquêtes en cours, la répartition des tâches. Le tout assorti de rappels à l'ordre ou de compliments, histoire de maintenir son effectif sous pression. Un travail qu'elle appréciait, en dépit de toutes les lourdeurs administratives. Même retrouver son affreux bureau dont la peinture s'écaillait, ou bien la machine à café du couloir, en panne un jour sur deux, ne l'effrayait pas. Mais une fois sur le terrain, elle serait confrontée à la réalité, et là il lui faudrait répondre à cette question qui la rongeait depuis des mois : la peur allait-elle étouffer le feu sacré qui l'avait portée jusque-là ? Elle avait choisi la police avec passion, exaltation, un courage qui frisait parfois l'inconscience. En était-elle encore capable ? Se voyait-elle toujours comme une sorte de justicier ?

Le sommeil continuant à la fuir, elle repoussa les draps et se leva. Elle ne savait rien faire d'autre que son métier de flic. D'après ses supérieurs, elle était un officier de police exceptionnel, doué à la fois d'un bon flair et d'un jugement sûr. A trente-six ans, sa carrière était à son apogée avec ce titre de commissaire divisionnaire qui avait provoqué bien des jalousies, et voilà qu'elle était dépouillée de toutes ses certitudes. Si elle n'était plus à la hauteur de la tâche, si elle avait perdu sa vocation, elle n'aurait plus qu'à démissionner, sans savoir de quoi elle allait vivre.

Dans la cuisine, elle mit de l'eau à chauffer, ouvrit la boîte métallique où elle rangeait les sachets de thé. Distraitement, elle jeta un coup d'œil par la fenêtre, mais la nuit était sombre et l'unique réverbère, à cent mètres de là, ne dispensait qu'une vague lueur. Pourtant, elle remarqua quelque chose d'insolite qui lui fit froncer les sourcils. Près de sa voiture, garée dans la rue comme toujours, une silhouette se tenait rigoureusement immobile. Elle s'écarta aussitôt de la fenêtre, par réflexe, et prit le temps de verser de l'eau bouillante dans sa tasse. Puis elle quitta la cuisine, laissant la lumière allumée. A cette heure-ci et à Doëlan, un simple promeneur était une hypothèse ridicule. Et la Golf faisait partie des modèles très prisés par les voleurs de voitures !

Elle regagna sa chambre, tâtonna dans l'obscurité pour trouver un jean, un pull et des tennis, qu'elle enfila sans bruit. Ensuite, elle risqua un nouveau coup d'œil au-dehors, protégée par le rideau. L'intrus s'était un peu déplacé vers le mur entourant le jardinet, à présent sa silhouette se distinguait moins bien, mais Sabine estima qu'il s'agissait d'un homme, qu'il était grand et s'appliquait à ne pas être vu. Jérôme n'aurait jamais l'idée saugrenue de lui faire ce genre de mauvaise blague. Qui donc pouvait ainsi la guetter, la surveiller ? Et si ce n'était pas à sa voiture que cet homme s'intéressait, que cherchait-il ? Elle revint dans la cuisine, prenant garde à ne pas passer devant la fenêtre, brancha la radio, mit deux toasts dans le grille-pain. Autant donner l'impression qu'elle se préparait juste un petit en-cas pour vaincre une insomnie. Sa mallette était, comme d'habitude, posée sur le réfrigérateur. Elle la saisit tout en sortant ostensiblement du beurre. En quelques gestes, elle déverrouilla le revolver, inséra cinq balles dans le barillet. Puis, sans aucun bruit, elle ouvrit la porte qui donnait sur l'office, une pièce minuscule où s'entassaient une réserve de bois pour la cheminée, des provisions d'épicerie, un aspirateur. Elle déplaça un balai afin d'accéder à une autre porte, qui ne servait jamais mais allait lui permettre de quitter la maison sans être repérée par celui qui l'espionnait.

Avec d'infinies précautions, elle se glissa dehors. Il faisait froid, très sombre, le silence était absolu. Courbée en deux, elle traversa le jardin à pas de loup, escalada la clôture du voisin. A travers le grillage, elle avait une bonne vue sur la rue et elle contempla un long moment la silhouette immobile. Que lui voulait cet homme ? Elle le vit soudain bouger, s'approcher lentement de la fenêtre de sa cuisine, toujours éclairée. Devinait-il qu'elle n'était plus là ? Il changea encore de place, alla vers la porte d'entrée, devant laquelle il parut hésiter.

Se décidant à passer à l'action, elle enjamba une petite barrière de bois qui la séparait du trottoir. En se rétablissant, elle prit son arme de la main gauche. Sur ses semelles de caoutchouc elle ne faisait aucun bruit, et elle était presque arrivée à la hauteur de l'inconnu lorsqu'il dut avoir conscience d'une présence derrière lui. Il se retourna mais, plus rapide, elle lui assena un coup brutal sur la gorge, du tranchant de la main. Elle l'entendit chercher sa respiration, asphyxié, et en profita pour lui envoyer son poing fermé dans l'estomac, frappant comme on le lui avait appris, à un endroit qui coupait le souffle. Avec un haut-le-cœur, l'homme s'effondra à genoux tandis qu'elle reculait d'un pas, changeait son revolver de main.

— Ne bougez pas !

Au lieu de chercher à se relever, l'homme se pencha en avant, haletant, prêt à vomir. Elle s'écarta encore un peu, sans le quitter du regard.

— Qu'est-ce que vous faites là ?

Elle avait posé la question d'un ton ferme et, au creux de sa paume, l'arme lui semblait légère, bien à sa place.

— Je... Sabine, je suis... désolé, réussit-il à articuler.

Stupéfaite, elle cessa immédiatement de le viser et, d'un geste machinal, ouvrit le barillet pour faire tomber les balles dans sa paume.

— Loïc ?

Elle ne distinguait pas ses traits mais avait très bien reconnu sa voix.

— Seigneur ! s'exclama-t-elle. Vous êtes cinglé ou quoi ?

De sa main libre, elle le prit par le coude pour l'aider à se remettre debout.

— Je vous ai fait mal ? Attendez-moi ici, je vais vous ouvrir.

Elle escalada son portail, toujours fermé à clef, contourna la maison et entra par la réserve. Pourquoi Loïc Le Marrec rôdait-il devant ses fenêtres en pleine nuit ? Une envie de rire la submergea lorsqu'elle le fit pénétrer dans le minuscule hall, où il fut contraint de s'appuyer contre un mur. Livide, il respirait avec précaution.

— Voulez-vous un peu d'eau ?

Il la suivit docilement jusqu'à la cuisine, où elle lui désigna une chaise de paille.

— Asseyez-vous, ça va passer. Un direct magnifique, non ? En principe, vous n'en garderez aucune trace, mais sur le moment, même les plus coriaces sont calmés.

— Et si ça ne suffit pas ?

— On termine par un coup de genou bien placé, sauf que vous avez flanché avant.

— Merci mon Dieu pour vos menues faveurs..., ironisa-t-il amèrement.

Elle lui tendit un verre d'eau, qu'il but à petites gorgées prudentes. Il devait avoir la trachée artère en feu et l'estomac révulsé.

— Je suis consterné, Sabine.

— De vous être fait surprendre ?

— Oui... Et je suis tout à fait ridicule, je suppose ?

— Absolument ! Aviez-vous oublié que je suis flic ? Vous allez devoir vous justifier, je vous écoute.

— C'est de la méchanceté pure. Vous savez très bien ce qu'un homme fait lorsqu'il traîne sous les fenêtres d'une femme.

— Non. Sauf si vous aviez eu une guitare ou une flûte de Pan à la main. Là, j'en aurais déduit que vous vouliez me...

— Eh bien, c'est ça !

— Une aubade, vraiment ? *A cappella* ?

— N'en rajoutez pas, soyez charitable.

Moins pâle, il la regardait à présent d'un air de chien battu.

— Je ne sais pas ce qui m'a pris, je me sens très bête. Je n'avais pas agi comme ça depuis le collège... Et encore, je ne suis pas sûr d'avoir été aussi idiot, à l'époque ! Maintenant, en plus, je suis obligé de vous avouer que vous m'empêchez de dormir et que c'est la raison de ma présence. Je voulais vous laisser un mot, ou peut-être sonner... Je n'ai pourtant rien bu !

Son explication devait être la bonne, si surprenante fût-elle. Sabine s'assit face à lui, de l'autre côté de la table, et le contempla en silence. Avec ses cheveux striés de mèches blondes, ses yeux clairs, son sourire de gamin, il était évidemment très séduisant. Trop, peut-être.

— Loïc, vous vous trompez de femme. Allez faire ce numéro de charme à d'autres, elles vont se pâmer, je vous le garantis, mais avec moi vous tombez mal.

— A cause du monsieur qui vous faisait tellement rire, hier ?

— Jérôme ? Non, même pas... A vrai dire, il n'y a personne dans ma vie, personne de sérieux en tout cas, et je ne tiens pas à ce que ça change. Ou alors, je choisirai moi-même.

Sans doute s'y attendait-il, car il acquiesça d'un signe de tête penaud.

— Je vais vous laisser, murmura-t-il.

En se levant, il faillit renverser la chaise, qu'il rattrapa de justesse par le dossier, puis, tout aussi maladroitement, il lui tendit la main.

— Vous ne m'en voulez pas, j'espère ?

Il semblait si mal à l'aise qu'elle le trouva soudain attendrissant.

— Bien sûr que non, affirma-t-elle avec un grand sourire. Et qui sait, peut-être deviendrons-nous des amis ? Si vous voulez, je vous ferai signe quand je serai là en week-end ou en vacances...

Cédant à une impulsion, elle lui désigna le bloc et le stylo qui se trouvaient près du téléphone, sur le rebord de la fenêtre. Quelques heures plus tôt, elle avait refusé de lui confier son propre numéro, mais elle pouvait accepter qu'il laisse le sien, même si elle ne s'en servirait jamais.

Elle le raccompagna jusqu'à la porte et le suivit des yeux tandis qu'il s'éloignait en direction du port, où il avait dû garer sa voiture. Drôle de nuit, drôle de type... Il n'avait pas l'air d'un dragueur invétéré, il n'avait sûrement rien prémédité avant de venir errer devant chez elle. Quant à son adresse, il devait l'avoir dénichée sur l'annuaire, tout bêtement.

En retournant se coucher, elle se surprit à comparer Loïc Le Marrec à Jérôme. Peut-être plus fragile, évidemment plus intelligent, beaucoup moins conventionnel. Difficile à classer dans une catégorie d'hommes. En tout cas, un vrai Breton, têtu et réservé, imprévisible, entier...

Sur le seuil de sa chambre, elle s'arrêta un instant et resta appuyée au chambranle, sourire aux lèvres. Ce n'était plus à Loïc qu'elle songeait, soudain, mais à cette sensation qu'elle avait éprouvée devant lui, sur le trottoir, alors qu'elle croyait avoir affaire à un inconnu potentiellement dangereux. Elle ne s'était posé aucune question, se bornant à gérer la situation avec sang-froid. Tenir une arme ne lui avait pas créé de problème, elle n'y avait même pas pensé.

— Eh bien, ça y est, tu peux rentrer..., dit-elle à voix haute.

L'idée aurait dû la réjouir, mais à son soulagement se mêlait une tristesse diffuse qu'elle ne s'expliquait pas.

Jusqu'à l'arrivée d'Artus, tout s'était très bien passé. Tristan et Loïc avaient d'abord montré les bois à Pierre, puis ils avaient pris le temps de choisir ensemble l'un des plus grands arbres marqués pour la coupe. Ensuite, Loïc avait mis la tronçonneuse entre les mains de son fils, le guidant pas à pas dans le processus d'abattage. Quand le chêne s'était couché, faisant trembler la terre sous leurs pieds, Pierre avait paru ébloui et avait adressé à son père un regard reconnaissant.

Au volant du 4 × 4, Artus les avait rejoints peu après, préoccupé par un problème de semences. Depuis toujours, il refusait les directives imposées aux fermiers par les géants de l'agro-alimentaire, aussi bien que par un ministère qu'il estimait incompétent. Pas question pour lui de répandre n'importe quoi dans ses champs, encore moins de mettre en jachère lorsqu'il ne le jugeait pas nécessaire, mais certains de ses voisins le faisaient, ce qui le plongeait dans une rage folle. De mauvaise humeur, il réclamait l'aide de Loïc, à qui il fit signe de monter avec lui.

— Pour une fois, grogna-t-il, tu vas me servir à quelque chose, je veux ton avis de scientifique là-dessus !

Le début de la phrase était assez agressif pour braquer Loïc, qui ne l'accompagna qu'avec réticence, laissant son fils et Tristan s'occuper seuls de l'ébranchage.

— Les gens acceptent n'importe quoi, continua à bougonner Artus, il suffit de leur brandir sous le nez une prime ou une subvention ! Ils reçoivent des sacs d'engrais ou de pesticides dont ils ne connaissent même pas la composition, tu te rends compte ? Il faut pourtant compter dix ans avant qu'un produit toxique s'élimine de la terre !

Comme Loïc ne lui répondait pas, il lui jeta un regard furieux.

— Bien entendu, ça ne t'intéresse pas ?

— J'aurais préféré rester avec Pierre. Je ne vois pas ce que je peux faire pour toi, papa. Je ne vais pas jouer au petit chimiste...

— Pourquoi pas ? Tu n'as qu'à prélever un échantillon et l'envoyer dans un labo que tu connais.

— Non..., soupira Loïc. Je suis biologiste, pas ingénieur agronome. Tu aurais dû t'adresser à Yann, il peut parfaitement maîtriser ce genre de problème, mais tu le traites toujours comme la dernière roue du carrosse.

— Moi ?

Ulcéré, Artus haussa les épaules avant de lâcher un ricanement amer.

— De toute façon, moins tu en fais pour Kerloc'h et mieux tu te portes !

Loïc se mordit les lèvres, décidé à ne pas répondre, pourtant au bout de quelques instants il murmura :

— C'est faux. Peut-être que ça t'arrange de le croire ou de le dire, néanmoins c'est faux.

— Parce que tu penses que ça *m'arrange* de te voir aussi peu concerné ? railla Artus d'un ton dédaigneux.

— Sûrement. Tu te donnes bonne conscience, comme ça tu peux me mépriser sans remords.

Au lieu de répliquer, Artus parut se tasser sur son siège. Il vira brutalement, quittant le sentier pour couper à travers les sous-bois. Pendant deux ou trois minutes, il garda le silence, fonçant sur le tapis de feuilles mouillées. Du coin de l'œil, Loïc remarqua qu'il se cramponnait à son volant au point d'en avoir les doigts tout blancs. Il eut envie de s'excuser mais n'en fit rien, paradoxalement soulagé d'avoir dit sa façon de penser.

Lorsqu'ils se retrouvèrent sur la départementale qui menait à Kerloc'h, Artus ralentit jusqu'à rouler au pas.

— Je ne te méprise pas, déclara-t-il enfin, sans même tourner la tête vers Loïc.

— Alors, tu me détestes, ce n'est pas plus réjouissant.

L'énoncer avait quelque chose de haïssable qui mit Loïc très mal à l'aise. Il avait beau être sans illusion depuis longtemps, il aurait souhaité entendre une quelconque protestation. Ajouté à son échec cuisant de la nuit auprès de Sabine, le mutisme hostile de son père lui parut désespérant. Le seul bon moment du week-end avait été ce merveilleux sourire de Pierre, un peu plus tôt, mais Artus ne l'en avait même pas laissé profiter.

— Il faudra que tu te décides, un de ces jours, Loïc...

Arrêté au milieu de la cour pavée, Artus coupa le contact, descendit aussitôt du 4 × 4 et s'éloigna en hâte vers une grange. Ouvrant sa portière à la volée, Loïc le rejoignit en quelques enjambées.

— Me décider à quoi ?

— A choisir. Si tu dois rester ici, investis-toi davantage dans l'exploitation.

— Tu ne le permettras jamais ! Tu rêves de me voir débarrasser le plancher de *ta* maison.

— Tu serais plus utile ailleurs, c'est certain. Et puis, nous ne nous entendons pas, toi et moi, ce n'est pas nouveau.

Artus pénétra dans la grange, Loïc sur ses talons, et s'arrêta devant un grand sac de papier kraft qui ne portait aucune inscription.

— Bon, tu t'en occupes ou pas ? Je veux savoir très précisément ce qu'il y a là-dedans. Une analyse complète, détaillée, qu'au besoin tu me traduiras. Pour ma part, je ne reçois pas de ces saloperies, c'est Hamon Le Garec qui m'a confié l'un des siens.

La facilité avec laquelle son père revenait à ses propres soucis, refusant toute discussion personnelle, attisa l'exaspération de Loïc.

— Je m'en charge, d'accord, céda-t-il. Mais à une condition, tu vas me...

— Une condition ?

Artus tendit la main vers lui, le saisit par le col de son blouson.

— Tu veux rire ? articula-t-il d'une voix blanche.

La colère les avait gagnés tous les deux en même temps et Loïc se raidit, certain de l'affrontement qui allait suivre.

— Pourquoi me pousses-tu à bout ? gronda Artus. Pourquoi ne peux-tu pas simplement te taire ? Tu m'obliges à te dire des choses qu'on ferait mieux de passer sous silence. Tu m'es tout à fait étranger, Loïc, je ne me reconnais pas en toi.

— Il faut te ressembler pour t'atteindre ? explosa Loïc.

D'un geste brutal, Artus l'attira à lui dans un bruit de tissu déchiré.

— C'est la vérité que tu cherches ? Alors, écoute-moi bien. Je ne crois pas que tu sois mon fils, et ça me pourrit la vie depuis bientôt trente-huit ans !

Loïc, qui avait amorcé un mouvement pour se dégager de l'emprise d'Artus, s'arrêta net, figé. Ils étaient trop près l'un de l'autre et Artus baissa la tête avant de desserrer lentement ses doigts pour lâcher le blouson qu'il tenait toujours.

— Pas ton fils..., répéta Loïc d'une voix rauque.

Ce qui impliquait sa mère de façon odieuse, intolérable. Du plus loin qu'il se souvienne, ses parents avaient formé un couple fusionnel, modèle d'entente et d'amour. Comment imaginer sa mère infidèle ou volage ? Elle n'avait jamais eu d'autre horizon que Kerloc'h et Artus !

— Tu es... ignoble, articula-t-il.

Il fit volte-face, traversa la grange sans se retourner. Une fois dehors, il prit une grande inspiration. La pluie s'était mise à tomber, rendant les pavés glissants sous les semelles de ses bottes en caoutchouc. Que faisait-il donc là, déguisé en fermier ?

— Loïc !

La voix impérieuse d'Artus le laissa indifférent. Il ne doutait pas d'avoir appris la vérité, d'avoir enfin obtenu l'explication qu'il avait tant désirée. Et qui justifiait tout.

Alors qu'il se dirigeait machinalement vers la maison, il s'immobilisa. Où était sa place, désormais ? Sûrement plus sous le toit familial ! Il fouilla la poche de son jean, y trouva ses clefs de voiture. Il aurait voulu rouler au hasard, mais Tristan n'allait plus tarder à ramener Pierre, il ne pouvait pas s'en aller maintenant. Avec l'impression pénible d'être pris au piège, il se retourna. De loin, Artus l'observait, sourcils froncés. Chacun à un bout de la cour, ils échangèrent un long regard malgré le rideau de pluie qui les séparait, puis Loïc fut parcouru d'un frisson, haine et dégoût mélangés.

« Je ne crois pas que tu sois mon fils et ça me pourrit la vie depuis bientôt trente-huit ans ! » La phrase résonnait encore à ses oreilles, comme une condamnation sans appel. Bâtard toléré en silence par un Artus rongé d'humiliation, Loïc portait un nom qui n'aurait pas dû être le sien. De quel amour clandestin était-il issu ? De quelle faute de sa mère ? Même s'il ne voulait pas, ne pouvait pas l'admettre, le mépris constant infligé par Artus depuis son enfance en était la preuve flagrante.

Il eut à peine conscience de la présence d'Elias à côté de lui, qui l'avait pris par l'épaule et était en train de le secouer.

— Loïc ? Qu'est-ce qui se passe ?

De l'autre côté de la cour, toujours immobile sous la pluie, Artus baissait à présent la tête, peut-être accablé, peut-être soulagé. Après la mort de sa femme, pourquoi n'avait-il pas parlé ? Et pourquoi aujourd'hui ? A cause de Pierre, qu'il était contraint de traiter en petit-fils ? Mais c'était lui qui l'avait fait venir ! Pour mieux régler ses comptes ?

— Loïc !

Inquiet, Elias le dévisageait avec insistance.

— Ne reste pas là, tu es trempé...

L'averse redoublait d'intensité, des rigoles se formaient entre les pavés. Au-delà des hautes grilles, le tracteur conduit par Tristan apparut soudain, phares allumés. Loïc poussa alors Elias dans la direction d'Artus, qui n'avait pas bougé.

— Dis-lui de se mettre à l'abri.

Il vit Elias s'éloigner, croiser le tracteur dont les roues soulevaient des gerbes d'eau, rejoindre Artus. Que ce soit son père ou non, qu'il l'aime ou pas, cet homme l'avait élevé, il aurait toujours une dette envers lui.

4

Artus referma son livre de comptes, incapable de se concentrer. En principe, Yann se chargeait de la gestion, entrant tous les chiffres dans l'ordinateur réservé à l'exploitation, mais Artus ne s'était jamais résigné à abandonner les grands cahiers noirs dont il se servait depuis quarante ans. Tout ce qui concernait Kerloc'h y était soigneusement consigné, au stylo à encre et sans la moindre rature. Néanmoins, Artus avait cédé à Yann le petit bureau du rez-de-chaussée, à côté du salon, où il ne mettait plus les pieds, et il devait se contenter du secrétaire de sa chambre.

Il repoussa son fauteuil, se leva et alla se poster devant l'une des fenêtres. L'aube approchait, le ciel commençait à se teinter de traînées roses, à l'est. Une belle journée d'automne en perspective, d'après la météo qu'Artus écoutait chaque matin.

Loïc n'était pas revenu partager un seul repas à la maison, il vivait entièrement chez Tristan. Pour l'instant du moins, puisqu'il semblait décidé à partir avant la fin du mois. Tristan avait annoncé la nouvelle du bout des lèvres, avec un air réprobateur qui ne le quittait plus.

Artus laissa échapper un long soupir. Il ne se pardonnait pas d'avoir rompu le serment fait implicitement à Armelle. Pourquoi s'était-il mis dans une telle rage, et pourquoi ce jour-là ? A cause de Pierre ? Certes, le gamin lui plaisait beaucoup, c'était un adolescent intelligent, sensible, et il avait manifesté un réel intérêt pour Kerloc'h. La petite Elvire, dont Artus était fou, n'avait pas encore un an. Combien de temps lui faudrait-il avant d'accompagner son grand-père à travers champs ? A ce moment-là, Artus serait trop vieux pour jouer au professeur. Tandis que Pierre était presque un homme.

« Mais ce n'est pas un Le Marrec non plus, il en a juste le nom... »

Pas question de s'attacher à un quasi-étranger. D'ailleurs, Anne ne serait pas d'accord. Et Dieu sait qu'il la comprenait ! Ce qu'elle avait dû éprouver en découvrant la trahison de son mari, Artus l'avait vécu minute par minute auprès d'Armelle. L'impression d'être bafoué, rejeté, la torture de la jalousie, l'envie dévorante de savoir, et ensuite de tout détruire pour punir. Mais Anne avait su se venger alors qu'Artus y avait renoncé. A l'époque, il aimait trop passionnément Armelle pour la perdre, jamais il n'aurait pu se résoudre à la mettre dehors. Vivre une seule journée sans elle était au-dessus de ses forces. Après ces vacances de sinistre mémoire, ils ne s'étaient plus jamais séparés ; il ne l'aurait pas permis et elle ne l'avait pas demandé. En revanche, elle s'était acharnée à lui faire comprendre qu'il *devait* accepter Loïc. Par amour pour elle, il y était parvenu, malgré la certitude d'élever l'enfant d'un autre.

« Mais tu n'es plus là, Armelle, tu m'as laissé tout seul... »

Cela ne constituait pas une excuse. A quoi bon se taire durant tant d'années puis craquer stupidement sur un coup de colère ?

« Pourquoi est-il resté si longtemps, aussi ? »

Leur dispute avait été inévitable, dès le premier jour. Accueillir Loïc comportait un risque qu'il n'aurait pas dû courir. Et maintenant, que pouvaient-ils faire d'autre que consommer la rupture ?

« Au moins, ça le forcera à chercher du travail, à reprendre une vie normale. »

A s'en aller, surtout. Inutile de se leurrer, Artus avait provoqué la querelle. Il n'avait nul besoin de Loïc pour faire procéder à une analyse, néanmoins il était allé le chercher, l'avait obligé à quitter Pierre ce matin-là. C'était son fils, bon sang ! Son *vrai* fils, il avait cette chance.

« Tu es jaloux de lui ? »

Une question qu'il s'était posée cent fois déjà, sachant qu'il faisait injustement peser sur Loïc une haine aveugle. Armelle était morte, avec elle Artus aurait dû enterrer cet amant sans visage dont elle avait nié l'existence jusqu'au bout.

« Tu as Yann et Tristan, tu as Gaëlle… Pourquoi ne l'as-tu pas laissé tranquille ? »

Il y serait arrivé sans cette cohabitation forcée, sans cette histoire de divorce qui le révoltait. Loïc avait trompé sa femme, exactement comme Armelle l'avait trompé, lui, en profitant des vacances, de l'absence de l'autre. Telle mère, tel fils.

« Et voilà ! Voilà pourquoi tu as craché le morceau ! »

Il s'en voulait amèrement mais ne voyait aucun moyen de rattraper ses paroles, ni même d'en atténuer la portée. Loïc était tombé des nues. Rien ne l'avait préparé à cette tardive révélation, qui semblait l'avoir bouleversé au-delà de toute mesure. Forcément.

« C'est bien ce que tu voulais… Voir la tête qu'il ferait… Tu as vu. »

Au moment où il lui avait assené la vérité, il s'était senti submergé d'une telle rage qu'il aurait aussi bien pu l'étrangler, il en mourait d'envie.

« Tu es devenu fou parce qu'il t'a dit que tu le méprisais, le détestais. Il l'a toujours su. »

Artus s'était persuadé, dès la naissance de Loïc, que ce bébé deviendrait le préféré d'Armelle. Mais elle n'avait manifesté aucune différence d'attitude, aimant ses quatre enfants du même immense amour, alors qu'il ne pouvait s'empêcher de dédaigner Loïc. Par la suite, indifférent à ses succès scolaires, sportifs ou universitaires, indifférent aussi bien à son mariage qu'à la naissance de son enfant, Artus avait toujours conservé ses distances.

« Tu avais promis que tu veillerais sur eux *quatre*. Tu t'es parjuré. C'était un serment fait à une mourante et tu ne l'as pas tenu, tu ne respectes rien… »

Qu'allait devenir Loïc, à présent ? Kerloc'h devait lui faire horreur. Avait-il trouvé une situation, un endroit où loger ? Comment comptait-il assumer la vertigineuse pension alimentaire exigée par Anne ? Bizarrement, Artus se sentait concerné par l'avenir immédiat de Loïc, et il s'en inquiétait.

« Tu l'as mis le dos au mur pour te débarrasser de lui, au lieu de l'aider ! »

Qu'avait-il raconté à ses frères, à sa sœur ? S'était-il désigné lui-même comme le bâtard de la famille ? Non, ne serait-ce que pour la mémoire de leur mère, il ne pouvait pas répéter les propos d'Artus. Mais dans ce cas, quelle raison avait-il avancée pour justifier son départ, et pourquoi Tristan boudait-il ?

« Je devrais peut-être les réunir tous les quatre et vider l'abcès une bonne fois. Maintenant que j'ai commencé... »

Pourtant il n'en ferait rien, il le savait. Ce qu'il avait dit à Loïc sous le coup de la colère était impossible à énoncer posément devant les trois autres. Artus n'avait pas l'intention de se justifier, encore moins d'accuser leur mère. Qu'ils se débrouillent avec la version que choisirait Loïc.

Le jour se levait, révélant les contours de la colline, au loin. Artus adorait cette vue sur ses champs, jusqu'à l'horizon, avec les profonds sillons de la terre, cependant il ne regardait rien de précis, perdu dans une réflexion qui ne le menait nulle part. Il frissonna, resserra sa robe de chambre autour de lui. Depuis huit ans qu'Armelle s'en était allée, il se sentait toujours désespérément seul. Et ce matin plus que jamais. Car malgré son aversion pour Loïc, il avait mal agi, et il ne se le pardonnait pas.

Enfin calme, Gaëlle dormait pour de bon. Mais une heure plus tôt, lorsque Elias avait voulu se glisser hors du lit, elle s'était accrochée à lui avec fureur, puis avec désespoir. Pour la rassurer, pour l'empêcher de revenir à son obsession, il ne connaissait qu'un moyen, qu'il avait utilisé en toute connaissance de cause. Bien sûr, il avait succombé lui aussi, il ne pouvait pas la caresser sans devenir fou à son tour.

Avec une extraordinaire douceur, il promena sa main sur l'épaule ronde de la jeune femme. Son corps était tout en courbes, souple, sensuel, appétissant. Elle prétendait avoir trois kilos de trop, ce qu'il estimait absurde. Pour lui, elle était parfaite.

Après avoir remonté la couette sur elle, il se leva sans bruit. A cette heure-ci, Artus devait déjà être debout, et Yann aussi, mais il avait le temps de passer chez lui en vitesse avant de rejoindre la grange pour le briefing matinal. Il manquait de sommeil, comme souvent ces derniers temps, néanmoins il effectuerait sa journée de travail sans songer à se plaindre. Que Gaëlle le réclame de plus en plus fréquemment le rendait heureux malgré le danger de se faire prendre, la fatigue accumulée, et cette angoisse de l'avenir qui ne le lâchait plus.

Il se doucha en hâte, enfila des vêtements propres et se précipita dehors. De l'autre côté de la cour, Artus et Yann descendaient les marches du perron, accaparés par leur sempiternelle discussion au sujet des légumes. Yann souhaitait se lancer dans la production de haricots verts, d'épinards et de petits pois, une culture très répandue dans la région parce qu'elle offrait de solides débouchés avec la forte demande des conserveries. Pour fléchir son père, il était prêt à concéder une culture biologique, et il ne réclamait que trois hectares, le temps d'un essai. Naturellement, Artus ne voulait pas en entendre parler, répétant que Kerloc'h était une exploitation céréalière et le resterait.

Les deux hommes saluèrent Elias et lui emboîtèrent le pas vers la grange des tracteurs.

— Il y a déjà trop de gens qui ont choisi ce créneau, tu ne trouverais pas ta place, affirma Artus.

— Mais il faut savoir prendre le train en marche, pas le regarder passer en campant sur ses positions ! Trois hectares de moins ne changeront rien pour toi, papa. Laisse-moi faire la tentative, ne serait-ce qu'une seule année.

— Tu n'imagines pas le temps que ça te prendra, pour un résultat bien médiocre.

— Ce serait une forme d'assolement et...

— Alors fais de la betterave ou de la pomme de terre !

Elias les écoutait distraitement, songeant toujours à Gaëlle, qui devait dormir, lovée sous la couette. Pourquoi l'aimait-elle donc ? Lorsqu'elle criait de plaisir entre ses bras, savait-elle seulement à qui elle avait affaire ? S'il lui racontait de quoi il avait été capable dans sa jeunesse, l'embrasserait-elle avec la même passion ? Jamais elle ne l'interrogeait sur son passé, comme si elle considérait qu'il ne venait de nulle part. Artus ne l'avait pas mise au courant, Elias en était certain. Sinon elle n'aurait pas pu le regarder aussi tendrement, aussi amoureusement.

— ... je trouve ça ridicule, un point c'est tout ! Après ma mort, tu feras ce que tu veux, mais pour l'instant c'est encore moi qui décide, je ne suis pas à la retraite !

Une nouvelle fois, Artus montait le ton, réduisant Yann au silence. Elias se demanda de quelle manière Artus s'était débrouillé pour léguer l'exploitation à Yann. Même si Tristan était dédommagé par les bois, et Gaëlle par les vergers, que devenait Loïc dans l'histoire ? Qu'Artus l'apprécie ou pas, il ne pouvait pas le spolier, la loi ne l'y autorisait pas. Elias possédait quelques notions de droit, acquises en prison lorsqu'il cherchait à remplir des journées atrocement longues, toutes pareilles...

— Bon, Elias, aujourd'hui on va s'occuper des parcelles du haut de la colline, la météo est optimiste, déclara Artus en tournant le dos à Yann. Allez, dépêchons-nous !

Elias hocha la tête et en profita pour croiser le regard de Yann, qui semblait tout à fait découragé. Il aurait pu protester mais il ne le faisait pas, trop habitué à subir les diktats de son père. Comment expliquait-il à sa femme, le soir, qu'il était encore un petit garçon devant Artus ? Au moins, Gaëlle et Tristan n'hésitaient pas à lui dire leur façon de penser. Quant à Loïc, il avait réussi à plonger Artus dans un complet désarroi lors de leur dernière dispute. Elias n'en connaissait pas la raison exacte, mais il devinait que la querelle s'était envenimée au point d'être désormais sans issue. Loïc allait partir, c'était bien dommage car il avait fini par se rendre indispensable. Et même si sa place n'était pas à Kerloc'h, même s'il était beaucoup trop savant pour travailler la terre, il avait donné la preuve qu'il pouvait maîtriser les tâches d'une exploitation forestière.

Elias grimpa sur l'un des tracteurs, enclencha la marche arrière. Malgré son caractère de cochon, Artus forçait l'admiration. Pour un homme comme Elias, il représentait une sorte d'idéal, à savoir tout ce que n'avait pas été son propre père. Artus était franc, honnête, prêt à défendre ses convictions, il possédait le sens des valeurs, gérait intelligemment ses affaires, et le travail ne lui faisait pas peur. De plus, il avait adoré sa femme, enfin et surtout, il était sobre... Elias aurait donné n'importe quoi pour avoir été élevé par Artus plutôt que par Yvon Le Marrec. Un individu méprisable, haïssable, qui s'était forgé un destin de minable à force de veulerie. Pourtant, il aurait pu s'en sortir, il n'était pas né sous une mauvaise étoile. Ayant hérité de ses parents une petite ferme, modeste mais viable, Yvon avait passé sa vie à boire. Trop paresseux pour cultiver, il avait acheté un peu de bétail dont il ne s'était pas davantage occupé. Lorsqu'il s'était marié, sa femme avait bien essayé d'arranger un peu les choses, jusqu'au jour où, rendu très agressif par l'alcool, il avait commencé à la frapper. C'était vite devenu une habitude chez lui ; pour un oui ou un non il levait la main sur son épouse et n'hésitait pas à secouer le bébé qui venait de naître. Elias conservait des souvenirs de pure terreur de cet homme qui le sortait de son lit d'enfant en criant et le giflait à tour de bras sans raison. Sa mère ne disait rien, trop effrayée pour protester, et quand Elias la suppliait de partir, elle lui faisait seulement signe de se taire. Plus tard, Yvon s'était servi d'une ceinture, puis de ses poings. Combien de fois Elias, à moitié assommé et en larmes, avait-il juré de se venger ? Un jour, quand il s'était senti assez fort, il était passé à l'acte. Cette fois-là, son père avait été trop loin, le poursuivant avec le tesson d'une bouteille qu'il venait de lui fracasser sur le genou. Malgré la plaie qui pissait le sang, malgré la douleur et la peur, Elias avait trouvé le courage de se révolter. Le pugilat s'était très mal terminé. Hospitalisé avec plusieurs fractures, Yvon avait porté plainte contre son fils. De seize à dix-huit ans, Elias s'était retrouvé placé dans un établissement pour mineurs délinquants. Considéré comme dangereux, il avait été plutôt malmené par les éducateurs, mais il s'était tenu tranquille car il rêvait d'entamer une autre existence dès le premier jour de sa majorité. Sa mère n'était jamais venue le voir durant ces deux années, ce qui n'avait rien d'étonnant puisqu'elle avait témoigné contre lui devant le juge des mineurs, affirmant qu'il avait agressé son père sans raison. Ses malheurs auraient pu s'arrêter là mais, lorsqu'il avait enfin quitté la maison de redressement, Yvon l'attendait, bien décidé à avoir sa revanche. Elias n'avait fait que se défendre, néanmoins il s'était vu infliger un an de prison ferme pour récidive de coups et blessures. A sa sortie, il avait appris le décès de son père, dû à une cirrhose. Il n'avait pas cherché à rencontrer sa mère, résolu à tirer un trait sur le passé, et il s'était lancé tant bien que mal dans la vie, allant d'échec en échec. Personne ne voulait engager un jeune homme de vingt ans sans aucune qualification et chargé d'un casier judiciaire aussi inquiétant. Une succession de petits boulots, plus ou moins légaux, lui avait permis de subsister. Courageux, curieux de tout, il avait sillonné la France au gré des opportunités, et finalement il avait appris beaucoup de choses. Mais il restait un marginal, incapable de trouver sa place dans une société qui le rejetait. Avec Elias, les femmes avaient toujours été très tendres, comme si elles devinaient cette souffrance enfouie tout au fond de lui et qu'il dissimulait sous un sourire mélancolique. N'avoir pas été aimé, enfant, restait une plaie ouverte, impossible à cicatriser. Un peu avant trente ans, il avait failli se marier mais avait dû y renoncer devant l'hostilité de sa future belle-famille. Découragé, il avait poursuivi son errance jusqu'au jour où l'envie de rentrer en Bretagne avait été la plus forte. Il avait acquis assez de maturité pour supporter de revoir sa mère, mais la vieille ferme délabrée était fermée, mise sous scellés. Le notaire de Pontivy lui apprit que sa mère était morte quelques mois plus tôt et qu'il était le seul héritier.

Pendant trois ans, il avait essayé de rassembler les morceaux de son passé, s'acharnant à faire revivre cet endroit où il avait été si malheureux. Hélas ! la maison était trop écroulée, les terres en friche depuis trop longtemps, il n'avait fait que s'épuiser et s'endetter en vain.

L'offre d'Artus était tombée juste au moment où il était prêt à tout abandonner et à se laisser couler.

— Arrête ! hurla Tristan par-dessus le bruit du moteur.

Elias stoppa net au ras du mur de la grange, qu'il avait failli percuter en reculant.

— Bon Dieu, à quoi penses-tu, ce matin ? grommela Artus.

Tristan lui adressa un clin d'œil auquel Elias répondit par une mimique désolée. Songer à Gaëlle le ramenait toujours à sa propre histoire, dont il ne pouvait se débarrasser, d'autant moins qu'il l'avait très honnêtement racontée à Artus. Il le vit regarder par-dessus l'épaule de Tristan mais, bien sûr, Loïc n'était pas là. Et sans doute ne viendrait-il plus jamais aux réunions matinales de l'exploitation. Quel gâchis !

Sabine avait retrouvé Paris sans plaisir. La pollution rendait l'atmosphère irrespirable, les trottoirs semblaient plus sales encore que quelques mois plus tôt, et les passants paraissaient plus maussades. Son appartement, désespérément froid avec ses meubles ultramodernes, sentait le renfermé. Elle passa sa première soirée à faire le ménage et à ranger ses affaires, un peu accablée à l'idée de ce qui l'attendait. Après ces longs mois de liberté et d'air marin, elle avait cru qu'elle pourrait reprendre facilement son travail, mais c'était plus pénible que prévu.

Dès le lendemain matin, à peine la porte du commissariat franchie, elle reçut un accueil enthousiaste de son équipe, qui avait organisé - probablement à l'instigation de Jérôme - un petit déjeuner de fête. Un gobelet de café amer dans une main, un croissant suintant le beurre de l'autre, elle dut prononcer le discours qu'elle avait préparé, à tout hasard, et expliquer de quelle manière elle comptait reprendre le service en main.

Son bureau avait été repeint en gris, comme tout l'étage. Pourquoi l'administration choisissait-elle toujours des couleurs aussi sinistres ? Seule touche de gaieté, un bouquet de roses rouges était posé à côté d'une impressionnante pile de dossiers, et la carte qui l'accompagnait ne portait que deux mots : « Vos hommes. » Elle éclata de rire, pour la première fois en vingt-quatre heures. Avec un peu de chance, d'ici à quelques jours elle aurait oublié l'irrésistible attrait de Doëlan, les cris des mouettes et le bruit du vent s'engouffrant dans les ruelles du port. Elle allait parcourir les rapports des enquêtes en cours jusqu'à ce que l'une d'entre elles l'intrigue ou la passionne, et alors le déclic se produirait, elle serait de nouveau capable de s'investir à cent pour cent dans son travail.

Un peu avant midi, elle reçut un appel de son supérieur, qui l'invitait à déjeuner, prétendument pour faire le point sur la situation, en réalité parce qu'il s'agissait d'un ami. Il s'était beaucoup inquiété à son sujet après l'affaire de la rue de Lappe en la voyant si mal réagir, aussi allait-elle devoir le rassurer, affirmer qu'elle était redevenue elle-même. Etait-ce le cas ?

Songeuse, elle lâcha le dossier qu'elle lisait et fouilla dans son sac. Avec son agenda, elle sortit le bloc-notes rapporté de Doëlan où se trouvaient, en vrac, des listes de courses, des numéros utiles, des idées qui lui avaient traversé la tête pendant ces mois de solitude. Elle le feuilleta et s'arrêta sur l'écriture de Loïc Le Marrec. Peut-être l'appellerait-elle, un soir, juste pour échanger quelques mots avec lui, histoire de savoir s'il s'était calmé, et aussi pour recevoir un peu d'air du pays.

— Rien que pour ça, tu es sûre ? dit-elle entre ses dents, sans pouvoir s'empêcher de sourire.

Elle n'avait pas spécialement pensé à lui depuis cette scène mémorable nocturne sur le trottoir, pourtant une ou deux fois elle s'était surprise à évoquer son prénom, son visage.

Un coup discret frappé à la porte lui fit lever la tête. Jérôme entra, l'air tout réjoui, et vint déposer devant elle une enveloppe contenant des résultats d'analyses.

— Le labo nous a fait passer en priorité, ça concerne le cas Besson. Je ne sais pas si tu as eu le temps de prendre connaissance du dossier mais tu verras, c'est du gâteau !

Décidément, la routine reprenait, elle était à nouveau dans le bain.

— Est-ce que tu es libre ce soir ? ajouta-t-il, plus bas. On pourrait aller manger une côte de bœuf chez...

— Non, désolée, ce soir j'emporte ce tas de paperasses avec moi, j'ai du retard à rattraper. Une autre fois, Jérôme.

Elle avait répondu d'un ton un peu sec, mais elle n'avait aucune envie d'une soirée romantique. Et de toute façon, elle ne mentait pas, demain matin au plus tard elle connaîtrait l'ensemble des dossiers par cœur. Essayant d'ignorer la tête déconfite de Jérôme, elle ajouta, plus gentiment :

— Mais pour l'instant, il faut que j'y aille, le patron m'attend...

Il ne fit pas de commentaire et sortit le premier.

Enseigner la biologie à Paris ne tentait pas beaucoup Loïc, mais le poste intéressant que lui offrait de nouveau l'IFREMER, à Nantes, l'éloignerait considérablement de Pierre. A tout prendre, mieux valait encore la capitale, où son fils serait peut-être heureux de venir le rejoindre certains week-ends.

En rédigeant son CV, il avait bien été obligé de constater que ses diplômes et son expérience professionnelle lui permettraient de retrouver une situation sans difficulté, pourtant il n'avait envoyé ses courriers qu'à contrecœur. La parenthèse de quelques mois vécue à Kerloc'h n'avait rien résolu pour lui, il se posait autant de questions qu'au premier jour. Près de Tristan, et les pieds dans la boue, il s'était senti plus à sa place qu'il ne l'avait jamais été à Brest. Mais désormais, à cause d'Artus, sa place n'existait plus nulle part, le remède s'était révélé pire que le mal.

La seule certitude de Loïc était qu'il ne devait pas abandonner la reconquête de son fils, surtout pas maintenant. Ils avaient repris l'habitude de se téléphoner, et Pierre se montrait beaucoup moins réticent qu'au moment du divorce. Peut-être commençait-il à faire la part des choses, peut-être s'apercevait-il qu'il avait besoin de son père ? Loïc devait absolument rester disponible pour lui, or ce n'était pas en allant s'installer à des centaines de kilomètres qu'il y parviendrait.

Au milieu de ces contradictions, Loïc essayait de ne pas penser à Artus. Ni à sa mère. Jusque-là, il avait réussi à se taire, il ne s'était même pas confié à Tristan mais il savait que celui-ci attendait une explication. Comment justifier son départ alors qu'il n'avait réglé aucun de ses problèmes personnels ? Son frère était trop intelligent pour accepter un mauvais prétexte... Sauf que ce n'était pas tout à fait son frère. Une idée surréaliste, absurde.

Dans la grande salle qui occupait la moitié de la maison des bois, Tristan gardait précieusement, accrochée au mur, une photo de leur mère. Sur ce cliché, elle était assise au bord d'un champ de blé, ses yeux clairs levés vers le soleil, avec une main en visière et un sourire éblouissant. Une femme heureuse, radieuse. Une très belle femme, qui bien sûr aurait pu séduire, avoir des amants, mais c'était si peu concevable ! Tout comme il était inimaginable qu'elle ait eu une liaison, qu'Artus l'ait appris... Et avec qui ? Un voisin, un ami, un employé ? Non, aucun de ces scénarios ne tenait debout. Quant à ses voyages... Elle n'avait quitté Kerloc'h qu'une fois, pour un séjour dans le Midi avec Yann et Gaëlle. En quelle année ?

Debout devant la photo, Loïc fit un rapide calcul. Il était né au printemps 1967 ; si les vacances en question avaient eu lieu en 1966, il tenait un début d'explication. Sa mère avait-elle profité de cette unique villégiature pour commettre un adultère ? Peu probable, mais pas impossible… Il lui fallait une certitude, pourtant il ne se voyait pas aller demander des dates précises à Artus. Quant à Yann, s'il n'avait que trois ans à l'époque, il ne s'en souviendrait pas, et Gaëlle encore moins. Tristan était arrivé bien après, en 1970. Sa naissance correspondait-elle à une réconciliation entre leur mère et Artus ? En tout cas, celui-ci avait manifesté à Tristan la même affection paternelle qu'à ses deux aînés. Seul Loïc semblait lui poser un problème, et pour cause… Différent physiquement, avec ce regard d'eau claire qu'il tenait de sa mère, différent intellectuellement, avec son incroyable aptitude aux études, Loïc avait sans doute été pour Artus le rappel quotidien de ce qu'il aurait voulu oublier. De quoi lui gâcher la vie, selon son expression.

Donc, le plus urgent était de vider les lieux, de ne plus croiser son « père ». Et aussi d'abandonner l'idée d'avoir subi une injustice, alors qu'il s'agissait d'une vengeance. Désormais, Loïc avait le choix entre regarder Artus autrement et ne plus jamais lui adresser la parole.

Au milieu du chaos, il aurait aimé pouvoir se raccrocher à quelque chose, et il avait attendu en vain un appel de Sabine. Il pensait plus souvent à elle qu'il ne le souhaitait, étonné de l'importance qu'elle avait prise dans sa tête malgré son refus sans équivoque. Parce qu'elle lui avait laissé noter un numéro de téléphone dont elle ne comptait probablement pas se servir ? Il n'avait aucun moyen de la joindre, aucune raison valable de la harceler davantage. D'ailleurs, elle était à Paris, et lui ne savait toujours pas où il allait atterrir d'ici à quelques jours. Il *devait* prendre une décision mais n'y parvenait pas. D'une certaine manière, quitter Kerloc'h le désespérait, et il ne comprenait pas pourquoi. Ni pourquoi il avait tant de mal à reconstruire son existence. Jusque-là, les engagements ne lui avaient pas fait peur, il n'avait quasiment pas connu le doute, et aujourd'hui il hésitait, irrésolu, inquiet. Avait-il désiré, même de manière inconsciente, rester là, au milieu des siens et s'intégrer à eux ? Une sorte de retour à l'enfance, qu'Artus ne lui avait pas permis. Son refuge ne se trouvait pas derrière les murs épais du manoir, pas davantage dans la maison des bois de Tristan.

Il se détourna de la photo, devant laquelle il était resté longtemps immobile. Sa mère n'avait pas jugé nécessaire de lui parler avant sa mort, pourtant il s'était souvent tenu à son chevet durant les derniers mois de sa maladie. Lorsqu'il venait la voir, Artus les laissait seuls, Loïc s'en souvenait parfaitement. A dessein ? Et aujourd'hui, l'angoisse diffuse qui l'empêchait de trouver sa voie était-elle le résultat de toutes ces années de silence, de rancœur ? Etait-il possible qu'il ait perçu le malaise de ses parents et que, depuis toujours, il se soit senti à l'origine de cette faille entre eux ? Car malgré l'image du couple uni et toujours très amoureux, ils échangeaient parfois des regards aigus ou des phrases inachevées dès qu'il était question de Loïc.

Tristan ouvrit si brusquement la porte qu'une rafale de vent fit voler les rideaux.

— Quel temps affreux ! ronchonna-t-il en s'ébrouant.

Il enleva son ciré, sa casquette, ses bottes boueuses.

— Il reste du café ?

— Oui, plein...

Tristan lui adressa un sourire chaleureux et le suivit jusqu'à la cuisine.

— J'ai passé la matinée à rédiger des courriers et à téléphoner, mais je n'aurais pas dû te laisser tomber, s'excusa Loïc. Si tu as besoin d'un coup de main cette après-midi, pas de problème.

— Non, il n'y a rien à faire sous cette pluie.

Loïc versa du café dans deux bols tandis que son frère jetait un coup d'œil à la pile d'enveloppes posée sur un coin de la table.

— Tu as trouvé un travail ?

— Plusieurs, mais je n'ai rien signé pour l'instant.

— Tu pars toujours la semaine prochaine ?

— Quoi qu'il arrive, oui.

— Eh bien, tu vas me manquer ! Je préfère ta compagnie à celle d'Elias, et tu t'es révélé plus efficace que lui.

Amusé, Loïc toisa son frère. Même s'il exagérait, c'était un compliment appréciable, et effectivement ils s'étaient très bien entendus tous les deux.

— Tu me manqueras aussi, dit-il à mi-voix.

Tristan baissa la tête, considéra son bol vide une seconde, puis lâcha d'une traite :

— Si tu m'expliquais pourquoi tu t'en vas comme ça, je serais soulagé. Je ne sais pas par quel bout te prendre mais je te connais assez pour deviner que tu as un problème. Papa t'a flanqué dehors, c'est ça ?

— Pas tout à fait.

Loïc prit le temps de verser de nouveau du café, de pousser le sucrier vers son frère. Celui-ci avait relevé la tête et le considérait avec une expression interrogative.

— Après mon départ, il vous racontera ce qu'il veut, alors autant que je te dise la vérité. D'autant plus que je ne crois pas pouvoir jamais revenir ici...

— *Jamais* ? Pourquoi ? Tu plaisantes, j'espère ?

— Je ne suis pas son fils. Donc, pas vraiment ton frère non plus.

Formuler cette simple phrase avait demandé un réel effort à Loïc. Il se mordit les lèvres, incapable d'ajouter quoi que ce soit, et se détourna pour échapper au regard effaré de Tristan.

— Attends... Je rêve, là ? Il t'a raconté quoi ? Que tu ne serais pas son fils ? Bordel, il est bon à interner !

D'un geste furieux, Tristan repoussa son bol, qui se renversa.

— Maman avait des amants ? Elle allait se rouler dans la paille chez les voisins ? C'est dément ! Papa l'adorait, il en était dingue, qu'il ne vienne pas prétendre le contraire aujourd'hui ! Et il aurait supporté qu'elle le trompe ? Tu l'imagines en mari cocu et content de l'être ? Loïc, tu n'as pas gobé une connerie pareille ?

Son désarroi, comme sa colère, avait quelque chose de réconfortant, cependant Loïc ne voulait ni se laisser émouvoir ni se faire consoler.

— Je n'imagine rien de précis, il ne m'a pas donné de détails. Mais crois-moi, c'était criant de vérité, il ne l'a pas inventé. Et dans ces conditions, je suis carrément indésirable depuis toujours, à la rigueur je peux le comprendre.

— Tu es bien arrangeant ! explosa Tristan. Parce que même si c'est vrai, te le balancer en pleine gueule, à trente-sept ans, je trouve ça dégueulasse !

Brillant de rage, son regard scrutait Loïc dans l'attente d'une réaction.

— Je suis le premier à qui tu en parles ? ajouta-t-il, un ton moins haut.

— Oui. Laisse Gaëlle et Yann en dehors de ça pour l'instant. Tu les mettras au courant plus tard, je voudrais avoir réglé ma situation d'abord.

— Tu vas aller vivre Dieu seul sait où et tu ne reviendras pas à Kerloc'h, c'est bien ça ? Pense à nous téléphoner de temps en temps !

— Tristan...

Son frère se leva d'un bond, hésita, puis finalement se contenta d'aller chercher une éponge. Il se mit à nettoyer la table, évitant de regarder Loïc.

— En tout cas, chez moi, tu seras toujours le bienvenu. Gaëlle va m'arracher les yeux quand elle saura. Elle et moi ne sommes pas toujours d'accord avec papa, pour des histoires de boulot, mais là c'est différent, c'est grave, je ne crois pas qu'on puisse accepter de...

— Vous ne ferez rien du tout, ni elle ni toi. A quoi bon ? Pour le plaisir de se disputer ? Vous êtes ses enfants, il vous aime et ça se voit.

Chaque phrase le mettait un peu plus à l'écart du camp de ses frères et de sa sœur. Le camp Le Marrec, celui d'Artus. Pendant deux ou trois secondes, Tristan le dévisagea avec une expression d'infinie tristesse.

— Au moins, murmura-t-il, ne pars pas sans me dire au revoir. Je veux savoir où te trouver.

Il releva sa manche pour jeter un coup d'œil sur sa montre.

— Tu as rendez-vous avec elle ? s'enquit Loïc.

A plusieurs reprises, son frère avait revu Soizic, la jeune fille rencontrée à l'*Admiral Benbow*, à Lorient. Très discret quant à ses sentiments, il avait seulement avoué qu'elle lui plaisait de plus en plus et que, au bout du compte, Internet avait du bon.

— On doit déjeuner ensemble à Plouay.

— Aux *Trois Châteaux* ? Emmène-la plutôt au gîte de Lanvaudan, ce sera plus romantique.

Tristan esquissa un sourire embarrassé qui lui donna aussitôt l'air d'un tout jeune homme.

— Nous n'en sommes pas là, mais...

Comme il n'achevait pas, Loïc se leva à son tour et lui donna une claque affectueuse sur l'épaule.

— Va te changer !

L'amour était ce qui pouvait arriver de mieux à Tristan, et Loïc éprouvait assez de tendresse à l'égard de son frère pour être capable de s'en réjouir malgré ses propres problèmes. Il le suivit des yeux tandis qu'il quittait la cuisine en hâte, puis son regard effleura la pile des lettres prêtes à être postées. L'une d'entre elles allait régler son sort, il était prêt à s'y résoudre, mais avant d'affronter un avenir immédiat qui l'angoissait, il décida de faire une ultime tentative pour donner un sens à son existence. Après tout, il n'avait plus rien à perdre.

Adossée à la petite fenêtre donnant sur le boulevard Voltaire, Sabine observait ses hommes sans indulgence.

— Vous avez pris l'habitude de vous la couler douce, on dirait !

Elle rageait de voir son équipe piétiner dans une affaire qui aurait dû être réglée depuis longtemps.

— Quand vous avez un rapport à rédiger, c'est le soir même, pas le lendemain matin. Et ceux qui veulent s'en tenir aux trente-cinq heures n'ont qu'à se montrer deux fois plus performants ! Dernier point, je refuse de patienter jusqu'à perpète pour les résultats du labo, débrouillez-vous, bousculez vos collègues s'il le faut mais accélérez les procédures.

Tout en parlant, elle remarqua que Jérôme ne l'écoutait pas, les yeux fixés sur une énorme gerbe de roses qu'un planton avait déposée sur son bureau juste avant la réunion. A côté de cette débauche de fleurs, le bouquet offert la semaine précédente par ses hommes semblait d'autant plus dérisoire qu'il était déjà fané dans son vase. Bien entendu, elle n'avait pas pensé à changer l'eau ou à couper les tiges.

— Si ce que je raconte ne vous intéresse pas…, dit-elle en haussant le ton.

Jérôme releva la tête et soutint son regard. Il devait se demander, exactement comme elle, qui était l'expéditeur.

— Oui, c'est à vous que je parle, poursuivit-elle en s'adressant à Jérôme. C'est quoi, cet excès de vitesse sur les berges ? Vous poursuiviez quelqu'un ? Une voiture de chez nous flashée à cent trente, ça la fout mal !

Ironique, elle agita la note interne qu'elle avait reçue le matin même.

— Vous étiez au volant, Morillon ?

Elle l'appelait toujours par son nom de famille, pour ne faire aucune différence avec les autres, mais elle le vit tiquer.

— Aujourd'hui, même un ministre peut se faire verbaliser, alors tenez-vous tranquilles. La prochaine fois, Morillon, si vous vous sentez trop nerveux, laissez votre coéquipier conduire. Ce sera tout pour ce matin, merci.

Jérôme fut le premier à se détourner et à sortir. Personne n'avait la place de s'asseoir dans le trop petit bureau de Sabine, aussi ce genre de brève réunion informelle s'effectuait-elle debout. Les vraies séances de travail avaient lieu dans une pièce plus spacieuse, située de l'autre côté du couloir, où se trouvaient une table de conférence, des tableaux blancs, des plans détaillés de Paris, de l'arrondissement et du quartier.

Sabine s'approcha de la gerbe de fleurs pour y chercher une éventuelle carte de visite. Qui pouvait lui envoyer quelque chose d'aussi imposant ? Sûrement pas le préfet de police, même si elle entretenait des rapports très courtois avec lui ! D'ailleurs, elle était persuadée de n'être qu'une exception destinée à donner bonne conscience à toute la hiérarchie. En lui accordant son grade de commissaire divisionnaire, ces messieurs avaient donné la preuve de leur largesse d'esprit et ainsi démontré que les femmes pouvaient accéder aux plus hautes fonctions dans la police. Au même titre qu'il existait une - et une seule - femme pilote de chasse dans l'armée. Pour la vitrine.

Elle trouva une minuscule enveloppe blanche contenant un bristol d'Interflora, avec trois initiales : L.L.M.

— Loïc Le Marrec…, marmonna-t-elle. Quel idiot !

C'était forcément lui, elle n'avait pas besoin d'interroger le fleuriste pour en avoir confirmation. Elle écarta le papier cristal, considéra pensivement les superbes roses rouges. Très bien, elle allait donc se servir de ce fichu numéro de téléphone pour le remercier. Et lui dire de ne pas recommencer, en tout cas pas à l'adresse du commissariat ! D'ailleurs, elle allait les emporter chez elle, pas question de les laisser encombrer son bureau ni provoquer des commentaires. Elle prit son portable, bien décidée à ne pas passer par le standard pour ce genre de communication.

— Ici, docteur Le Marrec, vous seriez absolument libre de poursuivre n'importe quelle recherche fondamentale. Les crustacés nous intéressent parce qu'il s'agit d'une espèce non menacée...

Chaleureux, persuasif, le directeur du laboratoire avait laissé Loïc visiter les somptueuses installations dans leurs moindres détails.

— Comme vous le savez, et sans doute mieux que moi, le Chitosan extrait de leur carapace a des propriétés antibactériennes, ce qui pourrait lui faire rejoindre un jour la grande famille des antibiotiques.

Avec un enthousiasme communicatif, il poursuivit son exposé, manifestement décidé à convaincre Loïc.

— Les molécules chimiques mises au point par les algues, les poissons ou les mollusques pour se défendre seront les médicaments de demain. Il s'agit d'un domaine d'investigations sans limite ! Nous disposons de capitaux très importants, ce qui permet à nos chercheurs de travailler dans les meilleures conditions. Vous avez eu la liste des collaborateurs de la maison, que vous devez tous connaître, au moins de nom ?

— La plupart d'entre eux, oui, admit Loïc.

En recevant le dossier, il avait été impressionné par la qualité de l'équipe en place ainsi que par l'ambition du programme de recherche. Que le laboratoire soit en partie financé par un puissant groupe industriel américain ne le gênait pas outre mesure, sachant à quel point les scientifiques étaient chouchoutés de l'autre côté de l'Atlantique. Non seulement très bien payés, mais surtout respectés pour leurs travaux. Et l'idée de ne pas avoir à remplir une demande en dix exemplaires chaque fois qu'il aurait besoin de quelque chose le séduisait. De toutes les propositions reçues, celle-ci était de loin la plus excitante.

— Je n'exige pas de réponse rapide, vous pouvez réfléchir aussi longtemps que vous le souhaitez... ou bien nous rejoindre demain matin !

De vous à moi, votre cursus a littéralement fait saliver le P.-D.G., qui espère beaucoup de notre entretien. Il n'y a qu'un détail... Est-ce que je peux me permettre de vous demander ce qui vous a poussé à quitter l'IFREMER ?

— Mon divorce.

— Je vois. Eh bien, du moment qu'il ne s'agissait pas d'un problème professionnel... Navré pour vous.

Loïc haussa les épaules, persuadé que son interlocuteur s'était largement renseigné à son sujet avant leur rendez-vous, mais sa carrière ne comportait pas le moindre faux pas, il pouvait se permettre d'être exigeant lui aussi.

— Qu'advient-il des découvertes effectuées ici ? se borna-t-il à dire.

L'autre éclata d'un rire réjoui, comme s'il avait attendu cette question avec impatience.

— Je savais que ce serait l'une de vos préoccupations majeures, docteur Le Marrec ! Rassurez-vous, vous ne vous vendrez pas à l'ennemi si vous acceptez notre offre. Les Français ont de gros intérêts chez nous, il s'agit d'un partenariat entre deux géants de l'industrie pharmacologique, du moins pour l'application commerciale. Mais vous serez tout à fait libre de travailler sur ce qui vous passionne, sans aucune restriction. Un scientifique heureux est forcément productif, même là où on ne le prévoyait pas, c'est la philosophie de la direction du groupe. Si vous voulez un trois-mâts ou un sous-marin pour aller étudier de près les crabes, personne ne vous contredira, vous aurez le bateau, l'équipage et les plongeurs dans la minute. Je parle sérieusement. Nous ne discutons jamais des idées ou des besoins de nos savants. J'ai fait refaire tout un étage du labo 2 l'année dernière pour le mettre en conformité avec le désir de nos chimistes.

Loïc le dévisagea, un peu interloqué. Jamais, nulle part, on ne lui avait tenu ce genre de discours.

— C'est plutôt alléchant, finit-il par reconnaître.

Quitte à retrouver une situation, celle-ci semblait idéale, même s'il allait devoir, à nouveau, s'enfermer entre quatre murs. Situé à quelques kilomètres de Concarneau, sur le littoral, l'ensemble des bâtiments et annexes de la société occupait plusieurs hectares. On lui proposait d'y diriger un service, d'y conduire un programme à sa guise, que pouvait-il espérer de mieux ?

— Je vous appelle avant la fin de la semaine, décida-t-il.

Le directeur eut un sourire épanoui, apparemment certain d'avoir gagné la partie ; néanmoins il parvint à conserver une certaine réserve pour conclure.

— Nous serons très heureux et très flattés si vous nous rejoignez, docteur Le Marrec.

Loïc retraversa seul le gigantesque hall d'accueil. La perspective de travailler là aurait dû le réjouir alors qu'il éprouvait juste le sentiment d'être pris au piège. Pourquoi donc ? Sur le parking, lorsqu'il remit en service son téléphone portable, il constata que quelqu'un avait cherché à le joindre. Il appuya sur la touche de rappel automatique, persuadé qu'il s'agissait d'une nouvelle offre d'emploi, et fut très surpris de reconnaître la voix de Sabine.

— Je voulais vous remercier pour les fleurs, dit-elle gaiement, même si je n'ai pas très bien compris la raison de votre geste.

— Il y a vraiment besoin d'une raison ?

— Eh bien... Après tout, non ! Quel temps avez-vous, en Bretagne ?

— Grand bleu, parce que je vous entends, mais en réalité il pleut.

— Ah... Ici aussi.

Elle se tut, peut-être déroutée par ce qu'il venait de dire, mais en tout cas pas agressive.

— Je crois que je viens de trouver un emploi, reprit-il, et j'aurais aimé fêter ça. Seriez-vous libre pour le dîner ?

— Ce soir ? Vous plaisantez, vous êtes à des centaines de kilomètres !

— Neuf heures en bas de chez vous ? J'ai juste besoin de savoir où vous habitez.

Le rire clair de Sabine le mit en joie et il mémorisa instantanément l'adresse qu'elle lui donnait.

— Soyez prudent sur la route, il y a des radars partout, ajouta-t-elle avant de couper.

Qu'elle ait accepté aussi facilement le laissait stupéfait. La dernière fois qu'il l'avait vue, à Doëlan, après sa lamentable prestation sur le trottoir, elle s'était pourtant montrée catégorique.

Tout en s'installant au volant de la Porsche, il jeta un coup d'œil à sa montre. Il n'était pas encore midi, il avait le temps de faire le tour des agences immobilières, à Concarneau, pour se donner une idée de ce qu'il pourrait louer s'il prenait le poste. Au moment où il allait démarrer, son téléphone sonna et il vit le numéro de Kerloc'h s'afficher. Il hésita à répondre, peu désireux de parler à Artus, cependant la curiosité l'emporta.

— Loïc ? C'est Yann. Ecoute, je reviens de l'hôpital, papa nous a fait une sacrée frayeur mais ne t'inquiète pas, maintenant tout va bien...

Yann s'interrompit et il y eut un court silence durant lequel Loïc ne trouva strictement rien à dire.

— Tu es toujours là ? Bon, voilà, d'après les toubibs il s'agit d'un problème de diabète, qu'ils ont pu gérer. Tu savais qu'il était diabétique, toi ?

— Non...

— Personne n'en savait rien, et à mon avis lui non plus. Quand je l'ai découvert dans sa chambre, ce matin, il semblait carrément dans le coma, j'ai eu la trouille de ma vie !

Désemparé, Loïc bredouilla quelques mots de circonstance. Il était beaucoup plus bouleversé qu'il n'aurait dû l'être. Artus, dans le coma ? Il essaya de l'imaginer malade, affaibli, et repoussa cette vision avec horreur.

— Bon, je vais y retourner pour lui apporter des affaires, je te tiendrai au courant.

— Veux-tu que je te rejoigne ? proposa spontanément Loïc.

Le mutisme éloquent de son frère le ramena à la réalité et il enchaîna :

— Je suis sans doute la dernière personne qu'il souhaite voir, mais si ça peut t'aider...

— Non, tu es gentil, Tristan est là-bas, et ensuite on se relaiera avec Gaëlle et Marion. D'ailleurs, papa n'a pas besoin qu'on lui tienne la main, il est hors de danger. Mais j'en profite pour te dire que... que quoi qu'il puisse arriver, je ne suis pas d'accord avec lui. Tristan m'a raconté votre... différend. C'est la pire absurdité que j'ai entendue de ma vie entière ! De toute façon, il n'a pas à te traiter de cette manière, malade ou pas. Que les choses soient claires, Loïc, tu es mon frère, un point, un trait, il n'y a rien à ajouter.

La sincérité de Yann acheva de décourager Loïc. Il aurait voulu pouvoir étreindre son grand frère, et aussi se précipiter au chevet de leur père, mais il était désormais, de par la volonté d'Artus, mis à l'écart de la famille.

— Je te rappellerai pour te donner des nouvelles, promit Yann.

Loïc coupa la communication, posa son portable sur le siège passager. Le moteur tournait au ralenti, avec un bruit sourd et rassurant. Sa voiture était l'endroit du monde où il se sentait le mieux, pour l'instant. A défaut d'avoir le droit d'approcher Artus, il décida qu'il téléphonerait au chef de service, à l'hôpital, afin d'obtenir des détails précis. En attendant, il était libre d'aller à Paris ce soir, libre d'oublier ses soucis. L'idée de prendre un avion à l'aéroport de Lann-Bihoué l'effleura une seconde. S'il le faisait, il serait sûrement moins fatigué, mais au cas où l'état d'Artus s'aggraverait, il voulait pouvoir revenir en pleine nuit.

Il démarra doucement, après avoir jeté un dernier coup d'œil, dans son rétroviseur, aux bâtiments du laboratoire.

Devant le refus de sa mère, qui n'envisageait pas de l'accompagner, Pierre avait pris un train. Mais l'état de santé de son grand-père n'était pas vraiment la raison de sa présence à l'hôpital de Lorient, il avait surtout fait le voyage depuis Brest pour offrir à son père une preuve d'affection.

Lors de son unique week-end à Kerloc'h, il avait réalisé un certain nombre de choses concernant les Le Marrec. Entre autres, que se retrouver au milieu d'hommes - ses oncles, son grand-père, son père ou même Elias - présentait un changement notable avec le tête-à-tête imposé par sa mère. Au bout du compte, une atmosphère familiale n'avait rien de déplaisant, au contraire. Couper des arbres en forêt non plus. Et le manoir, d'abord jugé sinistre, était en fait une très grande maison plutôt chaleureuse, rassurante et confortable. Quant aux champs à perte de vue, ils lui avaient laissé une extraordinaire impression d'espace, de sérénité et de liberté.

Dans ce contexte, son père lui était apparu différent. Bien loin du portrait que sa mère brossait de lui depuis un an. Il n'avait rien d'un irresponsable, la tête dans les étoiles, encore moins d'un coureur de femmes, menteur et lâche. Pierre l'avait seulement trouvé grave, presque sombre. Sur la route du retour, le dimanche soir, ils avaient beaucoup bavardé et, arrivés à la pointe Saint-Mathieu, ne s'étaient séparés qu'à regret. Depuis, Pierre cherchait le moyen de se rapprocher un peu de son père, peut-être même de se faire pardonner.

A l'hôpital, il ne trouva que Gaëlle, qui l'interpella depuis la cafétéria où elle était descendue fumer une cigarette.

— Tu viens voir ton grand-père ? Il sera très touché, mais pour le moment il dort. Si tu veux boire quelque chose, c'est ma tournée...

Il alla chercher un Coca et revint s'asseoir en face d'elle.

— Papa n'est pas là ?

— Ton père ? Non. Tu ne risques pas de le rencontrer ici !

— Pourquoi ?

Ouvrant de grands yeux, il la dévisageait sans comprendre le sens de sa réflexion.

— Petit problème relationnel, marmonna-t-elle.

Elle faillit ajouter qu'il était bien placé pour savoir que tout n'était pas toujours au beau fixe entre les parents et leurs enfants, mais elle y renonça. Agresser l'adolescent alors qu'il avait pris la peine de se déplacer jusqu'à Lorient était stupide. Néanmoins, elle éprouvait le besoin de se défouler sur quelqu'un ou quelque chose, ulcérée par ce que Tristan lui avait appris. Yann lui-même, pourtant le plus modéré de la famille, semblait choqué par les propos que leur père avait tenus à Loïc. Mais il ne lui appartenait pas de mettre Pierre au courant.

— Il est peut-être réveillé, monte... Au troisième, chambre 217.

Tandis que le jeune homme s'éloignait docilement à travers le hall, elle alluma une autre cigarette. Sans le malaise qui avait conduit Artus à l'hôpital, elle aurait volontiers profité de la situation pour faire un éclat. Se débarrasser de ce qu'elle avait sur le cœur concernant l'attitude de leur père vis-à-vis de Loïc et, dans la foulée, annoncer son intention de vivre ouvertement avec Elias. Si elle attendait l'autorisation de ce dernier, elle allait continuer à mentir et à se cacher pour le restant de ses jours, or elle ne le supportait plus. Avoir choisi de rester à Kerloc'h ne faisait pas d'elle une éternelle gamine, elle vieillissait, elle voulait des enfants. Lorsqu'elle voyait Marion serrer Elvire dans ses bras, elle l'enviait presque douloureusement, avec une impression de vide impossible à combler.

— Tu devrais arrêter de fumer, soupira Tristan en s'arrêtant devant sa table. Comment va papa ?

— Bien, d'après son médecin, mais il est de très mauvaise humeur. Etre cloué ici le rend fou !

— Je peux monter ?

— Il a déjà de la visite. Pierre est avec lui.

— Pierre ? On ne l'aura jamais tant vu ! C'est Anne qui l'a accompagné ?

— Non, il a pris le train.

— Je me disais, aussi...

Il se laissa tomber sur une chaise à côté de Gaëlle et commanda un café.

— Je suis crevé. Il y a un boulot dément... Je n'imaginais pas le nombre de trucs que papa peut faire dans une journée. Yann met les bouchées doubles, avec Elias, et je me retrouve tout seul. Loïc me manque... Si bizarre que ça paraisse, il abattait beaucoup de travail.

Gaëlle lui jeta un coup d'œil en coin mais s'abstint de répondre. Tristan avait adoré la présence de son frère à ses côtés, et aussi l'héberger dans sa maison des bois, le retrouver après toutes ces années d'absence.

— J'attendrai que papa soit sur pied pour avoir une discussion avec lui, ajouta Tristan, mais je ne peux pas laisser les choses en l'état. Qu'est-ce que nous sommes censés faire, une fois qu'il sera revenu à

Kerloc'h ? Ne plus jamais prononcer le nom de Loïc devant lui ? Le rayer de la famille comme s'il n'existait plus ?

Toujours muette, Gaëlle esquissa un geste d'impuissance. Se taire pour Loïc, se taire pour Elias... Ou bien provoquer une querelle dont personne ne sortirait indemne ? En ce qui la concernait, était-elle prête à quitter définitivement Kerloc'h pour cause de désaccord avec leur père ? Et Tristan, jusqu'où irait-il ? Malgré son mauvais caractère, ses défauts, Artus avait bien traité trois de ses enfants, n'hésitant pas à leur faire les donations nécessaires pour les rendre propriétaires de leurs terres et financièrement indépendants : que pouvaient-ils lui reprocher ? Son autoritarisme faisait partie de sa personnalité et lui avait peut-être assuré la réussite là où d'autres auraient échoué, dans un contexte agricole souvent difficile. Chaque fois qu'il imposait à Yann sa manière de voir, la suite des événements lui donnait immanquablement raison. Il ne se trompait guère dans ses choix, ses orientations, au point que la plupart des agriculteurs de la région s'en remettaient à lui. Seule sa volonté lui avait permis de ne pas sombrer après la mort de sa femme, il avait continué à se battre et à travailler pour ses enfants, sans rien exiger d'eux. Le mode de vie qui s'était alors mis en place à Kerloc'h avait été proposé par Gaëlle elle-même, par Tristan, par Yann et Marion. Tous solidaires autour d'Artus, et à ce moment-là Loïc ne faisait déjà plus partie du paysage familial, il s'en était exclu depuis longtemps.

— Je suis d'accord avec toi, Tristan, soupira-t-elle. Seulement il va nous falloir un peu de patience avant de mettre le sujet sur le tapis. Celui-là et certains autres, d'ailleurs...

Elle coinça un billet sous le cendrier avant de se lever.

— Bon, vous êtes assez nombreux pour lui tenir compagnie, je rentre, j'ai du travail aussi.

Du travail, et surtout une impérieuse envie de serrer Elias dans ses bras. Au moins, cette nuit, il ne serait pas obligé de partir avant l'aube, ni de raser les murs.

Artus ébaucha un sourire devant la mine déconfite de Pierre.

— Je suis trop con, marmonna l'adolescent.

— Tu les mangeras.

Les yeux baissés sur la boîte de chocolats qu'il venait de tirer de son sac à dos, Pierre secoua la tête. Il devait se sentir stupide d'avoir choisi des sucreries pour un grand diabétique, mais Artus le trouvait seulement touchant.

— C'est surtout ta visite qui me fait plaisir, je n'ai pas besoin de cadeau.

La phrase n'était pas qu'une formule de politesse, Artus éprouvait une réelle satisfaction à voir le jeune homme debout au pied de son lit, avec son air à la fois embarrassé et inquiet. A défaut d'être le petit-fils d'Artus, il s'agissait tout de même de celui d'Armelle, et elle l'aurait sans doute adoré. Malgré son acné, il ressemblait beaucoup à un curieux mélange de Loïc et de Yann. Un comble !

— Ils vont te garder longtemps ?

— Je ne crois pas, non. Je vais bien.

Sauf qu'il se sentait las, somnolent, vulnérable, mais il ne l'aurait avoué pour rien au monde. Depuis qu'il était cloué dans ce lit d'hôpital, il ne faisait que dormir et méditer, accablé d'une incompréhensible fatigue.

— Les médecins sont des ânes, ajouta-t-il. Assieds-toi cinq minutes, veux-tu ?

Une chose qu'il n'avait proposée à aucun de ses enfants au cours de leurs visites, plutôt pressé de les voir quitter sa chambre. Quoi de pire que cette atmosphère d'hôpital avec ses odeurs abjectes et cette manière odieuse d'infantiliser les malades, surtout à partir d'un certain âge ?

— Je me demandais..., commença Pierre en s'installant tout au bord d'une chaise. Peut-être que je pourrais venir deux ou trois jours à Kerloc'h, pendant les vacances de la Toussaint ? Enfin, si tu es d'accord, et papa aussi...

Mal à l'aise, Artus s'agita un peu dans son lit. Loïc n'avait donc rien expliqué à ce garçon ?

— J'ai trouvé ça vraiment intéressant, la dernière fois, alors je me disais que...

— As-tu vu ton père, ces temps-ci ?

— Non, mais on se téléphone presque tous les jours. Je lui ai expliqué que... eh bien, que j'allais me renseigner à propos du lycée agricole, juste par curiosité...

Les yeux de Pierre ne lâchaient pas Artus, semblant attendre un encouragement. Cette histoire de lycée agricole était tellement stupéfiante, malvenue, absurde qu'Artus se contenta de hocher la tête sans répondre. Loïc n'avait apparemment pas jugé bon de mettre son fils au courant de son départ définitif de Kerloc'h, ni de la querelle familiale. Fermant les yeux une seconde, Artus se rappela la façon dont Loïc avait prononcé : « Tu es ignoble » avant de quitter la grange, de traverser la cour sous la pluie battante, puis de se retourner, à l'autre bout. Le regard qu'ils avaient alors échangé mettait un point final à leur histoire, à trente-huit ans d'amertume. Artus aurait dû être soulagé, or il s'était senti mal. La silhouette immobile de Loïc lui avait semblé pathétique, et l'image d'Armelle s'y était superposée comme le pire des reproches. Depuis, tout le monde se taisait, cependant Artus était persuadé que tout le monde savait. Ils en avaient forcément parlé entre eux, mais voilà, l'incident était trop grave pour être seulement mentionné devant lui, alors ils se cantonnaient dans un mutisme réprobateur dont le seul mérite était sans doute d'empêcher une querelle générale. Et à présent, Pierre espérait une réponse qu'Artus ne pouvait pas lui donner.

— Il a faim ? s'écria la voix bourrue d'une infirmière.

Artus rouvrit les yeux, toisa la femme qui, les mains sur les hanches, venait de l'interpeller. Derrière elle, il aperçut le chariot des plateaux-repas.

— Il aimerait qu'on l'appelle monsieur Le Marrec, c'est son nom, et il n'est pas gâteux ! répliqua-t-il d'un ton cinglant.

Furieux, il se redressa sur ses oreillers. Fatigué ou pas, guéri ou non, il allait rentrer chez lui dès le lendemain, il en avait par-dessus la tête d'être traité en vieillard sénile. Il se tourna vers son petit-fils pour le prendre à témoin, mais Pierre avait mis sa tête dans ses mains et piquait un fou rire en silence.

5

Au moment de son divorce, Loïc avait signé le protocole d'accord entre les deux parties sans le lire, trop culpabilisé pour songer à protester. Ainsi Anne avait-elle gardé la maison avec tout ce qu'elle contenait, tandis que Loïc louait un studio meublé à Brest. Il n'avait donc strictement rien à lui, même pas un lit ou une bouilloire. Quant au salaire versé par Artus durant les quelques mois où il avait travaillé à Kerloc'h, il ne couvrait pas la pension alimentaire d'Anne et de Pierre.

Muni du contrat qu'il s'était résigné à signer avec le laboratoire, Loïc alla ouvrir un compte dans une banque de Concarneau et y déposa, en guise de garantie, un chèque que Tristan avait absolument tenu à lui faire. Un prêt sans intérêts, remboursable lorsqu'il le pourrait.

Par téléphone, il avait demandé à son ex-femme un peu de patience, mais elle s'était immédiatement braquée. Elle ne comptait pas travailler, elle était restée femme au foyer trop longtemps pour se mettre en quête d'un emploi à son âge, d'ailleurs elle devait continuer à s'occuper de Pierre. Peu désireux de provoquer une nouvelle querelle, Loïc n'avait pas insisté. Heureusement pour lui, le laboratoire avait mis à sa disposition un logement de fonction situé dans un petit immeuble du boulevard Bougainville, le long du port de la Croix. De ses fenêtres, il voyait la pointe de Beg-Meil et, au large, les îles de Glénan. L'appartement était décoré de façon sobre et disposait de tout le confort possible, y compris d'une chambre d'amis qui pourrait servir à Pierre. Loïc s'estima très satisfait, à défaut d'être heureux.

Il n'avait pas revu Sabine depuis leur dîner à Paris, mais il pensait à elle vingt fois par jour sans savoir que faire. Peut-être n'avait-il accepté ce poste de chercheur que pour elle, afin de lui prouver qu'il n'était ni oisif ni velléitaire ? Et aussi parce qu'il avait besoin d'argent s'il voulait l'inviter souvent au restaurant. Lors du premier tête-à-tête, elle s'était montrée plutôt réservée, gaie mais avare de confidences, l'observant ou l'écoutant avec une attention aiguë qui avait fini par le gêner. Il redoutait d'autant plus son jugement qu'il aurait été bien en peine d'expliquer où il en était de sa vie. La révélation d'Artus le laissait dans un état d'anxiété hébétée. S'il s'était d'abord senti en colère, dégoûté, humilié, il avait ensuite été bouleversé de savoir Artus sur un lit d'hôpital, peut-être en danger, en tout cas fragile. Et après toutes ces années d'indifférence, soldées par un violent affrontement, il constatait qu'il aimait Artus. Il aimait un homme qui prétendait ne pas être son père et qui venait de le rejeter définitivement.

A Sabine, il n'avait rien dit à ce sujet, pour ne pas noircir le tableau. Inutile qu'elle le considère comme un homme à problèmes, il offrait déjà une image assez complexe, il en avait bien conscience. Que pensait-elle de lui et comment pouvait-il lui plaire ? Elle semblait si à l'aise, si indépendante, prête à se moquer de toute tentative de séduction, or il n'avait aucune expérience en la matière. Etre amoureux l'étonnait, mais c'était aussi la chose la plus merveilleuse qui lui soit arrivée depuis longtemps. En conséquence, il ne voulait rien brusquer. Au lieu de lui téléphoner chaque jour, ainsi qu'il en mourait d'envie, il se limitait à un ou deux appels par semaine, durant lesquels il s'appliquait à bavarder d'un ton léger en essayant de la faire rire. Il avait remarqué qu'il pouvait lui parler de la Bretagne sans jamais la lasser, ou de son travail de scientifique, pour lequel elle manifestait beaucoup d'intérêt ; toutefois, dès qu'il abordait des questions plus personnelles, elle se dérobait. Combien de temps allait durer cette relation trop amicale ? Jusqu'où le laisserait-elle aller s'il devenait plus exigeant ? Il tentait, en vain, de se souvenir de la manière dont il s'y prenait avec les filles lorsqu'il était jeune, à croire qu'il n'y avait eu qu'Anne.

L'hiver s'annonçait très froid et les jours raccourcissaient vite. Enfermé au laboratoire du matin au soir, Loïc reprenait difficilement contact avec son métier, nostalgique dès qu'il songeait à Tristan arpentant ses forêts. L'espace lui manquait, le grand air, la liberté, tout ce qu'il avait redécouvert et savouré auprès de son frère. Artus n'avait pas réussi à le dégoûter de Kerloc'h, il regrettait les chahuts derrière les fourneaux, les feux d'enfer que Yann entretenait dans la cheminée, le sifflement du vent sous les lourdes portes sculptées. Pourquoi avait-il cru détester cet endroit ? C'était là qu'il était né, qu'il avait grandi, et il ne s'y était pas réfugié par hasard quand sa vie avait éclaté.

Ayant carte blanche pour diriger son service de recherche comme il l'entendait, il prit d'abord le temps de faire la connaissance des gens avec qui il allait collaborer, de s'informer des programmes en cours, de découvrir le matériel de pointe mis à sa disposition, puis il élabora le planning des mois à venir. Malgré sa bonne volonté, il n'éprouvait pourtant pas grand enthousiasme à l'idée de travailler pour un laboratoire. En quittant l'IFREMER, il avait ressenti une sorte de soulagement qui l'avait poussé à se demander s'il ne s'était pas trompé d'existence en choisissant d'être biologiste. Mais, à ce moment-là, son divorce le minait et justifiait ce genre de questions absurdes. Aujourd'hui, si elles se reposaient, il allait devoir leur trouver une réponse valable.

Certains soirs, mais jamais ensemble, Tristan, Gaëlle ou même Yann et Marion venaient dîner avec lui à Concarneau, comme s'ils refusaient l'ahurissante rupture imposée par leur père. Ils avaient pris leurs habitudes à la crêperie *Le Pennti*, dans la Ville close, où le cidre de Gaëlle figurait sur la carte. Ou bien ils allaient déguster du poisson chez *Armande*, face au port de plaisance. Par eux, Loïc savait qu'Artus était rentré à Kerloc'h et qu'il se portait à peu près bien, malgré un régime strict, sans sel ni sucre, propre à le rendre enragé.

Au début du mois de décembre, Sabine annonça qu'elle venait passer le week-end à Doëlan. Elle invita Loïc à dîner chez elle le samedi soir, précisant qu'elle serait vraiment ravie si Tristan l'accompagnait.

Artus s'arrêta, un peu essoufflé, et se retourna pour contempler le champ qu'il venait de traverser. Une belle terre, parfaitement aérée, saine, riche, qui ne tarderait plus à verdir sous la levée des premières pousses. Yann et Elias avaient bien travaillé, Artus pouvait être malade ou absent, Kerloc'h n'en souffrirait pas. Sans s'en apercevoir, il avait passé la main à ses enfants depuis un moment déjà.

A son retour de l'hôpital, il s'était promené un peu partout, à pied ou en 4 × 4, observant l'exploitation comme s'il la voyait pour la première fois. Sur les chemins forestiers, il avait remarqué le long des parcelles en régénération artificielle les jeunes plants protégés par des manchons. Tristan s'occupait de ses forêts à la perfection, il avait ça dans le sang. Plus loin, dans la futaie, Artus l'avait aperçu en train de marquer des arbres pour l'abattage. D'un petit coup de klaxon, il l'avait salué sans s'arrêter, sachant à quel point son fils détestait être dérangé quand il déterminait ses coupes. Ensuite, il était allé jusqu'aux vergers, où, là aussi, tout était en ordre. Gaëlle avait fait son labour d'automne à l'aplomb des branches et traité les troncs des pommiers à l'huile blanche.

Du regard, il parcourut le paysage qui s'étendait devant lui : ses champs, immenses, bordés de talus qu'il n'avait jamais arasés, des haies qu'il avait refusé d'arracher parce qu'elles empêchaient le ruissellement des eaux de pluie. Presque partout ailleurs, le bocage avait été détruit pour laisser la place à une culture intensive, une pure folie dont les autres fermiers revenaient enfin, après avoir payé le prix fort.

Sur sa gauche, un peu en hauteur, il distinguait les contours de Kerloc'h. Austère mais élégant, le manoir semblait dresser sa tour carrée face au vent, comme une proue. Artus n'avait rien connu d'autre que cette bâtisse, où tous les Le Marrec étaient nés avant lui. Il en aimait le granit doré, propre au Morbihan, les ardoises bleutées des toitures, les fenêtres étroites, et jusqu'à la girouette vieille de quatre siècles encore en place sur le faîtage. Il s'était donné beaucoup de mal, aussi bien à l'intérieur qu'à l'extérieur, pour préserver Kerloc'h. Non seulement le maintenir en bon état, mais l'améliorer. Tout comme il avait agrandi l'exploitation en passant de soixante-dix hectares à plus de cent. Et aujourd'hui, il n'avait plus besoin de tenir ce domaine à bout de bras, ses enfants avaient tout naturellement pris le relais. Une vie réussie, en somme, sauf qu'Armelle l'avait laissé seul pour finir la route.

Penser à elle le ramena aussitôt à Loïc. Lui n'était pour rien dans l'œuvre bâtie à Kerloc'h. La terre ne l'avait pas retenu, il était différent, et pour cause...

Avec un soupir exaspéré, Artus se remit en marche. Pourquoi y songeait-il aussi souvent, de manière quasi obsessionnelle ? Il n'aimait pas Loïc, son fils pour l'état civil, et la perspective qu'un jour un morceau de Kerloc'h puisse lui appartenir l'avait souvent fait grincer des dents, néanmoins il se sentait à la fois curieux et inquiet de son sort. D'après Yann, Loïc était installé à Concarneau, il travaillait dans un laboratoire pour un très bon salaire. Somme toute leur dispute avait été positive.

Positive ? Non, impossible de voir les choses sous cet angle, même en s'aveuglant. La dernière fois qu'il était allé sur la tombe d'Armelle, il ne s'était pas attardé, trop coupable pour évoquer le souvenir de sa femme. Si seulement elle avait répondu à ses questions, à l'époque, au lieu de sourire en haussant les épaules ! Croyait-elle qu'il oublierait son incartade estivale et accueillerait le bébé avec joie ? Elle s'était contentée de laisser planer le doute, prononçant juste son prénom avec une nuance de reproche. *Artus...* Comme il aurait voulu l'entendre encore ! *Ne sois pas ridicule...* L'était-il, en mari bafoué, incapable de réagir de peur de la faire fuir ?

De nouveau essoufflé, il s'aperçut qu'il avait accéléré le pas. Après le décès de sa mère, Loïc s'était dispensé de venir à Kerloc'h, peut-être conscient d'y être indésirable. Au moins, Artus n'avait plus eu à affronter ce regard clair qui lui rappelait trop Armelle. Ah, si seulement il était resté à Brest ! Même s'il ne l'aimait pas, Artus ne souhaitait pas son malheur, jamais il n'aurait parlé sans cette maudite cohabitation forcée.

— Tant pis, à la fin... Je vais aller le voir à Konk-Kerne...

Il avait marmonné le nom breton de Concarneau, tout comme il disait Gwened pour Vannes ou Kiberen pour Quiberon. Il avait été l'un des premiers à se réjouir lorsque, vingt ans plus tôt, les Ponts et Chaussées avaient mis en place une signalisation routière bilingue, en français et en breton. Avec les agriculteurs de sa génération, il le parlait volontiers, peut-être pour le seul plaisir de s'en souvenir et d'égrener des sonorités rocailleuses, à la fois gutturales et chuintées, qui lui rappelaient son enfance. A cette époque-là, il était un petit graçon qui s'ennuyait parce que fils unique. Alors il s'était juré d'avoir une grande famille, qu'Armelle lui avait effectivement donnée. Et en guise de remerciement...

Il rebroussa chemin, contrarié par cette démarche qu'il devait pourtant entreprendre.

— Il n'est pas responsable, il n'a pas demandé à naître...

Loïc n'avait pas été un mauvais gamin, il n'était pas non plus le vilain petit canard de la fable. Et le renier à trente-sept ans était inepte. Ou alors, il devait le faire décemment, pas comme un vieux revanchard aigri.

En passant près de l'étang qui était sans doute à l'origine de ce nom de Kerloc'h, il s'arrêta encore une fois. Ici, il avait appris la pêche à ses enfants. Un peu plus tard, il les avait initiés à la chasse dans les bois. Etait-ce dès cette époque que Tristan s'était pris de passion pour les arbres et les forêts ? De quelle manière Artus les avait-il influencés dans leurs choix ? Pour Loïc, il ne se souvenait de rien en particulier. Toujours le nez dans ses livres ? Non, il était plutôt bon tireur avec une carabine, et il adorait aussi la plongée sous-marine, il voulait toujours que sa mère le dépose pour la journée sur une plage, du côté de l'anse du Pouldu. Un goût du littoral qu'Artus ne partageait pas. D'ailleurs, tous ces amoureux de la mer l'agaçaient, lui qui n'appréciait que l'intérieur des terres, son Argoat, pays de bois, de landes et de cultures, avec ses chemins étroits, ses rivières encaissées, ses chapelles isolées, son mystère... Par quelle aberration la terre de Bretagne était-elle réputée ingrate ?

Il leva la tête et contempla un moment le ciel sombre. Il n'était pas en paix avec lui-même, il le savait. Ni avec lui ni avec ses enfants, ses *vrais* enfants. Comme prévu, aucun des trois n'avait osé l'aborder de front. Il surprenait parfois des regards lourds de reproche, les entendait prononcer entre eux le prénom de Loïc, mais personne ne lui avait demandé d'explication. De toute façon, il n'aurait pas été en mesure de leur en donner. Cette histoire l'épuisait, il ne se sentait nullement soulagé d'avoir rompu le silence, et de temps à autre quelque chose qui ressemblait à une crise de conscience l'empêchait de trouver le sommeil.

Sabine sortit du four les galettes de rougets au romarin, tandis que Tristan débouchait la bouteille de muscadet.

— Asseyez-vous vite ! dit-elle en posant le plat sur la table.

Elle avait dressé le couvert dans la cuisine, où ils étaient un peu à l'étroit mais qui était devenue sa pièce favorite. Repeinte en jaune pâle, avec une table ronde en châtaignier foncé au brou de noix et une cuisinière en fonte à l'ancienne, il y régnait une atmosphère très chaleureuse. Les portes coulissantes d'un lit clos, dénichées chez un brocanteur de Bannalec, lui avaient permis de changer la façade des placards, et quelques belles faïences de Quimper ornaient les murs. Elle adorait se tenir là, surtout en hiver, occupée à essayer de nouvelles recettes de poisson ou seulement accoudée devant la fenêtre, perdue dans la contemplation du port.

Tristan prit place à sa droite et Loïc à sa gauche. Jusque-là, ce dernier avait gardé le silence, laissant parler son frère, qui était pourtant le plus timide des deux.

— C'est un peu cavalier de vous recevoir dans la cuisine, mais le reste de la maison est plus ou moins en travaux.

Décidée à tout refaire, petit à petit, elle avait déjà bien travaillé durant ses longues semaines de congé forcé. Avant de repartir pour Paris, elle s'était mise d'accord avec un peintre qui venait dans la semaine, et elle espérait que tout serait achevé avant l'été. Déjà, la maison était plus gaie, plus claire que du temps de ses grands-parents, mais sans avoir rien perdu de son attrait.

— A Kerloc'h, c'est la même chose, on finit par vivre uniquement dans la cuisine et c'est très bien comme ça, affirma Tristan.

— Une cuisine de manoir, j'imagine que ça fait une sacrée différence, ironisa Sabine. D'après Loïc, vous êtes tous de fins cuisiniers ?

— Absolument incapables de mitonner quelque chose d'aussi succulent que vos rougets...

Elle sourit et se tourna vers Loïc, qui demeurait muet. Il semblait grave, presque intimidé d'être là. Parce qu'elle avait invité Tristan ou parce qu'il songeait à cette nuit où il s'était ridiculisé en venant l'espionner ? Depuis, ils avaient dîné ensemble deux fois à Paris, sans qu'elle l'invite à monter chez elle et sans qu'il le demande.

— Vous êtes préoccupé par votre nouveau poste ? s'enquit-elle gentiment.

— Non, pas du tout, ça se passe très bien... J'ai juste un peu de mal à me remettre dans le bain, à trouver mes marques. C'est un laboratoire de pointe, théoriquement les chercheurs y sont heureux.

— Mais pas vous ?

— Je ne suis pas ravi de rester enfermé. J'avais oublié.

Tristan observait son frère d'un air compatissant et elle eut envie de rire. Même s'il était discret sur ses titres universitaires, elle savait Loïc bardé de diplômes. Regrettait-il vraiment d'être redevenu un scientifique en exercice plutôt qu'un apprenti bûcheron ? Il parlait avec nostalgie de ces quelques mois passés en forêt mais n'expliquait pas pourquoi il y avait mis un terme. Sous son apparence d'homme calme, sûr de lui, elle devinait ses doutes, peut-être même une faille assez profonde pour être volontairement dissimulée. Et à présent qu'elle voyait les deux frères ensemble, elle commençait à comprendre ce qui l'attirait malgré elle chez Loïc. Si Tristan possédait un charme fou, il était néanmoins tout d'une pièce, franc, sans ombre, juste un peu empêtré dans sa timidité. Loïc semblait plutôt un mélange de force et de fragilité, prêt à se remettre en question ou à changer de vie s'il le fallait. Exactement comme elle.

Elle le laissa débarrasser les assiettes et les poser dans l'évier. Il évitait de l'observer, ne cherchait pas à faire valoir une pseudo-complicité sous prétexte qu'ils avaient dîné deux fois en tête à tête. Mais quand il se retourna, leurs regards se croisèrent et elle eut la brusque certitude qu'il était authentiquement amoureux d'elle. Cette constatation lui procura une bouffée de joie tout à fait inattendue. Le genre de sensation jamais éprouvée avec Jérôme ou un autre, en tout cas elle n'en avait pas souvenir. Troublée, elle s'affaira à servir sa frigousse de Rennes, un pot-au-feu à base d'artichauts dont elle était généralement très fière.

— Vous savez faire ça aussi ? s'étonna Tristan. Vous êtes vraiment bonne à marier !

— Et votre amie d'Internet ? répondit-elle du tac au tac.

— Soizic ? Personne ne prépare les coquilles Saint-Jacques ou les homards comme elle. D'ailleurs, j'espère bien l'épouser. Pas pour sa cuisine, c'est juste un bonus, mais parce qu'elle est formidable.

Il était si sérieux en disant ces mots que Sabine éclata de rire.

— Quelle merveille ! Félicitations...

— Tristan ? Tu vas le faire ? J'aurais aimé être le premier au courant...

Apparemment, Loïc tombait des nues, contemplant son frère avec stupeur.

— Tu l'es, affirma Tristan. Je viens de me décider à la seconde.

— Mais tu la connais à peine !

— Et alors ? Tu sais, ses parents sont de Judicarre, à un jet de pierre de Kerloc'h, on aurait pu se rencontrer beaucoup plus tôt.

Sabine suivait leur échange avec intérêt, amusée de les sentir si proches, si concernés l'un par l'autre.

— Tu seras mon témoin, vieux, c'est toi qui m'as poussé.

Elle revit l'air emprunté de Tristan, assis à une table de l'*Admiral Benbow*, face à une fille assez insignifiante. L'amour l'avait-il transformée, rendue jolie ? Elle s'étonna de penser des choses pareilles, elle qui était si peu sentimentale. Les deux frères continuaient de s'apostropher en plaisantant et elle en profita pour goûter sa frigousse. Tout à l'heure, lorsqu'ils seraient bien rassasiés tous les trois, elle servirait des fromages purement bretons, du saint-paulin et du crémet nantais. Elle avait envie que la soirée se prolonge, envie de les entendre parler d'eux et de les voir dévorer. Dehors, la pluie battait les fenêtres au rythme des bourrasques, comme si une tempête était en train de se lever. Les bateaux devaient s'agiter dans le port et les pêcheurs ne partiraient sans doute pas demain matin.

Alors qu'il tendait le bras pour prendre un morceau de pain, Loïc frôla sa main. Sa présence, juste à côté d'elle, lui parut soudain une chose importante, réjouissante, excitante.

Ils s'étaient donné rendez-vous devant le musée de la Pêche, dans la Ville close. Au téléphone, Artus avait été peu loquace, ne prenant même pas la peine de préciser la raison de leur rencontre.

Loïc arriva avec quelques minutes de retard, retenu plus longtemps que prévu par une réunion des chefs de service, au laboratoire. Comme il n'avait pas eu le temps de se changer, il portait toujours son costume et sa cravate sous son manteau bleu marine, se sentant vaguement déguisé. De loin, il aperçut Artus qui faisait les cent pas, vêtu d'une parka et d'un pantalon noirs. Il n'avait pas l'allure d'un fermier, ni celle d'un citadin, il possédait une aisance naturelle, accentuée par ses cheveux blancs et son teint mat d'homme vivant au grand air. Loïc estima qu'il avait un peu maigri, néanmoins il semblait en forme.

— J'espère que je ne t'ai pas fait trop attendre, j'avais beaucoup de travail aujourd'hui...

Artus commença par le regarder droit dans les yeux puis, d'un geste lent, délibéré, il lui tendit la main.

— Bonsoir, Loïc.

La gêne entre eux, inévitable, les rendait aussi nerveux l'un que l'autre.

— On marche un peu ? proposa Artus.

Ils se mirent en route côte à côte, remontant la rue Vauban face au vent glacé. A cette saison et à cette heure, les promeneurs se faisaient rares, alors qu'en été la Ville close était prise d'assaut.

— Tu es content de ton travail ?

La question était de pure forme et Loïc l'éluda, pressé de découvrir la raison qui avait poussé Artus à se déplacer jusqu'à Concarneau pour le voir.

— Bon, je suppose que je te dois quelques explications, je suis venu te les donner.

Loïc s'arrêta net. Pris de court, il enfouit d'abord ses mains dans les poches de son manteau, leva les yeux vers les remparts, puis secoua la tête.

— Tu n'es pas obligé, on peut en rester là.

Il imaginait très bien ce que cette démarche coûtait à Artus, et il l'en dispensait d'autant plus volontiers qu'il n'était pas certain de vouloir en apprendre davantage.

— Non, répliqua Artus d'un ton tranchant, c'est trop important pour toi, tu as le droit de savoir. Mais, en réalité, il n'y a pas grand-chose... Ta mère ne m'a jamais... jamais rien dit, en fait. Elle était en vacances dans le Midi.

Comme si cette précision suffisait, Artus s'interrompit. Durant quelques instants, il n'y eut que le sifflement du vent s'engouffrant dans les ruelles autour d'eux. Peu après, un commerçant baissa bruyamment son rideau de fer.

— Et ensuite ? murmura Loïc.

— A son retour, elle était différente, alors j'ai compris ce qui était arrivé. Voilà. Nous aurions pu nous séparer ou... Je ne l'ai pas voulu, je l'aimais. Ma rancune, c'est sur toi que je l'ai reportée, il me fallait un bouc émissaire. Honnêtement, j'ai essayé de ne pas le montrer, mais je ne pense pas y être arrivé, n'est-ce pas ?

— Pas vraiment.

La spontanéité de sa réponse fit pâlir Artus.

— C'était difficile, se défendit-il.

— Quoi ? Marcher sur ton orgueil ? Pardonner ?

— Tu ne sais pas ce que c'est qu'être trahi ! explosa Artus. Personne ne te l'a jamais fait, c'est toi qui l'as fait à ta femme, ne parle pas de ce que tu ne connais pas !

Soudain, ils se dévisageaient en ennemis, au bord d'une nouvelle colère qui allait forcément les déchirer. Loïc fut le premier à se reprendre, à baisser le ton.

— Qu'est-ce qu'elle t'a avoué exactement ?

— Rien du tout.

— Rien ?

— Pas un mot, non.

Désemparé, Loïc ne comprenait pas. Il se racla la gorge, prit une profonde inspiration.

— Donc, tu n'es pas certain de...

— Si, je le suis !

— Comment ?

— Je n'ai qu'à te regarder.

— Mais ce n'est pas suffisant, ce n'est pas une preuve, papa !

Le dernier mot lui avait échappé, il n'aurait pas dû le prononcer, il se l'était promis en venant.

— Je n'ai pas besoin de preuve, articula Artus avec effort.

— Moi, oui ! Tu veux toujours mon avis de scientifique, eh bien je te le donne : va au bout de ta conviction, faisons une recherche ADN, et ensuite tu pourras me traiter en paria sans regret !

De l'autre côté de la rue, un homme qui se hâtait leur jeta un coup d'œil intrigué en passant.

— Il n'en est pas question, lâcha Artus entre ses dents.

Un long silence les sépara, puis Loïc fit demi-tour et repartit vers les ponts pour sortir de la Ville close.

— Ne fuis pas toujours ! Il y a autre chose...

Artus le rattrapa, le prit par le bras.

— Ton fils est un gentil garçon. Lui, je l'aime bien.

Eberlué, Loïc mit quelques instants à réaliser ce que signifiait cette phrase, sibylline et pourtant cruelle.

— Oh, mais je ne t'empêche pas de le voir, après tout, tu es son grand-père, même si ce n'est que pour l'état civil !

Cette fois, il s'éloigna à grandes enjambées, sans se retourner, espérant que c'était juste le vent glacé qui lui faisait monter les larmes aux yeux.

Elias donna un violent coup de pied dans une motte de terre avant de poursuivre rageusement son chemin. Gaëlle était folle de croire qu'il allait céder au chantage ! Même en mettant les choses au mieux, Artus le jetterait dehors, surtout en ce moment où il n'était pas à prendre avec des pincettes. Entre le régime strict infligé par Marion - qui suivait à la lettre les ordres des médecins - et son conflit avec Loïc, il donnait l'impression d'être toujours sur le point d'exploser. Alors, si sa fille venait lui expliquer qu'elle était amoureuse d'Elias...

Le pire serait l'instant des révélations, qui ne se feraient pas en douceur. Comment Gaëlle réagirait-elle en apprenant qu'Elias avait été en prison ? Condamné pour avoir tabassé son propre père, c'était tout simplement impensable chez les Le Marrec. Enfin, ceux de Kerloc'h... Difficile d'imaginer Loïc ou Tristan frappant Artus ! Et si, malgré tout, elle parvenait à l'absoudre, jamais elle ne lui pardonnerait son silence. Pourquoi ne lui avait-il rien raconté ? Par peur de la perdre, évidemment... A présent, il était coincé, pris à la gorge. « Tu parles ou je te quitte. Tu as peur de lui ? Je peux y aller seule ! » Pour la énième fois, il avait essayé de la raisonner mais elle ne voulait plus rien entendre. Etait-ce sa manière à elle de se venger d'Artus ? Elle ne se remettait pas du départ de Loïc, de la manière dont il avait été rejeté, pourtant c'était bien ce qui allait arriver à Elias, Artus n'en était pas à une colère près.

Il s'arrêta un instant pour reprendre son souffle. S'il devait partir, Kerloc'h lui manquerait beaucoup, mais comment ferait-il pour vivre sans Gaëlle ? Sans la douceur de sa peau, sans son souffle léger contre lui quand elle dormait, sans ses rires de gamine, sans la voir penchée au-dessus du pressoir ? « J'ai le droit de t'aimer ! » Non, il ne le pensait pas ; ce droit, Artus ne le leur accorderait jamais, qu'on ait changé de millénaire ne ferait aucune différence, leur histoire aurait pu arriver un siècle plus tôt, le résultat aurait été le même. Ailleurs, probablement les mentalités avaient-elles changé, les mœurs évolué, mais pas dans l'Argoat, ce pays de l'intérieur replié sur lui-même, qui respirait au rythme de la terre.

Elias avait été heureux ici. Vraiment heureux, y compris avant que Gaëlle pose les yeux sur lui. Artus lui avait donné un toit, un emploi, une famille presque, et pour le remercier il couchait avec sa fille en cachette ! Alors, bien sûr, ils pouvaient partir ensemble, fuir Kerloc'h et Artus, sauf que Gaëlle ne s'habituerait pas à vivre ailleurs, ni à être loin des siens. La fâcher avec son père, la priver de ses vergers, de son métier, de son moyen d'existence ? Et puis, quoi ? L'épouser, ainsi qu'elle l'exigeait à présent, lui faire des enfants ? Oh, Seigneur Dieu, ce serait pire que pour Loïc, Artus les traiterait tous en renégats, les maudirait pour l'éternité ! Un gendre repris de justice, qu'il avait recueilli quasiment va-nu-pieds ? Inimaginable !

Un terrible besoin de parler étouffait Elias, mais à qui se confier ? Yann, pris entre le marteau et l'enclume, ne se risquerait même pas à un commentaire, quant à Tristan, plus indépendant, il proposerait peut-être de servir de médiateur, ce qui ne les mènerait nulle part. Aller trouver Loïc à Concarneau ? Certes, il ne pourrait strictement rien faire – lui moins que tout autre –, mais au moins il l'écouterait. Et peut-être parviendrait-il à convaincre Gaëlle de rester tranquille. Bon, mais ensuite ? Poursuivre la ronde des demi-nuits volées, des étreintes furtives ? Elle en avait assez, elle n'accepterait plus.

A moins qu'il ne disparaisse, seul, sans laisser la moindre trace derrière lui. Il possédait un peu d'argent, il n'avait jamais dépensé la totalité de son salaire depuis huit ans qu'il était employé à Kerloc'h. Employé... Pour eux tous, il avait lavé, repassé, nettoyé, rangé. Fait la cuisine et repeint les volets, débouché les baignoires et révisé les tracteurs, graissé les outils et tondu la pelouse. Il les connaissait par cœur, un par un ou ensemble, il était des leurs sans être comme eux.

— Gaëlle, Gaëlle..., murmura-t-il à plusieurs reprises.

La quitter serait une torture de chaque seconde, il allait faire de sa vie un enfer. Mais c'était moins grave que la détruire, elle, ou que se dresser devant le seul homme qui lui ait jamais tendu la main.

En quittant le restaurant *La Petite Cour*, où ils s'étaient attardés très longtemps après le café, Loïc prit Sabine par le bras tandis qu'ils remontaient la rue Mabillon. Il n'avait pas prémédité son geste et fut presque étonné qu'elle ne le repousse pas.

— J'ai laissé ma voiture au parking de Saint-Sulpice, murmura-t-il, je vais vous raccompagner.

— Et ensuite, vous comptez rentrer directement à Concarneau ?

— Oui...

— Non, c'est hors de question, Loïc. Vous avez trop mangé et trop bu pour faire six cents kilomètres maintenant. En plus, vous êtes fatigué, ça se voit.

Il ne répondit pas, sachant qu'elle avait raison, mais l'idée de prendre une chambre d'hôtel et de passer la nuit à Paris ne lui disait rien.

— Je vous offre un dernier verre, proposa-t-elle, à condition que vous dormiez chez moi. Il y a une petite chambre d'amis dont j'ai fait mon bureau, mais j'y ai aussi mis un lit, alors si vous n'êtes pas trop exigeant...

— Bien sûr que non !

S'était-elle imaginé qu'il refuserait ? Il n'avait aucune envie de la quitter, pourtant il ne lui aurait jamais demandé lui-même ce dernier verre, encore moins de l'héberger.

— Je vous préviens, reprit-elle d'un ton enjoué, c'est sans ambiguïté, je ne...

— J'avais compris. Simple solidarité entre Bretons, c'est ça ?

Elle éclata de rire mais dégagea son bras. Ils récupérèrent la Porsche au troisième sous-sol du parking et gagnèrent le quartier du Châtelet, où ils eurent un mal fou à se garer. Sabine habitait un immeuble vétuste de la rue des Lombards, au dernier étage, et semblait ne pas s'être intéressée à la décoration de son appartement. Loïc fut frappé par le contraste entre la petite maison de pêcheurs de Doëlan, si chaleureuse, et la froideur de ces trois pièces aux meubles ultramodernes.

— Je ne suis presque jamais chez moi, crut-elle bon d'expliquer, et puis on déménage souvent, dans la police. Ces trucs sont fonctionnels et se démontent facilement.

Elle lui fit signe de s'installer sur le canapé de cuir noir avant de disparaître en direction de la cuisine. Elle en revint une minute plus tard avec une bouteille de champagne, qu'elle lui tendit.

— Je vous laisse faire ? Je n'ai pas de whisky ni de digestif.

— Ce sera parfait, j'adore le champagne.

A défaut d'être accueillant, le salon était impeccablement rangé. Il n'y avait pas trace de poussière sur le plateau de verre de la table basse, ni sur les étagères noires, chargées de livres.

— Si Doëlan n'était pas si loin, j'y foncerais tous les week-ends, soupira-t-elle en s'asseyant sur la moquette crème. Je n'ai aimé Paris que les premiers mois, où je passais mes jours de congé à tout visiter, à marcher du matin au soir, à lécher n'importe quelle vitrine. Mais chaque fois que je prenais une place pour un spectacle, au dernier moment je ne pouvais pas y aller, il y avait toujours un truc urgent à terminer, et plus je prenais du galon, pire c'était. Ce boulot est dément, les horaires n'existent pas.

— Pourquoi ne demandez-vous pas une mutation ?

— Je finirai par le faire. Je me verrais bien à Rennes ou à Brest, même s'il ne s'agit pas vraiment d'une promotion.

— Ah... Dans la police aussi, en dehors de Paris, pas de salut, pas de carrière ?

— A peu près, oui. Mais ça m'est égal ! Et vous ? Scientifique de province, ça ne vous gêne pas ?

— La biologie marine peut difficilement s'exercer en bord de Seine, et de toute façon je ne quitterais la Bretagne pour rien au monde. Mon fils est là-bas, mes frères, ma sœur...

Il s'arrêta juste avant d'ajouter « mon père », un mot qu'il ne voulait plus prononcer. La tête levée vers lui, Sabine l'observait attentivement et il eut l'impression qu'elle devinait tout ce qu'il taisait. Elle avait un regard sombre, perçant, qui devait vite mettre mal à l'aise ses interlocuteurs, mais pour l'instant elle le considérait avec une évidente gentillesse. Se savait-elle jolie ? Elle n'en jouait pas, s'étant à peine maquillée, comme à son habitude, néanmoins elle était ravissante. Petite, menue, bien faite, avec de beaux cheveux bruns qui encadraient un visage aux traits fins, elle était exactement le contraire d'Anne - grande blonde à l'allure de walkyrie -, et l'attrait qu'elle exerçait sur Loïc augmentait à chaque rencontre.

— *Tamic* est un surnom qui vous irait très bien, dit-il doucement.

— Petit bout ?

— Vous parlez breton ?

— Quelques mots seulement mais je connais celui-là. Mon grand-père me disait ça... Tamic... J'aurais voulu être grande et j'étais presque toujours la plus petite de ma classe. Pour entrer dans la police, j'ai même dû tricher un peu !

Il se pencha, remplit de nouveau leurs verres, puis se laissa glisser par terre afin d'être à sa hauteur.

— Racontez-moi.

— Quoi ?

— Votre enfance, vos études, vos débuts de flic, et surtout comment l'idée vous est venue.

— J'étais une fille unique. Ou plutôt une petite-fille unique. Alors, je jouais toute seule, et j'étais toujours un gendarme qui poursuivait des voleurs, ou un shérif après des bandits.

— Redresseur de torts ?

— Disons... justicier. Un truc qui me plaisait bien. Mes grands-parents n'avaient pas la télé, je crois qu'ils étaient les derniers à la refuser, mais ça ne me gênait pas. J'ai beaucoup lu, j'adorais les histoires policières, la suite est venue naturellement. Vous voyez, c'est simple.

— Vraiment ? Qu'est-il arrivé à vos parents ?

Apparemment contrariée, elle le regarda d'abord sans répondre puis finit par lâcher, d'une traite :

— Ils sont morts dans un accident de voiture. Tués par un chauffard ivre. J'avais cinq ans et ma grand-mère s'est battue comme une tigresse pour que je ne sois pas confiée à la DDASS. Je sais que vous faites le rapprochement mais, en ce qui me concerne, je n'y pense pas.

Pourtant, son air triste et buté indiquait tout le contraire. Consciemment ou pas, elle avait dû ressentir la disparition de ses parents comme la pire des injustices. Une irrésistible envie de la prendre dans ses bras submergea Loïc, qui se contraignit à ne pas bouger. Elle ne souhaitait sûrement pas sa compassion, et de toute façon il s'était promis de ne pas la toucher. « Allez faire ce numéro de charme à d'autres. Avec moi, vous tombez mal. » Elle le lui avait dit textuellement le soir où il s'était ridiculisé devant chez elle, à Doëlan. S'il espérait conserver la moindre chance de la conquérir, il ne devait pas la brusquer, ni même faire le premier pas puisqu'elle savait à quoi s'en tenir.

— A votre tour de passer aux aveux, déclara-t-elle en redevenant gaie. Pourquoi une telle brassée de diplômes ? Vous n'arriviez pas à vous arracher des universités ou vous aviez quelque chose à prouver à quelqu'un ?

— Plutôt ça, oui. Je n'étais pas précisément le préféré chez les Le Marrec, alors, quitte à être marginal, j'ai cultivé la différence jusqu'au bout.

— Vous parlez de votre père ?

— Oui, sauf que...

Il s'interrompit, baissa la tête pour échapper à son regard inquisiteur. Comment présenter les choses de manière simple, détachée ? Il ne voulait pas se plaindre et redoutait de ne pas se faire comprendre.

— Loïc ? C'est quoi, votre problème ?

Elle le percerait à jour si elle le décidait, mieux valait se plier de bonne grâce au jeu des questions. En quelques phrases volontairement neutres, il lui résuma la querelle qui l'opposait à Artus, évitant de s'appesantir sur l'amertume qu'il éprouvait.

— Eh bien, vous accumulez les soucis ! apprécia-t-elle. Votre père aurait dû accepter de faire cette recherche ADN, vous auriez su à quoi vous en tenir tous les deux, c'était la solution.

— J'aurais préféré, mais je peux vivre avec ce doute. Qu'il soit mon père ou non n'a finalement pas grande importance à mes yeux. Il m'a élevé, il a payé mes études, il s'est forcé à faire à peu près bonne figure pendant tout ce temps...

— Mais vous lui en voulez quand même.

— Oui, parce qu'il n'a aucune certitude. Et s'il avait tort ?

D'après ce qu'il avait pu déduire des propos d'Artus, cette possibilité existait. Auquel cas il se serait gâché la vie pour rien, aurait détruit ses rapports avec son fils sans raison. Un désastre encore pire que celui qu'ils étaient en train de vivre.

— Son attitude m'interdit de franchir le seuil de Kerloc'h, poursuivit-il. Pourtant, là-bas, il n'est pas seul en cause, il y a mes frères, ma sœur, ma nièce, même s'ils ne le sont qu'à demi ! Sans compter mon fils, qui comme par hasard a choisi ce moment pour découvrir le charme de la maison familiale, l'attrait de la terre, le bonheur d'avoir un grand-père et des oncles...

— Vous lui avez dit la vérité, à votre fils ?

— Quelle vérité ? Apparemment, personne ne la connaît, et Pierre a été assez perturbé par mon divorce pour que je ne le fasse pas douter de toute la famille ! D'ailleurs, si je n'avais pas divorcé, je ne serais pas retourné à Kerloc'h, et je n'aurais jamais rien su...

Comme elle le regardait toujours avec insistance, il vida son verre pour se donner une contenance.

— Vous aimiez votre femme ? demanda-t-elle doucement.

— Quand je l'ai épousée, oui, je suppose.

— Pourquoi vous êtes-vous séparés ?

— Parce que je l'ai trompée, répondit-il sans hésiter. Une seule fois, mais décisive.

— Oh, vous êtes ce genre d'homme...

Avec une moue déçue, elle le toisait à présent, et il faillit regretter sa franchise.

— Non, se défendit-il, ni menteur ni déloyal. Je ne vous ennuierai pas avec les détails de l'histoire, je voudrais seulement que vous ne me preniez pas pour... Vraiment, je ne suis pas un coureur de femmes, j'ai payé très cher cette infidélité unique.

— Un moment d'égarement ? ironisa-t-elle.

— Plutôt une bouffée d'oxygène.

— Cynique, en plus...

— Sabine !

Oubliant ses bonnes résolutions, il tendit la main vers elle, la prit par l'épaule et l'attira à lui.

— Je vous jure que non.

Il n'espérait pas la convaincre, il était même persuadé qu'elle allait se lever et lui demander de partir, pourtant elle se laissa aller contre lui.

— Peut-être pas, après tout, murmura-t-elle.

Le soulagement qu'il ressentit lui donna le courage de refermer son bras autour d'elle. Dans le silence qui suivit, la sonnerie du portable de Loïc les fit sursauter tous les deux.

— J'aurais dû le couper, bredouilla-t-il en fouillant la poche de sa veste.

Mais c'était le numéro de Gaëlle qui s'affichait et il prit la communication. La voix de sa sœur, au bord de l'hystérie, l'affola instantanément.

— Elias est parti sans laisser d'adresse, ses placards sont vides, il s'est volatilisé ! Oh, Loïc, il ne m'a rien dit, je n'ai rien deviné ! Et tout ça à cause de papa, mais je te jure que cette fois je ne me laisserai pas faire, je n'en peux plus... Elias ne voulait pas que je lui parle parce qu'il est comme n'importe qui, ici, il en a la trouille ! Moi, je n'ai pas peur, je vais mettre les points sur les i et advienne que pourra.

— Calme-toi, Gaëlle, et surtout ne fais rien maintenant. Attends de savoir. Elias va sûrement t'appeler, tu...

— M'appeler ? Tu rêves ? Il s'est tiré et il m'a plantée là, je ne le reverrai jamais !

— Tu n'en sais rien. Laisse-lui une chance de s'expliquer. Elias est un type bien, ce n'est pas moi qui vais te l'apprendre !

Sabine s'était reculée et se contentait de l'observer, intriguée. Il lui adressa un signe d'impuissance, qu'elle accepta d'un hochement de tête avant de se lever. Gaëlle venait de rompre le charme d'un instant qui risquait de ne plus se représenter de sitôt, mais elle semblait si désespérée qu'il ne pouvait pas lui en vouloir.

— Loïc, je ne supporte plus Kerloc'h, papa rend l'atmosphère irrespirable ! Déjà, ce qu'il t'a fait... Il brise, il tranche, pourquoi ne voudrait-il pas d'Elias ? C'est un Le Marrec, non ? Si je l'avais épousé, je n'aurais même pas changé de nom !

Elle se remit à pleurer, sa colère diluée par le chagrin.

— Tu l'aimes à ce point-là, Gaëlle ?

— Je l'aime, c'est tout ! Où a-t-il pu aller ? Tu m'aideras à le retrouver ?

— Oui, ma puce, oui... En attendant, ne provoque pas un scandale inutile, promets-le-moi, il y a eu assez d'histoires comme ça.

— Tu ne vas pas prendre la défense de papa ! Je rêve !

— Je ne le défends pas, mais malgré tout il faut le ménager. J'appellerai Tristan demain matin et je verrai avec lui, il doit bien y avoir un moyen...

Il l'entendit renifler, soupirer, puis elle le remercia d'un ton sinistre et raccrocha. Avait-elle espéré qu'il lui donnerait sa bénédiction pour une nouvelle querelle familiale ? Elle devait mourir d'envie d'aller jeter à la tête d'Artus ses quatre vérités, mais à quoi bon ?

— Excusez-moi, dit-il à Sabine. Un problème familial... un de plus ! Le petit copain de ma sœur vient de disparaître sans laisser d'adresse. Et comme il s'agit d'un homme qui était employé chez nous, ça va provoquer un drame.

Elle le contempla quelques instants avant de hocher la tête.

— C'est curieux, constata-t-elle, vous donnez l'impression de vouloir protéger votre père malgré tout.

— Il est malade, il arrive à un âge difficile, et il est seul.

— Seul ? Je croyais que...

— Je veux dire seul sans sa femme. Ma mère était sa raison de vivre.

En l'énonçant, il comprit soudain pourquoi il ne parvenait pas à se détacher d'Artus. Un homme capable d'aimer avec autant de force et de constance méritait un certain respect.

— A part elle, tout ce qui lui importe aujourd'hui est de tenir son rôle de chef de famille. En se débarrassant de moi, il n'a fait qu'écarter un élément étranger, mais concernant Gaëlle il voudra la préserver malgré elle et on ne pourra pas lui faire entendre raison. Pourquoi devrait-il finir fâché avec tous les siens ?

— Parce que c'est là que mène l'intransigeance, répliqua Sabine.

Elle vida le fond de la bouteille de champagne dans leurs verres et ils trinquèrent debout, face à face.

— Désolé pour cette conversation trop sérieuse, s'excusa-t-il. J'adore ma sœur mais... Mais bien sûr ce n'est pas d'elle que j'aurais voulu parler avec vous ce soir.

— Je sais.

Le sourire de Sabine, un peu énigmatique, n'était pas précisément un encouragement, il ne fit pas l'erreur de s'y tromper et attendit la suite.

— Il est tard, enchaîna-t-elle, je vais vous donner des draps et une couverture.

Soudain intimidé, il acquiesça en silence. Sans l'appel de Gaëlle, la soirée se serait-elle terminée autrement ? Sabine aurait-elle eu envie d'aller plus loin ?

— Je serai à Doëlan en fin de semaine prochaine, j'ai trois jours de congé, ajouta-t-elle.

Il ne s'agissait ni d'une promesse ni d'une invitation, pourtant il comprit très bien ce qu'elle voulait dire.

— Parti où ? répéta Artus.

Marion leva les yeux au ciel tout en continuant à marcher de long en large, sa fille calée contre l'épaule.

— Si je le savais, je vous l'aurais dit.

— Mais c'est idiot, il n'a nulle part où aller ! Et vous prétendez qu'il a emporté toutes ses affaires ?

— Yann a vérifié, il n'y a plus aucun vêtement dans ses placards. Sinon, il a laissé en place les meubles, la vaisselle...

Exaspéré, Artus frappa du plat de la main sur la table.

— Est-ce qu'on me cache quelque chose ? Elias s'est-il disputé avec l'un d'entre vous ?

— Absolument pas. D'ailleurs, pour se disputer avec lui, il faudrait y mettre de la bonne volonté.

Artus considéra sa belle-fille avec fureur. Il existait forcément une raison valable au départ d'Elias, qui était un garçon sérieux, sur qui on pouvait compter, et un incident avait dû se produire. Mais quoi ? Rien ne pouvait justifier une disparition aussi soudaine ! Depuis huit ans, Artus avait eu le loisir de jauger Elias. Contrairement à ce que son passé aurait pu faire croire, il n'avait rien d'une tête brûlée. Il se plaisait à Kerloc'h, en avait fait son foyer, s'y était rendu indispensable. Il y vivait davantage comme un membre de la famille que comme un employé et avait occupé presque tous ses loisirs à arranger la grange allouée par Artus jusqu'à une complète restauration. Isolation du toit, des murs, pose d'une cheminée, de sanitaires ; au bout du compte, il s'était arrangé un endroit très agréable où il faisait ce qu'il voulait. Pour lui garantir l'indépendance dont tout homme a besoin, Artus n'y mettait jamais les pieds, il s'était contenté de lui suggérer de fouiller dans le grenier du manoir et d'y prendre ce qui lui plairait comme meubles ou objets. Armelle avait relégué là-haut bon nombre de choses qui auraient fait le bonheur de plusieurs familles, aussi Elias s'était-il servi. Apparemment, il avait tout laissé derrière lui, se comportant de manière honnête. Mais bien sûr qu'il l'était ! Honnête, travailleur, facile à vivre... Et il connaissait parfaitement la terre, il la « sentait » comme un vrai paysan. Que lui était-il donc arrivé ? Même en admettant qu'il ait rencontré une femme, pourquoi n'en aurait-il pas parlé ? Artus ne lui avait jamais interdit de se marier, prêt à engager l'épouse s'il le fallait !

— Il a bien dû l'annoncer à quelqu'un... Tristan ne sait rien ?

— Non. Yann et Loïc non plus.

Artus eut l'impression très nette que Marion venait de prononcer le prénom de Loïc délibérément, mais il refusa de céder à la provocation. Loïc n'était plus là, Elias ne risquait pas de s'être confié à lui.

— Et Gaëlle ?

Marion cessa d'arpenter la cuisine et se tourna vers lui pour le regarder bien en face. Il ne voyait plus que le dos du bébé endormi sur l'épaule de sa mère, avec des boucles blondes au-dessus de la grenouillère rose. Son adorable petite-fille...

— Je peux la prendre ? demanda-t-il en tendant les bras.

Marion lui passa le bébé sans cesser de le fixer et il crut qu'elle allait dire quelque chose, toutefois elle se tut. Il en avait l'habitude, personne n'osait jamais lui parler, ils s'y reprenaient tous à trois fois pour lui poser la moindre question. Etait-il si tyrannique, si redoutable ? Il n'avait pas souvent levé la main sur ses fils et pas une seule fois sur sa fille. Alors que ce pauvre Elias avait été tabassé par son abruti de père jusqu'à ce qu'il se révolte. Sans l'approuver, Artus comprenait les raisons qui avaient poussé Elias à se défendre, à rendre coup pour coup. Sa peine de prison n'était pas méritée, avec une nature moins droite que la sienne il aurait pu mal tourner, devenir délinquant, mais au contraire il s'en était sorti en s'accrochant à tous les boulots possibles avant de se fixer chez Artus.

— Je veux savoir pourquoi il a quitté Kerloc'h, martela-t-il à voix basse, pour ne pas réveiller le bébé.

Lèvres pincées, Marion hocha la tête et se détourna. A l'évidence, elle n'ajouterait rien. Déjà, que ce soit elle qui ait annoncé la nouvelle était assez révélateur. Ses enfants avaient forcément une idée sur la question et Artus décida qu'il obtiendrait la vérité de gré ou de force. D'ici à la fin de la semaine, le vide laissé par Elias allait se faire cruellement sentir, le retard s'accumuler, les corvées se multiplier. Par chance, c'était la période la plus calme de l'année pour les cultures, néanmoins il y avait toujours des tas de choses à faire et Elias travaillait pour deux, aussi bien à l'extérieur que dans la maison. Qui allait le remplacer ? Pas question d'engager quelqu'un avant de connaître le fin mot de l'histoire.

Toujours très contrarié, Artus baissa les yeux sur le bébé. Un adorable bout de chou, presque aussi mignonne que l'avait été Gaëlle au même âge. A l'époque, Armelle la transportait partout avec elle, appuyée sur son épaule, calée sur sa hanche... Artus était en extase devant elles deux. Armelle souriait, affirmait qu'une fille apporterait un peu de douceur dans la maison... Ce simple souvenir lui procura une telle sensation de tristesse qu'il se leva, rendit Elvire à Marion et quitta la cuisine.

— Très jolie vue, mais je mourrais si je devais vivre ici, conclut Tristan en refermant la baie vitrée qui donnait sur le balcon.

— Tu es vraiment un homme des bois ! rétorqua Loïc. Moi, j'aime la mer, et de toute façon je ne suis là que pour dormir.

Cette constatation lui rappela celle de Sabine, qui elle aussi ne faisait que passer chez elle sans s'intéresser au décor. La similitude entre leurs deux appartements était d'ailleurs flagrante : même mobilier moderne, même absence d'objets intimes ou de désordre.

— Tu pourras supporter Gaëlle pendant trois jours ? s'enquit Tristan avec un sourire moqueur.

— Davantage si elle le souhaite. Elle fera exactement ce qu'elle veut dans la journée et je la sortirai le soir.

— Eh bien, c'est parfait, mieux vaut la tenir éloignée de papa le plus longtemps possible ! Il est dans une rage folle à cause du départ d'Elias, alors quand il saura pourquoi...

Ils échangèrent un coup d'œil perplexe, songeant tous les deux à leur sœur. Elle aurait pu tomber amoureuse de n'importe qui d'autre, Artus aurait sauté de joie à l'idée de la marier enfin. Mais là, la situation était inextricable.

— Elle tient toujours à le lui apprendre ? s'enquit Tristan. Après tout, si Elias ne revient jamais, on pourrait s'épargner le scandale...

— Oh, que non ! A mon avis, c'est la dernière fois de sa vie qu'elle se tait. Si elle avait imposé sa volonté plus tôt, elle n'en serait pas là.

— Ils auraient dû partir ensemble.

— Elias ne voulait sûrement pas l'obliger à fuir, à se déraciner, à se fâcher avec son père. J'ai de l'estime pour lui, et aussi de l'affection.

Loïc était sincère, cependant il avait fallu que Gaëlle lui apprenne sa liaison pour qu'il se mette à regarder Elias autrement. Artus serait-il capable d'en faire autant, de reconsidérer son jugement sur celui qu'il tenait pour un employé et rien de plus ?

— A ton avis, Tristan, où est-il allé ?

— N'importe où. Peut-être le plus loin possible. S'il n'a pas envie qu'on le trouve, on ne le trouvera pas. Je crois qu'avant de venir chez nous il avait beaucoup roulé sa bosse, il a pu décider de reprendre la route.

— Non, je n'y crois pas. Il était vraiment devenu sédentaire à Kerloc'h. La dernière fois qu'il m'a invité à boire un café dans sa cuisine, j'ai eu l'impression qu'il était installé là pour l'éternité.

— Oui, mais il y a Gaëlle. Et papa. Qu'est-ce que tu aurais fait, à sa place ?

— Je me serais tiré, admit Loïc, mais j'aurais mis le marché entre les mains de Gaëlle d'abord.

— Tu sais comment ça s'appelle ? Du chantage...

Découragé, Loïc considéra son frère sans lui révéler le fond de sa pensée. Il ne voulait pas dire de mal d'Artus, et pas davantage que Tristan puisse s'imaginer qu'à travers Gaëlle il allait saisir l'occasion de régler ses propres comptes, néanmoins le fond du problème était là, dans l'intransigeance absolue de leur père qui les conduisait de drame en drame.

— Ton nouveau travail te rend heureux ? demanda soudain Tristan.

Sa question, trop directe, mit Loïc sur la défensive. Comment expliquer qu'une situation parfaitement dans ses cordes, et aussi bien rémunérée, ne soit pas idéale à ses yeux ?

— Les gens qui m'emploient me laissent diriger mon programme à ma guise, se borna-t-il à répondre. Je n'ai pas beaucoup de contraintes, même pas d'obligation de résultat, mais enfin, c'est sous-entendu.

Tristan devait s'attendre à autre chose. Il observa Loïc quelques instants avant de lâcher :

— Drôle de réponse... Tu préférais la forêt ?

— Peut-être, oui.

— Et alors ?

— Alors ? Rien. Je ne peux pas changer d'existence à mon âge, et la biologie m'intéresse toujours, je ne vais pas laisser tomber. Sans compter Pierre, dont je dois assurer l'avenir. Avoir un père au chômage n'était pas la meilleure image à lui donner, non ? Il est venu jeter un coup d'œil ici et n'a pas fait de commentaire en ce qui concerne l'appartement, mais il semblait content qu'il y ait une chambre pour lui. Il m'a posé des tas de questions sur le labo, sur mon salaire... Peut-être qu'il trouve les choses plus normales comme ça.

Il parvint à sourire à son frère, puis désigna le décor froid de l'appartement.

— Ta maison des bois m'a fait rêver mais c'est ta vie, Tristan, pas la mienne.

Du plus loin qu'il se souvienne, il avait eu la conviction qu'il lui faudrait quitter Kerloc'h très tôt. S'y était-il, inconsciemment, senti indésirable ? Son avenir était ailleurs, il s'en était persuadé dès l'enfance et avait renoncé à s'investir dans la propriété familiale. Un choix finalement judicieux puisque, de toute façon, Artus l'aurait rejeté un jour ou l'autre.

Tristan continuait à le regarder d'un air triste et inquiet. Ils étaient assez proches l'un de l'autre pour ne pas se mentir, ils parvenaient même, la plupart du temps, à se comprendre sans se parler.

— Tu es sûr que tout va bien, Loïc ?

— Pas vraiment, toutefois je te rappelle que l'ordre du jour, c'est Elias et Gaëlle. Pas moi.

D'un signe de tête, Tristan acquiesça, mais sur ce sujet ils n'avaient pas la moindre idée de la manière dont ils allaient s'y prendre.

Très soulagée, Sabine avait laissé partir ses hommes. Certains retournaient au commissariat pour s'occuper du prévenu et taper les rapports, d'autres allaient rentrer chez eux directement. L'arrestation, délicate, s'était passée en douceur, personne n'avait eu besoin de dégainer, les badauds ne s'en étaient pas mêlés. Rien de pire qu'une action de ce genre sur la voie publique, pourtant Sabine en avait pris le risque après l'avoir longuement calculé.

— Je t'emmène boire un verre, déclara Jérôme, on l'a bien mérité !

Comme toujours, il était resté le dernier sur les lieux, d'ailleurs il l'avait suivie pas à pas toute la soirée, cramponné à son rôle d'ange gardien malgré les consignes.

— Si tu veux…

La nuit était froide, humide, les trottoirs luisaient sous l'éclairage chiche des réverbères, mais les lumières d'un bar étaient encore allumées, cent mètres plus loin. Dans son blouson en jean, Sabine frissonna. Pour des interventions comme celle-ci, sur le terrain, elle préférait porter des vêtements amples et légers, faits pour dissimuler son arme de service tout en la laissant libre de ses mouvements. A aucun moment elle n'avait ressenti d'appréhension, jamais la situation ne lui avait échappé, elle se sentait presque réconciliée avec son métier.

Lorsqu'ils entrèrent dans le bistrot, quelques consommateurs s'attardaient encore au comptoir, dans des relents de bière et de croque-monsieur réchauffé, tandis que la salle était presque déserte. Sabine entraîna Jérôme vers une table isolée, où ils s'installèrent face à face.

— Pas très romantique, ce cadre, commenta-t-il avec une grimace. Tu ne préfères pas qu'on change de quartier ?

— Non, non, ça ira.

Au serveur, qui arrivait en traînant les pieds, elle demanda un petit ballon de muscadet. Le moment n'était peut-être pas idéal pour avoir une conversation sérieuse, mais elle savait d'avance que Jérôme allait la provoquer. Ils n'avaient pas eu l'occasion d'être seuls depuis plusieurs jours, trop accaparés par leur travail, et chaque fois qu'il l'avait invitée à dîner, elle s'était dérobée.

— Maintenant que cette enquête est bouclée, dit-il en allumant nerveusement une cigarette, tu n'auras plus aucun prétexte pour me refuser une soirée en tête à tête...

Son sourire contraint était assez pathétique pour mettre aussitôt Sabine mal à l'aise.

— Ecoute, Jérôme, il est très tard, nous sommes crevés, et tu risques de ne pas aimer ce que je vais te répondre si tu m'interroges.

— Ah... Je vois.

Le serveur vint déposer les muscadets et Jérôme vida le sien d'un trait.

— Tu ne souhaites plus qu'on sorte ensemble, c'est ça ?

— Oui, soupira-t-elle, c'est ça.

— Pourquoi ?

— Parce que... Parce que je n'en ai pas envie, voilà. Je suis désolée.

Elle l'était pour de bon mais il haussa les épaules, apparemment peu décidé à la croire.

— Je crois surtout que tu t'en fous, grommela-t-il entre ses dents.

Au lieu d'envenimer les choses, Sabine préféra se taire jusqu'à ce qu'il reprenne la parole.

— Tu n'as jamais été très... démonstrative. Ni tendre ni fleur bleue, plutôt bardée de défenses ! Je m'en suis contenté en espérant que ça évoluerait, que tu finirais par te laisser aller un peu. Rien qu'un peu... Je sais bien que ce n'est pas facile pour toi non plus, tu es mon supérieur, je t'appelle « chef » au boulot, ça ne nous simplifie pas la vie.

Il ne se décidait pas à se fâcher, il voulait absolument sauver quelque chose de leur histoire, qui n'était pourtant pas une histoire d'amour. Pourquoi s'accrochait-il en sachant la partie perdue ?

— C'est à cause du type des roses, non ?

Se sentant rougir, elle balaya la question d'un geste impatient. La dernière personne à qui elle souhaitait parler de Loïc était forcément Jérôme.

— Qui est-ce, Sabine ?

Il l'avait demandé à voix basse, presque avec douleur, et elle détourna les yeux. Oui, Loïc était devenu quelqu'un d'important pour elle, fallait-il que ce soit grâce à Jérôme qu'elle en prenne conscience ?

— Un Breton.

Le regard désespéré de Jérôme la clouait à sa chaise, l'empêchait de réfléchir. Elle ne voulait pas le faire souffrir, et pas davantage subir une scène de jalousie.

— Tu as couché avec lui ?

— Non, mais peu importe... Je crois qu'on devrait en rester là, Jérôme.

— Ah, oui ? Tu vas me dire : « Rentrez chez vous et dormez un peu, Morillon, on a du travail demain matin » ? Oui chef, bien chef ! Pas besoin d'escorte pour regagner votre domicile, chef ? Pas besoin d'un petit câlin pour vous détendre ?

— Arrête ça tout de suite avant de déraper.

— Tu vas me coller un avertissement ? Un...

— Assez !

Elle reposa si brusquement son verre que les derniers consommateurs du comptoir leur jetèrent un coup d'œil amusé.

— Je ne t'ai pas menti, je ne t'ai rien promis. Nous étions d'accord.

— D'accord ? Nous n'en avons jamais parlé ! Tu me siffles et j'accours, tu prends ton pied et puis tu me jettes, tu crois vraiment que j'étais d'accord pour être traité comme un pantin ?

— C'est faux ! Tu te poses en victime pour me culpabiliser, mais ça ne marche pas. Pas à moi, Jérôme... Tu n'étais pas si moralisateur avec tes précédentes petites copines parce que c'est toi qui sifflais.

L'argument le rendit muet. Au bout de quelques instants, Sabine esquissa un sourire puis posa sa main sur celle de Jérôme.

— Pourquoi se disputer ?

Il la dévisagea d'un air hésitant avant de lui rendre son sourire.

— Je ne pensais pas te faire changer d'avis, de toute façon, soupira-t-il. Mais ne me demande pas de rester ton ami, de...

— Si, bien sûr que si.

Elle fouilla la poche de son blouson, en sortit un billet froissé.

— Je t'invite, ce sera ton tour la prochaine fois.

Le serveur s'approcha de leur table en bâillant et en regardant ostensiblement sa montre. Sans doute désirait-il fermer, il était très tard.

— Je te dépose ? proposa Jérôme.

Il leur restait une voiture de service, garée à l'autre bout de la rue, que Jérôme allait devoir ramener au commissariat. Mais Sabine avait envie de marcher, malgré le froid, et elle secoua la tête.

— Je vais rentrer à pied, ça m'aidera à dormir.

Jérôme lui jeta un regard aigu puis marmonna :

— Quand on est amoureux, on fait n'importe quoi ! Au moins, sois prudente...

Le conseil lui arracha un nouveau sourire car elle n'avait pas peur de l'obscurité des rues, et le poids de son arme, sous son blouson, suffisait à la rassurer. Une arme qu'elle avait haïe, quelques mois plus tôt, quand son seul contact lui donnait envie de vomir.

Sur le trottoir, elle se mit sur la pointe des pieds pour embrasser Jérôme dans le cou.

— Ne m'en veux pas, chuchota-t-elle, je n'y peux rien.

Elle éprouvait encore de la tendresse pour lui mais, incontestablement, il avait raison, elle était amoureuse d'un autre.

6

Artus repoussa le courrier avec un soupir. Pourquoi avait-il passé une petite annonce alors qu'il ne souhaitait pas réellement engager quelqu'un à demeure ? Jusque-là, il s'était contenté de contrats avec des journaliers, pour un coup de main ponctuel, incapable de se résoudre à remplacer Elias.

Il restait une enveloppe fermée, qu'il décacheta d'un geste las. Au premier coup d'œil, l'écriture mal assurée et les ratures lui déplurent. Il faillit ne pas lire la lettre mais l'en-tête retint soudain son attention. « *Mon cher Artus.* » Qui pouvait donc l'appeler ainsi ? Sourcils froncés, il parcourut la suite en hâte. « *Vous avez pu croire que je suis un ingrat, ce qui n'est pas vrai. J'ai été très heureux chez vous et, si je l'avais pu, j'y serais resté jusqu'à la fin de mes jours. Vous m'avez traité comme l'un des vôtres, ce que je n'oublierai jamais. Aucun endroit du monde ne pourra remplacer Kerloc'h pour moi, vous possédez le paradis sur terre. Je vous demande de me pardonner mon départ et de ne pas trop mal me juger. Je n'ai rien fait contre vous, au contraire je sais bien ce qui n'est pas possible et je vous comprends. J'espère que vous accepterez mes remerciements comme mes regrets, du fond du cœur. Elias Le Marrec.* »

— Mais bon sang, qu'est-ce qu'il veut dire ?

Artus reprit l'enveloppe, la retourna, l'examina. Le cachet émanait de la poste de Pleyber-Christ, un village du côté de Morlaix, au nord de la Bretagne. Il n'y avait aucun autre indice, aucune adresse.

— Mon cher Artus..., relut-il à voix haute.

Une formule conventionnelle, sans rapport avec la réalité. Elias avait quitté l'école très tôt, la rédaction de cette lettre avait dû lui demander des efforts. Bien des années auparavant, lorsque par hasard Artus entendait parler de ses lointains cousins, il lui arrivait de plaindre ce gamin malmené par un alcoolique, mais il n'était pas en son pouvoir d'intervenir. Au moment de la condamnation d'Elias, il s'était senti vaguement coupable de n'avoir rien tenté, et par la suite il avait su se rattraper. Que devait-il faire aujourd'hui ?

Avec un long soupir, il rangea la lettre dans l'enveloppe. Bon, Elias ne demandait rien, ne criait pas au secours, ne se donnait même pas la peine d'expliquer sa fuite, par conséquent il désirait qu'on le laisse tranquille.

— Dont acte, maugréa Artus en ouvrant un tiroir.

Il y jeta l'enveloppe puis, après un instant de réflexion, se ravisa et la glissa dans la poche de sa veste. L'idée de ne plus jamais avoir de nouvelles d'Elias le rendait finalement plus triste que furieux. Devait-il lire cette lettre à ses enfants ? Sans doute pas, puisqu'elle n'était adressée qu'à lui seul, mais c'était à toute la famille qu'Elias allait manquer.

Loïc prit pied sur le quai, un peu déçu d'être si tôt de retour à terre. Il cala son sac sur l'épaule avant d'agiter la main en direction du capitaine, qui l'observait depuis le pont du bateau. En deux jours, ils avaient eu le temps de sympathiser, et Loïc se promit de faire appel au même équipage la prochaine fois qu'il aurait besoin de procéder à des prélèvements en haute mer.

Comme l'après-midi était déjà bien avancée, il décida de rentrer directement chez lui. Les gars du labo qui l'avaient accompagné se chargeraient de rapporter tous les échantillons, sa présence n'était plus nécessaire. Il se sentait à l'aise en pull marin, jean et tennis, loin de l'image du docteur Le Marrec, éminent biologiste qui ne pouvait décemment pas aller travailler sans cravate.

En arrivant au pied de son immeuble, il se demanda de quelle manière Gaëlle avait occupé ces dernières quarante-huit heures, seule dans l'appartement. Pour l'instant, elle refusait de regagner Kerloc'h, n'avait toujours pas donné d'explication à Artus, et son séjour à

Concarneau s'éternisait. Chaque matin, elle se rendait de l'autre côté de la ville, au bout de l'arrière-port, pour la criée aux poissons, puis elle musardait dans les rues du centre ou faisait un tour de la Ville close. A l'heure du déjeuner, elle allait souvent grignoter un sandwich sur la plage des Sables-Blancs, où elle restait longtemps assise face au vent, perdue dans la contemplation de la mer. En fin de journée, avant le retour de Loïc, elle passait par la corniche et poussait jusqu'au port de plaisance, où elle s'offrait parfois un verre.

— Tu as l'air d'un vrai marin ! s'écria-t-elle en lui ouvrant la porte.

Elle semblait un peu moins abattue, toutefois ses yeux gonflés prouvaient qu'elle avait encore pleuré.

— Je vais prendre une bonne douche, et ensuite je t'emmène dîner où tu veux.

— Au *Buccin*, alors, j'ai envie d'un bar grillé.

— Marché conclu, ma belle !

Il s'abstint de lui demander si elle avait eu des nouvelles d'Elias, car il devenait de plus en plus évident qu'elle n'en aurait jamais.

— Tristan m'a appelée, annonça-t-elle pourtant, d'un ton mesuré. Tu sais qu'il surveille le courrier, au cas où je recevrais une lettre d'Elias, et il jure avoir reconnu son écriture sur une enveloppe adressée à papa...

A mi-chemin de la salle de bains, Loïc s'arrêta net.

— Postée de quelle région ?

— Un bled du côté de Morlaix. Il a noté le nom.

La voix de sa sœur s'était mise à trembler et Loïc revint sur ses pas, la prit dans ses bras.

— Tristan en est certain ?

— Oui...

— Et tu voudrais que j'aille faire un tour là-bas ?

— Oui.

Elle comptait sur lui pour retrouver Elias, pour le convaincre de revenir ou au moins de s'expliquer. Etait-ce souhaitable ? En admettant que Loïc parvienne à le rencontrer, Elias pouvait très bien se justifier en arguant qu'il n'était pas amoureux de Gaëlle. Si c'était la raison de sa fuite, personne ne le ferait changer d'avis, et le poursuivre ne servait à rien.

— Tu es en train de penser à des choses désagréables, murmura Gaëlle.

Gêné qu'elle ait pu deviner ses réserves, Loïc la serra davantage.

— De toute façon, ajouta-t-elle encore plus bas, j'ai le droit de savoir... Mais je suis sûre qu'il m'aime, je ne peux pas m'être trompée à ce point-là !

— D'accord, j'irai samedi.

Il le promettait d'autant plus facilement que Sabine ne serait pas à Doëlan durant le week-end. Elle lui avait annoncé qu'elle devait faire un saut à Nîmes, pour une enquête compliquée, et qu'elle s'y attarderait sans doute car elle avait des amis là-bas. Il en avait éprouvé un petit pincement de jalousie, tout en se gardant bien d'émettre le moindre commentaire. Même s'ils se téléphonaient une ou deux fois par semaine, même s'ils se voyaient régulièrement, à Paris ou à Doëlan, ils n'étaient pas amants. Sabine agissait avec lui comme si elle voulait attendre de mieux le connaître, ou peut-être seulement le mettre à l'épreuve, aussi ne manifestait-il pas son impatience. Tout, absolument tout valait mieux pour lui que la perdre. Et, vu sous cet angle, l'amour avait pris une telle importance dans sa vie qu'il comprenait sa sœur sans mal.

— Réserve une table, je vais me laver, dit-il en s'éloignant.

Il prit une longue douche, d'abord brûlante puis tiède. Ces deux journées en mer lui avaient procuré un immense plaisir, avec une sensation de liberté retrouvée. Vivre enfermé dans un laboratoire ne lui convenait décidément plus. Parviendrait-il jamais à concilier son métier et son besoin d'espace ? A Brest, jusqu'à l'année précédente, il n'avait pourtant pas eu l'impression d'étouffer. Sa vie était alors bien réglée, il ne se posait pas de questions en conduisant son programme de recherche, et il restait confiné dans les locaux de l'IFREMER en envoyant ses collaborateurs sur le terrain. Aujourd'hui, il voulait y aller lui-même. Pourrait-il obtenir de ses nouveaux employeurs une modification de son statut ? Apparemment, ceux qui l'avaient engagé étaient prêts à tout pour le garder, d'ailleurs la moindre de ses demandes était acceptée sur-le-champ.

Après avoir enfilé un jean, un col roulé et des mocassins, il gagna le séjour, où il eut la surprise de découvrir Pierre qui sirotait un verre de cidre avec Gaëlle. L'adolescent se leva aussitôt, l'air embarrassé, et débita en hâte :

— J'ai renoncé à aller skier avec maman, comme c'était prévu, parce que je préfère passer mes vacances ici et à Kerloc'h, enfin, si tu veux bien...

Loïc adressa un sourire rassurant à son fils, tout en se demandant ce qui justifiait réellement sa présence.

— Je suis ravi que tu sois venu, affirma-t-il avec enthousiasme. Bien entendu, ta mère est au courant ?

— Oh, oui !

Le ton hargneux était très éloquent, quelque chose avait dû arriver.

— Maman a rencontré un type que je ne supporte pas, précisa Pierre avec une grimace dégoûtée. Antipathique, content de lui, donneur de leçons... Il a prévu de nous accompagner à Val-d'Isère, très peu pour moi ! Alors, si je ne suis pas de trop, je reste trois jours et ensuite j'irai à Kerloc'h, grand-père est d'accord.

— Parfait, murmura Loïc.

Ce retournement de situation le dépassait totalement. Après s'être pris pour le chevalier servant de sa mère, Pierre vivait mal la présence d'un intrus, c'était logique. Pourtant, cette nouvelle donnée le ramenait à la réalité, à son statut de fils, et rompait le huis clos malsain imposé par Anne jusque-là. Qu'elle soit enfin amoureuse d'un autre homme était vraiment ce qui pouvait arriver de mieux, pour elle, pour Pierre, et par conséquent pour Loïc.

— Il y a des tas de trucs à voir à Concarneau. Le musée de la Pêche, le Marinarium... et aussi des balades formidables vers Pont-Aven. Vous pouvez même louer une vedette pour faire un tour en mer et visiter les îles de Glénan. Gaëlle te servira de guide pendant que je travaille, mais on fera la fête le soir, promis.

Le visage de Pierre s'était illuminé, il regardait son père avec une évidente reconnaissance. Avait-il craint un refus ? Loïc s'approcha de lui et ébouriffa ses cheveux d'un geste affectueux.

— Tu es le bienvenu ! Quand as-tu prévu d'aller à Kerloc'h ?

— Samedi.

— D'accord, je te déposerai.

Il ne précisa pas que ce serait sans doute au bout de l'allée qui menait au manoir, dont il ne voulait pas s'approcher. Mais Kerloc'h était sur son chemin pour gagner la région de Morlaix, et il en profiterait pour prendre Tristan au passage. Quant à retrouver Elias, il n'y croyait pas vraiment, mais au moins ils auraient essayé.

— Le nombre des exploitations bio a pourtant doublé en moins de dix ans !

Péremptoire, Artus n'avait même pas besoin de jeter un coup d'œil à ses notes, il connaissait les chiffres par cœur. L'agriculture biologique en Bretagne restait son cheval de bataille, il n'en démordrait pas jusqu'à son dernier souffle. Guettant la question suivante, il promena son regard sur l'assistance. A chaque réunion, il parvenait à convaincre les sceptiques et à rassurer les inquiets.

— Trente-cinq mille hectares en tout pour la bio, reprit-il, ce n'est pas négligeable mais on pourrait faire mieux, ça représente à peine deux pour cent de la surface agricole utile de la région...

— Ce qui arrête les fermiers, rappela l'un des participants, ce sont les obligations d'assolement.

— Tout dépend de la taille de l'exploitation, répliqua Artus. A partir de cinquante hectares, les rotations nécessaires se font sans problème.

Yann, qui l'avait accompagné et se tenait assis au premier rang, eut un large sourire ironique qu'Artus ignora.

— Mais la lutte contre les parasites ? interrogea quelqu'un dans le fond de la salle. Sans le secours des pesticides, la catastrophe est garantie !

— Non, pas du tout. Venez voir mon blé et vous comprendrez. J'utilise des prédateurs naturels, ou bien des préparations à base de plantes et de minéraux, ce n'est pas plus compliqué que ça.

En réalité, les choses étaient moins simples que ne le prétendait Artus. Lui-même, au début, avait éprouvé des difficultés à suivre le mode de production réglementé au niveau européen. La lutte contre les mauvaises herbes, la fumure organique, le travail du sol qu'il fallait ameublir sans le retourner : les contraintes étaient multiples.

— Tu dis ça parce que tu as un fils biologiste qui t'explique tout ! plaisanta un agriculteur.

Artus haussa les épaules sans répondre. Effectivement, il aurait pu interroger Loïc sur toutes ces histoires de particules, de texture et de structure, qui le dépassaient un peu. Mais bien sûr, il ne l'avait pas fait. Il n'avait pas profité de sa présence à Kerloc'h pour le questionner parce qu'il ne voulait rien lui demander ni rien lui devoir. Une attitude navrante, il le savait bien, propre à le priver d'une connaissance approfondie de son sujet.

La réunion s'acheva quelques minutes plus tard, dans le joyeux brouhaha coutumier. Artus quitta la salle des fêtes en compagnie de Yann, mais ils n'étaient pas venus ensemble et chacun avait sa voiture.

— Je ne rentre pas directement, j'ai à faire, déclara Artus de façon laconique.

Il s'installa au volant, claqua la portière. Certaines corvées étaient si pénibles qu'il valait mieux s'en débarrasser sans attendre, un principe qu'il appliquait depuis toujours. Les problèmes liés à l'exploitation étaient une chose, les soucis familiaux une autre, bien distincte. Et s'il gérait aisément les premiers, il se sentait démuni devant les seconds. La fuite inexplicable d'Elias, l'absence de Gaëlle, réfugiée chez Loïc, Tristan muré dans un silence de plus en plus hostile… Il n'avait pas l'intention de se voiler la face, il fallait qu'il comprenne ce qui était en train d'arriver.

Raccompagné jusqu'à la porte de son bureau par le directeur général, Loïc n'en revenait pas d'avoir obtenu gain de cause sur toute la ligne. S'il voulait partir en mer pour travailler *in situ*, personne n'y voyait aucun inconvénient, et peu importait la durée des missions. Il aurait, comme promis, le personnel et le matériel nécessaires à ses expériences.

— Je ne tiens pas à vous enfermer dans ce laboratoire, docteur Le Marrec ! Ce sont vos recherches, votre programme, et vous êtes seul juge des moyens à employer.

Une carte blanche à laquelle Loïc ne s'attendait pas vraiment, et qui lui ouvrait de formidables perspectives.

— Je viens de décrocher un passeport pour le grand large ! annonça-t-il en riant à sa secrétaire. La direction est très, très arrangeante avec moi...

— Qu'est-ce qui vous étonne ? répliqua-t-elle. Vous êtes bardé de titres, vous êtes jeune et en plus vous êtes breton, je crois que vous incarnez une de leurs meilleures cautions !

Maryse travaillait là depuis une dizaine d'années, aussi discrète qu'efficace, et dès l'arrivée de Loïc elle s'était ingéniée à lui faciliter les choses.

— Ils vous voulaient, vous et personne d'autre, à la tête de ce département, ajouta-t-elle. « Brillantissime », avait affirmé le type de l'IFREMER qu'ils ont cuisiné à votre sujet. Alors, tout juste s'ils n'ont pas sablé le champagne quand vous avez signé le contrat !

Il se remit à rire, persuadé qu'elle exagérait. Même en étant conscient de sa valeur, il ne se voyait pas du tout comme quelqu'un d'irremplaçable.

— Vous êtes trop modeste ou trop naïf, soupira-t-elle. Vous vous en rendrez compte un jour, j'espère pour vous que ce ne sera pas trop tard ! Bon, en attendant, si vous manquez d'occupations cette après-midi, j'ai posé des résultats sur votre bureau, mais d'abord il y a un monsieur qui vous réclame en bas, à l'accueil. Votre père, je crois.

Stupéfait, Loïc la dévisagea pour s'assurer qu'elle ne plaisantait pas. Artus, ici ? Pourquoi ? Faisant volte-face, il repartit vers les ascenseurs. Une autre catastrophe se serait-elle abattue sur la famille ?

Devant les portes métalliques, il n'eut pas la patience d'attendre et préféra dévaler l'escalier jusqu'au rez-de-chaussée. A peine eut-il débouché dans l'immense hall vitré que l'hôtesse de l'accueil lui désigna son père d'un discret signe de tête. Assis très droit au bord de l'un des canapés de cuir blanc destinés aux visiteurs, Artus feuilletait distraitement un magazine scientifique. Il semblait mal à l'aise, agacé d'attendre ou peut-être décontenancé par le cadre luxueux des locaux.

— Tu voulais me voir ? s'enquit Loïc d'un ton volontairement neutre.

Artus leva la tête vers lui, le détailla avec une sorte de curiosité puis referma le magazine.

— Oui. Bonjour, d'abord.

En général, c'était plutôt lui qui se dispensait des formules de politesse avec Loïc.

— Excuse-moi. Bonjour... Que puis-je faire pour toi ?

— Répondre à deux ou trois questions que je n'avais pas envie de te poser par téléphone.

Quittant le canapé, il récupéra son caban, qu'il plia sous son bras comme s'il avait besoin de se donner une contenance.

— Avant tout, peux-tu m'expliquer ce que ta sœur fait chez toi ? Je n'ai déjà pas assez de personnel pour gérer les cultures, or elle a abandonné ses vergers sans se soucier de rien, ça ne lui ressemble pas.

— Elle avait besoin de se changer les idées.

— Vraiment ? Et pour quelle raison ?

— Un chagrin d'amour.

— Un quoi ?

Interloqué, Artus jeta un coup d'œil autour de lui et parut hésiter.

— Il n'y aurait pas un endroit plus...

— Allons dans mon bureau, proposa Loïc.

Il précéda son père jusqu'aux ascenseurs, inquiet à l'idée d'en avoir trop dit. Mais ne valait-il pas mieux que la vérité vienne de lui ? Artus avait d'autres motifs de rancune à son égard, un de plus ou de moins n'y changerait rien.

En les voyant passer, sa secrétaire se précipita pour leur ouvrir la porte du bureau.

— Désirez-vous du café, du thé ? proposa-t-elle avec un sourire affable.

Artus refusa d'un geste, occupé à détailler la pièce. Moquette épaisse, boiseries de chêne, larges baies vitrées donnant sur les jardins du laboratoire, matériel informatique ultramoderne : tout indiquait la puissance financière du groupe industriel qui employait Loïc.

— Tu travailles ici ? s'étonna-t-il.

— Pas souvent. Plutôt dans les salles de biologie, ou carrément en mer.

— Les sédiments marins, ça te dit forcément quelque chose ?

La question dérouta Loïc une seconde, puis il fit le rapprochement.

— Pour la fertilisation des sols, je suppose ? Je peux te rédiger un topo, si tu veux.

— A l'occasion, envoie-moi quelque chose là-dessus, accepta Artus avec réticence. Mais je ne suis pas venu pour ça.

Maryse s'éclipsa discrètement, refermant la porte en douceur.

— Explique-moi cette histoire de chagrin d'amour de ta sœur, je ne suis pas au courant.

— Gaëlle t'en parlera elle-même si elle le souhaite. La seule chose que je peux te dire est qu'elle est malheureuse.

— Malheureuse ? répéta lentement Artus. A cause de qui ?

Sa stupeur prouvait qu'il ne se doutait absolument pas des sentiments de sa fille pour Elias. L'idée n'avait même pas dû l'effleurer.

— Je n'ai jamais rien compris à la vie privée de ta sœur. Votre mère prétendait que je devais la laisser tranquille, ne pas lui poser de questions, Gaëlle a donc vécu comme elle l'entendait, je ne m'en suis pas mêlé... et elle ne m'a présenté personne. J'imagine qu'elle a mené ses histoires d'amour en dehors de Kerloc'h, pour ne pas me choquer ? Autres temps, autres mœurs, je m'en serais arrangé... Seulement aujourd'hui, elle arrive à la quarantaine. Tu te rends compte ? Et moi, depuis un moment, je la plaignais, je la croyais seule... Quel est le bon sang de taré qui ne veut pas d'elle ?

Loïc hésita. Connaissant sa sœur, il savait que le scandale allait éclater à la minute où elle rentrerait à la maison. Il avait envie de la protéger malgré elle, d'essuyer la première vague de colère d'Artus, cependant il ne se sentait pas le droit de parler à sa place. Effectivement, elle aurait bientôt quarante ans et était de taille à régler ses affaires elle-même. Sa seule demande était qu'on lui retrouve Elias, pas qu'on se substitue à elle.

— Désolé, murmura-t-il.

— Ah, bien sûr ! s'écria rageusement Artus. Le silence, les cachotteries ! Je vous fais peur ou quoi ?

— Pas à moi.

En l'affirmant, Loïc s'aperçut que c'était faux. Artus l'impressionnait encore, et peut-être davantage depuis qu'ils s'étaient dressés l'un contre l'autre. Il se souvenait trop bien de la douleur infligée par certains mots, il ne voulait pas la subir une deuxième fois.

— Peux-tu au moins me dire à quel moment elle envisage de reprendre ses affaires en main ? Commercialiser du cidre, ce n'est pas s'occuper uniquement de la cueillette des pommes !

— Je sais.

— Non, tu ne sais rien du tout ! Tu nous prends juste pour des paysans et tu te crois très au-dessus de ça !

— S'il te plaît..., murmura Loïc, consterné.

Au prix d'un effort visible, Artus se maîtrisa.

— Oui, excuse-moi. Tu es sur ton lieu de travail. En ce qui me concerne, je respecte le travail des autres, alors je vais te laisser. Je n'aurais pas dû crier. Ni venir, d'ailleurs !

Néanmoins, il l'avait fait, malgré toute sa mauvaise humeur et sa mauvaise foi. Il eut une ébauche de sourire, qui se voulait conciliant et qui toucha Loïc.

— Attends... Puisque tu es venu jusqu'ici, il y a quelque chose que je veux te demander. Te redemander.

Ce n'était sans doute pas le moment, mais y en aurait-il jamais un autre ? Loïc prit une profonde inspiration avant de pouvoir achever :

— Laisse-moi faire cette recherche ADN. Tu n'as rien à perdre et moi non plus.

Le sourire d'Artus s'effaça tandis que son visage reprenait une expression hostile.

— Il n'en est pas question, je ne me prêterai pas à cette mascarade ! Je n'ai pas besoin de tes foutues expériences de laboratoire pour...

— Mais moi, oui ! Je veux une certitude, je veux savoir comment t'appeler quand je suis en face de toi !

— Rassure-toi, ça n'arrivera plus, répliqua Artus, pâle de colère. Toutefois, si l'occasion se présente, j'ai un prénom, tu peux t'en servir. Je ne pensais pas que tu ne supportais plus de dire « papa », mais tu as raison, comme toujours, et c'est bien normal puisque tu es le plus intelligent d'entre nous !

Son cynisme fut insupportable à Loïc, qui se détourna sans répondre. La réconciliation était impossible, ils n'étaient même plus en mesure de se parler calmement, chaque rencontre dégénérait. Artus passa à côté de lui et se dirigea vers la porte.

— Il y a juste un détail que j'aimerais te rappeler, à tout hasard... Je t'ai élevé, Loïc.

— Elevé à l'écart, non ?

La main sur la poignée, Artus resta immobile quelques instants, puis il hocha la tête et sortit.

— Si je m'en souviens aussi bien, déclara la vieille dame, c'est parce que cette année-là j'attendais mon premier enfant. Ma fille. J'étais en fin de grossesse et il faisait chaud. L'été 66, oui...

Avec précaution, elle souleva sa tasse, but une gorgée de thé puis sourit à Sabine, qui l'écoutait attentivement. Entre elles deux, posé sur la table, le dictaphone de Sabine enregistrait leur conversation.

— Je n'ai pas été mère très tôt, mais quand on tient un hôtel il y a toujours tellement de travail ! D'ailleurs nous nous étions endettés, mon mari et moi, il fallait penser à rembourser, on se disait qu'on avait bien le temps de fonder une famille. Moralité, j'avais déjà trente-cinq ans quand ma fille est enfin née. Après, nous avons eu un garçon... Mais ce n'est pas ce qui vous intéresse, pas vrai ?

— Tout m'intéresse dans vos souvenirs de cet été-là, affirma Sabine.

— Cette Bretonne, avec ses deux gamins adorables, je l'ai tout de suite prise en sympathie. Elle s'émerveillait de tout, la mer trop bleue, les champs de lavande, la cuisine à l'ail, le bruit des cigales... Elle avait des yeux magnifiques, très clairs, presque transparents. Une très belle jeune femme, vraiment. A se demander pourquoi elle était seule avec ses marmots, et j'ai fini par lui poser la question. Son mari était agriculteur, je crois bien. Une histoire de moisson ou je ne sais plus quoi parce que, ici, le blé, on ne connaît pas... Bref, on a pris l'habitude de bavarder, le soir, quand ses petits dormaient là-haut dans la chambre. Elle descendait boire une infusion avec moi et je lui demandais des conseils pour mon bébé qui allait naître, des trucs de mère puisqu'elle en avait déjà eu deux. On en a passé des heures et des heures sur cette terrasse où nous sommes, à jacasser comme des pies !

La terrasse en question était faite de grandes dalles blanches irrégulières et protégée par un auvent couvert de canisses. Partout, dans des bacs en pierre, une profusion de fleurs printanières s'épanouissaient déjà. La vieille dame suivit la direction du regard de Sabine et se mit à sourire.

— La nature est précoce, chez nous. L'hiver a été si doux... Je ne sais pas à quoi ressemble la Bretagne, je n'ai jamais eu envie de bouger d'ici.

— Je vous comprends, madame Calès.

Au loin, la mer semblait bleu marine sous un soleil aveuglant. Difficile de croire que le mois de mars n'était qu'à peine commencé.

— Savez-vous ce que signifie « Grau », commissaire ?

— Non. Mais appelez-moi Sabine, je préfère.

— Moi, c'est Elise. Tout le monde dit seulement Lise. Où en étais-je ? Ah, oui, Le Grau-du-Roi ! Un grau est une brèche dans le littoral. La ville a été construite de part et d'autre de cette brèche, voilà. Quant au roi, les avis diffèrent...

— Port-Camargue existait déjà, en 1966 ? demanda Sabine, qui voulait ramener la conversation à cet été-là.

— Non, il a été créé un peu après, vers 1969, il me semble. C'est complètement artificiel. A l'époque, les gens passaient leurs vacances en famille au Grau-du-Roi, ils venaient pour se baigner, parce qu'il y a des kilomètres de plage, et personne n'avait de bateau, à part les pêcheurs ! Mon auberge faisait pension, on avait des clients fidèles qui revenaient d'une année sur l'autre.

Le dictaphone s'arrêta dans un claquement sec et Sabine, avec un sourire d'excuse, retourna la microcassette. Elle remit l'appareil en marche puis enchaîna :

— Et cette Bretonne, Armelle, vous l'avez revue ?

— Jamais. Au début, elle m'a écrit comme elle l'avait promis. Des cartes postales de sa région, des nouvelles de ses petits... Je lui ai même envoyé une photo de ma fille quand elle est née. Après, nous avons encore échangé des vœux à Noël, et puis plus rien, c'est normal.

Sabine écoutait toujours, le menton dans les mains, attentive aux intonations de la vieille dame. Celle-ci était parfaitement lucide et sa mémoire était excellente, elle aurait fait un témoin fiable.

— Madame Calès... Pardon, Lise. Je vous l'ai dit, l'enquête à laquelle je me livre n'a rien d'officiel, je la fais à titre personnel et vous n'êtes pas obligée de me répondre, mais j'aimerais savoir si, à votre avis, Armelle a pu avoir une aventure pendant cet été-là ?

Le rire d'Elise Calès était spontané, communicatif, et la question parut beaucoup l'amuser.

— Non, bien sûr que non ! Comment voulez-vous ? Elle s'occupait tout le temps de ses enfants. Et pas seulement à la plage, mais ici aussi à leur faire faire des coloriages, à leur lire des histoires... Après nos bavardages nocturnes, lorsqu'elle montait se coucher, il était souvent très tard... D'ailleurs, ce n'était pas une femme à ça. Pas du tout son genre. Celles-là, je les ai toujours repérées à cent mètres ! Non, vraiment non, j'en mettrais ma main au feu. Evidemment, je n'étais pas son ange gardien, avec tout le travail de la pleine saison j'étais très occupée, pourtant je m'en serais aperçue parce que nous étions quasiment devenues des amies... En remerciement de ses conseils pour mon bébé à venir, je lui donnais des trucs de femme ; moi, j'avais beaucoup vécu avant mon mariage, et elle me semblait un peu naïve ! En quelque sorte, nous échangions des recettes.

Elle s'interrompit, resservit du thé.

— Maintenant, à moi de vous poser une question, reprit-elle en regardant Sabine. C'était il y a... trente-huit ans, et vous m'avez dit qu'Armelle était décédée depuis huit ans. Que cherchez-vous, au juste ?

Sabine avait envie de lui manifester sa reconnaissance, aussi n'hésita-t-elle pas à répondre franchement.

— Armelle Le Marrec a eu un troisième enfant au printemps suivant. Son mari a pensé que...

— Quel idiot ! Ah, les hommes ! Et alors ?

— Alors, rien. Ils en ont eu un quatrième par la suite, mais le doute est resté, et l'histoire vient de revenir sur le tapis.

— Sauf qu'elle n'est plus là pour se défendre, la pauvre ! Non, décidément, je suis catégorique, ce n'est pas chez moi qu'elle aurait trouvé, ni cherché, un amant de vacances.

Une serveuse fit son apparition sur la terrasse, adressa un petit signe de tête à sa patronne et commença à disposer des nappes.

— J'ai soixante-quatorze ans, dit Elise Calès. Je suis officiellement à la retraite, en principe c'est ma bru qui gère l'hôtel, mais je continue à m'occuper du restaurant. L'habitude...

A regret, Sabine se leva.

— J'ai passé un moment formidable avec vous, Elise. Je ne sais pas comment vous remercier de votre gentillesse, de votre mémoire sans faille, du service que vous me rendez...

— Il y a des gens qui vous marquent, d'autres pas, c'est tout ! Allez, je vous raccompagne.

Très alerte pour son âge, elle précéda Sabine jusqu'aux marches de pierre qui descendaient vers le parking. Là, elle s'arrêta et lui posa la main sur le bras.

— Encore une petite curiosité de vieille dame, jolie commissaire... Dites-moi à quoi ressemble celui qu'on prend pour un bâtard.

Amusée, attendrie, Sabine réfléchit une ou deux secondes avant de murmurer :

— Il a les yeux de sa mère, c'est un très bel homme.

Elles échangèrent un dernier sourire complice, puis Sabine rejoignit sa voiture de location. En passant devant l'auberge, elle vit Elise Calès qui agitait la main et elle baissa sa vitre pour lui rendre son salut. Jamais elle n'aurait pu imaginer avoir autant de chance. Retrouver l'hôtel à la même place était déjà inespéré, mais les mêmes propriétaires, tout à fait improbable ! Sur la photo que lui avait montrée Loïc, Armelle Le Marrec posait de manière conventionnelle avec ses deux enfants. Une banale photo de vacances, peut-être prise par Elise ou bien par un client de l'hôtel, et miraculeusement conservée par Gaëlle. Armelle était belle, bronzée, souriante, Yann et Gaëlle adorables. Comme Loïc aimait cette photo, il l'avait fait refaire et la traînait dans son portefeuille depuis longtemps. Le soir où il s'était laissé aller à évoquer ses problèmes concernant son père, il l'avait sortie avec une évidente fierté. Sabine, habituée à observer le moindre détail sur n'importe quel cliché, avait machinalement remarqué le panneau, à peine lisible derrière Armelle : *L'Aigrette du Grau.* Une allitération un peu insolite pour une pension de famille de l'époque, mais à présent qu'elle connaissait Elise Calès, Sabine ne s'en étonnait plus. L'aigrette n'était jamais qu'un héron, présent partout dans la région.

Bien entendu, il n'y avait plus aucune *Aigrette du Grau* dans la liste des établissements répertoriés à l'office du tourisme, mais le nom était resté dans les mémoires et Sabine apprit sans mal que la pension de famille avait été rebaptisée *L'Auberge des Gabians.* A savoir, le nom local du goéland. La chance avait continué à lui sourire avec Elise, toujours présente dans son hôtel malgré le temps écoulé, et dont les souvenirs conservaient cette précision inouïe.

— On a rarement un bol pareil dans une enquête...

Elle s'était attendue à tout, y compris à être mal reçue, mais pas à ce qu'elle venait d'entendre.

— Son père, quel abruti...

Arrivée au bout de la jetée, elle s'arrêta et descendit de voiture. Il faisait vraiment trop beau pour ne pas s'offrir une promenade sur le bord de mer. Même si, pour elle, la Méditerranée ne pouvait en aucun cas avoir l'attrait de l'Atlantique, elle resta un moment en admiration devant le paysage du golfe d'Aigues-Mortes.

Ainsi, Armelle avait sans doute été fidèle à son mari, dont Loïc devait être le fils. Artus Le Marrec accepterait-il d'y croire ? Que représenterait à ses yeux le témoignage d'une hôtelière, si longtemps après ? S'il s'obstinait - en Breton têtu -, il invoquerait peut-être une solidarité de femmes, une mémoire sélective, n'importe quoi qui l'arrange et lui permette de garder sa conviction, car la mettre en doute ferait de lui un coupable. Comment reconnaître et absoudre près de quarante années d'erreur ?

Une main en visière, Sabine observait les bateaux qui rentraient au port, escortés d'une nuée de goélands. Elle décida d'attendre un peu avant de parler à Loïc. Il la croyait en week-end chez des amis et ne se doutait de rien. Apprécierait-il qu'elle ait fouillé dans le passé de sa famille sans même le consulter ? Pour elle, rien de plus facile que remonter une piste, poser les bonnes questions et obtenir des confidences, il s'agissait d'un aspect de son métier qu'elle maîtrisait parfaitement. La recherche qu'elle venait d'effectuer, si facile, pourquoi Loïc ne l'avait-il pas entreprise ? Par crainte d'affronter la vérité ? Et que préférerait-il : être le vrai fils d'un homme qui ne l'aimait pas ou celui d'un parfait inconnu ? S'était-il imaginé un autre père depuis que le sien l'avait rejeté ? Trop réservé pour s'étendre sur le sujet, il n'avait presque rien livré de ses sentiments, mais elle avait deviné l'importance qu'il attachait à cette histoire.

Loïc... Jamais, de sa vie entière, elle n'avait pensé à un homme dix fois par jour, or celui-ci n'était même pas son amant. Pourquoi occupait-il une telle place ? Sans s'en apercevoir, elle s'était mise à attendre ses appels, à provoquer les occasions de rencontre. Presque chaque semaine, elle revenait à Doëlan, et elle se surprenait parfois à acheter des vêtements ou du parfum uniquement pour lui plaire. Ce comportement de femme amoureuse était si insolite, si nouveau, qu'elle en éprouvait parfois une sorte d'angoisse. Loïc serait-il celui qui allait tout changer ?

Le soleil avait presque rejoint la ligne d'horizon et ne tarderait plus à disparaître. Lorsqu'elle était enfant, son grand-père lui parlait du fameux *rayon vert,* celui qu'on peut apercevoir un instant au ras des flots quand le soleil s'abîme dans l'océan. Sans doute une légende de marin-pêcheur, mais à l'époque elle y croyait, comme à tout ce qu'il lui disait. « Toi, mon tamic, tu épouseras un Breton, tu ne pourras pas faire autrement ! »

— On verra bien, grand-père, on verra bien...

Eblouie, elle ferma les yeux une seconde, espérant qu'il aurait raison.

Tristan s'était casé à l'arrière de la Porsche car Yann avait tenu à les accompagner. Si, à eux trois, ils ne parvenaient pas à convaincre Elias, au moins auraient-ils tout tenté.

— Toi qui as une copine commissaire, ronchonna Yann, tu connais peut-être le moyen de trouver une aiguille dans une meule de foin ? Parce que c'est ce qui nous attend, je vous préviens...

Loïc haussa les épaules, occupé à négocier un virage sur la route étroite. Depuis Le Faouët, ils étaient remontés vers le nord de la Bretagne par les départementales, traversant le parc naturel d'Armorique en direction de Morlaix.

— Pleyber-Christ n'est plus qu'à huit kilomètres, annonça Loïc. Et comme il ne s'agit pas vraiment d'une métropole, Elias devrait être facile à localiser.

— S'il est encore là, soupira Tristan.

Il essaya en vain de changer de position, coincé contre le dossier du siège conducteur. Dans son rétroviseur, Loïc lui adressa un clin d'œil compatissant.

— Il y a plus confortable, je sais, mais écoute le bruit du moteur...

— Je ne fais que ça, je suis assis dessus !

Yann éclata de rire, apparemment réjoui par la compagnie de ses frères. Loin d'Artus et du travail de l'exploitation, il devait avoir l'impression de prendre enfin une journée de vacances.

— Arrivés à Pleyber, demanda-t-il, où commence-t-on à chercher ?

— Au bistrot, répondit Loïc. Même si Elias n'est pas un pilier de comptoir, des gens l'ont forcément vu, ont bavardé avec lui...

— Et si jamais on met la main sur lui, lequel d'entre nous prendra la parole ? s'enquit Tristan.

Loïc jeta un coup d'œil à Yann, qui se défendit aussitôt.

— Ah, non ! Moi, je suis là uniquement pour faire bonne mesure, rien d'autre ; c'est toi que Gaëlle a pris pour confident, pas moi.

— D'accord, ça ne me gêne pas, mais alors ne vous en mêlez pas, ne commencez pas à lui faire la morale.

— Promis ! dirent-ils ensemble.

Loïc gara la voiture à proximité d'une très belle église gothique, puis il entraîna ses frères vers un café-tabac qu'il avait repéré. A l'intérieur, dans une atmosphère sombre et enfumée, trois hommes se tenaient devant le comptoir et se retournèrent en même temps pour examiner les nouveaux arrivants. L'un d'entre eux était Elias. Amaigri, l'air farouche, il se figea.

— Salut, toi ! lança Loïc sans se démonter. Eh bien, ça fait plaisir de te revoir...

Elias les regarda l'un après l'autre avant de fixer son attention sur Loïc.

— Salut...

Il y eut quelques instants de silence durant lesquels personne ne bougea, puis le patron du bar passa un coup de torchon sur son zinc en marmonnant :

— Pour ces messieurs, ce sera ?

— Trois cafés, répondit Loïc. Tu en prends un autre avec nous, Elias ? Alors, quatre. On s'assied ?

Il désignait les tables installées au fond de la petite salle, et Elias le précéda d'un pas décidé.

— Je te préviens, Loïc, si vous êtes venus pour...

— Pour Gaëlle, c'est tout.

Ils prirent place tous les quatre, Yann et Tristan gardant résolument la tête baissée.

— Elle est désespérée par ton silence, enchaîna Loïc. Elle ne comprend pas et elle pleure.

— Elle pleure ? répéta Elias d'une voix étranglée.

— Tu m'as très bien entendu.

Elias soutint un moment le regard de Loïc tandis que son visage semblait se creuser.

— Tu avais le droit de t'en aller mais pas sans explication. Si tu ne l'aimes plus, tu me le dis et ça suffira.

— Plus l'aimer ? Comment veux-tu !

Furieux, Elias venait de cracher sa phrase avec une telle violence que Loïc sursauta. Il devina le mouvement qu'esquissait Yann pour se lever et lui adressa un geste d'apaisement.

— C'est à cause de ma lettre à Artus que vous êtes là ? J'y ai pensé trop tard, après avoir jeté l'enveloppe dans la boîte...

— J'ai vu le cachet de la poste, déclara Tristan d'une voix calme. Papa ne nous en a pas parlé.

— J'imagine, oui... Pas lui !

Le patron s'approcha, les tasses sur un plateau, et ils attendirent qu'il reprenne sa place derrière le comptoir. La manière dont Elias avait prononcé : « Pas lui ! », s'agissant d'Artus, évoquait davantage de l'admiration que du ressentiment.

— Je ne voulais pas que votre père me prenne pour le dernier des ingrats parce que ce n'est pas vrai.

— Si je comprends bien, insista Loïc, son avis compte plus pour toi que celui de Gaëlle ?

— Tu ne comprends rien du tout, murmura Elias.

— Eh bien, je suis là pour ça, je t'écoute.

Yann et Tristan, les yeux rivés sur leurs tasses, se gardaient d'intervenir et laissaient leur frère se débrouiller seul face à un Elias de plus en plus buté. Après un long silence, Loïc reprit :

— Gaëlle ne sait pas que nous sommes ici. Nous n'étions pas sûrs de te trouver, et de toute façon, si tu l'as quittée, c'est que tu ne veux plus la voir. Elle n'avait rien à y gagner qu'une déception supplémentaire. Je me trompe ?

Elias scruta Loïc durant deux ou trois secondes, comme s'il pesait le pour et le contre, puis il lâcha, très bas :

— Non, tu ne te trompes pas. Et je vais te donner exactement ce que tu attends, une bonne raison pour partir d'ici en courant, avec tes frères, et ne plus jamais me poursuivre...

Il tourna la tête vers Yann, ensuite vers Tristan, esquissa une grimace d'impuissance puis revint à Loïc, qui semblait être le seul à qui il voulait bien s'adresser.

— J'aime Gaëlle à en crever, mais ça ne fait pas de moi un abruti. Si j'avais demandé sa main à Artus, il m'aurait flanqué hors de Kerloc'h à coups de fusil.

— Les temps ont changé, Elias, vous pouviez vous passer de son consentement et...

— Ne m'interromps pas, bon Dieu, c'est déjà assez difficile ! Il y a des choses que tu ne sais pas, Gaëlle non plus, mais que je n'ai pas cachées à Artus... J'ai fait de la prison, quand j'étais jeune.

Un nouveau silence s'abattit sur eux, jusqu'à ce que Loïc se décide à réagir.

— Pour quel motif ?

— J'avais tabassé mon père, et pas à moitié.

— Toi ?

Trop surpris pour protester, Loïc se pencha vers Elias.

— Tu l'inventes ou c'est vrai ?

— A ton avis ?

— D'accord... Raconte.

— C'était un poivrot, une brute, tu n'as pas idée... Il pourrissait la vie de ma mère, la mienne, il ne respectait rien. On crevait de faim, la maison s'écroulait chaque année un peu plus, moi j'allais à l'école avec les yeux au beurre noir, et parfois je dormais dehors. Ce serait à refaire, sincèrement, je taperais plus fort. D'autant plus que, même sans casier judiciaire, Artus ne m'aurait pas laissé toucher à ta sœur, ça ne change rien.

Impossible de le contredire, Artus serait devenu fou s'il avait su ce qui se passait chez Gaëlle chaque nuit. Le passé d'Elias ne faisait qu'aggraver une situation déjà inextricable.

— Avouer cette vieille histoire à Gaëlle, je m'y serais résigné parce qu'elle m'aurait compris et pardonné, j'en suis sûr, mais après ?

Il haussa les épaules avec lassitude et répéta :

— Après, Loïc ?

— Au pire, elle serait partie avec toi.

— C'est ce que je ne veux pas ! cria-t-il en tapant du poing sur la table.

Loïc rattrapa sa tasse de justesse et la reposa doucement sur la soucoupe. Du bout du doigt, il essuya une trace de café.

— Elle a le droit d'être heureuse, bredouilla Elias, d'avoir un mari dont elle puisse être fière, de...

— Elle ne sera pas heureuse sans toi.

Cette fois, Elias parut se tasser sur sa chaise, les épaules voûtées et la tête basse.

— Je suis quoi, Loïc ? Un ouvrier agricole qui a fait de la taule dans sa jeunesse... Et ensuite, des tas de petits boulots plus ou moins avouables, avant de tomber sur Artus Le Marrec, un type bien qui m'a aidé. Aujourd'hui, tu voudrais qu'à cause de moi Gaëlle parte de Kerloc'h en claquant la porte ? Tu crois vraiment qu'on dormirait tranquilles, elle et moi ? On vivrait comment ? Si je lui faisais vendre ses terres, j'aurais l'impression de la mutiler… et de poignarder Artus. Tu vois, je n'ai pas le choix. Qu'elle me prenne pour un salaud lui permettra de m'oublier plus vite, c'est bien le seul cadeau que je puisse lui offrir. Ne lui dis pas que tu m'as trouvé, ou raconte-lui que je suis un pauvre mec sans foi ni loi qui ne valait pas le coup.

Il se leva brusquement, puis se tourna enfin vers Yann et Tristan.

— Au moins, j'aurai eu l'occasion de vous dire au revoir.

Plutôt que leur tendre la main, il se contenta d'une ombre de sourire avant de s'éloigner. Les trois frères le regardèrent sortir en silence, sans bouger de leurs chaises. Au bout d'un moment, Tristan fouilla la poche de son jean et en sortit une poignée de monnaie.

— Formidable…, lâcha-t-il d'un ton sinistre. On ne peut pas dire qu'on se soit donné du mal pour le trouver, mais je ne vois pas à quoi ça nous a servi. Et maintenant, on fait quoi ?

— On parle à papa ! décida Yann.

Une proposition plutôt surprenante, venant de lui. En principe, il évitait de contrarier Artus ou de provoquer un affrontement dont il sortait presque toujours perdant. Loïc le contempla un moment, perplexe.

— De toute façon, poursuivit Yann, Gaëlle va cracher le morceau, je la connais. Marion m'a fait tout un discours là-dessus, elles sont solidaires, et elles n'ont pas tort quand elles disent que la dictature de papa, ça suffit. Loïc interdit de séjour, Gaëlle malheureuse comme une pierre, Elias en cavale…

— En somme, tu préfères arrêter le massacre avant que ça tombe sur toi ? ironisa Tristan.

Ignorant la réflexion, Yann se leva.

— On rentre ?

Loïc n'était pas assez naïf pour ne pas comprendre ce que ses frères attendaient de lui, aussi le proposa-t-il spontanément.

— Si vous préférez que ce soit moi qui lui parle, pas de problème. Je suis son bouc émissaire favori, il se défoulera mieux avec moi et je n'ai plus rien à perdre.

— Ni toi tout seul, ni Tristan, ni moi, trancha Yann. On y va tous les trois ensemble et on verra.

Tristan toisa son frère aîné puis adressa un clin d'œil à Loïc.

— Il a mangé du lion, on dirait ! Mais son idée me plaît, je vote pour.

Ils quittèrent le café-tabac sous le regard intrigué du patron et rejoignirent la Porsche. Le retour s'effectua quasiment en silence, chacun plongé dans ses pensées. Pour Loïc, le plus préoccupant était de décider ce qu'il allait raconter à Gaëlle. Depuis qu'elle habitait chez lui, il l'avait beaucoup écoutée, la découvrant comme une femme plus volontaire qu'il ne l'aurait cru, passionnée par l'exploitation de ses vergers et la qualité de son cidre, énergique, capable d'humour, mais paradoxalement très fragile. L'amour, qu'elle avait attendu longtemps, était désormais pour elle une priorité absolue. Elias ne lui avait pas seulement appris le bonheur du plaisir physique, il avait comblé toutes ses carences affectives. Seule dans un monde d'hommes depuis la mort de leur mère, Gaëlle n'avait eu d'autre horizon que ses frères, son père, les ouvriers agricoles qui se succédaient à Kerloc'h. Elle partageait leur goût pour la terre, se donnait autant de mal que n'importe lequel d'entre eux, travaillait en jean et en bottes de caoutchouc d'un bout de l'année à l'autre, ne s'accordait que de brèves aventures sans suite. Or Elias avait fait d'elle une femme. Il ne se contentait pas de l'aimer, il la vénérait. Avec lui, elle s'était mise à changer, à se dissocier enfin du reste de la famille, à vivre pour elle-même. Tout cela, elle l'avait expliqué à Loïc à coups de confidences pudiques ou d'éclats de rire nerveux destinés à cacher son émotion. Comment lui faire admettre, à présent, que ses rêves étaient en miettes ? Que son père s'y opposait stupidement, que ses frères n'avaient rien pu faire ? A quelle extrémité, de désespoir ou de renoncement, la disparition d'Elias la pousserait-elle ?

Arrivé à l'entrée de l'allée menant à Kerloc'h, Loïc ne savait toujours pas quelle conduite adopter. Et pour compliquer encore la discussion familiale qui allait avoir lieu, Pierre serait dans les parages puisque Loïc l'avait déposé là le matin même.

Plutôt que de se garer dans l'une des granges, il choisit de laisser la Porsche sur les pavés de la cour, indiquant ainsi qu'il ne comptait pas s'attarder plus que le strict nécessaire.

— A cette heure-ci, papa doit être dans sa chambre, marmonna Yann.

Son enthousiasme semblait s'être éteint à la vue du manoir, il n'avait plus l'air combatif du tout.

— Raté, chuchota Tristan en donnant un coup de coude à Loïc.

Debout en haut des marches du perron, les mains dans les poches et les sourcils froncés, Artus les regardait approcher. Sans doute se demandait-il pourquoi Loïc jugeait bon de raccompagner ses frères jusqu'à la porte alors qu'il avait laissé son fils au bout du chemin.

— Vous étiez partis en promenade ? leur lança-t-il d'un ton froid.

Ignorant ce que Marion avait raconté pour justifier son absence, Yann ne répondit rien tandis que Tristan levait les yeux au ciel.

— Nous sommes allés à la recherche d'Elias, déclara posément Loïc. Il faut qu'on te parle.

— Quel honneur ! Pour une fois, vous voulez me parler ? Et tous les trois ensemble ? Parfait, je vous écoute.

— Pas ici, protesta Tristan.

— Pourquoi ? Il fait beau, non ?

L'agressivité de son père braqua immédiatement Tristan, qui répliqua :

— C'est à cause de Loïc ? Tu ne veux pas qu'il franchisse le seuil de la maison ? Crois-moi, tu préféreras qu'on soit tranquilles pour le genre de conversation qu'on va avoir !

— Ah, bon ?

Artus les scruta l'un après l'autre puis fit volte-face et ouvrit la porte. Il gagna le salon sans se retourner, marchant droit à la cheminée, devant laquelle il s'arrêta. Un grand feu était allumé, probablement par Pierre, qui n'y résistait jamais lorsqu'il était à Kerloc'h.

— Alors allez-y, les garçons, dites ce que vous avez sur le cœur et qu'on en finisse, laissa tomber Artus.

Tristan avança d'un pas pour se mettre à côté de Loïc, comme s'il désirait, cette fois, ne pas le laisser se débrouiller seul.

— Nous avons trouvé Elias à Pleyber-Christ, commença Loïc. Pas loin de Morlaix.

— Je sais où c'est, merci. Et puis ? Il n'a pas voulu revenir ?

— Non. Il ne peut pas.

— Bien sûr. Encore un qui n'a pas de tripes !

Artus posa ses mains sur le manteau de la cheminée, se pencha vers les flammes et parut s'absorber dans leur contemplation.

— Gaëlle l'aime, lâcha Loïc à mi-voix.

Le pire étant dit, il laissa passer quelques instants avant d'enchaîner :

— En fait, ils s'aiment tous les deux, et il ne s'agit pas d'une passade. Seulement, vis-à-vis de toi…

— Qui se soucie de moi ? s'écria Artus.

Abandonnant sa position, il alla s'asseoir, croisa les jambes.

— Qu'à vos âges vous en soyez toujours à faire des cachotteries de gamins me consterne. Naturellement, je me suis posé la question sur ces départs inexplicables. Elias dans la nature, Gaëlle chez Loïc… Il ne fallait pas être grand clerc pour établir le rapprochement et j'ai fini par le faire. J'espérais mieux de ma fille, c'est évident ; quant à être trahi par Elias, je ne m'y attendais pas du tout. Mais puisqu'il a choisi de partir, bon vent !

— Papa, plaida Tristan, tu as été amoureux de maman, tu...

— Oh, oui, parle-moi de ta mère ! Et essaye donc d'imaginer comme elle aurait été heureuse de voir sa fille dans les bras d'Elias ! Elias ! Qui est-ce ? A mon époque, l'emploi d'Elias, ça s'appelait valet de ferme.

— Il est de la famille, rappela Loïc.

— Un peu moins que toi, c'est tout dire !

Loïc laissa passer l'injure sans la relever, mais Tristan explosa.

— Fous-lui la paix avec ça !

Médusé, Artus le dévisagea.

— Ne le prends pas sur ce ton ou sors d'ici. Loïc n'a pas besoin que tu le défendes, et pour l'instant c'est de Gaëlle qu'il est question.

Des bûches s'effondrèrent dans une gerbe d'étincelles et Artus se leva pour aller remettre le feu en ordre. Lorsqu'il se retourna, les pincettes à la main, son expression s'était durcie.

— Vous vouliez me parler, mais vous ne dites pas grand-chose... Plaider la cause d'Elias ne servira à rien, de toute façon.

— Parce qu'il a un casier judiciaire ? demanda Loïc.

— Il vous a mis au courant ? Bien !

Quelle que puisse être la fureur d'Artus, Loïc s'était promis d'aller jusqu'au bout de la discussion et il insista.

— D'après ce qu'on a compris, il...

— Ce n'est qu'une faute de jeunesse, trancha Artus de manière inattendue. Et ça ne m'a pas gêné quand je l'ai engagé, engagé pour travailler, je vous le rappelle, pas pour coucher avec ma fille !

— Il n'a pas cherché à séduire Gaëlle, c'est elle qui l'a voulu, elle te l'expliquera. Comme elle n'a plus quinze ans, elle savait ce qu'elle faisait. Elle a le droit d'avoir des désirs, de choisir.

— Tu me prends pour un vieillard sénile ou quoi ? Elle a tous les droits, évidemment, mais elle n'aura pas ma bénédiction en sus ! La perspective d'avoir Elias pour gendre devrait me faire sourire ? J'appartiens à un autre temps, où on respectait les gens, les règles, où on ne mélangeait pas les torchons et les serviettes... Elias, je lui ai donné un travail, un toit, ma confiance, et sa manière de me remercier est indigne.

— Tu crois qu'il en veut à l'argent de Gaëlle, c'est ça ?

— Non. Elle a tout ce qu'il faut pour plaire à un homme. Et je pense qu'Elias n'avait pas d'idée derrière la tête car il savait forcément qu'il me trouverait en travers de sa route ! Ce n'est pas Kerloc'h qu'il visait, j'en suis persuadé, mais qu'est-ce que ça change ?

Au moins, Artus conservait sa lucidité, la colère ne le rendait pas partial, et peut-être subsistait-il un espoir de le convaincre, que Loïc saisit au vol.

— Alors, si Elias n'est pas malhonnête, et si son passé ne te dérange pas, où est le problème ?

Artus resta d'abord silencieux, se contentant de toiser Loïc avec dédain.

— Mes « problèmes » ne te concernent pas, dit-il enfin. En te parlant, je m'adresse à un mur. Tu n'as jamais voulu comprendre, tu ne commenceras pas aujourd'hui. Et si, au lieu de se réfugier chez toi, ma fille était venue directement discuter avec moi, les choses auraient été plus simples ! A présent, écoute-moi bien, Loïc... Je ne veux pas que tu te mêles de ça, ni d'autre chose, d'ailleurs. Je ne veux pas que tu viennes ici m'administrer une leçon de tolérance. Je ne veux pas que tu pérores au milieu de mon salon pendant que mes fils se taisent en regardant leurs pieds. Je ne veux pas qu'on me dicte ma conduite, et tu es le dernier à pouvoir le faire !

Cette fois, il laissait libre cours à sa rage, oubliant Elias et Gaëlle pour s'en prendre à Loïc.

— Tu te donnes le beau rôle, comme toujours, mais au fond tu t'en fous pas mal. Tu nous as ignorés pendant des années, continue donc !

Du coin de l'œil, Loïc vit Pierre qui venait de s'immobiliser sur le seuil du salon, hésitant à entrer. Personne n'avait songé à fermer la porte et la voix furieuse d'Artus devait s'entendre à travers toute la maison. Pour éviter de mêler son fils à un esclandre, Loïc murmura :

— Arrête, s'il te plaît...

— Oh, non, ce serait trop facile ! Je croyais avoir été clair avec toi, je n'ai aucune envie de te voir, je ne sais pas ce que tu fais chez moi. Débarrasse le plancher une fois pour toutes !

— Grand-père ?

Interloqué, Artus tourna la tête et découvrit son petit-fils.

— Excuse-moi de te déranger, bredouilla l'adolescent d'une voix étranglée, mais le tracteur a calé et je n'arrive pas à le faire redémarrer...

Avec un certain courage, il s'avança dans la pièce, son regard inquiet allant de l'un à l'autre. A l'évidence, il avait saisi la fin de la discussion.

— Je vais venir, grommela sourdement Artus.

L'arrivée de l'adolescent semblait le mettre très mal à l'aise. Il fit mine d'arranger une bûche, prit le temps de raccrocher les pincettes. Loïc en profita pour chercher le regard de son fils, à qui il sourit.

— Tu me raccompagnes à ma voiture ?

Posant une main ferme sur l'épaule de Pierre, il l'entraîna hors du salon. Une petite pluie fine tombait sur la cour et le jour avait baissé.

— Vous vous disputiez ? chuchota Pierre.

— Un peu…

Loïc ne s'était pas résolu à expliquer la situation à son fils. Il avait seulement évoqué une brouille passagère entre Artus et lui, sans en préciser la raison exacte.

— Pourquoi te parlait-il comme ça ? insista Pierre. Qu'est-ce que tu lui as fait ?

L'affection de l'adolescent pour son grand-père et pour Kerloc'h avait beau être récente, elle était sincère. Loïc décida qu'il valait mieux ne pas prendre le risque de la détruire.

— Je n'ai rien fait mais nous ne sommes pas d'accord, lui et moi. Je te raconterai tout ça un jour, je te le promets.

— Je ne suis plus un gamin, papa ! protesta Pierre.

— La question n'est pas là. C'est une histoire très personnelle, qui remonte à ta grand-mère… Et je ne te conseille pas de l'interroger à ce sujet si tu ne veux pas l'entendre hurler !

Il essayait de plaisanter, afin de dédramatiser l'incident, cependant Pierre conservait son air angoissé.

— Je peux t'embrasser ou tu n'es plus assez gamin pour ça ?

Prenant son fils dans ses bras, il le serra un instant contre lui.

— De quel tracteur s'agit-il ?

— Le bleu.

— Sa jauge ne fonctionne pas, tu devrais prendre un bidon de gasoil. Je reviendrai te chercher demain après-midi, tu n'auras qu'à m'attendre au bout du chemin vers cinq heures.

— Vous en êtes vraiment là ? Grand-père ne veut plus te voir du tout ?

La pluie commençait à coller les cheveux de Pierre sur son front, à plaquer sa chemise sur ses épaules. Il s'étoffait, il était en train de se transformer, bientôt il se débarrasserait des dernières traces de l'enfance.

— Souviens-toi, mon grand, il n'y a pas si longtemps tu ne voulais plus me voir, et puis tu as changé d'avis. En famille, tout peut arriver, on se fâche, on se réconcilie… Allez, va vite mettre un blouson !

Il ouvrit la portière de sa voiture tandis que Pierre repartait en courant vers la maison. Il le suivit des yeux jusqu'à le voir disparaître à l'intérieur du manoir puis, d'un geste las, attacha sa ceinture de sécurité, lança le moteur. Lorsqu'il fit demi-tour, ses phares balayèrent la façade et le perron. A cette heure entre chien et loup, Kerloc'h était impressionnant avec ses toitures pointues et sa tour carrée se découpant sur le ciel sombre. Loïc s'aperçut que, contrairement à ce qu'il croyait, il aimait cet endroit. Et même Artus, si étrange que ce soit, il ne pouvait s'empêcher de l'aimer. Leurs incessantes disputes ne parvenaient pas à le détacher de cet homme qui - ainsi qu'il le rappelait lui-même avec aigreur - l'avait élevé.

Au bout de l'allée, avant d'emprunter la départementale 49 qui le ramènerait sur la route de Quimperlé, il vérifia la messagerie de son portable. Gaëlle voulait savoir à quelle heure il comptait rentrer, Anne s'inquiétait de ne pas avoir de nouvelles de Pierre, et Sabine, d'une voix rieuse, lui faisait savoir qu'il régnait un temps de rêve sur la Méditerranée. Une irrésistible envie d'être près d'elle submergea Loïc. Il essaya d'imaginer la jeune femme sur une terrasse, au soleil, en compagnie de ses amis inconnus. Quand regagnerait-elle Paris ? Viendrait-elle à Doëlan le week-end prochain ? Et sinon, accepterait-elle de dîner avec lui dans la semaine ? Il avait déjà fait plusieurs fois le voyage, juste pour le plaisir d'une soirée, soit en roulant à tombeau ouvert, soit en prenant un avion à l'aéroport de Lann-Bihoué. Combien de temps pouvait durer une relation de cette sorte, trop épisodique pour s'épanouir ? Il devait trouver le courage de lui dire qu'il était décidément fou d'elle, au risque de s'entendre conseiller, pour la seconde fois, d'aller faire son numéro de charme à d'autres. Quelles autres ? Il avait été si peu amoureux jusque-là ! Mais cette fois, il l'était pour de bon, amoureux et maladroit, amoureux et paralysé. Amoureux transi, en somme, exactement ce qu'il avait reproché à Tristan, or celui-ci semblait avoir surmonté tous les obstacles, y compris sa terrible timidité. Loïc n'avait qu'à en faire autant.

Avec détermination, il composa le numéro de Sabine mais n'eut droit qu'au répondeur. Très déçu, il raccrocha sans laisser de message.

7

— Et ton père est d'accord ? fulmina Anne. On rêve ! Faire de son fils un fermier, c'est tout ce qu'il a trouvé pour me gâcher la vie ?

— Maman, s'insurgea Pierre, j'ai décidé seul, papa n'y est pour rien. Il ne s'oppose pas à mon inscription dans un lycée agricole, c'est tout.

— Dément... Venant de sa part, je ne comprends pas. Loïc a fait des études vraiment brillantes, époustouflantes même, on ne peut pas lui enlever ça, donc il devrait te pousser au lieu de te laisser choisir une voie de garage !

Elle marchait nerveusement de long en large, élégante dans un tailleur bleu acier qui mettait en valeur sa silhouette et sa blondeur. Longtemps, Pierre avait été très fier de sa mère, que tous ses copains regardaient avec envie. Lorsqu'il s'était retrouvé seul avec elle, il l'avait consolée, défendue, protégée, se l'était en quelque sorte appropriée, rejetant son père sans se poser de questions. Mais au bout de quelques mois, asphyxié par un amour maternel trop exclusif, il avait pris ses distances et s'était mis à réfléchir. Comme pour le punir de son désintérêt, sa mère s'était alors entichée de ce pharmacien rencontré chez des amis. Elle prétendait ne pas vouloir l'imposer à Pierre et, sous ce prétexte, sortait souvent.

— Chaque fois que tu rentres de Kerloc'h, tu as la tête farcie d'idées ridicules. C'est ton grand-père ?

— Il est génial, affirma Pierre avec enthousiasme. Pas commode, mais vraiment génial...

— Artus ? Je ne le supporte pas ! Arrogant, grincheux, tyrannique, il avait réussi à me faire prendre en horreur les repas de famille. Heureusement, ton père ne s'entendait pas avec lui, nous ne mettions presque jamais les pieds dans ce sinistre manoir... Comment peux-tu t'y plaire ?

Pierre jugea inutile de répondre, certain de ne pas être compris. Sa mère aimait la ville, les boutiques, les restaurants, son club de fitness, et elle détestait la campagne. Pierre, lui, en avait découvert tardivement l'attrait, mais chaque séjour à Kerloc'h augmentait son plaisir et son envie d'apprendre. Artus était passionnant, Tristan aussi, et même Gaëlle ou Yann savaient parler des richesses de la terre avec des mots fascinants. Les suivre en les regardant travailler avait déclenché chez Pierre un sentiment qui ressemblait fort à une vocation.

— Je m'y plais beaucoup, se contenta-t-il d'affirmer. Et tu sais bien que, pour les études, je ne suis pas doué.

— Pas doué ou très paresseux ? J'en ai discuté avec Jean qui...

— Je me fous de son opinion !

Sa réflexion était partie trop vite, il se mordit les lèvres. Mais qu'avait-il à faire des jugements de l'amant de sa mère ?

— Décidément, fit remarquer Anne d'un air pincé, la fréquentation du monde rural ne te réussit pas...

Il regrettait de l'avoir vexée, pourtant il ne voulait pas qu'elle s'y trompe, jamais il ne supporterait son pharmacien de gaieté de cœur. Si un jour elle désirait se remarier avec ce type snob et futile, il exigerait d'être pensionnaire ou irait s'installer chez son père. Mieux encore, peut-être demanderait-il l'hospitalité à son grand-père et à ses oncles.

— Maman, dit-il doucement, tu vas être en retard.

Habillée comme elle l'était, elle devait avoir rendez-vous dans l'un des meilleurs restaurants de Brest. Se sentant coupable de la manipuler, il ajouta, dans un élan de sincérité :

— Tu es superbe…

Elle lui adressa un sourire hésitant, sans doute pas tout à fait dupe mais néanmoins ravie du compliment.

— Il y a des pizzas et des frites dans le congélateur, déclara-t-elle en saisissant son sac.

Il l'accompagna jusqu'à la porte de la maison, devant laquelle le pharmacien patientait au volant de son coupé 607 rutilant. Pierre évita de regarder dans sa direction pour ne pas avoir à aller lui dire bonjour.

— Bonne soirée, mon chéri, soupira Anne, et ne te couche pas trop tard !

Elle l'embrassa en vitesse, dans une bouffée de parfum, et s'élança dehors. Resté seul, Pierre se dirigea vers la cuisine en se demandant ce qu'il allait manger. Au contraire de ce que supposait sa mère, qui se voulait jeune d'esprit, il n'appréciait plus vraiment ce genre de nourriture. A Kerloc'h, Marion préparait des plats merveilleux, et tous les autres, chacun à son tour, inventaient des recettes extravagantes. Pierre s'y était essayé timidement, amusé de tenir les fourneaux pour une famille entière.

Il dénicha des filets de cabillaud surgelés, coincés derrière des boîtes de hamburgers, et il décida de les mettre au four avec un peu d'huile d'olive, un trait de citron et deux feuilles de laurier, comme il l'avait vu faire par Tristan. Dire qu'il se plaisait à Kerloc'h était un euphémisme, en réalité il avait carrément envie d'y vivre et en était le premier surpris. Les grandes tablées, les discussions animées, les monstrueuses machines agricoles à l'ombre des granges, les murs épais du manoir et ses innombrables recoins : tout le séduisait. Jusqu'à l'autorité brutale mais rassurante de son grand-père, qu'il n'aurait jamais eu l'idée de contester.

— Vivement les moissons, chantonna-t-il en débouchant une bouteille de pouilly.

Son père lui avait appris à apprécier le bon vin lors de tous ces repas au restaurant qui avaient constitué l'essentiel de leur relation depuis le divorce. Il inspira au-dessus du verre, goûta une gorgée, qu'il savoura. Quel pouvait bien être le motif de cette mystérieuse querelle qui opposait son père et son grand-père ? « Ton père ne s'entendait pas avec lui », venait de révéler sa mère, donc l'histoire était déjà ancienne. Et grave, à en croire les mines consternées de Yann et de Tristan, le samedi précédent, dans le salon de Kerloc'h. La manière dont Artus avait parlé à Loïc, ce jour-là, était proche de la haine. Pierre se souvenait d'avoir été pétrifié, sur le seuil de la pièce, puis de s'être avancé sans réfléchir, mû par le besoin de voler au secours de son père.

Il sortit le plat du four et s'installa à table. Son père... En quelques mois, ses sentiments pour lui avaient radicalement changé. Après l'avoir estimé coupable, voire méprisable, il s'était aperçu qu'il l'adorait malgré tout, qu'il l'admirait, qu'il ne supportait pas de le savoir malheureux. Il avait besoin de lui, besoin de retrouver l'affection et la complicité partagées dans son enfance. En fait, son père était redevenu pour lui un père modèle, qui n'avait jamais accompli qu'un seul faux pas, et encore ; maintenant que Pierre commençait à s'intéresser de près aux filles, il découvrait la force de la tentation. Son père était un homme très séduisant, autour de qui nombre de femmes devaient tourner, et qu'il ait cédé à l'une d'elles ne faisait pas de lui un monstre. Par la suite, il avait assumé les conséquences de son adultère sans broncher, l'avocat de sa mère ayant lui-même constaté : « Le docteur Le Marrec a été d'une parfaite courtoisie. » Parfaite, sans aucun doute, puisqu'il avait laissé la maison et consenti une pension alimentaire astronomique à son ex-femme et à son fils. Il n'en avait pas profité pour refaire sa vie, il était allé couper du bois à Kerloc'h avec Tristan. Le divorce l'avait secoué, et l'attitude hostile de Pierre l'avait forcément peiné. Aujourd'hui, l'adolescent regrettait son intransigeance. Lorsqu'il voyait sa mère minauder devant l'insupportable Jean, il se trouvait ridicule de l'avoir imaginée inconsolable. Et lorsqu'elle dépensait sans compter pour s'habiller, pour s'amuser, ou traînait au lit jusqu'à midi parce qu'elle s'était couchée tard, il commençait à estimer que son père n'avait pas à régler la facture.

Il se leva pour aller chercher la documentation et les formulaires d'inscription du lycée agricole de Brest, que sa mère avait jetés sur la table basse du salon d'un geste agacé. Qu'elle soit d'accord ou pas, il allait remplir tous ces papiers puis les expédier.

Elias avait travaillé quelques jours dans une ferme, mais il ne s'attarda pas à Pleyber-Christ après la visite des trois frères Le Marrec. Les avoir vus le rendait triste, presque moins déterminé, aussi lui fallut-il beaucoup de courage pour quitter la Bretagne. Longeant la mer, il remonta vers le Cotentin, jusqu'à Cherbourg. Gagner les îles Anglo-Normandes le tentait, toutefois il n'était pas certain de pouvoir y trouver du travail, ne parlant pas un mot d'anglais.

Contrairement à ce qu'il avait cru en fuyant Kerloc'h, il ne possédait plus la mentalité d'un nomade, il était devenu sédentaire sans s'en apercevoir. Gaëlle lui manquait de manière aiguë, déchirante, et même lorsqu'il parvenait à ne pas penser à elle, il songeait alors à Artus, aux réunions du matin dans la grange, aux premiers sourires de la petite Elvire... L'envie de faire demi-tour le tenaillait au moins autant que celle de s'arrêter dans une cabine téléphonique. Il rêvait d'entendre la voix de Gaëlle, ne fût-ce qu'une seconde, mais il tenait bon.

Depuis la première nuit passée avec elle, il savait qu'il s'était enchaîné pour toujours. Dans sa jeunesse errante, lorsqu'il avait failli se marier, il avait cru avoir trouvé l'amour, mais il ne s'agissait que d'un besoin de tendresse, de consolation, rien de comparable à ce qu'il éprouvait pour Gaëlle. A l'époque, les parents de la jeune fille l'avaient repoussé avec horreur, aujourd'hui c'était lui qui s'effaçait par respect pour Gaëlle. Il l'aimait avec ferveur, passion et désespoir. Aucune femme, jamais, ne pourrait lui donner ce qu'elle lui avait offert, qui ressemblait tellement au bonheur, pourtant il avait toujours eu conscience que ce serait un bonheur éphémère et qu'il lui faudrait le payer au prix fort. En parlant d'avenir, elle l'avait mis à la torture, et plus elle en parlait, plus il comprenait que son temps était compté. A présent, il errait sans but, essayant seulement d'augmenter la distance qui le séparait d'elle.

Sur le port de Cherbourg, il trouva à s'embaucher comme docker. Là ou ailleurs, tout ce qu'il désirait était s'abrutir de travail pour s'endormir le soir et arriver ainsi au jour suivant.

Loïc avait écouté Sabine en silence, d'abord stupéfait, ensuite ému, puis quasi euphorique.

— Et cette brave femme serait toute disposée à recommencer son récit pour ton père s'il le souhaite, conclut-elle avec un sourire réjoui.

Plus ébranlé qu'il ne l'aurait voulu, Loïc dut se racler la gorge avant de pouvoir parler.

— Il n'acceptera jamais.

— Non ? Eh bien, tu arriveras peut-être à lui faire écouter cette cassette !

Elle sortit un dictaphone de son sac et le déposa devant lui.

— La plupart du temps, je préfère enregistrer les dépositions... Elise Calès s'est montrée très compréhensive. Elle garde un excellent souvenir de ta mère.

Regardant fixement le minuscule magnétophone, Loïc resta silencieux. Pourquoi n'y avait-il pas pensé lui-même ? L'enquête menée par Sabine aurait pu l'être par n'importe qui d'un peu décidé. Avait-il donc eu tellement peur d'apprendre la vérité ? S'il était prêt à se lancer dans une recherche ADN, rageant qu'Artus la refuse, il n'avait eu en revanche aucune envie de fouiller le passé de sa mère. Il était persuadé, au fond de lui-même, d'être le fils d'Artus, et il en voulait la preuve scientifique, rien d'autre.

— Comment vais-je lui annoncer ça ?

— A ton père ? Vas-y en douceur, parce que tu risques de le culpabiliser pour le restant de ses jours !

— Il n'y croira pas, même si cette femme est sincère.

— Elle l'est. Et très convaincante, aussi.

— Il niera l'évidence, il en est capable.

— Ou bien il foncera dans le premier labo pour se donner raison.

Sabine continuait à sourire, apparemment heureuse d'avoir résolu le problème.

— Tu viens de me faire un drôle de cadeau, murmura-t-il en posant sa main sur la sienne.

Ainsi, elle avait passé son week-end à enquêter pour lui, pas à rire avec ses mystérieux amis, et il se sentit stupide.

— Tu m'as offert un bon dîner en remerciement, ironisa-t-elle.

Il l'avait emmenée à *La Méditerranée,* place de l'Odéon, trouvant que le nom constituait un clin d'œil entre eux, mais c'était avant de savoir à quoi elle s'était occupée dans le Midi.

— Sabine, tu es... très belle, d'abord, et aussi très gentille.

— Gentille ? Quelle horreur ! Tu dis ça comme tu dirais « Brave petite ! ».

— Non, pas du tout. Je crois que tu es beaucoup plus tendre que tu en as l'air, ce qui est à mes yeux une qualité. Mais tu en as plein d'autres !

— Ne m'idéalise pas trop.

— Je ne peux pas faire autrement, je suis beaucoup trop amoureux de toi pour être impartial.

Voilà, enfin c'était dit, ou plutôt redit, et il fut aussi soulagé de l'avoir fait qu'anxieux de ce qu'elle allait répondre.

— Toi aussi, tu as pris de l'importance, ces derniers temps, avoua-t-elle d'une voix qui manquait d'assurance.

Il retint son souffle tout en resserrant ses doigts sur ceux de la jeune femme. C'était le moment ou jamais, l'instant qu'il attendait depuis des semaines.

— Tu en as eu pour moi dès le premier jour, au stand de tir. Tu étais si mignonne, avec ton gros calibre à la main... Si insolite et pourtant si habile...

— Loïc, attends.

D'un geste ferme, elle dégagea sa main puis croisa les bras.

— J'ai tué quelqu'un. Un gamin.

L'espace de deux ou trois secondes, il resta interdit.

— Tué ? répéta-t-il enfin.

— D'une balle en plein cœur, lors d'une arrestation.

Cette confidence devait lui être affreusement pénible car il vit qu'elle était soudain au bord des larmes.

— J'imagine que tu ne pouvais pas faire autrement ?

— Je ne sais pas... L'un de mes hommes était dans sa ligne de mire, en équilibre au bord d'un toit, complètement à découvert. Le gamin l'avait touché une première fois et s'apprêtait à l'achever. Je n'ai pas réfléchi.

— Tu as eu raison !

— Non. Je pouvais viser autre chose que son thorax, un peu à gauche, à la bonne hauteur... Je voulais sa peau, alors qu'il me suffisait de tirer dans un genou ou une épaule.

— Il aurait eu le temps de riposter avant de s'effondrer. Tu aurais risqué ta vie et celle de ton flic, à quoi bon ? J'ignore ce qu'on vous apprend, dans la police, mais je suis sûr que tu as fait le bon choix.

— Je me le suis demandé pendant des dizaines de nuits blanches. Ce garçon avait l'air d'un adolescent, et quand je l'ai vu mort, dans une mare de sang, j'ai failli vomir tellement j'avais honte de moi.

— Pourquoi, Sabine ? Tu es une femme intelligente, tu connaissais sûrement tous les dangers du métier quand tu es entrée dans la police, et tu savais bien qu'un jour ou l'autre tu serais confrontée à des situations d'urgence. Si tu avais laissé mourir un de tes hommes pour épargner un voyou, je ne pense pas que tu aurais mieux dormi.

— Peut-être pas, admit-elle avec un semblant de sourire.

Il espéra avoir trouvé les bons mots, mais apparemment cette histoire la perturbait toujours.

— Je ne veux pas y penser ce soir, ajouta-t-elle, pourtant j'avais besoin de te le dire.

— Tu t'imaginais que ça changerait quelque chose pour moi ? Ce que j'ai envie de faire, là, tout de suite, c'est te serrer dans mes bras. Tu es une femme extraordinaire, tu me subjugues, tu m'intimides, tu me plais au point de m'obséder. Et comme je ne suis pas un coureur de jupons chevronné, j'ai dû me montrer assez maladroit jusqu'ici...

— Non... Au contraire, tu as été patient.

— Je peux l'être davantage si tu préfères attendre encore...

Il eut le plaisir de la voir enfin rire de bon cœur tandis qu'elle se penchait un peu au-dessus de la table pour reprendre sa main, qu'elle serra doucement.

— Ne te pose pas tant de questions. Tu viens boire un café chez moi ?

La proposition était tellement directe qu'il faillit perdre contenance.

— Avec joie, murmura-t-il en faisant signe à un serveur.

Dehors, ils eurent la chance de tomber sur un taxi libre presque tout de suite, et dix minutes plus tard ils se retrouvèrent dans l'appartement de Sabine. Alors qu'elle allait se diriger vers la cuisine, il l'arrêta, l'attira à lui. C'était la première fois qu'il pouvait la toucher, la respirer, l'embrasser, et il fut surpris de la sentir si mince entre ses bras. Un tout petit bout de femme, qu'il souleva sans le moindre effort pour la porter jusqu'à sa chambre. Il la déposa délicatement sur son lit et s'assit à côté d'elle.

— Je peux allumer ? chuchota-t-il. Je veux te regarder...

A la lumière de la lampe de chevet, les cheveux bruns de Sabine se mirent à briller. Du bout des doigts, il écarta la frange, caressa ses tempes, ses pommettes, glissa vers ses épaules et se mit à défaire un à un les boutons de son chemisier. Quand il écarta le tissu, elle frissonna. Il n'avait pas une très grande expérience des femmes, en dehors d'Anne, mais il ne se souvenait pas avoir jamais éprouvé un tel désir.

Artus avait pris Gaëlle par la taille, un geste tout à fait inhabituel pour lui. Côte à côte, ils arpentaient le verger en s'arrêtant parfois devant l'un des pommiers, qu'elle examinait d'un œil critique.

— On s'en est bien occupé en ton absence, répéta-t-il en souriant. J'ai trouvé un employé sérieux, que je fais travailler à mi-temps et qui s'y connaît en fruitiers.

Voyant qu'elle fronçait les sourcils, il ajouta, d'un ton conciliant :

— Il ne vaut peut-être pas Elias pour tailler les arbres, mais là, je n'y peux rien.

Heureux d'en avoir parlé le premier, il s'arrêta et lâcha sa fille pour lui faire face.

— Toi et moi, nous n'allons pas nous disputer à propos d'Elias. Je regrette que tu ne sois pas venue me trouver.

— Qu'est-ce que ça aurait changé, papa ?

— Rien, c'est vrai. Juste une question de confiance. J'en ai assez d'avoir l'impression de terroriser tout le monde et je croyais que toi, au moins...

— Moi, oui. Mais lui, il mourait de peur à l'idée de ta réaction.

— Ah, forcément, je ne l'aurais pas félicité ! Je suis d'un autre temps, Gaëlle, je l'ai expliqué à tes frères. Que tu veuilles consacrer ta vie à un homme comme Elias, non seulement ça me dépasse, mais en plus ça me rend triste.

— Pourquoi ? s'écria-t-elle, sourcils froncés, déjà butée.

Il s'était promis de rester serein quoi qu'elle pût dire, aussi s'efforça-t-il de lui sourire gentiment.

— Parce que tu es ma fille. Vois-tu, Elias est courageux et il n'a pas eu beaucoup de chance dans la vie. Je peux même te concéder qu'il n'est pas bête, que c'est un Breton de pure souche et qu'il est sans doute honnête. Seulement, tout ça n'en fait pas le gendre idéal ! Moi, je voudrais pour toi quelqu'un de cultivé, de bien élevé, avec qui tu pourrais partager autre chose que des parties de...

— Jambes en l'air ? acheva-t-elle à sa place.

Cette fois, il l'avait mise en colère et il leva aussitôt les mains en signe de paix.

— Non, pardon. Mais essaie de me comprendre. Ma seule référence, c'est ta mère. Et crois-moi, nous avions beaucoup en commun. Même milieu, même éducation, même valeurs. Nous parlions de tout, nous avions des projets qui nous tenaient à cœur. Que ce soit pour vous, les enfants, ou pour Kerloc'h, nous étions toujours d'accord. Avec Elias, tu verras que les sujets de conversation seront vite limités.

— Si tu savais à quel point tu te trompes ! affirma-t-elle avec véhémence. Elias aime la musique celte, il lit beaucoup, il s'intéresse à des tas de choses.

Eberlué, Artus la contempla un moment en silence.

— Ah, bon ? marmonna-t-il.

Jamais il n'avait vu Elias tenir un livre, mais après tout pourquoi pas ? Seul chez lui, le soir, il faisait ce qu'il voulait, et en y réfléchissant Artus se souvint avoir aperçu une petite bibliothèque dans la salle de séjour de l'ancienne grange. Elle contenait un certain nombre de volumes ainsi qu'une chaîne stéréo. En partant, Elias avait tout laissé derrière lui hormis ses vêtements, comme s'il s'était décidé à la hâte, fuyant sans se retourner.

— Je ne peux pas faire ton bonheur malgré toi, reprit-il posément. Je peux tout au plus te mettre en garde.

— Contre quoi ? Je connais Elias depuis huit ans, papa ! J'ai eu tout loisir de l'observer avant d'être amoureuse de lui.

Qu'elle puisse l'avouer avec un tel aplomb le fit frémir. Amoureuse ! Connaissait-elle seulement le passé d'Elias ? Savait-elle qu'il avait été en prison ? Sans doute pas, sinon elle en aurait parlé la première. Artus hésita mais choisit de se taire. Ce n'était pas à lui de divulguer ce secret, il en laissait le soin à Elias et préférait ne pas lui faciliter la tâche. De toute façon, sa fille ne s'arrêterait pas à une histoire de casier judiciaire, il en était certain.

— Gaëlle, je vais faire de mon mieux pour accepter la situation, mais ce ne sera pas de gaieté de cœur.

Cette phrase, préparée soigneusement, il s'était juré de la dire et fut content d'y être arrivé. C'était déjà une énorme concession pour lui, presque un sacrifice qu'il consentait à sa seule fille.

— Accepter ? répéta-t-elle d'une voix incrédule. Toi ?

La plupart du temps, elle ne ressemblait guère à Armelle, pourtant elle eut soudain une expression de joie qui évoquait irrésistiblement sa mère.

— Tu peux le ramener ici et nous parlerons, lui et moi, conclut-il dans un souffle.

Il se sentait très las, tout d'un coup. Vieux, dépassé par une époque dans laquelle il ne reconnaissait plus rien. Fatigué d'être seul et de se battre contre la terre. Incapable de comprendre ses propres enfants, et effrayé à l'idée de tous les efforts qu'il lui faudrait encore accomplir pour maintenir la cohésion de sa famille.

— Papa ? Tu veux t'asseoir ?

Gaëlle le scrutait d'un air inquiet mais il secoua la tête.

— Non, non... D'ailleurs, où ?

Ils étaient au milieu du verger, impeccablement planté, et Artus n'imaginait pas se laisser tomber au pied d'un pommier.

— Elias a installé une grande pierre plate, là-bas, qui fait comme un banc. Viens.

D'autorité, elle lui prit le bras, l'entraînant malgré lui.

— Tu suis bien ton traitement, papa ? Tu n'oublies pas tes médicaments ?

Ce fichu diabète l'épuisait à certains moments, néanmoins il n'était pas malade, il l'avait décidé une fois pour toutes. De loin, il vit la dalle de granit installée comme un dolmen et eut, à sa grande surprise, une pensée reconnaissante pour Elias.

— Brest ou Rennes, confirma Sabine avec un petit hochement de tête volontaire.

Face à elle, le directeur de la Police nationale la dévisageait, l'air consterné.

— Vous êtes commissaire divisionnaire à Paris et vous voulez… Brest ?

— L'air du large, dit-elle en souriant. Je suis bretonne, j'ai mes attaches là-bas.

— Des chaînes, oui !

— Oui, si vous voulez.

Il n'avait pas tort, et à toutes celles qui amarraient déjà Sabine s'ajoutait désormais un nouveau lien. Elle cessa de sourire, réalisant qu'elle devait avoir l'air stupidement béate, mais elle se sentait sur un petit nuage dont elle n'avait aucune envie de descendre.

Tapotant de l'index sur le dossier, le haut fonctionnaire leva les yeux au ciel.

— Vos états de service sont impeccables.

— Il y a eu cet incident, rue de Lappe, rappela-t-elle courageusement.

— Incident ? Vous avez été félicitée pour ça, non ? Sans vos excellents réflexes, l'inspecteur Rodriguez y passait, c'est la conclusion de l'enquête interne, que je sache. Non, il n'y a pas un seul faux pas dans votre carrière depuis que vous êtes sortie de l'école de police, major de votre promotion. Vous pourriez briguer un poste plus… Enfin, si vous aimez la pluie, ce sera Brest !

Soulagée, elle lui adressa un regard reconnaissant.

— Il y a là-bas une lumière incomparable et beaucoup moins de pluie que vous ne l'imaginez.

— Et aussi une sinistre architecture d'après-guerre ! En fait, pour vouloir aller à Brest, il faut que vous soyez amoureuse d'un marin ou d'un océanographe…

Il prêchait le faux pour savoir le vrai mais il avait misé juste. Elle s'efforça de rester impassible tandis qu'il se mettait à rire.

— J'ai réussi à vous faire rougir, quel exploit ! Bon, j'ai compris, je ne chercherai plus à vous garder ici. Quant à nos effectifs brestois, ils n'ont qu'à bien se tenir, ils ne savent pas encore ce qui les attend avec vous ! Les femmes officiers supérieurs sont les pires, c'est connu.

— Pourquoi dites-vous ça ? C'est du sexisme.

— Pas du tout. Au contraire, j'ai souvent constaté que les femmes se croient obligées d'être meilleures.

— Ou au moins de faire leurs preuves puisque tout le monde les guette au tournant. Mais en ce qui me concerne, mes hommes ne…

— Ils vous adorent et ils vous craignent, je sais. J'espère seulement que vous y arriverez aussi facilement avec les Bretons, qui ont la réputation d'avoir la tête dure !

— Je suis des leurs.

Une lueur amusée au fond des yeux, le directeur la jaugea encore quelques instants puis se leva.

— Votre nomination interviendra dans les semaines à venir. Deux mois au plus. Je vous souhaite bonne chance, commissaire Coatmeur.

Ils se serrèrent la main chaleureusement, assez contents l'un de l'autre, puis Sabine quitta les locaux en se retenant de siffloter. Jamais elle n'aurait cru que ce serait si simple, ni qu'elle en éprouverait une telle joie. Retour au pays ! Avec chaque week-end à Doëlan, dans sa maison. Elle avait été bien inspirée de l'aménager peu à peu, elle allait pouvoir accélérer ses transformations dès qu'elle serait soulagée de son loyer parisien. De Brest à Doëlan, il y avait environ cent trente kilomètres, dont une centaine de voie rapide, elle pourrait même rentrer certains soirs de semaine et se contenter d'un pied-à-terre à Brest. Plus intéressant encore, Concarneau serait sur son chemin...

Renonçant à prendre le métro, car elle n'avait aucune envie de s'enfermer, elle décida de regagner son appartement en autobus. Paris ne lui manquerait pas, elle en était certaine. Pressée de dénoncer son bail et d'organiser son déménagement, elle espéra que sa mutation interviendrait avant l'été.

Tout en regardant défiler le paysage de la capitale à travers la vitre sale du bus, elle se mit à jouer avec son portable. Annoncer la nouvelle à Loïc était la première chose à faire, mais elle attendrait d'être chez elle pour pouvoir lui parler tranquillement. Depuis qu'ils avaient passé la nuit ensemble, ils s'appelaient au moins deux fois par jour, désespérés d'être aussi loin l'un de l'autre. A écouter Loïc, il aurait volontiers pris l'avion tous les soirs et tous les matins, ou même roulé des nuits entières à tombeau ouvert pour la rejoindre l'espace d'une heure. Il se révélait plus romantique qu'un adolescent, prêt à n'importe quelle folie, merveilleusement amoureux. Et elle l'était aussi, ce qui la stupéfiait. Rien de comparable avec les sentiments qu'elle avait pu éprouver jusque-là lors de quelques aventures où elle ne s'était jamais vraiment investie. Trop accaparée par son travail, trop indépendante, ou peut-être trop exigeante, elle n'avait pas vraiment aimé, en tout cas pas avec cette force, ce ravissement, cette exaltation.

Deux arrêts avant Châtelet, elle descendit afin de s'offrir une marche jusqu'à la rue des Lombards. Bien sûr, elle ne connaissait pas Loïc depuis très longtemps, bien sûr, tout était nouveau entre eux, cependant elle se sentait assez en confiance pour envisager l'avenir avec lui, si irrationnel que ce soit. Son changement d'affectation, auquel elle songeait depuis quelque temps déjà sans arriver à en faire la demande effective, tombait à point nommé, comme un signe du destin. Elle s'était décidée dès le lendemain de la nuit passée dans les bras de Loïc. Préférant avoir affaire au bon Dieu qu'à ses saints, elle avait négligé la direction départementale pour s'adresser directement au directeur de la Police nationale, qu'elle connaissait de longue date. Le résultat était à la hauteur de ses espérances, ce rendez-vous venait de chambouler toute son existence.

Parvenue au pied de son immeuble, elle leva la tête pour contempler les fenêtres du dernier étage. Dans peu de temps, elle serait loin. Elle n'avait pas été malheureuse à Paris, avait même connu de bons moments, mais rien d'aussi excitant que ce qu'elle éprouvait maintenant. Elle poussa la porte cochère, pénétra dans le hall sombre et, tout en montant les premières marches, commença à composer le numéro de Loïc.

Une goutte s'écrasa sur le sous-main de cuir. Incrédule, Artus la regarda fixement avant de prendre un mouchoir dans sa poche et de s'essuyer les yeux. Ensuite, il s'empara du minuscule magnétophone, qu'il retourna dans tous les sens. Rien de bien compliqué, juste quatre touches : avant, arrière, marche, pause. Il rembobina la cassette, toutefois il ne tenait pas à l'entendre une seconde fois. La voix de cette femme, qui l'avait d'abord agacé, venait de le bouleverser profondément. L'évocation d'Armelle avait quelque chose de terrible à supporter, par tous les souvenirs qu'elle ranimait soudain, mais bien pire était ce doute brutal, inouï, cette remise en cause de toute l'histoire d'une vie.

Artus se tassa davantage dans son fauteuil, sans lâcher le magnétophone. Etait-ce possible ? Ou seulement concevable ? Y avait-il lieu de croire à la mémoire de cette dame, vu son âge ? L'été 1966 était si loin ! Evidemment, ce qu'elle disait à propos d'Armelle était d'une telle précision qu'Artus en avait eu les larmes aux yeux, néanmoins elle pouvait avoir occulté une partie de ses souvenirs pour ne garder que l'image d'une jolie mère de famille... Jolie et bavarde, donc, avec toutes ces soirées passées à parler, et puis... de quoi était-il question à propos du *genre* d'Armelle ? « Ce n'était pas une femme à ça. Pas du tout son genre. Celles-là, je les ai toujours repérées à cent mètres. » Vraiment ?

Mais oui, c'était l'évidence même. Armelle avait été une épouse honnête, droite, par quelle aberration s'était-il persuadé du contraire ? Persuadé au point de se torturer de questions, ressassant ses doutes comme un malade... La jalousie rendait-elle donc aveugle ?

Pourtant, elle était revenue très différente, ça, il ne l'avait pas inventé. « En remerciement de ses conseils pour mon bébé à venir, je lui donnais des trucs de femme... Nous échangions des recettes. »

Et voilà. Rien d'autre que des petits secrets typiquement féminins, des confidences partagées à demi-mot et à voix basse, sans doute avec des rires étouffés. Rentrant chez elle, Armelle avait voulu mettre les leçons en pratique, loin d'imaginer qu'Artus la prendrait pour une épouse infidèle. Mais pourquoi ne s'était-elle pas mieux défendue ? Parce que l'accusation était absurde ? Répétitive et inepte, sûrement très lassante. Dans ces conditions, annoncer qu'elle attendait un enfant...

Artus laissa tomber le dictaphone. Si Loïc était son fils, alors lui-même méritait la damnation éternelle. Très croyant, comme tous ses ancêtres et bon nombre de Bretons de sa génération, il ne pourrait jamais être absous de ce qu'il avait fait. Rejeter son propre enfant était encore plus grave que soupçonner sa femme à tort. Et l'erreur perdurait depuis près de quarante ans ! Quarante années de mépris et de haine, sans rime ni raison.

Comment avait-il pu se fourvoyer à ce point, lui qui se croyait la tête sur les épaules et le jugement sûr ? Si Loïc était de lui, quelque chose aurait dû l'avertir, or rien ne s'était produit. Chaque fois qu'il avait regardé le bébé, l'enfant puis l'adolescent, et enfin l'homme, il n'avait constaté que des différences. Loïc qui ne ressemblait pas à ses frères, Loïc trop doué pour les études et que la terre laissait indifférent... Indifférent ? A en croire Tristan, Loïc aurait fait un excellent forestier. Ou n'importe quoi d'autre, d'ailleurs, avec sa façon d'être *excellent* partout, tout le temps ! Or cette capacité exaspérait Artus parce qu'il l'avait toujours attribuée à un autre que lui, à un géniteur inconnu, forgé de toutes pièces par son imagination de mari jaloux.

Dorénavant, de quelle manière allait-il - *devait-il* - considérer Loïc ? Comme les trois autres ? Tout à fait impossible... Comme un homme envers qui il avait contracté une dette ineffaçable ? Et si, malgré toute sa bonne foi, l'ancienne patronne se trompait ?

Artus se leva et marcha pesamment jusqu'à l'une des fenêtres. Il n'y avait qu'un seul moyen d'obtenir une certitude, il le savait très bien. Certes, il avait dit qu'il ne s'y résoudrait jamais, mais l'heure n'était plus au refus, sa conscience ne le laisserait pas en paix tant qu'il ne se serait pas exécuté. Depuis quelque temps, il faisait régulièrement des analyses pour son diabète, et il connaissait par cœur le numéro du laboratoire. Le vin était tiré, il n'avait plus qu'à le boire.

— Le gouvernement s'est complètement désengagé de la recherche publique et compte sur les quelque trois cents millions d'euros de dons des particuliers, c'est scandaleux !

Loïc s'interrompit une seconde pour surveiller les allées et venues des hommes d'équipage, qui chargeaient les caisses de matériel à bord du bâtiment affrété par le laboratoire.

— Alors, tu as fait le bon choix en entrant dans une boîte privée ? demanda Tristan.

— Pour l'instant, je n'ai qu'à m'en féliciter, mais il ne faut pas rêver, les entreprises privées exigent une rentabilité rapide. Or la recherche n'a pas seulement besoin d'indépendance, il lui faut aussi de la continuité. Les gens pour qui je travaille sont patients et très ouverts, mais à un moment ou à un autre, je déchanterai, c'est obligé...

— Pourquoi ?

— Parce que les investisseurs ne sont pas désintéressés. Bien entendu, si ce que je trouve peut avoir une application commerciale à court ou même à moyen terme, tout le monde sera content ! En attendant, tu as vu ce bateau ? Je pars faire des prélèvements en haute mer et, pour être honnête, j'y resterai aussi longtemps que je veux, c'est déjà beau.

Les deux frères firent quelques pas sur le quai et rejoignirent Soizic, qui s'était tenue à l'écart jusque-là.

— Je vous emmène déjeuner au *Buccin,* proposa Loïc, c'est juste à côté de la maison du port de plaisance.

D'un geste amical, il prit le bras de la jeune femme. Elle semblait un peu intimidée, mal à l'aise dans sa robe légère, et elle jeta un regard de détresse à Tristan. Loïc en déduisit qu'elle avait dû recevoir un accueil plutôt froid à Kerloc'h, où, la veille, elle avait dîné pour la première fois.

— Vous allez devenir ma belle-sœur, dit-il d'un ton enjoué, nous devrions nous tutoyer ! Je racontais à Tristan tous les malheurs des chercheurs.

— Ah...

— Je ne parle pas pour moi, qui suis un privilégié, mais pour ceux qui réclament un statut décent et de vrais budgets.

— Et vous... tu leur donnes raison ?

— De se révolter, de se mettre en grève ? Absolument. Le CNRS est un vieux mammouth à bout de souffle où les scientifiques sont traités en parents pauvres, or la recherche est l'avenir économique d'un pays, pas une quête de savants fous !

Elle ébaucha un sourire amusé et Loïc en profita pour ajouter :

— Tu verras, Soizic, je ne suis pas le pire des Le Marrec, loin de là, bien que je sois interdit de séjour à la maison !

Comme il n'avait eu aucune nouvelle d'Artus depuis l'envoi de la cassette, il finissait par se demander si son père s'était donné la peine de l'écouter ou bien s'il l'avait jetée dans la première corbeille venue en haussant les épaules.

— Papa est d'une humeur de chien enragé, confirma Tristan. Depuis qu'il a cédé, pour Gaëlle, je crois qu'il n'en dort plus.

— Et elle ?

— Tu la connais aussi bien que moi, elle est partie ce matin droit vers Pleyber-Christ ! J'espère qu'Elias est encore là-bas et qu'elle saura le convaincre, sinon l'ambiance deviendra carrément irrespirable...

Jamais Loïc n'aurait pu supposer qu'Artus s'inclinerait devant le choix de Gaëlle. Qu'elle ait obtenu gain de cause était très surprenant, mais peut-être Artus ne voulait-il pas se fâcher avec tous ses enfants à la fois ? Du fond de son intransigeance, il devait souvent se sentir très seul.

— Elle le ramènera, affirma Tristan, je pense qu'elle est encore plus têtue que lui. Que nous tous réunis, en fait !

Imaginer sa sœur épousant un jour Elias était une idée difficile à concevoir, néanmoins Loïc s'en réjouissait. Ce serait décidément l'année de tous les changements, entre la décision de Pierre d'intégrer un lycée agricole, Elias se retrouvant en position de gendre, et avant tout le mariage de Tristan, fixé à la fin du mois de juin. Même s'il était exclu de tout ce qui allait arriver à Kerloc'h, Loïc se sentait toujours très concerné par sa famille.

Une fois attablés au *Buccin,* ils commandèrent des filets de bar aux senteurs d'algues et tomates confites, accompagnés d'un gros-plant bien frais. Du coin de l'œil, Loïc en profita pour observer Soizic, la jugeant plus jolie que dans son souvenir. Parce qu'elle était amoureuse ? Elle ne quittait pratiquement pas Tristan des yeux, attentive à tout ce qu'il disait, et lorsqu'il lui souriait, elle s'illuminait.

— Pour les festivités, déclara Tristan, j'ai prévenu papa que tu serais mon témoin. S'il ne veut pas de toi à Kerloc'h, je suis prêt à louer une salle de restaurant ailleurs.

— Mais non, tout s'arrangera d'ici là..., marmonna Loïc.

En réalité, c'était peu probable. Le silence d'Artus semblait indiquer qu'il n'avait pas l'intention de changer d'avis quant à la présence de Loïc chez lui. Et si toute sa famille le mettait au pied du mur, il était capable de ne pas assister au mariage.

— C'est important pour Tristan que vous soyez là, dit soudain Soizic en se tournant vers Loïc.

Elle avait parlé d'une voix nette, avec une fermeté inattendue. Apparemment, tout ce qui touchait Tristan lui tenait à cœur, elle semblait prête à le défendre bec et ongles.

— J'y serai, affirma-t-il.

Cependant il n'avait pas envie de défier Artus, ni de provoquer une nouvelle querelle, et à moins d'un miracle il allait avoir du mal à tenir parole.

— Combien de temps pars-tu sur ce bateau ? s'enquit Tristan.

— Quatre ou cinq jours. Le temps de récolter une quantité suffisante d'échantillons et de faire quelques observations sur place.

— Tu as de la chance, la météo est bonne.

En principe, Loïc adorait ces escapades, non seulement pour le plaisir d'être en mer mais surtout parce qu'il pouvait mener ses expérimentations à sa guise. Son programme avançait vite, il avait retrouvé le goût du travail et l'envie de la découverte, il bénéficiait d'une totale confiance de la part de ses employeurs, mais il n'avait plus aucune envie d'embarquer. Paris était déjà beaucoup trop loin, si en plus il y ajoutait un morceau d'océan... A la minute où Sabine lui avait annoncé sa probable mutation à Brest, il était devenu impatient. Et entendre Tristan évoquer son prochain mariage le rendait presque nerveux. Une fois de retour dans la région, Sabine le laisserait-elle faire des projets d'avenir ? Quand la distance entre eux ne serait plus un problème, accepterait-elle d'envisager autre chose qu'une simple aventure ? Il avait l'absolue certitude qu'elle était la femme de sa vie, mais comment le lui avouer sans l'effrayer, alors qu'ils n'avaient passé qu'une seule nuit ensemble ? Une nuit entièrement blanche pour lui, qui s'était surpris à la regarder dormir, ébloui d'être à côté d'elle et déjà triste parce que le jour se levait.

— Où es-tu parti ? demanda Tristan d'un ton moqueur. Près de ta jolie commissaire ?

— Si seulement...

Songeur, il contempla son frère cadet. Ils s'étaient mutuellement porté bonheur depuis qu'ils avaient cohabité dans la maison des bois. La soirée à l'*Admiral Benbow* semblait avoir scellé leur destin à tous deux. Qui aurait pu le prédire à ce moment-là ? Plus étrange encore, s'il n'était pas revenu à Kerloc'h après son divorce, si Tristan ne l'avait pas traîné jusqu'à son club de tir, jamais il n'aurait rencontré Sabine.

Son téléphone portable, posé près de son assiette, se mit soudain à vibrer comme un gros insecte tandis qu'un numéro inconnu s'affichait sur l'écran. Déçu qu'il ne s'agisse pas de celui de Sabine, Loïc murmura un mot d'excuse à l'adresse de Soizic et prit la communication.

— Docteur Le Marrec ? Je suis le docteur Bonvoisin, responsable d'un laboratoire d'analyses médicales à Lorient. Je vous appelle au sujet de votre père...

— Un instant, je vous prie.

Brusquement très inquiet, Loïc quitta la table et sortit de la salle du restaurant. Il ne connaissait pas le docteur Bonvoisin, mais ce genre d'entrée en matière signifiait à coup sûr une mauvaise nouvelle.

— Je vous écoute, dit-il d'une voix étranglée.

— M. Artus Le Marrec est venu effectuer chez nous un prélèvement de salive pour établir son ADN en vue d'une recherche de paternité... Il m'a donné votre numéro et m'a demandé de vous joindre.

Figé devant la porte du restaurant, Loïc fut d'abord incapable de répondre.

— Si vous avez la possibilité de passer, reprit son interlocuteur, nous pourrons en discuter, et éventuellement procéder à...

— Quelle est votre adresse ?

Trop bouleversé pour réfléchir, Loïc répéta deux fois le nom de la rue, puis débita une vague formule de politesse. Les doigts serrés sur son téléphone, il resta encore quelques secondes immobile, face au soleil. Tristan avait raison, on annonçait du beau temps pour toute la semaine.

— Il l'a fait..., articula-t-il.

Qu'est-ce qui avait bien pu convaincre Artus ? Seulement le récit de cette femme du Midi ? Là où le désespoir de Loïc n'avait servi à rien, l'initiative de Sabine avait donc tout résolu d'un coup ?

— Une mauvaise nouvelle ? demanda Tristan en le rejoignant.

Son frère le connaissait trop bien pour ne pas avoir remarqué son angoisse lorsqu'il s'était levé de table.

— Pas du tout. Enfin, probablement pas...

— Tu parais secoué.

— Plutôt, oui. C'est... c'est quelque chose que je te dirai un peu plus tard.

Il ignorait le délai nécessaire pour obtenir les résultats, mais ce serait long car le laboratoire de Lorient ne devait pas être équipé pour ce genre de recherche et enverrait sans doute les prélèvements à Paris.

— Je ne peux pas t'aider, tu en es sûr ?

— Certain.

Tristan continuait de le regarder avec une telle curiosité que Loïc se força à sourire.

— J'ai un truc urgent à faire, dit-il simplement.
— Pas de problème, vas-y, je m'occupe de l'addition.
— Mais c'est moi qui vous invite !
— La prochaine fois. Sauve-toi.
Loïc n'essaya même pas de discuter, trop pressé de filer à Lorient pour rencontrer ce docteur Bonvoisin. Tristan aurait pu le comprendre à demi-mot, il en avait la certitude, mais le moment n'était pas venu.

Complètement découragée, Gaëlle avait fini par prendre une chambre d'hôtel à Morlaix. La piste d'Elias s'arrêtait chez le fermier qui l'avait employé quelques jours. De là, il semblait s'être volatilisé.

Le lendemain matin, après avoir hésité entre rentrer à Kerloc'h et poursuivre, elle décida qu'elle n'abandonnerait pas. Elias n'était sûrement pas parti à pied, en conséquence il avait dû se procurer une voiture, ou même un vélo. De Pleyber-Christ, le car n'allait qu'à Morlaix, elle était donc au bon endroit pour mener son enquête.

Toute la journée, elle fit le tour des garages et des marchands de cycles. Une quête ingrate, épuisante, qui ne lui apprit rien mais lui valut un certain nombre de regards méfiants ou au contraire goguenards. Obstinée, elle se rendit à la gare en fin d'après-midi et se planta devant le tableau des trains au départ. Elias aimait la mer, il pouvait avoir choisi Perros-Guirec, Paimpol ou Saint-Brieuc. N'importe quoi, en fait, et le chercher de cette manière revenait à vouloir trouver un grain de sable sur une plage. Elias n'avait pas de famille et pas d'attaches en dehors des Le Marrec, il ne possédait pas de téléphone portable, et à moins d'aller questionner la banque où il possédait un compte, jamais Gaëlle ne saurait où il s'était rendu.

L'idée fit son chemin. Peut-être se heurterait-elle de nouveau à un mur, mais elle était assez têtue pour tenter sa chance. Après une seconde nuit à l'hôtel, elle reprit sa voiture et redescendit vers le sud. Elle traversa encore une fois toute la Bretagne, coupant vers Châteauneuf-du-Faou puis passant entre la Cornouaille et le pays de Lorient pour ne s'arrêter qu'à Qimperlé. C'était sur son conseil qu'Elias avait choisi sa banque, une petite agence où les employés connaissaient la plupart des clients, ce qui n'excluait pas pour autant l'obligation de confidentialité. Par bonheur, l'une des amies de Gaëlle travaillait là. Après une longue discussion et quelques investigations sur l'écran de l'ordinateur, Gaëlle apprit enfin qu'Elias avait émis plusieurs chèques de Cherbourg, dont deux à l'ordre d'un établissement hôtelier. Cette fois, la recherche fut simple grâce à un guide acheté dans une librairie voisine de la banque : l'hôtel en question, très modeste, était situé à la périphérie de la ville.

Gaëlle avait le choix, elle pouvait téléphoner là-bas ou bien y aller en personne. Sans hésiter, elle se remit en route.

Sabine était en train de remplir les inévitables dossiers administratifs qui ne tarderaient plus à devenir l'essentiel du travail des commissaires. Pour elle qui aimait être au cœur de l'action, sur le terrain, l'avenir s'annonçait morose. Aurait-elle, à Brest, la possibilité de faire autre chose que diriger son commissariat comme une boutiquière ? Les ministres passaient, les réformes avec eux, et il devenait désormais indispensable de fondre la police avec la gendarmerie pour répondre aux exigences de l'Europe.

Lâchant un soupir agacé, elle reposa son stylo. Elle aimait son métier par-dessus tout, sauf que maintenant elle était amoureuse, et ce sentiment dominait tous les autres. Un jour plus très lointain, peut-être allait-elle éprouver l'envie d'avoir des enfants ? A ce moment-là, qui sait si elle n'apprécierait pas d'être à l'abri de son bureau plutôt qu'en danger dans la rue ?

Pouvait-on changer à ce point uniquement pour un homme ? Mais pas n'importe lequel, Loïc était si différent de ceux qu'elle avait connus jusque-là, si...

Le bruit de la détonation la cloua sur sa chaise. Une fraction de seconde plus tard, elle bondit vers la porte, qu'elle ouvrit à la volée. Sans avoir eu conscience de dégainer, elle tenait déjà son revolver à la main. Dans le couloir, deux gardiens de la paix s'étaient plaqués contre le mur et, juste avant la deuxième détonation, ils lui crièrent de se coucher. Des éclats de voix leur parvenaient confusément en provenance de la salle d'interrogatoire, devant laquelle s'entassait maintenant du verre brisé.

D'un regard, Sabine estima la situation. Dans cette salle, Jérôme était en train de cuisiner un suspect impliqué dans une vilaine affaire de viol, et en principe il y avait un brigadier adjoint avec lui. L'un des deux avait dû se faire désarmer par surprise.

— C'est Morillon qui est là-dedans ? chuchota-t-elle.

— Avec Legendre, répondit l'un des deux gardiens sur le même ton.

Pliée en deux, elle avança prudemment de quelques pas. A l'autre bout du couloir, elle vit s'encadrer lentement la silhouette d'un de ses hommes.

— Abritez-vous ! articula-t-elle à voix basse.

Elle n'était plus qu'à deux mètres de la salle d'interrogatoire mais ne savait toujours pas ce qu'elle devait faire. Si le suspect avait pris Jérôme ou Legendre en otage, elle ne pouvait rien tenter pour l'instant. Elle prêta l'oreille et perçut des bruits sourds, comme si on déplaçait des meubles, or il n'y avait rien dans cette pièce, hormis une table et quatre chaises. La fenêtre, grillagée, interdisait la seule issue, donc le forcené devrait emprunter le couloir et serait ainsi contraint à l'affrontement.

— On va sortir !

C'était la voix de Legendre, Sabine l'avait parfaitement reconnue. Elle comprit ce qui allait se produire et se redressa, baissant son arme qu'elle laissa pendre le long de sa jambe pour la dissimuler. De sa main libre, elle fit signe aux gardiens de reculer.

— Allez-y, on vous laisse passer ! cria-t-elle distinctement.

La porte s'ouvrit très lentement et Sabine vit d'abord le visage hagard de Legendre, un revolver sous le menton et un bras dans le dos. Collé derrière lui, un homme de taille moyenne le poussait en avant d'un air affolé, les yeux exorbités. En apercevant Sabine, il eut une sorte de rictus méprisant, apparemment persuadé que personne n'oserait s'en prendre à lui, surtout pas une femme.

— Dégage de là, gronda-t-il.

Docile, Sabine fit mine de s'éloigner. Lorsqu'elle passa devant la salle ouverte, elle aperçut Jérôme étendu au sol, le tee-shirt plein de sang, un poignet menotté à l'un des pieds de la table. Elle réussit à ne pas bouger, malgré son angoisse, le cœur battant la chamade.

— Vous aussi, barrez-vous ! hurla l'homme.

L'un des deux agents eut la présence d'esprit de regarder Sabine, qui lui adressa un imperceptible signe de refus.

— Lâchez cette arme, dit l'agent d'un ton ferme, vous aggravez votre cas. Allez, laissez-la tomber au sol...

Comme prévu, le type se mit à paniquer et à crier des ordres. Il enfonçait le canon de son revolver dans la gorge de Legendre, qui devait suffoquer, oubliant Sabine pour se concentrer sur les deux flics qui lui barraient la route. Dans son dos, Sabine leva lentement le bras. Elle ne voulait prendre aucun risque, à bout portant, et Legendre était trop étroitement enlacé par son agresseur pour qu'elle puisse tirer. D'un geste sûr, elle fit tourner l'arme autour de son index par le pontet, la saisit par le canon et abattit la crosse sur la nuque de l'homme, juste derrière l'oreille. Il s'écroula d'un bloc, faisant trébucher Legendre qui tomba sur un genou, à bout de souffle.

Les deux gardiens se précipitèrent aussitôt sur l'homme, qui ne bougeait plus. Ils le mirent brutalement à plat ventre et lui passèrent les menottes.

— Appelez vite deux ambulances ! ordonna Sabine, qui s'était agenouillée près de Legendre. Tu n'as rien ?

— Non..., répondit-il d'une voix éraillée. Morillon ?

— On s'en occupe.

Elle se releva et fonça dans la salle d'interrogatoire, où trois de ses hommes s'affairaient déjà autour du blessé. Elle en écarta un sans ménagement pour se pencher sur Jérôme.

— Tu m'entends ? Les secours arrivent, tiens bon, mon vieux...

Il était inconscient et son visage avait une couleur de cire. Les larmes aux yeux, Sabine posa la main sur ses cheveux. Elle ne voulait pas craquer devant les autres mais n'arrivait pas à surmonter son émotion. Un long gémissement, en provenance du couloir, la fit se redresser.

— Ne faites pas les cons !

Quelles que soient son angoisse et sa colère, elle ne devait pas laisser maltraiter l'homme qu'elle avait assommé. Elle regagna le couloir et s'arrêta, les mains sur les hanches.

— Personne n'y touche, il est sous ma responsabilité, dit-elle fermement.

Empêcher les hommes de venger leur collègue ne serait pas facile et elle fit appel à leur bon sens.

— Vous l'avez tous appris par cœur dans le code de déontologie, non ? Allez, je ne veux pas de ça, poussez-vous de là, je ne vous couvrirai pas s'il lui arrive quoi que ce soit.

Tirer sur un flic était impardonnable pour ces hommes, et ils regardèrent Sabine sans comprendre.

— Je ne plaisante pas ! ajouta-t-elle d'une voix tranchante.

A regret, ils s'écartèrent du blessé, qui continuait à geindre.

L'aspect de l'hôtel, planté au milieu d'une zone industrielle, n'était vraiment pas engageant. Sur le parking, quelques voitures hors d'âge voisinaient avec une camionnette cabossée. Gaëlle attendait là depuis plus d'une heure et, pour la dixième fois au moins, elle jeta un coup d'œil dans le rétroviseur, qu'elle avait tourné vers elle. Mal coiffée pour avoir roulé vitres baissées, pas maquillée, elle avait la mine de quelqu'un qui n'a pas dormi depuis plusieurs jours. Rien de séduisant, mais peu importait, Elias la prendrait telle qu'elle était ou bien dirait pourquoi il l'avait quittée.

A quelle heure revenait-il de son travail ? D'ailleurs, travaillait-il ? En tout cas, il habitait l'hôtel et y prenait tous ses repas du soir, un réceptionniste peu aimable le lui avait affirmé.

Sinistre, cet endroit était absolument sinistre... Pourquoi Elias avait-il choisi de vivre ici ? Pour se punir ? Parce qu'il ne savait pas où aller ?

Elle entendit le scooter avant de le voir et sut que c'était lui. Comme elle avait garé sa voiture de manière à ne pas être remarquée tout de suite, elle eut le loisir de l'observer tandis qu'il mettait la béquille, accrochait l'antivol à un réverbère. Amaigri, il flottait dans ses vêtements, mais il était bien rasé et toujours hâlé par le grand air. Il prit le temps d'allumer une cigarette, abritant la flamme de son briquet de sa main ouverte. Ce geste simple, qu'elle lui avait vu faire cent fois, la bouleversa. Elle ouvrit la portière, descendit de voiture et resta debout à côté, immobile, attendant qu'il la découvre enfin.

Durant deux ou trois secondes, il ne se passa rien. Rien du tout. Elias fumait, la tête levée vers le ciel. Puis son attention fut attirée par cette silhouette de femme et il regarda enfin dans sa direction. Le mégot tomba, heurtant le bitume dans une gerbe d'étincelles. Elias ouvrit la bouche, la referma, secoua la tête.

Gaëlle manqua de patience et le rejoignit à grandes enjambées. Plantée devant lui, elle le dévisagea avec angoisse jusqu'à ce qu'il lui ouvre les bras. En s'abattant contre lui, elle le sentit chanceler.

— Gaëlle..., dit-il dans un souffle.

Trois fois de suite, il répéta son prénom à voix basse. Il la serrait si fort qu'elle eut l'impression d'étouffer.

— Pourquoi es-tu là ? Qui t'a avertie ?

— Personne. J'ai bien failli ne pas te trouver.

Elle essaya de s'écarter pour le regarder de nouveau, mais il l'en empêcha, refusant de la lâcher. Il tremblait légèrement, le souffle court.

— C'est cruel, articula-t-il si bas qu'elle l'entendit à peine.

— Cruel ? Toi, tu n'avais pas le droit de partir sans un mot, tu m'as rendue folle ! Un jour sans toi ne m'intéresse pas. Tu m'entends ? Je ne sais pas ce que tu fais, ce que tu cherches, mais je ne veux pas que tu me quittes, je ne peux pas le supporter ! Tu aurais dû m'emmener avec toi, Elias...

— Non !

— ... ou rester à Kerloc'h, papa est au courant, il est d'accord.

Elle aurait voulu le lui annoncer autrement. Tout le long de la route elle avait préparé de belles phrases, mais elle ne s'en souvenait plus.

— Artus ? D'accord pour quoi ?

Il l'avait éloignée de lui d'un geste brusque, la tenant par les épaules. Son visage ravagé exprimait une souffrance incompréhensible pour elle.

— Il va donner sa fille à un repris de justice, vraiment ? Un ouvrier agricole qu'il a tiré du caniveau ?

Elle n'entendit d'abord que le premier mot et se rebella aussitôt.

— Donner sa fille ! Je rêve ! Tu crois que je suis à vendre ou à donner ? Et puis tu n'es pas...

Subitement freinée dans son élan, elle plongea son regard dans celui d'Elias.

— Repris de justice ? Ce qui signifie ?

— Ils ne t'ont rien dit ? Ni ton père ni tes frères ?

Cette fois, Elias parut tout à fait perdu. Durant un long moment, il continua de la scruter, l'air désespéré.

— J'ai des choses à t'expliquer, soupira-t-il enfin, d'un ton contraint. Je vais t'emmener dîner.

Aller en tête à tête au restaurant faisait partie des plaisirs qu'ils n'avaient pas pu s'offrir jusque-là, non par faute d'argent mais parce que personne n'aurait admis, à Kerloc'h, qu'ils sortent ensemble.

— Oh, oui, tu vas me payer un vrai gueuleton, même si toutes tes économies y passent ! s'écria-t-elle rageusement. Tu me dois bien ça, non ? Mais pas question de bouger d'ici avant que je sache. Explique-toi maintenant.

Les doigts d'Elias broyaient toujours ses épaules, pourtant elle n'avait aucune envie qu'il la lâche.

— J'ai fait de la prison quand j'étais jeune, articula-t-il d'une voix sans timbre.

— Et puis ? Tu t'es évadé ?

— Non ! Gaëlle...

— Combien de temps de prison ?

— Quelques mois.

— Condamné à tort ?

— A raison.

— Papa le savait, les frangins aussi, en somme il n'y a que moi, pauvre idiote, que tu n'as pas mise dans la confidence ?

— J'avais trop peur, avoua-t-il en baissant la tête.

— Regarde-moi, Elias ! Peur de moi ?

L'idée était ridicule, elle l'aimait comme une folle, que pouvait-il craindre ?

— Tu vas me raconter ça en prenant ton temps, décida-t-elle. Dans mon guide, il y a une brasserie qui s'appelle le *Café de Paris*, face au port. Viens...

Elle voulut faire un pas en direction de sa voiture mais il l'arrêta brutalement, l'attira à lui.

— Gaëlle...

Il ne semblait pas pouvoir dire autre chose que son prénom et elle se blottit contre lui, juste avant d'éclater en sanglots.

Jérôme était resté trois jours en réanimation, puis les médecins l'avaient déclaré hors de danger. Transféré dans le service de pneumologie, il eut droit à une chambre particulière et put enfin recevoir des visites. L'une des premières fut celle de Sabine, qui arriva chargée d'un énorme ours en peluche.

— Les fleurs sont interdites et tu n'aimes pas les chocolats, déclara-t-elle en installant l'ours sur l'appui de la fenêtre.

Elle s'approcha du lit, hésita un peu et finalement prit la main de Jérôme dans la sienne.

— Tu ne souffres pas trop ?

— Je dispose d'une pompe à morphine, avoua-t-il avec une grimace.

Il avait mauvaise mine mais, à l'évidence, il refusait de se plaindre. La première balle reçue, lorsqu'il s'était fait désarmer, avait fracassé une côte avant de se loger dans un poumon. La seconde, censée l'achever, n'avait fait que l'effleurer car il s'était écroulé au même instant, ce qui lui avait sauvé la vie.

— Je n'ai rien vu venir, soupira-t-il. Le mec était calme en apparence, et puis d'un coup il a sauté au-dessus du bureau et s'est jeté sur moi... Je suis vraiment nul !

— Ce serait arrivé à n'importe qui, tu le sais très bien, ne commence pas à te poser des questions idiotes.

— Je n'aurais pas dû lui enlever ses menottes, mais on nous rabâche tellement de respecter les individus, de ne pas les humilier pour rien...

— Arrête, Jérôme. Tu t'en es sorti, Legendre aussi, le reste on s'en fout. Ce type paiera sa tentative d'homicide volontaire en supplément de l'addition salée qui l'attendait déjà. Maintenant, tu devrais penser à autre chose. Ta convalescence, par exemple.

Il posa sur elle un regard fatigué, désabusé.

— Je m'en moque, je n'avais pas envie de vacances forcées. J'aurais bien profité de toi pendant tes dernières semaines à Paris...

Sa respiration devenant sifflante, il s'interrompit. Sabine tenait toujours sa main mais il la lui retira doucement et la laissa tomber sur le drap.

— Il paraît que tu as été formidable ? Legendre est passé, tout à l'heure, il dit que tu as bluffé les gars qui étaient là et qui ne savaient pas quoi faire. Ils ont d'abord cru que tu allais tirer, ça leur a flanqué une peur bleue.

— Je ne pouvais pas, Jérôme. Legendre était trop près, et les deux agents dans ma ligne de tir. De là à laisser filer ce branque... Eh bien, je ne pouvais pas non plus ! Et dans ce genre de situation, plus tu attends, moins tu as de chance que ça tourne en ta faveur. Heureusement, j'étais placée au bon endroit, il m'avait prise pour quantité négligeable, tu penses, une nana !

L'expression arracha un sourire à Jérôme.

— Alors, finalement, tu n'as plus peur ? Les flingues sont redevenus tes copains ?

Médusée, elle le dévisagea.

— Tu savais ? demanda-t-elle d'une voix blanche.

— Oui. Après l'histoire de la rue de Lappe, j'ai mis un moment à comprendre pourquoi tu étais si mal dans ta peau, mais au fond ça tombait sous le sens, tu ne t'en remettais pas d'avoir tué et tu avais la trouille de toucher une arme. Ton acharnement dans ce club de tir, en Bretagne, c'était révélateur...

De nouveau essoufflé, il s'arrêta. Au bout d'un moment, ce fut lui qui reprit la main de Sabine.

— J'ai du mal à guérir. De toi, je veux dire...

Il l'avouait sans honte, d'une façon si touchante qu'il en était pathétique. Elle se pencha et l'embrassa légèrement au coin des lèvres.

— Guéris-toi de tout, Jérôme. Le plus vite possible. Je reviendrai te voir demain. Tu as besoin de quelque chose ?

Sa désinvolture, très artificielle, ne faisait que masquer son émotion, ils le savaient l'un comme l'autre. Il secoua la tête, ébaucha un sourire en désignant l'ours puis ferma les yeux.

Après avoir refermé la porte de la chambre, Sabine poussa un long soupir. Même si elle n'avait pas aimé Jérôme d'amour, elle éprouvait pour lui une véritable tendresse. Peut-être aurait-elle dû ne pas laisser durer leur liaison, ou même ne pas la commencer ? Néanmoins, elle ne lui avait jamais menti et n'avait aucune raison de se culpabiliser. Elle gagna les ascenseurs, descendit au rez-de-chaussée de l'hôpital puis traversa le hall sans parvenir à se débarrasser d'une pénible impression de tristesse.

— Sabine ?

S'arrêtant net, elle jeta un coup d'œil circulaire et découvrit avec stupeur Loïc, debout devant la cafétéria. Il tenait un gobelet, qu'il jeta nerveusement dans une poubelle avant de s'approcher d'elle.

— Je suis passé à ton commissariat et on m'a dit que tu étais là.

Embarrassé, il avait l'air de s'excuser.

— Tu ne devrais pas être en mer ? réussit-elle à lui demander.

— Si. Mais tu semblais tellement bouleversée, au téléphone, tellement... Alors, j'ai pensé que...

Elle lui avait tout raconté, y compris son angoisse au sujet de Jérôme entre la vie et la mort. Apparemment, il en avait tiré des déductions assez inquiétantes pour lui faire quitter son bateau.

— Est-ce qu'il va bien ?

— A peu près.

— Tant mieux.

Sa voix manquait de chaleur, elle comprit qu'il était jaloux et faillit se mettre à rire.

— Je prendrais volontiers un café, dit-elle seulement.

Au club-house du stand de tir, quelques mois plus tôt, il avait voulu lui offrir un café alors qu'il n'avait pas de monnaie sur lui. A ce moment-là, elle le jugeait antipathique et avait refusé tout net de lui donner son numéro de portable. Sans doute était-elle aveugle, à l'époque, car aujourd'hui elle le trouvait absolument irrésistible. Ses mèches cendrées décolorées par le soleil et l'air marin, des rides autour de ses yeux trop clairs, son expression grave et résolue : elle aimait absolument tout de lui. Et en particulier qu'il soit venu jusque-là.

— Est-ce que Jérôme compte encore beaucoup pour toi ? demanda-t-il sans la regarder.

— Bien sûr que oui. Comme tous ceux qui travaillent avec moi et dont je suis responsable, mais lui davantage parce qu'il a été dans ma vie. Je n'aurais pas supporté qu'il se fasse tuer dans la pièce à côté, tu comprends ? Et puis je suis triste pour lui maintenant qu'il a un morceau de poumon en moins. Personne ne sait s'il sera apte à reprendre son boulot un jour...

L'énoncer à haute voix fit resurgir toute son émotion. Jérôme pouvait rester partiellement handicapé par des problèmes de souffle, il pouvait aussi connaître ce qu'elle avait vécu elle-même, cette peur paralysante, si difficile à surmonter. Dans quel état sortirait-il de cet hôpital, d'ici à quelques semaines ?

— Mais, enchaîna-t-elle, pour répondre à la question que tu ne me poses pas, c'est toi que j'aime, Loïc.

Il était en train de payer les cafés à la serveuse et se retourna si vite qu'il renversa l'un des gobelets sur le comptoir.

— Sabine...

La manière dont il venait de prononcer son prénom la fit fondre. Et le geste qu'il eut pour la prendre par le cou recelait une telle tendresse qu'elle se laissa aller contre lui en fermant les yeux.

8

Artus traversa la cour à grandes enjambées, les mains en porte-voix.

— Yann ! Yann !

Il passa sans s'arrêter devant la maison de Gaëlle et l'ancienne grange transformée par Elias. Ce que ces deux-là pouvaient bien faire lui était absolument égal pour l'instant.

— Yann !

Au détour du dernier bâtiment, il tomba enfin sur son fils aîné, qu'il faillit percuter dans son agitation.

— Ah, tout de même ! Il faut que je te parle, viens avec moi.

Yann n'était pas son préféré, mais au moins il se reconnaissait en lui. De plus, ils avaient l'habitude d'être ensemble du matin au soir, préoccupés par les mêmes tâches et bavardant parfois à bâtons rompus ; enfin Yann était un garçon solide, peu sujet aux états d'âme.

— Suis-moi ! ajouta-t-il d'un ton impérieux.

Son idée fixe était de s'éloigner de la cour, de la maison, de toute personne susceptible de surprendre ce qu'il avait à dire.

— Où ça ? voulut savoir Yann.

Il tenait une bêche à la main, et il prit le temps de l'appuyer contre un arbre avant d'emboîter le pas à son père.

— Dans un endroit tranquille ! précisa Artus.

Au-delà des granges, les champs de Kerloc'h s'étendaient à perte de vue. Artus s'engagea dans le chemin qui grimpait en pente douce à flanc de colline. Ils parcoururent environ deux cents mètres en silence, puis Artus s'arrêta. Devant eux, le blé en herbe frissonnait sous le vent, prenant des reflets argentés. Cette vision aurait pu être apaisante, mais Artus était trop bouleversé pour s'en apercevoir.

— Il m'arrive quelque chose d'effrayant, lâcha-t-il à contrecœur.

— Effrayant ? répéta Yann.

Le mot devait lui sembler totalement incongru dans la bouche de son père. Il fronça les sourcils, dans l'expectative.

— Je vais t'expliquer ça...

Mais par où commencer ? Le besoin de se confier était si aigu qu'Artus oublia son orgueil meurtri et s'exprima de la manière la plus directe.

— J'ai commis une grave erreur, que je ne crois pas pouvoir réparer. Loïc est mon fils, c'est prouvé là...

Il sortit une enveloppe de la poche de sa veste, la considéra avec dégoût puis la mit de force dans la main de Yann.

— De nos jours, reprit-il plus lentement, on arrive à tout savoir. C'est l'acide je ne sais plus quoi... enfin, l'ADN. Tu vois ce que je veux dire ? Je suppose qu'il n'y a aucun doute possible et que tout est dit. Ton... frère, tenait à... cette recherche de paternité.

— Vous auriez pu en faire l'économie, c'était une évidence pour tout le monde, sauf pour toi.

Interloqué, Artus considéra Yann comme s'il ne le connaissait pas.

— Une évidence, vraiment ? Tu trouves qu'il me ressemble ? Ou qu'il te ressemble, à toi ? Non, Loïc a toujours été un oiseau rare !

— Tu l'avais décidé avant qu'il naisse.

C'était si juste qu'Artus ne trouva rien à répondre. Cette vérité s'ajoutait impitoyablement aux autres, à celles qu'il découvrait une à une depuis qu'il avait entendu la voix de cette femme du Midi, sur la bande envoyée par Loïc.

— Yann, je ne sais pas quoi faire, avoua-t-il.

S'il avait choisi son fils aîné pour se confier, au lieu de Tristan ou de Gaëlle, c'est parce qu'il en espérait vaguement de l'aide. Mais l'air buté de Yann était révélateur, il avait choisi le camp de Loïc, même s'il s'était montré moins virulent que les autres jusque-là.

— Ecoute, papa, c'est entre lui et toi.

— Mais tu te rends compte ? explosa Artus. Comment veux-tu que j'efface l'ardoise ?

Encore une réalité asphyxiante : le contentieux était impossible à liquider. Trop long, trop enraciné, trop envenimé.

— Au moins, parle-lui, il n'attend que ça, ajouta Yann d'une voix sourde.

— Les mots ne suffiront pas. Les excuses non plus.

Dans n'importe quelle famille, Loïc aurait sans doute été le chouchou. Le surdoué, celui dont on est fier et dont on demande l'avis, à la fois scientifique et sportif, indépendant et responsable, bref, le fils idéal. Et chez les Le Marrec, à Kerloc'h, c'est-à-dire *chez lui,* Loïc avait été traité en paria, comme s'il était le pire et non pas le meilleur. D'ailleurs, son don pour les études n'était-il peut-être, en réalité, qu'un acharnement à obtenir un peu d'attention ou d'affection de la part de son père ? Si c'était le cas, Artus n'aurait pas assez de sa vieillesse pour expier.

— Je n'arrive même pas à lui téléphoner, avoua-t-il. J'ai commencé à composer son numéro dix fois depuis que le facteur est passé, et puis...

— Il va pourtant bien falloir ! Il a dû recevoir les résultats, lui aussi, et je suppose qu'il attend ton appel.

— Je ne peux pas.

Inutile de préparer un discours qui lui resterait fatalement dans la gorge, il se sentait physiquement incapable d'affronter, ne serait-ce qu'un instant, le regard de Loïc. Il releva la tête, vit que Yann le considérait d'un drôle d'air, et il éprouva aussitôt le besoin de se justifier.

— C'est plus compliqué que tu ne l'imagines, bredouilla-t-il. Je ne suis pas seulement coupable vis-à-vis de ton frère, j'ai aussi très mal jugé ta mère. Il y a quelques jours encore, j'aurais pu jurer avoir toujours bien agi, en mon âme et conscience, mais voilà c'est faux, archifaux !

— Tu as le temps de te racheter.

— Racheter quoi, Yann ? Les années perdues ?

Il résista à la tentation de s'apitoyer davantage sur lui-même et se redressa. Les yeux errant sur le paysage, il détailla ses champs impeccables. Malgré toute une vie de travail acharné, aucun de ces épis de blé ne valait ce qu'il avait irrémédiablement gâché.

— Papa, je ne sais pas ce que tu attends de moi. Si tu veux, je fais venir Loïc ici, et vous vous parlerez...

Quoi qu'il arrive désormais, il ne pourrait pas y échapper, rien au monde ne le dispenserait de ce face-à-face.

— Oui, très bien, fais-le, dit-il d'une voix redevenue ferme.

Fixant un point à l'horizon, il ne bougea pas quand Yann fit demi-tour et repartit vers la maison.

Loïc repoussa le plan vers Sabine avec un sourire un peu crispé.

— C'est très bien conçu, admit-il.

Elle envisageait de casser le mur entre la salle de séjour et la pièce qui avait été la chambre de ses grands-parents, dont elle avait fait provisoirement son bureau.

— La maison est petite, il faut augmenter l'espace, l'impression de volume. L'architecte a dit que ce serait très clair, très gai.

— Sûrement.

— De toute façon, je ne la vendrai jamais, autant que je l'arrange vraiment à mon goût maintenant que je vais pouvoir en profiter pleinement. Jusqu'ici, je faisais les travaux petit à petit, maintenant j'ai décidé de tout finir d'un coup !

Plus elle parlait de ses projets, moins il avait l'impression qu'elle l'incluait dans son avenir.

— Tu vas louer un studio à Brest ? interrogea-t-il d'une voix tendue.

— Ils me fournissent un logement de fonction, un deux-pièces dans le centre. J'y dormirai certains soirs, et...

— Et moi, dans ton programme ?

Il regretta d'avoir posé la question de manière aussi abrupte, mais il la vit sourire.

— Toi ? Il y a tout de même de la place pour deux, ici ! Tu prétends ne pas aimer ton appartement de Concarneau, alors si le port de Doëlan t'inspire davantage, tu seras le bienvenu, je pensais que tu le savais.

Le soulagement qu'il éprouva fut à la fois intense et bref. La maison de pêcheurs des grands-parents de Sabine pouvait effectivement être un véritable nid où vivre une grande passion à deux, mais ensuite ? Qu'aurait-il à lui offrir ? La pension alimentaire qu'il versait à Anne et Pierre l'empêcherait pendant des années encore de se permettre un quelconque investissement. Or il désirait par-dessus tout épouser Sabine et fonder une nouvelle famille avec elle.

— Tu te poses trop de questions, Loïc, dit-elle en se levant.

Elle fit le tour de la table et vint se plaquer derrière lui, les bras autour de ses épaules, la tête dans son cou.

— Tu aimes ton travail et tu gagnes bien ta vie, chuchota-t-elle. Moi aussi. Où est le problème ?

— Pour l'instant, il ne...

— Profitons de *chaque* instant !

Sans doute avait-elle raison, même s'il souhaitait des certitudes, des projets, un engagement pour lequel il se savait prêt. Avec Anne, il avait accepté sans discuter un mariage qu'il ne désirait pas vraiment, passant ainsi à côté de beaucoup de choses essentielles, il ne commettrait pas cette erreur avec Sabine.

— Ce sera comme tu veux, souffla-t-il d'une voix douce.

Il serait volontiers resté assis là toute la journée, pour le seul plaisir de la sentir contre lui, mais il avait rendez-vous avec son fils et était déjà en retard. A regret, il se retourna, prit Sabine par la taille.

— Tu es vraiment un tout petit bout de femme, mon amour...

— *Tamic*, je sais !

Elle semblait fragile entre ses mains, cependant il se souvenait très bien de la manière dont elle l'avait mis à genoux, quelques mois plus tôt, devant chez elle.

— Pierre va m'attendre, soupira-t-il. Tu ne veux vraiment pas déjeuner avec nous ?

— Non, c'est prématuré. Vous avez besoin de vous retrouver en tête à tête, tous les deux. Attends un peu.

Attendre était précisément ce qui le rebutait, toutefois il se garda bien de le faire remarquer. Sabine n'était pas responsable de tout ce temps qu'il avait perdu durant des années, trop accaparé par son travail pour regarder grandir son fils, ou même pour réaliser que sa vie sentimentale avait sombré dans l'indifférence.

Il quitta Doëlan pour foncer à Lorient, où le train de Pierre n'allait plus tarder à arriver. Sa vieille Porsche rouge commençait à donner des signes de fatigue et il se rappela qu'il devait absolument la faire réviser. Tout comme il devait s'astreindre à rouler moins vite s'il voulait conserver son permis. Sabine ne supportait pas les excès de vitesse, le menaçant des pires représailles dès qu'elle montait avec lui. De plus, il donnait un très mauvais exemple à Pierre, qui allait commencer la conduite accompagnée.

Plein de bonnes résolutions, il ne répondit pas à son portable lorsque celui-ci se mit à sonner, puisqu'il était interdit de téléphoner au volant.

Nerveux, Elias mettait le couvert en silence. Avoir retrouvé sa place à Kerloc'h lui paraissait insensé, mais Gaëlle ne lui avait pas laissé le choix. Après avoir passé la soirée et la nuit dans un hôtel décent de Cherbourg, elle lui avait accordé une seule journée pour démissionner de son harassant travail dans les docks, vendre son scooter et rassembler ses affaires.

Rien au monde n'aurait pu l'empêcher de la suivre. En la tenant dans ses bras, cette nuit-là, il s'était rendu compte que, sans elle, il aurait fini par mourir de chagrin. Elle l'avait retrouvé, il ne pouvait plus lutter contre elle ni contre lui-même.

Mais à Kerloc'h, l'accueil d'Artus avait été mitigé. Pas d'effusions hypocrites, pas d'engueulade non plus, rien qu'une poignée de main un peu distante, accompagnée d'un regard froid. Comment allaient-ils pouvoir cohabiter désormais ? Impitoyable, Gaëlle avait emmené Elias chez elle et, dès le lendemain matin, avait mis les choses au point lorsqu'il s'était levé. « Dans ta maison ou dans la mienne, à partir de maintenant, nous vivons ensemble et tu cesses de raser les murs ! » Elle n'attendrait pas d'être passée devant le maire pour imposer sa volonté à son père, c'était compréhensible avec son caractère entier, cependant Elias ne se voyait pas croisant Artus sur le pas de la porte de Gaëlle. Pas plus qu'il ne s'imaginait comme son gendre, et pourtant il allait le devenir.

Honnête, Elias aurait souhaité s'expliquer. Dire qu'il ne voulait rien, qu'il était prêt à se tuer à la tâche et tout à fait d'accord pour signer le contrat de mariage le plus draconien. L'argent ne l'intéressait pas et, même s'il aimait profondément Kerloc'h, il ne projetait pas de se l'approprier !

Malheureusement, Artus paraissait peu disposé à écouter Elias, ou même à lui parler. Il donnait l'impression de ne le tolérer qu'à contrecœur, cédant à sa fille plutôt qu'à la colère noire qu'il devait éprouver.

Alors qu'il disposait les serviettes sur les assiettes, Marion entra dans la cuisine, Artus sur ses talons.

— Je ne suis pas en avance, s'excusa la jeune femme, mais Elvire a de la fièvre et...

— Beaucoup ? s'inquiéta Artus.

— Non, pas trop, ce sont ses dents qui percent.

Marion ouvrit le réfrigérateur et en sortit un grand faitout rempli de poulet à l'estragon, une de ses recettes favorites, qu'elle avait préparée la veille.

— Restez donc avec la petite, suggéra Artus. Elias a tellement de tours de retard qu'il peut s'activer derrière les fourneaux jusqu'aux moissons !

Saisi, Elias se retourna vers Artus, qui le considérait avec un sourire ironique.

— Je m'en occupe, dit-il à Marion en lui prenant le faitout des mains.

Préparer les repas ne l'avait jamais ennuyé, au contraire il se montrait plutôt inventif pour les menus. Il alluma le gaz, réduisit la flamme et mit le poulet à réchauffer.

— Je boirais bien quelque chose, déclara Artus derrière lui. Pas toi ?

Ne sachant pas à qui la question s'adressait, Elias jeta un coup d'œil par-dessus son épaule. Artus avait servi deux verres de muscadet et vint lui en tendre un.

— Ne fais pas cette tête-là, je ne vais pas te bouffer. De toute façon, il vaut mieux qu'on s'habitue à la situation, toi et moi. Inutile de te préciser que ça ne me rend pas franchement heureux, mais j'ai d'autres soucis et je m'accommoderai de celui-là ! On trinque ?

Artus leva son verre et le vida d'un trait, laissant Elias stupéfait. Sans conviction, il but une gorgée alors que Tristan et Yann arrivaient à leur tour. L'attitude d'Artus avait quelque chose d'étrange, de décalé.

— Si tu fais une salade, lança Tristan, mets des échalotes dedans !

Yann prit son père à part et lui glissa quelques mots à l'oreille. Elias vit Artus se crisper, l'air contrarié, puis secouer la tête avec exaspération. Il se resservit du muscadet et alla se poster devant l'une des fenêtres, tournant le dos à tout le monde. Comme il ne buvait jamais d'alcool au déjeuner, Elias en déduisit qu'il avait besoin de se calmer, mais pourquoi ? Quels étaient ses « autres soucis » ?

— Je meurs de faim, qu'est-ce qu'on mange ? s'écria Gaëlle en entrant.

Sa présence apaisa instantanément Elias, qui se contenta de lui sourire alors qu'il mourait d'envie d'aller l'embrasser.

— Les poulets de Marion, répondit Tristan, mais ce soir c'est moi qui régale, j'ai déniché une recette de bar à l'ancienne qui devrait vous époustoufler ! Et comme Soizic vient dîner...

— Pierre sera là aussi, précisa Artus sans bouger d'où il était.

Gaëlle s'approcha d'Elias et regarda par-dessus son épaule tandis qu'il préparait la vinaigrette.

— Il va y avoir de l'orage, ajouta Artus.

Abandonnant sa contemplation, il se retourna enfin et considéra sa famille d'un œil absent. Le ciel plombé ne l'inquiétait pas, le blé étant encore trop jeune pour souffrir des averses. Et, devant lui, Gaëlle appuyée de tout son poids sur Elias ne le choquait pas. Non, ce qui l'angoissait profondément était cette confrontation différée avec Loïc, que Yann n'avait pas réussi à joindre. Selon toute probabilité, ce serait tout de même lui qui conduirait Pierre à Kerloc'h dans l'après-midi, mais, à moins d'aller le guetter au bout du chemin, Loïc était capable de repartir sans s'être approché de la maison.

Une odeur d'estragon envahissait petit à petit la cuisine, cependant Artus n'avait pas faim. Tant qu'il ne serait pas débarrassé du poids qui pesait sur sa conscience, il serait hors d'état de s'intéresser à la nourriture. D'ailleurs, Marion réussissait moins bien le poulet à l'estragon qu'Armelle en son temps.

Artus se raidit, refusant de penser à sa femme. S'il y songeait maintenant, il allait se rendre malade.

— A table ! lança Gaëlle d'une voix joyeuse.

— Commencez sans moi, marmonna Artus.

Décidément, il ne pouvait pas s'asseoir là comme si de rien n'était, il avait besoin d'air, tant pis pour l'orage.

Loïc reposa sa tasse et sourit à son fils, qui restait le nez collé à la vitre. Au-dehors, des bourrasques faisaient tanguer les voiliers au mouillage dans le port de plaisance. Installés au premier étage du *Café Leffe*, où ils étaient comme dans un poste de vigie, ils avaient savouré un plateau de fruits de mer tout en regardant les nuages s'amonceler au-dessus des bateaux. La pluie tombait dru à présent, portée par un fort vent d'ouest.

— Non, reprit Pierre, la mer ne me fascine pas, alors que je me sens très attiré par la terre. Ce n'est pas un caprice, tu sais, cette formation agricole est quelque chose d'important pour moi...

Attendri, Loïc comprit ce que son fils essayait de lui dire. Pour la première fois de sa vie, l'adolescent avait fait un choix personnel, qu'il était parvenu à imposer à son entourage. Anne le désapprouvait, et Loïc aurait pu en prendre ombrage vu ses rapports difficiles avec Artus et sa situation d'indésirable à Kerloc'h, mais Pierre s'était obstiné.

— Veux-tu un autre café ? proposa Loïc en faisant signe à un serveur.

Pierre refusa, sans doute pressé de rejoindre son grand-père. Qu'il ait pu aussi radicalement changer d'attitude en quelques mois était somme toute rassurant, cela signifiait qu'il avait enfin trouvé sa voie.

— Avec ta mère, ça va ?

— Elle est de plus en plus souvent avec son pharmacien...

A priori, Pierre rejetait cet homme, et peut-être en ferait-il autant pour Sabine le jour où il la rencontrerait.

— C'est bien qu'elle refasse sa vie, dit Loïc d'un ton neutre.

— D'accord, mais pas avec n'importe qui ! Je ne suis pas jaloux de ce type, papa, je le trouve con, c'est tout.

Sans relever l'expression, Loïc régla l'addition et se leva. Il avait envie de passer à Concarneau pour prendre son courrier, mais il devinait l'impatience de Pierre. Autant le déposer d'abord à Kerloc'h et rentrer chez lui après. De toute façon, il était encore un peu tôt pour recevoir les résultats du test, et Loïc préférait être seul au moment où il ouvrirait l'enveloppe.

Dès qu'ils quittèrent le restaurant, la pluie les trempa. L'orage tournait à la tempête dans un roulement de tonnerre presque continu. En courant têtes baissées, ils rejoignirent la Porsche et s'y engouffrèrent.

— Quel temps... Je ne sais pas si tu pourras te balader dans les champs cette après-midi !

— Peu importe, je parlerai avec grand-père, j'ai un million de questions à lui poser.

Comme Tristan, Pierre adorait faire de grandes flambées dans la cheminée du salon ou de la cuisine, tout en bavardant avec Artus. Leur entente, qui avait surpris tout le monde au début, semblait désormais épanouie dans un mélange de complicité et de tendresse qui n'appartenait qu'à eux. En vieillissant, Artus découvrait peut-être le plaisir de transmettre un savoir plutôt que de l'imposer ? Loïc estima que s'il avait bénéficié de cette indulgence affectueuse, sa propre jeunesse aurait été très différente et, en conséquence, sa vie par la suite. Néanmoins, il n'éprouvait ni amertume ni regrets. Qu'Artus se soit trouvé sur le tard un don pédagogique et une âme de grand-père représentait une vraie chance pour Pierre, et c'était très bien ainsi.

La route entre Lorient et Quimperlé était une voie rapide qu'ils parcoururent sans encombre, mais ensuite, pour remonter vers la Roche du Diable en direction du Faouët, la chaussée inondée obligea Loïc à rouler au pas.

— Tu me déposes à la porte, exigea Pierre, je ne fais pas le chemin à pied là-dessous !

Ils arrivèrent au manoir. Kerloc'h semblait être le centre exact de l'orage, noyé sous des trombes d'eau, ses arbres violemment secoués par des rafales, et couvert d'un ciel si sombre qu'on aurait pu croire la nuit venue. Pleins phares, Loïc s'engagea lentement dans l'allée. La silhouette massive de la bâtisse apparut, déformée par l'eau ruisselant sur le pare-brise. La cuisine était allumée, le hall d'entrée aussi, mais l'électricité donnait des signes de faiblesse.

— Attends deux minutes que ça se calme, suggéra Loïc en s'arrêtant devant le perron.

Il vit les lumières vaciller, s'éteindre, puis se rallumer. Dans la maison, le vent devait s'insinuer en sifflant sous toutes les portes et dans les conduits de cheminée.

— Tu sais, fit-il d'une voix songeuse, quand j'étais gamin, j'adorais les tempêtes. Ici, on croirait toujours la colère des dieux...

Pierre lui lança un coup d'œil amusé, essayant sans doute de l'imaginer enfant. Avec Yann et Tristan, ils ne rataient jamais l'occasion de sortir pour voir les éléments se déchaîner au-dessus des collines, et une fois où Gaëlle les avait rejoints, excédée d'être traitée en petite fille, leur mère s'était mise dans une colère épouvantable. Artus disait : « Ils ne vont pas fondre, ils ne sont pas en sucre ! » Mais elle avait peur de la foudre, ou seulement peur de les voir s'enrhumer...

Loïc sursauta quand Yann frappa brutalement à la vitre de la portière. Tête nue, son frère portait un ciré noir, des bottes de caoutchouc, et il avait l'air affolé.

— Papa est dehors, mais on ne sait pas où ! cria-t-il.

Loïc attrapa son imperméable, descendit de voiture et eut l'impression de recevoir un seau d'eau.

— Comment ça, dehors ?

— Il n'a pas déjeuné avec nous, et Tristan l'a vu partir il y a plus de deux heures vers les bois.

— Pourquoi ?

— Je n'en sais rien ! Il voulait absolument te parler, il est complètement tourneboulé...

Yann s'interrompit, comme s'il refusait d'en dire davantage.

— Tu aurais dû m'appeler, protesta Loïc.

— J'ai essayé ! Je t'ai laissé deux messages.

Pierre remonta la fermeture Eclair de son blouson, serra le cordon de sa capuche et s'interposa entre eux.

— Allons le chercher ! lança-t-il d'une voix impatiente.

— Je t'emmène avec moi, lui répondit Yann. On va prendre le 4 × 4 et longer les champs. Tristan est en train d'inspecter la forêt avec Elias, et Gaëlle est allée du côté des vergers.

— Je vais la rejoindre, décida Loïc.

Il ne croyait pas Artus capable de rester sous cette pluie torrentielle sans s'abriter, mais il existait de nombreux endroits où il avait pu se réfugier. Supposant que ses frères avaient déjà fait le tour des granges, il s'éloigna en traversant la cour. Pourquoi son père voulait-il absolument lui parler ? Avait-il reçu les résultats du labo ? A cette idée, Loïc sentit son estomac se révulser. Même s'il essayait de se persuader du contraire, la perspective d'apprendre enfin la vérité l'angoissait. Malgré Sabine, malgré Pierre, malgré son travail, il s'était surpris à y penser cent fois par jour depuis qu'il avait fait le prélèvement.

Il regretta de ne pas avoir pris la torche qui se trouvait dans la boîte à gants de sa voiture car le jour baissait encore. A travers le rideau de pluie, il distingua les premiers pommiers et s'arrêta. Jamais son père n'aurait eu l'idée absurde de se mettre sous un arbre, ce n'était sûrement pas là qu'il fallait le chercher. Il rebroussa chemin en essayant de réfléchir. Son imperméable, plus élégant qu'efficace, pesait lourd sur ses épaules, et ses chaussettes étaient trempées dans ses mocassins. Dans quelle tenue son père était-il parti ? Et s'il avait eu un malaise lié à son diabète ?

Loïc gagna l'arrière des granges, d'où il y avait une vue plongeante sur la vallée, mais tout le paysage était brouillé par le torrent de pluie. Au moins, le tonnerre faiblissait et les éclairs se faisaient plus rares : l'orage était en train de s'éloigner. Prudemment, Loïc s'engagea sur le sentier, transformé en bourbier, qui descendait jusqu'à la route. S'il existait bien un endroit où son père se rendait régulièrement, et toujours seul, c'était le petit cimetière de campagne dans lequel Armelle reposait depuis huit ans. Même s'il était peu probable qu'il ait choisi un temps pareil pour ce genre de visite, ça valait le coup d'aller voir.

En prenant pied sur l'asphalte, Loïc constata que la pluie tombait moins fort. Parcouru d'un frisson, il accéléra l'allure. Le détour par le cimetière lui prendrait dix minutes, après il remonterait à flanc de colline et il aviserait. De toute façon, tant qu'Artus serait perdu dans la nature, tout le monde continuerait à le chercher.

Lorsqu'il arriva devant le haut mur qui entourait le cimetière, l'averse s'arrêta enfin. La tête levée, il examina le ciel, qui paraissait moins sombre à présent mais toujours plombé. Il se dirigea vers l'entrée, protégée par une grille que nul ne songeait jamais à fermer. Devant lui, les allées bordées de pierres tombales semblaient désertes mais il avança vers le fond de l'enceinte, là où se dressaient une dizaine de monuments funéraires faits de granit et appartenant tous à de très vieilles familles. L'imposant mausolée des Le Marrec, constitué d'une chapelle et d'une crypte, était le premier de la rangée. Loïc vit la porte ouverte et eut immédiatement la certitude que son père se trouvait là. Prenant une profonde inspiration, il s'approcha et s'immobilisa sur le seuil. Dans la pénombre, il distingua la silhouette d'Artus, assis sur l'un des deux bancs de pierre qui se faisaient face. Il patienta encore quelques instants puis entra.

— Toute la famille est sur les dents, dit-il à mi-voix.

Comme il n'obtenait aucune réponse, il jeta un coup d'œil au petit autel qu'éclairait un vitrail très ancien. Dans les deux vases qui entouraient le crucifix, des fleurs avaient fané. De nouveau, Loïc regarda son père, qui gardait la tête basse et ne semblait pas décidé à bouger.

— Etre lâche ne sert à rien…, murmura Artus. Tu as remarqué ? C'est fou qu'on ne puisse pas s'en empêcher !

Désemparé, Loïc hésita avant d'aller s'asseoir sur l'autre banc. Il retira son imperméable trempé et attendit.

— Moi, reprit son père au bout d'un moment, je me croyais courageux. Et sans reproche. Pourtant, tu devrais m'en accabler.

Il parut se tasser encore plus sur lui-même, obligeant Loïc à détourner les yeux.

— Dieu peut me damner, je n'ai rien à t'offrir en échange de ce que je t'ai volé.

Parler devait beaucoup lui coûter, sa voix était rauque de l'effort qu'il accomplissait.

— Depuis ta naissance, tu es pire qu'une épine dans mon pied. Pour rien, puisque j'ai tout imaginé.

Loïc releva la tête et chercha le regard de son père, mais celui-ci fixait l'autel. Tout au bord, sur la nappe de dentelle, une photo d'Armelle avait jauni dans son cadre doré.

— Je suis venu demander pardon à ta mère…

Il s'étrangla sur le dernier mot et reprit bruyamment sa respiration.

— A toi aussi, puisque tu es là.

— Non, réussit à dire Loïc. Ne fais pas ça.

— Quoi, alors ? On va se tomber dans les bras, toi et moi ?

Soudain agité, Artus se redressa et ses yeux vinrent se river à ceux de Loïc.

— Je t'ai renié, méprisé, haï. Tu le sais forcément. Maintenant, j'aurai toujours honte devant toi, ce sera difficile à vivre.

— Papa...

— Tu peux prononcer ce mot ? Tu n'y arrivais plus, ces temps-ci, et je me disais que tu avais enfin compris, que tu allais me foutre la paix... Seigneur ! J'ai honte... Je les ai tous aidés, sauf toi, tous aimés, sauf toi. Tu n'en valais pas la peine car tu ne venais pas de moi. En traînant les pieds, j'ai fait mon devoir parce que tu portais mon nom, et surtout parce que je n'aurais pas supporté que ta mère s'en aille. Rien d'autre.

Quelque chose changea dans la lumière de la chapelle, un rayon de soleil éclairant brusquement le vitrail. Il y avait des graviers sur les premières marches de l'escalier conduisant à la crypte, preuve qu'Artus y descendait souvent.

— Je ne t'en veux pas, souffla Loïc.

C'était vrai, mais il n'avait aucun moyen d'en persuader son père. Il désirait faire un geste, au moins franchir ce mètre qui les séparait, hélas les gestes étaient bannis entre eux depuis toujours et il resta pétrifié sur son banc.

— Ton fils, Pierre, je l'aime pour de bon, seulement je me suis mis en tête d'en faire un vrai Le Marrec. Contre toi. Afin qu'il ne soit pas comme toi, que tu ne le reconnaisses pas. Pourtant, il aurait dû m'ouvrir les yeux, parce qu'il ressemble à Yann...

A Artus lui-même, voilà à qui Pierre ressemblait le plus, malheureusement personne ne s'en était avisé jusque-là.

— Quel égoïsme, quelle médiocrité ! cracha son père d'un ton plein de dégoût.

Il ne s'en prenait qu'à lui, il n'y avait pas d'autre responsable à cet immense gâchis. Loïc parvint à se lever. Il était si bouleversé qu'il fit un pas vers l'autel, s'arrêta, s'appuya d'une main sur la nappe, le temps de se reprendre. Les autres devaient continuer à chercher, de plus en plus inquiets, pourtant il se sentait incapable de sortir son téléphone de sa poche pour les prévenir.

— Dis quelque chose, bon sang ! Libère-toi, fais-moi payer, tu peux y aller, tu as du crédit !

Le défi était si amer que Loïc trouva enfin le courage de s'approcher d'Artus.

— Je ne t'en veux pas, répéta-t-il. On devrait rentrer...

Tout ce qu'il éprouvait, à cet instant, était une infinie compassion dont il ne comprenait pas l'origine. Il refusait de voir son père dans cette attitude de vaincu, prêt à s'humilier et à déposer les armes, mais toujours hostile au fond de lui-même. S'il ne tentait rien, là, tout de suite, ils ne se réconcilieraient qu'en apparence et demeureraient des ennemis.

— Regarde-moi comme ton fils, demanda-t-il. Donne-moi ça une seule fois et nous serons quittes, je te le jure.

En restant debout, il obligeait Artus à lever la tête, alors il se baissa, posa un genou sur le ciment.

— Juste une fois.

Son père le considéra d'abord avec une sorte d'hébétude, puis ses yeux s'adoucirent d'un coup, l'espace d'une seconde, avant de se détourner.

— Loïc..., articula-t-il en séparant les deux syllabes.

D'un geste maladroit, il lui mit les mains sur les épaules.

— Ton pull est mouillé, voulut-il ajouter, mais sa voix était presque inaudible.

Après un long moment, son regard vint de nouveau chercher celui de Loïc.

— Comment fais-tu pour pardonner ?

La question méritait une réponse authentique, pas une simple formule destinée à rassurer.

— Je suis amoureux, lâcha Loïc.

Artus devait si peu s'y attendre qu'il parut d'abord ne pas comprendre, puis il eut un hoquet qui évoquait un début de rire.

— Rentrons, décida-t-il en essayant de se lever.

Loïc dut l'aider car il y avait des heures qu'il était assis là, sans doute transis par l'humidité.

— Tu veux que j'aille chercher ma voiture ?

Sur le seuil de la chapelle, Artus jeta un coup d'œil par-dessus son épaule, en direction du cadre où figurait Armelle. Puis il marmonna :

— Non merci, je ne suis pas gâteux. Con et méchant, mais pas encore impotent.

Néanmoins, une fois dans l'allée du cimetière, il prit le bras de Loïc, peut-être parce qu'il était fatigué, peut-être en signe d'affection.

Sabine fit un tour complet sur elle-même, détaillant chaque bâtiment l'un après l'autre.

— Magnifique… C'est vraiment un endroit… Waouh !

Kerloc'h l'enthousiasmait pour de bon, elle ne l'avait pas du tout imaginé tel qu'il était.

— Tu racontes très mal, dit-elle à Loïc. Je voyais ça moins imposant, moins envoûtant, moins… ordonné.

— Mon père ne plaisante pas avec l'ordre, affirma-t-il en riant.

Il utilisait l'expression « mon père » à tout bout de champ ces temps-ci, d'un ton presque gourmand.

— Et tu grandissais là comme un prince pendant que moi, dans ma petite bicoque de pêcheurs, je…

— Tu portais des chaussettes ? Des nattes avec des rubans ? Ah, je t'aurais adorée, j'en suis sûr !

La nervosité qu'il manifestait depuis le matin à l'idée de la conduire à Kerloc'h semblait soudain remplacée par une gaieté de gamin.

— Bon, on va aller affronter les lions, déclara-t-il. Je ne t'ai pas prise en traître, nous sommes nombreux dans ma famille.

— S'ils sont tous comme Tristan, ça ira.

Elle savait l'importance qu'il attachait à cette rencontre et elle était dévorée de curiosité. Une fois encore, elle observa la façade du manoir, les toits d'ardoises bleutées, la girouette, la tour carrée. Derrière ces murs, Loïc n'avait pas toujours été heureux, cependant il y était terriblement attaché. Elle cessa de s'intéresser à l'architecture du lieu pour reporter son attention sur lui. Bronzé par quelques jours en mer – il avait enfin rejoint son bateau pour terminer ses expérimentations –, souriant, détendu, il ne ressemblait ni à un très sérieux scientifique, ni à un père de famille. Pourtant, l'adolescent qui venait d'apparaître en haut du perron devait être son fils. Derrière lui, un homme d'un certain âge, plutôt élégant dans un pantalon noir et une veste de velours beige, leur adressa un sourire de bienvenue. Il descendit les marches et vint vers elle, la main tendue.

— Je suis le père de Loïc, enchanté de faire votre connaissance…

Il la dévisageait avec curiosité, sans doute étonné qu'une femme d'apparence si fragile soit commissaire de police. Plus timide, l'adolescent attendit pour s'approcher que son grand-père s'écarte.

— Bonjour Pierre, dit-elle en l'embrassant.

Du coin de l'œil, elle vit qu'Artus Le Marrec prenait Loïc par l'épaule, avec une tendresse pudique et maladroite assez émouvante. Ensemble, ils se dirigèrent vers la maison où, dès le hall d'entrée, Tristan les attendait pour les escorter jusqu'à la cuisine.

— Nous vous recevons sans façon, précisa Artus. Nous vivons comme des ours et cette pièce est notre quartier général.

Le couvert était mis sur la longue table en bois d'épave, avec des sets brodés à la main, des verres tulipes en cristal et une vaisselle blanche à liseré or. Dans la cheminée, malgré le temps ensoleillé, un grand feu ronflait, se reflétant sur les dalles de schiste noir du sol.

— Je vous ai fait mon bar farci d'huîtres tièdes ! annonça Tristan en poussant Sabine vers l'un des bancs.

Elle fut présentée successivement à Gaëlle, Soizic, Marion, Yann et Elias, au milieu d'un joyeux brouhaha. Derrière elle, Loïc restait debout, comme s'il redoutait de la laisser affronter seule sa tribu.

— Va t'asseoir ailleurs, lui intima Artus.

D'autorité, il s'installa à côté de Sabine.

— Muscadet ou cidre ? C'est celui de ma fille, il est élevé à Kerloc'h.

Elle accepta le cidre, qu'il lui servit généreusement.

— Coatmeur, reprit-il, c'est joli, ça signifie « grands bois », mais je suppose que vous le savez ?

— Mes grands-parents parlaient breton entre eux, je le comprends toujours.

Un détail qu'Artus parut apprécier à sa juste valeur. Tournée vers lui, elle l'observa tandis qu'il buvait une gorgée de cidre et, instantanément, elle comprit pourquoi Loïc n'avait jamais cessé de l'aimer envers et contre tout.

— Comment dois-je vous appeler, madame le commissaire ?

— Par mon prénom, j'en serais ravie.

Tristan déposa un plat sur la table, et Elias un autre. Face à elle, Loïc la considérait d'un air inquiet qui la fit sourire. Elle se sentait tout à fait d'accord pour s'intégrer à cette grande famille s'il le désirait. Des hommes comme Artus ne couraient pas les rues, il faisait un patriarche vraiment remarquable.

— Kerloc'h m'éblouit, déclara-t-elle dans un élan de sincérité. C'est une propriété superbe, rare...

— Vous y êtes chez vous, répondit Artus avec beaucoup de sérieux.

Puis il lui posa la main sur le bras, se pencha vers elle et s'arrangea pour n'être entendu que d'elle.

— Rendez-le heureux, il le mérite.

Il n'ajouta rien d'autre, mais la manière presque douloureuse dont il l'avait dit ne laissait aucun doute sur ses sentiments. Pour ne pas l'embarrasser, elle acquiesça en silence avant de lever les yeux vers Loïc. Penché en arrière, il parlait à Tristan, qu'il félicitait à propos du bar. Huit mois plus tôt, la complicité des deux frères l'avait déjà frappée, et elle se souvint qu'elle avait pris Loïc pour un forestier. « Vous avez tiré un peu haut », lui avait-elle fait remarquer, alors qu'elle-même se débattait avec son revolver. Il était arrivé tant de choses dans sa vie depuis ce matin-là ! Et si ça continuait comme ça, un jour prochain elle ferait elle-même partie du clan des Le Marrec de Kerloc'h.

Autour de la table, la conversation roulait à présent sur l'état du blé, la moisson qui approchait. A dix, ils faisaient beaucoup de bruit dans cette immense cuisine. Elevant la voix, Artus posa une question à Loïc au sujet des plantes transgéniques, et Sabine sourit, égayée à l'idée de ce que seraient tous les dimanches à venir.

LA CAMARGUAISE

AVERTISSEMENT DE L'ÉDITEUR

Pour Juliette et pour Paulette qui souvent, dans mon enfance, usaient de cette langue provençale et me racontaient l'histoire de la noix avec ses quatre doumaïzeletto dins oun castel, oun zigozounzoun al mièl… *J'espère que l'*arlatenco *de ce livre leur plaira !*

1

La bastide était silencieuse, chaude et familière autour d'elle, avec ses odeurs anciennes et ses peintures défraîchies dont elle apercevait les cloques par endroits. Jordane s'était immobilisée un instant sur le palier du premier étage, guettant par habitude les bruits de la maison. Mais il n'y avait rien, hormis le frottement caractéristique du balancier de l'horloge, jamais réparé, et chacun devait dormir tranquille.

Au lieu de continuer vers le second, la jeune femme fit quelques pas hésitants et alla s'asseoir sur un cantou. Les veilleuses de la cage d'escalier, très insuffisantes, créaient des ombres effrayantes dans tous les coins, mais Jordane connaissait si bien la maison qu'elle aurait pu s'y déplacer dans le noir. Son grand-père avait fait installer, trente ans plus tôt, un système d'éclairage qui répandait de vagues lueurs au long des couloirs. Il en avait décidé ainsi à la naissance de sa première petite-fille car, dès qu'il était question d'améliorer le confort de la bastide, il ne reculait devant rien. Seulement voilà, depuis bien longtemps à présent, et faute de moyens, tout s'était usé, abîmé, dégradé.

Jordane se sentit brusquement oppressée. Certains soirs de fatigue, comme celui-là, elle prenait vraiment conscience de ses responsabilités, beaucoup trop lourdes pour une jeune femme seule ; de son avenir précaire qui s'obscurcissait d'année en année ; de ce que les autres femmes de sa famille attendaient d'elle.

Elle avait promis sur tous les tons, répété mille fois qu'elle se chargeait du Biloba, et qu'elle les sortirait de l'impasse. Etait-elle capable de tenir ses promesses ? Malgré sa volonté, son imagination ou sa capacité de travail, l'argent manquait de plus en plus.

Et soudain Jordane éclata en sanglots silencieux, recroquevillée sur elle-même comme sous l'effet d'une véritable douleur. Elle remonta ses genoux et replia ses bras autour, se balançant d'avant en arrière. La bastide du Biloba était un héritage empoisonné, un miroir aux alouettes, un chemin de croix.

L'escalier craqua et elle releva la tête. Lionel descendait, les cheveux en bataille, sa robe de chambre flottant autour de lui. Il vint aussitôt vers elle, la regarda avec tendresse, l'attira contre lui.

— Tu n'étais pas dans ta chambre, je me suis inquiété... Des soucis, mon amour ? chuchota-t-il d'une voix rassurante.

— Je ne suis plus ton amour et, des soucis, j'en ai par-dessus la tête !

Il se mit à rire mais recula d'un pas. Les boucles brunes de la jeune femme avaient frôlé son ventre, éveillant un sempiternel et encombrant désir.

— Descendons boire quelque chose, proposa-t-il.

En arrivant de Paris, le matin même, il avait rempli le réfrigérateur de ces bouteilles de champagne dont Jordane raffolait. Il marquait ainsi chacune de ses visites d'attentions et de cadeaux. Il était décidé à reconquérir sa femme, quelle que soit sa résistance. Au pied de l'escalier, ils tournèrent à droite vers la cuisine qui demeurait la pièce la plus accueillante de la trop vaste bastide. Jordane sortit deux verres dépareillés tandis qu'il la détaillait, du coin de l'œil. Ses hanches étaient toujours aussi étroites, sa silhouette haute et gracieuse. Une masse de cheveux brillants, très sombres, dissimulaient un petit front têtu, un visage aux pommettes saillantes, une bouche enfantine. Elle ne se maquillait jamais, restant hâlée en toute saison, et ne cherchait même pas à mettre en valeur son regard doré, profond, scintillant.

— Tu as l'air d'une gamine, dit-il en souriant de convoitise.

Elle se laissa tomber sur le banc, près de lui, puis renversa la tête en arrière pour vider son verre. N'y tenant plus, il la prit par les épaules et l'embrassa dans le cou. Elle sentait le cheval, la poussière, le soleil. Il eut un pincement au cœur, très désagréable. Il n'était pas seulement frustré, il était malheureux. De quel droit l'avait-elle quitté ?

— Tu as besoin d'argent, Jordane ?

Il murmurait, la bouche contre sa peau tiède, la voix altérée. Elle se dégagea d'une secousse, se mit debout pour mieux le toiser.

— Toujours aussi délicat !

Depuis combien de temps n'avaient-ils pas fait l'amour ensemble ? Un an ? Davantage ? Lionel avait ses maîtresses, à Paris, et Jordane menait une vie solitaire au Biloba. Pour ce qu'il en savait, du moins.

— Et puis, de l'argent..., ajouta Jordane d'un air las. Je voudrais bien en gagner, pas t'en emprunter ! Que cette fichue terre se décide à rapporter trois sous ! Grand-père y parvenait mieux que moi, et pourtant je l'ai pris pour un vieil idiot, un...

— Grand-père, grand-père, la singea-t-il. Tu en es toujours là ? Reprends-toi, ma grande, le monde avance ! Essaie de te maintenir dans la course.

Puisqu'elle l'avait repoussé, comme d'habitude, il n'avait plus très envie de discuter. Il bâilla et versa du champagne dans leurs verres.

Elle s'empara du sien avant de quitter la cuisine, sans explication. Il l'entendit ouvrir la porte du bureau. Elle allait encore se replonger dans ses comptes, tirer des plans sur la comète toute la nuit. Il éteignit, traversa le hall et s'arrêta un instant au pied de l'escalier. Elle écrivait, la tête penchée sous la lampe bouillotte, le dos voûté, l'air absorbé. Trop agacé pour la trouver attendrissante, il décida que tout ce gâchis ne le concernait pas, qu'il avait sommeil. Il allait s'éloigner, dépité, lorsqu'elle se tourna vers lui. L'ampoule électrique faisait luire ses boucles brunes, cernait ses yeux et creusait ses joues. Elle lui adressa un drôle de petit sourire.

— Jordane...

Non, il ne pouvait pas se résigner à la laisser seule. Le silence de la nuit lui donnait l'impression trompeuse d'une intimité retrouvée. Il l'avait si souvent tenue dans ses bras, possédée, aimée, qu'il refusa brusquement le rôle d'ami auquel elle prétendait le condamner.

— Jordane, répéta-t-il plus bas en s'approchant.

Elle vit sa détermination et sut tout de suite ce qu'il allait faire. Elle posa son stylo, se leva, mais il l'avait déjà prise par la taille. Il était plus grand et plus fort qu'elle. Ils luttèrent quelques instants, elle vraiment furieuse, et lui comme s'il s'agissait d'un jeu. Combien de fois s'étaient-ils amusés de la sorte, à se poursuivre en riant à travers leur appartement de Paris, se défiant comme des gamins ? Et toujours pour finir ils se retrouvaient blottis l'un contre l'autre, soumis au même désir.

Lionel tira d'un coup sec sur le chemisier, arrachant les boutons. Il vit qu'elle ne portait pas de soutien-gorge. Elle se débattait pour de bon, sans prononcer un mot. Comme elle était sportive, musclée, pleine d'énergie, elle lui échappa une seconde mais il la rattrapa par le bras. De la voir à moitié nue avait rendu fou Lionel. Il la plaqua contre le mur qu'elle heurta durement. Il insinua de force un genou entre ses cuisses pour l'empêcher de bouger, pour l'obliger à céder. Au moment où il posait avec avidité ses mains sur ses seins, elle lui envoya une gifle magistrale. Ils reprirent leur souffle, immobiles, avant qu'il accepte de reculer.

— Désolé, marmonna-t-il.

Il la regardait toujours, fasciné, et elle ne chercha pas à rajuster ses vêtements. Au contraire, elle avança pour le provoquer de façon délibérée.

— Mais qu'est-ce que tu es devenu, mon pauvre chéri ? Un vrai satyre ou une simple brute ?

Machinalement, Lionel frotta sa joue, là où les doigts de Jordane avaient laissé une marque rouge.

— Tu veux que j'ouvre mon jean ? poursuivit-elle. Tu veux prendre un petit plaisir, debout contre la porte ? Je peux faire ça pour toi !

— Garce, parvint-il à articuler en baissant les yeux.

— Parce que je n'ai pas envie de toi, je suis une garce ? Tu trouves ? Ah, vraiment, nous n'étions pas faits pour aller bien loin, tous les deux !

— S'il te plaît... Ne dis pas des choses que tu vas regretter...

— La seule chose que je regrette, ce sont les enfants que tu n'as pas voulu avoir !

Il soupira, brusquement calmé. Elle avait sans doute raison de lui en vouloir. Il aurait donné beaucoup pour pouvoir revenir en arrière. Hélas, il avait tout compris trop tard.

— J'ai changé, Jordane, mais tu ne m'écoutes pas. Tu n'écoutes personne...

— Je n'ai pas de temps à perdre ! J'ai cette maison sur le dos, je n'ai plus de vie ! Et tu n'as rien fait pour m'aider, pour que ça s'arrange entre nous. Tu ne penses qu'à toi. Tout ce qui t'intéresse, c'est de me sauter dessus ! Des femmes, il y en a d'autres... Tu m'as donné dix fois la preuve que tu savais où les trouver !

Elle pouvait être sans pitié, il en avait déjà fait l'expérience à ses dépens, et il ne voulut pas en entendre davantage. Il se détourna, mal à l'aise, vaguement en colère, ne sachant que faire.

— La prochaine fois, mets-y les formes, offre-moi des fleurs...

La voix de Jordane, derrière lui, avait soudain une intonation gaie. Il l'aimait pour ça aussi, pour cette joie de vivre qui n'appartenait qu'à elle et qui faisait surface à n'importe quel moment. Il lui jeta un coup d'œil mais elle lui ordonnait de sortir, d'un geste amusé.

— J'ai du travail, rappela-t-elle en désignant son bureau.

Ce n'était plus la peine d'insister, ce serait pour une autre fois. Mais il ne se laisserait pas décourager, quoi qu'elle fasse ou quoi qu'elle dise. Elle était trop belle pour qu'il abandonne la partie, et puis surtout il l'aimait encore beaucoup trop.

Tandis que Jordane alignait d'inutiles colonnes de chiffres, une nuit étoilée brillait sur la Provence. A cinq kilomètres d'Arles, la bastide du Biloba étendait ses soixante hectares de terres arides vers la Crau. C'était une solide construction, typique de la région avec son toit à quatre pans, sa façade de pierre, élégante et sévère, sa terrasse surélevée. Construite cent cinquante ans plus tôt, sous Napoléon III, par un riche bourgeois arlésien pressé d'étaler sa fortune, la bastide était un peu trop grande, un peu trop haute, mais tout avait été mis en œuvre pour la rendre moins austère. Des sculptures, des balustrades, des fenêtres à petits carreaux adoucissaient l'ensemble tout en le chargeant. La demeure avait été érigée, sans nul doute, pour donner une impression de prospérité. Un siècle et demi plus tard, elle avait affreusement vieilli. Les persiennes, autrefois peintes en rose, n'avaient plus de couleur. Aucune huisserie ne fermait bien. Des tuiles manquaient, çà et là des fissures se lézardaient avec le temps. Les joints de la pierre de taille s'étaient desséchés sous le soleil implacable, des vitres fendues n'avaient jamais été remplacées.

A quelques pas de la façade, deux somptueux ginkgos biloba culminaient à près de vingt-cinq mètres. Ces conifères exceptionnels, avec leurs feuilles vert clair en forme d'éventail, avaient voilà longtemps donné son nom à la bastide. De génération en génération, tous les Valence se persuadaient que les deux arbres étaient des emblèmes autant que des porte-bonheur.

Le grand-père de Jordane, François Valence, avait été le dernier propriétaire heureux. C'est avec sa descendance que les ennuis avaient commencé. Il n'avait eu qu'une fille unique, Isabelle, aussi ravissante qu'originale, et dont la naissance juste après la guerre, en 1946, avait coûté la vie à sa mère. En choisissant de rester veuf, François fit son propre malheur. Isabelle, à peine majeure, épousa Hugues, un homme de dix ans son aîné. Délicieux rêveur, aussi farfelu que sa femme, Hugues s'installa au Biloba sans même s'apercevoir qu'il s'agissait d'une propriété agricole. Il vivait derrière l'objectif de son Minolta, l'œil rivé au zoom. Les moutons de son beau-père n'étaient que de simples sujets pour clichés bucoliques. Quant aux chevaux andalous que François venait d'installer chez lui, il les mitraillait sans répit, s'extasiant sur leurs attitudes mais n'imaginant pas un instant que ces animaux avaient besoin de soins constants.

Alarmé par ce qu'il appela d'abord l'originalité puis la paresse de son gendre, François insista auprès de sa fille pour qu'elle conserve le nom de Valence et le transmette à ses enfants. Il espérait des héritiers mâles, il comptait sur eux. Isabelle et Hugues acceptèrent de bonne grâce puis fabriquèrent une première fille, Nora, et Jordane deux ans plus tard. Pas de descendant pour les Valence, une fois encore, rien que des « pisseuses ». Pour oublier sa déception, François s'absorba dans le travail. Il défricha une partie de ses terres et se lança dans la culture des fleurs sans grand succès. Il ne s'en formalisa pas car il restait, avant tout, passionné par ses andalous. C'était un homme de cheval, comme son père l'avait été avant lui. Ce qui signifiait que le petit camarguais, si rustique et maniable soit-il, ne l'intéressait guère.

Cavalier hors pair, François avait toujours possédé, pour son plaisir, des chevaux espagnols et arabes. Il les dressait avec patience et compétence, tentait les croisements les plus audacieux sans regarder à la dépense lorsqu'il s'agissait de se procurer une poulinière de qualité. Il poursuivait un but précis : améliorer son élevage jusqu'à n'avoir plus aucune concurrence dans la région. La corrida l'intéressait bien davantage que la course libre qu'on pratique volontiers dans le Midi, et il ne manquait aucune feria. Parfois, il s'offrait le voyage jusqu'en Espagne pour assister à des corridas de *rejoneo*, cette tradition tauromachique venue du Portugal qui met face à face le taureau de combat et le cheval. Pas un de ces lourds animaux caparaçonnés qui servent aux picadors, mais des bêtes somptueuses, tout en muscles et en nerfs, que rien ne protège des cornes meurtrières, et qui sont montées par des cavaliers d'exception.

François éprouvait de grands frissons lors de ces spectacles. Il rêvait de voir les mêmes chevaux chez lui, sur ses terres. Dès qu'il rentrait au Biloba, il se penchait sur les origines des étalons et projetait ses saillies de l'année à venir avec le plus grand soin. Il possédait une dizaine de juments qui l'accaparaient entièrement.

A force de se passionner pour les *caballeros en plaza* et tout ce qui s'y rapportait, François fut frappé par une évidence : il y avait des femmes dans ce monde-là... Des femmes à cheval depuis la très célèbre Conchita Cintron, des femmes capables d'élever des taureaux, et de caracoler en selle devant eux. Alors il commença à regarder ses petites-filles avec moins de mépris.

Hélas, juste au moment de son dixième anniversaire, on découvrit que Nora, l'aînée, était atteinte d'une maladie osseuse. Isabelle se mit à courir les médecins et les chirurgiens. De Marseille à Montpellier, elle traîna sa fille dans tous les services hospitaliers de pointe, essayant de comprendre quelque chose aux noms barbares de l'ostéopathie. François fut consterné, ému, mais aussi très déçu. Nora commença à subir des interventions qui imposaient des convalescences interminables. Hugues consacrait beaucoup de temps à sa fille, l'aidait dans ses rééducations successives avec patience et, n'oubliant pas pour autant ses appareils et ses objectifs, il l'initiait à la photographie. Jusque-là, on n'avait pas beaucoup compté sur lui au Biloba, mais il devint carrément invisible.

Restait Jordane. Celle-là semblait aimer les animaux et jouir d'une santé à toute épreuve. François reprit courage et s'appropria la fillette. Dès qu'elle était en vacances, il l'emmenait avec lui au fond des prés pour observer les poulains qui grandissaient. Il la mit en selle très tôt, et parvint bientôt à lui donner le goût de l'équitation. Il la récompensa même, deux années de suite, par un voyage en Andalousie.

Jordane aimait les chevaux, les comprenait, n'avait peur de rien. François se félicitait de ses progrès, reléguant au second plan les problèmes d'une scolarité médiocre. Elle connut donc une adolescence extravagante au sein d'une famille très marginale. Sa mère et son père n'étaient jamais là et semblaient avoir tout abdiqué, son grand-père ne parlait que de chevaux, sa sœur se languissait sur ses cours par correspondance, incapable de rester dans une école plus d'un trimestre par an.

Le Biloba était un paradis, tant qu'on ne s'intéressait pas à son rendement. Les champs de fleurs, les moutons dans le lointain, les andalous sur leurs pâturages : une véritable image d'Epinal. Sans parler de la bastide elle-même, inépuisable terrain de jeux. Durant l'hiver, pendant les quelques jours froids qui s'abattaient sur la Provence et la Camargue, Jordane et Nora exploraient les greniers, jouaient à cache-cache dans les couloirs, dévoraient des livres au coin du feu. Elles étaient si différentes qu'elles s'entendaient à merveille. Bien qu'elle soit la cadette, Jordane protégeait sa sœur, essayait de la divertir, de lui faciliter la vie. Nora se laissait dorloter, peu pressée de grandir. Sa claudication émouvait les enfants de son âge, mais qu'en serait-il des hommes plus tard ? Jordane riait, affirmait que sa sœur serait guérie d'ici là. C'était faux, elles le savaient toutes les deux.

Lorsqu'elles atteignirent respectivement seize et dix-huit ans, Nora se mit à souffrir de ses complexes latents. Une foule de jeunes gens tournaient autour de Jordane. Grande, mince, sportive, cavalière gracieuse, elle avait tout pour séduire. Son regard noisette était pailleté d'or et François disait qu'elle avait des yeux de tigre. Ses cheveux bruns, rarement coiffés, se répandaient en boucles folles sur ses épaules. Elle pouvait rivaliser avec n'importe quel garçon dans bon nombre de sports et elle savait s'amuser. Nora ne devint pas jalouse, elle devint triste. Elle n'était pourtant ni laide ni sotte, mais sa maladie l'empêchait d'en prendre conscience. Elle aurait voulu monter à cheval, elle aussi, danser le rock, courir sous le soleil ou dévaler les escaliers. Elle se mit à afficher en permanence un petit sourire résigné qui décourageait tout le monde, même sa mère. Ensuite elle se prit successivement pour Marie Laurencin puis pour Camille Claudel avant d'abandonner les formes et les couleurs au profit de la musique. Hugues lui acheta un piano d'occasion et Isabelle dénicha un professeur bénévole. Nora étudia sans relâche durant plusieurs années, devint une assez bonne interprète et se mit à composer.

Pendant ce temps, Jordane apprenait le piaffer, le passage et autres figures de haute école aux andalous de François. Elle commençait à trouver son grand-père un peu tatillon, un peu démodé. Avec l'intransigeance de la jeunesse, elle jugeait les autres et refaisait le monde en une nuit.

Infatigable, Hugues continuait de mitrailler tout ce qui tombait dans son champ de vision. Après avoir usé des caisses de pellicules sur les andalous - déguisant Jordane en Portugaise, en Arlésienne ou en gardiane - il se prit d'amour pour les marais et leur faune. Les flamants roses et les ragondins furent ses premières cibles, puis l'eau et le soleil lui suffirent. Comme il aimait l'insolite et qu'il savait le capter, il s'aventura de plus en plus loin dans des endroits traîtres et déserts. Un soir d'hiver, il ne rentra pas au Biloba. On le chercha deux jours durant avant de retrouver son corps. Il s'était noyé, tout empêtré de ses appareils et de ses boîtes à objectifs. Jordane venait d'avoir vingt ans, c'était bientôt Noël.

A l'enterrement d'Hugues, Isabelle et Nora se serraient l'une contre l'autre, hagardes. Jordane pleura son père mais elle aimait trop la vie pour se laisser abattre. Le chagrin glissa sur elle tandis que sa sœur se renfermait encore davantage. Isabelle, pour sa part, se mit à courir les brocanteurs, les foires à tout, les antiquaires, comme pour s'étourdir et s'éloigner du Biloba. Au premier étage, sa grande chambre lui faisait horreur. La pièce mitoyenne, qui avait été le labo photo d'Hugues, resta condamnée. Jordane rangea les négatifs, les planches-contacts et les clichés dans des cartons. Elle ouvrit les rideaux noirs, aéra, jeta les produits de développement. En sortant, elle ferma la porte à clef mais laissa celle-ci dans la serrure. Tout le monde pouvait entrer mais personne ne le fit.

François, malgré lui, s'accrocha davantage encore à Jordane dans les mois qui suivirent. Or, elle se sentait lasse de l'autorité et de l'omniprésence de son grand-père, malgré toute l'affection qu'elle avait pour lui. C'est à ce moment-là qu'elle fit la connaissance de Lionel. Elle garda toujours de cette rencontre un souvenir ébloui. Au volant de la très vieille Rover de François, superbe antiquité qui ne démarrait qu'une fois sur deux, Jordane manœuvrait avec prudence dans les rues étroites d'Arles. Lionel les descendait à toute allure, en Parisien inconséquent qu'il était, au volant de son coupé tout neuf. Il parvint à éviter la Rover mais percuta à grand fracas le porche d'un hôtel particulier. Il était dans son tort, ce fut sa première phrase. Jordane aurait pu partir, s'en tenir là, mais elle s'attarda pour lui indiquer un dépanneur, un garagiste qu'ils attendirent ensemble à la terrasse d'un café. Lionel avait trente ans, des cheveux blonds très courts, un regard bleu pâle et beaucoup d'assurance. Il l'invita à dîner place du Forum, au *Vaccarès*, puis elle le suivit à l'hôtel d'Arlatan où il avait pris une chambre pour le week-end. Il commanda du champagne et lui fit couler un bain chaud. Il la déshabilla lentement, la porta jusqu'à la baignoire, se mit à lui savonner les épaules, la nuque, les seins.

Elle avait connu quelques amourettes sans lendemain, quelques coups de cœur, mais rien de comparable à ce qu'elle ressentit ce soir-là, entre les mains de cet inconnu auquel elle s'abandonna. Elle découvrit le plaisir tel qu'elle ne le connaissait pas encore, ne le devinait même pas. Lionel avait beaucoup d'expérience dans ce domaine. Il aimait l'amour, il courait les femmes, cependant Jordane avait quelque chose de différent qui le retint aussitôt. Bien sûr, il fut d'abord sensible à ses yeux dorés, à ses hanches étroites de garçon, à ses longues jambes musclées. Mais aussi à son irrésistible appétit de vivre, son parfum de soleil, de cheval, de liberté.

Sans façons, elle l'invita à déjeuner au Biloba le dimanche suivant. Il découvrit la famille Valence avec curiosité. Il ne comprenait rien à ces gens-là mais Jordane crut qu'elle pourrait les lui faire aimer. C'est elle qu'il aimait, heureux et surpris d'être déjà si attaché à cette drôle de jeune fille. Il repartit pour Paris mais revint le week-end suivant. Il possédait des parts dans un cabinet d'assurances assez prospère, et il pouvait faire l'école buissonnière de temps en temps.

Jordane avait une amie, une seule, Cécile Marchand. Elles avaient été ensemble au collège puis au lycée, avaient obtenu, un peu laborieusement, leur bac le même jour. Les parents de Cécile tenaient une agence immobilière sur la rive droite d'Arles, à Trinquetaille. Leur fille rêvait de spectacles et d'artistes, ne manquait jamais une seule manifestation culturelle de la saison d'été et avait fini par s'inscrire dans une école privée, à Aix-en-Provence, pour devenir attachée de presse. Jordane lui présenta Lionel. Eblouie au seul nom de la capitale, Cécile pensa aussitôt que ce séduisant Parisien était une aubaine inespérée pour Jordane. Après tout, celle-ci n'avait rien à attendre du Biloba et n'allait pas passer sa vie à traîner dans une écurie ! Jordane écouta ces arguments avec plaisir, confortée dans l'idée que Lionel était l'homme qu'il lui fallait. Il y avait bien sûr son grand-père, sa sœur, ses chers andalous, mais tout sembla se résoudre aisément. Nora poussa Jordane à saisir sa chance, sincèrement convaincue que la cadette était faite pour briller loin d'eux. Elle alla même jusqu'à prétendre que François n'était qu'un vieil ours, accroché à des certitudes ineptes et tout juste capable de conduire la famille Valence à une ruine définitive. L'avenir de Jordane n'était pas d'user ses jeans sur le cuir des selles tandis que le grand-père continuerait de s'extasier devant les prouesses de ses étalons.

Jordane prêta donc une oreille complaisante aux discours de Nora et de Cécile, pressée qu'elle était de passer toutes ses nuits dans les bras de Lionel. Elle chassa les doutes et les appréhensions, crut se mettre à l'abri en parlant mariage. Lionel ne se fit pas tirer l'oreille. Il avait hâte d'exhiber Jordane à tous ses copains. Et puis, à trente ans, l'idée de se marier ne lui déplaisait pas. Il songeait même à un enfant. Mais pas tout de suite car il débordait de projets et d'ambition. Il demanda très cérémonieusement la main de Jordane à François.

Si le vieux monsieur fut un peu choqué de la rapidité avec laquelle la préférée de ses petites-filles décidait de le laisser tomber, il n'en montra rien. Au contraire, il racla les fonds de tiroir pour permettre à Isabelle d'organiser une belle noce. Les Valence ne recevaient plus très souvent, faute de moyens, il fallait donc saisir cette occasion pour épater toute la région. Courtois – et surtout lucide –, Lionel offrit de partager les frais. François accepta sans pour autant changer d'opinion sur le futur mari de Jordane qu'il tenait pour le dernier homme qu'elle aurait dû rencontrer.

Ensuite, tout s'enchaîna. Une très belle réception, les adieux émus de rigueur, le départ pour Paris. Lionel y possédait un appartement agréable, acheté trois ans plus tôt dans de bonnes conditions. De grandes pièces claires, un balcon, une cuisine ultramoderne, un quartier à la mode. Jordane s'y installa tout d'abord avec plaisir. Ils sortaient tous les soirs, faisaient l'amour toutes les nuits. Leur entente physique, qui confinait à la dépendance chez Jordane, était le meilleur atout de leur couple. Pour le reste... Lionel partait vers sept heures, le matin, et rentrait douze heures plus tard. Jordane visitait Paris, faisait les boutiques. Elle n'était pas très douée pour la cuisine et, de toute façon, Lionel n'aimait que les restaurants, le bruit, la foule. L'hiver était morose, pluvieux, sans aucun attrait. Au bout de trois mois, Jordane apprit ce qu'était l'ennui, les jours sans but et sans fin, l'enfermement dans soixante-dix mètres carrés et la tristesse des squares déserts en février. Elle essaya d'aller au cinéma, mais les salles obscures lui donnaient la nostalgie de l'espace et de la lumière ; elle voulut s'intéresser aux amis de Lionel, mais ils parlaient de choses qu'elle ne connaissait pas, ou alors d'argent, de marché, de portefeuille ; elle tenta des incursions dans les instituts de beauté, mais elle n'était jamais si jolie qu'au naturel. Les mois se traînaient, annonçant le désastre.

Que devenait Nora, que faisait Isabelle, comment son grand-père s'en sortait-il seul ? Le soleil devait briller sur Arles, toujours écartelée entre Provence et Camargue. Le cœur de Jordane appartenait bien davantage au Biloba qu'à Lionel. La jeune femme rêvait des poulains qu'elle ne verrait pas naître, des champs d'iris qu'un vent fou de printemps faisait frissonner loin d'elle. En fermant les yeux, elle voyait la bastide, sentait l'air marin.

Lionel comprit que les choses se gâtaient. Jordane avait maigri, perdu son hâle, ses muscles et son sourire. Elle s'accrochait toujours à lui, la nuit, passionnée mais angoissée. Elle dormait mal et s'était mise à fumer. Les disputes ne tardèrent pas. Il en avait assez de l'entendre parler du Biloba et du Midi. Elle était lasse de la pluie, de ses absences, de sa suffisance. Comme elle n'avait rien d'une épouse effacée, disciplinée, elle s'en plaignit. D'abord il se vexa puis il eut peur. Jordane était capable de s'en aller un beau jour, il le devinait. Il n'avait rien à lui proposer mais il ne voulait pas qu'elle parte. Il lui offrit de très beaux bijoux, de grandes soirées romantiques, des week-ends en Italie. Devant le Colisée, Jordane songeait aux arènes d'Arles ; à Venise, elle évoquait les marais et les rizières de sa Camargue. Elle finit par se rendre à l'évidence : on fait plus vite le tour d'un homme que d'un cheval.

Un coup de téléphone de Nora, en pleine nuit, signa la fin de l'histoire. François était mort d'un arrêt du cœur. Le lendemain, Jordane prit le premier TGV. Sur le quai de la gare de Lyon, Lionel sut qu'elle quittait Paris pour toujours.

Jordane retrouva le Biloba avec autant de bonheur que de désespoir. Il y avait tout juste un an qu'elle avait abandonné les lieux. Rien n'avait changé, c'était juste un peu plus abîmé qu'avant, un peu plus à l'abandon. Isabelle errait d'une pièce à l'autre, effarée de ce qui les attendait, Nora et elle. Jusqu'à présent, son père l'avait protégée, s'était occupé de tout. Les moutons, les chevaux, les iris : elle les avait toujours regardés de loin.

Nora, affublée d'une sempiternelle jupe longue qui dissimulait ses cicatrices, vit arriver sa sœur comme le Messie. Jordane connaissait la terre, le fonctionnement de l'exploitation, elle savait ce que mangeaient les bêtes et comment on récoltait les fleurs. Quand Jordane annonça qu'elle était vraiment de retour, et non pas de passage, Nora et Isabelle se mirent à pleurer. Cette scène réconforta Jordane, la fit mûrir d'un coup. Elle avait beau n'être que la cadette, elle était à présent soutien de famille.

L'enterrement de François rassembla tout ce que la Camargue comptait de manadiers et de gardians. Ils lui firent, à cheval, une haie d'honneur jusqu'au cimetière. Jordane ignorait que son grand-père avait tant d'amis. Elle eut droit, pêle-mêle, aux condoléances et aux conseils. Chacun avait son mot à dire sur l'avenir du Biloba, sur la meilleure façon de le gérer, mais les voix étaient unanimes : les Valence devaient garder leur propriété.

Jordane investit donc le petit bureau du rez-de-chaussée pour examiner les registres et les comptes. La situation était pire que prévue car tous les relevés bancaires de François accusaient un découvert. Dans une chemise en carton, étiquetée avec soin, elle trouva une douzaine de factures en souffrance qui allaient du maréchal-ferrant au garagiste en passant par diverses assurances. Epouvantée d'avoir pris la responsabilité d'un pareil gouffre, elle se sentit vaciller. Cependant, parmi tous les papiers et dossiers qui encombraient les tiroirs, elle découvrit une enveloppe à son nom. A l'intérieur, elle reconnut l'écriture ferme de son grand-père. La lettre commençait par une formule ironique : « Si par hasard je meurs... » Suivaient quelques considérations désabusées sur l'exploitation agricole du Biloba et enfin une envolée presque lyrique au sujet des andalous. Le dernier poulain né au domaine avait été baptisé Butaban. Cadeau posthume pour sa petite-fille préférée, ce bébé cheval était l'aboutissement de cinquante années d'élevage. François, avant de signer, avait pris soin de souhaiter bonne chance à Jordane, en provençal.

Elle pleura longtemps, affalée contre le vieux bureau d'acajou, sur son grand-père disparu, sur son mariage raté, sur le fardeau qu'elle avait décidé d'accepter. Ensuite elle fila à l'écurie, fit la connaissance de Butaban, lui promit monts et merveilles puis se mit au travail. Elle comprit rapidement qu'elle avait eu grand tort de mépriser les méthodes de François, de le juger du haut d'une jeunesse intransigeante. Pour moderniser l'exploitation, il aurait fallu d'énormes capitaux, faute de quoi il valait mieux se contenter des moutons, des chevaux et des iris. Pour ces derniers, Jordane voulait la certitude d'une récolte achetée d'avance au lieu d'un démarchage annuel des plus incertains. Elle se promit de faire appel à Lionel pour obtenir une introduction dans le monde clos des parfumeurs, ces gens-là n'ayant jamais assez de fleurs à écraser. En ce qui concernait les chevaux, elle compulsa le fichier clients de son grand-père et décida de vendre la moitié de sa cavalerie. Quant au cheptel des mérinos, il pouvait continuer de paître tranquille sur les terres du Biloba d'octobre à juin, la transhumance s'effectuant sans problème en camion depuis une dizaine d'années. Les trois bergeries étaient un peu écroulées, certes, les clôtures étaient branlantes et le vieux berger Sempion n'avait plus toute sa tête, mais on pouvait continuer comme ça encore un moment.

La plus grande joie de Jordane fut de se remettre en selle. C'était son élément, sa vraie passion. Les andalous durent se plier de nouveau aux figures d'école, il y eut de la poussière, de la sueur et des bagarres, comme par le passé.

Lionel ne décolérait pas. Sa jeune et jolie Arlésienne était retournée jouer au cow-boy en le plantant là comme un objet usagé. Il était blessé dans son orgueil mais, bien pis, elle lui manquait affreusement. Il descendit au Biloba, drapé dans sa dignité de mari abandonné, et retrouva la fille dont il était tombé amoureux deux ans plus tôt, gaie, libre, belle à faire peur. Il se donna un mal fou pour la reconquérir mais buta sur une situation inextricable. Car Jordane finissait par céder à son insistance, dès qu'il était question de câlins et de nuits d'amour. Incapable de résister au désir qu'il lui inspirait encore, la jeune femme se retrouvait volontiers dans les bras de Lionel pour partager quelques heures folles. Mais lorsqu'il parlait de lui faire quitter le Biloba, elle disait non, ayant décidé une fois pour toutes qu'elle resterait là. Elle l'aimait sans l'aimer par-dessus tout, triant dans ce qu'il offrait, acceptant ou rejetant selon ses besoins à elle.

L'attitude de Jordane, avec ce qu'elle impliquait d'indépendance affichée, humiliait Lionel en le cantonnant dans un rôle accessoire. Il essaya diverses tactiques. Il restait des mois absent puis venait cinq ou six fois de suite. Il lui apportait des cadeaux somptueux ou, au contraire, arrivait les mains vides et racontait ses rencontres, ses aventures, ses coups de cœur. Fine mouche, Jordane s'abstenait de manifester une quelconque jalousie, même si elle en ressentait les effets détestables. Elle avait quitté Paris, et elle considérait que Lionel était libre. Elle proposait même un équitable divorce à l'amiable mais il faisait la sourde oreille.

Excédé, il la regardait se débattre dans ses problèmes financiers, sans lui proposer son aide, attendant la chute. Et puis soudain, dans un élan, il donnait un conseil, souvent judicieux. Elle en tenait compte mais ne se sentait pas pour autant redevable. A bout d'arguments, Lionel saisit alors une opportunité. Sa mère, Alice, habitait à l'autre bout de Paris un vieil appartement au quatrième étage d'un immeuble sans ascenseur. Elle envisageait d'aller finir ses jours dans une maison de retraite, son fils ne faisant que de trop brèves apparitions chez elle. Lionel, pris d'une inspiration soudaine, demanda à Jordane si Alice pouvait s'installer au Biloba. Le climat du Midi conviendrait bien à cette dame âgée qui, c'était convenu, paierait une sorte de loyer à sa belle-fille.

Jordane avait besoin d'argent, et elle gardait d'Alice le souvenir – assez vague – d'une femme austère et bien élevée. Avec l'accord d'Isabelle et de Nora, l'ancienne chambre de François fut dévolue à Alice qui débarqua du train, un beau matin, avec une demi-douzaine de grosses valises. Peut-être s'était-elle préparée à une éventuelle guerre contre Isabelle mais elle n'eut pas le loisir de fourbir ses armes. Isabelle ne faisait que passer au Biloba, courant toujours les routes à la recherche d'objets insolites. Elle connaissait par cœur le calendrier des foires, pouvait dresser une liste exhaustive des brocanteurs de la région et passait toutes ses matinées en compagnie d'un certain Gilbert, antiquaire à Arles.

Nora, insaisissable et diaphane, souriait à Alice sans la voir et restait silencieuse. Jordane était dehors de l'aube au crépuscule. La vieille damc put donc investir le Biloba en toute quiétude. Mois après mois, elle imposa quelques volontés quant à la marche de la maison, pointilleuse dès qu'il s'agissait des repas ou du linge. Nullement troublées par sa présence, les Valence lui abandonnèrent ces prérogatives avec un certain soulagement. Et Lionel put enfin descendre au Biloba quand il le voulait sans avoir l'air de quémander les faveurs de sa femme.

Grâce à ces divers arrangements et au mal que se donnait Jordane à longueur de jour, la bastide continua de vivre, cahin-caha, sans sombrer tout à fait dans la ruine. D'ailleurs, le soleil arrangeait tout, du moins en apparence. Trois années passèrent ainsi.

Jordane s'amusait des coups de tête offusqués de Butaban. Il supportait mal qu'on le bouchonne, et il s'énervait sous la main énergique de la jeune femme. Elle se recula un peu pour souffler, c'est elle qui transpirait à présent. Pourtant l'air était vif, presque froid en cette matinée d'avril. Butaban, comme tous les andalous, avait une forte encolure, un front large et une crinière abondante. Il était élégant, léger et rapide. Il effectuait les airs d'école avec un rien de morgue, et savait se rassembler, esquiver ou démarrer à la perfection. Jordane aurait déjà pu le vendre avec profit, mais elle avait décidé de le conserver, coûte que coûte. Ce cheval était l'ultime cadeau de son grand-père, bien sûr, mais surtout elle avait tissé avec lui des liens particuliers. Il leur suffisait, pour se deviner mutuellement, de la simple crispation d'un muscle, de la moindre rupture d'équilibre. Ils prenaient du plaisir à travailler ensemble, à pousser le jeu toujours plus loin.

En deux ans, Jordane avait vendu quatre andalous à des cavaliers de corrida. Des *rejoneadores* venus de loin qui n'avaient pas lésiné sur les prix. Elle pensait que ces hommes seraient sa meilleure publicité pour l'avenir. Mais hélas ce genre de bouche à oreille pouvait demander un certain temps. François avait pris des risques en se spécialisant dans l'élevage des andalous. Chevaux de pompe et de parade, ils n'étaient plus guère utilisés que dans les arènes ou les cirques, et seuls quelques haras privés, au sud de l'Espagne, perpétuaient cette tradition. François avait attendu, confiant dans l'avenir de la tauromachie malgré la virulence de ses détracteurs. Et il n'avait pas eu le triomphe modeste lorsque le *toreo* à cheval était redevenu à la mode. Aujourd'hui les acheteurs se faisaient moins rares mais restaient d'une exigence folle. Jordane, grâce à son grand-père, n'avait que des bêtes de qualité, aux belles croupes rondes, aux membres secs et solides, aux allures relevées. De plus, elle savait les mettre en valeur lorsqu'elle les présentait pour les vendre, et elle pouvait légitimement espérer tirer un jour le Biloba du marasme financier. Mais quel jour lointain ? Avec combien de sacrifices encore, combien d'heures passées à nettoyer les écuries, à distribuer l'avoine, à graisser des cuirs, à mener une vie de palefrenier ?

Elle était en train de fermer la porte du box de Butaban lorsqu'elle entendit un bruit de moteur au-dehors. Une minute plus tard, Isabelle faisait irruption dans l'écurie.

— Regarde ! Ne me dis pas que ce n'est pas joli !

Tous les chevaux avaient dressé la tête. L'un des mâles se mit à gratter le sol d'un sabot impatient.

— Tu leur fais peur, reprocha Jordane.

Sa mère poursuivit, en baissant la voix :

— Personne ne fabrique plus de dentelles comme ça !

Jordane jeta un coup d'œil distrait à la nappe. Les achats de sa mère l'agaçaient. Pourtant le compte bancaire des Valence, qu'Isabelle partageait avec ses deux filles, accusait rarement ces dépenses. Aux questions de Jordane, Isabelle donnait une réponse évasive, assurant qu'elle « s'arrangeait ». A plusieurs reprises, Jordane s'était même demandé si sa mère ne se livrait pas à une espèce de trafic. Isabelle avait ri et prétendu que son ami Gilbert lui faisait souvent des cadeaux. Jordane n'avait pas insisté, gênée par l'idée d'une liaison entre sa mère et cet antiquaire.

— Ça ne t'intéresse pas, ma chérie...

Déçue, Isabelle repliait la nappe de macramé avec d'infinies précautions. Jordane s'approcha d'elle et l'enlaça d'un geste tendre. Elles quittèrent l'écurie en clignant des yeux, éblouies par le soleil.

— Tu sens le cheval, constata Isabelle en riant.

C'est d'elle que Jordane tenait sa gaieté et son rire perlé. Elles aperçurent Lionel qui descendait de la terrasse en resserrant son nœud de cravate. Il avait vraiment l'air de ce qu'il était : un Parisien égaré.

— Bel homme, quand même, chuchota Isabelle.

Les deux choses qu'elle avait toujours appréciées chez son gendre étaient d'une part ses possibilités financières, et d'autre part son indiscutable pouvoir de séduction.

— Tu préfères vraiment Butaban ? glissa-t-elle à l'oreille de sa fille.

— De beaucoup, mais seulement dans la journée, répondit Jordane sur le même ton complice.

Après avoir adressé un signe de tête à sa belle-mère, Lionel jeta un vrai coup d'œil de maquignon sur Jordane. La sueur avait plaqué la chemise blanche dans le dos de la jeune femme, ses boucles emmêlées brillaient d'un éclat sombre, les chapes de cuir qui protégeaient son jean étaient couvertes de poussière.

— Mon avion décolle à trois heures, l'Arlésienne...

Depuis leur séparation, il lui donnait ce surnom lorsqu'il était d'humeur amoureuse. Il lui avait expliqué qu'elle représentait pour lui l'archétype des visages du Midi, et aussi l'éternelle absente.

— On déjeunera tôt, assura Isabelle en s'éloignant.

Lionel tendit la main vers Jordane mais n'acheva pas son geste. Ils restèrent à un mètre l'un de l'autre, s'observant sans indulgence. Lionel ressentait l'amertume du désir inassouvi. Il avait rendez-vous, le soir même, avec une jolie femme qui ne se refuserait pas, elle. Mais qui n'aurait pas les yeux pailletés de Jordane, ni ses jambes musclées pour se refermer sur lui, ni sa voix rauque et ses mots crus.

— Je t'ai laissé les coordonnées de Wolf sur ton bureau... C'est le type dont je t'ai parlé...

— Le parfumeur ? Ah, très bien !

— Ecoute, il n'est pas parfumeur ! C'est un industriel...

— Oui, oui, coupa-t-elle avec impatience. Enfin, il veut mes fleurs, c'est le principal.

— Il ne les veut pas. C'est à toi de les lui vendre. Tu fais la différence ?

— L'important est qu'il s'occupe de la récolte lui-même. Tu me sors une belle épine du pied, tu sais !

Radieuse, elle le prit par la taille, sans aucune ambiguïté, pour l'entraîner vers la bastide.

— Tu es un amour, Lionel ! ajouta-t-elle étourdiment.

Il s'arrêta net, mit une main derrière sa nuque pour l'empêcher de reculer et l'embrassa comme un hussard. Elle ne se dérobait pas et ils restèrent quelques instants soudés l'un à l'autre.

— Ne me dis pas que c'est ma récompense pour t'avoir trouvé Wolf, je ne te croirais pas, dit-il enfin, un peu essoufflé.

Il l'avait vraiment troublée et elle se sentit rougir. Embarrassée, elle le défia du regard.

— A table, les amoureux ! cria Alice qui s'était avancée sur la terrasse.

Sa réflexion perfide tombait mal, glaçant Jordane et mettant Lionel hors de lui. Si seulement sa femme avait réagi de cette manière la nuit précédente et non pas en plein jour, dehors il aurait peut-être eu la chance de la faire céder. Il était certain qu'elle n'avait rien oublié de leurs étreintes, qu'elle y pensait seule dans son lit. Mais seule pour combien de temps ? Même en ne quittant guère cette propriété isolée qu'était le Biloba, Jordane finirait bien par rencontrer quelqu'un. C'était la solitude qui la rattachait encore à Lionel, rien de plus, il était assez lucide pour le comprendre. Il décida de faire un ultime effort, d'avoir assez d'énergie et d'imagination pour trouver un moyen de la reconquérir. Il n'y avait pas que de l'orgueil, de la jalousie ou du désir dans l'élan qui poussait Lionel. Il avait raté quelque chose d'important en laissant échapper Jordane, parce qu'il l'aimait pour de bon.

— Viens, je meurs de faim !

Et voilà, elle l'avouait, elle allait dévorer sans honte, gourmande à l'excès et jamais difficile, tandis que ce soir, la belle conquête de Lionel chipoterait sans doute sur des plats sophistiqués et hors de prix. Il soupira en pénétrant dans la salle à manger. Sa mère lui jeta un drôle de regard qu'il ignora délibérément. Alice trouvait la situation familiale équivoque, ce qui n'était rien en comparaison de ce qu'il ressentait, lui.

Après avoir déposé Lionel à l'aéroport de Nîmes-Garons, Jordane s'arrêta chez Cécile. Celle-ci louait un petit local dans une rue étroite du centre d'Arles. Dans les quelque quinze mètres carrés dont elle disposait, elle avait installé ses dossiers, son ordinateur et ses deux téléphones-télécopieurs. Diverses affiches étaient punaisées en biais sur les murs. Une épaisse moquette bleu turquoise et trois fauteuils de cuir blanc, autour d'une petite table, constituaient tout le décor. Cécile avait fait graver, sur son papier à lettres et sur ses cartes de visite, la mention : « Organisatrice de spectacles ». Elle ne se débrouillait pas trop mal, surtout depuis ces deux dernières années, et prenait une part active aux festivals d'été.

— J'ai du travail pour toi ! lança-t-elle sans lever la tête d'un épais dossier. Il doit rester du café, sers-toi...

Jordane se laissa tomber dans l'un des fauteuils, jambes croisées sur l'accoudoir.

— Pascal m'a trouvé une dizaine de chevaux pour le défilé des Saintes, le mois prochain. Tu te mettras en tête, comme d'habitude ? Je réengage les mêmes filles, au moins on n'aura pas besoin de retoucher les costumes !

Volubile, débordante d'énergie, Cécile adressa un sourire à son amie.

— Est-ce que je peux compter sur toi après-demain ?

— Pour ?

— Jordane ! Tu as oublié ? Le dîner avec le maire et l'adjoint à la culture !

— Oui, oui...

Amusée, Jordane dévisageait la jeune femme. Elle la connaissait par cœur, mieux que Nora, peut-être, car sa sœur était souvent insaisissable alors que Cécile n'offrait aucun mystère, se livrant tout entière au premier venu.

— Et ce soir, bien sûr, tu dînes avec Pascal ?

— A quoi vois-tu ça ?

— A ton maquillage...

D'un geste vif, Cécile attrapa son sac et en sortit un petit miroir. Elle s'examina une seconde, avant de se mettre à rire. Sa liaison avec Pascal Peyrolles la survoltait depuis plusieurs mois. Jordane avait tenté de la mettre en garde, affirmant que ce garçon était infréquentable et qu'il allait lui en faire voir de toutes les couleurs, mais elle n'en avait tenu aucun compte.

— A propos de maquillage..., commença Cécile.

— Oui ?

— Quand vas-tu faire l'acquisition d'un simple peigne ?

C'était dit gentiment, Jordane ne s'offusqua pas. Elle ne manquait pas de coquetterie mais elle se savait jolie en femme sauvage et elle s'en accommodait très bien.

— Tu as remis ton mari dans l'avion ? Et tu l'as bien fait enrager ?

Cécile considérait que le retour de Jordane était une erreur. Même si elle était heureuse de la savoir toute proche, même si elle avait pu constater, comme tout le monde, à quel point Jordane était redevenue gaie depuis qu'elle avait réintégré le Biloba, il se mêlait parfois, à l'admiration et l'affection très réelles de Cécile, une pointe de jalousie.

— Pour quelle subvention me vends-tu à la mairie, cette fois ? s'enquit Jordane en riant.

— Ma chérie, lui rétorqua gravement Cécile, je ne te vends pas mais tu es assez décorative... Alors, quand j'ai besoin de convaincre, tu peux bien me rendre un petit service !

Sans méchanceté, elle venait de rappeler à Jordane qu'elle l'aidait financièrement chaque fois que l'occasion se présentait.

— Je veux cinquante mille francs de plus pour mon festival lyrique. J'ai fait mes preuves, non ?

Très facilement susceptible lorsqu'il s'agissait de son activité professionnelle, Cécile tapa du poing sur le dossier, devant elle.

— J'en ai marre de leur politique culturelle à l'économie ! De leurs pièges à touristes ponctuels ! Marre de la routine et de la médiocrité ! Arles pourrait faire aussi bien qu'Avignon ou Orange et...

Elle éclata de rire, consciente de s'être emportée.

— Tu connais mon couplet par cœur, ma pauvre, et tu n'es pas venue pour ça...

Elle se leva pour servir du café mais la sonnerie du téléphone l'arrêta. Elle répondit, sourire aux lèvres, prête à jouer son rôle. Jordane la vit se rembrunir et l'entendit répondre par monosyllabes. Quand elle eut raccroché, elle garda la main sur le récepteur, la tête baissée. Jordane se leva, s'étira comme un chat, fit quelques pas.

— C'était Pascal ? Il te laisse tomber ?

— Ce n'est pas grave, murmura Cécile, je le verrai après-demain... Il a son frère qui débarque, paraît-il... Tu savais qu'il avait un frère ?

— Aucune idée... Ah si, peut-être...

Spontanément, Jordane alla vers Cécile et la prit par les épaules.

— Allez quoi, ma vieille ! Ce n'est pas la première fois qu'il te fait ce coup-là ! Traite-le par le mépris, crois-moi... Viens plutôt manger à la maison ce soir, tu veux ?

Il était inutile d'avoir une nouvelle discussion à propos de Pascal. Cécile en était folle et se rendait très malheureuse. Jordane se demanda combien d'invitations elle refusait chaque semaine afin d'être disponible pour cet abruti.

— Je t'attends vers huit heures, d'accord ?

Elle fit semblant de ne pas voir les yeux trop brillants de Cécile et son menton qui tremblait. En regagnant le Biloba, elle songeait avec amertume que si les femmes gâchent souvent leur existence pour des hommes, la réciproque est rarement vraie.

Après avoir distribué les rations de grain aux chevaux et vérifié les abreuvoirs, Jordane grimpa au second étage de la bastide, là où elle s'était installée depuis son retour. Elle n'avait pas voulu réintégrer sa chambre de jeune fille, tirant un trait sur un passé trop insouciant. Aucune des chambres d'amis disponibles ne la tentait. Elle souhaitait être seule dans un lieu anonyme et indépendant. Elle avait donc passé plusieurs semaines à arranger tant bien que mal l'un des greniers, le tapissant de lambris de bois brut et de liège. Elle y avait monté ses meubles favoris, un lit bateau, un secrétaire à rideau et une profonde bergère de velours écossais. Elle se sentait à l'abri sous le toit de la bastide, loin des bruits familiers du premier étage où Alice, Isabelle et Nora cohabitaient. Dans le fond de la grande pièce, un paravent de laque aux tons fanés dissimulait un entassement de bottes et de jeans. Jordane adorait cette chambre insolite dans laquelle personne ne mettait jamais les pieds. Lionel s'y était risqué, parfois, et lui avait même fait don, l'année précédente, d'un radiateur ultramoderne. C'était lui, également, qui avait offert l'installation d'une douche au deuxième étage, dans un débarras du palier. Pour son confort personnel, sans doute, puisque au moment des travaux il était encore, de temps à autre, l'amant de sa femme.

Jordane sourit à cette idée et se débarrassa de son tee-shirt. Elle n'était pas redevable à Lionel, quoi qu'il arrive. Les cadeaux ou les attentions dont elle était l'objet n'étaient pas désintéressés, elle en était bien consciente. Leur mariage allait inéluctablement vers sa fin, mais les responsabilités étaient partagées, elle n'avait pas failli, elle n'était coupable de rien. Elle ouvrit la porte vitrée et fit couler l'eau chaude qui, comme d'habitude, manquait de pression. Lorsqu'elle se glissa sous le jet, elle frissonna. Les muscles douloureux, elle se savonna longtemps.

Sans se départir de son sourire, Nora écoutait le joyeux bavardage de Cécile et de sa sœur. Avec un peu d'inquiétude, elle voyait approcher la saison d'été qui allait donner lieu à des fêtes, des défilés, des spectacles. Elle préférait l'hiver, les soirées entre femmes, la quiétude de la grande cuisine. Mais, dès les beaux jours, il fallait assurer les allées et venues entre la maison et la terrasse qui devenait le quartier général. Il fallait supporter de voir les autres en short ou en minijupe, décliner les invitations, trouver des prétextes.

— Qui finit les tomates ? demanda Alice d'une voix autoritaire.

Isabelle esquissa un geste de refus et alluma une cigarette. Malgré ses cinquante ans, elle restait belle et appétissante, auréolée d'une joie de vivre que rien jusque-là n'avait pu ternir.

— Vous fumez entre les plats ? s'indigna Alice sans obtenir de réponse.

La vieille dame se renfrogna tout en mastiquant énergiquement une bouchée de sa tomate farcie. Elle se donnait un mal fou pour varier les menus mais personne ne lui en savait gré. Isabelle et Jordane se seraient nourries de sandwiches avec plaisir. Seule Nora manifestait quelque délicatesse dans son comportement à table.

— Butaban fait toujours merveille dans les défilés, tu le sais très bien !

— Il n'est pas représentatif de la Camargue, Cécile ! Tu n'y connais rien mais quand même ! Tu n'as jamais remarqué que les gardians me boudent ? Qu'ils me regardent comme un cheveu dans leur soupe ?

— Tu es sûre que ce n'est pas plutôt comme les chiens regardent les os à moelle ?

Jordane haussa les épaules avec insouciance. Cécile était têtue et, de toute façon, elle rémunérait bien les prestations équestres qu'elle lui proposait régulièrement.

— Notre région ne vit que de ça, pas d'illusions ! déclara Cécile. C'est le folklore qui attire les touristes. Crin Blanc et l'Arlésienne, Folco de Baroncelli et Mistral, les taureaux et Mireille. Je n'ai rien oublié ? Ah, si, les flamants roses... Comme dirait Pascal, ces saloperies de volatiles détruisent toute la faune des marais à force de grattouiller du bec, mais malheur à qui proférera cette vérité !

— Et les Saintes-Maries-de-la-Mer ? pouffa Jordane.

— Et les santons ? ajouta Nora d'une voix douce.

Ignorant leurs plaisanteries, Cécile rétorqua :

— Je profite de tout ça, je ne m'en cache pas. De quoi veux-tu vivre, ici ? C'est si anecdotique...

Redevenues sérieuses, les trois jeunes femmes échangèrent des regards. Presque toutes leurs conversations finissaient par tourner autour de l'argent. Jordane avait remarqué que Cécile commençait de plus en plus souvent ses phrases par une référence à Pascal Peyrolles.

« Elle est complètement accro, la pauvre... Ça finira dans les larmes... »

Une odeur d'ail et de persil se répandit dans la pièce lorsque Alice ouvrit la porte du four. Isabelle écrasa sa cigarette puis débarrassa le plat de tomates. Alice était une bonne cuisinière et elle passait un temps fou devant les fourneaux. Glissant un coup d'œil furtif vers Nora, Isabelle constata avec plaisir que sa fille se servait largement de poisson. Elle avait gardé l'habitude de la surveiller, après toutes ces années passées à la soigner. Mais sans son père et sans son mari, Isabelle se sentait tellement perdue qu'elle préférait fuir la bastide et ses responsabilités.

— Maman, dit gentiment Jordane, assieds-toi, viens manger...

Avec un grand sourire, Isabelle reprit sa place à table. Jordane était une fille formidable et, tant qu'elle serait là, le Biloba tiendrait encore le coup. Même s'il y avait quelque chose de très égoïste à souhaiter que sa cadette reste seule, Isabelle ne pouvait pas s'empêcher de formuler ce vœu chaque jour. Elle se consolait en pensant que Jordane n'était heureuse que parmi ses chevaux, dans sa propriété, et que dès qu'elle voulait s'en éloigner elle le regrettait. Son expérience malheureuse avec Lionel en était la preuve. Pour la millième fois, Isabelle regretta que son gendre ne se soit pas installé au Biloba lui aussi.

Rassasiée, Jordane but d'un trait son verre de rosé. Nora la resservit aussitôt malgré le regard noir d'Alice. Les relations de la vieille dame avec sa belle-fille n'étaient pas claires. D'une part, Lionel et Jordane ne vivaient plus vraiment ensemble, d'autre part Jordane était une sorte de chef de famille dans cette drôle de maison. Même si Alice ne voulait pas le reconnaître, elle se plaisait au Biloba. Elle prétendait que Lionel s'était débarrassé d'elle, mais en réalité elle jubilait. Elle en avait fini avec la solitude, les repas froids et hâtifs, la grisaille et les hivers frileux. Elle n'avait jamais tant vu son fils que depuis son installation chez les Valence. Elle n'était pas dupe, loin de là, mais elle savait profiter de son bonheur.

— A mon époque, déclara-t-elle, les jeunes femmes ne buvaient pas de pleins verres de vin pur…

Jordane lui adressa un sourire poli, comme si sa belle-mère avait dit quelque chose de drôle, tandis que Nora répliquait :

— C'était il y a si longtemps, Alice !

Isabelle dissimula un sourire tandis qu'Alice se tournait vers Nora pour la dévisager. Elle ne l'aimait pas, ne parvenait même pas à la plaindre. Elle était persuadée que la résignation de Nora, comme sa douceur, n'était qu'apparence. Et elle se méfiait d'elle, connaissant ses répliques cinglantes. Elle préférait encore l'insolence affichée de Jordane ou l'insouciance scandaleuse d'Isabelle.

— Je vais rentrer, décida Cécile. J'ai un travail fou…

Déçue, Jordane devina que Cécile avait hâte d'être chez elle pour y attendre un improbable coup de téléphone de Pascal Peyrolles. Elles sortirent sur la terrasse et descendirent les quelques marches jusqu'à l'allée où Cécile avait garé sa voiture sous l'un des ginkgos. Pendant qu'elle cherchait ses clefs, Jordane s'appuya sur le capot et renversa la tête en arrière pour contempler les branches du biloba.

— Tes porte-bonheur ? murmura Cécile.

— Oui… C'est ce qui se disait dans la famille… Tant qu'ils sont là à veiller sur nous…

La nuit était claire et la lumière provenant des fenêtres de la bastide éclairait Jordane à contre-jour. Cécile l'observa quelques instants.

— Qu'est-ce qu'une belle femme comme toi fait dans ce gynécée ? Tu veux finir vieille fille ? Tu veux épouser Butaban ?

Sa voix désolée démentait la boutade.

— Je veux juste m'en sortir, soupira Jordane. Et puis il y a Nora... et maman...

— Je sais tout ça... C'est vraiment fini, avec Lionel ?

— Pas récupérable, en tout cas.

— Tu le regrettes ?

Secouant ses boucles, Jordane fit quelques pas autour de la voiture puis s'immobilisa devant Cécile.

— Non... Je suis chez moi, ici, dit-elle doucement. C'est là que je suis bien. Sinon, je ne vaux pas grand-chose ! Même en croulant sous des problèmes de fric, j'ai une bonne vie. Alors qu'avec Lionel, dès que le jour se lève, je m'ennuie. Tout ce qu'il fait ou ce qu'il dit ne m'intéresse pas. Il y aura bien un homme, un jour, qui sera de ma planète ? D'ici là...

— D'ici là, tu auras trente ans, puis trente-cinq, et toujours pas d'enfant, et toujours pas d'avenir !

— Et toi ?

Surprise par la brutalité de la question, Cécile hésita quelques instants.

— Eh bien... fonder une famille, je suppose que c'est...

— Vraiment ? Pouponner, roucouler, et adieu le travail, les projets, tout le mal que tu te donnes ! C'est pour passer le temps que tu t'échines à réussir ? Juste un hobby en attendant le prince charmant ?

— Ah, pas du tout ! Mais ce n'est pas incompatible, quand même... Tiens, si je pense à Pascal...

— Tu y penses, oh oui ! Enfin, Cécile, tu n'as pas trouvé pire ?

Vexée, Cécile ouvrit sa portière d'un geste brusque.

— Qu'est-ce que tu lui reproches, à Pascal ?

— De ne pas t'aimer. Il te fait tourner en bourrique depuis six mois. C'est un cavaleur, tout le monde le sait. Tu ne devrais pas te miner pour un mec comme ça ! Il y en a d'autres, qui boivent moins, qui sont moins forts en gueule, et qui seraient prêts à te conduire à l'église demain !

Voilà, c'était dit, et Jordane ne le regrettait pas. Elle avait ces vérités sur le cœur depuis trop longtemps. Tout comme elle était lasse qu'on lui fasse la leçon, sans doute.

— Tu penses qu'il ne m'aime pas ? demanda Cécile d'une voix blanche. C'est possible ! Seulement, moi, je l'ai dans la peau...

Même si elles se connaissaient depuis près d'une vingtaine d'années, il subsistait entre elles une sorte de pudeur. Lorsqu'elles abordaient des problèmes personnels, intimes, elles se réfugiaient toujours derrière l'humour, l'une comme l'autre.

— Rentre vite, alors, soupira Jordane. Tu as peut-être un message sur ton répondeur ?

Elle n'avait plus envie d'insister. Avoir un homme « dans la peau » justifiait les pires erreurs, elle était bien placée pour le savoir. Tout comme elle savait que ce genre de passion n'avait pas beaucoup d'avenir. Elle regarda les feux arrière de la petite voiture de Cécile s'éloigner dans l'allée puis sur la route qui descendait vers la nationale. Elle jeta encore un coup d'œil machinal vers le faîte des deux ginkgos biloba puis elle regagna la terrasse. Nora l'y attendait, assise sur une chaise longue.

— La fraîcheur tombe, lui dit Jordane, tu ne devrais pas rester là... On n'est jamais qu'au mois d'avril...

— J'avais envie de finir cette bouteille de rosé avec toi.

Sa sœur buvait si peu et si rarement que Jordane se mit à rire. Elle alla chercher le vin et deux verres dans la cuisine. Nora veillait tard et se couchait la dernière parce qu'elle n'avait jamais sommeil, manquant d'exercice. Depuis le décès de leur père, elle ne se promenait plus guère. Au moment où elles trinquaient, la lumière de la chambre d'Alice s'éteignit, comme un ultime reproche. Nora leva les yeux vers la façade. A côté de la fenêtre de leur mère, éclairée, la fenêtre de l'ancien labo photo restait noire, comme toujours.

— On devrait mettre des rideaux clairs là-haut, suggéra-t-elle, ce serait moins sinistre vu d'ici...

Jordane ne demanda pas à quoi sa sœur faisait allusion. Elle la savait très marquée par le décès d'Hugues. Elle s'était beaucoup reproché de ne pas l'avoir accompagné, le jour où il s'était noyé. Elle prétendait qu'avec elle il n'aurait pas osé aller si loin, jusqu'à ces marais dangereux, et il ne serait pas mort. Isabelle et Jordane avaient eu beau protester, démontrer, se fâcher, Nora gardait un sentiment de culpabilité. Elle s'était désintéressée de la photographie, avait laissé tomber son père, et c'était son châtiment.

— Où en es-tu avec ton kiné ? demanda Jordane.

— Encore six séances et on se quitte ! Jusqu'à la prochaine...

Prochaine opération, prochaine convalescence, Jordane se demanda qui paierait l'addition cette fois. Les soins médicaux n'étaient pas très bien remboursés, les Valence ayant le statut d'exploitants agricoles. Elle se promit d'appeler ce M. Wolf le lendemain matin au sujet des iris. Après avoir vidé son verre, elle constata que Nora n'avait pas touché au sien. Elle avait un peu sommeil mais elle s'assit à califourchon sur le bras d'un fauteuil. Tous les meubles de jardin auraient eu besoin d'un coup de peinture.

— Cécile s'est complètement entichée de son Peyrolles, elle court à la catastrophe...

— Dis-le-lui. Tu es son amie.

— Je ne lui ai pas mâché mes mots !

— Sûrement. C'est rare que tu ne les serves pas tout crus.

Nora souriait et sa sœur lui envoya une bourrade affectueuse.

— Tu as vu la dernière acquisition de maman ?

— Son horreur en macramé ? *Oun inquets de mail*[1] *!* déclara Jordane.

Sa référence au patois provençal amusait toujours Nora. C'était une façon de rester fidèle à la mémoire de leur grand-père.

— Allez, viens, dit Jordane en tendant la main, on monte se coucher !

A regret, Nora quitta son siège. Elle traversa la terrasse de sa démarche un peu raide. Même si elle se fatiguait très vite, elle se déplaçait sans difficulté. Ce n'était pas cette légère claudication qui la gênait, c'étaient les cicatrices violacées, le long de ses hanches et de ses cuisses, la déformation des muscles, la laideur des jambes.

Jordane éteignit les dernières lampes, chassa un papillon de nuit et ferma à clef, symboliquement, la porte vitrée de la cuisine.

Lorsque Lionel rentra enfin chez lui, il était quatre heures du matin. Epuisé, il se traîna jusqu'au réfrigérateur pour y prendre une dernière bière. Il but debout, à longs traits. Il trouvait sa vie bien compliquée et pas particulièrement exaltante depuis plusieurs mois. Il lui avait fallu deux heures de patience à table, une addition astronomique, puis un dernier verre de champagne dans son salon avant de pouvoir entraîner sa conquête au lit. Elle s'y était d'ailleurs révélée sans génie. Les yeux fermés, il avait invoqué Jordane pour ne pas manquer d'ardeur. Ensuite il avait dû se rhabiller et raccompagner la dame.

Il jeta la canette dans la poubelle et se dirigea vers la salle de bains. Il décida de prendre un bain brûlant et plein de mousse pour chasser la fatigue de la nuit. Après, il choisirait s'il valait mieux faire du café et attaquer la journée ou, au contraire, essayer de dormir deux heures. Il avait des rendez-vous importants dans la matinée. Puis un déjeuner avec un vieux copain, Sydney, qui débarquait de New York.

1. Une inutilité de plus.

En ouvrant l'armoire à pharmacie pour prendre sa brosse à dents, il jeta un coup d'œil résigné aux quelques flacons que Jordane avait abandonnés là en partant trop vite. Il hésita, tendit la main et ôta le capuchon d'un atomiseur en cristal. Un parfum de tubéreuse l'enveloppa aussitôt, comme une bouffée de tristesse. L'absence de sa femme était parfois intolérable. Il aurait dû se débarrasser de ses affaires depuis longtemps mais il manquait de courage. Tout comme il faisait la sourde oreille lorsqu'elle parlait de divorce. L'échec de son mariage lui était insupportable car il n'avait pas l'habitude de l'échec.

Avec un frisson, il s'installa dans l'eau très chaude. Jordane ne l'avait pas quitté pour un autre homme, c'était déjà ça ! Tant qu'elle aurait besoin de lui, rien n'était vraiment perdu entre eux. Il se mit à souffler doucement sur la mousse pour la repousser vers les bords de la baignoire. Il lui avait suffi de sentir l'odeur de sa femme pour se retrouver tout excité malgré la nuit agitée qu'il venait de vivre. Il observa son propre corps, sous l'eau bleue, vaguement amusé. Il aurait donné cher pour se retrouver, quelques années plus tôt, à l'hôtel d'Arlatan avec Jordane entre ses bras. Mais il savait que lorsqu'on pleure sur son passé, c'est toujours, égoïstement, sur sa jeunesse enfuie.

Gagné par la somnolence, il ferma les yeux. Il finirait bien par trouver une solution. Ou par oublier. Il n'avait pas d'autre alternative.

L'huissier ne tenait pas du tout à rencontrer qui que ce soit. Il avait personnellement connu François Valence et il se souvenait de ses colères homériques. Or ses descendants, et surtout Jordane, avaient hérité de son caractère, à défaut de tout autre héritage. Mieux valait donc ne pas les affronter. D'ailleurs la mission était désagréable. C'était le genre de corvée dont il avait horreur. Son métier était souvent cruel et parfois même injuste. Personne ne devrait avoir le droit d'acculer son prochain à la ruine pour si peu de chose. Les Valence ne faisaient pas partie des mauvais payeurs qui dépensent leur argent à mener grand train en oubliant leurs factures. Bien sûr, le garagiste de Saint-Martin-de-Crau était à bout de patience, mais l'huissier pensait que, de toute façon, on ne peut pas tondre un œuf.

Il coupa son moteur à cent mètres de la bastide et examina le ciel à travers son pare-brise. Pas de doute, la nuit cédait la place au jour, il pouvait agir légalement. Le carré de papier bleu était posé sur le siège, à côté de lui. Les quatorze mille francs de dette représentaient quatre mensualités impayées sur le petit tracteur vendu à Jordane Valence l'année précédente. La somme était majorée des amendes en vigueur et des frais de justice, ajoutés aux honoraires de maître Léon Carmaux, huissier à Arles.

Après être descendu de voiture, il examina les lieux avec circonspection. Il s'approcha de la maison et constata qu'elle donnait l'impression d'avoir beaucoup vieilli, d'être à l'abandon. A une certaine époque, il avait été reçu ici en ami. C'était avant les ennuis de trésorerie des Valence.

En haut des marches du perron, il hésita. Puis, avec un soupir, il cacheta le pli qu'il avait signé et dûment tamponné la veille, puis le glissa sous la porte, pressé de s'en aller. La dernière fois qu'il était venu au Biloba, cinq ans plus tôt, François avait décroché son fusil. Depuis, il avait eu affaire à Isabelle, par téléphone, et à Jordane dans un échange de courriers incendiaires.

Au moment de redémarrer, l'huissier engloba la façade de la bastide dans un dernier regard de regret. On pouvait comprendre une famille de vouloir rester coûte que coûte dans un endroit pareil. Mais voilà, ça coûtait très cher, de plus en plus cher.

Gilbert s'approcha de la fenêtre pour examiner le pichet à la lueur du jour. Le soleil venait juste de se lever et ses premiers rayons obliques donnèrent un superbe reflet à l'étain.

— C'est une jolie pièce, déclara-t-il.

Sans tourner la tête, il jeta un rapide coup d'œil à Django. Mais le visage ridé du vieux gitan n'exprimait rien d'autre qu'une attente indifférente.

— Quatre cents, décida Gilbert. Et si tu en trouves d'autres, je suis preneur.

Il n'y avait jamais de discussion entre eux. D'un côté comme de l'autre, les offres étaient à prendre ou à laisser. C'était la meilleure façon de travailler ensemble.

— Entendu pour le prix, accepta Django.

Il ne s'engagea pas sur la suite, et Gilbert ne lui posa pas une seule question. Ils étaient dans l'arrière-boutique, au milieu d'un fatras d'objets hétéroclites. Une forte odeur de térébenthine provenait d'un blutoir en cours de restauration.

— Veux-tu du café ? proposa Gilbert en fouillant dans sa poche.

Le vieux Django ayant secoué la tête en signe de refus, Gilbert extirpa quatre billets froissés qu'il lui tendit. En silence, le gitan recompta. Ils échangèrent un sourire satisfait puis Gilbert ouvrit la porte, jeta un coup d'œil dans la ruelle et s'effaça pour laisser sortir l'autre. Ensuite il rangea le pichet avec soin, au fond d'une armoire. Il n'aurait pas le droit d'être exposé avant quelques mois. Gilbert était toujours très prudent même s'il ne demandait aucun détail aux gitans et même s'il savait fermer les yeux sur la provenance des marchandises. En principe, le rayon d'action du vieux Django était assez large pour éviter les ennuis. Les manouches étaient malins et voyageaient beaucoup.

Gilbert pénétra dans son magasin dont l'élégante façade occupait dix mètres sur le boulevard des Lices. La plus grande partie des vitrines était consacrée à quelques très beaux meubles de noyer du XVIIIe, simples et dépourvus d'ornements, typiques de ce qu'il était convenu d'appeler le premier style d'Arles à cette époque. Près de son bureau, qui lui servait de comptoir, il avait arrangé avec un goût exquis des étagères en verre pour exposer des faïences rares. Il se plaisait beaucoup dans son antre, malgré - ou à cause de - la rareté des clients.

Jetant un coup d'œil à sa montre, il s'aperçut qu'il avait encore une bonne heure devant lui avant de lever le rideau de fer. Le temps de consulter tranquillement un catalogue de salle des ventes reçu la veille. Ensuite il ferait du café, des toasts minces, et attendrait l'arrivée d'Isabelle. Il esquissa un sourire en pensant à elle. Il lui avait déniché une petite merveille de fontaine, à la façon d'Honoré Savy. Une fois nettoyée et restaurée avec soin, ce serait un excellent cadeau d'anniversaire. Le genre de présent devant lequel elle battait des mains, comme une gamine. Une adorable gamine, une belle femme mûre qui savait cacher ses blessures, une sorte d'idéal dont il avait fait sa complice.

En s'asseyant à son bureau, il sentit craquer un bouton de sa chemise et il eut un geste d'agacement. Il se morigénait chaque jour mais ne parvenait pas à se mettre au régime. Il fallait vraiment qu'il réagisse. Il avait cinquante-cinq ans et l'embonpoint le vieillissait davantage. Il ne voulait pas ressembler à un petit notaire replet mais il en prenait le chemin. Il fouilla dans le tiroir, devant lui, et trouva du fil et une aiguille. Avec un soupir, il entreprit de recoudre le bouton.

— Tu te moques de moi, Léon ? Tu ne peux pas sonner quand tu as une bonne nouvelle comme ça, dis ? Et puis, tu aurais fait ton inventaire sur place, ça t'aurait économisé un voyage !

Boucles brunes en désordre, essoufflée parce qu'elle avait dû forcer sa porte, Jordane foudroyait l'huissier du regard. Elle avait hurlé de fureur en découvrant le commandement sur le carrelage du vestibule.

Après s'être habillée, avec ce qui lui tombait sous la main, elle avait mis moins d'un quart d'heure pour gagner Arles.

Carmaux eut un sourire las, un peu niais. Puisque l'entrevue était inévitable, il préférait qu'elle ait lieu dans son bureau où il se sentait en sécurité.

— Attends, Jordane, ne t'emballe pas, assieds-toi...

Elle avait bien changé, la petite qui suivait partout son grand-père comme un chien fou. Il fit mine de chercher dans ses dossiers pour se donner un peu de temps.

— Je ne peux pas payer, Léon...

— Alors il faudra que je saisisse le tracteur.

— J'en ai besoin !

— Et s'il ne couvre pas le montant de la dette, continua-t-il imperturbable, je serai obligé de saisir les meubles.

Décidé à rester ferme, Carmaux reprenait de l'assurance.

— Les meubles ? Tu veux que ma mère devienne folle ? Des meubles qui sont dans la famille depuis deux siècles contre un tracteur qui hoquette ? Aux enchères à trois sous, mes meubles ?

— Eh bien vends-les toi-même ! Trouve de l'argent et paie tes dettes.

Jordane le regarda comme s'il venait de proférer une incongruité.

— Mais qu'est-ce que je t'ai fait ? demanda-t-elle en le dévisageant.

— C'est mon métier, Jordane, même s'il n'est pas toujours rose...

— Joli métier ! Tu vas aider cet escroc de Saint-Martin à me dépouiller ? Son tracteur d'occasion, il me l'a vendu à prix d'or ! Et il ne marche pas mieux que la Rover... En réalité, il ne vaut pas un clou mais il me reste six traites sur cette saloperie ! J'ai une exploitation agricole, Léon, ce n'est pas inscrit sur ma fiche d'état civil ?

— Jordane...

— C'est ce garagiste qu'on devrait traîner en justice pour incompétence, il ne sait même pas réparer les brouettes qu'il vend, il...

— Jordane ! Bon sang, il n'y a pas que lui ! Tiens, au hasard, tes pénalités d'Urssaf ? Et tes retards d'impôts ? Et ce paquet de contraventions ? Tout arrive à mon étude ! Il ne se passe pas de semaine sans que j'entende parler de toi !

Il brandissait une dizaine de procès-verbaux qu'il venait d'extraire du dossier Valence.

— Ah ! çà, dit Jordane radoucie, je ne les paierai jamais !

D'un mouvement souple et brusque de gamine, elle s'était laissée tomber dans un fauteuil. Carmaux l'observa un moment. Elle était belle à couper le souffle, à ôter le sommeil, à perdre la tête. Il eut du mal à détacher son regard des jambes bronzées.

— Tu es devenue bien jolie, tu sais...

Il l'avait dit sans intention précise, c'était une simple constatation en référence au garçon manqué qu'elle avait été.

— Tu trouves ? demanda Jordane d'une voix changée.

Délibérément, elle ouvrit un bouton de son chemisier. Il faillit s'étrangler et se mit à glapir :

— Arrête ça tout de suite !

Hypnotisé, il fixait le décolleté, la naissance des seins, la peau satinée. Il fut obligé de constater qu'elle ne portait pas de soutien-gorge. Au prix d'un effort immense, il releva la tête et croisa le regard doré de la jeune femme.

— Tu es inconsciente ou quoi ?

— Je suis prête à tout, riposta Jordane.

— Mais qu'est-ce que tu veux que j'y fasse ? hurla-t-il. Je n'y peux rien, rien !

Il était tout rouge et il transpirait.

— Un délai, tu peux.

Comme il hésitait encore, elle l'acheva.

— Accorde-le-moi, tu l'aurais accordé à mon grand-père ! Je te promets que je vais y arriver.

Il ouvrit la bouche et se mit à mordiller furieusement le capuchon de son stylo.

— Mets mon dossier sous la pile, dit Jordane. Le tracteur, j'en ai besoin pour le bétail et pour les cultures. Tu crois que je transporte les tas de fumier sur ma bicyclette ?

Carmaux pensa que le monde allait bien mal pour que Jordane Valence soit seule à se battre au Biloba, sans un homme à ses côtés.

— Un mois..., murmura-t-il enfin.

Il la regarda sortir, accablé d'avoir cédé. Cette femme, dans son short, était finalement plus redoutable que François avec un fusil.

Butaban effectua un impeccable demi-tour sur les hanches, pivotant sur un seul postérieur. Jordane lui rendit aussitôt la main et le félicita d'une vigoureuse claque sur l'encolure. Elle ne l'avait travaillé qu'un quart d'heure, pour le plaisir, achevant sa journée avec lui. Elle quitta la piste ronde pour regagner l'écurie. Avec un peu de chance, elle aurait encore le temps de distribuer les rations d'orge et d'avoine, de se doucher, et arriverait à l'heure chez Cécile.

Comme toujours, elle eut quelques difficultés à faire démarrer la Rover, toutefois il était à peine neuf heures lorsqu'elle sonna à la porte de la villa moderne des Marchand. Cécile l'accueillit avec un grand sourire et un clin d'œil.

— Tu es la dernière, mais tu es la plus jolie, chuchota-t-elle. Prends ton courage à deux mains, c'est la soirée des casse-pieds...

Chaque fois que Cécile organisait un dîner, ses parents lui abandonnaient les lieux et allaient se restaurer en ville, de l'autre côté du Rhône. Un métier de relations publiques exigeait beaucoup de mondanités, ils le comprenaient très bien.

— Le maire est là, en compagnie de sa femme, et Pascal a amené son frère qui est a-do-rable !

Souriante, Jordane entra dans le salon et les conversations s'arrêtèrent un instant. A l'autre bout de la pièce, Robin Peyrolles s'interrompit au milieu d'une phrase. Il dévisageait Jordane avec un air si ahuri que son frère lui toucha l'épaule. Jordane sentit un regard aigu, intense, qui s'attardait sur elle tandis qu'elle échangeait quelques phrases de politesse avec les autres invités. Lorsqu'elle vint serrer la main de Pascal, Robin n'avait toujours pas retrouvé ses esprits. Cécile fit les présentations puis abandonna Jordane aux frères Peyrolles. Pascal partit lui chercher une coupe de champagne et Robin articula enfin :

— Vous êtes Jordane Valence, la petite-fille de François, celle qui élève des andalous...

— Oui, mais il n'y a pas de quoi s'évanouir, je suppose, riposta-t-elle avec un sourire éblouissant.

Le jeune homme ne sembla pas gêné par sa remarque. Il la détaillait avec insistance, incapable de trouver quelque chose à dire. Elle finit par froncer les sourcils.

— On s'est rencontrés dans une autre vie ? demanda-t-elle d'un ton suave.

— Impossible, répondit-il gravement, je m'en souviendrais...

Pascal revenait, et Jordane prit la coupe qu'il lui tendait.

— Merci messieurs ! dit-elle en leur tournant le dos.

Après avoir bu une gorgée, elle rejoignit Cécile qui expliquait, volubile, son grand projet de festival. Le regard de Robin était toujours accroché à elle, Jordane le sentait sur sa nuque. La voix de Pascal couvrit soudain toutes les conversations.

— Même si je dois faire sauter le premier tronçon à coups de dynamite, je vous jure que cette autoroute ne verra pas le jour !

Son interlocuteur avait reculé d'un pas mais Pascal poursuivait, agressif :

— Que les élus, tous les élus, ne soient pas mobilisés là-dessus vingt-quatre heures sur vingt-quatre, ça me dépasse ! Le tracé est inacceptable, vous le savez très bien. Qu'un énarque, au fond d'un ministère parisien, ait pu concocter sur le papier un plan aussi stupide, admettons, il faut bien justifier son salaire et faire semblant d'avoir des idées neuves, mais vous ! Vous ? Sur le terrain, comment pouvez-vous tolérer l'idée d'une Camargue gangrenée, amputée ? A combien estimez-vous la pollution résultant du passage quotidien de vingt mille véhicules ? Quelles seront les retombées sur un milieu déjà complètement fragilisé par toutes les initiatives malheureuses de vos prédécesseurs ?

Le maire avait tourné la tête vers Peyrolles, l'air contrarié.

— Le débat se déroule bien loin d'ici, hélas, commença-t-il. Certaines décisions sont prises en haut lieu et...

— C'est quoi, le « haut lieu » ? Où est-ce ? A huit cents kilomètres ?

Pascal persiflait, volontairement insolent.

— Vous n'êtes pas obligé de servir de carpettes aux gens du « haut lieu » ! En tout cas pas moi. Et comme je ne suis pas le seul, cette autoroute ne sera pas construite, monsieur le maire... En revanche, si quelqu'un est d'accord pour remettre en service le réseau de chemin fer qui a été supprimé dans les années cinquante, on se proposera tous pour le nettoyage des rails !

— Allons, monsieur Peyrolles, dit le maire avec un petit sourire condescendant, ce sont des idées rétrogrades ! Vous savez bien qu'on ne revient jamais en arrière... Comme dit la *vox populi*, on n'arrête pas le progrès !

— Quel dommage ! Il y aurait tant d'erreurs à réparer ! Souvenez-vous des inondations dramatiques de Nîmes, il y a cinq ans. On a déploré toutes les bêtises qui avaient été faites, canaux bouchés, urbanisation sauvage, mais qu'a-t-on décidé, depuis, pour y remédier ? Sans parler des digues de Camargue qui se rompront un jour ou l'autre parce qu'elles sont trop fragiles ; il suffit de les regarder pour s'en rendre compte ! Mais qui s'en soucie parmi nos élus et parmi les gens qui nous gouvernent ? C'est tellement plus simple d'attendre que les eaux débordent, dévastent tout, et ensuite de distribuer des indemnités...

Un silence consterné s'abattit sur le salon. Cécile, affolée, cherchait quelque chose à dire. Elle croisa le regard de Jordane qui vint aussitôt à son secours.

— Je crois que le dîner est prêt et que nous devrions passer à table, suggéra-t-elle en posant son verre sur un guéridon.

Elle se détourna et heurta Robin qui était juste derrière elle. Spontanément, elle le prit par le bras pour l'entraîner vers la salle à manger.

— Si votre frère gâche cette soirée, c'est qu'il est encore plus con que je le croyais, murmura-t-elle entre ses dents.

Au lieu de se vexer, Robin éclata de rire. Cécile, son entrain revenu, indiquait leur place aux convives. Pascal semblait toujours en colère mais chacun évitait de le regarder. De lui-même, le maire remit la conversation sur le projet de festival. Passionné d'opéra, il n'était pas hostile aux propositions ambitieuses de Cécile. Robin se pencha vers Jordane.

— Je crois que nous nous sommes rencontrés une fois, il y a une bonne quinzaine d'années.

— Où ça ?

— A la salle des ventes.

Jordane réfléchit une seconde. C'était possible et, de toute façon, sans aucune importance. Vincent Peyrolles, le père de Pascal et de Robin, dirigeait cette salle depuis trente ans. Isabelle la fréquentait beaucoup et en rapportait régulièrement des horreurs.

— Je suis commissaire-priseur, moi aussi, dit Robin.

— Comme papa ? ironisa Jordane.

Il parut s'amuser de la remarque. Il ne ressemblait pas du tout à son frère.

— Vous venez prendre la relève ? s'enquit-elle.

— C'est à peu près ça, oui. J'ai travaillé longtemps dans le Nord. Aujourd'hui mon père est en âge de passer la main...

L'histoire de la famille Peyrolles restait vague dans la mémoire de Jordane. Vincent était l'une des grandes figures d'Arles. Héritier d'une belle manade, il avait eu les chevaux et les taureaux en horreur dès son plus jeune âge, ne songeant qu'à fuir vers la ville. Il avait d'abord fait gérer ses terres par un bayle-gardian puis, à la majorité de son fils aîné, Pascal, il lui avait cédé la propriété. Ensuite il n'avait plus bougé de son hôtel particulier. C'était un esthète, un citadin, un mondain, qui après trois divorces avait choisi de vivre seul.

— Je n'ai aucun souvenir de votre père mais j'en entends parler de temps à autre... Ma mère est très... comment dire ? Très férue d'antiquités.

Sans la moindre rancune, sans même la juger, Jordane souriait en pensant à sa mère. Elle se tourna carrément vers Robin pour le regarder. Il devait avoir un peu plus de trente ans. Ses mains étaient fines, soignées, il ne portait ni alliance ni montre.

— Vous habitez avec Pascal à la manade ?

— Non...

Il hésitait, craignant de l'ennuyer avec les détails de sa vie.

— Bravo ! Parce que, de vous à moi, votre frère n'est pas un cadeau !

— De vous à moi, riposta-t-il, ce n'est pas lui le pire de la famille.

Intriguée, Cécile surveillait du coin de l'œil leur conciliabule. Elle avait pu constater, comme tout le monde, l'effet incroyable que l'arrivée de Jordane avait produit sur Robin. Etre témoin d'un coup de foudre est toujours distrayant.

— Mademoiselle Valence, disait le maire, je me réjouis de vous revoir bientôt dans les rues de la ville sur votre superbe Barbatan !

— Butaban, rectifia Jordane.

— Bien sûr, Butaban, comme le jeu de boules ! Peut-être pourrons-nous faire des photos devant l'hôtel de ville avant le départ du défilé ? Dans la plaquette que la municipalité édite chaque année, il nous manque des images actuelles mais traditionnelles... Une sorte de trait d'union entre le passé et la réalité de notre ville aujourd'hui... Vous voyez ce que je veux dire ?

— Très bien ! assura Jordane poliment.

Pour Cécile, elle pouvait s'autoriser ce genre de mensonge. Les idées de la municipalité ne l'intéressaient pas le moins du monde. Arles était bien plus, à son avis, qu'une simple vitrine folklorique pour estivants. Sentant qu'on l'observait, elle tourna la tête brusquement vers l'autre bout de la table. Pascal Peyrolles lui souriait, une lueur amusée au fond de ses yeux pâles. Il était comme elle, il faisait de la figuration dans ce dîner mondain où il s'ennuyait. Le regard de Pascal effleura ensuite son frère Robin avec la même ironie. Agacée, Jordane consulta discrètement sa montre. La soirée traînait en longueur, lui rappelant les interminables repas qu'elle avait subis durant toute une année à Paris. Lionel aimait discuter sans fin avec ses collègues, ses relations d'affaires. A cette époque-là, elle attendait avec impatience le moment où, rentrés chez eux et enfin seuls, ils pourraient se jeter l'un sur l'autre. Elle avait naïvement cru qu'elle ne serait jamais rassasiée de lui, jamais lasse.

— Vous êtes partie bien loin d'ici, on dirait, chuchota Robin.

— Oui, à Paris.

— Oh... Vous y avez vécu ?

— Trop longtemps à mon goût, mais en réalité moins de deux ans.

Il l'écoutait, attentif et ébloui. Elle pensa qu'elle n'avait aucune envie de le séduire, même pas de le revoir un jour, le pauvre. Aussi, elle fut très soulagée lorsque Cécile se leva pour conduire ses invités au salon où le café était servi. Pascal avait profité du mouvement pour disparaître. Il devait avoir rendez-vous dans un bar avec des copains, comme d'habitude. Au dire de Cécile, il passait infiniment plus de temps à faire la fête qu'à s'occuper d'elle. D'ailleurs celle-ci semblait triste, soudain, comme si l'absence de Pascal lui avait fait perdre tout enthousiasme. Jordane se décida à faire un effort supplémentaire pour que l'ambiance ne devienne pas sinistre. Elle se mit à discuter tauromachie avec la femme du maire qui était une aficionada de fraîche date et qui n'avait pas ouvert la bouche depuis deux heures.

Jordane bougea un peu pour se mettre à l'ombre. L'odeur forte qui se dégageait de la cabane de Sempion ne la gênait pas. En revanche le soleil chauffait vraiment trop pour un jour d'avril.

— Tu veux rire, soupira Jordane, tu te vois sur les routes avec le troupeau ? Tu rêves, Sempion ! Je paierai le camion, bien sûr...

Les idées du berger pour faire des économies étaient plus utopiques les unes que les autres. Jordane le connaissait depuis toujours, et elle ne se le rappelait pas autrement que déjà vieux et ridé. Sempion était sans âge. Elle jeta un regard vers la plaine où le chien allait et venait. Payer le camion pour la transhumance, oui, mais avec quoi ? Et Léon Carmaux, une fois le délai de trente jours écoulé ?

— Je vais pas tarder à commencer la tonte, déclara Sempion. Fait chaud...

— C'est toi qui sais...

La laine se vendait bien, c'était toujours ça.

— Il y a des tas de clôtures écroulées, tu veux un coup de main pour les réparer ? demanda-t-elle d'un air indifférent.

Dix fois par an, elle le lui proposait et il refusait. C'était son travail à lui, même s'il ne le faisait pas, et il ne voulait pas d'aide.

— Occupe-toi des chevaux, petite, conseilla-t-il avec indulgence.

Pour ce genre de repartie, elle l'adorait. Il parlait exactement comme François, à coups de phrases brèves comme des sentences. Pas plus que son grand-père, Sempion n'avait jamais manifesté le moindre mépris ou la moindre méfiance parce qu'elle était une femme. Elle avait fait ses preuves et Sempion n'avait pas besoin d'autre chose. Il connaissait les ennuis de trésorerie du Biloba. C'étaient déjà les mêmes du temps de François.

Un bruit de sonnailles retentit tout près d'eux. Deux moutons s'étaient aventurés près de la cabane, la tête au ras du sol, à la poursuite d'une herbe qui se faisait rare. Le griffon surgit, donnant de la voix, et fit détaler les égarés dans un tintement affolé de « picounnes ». Jordane éclata de rire et Sempion la regarda en silence un moment avant de se résoudre à sourire.

— Tu es gaie, toi !

— Plaie d'argent n'est pas mortelle, hein ? Dis, tu penseras aux clôtures ?

— Oui, oui... Après la tonte...

Après, ce serait le départ pour les alpages, Jordane était sans illusions. Depuis la cabane de Sempion, on ne pouvait pas apercevoir la bastide dissimulée par une croupe de terrain sur laquelle s'épanouissait un boqueteau de chênes verts. Malgré la chaleur, Jordane eut un frisson. Il arrivait encore que le paysage lui procure une bouffée d'émotion. Elle aimait chaque hectare du Biloba avec fureur, avec la certitude que tout allait finir par disparaître.

— Il est beau, ton Butaban, dit Sempion en se levant.

Ses rhumatismes l'empêchaient de se tenir très droit. Jordane comprit que ce compliment mettait fin à leur conversation. Il s'était approché de l'andalou pour le détacher. C'était l'heure de sa sieste, qu'il ferait assis au pied d'un arbre, les deux mains sur son bâton. Elle se mit en selle d'un bond léger, agita la main et s'éloigna au pas sous le soleil devenu brûlant.

2

Pour retrouver son calme, Robin se forçait à rester allongé sur son lit. Rien ne s'était passé comme prévu depuis son retour, rien ! Son bref instant de faiblesse oublié, son père l'avait accueilli sans grand enthousiasme. Lorsque Robin avait reçu son coup de téléphone, deux mois plus tôt, il lui avait semblé que Vincent appelait au secours. A mots couverts, il avait évoqué sa fatigue, son envie de retraite. Très touché par la confiance que lui manifestait enfin son père, Robin avait réglé ses affaires le plus rapidement possible. Peu de choses le retenaient à Valenciennes d'ailleurs, et il avait été plutôt content de donner sa démission. Revenir chez lui, à Arles, était exactement ce qu'il attendait.

Il tendit la main vers son paquet de cigarettes et alluma une blonde. Il souffla la fumée de la première bouffée vers le plafond, observant les moulures et les dorures. Quand il avait huit ou neuf ans, ce spectacle finissait toujours par l'endormir. Sa chambre était restée froide et austère, comme dans ses souvenirs. Une vraie chambre de jeune homme, telle que la concevait Vincent Peyrolles, du moins.

Jamais Robin n'avait eu le courage de se rebeller vraiment contre son père, malgré le despotisme dont il avait fait preuve par le passé. Pascal, lui, s'en était beaucoup mieux sorti. Mais Pascal était l'aîné, le préféré, et Vincent avait supporté ses insolences ou ses exigences avec une certaine patience. Quand Pascal avait décrété qu'il n'irait pas à l'université, Vincent s'était incliné. Pour cacher sa déception, il avait cherché un moyen de mettre, malgré tout, son fils en valeur. Il lui avait alors donné la manade, l'immense manade Peyrolles où il ne passait que de rares week-ends. Il avait renvoyé son régisseur, sans scrupules ni états d'âme, dès que Pascal était rentré du service militaire. Il lui avait offert la propriété avec le sourire, décrétant qu'il avait d'« autres projets » pour Robin. Chez le notaire, tous les actes étaient déjà prêts. Connaissant son aîné, Vincent savait qu'il était temps de lui donner une vraie responsabilité. Le calcul n'était pas bête, Vincent ayant constaté de longue date l'amour immodéré de Pascal pour les taureaux, les chevaux et les grands espaces. Le dimanche soir, il fallait toujours le chercher deux bonnes heures avant de pouvoir le faire monter en voiture pour regagner Arles. Pascal n'aimait pas l'hôtel particulier des Peyrolles qu'il trouvait prétentieux et guindé. Il n'avait aucun respect pour les tableaux somptueux ou les objets rares, et c'est Robin qui fit les frais des impertinences de son frère.

Timide, discipliné, il poursuivit les études que son père lui imposa. Tous deux partagèrent, durant quelques années, une étrange solitude. Le vieux maître d'hôtel, résigné, les servait en silence. Vincent avait déjà divorcé trois fois, perturbant l'enfance de ses fils par d'éphémères belles-mères. La première madame Peyrolles, sans se soucier de ses deux garçons, avait disparu depuis longtemps au bout du monde.

La présence de Robin ne tarda pas à indisposer Vincent. Il était encore en âge d'avoir des maîtresses, il aimait sortir et voyager. Il n'avait pas, pour le cadet, la tendresse que lui inspirait encore l'aîné. Avec une habileté diabolique, il orienta Robin vers Paris, puis New York, et parvint à s'en débarrasser pendant six ans. La formation de son fils au métier de commissaire-priseur lui coûta cher mais le laissa libre. Dès que Robin eut achevé ses longues études, Vincent lui trouva une excellente place à Lyon et l'expédia là-bas.

Assez subtil pour comprendre qu'il était de trop sous son propre toit, Robin accepta tout de bonne grâce. Il se plut à Lyon, y rencontra une jeune fille et se maria. Répétant le schéma familial, il divorça l'année suivante et partit s'installer à Valenciennes, une ville qu'il avait choisie tout seul.

Il s'efforça, durant toute cette période, de ne pas en vouloir à Pascal. C'était Vincent qui l'avait repoussé, son frère n'y était pour rien. Même si, tout au fond de lui, Robin songeait parfois avec d'amers regrets à la manade. Personne ne s'était demandé s'il aimait, lui aussi, les taureaux, les chevaux et les grands espaces. Mais il reléguait la question au second plan car il n'était plus temps de se la poser. Il avait un métier intéressant, lucratif, dans lequel il excellait. De là à être reconnaissant...

Chaque mois ou presque, il téléphonait à Pascal, prenait et donnait des nouvelles. Il n'avoua jamais qu'Arles lui manquait et que, lorsqu'on a vécu parmi les toits de tuiles roses, on apprécie peu les corons. Pascal était cordial, parfois ironique, parfois chaleureux. Les deux frères n'évoquaient leur père que de manière conventionnelle. Et puis, un jour, c'est Vincent qui avait appelé. Il envisageait de passer la main, de céder sa charge de la salle des ventes. Robin avait bondi de joie, tout en restant calme au bout de la ligne. Il avait trente ans, il était mûr pour un retour, une réconciliation.

Il écrasa rageusement un mégot dans un cendrier ancien. Vincent l'avait reçu avec une sorte de courtoisie distante. Leur première entrevue, après tout ce temps, avait ressemblé à un entretien d'embauche. Robin en gardait un souvenir pénible. Pas d'effusion, pas de projet déterminé, juste quelques vagues promesses. Robin avait accompagné son père à la salle des ventes le jour même. Vincent y était chez lui, et aucun signe n'annonçait son prochain départ.

Dès le lendemain de son arrivée, Robin s'était rendu à la manade, persuadé que l'accueil de Pascal ne serait pas pire que celui de Vincent. En effet, son frère s'était montré chaleureux, lui avait posé un certain nombre de questions sur sa vie, et avait même écouté les réponses. Puis il l'avait traîné à ce dîner, chez Cécile Marchand, sa petite amie du moment, et Jordane Valence était apparue.

En évoquant la jeune femme, Robin sentit fondre sa mauvaise humeur. Il avait dû se couvrir de ridicule mais c'était bien la première fois de son existence qu'il éprouvait quelque chose de semblable. Un éblouissement, une révélation. Jordane était le type même de la femme dont Robin n'avait pas osé rêver jusque-là. Son visage, sa silhouette, sa voix, son regard doré et son rire : il en était tombé amoureux en un instant.

Contrairement à son frère et à son père, Robin avait besoin d'aimer pour de bon, il ne collectionnait pas les femmes, il n'avait jamais fait l'amour sans être amoureux. Les sentiments primaient de loin le désir, aussi lorsqu'il s'était marié avait-il cru que c'était pour la vie. Il avait déchanté six mois plus tard, et attendu deux ans avant de se jeter dans une autre aventure tout aussi passionnelle. Il ne fonctionnait qu'à grands coups de cœur, et les déceptions étaient à la hauteur de ses engouements.

En revenant à Arles, il avait l'espoir d'y rencontrer enfin une femme de chez lui, une de ces brunes typées à l'accent chantant qui avaient fasciné son adolescence. Mais pas si vite, pas à ce point-là, pas celle-là !

Un peu fébrile, il alluma une autre cigarette, passant en revue les moyens dont il disposait pour la revoir. Pas question de lui écrire ni de lui envoyer des fleurs, c'était grotesque et prématuré. Mieux valait forcer le hasard afin de croiser à nouveau son chemin, quitte à mettre Pascal à contribution. Et se renseigner au plus vite sur cette madame Valence, habituée de la salle des ventes.

Il fut interrompu par un bruit sourd, dans les profondeurs de l'hôtel particulier. Son père avait dû rentrer. Lorsqu'il était jeune, il se sentait toujours vaguement coupable. A présent, c'était fini. Il se leva, bien décidé à avoir une véritable conversation avec Vincent.

L'Espagnol donna un coup de poing sur le capot de la longue berline noire dont il venait de descendre, laissant une traînée sur la poussière qui recouvrait la voiture.

— *Suntuoso ! Lo quiero*[1] !

Il éclata d'un rire nerveux, détaillant Butaban de façon avide. Puis il leva les yeux vers Jordane et lui adressa un sourire éclatant. Il était manifestement heureux de ne pas s'être déplacé pour rien. Derrière lui, un autre homme ne quittait pas l'étalon andalou du regard. L'Espagnol tendit la main à Jordane et l'aida galamment à descendre.

— Ce cheval est magnifique..., dit-il d'un air gourmand. Je m'appelle Ramon Carras, je vous ai téléphoné le mois dernier...

— Bien sûr ! répondit très vite Jordane. Je me souviens de notre conversation, monsieur Carras. Vous êtes en France depuis longtemps ?

Elle n'avait pas vraiment espéré la visite de l'Espagnol avant l'été, mais elle avait tout fait pour le convaincre, par téléphone, de venir voir de près son élevage. Elle connaissait de réputation cet excellent cavalier qui signait des contrats dans de nombreuses arènes. Tandis qu'il flattait d'une main experte le poitrail de Butaban, Jordane murmura :

1. Superbe ! Je le veux !

— Celui-ci n'est pas à vendre, monsieur Carras. Il est à moi…

Il fronça les sourcils, soudain inquiet, et elle se hâta de le rassurer.

— Butaban est un cadeau de mon grand-père et j'y suis attachée pour des raisons… sentimentales. Ses frères le valent largement, vous allez voir !

— Où sont-ils ? Dans l'écurie ?

Sa précipitation l'amusa. Il avait un accent très prononcé qui ajoutait au comique de ses phrases. Elle se redressa de toute sa taille et secoua ses boucles en passant devant lui pour lui montrer le chemin.

— Cette propriété est magnifique, dit-il dans son dos.

Lorsqu'elle eut ouvert la porte de l'écurie, elle lâcha Butaban qui gagna tranquillement son box. Il ne faisait pas trop chaud dans le bâtiment car les ouvertures étroites, orientées au nord, ne laissaient guère entrer le soleil. L'allée centrale se relevait de part et d'autre d'une rigole d'évacuation, et les murs étaient passés chaque année à la chaux. Deux rangées de six vastes boxes se faisaient face. François avait très bien conçu l'aménagement de l'écurie, vingt ans plus tôt, et Jordane essayait de la maintenir en bon état. Elle observa Ramon Carras qui allait d'une grille à l'autre, comme dans un zoo. Enfin il s'immobilisa devant elle, et parut soudain s'apercevoir que son interlocuteur était une séduisante jeune femme.

— Mademoiselle Valence… Je crois que j'ai bien fait de venir jusqu'ici !

Gardant ses distances, Jordane lui adressa un sourire poli.

— Par lequel commençons-nous ? demanda-t-elle.

— C'est une question d'âge. Pour moi, à quatre ans c'est parfait. Mais ça dépend du dressage qu'ils ont reçu, bien sûr. En ce qui concerne les robes, je n'ai aucune préférence.

Malgré l'accent, son français était impeccable. Jordane décrocha une bride et débloqua le verrou d'une grille. Après Butaban, il lui fallait présenter un bel animal, et surtout mettre en évidence le travail qu'elle menait avec tant de patience depuis si longtemps.

— Voici Milagro, dit-elle en ajustant l'enrênement sur la tête d'un superbe gris pommelé. Voulez-vous l'essayer vous-même ?

Ravi, l'Espagnol hocha la tête à plusieurs reprises.

— Ma selle est dans la voiture, dit-il simplement.

Ils sortirent en file indienne, l'étalon entre eux. L'autre homme qui les attendait toujours, près de la limousine, ouvrit le coffre. Ramon Carras sella le cheval en un tournemain, sous le regard attentif de Jordane. Avec Milagro, elle ne craignait pas grand-chose. C'était un animal très soumis, aux allures amples, et qui répondait à la moindre sollicitation.

— Ce sont des clients ? chuchota Nora derrière elle.

La jeune femme s'était approchée doucement. Elle arborait son sempiternel petit sourire. Jordane lui répondit, à mi-voix :

— En principe, oui. Le type à cheval vient de loin et il a les moyens. Croise les doigts pour qu'on fasse affaire !

— Tu voudras les garder à dîner ?

— Non... Ne mélangeons pas les genres...

Jordane répondait distraitement, absorbée par le spectacle qu'offrait Ramon Carras. Cavalier exceptionnel, il avait compris Milagro en quelques tours de piste. A présent, il était passé aux choses sérieuses. Il y avait bien longtemps que Jordane n'avait pas vu une si subtile démonstration. Elle se promit de ne plus manquer les corridas portugaises lorsqu'il s'en donnerait à Nîmes ou ailleurs. Mais elle n'avait jamais le temps et d'ailleurs le prix des places était prohibitif.

Hormis le bruit des sabots sur le sable et les quelques syllabes gutturales que l'Espagnol laissait échapper pour encourager l'andalou, il régnait un silence presque recueilli. Même Nora s'était tue. Milagro esquissa une feinte, un démarrage, s'immobilisa puis fit brusquement demi-tour. Superbe d'arrogance, Ramon regardait loin devant lui, arborant un sourire involontaire. Jordane se mit à penser aux palabres qui allaient suivre. A combien estimait-elle Milagro ? Et les autres ? Elle jeta un coup d'œil vers l'homme toujours immobile près de la voiture, qui regardait son patron caracoler. Elle passa les chevaux en revue, dans sa tête, et décida que ce serait ensuite au tour d'Aupiho.

— A la santé de Ramon Carras !

Elles levèrent ensemble leurs verres qui s'entrechoquèrent bruyamment au-dessus de la table. Il restait deux bouteilles de champagne sur les quatre achetées en hâte par Isabelle dans l'après-midi. Les Espagnols s'étaient attardés longtemps, l'un en selle et l'autre regardant. Jordane s'était contrainte à rester impassible, comme eux, se bornant à donner le nom et l'âge de chaque andalou. Carras en avait essayé cinq, en prenant son temps chaque fois. Puis, après avoir enfin rangé sa selle dans le coffre de la voiture noire, il avait commencé à discuter.

Jordane gardait, de ces trois heures de palabres, une grande satisfaction d'orgueil. D'abord, l'Espagnol s'était toujours adressé à elle comme à un homme, sur un pied d'égalité. Ensuite il avait donné son verdict sur les chevaux, sans flagornerie inutile et sans dépréciation volontaire. Il hésitait entre deux étalons qui l'avaient séduit sans réserve et il s'était renseigné longuement sur leurs origines, puis sur le dressage qu'ils avaient subi. Ce dernier, il l'avait apprécié en cavalier, en connaisseur. Les rares critiques qu'il s'était permises étant justes, Jordane s'était juré d'en tenir compte sans tarder. Elle avait tout à gagner des conseils d'un professionnel tel que Carras.

C'est Nora qui avait suggéré à Isabelle de trouver du champagne. Une boisson bien française à servir glacée sur la terrasse. Par tous les moyens, depuis longtemps, Nora tentait d'aider sa sœur. Elle était restée embusquée derrière la fenêtre de la cuisine pendant des heures, surveillant les visiteurs, essayant de déchiffrer le visage de Jordane. Confiante, elle avait la conviction qu'ils ne repartiraient pas sans avoir fait affaire. Lorsqu'elle avait enfin vu sa sœur se diriger vers la maison, suivie des deux hommes, elle s'était précipitée pour les accueillir. Ils avaient vidé ensemble deux bouteilles. Nora, poliment, avait parlé en espagnol, une langue qu'elle maîtrisait très bien, tandis que Jordane s'adressait à Carras en français. A force d'hésiter - et de boire - le cavalier s'était décidé pour les deux andalous qui lui plaisaient, Milagro, le gris pommelé, et un bai. Il avait signé un chèque, émis sur une banque française, et promis d'envoyer un camion trois semaines plus tard, pour leur transport.

Après le départ de la longue voiture noire, Jordane avait laissé éclater sa joie. Le chèque, conséquent, la payait d'innombrables efforts, de centaines d'heures de travail, mais il allait surtout lui permettre de régler quelques factures urgentes, d'apaiser le banquier et surtout de tenir la promesse faite à Léon Carmaux. Ce soir-là, même Alice avait partagé la gaieté de la famille, trinquant elle aussi, à la santé de ce Ramon Carras dont elle n'avait jamais entendu parler auparavant.

Au moment de prendre congé, l'Espagnol n'avait pu se retenir d'interroger Jordane. Comment prospérait son élevage ? Où étaient les employés ? Pourquoi n'avait-elle pas de taureaux sur ses terres, afin d'accoutumer les chevaux à leur présence ?

— Il était dévoré de curiosité, en fait !

Jordane riait maintenant, soulagée d'avoir mené l'affaire à bien.

— A propos de quoi ? demanda Isabelle.

— De ce que nous faisons, comment et pourquoi. Il était en extase devant la maison, le paysage, l'écurie, tout ! Il trouvait ça très... qu'est-ce qu'il a dit, déjà ? Très différent, voilà.

— Il a raison, il a trouvé le mot juste. Ici, c'est effectivement différent..., constata Alice d'un ton aigre.

Ignorant sa remarque, Jordane poursuivit :

— Je lui ai dit que c'était une propriété de famille, une famille de femmes, et que d'ailleurs nous étions au bord de la ruine. Il ouvrait de ces yeux ! Et puis, à la fin, il n'a pas pu résister, il m'a demandé si c'était à vendre ! Comme pour Butaban !

Même si elle s'amusait beaucoup à cette idée, elle devait bien admettre que la proposition de l'Espagnol n'était pas dénuée de bon sens. Il lui avait déclaré, très sérieusement, qu'elle aurait tout intérêt à transformer le domaine en hôtel, que l'endroit était un véritable paradis, que les clients se damneraient pour passer un week-end là.

— Et que lui avez-vous répondu, ma petite Jordane ? interrogea Alice.

D'un mouvement brusque, Jordane tourna la tête pour dévisager sa belle-mère. La plupart du temps, elle ignorait les réflexions d'Alice ou les tournait en dérision. Mais, à cet instant précis, elle se sentit attaquée, blessée.

— Répondu ? A quoi ? Quand il a proposé d'acheter la bastide ? Mon cheval ? Vous êtes sérieuse ? Je lui ai vendu ce qu'il était venu chercher : des andalous.

— Pourquoi vous fâchez-vous ?

Sans aucune indulgence, les deux femmes se défiaient du regard.

— Je ne me fâche pas, dit lentement Jordane. Je suis contente d'avoir gagné de l'argent aujourd'hui. Je me donne beaucoup de mal, vous savez...

Alice approuva d'un signe de tête, mais ne put se retenir d'ajouter :

— Combien de temps tiendrez-vous encore ?

Le sujet était rarement abordé. Les comptes déficitaires du Biloba faisaient partie de la vie quotidienne. Alice effectuait un petit virement bancaire, chaque mois, ainsi qu'il en était convenu entre elles. C'était une sorte de loyer ou d'indemnité, un apport indispensable mais tout à fait insuffisant. Fréquemment, et sans trop le faire remarquer, elle payait aussi les courses. Elle appelait ça « faire un ravitaillement ». Elle proposait à Isabelle de l'accompagner jusqu'au supermarché, et elle remplissait un chariot de provisions en tous genres. Isabelle ne faisait aucun commentaire quand Alice, à la caisse, sortait son chéquier. Sur la route du retour, dans la vieille Rover, les deux femmes ne parlaient jamais d'argent.

La sonnerie du téléphone dispensa Jordane de trouver une réponse à l'angoissante question crûment posée par sa belle-mère. Elle ignorait combien de temps elle pourrait tenir le Biloba à bout de bras, mais elle n'imaginait rien d'autre que cette difficile survie. La voix de Lionel lui fit plaisir. Elle allait pouvoir lui raconter la vente des chevaux.

A six heures, Jordane coupa sa radio d'un geste las. Elle avait très mal dormi, d'un sommeil traversé de cauchemars. Chaque fois qu'elle s'était réveillée, en sueur, elle avait songé à Ramon Carras. Pas à sa magnifique prestation équestre, pas à son charme d'hidalgo qui la laissait d'ailleurs indifférente, mais à son idée d'hôtel.

Un hôtel au Biloba... Une éventualité qui ne figurait pas encore au catalogue de toutes les absurdités que Jordane avait pu évoquer, parfois, pour redresser ses affaires. Un hôtel ? Elle referma les yeux, essaya d'imaginer une piscine, des massifs fleuris, des transats rayés et des serviteurs en veste blanche sous les ginkgos. Il y avait sans doute de quoi frémir, mais pas plus qu'à la vue de son dernier relevé bancaire. Et même le chèque de l'Espagnol ne pourrait pas masquer le gouffre bien longtemps.

L'avion de Lionel atterrissait à onze heures. Elle avait le temps de sortir deux ou trois chevaux, de prendre un petit déjeuner et une douche, de faire la route jusqu'à l'aéroport si la Rover acceptait de démarrer.

Un bruit discret de vaisselle heurtée la fit se redresser dans son lit. La porte s'ouvrit doucement et Nora entra, tenant avec précaution un plateau.

— Je voulais te faire une surprise ! protesta-t-elle déçue en découvrant sa sœur éveillée.

— C'en est une... Viens !

Jordane s'était adossée au mur, pour lui faire de la place. Elle jeta un coup d'œil sur la cafetière, les toasts, les ramequins de confiture.

— J'ai trouvé Alice détestable, hier soir, murmura Nora en versant du café dans les deux tasses.

— Comme d'habitude ! J'ai été mal inspirée le jour où je l'ai acceptée ici.

Jordane souriait, cependant, et Nora ajouta :

— Remarque, elle rend des services...

Elles rirent ensemble, complices, sachant qu'elles lui abandonnaient volontiers la responsabilité de la cuisine. Du vivant de leur grand-père, c'était Isabelle qui préparait les repas, et c'était rarement délicieux.

— Puisque son fils chéri vient passer le week-end, elle va se surpasser !

Après avoir beurré un toast, Nora y ajouta un peu de marmelade d'oranges amères et l'offrit à Jordane. Elle la regarda manger un moment puis tendit la main et caressa les boucles brunes de sa sœur.

— J'ai toujours adoré tes cheveux...

Embarrassée, Jordane lui adressa un regard tendre. Oui, Nora enviait les cheveux de sa sœur, comme ses longues jambes, ou sa vitalité.

— Il faut absolument que je téléphone à ce M. Wolf, au sujet des iris, j'ai oublié de le faire...

— Veux-tu que je m'en charge ?

Sans jamais se lasser des refus de Jordane, Nora proposait son aide.

— Tu sauras quoi lui dire ?

— Jordane !

— Oui, oui, bien sûr, tu n'as qu'à le faire, s'excusa Jordane. Le numéro est en bas, sur mon bureau.

Un bruit de moteur attira leur attention. Jordane repoussa les draps, et alla regarder par la fenêtre.

— Tiens, l'antiquaire qui vient chercher maman... Ils sont vraiment matinaux !

Le nez contre la vitre, elle souriait, ravie que sa mère ait trouvé un ami, même si la bastide s'emplissait peu à peu d'invraisemblables brocantes. Derrière elle, Nora l'observait. La silhouette nue de Jordane se découpait sur le ciel, à contre-jour. Elle poussa un bref soupir et détourna son regard.

— Un autre toast ?

— S'il te plaît...

Jordane revint vers le lit, s'assit et prit sa sœur par les épaules.

— Je sais ce que tu penses, dit-elle en la regardant bien en face. Il existe toujours une solution à tout, ma puce ! Pour tes cicatrices, puisque tu t'en fais un monde, il y a la chirurgie esthétique, non ? Et puis...

— Tu te moques de moi ? explosa Nora.

Elle s'était dégagée et toisait sa sœur.

— La chirurgie esthétique ? Il me faudra d'abord attendre d'en avoir fini avec le reste, tu ne crois pas ? Je ne suis pas au bout du tunnel et tu ne dois pas me raconter des histoires, je n'ai plus dix ans !

De force, Jordane l'attira vers elle et Nora eut beau résister, elle céda peu à peu, jusqu'à accepter l'étreinte.

— Je suis bien contente que nous n'ayons plus dix ans, chuchota-t-elle, parce que maintenant qu'on est grandes, on fait ce qu'on veut. Ecoute-moi, Nora, je déteste qu'on se résigne. Malgré la mort de papa, de grand-père, je n'ai pas baissé les bras... Je te jure que, même s'il te faut encore une demi-douzaine d'opérations, tu en verras le bout ! Tu me fais confiance ?

— J'étouffe, articula Nora.

A regret, Jordane la laissa s'écarter.

— Tu ne peux pas tout résoudre à toi toute seule, lui dit Nora. Evidemment que j'ai confiance en toi ! Mais pas pour cette saloperie de maladie qui me grignote ! Dès que ça va un peu mieux, crac-crac, on retourne à la case départ. On ouvre, on rogne, on ajoute un petit bout de métal et on m'expédie en rééducation ! Ça fait mal, ça coûte cher, c'est laid et c'est décourageant ! Tu comprends ?

Une grosse larme roulait sur sa joue et Jordane eut aussitôt une boule dans la gorge. Non, Nora n'était pas assez naïve pour qu'on lui promette la lune.

— Ma petite sœur, soupira Jordane, tu es un vrai bébé...

Elle ne savait que dire. Elle avait eu Lionel, après tout, et aussi l'admiration de son grand-père, et des tas d'hommes pour courir après elle, et Butaban sur lequel parader, et toute une famille qui l'approuvait les yeux fermés quoi qu'elle fasse ! Nora ne possédait rien ni personne, elle n'était qu'une jeune fille effacée, avec un joli visage et une voix douce, qui composait un peu de musique et faisait un peu de ménage. Pas de quoi pavoiser, à la trentaine, ni même être certaine de vouloir continuer.

Jordane posa sa main sur la jupe de Nora et, lentement, se mit à remonter le tissu, découvrant les mollets, les genoux puis les cuisses de sa sœur. Impitoyablement, elle dénuda les jambes jusqu'au slip et les observa en silence. Nora avait fermé les yeux, retenant son souffle. Plusieurs balafres violacées, un peu en relief, se chevauchaient par endroits. La peau était très blanche car le soleil était déconseillé pour les cicatrices.

— Je ne vois rien d'odieux ou d'insurmontable, dit Jordane posément. Que tu ne portes pas de minijupe, d'accord, mais tes frusques de gitane, tu peux les raccourcir de trente bons centimètres ! Tes genoux sont mignons, ils sont tout ronds !

Lâchant Nora, elle se leva d'un bond pour aller farfouiller derrière son paravent de laque.

— Tiens, essaye ça !

Elle brandissait un bermuda bleu clair, en toile denim. Nora secoua la tête mais Jordane insista, péremptoire.

— Mets-le !

A contrecœur, Nora se changea. Quand elle eut fini de boutonner le bermuda, elle jeta un rapide coup d'œil vers la glace. Elle semblait franchement misérable avec ses mollets maigres et blancs.

— Eh bien, tu vas aller bronzer un peu, dit Jordane sans lui laisser le temps de protester. Personne ne viendra te déranger. Même Sempion n'approche jamais de la maison !

— Je suis ridicule, bredouilla Nora.

— Non. C'est dans tes jupes de vieille bonne femme que tu es ridicule ! Quand je vous vois de dos, maman et toi, on jurerait qu'elle est ta fille.

— Charmant...

Devinant l'hésitation de sa sœur, elle insista :

— Viens me voir faire travailler les chevaux. Tu n'auras qu'à t'asseoir au soleil, il n'est pas méchant à cette heure-ci.

En hâte, elle enfila un jean et un tee-shirt, saisit le plateau du petit déjeuner puis ouvrit la porte de sa chambre à la volée. Toutefois elle s'obligea à descendre posément l'escalier.

— Tu sais ce qui te ferait du bien ? demanda-t-elle à Nora. Non ? Une piscine !

Nora se mit à rire et s'arrêta pour souffler sur le palier du premier étage.

— J'aurais plutôt pensé à un ascenseur... Une piscine ! Comme tu y vas ! Il te faudrait bien vendre dix douzaines de chevaux pour nous offrir ça.

— Pas forcément, dit Jordane d'une voix songeuse.

Elle s'était déjà élancée vers le rez-de-chaussée et Nora la suivit, oubliant le bermuda.

— Explique-toi, Jordane !

— Oui, oui... Viens...

Elles traversèrent la terrasse en deux enjambées et se dirigèrent vers les ginkgos.

— Voilà, ici... Regarde autour de toi, Nora. Qu'est-ce que tu vois ?

— La même chose que d'habitude.

— Très drôle. Fais un effort d'imagination, alors, et écoute-moi bien. Je vois une grande piscine bleu turquoise, une allée bordée de fleurs, des tables et des parasols sur la terrasse, une façade ravalée, des volets repeints en gris perle, un petit parking de gravier sur la gauche, plein de voitures rutilantes...

Nora dévisagea sa sœur, suffoquée.

— C'est quoi, ce délire ?

— C'est juste une idée, Nora. Figure-toi un hôtel de luxe au Biloba... De grand luxe !

— Tu veux vendre ? Tu es folle ?

Le visage brusquement fermé, elle n'avait pu s'empêcher de crier. Il y avait longtemps qu'elle redoutait cette phrase-là. Toutes les heures qu'elle passait, allongée sur une chaise longue, étaient hantées par les mêmes questions, la même angoisse. Isabelle était incapable de secourir ses filles et sa maison qu'elle fuyait depuis la mort d'Hugues. Jordane se débattait dans les ennuis de toutes sortes. Nora avait peur. La bastide était un univers sécurisant, familier, qui la protégeait de l'inconnu. Elle y trouvait des consolations, des repères, et aussi des réponses. Lorsqu'elle laissait errer son regard sur le paysage grandiose, elle ressentait toujours le même apaisement. Si elle entreprenait une promenade, à son rythme, le long de ces petits canaux d'irrigation appelés roubines, elle découvrait chaque fois de nouveaux oiseaux à observer. Chevalier arlequin, lusciniole à moustaches, rémiz penduline ou fauvette à lunettes, elle aimait répéter à voix basse ces noms que son père lui avait appris. Ou encore essayer de les reconnaître à l'oreille, distinguant la bouscarle au cri perçant du chant lancinant des cisticoles. Elle ne craignait ni les grenouilles ni les lézards, ni même les serpents. Elle connaissait les bons endroits où s'asseoir pour se reposer. Elle riait seule du culot des ragondins qui ne manquaient jamais de s'approcher si elle restait immobile au bord de l'eau, sous un tamaris. Elle avait alors le sentiment que tout ce qui l'entourait lui appartenait. Que quels que soient ses handicaps ou ses chagrins, le Biloba était un monde où personne ne l'ennuierait jamais. C'était là, sur ces sentiers mal dessinés, que la petite Nora avait couru avant d'être frappée par la maladie, couru comme n'importe quelle gamine de huit ans.

— Nous ne vendrons pas le Biloba ! Tu m'entends ?

Le pluriel, délibéré, indiquait à Jordane la détermination de sa sœur.

— Il n'en est pas question, Nora. Ne sois pas stupide et laisse-moi finir...

Elle reprit sa respiration. Elle avait eu du mal à formuler sa pensée à haute voix. Pour elle aussi le Biloba était sacré. Vouloir le modifier était déjà inconcevable, elle en avait conscience. Mais le perdre était beaucoup plus terrible.

— C'est justement pour éviter le pire. Si nous transformons la maison en hôtel, nous la gardons, Nora... Et nous profitons de tout.

— Tu as pensé à la réaction de maman ?

— Elle s'en moque.

— Oh non ! Tu la connais bien mal. Elle est née ici, elle est attachée à...

— Mais moi aussi, bon Dieu ! explosa Jordane. Plus que tout le monde ! Essaie de comprendre au lieu de te boucher les yeux et les oreilles. Nous ne partirons jamais d'ici, on est d'accord. Seulement il faut trouver un moyen pour rester. Tu saisis ? Tu trouverais plus intelligent d'attendre que les huissiers se l'approprient pour une bouchée de pain ? Dis ? Tu sais qu'on descend un peu plus bas chaque année ? Tu préfères qu'on le mette aux enchères morceau après morceau ?

Pour appuyer sa tirade, elle donna une claque sur le tronc du ginkgo.

— Lui, le biloba majestueux, il y a cent cinquante ans qu'il est là et qu'il grandit en regardant les Valence rapetisser, se rabougrir. Tout va y passer, Nora...

Sa voix s'était cassée sur la dernière phrase. Elle affronta le regard de sa sœur qui étincelait de colère.

— Je t'en empêcherai, dit lentement Nora. Par n'importe quel moyen, je te préviens.

Elle tourna le dos et se mit en marche vers la terrasse, très droite. Elle essayait de ne pas boiter, pitoyable et déterminée, toujours affublée du bermuda de Jordane.

Bien entendu, Lionel trouva l'idée de sa femme extraordinaire. A peine fut-il assis dans la Rover qu'elle lui exposa son projet sans reprendre son souffle. Elle n'avait pas besoin de son assentiment, ni même de son avis, mais elle voulait pouvoir parler sans être interrompue, pour mieux se convaincre elle-même.

Heureux de revoir Jordane, à laquelle il avait beaucoup trop rêvé ces temps-ci, Lionel lui jetait de fréquents coups d'œil gourmands. Il la trouvait de plus en plus belle. A l'approche de la trentaine, elle semblait s'épanouir encore. Il avait envie de toucher les boucles brunes, brillantes et soyeuses, de passer ses doigts sur la peau miel, de la faire rire pour voir ses petites dents très blanches, un peu écartées en signe de chance. Chaque fois qu'elle tournait la tête vers lui, il percevait un effluve d'eau de toilette, mélange de jasmin et de tubéreuse.

— Personne ne marchera, tu connais la famille, dit Jordane en souriant.

Il admirait l'aisance avec laquelle elle prenait les difficultés de la vie. Elle était faite pour le bonheur, pour la joie, ce qui le fit se sentir vaguement coupable. Il ne lui avait pas donné ce qu'elle attendait.

— Eh bien moi, je t'approuve, déclara-t-il.

Dans un éclat de rire, elle tourna la tête vers lui.

— C'est très gentil à toi !

Dépité, il se souvint qu'il n'était plus tout à fait son mari, que leurs existences n'étaient plus liées.

— Je fais tout pour t'aider, tu le sais très bien, reprocha-t-il.

Il vit les mains de Jordane se crisper sur le volant. Il pensa avec amertume qu'elle était trop orgueilleuse pour accepter quelque chose sans rien donner en échange. Froidement, il décida d'en profiter.

— Ton projet me paraît d'autant plus judicieux que j'ai déjeuné cette semaine avec quelqu'un que je vais pouvoir te présenter, ma chérie...

A dessein, il avait employé ce mot qu'elle rejetait, en général.

— Un type que je connais depuis longtemps, qui s'appelle Sydney Barthe et qui est une sorte de promoteur pour l'hôtellerie...

Ils avaient presque atteint le Biloba et Jordane s'arrêta sur le bas-côté de la route. Brusquement intéressée, elle préférait poursuivre la discussion sans sa mère, sa sœur, et sans Alice.

— Tu veux rire ?

— Pas du tout. On peut dire que tu es née sous une bonne étoile, toi !

Elle avait coupé le moteur et le bruit des cigales se fit plus présent.

— Je ne plaisante pas, poursuivit-il. Coïncidence ou pas, ça tombe à pic. Si tu veux l'avis d'un professionnel...

Incapable de résister, il avait posé sa main sur le bras de Jordane.

— J'ai envie de toi, avoua-t-il soudain d'un air malheureux.

— Lionel... Est-ce qu'il faut vraiment que tu monnayes tout ?

— Mais non ! s'énerva-t-il. Je fais comme toi, ma grande, je profite d'un instant d'intimité pour parler de choses personnelles. Je te présenterai Sydney de toute façon mais j'ai *aussi* envie de toi. Tu ferais craquer n'importe qui. Je ne comprends même pas que tu puisses faire cent mètres dans les rues sans être harcelée...

Evitant de la toucher, il se pencha et lui déposa un baiser léger sur les lèvres. Il attendit deux secondes sa réaction puis recommença de façon plus appuyée jusqu'à ce qu'elle le repousse. Furieuse, elle haussa les épaules. Elle avait envie de faire l'amour, à présent, avec Lionel ou avec un autre.

— Tu es impossible, déclara-t-elle en remettant rageusement le contact.

La Rover refusa de démarrer et Jordane s'énerva sur la clef.

— Tu vas la noyer, prévint Lionel.

— Très bien ! Alors on finit à pied !

Elle avait déjà quitté la voiture et s'éloignait à grandes enjambées. Lionel l'observa un moment, à travers le pare-brise. Elle était belle à damner un saint dans son petit short et ses tennis de toile blanche. Il voyait les muscles longilignes de ses jambes qui se dessinaient tour à tour sous l'effort de la marche. Il ouvrit la portière.

— Attends-moi ! Sois au moins polie !

Elle agita la main, moqueuse, mais ne ralentit pas.

Après avoir jeté un coup d'œil à la vitrine, en connaisseur, Robin poussa la porte du magasin. Gilbert était assis à son bureau, les faïences formant derrière lui un décor très réussi.

— Gilbert Desombre ? Permettez-moi de me présenter, je suis Robin, le fils de Vincent Peyrolles...

Ils échangèrent une vigoureuse poignée de main en même temps qu'un regard de curiosité mutuelle. Par son père, Robin avait obtenu quelques renseignements. Il avait ainsi appris qu'Isabelle Valence était une originale sans grands moyens et qu'on la voyait souvent, à la salle des ventes, en compagnie de l'antiquaire du boulevard des Lices.

— Vous avez des choses superbes...

Il se dirigea vers un étonnant buffet à glissière qui avait attiré son attention.

— Il en reste encore ?

— De moins en moins, répondit Gilbert en souriant. Ou pas dans cet état-là !

— Fin XVIIIe ?

— Milieu. La date est gravée derrière.

Robin fit coulisser les portes du tabernacle qui permettaient de ne jamais dégager la tablette du meuble, ce qui en faisait à la fois le charme et la commodité.

— Remarquable, apprécia-t-il.

Le prix entr'aperçu sur une petite étiquette, à l'intérieur, lui sembla tout de même excessif.

— On ne trouve rien de tel dans le Nord. J'y ai travaillé quelques années...

— Et vous voilà de retour ? Bienvenue chez vous ! Vous allez reprendre la charge de la salle ?

— Si mon père veut bien céder sa place ! répondit Robin en riant.

Gilbert avait souvent eu affaire à Vincent Peyrolles. Leurs rapports professionnels étaient courtois, sans plus.

— Je suis persuadé que nos métiers sont complémentaires, monsieur Desombre. J'ai toujours essayé de travailler la main dans la main avec les antiquaires, et même avec les brocanteurs. Certaines choses ne peuvent pas passer en salle des ventes. A l'inverse, il est parfois dommage de ne pas mettre aux enchères les pièces rares...

— Ce qui revient à fausser les prix du marché, dit Gilbert sans agressivité.

— Je pense que c'est la loi de l'offre et de la demande qui décide des prix. Oh, ça, c'est superbe... Vraiment magnifique...

En arrêt devant une soupière de la manufacture Veuve Perrin, il paraissait avoir oublié la présence de l'antiquaire. Il souleva l'objet avec d'infinies précautions, l'examina puis le remit en place.

— Votre clientèle doit être triée sur le volet, murmura-t-il.

— Beaucoup de collectionneurs, précisa Gilbert. Je connais tout le monde, depuis le temps ! Je suis un vieil Arlésien...

Robin abandonna son inspection pour faire face à Gilbert.

— Je sais. Je me souvenais très bien de ce magasin. J'aimerais que nous puissions travailler ensemble, à l'avenir, mais pour ça il faut d'abord faire connaissance, n'est-ce pas ?

La phrase était un peu ambiguë mais Gilbert, rompu aux sous-entendus, resta réservé.

— Avec le plus grand plaisir, dit-il poliment.

Robin se demandait comment vaincre la résistance de son interlocuteur lorsque la porte du magasin s'ouvrit. Dans un tintement de bracelets et une odeur de lavande, Isabelle entra. Robin devina immédiatement qui elle était malgré le peu de ressemblance entre la mère et la fille ; tout de même quelque chose dans l'allure et dans le sourire l'avertit. Isabelle était encore une très belle femme, grande et mince, aux yeux bruns d'une exceptionnelle douceur. Gilbert fit les présentations et Robin se jeta sur l'occasion offerte.

— J'ai dîné avec votre fille mardi, chez Cécile Marchand. Je suis ravi de faire votre connaissance, madame Valence !

Son empressement surprit un peu Isabelle mais il se dépêcha d'ajouter :

— Evidemment, depuis, je suis sous le charme de Jordane, comme tout Arles j'imagine...

Isabelle éclata de rire et Robin en reconnut le timbre. Il se troubla, esquissa un drôle de sourire puis détourna son regard. Navrée de l'avoir mis mal à l'aise, elle adressa une mimique interrogative à Gilbert. Celui-ci se contenta de hausser les sourcils, indécis, puis il proposa :

— Et si nous buvions une petite coupe de champagne pour fêter votre retour, monsieur Peyrolles ?

— S'il vous plaît, appelez-moi Robin...

Comme Gilbert n'avait pas du tout envie qu'un étranger mette les pieds dans son arrière-boutique, il s'empressa d'aller chercher des verres. Isabelle en profita pour engager la conversation. Elle trouvait Robin sympathique, timide mais charmant. Les hommes qui fondaient devant sa fille lui semblaient toujours émouvants. Elle supposa que le cadet des fils Peyrolles aurait fort à faire s'il voulait séduire Jordane dont l'écrasante personnalité décourageait bon nombre de soupirants.

Ils trinquèrent en parlant de choses et d'autres, en gens bien élevés, mais sans cesser de s'observer. Robin confia qu'après dix ans d'absence il allait devoir renouer des relations. Ses intentions étaient si claires qu'Isabelle ne put s'empêcher de rire, à deux ou trois reprises. Enfin elle combla ses espérances en l'invitant, d'un ton léger, à passer les voir au Biloba. Il profita aussitôt de l'offre, sans aucun scrupule, promettant de venir dès le lendemain.

Lorsqu'il eut quitté le magasin, Isabelle se mit à plaisanter, imitant le pauvre garçon et l'air innocent qu'il avait voulu se donner pour obtenir un droit de visite. Heureux de la voir s'amuser autant, Gilbert ne la quittait pas des yeux. Avec son rire communicatif et son sens de la dérision, elle était vraiment faite pour la gaieté, comme sa fille cadette.

— Où veux-tu déjeuner ? demanda-t-il d'une voix posée.

— A l'ombre, en tout cas ! Il fait très chaud dehors...

Elle jeta un coup d'œil vers un grand miroir ancien, arrangea une mèche rebelle et passa sa langue sur ses lèvres.

— Sois sans inquiétude, la rassura Gilbert, tu es très, très belle...

Il s'approcha, lui posa la main sur l'épaule et observa leurs deux reflets dans la glace. Il ne pouvait s'empêcher de penser qu'il n'avait rien d'un séducteur avec son début d'embonpoint, qu'elle était beaucoup trop bien pour lui et qu'il n'avait pas les moyens de la rendre heureuse. Malgré lui, il soupira et aussitôt, d'un geste spontané, elle appuya sa tête sur son épaule.

Cécile boudait, assise dans l'immense salle de la manade Peyrolles. Elle regardait sans les voir les têtes de taureaux naturalisées et les divers instruments - fers, crochets et piques - qui ornaient les murs. Elle n'appréciait pas du tout cette décoration typiquement camarguaise. A plusieurs reprises, elle avait suggéré à Pascal des idées pour aménager son mas, mais il s'était contenté de ricaner.

Elle se leva, fit quelques pas vers la grande table de noyer où les reliefs du repas de la veille se desséchaient. La cire des bougies avait coulé sur les hauts chandeliers, le reste du sorbet avait fondu dans son plat, et une mouche tournoyait au-dessus d'une tache de vin. Elle se demanda si elle avait le temps de tout ranger avant le retour de Pascal. Il n'aimait pas tellement qu'elle se comporte en maîtresse de maison, comme s'il redoutait qu'elle puisse se croire des droits sur lui.

Tandis qu'elle prenait sa douche, une heure plus tôt, elle lui avait rappelé qu'il devait la raccompagner à Arles. Il lui avait alors demandé un peu de patience, expliquant qu'il devait d'abord organiser la journée de ses gardians. Ensuite il l'avait plantée là, sans même lui offrir du café, sans dissimuler sa contrariété. Elle avait pourtant proposé, la veille au soir, de prendre sa propre voiture pour monter jusqu'à la manade mais il n'en avait pas tenu compte.

Résignée, elle se mit à empiler les assiettes sales qu'elle porta jusqu'à la cuisine. Là aussi, le désordre régnait. Pascal avait tenu à préparer lui-même le dîner, assez bon d'ailleurs, et il avait refusé son aide. Elle fit couler de l'eau sur la poêle et la casserole, au fond de l'évier. Comme la salle, la cuisine était trop grande à son goût, austère avec ses vieux meubles patinés et ses petites fenêtres sans rideaux. Elle songea que cette maison n'avait guère connu de femmes et elle se radoucit aussitôt. Après tout, Pascal n'avait pas eu de mère, personne ne veillait sur lui et il se débrouillait comme il pouvait.

Une demi-heure plus tard, tout était rangé et elle retourna s'asseoir dans la salle, satisfaite. La plupart du temps, elle se refusait à penser à l'avenir mais, comme elle était désœuvrée, elle laissa son imagination vagabonder et se mit à rêver d'une vie commune. Si seulement Pascal acceptait de se laisser apprivoiser, elle pourrait peut-être vaincre ses réticences. Elle essaya de se persuader que la distance qu'il maintenait entre eux n'était qu'un moyen de défense, pas un manque d'amour. Elle se pencha, fouilla dans son sac et prit une cigarette. Elle serait en retard à ses rendez-vous. Avec un soupir, elle se laissa aller dans le profond canapé. C'est là qu'il l'avait embrassée puis déshabillée, la veille, avec ses manières brusques et son air boudeur. Elle se redressa d'un bond, comme pour chasser ce souvenir. Il la rendait folle, elle n'avait jamais autant désiré un homme.

Péniblement, elle avala sa salive. Elle avait une boule dans la gorge, mais pas seulement parce qu'elle était troublée. Elle aimait Pascal avec une passion rare, intense, qui n'était pas réciproque, il lui fallait bien l'admettre. Elle renifla et essuya ses yeux d'un revers de main rageur. Elle n'allait tout de même pas se mettre à pleurer comme une idiote car, s'il la surprenait dans cet état, il serait plus exaspéré qu'attendri, elle n'en doutait pas.

Se relevant, elle se mit à marcher de long en large. Qu'est-ce qu'il faisait, à la fin, est-ce qu'il l'avait oubliée ? Elle sursauta en entendant la porte. Ce n'était pas Pascal mais l'un de ses gardians. Il enleva son chapeau pour la saluer.

— Je vais vous redescendre jusqu'à Arles, mademoiselle Cécile, le patron est occupé.

Vexée, furieuse, elle ramassa son sac sans un mot et suivit l'homme au-dehors. Il était presque onze heures.

Comme prévu, Alice s'était surpassée. Elle avait consacré sa matinée à préparer une fricassée d'anguilles et une daube aux aromates. Ignorant l'absence d'Isabelle, qu'elle trouvait scandaleuse, elle avait mis un joli couvert dans la salle à manger. C'était toujours le même cérémonial lorsque Lionel arrivait. Délibérément, elle gâtait son fils, le faisait passer avant tout, mais au-delà de cette attitude elle souhaitait en secret qu'il se plaise au Biloba. Elle aurait donné n'importe quoi pour qu'il y reste, qu'il reprenne sa femme en main et qu'il lui donne enfin les petits-enfants dont elle rêvait. Elle était persuadée que Jordane, une fois mère, renoncerait à sa farouche indépendance, à son autoritarisme insupportable, et aussi à ses manières de garçon manqué. Alice avait du mal à croire sa belle-fille lorsque celle-ci prétendait que c'était Lionel qui n'avait pas voulu d'enfants.

La vieille dame se plaisait au Biloba depuis le premier jour. La douceur du climat la séduisait, la lumière, les odeurs merveilleuses, tout comme sa grande chambre, la terrasse ombragée et les superbes proportions de la bastide. Aimant les grandes maisons et les traditions, elle s'y était d'emblée sentie à sa place. Pourtant la situation n'était pas claire. Qu'adviendrait-il si Jordane et Lionel divorçaient ? Elle y songeait souvent, avant de s'endormir, et priait chaque soir pour que son fils soit enfin raisonnable. Son orgueil de mère ne lui permettait pas d'admettre que c'était Jordane qui ne voulait plus de Lionel.

Après le repas, Nora avait débarrassé en silence tandis que Jordane disparaissait vers l'écurie. Alice avait pu savourer un moment de tête-à-tête avec son fils. Elle lui avait servi du café très fort, comme il l'aimait, et s'était alarmée de sa mauvaise mine. Amusé, Lionel avait protesté pour la forme mais avait dû reconnaître qu'en cette fin d'avril le Midi était un paradis alors qu'il ne faisait que pleuvoir sur Paris.

A présent, Lionel ne prêtait plus qu'une oreille distraite à sa mère. Il surveillait du coin de l'œil les allées et venues de Jordane. Même s'il était trop tôt pour qu'elle monte ses chevaux, elle avait toujours mille choses à faire. Il la vit pousser une brouette sur laquelle s'entassaient des sacs de copeaux. Elle avait abandonné la paille, trop onéreuse, depuis un moment. Il se demanda comment elle faisait pour déployer une telle énergie si tôt après le repas et en plein soleil.

— Ta femme se donne beaucoup de mal, constata Alice, conciliante. Mais tout ça ne rapporte pas grand-chose...

— Ben si ! Il y a eu cet Espagnol, ce... Carras ? Il a laissé un beau chèque, je crois ?

— Oui, bien sûr, mais enfin ce n'est pas tous les jours ! Une goutte d'eau dans la mer ! Tu sais, Lionel, cette maison aurait besoin d'un homme, d'un gestionnaire...

Exaspéré par la maladresse de sa mère, il haussa les épaules.

— Je ne suis pas berger, pas cavalier, et pas horticulteur !

Il n'ajouta pas qu'il n'était sans doute pas souhaité non plus, ce qui était le pire. A cinquante mètres de la terrasse, près des écuries, Jordane s'aspergeait avec le tuyau pour se rafraîchir. Il eut soudain envie de la rejoindre et de la prendre dans ses bras pour sentir son odeur.

— Tu devrais y faire plus attention, à ta femme...

Mâchoires crispées, Lionel répondit brutalement :

— Ce n'est plus vraiment ma femme et tu le sais très bien !

Sans se départir de son calme, Alice lui tapota la main.

— Tous les couples connaissent des crises, c'est bien normal. Vous ne pouvez pas vous réconcilier par correspondance ! Il faudrait que tu passes quelques jours avec nous, au lieu de toujours te contenter d'être entre deux avions.

— J'ai du travail ! protesta Lionel. Je gagne ma vie, moi !

Il n'ajouta pas qu'il avait besoin d'argent parce qu'il considérait que c'était l'un de ses moyens de pression sur Jordane. C'était un raisonnement mesquin et qui ne s'était pas encore vérifié. Mais il ne doutait pas qu'un jour ou l'autre Jordane serait obligée de faire appel à lui.

— Elle voit des gens ? demanda-t-il soudain. Il vient du monde, ici ?

Ayant senti une réelle inquiétude dans la voix de son fils, et peut-être aussi une pointe de souffrance, Alice s'empressa de le rassurer.

— Non. Elle sort parfois avec son amie Cécile mais, le plus souvent, nous dînons toutes les quatre... Elle se lève tôt et elle se dépense beaucoup, tu sais ! Le soir, elle a sommeil.

Lionel poussa un bref soupir de soulagement. Il était grand temps qu'il fasse quelque chose. Leur situation était anormale, ridicule. Il se leva, hésita une seconde puis quitta la terrasse sans un mot. Il se dirigea vers la Rover, garée sous un ginkgo. Les clefs étaient toujours sur le tableau de bord.

— Tu veux vraiment me pousser dehors ? s'enquit Vincent d'une voix glaciale.

Les questions de Robin l'avaient mis à bout. Il ne ressentait aucune tendresse pour son fils cadet, et le regardait comme un étranger, sans la moindre indulgence. Depuis qu'il lui avait téléphoné, un soir de faiblesse, il le regrettait. Il avait eu un moment de doute et de cafard parce que sa maîtresse du moment l'avait plaqué, parce que Pascal n'était jamais disponible pour lui, parce qu'il s'était senti trop seul.

— Tu m'as fait revenir pour ça, rappela Robin à mi-voix. Tu voulais tout arrêter, prendre ta retraite...

— Mais oui, nous sommes d'accord ! Seulement j'ai besoin de temps, il faut que je t'explique des choses, que tu fasses tes preuves...

C'était toujours le même langage. Il avait d'ailleurs utilisé les mêmes arguments, des années plus tôt, pour se débarrasser de lui.

— Je crois avoir réussi tout ce que j'ai entrepris jusqu'ici, professionnellement, dit posément Robin.

Vincent le regarda avec attention. L'homme jeune, séduisant et bien élevé qui lui faisait face lui déplaisait. C'était son fils et il l'avait réussi mais il n'éprouvait rien d'autre que de l'indifférence. Peut-être même une vague antipathie car il ressemblait trait pour trait à sa mère. Une femme qui avait fait ses valises, un beau jour, et qui était partie sans laisser d'adresse !

— Je ne peux pas rester un an ou deux à te regarder travailler en me croisant les bras, papa... J'ai démissionné et je suis venu parce que je pensais que tu avais besoin de moi.

— Oh, arrête, arrête ! protesta Vincent en levant les yeux au ciel. Ce côté bien-pensant, bien gentil, c'est insupportable !

Etonné, Robin leva la tête et fixa son père. Il y eut un petit silence pénible. Chacun mesurait l'amertume de l'autre pour ce marché de dupes qu'ils avaient passé.

— J'ai trente ans, et j'ai une bonne situation..., déclara Robin. Si je suis de trop, ne tarde pas à me le dire. Tout le monde a le droit de changer d'avis.

Il traversa le grand salon d'une démarche mesurée et sortit sans claquer la porte. Il avait toujours voulu croire que son père dissimulait son affection sous une apparence volontairement bourrue, mais il en doutait à présent. Tout ce qu'il s'était forcé à imaginer n'était que mensonge. Ainsi qu'il l'avait souvent redouté, enfant, Vincent n'aimait que lui-même et Pascal. Jamais son frère, lui, n'avait eu à faire ses preuves. Pascal avait reçu la manade à vingt ans, ce n'était pas n'importe quel cadeau. Quatre cents hectares de Camargue, six cents têtes de bétail, un mas en parfait état : bon anniversaire, Pascal ! Pour ne pas jalouser son frère, pour ne pas le haïr, Robin avait dû déployer des efforts considérables. Il s'était raccroché à une évidence, Pascal n'avait rien fait pour être le préféré. Au contraire, il avait toujours négligé leur père, ne s'était jamais privé de lui dire ses quatre vérités.

Mais Vincent prenait tout ce qui venait de Pascal avec le sourire. Spectateur bienveillant, parfois complice, il lui avait laissé faire les erreurs ou les bêtises qu'il sanctionnait aussitôt chez Robin. Ils avaient vécu dans cette étrange relation, Vincent voulant l'amour de Pascal et Robin celui de Vincent. Finalement, personne n'avait rien eu.

La chaleur de la rue surprit Robin. A l'intérieur de l'hôtel particulier familial, il faisait frais. Dès le printemps, le vieux maître d'hôtel veillait à tirer les persiennes et à fermer les fenêtres. Songeur, Robin observa la façade. Son adolescence à Arles n'avait pas été heureuse. Pourquoi donc être revenu avec tant d'espoirs ? Jetant un coup d'œil à sa montre, il constata qu'il était presque six heures, le moment idéal pour monter au Biloba. Cette idée lui fit oublier son père sur-le-champ.

Il s'arrêta chez un fleuriste, perdit dix minutes à choisir des roses et des liliums puis prit la route, une carte routière déployée sur le siège passager. Au fur et à mesure qu'il approchait du Biloba, il sentait monter une excitation incontrôlable. Il essaya de se raisonner, pensa que peut-être Jordane ne serait pas là, mais rien n'y fit. Lorsqu'il atteignit la bastide, il était dans l'état d'esprit d'un collégien amoureux.

Sa première vision fut encore plus merveilleuse que prévu. Jordane était en selle sur Butaban et, même si on n'était pas amoureux, c'était un beau spectacle. Derrière l'andalou et sa cavalière, la bastide se détachait sur un ciel bleu cobalt barré par les cimes des deux ginkgos. Robin en resta interdit. Il s'extirpa de sa voiture en froissant son bouquet et faillit trébucher sur une souche. Jordane lui fit un grand signe joyeux, dirigeant Butaban droit sur lui au petit galop rassemblé.

— Je ne sais pas quoi vous dire, vous êtes... magnifique.

Il lui tendait les fleurs et elle éclata de rire.

— Gardez-les encore une minute ou je vais avoir l'air d'un caballero faisant son tour d'honneur !

Amusée, elle descendit de cheval, s'approcha de Robin et lui déposa un baiser léger sur la joue.

— Je reviens, le temps de le rentrer...

Comme elle s'éloignait déjà, il resta hésitant, désemparé. Heureusement qu'on l'appelait. Isabelle lui faisait signe de la terrasse. D'autorité, elle s'empara des fleurs, le présenta à Lionel et Nora puis disparut à la recherche d'un vase. Lionel dévisagea Robin avec insistance, se demandant comment Alice avait pu prétendre qu'il ne venait jamais personne.

Dès que Jordane les eut rejoints, Robin se sentit revivre. Pascal lui avait vaguement parlé de Lionel, ce drôle de mari qui vivait à huit cents kilomètres et dont Jordane était plus ou moins séparée. Pour un éternel absent, Robin trouva qu'il avait le regard jaloux et possessif. En revanche Jordane semblait indifférente, ce qui était très encourageant. Nora faisait les frais de la conversation, relayée par Isabelle, tandis que Jordane fumait. Robin la détaillait sans se lasser.

Ils passèrent plus d'une heure à bavarder et à boire du vin rosé glacé. Fatiguée, Jordane s'était avachie dans son fauteuil de fer forgé, balançant une jambe sur l'un des accoudoirs. De temps à autre, elle rejetait en arrière la masse indisciplinée et soyeuse de ses boucles brunes. Robin se demanda quand il pourrait enfin les toucher. Il essayait de croiser son regard doré le plus souvent possible, d'attirer son attention et de l'amuser.

Lorsqu'il sentit qu'il ne pouvait plus retarder le moment de partir, il chercha désespérément le moyen d'organiser une autre rencontre. Il se souvint que son frère l'avait convié à une grande soirée, le surlendemain, et il n'hésita pas une seconde, en dépit de la présence de Lionel, à inviter Jordane. Elle le considéra en souriant, trouvant qu'il ne manquait pas de culot de la traiter en célibataire devant son mari.

— Les soirées de Pascal ? Ah, vous devez avoir oublié ce que c'est depuis le temps que vous avez quitté Arles ! Votre frère a le sens de la fête...

Elle désignait la bouteille, dans le seau à glace.

— C'est toujours plus ou moins le repas des quatre-vingts chasseurs, d'après ce que Cécile me raconte. Mais j'accepte volontiers, je veux voir ça de près !

Avec un bruit sec, Lionel reposa son verre. Il se leva et quitta la terrasse sans que Jordane lui accorde un coup d'œil. Gêné, Robin toussota avant de se lever à son tour. Jordane le raccompagna jusqu'à sa voiture.

— Je suis désolé si j'ai été maladroit, dit-il d'un air ravi. J'avais cru comprendre que... que...

Il ne savait comment achever et elle haussa les épaules.

— Cécile a dû vous renseigner ? Ou Pascal ?

Jouant avec ses clefs de voiture, il se contenta de hocher la tête. Des renseignements, il en avait cherché partout, il avait interrogé tout le monde.

— C'est loin, après-demain, dit-il très sérieusement. Je passe vous prendre ?

— Vous êtes trop conventionnel, *monsieur* Peyrolles... Je vous rejoindrai directement à la manade, je sais où c'est. Vers quelle heure ?

Au lieu de lui répondre, il la regardait avec intensité. Elle fut presque gênée, soudain, qu'il ne cherche pas à dissimuler un peu son attirance. Elle lui tendit la main et il la prit, d'un geste machinal.

— Neuf heures, dit-il très vite comme s'il avait peur qu'elle ne change d'avis.

Lionel arpentait la terrasse, désignant le siège que Robin avait occupé plus tôt dans la soirée.

— Et ces yeux de merlan frit ! Mais qu'est-ce que c'est que ce type ? D'où sort-il ?

— Du Nord, maman nous l'a dit, répondit Jordane en bâillant.

Même s'il savait qu'il n'avait pas vraiment le droit de se mettre en colère, Lionel parvenait mal à se contrôler.

— Bien sûr, tu as de quoi subjuguer les mecs, ma belle Arlésienne, de là à les encourager...

— Pourquoi pas ?

— Parce que je t'aime.

La phrase avait résonné dans la nuit. Jordane ferma les yeux, sachant à quel point Lionel pouvait être têtu. Il s'était arrêté derrière elle et avait posé les mains sur ses épaules.

— C'est une déclaration idiote mais c'est la vérité. Tu es la femme que j'aime, malgré la distance, malgré nos querelles...

— Malgré tes liaisons ?

— Malgré tout, Jordane. Par-dessus tout.

Il fit glisser ses doigts dans l'échancrure du chemisier. L'air était doux, il y avait d'innombrables étoiles et un calme absolu régnait sur la terrasse. Seul un photophore, à l'autre bout de la table, offrait la flamme de sa bougie aux insectes nocturnes qui venaient mourir avec un petit grésillement. Lionel effleura la peau satinée de Jordane, dans une caresse légère. Elle s'était d'abord raidie mais il la sentit se détendre peu à peu.

— Nous n'avons pas fait attention à nous..., chuchota-t-il. Quand tu m'as laissé, j'ai cru que tu ne m'aimais plus. J'ai voulu t'oublier, te remplacer, mais je n'y arrive pas... C'est toujours à toi que je pense, quand je fais l'amour...

Il avait ouvert le chemisier, à présent, et Jordane frissonna. Lionel la connaissait bien, il savait comment la faire vibrer. Il lui avait tout appris, elle ne l'oubliait pas. Il mit ses mains de part et d'autre du visage de sa femme, l'obligeant à pencher la tête en arrière, et l'embrassa longuement, toujours debout au-dessus d'elle.

— Tu es encore plus belle que le jour où je t'ai rencontrée, dit-il en se reculant un peu.

Il lui massait les tempes, la nuque, d'une main experte, en prenant son temps.

— C'est toi qui avais raison, tu ne peux pas vivre ailleurs qu'ici, tu es une fille du Midi, j'aurais dû comprendre...

Il parlait pour ne pas rompre le charme, pour que dure le silence consentant de Jordane. Il se demandait s'il devait continuer là, sur la terrasse tiède, si sa femme le laisserait faire jusqu'au bout. Mais une lumière s'alluma, à l'étage, et il trouva soudain désagréable de rester sous les fenêtres d'Alice et d'Isabelle.

— Viens...

D'autorité, il l'entraîna vers la maison, la tenant fermement par la taille, l'empêchant de refermer son chemisier. Ils montèrent au second, serrés l'un contre l'autre. Il ouvrit la porte de la chambre, souleva Jordane dans ses bras et la porta jusqu'au lit bateau. Il resta un moment à la regarder avant d'avouer, à voix basse :

— Il y a si longtemps, mon amour, et j'ai tellement envie de toi...

Alors qu'il commençait de se déshabiller, Jordane tendit la main vers sa lampe de chevet. Une clarté diffuse éclaira la grande pièce lambrissée.

— Lionel, il ne faut pas se mentir, commença-t-elle.

— Je t'aime, rien n'est plus vrai !

Sa sincérité ne faisait aucun doute mais elle poursuivit, impitoyable :

— Lionel, on ne peut pas souffler sur des cendres.

Il était nu et il hésitait, déconcerté.

— Tu me plais, j'ai beaucoup de tendresse pour toi, mais ce n'est plus comme avant. Je veux dire que...

— Tais-toi. A cette heure-ci, les mots sont inutiles. Plus comme avant ? Tu en es sûre ?

L'instant était critique et Lionel n'aurait reculé pour rien au monde : il était trop près du but. Ignorant sa remarque, il vint s'asseoir près d'elle, lui enleva son short et se remit à la caresser très doucement. Lorsqu'elle ferma les yeux puis laissa échapper un soupir, il sut qu'il avait gagné.

Deux heures plus tard, Lionel s'écroula, en sueur, contre sa femme. Il avait résisté le plus longtemps possible, l'avait fait jouir à plusieurs reprises, avait été un amant parfait. Cependant elle était restée indifférente, presque lointaine. Il avait attendu en vain qu'elle se laisse aller, qu'elle redevienne la femme amoureuse dont il avait des souvenirs précis. Mais il n'y avait pas eu les mots crus prononcés d'une voix rauque qui le rendait fou, pas ce regard d'or liquide qui chavirait. Elle avait partagé le désir et le plaisir, elle avait gémi à certains moments, elle s'était donnée sans réserve mais elle ne l'avait pas aimé.

Plus ému qu'il ne l'aurait cru, plus déçu aussi, Lionel se sentait frustré de l'essentiel. Il referma son bras autour d'elle et demanda, le nez dans l'oreiller :

— Tu es bien ?

— Oui... C'est vrai, ça fait du bien !

Elle n'eut pas conscience de l'avoir injurié mais il se redressa d'un bond.

— Merci quand même ! C'était juste un moment de détente ?

Avec un sourire d'excuse, elle étouffa un bâillement.

— Je t'avais prévenu, Lionel. Je ne t'ai pas menti ? Tu le voulais tellement, ce câlin ! Et tu m'as donné envie, à la fin... Les femmes non plus ne sont pas en bois, comme disent les hommes ! D'ailleurs il y avait beaucoup trop longtemps que je n'avais pas fait l'amour. Je ne t'aime plus mais je ne te trompe pas, alors que toi, c'est le contraire... Drôle de vie !

Furieux, il la prit par les épaules, et la secoua sans ménagement.

— Garce !

— Lâche-moi !

Elle se débattit et il eut beaucoup de mal à ne pas lâcher prise.

— Cesse de me harceler ! cria Jordane. Chaque fois que tu débarques ici, tu me renifles comme un chien en rut ! Tu ne m'écoutes pas quand je te parle parce que tu n'as qu'une idée en tête, me baiser ! Ce n'est pas moi que tu aimes, grand romantique, c'est mon cul !

Comme elle lui échappait, il la gifla. Elle resta bouche bée une seconde, puis de toutes ses forces elle lui rendit sa claque. Ils se regardèrent en silence, immobiles et face à face.

— Excuse-moi, dit-il enfin.

— Moi aussi...

Après une ou deux minutes, Lionel baissa les yeux avant de demander :

— Tu ne m'aimes plus ?

Elle le poussa pour qu'il se rallonge et posa sa tête sur lui.

— Tu es beau, mon chéri. Tu es... séduisant. Et tu fais bien l'amour.

— Réponds-moi, Jordane.

— Non, souffla-t-elle à regret. Je suis désolée...

Il se sentit incroyablement malheureux. Il eut l'impression qu'elle venait de le brûler. En hâte, il chercha une idée réconfortante, n'importe laquelle.

— Je savais qu'on se disputerait, ajouta-t-elle. Et je ne voulais pas !

— Et divorcer, tu veux ? demanda-t-il d'une voix blanche.

— On en parlera plus tard...

Avec tristesse, Jordane constatait sa méprise. Elle avait cru que Lionel était, comme elle, enfin détaché. Qu'il ne ressentait qu'un agaçant et sempiternel désir. Or il souffrait pour de bon, le souffle court, recroquevillé sur lui-même.

— Pourquoi m'as-tu cédé ce soir ? Parce que tu voulais que je te présente ce type, Sydney, mon copain qui est dans l'hôtellerie ? Tu as vraiment cru que je te ferais du chantage ? Tu as...

— J'en avais envie, Lionel. C'est aussi simple que ça. Mais si ta proposition tient toujours... ce projet d'hôtel me poursuit, tu sais.

— Je sais. Quand tu as quelque chose en tête, toi... Oh, Jordane !

Elle entendit le sanglot, dans la voix de son mari. Il avait les yeux brillants, au bord des larmes, mais il se dissimula derrière son bras replié.

— On est passés à côté de tout, articula-t-il.

La masse soyeuse des cheveux de Jordane, sur son ventre, le fit frissonner. Un désir incongru s'empara de lui, à nouveau, et Jordane parvint à lui sourire.

— Tu veux dormir là ? proposa-t-elle.

— Non. Mais j'ai quelque chose à te donner avant de te dire bonsoir.

Il sortit du lit, enfila son blue-jean en lui tournant le dos et quitta la pièce. Elle l'entendit descendre et remonter sur la pointe des pieds. Elle n'avait pas changé de position lorsqu'il vint s'asseoir à côté d'elle.

— Cet après-midi, je... Eh bien, je m'étais imaginé que nous vivions sur un malentendu et qu'une réconciliation était possible...

Il tournait et retournait un petit écrin entre ses doigts.

— J'ai trouvé ça, à Arles... Et comme je l'ai choisi pour toi, il faut bien que je te le donne...

— Mais ça n'a pas de sens, Lionel ! C'est un bijou ?

A l'époque où ils s'aimaient comme des fous, Lionel lui faisait parfois des surprises de ce genre. Elle possédait ainsi un certain nombre de bracelets et de bagues, qu'elle conservait dans un coffret car ils la gênaient pour monter à cheval.

— S'il te plaît, insista-t-il.

— Après tout ce que je t'ai dit ?

— Prends-le, à la fin !

Comme il avait jeté l'écrin sur le lit, elle se mit à rire.

— Tu n'es jamais patient très longtemps !

— Pour la patience, ma chérie, on peut faire un concours. Allez, regarde ce que c'est, au moins !

Elle ouvrit la boîte de velours et en sortit un pendentif, en or et en diamants, qui figurait un cheval.

— Autour du cou, tu pourras le porter et garder les mains nues, hein ?

Attendrie, elle ne savait que dire. Elle aimait qu'on s'occupe d'elle, même si elle ne voulait plus que ce soit Lionel qui s'en charge.

— Merci..., murmura-t-elle.

Il se redressa, considéra Jordane en fronçant les sourcils puis déclara :

— Couvre-toi ou je te viole.

D'une main, elle remonta le drap sur elle. Le manque de sommeil se faisait sentir. Elle adressa un sourire à Lionel, une sorte de mimique affectueuse et fatiguée. S'il avait encore eu des illusions, il les aurait perdues à ce moment-là. Il se pencha, éteignit la lampe de chevet.

— Au revoir, Jordane, souffla-t-il dans l'obscurité.

3

La nuit passée avec Lionel laissa un goût très amer à Jordane. Elle s'était fait, jusque-là, une autre idée de l'amour. Elle s'apercevait qu'elle avait changé, mûri, et qu'elle pouvait éprouver des envies de volupté sans les assortir de grands sentiments.

Près de Lionel, elle ne ressentait rien d'autre qu'une tendresse parfois mélancolique, parfois agacée. Celui qu'elle avait pris pour l'homme de sa vie, quelques années plus tôt, était devenu une sorte de grand frère. Bien sûr, les déceptions successives qu'il lui avait infligées avaient agi comme des douches froides. Vingt fois, cent fois, alors qu'ils vivaient ensemble à Paris, elle lui avait réclamé un enfant. Elle avait envie de fonder une vraie famille, de donner des héritiers aux Valence. Mais il remettait à plus tard, l'exhortait à prendre la pilule, affirmait qu'ils avaient du temps devant eux. Il avait commis là sa pire erreur. Occupée à élever des enfants, Jordane n'aurait peut-être pas connu l'ennui des journées vides. Et eux qui ne partageaient rien se seraient peut-être retrouvés au-dessus d'un berceau.

Mais tout cela n'était que suppositions et il était inutile d'épiloguer. Aujourd'hui, elle le considérait froidement. Il était aussi séduisant qu'égoïste, aussi travailleur que superficiel. En fait, il ne savait pas où il allait dans la vie, ce qu'elle jugeait impardonnable. Ses projets tournaient autour de l'argent, ses idées étaient désordonnées. D'ailleurs, son regain de passion n'était-il pas né de son indifférence à elle ? Lionel, fils unique trop gâté par sa mère, ne supportait pas qu'on lui prenne ses jouets.

Fatiguée par les responsabilités qui pesaient sur ses épaules, Jordane n'avait pas de compassion à dilapider. Elle essaya de ne pas s'attrister en vain. Elle rangea le pendentif avec les autres bijoux, raccompagna un Lionel boudeur à l'aéroport et lui rappela, cynique, qu'elle attendait la visite de ce Sydney Barthe puisqu'elle avait, en quelque sorte, payé d'avance. Lionel apprécia modérément son humour grinçant mais promit néanmoins de faire tout son possible.

Comme d'habitude, Jordane passa à l'agence de Cécile avant de regagner le Biloba. Elle la trouva plongée dans des devis. Les pales du ventilateur, au plafond, tournaient doucement en brassant un air tiède. La jeune femme travaillait d'arrache-pied sur le pèlerinage des Saintes-Maries-de-la-Mer qui devait avoir lieu trois semaines plus tard, le 25 mai. Elle hésitait entre deux photographes dont elle soumit les noms à Jordane. Mais celle-ci protesta qu'elle n'y connaissait rien, que son père n'avait été qu'un photographe amateur et qu'il ne lui avait jamais parlé des professionnels.

— Il aurait dû en faire un métier, soupira Jordane. Je crois qu'il avait du talent. Quand j'ai tout rangé, dans son labo, j'ai trouvé des clichés merveilleux un peu partout, dans un affreux désordre. Il faudrait que tu y jettes un coup d'œil, un de ces jours.

— Ta mère accepterait qu'on utilise certaines photos ? demanda Cécile d'un air intéressé.

— Je suppose que ça lui est égal, maintenant. Il y a des oiseaux, des chevaux, des taureaux, des marais et des rizières, souvent de la brume... C'est très poétique.

— Toi qui cherches toujours comment boucler les fins de mois, tu pourrais envisager de les vendre ?

Jordane laissa échapper un interminable soupir.

— Si tu savais comme j'en ai marre de vivre d'expédients... La laine des moutons, les photos de papa, pourquoi pas, et la collection de bijoux offerts par mon cher mari ! Tout ça pour boucher des trous, non...

Inquiète, Cécile vint s'asseoir près de Jordane, autour de la petite table ronde.

— Veux-tu un café ? Tu as l'air bien morose.

— Un petit coup de ras-le-bol, ce n'est pas grave...

Le café, trop fort, lui arracha une grimace. Puis elle planta son regard doré dans celui de Cécile.

— J'ai eu une idée. Je ne sais pas encore ce qu'elle vaut, mais au moins c'est un truc d'envergure, pas du rafistolage !

— Tu vas faire un club hippique au Biloba ? plaisanta Cécile.

— Non, un hôtel.

— Tu veux rire ?

— Pas du tout. Un hôtel de luxe.

— Jordane ! Tu es folle ou quoi ?

— Pourquoi ?

Déçue, Jordane haussa les épaules. Elle avait espéré que Cécile, qui adorait les grands projets, partagerait son enthousiasme.

— Attends, attends, demanda Cécile. Ne fais pas cette tête-là mais laisse-moi te poser une question. Avec quoi ?

— Avec un emprunt, tiens ! Enfin, je ne sais pas, je n'y ai pas réfléchi, c'est juste une idée pour le moment. Il doit bien y avoir des spécialistes de l'hôtellerie qui pourront me donner leur avis. D'ailleurs Lionel doit m'en présenter un...

Lentement, pour se laisser le temps de réfléchir, Cécile versa de nouveau du café dans leurs tasses. Ensuite elle releva la tête et considéra son amie, perplexe.

— Remarque... Après tout... Mais tu n'imagines sûrement pas ce que ça suppose...

— Non, pas encore !

Les yeux brillants, Jordane esquissait un sourire. Depuis bien longtemps, Cécile lui enviait cette capacité de récupération. Jordane faisait toujours face et ses moments d'abandon étaient rares.

— Et Lionel va t'aider ?

— Oh, Lionel...

La nuance de mépris n'échappa pas à Cécile.

— Il doit seulement me faire rencontrer un professionnel. Je suppose qu'il l'invitera à passer un week-end au Biloba.

— Eh bien, tu vois ! Quoi que tu en dises, il est toujours prêt à te donner un coup de main.

En dépit de leur séparation, Cécile soutenait que Lionel et Jordane s'aimaient encore, que c'était du gâchis de ne pas redonner une chance à leur couple. Elle trouvait Lionel mille fois plus gentil et attentionné que Pascal, et elle était sensible à son prestige de Parisien. Jordane se chargea de la détromper, une nouvelle fois, sans ménagement.

— Ne prends pas sa défense, il n'est pas à plaindre ! Contrairement à ce que tu penses, avec Lionel c'est donnant-donnant.

Cécile la dévisagea puis hocha la tête.

— Toi, tu as quelque chose sur l'estomac... Tu as couché avec lui ? Dis ? Et alors ? C'est encore ton mari ! En plus, il est beau mec et il t'adore. Où est le problème ?

— C'est du réchauffé, c'est écœurant. J'avoue que c'est ma faute. Une envie, une impulsion...

— Encore heureux ! Si on n'avait pas d'envies à nos âges, autant se faire bonnes sœurs !

— Ce n'est pas ça qui me chagrine, dit doucement Jordane, mais j'aurais été mieux inspirée de passer mon caprice avec quelqu'un d'autre. Lionel, je ne l'aime plus. Tu comprends ? C'est un étranger.

— S'il en passait des comme ça tous les jours, je vivrais sur le pas de la porte ! riposta Cécile en riant.

— Sûrement pas. Toi, tu t'en fous, tu n'attends personne : tu es amoureuse. Pour toi, il n'y a que Pascal. Il n'est pas génial mais tu as quand même de la chance parce que, avoir le cœur qui bat, c'est merveilleux...

— Midinette, va !

Cécile souriait encore mais elle ne riait plus. Elle n'était pas certaine d'avoir de la chance, en ce qui concernait Pascal.

— A propos, j'ai appris que tu dînes avec nous demain soir à la manade ? Robin t'emmène ?

Sa nuit mouvementée avec Lionel avait empêché Jordane de penser à l'invitation de Robin.

— Je l'avais oublié, celui-là !

— Je le trouve adorable. Pas toi ? Pourquoi ris-tu comme ça ?

Mais Cécile, gagnée par l'hilarité, ne parvenait pas à garder son sérieux.

— Bon, d'accord, il fait un peu amoureux transi ! Tu lui as tapé dans l'œil, c'est le moins qu'on puisse dire... Comment s'est-il introduit chez toi ?

— Grâce à maman.

— Oh, il est très fort ! Et fais attention, ils sont têtus dans la famille Peyrolles ! Imagine un peu, Jordane, que nous épousions les deux frères ?

Cécile plaisantait sans y croire. Pascal n'était vraiment pas sur la pente du mariage, hélas.

— Robin Peyrolles ne m'intéresse pas pour le moment, déclara Jordane. Mais il faut que je pense sérieusement à divorcer.

Avec un geste fataliste, elle se leva.

— D'ici là, les chevaux m'attendent. Est-ce qu'il faut s'habiller pour ce dîner ?

— Je n'en sais rien, avoua Cécile. En général, c'est assez relax.

Gênée d'admettre qu'elle n'était pas au courant des habitudes ou des intentions de Pascal, elle était redevenue sombre. Jordane préféra ne pas insister et l'embrassa avec tendresse avant de quitter l'agence de sa démarche décidée. Cécile la suivit du regard, songeuse. Malgré tous ses ennuis, Jordane conservait sa gaieté et son indépendance, alors que Cécile perdait son entrain au fil des mois. Sa liaison avec Pascal l'angoissait sans la rendre heureuse. Elle pensait sans cesse à lui, s'inquiétait des rendez-vous qu'il ne fixait qu'au dernier moment, vivait en permanence dans le doute. Elle avait fait de grands efforts pour ne jamais s'imposer, afin de le rassurer. Mais en avait-il besoin ? Ne se moquait-il pas d'elle, tout simplement ?

A pas lents, elle regagna son bureau mais ne put réussir à se concentrer sur son dossier. Elle aimait son travail mais elle s'y intéressait de moins en moins. Tout ça pour un homme égoïste ou indifférent qui la faisait languir, et devant lequel elle redevenait une vraie gamine.

Le téléphone la fit sursauter et elle décrocha, fébrile.

Le lendemain soir, Jordane qui s'était trompée de chemin arriva avec une demi-heure de retard à la manade. Elle se souvenait mal de la route, ne l'ayant empruntée que deux fois dans sa vie. La première avec son grand-père, dix ans plus tôt, pour une ferrade, et la seconde dans la voiture de Cécile, une nuit d'hiver. La Rover avait calé à plusieurs reprises, en faisant demi-tour dans des ornières, et Jordane était exaspérée. Lorsqu'elle parvint enfin aux abords du mas, une bonne vingtaine de véhicules, garés n'importe comment, l'obligèrent à s'arrêter cent mètres avant l'entrée. Elle descendit, claqua rageusement la portière et passa ses deux mains dans ses boucles brunes pour y remettre un semblant d'ordre. Elle portait une minijupe, noire et plissée, qui mettait ses longues jambes en valeur. Sa veste courte, blanche, cintrée, était ouverte sur un tee-shirt noir.

— Vision de rêve ! dit la voix de Robin près d'elle.

Jordane se retourna et le découvrit, appuyé à une barrière.

— J'avais peur que vous ne veniez pas, bien que Cécile m'ait affirmé que vous n'oubliez jamais rien !

Il faisait encore très doux, et dans la nuit tombante Robin la regardait venir comme une apparition.

— Je suis subjugué, dit-il encore. Dans ces conditions, je ne vais rien trouver de spirituel à vous dire, et vous finirez par me prendre pour un abruti, ce qui sera légitime.

Le rire de Jordane résonna dans la demi-obscurité, tandis que Robin lui prenait la main.

— Laissez-vous conduire, la fête est par là...

Il la guida parmi les voitures, heureux de pouvoir respirer son parfum. Des bruits de voix et des bribes de musique se firent plus présents. Tout le rez-de-chaussée du mas était illuminé et, devant une porte ouverte, la silhouette de Pascal se détachait.

— Ah, il ne manquait plus que vous ! On vous a gardé de la sangria mais dépêchez-vous un peu...

Jordane lui serra la main et il la détailla de la tête aux pieds avant de s'effacer pour la laisser entrer. Dans l'immense salle, un joyeux brouhaha régnait, les invités parlant fort pour couvrir le son des guitares. Trois tables d'une quinzaine de couverts chacune avaient été dressées près de la cheminée centrale. Contre le mur du fond, les musiciens s'étaient installés sur des tabourets, face au buffet de l'apéritif, déjà dévasté. Des hommes circulaient, entre la cuisine et la salle, portant des plateaux.

— Vous avez transformé vos gardians en serveurs ? interrogea Jordane avec un sourire ironique.

Pascal lui tendit un verre en répliquant :

— Ce sont mes employés, de toute façon, à cheval ou aux fourneaux !

Sa suffisance donna à Jordane l'envie de lui envoyer une repartie cinglante, mais Robin l'avait prise par le bras et l'entraînait plus loin.

— Il y a des petites choses succulentes à grignoter, venez par là, Cécile nous fait signe...

Effectivement, la jeune femme venait vers eux, une assiette à la main.

— Goûte-moi ça, c'est délicieux !

Jordane prit une petite merguez grillée et l'avala d'une bouchée.

— Génial, apprécia-t-elle. C'est toi qui les as faites ?

— Je n'ai rien fait du tout, je suis arrivée à huit heures.

Ce qui signifiait que Pascal s'était passé d'elle, comme d'habitude. Jordane sourit à Cécile, affectueuse et complice.

— C'est quoi, ça ?

— Pruneau cuit au jambon cru, une merveille.

Robin regardait Jordane, ravi de sa gourmandise, ravi qu'elle soit à ses côtés et qu'elle soit si belle.

— J'ai jeté un coup d'œil sur le plan de table et nous sommes ensemble, ma chérie, dit Cécile avec un clin d'œil.

— Encore heureux que ton macho ne nous ait pas séparées, rétorqua Jordane.

— A table ! dit la voix de Pascal juste derrière elle.

Embarrassée, Jordane se tourna vers lui. Ils échangèrent un regard froid, presque agressif.

— Tant mieux, déclara-t-elle poliment, je meurs de faim !

— A l'heure à laquelle vous êtes arrivée, ça ne m'étonne pas.

Cécile semblait au supplice et Jordane fit un effort pour ne pas répondre. Elle regarda Pascal qui s'éloignait pour tenter de rassembler ses invités.

— J'ai fait une gaffe ? demanda-t-elle d'un air innocent. Macho, ça devrait pourtant lui plaire...

— Sois gentille, commença Cécile.

— Evidemment ! Je ne vais pas gâcher l'ambiance, c'est promis, mais je me demande comment tu peux le supporter. On y va ?

Inquiète, Cécile la précéda jusqu'à l'une des tables. Comme prévu, elles étaient face à face et Robin était à côté de Jordane. Pascal vint s'asseoir entre Cécile et une jeune fille blonde que personne ne connaissait et qui avait l'air stupide. Les gardians s'affairaient joyeusement, déposant des plats fumants sur les tables.

— J'adorais cet endroit quand j'étais enfant, dit Robin à mi-voix.

Il s'était adressé à Jordane mais il regardait la haute cheminée. Gamin, il avait cru naïvement qu'il vivrait là un jour.

— Vous avez des regrets ? demanda Jordane.

— Ce serait bien inutile ! Non, je pensais seulement à tous les bons moments que nous avons passés ici, Pascal et moi...

A présent Pascal s'y amusait seul puisque leur père en avait décidé ainsi. Robin se tourna vers Jordane qui lui souriait et toute sa mélancolie s'évanouit aussitôt.

— C'est bien que vous soyez venue, déclara-t-il avec une désarmante simplicité.

Jordane l'observait, émue malgré elle. Il se comportait comme un gamin de dix-huit ans, ne dissimulant rien, n'essayant pas de tricher. Elle était sur le point de lui poser une question lorsque les guitaristes attaquèrent un flamenco. Tous les convives tournèrent la tête vers eux et se mirent à frapper dans leurs mains.

Deux heures plus tard, l'atmosphère du mas était devenue électrique. La brandade de morue avait été suivie d'un inévitable bœuf gardian, fondant et parfumé à souhait. Un vin rouge corsé de Lirac avait succédé au tavel rosé. Les musiciens s'étaient déchaînés, comme seuls les gitans savent le faire, battant les mesures endiablées avec le talon de leurs bottes. Entre les plats, certains invités s'étaient risqués à danser mais sans pouvoir tenir le rythme fou des guitares. Chacun criait dans l'oreille de son voisin pour se faire entendre.

Jordane avait dévoré, sous l'œil attendri de Robin qui prévenait ses moindres désirs. Cécile était sans doute la seule à s'ennuyer car Pascal l'avait délaissée, préférant aller et venir entre les tables pour parler à ses invités. La jolie blonde stupide, un peu ivre, le suivait pas à pas et s'accrochait à lui sans qu'il réagisse. Robin se pencha vers Jordane et lui demanda si elle voulait danser. Elle secoua la tête, désigna Cécile, et Robin s'exécuta.

Les gardians débarrassaient, efficaces et rieurs, se frayant un chemin entre les danseurs, soulevant les lourds plateaux au-dessus de leurs têtes. Jordane engloutit encore quelques croquants et deux calissons avant d'allumer une cigarette. Robin avait été si prévenant qu'elle n'avait pas prêté une grande attention aux gens qui l'entouraient. Elle en connaissait certains, de vue, mais la plupart lui étaient inconnus. Elle se demanda pourquoi elle sortait si peu. Elle avait tort de passer toutes ses soirées entre sa mère, sa belle-mère et sa sœur. L'ambiance de cette fête lui plaisait, la rendait gaie.

— Votre chevalier servant vous a abandonnée ?

Pascal s'était laissé tomber sur la chaise inoccupée, près d'elle.

— Il s'est dévoué ! Cécile s'ennuyait un peu...

— Cécile s'ennuie toujours, affirma Pascal avec une totale mauvaise foi. Et vous ?

— C'est une soirée très réussie.

Elle était sincère et il esquissa un sourire. Fugacement, il eut un air de ressemblance avec Robin.

— Si le flamenco ne vous fait pas peur, venez.

Sans attendre sa réponse, il l'avait prise par la main. Jordane n'avait pas dansé depuis des années, pourtant elle se leva pour l'accompagner.

— Je n'ai aucune idée de ce qu'il faut faire, prévint-elle.

— Rien ! Ce n'est pas une danse, c'est bien plus drôle ! Commencez par claquer des doigts, le reste viendra tout seul...

Jordane suivit le conseil et se laissa aller, bougeant au rythme des accords. Elle était gracieuse naturellement, sans aucun complexe. Elle rejeta la tête en arrière, faisant crouler ses boucles brunes dans son dos, et sa jupe plissée se mit à virevolter. Un peu saoulée par le bruit et l'alcool, elle ferma les yeux pour se concentrer sur la musique. A la fin du morceau, elle fut très étonnée d'entendre applaudir autour d'elle.

— Une vraie gitane ! apprécia Pascal en la ramenant vers sa table.

La blonde leur barra le chemin pour s'approprier Pascal d'autorité tandis que Jordane s'asseyait. Elle avait très chaud et elle était essoufflée. Robin lui servit à boire sans la quitter des yeux. Les musiciens avaient attaqué une sevillana lente, triste, lancinante. Les lumières s'éteignirent, remplacées par des cierges que les gardians installèrent dans des porte-flambeaux de fer forgé. Jordane observa les danseurs qui se mouvaient dans la pénombre. La blonde était suspendue au cou de Pascal, et Cécile boudait dans les bras d'un homme d'un certain âge. Robin prit sa main entre les siennes.

— Je suis éperdument amoureux de vous, dit-il.

Elle planta son regard doré dans celui de Robin. Sa déclaration ne la surprenait pas et elle n'y était pas tout à fait indifférente. Il semblait tellement inquiet qu'elle esquissa un sourire.

— Vous allez trop vite, répondit-elle simplement. On va commencer par se tutoyer. Tu veux ?

Les accords des guitares sèches résonnaient dans l'immense salle, y insufflant une sorte de langoureuse mélancolie.

— « ... et combien de sanglots pour un air de guitare », récita Robin gravement.

Jordane secoua la tête et en profita pour retirer sa main.

— Non, de la rage, de la fierté, de l'errance, mais pas de sanglots pour les gitans, tu sais bien... C'est nous que cette musique rend tristes. Pas eux !

Ostensiblement, elle regarda sa montre.

— Je vais rentrer, décida-t-elle.

Il ne fit rien pour la retenir, devinant que c'était inutile. Il se leva et la suivit en silence. Dehors, l'air de la nuit était assez frais. Jordane soupira, enfila sa veste, leva la tête vers les étoiles. Un bruit de porte claquée les fit sursauter.

— Je pars aussi ! leur lança Cécile.

Elle les avait dépassés, sans s'arrêter, et se hâtait vers les voitures. Jordane se tourna aussitôt vers Robin.

— Quelque chose ne va pas, je m'en occupe ! A bientôt, Robin, et merci...

Sans lui laisser le temps de réagir, elle lui déposa un baiser léger sur la joue et partit en courant. Elle rattrapa Cécile au moment où elle démarrait.

— Vous vous êtes disputés ?

De grosses larmes coulaient sur les joues de la jeune femme. Jordane se pencha au-dessus d'elle et coupa le contact.

— Attends un peu...

Elle s'accroupit pour être à la hauteur de Cécile qui sanglotait, la tête contre le volant.

— Il ne me regarde même pas… Je n'existe pas… J'aurais pu danser toute nue sur une table ou ne pas venir du tout, il ne s'en serait pas aperçu !

Navrée, Jordane lui caressa les cheveux d'un geste doux.

— Tu l'aimes à ce point-là ?

Cécile se rejeta en arrière, contre son dossier, et prit une profonde inspiration.

— J'en suis malade, Jordane, malade… J'ai honte mais je ne peux rien faire…

— Veux-tu que je te ramène ?

— Non, je suis en état de conduire, ne t'inquiète pas…

Ayant retrouvé un peu de calme, elle esquissa un sourire qui ressemblait à une grimace.

— On se voit demain ?

Jordane comprit qu'elle avait envie de partir, de fuir son humiliation et sa souffrance.

— Sois prudente, murmura-t-elle en se relevant.

Cécile tendit la main pour fermer sa portière mais jeta un dernier coup d'œil vers Jordane.

— Dis-moi, murmura-t-elle, comment se fait-il qu'on soit seules toi et moi, ce soir ? On est si moches que ça ?

Même si elle voulait plaisanter, il y avait une immense amertume dans sa remarque. Elle démarra en faisant crier ses pneus. Jordane resta immobile quelques instants puis elle essaya de repérer la Rover dans l'obscurité.

Après avoir serré la main du dernier gardian, Pascal referma la porte de la cuisine. L'aube se levait sur la manade. Robin jeta son torchon sur la table avec un soupir.

— Je crois que tout est propre…

Il avait proposé son aide, un peu surpris de voir son frère s'attaquer à la vaisselle avec ses employés.

— C'était vraiment magnifique, tu as le sens de la fête, ajouta-t-il.

Pascal haussa les épaules, indifférent, et commença à faire du café. Robin s'assit sur l'un des tabourets. Il laissa errer son regard le long des murs, s'amusant à reconnaître les meubles et les objets familiers.

— Tu n'as rien changé du tout…

— Non. C'était très bien comme ça.

— Combien as-tu d'hommes, ici ?

— Sept.

— Et tu parviens à payer tout le monde ?

Sa bouilloire à la main, Pascal se retourna.

— Evidemment ! Ils ne restent pas pour mes beaux yeux... Pourquoi me demandes-tu tout ça ? Va droit au but, mon vieux...

Ils s'observèrent un long moment avant que Robin se décide à répondre.

— Je ne te reproche rien.

— Toi, non, mais ton regard !

L'odeur du café s'était répandue dans la cuisine. Robin ouvrit un vaisselier et prit deux tasses.

— Je n'ai pas de compte à régler, Pascal, tu te trompes.

Hésitant sur l'attitude à adopter, Pascal finit par s'asseoir en face de lui. Physiquement, ils n'avaient pas grand-chose en commun. Pascal était plus grand et plus athlétique que Robin, avec un visage plus dur et des yeux plus clairs, presque trop clairs, qui lui donnaient une expression étrange, souvent difficile à déchiffrer. Il n'avait pas l'irrésistible sourire juvénile de Robin, et rien de sa douceur.

— Tu veux passer quelques jours ici ? demanda-t-il enfin. Tu es chez toi, tu sais...

— Je n'en suis pas persuadé. Pas plus qu'à Arles, d'ailleurs. Je me sens vraiment en trop chez les Peyrolles ! Papa ou toi ne...

— Ne me mets pas dans le même sac que ce vieux con !

Stupéfait, Robin resta bouche bée. Il était persuadé que son père et son frère s'entendaient comme larrons en foire.

— Quand je dis que tu es chez toi, ce n'est pas pour être poli. Je n'ai pas touché à ta chambre, il y a encore ton jeu de fléchettes accroché au mur ! C'est ta chambre et tu l'occupes si tu veux, je ne vais pas te supplier. Je te donnerai un jeu de clefs si tu le souhaites mais la porte n'est jamais fermée.

— Vous êtes en froid, papa et toi ? demanda prudemment Robin.

— En froid ? Quelle drôle d'idée ! Je ne le vois pas souvent. Je descends déjeuner avec lui une fois par semaine, en théorie. En pratique, c'est moins fréquent. Il m'assomme. Il n'a jamais pensé qu'à lui.

— Et à toi, rappela Robin d'une voix calme.

— Oui, beaucoup trop, admit Pascal.

Il jeta quatre morceaux de sucre dans sa tasse puis adressa un franc sourire à son frère cadet.

— Ne fais pas cette tête-là. Il y a longtemps que tu n'es pas monté à cheval ?

— Dix ans.

Amusé, Pascal siffla entre ses dents. Il but son café avant de déclarer :

— Bon, je vais t'en trouver un qui soit sage comme une image. Tu viens ?

— Où ça ?

— Galoper dans l'eau pour te réveiller. Allez !

Robin suivit volontiers Pascal. Les chevaux lui rappelleraient Jordane, il en était certain. Et aussi d'excellents souvenirs de jeunesse. Lorsqu'il avait douze ans, Robin admirait sans réserve son grand frère. Ils avaient fait les quatre cents coups ensemble, avaient partagé beaucoup de choses. Puis la vie les avait éloignés. La vie et l'attitude de leur père. Par la suite, Robin avait cessé de regarder Pascal avec des yeux éblouis.

Un petit vent frais les fit frissonner et ils coururent jusqu'à l'écurie. Robin y pénétra avec la sensation de redécouvrir un royaume perdu. Il retrouva des gestes oubliés pour seller et brider le camarguais que Pascal lui avait désigné. Puis ils partirent côte à côte, le long du sentier, en direction de la mer.

Gilbert regardait les étains disposés sur une serviette sale, au fond du panier d'osier. Confiant dans sa marchandise, Django arborait un air satisfait. L'antiquaire prit l'un des objets et le retourna entre ses mains. Il finit par découvrir le poinçon qu'il examina avec attention en hochant la tête à plusieurs reprises. C'étaient des pièces rares, d'une grande qualité, mais sans doute faciles à identifier. Ne voulant pas approfondir la question, il se contenta de déclarer :

— Beaux objets... Un peu voyants...

Django comprit l'allusion et eut aussitôt une moue innocente. La plupart des gitans étaient fascinés par les étains et négligeaient volontiers les bronzes. Gilbert ne se faisait aucune illusion sur la provenance de ce qu'il tenait entre les mains. C'était le produit d'un vol, ni plus ni moins. Mais depuis le temps que Django lui ramenait triomphalement ses larcins, Gilbert avait fini par se créer une clientèle de collectionneurs toujours plus exigeants. Un cercle vicieux dont il était difficile de sortir quand on avait besoin d'argent.

— Cinq mille le tout, décida Gilbert.

Après une brève hésitation, Django hocha la tête. Gilbert sortit une liasse de sa poche. Comme tous les antiquaires, il avait toujours beaucoup d'espèces sur lui afin de ne pas rater une opportunité, surtout quand il écumait les petits villages des Alpilles. C'était bien la seule occasion où son embonpoint le servait en inspirant confiance à ses interlocuteurs. Gilbert savait comment parler aux paysans, comment les « débarrasser » de leurs vieux meubles.

Django recompta en prenant son temps. Le calcul mental n'était pas son fort et il ne savait sans doute pas écrire, mais il n'était pas question de le berner pour autant. Django n'était qu'un maillon de la chaîne bien organisée des tsiganes chapardeurs, Gilbert le savait d'expérience. Il fit sortir le vieux gitan par la ruelle et referma la porte avec soin. Il avait pris sa décision et ne souhaitait pas conserver les étains chez lui, même dans l'arrière-boutique. Il retourna dans son magasin, sortit le fichier de ses clients et choisit un nom. La transaction s'effectua en quelques minutes, par téléphone. Lorsqu'il raccrocha, il poussa un gros soupir. Il serait délivré de ces étains compromettants le soir même. Aussitôt, il se demanda où il allait inviter Isabelle pour fêter la bonne affaire.

Penser à elle le rendit tout guilleret. En fronçant les sourcils, il regarda la boîte de fruits confits d'Apt qui était ouverte sur le coin du bureau. Il tendit la main pour rajuster le couvercle puis il jeta le tout dans la corbeille d'un geste décidé.

Jordane s'immobilisa dans le vestibule. La mélodie qui lui parvenait, du petit salon de musique où Nora aimait composer, ne ressemblait pas du tout à ce que sa sœur jouait habituellement. Il y avait de la gaieté dans les notes, presque de l'humour. A pas de loup, elle alla jusqu'à la porte entrouverte et écouta encore un moment avant d'entrer. Nora s'arrêta de jouer, une main au-dessus du clavier.

— Non, non, continue, j'adore... C'est de toi ?

— De moi et de ce matin, confirma Nora. Tiens, je vais l'écrire avant de l'oublier ! dit-elle en saisissant la feuille posée sur le pupitre devant elle. D'ailleurs, j'ai une très bonne nouvelle à t'annoncer...

Surprise, Jordane avança jusqu'au piano et s'assit près de sa sœur sur le tabouret.

— Une nouvelle ? De quel genre ?

— Du genre enrichissant ! J'ai téléphoné à ce M. Wolf... Tu sais, les fleurs... Il est difficile à joindre et encore plus à convaincre ! Il aurait préféré du jasmin de Grasse, j'imagine, mais je lui ai quand même vendu notre prochaine récolte !

L'air triomphal de Nora faisait plaisir à voir. Elle n'avait jamais traité aucune affaire jusque-là. Elle plaqua un joyeux accord qui fit sursauter Jordane.

— Vendu et il s'occupe de tout ! Ce n'est pas la fortune mais c'est un souci de moins !

Posant la tête sur l'épaule de sa sœur, elle ajouta :

— Tu sens le cheval, j'adore cette odeur...

— Combien ? demanda Jordane en souriant.

— J'ai tout inscrit sur ton bureau, près du téléphone. Tu vois, quand tu me confies quelque chose, je m'en sors très bien.

— Oui, ma chérie...

— Je pourrais t'aider encore davantage si tu déléguais un peu tes pouvoirs !

Très fière d'elle, Nora souriait. Elle jeta un coup d'œil sur Jordane avant d'ajouter :

— Et ainsi, nous ne parlerions plus jamais de faire un hôtel ici.

Lentement, Jordane alla s'accouder au piano pour faire face à Nora. La discussion menaçait d'être rude.

— Un hôtel, ce n'est pas la mort.

— Ah non ? cria Nora soudain folle de rage. Et alors c'est quoi, la mort ?

— C'est vendre.

— Mais regarde, tout marche bien, tu as vendu des chevaux, moi des fleurs, et...

— Et pourquoi pas des cartes postales, hein ? Je fais une croix sur tous les bouts de chandelle, Nora ! J'ai décidé de voir en grand, de tout changer.

— Tu as décidé ! Tu n'es pas seule, tu dois tenir compte de l'avis de maman et du mien. Le Biloba n'est pas à toi.

— Non, mais c'est moi qui le fais marcher, vaille que vaille, et vous attendez toutes que je trouve des solutions. Alors voilà, j'en ai trouvé une.

— C'est grotesque ! Je ne veux pas ! Je ne VEUX pas !

Frémissante de colère, elle s'était dressée. Jordane constata que sa sœur était belle lorsqu'elle s'animait, lorsqu'elle abandonnait son air résigné.

— Moi, oui. Je veux savoir si c'est possible et je vais prendre mes renseignements. Si quelqu'un me démontre que le Biloba deviendrait rentable en hôtel de luxe, j'accroche l'enseigne le jour même ! Où serait le drame ?

— Avec des étrangers fouinant partout ? Claquant dans leurs doigts et se vautrant dans nos chambres ? Tu es folle ! Si grand-père t'entend, il doit se retourner dans sa tombe !

Puisque Nora avait choisi de porter un coup bas, Jordane n'hésita pas à lui rendre la pareille.

— Il se retournera dans sa tombe si je ne peux pas payer ta prochaine opération.

Sa sœur rabattit le couvercle du piano avec une telle violence que toutes les cordes vibrèrent lugubrement.

— Je suis un vrai boulet, hein ? Tu portes ta croix, avec moi ! Et tu vas faire ta merde d'hôtel ici en disant que c'est pour mon bien ! C'est ça ?

Elle criait si fort qu'Alice avait quitté sa cuisine et se tenait sur le pas de la porte, médusée.

— Un hôtel ? Quel hôtel ? Pourquoi vous disputez-vous ?

Hors d'elle, Nora passa devant Alice en lui jetant :

— Mêlez-vous donc de vos affaires !

Son pas irrégulier claqua sur les dalles du vestibule, et Alice jeta un coup d'œil interrogateur vers Jordane.

— Pouvez-vous m'expliquer ce qui se passe ?

— Oui, je peux, mais pas maintenant, répondit Jordane d'un air las.

— C'est au sujet des fleurs ? insista Alice.

— Pas du tout...

— Parce que Nora était très contente de les avoir vendues, vous savez ! Elle pensait vous faire une bonne surprise. Ce M. Wolf, c'est une idée de Lionel, n'est-ce pas ? Il nous a encore rendu un fier service. Ce n'est pas parce que c'est mon fils, mais reconnaissez...

— Vous pourriez vous taire, Alice ?

C'était la première fois que Jordane affrontait ouvertement sa belle-mère. Mais elle avait parlé sans insolence, retenant ce « nous » dont avait usé Alice, et qui prouvait qu'elle s'impliquait entièrement dans le Biloba à présent.

— Où est ma mère ?

— Dans l'office. Elle astique une de ses horreurs...

A son tour, Jordane passa devant Alice qui n'avait pas bougé. Elle gagna l'office et fit sursauter Isabelle qui frottait amoureusement une lampe à pétrole en piteux état avec un chiffon de laine.

— Maman... Il faut que nous ayons une conversation toi et moi, commença-t-elle.

Levant ses yeux de velours vers sa fille, Isabelle sourit.

— Tu es bien protocolaire, ma chérie ! As-tu vu cette petite merveille ? Sempion l'avait dans sa cabane depuis des décennies ! Je lui en ai acheté une autre au supermarché et il est ravi ! Mais celle-ci est en cuivre massif et, quand je l'aurais nettoyée à fond... Oh, j'y pense, Lionel a téléphoné ce matin, il te fait dire qu'il sera à l'avion de vendredi, avec un de ses amis dont j'ai oublié le nom...

— Sydney ? demanda vivement Jordane.

— C'est ça ! Sydney, comme l'acteur noir américain...

Jordane s'approcha de sa mère, lui enleva le chiffon des mains et referma la bouteille de Miror. Elle s'assit sur la table et prit une profonde inspiration avant de se lancer.

Butaban remonta la longue allée au petit galop, changeant de pied toutes les deux foulées. On aurait pu croire qu'il dansait tant il semblait prendre du plaisir à cet exercice délicat. Sa croupe ronde et musclée luisait au soleil, sa longue crinière suivait les mouvements souples de son encolure. Parvenue à la hauteur de la boîte aux lettres, Jordane l'immobilisa et se pencha un peu pour prendre le courrier. Il n'y avait que des factures, à l'exception d'une enveloppe qui attira son attention. Une belle écriture régulière avait rédigé son nom à l'encre bleue. Intriguée, elle la décacheta d'un coup de dents et elle parcourut les lignes penchées qui couvraient deux pages avant d'éclater d'un rire joyeux qui fit broncher Butaban. Elle relut, plus lentement cette fois, l'incroyable déclaration d'amour de Robin Peyrolles, avant d'enfouir la lettre dans la poche de son blue-jean.

C'était une drôle de matinée, en somme, avec la colère de Nora, la surprenante indifférence d'Isabelle et le romantisme fou de Robin. Elle prit son temps pour bouchonner Butaban qui avait eu chaud.

— C'est vrai que tu es beau, mon salaud..., lui dit-elle en fermant la grille du box.

Non, elle ne voulait perdre ni l'élevage, ni le Biloba. Sa mère paraissait comprendre son point de vue et, même si elle avait fait la grimace à l'idée d'un hôtel, elle n'avait pas vraiment protesté. Jordane se demanda ce qui pouvait bien toucher Isabelle. Depuis la mort d'Hugues, elle s'était réfugiée derrière une apparence de futilité mais c'était juste une attitude pour se protéger, Jordane en était persuadée.

Après avoir quitté l'écurie, elle alla s'installer au pied d'un des ginkgos. Fouillant dans sa poche, elle reprit la lettre de Robin. Quelque chose s'échappa de l'enveloppe et tomba sur ses boots. Jordane ramassa les bouts de papier orange. Il s'agissait de deux billets pour les arènes de Nîmes.

— Corrida portugaise, le 9 mai...

Deux excellentes places dans les premiers gradins, sous la tribune de la présidence. Cette fois, elle n'esquissa même pas un sourire. Personne, autour d'elle, n'avait eu cette idée jusqu'ici. Une idée simple, pourtant, et qui tombait sous le sens pour qui la connaissait un tant soit peu.

— « Tu riras en lisant, puisque tu ris de tout, mais imaginer ton rire me donne envie d'écrire des choses encore plus folles... »

Il ne faisait pas mention des billets, signifiant par là qu'il ne s'imposerait pas si Jordane préférait une autre compagnie. Elle ferma les yeux et appuya sa nuque contre le tronc de l'arbre. Elle avait reçu sa dernière lettre d'amour à dix-sept ans et ne se souvenait plus de la tête de son soupirant de l'époque. Lionel préférait le téléphone, comme il préférait les bijoux qu'il choisissait lui-même. Robin se livrait humblement et ne demandait rien en échange. Avec ses manières de gamin, il rendait à Jordane sa jeunesse. Elle rouvrit les yeux et décida d'essayer. Il devenait urgent de se préoccuper de son avenir de femme et Robin Peyrolles n'était pas ce qui pouvait lui arriver de pire. Certes, elle ne se sentait pas amoureuse, mais elle savait aussi que, dans ce domaine, il ne faut jurer de rien.

— Je n'ai jamais rien entendu d'aussi ridicule que cette histoire d'hôtel ! Ah, ta copine, c'est quelque chose... Quand je pense à ce qu'était François Valence, à ce qu'il représentait pour les gens d'ici...

Pascal jeta sa serviette sur la table et dévisagea Cécile d'un air furieux. Il faisait lourd dans le restaurant saturé de fumée et d'odeurs de pizzas.

— Tout le monde veut faire du fric, veut profiter de la manne touristique ! Tant pis pour le paysage, hein ?

— Un hôtel ce n'est pas forcément hideux et pas vraiment polluant, fit-elle remarquer.

Elle n'avait plus faim depuis longtemps. Pascal avait dévoré, vidé une bouteille de gris des sables et grillé trois cigarettes en moins d'une heure. Sans s'annoncer, il était passé la prendre à l'agence. Il n'avait fait aucun commentaire sur son départ précipité lors de la soirée à la manade. Ni aimable ni désagréable, il s'était borné à lui demander si elle voulait déjeuner italien.

— Il y a bien longtemps que je n'y ai pas mis les pieds, mais j'ai le souvenir d'une propriété merveilleuse.

— C'est le cas.

— Avec une vue imprenable, non ?

— Oui.

— Et ces arbres, quel est leur nom, déjà ? Ces espèces de fossiles importés d'Asie...

— Des ginkgos biloba.

— Oui, je vois très bien l'endroit. Et livrer ça à des Belges ou des Allemands, c'est donner de la confiture aux cochons !

Cécile haussa les épaules. Pascal avait toujours des jugements abrupts.

— Jordane est dans les ennuis d'argent depuis tellement longtemps que je la comprendrais si elle en faisait un Luna Park ! dit-elle par provocation.

Le regard méprisant de Pascal lui fit aussitôt regretter sa phrase. Elle se hâta d'ajouter :

— Elle est seule pour s'occuper de tous les chevaux, elle mène une vie de palefrenier. Sa mère est complètement farfelue et sa sœur est une véritable charge. Personne ne sait rien faire dans leur famille ! Et personne n'aurait l'idée de travailler, tout simplement. Alors que Jordane accepte n'importe quel job pour glaner trois sous. Si tu crois que ça l'amuse de faire le clown dans les défilés...

Elle se mordit les lèvres, consciente d'avoir encore gaffé. Pascal aimait bien les manifestations folkloriques parce qu'elles maintenaient et faisaient connaître les traditions camarguaises ou provençales, affirmait-il.

— Eh bien, elle n'a qu'à s'occuper de son élevage, c'est un emploi à plein temps, que je sache !

— Oh, pour s'en occuper... Elle vient de vendre deux étalons à un Espagnol.

— Qui donc ? demanda-t-il, l'air dédaigneux.

— Un certain Ramon Carras.

Il siffla entre ses dents, faisant accourir un serveur qu'il congédia d'un geste autoritaire.

— Carras ? Mazette ! C'est quand même l'un des meilleurs cavaliers d'arène qu'on puisse voir en ce moment...

Brusquement radouci, il adressa un sourire à Cécile.

— Et toi ? Tes affaires marchent ?

— Je fais tout pour ça !

Comme la question était aimable et inhabituelle, elle ne voulut pas l'assommer avec des détails superflus, sachant pertinemment qu'il ne se souciait que de sa manade. D'un geste vif, elle posa sa main sur celle de Pascal. Elle espérait un signe, n'importe quoi d'un peu tendre, mais il se tourna pour héler le serveur, retirant sa main dans un mouvement très naturel. Déçue, elle se mordit les lèvres et l'observa à la dérobée tandis qu'il commandait les cafés et l'addition. Il lui plaisait de façon violente, aiguë. D'une toute petite voix, elle demanda :

— On se voit ce soir ?

— Je ne sais pas, répondit-il, embarrassé. J'ai plein de boulot et je dois passer chez mon père... Je te téléphonerai.

Presque toutes leurs entrevues se terminaient par cette expression détestable. Le cœur serré, Cécile but son café. Elle aurait dû le planter là si elle avait eu un peu de courage. Mais elle n'en avait pas. Ils sortirent ensemble sur le boulevard des Lices. Beaucoup plus grand qu'elle, il se pencha, la prit dans ses bras et l'embrassa sans se soucier des passants. Elle se sentit stupide et misérable d'avoir autant envie de lui. Il s'écarta enfin, souriant, lui ébouriffa les cheveux comme à une enfant, puis il s'éloigna à grands pas vers sa voiture. Après qu'il fut passé devant elle en klaxonnant, Cécile se retrouva seule sur le trottoir, torturée de frustration et d'angoisse.

Appuyée au toit de la Rover, Jordane aperçut enfin Lionel qui sortait de l'aéroport en compagnie d'un homme d'une quarantaine d'années. Celui-ci avait l'allure franche et sympathique qu'ont parfois certains Américains, sourire cordial et regard bleu. Lionel fit les présentations, tout aussi fier d'exhiber sa femme que d'avoir tenu sa promesse. Sydney Barthe s'installa au côté de Jordane tandis que Lionel prenait place à l'arrière.

A chaque détour de la route, chaque maison au toit de tuiles roses ou chaque boqueteau de cyprès, il poussait une exclamation. Il expliqua, dans un français très correct, qu'il ne connaissait pas encore la Camargue et que ce voyage le rendait fou de joie. Amusée par son enthousiasme, Jordane lui désignait toutes les curiosités, roulant doucement pour lui laisser apprécier le paysage.

Lionel fumait d'un air blasé en observant sa femme dans le rétroviseur. Il ne daigna même pas jeter un coup d'œil à l'extérieur lorsqu'ils longèrent le marais de Meyranne. L'arrivée sur le Biloba était assez grandiose, Jordane le savait très bien, et elle ralentit encore pour remonter la longue allée. Bouche bée, Sydney sortit de la Rover et resta immobile deux minutes. Il regarda d'abord à droite vers la colline, puis découvrit les corps de bâtiment, l'écurie, la bastide. Fronçant les sourcils, il examina la haute façade, compta les fenêtres et enfin eut un large sourire. Comme Ramon Carras quelques jours plus tôt, il déclara que c'était le paradis.

Lionel empoigna leurs deux sacs de voyage et se chargea d'aller montrer sa chambre à Sydney. Dans le vestibule, une délicieuse odeur de cuisine les accueillit. Alice avait dû accomplir des merveilles. Isabelle elle-même avait fait un effort, sortant l'argenterie des Valence et une admirable nappe de dentelle. En raison de la chaleur, le couvert avait été dressé dans la salle à manger qui ne servait que rarement. Très à l'aise, Sydney parlait de choses et d'autres et, sans en avoir l'air, demandait une foule de renseignements. Ce qui ne l'empêcha pas de se régaler avec la bouillabaisse, identifiant à la surprise générale chacun des poissons qui la composaient. Modeste, il raconta que sa formation hôtelière lui avait permis de se faire un « palais » et d'apprécier autre chose que les hamburgers.

Assise à gauche de Sydney, Nora lui jetait d'incessants coups d'œil. Elle ignorait sa sœur, depuis leur altercation, mais elle ne semblait pas décidée à gâcher le séjour de l'Américain. La conversation allait bon train, ponctuée d'éclats de rire et de questions. Sans se faire prier, comme s'il avait compris qu'il lui fallait se présenter et se justifier, Sydney résuma en quelques phrases claires son expérience professionnelle. Il était une sorte de consultant pour un certain nombre de grandes chaînes d'hôtellerie. Il précisa qu'il s'agissait toujours d'établissements de catégorie supérieure. Il connaissait bien la France pour avoir participé à deux projets, l'un dans la région lyonnaise et l'autre en Périgord.

Lorsqu'il jugea qu'il avait suffisamment usé de préliminaires, il entra dans le vif du sujet avec une parfaite simplicité. Lionel lui ayant fait part des questions que se posait la famille Valence sur une éventuelle reconversion de leur propriété, il avait fait une rapide étude de marché qui n'engageait personne. Il s'agissait d'une première approche, d'un simple avis amical.

En l'entendant, Jordane fut amusée. Ainsi, Lionel avait pris la précaution d'avertir son copain, devinant que ce projet d'hôtel ne ferait pas facilement l'unanimité. En l'observant à la dérobée, elle trouva que son mari avait l'air fatigué et morose. Elle se sentit vaguement coupable. Elle se servait de lui, réclamait son aide, et pourtant elle le conduisait au divorce, pressée de s'en débarrasser. Au même instant il se pencha vers elle et demanda, à voix basse :

— C'était bien, la soirée avec ton commissaire-priseur ?

Il l'avait dit avec une intonation de rage et de mépris qui ôta immédiatement toute mélancolie à Jordane.

— Formidable, dit-elle gaiement.

Satisfaite, elle le vit lever les yeux au ciel. Combien avait-il de maîtresses, à Paris, malgré ses protestations d'amour éperdues ?

— Puis-je aller me promener sur vos terres un petit moment ? interrogea Sydney.

Isabelle acquiesça, ravie de se lever de table. Ils se sentaient tous lourds et ensommeillés. Dans le bruit des chaises repoussées, Nora demanda à Sydney s'il préférait être seul ou s'il avait besoin d'un guide. Il déclina son offre avec beaucoup de diplomatie et s'éclipsa. Nora, perplexe, se mit à empiler les assiettes sales. S'approchant d'elle, Jordane lui prit la pile des mains.

— Tu m'en veux toujours ?

Son regard doré se posait affectueusement sur sa sœur.

— Non..., répondit celle-ci en se détournant.

— En tout cas, merci d'avoir si bien accueilli le grand méchant loup...

— Il n'y est pour rien ! C'est ton idée. Et lui, c'est son job.

Elle allait s'éloigner, ayant entassé tous les couverts dans un plat, mais Jordane se planta devant elle.

— Je ne fais jamais rien contre toi, Nora... Je ne vais pas décider seule, nous en discuterons, tu sais...

En guise de réponse, sa sœur arbora son petit sourire résigné. Jordane allait ajouter quelque chose, décidée à crever l'abcès, lorsque Lionel entra.

— Je ne vous aide pas, je tombe de sommeil ! L'habitude de la sieste a du bon et de toute façon, avec cette chaleur, je ne vois pas ce qu'on pourrait faire d'autre !

Jordane le toisa, agacée. Il avait toujours une excellente raison de ne pas participer aux tâches quotidiennes. Il se comportait en invité, mais elle se souvint qu'il en faisait autant chez lui.

— Ah, j'oubliais, Sydney nous invite à dîner à Baumanière. Il dit qu'il ne peut pas être si près de l'*Oustau* sans y aller !

Il regarda les deux jeunes femmes d'un air triomphal avant d'ajouter :

— Ne fais pas ta tête de sainte Blandine, Nora, tu viens avec nous !

Nora quitta la salle à manger sans commentaire, mais elle avait abandonné malgré elle sa mine résignée. Jordane acheva de nettoyer la table puis elle prit la nappe de dentelle pour aller la secouer au-dehors. Elle n'en revenait pas d'une victoire si facile sur sa mère et sur sa sœur. Elle s'était préparée à des querelles, voire un esclandre. La gentillesse de l'Américain n'était sans doute pas étrangère à l'ambiance détendue du déjeuner.

Jordane mit sa main en visière pour tenter d'apercevoir la silhouette de Sydney. Elle finit par le repérer alors qu'il escaladait la colline, au milieu des moutons. En bon professionnel, il voulait se faire une idée exacte de l'endroit et de ses possibilités. Jordane ressentit aussitôt une impression désagréable. Le Biloba allait être estimé, soupesé, critiqué, avant d'être chamboulé puis rentabilisé. Bien entendu, elle l'avait voulu, cependant c'était elle qui tenait le plus à cette terre et à cette maison.

Elle soupira puis s'assit à même le sol, sur les dalles brûlantes de la terrasse, la nappe en boule sur ses genoux. Elle allait devoir défendre un projet qui, au fond, lui faisait horreur. Toute son existence avait été semée de ces absurdes contradictions. Elle s'était crue très amoureuse de Lionel et avait passé toute une année à se languir, loin de chez elle. Elle n'avait pas pu dire adieu à son grand-père, alors qu'il était sans doute l'être qu'elle avait le plus admiré ; elle n'avait pas eu le temps de le rassurer, de lui promettre qu'elle continuerait cet élevage qui était leur passion commune. Elle n'avait pas d'enfant alors qu'elle aurait donné n'importe quoi pour fonder une famille. Elle n'avait plus de mari, même pas d'amant, alors qu'elle était belle à frémir et parfois tenaillée d'envies de volupté. Elle tenait le rôle de chef de famille alors qu'elle aurait souhaité, parfois, s'abandonner sur une épaule solide. Il n'y avait que des paradoxes dans sa vie. Une vie qu'elle ne voyait pas passer tant elle se donnait de mal pour sauver une propriété qui s'enfonçait inexorablement et qu'elle allait devoir transformer en auberge de luxe. Tout ça à contrecœur et en se faisant maudire ! Elle eut une soudaine envie de pleurer qui la fit se relever d'un bond. Elle ne voulait pas s'apitoyer sur son sort, d'ailleurs elle avait six chevaux à sortir. Ainsi qu'une jument qui n'allait pas tarder à mettre bas et qu'elle devait surveiller. Elle décida d'aller consulter Sempion, qui était toujours d'une aide précieuse au moment des naissances, et qui devait se demander ce que fabriquait cet étranger sur ses pâturages.

4

— Pour que vivent les traditions, je serai toujours le premier d'accord, dit Pascal en fronçant les sourcils. Mais pas n'importe comment, pas à n'importe quel prix ! Vous avez vu ce qui est arrivé à Saint-Rémy ? Vous savez qu'il y a eu un mort ? Sans parler de celui des Saintes l'année dernière ?

— Mais oui, protesta le maire, excédé.

Depuis plus d'une heure, il écoutait les trois manadiers qui avaient exigé d'être reçus. Pascal Peyrolles l'agaçait tout particulièrement avec son discours intraitable et son regard trop clair, vrillé sur lui.

— Je veux qu'on remonte les barrières à un mètre cinquante, et qu'il y ait un véritable service d'ordre pour empêcher les gens de jeter n'importe quoi à la tête des taureaux. Nos gardians sont vigilants mais ils ne peuvent pas être à la fois à pied et à cheval !

D'emblée, Pascal avait imposé ses exigences. L'*abrivado*, ce célèbre jeu taurin, attirait un monde fou. A l'origine, il s'agissait de l'arrivée au galop, dans un village, des taureaux destinés à la course camarguaise, conduits par les gardians depuis les pâturages jusqu'aux arènes. Au fil du temps, c'était devenu un spectacle très apprécié du public qui s'essayait à faire perdre aux cavaliers le contrôle des taureaux. Mais ce qui était possible dans un village autrefois présentait maintenant de grandes difficultés dans une ville comme Arles ou Nîmes. La veille, on installait un couloir de barrières le long d'un parcours minutieusement préparé. Et le public devait se contenter, en principe, de regarder. Hélas, il y avait toujours quelques téméraires qui voulaient exciter le bétail. C'était une coutume dangereuse que ces lâchers de taureaux, mais aussi une attraction touristique dont personne ne voulait se priver. Malgré toutes les précautions, il y avait déjà eu plusieurs accidents. Le tribunal de Tarascon statuait péniblement sur les dossiers en cours.

— Les employés municipaux doivent s'assurer qu'aucun taureau ne peut s'engouffrer dans une ruelle. Je vérifierai le parcours moi-même, ajouta Pascal.

Le maire regarda alternativement ses interlocuteurs. Il ne pouvait pas se passer d'eux. Non seulement en ce qui concernait les manifestations taurines, mais aussi en termes d'élection. A eux trois, ils étaient plus puissants et plus unis que tout un syndicat. Il ne fallait pas froisser le monde de la bouvine. D'ailleurs ces gens-là n'avaient pas tort.

— Entendu, conclut-il en se levant pour mettre fin à l'entretien. Prenez toutes les mesures que vous jugerez nécessaires, vous avez mon aval.

Après un vigoureux échange de poignées de main et des sourires de courtoisie, les trois hommes se retrouvèrent sur les marches de l'hôtel de ville. Ils se consultèrent du regard et n'eurent même pas besoin d'échanger une parole avant de se séparer. Pascal hésita quelques instants devant sa voiture. Il avait promis à Cécile de passer à l'agence mais il n'en avait pas envie. Il ne savait plus très bien quoi faire, avec elle. Il la trouvait désirable, gentille, mais il n'en était pas amoureux. Il se méfiait trop des femmes pour accepter de se laisser attacher, car au bout d'un moment elles devenaient envahissantes. Cécile faisait d'émouvants efforts pour paraître indifférente mais ne parvenait pas à donner le change. Elle était malheureuse, il le devinait et n'y pouvait rien. Sinon la quitter pour qu'elle puisse l'oublier, ce qui était plus cruel encore.

Finalement, il décida de rentrer chez lui, déjeuna d'un sandwich debout dans sa cuisine. L'*abrivado* le préoccupait toujours. Les gens se montraient de plus en plus inconséquents. Certains escaladaient les barrières censées les protéger. Ils se retrouvaient alors enfermés dans un couloir sans issue, obligés de courir à perdre haleine devant le bétail. Autrefois, les plaines offraient un espace raisonnable pour ce jeu où les bêtes se fatiguaient aussi vite que les hommes. Mais aujourd'hui, avec l'urbanisation et le trafic des routes, on transportait le lot de taureaux dans un camion et on ne les lâchait qu'en ville, à l'entrée du parcours balisé. Quand c'étaient des taureaux de Camargue, reconnaissables à la forme en lyre de leurs cornes, et destinés à une course à la cocarde, Pascal était moins inquiet. Il prévoyait les réactions des bêtes, faisait une entière confiance à ses hommes. Mais il se méfiait beaucoup plus des taureaux espagnols, aux cornes basses et très écartées, redoutables d'agressivité et bien plus puissants. Avec ces fauves, le lâcher de taureaux n'avait plus rien d'un jeu.

Sans prendre le temps de se faire du café, Pascal rejoignit ses hommes pour leur faire part de ses dernières consignes de sécurité.

Ouvrant des yeux incrédules, Sydney se pressait, comme tout le monde, contre les barrières. Ce qu'il avait vu de la région, en vingt-quatre heures, l'avait complètement séduit. Avant de le reconduire à l'aéroport, Jordane lui avait proposé de faire une halte à Arles pour assister à l'*abrivado* qu'elle avait vainement tenté de lui expliquer.

Très excités, des jeunes gens guettaient l'arrivée des taureaux, bien décidés à prouver leur bravoure en courant devant les animaux au mépris des interdictions. La tentation de jouer les apprentis toreros était trop forte, et les occasions trop rares, pour tous ces adolescents des villes.

Encadrée par Sydney et Lionel, Jordane essayait de ne pas se faire bousculer. Elle s'amusait, gagnée par l'enthousiasme et l'énervement de la foule autour d'elle. Après dix minutes d'attente, la première chose qu'ils aperçurent au loin fut le chapeau d'un gardian. Puis un bruit sourd de sabots fit trembler les pavés sous leurs pieds. Galopant dans le couloir des barrières, en direction des arènes, un premier taureau apparut, le mufle au ras du sol. Les gens se mirent à crier, à agiter des mouchoirs, à courir. Un homme, juste devant eux, voulait escalader la barrière tandis que sa femme s'accrochait à lui en hurlant de terreur. Un peu plus loin, des employés municipaux retenaient deux jeunes gens qui tentaient de leur échapper. Deux autres taureaux arrivaient côte à côte, fonçant droit devant eux, énormes, impressionnants comme des animaux préhistoriques.

Sydney eut juste le temps de voir passer les masses noires et luisantes des taureaux talonnés par une dizaine de cavaliers armés de piques. Il y eut un fort effluve de bétail en sueur puis la foule reflua et l'Américain se tourna vers Jordane.

— Stupéfiant..., dit-il en essayant de lui sourire.

— Pas plus que vos rodéos, j'imagine !

Ils se dirigèrent vers les arènes autour desquelles tout le monde s'agitait maintenant. Les taureaux avaient déjà disparu en s'engouffrant dans le toril, et les gardians avaient mis pied à terre. Entre un chapeau de feutre et un foulard rouge, Jordane reconnut le regard délavé de Pascal Peyrolles. Son cheval, un petit camarguais à la longue crinière, était couvert d'écume. Une vingtaine de filles entouraient les gardians et on entendait leurs éclats de rire hystériques. Jordane prit le chemin du théâtre antique tout proche qu'elle voulait montrer à Sydney.

— Vous n'avez pas fini de découvrir nos merveilles ! Venez par là...

L'effervescence retombant peu à peu, ils purent se frayer un passage parmi la foule. A une question de Sydney, Jordane répondit, mettant ses mains en porte-voix :

— L'empereur Auguste, il y a dix-neuf siècles !

Lorsqu'ils furent parvenus sur les gradins du théâtre, Sydney put regarder alternativement dans la direction des arènes puis de la scène antique en contrebas, avec ses vestiges de colonnes et, au-delà, un paysage admirable. Il secoua la tête, subjugué par la majesté de cet ensemble architectural. Lionel le prit par l'épaule et lui mit sa montre sous les yeux.

— On va rater l'avion !

Ils firent demi-tour pour redescendre vers les remparts, précédés par Jordane. La Rover accepta de démarrer tout de suite et ils prirent la direction de Nîmes.

— Que deviennent les taureaux ? s'enquit Sydney en baissant sa vitre.

— Ils se calment en attendant la corrida de ce soir. Il y a une portugaise en nocturne...

Lionel vit le sourire de Jordane, dans le rétroviseur, et lui trouva l'air bien réjoui.

— Tu y vas ? demanda-t-il d'un ton détaché.

— Pour une fois, oui...

— Avec ton commissaire-priseur ?

Elle lui jeta un coup d'œil aigu et se rappela qu'elle avait laissé traîner la lettre de Robin et les billets sur son bureau. Elle se demanda s'il avait vraiment eu le culot de lire son courrier.

— Je vais consacrer quelques jours à l'étude de votre dossier, dit soudain Sydney. Une première approche... C'est vous qui déciderez, de toute façon ! Mais si nous voulons avoir une conversation constructive, la prochaine fois, il faudra bien que je vous soumette des chiffres, n'est-ce pas ?

Le projet de transformation du Biloba devenait brutalement quelque chose de concret et Jordane se sentit un peu inquiète.

— Etude de marché, devis global et approximatif, projection de rentabilité, ébauche de la société civile, énuméra Sydney. Je serai de retour vendredi prochain.

Il se tourna vers Lionel, quêtant son approbation par courtoisie, mais il avait compris que c'était avec Jordane, et elle seule, qu'il allait traiter désormais. Déjà, la veille, il s'était surtout adressé à elle durant le dîner. Tandis qu'ils dégustaient leurs filets de rougets puis la tourte aux ris de veau, Sydney avait abordé le projet d'hôtel avec diplomatie. Sciemment, il s'était montré évasif, n'évoquant que les avantages d'une exploitation commerciale qui, à ses yeux, restait « noble ». On n'allait pas faire du Biloba une petite auberge, bien au contraire ! Et il s'était aussitôt référé, en toute innocence, à l'endroit somptueux où ils étaient attablés. L'*Oustau* de Baumanière gardait en effet son charme de vieux mas provençal, et une élégance feutrée était de rigueur dans toutes les salles.

Jordane, intarissable, lui avait raconté la Camargue. Avec attention, il avait écouté et noté tous les détails. Chaque fois qu'il posait une question, demandait une précision, Nora semblait boire ses paroles. Jordane n'avait jamais vu sa sœur aussi épanouie. Elle s'était même demandé si Nora n'était pas sous le charme de l'Américain. En tout cas elle n'avait jamais protesté, ni manifesté aucune aigreur lorsqu'il avait été question du Biloba.

Ils étaient arrivés devant l'aéroport. Jordane freina et adressa un franc sourire à Sydney.

— On se voit vendredi, donc...

Ils descendirent de voiture, prirent leurs sacs de voyage puis Lionel se pencha à la portière.

— Je peux t'embrasser quand même ?

Narquois, il la défiait du regard. Comme elle ne réagissait pas, il prit ses lèvres goulûment, sans aucune pudeur. C'était plus une vengeance qu'un baiser, et elle se recula, furieuse. Sydney s'était détourné avec discrétion.

— Bonne soirée ! dit Lionel en se redressant.

Il donna une petite tape condescendante sur le toit de la Rover et Jordane démarra, faisant hurler les pneus.

Avachi dans un fauteuil Chesterfield, Pascal observait son père. Il faisait frais dans l'hôtel particulier, et il y régnait un calme agréable après la folie de l'après-midi en ville. Vincent avait fait ouvrir du champagne par le maître d'hôtel, trop heureux de la visite inattendue de son fils aîné.

— Robin n'est pas là ? demanda Pascal en reposant sa coupe sur un petit guéridon délicat.

— Si, je suppose. Dans sa chambre...

— Alors il faudrait l'appeler pour trinquer, suggéra Pascal.

— Oui, oui... On a bien le temps...

Vincent n'avait aucune envie que leur tête-à-tête soit troublé. Il voulait profiter de la présence de Pascal, ce bel homme apparemment sans soucis qui était sa plus grande fierté.

— Tout va bien à la manade ? s'enquit-il.

— Très bien. On prospère...

Son père ne demanda pas qui était ce « on ». Pascal et lui ? Pascal et ses gardians ? Le bétail ? Peu importait, l'essentiel étant que son aîné réussisse. Comme s'il avait deviné, Pascal ajouta :

— Il y a eu beaucoup de naissances et très peu de pertes cette année. La ferrade du printemps a été un vrai succès.

— Tant mieux ! dit Vincent qui gardait un pénible souvenir de ces marquages au fer sur les taureaux.

— Et quant à Raïto... C'est mon vieux cocardier, tu te souviens de lui ? Eh bien, je crois qu'il peut encore rendre fous quelques raseteurs lors du concours des manades aux Saintes, à la fin du mois... C'est une vraie vedette, tu sais ! Malin, adroit... Tu m'écoutes ?

Résigné, Pascal constatait, une fois de plus, que son père ne faisait que le regarder sans l'entendre. La course camarguaise ne l'intéressait pas, il n'avait jamais eu la *fe di biou* - foi du taureau - qui animait son fils. Pour se faire pardonner son inattention, il affirma :

— En tout cas tu es en pleine forme, ça me fait plaisir !

Depuis toujours, Vincent était fasciné par les yeux gris de Pascal, si clairs qu'on aurait cru des yeux d'aveugle, et qui tranchaient bizarrement sur son hâle. A six ou sept ans, lorsqu'il levait le regard vers son père, celui-ci fondait d'admiration. Robin n'avait jamais suscité ce bonheur-là.

— Tu ne viens pas souvent me voir... Nous étions convenus d'un déjeuner hebdomadaire !

— La saison a commencé, rappela Pascal.

Il observait Vincent, avec son habituelle expression indéchiffrable. Un peu gêné par cette insistance, son père voulut plaisanter.

— J'ai eu de tes nouvelles, indirectement, à la mairie ! Il semblerait que, dans certains dîners en ville, tu tiennes des propos très... frondeurs. Ah, tu as bien raison de les mettre au pas, tu peux te le permettre !

Grâce à lui, pensait-il, Pascal pouvait tout se permettre. Il ne dépendait de personne, pouvait s'offrir toutes les femmes, toutes les insolences qu'il voulait, et même défendre la région si ça l'amusait.

— Alors tu vas passer la main à Robin ? demanda abruptement Pascal.

Agacé par la question, Vincent haussa les épaules.

— Attends, attends, ton frère va trop vite, il veut me pousser en touche ! Avant de lui céder la charge, il faut qu'il se remette un peu au courant. Les habitudes des gens, leurs goûts, nos partenaires privilégiés... Il y a si longtemps qu'il est parti !

Pascal tendit son verre pour se faire resservir. Son sourire narquois n'avait rien d'amical mais Vincent l'ignora.

— Tu l'as fait revenir pour ça, quand même...

— Oh, en quittant Valenciennes, il n'a pas perdu grand-chose !

— Et il possède une formation quasi parfaite, non ? poursuivit Pascal.

— Bien sûr ! Elle m'a coûté assez cher, sa formation ! Il fera sans doute un excellent successeur, mais pas tout de suite. Je n'ai pas dit mon dernier mot, je n'ai pas envie de me tourner les pouces. Alors il attendra. Il n'a qu'à profiter un peu de la vie d'ici là, et patienter !

Vincent se mit à rire mais Pascal restait impassible.

— Ton frère n'est pas à plaindre. Ne te fie pas à son air de chien battu. Il a toujours été... morose. Pour ne pas dire sinistre. Et, dans notre métier, ce n'est pas l'idéal. Après moi, il fera ce qu'il voudra. Mais, dans l'immédiat, je ne vais pas me laisser piétiner !

Un agacement visible l'avait gagné. Il n'aimait pas parler de Robin, et surtout pas avec Pascal. Il savait pertinemment à quel point il avait favorisé l'aîné, ce qui le mettait mal à l'aise dès qu'il était question du cadet. Il préférait ne pas y penser, ne pas se demander pourquoi il se laissait dominer par Pascal ou quel plaisir il prenait à tyranniser Robin.

— Veux-tu dîner avec moi ? demanda Vincent en retrouvant le sourire.

— Non, je vais à la corrida de ce soir...

Déçu, Vincent étouffa un soupir. Il aurait aimé profiter de son fils encore un moment et il le sentait sur le point de partir. Il le devança en demandant d'une voix plaintive :

— Tu t'en vas déjà ?

— Il faut que je me change.

Debout, Pascal était superbe. Grand, athlétique, sûr de lui, il marcha jusqu'à son père pour lui serrer la main. Il n'y avait aucune trace de tendresse dans son regard clair.

Après avoir vérifié le numéro, sur le gradin, Jordane s'assit. Elle était radieuse et Robin ne la quittait pas des yeux. Par-delà le brouhaha de la foule qui s'installait, la fanfare jouait un paso doble.

— Tu n'imagines pas à quel point je suis contente d'être là...

— Si, si, je vois !

Il se réjouissait d'avoir su lui faire plaisir. Encore une fois, il avait interrogé son frère, puis Cécile, ensuite il avait pris des renseignements minutieux et avait bénéficié d'une chance inouïe. Jordane allait avoir une autre surprise, et de taille ! Robin avait gardé le secret, heureux de s'être donné du mal, surexcité comme un gamin.

— Je n'espérais même pas être original, dit-il, je te croyais une habituée des arènes !

— Tu es fou, tu as vu le prix des billets ? Ah oui, tu as vu, forcément...

Elle s'était mise à rire et deux hommes, assis devant eux, se retournèrent pour la regarder. Quatre rangs plus haut, Pascal venait de prendre place. Il avait repéré son frère et Jordane en arrivant et les observa un moment, amusé. Pour profiter de la vie, comme l'avait suggéré Vincent, Robin n'avait pas choisi la plus laide ! Pascal prit ses jumelles et étudia quelques instants le profil bien dessiné de Jordane. Il fallut le son des clarines pour l'arracher à son examen. Il était, lui, un fidèle de toutes les ferias, et il prenait chaque année un abonnement, tant à Nîmes qu'à Arles. Il goûtait la tauromachie, même si sa préférence allait à la course libre. Depuis des années, il avait à ce sujet d'interminables discussions avec ses confrères manadiers. Il y avait deux camps bien distincts, les éleveurs de taureaux espagnols et ceux qui conservaient farouchement le cheptel des camarguais. Pourtant, presque tous les troupeaux étaient mâtinés à présent et les diverses réglementations n'y changeaient rien. Pascal lui-même avait acquis un reproducteur espagnol pour donner à ses bêtes plus de puissance.

Le paseo se déroulait sur la piste ovale de l'amphithéâtre et les cavaliers firent leur apparition, salués par la musique de la fanfare. Vêtus de pantalons de cuir, de boléros courts et brodés sur leurs chemises de dentelle, coiffés de chapeaux plats à large bord, deux hommes et une femme défilaient sur leurs somptueux andalous. Au milieu des applaudissements, le cri de Jordane passa inaperçu. Elle venait de reconnaître l'un des chevaux :

— C'est Campana ! Robin ! Le cheval gris, là, c'est Campana ! C'est mon gros cabochard de Campana !

Son regard doré effleura Robin, une seconde, puis revint vers la piste.

— Il était doué, celui-là, tu ne peux pas savoir ! Mais avec un de ces caractères ! Ah, c'est lui, c'est mon Campana !

Elle s'était levée pour mieux voir, tandis que les cavaliers quittaient l'arène, au petit galop d'école.

— Je l'ai vendu il y a... deux ans. Tout juste ! C'est quand même une coïncidence extraordinaire, non ?

Accordant enfin un peu d'attention à Robin, elle découvrit son air amusé. Stupéfaite, elle finit par articuler :

— Tu savais ? Comment pouvais-tu savoir ?

Son incrédulité combla Robin. Ainsi il avait réussi à l'étonner, il avait su lui faire plaisir, il l'avait obligée à s'intéresser un peu à lui. Il ne s'attendait pas qu'elle réagisse aussi vite, mais elle avait identifié son andalou en un instant. Comme tous les éleveurs, elle était incapable d'oublier une seule des bêtes nées chez elle. Il pensa qu'elle était bien autre chose qu'une simple cavalière ou qu'une jolie femme.

— Au début, je voulais juste t'inviter à cette corrida de *rejoneo*, expliqua-t-il. J'étais certain que tu adorais ça... Et puis j'ai pris des renseignements, pour ne pas avoir l'air d'un néophyte ! Le nom des cavaliers, l'origine des chevaux...

Elle lui sourit, radieuse, tandis qu'il poursuivait :

— Je suis tombé sur un toqué, un amoureux, un vrai bavard. Il m'a appris que l'un des chevaux qui se produiraient ce soir provenait d'un élevage français, celui d'un certain François Valence. Alors tu vois, je n'aurais manqué ta réaction pour rien au monde !

— C'est tellement gentil..., dit-elle en le dévisageant.

Personne ne lui avait jamais fait un cadeau de cette sorte. D'ailleurs Robin ne ressemblait décidément à personne. Elle s'était enfin rassise et elle tourna la tête vers la porte du toril, attentive. Ainsi elle allait savoir ce que donnaient ses chevaux devant les taureaux, comment ils se comportaient face au danger, ce que les cavaliers qui les avaient achetés leur avaient appris. Elle pensa à son grand-père et l'émotion lui serra la gorge. Ce plaisir ne lui avait jamais été donné. Il n'avait pas eu le temps d'être le témoin de sa propre réussite et de celle de sa petite-fille. Même si l'élevage ne rapportait pas grand-chose, Jordane se sentit payée de tout à l'idée de ce qui allait suivre.

Lorsque le premier taureau que devait affronter le caballero de Campana entra sur la piste, Jordane le trouva énorme, monstrueux. Ses cornes n'étaient pas emboulées puisqu'il allait combattre des *rejoneadores* espagnols jusqu'à la mort. Déjà, Jordane s'inquiétait pour « son » Campana. Elle revit le poulain ombrageux qu'il avait été, repensa à tout le temps qu'il avait fallu pour le rendre docile.

Dans le silence quasi religieux de l'arène, elle perçut le bruit des sabots sur le sable, le souffle furieux du taureau qui chargeait. Elle regarda alors le couple, cheval et cavalier confondus, qui attendait immobile à vingt mètres de là, et elle eut une brusque envie de pleurer.

A l'issue de la corrida, Jordane et Robin furent parmi les derniers à quitter les gradins. Enthousiaste, volubile, elle avait chuchoté à l'oreille de Robin durant plus d'une heure, lui expliquant tout ce qui se déroulait devant eux. Oubliant qu'il était né là, elle lui avait donné une foule de détails comme elle l'aurait fait avec Sydney, sans doute. Mais Robin n'avait pas protesté, trop heureux qu'elle reste penchée vers lui, trop attentif à sa voix rauque, un peu voilée, à l'odeur de tubéreuse de son parfum, aux boucles brunes qui, parfois, le frôlaient. Il était donc resté silencieux, aux anges, immobile jusqu'à en avoir des crampes dans l'épaule, attendant avec impatience les moments où elle avait peur et où elle serrait son bras.

Il l'emmena dîner à deux pas des arènes, dans un restaurant tout simple où ils commandèrent des filets de turbot à la sauce safranée. Au lieu de manger, Robin regardait Jordane qui dévorait. Elle l'éblouissait par sa joie de vivre, son appétit, ses fous rires. A plusieurs reprises, elle lui répéta qu'il lui avait fait un très beau cadeau, une surprise inoubliable. Elle déclara qu'elle n'était pas un éleveur comme les autres, qu'elle était un peu marginale au sein de la communauté camarguaise, à cause de ses continuels ennuis d'argent qui limitaient les possibilités du Biloba. Sans parler de sa jeunesse et de sa relative inexpérience.

— Entre mon grand-père et moi, il y a le vide d'une génération qui a fait l'impasse sur tout. Papa se moquait des chevaux comme de son premier négatif et maman ne mettait pas les pieds dans l'écurie ! Ce qui a rendu la passation des pouvoirs un peu... laborieuse. J'étais si jeune pour lui ! Je ne devais pas lui paraître bien sérieuse... Je crois que j'aurai toujours des lacunes parce que nous n'avons pas eu assez de temps, lui et moi. Tiens, par exemple jusqu'à ce soir, je n'avais pas imaginé voir un jour mes andalous en piste... alors que c'est ça, le suivi d'un élevage ! Mon grand-père me manque, c'était un sage... Pourtant il avait des angoisses, des vertiges d'avenir, et maman ne faisait qu'en rire ! Il lui passait tous ses caprices, c'était sa fille unique, mais il avait la trouille... Et sûrement l'impression de travailler pour rien.

Rassasiée, elle avait repoussé son assiette. Robin l'avait si bien mise en confiance qu'elle lui avouait, de façon désordonnée, des choses qu'elle avait tues jusque-là, même à Lionel.

— Il avait une haute idée de sa propriété et de son élevage. Il disait qu'il ne faut pas se sous-estimer. Même et surtout quand on est différent. En Camargue, il y a partout des taureaux noirs et des petits chevaux blancs avec lesquels les manadiers travaillent toute l'année. Comme chez ton frère... Pas chez nous ! On gardait les mérinos alors que tout le monde s'en était débarrassé, on faisait naître des chevaux de cirque, bref on passait pour des excentriques. Le Biloba est un monde à part, tu sais...

Le restaurant s'était vidé, il était très tard. Désolé à l'idée de devoir bientôt quitter Jordane, Robin se résigna à demander l'addition.

— Je vais te raccompagner, dit-il d'une voix éteinte.

— C'est ça ! Allons boire du champagne à la maison !

Elle calcula qu'il devait bien rester trois des bouteilles de Lionel au frais et, dès qu'ils arrivèrent à la bastide, elle en déboucha une, sur la terrasse. Toutes les fenêtres étaient éteintes, il régnait un calme absolu dans la nuit tiède. Ils s'assirent face à face, à la lueur d'un photophore. Robin posa alors la seule question qui lui importait vraiment :

— Et ton mari ?

— Eh bien, quoi ? Il vit à Paris...

S'il avait craint qu'elle se referme, qu'elle cherche à éluder, il fut vite rassuré parce qu'elle n'hésita pas à ajouter :

— Lionel a été mon premier grand amour. Je lui dois ça, quoi qu'il arrive. Mais c'est fini...

Elle repensa à leur dernière nuit. Oui, c'était vraiment fini, même le plaisir s'était émoussé, il ne restait qu'une affection dont Lionel ne voudrait sans doute pas.

— Je vais divorcer, c'est ce qu'on a de mieux à faire, dit-elle à voix haute.

— Il est d'accord ?

— Comment veux-tu ne pas être d'accord dans ces cas-là ? Je ne lui demande rien, bien sûr, mais on ne peut garder personne contre son gré, tu sais bien...

Robin songea à son propre divorce, facile et sans histoires, à la pension alimentaire qu'il versait à une femme dont il avait oublié jusqu'au visage.

— Et toi ? demanda-t-elle soudain. Je te saoule avec mes histoires ! Raconte...

Elle attendit quelques instants puis, comme il gardait le silence, elle décida d'aller chercher une autre bouteille. Ses pas résonnèrent sur les dalles de la terrasse et il cligna des yeux lorsqu'elle alluma la lumière de la cuisine. Il avait la sensation de vivre un moment d'une exceptionnelle intensité.

Lorsqu'elle revint, elle avait relevé ses cheveux noirs pour avoir moins chaud et une pince de nacre brillait sur sa nuque.

— Tu es tellement belle, murmura-t-il.

Il la prit par la taille tandis qu'elle servait le champagne, mais elle recula d'un pas. Embarrassé, il la lâcha tout de suite. Ils échangèrent un regard puis Jordane soupira.

— Robin..., commença-t-elle.

Il eut peur qu'elle ne dise quelque chose de définitif et il l'interrompit aussitôt.

— Excuse-moi, je ne voulais pas t'ennuyer, je sais que je vais trop vite, je suis désolé !

Elle le trouva attendrissant avec son air de petit garçon pris en faute.

— Il faut que nous en parlions, dit-elle. Tu m'as écrit des choses très... très excessives.

— Non, au contraire, je me suis beaucoup modéré.

Il plaisantait pour retarder l'instant du coup de grâce.

— C'est toujours flatteur de plaire, agréable d'être désirée, mais je ne sais pas jouer au chat et à la souris, poursuivit Jordane. Je n'ai pas cette coquetterie-là, je préfère être claire...

Il prit une profonde inspiration pour demander :

— Je te déplais tant que ça ?

Fronçant les sourcils, elle le dévisagea.

— Non...

— Merveilleux ! Alors n'allons pas plus loin ce soir, d'accord ? Je peux attendre mille ans pour la suite.

Spontanément, elle lui saisit la main. Le geste était sans équivoque, pourtant il tressaillit.

— Pour le moment, Robin, je ne suis pas amoureuse de toi. Mais je suis bien avec toi.

Elle avait choisi la franchise parce qu'elle se refusait à vivre le même malentendu que celui qui subsistait entre elle et Lionel. Elle devina qu'elle venait de lui faire très mal alors qu'il lui avait offert une merveilleuse soirée. Elle posa sa tête sur son épaule, soudain fatiguée. L'existence était toujours trop compliquée et souvent injuste. Elle sentit les doigts de Robin qui effleuraient ses cheveux.

— Si tu es bien, seulement un tout petit peu bien, alors je suis comblé, chuchota-t-il.

Un long moment s'écoula sans que l'un ou l'autre bouge. Ils partageaient une sensation qui n'était pas la même mais qu'ils s'offraient mutuellement en silence. Lorsque le cri d'un oiseau les tira de leur torpeur, Jordane regarda vers l'est. L'aube n'était pas loin mais le ciel semblait toujours très obscur. Il n'y avait plus aucune étoile, à présent. Brusquement, un éclair écrasa le paysage autour d'eux, durant une seconde.

— Il va y avoir un orage...

Ils quittèrent leurs fauteuils et firent quelques pas sur la terrasse, engourdis. Un sourd grondement de tonnerre fit trembler un carreau mal scellé.

— Je peux t'appeler demain ?

Avec un sourire, elle acquiesça. Les éclairs se succédaient à présent.

— La pluie ferait du bien, il y a tellement de poussière...

Robin voyait le profil de Jordane apparaître par intermittence dans des éclats bleutés. Un grondement s'intensifia, tout près, puis la foudre tomba quelque part sur la colline, les faisant sursauter.

— Va-t'en vite ! s'exclama Jordane en sentant les premières gouttes de pluie frapper ses épaules.

Il se contenta de la regarder encore, ne chercha même pas à l'embrasser et dégringola les marches de la terrasse vers sa voiture. Il ne jeta pas un coup d'œil dans son rétroviseur lorsqu'il s'éloigna de la bastide. L'orage lui était indifférent. Il avait l'impression étrange d'être comme anesthésié. Quelque chose en lui criait de douleur sans l'atteindre. Jordane n'avait pas fermé la porte à l'espoir, c'était l'essentiel. Ils avaient passé une drôle de nuit, comme s'ils se connaissaient depuis toujours, à la fois proches l'un de l'autre et pourtant séparés par la distance qu'elle maintenait.

Sous la violence de l'averse, son pare-brise ruisselait et il faillit percuter quelque chose, sur la route. Il donna un brusque coup de volant pour éviter une masse mouvante devant son capot. Il freina brutalement et la voiture se mit en travers sur le bas-côté. Dès qu'il descendit, il fut trempé. Il voulut s'approcher de la forme immobile qu'il discernait mal, aveuglé par toute l'eau qui tombait en rideau. A deux mètres, le mouton se mit à bêler puis détala au galop. Robin entendit des bruits confus de sabots sur l'asphalte, des bousculades, des glissades. Il se demanda combien de bêtes étaient perdues sous l'orage. Impuissant, il hésitait encore lorsqu'il vit des phares qui trouaient l'obscurité. Malgré ses gestes désespérés, l'automobiliste le dépassa sans ralentir. Robin hurla toute une série de jurons. Il n'y voyait pas grand-chose mais il entendait toujours des bêlements terrifiés, au loin. Faisant demi-tour, il se mit à courir en direction de la bastide. Il fallait prévenir Jordane, le berger, mettre les mérinos à l'abri.

Lorsqu'il atteignit la terrasse, hors d'haleine, il vit de la lumière au deuxième étage. Il ouvrit la porte de la cuisine, essaya de trouver un commutateur, à tâtons. Il pensait aux moutons et aux voitures, à l'inconscience des conducteurs. Dès qu'il eut allumé, il tenta de se diriger. Il traversa le grand vestibule puis se mit à gravir l'escalier. Il ne voulait pas appeler Jordane et il était complètement désemparé. Sur le palier du premier étage, il s'arrêta, indécis. Les veilleuses éclairaient les couloirs mais les baisses de tension dues à l'orage donnaient à toute la maison une allure fantomatique. Où pouvait bien se trouver la chambre de Jordane ? En désespoir de cause, il attendit un répit du tonnerre puis il se mit à tousser. Presque aussitôt, il entendit des pas au-dessus de sa tête.

— Robin ?

Penchée sur la rampe, Jordane l'interpellait à mi-voix.

— Tes moutons sont sur la route ! J'ai failli en écraser un, viens vite !

Il y eut une seconde de silence puis Jordane dévala l'escalier. Elle le dépassa sans s'arrêter et il la suivit. Ils sortirent en courant. Elle avait une foulée puissante, régulière, et elle connaissait tous les pièges du chemin. Il se tordit plusieurs fois les chevilles en essayant de la rattraper. Elle filait dans la demi-obscurité, ignorant la pluie qui avait redoublé de violence. Il faillit buter contre elle lorsqu'elle s'arrêta net. Elle s'était baissée pour examiner quelque chose et il ne voyait que ses longs cheveux mouillés, plaqués dans son dos. Une aube grise et plombée pointait, malgré l'orage.

— La clôture ! cria Jordane. Ils ont fini par avoir cette saloperie de clôture !

Deux piquets étaient à terre et le grillage rouillé s'inclinait jusqu'au sol sur une vingtaine de mètres.

— Sempion, c'est ta faute ! hurla Jordane comme si le berger avait pu l'entendre.

Elle se redressa, fit face à Robin.

— Il n'y a pas plus bête qu'un mouton ! Alors maintenant, où sont-ils partis, hein ?

Secouée de rage et d'inquiétude, elle tournait la tête de droite à gauche.

— Ecoute..., commença-t-elle.

Un coup de tonnerre l'interrompit et elle dut attendre que le bruit s'éteigne.

— Je vais aller chercher le berger, Sempion... Tu ne sais pas où est sa cabane... Longe la route jusqu'à la nationale... Si tu les trouves, pousse-les dans un champ. Il te suffit d'en attraper un seul, les autres suivront...

Elle partit en direction de la colline, glissant dans ses espadrilles. Hébété, Robin se mit en marche sous la pluie.

A huit heures, l'orage s'éloigna enfin et le ciel se dégagea d'un seul coup. Le soleil se mit à réchauffer le sol détrempé, provoquant des vapeurs d'humidité. Epuisés, hagards, Jordane et Sempion avaient fini par rentrer tous les moutons. L'un d'eux avait une patte cassée et c'était grâce à ses bêlements que le troupeau avait été retrouvé de l'autre côté de la colline. Sempion le porta jusqu'à la cabane puis l'abattit d'un coup de fusil. Mais le pire restait à venir car Jordane s'aperçut soudain que deux chevaux, sans doute affolés par les éclairs et le tonnerre, avaient disparu de leur pré.

Robin récupéra sa voiture et fut chargé d'une reconnaissance sur les routes tandis que Jordane partait harnacher Butaban. Elle resta en selle deux heures, inspectant tous les environs, décrivant des cercles de plus en plus larges autour du Biloba. La fatigue s'ajoutait à l'angoisse et rendait les recherches pénibles. Sempion lui-même, appuyé sur son bâton, était parti fouiller les bois après avoir enfermé les mérinos dans un enclos. Le vieux berger se sentait lourdement responsable. Lui qui approchait rarement de la maison était allé, incrédule, recompter les chevaux dans l'écurie, secouant la tête et s'adressant toute une litanie de reproches. Jordane l'avait déjà copieusement engueulé pour les clôtures, et c'était avant qu'elle découvre la disparition de ses andalous.

Robin avait fait et refait tous les chemins possibles sur les différentes routes. Utilisant les jumelles emportées la veille au soir pour la corrida, il avait scruté inlassablement le paysage sans déceler la moindre silhouette de cheval, hormis celle de Butaban qui sillonnait les collines.

Il était presque onze heures lorsqu'ils se retrouvèrent devant la bastide, bredouilles. Isabelle et Alice n'osaient poser aucune question. Elles proposèrent du café, attendant en vain que Jordane dise quelque chose. Ce fut Robin qui dut raconter les événements de la nuit, sans donner la moindre explication sur sa présence. Nora couvait sa sœur du regard. L'orage l'avait réveillée et, lorsqu'elle avait regardé par la fenêtre, elle les avait vus qui couraient au loin sous l'averse. Pressentant une catastrophe, elle était descendue et avait attendu des heures leur retour. L'état d'épuisement de Jordane était tel que Nora l'obligea à ingurgiter un sandwich.

— Le drame, expliqua enfin Jordane, c'est qu'il y a Milagro. L'autre, Bonur, c'est moins grave, il est à nous… Mais Milagro, je l'ai vendu à Ramon Carras ! Et j'ai encaissé le chèque !

Elle regarda sa mère, puis sa sœur, et elle éclata en sanglots convulsifs. Robin faillit se précipiter vers elle pour la prendre dans ses bras mais Isabelle, heureusement, le devança. Elle saisit sa fille par les épaules, la serra contre elle et se mit à la bercer.

— Tu vas les retrouver, ne te mets pas dans cet état ma chérie, mon tout-petit, calme-toi, là…

Elle parlait à voix basse et refaisait avec une infinie douceur les gestes maternels qui apaisent. Robin se détourna, par discrétion. Il ne savait que faire mais il ne pouvait plus supporter la détresse de Jordane. Il rejoignit Nora qui préparait un second pot de café dans la cuisine.

— Où est le téléphone ? demanda-t-il.

Elle lui désigna le vestibule.

— Par là. Troisième porte à droite après l'escalier. Vous allez alerter la gendarmerie ?

Sans répondre, il gagna le petit bureau et poussa délicatement quelques dossiers pour s'emparer du téléphone. Jordane n'avait sans doute pas le goût de l'ordre ! Il esquissa un sourire, le premier de la matinée, avant de composer son numéro. Il attendit avec impatience, comptant les sonneries. Dès que Pascal décrocha, Robin se sentit soulagé. Il lui exposa la situation en quelques phrases brèves et n'eut même pas besoin de lui demander un coup de main.

Une demi-heure plus tard, il était là avec un camion et quatre de ses employés. Ceux-ci déchargèrent des petits chevaux gris tout harnachés pendant que Pascal allait saluer les Valence. Il demanda à Jordane quelques précisions sur les deux andalous qu'elle lui décrivit succinctement. D'après les détails qu'elle lui donna sur leurs recherches de la matinée, il déduisit que les chevaux devaient être assez loin du Biloba à présent. Lorsqu'il vit Jordane se diriger vers l'écurie, il la rattrapa.

— Où allez-vous ?

— Seller, tiens ! Je viens avec vous.

— Non, dit Pascal doucement, vous restez là.

Perplexe, elle lui jeta un rapide coup d'œil. Elle se sentait à bout mais elle ne voulait pas le montrer.

— Chacun son tour, déclara Pascal, vous prendrez le relais si je ne les trouve pas. En attendant, vous avez besoin de vous reposer. Je vais laisser un de mes hommes ici, il aidera votre berger à retaper la clôture écroulée. C'est mieux que vous soyez là pour les surveiller...

Elle avait tellement envie d'accepter sa proposition qu'elle ne protesta que pour la forme. Ils revinrent côte à côte vers le camion. Pascal donna ses ordres et se mit en selle. Il adressa un clin d'œil à Robin avant de s'éloigner. Jordane suivit les cavaliers du regard, un moment, puis elle se tourna vers le gardian qui attendait.

— Venez avec moi...

L'homme ramassa les outils qu'il avait posés par terre à ses pieds et la suivit dans l'allée. Robin, que Jordane avait ignoré, se précipita derrière eux. Ils rejoignirent Sempion qui s'était déjà attaqué, seul, aux piquets déterrés. Le gardian le repoussa gentiment, lui glissant quelques mots de patois provençal.

— *Noun*, dit-il en lui prenant le piquet des mains, *es lou pastre que coumando*[1]...

Sempion toisa le jeune gardian, puis il hocha la tête et répondit une phrase incompréhensible qui les fit rire tous deux.

Jordane se laissa tomber dans l'herbe. Elle avait sommeil, tous ses muscles étaient douloureux. Robin déposa devant elle son paquet de cigarettes et son briquet.

— Je vais les aider, dit-il. C'est par là aussi que les chevaux se sont échappés ?

Avec lassitude, Jordane hocha la tête.

— J'en laisse toujours un ou deux au pré, par roulement. Ils ont besoin de faire les fous de temps à autre... Mais ce ne sont pas eux qui ont bousillé le grillage. Les chevaux sont très peureux... Ces abrutis de

1. Non, c'est le berger qui commande.

mérinos ont dû s'agglutiner là jusqu'à ce que ça cède... Ensuite, Milagro a profité du passage, il est malin...

Le gardian s'était mis à taper en cadence avec une masse sur le piquet que maintenait Sempion.

— Pourquoi as-tu appelé ton frère ? demanda Jordane.

— Pour nous prêter main-forte ! Il a du personnel...

— C'est tout ?

Robin ébaucha un sourire. Il soutint un moment le regard doré de Jordane.

— Quand j'étais gamin, j'avais l'habitude d'appeler mon grand frère à la rescousse, c'est vrai.

— C'est comme ça dans toutes les familles, affirma Jordane. C'est toujours dans les oreilles du même qu'on crie au secours.

Elle lui rendit son sourire, de façon énigmatique, s'allongea de tout son long et s'endormit dès que sa tête eut touché le sol.

Sempion, Robin et le gardian travaillèrent d'arrache-pied trois heures durant, en plein soleil. Après en avoir fini avec la clôture défectueuse, ils allèrent inspecter et rafistoler les autres. Jordane dormait toujours et le gardian était allé lui poser son chapeau sur la tête, sans rien demander à personne. Vers deux heures de l'après-midi, Nora vint les rejoindre, chargée d'un panier de sandwiches. Les cigales menaient grand tapage et la chaleur était accablante.

Mue par on ne sait quel pressentiment, Jordane s'éveilla un peu avant quatre heures, en nage, et se redressa brusquement. Elle plissa les yeux, se mit à genoux puis debout, en fixant quelque chose à l'horizon. Lorsqu'elle commença à crier, Robin était à une cinquantaine de mètres, tenailles en main, occupé à tordre un fil de fer récalcitrant. Il regarda en bas de la colline, tout au bout de la départementale, et vit un groupe de cavaliers. Partie comme une flèche, Jordane s'était précipitée dans leur direction. Au bout de cinq minutes de course folle, elle les rejoignit à l'entrée de la longue allée de sable et vint s'écraser contre le poitrail de Milagro, ivre de joie. Pascal laissa aller la longe qu'il tenait depuis des heures et descendit de cheval. Son petit camarguais était en piteux état, les poils tout collés d'une écume qui avait séché au soleil. Les gardians mirent pied à terre en silence, harassés, et dirigèrent leurs montures vers le grand abreuvoir des écuries. L'un d'eux confia la longe de Bonur à Jordane.

— Mission accomplie, dit Pascal posément. Ils ne semblent pas blessés. Nous les avons ramenés au pas.

— Où les avez-vous trouvés ?

Entre ses deux andalous, Jordane resplendissait, euphorique.

— A une douzaine de kilomètres d'ici, égarés dans les rizières du Rebatun... De toute façon, ils ne pouvaient pas franchir le Rhône... Ils ont dû faire des dégâts mais nous n'avons vu personne.

Le regard délavé de Pascal rivé au sien, Jordane resta quelques instants silencieuse.

— Je ne sais pas comment vous dire...

— Alors ne dites rien, surtout !

Un peu troublés, et surpris de l'être, ils continuaient à se dévisager. Milagro bouscula Jordane en secouant la tête, gêné par les mouches.

— Je vais les rentrer, murmura Jordane.

Pascal prit Bonur par le licol et la suivit. Ils croisèrent les gardians qui ramenaient les camarguais vers le camion.

— Je peux offrir à boire à vos hommes ? demanda Jordane en ouvrant la grille du box de Milagro.

— Non, il faut qu'on parte.

Comme l'avait fait Ramon Carras quelques semaines auparavant, Pascal examinait l'intérieur de l'écurie avec intérêt. Il fureta partout pendant que Jordane distribuait des rations de grain aux deux fugueurs. Lorsqu'il vit qu'elle l'attendait, devant la porte, il la rejoignit en souriant.

— Beau bâtiment, belles bêtes, dit-il simplement.

— Vous trouvez ?

Elle guettait sa réponse avec une réelle curiosité. Après tout, les visiteurs étaient rares au Biloba. Se plantant devant elle, il déclara :

— Quand je les ai enfin découverts, tout à l'heure, j'ai été... époustouflé. C'est le mot. Ils étaient les pieds dans l'eau, avec leurs silhouettes de parade, et on est restés cinq bonnes minutes à les regarder avant de se décider à les encercler. Ils sont magnifiques, vraiment !

Ils sortirent sous le soleil brûlant de l'après-midi pour rejoindre les autres. Jordane serra longuement la main de chaque homme, les regardant bien en face pour se souvenir de leurs visages. Un peu à l'écart, Robin achevait de ranger les outils dans la cabine du camion. Lorsque Jordane s'approcha de Pascal, celui-ci l'arrêta en posant sa main sur son épaule. C'était un geste fraternel, un geste d'homme, comme il aurait pu en avoir avec n'importe lequel de ses confrères éleveurs.

— Sans adieu, dit-il en s'installant au volant.

Elle se recula pour le laisser manœuvrer et heurta Robin qui était juste derrière elle.

— J'ai eu une bonne idée en l'appelant, non ? interrogea-t-il.

— Très bonne, répondit-elle d'une drôle de voix.

5

Sans faire le moindre bruit, Cécile essaya de se dégager doucement. La jambe de Pascal pesait sur elle depuis une bonne heure, l'empêchant de s'endormir. Il grogna dans son sommeil, se retourna et s'éloigna d'elle. Soulagée, elle considéra pensivement le dos de son amant. Il était venu la chercher assez tard à l'agence, l'avait emmenée dîner dans un restaurant sans intérêt, lui avait offert un dernier verre à la manade. Ensuite il était resté longtemps sous sa douche, et elle l'avait attendu dans son lit avec impatience. Lorsqu'il s'était enfin couché près d'elle, il avait bâillé plusieurs fois avant de lui faire l'amour.

Prise d'une terrible envie de poser sa main sur la peau bronzée, elle ébaucha le geste mais il bougea encore, s'éloignant davantage. Elle soupira, désemparée. Elle avait la pénible sensation que Pascal ne faisait que la tolérer. En six mois de liaison elle avait passé trois nuits chez lui. La plupart du temps, il préférait la raccompagner ou la laisser partir si elle était venue avec sa propre voiture. Tout à l'heure, il ne serait pas question de petit déjeuner en amoureux ; au mieux, il attendrait qu'elle fasse du café en dissimulant mal son impatience.

Elle n'avait plus beaucoup d'illusions mais elle s'accrochait à l'idée que Pascal, un jour, se laisserait peut-être apprivoiser. Elle ne savait pas grand-chose de son passé, sinon ce qui se racontait en ville où l'on pouvait compter ses aventures par dizaines. Il avait tout pour plaire et ne s'en privait pas. Elle pouvait se féliciter d'avoir duré beaucoup plus que d'autres, mais son avantage s'arrêtait là.

Au cours du dîner, il lui avait raconté son opération de sauvetage au Biloba. Il n'avait pas tari d'éloges sur les andalous des Valence, apparemment sincère, lui qui pourtant ne semblait pas apprécier Jordane. Puis il avait dit deux mots de son frère, et Cécile avait noté le curieux mélange de tendresse et d'aigreur qui l'animait lorsqu'il parlait de Robin.

Pascal s'agita, repoussant son oreiller. Cécile retint son souffle et attendit qu'il se calme. Elle voulait profiter du reste de la nuit. Tant qu'il dormait, elle pouvait se croire heureuse d'être couchée là, à ses côtés. Elle se demanda, pour la millième fois, ce qu'elle pourrait inventer pour le garder. Même si les autres femmes avaient échoué, il y en aurait bien une, un jour, qui y parviendrait. Pourquoi pas elle ? Peut-être s'était-elle trompée de tactique depuis des mois. Elle s'était astreinte à respecter l'indépendance qu'il affichait, elle n'avait rien tenté pour prendre plus que ce qu'il offrait. Avait-elle eu tort sur toute la ligne ? Qu'adviendrait-il, par exemple, si elle lui annonçait qu'elle attendait un enfant de lui ? Serait-il en colère ou, au contraire, très ému ? Et son fils aurait-il les mêmes yeux clairs, si troublants, si...

— Il est déjà sept heures ?

Cécile sursauta, prise en flagrant délit de rêverie. Pascal repoussa les draps et se leva sans lui accorder un regard. Il s'étira devant la fenêtre, ramassa le peignoir qu'il avait jeté par terre la veille au soir et partit en sifflotant vers la salle de bains sans même lui dire bonjour ! Elle se félicita de prendre bien régulièrement sa pilule contraceptive. Elle ne s'imaginait plus du tout en train de l'affronter. Tout simplement, elle avait peur de lui, de ses réactions, une peur affreuse de le perdre.

Elle guetta les bruits de la douche puis elle l'entendit sortir, descendre l'escalier, claquer la porte de la cuisine. Sans doute l'avait-il oubliée. Il lui faudrait, une fois de plus, attendre son bon plaisir avant de pouvoir regagner Arles. Elle sauta hors du lit, folle de rage. Elle allait finir par tout rater si elle continuait comme ça. A commencer par ses rendez-vous de la matinée ! Il fallait qu'elle se consacre à son métier, au moins elle en tirait des satisfactions. Seulement voilà, tout ce qui n'était pas Pascal Peyrolles ne l'intéressait plus. Elle se maudit d'être tombée si bas et, exprès, elle n'ouvrit que le robinet d'eau froide lorsqu'elle s'installa dans la cabine de douche.

Gilbert déposa avec précaution le plateau du petit déjeuner sur le lit. Puis il alla ouvrir les rideaux, évitant de faire claquer les anneaux de bois sur la tringle. Il avait enfilé une robe de chambre de soie bleu ciel, s'était coiffé et lavé les dents avant d'entrer. Il regarda Isabelle qui se réveillait, tout étonnée d'être là.

— As-tu bien dormi ?

Elle lui sourit et lui fit signe de venir s'asseoir près d'elle.

— J'ai trop bu, hier soir...

Il désigna le tube d'aspirine, entre la cafetière et le beurrier. Elle baissa les yeux vers le plateau puis les releva pour contempler Gilbert. Il avait soigné la présentation du petit déjeuner, choisissant des porcelaines délicates, une argenterie ancienne, un napperon de dentelle et une rose rouge dans un soliflore de cristal.

— Que tu es gentil, murmura-t-elle.

Ils avaient mis près d'une année à devenir amants, pudiques comme on sait l'être à la cinquantaine. Isabelle eut une pensée incongrue pour

Hugues mais elle la chassa aussitôt. Son mari était mort depuis très longtemps, et ce deuil lui avait fait tant de mal qu'elle ne voulait plus y songer.

— J'aime beaucoup ta chambre, Gilbert !

La pièce, surchargée, offrait toutes les caractéristiques d'un fouillis organisé avec méthode par un amateur d'art. Gilbert eut un sourire modeste. Certes, il adorait les aquarelles et les bronzes, mais depuis plusieurs mois il peaufinait son décor, certain qu'un jour Isabelle y ouvrirait les yeux.

— Si le fils Peyrolles n'avait pas retrouvé les chevaux de Jordane, hier, je crois qu'elle en serait tombée malade ! Evidemment, j'aurais préféré que ce soit l'autre, Robin, qui joue les sauveurs... Il est complètement en extase devant elle, il en est fada... Mais, avec son air de premier de la classe, il n'a pas beaucoup de chances de la séduire !

Le rire d'Isabelle fit plaisir à Gilbert. Puisqu'elle s'amusait, qu'elle bavardait, c'est qu'elle était bien, qu'elle ne regrettait pas la soirée de la veille et la nuit.

— Pauvre Jordane... Je l'admire, tu sais, mais je ne parviens pas à la plaindre. Pourtant c'est ma fille et elle en a, des soucis ! Seulement, quand je la regarde de près, elle est si gaie, si belle, si jeune et si volontaire que je ne vois rien de triste là-dedans !

Elle grignota un toast, se resservit de café.

— Qu'est-ce que tu penses de son idée d'hôtel ? L'Américain que Lionel nous a présenté est sympathique et il a l'air d'en connaître un rayon... Au fond, cette solution m'arrangerait...

Ses yeux de velours cherchèrent ceux de Gilbert. Il l'encouragea à poursuivre en lui prenant la main, sur le drap.

— Sinon, je ne serai jamais libre.

Il comprit ce qu'elle voulait dire. Bien qu'un peu farfelue, en apparence, Isabelle n'aurait jamais l'idée d'abandonner ses deux filles dans cette maison immense, avec une ex-belle-mère pour unique compagnie ! Ce n'était pas envisageable.

— Mon père était fou du Biloba, ajouta-t-elle. C'est comme pour ce nom de Valence dont il était si fier ! Tu sais que je n'ai jamais pu porter le nom d'Hugues ? Tu sais qu'il a obtenu la même chose de Jordane quand elle a voulu épouser Lionel ? Ni Tardivaux ni Senanque, que des Valence ! Et que des filles...

Voilà, elle en avait parlé quand même, elle avait glissé Hugues dans la conversation. Il libéra la main qu'il tenait toujours emprisonnée dans les siennes et se racla la gorge.

— Isabelle, commmença-t-il, je sais que tu es très attachée à la mémoire de ton mari. Je n'en prendrai jamais ombrage, je te le promets. Tu peux garder jalousement tes souvenirs ou au contraire les partager avec moi, d'avance je suis d'accord.

Avec un bref soupir de soulagement, elle se laissa aller contre l'oreiller. L'âge mûr avait tout de même du bon : on ne s'y comportait plus en gamin. Le téléphone vibra doucement, sur la table de chevet, et Gilbert décrocha.

— Bonjour Nora... Oui, elle est ici... Voulez-vous lui parler ?... Bien, je le lui dirai...

L'air amusé, il reposa le combiné.

— Ta fille s'inquiétait.

Isabelle se mit à rire, ravie.

— Les rôles sont renversés ! C'est moi qui découche et ce sont les petites qui s'angoissent !

Il partagea son hilarité avec un certain orgueil. Patiemment, il avait réussi à la conquérir, à vaincre ses défenses une à une, à lui faire retrouver sa jeunesse et oublier ses enfants.

— Au fait, se souvint-il, Nora te rappelle que vous avez rendez-vous cet après-midi.

Aussitôt, Isabelle devint grave.

— Mon Dieu, c'est vrai... Nous voyons le chirurgien à trois heures...

C'était bien le seul sujet qui la rende triste, et lorsqu'elle était triste, elle paraissait moins jeune. Gilbert en fut ému de façon presque douloureuse. Il aurait voulu pouvoir guérir Nora d'un coup de baguette magique ou, au pire, avoir assez d'argent pour qu'Isabelle ne connaisse plus jamais la peur. Il pensa à Django, fugitivement, et il comprit qu'il allait s'engager dans une spirale infernale.

Robin avait dû insister longtemps pour que Jordane accepte le déjeuner. Peut-être voulait-elle prendre un peu de distance, et il ne le supportait pas. Il prétexta qu'il fallait bien remercier Pascal, qu'il en avait profité pour inviter Cécile, que ce repas à quatre serait un moment de détente pour tout le monde. Elle avait fini par céder et il lui avait donné rendez-vous à la *Regalido*, à Fontvieille. Ensuite, il s'était dépêché d'appeler Pascal, qu'il avait convaincu sans trop de mal, puis Cécile qui s'était empressée d'accepter.

A treize heures, ils se retrouvèrent dans le jardin ombragé du restaurant. Robin était passé prendre Jordane au Biloba. Elle portait un chemisier et un jean blanc, ses cheveux sombres flottant librement sur ses épaules. Cécile était un peu trop apprêtée, comme toujours, avec son tailleur lavande et son maquillage sophistiqué.

Sans consulter personne, Robin commanda du champagne. Ensuite ils passèrent un moment à étudier le menu avant de tomber d'accord sur un gratin de moules de Bouzigues et une nage de loup. Il ne faisait pas trop chaud sous les grands arbres et un vent léger faisait frissonner la nappe.

— Bientôt le défilé des Saintes ! rappela Cécile. Les gitans ont commencé à se rassembler...

— *O Sànti Mario...*, plaisanta Pascal.

Intriguée depuis l'avant-veille, Jordane en profita pour l'interroger.

— Vous parlez le provençal ? J'ai entendu l'un de vos gardians, un type tout jeune, échanger quelques mots avec mon vieux Sempion !

— Il est pour les traditions, tu sais bien ! ironisa Cécile.

Pascal lui jeta un coup d'œil froid avant de se tourner vers Jordane.

— Mistral a dit que c'était la langue de la liberté. Il y a eu près de mille candidats à l'épreuve de provençal, l'année dernière au bac. C'est bien, non ? La plupart de mes hommes le parlent, c'est vrai, ou au moins le comprennent. Comme bon nombre de gens d'ici quand ils veulent s'en donner la peine.

— Mais ça ne sert à rien ! protesta Cécile. C'est...

— Tu dis des bêtises, fit remarquer Pascal d'une voix sèche. Le vocabulaire du provençal est tellement riche qu'il permet une infinité de nuances.

Vexée, Cécile ne voulait pas perdre la face. Elle insista, goguenarde :

— Mais ce n'est pas une vraie langue, ce sont des dialectes, des patois...

Le regard gris pâle de Pascal l'effleura avec un mépris évident.

— Admettons. En Camargue, c'est plutôt le parler maritime, mais tu peux te faire comprendre de celui qui utilise le gavot de l'intérieur ou le provençal alpin.

— Et tu t'en sers souvent ?

Elle se forçait à le défier et la réponse ne se fit pas attendre.

— Surtout quand je ne veux pas être entendu des imbéciles !

Les deux autres échangèrent un coup d'œil embarrassé. Le déjeuner menaçait de tourner à l'altercation. Jordane s'adressa à Pascal avec un grand sourire.

— Dites-moi une phrase, n'importe laquelle...

— *Dou Rose camarguen siéu oun ribeirou.* Ce qui signifie...

— Du Rhône camarguais je suis un riverain !

— Bravo ! apprécia-t-il avec enthousiasme.

Il lui souriait d'un air encourageant et elle expliqua qu'elle devait ses connaissances, d'ailleurs superficielles, à son grand-père. Là où Lionel aurait plaisanté pour cette sempiternelle référence à François, Pascal siffla d'admiration.

— Je bois aux andalous de Jordane, dit Robin en levant son verre.

Il avait marqué un point en conviant Jordane à la corrida portugaise, mais il l'avait reperdu en se montrant incapable de lui retrouver Milagro.

— Et au Biloba, ajouta Pascal. C'est vraiment un endroit de rêve...

Après avoir pris le temps de savourer deux gorgées, il fit remarquer, d'un air innocent :

— Il y a quelque chose de sublime, de quasiment parfait dans votre propriété. Je ne sais pas si ça tient à l'architecture des bâtiments, à l'environnement exceptionnel avec cette colline et cette végétation inattendue...

Jordane comprit tout de suite où il voulait en venir et elle le devança.

— Je vais malheureusement devoir transformer la maison en hôtel.

— Vous voulez rire ?

— Pas du tout !

— C'est criminel !

Il l'avait dit avec une telle hargne qu'elle releva la tête et le regarda bien en face, sans aucune indulgence.

— Je suppose que c'est mon problème et qu'il ne concerne que moi.

— Enfin, vous vous rendez compte de ce que vous allez détruire ? Vous rejoignez la meute des gens qui ne pensent qu'à faire du fric sur le dos de la Camargue ? Tous ceux qui ont fabriqué des faux ranchs sur de vrais mas, qui ont bordé les routes de panneaux publicitaires racoleurs ? Ceux qui laissent des canassons maigres comme des clous toute la journée en plein soleil afin d'attirer le promeneur, vous savez bien, le touriste qui n'a jamais vu un cheval de sa vie mais qui veut se faire des sensations pour cent balles de l'heure, et qui ramènera sa photo de cavalier d'un jour dans ses bagages !

Il reprit son souffle mais personne ne cherchait à l'interrompre.

— Vous avez vu à quoi ressemble le paysage, aujourd'hui sur la départementale 570, d'Arles aux Saintes ?

— Le commerce est nécessaire, répondit tranquillement Jordane. Le tourisme aussi.

— Bed and breakfast, sangria y bodegas, frites ! Ah, c'est du tourisme international ! On ratisse large !

Contrarié, Robin espéra que Jordane saurait garder son calme jusqu'au bout. Pascal n'avait pas l'habitude de mâcher ses mots, surtout lorsqu'il était question de « sa » Camargue.

— Il faut bien vivre de quelque chose, dit-il à tout hasard.

Son frère lui jeta un coup d'œil ambigu avant de reprendre, en baissant la voix :

— Mais oui, bien sûr... Je vis du tourisme, je ne suis pas contre. Je crois seulement qu'il faut obliger les gens à suivre une réglementation précise. Quand je fais des ferrades, au printemps, je refuse du monde parce que je ne veux pas transformer la manade en champ de foire. Je prends le temps de parler à mes visiteurs et je ne fais jamais de marquage abusif ! J'en connais certains qui marqueraient bien leurs *anoubles*[1] sur les deux cuisses !

Le regard doré de Jordane, posé ironiquement sur lui, l'agaçait. Il s'efforça de retrouver son sang-froid pour achever :

— Il y a eu d'excellentes mesures de prises, parfois, je le reconnais. Le musée du mas de Rousty, le parc régional, la réserve de la Capelière, les marais de chasse, les sentiers de grande randonnée... tout ça, je suis d'accord. Mais Eldorado City ! O.K. Corral !

Il se mit à rire et Jordane profita aussitôt de ce répit.

— Je ne compte pas faire du Biloba autre chose qu'un hôtel de luxe, discret et parfaitement intégré.

— Et quand vos clients voudront monter vos chevaux ? Quand ils se plaindront parce qu'il y aura des moustiques dans l'eau de la piscine ? Quand ils claqueront dans leurs doigts pour vous appeler ?

— Celui qui fera ça n'est pas né ! explosa Jordane.

D'un mouvement rageur, elle repoussa son assiette.

— Vous n'avez pas le monopole de la défense du site ! D'ailleurs pour vous, c'est facile de critiquer, vous n'avez pas besoin d'argent !

Cette allusion directe à la manade Peyrolles, offerte sur un plateau d'argent par Vincent à Pascal, le fit pâlir. Il y eut un silence gênant que personne ne sut comment rompre. Le maître d'hôtel fit diversion en apportant les cafés. Quand Robin se leva pour aller régler l'addition, Jordane le suivit. En jetant un coup d'œil sur le chèque qu'il rédigeait, elle soupira.

— Ton frère m'exaspère... Et je voudrais bien rentrer, maintenant...

Elle l'abandonna pour se diriger vers les toilettes. Pascal l'avait mise en colère mais il y avait autre chose. Elle se sentait malheureuse sans savoir pourquoi. Etait-ce d'avoir parlé de l'hôtel ? Ou parce qu'elle venait de se souvenir qu'en ce moment même sa sœur et sa mère devaient attendre leur tour à l'hôpital ? Ou encore le visage défait de

1. Jeunes taureaux nés au printemps précédent.

Cécile, ses pauvres tentatives de rébellion et son air de chien battu ? Ou Robin pour qui, décidément, elle ne ressentait rien ?

Elle regagna la salle à pas lents, peu pressée de retrouver les autres. Devant la porte qui menait au jardin, Pascal l'attendait. Il lui adressa un sourire inattendu, presque timide.

— Excusez-moi, dit-il très vite. Je ne voulais pas gâcher ce déjeuner...

La tristesse de Jordane disparut instantanément. Elle posa sa main sur l'épaule de Pascal, une seconde, en signe de paix et pour lui rendre un geste qu'elle avait aimé.

— En ce qui concerne votre propriété, ajouta-t-il, *vaou mai douna la lano qué lou moutum*[1] !

Elle hocha la tête, grave, et se détourna. Puis elle rejoignit Robin et Cécile, sur le parking du restaurant.

Lorsque le chirurgien revint enfin, les radios à la main, Isabelle cessa de triturer la bandoulière de son sac. Nora était assise, très droite, et Isabelle évitait de la regarder. Il y avait des années que ce calvaire durait. Visites, contre-visites, radios, prélèvements, hospitalisation, opération, rééducation, convalescence, et retour à la case départ. Avec, chaque fois, un petit discours rassurant, prononcé d'un ton débonnaire.

— Je suis très satisfait, dit le chirurgien en accrochant les clichés au négatoscope. Encore un effort et je crois que tu seras vraiment tirée d'affaire ! Nous progressons, tu sais, seulement il va te falloir de la volonté... Mais c'est la dernière fois, je te le promets !

Il la tutoyait, comme un vieil ami, lui qui symbolisait pourtant toutes les tortures endurées depuis vingt ans.

— La dernière fois ? demanda Nora d'une voix neutre.

— Je m'y engage... S'il n'y a pas de mauvaise surprise, nous n'aurons plus à y toucher. Veux-tu qu'on fasse ça à l'automne ? Je te laisse l'été pour souffler, pour consolider le résultat de la dernière intervention. Et on se lance le... voyons... le 2 septembre ! Je t'inscris sur mon planning, d'accord ?

Elle hocha la tête sans rien dire. Il la dévisagea un moment, sourcils froncés.

— Quelque chose t'inquiète, Nora ?

Comme elle ne répondait pas, il se tourna vers Isabelle qui se mit à bredouiller :

---

1. Il vaut mieux donner la laine que le mouton !

— Euh... oui, c'est... comment dire ? Je crois qu'elle se fait beaucoup de souci pour... l'aspect de sa jambe...

— Ah ! Je vois.

Dédaignant le fauteuil, il s'assit sur son bureau, juste devant Nora.

— Pour ça, je ne peux rien te garantir. Mais puisqu'on va rouvrir, je ferai le maximum sur un plan esthétique. Quelques mois plus tard, mettons dans un an, je t'adresserai à un confrère plasticien. Tu es contente comme ça ?

Elle leva les yeux sur lui et il eut l'impression que le regard de la jeune femme le brûlait.

— Contente ? dit-elle d'une voix blanche.

Il se réfugia derrière son bureau, empêtré dans sa maladresse.

— Ecoute, Nora, ne fais pas l'enfant... Si tu avais eu la malchance de naître un siècle plus tôt, tu ne marcherais pas. Or tu te déplaces normalement et tu ne souffres pas, n'est-ce pas ? Je crois que nous avons fait le maximum, ici, toute l'équipe... Plus tard, nous en rediscuterons, toi et moi. Tu verras, tout finit par s'arranger...

Nora se leva et quitta le bureau en claquant la porte. Le chirurgien, éberlué, jeta un coup d'œil interrogateur vers Isabelle.

— Qu'est-ce qu'elle a ?

Luttant contre l'émotion qui l'avait saisie devant la réaction de sa fille, Isabelle parvint à se contenir et à répondre posément.

— Elle en a assez. Assez de se dissimuler, de boiter, de souffrir, de ruiner sa famille. Vous n'y pouvez rien, je sais.

Elle sortit son chéquier pour régler la consultation.

— En ce qui concerne mes honoraires pour la prochaine intervention, dit-il en se raclant la gorge, vous pourrez vous en acquitter en plusieurs fois si vous le désirez...

Avec un sourire hautain dont elle n'usait que rarement, Isabelle secoua la tête.

— Vous êtes très aimable mais ce ne sera pas nécessaire.

Elle était une Valence, après tout, et n'avait l'habitude ni du crédit ni de l'aumône. Elle ne savait pas du tout comment elle arriverait à le payer mais elle était sûre d'y parvenir quand même.

— Est-ce que... Est-ce que Nora ne serait pas amoureuse, par hasard ?

Cette fois, Isabelle avait sursauté. Elle considéra le chirurgien avec stupeur.

— Nora ? Mais de qui, grands dieux ? Pauvre pitchoune...

Pourtant l'idée faisait son chemin et Isabelle commençait à réaliser que la question n'était pas si stupide.

— En fait, je n'en sais rien, reconnut-elle.

— Elle a trente ans, rappela-t-il. Elle n'a jamais...

— Non, jamais !

— Eh bien, il y a un commencement à tout...

Il la raccompagna jusqu'à la porte et lui serra la main.

— Vous pourrez vraiment faire quelque chose, vous ou vos confrères, pour ces histoires de cicatrices ?

Le regard de velours brun d'Isabelle émut le chirurgien.

— Quelque chose, oui. Mais tout : non...

Avec un battement de cils, elle fit signe qu'elle avait saisi la nuance. Elle retrouva Nora dans le couloir, devant les ascenseurs. Pour une fois, sa fille n'arborait pas un air résigné. Elle appuya sur le bouton d'appel d'un geste vif.

— Il n'est que quatre heures ! dit-elle en s'engouffrant dans la cabine. Si nous nous dépêchons, nous pourrons passer par l'aéroport pour récupérer Lionel et Sydney, ça leur évitera de prendre un taxi !

Isabelle ouvrit la bouche mais ne trouva rien à répondre. Et soudain, elle éclata de rire.

— Je peux savoir ce qui t'amuse à ce point-là ? demanda Nora un peu vexée.

— Rien ! C'est nerveux ! A quelle heure atterrit cet avion ?

— A cinq heures.

— Il n'y a rien de trop, alors... Montpellier, Nîmes...

— C'est de l'autoroute !

— Eh bien, si la Rover ne nous fait pas d'ennuis, c'est jouable, je suppose.

En traversant le hall de l'hôpital, Isabelle s'aperçut qu'elle avait du mal à suivre Nora. Elle fut soulevée par une brusque bouffée d'espoir et elle pensa que le chirurgien avait vu juste. Nora devait s'être entichée de cet Américain. C'était merveilleux, elle s'était enfin mise à vivre.

Dans le laboratoire d'Hugues, Robin et Jordane étaient penchés sur un carton de photos. Il s'était souvenu des confidences de Jordane, durant la nuit de l'orage, et il avait demandé à voir les clichés auxquels Hugues avait consacré sa vie. Il fut tout d'abord agréablement surpris par la qualité des photos, puis il fut sensible au charme et à l'émotion qui s'en dégageaient. Il n'eut pas à se forcer pour déclarer à Jordane que son père avait eu beaucoup de talent.

— Nous en sommes toutes persuadées, répondit Jordane, mais il n'en a jamais vendu une seule. Remarque, il n'a pas essayé...

Pour elle, le sujet n'était pas tabou. Elle ne se sentait coupable de rien, et elle avait partagé davantage de choses avec son grand-père qu'avec son père. Ils fouillèrent longtemps, ouvrirent des albums poussiéreux, décachetèrent des pochettes jaunies. Finalement, Robin demanda s'il pouvait emporter quelques tirages pour avoir l'avis d'un professionnel. Jordane accepta avec indifférence et le regarda faire son tri. Il choisit une série sur la forêt de Barbentane, une autre effectuée au téléobjectif sur les criquets de la Crau, aux ailes rouge et bleu, puis une dernière sur les andalous. Après quelques hésitations, il prit encore un agrandissement d'un faucon crécerelle. Il plaça le tout dans un carton avec soin. Puis il demanda une ultime faveur.

— Il y en a quatre-vingt-deux et je te les ramènerai au complet. Mais celle-ci, est-ce que tu ne voudrais pas me la donner ?

Il désignait un cliché de format 30 × 40 punaisé près de la fenêtre. Il l'avait remarqué en entrant et l'avait caressé plusieurs fois du regard. La photo représentait Jordane cheveux au vent, sans doute emportée par le galop d'un cheval qu'on ne voyait pas. Elle devait avoir une vingtaine d'années à peine et elle resplendissait d'une joie sauvage.

— Prends-la, accepta Jordane après une brève hésitation.

— Je peux ?

Un peu mal à l'aise, elle hocha la tête. Huit ans avaient passé depuis cette journée fixée sur papier glacé. Jordane avait beaucoup d'illusions, à cette époque, et qu'en restait-il aujourd'hui ? Qu'avait-elle fait de tout ce temps ? Où avait-elle conduit le Biloba, sinon nulle part ? Et pourquoi n'avait-elle pas des enfants en âge d'apprendre à se tenir sur des andalous ?

Tandis qu'il décrochait la photo en prenant garde à ne pas l'abîmer, il aperçut la Rover qui remontait l'allée.

— Voilà ta mère...

Jordane s'approcha, regarda au-dehors. Lionel et Sydney descendaient de voiture. Elle nota que Sydney tenait un volumineux porte-documents et elle se sentit mieux. Il était vraiment l'heure de prendre les choses en main.

— Viens, on y va ! dit-elle d'une voix autoritaire. D'ailleurs maman détesterait nous trouver ici, c'est un sanctuaire ! Sois discret avec ce carton...

Elle s'élança dans le couloir, le laissant dépité et tout prêt à croire que c'était au-devant de Lionel qu'elle courait. Pourtant c'est vers Isabelle qu'elle se précipita. Elle l'entraîna dans la cuisine pour savoir, toutes affaires cessantes, ce qu'avait dit le chirurgien à Montpellier. Ulcérée, Alice leur céda la place et alla accueillir les arrivants.

Tout le monde finit par s'installer sur les vieux fauteuils de fer forgé, afin de déguster le vin californien que Sydney avait apporté en cadeau. Nora s'était éclipsée pour aller se changer et elle redescendit vêtue d'un blue-jean emprunté à Jordane et d'un tee-shirt rose. Elle avait coiffé ses longs cheveux châtains en chignon, mettant sa nuque délicate en valeur. La fin d'après-midi apportait un peu d'une fraîcheur bienvenue. Jordane, qui était toujours en tenue de cheval, ne semblait pas décidée à changer quoi que ce soit à son apparence. Elle s'était assise entre Robin et Lionel qui s'ignoraient poliment.

Après avoir sacrifié dix minutes à quelques banalités d'usage, parce qu'il ne voulait pas avoir l'air trop pressé, Sydney s'adressa directement à elle.

— J'ai d'excellentes nouvelles pour vous ! dit-il d'un air réjoui.

Impatiente, elle se pencha en avant, posant son menton sur ses paumes. Sydney prit sa sacoche pour en extirper un épais dossier sur lequel était écrit le nom de Valence et qui rappela à Jordane un certain Léon Carmaux, huissier de justice.

— Nous pourrons étudier ensemble tous les détails plus tard, mais le plus important, c'est ça...

D'un air triomphal, il brandissait trois feuillets agrafés.

— Une première prospection indique que l'emplacement géographique est idéal et que le volume des bâtiments convient parfaitement. Vous constaterez qu'il ne s'agit pas de construire un Hilton ni de démolir votre bastide !

Nora fut la seule à rire, dans le silence attentif de la terrasse.

— Au regard des établissements de diverses catégories qui vous entourent, dans un rayon de vingt-cinq kilomètres, cette étude préliminaire est très concluante. Le plan d'occupation des sols ne vous concerne pas, puisque vous êtes au centre d'un énorme terrain qui vous appartient en propre. Et qui permettra d'ailleurs d'envisager bon nombre d'installations haut de gamme. En ce qui concerne les moyens de communication, ils sont amplement suffisants et n'altèrent pourtant pas ce côté sauvage et isolé qui fera le charme de l'hôtel...

Par politesse, il jeta un coup d'œil à chacun, semblant attendre d'éventuelles questions. Afin de ménager le suspense, il patienta encore un peu puis reprit :

— Bref, tout cela est excellent. Si votre idée tient toujours, moi je crois qu'elle tient la route !

C'est de Jordane qu'il souhaitait une réaction et elle se jeta à l'eau.

— Alors il faut fêter cette bonne nouvelle ! Et avec autre chose que votre piquette, Sydney. Parce que, soit dit entre nous, il n'y a pas de quoi se mettre à genoux !

Son sourire n'avait rien de forcé. Elle avait pris sa décision et comptait s'y tenir sans regarder en arrière. Lionel l'observait avec curiosité. Il la connaissait bien, avait déjà été confronté à ses brusques choix, à sa volonté soudain tendue comme un arc. Jordane pensa que c'était comme avec les poulains andalous, qu'il fallait une première fois, celle où on se hisse sur un animal dont on ne connaît pas encore le caractère. C'était le même sentiment d'inconnu et de danger en ce qui concernait cet hôtel, mais il n'y avait plus d'alternative pour le Biloba. Et pour Nora.

Lionel alla chercher le champagne qu'il avait apporté, tandis que Sydney achevait ses explications.

— Si vous le voulez bien, je vais passer quelques jours ici. Je dois faire des relevés précis avant d'obtenir un devis significatif. Vous comprenez, tout dépendra de ce point précis, le rapport entre l'investissement et la rentabilité. Quand nous serons fixés là-dessus, nous pourrons évoquer les problèmes juridiques.

Il n'ajouta pas qu'il avait déjà un accord de principe de la chaîne dont il était consultant. La famille Valence devait être ménagée et Lionel l'avait averti de manipuler Jordane avec des pincettes.

— Vous pouvez rester tout le temps que vous voulez, dit Nora à l'Américain.

Il se tourna vers elle pour la remercier d'un sourire poli. Alice demanda alors, sur un ton pincé :

— Tout le monde dîne ici ?

Robin allait se lever, très gêné, mais Jordane lui adressa un clin d'œil.

— Oui ! Nous serons sept, c'est un chiffre porte-bonheur... et Dieu sait que nous allons avoir besoin de chance !

Elle sentit le regard aigu que Lionel posait sur elle. A l'idée qu'il puisse être jaloux, elle eut envie de hausser les épaules. S'il enviait Robin, il se trompait de cible. Et, de toute façon, il n'avait plus aucun droit. Il fallait absolument qu'elle s'occupe de leur divorce, qu'elle contacte un avocat. Elle ne se demanda pas pourquoi elle était si pressée, soudain, alors qu'elle avait laissé leur situation équivoque se prolonger longtemps sans éprouver le besoin d'agir. Alice aussi regardait Jordane d'un air sévère. La manière dont sa belle-fille décidait de tout l'avait toujours exaspérée.

— En somme, dit-elle, l'année prochaine à la même époque, nous ne pourrons plus dîner sur cette terrasse ? Elle sera réservée aux clients ?

Les deux phrases avaient fait taire tout le monde. Durant quelques instants, il n'y eut plus que le bruit des cigales et le léger sifflement du vent dans les ginkgos. Les yeux baissés, Isabelle semblait méditer les paroles d'Alice. Lionel dévisageait sa mère, incrédule, furieux ; Sydney tapotait le dossier posé devant lui, attendant que quelqu'un réponde.

— Eh bien nous mangerons ailleurs, dit enfin Jordane d'une voix froide.

Robin dut se retenir pour ne pas quitter son siège et aller l'embrasser. Il devinait ce qu'elle ressentait, souffrait pour elle, l'admirait sans réserve. C'était à elle que les questions perfides d'Alice avaient fait le plus de mal, il en était certain.

— Je ne le répéterai pas une autre fois, Alice, mais nous ne pouvons pas nous en sortir autrement. L'hôtel, ce n'est pas un caprice, c'est notre salut à toutes. Je suis plus désolée que vous à l'idée de quitter ma terrasse, ma chambre... Toutefois je suis persuadée que nos problèmes personnels n'intéressent pas Sydney. Nous en parlerons en famille, si vous voulez bien.

Outrée, Alice faillit s'emporter mais se ravisa aussitôt. Jordane ne la rejetait pas, au contraire, puisqu'elle l'avait incluse dans la famille Valence. Elle se leva, très digne, et se dirigea vers la cuisine. Elle n'eut pas le temps de saisir la première poêle que Lionel débarqua.

— Mais enfin, chuchota-t-il, qu'est-ce qui te prend ? Ce projet d'hôtel est fantastique !

— Comme tout ce que fait Jordane, j'imagine...

— Oh, s'il te plaît !

— Il n'y a qu'à te regarder pour comprendre. Elle peut entreprendre n'importe quoi, tu l'approuves ! En plus, je t'avertis qu'en ce moment, elle sort tout le temps ! Si tu ne veux pas la perdre pour de bon, il serait temps que tu réagisses, mon garçon !

Elle ne l'avait plus appelé comme ça depuis des années. Il se sentit vieux, impuissant, et il soupira.

— Je l'ai perdue depuis longtemps... Tu ne le savais pas ?

Elle lâcha ses ustensiles pour lui faire face.

— Pauvre Lionel...

Redevenue douce, une seconde, elle lui caressa la joue.

— Rien n'est jamais perdu. C'est une question de volonté.

— Oh, pour la volonté, elle ne craint personne ! Et vous ne voulons pas la même chose, elle et moi...

Il semblait triste, amer, perdu.

— Tu l'aimes toujours ? demanda Alice de façon abrupte.

Il s'accorda le temps d'y réfléchir mais il connaissait la réponse.

— J'en ai peur, murmura-t-il.

Dévisageant son fils elle déclara, pensive :

— Il te faudrait une femme gentille, à toi...

— Jordane n'est pas méchante !

— Non, admit-elle, mais elle est dure.

— Vous complotez ? dit la voix d'Isabelle depuis le seuil de la cuisine.

Pris en faute comme des gamins, Alice et Lionel espéraient qu'elle n'avait pas entendu leur dernière repartie. Ostensiblement, Isabelle ouvrit une armoire et empoigna une pile d'assiettes. Alice attendit qu'elle soit sortie pour déclarer, ironique :

— On ne croirait pas, à la voir comme ça et à son âge, mais figure-toi qu'elle découche...

Lionel réprima une brusque envie de rire et n'avoua pas à sa mère qu'il trouvait ça très réjouissant.

Le dîner s'était prolongé, Lionel et Sydney avaient fini par donner le signal du départ en montant se coucher. Jordane avait raccompagné Robin jusqu'à sa voiture, l'avait embrassé sur les deux joues et l'avait regardé partir en agitant la main.

Dès qu'elles eurent fini de ranger la cuisine, Alice et Nora gagnèrent à leur tour le premier étage. Jordane se retrouva seule avec sa mère, dans la lumière douce de la suspension. Elles s'étaient assises de part et d'autre de la grande table, sachant qu'elles avaient des choses à régler. Tout en fumant, Isabelle exposa en détail ce qui les attendait. Une première opération en septembre, puis la chirurgie plastique. Des frais vertigineux, mais tout de même, au bout, un peu d'espoir pour Nora.

Jordane calcula amèrement qu'il lui faudrait vendre au moins quatre chevaux pour faire face. Or elle n'avait pas de clients en perspective. Quant à l'histoire d'hôtel, les travaux ne seraient peut-être même pas encore commencés à l'automne. Vu l'état de leur compte, un emprunt bancaire était hors de question.

— Voilà où nous en sommes, résuma Isabelle d'une voix atone.

Parler avec Jordane des problèmes de trésorerie était une chose naturelle, évidente.

— On va trouver une solution, maman...

— On peut différer l'hospitalisation, après tout, il n'y a pas d'urgence.

— Tu sais bien qu'il n'en est pas question !

— Bien sûr.

Elles échangèrent un sourire complice. Isabelle n'avoua pourtant pas qu'elle avait refusé de payer le chirurgien en plusieurs fois.

— Je pourrais demander à Gilbert, dit-elle prudemment.

— Maman !

Horrifiée, Jordane s'était reculée. Confuse, elle interrogea quand même :

— Vous êtes… je veux dire que Gilbert et toi…

— Oui, répondit Isabelle. Nous sommes, c'est ça !

— Oh, maman…, soupira Jordane en esquissant un sourire ravi. Je suis très contente pour toi.

L'éclairage qui tombait directement sur les boucles de Jordane les faisait briller comme de la soie. Isabelle tendit la main et caressa les cheveux de sa fille.

— Tu es gentille.

— Mais ça rend les choses encore plus délicates, maman ! Tu ne peux pas lui emprunter de l'argent, maintenant !

— Ah bon ? Peut-être. Ce n'était pas mon intention. Je veux juste lui demander de vendre pour nous certains meubles.

Attentive, Jordane scrutait le visage de sa mère.

— Tu comprends, Jordane, si on agit maintenant, Nora ne fera pas le rapprochement. Nous n'aurons qu'à mettre l'argent de côté d'ici l'automne.

D'un geste furtif, Jordane prit la main de sa mère, sur la table. Elle avait une boule dans la gorge et elle dut avaler sa salive avant de pouvoir dire :

— C'est une très bonne idée. Vraiment.

Elles restèrent immobiles, yeux dans les yeux, quelques instants.

— J'ai parfois l'impression que la niche est tombée sur le chien, chuchota Jordane. Franchement, cet hôtel, c'est une bouée de sauvetage. Il faut tenir encore un peu mais on est au bord du gouffre.

— Je pense comme toi, approuva Isabelle très sérieusement. Viens, on va choisir…

Sans faire de bruit, elles quittèrent la cuisine pour gagner le grand salon. Jordane attendit que sa mère ait fermé la porte avant d'allumer le lustre. Isabelle se mit à marcher d'un meuble à l'autre, posant une main hésitante sur une commode, caressant un secrétaire au passage. Finalement, elle se laissa tomber dans une bergère.

— Décide, dit-elle à Jordane.

— Ah non ! Je n'y connais rien. C'est toi l'expert !

Du regard, Isabelle fit le tour de la pièce.

— A mon avis, ce bonheur-du-jour a une grande valeur. Et la paire de médaillons... Personne ne s'assied jamais dessus ! La pendule, peut-être ? Ou alors... Le rafraîchissoir ?

Jordane observait sa mère et il lui apparut soudain que celle-ci, capable de s'enticher de n'importe quel objet, pouvait tout aussi bien sacrifier des meubles de famille sans le moindre regret s'il s'agissait du bien-être d'un de ses enfants. Au fond, c'était tout simple, et pour le Biloba il en allait de même. L'attachement aux choses devient très relatif dès qu'il est question du bonheur de ceux qu'on aime. Sa mère était en train de lui en faire la démonstration et Jordane, apaisée, retrouvait peu à peu sa gaieté. Elle se demanda de quoi elles pouvaient bien avoir l'air, toutes les deux, à chuchoter comme des conspiratrices dans ce grand salon vieillot aux tapis râpés et aux peintures écaillées, à choisir parmi les antiquités de François, non pas ce qui leur manquerait le moins mais ce qui leur rapporterait le plus.

Le rire contenu de Jordane finit par exploser et Isabelle fut vite gagnée par l'hilarité de sa fille. Les larmes aux yeux, secouée de spasmes, Jordane s'était laissée glisser le long du mur et elle pleurait de rire, le dos appuyé à l'une des jambes de la cheminée. On devait les entendre dans toute la bastide mais elles n'y pouvaient rien. Le comique de la situation aurait été difficile à comprendre pour un étranger, pour quelqu'un qui n'aurait pas eu cet humour particulier qu'Isabelle avait transmis à Jordane et qui savait rendre les émotions drôles, transformer le malheur en feu de joie.

Elles en étaient à s'essuyer les joues lorsqu'un bruit discret les arrêta net. On frappait à la vitre et Jordane se releva. Elle alla ouvrir la fenêtre avec laquelle elle dut batailler. Sempion se tenait dans l'obscurité, voûté, son béret à la main, l'air inquiet.

— J'ai vu la lumière, dit-il. C'est la jument, je crois qu'elle met bas...

Jordane prit appui sur le bord de la fenêtre et escalada la rambarde d'un bond. Elle distança Sempion en filant vers l'écurie, le cœur battant. Magalone lui faisait des poulains superbes, depuis quatre ans, et il n'était pas question de la laisser se débrouiller seule.

6

La fin du mois de mai était arrivée et près de huit mille gitans s'étaient rassemblés aux Saintes-Maries-de-la-Mer pour le traditionnel pèlerinage. Le 24, ils allèrent dans la crypte chercher « leur » sainte, Sara, et après l'avoir parée de toutes sortes d'ornements, ils la conduisirent jusqu'à la mer en procession.

Comme chaque année, le spectacle, aussi étrange qu'émouvant, avait attiré une foule considérable. Le lendemain, les statues de Marie Jacobé et Marie Salomé entreprirent le même voyage, précédées par un groupe d'Arlésiennes en costumes traditionnels et entourées de gardians. Dans les rues, sur la plage, on se bousculait pour voir passer le défilé et pour assister au surprenant bain de mer des statues. Des banderoles chargées de fleurs et d'inscriptions, des bibles et des couronnes, des drapeaux sur lesquels on pouvait lire : « Pèlerinage des gens du voyage » étaient portés par les gitans qui avançaient dans l'eau jusqu'aux genoux. Les robes et les jupons des Arlésiennes étaient trempés. Et, tandis qu'on aspergeait les statues, un prêtre bénissait la mer et les croyants.

La cérémonie avait quelque chose de sacré et de païen qui impressionna beaucoup Sydney. Lionel avait beau lui donner des explications, l'Américain n'y comprenait rien. Jordane et Nora avaient trouvé une place sur le chemin de ronde de l'église-forteresse, là où la vue était sublime, et n'en bougeaient pas. De temps à autre, elles apercevaient Cécile, très affairée au milieu des photographes.

Du premier coup d'œil, Jordane avait repéré Pascal parmi les gardians à cheval. Elle se reprocha d'avoir un peu délaissé Robin depuis trois jours mais les longues discussions avec Sydney l'avaient entièrement accaparée et elle avait consacré le peu de temps qui lui restait à ses chevaux et au petit poulain nouveau-né qu'elle avait baptisé Gagno, du mot provençal qui désigne la rosée.

— On descend ? demanda Jordane à sa sœur. Je crois qu'ils ont fini de batifoler dans l'eau...

— Hérétique ! riposta Nora. Essaie de voir où sont Lionel et Sydney...

Elle prononçait cent fois par jour le prénom de Sydney avec délice. Dans ces moments-là, Isabelle et Jordane évitaient de se regarder. Que Nora soit amoureuse devenait une évidence pour tout le monde, sauf pour Sydney, hélas.

— Salut les Valence, dit Robin derrière elles. Vous êtes difficiles à trouver, dans cette foule en délire !

— Et comment savais-tu que nous serions là ?

— Toute la Camargue est là !

Jordane le regarda, amusée et indulgente. Robin se comportait comme le meilleur des amis et elle regretta une nouvelle fois de ne ressentir aucune attirance pour lui. Il avait promis d'être patient mais elle était persuadée d'avance que c'était inutile et que le temps n'y changerait rien. Tandis qu'il se penchait, pour tenter de voir quelque chose, elle détailla son profil fin, racé, se demandant pourquoi le monde était si mal fait. Lorsqu'il se tourna vers elle, il prit un air innocent pour demander :

— Il y a encore une infernale soirée chez Pascal, demain. Veux-tu m'accompagner ? Il paraît que ça commence tôt et qu'on ne sera pas déçu !

— Pourquoi pas ?

S'étonnant elle-même, elle avait répondu très vite. Ils commencèrent à descendre, bousculés par la foule compacte autour d'eux. Machinalement, Jordane prit le bras de Nora mais celle-ci se dégagea.

— Ne t'inquiète pas pour moi, tout va très bien !

— Par ici les filles ! criait Lionel d'en bas.

Lorsqu'il aperçut Robin, son visage changea d'expression. Il l'avait un peu oublié durant le week-end prolongé qu'il venait de passer au Biloba. Il avait eu Jordane pour lui tout seul, même lorsqu'elle était à cheval, même lorsqu'elle se penchait sur les plans que dessinait Sydney.

— Tiens, dit-il d'un ton ironique, monsieur Peyrolles ! Vous ne travaillez donc jamais ?

— Pas beaucoup plus que vous, je suppose, rétorqua Robin.

Agacée, Jordane les toisa l'un après l'autre. S'ils jouaient les rivaux, il y avait un malentendu.

— A demain ! murmura Robin en lui déposant derrière l'oreille un baiser léger qui était pire qu'une provocation.

On parlait, autour d'eux, une langue incompréhensible qui devait être un dialecte tsigane. Tandis que Robin s'éclipsait, un homme aux cheveux très noirs sourit à Jordane. Il portait un drôle de chapeau et elle lui fit un clin d'œil.

— Mais, ma parole, tu dragues !

Lionel l'avait saisie par l'épaule, dans un geste de propriétaire qu'elle détesta.

— Viens, dit-il gentiment, rejoignons les autres. Ta sœur est tellement en extase devant le pauvre Sydney que c'en est gênant pour lui, je t'assure...

C'était dit sans méchanceté mais Jordane se sentit blessée pour Nora. Celle-ci accomplissait des efforts immenses pour séduire, or c'était un rôle qu'elle ne connaissait pas. Sa maladresse comme sa naïveté étaient touchantes. Mais elle s'habillait mieux, elle avait quitté son air de martyre, elle était la première à vouloir sortir.

— Tu es de plus en plus belle, toi, remarqua soudain Lionel.

Ils essayaient de se frayer un chemin dans la cohue et Jordane trouva sa réflexion incongrue. Lionel accéléra, la dépassa et l'obligea à s'arrêter. Des gens les bousculèrent.

— Jordane, est-ce qu'on ne pourrait pas essayer de... Ecoute, je prends une semaine de vacances, j'ai trop envie de rester. D'ailleurs je suis crevé. Quand je vois ta mine ! Je voudrais qu'on fasse la paix.

— Mais, chéri, nous ne sommes pas en guerre !

Elle avait répondu avec étourderie, usant d'un mot tendre par habitude. Elle vit le piège et le désamorça immédiatement.

— Oui, reste, ça te fera du bien et ça fera plaisir à ta mère. Je t'adore, Lionel, mais je ne crois pas très utile qu'on se raconte des histoires, toi et moi...

Le visage de Lionel se ferma. Jordane le prit par le bras pour l'entraîner.

— Nous étions d'accord, rappela-t-elle. Et puis tu sais, je te dois une fière chandelle de m'avoir présenté Sydney ! C'est l'homme de la situation et je lui fais confiance.

Voilà, elle l'avait dit, elle ne se sentait plus furieuse d'être redevable de quelque chose à Lionel, elle était devenue raisonnable parce que gagnée par l'indifférence.

— Tu es tombée amoureuse de ton commissaire-priseur ? demanda-t-il d'une voix amère.

— Mais non ! Tu es bête... Et quand bien même ?

Là encore, la réponse était venue trop vite, trop nette.

En entendant s'ouvrir la porte de l'agence, le lendemain matin, Cécile releva la tête, pleine d'espoir. Mais ce n'était que Robin. Elle dissimula sa déception, se maudissant d'imaginer Pascal à chaque bruit de porte, chaque sonnerie de téléphone.

— Salut, la plus belle ! Je viens te demander une consultation gratuite !

Il déposa sur le bureau de Cécile un carton de photos. Elle y jeta d'abord un coup d'œil distrait puis, brusquement intéressée, elle se mit à examiner les clichés un à un.

— Il avait beaucoup de talent, quand même... C'est Hugues ?

— Bien sûr.

— Je me souviens de lui, c'était un sacré personnage ! Mais je n'en aurais pas voulu pour père...

Elle abandonna les photos pour aller chercher deux tasses de café.

— Comment était-il ? demanda Robin.

— Dans la lune ! Pour qui ne le connaissait pas, je t'assure qu'on aurait pu croire *lou ravi* de la crèche ! Il ne te regardait pas, il te cadrait ! Et puis il était toujours chargé comme un mulet avec ses appareils autour du cou et ses sacoches bourrées d'objectifs. Le plus formidable, c'est qu'il mitraillait tout le monde mais qu'on ne voyait jamais le résultat...

— Il n'a jamais exposé ?

— Oh non, pas le temps ! Il passait ses journées à photographier et ses nuits à développer dans son labo. Enfin, c'est ce que prétendait Jordane.

— Et sa femme ? Ses filles ?

Amusée par la curiosité de Robin pour tout ce qui touchait à Jordane, Cécile ne se fit pas prier.

— Avec Isabelle, ils s'étaient bien trouvés. Aussi farfelus l'un que l'autre. L'attitude de son mari ne la gênait pas, au contraire, elle le couvait comme un gamin. Je me demande si elle ne s'est pas davantage occupée de lui que de ses filles... Quand nous étions au lycée, Jordane rigolait des bizarreries de son père. Remarque, Jordane rit de tout !

L'air extasié de Robin attendrissait Cécile. Elle se reconnaissait dans cette façon d'écouter avidement. Elle en faisait autant dès qu'il était question de Pascal. D'ailleurs elle n'était pas dupe, c'est parce que Robin était le frère de Pascal qu'elle le trouvait si sympathique.

— Tu sais, ajouta-t-elle, Jordane a eu un drôle de père, une drôle de mère, sans parler du grand-père...

— Et du mari ?

Cette fois, Cécile marqua une légère hésitation. Est-ce que Robin valait mieux que Lionel pour Jordane ? Mais quel était l'homme qui pourrait lui convenir ?

— Si tu veux. Lionel n'était pas pour elle et réciproquement. Je ne crois pas qu'elle l'ait rendu heureux. Elle l'a laissé tomber pour ses chevaux, ce n'est sûrement pas facile à digérer...

Cécile avait souvent défendu Lionel qu'elle trouvait séduisant. Tout comme elle avait trouvé rassurant que Jordane soit mariée. Elle avait beau être sa meilleure amie, elle était parfois un peu agacée, ou même un peu jalouse. Se promener avec Jordane était déprimant parce que tous les regards se tournaient vers elle. Y compris le regard délavé de Pascal, réalisa-t-elle soudain.

— Alors, ces photos ? Qu'allons-nous en faire ?

Avec une désarmante simplicité, Robin avoua :

— Eh bien je compte sur toi... Les Rencontres internationales de la photographie ont lieu au mois de juillet, non ?

Tout en réfléchissant, Cécile hocha la tête. Arles était la ville idéale pour un photographe. Il y avait même une école nationale ! Hugues Tardivaux ne s'en était jamais soucié. Les célèbres Rencontres permettaient la confrontation de toutes sortes d'œuvres, on y venait du monde entier.

— Il y a sûrement quelque chose à faire, admit-elle.

— Tu es de la partie, insista Robin. Les relations publiques, c'est ton truc. Tu peux rencontrer les organisateurs et...

— Nous sommes presque en juin, protesta Cécile.

Un peu énervée, elle se mit à mâchonner son stylo. Pourquoi n'y avait-elle jamais pensé ? Jordane lui en avait déjà parlé, sans insister, mais Cécile avait eu tant de préoccupations ces dernières semaines qu'elle avait oublié. Dans un sursaut d'honnêteté, elle se dit qu'elle devait aider Jordane au lieu de se faire des idées, d'imaginer n'importe quoi comme cette éventuelle attirance de Pascal pour sa meilleure amie.

— D'accord, déclara-t-elle en relevant la tête. Je vais essayer. De toute façon, personne ne me rira au nez avec des trucs de cette qualité !

Robin reposa sa tasse, contourna le bureau et vint l'embrasser avec fougue.

— Il y en a quatre-vingt-deux, j'ai tout répertorié ! A ce soir, la plus belle ! Nous venons à la manade avec Jordane pour la soirée de ton jules...

Très gai, il quitta l'agence en sifflotant. Peut-être allait-il pouvoir faire une belle surprise à Jordane. Il s'imaginait déjà l'emmenant visiter le grand bâtiment des Rencontres, près des arènes, et la laissant découvrir les criquets d'Hugues mis à l'honneur. Quelle valeur pouvait avoir l'œuvre d'un photographe disparu ? Pouvait-on espérer le faire connaître et monnayer l'immense réserve de clichés qui dormait dans son laboratoire du Biloba ? Robin s'aperçut qu'il était comme la Perrette de la fable, avec son pot de lait, mais qu'il était décidément très heureux.

Il fut interrompu dans sa rêverie en arrivant devant l'hôtel particulier des Peyrolles. La porte cochère était grande ouverte et une voiture de gendarmerie stationnait dans la cour. Son père gesticulait, sur le perron, en grande conversation avec un brigadier. Un peu plus loin, Pascal était assis sur la rambarde de pierre, l'air indifférent. Robin se dirigea vers lui et il l'interrogea du regard. Son frère sauta sur les pavés et lui envoya une bourrade affectueuse.

— C'est le grand scandale, dit-il en souriant, il y a eu un cambriolage !

— Ici ? Quand ?

— Pendant que vous dormiez, je suppose !

— Et qu'est-ce qu'on a volé ?

— Pas assez de choses pour aérer un peu le décor, hélas !

Pascal s'amusait mais pas Robin.

— Sois sérieux !

— Par un temps pareil ? Quelle horreur ! Non, je laisse le sérieux aux autorités... Regarde-les s'agiter ! C'est qu'on n'est pas chez n'importe qui, ici... C'est Vincent Peyrolles qu'on a cambriolé ! Comme quoi on est toujours puni par où on pèche.

Un peu surpris par tant de cynisme, Robin regarda d'abord leur père qui raccompagnait les gendarmes jusqu'à leur voiture, parlant toujours. Puis il se retourna vers Pascal.

— Dis-moi, commença-t-il, est-ce que tu le détestes ?

— C'est à peu près ça, oui.

Ils échangèrent un long regard. Celui de Pascal, si clair, ne cillait pas.

— Nous allons tout de même déjeuner ! annonça Vincent qui revenait vers eux. Puisque Pascal a eu la gentillesse de venir jusqu'ici... Ah, quelle histoire !

Il entraîna ses fils à l'intérieur pendant que le vieux maître d'hôtel fermait la lourde porte cochère.

— Tu n'as rien entendu cette nuit, toi ?

Le ton n'était pas le même lorsque Vincent s'adressait à Robin.

— C'est du travail de professionnel ! Et ils ont bien choisi, avec ça... La paire de chandeliers a une valeur folle.

Il désignait la vitrine du salon dont la vitre était encore ouverte, devant des étagères vides.

— Ils ont pris les étains, ils n'ont rien cassé, rien abîmé.

— Par où sont-ils passés ? s'enquit Robin.

— Par le jardin et par la fenêtre.

— Elle était ouverte ?

— A l'espagnolette, je l'admets. Alors avec ces vieilles crémones, rien de plus facile ! Antoine ouvre les volets à sept heures, lorsqu'il descend. Ensuite il part acheter le pain et le journal. C'est donc à ce moment-là que le vol s'est produit, en plein jour, je l'ai expliqué aux gendarmes. Avec nous qui dormions au-dessus !

Il jeta un coup d'œil sévère vers Robin.

— Il faut avouer que tu n'es pas très matinal...

— Pour quoi faire, puisque tu ne veux pas qu'il travaille ! fit remarquer Pascal.

Après un bref silence, Vincent sonna pour l'apéritif. Il ne semblait jamais prendre ombrage des répliques aigres-douces de Pascal. Marchant jusqu'à sa vitrine il l'examina, pensif.

— A quelle heure faut-il être là, ce soir ? demanda Robin à Pascal.

— Vers cinq ou six heures. C'est une fête un peu spéciale. Les gardians ont prévu plein de jeux...

Ils avaient parlé à mi-voix mais Vincent s'était retourné.

— Il y a bien longtemps que je n'ai pas mis les pieds à la manade... Chez toi ! Tu organises une réception ?

Il y avait quelque chose de pathétique dans son intonation. Robin crut que Pascal allait inviter leur père mais son frère dévia la conversation.

— A combien estimes-tu ce vol ? demanda-t-il en bâillant.

Déçu, Vincent n'en laissa rien paraître et fit un rapide calcul.

— Environ cent mille...

Pascal leva les yeux au ciel, trouvant absurde qu'on mette autant d'argent dans des bibelots.

— Il y avait un fossile, ajouta Vincent, un poisson lisse comme du marbre, qui est inestimable...

— On mange bientôt ? interrogea Pascal. Je n'ai pas beaucoup de temps...

— Tout de suite si tu veux, s'empressa Vincent.

Ils quittèrent le salon pour la salle à manger. Robin se sentait mal à l'aise. L'ironie affichée de Pascal confinait au mépris et rendait l'atmosphère désagréable. Ils s'assirent dans la pénombre striée de soleil par les persiennes. La mise de table, austère et élégante, restait inchangée depuis trente ans.

— Il faut prévenir les confrères et les antiquaires de la région au sujet de ces objets, suggéra Robin.

— Je ne t'ai pas attendu pour y penser !

Vincent haussait les épaules avec un petit rire satisfait mais Pascal l'interrompit net.

— Pourquoi es-tu toujours aussi agressif avec Robin ? Je ne sais comment il fait pour te supporter.

— Pascal..., protesta Vincent d'une voix plaintive.

Robin les considéra, l'un après l'autre, avec un certain étonnement. S'il était l'enjeu de leur désaccord, ce n'était pourtant pas lui le responsable. Il ne demandait rien à son père, ne lui reprochait rien, puisqu'en général il préférait ne pas y penser. Néanmoins, cette discussion lui en rappelait d'autres. Pascal avait souvent pris sa défense, lorsqu'ils étaient enfants. Comme si la préférence de leur père lui avait été, de tous temps, insupportable.

Vincent préféra éviter l'affrontement en ricanant.

— Tu plaisantes toujours et je m'y laisse prendre ! dit-il à Pascal. C'est délicieux ce que nous a préparé Antoine. Vous ne trouvez pas ?

Ce fut Robin qui approuva, son frère préférant allumer un petit cigare sans même attendre la fin du repas. Robin lui jetait des coups d'œil perplexes, se promettant de l'interroger plus tard. Vincent s'adressa soudain à lui, avec une jovialité forcée.

— Tu devrais m'accompagner à la salle, demain. Il y a une vente de moyenne importance et, si tu veux, je te laisse le marteau dans la première partie !

Cette concession, minime, ne présageait pas grand-chose pour l'avenir, mais c'était quand même un pas en avant, une ouverture. Robin fut sans illusions, devinant que c'était à Pascal que Vincent voulait plaire, mais il accepta avec empressement. Lorsqu'il se tourna vers son frère pour observer sa réaction, il surprit le sourire ironique et glacé que Pascal adressait à Vincent.

— Doucement ! supplia Gilbert. Nous allons heurter le chambranle...

Lionel rectifia l'angle du bonheur-du-jour et ils passèrent la porte. Ils sortirent sur le perron, descendirent prudemment les marches et allèrent installer le meuble dans la petite camionnette que Gilbert avait garée devant la bastide. Isabelle les observait depuis la terrasse. Gilbert lui avait fait une bonne surprise en annonçant le prix des meubles, mais elle se doutait qu'il les surestimait délibérément pour lui faire plaisir. Elle avait proposé de les laisser en dépôt et d'attendre qu'ils soient vendus mais Gilbert avait bien entendu refusé et il avait fait son chèque dans le grand salon. Isabelle eut envie de rire en repensant à la tête d'Alice lorsqu'elle lui avait présenté Gilbert. Pour faire bonne mesure, elle l'avait invité à dîner. Mais cette invitation n'était pas innocente et dédramatisait l'atmosphère du Biloba. Car Jordane avait annoncé qu'elle ne dînait pas là, d'un air ingénu, et Lionel s'était mis à bouder. Pour masquer son dépit, il avait alors invité Sydney à découvrir les charmes de l'*Abbaye Sainte-Croix*, à Salon-de-Provence. Sans vergogne, il avait décrit les délices d'une roulade de lapereau à l'anchois ou d'un ravioli de homard. Et tout ça sans voir le regard suppliant de Nora qu'il n'avait pas conviée à partager ses festivités ! Alors, à l'idée d'une soirée entre une Alice perfide et une Nora éplorée, Isabelle avait choisi d'imposer Gilbert. Après tant de mois de discrétion, celui-ci n'en revenait pas.

La porte de la camionnette claqua et Isabelle descendit de la terrasse. Elle remercia Lionel pour son aide et entraîna Gilbert vers la piste où Jordane travaillait un cheval. Ils s'assirent sur la barrière, à l'ombre, tandis qu'Isabelle murmurait :

— Je t'en ai si souvent parlé... Regarde-la et dis-moi si ça ne t'épate pas !

Gilbert observa l'andalou et la cavalière un bon moment. Oui, Jordane était belle, heureuse d'être en selle et en parfaite harmonie avec sa monture. Oui, le cheval était superbe, muscles saillants, crinière flottante, pelage luisant. Mais c'était la fierté d'Isabelle qui « épatait » le plus Gilbert. Il finit par lui jeter un coup d'œil, à la dérobée. Isabelle avait la douceur qu'on acquiert à un certain âge, après bien des épreuves. Ses yeux n'avaient pas le feu, pas l'éclat de ceux de Jordane, mais on pouvait s'y noyer en toute quiétude. Sa silhouette même avait quelque chose de souple et d'abandonné. Furtivement, il lui effleura les doigts, sur la barrière. Sans le regarder, elle lui sourit.

— Tu sais, chuchota-t-il, Nora aussi est belle... Tu les as réussies, tes filles !

Jordane venait de s'arrêter près d'eux, et elle secoua ses boucles en désordre.

— Celui-là sera le prochain à partir, il sait tout faire ! déclara-t-elle en donnant une vigoureuse claque sur l'encolure de l'andalou.

Elle mit pied à terre pour serrer la main de Gilbert.

— Je me dépêche, Robin va arriver et je dois prendre une douche. Quelle poussière !

Elle se hâta vers l'écurie, se débarrassa des corvées de pansage et de nourriture le plus vite possible, et repartit en courant vers la bastide. Dans l'escalier, elle croisa Lionel qui descendait.

— Tu sens bon ! lui dit-elle sans s'arrêter.

— Pas toi, l'Arlésienne !

Il leva la tête mais ne vit que des bottes qui disparaissaient.

— Tu es bien pressée ! cria-t-il. Ton Roméo ne vient pas te chercher pour goûter, quand même ?

Bien entendu, il n'obtint aucune réponse. Il s'en voulait de montrer sa rancœur, mais c'était plus fort que lui. Jordane lui avait appartenu longtemps et il ne s'habituait pas à l'idée de l'avoir perdue. Il commençait même à se demander si la vie en Camargue, entre sa mère et sa femme, n'était pas quelque chose de merveilleux à côté de quoi il était passé bêtement. Son existence parisienne lui donnait de moins en moins de satisfactions. Même ses affaires marchaient mal. D'ailleurs il les négligeait, la tête pleine de vagues projets qui, tous, tournaient autour de Jordane. Et elle parlait de divorce, elle s'en allait dîner avec d'autres, elle le traitait en copain ! Il n'osait même plus lui montrer le désir qu'il avait d'elle, gardant en mémoire le souvenir cuisant de leur dernière nuit.

Lionel décida qu'il allait se saouler le soir même avec Sydney, entre hommes, et qu'ensuite ils n'auraient qu'à chercher de la compagnie. Les jolies filles ne manquaient pas dans cette région bénie, Dieu merci !

Il en était là de ses pensées moroses lorsque la petite voiture de Robin vint s'arrêter sous les ginkgos. Les deux hommes se retrouvèrent face à face sur la terrasse, aussi agacés l'un que l'autre et ne sachant que dire. Après un silence froid, mais qui resta poli, l'arrivée d'Isabelle et de Gilbert détendit sensiblement l'atmosphère. Robin raconta le cambriolage dont son père avait été victime. Un peu crispé, Gilbert lui posa toutes sortes de questions sur les objets dérobés. Robin s'étonna un peu de cet intérêt excessif, se demandant s'il s'agissait d'une simple solidarité professionnelle. Isabelle, elle aussi, perçut la réelle nervosité de Gilbert.

— Je suis en retard ?

Sur le pas de la porte de la cuisine, Jordane les observait, souriante. Elle portait un jean et une chemise bleu ciel, des boots et une ceinture noire. Bronzée, resplendissante, elle avança vers eux. Elle s'était maquillée légèrement, ce qui était exceptionnel. Robin et Lionel la regardaient en silence, aussi séduits l'un que l'autre.

— On peut y aller quand tu veux...

Elle l'avait dit d'une voix mal assurée, consciente de ce que la situation avait de pénible pour Lionel. Ce fut Sydney qui dissipa le malaise en les rejoignant à son tour.

— Vous êtes magnifique ! dit-il à Jordane. Si les futurs clients du Biloba ne sont pas sensibles à la beauté du décor, c'est pour vous qu'ils viendront !

Robin avait profité des réflexions joviales de l'Américain pour se lever. Il prit congé sans s'attarder et attendit Jordane dans sa voiture. Dès qu'elle fut assise à côté de lui, il démarra.

— Je suis très embarrassé vis-à-vis de ton mari, commença-t-il.

— Moi aussi mais c'est sa faute ! Pourquoi est-il toujours fourré chez moi ?

Consciente de sa mauvaise foi, elle ajouta :

— C'est un moment difficile à passer. Il faut vraiment qu'on divorce pour éclaircir tout ça... J'ai été franche avec lui. Je ne veux pas me cacher comme une petite fille mais je ne veux pas le provoquer, c'est cruel.

Elle ne s'adressait pas précisément à Robin, il le comprit, pourtant il demanda :

— Et ensuite ? Quand vous aurez... régularisé votre situation, il ne viendra plus ? Et Alice ?

Poussant un profond soupir, Jordane se laissa aller contre l'appui-tête.

— Je ne sais pas, avoua-t-elle. Alice fait partie de la famille, maintenant. La famille Valence, je veux dire...

Elle regardait le paysage sans le voir. Elle baissa sa vitre et ses boucles brunes se mirent à voler autour de son visage. Elle se réjouissait de la soirée en perspective et ne voulait pas la gâcher avec des choses tristes. Pourtant elle avait prononcé ce mot de famille et, chaque fois, lui venait la nostalgie de ces enfants qu'elle avait tant souhaités et qu'elle n'avait pas. Avant qu'il ne soit trop tard, il fallait qu'elle se reprenne, qu'elle bâtisse sa vie avec la même énergie et le même esprit de décision que ceux déployés pour sauver la propriété, pour sauver surtout sa mère et sa sœur. Maintenant il fallait qu'elle se sauve elle-même, qu'elle soit enfin ce qu'elle avait envie d'être. Pas seulement une belle jeune femme de trente ans, libre et indépendante. Mais plutôt quelqu'un qui aime...

— Où es-tu ? Sur quel nuage ?

Il fit mine de chercher dans le ciel, à travers le pare-brise. Sa gentillesse fit de la peine à Jordane. Elle se sentait bien avec lui, bien et rien de plus. Il n'était pas son avenir, elle devait le lui faire comprendre et c'était un problème supplémentaire. Au moment où elle tournait la tête vers lui, elle reçut son sourire adorable de gamin timide.

— On arrive, réveille-toi !

Il s'était dépêché de dire quelque chose, comme s'il avait deviné ses pensées, comme s'il voulait l'empêcher de parler.

Devant le mas, il n'y avait personne. Un peu étonnés, ils descendirent de voiture. Il faisait chaud et tout était silencieux hormis le bruit incessant des cigales. Hésitant, Robin allait se diriger vers la maison lorsqu'un gardian surgit.

— Le patron est dans les terres ! Il vous demande de le rejoindre, c'est là-bas qu'on s'amuse pour le moment. Je vais vous indiquer le chemin...

Il tendit à Robin les clefs du 4 × 4 Toyota de Pascal tout en lui donnant quelques explications. Ils s'installèrent et Robin engagea le véhicule tout-terrain directement dans la plaine qui s'étendait derrière le mas. Il s'amusait en conduisant, prenant les bosses à toute allure.

— Tu sais où tu vas ? cria Jordane.

— Je suis un enfant du pays ! rappela-t-il avec un clin d'œil.

Il se retrouvait à l'aise sur ce relief tourmenté où ils avaient passé une partie de leur jeunesse, Pascal et lui. Enfant, Robin avait adoré la manade tout autant que son frère, mais il avait pressenti que l'endroit ne lui appartiendrait jamais et que, quoi qu'il fasse, il ne gagnerait pas la faveur de leur père. Il aurait pu être malheureux si Pascal n'avait pas été là. Ou s'il avait détesté Pascal, son seul appui.

Ils passèrent dans un marécage, faisant jaillir des gerbes d'eau. Puis ils contournèrent un petit bois de chênes kermès et débouchèrent sur une vaste étendue sablonneuse. Au loin, une dizaine de cavaliers entouraient un groupe de taureaux. Robin s'arrêta à une centaine de mètres afin de profiter du spectacle.

— Qu'est-ce qu'ils font ? demanda Jordane, mettant sa main en visière pour se protéger du soleil.

— Ils rassemblent du bétail, ils testent les jeunes...

— Je veux y aller !

C'était le cri du cœur et Robin sourit d'un tel enthousiasme.

— Même avec quatre heures d'équitation quotidiennes, tu ne peux pas voir un cheval sans trépigner ?

Pascal venait vers eux, au galop, agitant la main en signe de bienvenue. Il mit pied à terre, apostrophant Jordane.

— Vous n'êtes pas vraiment en tenue, mais je vous le prête quand même ! Je l'ai ménagé pour le garder frais en vous attendant...

Sans marquer la moindre hésitation, elle se dirigea vers le camarguais.

— Attendez, la puce, on va quand même raccourcir...

Elle était grande et cependant Pascal la dépassait de quinze centimètres. Elle alla de l'autre côté pour régler la seconde étrivière.

— En quoi consiste le jeu ? demanda-t-elle.

— Je vous confie mon *ficheiroun* mais c'est juste au cas où un taureau se montrerait trop agressif...

Il lui tendait son trident, attribut immémorial du gardian de Camargue.

— Vous choisissez un jeune mâle et vous le poussez devant vous pour voir son comportement. Mes hommes vous montreront...

Dans l'attitude de Pascal, il y avait du défi mais aussi de l'humour.

— C'est une mise à l'épreuve ? plaisanta-t-elle en se mettant en selle.

— Du taureau ! Seulement du taureau..., répondit-il avec un large sourire.

Le trident d'une main et les rênes de l'autre, elle s'éloigna au petit galop. Pascal jeta un coup d'œil vers Robin puis vers Jordane qui avait rejoint le groupe.

— Tu veux t'amuser aussi ?

— Non, non, pour le moment je regarde...

— A ta guise ! Sinon j'appelle un de mes hommes.

Pascal était allé s'appuyer sur le toit du Toyota, le menton dans une main. Robin le rejoignit et demanda :

— Elle est belle, non ?

— Très... Tu es amoureux ?

— Oh, c'est bien pire !

Pascal bougea un peu, se redressa et considéra son frère avec attention. Il faillit dire quelque chose mais se ravisa. Au loin, Jordane semblait s'amuser comme une folle au milieu du bétail. Des cris indistincts leur parvenaient. Pascal murmura soudain :

— Tu vas te planter, Robin.

Son frère fit comme s'il n'avait pas entendu. Au bout d'un moment, il dit seulement une phrase étrange :

— Je suis content d'être revenu.

Pascal cessa de s'intéresser aux cavaliers pour lui faire face.

— Vraiment ? Revenu où ? A Arles avec papa ? Demain il te prête cinq minutes son petit marteau et tu es content ? Ici, c'est bien... Mais là-bas ! Qu'est-ce que tu attends, Robin ? C'est la salle des ventes que tu veux ? Alors dis-le-lui clairement !

— Enfin, Pascal, je ne vais pas le jeter dehors !

— Tu pourrais... Il ne partira pas de lui-même, ou alors, les pieds devant...

— Très bien, dit Robin, on y est. Vas-y, explique-moi.

— Quoi ?

— Ta hargne, ton mépris. Tu es d'un cynisme incroyable.

— Et toi, tu es un agneau, une andouille ! explosa Pascal. Si je ne te défends pas, tu te contenteras de bêler pendant qu'on t'égorge !

Stupéfait, Robin observait Pascal. Sa colère faisait plus que le surprendre, elle l'intimidait.

— Quelque chose m'échappe...

— Tout ! Tu ne vois rien, jamais !

Dans un nuage de poussière, le groupe des chevaux et des taureaux se dirigeait vers eux.

— Bon, on ne va pas traîner là, dit Pascal, ce ne sont pas des taureaux de combat mais quand même, pas des moutons non plus ! Surtout que Raïto est en tête... Si tu savais comme il s'est comporté à la Cocarde d'Or !

Robin s'installa sur le siège passager et Pascal démarra. Ils allèrent s'arrêter plus loin. Le bétail avait atteint un endroit marécageux et à présent galopait dans l'eau.

— Jordane s'amuse, constata Robin.

— Et toi, est-ce que tu t'amuses, dis ?

Pascal tapotait du bout des doigts sur le volant. Robin pensa qu'il était temps qu'ils s'expliquent. Après ce serait trop tard, il y aurait trop de monde autour d'eux.

— Tu ne m'as pas répondu, tout à l'heure, au sujet de papa.

— Non, c'est vrai, reconnut Pascal, mais je ne sais pas si je dois.

Patient, Robin attendit une explication qui tarda un peu à venir.

— J'ai appris des choses que tu ignores, soupira enfin Pascal. Des trucs moches.

— Lesquels ?

Pascal posa sur son frère son regard trop clair, difficile à soutenir.

— Il a toujours prétendu qu'elle était partie sans laisser d'adresse et sans donner de nouvelles, n'est-ce pas ? Eh bien c'est faux, il y a des années qu'il ment.

Robin eut l'impression brutale qu'on venait de le frapper. Il n'avait pas besoin d'en entendre plus, il savait que Pascal parlait de leur mère. L'esprit vidé, il ne trouvait rien à dire, rien à demander, peut-être même ne voulait-il plus rien savoir du tout.

Un bruit confus de sabots et de cris leur arrivait par intermittence, porté par un vent léger qui venait de se lever. Robin voulut avaler sa salive et se mit à tousser. Pascal lui tapa dans le dos, un peu trop fort.

— Bon, dit Pascal, ils doivent être fatigués, on va rentrer... On la laisse avec les gardians, hein ? Elle n'a sûrement pas envie de descendre.

Il avait remis son moteur en route et faisait demi-tour. Il regrettait un peu d'avoir parlé mais Robin n'était plus un enfant et il avait le droit de connaître la vérité. Celle-ci tenait en peu de mots mais encore fallait-il les dire. Heureusement, le bruit du Toyota le dispensait d'ajouter quelque chose pour le moment.

Devant le mas, Cécile faisait les cent pas, furieuse. Les rayons obliques du soleil étaient encore chauds et elle était en nage dans son petit tailleur élégant. Pascal lui avait demandé de venir tôt et il n'était pas là ! Elle avait accueilli un certain nombre d'invités, les avait installés dans la grande pièce fraîche et leur avait servi à boire avant de retourner au-dehors. Tout le monde ou presque était en blue-jean et en tee-shirt. Pascal ne lui avait rien précisé au sujet du déroulement de la soirée, hormis cette injonction d'être là de bonne heure. Pour quoi faire ? Servir d'hôtesse ?

Elle alla s'appuyer à un mur pour se mettre à l'ombre. Au fond, elle n'aimait pas tellement la manade et restait persuadée que toutes les activités des gardians étaient des jeux de grands enfants. Ils étaient en représentation à longueur d'année. Pascal le premier.

Exaspérée, elle pensa au rendez-vous qu'elle avait annulé. Tout ça pour poireauter dans la poussière ! Elle se jura d'être plus sérieuse à l'avenir. Et, pour commencer, puisqu'elle avait une entrevue importante le lendemain matin au sujet du festival d'art lyrique, elle ne resterait pas dormir au mas. Même si Pascal le lui demandait, ce qui n'était pas certain.

Haussant les épaules, elle admit pourtant que, s'il le lui proposait, elle n'aurait jamais le courage de refuser. L'idée d'une nuit avec Pascal la faisait déjà frissonner, la rendait molle et sans volonté. Elle se redressa en entendant le moteur du 4 × 4 et se dirigea, toute souriante, vers les deux frères. Elle leur trouva un drôle d'air mais ne fit aucune remarque. Elle voulut lui énumérer les invités déjà arrivés mais Pascal l'interrompit.

— Va donc les chercher, on ne va pas s'enfermer à cette heure-ci !

Des rires et des bruits de sabots annoncèrent l'arrivée des cavaliers. Jordane était au milieu d'eux, bavardant avec entrain.

— Il est formidable, votre cheval ! lança-t-elle à Pascal. Il n'a peur de rien !

— Vous non plus, on dirait.

Pascal était venu près d'elle, levant la tête pour la regarder. Ils échangèrent un vrai sourire qui n'avait rien de mondain. Jordane descendit et il lui prit les rênes des mains. Il donna quelques ordres pour que ses hommes installent des tables dehors puis il confia son cheval à l'un d'eux.

— Venez, dit-il à Jordane en la saisissant par le bras. Vous avez de la chance, après mon camarguais, je vous prête ma salle de bains !

Ils s'éloignèrent vers le mas, croisant au passage les invités qui en sortaient. Pascal salua tout le monde gaiement avant d'entraîner Jordane au premier étage. Il ouvrit une porte en murmurant :

— J'espère que ce n'est pas trop en désordre...

Elle jeta tout de suite un coup d'œil vers le miroir et se mit à rire.

— De quoi avez-vous besoin ? demanda-t-il. Une brosse à cheveux, une serviette ?

— Si je n'abuse pas, un tee-shirt ou une chemise...

Elle était couverte d'un mélange d'eau salée et de poussière, les cheveux tout emmêlés, l'air hilare. Il prit un tee-shirt blanc dans un placard, et patienta tandis qu'elle brossait énergiquement ses boucles brunes.

— Euh... Vous attendez que je vous fasse un strip-tease ?

— Désolé, s'excusa-t-il en posant le tee-shirt sur un tabouret. Notez bien que j'aurais été un très bon public !

Il s'éclipsa et elle l'entendit dévaler l'escalier. Comme elle, il ne prenait jamais les marches une par une. Elle resta hésitante, devant la glace, puis se décida à ouvrir l'armoire à pharmacie. Il n'y avait que des objets typiquement masculins, rasoir, eau de toilette, et quelques médicaments périmés. Dans le placard, qu'elle inspecta sans scrupules, elle prit une serviette propre. Nulle trace de Cécile n'était visible dans cette pièce. Jordane regarda le peignoir en éponge qui pendait à une patère et elle s'approcha, curieuse, pour le sentir. Mais il n'y avait aucun effluve de parfum, rien qu'une bonne odeur fraîche de lessive. Pour un célibataire, Pascal se sortait bien de l'examen.

Jordane risqua un coup d'œil par la fenêtre. Les invités s'étaient installés autour des tables recouvertes de nappes rouges et déjà chargées de bouteilles de vin rosé. Elle décida de prendre une douche et commença de se déshabiller.

Au rez-de-chaussée, Cécile s'affairait dans la cuisine, empilant des verres sur un plateau.

— Laisse, lui dit Pascal, je m'en occupe.

Surprise par tant d'amabilité, Cécile vint l'embrasser dans le cou. Il la prit par la taille et la plaqua contre lui une seconde avant de la repousser.

— Pas maintenant, dit-il d'une voix rauque. Tout à l'heure...

Ravie, elle empoigna le plateau et sortit. Il s'appuya à la table et poussa un long soupir exaspéré. Il avait une folle envie de faire l'amour, mais ce n'était pas Cécile qu'il désirait.

A deux heures du matin, ils se retrouvèrent en petit comité. Ils avaient mangé une fantastique paella qu'ils avaient beaucoup arrosée. Robin n'avait pas quitté Jordane, prévenant ses moindres désirs. Il était parvenu à chasser de son esprit les propos assassins de Pascal sur leur père. Il y penserait plus tard, il devait d'abord profiter de la présence de Jordane. Celle-ci était très à l'aise, depuis sa chevauchée de l'après-midi, semblant avoir définitivement sympathisé avec les gardians de Pascal. La conversation avait longtemps roulé sur l'élevage sans que Robin se sente exclu. Même s'il ne parlait pas, il regardait Jordane s'enflammer, défendre ses idées âprement, et il se sentait heureux.

Ils avaient renoncé à rentrer, la nuit restant tiède malgré le vent. Des flambeaux avaient été disposés un peu partout pour repousser l'obscurité et pour attirer les moustiques vers les flammes. Les grenouilles, non loin de là, avaient attaqué leur concert nocturne. Pascal buvait énormément et ses yeux clairs revenaient souvent se poser sur Jordane, Robin l'avait remarqué. Il ne voulait pas s'en inquiéter mais, malgré lui, il était peu à peu gagné par une sourde angoisse. Au lieu de surveiller son frère, il essaya de s'intéresser à ce qui se disait autour de lui. Comme ils n'étaient plus qu'une dizaine, ils occupaient à présent la même table. Cécile avait déjà étouffé plusieurs bâillements, assommée par les histoires de bestiaux auxquelles elle ne comprenait rien. Au bout d'un moment, Pascal se tourna vers elle et lui glissa :

« Tu peux partir si tu es fatiguée ou si tu t'ennuies... »

Vexée, elle se redressa sur sa chaise et fit un effort d'attention. Elle se souvenait de la façon dont Pascal l'avait embrassée, un peu plus tôt dans la soirée, et elle espéra que les invités se décideraient bientôt à partir. A cet instant, quelqu'un lui posa une question aimable sur le prochain festival. Volubile, elle se mit à parler de son grand projet lyrique et des efforts qu'elle déployait. Lorsqu'elle évoqua le conseil régional, Pascal l'interrompit, ironique.

— Je ne savais pas que tu avais tes petites et grandes entrées là-bas ! Quelle cachottière !

Elle voulut briller, se mettre en valeur pour une fois, et elle fit mention des subventions qu'elle avait obtenues à force de démarches. Toute cette démonstration ne visait qu'à impressionner Pascal qui se contenta de hausser les épaules.

— Moi, l'opéra... à part *Mireille* !

— Mais justement, triompha Cécile, c'est par ça qu'on commence, tu penses bien, et dans les arènes comme le veut la tradition. Evidemment, il s'agit d'une mise en scène un peu moderne, qui bouleverse les idées reçues, mais qui ne laissera personne indifférent, croyez-moi !

— Ah oui ? railla Pascal. C'est en sortant du supermarché qu'elle attrape son insolation ? Et Vincent, il est devenu chanteur de rock, dans la nouvelle version ? Les gardians sont à moto ? La Crau symbolisée par un sablier géant ?

Elle le toisa, furieuse.

— Oh, toi ! Dès qu'on veut changer quoi que ce soit… Mais tu verras bien, après tout ! Peut-être seras-tu emballé par cette relecture ? C'est très inattendu, très nouveau…

— Relecture ? C'est comme ça qu'on dit ?

Il se moquait ouvertement et il ajouta :

— Je n'ai pas de temps à perdre pour ces âneries. En revanche, si tu connais des gens au conseil régional ou au conseil général, présente-moi ! Je suis en train de recueillir des tas de signatures pour une pétition. C'est toujours au sujet du projet d'autoroute qui fait bouillir tout le monde par ici…

— Tu es vraiment très don Quichotte, persifla Cécile qui était mécontente d'avoir perdu son auditoire. Tu n'arrêteras pas les bulldozers à toi tout seul.

— Mais pas tout seul, pauvre idiote !

En tête à tête, peut-être aurait-elle accepté l'injure. Mais il y avait trop de témoins, et surtout Jordane, qui guettaient sa réaction.

— Sois poli, articula-t-elle nettement. Ce n'est pas parce que je m'occupe d'un festival que je suis une idiote !

— Je me fous bien de tes occupations, si tu savais ! répondit-il d'un ton glacial. Mais je trouve navrant qu'on distribue autant d'argent pour des spectacles plus ou moins réussis, destinés aux snobs et à quelques journalistes en mal de copie. Ce n'est pas ça qui fait avancer Arles. Ni la région.

Cécile restait bouche bée, indignée par l'humiliation qu'il lui infligeait devant les autres.

— Vous mélangez tout, dit alors Jordane calmement. Un opéra dans les arènes, c'est divin, même en fermant les yeux.

Contre toute attente, Pascal lui sourit. Mais presque aussitôt, il reprit :

— Au Biloba, vous n'êtes pas trop concernés par l'autoroute, mais vous pourriez signer ma pétition quand même…

— A condition de la lire avant, volontiers.

— Nous nous réunissons ici le mois prochain pour en discuter. Venez, vous serez la bienvenue. Quand je dis « nous », il s'agit d'une bonne cinquantaine de propriétaires responsables, attentifs à ce qui les menace, et connaissant parfaitement l'environnement. Je n'accepte pas chez moi les pseudo-écolos, pseudo-intellos… et il n'est pas question de régresser, mais seulement de se protéger !

Il se tourna vers Cécile pour conclure :

— Toi qui connais du monde, tu pourrais nous aider si tu n'étais pas si futile.

C'était un mot de trop et il l'avait prononcé sciemment, pour remettre de l'huile sur le feu, pour l'acculer à la dispute, inévitable, qui allait le libérer d'elle.

— Futile ? Qu'est-ce que tu crois ? Je ne me promène pas toute la journée à cheval, moi ! Je travaille ! Et à la même chose que toi : rameuter le touriste ! C'est trop facile de cracher dans la soupe ! Quand on veut que ça rapporte, on ne peut pas déplorer l'affluence, c'est contradictoire !

Elle s'était levée, frémissante d'indignation. Elle avait tort de tomber dans le piège, elle le savait. Pascal était facilement désagréable avec elle lorsqu'il avait trop bu. Elle avait accepté beaucoup de choses jusqu'ici mais elle n'en pouvait plus. Surtout pas devant Jordane, c'était devenu son obsession. Jordane que Pascal avait beaucoup trop regardée, durant cette soirée, et à laquelle il s'adressait avec une voix que Cécile ne lui connaissait même pas.

— Tu ne veux pas t'asseoir, au lieu de nous haranguer ? On se croirait à une soirée électorale...

Son cynisme acheva de lui faire perdre la tête.

— Je m'en vais ! hurla-t-elle.

— C'est ça, va-t'en, répondit-il sans bouger.

Le menton de Cécile se mit à trembler et elle éclata en sanglots.

— Va-t'en, insista Pascal un peu plus fort.

— Ecoute, bredouilla-t-elle à travers ses larmes, c'est ridicule, attends...

On aurait pu penser que c'était elle qui avait bu, alors qu'elle n'avait pas avalé une goutte d'alcool.

— On ne va pas se fâcher, dit-elle d'une voix pitoyable. Je me rassieds...

— Non, tu ne te rassieds pas, tu t'en vas ! Ouste ! Et tu ne remets plus jamais les pieds ici.

Jordane se leva d'un bond, faisant tomber sa chaise. Cécile avait craqué, comme prévu, et elle se sabordait, toute honte bue. En trois enjambées, Jordane contourna la table et vint la prendre par le poignet.

— Tu as raison, dit-elle entre ses dents, tirons-nous d'ici.

Elle voulut l'entraîner mais Cécile restait immobile, tremblant de la tête aux pieds et cherchant désespérément le regard de Pascal. Celui-ci ne s'intéressait qu'à Jordane, un peu dégrisé soudain, conscient d'avoir été trop loin.

— Ecoute, je suis désolée..., recommença Cécile.

Cette fois Jordane la secoua, hors d'elle.

— Il ne peut pas t'écouter, il est complètement ivre !

Indécis, Robin s'était levé lui aussi. Pascal le toisa.

— Ah, grogna-t-il, le sauveur de ces dames...

Terrorisée par ce qui venait de se produire, Cécile essayait d'échapper à Jordane. Si elle partait maintenant, elle consommait la rupture. Jordane serra davantage sa main autour du poignet de Cécile et l'arracha à son cauchemar. Pas à pas, elle se mit à la tirer vers les voitures. Elle était persuadée que, si jamais elle la lâchait, Cécile était capable de faire n'importe quoi, d'aller se jeter aux pieds de Pascal par exemple, ou de piquer une crise de nerfs.

Autour de la table, un silence consterné s'était abattu. Les silhouettes des deux jeunes femmes s'éloignaient dans l'ombre.

— Je vais les raccompagner, dit Robin.

Un bruit de moteur l'interrompit. Jordane manœuvrait pour dégager la voiture de Cécile.

— Pas la peine, petit frère ! murmura Pascal.

Il ne regrettait pas d'avoir mis Cécile à la porte mais il lui restait assez de lucidité pour comprendre qu'il n'aurait jamais dû le faire de cette manière. Et qu'il n'aurait pas dû boire autant. Il avait surpris quelque chose qui ressemblait à de la haine dans les yeux dorés de Jordane. C'était le genre de scène qu'elle ne devait pas supporter et que personne ne pourrait sans doute jamais lui infliger, à elle. Mais Cécile n'était pas Jordane, malheureusement.

Robin observait toujours Pascal avec une sorte de curiosité. Il était trop subtil pour ne pas deviner que l'esclandre, délibéré, n'était pas imputable au seul vin rosé de Listel. Il regarda son frère bien en face et, mentalement, il lui déclara la guerre. Cette fois-ci, l'enjeu était bien plus important qu'une manade ou même qu'une jeunesse gâchée. Si Pascal voulait lui prendre Jordane, il se sentait de taille à se battre.

7

Fatiguée et de très mauvaise humeur, Jordane montait lentement l'escalier du Biloba. Elle avait dû attendre que Cécile se calme et émerge de son interminable crise de larmes. Evitant de faire du bruit, pour ne pas réveiller les parents de Cécile, elle l'avait déshabillée, avait été fouiller dans la salle de bains pour trouver un calmant qu'elle l'avait obligée à avaler. Puis elle avait patienté une bonne demi-heure et s'était retirée sur la pointe des pieds lorsqu'elle l'avait enfin vue somnoler. Elle était rentrée au Biloba avec la voiture de Cécile, conduisant trop vite sur la petite route qu'elle connaissait par cœur.

Elle ne parvenait pas à chasser de son esprit la pénible scène de la manade. A travers Cécile, elle s'était sentie humiliée elle aussi. Pascal s'était montré odieux. Même s'il n'éprouvait plus rien pour Cécile, il n'avait pas le droit de la traiter ainsi en public. Il avait reçu une bonne éducation, la même que celle de Robin, ce qui le laissait sans excuses. Et dire qu'elle était sur le point de modifier son jugement au sujet de Pascal. Et même davantage.

Sur le seuil de sa chambre, elle s'arrêta net. Alice était assise au bord du lit bateau, les mains croisées sur ses genoux, immobile comme une statue.

— Je vous attendais, dit-elle posément.

Très intriguée, Jordane s'avança, hésita, puis alla s'installer sur une chaise de paille.

— Un problème ? s'enquit-elle d'un ton las.

Un de plus, peut-être, un drame supplémentaire ou une mauvaise nouvelle, elle se résignait d'avance à entendre le pire car Alice n'était jamais montée jusqu'à sa chambre.

— Lionel est rentré tout à l'heure, avec son Américain, et je peux vous dire qu'ils ont une bonne étoile parce qu'ils n'étaient pas en état de conduire ! Il aura fallu que j'attende soixante-six ans pour voir mon fils ivre !

Il n'y avait pas que de la fatigue ou de l'angoisse sur les traits de sa belle-mère, mais surtout une sorte de résolution farouche.

— Lionel est mon unique enfant, ma seule raison de vivre, et il est très malheureux. Très ! Vous ne le voyez peut-être pas. Je sais, vous avez vos soucis...

Alice n'avait pas changé de position, hiératique et déterminée.

— Vous êtes venue plaider sa cause ? demanda Jordane. Notre couple est complètement en bout de course, Alice. Je le regrette. Je m'étais mariée pour la vie, pour avoir des enfants, pour...

Jordane s'interrompit, incapable de s'expliquer. Elle n'aimait plus Lionel, c'était aussi simple que ça.

— J'ai quelque chose à vous proposer. Je vais vous surprendre mais je suis très sérieuse. A une autre que vous, je n'aurais rien dit. Mais vous n'êtes pas comme tout le monde...

Alice ne souriait pas et parlait d'un ton uni, presque monocorde.

— Au fond, ce qui compte pour vous, c'est le Biloba. Je peux le comprendre. Vous acceptez ce projet d'hôtel à contrecœur parce que vous n'avez pas d'autre solution. Moi, j'en ai une.

— Attendez, Alice ! Je n'accepte pas. J'ai décidé, j'ai eu l'idée, c'est différent.

— Oh, pas à moi ! Vous ne me ferez pas croire ça. Oui, c'est votre idée, ou plutôt celle de votre client espagnol, mais vous ne le faites pas volontiers. Je me trompe ?

Elle attendit quelques instants avant de reprendre :

— Parce que, si je me trompe, il faut me le dire. La suite en dépend.

— Quelle suite ? s'énerva Jordane. Où voulez-vous en venir ?

Il n'y avait aucune affection entre elles deux, juste l'habitude de la vie commune et le respect de l'autre. Jordane ne s'était jamais posé beaucoup de questions au sujet d'Alice. Elle la connaissait peu, n'ayant jamais eu de conversation autre que celles du quotidien pour régler des détails insignifiants. Même avec Isabelle, Alice n'avait que des échanges superficiels.

— Vous ne m'avez pas répondu.

— Pour quoi ? L'hôtel ? Non, je ne le fais pas avec joie, mais je suis obligée de le faire.

— Pas forcément.

Un petit silence s'installa. Jordane essayait de deviner les intentions d'Alice. Elle pressentait une vague menace, un piège. D'un signe de tête, elle l'encouragea à poursuivre.

— J'ai de l'argent... Pas énormément mais quand même, ça s'appelle de l'argent. En tout cas une somme suffisante. Pour vous tirer d'affaire définitivement, je veux dire.

Jordane se leva pour aller prendre un paquet de cigarettes sur la table de nuit. Elle frôla Alice sans la regarder. Elle n'avait pas envie de fumer mais plutôt de bouger. Elle commençait à deviner les intentions de sa belle-mère.

— Ce qu'il vous faut, c'est pouvoir payer vos dettes, disposer d'un petit capital pour relancer l'élevage, changer le tracteur, acheter une nouvelle voiture, couvrir les frais d'hospitalisation de Nora.

Complètement éberluée, Jordane regardait Alice, la dominant de toute sa taille. Depuis quand la vieille dame connaissait-elle le prix d'une saillie ? D'une voiture ? Des pénalités de l'Urssaf ?

— Tout ça mis bout à bout, mettons cinq cent mille ? Eh bien je vous les donne.

Cette fois, Jordane avait compris. Mais elle avait besoin de l'entendre, pour être sûre, et elle la laissa poursuivre.

— Un don, ce n'est pas un prêt. Je vous fais un cadeau. Je ne vous demande pas une part de la maison, encore moins une hypothèque. Vous gardez votre Biloba intact. Mais vous gardez aussi Lionel.

— Oh, Alice...

Jordane n'avait plus rien à apprendre, à présent. Et elle ne voulait pas de la transaction qu'Alice s'abaissait à lui proposer.

— Laissez-moi finir ! Vous gardez Lionel, oui. Tous les couples connaissent des passages difficiles. Et puis quoi, vous n'avez plus dix-huit ans ! La passion, tout ça, c'est de l'eau de rose, on ne bâtit pas toute une vie là-dessus. Lionel vous aime pour de bon. Il regrette amèrement de ne pas avoir compris à quel point vous souhaitiez des enfants et combien vous aimiez cet endroit. Vos malheurs viennent de là ? Eh bien ils sont réparables ! Lionel peut ouvrir un cabinet d'assurances à Arles, racheter un portefeuille. Et il peut vous faire des bébés magnifiques, maintenant c'est lui qui le souhaite !

— Alice ! cria Jordane.

— Ne m'interrompez pas, c'est bien assez dur comme ça ! Je vous propose quelque chose de concret et je ne vous demande même pas de me répondre cette nuit. Mais pensez-y... Le Biloba, des enfants, les chevaux, votre sœur... il y a tout dans mon offre, tout ! Moi, je vous donne mes économies mais je sauve mon fils. Chacune y trouve son compte, non ? Même Isabelle.

Voilà jusqu'où pouvait aller l'amour d'une mère, à cette reddition totale, cet oubli de soi. Alice baissait sa garde, offrait tout ce qu'elle avait, ne demandait rien en échange. Sauf le bonheur de son fils.

— C'est impossible, voyons, murmura Jordane.

Elle s'assit près d'Alice, ne sachant que faire. Elle avait plus d'admiration que de pitié pour sa belle-mère, à cet instant précis, mais elle ne trouvait pas le geste simple qui aurait pu les rapprocher. Elles restèrent immobiles toutes les deux, sans se toucher, avec ce marché inacceptable entre elles.

— Vous êtes fine mouche, soupira Alice. Vous savez bien que je ne cherche pas à vous acheter ! Mais j'ai plus du double de votre âge et, en fin de parcours, on ne voit pas les choses de la même manière. Cet argent que je vous offre m'assurerait quoi ? Quatre ans dans une maison de retraite correcte, tout au plus ? Et ensuite ? Je n'ai que soixante-six ans. Je suis bien ici. Faites-moi des petits-enfants et allez monter vos chevaux, je les élèverai si vous voulez ! Et je verrai mon fils heureux. Ah, bien sûr, je l'ai trop gâté mais je n'en avais qu'un ! Il a fallu qu'il vous perde pour s'apercevoir qu'il vous aime comme un fou... Je le connais mieux que personne et je vois bien qu'il souffre. Lorsque ce M. Peyrolles vient vous chercher, il boit de l'acide ! Quant à vous... Vous faites la grimace dès que l'Américain vous raconte ce que va devenir la maison de votre grand-père... Je ne suis pas aveugle !

Comme un boxeur groggy, Jordane encaissait les coups d'Alice. Malgré tout ce que la proposition pouvait contenir d'odieux, elle méritait un minimum de réflexion.

— Je vais vous laisser dormir...

Un peu ankylosée, Alice se releva lentement. Elle alla jusqu'à la porte sans se retourner et ferma doucement derrière elle. Jordane ne fut même pas soulagée par son départ. Elle s'allongea, tout habillée, les yeux fixés sur le plafond lambrissé. Au bout d'un moment, elle enleva son tee-shirt, celui de Pascal, le roula en boule et le mit sous sa tête. Un effluve de lessive à la lavande, à peine perceptible, lui rappela la salle de bains de la manade, quelques heures plus tôt. Etait-ce vraiment ce macho imbécile qui l'avait troublée, à ce moment-là ? Etait-ce à cause de lui que l'offre d'Alice était impensable ?

Sur le cheval de Pascal, au milieu de ses hommes, ou encore le visage enfoui dans son peignoir, Jordane avait eu l'impression qu'une porte s'ouvrait enfin devant elle. Mais Pascal l'avait claquée lui-même en traitant Cécile comme il l'avait fait. Il était redevenu détestable. Bien pire que Lionel, et bien plus dangereux. Qu'est-ce qu'il y aurait d'atroce ou d'insurmontable à vivre chez elle en paix, après tout ?

Jordane ferma les yeux et tenta d'imaginer Lionel travaillant à Arles, lui offrant des bijoux, lui donnant des enfants, lui faisant l'amour. Le Biloba sain et sauf, sans enseigne lumineuse au bout de l'allée. Une voiture neuve qui démarrerait du premier coup...

Elle se rassit brusquement et saisit son paquet de cigarettes. Pourquoi, en évoquant une voiture neuve, avait-elle vu une Toyota noire ? Elle prit le tee-shirt et le jeta par terre. Elle s'obligea à penser à Cécile qui devait pleurer en dormant. Et à Robin qui avait dû finir sa soirée tristement. Puis à Lionel qui s'était saoulé avec Sydney. Elle se demanda si, à force de vouloir tout sauver, elle ne détruisait pas tout, au contraire. Elle s'essuya la joue d'un revers de main, étonnée de pleurer sans même en avoir conscience. A tâtons, elle récupéra le tee-shirt et se laissa aller à une vraie crise de larmes.

Le jour n'était pas encore levé et on y voyait à peine dans l'arrière-boutique de Gilbert. Buté, sur la défensive, Django secouait la tête.

— De beaux objets, c'est ce que vous vouliez. Vous les avez.

— Tu es inconscient ou quoi ? Je sais d'où ils viennent !

— Peu importe.

— Mais non, abruti ! Je ne peux pas les écouler parce que tu les as volés ici, à Arles, et chez un type du métier ! Dès que ces pièces feront surface, elles seront repérées ! N'importe où. Qu'est-ce que tu veux que j'en fasse, hein ? Que je les enterre ?

— Ces trucs ont de la valeur, s'entêta Django.

— Beaucoup trop ! Tellement qu'ils n'en ont plus aucune... Je ne suis pas organisé pour ce genre de trafic, ça me dépasse. Tu vas remporter tout ça...

— Non.

— Si ! Tu n'as qu'à les confier à ceux qui partent. Ils pourront les écouler dans le Nord... ou dans un autre pays d'Europe, ce serait plus raisonnable...

— On ne met jamais ce genre de marchandise dans les caravanes. Il y a trop de contrôles.

C'était la première fois qu'ils n'étaient pas d'accord. Gilbert savait à quoi il s'exposait s'il se fâchait avec Django. Les gitans étaient trop nombreux, trop bien organisés, trop solidaires pour s'en faire des ennemis.

— Ecoute, plaida-t-il, comment veux-tu que je te les achète si je ne peux pas les vendre ? On va tous se faire pincer !

Django recula d'un pas comme si Gilbert l'avait insulté.

— Je vous ai trouvé ce que vous vouliez. Vous devez payer.

Dès le début, Gilbert avait pressenti que les choses se passeraient ainsi, qu'aucune discussion ni aucune échappatoire ne serait possible. Il aurait dû imposer ses volontés avant. Django avait profité de l'agitation estivale pour opérer en ville et, beaucoup trop habile pour se faire prendre, il avait réussi, là comme ailleurs. Pour lui, ça ne faisait aucune différence. A l'antiquaire de se débrouiller maintenant.

— A l'avenir, tout ce qui proviendra de la ville, ou même de la région, je n'en veux plus. Tu m'entends ?

Django écoutait mais il attendait son argent. Gilbert était pris au piège. Il était dans l'obligation d'acheter, à un prix correct, des merveilles dont il ne pourrait ni se débarrasser ni profiter. Il fit un effort pour essayer de calculer un prix qu'il divisa par deux, rageur, avant de l'énoncer. Le gitan empocha la somme sans discuter mais en recomptant les billets, selon sa désagréable habitude. Au moment de s'engager dans la ruelle, il eut une ombre de sourire en chuchotant :

— A bientôt...

Gilbert fit claquer les verrous, se retourna vers le carton posé au sol qui contenait les précieux chandeliers, le fossile inestimable et la paire de montres anciennes ayant appartenu à Vincent Peyrolles. Où allait-il pouvoir dissimuler tout ça ?

Cécile et Robin quittèrent ensemble le bâtiment des Rencontres. Ils avaient obtenu la promesse qu'une vingtaine des photos d'Hugues seraient exposées. On leur avait demandé de rédiger un texte de présentation à l'attention des professionnels et des journalistes.

Heureux comme un gamin, Robin recommençait à échafauder des plans. Il demanda à Cécile de garder le secret absolu sur leurs démarches, afin de ménager la surprise à Jordane. Ensuite il l'entraîna boire un café. Il avait remarqué les traits tirés de la jeune femme, ses yeux gonflés, son air pitoyable, mais il n'avait posé aucune question. La soirée de l'avant-veille était un mauvais souvenir pour tout le monde.

Cécile commanda un double express pendant que Robin prenait un citron pressé.

— Tu as eu ton frère au téléphone ? lui demanda-t-elle sans détours.

— Non...

— Il faudra que je descende à la manade, c'est un malentendu idiot !

Elle l'avait dit d'une voix mal assurée, comme si elle attendait un encouragement de la part de Robin. Embarrassé, navré pour elle, il ne savait que répondre. Sans lui en laisser le temps, elle le questionna de nouveau.

— J'ai craqué, l'autre soir, mais je suis tellement crevée ! Je ne peux pas arrêter, c'est la pleine saison qui est commencée... Jordane a raison, il faut que je dorme si je veux tenir le coup. J'aimerais bien un autre café.

— Tu en bois trop, fit-il remarquer en appelant un garçon.

— Tu ne vois pas Pascal ces jours-ci, toi ?

Très mal à l'aise, Robin dévisagea Cécile. Elle aurait été vraiment jolie sans son maquillage, sans ce regard de bête traquée. Elle avait peur, c'était évident.

— Tu devrais mettre un peu de distance entre vous deux, suggéra-t-il.

— Oh, des querelles d'amoureux, tu sais ce que c'est ! Il t'a dit quelque chose ? Après mon départ, il a... C'est vrai qu'il avait beaucoup bu !

— Ce n'est pas une excuse.

Ils restèrent silencieux un moment. Cécile tournait machinalement sa cuillère. Robin finit par lui poser la main sur le poignet pour qu'elle arrête.

— Et toi ? demanda-t-elle en levant les yeux sur lui. Où en es-tu avec Jordane ?

Il y avait beaucoup trop d'anxiété dans la question pour qu'il ne devine pas ce qu'elle cachait.

— Nulle part, reconnut-il.

— Ton frère la détestait, avant... Et c'était réciproque ! Maintenant, je crois qu'ils commencent à s'apprécier... Tu n'as pas eu cette impression ?

Cécile semblait si misérable que Robin fut moins blessé qu'il ne l'avait craint.

— Je ne peux empêcher personne de la regarder. Elle est tellement belle !

Sa propre maladresse le consterna. La phrase était cruelle pour Cécile qu'il voulait pourtant aider. Mais il pensait vraiment qu'aimer Jordane était comme de soupirer après une étoile. Il secoua la tête, navré pour Cécile et pour lui-même. Il ne voulait pas qu'elle l'entraîne dans le camp des vaincus ou qu'elle lui arrache ses dernières illusions.

— Je suis en retard, murmura-t-il, je file à la salle des ventes.

Il laissa un billet sur la table et s'enfuit. Cécile remarqua à peine son départ. Il se passa un bon quart d'heure avant qu'elle consulte sa montre. Elle avait rendez-vous avec Jordane pour déjeuner. Elle l'avait caché à Robin pour ne pas lui faire de peine. Et aussi parce qu'elle avait envie de se retrouver en tête à tête avec son amie. Autant pour se confier que pour lui poser quelques questions.

En remontant le boulevard des Lices, elle se sentait de plus en plus mal. Cent fois au moins, elle avait décroché son téléphone pour appeler Pascal, mais elle n'avait jamais fait le numéro jusqu'au bout. Et s'il était toujours en colère, s'il confirmait leur rupture ? Cette idée la rendait folle.

— Cécile !

Elle sursauta, comme prise en faute. Elle avait dépassé le restaurant devant lequel Jordane l'attendait.

— Tu as l'air d'un zombie, ma parole ! Tu ne m'as pas vue ?

Elles entrèrent ensemble à la *Côte d'Adam* et s'installèrent au fond de la salle. Elles étaient les premières clientes et un serveur s'empressa.

— Je suis contente d'être là, dit Cécile.

C'était sincère et, malgré une insidieuse jalousie, la présence de Jordane la rassurait parce qu'il y avait longtemps qu'elle la connaissait, qu'elle se confiait à elle, qu'elle la prenait pour modèle.

— Tu as une mine épouvantable, dit Jordane. Tu devrais profiter un peu du soleil. Emporte tes dossiers dans le jardin de Trinquetaille...

— Oh, bronzer ! Si tu savais ce que je m'en fous...

Jordane voulut répondre mais se ravisa. Cécile n'était pas en état d'entendre la moindre critique.

— Je te remercie de m'avoir ramenée, l'autre soir.

— C'est bien normal !

— Je me suis conduite comme une gamine. J'ai fait du scandale pour rien. C'est la fatigue...

Incrédule, Jordane toisa Cécile.

— Pour rien ? Tu plaisantes ? Dis donc, tu ne vas tout de même pas chercher à me faire croire que c'est ta faute, quand même ? Pascal est un sale type, grossier, imbibé d'alcool, avec la suffisance des...

— Pas du tout, pas du tout ! Je l'ai poussé à bout, tu l'as bien vu ! Il est très susceptible dès qu'il s'agit de l'environnement, alors j'en rajoute, je le mets en boîte, et...

— Et comme il n'a aucun humour, il te jette dehors ? Enfin, ma vieille, sois un peu lucide ! Oui, tu t'es conduite en gamine, mais pas en faisant du scandale : en voulant t'excuser ! Heureusement que j'étais là !

— Tu n'aurais pas dû t'en mêler !

Elles avaient cessé de manger pour se quereller, aussi furieuses l'une que l'autre. Jordane se calma la première.

— On ne va pas se disputer, quand même ? Si je t'avais laissée faire, tu te serais traînée à ses pieds et j'en serais morte de honte pour toi. Laisse-le tomber pour de bon, c'est un sale con.

Les deux derniers mots procurèrent un plaisir inouï à Cécile. Jordane les avait prononcés avec une telle conviction ! D'ailleurs Jordane ne mentait jamais, ni par calcul ni par omission. Elle méprisait Pascal et Cécile n'avait rien à craindre d'elle. Elle avait donc rêvé les regards, la complicité, l'intérêt réciproque.

— Non, dit Cécile en souriant. Tu te trompes... Il est parfois un peu ours, mais il est adorable. Et il est sincère. Quand il défend la Camargue, ce n'est pas pour faire du genre. Il se bat contre l'autoroute, contre le tracé du TGV, contre les digues mal conçues, contre ce qu'il appelle les pseudo-écolos ignares ! Il y consacre un temps fou. Et il n'a aucune ambition politique, aucune visée électorale ! Il pense qu'il habite le plus bel endroit du monde et que des technocrates aveugles veulent le lui saccager.

— Si tu l'admires tellement quand il défend son territoire, pourquoi le contredis-tu dès qu'il en parle ? demanda Jordane.

— Par jeu, pour le taquiner, je ne sais pas, moi...

— Si, tu sais ! C'est pour qu'il te voie enfin !

Cécile leva sur Jordane un regard éperdu. Elle ne voulait pas entendre ce genre de vérité.

— Parce qu'il t'ignore, en général, reconnais-le.

— Ah, bien sûr, il n'est pas là, la bouche ouverte comme Robin devant toi ! Ce n'est pas un gamin et c'est pour ça que je l'aime.

— Pas un gamin, peut-être, mais en tout cas un fils à papa !

— Tu as tort de juger tout le monde, d'exécuter les gens en deux phrases ! Pascal se donne un mal de chien pour la manade. Il a transformé, innové... Il gagne de l'argent...

— Qu'il dépense en soirées !

— Mais oui, il aime recevoir, il tient table ouverte, et alors ? Tout l'hiver, il héberge gratuitement des peintres, des photographes, des ornithologues ! Tu n'as pas idée, n'importe qui peut frapper à sa porte, il l'ouvre en grand. Il n'y a pas plus généreux que lui. Son personnel l'adore, ce n'est pas par hasard. Alors même s'il donne des réceptions et s'il boit trop, ce n'est pas bien grave.

Un peu ébranlée par ces arguments, Jordane soupira.

— Eh bien avec toi, il a un sacré avocat... Toute cette énergie dépensée pour défendre un homme qui...

Elle n'osait pas achever. Dire à Cécile que Pascal ne l'aimait pas était de toute façon inutile. Jordane hocha la tête et adressa un sourire affectueux à son amie. Elle prit bien soin de n'y mettre aucune compassion mal venue.

— Qu'est-ce que tu vas faire, Cécile ? Je suppose que tu n'as aucune nouvelle de lui ? Et tu ne peux quand même pas le relancer ! Ce serait... indigne.

Le silence de Cécile était éloquent. Elle était prête à n'importe quelle bassesse et Jordane en souffrait pour elle. Le restaurant était plein, à présent, et les conversations bruyantes les avaient obligées à élever la voix peu à peu. Jordane se dit qu'il était trop tard pour parler à Cécile de l'incroyable proposition d'Alice. Elle aurait aimé se confier, en discuter, mais Cécile était hors d'état de penser à autre chose qu'à Pascal.

— J'ai un rendez-vous dans une demi-heure, annonça Cécile. On va commander des cafés...

Un peu plus tard, lorsque Jordane reprit la Rover, elle eut un mal fou à la faire démarrer. Elle s'énerva un moment, faillit noyer le moteur et finit par obtenir quelques hoquets. Depuis deux jours, elle était poursuivie par l'offre d'Alice. Elle était pourtant fermement décidée à refuser, même si elle n'avait pas encore pris la décision de parler à sa belle-mère. Elle regrettait presque de ne pas le lui avoir dit clairement, l'autre soir.

En arrivant au Biloba, elle observa la façade de la maison depuis l'entrée de l'allée, essayant vainement d'imaginer un panneau qui indiquerait : « La bastide du Biloba, Relais & châteaux ».

Elle se gara à l'ombre des ginkgos, hésita, puis choisit de se rendre directement à l'écurie. Elle n'avait envie de voir personne, et d'ailleurs ils devaient tous faire la sieste. Une fois dans le vaste bâtiment, elle s'approcha du box de Butaban et lui caressa les naseaux en passant ses doigts à travers la grille.

— Sempion lui-même a dit que tu étais beau, mon grand... Et il est difficile, Sempion... Tu veux aller te promener, dis ? Si je te trouve un coin d'ombre... Tiens, une balade dans les bois, ça t'intéresse ?

L'andalou baissa la tête, allongea l'encolure vers son seau et se mit à boire. Jordane dut se hisser sur la pointe des pieds pour continuer à l'observer. Butaban présentait toutes les caractéristiques de l'élevage de François Valence. Membres secs, croupe ronde à souhait, épaule droite.

Le bruit d'une petite toux la fit sursauter tandis que Butaban redressait la tête brusquement.

— Je vous dérange ?

A contre-jour, la silhouette de Pascal lui parut immense.

— Comment êtes-vous entré ?

— En appuyant sur le battant.

Elle haussa les épaules. Elle avait la gorge sèche et le cœur qui cognait. Ce n'était pas seulement la surprise. Il fit quelques pas sur le ciment, évitant la rigole centrale.

— Je suis venu m'excuser.

— Ici ? Vous vous trompez d'adresse ! Descendez jusqu'à l'agence, Cécile doit vous attendre.

Sans répondre, Pascal avança encore un peu et s'arrêta devant le box du poulain nouveau-né.

— Oh, l'amour de bébé... Je peux ?

Il ouvrait déjà le loquet et Jordane l'avertit.

— La jument n'est pas commode, méfiez-vous !

Elle le rejoignit en hâte, un peu inquiète, mais il avait trop l'habitude des chevaux pour commettre une erreur. Il resta là près de cinq minutes, flattant la mère d'une main et le petit de l'autre, avant de ressortir.

— Venez avec moi, dit-il soudain à Jordane. S'il vous plaît...

Passant devant Milagro qu'il reconnut aussitôt malgré l'ombre et les grilles, il murmura :

— Alors toi ? La liberté te manque ?

Dehors, il faisait une chaleur accablante. Pascal précéda Jordane jusqu'au 4 × 4 Toyota qu'il avait garé loin de la bastide. Avec difficulté, il en sortit un énorme rouleau de grillage.

— Pour vos clôtures...

— Merci, dit-elle, mais je n'ai rien commandé.

Il n'y prêta pas attention et ouvrit la portière avant.

— Et puis ça aussi, mais je le regrette, il me fera défaut.

Il lui tendait son chemisier bleu ciel, qu'elle lui arracha des mains.

— Montez, demanda-t-il.

— Pourquoi ?

— J'ai deux ou trois choses à vous dire. Vous avez bien un quart d'heure ?

Fronçant les sourcils, elle le dévisagea. Il attendait, impassible, indéchiffrable. Très mal à l'aise, elle s'installa à son côté. Il démarra doucement et s'éloigna du Biloba. Il conduisait en silence, sans tourner la tête vers elle. Ils roulèrent un moment, s'enfonçant dans les terres, et il ne s'arrêta que lorsqu'il eut atteint l'endroit où il avait retrouvé les andalous. Il coupa le contact et descendit. Après une ultime hésitation, Jordane en fit autant. Il désigna la rizière, au loin, d'un geste vague.

— Je vous écoute, dit Jordane d'une voix sans timbre.

Elle se sentait inquiète. Le soleil écrasait le paysage, lui donnait des tremblements de mirage. Ils avaient la sensation d'être seuls au monde sur l'immense plaine. Un couple de busards passa loin au-dessus d'eux en planant. Après avoir suivi leur vol, une seconde, Pascal se tourna vers Jordane et lui fit face. Ils échangèrent un très long regard. Puis il tendit la main et prit Jordane par la taille. Il l'attira vers lui, se pencha pour respirer son parfum.

— Tubéreuse ? murmura-t-il. Finalement, je garde le chemisier...

La tête vide, rivée aux yeux gris pâle de Pascal, elle ne résistait pas. Lorsqu'il l'embrassa, elle se plaqua contre lui, le surprenant par la violence de son mouvement. Ils furent saisis ensemble du même désir brutal. Pascal passa ses mains sous le tee-shirt, dégrafa le soutien-gorge, enleva le tout d'un seul geste. Il la tint à bout de bras, la détaillant, mais elle s'était déjà attaquée aux boutons de sa chemise à lui. Ils furent entièrement déshabillés en quelques secondes. Il appuya sur les épaules de Jordane, l'obligeant à s'allonger sur le capot brûlant du Toyota. Elle le prit par les hanches, le contraignit à venir tout de suite, enroula ses jambes autour de lui. Ils se conduisaient comme des sauvages, la respiration haletante, les yeux ouverts, sans prononcer un mot. Elle s'accrocha aux cheveux de Pascal tandis qu'il léchait la sueur qui coulait entre ses seins. Il voulut souffler une seconde, sentant qu'il perdait tout contrôle, mais elle ne le lâchait pas, aussi déchaînée que lui. Ils atteignirent le paroxysme du plaisir presque immédiatement et en même temps.

Il y eut un moment de gêne, d'incompréhension, qui les sépara. Pascal fit un pas en arrière et Jordane se remit debout. Ils n'osaient pas se regarder, aussi déroutés l'un que l'autre et toujours nus. Ils remirent leurs vêtements, observant un mutisme qu'ils ne savaient comment rompre. Pascal n'avait jamais connu une femme aussi flamboyante que Jordane. Elle n'avait, pour sa part, éprouvé la même chose qu'une seule fois, à l'hôtel d'Arlatan, avec un homme qu'elle avait aimé puis épousé.

Ils remontèrent dans la voiture où régnait une chaleur infernale. Tout le temps du retour, Jordane resta appuyée à la portière et Pascal n'osa pas lui adresser la parole. Il freina devant l'allée du Biloba pour la laisser descendre. Là seulement il la regarda, espérant un signe ou un mot qui les libérerait de leur malaise. Aussi intimidée que lui, malgré ce qui venait de se produire, elle ne voulait pas avoir l'air de fuir ou d'avoir honte. Elle se pencha vers la vitre ouverte.

— C'est tout ce que vous vouliez me dire ?

Et elle s'éloigna, très droite, le laissant stupéfait.

Comme prévu, Vincent n'avait laissé travailler Robin qu'une petite heure avant de lui reprendre le marteau des mains. D'autant plus pressé que Robin s'était montré habile, à l'aise. Vincent avait de moins en moins envie que ce jeune commissaire-priseur le supplante. Il reprit sa vente, d'une voix de stentor, tandis que son fils quittait l'estrade.

La salle était bien arrangée, luxueuse, feutrée. On y venait de tout le département. Tandis qu'il menait les enchères pour une table à gibier, Robin avait aperçu Gilbert, dans les premiers rangs. Les antiquaires et les marchands se tenaient volontiers au fond pour avoir tous les acheteurs potentiels devant eux. Ils adressaient de petits gestes au commissaire lorsqu'ils voulaient surenchérir. Parfois, hors vente mais comme partout ailleurs, quelques accords illicites se prenaient entre professionnels et Vincent Peyrolles sacrifiait à la tradition.

En quittant la salle, Robin se dirigea vers le boulevard des Lices. Gilbert lui avait rappelé quelque chose de désagréable. L'autre jour, au Biloba, son étrange expression et ses questions insistantes lorsqu'il avait été question du cambriolage de l'hôtel particulier avaient frappé Robin. Une intuition le poussait vers le magasin de l'antiquaire. Il ne jeta qu'un coup d'œil distrait sur la vitrine avant d'entrer. Gilbert, assis derrière son bureau, l'accueillit avec un large sourire.

— Bravo pour vos débuts chez nous ! lança-t-il cordialement. Vous avez de l'expérience, ça se sent tout de suite...

— La table à gibier ne vous a pas tenté bien longtemps ! dit Robin, très affable.

— Trop chère, beaucoup trop...

Robin surprit le coup d'œil inquiet que Gilbert venait de lancer vers son arrière-boutique. Il demanda, d'un ton léger :

— Auriez-vous quelque chose à boire ? Je meurs de soif...

Brusquement sur la défensive, Gilbert hésitait.

— Bien sûr, je vais vous chercher ça.

Avec un enthousiasme difficile à repousser, Robin le suivit en bavardant.

— Mon père n'a aucune envie de prendre sa retraite, je suis très ennuyé. Evidemment, cette salle des ventes, c'est son œuvre, sa raison de vivre ! Et puis il est comme tout le monde, c'est dur de céder sa place, de se sentir vieux... Je ne veux pas lui sembler trop impatient, mais je piaffe !

Ils avaient pénétré dans la petite pièce du fond et la nervosité de Gilbert devenait évidente. Il fit tomber un verre en voulant s'en saisir trop vite. Robin prit une profonde inspiration et débita, d'une traite :

— Gilbert, j'ai l'impression que vous avez des ennuis. Que vous savez quelque chose au sujet de ce qui s'est passé chez moi.

Livide, Gilbert ouvrit la bouche pour bredouiller :

— Qu'est-ce qui vous fait croire ça, grands dieux ?

Il n'avait pas l'étoffe d'un truand, il ne s'était jamais trouvé dans une situation pareille. Il avait l'habitude de frauder, en toute quiétude, de mener des affaires sans grand risque, de se débrouiller au milieu de petites combines. Devant l'énormité de la situation, il ne trouvait aucune parade. Malgré lui, il ne put s'empêcher de regarder dans la direction du carton de Django qui était posé contre le mur. Robin tourna la tête une seconde puis se remit à fixer l'antiquaire.

— Je ne suis pas flic ! Je ne suis même pas prêt à défendre les intérêts de mon père. Encore moins à vous dire qu'il s'agit de mon héritage !

— Mais enfin, Robin, je ne comprends pas du tout...

— Je crois que si. Et je sais même que c'est à Isabelle que vous pensez en ce moment. Non ? Parce que, moi, c'est à Jordane. C'est *toujours* à Jordane que je pense depuis que je l'ai rencontrée.

— Pourquoi me dites-vous ça ? demanda l'autre d'une voix altérée.

— Parce qu'il me semble que, quelque part, vous détenez une paire de chandeliers, des montres anciennes et surtout un fossile dont vous ne pourrez jamais vous débarrasser.

Gilbert chercha sa respiration, comme un noyé.

— Vous n'êtes vraiment pas fait pour ça, constata Robin.

— Ce n'est pas moi qui... C'est un malentendu.

La porte du magasin tinta et l'antiquaire eut un haut-le-corps.

— Allez-y !

Après une brève hésitation, il quitta l'arrière-boutique et Robin s'approcha du carton. Il en déchira un coin pour jeter un coup d'œil. Il entendait la voix de Gilbert qui répondait à son client. Il eut envie de rire. C'était trop bête et trop facile. Sauf que, maintenant, il fallait trouver une solution acceptable.

Lorsqu'il revint, Robin avait posé le carton sur une table.

— J'emporte le tout, déclara-t-il.

Gilbert dut s'asseoir et déboutonner le col de sa chemise.

— Qu'allez-vous faire ?

Il ne cherchait même pas à plaider sa cause, il était résigné au pire. Le sourire de Robin acheva de le désemparer.

— Vous savez quelle est la chose que je souhaite le plus au monde ? demanda Robin. Que vous soyez un jour mon beau-père ! Alors vous imaginez bien qu'on ne va pas se fâcher maintenant ! Je remets tout en place, motus et bouche cousue, mon père va en faire une jaunisse, je trouve ça plutôt drôle...

La gaieté du jeune homme ne rassurait pas Gilbert.

— Oh oui, et vous allez tout raconter à Jordane, l'occasion est belle de lui montrer ce que vous faites pour elle ! Seulement Jordane parlera à sa mère, et Isabelle saura ce que je fais, qui je suis en réalité...

Il était au bord des larmes et Robin fut stupéfait. Le jugement d'Isabelle était la seule chose qu'il redoutait, le reste lui importait peu, il était amoureux comme un collégien. Comme Robin.

— Jordane se taira parce qu'elle aime sa mère... N'importe qui peut constater qu'Isabelle est heureuse en ce moment. Il n'est pas question de gâcher tout ça, voyons, nous ne sommes pas des gamins.

Cette fois, Gilbert le regarda avec attention, apaisé. Il constatait qu'il avait mal jugé Robin, jusque-là, et qu'il n'était sans doute pas le seul. Le fils cadet de Vincent Peyrolles n'était pas un jeune homme sans intérêt, tout juste bon à jouer les chevaliers servants. Il avait du courage, de la délicatesse, et il raisonnait juste.

— Il me semble que nous n'avons pas encore bu, dit Gilbert en reprenant espoir.

Pascal tournait en rond dans la grande salle du mas, incapable de rester en place. Il avait donné leur soirée à tous ses employés, les avait regardés partir avec soulagement. Il ne s'était jamais senti aussi vexé de son existence entière. Il était pourtant responsable de tout ce qui était arrivé, jusqu'au pire. Pour une fois qu'une femme le subjuguait, le fascinait de cette manière, hantait ses nuits, forçait toutes ses défenses, il n'avait rien trouvé de mieux à faire que de se jeter sur elle comme un hussard ! Et de se ridiculiser parce que, finalement, c'est elle qui avait mené la danse, qui l'avait ravalé au rang de petit garçon. A quoi bon son passé de don Juan, ses aventures si tumultueuses, pour se comporter comme un adolescent ?

Voulant se punir de sa maladresse, Pascal imaginait les conséquences les plus désagréables qui soient. Jordane avait pu se consoler sur-le-champ avec son mari ou se venger avec Robin. Elle était sans doute en train de se moquer de lui en racontant cette lamentable histoire. A qui ? La seule phrase qu'elle ait prononcée, après, avait crucifié Pascal. « C'est tout ce que vous aviez à me dire ? » Oui... C'était même la prestation la plus pitoyable de sa vie.

Exaspéré, il alla chercher une bière dans la cuisine. Autant boire pour oublier, il pourrait faire ça toute la nuit, son réfrigérateur était plein. Mais comment oublier, ne serait-ce qu'une minute, la peau brune et soyeuse, les yeux dorés, le parfum entêtant, les boucles en désordre, les jambes musclées ? Et s'il n'y avait eu que ça ! que l'épisode brûlant dans les rizières... Mais il y avait les fous rires de Jordane, sa silhouette à cheval, sa voix rauque, sa jupe plissée virevoltant quand elle s'était essayée au flamenco, la façon dont elle s'était jetée sur le poitrail de Milagro... Est-ce qu'il existait une seule autre femme comparable dans toute la Camargue ? Sûrement pas ! Et c'est à elle que Pascal avait offert ses visages les plus ingrats, celui de l'homme qui rompt sans élégance ou, pis encore, celui de l'amant minable.

Revenu dans la grande salle, il regarda autour de lui. La pièce était en désordre et il n'avait aucune intention de la ranger. De toute façon, Jordane ne viendrait jamais plus ici, voilà, il avait gagné, elle allait le fuir comme la peste désormais ! Et pourtant il avait cru, avait espéré que... Que quoi ? Que sa vie allait changer ? Que cette femme allait tout transformer ?

Entre ses doigts, la boîte de bière s'était tordue et un peu de mousse coulait sur son blue-jean. Le silence du mas avait quelque chose de pesant. Pascal n'aimait plus cette existence solitaire qu'il avait pourtant défendue contre toute incursion depuis des années. Après le départ de sa mère, lorsqu'il avait cinq ans, il avait souffert comme un damné. Robin était trop petit pour avoir les mêmes souvenirs. Pascal n'avait rien voulu montrer de son chagrin, à la grande fierté de son père. Un vrai petit homme ! Robin pleurnichait, il avait besoin d'une affection féminine. Pascal l'avait pris sous sa protection, maudissant leur mère et avec elle toutes les femmes. Vincent l'avait cru solide, il l'avait gâté à outrance, alors que Pascal se barricadait contre la souffrance, l'enfouissait dans sa mémoire. Lorsque Vincent s'était remarié, Pascal s'était moqué de lui. Il l'avait obligé à partager son mépris, son cynisme, à traiter son épouse de haut, jusqu'à ce qu'elle parte elle aussi en leur donnant raison. La suivante avait résisté six mois. Vincent les avait à peine regrettées, tout occupé à regarder grandir son fils aîné, sa plus belle satisfaction d'orgueil. Mais dès qu'il avait pu, Pascal lui avait faussé compagnie à son tour. Il n'avait que huit ans lorsqu'il avait surpris une conversation téléphonique, et à peine treize lorsqu'il avait trouvé les lettres suppliantes de leur mère, soigneusement cachées dans un tiroir secret, et compris les mensonges de leur père. Sa haine avait alors englobé ses deux parents, les confondant dans la même amertume. Il n'avait rien dit à Robin, trop jeune et trop fragile. Il avait attendu ses dix-huit ans pour réclamer la manade, pour quitter l'hôtel particulier qu'il considérait comme sa prison. Auprès de toutes celles qu'il avait rencontrées ensuite, il s'était vengé. Il ne voulait plus qu'on l'aime, écœuré par l'affection aveugle de Vincent, pas plus qu'il ne laissait aux femmes le temps de le quitter.

En prenant possession du mas, il n'avait rien changé au décor, conservant même les quelques rares souvenirs de sa mère. Et puisque Vincent n'aimait pas cet endroit, lui s'était mis à l'adorer. Au moins son père ne l'y poursuivait pas. Pour effacer ses années d'éducation bourgeoise, qu'il jugeait malsaines, Pascal avait ouvert sa porte à tous les marginaux. Il avait pris l'habitude d'héberger ou de recueillir des gens bizarres qu'il savait écouter. C'était sa façon de naître au monde, de réparer le désastre de sa jeunesse. Par la suite, pris d'une authentique passion pour la terre et pour le bétail, il y avait trouvé un remède à son penchant pour l'alcoolisme.

Il était sur le point d'aller chercher une autre bière lorsqu'un léger bruit, au-dehors, l'arrêta. Un coup discret, à peine perceptible, qui fut bientôt répété. Pascal retint son souffle, un instant, imaginant que c'était peut-être Jordane. Puis il alla ouvrir, haussant les épaules devant sa propre bêtise. Sans aucun plaisir, à peine surpris, il découvrit Cécile.

— Je ne te dérange pas ?

Elle levait sur lui des yeux cernés mais implorants. Il resta sur le pas de la porte, ne l'invitant pas à entrer.

— Je sais qu'il est un peu tard mais j'ai beaucoup travaillé aujourd'hui…

— Et alors ? interrogea-t-il d'une voix lasse.

Elle eut un petit rire qui sonnait faux, et qui lui rappela la manière dont Vincent acceptait toutes les insolences. Même mauvaise foi et même servilité.

— Eh bien, je crois qu'il faut qu'on parle, tous les deux ! J'ai été plutôt désagréable, l'autre jour ? Je suis désolée...

— Cécile, dit-il patiemment, arrête. C'est inutile.

Elle fit le pas qui les séparait et s'accrocha à lui.

— Oh, Pascal, si tu savais à quel point je t'aime, murmura-t-elle.

Comme un chat, elle se frottait contre lui et il dut l'obliger à lâcher prise en lui tenant les mains.

— S'il te plaît, demanda-t-il, évitons-nous une scène ridicule.

Les yeux fermés, elle secouait la tête. Elle se mit brusquement à crier.

— Je me suis excusée, qu'est-ce que tu veux de plus ?

— Je veux que tu t'en ailles.

Elle essaya de s'approcher mais il la tenait à distance. Avec une force inattendue, elle parvint à se dégager, lui échappa et se rua dans la grande salle. Furieux, il la rattrapa près de la cheminée centrale, et la saisit par la taille tandis qu'elle se débattait.

— Attends, attends ! Ecoute-moi !

Elle hurlait, proche de l'hystérie, et il eut envie de la frapper pour la faire taire.

— Tu vas sortir d'ici, tu vas rentrer chez toi !

Elle se laissa tomber, lui glissant entre les mains, et resta recroquevillée au sol, secouée de sanglots. Il hésita un moment et décida d'aller chercher un verre d'eau pour lui laisser le temps de se calmer un peu. Lorsqu'il revint, elle était sur le canapé, en train de se déshabiller.

— Juste cette nuit, chuchota-t-elle, la dernière fois si tu veux...

Consterné pour elle, il s'approcha, ramassa le blouson de toile et le lui tendit.

— Cécile, c'est fini, dit-il. Entre nous, c'est terminé. Tu comprends ?

Son maquillage s'était délayé sous ses yeux, accentuant son expression hagarde. Elle lui faisait pitié mais il était décidé à se débarrasser d'elle.

— Rhabille-toi et va-t'en. D'accord ?

— Non ! Je reste là ! Il y a six mois qu'on s'aime, tu peux bien m'accorder une nuit ! Je te promets que tu ne le regretteras pas...

Il lui en voulut pour cette dernière phrase, prononcée d'un ton qu'elle voulait rendre sensuel mais qui n'était que pathétique.

— Tu ne vois pas qu'il n'y a rien à sauver ? Que je ne t'aime pas ? Que je n'ai pas envie de toi ?

Reculant contre le dossier du canapé, elle refusait de s'avouer vaincue.

— Viens t'asseoir... Tu es en colère... C'est ma faute...

— Tire-toi ! hurla-t-il à bout de patience.

Aussitôt, elle se remit à pleurer, roulée en boule, le dos secoué par les spasmes. Il faillit partir, la laisser là, mais ce n'était pas une solution.

— Reprends-toi, bon sang, c'est vraiment grotesque. On peut se quitter bons amis, non ? Demain tu t'en voudras de t'être laissée aller...

Elle se leva lentement et il crut qu'elle cédait. Elle ramassa son blouson puis s'éloigna d'un pas décidé vers l'escalier. Pascal l'arrêta sur la troisième marche en lui saisissant le bras.

— Tu es sourde, ma parole !

Il la souleva, ignorant les coups de poing qu'elle essayait de lui envoyer. Elle ne pesait rien sur son épaule et il traversa la salle. Dès qu'ils furent dehors, elle s'agita davantage, désespérée, et finit par le mordre. Sans ménagement, il la déposa par terre, devant sa voiture.

— On a assez ri, maintenant tu t'en vas !

Ouvrant la portière d'une main, il la poussa à l'intérieur. Elle se laissait faire, inerte à présent, sachant qu'elle avait perdu.

— Je n'ai pas mon sac..., dit-elle d'une drôle de petite voix.

Il leva les yeux au ciel mais partit le lui chercher. Lorsqu'il revint, avec le sac et le blouson, elle enfila celui-ci avant de chercher ses clefs. Silencieux, il attendait qu'elle démarre.

— Tu en aimes une autre ?

Les yeux de Pascal semblaient encore plus clairs que d'habitude dans l'obscurité. Après une brève hésitation, il se décida pour la vérité. C'était cruel mais c'était aussi mettre un point final, une barrière entre eux, et il le fallait. Il hocha la tête lentement. Quand il la vit tourner la clef de contact, il eut un scrupule.

— Tu peux conduire ?

Il s'était obligé à le dire froidement, ne laissant aucune ambiguïté, aucune sollicitude dans la question. Sans répondre, elle enclencha la première et il recula.

Jordane se réveilla en sursaut. Lionel, penché au-dessus d'elle, la secouait doucement et la lampe de chevet était allumée.

— Réveille-toi, chérie...

Tout ému de la voir émerger du sommeil, les cheveux en désordre et la mine boudeuse, il lui souriait.

— Téléphone...

— Quelle heure est-il ?

— Cinq heures.

Elle se redressa si brusquement qu'elle lui heurta le front.

— Je t'ai fait mal ? Qui est-ce, à cette heure-là ?

— Aucune idée. Une voix de femme.

Dévalant l'escalier, elle se précipita sur le palier du premier étage en se demandant qui pouvait bien l'appeler avant l'aube. Lorsqu'elle entendit la voix de la mère de Cécile, elle comprit qu'un drame s'était produit. Deux minutes plus tard, elle remontait pour s'habiller.

— Cécile est à l'hôpital, je crois que c'est très grave.

— Un accident ?

— Non. Elle a voulu se foutre en l'air. Tout ça pour...

Au bord des larmes, elle ne put achever.

— Je t'accompagne, décida Lionel.

Ils se retrouvèrent près de la Rover et Lionel se mit au volant, d'autorité. Accablée, Jordane alluma une cigarette, les doigts tremblants. Elle se sentait affreusement coupable. Elle n'avait pas pensé que le désespoir de Cécile puisse aller jusque-là. D'ailleurs elle n'avait pensé à rien depuis qu'elle avait joui dans les bras de Pascal. Cécile l'avait-elle appris ? Mais comment ? Qu'est-ce qui l'avait poussée à bout ? Et pourquoi cette nuit ?

La main de Lionel se posa sur son genou sans qu'elle réagisse. Après tout, c'était rassurant de le sentir à côté d'elle, tendre et silencieux. Il conduisait vite et il la déposa devant l'entrée des urgences en lui disant qu'il l'attendrait sur le parking tout le temps qu'il faudrait.

8

Milagro avait été embarqué dans le camion de Ramon Carras un beau matin, avec son compagnon d'écurie. Ils partaient pour une lointaine destination, au sud de l'Espagne, et Jordane les vit quitter le Biloba, la gorge serrée. Puis ce fut le tour des moutons de Sempion qui montèrent à bord d'un semi-remorque, pour leur transhumance motorisée vers les alpages.

Jordane n'avait guère le temps de s'apitoyer sur ces séparations successives, même si elle se sentait de plus en plus seule, car elle passait presque toutes ses matinées dans la chambre de Cécile à l'hôpital.

Hors de danger, la jeune femme subissait les conséquences de son geste de folie. Lorsqu'elle avait regagné Trinquetaille, l'horrible nuit où Pascal l'avait chassée, elle avait commencé par vider une bouteille de vodka avant d'avaler tous les médicaments qu'elle avait pu dénicher dans l'armoire à pharmacie familiale. C'est en essayant ensuite de se traîner jusqu'à sa chambre qu'elle était tombée dans l'escalier. Réveillés en sursaut, ses parents l'avaient découverte et avaient appelé les pompiers. Trois côtes cassées, la mâchoire luxée et une vilaine blessure à la tempe étaient les conséquences de la chute. Pour le reste, un lavage d'estomac avait permis d'éviter le pire car le mélange des produits absorbés, ajoutés à l'alcool, avait failli lui être fatal. Elle avait passé les deux premiers jours de son hospitalisation à pleurer, réclamant Pascal dans une demi-inconscience, serrant la main de sa mère ou de Jordane qui se relayaient auprès d'elle. Puis, lorsqu'elle avait eu un peu retrouvé ses esprits, elle n'avait plus prononcé un seul mot durant plusieurs heures. Enfin Jordane, à force d'obstination, était parvenue à renouer le contact, à la faire parler et même rire. Alors seulement, Cécile avait pu raconter, à sa manière, ce qui s'était passé chez Pascal. Horrifiée, mais ne voulant rien en laisser voir, Jordane avait écouté le récit de la scène. Pascal avait été odieux, elle l'admettait volontiers, mais lorsque Cécile en était arrivée à l'aveu de son amour pour une autre, et à la manière dont il lui avait assené cette vérité, Jordane avait failli craquer. C'était un peu à cause d'elle que tout était arrivé, à cause d'un moment de folie partagée. Heureusement il n'avait pas donné de nom, Cécile ne savait rien de plus.

Depuis leur étreinte sauvage, chaque fois que Jordane avait repensé à Pascal, elle avait ressenti le même désir brutal. Elle ne regrettait pas, ne cherchait pas à comprendre, mais elle plaignait Cécile sans pouvoir rien lui avouer. Pascal était-il vraiment un ignoble individu ? Un tel égoïste sous son apparence de séducteur ? Jordane était presque tombée amoureuse de lui parce qu'il était l'un des rares hommes de son entourage à posséder une vraie personnalité, une authentique force de caractère. Mais ce que Cécile lui racontait modifiait de nouveau son jugement. Aussi, chaque fois qu'elle sortait de l'hôpital, elle recommençait à réfléchir à la proposition d'Alice, à Lionel, et parfois même à Robin. Il était grand temps qu'elle prenne une décision, qu'elle fasse quelque chose de sa vie. Elle ne voulait pas se retrouver, un jour, à la place de Cécile.

Robin se montrait discret, mais il se rendait fréquemment à l'hôpital lui aussi, s'arrangeant pour y croiser Jordane. Avec Cécile, il ne parlait jamais de son frère. En revanche, il s'était proposé pour passer régulièrement à l'agence où il prenait connaissance des messages sur le répondeur, récupérait les fax et le courrier.

Au bout de huit jours, Cécile quitta l'hôpital, fermement décidée à se noyer dans le travail et à rattraper le temps perdu. Le mois de juin était là, les touristes affluaient. Jordane lui proposa de venir s'installer au Biloba mais elle préférait ne pas s'éloigner d'Arles et de son agence qu'elle avait trop négligée. La seule chose qu'elle souhaitait à présent était de ne plus jamais rencontrer Pascal.

Robin avait conservé durant quelques jours la paire de chandeliers, les montres et le fossile, cachés dans sa chambre. Il savait que son père n'y viendrait jamais. Ils vivaient sous le même toit mais comme deux étrangers.

Il décida de profiter d'un jour où Pascal devait venir dîner pour remettre les objets à leur place, dans la vitrine. Il ne craignait rien d'Antoine, le vieux maître d'hôtel que Vincent n'avait jamais très bien traité et qui préférait, de loin, les fils au père. Au milieu de l'après-midi, il réinstalla le tout discrètement, après avoir essuyé chaque pièce. Vers vingt heures, il entendit rentrer Vincent qui alla directement dans son bureau. Un peu plus tard, Pascal sonna et Robin descendit alors les rejoindre.

Les lumières du grand salon éclairaient la vitrine mais Vincent lui tournait le dos. Chaque visite de son fils aîné lui causait un immense plaisir, et il était occupé à le regarder, à lui sourire, à prévenir ses moindres désirs. Robin n'avait pas vu son frère depuis la soirée de la manade. Comme tout le monde, il l'avait trouvé odieux avec Cécile, et la suite lui avait donné raison. Personne n'avait le droit de traiter une jeune femme de cette manière, surtout pas en public. Si les parents de Cécile ne s'étaient pas réveillés ou s'ils avaient été absents cette nuit-là, Pascal porterait à présent une terrible responsabilité. Pourtant Robin avait éprouvé une sorte de soulagement quand Pascal s'était montré détestable ce soir-là. Parce que Jordane s'était dressée contre lui, furieuse, abandonnant cette expression presque complice qu'elle avait eue durant tout le dîner. L'amour ne rendait pas Robin aveugle, au contraire. Rien de ce que disait ou faisait Jordane ne lui échappait. Elle avait bavardé avec Pascal trop longtemps, et en lui jetant de drôles de regards. Son frère s'était sabordé lui-même ? Tant mieux, même si c'était aux dépens de la pauvre Cécile.

— Un peu de champagne ? J'ai un Laurent-Perrier au frais...

Vincent s'adressait à Pascal, bien entendu. Il ne tenait jamais aucun compte des goûts de Robin.

— Je sonne Antoine...

En s'approchant du boîtier qui lui permettait d'appeler l'office, Vincent se trouva face à la vitrine. Il s'arrêta net et poussa une exclamation.

— Qu'est-ce que c'est que cette histoire ?

Il avait ouvert la porte, s'était emparé du fossile.

— Tiens, dit Pascal d'un ton amusé, on dirait qu'ils sont rentrés au bercail...

Vincent fit volte-face et dévisagea ses fils.

— Vous y comprenez quelque chose ? demanda-t-il d'un ton furieux.

Avec un bel ensemble, tous deux secouèrent la tête.

— J'appelle le commissariat !

Traversant le salon d'un pas décidé, Vincent sortit. Pascal attendit quelques instants puis il demanda :

— Tu es au courant ?

— Non ! Comment veux-tu ?

— Tu as pourtant une jolie tête de coupable... Et si c'est toi l'auteur de la plaisanterie, tu as toutes mes félicitations.

Robin haussa les épaules, décidé à se taire.

— A moins qu'il ne s'agisse de ce pauvre Antoine... qui aurait voulu arrondir ses fins de mois... puis qui se serait affolé...

— Non, dit posément Robin. Et tu le sais très bien ! Il en est incapable. Si jamais papa l'accuse...

— Nous le défendrons, bien entendu.

— Tu t'en chargeras tout seul. Parce que moi, ce que je dis ou rien...

Une lueur ironique brillait dans les yeux trop clairs de Pascal. Il sonna lui-même pour demander le champagne. Ils burent leur première coupe en silence.

— Comment va Cécile ? interrogea soudain Pascal.

— Elle est sortie de l'hôpital. Elle a passé un mauvais moment. Sois gentil de l'éviter...

— Compte sur moi ! C'est une hystérique, une pauvre fille...

La rancœur de son frère étonna Robin.

— Tu n'as aucun remords ?

— De quoi ? Je ne lui avais rien promis et rien demandé. C'était une petite aventure en passant. Elle a pris ça pour une grande histoire d'amour ! Je n'y peux rien, j'ai été honnête.

— Tu n'étais pas obligé de te comporter en mufle.

— Mais c'est un vrai pot de colle, cette fille !

— Vous parlez de la petite qui a voulu mourir pour toi ? demanda Vincent qui revenait.

Très agacé, Robin put constater que son père éprouvait une certaine fierté. Les succès féminins de Pascal ou les scandales qu'il suscitait flattaient sa vanité. Il se projetait toujours à travers son fils aîné.

— Bon, la police viendra faire un constat demain matin, annonça-t-il.

Il alla se planter devant la vitrine, examinant attentivement son contenu. Il faillit dire quelque chose puis se ravisa. Il ne voulait porter aucun jugement pour le moment. Mais Robin le connaissait suffisamment pour savoir qu'il n'en resterait pas là. Il se dit que si l'affaire tournait mal, il suffirait que Pascal s'accuse, prétextant une mauvaise blague, pour que leur père enterre l'histoire.

— Ah, tu en fais tourner des têtes ! dit Vincent en souriant.

Indifférent, Pascal haussa les épaules puis il désigna son frère.

— Alors, comment se comporte ton nouveau commissaire-priseur ?

— Mais... très bien...

— Quand fêtons-nous ton départ à la retraite ?

Contrarié, Vincent eut un geste vague qui ne signifiait rien. Robin se sentit gêné, à la fois pour son père qui fuyait toujours devant les questions brutales de Pascal, et aussi pour lui-même. Il ne voulait plus rien devoir à son frère, il souhaitait en finir avec sa protection, sa gentillesse forcée.

— Je crois que papa n'est pas prêt. Puisque sa santé le laisse tranquille, on peut remettre la passation des pouvoirs à plus tard !

— Et toi, pendant ce temps-là ? Tu te croises les bras, tu t'inscris au chômage ? persifla Pascal.

— Je peux retrouver un poste ailleurs, pour quelques temps.

— Tu repars ? Tu quittes Arles ?

La provocation dans la voix de son frère exaspéra Robin.

— Tu aimerais bien avoir le champ libre pour Jordane ?

Sous son hâle, Pascal avait brusquement pâli et Robin en fut le premier surpris. Il en fallait pourtant beaucoup pour déstabiliser son frère.

— Qui est Jordane ? s'enquit Vincent dont ils semblaient avoir oublié la présence.

— La petite-fille de François Valence, répondit Pascal.

— Ah oui, la fille d'Isabelle... qui est toujours en compagnie de l'antiquaire du boulevard des Lices... Je vois très bien... Une jolie brune aux cheveux bouclés ? Un peu garçon manqué ?

Le sourire attendri de Robin exaspéra Pascal.

— Et vous vous battez pour elle ? poursuivait leur père, l'air réjoui.

— Pas avec les mêmes armes, en tout cas ! riposta Robin.

C'était si rare de l'entendre parler sur ce ton que Vincent fronça les sourcils.

— Il en est complètement toqué, dit Pascal dédaigneux. Et il oublie de te dire qu'elle est mariée...

— Si peu !

— A l'époque où Cécile me faisait des confidences, ce n'est pas ce que j'avais compris...

Robin luttait pour ne pas suivre Pascal sur son terrain car il avait toujours su comment pousser les gens à bout pour les ridiculiser. Il voyait très bien le piège mais il avait trop envie de répondre.

— Alors pourquoi te mets-tu en quatre pour lui plaire ? Parce que, je n'ai pas rêvé, elle t'a tapé dans l'œil !

— Oh, oui, dit tranquillement Pascal.

Vincent souriait, béat de les voir se disputer.

— Si ton frère est sur les rangs, la partie sera dure !

Ce cri du cœur, cette préférence affichée, mit Robin hors de lui.

— Et pourquoi donc ? Tu crois qu'il plaît à tout le monde autant qu'il te plaît à toi ?

Il posa sa coupe sur un guéridon d'un geste si brutal que le pied cassa net. Son père n'eut pas le temps de protester que la porte du salon claqua violemment. Pascal laissa échapper un soupir.

— Mais qu'est-ce qu'il a ? demanda Vincent à mi-voix.

— Il est amoureux... Et il en a sûrement assez de nous deux...

La tristesse de son fils le surprit alors qu'il s'attendait à le voir triompher.

— Robin ne sait pas ce qu'il veut, dit-il à tout hasard, c'est un enfant gâté.

— Si c'est un enfant gâté, explosa Pascal, toi, tu es un monstre !

Il s'était levé et marchait sur son père, menaçant.

— Tu dis des horreurs, tu fais des horreurs, et tu ne t'en rends même pas compte...

— Pascal, protesta Vincent soudain inquiet, qu'est-ce que je t'ai fait ?

— Tu m'as menti pendant des années.

— A toi ? Jamais je ne...

— Tout le temps ! Tu as prétendu que tu ne savais pas où elle était, qu'elle n'avait jamais donné signe de vie, c'est faux !

— Ta mère ?

— Notre mère ! Cesse d'exclure Robin, de faire comme s'il n'existait pas ! Je lui ai dit la vérité, il y a peu.

— Quelle vérité ? balbutia Vincent.

Tassé dans son fauteuil, il levait un regard misérable vers son fils aîné.

— Je t'ai entendu un jour, il y a plus de vingt ans, mais je n'ai rien oublié ! Pas un mot !

— Quoi, quoi donc ?

— Tu lui as dit qu'elle ne nous reverrait jamais, toi vivant ! Et tu es toujours vivant... Non ?

— Mais, Pascal, elle vous avait abandonnés !

— Elle t'a quitté, ça oui ! Comme toutes les suivantes ! Mais ne me dis pas qu'elle ne voulait pas de nous ! J'ai lu ses lettres...

Il y eut un silence pénible durant lequel seule la respiration oppressée de Vincent fut perceptible. Au bout d'un moment, il mit sa tête dans ses mains pour ne plus voir Pascal.

— C'est toi qu'elle voulait, souffla-t-il. Elle disait que Robin était trop petit pour se souvenir d'elle. Elle prétendait que tu étais malheureux, que tu pleurais. Pas du tout ! C'est la vérité aussi, ça, tu ne pleurais pas, tu te moquais bien d'elle, j'étais là !

Pascal ne quittait pas des yeux la nuque de son père, sa chevelure blanche, le col impeccable de sa chemise. Il se demanda s'il pourrait résister longtemps à l'envie de le frapper.

— Et puis je n'allais pas vous séparer, hein ?

Préférant s'éloigner, Pascal s'adossa à la vitrine. Tout ce qu'il entendait justifiait sa haine comme son mépris, lui donnait pleinement raison d'avoir lutté contre son père et de l'avoir rejeté.

— Si elle t'avait demandé Robin, tu t'en serais débarrassé en vitesse...

— Elle n'avait plus aucun droit ! protesta Vincent. Je vous ai élevés, je vous ai aimés, je...

— Mais tu n'as pas la moindre idée de ce que c'est qu'aimer !

— Toi non plus, Pascal, toi non plus...

Il osa jeter un coup d'œil vers son fils et il se heurta à un regard froid, aussi indéchiffrable que d'habitude. Pascal avait repris le contrôle de lui-même, s'était mis hors de portée. Antoine, depuis la porte, se racla la gorge.

— Monsieur est servi.

Il disparut aussitôt et Vincent se leva péniblement, comme s'il était soudain très fatigué.

— Tu restes quand même dîner ?

Il s'attendait à un refus et il fut très surpris d'entendre Pascal murmurer :

— Je te suis…

Reprenant courage, Vincent se redressa. Il aurait le temps de lui parler, peut-être de le convaincre. Il tenait à l'affection de Pascal par-dessus tout. Même bourrue, même goguenarde. Car il était faux de prétendre qu'il n'aimait personne. Il avait une adoration, excessive mais sincère, pour son fils aîné. Celui que cette créature avait voulu reprendre, comme ça, un beau matin !

— Bon appétit, dit Pascal en allumant un petit cigare.

Ils étaient loin l'un de l'autre, à chaque bout de la grande table. Antoine enlevait discrètement le couvert de Robin. Avec un sourire bienveillant, Vincent alla chercher un cendrier lui-même et le déposa, servile, près de Pascal.

Les plans, étalés sur son bureau, avaient fini par mettre Jordane un peu mal à l'aise. Sydney patientait, tandis qu'elle restait la tête penchée sur les dessins trop réalistes. On y voyait la bastide sous plusieurs angles, agrémentée d'une piscine en forme de haricot, avec des transats, des parasols et des clients plus vrais que nature. Les courts de tennis, le parking fleuri aménagé sur le côté, un bassin pour les enfants, des cavaliers dans le lointain : tout y était. L'allée familière était couverte de graviers, de nouveaux arbres ombrageaient la terrasse, les persiennes avaient retrouvé leur couleur rose d'origine. Trop rose.

Repoussant les croquis, Jordane leva enfin la tête.

— C'est… très effrayant, dit-elle.

— Non, c'est superbe !

Il était venu seul, pour une fois, et l'absence de Lionel contrariait Jordane. Il reprenait l'avion le soir même, attendant de Jordane un engagement définitif.

— Le projet de contrat que je vous demande de signer n'est qu'un compromis. Bien entendu, il est lié à certaines obligations mais vous disposez encore d'un délai avant le contrat final. Pour celui-ci, je reviendrai avec les personnes concernées.

— C'est-à-dire ?

— Eh bien… le banquier, qui se déplacera lui-même, notre avocat, un expert, et le représentant de la chaîne, naturellement.

Comme il la sentait hésiter, il se fit très enthousiaste.

— Ce sera magnifique, Jordane ! Magnifique… Ces esquisses ne vous donnent qu'une vague idée du résultat.

Il était lancé et elle devina qu'il pouvait continuer à discourir des heures pour la convaincre. Elle l'interrompit d'un geste.

— Je préférerais pouvoir en parler maintenant avec ma mère et ma sœur. Si vous permettez, Sydney, je vous demande un moment...

Sans cesser de sourire, l'Américain hocha la tête. Il savait que Nora le défendrait et il ne craignait pas grand-chose. D'ailleurs, à présent, il voyait mal comment Jordane pouvait reculer.

Elle ramassa tous les papiers, les fourra dans le dossier et quitta le bureau. Elle n'avait pas mesuré, jusqu'ici, la difficulté du passage à l'acte. Elle alla frapper chez Nora puis elles se rendirent ensemble dans la chambre d'Isabelle. Comme toujours, il y régnait un délicieux désordre d'objets et d'étoffes. Les persiennes étaient à moitié fermées pour éviter la canicule du début d'après-midi. Isabelle était en train d'astiquer un petit bronze lorsque ses filles entrèrent. Jordane étala les dessins sur le lit.

— Voilà où nous en sommes, annonça-t-elle. Vous jetez un coup d'œil là-dessus ?

Isabelle approcha, essuyant ses mains sur un chiffon, et se pencha pour examiner les esquisses.

— C'est chez nous, ça ?

— Non, admit Jordane, ce ne sera plus vraiment chez nous...

— Je reconnais à peine la maison...

Visage tendu, Isabelle se tourna vers Jordane comme pour chercher du secours. Mais elle n'ajouta rien et retourna vers la fenêtre. Machinalement, elle se remit à polir le bronze. Dans le silence de la chambre, Nora se racla la gorge.

— Je trouve ça superbe, dit-elle à mi-voix. J'avais du mal à imaginer mais, là, je vois...

Elle prit l'un des croquis, le tint à bout de bras une seconde avant d'ajouter :

— Ce sera une seconde jeunesse pour le Biloba !

Jordane ne quittait pas sa mère des yeux.

— Si tu n'es pas d'accord, maman, il est encore temps.

— De toute façon, on ne peut rien faire d'autre, c'est toi qui nous l'as expliqué ! s'entêta Nora. En tout cas, moi, ça ne me fait pas peur. Je veux bien partager ma piscine puisqu'on me l'offre !

Avec un petit rire, elle quêtait l'approbation d'Isabelle, toujours silencieuse.

— Partager la piscine..., répéta Jordane en se tournant vers sa sœur.

Nora ne nageait pas, ne se mettait jamais en maillot de bain. Et elle qui avait peur de tout était soudain bien décidée. Dans son enthousiasme, il y avait l'espoir de revoir souvent Sydney, au moins pendant les travaux. Jordane haussa les épaules à cette idée. Une décision pareille ne se prenait pas à la légère, pas en rêvant à d'hypothétiques rencontres.

— Sois sérieuse..., dit-elle gentiment.

— Autant que toi ! Qui a mis ce projet sur pied ? Qui voulait convaincre tout le monde ? Eh bien, c'est fait, je me suis rangée à ton avis. Et maintenant, c'est toi qui hésites ?

— J'ai un peu peur, avoua Jordane, quand je vois tout ça... Réduit à l'échelle d'un guide, ce sera juste l'hôtel, non, la bastide du Biloba, quatre étoiles nouvelles normes, vue panoramique, jardin calme et fleuri, piscine, tennis, promenades à cheval, découverte des environs...

— Et alors ?

— Euh... rien.

Déconcertée, Jordane attendait que sa mère dise quelque chose, prenne parti.

— Maman ?

Isabelle abandonna son bronze pour faire face à ses deux filles.

— Je n'ai pas d'avis..., murmura-t-elle. Ou plutôt j'en ai plusieurs et ils sont contradictoires. C'est une décision très grave que nous allons prendre, toutes les trois...

Elle semblait fragile, à contre-jour, et son visage était dans l'ombre. Seule sa voix trahissait son émotion.

— D'un côté, je ne vous le cache pas, ce projet me hérisse. Le Biloba est la maison de mon enfance, de la vôtre, de celle de mon père aussi... J'ai été très heureuse ici, je n'ai jamais imaginé que je pourrais en partir un jour. Quand ce sera devenu un hôtel, nous ne serons plus chez nous, inutile de se leurrer... Ils ont prévu de nous reloger dans l'ancienne étable, c'est ça ?

Jordane acquiesça d'un simple battement de cils. Sa mère disait « ils » avec autant de morgue que de résignation.

— Si, dans ma vie en ce moment, il n'y avait pas... enfin, si je ne faisais pas certains plans avec... avec Gilbert, je me sentirais peut-être dépossédée. Mais comme il est possible qu'un jour je... parte... il ne faut pas que je vous empêche d'assurer l'avenir. Le vôtre.

Les larmes aux yeux, Jordane avait envie d'aller vers sa mère et de la prendre dans ses bras.

— Vous comprenez, les filles, vous n'êtes pas simples, reprit Isabelle. Arrivées à la trentaine, vous êtes toujours seules et je me sens encore responsable de vous deux. Je ne veux pas faire de l'abandon de poste et vous laisser vous débrouiller sans moi dans la faillite du Biloba. Après tout, j'ai ma part de responsabilité, votre père et moi n'avons pas vraiment tout mis en œuvre pour que l'exploitation prospère !

Cet euphémisme la fit sourire malgré elle. Elle allait continuer lorsque Nora l'interrompit, énervée.

— C'est le passé, maman ! Sois plus claire ! Tu es d'accord ou pas ?

Stupéfaites, Isabelle et Jordane lui jetèrent un regard incrédule. Son enthousiasme avait quelque chose de déroutant et d'artificiel. Nora était une femme d'habitudes, très attachée à son cocon, très facilement effrayée.

— C'est à cause de Sydney que tu t'emballes comme ça ? demanda abruptement Jordane.

— Et quand bien même ? répliqua Nora en se redressant de toute sa taille comme si sa sœur la menaçait.

— Ecoute, fais attention, tu...

— Je dois aller de l'avant, tu me le répètes sur tous les tons !

— Oui mais en gardant les pieds sur terre ! Sydney te plaît, bon, mais tu ne le connais presque pas.

— Qu'est-ce que tu en sais ?

Dans les intonations de Nora, dans ses yeux, Jordane devina une provocation. Pourtant elle n'eut pas le temps de prévenir la suite, ahurissante.

— Nous avons passé une nuit ensemble, annonça-t-elle fièrement.

Souffle coupé, Jordane et Isabelle s'entre-regardèrent une seconde.

— C'est vrai ?

— Pourquoi ? C'est tellement incroyable ?

Cette fois, Nora laissait éclater son orgueil, sa joie d'être enfin devenue comme les autres, de n'être plus laissée pour compte. Elle s'était juré de garder le secret, comme Sydney le lui avait demandé, mais elle n'avait pas pu résister. Elle avait derrière elle trop d'années de frustration pour accepter d'être discrète. Au contraire, elle avait envie de crier son bonheur sur les toits.

— Il a fait ça ? demanda Isabelle, atterrée.

— Il ne m'a pas forcée, tu sais !

La riposte contenait un véritable défi. Nora avait vécu un moment si éblouissant qu'elle était prête à le raconter par le menu. Comment elle avait réussi à garder la lumière éteinte afin que Sydney ne voie pas ses cicatrices, à trouver des gestes mille fois rêvés mais jamais accomplis, à dépasser la peur et la douleur, à ne rien demander pour ne pas mendier. Une heure d'étreinte pour perdre sa virginité, pour être une femme. Et, vite, s'envelopper dans un peignoir avant qu'il n'allume. Fumer une cigarette qui lui avait donné la nausée pour qu'il s'attarde cinq minutes encore. Une victoire totale.

— Oh, mais ça change tout, murmura Jordane.

— Et pourquoi donc ? De quoi te mêles-tu ? cria Nora.

Mille pensées désagréables se bousculaient dans la tête de Jordane. Pourquoi Sydney n'avait-il rien montré de son attirance si elle était innocente ? Pourquoi, arrivé ce matin, reprenait-il déjà l'avion ce soir ? Pourquoi était-il venu sans Lionel ? Lui avait-il avoué quelque chose ? Et Nora ? Pourquoi ne s'était-elle pas confiée plus tôt ? Pourquoi n'avait-elle pas accueilli Sydney en lui sautant au cou ? Pour l'Américain, dans quelle mesure le projet d'hôtel intervenait-il au milieu de cette histoire d'amour ? Parce que, pour sa sœur, c'était bien d'amour qu'il s'agissait.

— Quand est-ce arrivé ? demanda Isabelle comme si elle parlait d'un accident.

— Qu'est-ce que ça peut vous faire ? Vous devriez me féliciter au lieu de faire ces têtes d'enterrement. Vous avez vos vies, vous, vos mecs ! Vous pensiez que j'allais rester vieille fille ?

Perdant tout contrôle, Nora trépignait. Un coup bref, frappé à la porte, stoppa net son début de crise de nerfs.

— Entrez ! dit Isabelle d'une voix ferme.

Alice ouvrit, l'air inquiet.

— Excusez-moi, mais vous criez si fort...

Devançant sa mère, Jordane prit Alice par l'épaule pour la faire avancer.

— Vous n'êtes pas de trop, affirma-t-elle.

Elle désigna les dessins, toujours étalés sur le lit.

— Nous en sommes là ! Vous pouvez prendre le train en marche pour vous mêler à la discussion. Quand je vais redescendre, ce sera pour signer le compromis. Ou pas... A partir de maintenant, une marche arrière commence à coûter de l'argent.

Jordane observait sa belle-mère. Elle ne lui avait jamais reparlé de son offre. Pourtant le marché d'Alice n'était peut-être pas pire que celui de Sydney. Au moment où Jordane prenait conscience de la gravité de la situation, de l'impression de solitude extrême dans laquelle elle se trouvait, malgré les trois femmes autour d'elle, elle sentit les mains de sa mère peser sur ses épaules.

— Nous allons tout reprendre de zéro, déclara Isabelle calmement.

Dans le silence qui suivit, elles entendirent Nora éclater en sanglots.

En fin de journée, Jordane déposa Sydney à l'aéroport. Il emportait, dans sa mallette d'homme d'affaires, les trois signatures des Valence. Une discussion houleuse, ponctuée de cris, en avait décidé ainsi.

Ne sachant plus vers qui se tourner, Jordane avait téléphoné à Robin pour lui demander de dîner avec elle. Ils se retrouvèrent dans une pizzeria d'Arles. Lorsqu'il la vit traverser la salle, Robin se leva précipitamment. Il la trouvait plus belle à chaque rencontre et il était de plus en plus malheureux. Leurs rapports stagnaient dans une prétendue amitié dont il ne pourrait plus se contenter très longtemps, il le savait. Malgré le plaisir intense que lui avait donné jusque-là leur relation platonique, il la désirait de plus en plus. Dès qu'ils étaient ensemble, Robin se mettait à redouter le moment de la séparation. Entre deux rendez-vous, il ne s'intéressait à rien, ne vivait plus. La place de confident privilégié, d'ami dévoué, ne lui procurait plus les satisfactions du début. Il voulait qu'elle l'aime et qu'elle le regarde enfin.

Tandis qu'il commandait deux kirs, il l'observait du coin de l'œil, lui trouvant les traits tirés, le sourire artificiel et le regard morose.

— Tu croules sous les soucis, on dirait...

— Oh, c'est bien pire que ça !

En quelques mots, elle lui raconta son infernal après-midi. Un peu étonné d'apprendre la liaison secrète de Nora, Robin trouvait néanmoins réjouissant que la jeune femme ait franchi le pas.

— En admettant qu'elle n'y laisse pas trop de plumes, protesta Jordane. Le premier amour, à n'importe quel âge, c'est décisif ! Mais ce n'est pas elle qui m'inquiète pour le moment, c'est lui. Je trouve qu'il n'avait pas besoin de se cacher.

— Peut-être ne voulait-il pas avoir l'air de mélanger l'amour et les affaires ? Tu vois bien, maintenant que tu sais, tu le soupçonnes du pire ! Mais regarde les choses froidement, il avait Nora dans son camp, de toute façon. Il n'avait pas besoin d'aller si loin. D'ailleurs elle est jolie et c'est vexant pour elle de croire qu'il n'a agi que par intérêt.

— Quel enfant de chœur tu fais ! Il n'a jamais eu l'attitude d'un homme séduit. Il la remarquait à peine ! Souviens-toi...

— Franchement, je n'y ai pas prêté attention. Quand tu es là, tout le reste devient flou...

Il s'empara de la main de Jordane alors qu'elle allait allumer une cigarette.

— C'est toujours trop tôt, Jordane ? Je dois encore attendre ? Est-ce que j'ai au moins une toute petite chance ?

Navrée, elle dégagea sa main, secoua la tête, chercha ses mots pour adoucir la réponse.

— Robin, je... Ne me demande pas l'impossible...

Les yeux baissés sur la nappe, c'est à Pascal qu'elle venait de penser et elle s'en voulait. Robin était l'homme le plus charmant qui soit. Attentionné, prévenant, sensible et généreux, il avait tout ce qu'il fallait pour retenir une femme et n'y était pourtant pas parvenu. Elle n'avait jamais eu envie de lui, et il n'y avait pas de raison pour que ça change. Avec son frère, dans les rizières, elle avait cédé à une impulsion irrésistible, comme celles qu'elle avait connues autrefois près de Lionel. Elle savait ce qu'aimer voulait dire et comment le désir se manifeste. Il n'en serait pas question avec Robin, ni ce jour-là ni aucun autre.

— Tu es mon seul ami, plaida-t-elle, maladroite. Il n'y a qu'à toi que je puisse parler librement. Mais tu es comme tous les hommes, vous revenez toujours à la même chose.

— Jordane !

— Je suis injuste, reconnut-elle.

— Non, c'est plus grave, tu es de mauvaise foi.

Il lui prit le briquet des doigts pour lui offrir du feu.

— Je vais partir, je crois, annonça-t-il. Je ne dis pas ça par dépit ou pour te faire changer d'avis, bien sûr… Mais Arles ne me vaut rien, on dirait…

Bien plus attristée qu'elle n'aurait pu l'imaginer, Jordane leva ses yeux dorés vers Robin. Il reçut le regard comme un choc, le millième qu'elle lui infligeait.

— Dieu que je t'aime, soupira-t-il, c'est intolérable…

— S'il te plaît, ne t'en va pas !

— Je ne peux pas rester dans la même ville que toi, dans la même région, savoir que tu existes. Ou alors tu n'auras jamais la paix, et moi non plus…

— Pas maintenant, répéta-t-elle, butée. J'ai besoin de toi !

— Non… Besoin non plus. Tu n'es pas seule. Moi, si.

Pour une fois qu'il parlait de lui, qu'il rappelait son existence, il parvenait à l'émouvoir.

— Je n'ai pas envie de croupir chez mon père. Je n'ai pas une seule bonne raison de me lever le matin. Même mon frère m'insupporte ! Il a déjà tout et il te veut, en plus du reste…

Cette simple phrase remit tout en place, procurant à Jordane une bouffée de joie inattendue. Pourtant elle continua d'insister, pour qu'il ne s'aperçoive de rien.

— Attends un peu, un tout petit peu, je te le demande…

Il la dévisagea, ébloui de son entêtement à vouloir le garder, mais toujours malheureux.

— Egoïste..., murmura-t-il.

Lorsqu'il la raccompagna jusqu'à la Rover, elle s'attarda un peu, la tête appuyée sur son épaule. Des gens les croisaient, les prenant pour des amoureux. Juste avant de monter en voiture, elle l'embrassa sur la bouche, d'une manière qu'il n'osait plus espérer. Il crut qu'elle lui offrait un vrai baiser alors qu'elle avait seulement envie de le consoler.

Perplexe, Jordane vérifia une nouvelle fois, sur l'agenda du bureau. Huit jours de retard, c'était très inhabituel. Malgré ses activités sportives, son cycle était toujours régulier, sans surprise. A Paris, au temps où elle vivait avec Lionel, elle prenait la pilule pour lui faire plaisir, puisqu'il préférait différer la venue d'un enfant. Elle l'avait souvent regretté mais elle avait toujours été honnête et n'avait pas cherché à lui mentir. De retour au Biloba, elle avait abandonné ces inutiles précautions. Elle avait pourtant eu des rapports sexuels avec Lionel, depuis, prenant délibérément le risque d'une grossesse qu'elle espérait malgré tout. Les mois passant lui avaient fait oublier cette vague illusion. Puis elle avait cessé de dormir avec Lionel, lorsqu'il venait passer ses week-ends à la bastide. Leur dernière nuit d'amour remontait à... Envahie d'un doute affreux, elle se mit à parcourir les pages. Elle put constater, grâce aux marques qu'elle faisait systématiquement sur l'agenda, qu'elle avait eu ses règles juste après. Ensuite, il ne s'était plus rien passé, hormis cette parenthèse sauvage avec Pascal Peyrolles, juste au plus mauvais moment.

Prise d'angoisse, Jordane dut s'asseoir. Il fallait descendre à Arles et acheter un test de grossesse de toute urgence, pour savoir. Est-ce que sa malchance pouvait aller jusque-là ? Est-ce que tous les ennuis des mois précédents n'étaient pas suffisants ?

Machinalement, elle continuait à tourner les pages. Un enfant, c'était ce qu'elle avait le plus ardemment souhaité ces huit dernières années. Même lorsqu'elle était adolescente, elle rêvait en secret du jour où elle serait mère. Elle avait dédaigné très tôt les poupées et sa famille en avait déduit qu'elle se conduisait en garçon manqué. C'était faux. Au contraire, elle trouvait les jouets inertes, trop éloignés des vrais bébés qui la fascinaient déjà.

Elle essaya de se raisonner, de se persuader que ce retard inattendu pouvait avoir d'autres causes. Elle avait beau souhaiter un enfant, le moment était particulièrement inopportun. Sans parler du père !

« Oui, mais en ce qui concerne le père, je suis la seule à savoir et c'est moi qui déciderai... », se dit-elle.

Elle se leva, fit quelques pas hésitants. Si, comme le prétendait Cécile, Pascal était un monstre d'indifférence et de brutalité, Lionel, lui, serait aujourd'hui un père parfait. Ce qui remettait tout en cause, une fois de plus. Lors de la pénible séance, dans la chambre d'Isabelle, elle avait fait comprendre à Alice qu'elle ne voulait pas de sa proposition. Mais elle pouvait encore changer d'avis. Sauver le Biloba, l'enfant à venir, sauver Nora des griffes de Sydney, Lionel de son chagrin... A condition de ne rien dire, d'oublier le capot brûlant d'un Toyota noir... Et, beaucoup plus difficile, de ne jamais évoquer certain regard gris pâle.

Mais d'abord, il fallait en être sûre. Elle referma l'agenda d'un geste sec et prit ses clefs de la Rover. Il lui fallut peu de temps pour gagner la première pharmacie, à l'entrée d'Arles. Elle acheta le test et rentra, le pied au plancher, ignorant les hoquets de la vieille voiture de François, toujours perdue dans ses pensées.

Le jour se levait à peine, inondant déjà la plaine camarguaise de lueurs bleutées. Sur le toit du mas, la girouette bougeait légèrement, sous le souffle d'un vent léger qui accompagnait l'aube. Les flamants s'ébrouaient en silence, près de leurs nids de boue. Les insectes étaient encore endormis.

Devant les fenêtres grandes ouvertes, Pascal était assis au pied de son lit. Il ne releva la tête que lorsque les grenouilles commencèrent leur vacarme matinal. Il n'avait pas souvenir qu'une femme l'ait jamais empêché de trouver le sommeil. Pourtant, depuis plus de deux heures, il pensait à Jordane de façon obsessionnelle. Il avait rejeté une à une les idées qui s'étaient succédé. Il n'écrirait pas, non, d'abord parce qu'il n'était pas certain de pouvoir rédiger une lettre d'amour qui ne soit pas ridicule, ensuite parce que le courrier était un moyen trop lent. Il n'enverrait pas non plus de fleurs, persuadé que Robin avait dû multiplier ce genre d'hommage. Il n'irait pas au Biloba parce que, la dernière fois, la rencontre s'était soldée par un désastre. Bien avant le geste malheureux de Cécile, Jordane l'avait quasiment congédié. « C'est tout ce que vous aviez à me dire ! » Cette phrase assassine, Pascal en rougissait encore, comme un gamin.

Il n'avait rien tenté, les jours suivants, se doutant du portrait que Cécile faisait de lui, sur son lit d'hôpital. Jordane devait l'avoir pris en horreur. Et Robin, probablement, se chargeait de l'achever.

Il les avait aperçus, tous deux, dans une pizzeria d'Arles, l'avant-veille. Il devait dîner là avec des copains et il s'était arrêté pile sur le trottoir quand il avait découvert, derrière la vitre, son frère et la jeune femme, main dans la main. Il avait alors oublié son rendez-vous, était resté immobile un moment avant de se décider à faire demi-tour et à rentrer chez lui sans manger. D'ailleurs, depuis, il n'avait pas avalé grand-chose. Il n'avait même pas bu, car il ne cherchait pas précisément à oublier.

A quoi lui servait d'avoir déclaré la guerre à Robin, chez leur père, lui qui était déjà tellement démuni ? Il imaginait sans peine de quelle façon Jordane pourrait l'éconduire s'il se mettait sur son chemin. Elle devait avoir un grand sens de l'amitié et se morfondre d'avoir trahi Cécile, surtout pour un homme comme lui et pour cette étreinte bâclée.

Décidément, sa liaison avec Cécile ne lui avait apporté que des ennuis. Il l'avait désirée, parce qu'elle était bien faite et qu'elle se donnait un mal fou pour lui plaire, mais elle l'avait toujours agacé, même au début et il avait eu tort de laisser durer leur aventure. Heureusement qu'elle s'était ratée ! Il ne ressentait ni compassion, ni haine, ni regrets.

Bien sûr, il pouvait attendre un hypothétique dîner - ou même le provoquer - pour rencontrer Jordane par hasard. Mais il lui aurait fallu une patience qu'il n'avait pas. Qu'il n'avait plus, du moins, étant très perturbé de se découvrir amoureux.

En remontant dans ses souvenirs, il constatait qu'il avait gardé en mémoire chacune des apparitions de Jordane. Même à l'époque où il croyait ne pas la regarder. Chaque fois que Cécile parlait d'elle, il écoutait avec attention sans y prendre garde. Et il ne s'était pas posé de questions sur cet intérêt excessif, n'avait fait aucun rapprochement. Quelle naïveté de sa part ! Il avait une excuse, il n'avait jamais aimé jusque-là. Son père le lui avait dit, d'ailleurs. « Toi non plus, Pascal. » Jamais ? Si, il avait tout de même éprouvé une réelle affection pour son frère cadet. Qui s'estompait, aujourd'hui, derrière la rivalité.

Avec un interminable soupir, il se leva, s'étira, et il s'approcha d'une fenêtre pour respirer l'air parfumé du matin. Un mélange de plantes aromatiques qui poussaient n'importe où, d'air marin, de paille fraîche, avec des relents de bétail et de vase. Une odeur particulière qu'il adorait et qui changeait au long du jour avec la chaleur du soleil.

Un coup d'œil au réveil lui apprit qu'il était sept heures et que c'était peut-être le moment. Au Biloba, Jordane allait bientôt quitter la bastide pour l'écurie. Puisqu'elle était seule pour s'occuper de ses chevaux, elle était forcément matinale. Il l'imagina, dans l'écurie encore fraîche, distribuant les rations d'avoine, câlinant le poulain. Il se dirigea vers le téléphone, souleva le combiné et s'aperçut que son cœur battait très vite et qu'il était décidément comme un collégien dès qu'il s'agissait d'elle. Mieux valait ne pas préparer un discours. Si elle décrochait elle-même, il n'aurait qu'à se jeter à l'eau et improviser.

Il composa le numéro qu'il connaissait par cœur sans savoir quand il l'avait appris. Il n'eut pas le temps de compter deux sonneries qu'elle répondit de sa voix rauque, reconnaissable entre toutes.

— C'est Pascal, réussit-il à dire platement. Bonjour Jordane...

Il y eut un petit silence puis la réponse arriva, stupéfiante.

— Je suis désolée, elle n'est pas là pour le moment.

Une tonalité continue lui indiqua qu'elle avait raccroché. Il regarda le téléphone, incrédule, comme s'il avait vu un scorpion.

Au Biloba, Jordane avait encore la main sur le combiné. Mais ce qu'elle observait depuis cinq longues minutes, les yeux écarquillés et le cœur battant, c'était le résultat de son test de grossesse. Pour l'appeler, Pascal n'aurait pas pu choisir de pire moment.

9

Alice avait déclaré tout net qu'elle se refusait à faire la cuisine pour tout ce monde. Nora, front buté, s'était installée devant les fourneaux, un livre de recettes à la main. Résignée, Isabelle s'était chargée seule des courses. De son côté, Jordane avait tenu à sortir ses chevaux, tâche quotidienne à laquelle elle ne pouvait pas se soustraire, visiteurs de marque ou pas. Ces divers mouvements de mauvaise humeur laissaient à penser que chacune, au Biloba, avait comme un ultime mouvement de recul avant l'acte définitif.

Lionel avait demandé deux taxis, à l'aéroport. Outre Sydney, il était accompagné d'un banquier, d'un avocat, d'un architecte et du représentant officiel de la chaîne d'hôtels. Les six hommes arrivèrent à la bastide en fin de matinée. Après les présentations d'usage, ils se mirent à aller et venir, sous la conduite de Sydney, furetant partout, prenant possession des lieux.

Sur la terrasse, où avait été ajoutée une longue table à tréteaux, Lionel restait à distance de toute cette activité. Gilbert, convié par Isabelle, lui tenait compagnie en silence, feuilletant distraitement un catalogue de salle des ventes. Jordane vint les rejoindre une demi-heure plus tard, couverte de poussière. Elle s'affala sur une chaise de fer forgé, l'air épuisé.

— Tu vas te changer pour déjeuner, je suppose ? lui demanda Lionel d'un ton amusé.

— Peut-être... Mais c'est le Biloba que je négocie, pas moi ! Ils me prendront comme je suis.

— Je m'inscris en tête de liste ! répliqua-t-il.

Elle lui sourit. Sa présence était réconfortante, tout comme celle de Gilbert pour sa mère.

— Vous êtes gentils d'être venus en renfort, leur dit-elle, sinon je crois que nous nous sentirions très seules... Où sont passés les Dalton ?

— Tu veux parler des messieurs très sérieux que je me suis donné la peine d'amener jusqu'ici ? Eh bien, ils inspectent...

— Je trouve..., commença-t-elle.

Elle dut s'interrompre parce que sa voix tremblait soudain.

— Je trouve ça très triste, acheva-t-elle dans un souffle.

Lionel l'enveloppa d'un regard tendre. Ses moments de faiblesse ou d'abandon étaient si rares qu'il se sentit brusquement très ému.

— Ne t'en fais pas, l'Arlésienne, murmura-t-il. Ce n'est qu'un mauvais moment à passer.

Prise d'une soudaine nausée, Jordane avait pâli. Elle se demanda si c'était son état ou seulement la contrariété qui la rendait malade. Elle quitta sa chaise, traversa la cuisine où Nora continuait de se battre ostensiblement avec les casseroles. L'odeur du poisson qui cuisait lui souleva le cœur et elle n'eut que le temps de gagner les toilettes. Lorsqu'elle en émergea, livide, Isabelle l'attendait dans le vestibule. Elle la prit par le cou, tendrement.

— Tu ne te sens pas bien ? Ce sont ces étrangers, aussi, avec leur sans-gêne... Toute cette histoire nous rendra folles, j'ai hâte qu'on en finisse... Viens prendre un peu de réglisse, ça soulage...

Jordane secoua la tête, incapable de parler. Elle voulait d'abord se doucher, se calmer. Elle fila au second, resta cinq minutes sous l'eau tiède, puis froide, avant de se sentir mieux. Combien de temps allait-elle garder son secret ? Et par la suite, que raconterait-elle ? Quant au Biloba, elle se demanda si elle avait vraiment décidé elle-même cette invasion ou si elle avait été poussée insensiblement par les événements. Mais n'en est-il pas toujours ainsi, quoi qu'on fasse ?

Par défi, elle choisit une petite robe simple et élégante, elle qui vivait en jean ou même en short à longueur d'année. Elle était sans illusions sur ce qui l'attendait. Il faudrait parler d'avenir posément, donner son accord pour toutes sortes de choses désagréables allant du gérant de l'hôtel à l'aménagement de l'ancienne étable en appartement. Tout en accrochant ses boucles d'oreilles, elle alla jeter un coup d'œil par la fenêtre. Le toit du bâtiment où elles seraient bientôt relogées était en piteux état. D'ailleurs il manquait des tuiles sur toutes les toitures. Elle ferma les yeux et, mentalement, appela son grand-père au secours. C'était la première fois, depuis des semaines, qu'elle s'autorisait à penser à lui.

Lionel empêcha le bouchon du champagne de sauter, pour éviter le bruit. Minuit était passé depuis longtemps mais il faisait encore très doux dehors.

Après avoir servi Jordane, il alla se rasseoir dans son fauteuil favori, au bout de la table.

— Ta maison, pour moi, c'est cette terrasse, dit-il avec nostalgie.

Pourtant ce n'était pas au Biloba qu'il pensait, c'était à sa femme. Sydney avait raccompagné ses acolytes à l'aéroport après avoir décidé de ne repartir que le lendemain, avec Lionel. La signature, définitive cette fois, devait avoir lieu au siège de la banque, à Montpellier, dans le courant du mois de juillet. Ce dernier répit avait apporté à Jordane une bouffée d'oxygène. Volontairement, elle s'était attardée après le dîner froid qu'Alice avait préparé vers sept heures. Chacun était monté se coucher tôt pour fuir une atmosphère mélancolique que Sydney n'était pas parvenu à dissiper malgré sa bonne volonté et les nombreux toasts qu'il avait portés au futur hôtel.

— Depuis combien de temps le connais-tu ? demanda Jordane.

— Sydney ? Dix ans, au moins.

— Et c'est un type bien ?

— Il est bien en affaires, oui, sinon il serait grillé depuis longtemps.

— Mais comme homme ?

— Pourquoi ? Il t'intéresse aussi ?

Le ton aigre fit sourire Jordane.

— Non, pas moi, bien sûr que non...

— Si c'est à ta sœur que tu penses, franchement, elle peut faire une croix sur lui. Il a une femme et trois enfants à Washington.

— Quoi ? Et tu m'apprends ça maintenant ?

Hors d'elle, Jordane avait frappé sur la table, faisant chanceler la bouteille.

— Tu ne me l'as pas demandé ! répliqua-t-il.

— Il s'est tapé Nora, articula Jordane à voix basse.

— Ne sois pas vulgaire. Bon, et alors ? Grand bien lui fasse ! Elle n'allait pas rester pucelle toute sa vie ?

— Il ne s'est pas vanté d'être marié !

— Evidemment !

— Vous êtes vraiment des salauds, tous autant que vous êtes !

— Jordane ! S'il te plaît...

Il changea de place pour venir près d'elle.

— Ecoute-moi... Je ne suis pas dans la tête de Sydney. Il est en voyage six mois par an. Peut-être ne tient-il pas tellement à sa famille ? Je n'en sais rien. Je m'en fiche pas mal... Je sais que tu aimes ta sœur mais je n'ai pas envie de parler d'elle. J'ai attendu toute la journée pour pouvoir passer un moment avec toi.

Le bras de Lionel vint entourer les épaules de Jordane. Il l'attira contre lui et se mit à lui caresser les cheveux de sa main libre.

— Tu as tellement de soucis que tu fais un drame de la moindre chose... Laisse-toi aller deux minutes, près de moi tu ne crains rien...

Elle avait oublié à quel point il savait être persuasif. D'ailleurs elle éprouvait une sensation rassurante en reconnaissant l'eau de toilette de Lionel et la douceur de ses mains. Elle accepta la trêve et il sentit qu'elle se détendait enfin.

— Je te connais par cœur, mon amour, chuchota-t-il. Tu es mal dans ta peau. C'est si rare...

Les doigts de Lionel sur sa nuque lui procuraient un réel apaisement. Elle pensa à l'enfant qu'elle attendait et à qui elle pouvait donner un père sur-le-champ, si elle le décidait. Un assez bon père, finalement. Il lui suffisait de parler. Mais il la devança en demandant :

— Tu n'as pas encore eu le temps de consulter un avocat ? Pour nous, je veux dire... Car tu souhaites toujours divorcer, je suppose ? A moins que tu ne nous laisses encore une chance ? Une toute petite ?

C'était une parole malheureuse, mais il ne pouvait pas le savoir. Lionel voulait une chance, exactement comme Robin, et Jordane se dit qu'elle n'était pas une loterie, une tombola. Elle avait beau se sentir bien près de Lionel, elle ne s'imaginait pas vieillissant avec lui. Les trente ou cinquante années qu'il leur restait à vivre n'auraient aucune saveur. Surtout tant qu'il y aurait un certain Pascal Peyrolles quelque part en Camargue.

Ni Lionel ni Jordane ne pouvaient déceler, à cet instant précis, la présence d'Alice, au premier étage. La fenêtre de sa chambre était ouverte et la vieille dame écoutait, dissimulée par ses rideaux. Elle serrait si fort ses mains l'une contre l'autre qu'elle en avait mal aux articulations.

— Nous en avons déjà parlé, Lionel. C'est mieux pour toi et pour moi.
— Pour toi, sûrement ! Tu veux refaire ta vie avec ce Robin ?
— Tu sais bien que non.
— Mais tu passes ton temps avec lui !
— C'est sans importance.
— Alors qui ? Quoi ? Quel est l'obstacle ?
Rageur, il s'énervait et il lui faisait mal. Elle se recula.
— Tu n'es pas facile à suivre, tu sais ! Quand tu viens te réfugier contre moi, j'ai l'impression que tu m'aimes encore, même si tu ne veux pas l'admettre, par orgueil.
— Ne recommence pas, Lionel, tu rends les choses très pénibles.
— Comment veux-tu que je fasse ? Il faudrait que j'aie l'air heureux, en plus ?
— Mais non, dit-elle doucement.
Il vida son verre d'un trait et se resservit aussitôt.
— Ne bois pas, ça n'arrange rien.
— Non ? Eh bien pourtant, ce ne sera pas pire !
Il voulut recommencer, mais trop vite cette fois, et il s'étrangla avec les bulles. Elle réprima un fou rire.
— Tu t'amuses bien, on dirait ? Ce qui est formidable, avec toi, c'est que tu es vraiment sans pitié ! Tu décides, tu brises, tu tranches, tu prends, tu rejettes. Tu sais ce que tu es, Jordane ? Une femme froide. Chaude au lit et froide de cœur.
— Je t'en prie, épargne-moi ce couplet !
— Pourquoi ? Tu épargnes quelqu'un, toi ? Et puis, chaude, c'est un compliment. Ne fais pas ta mijaurée, je suis bien placé pour savoir que tu aimes le plaisir. Mais tu ne sais pas donner, tu ne penses qu'à toi. Tout ce qui est sur ta trajectoire, tu l'écartes. Ce qui te gêne, tu le piétines. Tu crois que tu te poses des questions ? Non, tu traces ta route...
— C'est moins con que de ne pas savoir où on va !
Il l'avait mise en colère et il le lui fit remarquer.
— Il n'y a que la vérité qui blesse, après tout... Réfléchis sur toi-même, de temps en temps, tu seras peut-être étonnée.
— Il y a beaucoup de gens auxquels je dois penser avant de regarder mon nombril, imagine-toi ! Des gens, des bêtes, des terres ! Oui, j'avance ! Sinon, je coule, et j'entraîne du monde au fond !
— Ma mère, par exemple ? Qu'est-ce qu'elle devient, dans toutes tes histoires ?
— Tiens, tu te souviens d'elle ? Parce que, en général, tu ne t'en soucies pas beaucoup. Tu l'as installée ici pour t'en débarrasser et pour me surveiller. Tu me prends pour une idiote ?

Ils jetèrent ensemble un coup d'œil machinal vers la façade mais toutes les fenêtres étaient obscures.

— Je m'y suis habituée, à ta mère, reprit Jordane plus bas. Je l'aime bien et je ne la laisserai pas tomber. Tu ne sais pas à quel point tu es important dans sa vie et ce qu'elle est capable de faire pour toi... Moi, je m'incline.

— Devant quoi ? demanda-t-il, intrigué.

— Elle t'en parlera si elle veut. De toute façon, ça ne change plus rien. Je voulais seulement te dire que, hôtel ou pas, je la garde. Je ne pense pas que tu tiennes à l'emmener dans tes bagages ?

Le silence de Lionel était éloquent. Ils se turent un bon moment. Alice pleurait toujours, là-haut, et pour ne pas faire de bruit, elle ne pouvait ni se moucher ni même reprendre son souffle.

— Je ne voulais pas qu'on se dispute ce soir, murmura enfin Lionel.

— Moi non plus, soupira-t-elle.

— C'est terriblement difficile pour moi de réaliser que c'est fini, nous deux...

Jordane pensa que tout ce qui finissait était effroyable, odieux. Elle n'avait plus qu'une idée à laquelle se raccrocher, l'enfant qu'elle attendait, qui commençait à grandir en elle.

— Je vais me coucher, Lionel, je vous accompagnerai demain matin à l'aéroport...

Ils se levèrent ensemble et se prirent la main, par habitude, pour entrer dans la cuisine.

— Je resterai peut-être un petit moment sans venir, dit doucement Lionel. On se parlera de nos avocats respectifs par téléphone... Et puis, si tu as le moindre problème, bien sûr tu m'appelles...

La gorge serrée, elle acquiesça et lui lâcha la main. Ils montèrent l'un derrière l'autre mais il s'arrêta au premier tandis qu'elle continuait vers le second.

Dans sa chambre, Nora écouta les pas de sa sœur décroître dans l'escalier. Elle décida d'attendre encore une demi-heure, le temps que Jordane se soit douchée, couchée et endormie. Elle perçut les allées et venues de Lionel un moment puis le calme revint dans la bastide. Angoissée, elle se répéta encore une demi-douzaine de fois les phrases qu'elle avait préparées pour Sydney. Enfin elle se risqua dans le couloir, sur la pointe des pieds. Les veilleuses, rassurantes, dessinaient des clartés et des ombres familières. Devant la chambre de Sydney, elle eut une dernière hésitation avant d'entrer.

Il dormait sur le dos, les bras en croix, avec un léger ronflement. Elle referma la porte, se dirigea dans l'obscurité et alluma la lampe de chevet. Comme la lumière ne le réveillait pas, elle s'assit au bord du lit qui grinça un peu. Il ouvrit les yeux, la regarda sans surprise mais sans plaisir. Il se redressa, remonta le drap sur lui et étouffa un bâillement.

— Il se passe quelque chose ? La maison brûle ?

Elle adorait son accent, comme tout le reste, amoureuse sans réserve et sans discernement.

— Je ne vais pas te déranger longtemps, je ne suis pas venue pour te faire une scène, dit-elle avec un grand sourire.

Incapable de se souvenir du discours qu'elle avait préparé, elle continuait de l'observer, béate. Un peu gêné, Sydney recula encore vers la tête du lit.

— Je suis tout oreilles, déclara-t-il d'un ton faussement enjoué.

— Tout ouïe...

— Ouïe ?

— Oui. C'est comme ça qu'on dit.

Elle était assez jolie, dans l'éclairage doux de la petite lampe. Elle gardait les mains posées sur ses genoux, comme abandonnées.

— Je t'aime, murmura-t-elle, incapable de trouver autre chose.

— Nora... Ce n'est pas sérieux ?

Clouée par la question et ce qu'elle impliquait, elle lui jeta un regard éperdu.

— Viens là, dit-il.

Il tapotait l'oreiller, à côté de lui, et elle changea de place pour s'installer contre lui. Il réfléchissait, contrarié et impuissant. Il finit par choisir la franchise parce que c'était plus facile.

— L'autre nuit, quand je suis venu te voir, je ne savais pas que... que c'était la première fois pour toi. Sinon je serais resté dans mon lit, bien sagement ! Tu es belle, tu es douce, beaucoup d'hommes vont t'aimer... Moi, je ne fais que passer. Tu comprends ?

— Mais tu es resté, ce soir ! Je croyais que... que...

Elle retint un sanglot, essayant de se raidir contre la vague de chagrin qui l'étouffait brusquement. Elle s'était trompée de bout en bout. Elle avait cru qu'il faisait mine de l'ignorer pour protéger leur secret, par respect pour sa famille. Quand il était revenu de l'aéroport, elle s'était imaginé qu'il voulait passer la nuit avec elle, qu'ils pourraient enfin se retrouver seuls, se parler, se faire des promesses. Dans sa chambre, tout à l'heure, elle avait voulu se persuader que, comme elle, il attendait que les autres soient couchés. En le trouvant endormi, elle avait conclu que sa fatigue avait eu raison de sa patience. Elle s'apprêtait à lui dire des choses raisonnables, à museler sa fougue pour ne pas l'effrayer. Elle voulait lui faire comprendre qu'elle l'attendrait tout le temps nécessaire, qu'elle saurait se montrer discrète lors de ses visites... Or il ne faisait que « passer », il lui demandait d'être « sérieuse » ! Elle fut prise de honte à l'idée de ce qu'elle avait failli lui avouer. Elle aurait voulu pouvoir se lever d'un bond, quitter la pièce en deux enjambées comme Jordane l'aurait fait à sa place. Mais ses jambes ne le lui permettaient pas. Elle prit son temps pour se remettre debout.

— Tu me comprends, Nora ?

Un peu inquiet, il la saisit par la taille et l'obligea à se rasseoir.

— Attends... Veux-tu qu'on se dise au revoir tendrement ?

Bien réveillé à présent, il passa une main sous le peignoir qu'il se mit à relever. Elle aurait sûrement cédé sans la lumière, se serait arrangée pour que les doigts évitent de rencontrer le relief des cicatrices, comme la première fois. Elle le repoussa, se débattit inutilement et tomba du lit. Il se pencha sur elle pour l'aider à se relever tandis qu'elle rabattait d'un geste sec les pans du peignoir qui s'était entièrement ouvert, découvrant les cuisses et leurs marques violacées. Ils se retrouvèrent debout, face à face, horrifiés l'un et l'autre par ce qui venait d'arriver. Elle quitta la chambre les larmes aux yeux, longea le couloir en se tenant au mur d'une main, et s'enferma à clef chez elle.

Bercée par le galop souple et rassemblé de Butaban, Jordane avait réfléchi tout au long de sa promenade. Lionel et Sydney étaient partis, Alice et Nora semblaient bouder, Isabelle avait annoncé qu'elle ne dînait pas là. Pour fuir l'atmosphère affligeante du Biloba, Jordane avait failli appeler Robin mais y avait renoncé. Il y avait plusieurs jours qu'elle pensait à la réunion de propriétaires qui devait se tenir à la manade Peyrolles le soir même. Elle hésitait encore, malgré son envie d'y assister. Les problèmes de la région ne l'avaient pas beaucoup passionnée jusque-là, et c'était Pascal qu'elle souhaitait voir, elle ne se faisait aucune illusion. Elle regrettait de lui avoir raccroché au nez, quelques jours plus tôt, sans lui laisser le temps de dire un mot.

A huit cents mètres de l'écurie, elle remit Butaban au pas. Il y avait toujours beaucoup de monde pour ce genre de débat, chacun croyant avoir son mot à dire. La confrérie des gardians, toute-puissante, serait là au grand complet. Jordane avait une chance de passer inaperçue, de pouvoir regarder sans être vue. Dans son rôle de défenseur de la Camargue, Pascal était plutôt sympathique. Et, inutile de se leurrer davantage, elle mourait d'envie d'y aller.

Elle bouchonna Butaban consciencieusement, puis s'occupa des autres chevaux, avant de regagner la maison. En traversant la cuisine, elle croisa Alice qui lui jeta un drôle de regard mais ne lui adressa pas la parole. Nora jouait du piano, emplissant tout le rez-de-chaussée d'une mélodie lugubre. Jordane monta jusqu'à sa chambre, se changea, prit la peine de se recoiffer et de se parfumer tout en se moquant d'elle-même.

Une demi-heure plus tard, elle arrivait devant le mas de Pascal où une quarantaine de voitures stationnaient déjà. Elle rangea la sienne à l'écart, pour pouvoir partir vite si elle le souhaitait.

A l'intérieur de la grande salle, dont la porte était ouverte, régnait un indescriptible chahut. La réunion devait toucher à sa fin car chacun s'interpellait, s'exclamait, se tapait dans le dos. Des bancs avaient été installés le long des murs et la pièce était saturée de fumée. Jordane se glissa discrètement dans un coin sombre. Près de la grande cheminée centrale, Pascal expliquait quelque chose en criant dans l'oreille d'un très vieux manadier que Jordane avait déjà vu. Elle s'appuya au mur crépi, derrière elle, puis alluma une cigarette. Deux ou trois personnes vinrent lui serrer la main. L'un des gardians de Pascal, la reconnaissant, alla vers elle pour lui proposer à boire. Les gens s'étaient mis à défiler devant une petite table sur laquelle ils se penchaient pour signer quelque chose. Jordane devina qu'il s'agissait de la fameuse pétition. Soudain, la voix de Pascal couvrit le brouhaha.

— Il faut demander aux pêcheurs professionnels du Vaccarès ce qu'ils en pensent !

Un éclat de rire général lui répondit. Jordane regretta de n'avoir pas assisté aux débats. Après tout, elle était concernée aussi. L'exploitation du Biloba en hôtel n'englobait pas les soixante hectares de terres qu'il lui faudrait toujours faire prospérer. Elle décida d'aller signer sans même savoir à quoi elle s'engageait. Mais les gens qui l'entouraient étaient comme elle, des propriétaires en difficulté. En attendant son tour, à deux mètres de la table, elle se demanda tout de même si son grand-père aurait mis son nom au bas d'un texte sans le lire.

— Mademoiselle Valence ! s'exclama quelqu'un.

Pascal sursauta, fit volte-face et découvrit Jordane. Ses yeux gris pâle glissèrent sur elle, se détournèrent, revinrent. Il contourna un groupe qui les séparait et arriva devant elle, la main tendue.

— Je suis très, très content de vous voir, commença-t-il d'une voix altérée.

Obligée de lever la tête pour le regarder en face, Jordane esquissa un sourire.

— Voulez-vous boire quelque chose ?

— Je veux signer, d'abord. On fait la queue, chez vous !

On appelait Pascal, à l'autre bout de la pièce, et il eut un geste d'impatience.

— Je vous en supplie, dit-il très vite, ne partez pas maintenant. Ne disparaissez pas avant que j'aie pu vous parler. Promis ?

Elle fit signe qu'elle acceptait et il s'éloigna. A partir de cet instant, il n'eut de cesse de se débarrasser de ses hôtes. Il allait de l'un à l'autre, prenait congé, plaisantait en poussant son monde vers la sortie. Elle prit le stylo qu'on lui tendait et parapha la feuille sur laquelle ne restait presque plus de place. Les employés de Pascal enlevaient les bancs et vidaient les cendriers. Elle entendit des voitures qui démarraient au-dehors, des rires, et elle se retrouva seule dans la vaste salle. Profitant de ces quelques minutes de répit, elle détailla le décor un peu austère, autour d'elle. Sur le manteau de la cheminée s'alignaient des coupes et des trophées remportés par les cocardiers de la manade.

— C'est fini, ils sont partis !

Pascal ferma la porte et vint prendre Jordane par le bras, gentiment, pour l'entraîner vers la cuisine.

— Je meurs de faim, de soif ! Avez-vous dîné ?

— Euh... non.

— Merveilleux ! Je vais nous préparer quelque chose. Vous allez voir, c'est toujours à mi-chemin entre l'insipide et l'immangeable !

Il s'affairait, ouvrait des placards, sortait des assiettes. Jordane finit par s'asseoir pour le laisser circuler. Elle se contenta de l'observer tandis qu'il cassait des œufs, hachait des fines herbes puis faisait fondre du beurre.

— Vous savez vous servir d'un tire-bouchon ? Alors, ouvrez donc une bouteille de rosé...

Il posa deux verres sur la longue table, frôlant Jordane au passage.

— Ce n'était pas très gentil de raccrocher comme ça, l'autre jour...

Sans lui laisser le temps de protester, il lui tourna le dos et s'absorba dans la cuisson de son omelette. Jordane se demanda combien de fois il avait fait la cuisine pour Cécile. Cette pensée la troubla beaucoup. Le chagrin de Cécile, son désespoir n'étaient pas feints. Elle avait éprouvé un sentiment très profond et très violent pour Pascal. Comment avait-il pu en faire si peu de cas ?

— Vous voulez qu'on parle d'abord de Cécile ?

Etonnée, elle leva les yeux vers lui. Il hésitait, sa poêle à la main, un peu embarrassé. Elle lui tendit un plat et il y fit glisser son mélange d'œufs brouillés.

— Pas terrible, comme présentation, dit-il en s'installant face à elle. Servez-vous quand même... Je n'ai jamais aimé Cécile, je ne lui ai jamais fait la moindre promesse ou la plus petite déclaration. J'ignore ce qu'elle a pu vous raconter, mais je sais ce que vous avez vu, ici, et vous devez me prendre pour le pire des salauds. Alors il faut bien que je me justifie ! J'aurais dû rompre dès le début mais elle est très têtue quand elle veut. Et puis elle finissait par m'apitoyer. En plus, elle est jolie, pas exigeante, elle se faisait à la fois toute petite et très désirable...

Blessée par le dernier mot, Jordane demanda d'un ton ironique :

— Pourquoi me racontez-vous ça ?

— Parce que Cécile est votre amie, d'une part, ensuite parce que vous me jugez mal.

— Comment le savez-vous ?

— Je le vois à votre air distant.

Elle lui adressa un vrai sourire et ils se regardèrent pendant quelques secondes avant de se remettre à manger.

— Je ne devrais pas vous le dire mais vous m'intimidez, c'est très agaçant, déclara-t-il en servant le vin. A la vôtre... Est-ce que j'ai été suffisamment clair sur le chapitre Cécile ? Parce que je voudrais bien passer à la suite tant qu'il me reste un peu de courage.

— La suite ?

— Oui, il va tout de même falloir que je vous présente des excuses pour l'autre jour... Quand je suis venu chez vous, je n'avais pas du tout l'intention de... En tout cas pas comme ça, j'ai été nul, je suis désolé.

Gênée à son tour, Jordane chercha quelque chose de drôle à répondre mais ne trouva rien. Il termina son verre avant de continuer :

— Vous ne m'aidez pas, mais c'est de bonne guerre ! Prétendre que je suis désolé n'est pas très juste, d'ailleurs. En fait je suis ravi de ce qui s'est passé mais aussi très... humilié. Même si on n'est pas macho, il n'est jamais agréable de se ridiculiser à ce point-là.

Il avait gardé les yeux baissés sur le verre vide pour arriver à finir. Lorsqu'il les releva sur Jordane, ils étaient sans ombre, limpides, irrésistibles. Elle eut un petit frisson et il quitta précipitamment son tabouret.

— Vous avez froid ? Vous voulez un pull ? Non, tiens, venez... Je vais faire du feu...

Impatient, il lui tendait la main. Elle le suivit dans la grande salle en protestant.

— La nuit est vraiment tiède, vous n'allez pas allumer la cheminée en juillet, c'est idiot !

Sans l'écouter, il disposait déjà du petit bois et des bûches.

— Pour le plaisir, dit-il en frottant une allumette. Pour vous garder un peu plus longtemps. Installez-vous là...

Il lui désignait un gros fauteuil de cuir, un peu usé, qui semblait très confortable. Il s'assit à même le sol, sur les tomettes, pas trop près d'elle.

— Je peux vous poser une question indiscrète ?

Jordane se demanda où il voulait en venir. Il avait une façon tellement directe d'aborder les choses qu'elle ne savait plus où elle en était. Sinon qu'elle avait envie de rester là.

— Allez-y...

— Où en êtes-vous avec mon frère ?

— Oh, Robin...

Si elle voulait se protéger de Pascal, c'était le moment de tricher. Mais ce n'était pas dans la nature de Jordane. Au contraire, elle était lasse de toutes les compromissions et aussi des mensonges auxquels elle avait été contrainte ces derniers temps.

— Il est gentil, c'est mon ami. Mais je ne raisonne pas comme vous, les femmes sont moins cyniques... Alors je ne me demande pas s'il est désirable et je ne prends pas de récréation avec lui en espérant qu'il se fera « tout petit » ensuite...

Il resta silencieux un moment et elle crut l'avoir vexé jusqu'à ce qu'il réponde, à mi-voix :

— Merci pour la leçon...

Les flammes s'élevaient très haut dans la cheminée, éclairant le profil de Pascal. Jordane eut soudain envie qu'il vienne près d'elle. Immobile dans son fauteuil, elle écoutait les bûches crépiter, savourait la chaleur, attendait qu'il bouge.

— J'ai une seconde question, annonça-t-il.

— Oui ?

— Votre mari.

— Pour Lionel, c'est différent.

Elle avait répondu vite, sans choisir ses mots. C'était vrai, Lionel restait à part dans son existence. Elle vit Pascal se lever, un peu crispé, se pencher pour prendre un tisonnier, arranger son feu. Elle ne savait pas comment s'expliquer et la gêne s'installait de nouveau entre eux. Elle aurait pu parler de son divorce mais elle n'avait rien engagé de concret dans ce sens et elle n'avait aucune preuve de sa bonne foi. Elle s'aperçut qu'elle souhaitait le rassurer, malgré la satisfaction indéniable que lui procurait la jalousie qu'il n'avait pu dissimuler.

— Différent..., répéta-t-il.

— Je sais que je peux compter sur lui. Nous sommes séparés, en principe, mais il vient tous les week-ends. C'est lui qui m'a présenté cet Américain. Pour ce projet d'hôtel...

— Vous êtes engagée définitivement ? Vous n'avez pas changé d'avis ?

— Je dois signer ces jours-ci, à Montpellier. Je n'ai pas le choix.

— Si, on l'a toujours ! Votre bastide en Relais & châteaux, je trouve ça lamentable ! Vraiment... Vous avez assez de cran pour vous en sortir autrement.

— Je ne suis pas seule en cause.

Il revint s'asseoir par terre, mais plus près d'elle cette fois. Elle prit son paquet de cigarettes, dans la poche de sa chemise, et lui en offrit.

— Tout le monde se souvient de votre grand-père. C'était un type hors du commun.

— Autre temps, autre mentalité. Vous savez très bien qu'on est obligé de suivre.

— Pas forcément ! Regardez tous ces gens, ce soir ! Ils ne sont pas décidés à se laisser manger tout crus.

— Petite protestation dans un océan de décisions qui nous dépassent !

— Mais non ! Qui nous concernent ! Je suis prêt à faire un odieux pari avec vous. L'automne prochain, ou le suivant, toutes les cultures seront noyées par ici. Je me bats aussi pour une histoire de digues dont personne ne veut entendre parler aujourd'hui et qui sera le scandale de demain. Je ne veux plus qu'on décide à ma place de ce qui est bon pour moi ! On va d'hérésie en catastrophe dans cette région...

Comme il s'enflammait de nouveau, elle lui fit remarquer, d'une voix calme :

— Le changement est obligatoire, Pascal, même pour vous. La preuve, vous vous êtes adapté...

— Oui, mais j'ai sauvé l'essentiel alors que vous êtes prête à le sacrifier ! Et le pire, c'est que vous n'aurez bientôt plus aucune envie de vivre au Biloba...

Frappée par l'évidence de ce qu'il lui disait, elle se tut. Pascal recula un peu et appuya sa tête contre le genou de Jordane. Ce simple contact la fit tressaillir.

— Vous ne m'avez pas vraiment répondu, en ce qui concerne votre mari...

Obstiné, il y revenait, voulait savoir. Elle pouvait tout lui avouer d'un coup. Qu'elle en avait fini avec Lionel à cause de lui, qu'elle attendait un enfant de lui, et même qu'elle était amoureuse de lui. Mais, bien entendu, elle garda le silence. Elle ne le connaissait pas encore. Il lui avait montré des facettes trop contradictoires pour qu'elle se sente en confiance.

Pascal changea de position pour lui faire face. Il la dévisagea un moment.

— Dans une heure, le jour va se lever sur la mer, murmura-t-il. J'aimerais voir ça avec vous... Si je selle deux chevaux, est-ce que vous accepterez de m'accompagner ?

Il semblait inquiet et grave, presque suppliant soudain. Elle hocha la tête, sans le quitter du regard. Elle avait une folle envie de le toucher, même du bout des doigts, mais elle resta immobile, noyée dans les yeux gris clair. Il rompit le charme en se levant.

— Je fais du café d'abord !

Elle s'extirpa du fauteuil où elle avait passé une partie de la nuit et jeta un coup d'œil vers la porte de la cuisine puis vers l'escalier. Elle décida de monter jusqu'à la salle de bains pour se passer le visage à l'eau froide. Lorsqu'elle redescendit, il l'attendait avec une tasse de café fumant dans une main et un sweat-shirt dans l'autre.

— Mettez ça...

Elle enfila le vêtement douillet sur sa chemise, amusée par toutes ses prévenances. Le café était trop chaud et il la regarda boire en souriant. Dehors, ils furent surpris par la douceur de l'air. Dans l'écurie, elle l'aida à harnacher deux camarguais puis ils se mirent en selle. La nuit cédait la place à des clartés rosâtres qui commençaient d'éclairer le paysage. Après quelques centaines de mètres, ils prirent le petit galop. Botte à botte, ils traversèrent de vastes étendues dont Pascal connaissait tous les reliefs et tous les pièges. Sans fatigue, les chevaux avançaient à travers la sansouire[1] dont la végétation humide bruissait sous leurs sabots. Ils arrivèrent assez vite en vue des montilles, ces hautes dunes qui les séparaient encore de la mer.

— Juste à temps ! cria Pascal en désignant le ciel qui pâlissait.

Ils gravirent une première colline de sable et découvrirent l'eau devant eux, à l'infini. Jordane s'arrêta la première, descendit, jeta ses rênes à Pascal et courut jusqu'à la mer. Il l'observa un moment avant de la rejoindre. Ils s'assirent côte à côte, sur le sable, appuyés l'un contre l'autre et gardant les yeux fixés sur l'horizon.

— Les chevaux ? murmura Jordane.

1. Végétation basse et clairsemée qui croît sur les sols salés.

— Ils n'iront pas loin...

Il passa son bras autour d'elle, sans la serrer, et prit une profonde inspiration. Il était décidé à baisser sa garde, à se rendre.

— Je suis éperdument amoureux de vous, et c'est bien la première fois que ça m'arrive, je n'ai aucune idée de ce qu'on fait dans ce cas-là...

Il voulut l'embrasser au coin des lèvres mais elle lui donna sa bouche dans un élan qu'elle ne chercha même pas à contrôler. Ils restèrent longtemps enlacés avant de reprendre leur souffle.

— Je t'aime, répéta-t-il à voix basse. Jordane, je t'aime...

Comme il ne voulait pas se comporter une nouvelle fois comme un sauvage, il n'osait pas bouger et ce fut elle qui s'allongea, l'obligeant à la suivre. Ils avaient tout leur temps, cette fois, pour faire connaissance. Elle enleva le sweat et il lui en fit un oreiller. Appuyé sur un coude, il la regardait, comme un gosse émerveillé devant un trésor. Il ne voulait pas accomplir le premier geste, elle le savait. Il tournait le dos à la mer et au soleil qui faisait enfin son apparition.

— Sois ma femme, chuchota-t-il soudain. Divorce et sois ma femme, s'il te plaît...

Elle lui posa la main sur le visage pour le faire taire. Elle avait une fabuleuse envie de faire l'amour et tout le reste pouvait bien attendre.

Robin arrêta sa voiture près de la Rover. Il descendit et claqua rageusement sa portière. Jordane était à la manade, à six heures du matin ? C'était la dernière chose à laquelle il s'attendait. Il eut l'impression qu'il allait s'étrangler de fureur. Laissant tomber dans l'allée poussiéreuse le sac de croissants qu'il destinait à son frère, il se dirigea vers le mas à grands pas.

Le baiser de Jordane, quelques jours plus tôt, lui avait fait oublier ses angoisses, l'avait installé sur un petit nuage. Il avait repris courage, s'était persuadé qu'avec un peu de patience encore il finirait par se faire aimer. Si elle acceptait de le laisser pousser son avantage, il saurait bien la rendre heureuse, il en était certain.

Cécile lui avait affirmé, un jour qu'ils bavardaient à l'agence tous les deux, que Jordane ne se faisait aucune illusion sur Pascal, un monstre d'égoïsme et de brutalité. Alors qu'était-elle venue chercher ici à l'aube ?

Frappé par cette idée, il fit demi-tour, alla poser sa main sur le capot de la Rover. Il était froid. Elle était donc là depuis longtemps, la veille peut-être. Pourquoi avait-elle menti, à lui, à Cécile, à tout le monde ? Pourquoi l'avait-elle embrassé, s'était-elle blottie contre lui dans la rue ?

Il repartit vers le mas, ouvrit la porte à la volée, alla droit à l'escalier qu'il se mit à grimper quatre à quatre. Sans frapper, il entra dans la chambre de son frère et considéra, stupéfait, le lit intact. Personne n'avait dormi là, il dut se rendre à l'évidence. Il redescendit, erra un peu dans la grande salle puis dans la cuisine. Deux assiettes sales, deux verres, deux tasses.

Incapable de dominer la vague de colère qui s'était emparée de lui, il se mit à arpenter la pièce, donnant des coups de poing sur les meubles au passage. Pascal lui avait déjà pris trop de choses pour lui enlever également Jordane. Même si elle n'était pas pour lui, il ne pouvait pas supporter l'idée qu'elle soit avec son frère.

Imaginant l'air protecteur et bienveillant de Pascal, il étouffait de colère, d'impuissance. Est-ce qu'ils étaient en train de rire de lui, tous les deux, quelque part ? De le tourner en ridicule, lui l'éternel perdant, le gentil sous-fifre ? Leur père avait raison, avec Pascal la lutte était trop inégale. Ce type séduisant à qui tout réussissait ne pouvait vouloir qu'une femme d'exception, bien sûr, la seule qui lui ait tenu tête ! Et il pouvait renverser la situation à son profit en une nuit, quand Robin mettait des mois à se faire tout juste tolérer.

Il ouvrit la porte de la cuisine d'un coup de pied, fendant le battant. Il alla droit vers l'écurie, espérant rencontrer quelqu'un tant il avait envie de se battre. Mais il n'y avait que les chevaux somnolant sur leurs litières. Il en manquait deux dont les licols pendaient aux anneaux. Robin se figura sans peine la promenade romantique, les deux cavaliers heureux, et Jordane les cheveux au vent. Il fut soulevé par une bouffée de haine, un besoin de revanche qu'il n'avait jamais connu auparavant.

— Ah, c'est comme ça ! s'écria-t-il.

Il se précipita sur le premier des camarguais et le détacha, puis il passa au suivant, et ainsi tout le long de l'écurie. Ensuite il se faufila au milieu des chevaux qui commençaient à se bousculer, et fonça vers le premier corral, juste derrière le mas, dont il ouvrit la barrière. Il continua jusqu'à la barrière suivante qu'il fit sauter elle aussi. Pris de folie, hors d'état de réfléchir, il courait à perdre haleine. Il coupa à travers un pré, aperçut des taureaux et se dirigea vers eux, continuant à tout ouvrir sur son passage. Il se vengeait sur ce qui appartenait à son frère, rendant sa liberté au bétail, semant la panique. Il aperçut une longe, enroulée autour d'un poteau, et il s'en saisit afin de la faire claquer aux oreilles des animaux qui galopaient un peu partout, soulevant des nuages de poussière.

Jordane et Pascal revenaient de la plage, à travers les marais, au pas. Elle ne disait rien, se laissant bercer par le rythme de son cheval, pour préserver la sensation de plénitude et de bien-être qui l'avait envahie. Pascal, afin de se racheter, s'était montré d'une tendresse et d'une patience rares.

— Arrête-toi une seconde, demanda-t-il en se penchant vers elle.

Jusque-là, il n'avait pas voulu rompre son silence mais ils approchaient de la manade et il avait quelque chose de grave à lui dire.

— Dans cinq minutes nous serons à la maison et tu vas vouloir rentrer chez toi... sans m'avoir répondu... Veux-tu m'épouser ? Je suis très sérieux...

Le soleil l'obligeait à cligner les yeux, pourtant il la dévorait du regard. Il était ivre de cette impression toute neuve qui le tenaillait et dont il ne se lassait pas : il aimait. Elle se résigna à prononcer une phrase insensée, qui allait pourtant décider de l'avenir.

— J'attends un enfant.

Elle l'avait déclaré d'une voix posée, presque froide, pour voir quelle allait être sa réaction. Elle prenait un pari dangereux mais elle avait besoin de savoir, d'être sûre de lui et de ce qu'il était en réalité.

— Tu peux me répéter ça ?

— Non. Tu as entendu.

Elle n'espérait rien de précis, elle attendait, curieuse et impatiente. Il fallait qu'il soit différent des autres. Or il était capable de bien des choses, mais pas de se laisser poignarder au moment précis où il tombait enfin amoureux. Il fut ravagé, en une seconde, par l'amertume et la jalousie. Persuadé qu'il s'agissait de Lionel, il se dit qu'il allait le tuer pour s'en débarrasser. Jordane était à lui depuis une heure et il ne la lâcherait jamais plus quoi qu'il arrive.

Tandis qu'il essayait de se dominer, les yeux baissés, qu'il luttait pour retrouver son sang-froid, elle l'observait. Elle avait constaté qu'il s'était décomposé lorsqu'elle avait prononcé ce mot d'enfant.

— C'est ce que tu pouvais me dire de pire, dit-il entre ses dents.

Immédiatement déçue, sur le point d'éclater en sanglots, elle ne lui laissa pas le temps de poursuivre. Elle donna une légère impulsion à son cheval qui prit aussitôt le galop.

— Attends ! cria Pascal derrière elle.

Il venait de réaliser dans quel épouvantable malentendu ils allaient tomber s'il ne s'expliquait pas tout de suite. Le pire, c'était l'idée qu'elle appartienne à un autre, qui avait tous les droits parce qu'il était encore son mari, pas le fait qu'elle attende un enfant. Il s'élança pour la rattraper mais il lui avait confié un petit camarguais très rapide et elle était bien plus légère que lui. Les deux chevaux galopaient à vingt mètres l'un de l'autre, soulevant des gerbes d'eau autour d'eux, lorsque Pascal vit quelque chose d'anormal au loin. Un troupeau arrivait face à eux, dans le plus grand désordre, comme poussé par la panique. Incrédule, il s'arrêta, mit sa main en visière. Il reconnut deux de ses puissants cocardiers, en tête, suivis par un groupe de génisses qui n'auraient jamais dû se trouver là. Des silhouettes de chevaux se mêlaient aux taureaux et Pascal réalisa soudain la gravité de la situation et l'affolement du bétail.

— Jordane ! hurla-t-il. Ne reste pas sur leur route !

Elle n'avait aucune expérience du comportement des taureaux, n'ayant vécu que parmi les chevaux et les moutons. Sentant Pascal derrière elle, décidée à ne pas se laisser rejoindre, elle n'avait même pas ralenti.

Seul, il aurait modifié sa trajectoire, et laissé passer les premiers mâles pour tenter ensuite de donner une direction au bétail. Mais il y avait Jordane, en plein milieu de la plaine, qu'il ne pouvait pas perdre de vue.

Livrés à eux-mêmes, sans les directives habituelles de leurs cavaliers, les chevaux cherchaient à fuir les cornes des bovins mais sans parvenir à se dégager de ce troupeau en folie. A cinquante mètres d'eux, Jordane comprit soudain le danger. Elle décrivit une large courbe pour les éviter et Pascal se retrouva juste devant la ligne de front. Il pouvait encore faire demi-tour sur place et prendre la tête, mais il voulut s'assurer que Jordane était à l'abri et il perdit une ou deux secondes. Son cheval réagit avant lui et pivota trop vite sur un postérieur, terrorisé. Il trébucha et s'effondra au moment où les premiers taureaux arrivaient sur lui.

Dans le nuage de poussière soulevé par les centaines de sabots, Jordane ne distinguait pas grand-chose. Elle vit Pascal disparaître, il y eut un remous à cet endroit-là, des écarts désordonnés, des chutes. Entre les mugissements affolés, le martèlement des galops, les souffles rauques des animaux hors d'haleine, Jordane entendit des cris. Très loin d'elle, à l'horizon, des silhouettes accouraient. Elle devina que les gardians, privés de leurs montures, mettraient un certain temps à arriver. Le troupeau s'éloignait, scindé en deux groupes à présent, dont l'un ralentissait déjà.

Jordane se précipita vers Pascal qui était à plat ventre, immobile dans une flaque de boue, un bras au-dessus de la tête. Elle descendit de son cheval avant même qu'il se soit immobilisé, et s'agenouilla.

— Pascal ? Pascal !

Il bougea un peu, étouffa un gémissement en se mettant sur le côté. Du sang coulait de ses cheveux, maculait sa chemise en se mêlant à la terre.

— Comment te sens-tu ? Où as-tu mal ? Pascal ?

Il réussit à s'asseoir puis à se lever, mais en titubant, le bras droit pendant le long du corps, inerte. Il regarda Jordane, l'air hagard, et parvint à demander :

— Tu n'as rien ?

Comme il vacillait, elle le prit par le bras gauche mais il la repoussa, se détourna et se mit à vomir. Deux gardians arrivaient enfin, à bout de souffle, en sueur.

— C'est ton frère ! cria l'un d'eux. Il est devenu fou, il a fallu qu'on lui tape dessus pour l'arrêter !

L'autre avait détaché son foulard et le tendait à Pascal. Le 4 × 4 vint s'arrêter juste à côté d'eux.

— Pas trop de casse ? demanda le conducteur.

— Pour moi, le bras, répondit Pascal qui était livide. Mais il va y avoir des éclopés dans le troupeau !

Il jeta un coup d'œil à Jordane puis ajouta gentiment :

— Tu voulais les arrêter à toi toute seule ?

Les hommes se mirent à rire, sauf le gardian qui était près de Pascal et qui ne le quittait pas des yeux.

— Tu devrais aller t'asseoir dans la voiture, suggéra-t-il. Je vais te descendre à Arles...

— Pour quoi faire ? s'indigna Pascal.

Jordane intervint, d'un ton sans réplique :

— Au moins pour passer des radios !

Les employés s'attendaient qu'elle soit vertement remise en place mais Pascal ne fit aucun commentaire. Il se sentait mal, il avait le vertige. Il ferma les yeux une seconde mais, lorsqu'il les rouvrit, le monde était toujours aussi flou. Quelqu'un le prit par la taille et l'aida à s'installer sur le siège passager.

— Je ne vais pas vous être d'un grand secours, murmura Pascal, mais remettez-moi de l'ordre là-dedans... Ils ont dû s'arrêter quelque part et les mâles ne vont pas tarder à se battre...

Il cessa de parler pour réprimer une nausée. Le conducteur démarra presque aussitôt, essayant de rouler doucement et d'éviter les trous. Jordane suivit des yeux le véhicule qui s'éloignait. Un homme lui toucha l'épaule.

— Gardez le cheval pour rentrer, mademoiselle Valence... Au point où on en est... On continue à pied !

Robin poussa la porte de l'agence si brutalement que Cécile sursauta. Elle le dévisagea, affolée. Il avait la pommette fendue, une lèvre enflée, l'air d'un fou. Les gardians de Pascal l'avaient à moitié assommé et il s'était traîné jusqu'à sa voiture. Il était à bout de résistance, épuisé par les efforts qu'il avait déployés pour effrayer le bétail. Il avait dû courir derrière eux, les frapper de la longe, crier à tue-tête, courir sur des kilomètres pour ouvrir une bonne vingtaine de barrières. Lorsque les employés lui étaient tombés dessus, il s'était battu de toutes ses forces, sachant qu'il allait prendre une correction, allant au-devant des coups.

Mais ces deux heures de démence ne l'avaient pas calmé, au contraire. Il y avait trop longtemps qu'il se contraignait, qu'il accumulait des rancunes et des frustrations. Maintenant qu'il lui avait laissé libre cours, il ne parvenait plus à endiguer le flot de colère qui l'électrisait.

— Tu étais au courant ? demanda-t-il en marchant sur Cécile. Tu le savais ? Elle t'avait dit quelque chose ?

Terrorisée, Cécile s'était levée précipitamment. Elle se mit à tourner autour du bureau, refusant de se laisser approcher.

— Robin ! Je ne sais pas de quoi tu parles...

— Elle s'est bien foutue de ma gueule, la garce ! Et de toi aussi ! Mais c'est ta faute, c'est bien fait !

Il renversa le bureau et Cécile fit un bond en arrière.

— Ta faute ! hurla-t-il. Tu n'as même pas été capable de garder Pascal, de le faire tenir tranquille ! C'est toi qui lui as mis Jordane sous le nez !

Les larmes aux yeux, Cécile avait reculé jusqu'au mur. Il fonça sur elle et posa ses mains sur ses épaules, tout près de son cou.

— Si tu étais moins conne, il ne s'en serait pas pris à elle ! Il détruit tout ce qu'il touche ! Tu t'es vue, toi ? Dis ?

Sans même s'en apercevoir, il serrait ses mains convulsivement. Cécile comprit qu'elle avait très peu de temps pour réagir, qu'il était dans un état second et qu'elle n'aurait jamais assez de force pour lutter contre lui.

— Robin, dit-elle d'une voix étranglée, tu me fais mal...

Elle commençait d'étouffer, terrifiée, et elle leva les mains, le prit carrément dans ses bras, l'attira au lieu de chercher à le repousser. S'abattant sur elle, il la lâcha aussitôt et eut un premier sanglot qui ressemblait à un hoquet. Elle le laissa pleurer longtemps, toujours plaquée au mur, se contentant de lui caresser la nuque avec une sorte de tendresse.

— Je suis désolé, finit-il par bafouiller.

Lentement, il s'écarta, fit quelques pas hésitants et alla s'écrouler dans un fauteuil, la tête entre les mains. Elle le regarda un bon moment, recouvrant peu à peu son calme. Parce qu'elle avait connu la même torture, Robin lui faisait pitié. Elle n'avait pas oublié Pascal mais elle refusait d'y penser à présent, ayant tiré un trait sur leur histoire.

Robin retrouvait ses esprits, peu à peu, écrasé par une incroyable fatigue.

— Je crois bien que j'ai pété les plombs, murmura-t-il.

— Oui, mais ça fait du bien... Veux-tu du café ?

Elle redressait le bureau, ramassait les papiers épars. Il n'avait même plus assez d'énergie pour l'aider.

— Cécile, vraiment... je ne sais pas comment m'excuser... Tu n'y es pour rien, bien sûr ! J'ai dit n'importe quoi... Et j'ai fait n'importe quoi depuis que je suis réveillé... J'ai commencé par acheter des croissants !

Il voulut sourire et grimaça quand sa lèvre se fendit de nouveau.

— C'est Pascal qui t'a arrangé comme ça ?

Elle pointait le doigt vers son visage et il secoua la tête.

— Même pas ! Ses employés, ses chiens de garde...

Dans le mouvement qu'elle fit pour récupérer le cendrier qui avait roulé sur la moquette, il aperçut ses cuisses bronzées. Elle était jolie, bien faite, et les hommes ne savaient pourtant que la tourmenter. Il la suivit des yeux tandis qu'elle préparait le café. Toute la violence de la matinée avait réveillé des choses oubliées, l'avait saturé d'adrénaline, et Robin s'étonna d'éprouver une sorte de désir brusque. Il détourna son regard, un peu honteux, et se mit à raconter ce qui s'était passé.

Isabelle guettait à l'entrée de l'allée quand Jordane arriva au Biloba. Elle freina sèchement et passa la tête à la portière, inquiète. Elle n'imaginait pas qu'une nouvelle catastrophe puisse encore s'abattre sur elle, et pourtant sa mère lui annonça que Nora avait disparu. Croyant avoir mal compris, Jordane descendit de voiture, se fit répéter la phrase. De toute façon, le visage tourmenté d'Isabelle était éloquent. Atterrée, elle posa quelques questions qui restèrent sans réponse, puis elle fut envahie par un intolérable sentiment de culpabilité. Elle ne s'était pas souciée de sa sœur, elle n'avait pensé qu'à elle-même depuis quelque temps, et aussi à Pascal Peyrolles qui l'avait conduite de déception en déception.

— Maman, murmura Jordane, on va la retrouver...

Puis elle éclata en sanglots convulsifs et dut s'appuyer contre la Rover.

10

Pascal ne voulait rien entendre et Vincent dut s'incliner. Il ne serait pas question d'hospitalisation. L'interne, ne désirant pas être tenu pour responsable d'une telle inconséquence, demanda alors qu'on lui signe une décharge. Durant la réduction de fracture, brève mais douloureuse, Pascal n'avait pas bougé. Ensuite on lui avait posé de larges bandes élastiques, moins contraignantes qu'un plâtre. En l'examinant, le médecin trouva bon nombre d'hématomes et il voulut pousser ses investigations, ce à quoi Pascal se refusa catégoriquement. Ils étaient en pleine discussion lorsque Vincent fit irruption dans la salle des urgences. Croyant obtenir là un précieux renfort, l'interne exposa une nouvelle fois ses inquiétudes au père du blessé. Ce qui eut pour effet, dès que Vincent voulut ouvrir la bouche, de mettre son fils en colère. L'interne préféra quitter la salle discrètement pour les laisser se quereller.

— Ne t'énerve pas, finit par déclarer Vincent d'un air inquiet. Si tu ne veux pas rester ici, je t'enverrai le Dr Fournier à la manade ce soir. Tu as besoin d'être suivi. Tu as entendu ce qu'a dit le médecin ? Tu as peut-être des lésions internes !

— Je vais très bien !

En réalité, il se sentait plutôt mal mais ne voulait pas en convenir.

— Comment as-tu su que j'étais là ? interrogea-t-il d'un ton las.

— Ton frère a téléphoné à Antoine.

— C'est Robin qui a appelé ? Ah que c'est drôle !

— Pourquoi drôle ? Qu'est-ce qui est arrivé exactement ?

— Un problème avec le bétail. Des taureaux affolés se sont échappés... Je me trouvais au mauvais endroit.

— Toi ?

Incrédule, Vincent fronçait les sourcils. L'habileté de Pascal avec les troupeaux était légendaire. Il savait son fils aîné bon cavalier et bon gardian.

— Et alors tu t'es fait piétiner ? Comme ça ?

— Mon cheval est tombé. C'était une vraie mêlée de rugby, tu aurais dû voir ça !

Pascal se mit debout, vérifia qu'il n'avait plus le vertige et soupira de soulagement.

— Il doit y avoir des animaux blessés, il faut que je rentre...

— Assieds-toi ! lui intima Vincent avec une autorité inattendue.

Franchement amusé, Pascal jeta un coup d'œil à son père. C'était la dernière personne au monde dont il avait envie d'écouter les ordres. Il chercha sa boîte de petits cigares dans ses poches.

— Tu ne vas pas fumer ici ?

Regardant ce qui restait de ses Davidoff, Pascal sourit.

— Non, je ne crois pas. Dommage...

Il avait repris des couleurs depuis que son malaise latent s'était dissipé.

— Si tu ne veux pas rester à l'hôpital, viens au moins passer quelques heures à la maison. Tu pourras me raconter toute cette histoire en détail.

Pascal ne souhaitait pas expliquer quoi que ce soit à son père mais, en revanche, il avait besoin de lui parler et il accepta de le suivre. Il quitta les urgences avec le bras en écharpe et une provision d'antalgiques. Une fois chez eux, Vincent l'obligea à s'installer sur un canapé et lui servit un cognac.

— Il faut que nous ayons une conversation, dit Pascal en devançant les intentions de son père. A propos de Robin...

— Robin ? Pourquoi ?

Perplexe, il observait son fils aîné. Il avait eu tellement peur, en se rendant à l'hôpital, que c'était lui maintenant qui se sentait gagner par une faiblesse très désagréable.

— Nous l'avons toujours pris pour un mou, un gentil, un docile, n'est-ce pas ? Eh bien il est capable de se révolter ! poursuivait Pascal d'une voix réjouie.

— Contre toi ? Mais tu ne lui as rien fait ! Moi non plus...

— Oh que si ! Toi surtout.

Vincent tira une chaise près du canapé et s'assit pesamment.

— Je ne comprends rien de ce que tu dis. Pourquoi est-il question de Robin ? Il était chez toi, ce matin ?

— Chez moi, chez toi... tu vois, le pauvre, il n'est jamais chez lui ! Je comprends qu'il ait fini par se rebiffer ! C'est lui qui a semé la pagaille à la manade.

— Quoi ?

— Tous ces chevaux, tous ces taureaux, tous ces hectares que tu m'as donnés ont dû lui monter à la tête ! Et, le détonateur, c'était la voiture de Jordane... bien sûr...

— La fille Valence ? Et alors ? Explique-toi !

— Tu n'as pas besoin d'explication. Ce qu'il faut, c'est que tu cesses d'être injuste, odieux.

— Pascal ! Voyons...

— Tu vas lui céder la charge et tu vas te reposer. Nous foutre la paix.

— Pascal !

— Et arrête de bêler mon nom ! Tu me regardes depuis trente ans comme si chaque jour était celui de ma communion solennelle ! Je ne suis pas un fils modèle, je ne suis pas ton reflet, tu ne m'as pas fait à ton image, merci mon Dieu !

Tassé sur lui-même, Vincent levait un visage pitoyable vers Pascal. Il encaissait les injures sans répondre, comme chaque fois.

— Tu l'as privé de sa mère, de ton affection, de terres qu'il aimait au moins autant que moi, tu ne vas pas le priver d'avenir, quand même ! Aujourd'hui qu'il montre les dents, je lui donne entièrement raison ! Cède-lui ta charge ou je ne remets plus jamais les pieds ici et tu te retrouves complètement seul...

La menace était claire, Pascal n'avait même pas eu besoin d'élever la voix. Il n'appréciait pas le chantage mais il n'avait pas d'autre moyen pour faire céder son père. Il avait eu tout le temps de réfléchir pendant l'heure où il avait attendu qu'on l'examine, aux urgences. Il avait fini par s'attendrir sur son frère. Ses hommes lui avaient raconté la scène, leur réveil en fanfare, la crise de folie de Robin et de quelle manière ils s'étaient débarrassés de lui. Où s'était-il réfugié, à présent, lui qui n'avait pas d'amis dans cette ville, hormis son frère ? Est-ce qu'il avait fini par se calmer ou est-ce qu'il continuait son expédition punitive ? Il devait être affreusement malheureux, en tout cas. Pas d'avoir lâché quelques chevaux et quelques taureaux, mais de devoir renoncer à la femme qu'il aimait. Car il était fou de Jordane, Pascal le savait depuis le début. Mais, puisque Robin n'était plus son rival, Pascal se sentait de nouveau indulgent, prêt à le protéger comme il l'avait toujours fait, et surtout à le défendre contre leur père. Ce n'était pas Robin qui était l'ennemi, mais ce Lionel qu'il haïssait déjà et contre lequel il était capable de faire bien pis que tout ce que son petit frère pouvait imaginer.

— Pascal ? Tu te sens bien ? Pascal !

La voix de son père lui parut lointaine, étouffée. Il fit un effort pour se redresser, provoquant un élancement dans son bras. Il vit le visage de Vincent qui s'approchait.

— Tu vas lui céder ta charge, répéta-t-il en essayant de s'accrocher à son idée.

— Oui, c'est promis ! D'accord, je vais le faire, mais ne dis plus rien, ne t'agite pas.

Brusquement alarmé, Vincent avait remarqué la pâleur de son fils et surtout son regard trouble. Une angoisse sans nom s'empara de lui et il se saisit du téléphone d'un geste fébrile.

— Tu vas..., recommença Pascal avec difficulté.

— Je te le jure ! Tu me crois ? Tout va bien, ne bouge pas. Pascal ? Antoine ! Antoine !

Pascal perdit connaissance tandis que son père continuait à crier.

Isabelle gardait Jordane serrée contre elle, lui répétant des mots apaisants. Sa fille avait pleuré longtemps sur tous les chagrins accumulés depuis des mois. Réfugiée dans les bras maternels, elle s'était abandonnée au découragement, à une envie de renoncement encore inconnue. Elle avait livré pêle-mêle les secrets qui l'asphyxiaient, avouant qu'elle redoutait l'avenir, elle qui n'avait peur de rien, qu'elle regrettait sa décision pour le Biloba, qu'elle était amoureuse d'un homme dont elle n'était pas sûre, qu'elle attendait un enfant qui n'aurait peut-être jamais de père. Elle s'accusait aussi de n'avoir pas su écouter Nora et prévenir sa fugue. D'avoir négligé sa famille, rendu fou le pauvre Robin, fait souffrir inutilement Lionel.

Impuissante à calmer la détresse de Jordane, sa mère avait laissé passer l'orage. Elle connaissait sa fille et savait que le moment d'abattement serait passager, qu'elle allait le surmonter. La force de Jordane n'était pas un masque, un rôle, mais une réalité de toujours. Même enfant, elle débordait d'énergie et de joie de vivre. Ni les obstacles, ni les malheurs, ni les deuils ne pouvaient la briser. Mais elle avait parfois besoin de souffler, comme tout le monde, et n'avait que l'épaule de sa mère pour pleurer. L'angoisse de la disparition de Nora, ajoutée à la nuit qu'elle venait de vivre et à l'accident de Pascal, avait eu momentanément raison d'elle, et Isabelle attendait sans impatience la réaction qui allait se produire.

Au bout d'une demi-heure, Jordane cessa de renifler et alluma une cigarette.

— Où a-t-elle bien pu aller ? A Paris rejoindre Sydney ?

— J'ai téléphoné à Lionel, à tout hasard, répondit Isabelle. Il n'est au courant de rien. Il va se renseigner...

— Elle a pris de l'argent ? Qu'est-ce qu'elle a emporté ?

— Pas grand-chose. Quelques vêtements, ses affaires de toilette...

— Elle ne connaît presque personne. Elle n'a pas d'amis, elle ne sort jamais d'ici !

— J'ai appelé son professeur de piano mais il ne l'a pas vue depuis deux ans ! Et puis les parents de Cécile, Gilbert évidemment, le kiné...

Jordane laissa errer son regard sur les murs du grand salon. Les meubles vendus avaient laissé des marques claires sur la peinture défraîchie.

— Mais enfin, murmura Jordane, elle est partie à pied ?

— Je ne sais pas. Nous ne nous sommes inquiétées que vers neuf heures, Alice et moi.

Il était midi et les cigales menaient, dehors, leur infernal tapage.

— Il faut que j'aille donner à manger aux chevaux, soupira Jordane.

— Je vais t'aider !

Jordane regarda sa mère d'un air étonné.

— Eh bien quoi ? dit Isabelle. C'est si rare qu'on te donne un coup de main ! Tu culpabilises tout le temps mais je m'aperçois que personne n'a jamais l'idée de te soulager un peu.

— Maman ! Je m'occupe de l'écurie mais je ne fais rien à la maison, rappela Jordane.

— Je t'aide, répéta Isabelle fermement. D'ailleurs ça me changera les idées.

Elle prit un chapeau de paille qui traînait sur un fauteuil et le posa sur sa tête. Le geste émut Jordane. Sa mère était encore très belle, avec sa déconcertante fragilité, ses yeux de velours, ses mouvements gracieux, sa fantaisie à fleur de peau.

— Et puis tu sais, ma chérie, il faut faire attention au début et à la fin d'une grossesse. Crois-moi !

— Maman..., dit Jordane d'une drôle de voix. Tu seras donc grand-mère ?

Elle découvrait l'évidence, stupéfaite.

— Je vais adorer ça, affirma Isabelle gaiement. Mais peut-être devrais-je épouser Gilbert d'abord ? Pour qu'il ne traîne pas une mamie à la mairie ?

Son regard doux était posé tendrement sur sa fille. Une nouvelle en valait une autre, puisque c'était la matinée des confidences. Pour ne pas céder à l'attendrissement, Isabelle se dirigea soudain vers la porte du salon.

— Allons-y avant que les pauvres chevaux ne soient morts de faim ! Et puis j'aimerais en savoir un peu plus sur ce Pascal Peyrolles, j'en étais restée à l'odieux amant de Cécile, moi...

Avec un pincement au cœur, Jordane se rappela l'attitude de Pascal lorsqu'elle lui avait annoncé qu'elle attendait un enfant. Son silence, ses yeux rivés au sol avaient effacé en une seconde tout ce qu'il avait pu prétendre auparavant. Pourtant, quelle inoubliable nuit...

— Tu rêves ?

— Je pensais à Nora, mentit-elle.

— On ne peut rien faire, de toute façon. Elle a trente ans ! Je ne crois pas que la gendarmerie accepterait de s'en mêler...

Courageuse, Isabelle dissimulait ses craintes pour éviter de décourager encore plus sa fille. Elles quittèrent le salon, traversèrent le hall et la cuisine où s'affairait Alice.

— Je prépare tout de même à déjeuner ? demanda la vieille dame sans lever le nez de ses casseroles.

Jordane eut un élan d'affection irraisonné pour sa belle-mère.

— Bien sûr Alice ! Merci... Nous n'en avons pas pour longtemps...

A elle aussi il faudrait annoncer un jour la venue du bébé. Qu'elle n'allait pas aimer, sans doute, parce qu'il ne serait pas l'enfant de Lionel. Etouffant un soupir, Jordane quitta la cuisine derrière sa mère. Elles entendirent, de loin, les hennissements impatients de Butaban.

— Je ne veux pas qu'il entre, c'est hors de question !

Robin hocha la tête à plusieurs reprises. Il n'avait aucune envie non plus de voir Vincent.

— Il n'a qu'à retourner chez lui et attendre, cesser de brasser de l'air, d'emmerder tout le personnel médical !

— Tu devrais te tenir tranquille, ou alors la piqûre ne servira à rien...

Agacé, Pascal leva les yeux au ciel. La patience n'avait jamais été son fort.

— Tout va bien se passer, ajouta Robin.

— Pourquoi me dis-tu ça ? Tu crois que j'ai peur ?

— Non ! Mais c'est toujours un peu angoissant...

— C'est *très* angoissant !

La dose de tranquillisants, administrée en préanesthésie, commençait à faire son effet.

— D'ailleurs il y a des accidents, tout le monde le sait, choc opératoire et tout ça...

— Ne dis pas de bêtises ! coupa Robin avec autorité. Tu n'y connais rien, et moi non plus.

— Le chirurgien sera de très mauvaise humeur parce qu'il aura eu papa sur le dos, et il va me rater, tu verras !

— Arrête...

Robin s'assit prudemment sur le bord du lit.

— Tout ce qui est arrivé est de ma faute, dit-il d'une voix lugubre.

— Absolument ! Et si je ne m'en sors pas, tu auras ma mort sur la conscience !

Dévisageant Pascal pour s'assurer qu'il plaisantait, Robin murmura :

— Je suis tellement désolé, si tu savais...

De sa main valide, Pascal lui prit le poignet et le serra.

— Mais non, petit frère... Tu as grandi, c'est bien...

Ils étaient liés par un sentiment puissant dont ils n'avaient que rarement conscience. Leur enfance solitaire les avait d'autant plus rapprochés que Vincent avait voulu les séparer.

— Ils ne vont pas m'autoriser à rester longtemps, chuchota Robin qui avait une boule dans la gorge.

— Attends, attends ! Tu vas m'écouter d'abord, parce que quand même, on ne sait jamais... Dans mon portefeuille, avec ma carte d'identité, il y a une adresse...

Pascal recommençait à se sentir mal et il se hâta de finir.

— C'est celle de notre mère, je veux que tu lui écrives, si jamais... Et puis non, contacte-la de toute façon... Tu m'entends, Robin ?

— Pascal...

— Fais-le maintenant ! Je n'ai pas eu le courage d'aller au bout mais c'est idiot, les années passent. Nous avons déjà échangé quelques lettres, elle et moi, mais des petites choses, tu vois, très prudentes... C'est ton tour...

Pascal s'interrompit et serra plus fort le poignet de Robin.

— On n'a vraiment pas assez de temps devant nous pour que je te parle... Je me sens bizarre, je te vois tout flou et... et en plus, j'ai la trouille...

Affolé, Robin chercha des yeux une sonnette mais la porte s'ouvrit au même instant.

— Vous êtes encore là ? reprocha l'infirmière.

Deux hommes, en blouse blanche, poussèrent un chariot près du lit. Pascal lâcha son frère et ferma les yeux. Robin quitta la chambre, complètement bouleversé, après avoir fouillé dans les vêtements de Pascal et pris le portefeuille. Il descendit jusqu'au rez-de-chaussée où son père faisait les cent pas devant les ascenseurs.

— Il est parti pour le bloc, annonça Robin, laconique.

Vincent lui jeta un coup d'œil furieux mais s'abstint de tout commentaire. Ni le chirurgien ni son propre médecin n'avaient pu le rassurer. Ils avaient parlé entre eux dans un jargon incompréhensible, affolant, où il était question d'hémorragie. La décharge signée par Pascal le matin même avait été exhibée comme une curiosité puis soigneusement rangée. S'il avait accepté plus tôt de se soumettre aux examens, il serait déjà en salle de réveil. Vincent se reprochait de ne pas l'avoir convaincu à ce moment-là, de ne pas avoir su imposer sa volonté. Mais il ne l'avait jamais fait, depuis trente ans, et il ne savait même pas comment s'y prendre. Avec le reste du monde, c'était facile. Y compris avec cet imbécile de Robin. Mais devant Pascal, Vincent était démuni.

— Il était conscient ? demanda-t-il soudain.

— Oui...

— Il a dit quelque chose ?

— Non... Allons dehors...

Ils firent quelques pas vers la sortie puis Vincent s'arrêta net.

— Est-ce que tu te rends compte de ce que tu as fait ?

— Oui.

Le visage tuméfié de Robin ne l'inquiétait pas, ne le gênait pas : il n'y prêtait aucune attention. Ce qui le rendait fou, c'était simplement que quelqu'un ait osé s'en prendre à son fils aîné, que celui-ci soit en danger.

— Tu ne...

Il s'interrompit. Il avait juré à Pascal de ne faire aucun reproche, aucune morale à Robin. Il se souvint qu'il avait également promis de lui céder sa charge. A ce crétin ! Néanmoins il décida que si c'était le prix à payer pour que Pascal s'en sorte, c'était vraiment dérisoire.

— Où vas-tu ? demanda-t-il à Robin dès qu'ils eurent descendu les marches.

— On va rentrer, papa. Ils nous appelleront.

— Je ne bouge pas d'ici ! s'écria Vincent d'une voix étranglée.

Robin le regarda un moment, perplexe. Même s'il en faisait les frais, l'amour immodéré de leur père pour Pascal avait quelque chose de poignant. Sans insister, il s'éloigna. Il lui tardait de découvrir une certaine adresse mystérieuse. Il gagna en hâte l'hôtel particulier, s'obligeant à ne pas ouvrir le portefeuille en pleine rue. Il monta dans sa chambre, referma la porte et s'assit à son bureau. Il resta un moment les yeux dans le vague. Pascal correspondait avec leur mère... La nouvelle avait quelque chose d'incroyable, d'irréel. Jamais Robin n'aurait pu croire son frère si sentimental. Et si secret !

Il se décida à chercher, parmi les papiers d'identité, et découvrit une carte de visite. Un nom était gravé, en caractères gothiques : « Caroline Mendoza », suivi d'une adresse à Buenos Aires. Robin relut les trois lignes cinquante fois. Caroline, oui, il se souvenait de ce prénom bien que Vincent ne l'eût plus jamais prononcé devant eux. Le sujet était resté tabou, il était entendu que leur mère était au bout du monde, et n'existait plus pour les Peyrolles.

Puisqu'il avait promis d'écrire, Robin commença par prendre une feuille de papier. Puis il se concentra mais en vain. Aucune phrase ne lui semblait convenir, pour débuter sa lettre. Et pour la continuer non plus. Evoquer l'accident de Pascal ? Non, il valait mieux attendre d'être rassuré sur son sort. Et puis, cette femme s'en souciait-elle ? D'ailleurs, comment la nommer ? Maman ? Madame ?

Robin reprit la carte entre ses doigts. Il y avait aussi un numéro de téléphone. Il se sentit aussitôt envahir par une infernale impatience. Il suffisait de composer les chiffres et il découvrirait une voix inconnue qui serait celle de sa mère. Il essaya de lutter, mais, après vingt-sept années de manque, c'était un combat perdu d'avance.

Au bout de dix heures d'angoisse, Isabelle reçut un appel de Montpellier. Nora s'était rendue directement à l'hôpital, avait attendu une grande partie de la journée pour voir son chirurgien et lui avait annoncé ses intentions. Il avait beau l'avoir connue petite fille, avoir deviné le premier qu'elle était amoureuse, il fut malgré tout interloqué par sa détermination. Son sac de voyage à ses pieds, Nora exigeait de ne plus différer les interventions, d'en finir une bonne fois. Il discuta inutilement, argua que son programme était fixé à l'avance, multiplia les objections en pure perte. Nora, têtue, avait décidé qu'elle voulait vivre comme les autres le plus vite possible. Il s'inclina et la fit admettre dans son service à sept heures du soir. Puis il décida de téléphoner à Isabelle, ayant compris que Nora était en rupture de ban et de famille.

Au Biloba, Jordane se précipita sur la dernière bouteille de champagne qu'elle déboucha sans regret. Elle alla chercher Alice dans sa chambre et elles burent toutes les trois sur la terrasse, heureuses comme des gamines.

Très tôt ce soir-là, Jordane monta se coucher, épuisée. Délivrée de son inquiétude au sujet de sa sœur, elle pouvait enfin penser à elle. Et à Pascal qui n'avait pas donné signe de vie. Qui, malgré son bras cassé, aurait au moins pu appeler.

Trop fatiguée pour trouver le sommeil, elle se retourna longtemps dans son lit. Le silence de Pascal l'humiliait de façon cuisante. Elle aurait peut-être dû lui avouer la vérité, toute la vérité, lui révéler que c'était lui le père. Mais sans doute aurait-il eu la même réaction. S'il ne s'était jamais marié, à trente ans passés, c'est qu'il n'avait aucune envie d'attaches. Il était heureux comme ça, séduisant les filles puis les jetant dehors lorsqu'elles avaient cessé de lui plaire. Jordane regrettait amèrement de s'être montrée si naïve, autant que Cécile, au fond. La tendresse de Pascal ou sa sincérité n'étaient qu'une apparence trompeuse, un moyen de conquérir.

Elle se trouvait ridicule en repensant à la peur qu'elle avait eue le matin même. Lorsque le cheval de Pascal était tombé au milieu des taureaux, elle avait eu l'impression que c'était elle qu'on piétinait. Tout ça pour un égoïste, un lâche, aussi prétentieux que douillet !

Pour la troisième fois de la nuit, elle alluma la lumière et prit une cigarette. Elle se promit d'accompagner sa mère à Montpellier, le lendemain matin. Il fallait se reprendre en main, cesser de se torturer bêtement, penser à son bébé. Elle posa sa main sur son ventre plat. Dans quelques mois, l'enfant bougerait. Cette idée-là était réconfortante, merveilleuse. A cet héritier Valence, fille ou garçon, elles allaient toutes léguer un bel hôtel quatre étoiles au nom étrange et chantant : le Biloba. L'avenir n'était pas si terrible quand on se donnait la peine de le regarder en face.

Jordane éteignit enfin et décida qu'il était vraiment temps de dormir. Sa mère l'avait avertie : il fallait être prudente au début d'une grossesse. Elle se rallongea, fit une boule avec son oreiller, pensa au sweat-shirt que Pascal avait glissé sous sa tête, lorsqu'ils attendaient que le soleil se lève sur la mer.

— Salaud…, murmura-t-elle, enfin gagnée par le sommeil.

Obstiné, Vincent avait passé sa journée dans la salle d'attente. S'il arrivait quelque chose à son fils, sa vie s'arrêterait là, il ne ferait pas un seul pas de plus. Compatissant, un interne vint l'avertir, vers vingt heures, que Pascal avait bien supporté l'opération mais qu'il passait la nuit dans le service de réanimation, par mesure de sûreté, et qu'il ne serait pas possible de le voir avant le lendemain.

Effaré, hagard, ne sachant pas s'il devait se réjouir ou s'inquiéter, Vincent se perdit dans les rues d'Arles en rentrant chez lui. Il trouva Robin en pleine discussion avec une jeune femme qu'il ne connaissait pas et il leur adressa un simple signe de tête avant de se retirer dans son bureau.

Avec l'accord d'Antoine, Robin, décidément en pleine émancipation, avait invité Cécile à dîner. Elle l'avait écouté sans impatience, comprenant qu'il débordait d'envie de se confier à quelqu'un. Ils avaient bien conscience, l'un comme l'autre, de joindre un peu leurs misères et leurs déceptions, mais ils pouvaient parler ensemble de Jordane comme de Pascal. Robin lui avait répété mot pour mot la conversation qu'il avait eue avec Caroline Mendoza. Elle ignorait l'existence de cette mère à laquelle Pascal n'avait pas fait allusion une seule fois en six mois.

A l'époque où elle était sa maîtresse, Cécile n'avait jamais mis les pieds chez les Peyrolles, bien entendu. Elle regardait autour d'elle, intriguée de découvrir ce lieu que Pascal avait prétendu sinistre, détestable, et qui n'était que trop solennel. Elle demanda à visiter et Robin s'exécuta, ravi. Il l'entraîna dans les salons de réception, décrivant les particularités de chaque tableau ou chaque meuble avec brio. Il avait fini par aimer le métier que son père lui avait imposé et qu'il l'empêchait pourtant d'exercer aujourd'hui. Cécile, qui n'appréciait que le moderne, hochait la tête et le laissait parler. Elle refusa pourtant d'entrer dans la chambre que Pascal avait occupée jusqu'à sa majorité. La blessure était trop récente pour qu'elle prenne le risque de s'attendrir.

Alors qu'ils redescendaient le monumental escalier de pierre, ils croisèrent Vincent qui montait se coucher. Robin était en train de commenter une gravure du XVIIIe qui figurait les Alyscamps. Son père s'arrêta sur une marche quelques instants, et Robin s'interrompit au milieu de sa phrase.

— Il y a une vente à quatorze heures, demain. Tu t'en occuperas !

Il ne demandait rien, il imposait. Robin acquiesça, supposant que son père était trop fatigué et trop inquiet pour travailler. Sans regarder Cécile, Vincent ajouta :

— Et ne te couche pas trop tard, tu vas avoir beaucoup à faire dans les jours qui viennent. Il est temps que tu t'intéresses à la salle au lieu de perdre tes journées. En ce qui me concerne, j'en ai assez, je passe la main...

Il empoigna la rampe pour poursuivre son ascension vers l'étage, laissant Robin interdit. Comme il n'était pas croyant, il n'avait pas fait de prières, mais avait néanmoins échafaudé toutes les compromissions possibles avec le ciel. Donner sa charge à Robin faisait partie du marché. D'ailleurs il en avait fait la promesse à Pascal et, même si c'était dans un moment d'affolement, il se devait de la tenir. Son fils aîné ne supporterait pas qu'il faillisse à sa parole. Et Vincent n'avait qu'une idée en tête : satisfaire Pascal.

Dès qu'il entra dans sa chambre, il alla droit à une photo qu'il adorait. Posé sur sa table de chevet, le cliché agrandi représentait ses deux enfants, Robin de dos et Pascal de face, disputant une partie d'échecs. Vincent s'empara du cadre pour mieux voir. Le regard de Pascal, qui fixait l'objectif, semblait transparent tant il était clair. On ne pouvait pas trahir ce regard-là.

— Tu vas t'en sortir, mon garçon..., murmura Vincent en serrant convulsivement la photo contre lui.

Jordane avait choisi la route de Saint-Gilles et Vauvert pour se rendre à Montpellier. Elle prétendait que la vieille Rover chauffait sur l'autoroute, mais en réalité elle préférait le paysage de la nationale qui traversait la Camargue le long du canal Lamour.

Isabelle avait préparé un sac de livres et de confiseries pour Nora. Exceptionnellement, le ciel était gris, annonciateur d'un orage d'été. Jordane conduisait en silence, sans parvenir à chasser Pascal de sa tête. Elle lui en voulait de plus en plus de son silence et elle se maudissait d'être tombée amoureuse du seul homme qu'elle aurait dû éviter, en toute connaissance de cause.

Pour comble de malheur, elle avait reçu le matin même un courrier d'un avocat parisien qui lui demandait de désigner un confrère afin d'entamer la procédure du divorce. La lettre était accompagnée d'un mot affectueux de Lionel.

— J'ai pris rendez-vous avec Garnier, annonça Jordane.

— L'avocat ? s'étonna Isabelle. Pourquoi ne vas-tu pas voir le notaire de papa ? Il est vieux mais c'est un homme charmant, très délicat...

— Pas pour le Biloba, maman, c'est pour mon divorce.

— Ah oui, bien sûr...

Isabelle baissa le pare-soleil pour se regarder dans le miroir. Elle arrangea quelques mèches de cheveux avant de se tourner vers sa fille.

— Tu sais, ma chérie, il va falloir mentir un peu à Alice...

— Pourquoi ?

— Garnier te l'expliquera mieux que moi, mais il y aura sans doute un petit problème de date avec le bébé.

— Quel problème, grands dieux ? C'est mon enfant, c'est tout !

— Oui, ça, évidemment, c'est le tien ! La question n'est pas là. Seulement la loi prévoit une horrible histoire de « viduité ». Le nom est abominable !

— Enfin, maman, nous ne sommes pas des poulinières ! s'indigna Jordane.

Furieuse, elle fit craquer la boîte de vitesses. Isabelle faillit renoncer à poursuivre, néanmoins elle enchaîna :

— Si Lionel veut revendiquer cet enfant, eh bien la procédure n'était même pas entamée au moment de la conception, n'est-ce pas ?

La pluie commençait à tomber et Jordane mit en route les essuie-glaces.

— Alors, tu comprends, Alice aussi a envie d'être grand-mère, j'imagine... Et Lionel n'est pas précisément indifférent, vis-à-vis de toi. S'il veut garder un pied dans ta vie et ses entrées au Biloba...

— Vraiment, persifla Jordane, cette bonne nouvelle manquait au tableau ! Ah, je suis gâtée en ce moment !

Isabelle dissimula un sourire. Décidément, sa fille avait récupéré toute son énergie.

— Tu crois que Lionel serait capable d'une chose pareille ?

— Je n'en sais rien, ma chérie, mais rappelle-toi de quelle manière il nous a imposé sa mère... Un homme amoureux est capable de n'importe quoi.

— Et un homme qui n'est pas amoureux est capable de pire encore ! répliqua Jordane en pensant à Pascal.

Elles arrivèrent devant l'hôpital au plus fort de l'averse, si bien qu'en entrant dans la chambre de Nora elles étaient aussi trempées l'une que l'autre, les cheveux plaqués et les vêtements ruisselants, ce qui ponctua les retrouvailles de fous rires.

Nora ne regrettait pas sa décision et attendait sereinement l'heure de l'opération. Isabelle ne lui fit aucun reproche mais annonça son intention de rester à Montpellier. Elle avait réservé une chambre d'hôtel pour la nuit et Gilbert viendrait la chercher le lendemain soir. Jordane et Nora échangèrent un coup d'œil complice. Isabelle n'était pas une mère comme les autres mais c'était une bonne mère.

Tenant la main de sa sœur dans les siennes, Jordane resta plus d'une heure assise au bord du lit. Elle avait eu peur pour Nora, la veille, et cette peur s'était ajoutée aux autres. Elle décida que rien au monde n'était plus important que sa famille, que ce clan de femmes qui se soudait autour d'elle et qu'elle devait protéger au lieu de s'apitoyer sur elle-même. Nora, Isabelle, et même Alice avaient donné la preuve de leur courage, elle ne pouvait pas être en reste.

Lorsqu'elle regagna le Biloba, Jordane était plus sereine. Elle était déterminée à tirer un trait sur Pascal Peyrolles, sur toutes les chimères et toutes les angoisses qui l'avaient déstabilisée ces derniers temps. Elle espérait seulement n'avoir pas à rencontrer trop souvent Sydney durant les travaux de l'hôtel. Les confidences de Nora l'avaient hérissée. Elle finissait par se demander si tous les hommes, sans exception, n'étaient pas des monstres.

11

Les quatre jours suivants, Jordane se consacra entièrement aux chevaux, à la propriété, et à ses affaires. Elle rencontra maître Garnier à qui elle confia son divorce et qu'elle saoula de questions, sans jamais évoquer sa grossesse. Elle consulta un gynécologue puis se résigna à prendre rendez-vous avec le notaire de son grand-père, pour lui soumettre le dossier de l'hôtel. Contrairement à son appréhension, le vieux monsieur qui avait été longtemps le conseiller de François Valence ne fit aucun commentaire désagréable. La reconversion du Biloba lui parut, d'un point de vue professionnel, un excellent pari sur l'avenir.

Les andalous, qu'elle avait un peu négligés, se remirent au travail en fin de journée, quand la chaleur tombait. Elle réservait Butaban pour de longues promenades à l'aube, arpentant avec une attention nouvelle les soixante hectares du domaine. S'il n'y avait plus de problèmes financiers, une nouvelle exploitation des terres pouvait être envisagée. Jordane réfléchissait, tirait des plans sur la comète.

Un matin, en rentrant d'une de ses balades, elle eut la surprise de découvrir la voiture de Cécile, garée sous les ginkgos. La jeune femme l'attendait devant l'écurie en faisant les cent pas. Il y avait plus d'une semaine qu'elles ne s'étaient pas vues et elles échangèrent un premier regard embarrassé.

Jordane avait la conviction d'avoir trahi son amie, et pour rien, ce qui était d'autant plus stupide. Elles avaient si longtemps parlé de Pascal, après la tentative de suicide de Cécile, que Jordane ne se trouvait aucune excuse d'avoir été se jeter dans la gueule du loup.

— Tu aurais pu passer à l'agence ! reprocha Cécile tandis que Jordane descendait de cheval. Tu m'en veux de quelque chose ?

— Toi ? Non... Mais moi, je me demande...

Aussi gênées l'une que l'autre, elles s'embrassèrent trop vite. Puis Jordane entra dans l'écurie et Cécile la suivit. Tout en dessellant Butaban, dans son box, Jordane demanda :

— Comment vas-tu ? Tes affaires marchent ?

— Très bien ! J'aurais voulu te parler d'un ou deux projets pour le mois prochain. Et t'inviter à la représentation de *Mireille*, après-demain...

Jordane ferma la grille, glissa le verrou et alla ranger son harnachement dans la sellerie. Ensuite elle vint se planter devant Cécile et lui adressa un vrai sourire franc.

— Bon, tu es au courant de ce qui s'est passé l'autre jour à la manade ?

— Ce serait difficile de l'ignorer ! Robin a débarqué chez moi dans un état second et il a voulu m'étrangler !

Ahurie, Jordane recula d'un pas.

— Pourquoi toi ? Tu es complètement en dehors de tout ça ?

— A l'entendre, c'est ma faute. Du moins c'est ce qu'il croyait à ce moment-là, mais il s'est calmé depuis. Tu l'as rendu fou, le pauvre !

Jordane n'avait pas beaucoup pensé à Robin ces derniers jours. Cécile poursuivit, impitoyable :

— D'après ce qu'il m'a raconté, il a connu un accès de démence ou quelque chose qui y ressemble. Quand il a vu ta voiture chez son frère, il a perdu la boule ! Il se croyait des droits sur toi... Je pense qu'il en a fait son deuil, à présent... Tu sais, c'est quelqu'un de bien, malgré tout, et tu l'as fait tourner en bourrique...

La tête baissée, Jordane semblait absorbée dans la contemplation de ses bottes.

— Mais c'est ton problème, ça ne me regarde pas. Je n'ai pas de leçons à donner.

La sincérité de Cécile toucha Jordane. Leur amitié était trop ancienne pour se briser sur une histoire d'homme.

— Viens boire quelque chose, proposa-t-elle. Allons sur la terrasse...

Elles s'installèrent à l'ombre après avoir été chercher du café à la cuisine. Jordane raconta la fugue de Nora, ses intentions de divorce, la signature définitive qui était prévue pour le Biloba. Cécile exposa en détail les progrès de son festival d'art lyrique. Naturellement, elles retrouvaient leur complicité et leur tendresse mutuelle. Jordane constata avec plaisir que, malgré tout, Pascal n'était pas parvenu à les séparer. Mais elles se gardaient bien de parler de lui, préférant remettre ce sujet à plus tard, beaucoup plus tard, quand chacune aurait pansé ses blessures. Ce fut Cécile qui revint à Robin la première.

— Il s'est fait arranger par les gardians, tu aurais dû voir ça ! Ah, dès qu'on touche à leurs sacro-saints taureaux !

— Il faut les comprendre, dit Jordane sur la défensive, c'est leur gagne-pain.

— D'accord, d'accord, mais ils ont une vénération pour leur patron ! Je t'assure, je l'ai constaté cent fois, ils en sont toqués ! Regarde, chaque fois que Pascal donne une soirée, ils se transforment en serveurs et ils adorent ça !

N'ayant aucune envie d'évoquer les dîners à la manade, Jordane haussa les épaules. Sur sa lancée, Cécile continuait de discourir.

— Evidemment, Robin se sent responsable de ce qui est arrivé à son frère. Maintenant qu'il a retrouvé ses esprits, il regrette. Mais le plus drôle, c'est que son père a été tellement secoué qu'il s'est enfin décidé à prendre sa retraite ! Plus question de départ pour Robin. Sinon, je crois qu'il y était résolu...

— Tout ça pour un bras cassé, répliqua Jordane d'un ton méprisant, ils en font beaucoup, chez les Peyrolles.

— Tu ne connais pas la suite ? s'étonna Cécile.

— Non, et je m'en fous ! De toi à moi, je préférerais qu'on n'en parle plus.

— Comme tu veux... Tu as raison, d'ailleurs...

Elle observait Jordane, un peu intriguée.

— Je voudrais te demander si... oh, envoie-moi sur les roses si je suis trop indiscrète, mais qu'est-ce que tu faisais chez Pascal cette nuit-là ?

— Comme toi, ma vieille, et comme toutes celles d'avant ou d'après ! Je me laissais séduire avec plaisir ! Ben oui ! On peut lui reconnaître au moins ça : il sait y faire ! Moi, je suis impardonnable parce que tu m'avais avertie. Mais comment lui résister ! C'est tout juste s'il ne te passe pas la bague au doigt pour pouvoir te déshabiller. Avec un numéro très réussi où il dose à merveille la timidité et les grands sentiments. C'est bien rodé, c'est au point, c'est craquant !

L'œil rond, la bouche entrouverte, Cécile dévisageait Jordane.

— Timidité et grands sentiments ? répéta-t-elle. Tu es sûre qu'on parle du même ?

Un petit silence contraint suivit sa question. Jordane resservit du café. Elle abandonna peu à peu son expression amère.

— Ecoute, dit-elle enfin, on va essayer d'oublier ce type, toi et moi. D'accord ?

— Oh, en ce qui me concerne, je suis sur la bonne voie, murmura Cécile. De toute façon, il est tiré d'affaire.

— Quelle affaire ?

— Son opération en catastrophe, tout ça... Enfin, il n'est plus en danger, quoi ! Il va sortir demain ou après-demain.

— Il est toujours à l'hôpital ?

Ebahie, Jordane considérait Cécile avec stupeur.

— Tu ne le savais pas ?

— Non ! Je n'ai vu personne depuis une semaine. Qu'est-ce qui s'est passé ?

— Hémorragie interne, je crois. Le troupeau a fait office de rouleau compresseur, à ce que j'ai compris. Mais il va bien, ne fais pas cette tête-là !

La dernière phrase était empreinte d'ironie et Jordane avala péniblement sa salive.

— Je m'en moque, dit-elle d'une voix qui sonnait faux.

— Vraiment ? Alors tout est pour le mieux ?

Cécile attendait une réponse, profondément blessée par l'attitude de Jordane.

— Je ne sais pas pourquoi tu me mens, déclara-t-elle avec dépit. Il vaudrait mieux ne pas recommencer les cachotteries ou on va se fâcher pour l'éternité, cette fois ! Va donc le voir, si tu as un doute. Je t'en voudrai moins que si tu continues à me prendre pour une idiote !

Jordane hocha la tête, incapable de répondre tant elle était dévorée par l'envie de foncer à Arles. Cécile se leva et soupira. En passant près de Jordane, elle lui heurta l'épaule familièrement.

— Je vais être honnête avec toi, Pascal ne m'a jamais fait de déclarations d'amour. Mais il a peut-être une tactique différente pour chaque fille ?

Elle s'éloigna, dévala les marches de la terrasse en agitant la main.

— Et n'oublie pas de venir me raconter, cette fois ! cria-t-elle.

Comme elle ne tenait pas à croiser Robin ou qui que ce soit d'autre, Jordane patienta, sur le parking de l'hôpital, jusqu'à ce que l'heure des visites soit passée. Ensuite, elle se rendit à l'accueil, parlementa avec une hôtesse et finit par obtenir de pouvoir monter jusqu'à la chambre de Pascal.

Devant la porte, elle prit une profonde inspiration, frappa et entra. Sans avancer, elle enveloppa Pascal d'un regard scrutateur. Elle tenait à la main un bouquet de marguerites, emporté pour servir d'alibi au cas où elle aurait rencontré des infirmières dans les couloirs. Elle le jeta au pied du lit pour s'en débarrasser.

Pascal considéra les fleurs, une seconde, puis leva les yeux vers Jordane.

— Merci de vous être inquiétée si vite, dit-il à mi-voix.

Il avait les joues creuses, il était mal rasé. Il avait eu recours au vouvoiement pour cacher son appréhension.

— J'ignorais, répondit-elle lentement. Vous allez bien ?

— Très.

Aussi empruntés l'un que l'autre, ils ne trouvèrent rien d'autre à dire pendant un long moment. Finalement, Jordane désigna la table de nuit.

— Je vois que vous avez le téléphone ?

La question était suffisamment agressive pour qu'il comprenne ce qu'elle signifiait.

— Vous voyez aussi que je porte un horrible pyjama, d'une propreté douteuse, que je suis couché alors que vous êtes debout... Et encore, ce n'est rien, avant-hier il y avait même des tas de petits flacons dégoûtants, je vous passe les détails. Je hais les hôpitaux, c'est sale, c'est dégradant. Je déteste que vous soyez là. Quand vous ne me prenez pas pour un salaud, vous me découvrez grabataire. C'est très vexant.

Jordane se raidit, posa la main sur la poignée de la porte.

— Vous êtes d'une révoltante prétention, lui déclara-t-elle. Je m'en vais.

— Attendez !

Il avait protesté d'une voix trop autoritaire et Jordane fit volte-face, prête à se mettre en colère.

— Attendez, reprit-il plus doucement.

Elle patienta quelques instants, dansant d'un pied sur l'autre.

— Je sors demain...

— Ce n'est pas un peu tôt ?

— Si, mais c'était pour vous voir plus vite.

— Ben voyons !

— Jordane...

Il avait murmuré son prénom d'une telle façon qu'elle se sentit sur le point de fondre devant lui.

— Viens dîner dimanche à la manade, murmura-t-il.

— Non, vraiment.

— Pourquoi non ?

— Parce que je crois qu'on s'est tout dit. Pas spécialement aujourd'hui, mais la dernière fois.

— Alors que fais-tu là ?

Elle se mordit les lèvres, ne trouvant pas de riposte.

— S'il te plaît, Jordane. C'est important.

— Pour qui ?

— Pour moi, reconnut-il.

D'un mouvement brusque, elle lui tourna le dos et ouvrit la porte sans répondre. Elle avait trop envie d'accepter, elle était obligée de s'enfuir. La voix de Pascal la poursuivit dans le couloir.

— J'aimerais un vase, si tu rencontres quelqu'un ! Pour les fleurs !

Elle se demanda s'il valait mieux rire ou retourner dans la chambre de Pascal pour le gifler.

Caroline Mendoza n'avait plus qu'une heure devant elle, sur le vol Paris-Nîmes, pour se composer un visage avant d'affronter les deux hommes qui devaient déjà l'attendre.

Elle vérifia encore une fois l'état de son maquillage, dans le miroir de son poudrier. Elle avait passé un temps fou à se préparer, dans sa chambre d'hôtel, avant d'être satisfaite du résultat. A cinquante-trois ans, elle était resplendissante.

Arrivée la veille par un vol direct de Buenos Aires, elle n'avait pas voulu aller passer la soirée à Paris, préférant méditer dans le cadre anonyme du *Hilton* de Roissy. Elle s'était préparée, du mieux possible, à cette terrifiante rencontre après vingt-sept ans d'absence.

Combien de nuits avait-elle passées à pleurer sur ses enfants perdus ? Combien de fois avait-elle tenté de faire fléchir Vincent ? A quel moment avait-elle renoncé, perdu tout espoir ?

Une hôtesse vint lui présenter un plateau qu'elle refusa d'un geste. Il lui était arrivé de croire que la plaie était fermée et, chaque fois, un cauchemar lui avait remis en mémoire les visages des petits.

L'Argentine n'était pas encore assez éloignée de la France pour fuir Vincent Peyrolles. Elle l'avait épousé trop jeune, trop vite, suffisamment naïve pour être flattée de l'intérêt qu'il lui portait. Elle n'avait pas tardé à déchanter, prenant la mesure de ce mari autoritaire, coureur, égoïste et injuste. Il s'était entiché de leur premier-né d'une façon effrayante, le lui arrachant des bras dès qu'il rentrait le soir, fixant durant des heures les étonnants yeux gris pâle du bébé. En revanche, il n'avait prêté que peu d'attention à la naissance du second. Mais, à cette époque-là, il ne regardait plus sa femme non plus. Il avait des maîtresses et il affichait ses liaisons avec une cruauté délibérée. Avait-il cru qu'elle aussi se consolait ailleurs ? Etait-ce pour cette raison qu'il n'aimait guère le cadet ? Leurs rapports devinrent empoisonnés. Il voulait qu'elle parte, elle le sentait, comme s'il avait souhaité garder son fils aîné pour lui seul, sans l'encombrante présence de la mère. Elle essaya en vain de lutter contre lui car il l'excluait de plus en plus. Le jour où elle prit enfin un amant, il fit faire un constat d'adultère et obtint sans difficulté la garde de ses enfants car elle n'avait pas de travail, pas de ressources, pas de toit.

Durant des années, elle se reprocha d'avoir cédé, d'avoir fui en laissant ses fils derrière elle. Pourtant la vie lui souriait, elle était belle et enfin libre après avoir été asservie, bafouée. Elle voulut voyager pour oublier et Vincent lui envoya beaucoup d'argent, faisant de vagues promesses au sujet des petits. Elle trouva sans peine une place d'interprète dans un consulat, en Amérique du Sud, où elle finit par s'établir.

Remariée avec un homme charmant, elle fit encore quelques tentatives auprès de son ex-mari, sans succès. Aux lettres suppliantes qu'elle lui adressa, il répondit que les enfants l'avaient oubliée et qu'il ne fallait pas les perturber.

Elle ne se souvenait pas du moment précis où elle avait abandonné la partie. Les années avaient recouvert une partie de son chagrin, sans jamais lui apporter la joie d'une autre maternité. Elle s'était résignée, persuadée qu'il s'agissait d'un juste châtiment. Elle s'occupait beaucoup d'elle-même, soignait son apparence en se disant qu'un jour, quelque part, elle croiserait peut-être la route de ceux qui avaient été ses fils et qui avaient perdu tout souvenir d'elle. Au fil du temps, cette idée s'était estompée elle aussi.

Et puis un jour, deux ans plus tôt, elle avait reçu une lettre de France. Quelques lignes prudentes tracées d'une belle écriture et signées d'un prénom qui la poignarda : Pascal. De lui, elle n'avait que deux photos précieusement conservées et prises un jour qu'il jouait dans son parc. De son frère, elle avait les clichés de la clinique qui représentaient un gros bébé joufflu et adorable.

Elle pleura longtemps sur la feuille de papier, mit trois jours à écrire une réponse. Les mots étaient impuissants à effacer sa peine à elle et son ressentiment à lui. Elle attendit, torturée, une réponse qui mit plusieurs mois à venir. Pascal avançait avec la plus extrême prudence et elle dut museler son impatience. Ils se mirent à correspondre à ce rythme lent qu'il souhaitait, faisant connaissance pas à pas. Elle lui avait envoyé son numéro de téléphone à plusieurs reprises mais il ne s'en était jamais servi.

Alors elle avait cru mourir lorsque Robin l'avait appelée, quelques jours plus tôt. Robin ! Un bout de chou qui gazouillait dans ses souvenirs douloureux. Il avait annoncé l'hospitalisation de Pascal et elle avait alors réalisé que peut-être elle ne les reverrait jamais ni l'un ni l'autre. Avec la bénédiction de son mari, elle avait organisé son voyage.

Un coup d'œil à sa montre lui apprit qu'elle n'avait plus que quelques minutes de répit. Très agitée, elle vérifia une dernière fois son reflet dans le miroir et remit un peu de brillant sur ses lèvres. Le steward annonçait l'atterrissage et elle se demanda si elle n'allait pas avoir une défaillance tant son cœur battait vite. Robin, lors de son deuxième et dernier coup de fil, avait juré que Vincent ne serait pas là, qu'elle n'aurait évidemment pas à le rencontrer. Malade d'inquiétude, elle sursauta quand l'appareil toucha le sol. Ses doigts tremblaient en débouclant sa ceinture de sécurité. Elle se laissa pousser vers la passerelle par les autres passagers de première classe. La tête vide, elle parvint à gagner le hall de l'aéroport. Elle serrait convulsivement son sac à main, regardant autour d'elle tout en sachant qu'elle ne reconnaîtrait personne. Rien n'avait été convenu pour cette rencontre. Ce fut par hasard qu'elle croisa le regard de Pascal qui cherchait lui aussi. Le choc de ces yeux gris, reconnaissables entre tous, fut insupportable. Elle dut s'appuyer à un comptoir pour détailler les deux hommes qui étaient à trois mètres d'elle. Elle les trouva incroyablement beaux, séduisants, réussis.

Une nouvelle fois, Pascal regarda dans sa direction, s'attardant sur elle. Elle lui adressa un sourire encourageant et attendit. Ils échangèrent un coup d'œil entre eux avant de s'avancer, hésitants.

— Vous êtes Robin et Pascal ? dit-elle d'une voix inaudible.

Ils étaient livides, statufiés, incapables d'un geste.

— Et vous êtes Caroline, souffla Robin.

Il avait réagi parce qu'elle avait prononcé son prénom avant celui de Pascal, ce qui n'arrivait jamais, mais il ne se décidait pas à l'embrasser ou même à lui tendre la main, effrayé à l'idée de ce premier contact dont il avait trop rêvé. Pascal se décida le premier, se pencha vers elle et lui effleura la joue. Elle le saisit par l'épaule et il fut surpris de sa force.

— C'est toi qui as eu un accident ?

Elle ne jeta qu'un coup d'œil rapide au bras en écharpe avant de scruter le visage de son fils aîné. Puis elle se tourna vers Robin qu'elle détailla avec la même intensité.

— Et c'est toi qui m'as appelée... Tu as peur d'approcher ?

Maladroit, il fit un pas en avant et lui déposa un baiser léger sur l'oreille. Elle n'essaya pas de le toucher.

— Je voudrais boire quelque chose, parce que j'ai les jambes qui tremblent ! Vous me faites affreusement peur, tous les deux, à m'examiner comme ça. Je ne sais pas si vous aviez gardé un quelconque souvenir, mais j'ai beaucoup vieilli, bien sûr...

— Vous êtes magnifique, dit Pascal gravement.

Elle s'aperçut qu'elle le tenait toujours par l'épaule et elle le lâcha.

— Allons au bar, proposa Robin, on récupérera vos bagages après.

Pascal fila commander du champagne au comptoir tandis que son frère installait Caroline à une petite table ronde. Elle resta silencieuse jusqu'à ce que le serveur soit reparti, fixant les bulles, dans son verre, sachant qu'il faudrait qu'elle parle la première.

— J'ai beaucoup répété dans l'avion, hier, mais j'ai oublié mon texte, dit-elle enfin. Il est un peu tard pour les explications, les regrets, les excuses. Je crois qu'il va falloir nous comporter comme des gens qui se rencontrent pour la première fois.

Une larme coulait jusqu'à sa bouche et elle l'arrêta d'un petit coup de langue.

— Alors on va vous faire la cour, répondit doucement Pascal.

Ils étaient surpris qu'elle soit si belle et si jeune encore. Ils ne parvenaient pas à imaginer qu'elle ait pu être la femme de leur père, trente ans plus tôt. Vincent était un vieux monsieur fatigué à présent, alors qu'elle resplendissait.

— Je me laisserais faire volontiers, dit-elle avec un petit rire, vous êtes tellement... tous les deux, vous êtes... oh, mes garçons...

Elle faillit suffoquer sous le coup de l'émotion mais elle se reprit, but deux gorgées, releva la tête.

— Ce n'est pas vraiment l'endroit pour s'attendrir, n'est-ce pas ? Mais je ne sais pas par où commencer.

Ouvrant ses mains dans un geste d'impuissance, elle les regarda tour à tour.

— J'ignore ce que Vincent a pu vous raconter, durant tout ce temps. Mais j'ai peut-être tort de le détester parce que, visiblement, il a bien réussi avec vous... Ce n'était pas la peine d'avoir si peur ! J'étais persuadée qu'il vous détruirait, j'avais tort...

Pascal écoutait chaque mot qu'elle prononçait avec une certaine méfiance. Contrairement à Robin, il n'était pas prêt à accepter cette femme d'emblée, il voulait la juger d'abord. Comme si elle devinait ses réserves, ce fut à lui qu'elle demanda :

— C'est toi qui t'es occupé de ton petit frère ? C'était dur ?

Il ne répondit rien, pris de court. Avec une soudaine fermeté, elle ajouta :

— Tu m'en veux toujours ?

Plus troublé qu'il ne l'avait prévu, Pascal murmura :

— Mon père, c'est une ordure. Vous n'êtes certainement pas responsable.

— Alors dis-moi « tu ».

Il n'eut qu'une infime hésitation avant de répliquer :

— Nous allons à la manade. Est-ce que... tu t'en souviens ?

— Oui ! Très bien !

Pascal se leva pour s'occuper des bagages. Il s'éloigna en quête d'un chariot sans avoir laissé à Robin la possibilité de le suivre. Il avait agi délibérément afin que son frère se retrouve seul avec Caroline. C'était lui, le cadet, qui avait le plus souffert, Pascal le savait très bien. Abandonné par sa mère, il n'avait pas eu droit non plus à l'affection de

Vincent. Il aurait grandi dans un désert affectif si Pascal n'avait pas été là. Alors il avait reporté tout son besoin d'amour sur son grand frère, sans jamais vouloir le montrer. Et Pascal l'avait trahi à son tour en lui prenant Jordane. Il y avait de quoi rendre fou n'importe qui. Ou méchant.

Jetant un coup d'œil par-dessus son épaule, il les observa de loin. Ils parlaient, penchés l'un vers l'autre, indifférents à l'activité de l'aéroport. Il était presque huit heures du soir et Jordane devait déjà attendre, devant le mas. Si toutefois elle s'était résolue à venir. Pascal se crispa à cette idée. Elle ne pouvait pas avoir oublié et, si c'était le cas, il irait la chercher lui-même au Biloba. Caroline Mendoza ne représentait que son passé, mais Jordane était tout son avenir.

Les bras croisés, appuyée au mur de l'écurie, Jordane regarda avec fureur le Toyota qui approchait. Elle avait d'abord pris son mal en patience, avertie par un gardian que « le patron » serait peut-être en retard. Elle avait passé une demi-heure avec les chevaux, pour se distraire, puis s'était installée dans le mas et avait grillé quelques cigarettes. Gagnée par l'exaspération, elle avait fini par entrer dans la cuisine.

Le réfrigérateur était plein, comme si Pascal avait prévu un dîner pour dix personnes. Sans scrupules, elle s'empara d'une bouteille de rosé glacé, la déboucha et se servit un verre. Ensuite elle retourna dans la salle, contourna la cheminée centrale et alla inspecter la table. Quatre couverts étaient dressés et elle passa un moment à s'interroger sur les deux autres invités. Vers neuf heures moins le quart, elle se mit à fouiller la pièce, en quête de musique, et finit par dénicher la chaîne stéréo. Une cassette de flamenco et de paso doble lui tint un peu compagnie. Elle se reprochait d'être là, se sentait idiote d'attendre le bon vouloir du maître de maison, se demandant en vain à quel jeu il jouait. Vingt fois, elle s'arrêta devant un miroir ancien pour s'observer. Elle avait mis une petite robe noir et blanc, moulante, qu'elle trouvait soudain beaucoup trop habillée. Ses cheveux étaient relevés en chignon, pour une fois, mais quelques boucles brunes s'étaient échappées sur son front.

A neuf heures vingt, elle décida que la plaisanterie avait assez duré et elle récupéra son sac, sur le canapé. Dehors, elle perdit encore cinq minutes à observer le crépuscule, à profiter d'un vent tiède qui apportait des odeurs subtiles. Elle était sur le point de regagner sa voiture lorsqu'elle entendit un bruit de moteur. Elle alla s'adosser à l'écurie, préférant rester dehors pour dire à Pascal ce qu'elle pensait de sa goujaterie. Ensuite elle partirait.

Elle constata que Robin était au volant, une femme assise à côté de lui. Celle-ci fut la première à descendre, très élégante dans son ensemble bleu nuit. D'où elle était, Jordane ne voyait pas son visage mais la silhouette était superbe, les jambes fines, la coiffure impeccable. Avec l'impression détestable que son estomac se nouait, Jordane se sentit laide, stupide, complètement déplacée. Les confidences de Cécile lui revinrent brusquement en mémoire : certains affronts de Pascal, toutes les filles qu'il invitait en permanence, son odieuse désinvolture. Elle pensa qu'elle ne pourrait jamais quitter ce mur, derrière elle, pour avancer vers eux d'un air décontracté. D'abord il y avait Robin, qu'elle n'avait aucune envie de voir et que Pascal lui imposait sans préavis. Ensuite il y avait cette femme, qui s'était mise à rire trop fort.

Jordane n'était pas Cécile et personne ne pouvait la traiter de cette manière. Elle se redressa de toute sa taille, soudain folle de rage, et se mit en marche au moment précis où Pascal venait à sa rencontre.

— Bon appétit ! lui lança-t-elle en l'évitant.

Elle fut arrêtée par un bras, autour de la taille, qui lui coupa le souffle.

— Où allez-vous ?

— Chez moi !

— Vous *êtes* chez vous !

Il la retourna sans ménagement, la poussa vers Caroline.

— Voici ma mère, déclara-t-il très vite. Et c'est Jordane Valence, dont je t'ai parlé...

Il ne l'avait pas lâchée pour autant et lui écrasait les côtes pour l'empêcher de bouger. Il avait quelque chose à ajouter, qu'il n'aurait plus le courage de dire s'il ne le faisait pas tout de suite.

— Nous allons nous marier, parce que nous attendons un enfant. Tu vois, à peine revenue en France, tu as droit à une mauvaise nouvelle : te voilà déjà grand-mère...

Un lourd silence s'abattit sur eux quatre. Pascal retira sa main, laissant Jordane libre de s'enfuir si elle le voulait. Il la regardait, elle, sans s'occuper de sa mère ni de Robin. Il ne voulait pas savoir ce que son frère éprouvait.

Les deux femmes s'observaient toujours avec curiosité dans l'obscurité naissante.

— Je ne pouvais rêver mieux, murmura enfin Caroline.

Mais elle avait remarqué l'expression tendue de Pascal, le visage fermé de son frère, l'air stupéfait de Jordane.

— Eh bien, entrons, dit-elle en prenant Robin par le coude.

Tous deux s'éloignèrent à pas lents vers le mas. Lorsqu'ils eurent disparu dans la grande salle, toujours illuminée, Pascal demanda :

— Est-ce que je dois mettre des gants beurre frais ? Te faire envoyer un camion de fleurs ? Pas des marguerites, rassure-toi...

— Ecoute...

— La seule chose que je veuille entendre, c'est un oui ! Tu peux faire ça pour moi ?

— Ce bébé...

— Si tu prononces le prénom de ton mari, je hurle à la mort. Ce bébé sera notre premier enfant, je te promets que je ne ferai jamais aucune différence. Pas moi ! J'ai déjà supporté ça toute mon enfance... Je vais l'adorer. Tu me crois ?

« D'autant plus que c'est le tien... », pensa-t-elle, émerveillée. Elle supposa qu'il faudrait sans doute un certain temps avant qu'il puisse en être persuadé. A moins que ce nouveau-né ne possède les yeux de son père...

— J'ai vu un avocat, commença-t-elle.

Il tendit la main vers le chignon, ôta l'épingle, laissa crouler les cheveux brillants qu'il se mit à caresser.

— Jure-moi que tu ne l'aimes plus, que ce n'est pas « différent » avec lui, je suis malade de jalousie... Oh, Jordane...

Il eut soudain l'air d'un petit garçon, devant elle, inquiet et implorant. Elle éprouva alors quelque chose de nouveau, d'inconnu pour elle, puis elle le prit dans ses bras avec une infinie tendresse.

— On va se bagarrer tout le temps, mon amour, marmonna-t-elle, le nez dans son cou.

— Oui... Ce sera merveilleux! Dieu que je t'aime... *Vole que demores... Siéu urous... Urous*[1] *!*

Comme il avait parlé provençal, en signe de reconnaissance, elle le serra un peu plus fort, à l'endroit de la fracture. Il se mordit la joue pour ne rien dire parce qu'il ne voulait pas qu'elle s'éloigne. Surtout pas maintenant et, quoi qu'il arrive, plus jamais.

---

1. Je veux que tu restes. Je suis heureux, heureux !

UNE NOUVELLE VIE

Pour Thierry et Liliane, cousins suisses d'excellence, avec toute mon affection.

1

La première chose que vit Alban en ouvrant les yeux fut la pile de cartons. Il ne restait que ces trois-là, dès qu'il les aurait vidés ce serait comme s'il n'était jamais parti.

Il patienta quelques instants, le temps que sa vue devienne plus nette. Sur le mur, au-dessus des cartons, une fissure zigzaguait vers la fenêtre. La même, depuis toujours, qui s'élargissait insensiblement au fil des années. La maison vieillissait, s'abîmait sous l'effet du vent salé venu de la mer.

Il s'étira, faillit rabattre la couette sur sa tête, prêt à se rendormir, mais il se rappela d'un coup la présence de ses frères, arrivés tard la veille au soir. Jo devait déjà s'affairer dans la cuisine, alors qu'Alban avait promis qu'il s'occuperait de tout. Il jaillit hors du lit, récupéra ses lunettes sur la table de nuit et fonça vers la salle de bains. Dix minutes plus tard il dévalait l'escalier, vêtu d'un jean et d'un col roulé, une main sur la rampe pour aller plus vite dans les courbes des paliers. Il trébucha sur la barre de cuivre de l'avant-dernière marche, ce qui lui arrivait presque chaque matin, et se retrouva propulsé au milieu du hall. En découvrant qu'une lumière brillait, à l'autre bout de la galerie, il comprit qu'il arrivait trop tard.

— Toujours aussi matinale ! ronchonna-t-il.

Plus rien ne le pressait, aussi marqua-t-il un temps d'arrêt devant l'une des fenêtres. Le jour se levait à peine, avec des traînées laiteuses à l'est. D'ici une heure, on pourrait apercevoir la mer, au loin, et peut-être un bateau tel un point minuscule sur l'horizon.

Il gagna la cuisine, entra à pas de loup et fit sursauter Jo lorsqu'il la saisit par la taille.

— J'ai eu peur ! protesta-t-elle. Regarde-moi ça, il y en a partout.

La louche de pâte qu'elle était en train de verser dans la poêle avait débordé, mais son air réjoui prouvait qu'elle n'était pas fâchée. Il nettoya les dégâts à grand renfort d'essuie-tout, soudain affamé par l'odeur des crêpes et du beurre chaud. Sur la lourde table, marquée d'innombrables éraflures, les bols à pois voisinaient avec les pots de confiture dont Jo avait le secret. Reines-claudes, mûres, framboises ou mirabelles, à la belle saison elle pouvait rester penchée sur ses chaudrons de cuivre des journées entières pour surveiller l'exacte cuisson des fruits.

— Joséphine, dit-il d'un ton solennel, tu es une grand-mère en or !

De nouveau, il la prit dans ses bras, plus doucement cette fois, et la berça contre lui.

— Mais tu te fatigues trop. A quelle heure t'es-tu levée ?

— On n'a plus besoin de sommeil à mon âge.

Elle tourna la tête pour le dévisager, esquissa un sourire.

— Je ne m'habitue pas à te voir porter des lunettes, Alban. Elles te vont bien, remarque, je ne voulais pas dire...

Navrée d'avoir été maladroite, elle se mit une main sur la bouche comme pour s'obliger à se taire.

— Ne t'inquiète pas, Jo. Je m'y suis fait, ça m'est égal.

Il n'était pas vraiment sincère, il voulait juste la rassurer. Néanmoins, son problème de vue lui avait coûté sa carrière de pilote de ligne, avait bouleversé son existence de fond en comble, avait aussi failli le fâcher avec la femme de sa vie, il ne pouvait pas affirmer que ça ne lui posait *aucun problème*.

Un bruit de cavalcade, dans les profondeurs de la galerie, leur annonça l'arrivée du reste de la famille. Colas entra le premier, cheveux ébouriffés et survêtement informe, fidèle à son image de cadet attardé dans un reste d'enfance malgré ses trente-huit ans. Derrière lui, Gilles, l'aîné, portait une impeccable robe de chambre grenat et s'était déjà rasé. Il lança à Alban :

— Quelqu'un va finir par se casser quelque chose, tu devrais réparer cette fichue barre de cuivre !

— Pourquoi moi ?

— Parce que, maintenant, tu vis ici.

Une décision prise sous la pression des événements et avec la bénédiction de tous. Alban s'en félicitait chaque matin, pas vraiment convaincu mais résolument enthousiaste. Revenir habiter la maison, c'était à la fois renouer avec le passé et se forger un nouvel avenir. C'était aussi le moyen de veiller sur Joséphine qui, à quatre-vingt-quatre ans, ne pourrait bientôt plus rester seule. C'était, enfin, la possibilité de conserver cette folle villa balnéaire, immense et vétuste, dont les trois frères refusaient de se séparer. Lors d'un véritable conseil de famille, ils avaient pris conscience de leur attachement viscéral à ce qu'ils appelaient avec ironie « le paquebot ». Une bâtisse impossible à entretenir, surtout de loin, construite à une époque où les économies d'énergie n'étaient pas à l'ordre du jour. Depuis bien des années, ils y venaient ensemble ou à tour de rôle pour des vacances, s'y retrouvaient à Noël et lors des premiers beaux week-ends de printemps, arrivaient par surprise pour embrasser Joséphine et goûter à sa cuisine le temps d'un repas improvisé. Maison de famille, maison d'enfance chargée de souvenirs, Gilles puis Colas s'étaient mariés là et leurs épouses avaient adopté le paquebot à leur tour. A deux heures de Paris, assez en retrait du littoral pour éviter la foule des touristes, assez en hauteur pour dominer la mer, assez vaste pour recevoir tous les enfants et tous les amis, entourée d'un magnifique jardin planté de chênes, de hêtres et de pommiers, la propriété cumulait bien des avantages malgré sa kyrielle de factures annuelles.

— Des crêpes ! s'exclama Sophie en entrant. Oh, Joséphine, ma ligne...

— Tu es épaisse comme un haricot vert, tu ne risques rien, répliqua la vieille dame.

Ignorant la réflexion, Sophie toisa Gilles d'un regard aigu.

— Tu aurais pu m'attendre pour descendre, non ?

Malgré toute son assurance d'avocat d'affaires, Gilles pliait l'échine devant sa femme, du moins en apparence, et il marmonna une vague excuse. Pendant ce temps-là, Colas s'était emparé de la cafetière pour emplir les bols.

— Le commandant Espérandieu et son équipage vous souhaitent un agréable voyage, chantonna-t-il avec un sourire espiègle.

La plaisanterie n'était pas neuve, mais désormais Alban n'était plus pilote, il ne ferait plus jamais décoller les long-courriers d'Air France.

— Mon pauvre Colas, ton humour est un chef-d'œuvre de mauvais goût, lui jeta Sophie.

Surpris, Colas se troubla puis regarda son frère.

— Le sujet est tabou, Alban ?

— Bien sûr que non.

Ils avaient tous pris l'avion avec Alban aux commandes, ravis de pouvoir faire un tour dans le poste de pilotage et d'être traités en passagers privilégiés. Gilles et Colas éprouvaient alors une certaine fierté, assortie d'une pointe d'envie. L'uniforme d'Alban, ses responsabilités, ses voyages au bout du monde et ses innombrables conquêtes les avaient longtemps fait rêver. Jusqu'à l'accident, un an auparavant.

— Tu t'arrêtes et tu vas t'asseoir, dit Gilles à Joséphine. Il y en a pour un régiment, on ne mangera jamais tout ça.

Il la conduisit jusqu'au vieux fauteuil de rotin que les frères avaient descendu d'une des chambres exprès pour elle. Eux préféraient les longs bancs de bois sur lesquels ils avaient grandi, s'étaient chamaillés, avaient parfois veillé des nuits entières en jouant aux cartes.

— J'ai le devis du chauffagiste, annonça Alban. C'est à frémir...

La chaudière donnait de grands signes de fatigue, mais chaque année ils différaient son remplacement.

— Pas d'histoires de fric au petit déjeuner ! protesta Sophie.

Agacée, elle secoua ses boucles blondes puis tendit la main vers le plat de crêpes. Le vernis de ses ongles était impeccable, comme sa coupe de cheveux et son peignoir brodé de soie.

— Au contraire, on en profite avant que les enfants soient levés, répliqua Gilles d'un ton docte.

S'il s'agissait d'affaires, il était impossible de le faire taire, sa faconde d'avocat reprenait le dessus.

— Etablis une liste de priorités, suggéra-t-il à Alban. La chaudière, la toiture...

Un coup de boutoir dans la tuyauterie l'interrompit et Colas enchaîna à sa place, hilare :

— La plomberie ! Ça, c'est ma femme qui prend sa douche.

— Des priorités, d'accord, admit Alban. Mais il n'y a pas de réelle urgence.

— Tu n'en sais rien. Fais au moins venir un couvreur. Ou mieux, un architecte, je paie la consultation.

L'une des expressions favorites de Gilles était qu'il allait payer quelque chose. Habitué à gagner de l'argent, il le dépensait volontiers, couvrant Sophie de bijoux et n'appréciant que les grands restaurants.

— Un architecte, c'est ridicule, trancha Alban. Peut-être un entrepreneur qui coordonnera les travaux si on met plusieurs choses à la fois en chantier.

A vrai dire, il aurait fallu faire défiler tous les corps de métiers pour redonner au paquebot son lustre de villa Belle Epoque. Alban y avait longuement réfléchi avant de se décider. Durant ses quatorze années de carrière chez Air France, il avait mis un peu d'argent de côté, mais cette épargne restait très insuffisante pour financer l'achat d'un appartement dans Paris, surtout avec la flambée de l'immobilier. Incapable de déterminer quelle serait sa reconversion professionnelle, il ne pouvait même plus tabler sur des revenus fixes. Alors la solution du paquebot avait commencé à faire son chemin. Il s'était mis à y penser chaque jour, puis s'en était ouvert à Valentine, la femme qu'il aimait par-dessus tout. Avec le recul, il se rendait bien compte qu'il avait presque espéré la désapprobation de Valentine. Si elle avait émis la moindre réserve, il aurait abandonné l'idée sans regret car il ne se sentait pas sûr de lui. N'était-il pas devenu à la fois trop citadin et trop grand voyageur pour accepter une existence sédentaire au fond d'une grande baraque perdue dans la campagne normande ? Contrairement à son attente, Valentine avait sauté de joie. Bien que n'ayant passé que trois ou quatre week-ends à la villa, elle l'*adorait* et se voyait très bien y vivre à longueur d'année. Volubile, elle avait affirmé qu'elle ne supportait plus Paris, le bruit, le stress, la pollution, les prix déments, et comme elle avait la chance de pouvoir exercer son métier de traductrice n'importe où, elle était toute disposée à faire ses valises ! Devant tant d'ardeur, Alban était resté stupéfait. Leur relation, passionnée mais aussi très chaotique, ne prenait pas jusque-là le chemin d'une cohabitation. Quelques mois plus tôt, lorsqu'il lui avait parlé de mariage, elle s'était contentée d'en rire, balayant sa demande avec insouciance.

— Alban ? Alban !

Gilles l'interpellait, scandalisé de son inattention.

— Bon sang, il s'agit de choses sérieuses, fais au moins semblant d'écouter.

— Sophie ne veut pas d'histoires d'argent au petit déjeuner, rappela-t-il.

— On se fout de ce que veut..., commença Gilles. Non, désolé, chérie. Mais enfin, il faut qu'on tombe d'accord, et surtout qu'on reste équitables.

— Tu n'auras qu'à nous préparer des actes à en-tête de ton cabinet, persifla Colas.

— Absolument ! J'ai des enfants, toi et Alban pouvez en avoir un jour, ne rendons pas la situation inextricable.

— Il me semble qu'en famille on devrait s'entendre à l'amiable, non ?

— Tu plaisantes ? C'est au sein de la famille qu'on trouve les pires conflits, les plus vilains règlements de comptes. Mon pauvre Colas, si tu savais ce que...

Avant que la discussion ne devienne orageuse, Joséphine intervint, de sa voix fluette :

— Pourquoi vous disputez-vous ? Croyez-moi, ça n'en vaut pas la peine. Si vous m'aviez demandé mon avis, au lieu de me mettre devant le fait accompli...

Elle eut une moue navrée, celle qu'elle réservait autrefois à leurs bêtises d'enfants.

— Mais enfin, Jo, s'insurgea aussitôt Gilles, c'est à toi que nous avons pensé d'abord ! A toi, et aussi au paquebot, qu'on a trop laissé rouiller.

— Pour moi, il ne fallait pas vous en faire, je ne suis pas sénile.

— Non, mais tu es seule, loin de tout, ravitaillée par les corbeaux ! L'âge est là, Jo, tu peux avoir des problèmes de santé.

Comme, en effet, elle n'était pas gâteuse, elle se contenta de hocher la tête, puis son regard se perdit quelques instants sur la table. Lorsqu'elle releva les yeux, ils brillaient d'un éclat singulier, presque inquiétant.

— Je dois vous dire, mes enfants, que cette maison ne porte pas vraiment bonheur... Je m'en suis bien trouvée quand je l'ai quittée.

Atterrés, les trois hommes et Sophie la contemplèrent un moment en silence. Lorsqu'elle avait choisi de vivre à l'annexe, une petite dépendance de plain-pied, douillette et bien exposée au soleil, ils s'étaient imaginé qu'elle le faisait pour d'évidentes raisons de commodité.

— Vous êtes superstitieuse, Jo ? ricana Sophie pour détendre l'atmosphère.

— Ma chérie, je t'aime beaucoup, soupira la vieille dame, mais tu ne peux rien comprendre à tout ça.

D'un geste mécanique de sa paume, elle faisait glisser quelques miettes sur la table, en avant, en arrière.

— Il y a eu de grands malheurs ici, vous le savez bien.

— C'est du passé, Jo, dit doucement Alban. Toutes les maisons anciennes ont forcément connu leur lot de drames au fil des générations. Revenir habiter le paquebot me rend très heureux. Tu verras comme on va bien s'entendre, toi et moi !

— Oh, ça, je n'en doute pas...

Elle plongea son regard dans celui d'Alban et le scruta de manière intense, jusqu'à ce qu'il se sente mal à l'aise.

— J'ai à faire ! s'exclama-t-elle brusquement.

Repoussant le fauteuil, elle se leva en hâte, serra son tablier autour d'elle.

— Je vous prépare des poules au riz pour le dîner. A ce soir, mes enfants, j'apporterai tout vers huit heures.

Elle trottina jusqu'à la porte qui donnait sur l'extérieur et disparut.

— Est-ce qu'elle ne devient pas un peu lunatique ? s'enquit Sophie d'un ton perplexe.

Les trois frères échangèrent un coup d'œil mais aucun ne se donna la peine de répondre.

Valentine se mit sur la file de droite pour prendre la bretelle de sortie en direction de Deauville. Sa petite Peugeot était bourrée de valises et de sacs dans lesquels elle avait entassé des objets hétéroclites : dictionnaires, lampe de bureau, ordinateur portable, papeterie en vrac, pendulette fétiche. A présent, son studio de Montmartre était presque vide, elle n'y avait laissé que le strict nécessaire. Au cas où...

— Où quoi, ma fille ? se morigéna-t-elle à haute voix.

Vivre avec Alban l'effrayait à peu près autant que sauter dans le vide, mais elle ne pouvait plus reculer.

Des deux côtés de la route, la campagne ressemblait à une carte postale avec ses prés verts semés de pommiers, ses vaches broutant sagement derrière des haies vives, ses fermes trapues aux toits couverts de chaume. Un paysage bucolique et serein dont Valentine appréciait le moindre détail. Elle allait se plaire ici, elle le savait. Mais Alban ? Comment réagirait-il avec l'hiver, l'inaction ? Combien de temps mettrait-il à se lasser d'elle ? Depuis qu'elle le connaissait, elle avait peur de le perdre. Il était un si beau cadeau du ciel, arrivé juste à point nommé ! Lorsqu'elle l'avait rencontré chez des amis, trois ans auparavant, elle ne lui avait accordé qu'une curiosité amusée parce qu'il était à l'évidence la coqueluche de toutes les femmes présentes ce soir-là. Elles l'entouraient, l'écoutaient bouche bée, riaient en se dandinant devant lui. « Il est à tomber par terre, non ? » lui avait glissé la maîtresse de maison avec un clin d'œil appuyé. Certes, ce type était séduisant, le genre de grand beau brun au regard sombre et velouté qui, de surcroît, se payait le luxe d'être pilote de ligne, mais Valentine n'avait envie de *tomber par terre* devant aucun homme. En conséquence, elle s'en était désintéressée. A la fin de la soirée, ils s'étaient retrouvés ensemble dans l'ascenseur, puis sur le trottoir où s'abattait une averse diluvienne. Quand un taxi s'était enfin présenté, vingt minutes plus tard, ils l'avaient tout naturellement partagé, et une fois installés sur la banquette arrière, ils avaient ri comme des gamins. Trempés, les cheveux ruisselants, ils s'étaient moqués l'un de l'autre puis avaient fini par échanger leurs numéros de téléphone. Le surlendemain, Alban l'appelait pour l'inviter à déjeuner.

Valentine mit son clignotant et s'engagea sur une étroite départementale qui grimpait en pente douce vers une colline boisée. Dans moins de cinq kilomètres, elle parviendrait à la villa et retrouverait Alban. Son cœur battit soudain plus vite, comme chaque fois qu'elle s'apprêtait à le revoir après une séparation. Au début de leur liaison, elle attendait ses retours de voyage avec une folle impatience, qu'elle se gardait bien de lui avouer. Durant toute la première année, elle s'était persuadée que l'histoire serait brève et qu'elle ne devait pas s'investir sentimentalement. D'après leurs amis communs, Alban avait eu une foule d'aventures aux quatre coins du monde. Les hôtesses qui faisaient partie de son équipage séjournaient avec lui dans des hôtels de luxe lors des périodes de repos obligatoires avant le vol de retour des long-courriers, ce qui rendait Valentine verte de jalousie. Elle supposait ces jeunes femmes prêtes à tout pour obtenir les faveurs de leur commandant, et même si ce n'était pas le cas, restaient les rencontres de passage, avec de ravissantes asiatiques par exemple. A chaque rotation d'Alban, elle redoutait de découvrir chez lui des signes de lassitude ou, pire, d'entendre les mots de la rupture. Pour se préserver, elle le tenait un peu à distance et faisait semblant de rire quand il parlait d'amour. Il avait fallu bien des mois pour qu'elle commence à y croire, pour qu'elle se laisse un peu aller.

— Mais j'ai raté le portail, ma parole, ragea-t-elle en enclenchant la marche arrière. Il est assez grand, pourtant !

Elle franchit les grilles et roula au pas le long du chemin bordé de hêtres qui conduisait à la maison. Quand celle-ci apparut enfin, Valentine s'arrêta un instant pour la contempler. L'architecte qui l'avait conçue pour le père de Joséphine, en 1925, avait laissé libre cours à son imagination exubérante. A l'époque, les résidences de villégiature se multipliaient sur les côtes du Calvados, inspirées de l'architecture augeronne à pans de bois mais caractérisées par un éclatement des formes. Le paquebot n'échappait pas à la règle avec sa façade polychrome constituée d'un appareil de pierres et de briques en damiers au rez-de-chaussée, et de colombages bleu canard sur les étages. Ses hautes toitures asymétriques aux fortes pentes s'égayaient de lucarnes et de cheminées élancées, tandis qu'une profusion de balcons, fenêtres en saillie, balustrades et incrustations de pavés de céramique lui donnait une allure démente.

— Un gouffre, soupira Valentine en redémarrant.

Elle alla se garer près de l'annexe afin de saluer Joséphine avant de rejoindre le reste de la famille. La vieille dame était chez elle, la propriété lui appartenait, c'était bien la moindre des choses que la remercier pour son hospitalité.

— Voilà la jolie brunette ! s'exclama Joséphine qui revenait du verger, un panier au bras. Tu es là pour de bon, cette fois ?

D'un geste désinvolte, Valentine désigna sa voiture pleine à craquer.

— Oui, je m'installe ! Et j'en suis vraiment ravie, Jo.

— Alban dit la même chose que toi. Fasse le ciel que vous soyez heureux ici, mais...

Sans achever sa phrase, Joséphine passa son bras libre autour des épaules de Valentine.

— Tu es une femme pour lui, c'est drôlement bien.

Dès le premier regard, elles avaient sympathisé malgré leur différence d'âge. Observatrice, Valentine avait tout de suite remarqué la vivacité d'esprit de Joséphine, sa douceur et sa sensibilité, mais aussi autre chose de moins facile à définir. La vieille dame avait parfois une étrange manière de regarder les gens, comme si elle cherchait à lire au fond de leur âme. « N'auriez-vous pas un petit don de médium ? » avait demandé Valentine à brûle-pourpoint. Joséphine s'en était défendue, avouant du bout des lèvres qu'il lui arrivait tout au plus d'avoir quelques prémonitions, et que, dans sa jeunesse, elle aimait bien tirer les cartes.

— Tu vas m'aider à porter le dîner. Mes vieux plats en fonte pèsent autant qu'un âne mort !

Valentine la suivit jusqu'à sa cuisine où régnait une alléchante odeur de volaille rôtie.

— C'est votre fameuse poule au riz ?

— Colas en est fou, j'ai voulu lui faire plaisir.

Le but unique de l'existence de Joséphine semblait être de faire plaisir à ses trois petits-fils. Elle les dorlotait, les adorait, mais elle savait aussi les laisser tranquilles, rechignant à prendre tous ses repas à la villa lorsqu'ils y séjournaient. « Chacun chez soi » était son leitmotiv depuis qu'elle avait choisi d'habiter cette petite maison confortable qu'elle pouvait chauffer à sa guise.

— Dis-moi, Valentine, n'as-tu pas quelque chose de changé ?

Jo était en train de la détailler avec attention, sourcils froncés, ce qui mit Valentine vaguement mal à l'aise.

— Non, je ne crois pas...

Elle ne souhaitait pas en parler, et quand le moment viendrait, ce serait à Alban qu'elle donnerait la primeur de la nouvelle.

— Moi, j'en suis sûre, dit Jo d'un ton péremptoire.

Se détournant de Valentine, elle entreprit de tapisser deux cabas avec des journaux avant d'y déposer ses marmites.

— Nous serons tous réunis, ce soir, c'est une grande joie pour moi. Mais je profite de notre petit tête-à-tête pour te rappeler que je suis ton amie, ton alliée, et que tu ne devras jamais hésiter à venir me voir si tu as le moindre souci.

— Merci, Jo. Je le ferai.

— Vivre dans cette... bâtisse ne t'effraie pas ?

— Au contraire, je trouve ça totalement exaltant. Je n'ai connu que de petits appartements plutôt sombres et de grandes villes plutôt tristes, alors votre maison m'émerveille. On la dirait sortie d'un dessin animé de Walt Disney !

— Tu trouves ? Mon père en était très fier. Elle représentait pour lui le symbole de sa réussite sociale. Chaque année, il faisait repeindre les balustrades et plantait de nouveaux arbres. Le soir, quand il rentrait de sa fabrique de porcelaine, il s'arrêtait toujours au pied des marches pour contempler sa villa.

A cette évocation, Joséphine ébaucha un petit sourire nostalgique avant d'enchaîner :

— J'y ai passé plus de soixante-quinze ans de ma vie, tu te rends compte ?

— Même quand vous étiez jeune mariée ?

— Il n'a jamais été question de vivre ailleurs. Après tout, il y avait de la place, on ne se gênait pas. Et puis mon mari travaillait avec mon père à la fabrique, c'était plus simple comme ça. A l'époque, tu sais, les familles trouvaient normal d'habiter ensemble. Quand j'ai eu mon fils...

Elle s'interrompit de manière abrupte, secoua la tête.

— Allons, je ne vais pas te raconter ma vie !

— Pourquoi pas ?

— Eh bien, un jour d'hiver où tu t'embêteras, je te ferai l'historique de la maison et des quatre générations d'Espérandieu si ça t'amuse.

— Je vous prends au mot, Jo. Tout ce qui touche Alban m'intéresse.

La vieille dame eut cette fois un franc sourire.

— Je le sais bien, ma petite Valentine. Je le sais bien...

Elle attrapa un châle, posé sur le dossier d'une chaise, et s'en enveloppa.

— Ils ont dû voir ta voiture, ne les faisons pas attendre.

En sortant, elles furent surprises par un petit vent froid qui s'était levé et qui les fit frissonner. Dans la lueur incertaine du crépuscule, avec ses nombreuses fenêtres illuminées, la villa qui se dressait face à elles méritait amplement son surnom de paquebot.

Sophie fut la première à remarquer l'arrivée de Valentine. Elle l'avait vue descendre de sa Peugeot chargée jusqu'au toit et faire des amabilités à Joséphine avant de la suivre dans l'annexe.

— Dieu qu'elle m'agace..., marmonna Sophie.

Ses enfants étaient en train de chahuter dans la salle de bains, elle entendait leurs rires, leurs cris, et aussi la voix de Gilles qui tentait de ramener le calme. Dès qu'il était ici, il prenait son rôle de père très au sérieux, alors qu'à Paris il s'en désintéressait.

Ouvrant la penderie, Sophie hésita un peu puis choisit un pull gris perle et crème, en angora, orné de quelques strass. Avec son pantalon de velours noir, ce serait parfait. Inutile de trop s'habiller, il ne s'agissait que d'un dîner de famille, on n'allait tout de même pas tirer un feu d'artifice pour l'arrivée de Valentine ! Mais aussi, pourquoi Alban en faisait-il une telle histoire ? Valentine par-ci, Valentine par-là, il s'était ridiculement toqué de cette femme. Or le rôle d'amoureux transi ne lui allait pas du tout, Sophie le préférait de loin en coureur de jupons, en bourreau des cœurs. D'abord, ça faisait un formidable célibataire à inviter dans les dîners, et puis, au fil du temps, Sophie avait pris l'habitude de lui prodiguer une affection très exclusive, presque ambiguë.

— Tu es prête ? lui lança Gilles depuis le seuil. Valentine vient d'arriver, et Jo a porté le dîner. On fait manger les enfants avant ?

— Oui, vas-y, je te rejoins dans cinq minutes.

Puisqu'il avait envie de s'occuper d'eux, qu'il s'en donne à cœur joie !

— N'oublie pas le sirop d'Anne, rappela-t-elle, elle tousse encore un peu.

Leur fille et leurs deux fils, Paul et Louis, raffolaient de ces week-ends au paquebot, des parties de pêche en mer improvisées par leur père et leurs oncles, des gâteaux de leur arrière-grand-mère Joséphine, et des interminables séances de cache-cache qu'ils organisaient en s'égaillant dans tous les recoins de la villa.

— C'est un endroit de rêve, murmura-t-elle, et pas uniquement pour des enfants !

Dès sa première visite, Sophie avait apprécié l'endroit, mais elle ne s'y était vraiment attachée que lorsque Joséphine l'avait quitté. Passer ses vacances avec une vieille dame aurait fini par lui être insupportable, elle l'avait bien fait comprendre à Gilles.

Devant le miroir de la coiffeuse, elle retoucha légèrement son maquillage puis se détailla sans complaisance. A trente-six ans, les premières rides étaient là, et l'ovale du visage moins parfait. Néanmoins, l'image que lui renvoyait la glace avait de quoi la satisfaire. Une belle jeune femme aux traits délicats, avec des yeux bleu porcelaine, un nez fin, un petit menton volontaire que Gilles trouvait adorable. D'ailleurs, au bout de quinze années de mariage, il était toujours amoureux d'elle et affirmait qu'elle était de plus en plus belle. Lui, en revanche, vieillissait. Il commençait à perdre ses cheveux, luttait contre un début d'embonpoint, accusait son âge.

Après un dernier regard, Sophie se détourna du miroir. Si elle voulait passer une soirée agréable, elle allait devoir faire bonne figure à Valentine. Mais comment oublier que celle-ci s'installait à demeure et deviendrait désormais celle qui reçoit ?

— Ah, non ! On attendra qu'Alban l'épouse, mais pour l'instant elle n'est que sa petite copine, pas une Espérandieu.

Ce nom charmait Sophie depuis qu'elle le portait, et lui offrait l'illusion d'appartenir à un clan. Elle était mariée à l'aîné des Espérandieu, brillant avocat au barreau de Paris, fils et petit-fils de porcelainiers normands. Des origines qui lui plaisaient bien et lui auraient même donné envie de s'adresser à un généalogiste pour faire établir l'arbre de la famille si Gilles ne s'y était pas formellement opposé. « Pas question de farfouiller dans la vie de mes ancêtres, laisse-les tranquilles ! » Sophie n'avait pas insisté, elle savait qu'une sorte de mystère entourait les parents de Gilles. Autant il aimait parler de Joséphine, autant il répugnait à évoquer son père et sa mère, décédés la même année dans des circonstances troubles.

Elle accrocha ses boucles d'oreilles, deux ravissants clous en diamant que Gilles lui avait offerts pour son anniversaire, puis elle quitta la chambre. Tout le premier étage était silencieux et plongé dans la pénombre. Seules les veilleuses, le long des couloirs, restaient allumées en permanence, sauf quand les enfants s'amusaient à dévisser les ampoules pour jouer à se faire peur.

— Il y a de quoi se perdre, murmura Sophie en tournant dans la galerie qui conduisait à l'escalier d'honneur.

— Tu parles toute seule ? s'esclaffa Alban.

Il descendait du second, un peu essoufflé.

— Et toi, tu te déplaces dans le noir ?

— Je connais chaque marche par cœur. Surtout l'avant-dernière, comme dirait ton mari ! Je viens de monter toutes les affaires de Valentine dans la chambre jaune, elle veut y faire son bureau.

— Bonne idée, approuva distraitement Sophie.

Elle se moquait de l'endroit où s'installerait Valentine, mais tant qu'à faire, autant que ce ne soit pas au même étage.

— Tu es tout ébouriffé, fit-elle remarquer.

D'un geste affectueux, elle lui passa la main dans les cheveux. Il n'avait aucun problème de calvitie et il restait parfaitement mince, pourtant, il n'avait que deux ans de moins que Gilles.

— Peut-être que je ne devrais pas faire ça, dit-elle en retirant sa main à regret.

— Quoi ?

— Te câliner comme un grand frère. Maintenant, il y a Valentine, elle pourrait mal le prendre.

Elle plaisantait, mais Alban la dévisagea avec beaucoup de sérieux.

— Je ne crois pas, répondit-il lentement. Bah, tu n'auras qu'à le lui demander !

Vexée, Sophie haussa les épaules d'un air qu'elle espérait désinvolte. Elle ne comptait pas demander la moindre autorisation à Valentine, il fallait être naïf comme Alban pour l'imaginer.

Ils gagnèrent la cuisine où les enfants achevaient leur dîner sous le regard attendri de Joséphine.

— Pour eux, précisa la vieille dame, j'en avais fait une petite marmite à part, pas trop poivrée à cause d'Anne, qui tousse...

— C'est très gentil, Jo, bredouilla Sophie. Et ça sent divinement bon !

Mais ce n'était pas la poule au riz qui l'intéressait pour l'instant. A l'autre bout de la cuisine, Gilles et Colas entouraient Valentine qui semblait beaucoup les faire rire. Même la femme de Colas, Malaury, affichait un sourire hilare tout en servant l'apéritif. Sophie les rejoignit et n'hésita pas à les interrompre.

— Bienvenue sur le paquebot ! lança-t-elle à Valentine. Je suis ravie de vous voir. Bon voyage ?

— Deux petites heures d'autoroute, pas vraiment une épopée. J'adore votre pull...

Elles échangèrent un regard aigu avant de s'embrasser, chacune jaugeant l'autre. Valentine était plus grande que Sophie qui dut se mettre sur la pointe des pieds malgré ses talons.

— Je te sers un kir ? proposa Malaury.

Comme souvent, sa belle-sœur portait une extravagante robe de dentelle soulignée d'une large ceinture de cuir verni. Sa manière de s'habiller déconcertait tout le monde hormis Colas, bien entendu, et sans doute les clientes de l'invraisemblable boutique qu'ils tenaient ensemble à Paris. Un bric-à-brac dédié à la mode, que ce soit celle des vêtements, de la maroquinerie, de la vaisselle ou des objets de décoration. Lorsqu'ils s'étaient lancés dans l'aventure, quelques années plus tôt, qui aurait pu prévoir le succès qu'ils allaient rencontrer ?

— Je monte coucher les enfants, déclara Gilles. Ils ont le droit de regarder un film ?

— *Ratatouille* ! s'exclamèrent les trois gamins en chœur.

Sophie acquiesça et entreprit de débarrasser la table. Elle comptait remettre le couvert ici, dans la cuisine, toujours déterminée à ne pas considérer l'arrivée de Valentine comme un événement extraordinaire.

— Alban a déjà dressé une table de fête dans la salle à manger, vint lui glisser Malaury à l'oreille. Chandeliers, cristaux et porcelaine : le grand jeu !

Avec un clin d'œil de connivence, Sophie entraîna Malaury vers l'office.

— Qu'est-ce qu'elle vous racontait de si drôle, tout à l'heure ?

— La traduction qu'elle est en train de faire. Un truc américain à suspense qui l'empêche de dormir. Je ne la voyais pas comme une marrante, mais quand elle veut...

— Ce qu'elle veut, trancha Sophie, c'est séduire la famille au complet ! Je n'arrive pas à me faire une idée sur elle. Et toi ?

— J'attendrai de mieux la connaître. En tout cas, Alban en est fou.

— Peut-être que ça lui passera.

— Vaudrait mieux pas. Tu l'imagines seul ici cet hiver ?

— Pourquoi seul ? Il pourrait continuer à collectionner des créatures de rêve qu'il...

— Qu'il rencontrerait où ? Deauville est désert hors saison ! Non, il a passé l'âge de courir les femmes, je crois qu'il a rencontré celle qui va le garder.

Les lèvres pincées, Sophie jeta un coup d'œil vers Valentine. Pourquoi ne parvenait-elle pas à la trouver sympathique ? Avec Malaury, les choses avaient été faciles dès le début, elles étaient devenues des amies en très peu de temps. Ouverte, gaie, chaleureuse, Malaury compensait un physique un peu anguleux et diaphane par une fantaisie débridée. Elle n'était pas jolie, mais son originalité attirait l'attention sur elle. Dans sa boutique, personne n'achetait rien sans lui demander conseil avant, et les femmes qui sortaient de chez elle avaient toujours meilleure allure qu'en entrant.

— Qu'est-ce que tu penses de mon pull ? demanda Sophie.

— Pas mal, mais pas franchement glamour, si tu veux mon avis. Le gris, tu sais...

Le verdict était sans appel. Néanmoins, Sophie ne se voyait pas porter les tenues qu'affectionnait Malaury. De nouveau, elle regarda dans la direction de Valentine. Une femme difficile à cerner. Belle, indiscutablement, avec le teint mat, de longs cheveux bruns aux reflets acajou, des yeux verts en amande. Et une silhouette de mannequin mise en valeur par son jean moulant. Alban était-il amoureux d'elle physiquement ou l'aimait-il pour de bon ? Il avait connu bien d'autres très belles femmes, pourquoi celle-ci ? Se sentait-il diminué par son problème de vue et par l'arrêt brutal de sa carrière de pilote au point de vouloir se caser ?

D'où elle était, Sophie voyait la façon dont Alban couvait Valentine du regard. Et il avait mis le couvert, lui ! En se détournant, agacée, elle découvrit que Joséphine était en train de l'observer. A tout hasard, elle lui adressa un grand sourire.

— C'est prêt, annonça la vieille dame avec une certaine froideur.

— A table ! s'exclama Sophie.

Elle traversa la cuisine à grandes enjambées pour être la première à se diriger vers la salle à manger.

A trois heures du matin, n'arrivant pas à trouver le sommeil, Alban se dégagea tout doucement des bras de Valentine. Il la recouvrit avec précaution car il commençait à faire froid dans la chambre. Vraiment, il allait falloir s'occuper de la chaudière avant l'hiver. La suggestion d'ajouter un ou deux radiateurs d'appoint avait beaucoup fait rire l'électricien. « Sur cette vieille installation, vous voudriez brancher des trucs qui pompent trois mille watts ? Vous n'y pensez pas, tout sauterait ! » A défaut d'autre chose, Alban avait acheté une couette de haute montagne au duvet bien gonflant, sous laquelle ils avaient transpiré comme des athlètes en plein Sahara deux heures plus tôt.

Faire l'amour avec Valentine laissait toujours Alban ébloui et apaisé. Lorsqu'elle finissait par s'endormir, lovée contre lui, il se sentait un homme meilleur, un homme plus fort, et avant elle, aucune femme ne lui avait procuré cette impression.

Il enfila la grosse robe de chambre écossaise qu'il laissait ici depuis des années, heureux de la retrouver au fond de sa penderie lors des week-ends d'hiver. Comment aurait-il pu imaginer qu'il reviendrait un jour s'établir dans ces murs ? Il avait quitté le paquebot après son bac, pressé de rejoindre Gilles à Paris et d'y entamer ses études. Après maths sup, il s'était présenté au concours d'entrée à l'Ecole nationale d'aviation civile et avait vécu deux ans à Toulouse. Son diplôme en poche, il avait réussi à intégrer Air France, où il n'était resté que peu de temps copilote, passant rapidement au grade de commandant de bord. Il adorait voler, il était doué, sérieux, sa carrière sur les long-courriers avait été exemplaire. Il se rendait à l'aéroport de Roissy-Charles-de-Gaulle comme on va au bureau, mais, à chaque décollage, il éprouvait la même émotion intacte. Les équipages se battaient pour embarquer avec lui, les filles parce qu'elles le trouvaient mignon, les garçons parce qu'ils se sentaient en sécurité. Durant ses périodes de repos, il sortait beaucoup, recevait ses amis, s'intéressait à mille choses et ne voyait pas le temps passer. L'appartement qu'il louait avait fini par se remplir d'objets exotiques rapportés du bout du monde, cependant il accordait peu d'importance à son cadre de vie. L'habitude des voyages lui avait donné un esprit nomade et c'était plutôt dans un poste de pilotage qu'il se sentait chez lui. Le seul endroit pour lequel il éprouvait toujours un réel attachement demeurait le paquebot. Chaque fois qu'il venait à la villa, entre deux rotations, il y retrouvait ses racines, son enfance, et ce point d'ancrage lui suffisait.

A présent, il était là pour de bon, mais sans savoir ce qu'il allait faire du reste de son existence. Il était là comme un réfugié, un naufragé, et il détestait ça.

Après avoir mis ses lunettes, il referma sans bruit la porte de la chambre. Le deuxième étage était le plus fantaisiste de la maison. Au-dessus, les combles se divisaient en petites chambres autrefois destinées au personnel mais abandonnées depuis longtemps à la poussière et aux toiles d'araignée. Au-dessous, le premier étage comportait six grandes chambres claires, chacune agrémentée de sa salle de bains et de son dressing, le tout bien ordonné. Seul le second abritait des pièces sans destination précise, dont une grande salle de jeux, une lingerie tout en longueur, des couloirs à angles droits. Alban y avait élu domicile dès douze ans, choisissant la seule chambre à posséder une fenêtre en encorbellement qui semblait avancer au-dessus du vide. La vue y était sublime au soleil levant, et de là-haut on pouvait vraiment se croire sur la proue d'un paquebot.

« Tu ne vas pas te sentir trop loin de nous ? » s'était inquiété Joséphine. Il avait dû batailler pour obtenir son accord, mais ses frères l'avaient soutenu, navrés de ne pas y avoir songé les premiers.

A ce souvenir, Alban eut un rire silencieux. Il s'était toujours bien entendu avec Gilles et Colas. Quand ils arrivaient de leurs pensions respectives, le vendredi soir, ils chahutaient comme des fous, puis, assis tous trois sur le lit d'Alban après le dîner, loin des oreilles de leurs parents et grands-parents, ils se racontaient des histoires d'école jusqu'au petit matin.

Longeant le couloir, Alban gagna la chambre jaune dont la porte était restée ouverte. Il alluma, considéra les cartons de Valentine et ébaucha un sourire. Elle aussi, d'emblée, avait choisi le deuxième étage. Elle y serait parfaitement tranquille pour travailler, même si tout le reste de la famille débarquait en été. Juste à côté, elle disposerait du petit escalier logé dans la tourelle d'angle, qui la rendrait tout à fait indépendante.

— Valentine…, souffla Alban d'une voix songeuse.

Pour la première fois, il allait vivre avec une femme. Saurait-il répondre à ses attentes, s'adapter à ses désirs, lui donner envie de rester ? Elle avait mis si longtemps à prononcer des mots d'amour qu'il avait failli croire la partie perdue. Mais elle s'était trahie en venant le voir, à l'hôpital, après son accident.

Repenser à cette scène lui faisait toujours battre le cœur. Comme la plupart des gens, elle avait commencé par quelques mots d'encouragement, hésitant à poser des questions ou à manifester de la compassion. Puis elle avait fondu en larmes, un vrai torrent de larmes, avant de s'enfuir. Un peu plus tard, une nouvelle tentative n'avait pas eu davantage de succès. Incapable de prononcer un mot sans se remettre à sangloter, elle s'était contentée de lui tenir la main en silence pendant près d'une heure. Enfin, elle avait pu articuler : « Tu sais, je t'aime ». Eh bien non, il ne le savait pas, et l'entendre fut la seule bonne chose de son séjour dans le service d'ophtalmologie.

Il éteignit et s'éloigna de la chambre jaune. Valentine ne souhaitait sûrement pas qu'il déballe ses affaires. Elle arrangerait la pièce à son idée, c'était désormais son domaine. Il se demanda à quel moment il serait opportun de lui reparler mariage. Dans quelques semaines, quelques mois ? Peut-être seulement quand il aurait décidé de son avenir professionnel, parce que alors il aurait quelque chose à lui offrir. Mais décidé quoi ? On ne l'attendait nulle part et il ne voyait pas à quoi ses connaissances de pilote pourraient bien lui servir.

Comme toujours lorsqu'il se mettait à y penser, il repoussa l'idée d'une reconversion dans l'aviation au sol. Au sol ! Faire partie des *rampants* ? Pas question.

— Alban ? Tu es là ?

La voix de Valentine semblait un peu apeurée et il se précipita vers leur chambre.

— Tu m'abandonnes dès la première nuit ? dit-elle avec un petit sourire crispé. J'ai fait un cauchemar et, en me réveillant, j'étais un peu... désorientée. Pardon d'avoir appelé au secours.

Il s'assit au bord du lit, tendit la main pour écarter une mèche sur le front de la jeune femme.

— Je suis ton ange gardien, tu m'appelles quand tu veux. Mais la maison est grande, la prochaine fois crie plus fort.

Le sourire de Valentine s'élargit tandis qu'elle se redressait sur son oreiller.

— Séduisant, l'ange..., apprécia-t-elle. Même avec cette horrible robe de chambre, tu me donnes des idées.

— Susceptibles de te faire oublier ton cauchemar ? Alors, c'est une priorité !

Il se pencha pour l'embrasser doucement, savourant le goût de son souffle, de ses lèvres, de sa langue. Puis il fit glisser la couette pour découvrir ses épaules, ses seins.

— Promets-moi de dormir toujours nue, chuchota-t-il.

— Toi aussi, dit-elle en lui retirant ses lunettes d'un geste très délicat.

Après s'être débarrassé de sa robe de chambre, il s'allongea près d'elle et la prit dans ses bras.

Pour le petit déjeuner de la famille, Joséphine s'était lancée dans la préparation de beignets aux pommes. Insomniaque, elle s'activait dans sa cuisine depuis cinq heures du matin. De temps à autre, elle s'approchait de la fenêtre et jetait un coup d'œil sur la villa dont toutes les fenêtres étaient encore obscures. Aucun des trois garçons n'avait jamais été très matinal, il fallait hurler dans les couloirs pour les faire sortir de leurs lits quand ils étaient jeunes.

Bon, ce n'étaient plus des « garçons » à présent. Le temps filait si vite ! Songer qu'elle avait quatre-vingt-quatre ans anéantissait Joséphine. Une vieille dame, une arrière-grand-mère, la « bisaïeule », aurait-on dit à son époque. Pourtant, elle avait toute sa tête, et encore une excellente mémoire, qu'elle maudissait parfois. Certes, les bons souvenirs étaient nombreux, mais les mauvais pesaient plus lourd.

Elle soupira, saisit l'écumoire et sortit de l'huile bouillante une autre fournée de beignets bien dorés. Sa petite cuisine l'enchantait, sa modeste maison aussi. Quel soulagement de vivre ici ! En prenant la décision de quitter la villa, elle s'était arraché une épine du cœur.

De nouveau, elle regarda à travers les carreaux, essayant de discerner dans la pénombre la silhouette éteinte du paquebot. Pouvait-on attribuer un quelconque pouvoir à des murs ? Restituaient-ils d'une façon ou d'une autre l'écho de la violence, de la folie, du désespoir ?

Après avoir recouvert les beignets d'un torchon propre, elle ferma le gaz et alla s'asseoir dans son rocking-chair tapissé de gros coussins fleuris. Lorsqu'elle songeait au passé, comme ce matin, ses yeux devenaient toujours humides. Ni sa jeunesse heureuse ni son mariage réussi ne l'avaient préparée à vivre des drames.

Tout en se balançant, elle ferma les yeux et pensa à son époux, Antoine. Un homme charmant, humain, dévoué, qui se trouvait être un très lointain cousin par alliance et portait lui aussi le nom d'Espérandieu. Accueilli à bras ouverts, ce gendre modèle avait aussitôt travaillé à la fabrique de porcelaine, qui était alors prospère. Très vite, Joséphine avait été enceinte, et la naissance d'un petit garçon baptisé Félix avait marqué l'apogée du bonheur. A la mort du père de Joséphine, Antoine avait tout naturellement pris la direction de la fabrique, tandis que Félix grandissait et devenait peu à peu un beau jeune homme dont Joséphine était très fière. Des années sans histoire s'étaient écoulées, paisibles, puis Félix avait été en âge de se marier et les ennuis avaient commencé. Fou amoureux d'une fille rencontrée par hasard sur la plage de Trouville, il s'était démené pour l'épouser de toute urgence malgré les réticences de ses parents. Mise au pied du mur, Joséphine avait accepté sa bru en faisant contre mauvaise fortune bon cœur. Félix était entré à la fabrique pour avoir une situation, et pendant qu'il travaillait, sa jeune femme, Marguerite, passait ses journées à errer à travers la villa, désœuvrée, lunatique, insaisissable. Malgré tous les efforts de Joséphine, le contact ne passait pas entre elles deux. Marguerite n'aimait pas coudre, ni cuisiner, encore moins jardiner. Elle prétendait adorer la mer mais n'allait jamais la voir de près. Comme elle ne savait pas s'occuper, elle s'ennuyait et ne retrouvait le sourire que le soir, au retour de Félix. Leur premier bébé, Gilles, arriva au bout de quelques mois, et Joséphine se prit à espérer que la maternité comblerait la jeune femme. Il n'en fut rien, hélas, car Marguerite ne s'intéressa guère au nouveau-né. A peine deux ans plus tard, la naissance d'un deuxième garçon, Alban, ne changea pas la situation. Marguerite donnait le biberon d'un air distrait, traînait toujours son ennui et s'étiolait. Le matin, quand Félix partait travailler, elle s'accrochait à lui, faisait des scènes, claquait les portes. A plusieurs reprises, Joséphine avait bien tenté de raisonner sa bru, lui proposant d'apprendre à conduire pour se distraire, ou carrément d'accompagner Félix à la fabrique pour s'initier au monde de la porcelaine, mais Marguerite repoussait toutes les suggestions. L'arrivée d'un troisième garçon, Colas, sembla même la rendre encore plus instable, plus difficile à comprendre. Pour ce petit dernier, il fallut engager une jeune fille au pair car Joséphine, qui s'occupait de tout, commençait à se sentir dépassée. De son côté, Antoine essayait de parler à Félix mais il se heurtait à un mur. Non, Marguerite n'était pas malade, elle n'était pas bizarre non plus, Félix refusait d'admettre la moindre critique concernant sa femme dont il était toujours éperdument amoureux. Du bout des lèvres, il concédait tout au plus que Marguerite ne ressemblait à personne et que son caractère fantasque pouvait dérouter. Néanmoins, le dimanche, il déployait de grands efforts pour donner une apparence de normalité à sa petite famille. Il emmenait Marguerite et les trois garçons à la plage, parfois au restaurant ou au cinéma. Mais, au retour de ces expéditions, il semblait à bout de patience. Antoine et Joséphine, consternés, observaient tout cela sans oser intervenir, et, dans l'intimité de leur chambre, le soir, ils se demandaient ce qui était arrivé à leur fils. L'amour l'avait-il rendu aveugle au point de refuser l'évidence ? Marguerite avait un réel problème de comportement, elle aurait dû voir un médecin depuis longtemps. « C'est une folle », avait lâché Antoine, une nuit, en chuchotant. Le mot était enfin prononcé, cependant il resta entre eux.

Joséphine stoppa le balancement du rocking-chair, un peu barbouillée. Se replonger dans cette période lui faisait du mal, mais, en fin de vie, n'a-t-on pas tendance à égrener inlassablement les mêmes vieux souvenirs ? De ce temps-là, pourtant, elle ne regrettait que la tendresse d'Antoine, sa présence, leur entente complice. Hélas, ils avaient eu beau faire bloc, faire front, ils n'avaient pas pu sauver Félix.

La porte s'ouvrit derrière elle, et une bouffée d'air froid s'engouffra dans la cuisine avec Alban.

— Tu pourrais faire la grasse matinée, au moins le dimanche ! s'exclama-t-il.

Le jour s'était levé pendant qu'elle se perdait dans les images du passé. Penché vers elle pour l'embrasser, Alban sentait le savon et le shampooing.

— Prends les beignets, c'est pour vous, dit-elle en désignant le panier recouvert du torchon.

— Tu ne viens pas ? Les enfants seront déçus, et nous aussi !

— Mon petit Alban, tu connais mon opinion là-dessus. Chacun chez soi, tout le monde s'en trouve bien.

— Les frangins partent ce soir, plaida-t-il. Fais-leur ce plaisir, allez...

Il la prit par le bras, l'obligea gentiment à se lever et, de sa main libre, s'empara du panier.

— Tu en as fait beaucoup, j'espère ?

— Evidemment.

Dehors, une bruine glaciale les accueillit. Le ciel était plombé, menaçant. A la mauvaise saison, Gilles, Sophie et les enfants venaient moins souvent, alors que Colas et Malaury bravaient volontiers les intempéries. Ils restaient vingt-quatre heures, entretenaient un feu d'enfer dans la cheminée de la cuisine et gardaient un pull pour dormir. Entre deux rotations, Alban passait en coup de vent. Au bout du compte, la villa était souvent fermée durant l'hiver, et Joséphine pouvait l'ignorer. A présent, ce serait différent.

Levant les yeux vers la façade, elle marqua un temps d'arrêt.

— Alban, tu es bien sûr de ta décision ? dit-elle d'une voix étrange. Vous serez perdus là-dedans, Valentine et toi ! Et puis ça vous coûte tellement cher, à tous, d'entretenir ce bazar maudit... Je n'ai plus d'argent, tu le sais, je ne peux pas vous aider, d'ailleurs je ne le ferais pas. Si ça ne tenait qu'à moi, je vendrais sur-le-champ.

— *Bazar maudit ?* répéta-t-il en souriant.

Mettant son angoisse sur le compte de l'âge, il allait essayer de la rassurer mais elle le devança.

— Tu as trouvé une fille formidable, emmène-la loin d'ici, crois-moi !

— Enfin, Jo, qu'est-ce que tu as ?

Otant ses lunettes, il sortit un pan de chemise de sous son pull et les essuya.

— Cette petite pluie va nous tremper, viens.

Elle comprit qu'elle n'arriverait pas à l'effrayer, ni à le décourager. Mais avait-il le choix ? Il n'était pas seulement privé de son métier, de ses revenus, il était aussi dépossédé de sa passion de voler. Il devait se reconstruire, et sans doute pensait-il y arriver ici mieux qu'ailleurs. Lui et ses frères avaient toujours considéré le paquebot comme leur refuge, leur port d'attache, et Joséphine n'avait pas eu le courage de les en dissuader. Parce qu'elle avait préféré se taire, elle serait responsable de ce qui allait arriver.

— Alban..., soupira-t-elle, le cœur serré.

Il remit ses lunettes, baissa la tête vers elle, puis l'entraîna vers la maison.

2

Valentine flânait sur le quai de Trouville où se tenait le marché. Elle avait déjà acheté du poisson, mais elle voulait encore se promener, s'enivrer d'air marin. Son bonnet de laine enfoncé jusqu'aux oreilles pour se protéger du vent froid, elle s'arrêtait devant chaque étal en cherchant des idées de menu. Alban prétendait se nourrir avec « trois fois rien », toutefois il avait des habitudes de luxe, même s'il l'ignorait. Gâté par la cuisine de Joséphine depuis son enfance, puis choyé à bord des avions d'Air France ou dans les grands hôtels autour du monde, sa conception d'un repas simple était assez élaborée.

D'un commun accord, ils avaient décidé de se mettre aux fourneaux à tour de rôle, et de se répartir les tâches ménagères de la même manière. Ils *essayaient* de vivre ensemble, ils n'étaient pas un vieux couple.

Depuis le départ du reste de la famille, Joséphine se faisait très discrète et les avait laissés au plaisir de leurs tête-à-tête. Valentine en avait profité pour visiter le paquebot de fond en comble afin de s'y sentir plus à l'aise. C'était une maison merveilleuse, aux possibilités infinies, mais qui accusait son âge et son manque d'entretien. Passer d'un studio à cette immense bâtisse allait demander un temps d'adaptation. En affirmant qu'elle s'y plairait, Valentine avait un peu anticipé.

Après avoir rangé ses provisions dans le coffre de la Peugeot, elle décida de poursuivre sa promenade par un tour sur la plage où, même à marée haute, il restait une grande étendue de sable fin. Les mains enfouies dans les poches de son caban et les yeux rivés sur la mer, elle marcha un moment avant de s'asseoir, face au vent.

« Tu as quelque chose de changé », lui avait dit Joséphine, le soir de son arrivée. Changé ? Bien sûr. Pour la deuxième fois de sa vie, elle attendait un enfant. Ou plutôt, elle était enceinte mais ne voulait pas encore songer concrètement à un bébé, de peur d'être déçue.

Fermant les yeux, elle réfréna une stupide envie de pleurer. Elle n'avait la certitude de sa grossesse que depuis deux semaines, or c'était à la fois une extraordinaire mais terrible nouvelle, dont elle essayait de mesurer les multiples conséquences. Sept ans plus tôt, les choses s'étaient si mal passées ! Le garçon avec qui elle vivait alors, qu'elle devait épouser et qui l'avait même encouragée à interrompre sa contraception, s'était comporté comme le dernier des salauds. A l'annonce d'un enfant à venir, il avait paniqué, s'était littéralement enfui. En rentrant, un soir, elle avait trouvé une minable lettre d'excuses sur la table de la cuisine, et les placards vides. La lettre, elle l'avait conservée précieusement pour se souvenir de ne plus jamais faire confiance à un homme. Et au lieu de s'apitoyer sur son sort, elle avait relevé la tête, bien décidée à garder l'enfant. Elle allait se retrouver fille mère ? Peu lui importait, avec son caractère indépendant elle se moquait bien des conventions ! Elle gagnait sa vie, travaillait chez elle : elle assumerait. Mais la nature en avait décidé autrement car trois semaines plus tard une fausse couche spontanée avait de nouveau changé le cours de son existence. Dégoûtée de tout, elle était partie pour l'Amérique où elle avait déjà longtemps séjourné au moment de ses études. Un an plus tard, elle rentrait en France avec un diplôme supplémentaire. Embauchée par une bonne maison d'édition pour traduire des best-sellers anglo-saxons, elle s'était jetée dans le travail sans s'intéresser aux hommes qui cherchaient à lui plaire. Et puis, Alban était arrivé...

Elle rouvrit les yeux, contempla la mer gris ardoise. Alban était exactement le genre de célibataire endurci qu'elle fuyait. Certes, il avait su l'apprivoiser, la rassurer, et il lui avait réappris à aimer, mais comment réagirait-il en découvrant que, malgré leurs précautions, Valentine était enceinte ? « Aucune contraception n'est fiable à cent pour cent », avait déclaré la gynécologue consultée. En sortant de son cabinet, Valentine s'était sentie écrasée de terreur. Le même scénario allait-il se reproduire ? Lâchement, elle n'avait rien dit à Alban. Il n'était pas homme à fuir ses responsabilités, cependant, le moment était mal choisi pour lui annoncer la nouvelle, au beau milieu de son déménagement et du bouleversement complet de son existence. A quarante ans, il était obligé de changer à la fois de cadre de vie, de métier et d'habitudes. Après avoir été longtemps celui qui commande – l'expression *commandant de bord* étant significative –, il se retrouvait sur la touche et aurait besoin d'un certain temps pour accepter cette mise à l'écart. L'accident auquel il devait son décollement de rétine s'était produit lors d'un atterrissage très brutal dû à une défaillance du train et un pneu avait éclaté en touchant le sol. Mais ce problème technique n'engageait en rien sa responsabilité puisqu'il avait réussi à stabiliser l'appareil, ce que peu de pilotes auraient été capables de faire avec une telle maîtrise. On ne déplorait que deux blessés légers parmi les passagers, l'avion était à peine endommagé et la direction d'Air France était allée le féliciter à l'hôpital. Néanmoins, son sort était scellé. Le dédommagement de la compagnie d'assurances ne compenserait jamais la privation de voler.

Devant elle, de petits moutons d'écume venaient se briser sur le sable. Elle réalisa que son enfant arriverait avec l'été. Où serait-elle, à ce moment-là ? Toujours ici, face à la mer ? Avec Alban à ses côtés ? Des questions dont elle ignorait les réponses. Ce bébé, elle le voulait par-dessus tout, mais elle ne supportait pas l'idée de perdre Alban. Il était l'homme avec qui elle désirait vivre et fonder une famille, l'homme qui l'avait réconciliée avec l'amour. Un homme *bien*, elle le savait. Elle lui avait raconté son passé, mais sans lui donner trop de détails car elle se sentait toujours humiliée par son rôle de femme abandonnée. Il avait eu une réaction de colère et de mépris envers ce « foutu lâche » assez stupide pour ne pas réaliser ce qu'il perdait. Ensuite, comprenant qu'elle ne voulait pas en parler davantage, il n'y avait plus fait allusion. Le tact était, entre autres, une de ses qualités.

A regret, elle se leva, secoua le sable accroché à son jean. Sa montre indiquait déjà une heure, elle n'avait pas vu le temps passer et elle était transie. Tout en remontant la plage vers le parking du casino, elle chercha un Kleenex dans sa poche puis se moucha. Pas question de s'enrhumer en ce moment, ni d'avoir de contrariété. Cette nouvelle grossesse devait se dérouler sans incident, le plus sereinement possible. D'après la gynécologue, il n'y avait aucune raison de s'inquiéter, tout irait bien.

Arrivée près de sa voiture, elle eut la surprise de découvrir Alban qui l'attendait, appuyé contre la portière d'une Twingo violette hors d'âge.

— Tu as déniché un véhicule vraiment discret pour me prendre en filature ! railla-t-elle avec un grand sourire.

— C'est la voiture de Jo. Elle ne conduit plus depuis l'année dernière mais elle ne veut pas s'en séparer, alors je la fais tourner quand je suis là. En fait, je crois que je vais me l'approprier, je la trouve sympathique.

— Elle te va très bien !

— Merci. A propos, je ne t'espionnais pas, je suis venu acheter des chevilles et des vis pour tes étagères. Tu veux qu'on en profite pour manger des moules ?

— J'ai du poisson dans le coffre.

— Avec ce froid, il ne s'abîmera pas. Viens.

Ils se dirigèrent vers les brasseries du boulevard qui faisaient face à la mer, et entrèrent au *Vapeurs*.

— J'ai envie d'inviter des copains ce week-end, annonça-t-il après avoir passé la commande. Tout le monde veut voir à quoi ressemble le paquebot et comment je suis installé dans ma nouvelle vie.

Des *copains*, cela signifiait des gens d'Air France, pilotes, stewards et hôtesses. Surtout des hôtesses, probablement. Cette perspective agaça Valentine mais elle se contenta de hocher la tête.

— Ce sera bien d'avoir de la distraction, ajouta-t-il. Il ne faut pas qu'on se coupe du monde en se retranchant derrière nos murs.

Cherchait-il une justification à son désir de recevoir ? Craignait-il déjà de s'ennuyer ?

— Alban ! s'écria un inconnu en s'arrêtant devant leur table. J'étais prêt à aller te débusquer chez toi, mais le hasard fait bien les choses.

Grand, efflanqué et sympathique, l'homme tendit la main à Valentine.

— David Leroy, se présenta-t-il. J'espère qu'il vous a parlé de moi ? En théorie, je suis son meilleur ami.

— Pas en pratique ? s'enquit-elle en lui souriant.

— Comme je n'ai jamais quitté Trouville, il m'a un peu délaissé.

— Tu exagères, protesta Alban.

— Non, commandant, tu es un lâcheur !

— Ni ça, ni commandant. Plus maintenant. Tu t'assieds avec nous ?

— Impossible, j'ai invité un client. Mais si mademoiselle m'y autorise, je passerai vous voir à la villa demain soir.

— Je vous ferai à dîner, proposa spontanément Valentine.

— Epouse-la, conseilla David avant de partir d'un grand rire bruyant.

Il donna une tape amicale sur l'épaule d'Alban puis s'éloigna vers le fond de la salle. Sa jovialité semblait si naturelle qu'on ne pouvait pas lui en vouloir de ses manières un peu brusques.

— Alors c'est lui, le fameux David ? dit Valentine à mi-voix.

— Ami d'enfance, ami de pension. Toujours fourré à la maison, il faisait le quatrième dans toutes nos parties de cartes. Jo l'adore, mes frangins aussi.

— Et toi ?

Il se pencha un peu au-dessus de la table, lui prit la main.

— C'est quelqu'un d'important pour moi. Il a raison, nous ne nous sommes pas vus très souvent ces dernières années, mais on se téléphonait, on s'envoyait des mails. Quand il a su par Jo que j'avais eu un accident, il a foncé à Paris. Il a été le seul à me parler franchement.

— A savoir ?

— Il m'a trouvé une drôle de tête avec mes lunettes et m'a suggéré d'investir dans une autre monture que celle fournie par l'hôpital ! Ensuite, il m'a averti qu'il me faudrait beaucoup de patience avant de toucher l'argent de l'assurance, et il m'a demandé si j'envisageais une reconversion dans l'aviation au sol. Quand il a vu ma réaction, il m'a proposé ses économies pour monter un aéroclub. Enfin il m'a pris rendez-vous avec son beau-frère, qui dirige l'aéroport de Saint-Gatien, à côté de Deauville. Il s'est montré concret, efficace, pas larmoyant pour deux sous. Après sa visite, j'ai commencé à remonter la pente moralement. C'était la veille du jour où tu m'as fait cette si merveilleuse déclaration...

Comme le serveur arrivait avec leurs deux assiettes de crevettes grillées, il dut lui lâcher la main mais continua à la regarder. Elle aimait ses yeux sombres pailletés d'or rivés sur elle, son sourire de gamin, ses traits déjà marqués par la quarantaine.

— J'ai bien fait de l'inviter à dîner, alors ?

— David ? Oh, oui ! Mais je crois qu'il serait resté, de toute façon. Il est un peu chez lui au paquebot, d'autant plus qu'il garde un œil sur Joséphine en passant la voir une ou deux fois par semaine.

Décidément, elle allait devoir composer avec un certain nombre de choses. S'habituer à la taille de la maison, aux visites-surprises de toute la famille, aux copains prêts à débarquer, enfin, à cet ami de longue date qui, par chance, était sympathique. Au milieu de ces gens, quelle était sa place ? Quand David avait plaisanté – « Epouse-la » –, Alban s'était contenté de sourire, sans relever le propos. Avant son accident, il avait pourtant proposé le mariage à Valentine, mais à ce moment-là elle n'avait pas confiance en lui et elle s'était dérobée. Depuis, il n'avait plus abordé le sujet. Sa proposition de venir habiter avec lui en Normandie n'incluait aucun engagement, il ne parlait pas d'avenir.

Après les crevettes grillées, on leur servit des moules, succulentes, et ils finirent la bouteille de muscadet.

— Quel est ton programme de l'après-midi ? s'enquit Alban en réclamant l'addition.

— Rentrer pour mettre mon poisson au frigo, ensuite j'irai boire un café chez Joséphine, je veux lui demander une recette.

— Je m'occupe de tes étagères, alors ?

— Oui, c'est gentil. Je ne travaillerai pas avant cinq heures.

Une vraie conversation de colocataires ! Etait-ce si difficile de vivre à deux ?

Le téléphone portable d'Alban, posé sur la table, se mit à vibrer. Il jeta un coup d'œil sur le numéro affiché et son visage s'éclaira tandis qu'il prenait l'appel.

— Marianne ! Je suis ravi de t'entendre, comment vas-tu ?

Encore une inconnue pour Valentine. Finalement, elle ne savait pas grand-chose de l'entourage d'Alban. Lorsqu'ils sortaient ensemble, au début de leur relation, ils restaient volontiers en tête-à-tête pour des soirées d'amoureux. Théâtre à deux, la main dans la main, puis restaurant à deux, les yeux dans les yeux. Durant ses voyages, Alban l'appelait souvent, mais il ne racontait rien sur lui-même, préférant poser des questions ou faire des déclarations d'amour.

Elle observa son sourire réjoui et la manière détendue dont il bavardait avec son interlocutrice. C'était un homme vraiment très séduisant, les nombreuses femmes qu'il connaissait n'allaient pas rater l'occasion de venir le consoler.

— ... et vous arriverez samedi pour déjeuner ? Formidable ! Est-ce que Nadia sera avec vous ? Non, aucun problème. Pour ceux qui voudront rester, il y a plein de chambres. Au fait, je suis ici avec...

Il leva la tête et parut interroger Valentine du regard, mais elle ne comprit pas ce qu'il voulait.

— ... une amie, acheva-t-il. Bon, je t'envoie un plan par mail. A samedi, et embrasse tout le monde pour moi.

— C'est moi, l'*amie* ? demanda doucement Valentine. Pour David j'étais déjà *mademoiselle*, il faudra me trouver une identité.

Elle se sentait jalouse, ridicule de l'être, et soudain très vulnérable.

— Je ne sais pas comment tu veux être appelée.

— Par mon prénom, pour commencer !

— Je l'adore, ça tombe bien. Mais vis-à-vis des gens, si tu...

— N'en parlons plus, ça n'en vaut pas la peine, trancha-t-elle d'un ton un peu trop sec.

L'air contrarié, il la regarda se lever, ramasser son sac.

— On se rejoint chez toi.

Elle le précéda vers la sortie du restaurant et, une fois dehors, marcha sans s'occuper de lui.

— Valentine, attends !

Il venait de la prendre par la taille, l'obligeant à ralentir le pas.

— C'est une dispute ? murmura-t-il avant de l'embrasser derrière l'oreille. Je peux annoncer au monde entier que tu es la femme que j'aime, la seule qui compte, la femme de ma vie. Bon, c'est un peu long pour te désigner mais ça reflète la vérité. En tout cas, au jeu du vocabulaire choisi, je n'ai pas apprécié que tu utilises ce « chez toi » très réducteur. Pour le paquebot, tu pourrais dire « la maison », ou « chez nous », je préférerais.

Elle s'en voulait de sa colère, de sa mesquinerie, de cette incompréhension entre eux. Elle se laissa aller contre lui, décidée à faire la paix.

— Ils sont nombreux, tes invités du week-end ?

— Quatre. Je m'occuperai de tout, je te le promets.

Ainsi, il imaginait qu'elle était agacée par des problèmes d'intendance. Elle faillit le détromper mais il aurait fallu qu'elle s'explique, qu'elle dise pourquoi les Marianne, Nadia et autres l'exaspéraient d'avance. Ne sachant qu'ajouter, elle se dressa sur la pointe des pieds et l'embrassa fougueusement, en plein milieu du trottoir.

Malaury recula de trois pas pour juger de l'effet produit par sa mise de table à la japonaise. Le voyage à Tokyo, effectué durant l'été, lui avait donné de bonnes idées, et elle savait désormais à quels petits artisans elle pouvait s'adresser là-bas. Elle ne commandait jamais en grande quantité, préférant renouveler les marchandises proposées dans sa boutique au gré de ses envies. Elle travaillait d'instinct, avec un sens aigu de ce qui allait plaire, or la mode asiatique lui semblait tout indiquée pour cette fin d'automne.

— Superbe ! lança Colas qui descendait du premier étage.

Dessiné par Malaury elle-même, l'escalier en volute, aérien, était un élément de décoration du magasin.

— C'est tout à fait irrésistible, ajouta-t-il. D'ailleurs, ça me donne faim, je vais t'emmener manger des sushis ce soir.

La tête penchée de côté, il étudia quelques instants les bols peints à la main, les sets ornés de fleurs de pommier, le pliage sophistiqué des serviettes de soie.

— Peut-être... une orchidée ? suggéra-t-il.

Malaury plissa les yeux, réfléchit puis hocha la tête.

— Absolument, concéda-t-elle.

Il y en avait toujours, posées çà et là à travers la boutique, aussi n'eut-elle que l'embarras du choix. Une fois la fleur sur la table laquée, l'ensemble se révéla parfait. Malaury s'en détourna, satisfaite, et alla vers Colas pour lui déposer un baiser au coin des lèvres.

— On va fermer, dit-elle en désignant sa montre.

Mais elle n'en eut pas le temps, le délicat carillon de la porte annonçant une cliente tardive.

— Quel temps de chien ! s'exclama Sophie. Je suis contente de ne pas vous avoir ratés, j'avais peur de trouver le rideau de fer baissé.

Elle déposa son parapluie trempé dans un bac de cuivre puis se débarrassa de son trench-coat.

— Malaury, il faut que tu me sauves la vie. Je dois accompagner Gilles, demain, à un dîner assommant chez des gens très snobs, et je n'ai rien à me mettre. Enfin, rien d'un peu dans le coup... Salut, Colas. Tu as des nouvelles d'Alban ?

— J'ai appelé Jo qui paraît enchantée par la présence de Valentine.

— Oh, celle-là ! pesta Sophie. Je te parle de ton frère, pas de sa mijaurée.

— Qu'est-ce que tu as contre elle ?

— Rien. Sauf qu'elle lui a mis le grappin dessus.

— C'est mieux qu'à l'époque où il était un cœur d'artichaut, répliqua Colas. S'il ne se case pas maintenant, il finira vieux garçon, et je ne le lui souhaite pas. Allez, je vous laisse entre femmes, j'ai de la compta à terminer.

Il s'occupait de toute la partie administrative du magasin, mais ne dédaignait pas, à l'occasion, de venir conseiller un client. Avec un petit geste désinvolte de la main, il s'éloigna vers une porte dissimulée par une tenture de velours pourpre.

— Heureusement, chuchota Malaury, nous utilisons aussi les services d'un cabinet comptable...

Son ton indulgent et amusé reflétait toute la tendresse qu'elle éprouvait pour son mari.

— Viens avec moi en haut, enchaîna-t-elle, on va te trouver quelque chose.

Au premier étage, quelques robes étaient exposées sur des mannequins d'osier, d'autres pendues au bout de chaînettes en strass. Sur trois guéridons 1900 trônaient respectivement un sac, une ceinture, une paire d'escarpins. Chaque article, éclairé d'un spot, semblait exceptionnel.

— Ça devrait t'aller, décida Malaury.

Elle avait décroché un ensemble en crêpe rose poudre, fluide et diaphane. Avec une moue dubitative, Sophie gagna la cabine d'essayage qui était comme un salon anglais miniature. Lorsqu'elle en sortit, trois minutes plus tard, Malaury esquissa un sourire satisfait.

— Pas besoin de chercher plus loin, n'est-ce pas ?

Sophie virevolta quelques instants devant une psyché, s'admirant à loisir.

— Je devrais venir te voir plus souvent !

— Comme tu dis.

— Et le prix ?

— En rapport.

— Bien, c'est normal... Et puis Gilles sera content !

L'ensemble la mettait si bien en valeur qu'elle ne redoutait déjà plus le dîner du lendemain. Elle parada encore un peu puis alla se rhabiller et rejoignit Malaury au rez-de-chaussée.

— C'est vrai que je m'inquiète pour Alban, dit-elle en lui tendant sa carte bancaire. Enterré là-bas avec sa traductrice à la noix, il va vite se faire vieux.

— Tu la détestes, hein ?

— Détester est un grand mot, se défendit Sophie. Mais enfin, elle l'a encouragé à quitter Paris pour l'avoir à elle toute seule, et il ne trouvera aucun travail sur place. En plus, il sera coupé de tous ses amis. Tu sais bien comment ça se passe, au début, ils viendront par curiosité, et après, il n'y aura plus personne. Alban va en souffrir, il ne pourra pas se contenter de vivre les yeux dans les yeux avec sa dulcinée !

Malaury parut réfléchir à la question et finit par hausser les épaules.

— Je crois que tu te trompes au sujet d'Alban. S'ennuyer n'est pas dans sa nature, et il n'a pas forcément besoin d'agitation autour de lui. L'important pour lui, en ce moment, c'est d'accepter de ne plus voler.

— Trois fois rien !

— L'amour est une sacrée consolation, non ?

Sophie n'avait pas envie d'entendre ce genre de mièvrerie. Malaury était une chic fille, imbattable en matière de mode, très agréable en tant que belle-sœur, mais elle vivait sur un petit nuage rose. Elle aimait Colas et trouvait ça formidable, elle aimait sa boutique et ses clientes, bref, elle était toujours contente !

— Ecoute, poursuivit Sophie, il y a autre chose de préoccupant dans cette histoire. Alban est prêt à rénover le paquebot de fond en comble, quitte à y mettre toutes ses économies, et Gilles s'inquiète. A la mort de Jo, nous aurons des soucis si chacun investit à sa guise.

— En ce qui nous concerne, s'inquiéta Malaury, nous avons déjà du mal à honorer les factures d'entretien, alors pour le reste, ne comptez pas trop sur nous.

— C'est tout le problème. Il va falloir mettre ça à plat.

Sophie avait beaucoup pensé à leur conversation du week-end précédent, et elle en était arrivée à la conclusion que l'irruption de Valentine dans leur famille représentait un danger. Pour son confort personnel, cette femme ne risquait-elle pas de pousser Alban à d'énormes dépenses dans la villa ? Des améliorations dont elle serait d'ailleurs la seule à profiter toute l'année. Et si, par malheur, elle devenait un jour Mme Alban Espérandieu, quelles seraient ses exigences dans le règlement de la succession ? Si les trois frères ne se trouvaient plus à égalité, il y aurait forcément des histoires. Tout ça pour une toquade d'Alban qui se laissait mener par le bout du nez. Lui ! Jamais elle ne l'en aurait cru capable...

Malaury était en train de ranger l'ensemble dans un joli sac de toile fine portant le nom de sa boutique : *Moi et toi et la maison.* Bien entendu, elle n'utilisait pas de plastique, trop vulgaire et pas assez écolo à son goût.

— Je t'ai fait une ristourne, précisa-t-elle en rendant sa carte bancaire à Sophie.

— Merci.

Même si leur commerce connaissait un grand succès, Malaury et Colas ne roulaient pas sur l'or. Le loyer des deux étages du magasin situé rue de Rennes, en plein Saint-Germain-des-Prés, leur coûtait très cher, et ils vivaient comme s'ils avaient encore vingt ans, claquant leur argent sans se soucier du lendemain. « Les fantaisistes de la famille ! » affirmait Gilles, toujours bienveillant pour le benjamin.

Après les embrassades de rigueur, Sophie récupéra son parapluie et quitta la boutique. Il pleuvait à torrent, ce qui rendait très improbable le passage d'un taxi libre. Tout en se dirigeant vers la bouche du métro elle serra contre elle l'élégant sac de toile qui, contrairement au plastique, ne supporterait pas l'averse.

Penchée sur l'album, Valentine désigna l'une des photos.

— C'est ta mère, là ? Elle est vraiment belle !

Sur le cliché, Marguerite était accoudée à une balustrade de la villa, le menton appuyé dans le creux de sa main. Ses grands yeux clairs ne fixaient pas l'objectif mais quelque chose au loin, ce qui lui donnait l'air rêveur, presque mélancolique.

— Belle, oui, dit lentement Alban, mais pas très maternelle.

Dans ses souvenirs d'enfant, sa mère semblait toujours ailleurs, ni disponible ni concernée. D'ailleurs, il avait étonnamment peu d'images d'elle, c'était toujours la silhouette de Joséphine qui revenait dans les scènes du passé. Jo écoutait, consolait, décidait, berçait. Dans la cuisine, devant les fourneaux, c'était Jo. Et encore Jo qui signait les carnets de notes, allait voir les profs, conduisait les garçons chez le dentiste. Marguerite ne faisait que traverser les pièces, un petit sourire triste et énigmatique aux lèvres. Parfois, elle caressait la joue d'un des petits, mais sans le regarder.

— Vous étiez pourtant craquants ! s'exclama Valentine qui venait de tourner une page.

Sur la photo qu'elle désignait, Alban avait six ans, Gilles huit et Colas quatre. Ils portaient les mêmes shorts et les mêmes polos, se tenaient par les épaules comme des joueurs de rugby, et affichaient des sourires édentés. Bruns tous les trois, ils se ressemblaient beaucoup, mais Alban était vraiment le plus mignon, il avait une tête d'ange.

— De quoi sont-ils morts, tes parents ?

La question le prit au dépourvu. Considéré comme douloureux, ce sujet n'était presque jamais abordé en famille. Joséphine et Antoine avaient protégé les trois adolescents de leur mieux en refusant d'entretenir le culte du souvenir.

— Nous étions en pension mes frères et moi quand c'est arrivé, répondit-il. Jo ne nous a pas donné de détails parce qu'elle était très choquée. En fait, ma mère s'est suicidée. Mon père se trouvait à la fabrique quand on l'a prévenu, alors il est rentré ici en conduisant comme un fou et il a eu un accident. Tué sur le coup.

— Quelle horreur…, murmura Valentine.

Elle referma doucement l'album et posa sa main sur celle d'Alban. Durant quelques instants, ils restèrent silencieux, absorbés dans leurs pensées, puis Alban se leva pour aller ajouter une grosse bûche à la flambée de la cheminée.

— Mon grand-père était un homme solide, calme et affectueux, un vrai modèle pour nous. Au moment du drame, il avait plus ou moins confié les rênes de la fabrique à mon père et il a fallu qu'il reprenne les choses en main. Mais il avait soixante-cinq ans, il se sentait dépassé, il n'a tenu le coup que pour finir de nous élever. Quand il a enfin vendu son affaire de porcelaine, il était au bord de la faillite.

— Pauvre Joséphine, elle en a vraiment vu de toutes les couleurs !

— C'est pour ça que nous tenons tellement à elle. On l'a empêchée de se séparer du paquebot parce qu'elle y est née. Elle a toujours vécu ici, elle ne connaît pas d'autre horizon, la transplanter serait la faire mourir.

— Pourtant, elle dit qu'elle n'aime plus la villa, que...

— Elle le dit pour qu'on ne se sente pas obligés de la garder.

Valentine le rejoignit devant l'âtre et s'absorba dans la contemplation des flammes. Elle avait insisté pour passer la soirée dans le grand salon, qu'elle trouvait magnifique mais qui se révélait glacial. L'idée d'apporter un plateau devant la cheminée perdait tout intérêt maintenant que la nuit était tombée. En fin d'après-midi, le soleil couchant avait embrasé la pièce d'une superbe lueur orangée, et Valentine était allée d'une fenêtre à l'autre sans parvenir à se rassasier du paysage. A présent, tous les carreaux étaient noirs, comme des draps mortuaires tendus sur les murs. Trop vaste pour être bien éclairé, le grand salon lui parut soudain sinistre avec ses coins d'ombre, ses peintures défraîchies, ses lourds rideaux qui semblaient prêts à tomber en poussière si quelqu'un s'avisait de les tirer.

— Finalement, ce n'est pas l'endroit idéal pour passer la soirée, admit-elle avec une mimique d'excuse.

Elle ne voulait pas qu'Alban la prenne pour une femme capricieuse et elle fut rassurée de l'entendre rire.

— Toutes les pièces du rez-de-chaussée sont faites pour les réceptions, ou pour une famille nombreuse ! Le père de Joséphine avait vu un peu grand, j'en ai peur. Il faudra que tu découvres le paquebot à ton rythme. D'ailleurs, ça dépend des saisons. C'est plutôt une maison d'été, l'hiver elle est trop ouverte sur l'extérieur.

La semaine précédente, ils avaient reçu David à la cuisine, et durant le week-end les amis d'Alban s'étaient réunis dans le bureau, situé à l'opposé du grand salon et de dimensions bien plus modestes. Valentine avait essayé en vain de sympathiser avec eux, l'essentiel des conversations portant sur les avions. Nadia et Marianne étaient hôtesses de l'air, elles avaient beaucoup navigué avec Alban et chérissaient de façon très ostentatoire leur ancien commandant. C'était à qui s'extasierait sur ses *adorables lunettes*, sa *maison démente*, son allure de *gentleman farmer*. Tout ce petit monde avait promis de revenir bientôt, arrachant un sourire crispé à Valentine. Comment ne pas se sentir dévorée de jalousie ? Ces trop jolies jeunes femmes partageaient avec Alban un vocabulaire technique et des souvenirs de vols auxquels Valentine n'avait pas accès. C'était l'autre vie d'Alban, celle des voyages, celle qui devait cruellement lui manquer aujourd'hui.

— Je vais nous faire des spaghettis bolognaise, ça te tente ? proposa-t-il en installant le pare-feu devant les braises.

Ils gagnèrent la cuisine, tellement plus accueillante, et Alban en profita pour jeter un coup d'œil dehors.

— La chambre de Jo est allumée, elle doit regarder la télé sous sa couette ! A propos, elle nous invite demain soir chez elle, avec David qui a promis de lui apporter des coquilles Saint-Jacques. Elle les prépare comme personne, poêlées à peine trois minutes dans du beurre avec un soupçon d'ail.

Valentine acquiesça en souriant, mais elle ne put s'empêcher d'en déduire qu'Alban commençait à s'ennuyer. Son besoin de recevoir des amis ou de sortir en était la preuve. Deux fois déjà, depuis le début de la semaine, il l'avait emmenée dîner à Deauville. Par discrétion, Valentine ne lui posait aucune question sur son avenir professionnel, et il n'y faisait pas allusion. Pourtant, c'était sûrement un énorme souci pour lui, qu'il ne semblait pas vouloir partager. Ce silence renforçait Valentine dans sa conviction qu'elle devait se taire, elle aussi. Attendre de voir où ils allaient tous les deux, de savoir si leur couple avait un avenir possible, s'ils s'entendraient assez bien au quotidien pour partager la naissance d'un enfant. Elle s'exhortait ainsi à la patience, répugnant à lui annoncer la nouvelle. Par chance, sa grossesse ne lui causait aucun malaise, elle se sentait en pleine forme et pourrait garder son secret le temps qu'elle jugerait nécessaire.

« Si je le lui dis maintenant, j'aurai l'air de lui mettre le couteau sous la gorge. Comme il est honnête, il ne pourra rien faire d'autre que m'offrir le mariage, et je ne saurai jamais s'il en avait vraiment envie. »

Il était en train de faire rissoler de la viande hachée dans une sauce tomate maison, et une odeur délicieuse envahissait la cuisine.

— C'est une hôtesse italienne qui m'a appris la recette, dit-il sans se retourner.

Une hôtesse, bien sûr. Une de ces filles formidables et ravissantes dont il n'était plus entouré désormais. Agacée, Valentine mit le couvert en prenant ce qui lui tombait sous la main.

— Oh, non ! protesta-t-il. Fais-nous une table de fête, ce soir je dîne avec la femme que j'aime...

Sortant un pan de sa chemise, il dut essuyer ses lunettes couvertes de vapeur car il venait d'égoutter les spaghettis. Ce simple geste émut profondément Valentine qui alla vers lui, le prit par la taille et l'enlaça.

— Ça sent trop bon, je meurs de faim, dit-elle en guise d'excuse.

Elle perçut la chaleur de son corps à travers la chemise, ainsi que le désir qu'il avait d'elle. Se serrant davantage contre lui, elle lui caressa le dos du bout des doigts, le faisant tressaillir. D'une main, il coupa le gaz sous la poêle, de l'autre, il releva le menton de Valentine pour l'embrasser. Un baiser d'abord tendre et léger, puis plus impérieux. Au bout d'un moment, il souleva son sweat-shirt, effleura ses seins, et elle fut parcourue d'un frisson. Elle adorait la douceur avec laquelle il la touchait, exactement là où elle le souhaitait. Il dégrafa le soutien-gorge, s'attarda pour le lui ôter en faisant lentement glisser les bretelles sur ses épaules. Il frôla son ventre, ouvrit les boutons de son jean.

— Alban, chuchota-t-elle.

Mais elle ne voulait pas qu'il s'arrête, elle le lui montra en laissant échapper un petit soupir d'impatience. Il baissa le jean, aida Valentine à l'enlever, puis s'agenouilla devant elle et la prit par les hanches. La tête renversée en arrière, elle sentit sa bouche sur elle, sa langue, et cette fois elle ne put retenir un gémissement. Il allait un peu la faire attendre, il était assez patient pour ça, attentif à la conduire au bord du plaisir puis à le différer. Il lâcha ses hanches pour caresser ses jambes, ses reins, avec une sensualité qui la mit au supplice. Elle ferma les yeux, perdit pied et s'abandonna, se laissant submerger.

— Tu vas avoir froid, mon amour, murmura-t-il quelques instants plus tard.

Il s'était redressé et la tenait contre lui, enfermée dans ses bras.

— Tu as le don de me rendre folle.

— Tant mieux !

— Tu veux faire l'amour ?

— Oui ! Mais plutôt tout à l'heure, là-haut et au chaud. Je croyais que tu mourais de faim ?

Tandis qu'elle se rhabillait, il ralluma le gaz, réchauffa la viande et la sauce tomate avant d'ajouter les spaghettis dans la poêle.

— L'interruption n'était pas prévue dans la recette, dit-il en souriant.

Elle posa un chandelier sur la table, des sets sous les assiettes, des couverts de service, puis elle fouilla le bas des placards et dénicha une bouteille de chianti qu'elle déboucha.

— Tu te souviens de ce dîner entre la Belle et le Clochard ? Ils ont une bougie et mangent des spaghettis, comme nous, et ils échangent un premier baiser, truffe contre truffe !

Dans un éclat de rire, elle se mit à chantonner :

— *Dou-ouce nuit, sous un ciel d'Italie...*

Il lui présenta le plat tout en l'embrassant dans le cou.

— Je t'aime, chuchota-t-il au creux de son oreille.

L'instant était parfait. Elle n'avait plus conscience de cette trop grande maison autour d'eux, ni des problèmes qui les surgiraient dans les mois à venir. Tout ce qu'elle savait, c'était que son bonheur serait forcément lié à cet homme et à aucun autre. Elle eut brusquement envie de lui parler du bébé, malgré toutes ses résolutions.

— Je dois faire un saut à Paris la semaine prochaine, j'ai deux rendez-vous, annonça-t-il en s'asseyant face à elle. Tu viendras avec moi ? Si tu veux faire du shopping ou voir des expos, c'est l'occasion.

Elle dut ravaler la question qui lui brûlait les lèvres : rendez-vous avec qui et pourquoi ? Pour un travail ? Elle attendit en vain qu'il donne quelques précisions, mais il se montrait toujours très réservé dès qu'il s'agissait d'un éventuel emploi.

— Je pensais que tu cherchais plutôt dans la région ? demanda-t-elle d'un ton qu'elle espérait détaché.

— Chercher quoi ? Ah, non, ça n'a rien à voir, c'est...

Il s'interrompit, comme s'il n'était pas certain de devoir lui fournir une réponse.

— Cette histoire d'assurance, acheva-t-il. Expertises, contre-expertises, ça n'en finit pas.

Elle s'en voulut aussitôt de son manque de confiance. Alban devait se soumettre à d'innombrables examens médicaux, son dossier paraissant ne jamais devoir être bouclé. Chacune de ces démarches le renvoyait à l'évidence qu'il ne pourrait plus piloter un avion de ligne de sa vie entière.

— Tu as besoin de moi pour conduire, au retour ? dit-elle doucement.

— Peut-être. Avec ces tests d'ophtalmo, on sort parfois les pupilles dilatées et la vue brouillée.

Il eut un petit geste d'impuissance tout à fait bouleversant.

— D'accord, enchaîna-t-elle très vite, j'en profiterai pour passer voir mon éditeur.

Elle n'était pas en avance dans la traduction de son manuscrit mais elle ne voulait pas avoir l'air de l'accompagner uniquement pour lui rendre service. Baissant la tête vers son assiette, elle constata qu'elle était vide. Allait-elle se mettre à manger pour deux ? Elle pensa à cet enfant qui grandissait en elle, encore minuscule mais tellement présent. Et si, comme la dernière fois, la nature décidait de...

— Quelque chose t'ennuie ? interrogea Alban.

Comprenant qu'elle avait dû changer d'expression, elle se força à lui sourire.

— Non, rien. Je reprendrais bien un peu de tes pâtes, elles sont grandioses !

— Celles de Sophia, ma copine italienne, étaient bien meilleures, affirma-t-il étourdiment.

Comme les hôtesses ne cuisinaient pas à bord des avions, Valentine en déduisit qu'il les avait dégustées dans un contexte plus intime. Mais elle ne tenait pas à gâcher la soirée avec sa maudite jalousie et ne fit pas de commentaire.

Le lendemain, en fin d'après-midi, David apporta comme promis un plein sac de coquilles Saint-Jacques à Joséphine. Puis il la laissa s'affairer dans sa cuisine et alla sonner à la villa.

— Tu tombes bien, affirma Alban en lui ouvrant, je suis en train de me noyer dans les devis ! Tu vas me donner ton avis sur tout ça.

Il entraîna David jusqu'à son bureau, où il avait étalé les courriers reçus le matin même.

— C'est un vrai casse-tête, je ne sais pas par où commencer. Mais toi qui es de la partie, tu...

— De la partie ? Alban, je suis agent immobilier, pas entrepreneur. Si tu veux refaire le paquebot des soutes à la vigie, je peux seulement te donner un ordre d'idée du prix au mètre carré pour ce qu'on appelle une « réhabilitation ». Le problème de cette maison, c'est la surface. Tout est trop grand, vous allez vous ruiner tes frères et toi.

— Dans un premier temps, c'est moi qui finance. J'avais un peu d'économies, je trouve logique de les investir ici.

— Logique ? Pas vraiment. D'après ce que je sais, Gilles pourra te suivre, mais pas Colas. Vous comptez en faire le parent pauvre ? Non, ce serait plus malin de prendre un crédit à trois pour les travaux. Sauf que la villa ne vous appartient pas, elle est à Joséphine. Bien sûr, elle a la possibilité de vous en faire donation, mais il y aura des droits à payer.

Déçu, Alban dévisagea David avant de se laisser tomber dans un vieux fauteuil club au cuir fatigué.

— Tu n'es pas très encourageant, soupira-t-il.

— Tu préférerais que je te dore la pilule ? Le paquebot est un gouffre, nous le savons tous.

— A combien estimes-tu sa valeur ?

— En l'état ? J'aurais besoin de quelques critères de comparaison pour te répondre précisément. Il ne s'en vend pas tous les jours, tu sais ! D'ailleurs, quand une de ces villas Belle Epoque arrive sur le marché, c'est toujours un promoteur qui fait la meilleure offre, pour la transformer en appartements qui s'arrachent. La vôtre n'est pas en bord de mer, c'est un moins, mais elle possède un très beau terrain, c'est un plus. Pour une résidence de copropriété, on pourrait envisager une piscine et un tennis comme valeur ajoutée. Mais dans tous les cas de figure, que tu fasses des travaux ou pas ne changera rien, tu imagines.

— Et les particuliers ?

— Ils ne sont pas nombreux à pouvoir s'offrir ce genre de baraque, la restaurer, l'entretenir ensuite... Bon, on finit toujours par trouver l'oiseau rare. Peut-être un émir ou un milliardaire américain ?

— Nous ne sommes pas milliardaires et on s'en est sortis jusqu'ici, protesta Alban que ce discours démoralisant agaçait.

— Parce que vous laissez tout aller à vau-l'eau !

— Donc, on en revient à ma première idée : je vais retaper.

De manière incongrue, David éclata de rire.

— Plus têtu que toi, on meurt ! Si je ne te connaissais pas par cœur, j'essaierais de te convaincre, mais avec toi ça ne sert à rien.

— Comme tu dis.

David se remit à rire avant de se diriger vers le bureau pour examiner les devis.

— D'abord, ne prends pas ce chauffagiste-là. Il y en a un formidable à Villers, je te donnerai son téléphone. Pour le couvreur, je n'ai rien à redire, son devis me paraît raisonnable.

— Le toit n'est pas en mauvais état.

— Ton grand-père rabâchait que la ruine vient du ciel et il surveillait ses tuiles !

Alban jeta un coup d'œil à sa montre. Il était à peine sept heures et ils pouvaient bavarder encore un peu.

— Je n'ai pas souvenir que papa se soit beaucoup occupé de la maison, confirma-t-il, c'était plutôt Antoine qui s'en chargeait.

— Oui, il l'adorait, il la choyait. Enfin, jusqu'à la mort de tes parents... Après, il s'en est désintéressé.

Redevenu sérieux, presque grave soudain, David planta son regard dans celui d'Alban.

— Et tu devrais faire comme lui. Comme Jo, qui a quitté les lieux. Je suis d'autant plus honnête de te donner ce conseil que ton retour me fait sacrément plaisir ! Mais, de toi à moi, tu commets une erreur.

Il parcourut la pièce du regard puis leva les yeux vers le plafond et resta quelques instants songeur.

— Quand nous étions jeunes, soupira-t-il enfin, il y avait une bonne ambiance ici. C'était gai, chaleureux, rassurant. Aujourd'hui, c'est le contraire...

— David ! Tu ne vas pas te mettre à répéter les bêtises de Jo ? Tu n'es pas une vieille dame craintive, et moi non plus.

— Jo n'est pas « craintive », elle a seulement beaucoup d'instinct, et parfois des prémonitions. Tu le sais très bien.

Haussant les épaules avec désinvolture, Alban désigna les devis.

— Restons dans le concret, veux-tu ?

Vexé d'être ainsi rappelé à l'ordre, David s'absorba un moment dans le dossier du plombier.

— Ce type s'imagine rénover Versailles ou quoi ? marmonna-t-il en repoussant les papiers d'un geste méprisant.

— Il y a des kilomètres de canalisations, rappela Alban.

— Adresse-toi à un autre, celui-là est trop cher. Tiens, fais-en même venir plusieurs, ça t'occupera !

— A savoir ? Est-ce que tu me trouves oisif ?

Le ton montait entre eux, comme lorsqu'ils étaient jeunes, chacun voulant absolument avoir raison. David s'éloigna du bureau, alla jusqu'à l'une des fenêtres obscures, hésita, puis revint se planter devant Alban.

— Je peux te parler franchement ?

— Oui.

— En ami ?

— Je t'en prie.

— Eh bien, je crois que tu as besoin de faire quelque chose, n'importe quoi d'assez prenant pour te permettre d'oublier la fin brutale de ta carrière. Tu n'es plus commandant de bord, alors tu prends ici les commandes du paquebot, ça te donne une raison de t'agiter, de prendre des décisions. Mais quand tu auras fini ce chantier, tu en seras toujours au même point, sauf que tu n'auras plus un sou. La fuite en avant ne mène jamais nulle part.

Interloqué, Alban demeura silencieux une ou deux minutes.

— Tu n'y vas pas de main morte, finit-il par lâcher.

— C'est dans ma nature, souviens-toi...

— Oui, le tact n'est pas ton fort.

— Si je ne te dis pas tout ça, qui te le dira ?

— Il y a peut-être du vrai dans ton raisonnement, mais tu oublies le principal, David. J'aime cette maison, je l'aime pour de bon. Il n'y a aucun autre endroit où j'ai envie de vivre.

La porte étant restée ouverte, ils entendirent un bruit de pas dans l'escalier, puis dans la galerie.

— Ce n'est pas un fantôme, ironisa Alban, c'est Valentine qui descend nous rejoindre. A propos, ne lui répète pas notre conversation, tu veux ?

— Inutile de me le demander. Mais...

Il se tut à l'entrée de la jeune femme et se retourna pour lui adresser un large sourire.

— Voilà la plus belle. Ah, il en a de la chance, Alban !

Le regard que David posait sur Valentine était sincèrement admiratif, et déjà amical.

— Je n'ai pas vu le temps passer, s'excusa-t-elle, j'étais plongée dans mon manuscrit. Joséphine doit nous attendre, non ?

Elle portait un long pull bleu pâle souligné d'une ceinture, avec des bottes de mousquetaire sur un jean ajusté. Ses cheveux acajou, à peine relevés d'un côté par une barrette en strass, tombaient librement sur ses épaules et lui donnaient une allure de jeune fille. Sous le charme, Alban la rejoignit, écarta une mèche et l'embrassa dans le cou.

— J'adore ton parfum, murmura-t-il en l'étreignant.

— Allez, allez, intervint David d'un ton rieur, on file chez Jo !

Il éteignit et les poussa hors de la pièce. La galerie, faiblement éclairée par les veilleuses, leur parut sinistre après l'atmosphère désuète mais sympathique du bureau. Leurs pas résonnaient sur le marbre blanc à cabochons noirs, tandis que leurs silhouettes glissaient le long des murs. Et comme par un accord tacite, ils ne prononcèrent pas un mot avant d'être dehors. Dans l'obscurité, à trente mètres de là, les fenêtres illuminées de la petite dépendance brillaient autant qu'un phare de la côte. Presque malgré lui, Alban jeta un coup d'œil en arrière, par-dessus son épaule, englobant d'un regard perplexe la silhouette massive du paquebot.

3

Sophie s'était réveillée de mauvaise humeur, émergeant d'une série de rêves confus qui lui laissaient un goût amer. Alban avait dû traverser ses songes car elle pensa plusieurs fois à lui dans le courant de la matinée. En début d'après-midi, elle appela Gilles pour lui suggérer de passer le week-end en Normandie, arguant que les enfants seraient fous de joie, d'autant plus que la Toussaint tombait le lundi et qu'ainsi ils auraient trois jours. Ravi, Gilles s'empressa d'accepter, cependant il avait des rendez-vous très tardifs et il proposa de les rejoindre en train le lendemain matin.

Un peu avant cinq heures, Sophie se rangea en double file devant l'école. Les sacs de voyage étaient empilés dans le coffre, le réservoir plein, elle n'aurait plus qu'à gagner l'autoroute. De son portable, elle prévint Alban de leur arrivée pour le dîner, précisant qu'elle avait tout prévu.

— J'apporte le pique-nique, je suis passée chez Hédiard !

Pas question que Valentine leur concocte quoi que ce soit. A la villa, Sophie était *chez elle*, une étrangère n'allait pas l'y recevoir en maîtresse de maison.

Dès qu'Anne, Paul et Louis furent installés sur la banquette arrière, ceintures bouclées, elle se lança dans la circulation plutôt dense du vendredi soir. Elle n'aimait pas beaucoup conduire, surtout pas ce gros break familial que Gilles avait cru bon d'acheter pour elle, néanmoins elle éprouvait une agréable sensation de liberté. Elle n'était pas obligée d'écouter le bruyant bavardage des trois enfants, il lui suffisait de hocher la tête de temps en temps, à la rigueur d'intervenir dans les disputes. Quand Gilles était au volant et qu'il se lançait dans le récit d'un de ses dossiers - ou, pire, d'une de ses plaidoiries -, elle ne pouvait pas laisser vagabonder son esprit comme maintenant.

— Paul, tu ne touches pas à la fenêtre ! lança-t-elle en jetant un coup d'œil sévère dans son rétroviseur.

Ils étaient évidemment surexcités à l'idée de ces trois jours normands dont elle venait de leur faire la surprise. Comme leur père, ils raffolaient du paquebot où ils disposaient d'une énorme liberté. Pour sa part, Sophie préférait dire « la villa ». Elle la désignait ainsi lorsqu'elle la décrivait à ses amies, achevant de les rendre vertes de jalousie avec une ou deux photos à l'appui. Rien que pour cette satisfaction d'amour-propre, elle estimait judicieux de conserver la maison. Où les enfants pourraient-ils mieux se dépenser et s'amuser que dans une grande propriété de famille située à deux heures de Paris ? Impossible de les faire tenir tranquilles dans l'appartement durant les week-ends, certains dimanches soir, elle en avait la migraine.

Elle s'engagea sous le tunnel menant à l'autoroute, tout étonnée de ne trouver qu'un léger ralentissement au lieu du bouchon habituel. Pour quelqu'un qui n'aimait pas l'imprévu, elle se félicita d'avoir su organiser ce départ au pied levé. Non seulement elle faisait plaisir à son mari et à ses enfants, mais elle-même se réjouissait comme une gamine de ces trois jours à venir. Malgré les affligeantes prévisions météo, malgré la nuit qui tombait à cinq heures en novembre, malgré le retour du lundi soir qui serait sûrement une épreuve, elle était ravie. Ravie d'étrenner un superbe cachemire noir - la meilleure teinte pour les blondes - et un jean fantaisie achetés dans l'après-midi. Devant le miroir de la cabine d'essayage, elle s'était trouvée parfaite pour affronter la campagne en cette fin d'automne.

— Arrêtez de vous chamailler ! Je ne veux plus vous entendre, ou bien je fais demi-tour.

Une vaine menace, mais qui eut le mérite de calmer momentanément les trois petits.

— Il vient aussi, Colas ? risqua Anne de sa voix fluette.

— Je ne sais pas, ma chérie. Peut-être.

Les enfants adoraient avoir tout leur monde autour d'eux. En tant que seuls gamins de la famille, ils monopolisaient l'attention de leurs oncles, leur tante et leur arrière-grand-mère.

« Et je ne tiens pas à ce que ça change ! Malaury n'a aucune envie de faire des bébés, tant mieux, quant à Valentine... »

Cette éventualité lui parut intolérable. Alban n'allait pas devenir un de ces ridicules papas poules à quarante ans ? Elle ne l'imaginait pas en père, et pas davantage en mari.

« Si cette garce se fait faire un gosse, ce sera pour le piéger, évidemment ! »

Pas un instant, elle ne s'interrogeait sur les raisons de son antipathie envers Valentine. A ses yeux, personne ne méritait Alban qui devait rester le beau-frère célibataire, disponible et charmeur, sur lequel elle se chargeait de veiller.

— ... mais Jo dit qu'on doit pas y aller ! hurla Paul.

Ils étaient encore en train de se disputer et Sophie intervint sèchement :

— Aller où ?

— Tout en haut, au-dessus des petites chambres.

— Dans le grenier, quoi ! précisa Louis.

— Et pourquoi iriez-vous dans le grenier ? Si Joséphine l'interdit, obéissez-lui. Il y a assez de place ailleurs pour jouer !

— Quand c'est cache-cache, c'est partout, s'entêta Louis, sinon c'est pas drôle.

Il était l'aîné, donc le premier à inventer des bêtises.

— Moi, ça me fait peur, se plaignit Anne. Parce que Jo veut qu'on laisse les fantômes en paix.

— Les fantômes ! ricana Sophie. Où va-t-elle chercher ça ? Vous savez, Joséphine est une très vieille dame, et les personnes âgées...

Elle s'interrompit, réalisant que Jo s'était sans doute servie de cet argument pour empêcher les enfants d'aller piller les vieilles malles, et surtout d'emprunter le dangereux escalier en fer qui conduisait juste sous le toit.

— Bon, vous devez respecter votre arrière-grand-mère, se ravisa-t-elle. Pas de grenier dans vos parties de cache-cache. C'est compris ?

— Tu crois à ces trucs-là, maman ? railla Louis. Les revenants, les morts vivants, les...

Anne se mit à hurler, terrorisée, tandis que ses frères éclataient de rire.

— Si vous ne vous calmez pas, on rentre à Paris ! explosa Sophie.

Elle mit son clignotant pour prendre la sortie de Deauville, ce qui fit taire les enfants. Ils attendirent qu'elle s'engage sur la bonne route, soulagés de voir qu'elle ne prenait pas le chemin du retour.

— J'ai faim, murmura Anne.

— Nous sommes presque arrivés, ma chérie.

Au moins, la maison allait être chaude, éclairée, accueillante. C'était l'un des avantages de l'installation d'Alban, il n'y aurait plus de draps humides ni de frigo vide. Au lieu de ne s'animer que par intermittence, désormais la villa revivait.

Valentine imprima les pages traduites dans la journée afin de pouvoir les relire le lendemain matin. Elle commençait toujours par vérifier son travail de la veille et le corrigeait au besoin avant de se remettre dans l'histoire. Celle-ci était vraiment palpitante, un thriller à faire dresser les cheveux droits sur la tête, aussi toute la difficulté consistait-elle à rendre la même atmosphère d'angoisse en français, sans jamais trahir l'auteur. Parfois, et uniquement si le besoin s'en faisait sentir, elle ajoutait une touche plus personnelle ou plus littéraire à la forme du texte. Mais là, elle essayait juste d'être à la hauteur du talent de celui qui avait écrit ça.

Elle éteignit l'ordinateur, se leva, s'étira. Il était temps de rejoindre Alban et de l'aider à mettre le couvert. D'après lui, Sophie avait tout prévu pour le dîner. Néanmoins, Valentine avait hâtivement préparé une tarte aux pommes lorsqu'elle était allée se faire une dernière tasse de thé, vers six heures. Il faudrait d'ailleurs qu'elle pense à monter une bouilloire électrique avec des sachets de thé si elle ne voulait pas passer sa vie dans les escaliers et dans les couloirs.

Après un petit crochet par la salle de bains pour se rafraîchir, elle dévala les volées de marches des deux étages et fonça à la cuisine d'où provenait un grand chahut. Sophie et les enfants étaient déjà là, au milieu d'un désordre de sacs de voyage et de produits d'épicerie fine étalés sur la table.

— Je ne vous ai pas entendus arriver ! s'exclama Valentine avec un grand sourire. Bonne route ?

— Comme un vendredi soir, mais j'ai l'habitude, répliqua Sophie d'un ton narquois.

Les deux femmes se toisèrent une seconde, puis Sophie désigna ses provisions.

— J'ai apporté le dîner, j'espère que vous aimez la charcuterie ?

— Et si on se tutoyait ? proposa Valentine sans se départir de son amabilité.

— Ce sera plus sympathique, en effet !

Sophie restait ironique et distante, mais lorsqu'elle s'adressa à Alban, son expression changea radicalement.

— Gilles arrivera demain par le train de onze heures. Tu voudras bien aller le chercher ? Je rêve d'une grasse matinée...

— D'accord, j'irai, et on vous rapportera des fruits de mer pour le déjeuner.

Il semblait ravi par l'arrivée d'une partie de sa famille et, une fois de plus, Valentine se demanda s'il ne s'ennuyait pas lorsqu'il était seul avec elle. A longueur de journée elle s'absorbait dans son manuscrit, mais lui ? David l'avait traîné de force à l'aéroport de Saint-Gatien deux jours plus tôt, toutefois il n'avait rien raconté de précis à son retour, pas moyen de savoir s'il avait quelque chose en vue là-bas.

— Colas et Malaury nous rejoindront demain soir, annonça-t-il. Sûrement assez tard parce qu'ils ne partiront qu'après avoir fermé le magasin.

— On pourra les attendre pour dîner ? demanda Anne d'un ton plein d'espoir.

— Non, vous mangerez avant ! répliqua sèchement sa mère.

Valentine vit que la petite fille était sur le point de se mettre à pleurer, mais Alban la souleva du sol et la fit tournoyer.

— En tout cas, ce soir, on grignote tous ensemble ! Alors dis-moi, ma coquine, tu travailles bien à l'école ?

Avec les enfants, il semblait toujours à l'aise, Valentine l'avait déjà remarqué. Il allait faire un père formidable, elle en était certaine. Elle rejoignit Sophie près des placards tandis que les petits racontaient leurs exploits scolaires à leur oncle.

— Tiens, je vais mettre ces assiettes-là, décréta Sophie. Vous voulez bien... pardon, *tu* veux bien prendre les verres tulipes ? Ce sont mes préférés !

— Tout dépend de ce qu'on boit. Ceux-là sont beaux aussi.

Fronçant les sourcils, Sophie toisa Valentine.

— Tu ne devrais pas t'en servir, ils sont très fragiles. Surtout entre les mains des enfants !

La déclaration de guerre semblait imminente. En quelques mots, Sophie venait de faire comprendre qu'elle était chez elle et que les petites amies d'Alban n'avaient pas voix au chapitre. Afin d'éviter un affrontement inutile, Valentine se détourna et traversa la cuisine pour aller couper du pain. Elle finissait de remplir la corbeille quand Sophie surgit derrière elle.

— Je ne t'ai pas vexée, au moins ? Il faut du temps pour s'habituer à une maison, et ici, chaque membre de la famille a ses petites manies...

Une famille dont Valentine ne faisait pas partie, c'était clair.

— Alban, j'ai pensé à toi, enchaîna Sophie, je t'ai acheté de la tapenade et des gressins !

— Dans ce cas, je sers l'apéritif, répondit-il joyeusement.

— J'ai aussi apporté des fruits exotiques et des macarons. Tu vois que je te connais bien.

— Et moi, j'ai cuisiné une bête tarte aux pommes, marmonna Valentine.

— Pourquoi « bête » ? La pomme, c'est l'emblème de la Normandie, non ?

— ... avec le camembert, le livarot et le pont-l'évêque. Mais pour accompagner une tarte, c'est moins bien.

Insensible à l'ironie de Valentine, Sophie ne daigna pas sourire. Elle alla se poster près d'Alban qui servait une goutte de cassis au fond des verres tulipes.

— Tu nous prépares des kirs ? Tu es gentil...

En le disant, elle lui posa affectueusement une main sur l'épaule.

— Au fond, je suis contente que tu habites ici, je crois que nous allons venir plus souvent.

La pensée qui traversa l'esprit de Valentine à cet instant n'avait rien de charitable : moins elle verrait Sophie, mieux elle se porterait. Sa tendresse un peu trop appuyée envers Alban était exaspérante, qu'avait-elle besoin de minauder avec son beau-frère ? Et lui, bien sûr, ne se rendait compte de rien, habitué à être cajolé par toutes les femmes. Avec un soupir résigné, elle les rejoignit et prit le verre qu'Alban lui tendait.

— On a faim ! s'impatienta Louis, qui eut droit au regard courroucé de sa mère.

— Eh bien, rends-toi utile, finis donc de mettre le couvert, lui lança-t-elle.

Elle but une gorgée, sa main toujours abandonnée sur l'épaule d'Alban.

— Parfois, lui dit-elle sur le ton de la confidence, je me demande si je ne devrais pas songer à l'internat, au moins pour les garçons. Gilles me raconte toujours qu'il a adoré ses années de pension, mais bizarrement, il ne veut pas en entendre parler pour Louis et Paul.

— En ce qui nous concerne, répondit Alban, c'était justifié parce que nous étions un peu loin de tout. Vous, à Paris, vous avez toutes les écoles que vous voulez à proximité de chez vous. Moi aussi, j'ai bien aimé la pension, mais j'avais des copains qui ne la supportaient pas. Tout dépend des parents...

Une ombre passa sur son visage et il baissa les yeux, comme perdu dans ses souvenirs d'adolescence.

— Les enfants d'aujourd'hui sont tellement durs à tenir, si tu savais ! Ils me harcèlent, ils m'épuisent. Ne te presse pas d'en avoir, crois-moi, ce n'est pas une sinécure.

Elle eut un petit rire artificiel avant d'ajouter, plus bas :

— Au fait, tu en voudrais ?

Cette question, qui semblait anodine dans la bouche de Sophie, était exactement celle que Valentine n'osait pas poser à Alban, et elle attendit sa réponse le cœur battant.

— Je ne sais pas, dit-il lentement.

Il semblait hésitant, embarrassé, presque fuyant. Valentine eut l'impression qu'il venait de la gifler, et lorsqu'il tourna la tête vers elle, comme pour guetter une quelconque approbation, elle refusa de croiser son regard. Ainsi, il *ne savait pas*. Et elle qui s'efforçait d'imaginer, le soir en s'endormant, la réaction de joie qu'il allait avoir dès qu'elle lui annoncerait la nouvelle ! Avec précaution, parce que sa main tremblait, elle reposa son verre. De toute façon, elle ne comptait pas le boire en entier, elle avait pris le matin même de grandes résolutions pour sa grossesse. Aucune cigarette, très peu d'alcool, de longues marches en bord de mer.

— Allez, on mange ! s'exclama Sophie.

D'autorité, elle s'installa au bout de la longue table. C'était la place de Joséphine, qui présidait toujours les repas, mais, en son absence, Sophie se l'adjugeait volontiers. Valentine sentit le bras d'Alban se refermer autour de sa taille.

— Tu n'as pas faim, mon amour ?

— Si, si...

Elle se dégagea, ébaucha un sourire contraint et alla s'asseoir près des enfants. Toujours debout là où elle l'avait laissé, Alban lui adressa un regard d'incompréhension.

Joséphine tira les rideaux de sa chambre après avoir longuement observé la façade de la villa. Les nombreuses lumières indiquaient la présence des enfants qui n'éteignaient jamais rien, et ces fenêtres éclairées avaient quelque chose de gai malgré tout.

— Gai ! Tu es folle, ma pauvre vieille, dit-elle à voix haute.

Elle aimait bien parler toute seule, elle en avait pris l'habitude après la mort d'Antoine. Avant, c'était à lui qu'elle s'adressait, même s'il n'était pas dans la même pièce.

— Rien ne peut être gai là-bas, mon Dieu, non !

Après avoir déposé sa robe de chambre sur le dossier de la bergère, elle quitta ses pantoufles et alla se coucher. Demain, elle préparerait un gâteau pour les enfants. Paul et Louis raffolaient de son quatre-quarts, mais Anne préférait son fondant au chocolat.

— Eh bien, je ferai les deux, voilà tout. Avec Gilles et Colas qui arrivent, ce sera à peine suffisant.

Bien calée sur ses oreillers, elle mit ses lunettes.

— Lecture ou télévision ?

Elle ne se souvenait plus du programme qu'elle avait pourtant étudié en dînant.

— Si j'ai oublié, c'est que ça ne me disait rien. En revanche, je voudrais bien savoir ce qui arrive à cette femme. Où en étais-je ?

Depuis toujours, elle aimait les romans, mais pas les histoires à l'eau de rose. Colas l'avait abonnée à deux clubs par correspondance où elle pouvait commander ce qu'elle voulait, et Malaury lui rapportait souvent des livres de Paris. Quand elle n'avait plus rien à lire - mais vraiment plus rien -, elle se décidait à faire une incursion à la villa. Dans son ancienne chambre, sur les étagères d'acajou, des dizaines de volumes prenaient la poussière. Des lectures d'une autre époque, quelques classiques, des titres dont elle ne se souvenait plus. Elle en prenait un au hasard et s'enfuyait vite.

Otant le marque-page, elle ouvrit son livre mais son esprit vagabondait ailleurs. Elle se faisait du souci pour Alban, et aussi pour Valentine. Cette jeune femme lui plaisait beaucoup malgré ses cachotteries. Pourquoi ne disait-elle pas qu'elle était enceinte ? Joséphine l'avait deviné en un seul regard, mais, bien sûr, Alban ne voyait rien. Que craignait donc Valentine ?

Concentrée, Joséphine ferma les yeux, fit le vide en elle. Valentine avait peur de perdre le bébé, peur de perdre Alban. Pourtant, son silence ne l'aiderait en rien et ne la protégerait pas.

— Elle sera une bonne mère, rien à voir avec Marguerite, murmura-t-elle.

Marguerite que personne n'avait pu secourir, enfermée dans sa démence. De toutes ses forces, Félix avait essayé et échoué.

— Mon Félix, mon petit, tu t'es damné pour rien...

La perte de son fils lui était toujours aussi odieuse, comme un trou béant au fond de ses tripes, un drame contre nature.

— Antoine, c'était son heure, mais pas toi, mon garçon, pas toi !

Elle ravala ses larmes, s'obligea à se calmer avant de relever les paupières. Autour d'elle, la chambre était paisible, baignée d'une lumière douce. Ce havre de paix lui permettait de continuer à vivre pour le temps qui lui restait sur terre. Dans la villa, elle serait morte de désespoir parmi les ombres du passé.

— Il faudrait que je les oblige à vendre.

Mais elle n'en avait pas le courage, pas plus qu'elle n'avait su leur dire la vérité. Et puis, dans ce paquebot, ainsi qu'ils l'appelaient, ils se réunissaient, se retrouvaient, formaient une famille.

— Sophie est ce qu'elle est, mais elle nous a fait trois beaux petits Espérandieu. Eux aussi adorent la maison. Comment se fait-il que personne ne se sente mal à l'aise là-dedans ?

Joséphine et Antoine s'étaient contraints à faire bonne figure jusqu'au départ de Colas, le dernier à quitter la maison pour s'établir à Paris. Ensuite, Antoine avait peu à peu lâché prise, ne s'occupant plus de la villa ni de la maladie qui le rongeait. Durant ses derniers jours, alors que le cancer le tirait vers la tombe, il avait demandé pardon à Joséphine. « Tu vas rester seule, vends tout, va-t'en ! » Elle n'était pas allée bien loin, sous la pression de ses trois petits-fils acharnés à l'empêcher de bazarder leur paquebot. Ils avaient cru bien faire, évidemment. « Ne leur dis rien, Jo, surtout ne leur dis rien ! » Se taire n'était pas toujours la solution, mais que répondre à un mourant qui voulait partir en paix ? « Tu leur en mettrais trop sur les épaules, Jo, tu comprends ? » Elle comprenait, mais ses épaules à elle seraient-elles assez solides ? « Promets-le-moi. » Elle avait promis, bien sûr, et elle ne trahirait pas son serment.

— Alban aurait pu supporter le choc, c'est le plus solide des trois.

Elle le pensait depuis toujours, même si elle aimait autant les deux autres. Certes, Gilles avait les pieds sur la terre, et Colas se sauvait de tout par sa fantaisie, néanmoins, Alban possédait une personnalité plus forte que ses frères.

— Et alors ? Tu ne vas pas soulager ta conscience en l'empêchant de dormir ! Il a assez de problèmes en ce moment, laisse-le donc tranquille. D'ailleurs, tu n'as pas le droit de te parjurer, sinon Antoine viendra te tirer par les pieds...

Cette idée la fit sourire, puis elle remit le marque-page à sa place et ferma son livre. Le sommeil arrivait, il était temps d'éteindre.

— Tu ne peux pas continuer à te balader dans cette voiture, fit remarquer Gilles.

— Pourquoi ? s'insurgea Alban.

— Parce qu'elle est violette et qu'elle perd ses boulons.

— Tu veux rire ? Elle sort du contrôle technique !

Gilles mit son attaché-case dans le coffre et en profita pour jeter un coup d'œil au plateau de fruits de mer qu'Alban avait fait préparer par le poissonnier.

— En plus, elle va sentir la crevette...

Il se tourna vers son frère et, cessant de plaisanter, lui demanda :

— Tu vas bien, vieux ?

— Oui, vraiment bien. Je suis heureux avec Valentine, heureux d'être ici et d'avoir retrouvé David...

— Ah, David ! Tu l'as invité, j'espère ?

— Il vient demain, il se réjouit de voir tout le monde.

Une fois installés dans la Twingo, ils quittèrent le parking de la gare.

— Ta femme voulait une grasse matinée, voilà pourquoi ce n'est pas ton superbe break qui t'attendait !

— Sophie n'est pas une lève-tôt, soupira Gilles. Conduis-nous à la pâtisserie, je vais nous payer des gâteaux.

— Tu ne vas rien payer du tout, Jo a tout prévu.

Gilles hocha la tête avec une petite mimique d'excuse. Alban ne ratait jamais l'occasion de relever son expression favorite - « Je vais payer » - et de s'en moquer.

— Tu comptes vraiment garder cette caisse ? Je t'ai connu au volant de voitures plus confortables.

— Parce que je les louais, Gilles. Je n'en avais pas souvent besoin à Paris, j'étais tout le temps en voyage.

Dans le silence qui suivit, Gilles finit par risquer :

— Est-ce que ça te manque ?

— Evidemment.

— Les voyages ?

— Non, piloter. J'essaie de ne pas y penser.

— Et comment envisages-tu l'avenir ?

— Là, je *n'arrive pas* à y penser. Tout ce qui me vient à l'esprit me paraît stupide, et tout ce qu'on me propose me révulse. Conseiller technique, directeur d'aéroclub... Non, il faut que je fasse une croix sur l'aviation, que je change de voie, mais je ne sais pas comment m'y prendre.

— Bon, tu n'es pas aux abois pour l'instant, tu as le temps de réfléchir. Quant à ton dossier avec l'assurance, je ne laisserai pas les choses traîner indéfiniment, tu peux me faire confiance.

Pour éviter le conflit d'intérêts, en tant que frère, Gilles avait confié le dossier à l'un de ses confrères spécialisé dans ce genre d'affaire.

— Je serai content de toucher de l'argent, admit Alban, mais ce n'est pas tout, tu le sais très bien. Il faut que je fasse quelque chose de mon existence ! Rien que de voir Valentine travailler sur ses manuscrits, je culpabilise, je me trouve inutile.

— Epouse-la.

— Quel rapport ? On ne se marie pas pour s'occuper ! Et je ne suis pas persuadé qu'elle en ait envie. Il y a des partis plus intéressants qu'un chômeur réfugié à la campagne, non ? D'ailleurs, pour tout te dire, je le lui ai déjà proposé, avant mon accident, et elle a balayé ma demande d'un revers de main amusé. Je n'ai pas forcément envie d'essuyer un autre refus. Valentine est une femme indépendante, qui n'a pas eu un parcours facile.

— Raconte.

— En gros, elle s'entendait mal avec sa mère, et pas du tout avec son beau-père. Elle est partie de chez elle très tôt, ensuite elle a beaucoup galéré et accumulé les petits boulots pour se payer des études. Par la suite, elle a eu un fiancé qui s'est barré comme un voleur à l'annonce d'une grossesse, puis elle a fait une fausse couche. Quand je l'ai rencontrée, elle était sur la défensive, et je crois qu'elle l'est toujours. Ce n'est pas en la harcelant que j'arriverai à fonder une famille avec elle. En fait, j'ai bien peur qu'elle ne se méfie de tout ce qui est famille.

— On va la mettre à l'aise, lui montrer que c'est génial ! affirma Gilles en envoyant une bourrade affectueuse sur l'épaule d'Alban.

— A ce propos, Sophie n'est pas toujours très...

— Sophie est odieuse avec toutes les femmes. Surtout quand elles sont aussi jolies que ta Valentine ! En plus, Sophie a un faible pour toi.

— Ta femme ? se récria Alban, horrifié. Tu plaisantes, j'espère ?

— Bien entendu.

Il éclata de rire tandis qu'Alban s'engageait sur le chemin menant à la villa. En descendant de voiture, ils se séparèrent, car Gilles voulait d'abord embrasser Joséphine. Selon une tradition bien établie, chaque fois qu'un des trois petits-fils arrivait de Paris, son premier soin était d'aller dire bonjour à Joséphine avant de franchir la porte du paquebot.

Chargé du plateau de fruits de mer, Alban gagna directement la cuisine. S'être un peu confié à son frère aîné lui apportait une sorte de soulagement. D'une part, il avait besoin du soutien de Gilles pour se lancer dans le programme de travaux qu'il s'était fixé, d'autre part, il cherchait à mettre de l'ordre dans ses angoisses. Valentine restait son principal souci, il s'en était aperçu en parlant à Gilles. Depuis quelques jours, il avait l'impression de ne plus savoir comment s'y prendre avec elle. Il la sentait nerveuse, sans doute déstabilisée par sa nouvelle vie, par les inconnus qu'il lui présentait, par le silence de cette maison bien trop grande pour deux. Peut-être regrettait-elle de l'avoir suivi en Normandie ? Il n'osait pas lui poser directement la question et se contentait d'essayer de la distraire. Mais la veille, boudeuse, elle s'était endormie loin de lui, réfugiée au bout du lit. « Ta belle-sœur ne m'aime pas du tout », avait-elle marmonné avant de sombrer dans le sommeil. Un mois plus tôt, ils auraient ri ensemble des petites piques de Sophie, sans y attacher d'importance.

Constatant que le plateau ne rentrait pas dans le réfrigérateur, il gagna l'office, ouvrit une fenêtre et le déposa sur l'appui, au-dehors. Durant quelques instants, il s'absorba dans la contemplation du paysage. Les arbres perdaient leurs feuilles et, désormais, entre les branches dénudées on voyait mieux la mer à l'horizon.

— Alban, on gèle ! protesta Valentine qui venait de pousser la porte. Je te cherchais, j'espérais que tu serais rentré...

Elle le rejoignit, se glissa dans ses bras.

— Impossible de travailler, les enfants mènent une sarabande infernale à travers toute la maison.

— Ils te gênent ?

— Non, pas du tout ! Je les trouve adorables, et ils ont bien le droit de chahuter un peu. A propos, je suis désolée d'avoir boudé, hier soir.

— Tu boudais ? dit-il en riant.

— Sophie m'a exaspérée à me regarder de si haut !

— Tu es plus grande qu'elle, chérie.

— Eh bien, c'est une petite bonne femme trop autoritaire pour moi. Avec toi, elle minaude, elle accapare ton attention, et elle fait comme si je n'existais pas.

— C'est sa façon d'être. Quand vous vous connaîtrez mieux, elle changera d'attitude envers toi.

— Tu crois ? Moi, je suis persuadée qu'elle n'a aucune envie de mieux me connaître, elle espère au contraire que je vais débarrasser le plancher.

— N'y pense même pas, répliqua-t-il en l'embrassant sur les cheveux.

— Je ne veux pas critiquer ta famille, ni te mettre mal à l'aise, mais je prends Sophie pour une pimbêche, voilà.

Quand elle disait « voilà » sur ce ton, pour elle l'incident était clos, elle n'y reviendrait pas. Il la serra contre lui et sentit qu'elle riait.

— Tu dois me trouver odieuse, non ?

— Je te trouve ravissante.

Cette fois, il l'embrassa sur la bouche, avec toute l'infinie tendresse qu'il éprouvait pour elle.

Dans la cuisine, Sophie s'était figée. Elle avait entendu la fin de la conversation, et le mot « pimbêche » l'ulcérait. Cette punaise de Valentine se moquait d'elle, et Alban ne réagissait même pas !

Comme la porte de l'office était toujours ouverte, elle se racla la gorge afin de signaler sa présence, puis elle remua bruyamment de la vaisselle.

— Bien dormi, ma Sophie ? lança Alban en entrant.

Suivi de Valentine qu'il tenait par la main, il souriait d'un air innocent. Sophie chercha une réplique cinglante, mais alors qu'elle ouvrait la bouche, les enfants se ruèrent dans la cuisine, parlant tous les trois en même temps.

— Vous devenez fous ou quoi ? s'énerva-t-elle aussitôt. Calmez-vous immédiatement et arrêtez de crier. Je vous préviens, votre père vient d'arriver.

Au lieu de se taire, ils poussèrent des hurlements de joie et se bousculèrent pour sortir. Seul Louis, à l'instant où il franchissait le seuil, se ravisa.

— Tiens, dit-il en revenant vers Alban, on a trouvé ça...

Il lui tendait un vieux portefeuille de cuir grené, tout usé. Alban s'en empara, le retourna entre ses doigts, vit deux initiales : F. E.

— Où l'as-tu pris ? demanda-t-il d'une voix intriguée.

— Je ne l'ai pas pris ! se défendit le gamin.

— D'accord, mais d'où vient-il ?

— On jouait à cache-cache, et moi, j'ai aidé Anne à entrer dans l'armoire de la grande chambre, tu sais, celle du bout qui a les rideaux avec les oiseaux et qui donne...

— Je vois, oui.

— Bon, alors Anne a raclé le bois de l'armoire avec ses pieds pour se glisser tout au fond, et elle a senti ce truc qui était coincé entre les lattes.

— Eh bien, merci, Louis, dit Alban en ébouriffant les cheveux du gamin. Tu as regardé ce qu'il y avait dedans, je suppose ?

Troublé, l'enfant commença par rougir avant de hocher la tête.

— La curiosité est un vilain défaut, lui rappela Sophie.

— C'est que des vieux bouts de papier, expliqua Louis sans regarder sa mère. Y avait pas d'argent, ni billets, ni pièces, rien.

— Dommage pour toi, s'amusa Alban, tu aurais eu droit à une récompense ! Allez, va...

Louis détala tandis que Sophie se penchait sur le portefeuille.

— A l'époque, la maroquinerie était vraiment de bonne qualité.

Elle tendit la main, comme si elle voulait l'examiner de plus près, mais Alban le rangea dans la poche arrière de son jean.

— Il appartenait à mon père. Je me le rappelle très bien parce qu'il le posait solennellement devant lui avant la distribution de notre argent de poche. C'est un souvenir, je suis content que les enfants l'aient trouvé.

Il ne mettait jamais les pieds dans l'ancienne chambre de ses parents et n'aurait sûrement pas eu l'idée d'ouvrir l'armoire.

— En tout cas, conclut Sophie, ils ne devraient pas fouiller partout, ils ont le diable au corps.

— Comme tous les gamins de leur âge.

Alban lui souriait gentiment mais ce ne fut pas suffisant pour l'amadouer.

— Tu es tolérant, large d'esprit, bravo ! En ce qui me concerne, je dois me charger de leur éducation, et je suis une *pimbêche* très perfectionniste.

Elle se tourna vers Valentine qu'elle toisa d'un air ironique, guettant sa réaction.

— Allons, temporisa Alban, c'était juste une blague, rien de méchant...

Avec une habileté consommée, Sophie changea brusquement de registre.

— Peut-être, murmura-t-elle, mais ça m'a fait de la peine d'entendre ça.

Drapée dans sa dignité, elle fit volte-face et quitta la cuisine sans claquer la porte.

— Oh, là, là..., soupira Alban.

Un rapprochement entre Valentine et Sophie semblait dorénavant tout à fait improbable.

— Veux-tu que j'aille m'excuser ? proposa Valentine à contrecœur.

Il la dévisagea, surpris, avant de hausser les épaules.

— Tu plaisantes ?

— Non. Si elle doit faire la tête tout le week-end, autant crever l'abcès.

— Elle va bouder un peu, et alors ? Les femmes aiment bien bouder !

Sa réflexion prit Valentine de court. Est-ce qu'il la renvoyait dos à dos avec Sophie ? Peut-être n'était-ce qu'une blague destinée à dédramatiser la situation, toutefois elle n'appréciait pas de se voir ainsi rangée dans la catégorie trop vague des *femmes.*

— Bonjour belle dame ! s'exclama Gilles en entrant. Je meurs de faim, est-ce qu'on mange bientôt ?

Il embrassa Valentine sur les deux joues et en profita pour lui glisser à l'oreille :

— C'est vous qui avez traité mon épouse de pimbêche ? Soyez-en remerciée...

Interloquée, Valentine le dévisagea mais n'eut pas le loisir de répondre car Sophie revenait avec les enfants. Ils apportaient les gâteaux préparés par Joséphine pour le déjeuner et pour le dîner.

— Jo est décidément infatigable, elle a fait de la pâtisserie toute la matinée, annonça Sophie.

Elle semblait de meilleure humeur, allant même jusqu'à sourire à la ronde.

— Cet après-midi, ajouta-t-elle, j'emmènerai les enfants faire une grande balade en bord de mer. Qui m'aime me suive !

Gilles déclara qu'il irait volontiers, tandis qu'Alban consultait Valentine du regard.

— Bonne idée, dit-elle d'un ton résolument enthousiaste.

Pour ne pas envenimer la situation, autant ne pas faire bande à part. De toute façon, se promener sur la plage main dans la main avec Alban la réjouissait vraiment. Elle se rapprocha de Sophie et lui proposa son aide pour préparer le déjeuner.

Alban ne se souvint du portefeuille qu'en fin d'après-midi, lorsqu'il changea de jean. Le sien avait été trempé par l'écume des vagues durant une course poursuite avec Gilles et les enfants, tout au bord de l'eau. Ils avaient chahuté gaiement sur la plage jusqu'au coucher du soleil, malgré un vent froid qui les avait fait pleurer et renifler. Réfugiées dans une crêperie où elles s'étaient offert des bolées de cidre, Valentine et Sophie avaient finalement préféré les attendre au chaud.

En ramassant le portefeuille tombé sur le carrelage de la salle de bains, Alban réalisa qu'il aurait pu le perdre dans le sable. Pourquoi l'avait-il oublié au fond de sa poche depuis ce matin ? Un acte manqué ? Tout ce qui concernait son père l'intéressait, mais le mettait aussi vaguement mal à l'aise sans qu'il en comprenne la raison. Avoir perdu ses parents le même jour, de manière si soudaine et dramatique, restait probablement un traumatisme d'adolescence qu'il avait enfoui tout au fond de sa mémoire et ne voulait pas déterrer.

Comme l'avait déclaré Louis, à l'emplacement des billets il n'y avait que deux papiers jaunis. Alban s'assit sur le bord de la baignoire et déplia le premier. Il eut d'abord du mal à saisir de quoi il était question et dut relire plusieurs fois le formulaire dont les termes lui échappaient. Enfin il comprit, stupéfait, qu'il s'agissait d'une demande de placement volontaire dans un établissement psychiatrique. Un asile, aurait-on dit autrefois. La date, 1981, était tout aussi surprenante. Deux ans avant le suicide de sa mère, la famille voulait l'envoyer chez les fous ? Son état civil s'étalait en toutes lettres : *Marguerite Espérandieu, née Gamilly*. Et la recommandation des médecins était formelle. Ne manquait que la signature de l'époux qui, à la place, avait rageusement écrit au stylo à encre : « Je ne le permettrai pas ! Jamais, je te le jure ! »

— Mais qu'est-ce que ça veut dire ? bredouilla Alban.

Personne n'avait fait mention d'une quelconque maladie mentale de sa mère devant lui. Avec ses frères, ils s'étaient toujours imaginé que son suicide était dû à une dépression passagère, un geste de folie accompli dans un moment d'égarement. On le leur avait dit et ils l'avaient cru.

Toujours sous le choc de sa découverte, il déplia en hâte l'autre papier. C'était une simple feuille à l'en-tête de la fabrique de porcelaine, couverte de la même écriture, celle de Félix, et considérablement raturée.

— *Mes pauvres parents,* déchiffra-t-il, *il faudra me pardonner... mais ça ne peut pas continuer... un malheur va arriver... je ne pourrai pas supporter de la perdre malgré tout ce qu'elle nous a... ne dites rien aux garçons, Colas n'en a aucun souvenir...*

Ce brouillon de lettre, décousu et confus, restait inachevé. Ni Antoine ni Joséphine n'avait dû l'avoir entre les mains.

— Pardonner quoi ?

Secoué d'un long frisson, il replia les deux documents avec soin et les rangea dans le portefeuille. Avant d'aller interroger Jo, il devait parler à Gilles et à Colas. Il prit une douche brûlante, termina par un jet d'eau froide puis se rhabilla. Comme presque toutes les salles de bains du paquebot, la sienne était très vaste, équipée de nombreuses penderies, de miroirs en pied, et même d'une commode décorée au pochoir. Il finissait d'enfiler un gros pull irlandais lorsque Valentine entra, un peu étonnée de le trouver encore là.

— Tu avais froid ? demanda-t-elle en désignant la buée, sur les vitres. Tu as pris un bain chaud ?

— Non, juste une douche, répondit-il distraitement.

Il était toujours perdu dans ses pensées, et il la regardait sans la voir.

— Gilles est en bas ? demanda-t-il nerveusement. Il faut que je lui parle.

— Il regarde la télé avec les enfants.

Elle commença à se déshabiller car elle voulait se changer pour le dîner. En sous-vêtements, elle ouvrit la porte d'une des penderies, amusée à l'idée qu'il allait forcément venir la prendre dans ses bras. Jamais il ne pouvait résister au spectacle de sa nudité, elle savait qu'elle le rendait fou dès qu'elle déboutonnait un chemisier ou enlevait un tee-shirt. Mais, à sa grande surprise, elle l'entendit marmonner :

— A tout à l'heure, chérie.

Quand elle se retourna, il était déjà sorti. Déçue, elle fouilla dans ses affaires et choisit une courte robe de lainage chiné. Dans combien de temps sa silhouette allait-elle se modifier ? A quel moment ne serait-il plus possible de taire sa grossesse ? Deux mois, trois ?

Elle s'observa dans un des miroirs, de face, de profil. Alban adorait son ventre plat, ses hanches étroites et ses longues jambes. D'ici peu, qu'adviendrait-il de ce désir insatiable qu'il avait d'elle ?

— Insatiable ? Pas ce soir, on dirait ! Et puisque c'est comme ça...

Le décolleté en V de sa robe était très échancré, cependant elle renonça à le fermer par la broche qu'elle utilisait parfois. Elle ajouta un sautoir fantaisie, des boucles d'oreilles, puis elle maquilla ses yeux avec soin et termina par une touche de parfum. L'image que lui renvoyait à présent le miroir lui parut vraiment séduisante, pourtant, au moment de sortir, elle s'immobilisa un instant sur le seuil. Comme n'importe quelle femme, elle était coquette, elle voulait plaire à Alban, provoquer son envie, l'affoler au besoin, mais au-delà de ce jeu de conquête toujours recommencé, elle avait désespérément besoin qu'il l'aime. D'un amour durable, serein, constructif. Le genre d'amour qui pousse à se marier, à faire des enfants, à souhaiter vieillir ensemble.

— Il faut que j'arrête d'avoir peur, il faut que je lui dise...

Etait-ce si difficile d'avouer qu'elle était enceinte, et heureuse de l'être ? Elle se promit d'aborder le sujet le soir même, lorsqu'ils seraient couchés l'un contre l'autre, profitant de l'intimité de leur chambre et de l'obscurité.

— D'ici là, descendons dans la fosse aux lions !

De gré ou de force, elle devait trouver sa place parmi la famille Espérandieu.

A deux heures du matin, les trois frères discutaient encore, serrés devant la cheminée de la cuisine. Vers minuit, Malaury était montée la première, fatiguée par sa journée de samedi au magasin. Sophie l'avait suivie peu après, puis Valentine, qui tombait de sommeil. Gilles et Colas étaient docilement restés pour un dernier verre, ainsi qu'Alban le leur avait demandé en aparté, avant le dîner.

La lecture des documents trouvés dans le portefeuille de leur père les sidérait, et aucun d'entre eux ne parvenait à avancer une explication logique ou seulement plausible. En comparant leurs souvenirs, ils constataient qu'ils savaient peu de chose de leurs parents, or l'éloignement dû à la pension n'expliquait pas tout.

— J'ai l'impression d'avoir beaucoup mieux connu Antoine et Jo. Ils étaient plus proches de nous malgré la différence d'âge, plus présents, plus...

Gilles s'interrompit, songeur, cherchant à comprendre pourquoi leurs grands-parents leur semblaient tellement familiers, comme si les deux générations avaient été inversées.

— Papa travaillait beaucoup, rappela Colas, il était toujours à la fabrique, y compris le samedi.

— Et nous n'étions pas là dans la semaine, renchérit Alban.

— C'est vrai, mais il y avait les vacances et les dimanches.

— Souviens-toi, Gilles, on voulait toujours rester seuls tous les trois pour se raconter nos histoires. Les profs, les filles... Quand je suis allé m'installer au second, on y passait tout notre temps libre.

— Tu parles des années d'adolescence ! Moi, je te demande, que faisions-nous quand nous étions enfants ?

— On était dans les jupes de Jo, pas dans celles de maman.

Alban se leva et ajouta une bûche sur les braises.

— Donne un coup de soufflet, lui conseilla Gilles, sinon ça va fumer.

Accroupi devant la cheminée, Alban s'exécuta tandis que ses frères continuaient à réfléchir en silence. Au bout d'un moment, Colas murmura :

— On le boit, ce verre ? J'ai besoin d'un remontant, je déteste parler de tout ça.

Alban se retourna, croisa le regard de Gilles qui fronça les sourcils en répétant :

— Tu *détestes* ? Pourquoi ?

— Je ne sais pas. Je me sens coupable de ne pas les avoir beaucoup pleurés. Pour moi, à l'époque, c'était un chagrin de commande, ou alors j'étais trop sonné pour réaliser, mais au cimetière, je n'ai pas eu de larmes et j'en ai eu honte. Voilà quelque chose dont je me souviens très bien !

Gilles se pencha vers Colas et lui tapota affectueusement l'épaule.

— Ne t'en fais pas, tu avais treize ans, c'est l'âge bête et borné. A propos de mémoire, as-tu une idée de ce que peut bien signifier « Colas n'en a aucun souvenir » ?

— Si j'avais une idée, je n'aurais pas attendu le milieu de la nuit pour te la donner, répondit Colas en étouffant un bâillement.

Obstiné, Gilles reprit le document posé entre eux. Il avait été le seul à pouvoir en déchiffrer la majeure partie malgré les ratures, pourtant l'ensemble restait assez incompréhensible.

— Qu'est-ce qu'il voulait se faire pardonner ? Apparemment, les ennuis venaient de maman, pas de lui. Et j'ai beau être l'aîné, je ne me rappelle aucun fait marquant. S'il existe un quelconque secret, il a été bien gardé.

— Alors, soupira Alban, on en revient toujours à la même chose, posons carrément la question à Jo.

— On va foutre la paix à Jo ! explosa Colas. Vous croyez vraiment qu'elle a envie de se replonger dans son passé ? Qu'elle n'en a pas assez bavé ? Elle a perdu son fils, sa belle-fille, son mari, au bout du compte elle a fui le paquebot pour ne plus penser à tous ces deuils. Et vous voudriez lui en reparler, encore et toujours, avec des pourquoi, des comment, des souviens-toi ! Laissez donc les morts tranquilles, ils ont emporté leurs mystères avec eux, tant mieux !

Abasourdis par son éclat inattendu, Gilles et Alban le considérèrent avec stupeur. Le doux Colas, rêveur et fantaisiste, ne se mettait quasiment jamais en colère, alors pourquoi s'énervait-il soudain ? Gilles se cala contre le dossier de sa chaise puis choisit ses mots avec soin, s'adressant au benjamin d'un ton docte :

— Je ne suis pas persuadé que Jo ait beaucoup aimé sa bru. A mon avis, lui parler de Marguerite ne devrait pas la traumatiser.

— Mais tu t'entends ? hurla Colas. *Marguerite !* Voilà de quelle façon tu désignes ta mère ! D'ailleurs, aucun d'entre nous n'arrive à dire « maman » spontanément...

Sa fureur s'éteignit d'un coup. Il baissa son menton sur sa poitrine, comme s'il voulait se soustraire à la curiosité de ses frères.

— Désolé d'avoir crié. La semaine a été dure, j'ai besoin de repos, je monte me coucher.

— Trinque d'abord, lui intima gentiment Alban.

Il venait de servir trois calvados dans les petits verres de cristal taillé qu'affectionnait Antoine. Le vieux monsieur avait initié ses trois petits-fils à la dégustation de l'alcool de pomme les soirs de fête, mais il avait scrupuleusement attendu leurs quinze ans respectifs pour le faire.

— Résumons-nous, dit Gilles qui n'arrêtait pas de se passer la main dans les cheveux, signe d'une intense réflexion. Il est probable que... maman ait souffert d'une maladie mentale. Les médecins ont dû suggérer son internement, et papa n'a pas pu s'y résoudre. Que personne n'ait jugé bon d'en parler aux trois gamins que nous étions me semble très raisonnable. Et je pense qu'il est inutile, en effet, de chagriner Jo avec ces vieilles histoires. Mon unique souci, plus égoïstement, concerne l'aspect héréditaire de certaines formes de démence.

Il hésita un peu avant de conclure, avec un petit sourire d'excuse :

— Chaque fois qu'un de mes enfants piquera une crise de rire ou de larmes, je ne veux pas avoir à me demander s'il est normal.

— Ne sois pas stupide, Gilles, maugréa Alban en levant les yeux au ciel.

— Je suis avocat, rétorqua son frère, pas médecin, encore moins psychiatre ! Mais s'il y a le moindre doute, la plus infime possibilité, il faut que je le sache.

Une fois de plus, il reprit le formulaire de placement et l'étudia.

— La signature du toubib est illisible, évidemment... Pourtant, on devrait pouvoir le retrouver.

— A condition qu'il exerce encore, argumenta Alban, qu'il ne soit pas parti à l'autre bout de la France, ou carrément décédé. Ce papier a été rédigé il y a vingt-sept ans !

Colas vida son verre d'un trait et le tendit à Alban.

— Encore une goutte, s'il te plaît. Ecoutez, vous ne m'enlèverez pas de l'idée qu'on ferait mieux d'oublier toute cette histoire. Tes enfants sont parfaitement normaux, Gilles, et tu le sais très bien.

— Pas sûr. Je suppose que maman était « normale » quand papa l'a demandée en mariage. Certaines déficiences peuvent apparaître très tard, j'ai lu ça quelque part... Et j'en aurai le cœur net, je vais me renseigner, comptez sur moi !

Adossé au linteau de la cheminée, Alban observa ses frères l'un après l'autre, intrigué par la différence de leur attitude. Gilles semblait décidé à en apprendre davantage, quitte à mener une véritable enquête, alors que Colas, à l'évidence, voulait qu'on referme au plus vite la boîte de Pandore. Et lui-même ? Désirait-il savoir ce qui s'était passé entre les murs de cette maison tant d'années auparavant ? Savoir *qui* étaient vraiment ses parents ?

— Bon, dit Colas qui venait de se lever. Nous sommes d'accord, on laisse Jo en paix ? Et tant qu'à faire, on n'en parle pas à nos nanas, on garde ça pour nous.

Il titubait un peu, à cause de l'alcool ou de la fatigue, et il salua ses frères d'un geste vague. Gilles attendit que s'éloigne le bruit de ses pas, dans la galerie, puis il fit signe à Alban de se rasseoir.

— Pourquoi réagit-il comme ça ? demanda-t-il à voix basse.

— Parce qu'il aime que tout aille bien, que tout soit clair. Tu le connais, il faut que le monde tourne rond.

— Heureuse nature ! railla Gilles. Mais moi qui ne vis pas sur un petit nuage rose, cette histoire me préoccupe. Pas toi ?

— Oui... Enfin, oui et non. J'éprouve un mélange de curiosité et de crainte. Je ne tiens pas à découvrir des horreurs sur ma propre famille, tu comprends ?

— Des horreurs, n'exagère pas ! En attendant, si ça ne t'ennuie pas, je conserve ces papiers. Tu veux garder le portefeuille ?

— J'irai le remettre là où Louis l'a trouvé.

— Pourquoi donc ? Le paquebot n'est pas un sanctuaire, Alban, les objets ont le droit de changer de place. La preuve, tu vas faire des travaux et tout casser !

— Pas casser, réparer.

Ils échangèrent un sourire, heureux de se sentir complices. Puis ils décidèrent d'aller se coucher eux aussi. Sur le palier du premier, ils se souhaitèrent une bonne nuit et Alban gagna le second. Son étage, ainsi qu'il le désignait.

Valentine dormait à poings fermés lorsqu'il la rejoignit, mais elle lui avait laissé un petit mot sur son oreiller.

— Réveille-moi quand tu monteras. Je t'aime...

La réveiller en pleine nuit, pourquoi ? Elle était si jolie dans son sommeil qu'il resta un moment à la contempler, debout à côté du lit. Ses cheveux brillants s'étalaient en corolle, et la petite chaîne d'or qu'elle ne quittait jamais était remontée en travers de sa joue. Sa position abandonnée lui donnait l'air jeune, presque fragile. Alban se pencha, effleura son front, puis fit glisser la chaîne à sa place. Ensuite, il ramassa un roman anglais tombé sur le parquet, le referma, éteignit la lampe de chevet. Jamais, de son existence entière, il n'avait éprouvé pour une femme des sentiments d'une telle intensité. Valentine lui était devenue nécessaire, il n'imaginait plus l'avenir sans elle. Mais il ne voulait pas l'effrayer, ni lui donner l'impression de l'enfermer ici avec lui, alors il se forçait à rester léger, à ne pas prononcer des mots définitifs. S'il lui reparlait trop vite de mariage, n'aurait-elle pas envie de fuir ? Il était plus âgé qu'elle, il n'avait même plus de métier, et il l'avait déracinée en lui faisant quitter Paris. Bien sûr, elle prétendait adorer la villa, mais il voyait bien qu'elle s'y sentait un peu perdue. A moins d'être né dans ces murs, comment s'approprier une maison si gigantesque ? Elle y aurait froid cet hiver, peut-être peur s'il s'absentait. Au fond, vouloir remettre le paquebot à flot était un projet égoïste et déraisonnable.

Il contourna le lit, se coucha à sa place. Face à lui, la fissure du mur lui parut plus importante.

« Tu la vois depuis trente ans, elle a grandi avec toi. »

Combien y en avait-il, à travers toutes les pièces de tous les étages ? Etait-ce cette lente détérioration des peintures, des papiers peints, des huisseries, que sa mère n'avait pas supportée au fil du temps ? D'après Jo, elle s'étiolait en attendant que leur père rentre de la fabrique, pourtant, elle ne quittait presque jamais la maison.

« J'interrogerai Jo à ma manière, en douceur, sans lui poser de questions directes... »

Finalement, comme Gilles, il avait envie de savoir. Il lui revint brusquement en mémoire une confidence faite par un steward lors d'un vol de nuit sur un long-courrier. « *Les plus mauvaises surprises viennent toujours de nos proches. Les gens qu'on croit connaître par cœur se révèlent de parfaits étrangers capables de tout, y compris du pire.* » Le type était déprimé, sa femme venait de le quitter, toutefois il y avait du vrai dans ces paroles. Que sait-on des siens, hormis ce qu'ils ont bien voulu laisser voir ?

Il éteignit sa propre lampe et fut surpris par la densité de l'obscurité. Le ciel devait être bien chargé de nuages pour ne pas laisser passer le moindre rayon de lune, la plus infime lueur. Dans ce noir d'encre, les yeux ouverts, il imagina la maison autour de lui. La longue pente abrupte des toitures abritait l'étage des combles et celui du grenier. La dernière fois qu'il y était monté, pour vérifier l'état de la charpente, il avait pensé à sa mère et à sa fin tragique, mais de manière fugitive. « Oubliez ça, mes garçons », répétait Jo sur tous les tons. Ils avaient obéi parce que c'était une solution de facilité. Le deuil, Jo et Antoine l'avaient porté seuls.

Fermant les yeux, Alban essaya de penser à autre chose. Au cockpit d'un Boeing, par exemple, ou d'un Airbus. A quoi ressemblait celui du fabuleux A 380 qui venait enfin de sortir des usines de Toulouse ? Et que ressentait le pilote aux commandes d'un tel avion ?

« Mon Dieu, ça non plus, n'y pense pas ! »

Alors sur quoi fixer son esprit pour trouver le sommeil ? Doucement, il se rapprocha de Valentine, la prit dans ses bras sans la réveiller. Etait-il devenu vulnérable au point d'avoir besoin d'une femme contre lui ? Où donc étaient passés sa confortable indépendance, sa volonté farouche de ne pas s'engager dans des histoires sentimentales, son plaisir de dormir tout seul, étalé en travers de son lit ? Parce qu'il n'était plus le commandant Espérandieu, il se transformait en amoureux transi ?

« Non, c'est faux, je l'aimais avant l'accident, je l'aimais déjà pour de bon, je crois bien que, dès le premier jour, j'ai su que j'allais l'aimer. »

Sans y prendre garde, il s'était mis à la serrer un peu trop fort, et elle grogna dans son sommeil. Il relâcha son étreinte, respira profondément. L'avenir était en forme de point d'interrogation et, depuis aujourd'hui, le passé l'était aussi. S'il devait trouver la sérénité un jour, ce but semblait hors de portée pour l'instant, même à l'abri du paquebot où il avait cru trouver refuge.

4

— Allez, Jo, sois gentille, insista David.

— Je n'aime pas ça !

— Mais, à moi ?

— Oh, toi..., soupira-t-elle.

Elle lui jeta un petit coup d'œil indulgent puis se décida à ouvrir le tiroir de la table. Le paquet de cartes qu'elle en sortit était tout usé, corné, décoloré.

— Veux-tu que je t'en offre un nouveau ? proposa-t-il avec un grand sourire. Dix paquets neufs, si ça te fait plaisir !

— Tu plaisantes ? Ce sont mes cartes fétiches, elles me parlent.

Après les avoir battues, elle les étala devant David, faces cachées.

— Choisis-en sept.

Il s'exécuta et les retourna lentement, l'une après l'autre.

— Couvre celle-ci, et celle-là.

La tête penchée, Jo examina les figures en silence.

— Encore une ici... Décidément, non, rien de significatif dans ton jeu, mon pauvre. C'est une femme que tu cherches, n'est-ce pas ? Une rencontre ? Eh bien, ce n'est pas pour tout de suite, désolée.

— Quelle injustice ! Pourquoi Alban a-t-il déniché une fille formidable et pas moi ?

En riant, il la menaça du doigt.

— Je sais ce que tu fais, Jo ! Tu envoies toutes tes bonnes ondes à Alban et il ne reste rien pour moi.

— Tu crois que ça se passe comme ça, hein ? s'amusa-t-elle, les yeux pétillants de malice. En d'autres temps, tu m'aurais fait arrêter pour sorcellerie et brûler sur la place publique avec des idées pareilles...

— Recommence, juste une fois.

— Non. Les cartes ont donné leur avis, elles ne radotent pas. On reposera ta question le mois prochain. En tout cas, il n'y a rien de noir dans ton ciel, estime-toi heureux. Et même, tiens, ça m'intrigue, couvre ce dix de carreau... Oui, voilà ! Tu es sur une affaire importante ces jours-ci ?

— Une très grosse vente, pas très bien engagée.

— Ne t'inquiète pas, tu vas conclure.

— Génial ! Vraiment, Jo, je t'adore.

Un coup léger sur la porte les fit sursauter tandis qu'Alban entrait. Il se débarrassa de son ciré trempé puis vint se planter à côté de la table.

— Tu lui tires les cartes ? s'exclama-t-il, outré. Chaque fois que je te le demande, tu refuses !

— Pas à ma famille, répondit sobrement Jo. Avec vous, je ne vois rien.

— Dis plutôt que tu ne veux rien voir !

— Si tu préfères.

D'un geste prompt, elle ramassa les cartes et les rangea. Bras croisés sur la table, elle sourit à Alban.

— Ne fais pas cette tête-là. Prédire l'avenir, c'est pour s'amuser, ce n'est pas sérieux.

— Pourtant, intervint David, tout ce que tu m'as annoncé est toujours arrivé.

— Coïncidences, généralités...

— Tu es trop modeste, Jo. Si tu tenais un stand de cartomancienne, tu ferais fortune.

— Tu voudrais m'envoyer dans les foires, David ?

Ils se mirent à rire, mais pas Alban qui se sentait exclu de la complicité liant sa grand-mère et son meilleur ami.

— Si je suis de trop..., bougonna-t-il.

— Assieds-toi au lieu de dire des bêtises, lui intima Jo. Alors, comment se passe votre week-end ?

— Tu verras ça toi-même au dîner. Il y a juste un peu de tirage entre Sophie et Valentine.

— Quoi d'étonnant ? Pas besoin d'un paquet de cartes pour deviner qu'elles ne s'entendent pas.

— Ça s'arrangera ?

— Je ne lis pas dans le marc de café non plus, répliqua Jo.

Devant la mine déconfite d'Alban, elle lui tapota le bras.

— Ne t'inquiète donc pas, Valentine est une fille formidable.

— Je viens de le dire, rappela David. D'ailleurs, tu ne la mérites pas.

— Mais si, dit très doucement Jo. Il mérite tous les bonheurs, lui.

— Ah, ce favoritisme ! Tu l'aimes plus que moi parce que c'est ton petit-fils. La loi du sang, hein ?

— Non, en ce moment je l'aime plus que les autres parce qu'il n'est pas heureux.

Désemparé, Alban considéra sa grand-mère d'un air interrogateur.

— On guérit de tout, mon chéri, tu verras, murmura-t-elle. Des avions aussi...

David cessa aussitôt de plaisanter et s'absorba dans la contemplation de la table pour ne pas avoir à regarder Alban. En quelques mots, Joséphine venait de faire naître une émotion qui le prenait à la gorge. Certes, Alban avait Valentine, il avait aussi le paquebot, mais pour l'heure il ne savait plus où il en était, privé de ce qui avait constitué l'essentiel de son existence jusque-là. David le connaissait mieux que quiconque, il l'avait suffisamment envié puis admiré dans leur jeunesse pour l'observer sous tous les angles. Alban délégué des élèves et qui défendait ses copains lors des conseils de classe, Alban capitaine de l'équipe de rugby en pension, Alban qui n'avait peur de rien, entraînant les autres dans de folles histoires mais se dénonçant la tête haute. Alban et son inénarrable grand-mère, Alban et ses frères auxquels David s'était joint pour devenir le quatrième mousquetaire, même si le rôle de d'Artagnan était déjà pris. Leur amitié était née de ces moments d'adolescence, s'était confirmée à l'âge adulte et ne s'était jamais démentie depuis, malgré l'éloignement. Dix ans plus tôt, lorsque David était monté pour la première fois dans un appareil qu'allait faire décoller Alban - un Airbus à destination de Bangkok - et qu'il avait entendu : « Le commandant Espérandieu et son équipage vous souhaitent un agréable voyage », il s'était senti très fier, très exalté, avec l'envie de crier aux autres passagers que le pilote était son meilleur copain, son copain de toujours.

— David, tu rêves à ta grosse vente ?

Il se redressa, sourit à Joséphine.

— On t'a assez embêtée, décida-t-il, on va te laisser te reposer jusqu'au dîner.

— Je viendrai vers sept heures, j'ai promis à Valentine de lui montrer comment préparer une sauce aux câpres, pour le colin.

— Tu complotes avec Valentine ! s'esclaffa Alban.

— Elle vient parfois prendre une tasse de thé ici, l'après-midi, concéda la vieille dame. Elle dit que ça lui fait une pause dans son travail, mais en réalité, tout ce qu'elle veut, c'est que je lui parle de toi.

— Raconte-lui donc comment il collait ses chewing-gums partout sous les meubles, suggéra David d'un ton narquois.

— J'avais dix ans, protesta Alban. Et papa ne supportait pas de nous voir mâchonner, il trouvait que ça nous donnait une allure de vache normande !

David acquiesça tout en poussant Alban vers la porte. Il se souvenait surtout que Félix ne supportait pas grand-chose et n'était pas souvent là. Quant à Marguerite, jamais un mot et jamais un sourire. S'il y avait bien quelque chose que David n'enviait pas aux frères Espérandieu, c'était l'attitude de leurs parents à l'époque. Mais ils avaient fini tristement, d'une manière si dramatique et si choquante que tout le monde avait préféré les oublier. Pourtant...

— Bon sang, grommela Alban, tu es dans les nuages, aujourd'hui ! Te faire tirer les cartes ne te réussit pas.

— Je savais que tu dirais ça, tu ne peux pas t'empêcher d'être jaloux.

La pluie tombait encore dru et ils gagnèrent la villa au pas de course, Alban tenant son ciré au-dessus de leurs têtes, comme un parapluie. Dans le hall, ils croisèrent Gilles et Colas qui venaient de terminer une partie d'échecs.

— Vous tombez bien, vous deux ! les interpella Gilles. Venez avec nous dans le bureau, on va se faire une petite réunion informelle.

Alban fronça les sourcils, mais Gilles lui adressa un signe de connivence. En présence de David, il ne parlerait pas de leur découverte, n'évoquerait pas le passé de la famille.

— J'ai planché sur le devenir du paquebot, annonça-t-il dès qu'ils furent installés tous les quatre, et j'ai eu une idée. Nous pourrions créer une société civile immobilière, ce qui ne léserait personne. Jo conserve des parts et on se répartit les autres. A chaque investissement, on revoit les pourcentages en fonction de l'apport de chacun. Je vous passe les détails parce que tout ça demandera beaucoup de paperasserie, comme toujours, mais je peux me charger des formalités si vous êtes d'accord. Et puisque tu es là, David, tu vas nous donner ton avis, après tout, c'est toi l'expert en la matière !

Très content de lui, Gilles regarda alternativement Alban et Colas, puis se tourna vers David.

— La SCI est souvent une bonne solution. Sa constitution ne coûte pas cher, et Jo pourra commencer à vous donner des parts, ce sera toujours ça de moins à payer en droits de succession.

— Sans compter que chacun retrouvera ses billes le jour où on vendra. Alban n'investit pas à fonds perdus, et Colas n'est pas obligé de suivre. Qu'en dites-vous, les frangins ?

— Moi, ça m'arrange, affirma Colas. Et pour tout ce qui est administratif, tu es le mieux placé d'entre nous, alors je te fais confiance.

Comme Alban restait silencieux, Gilles dut l'interroger directement.

— Toi, Alban, ça t'irait ?

— Je suppose.

— Si tu as la moindre réticence, rien ne t'oblige à accepter !

Vexé, Gilles le toisait en attendant qu'il s'explique.

— Eh bien, disons que... jusqu'ici, bien que le paquebot appartienne en réalité à Jo, nous nous en sentons propriétaires tous les trois. Je ne voudrais pas que Colas se retrouve minoritaire un jour à cause de *mes* initiatives. Si Gilles et moi mettons beaucoup d'argent dans la réfection de la maison, la part de Colas se rétrécira comme une peau de chagrin. Et il lui restera quoi ? Le grenier ? Tout ça parce qu'il n'avait pas les liquidités nécessaires au moment où *je* l'ai décidé ?

— Tu compliques les choses pour rien ! se récria Colas. Moi, c'est simple, tout me va. Je sais bien que vous n'êtes ni l'un ni l'autre des escrocs. Ecoute, Alban, j'aurai peut-être moins de parts que vous, mais la maison aura été valorisée, ça revient au même pour moi.

Il y eut un petit silence, durant lequel chacun s'absorba dans ses pensées, puis David se leva.

— Je vous ai donné mon opinion, maintenant je vous laisse discuter entre vous. Je vais voir si vos femmes n'ont pas besoin d'aide !

— A propos de femme, déclara Colas lorsque David fut sorti, j'en ai touché un mot à Malaury et elle est tout à fait d'accord.

— En ce qui me concerne, soupira Gilles, je compte laisser Sophie en dehors de ça.

Ses deux frères lui jetèrent un regard surpris et il ajouta :

— Ce n'est pas la championne des histoires d'argent. Elle voudra discuter à perte de vue, ça me saoule d'avance.

Quelque chose alerta Alban dans l'expression désabusée de son frère.

— Tout va bien entre vous ? ne put-il s'empêcher de demander.
— Oui, oui...
L'air fuyant de Gilles dissimulait un problème, mais, apparemment, il ne souhaitait pas se confier.
— Je voudrais qu'on aborde une dernière question avant d'aller retrouver les autres. En tant qu'aîné, vous me connaissez, j'essaie de veiller à tout.
— Aîné ? ricana Colas. Il y a longtemps que tu ne nous avais pas chanté cet air-là ! Vas-y, ô sage aîné de la famille, on t'écoute religieusement.
— Si le mot ne te convient pas, s'énerva Gilles, disons que je suis le plus responsable, c'est mon métier qui veut ça. Et aussi, pour l'instant, le plus... le plus, euh, solvable.
— Je sens que la suite va être désagréable, dit Alban à Colas.
— Non, mais c'est justement à toi que je m'adresse.
Il croisa ses mains sous son menton, parut hésiter puis se lança.
— Je ne veux pas m'immiscer dans tes affaires, toutefois, je tiens à te mettre en garde. En ce moment, tu n'as pas de revenus. Tu as d'un côté tes économies, de l'autre la perspective du dédommagement de l'assurance, mais ça peut prendre un temps fou, tu le sais. Donc, à mon humble avis, ne te démunis pas trop. Investis, d'accord, mais garde de quoi voir venir. Si tu restes sans activité professionnelle deux ou trois ans, tu auras vite fait de...
— D'accord, Gilles, j'ai compris.
Le ton tranchant d'Alban surprit Gilles qui tempéra aussitôt :
— Je me mêle peut-être de ce qui ne me regarde pas ?
— Exactement. Je ne suis plus un gamin, et même sans avoir fait des études de droit, je suis capable d'évaluer ma situation actuelle telle qu'elle est. Et j'y réfléchis, crois-moi !
— Ne te vexe pas, murmura Colas pour désamorcer la colère d'Alban.
Ils se turent quelques instants tous les trois, évitant de se regarder, puis Alban reprit, plus posément :
— Je sais que tu prends très à cœur ton rôle de chef de clan, Gilles.
— Moi ?
— Tu as eu cette attitude à la mort des parents, et davantage encore après celle d'Antoine. Je ne te le reproche pas, tu cherchais à protéger tes deux petits frères, c'est normal. Mais aujourd'hui...
— Tu ne veux plus de mes conseils ?
— Je me les donne tout seul.
Gilles hocha la tête avec un petit sourire contrit. Il s'en voulait de sa maladresse et maudissait son habitude de faire la morale à tout le

monde : à ses enfants, à sa femme, à ses clients comme à ses adversaires. Avec Alban, se montrer trop paternaliste ou donneur de leçons provoquait l'affrontement à coup sûr. De tous les Espérandieu, Alban était le plus indépendant, celui qui avait vécu seul le plus longtemps sans avoir besoin d'attaches. Qu'il ne soit plus pilote n'en faisait pas un imbécile dont on devait gérer l'argent.

— Bien ! lança-t-il d'un ton jovial. Je crois qu'on a fait le tour et qu'on peut aller dîner.

Colas se leva le premier, se frottant les bras pour se réchauffer.

— Il fait vraiment froid, non ?

— Vraiment, approuva Alban. Le chauffagiste vient après-demain, c'est le début des travaux !

Il l'annonça avec enthousiasme, afin d'éviter une nouvelle discussion, mais le chantier à venir lui donnait des insomnies. Contrairement à ce que semblait croire Gilles, il avait passé des heures à aligner des colonnes de chiffres, à peser chacune de ses décisions. Pour venir à bout de la réfection du paquebot, il se donnait six mois, et ce laps de temps lui permettrait de retomber sur ses pieds. Il avait besoin d'une parenthèse dans sa vie, d'une pause que ni ses frères, ni même Valentine, ne pourraient le convaincre de raccourcir.

Ils ne se décidaient pas à aller se coucher. Le dîner s'était déroulé dans une joyeuse ambiance, puis Joséphine s'était discrètement éclipsée, les laissant à leurs fous rires et à leur chahut. Malaury avait alors suggéré de rapprocher la lourde table de la cheminée, et dix fois déjà, l'un ou l'autre des hommes avait remis une bûche sur les braises pour faire repartir la flambée.

— Vous savez ce qu'on fera quand on aura remis le paquebot à flot ? s'écria Gilles en tapant sur son verre avec un couteau pour obtenir le silence. Je paierai une caisse de champagne et on fracassera les bouteilles sur la façade comme pour le lancement d'un navire !

— Ah, tu te décides à payer quelque chose ? ironisa Colas.

Alban s'esclaffa, imité par Sophie. Depuis le début du repas, elle avait beaucoup bu et ses yeux brillaient. Assise près d'Alban, elle s'appuyait familièrement sur lui, ignorant les regards agacés de Valentine qui se trouvait de l'autre côté de la table.

— Mon mari est généreux, renchérit-elle. C'est une qualité, non ?

— Une qualité qui t'arrange bien, répliqua Gilles à mi-voix.

Ignorant sa réflexion, elle s'adressa à Alban.

— Tu ne sais pas la chance que tu as de ne pas devoir rentrer à Paris. S'il n'y avait pas l'école, je resterais volontiers quelques jours de plus... En tout cas, nous serons là deux semaines au moment des fêtes. Je vais nous organiser un super-Noël !

— J'ai quelques idées de décoration, ajouta Malaury.

C'était son domaine, que nul ne pouvait songer à lui contester. Le menu du réveillon serait l'affaire de Joséphine, bien entendu, et Valentine se sentit de nouveau exclue des habitudes de la famille. Sur quel territoire pouvait-elle s'affirmer, trouver un rôle défini ?

— Je me chargerai de remplir les bottes, annonça-t-elle.

— Quelles bottes ? s'enquit Sophie d'un ton dubitatif.

— Des bottes en feutre rouge qu'on accroche au dossier des chaises. En passant à table, chacun y découvre plein de petits présents, comme un cornet-surprise.

— Jamais entendu parler de ce genre de tradition, bougonna Sophie.

— Nous la suivions quand j'étais enfant, répliqua Valentine.

Elle venait de l'inventer, car ses souvenirs d'enfance ne comportaient rien d'aussi plaisant. Entre un beau-père brutal et une mère indifférente qui préférait s'intéresser au fond de son verre qu'à sa fille, les Noëls étaient plutôt sinistres, chez elle.

— Va pour les bottes, s'enthousiasma Colas que toutes les idées inédites séduisaient.

— Il faudra que j'explique cette nouveauté païenne aux enfants, ricana Sophie.

— Hormis Jésus dans la crèche, toutes les coutumes de Noël sont païennes, fit remarquer Valentine sans se départir de son sourire.

— Elle a raison ! approuva Gilles. Quant aux enfants, je crois qu'ils se moquent éperdument de la signification ou de la provenance des cadeaux. Plus il y en a...

Il picorait dans le plat où restait une part de tarte, et Sophie en profita pour lui lancer :

— Arrête, ou tu vas encore te plaindre de grossir.

Elle n'avait pas apprécié qu'il soutienne Valentine qu'elle continuait à considérer comme une intruse. Boudeuse, elle posa sa tête sur l'épaule d'Alban en murmurant :

— Je tombe de sommeil.

Son gros pull torsadé sentait le feu de bois et l'after-shave, elle se surprit à respirer cette odeur avec un plaisir trouble qui la fit se redresser, à regret. A l'autre bout de la table, Malaury et Colas cherchaient à convaincre David de venir visiter leur boutique à Paris.

— Tu n'as jamais eu la curiosité de pousser la porte ! se plaignit Colas. Il t'arrive bien de craquer pour une petite virée dans la capitale ?

— Je n'ai pas le temps, et pas l'envie.

— Tu ne croules pas sous le travail l'hiver, j'imagine ?

— Détrompe-toi. Il y a une vie, ici, de vraies gens, pas uniquement des vacanciers. La moitié de mon activité concerne des maisons rurales, dans les terres, et des maisons traditionnelles, dans les zones pavillonnaires. Le deux-pièces-front-de-mer-avec-balcon fait moins recette et je m'en réjouis. Si c'est pour voir des volets fermés toute la semaine comme à Deauville...

David n'avait jamais quitté la région et s'en trouvait bien. Il s'était contenté de reprendre l'affaire immobilière de son père, déjà florissante, pour la faire prospérer. Sa parfaite connaissance du terrain, ses amis notaires connus sur les bancs de l'école, ainsi que son caractère joyeux en faisaient un agent idéal.

— Mais c'est promis, Colas, j'irai voir ton magasin un de ces jours. Alban a eu beau me le décrire, je ne vois pas à quoi il peut ressembler.

— Il est assez original pour ne ressembler à aucun autre, heureusement ! s'exclama Malaury. C'est ce qui nous différencie et qui nous sauve. La concurrence est tellement rude...

Elle le disait avec un grand sourire comme si, en réalité, elle ne redoutait personne.

— J'ai fait rentrer quelques trucs formidables pour les fêtes, annonça-t-elle en s'adressant à Sophie. Passe, à l'occasion, tu vas craquer !

— Est-ce que je remets une bûche ? demanda Alban.

Avec délicatesse, il repoussa Sophie pour se lever.

— Non, allons nous coucher, soupira Gilles. Demain matin, le réveil sera dur.

Ensemble, ils débarrassèrent la table, la remirent à sa place, rangèrent la cuisine. Sophie monta la première pour aller jeter un coup d'œil sur les enfants qui dormaient sagement. Anne avait laissé ouverte la porte de communication avec la chambre de ses frères, et sa lampe de chevet était allumée. A Paris, elle n'avait pas peur de l'obscurité, mais ici elle faisait toujours des histoires, prétendant que la maison l'effrayait. Elle était pourtant la première à réclamer d'y venir.

Quand Sophie rejoignit Gilles, elle remarqua avec agacement qu'il ne portait pas de pyjama, signe évident qu'il comptait sur un câlin.

— Tu n'as pas sommeil ? lui demanda Sophie avec un petit sourire crispé.

— Si, mais je t'ai trouvée bien jolie pendant tout le dîner...

Il avait effectivement remarqué ses yeux brillants, ses poses alanguies, son pull qui la moulait. La prenant par les épaules, il l'attira à lui.

— Jolie et très désirable.

Elle n'avait aucune envie de faire l'amour mais ne voyait pas comment y échapper. Gilles la connaissait bien, il ne goberait pas n'importe quel prétexte. Quand elle sentit ses mains qui commençaient à la caresser, elle se raidit. Les dents serrées, elle attendit d'éprouver quelque chose. Son mari n'était pas un mauvais partenaire, et si elle se prêtait au jeu, dans un quart d'heure ce serait terminé. De toute façon, avec lui, elle simulait une fois sur deux. Et elle imaginait qu'il en allait de même pour toutes les femmes mariées depuis longtemps.

— Tu aimes ? murmura-t-il.

Pas vraiment, néanmoins elle répondit par un grognement qui pouvait passer pour de la satisfaction, puis elle ferma les yeux. Tout à l'heure, appuyée contre Alban, la joue sur son pull, quelque chose avait vibré au plus profond d'elle-même. Un élan, une *envie*. Parcourue d'un frisson, elle se demanda comment Alban faisait l'amour. Avec douceur, sensualité, passion ? Est-ce qu'il parlait, pendant ? De quelle manière regardait-il celle qu'il désirait ? Il possédait une grande expérience des femmes, et toutes ses maîtresses semblaient beaucoup le regretter. Sophie avait vu défiler des tas de filles plus belles les unes que les autres, qui s'étaient accrochées en vain. Valentine ne pouvait pas être celle qui allait le garder, le rendre fidèle !

Au-dessus d'elle, Gilles s'agitait. Dix ans plus tôt, elle aurait mieux participé. Elle avait été amoureuse de lui mais ne l'était plus aujourd'hui car il ne la faisait plus rêver. L'affection, la tendresse et les habitudes cimentaient leur couple, sans rien d'exaltant. Si, au lieu d'épouser Gilles, elle avait épousé Alban, se serait-elle lassée aussi ? Non, un homme comme lui devait savoir se renouveler, ça se lisait dans ses yeux sombres, des yeux pailletés d'or qui donnaient envie de s'y noyer.

Elle croisa ses bras sur le dos de Gilles, alla à sa rencontre. Au diable la culpabilité, dans le fond de sa tête elle avait bien le droit de penser à ce qu'elle voulait, de fantasmer en silence, ça ne faisait de mal à personne. Et songer carrément au sourire d'Alban, à ses lèvres, à ses mains, à l'odeur de son pull, libérait des démons salvateurs.

Un peu plus tard, alors que Gilles reprenait son souffle, effondré à côté d'elle, il chuchota d'un ton réjoui :

— Eh bien, dis donc, l'appétit vient en mangeant, ma chérie...

La lassitude qui s'empara d'elle avait un goût amer. Elle se sentait fautive, frustrée, et lorsqu'elle se décida à rouvrir les yeux, le sourire satisfait de son mari lui parut odieux.

Blottie contre Alban, Valentine somnolait. Demain, les Parisiens seraient partis et le paquebot retrouverait son calme. Bien sûr, les ouvriers allaient semer le désordre partout en faisant du bruit, mais au moins il n'y aurait plus d'interminables repas, de montagnes de vaisselle, ni cette chipie de Sophie pour se vautrer sans complexe sur Alban ! Plus de réflexions acerbes, de coups d'œil assassins. Durant trois jours, Valentine avait eu l'impression d'être épiée, jugée, rejetée. Quand Malaury faisait l'effort de venir lui parler, Sophie surgissait immanquablement et accaparait l'attention de sa belle-sœur sous un prétexte futile. Colas et Gilles s'isolaient pour jouer aux échecs, ou bien réquisitionnaient Alban pour d'interminables conciliabules. Que pouvaient bien avoir à se raconter de si secret les trois frères Espérandieu ? Seul David se montrait vraiment amical, malheureusement, il ne faisait pas partie de la famille.

Une heure plus tôt, lorsqu'ils étaient enfin montés se coucher, Alban l'avait suivie dans la salle de bains, prêt à lui savonner le dos sous sa douche, et ils avaient fait l'amour en laissant ruisseler l'eau chaude sur eux. Un moment de pur bonheur, comme toujours avec lui. Ensuite, il l'avait séchée des pieds à la tête et portée dans leur lit. L'instant semblait propice pour lui parler, mais le temps qu'elle prépare ses phrases, il s'était endormi.

Pourquoi n'arrivait-elle pas à le lui avouer ? Pourquoi remettait-elle toujours au lendemain ? Il n'allait pas lui dire de faire ses valises ! Bon, elle ne laisserait pas passer une autre semaine sans annoncer la nouvelle, et advienne que pourra.

Elle posa une main sur son ventre, songeant au bébé. Quelques millimètres de vie qui s'organisait sans signe extérieur. Une invisible révolution de tout son organisme qui allait fabriquer un enfant. Le sien, celui d'Alban.

« Si tu continues à te taire, tu te marieras grosse comme un tonneau ! Ou alors, Alban sera obligé de reconnaître le bébé à la maternité. Tu te mets toi-même dans les ennuis pour une trouille stupide et injustifiée. Peut-être même qu'il t'en voudra de l'avoir privé du plaisir d'attendre la naissance, qu'il sera blessé par ton silence... »

Mais elle ne parvenait pas à croire à cette version idyllique. Elle se battait encore contre ses mauvais souvenirs, qui lui gâchaient le présent. Comment croire à la famille et à l'amour quand on a été une enfant mal aimée, puis une femme abandonnée ?

« Cet homme-là est différent des autres. Si tu ne crois pas en lui, pourquoi es-tu couchée là ? »

Elle se blottit davantage, se fit toute petite entre les bras d'Alban.

« En me dépêchant un peu, j'aurai fini ma traduction vers le 15 décembre, il me restera dix jours pour me consacrer à Noël et prouver à cette *pimbêche* de Sophie que je ne suis pas une potiche ! »

Peut-être pourrait-elle aller passer une journée à Paris et y dénicher de jolies petites choses dans les boutiques de son ancien quartier de Montmartre. Elle en profiterait pour jeter un coup d'œil au studio. Tant qu'elle n'aurait rien arrêté de définitif avec Alban, elle préférait conserver cet endroit comme pied-à-terre, cependant c'était une dépense stupide.

« Le prix de ta lâcheté... »

Rien ne l'empêchait de réveiller Alban tout de suite, de lui dire d'allumer, de s'asseoir et d'écouter ce qu'elle avait à lui annoncer. Elle caressa cette idée un moment avant de sombrer dans le sommeil à son tour.

— Je sais que ça paraît fou, s'entêta David, mais tout ce que Jo m'a prédit s'est toujours réalisé !

Il alla fermer la porte de communication avec le reste de l'agence et fit signe à Alban de s'asseoir.

— Franchement, cette vente aurait dû m'échapper, nous étions plusieurs sur le coup et je n'étais pas le mieux placé. Dans ma tête, j'avais fait une croix sur l'affaire, et voilà que la propriétaire, une espèce d'originale comme j'en ai rarement vu, se prend de sympathie pour mon client ! Alors qu'elle avait deux propositions plus intéressantes, c'est avec lui et personne d'autre qu'elle a voulu signer, parce qu'ils sont natifs du même hameau perdu ! Tu te rends compte ?

— Et Jo savait tout ça ? s'enquit Alban avec un sourire incrédule.

— Pas les détails, non. Quand je vais la voir, je ne lui parle pas de mes soucis professionnels, figure-toi. C'est elle qui m'a demandé si j'étais sur un gros coup, et elle m'a affirmé que j'allais conclure. A ce moment-là, ça n'en prenait pourtant pas le chemin !

— Peut-être a-t-elle voulu te faire plaisir ?

— Arrête, Alban. Ta grand-mère a un don, voilà tout. Faut-il que je te rafraîchisse la mémoire ? Tu ne te souviens pas de cette course d'orientation ?

Alban acquiesça, un peu à contrecœur. Oui, Joséphine avait parfois des prémonitions, comment aurait-il pu le nier ? L'incident auquel David faisait référence s'était produit un dimanche, alors qu'ils étaient adolescents. Ils devaient tous repartir en pension le lendemain matin, et Jo était arrivée dans la chambre d'Alban, un peu essoufflée d'avoir grimpé les deux étages en vitesse. Elle avait demandé aux quatre garçons, lancés dans une partie de cartes, si une sortie était prévue en forêt durant la semaine à venir. David et Alban avaient répondu que leur classe organisait une course d'orientation, alors Joséphine était devenue toute pâle et leur avait fait promettre solennellement de ne pas y aller. « Trouvez un prétexte, les garçons, n'importe quoi, mais ne vous parjurez pas ! » Quand elle parlait sur ce ton-là, personne ne cherchait à la contredire. David et Alban s'étaient inclinés, passant la matinée du mardi à l'infirmerie de la pension, prétendument atteints d'une intoxication alimentaire. Pendant ce temps-là, en forêt, un orage avait surpris les vingt-trois élèves et les deux professeurs d'éducation physique. Un arbre était tombé juste à l'endroit où ils se trouvaient, blessant grièvement un garçon de quinze ans.

— Depuis ce jour, rappela David, je n'ai jamais mis en doute les avertissements de ta grand-mère. Jamais !

— Je sais, soupira Alban. Mais elle ne me dit rien, il n'y a qu'à toi qu'elle...

Il s'interrompit, se ravisa.

— Remarque, elle avait bien essayé de me joindre le jour où j'ai eu mon accident. Il n'y avait pas de message, j'ai trouvé la trace de son appel en absence quelques jours plus tard, à l'hôpital. De toute façon, j'étais déjà en vol à ce moment-là. Et puis, peut-être voulait-elle tout autre chose. Nous n'en avons jamais reparlé.

L'esprit rationnel d'Alban n'appréciait pas l'inexplicable, et les dons de Joséphine le mettaient mal à l'aise. Pour changer de sujet, il regarda autour de lui avant d'émettre un petit sifflement admiratif.

— Tu prospères ou je rêve ?

— L'agence se porte bien, admit David avec un sourire.

— Elle se portait déjà bien du temps de ton père, mais la déco laissait un peu à désirer. Maintenant, ton bureau est magnifique !

— Ce mobilier m'a coûté les yeux de la tête. Tu as vu la qualité du bois, l'épaisseur de la moquette ? De nos jours, les clients ont besoin de ça pour être rassurés. La profession est envahie de filous et d'incompétents, ce qui commence à se savoir, alors les gens se méfient, ils retournent chez les notaires ! Heureusement pour moi, je connais tout le monde et tout le monde me connaît. L'agence Leroy existe depuis soixante ans, elle est toujours à la même place, et nous ne traînons pas une seule casserole derrière nous. Qui dit mieux ?

— Pas moi, tu peux cesser ton numéro de bateleur.

David se mit à rire avant de lever les yeux au ciel.

— Tu ne m'as jamais pris au sérieux, Alban. Pourquoi ?

— Parce que tu es gai.

La réponse intrigua David qui médita quelques instants.

— Etre gai ne m'empêche pas d'avoir les pieds sur terre. Je me fais du souci pour toi, tu le sais ?

— Oui.

— Tu t'en fiches ?

— Pas du tout. Mais je vais très bien, je ne suis ni convalescent ni déprimé. Pourquoi n'aurais-je pas le droit de prendre une année sabbatique pour souffler sans que ce soit suspect ?

— Pas suspect, juste casse-gueule. Tout a changé dans ta vie, absolument tout, ne me dis pas que c'est sans conséquence. Même si ça doit déboucher sur un mieux, la période de transition est toujours difficile.

— Mieux que quoi ? ricana Alban.

— Oh, écoute, devenir pilote de ligne, c'était un rêve de gosse ! Tu l'as réalisé, parfait, maintenant tu n'as qu'à passer à autre chose. Et à ce propos, tiens, j'ai une question à te poser.

— Vas-y. Au point où on en est...

— Qu'est-ce que tu attends pour épouser cette adorable Valentine ?

— D'avoir autre chose à lui offrir qu'un mec au chômage et une baraque en chantier. D'ailleurs, je t'ai déjà expliqué que je ne la sens pas très motivée pour des noces.

— Tu crois ?

— Ce n'est pas une fille conventionnelle, David. Par exemple, elle a conservé son studio à Montmartre.

— Et alors ?

— Alors, ça me donne l'impression d'être à l'essai. Mais je veux bien subir la période probatoire, pas de problème.

— En tout cas, ne perds pas cette femme, tu n'es pas près d'en trouver une autre de ce calibre !

— Tu prêches un convaincu.

Ils échangèrent un nouveau sourire, puis David ébaucha un geste d'excuse en désignant l'agenda ouvert sur son bureau.

— J'ai un rendez-vous, mon client doit être arrivé.

Alban se leva aussitôt, conscient d'avoir abusé du temps de son ami en pleine matinée.

— Fais de bonnes affaires ! lui lança-t-il avec un petit signe de la main.

Lorsqu'il traversa l'agence, il vit du coin de l'œil la secrétaire pendue au téléphone, deux négociateurs qui travaillaient sur leurs ordinateurs, un couple qui discutait avec entrain dans le coin salle d'attente. Beaucoup d'animation pour une journée de fin novembre à Trouville. David réussissait bien dans son métier, même s'il avait juré ses grands dieux, à l'époque de la pension, qu'il ne serait *jamais* agent immobilier. Alban avait effectivement réalisé son rêve d'enfance, pas David, mais qui était le plus heureux des deux aujourd'hui ?

« Il a suivi le chemin paternel, il est rentré dans le rang, et au bout du compte ça lui convient très bien. Pour les frangins et moi, il n'y avait rien à suivre, la fabrique de porcelaine était passée à la trappe depuis longtemps quand nous avons choisi nos métiers. »

Colas n'avait rien choisi, en réalité, il s'était laissé porter par les hasards de la vie. Mauvais élève aux Beaux-Arts, il avait intégré une école de stylisme et rencontré Malaury. Avec davantage de moyens, il aurait adoré faire un tour du monde, s'imprégner d'autres cultures. Alban lui avait offert plusieurs voyages grâce à ses facilités sur les vols d'Air France, et Colas en était toujours revenu ébloui, l'esprit ouvert et des idées plein la tête. Longtemps, Gilles avait dit du benjamin : « Il mûrira. » En avait-il besoin ? Doux rêveur, éternel curieux, il avait fait frémir ses frères en décidant d'ouvrir cette improbable boutique. Quelques années plus tard, tout le monde s'en félicitait.

Alban se dirigea vers le port où il resta un moment à observer les bateaux de pêche. Il faisait froid mais un rayon de soleil éclairait le quai et argentait le dos des poissons dans les caissettes. Il acheta de quoi faire une petite friture d'éperlans puis regagna la Twingo. Au moment où il démarrait, son téléphone portable sonna et il se remit au point mort.

— Alban ! s'exclama la voix surexcitée de Gilles. Devine à qui je viens de parler ?

— Aucune idée. Au garde des Sceaux ?

— Au toubib dont le nom figurait sur le formulaire de placement !

— Tu l'as retrouvé ? s'étonna Alban.

— Pas facilement, crois-moi. Il est un peu gâteux, mais par miracle il se souvenait des parents parce que le nom d'Espérandieu l'avait frappé. Bref, d'après lui elle aurait vraiment dû être internée. Comme j'ai pris des notes, je te le cite mot pour mot : « C'était un couple étrange. Le mari semblait à peine plus équilibré que sa femme. »

— Quoi ?

— Textuel. Mais les psychiatres sont souvent plus atteints que leurs patients. Il avait quitté la région pour s'installer dans le Sud quand le drame s'est produit et il ne l'a su que bien plus tard, par un confrère.

— Il t'a donné d'autres détails sur elle ?

— Pas grand-chose. Il a tout de même évoqué la schizophrénie. Une division de la personnalité...

— Et on nous aurait caché ça ?

— Apprendre qu'on avait une mère barge nous aurait avancés à quoi ?

A travers son pare-brise, Alban regardait distraitement le quai. Des mouettes tournaient au-dessus des bateaux tandis que des nuages s'amoncelaient, masquant le soleil.

— J'ai pris rendez-vous avec un ami médecin, ajouta Gilles. Il faut vraiment que je sache si... Bon, je te laisse, j'ai du boulot par-dessus la tête. Le chantier avance ?

— Ils viennent de commencer.

— On ne viendra pas ce week-end, mais sûrement le suivant.

— D'accord. Tiens-moi au courant.

— Toi aussi. Salut, commandant !

L'expression lui avait échappé et il marmonna une phrase incompréhensible avant de raccrocher. Lâchant un soupir, Alban rangea son portable. Toute cette histoire le dérangeait, comme beaucoup d'autres choses en ce moment. Il s'aperçut qu'il n'avait pas vraiment envie de rentrer au paquebot, il aurait préféré une promenade sur la plage à marée basse, mais l'heure du déjeuner approchait et Valentine devait l'attendre. Après un dernier regard en direction de la mer, il se décida à démarrer.

La bonne nouvelle de l'après-midi fut annoncée par le chauffagiste : il suffirait de remplacer le brûleur pour que la chaudière, après une bonne révision, tienne encore quelques années. De leur côté, les électriciens coupaient et remettaient le courant sans prévenir, arrachaient des baguettes de bois d'où pendaient des fils en tissu effiloché, s'affairaient sur les tableaux de fusibles hors d'âge. A l'idée que, dès le lendemain, le plombier viendrait se joindre à cette activité de ruche, Alban se sentait à la fois découragé et très excité. Surveiller ce chantier qu'il avait initié lui faisait prendre possession de la villa de façon concrète. Il regardait d'un œil neuf des papiers peints qu'il avait toujours connus mais pas choisis, découvrait des détails ignorés jusque-là, s'émerveillait de l'imagination de l'architecte qui avait conçu la villa à son origine. Aucune fenêtre n'était exactement semblable à une autre, chaque parquet possédait un dessin différent, toutes les cheminées étaient savamment décorées. En se promenant de pièce en pièce, des images de son enfance lui revenaient, tandis que la liste de tout ce qu'il aurait voulu faire s'allongeait.

A six heures, après le départ des ouvriers, il fila chez Joséphine qu'il trouva en train de se balancer dans son rocking-chair, face à la porte de la cuisine.

— Quelle agitation, aujourd'hui ! lui lança-t-elle. Es-tu bien sûr de toi, Alban ?

Contrariée, elle le toisait sans indulgence.

— Vous êtes vraiment des têtes de bois, tes frères et toi. Vous allez vous ruiner pour rien.

— On ne se ruine pas, Jo. On ne fait que l'essentiel, l'indispensable.

Il alla l'embrasser, la serra contre lui, proposa de faire chauffer de l'eau pour le thé.

— Qu'est-ce qui t'embête ? demanda-t-il en branchant la bouilloire. Il y a trop d'allées et venues, trop de bruit ?

— Non, je suis tranquille dans mon coin. Mais je maintiens que tu dépenses ton argent en pure perte. Tu veux vraiment habiter là pour toujours, *mourir* là ?

— Je n'en sais rien. J'y suis bien… Si tu n'es pas d'accord, explique-moi pourquoi je devrais m'y sentir mal.

Se retournant brusquement, il plongea son regard dans celui de sa grand-mère.

— Dis-moi, insista-t-il.

Ils restèrent une longue minute les yeux dans les yeux, comme s'ils se surveillaient mutuellement.

— Les maisons ne portent pas malheur, déclara enfin Alban, ce sont les gens qui font leur malheur eux-mêmes. Je me trompe ?

— Je ne sais pas de quoi tu parles, répliqua-t-elle d'un air buté. Ebouillante donc la théière.

Elle ne semblait pas en veine de confidences, pourtant il s'obstina.

— Vu ton acharnement à me décourager d'habiter le paquebot, y a-t-il quelque chose que j'ignore et que je devrais savoir, Jo ?

Il eut la nette impression d'avoir touché un point sensible. Joséphine secoua la tête, les lèvres serrées sur une réponse qu'elle ne voulait pas donner.

— Hello ! s'exclama Valentine en entrant. Tiens, nous avons eu la même idée, je viens pour une tasse de thé.

Déçu, Alban vit le sourire affectueux que les deux femmes échangeaient. Elles avaient pris l'habitude de bavarder un moment chaque jour, ce dont il se réjouissait, mais l'intrusion de Valentine à cet instant précis le privait d'une éventuelle réponse de Joséphine. La jeune femme dut le deviner car elle demanda, d'une voix hésitante :

— Je vous dérange, peut-être ?

— Pas du tout, ma jolie, affirma Jo.

Ses yeux brillaient de malice. Pour elle, l'arrivée de Valentine était un soulagement. Alban rajouta une tasse et posa le plateau sur la table.

— Je vous laisse bavarder, dit-il très vite.

Il s'en voulait de sa mauvaise humeur mais n'avait pas envie de rester entre elles deux.

— Puisqu'ils sont tous partis, je vais jeter un coup d'œil sur ce qu'ils ont fait aujourd'hui, ajouta-t-il en guise d'explication.

Evitant le regard de Valentine, il attrapa son blouson et sortit. Face à lui, le paquebot était éteint, sa silhouette massive se profilant sur le ciel étoilé. Par habitude d'économie, Valentine ne laissait aucune lumière allumée derrière elle, même si elle ne sortait que pour cinq minutes. Il pénétra dans le hall où il fut surpris par le froid, avant de se souvenir que le nouveau brûleur n'était pas encore monté, et qu'en conséquence il n'y avait pas de chauffage. Comment Valentine avait-elle pu travailler dans ces conditions, immobile derrière son bureau ? Pourquoi n'était-elle pas partie se promener, ou encore se réfugier bien plus tôt chez Joséphine ?

Il gagna l'office, ouvrit la porte extérieure et emplit le panier à bois. Puis il prépara une belle flambée dans la cheminée de la cuisine, sachant que Valentine aimait se tenir là, dos aux braises. Ensuite, il arpenta le rez-de-chaussée, détaillant distraitement les progrès du chantier. Peut-être aurait-il dû écouter Gilles et charger un entrepreneur de coordonner les travaux ? De toute façon, même en mettant les choses au mieux, il y en avait pour plusieurs semaines de bruit et de désordre, il aurait le temps de prendre conseil s'il se sentait en perdition.

Au pied de l'escalier, il se sentit vraiment gelé et il monta jusqu'à sa salle de bains pour enfiler un gros pull irlandais sur son col roulé. Le parfum de Valentine flottait dans l'air, ce qui le fit sourire. Au contraire de tout ce qu'il avait pu s'imaginer, vivre avec une femme le comblait. Il aimait voir des marques de sa présence comme son peignoir accroché à une patère ou ses innombrables flacons sur le bord de la baignoire. Il aimait se réveiller à côté d'elle, faire l'amour avec elle n'importe où dans la maison, partager un petit déjeuner au lit quand il avait le courage de monter un plateau. Et il devait bien s'avouer qu'aujourd'hui, il aurait du mal à se séparer d'elle, même pour quelques jours, s'il était encore pilote.

Il s'apprêtait à descendre, cependant il hésita sur le palier, soudain frappé d'une idée insolite. La tête levée vers le troisième étage, il resta immobile quelques instants. C'était là-haut que leur mère s'était suicidée, pourtant ni lui ni ses frères n'y faisaient jamais allusion. En fait, ils n'y *pensaient* pas, tout simplement. Certes, le drame était vieux de vingt-cinq ans, mais, en y réfléchissant, Alban s'étonna de leur étrange indifférence, à l'époque. Ils n'étaient plus montés au grenier les premiers temps, d'ailleurs, ils n'avaient eu aucune raison particulière d'y aller, puis l'oubli était venu.

Résolument, Alban gravit les marches jusqu'au troisième. Un couloir desservait les petites chambres de service transformées en débarras et, tout au bout, une porte ouvrait sur un escalier de fer conduisant au grenier. Pourquoi Marguerite était-elle allée sous les toits pour mettre fin à ses jours ? Quitte à se tirer une balle dans la tête, elle pouvait le faire n'importe où ! Sauf si, dans sa crise de démence, elle avait songé à se jeter dans le vide, ou bien à se pendre à une poutre de la charpente. Mais non, elle avait pris un revolver avec elle, l'une des armes de son mari, car Félix en possédait plusieurs. Après leur mort, Antoine s'était empressé de liquider cette maudite collection, bien entendu.

Devant la porte du grenier, Alban hésita de nouveau. Pourtant, il n'avait éprouvé aucune réticence lorsqu'il était monté ici la dernière fois, obnubilé par l'état des tuiles. Mais il faisait grand jour et c'était avant la découverte du portefeuille, avant de comprendre que leur mère était sans doute atteinte d'une maladie mentale.

Sous ses pieds, les marches de métal se mirent à vibrer de façon sinistre. Les enfants devaient se faire de grosses frayeurs en grimpant ici ! A tâtons, il trouva l'interrupteur. Une ampoule nue, couverte de poussière, éclaira chichement une partie du grenier. Le reste se perdait dans l'ombre, jusqu'au bout de la maison. Cet étage n'était pas aménageable car on ne pouvait se tenir debout qu'au milieu, en raison de la très forte pente des toits et de leurs différences de niveau.

— Vraiment tarabiscoté, ce paquebot, marmonna Alban.

Le son de sa voix lui parut plat et incongru. Il regarda autour de lui sans savoir ce qu'il cherchait ni pourquoi il était là. Colas avait fait remarquer qu'aucun d'eux trois ne parvenait à dire « maman » facilement, et il s'était aussi reproché son manque de chagrin réel le jour de l'enterrement.

Ne dites rien aux garçons, Colas n'en a aucun souvenir... A quoi leur père faisait-il référence dans son brouillon de lettre ? Une question à laquelle il faudrait bien trouver une réponse, malgré toute la mauvaise volonté de Joséphine. Il s'agissait de l'histoire de leur famille, de leurs parents, ils avaient le droit de savoir. Si Gilles se faisait du souci pour le facteur génétique, et si Colas préférait ne pas y penser, pour sa part, Alban commençait à ressentir une immense curiosité.

— Il va falloir tout nous raconter, Jo !

A quel endroit précis Marguerite s'était-elle donné la mort ? Subsistait-il une trace de son geste sur ce plancher de bois brut ? Et pourquoi désirait-elle en finir puisque Félix l'aimait comme un fou ?

Un grincement lui fit faire volte-face et il vit la tête de Valentine apparaître en haut de l'escalier de fer.

— Je t'ai appelé, reprocha-t-elle.

— On n'entend rien ici. Je jetais juste un coup d'œil au toit, mais il est en bon état, tout va bien.

— Et tu vois quelque chose avec cet éclairage lugubre ?

A l'évidence, elle ne croyait pas à son mensonge. Il la rejoignit et lui fit signe de descendre.

— Allons-nous-en, il fait plus froid ici que partout ailleurs.

Il n'avait pas l'intention de l'ennuyer avec ses doutes, avec ce qu'il prenait pour un secret peut-être inavouable. L'un derrière l'autre, ils gagnèrent le rez-de-chaussée en silence, et ce ne fut qu'une fois arrivée dans la chaleur rassurante de la cuisine que Valentine lâcha d'un ton sec :

— Tu es bizarre, aujourd'hui !

Oui, il devait l'être mais ne tenait pas à expliquer pourquoi. Devant l'évier, il enleva ses lunettes, les passa sous l'eau pour ôter une toile d'araignée qui s'était accrochée à l'une des branches.

— J'ai vraiment eu l'impression d'arriver comme un cheveu sur la soupe chez Jo, tout à l'heure.

— Non, penses-tu...

— Alban !

Il se retourna, vit qu'elle était en colère.

— Si on essayait de passer une bonne soirée ? proposa-t-il avec un sourire conciliant.

— Tu me prends pour une idiote, c'est très désagréable !

Remettant ses lunettes, il fit deux pas vers elle, lui ouvrit les bras.

— Viens, ma Valentine.

— Je ne veux pas que tu me câlines, je veux que tu me répondes. Pourquoi ne me parles-tu pas de tes soucis ? Tu es quelqu'un de très secret, Alban, et moi, j'ai besoin de partage. Ce n'est pas facile de vivre ici avec toi qui ne dis rien !

Il laissa retomber ses bras, consterné parce qu'elle venait de prononcer la phrase qu'il redoutait. *Pas facile de vivre ici.*

— Je n'aurais pas dû t'entraîner dans cette galère, murmura-t-il. Peut-être n'étions-nous pas prêts ?

Il disait « nous » pour ne pas avoir l'air de l'accuser mais elle réagit violemment.

— Pas prêts ? Tu te demandes pourquoi tu t'es encombré d'une femme, c'est ça ? Je ne prends pourtant pas beaucoup de place !

Elle avait les larmes aux yeux et son menton tremblait.

— Tu ne m'encombres pas, chérie, et tu peux prendre toute la place que tu veux, nous n'en manquons pas. Mais tu étais habituée à une existence de Parisienne avec les boutiques, les bistrots, les copains, des lumières partout dans les rues, un studio surchauffé, le cinéma au pied de l'immeuble... Je n'ai pas grand-chose de ce genre à t'offrir.

— Je ne te le demande pas !

— Tu ne demandes rien, tu n'es pas beaucoup plus bavarde que moi. Ecoute, si on s'est trompés, n'en faisons pas un drame.

— Trompés de quoi ? s'écria-t-elle, de nouveau hors d'elle. Trompés de partenaire ?

— Valentine, soupira-t-il.

Il s'angoissait tellement à l'idée qu'elle pourrait faire ses valises, partir et disparaître, qu'il ne se rendait pas compte de sa maladresse, du malentendu dans lequel il s'enlisait.

— Laissons-nous encore une chance, plaida-t-il. Attendons un peu.

— Oh, mon Dieu, souffla-t-elle, c'est tout ce que tu me proposes ?

Elle quitta la cuisine à grands pas, claquant violemment la porte derrière elle.

5

Penché en avant, les coudes sur les genoux et le menton dans les mains, Gilles écoutait son ami Bertrand avec un intérêt grandissant.

— Une des définitions de la schizophrénie est : « psychose chronique altérant profondément la personnalité ». De façon plus simple, disons que le malade cesse de communiquer avec le reste du monde pour se perdre dans un chaos imaginaire.

— Alors on peut être normal à vingt ans et atteint à trente ?

— Certains facteurs favorisent l'éclosion de la psychose. Ensuite, elle évolue de façon progressive. Les troubles du comportement qui en découlent sont souvent mis sur le compte de l'originalité, de la contestation... Au début, l'entourage pense rarement à une véritable maladie psychiatrique.

— Le caractère se modifie ?

— Insidieusement. Des symptômes comme une humeur morose, une tendance à l'isolement ou encore une certaine hostilité au milieu familial n'ont rien de très alarmant. Pourtant, quand on en arrive à la crise de dépersonnalisation anxieuse et à l'incohérence affective, le geste suicidaire n'est pas loin.

Gilles se redressa, soupira, s'agita sur son fauteuil. Tout ce que lui disait ce médecin augmentait son anxiété, et il répugnait à lui poser la question fatidique.

— De toi à moi, dit-il en cherchant ses mots, peut-on considérer que... qu'il y a un risque si on est apparenté à un schizophrène ?

Le psychiatre le dévisagea longuement avant de demander, avec beaucoup de douceur :

— De qui me parles-tu, Gilles ? Depuis le début de cette conversation tu utilises des « si », des « supposons » qui ne trompent personne, tu le sais bien. Dis-moi de qui il est question, ça restera entre les murs de mon cabinet.

— De ma mère, avoua Gilles du bout des lèvres. Elle s'est suicidée quand j'avais dix-sept ans.

Bertrand hocha la tête et laissa passer un silence.

— Elle n'était pas soignée, à l'époque ?

— Il semble que mon père s'y opposait.

— Pourquoi ?

— Par amour, j'imagine. Il devait redouter la séparation, à moins que la perspective des traitements de choc...

— C'est caricatural, Gilles ! Les asiles d'aliénés étaient fermés depuis longtemps, plus de camisoles, plus d'électrochocs. En tout cas, sa maladie était donc détectée, identifiée ?

— Oui. Nous avons retrouvé récemment un formulaire de placement sur lequel figure l'avis des médecins.

— Je vois.

Bertrand le considérait sans expression particulière, conservant une neutralité très professionnelle.

— Et comment réagissiez-vous à son état, tes frères et toi ?

— Nous n'en avions pas conscience. Nous étions en pension tous les trois, personne ne nous a rien dit, on ne s'est rendu compte de rien. Mes grands-parents, et même mon père, nous protégeaient énormément, ils ont préféré garder le secret.

— Dommage, les secrets de famille sont les pires des poisons.

Un nouveau silence s'installa, plus long que le précédent.

— Qu'attends-tu de moi ? reprit enfin Bertrand.

— Eh bien… Ce qui me préoccupe est l'aspect héréditaire de la maladie.

Il avait réussi à le formuler d'une voix à peu près neutre mais son cœur se mit à battre plus vite en attendant la réponse.

— Le risque de schizophrénie est notablement plus élevé lorsqu'on est apparenté à un schizophrène. Sur l'ensemble de la population, la fréquence de la maladie est d'à peine un pour cent. On monte à environ dix pour cent chez les frères et sœurs. Pour les enfants d'un parent schizophrène, le risque varie de sept à seize pour cent.

— C'est énorme !

— Si c'est pour toi que tu t'inquiètes, précisa Bertrand avec un sourire rassurant, la maladie se révèle entre quinze et trente-cinq ans, or tu me sembles y avoir échappé.

— Et mes enfants ?

Le cri du cœur de Gilles trahissait toute son angoisse. Redevenu grave, Bertrand eut un geste vague.

— Difficile à dire. Avant tout, il te faudrait la certitude que le diagnostic, à l'époque, a été correctement établi. La psychiatrie évolue en permanence… Je ne peux te donner aucune certitude, n'ayant pas étudié le cas moi-même avec les techniques d'aujourd'hui. Tous les gens qui se suicident ne sont pas forcément des malades. D'autre part, ni toi ni tes frères n'avez de symptômes, et comme vous êtes arrivés à la quarantaine, c'est bon signe. Maintenant, à mon avis, tu devrais t'intéresser aussi à la famille de Sophie. Savoir s'il y a des antécédents de son côté, ce qui multiplierait le risque. Interroge-la à ce sujet.

— Tu es fou ? protesta Gilles.

L'expression les fit rire tous les deux, détendant l'atmosphère.

— Tu connais Sophie, elle me reprochera de lui avoir caché la vérité alors que je l'ignorais ! Avec elle, le problème est qu'elle pourrait revenir là-dessus cinquante soirs de suite. Pire encore, elle irait jeter ça à la figure de ma grand-mère paternelle, qui n'y est pour rien.

— Tu as toujours ta grand-mère ? s'étonna Bertrand.

— Oui, une femme formidable que nous adorons mais qui, à quatre-vingt-quatre ans, n'a pas besoin qu'on vienne l'embêter avec de vieilles histoires. Quoi qu'il en soit, en ce qui concerne Sophie, elle m'a raconté la vie de toute sa famille par le menu, il n'y a pas de cinglés chez eux.

— *Cinglés ?*

— Malades mentaux, si tu préfères.

— Le choix des mots est important dans ma profession.

— Dans la mienne aussi !

Ils rirent de nouveau, puis Gilles se leva.

— Je t'ai fait perdre assez de temps comme ça.

Bertrand se leva pour le raccompagner vers une porte qui n'était pas celle de la salle d'attente.

— Les gens ne se croisent pas, expliqua-t-il, c'est mieux.

En se serrant la main, ils échangèrent un regard plus sérieux.

— Si tu as d'autres choses à me demander, Gilles, n'hésite pas.

— Je le ferai.

Il sortit en hâte, soudain pressé de quitter l'endroit. Bertrand était un ami, mais désormais, ne le regarderait-il pas autrement ? Il regrettait presque de lui avoir confié son histoire, d'autant plus qu'il n'avait obtenu que des réponses vagues.

« Tous les psys sont fumeux ! »

Qu'avait-il espéré de cet entretien ? Entendre que Louis, Paul et Anne ne craignaient strictement rien ? Il ne s'agissait pas d'un virus ni d'un microbe, il n'existait pas de vaccin. C'était plus compliqué, plus insidieux, et Gilles allait devoir apprendre à vivre avec ce petit doute au fond de sa tête.

« Mais sans surveiller mes enfants à la loupe, sinon c'est moi qui les rendrai fous ! »

Marchant à grands pas vers la station de taxis, il essaya de se concentrer sur l'affaire qu'il devait plaider dans moins de deux heures au Palais de justice.

Assise tout au bord du canapé transformable, Valentine se sentait en visite dans son propre studio. En entrant, elle l'avait trouvé minuscule, sombre, glacial. Après avoir allumé le radiateur électrique et l'halogène, elle était restée un moment à tourner entre les quatre murs comme un hamster dans sa cage. Parce qu'elle n'avait laissé que le strict minimum, la pièce ressemblait à une impersonnelle chambre d'hôtel. Comment avait-elle pu s'y plaire, vivre et y travailler durant des années ?

Elle se leva et passa derrière le comptoir qui dissimulait la kitchenette. Sur une étagère, des sachets de thé et de café soluble voisinaient avec deux bols. Elle mit de l'eau dans la bouilloire, la brancha.

Que faisait-elle ici ? Pourquoi cette subite crise de colère ? La veille, lorsqu'elle était montée se coucher après avoir laissé Alban tout déconfit dans la cuisine, elle avait pleuré. Réfugiée sous la couette, elle s'était répété tous les détails de leur dispute sans parvenir à se consoler. Il avait dit des choses effrayantes, dont la pire était : « Si on s'est trompés, n'en faisons pas un drame. » Cette petite phrase avait été une véritable douche froide pour elle. Voyait-il leur histoire comme une simple erreur de parcours ? A force de se tourner et de se retourner, certaine qu'elle ne parviendrait jamais à s'endormir, elle avait pourtant fini par sombrer dans un sommeil sans rêve. Vers minuit, elle s'était réveillée en sursaut, toujours seule dans le grand lit. Alban dormait-il dans une autre chambre ? Elle avait failli descendre le chercher mais s'était ravisée. S'il préférait ne pas la rejoindre, elle n'allait pas le supplier ! Une réconciliation sur l'oreiller ne changerait rien au fait qu'il regrettait de l'avoir « entraînée dans cette galère » et qu'il n'avait « rien à lui offrir ».

Repenser à ces mots la rendit de nouveau triste. Elle versa l'eau bouillante sur la poudre de café et mit ses mains autour du bol. D'où elle était, elle voyait que la fenêtre aurait eu besoin d'être nettoyée. Quelques semaines d'absence avaient complètement changé sa perception du lieu et elle se demandait pourquoi elle continuait à payer un loyer. Si elle restait avec Alban, elle n'avait pas besoin de ce studio, et si elle le quittait, elle ne voudrait plus vivre ici.

En se réveillant, ce matin, elle avait vu qu'il était à côté d'elle et qu'il la regardait. Son sourire inquiet, presque intimidé, aurait dû la faire fondre, au lieu de quoi elle s'était levée d'un bond, annonçant qu'elle partait *souffler* deux jours à Paris.

— Il n'a rien fait pour m'en empêcher ! marmonna-t-elle.

A présent, elle était là, dans ce qui aurait dû être son refuge, mais elle s'y sentait très mal. Elle retourna vers le canapé, fouilla dans son sac. L'écran de son portable n'affichait aucun message en attente.

— Il s'en fout, en plus...

Mais elle n'y croyait pas vraiment. Pas Alban, pas lui, il n'avait pas pu mentir à ce point-là.

Elle retourna au comptoir, posa le *portable* à côté du bol. Puisqu'elle avait décidé de s'en aller, c'était à elle d'appeler, d'annoncer ses intentions. Il ne s'en moquait sûrement pas, non, il devait être triste et se faire du souci. Elle l'imagina errant dans sa trop grande maison. Une maison si vaste qu'elle réduisait ce studio à la taille d'un placard à balais.

« On s'habitue vite au luxe, hein, chérie ? » aurait dit sa mère de sa voix cynique. Valentine ne la voyait plus depuis longtemps, elle se contentait de lui envoyer une carte de temps à autre, sans jamais obtenir de réponse.

La sonnerie du portable la fit sursauter si fort qu'elle lâcha le bol. Il se fracassa sur le carrelage, dans une grande flaque de café qui éclaboussa ses mocassins. Affreusement déçue, elle constata que le numéro affiché était celui de son éditeur.

A la même heure, David et Alban sirotaient une coupe de champagne au *Normandy*. Installés dans deux fauteuils confortables, devant les boiseries mythiques du plus élégant des bars de Deauville, ils bavardaient à voix basse.

— Tu peux y réfléchir tant que tu veux, il n'y a pas d'urgence, répéta David. Mais au moins, promets-moi d'y penser.

— D'accord, d'accord...

— Parce que ce serait une bonne solution, et que tu n'en as pas beaucoup d'autres. Pas si proche, pas autant dans tes cordes !

En bon commercial, il savait se montrer persuasif, s'acharnant à forcer les défenses d'Alban.

— Mon beau-frère prend sa retraite dans six mois, c'est juste le délai qu'il te faut pour en avoir fini avec tes travaux et avec ton année sabbatique, par ailleurs bien méritée. A ce moment-là, tu verras, tu auras envie de bosser.

— J'en ai envie, David. Seulement ce n'est pas du tout le genre de travail...

— Le genre ? Tu serais dans les avions jusqu'au cou ! Entre les vols commerciaux et les vols privés, il y a eu cent cinquante mille passagers l'année dernière. Tu imagines ? L'aéroport de Deauville-Saint-Gatien n'est pas Roissy-Charles-de-Gaulle, je te l'accorde, mais ce n'est pas non plus un aéroclub de campagne. Il y a même une station météo satellite !

— Je sais tout ça. Les deux rendez-vous avec ton beau-frère ont été très cordiaux, il m'a fourni des données précises et s'est montré ouvert dans la discussion. Mais je ne suis pas forcément le candidat idéal aux yeux de la chambre de commerce et d'industrie qui gère la plateforme.

— Va les voir, mets-toi sur les rangs.

— Il faut des qualifications que je n'ai pas.

— Obtiens-les, alors !

David venait de taper du poing sur la table, et Alban retint de justesse sa coupe vide. Par chance, il y avait peu de clients, même le barman n'avait pas cillé derrière son comptoir d'acajou.

— Tu n'auras pas une aussi belle opportunité avant longtemps, conclut David. On reprend une tournée ?

— Non, je dois rentrer.

Ils se disputèrent encore pour savoir qui réglerait l'addition, puis ils gagnèrent la sortie.

— J'adore cet hôtel, soupira Alban. Le *Normandy* est vraiment l'âme de Deauville, j'en rêvais quand j'étais gosse mais les parents ne nous y ont jamais emmenés.

— Tu n'auras qu'à y passer ta nuit de noces avec Valentine !

La plaisanterie n'arracha pas l'ombre d'un sourire à Alban. Il salua David et se hâta vers sa Twingo. Depuis la veille au soir, Valentine occupait toutes ses pensées, il n'arrêtait pas de se demander pourquoi elle s'était mise en colère. Parce qu'il se montrait peu disponible entre son chantier et les innombrables questions soulevées par la découverte du portefeuille ? Oui, il avait parfois la tête ailleurs, il en était bien conscient, mais il ne voulait accabler personne avec ses soucis. Jusqu'ici, hormis à Joséphine lorsqu'il était jeune, il n'avait pas eu l'habitude de se confier. Trop indépendant et trop solitaire pour se livrer, il gérait seul ses problèmes et n'aurait jamais eu l'idée saugrenue d'y mêler une femme. Surtout pas la femme qu'il aimait, or c'était justement ce que Valentine lui reprochait.

Il roula lentement pour rentrer, profitant d'une éclaircie qui redonnait des couleurs au paysage. Parfois, il trouvait la région trop verte avec son herbe grasse, trop grise entre un ciel plombé et une mer ardoise, mais aujourd'hui tout était magnifique malgré l'arrivée de l'hiver.

Lorsqu'il s'engagea sur le chemin menant à la villa, il eut une curieuse sensation, faite d'une sorte d'allégresse mêlée d'angoisse. Le soleil et le champagne l'égayaient, mais l'absence de Valentine le perturbait.

— Deux jours… Elle a dit deux jours, elle devrait rentrer demain soir. Ou vendredi matin.

Il rangea la Twingo de manière à ne pas gêner les allées et venues des camionnettes des ouvriers puis, avant de descendre, il jeta un coup d'œil à son portable pour la dixième fois de la matinée.

— Appelle, murmura-t-il. S'il te plaît !

Derrière les carreaux de sa cuisine, Joséphine lui faisait signe, aussi se dirigea-t-il vers la petite maison.

— Je te guettais, expliqua-t-elle. J'ai besoin de toi, je ne m'en sors pas avec ces factures.

Sur la table, il vit des papiers étalés et un chéquier ouvert. Régulièrement, elle essayait de se débrouiller seule, mais finissait par s'y perdre. Depuis des années, c'était Alban qui l'aidait car elle refusait de discuter avec Gilles, le jugeant « assommant » dès qu'il s'agissait d'argent. Entre deux rotations, lorsque Alban venait passer un week-end au paquebot, il s'occupait de tout le courrier en retard, établissait les chèques, expliquait encore une fois comment les mettre avec les TIP dans les enveloppes.

— C'est vrai que je t'ai un peu oubliée, ma pauvre Jo ! Il fallait me le rappeler plus tôt, je suis désolé.

— Maintenant que tu habites ici, je remets toujours à demain, je me dis qu'on a le temps, avoua-t-elle avec un grand sourire.

Ils s'assirent côte à côte et il se mit à classer les courriers par ordre d'urgence.

— Pourquoi ne te débarrasses-tu pas de chaque facture le jour où elle arrive ?

— Parce que je ne sais jamais s'il y a assez d'argent sur mon compte. Je ne comprends rien aux lettres de la banque. Surtout depuis qu'ils ne mettent plus l'équivalence en francs !

Il prit le dernier relevé, l'examina, se référa aux talons du chéquier. Joséphine ne disposait que d'une modeste pension de veuve et n'avait aucun bien hormis cette folle villa. En étudiant ses comptes, Alban avait souvent le cœur serré. Aux yeux de la société, cette femme n'avait pas travaillé, pas cotisé, elle n'avait été que l'épouse d'Antoine Espérandieu, porcelainier en faillite. Pourtant Joséphine était le vrai pilier de la famille. Dissimulant de son mieux les carences de sa bru et de son fils, elle avait élevé ses trois petits-fils, puis, après le double deuil, elle avait porté tout le monde à bout de bras. Lorsque Antoine s'était retrouvé en difficulté financière, elle avait appris à se passer d'aide pour continuer à tenir sa maison. Avec trois grands adolescents qui mettaient du désordre partout, elle ne s'était jamais plainte et avait gardé son sourire indulgent. Fée du logis jusqu'à la mort d'Antoine, elle avait tout assumé sans attendre de reconnaissance de personne. Grandeur et décadence, celle qui avait été à dix-huit ans l'un des plus beaux partis de la région se retrouvait à quatre-vingt-quatre ans presque indigente.

— Jo, tu as toujours la calculette ?

Pour convertir les euros en francs, Alban lui en avait offerte une avec de grosses touches.

— Sur ton relevé, tu prends le chiffre du haut, celui du solde, tu le tapes et tu sais de combien tu disposes.

Mais ce qu'il voyait le consternait. Il chercha un moyen de l'aider sans qu'elle s'en aperçoive. Ses frères et lui réglaient tout ce qui concernait le paquebot, ils pouvaient bien y ajouter l'électricité et le téléphone de leur grand-mère, ça ne ferait pas beaucoup de différence.

— Bon, la taxe d'habitation est pour nous, ça aussi, et encore ça... Ecoute, je prends tout, je le ferai à tête reposée.

— Ta tête est fatiguée ? railla-t-elle.

— Non, mais j'ai faim. C'est l'heure de déjeuner, tu m'invites ?

— Et Valentine ?

— Elle est à Paris pour deux jours.

Sa voix hésitante avait dû le trahir car Joséphine le scruta de son regard perçant.

— Vous ne vous seriez pas disputés, par hasard ?

— Disons qu'on a un peu de mal à se comprendre.

— Elle me paraît très compréhensive, Alban, et elle t'adore.

— Mais elle me trouve trop secret.

— Comme elle a raison ! s'esclaffa la vieille dame. Tu ne sais pas parler, tu gardes tout pour toi.

— Pas toi, peut-être ?

Il avait sauté sur l'occasion offerte et n'allait pas la lâcher.

— Pas toi ? répéta-t-il. Pourquoi ne nous as-tu jamais expliqué certaines choses à propos des parents ?

Sans lui répondre, elle se leva et se dirigea vers la cuisinière.

— Je vais te faire un soufflé au fromage.

— Jo...

— Quoi ? s'énerva-t-elle. Qu'est-ce que tu veux savoir, à la fin ? Ils sont morts, Alban, laisse-les donc en paix ! Et moi aussi, sois gentil.

Sur le point de raconter la découverte du portefeuille de Félix, il se ravisa. Joséphine risquait d'en vouloir aux enfants, ce qui serait très injuste. Il pouvait toujours prétendre qu'il l'avait trouvé lui-même, mais au fond, pourquoi la harceler si elle avait décidé de se taire ? Avec un soupir de regret, il renonça.

— Tes ouvriers sont comme des fourmis laborieuses, dit-elle en regardant par la fenêtre.

Il y avait une trace inhabituelle de dureté dans sa voix. Etait-ce à cause de ces travaux qu'elle n'approuvait pas, ou bien parce qu'elle s'était sentie en danger avec les questions d'Alban ? S'approchant d'elle, il la prit par les épaules.

— Jo, tu me demandes d'être gentil mais je *suis* gentil. Puisque le sujet est tabou, je ne t'en parlerai plus, je ne veux pas te faire de peine.

Sans se retourner, elle leva la main, lui caressa la joue.

— Merci, mon chéri.

Maligne, elle n'avait pas raté l'occasion non plus. Il proposait de se taire, or c'était tout ce qu'elle voulait. En le remerciant, elle scellait leur accord de silence.

— Que fait-elle de beau à Paris, Valentine ? C'est pour son travail ?

— Je suppose.

Il se dirigea vers un placard, prit deux assiettes et commença à mettre le couvert.

— Quel dialogue de sourds, hein ? s'exclama Jo avec un rire très gai. Aucun de nous deux ne veut répondre aux questions de l'autre !

— En fait, elle est un peu contrariée, concéda Alban. Je crois qu'elle a besoin de souffler, de s'éloigner. Quand je pense que David me pousse à la demander en mariage...

— Ce serait très bien.

— Pas maintenant, elle m'enverrait promener.

— Sûrement pas.

— Mais si ! J'ai l'impression qu'elle étouffe avec moi, qu'elle s'ennuie ici, qu'elle s'interroge.

— Oui, elle s'interroge à propos de tes sentiments.

— Elle te l'a dit ?

— Entre les lignes.

Dubitatif, il leva les yeux au ciel, ce qui agaça considérablement sa grand-mère.

— Tu ne t'aperçois donc de rien, Alban ? Ma parole, les hommes sont tous aveugles !

— Moi, j'y ai échappé, ironisa-t-il.

— A quoi ?

— A la cécité.

Elle eut comme un haut-le-corps, abandonna sa casserole et fonça sur lui.

— Oh, mon petit, je ne voulais pas...

D'un geste spontané, elle lui ôta ses lunettes, le prit par la nuque pour l'obliger à pencher la tête et l'embrassa entre les deux yeux.

— Tu te trompes sur toute la ligne, chuchota-t-elle. Va chercher Valentine, je sais qu'elle t'attend. Elle attend autre chose, aussi.

— Quoi donc ?

Joséphine se mordilla les lèvres, parut hésiter, secoua la tête.

— Un enfant, lâcha-t-elle. Elle est enceinte de toi.

Durant deux ou trois secondes, il resta sans réaction.

— Comment le sais-tu ? finit-il par articuler. Elle te l'a dit à toi et pas à moi ?

— Non, elle ne m'a rien dit du tout. Ce sont des choses qui se voient.

— Que *toi*, tu vois ! Ou que tu crois voir !

— J'en suis certaine, Alban, voilà tout.

Elle lui rendit ses lunettes et retourna à ses fourneaux, le laissant complètement désemparé. Valentine, enceinte ? Pourquoi et depuis quand ? Etait-ce la raison de ses sautes d'humeur ? Si vraiment elle attendait un bébé mais n'avait pas jugé bon de le lui annoncer, il n'y comprenait rien. Encore sous le choc, il finit par s'asseoir. Sa grand-mère ne se trompait *jamais*. Ses certitudes se concrétisaient, ses prémonitions se réalisaient. Il ne lui restait plus qu'à se demander ce que cette nouvelle provoquait en lui. De la joie ? De l'angoisse ? Presque un an auparavant, lorsqu'il avait proposé le mariage à Valentine, était-ce pour avoir des enfants ? Non, il voulait seulement lui prouver qu'il l'aimait et il avait été meurtri par son refus ironique, mais il n'avait pas envisagé de bébé à ce moment-là.

Un nouveau-né... Il songea à Sophie. Pour la naissance de Louis, d'Anne puis de Paul, il s'était rendu à la clinique avec des jouets premier âge plein les bras, heureux pour son frère et ravi de voir la famille s'agrandir. Il avait suivi ses neveux de loin mais avec une véritable affection, toujours content de les retrouver le temps d'un week-end. Pour eux, il était l'oncle-qui-conduit-les-avions, celui qui rapportait des cadeaux exotiques et se promenait autour du monde.

— A quoi penses-tu ? lui lança Joséphine. Tu n'es pas sûr de vouloir être père ?

Elle le connaissait trop bien, c'était décourageant.

— Je suis... assommé. J'aime Valentine, je vais aimer avoir un enfant avec elle, mais pourquoi ce mystère ? Elle n'a pas confiance en moi ?

— Elle a peur. Je le devine quand elle me parle d'elle, de la vie, de toi. C'est une jeune femme solide dans sa tête mais fragile dans son cœur.

— Qu'est-ce que je dois faire, d'après toi ? Filer à Paris et lui dire que je suis le plus heureux des hommes ?

— Mais enfin, Alban, tu n'es pas au courant !

L'air outré de sa grand-mère lui donna envie de rire.

— Tu me mets dans une situation impossible, Jo.

Une odeur agréable commençait à monter du four et il s'aperçut qu'il mourait de faim.

— Combien de temps, le soufflé ?

— Encore dix minutes.

— Parfait, je vais téléphoner.

Il sortit, son portable à la main. Les camionnettes étaient toujours là mais aucun bruit ne lui parvenait en provenance du paquebot. Les ouvriers devaient faire la pause et manger leurs casse-croûte. Et Valentine, que faisait-elle à cette heure-ci ? Une visite chez un obstétricien ?

S'éloignant de la petite maison, il se dirigea vers le haut du parc. Les arbres avaient tous perdu leurs feuilles qui formaient un tapis mordoré sous ses pieds. Quelques jours plus tôt, il avait commencé à ratisser mais le vent avait tout éparpillé.

Arrivé à l'endroit stratégique d'où l'on voyait le mieux la mer, au loin, il s'adossa au tronc d'un pommier. Au lieu de s'apaiser, son existence lui semblait se compliquer de jour en jour. Valentine portait leur enfant, mais elle avait fui le paquebot. Pendant ce temps-là, il engloutissait son argent dans un chantier que réprouvait Joséphine. Et au bout du compte, vivrait-il ici ? Avait-il envie d'y élever ses enfants ? De reproduire un schéma qui n'avait pas vraiment porté bonheur à ses parents, qui...

Il eut l'impression de recevoir un uppercut dans l'estomac. Cherchant sa respiration, il prit une longue inspiration. Qu'avait dit Gilles à propos du facteur héréditaire des maladies mentales ?

« Seigneur Dieu ! Je ne peux pas cacher ça à Valentine ! »

Mais elle était *déjà* enceinte, et lui avouer la schizophrénie de Marguerite Espérandieu ne ferait que l'affoler, la traumatiser.

« Est-ce que Gilles a vu son copain psychiatre ? »

Il essaya en vain de joindre son frère et lui laissa le message de rappeler d'urgence. Toujours adossé à son arbre, il poussa un profond soupir. Joséphine refusait de parler du passé. Pour une obscure raison, Valentine ne voulait pas avouer sa grossesse. Tous ces silences enfermaient Alban dans une exaspérante toile d'araignée. Il se laissa glisser et s'assit sur la terre humide.

« Prends les problèmes un par un, n'attends pas qu'ils te débordent. »

C'était le genre de conseil que lui avaient donné ses instructeurs, à Toulouse. Baissant les yeux sur son portable, il sélectionna le numéro de Valentine et attendit, mais comme pour Gilles, il n'obtint que la messagerie. Après une seconde d'hésitation, il se racla la gorge.

— Je t'appelle parce que je suis très malheureux sans toi, très triste. Je sais que tu veux souffler un peu mais s'il te plaît, respire plus vite l'air de Paris et reviens, tu me manques affreusement. Et puis une dernière chose, la plus importante, même si tu dois m'envoyer encore une fois sur les roses, je te redemande ta main.

Il ferma son portable, releva la tête et regarda de nouveau vers la mer.

Valentine piaffait mais il y avait encore au moins trois clients devant elle. Pour prendre son mal en patience, elle regarda les téléphones accrochés au mur du fond. Il y en avait pour tous les goûts, à tous les prix, cependant elle avait fait son choix en cinq minutes, et depuis, elle attendait.

Dehors, les gens se hâtaient le long des trottoirs, frileusement abrités sous leurs parapluies et sans doute pressés de rentrer chez eux.

« Quelle poisse ! » songea-t-elle en sortant de la poche de son manteau les débris de son portable. A force de le consulter sans cesse, en quête d'un message d'Alban, elle l'avait fait tomber en haut d'un escalier, dans le métro, et il avait rebondi de marche en marche avant de finir quelques mètres plus bas en morceaux. Coincée par un rendez-vous chez son éditeur, elle avait dû remettre à plus tard le remplacement du téléphone et, comble de malchance, une grève des transports rendait Paris à peu près impraticable. Maintenant, il était presque six heures, son impatience atteignait des sommets.

Pourtant, qu'allait-elle faire quand elle aurait réglé son problème de téléphone ? Sans nouvelle d'Alban, elle n'aurait plus qu'à rentrer chez elle, dans ce studio sans âme où il n'y avait rien à manger, et dormir en chien de fusil sur le canapé convertible qu'elle aurait la flemme de déplier.

« Tu te comportes comme une gamine ! Prends donc l'autoroute, va retrouver Alban et explique-toi avec lui pour de bon. »

Mais comment serait-elle accueillie ? Elle mourait d'envie d'être dans ses bras, ou même d'être assise en face de lui sur le long banc, dos aux flammes de la cheminée. Le voir sourire, remonter ses lunettes sur son nez, tendre la main vers elle. Contrairement à ce qu'il semblait croire, la vie sur le paquebot plaisait beaucoup à Valentine. Si seulement il avait su parler d'avenir, elle aurait été comblée.

« Nous avons vraiment un problème de communication ! Et si tout ça n'était qu'un malentendu ? »

— C'est à nous ! claironna un vendeur qui venait de s'arrêter devant elle.

Ouvrant la main, elle lui montra ce qui restait de son téléphone.

Malgré l'heure tardive, le plombier et son apprenti épongeaient toujours. La canalisation, percée par erreur dans une salle de bains du premier étage, avait déversé des flots sur le carrelage puis sur le parquet du couloir avant que quelqu'un arrive à couper l'arrivée générale de l'eau.

Effaré par les dégâts, Alban s'était joint aux deux hommes pour passer une serpillière et la tordre au-dessus d'un seau pendant plus d'une heure. Le plombier se frappait les cuisses en répétant qu'il ne comprenait pas, que le schéma des tuyaux était dément dans cette maison, et qu'il aurait du mal à boucler un pareil chantier dans les délais.

— En tout cas, faites comme vous voulez mais je ne reste pas sans eau jusqu'à demain ! avait décrété Alban.

En ronchonnant, le plombier s'était décidé à entreprendre une série de soudures au chalumeau qui avaient laissé de grandes traînées noirâtres sur les murs. A huit heures du soir, il était enfin parti, flanqué de son apprenti épuisé.

Resté seul dans la salle de bains dévastée, Alban ouvrit les portes des penderies. Par chance, elles étaient à peu près vides et rien ne traînait sur le sol humide. Avec une pointe de nostalgie, il regarda autour de lui. Cette salle de bains et la chambre attenante avaient été celles de Joséphine et d'Antoine. Il se souvenait très bien de Jo refaisant son chignon, assise sur un tabouret devant sa coiffeuse. Ses cheveux étaient déjà blancs, du plus loin qu'il s'en souvienne, car elle n'avait jamais voulu les teindre. Que seraient-ils devenus, ses frères et lui, sans la tendresse de leur grand-mère, sans toutes ces images rassurantes qui avaient rythmé le quotidien de leur enfance ?

Il franchit la porte de communication et pénétra dans la chambre. Il n'y avait pas mis les pieds depuis des années et fut surpris de constater que Joséphine avait laissé des livres sur les étagères, une paire de sublimes lampes chinoises sur une commode Empire, à côté d'un coffret à bijoux vide et poussiéreux. L'atmosphère de la pièce était surannée, désolée.

« Tant que Jo est de ce monde, je ne toucherai à rien, c'est toujours chez elle. En revanche, on devrait faire quelque chose de la chambre des parents. »

Située à l'opposé, tout au bout de la galerie, elle était aussi à l'abandon.

« Le paquebot n'est pas un musée, il faut chambouler tout ça. »

Surtout si… si vraiment Valentine attendait un bébé ! Oh, bon sang, pourquoi ne le rappelait-elle pas ? Etait-elle fâchée à ce point ? Il retourna dans la salle de bains, entrouvrit la fenêtre pour que tout sèche plus vite. Alors qu'il allait éteindre, son regard fut attiré par un seau de métal où le plombier avait jeté des déchets en vrac. Au milieu des morceaux de tuyaux tordus et des bouts d'étoupe détrempée, un objet lui parut bizarre. Il se pencha, le prit entre le pouce et l'index, le retourna. A première vue, il s'agissait d'un petit missel, sans doute très ancien, avec une couverture de nacre et un fermoir rouillé. Le genre de livre de prières qu'on offrait aux enfants pour leur communion solennelle. Il était évidemment mouillé et avait dû être emporté par l'eau. Lorsque Alban l'ouvrit, la reliure céda, des feuilles s'éparpillèrent. Après les avoir ramassées et remises en ordre selon les numéros de page, il examina une image pieuse qui avait dû servir de signet. D'un côté, la reproduction d'un vitrail, et, sur l'autre face, quelques phrases écrites à la main.

Ne vous reprochez rien, Antoine, c'est le Seigneur qui nous juge tous, et Lui seul. Vous avez agi pour ce que vous pensiez être le mieux, soyez en paix avec Dieu, avec les vôtres et avec vous-même. Père Eric.

Alban relut le texte trois fois, à voix haute, puis il replaça l'image dans le missel et le referma tant bien que mal.

— Eh bien, voilà un mystère de plus, c'est formidable !

Antoine avait donc des choses à se reprocher lui aussi ? Des choses suffisamment graves pour s'être confié à un prêtre ? L'écriture était élégante, assurée, mais qui pouvait bien être le père Eric ? Fouillant ses souvenirs, Alban n'y trouva pas trace d'une grande assiduité à la messe. Si la famille Espérandieu était catholique, elle pratiquait peu et les visites à l'église se limitaient au jour de Pâques, aux mariages et aux enterrements. Les trois frères étaient baptisés, ils avaient eu droit à quelques leçons de catéchisme dispensées par Joséphine, leur éducation religieuse s'arrêtait là.

Songeur, Alban essaya d'imaginer son grand-père dans un confessionnal. Non, décidément, les choses ne cadraient pas.

— S'il vit encore, je vais trouver ce prêtre. Au moins, c'est simple, et ça, je peux le faire tout seul !

Quittant la salle de bains, il descendit au rez-de-chaussée, le missel dans la main. Sur la dernière marche, il vit un marteau oublié, ce qui le fit sourire. Au milieu du désastre de cette journée, l'un des ouvriers avait pensé à réparer la barre de cuivre sur laquelle tout le monde trébuchait depuis des années.

Dans la cuisine, il déboucha une bouteille de bordeaux et se servit un verre, luttant contre l'impression de solitude qu'il éprouvait soudain. Il posa son téléphone sur la table, le considéra quelques instants puis finit par le reprendre et sélectionna le numéro de Valentine. La harceler était sûrement très maladroit mais il n'en pouvait plus d'attendre son appel. D'autre part, le message qu'il lui avait laissé aurait dû la faire réagir, quel que soit son état d'esprit.

Au bout de quelques instants, il entendit une voix désincarnée lui annoncer que le numéro qu'il demandait n'était plus attribué. Stupéfait, il réécouta, raccrocha. Que lui avait-il donc fait pour qu'elle juge nécessaire de changer de numéro ? Etait-ce une façon de lui signifier la fin de leur histoire ?

Il vida son verre d'un trait, toujours incrédule. Joséphine avait affirmé que Valentine attendait un enfant de lui, que Valentine l'aimait ! Mais les certitudes de Joséphine n'étaient pas paroles d'Evangile, peut-être se trompait-elle pour une fois.

La tête entre les mains, il s'obligea à réfléchir calmement. Valentine lui avait raconté son passé, la manière dont elle avait été quittée alors qu'elle était enceinte. Une grossesse pouvait très bien la faire paniquer. Ou alors, et plus probablement, elle s'était lassée de lui. Même si aucune femme, jusqu'ici, ne lui avait infligé de rupture, il existait un début à tout. Car enfin, il n'était pas irrésistible, pas drôle à vivre en ce moment, pas disponible, pas...

— Alban ?

Sa surprise fut si absolue qu'il resta sans voix et sans réaction. Valentine se tenait sur le seuil, belle comme une apparition. Elle portait un gros col roulé blanc sous son caban, une jupe et des bottes, un petit béret posé de travers. Elle s'avança jusqu'à la table, sortit un téléphone de sa poche et le posa à côté de celui d'Alban.

— J'ai cassé l'autre. Pour en avoir un nouveau sans me ruiner, il a fallu que je change d'opérateur, d'abonnement, de numéro.

— Alors, souffla-t-il, tu n'as pas eu mon message ?

— Si. Mais ça n'a pas été simple. En revanche, ça valait la peine.

La table toujours entre eux, ils se dévisagèrent longuement. Puis elle tendit la main vers lui, dans un geste un peu théâtral.

— Tu me l'as demandée, je crois ? dit-elle en bafouillant, sous le coup de l'émotion. Je te la donne, bien sûr.

— Sans te forcer ? Pas pour une mauvaise raison ? Juste parce qu'on s'aime ?

La voyant acquiescer avec un merveilleux sourire, il se leva d'un bond, heurta le coin de la table en la contournant. Lorsqu'il ouvrit les bras, elle se jeta contre lui.

Sophie vérifia d'un coup d'œil qu'il n'y avait pas de clientes dans la boutique, puis elle lança, d'une voix furieuse :

— Tu connais la nouvelle ?

Juchée sur un escabeau, Malaury accrochait des décorations de Noël minimalistes : des boules de verre transparent et irisé, semblables à des bulles de savon.

— Oui, Alban a appelé Colas.

— Je n'arrive pas à y croire ! Cette garce est arrivée à ses fins plus vite que prévu, non ?

— Ils sont ensemble depuis deux ou trois ans, rappela Malaury d'un ton apaisant.

— Mais à quoi ça ressemble, ce mariage précipité ? A un coup de tête, un caprice !

— Ce sera toujours une occasion de faire la fête.

— Au contraire, ça va nous *pourrir* les fêtes ! Se marier le 30 décembre est une pure ineptie, ça m'étonnerait que l'idée vienne d'Alban. Elle est donc si pressée ?

Malaury descendit de son escabeau, le replia et alla le ranger dans le petit bureau attenant dont la porte était dissimulée par une tenture de velours. Plantée au milieu de la boutique, Sophie regarda distraitement autour d'elle. Une robe blanche était drapée sur un mannequin d'osier, quelques objets en argent trônaient sur une table, deux écharpes de cachemire, écru et gris acier, étaient savamment emmêlées sur un énorme chandelier d'église. Malaury semblait avoir misé sur l'absence de couleur, pourtant, sa décoration parvenait à être chaleureuse.

— En tant que belles-sœurs, on devrait se réjouir, dit-elle en revenant.

— Eh bien, j'en suis incapable !

— Pourquoi ?

Conciliante, comme toujours, Malaury regardait Sophie gentiment, sans la mettre en accusation.

— Cette fille me sort par les yeux, c'est tout. S'il faut chercher une raison, je te dirais qu'on ne sait pas d'où elle vient ni qui elle est. Tu te rends compte que je l'ai entendue me traiter de pimbêche ? J'étais dans la pièce à côté, ça m'a flanqué un choc, je t'assure. Quand je pense qu'elle minaude avec Jo, qu'elle prend le thé chez elle tous les jours... Tu ne me feras pas admettre qu'elle apprécie à ce point la compagnie d'une vieille dame de quatre-vingt-quatre ans ! C'est une séductrice, elle aime bien embobiner les gens, mais moi, elle ne m'aura pas. Tu es dans mon camp, Malaury ?

— Oh, ton camp... Nous ne sommes plus des gamines, Sophie.

Elle s'interrompit car deux clientes venaient d'entrer. Malaury les laissa déambuler dans la boutique sans aller vers elles. A voix basse, Sophie en profita pour reprendre :

— Tout de même, tu n'aurais pas préféré un mariage au printemps ?

— Peut-être qu'il y a urgence, suggéra Malaury en souriant.

Bouche bée, Sophie la dévisagea.

— Tu crois qu'elle est enceinte ? articula-t-elle avec effort. Elle lui aurait fait le coup du bébé ? Alors, tout s'explique !

Incapable de rester en place, elle se dirigea vers un des comptoirs, fit mine d'examiner un sautoir en or blanc. La rage folle qu'elle éprouvait pouvait difficilement se justifier, elle devait se calmer. Derrière elle, Malaury avait enfin rejoint ses clientes. Elle allait sans doute leur vendre des trucs déments et hors de prix, tant mieux pour elle ! Mais comment pouvait-elle rester indifférente à cette histoire qui concernait toute la famille ?

Belle-sœur... Valentine allait devenir sa *belle-sœur* ? Et l'enfant de Valentine serait le nouveau petit Espérandieu devant qui bêtifier ? Imaginer Alban tenant un bébé dans ses bras rendait Sophie malade, mais l'imaginer passant un anneau au doigt de Valentine était encore plus insupportable. Fallait-il qu'il soit toqué de cette femme pour tomber dans le panneau de la grossesse ! Au milieu de tous ses soucis, il n'avait vraiment pas besoin qu'on l'accule de force au mariage et à la paternité.

Le délicat carillon japonais annonça le départ des clientes. Sophie se retourna et vit que Malaury, derrière la caisse, rangeait une liasse de billets.

— Il y a encore des gens qui paient en espèces ? s'étonna-t-elle.

— Du moment qu'ils paient...

Malaury se mit à rire et eut un geste insouciant.

— Les affaires marchent bien, je suis contente !

Quoi qu'il arrive, elle était *toujours* contente. Et elle allait sans doute se dépêcher de dépenser cet argent avec Colas.

— Tu n'as jamais eu envie d'en avoir, toi, des enfants ? lui demanda Sophie de façon abrupte.

De nouveau, Malaury fit entendre son rire cristallin.

— Longtemps, nous nous sommes dit que nous n'avions pas encore l'âge, mais bientôt, nous n'aurons plus l'âge. Colas n'est pas demandeur, et moi, je considère que notre vie est déjà très pleine. Où trouverions-nous le temps ? Il faudrait déménager, s'organiser, tenir la boutique à tour de rôle... Non, décidément, je veux encore profiter de notre liberté. On voyage quand on veut, on sort le soir, on s'amuse, on est bien tous les deux.

— C'est votre droit, répliqua Sophie d'un ton pincé, mais c'est peut-être de l'égoïsme.

— Ah bon ? Il faut absolument repeupler la planète ? Nous sommes déjà trop nombreux sur cette terre, il me semble.

Sophie haussa les épaules, contrariée. Ce que disait Malaury ramenait le rôle de mère de famille à quelque chose d'inutile.

— Et puis, ajouta sa belle-sœur avec sa désinvolture habituelle, en ce qui concerne l'avenir de la famille Espérandieu, tu as fait ce qu'il fallait. Avec Valentine qui s'y met, en plus, on est paré !

— Mais tu es sûre qu'elle est enceinte ? s'écria Sophie.

— Pour programmer son mariage entre Noël et le jour de l'an, il faut avoir un bon motif.

Abandonnant sa caisse, Malaury rejoignit Sophie.

— Ne fais pas cette tête-là, il ne s'agit pas d'un enterrement. Tu étais venue chercher une tenue ? Veux-tu qu'on regarde ensemble si quelque chose te plairait ?

Sophie n'osa pas répondre qu'elle était venue trouver un réconfort qu'elle n'avait pas chez elle. Au fond, Malaury se fichait de tout ce qui ne les concernait pas elle et Colas. De mauvaise grâce, Sophie suivit sa belle-sœur au premier étage, peu disposée à s'extasier.

A côté du plus grand des pommiers, dépouillé de la moindre feuille, Joséphine gardait le visage levé vers le froid soleil d'hiver. Les yeux fermés, elle adressait une prière muette à ses morts, son mari et son fils, qu'elle espérait en paix. Elle pensait volontiers que, de là-haut, ils continuaient tous deux à veiller sur elle et sur la famille.

Elle rouvrit les yeux, les plissa pour apercevoir la mer. Prise d'un léger vertige, elle s'appuya d'une main au tronc du pommier. Cet arbre-là, elle l'avait connu tout frêle, lorsqu'elle était elle-même une gamine. Son père l'avait planté à l'endroit du parc d'où l'on jouissait du meilleur point de vue, et il disait en riant qu'il viendrait s'asseoir ici, sur un pliant, pour croquer des pommes tout en observant les navires au loin.

Joséphine soupira et fit demi-tour. Comme son enfance lui semblait lointaine, presque effacée ! Une autre époque, une autre existence que la sienne. Dans ses plus anciens souvenirs, elle revoyait parfois le visage de sa marraine, une femme d'une grande douceur, qui lui avait un jour chuchoté à l'oreille : « Tu as un petit don, toi... Ne t'en sers pas à tort et à travers. »

Un étrange conseil mais, dans les années trente, et surtout à la campagne, il existait toutes sortes de croyances irrationnelles. Par ailleurs, le conseil était superflu car Joséphine se méfiait de ses rêves prémonitoires qui se vérifiaient trop souvent. Comme ce matin de printemps où elle avait *su* d'avance que son père allait lui parler d'un lointain cousin Espérandieu, un certain Antoine, convié à déjeuner.

Secouée d'un rire léger, elle se mit en marche. Un panier d'osier pendait à son bras, inutile. Pourquoi l'avait-elle emporté ?

— Ah oui, pour les champignons, mais il n'y en a pas...

Elle regagna sa petite maison à pas lents, le regard irrésistiblement attiré par l'imposante silhouette de la villa qui se dressait devant elle.

— Il va y avoir un nouveau mariage ici !

Alban exultait, Valentine resplendissait de bonheur, les ouvriers poursuivaient la toilette du paquebot. Tout cela serait-il suffisant pour conjurer le mauvais sort ?

Songeuse, Joséphine s'arrêta, les yeux rivés sur la haute façade. Elle observa les fenêtres l'une après l'autre. Puis elle frissonna, resserra son châle autour de ses épaules et se détourna.

6

— Je n'en peux plus ! s'exclama Gilles en se laissant tomber lourdement sur l'herbe.

— Si tu étais moins sédentaire..., persifla Colas.

A eux trois, et depuis le début de l'après-midi, ils n'avaient ratissé qu'une petite partie du parc. Alban planta sa fourche dans le sol et s'écarta du tas de feuilles mortes qui brûlait lentement tout en dégageant une épaisse fumée.

— On change, proposa-t-il à Gilles. Passe-moi ton râteau et va surveiller le feu.

— Tu ne veux pas que je te paie un jardinier pour quelques heures ?

Alban et Colas éclatèrent de rire et, beau joueur, Gilles finit par se joindre à eux.

— On continue tant qu'il ne pleut pas, suggéra Alban. Pour une fois que j'ai de l'aide *gratuite*, j'en profite !

Se dépenser physiquement lui faisait beaucoup de bien. Durant toutes ses années à Air France, il avait été inscrit dans une salle de sport où il s'astreignait à aller le plus souvent possible. Nager ou passer une heure sur un appareil de musculation lui permettait alors de garder une bonne condition, mais depuis son accident, il avait lâché le sport et il commençait à le regretter.

— Tiens, je vais prendre un abonnement à la piscine de Deauville, déclara-t-il. C'est un bassin olympique et c'est de l'eau de mer, on ne peut pas rêver mieux !

Colas, qui maniait son râteau énergiquement, s'interrompit un instant.

— On appelle ça un vœu pieux, je crois ? Tu iras deux fois et puis...

— Non, s'interposa Gilles, s'il décide d'y aller, il fera son kilomètre de crawl chaque matin pour mieux nous culpabiliser le week-end en nous traitant de Parisiens paresseux et dodus !

De nouveau, ils rirent ensemble, parfaitement heureux d'être là, tous les trois à s'escrimer sur les feuilles mortes comme lorsqu'ils étaient adolescents.

— Le ciel est de plus en plus menaçant, on devrait se dépêcher, fit remarquer Alban.

— N'y compte pas, répliqua Gilles. J'ai le dos en compote, des ampoules à chaque main, vivement la pluie !

Il n'avait pas terminé sa phrase que de grosses gouttes commencèrent à tomber.

— On remballe ! cria Colas.

Il partit en courant vers l'abri où étaient rangés les outils de jardin. Alban le suivit avec la brouette, et Gilles arriva bon dernier. Réfugiés sous l'auvent, ils virent l'averse prendre de l'ampleur, jusqu'à devenir diluvienne. Peu désireux de tremper son col roulé en cachemire, Gilles proposa d'attendre, et en profita pour sortir de sa poche le petit missel que lui avait confié Alban.

— Et au diocèse, on n'a rien voulu te dire ?

— Non. Je n'ai qu'un prénom, Eric, pas d'année précise, et je ne connais pas la paroisse. Trouville ? Deauville ? Villerville ? A l'époque, il y avait des curés partout. Où Antoine a-t-il bien pu aller pour parler à un prêtre et pour se confesser ? Il n'était pas bigot, il n'avait pas d'habitudes.

— Le mystère s'épaissit, maugréa Gilles. A croire qu'ils ont tous eu des choses à se reprocher. Papa, grand-père...

— Oh, laissez tomber, à la fin ! s'écria Colas.

Ses deux frères le considérèrent en fronçant les sourcils.

— Vraiment, ça ne t'intéresse pas ? lui demanda Alban, incrédule.

— Sans plus.

Il regardait ses pieds, l'air buté. Dans le silence qui s'ensuivit, Alban se remémora une fois encore la phrase écrite par leur père : « *Colas n'en a aucun souvenir...* » S'il parvenait à comprendre la signification de ces mots, peut-être découvrirait-il en même temps pourquoi Colas se sentait si peu concerné, si mal à l'aise et si réticent.

— Regardez ce que j'ai trouvé !

Gilles brandissait un parasol d'enfant, couvert de toiles d'araignée et de taches de moisissure.

— S'il fonctionne encore, nous voilà sauvés.

Il parvint à l'ouvrir et à le bloquer.

— Avec moi les frangins, mais en toutes petites foulées, hein ?

Serrés sous leur parapluie de fortune, ils filèrent vers le paquebot en riant comme des fous.

Dans la cuisine, où ronflait un feu d'enfer, Sophie avait installé les enfants à un bout de la longue table pour une partie de Monopoly. A l'autre bout, Joséphine épluchait une montagne de pommes de terre, et, au milieu, Malaury était plongée dans un magazine de décoration.

Quand les trois hommes firent bruyamment irruption, par la porte de l'office, Sophie se précipita vers eux.

— On crève de froid dans toute la maison ! Je croyais que la chaudière était réparée ?

— Oui, mais plusieurs radiateurs ont été déposés parce qu'ils sont pleins de rouille, et le temps de les nettoyer, tout le circuit de chauffage est coupé.

— Oh, mon Dieu, ces travaux, quelle plaie ! s'exclama-t-elle. Il y a du désordre partout, des fils qui pendent... Chaque fois que je touche un interrupteur, j'ai peur de m'électrocuter !

— Les choses seront redevenues normales pour Noël, affirma Alban d'un ton conciliant.

— Tu y crois vraiment ? Tu sais bien que les délais ne sont jamais respectés ! Il y a les mauvaises surprises, les impondérables, un ouvrier en arrêt de travail et j'en passe. Comment fais-tu pour garder le moral dans ce chaos ? Tu devrais repousser la date de ton mariage, ce serait plus prudent.

— Pourquoi ? s'étonna Valentine qui venait d'entrer.

Elle s'approcha de la cheminée, tendit ses mains vers les flammes.

— J'avais froid là-haut, dit-elle à Alban avec un sourire d'excuse.

— Ah, tu vois ! triompha Sophie. Pourquoi ne pas attendre que le paquebot soit flambant neuf ? Ce serait tout de même plus agréable pour vous et vos invités, ça vous laisserait le temps d'organiser une belle réception, d'ailleurs, au printemps, les journées sont plus longues et...

— On ne peut pas attendre, déclara Valentine.

Elle regarda Alban, son sourire s'élargit et elle ajouta, très sereinement :

— Un bébé est en route.

— On s'en doutait ! lança Malaury. Toutes nos félicitations.

Sophie réussit à se composer une expression aimable tandis qu'elle s'approchait d'Alban. Elle le prit par le cou, l'embrassa sur les deux joues.

— Pourquoi ne nous l'as-tu pas annoncé plus tôt ?

— C'était à Valentine de le faire.

En le disant, il posa sur la femme qu'il aimait un regard d'une infinie tendresse.

— Neveu ou nièce ? demanda Gilles en les rejoignant devant la cheminée.

— Trop tôt pour le dire, murmura Valentine.

Elle resplendissait, ce qui la rendait vraiment belle. Sophie la détailla d'un coup d'œil aigu. Pour l'instant, sa silhouette n'avait rien de changé, toujours mince et élancée, tandis qu'un maquillage discret soulignait ses grands yeux verts. Encadrée de Gilles et Colas qui lui posaient des questions, elle paraissait très à l'aise, tout à fait *chez elle*.

— Il y a de quoi faire une montagne de frites, dit Malaury qui aidait Jo à transporter les pommes de terre dans l'évier pour les laver.

Profitant de l'animation qui régnait, Sophie tira Alban par la manche.

— Viens avec moi une minute dans le bureau, j'ai des chèques à te donner.

Elle l'entraîna hors de la cuisine et récupéra son sac sur une console de la galerie.

— Gilles a préparé la moitié des acomptes que te demandent les artisans, mais il aimerait bien que tu lui fasses une photocopie des devis. Tu sais comment il est, il veut son petit dossier personnel !

Ils entrèrent dans le bureau que le froid et l'humidité rendaient inhospitalier, néanmoins Sophie referma la porte.

— Tiens, dit-elle en sortant une enveloppe de son sac.

Il la rangea au fond d'un tiroir avant d'allumer l'ordinateur.

— J'ai tout ça dans mes fichiers, je vais te faire un tirage pour Gilles.

Sophie l'observa tandis qu'il manipulait la souris puis lançait l'imprimante.

— Alban, je peux te parler franchement ?

— Bien sûr.

— Ce n'est pas très facile à exprimer... Sauf qu'en tant femme, je sais comment fonctionne la tête d'une femme.

— Et alors ? Qu'y a-t-il dans ta jolie tête bouclée ?

— Pas dans la mienne. Oh, écoute, tu m'en voudras peut-être, mais je me lance ! La question que je vais te poser est purement affectueuse, car je t'aime comme un frère et je m'inquiète pour toi. Es-tu bien certain de ne pas te faire piéger ? Tu sais, le coup du bébé est vieux comme le monde.

Il la contempla d'un air ébahi, puis il se mit à rire.

— Non, tu n'y es pas du tout, Sophie. C'est moi qui lui aurais fait le coup si j'avais pu ! C'est moi qui veux l'épouser depuis longtemps, mais jusqu'ici, elle avait refusé. Sans cet accident de contraception, je crois qu'elle aurait continué à dire non.

— « Accident » ? Elle t'a raconté ça ? Les hommes gobent vraiment n'importe quoi. Et tu prétends qu'elle ne voulait pas se marier ? Rien de mieux pour ferrer le poisson !

Devinant qu'elle allait un peu loin et qu'Alban risquait de se braquer, elle s'empressa de tempérer ses propos.

— Valentine est une femme ravissante, je comprends que tu sois fou d'elle. En plus, elle est intelligente, je suis persuadée qu'elle sait très bien ce qu'elle fait. A mon avis, elle avait un but unique, te mettre la corde au cou, de préférence sans que tu t'en aperçoives. Mais ça se conçoit, ce n'est pas répréhensible ! Après tout, tu as le profil du mari idéal, elle a juste été plus maligne que les autres, on ne peut pas le lui reprocher.

— Tu parles d'un mari idéal..., grommela-t-il.

— Oh, Alban, tu t'es regardé ? Tout est séduisant chez toi. Même ton accident, c'est glamour ! Tu n'imagines pas à quel point les femmes adorent soigner et consoler. Avec tes lunettes, tu as ajouté la petite touche de vulnérabilité qui te manquait. N'importe quelle femme se damnerait pour que tu lui passes la bague au doigt.

Silencieux, il récupéra les feuilles dans le bac de l'imprimante et les lui tendit.

— Je ne t'ai pas vexé, au moins ? Tu ne m'en veux pas ?

— Non.

Sa réponse, laconique et sèche, alarma Sophie.

— Je t'ai parlé du fond du cœur, comme si j'étais ta sœur. Et, crois-moi, je te souhaite tout le bonheur possible, avec Valentine ou une autre.

— Avec elle, Sophie. Pas avec une autre.

— Oui, bien entendu, c'est ce que je voulais dire.

— En fait, depuis cinq minutes, je ne comprends pas tout à fait ce que tu cherches à me dire.

Elle se mordilla les lèvres, fit semblant d'hésiter, puis lâcha enfin :

— On peut être amoureux sans être aveugle. Ne laisse personne te manipuler. Voilà.

Les yeux sombres d'Alban la scrutèrent quelques instants.

— Je m'en souviendrai, répondit-il d'un ton indéfinissable.

Il traversa la pièce, ouvrit la porte et fit signe à Sophie de sortir la première.

Après avoir mis un jean propre, le sien étant décidément trop sale et humide après cet après-midi de ratissage, Colas en profita pour faire le tour du premier étage. Moins concerné que ses deux frères par les travaux du paquebot, il commençait pourtant à se prendre au jeu lui aussi. Surtout depuis qu'Alban avait déclaré que chacun pouvait à sa guise changer de chambre, réaménager n'importe quelle partie de la maison, s'approprier tel ou tel endroit. Au fil du temps, et surtout depuis que Joséphine s'était installée dans l'annexe, les trois frères avaient pris leurs aises et élargi leur territoire, cependant, ils occupaient toujours leurs chambres d'adolescents.

En longeant les couloirs, il en profita pour revisser les ampoules des veilleuses que les enfants s'amusaient à mettre hors service pour se faire peur dans l'obscurité. Parvenu au bout de la galerie qui traversait toute la villa, il jeta un coup d'œil à l'ancienne chambre de Jo et à la salle de bains mitoyenne où s'était produit l'inondation. Comme Alban, il resta un moment songeur, submergé par des images d'enfance. Vieillir l'angoissait, il voyait arriver la quarantaine avec horreur. Deviendraient-ils, Malaury et lui, un *vieux couple* ? Un vieux couple sans enfants... Certes, ils n'en avaient voulu ni l'un ni l'autre, et pourtant, la prochaine paternité d'Alban avait quelque chose d'enviable. D'ailleurs, en ce moment, la vie d'Alban, si chaotique qu'elle soit, faisait un peu rêver Colas. Tout recommencer devait donner l'impression qu'on avait encore l'avenir devant soi.

Il repartit dans la galerie, dépassa le domaine de Gilles, Sophie et les enfants qui colonisaient plusieurs pièces. Après une chambre inoccupée mais sans grand intérêt se trouvait la sienne, sa salle de bains, puis une coquette chambre d'amis, et enfin la dernière, très vaste, qui avait été celle de leurs parents. Il y entra avec réticence, alluma le plafonnier et regarda autour de lui. Les dimensions étaient vraiment superbes, le parquet en excellent état, la cheminée de marbre rose surmontée d'un trumeau ancien. Si Malaury s'en donnait la peine, elle pourrait faire une décoration magnifique ici... mais il n'en avait aucune envie. Il avança de quelques pas, en direction d'une des fenêtres. Pourquoi se sentait-il aussi mal à l'aise, avec une irrépressible envie de s'enfuir ?

Contrairement à ce que croyaient ses frères, le passé de la famille l'intriguait beaucoup lui aussi mais, dès qu'il y pensait, il était saisi d'une sourde angoisse.

Son regard glissa sur la grande armoire où les enfants avaient trouvé le portefeuille de Félix, puis s'égara sur les rideaux. Le tissu damassé était chargé d'oiseaux de toutes les couleurs. Colas les détailla avec curiosité, surpris de si bien les reconnaître. Pourtant, il ne se souvenait pas d'être souvent allé dans la chambre de ses parents lorsqu'il était enfant. Autant Joséphine et Antoine se montraient accueillants, leur porte étant toujours ouverte dans la journée, autant Félix et Marguerite refusaient qu'on mette les pieds chez eux. « Vous n'avez rien à faire ici, ouste ! »

Néanmoins, ces oiseaux lui étaient étrangement familiers, il aurait pu les dessiner les yeux fermés. Et même...

Il s'approcha, se pencha vers le bas des rideaux et chercha des yeux un martin-pêcheur orange et bleu. Celui-là avait une aile un peu bizarre car, à cet endroit, le tissu présentait un défaut. Il le découvrit sans peine au milieu des autres, l'examina et resta perplexe. Comment pouvait-il se souvenir de *ça* ?

Dans la galerie, Malaury l'appelait pour le dîner. Il se dépêcha de sortir et d'éteindre, peu désireux que sa femme le rejoigne. Décidément, la meilleure des chambres était la sienne, il n'en changerait pas.

— Non, Alban n'était pas le pire, répondit Joséphine avec un sourire indulgent. En fait, ils étaient plutôt gentils tous les trois. Pas vraiment sages, toujours affamés, et surtout très désordonnés, mais gentils. Gilles était le plus têtu, Colas le plus distrait, et Alban le plus sérieux.

— Têtu ? s'indigna Gilles. Tu pourrais dire obstiné ou...

— Buté ? suggéra Colas.

Valentine avait posé quelques questions à Joséphine, en aparté, mais à présent, toute la tablée l'écoutait avec plaisir.

— On n'arrivait pas à te sortir une idée de la tête, rappela Joséphine. En plus, tu voulais toujours avoir raison.

— Il n'a pas changé ! s'écrièrent Alban et Colas en chœur.

— Vous non plus, mes chéris.

— Je ne suis plus dans les nuages, protesta Colas. Je fais même de la comptabilité !

— Oh, de ce côté-là..., murmura Malaury.

Ils se mirent à rire de la moue vexée de Colas, jusqu'à ce que Joséphine ajoute :

— Et Alban est resté sérieux, un peu trop sérieux.

— A bord d'un avion, fit remarquer Sophie, le commandant ne peut pas être le comique de service.

— Sérieux et secret, précisa Joséphine, négligeant l'interruption.

— C'est pour ça qu'il est allé se planquer au second, ironisa Gilles.

— Donc, ce sera un père sérieux, en déduisit Valentine avec un sourire amusé.

Alban la prit par la taille et l'attira vers lui, la faisant glisser le long du banc. Face à eux, Sophie les observa un instant puis détourna les yeux.

— J'ai feuilleté les albums de photos, reprit Valentine, et je trouve qu'ils avaient l'air de petits garçons modèles.

— Uniquement sur les photos !

Joséphine eut un rire léger, puis son regard parut se brouiller.

— Comme ça me semble loin...

Voyant qu'elle devenait nostalgique, ils la bombardèrent de questions tous ensemble.

— Est-ce qu'on travaillait bien ?

— On t'aidait un peu ?

— Pourquoi nous habillait-on pareil ?

— Pour des raisons pratiques, répondit-elle, de nouveau gaie. Et puis, c'était souvent Antoine qui vous emmenait à Caen, avant la rentrée scolaire, et je dois reconnaître qu'il n'avait pas beaucoup d'imagination pour les vêtements de petits garçons ! Des polos blancs, des bermudas bleu marine, de grandes chaussettes...

— Est-ce qu'on se tenait bien à la messe ? risqua Alban d'un ton désinvolte.

— A la messe ? Nous n'y allions pas souvent.

— Mais Antoine était très croyant, non ? Très proche de l'Eglise...

— Pas que je me souvienne, répondit Joséphine en fronçant les sourcils.

Elle scruta Alban quelques instants.

— Pourquoi dis-tu ça ?

— J'avais cru.

Gilles et Colas regardaient ailleurs, curieux de savoir jusqu'où Alban allait s'aventurer.

— Le père Eric, ça te rappelle quelque chose ? demanda-t-il d'une voix douce.

Joséphine pinça les lèvres et son visage parut se fermer.

— Rien du tout. Et à toi ?

Elle le toisait d'une telle manière qu'il se sentit mal à l'aise.

— Non.

— Eh bien, tu vois ! Allez, je vais me coucher, il est très tard pour une vieille dame comme moi.

— Je t'accompagne, décida Alban.

Ils sortirent par la porte de l'office, Joséphine marchant devant d'un pas raide. Dehors, un vent glacial soufflait autour du paquebot.

— D'où viennent toutes ces questions tordues, Alban ? gronda Joséphine dans l'obscurité. Tu avais dit que tu ne m'ennuierais plus, et je comptais sur ta parole.

— Jo…

— Je suis fatiguée !

— Donne-moi le bras.

Manquant de trébucher, elle s'accrocha à lui de mauvaise grâce.

— Qu'est-ce que tu cherches, à la fin ?

Sa colère était perceptible, avec quelque chose d'autre qui ressemblait à de la peur.

— Tu es là, tu éventres la villa, tu l'inondes, tu farfouilles… Après quoi cours-tu ? Tu n'as rien à y gagner, et de toute façon, il n'y a rien à savoir. Rien !

— Ecoute, Jo, c'est vraiment important pour nous de…

— Quelle sorte d'importance ? Tu as promis !

Ils étaient arrivés devant la porte de la petite maison. Elle ouvrit, alluma, se tourna vers Alban.

— Je vais te dire une bonne chose. Moi aussi, dans le temps, j'ai fait des promesses. Je m'y tiendrai.

L'espace d'un instant, elle ne fut plus l'adorable grand-mère qu'il connaissait mais une dame âgée intraitable, déterminée à emporter ses secrets dans la tombe. Désemparé, ému, il tendit la main vers elle, caressa sa joue parcheminée.

— Je t'aime, Jo.

Aussitôt radoucie, elle lui adressa un sourire triste, secoua la tête, puis ferma lentement sa porte, le laissant seul dans le noir.

Après avoir traîné près d'une heure sur le marché, d'étal en étal, Gilles et Alban étaient allés vers l'église où la messe du dimanche matin venait de finir. Le curé, qui était encore dans la sacristie, avait répondu très aimablement à leurs questions, hélas il ne savait rien d'un mystérieux père Eric qui aurait officié dans la région trente ans plus tôt.

Déçus, Gilles et Alban s'étaient alors dirigés vers la pâtisserie *Charlotte Corday*, où ils comptaient acheter des gâteaux. Pendant qu'ils faisaient la queue, une voix joyeuse lança, juste derrière eux :

— Toujours les mêmes qui s'empiffrent !

David et son beau-frère Jean-Paul venaient d'entrer dans la boutique et attendaient leur tour, eux aussi.

— Profitez-en donc pour bavarder un peu tous les deux, suggéra David à Alban.

Ravi de la rencontre, Jean-Paul s'empressa d'attirer Alban au-dehors.

— J'essaie de convaincre ton frère de se mettre sur les rangs pour postuler à la direction de Saint-Gatien, expliqua David.

— Ah bon ? s'étonna Gilles. Figure-toi qu'il ne nous en a même pas parlé !

— Tu le connais...

Ils jetèrent ensemble un coup d'œil à travers la vitrine, observant les deux autres qui discutaient avec animation, un peu plus loin sur le trottoir.

— Ce serait une situation idéale pour lui, estima Gilles.

— A condition qu'il accepte de devenir un « rampant », comme il dit.

— Il n'a pas d'autre choix, il me semble.

— Fais-le-lui admettre, alors. Parce que sa période de réflexion ressemble beaucoup à un refus de regarder la vérité en face.

— Non, David, je ne crois pas. Il a eu du mal à accepter mais il l'a fait. Je pense même qu'il l'avait fait dès sa sortie de l'hôpital. Alban n'est pas quelqu'un qui se berce d'illusions.

Dubitatif, David réfléchit quelques instants avant de demander :

— Vous, ses frères, est-ce que vous mesurez bien ce que ça représente pour lui de ne plus voler ?

— Oui, et nous avons essayé d'être présents, Colas et moi, à ce moment-là, pour amortir le choc. Mais en ce qui me concerne, j'étais déjà très heureux qu'il ait été bien opéré et qu'il ait récupéré de la vision, même si ce n'est pas comme avant. Il aurait pu perdre un œil !

— Oh oui, bougonna David, il y a toujours pire, il aurait aussi pu s'écraser...

Une vendeuse s'enquit de ce que Gilles désirait et il prit son temps pour choisir deux tartes.

— Je t'attends dehors, dit-il à David après avoir payé.

Il sortit avec ses cartons à gâteaux, vaguement contrarié par la conversation qu'il venait d'avoir. Alban discutait toujours, à quelques pas de là, et il l'observa sans s'approcher. « Sérieux et secret », avait dit Joséphine. Secret, oui, par exemple il n'avait raconté qu'une seule fois cet atterrissage très brutal, avec deux ou trois objets catapultés à travers le cockpit, et le choc reçu au visage. Le projectile arrivé dans son œil droit l'avait sonné, pourtant il avait réussi à maintenir l'appareil sur la piste puis à l'arrêter. Il ne voyait plus grand-chose, il avait, selon son expression, comme un « rideau noir sur le côté ». Le copilote avait terminé la procédure d'extinction des réacteurs pendant que les hôtesses évacuaient les passagers en vitesse. Dans ce récit unique, Alban n'avait pas dit s'il avait eu peur du crash, peur que l'avion ne s'enflamme, peur de devenir aveugle. Pas un mot sur la panique ou sur la douleur.

« Gamin, il était déjà comme ça, il ne se plaignait jamais. »

— Je peux m'inviter à déjeuner au paquebot ? lui demanda David qui sortait à son tour, chargé de paquets.

— Tu es invité permanent, tu sais bien.

— J'ai pris des caramels au beurre salé pour les enfants. Sophie sera d'accord ?

— Oh, Sophie..., soupira Gilles.

David lui lança un regard intrigué, mais il n'eut pas le loisir de l'interroger car Alban revenait vers eux.

— Finalement, il est plutôt sympa, ton beau-frère !

— Je te l'ai toujours dit. Il t'a enfin convaincu ?

— Ne mets pas la charrue avant les bœufs. En tout cas, nous venons d'avoir un échange intéressant. A propos, il te fait dire qu'il t'attend pour dîner, ta sœur fait un gigot.

— D'ici là, c'est chez vous que je déjeune. Je me fais parfois l'effet d'être un pique-assiette !

— Si tu t'avisais de partir avec la vaisselle, Jo t'assommerait. Tu viens avec nous sur la plage ? On a rendez-vous avec les femmes et les enfants.

— Sur la *plage* ? Ah, c'est vraiment un truc de Parisien ! Nous sommes bientôt à Noël, il fait trois degrés et il ne va pas tarder à pleuvoir, mais si vous y tenez...

Ils déposèrent leurs achats dans la Twingo violette et se dirigèrent tous trois vers le casino.

— A votre avis, les mecs, quel genre de bague dois-je offrir à Valentine ? demanda gravement Alban.

Depuis quelques jours, il y réfléchissait, sans parvenir à se décider.

— Je laisse la parole au professionnel, dit David en désignant Gilles. Moi, je suis célibataire, j'ignore tout de ces choix délicats !

— Tout dépend du prix que tu veux y mettre. Et de ses goûts, bien entendu. Elle a une pierre de prédilection ? Sophie, pas de chance pour moi, c'est le diamant et c'est ruineux.

— Valentine ne porte quasiment aucun bijou, précisa Alban.

— Parce qu'elle ne les aime pas, ou parce qu'elle n'en possède pas ?

— Les deux, je crois. Hormis la chaîne et le pendentif qu'elle a autour du cou.

— Alors, elle n'aime pas ça. Il existe des tas de bijoux fantaisie et pas chers, elle aurait très bien pu s'en acheter. Le mieux serait peut-être de lui en parler ? Après tout, votre mariage n'a rien d'une cérémonie classique, vous n'êtes pas obligés de respecter les usages. Du moment que tu penses aux alliances !

— C'est moi qui m'en charge, intervint David d'un air réjoui, parce que Valentine m'a demandé d'être son témoin.

— Pourquoi à toi ? Elle n'a pas d'amis ?

— Nous n'invitons presque personne, précisa Alban. Et moi, j'ai déjà deux témoins.

— Qui ça ? interrogea Gilles d'un ton aigre.

— Mes deux frangins, bien sûr...

— Tu m'as fait peur.

En descendant sur la plage, ils virent au loin les enfants lancés dans une course après les vagues, suivis de Malaury et Valentine qui marchaient bras dessus, bras dessous.

— Tiens, Sophie n'est pas venue, constata Gilles. Elle a préservé sa sacro-sainte grasse matinée !

Il partit en petites foulées un peu lourdes, adressant de grands signes à Paul et Louis qui semblaient s'acharner à pousser Anne dans l'eau.

— Il devrait suivre un petit régime, constata David en le suivant des yeux. Et puis, dis donc, il a l'air complètement excédé par sa femme en ce moment, non ?

— Sophie peut se montrer très fatigante, répondit Alban de manière laconique.

— Et elle ne porte toujours pas Valentine dans son cœur. Je me trompe ?

— Le courant ne passe pas entre elles, c'est vrai.

— Est-ce que ça ne risque pas de compliquer la vie au paquebot ?

— J'espère que non. Je voudrais tellement que tout aille bien !

Il l'avait dit avec trop de véhémence, il s'en rendit compte en voyant la manière dont David le considérait.

— *Tout* va bien pour toi, Alban. Tu te maries avec une fille formidable, tu vas être papa, tu restaures la maison de ton enfance, et tu as une belle situation en vue. Te manquerait-il encore quelque chose ?

Très loin d'eux à présent, Valentine et Malaury poursuivaient tranquillement leur promenade sur le sable sec. Plus près de l'eau, profitant de la marée haute, Gilles s'amusait avec ses enfants. Durant une longue minute, Alban laissa errer son regard sur la mer. Il avait envie de confier ses doutes à David, de parler de sa famille avec quelqu'un qui ne soit pas un Espérandieu.

— Nous avons un petit souci, les frangins et moi, commença-t-il.

Il prit David par le bras et lui fit faire demi-tour.

— En tombant sur de vieux papiers, nous avons découvert des trucs bizarres.

— De quel genre ?

— Eh bien... apparemment, notre mère était atteinte d'une maladie mentale.

Alban attendit une réaction qui ne vint pas, David restant silencieux.

— Schizophrénie, précisa-t-il.

— Ah, bon ?

Ils s'arrêtèrent, dos au vent. Alban remonta le col de son blouson en marmonnant :

— Ça n'a pas l'air de te surprendre.

— Si... Mais enfin, ta mère, je ne la voyais presque jamais.

— Nous non plus, au fond. On s'en est aperçus en y réfléchissant. Notre environnement, c'était surtout Jo et Antoine. Papa aussi, mais de loin, parce qu'il travaillait beaucoup. Quant à Marg... maman, elle apparaît comme absente, or elle était là.

— Les gamins ne font pas très attention à tout ça. Vous étiez trois, quatre avec moi la plupart du temps, et pas forcément préoccupés par vos parents.

— Peut-être... Bref, on ne savait rien de sa maladie. On a appris ça le mois dernier, vraiment par hasard !

Les mains enfouies dans les poches de son caban, David faisait des trous dans le sable, du bout du pied, et il gardait la tête baissée. Ce que lui racontait Alban ne semblait pas l'intéresser outre mesure.

— Si je t'en parle, David, c'est pour avoir ton avis.

— Mon avis sur quel sujet ? Ça fait vingt-cinq ans que ta mère est morte !

— Il y a un facteur héréditaire, et l'enfant que porte Valentine a plus de risques qu'un autre d'être schizophrène.

David releva les yeux et dévisagea Alban, l'air atterré. Puis il se détourna pour inspecter la plage. Valentine et Malaury revenaient vers eux, cependant elles étaient encore loin.

— Tu lui en as parlé ?

— Il faudra bien, sinon, ce serait malhonnête. J'attends juste d'en apprendre un peu plus.

— Par qui ?

— Jo ne veut rien me dire, elle se ferme comme une huître dès que j'essaie de la questionner. Avec Gilles, on cherche à reconstituer l'histoire sans y arriver.

— Quelle histoire ?

— Oh, c'est compliqué... A croire qu'ils étaient tous dingues dans la famille !

Une fois de plus, David ne releva pas le propos alors qu'il aurait dû s'étonner. Après un silence, Alban demanda carrément :

— Tu ne sais rien de particulier ?

— Moi ? Non !

Sa voix sonnait faux, et Alban le connaissait trop bien pour ne pas le remarquer.

— Joséphine t'a fait des confidences ?

— Mais pas du tout ! Ecoute, mon vieux, laisse tomber.

Il s'écarta de quelques pas, visiblement mal à l'aise. Si son métier d'agent immobilier lui avait appris à enjoliver les choses et à se débrouiller avec des demi-vérités pour ménager ses clients, en revanche, il n'avait jamais su mentir à Alban. Celui-ci le rattrapa et le saisit par le bras d'un geste assez brutal.

— Je ne vais rien laisser tomber !

— Lâche-moi, Alban.

— Réponds-moi d'abord. Qu'est-ce que tu me caches ? De quel droit ?

David mit sa main sur le poignet d'Alban, comme s'il voulait le calmer.

— Je ne te cache pas grand-chose. Tout le monde prenait ta mère pour une folle et, à l'époque, mes parents voyaient d'un très mauvais œil que je fréquente la famille Espérandieu.

— Tu plaisantes ?

— J'ai même failli recevoir une correction parce qu'à un moment donné, mon père m'avait carrément interdit d'aller chez toi ! Mais juste après, tes parents sont morts, et il a regretté tout ce qu'il avait dit... Les gens parlaient, Alban, ils parlent toujours.

— Sauf toi ! Tu me sors ça aujourd'hui seulement ? Pourquoi ?

— Je tenais à ton amitié. Etre ton ami a été le truc le plus important de toutes mes années de pension. Je n'allais pas m'amuser à te répéter tous ces ragots sur ta mère. Tu l'aurais mal pris, non ? Maintenant, lâche-moi.

Alban le repoussa, le faisant trébucher.

— A quoi jouez-vous ? lança Valentine derrière eux.

Les deux femmes, qui venaient d'arriver, les observaient avec une évidente curiosité. Alban se détourna pour éviter le regard de

Valentine. Il se sentait en colère, humilié, trahi. Comment David, en qui il avait une confiance absolue, avait-il pu lui dissimuler une énormité pareille ? « Tout le monde prenait ta mère pour une folle. » Mais Alban et ses frères n'avaient rien vu, rien su.

— Quelque chose ne va pas ? s'enquit Valentine.

— Juste un petit... désaccord. C'est sans importance.

Elle dut comprendre qu'il mentait car elle n'ajouta rien.

— Nous avons mis au point quelques détails pour votre mariage, annonça Malaury. Et maintenant, nous avons besoin de ton avis, Alban.

— A Valentine de décider.

— Ah, non, protesta Malaury, pas question de te défiler, il va falloir t'impliquer !

Les mains sur les hanches, elle se mit à rire. Elle portait une extravagante veste rouge à brandebourgs, bordée de fourrure, et une jupe longue qui frôlait le sable.

— Tu as l'air d'une comtesse russe en route pour la Sibérie, lui dit David.

Riant de plus belle, elle répliqua :

— Merci du compliment ! Bon, si vous avez fini de vous quereller, on pourrait peut-être rentrer au paquebot ?

Leur dispute avait donc été bien visible. Alban se reprocha son agressivité aussi inutile qu'injustifiée envers David, et qui, de surcroît, l'obligeait à mentir. Quand allait-il se décider à raconter toute l'histoire à Valentine ? Il redoutait sa réaction, la peur qu'elle aurait forcément pour l'avenir de son bébé, ajoutée à la crainte d'une nouvelle fausse couche, et les questions qu'elle ne manquerait pas de poser.

Gilles les rejoignit, portant Anne sur ses épaules tandis que les deux garçons gambadaient autour de lui.

— Ils sont infatigables, gémit Gilles. On y va ?

Devant son air épuisé, Alban le débarrassa d'Anne.

— Viens, ma princesse, je t'enlève.

Ravie, la petite fille lui mit les bras autour du cou. Le bas de son pantalon était trempé et elle tremblait.

— Tu as froid ? Allons vite dans la voiture, tu auras du chauffage.

— La voiture violette, précisa-t-elle d'un ton impérieux. C'est la plus jolie !

— La vérité sort de la bouche des enfants, dit Alban à Gilles.

Ils remontèrent tous ensemble vers le casino, et David en profita pour se rapprocher d'Alban.

— Je crois que je vais rentrer chez moi, annonça-t-il à voix basse.

— Tu ne déjeunes plus avec nous ? Tu fais ta tête de cochon ?

— Tête de cochon ! Tête de cochon ! scanda Anne à tue-tête.

— Anne, qu'est-ce qui te prend ? intervint Gilles. Tais-toi immédiatement.

— Elle n'y est pour rien, c'est David qui nous embête.

Alban adressa une épouvantable grimace à David, ce qui fit hurler de rire la petite fille.

— Je sens que tu veux des excuses, ajouta-t-il.

— Non, mais...

— Pas de problème, mon ami, tu les as, elles s'aplatissent à tes pieds. Je suis navré, confus, voilà.

David le dévisagea puis haussa les épaules.

— C'est bien pour le plaisir de voir Joséphine, marmonna-t-il.

Mais ils savaient tous deux qu'ils venaient de se réconcilier et ils échangèrent un sourire satisfait.

En fin d'après-midi, Sophie monta boucler les sacs de voyage car Gilles voulait partir avant le dîner. Elle se sentait de très mauvaise humeur, comme toujours lorsqu'il fallait rentrer à Paris, mais de plus, le week-end lui laissait une impression désagréable.

La veille, elle n'avait pas réussi à convaincre Alban que son mariage hâtif était une erreur, ni qu'il était manipulé par Valentine. Pourtant, ça crevait les yeux ! Peut-être qu'avec le temps, les mots qu'elle avait utilisés finiraient tout de même par faire leur chemin ? Une autre source de mécontentement provenait de l'attitude de Malaury. Voilà que celle-ci se mettait en quatre pour organiser le mariage, prodiguant conseils et idées. Or, des idées, elle n'en manquait pas, souvent excellentes, et avec son aide inattendue mais bienvenue, Valentine n'aurait pas à se casser la tête.

— Valentine, Valentine ! s'écria-t-elle, exaspérée, en jetant les tennis trempées d'Anne dans un sac plastique.

Pourquoi sa fille n'avait-elle pas mis ses bottes en caoutchouc ? Parce que Malaury et Valentine n'y avaient pas pensé, bien entendu. Jamais elle n'aurait dû leur confier ses enfants, elles étaient irresponsables.

Poussant un interminable soupir, elle essaya de se calmer. Inutile d'incriminer Malaury qui était une chic fille. D'ailleurs, elle aimait tout le monde et trouvait tout formidable, la perspective d'un mariage entre deux réveillons l'amusait forcément.

— Eh bien, pas moi !

Durant tout le déjeuner, Sophie avait grincé des dents en entendant les suggestions des uns et des autres. Un déjeuner au *Normandy*, puis la mairie, l'église, enfin un dîner à la *Ferme Saint-Siméon*, près de Honfleur. Alban ne voulait rien organiser au paquebot, qui serait décoré pour Noël, et ces festivités extérieures lui convenaient. Valentine s'était contentée de minauder, protestant pour la forme à propos du coût de l'opération, puis Malaury avait proposé qu'on se rende de Trouville à Honfleur en calèche. Rien que ça !

— Pourquoi pas en montgolfière, hein ?

— Quoi donc, en montgolfière ? demanda Gilles qui venait d'entrer dans leur chambre sans qu'elle l'entende.

— Le mariage de ton frère, puisque ça devient un truc de grand luxe !

— Moins luxueux qu'inviter trois cents personnes, rappela-t-il d'un ton acide. Mais une montgolfière, franchement, c'est idiot.

Elle leva les yeux au ciel et tira rageusement sur la fermeture Eclair du sac qui se coinça. A l'époque, elle avait épousé Gilles en grande pompe, exigeant une réception somptueuse. Le prix de la robe avait été exorbitant, celui de la bague aussi.

Discrètement, elle observa son mari du coin de l'œil tandis qu'il se changeait. Assis au bord du lit, il retira avec effort ses grosses chaussures et remit ses mocassins de ville. Il avait vraiment pris un coup de vieux mais, contrairement à elle, il ne faisait aucun effort pour rester jeune. En costume-cravate, sa serviette de cuir à la main, il avait encore une certaine allure. Pourtant, elle n'éprouvait plus d'attirance pour lui. L'usure du quotidien, les années qui s'accumulaient, les enfants... Et, tout au fond de sa tête, cette attirance pour Alban qu'elle ne pouvait pas ignorer, même si elle refusait de lui donner un nom.

— Pourquoi me fixes-tu comme ça ? demanda-t-il en relevant la tête.

Elle espéra que son regard ne l'avait pas trahie. Pour se donner une contenance, elle vint s'asseoir près de lui, lui tapota le genou.

— Je me disais qu'on devrait profiter du chantier pour refaire notre chambre. Ce papier peint me sort par les yeux !

— Si ça t'amuse... Mais les factures sont déjà énormes, je ne suis pas sûr que ce soit le moment d'en rajouter.

— Quelques rouleaux ne vont pas nous ruiner. Ou plutôt, tiens, pas de papier, de la peinture. Un joli jaune pâle bien lumineux. Qu'en penses-tu ?

Il esquissa un sourire et mit un bras autour de ses épaules. Quand il voulut l'attirer à lui, elle se raidit malgré elle.

— Il est temps de partir, s'exclama-t-elle, on en parlera dans la voiture !

La dernière chose qu'elle souhaitait était un câlin dans les bras de son mari, aussi se dégagea-t-elle de son étreinte d'un mouvement rapide.

— Tu n'es pas très avenante en ce moment, Sophie...

Elle se retourna, croisa son regard et n'y lut aucune tendresse.

— Je n'aime pas l'hiver, fut la seule réponse qu'elle put trouver.

Après un dîner léger composé d'une soupe et d'un reste de haricots verts en salade, Joséphine avait soigneusement nettoyé la table de sa cuisine et s'était décidée à sortir le jeu de cartes. Mais, depuis un quart d'heure qu'elle les battait, les coupait, les faisait glisser entre ses doigts, elle n'arrivait pas à se mettre en condition. Pourtant, elle voulait leur poser une question précise. Elle se concentra une fois encore, les yeux à moitié fermés, toutes ses pensées tournées vers Alban et Valentine : allaient-ils être heureux ?

Pour l'instant, ils l'étaient, ça se voyait, mais quel sort connaîtraient-ils au fil du temps entre les murs de la villa ? Félix et Marguerite aussi resplendissaient de bonheur le jour de leur mariage ! Bien sûr, Joséphine avait eu un insupportable serrement de cœur, comme un mauvais présage, en accompagnant son fils unique jusqu'à l'autel, mais elle s'était persuadée que toutes les mères réagissaient de la sorte et qu'il n'y avait pas lieu de s'angoisser.

Alban... Alban, Valentine, et l'enfant à venir qui serait élevé là. Les fées penchées sur le berceau de ce nouvel Espérandieu seraient-elles bénéfiques ou maléfiques ?

— Allons, Valentine n'est pas Marguerite, il ne va rien arriver.

Il n'était rien arrivé non plus aux trois garçons sur lesquels Joséphine avait tant veillé. Enfin, *presque* rien, Dieu merci.

De nouveau, elle coupa les cartes en deux paquets, prit les cinq premières de chaque tas. Pas grand-chose de lisible. Elle recommença, s'énerva, battit les cartes plusieurs fois. Ce jeu fétiche, tout écorné, lui répondait toujours, pourquoi était-il muet ce soir ?

Un an plus tôt, elle s'était réveillée une nuit en nage, folle d'angoisse pour Alban. Elle avait sorti ses cartes, obtenant à plusieurs reprises le huit et le neuf de pique ensemble. Hôpital, opération. L'accident était arrivé le lendemain.

Fermant complètement les yeux, elle brouilla les cartes sur la table, en retourna trois. Dans sa tête, elle visualisa le regard d'Alban. Son beau regard sombre et velouté, derrière ses lunettes désormais. Elle releva les paupières, découvrit trois rois.

— Ah, la protection est sur lui ! s'exclama-t-elle, soulagée.

Peut-être était-elle un peu folle de croire à tout ça ? Bon sort, mauvais sort, elle avait si souvent raison... mais ce n'était pas la question. Alban était en train de fonder une famille ici même. *Ici.*

Si seulement elle avait pu tout oublier ! Cette multitude de nuits blanches passées à tendre l'oreille. La chambre de Joséphine et d'Antoine était à un bout de la villa, celle de Marguerite et Félix à l'autre. Trop loin pour surveiller efficacement. Pour mieux entendre, Joséphine entrouvrait sa porte et guettait des éclats de voix ou, pire, un cri d'enfant. Parfois, un craquement du parquet la sortait de la torpeur hypnotique où l'avait plongée le manque de sommeil. Elle récitait une prière, ravalait ses larmes en silence pour ne pas réveiller Antoine. Elle ne pouvait rien faire, hormis se taire au fil des jours, attendre qu'éclate le drame, inéluctable.

D'une main hésitante, elle ramassa les cartes, essaya une fois encore de se concentrer, mais elle était trop fatiguée. Incroyablement lasse, soudain. Rouvrant le tiroir, elle rangea son précieux paquet. Comment diantre Alban pouvait-il connaître le nom du père Eric ? Antoine ne l'avait jamais mentionné devant les garçons, elle en était certaine. Sinon, pourquoi aurait-il été chercher le curé d'une autre paroisse pour soulager sa conscience ? Pauvre Antoine, la religion n'avait pas pu l'aider, il ne possédait pas une foi assez solide.

Lorsqu'elle voulut se lever, un vertige l'en empêcha. Avait-elle pris ses médicaments, ce matin ? Parmi toutes les boîtes de la pharmacie, elle se trompait, mélangeait. Elle aurait dû répartir ses comprimés dans le pilulier offert par les garçons, mais elle n'y pensait jamais.

— On ne se voit pas vieillir, ma pauvre...

Sa voix chevrotait, elle se sentait mal. Elle était restée assise à cette table trop longtemps, à faire l'idiote avec ses cartes. Est-ce que la lumière ne venait pas de baisser ? Tourner la tête vers le lampadaire lui demanda un gros effort. Un étau était en train de se refermer sur ses tempes, une nausée menaçait. Effrayée, elle chercha le téléphone du regard. Il se trouvait sur le plan de travail, près de l'évier, quasiment hors d'atteinte. Surtout qu'il faisait de plus en plus sombre. Elle s'accrocha au bord de la table et voulut prendre appui sur ses jambes, qui se dérobèrent. Dans un grand fracas, elle bascula avec sa chaise sur le carrelage.

Emmitouflé dans sa vieille robe de chambre écossaise, Alban était assis sur le tapis de bain. De temps à autre, il tendait la main pour faire couler un peu d'eau chaude dans la baignoire où Valentine se prélassait. De la vapeur montait au-dessus de la mousse et avait recouvert les carreaux.

— Tu es bien ? demanda-t-il avec un sourire attendri.

— Divinement bien. Tu devrais me rejoindre, il y a de la place pour deux !

La baignoire, ancienne, était de dimension imposante et possédait des pattes de lion.

— Le plombier suggère de changer la robinetterie pour installer des mitigeurs.

— Oh, non ! protesta-t-elle. Regarde ces robinets, on dirait des gouvernails miniatures... J'adore ce genre de détails, il y en a partout à travers le paquebot, ne les modernise pas trop, d'accord ? Ça me fend le cœur quand je vois partir les interrupteurs en porcelaine.

Il se mit à rire et posa son menton sur le bord de la baignoire pour mieux voir la jeune femme.

— Tu es tellement belle que j'aimerais faire un palais autour de toi. Un écrin pour toi.

Plongeant ses mains dans l'eau, il caressa les seins de Valentine, son ventre, ses cuisses.

— Et j'ai encore envie de toi.

— Il n'est pas question que je mette ne serait-ce qu'une épaule hors de l'eau !

Mais, contrairement à cette affirmation, elle se redressa et s'assit pour l'embrasser. Puis elle s'immergea de nouveau avec volupté.

— Nous aurons du chauffage dès demain soir, lui promit-il. Tu dois en avoir assez de tous ces désagréments, non ?

— Je vivrais volontiers sous ta couette en ce moment.

— Ce n'est pas *ma* couette, *mon* lit, *ma* chambre. Il va falloir apprendre à dire « nous ».

— Tu ne trouves pas ça effrayant ?

— Pas du tout.

Elle l'observait d'un air malicieux, prête à rire.

— Tu me prends pour un vieux célibataire endurci, hein ?

— Non, mon chéri. Mais tu n'as jamais vécu avec personne.

— Je t'attendais, toi, pour faire l'expérience.

— Et tu es convaincu ?

— Emballé !

Cette fois, elle rit de bon cœur, l'éclaboussant un peu, par jeu. Il la sentait détendue, heureuse, amoureuse, et il en éprouvait une incroyable reconnaissance. Près d'elle, la vie semblait à la fois plus douce et plus exaltante, l'avenir plus lumineux.

— Valentine, chuchota-t-il en s'agenouillant sur le tapis, je voudrais t'offrir une bague. Tu es d'accord ?

— Une bague ? Pour respecter les traditions ? Ne dépense donc pas ton argent à ça. Tu as tellement d'autres priorités ! Le paquebot, et puis... pense à lui, ou elle, dans quelques mois.

Du bout des doigts, il effleura le ventre plat de Valentine.

— On ne voit rien du tout pour l'instant, constata-t-il.

— Quand je serai ronde comme une quille, tu me désireras encore ?

— Même si tu attends des triplés, même si tu es trop grosse pour entrer dans cette baignoire. J'ai déjà envie de toi tout le temps, mais quelques kilos de plus risquent de m'ouvrir davantage l'appétit !

— Peut-être qu'on ne pourra plus faire l'amour pendant les dernières semaines.

— Raison de plus pour prendre un peu d'avance...

Il se leva et décrocha un drap de bain. A regret, Valentine sortit de l'eau, frissonnant aussitôt. Elle entreprit de se sécher vigoureusement pendant qu'il allait lui chercher son peignoir.

— Tiens, c'est curieux, il y a de la lumière chez Jo !

Debout à côté de la fenêtre, il effaça la buée et mit ses mains en œillères pour mieux voir.

— Sa cuisine est allumée mais pas sa chambre. Quelle heure est-il ?

— Pas loin de deux heures, j'imagine.

Elle le rejoignit, enfila le peignoir, regarda à son tour. Ils avaient dîné tard en compagnie de Colas et Malaury qui préféraient ne prendre la route qu'à onze heures du soir pour échapper à tout encombrement. Ensuite, ils avaient rangé un peu, puis ils étaient montés se coucher et avaient fait l'amour longuement, passionnément. L'idée du bain était venue bien après.

— Ça me paraît bizarre, marmonna-t-il.

— Elle avait peut-être une petite faim...

Perplexe, il ne répondit rien. Joséphine prétendait n'avoir besoin que de peu de sommeil à son âge, mais elle était lève-tôt, pas du tout couche-tard.

— Elle n'aurait pas éteint sa chambre si c'était juste pour aller chercher un biscuit.

Plongeant la main dans sa poche, il en sortit ses lunettes, les mit et observa encore quelques instants le petit carré de lumière.

— Ecoute, décida-t-il, je préfère aller jeter un coup d'œil, je serai plus tranquille.

En hâte, il enfila un jean et un gros pull.

— Va vite te mettre au chaud, ma chérie, je reviens tout de suite.

— Ne lui fais pas peur ! cria-t-elle alors qu'il était déjà dans le couloir.

Il dévala les deux étages, alluma la galerie et le hall, déverrouilla la porte. Son inquiétude était sans doute injustifiée, mais il avait éprouvé une étrange sensation d'angoisse en regardant par la fenêtre. A quatre-vingt-quatre ans, Joséphine pouvait avoir une faiblesse, un malaise, n'importe quoi. En quelques foulées, il franchit l'espace qui séparait la villa de l'annexe et, se souvenant de la mise en garde de Valentine, il jeta un coup d'œil à travers les carreaux de la cuisine avant de frapper.

D'abord, il ne vit rien d'autre que le lampadaire, la table, une corbeille de fruits et le téléphone sur le plan de travail. Puis il aperçut les pieds de la chaise renversée et il se précipita sur la porte. Fermée à clef, celle-ci résista tandis qu'il tambourinait dessus.

— Joséphine ! Jo, tu m'entends ?

Il tendit l'oreille mais n'obtint que le silence en réponse. Quelque part dans la nuit, une chouette hulula de manière sinistre pendant qu'il hésitait.

— Joséphine ! cria-t-il encore une fois. C'est moi, Alban !

Reculant d'un pas, il donna un violent coup de pied dans la porte qui ne céda qu'à la troisième tentative, avec un craquement de bois torturé. Dès qu'il entra, il découvrit sa grand-mère recroquevillée sur le carrelage, la chaise tombée sur elle.

— Jo ! Oh, mon Dieu, Jo...

S'agenouillant, il essaya de se rappeler les gestes d'urgence. Apparemment, Joséphine respirait, mais elle était sans connaissance, avec un pouls très faible. Il repoussa la chaise, se releva pour se précipiter sur le téléphone et appeler le SAMU. Après avoir indiqué la route exacte à son interlocuteur, il alla chercher un édredon dans la chambre, le déposa sur Jo. Il lui aurait bien mis un oreiller aussi, mais il savait qu'il ne devait pas la bouger tant qu'il ignorait la cause et les conséquences de sa chute.

— Qu'est-ce qui se passe ? demanda Valentine d'une voix blanche. Je t'ai vu défoncer la porte...

Elle se tenait sur le seuil, n'ayant manifestement pas voulu attendre.

— Je ne sais pas. Une ambulance est en route. Reste avec elle le temps que j'aille ouvrir le portail, veux-tu ?

Avant de sortir, il brancha le projecteur qui éclairait le chemin. Depuis des années, Joséphine l'allumait toujours quand l'un d'entre eux annonçait son arrivée dans la nuit. La gorge serrée, il dut retourner au paquebot récupérer la clef du portail, puis courut ouvrir en grand avant de revenir dans la petite maison. Valentine s'était assise par terre, tenant une main de Jo dans les siennes.

— Elle a mauvaise mine, murmura-t-elle. Tu crois que...

Mais elle n'acheva pas sa phrase et ne leva pas les yeux sur Alban. Comme la porte ouverte laissait entrer un vent froid, il alla la repousser et la bloqua avec un tabouret. En revenant vers le centre de la pièce, il eut une brusque envie de pleurer qui l'obligea à déglutir plusieurs fois. Jo était-elle seulement évanouie ou bien dans le coma ? Depuis combien de temps était-elle dans cet état ? Son cœur résisterait-il, allait-elle se réveiller ? Il refusait d'envisager qu'elle puisse s'en aller, les quitter, disparaître. Pas maintenant, pas avant Noël, pas avant son mariage !

Se raidissant contre l'angoisse qui l'étouffait, il enfouit ses mains dans les poches de son jean et se mit à marcher de long en large.

— Ils ne devraient plus tarder, réussit-il à dire au bout de quelques instants.

Peut-être le coup d'œil qu'il avait jeté par la fenêtre de sa salle de bains n'était-il pas dû au hasard. Peut-être ces quelques heures de gagnées sur le destin seraient-elles suffisantes pour sauver Jo. L'avait-elle appelé avant de sombrer ? Bien sûr, il ne pouvait pas l'avoir entendue du paquebot, mais...

— Elle est tout ce qui me reste, souffla-t-il.

Cette fois, Valentine le regarda, et il rectifia :

— De mon enfance, d'avant.

S'il perdait Joséphine, ce serait beaucoup plus dur que lorsqu'il avait perdu ses parents. Et jamais il ne connaîtrait la vérité à leur sujet.

Un éclair orange de gyrophare balaya les carreaux, faisant se précipiter Alban vers la porte.

7

Satisfait, David constata que Joséphine appréciait les petits-fours secs qu'il lui avait apportés. Elle en croqua un autre avant de lui sourire.

— Ils affament les gens dans cet hôpital, marmonna-t-elle.

— Je t'en porterai d'autres.

Elle se rembrunit, poussa un soupir.

— Tu crois qu'ils vont me garder longtemps ?

— Aucune idée, Jo. Je ne suis pas médecin, tu verras ça avec eux. Mais tu dois les écouter, parce que tu nous as fait une belle peur, tu sais…

Un autre sourire accentua les rides du visage émacié de Joséphine.

— Il paraît qu'Alban a enfoncé ma porte à coups de pied ?

Cette idée paraissait beaucoup la réjouir, mais ce fut de courte durée. Elle poussa un soupir, ferma les yeux. La fatigue se lisait sur ses traits. Ses mains, ses bras étaient marqués par les hématomes dus aux perfusions.

— Raconte-moi des potins, murmura-t-elle. Que fais-tu de beau en ce moment ?

— C'est calme. Du tout-venant, sauf une ferme que je n'arrive pas à vendre. Elle est superbe, avec des possibilités énormes, malheureusement, le propriétaire s'y est pendu l'année dernière. Tout le monde le sait et personne n'en veut !

Il espérait l'amuser, mais elle entrouvrit les paupières et il perçut l'éclat inquiétant de son regard.

— Il ne faut pas acheter la maison d'un pendu, souffla-t-elle.

— Oh, Jo…

— Je sais ce que je dis ! Certains lieux attirent le malheur, c'est comme ça.

Ne voulant pas la contrarier, il se tut. Après tout, l'irrationnel était pour elle une évidence, et jusque-là, elle ne s'était guère trompée.

— Pour la villa Espérandieu, ajouta-t-elle avec effort, je finis par douter. Les choses se brouillent dans ma tête. Mais tout de même, j'aurais préféré qu'ils s'en séparent.

— Et tu ne veux toujours pas leur parler ?

— Je ne peux pas.

Parce que David n'était pas son petit-fils, elle avait fini par lui confier au fil du temps une partie de ses secrets, le chargeant d'un poids dont il ne savait que faire. Il se pencha vers elle, prit sa main sur le drap.

— Jo, le jour où il va t'arriver quelque chose…

— Ah, voilà une belle expression pudique pour désigner la mort ! « Quelque chose », oui, un sacré truc, hein ?

— Mais enfin, tu y penses ? insista-t-il.

— Qui n'y pense pas ? lui répondit-elle durement.

— Alors, ils ne sauront jamais.

— Grand bien leur fasse ! Tu crois que je me tais uniquement pour les faire enrager ? Je les ai toujours protégés, David, et je continuerai à le faire jusqu'à la fin. Peux-tu me donner une seule bonne raison de leur raconter toute cette abomination ?

— Ils ont le droit de connaître la vérité.

Elle leva les yeux au ciel et lui retira sa main.

— Ce sont des mots. De grands mots creux. Tu as toujours été beau parleur, ça te sert dans ton métier, mais avec moi, tu uses ta salive pour rien.

Sa voix traînait, elle semblait avoir du mal à respirer.

— Ne t'agite pas, Jo, tu as besoin de repos.

Discrètement, il consulta sa montre. Il était en retard, ses clients allaient l'attendre, pourtant, il répugnait à la laisser seule. Son affection pour elle n'était pas feinte, il l'aimait comme sa propre grand-mère, de la même manière qu'il aimait Alban comme un frère. Cette famille était la sienne, il l'avait choisie adolescent parce qu'elle ne ressemblait à aucune autre. Chez lui, on ne s'amusait pas, son père et sa mère restaient coincés toute la journée dans leur agence immobilière, il n'avait qu'une sœur beaucoup plus âgée que lui et il s'ennuyait. Mais dès qu'il rejoignait le paquebot, il plongeait dans la fantaisie, la démesure et l'amitié. Les menaces de son père n'y avaient rien changé, il était séduit. « Envoûté », aurait dit Jo qui venait de s'endormir.

Derrière lui, la porte grinça tandis qu'Alban entrait. David mit un doigt sur ses lèvres en lui adressant un clin d'œil. Ensuite, il désigna sa montre, se leva et récupéra son manteau.

— Je reviendrai demain, chuchota-t-il. Que t'ont dit les médecins ?

— Ils la surveillent, ils font des examens. Avec eux, on ne peut jamais rien savoir.

Ils échangèrent en silence une bourrade affectueuse, puis Alban alla prendre la place de David sur l'unique fauteuil. Il resta un moment à contempler Joséphine dans son sommeil, à la fois attendri et inquiet. D'après ce qu'il avait pu tirer du chef de service, l'accident vasculaire cérébral de sa grand-mère n'était pas dramatique, elle devrait en principe récupérer toutes ses facultés. Mais bien sûr, elle restait à la merci d'un nouvel épisode, et à son âge le pronostic était toujours réservé. Depuis qu'il l'avait accompagnée à l'hôpital, trois jours plus tôt, il se posait mille questions. Dans l'ambulance, déjà, les nerfs à vif à cause de la sirène, il s'était demandé ce qu'il adviendrait d'eux tous sans Joséphine, clef de voûte de la famille. Elle était en partie à l'origine de sa décision de venir habiter la Normandie, elle était aussi l'âme du paquebot, même si elle l'avait fui. De toutes ses forces, il voulait qu'elle soit là, à son poste, pour voir ce qui allait suivre. La renaissance de la villa, un nouveau bébé Espérandieu, des années d'un bonheur qu'elle méritait. Sa façon à lui de la remercier.

Elle remua un peu, ouvrit les yeux.

— Ah, mon grand, tu es là...
— Comment te sens-tu, aujourd'hui ?
— Bien. Un peu lasse, mais c'est d'être tout le temps couchée. Je déteste ça. Est-ce que tout va bien à la maison ?
— Aucun problème.
— David m'a apporté des biscuits. Veux-tu les goûter ?
— Non, merci.
— Alors, passe-les-moi.
Il lui tendit le carton du pâtissier et la regarda grignoter. Elle paraissait décidée à reprendre des forces, sans doute pour pouvoir rentrer plus vite.
— Tu sais, Jo, on va reculer la date du mariage. Au cas où ils te garderaient encore quelque temps. Ils veulent vérifier tout ton système vasculaire, ton cœur, tes poumons...
— Oh, ils ne sont jamais à court d'idées pour dépenser l'argent du contribuable ! Tu te rends compte qu'ils m'ont poussée dans un tube comme un concombre dans un robot mixeur ?
— Un scanner, oui.
— S'ils en ont d'autres de ce genre, merci bien ! Ecoute, je me porte comme un charme et je refuse de rester ici plus longtemps que nécessaire.
— D'accord. Mais on va tout de même repousser...
— C'est hors de question ! s'emporta-t-elle. Vous n'allez pas retarder davantage ce mariage, et surtout pas à cause de moi. Je te rappelle que Valentine est enceinte.
— Elle se moque des conventions, Jo. Elle a envie que tu sois là, comme moi. Et puis, c'est à ton bras que je veux entrer dans l'église.
— Je ne vois pas l'intérêt de te conduire à l'autel. Pour ce que ça a porté bonheur à ton pauvre père !
— Jo...
— Tu m'embêtes ! Marie-toi à la date prévue, point final.
Une infirmière passa la tête à la porte, toisa Alban d'un air sévère et s'enquit :
— Tout va bien, madame Espérandieu ?
— C'est mon petit-fils qui me contrarie, répondit vertement Joséphine.
— Oui ? Eh bien, vous avez eu beaucoup trop de visites, aujourd'hui. Il faut vous reposer, sinon le docteur ne sera pas content. S'il vous plaît, monsieur...
Devant le signe impérieux qu'elle lui adressait, Alban obtempéra et se leva. Penché sur sa grand-mère pour l'embrasser, il murmura :

— On en reparlera demain.

Le regard de Joséphine était à la fois malicieux et débordant de tendresse. Sourire aux lèvres, Alban quitta la chambre un peu moins inquiet qu'il n'y était entré. Jo allait se remettre puisqu'elle trouvait déjà la force de plaisanter, de manger, de discuter pied à pied. Quant à ces histoires de porter bonheur ou pas, il s'en moquait et n'y croyait pas. Sa seule certitude était de vouloir sa grand-mère à ses côtés.

— Non, protesta Valentine, pas une autre plus « moderne ». Vous refaites cette porte à l'identique, exactement comme elle était avant.

Dubitatif, le menuisier finit par hausser les épaules.

— En tout cas, grommela-t-il, la serrure sera neuve ! Vous aurez les trois jeux de clefs qui vont avec, ça vous évitera de la démolir pour l'ouvrir.

Il repartit vers sa camionnette tandis que Valentine regagnait le paquebot. En l'absence d'Alban, elle était bien obligée de répondre aux questions des ouvriers, aussi avait-elle descendu son ordinateur portable dans le bureau du rez-de-chaussée pour y travailler tout en surveillant les allées et venues. A peine eut-elle le temps de se rasseoir et de poser les yeux sur son manuscrit que le téléphone se mit à sonner. C'était Malaury, qui prit d'abord des nouvelles de Joséphine, puis elle enchaîna d'un ton guilleret :

— On se demandait, Sophie et moi, si tu ne pourrais pas venir passer une journée à Paris cette semaine ? Il faut absolument te trouver une tenue pour le grand jour !

L'idée de faire du shopping avec Sophie ne souriait guère à Valentine, mais Malaury serait en revanche la meilleure des conseillères.

— As-tu une idée de la couleur que tu veux porter ?

— Eh bien...

— Le blanc reste ce qu'il y a de mieux pour un mariage. On peut toujours nuancer vers un ivoire, un crème, quelque chose de poudré... Avec ta silhouette, tu peux te permettre des fantaisies, sauf si tu préfères conserver ton style classique. Il faut aussi penser qu'il fera froid. Et tu sais quoi ? Je suis persuadée que tu as une tête à chapeaux, on va se régaler à t'en faire essayer !

Sous ce déluge de paroles, Valentine sourit malgré elle.

— Je ne veux pas y mettre trop cher, se contenta-t-elle de préciser.

— C'est toi qui paies ?

— Bien sûr !

— Ah... Pour tout t'avouer... Bon, on ne va pas se faire de cachotteries, j'ai reçu des consignes d'Alban.

Interloquée, Valentine se tut quelques instants et ce fut Malaury qui reprit :

— Je ne suis pas censée te l'avoir dit, il voulait rester discret. Mais entre femmes, on se comprend, n'est-ce pas ? Si tu n'as pas le souci du prix en tête, tu choisiras ce qui te plaît. Je connais deux ou trois boutiques qui sortent de l'ordinaire, je me propose de t'y emmener.

Sa gentillesse ne faisait aucun doute, néanmoins, Valentine se sentit contrariée.

— Ecoute, Malaury...

— Non, non, toi, écoute-moi ! J'ai eu tort de vendre la mèche ? Dans ce cas, je suis vraiment désolée. Alban est un homme adorable, tu le sais mieux que moi, et puisqu'il a envie de te gâter, laisse-toi faire, tu le rendras heureux. S'il m'a parlé de cette histoire de robe, c'est parce qu'il s'inquiétait de savoir qui t'accompagnerait, où tu irais... Il ne t'imaginait pas toute seule, hésitant à te décider, alors que ce moment doit être une vraie partie de plaisir.

Qu'il ait pensé à ce genre de détail bouleversa Valentine. D'autant plus qu'il s'était adressé à Malaury, pas à Sophie. Même s'il se montrait parfois trop secret, en revanche il multipliait les attentions à son égard.

— Bon, céda-t-elle, je viendrai à Paris demain ou après-demain. Quel jour te va le mieux ?

— Plutôt après-demain. Colas veut bien garder la boutique pendant que nous irons dévaliser la concurrence !

Elles convinrent de se retrouver à la gare Saint-Lazare où Valentine pouvait arriver vers dix heures, à condition de se lever tôt pour prendre le train de sept heures vingt. Après avoir raccroché, elle resta songeuse un moment. Ainsi qu'Alban l'avait supposé, elle n'avait pas vraiment d'amie proche à qui demander de l'accompagner. Des relations de travail, des copains, mais personne d'intime. Avait-elle fait le vide autour d'elle depuis qu'elle connaissait Alban, ou bien avait-elle simplement du mal à se lier ? Ses mauvais rapports avec sa mère et son beau-père, puis sa désastreuse expérience avec son premier fiancé l'empêchaient peut-être de donner trop vite son affection et sa confiance. Pourtant, elle se sentait prête à aimer toute la famille Espérandieu, à l'exception de Sophie. Dès le début, Joséphine l'avait charmée, puis elle avait sympathisé avec Gilles, avec Colas, et aujourd'hui la gentillesse spontanée de Malaury la touchait. Néanmoins, elle restait toute seule dans son camp, dernière pièce rapportée qui arrivait les mains vides. A côté d'elle, ni sœur ni cousine, pas d'amie d'enfance, pas même un vieil oncle. Etait-ce la raison de l'animosité de Sophie à son égard ? Sophie la voyait-elle comme une fille sans attaches et sans passé qui avait jeté son dévolu sur Alban par opportunisme ? Non, il y avait autre chose dans l'attitude ambiguë de Sophie, comme une sorte de jalousie amoureuse. Etait-il possible que Sophie éprouve une véritable attirance pour Alban ? Si c'était le cas, Valentine allait devoir se montrer particulièrement vigilante. Elle ne doutait pas d'Alban, mais Sophie demeurerait son ennemie sans espoir de paix.

Des éclats de voix dans la galerie la tirèrent de ses réflexions moroses. Abandonnant sa traduction qui, de toute façon, n'avançait pas d'une ligne ce matin, elle quitta le bureau.

— Tu étais là, ma chérie ? s'étonna Alban en venant à sa rencontre.

— Il y a un nouveau problème ?

— L'électricien trouve normal d'abandonner des débris de baguettes et de vieux fils un peu partout ! Je lui avais pourtant demandé d'enlever ses gravats au fur et à mesure. La maison est un véritable chantier !

— Tu crois qu'ils tiendront les délais et que ce sera fini pour Noël ?

— J'espère !

Il avait l'air fatigué, exaspéré et soucieux.

— Est-ce que Joséphine va bien ? demanda-t-elle doucement.

— Oui, elle semble tirée d'affaire pour cette fois. Mais j'ignore à quel moment ils la laisseront partir.

— Tu lui as dit qu'on pouvait...

— Elle ne veut pas en entendre parler. Et quand elle a une idée en tête, impossible de l'en dissuader.

Il serait terriblement déçu si sa grand-mère n'assistait pas à leur mariage, Valentine le savait. Elle vérifia d'un coup d'œil qu'ils étaient seuls dans la galerie, puis elle lui mit un bras autour du cou et l'embrassa. La température de la maison était redevenue agréable depuis que le chauffagiste avait enfin terminé ses réparations, et ils restèrent un moment enlacés, se serrant l'un contre l'autre en silence.

— Je vais passer la journée à Paris après-demain, finit-elle par annoncer. Malaury veut m'aider à trouver une robe.

— Formidable, approuva-t-il d'un ton détaché.

— Et j'essaierai de ne pas te ruiner puisque tu es le mystérieux bienfaiteur.

— Mais...

— C'est adorable d'y avoir pensé, Alban ! Malgré tout, j'aimerais autant que tu ne me fasses pas de cachotteries, même pour une excellente surprise. Nous avons déjà un peu de mal à... communiquer, toi et moi, alors ne nous dissimulons rien, d'accord ?

Elle eut la très nette sensation d'avoir touché un point sensible car il parut se troubler, lui dérobant son regard.

— Tu as des secrets ? demanda-t-elle carrément.

— Non.

Sans doute mentait-il, mais insister ne servait à rien.

— Allons déjeuner, proposa-t-il en la prenant par la main. J'ai rapporté des moules, ce sera vite prêt. Avec tout ce ramdam, est-ce que ton travail avance ?

— Pas vraiment.

— Et tu dois le rendre ?

— Fin janvier, dernier délai.

Dans la cuisine, il mit les moules au fond de l'évier et commença à les brosser.

— Tu n'es pas obligée de continuer à travailler. Quand le bébé sera là...

— Alban ! Mon travail me plaît, et je peux le faire à la maison. Pourquoi devrais-je arrêter ?

— Je voulais juste dire que tu feras comme bon te semblera. Tu as le choix.

— Gagner un peu d'argent est important pour moi. Garder un pied dans la vie active aussi. Je n'ai pas l'intention de... de...

— T'enterrer ?

— Non ! Tu sais très bien que non. Ce n'est pas comme ça que je vois les choses. Vivre ici avec toi est une chance. Je n'avais pas rêvé d'un homme tel que toi. Je n'avais pas non plus rêvé d'une maison aussi extraordinaire que le paquebot. Quand je me réveille, chaque matin, j'ai le cœur qui bat en réalisant ce qui m'arrive. S'enterrer ? Tu plaisantes ! J'appellerais plutôt ça renaître. Mais je vais continuer à travailler, bien sûr. Peut-être même aurai-je besoin d'aller de temps en temps à New York pour me réimprégner de la langue, de l'argot des rues, des expressions nouvelles.

L'air surpris, il se tourna vers elle, la dévisagea.

— Est-ce que ça t'ennuie ? s'enquit-elle d'un ton un peu vif.

— Pas du tout...

— Nous n'en avions pas parlé jusqu'à présent, c'est vrai. Je crois que nous ne parlons pas assez, Alban.

Sans répondre, il fit dorer des oignons et des échalotes dans un faitout, ajouta un bouquet garni, les moules, un peu de vin blanc.

— Combien voudrais-tu d'enfants ? dit-elle en se rapprochant de lui. Même ça, je n'en ai aucune idée !

Il se mit à remuer les moules avec une grosse louche mais, de sa main libre, il prit Valentine par la taille.

— J'ai vraiment été heureux d'avoir des frères. Un enfant unique ne s'ennuie-t-il pas ? Bien sûr, ce sera à toi de décider.

Elle appuya sa tête sur l'épaule d'Alban et murmura :

— J'ai tellement peur, si tu savais...

— De quoi ?

— D'un pépin. Tout peut arriver pendant ces quelques mois : rubéole, éclampsie, mauvaise nouvelle à l'échographie, et j'en passe ! Et puis comment être sûre que le bébé est normalement constitué, qu'il ne va pas s'arrêter de respirer ?

— Toutes les futures mères doivent connaître ce genre d'angoisses, répondit-il d'un ton apaisant. Parles-en à...

— A Sophie ?

Elle éclata de rire puis l'embrassa dans le cou.

— L'idée n'est pas si absurde, je suis persuadée que Sophie adore jouer au coach. Tiens, je l'entends d'ici clamer sur les toits qu'elle a pris en main sa *petite belle-sœur* ! Sauf que l'expression lui resterait sur le cœur. Mais enfin, malgré toute mon antipathie pour elle, je dois reconnaître qu'elle a trois enfants magnifiques, bien élevés, et qui ne présentent pas le moindre problème de santé.

Alban hocha la tête sans conviction, puis il saisit le faitout qu'il alla poser sur la table.

— Viens t'asseoir, chérie.

Il semblait sérieux, soudain, presque grave.

— Valentine, il faut que je te dise quelque chose.

Le ton de sa voix laissait augurer une catastrophe imminente. Au lieu de s'asseoir, Valentine le regarda avec une curiosité presque craintive.

— Pour ce que j'en sais, commença-t-il, ma mère n'était pas une femme très équilibrée. Comme la famille s'est montrée plutôt laconique sur ce sujet, je n'ai pas tous les détails, mais il semble qu'elle ait été un peu... démente.

— La mienne aussi, crois-moi ! répliqua amèrement Valentine. Au moins, la tienne aimait ses enfants.

— La question n'est pas là. Ce que j'essaie de t'expliquer est que, parfois, ce genre de maladie mentale...

— Quelle maladie exactement ? A l'époque, on traitait les gens de fous dès qu'ils avaient un comportement atypique. Ta mère était sans doute une originale, et alors ? J'aimerais assez que notre enfant possède un brin de fantaisie ! Ecoute, chéri, ne nous créons pas de fausses complications. On verra bien à qui ressemble le bébé, et si c'est un garçon, j'espère qu'il sera exactement comme toi, en moins sérieux !

Elle s'assit et commença à servir les moules. Lorsqu'elle releva les yeux sur Alban pour lui souhaiter bon appétit, elle découvrit qu'il faisait une drôle de tête.

— Tu es contrarié ?

— En fait...

Il hésita, parut sur le point d'ajouter quelque chose, mais finalement, il se contenta d'ébaucher un irrésistible sourire.

— Je t'aime, Valentine, dit-il d'une voix très douce.

C'était ce qu'elle avait envie d'entendre, et rien d'autre. Elle était en train de vivre la plus belle période de son existence, aucun nuage ne devait venir gâcher ces moments. Cinq minutes plus tôt, Alban l'avait un peu effrayée, comme s'il allait lui annoncer qu'un obstacle se dressait sur leur route et les empêcherait d'être heureux. Mais s'il ne s'agissait que des bizarreries de sa mère, quelle importance ? Un suicide dû à une dépression ne constituait pas une pathologie héréditaire. Marguerite Espérandieu, sur les photos qui restaient d'elle, était une très belle femme, et Valentine ne serait pas déçue si le bébé qu'elle attendait lui ressemblait.

L'après-midi même, Alban se rendit pour la troisième fois à Saint-Gatien. A chacune de ses visites, il avait beau se raisonner, il trouvait l'aéroport petit comme un jouet. Son rendez-vous avec Jean-Paul et avec l'un des représentants de la chambre de commerce et d'industrie du pays d'Auge n'était prévu qu'à seize heures, mais il avait voulu arriver en avance. De loin, il observa attentivement la piste 1, un tarmac d'environ deux mille cinq cents mètres de long sur quarante-cinq de large, et qui disposait d'un balisage nocturne de haute intensité. La piste 2, bien plus modeste, était en herbe mais devait faire sept cents mètres. La totalité des installations se situait sur une enceinte de plus de deux cents hectares.

« Un beau jouet... »

Il se souvenait par cœur des chiffres précis qu'on lui avait fournis. L'année précédente, cent cinquante mille passagers avaient transité ici, un tiers pour les vols des tour-opérateurs à destination du Maroc, de la Tunisie ou de l'Egypte, et deux tiers pour l'aviation privée. Une compagnie anglaise avait également mis au point une ligne régulière de quatre allers-retours par semaine entre Deauville et Brighton. Enfin, et ce point insolite amusait Alban, Saint-Gatien était le premier aéroport européen pour le fret des pur-sang destinés à la reproduction. Plusieurs centaines de chevaux allaient et venaient entre la Normandie et l'Amérique, l'Irlande, la Grande-Bretagne et les Emirats arabes unis. Une vingtaine de boxes agréés et une rampe de descente avaient été aménagés à cet effet.

« Un jouet rentable et moderne... »

Avait-il envie de travailler ici ? De regarder décoller et atterrir des avions qu'il ne pouvait plus piloter ? De se retrouver prisonnier d'assommantes tâches de gestion ? D'être le *rampant* qui regarde le ciel sans y monter ? Désirait-il rester dans ce milieu ou, au contraire, s'en détacher définitivement ? Il *devait* réussir sa reconversion professionnelle, et il n'avait plus beaucoup de temps devant lui car il était en train de fonder une famille.

« Si c'est juste une question d'amour-propre, il faut que j'arrête de traîner les pieds. Mais si c'est insurmontable pour moi, je n'ai rien à faire ici. »

Il n'avait plus que quelques minutes d'avance et il se dirigeait déjà vers les locaux administratifs quand son portable sonna. Voyant le numéro de Gilles s'afficher, il prit la communication.

— Salut, petit frère, je t'appelle en vitesse pour t'annoncer que l'assurance veut une contre-expertise supplémentaire. Bon, ça n'a rien d'inquiétant, ils essaient de gagner du temps, comme d'habitude, mais je leur ai fait savoir qu'on en a marre et qu'on va finir par les assigner ! En attendant, c'est reparti pour un tour, je suis désolé, tu vas te taper des visites médicales et des contrôles.

— Tu crois qu'on en sortira un jour ? soupira Alban, soudain découragé.

— Ah, ça, j'en suis certain ! Allez, mon vieux, je t'ai promis que tu toucherais le pactole et tu l'auras. Le seul *hic* est qu'il te faudra encore un peu de patience...

Après avoir pris congé de son frère, Alban joua quelques instants avec son portable. Ce nouveau retard était-il un signe du destin pour l'obliger à s'engager ? Avec les travaux du paquebot, il allait vite être à court d'argent.

« Un signe du destin ! Ma parole, Jo déteint sur moi. »

Un Piper était en train d'atterrir. Il prit le temps de regarder le spectacle, le cœur serré d'une infinie nostalgie, puis il se rendit à son rendez-vous d'un pas résolu.

David raccompagna ses clients jusqu'à la porte de l'agence en les félicitant sur leur choix. La date de la signature était fixée, encore une affaire de réglée. A l'approche des fêtes de fin d'année, il y avait encore beaucoup d'activité immobilière, comme si les gens s'offraient une maison pour Noël !

— Claudine, si vous voulez partir, allez-y. Il ne se passera plus grand-chose aujourd'hui, dit-il à sa secrétaire.

Tout le monde avait des courses à faire, des cadeaux à trouver, des réveillons à prévoir. David était un patron compréhensif, mais en échange, il exigeait le maximum de ses collaborateurs. Lui-même se donnait à fond dans ce travail qu'il aimait de plus en plus au fil du temps. Vendre des maisons, des terrains, des appartements ou des commerces était beaucoup plus intéressant que ce qu'il avait pu craindre lorsqu'il avait repris l'agence après son père. A l'époque, il l'avait fait par devoir, persuadé qu'il ne tarderait pas à changer d'activité, mais très vite le goût des affaires lui était venu.

Il s'arrêta devant les bureaux de ses deux négociateurs pour jeter un coup d'œil machinal à leurs plannings. L'un était en train de faire visiter un moulin dans la campagne, et l'autre recherchait des affaires à ajouter au portefeuille.

David regagna son propre bureau en fredonnant. Sa journée avait été bien remplie et il se sentait de bonne humeur. A l'heure du déjeuner, il était allé embrasser Joséphine à l'hôpital, heureux de la voir récupérer si vite, du moins en apparence. Elle avait tout de même quatre-vingt-quatre ans, et elle se soignait en dépit du bon sens, confondant ou oubliant carrément ses médicaments. Pourtant, elle possédait toute sa tête, il suffisait de parler cinq minutes avec elle pour s'en rendre compte. Pourquoi s'occupait-elle si peu d'elle-même ? Par habitude de ne penser qu'aux autres ? Elle avait consacré quarante années de sa vie à ses trois petits-fils, et sans doute continuerait-elle jusqu'à son dernier souffle. L'installation d'Alban dans ce qu'elle appelait le *bazar maudit* l'avait à la fois contrariée et ravie, lui apportant la joie de retrouver une vie de famille mais aussi la terreur d'un nouveau drame entre les murs de la villa. Quelques années plus tôt, lors d'une visite de David elle s'était écriée : « Vends-moi ça, je ne veux plus la voir ! » Il lui avait rétorqué que ses trois petits-fils seraient très déçus, très peinés, et qu'ils ne comprendraient pas sa décision. Sauf si elle se donnait la peine de la leur expliquer, ce qu'elle ne pouvait pas se résoudre à faire.

— Il y a quelqu'un ?

David n'avait pas entendu la porte de l'agence s'ouvrir mais il reconnut la voix d'Alban.

— Je suis là, viens !

— Encore au travail à cette heure-ci ? railla Alban en entrant. Je passais à tout hasard pour t'inviter à dîner.

— Tu *passais* ? Aurais-tu cassé ton téléphone ?

— D'accord, j'avais envie de bavarder avec toi. J'ai vécu une drôle de journée... A propos, j'ai posé ma candidature pour la direction de Saint-Gatien.

L'intonation résignée fit aussitôt réagir David.

— Voilà une excellente nouvelle, et tu me l'apprends avec l'air sinistre de quelqu'un qui viendrait de perdre ses parents ! Pardon, l'expression est stupide. En tout cas, tu as pris la bonne décision.

— Disons la plus raisonnable. Je suis à peu près aussi enthousiaste qu'un gosse rêvant d'un avion téléguidé et à qui on n'offrirait que l'emballage. La boîte ornée par la photo du jouet, mais rien dedans.

David le dévisagea un moment puis finit par proposer :

— Veux-tu boire quelque chose pour fêter l'événement ? Content ou pas, tu es sur les bons rails, Alban !

Il gardait toujours quelques bouteilles de champagne dans le réfrigérateur de son bureau, destinées à arroser les signatures des grosses ventes.

— A part ça, quels sont tes autres soucis ? demanda-t-il en sortant deux verres d'un petit placard.

Leur amitié complice les dispensait de formalités, et David voyait bien qu'Alban avait encore quelque chose sur le cœur.

— J'ai essayé de parler à Valentine au déjeuner, mais je n'y suis pas arrivé.

— Tu veux absolument qu'elle sache, pour ta mère ?

— Je trouve ça plus honnête de la mettre au courant.

— L'honnêteté n'a rien à voir là-dedans. Tu vas l'effrayer, et après ? Quoi que tu lui racontes sur ta famille, elle ne peut rien y changer, et le bébé est en route.

— C'est bien pour ça que j'ai calé. Elle a déjà peur de tant de choses !

— Alors, ne l'angoisse pas davantage et épargne-lui ces vieilles histoires.

— Tu es comme Jo, tu aimes les secrets, les non-dits...

— Toute vérité n'est pas bonne à dire.

— Et sous ce prétexte, tu gardes des choses pour toi ?

— Alban... Ne me refais pas ton coup de colère de la plage. Tu as envie de te défouler ? Franchement, je ne comprends pas ton obsession du passé.

— Pas une obsession, mais des questions lancinantes qui n'obtiennent aucune réponse. Je ne veux pas harceler Jo, surtout pas en ce moment, pourtant je sais qu'elle me ment. Pourquoi ? Nous sommes des adultes, Gilles, Colas et moi, on peut tout entendre !

David haussa les épaules sans répondre. Il se sentait pris entre le marteau et l'enclume, mourant d'envie d'aider Alban mais incapable de trahir Joséphine. Il se retrouvait piégé malgré lui dans l'histoire de la famille Espérandieu, plus impliqué qu'il ne l'aurait voulu et condamné à mentir.

Alban vida son verre puis le reposa doucement sur le bureau en déclarant :

— Une de mes dernières découvertes, grâce à un mauvais plombier, est qu'Antoine fréquentait les curés ! Tu imagines ça ?

— Non, ce n'était pas du tout son genre, s'étonna David. Ton grand-père n'avait rien d'un bigot, je m'en souviens très bien.

Il était sincère et il soutint le regard d'Alban qui le scrutait.

— Pourtant, il a dû se confier à un prêtre à un moment ou à un autre, pour obtenir une sorte d'absolution de je ne sais quel péché. Un certain père Eric le lui a même écrit sur une image pieuse ! A toi non plus, ce nom ne dit rien ?

— Eric ? Ben, si... C'est un prénom répandu, mais j'ai connu un père Eric quand j'étais scout. On faisait des camps sur la corniche, on...

— Tu as été scout ? s'esclaffa Alban.

— Louveteau, quand j'étais gamin, oui. Avant d'aller en pension, avant de te connaître. Après, mon père m'a fichu la paix avec ça.

— Et c'était quoi, la paroisse de ce père Eric ?

— Il lui arrivait de dire la messe dans plusieurs petites églises des environs, à Criquebœuf, Villerville ou ailleurs, mais il venait du Havre.

— Et son nom de famille ?

— Je ne me le rappelle pas.

Devant l'expression dépitée d'Alban, David ajouta spontanément :

— Mais ma sœur saura peut-être, elle a une mémoire d'éléphant !

— Demande-le-lui. S'il te plaît.

Ils se turent quelques instants, les yeux dans les yeux, puis David hocha la tête. Soulagé, Alban se leva.

— Tu nous rejoins pour dîner au paquebot ?

— Je serai là vers huit heures, le temps de fermer la boutique.

Il commença à ranger ses dossiers mais, alors qu'Alban sortait, il le rappela.

— J'ai eu un client, ce matin, qui cherchait une maison exactement comme la vôtre, et qui avait l'air décidé à y mettre n'importe quel prix. Tu n'es toujours pas intéressé, je suppose ?

— Quelle bonne blague ! lui lança Alban en s'en allant.

Avec un petit soupir, David referma son agenda. Au moins, il avait transmis l'offre, une façon pour lui de rester fidèle à Joséphine qui aurait tellement voulu vendre. Songeur, il repensa au père Eric, un jeune prêtre sympathique qui, quelque trente ans plus tôt, relevait sa soutane pour jouer au foot avec les enfants. Il ne voyait pas très bien ce que ce curé venait faire dans l'histoire Espérandieu, mais il était persuadé que si Alban mettait la main sur le plus petit bout de fil, il déviderait toute la pelote.

« Et ce sera à cause de moi… Ou grâce à moi, c'est selon. »

Jo ne lui avait pas tout dit, loin de là, néanmoins, il en savait déjà trop. Vaguement angoissé, il se demanda si la vieille dame n'avait pas raison car la vente de la villa aurait tout englouti, tout effacé. Plus de paquebot et plus de révélations tardives, plus de crainte d'une possible malédiction du lieu.

En éteignant les lumières de l'agence, il pensa à sa propre famille. Y avait-il un cadavre dans les placards, chez les Leroy ? Un secret enfoui ? Il ne le croyait pas mais n'aurait pas pu en jurer.

« Mes parents étaient des gens normaux, qui bossaient tout le temps, alors que Marguerite Espérandieu passait pour folle, à juste titre… »

Il la revoyait traversant les pièces de la villa de son pas glissé, comme si elle patinait, un petit sourire énigmatique aux lèvres. Elle parlait peu à ses fils, elle donnait même l'impression de ne pas les voir. Quand David la saluait, intimidé, elle semblait tomber des nues devant ce garçon étranger, puis elle cessait de sourire et passait son chemin. Impossible, pour un adolescent, de ne pas la trouver belle, cependant la fixité de son regard mettait vite mal à l'aise. Autant Joséphine rendait l'atmosphère de la villa chaleureuse, autant Marguerite vous donnait envie de ne pas franchir le seuil.

« Je n'ai pas dû échanger dix mots avec elle, à l'époque. C'est étrange… »

Sur le trottoir, tandis qu'il verrouillait la porte, il eut conscience de penser trop souvent à toute cette histoire. Si lui-même se posait autant de questions, comment reprocher à Alban son entêtement ?

« Il va avoir un enfant, il veut savoir de quels gènes ce bébé va hériter. Jo devrait tout déballer, et tant pis si le linge est vraiment sale ! »

Mais ce n'étaient pas les convenances qui retenaient la vieille dame, il en était persuadé. Quelque chose de plus puissant l'obligeait à se taire, à garder tout le poison en elle.

« Si Alban n'était pas revenu, s'il était encore pilote de ligne, si le pneu du train d'atterrissage n'avait pas éclaté… »

Impossible de revenir en arrière, d'ailleurs, le retour d'Alban avait comblé David. Durant des années, lorsqu'il allait rendre visite à Joséphine pour s'assurer qu'elle n'avait besoin de rien, il considérait avec une certaine mélancolie la façade du paquebot endormi. Les volets fermés lui rappelaient immanquablement sa jeunesse enfuie, tous les rires et les bons moments partagés avec les trois frères Espérandieu. La superbe villa vieillissait, s'abîmait sous l'air marin. Joséphine aurait voulu la voir disparaître pour de bon, et David, sans le dire, rêvait de la voir renaître.

« Eh bien, c'est en train de se faire, il n'y a donc rien à regretter ! »

Il jeta un coup d'œil sur la vitrine éteinte de l'agence. Toutes les affichettes comportaient, au-dessus d'un descriptif, une photo flatteuse de la maison ou de l'appartement à vendre. Aucune d'entre elles ne pouvait se comparer au paquebot, foi d'agent immobilier !

Epuisée, Valentine sortit de la cabine et affronta les moues sceptiques de Malaury et de Sophie.

— Non, ça non plus, finit par dire Malaury.

Valentine hocha la tête avant d'aller se changer. C'était déjà la troisième boutique où elle se livrait à d'interminables essayages, et autant elle supportait bien l'œil critique de Malaury, autant les grimaces dédaigneuses de Sophie l'exaspéraient.

— Allons déjeuner, proposa-t-elle en boutonnant son manteau. Je n'en peux plus et je meurs de faim.

— C'est vrai que, dans ton état, on devrait te ménager ! s'exclama Malaury.

— N'exagérons rien, ronchonna Sophie. Etre enceinte, ce n'est pas une maladie, on arrive très bien à vivre normalement, sauf si on a envie de se faire plaindre...

Du haut de son expérience de mère, elle considéra Valentine sans indulgence.

— Mangeons un truc vite fait, concéda-t-elle. Ensuite, on s'y remettra sans tarder parce que, avec tout ça, on n'a rien trouvé qui t'aille.

Le ton de sa voix signifiait clairement que Valentine n'était pas facile à habiller, ce qui fit sourire la jeune femme. Pour l'instant, sa grossesse n'avait encore rien changé à sa silhouette longiligne et elle pouvait enfiler une taille mannequin sans problème.

— Il y aurait bien un truc, lâcha Malaury alors qu'elles venaient de s'installer dans le premier bistrot venu. Un ensemble dément que j'ai dans ma boutique. Je n'en ai pris qu'un, à titre d'essai, mais plus j'y pense...

— On aurait pu commencer par là ! ironisa Sophie.

— Un *truc* de quel genre ? s'enquit Valentine.

— Dans mon esprit, cette tenue était destinée à une fête, par exemple un réveillon très chic. La styliste est italienne, elle possède une véritable inspiration.

— Mais encore ?

— Imagine une robe longue ivoire, à godets, avec un décolleté plongeant terminé par une série de petits boutons jusqu'à la taille. Dessus, un spencer à col montant qui se porte ouvert, de la même soie sauvage ivoire mais avec des amours de brandebourgs couleur taupe. Tu aurais une allure folle là-dedans.

Du coin de l'œil, Valentine remarqua que Sophie pinçait les lèvres d'un air contrarié. Avait-elle espéré que la journée se conclurait par un échec ? Elle était assez garce pour se réjouir secrètement si Valentine rentrait bredouille malgré toute l'apparente bonne volonté de ses deux futures belles-sœurs.

— J'imagine que ta merveille est hors de prix ? demanda-t-elle.

— J'abandonnerai ma marge à Alban, répondit Malaury en riant.

— Ah, oui, c'est lui qui paie ! souligna Sophie. Dans ce cas, pourquoi se priver ?

Son agressivité commençait à lasser Valentine qui la regarda bien en face avant d'articuler :

— Est-ce que je t'ai fait quelque chose, ou est-ce seulement ma tête qui ne te revient pas ?

Un froid subit s'abattit sur leur table. La bouche ouverte, Sophie la contempla quelques instants puis leva les yeux au ciel en ricanant.

— Où vas-tu chercher ça ?

Le serveur les tira d'embarras en déposant leurs salades devant elles. Malaury commanda un verre de chablis, Valentine un Perrier et Sophie un café. Une fois seules, elles se mirent à manger en silence. Elles avaient presque terminé lorsque Malaury lança :

— Bon, on ne va tout de même pas gâcher cette journée, les filles !

— J'ai posé une question simple, dit posément Valentine, alors j'aurais aimé une réponse.

Sophie repoussa son assiette et croisa ses mains devant elle.

— Nous ne débordons pas de sympathie l'une pour l'autre, admit-elle avec désinvolture. La femme qui se fait épouser parce qu'elle attend un enfant me paraît toujours un peu suspecte, désolée. Et comme j'aime beaucoup Alban, j'espère que tu es sincère avec lui et que tu le rendras heureux, mais je n'en suis pas sûre du tout. Voilà, tu as ta réponse.

— Je crois que tu aimes beaucoup *trop* Alban. C'est ton beau-frère, pas ton fils, tu n'es pas chargée de veiller sur lui.

Très embarrassée par cet échange plutôt aigre, Malaury tenta d'intervenir.

— Ne dites pas des choses que vous pourriez regretter, murmura-t-elle.

Il y eut un nouveau silence, puis Sophie sortit son portefeuille.

— C'est moi qui vous invite, mais je vais vous laisser.

Valentine sentit qu'elle devait faire un effort, sinon ses rapports avec Sophie allaient devenir intenables. Si chaque week-end elles devaient se faire la tête ou s'ignorer, ce serait pénible pour toute la famille, Alban le premier.

— Tu ne peux pas rester encore un peu ? Juste le temps de voir l'ensemble de Malaury...

— Mon avis t'intéresse ? ironisa Sophie.

— Oui, parce qu'il est caustique ! Si ça te plaît à toi, ça plaira à tout le monde.

De mauvaise grâce, Sophie parvint à sourire.

— Admettons, lâcha-t-elle du bout des dents.

Valentine supposa que la curiosité tenait une bonne part dans cette concession, mais au moins la hache de guerre semblait momentanément enterrée.

— Dans le temps, dit le médecin, les gens appelaient ça une « attaque ». Vous vous en souvenez ?

— Oui, bien sûr. Et même, avant que vous soyez né, docteur, on disait : « Il a eu un transport au cerveau ! »

— Une expression très imagée, admit le médecin avec un large sourire. Eh bien, madame Espérandieu, votre petit accident vasculaire cérébral, ou quel que soit le nom qu'on lui donne, c'est ça. Vous avez de la chance de ne conserver aucune séquelle, ni aphasie ni paralysie, mais désormais, vous devez vous ménager, et je ne vous recommande pas de danser la gigue au mariage de votre petit-fils ! Quant à l'église, nous sommes au mois de décembre, il va falloir vous couvrir...

— Comme un oignon, promis.

Toujours souriant, le médecin rangea négligemment son stéthoscope dans la poche de sa blouse.

— Vous pourrez quitter l'hôpital demain.

Il s'apprêtait à sortir de la chambre mais Joséphine le retint en le saisissant par la manche.

— J'ai une question qui me trotte dans la tête, docteur. Quand il y a des fous dans une famille, est-ce que ça se transmet ?

— Des fous ?

— Une folle, en l'occurrence. Ma bru l'était, je vous assure.

— Oh... Vraiment ?

— Puisque je vous le dis !

— En tout cas, déclara-t-il d'un ton circonspect, vos petits-fils ont l'air tout à fait bien.

— Et mes arrière-petits-enfants aussi, merci mon Dieu ! Enfin, jusqu'ici...

Le médecin, qui avait perdu son sourire, l'observa quelques instants, sourcils froncés.

— Ne me regardez pas comme ça, soupira Joséphine, je ne suis pas en train de refaire un coup de grisou. Mais il y a des choses qu'on ne peut demander qu'à un docteur, n'est-ce pas ?

— Vous ne devriez pas vous inquiéter, madame Espérandieu. Vous savez, tout le monde est un peu fou, c'est une notion très subjective.

Après un clin d'œil appuyé, il s'éclipsa.

— Me voilà bien avancée, grommela la vieille dame.

Elle n'en voulait pas à ce jeune médecin d'être resté évasif. Après tout, il n'avait pas connu Marguerite.

— Il arrivera ce qui doit arriver, rien d'autre.

Chaque fois qu'elle essayait de se concentrer en pensant au bébé d'Alban, elle ne « voyait » rien. En revanche, Valentine lui apparaissait toujours auréolée de bonheur, et ce serait probablement suffisant.

Elle se redressa dans son lit puis ouvrit le tiroir de la table de chevet pour y prendre son peigne et son miroir. Comme chaque jour depuis le début de son hospitalisation, elle aurait la visite de David et d'Alban, ensemble ou à tour de rôle, et elle voulait être présentable. Rien de plus pathétique qu'une vieille dame échevelée, négligée.

La petite glace ovale lui renvoyait l'image d'un visage ridé qu'elle peinait toujours à reconnaître comme le sien. Où était donc passée la jeune et jolie Joséphine de quinze ans qu'elle était toujours dans sa tête, soixante-dix ans plus tard ? Sa longue vie avait filé à la vitesse du vent, la comblant certains jours et la broyant à d'autres moments. Sans doute était-ce le lot commun. Avec Antoine, main dans la main, ils s'étaient arc-boutés contre les coups du sort, redressés devant le malheur, et bien qu'ils aient perdu Félix, leur fils unique, ils avaient sauvé tout le reste de leur mieux.

« Mon Antoine, j'espère que tu m'attends dans l'au-delà. Que tu me tendras la main en souriant, comme ce lointain cousin Espérandieu présenté un beau matin par mon père. Ah, fallait-il que nous soyons destinés l'un à l'autre pour porter le même nom ! Alors on va se retrouver, Antoine, c'est obligé. Au moins nous deux, parce que Félix doit errer ailleurs... »

Elle se recoiffa lentement, attentive à ne pas se laisser submerger par un apitoiement inutile. Oui, elle arrivait en bout de course, pour elle ce serait bientôt fini, cependant elle partirait avec la certitude d'avoir rempli le contrat de son mieux. Il lui suffisait de voir entrer dans sa chambre l'un de ces trois hommes qu'elle avait élevés pour se sentir apaisée. Certes, ils avaient leurs failles et leurs défauts, mais elle s'était débrouillée pour limiter la casse.

— Je n'étais pas le bon Dieu, dit-elle au miroir, j'ai fait ce que j'ai pu !

Sophie ne décolérait pas. Elle était allée chercher les enfants à l'école, avait subi l'une après l'autre les corvées du goûter, des leçons à apprendre, du bain puis du dîner sans que sa mauvaise humeur la quitte.

— Une demi-heure de télé et au lit ! lança-t-elle à Paul et Louis d'un ton rogue.

Anne préférait refaire sa lettre au père Noël, cherchant sans doute le genre de jouet introuvable qu'elle pourrait ajouter à une liste déjà trop longue.

— Ils sont vraiment gâtés-pourris, fit-elle remarquer à Gilles lorsqu'elle le rejoignit dans la cuisine.

Il venait de rentrer, tout fier de s'être arrêté chez l'écailler pour y acheter deux douzaines d'huîtres.

— Elles ne valent probablement pas celles de Trouville, annonça-t-il, mais j'en ai eu envie en les voyant ! Tu as passé une bonne journée ?

— Atroce. Dénicher une robe pour Valentine a été pire que la quête du Graal ! Et bien entendu, c'est Malaury qui a fini par régler le problème. Elle a *toujours* le truc idéal, il faut lui reconnaître ça, mais elle a commencé par nous trimballer de boutique en boutique, chez ses copines, va savoir pourquoi. Franchement, dans certaines tenues, Valentine avait l'air d'un sac !

— Ah bon ? Elle est bien foutue, pourtant.

Sa colère brusquement ravivée, Sophie toisa son mari.

— Si tu le dis... Les hommes n'ont d'yeux que pour les fesses et les seins, c'est bien connu !

Il haussa les épaules et, pour se donner une contenance, goûta une huître.

— On mange debout devant l'évier ? demanda-t-elle rageusement. Bon, je mets le couvert, va coucher les enfants.

Elle attrapa deux assiettes, du citron, une bouteille de blanc frais. L'ensemble présenté par Malaury était, hélas, sublime. Impossible de prétendre le contraire, même avec la pire mauvaise foi. A elle seule, la robe donnait déjà une allure extraordinaire, mais avec le spencer à brandebourgs, on devenait une princesse. Bien que sans chaussures et sans maquillage, lorsque Valentine était sortie de la cabine, tenant ses cheveux longs d'une main pour les relever, elle aurait pu poser pour n'importe quel photographe de mode. L'estomac noué, Sophie l'avait imaginée au bras d'Alban, et une brusque bouffée de jalousie l'avait brûlée comme de l'acide.

Penser à Alban la rendait folle mais il n'y avait rien à faire, à espérer ou à tenter. Rien du tout ! Avec un autre homme, elle n'aurait pas hésité, quitte à mettre son existence de femme mariée et de mère de famille en péril. Avec un autre, depuis longtemps, elle se serait jetée à sa tête, vautrée dans l'adultère, aurait peut-être quitté Gilles. Seulement voilà, Alban était son beau-frère, or, même dans le plus abracadabrant des scénarios, il ne deviendrait pas son amant. Etre amoureuse - cet état si terrible et si délicieux - ne la conduisait nulle part. Valentine n'était pas sa rivale, il n'y avait pas d'histoire d'amour, juste un fantasme secret qui envahissait sa tête chaque soir et qui, selon son humeur, l'aidait à s'endormir ou l'en empêchait.

— Tu penses encore à cette robe ? demanda Gilles en revenant. Tu te fais vraiment une montagne pour pas grand-chose !

Heureusement, il n'avait pas la moindre idée des pensées de sa femme.

— Dis à Malaury de t'en trouver une et n'en parlons plus, suggéra-t-il.

Pour une fois, elle le considéra avec tendresse. Il se comportait en mari prévenant, lui passait tous ses caprices, la gâtait autant qu'il gâtait leurs enfants. Sa manie de toujours vouloir payer quelque chose finissait par avoir du bon.

— Et toi, mon chéri, tu devrais t'acheter un nouveau costume. Entre les réveillons et le mariage de ton frère…

— J'en ai commandé deux, l'interrompit-il d'un ton désinvolte.

Une petite sonnette d'alarme retentit dans la tête de Sophie. Gilles allait rarement choisir ses vêtements tout seul, il préférait charger sa femme de lui trouver ses chemises ou ses cravates. Et quand il se rendait chez son tailleur, il insistait pour qu'elle soit là.

— Tu as bien fait. Quelle couleur ?

— Un gris et un bleu. J'ai aussi pris un manteau, tant que j'y étais. Un poil de chameau très élégant.

Tout en savourant une gorgée de blanc, elle l'observa avec attention. Et si, exactement comme elle, il avait quelqu'un en tête ? Même sans posséder le pouvoir de séduction d'Alban, et malgré son début de calvitie et sa petite bedaine, il pouvait encore plaire. Il n'avait que quarante-deux ans, il était un brillant avocat, et un certain nombre de femmes gravitaient autour de lui. Rien ne l'empêchait de s'intéresser à une de ses clientes, à une secrétaire du cabinet, à une rencontre de hasard. D'autant plus que, ces derniers temps, il semblait parfois distrait, parfois ronchon.

— Attends, dit-elle avec un sourire charmeur, je vais couper une échalote et la mettre dans du vinaigre, je sais que tu adores ça sur les huîtres !

Elle se leva, passa derrière lui et caressa sa nuque au passage. Quand il se retourna, surpris par la sensualité du geste, elle en profita pour l'embrasser.

— Avant toutes ces festivités, murmura-t-elle, une soirée en amoureux me plaît bien...

Il lui rendit son sourire mais ne fit rien pour la prendre dans ses bras. Le problème était peut-être plus sérieux qu'elle ne l'avait envisagé. Et si Gilles avait carrément une maîtresse, une liaison ? Si le démon de la quarantaine le poussait soudain vers une très jeune femme ? Si, pendant que Sophie fantasmait en pure perte sur Alban, son mari s'était entiché d'une autre ?

— Qu'est-ce qui te ferait plaisir pour Noël ? demanda-t-il en tendant la main vers le plateau de fruits de mer.

— Une surprise ! Tu as l'art des surprises...

Elle s'assit carrément sur ses genoux et lui mit les bras autour du cou. Les huîtres pouvaient attendre sur leur lit de glace pilée, le plus urgent pour Sophie était de s'assurer que Gilles l'aimait toujours et qu'aucune menace ne planait sur elle.

8

Comme deux écoliers sages, Alban et Colas étaient assis sur un des bancs de l'église. Face à eux, installé sur un prie-Dieu en guise de chaise, le père Eric Wattier les avait écoutés avec intérêt, et il tenait toujours dans sa main l'image pieuse remise par Alban. C'était un homme d'une soixantaine d'années, aux traits énergiques et à la voix ferme.

— Oui, admit-il, je me souviens de ce monsieur. Votre nom de famille ne s'oublie pas ! Antoine Espérandieu...

Baissant les yeux vers les quelques phrases qu'il avait écrites vingt-cinq ans plus tôt, il les relut dans un murmure, puis releva la tête. Son regard glissa d'Alban à Colas avant de s'égarer vers les vitraux.

— Il était très tourmenté, j'espère qu'il a retrouvé la paix avant de mourir.

— Tourmenté par quoi ? demanda spontanément Colas.

Le visage du prêtre se ferma et il parut s'abîmer dans une intense réflexion qui dura deux ou trois minutes.

— Un mensonge... charitable, finit-il par lâcher.

Il n'avait pas l'air décidé à en dire davantage, pourtant Colas insista :

— Nous nous posons beaucoup de questions, mes frères et moi.

— Ce n'est pas à moi qu'il faut les poser ! Je serais d'un bien piètre recours si je ne savais pas garder ce qu'on me confie.

— Antoine nous a quittés il y a bien longtemps, protesta Alban. Est-ce que ça ne vous délivre pas du secret de la confession ?

— Votre grand-père est parti, cependant vous êtes là. Or c'était sa famille qu'il avait à cœur de préserver.

Pour signifier que leur conversation était terminée, il se leva en esquissant un geste vers la porte de la sacristie.

— Je dois vous laisser.

Déçus, les deux frères se levèrent à leur tour.

— Vous avez le bonjour de David Leroy, ajouta Alban. Un garçon qui vous a connu quand il était scout.

— Leroy ? Ça me dit vaguement quelque chose. Que fait-il, à présent ?

— Il a repris l'agence immobilière de son père, à Trouville.

— Ah, j'y suis ! Oui, c'était un gentil gamin, saluez-le de ma part.

Un peu détendu par cette diversion, le père Eric posa familièrement sa main sur le bras d'Alban.

— Si je peux vous donner un conseil, ne jouez pas aux détectives avec cette vieille histoire. Regarder en arrière ne vous apportera rien de bon, allez plutôt votre chemin.

Sur ces paroles sibyllines, il fit un discret signe de croix puis se détourna. Alban et Colas échangèrent un coup d'œil perplexe avant de se décider à quitter l'église.

— Un prêtre à l'ancienne ! marmonna Colas. Il ne porte plus de soutane mais il est très à cheval sur ses prérogatives de confesseur. Venir jusqu'au Havre pour ne rien découvrir, c'est rageant.

En apprenant qu'Alban, grâce à la sœur de David, avait retrouvé le père Eric, il s'était débrouillé pour prendre un train afin d'assister à l'entrevue.

— J'avais l'impression que tu ne tenais pas tant que ça à percer le mystère de la famille, fit remarquer Alban.

— Pas au début, c'est vrai. Le formulaire d'internement que tu as trouvé dans le portefeuille de papa m'avait flanqué le cafard. Et puis, je n'avais pas envie de te voir harceler Jo. Mais finalement, j'y pense très souvent, trop souvent, et maintenant je voudrais savoir.

Alban hocha la tête tout en consultant sa montre.

— Il est l'heure de déjeuner. On rentre au paquebot ou on mange ici ? Je crois me souvenir d'un petit restaurant sympa à Sainte-Adresse.

— Rentrons, j'ai hâte de voir l'avancée des travaux.

Devant la Twingo violette qui était garée un peu plus loin, Colas perdit d'un coup son humeur morose.

— Tu te trimballes toujours là-dedans ? Ah, je l'adore, je vais faire une photo d'elle et de toi sur le pont de Normandie ! Grandeur et décadence...

S'apercevant de sa gaffe, il voulut s'excuser, mais Alban l'en empêcha.

— Je suis d'accord avec toi, les Airbus m'allaient mieux ! Pourtant, je suis ravi de cette petite voiture et, vu l'avalanche de frais, je ne compte pas en changer de sitôt.

Sur la route du retour, ils essayèrent de trouver une signification aux quelques mots livrés par le père Eric. Un « mensonge charitable » n'était pas très explicite. De quoi Antoine s'était-il senti coupable au point d'aller soulager sa conscience auprès d'un curé, lui qui ne les fréquentait guère ?

— Un simple « mensonge » ne l'aurait pas empêché de dormir, affirma Colas. Il aurait mis son mouchoir par-dessus, surtout si c'était pour la bonne cause.

— Peut-être a-t-il fait quelque chose dont il ne pouvait pas parler à Jo ? Et peut-être que le poids du silence lui a été insupportable ?

— Ou, au contraire, il en a parlé à Jo qui lui a promis l'enfer ! Tu sais comment elle est, avec ses superstitions et ses prédictions, elle aurait pu lui flanquer la trouille.

— Tout ça n'explique pas pourquoi un tel mystère. Après tout, ils n'ont tué personne.

— Espérons-le, soupira Colas sans le moindre humour.

Alban lui jeta un coup d'œil, surpris par ce ton sinistre.

— C'est Antoine dont il est question, Colas. An-toine. Tu l'imagines en assassin ?

Son frère finit par sourire, mais le cœur n'y était pas.

Dans la cuisine du paquebot, Joséphine avait retrouvé le vieux fauteuil de rotin qu'elle affectionnait, garni de coussins supplémentaires par Valentine.

— Je ne suis pas impotente, protesta-t-elle lorsque, pour la troisième fois, la jeune femme l'empêcha de se lever.

— Non, mais aujourd'hui c'est moi qui fais tout ! Comme ça, je m'approprie un peu les fourneaux.

— Tu as raison. Il faut que tu apprennes à te sentir chez toi, sinon Sophie continuera à te traiter en invitée.

Valentine éclata de rire, heureuse de leur complicité. Avec Jo, depuis le début, elle avait une alliée.

— Avez-vous déjà pensé à des prénoms ? demanda la vieille dame.

— C'est l'un de nos sujets de conversation favoris. Pour une fille, j'aime bien Agathe et… Joséphine.

— Tu n'as rien trouvé de plus démodé ? Et songe aux diminutifs ! Jo, Jojo…

— Non, Jo ce sera toujours vous, personne d'autre. Quant aux garçons, nos préférences vont vers Charles ou Julien.

— En somme, des prénoms bien français.

— Alban est quelqu'un d'assez classique.

— Tu le préférerais plus fantaisiste, moins sérieux ? s'enquit Jo d'un air amusé.

— Je préférerais qu'il ne change jamais, je l'aime exactement tel qu'il est. A un détail près : il ne sait pas se confier. S'il a un souci, il le garde pour lui.

— Et tu crois qu'il a beaucoup de soucis ?

— Des tas de choses le préoccupent en ce moment. Les travaux, le règlement de l'assurance qui tarde, la formation qu'il va devoir suivre s'il veut vraiment prendre la direction de Saint-Gatien… Nous arrivons à parler de tout ça, mais je sens qu'il a un autre problème en tête.

— Ne plus voler est une blessure qui mettra longtemps à cicatriser, et il ne peut partager ce chagrin-là avec personne.

Valentine acquiesça, pas vraiment convaincue. Alban avait surmonté son impossibilité de piloter, elle en était presque sûre, pourtant, il était parfois perdu dans une sombre rêverie dont il émergeait triste et silencieux. Etait-ce le mariage qui l'angoissait ? L'enfant à venir ? Cette nouvelle vie qu'il prétendait avoir organisée pouvait en réalité l'effrayer, ou même l'accabler. Lorsqu'elle le voyait dans cet état d'esprit, Valentine n'osait pas l'interroger. Une seule fois, elle s'était risquée à poser la question rituelle : « A quoi penses-tu ? » et, bien entendu, il avait répondu qu'il ne pensait à rien de particulier. Elle se demandait aussi pourquoi il n'avait pas invité quelques amis à leur mariage. Où étaient donc passées les Nadia, Marianne et autres ? Depuis le week-end où il avait reçu ses anciens copains pilotes et hôtesses, il ne manifestait plus le désir de voir personne en dehors de sa famille. Rejet de sa vie passée, spleen ?

— Tu fais une drôle de tête, fit remarquer Joséphine.

— Je me disais qu'il n'est sans doute pas facile pour Alban de passer de l'existence d'un grand voyageur à celle d'un sédentaire. A Paris, son appartement était rempli d'objets rapportés du monde entier, mais ils sont toujours dans les cartons, au grenier.

— Et alors ? Il n'a peut-être plus envie de s'encombrer d'éventails ou de statuettes ! Ça ne veut pas dire qu'il s'ennuie, ni qu'il regrette. Fais attention, ta casserole déborde.

Valentine se précipita vers la cuisinière et baissa le feu. Elle s'était lancée dans la préparation d'une blanquette, ce qui dépassait ses compétences. Durant des années, elle s'était nourrie de plats tout prêts qu'elle glissait dans le four à micro-ondes de sa kitchenette, à Montmartre. Aujourd'hui, la vaste cuisine du paquebot lui ouvrait d'autres perspectives. D'autant plus que cette pièce était vraiment le cœur de la maison, que tout le monde adorait s'y tenir, et que celle qui officiait derrière les fourneaux ne manquait jamais de compagnie.

— Passe bien l'écumoire, recommanda Joséphine. Tu ne veux vraiment pas que je jette un coup d'œil à ton veau ?

— Oh, si ! accepta Valentine avec un sourire réjoui.

Elle voyait bien que la vieille dame en avait assez d'être assise dans son fauteuil, et la blanquette allait certainement y gagner.

Alban et Colas arrivèrent quelques minutes plus tard, trouvant les deux femmes tête contre tête au-dessus des marmites, lancées dans un grand conciliabule.

— C'est une recette expérimentale ? lança Colas.

Il vint enlacer Joséphine et la souleva du sol. Des trois petits-fils, c'était lui qui était venu le moins souvent à l'hôpital, coincé à Paris par sa boutique.

— Te voilà en pleine forme, Jo ! Mais tu ne devrais pas te reposer au lieu de t'agiter ?

— Je ne m'agite pas, je donne quelques conseils à Valentine. Comment se fait-il que tu sois ici un vendredi ?

— J'ai rejoint Alban au Havre et j'ai décidé de rester, répondit-il étourdiment.

— Au Havre ?

Etonnée, Valentine se tourna vers Alban qui regarda ailleurs, l'air embarrassé. Après un court silence, Colas enchaîna :

— Il s'agit d'une surprise pour le mariage, motus ! Dites donc, ça sent très bon, et nous sommes affamés.

— Encore un bon quart d'heure, annonça Joséphine.

— Alors, en attendant, je monte ouvrir les radiateurs de ma chambre.

Colas s'éclipsa après avoir adressé un discret clin d'œil à Alban. Mentir à Jo devenait nécessaire car elle n'approuverait sûrement pas les recherches auxquelles ses petits-fils se livraient. Elle ne voulait pas qu'on lui parle du passé, elle admettrait encore moins qu'on fouille dans la vie d'Antoine. Et pourtant...

Il régla les thermostats des deux radiateurs, puis appela Malaury pour s'assurer qu'elle pourrait se débrouiller sans lui. Par chance, elle bénéficiait de l'aide d'une amie durant la période des fêtes, et elle affirma ne pas avoir besoin de son mari. Ils convinrent qu'elle le rejoindrait samedi soir, après la fermeture du magasin.

Dans sa salle de bains, Colas mit également un peu de chauffage, puis il troqua son blazer pour un gros pull à col roulé. La perspective de ces deux journées de vacances impromptues le réjouissait beaucoup, il se demandait déjà s'il n'allait pas en profiter pour repeindre les murs de sa chambre. Le chantier entrepris par Alban finissait par donner des envies de changement à chacun, et Malaury avait parlé quelques jours plus tôt d'une couleur miel qui lui plairait bien. Il songea à un dégradé d'or, d'ambre, de caramel au lait. Comme il adorait mélanger les pigments dans les pots de peinture, il allait pouvoir s'amuser.

Il entreprit de faire le tour du premier étage, admirant au passage les nouveautés : interrupteurs encastrés, discrets spots halogènes qui éclairaient de manière plus chaleureuse les couloirs, boiseries à mi-hauteur décapées et cérusées. Ses pas le conduisirent jusqu'à la dernière chambre, celle de ses parents. Devant la porte, il eut une hésitation, mais il voulait vérifier sa précédente impression et découvrir pourquoi il connaissait si parfaitement les oiseaux brodés sur les rideaux. Ce souvenir, qui lui échappait en partie, l'avait tarabusté jusqu'à l'obsession depuis son dernier séjour.

En entrant dans la pièce, il éprouva immédiatement la même sensation de malaise, la même envie de fuir, et néanmoins la même curiosité. Il s'approcha des fenêtres, examina un par un les rideaux. Seul le dernier présentait un petit défaut du tissu, à environ quatre-vingts centimètres du sol. Le martin-pêcheur bleu et orange brodé à cet endroit semblait avoir une aile brisée, contrairement à tous les autres. Colas s'assit sur le parquet, regarda la chambre autour de lui, puis de nouveau l'oiseau. Il pencha la tête en arrière pour le voir d'en dessous, et enfin, il ferma les yeux. Oui, il avait passé des heures à contempler ce martin-pêcheur, le comparant à ses congénères, lui inventant une histoire, le baptisant même « Piou ». A l'époque, son berceau avait dû se trouver pour un temps dans la chambre de ses parents, il en eut soudain la certitude. Il était le petit dernier, peut-être l'avait-on protégé et chouchouté plus longtemps que les autres ? Piou était son ami-voyageur, son ami-blessé, et comme il était différent, il serait le seul à pouvoir s'échapper du rideau un jour malgré son aile atrophiée. Colas se réfugiait dans ses rêves pour échapper à quelque chose. Il fixait l'oiseau parce qu'il avait peur.

La peur revint d'un coup, fondit sur lui comme une nausée. Dans un flash brutal, il vit le visage convulsé de sa mère au-dessus de lui, perçut des voix qui s'élevaient confusément, sentit une douleur autour de son cou. Des mains meurtrissaient sa trachée, l'air lui manquait, il se débattait en pédalant et en se tordant comme un ver dans son berceau.

Colas se releva d'un bond, sous le choc, le souffle court. Le cauchemar dont il émergeait avait effectivement eu lieu, ici même, sous ce rideau. Il s'entendit gémir, incapable de retenir la plainte qui s'échappait de lui à présent, qui enflait jusqu'à devenir un cri de refus et de désespoir.

— Qu'est-ce que tu as ? Qu'est-ce qui se passe ?

Alban était là, à côté de lui, sans qu'il l'ait vu entrer. Il s'effondra contre son épaule, secoué de sanglots secs.

— Elle... Elle a voulu me tuer, m'étrangler !

Les bras solides de son frère se refermèrent autour de lui et l'entraînèrent hors de la chambre dont la porte claqua.

— Colas, reprends-toi, tout va bien...

Dans la première des salles de bains du couloir, Alban lui passa de l'eau sur le visage puis le poussa devant la fenêtre qu'il ouvrit.

— Respire. Oui, comme ça. Tu te sens mieux ?

La panique reflua enfin, laissant Colas exsangue. Il s'écarta de la fenêtre, frissonna, s'assit sur le rebord de la baignoire.

— C'est bête, articula-t-il d'une voix rauque, je m'étais imaginé avoir été le plus aimé. Tu sais, le petit dernier, celui qu'on câline. Et elle a voulu me tuer ! Tu te rends compte ?

— Marguerite ?

Alban semblait incrédule, interloqué, et il dévisageait son frère avec inquiétude.

— La lettre de papa, Alban. Celle que tu as trouvée dans son portefeuille. Rappelle-toi, il y avait une phrase disant : « Colas n'en a aucun souvenir. » Eh bien voilà, l'image m'est revenue d'un coup ! A cause du martin-pêcheur...

Malgré sa lassitude, il expliqua tout à Alban.

— Je n'ai pas bu et je n'invente rien, conclut-il d'un ton amer. Je devais être un bébé quand j'ai vécu ce moment de panique. J'ai occulté la scène depuis toujours, je n'y avais pas accès.

— Qui est intervenu ? Papa ?

— Je ne sais pas.

— Tu veux en parler à Jo ?

— Je ne sais pas, répéta Colas.

Alban attendit encore un peu, puis il alla fermer la fenêtre.

— Il faut qu'on descende. Jo et Valentine nous attendent.

Ils s'engagèrent dans le couloir et se dirigèrent vers l'escalier.

— Je vais décrocher ces rideaux, proposa Alban. On trouvera quelqu'un à qui les donner.

Un rayon de soleil illuminait la galerie du rez-de-chaussée et, en approchant de la cuisine, ils sentirent l'agréable fumet de la blanquette.

— Est-ce que ça va, Colas ?

— Oui, je me sens beaucoup mieux. Merci d'être venu.

— Tu criais très fort !

Alban esquissa une grimace, puis il baissa la voix pour ajouter :

— Ce que je ne comprends pas dans tout ça, c'est le rôle d'Antoine.

— Il n'a rien à voir avec ce dont je viens de me souvenir. Ecoute, je voudrais que tu me promettes quelque chose...

— Dis-moi.

— On va trouver le fin mot de l'histoire, hein ? On le cherchera le temps qu'il faudra !

Ils entendirent le rire de Valentine, suivi par celui de Jo.

— Promis, murmura Alban.

Quand ils entrèrent dans la cuisine, Colas avait retrouvé le sourire.

Gilles hésitait, son regard allant de l'un à l'autre des bijoux présentés sur un carré de velours noir. Il essaya de se remémorer ses derniers achats, chez ce même joaillier. Des boucles d'oreilles pour l'anniversaire, un bracelet pour la fête des Mères... et une montre au précédent Noël.

— Je vais prendre le collier, décida-t-il.

Un peu cher, mais Sophie serait contente. Elle était plutôt moins désagréable ces jours-ci, ça valait la peine de l'encourager !

— Maintenant, je voudrais voir des choses plus fantaisistes, pour quelqu'un de jeune.

Depuis une semaine, il se demandait s'il avait le droit de faire un cadeau de ce genre à Julie. En principe, du champagne ou des chocolats seraient plus indiqués qu'un bijou, trop personnel, mais il tenait à la remercier de façon particulière. Sans elle, jamais il n'aurait pu abattre un tel travail au cabinet cette année. Il se félicitait chaque matin de l'avoir embauchée, d'autant plus qu'elle était ravissante, et toujours souriante.

— Cette gourmette en argent me plaît bien, dit-il d'un ton qu'il espérait détaché.

Peu lui importait l'opinion de la vendeuse, néanmoins il devait avoir l'air du monsieur qui choisit successivement pour sa femme et sa maîtresse. Or il n'était pas l'amant de Julie.

— C'est pour ma fille, déclara-t-il.

Qu'avait-il besoin de se justifier ? Bien sûr, des idées lui trottaient dans la tête quand ses yeux se posaient sur les jambes de Julie ou sur ses chemisiers très ajustés. Deux ou trois fois, il l'avait invitée à déjeuner, mais leurs conversations étaient restées professionnelles. En réalité, il n'osait pas. Il n'osait pas la draguer, de peur d'être ridicule, il n'osait pas s'embarquer dans une histoire qui l'obligerait à mentir chez lui et créerait une situation équivoque au cabinet. Bref, il n'était pas mûr pour une liaison. D'ailleurs, il aimait Sophie malgré son caractère épouvantable, et il avait encore une haute idée du mariage. Pourtant, la tentation existait bel et bien. La preuve, cet achat inconsidéré.

« Au pire, je pourrais effectivement garder la gourmette pour Anne, plus tard. »

Empêtré dans ses contradictions, il tendit sa carte bancaire à la vendeuse. Elle aussi était très jolie. Allait-il se mettre à regarder toutes les femmes ? A offrir des bijoux à chacune ?

« Non, je n'en suis pas là ! Julie, c'est parce qu'elle est *gentille*. En plus de son travail impeccable, elle s'occupe de moi, elle rit, elle me dit des choses aimables, elle fait le café comme je l'aime. Tout ça mérite une récompense, quelque chose de moins anonyme qu'une boîte de bonbons. »

Au moment où il franchissait la double porte de la joaillerie, son portable se mit à vibrer dans sa poche. C'était Colas qui, sans préambule et d'une voix de conspirateur, commença à lui raconter une histoire invraisemblable.

— Nous ne sommes pas encore mariés, chuchota Alban, nous n'avons pas l'obligation de nous comporter comme des gens respectables.

Tout en l'embrassant, il l'attira à lui et glissa une main sous son pull.

— Attends deux secondes ! protesta Valentine en s'écartant. J'ai une question à te poser d'abord. C'était quoi, cette « surprise » nécessitant d'aller au Havre ? Je croyais qu'on avait décidé de ne plus se faire de cachotteries...

Répugnant à lui mentir, il chercha une réponse plausible sans en trouver. Comme elle attendait, imperturbable, il finit par marmonner :

— Un truc de famille.

— Mais en principe, Alban, tu m'as demandé de faire partie de ta famille !

Elle descendit son pull d'un geste rageur, lui signifiant ainsi qu'il n'était plus question de câlins.

— Ecoute, Valentine, j'ai déjà essayé de t'en parler. Ce n'est pas quelque chose de simple...

— Quoi, à la fin ?

— La santé mentale de ma mère ne...

— Encore ta mère ? Quel rapport avec Le Havre ? Et pourquoi t'obsèdes-tu là-dessus *aujourd'hui* ? Tu me racontes n'importe quoi, tu me prends pour une idiote !

Consterné, il tendit la main vers elle dans un geste de paix mais elle recula de deux pas, croisa les bras et le toisa.

— J'ai interrogé Jo au sujet de ta mère. Elle dit que c'était une originale, et qu'elle a fini par faire une dépression. C'est triste, mais c'est tout, il n'y a rien d'autre. Jo dit aussi que tu la harcèles avec des questions stupides. Elle trouve que tu ferais mieux de t'occuper de moi.

— Je ne m'occupe pas de toi ? s'insurgea-t-il.

— Si, admit-elle d'un ton radouci. Quand tu ne penses pas à autre chose.

Il se sentait furieux. Ainsi, Jo prétendait qu'il n'y avait *rien d'autre* ? Que Marguerite était juste une *originale* ? Quelle originalité, en effet, de vouloir étrangler son enfant ! Et, le comble, Jo n'hésitait pas à se servir de Valentine afin d'enterrer toute l'histoire à sa guise.

— Je ne veux plus discuter de ça, dit-il froidement.

— Tu ne veux jamais discuter de rien !

Levant les yeux au ciel, il sortit de sa chambre mais se retint de claquer la porte. S'il n'avait pas tout dit à Valentine, c'était pour la préserver. Exactement comme Joséphine, dont le refus de parler n'était sans doute qu'un moyen de protéger ses trois petits-fils. Ainsi chacun, au nom du bien des autres, entretenait son mystère et générait un malentendu.

Il dévala les deux étages, croisa un ouvrier dans la galerie du rez-de-chaussée, et alla se réfugier dans le bureau. Colas était parti acheter de la peinture pour se changer les idées, et Joséphine avait regagné sa petite maison où elle devait se reposer. Les coudes sur le bureau et la tête entre les mains, Alban resta immobile un long moment, réfléchissant à tout ce qui s'était produit depuis qu'il avait décidé de revenir habiter le paquebot. Le portefeuille de Félix, le missel d'Antoine, le flash de Colas... Quelques éléments d'un puzzle encore indéchiffrable. Ce matin, son frère lui avait fait peur, debout au milieu de cette chambre sinistre, à crier comme un possédé. Sur le coup, Alban s'était rappelé des propos du psychiatre consulté par Gilles : « La maladie se révèle entre quinze et trente-cinq ans. » Colas en avait trente-huit. Mais il n'était pas en train de sombrer dans la schizophrénie, non, il venait seulement de retrouver au fond de sa mémoire des images insoutenables. Si sa mère avait voulu l'étrangler, c'est qu'elle le haïssait et le rejetait, alors qu'il s'était cru le bien-aimé petit dernier.

Un fracas de verre brisé fit sursauter Alban, l'arrachant à ses pensées. Il alla ouvrir la porte du bureau et vit l'ouvrier croisé un peu plus tôt qui considérait le carreau cassé d'un air ébahi.

— C'est ce tuyau, expliqua-t-il. En me retournant...

Par terre, un long morceau de cuivre était couvert de débris.

— Ne vous en faites pas, je vais chercher ce qu'il faut pour le remplacer !

Alban acquiesça en silence. Les travaux du paquebot auraient dû se terminer cette semaine, mais ça semblait très improbable.

— Prenez vos mesures, se borna-t-il à suggérer. Il n'y a pas une seule vitre de dimension standard ici.

Comme il se détournait, il entendit Colas le héler depuis le hall d'entrée.

— Regarde ce que je rapporte !

Son frère vint lui mettre sous le nez un sac plein de petits tubes de pigments, de pinceaux, de rouleaux.

— J'ai vingt litres de peinture blanche dans la Twingo ! Je vais faire des mélanges et des essais de couleur, tu monteras pour me dire ce que tu en penses.

Alban se mit à rire devant l'enthousiasme de Colas.

— Malaury est d'accord ?

— Elle a hâte de voir ça. Ce chantier est contagieux, mon vieux !

Au moins, la scène du matin semblait oubliée, et si Colas avait envie de repeindre sa chambre, c'était signe qu'il n'avait pas pris le paquebot en horreur.

Valentine fit son apparition dans l'escalier, en manteau et en bottes, ses clefs de voiture à la main.

— Tu vas te promener ? s'enquit Alban en lui souriant.

Elle ne se donna pas la peine de répondre et passa devant lui sans le regarder.

— Valentine, attends !

Il la rattrapa alors qu'elle sortait, la prenant par la taille pour l'arrêter.

— Qu'est-ce que tu as ?

— Besoin d'air, répliqua-t-elle sèchement.

— Tu m'en veux ?

— Mais non ! Je m'habitue à parler à un mur, ne t'inquiète pas.

— Tu me fais une scène pour rien, chérie.

— Pour rien ? se rebiffa-t-elle. Tu décrètes que tu ne veux plus discuter avec moi et tu me plantes là, ce n'est pas rien. Je ne suis pas une potiche, je n'ai pas envie d'être traitée comme ça. Si c'est ta conception de l'amour, ce n'est pas la mienne, et on ferait mieux d'y réfléchir tant qu'il en est encore temps !

Médusé, il la laissa partir. Venait-elle vraiment de remettre leur mariage en question ? A huit jours de la cérémonie ? Il enfouit les mains dans les poches de son jean, ne sachant que faire, puis il remonta les marches du perron. Avant de rentrer, il renversa la tête en arrière et considéra la haute façade du paquebot. La journée avait été plutôt pénible mais, non, la villa ne portait pas malheur, jamais il n'accepterait cette idée.

David déposa devant Valentine une tasse de café mousseux et fumant, puis il en prépara une autre pour lui.

— Avec ma nouvelle machine, je m'en fais toute la journée. Je l'avais achetée pour les clients, mais c'est moi l'accro du café, je vais finir comme une pile.

Il poussa la porte de son bureau afin de s'isoler du reste de l'agence où régnait une activité de ruche.

— Nous fermons demain soir, expliqua-t-il, et nous ne rouvrirons que le mardi 2 janvier. Dix jours de vacances vont faire le plus grand bien à tout le monde.

A voir l'air sombre de Valentine, il avait compris que quelque chose n'allait pas. S'asseyant en face d'elle, il lui adressa un sourire encourageant.

— Un problème à bord du paquebot ?

— Juste une stupide querelle. Alban est trop secret, ça me rend folle.

— Ah, les secrets Espérandieu... Tout un programme !

— Il rentre, il sort, il ne dit pas où il va... Je ne veux pas le pister ni l'espionner, mais parfois j'aimerais bien être dans la confidence.

— De quoi ?

— Son travail, par exemple. Il a accepté Saint-Gatien et je l'ai appris comme par hasard, au détour d'une conversation. Mais il y a aussi sa famille. En ce moment, il est obnubilé par sa mère. Il prétend qu'elle était folle, alors que Jo relativise. Sans compter le nombre de conciliabules qu'il peut avoir avec Gilles ou Colas ! A certains moments, je me demande ce que je fais là.

David se pencha un peu en avant pour demander, très sérieusement :

— Tu as des doutes sur tes sentiments, Valentine ?

— Non !

— Sur ceux d'Alban ?

— Non...

— Tant mieux, parce qu'il est fou de toi. Je ne le dis pas pour te rassurer, mais Alban est mon ami, je le connais par cœur, et avec toi il a découvert l'amour. Vous faites un couple magnifique, je vous envie beaucoup.

Elle parut se détendre un peu, s'efforça même de sourire à son tour.

— A mon avis, poursuivit-il, tu as du caractère et c'est une bonne chose. Mais tu ne changeras pas Alban, prends-le comme il est.

— A savoir ?

— Un homme réservé qui ne t'encombrera pas de ses états d'âme toutes les cinq minutes.

Cette fois, elle eut un petit rire gai.

— Et puis, poursuivit David, il aime bien faire des surprises. Pour Saint-Gatien, il attendra que tout soit réglé et ce sera une sorte de cadeau : votre situation matérielle assurée. Tu sais, il ne m'avait même pas prévenu de son retour définitif ! Il ne savait pas s'il avait fait le bon choix, ni si tu te plairais ici. En fait, ça dépendait de toi. Plein de choses dépendent de toi, Valentine.

Redevenue grave, elle dévisagea David durant quelques instants avant de demander :

— Tu crois que ça ira, nous deux ?

— Je t'ai déjà répondu : ça ne tient qu'à toi. D'ailleurs, bientôt, ce ne sera plus vous deux mais vous trois. Tu n'imagines pas à quel point ça le rend fier !

— C'est vrai ?

Soudain, elle eut les larmes aux yeux et elle baissa la tête.

— Quelque chose t'empêche d'être heureuse ?

— Au contraire, répondit-elle d'une voix étranglée. Tout est presque trop bien, ça me fait peur. J'aime Alban, j'aime l'idée de devenir sa femme et de vieillir avec lui. J'aime cet enfant dans mon ventre, et qu'il soit de lui. J'aime ses frères, sa grand-mère, son paquebot ! J'aime aussi vivre au bord de la mer... Alors, forcément, j'ai la trouille.

— Mais non, pas *forcément* ! Joséphine voit une aura de bonheur autour de toi. Et tout ce que voit Jo se réalise. Sauf qu'elle te prend pour une battante, or j'ai devant moi une petite femme apeurée qui pense qu'à minuit le carrosse va se transformer en citrouille.

Amusée, Valentine lui tendit sa tasse vide.

— Je peux en avoir un autre ?

Tandis qu'il s'activait devant sa machine, elle en profita pour lui lancer :

— Est-ce qu'Alban sait à quel point tu es un ami formidable ?

— J'espère ! On se connaît depuis si longtemps, lui et moi... S'il n'avait pas été dans cette pension, je crois que j'y serais mort d'ennui. Ou bien j'aurais fugué ! Quand j'étais gamin, je ressemblais à une crevette et j'avais droit à ma ration de quolibets. Alban était grand, baraqué, je peux dire qu'il m'a pris sous son aile. Ça ne s'oublie pas. En une année, j'ai poussé d'un coup, la vraie crise de croissance, j'ai rattrapé les autres, puis je les ai dépassés. Entre-temps, Alban et moi étions devenus inséparables.

Valentine lui prit la tasse des mains et but son café brûlant à petites gorgées.

— Tu m'as complètement requinquée, affirma-t-elle.

— Je suis ton témoin dans huit jours, c'est une responsabilité.

— A ce propos... Sais-tu pourquoi Alban n'a pas invité ses amis ?

— Il voulait quelque chose d'intime. Et aussi que tu ne te sentes pas entourée d'inconnus.

David jugea inutile de préciser qu'Alban avait renoncé à convier ses copains parce qu'il se doutait que Valentine ne les appréciait guère. Attristé qu'elle n'ait même pas un membre de sa famille près d'elle ce jour-là, il n'avait pas voulu lui imposer tout le clan d'Air France. D'ailleurs, avait-il encore envie de les voir ? Il semblait au contraire déterminé à tourner la page, à ne pas se complaire dans ses souvenirs de pilote de ligne.

— Je vais aller acheter un gâteau, ensuite je rentrerai, annonça Valentine en se levant.

— On se reverra tout à l'heure, je dîne chez vous.

Il l'aida à enfiler son manteau, ramassa son sac qu'elle avait posé par terre et le lui mit sur l'épaule.

— Je peux te poser une question indiscrète, David ?

— Vas-y, ma belle.

— Pourquoi n'es-tu pas marié ?

— Avec qui ? C'est tout le problème. Plus jeune, j'étais comme Alban, un peu cavaleur et un peu cœur d'artichaut. Après... eh bien, Trouville n'est pas vraiment une métropole ! Et les filles comme toi ne courent pas les rues.

Il la regarda bien en face pour qu'elle comprenne que sa phrase ne contenait pas la moindre ambiguïté. Touchée par sa gentillesse, elle se mit sur la pointe des pieds et l'embrassa sur la joue.

— Tu es un chic type, David.

Lorsqu'elle sortit de son bureau, il resta un moment figé, puis il étouffa un soupir.

Trébuchant sur les plis de la vieille bâche dénichée au grenier, Colas se recula pour juger son travail.

— Pas mal du tout... J'adore cette couleur !

Il agita son rouleau dans la direction d'Alban qui peignait une fenêtre.

— Je me demande parfois si je ne devrais pas me lancer dans la décoration d'appartements.

— Tu t'ennuies dans ta boutique ?

— Non, vraiment pas, mais aujourd'hui la majeure partie de notre chiffre d'affaires se fait sur les vêtements, et dans ce domaine Malaury est imbattable. Moi, je suis plus intéressé par les objets, les tissus d'ameublement... Figure-toi qu'on pensait même ouvrir un second magasin, et devine où ? A Deauville ! Mais c'est trop saisonnier, et puis on serait moins ensemble, Malaury et moi, ce qui ne nous convient pas.

— Inséparables, hein ?

— On ne s'est pas lassés, admit Colas d'un air réjoui, on vit toujours en amoureux. J'espère qu'il t'arrivera la même chose, mon vieux !

Durant un petit moment, ils peignirent en silence, concentrés sur leur tâche, puis Alban demanda :

— Tu t'es remis du choc de ce matin ?

— Franchement, ça m'a secoué. Peut-être faudrait-il que je raconte ça à un psy pour m'en débarrasser. J'ai l'impression d'avoir ouvert la porte de l'armoire de Barbe-Bleue !

Alban se retourna pour considérer son frère, intrigué par la légèreté du ton. Colas savait se préserver, ou bien c'était sa fantaisie naturelle qui le mettait à l'abri de tout. « Un heureux caractère », disait de lui Joséphine, et longtemps Gilles avait prétendu, bienveillant : « Il mûrira. » Après avoir fait peur à tout le monde avec ses études ratées, le cadet s'était finalement organisé la vie qui lui convenait, et même un très mauvais et très indésirable souvenir d'enfance ne semblait pas pouvoir remettre en question son aptitude au bonheur.

— Si tu m'aides encore demain, affirma Colas en grimpant sur l'échelle, on aura fini avant l'arrivée de Malaury. Tu pourras ?

— Bien sûr.

— Tu n'as pas un million de choses à faire pour ton mariage ?

— Tout est planifié. Ne manque que la mariée ! J'espère qu'elle va revenir vite.

— Elle est là ! lança Valentine depuis le seuil. Elle a même pensé à acheter un gâteau pour les peintres, c'est dire si elle est bien disposée à leur égard.

Prudemment, elle fit quelques pas sur la bâche et rejoignit Alban.

— Tu ne mets pas de Scotch sur les carreaux ? s'étonna-t-elle.

— Il fait ça à main levée, s'extasia Colas, ça gagne du temps.

Alban posa son pinceau, s'essuya les mains sur un chiffon, puis il prit Valentine par le cou et l'attira à lui d'un geste un peu brusque.

— Tu voulais me faire peur ? murmura-t-il. Où étais-tu passée ? Je déteste les disputes.

— Moi aussi. J'étais chez David, à l'agence, on a parlé de toi.

— Il faut toujours qu'on parle de lui ! persifla Colas. Ma petite Valentine, est-ce que tu serais libre demain matin pour nous aider ? On te laisse les portes, c'est le plus facile.

— Tu ne vas pas lui faire respirer ça ! protesta Alban.

— La peinture à l'eau n'a pas d'odeur et n'est pas toxique. Maintenant, si Valentine a des trucs à préparer pour Noël ou pour les noces, je comprendrai.

— Demain matin, d'accord.

Elle regarda Alban et lui adressa un sourire éblouissant.

— Je ne suis pas en sucre, affirma-t-elle.

Prenant enfin le temps d'observer la pièce, elle émit un petit sifflement admiratif.

— C'est superbe !

Colas avait travaillé sa gamme d'ambre et de miel avec beaucoup d'inspiration, modifiant complètement l'atmosphère de la chambre.

— Ta femme ne regrettera pas de t'avoir accordé des vacances, prédit Alban.

Un bruit de cavalcade, dans l'escalier, les avertit de l'arrivée de Sophie et des enfants.

— Ils devaient venir ce soir ? s'étonna Valentine.

Elle songea que son gâteau ne suffirait jamais. Bien sûr, Sophie était chez elle au paquebot, mais pourquoi prenait-elle un malin plaisir à ne pas prévenir de son arrivée ?

— Waouh ! s'écria Paul en s'arrêtant à la porte. On peut entrer ?

— Pas question, intervint Colas, vous allez vous salir.

Louis et Anne avaient rejoint leur frère et ouvraient de grands yeux.

— Maman, si on repeignait nos chambres aussi ? demanda Anne d'une voix impérieuse. Je voudrais la mienne en rose !

— On verra ça au printemps, répliqua Sophie.

Par-dessus les têtes de ses enfants, elle salua ses beaux-frères et ignora Valentine.

— Magnifiques, ces couleurs, dit-elle avec une pointe d'envie. Mais vous croyez que le moment est bien choisi pour se lancer là-dedans ?

— Ce sera fini demain soir, affirma Colas. Dimanche, tu auras toute l'aide voulue pour le réveillon.

L'habitude de considérer Sophie comme la maîtresse de maison exaspérait Valentine. Deux jours plus tôt, lorsqu'elle s'était proposée pour aller acheter un sapin de Noël, Alban avait répondu que Gilles et Sophie s'en chargeraient, ce qu'ils faisaient chaque année avec les enfants.

« Bien beau si on me laisse accrocher une boule ! » songea amèrement la jeune femme. Elle s'en voulait de son aigreur vis-à-vis de Sophie, mais elle n'arrivait pas à oublier la séance d'essayage et toutes les petites réflexions aigres qu'elle avait dû subir ce jour-là.

— On va s'occuper du dîner ? proposa-t-elle à Alban. Je ne sais pas s'il y aura assez pour...

— J'ai tout prévu ! lança Sophie d'un air satisfait. Le temps de défaire les bagages et je descends. Encore bravo pour la peinture, Colas. La maison prend vraiment une allure formidable.

Elle entraîna les petits dans le couloir tandis que Valentine se laissait aller contre l'épaule d'Alban en murmurant :

— Dieu, qu'elle m'agace ! Tu crois que j'ai un mauvais fond ?

— Mais non, chuchota Colas qui nettoyait son rouleau. Elle agace tout le monde, c'est bien connu.

Valentine pouffa discrètement, mais Alban se mit à rire aux éclats.

Bien calée dans son rocking-chair, Joséphine suggéra à David de leur servir un doigt de pommeau.

— C'est vrai, tu aimes ce truc, soupira-t-il.

— Pas toi ?

— Je préfère le calvados le soir, et éventuellement le jus de pomme le matin, mais ce mélange... Alors comme ça, tu ne dînes pas avec nous ?

— Non. Il va y avoir beaucoup de festivités ces jours-ci, je me repose en attendant.

— Tu me rassures, j'ai cru que les jeunes ne t'avaient pas invitée !

— Je suis invitée permanente, dit-elle avec un sourire attendri. Alban me le répète sur tous les tons, et Valentine aussi. Mais ils ont bien le droit d'être un peu entre eux sans s'encombrer d'une vieille dame.

Il lui apporta son verre, trinqua avec elle puis alla s'asseoir près de la table.

— Parfois je me demande si tu sais à quel point tes trois petits-fils t'aiment ?

— Oui, mais ils ont aussi leurs vies, c'est normal. Et moi, je me plais beaucoup dans ma maisonnette !

Elle savoura une gorgée, fit claquer sa langue.

— Est-ce que tu es venu pour te faire tirer les cartes ? demanda-t-elle d'un air soudain inquiet. Parce que vois-tu, depuis mon petit accident de l'autre jour, elles sont restées dans le tiroir et ça ne me dit rien de les en sortir.

— Je ne pensais pas aux cartes, Jo. Je suis passé pour t'embrasser... et pour te parler.

— Tu parais bien sérieux. Tu as des soucis ? Une histoire de femme ?

Elle se mit à le scruter de son œil inquisiteur avant de lâcher :

— Ce n'est pas grave.

Quand elle le regardait de cette manière-là il se sentait transparent, aussi se dépêcha-t-il d'enchaîner.

— C'est de toi qu'il s'agit. Toi et ton foutu secret. Tu es en train de mettre la pagaille dans ta famille, Jo !

— Moi ?

— Tu te tais, et eux, ils cherchent. Devine ce qu'Alban est allé faire au Havre, ce matin ? Voir un certain père Eric.

— C'est trop fort ! explosa Joséphine. Le père Eric Wattier ? Qu'ont-ils bien pu...

— Ne me demande pas ce qu'ils se sont dit, je n'en ai aucune idée. En revanche, j'ai eu droit à une visite de Valentine, toute retournée parce qu'elle voit bien qu'Alban lui dissimule des choses. Il est perdu dans ses pensées, que veux-tu qu'elle en déduise ? Et il n'ose pas lui parler de cette histoire de démence maternelle parce qu'elle est enceinte. Un malentendu qui les conduit à se disputer, voilà le résultat. Et au passage, je te signale qu'Alban et moi avons failli en venir aux mains, l'autre jour, sur la plage. Il pense que tu m'as confié des trucs qu'il ignore, ça le met hors de lui.

— Mais tu n'es pas concerné, toi ! Ah, bon sang, pourquoi Alban est-il revenu ? Le passé dormait en paix, tout allait bien, c'était enfin tranquille...

La voix de Joséphine se brisa sur le dernier mot, comme si cette tranquillité perdue la désespérait. Inquiet, David approcha sa chaise et s'installa juste devant la vieille dame dont il prit les mains dans les siennes.

— Jo, ne t'énerve pas, c'est mauvais pour toi. J'essaie seulement d'arranger la situation. Alban, Gilles et Colas sont comme des chiens de chasse, ils ne lâcheront pas la piste.

— Et quand ils auront déterré la charogne, tu crois qu'ils seront plus heureux ? C'est une histoire nauséabonde, David. Si je la garde pour moi, alors qu'elle m'étouffe, ce n'est pas par plaisir. La vérité, c'est que nous ne sommes pas des gens bien. Les Espérandieu ne sont *pas* des gens *bien* ! Tu aimerais que je leur jette ça à la figure, à mes petits-fils ?

Elle écumait d'une colère trop longtemps contenue, mais qui ne visait pas les trois garçons qu'elle avait élevés.

— Oui, nous avions une folle à la maison ! Comme dans *Jane Eyre*, cette femme hantait la villa, aussi dangereuse qu'un chien enragé. Mon pauvre Félix attendait l'orage, résigné, mais, au bout du compte, c'est lui qui a été frappé par la foudre. Alors, Antoine a voulu arranger les choses, le pauvre, il a rhabillé la vérité d'un autre manteau, moins sordide. Si tu savais ce que ça lui a coûté de nuits blanches...

De grosses larmes roulaient à présent sur les joues parcheminées de Joséphine.

— Il fallait vendre le bazar maudit quand je te l'ai demandé, David !

— Non, il n'y a rien de maudit, murmura David. C'est une maison magnifique, Jo, la fierté de ton père, souviens-toi, tu me l'as raconté.

Il s'en voulait de l'avoir mise dans cet état, pourtant il se sentait dévoré de curiosité. Les Espérandieu n'étaient pas des gens bien ? Qu'avaient-ils donc fait pour qu'elle puisse avouer une chose pareille ? Mis bout à bout avec ce qu'il savait déjà, il entrevit quelque chose d'effrayant.

— Je te donne encore un doigt de pommeau ? proposa-t-il. As-tu de quoi dîner ? Et tes médicaments, tu les prends, hein ?

Peut-être que, s'il insistait, elle finirait par tout dire, mais il n'avait pas le cœur de la faire parler cette fois. Elle paraissait éprouvée, démunie, infiniment fragile dans ce rocking-chair trop grand pour elle, et une bouffée de compassion le prit à la gorge.

— Viens avec moi jusqu'au paquebot, Jo. Tu verras les jeunes, ça te changera les idées.

Elle sortit un mouchoir de la poche de son tablier et essuya son visage.

— Vous n'êtes plus si jeunes que ça, les uns et les autres, dit-elle dans une tentative de plaisanterie.

— Viens, répéta-t-il.

Il lui lâcha les mains, se leva et alla prendre son gros châle pendu à la patère. Jamais il n'aurait dû l'acculer de la sorte. Si elle faisait un nouveau malaise, il serait responsable, et il n'avait même pas l'excuse d'avoir droit à cette vérité après laquelle tout le monde courait, Alban le premier.

9

Comme prévu, Sophie s'était chargée de décorer un immense sapin, livré par un fleuriste de Deauville. Malaury avait arrangé la table à son idée, dénichant une nappe délicatement ajourée où étaient brodées les initiales J et A, puis fouillant le fond des placards de l'office pour en extraire un service à liseré or. Ensuite, elle avait tressé des guirlandes avec des branches de houx et des pommes de pin. Pour sa part, Joséphine s'était mise en cuisine dès le matin afin de confectionner la farce de sa dinde et préparer sa fameuse bûche dont ils raffolaient tous. Valentine, ainsi qu'elle l'avait annoncé quelques semaines plus tôt, avait rempli de sucreries et de petites surprises des bottes de feutre rouge accrochées au dossier des chaises de la salle à manger. Pendant ce temps-là, indésirables dans la maison, Gilles, Alban et Colas étaient allés se promener sur la plage avec les enfants.

A neuf heures du soir, ils s'étaient tous retrouvés dans le grand salon pour boire une coupe de champagne et déguster les canapés au foie gras préparés par Sophie. Surexcités, les enfants ne pouvaient détacher leurs yeux de tous les paquets multicolores entassés sous le sapin. Ils ne croyaient plus au père Noël, ce qui dispensait Gilles de se déguiser, mais attendre minuit pour découvrir leurs cadeaux paraissait au-dessus de leurs forces.

— Vous vous calmez, ou vous dînez à la cuisine ! menaça Sophie.

Elle était ravissante dans sa robe bleue lamée argent au décolleté plongeant, mais elle affichait une expression morose. Contrairement aux années précédentes, elle ne pouvait plus marivauder avec Alban, ni se pendre à son cou en jouant la belle-sœur affectueuse. La présence de Valentine était une donnée nouvelle, difficile à intégrer, mais il allait bien falloir s'y faire.

« Et le prochain Noël sera pire, avec un marmot dans un berceau, et sur lequel on devra s'extasier ! »

Du coin de l'œil, elle observa Valentine dont la silhouette ne laissait toujours pas deviner la grossesse. Alban était près d'elle, devant la cheminée, et il la tenait par la main tout en parlant avec Gilles. L'espace d'une seconde, Sophie eut tellement envie d'être à la place de Valentine qu'elle se mordit les lèvres au sang. Avoir dix ans de moins et épouser un homme comme Alban ! Pouvoir tout recommencer, cette fois sans se tromper de frère. Malheureusement, à cause de ses voyages, elle n'avait rencontré Alban que peu de temps avant son mariage avec Gilles, et les dés étaient déjà jetés. Tout de suite, bien que refusant de se l'avouer ou même de mettre un nom sur ce qu'elle éprouvait, elle s'était sentie attirée. Le voyage de noces avait eu lieu sur un vol Air France à destination du Brésil. Alban était aux commandes, il avait fait venir son frère et sa belle-sœur dans le poste de pilotage. Subjuguée, Sophie ne l'avait pas quitté des yeux une seconde, et c'était cette image de lui qu'elle conservait encore, irrésistible dans son uniforme.

L'arrivée de David la sortit brusquement de ses souvenirs. Elle lui présenta le plat de canapés, emplit une coupe de champagne et trinqua avec lui.

— Ta robe est superbe, dit-il galamment.

— C'est ce que je pense aussi, déclara Gilles en les rejoignant. Je suis très fier de ma femme !

Gilles souriait d'un air béat, et Sophie se rappela qu'elle ne devait pas le négliger. Elle s'était d'ailleurs creusé la tête pour lui trouver un cadeau de Noël un peu plus personnel que les livres ou les cravates qu'elle se contentait d'acheter en vitesse la plupart du temps. Cette fois, elle était allée chez un grand maroquinier lui choisir un agenda qu'elle avait fait graver à ses initiales. Et pour faire bonne mesure, elle avait glissé dans le rabat intérieur une photo d'elle en maillot de bain.

— A table ! proclama Joséphine.

— Toi, lui enjoignit Alban en l'escortant jusqu'à la salle à manger, tu ne te fatigues plus, tu restes assise là et tu n'en bouges pas.

— Mais, ma dinde...

— C'est moi qui la coupe, de toute façon, rappela Gilles de son ton d'aîné, un rôle qu'il prenait au sérieux.

Il gagna la cuisine, suivi d'Alban, et sortit du four l'énorme cocotte en fonte.

— Je t'aiguise un couteau, proposa Alban. Tu as pu discuter avec Colas ?

— Un peu, tout à l'heure sur la plage. Il est traumatisé mais il se focalise sur autre chose pour ne plus y penser. C'est pour ça qu'il a repeint sa chambre, j'imagine. Quand je pense qu'il nous a reproché de ne pas dire « maman » lorsque nous parlions d'elle, je peux te dire qu'il ne l'appelle plus que Marguerite ! Et maintenant, il veut savoir toute la vérité, comme toi et moi. Il faut qu'on en sorte, Alban.

— Je ne prendrai aucun risque avec Jo. La conduire à l'hôpital m'a fait trop peur.

— Mais si on y va doucement, gentiment ?

Dubitatif, Alban secoua la tête.

— C'est une vieille dame, Gilles. Têtue comme une mule mais vulnérable. Si tu savais ce que j'ai ressenti quand elle était à l'hôpital et que sa maison était vide... Voir ses fenêtres éclairées, depuis le paquebot, c'est comme un phare pour les marins.

— Tu es bien lyrique ! Je tiens à elle autant que toi, mais on ne va pas la tuer en lui posant trois questions.

Il était en train de découper des tranches dans les blancs dodus de la dinde, qu'il faisait alterner sur le plat avec des morceaux de farce. Alban prit une cuillère pour disposer les marrons autour.

— Je suis heureux d'être ici pour Noël et pour ton mariage, déclara Gilles avec une gravité inattendue. Et je voulais te dire que ton initiative de rénover la maison, après m'avoir un peu inquiété, me paraît aujourd'hui la plus chouette idée qu'on ait eue en famille.

— Eh bien, au moins, vous êtes contents de vous ! leur lança David qui rapportait le plateau de l'apéritif. Mais pendant que vous vous congratulez, les enfants en ont déjà assez d'être à table.

Il vint regarder par-dessus leurs épaules et constata :

— On dirait que Jo s'est surpassée, ça sent divinement bon.

— Rends-toi utile, tiens-moi la saucière. Attention, je verse, prévint Gilles. Et tant que tu es là, j'ai un truc à te demander. Il paraît que tu sais des choses que nous ignorons, les frangins et moi ?

David fusilla Alban du regard.

— Ne me mêlez pas à ça, répondit-il sèchement.

Il quitta la cuisine le premier, portant la saucière avec précaution.

— Eh bien, soupira Gilles, de quelque côté qu'on se tourne, c'est le mur du silence ! Mais je ne suis pas avocat pour rien, ajouta-t-il. Traquer la vérité, j'ai l'habitude, faire parler les gens aussi. Je vais m'y employer, compte sur moi.

Sourcils froncés, il empoigna le plat et précéda Alban vers la salle à manger.

Le matin du 25 décembre, les premiers réveillés furent les enfants qui descendirent sur la pointe des pieds pour retrouver les jouets découverts la veille à minuit. Ils rallumèrent les guirlandes lumineuses du sapin dans le grand salon et s'installèrent à même le parquet pour recompter leurs trésors, lire les règles des jeux de société, assembler les maquettes et mettre des piles où il le fallait.

Gilles et Sophie les avaient entendus quitter leurs chambres mais ils étaient trop bien sous la couette pour se lever. Exceptionnellement, à peine avait-elle émergé du sommeil que Sophie s'était lovée contre Gilles. Ils avaient fait l'amour sans bruit, peut-être un peu trop vite mais avec un désir mutuel impérieux. Comblé par cette agréable surprise, Gilles avait ensuite gardé Sophie dans ses bras. Il s'en voulait soudain du cadeau fait à Julie. En ouvrant l'écrin, la jeune femme avait eu une expression mitigée. Un peu de gêne, une lueur d'intérêt, un sourire artificiel. Gilles s'était senti stupide, dans la peau d'un vieux beau ridicule. Il aurait préféré, de loin, qu'elle le lui jette à la tête à défaut de l'accepter simplement. Maudite gourmette. En revanche, Sophie s'était extasiée, la veille, sur le collier. Il lui allait d'ailleurs très bien, tout comme cette robe bleue et argent que Gilles ne regrettait pas d'avoir payée une fortune.

Il serra davantage sa femme contre lui. Etre heureux dans son couple, dans sa famille, fût-ce au prix de quelques concessions et de quelques disputes, lui semblait préférable à une liaison hasardeuse. Plus moral et moins fatigant. Seule ombre au tableau, dans son sommeil, cette nuit, Sophie avait prononcé plusieurs fois le prénom d'Alban. Pourquoi son frère hantait-il les rêves de sa femme ? Bien sûr, elle était contrariée par son mariage, et surtout, elle détestait Valentine. Et puis, elle avait toujours eu beaucoup de tendresse pour Alban. Beaucoup d'admiration, aussi. Le prestige de l'uniforme !

— Il faut qu'on se lève, marmonna-t-elle.

Elle se dégagea de son étreinte et sortit du lit.

— Les enfants finissent toujours par se disputer le matin de Noël, chacun voulant le jouet de l'autre, tu sais bien...

Avant qu'elle ne s'emmitoufle dans sa robe de chambre rose, il eut le temps d'apercevoir ses adorables petites fesses rebondies.

Bien calée sur ses oreillers, Malaury regardait autour d'elle avec satisfaction. Dans la lumière du soleil levant, les teintes choisies par Colas l'enchantaient.

— Tu as du talent ! affirma-t-elle en se tournant vers lui.

Elle l'embrassa sur le bout du nez. Comme il sortait de sa douche, il sentait le shampooing et le dentifrice.

— L'aspirine t'a fait du bien ?

— J'ai vraiment trop bu hier, soupira-t-il. Mais ce n'est pas Noël tous les jours, et je compte remettre ça pour le mariage d'Alban samedi.

— Si tu veux rester ici cette semaine, je me débrouillerai sans problème à la boutique.

L'amie qui l'aidait en cette période de fêtes suffisait amplement, et elle sentait que Colas avait besoin de repos. En se couchant, éméché, il avait craqué et s'était lancé dans un récit un peu confus. Malaury avait dû lui faire répéter plusieurs fois certaines choses avant de comprendre ce qu'il racontait, mais, à présent, elle avait une idée assez claire de la situation.

— Prends du bon temps avec tes frères, je reviendrai vendredi soir, tard.

— Tu es sûre ?

— Certaine.

— Je vais peut-être en profiter pour repeindre la salle de bains.

Elle éclata de rire avant d'ébouriffer les cheveux de Colas.

— On ne t'arrête plus ! Mais si tu fais ça aussi bien que cette chambre, vas-y. Sincèrement, c'est formidable.

De nouveau, elle regarda les murs. Chacun avait été traité dans un ton un peu différent, ce qui donnait une autre dimension à la pièce. Les portes et les fenêtres rechampies dans des couleurs plus sombres se détachaient, et le plafond semblait encore plus haut. Avec le parquet de chêne blond, l'ensemble prenait toutes les nuances d'un miel chatoyant au soleil.

— Tu nous as fait l'été en hiver, dit-elle encore avant de se tourner vers lui. Est-ce que ça va, ce matin ? Tu n'y penses plus ?

— A ma mère ? Si.

— Tu as tort. Elle était folle, tu n'y peux rien. Et ce n'est pas comme si tu avais été un enfant mal aimé. Joséphine était là, ton grand-père, tes frères... Et maintenant, c'est moi qui suis là, avec toi. Tu sais, les vieilles histoires devraient rester au fond des placards.

Il l'écoutait avec attention, ainsi qu'il le faisait toujours, et il finit même par lui sourire. Elle ne voulait pas qu'il souffre, ni qu'il se torture pour rien. La faille qui existait chez lui, elle l'avait toujours pressentie, et puisque aujourd'hui il en connaissait enfin la cause, peut-être parviendrait-il peu à peu à la combler.

— Je t'aime, mon Colas, dit-elle avec tendresse.

Elle l'aimait justement pour sa fragilité, son originalité, tout ce qui faisait de lui un homme pas comme les autres. Entre eux, il n'existait aucun rapport de force, nulle rivalité, ils poursuivaient main dans la main leur quête du bonheur.

— Pourquoi vouloir tuer son enfant ? murmura-t-il d'une voix songeuse. Peut-être étais-je un bébé braillard qui criait à longueur de journée ? Mais dans ce cas, pourquoi m'avoir pris dans sa chambre ? La maison est assez grande pour...

— Stop ! On a dit que tu n'y penserais plus, Colas.

— D'accord, je vais essayer. Et toi, tu n'en parles à personne. Gilles n'a rien dit à Sophie, pas plus qu'Alban à Valentine, à cause des enfants. Du risque que courent les enfants.

— Je suis contente de ne pas en avoir.

— Moi aussi.

Elle changea de position pour appuyer sa tête sur l'épaule de Colas.

— Tu la vois comment, la salle de bains ?

— Toute douce. Rose thé, avec peut-être un peu de bleu cobalt.

Il se lança dans une description qui la fit réagir aussitôt et, deux minutes plus tard, ils se précipitèrent dans la salle de bains pour faire des essais.

Alban posa la théière sur la table, puis il retourna chercher les toasts. Valentine le regardait faire, amusée de le voir si attentionné.

— S'il n'avait pas plu ce soir-là, lui lança-t-elle, je ne serais sûrement pas ici !

— Quel soir ?

— Le premier. Celui où on attendait désespérément un taxi en se faisant tremper.

— Imagine qu'il en soit arrivé deux ?

— Tu ne serais pas monté dans le mien, tu ne m'aurais pas demandé mon numéro de téléphone, tu...

— Je l'aurais eu par nos amis. Je t'avais repérée.

— C'est faux. Il y avait tellement de belles filles à cette soirée !

— Non, Valentine, c'est vrai. Quand je t'ai vue mettre ton manteau, j'ai immédiatement saisi le mien, je voulais descendre avec toi.

Troublée par cet aveu, elle baissa les yeux et contempla sa main gauche où brillait la bague offerte la veille.

— Tu es têtu, dit-elle en souriant. Je ne souhaitais pas...

— ... de bague de fiançailles, de bague de mariée, je sais. Ce n'est qu'un cadeau de Noël.

Il mit les toasts dans leurs assiettes puis s'assit à côté d'elle sur le banc et passa un bras autour de ses épaules.

— Tu me combles, souffla-t-il à son oreille. Sauf quand tu fais ta tête de cochon et que tu pars en claquant les portes.

— Je ne claque pas les portes, protesta-t-elle. L'autre jour, j'étais triste, en colère contre toi, mais une fois dehors, je me suis aperçue que je n'avais aucun endroit où aller.

— Comment ça ?

— Eh bien, je ne peux pas dire que je retourne chez ma mère parce qu'elle ne serait pas ravie de me voir, et c'est réciproque. Ni que je rentre chez moi, parce que j'ai rendu mon studio. Je n'ai plus de chez moi.

— C'est ici, chez toi !

— Non, ici, c'est le paquebot. La ruche Espérandieu.

— Tu en fais partie désormais. Ça t'ennuie ?

— Disons que ça me fait... drôle.

L'air chagriné d'Alban l'obligea à s'expliquer davantage, ce qu'elle fit après avoir grignoté la moitié d'un toast.

— Jusqu'à toi, ma conception de la famille n'était pas très réjouissante et je n'avais pas du tout envie de créer la mienne ! Avec ma mère et mon beau-père, nous ne nous aimions pas mais nous étions condamnés à habiter ensemble. Je me suis sauvée dès que j'ai pu et j'ai adoré vivre seule, me retrouver indépendante, ne plus subir les autres. Ensuite, comme tu le sais, j'ai eu cette mauvaise expérience avec ce type qui... Bref, ça m'a confortée dans l'idée de ne plus m'enchaîner à personne et d'avoir ma tanière bien à moi.

— Je comprends. Entre mes frères, mes belles-sœurs, mes neveux, ma grand-mère, tu as le droit de te sentir un peu asphyxiée. D'autant plus que le paquebot appartient à tout le monde.

— C'est ce qui en fait aussi le charme, mon chéri. Je ne nous imagine pas seuls tous les deux à longueur d'année dans une si grande maison ! Ce côté tribu a quelque chose de réconfortant.

Elle le disait pour lui faire plaisir, mais aussi parce qu'elle commençait à se sentir bien parmi eux. Malgré l'antipathie affichée de Sophie, elle pensait arriver à trouver sa place, elle était assez obstinée pour ça. Et appartenir à une nombreuse famille la délivrait du sinistre huis clos vécu dans son enfance. Enfin et surtout, elle avait encouragé Alban à faire ce choix de vie, elle ne pouvait pas lui demander le contraire aujourd'hui.

Elle leva sa main gauche, fit scintiller sa bague dans un rayon de soleil.

— Une bague est un symbole très fort, ajouta-t-elle à voix basse.

— Si tu n'as pas envie de la porter, je me résignerai.

— Oh, non ! Je suis contente que tu ne m'aies pas écoutée. C'est le premier bijou que je reçois, il me plaît beaucoup, et c'est toi qui me l'as offert !

Après avoir embrassé Alban au coin des lèvres, elle nicha sa tête dans son cou.

— Tu vois, moi, je te parle, je te dis tout ce que j'ai au fond de la tête.

— J'essaierai d'apprendre.

Elle sentit qu'il glissait une main dans l'échancrure de son peignoir, et dès qu'il toucha sa peau elle frissonna.

— On remonte ? chuchota-t-il.

Il savait exactement comment la caresser pour provoquer son désir. Elle ferma les yeux, laissa échapper un petit soupir, puis elle sursauta en entendant des pas dans la galerie.

— Gilles et Sophie, avertit Alban.

Déçue, elle referma prestement son peignoir.

Dans l'après-midi du mardi 26 décembre, Gilles proposa à Joséphine de la conduire à Trouville. Il l'escorta d'abord dans un magasin de vêtements où elle se choisit une robe gris clair toute simple pour le mariage, qu'il insista pour payer. Puis il la déposa chez un coiffeur où elle voulait faire « rafraîchir » sa coupe. Jamais elle n'avait teint ses cheveux qui étaient devenus entièrement blancs sans qu'elle s'en soucie, et elle faisait depuis toujours ses mises en plis elle-même avec d'antiques bigoudis.

Lorsqu'ils revinrent, la nuit tombait déjà, et Gilles suivit Jo dans sa petite maison en lui réclamant du thé. Il avait son idée en tête mais, connaissant sa grand-mère, il ne tenait pas à la bousculer. Tandis qu'elle mettait de l'eau à bouillir, il lui demanda si elle avait besoin d'aide pour ses comptes, ou tout simplement besoin d'argent.

— Alban me remplit mes papiers depuis qu'il est revenu. Avant, c'était David qui s'en occupait. Un amour, celui-là !

— Tu aurais pu nous le demander, on venait souvent.

— Oui, mais en coup de vent. Et quand vous êtes là, c'est pour vous détendre, vous reposer, pas pour vous plonger dans des comptes. David ne venait pas seulement pour la paperasserie ou les médicaments, il faisait aussi mes courses.

Un peu vexé, il se força à sourire.

— On t'a proposé cent fois de te faire livrer.

— L'épicerie, la droguerie, mais pas le frais. Il y a des produits... enfin, tu sais bien ! Le mercredi, David m'apportait du poisson qu'il achetait sur le marché.

Etait-elle en train de lui expliquer que David valait mieux qu'eux ? Il allait répliquer lorsqu'elle ajouta :

— Mais c'est normal, il n'habite qu'à quelques kilomètres. Je l'ai assez nourri quand il était jeune ! Il s'en souvient, de tous ces repas à la villa. Chez lui, il s'ennuyait, avec vous il s'amusait.

— C'est un véritable ami, admit Gilles. Mais tu ne m'as pas répondu, as-tu besoin d'argent, Jo ?

— Alban s'en est soucié aussi.

— Alban n'est pas Crésus !

— Tu l'es, toi ?

— Non plus.

— D'ailleurs, je dépense très peu, et j'ai tout de même la petite retraite d'Antoine.

L'aspect financier ne semblait pas la préoccuper, ce ne serait pas un argument dans la discussion qu'il comptait avoir avec elle. Dommage pour lui car, sur ce terrain-là, il s'estimait très fort. Rien ne l'amusait davantage que réduire à l'euro symbolique les demandes d'indemnités de la partie adverse, ou au contraire d'avoir des prétentions exorbitantes pour ses clients.

— En tout cas, Jo, n'hésite pas si tu as le moindre souci.

Il regarda autour de lui, examinant la petite maison comme s'il ne l'avait jamais vue.

— Et ici, tu disposes de tout le confort ? Ce ne serait pas très gentil qu'on mette le paquebot à flot en te laissant avec une vieille installation hors norme.

Elle le dévisagea, apparemment amusée par son insistance.

— Tout va bien, Gilles, je t'assure. Cette annexe a été aménagée peu à peu par Antoine qui aimait beaucoup le bricolage. Il avait dû prévoir que ce serait un refuge pour moi s'il venait à disparaître le premier.

Après avoir servi le thé dans de magnifiques tasses qui provenaient à coup sûr de la fabrique de porcelaine Espérandieu, elle s'assit face à lui.

— Allez, dis-moi ce que tu as sur le cœur, l'encouragea-t-elle.

Il se sentit pris au dépourvu. Sa grand-mère le connaissait trop bien, avec elle il ne pouvait pas dissimuler et il ne mènerait pas la conversation à sa guise. Comme il se taisait, démuni, elle enchaîna :

— Bon, je ne sais pas quel est ton problème, mais le mien consiste à trouver un cadeau de mariage pour Alban et Valentine.

L'occasion était trop belle, il sauta sur la perche qu'elle venait de lui tendre involontairement.

— Le plus beau cadeau que tu pourrais faire à Alban, ce serait de répondre enfin à toutes les questions qu'il se pose !

— Oui, dit Joséphine en hochant la tête, je pensais bien que tu en viendrais là… Alors je vais mettre les choses au point, mon petit Gilles. Toi et tes deux frères, vous allez me foutre la paix une fois pour toutes.

Elle l'énonçait de façon calme et définitive, mais il ne se laissa pas démonter.

— Tu es injuste de te taire, c'est très méchant pour nous.

— Méchant ? Tu ne sais pas de quoi tu parles ! Je me tue à vous expliquer qu'il n'y a rien. Rien !

— Marguerite était folle.

— Et après ?

— Elle a voulu tuer Colas.

Il pensait marquer un point, pourtant sa grand-mère ne manifesta pas la moindre surprise et ne lui demanda même pas comment il le savait.

— Oui, je me souviens qu'elle avait des gestes… insensés. Mais votre père veillait, Antoine et moi aussi. Il ne vous est rien arrivé. En pension, vous étiez loin d'elle, elle avait l'air de s'apaiser. Votre père l'aimait passionnément, il a essayé de la faire soigner, de la protéger d'elle-même, hélas elle s'est suicidée dans une crise de démence. Tout ça est très triste, mais il n'y aucun mystère là-dedans. Pourquoi aurais-tu voulu qu'on vous rabâche cette histoire chaque matin ? Mieux valait oublier, non ? Antoine et moi, nous nous sommes occupés de vous, de votre avenir. On ne vous a pas trop parlé de vos parents, c'est vrai. A quoi bon ? Et aujourd'hui, vous en êtes à inventer Dieu sait quoi !

De son poing fermé, elle donna un petit coup sur la table, comme pour ponctuer ses paroles.

— Inventer, hein ? répéta lentement Gilles.

Il avait entendu trop de fausses confessions d'accusés en prison, mené trop d'interrogatoires serrés avec des témoins pour se laisser abuser. Joséphine lui cachait quelque chose, il en aurait mis sa main à couper, mais comment percer la chape de plomb qu'elle avait coulée sur le passé ?

— Les secrets, Jo, c'est du poison, lâcha-t-il d'un ton sentencieux.

— La vérité aussi !

La repartie avait dû lui échapper, mais elle le regardait sans baisser les yeux. Pendant un moment, ils se scrutèrent en silence, puis Gilles céda, comprenant qu'il n'obtiendrait rien d'autre. Il but son thé refroidi, reposa sa tasse.

— Très belle vaisselle, apprécia-t-il. Il t'en reste beaucoup ?

— Quelques caisses qu'Antoine avait rapportées avant la liquidation. Elles sont dans le grenier de la villa, vous n'aurez qu'à vous les partager.

— Vois ça avec nos femmes, dit-il en souriant. Si tu ne fais pas l'arbitre, elles se disputeront.

Il n'était plus temps de poser des questions qui, de toute façon, resteraient sans réponse. Gilles se leva, débarrassa la table.

— Tu es l'aîné, mon grand, déclara tranquillement Joséphine, alors tu seras mon messager auprès de tes frères. Ne venez pas ici l'un après l'autre, et pas davantage en délégation, pour me casser la tête avec de prétendus mystères. D'accord ? Si vous passez m'embrasser, que ce soit juste pour le plaisir de ma compagnie... et pour mon excellent thé.

Elle avait à présent cette expression malicieuse qu'il aimait bien, sauf quand elle s'exerçait à ses dépens.

— On t'attend pour dîner, se borna-t-il à déclarer.

— Non, pas ce soir, je suis fatiguée. Mais demain midi, je vous préparerai un jarret de veau au cidre !

Une de ses meilleures recettes, avec de petits oignons, des champignons, des tranches de pommes rôties, et au moins un litre de cidre fermier. Avant de partir, Gilles vint l'embrasser, la serrant affectueusement dans ses bras.

— Repose-toi, Jo, chuchota-t-il d'un ton conciliant.

Elle le regarda sortir, soulagée d'avoir gagné.

« Je ne leur dirai jamais, au grand jamais ! Un serment est un serment, ça se respecte. D'ailleurs, Antoine avait raison... »

Ils n'avaient pas réussi à entamer sa certitude. Ni son hospitalisation, avec la brusque proximité de la mort, ni leur acharnement n'avaient modifié sa décision de se taire. Elle emporterait le secret avec elle, tant mieux. Et si vraiment, un jour, elle avait trop envie de soulager sa conscience, si elle était prise de regrets à l'idée que personne ne sache ce qui s'était passé entre les murs de la villa, ce ne serait pas à ses petits-fils qu'elle irait confier son secret. Eux, d'une certaine manière, ça les détruirait, et elle ne le voulait à aucun prix.

Elle souleva la toile cirée, observa un instant le tiroir puis l'ouvrit. Le paquet de cartes était là, rangé tout au fond.

« En cadeau de mariage, tiens, je pourrais donner les jumelles d'Antoine. Celles qui lui servaient à observer les bateaux, au loin. Alban aime bien regarder les bateaux lui aussi et, qui sait, peut-être pourra-t-il s'en servir dans son aéroport de Deauville... Antoine les avait achetées deux ans avant sa mort, ce sont de très bonnes jumelles. »

Résolument, elle prit le paquet, le battit, le coupa. Puis elle choisit cinq cartes qu'elle retourna.

« Ce sera un mariage heureux, j'en étais sûre ! »

Elle recouvrit le roi et la dame.

« Un garçon, mais encore ? »

De nouvelles cartes ne lui apprirent rien de plus. L'avenir du bébé était obscur pour le moment.

« Maintenant, à mon tour. »

A nouveau, elle mélangea, coupa en trois paquets, puis cette fois aligna sept cartes qu'elle lut aisément.

« Tiens, un messager... »

Avait-elle vraiment besoin d'un messager ? Devait-elle, malgré tout, se délivrer du fardeau ?

La dernière carte qu'elle retourna la fit sourire.

« Eh bien voilà, tout est en ordre ! »

Elle remit le paquet dans le tiroir, très soulagée d'avoir pu se livrer à sa marotte sans éprouver le moindre malaise.

Le jeudi matin, Alban passa deux heures à Saint-Gatien, dans le bureau de Jean-Paul. La chambre de commerce et d'industrie du pays d'Auge semblait voir sa candidature d'un très bon œil, à condition qu'il effectue au plus vite la formation voulue.

— Il y a un aspect de gestion commerciale non négligeable, rappela Jean-Paul, et bien sûr un minimum de connaissances administratives. Aucune décision ne se prend sans concertations préalables, mais à part ça, le job est agréable, vous verrez ! Et puis, je serai là pour vous aider les deux premiers mois, la passation de pouvoir se fera en douceur.

Les baies vitrées donnaient du côté des pistes. Sur celle en herbe, un petit avion de tourisme s'apprêtait à décoller.

— Si ça vous fait envie, qu'est-ce qui vous en empêche ?

Alban eut d'abord une moue dubitative, puis il finit par sourire.

— A condition que vos lunettes corrigent votre vue, vous n'auriez aucun problème pour piloter ce type d'appareil. Evidemment, à côté d'un Airbus ou d'un Boeing... Mais on peut s'amuser avec ces joujoux !

— J'y penserai, affirma Alban.

Il supposait qu'il n'en ferait rien sauf si, à la longue, son envie de voler prenait trop d'importance. Pour l'instant, il avait réussi à la reléguer au fond de sa tête. Quelques nuits plus tôt, il avait rêvé d'un bel atterrissage de nuit à Charles-de-Gaulle, retrouvant en songe le plaisir de poser impeccablement un long-courrier entre deux rangées de lumières. Il s'était réveillé, béat, au moment où il inversait la puissance des réacteurs. Au moins, il n'était pas obsédé par son accident.

— Il paraît que vous vous mariez après-demain ? Félicitations, et tous mes vœux de bonheur.

— Nous n'avons invité personne, s'empressa de préciser Alban, ce sera très intime.

— Oh, je ne me serais pas vexé, tranquillisez-vous ! La province a évolué, les mentalités ne sont plus aussi étriquées qu'avant, avec les préséances, les susceptibilités, les médisances... Même les classes sociales ont fini par se mélanger. Tenez, votre petite voiture violette fait aujourd'hui de vous un original. Il y a vingt ans, de mauvaises langues auraient raconté que vous vous étiez ruiné au casino pour rouler dans un engin pareil.

Ils rirent ensemble, puis Jean-Paul reprit son air sérieux.

— Vous êtes parti il y a longtemps, Alban. Vous allez trouver des changements notables.

— Je l'ai déjà remarqué, oui. Mais vous savez, je n'ai plus besoin d'être convaincu, je le suis.

— Tant mieux ! David ne m'aurait pas pardonné d'échouer auprès de vous, il tenait vraiment à ce que vous restiez dans la région.

De nouveau, Alban tourna la tête vers les pistes. Ses rendez-vous avec Jean-Paul se passaient de mieux en mieux, et la perspective de travailler à Saint-Gatien, dans un « petit » aéroport, ne le rebutait presque plus.

Il prit congé assez chaleureusement et fila à la polyclinique de Deauville où il avait déposé Valentine en début de matinée. Elle l'attendait en faisant les cent pas sur le trottoir, les mains dans les poches, le col de son manteau relevé et ses longs cheveux au vent. De loin, il la trouva jolie au point d'en être brusquement tout attendri. Elle avait ce don de le bouleverser et de le rendre fier, or aucune femme ne lui avait fait cet effet-là. Etait-ce parce qu'il vieillissait qu'il se sentait aussi amoureux, ou seulement parce qu'il avait trouvé la femme qu'il lui fallait ?

Dès qu'il s'arrêta, elle sauta dans la Twingo.

— Il fait un de ces froids ! Bon, j'ai deux nouvelles à t'annoncer, mon chéri. La première, sans grand intérêt, est que j'ai pris deux kilos. Mais je pense encore rentrer dans ma robe après-demain. La seconde nous concerne tous les deux.

— Dis vite.

— D'après l'échographie, il semble bien que ce soit un garçon.

— Tu es contente ?

— Folle de joie ! Ce sera un petit toi, Alban !

— A quand une petite toi ?

— La prochaine fois.

— Et tu optes pour Charles ou pour Julien ?

— Charles Espérandieu me paraît un nom magnifique.

Il profita d'un feu rouge pour se pencher vers elle et l'embrasser dans le cou.

— Le temps va me sembler long jusqu'à sa naissance, je suis très impatient.

— Tu le seras moins quand on passera des nuits blanches, répondit-elle en riant. D'ailleurs, à ce propos, est-ce que ce ne serait pas mieux qu'on descende au premier ? S'il faut grimper deux étages en courant chaque fois qu'il pleurera... Mais peut-être ne veux-tu pas quitter ta chambre de jeune homme ?

Perplexe, il se demanda s'il avait envie de dormir ailleurs que dans ce deuxième étage investi de haute lutte à l'adolescence. Prendre la chambre de ses parents ne lui disait rien du tout depuis que Colas y avait hurlé de terreur. Quant à celle de Joséphine et d'Antoine, elle était comme un sanctuaire.

— Tout ça est idiot, marmonna-t-il. On s'installera où tu veux, la place ne manque pas.

Il fallait définitivement chasser les fantômes du paquebot. Conserver des pièces closes où personne ne mettait les pieds ne faisait qu'entretenir une mauvaise atmosphère.

— La chambre aux oiseaux est une des plus belles pièces de la maison, dit-il en essayant d'ignorer ses propres réticences. Et, juste à côté, il y a une chambre d'amis qui serait parfaite pour le bébé.

— Dans ce cas, je garderai mon bureau au second pour avoir un peu de tranquillité quand la maison sera pleine. Il me suffira de mettre un interphone et je pourrai surveiller le petit Charles.

Valentine paraissait toute réjouie par ces nouvelles dispositions. Le passé de la villa ne l'influençait pas, elle ne redoutait pas tel endroit plus qu'un autre puisqu'elle n'y avait aucun souvenir. Et c'était sûrement le meilleur moyen d'en finir avec les ombres, les doutes, l'histoire ancienne.

Infatigable, Colas s'était lancé comme prévu dans la peinture de sa salle de bains. Se dépenser physiquement lui faisait du bien. Gilles le trouva juché sur une échelle, laquant le plafond avec énergie.

— Tu viens m'aider ? demanda-t-il à son frère en le voyant sur le seuil.

Son visage était entièrement moucheté de points minuscules qui lui donnaient l'air malade, mais son sourire était chaleureux.

— Je suis un très mauvais bricoleur, un peintre exécrable, un...

— ... gros paresseux.

— Ce n'est pas ce que dit ma secrétaire, s'insurgea Gilles.

Evoquer Julie le mit vaguement mal à l'aise, aussi s'empressa-t-il de changer de sujet.

— Je crois qu'on est en train de donner beaucoup de valeur à cette maison.

— Avec ces travaux démentiels, sûrement ! Mais ce n'est pas mon modeste coup de pinceau qui y fait grand-chose.

— Est-ce que ça t'embête qu'on...

— Non, Gilles. Nous sommes d'accord depuis le début, et tu as établi tous les papiers nécessaires. Tu sais, j'aime le paquebot autant que vous.

— Malgré tout ?

— J'avoue avoir connu une seconde de pure panique l'autre jour. Devant ces maudits rideaux, j'aurais bien juré que je ne remettrais jamais les pieds ici de ma vie entière !

— Et alors ?

— C'est passé. En réalité, ça m'a comme... délivré.

Néanmoins, il avait eu besoin de se trouver immédiatement un dérivatif.

— Tout de même, ajouta-t-il en descendant de son échelle, chaque fois que j'y repense, je m'étonne que nous n'ayons rien remarqué quand nous étions gosses.

— Les enfants sont dans leur monde, ils ne prêtent pas attention aux adultes, et les adolescents encore moins. C'était notre mère, on l'a toujours connue comme ça, un peu étrange, ça ne pouvait pas nous choquer.

— Mais papa, Joséphine et Antoine devaient être sur les dents, non ? Surveiller les agissements de cette femme pendant tant d'années, quel calvaire pour eux ! Et comment ont-ils pu dissimuler aussi longtemps sa folie ?

— Souviens-toi, elle ne sortait quasiment pas d'ici. A mon avis, elle avait des crises passagères, ensuite elle redevenait normale. Et je suis persuadé qu'elle était suivie, soignée, mais peut-être pas par des gens compétents.

— Qui était le médecin de la famille, à l'époque ?

— Le Dr Pertuis. C'est lui qui avait dû l'adresser à un psychiatre, celui qui a proposé l'internement auquel papa s'est opposé.

— As-tu essayé de joindre Pertuis ?

— Il est mort, soupira Gilles. Toutes les pistes mènent à un cul-de-sac.

A l'aide d'une baguette de bois, Colas remuait sa peinture d'un air songeur.

— Le plus curieux est que, si on me posait la question, j'affirmerais avoir eu une enfance heureuse.

— Moi aussi. Jo a absorbé toutes les turbulences, elle a été le rempart entre nous et notre mère. C'est bien pour ça qu'on ne peut pas se permettre de la tarabuster. Surtout à son âge et dans son état de santé.

— Tu as essayé de la faire parler, toi aussi ? s'indigna Colas.

— Essayé, comme tu dis. Tu ne devines pas sa réponse ? « Toi et tes deux frères, vous allez me foutre la paix. » Textuel !

Colas eut un petit rire étranglé.

— D'un côté, ça me plaît qu'elle soit égale à elle-même, mais de l'autre, on ne saura jamais rien.

— J'en ai bien peur, admit Gilles.

Il traversa la salle de bains et alla se planter devant un miroir aux bords ouvragés.

— Il est superbe ! D'où vient-il ?

— Malaury l'a rapporté de son dernier voyage en Italie.

— Ta femme et toi, vous avez vraiment le chic pour trouver de beaux objets et les mettre à la bonne place.

— C'est ce qui nous fait vivre, rappela Colas en souriant.

— Et vous ne voulez pas voir les choses en plus grand ? Ouvrir d'autres boutiques, déposer une marque...

— On y pense de loin en loin, mais ce serait beaucoup de travail, beaucoup d'ennuis. Nous, ce qu'on aime, c'est s'amuser.

Gilles le considéra sans indulgence durant quelques instants, puis il finit par hausser les épaules.

— Au fond, tu as peut-être raison. Plus j'ai de dossiers, plus j'ai de soucis. Plus je gagne de l'argent et plus j'en dépense. Tout ça pour quoi ?

— Assurer l'avenir de tes enfants, j'imagine.

— Bien malin celui qui peut assurer quoi que ce soit de nos jours. Non, je te le répète, je finirai par t'envier.

Colas éclata carrément de rire.

— Mais, Gilles, ce n'est pas ta nature, tu serais *incapable* de t'amuser. A toi, il te faut des trucs graves, respectables, importants ! Etre futile ou léger, c'est un état d'esprit. Tiens, tentons une expérience. Fais-moi une grosse fleur sur ce mur.

Il prit un pinceau, le plongea dans un pot, l'essora puis le tendit à son frère.

— Je suis nul en dessin, dit Gilles en croisant les bras.

— Tu vois.

De nouveau, Gilles dévisagea son frère, mais cette fois avec une certaine curiosité.

— Tu sais quoi, Colas ? Je trouve ça sympa de passer quelques jours ensemble. On devrait le faire plus souvent. Un week-end, c'est trop court, on n'a pas le temps de se parler.

Colas hocha la tête en signe d'assentiment, puis il remonta sur son échelle tandis que Gilles s'asseyait sur le bord de la baignoire, bien décidé à s'attarder.

Intriguée, Sophie soupesait le lourd colis, le secouait sans parvenir à deviner ce qu'il contenait. Le nom et l'adresse de l'expéditrice lui étaient inconnus mais le paquet était destiné à Alban, comme la plupart des enveloppes du courrier. Pour satisfaire sa curiosité, elle prit le tout et partit à la recherche de son beau-frère. Ne le trouvant pas au rez-de-chaussée, elle monta jusqu'au second. La porte de la chambre d'Alban étant ouverte, elle le héla :

— Facteur !

— Sophie ? Entre, je fais des essais.

Il portait un pantalon bleu nuit avec une chemise blanche qu'il n'avait pas encore boutonnée. Elle aperçut son estomac plat et musclé, sa peau mate.

— A ton avis, est-ce que ce costume-là irait avec la robe de Valentine ? Je ne l'ai pas vue, elle me réserve la surprise.

Il enfila la veste, parfaitement coupée, et guetta son approbation. Après avoir dégluti, Sophie hocha la tête.

— Tu es superbe, dit-elle enfin.

Superbe, c'était le mot. Séduisant, craquant, irrésistible. Ils étaient à deux pas l'un de l'autre, et elle éprouvait l'absurde envie de se jeter sur lui.

— Et pour la cravate ? demanda-t-elle avec effort.

Elle s'en voulait de sa faiblesse, de cette attirance encombrante et vaine qui la clouait sur place.

— Celle-là ? proposa-t-il.

— Tu n'as rien de plus clair ? Un mariage, c'est gai.

Elle l'avait dit d'un ton sinistre qui l'obligea à se reprendre aussitôt.

— Tu n'ouvres pas ton paquet ? s'enquit-elle de façon plus enjouée.

— Vas-y, fais-le, il y a des ciseaux sur la commode.

Il disparut dans la salle de bains attenante pour aller fouiller ses penderies. Soulagée de pouvoir s'occuper d'autre chose, Sophie s'empressa de déchiqueter l'emballage puis d'ouvrir le carton. Sans scrupule, elle lut à voix haute la carte posée sur le papier bulle.

— « Tous nos vœux de bonheur t'accompagnent. » C'est signé par plusieurs personnes. Nadia, Marianne... un nom illisible... et Laurent. Des amis, je suppose ?

— Des camarades d'Air France, expliqua Alban en revenant.

Il tenait trois cravates à la main, et il regarda par-dessus l'épaule de Sophie tandis qu'elle dégageait un cadre de son plastique protecteur. L'aquarelle, exécutée d'après une photo, représentait Alban en uniforme de commandant de bord. A l'arrière-plan, descendant la passerelle d'un avion, on voyait deux hôtesses et un steward. Le peintre avait du talent, on reconnaissait tout à fait les traits d'Alban, son sourire charmeur, ses cheveux un peu longs sous sa casquette à galons.

— Ils sont vraiment très gentils, murmura-t-il d'une voix émue.

Le cadeau semblait beaucoup le toucher, sans doute à cause de tous les souvenirs qui s'y rattachaient.

— C'était dans une autre vie, ajouta-t-il.

Elle se demanda s'il aurait envie de poser les yeux sur cette aquarelle tous les jours.

— Où vas-tu la mettre ?

— Je ne sais pas. Peut-être dans le bureau, si ça ne gêne personne.

Il agissait toujours avec tact pour les parties communes du paquebot. Bien qu'y habitant définitivement, il ne s'appropriait pas la villa, et il ne prenait aucune décision sans concertation préalable avec ses frères et ses belles-sœurs.

— Moi, ça me va, affirma-t-elle.

Les yeux rivés sur l'aquarelle, elle réprima un sourire. Valentine allait-elle apprécier ce cadeau de mariage ? Cet Alban-là ne lui appartenait pas, c'était celui qui séduisait les filles et faisait le tour du monde, pas celui qu'elle s'apprêtait à enchaîner.

Elle se retourna enfin et considéra les cravates.

— Celle-ci est parfaite.

La prenant des mains d'Alban, elle la mit devant la chemise qui n'était toujours pas fermée.

— Tu seras très beau comme ça, souffla-t-elle.

L'expression le fit rire, puis il repartit vers la salle de bains. Avant de s'en aller, Sophie jeta un dernier regard à l'aquarelle et, comme elle relevait les yeux, elle découvrit Valentine.

— Un cadeau de mariage arrivé ce matin, expliqua-t-elle en désignant le tableau. Alban a été très touché... Même si ses amis ne sont pas invités, ils ont pensé à lui !

Sophie se dirigea vers la porte tout en lâchant, sans se retourner :

— Ne fais pas le vide autour de lui, on a toujours besoin d'avoir des copains.

Ulcérée, Valentine faillit répliquer mais Sophie avait disparu.

— Quelle peste...

Certes, elle n'avait pas insisté pour qu'Alban reçoive ses anciens équipages. Non, elle n'avait pas très envie de voir le paquebot envahi chaque week-end par de ravissantes hôtesses célibataires. Oui, elle était jalouse, amoureuse et donc jalouse, mais en aucun cas elle n'avait « fait le vide » autour d'Alban.

Elle examina l'aquarelle, la carte de vœux de bonheur qui l'accompagnait, puis elle rejoignit Alban dans la salle de bains où il venait d'enfiler un jean et un col roulé.

— Il est magnifique, ce tableau, déclara-t-elle avec enthousiasme.

— Tu trouves ?

— Vraiment.

— Je connais le peintre, il est très doué. Il travaille toujours d'après une photo, en ajoutant sa propre inspiration mais sans dénaturer les gens ou les maisons qu'il représente. Plusieurs personnes lui ont passé des commandes, à Air France, et il n'a jamais déçu.

Il vint vers elle, la prit dans ses bras, lui caressa les cheveux.

— Je vais écrire une lettre de remerciement à Nadia, je pense que c'est elle qui a eu l'idée.

La joue contre son pull, Valentine ferma les yeux. Les paroles de Sophie résonnaient encore à ses oreilles. Bien que prodigué avec un certain cynisme, le conseil n'était pas si mauvais et elle serait bien inspirée de le suivre.

— Tu sais ce qu'on devrait faire, au printemps, quand il fera beau et que les travaux seront tout à fait finis ? dit-elle tout bas.

— Une petite fête ?

— Exactement ! Tu inviteras tes amis et...

— Et je demanderai à David de nous amener un ou deux vieux copains de pension que j'ai envie de revoir et qui sont restés dans la région.

A l'évidence, l'idée le séduisait.

— Mais toi aussi, Valentine. Il ne faut pas que tu t'isoles du reste du monde. Parmi les gens avec qui tu travailles, dans l'édition, il y en a bien qui te sont sympathiques ?

— Oui... Peut-être.

Il avait raison, se couper de tout pour vivre en tête-à-tête serait désastreux à la longue. Même si Alban lui suffisait, même si elle voulait se consacrer à l'enfant qui allait arriver, son existence ne pouvait pas se réduire à un huis clos. D'après ce que Joséphine lui avait expliqué, la mère d'Alban, Marguerite, ne sortait quasiment jamais de la villa et ne s'était liée avec personne durant les dix-huit années passées ici. Une attitude que Valentine ne devait surtout pas reproduire. Alban était quelqu'un de sociable, il aimait s'amuser, il avait l'habitude d'être entouré, pourquoi son mariage le condamnerait-il à sa seule famille, sans autre horizon ?

— A propos d'édition, annonça-t-elle, j'ai accepté une nouvelle traduction. Un énorme pavé américain qui va me prendre quelques mois.

— Tant mieux, parce que je crois que je vais être très occupé aussi.

Pour la première fois depuis son accident, la perspective de retravailler semblait le motiver. Grâce à l'acharnement de David, il allait enfin reprendre pied dans l'univers de l'aviation dont il n'aurait jamais pu s'éloigner sans déchirement. Face à des responsabilités différentes, il retrouverait vite l'ambition professionnelle qui lui faisait défaut depuis quelques mois, créant un vide dangereux dans son existence.

« Au moins, il ne partira plus, il sera là chaque soir, chaque nuit... »

Elle se serra davantage contre lui. Résignée, elle acceptait d'avance de partager Alban avec un aéroport, avec tout le clan Espérandieu, et même avec une cohorte de copains si nécessaire, pourvu qu'elle le garde toujours. Qu'elle le garde *au sol.*

— Les prévisions de la météo ne sont pas très bonnes pour demain, annonça-t-il soudain.

— Tempête de neige, j'espère ? Ce serait follement romantique !

— Non, seulement une vague de froid, avec beaucoup de pluie.

— Mariage pluvieux, mariage heureux !

S'écartant un peu, elle lui adressa un sourire illuminé de bonheur avant d'ajouter :

— Par n'importe quel temps, ce sera un jour merveilleux.

— On va claquer des dents dans l'église, répliqua-t-il.

D'un geste machinal, il retira ses lunettes, les essuya avec le bas de son pull puis, voyant le résultat, il alla les passer sous l'eau.

— Tu m'as connu sans, dit-il en les remettant sur son nez.

— Je t'aime avec ou sans. Elles te vont bien.

Jamais il ne parlait de son accident, qu'il faisait semblant d'avoir oublié. La seule chose dont il prétendait vouloir se souvenir était la crise de larmes de Valentine au bord de son lit, à l'hôpital. Si elle s'était abstenue de pleurer ce jour-là, peut-être leur histoire aurait-elle été différente, mais elle avait éprouvé un tel chagrin en voyant Alban, la moitié du visage dissimulé sous un pansement, qu'elle n'avait pas su se maîtriser. Elle l'aimait déjà trop pour ne pas deviner son désespoir à l'idée de ne plus voler, d'être contraint d'abandonner une vie qui le comblait. Brusquement vulnérable, abattu, lui que rien ne semblait devoir atteindre, il l'avait complètement bouleversée. Et elle retrouvait un peu de cette émotion chaque fois qu'il enlevait ses lunettes, parce que pendant une seconde il les considérait avec perplexité, comme un objet inconnu. Le soir, s'ils lisaient tous les deux, à un moment donné, il les ôtait, les posait sur sa table de nuit et se tournait vers Valentine. Il était le même, et pourtant différent avec son regard nu. Des yeux sombres, veloutés, dans lesquels elle aurait voulu se noyer.

— Tout va bien ? s'inquiéta-t-il.

Elle avait dû l'observer avec trop d'insistance depuis quelques instants.

— Tu as choisi ta tenue pour demain ?

— Sophie m'a aidé, au moins en ce qui concerne la cravate.

L'omniprésente Sophie, qui montait les paquets et s'improvisait conseillère de mode ! Ravalant une réflexion mesquine, Valentine se força à sourire.

— Alors, tout est parfait, dit-elle d'un ton résolu.

10

Comme l'avait annoncé Alban, une vague de froid s'était abattue sur la côte durant la nuit. Le matin du 30 décembre, une pluie fine acheva de verglacer les routes et figea le paysage sous un ciel couleur de plomb.

Tout au long de la matinée, le paquebot fut en pleine effervescence. Les enfants, gagnés par l'excitation des festivités en perspective, ne tenaient pas en place, et Sophie perdit patience à plusieurs reprises.

Malaury, arrivée très tard la veille au soir, se débrouilla néanmoins pour être prête vers onze heures. Elle estimait que Valentine ne pouvait pas se préparer toute seule le jour de son mariage. « Ce serait trop triste ! » avait-elle déclaré à Colas avant de rejoindre sa future belle-sœur. Alban s'était alors esquivé et avait rejoint ses frères dans la cuisine.

Le déjeuner était prévu à treize heures trente au restaurant de l'hôtel *Normandy*, à Deauville, mais Gilles voulait absolument boire une coupe de champagne avant de partir.

— On n'a même pas enterré ta vie de garçon ! dit-il à Alban en débouchant une bouteille de Roederer. Au moins, trinquons une fois entre hommes...

— Qui se charge de conduire, et qu'est-ce qu'on prend comme voitures ? demanda Colas. Ça va glisser sur les routes, et d'ici ce soir, nous aurons tous ingurgité beaucoup d'alcool !

— Valentine boira très peu, elle n'y tient pas à cause du bébé.

— Et Malaury est plutôt sobre, rappela Colas. Au pire, on appellera un taxi, pas question de se gâcher le dîner.

Ils venaient de vider leurs coupes lorsque Joséphine fit irruption dans la cuisine.

— Mon parapluie m'a servi de piolet, déclara-t-elle. Dehors, c'est une vraie patinoire !

Elle portait un petit chapeau de feutre orné d'une plume, assez désuet mais tout à fait charmant.

— Trop chouette, le bibi ! s'exclama Colas.

— Hélas, il me décoiffe, je vais devoir le garder toute la journée.

Colas alla vers sa grand-mère, la prit par la taille et esquissa un pas de danse.

— Tu te sens en forme, Jo ?

— Assez pour accompagner ton frère à l'autel. Je l'ai fait pour toi et pour Gilles, ce sera la dernière fois.

A cet instant elle avisa les coupes vides, sur la table, et demanda d'un ton outré :

— Et moi, je n'y ai pas droit ?

— Théoriquement, c'était un truc entre hommes, répliqua Alban. Mais si tu veux tu es des nôtres, mon vieux Jo !

Il la servit, puis trinqua avec elle en l'enveloppant d'un regard plein d'affection qui la fit sourire.

— Tu as l'air heureux de te passer la corde au cou.

— A vrai dire, oui.

— Tant mieux. De toute façon, avec Valentine, tu as fait le bon choix.

— Est-ce que vous croyez que nos femmes sont enfin prêtes ? soupira Gilles.

— La température les oblige peut-être à des changements de tenue, suggéra Colas. Il fait moins deux !

— Nous sommes le 30 décembre, dit Joséphine en reposant sa coupe. Je suppose que personne n'avait prévu une petite robe d'été ?

Malaury fut la première à descendre, dix minutes plus tard, vêtue d'un ensemble pantalon bleu glacier, taillé comme un smoking. Sur son bras, elle tenait une cape de la même couleur, bordée de fourrure blanche. Les enfants la suivirent de peu, leurs manteaux anglais à col de velours déjà enfilés. Puis Sophie fit son apparition, absolument ravissante dans une robe noire et or, avec des escarpins assortis et une redingote à boutons dorés.

Tout le monde commença à rassembler ses affaires, écharpes, gants et parapluies, puis à éteindre les lumières. Ils s'apprêtaient à patienter dans la galerie lorsque Valentine apparut en haut de l'escalier. L'ensemble choisi par Malaury laissa Alban bouche bée. Le bas de la robe frôlait les chevilles de la jeune femme tandis que le spencer, court et ajusté, la faisait paraître encore plus grande et plus mince qu'elle n'était. La couleur ivoire de la soie sauvage mettait en valeur son teint de brune, et ses longs cheveux acajou, relevés en chignon, s'ornaient de deux peignes en strass. Un maquillage discret mais sophistiqué soulignait ses grands yeux verts et faisait briller ses lèvres. Elle ne portait aucun bijou hormis sa bague.

— Tu es sublime, souffla Alban en allant à sa rencontre.

— Oui, mais elle ne peut pas sortir comme ça !

Malaury s'approcha, un sac de sa boutique à la main.

— Hier, j'ai réalisé que tu allais mourir de froid, alors j'ai pensé à ce petit truc hyperchaud.

Elle sortit du sac un grand châle de cachemire, dont la couleur marron glacé rappelait les brandebourgs du spencer.

— Tu l'arranges comme tu veux pour te protéger, dit-elle en le drapant habilement sur les épaules de Valentine.

A cet instant Sophie les rejoignit et, comme si elle ne voulait pas être en reste, elle tendit sa main ouverte à Valentine.

— On dit que ça porte bonheur de porter quelque chose prêté par un proche le jour de son mariage...

Dans sa paume, de petits clous d'oreilles en diamant brillaient.

— C'est un cadeau d'anniversaire, fais-y attention, ne put-elle s'empêcher d'ajouter.

— Promis, murmura Valentine en les prenant.

Tandis qu'elle mettait les bijoux sous l'œil critique de Sophie, Joséphine s'avança à son tour.

— Pour respecter la superstition, il faut aussi quelque chose de bleu, quelque chose de blanc.

Elle lui présenta un ravissant petit bouquet de myosotis entouré de rubans de satin.

— Je les ai fait pousser pour toi, ajouta Joséphine.

Valentine esquissa un sourire, puis soudain ses yeux se remplirent de larmes et son menton se mit à trembler. La gentillesse de Malaury, celle, plus inattendue, de Sophie, et l'évidente affection de Jo la touchaient profondément. Dans cette famille où elle n'avait pas cru pouvoir trouver sa place, elle se sentait soudain acceptée et entourée d'attentions, elle qui n'avait personne d'autre à ses côtés que le clan Espérandieu.

— Ah, non ! protesta Sophie. Ton maquillage va couler, tu seras affreuse.

La réflexion, acide, mit fin à l'instant d'émotion. Valentine descendit les deux dernières marches et prit la main d'Alban.

Après un déjeuner léger mais assez long à *La Belle Epoque*, le restaurant du *Normandy* où David avait rejoint la famille, le mariage eut enfin lieu à la mairie de Trouville. Comme il y avait peu d'unions à célébrer à cette époque de l'année, le maire prit tout son temps, plaisanta avec les mariés et ne les laissa partir que quelques minutes avant l'heure prévue pour la bénédiction nuptiale.

En sortant de l'hôtel de ville, ils furent surpris par un vent du nord glacial et par la nuit qui tombait déjà alors qu'il était à peine cinq heures. La marée, au plus haut, montrait une mer gris ardoise très agitée qui faisait tanguer les bateaux à quai.

Ils se hâtèrent le long du boulevard Fernand-Moureaux avant de tourner dans la rue qui conduisait à l'église Notre-Dame-des-Victoires. Devant le porche, il y eut un petit conciliabule entre les frères, puis Gilles entra le premier avec Sophie et les enfants, ensuite Malaury et Colas, enfin Alban au bras de Joséphine. Ils s'installèrent en silence, n'occupant que le premier rang, puis Gilles alla dire quelques mots au prêtre avant de regagner sa place. Quand l'organiste commença à jouer, ils se retournèrent pour regarder arriver Valentine, escortée de David. Elle affichait un sourire si radieux qu'ils en oublièrent un instant le froid polaire qui régnait dans l'église. En la regardant approcher, Alban se sentit plein de joie, de gratitude, et aussi d'une sorte d'exaltation inconnue. Il possédait enfin la certitude d'avoir tourné la page sur une partie de son existence à laquelle il ne s'accrochait plus. Avec Valentine, il allait construire autre chose, et il se découvrait pressé d'attaquer sa nouvelle vie, sans regrets ni appréhension.

Tandis qu'elle prenait place à côté de lui et que David s'effaçait, il pensa à l'enfant qu'elle portait. La menace de l'hérédité planait sur lui, comme sur tous les descendants de Marguerite. Après sa naissance, il faudrait bien qu'Alban parle à Valentine, bien qu'il n'ait qu'une histoire incomplète à lui raconter. Seule Joséphine détenait la clef du mystère familial, mais apparemment elle était décidée à mourir sans la livrer.

Alban jeta un coup d'œil discret en direction de ses neveux. Ils étaient sages, attentifs, réjouis de voir leur oncle se marier, même s'il ne s'agissait pas d'une grande cérémonie où Anne aurait pu être demoiselle d'honneur avec une robe rose et une couronne de fleurs. Anne qui, en se cachant au fond d'une armoire, avait trouvé un vieux portefeuille. Sans cette découverte, les trois frères Espérandieu ne se seraient jamais posé de questions sur la démence de leur mère. Celle-ci serait restée pour eux une originale, dépressive et peu maternelle, dont ils ne conservaient que de vagues souvenirs. Mais la partie de cache-cache des trois gamins avait révélé une tout autre réalité. Désormais, Gilles vivait avec cette incertitude à leur sujet, ce risque supposé de schizophrénie. Alban allait connaître la même inquiétude et les mêmes espoirs au fil du temps. Devait-il faire supporter ce genre d'angoisse à Valentine, ou au contraire se taire, comme son frère qui préférait épargner Sophie ?

La voix du prêtre s'éleva, trop forte sous la voûte à cause du micro. Avec un petit sourire d'excuse, l'ecclésiastique coupa la sonorisation et s'adressa sur un ton plus intime aux mariés qu'il s'apprêtait à bénir.

Les enfants avaient été placés en bout de table, Paul et Louis d'un côté, Anne de l'autre, seul moyen de les faire tenir tranquilles d'après Sophie. Sous les poutres de la somptueuse salle à manger tout en boiseries de la *Ferme Saint-Siméon*, la noce était installée un peu à l'écart et traitée avec une attention particulière par un personnel aux petits soins.

— Quand je m'occupe de quelque chose, il n'y a jamais aucun problème ! affirma Gilles.

C'était lui qui avait réservé, choisi le menu et les vins, préparé une surprise pour les mariés à la fin de la soirée. Au-dehors, une véritable tempête balayait l'estuaire, faisant tournoyer un vent fou autour de l'hôtel.

— Vous aurez eu un temps de chien, fit remarquer Sophie. A la sortie de l'église, le photographe était désespéré. Mais, bon, un 30 décembre à six heures du soir, il n'y avait pas grand-chose à espérer... Dommage que vous ayez été si pressés !

Tout au long de la journée, elle avait multiplié les piques sans parvenir à altérer la bonne humeur de Valentine qui répliqua :

— On se rattrapera pour le baptême. A propos, c'est un garçon.

— Oh, zut ! s'écria Anne qui rêvait d'une cousine.

Joséphine se mit à rire et tapota affectueusement la main de son arrière-petite-fille.

— On ne choisit pas, ma chérie, on prend ce qui vient et on remercie le bon Dieu.

Si elle avait pu décider, elle aussi aurait préféré une fille, mais elle avait eu Félix, son malheureux Félix. Elle reprit une bouchée du turbot à la moutarde et aux tomates, qu'elle savoura en essayant d'en deviner la recette. La journée avait été longue et fatigante pour elle, néanmoins, la sensation du devoir accompli la rendait heureuse. Le mariage d'Alban était l'ultime événement auquel elle avait rêvé d'assister, ainsi pourrait-elle partir en paix le jour où son heure sonnerait.

Un serveur vint remplir les verres de l'excellent meursault sélectionné par Gilles.

— Trinquons ensemble, lui proposa David qui était assis à côté d'elle.

— A quoi veux-tu boire ?

— A toi, Jo, à la bisaïeule !

Tout le monde se joignit à David pour porter ce toast, puis les conversations reprirent.

— Tu mériterais d'être un Espérandieu, lui dit Jo en souriant.

— Oh, c'est tout comme, je me sens bien intégré dans ton clan ! Et très flatté d'avoir été admis parmi vous aujourd'hui.

— Tu es le quatrième mousquetaire, rappela-t-elle, les autres ne pouvaient pas te laisser de côté.

Le regard de Joséphine se posa successivement sur ses trois petits-fils, puis revint sur David. Comme la table était spacieuse, les convives ne se trouvaient pas trop près les uns des autres, ce qui rendait possibles les apartés. Penchée vers David, Jo murmura :

— Je suis vraiment très contente pour Alban. Les cartes m'avaient annoncé depuis longtemps qu'il ferait un mariage heureux, mais je m'inquiétais de ne pas le voir s'attacher.

— Pour le coup, le voilà même enchaîné, il est fou d'elle !

— Elle le mérite. Ah, et puis ne lorgne pas sur elle, ton tour viendra.

Les joues de David s'empourprèrent, ce qui fit rire Joséphine.

— Il viendra même plus tôt que tu ne le penses, ajouta-t-elle gentiment.

Des serveurs débarrassèrent leurs assiettes et emplirent de nouveau les verres. Gilles parlait à Malaury, Sophie à Colas, tandis que Valentine et Alban, face à face, se dévoraient des yeux. Joséphine se pencha de nouveau vers David.

— La seule chose que je déplore, c'est ce retour à la villa.

— Ta villa est en train de retrouver son lustre d'antan, ça devrait te faire plaisir. Tu n'es donc jamais satisfaite, Jo ? Et puis quoi, tu t'imagines dans une maison de retraite ? Ou dans un de ces petits immeubles du front de mer avec leurs trois faux colombages plaqués sur leurs façades pour faire couleur locale ?

— Non, mais tu m'aurais bien déniché une petite maison toute simple quelque part ?

— Jo, « quelque part » c'est nulle part quand on a toujours vécu au même endroit. Tu es née dans cette villa, tu l'aimes.

— Je l'ai aimée, corrigea-t-elle. Avant.

Ses yeux se perdirent dans le vague, puis elle secoua la tête.

— Bien sûr, la maison n'y est pour rien... Tout de même, il y a des lieux qu'on voudrait fuir.

Elle se tourna carrément vers lui, le dévisagea comme si elle le jaugeait.

— Pendant la bénédiction à l'église, tout à l'heure, une idée m'est venue, dit-elle en baissant la voix. Ecoute, tu es quelqu'un de solide, alors je vais te faire une confidence.

— A moi ?

— Oui, *rien qu'à toi.*

Une lueur inquiétante s'était allumée dans son regard devenu fixe.

— Marguerite ne s'est pas suicidée, souffla-t-elle.

David resta muet durant quelques instants avant de parvenir à articuler :

— Ce qui signifie ?

— Oh, c'est si compliqué...

De nouveau, elle but une gorgée de vin. Essayait-elle de se donner du courage ? Avait-elle enfin décidé de parler ? David pensa que le moment était particulièrement mal choisi, pourtant, il lui fit signe de continuer.

— Vois-tu, cette femme était folle et elle n'aimait pas ses enfants. Elle n'aimait personne d'autre que Félix. Un amour exclusif et violent au milieu duquel les petits n'avaient pas leur place. Ils l'encombraient ! Pour la calmer, je lui disais de ne pas s'en faire, qu'on s'occupait d'eux, Antoine et moi. Mais Félix ne comprenait pas, il voulait absolument rapprocher Marguerite de ses fils, il prétendait pouvoir réveiller sa fibre maternelle. Il a cru que ce serait bien d'avoir le petit dernier avec eux dans leur chambre. Colas était un bébé adorable, tout calme, mais elle le voyait comme un intrus et elle a voulu s'en débarrasser afin de rester seule avec son mari.

David vida son verre d'un trait. Alban lui avait raconté la crise de Colas devant les rideaux, mais il avait eu du mal à y croire.

— A mon avis, elle a dû essayer plusieurs fois, soupira Jo, parce que Colas s'est mis à pleurer tout le temps. Jusqu'à ce que Félix la surprenne, un après-midi où il était rentré plus tôt que prévu de la fabrique. Quel scandale ! Après, il a voulu la faire soigner, tu penses. Et Colas a été mis illico dans la chambre de ses frères. Dès qu'elle a été délivrée de sa présence, elle s'est désintéressée de lui. En fait, quand ils n'étaient pas dans ses pattes, les garçons ne la gênaient pas, à croire qu'elle les voyait à peine. Une caresse sur la joue, en passant, voilà tout ce dont elle était capable.

Un maître d'hôtel s'excusa de les interrompre et déposa devant eux des assiettes surmontées de cloches.

— Agneau de pré-salé aux blettes et truffes noires, annonça-t-il.

— Spécialité de la maison, précisa Gilles.

Les verres furent changés et un pomerol remplaça le meursault. Joséphine le goûta mais David posa la main sur son bras.

— Arrête, Jo, tu n'as pas l'habitude de boire.

— Dis plutôt que tu veux connaître la fin de l'histoire ! Tu as peur que je m'endorme au milieu du récit ?

— Pourquoi est-ce à moi que tu le fais ? répliqua-t-il du tac au tac.

Ensemble, ils jetèrent un coup d'œil au reste de la tablée. L'alcool, la bonne chère et la chaleur douillette du restaurant donnaient des couleurs à tout le monde, et le ton montait. Alban et Gilles discutaient âprement des mérites comparés du bordeaux et du bourgogne, Malaury tentait d'expliquer à ses neveux ce qu'était un agneau de pré-salé, Anne était allée se jucher sur les genoux de Valentine, tandis que Sophie et Colas se racontaient des blagues qui les faisaient rire aux éclats.

— Tu es mon confident, David. Peut-être que... Eh bien, c'est comme un poids sur ma poitrine, certains jours, ça m'empêche de respirer et je finis par me demander s'il ne faut pas que quelqu'un sache.

— Mais...

— Mais pas eux, non.

— Enfin, Jo, s'énerva-t-il à voix basse, tu viens de m'avouer que Marguerite ne s'était pas suicidée. Trois fois rien ! Et tu ne veux pas l'apprendre à ses fils ?

— Réfléchis, chuchota-t-elle. Réfléchis, mon petit David : une balle dans la tête.

Atterré, il resta d'abord bouche bée puis se rejeta contre le dossier de sa chaise. Bien sûr. Si ce n'était pas la pauvre femme qui avait tiré sur elle, il fallait que ce soit quelqu'un d'autre.

— Félix ? articula-t-il.

Sans attendre la réponse, évidente, il se servit un grand verre d'eau qu'il but lentement. Des bribes de confidences lui revenaient. Quelques jours plus tôt, Joséphine avait prétendu que les Espérandieu n'étaient pas des *gens bien*. Et voilà bien longtemps, un soir où elle avait envie de parler, elle s'était écriée : « Nous avons tous menti, nous serons damnés ! »

— Jo, insista-t-il tout bas, c'est Félix qui l'a tuée ?

— Elle avait pris une arme. Il a eu peur pour les enfants, il l'a poursuivie jusqu'au grenier.

La voix de Joséphine était à peine audible, et David dut se pencher de nouveau pour entendre.

— Durant toutes ces années, elle avait eu des crises plus ou moins violentes. Les choses s'arrangeaient un temps puis se détraquaient de nouveau. On n'était jamais tranquilles, jamais sûrs de rien avec elle.

Heureusement, vous étiez en pension, mais elle aurait pu s'en prendre à n'importe qui. Les médecins avaient proposé de l'interner. Hélas Félix ne pouvait pas s'y résigner, persuadé qu'elle en mourrait. Ils s'aimaient passionnément malgré tout, et une séparation était au-dessus de leurs forces. Un couple maudit, voilà ce que c'était...

A l'autre bout de la table, Paul et Louis se disputaient, et Gilles dut intervenir. Quand le calme fut revenu et que les discussions eurent repris, Joséphine goûta son agneau. David, l'appétit coupé, la regarda grignoter quelques bouchées.

— Et après, au grenier ? demanda-t-il à contrecœur.

Elle posa ses couverts sur son assiette qu'elle repoussa.

— Ils avaient monté les étages en courant l'un derrière l'autre. Il essayait de la raisonner et elle hurlait en brandissant son revolver. Antoine était aux quatre cents coups, il ne voulait pas s'en mêler mais il les a suivis, de loin. Moi, je suis restée au pied de l'escalier, avec le cœur qui cognait. J'avais eu des tas de rêves prémonitoires que j'avais pris pour des cauchemars à cause de l'ambiance délétère de la maison, mais d'un coup, j'ai eu la certitude qu'il allait arriver quelque chose d'épouvantable.

— Tu ne manges pas ? lança Alban à David.

— Euh... si, marmonna-t-il en essayant de sourire.

Il empoigna sa fourchette et se mit à jouer avec jusqu'à ce qu'Alban se retourne vers Gilles et reprenne sa discussion. Personne ne semblait s'apercevoir que Joséphine, pourtant peu bavarde à table, n'arrêtait pas de parler.

— Fais semblant, lui glissa-t-elle. D'ailleurs, c'est très bon.

Résigné, il mâchonna une lamelle de truffe. Marguerite et Félix, qu'il avait connus enfant, lui apparaissaient maintenant sous un tout autre jour. Il se souvint d'avoir envié Alban, à l'époque, parce que sa mère était très belle.

— Et puis ? dit-il entre ses dents.

— Et puis elle voulait mettre fin à ses jours. Ou bien tuer tout le monde, va savoir. On voit des drames pires que celui-ci dans les journaux. Un père qui assassine sa femme et ses gosses avant de se faire sauter la cervelle...

Elle s'était mise à pousser des miettes de pain sur la nappe, d'un geste mécanique. David avait envie de se boucher les oreilles, mais sa curiosité l'emporta.

— Que s'est-il vraiment passé ?

— D'abord, il y a eu un premier coup de feu. Le bruit de cette détonation me poursuit encore, je t'assure. Un boum à faire trembler les murs de la villa. Là-haut, Antoine a grimpé les dernières marches le plus vite possible, mais un second coup a retenti, celui que Félix a tiré sur elle. Il l'a tuée à bout portant. Et puis il est tombé à genoux et il s'est mis à hurler comme un loup.

Un sanglot sec obligea Joséphine à s'interrompre. Elle reprit son verre auquel elle n'avait plus touché depuis l'avertissement de David, et elle le vida.

— Il a fallu qu'Antoine lui retire le revolver des mains avant qu'il le retourne contre lui. Pendant un moment, ils sont restés là, hébétés tous les deux, avec Marguerite par terre dans une mare de sang, la moitié du visage emporté. Ensuite, Antoine a pris les choses en main.

Antoine, l'adorable grand-père. Un honnête homme. Antoine le patriarche, à qui on aurait donné le bon Dieu sans confession.

— Je ne sais pas ce que vous vous racontez mais ça a l'air passionnant ! intervint Sophie.

Elle avait probablement trop bu car elle ricanait sans raison. Se désintéressant d'eux, elle apostropha Alban au sujet du réveillon du lendemain. Personne n'envisageait de refaire un gueuleton et il fut question de fruits de mer. David poussa Joséphine du coude.

— C'est quoi, prendre en main un meurtre, même passionnel ? chuchota-t-il.

— Félix était horrifié à l'idée que ses trois garçons allaient se retrouver avec un père criminel. Une mère folle dangereuse et un père assassin ! Comment assumer ce genre d'hérédité, hein ? Après tout, elle avait voulu se supprimer, il n'y avait qu'à maquiller sa mort en suicide. La première balle était allée se perdre dans une poutre, Antoine l'a sortie de là. Après, il a mimé la scène pour voir où il fallait laisser tomber le revolver. Qui pourrait s'étonner qu'elle ait mis fin à ses jours ? Elle avait vu de nombreux médecins, elle était cataloguée comme malade mentale. Pendant ce temps-là, Félix se tordait les mains, pleurait toutes les larmes de son corps, et il voulait serrer sa femme dans ses bras. Antoine l'en a empêché, évidemment. Il lui a dit de retourner à la fabrique vite fait, qu'il l'appellerait là-bas pour le prévenir officiellement. Tous les deux, ils ne pensaient qu'aux garçons, qu'à la meilleure manière de les préserver. Moi, j'étais toujours au pied de l'escalier. Ma main serrait si fort la rampe que j'ai cru que j'allais rester accrochée là pour toujours. Quand Félix est passé devant moi, il ne m'a même pas regardée. Il avait l'air d'un zombie, j'ai eu peur de lui. Pourtant, c'était la dernière fois que je le voyais vivant, et d'une certaine manière, je le savais...

Cette fois, Joséphine dut s'arrêter, l'émotion lui serrant trop la gorge. David resta les yeux rivés sur son assiette où l'agneau avait refroidi.

— Monsieur n'a pas aimé ? s'enquit un serveur avec courtoisie.

David bredouilla quelques mots incompréhensibles en guise d'excuse et fit signe qu'on leur resserve à boire. Les aveux inattendus de Jo le rendaient malade. Toute sa jeunesse lui était soudain revenue en mémoire avec une incroyable acuité. Il revoyait Félix, le très sérieux directeur de la fabrique de porcelaine Espérandieu. Marguerite, belle et diaphane, traversant les pièces de la villa comme une ombre. Alban et ses frères, adolescents rieurs qui se poursuivaient dans les escaliers et les couloirs du paquebot.

Il reporta son attention sur Joséphine qui se taisait à présent. D'un geste furtif, il lui prit la main et la serra. Se sentait-elle mieux d'avoir enfin partagé son secret ? Son drôle de petit chapeau, qu'elle n'avait pas quitté de la journée, projetait une ombre sur son visage, et il ne parvint pas à déchiffrer son expression.

— Je vous ai épargné la pièce montée, annonça Gilles, mais nous avons les mariés !

Deux figurines surmontaient la tarte aux pommes, autre spécialité de la maison. Le maître d'hôtel la déposa devant Valentine et lui présenta la pelle et le couteau.

— Aux tourtereaux ! claironna Gilles d'une voix de stentor.

David se demanda s'il avait connu pire dîner de sa vie que celui-ci. Sans illusions, il devinait que Joséphine allait lui faire promettre de se taire, de garder l'histoire pour lui. De toute façon, comment aurait-il pu jeter ça à la tête d'Alban ? Celui-ci était en train de faire le tour de la table pour porter lui-même les parts de tarte aux convives.

— Merci d'être là, dit-il à David en se penchant au-dessus de lui. Ami, témoin et chevalier servant de notre Jo qui a bavardé comme une pie !

Il embrassa sa grand-mère avant de retourner vers Valentine.

— Tu ne voudrais pas lui gâcher son bonheur, n'est-ce pas ? murmura Joséphine.

— Je savais que tu me sortirais un truc de ce genre. Allez, mange ton gâteau, tu n'as fait que chipoter.

— Voilà l'hôpital qui se fout de la charité ! répliqua-t-elle.

Elle reprenait des couleurs, elle essaya même un petit sourire sans joie. Autour d'eux, la salle du restaurant s'était vidée. A cette saison, les touristes anglais friands d'hostelleries de grand luxe étaient nombreux, mais ils étaient tous partis se coucher.

— Mes chéris, lança Gilles aux mariés, vous n'allez pas prendre de risques sur la route avant votre nuit de noces. Je vous ai réservé une chambre ici pour cette nuit, c'est mon cadeau !

— Il a trouvé moyen de payer quelque chose, ponctua Colas en s'étranglant de rire.

Ignorant le sarcasme, Gilles escorta les mariés jusqu'à la réception tandis que les autres gagnaient le vestiaire. David aida Joséphine à enfiler son manteau et il se décida à poser l'ultime question qui, malgré tout, lui brûlait les lèvres.

— Félix, son accident de voiture, ce n'était...

— ... pas un accident, non. Je ne sais pas comment il a fait pour retourner à la fabrique dans l'état où il était, mais quand son père l'a appelé, comme prévu, il lui a dit qu'il ne vivrait pas un seul jour sans elle, et il a demandé qu'on lui pardonne.

Tandis qu'elle fermait les boutons de son manteau, David remarqua ses mains parcheminées aux veines saillantes. Joséphine était une très vieille dame, qui avait beaucoup donné et beaucoup souffert. Depuis bientôt vingt-cinq ans, elle maintenait sa version intacte : sa bru, dépressive, s'était suicidée dans un moment d'égarement, et son fils, accablé en l'apprenant, était rentré trop vite chez lui. Un drame acceptable, presque respectable. La vérité était plus sordide, mais Joséphine et Antoine avaient tordu le cou à la vérité.

« Ils ont bien fait. »

En donnant aux trois garçons la possibilité de ne pas rougir de leurs parents, ils leur avaient offert un avenir.

— J'ai appelé deux taxis, on laisse les voitures ici ! annonça Gilles en les rejoignant. Ma Jo, ton chapeau est vraiment une curiosité, j'espère que tu le laisseras à Sophie par testament !

Il rit bruyamment de sa plaisanterie tandis que sa grand-mère lui donnait une petite tape affectueuse sur la joue. David en profita pour sortir et humer l'air glacé de la nuit. Le vent soufflait moins fort, la tempête s'éloignait.

« Jo est vraiment très maligne, elle a réussi à faire sa confession *devant* ses petits-enfants, mais *sans* qu'ils puissent l'entendre. Une façon de soulager sa conscience malgré tout, et c'est moi qui en ai fait les frais. »

Il se surprit à sourire, songeant qu'en échange du fardeau qu'elle venait de lui confier, il pourrait exiger de se faire tirer les cartes autant de fois qu'il le voudrait.

Main dans la main, Valentine et Alban foulaient le sable de la plage, les yeux rivés sur la mer. Dans quelques heures, une nouvelle année commencerait, l'année qui ferait d'eux des parents.

Rentrés de Honfleur en fin de matinée, ils s'étaient proposés pour aller chercher les huîtres du dîner à Trouville. Uniquement des huîtres, réclamées à l'unanimité par la famille. Mais chez le poissonnier ils avaient craqué pour des petites crevettes grises, quelques langoustines, des bigorneaux, d'irrésistibles praires et, au bout du compte, ils rapportaient un énorme plateau calé dans le coffre de la Twingo. Avant de regagner le paquebot, ils avaient eu envie d'une promenade en amoureux, face au soleil qui brillait par intermittence entre de gros nuages blancs.

— Je pourrais marcher comme ça durant des heures ! déclara Valentine qui semblait en pleine forme.

— Rien ne t'en empêche. Tu peux venir tous les jours, la mer est là toute l'année, plaisanta-t-il.

Il la prit par la taille, la souleva et la fit tournoyer. Puis il la reposa doucement sur le sable avant de l'embrasser.

— Tu étais vraiment très belle, hier.

— Pas aujourd'hui ? Tu n'aimes pas mon gros caban et mon vieux jean ? Tu veux une femme pomponnée, une femme qui te flatte ?

— Tu es flatteuse pour un homme dans n'importe quel accoutrement. Mais je parlais d'hier soir, à la *Ferme Saint-Siméon*, quand tu es sortie toute nue de la salle de bains.

Levant les yeux au ciel, elle remit sa main dans celle d'Alban.

— Obsédé...

— Toi aussi, chérie.

Durant quelques instants, appuyés l'un contre l'autre, ils observèrent un bateau, loin à l'horizon.

— Je suis contente de vivre ici, dit-elle d'une voix rêveuse. C'était le bon choix, Alban.

Il l'espérait, sans en avoir encore la certitude. Au fond de sa tête, les réticences de Joséphine lors de son retour au paquebot l'intriguaient toujours. Et puis il y avait eu la découverte du portefeuille de Félix, du missel d'Antoine, et toutes les questions sans réponse qui en découlaient.

— Deux sous pour tes pensées, railla-t-elle. Mais même pour deux millions, tu ne me les dirais pas, n'est-ce pas ?

Sans répondre, il lui adressa un de ces sourires charmeurs qui la faisaient craquer.

— Allez, rentrons, se résigna-t-elle.

Ils remontèrent la plage vers le parking du casino puis reprirent la route de la villa en mettant le chauffage de la Twingo à fond.

— Ce n'est qu'un soleil d'hiver, fit remarquer Alban.

— Un ciel d'hiver, aussi. Un ciel normand fait pour inspirer les peintres.

Quittant la route des yeux, il observa un instant les nuages. Il se sentait parfaitement bien, plus apaisé qu'il ne l'avait été depuis des mois, en accord avec lui-même. Lorsqu'il tourna sur le chemin qui montait vers la maison, il se surprit à compter les jours qui le séparaient de sa prise de fonction à Saint-Gatien. Il avait *envie* de se mettre au travail, *envie* de voir atterrir et décoller des avions.

Face à lui, la façade du paquebot, éclaboussée par un rayon de soleil, lui parut magnifique. C'était peut-être la plus belle maison qu'il connût, et elle valait vraiment la peine qu'on s'acharnât à la restaurer.

En descendant de voiture, il découvrit que David se garait juste derrière lui.

— Tu ne regardes jamais dans ton rétroviscur ? Je te suis depuis Trouville !

David vint embrasser Valentine et ajouta :

— Je vous ai aperçus sur la plage, tout à l'heure. Cette balade, c'était votre voyage de noces ?

— Exactement, répliqua Alban. Il n'est plus question de faire des dépenses inconsidérées, j'ai encore quelques tranches de travaux à assumer.

— Eh bien, pour soulager ton budget, je t'ai apporté quelques huîtres.

Alban éclata de rire et ouvrit le coffre de la Twingo.

— Regarde… Tu vas être obligé de nous aider à les manger.

— Je ne veux pas prendre pension chez vous. D'ailleurs, ce soir, je réveillonne chez ma sœur.

— Oui mais, là, tout de suite, tu n'as pas d'obligation ? Il faut bien qu'on déjeune, viens.

Valentine annonça qu'elle allait dire bonjour à Joséphine et les deux hommes transportèrent les fruits de mer jusqu'à l'office.

— Tu me fais un café ? demanda David. J'avais un peu la gueule de bois au réveil.

— Les vins étaient succulents, hier soir. Gilles a eu la main heureuse.

— Il adore organiser, décider…

— Et payer ! achevèrent-ils en chœur.

Alban prépara deux tasses et ils s'installèrent face à face sur les longs bancs de bois. La cuisine du paquebot était, comme toujours, accueillante, désordonnée et chaleureuse. A travers les fenêtres à petits carreaux, le soleil projetait une lumière dorée sur la table aux multiples éraflures.

— Vous avez beaucoup parlé ensemble, Jo et toi, pendant le dîner.

La constatation, faite d'un ton un peu trop sérieux, inquiéta David qui choisit une réponse anodine.

— J'adore ta grand-mère, tu sais bien.

— C'est réciproque. Tu t'es occupé d'elle pendant des années.

— Elle s'était occupée de moi quand j'étais jeune. Ah, ses gâteaux… Chez moi, les parents mangeaient avec un lance-pierre, il n'y avait que l'agence qui comptait. Mais ici, je me souviens de m'être souvent goinfré !

Alban esquissa un sourire, sans abandonner son idée pour autant.

— A la *Ferme Saint-Siméon*, vous aviez l'air de conspirateurs, tous les deux.

— Avec un chapeau pareil, je ne vois pas contre quoi on peut conspirer, plaisanta David.

Cependant il devinait qu'Alban allait insister, et il se demanda s'il arriverait à lui mentir.

— Est-ce qu'elle te faisait des confidences ?

David considéra un instant sa tasse vide puis leva les yeux sur Alban.

— Non. Et si tu veux mon avis, elle n'en fera à personne.

Il venait de prendre sa décision, mais peut-être l'avait-il déjà prise la veille, au fur et à mesure du récit de Joséphine. La volonté inébranlable de la vieille dame forçait son admiration, il ne la trahirait pas.

— Tu devrais oublier tout ça, Alban.

— Tu me l'as…

— … déjà suggéré, c'est vrai. Malheureusement, tu ne m'écoutes pas.

Alban le scrutait, pas tout à fait dupe, pourtant David soutint son regard sans sourciller.

— Il n'y a aucun intérêt à exhumer certaines choses, déclara-t-il posément. Si Jo s'obstine à vous dire qu'il n'y a rien, c'est que peut-être, en effet, il n'y a rien, ou alors rien qui vous soit profitable à tes frères et toi. Vous êtes ses grands amours, ses petits-fils adorés, sa seule motivation est votre bonheur, pourquoi ne lui faites-vous pas confiance ? Depuis que tu es revenu, tu n'arrêtes pas de la questionner. A la longue, tu n'as pas peur de lui faire du mal ?

Désemparé par cette attaque, Alban eut un geste d'impuissance.

— J'ai promis de la laisser tranquille, je m'y tiendrai.

— De toute façon, elle est plus têtue que toi. Et puis enfin, Alban, tu as la chance de redémarrer ton existence avec une femme formidable, bientôt un bébé, cette maison inouïe, un super-job, pourquoi t'acharner sur une vieille histoire ?

— Parce que c'est la mienne.

— Mais non ! Tu crois qu'on sait tout de ses parents, de ses aïeux ? C'est de la curiosité mal placée, on ne doit pas fouiller dans les placards des autres.

Alban parut ébranlé. Il soupira, puis secoua la tête.

— D'accord. Je vais suivre ton conseil. Après tout, tu es mon meilleur ami.

De nouveau, il plongea son regard sombre dans celui de David. Ce qu'il y lut parut le satisfaire car il eut un vrai sourire, sans la moindre réserve cette fois.

— On met le couvert ? proposa-t-il. Ça fera plaisir à ces dames.

— Ah bon ? Quand on est marié, on ne reste pas les pieds sous la table, on ne devient pas odieux ?

Le danger s'éloignait, et David se sentit soulagé. Alban aurait bientôt d'autres préoccupations que s'interroger en vain sur le passé de sa famille. L'arrivée du petit Charles Espérandieu allait reléguer l'histoire de Marguerite et de Félix au second plan, et Joséphine emporterait leur secret dans sa tombe.

Des bruits de voix et des rires d'enfants, en provenance de la galerie, annoncèrent l'arrivée des autres.

— La maison va te sembler vide quand tes frères rentreront à Paris.

— Ils partent demain, mais je sais qu'ils reviendront vite. Ils se plaisent de plus en plus ici. On a toujours tous adoré le paquebot, et maintenant qu'il est à peu près retapé...

Une pile d'assiettes dans les mains, Alban se tourna vers David.

— A propos, on va organiser une fête, au printemps. On invitera des tas de gens et je te présenterai de très jolies filles.

— Tu en connais encore ? railla David à voix basse.

— Plein. Et tu sais ce qu'on fera ? On lancera une bouteille de champagne sur la façade pour célébrer la renaissance du navire !

Alban disposa les verres, puis il sortit un pan de sa chemise et essuya ses lunettes. Ensuite, il alla tapoter les coussins du vieux fauteuil de rotin qui trônait au bout de la table.

— Toi, dit-il à David, tu iras t'asseoir à l'autre bout. Finies, les messes basses !

Il se mit à rire avec insouciance tandis que le reste de la famille faisait bruyamment son entrée. Docile, David gagna sa place, et lorsque Joséphine passa à côté de lui, il lui adressa un petit clin d'œil en murmurant :

— Alors, Jo, il n'est pas gai, aujourd'hui, ton *bazar maudit* ?

La vieille dame hocha la tête, amusée. Elle était née là, c'était sa villa qui, comme toutes les maisons, avait une histoire.

Quoi de plus banal ?

Achevé d'imprimer par GGP Media GmbH, Pößneck
en juin 2013
pour le compte de France Loisirs,
Paris

N° d'éditeur : 73128
Dépôt légal : mars 2013

Imprimé en Allemagne